盛世华音

清代顺康雍乾诗人山水诗论

上

时志明 著

凤凰出版社

图书在版编目（CIP）数据

盛世华音 : 清代顺康雍乾诗人山水诗论 / 时志明著
. -- 南京 : 凤凰出版社，2017.1
ISBN 978-7-5506-2556-3

Ⅰ. ①盛… Ⅱ. ①时… Ⅲ. ①山水诗－诗歌研究－中国－清代 Ⅳ. ①I207.22

中国版本图书馆CIP数据核字(2017)第027116号

书　　　名	盛世华音——清代顺康雍乾诗人山水诗论
著　　　者	时志明
责 任 编 辑	卞　岐
出 版 发 行	凤凰出版传媒股份有限公司 凤凰出版社(原江苏古籍出版社) 发行部电话025-83223462
出版社地址	南京市中央路165号，邮编：210009
出版社网址	http://www.fhcbs.com
照　　　排	南京凯建图文制作有限公司
印　　　刷	江苏凤凰通达印刷有限公司 南京市六合区冶山镇，邮编：211523
开　　　本	880×1230毫米　1/32
印　　　张	46
字　　　数	1281千字
版　　　次	2017年1月第1版　2017年1月第1次印刷
标 准 书 号	ISBN 978-7-5506-2556-3
定　　　价	240.00元(全三册)

(本书凡印装错误可向承印厂调换，电话：025-57572508)

前　言

王国维先生在整合前人论点的基础上提出："凡一代有一代之文学，楚之骚，汉之赋，六代之骈语，唐之诗，宋之词，元之曲，皆所谓一代之文学，而后世莫能继焉者也。"[①]晚近以来学者受此影响，大多偏执于唐以后无诗、宋以后无词、元以后无曲、清代只有小说的观念。如果正确理解王国维先生的论断，可以说一代确有一代新创的文学体式，一代有一代迥异于前朝各代的文学特征，而这个体式是和其它传统文学体式共荣共存、相互助长的。但遗憾的是这个论断被人们误解甚至歪曲，变成了一个肢解文学乃至学术研究的"伪命题"。在这个"伪命题"的误导下，近现代学人对明清以来的文学艺术产生了诸多轻薄与非议，认为清代诗歌"臭腐"不可闻，词和文更是无以为继，在文艺史上"价值极微"[②]。清代究竟有没有诗、有没有词和文，清代诗、词、文在文学艺术史上有无价值与地位，钱仲联先生在《全清词序》中作了这样的解答："夫一代之文学，后世果不能继之乎？清词不足以继宋词乎？抑不徒能继之且能超越之乎？是皆不可以无说。……今以清词衡之，如张皇爱国之精神则邓廷桢……以迄于清末，爱国高唱，视南宋十余家偻指可数者，倍蓰而不止。……况清词者，拓境至宏，不拘于墟，其内涵之真善美者，至夥颐乎！此清词之缵宋之绪而后来居上者一也。清词人之主盟坛坫或以词雄者，多为学

---

① 王国维撰《宋元戏曲史·自序》，上海古籍出版社 1998 年版，第 1 页。

② 梁启超《清代学术概论》，见《梁启超论清学史二种》，复旦大学出版社 1985 年版，第 83 页。

人……此则清词根茂实遂，膏沃光晔高出于宋者二也。复次则各派词流之众多也。……此其三也。……惟清人词论之邃密高卓，词乃不复蒙小道之讥，词体益尊，词坛益崇。此其四也。复次，则词人之数，宋亦非清敌。《全宋词》作者一千三百三十余人而已。清词仅以《全清词钞》初选作者计，已达四千余家……宋词视之，绝尘莫蹑，将叹河汉而无极矣。此其五也。”[①]钱先生作为一代国学大师，对清代文学用力尤勤，在清代文学研究上他最有话语权，此论虽针对词而言，但将之移作对清诗、清文因变创新的论断亦中鹄的。

对于清代文学，尤其诗歌，毁也罢，誉也罢；褒也罢，贬也罢，你信与不信，它都在那里。清代诗歌是在向先贤学习，继承前贤优秀成果的基础上形成自己独特风貌的。这种独特性不仅表现在艺术审美方面，而且还体现在社会认知价值上。清代诗歌，如以山水诗而观，其美感价值的形成既和清人的美学趣味、艺术精神相通，而且还与清人迥异前人的人生阅历、自然观念相联，只有清人才能以独创的视角和胆魄写出焕现异彩的清诗。至于清诗有没有“美的追求”，以及“独创性”[②]，这是一个仁者见仁，智者见智的问题。中国古典诗歌的大潮汇聚到清代已现流波翻澜、波诡云谲之势，各派竞起，诸大家争锋，其风簸浪颠之态是前朝各代无法比拟的，所以要用复古的眼光衡量清诗，把他们自写性情，直抒己意看成不敢正视传统，立意放弃诗学规范那是没有道理的。清人的“自我表现”并非是否定传统，以及对“艺术性追求的松懈乃至失去信心”[③]，翻拣清人的诗作，凡有清 267 年间的诗人，无论朝野，无论贵贱，都将诗看成反观自我、传输性情、审视社会的载体，因此他们既着力于诗的传统言志功能的扩展与提升，又刻意创建新的艺术标准和评价体系，从而使清诗达到思想性与艺术性的完美融合，以及社会性和审美性的有机统一。通过清代顺康雍乾时期诗人的山水诗描述，我们已然毫无悬念地得出清代山水诗

---

① 《全清词·顺康卷》第一册，中华书局 2002 年版，第 1—3 页。

② 胡传淮主编《张问陶研究文集》，团结出版社 2015 年版，第 1 页。

③ 同上，第 13 页。

不仅不是前人创作模型的翻版，或是没有跳出前人窠臼的效颦之作，相反清人在山水诗方面创造的辉煌与成就是空前绝后的，尽管清人是站在前朝各代，特别唐、宋诗学之巅遥望浩淼的诗国星空，但他们却比前贤走得更远，登得更高，因之创造的辉煌也更令人瞩目和仰望。

清代顺康雍乾之际是清诗蝉蜕裂变的整合时期，在这一个半世纪的时间里，清代诗歌百派回旋、千帆竞发，从前人的囿围中解放出来，完成了自我华美的转型。从清初江左三大家的改变诗潮流向，到神韵派的应运而生，以至山左诗群、博学鸿词诗群、金台诗群，直到吴门诗派和浙江诗派的抗衡局面的出现，尤其性灵派的横空出世，使清代诗坛呈现一片霞光灿烂、流云飞走的勃勃生机。继性灵派之后，毗陵诗群如狂飙突起，将清诗创作推向中国古典诗歌发展的又一高度；在乾嘉盛世诗人奏响的诗歌大合唱中，新河朔诗群则以燕赵慷慨悲歌的变徵之音，更为清诗的多样化审美视界打开了一扇风景独异的窗口。

顺康雍乾诗坛不但是诗歌流派纷呈迭现的繁荣时期，而且还是各种诗学理论推陈出新、愈翻愈奇的惊艳一刻，更是各种诗人粉墨登场，以不同声腔唱响中国古典诗歌最强音的黄金年代。本文以独特的诗体——山水诗为切点，以顺康雍乾风云诡变的时代为脉络，选取自江左三大家以下百数十位诗人为代表，概括地描述了清初至清中叶一百五十年间的清诗发展史。

清诗卷帙浩繁，诗人灿若云霞，生活在那个特定时代的诗人们以其特有的人生阅历和奇警的诗心为我们勾勒了一幅复杂且瑰玮的社会生活图卷。他们的所经所历、所思所想是前朝各代诗人无法经历，更无法想象的，故此，以本文所选诗人群体为范例，我们即能深入破解清诗研究中的许多未知之谜，从而还原清诗之本原，清人之诗就是清人思想感情、人生价值、社会认知和审美取向的物化体现。在清代以前，学人之诗、画人之诗、闺秀之诗、僧道之诗已然出现，但任何一个时代，这各种身份诗人的创作无论种群之繁，数量之多，质量之优均未超佚清代；尤其以地域、家族为集群的诗文化的形成，至清代已蔚然大观，不管唐宋，抑或两汉魏晋，以讫元明，诗性家族、诗意区域的层涌迭现并长足发展皆不能与清代同日而语。

清代建立在强盛国力基础上的经济、文化、军事和交通网络体系的不断完善与发达，为终清一代的诗人提供了交游、宦游和旅游的空前便利，他们足迹遍布海内外，其山水诗创作也涉及四至八陲，无论数量，还是质量，清代山水诗毫无疑问地突破了中国古典山水诗创作的定限，成为后人迄今都没有逾越的高峰。

从诗歌发展的角度考核，顺康雍乾时期的诗人们既是清诗发展的奠基者，又是清诗走向辉煌的开拓者。他们承绪明末清初节烈诗人的遗风，把清代山水诗创作推向悲慨与醇和共存，高亢同悠长相长的多元审美境界。

就山水诗内涵和表现主题看，顺康雍乾的诗人们经历了社会大动荡、大变革、大整合的激楚岁月，他们曾随流人北上西去的背影撕心裂肺地长吟过；也随征藏、平台、安边大军的车辙激昂慷慨地高歌过。他们把用心血凝成的浅斟低唱、高歌漫吟转化成美到极致的文字就生成这样几组关键词：长河落日、雪山圣湖、西极群峰、东倾溟渤，凡域内名山大川靡有孑遗，如涓涓细流皆纳入清人诗笔之下、画图之内，由此诞生了清代山水诗激情超迈的高潮。沿其推宕排奡而下，则开启了嘉、道、同、光以降清代山水诗主题更加多样、内容更加丰赡的强劲尾声。

因为自然观念的演进，特别社会形态的空前巨变，给清代诗人们提供了舒展心灵、激扬自我、挥发个性的机遇，因而他们不再象唐人那样热衷建功立业、醉心功名，也不似宋人那般幽峭孤寂，冷冷清清，而是纵身大自然之间，让充满灵性的山水洗去满身的尘俗和烦忧，在自然里发现自我存在的价值，在山水间追觅千古梦回的知音。巡阅展读清代的诗、词、文，我们会不断被清人创造的山水境界所陶醉。他们立于苍穹之下，大地之上，诗意地栖居在自然与心灵相融的生活境界里。正因为这样，清代诗人无论宏观的大势勾勒，还是微观的缒幽鑿险，均能触动后人对纵贯祖国万里封疆内大好河山的由衷向往之情。研读清代山水诗，我们会得出清诗三不朽的感触：人因诗而不朽，诗因山水而不朽，山水因大仁、大智、大美、大化的特质而不朽。

《盛世华音——顺康雍乾诗人山水诗论》是拙作《山魂水魄——明末清初节烈诗人山水诗论》的续篇。《山魂水魄》以平面结构，把明末清初数十年间的诗人放置在共时性背景下，以地域为模块铺展开来，让我们领略了那个特殊年代里诗人们的创作风格及其人格魅力，重在通过山水诗这种特别的诗体来辨析其艺术审美观和思想内涵，立意彰扬他们的节烈事迹，为中华民族存一线正义之脉。《盛世华音》则以变换了的时空为背景，选取清代顺治至乾隆一百五十多年间的百数十位诗人为群雕，把他们通过历时性的视角，按流派，兼顾地域、家族，以串点成线、连线为片、缀片成面的网络化结构编织起来，从而全面解读并描述其山水诗创作的浑深蕴涵和整体风貌。

《盛世华音》共包括绪论三篇、正文十章和余论一篇。《绪论一》着重辨析山水诗的概念；《绪论二》指出清代山水诗对前朝各代山水诗的因承和创变；《绪论三》主要分析中西诗学观、自然观的同异；第一章以江左三大家为代表，简略分析了清初诗人的人格特征和他们的山水诗创作概况；第二章论述神韵派的诗史地位，通过山水诗印证其诗论主张和创作实践的关系；第三章概观齐鲁诗群的山水诗成就，把他们放在清初诗歌流变整合的背景下进行观照，凸显其迥然的诗歌特征；第四章述说康熙己未科博学鸿词诗人的山水诗，旨在探究学人之诗与诗人之诗有机对接的契合点；第五章以施闰章、宋琬、宋荦等为典范，点线结合地论述了清初号称金台诗人醇和雅正的山水诗风；第六章将浙江诗群放在纵向的视界中，前后相续地辨析了他们人各有体、人自殊别的山水诗风尚及其美学趋向；第七章则以叶燮为龙头，沈德潜为龙身，王昶、毕沅为龙尾，对吴中诗群进行了全貌扫描，突破了一般清代诗史的格局，显得更具体而微，且大势磅礴；第八章横向讨论性灵派的山水诗，既言人之所言，又言人之所未言，对性灵派进行了全新论述；第九章选取翁方纲、朱氏双杰、纪昀、边连宝，尤其查礼为横断面，深刻透析了新河朔诗群迥异同时代其它流派诗人的诗学特征；第十章通过常州诗群的代表诗人洪亮吉、黄仲则、杨氏双雄、顾光旭、顾彩等，把《盛世华音》推向旋律激昂的高潮，使顺康雍乾诗人的山水诗论戛然而止在令人回味无穷的尾声中！《余论》通过中外自然生态观念的综合论述，指出清代山水诗研究对当代生态系统保护与重建的重大借鉴意义。

拙著选取清初至清中期百十位诗人的数万首山水诗为考察论述对象，所以会给人留下“杂”的印象，但本文杂而不乱，条理晓畅，且主线明晰，在清代山水诗歌发展史的纵线贯穿下，把数万首诗作、百十位诗人如明珠般串联起来，就自然具有博“杂”泓深的特点；另外拙作尽力体现清新晓畅的文风，摒弃概念的堆积和新名词的炫耀，从而显得流畅、浅显、平直，如此文风可能不入时流，但如陶文鹏先生在谈《文学遗产》文风时所说那样：“《文学遗产》要求的是准确、严谨但又生动活泼的文风。……其实好的文章都是文风简洁、生动、活泼的，我们的许多前辈学者，从鲁迅到闻一多到朱自清一直到我们文学所的钱钟书、吴世昌先生，都是这种文风的典型代表。”①拙作的文风当然不能攀比大师们出神入化的风范，但以大师为典范而总体把握文风的生动浅易是作者的写作追求。因此之故，愈是有人目之为“浅”，则愈益显出拙作的渐趋成熟。

写作过程中曾借鉴吸收众多学者的优秀学术成果，在汇聚众流的基础上形成自己不成熟的一管之见。尽管与众多硕果累累的专家不能类比，他们让我敬仰而艳羡，但我还是坚信学术是平等的，不因个人所处的社会角色或供职的场所而有等次之分，学术就是学术，它的价值最终会接受后人的鉴定与评判。本文在撰写时，力求言之有物，言之有据，以此为基点，再求言之有理。因为清代诗人是奋进在自信中，而不是苟活在复古的阴影里，故而受“三千灵鬼”的鼓舞，我也充满自信，拙作尽管舛误甚多，可绝不是滥竽充数的应景之作，相反它以深广的内涵、严谨的考辨、细微的梳理和独到的视野为清代诗歌研究填补了空白。具体来辨察，拙作的殊异处表现在：

一、突破了传统写诗史的固有范式，即用点线结合，选取所谓大

---

① 刘玲华《学术创新与〈文学遗产〉稿件录用规范——〈文学遗产〉主编陶文鹏研究员访谈录》，引自文学网。

家名家，以人存诗论诗的基本套路，而把论述的聚焦点对准各层次不同身份、不同类型、不同遭际的诗人，将以人存诗和以诗存人、人诗并存的标准相互穿插，让各种脸谱的诗人登台亮相，从而充分彰显清代诗坛的丰富多姿和波澜壮阔。比如第一章述论钱谦益、吴伟业是以人存诗，以下各章则基本坚持以诗存人、人诗并存的原则，这样就构成了本文结构上的网格化特点，由此体现一代文学包括诗歌的发展既靠大家、名家张扬，又靠众人合力推动的史实。不仅结构上有所突破，而且论述时亦突破了传统蜻蜓点水式的思维定势，将史的纵向发展和诗人及其作品的横向阐释亦即作家论结合起来，用精细化的笔墨深入到论证主体的肺腑进行内在观照，从而达到深刻、透彻、全面、精到的史论效果。

二、突破了一般山水诗论的思维方法和论证角度，不仅着眼于文学本身的艺术性、审美性的追寻，而且还站在历史地理的角度，引入舆地学、旅游学的元素，从文学的鉴赏性、舆地学的实用性、历史地理学与现代旅游学的衔接性上进行综合探讨，因之既体现了诗歌形而上的美学效应，又显示了山水诗本身蕴含的更为丰富的人文历史观照与形而下的当代生态环境保护、交通体系建构的借鉴作用。

三、突破了常规的诗人评价体系与思维模式，对有些诗史学家的观点进行了必要纠偏，比如沈德潜一直被诗史学者定位为“御用文人”，但拙作以事实为依据，以作品为切点，纠正了长期以来对沈德潜的枉评。再譬如“御用文人”的诗史地位和价值，历来都是被排斥和贬抑的，拙作站在历史发展的焦点上对其进行了探究，从而还原了诸如高士奇、孙士毅、毕沅、纪昀等一大批封疆大吏或天子近臣的诗史地位，从山水诗的角度充分肯定了他们的文学价值。另外，对清诗发展史上产生过重大影响的四大流派及其代表人物也进行了新的论说。从实际效用说，拙作名为清代山水诗史论，实际上已超越单纯的山水诗史描述，而进入对整个清诗发展史的把握，这种宏观与微观结合的史论方式，更能清晰说明山水诗在清代的繁荣和勃兴。

因为清代山水诗体量庞大，作者众多，且涉及地域空前广泛，为了全面呈现清代诗人山水诗创作的整体风貌，为当代区域性或地标性旅游目的地诗文化的建设提供参照；同时也本着为诗人立传、为诗歌作史、为山水写志的宗旨，拙作在论述时引用了大量清人山水诗的原作，包括诗篇、诗句和诗目，这样会给读者带来一定艰涩感，或许从另一角度说这是拙作的致命弱点。但不如此，则不足以真实反映清代山水诗的创作盛况，没有这些实物作例证，就不能自圆其说地得出清代山水诗创作无论题材，还是艺术均超越前代的结论。

当拙作在江苏凤凰出版社及其资深编审卞岐先生玉成下，签订出版合约时，正值清明之日，听杜宇低吟，望细雨迷蒙，不禁怀思泉涌，记忆深处清晰地映现出先师严迪昌的音容，以及我素所仰止的"冬青书屋"的主人——孝萱长老伟岸的身影(尽管无缘面聆卞老教诲，但心目中常闪现出他老人家的形象)。两先生虽已生西有年，但他们的学行永远成为激励晚生后学的精神动力。严老的一部《清诗史》在清诗研究的对阵中，足抵十万雄兵，而卞老给拙作《山魂水魄——明末清初节烈诗人山水诗论》所作序语犹如春风化雨，对我《盛世华音——清代顺康雍乾诗人山水诗论》的写作激励良多。当拙作即将面世时，两老既去，问序乏人，只好自撰文理不通的前言以代序曲，一是说明拙作的写作缘起；二是介绍拙作的基本架构；三是对我怀思崇敬的先生表达冥冥中的感恩；四是因拙作的不成熟向读者表示深深歉意！以上当否？望大方之家不吝赐教。

时志明

2016 年 4 月 30 日记于苏州言桥寒舍

目 录

上 册

中 册

下 册

绪论(一)

山水诗,一个不应模糊的概念

——山水诗界限辨析

山水诗,作为中国古典诗歌领域里一枝独秀的奇葩,千百年来一直以其不朽的艺术魅力感染和陶冶着人们的心志与情操,给人无限美的享受,因之就其品质与意境而论,堪称中国古典诗歌的灵魂。然而,在中国传统的诗学范畴,特别是急功近利的审美判断中,山水诗的价值还未被充分认识,尤其对其概念的界定尚有待进一步商榷。

山水诗,作为一种特定题材的诗歌类型,它的概念至今仍是模糊的,论家林立而众说纷纭,其中最具代表性的有:

伍蠡甫先生说:"一般要求描写自然景色,进而写景也写人,做到借景抒情,情景合一。"①

林文月女士主张:"所谓'山水诗',……它的内容宜包括大自然的一切现象。"②

古远清先生则认为:"山水诗是以歌咏山水名胜,描写自然景色著称的抒情诗歌。这里讲的'山水'泛指大自然界的景物。"③

朱光潜先生也指出:"山水诗是中国诗歌中的一个重要组成部分。所谓'山水',泛指大自然界的事物,所以涉及自然美的问题。"④

---

① 见《山水与美学·序》,上海文艺出版社 1985 年版,第 9 页。

② 见《中国山水诗的特质》,《中外文学》1975 年 1 月号,第 152—179 页。

③ 见《诗歌分类学·山水诗》,中国地质出版社 1989 年版。

④ 见《山水诗与自然美》,《文学评论》1960 年第 6 期。

张秉戍先生进一步发挥："所谓山水诗，应该是以自然山水为其审美对象，以自然山水为其题材，……同时，它既要描写出自然景观，又要表现与自然山水相关的人文景观，即表现出来的不是单纯的自然山水，而是'诗人化'了的自然风光，所以山水诗不是单纯的摹写自然山水，而是'一定要加入人们对自然的判断和评论'（约翰·弗莱契语）……不然便不可能成为好的山水诗。"①

纵观以上诸家所论，对山水诗的界定都谨守着一个共同的基点：即描摹客观自然景色，寄寓主观思想感情，但这个基点本身又有着含糊性，不确定性。自然界雄浑广阔，其蕴含岂止于山水；而抒发情感，寄托心志又何尝止于山水诗歌？因而这样的界定是不明确的。

那么，山水诗到底包容多大范围，换言之，山水诗作为一种诗歌类型，它的概念到底应怎样界定？

究其实，山水诗作为一类诗歌的概念，它主要揭示的应是这类诗歌所描写的对象和包蕴的内涵，所以应从其所表现的对象或选取的题材上予以界清。因此，我们给山水诗下定义，先得弄清"山水"的特定含义和适应范围，进而把握山水诗的本质特征。

山水，是客观存在的一种具体形态，它是自然界的有机组成部分，并且是一个很重要的组合构件。山水之于自然，犹如五官骨骼、血脉经络之于人体，它遍布于自然的周身，滋养着自然的灵性，同时也支撑着自然的身躯。与自然界其它事物相较，山水更为人类所钟情，它是负载人类通向自然、亲近自然、改造自然、欣赏自然的舟楫，同时也成为人类反观自我、审视自我、发现自我的镜子。尽管山水和自然之间存在不可离分的无间关系，但我们决不能说山水就是自然，把山水与整个自然等同起来。相对于特定意义上的山水，"自然"的概念要大得多，它囊括人类社会以外的一切客观存在，既有亘古长存、静默伫立的崇山峻岭；奔流不绝、浩荡涟漪的江河湖海，还有稍纵即逝的闪电雷鸣；飘荡无定的霞光云影，大至于皓皓日月、闪闪群星，小至于朝露虫草、流萤鸣禽……这一切都是自然形态或叫自然景观，

① 见《山水诗歌鉴赏辞典·前言》，中国旅游出版社 1989 年版。

如此庞杂繁复、纷纭多变的“自然”,怎能用“山水”这个概念概括得了?从概念的分属来看,自然是一个“属概念”,而日月星辰,山川河岳,花草树木,飞禽走兽……都是“种概念”,“种概念”之间是平行并列的,谁也包容不了谁。因此,我们说,山水诗表现的对象和审美的客体应是自然界中真实而具体的山和水,除了山和水,其它景观物象均不包含在山水诗的范围之内。如果泛言甚而断言山水诗的表现对象是大自然所包括的一切事物的话,那就必然导致局部和整体的混淆,无法析离出山水诗的界限来。

如上所述,大自然丰富广袤,其包容量之宏大无可比拟,广阔的天地给诗人骚客们提供了无限想象的空间,以及抒写不尽的对象,从日出月落、鸟语花香,到夕照晴岚、田畴平野,无一不是诗人笔下流荡的生动形象,诗人将之纳于毫端,便创作出无数优美动人的作品,但这些作品并不能全被界定为山水诗。其实只要我们从浩瀚的诗歌作品中随手拈取一些篇什,即可比较出同是描写自然景象的章句,但它们与山水诗并非一体同胞。

例如在写秋色秋气的作品中,晋代张载的《秋诗》不能不算是一首难得的好诗,诗人以“秋”为切入点,着重描写秋天的特定景色,用富有节令性的景物来表现时序更替、年华易逝的感受,全诗弥漫着一派肃杀萧散的气氛,形象鲜明而有特点;同是写月,李白的《峨眉山月歌》与李商隐的《月》各呈风姿。太白的诗歌清新浑阔,有咫尺千里的动感;义山的诗显得清寒冷寂,透着一种悲凉的哀伤。杜甫和李商隐各有咏花诗,所写的对象同一,而所溢情境迥异:杜诗写繁花似锦,蝶恋莺舞的景象,一股蓬勃的生机奔涌而出;玉溪生则写落红片片,斜晖脉脉,人去春残,东风无力,一缕哀感顽艳之情自然流出,《江畔独步寻花七绝句》与《落花》所表现的感受差异则不言自明。贺知章与王士祯同有以柳为题的诗,柳在他们笔下成了抒写心境与性情的物象,但二人的诗境和描写手法却有着天壤之别:贺知章《咏柳》诗中出现的是一枝碧玉妆成,婀娜多姿的春柳形象,写法新颖,比喻奇特;王士祯的《秋柳》(其一)则着力描写秋柳的情态,以秋柳寄托自己韶华易逝的感慨,并多少带有沧桑之感,诗典雅而用事较多,不若贺诗的清丽白描。写梅的诗在文学史上代不乏人，佳作迭出。清初王夫之咏梅之作即有一百多首，从《水月梅》可看出在船山笔下梅花显得冷香四溢，冰肌玉骨，空灵透脱，可说是诗人坚持操守和气节的肝胆写照。

以上诸诗例，从不同的物象出发，对自然界的种种景观给予了尽情的吟唱歌咏，它们表现的对象和审美的客体无一不是自然物，但其与山水诗审视的对象均为不同。很显然，我们不能把它们称作山水诗，不管是花月草木，还是风雨节候，它们在概念上与山水诗中的"山水"是并列的。"自然"包含着山水在内的一切非社会化现象，山水只是其众多现象之一种。所以，"山水"不等于"自然"，写山水的诗不等于写自然的诗，也即山水诗的描写对象并不包括所有的"自然风光"，以及"木草花卉鸟兽"等，本应是不言而喻的。

为说明问题，不妨再从历代山水诗中选取几首典范之作，以辨山水诗的界线。如晋代庾阐的《衡山》、刘宋时谢灵运的《入彭蠡湖口》、唐代李白的《望天门山》、杜甫的《望岳》（西岳）、刘禹锡的《望洞庭》、元代杨维桢的《庐山瀑布谣》、清代查慎行的《雨中渡黄河六韵》、黄景仁的《月中泛小孤山下》、张问陶的《望太白山》、魏源的《庐山纪游》等，它们分别代表了历代山水诗特定的形态和格局。与前列写其它自然景观的诗相较，这些诗所吟咏的对象都是具体的山和水，而且是特指的不可移易的山和水。虽然在这些诗中也出现有诸如"翔虬"、"哀狖"、"烟雾"、"雪月"、"独鹤"、"神鱼"、"疏柳"、"帆影"、"远树"、"闲鸥"等不属山水之列的意象，但这些描写显然不同于《峨眉山月歌》中的"月"，也不同于《水月梅》中的梅，更与《咏柳》或《秋柳》中的"柳"迥异，一则是把"月""柳"等物象当成吟咏的唯一对象，整首诗是对这些事物的刻划与审视：一则仅把这些物象当成是诗中的一个点，作为描写或表现的形象——山和水的点缀或陪衬，有这些不同的形象在诗中，物象显示了更多的活力与灵气，从而使其所表现的意蕴更丰富、更有色彩，这种差异性表现恰好说明：山水诗描写的对象和审美的客体，表现的题材与陈述的内容尽管属自然之列，但它不等于自然诗，反之，所有写自然风光和自然事物的诗则未必都是山水诗。

山水诗作为一种诗歌形态,它是以自然山水为观照和审美对象的,通过自然山水与人的主观情感的融会贯通,使自然人化。在歌颂自然山水的同时,传达出人对山水的主观感受和美学趣味,使物我同一,主观与客观溶解,从而构成一种自然山水无法达到的美的境界。这种美的境界的构成是通过特定山水中纷繁复杂的形象按照不同的时空程序,经由作者一定的主观构想连缀组合起来,形成一幅完整而有层次、色彩鲜明、形态逼真的画面。这里需要细加分辨的是,山水诗表现情绪,构成意境虽也通过"景"的描述,但并非所有描绘自然景色的诗都是山水诗。写景是山水诗表情达意的必要手段,但不能因此认为所有写了自然景物,或描摹客观物象的诗都是山水诗。如谢灵运的《登池上楼》、杜枚的《江南春》、李商隐的《晚晴》、元好问的《山居杂诗》、朱彝尊的《晚》、洪亮吉的《宵望》等,都是写景的佳作,但我们只需略加审辨,就能看出这些诗尽管从不同角度,选用不同形象对自然景色进行了精细的描写,但它们在表现自然景观时很宽泛,是诗人立足于某个基点对客观景物全方位的展现,它表现的是特定环境或特定时间里自然景色特具的形态和闪现,因此,它具有无限的空间性和特定的时间性。《登池上楼》,谢灵运以"池上楼"为立足点,纵目游心,展开叙写。如果我们对谢诗的写景作一程式整理,即可看到谢诗的结构特点:广阔的空间景物描写→个人身世遭际的穿插→特定时间的景物陈述→主观情志的抒发,要是去掉主观成分的叙写,那么明显地可看到诗中所呈现的空间的无定和时间的特定,这里很重要的一点是诗人仅仅写景物的纷繁杂呈,不特指某一具体的山和水,以及相关的景色,因而这样的写景诗与山水诗的写景是截然有别的,只要拿谢灵运本人的《登庐山绝顶望诸峤》一诗来做参照,就会发现《登庐山》诗已不是天上地下的泛泛之写,而是与庐山"诸峤"有联系的,或者说这些景色就是"诸峤"外貌特征的显现与写照。由此而言,山水诗的写景与别的写景诗的写景不同处乃在景观是与特定的"山水"血肉相联,不游离、不枝蔓,其一切景色全都是具体的山与水的体现,是具体山水的筋骨脉络,所以,山水诗的写景在空间、时间上表现着完整的一致性。

中国诗歌的分类向来是纷杂的,这当然也表明着诗歌领域的丰富性,在诗的园地上茁长着色彩纷呈的奇花异草;另一面又说明了在不同品类的诗歌界限的分辨上存在着模糊性。如表现自然景物的诗,除了山水田园并举,咏物独成一类之外,似乎就再无别的分类和称谓。而"写景"往往又只是当成一种表现手法,并不视为是一种诗歌类型的标记。因此,对于某些写景诗(或称风景诗)在归类上就出现了似是而非,无所适从的现象,如有些论述柳宗元山水诗文的文章竟可引用《柳州二月榕叶落尽偶题》《登柳州城楼寄漳汀封连四州》等,其实,稍加辨析,前诗不过是诗人借特定时间里的景象来发露内心的郁郁情怀,与其说是一首写景诗,毋宁说它是一首宦游诗;后一首则纯然是怀人诗,其景色描写不过是诗人借客观形象对怀念友人的凄苦悲冷的主观感情的外化,细加品味,在每个意象背后都隐藏着诗人对友人怀念的情思,以及自悲身世不幸的感慨。另外,还有学者在论述中国古代山水诗的审美意象时居然连曹植的《公燕诗》、谢眺的《和王长史卧病》、欧阳修的《东湖新竹》、杨万里的《别萧挺之泉州二首》、苏轼的《和秦太虚梅花》、马祖常的《送王眉叟真人》、萨都剌的《为九江方七高赋》、方登峄的《老枪来》等作为例诗进行征引①。从这种混淆现象中不能不让人发生疑问,是不是所有有景色或山水描写的诗都算山水诗呢?

我以为尽管有些诗中有山水与自然景色的描写成份,但如果不是把山水景物当成完整的形象、独立的客体作为审美观照,以使山水景象在诗中具现主体性、独立性和完整性,而只是把山水成份或自然景观当成表现其它主题的组成或陪衬,只是以客观外物来兴起或负载另外一种情思意绪,也即山水景物在诗中失去它的主体性、独立性和完整性,就不是山水诗。如果不作这样的界限,那么,屈原《九歌》《九章》中的许多诗,诸如《湘君》《湘夫人》《山鬼》《涉江》等,岂不也应归入山水诗?要是那样,山水诗的起源与兴盛决不导自所谓"庄老告

① 孙兰《中国古代山水诗审美意象的流变》,见《中国海洋大学学报》(社会科学版)2010年第3期,第92—98页。

退,而山水方滋"的晋宋之际了。当我们在讨论山水诗起源时,莫不把景物描写对于整个诗的结构和意向看作只是一种陪衬和烘染,并没有成为独立的审美对象的《诗经》《楚辞》摒于山水诗的范畴之外,可是在对后代山水诗的分属划归时,却因概念的模糊性而造成与之矛盾的现象,毫无问题,这种矛盾现象是应加以必要辨识和澄清的。

山水诗之所以成为山水诗,就在于它的刻划表现对象是自然界的真实山水,以及与之密相关联的有关景观。它把自然界里真实而具体的山水作为唯一的审美客体,并进而作出美学判断和价值肯定。

山水诗当然不仅仅是对自然山水进行冷静客观的描摹,对山形水态作静止孤立的刻划,更重要的还在于它蕴含着一定的主观情愫,是审美主体内心世界的反馈与外射。当人们在登临山水,纵目自然景象时,会被金波荡漾、涟漪轻泛的湖光水色所陶醉,也会为蜿蜒奔涌、险峻奇伟的山岳峰峦所激动,于是情从中来,如万斛泉涌,跳珠溅玉,奔流不息,发而为诗为歌。这样必关涉到山水诗歌的另一个问题,即抒情。有人说:"中国古代的山水诗,还往往和行旅、游宦、送别、隐逸、求仙、咏怀、吊古等内容结合在一起。"(《中国古代山水诗鉴赏辞典·中国山水诗概述》)这个论述加大了山水诗情感的含量,使山水诗的"情场"无限地扩大了。"行旅、游宦、送别、隐逸、求仙、咏怀、吊古"分别代表着不同的情感类型,表现这些情怀的诗,在传统诗歌分类上已有明确称谓,写行旅的或称"羁旅",写送别的或称为"饯行",隐逸和求仙分别叫做"隐逸"和"游仙",咏怀、吊古亦各有其类。它们在各自类属的范围内表达着特定环境里的各种感情,或"行子肠断,百感凄恻";或临岐洒泪,无语凝噎;或飘逸出世,或借古吊今,或叹黍离之悲等等。这些情思是山水诗无法全部包含的,如岑参《白雪歌送武判官归京》、李白《西岳云台歌送丹丘生》等,我们只能说它们是送别诗,传达的情是离别之情,其中景物描写仅仅是为送别之情勾画了一个特定的环境。所以,是景为情设,而不是情为景设;是因情借景,而不是因景生情,假使离开了"送别"这个特定的感情氛围,任是什么景色也不能唤起人们生离死别的感慨和依依不舍的恋情。即以与景观联系紧密的吊古、羁旅诗来说,魂断他乡的游子,或满怀亡国之恨的遗民，其心中莫不酝酿着一杯悲苦酸涩的浓酒，纵然没有外界景物触发，他们也会伤心惨目，哀感不已。这类诗的所谓因景生情，只不过是把景当作内在感情外流的一个出口和形象寄托而已。所以我们说真正的山水诗歌，以山水美作为观照对象的诗歌是不包含上述这些情感的。

山水诗的情思，通过山与水的景象来体现，或是从对山水穷形尽相的描绘中曲折地暗示出来，或是从对山水发自内心的歌吟尽情地抒发出来。总之，山水是山水诗抒发感情的载体，只有通过对山水景象的品鉴，我们始可透视审美主体的心灵世界，或闲适潇散，或恬淡安逸，或孤寂落寞，或幽独贞静，或奔放热烈，或孤介耿直，或雄浑壮阔，或悲歌慷慨……这些附和隐寓在山水景象里的主观意绪，与那些因社会景观而引发的情感是不同的。山水诗情感带有的审美特征基本上属原始自然的美学范畴，而其它诗歌中的情感则深深地烙刻着尘世生活的印记，属社会性范畴。之所以这样，是因为人与自然的接触是直接的，只要个人的心灵世界深入到自然山水中，与自然山水融化为一，就能对山水作纯净的审美观照与感情判断。因此，山水诗中的感情是纯然的人与山水在主客体双向对流的交往中提炼出来的，而其它诗歌中的情感，不管是送别，还是怀古，无论是伤时悯乱，还是咏怀抒愤，都深刻地体现着人与人、人与社会无法摆脱的世俗关系的现实规定性。这种感情显然地带有伦理道德的价值判断，不再是童贞的天然之情。试比较以下两组诗，一是杜甫的《望岳》和《登兖州城楼》；二是王维的《终南山》和《使至塞上》。这两组诗同选入某一种《历代山水诗选》，被目之为标准的山水诗作。但细一推敲，它们其实代表了两种不同的主题蕴含与感情流向，杜甫的《望岳》旨在歌吟东岳泰山的宏伟雄壮，《登兖州城楼》则是对历史故迹的缅怀，一为典型的山水之作，一为标准的怀古诗篇。《望岳》通过形象描绘，直接赞美泰山的高大雄伟，气势非凡，其间经诗人心灵世界的体验和感悟，最终达到与山情交合的境界，从而产生了对峻挺峭拔的泰山绝顶的向往之情，在这里感情是由泰山本身的气势所导引，它感染了诗人的情绪，使诗人一股掩抑不住的豪情奔溢而出。《登兖州城楼》先写登楼纵目,再由纵目所见的自然景观转入历史遗迹——人文景观的描写,移景入情,因"孤嶂秦碑在,荒城鲁殿余"诱发了诗人"从来多古意,临眺独踌躇"的悲凉苍劲的怀古之情,这种怀古之情是历史的遗迹所致,是人文化的,带有社会规定性和历史制约性。

再看王维的《终南山》与《使至塞上》,其差异性就更明显。前者是题咏描摹终南山的山水佳作,诗人通过终南主峰空阔辽远的景象变化,抒发了他向往自然、纵情山水,与山水同化的主观感情;而后者虽也传神地表现了大漠风光,但全篇始终旋转着的感情轴线是:对大唐帝国空前强盛的歌颂和自己渴求建功立业的愿望。

由此而言,山水诗同样抒情,但它的感情是净化的非尘俗性的,不带或少带社会功利价值的个人内心世界的直露与独抒;其抒情的方式是因景生情,藉外物(山水)的感化而自然呈现出来。

综上所述,山水诗作为一种诗歌类型,它的概念不应是模糊的,概括起来:

第一,山水诗描写和审美的对象必须是具体而真实的自然山水,它虽是"自然"之属,但并不包括所有的自然景物,与自然不是并列的同一概念。

第二,山水诗的审视和观照对象既然是具体而真实的自然山水,那么它的描写与表现手法必须具备时空的确定性和同一性,是对特指山水的实体刻划和描述,而不应是宽泛的无确定性的陈述与铺排。

第三,山水诗中的山水作为描述和审美的对象,它必须是独立的、完整的、是整首诗自始至终歌咏表现的主题,而不是抒写其它情感场景的附庸和陪衬。

第四,山水诗的情感是形象化的,直观的,是由客观形象作为载体的主观情感的自然流露,并由诗中所描绘和构建的山水形象暗示给读者,带有很大程度的含蓄性与间接性;在山水诗中,主观感情的抒发和呈现是以大自然中的山水作为诱因,表现了主体对客体迷狂的热恋以及纯粹的审美观照,不受社会功利目的,以及伦理道德的规范和约束。

概言之，山水诗无须包罗万象，囊括一切，否则只能使“山水诗”类型含混不清，造成概念上的混乱，为避免这种混淆，使诗歌分类更科学和准确，我们不妨借鉴中西诗学和绘画上的某些概念与提法，将以自然物为审视对象的诗歌分别称为写景（或风景）诗、山水诗、田园诗、咏物诗等等。此说当否，祈正于大方之家。

绪论(二)

因变创新　扬厉高蹈

——清代山水诗的继承与发展

山水诗作为一种诗歌类型,它的产生、发展以至达到颠峰应有一个渐变过程。这个渐变过程既与文学本身的审美原则、创作规律、人文精神有关,而且还与社会发展过程中的时代风尚、政治经济、自然观念、主流意识的嬗替相联。清代山水诗与其他类型的诗歌一样,经历不断发展完善,到有清一代,即成中国古典诗歌的遗响绝唱。别种类型的诗歌是否超越前人,暂且存疑,单就山水诗而论,它确乎超佚前人,成为清代诗歌迥异特出的闪光点。清代山水诗之所以能收到登其峰造其巅的效果。考其原因有二,一是清代社会自身诸种因素互相撞击裂变的结果;二是清人对前人创作成果的因变继承。

从第一个因素考察,清代明而有天下,因其为夷族入主中原,故而面临的社会困境较之其他朝代鼎革要更复杂、更多变,同时斗争更残酷、矛盾更尖锐。夷夏大防的观念使中原地区,特别江南的士民对清的反抗程度剧然增加,抗清势力延时之久、聚众之多、气节之高、抗击之烈在史上从无先例。因江南抗清复明活动频繁,义兵蜂起而时日持久,所以清军的铁骑亦如飓风,席卷半壁江山,其镇压的手段之残酷确令世人胆寒,尤其薙发令下,满汉矛盾再次激化升级,仅江苏苏州一郡就被清军杀戮劫掠,惨不忍睹,清初佚名所著《研堂见闻杂录》对之记载甚详:"小儿一声,搜戮殆尽,血流奔泻,如涧水暴下。”[①]“七浦塘一水。蔽流皆尸,水色黑而绿,行人以草塞鼻。”[②]此外著名的扬州十日、嘉定三屠,以及江阴、昆山惨剧,皆为清兵南下时,铁骑践踏的罪证。如计六奇的《明季南略》对江阴屠城的记述:“清兵屠城凡三日,晨出杀人,暮则归营。”[③]整个江阴城被清兵杀得“尸骸遍野”,“死者如市”,抛在河中的尸体堆积和桥面一样平,“是役也,守城八十一日,城内死者九万七千余人,城外死者七万五千余人。”[④]如此惨烈惊心的描写在明末清初的史料中比比皆是。不管历史如何延伸,风云怎么变化,这一凝结着中原地区,包括广大江南人民血泪的痛史无论如何都是不能被曲解,甚至美化的,否则我们将愧对那些义薄云天的抗清英烈和含恨抱屈的冤魂。

满清入关是裹挟着铁骑的威力与屠刀的寒光一路南下的,民族矛盾的尖锐、斗争的酷烈是不争的史实。但满清入关在表现斗争性的同时,亦时时体现着统一性的一面。他们借鉴前明政治腐败、民不聊生、纲纪松弛、朝臣黯弱的积弊,力图用一种新的国策来安抚民心,振起社会风尚,使朝野怀才的君子参与国事,为巩固大清王朝的国脉奠定坚实的基础。在诸多国策中,以经济和人才为甚。为安定社会、收拢人心,满清统治者甫入关,便实行减轻赋税的“惠民之政”,对此,孟森先生在《清史讲义》中评论道:“立除明季加派一事,能立起人民乐生之心,而天下已大致定矣。至清一代竟能永行之,以不加赋为祖训,为定制。”[⑤]明季最大的弊端为随意加派徭役赋税,使民不聊生,终而走向土崩瓦解,清人以明为鉴,把“不加赋”作为永久的国策诏告天下。《清史稿·食货志》对之也有总括性的述论:“明末,苛政纷起,筹捐增饷,民穷财困。有清入主中国,概予蠲除,与民更始。逮康、乾

---

① 〔清〕佚名《研堂见闻杂录》,上海书店 1982 年印行本,第 255 页(以下引用此书,不再一一注明版本,只注明页码)。

② 见《研堂见闻杂录》,第 257 页。

③ 〔清〕计六奇《明季南略》,1984 年版,第 249 页。

④ 〔清〕韩菼《江阴城守记》,见《东南纪事》,北京古籍出版社 2002 年版,第 84 页。

⑤ 孟森《清史讲义》,中华书局 2006 年版,第 131 页。

之世,国富民殷。凡滋生人丁,永不加赋,又普免天下租税,至再至三。"①

在颁诏减赋的同时,满清又采取了一系列"培风化,收人望"的措施。他们沿明制,首先用君王礼葬明崇祯帝,其次大量延揽诏举前明故旧,推行儒家风化文教,对稳定前清社会秩序,瓦解收拢汉族士子之民心起到了积极作用,其中最典型者为博学鸿词制科考试。博学鸿词始于康熙十八年,其诏举人才的目的甚为明确:"备顾问著作之选。"②而入选人才的范围是:"奇才硕彦,学问渊通,文藻瑰丽,追踪前哲"的"学行兼优,文词卓越之人。"博学鸿词被世人目为大典,尤其康熙十八年的一次,对延揽网络天下之士,平息缓解民族矛盾起到不可估量的作用。这次举荐的人,皆当世名重一时的儒林耆宿和诗坛才俊,其中陈维崧、朱彝尊、潘耒等都是曾积极参与抗清活动,为恢复大明努力奔走的遗民。孟森先生《清史讲义》这样说:"是时高才博学之彦,多未忘明,朝廷以大科罗致遗老,于盛名之士,无不揽取,……故康熙之制科,在销兵有望之时,正以此网罗遗贤,与天下士共天位,消海内漠视新朝之意,取士民之秀杰者以作兴之,不敢言利禄之途,足以奔走一世也。"③

清代开鸿博,为广大才人展示了一条通往辉煌的路,乾隆元年再试时,中与不中的参试者,多为诗界巨擘,如袁枚、厉鹗、杭世骏、赵执信等。康、乾两开鸿博,为的是招揽选拔特异人才,考试的内容和形式均突破一般科举,以诗赋为主,兼及策论。

由上述概观,清代诗学、经学的繁盛实与清统治者搜缉网罗天下英才有关,更与他们通过鸿博设试诗赋相切。清代至康、乾,文治武功达到巅峰状态,平西藏、掠台海、定三蕃,使华夏疆土定于一尊,雄阔壮大的盛世气象,令统治者欲求在文化学术上构建与之相匹配的

① 〔清〕赵尔巽《清史稿·食货志》卷一百二十,中州古籍出版社 1998 年版,第 839 页(以下引用此书,只注明页码)。

② 同上,第 767 页。

③ 见《清史讲义》,第 162—163 页。

体系。此外，满清入关，不但力倡汉学，而且康熙、乾隆等以至尊身份，亲自撰拟御制诗，并主持编撰多种诗歌总集，使诗歌这种文学体式得到了空前发展和完善，终清一代，尽管各体文学都达到辉煌之巅，但各声部的交响乐中，诗歌一直回旋跌宕，成主流之势。对清统治者倡导风雅的影响力，清代著名诗人杨芳灿在《复法梧门书》中有这样的评说："钦惟圣祖仁皇帝《钦定全唐诗》，海内奉为矩矱，我皇上崇文讲学，嘉惠士林，圣治光昭，后先继轨，文章际会，千载一时。凡方闻向学之儒，万颈胥延，以先睹为快。"[①]清代山水诗因时代而产生，因形势而成熟，因各种社会因素的激发而走向古典诗歌集大成的顶巅。与各种文化和文学现象一样，清代山水诗成就的形成不但和它所产生时代的多种因素发生横向联系，而且它还要与历史上诸种文学思潮、诗歌原则，特别前代山水诗范式形成纵向因承关系。说到前代山水诗对清代山水诗的影响，不能不首先回顾中国山水诗的发展流程，由流程而反观其因承则更能辨析其渊源与经络。

中国山水诗的研究历史悠久，持论甚众，且卓见层出。综其要，大多数学者对山水诗概念、起源等讨论较多，而涉及诗人范围多以魏晋的两谢，唐代的王、孟为主，其余旁涉不多，正如王国瓔先生所说："历来有关山水诗的论著，多半以善写山水的个别诗人如谢灵运、谢朓及王维等的作品为研究对象。若涉及山水诗这一文类，则以山水诗如何产生、何时起源的讨论为多，而且见仁见智，意见分歧。"[②]山水诗研究内涵偏狭的局面直至 20 世纪 90 年代始告结束，丁成泉、李文初分别以《中国山水诗史》为题，撰拟了中国山水诗通史，将山水诗研究由片断导入了寻源探流式的全景观照，尤其 2004 年由陶文鹏、韦凤娟主编的《灵境诗心——中国古代山水诗史》荟萃前人成果，独辟蹊径地通过纵横交错、点面结合的方式对中国山水诗从萌生到全盛的过程进行了动态把握，正因为此，它也就成了迄今为止研究中国

① 杨绪容、靳建明点校《杨芳灿集》，人民文学出版社 2014 年版，第 458 页。

② 王国瓔《中国山水诗研究·绪论》，中华书局 2007 年版，第 33 页。

古典山水诗史最权威、最有分量的煌煌巨著。

对山水诗概念的界定,前文已述及,现主要讨论中国古代山水诗的渊源及流变。

《周易》曰:“至哉坤元,万物资生,乃顺承天。坤厚载物,德合无疆。含宏光大,品物咸亨。”天地运行,阴阳之道,上合于自然,下应于人事,中国传统文化的精髓就是对自然的崇拜礼敬,自然既包括天体物理、山川河岳,还包含人的主客一体的所有活动,只有当人的所有欲念、行为符合了天地运转的规律,就算是至理大道,如《尚书》所说:“惟天地,万物父母;惟人,万物之灵。”天地因其厚德,负载了人类,衍生了万物,使所有生命永续滋长,因而她是“万物父母”,人作为物种之一,善于应变,化天地精华,顺自然之道,因势利导地借用自然力量来保全自己,所以在万物中它是最具灵性的。“天有时,地有气,材有美,工有巧,合此四者,然后可以为良。”(《周礼·冬官考工记》)天时、地气、物质之美、人工之巧,有机结合起来,便能化生所有,成就世间至善。

探讨中国古代山水诗的渊源,不能忽视中国传统文化中以天地为核心的自然观,正是这个自然观孕育了山水诗,使她从无到有,不断完善壮大,最终形成中国艺术之魂。不管山水诗,还是山水画,其中追觅探求的至境就是人与自然的和谐,这种和谐导源于中国古代天人合一的自然观。

当我们明确了中国传统天人合一、阴阳相生的自然观后,才能自觉地从“庄老告退,山水方滋”的禁锢中解脱出来,把山水诗诞生的岁月向前推移至《诗经》《楚辞》的年代。

《诗经》《楚辞》产生于不同时代,讲述着不同地域的故事,形式有别、话语相异,但其形质和精神都是前后一贯的,即对自然的忘情礼赞,对山川河岳、草木虫鱼的纵意歌唱,在自然的背景下融入人的思想、理趣、情感和活动,使人的内在精神、外观行为与自然保持高度的协调统一,从而成为天籁、地籁、人籁合而为一的经典范式。

《诗经》如以纯粹的山水诗衡量,则无完整的以山水作为主体对象的篇章,但吟味《诗经》,我们又不能不被她强大的自然力量所倾倒、所陶醉，在《诗经》叙事、抒情的语境中有一股或清新明快、或飘逸洒脱、或庄严肃穆、或通透澄彻的自然气韵在流荡冲突，给人强烈的心灵震撼。如：

葛之覃兮，施于中谷。维叶萋萋。黄鸟于飞，集于灌木，其鸣喈喈。（《周南·葛覃》）

匏有苦叶，济有深涉。深则厉，浅则揭。有弥济盈，有鷕雉鸣。济盈不濡轨，雉鸣求其牡。（《邶风·匏有苦叶》）

山深林密，草木葱茏，葛藤蔓延，黄鸟毕集，幽静的山谷中荡起鸟儿求偶的欢叫；溪流潺湲，澄潭静影，人嬉水中，山中万物勃发，雌雉“求其牡”的自然景象感动人心、发人之情。再如：

鸡栖于埘，日之夕矣，羊牛下来。
鸡栖于桀，日之夕矣，羊牛下括。（《王风·君子于役》）
坎坎伐檀兮，置之河之干兮，河水清且涟猗。
坎坎伐檀兮，置之河之侧兮，河水清且直猗。
坎坎伐轮兮，置之河之漘兮，河水清且沦猗。（《魏风·伐檀》）

众鸟归飞，鸡鸣村舍，牛羊披着满天晚霞，宛如剪影，穿行在高高的坡梁上；黄河之水自天奔涌而来，至魏晋之地已归顺柔缓，清澈沦漪，风起云生，水波万顷，艰苦的劳作，悲辛的生活被这自然美景融合，幻成一幅水墨山水图。如果上述是借自然景致作陪衬来渲泻描述农人的生活状况的话，那么《豳风·七月》则通篇写景，通过写景，诗人由衷歌唱了田园生活的美丽愉悦。前人对之评价甚高：“《七月》所言皆农桑稼穑之事，非躬亲陇亩，久于其道，不能言之亲切有味也如是。”（方玉润《诗经原始》）只有亲身体验了农人的耕耘收获，才能从中感到田园生活的真谛，只有悟到了田园生活的本质，才能将田园生活与自然风光天衣无缝地对接起来，达到感人肺腑的艺术效果。

《诗经》年代的诗人们不但看到了自然山川、河岳星辰与人类生存之关系,不但通过劳动体验、征夫行役感受到了自然的伟大和宽广,而且他们还在生活方面,尤其情感方面,强烈地吟味出自然与欢爱的不可替代的关系。在他们看来,自然可以激发人的情愫,使人产生对美好事物的追求,从而唤醒人对异性的渴望和爱慕。如《陈风·月出》,诗人为了表达对所爱的人的渴望、等待,以及仰慕之情,首先精心营造了月光皎洁、夜凉如水,万籁俱寂而尽山河一片白茫茫的抒情境界,全篇不着一"思"字,但处处透着诗人对爱人的思念以及思而不见的深深痛苦,月光反衬人情,人情穿透月光,使月之美辉映人之美,人之美升华月之美,其写景抒情统之于月光,现之于人情,可谓至矣!如果《月出》以月为意象写出相思之痛之深,那么《秦风·蒹葭》则依托深秋天高气爽、芦苇吐花的特有背景,寓意君子求"伊人"的绵绵情思,白露、秋水、伊人;洄流、弯道、求索,两组三对动静相间、情景互融的诗歌形象,生动鲜活地描绘出一幅先祖追求理想爱情的风情画。"秋水伊人"已成后代对理想爱人切切期盼的一个心理代码。试想没有那月光、那秋水,以及那月光朗照的夜晚、秋水环顾的郊野,爱还会感人吗?

尽管《诗经》中没有独立描写山水的诗篇,或没有通篇以山水为主体歌咏对象的作品存在,但我们还是应该认定《诗经》是山水诗的源头,是山水诗衍生繁盛的始祖,理由是:

一、从宏观发展角度考察,任何史的纵向延伸,都有一个孕育、生发、成长、成熟,以至高峰的嬗替历程,山水诗的诞生也不例外,它是循序渐进的,不断完善进化的,而不是天崩地裂式地到南北朝时就突然产生了一个山水诗体,以及山水诗创作群体。

二、以微观眼光辨析,《诗经》无论从描写内容、表现艺术、审美趣味,还是诗体结构、借景方式、表达形态都给后世山水诗的写作以极大启迪,如果离开了《诗经》时代诗人们天才的构景手法,以及他们对自然山川与人类感情水乳交融的描摹,就不可能有谢灵运、王维等山水诗人的辉煌。《诗经》时代的诗人们写山水是自在自为,无意识的,是天籁之音;而后世诗人写山水则是受客观外物激发,有意识的,是人籁，即使王维的所谓禅意也是被迫而为，并非是诗人内在心灵自觉生成，因此和《诗经》中自然天成，充满生活气息的自然描写比起来，王维等人的诗境就显得有些空洞苍白，无本质意义上的生动感。生动来自生活、本于天然，是诗人无意识的抒写。《诗经》中描写场景、抒发感情的“赋”、“比”、“兴”手法对后世产生了深远影响，中国古典山水诗无论怎样发生变化，其基本格局都没有跳出“赋”、“比”、“兴”的规范。

三、《诗经》中没有独立以自然山水为专门歌咏对象的诗章，这个问题一点都不假，但《诗经》三百零五篇是经后人删除整理，并不代表那个时代全部创作风貌的命题也是真的，所以我们在没看到那个时代所有诗歌作品的前提下，不能很肯定地得出《诗经》时代的诗人们没写出完整的山水诗的结论，因为大前提的不完整与残缺，就会导致结论的逻辑性错误。我们无意于争辩什么，关键是《诗经》三百零五篇，有一半以上的抒情叙事与自然的比、兴有关，而且这些自然景物与社会现象、人情风俗紧密契合，天文地理、动植物种、河流山岳、花鸟风月、秋虫夏草均与人的情感息息相通。据史载，《诗》的编纂是经多人采集而成，目的是让“王者之所以观风俗，知得失，自考正也。”（《汉书·艺文志》）又据史载，《诗》经过孔子删定而成三百篇，孔子删诗之说不能成立，但《诗》得到儒家学者按统治者中正醇和的诗教要求进行取舍的结果是昭然的。我们可以假设，在数百年的流转过程中，有多少优秀的诗篇如春潮泛动在中国古典诗史的长河里，而在奔流汇聚的关键一刻，又被人为删芟剪除，许多真情歌咏人性人情、自然美景的作品，因不合统治者诗教的旨意而永久地湮灭在黄尘弥漫间。如果这样假设《诗经》的全貌，我们又怎能甘心将中国古典山水诗的起源推定为“山水方滋”的晋宋时期呢？如果假设有一定理由，那么讨论山水诗的起源，决不能置《诗经》而不顾。一部中国古典山水诗史若设有《诗经》做先导，则将黯然，如同失去源头活水之流，显得凝滞浑浊，缺乏生机。

与《诗经》天籁自成、浑扑纯厚的自然观相对应的当为《楚辞》，山水诗以《诗经》导源孕育，经《楚辞》催生，遂成一生命力极旺盛之诗体而活跃在中国古典诗坛上。

和《诗经》相似的是《楚辞》基本上没有后世所称的完整独立,单纯以山水为观照对象的诗篇,但《楚辞》对山水的描摹刻画比《诗经》要有所进步,其一是单篇作品中自然山水诗所占的比重增加;其二是整个《楚辞》营造的自然山水的氛围更加浓厚,审美视阈更为宽广。这种现象的出现恰好证明自然山水观是在进化中不断完善,不断提高的,人的审美水平和趣味有一个因变承袭的过程。

《楚辞》和《诗经》的差异除了历史性的嬗替迁移外,还有地域性的原因。楚国处江、汉、沅、湘流域,有云梦、洞庭之浩瀚,九嶷、衡岳之壮伟,其民风彪悍,民俗好巫,满地香草芳洲,弥望宿莽丘壤,猿狖腾跃其上,啼鸩悲鸣其间,所以《楚辞》中的自然山水观必然浓重地烙上楚人"重淫祀"的文化印记,而变得神秘幽邈,清丽诡谲,甚至还有忧怨悲愁,正是这种忧怨悲愁的氛围,才使《楚辞》的审美价值得到空前提高。如:

> 驾飞龙兮北征,邅吾道兮洞庭。薜荔柏兮蕙绸,荪桡兮兰旌。望涔阳兮极浦,横大江兮扬灵。(《楚辞·九歌·湘君》)
>
> 帝子降兮北渚,目眇眇兮愁予。嫋嫋兮秋风,洞庭波兮木叶下。(同上《湘夫人》)

上述为《楚辞》中绘摹自然山水的代表,诗写湘水之神夫妻相会的过程,从相约、相待、相望、相怨到相聚,诗人写得忧思婉转、柔情似水,急切的渴望中奔突着相思不见相约不来的怨恨之火,而苦苦相望的忧愁中充盈着缠绵无尽爱怜不已的相思之情。诗情萌生迸发的本源即是诗人对自然山水的感悟与崇敬,在他看来满山的翠竹、香草,遍野的江流、湖泊,都是引发人思绪,激起人想象的媒质,纵使秋风扫着落叶,大江扬起滚滚波涛,亦能使人魂惊魄动、思极万里。在《楚辞》中,神不再是超人间的,不再是让人敬畏恐惧、顶礼膜拜的偶像,相反他们和人一样外表优雅隽秀,窈窕美丽,含情脉脉,内心追求纯真,追求至情,有忧愁有喜怒,他们或华衣"若英"、灿烂辉煌(云中君）；或“要眇”“宜修”、美目含愁（湘君、湘夫人）；或“荷衣”“蕙带”、来去无踪（少司命）；或潇洒英武、挽弓射天（东君）；或“含睇”“宜笑”、娇美窈窕（山鬼）。综之，《楚辞》中神的人间化、人格化完全是诗人泛自然观念的折射，《九歌》作为祭祀之神曲，他们完全浸润在自然山水的境界中，众神从衣饰、宫室、行走、言谈、娱乐方式等都与自然发生着千丝万缕的联系，他们非香草不佩之于身，非香木不饰之于室，非高山流水不相约娱乐于旁，超自然、泛山水的观念导致楚辞中无自然不成诗，无山水难为歌，自然山水既是他们抒情的载体、活动的映衬，更是他们倾心歌咏的对象，他们把自然山水当成神的化身、情感的寄托、行动的源泉加以礼赞、加以描绘，一唱三叹，反复咏歌，使后世山水诗创作，以及山水文学审美原则的形成有了可资依循的典范。

不但充满想象和浪漫气息的娱神曲有着热情洋溢的超自然描写，而且那些抒发诗人忧愤、表现爱国情怀、反抗现实不公、抨击邪恶势力的诗篇也充满了冷峻清新、高洁挺拔的自然山水韵味。如著名的《离骚》上至天地日月，下到昆仑流沙，穷尽神州之名山大川，搜遍人间之香草神木，全篇笼盖在华丽的自然山水营造的神幻气氛中。再如《九章》中大部篇章亦有泛山水的意识存在：“乘鄂渚而反顾兮，欸秋冬之绪风。步余马兮山皋，邸余车兮方林。乘舲船余上沅兮，齐吴榜以击汰。船容与而不进兮，淹回水而疑滞。朝发枉陼兮，夕宿辰阳。入溆浦余儃徊兮，迷不知吾所如。深林杳以冥冥兮，乃猨狖之所居。山峻高以蔽日兮，下幽晦以多雨。霰雪纷其无垠兮，云霏霏而承宇。”（《涉江》）上引一段为屈子放逐沅湘，一路行程的写真，诗人从湖北出发，至于沅湘的溆浦，高山急流、猿狖哀鸣，杳深莫测的山林，隐晦蔽日的霰雪，其忠贞不变的爱国之志就是在这样的自然环境中磨砺的。从《涉江》《悲回风》《哀郢》等篇章中整幅描绘山林之状、水渚之形的实景情况辨析，它们已具备山水诗成型的基本条件。

在山水诗发生、发展过程中，赋作为介于诗文之间的另类体裁，不能完全被纳入研究视野，但它不管体式，还是艺术审美，均上承诗骚，下启汉魏晋文学的重大功绩是不可埋没的。从历史的角度，汉赋的出现是社会现实客观使然，大一统王朝空前强劲的气势必须得到扬厉铺陈,通过渲染,使它更显辉煌;赋的文体突破诗的拘束,以大容量、大气势的纵横笔法,把汉王朝的极盛状况表达得淋漓尽致、令人震撼;以文学自身的嬗替规律解析,赋是诗骚发展的必然,《诗经》所创的赋、比、兴的表现手法被汉赋所承续,并扬波激澜,把它引入高潮,遂有了汉赋铺张排比、连类引譬的写作特点。《楚辞》通过长篇结构,使汉赋在体量上得到启发,而且骚体诗歌想象丰富、言词瑰丽、激情澎湃、幽深杳冥的艺术风格为汉赋的创作提供了美学和艺术范例。

汉赋在山水诗形成中有这样几大作用:

一、整体自然观比诗骚向前推进了一大步,其中自然山水的描写更具体,更生动,不管是叙事大赋,还是抒情小赋,都逐渐把山水独立化,使其日益成为歌吟描写的主体。

二、汉代抒情小赋的出现,诸如张衡的《归田赋》、杜笃的《首阳山赋》、班固的《终南山赋》等,已开始通篇写自然物象,且主要的标志是其篇目以某个具体的山水实物作题旨。这为后来山水诗的成熟奠定了基础。

对山水诗的起源及其发展史,前贤多有精辟论述,本文限篇幅不作全面探究,仅是为了说明前代山水诗对清代山水诗的影响,以及他们之间的缘源关系,特作粗线条的勾勒描绘。如果对山水诗起源谈论稍显集中,意在就此颇有争议的问题提出一管之见,供方家参考。假设源头厘定不清,那么流派就很难理顺,山水诗的起源不溯及《诗经》《楚辞》,既不符合历史的逻辑关系,也不符合文学自身的发展规律。因为晋宋山水诗的出现产生要有一个条件,即与前朝各代有因承关系,它不是一转身之间横空而出的。晋宋山水诗成形,以至成熟的社会基础是政治上的昏暗恐怖、动荡不安,由于参政议政,清议社会现象,使许多文士招致亡身之祸,所以道、佛思想一度成为占据统治地位的社会思潮,大谈玄理,体悟道统,使众多文士走向山林、悠游自然,由玄理而山水,晋宋诗人继承的思想观念和自然观念依然可远追先秦。从写作内容和表现手法,《诗经》《楚辞》,包括汉赋对晋宋山水诗形成大观有借鉴影响作用。任何文学的发展都是渐进的,晋宋山水诗无论从结构,还是描写方式,不管内容,还是艺术精神都演变脱胎于《诗经》《楚辞》是客观的事实。不过晋宋山水诗对前代文学成果的传承是巨变式的创新，它至少完成了两个转变：一是在其实体创作中，把自然山水由点缀变为整体，由抒情叙事的附庸变为歌咏刻画的主体；二是把山水诗创作由民间无意识歌唱变成文人有意识写作，《诗经》中大部分篇章来自民间，是大家自在自为的心声宣泄，所以《诗经》中的自然山水描写与抒情叙事浑然一体，相融相合，而晋宋山水诗刻意追求山林之趣，精心雕琢山形水态，有斧凿之痕。正因为此，山水诗方始主体化、对象化，真正成为一类诗歌体式。

如果可能，我们不妨说中国山水诗导源于《诗经》《楚辞》，衍生于汉赋，成形于魏晋南北朝，成熟于唐，流行于宋，大盛于明，集成于清。考核山水诗创作的史实，这样一个发展趋势是比较合乎规律的。

如果全面考察山水诗，我们会发现，晋宋确立了山水诗的主体地位，使山水真正成为文人视野中审美的对象而加以有意识地描写，为后世山水诗创作开了先河。晋宋山水诗虽然成型，但不成熟，它最大的贡献就是从题旨到内容都是呈现了特定性、指向性和同一性。而其不足是只对山水进行形态刻画，较少融入情感，故而使其笔下山水缺乏气韵，显得呆板，有名句而无名篇即是这种不足导致的结果。

唐代山水诗名家辈出，竞相角逐，尤其佛禅理念的导入，使山水充满空寂悠远、灵动窅深的韵致。由唐至宋，山水诗不断扩展，不但数量增加，而且在创作群体上，宋人亦超越唐人。北宋多以短章绝句歌吟山水之奇美，在咫尺之内，寄寓万里之情，利用隽永精妙的画面，描绘千姿百态的山形水容；而南宋诗人除了发挥短篇微吟的优势外，还向气势磅礴的长歌迈进。如把唐宋山水诗进行比较，我们可清晰发现宋人少了一些高歌猛进、气势雄浑的阔大胸怀，但也多了一种幽奥曲折、深沉婉约的风姿。唐人以情韵胜，宋人以理趣兴；唐人之山水诗玲珑剔透、丰腴多彩；宋人之山水诗神清骨秀、简淡超远。正如缪钺先生所论："譬诸游山水，唐诗则如高峰远望，意气浩然；宋诗则如曲涧寻幽，情境冷峭。"①

---

① 缪钺《论宋诗》，见《诗词散论》，上海古籍出版社 1982 版，第 36 页。

唐宋人不同的风格、意趣和境界从两个方面构成了中国古典诗歌包括山水诗的难以企及的高峰。然而正是这情和理的完整结合,又为后代诗歌的走向确立了一定的规范性,使后世诗人们在崇唐宗宋的旗帜下各立阵营,自成派别,走出风格各异的道路。清诗作为中国古典诗的殿末之章,它既烙刻着唐宋诗的印痕,又继承唐宋诗之后在中国古典诗歌史上形成一个高潮。从源渊和师承看,清诗是唐宋诗合流的产物,是情韵理趣、性灵哲寤和谐统一的结晶。清代诗人对前人成果是在师承中总结,在总结中变革改造,以求独创、求新生。

清代山水诗受前代影响并继承其优秀传统可从以下几方面分别辨析:

一、精雕细琢,穷尽山容水态,晋宋山水诗在表达方式、描摹手法上对清代山水诗的影响。晋宋山水诗与后世比较,它的特长在于外形的刻画,诗人通过穷形尽相、纤毫毕现的描写手法;言不厌繁、词须尽缛的语言艺术;铺陈排比、连类引譬的修辞手段,使山水状貌一览无余地凸显于世。受晋宋山水诗描写手法的启示,清代山水诗,尤其清初诗人的山水诗表现得工整细腻、绮丽繁华。如把龚鼎孳的《富春渚》(用谢康乐韵)与谢灵远的同题诗比较一下,就可明显看出两者的因承关系:一、所写对象相同,即富春江沿岸的山水景物;二、写作背景相同,谢诗纪行,龚诗亦纪行;三、表现形态相同,谢诗为动态画面,龚诗同样是动态画面;四、诗作体制结构相同,谢诗首联即写明行程与空间:“宵济鱼浦潭,旦及富春郭。”龚诗首联仿康乐也说明行程和所向:“樯乌飞轻飙,渐指桐君郭。”接着各用三联对句写出富春江沿岸的山水景色。谢诗曰:“定山缅云雾,赤亭无淹薄。溯流触惊急,临圻阻参错。亮乏伯昏分,险过吕梁壑。”龚诗写道:“夕晖澹杉崖,归烟散兰薄。触石鲜幽阻,挂席快交错。岂期途百折,坦然一云壑。”虽然诗中传达的意绪截然相反,但其篇章结构,描摹手法却极其相似,末联总关全诗,写出由山水景色所触发的诗人内心的心灵体验:超脱尘世、心与物齐。

除上例,龚鼎孳的《七里濑》(和谢康乐韵)、陈子龙的浙东山水诗、杨龙友和邢昉的永嘉山水诗从绘景摹形、用词设色,无不与魏晋,特别是二谢的表现手法相仿佛，其中体现的唯美精神前后相承、遥相辉映。

二、气韵生动，主客一体，把自然无限的美色融入诗人绵绵不尽的情思之中，使山水诗永久地激活着一股生命之流。清代山水诗之所以醇厚空灵、真气横溢，关键是清代诗人善于借鉴唐代诗人养气造境的诗学理念，他们把唐人景中有我、我中有景的写境手法发挥到极致："作诗有情有景，情与景会，便是佳诗。"①"盖有内心，则不惟写山水之形胜，并传山水之性情，兼得山水之精神，探天根而入月窟 ，冥契真诠，立跻圣域矣。"②"情与景会"、"冥契真诠"，乃唐人大肆倡导并戮力实行的治诗格言，清人将其承续且光大之，遂使清代山水诗在细致入微刻画山水形貌的同时，又冲荡流溢着"生气远出""妙造自然"③的精神，研磨清代山水诗，我们处处可见其"幽人空山"、"万取一收"的自然与含蓄。如果把同一题材的山水诗加以对照，就可见出清代诗人对唐诗的继承。如：

古庙枫林江水边，寒鸦接饭雁横天。大孤山远小孤出，月照洞庭归客船。

——唐· 顾况《小孤山》

烟水月明处，中流一溯洄。湖过彭蠡尽，潮到小孤回。独鹤掠舟过，神鱼听曲来。不知疏柳岸，长笛为谁哀?

——清·黄景仁《月中泛小孤山下》

上引二诗均以小孤山为视觉受力点展开尽情描写。其中意象相近，所以构成的诗歌情境亦近似。尽管顾、黄二人通过客观物象引起

① 〔清〕贺贻孙《诗筏》，见《清诗话续编》，上海古籍出版社 1983 年版，第144 页。

② 〔清〕朱庭珍《筱园诗话》，见《清诗话续编》，第 2344 页。

③ 〔唐〕司空图《二十四诗品 · 精神》，见〔清〕何文焕辑《历代诗话》，中华书局 1981 年版。

的心理变化和感情指向不同,但其透露的情绪却都是冷峻悲戚、哀怨忧郁,从而给整个诗篇抹上了一层冷色调,使诗意弥漫在惨淡的月光笼盖下,淫浸于寒鸦孤鹤的长唳中。而且在表情达意上,二诗均非直抒,相反他们是通过实景描绘来暗喻的。再如:

> 暮天微雨散,凉吹片帆轻。云物高秋节,山川孤客情。霜萍留楚水,寒雁别吴城。宿浦有归梦,愁猿莫夜鸣。
>
> ——钱起《早下江宁》
>
> 月落骠骑航,潮生镇西宅。濛濛远林树,烟景纷如织。烟际下渔舟,树杪带行客。何处金陵思,秋江苇花白。
>
> ——王士禛《金陵晓发》

钱起,大历十才子之一,因"曲终人不见,江上数峰青"一联而著称唐代诗坛,且驰誉中国古典文学史册,为后世所推重;王士禛力主"神韵说",其远绍钟嵘、司空图、严羽等,在诗的创作方面,追求自然天成、无挂无碍的清空幽渺境界。钱起、王士禛隔千年历史云烟,诗趣相同、理念相近,其创作风格和美学趣味亦相投缘。上举二诗俱写江宁景色,地点同一、背景同一,其表现的诗境亦惊人同一。秋风徐来、烟树迷离、云帆高挂、客情惆怅,一样的行旅,一样的愁思,绵绵无尽的山水意蕴蔓延在诗人似水的人生追觅中。由此,我们可以肯定地说,人生境遇不同,所处时代背景不同,而遭遇相同客观物象时引起的主观意识往往会十分巧合,这种审美精神、创作理念,以及诗学原则会穿透幽深的时光隧道而照亮后人,使其相互碰撞,迸射火花!

崇唐宗宋是清代诗人标榜的旗帜,也是他们诗的风情神韵、意兴骨格的熔炉,在这样的熔炉里,清人锻造出了形态各异、神情俱肖的佳篇杰作。如以屈大均为例,无论诗笔之凌厉、气象之雄豪,还是诗意之深沉、气韵之悲慨,均与盛唐之音相同相近。如果把《游罗浮作》同李白的《自巴东舟行经瞿塘峡登巫山最高峰晚还题壁》、杜甫的《青阳峡》《万丈潭》互为参照,将会发现,作为山水诗,屈大均的《游罗浮作》是绝不愧色于李杜的,其气势奔腾飞升、想象奇特不下于太白;诗意浑厚悲慨、笔法矫健巉刻无减于少陵，真可谓直追古人。以屈大均的诸多山水诗辨析，无不思发目前，想落天外，深深地烙刻下李杜诗风的印痕。陈田《明诗纪事》引《广东诗粹》评语曰："一灵自谓五律可比太白，而气体亦多似杜。"朱庭珍《筱园诗话》说："屈翁山五律，忽而高深沉着，忽而清苍雅淡，气既流荡，笔复老成，不拘一格，时出变化，概得少陵、右丞、襄阳、嘉州四家之妙，真神技也。"①

三、以形写意，以景喻理，把精确细腻的山水外形和幽远绵长的情韵融合起来，晓之于世理人情，使山水既形神毕肖，同时又含蕴深沉，寓不尽之意于言外，这是宋代山水诗对清代诗人特殊的影响。宋诗嗣响于唐诗之后，它化唐诗神韵而出新之，在山水诗创作方面以清丽优雅为宗，设色透亮、构图简洁，与唐之空清绵邈为犄角。清代诗人兼容并蓄，杂取各代之长，以滋养自身，故此，清代山水诗在营构悠长醇厚诗韵的同时，还着力透析哲思颖悟，其构图着色一如宋人。如：

群山尽没海天开，揉碎寒花当落梅。灯下推窗问三老，几人卧看雪湖来。

——吕留良《雪夜宿湖中》其一

石势浑如掠水飞，渔罾绝壁挂清晖。俯江亭上何人坐？看我扁舟望翠微。

——厉鹗《归舟江行望燕子矶作》

一折嵩溪扼上游，名滩高下渐钩辀。峰峰插水无留步，旋旋洄湾似尽头。骫骳村楼依树杪，躿躿岸影压孤舟。千山包裹来时路，更向青山里处游。

——陈衍《将至水口山势甚峭》

清初诗坛受晚明自嘉、隆以来风气熏染，尊唐抑宋，视宋诗为"腐"，终清一代遂成断不明的公案，且不说尊唐崇宋的门户之见，派

① 见《云南古代诗文论著辑要》，中华书局 2001 年版，第 281 页。

别之争,单就山水诗而论,清人承唐续宋,自僻蹊径,才有了清诗集大成的辉煌成果。上举三例,分别从不同阶段,说明了宋诗优秀传统对清代山水诗创作的影响。

吕留良,号晚村,浙江崇德人,与吴之振、吴自牧一起编纂了《宋诗钞》,企图力矫时弊,破除诗界对宋诗的误解,还原宋诗的面目,所以在他的山水诗创作实践中,一方面揉进所处时代的元素,于山形水态里寓家园破碎的激昂慷慨;一方面又借鉴宋诗的艺术表现手法,力图使画面清新峻洁、不染尘俗,如果把他的《雪夜宿湖中》《泊舟看雪里红梅》与林逋等人的西湖梅影对应起来,方始见其心神暗通之处。林逋的影响不但在艺术精神和理趣情韵上,而且在生活方式、性格禀赋、心理状态、创作旨趣、表现题材上也深深影响了清代诗人,其中最典型者莫过厉鹗。厉鹗,号樊榭,浙江杭州人,是清代雍、乾年间浙派诗人的代表,其创作出入陶、谢、王、孟、韦、柳,参之以宋诗,力主"性情"和"真气",《四库全书总目》评曰:"其诗则吐属娴雅,有修洁自喜之致",虽以宋诗标榜,但厉鹗却能去卑就高、远俗向雅,形成自己的文学风格。和林逋趋同的是二人生活的基点都是杭之西湖,描写的山水意象亦以西湖诸多景色为标的,况且二人身世遭遇颇近似,孤寒落拓,不与世谐,所以表现在山水诗里多用"幽"、"冷"、"疏"、"寒"等字眼,以此营造山水诗境。望燕子矶,令诗人有浩瀚混茫之感,石势掠水,翠微满目,正因为江水奔涌不息,昼夜相继。所以才引发诗人的哲理思寤。假如吕留良、厉鹗是清前期继承宋诗风格的代表人物的话,那么陈衍则是晚清受宋诗影响较多的诗人之一。陈衍,号石遗,是近代史上的风云人物,曾参与著名的戊戌变法,在诗学上卓有成就,并通晓经史训诂之学。为矫正近代诗坛空泛廓落的风气,他力倡"开元、元和、元佑"的三元之说。其诗作既体现时代精神,又师法前代先贤,诸如唐宋各大家的特长。在他众多的山水诗里,我们不仅能感受到"山对青玉案,水环碧玉流"的悠远韵味,还能体验"峰峰插水无留步,旋旋洄湾似尽头"的哲理暗示。滩中行舟,艰危险仄,能给人许多遐思和启迪,陈衍仰望两岸"甚峭"的"山势",身心俱被滩流奔涌的情景震撼,因而全诗处处透着一种居艰思危、勇于进取的思辨氛围。

从唐诗的情思韵致，到宋诗的哲悟思辨，清代诗人广采博收，以期达到涵养自我、提升品位、增广视角的目标。自唐宋以降，对清代山水诗形成巨大且直接影响的应为明代山水文学的异军突起。

四、万里巡游，探奇揽胜，以寄寓心志、畅情悦性为目标，以图形写意、洞悉山川精髓为手段，明代山水诗在前人基础上有了质的飞跃，他们从唐、宋以来的宦游型，转而成欣赏穷尽山水奥秘的旅游型；把山水诗创作和山水画创作有机结合起来，从而使山水诗创作内涵更进一步扩大，画人、文人山水诗的诞生是明代对中国古典山水诗的进一步创新与扩展。明代舆地之学的兴起，使山水诗创作更成一种自觉，王士性的《五岳游草》、徐霞客的《徐霞客游记》穷搜幽讨，遍历九州"危崖绝壑"、"蛇龙窟宅"，凡"亘古人迹未到之区"，他们都"不惜捐躯命，多方竭虑以赴之"，目的是"造其域，穷其奥而后止"。[①] 除此，据《四库全书总目》载，明代专门记游山水的著作还有：何镗的《古今游名山记》、慎蒙的《天下名山诸胜》、王世懋的《名山游记》、潘之恒的《名山注》、黄汝亨的《天目游记》、王衡的《纪游稿》、姚希孟的《循沧集》、宋彦的《山行杂记》、无名氏的《名山记》等，明代不但以游览为主的舆地学大盛，而且各类记载地方风土人情、山川形胜，包括域外，诸如日本、朝鲜、安南等处的方志亦勃然兴起。

明之舆地学的发展，其意义不但使地理学由历史的附庸而独立，更重要的它还启开了真正意义上的旅游学。明代山水诗推动了旅游学、舆地学的兴盛，而旅游学、舆地学的繁荣开阔了山水诗的表现范围，增加了山水诗的内涵，并由此助长了明代以山水为主题的小品文和其他形式的山水文学的蓬勃发展。和唐宋比较，明代山水诗的描写对象更加广泛，涉及地域更为扩大，而诗人群体数量亦超越唐宋。清代山水诗直接承明而来，又将其发扬光大，遂形成中国古典山水诗旋律高亢激越的尾声！不但如此，清人在明代影响下，舆地之学更出

---

① 杨名时《徐霞客游记序》，见《徐霞客游记》，中州古籍出版社 1992 年版，第 1 页。

现了空前繁荣,一大批方舆和地志学著作如春蚕破茧,勃然而兴,其中郑光祖所编《舟车所至》、王锡祺所辑《小方壶斋舆地丛钞》最为有名。《小方壶斋舆地丛钞》共三十六帙,六十四卷,一千三百四十八种,收录清代舆地学,包括游记类成果极为完备。

由上约略可知,清代山水诗的繁荣复兴,是前朝各代文学观念、审美精神、社会风尚,特别山水诗风格交互作用的结果。离却了对前朝各代山水诗艺术的借鉴,就不可能有清代山水诗集大成之功,没有前朝各代诗人对清代山水诗交替综合的影响,清代山水诗可能还处在萌发阶段,所以清代山水诗是清代诗人们站在历史巨人肩上的创新之作。如果中国古典山水诗是由历代优秀诗人集聚而成的一座巍峨的泰山的话,那么清代山水诗则是泰山之巅一轮光芒闪烁的朝阳;如果中国古典山水诗如长江一路奔腾而来,她积众流而成汹涌,合支派而为大波,那么清代山水诗则是江海汇合处的浩瀚江潮,她波澜不惊、海涵地负,因容乃大。如果把中国古典山水诗的成长看成一个鲜活的生命历程,那么《诗经》《楚辞》为律动孕育,汉魏诗赋是分娩成形,两晋六朝则为童年、少年,唐当之无愧是丰神秀骨、雄姿英发的青年,南北宋承续唐风,却变得更为成熟,睿智洒脱、顾盼生风,其壮年之势了然分明;元稍作过度,有明一代气度雍容、处变不惊,岂非知天命之年哉? 拱手一揖间,全清的气度、胸襟飘然在满头的银发中,萃集岁月变迁之精华,吐纳毕生修炼之神功,把早年酝酿的自然观、艺术观、美学观梳理打包,冥思哲悟,推陈出新,俨然一童颜鹤发、骨骼清奇、雅深劲健、阅尽人间世相的仙翁,他飘洒超迈、豪侠任意,又典雅持正、气度雍容,令人望之有出尘之想!

继承是为发展,兼容才能为高、为大。清代山水诗就是在不辞土壤,不捐细流的承绪中积久而成自己的气势和神韵的。但继承不等于全面接受,盲目收纳,独辟蹊径的创新和长足深层的开拓乃是清代山水诗形成自己个性特征并超越前代的关捩之处。

具体分析,清代山水诗的显著进步和迥异发展表现在:

(一)题材的扩大和诗境的拓展

清代山水诗是站在巨人的肩膀上向前推进的结果,但清代诗人的审视目光却远远地超越了前人，神州大地、海外绝国，凡有人迹处，总有清代诗人留下的屐痕。在清人笔下山水无显无隐，全被他们一一搜罗荟萃，从冰峰皑皑的青藏雪山，到风光旖旎的宝岛台湾；从莽苍雄阔的长白山麓，到景色奇异的云贵高原，以及东洋、北美。大至三山五岳、江河湖海，小到溪流涧壑、滩渚岩洞，无一不是清人笔下的审美对象。这种题材和视野的延展与扩大，既是自然观念进化的结果，也是社会各种因素交相催生的产物。随着人类历史的不断延伸，人们对自然的认识程度亦在深化，因之人对自然的自由度也就越大。人相对于大自然，他越是自由，就越能缩短与自然的时空距离，从而就越能发现自然美和自然界包括山水在内的超世俗境界。

如果抛开"夷夏大防"的传统观念，暂时跳出民族矛盾的圈子，单就社会发展的势头而言，清代的鼎盛时期堪与汉唐媲美，甚至在统一祖国大业、稳定社会民生方面远胜于汉唐。诚然清代社会国力的空前强盛、民族的不断融合、边陲的进一步统一，与清前期统治者的胆识和胸襟不无关系，但更重要的是这一时期大批汉族政治家，思想家的应运而生，才使其由理想变成现实，所以当大批的史书或通俗文艺作品肆意彰扬康熙、乾隆个人功劳的时候，我们不得不迎头棒喝一声：大清兴盛是汉民族文化强大感召力的再一次明证，清王朝收复失地、统一版图的重大历史功绩中凝聚着无数汉族和其他少数民族文武重臣以及中下层民众的智慧和勇气，这种历史的真实是毋庸置疑的。政治上的强劲，带来国家的空前统一；经济上的发展，带来交通与旅游业的勃然畅行，清代山水诗就是在这种背景下发生、发展，换言之，正是这样一个社会条件，才给诗人们提供了游历名山大川的可能性与可行性。

根据类型辨析，清代山水诗题材的扩大和诗境的拓展是通过以下途径实现的：

1. 翠旌四指、辇毂生尘，皇室及文学侍从随辇出巡时创作的山水诗。

清王朝立国之初，如疾风骤雨，席卷神州，一时文治武功达于巅峰，尤其到康乾时代，更是声威显赫，势焰张天。为了达到"合内外之心,成巩固大业”的目的,清圣祖、高宗常常巡行南北,以宣示圣朝国威和浩荡皇恩;另外,出于对祖宗的怀念和对发祥地白山黑水的崇敬形成的祭祀与狩猎活动,给众多文士、顾命大臣以开阔视野、观览天下名山大川的机会,其中著名的有纳兰性德、查慎行、高士奇等。

纳兰性德以侍卫身份多次随康熙皇帝出巡,北至松花江、五台山麓,南到六朝古都的南京、水软山柔的姑苏。因而,在他笔下,塞外的雄健刚劲,江南的秀丽清绝融为一体,共同构成其山水诗独异的风韵,其中以《松花江》《山海关》《江行》为代表。

查慎行曾两度随康熙巡狩辽东,扈驾出猎之际,他观览鉴赏了塞外雄奇狂放的山水风物,将其纳入诗笔便有姿态万千、莽苍悲劲的山水画卷:“云从万叠峰头出,风逐千群马尾生”(《二十七日随驾发汤山》)“已被云遮百万层,又从云外见崚嶒。”(《塞外山》)“彩虹截断辽西雨,飞入银河当鹊桥。”(《七夕喀喇火屯雨后作》)“一林槲叶一林枫,半染青黄半染红。”(《度汗铁木儿岭》)“横亘东西路几千,直从辽海控居延。尽消伏莽山无树,不断灵源涌地泉。”(《随驾行兴安岭上》)塞外山水的雄放辽阔,北地自然风物的迥异绝伦,在查慎行笔下表现得色彩斑斓、姿态横生,令人心神向往、回思不绝。在辽东的日子,诗人纵情游目、挥毫泼墨,一口气写下数十首内涵极其丰富的山水诗篇,这些诗不但是查慎行扈驾北巡的真实记录,更重要的是塞外风光的宏阔展示,作为生于南国的文弱书生,直面刚劲的辽东山水风光,他被深深地震撼了,是那绵延雄放的林海雪原洗去了诗人固有的柔媚婉约之风,一变而成“千峰雪作漫天雾,万帐风兼动地雷”的豪放悲劲。

巡狩而外,清王朝的祭祖寻根活动也使一批文士把审美的目光投向了那神秘的黑土地,那是一块充满传奇色彩的土地,是一个地域辽阔而地貌复杂且令人产生幻觉的童话世界。全清诗人前后相续,比肩连袂,在这片冰雪晶莹、原始洪荒的山水之间留下了几多歌吟、几多赞叹。据《嘉庆重修一统志·吉林山川志》载录:“此山(长白)实为我皇清亿万年发祥重地,康熙二十一年,有御制《望祀长白山》诗,……乾隆八年,有御制《驻跸吉林境望叩长白山》诗;十七年有御制《长白山瑞树歌》；十九年有御制《望祭长白山作》诗”“（黑龙江）今为发祥重地，山川钟灵，混同为大……本朝康熙二十一年，有御制《松花江放船歌》《江中雨望》诗；《松花江》诗；《松花江捕鱼》诗。”由上即见，满清统治者，纵使九五至尊的皇帝亦对其祖宗繁衍滋生的发祥地充满了无比的崇敬，他们用饮水思源的感恩之情，尽意赞美着那片沃野千里、林木繁茂的黑土地：“松花江，江水清。夜来雨过春涛生，浪花叠锦绣縠明。……苍崖翠壁两岸横，浮云耀日何晶晶？我来问俗非观兵。松花江，江水清。浩浩瀚瀚冲波行，云霞万里开澄泓。”（康熙《松花江放船歌》）“烟雨连江势最奇，漫天雾里影迷离。掀翻波浪三千尺，疑是蛟龙出没时。”（康熙《江中雨望》）以上篇章，虽为御制，但毫无呆板生硬的庙堂之气，相反诗人把盛世的气象融入对故土的敬仰之中，使诗境显得无比开阔雄壮，充分表现了松花江浩浩荡荡、一泻千里的气势。

康熙文武兼备，勤于国政，他既以雄才大略奠定有清一代的鸿基伟业，而且翠辇所到之处，均歌咏吟唱，以志其行，著名者如《甲子冬日过阙里》《松花江网鱼最多颁赐从臣》《弹琴峡》《瀚海》《自宁夏出塞滨河行至白塔乘舟顺流而下抵湖滩河朔作》《登都城》等，这些诗作，以山水为背景，抒发诗人意气昂扬、振衰起堕的雄心大志：“战伐因声罪，驰驱为息兵。敢云黄屋重，辛苦事亲征。”（《瀚海》），以及关爱民生、休养大众的宽仁胸怀：“车马往来云雾裹，民生休戚在当前。”（《登都城》）

康、乾两朝，清代进入气象阔大的旺盛期，此时不但康熙、乾隆本人身体力行，潜心好学，勤于国政，巡阅四方，而且还督促激励诸皇子皇孙于文治武功方面留意上进、奋发鹰扬。诸皇子随驾亲征，或巡边，或祭祀，使其既磨砺了意志，而且还开阔了眼界，锻铸了诗文风格。在诸皇子中，康熙第二子允礽的《黄河》《陪驾幸五台》；第十七子果毅亲王允礼的《西安》《九折坂》《蒲州》《金山》《宝鸡》《兴平》；第二十一子慎靖郡王允禧的《塞外秋望》《登平山绝顶》《游上方山》；乾隆第四子履端亲王永珹的《出古北口》；第十一子成哲亲王永瑆的《出古北口》《渡句骊河》《易州道中》《天平山》《沧浪亭》《木兰秋夜》等都是写景抒情佳作,他们虽然没有父辈雄视宇内、横扫六合的大势磅礴,但也于雄奇开阖的山水间唱响对人生的赞歌:“黄河天下险,万古亘乾坤。不睹灵涛壮,安知禹力尊。”(允礽《黄河》)“雪浪东来万里流,孤悬金壁照沧州。秋生极浦平分外,人语诸天最上头。”(允礼《金山》)“复岭风云郁,层关霄汉开。……悠然一片月,曾照旧龙堆。”(永瑆《出古北口》)

概览清初山水诗,皇室的倡导和深层参与对诗境在某方面的扩展、延伸起到极为重大的助推作用。

2. 冠盖往来,羽书飞传,清代文武重臣开疆扩土、奉命出使时创作的山水诗。

皇清一朝,文教与经济空前发达,为了宣示皇恩,抚慰人心,彰扬圣朝文治武功,朝廷常常派皇室成员及文武重臣冠盖交驰,巡视四方。这种派遣特使办理军国大事,主持朝廷重典的活动到晚清突变为国际交往,因此,随使臣的足履,清代山水诗的表现范围也得到了长足拓展。

考察清代使臣的职责和任务,以及受命性质,我们可将其大致区分为:

(1) 视学祭祀型

选拔人才,兴办学校,扩充学宫,以备国家用人之需,而礼祭天地、告慰祖宗,祈福上苍,以求风调雨顺、国泰民安,这是中国传统文化中最具张力的,历朝沿革、代有兴替,至清则“恩义兼尽,度越唐、明远矣。”[①]据《清史稿·选举志一》载录:“清代临雍视学典礼綦重。顺治九年,世祖首视学。……乾隆四十八年谕曰:‘稽古国学之制,天子曰辟雍,所以行礼乐、宣德化、昭文明而流教泽,典至钜也。国学为人文荟萃之地,规制宜隆。辟雍之立,元、明以来,典尚阙如,应增建以臻美备。’……是时天子右文,群臣躬遇休明,翊赞文化,彬彬称极盛矣。嘉庆以后,视学典礼,率循不废。”[②]视学在清为国之盛典,为弘

① 《清史稿》,第618页。

② 同上,第751页。

扬国学，勉励士子进取，宣示圣朝对文化的高度重视，这一日皇帝要亲临致祭，并“驾临辟雍行讲学礼”，“祭酒讲《四书》，司业讲经”，场面十分壮观。乾隆五十年，驾临视学，由大学士伍弥秦、大学士管监事蔡新，进讲《四书》；祭酒觉罗吉善、邹奕孝，进讲《周易》，参加典礼的王公大臣及诸生达三千八十八人。京城视学皇帝可以亲临，但外省，特别边远省份，必须派员替朝廷代巡，于是一代有名望的重臣往往充当其任。

视学为国之大典，而祭告的隆盛与之相埒。《清史稿·礼志》载述满清入关前就已有“崇祭天神暨群祀祖祢”的仪典，入关后依循前朝惯例，加以修订，遂成大清仪礼，“清初定制，凡祭三等”：曰大祀、中祀和群祀。大祀一般祭山川社稷；中祀祭天地日月历代君王、先师先农；群祀大多祭贤良、昭忠等，这三等祭仪在各位皇帝当政时有所修改，但祭祀的礼仪一以贯通，大体是“天子祭天地、宗庙、社稷。有故，遣官告祭。中祀，或亲祭，或遣官。群祀，则皆遣官。”[①]特别遇朝政大事，比如重大册封、军事告捷等，必须祭告祖宗天地、山川河岳，此时则或天子亲临，或遣官代祭，如史所载：“岳、镇、海、渎，帝王陵庙、先师阙里、元圣周公庙，巡幸所莅，或亲祭，或否。遇大庆典，遣官致祭而已。”[②]又曰：“谒陵、巡狩，并祗告奉先殿，回銮亦如之。巡幸所莅，亲祭方岳。其所未莅者，命疆臣选员遍祭岳、镇、海、渎、所过名山大川。”[③]祭祀名山大川，给诸多使臣以遍览天下的便利，而列入祭典的名山大川，包罗东西南北的江河湖海、山岳峰岭等，范围相当广阔。《清史稿·礼志(二)》曰：“顺治初，定岳、镇、海、渎，既配飨方泽，复建地祇坛，位天坛西，兼祀天下名山、大川。”康熙三十五年正月，“为元元祈福，始遣大臣分行祭告”，祭告的对象是五岳五镇、四海四渎。五岳为：东岳泰山、南岳衡山、中岳嵩山、西岳华山、北岳恒山；五镇为：东镇沂山、南镇会稽山、中镇霍山、西镇吴山、北镇医巫闾山；四海是：东海、南海、西海、北海；四渎是：江渎、淮渎、济渎、河渎。自此莅

①② 《清史稿》，第619页。

③ 同上，第622页。

位的君主代有增祀，至光绪时，皇清祭告的山川已扩大到：东北的长白山、大兴安岭、医巫闾山，西北的"星宿海、西域山川、伊犁阿布拉山……阿勒台、珠尔库、博克达、阿拉克"诸山。自嘉庆到光绪，"封江南、湖北、山东、台湾、安东、江神、汉神、海神，黄陂木兰山、西藏瓦合山、四川峨眉山神，皆以时肇封或崇祀。"[①]以上仅为奉祀山川神祇的一部分，"其余名山大川锡号尚多"，不一一悉举。

在南北视学、东西祭告，冠盖驰骛的程途中，众多奉使出巡的词臣们掩抑不住心头的荣宠和得意，他们往往把人生飞黄腾达的心志寄托在驿路途程所历的山川河岳间，使清代山水诗在清空幽远的格调中涂上一层富贵雍容之色。

王士禛文名重当时，甚受龙恩眷顾，是清初翰苑词臣中代圣皇巡边较多者，他分别于康熙十一年视学四川，二十三年"命祭告南海"，三十一年，"命祭告西岳西镇江渎"。西去南下，使他饱览了秦蜀名山古迹、粤海奇异风光，这既增长了他的见识，开阔了他的眼界，更激发他创作了大量山水诗作。正如其自述所言："所历之地，如燕、赵、吴、楚、晋、秦、蜀、粤，乃名山大川，奇峰秀壑，至无不游，游必抉幽奥，以五、七字写之。"除"五、七字"的诗作以外，他还写作了记程的杂记文字《蜀道驿程记》《粤行三志》《陇蜀余闻》等。据《渔洋续诗集》卷二至卷六，目次名为《壬子蜀道集》载录的诗目统计，王士禛康熙十一年入川视学期间沿途所作山水诗共 234 首；据《蚕尾续诗》卷二、卷三之《南海集》载录，王士禛祭告南海出使途中，往返作山水诗 178 首；再据《蚕尾续集》卷四之《雍益集》载录，王士禛代天子祭祀西镇西岳江渎时所作山水诗共 125 首。三次行程主线清晰、目标明确，诗人肩负王命而游兴十足，洋洋洒洒一路写来，把巴山蜀水、秦关华岳，以及粤赣浙皖的名山胜水发露殆尽，形成了体制庞大的山水诗群。

翁方纲，精研学术，诗名亦盛，为乾隆朝重臣，曾先后视学江西、湖北、顺天，并督广东、江西、山东学政，成一代人文之望。视学其间，他缒奇揽胜，成诗颇多，均结集于《药洲集》中，《药洲集》分年编次，据

① 《清史稿》，第 627 页。

作者“甲申冬至丙戌夏”一编自序所说：“甲申秋奉命视学广东，至辛卯秋役竣，凡三任八年，舟车之次所得诗凡存八卷”。其“八卷”囊括诗人三次奉使视学过程创制的大量山水篇什。翁方纲作为一代学人，他的成就显示在经书和金石方面，于诗论，倡导“肌理说”，他认为“诗必研诸肌理，而文必求其实际。”①虽然如此，翁方纲的山水诗却无一点金石气，而始终表现得大气开阔、清空腾跃。翁方纲的粤行山水诗以广东全境为点，延伸扩散于赣州一线，其惊险处，如闻滩涛裂岸，空阔时，似观万顷海波，罗浮之幽深，七星之巧妙，惠州、韶石之壮美，全被诗人娓娓道来，令人恍入人间仙窟。

洪亮吉乾隆五十七年奉使视学贵州，由京城发轫，沿途经行冀、豫、楚、湘而入贵州境。风尘万里，车船相济，迢递绵延的驿程，使他纵情观览了南北迥异的山水风光，在他的笔下，北方的峭劲、南国的幽秀尽呈读者面前，洪亮吉以诗人的审美视觉、学者的精到眼力，把自然之美和舆地考辨结合起来，遂使偏处西南的贵州一省全景式地昭然天下。据《黔中持节集》粗略统计，洪亮吉视学期间创作的山水诗达 198 首，再加逗留巡视黔境所作山水诗 38 首，共计 236 首。这一容量无论如何算得上庞大。

(2) 巡边宣谕型

清王朝以强盛国力做后盾，用军事手段解决了历史上的边患纷争，使中华民族实现了空前的大统一。为了巩固边疆的稳定、促进民族大融合，达到国家长治久安的长远目标，清统治者在军事手段之外，又适时采用了怀柔抚远的王道策略，他们在大典大庆，以及关键时刻总要派皇室成员，或得力大臣前往边疆省份宣谕皇恩，代圣巡边。比如雍正十一年为加强中央政府对西藏地方政府的控制，融洽民族关系，朝廷派“果亲王允礼经理达赖喇嘛驻藏”。奉使入藏期间，允礼撰《西藏往返日记》，并附《奉使纪行诗》，该诗集完整记录了诗人由成都入藏，至打箭炉（即今之康定）一段路程的涉险经历，全集录抒

---

① 翁方纲《延晖阁集序》，见郭绍虞主编《中国历代文论选》第三册，上海古籍出版社 1980 年版，第 523 页。

怀状物山水诗共24首,其中蜀地丰厚的人文历史、险要的地理形势,以及艰难的入藏旅程、迥异的沿途风光被诗人委婉写来,颇似一幅连屏山水长卷,其波澜壮阔、幽深变幻的诗境令人惊艳叹惋,心醉神往。

塞尔登,字玉峰,雍乾时期著名八旗诗人,在京师与陕西屈复、芜湖朱卉(草衣)交厚,且偕游唱酬不已,著《绿云堂诗集》传世。乾隆十年五月廿六日奉命出使蒙古,往东路(清代派往蒙古行册封大典的使者分东、中、西三路。笔者注)封蒙古未封王妃及格格。清代惯例,“塞外蒙古王妃并格格等,每隔五年,由理藩院行文各处,查明未封者咨行礼部,造册用实,奏闻派员往封。”[①]塞尔登“于六月初十日启程,至十月初二日回京,来往一万余里,计程一百十二日,途次得诗一百九十余首,名之曰《塞外封藩草》。”诗人历经百有余日,行程万里,他把往返所历之山水形胜及其“异状”用“真情实境”的抒写手法,通过“未尝设一虚言”的叙述语境传达出来,诚为“塞外”奇崛旖旎兼而有之的自然生态留下不可多得的历史痕迹。如“岭下空山无树林,道旁惟见草深深。马蹄过处声传谷,恰似风吹万骑音。”(《廿五日自英额沟至红沙河》诗人自注:蒙古名着索郭儿)“阴晴无定此山形,翠色留人马足停。百样花开罗锦片,一溪水润敞青屏。”(《初二日过科布多岭》)“云低如趁人,飞雨忽洒首。野水群鹤鸣(诗人自注:灰鹤处处飞鸣),野羊数千走(诗人自注:野羊即黄羊,每群数千只)。……晚立荒草间,当顶见北斗。月色照人明,清光欲染手。”(《十四日大漠》诗人自注:二千余里遍地具生野韭)蒙古地域辽阔,山川形势错综复杂,这一切被塞尔登写来,便觉千变万化,如入佛家无数亿法门,令人恍生隔世之情。巡礼在茫茫草原、大漠、群山和江河交织的万里封疆图卷中,塞尔登不但心魂被大自然神秘莫测的雄伟气象所倾倒,而且胸襟亦因大清江山统合的气势所折服,面对无限山河壮景,他感叹道:“传闻此地本元支,圣德汲濡尽皞羲。岂用阴山隔内外,于今一统是华夷。”(《又二绝句二首》其一)“圣朝重武并兴文,南北车书统不分。今日身临绝塞域,畏威不数

---

① 塞尔登《绿云堂塞外封藩草小引》,见《清代诗文集汇编》第269册,第487页。

汉将军。”(同上,其二)这是诗人“至喀尔喀郡王巴札儿锡第游牧处,行册封礼”时所作抒情“记事”之章。“此处直北极边之地,去京四千余里,……百里之外,即属鄂洛斯边界。”[①]

清代宣慰藩属以及册封事务繁杂,驰骛往来的使者络绎于道,其中西南山水、塞上风光成为诗人笔下屡见不鲜的歌吟题材,从允礼和塞尔登精彩绝伦的绘摹中,我们已能窥见一斑。

(3) 筹办外交型

清代社会型态比起前朝各代,差异很大,一是各种社会思潮蜂拥而至,波澜迭起;二是遽然而来的国际风雷震醒了千年沉睡的东方雄狮,尤其到晚清,除内政以外,外交事务亦是日渐纷繁的大事。从清初的澎湖琉球、朝鲜、日本,到晚清的西洋各国,清王朝为解决外交事务,大量派遣使臣持节办理。《清史稿·邦交志》曰:“中国古重邦交,有清盛时,诸国朝聘,皆与以礼。自海道大通而后,局势乃一变。”开始葡萄牙、荷兰小国据台岛、澳门“迁居贸易”,继之“英、法、美、德诸大国连袂偕来”,至道光以降酿成鸦片战争、甲午海战,中国之主权日益沦丧。“丧师割地,忍辱行成”,“康、乾以来所力征而经营”的国土,“任人蚕食”,衰弱的晚清只能“置之不顾”,东、西北边境“丧地几近万里,守夷守境之谓何? 此则尤令人痛心而疾首者也。”[②]晚清的衰弱来自统治者的昏愦和日益衰疲,特别慈禧当政,垂帘的罪恶更是罄竹难书,患得患失,为一己之利,不惜国土沦丧,最终形成养虎为患之势。不过外交的扩展,让使臣的活动范围得到了空前扩大。

休宁汪楫康熙二十二年曾奉使册封琉球国王,作有《中山沿革志》、《使琉球录》等,出使前后,同侪诗文酬唱甚多,逐成一时盛事。福建诗人林麟焻尝偕汪楫奉使琉球,途中“唱酬甚夥”。创作《星槎草》一卷、《中山(琉球)竹枝词》一卷。自汪楫以下,清代册封琉球的使者络绎不绝,其载录、绘摹琉球(含今钓鱼岛)风情、疆域的诗文作品亦相继问世,为后人留下不可多得的史料珍品,其著称者如徐葆光

---

① 见《清代诗文集汇编》第 269 册,第 494 页。

② 见《清史稿》,第 1069 页。

的《中山传信录》六卷、《海舶三集》三卷;全魁的《乘槎集》(此书未见全本,部分作品散见于《熙朝雅颂集》等钞录八旗诗人诗作的选本中—笔者注);周煌的《琉球国志略》十六卷、《海山存稿》二十卷;王文治的《海天诗草》二卷;赵文楷的《石柏山房诗存·槎上存稿》;李鼎元的《使琉球记》《球雅》等。

虞山钱良择康熙二十七年随索额图等奉使俄罗斯,车马相联、仪仗赫赫,"列帜井然、霞旆霓旌,飞扬空际"。(钱良择《出塞纪略》)天使北来,一路经居庸关、弹琴峡、八达岭,过长城,出塞穿大漠而西北向,一直到中俄边境。沿途风霜雨露、奇山异水、边塞民俗民风均收入钱良择所作《出塞纪略》、张鹏翮所撰《奉使俄罗斯行程录》中。《出塞纪略》诗文相间,文以记行程山水形势,诗则咏歌边塞风光,诗文相映,使得蒙古草原风光显得瑰丽奇绝,这不但为清代,乃至给整个中国古典山水诗增添了殊绝的亮色。

斌椿游海外,扬帆几万里,集旅次异域山水诗为《海国胜游草》,为诗国开大境界,正如董恂《海国胜游草序》所言:"东海扬帆,风日流丽,海以况诗,诗不必作于海,愿乘长风破万里浪,有志于海,实未一蹈海,亦更不闻有诗,往返海中可九万数千里而有诗,盖自吾友斌友松始"。斌椿随使船从大沽口起航,经烟台、上海、过舟山,福建诸岛,抵越南,其所历国家为印度、埃及、法国、英国、荷兰、瑞典、芬兰、俄罗斯、比利时等,每至一国,辄吟诗以纪其胜,或摹风景殊异,或赞风俗迥绝,或刻画社交场面的瑰丽,或记叙旅途见闻大异华风之殊,总之,《海国胜游草》展示给我们的是一幅融全欧古典与现代美于一体的西洋风景图。与《海国胜游草》一体相联的是《天外归帆草》,"胜游"叙欧州逗留期间所览风情,"归帆"则述返程所闻所见,其航程指向略有不同,归帆扬起于法国巴黎,经马赛到意大利,沿途遍赏奇山相属、海天空阔的意国风光,再道取麦西、苏伊士运河,过红海至亚丁,重游印度洋,在印度留连有日,细访锡兰岛,考证佛教本源,最后历苏门答腊、新加坡、安南,过零丁洋泊香港,从广州一路北上,穿越台湾海峡,观览招宝山、普陀山、四明山秀景,至上海稍作停留,旋即由黑水洋到烟台,归帆落于大沽口。

晚清风云乍起，局势日变，愈益开放的国门使诸多文人骚客得以浏览环宇之内迥异中华风物的壮丽景观，这些前人从来涉猎的领域被清人写来，顿令人耳目一新，正如龚自闳《海国胜游草题词》所说："熙朝盛德遍怀柔，使者乘槎作壮游，耳目不教方域限，仪容争向画图求。……九万鹏程经足迹，此行应诩古无俦。""古无俦"的"此行"，不但特指斌椿的"海国胜游"，将之评价整个清代异域山水诗亦庶几无愧。

上述而外，黎汝谦随季父出使日本，凡五年，其"足迹逾地球过半，合身世穷通忧乐，阅历之所得，而一发之于诗，言人之所欲言，并能言人之所不能不敢言。"（李燕伯《夷牢溪庐诗钞序》）将人之"不能不敢言"的由景物激发而成的诗情喷薄出来，就弥漫在《游知思院》《游本愿寺》《游金阁寺》《冈本观梅》《游琵琶湖》《登雁岩峰》《向岛观樱》等东瀛山水诗篇中。让人在"光风淡沱吹轻尘"的温馨中感受"都人士女满芳甸，十里樱花一色匀"的岛国风情。黎汝谦的东瀛山水诗与黄遵宪的日本山水诗前后相映，表现了中国古典山水诗走向世界的新气象。

稍后的丘逢甲、康有为、梁启超推波助澜，将山水诗的蕴涵推向了更为广远的境界。详论待后，兹不赘述。

3. 宦游入幕、戍边守土，清代征人转战边疆、文人参佐戎幕时的山水诗。

清统治者一方面宣扬礼制，倡行文教，使天下遵化王道，妙归一统；一方面耀武扬威，昭示大国强盛实力，东西征战，南北讨伐，使疆域进一步拓宽，国土日益巩固，而民族愈显融合，当其时中华民族表现了空前绝后的辽阔和强盛。强大宏盛的气象激发了一部分文士慨然赴军、参佐戎幕的热情，而辽阔的疆土，特别是边疆地区急待一批干臣巡阅抚慰，操办地方事务，由之一大批怀抱远大理想的志士们肩负重任，奔走四方，其亲身所经的人生阅历提炼了他们的境界，而满目皆见的奇异山水滋养了他们的诗情，这种悠远廓大的境界和雄壮幽秀的诗情无间结合的成果就是超越前代的山水篇章。

赵翼才兼诗文，史学尤佳，他在职时曾先后出任镇安知府、贵西兵备道。因其办事干练,颇有参谋之能,故当“朝廷用兵缅甸”时,“命翼赴军赞画”。乾隆五十二年,台湾林爽文起兵,李侍尧“赴闽治军,邀翼与俱”,赵翼在军幕,奇计旁出,赞画有度,使征缅甸、保台湾之役大获全功。赞画军旅、巡守边疆的履历,令赵翼得以施展治世廉吏的才华,而正是这些前人未经或少经的生命历程,才使赵翼骋情于奇山异水间,创制了大量令人耳目一新的山水诗。以《高黎贡山歌》《阳朔山》《澜沧江》《洱海》《虎踞关》《与客谈黔中牟珠洞之胜補记以诗》等为代表的西南山水诗,将川、滇、黔、桂一线的山水刻画得神态毕肖、风云变幻,令人恍入十万大山中,有生命不能承受之重。此外,赵翼的粤、闽、赣、苏、浙、鄂、湘山水诗亦气势恢宏、场面壮观,大有惊涛夜起、排空横绝的胸襟和胆魄。其最具典型的诗章有:《虎门望海》《罗浮纪游》《海上望台湾》《飓风歌》《厦门偕章湖庄沈百门游小普陀万石岩虎鹿洞诸胜》《武夷山》等。

王昶、赵文哲、查礼随大军西出川康,身经征大、小金川战火的煅铸,他们不但开创了中国古典军旅山水诗的新格局,而且还用神韵横溢的笔墨为我们展现了一个前人从未进入的山水禁区,将川西北壮阔雄伟的美景一一呈现出来,达到令人心惊的美感效果。

武威诗人张澍,虽出于陇上而学名闻天下,18岁中进士,以“文词博丽”先得庶吉士,后“散馆改知县,初令玉屏”,再选屏山、永新、泸溪等处任地方官。任职西南给张澍提供了遍览南陲奇绝山水的机缘。看惯了陇上荒寒奇崛风物的他,以善摹山川形貌的大手笔,将入眼盈怀的川、滇、黔风情挥洒出来,就有入蜀、汉中、黔中等命名的卷册,让人在“人远长安疑日近,山连蜀道觉天难”(《南荒》)的异地风物中,感觉西南山水特有的“残照明飞鸟,孤云起怒涛”(《嘉平月廿日入黔境》)的韵味。张澍一生“游迹半天下”,所以《养素堂诗集》处处回旋着南北山水交汇、碰撞时所奏响的美妙乐音。其中既有《天山歌》《六盘山》的雄浑高亢,《华山》《望崆峒》的莽苍激扬,又有《漳江阁》《青浪滩》的跌宕促迫,《舟过临川》《滕王阁》的舒缓明快。观张澍的山水杰作,我们不能不惊叹陇右诗人那一双审美的慧眼,以及胸膛中始终奔放的对山水赤忱热爱的激情。

清代宦海汹涌，波澜迭起，无数文士冠盖驰骛、交替往来，策马扬帆在南北繁忙的水陆驿程上，其人数之众难以尽述，但平藏时随军进藏，复台时受命治台的一批仁人志士不能不述及，因为他们不仅热血慷慨，而且其山水诗创作亦别开生面。

孙士毅，乾隆五十六年以四川总督身份为入藏大军筹集饷粮，随军进藏期间，他以敏锐灵警的诗心，挟带壮士勇赴国艰的胆略，将沿途目遇身经的雪域风情一一展现出来，就汇聚成《百一山房赴藏诗集》中篇篇炫人眼目的山水诗章。

杨揆，乾隆五十六年随福康安征卫藏，从甘肃、青海一路进军，他的藏游山水诗从《夜宿东科尔寺》起，一气呵成，写尽了青海至西藏道中的名山胜水，意蕴浓厚而辞章华美，将行军之艰辛寓于实景铺叙中，或隐或显，或直或曲，总是景不离情，情缘境生，从而构成了他藏游山水诗独特的风骨神韵。

松筠，乾隆五十九年被任命为驻藏大臣，因与权臣和珅不谐，滞留藏地达五年。他的藏游山水诗《西招纪行诗》《丁巳秋阅吟》就创作于“抚番”期间。松筠的纪行诗、山水诗，不但具有很高的地理学价值，而且对后来治藏者亦有非常深远的借鉴意义。

和瑛，乾隆五十八年以副都统衔充任西藏办事大臣，在藏八年，著有《西藏赋》，其中对藏之地形、民俗、物产阐述较详。今存《易简斋诗钞》中多有其驻藏时所作山水诗章，通过这些闪烁着异域光华的诗作，庶能观照藏区民风民俗、自然风光的概貌。

文幹，嘉庆二十五年任驻藏办事大臣，所著《壬午赴藏纪程诗》为诗人道光二年由前藏赴后藏巡阅军民事宜往返旅程的记录。文幹的藏程山水诗韵味绵长、风格醇厚，处处洋溢着藏地原始的古朴氛围。

杜昌丁，康熙五十九年因感知遇之恩，而送蒋陈锡（字雨亭，江南常熟人。康熙五十五年擢云贵总督。大军征西藏，受命从滇藏路转运粮草，“五十九年，诏责其筹济不力误军机”，与云南巡抚甘国璧一道被“夺职”，又“令自备资斧运米入藏。明年，卒于途。”事见《清史稿》卷二百七十六）由云南入西藏。尽管诗人足迹仅至滇藏之交的“雪坝”，但这条入藏的路途之险峻远远超过了由川、青进藏的途程，故而其绘摹沿途风景的藏游山水诗价值之高不言而喻。

孙元衡,字湘南,安徽桐城人。康熙四十二年,曾任台湾海防同知,在任期间,“慈惠爱民”[①]有政声,公务之暇,创作颇丰,集台岛诗作成《赤嵌集》,其中著名者有《飓风歌》《海吼吟》《抵台湾》《日入行》诸作,连横评其“健笔凌空,蜚声海上,足为台湾生色”[②]。

阮蔡文,字子章,福建漳浦人。康熙五十二年调任台湾北路营参将,他“自携糗粮;历番社,日或于马上赋诗,夜则燃烛纪所过地理山溪风土”[③]。著《淡水纪行诗》)一卷。

钱琦,字玙沙,浙江仁和人。乾隆十六年奉命巡台湾,作台湾山水诗若干,著称者有《泛海歌》,写得气势磅礴、风云漫卷,足慰诗人平生浪游天下的快意情怀。

从台湾开埠到晚清而讫三百多年间,或岛产,或宦游的诗人何止数百,他们蜂起云聚于风光旖旎的山水之间,用多姿多彩的诗笔描画了宝岛殊异的海天风光,为清代山水诗的阆苑增添了一枝独放的奇葩。

陈少林,字梦补,福建漳浦人。朱一贵之役参戎幕,著《游台诗》,其著称者为《玉山歌》《丁酉正月初五夜,诸罗署中大风,次早风歇,饮酒,纪之以诗》《北香湖》。

六居鲁,满洲镶红旗人。乾隆九年巡台;范贞吉,浙江仁和人。乾隆十年巡台,均称御史。六居鲁作有《使署闲情》等咏歌记录台岛风情的诗文集;范贞吉著《婆娑洋集》。其中对台岛风光,特别浩瀚无垠的大海多所歌咏,如六居鲁的《澄台观海》《鹿耳门汛即事》;范贞吉的《再叠台江杂咏》数首相连,颇壮观,为《婆娑洋集》中之佳构;其《赤瓦歌》不但述风情、歌风俗、记风景,而且还有考证古迹之功。

国梁,满族诗人,“登乾隆丁巳(1737)进士,历阶宫庶,外授秦粤

---

① 连横编《台湾诗乘》,台湾文献史料丛刊第八辑,大通书局印行,第26页。以下所引皆此版本,不再一一注明。

② 同上,第26页。

③ 同上,第377页。

丞守，洊擢黔中观察”①。其所到之处“宽大宜民”，被目为“国侨”。在众多八旗诗人中，国梁的诗名并不显耀，但其山水诗创作却视角独到，抒写内容有值得吟味之处。铁保评他的诗风曰：“涵咏性情，根柢经史。……其宦游所至，时得山川之助，故其魄力雄厚，吐弃凡近，譬万钧之洪钟，无铮铮之细响。”吴廷琛亦记曰：“生平宦迹所至，逾皋兰，涉秦州，西极乌鲁木齐。其风俗质朴简易，其为政务在明利达患，敦本崇实，……其见之于诗，则平和笃厚，不假雕饰，而苍劲绝俗，洎乎历百粤，泛牂牁，揽流峙之秀伟，究事理之倚伏。”②国梁的诗作依诗人“宦迹所至”而分别结集曰：《银川集》《河桥集》《天水集》《玉塞集》《轮台集》《昭潭集》《南明集》等。其中前五集是诗人任职银川、兰州、天水、乌鲁木齐时所作，后两集是游宦南国时诗风渐趋“苍劲绝俗”的物质见证。清代写宁夏、金城、秦州的诗作联翩接踵，迷人眼目，但国梁却以“魄力雄厚，吐弃凡近”的个性化山水诗风为那方神奇而壮阔的山川绘摹了一幅激情漫溢的历史长卷。他的创作大气回旋，如苍鹰掠空，又细腻精微，似涓滴清流，如写渭水之滨的山川形势，他说：“渭水有源天际落，陇云无限日边来。”（《过鸟鼠山至渭源》）“马衔秀气郁磅礴，逶迤直走金州南。孱颜硉矹标新异，龙跳虎卧回惊骖。……翠微渐敛水声逼，芙蓉湛渌开新菡。……老松森罗隔天日，琳宫错置迷烟岚。”（《偕曾履庵刘时庵唐明府游兴隆山》。诗人自注：山又名栖霞，自狄道之马衔山分脉，为秦、李二仙之所居）国梁在兰州、天水郡守任上，足迹所至，山水无所遁形，微毫皆现，譬之天水属县清水，自古被称之轩辕故里，顾祖禹《读史方舆纪要》载曰：“轩辕谷口，在县（清水）东南七十里，志云：县境有玉屏山、小陇山、坂坡峡、石牛峡，与轩辕谷为五隘。”③国梁诗曰：“圣继羲农创制繁，乾符在握阐珍坤。……鼎湖一去无消息，山谷于今有姓存。诗人自注：城东七十里有轩辕谷，帝生于此。”国梁游宦于金城、天水，甚至银川、迪化，既是诗人

① 铁保《澄阅堂诗集序》，见《清代诗文集汇编》第 342 册，第 1 页。

② 同上，第 2 页。

③ 见《读史方舆纪要》，第 2846 页。

之幸,亦是该处山川之幸,是山川助长了他的诗风,同时又是诗人为一方高天厚土留下令后人怀思追忆的隽永印记。

由上即见,正是清王朝拓疆开边,文治武功的业绩,才给诗人文士提供了宦游四方、征战南北的条件,在这些宦游入幕、从军征战的诗人笔下,山水诗的表现题材得到了前所未有的扩大,探幽发微,道尽了人所未道或道之不尽的山水奇观,使整个清代山水诗显得奇境联翩、绚丽多彩。

4. 贬谪流放、遣戍边关,清代迁客谪人的山水诗。

满清入关,一方面拉拢利诱,使一部分汲汲科名者奔走趋鹜,成为新王朝宣化大道、稳定国基的鼓吹者与代言者;一方面又利刃高悬,通过文字狱、科场案等手段严厉打击、残酷迫害与其统治不相容的江南士人,甚至通过排斥异己,政治倾轧,将一批声望显著、骨骾有政声的大臣谴谪流放,成为清代社会的一大特征。

贬谪遣戍,本是人生之大不幸,何况清代流人大多被安置在荒寒至极的东北、西北一带,冰天雪地,万里荷戈,让无数谪客徙徒尝尽了人间艰辛之最。但人生不幸诗家幸,对于意志坚强、天才纵横的诗界雄杰而言,反是这贬谪流放的生活成就并助长了他们独步诗坛的诗文创作。许多前人未历之境、未写之景、未发之情,均被那些“谪徙戍子”一一经历了,于是他们将人生的悲苦化解成对雄奇壮丽、腾跃莽苍的山山水水的深情歌咏,化苦为乐,转悲为喜,一幕以奇山异水为背景的人间正剧就这样上演了。

释函可,字祖心,号剩人,惠州博罗人,俗家姓韩,为明万历礼部尚书韩日缵子,后削发为僧。甲申国变,函可为请经藏而入金陵,当时正是清兵渡江的危殆时刻,目睹清兵烧杀淫掠的残暴行为,函可将“亲见诸士夫死事状,纪为私史。”(郝浴《奉天辽阳千山剩人可禅师塔碑铭》)南归日,为清兵所执,拷掠惨毒备至,而函可始终不出卖朋友,最后得旨发配沈阳。在流放辽宁千山的岁月里,函可广施佛法,其僧俗弟子遍辽东。他们既是佛理上的共同信徒,又是文学上志同道合的挚友,诗文相酬,佛旨互证,在冰天雪地的荒原上终于修成诗界正果。受千山山脉激发,函可把一腔深沉的国难家恨转化成对千山峰岭岩壑、花木草树的赤忱热爱，他的诗集命名为《千山诗集》，集中写千山山脉的山水篇什多达170首，由此可知大师对千山的执着和热爱。函可千山山水诗出现的意义在于：他使中国古典山水诗表现内容的指向发生了重大转折，与传统写北国江南的山水诗篇相比，函可于明丽温婉、雄浑壮阔的背景上涂抹了一层冰天雪地的亮色，这在清初山水诗坛确为异数。对函可大师千山山水诗的简论参见拙著《山魂水魄—明末清初节烈诗人山水诗论》之第九章。

由函可拉开序幕，清代的东北流人们用自己嘹亮而激楚的歌喉唱响了一曲冰清玉洁、雄浑苍茫的白山黑水赞歌。

吴兆骞，字汉槎，江苏吴江人。顺治十四年举人，因“科场案”牵连而“遣戍宁古塔”，“居塞上二十年”。“科场案”与同“奏销案”、“通海案”，是清初统治者向江南士人示威的三大案之一，在这场案件中被株连者皆家毁人亡，苦不堪言，本是一场飞来横祸，但手无缚鸡之力的士子们又不得不逆来顺受，引颈就刑，吴兆骞法外开恩，被遣戍宁古塔。从温婉柔丽的江南水乡到冰封雪覆的北极之地，由清醇甘美的莼菜鲈鱼到腥膻粗粝的奶酪菽稷，吴兆骞的生活发生了天旋地转的变化，面对突如其来的变故，他“侘傺”悲愤，发而为诗，就谱成悲歌苍凉的《秋笳集》。《秋笳集》多写白山黑水的山川风物，土俗风情，从《次前卫》起，诗人一路写来，锦州、塔山、广宁、沙河、四道岭、尼失哈、大小乌稽、乌孙法、混同江、沙岭等关东景物历历如在目前，与后来杨宾的《柳边纪略》、吴桭臣的《宁古塔纪略》相参照，诗文互映，成为关外奇山异水的全景图。不但如此，《秋笳集》《宁古塔纪略》《柳边纪略》等对流人生活地的山川物产、地理形势有详尽载述，足可为今日生态保护之借鉴。

清初因罪获遣戍的大臣及士子颇多，著名者如陈之遴、张缙彦、方拱乾、方式济（著《述本堂诗集》二卷，其中有《出关诗》一卷，《龙沙纪略》一卷，《龙沙纪略》收录于《小方壶斋舆地丛钞》第一帙第六册）、方观承（著《述本堂诗集》八卷，其中有《东闾剩稿》一卷、《入塞诗》一卷；《述本堂诗续集》，《卜奎风土记》一卷，收录于《小方壶斋舆地丛钞》第一帙第六册）等。陈、张皆首鼠两端的前明降臣；方拱乾与吴兆骞一道被牵连入科场案；方式济、方观承因方登峄(方式济之父,方观承之祖)坐《南山集》案而自幼随亲往来戍所,“具知南北扼塞及民情土俗所宜”。其中陈之遴、方拱乾山水诗成就比较高。

陈之遴,字彦升,浙江海宁人。顺治十五年坐贿结内监吴良辅而流徙尚阳堡,后死徙所。其所著诗结集为《陈素庵诗钞》,集中第六、七两卷多写遣戍尚阳堡的徙徒生活。通过陈素庵的描绘,山海关、凄惶岭、塔山、大凌河、医巫闾山等关外名胜一一呈现目前,令人尽情感受了“月洗千岩白,松留万古青”的雄劲幽秀的东北风光。

方拱乾,字肃之,号坦庵,晚号甦庵,安徽桐城人。顺治十四年受丁酉南闱科场案牵连入狱,次年流放宁古塔。在塞外的日子,他与吴兆骞、陈之遴等一般流徙的诗友交相唱和,著《何陋居集》《甦庵集》《宁古塔志》等诗文集。他将流人之情怀、塞外之见闻、山川之清赏凝结在上述诗文作品中,就产生了撼人心魂的艺术魅力。他的以宁古塔为中心的东北山水诗不但为中国古典山水诗发展增添了浓重的一笔,而且还将诗人的英名永远地镌刻在那片绮丽的黑土地上,成为后世怀思咏忆的卓越歌手。《宁古塔杂诗》(计百首)包罗深广,内涵丰富,可当成诗化的《宁古塔志》。

清代流放贬谪罪臣,大致为东北、西北之极边之地。前期以东北为甚,后期以西北为主,贬西北的名士包括纪昀、洪亮吉、祁韵士、林则徐等。

纪昀,乾隆三十三年因受姻亲卢见曾牵连,被“谪戍乌鲁木齐”。在疆三年,他切身体验了边地的山水景物、风土人情,成《乌鲁木齐杂诗》一百六十首。其中有许多篇章,深情地赞美了边塞高峻入云、幽深秀丽的山水风光。如“峻坂连连叠七层,层层山骨翠崚嶒。行人只作蚕丛看,却是西番下马陵。”(写根忒克西北峻坂)“烟岚遥对翠芙蓉,鄂博犹存旧日踪。飘渺灵山行不到,年年只拜虎头峰。”(写博克达山)虽是西陲肃杀之景,但在纪昀写来却无一丝孤寂冷峭之感,相反在《乌鲁木齐杂诗》中处处展示着“长波一泻细涓涓,截断春山百尺泉”的清新雅洁。

洪亮吉,嘉庆四年因言事获罪,被遣戍伊犁。入疆时,大雪纷飞、天寒地冻，万里行程，令诗人情不能堪。在抑郁苦闷的氛围中，他领略了西北边塞的广袤深邃，于是诗人按捺不住心中翻滚的激情，用冰峰雪谷间的圣洁之水来荡涤心中郁积，他的一曲《天山歌》唱得音调高亢、旋律激昂，给人振聋发聩的心理撼动。洪亮吉一生历遍"九州"之"险夷"，但面对天山他顿被眼前横空腾跃、冰肌玉骨的壮景所感动，贬谪的忧愁及生命的轻忽全消融在天山晶莹透亮的魂魄中，在和天山交往中，他感受的是自然的宽厚博大，而与天山惜别时，他又表现了人山相依的深情眷恋。这种对天山壮景的尽意描绘和忘情赞美，在前代诗人中绝无仅有。

祁韵士，嘉庆九年获罪，十年贬谪伊犁，他以学者的眼光审视考辨了西陲的地形地物，河渠水道，撰为《西陲要略》《万里行程记》，合其它著作，遂为研究西北史地和民族学的重要史料。《西陲竹枝词一百首》附录于《要略》之后，诗文相映，为开发新疆生态环境提供了弥足珍贵的佐证。

林则徐，道光二十年因遭诬革职，旋谪伊犁，道里途中，他观览山川、指掌形势，将身经目见的西北山水纳于笔端，就有洞见其人格高峻英挺的山水诗作：《嘉峪关》《途中大雪》《塞外杂咏》等流传后世，成为研究诗人生平思想的原始材料。

清代徙人流徒众多，除以上有代表性的外，其余暂不述及，但仅此足以说明清代山水诗内涵的空前扩大。

5. 经济发达、交通便利，自觉自主的旅游风尚已经形成，这是清代山水诗境最具张力的一个拓展条件。

满清经康熙一朝的扩张重构，其经济不但得以恢复，而且还有长足发展，甚至已达繁荣兴盛的程度。特别商业大都市的发展和贸易经济的频繁，使得南北东西的交通空前畅通；减轻徭役，蠲免赋税，给人民以休养生息的机会。《圣祖本纪》对康熙王朝评价曰："久道化成，风移俗易，天下和乐，克致太平。其雍熙景象，使后世想望流连。"[①]此等繁盛景象，经乾隆一朝的发扬光大，逐一变而为太平盛

---

① 《清史稿》，第 66 页。

世、“十全王朝”。国力的强盛,必然导致社会繁荣,特别交通业、旅游业的兴旺发达,洎道光以降,随国门的渐次打开,交通业更是有质的飞跃,铁路、邮电、轮船陆续问世于古老的神州大地,一日千里、捷足而登的梦想顷成现实。从康、乾的拓疆开边、休养民生,到晚清迫不得已的洋务运动,有清一代交通业始终为文人士夫游览山川、交友访道提供了空前便利。

袁枚,才情横放而游兴十足,一生乐山乐水,徜徉于五岳江河之间,赵翼评曰:“其人与笔两风流,红粉青山伴白头。”(《小仓山房诗文集题辞》)三十三岁辞官后的袁枚,退居南京小仓山之下,筑园自适,过着吟诗作赋、交友授徒的悠游生活,风流飘洒,花团锦簇。其游踪几遍天下,江浙粤赣、闽桂楚湘、齐鲁秦晋,无不留下他的履痕;三山五岳、江河湖海,无不入他性灵独抒的诗笔。他的武夷、黄山、桂林、雁宕山水诗清空秀丽、真气淋漓,恰恰印证了其“性灵”派的诗学主张,而泰岱华岳山水诗劲健凌厉、飞扬跋扈,实实映照了袁枚狂放奔腾的豪放性格。

魏源,鸦片战起,便奔走国事,是近代中国为数不多的清醒人之一,他一生酷嗜山水,漫游天下,并以此自矜:“州有九,涉其八,岳有五,登其四。”(魏源自钤小印语)在《戏自题诗集》中他很自豪地说:“渊明面庐无一咏,太白登华无一吟。永嘉虽遇谢公屐,台荡胜迹皆未寻。昔人所欠将余俟,应笑十诗九山水。”魏源的山水诗从晋北的太行到湘南的衡岳,从雁宕的月瀑到王屋的冰瀑,凡九州之险,天下之景,无所不纳,无一不精,在清代山水诗的发展历程中,他创造了晚清的辉煌。

张维屏,晚清诗坛闻人,以一首《三元里》唱响了中国近代抗击外来入侵者的强音,他的诗激昂有新声,当时就流传美国。以山水诗创作而论,张维屏亦卓然一大家,他的山水诗内涵丰富,格调幽秀明快而不乏豪宕之气。如“柳深百蜩唱,荷净双鹭拳。……高峰吐白云,缕缕如轻绵。”(《泛舟西湖》)“天使太行折而北,龙门底柱当其冲。有如衔勒控骄马,又若节制縻英雄。”(黄河)

张际亮,闽产诗人,其诗名动京师,且与诸多诗界名宿相往来,因直言骨鲠而与世难谐，在不得意的时光里，他的游踪遍地，穷尽天下名胜。在他的《思伯子堂诗集》里山水诗占泰半，齐鲁楚粤、闽浙皖赣任其诗思驰骋，他把人生的得意与失意、希望和绝望全化解在那一道道险难急流、一座座奇峰峻岭间。张际亮山水诗题材不但宽泛，而且写景很精致，其刻镂摹写闽赣山川滩壑的诗篇尤为其点睛之处。

深入研讨搜辑清人山水诗，我们不能不被那弥天的气势所倾倒，单以数量而论，似有无法穷尽其奥府的空茫感。这种空前的创作成果，如果不是社会经济的繁荣、交通的发展，以及人类文明的进一步开拓，那无疑是不可能取得的。

清代山水诗题材的拓展，不仅表现在宏观地域的广阔上，而且还反映在对一山一水，一丘一壑的微观描摹刻画中。如三山五岳为历代文人所歌咏，匡庐黄山亦是诸朝骚客笔下的胜景，但象清代诗人一样，用精细的手法，独到的观察，细腻的笔触，全方位、立体式地对某一个具体景点进行写实的，在前代绝无仅有。

钱谦益曾宿游黄山，挥毫写下黄山山水组诗。作为一代诗坛领袖，钱谦益含蓄内敛、醇和雅正，但面对黄山的雄放，他整个心灵飞扬了，在黄山的奇松怪石、幽壑飞瀑间重塑自己的人格。组诗首尾相属、一气呵成，对黄山采取立体透视的方法，从不同角度、不同景点切入，全面而淋漓地写出了黄山的奇诡峻伟。由钱谦益开局，咏叹黄山的诗作在有清一代便一发而不能收。如曹贞吉的《黄山纪游诗》一卷，气象宏伟为前代罕见。宋荦评曰："黄山奇境，必有不朽之篇为山灵增重。今读纪游诸什，其高则天都、始信诸峰拔地参天也。其浩瀚无际，则文殊台下之云海也。……此山名作寥寥，向推虞山，今被实庵压倒矣。"(《答实庵书》)

石涛，明宗室，明亡后变僧服，一度隐于黄山吟诗作画，在黄山的启迪感召下，他诗风画艺大进。为此，诗人感慨地说："黄山是我师，我是黄山友。心期万卷中，黄山无不有。"[①]

---

① 《黄山是我师》，见汪世清编著《石涛诗录》，河北教育出版社2006年版，第19页。

桑调元走遍五岳，足履所至，辄有诗咏，集纪行、写景、抒情、咏物、叙事为一体，他撰成《五岳集》，用总量1579首的庞大内涵展示了泰岱华岳等五座名山的险峻雄伟，这在中国古典山水诗史上是一个真正的今古奇观。

姚燮作为地产诗人，他虽经战火洗礼，但仍于战乱中，深情地赞颂着浙东的奇山秀水，其以四明、普陀为主体的山水诗奏响了近代爱国山水大合唱的激越旋律。

易顺鼎，遭逢国变，试图有为于国事，但昏愦的朝政已难容一个既怀大志，又满腹才华的诗人参与力挽陆沉的政事。大志不伸的诗人退而结茅庐山，以山水寄托意绪，摅写心灵，其山水诗以庐山为胜，辅之以峨眉、青城、泰岱、林屋、衡岳、罗浮、天童等。使当世为之侧目。张之洞谓其山水诗“环伟绝特，如神龙金翅，光采飞腾，而复有深湛之思。”(《庐山诗评识》)

刘光第，戊戌六君子之一，他志气高超，为人耿介，是川中晚清诗人的杰出代表。平生不喜交游，但却深爱山水，他的《介白堂诗集》中，写景山水篇幅占过半，其峨眉山组诗为最突出者，如钱仲联先生所评:“这些诗不是用寻常之笔模山范水，而是别具手眼，光怪奇诡，千锤百炼，能使读者仿佛目睹峨眉山的奇异风光。”①

清代诗人冠盖往来，驿路奔驰，借强盛之国力，凭发达之交通，肆情于山水，潜心冥志，借题发挥，把宇内山川风物刻镂得穷形尽相、纤毫毕露。一如徐世昌《晚晴簃诗汇·诗话》论魏源时所说的那样:“平生足迹遍天下，名山大川罔不游历。……其雕镌造化，缒险凿幽之笔，能使山无遁形，水无匿响，凡难显之状，未道之景，一经摅写，如鼎铸象，如镜印影。自汉魏、唐宋以来，亦别为一体。”②

(二)清人自然观念和审美情趣的演进

山水诗的萌动、诞生乃至发展与社会思潮、生活时尚，以及由此而生的自然观念与审美情趣有关。只有当山水作为独立的客体，从

① 钱仲联选编《近代诗钞》，江苏古籍出版2001年版，第1215页。

② 〔清〕徐世昌《清诗汇》，北京出版社1996年版，第2359页。

整个对自然笼统认识的概念中被剥离出来，进入人们的心灵世界，成为人们欣赏的对象而出现在文学创作的视野中，山水诗才可能真正形成。以山水诗发展的历程考察，中国古代自然观的衍变经历了一个漫长过程。

1.《诗经》《楚辞》时代。这一阶段社会生产力低下，人类没有完全摆脱自然力的制约，尽管劳动创造了生活，生活催发了艺术，艺术又产生了美感，但审美意识的纯粹与否，审美心理的成熟与否都有一个演进过程，并且都与这个演进过程的种种社会状况有关，正如普列汉诺夫所说："审美趣味总是随着生产力的发展而发展。"①《诗经》、《楚辞》的时代是人们对自然极其敬畏、恐惧，从而顶礼膜拜的时代，在他们看来万物皆由天造，上帝、山川都是有灵性的神，人间的一切全凭神的"监观"，"皇矣上帝，临下有赫。监观四方，求民之莫。"(《大雅·皇矣》)上天从造物到造人，从给人类提供川原禾麦到给人类创造阳光雨露，他伟大得无所不包，"崧高维岳，骏极于天。维岳降神，生甫及仲。"(《大雅·崧高》)"天生烝民，有物有则。民之秉彝，好是懿德"(《大雅·烝民》)"芃芃黍苗，阴雨膏之。悠悠南行，召伯劳之。"(《小雅·黍苗》)自然神力无边，虽然其有时降罪愆于人间，给生民以惩罚，但先民们还是爱戴它、歌颂它，礼赞它，因为它是无所不在的生灵的守护者："天作高山，大王荒之。彼作矣，文王康之"(《周颂·天作》)出于对自然的代言者和化身的上天的感恩，先祖们通过隆重庄严的祭祀来表达内心的崇敬："敬之敬之，天维显思。命不易哉，无曰高高在上。"(《周颂·敬之》)"我将我享，维羊维牛，维天其右之。"(《周颂·我将》)因为自然养育了我，所以我就赞美它；因为自然降水旱灾难惩罚了我，所以我就要敬畏它。这种把赞美敬畏、诅咒亲近相融而成的情绪反映到文学创作中，就形成先秦人的自然观，即物质功利为主体，道德攀比为羽翼的比德合目的性的自然观。比德合目的性自然观的产生既源于那个特定时代的历史状况，又源于那个时代

---

① 〔俄〕普列汉诺夫著、曹葆华译《普列汉诺夫美学论文集》，人民出版社1988年版，第430页。

生产力所决定的社会思潮。普列汉诺夫指出:"文学—民族的精神本性的反映—是那些创造这个本性的历史条件本身的产物。"①

先秦合目的性的比德自然观不但从《诗经》对自然的礼赞敬畏,《楚辞》的泛神论中能找出证据,而且从先秦思想家的言论中亦能追溯其根柢。"古者包牺氏之王天下也,仰则观象于天,俯则观法于地,……于是始作八卦,以通神明之德,以类万物之情。"(《周易·系辞下》)"是故天生神物,圣人则之;天地变化,圣人效之。"(《周易·系辞上》)"子曰:知者乐水,仁者乐山;知者动,仁者静;知者乐,仁者寿。"(《论语·雍也》)"人法地,地法天,天法道,道法自然。"(《老子·第二十五》)在先秦思想家看来,天地孕含大道,大道化生万物,万物变化上承天象,下启民智,山岳高大沉静,有如仁;水流湍急,随物赋形,好似智,见仁见智,便是知阴阳,知阴阳之变即是善是性,如此才能成大业立盛德。因之,先秦的思想家们特别重视天地万物与人事相通的比德作用:"天之行广而无私,其施厚而不德,其明久而不衰,故圣王法之。"(《墨子·法仪》)"观水有术,必观其澜。日月有明,容光必照焉。流水之为物也,不盈科不行;君子之志于道也,不成章不达。"(《孟子·尽心上》)在比德说的基础上,庄子把先秦思想家的自然观推向了更新的高度:"夫明白于天地之德者,此之谓大本大宗,与天和者也;所以均调天下,与人和者也。与人和者,谓之人乐;与天和者,谓之天乐。"(《庄子·外篇·天道》)"天地有大美而不言,四时有明法而不议,万物有成理而不说。圣人者,原天地之美而达万物之理。是故至人无为,大圣不作,观于天地之谓也。"(《庄子·外篇·知北游》)先秦诸子通过天理阐述人道,利用自然万物之性启迪人性之智慧,从老庄到孔孟,到墨子、旬子、韩非子,以及《吕氏春秋》,那些站在高山之巅的圣人们总是把自然看成人性道德的象征,把艰涩晦奥的哲思睿悟用自然化了的形象暗示出来,由此点燃了中国古代思想与道义的熊熊火光。

根据上述,我们即能理出一条先秦自然观念演化的基本脉络:物

① 普列汉诺夫《没有地址的信》,见《普列汉诺夫美学论文集》,第346页。

质功利(《诗经》)→道德功利(孔子)→物质精神合一(荀子、孟子)→自然美欣赏的萌芽(庄子、《楚辞》)。

2. 两汉魏晋南北朝时期。先秦而降,经两汉过渡,魏晋南北朝是中国古代自然观发生重大转折的巨变期。这一阶段,山水作为审美观照的客体和对象,已逐渐从整个自然体系中剥离出来,或者基本上剥离出来,成为人们生活的一部分。魏晋南北朝的自然观念虽然比《诗经》、《楚辞》时代进步了,但此时人们对山水的欣赏还不是纯情的、超功利的,相反还是合目的性的,即"畅神"悦情、体玄悟道。其中最能说明南北朝自然山水观的应是宗炳的《画山水序》:"圣人含道暎物,贤者澄怀味像。至于山水质而有趣灵,是以轩辕、尧、孔、广成、太隗、许由、孤竹之流,必有崆峒、具茨、藐姑、箕首、大蒙之游焉……夫圣人以神法道,而贤者通;山水以形媚道,而仁者乐。不亦几乎?"宗炳的山水自然观具有承上启下的转合作用,他认为山水体现了某种道德的力量,所以先贤们才会隐于此,从中悟出天地山川的运行规律,发而为文,就成一篇篇道德经论;但宗炳认为山水的价值不仅是悟道,更重要的还在使人百虑尽失,心情舒放,达到精神的畅快:"峰岫峣嶷,云林森眇,圣贤暎于绝代,万趣融其神思,余复何为哉?畅神而已。"[①]与宗炳同时代的王微在其《叙画》中也说:"望秋云,神飞扬,临春风,思浩荡,虽有金石之乐,圭璋之琛,岂能仿佛之哉?"[②]

王羲之春秋暇日,引觞曲流,聚众畅叙山水之情,在他看来:"天朗气清,惠风和畅,仰观宇宙之大,俯察品类之盛,所以游目骋怀,足以极视听之娱,信可乐也!"(《三月三日兰亭诗序》)刘勰的《文心雕龙》通篇将文学与自然纽结在一起,他认为自然山川可以代圣贤立言,而人的情思的激发必待于山川,因而文学家们"登山则情满于山,观海则意溢于海,我才知多少,将与风云而并矣"(《文心雕龙·神思》)

---

① 俞剑华编《历代画论类编》,人民美术出版社 2000 年版,第 583—584 页。

② 同上,第 585 页。

魏晋南北朝体玄悟道、畅神娱情的山水自然观反映在文学上,就滋生出著名的玄言诗和山水诗。玄言诗是悟道的载体,山水诗是畅神的结果,玄言诗是山水诗产生的基础,而山水诗则是玄言诗的升华,因此翻拣南北朝,特别东晋时期诗人的山水田园诗,其思辨悟理的因素随处可见,典型者如"采菊东篱下,悠然见南山。……此中有真意,欲辨已忘言。"(陶潜《饮酒》其五)

3. 唐宋时代。中国古典山水自然观到唐宋虽然有所超越,但还是有合目的性的成分存留,他们尽管追求纯山水自然境界,可受社会思潮及生产力状况制约,其山水自然观依然摆脱不了寄托心志、怡性悦情的规范性,"畅神说"依旧大行其道,山水仍然是诗人们参禅悟理的对象物,唐人参禅,宋人悟理,山水作为客体,还没有真正升华到纯审美的层次和境界。但唐宋人比起前代来毕竟是前进了,他们对待自然的态度更加明朗,表现为把人的情感同自然山水有机融合,达到心与境合,情因景生,景中有情,情境合一的艺术境界。和两晋南北朝诗人们只是穷形极貌、雕镂刻划,追求形似的审美趣味比,唐宋简直是大踏步前进了。这种自然观进步的意义在于使中国山水诗的创作开始由外部象形转向内部会意,由客观物象的描摹转向主观心灵世界的观照。

唐代自然观受道、佛两教宗旨影响颇深。禅宗兴起,道风大盛,其流韵波及诗界,就使山水诗创作无意间烙上空阔无痕、踪迹难觅的虚灵感。在唐人眼里:"世界虚空,能含万物色像,日月星宿,山河大地,泉源溪涧,草木丛林,……一切大海,须弥诸山,总在空中;世人性空,亦复如是。"(惠能《六祖坛经·般若品》)"泯时万象无痕迹,舒处周流遍大千。光影腾辉照心地,无有一法当现前。"(寒山《寒山子诗集》)唐人纵情山水,与山水同化,是追求一种万径人踪灭的枯寂禅意,以及"悠悠空尘,忽忽海沤。浅深聚散,万取一收"(司空图《二十四诗品·含蓄》)的含蓄境界。而宋人沉浸山水,试图在山水间冥思万古,心有所悟:"山光水色滉漾夺目,此岂不快人意,实获我心哉!"(郭熙《林泉高致·山水训》)宋代理学疾起,瞬间流布天下,所以宋人的自然观必由理学浸润漫染,在理学家认为"浮而上者阳之清,降而下者阴之浊。其感遇聚散，为风雨，为雪霜，万品之流形，山川之融结。糟粕煨烬，无非教也。”（张载《张子正蒙·太和篇》）“能尽人之性，则能尽物之性，能尽物之性，则可以赞天地之化育；可以赞天地之化育，则可以与天地参矣。”（朱熹《四书章句集注·中庸章句》）宋代理学核心在性命之说、性情之辨，不管张载、二程，还是朱熹，他们均把自然当成观照理趣、颖悟性命的载体，“知性知天，则阴阳、鬼神皆吾分内尔。天性在人，正犹水性之在冰，凝释虽异，为物一也；受光有小大昏明，其照纳不二也。”（《张子正蒙·诚明篇》）依理学家的思路，宋代思想家、文学家对天地山川等自然物象与性命、性情之关系阐发了自己的看法：“故古之人言道者，莫先于天地，莫先乎身；言身者，莫先乎性；言性者，莫先乎精。”（王安石《王安石文集·杂著·礼乐论》）“性者，情之本，情者，性之用，故吾曰性情一也。”（《王安石文集·杂著·性情》）缘于对性命与天理的思考，宋人往往通过自然节侯、山川相貌来体悟人情、感受生命，欧阳修游醉翁亭，从山水之乐能引发“太守之乐”；苏东坡观赤壁，由江风明月能顿悟生命与自然同化的至理大道。在宋代山水诗中我们随处可见借景悟理，以形显意的篇章：“入峡喜巉岩，出峡爱平旷。吾心淡无累，遇境即安畅。”（苏轼《出峡》）“非时爽气生云雨，永夜寒光浸斗星。千古登临增健笔，投文犹可吊湘灵。”（孔武仲《湖山亭》）宋人的山水诗因受理学影响，其独立的山水意识尚屏蔽在厚重的理趣性命的帷幕之下，故而有平典无味，缺乏山水灵动之韵的嫌疑，如黄庭坚、陈师道、孔武仲、王令等创作就属此类。

考量唐宋山水诗概况，我们可以这样判定，山水在唐宋人眼里还不具备完全独立的地位，没有成为歌咏的主要对象，亦即山水的主体地位还未完全形成。唐宋人爱山爱水，实质上是爱自己，他们把对自身爱的感情移注到山水之中，从而在山水中反观自己、放纵自己、陶醉自己；在山水中寻找属于自己心灵领域的意趣情致，寻觅与自己心灵契合相通的禅意和理趣，由此取得心理上的宁静和超脱，达到与自然合和的境界。因此，我们说唐宋人的自然观还带有明显的社会功利烙痕，不过这种迹象比前一时期显得曲折幽隐，含而不露，只有用心把玩才品鉴得出。

4. 元明时期。 这一时期是自先秦、汉魏，以及唐宋向清过渡的时期。由于社会的进步和人的观念的解放，明代诗人已基本有了独立的山水审美意识，特别舆地之学的大盛，促使文人士子的旅游意识猛然觉醒。于是一大批才学兼具的文士们开始历遍三山五岳、江河湖海，用全新的视角审定品味山水的价值，还原山水的本来面目，使山水从整个自然的笼统概念中分离出来，成为独立完整、自在自为的审美对象而进入文人们的创作生活。山水在明代逐步抹去了寄托心志、参悟性理的载体的印痕，为清代山水自然观的形成和发展奠定了基础。

明代山水自然观有两大特点：一是山水既然是独立的，所以山水与人一样都具备主体地位，人与山水合一，山水和人相通；二是山水既是主观的，可以映现人的性情、感发人的心志，同时又是客观的，它可以让人欣赏，歌咏，入诗入画，成为人们审美的观照物。王艮说："尘凡事常见俯视无足入虑者，方为超脱。……须见得自家一个真乐，直与天地万物为一体，然后能宰万物而主经纶。所谓乐则天，天则神。"(《王心斋全集》)在王艮看来，人的"真乐"蕴含在"天地万物"中，人只有"与天地万物为一体"，才能得到真乐，这是明代普遍的天人合一说。为此洪应明的《菜根谭》形象化地指出："昼闲人寂，听数声鸟语悠扬，不觉耳根尽彻；夜静天高，看一片云光舒卷，顿令眼界俱空。"公安三袁以品山水的美文著称，袁中道把山水看成人生知己，尽情倾诉心肠："彼文人雕刻剪镂，宁不烂漫，岂知造物天然。色色皆新，春风吹而百草生，阳和至而万卉芳哉？"(《解脱集序》)唐志契以画论家的眼光，十分精到地说明山水与人生、与艺术的相互关系："凡画山水，最要得山水性情。……自然山性即我性，山情即我情，而落笔不生软矣；……自然水性即我性，水情即我情，而落笔不板呆矣。"(《绘事微言》)凡写真山水、画真山水必得山水之真性情，山水之真性情便是人之真性情，要达到这个境界，就必须坚持天人合一的自然理念。明代山水主体意识的确立，一方面催生了方志舆地学的兴盛，一方面促成了文士们游赏山水的雅趣，使明代以游记为主题的小品文勃然兴起。王士性遍历五岳，足迹几尽南北，其《五岳游草》《广志绎》被时人评为“将毕生精神与叠嶂层峦、扶舆磅礴之气相遇”的“能落笔摇五岳”[①]的巨著。或许他的《五岳游草自序》能为明代自然山水观作一个绝佳的注解。

对于山水从附庸到独立这样一个现象，许多具卓见的学者早已论及，如李泽厚在《美的历程》中说：“山水由附庸而真正独立，似应在中唐前后，随着社会生活的重要变化和宗教意识的逐渐衰淡，人世景物从神的笼罩下慢慢解放出来，日渐获有了自己的现实性格。”[②]这虽是针对山水画而言，但于山水诗亦可作为参照。由于画与诗表现手段的殊分，山水诗中那种理趣思辨的情境在画里无法表现，所以山水在画中的独立比诗中要早。山水在诗歌领域里真正走向独立，成为独立自在的客体而进入人的审美视野，变成人们抒写的对象，应在中国古典自然观和审美观集大成的时代——清代社会。

5. 清代时期。清代诗人在前朝各代诗人的基础上，开始形成了自己独特的审美观念和自然观念。他们吸取了前代诗人的优秀成果，借鉴了前人认识自然、品味自然、临摹刻画自然山水的经验，把自己的品味和情趣提高了一个层次。他们能较多地用无功利目的的眼光去探索自然山水，叩响自然山水的大门，在对自然山水直接摹写吟唱的过程中，融进个人的真情挚爱。清代诗人对山水的观照是直接的，这种直接表现在剔除了许多宗教观念、社会功利和生活思辨的介引而径入山水，拨开了笼罩在山光水色之上的一层玄理禅意的迷雾，使人的审美目光和山容水态在顷刻间发生关系，表现出一种纯美的境界。清代诗人因借鉴前代山水诗艺术意境，以及摄取自宋元以来山水画艺术表现手法的缘故，所以他们在观赏吟味山水时所产生的感情，不只是通过理、趣、意的空寂诗境表达出来，而更多的是借重山水的形象，通过对山水形容的描写外化出来，构成“无我之境”。基于

① 林云铭《五岳游草序》，见〔明〕王士性《五岳游草》《广志绎》，中华书局 2006 年版，第 26 页。

② 李泽厚《美的历程》，中国社会科学出版社 1984 年版，第 207 页。

这种观念,清代诗人既重“形似”的刻意追求,又重意境的着力构建。他们在“形似”的基点上,深刻地透露出自然山水的生命力,这种生命力的激活,系诗人在力求外在形貌真实的基础上,对自然山水内在神情气质的透视并抉发。如果把张问陶的《江上》同王安石的《江上》作一对比,就很能看出清人的山水观念同前人的区别。张诗重在江上景色的描绘,有如工笔画,布局合理、结构严谨,远近不同、高低错落,色彩明丽、形象突出。不仅有形有色,而且还声势夺人,在这样的景色中主体的心灵完全被一种美的境界所陶醉,诗歌重在形似,又不离神情韵致的刻划。王诗则不然,写景与悟理参半,并且结句以思辨的理致告终,这就充分说明山水在宋人的心中还不是当作美的形体单独加以描述赞美,他们在观赏山水时,总要悟出一点什么来。以上二诗所写对象相同,景物气氛近似,但其表达的含义和情趣大相径庭,分野在于自然观念的不同。

再把赵执信的《渡河》同杜甫写三峡江水的《滟滪堆》进行对比,可鉴别出两诗截然不同的风貌,而这种不同正好是自然观相异所造成的。《渡河》写诗人乘船渡黄河的情景和感受,全诗写景浑然一体,水的态势外观与人的心理感受紧紧相融,构成了开阔雄奇的艺术境界;杜诗着力描绘滟滪堆的奇险惊艳的景象,在一片惊涛骇浪中诗人推出:“干戈连解缆,行止忆垂堂”的结局。特定的社会环境和经历形成了诗人杜甫的世界观,纵然在山水诗中也能看出社会现实的影子。“干戈”句是对全诗的总结,从深层含义上表达了诗人面对奇险诡变的自然景象所发生的感受与慨叹,在此,诗人把奇绝的山水同战乱危机的社会联系起来,从而在他的诗歌里带有明显的社会事功的痕迹。与此相比,《渡河》则没有这种迹象。

山水在清代诗人笔下显得自然纯净、神采飞扬,很少有尘滓气。如“吴头楚尾路如何?烟雨秋声暗白波。晚趁寒潮渡江去,满林黄叶雁声多。”(王士祯《江上》)“五层台已极,阴壑昼常昏。六月吹残雪,飘飘度雁门。”(沈德潜《五台山》)“中流擘箭下危矶,望里遥山入翠微。帆影犹龙冲浪出,水声疑雨挟舟飞。”(沈德潜《渡江》其二)“风中梳裹雾里藏,雨是浓妆月淡妆。莫道玉女长不老,秋来也有鬓边霜。”

（袁枚《玉女峰》）“沿江无数好山迎，才出杭州眼便明。两岸濛濛空翠合，琉璃镜里一帆影。”（纪昀《富春至严陵山水甚佳》）“青铜峡口过轻舟，百八亭亭塔影浮。奇绝两山中擘处，黄河千古自东流。”（严禹沛《青铜峡》）“凤巢不绿琪花雕，赤城在咫春霞消。嬉兰抱瑟去西澥，山屏一角空烟鬟。玉蟾沉沉北斗夜，百级琉璃照台榭。山川了了如布棋，万里潢流自高泻。仙之人兮不可期，石鼯松麝相邀接。扶摇九万直一瞬，大鹏肯挂眉睫飞。”（姚燮《会仙峰》）。再如屈大均的《游罗浮作》《望岳》（衡岳）；宋荦的《小孤篇》《城西陂泛舟二首》；顾贞观的《栖贤寺三峡桥》；赵翼的《庐山纪游》；蒋士铨的《太行绝顶二首》《湖上晚归》《金山》《康郎山》；管世铭的《西湖》二首；黄仲则的《登衡山看日出用韩韵》《齐山》等，其余不再赘举。由此即可见出清人写作山水诗时对自然山水所持的态度。

不仅一般清代诗人写山水是这样，就连那些生当朝代鼎革、民族沦丧之际的遗民诗人写山水诗，也很少剑拔弩张、托物明志。即或有借景抒情，藉山水来表达故国之思的作品也写得曲折隐晦，以形象寓感慨，不似宋人在国破家亡时痛心疾首，发而为诗便呼天抢地，借山水之形，直抒心中忧愤，这是清人在写作山水诗时的自然观念和对待自然景物的态度所致。如魏际瑞的《金山》：“大江东去海门宽，万里奔流激箭端。不信山从水底来，却忘身在画中看。龙窝灯火千株动，蜃气楼台一点寒。谁道风波不可涉，风波危处却平安。”这首诗以金山为基点，展开对江山胜景的勾勒描画，大江滔滔、奔流不息、水涌山动、人融景中、一种江山一色、浑融贯通的情境从笔底涌现，使人感到江波如怒、力撼金山的气概。再如王夫之的《重登双髻峰》：“拾级千寻上，登临一信难。日斜双树径，云满曼花坛。龙雨腥还合，佛灯青欲残。振衣情不惬，北望暮云寒。”虽有一股排遣不开的忧愁情结，但诗人却将其表现得隐幽曲折，让读者在山形水态的直观描写中去揣摩捕捉。

因为自然观念的转化，清人对自然山水的审美观念也发生了相应的变化，这一变化在山水诗中的体现便是穷尽山水的形体相貌，力求真实地表现出山水的本质。

沿着以真为美的轨道,清代诗人们在创作山水诗时,师法自然,把自然当作第一摹本,幽思冥想,竭力寻找着与自然相切的交点,从而写出山水的雄奇奔放、高大峻伟、怒涛排空、波光荡漾的形貌气质,把山水博大精深,怡情悦性的精神内蕴传达出来。正如假托王昌龄之名的《诗格》所言:“欲为山水诗,则张泉石云峰之境,极丽绝秀者,神之于心,处身于境,视境于心,莹然掌中,然后用思,了然境象,故得形似。”清代诗人正是在广泛的游历中,见识了许多山山水水,他们把山水看成人生第一知己,深入到山水之中去,细细地观察、吟味山水的形质状貌,由此创作了以真山真水为底本的充盈着真美的山水诗作。如查慎行的《雨后望九华山》写雨后远眺九华山的景象,因是远望,所以诗人对九华山的描绘采用总体把握的方式,从横、侧两个角度,突出了九华山的形貌特征:“九朵芙蓉并插空”,然后在此基础上,展开了对九华山四周景色的描绘,旨在烘托九华山。这首诗写九华山重在气韵和神情的渲染,但这些渲染全是在山形体貌的总括描绘中展开的。

在清人的山水诗中,处处透露着一种真实、贴切、形象、自然的感觉,这与清人深入山林岩岫、河湖泽国搜奇揽胜的精神分不开。通过对山林水泊的深切体验。清人描写山形水貌时能笔笔见工、丝丝入扣,处处显出真山真水的真面目。如宋荦笔下的许多山水就给人仿佛身临其境的感觉,一丘一壑,一水一泉皆能表现出各自的形神特征,之所以这样,恐怕得力于诗人精确细微、纤毫不漏的描写手法。另外,姚燮的普陀四明诸诗也能穷尽山形水貌,通过艺术概括,细致婉曲地把这些山山水水的形象刻划出来。不仅这些写实的诗人能忠实山水的原型,表现出山水的神情气韵,就是那些高倡神韵、性灵的诗人也能工笔刻划出山水的真实面貌,在表现山水的形象时极力求真,在真的前提下,抒发诗人一腔奔腾不已的热烈情怀。如袁枚的《同金十一沛恩游栖霞寺望桂林诸山》,大量运用神奇的比喻,写桂林诸山的形体气质,令人心驰神往。再如王士祯的华山诸诗,以及蜀中纪游诗,用千变万化,腾卓高蹈之笔写尽了秦蜀一带的山川形胜,恍若导引读者去领略那一番雄奇奔放、高峻挺拔的山水风光。这些艺术效果的产生是诗人以真为美、力求写真的美学思想的结晶。

“真”是一切美的事物的本源和基础，离“真”则无所谓美，离“真”则一切事物会变成虚假，所以清人的审美原则中把真实强调到至关重要的程度，他们认为真实的诗画来之于对真山真水的描摹刻划，以自然为师。著名的山水画家石涛主张：“搜尽奇峰打草稿”，程正揆认为：“天地是一幅大山水，人却向画中作画，何异梦里寻梦耶。”渐江曰：“敢言天地是吾师”，龚贤云：“心穷万物之原，目尽山川之势。”这些观点都说明了清人的眼光已从呆板的师法古人，转向了对自然山水的穷究和探讨，从而奠定了清人创造美的诗画境界的根基。其中最能体现这种以真为美的审美原则，力图写出真山真水的神貌气骨的应是魏源。他的前后《游山吟》基本可说是他自然山水观念，以及美学精神的宣言。魏源游山水不是浮泛的，而是潜心冥思，身体力行，把自己的灵与肉完全融化到大自然中去，从而他发明了“游山学”。“游山学”的基本精神内核，就是要求人们对山水的深入，在深入融化的过程中，找出人与大自然、与山水息息相通的接合点和切线。由此，他认为游山水必须深入山水的肺腑，才能真正把握山水的真形体、真精神，即使再逼真形象的图画都是虚假，只有本体的山水才是真的。在这种自然山水观的美学原则规范下，他的山水诗善于通过多项比较，刻划传达出不同山水的形象和神韵，使真美的精神在他的山水诗中大放异彩。

纵观清代的山水诗，我们发现许多诗人笔下的山水都有自己的形神气骨，而不再是经诗人心志选择和价值判断后蒙上了一层理趣禅意的山水。清人对山水的描绘尽可能力求真实，做到为山水代言，让山水以自己独特的面貌呈现出来，犹如石涛《画语录》中所说：“山川与予神遇而迹化”，“山川使予代山川而言也。山川脱胎于予，予脱胎于山川也。”这种人与自然，主观与客观的相互融合，相互化生正好反映了清代人的山水自然观和审美观，以及清代山水诗的基本艺术精神。

由上述可见，清人对待山水自然的态度迥异于前代，他们的自然观既在前人的基础上诞生，又革除了前人功利性的赘疣，使山水自然观进化到纯审美的领域,从而山水便真正脱去了社会化的功利性外衣,走向属于自己的席位,开始成为人们追慕吟赏,观照审视的对象。

(三) 表现手法的空前拓宽和日臻完善

由于清代诗人对待山水的态度和审视的角度有异于前代,因此他们在创作山水诗时既穷形尽相地刻划描摹山水之形,又能发幽探微去捕捉山水之中蕴含的诗意,着力于一种艺术意境的创造和构建。他们一方面继承了魏晋南北朝诗人穷貌写物的雕镂刻划,只求形似的表现手法,又吸收唐宋人静赏自然,调理性情,在自然山水中追求意境和情致的艺术精华,让形似和神似紧密结合起来,达到形神兼备、情境交融,使山水诗的创作进入了一个新的历史时期。

清代山水诗在艺术表现手法上与前代不同的很重要的一个现象是诗体的扩大,描写的细腻,诗境的拓宽。

诗体的扩大主要表现在两个方面:一是大型组诗的构建与进一步广泛使用;二是长篇歌行体的大量引入。

如果前代诗人创作山水诗时,较少用组歌的形式,那么至清代组诗的运用已蔚然成风,构成了清代山水诗表现形式上不可或缺的重要方面。清代山水诗中组诗的创制和运用大体呈现这样两种状态:一是用同一题目写一组首尾呼应,相互并列的诗歌,或者描写同一对象,或者刻划不同的景色。如屈大均的《观海》:"始知元气大,为水竟包天。一片洋船落,微茫在暮烟。"(其一)"有天皆化水,无月不生潮。万里长堤外,波涛极沃焦。"(其二)"日出当中夜,红轮十丈余。海波烧尽赤,掩映是扶胥。"(其三)这组诗集中描写的是大海,尽管诗人观海的角度不同,但全诗描绘状摹的焦点始终凝聚在大海上,写出了大海的各种形神姿态。袁枚的《从端江到桂林一路山水奇绝有突过天台雁荡者赋六言九章恐未足形容终抱歉于山灵也》,用同一题目,写不同的山水景物,使诗歌首尾连接,相映成趣,好似一幅长卷画面,写尽了端江至桂林一路"突过天台雁荡"的"奇绝"山水:"我爱昭平阳朔,峰峰长箭勾连。疑是宋康武乙。张弓同射青天。"(其五)"碧簪照水横抽,石笋当空孤插。造成阿育天王,八万四千宝塔 。"(其八)"可爱溪流清浅,数来石片分明。且作沧浪童子,终朝濯足濯缨。"(其九)

再如魏源的《黄山绝顶题文殊院》(五首):“峰奇石奇松更奇,云飞水飞山亦飞。华山忽向江南峙,十丈花开一万围。”(其一)“不知何处是尘埃,竟踏青天顶上来。欲觅寺僧无响导,山门空待白云回。”(其二)“一线天开透出崖,如人坠地眼初开。莲花仙掌撑空起,直是重游太华来,”(其三)《江行杂诗》(八首):“四面龙为宅,孤峰虎不家。湖天万顷月,春雨一州花。诗似水无岸,雁先帆落沙。中宵仙客过,满壁写槎枒。”(其一·君山)“江声兼汉壮,山色渡湘青。两岸争云树,孤帆入杳冥。繁花无寂寞,卑湿月晶荧。中夜闲鸥梦,随风落洞庭。”(其二·汉口)“去岸才三里,离尘已万里。直将庐岳月,对此一拳峰。路折层层槛,涛寒面面松。临湖谁叩石?疑是隔江钟。”(其八·小孤山)。这类组诗在清代山水诗中很常见,如屈大均的《浮琼海(三首)》《雨过三峡桥上作(三首)》《湖中望匡庐瀑布(五首)》;龚鼎孳的《富春渚(二首)》《雨后将抵晓江(三首)》《登北固和吴岩子韵(三首)》《游七星岩(四首)》。此外,《珠江月夜》《过梅岭》《峡江舟夜》均为组诗;朱彝尊的《江行(三首)》;王士祯的《十八滩三首》《江上看晚霞三首》《竹公溪二首》《西陵竹枝词四首》《华山集诗(七首)》《入庐山口号四绝句》《裂帛湖杂咏六首》;宋荦的《孤山三首》、《盘山诗六首》《海上杂诗(二十四首)》《重游盘山七首》《庐山诗六首》《天平山四首》;查慎行的《九日同赤松上人登黔灵山最高顶四首》《二十六日扈跸至兴安岭有旨命臣等登绝顶远眺恭纪七律四首》;赵翼的《罗浮纪游(七首)》《庐山杂诗七首》;蒋士铨的《太行绝顶》(二首);洪亮吉的《渡乌江(二首)》《泰山道中五首》《清晓由周至书院二十里入南山游玉女泉历黑龙潭并憩仙游寺作五首》《入太白山三里憩上池作五首》;黄景仁的《山行杂诗(五首)》;张问陶的《由三分水至楠木围出峡(五首)》《黄牛峡(三首)》。写作组诗最多的还是魏源,他的组诗包括下列篇章:《华山诗(三首)》《华山西谷(四首)》《岱麓诸谷诗(六首)》《嵩麓诸谷诗(五首)》《登太行绝顶(五首)》《太行诸谷(四首)》《重游百泉(四首)》《盘山游纪(四首)》《嘉陵江中诗(三首)》《拟庐山石门涧诗(三章)》《天台纪游(六首)》《四明山中峡诗(二首)》《武夷九曲诗(五首)》《贵溪象山龙虎山诸诗(四首)》《永嘉山水補谢诗(六首)》《黄山诗(六首)》《湘江舟行(六首)》《粤江舟行(七首)》《游山吟(八首)》《后游山吟(六首)》《庐山纪游(六首)》《桂林阳朔山水歌(三首)》《湘江舟行(四首)》《过洞庭(四首)》《龙门(二首)》《嵩岳(三首)》《华岳(三首)》《天台山杂诗(五首)》《阳朔舟行(六首)》《乌龙潭夜坐(六首)》《楚粤归舟纪游(四首)》《湘江舟行(五首)》《赣江舟中棹歌(七首)》《庐山杂咏偕蒋子潇(十三首)》。姚燮也有许多此类山水组诗,兹不赘述。

清代山水组诗的第二类形态是用不同的题目,写若干首相互独立,又有关联的诗歌连缀而成一组较大的诗群,它们或对某个特定的地区,或对某个具体的山水从不同角度和侧面,进行整体景观的雕镂刻划。这类组诗表现为诗人在出使、宦游,或其它游历的过程中所写的纪游诗。如龚鼎孳的粤游组诗;朱彝尊的永嘉杂诗;王士祯的蜀秦粤纪游诗;洪亮吉的秦地黔中纪游诗;张问陶的蜀中山水诗;黎简的粤中风光诗等,都是体制鸿大,结构完整,在内容上既相互独立,又有关联的山水诗群。它们有的一组多至数十首,如王士祯的秦蜀游诗都在三十首以上;洪亮吉的黔中山水诗多达上百首,秦中纪游诗也有二十六首之多;有的一组最少也在十多首以上。这些诗基本上按诗人的游踪排列,从头至尾,井然有序,既是诗人游踪的忠实记录,也是诗人对所见所历山水景观的总体描绘;此外,这类组诗还表现在对某个具体山和水的微观刻画与整体把握,通过各个方位、各个角度的透视,对这个具体的山和水作面面观。这样的组诗中,每首诗是独立的,是对具体山水的各个"构件"的探幽发微式的分解描摹,又是相互连缀的,由它们的有机合成,使组诗所表现的山和水呈示出强烈的完整性与立体感。如钱谦益、沈德潜、袁枚、洪亮吉、黄仲则、魏源等人的黄山组诗;王士祯、宋荦、袁枚、蒋士铨等人的庐山诗;赵执信的太行诗、大海诗;洪亮吉的天山诗;姚燮的普陀四明诗,均属此类。

在清代以前,歌行体的诗歌体裁很少用来创作山水诗,这样就从篇幅上大大限制了山水诗的表现容量,使诗人不能淋漓尽致、随心所欲地描绘山水景色,逼真细腻地勾勒一幅完整的山水图画,更无法抒发由山水的美所引起的对山水强烈热爱的感情。这种不足在清代诗人的创作中得到了完善的补偿,从而使山水诗的创作在表现内涵上空前扩大了。这种扩大为诗人状难状之景，尽未尽之意，穷形写貌提供了必要的手段；这种扩大为诗人表现山水美的意境，抒发对山水的无尽热爱之情开辟了自由而广阔的天地。

清代诗人以歌行体为表现形式的山水诗，大多以描写细腻，抒情宏肆而见长，这在前代也相对罕见。如清初诗坛巨手钱谦益的黄山组诗基本上是用五七言排律或歌行体创制而成。著名的有《天都瀑布歌》《初九日发朱砂庵迳观音岩登老人峰》《登始信峰廻望石笋矼》《天都峰》等。其中《天都瀑布歌》是最具特色的，诗写大雨中天都瀑布飞流直下的壮观景象，铺陈排比，一气呵成，把天都瀑布撼天动地的壮景描绘得淋漓尽致。这首诗以歌行体写来，跌宕起伏，舒展自如，写景真实，抒情自由，真情实景交织融汇，构成了气势庞大、波澜迭生的艺术境界。

清人每游山水，辄有登临送目、骋怀放歌之作，这些作品境界开阔，感情奔放，写景细致，想象奇特，上自王公贵胄，下至遗民布衣，用歌行体写作山水诗在清代已蔚成风气。如黄周星的《六月六日登洞庭西山缥渺峰放歌》；顾炎武的《劳山歌》；陈维崧的《屋后望太行山歌》；屈大均的《华岳》（百韵）；赵执信的《太行绝巅望黄河歌》《清明登云门山》；查慎行的《小孤山》《渡洞庭湖四十韵》《十月朔五更鹰窠顶观日出》；厉鹗的《泰安道中望岳作歌》；宋荦的《小孤篇》《登华山绝顶望太湖歌》；康熙第三子诚隐郡王允祉的《双峰歌》；沈德潜的《游焦山作歌》《登文殊台作歌》《黄山看云海歌》《登光明顶放歌》《华顶观日月同度》；蒋士铨的《游从姑山》《开先瀑布》；赵翼的《登金山塔顶放歌》《栖贤寺瀑布》《阳朔山》《高黎贡山歌》《庐山纪游》；管世铭的《望华岳》；洪亮吉的《天山歌》《凉州城南与天山别放歌》《夜从落雁峰足至莲花峰》；黄仲则的《前观潮行》《后观潮行》《登衡山看日出用韩韵》《天门山》《大雨宿青山僧寺》《天都峰》《游九华山放歌》《大雷雨过太湖》《游四明山放歌》；张问陶的《登凤岭绝顶俯看云气同亥白兄作》《柴关岭》《壬子十二月六日与亥白兄携酒游凌云山》；姚燮的《鲇鱼口泛舟出太湖眺洞庭山》《扬帆过鳖子门》《登干山绝顶俯眺二百八十峰浩然作歌》，此外袁枚、魏源有大量的长篇歌行体山水诗作，不一一列举。

以上仅是清代各个不同时期例举出几位有代表性的诗人,管窥蠡测,已足见清代山水诗中歌行体的引入已成大观,比起前代精致纤巧的诗歌体制,这种歌行体无疑大大提高了山水诗摹形写意,抒情言志的表现能力。如庐山瀑布、泰岳云海,为历代诗人所歌咏吟唱,但不同时代的人所凭借的表现手法不同,选用的诗歌体式不同,表现出来的神情气蕴、形态姿容也就不同。蒋士铨的《开先瀑布》、赵翼的《栖贤寺瀑布》与李白的《望庐山瀑布》、徐凝的《庐山瀑布》就有极大差异。蒋士铨的诗歌总写开先瀑布惊天撼地的气势,以及诗人面对此景所生的感慨,深深表达了他对山水无比挚爱的情怀。李白的《望庐山瀑布》写瀑布不在于对瀑布本身作细致精工的形象描绘,而在于整个神情韵味、气象意境的捕捉。他不似蒋士铨对瀑布作过多的渲染和烘托,而是用一虚拟的比喻形象地展示了"飞流直下"的气势,使全诗奔涌着一种涵盖天地、囊括万物的气韵,充分体现了盛唐诗的风格:情和景完美交融,物与我浑然一体。在诗中找不出诗人的痕迹,但诗人的灵魂却一直盘旋在诗歌里。与李白这种无我之境比起来,蒋士铨的诗歌自始至终有诗人的活动在,写景——抒情是构成诗歌的两大部分,景为情设,情因景生,细腻的景色描绘和脱颖而出的感情抒发融汇成一种热烈奔放的有我之境,从一个侧面体现了清人的气魄和精神。

由以上例诗可见,唐人与清人的差异,除了审美情趣、观物角度、艺术境界外,还体现在艺术表现手法,包括诗歌体制的选用上。由于清人选用了以歌行体为主的长篇巨幅的诗歌形式,所以使山水诗从前代那种表现容量小,不能极尽心臆地写景抒情的局限中解放出来,从而加强了山水诗的表现厚度与力度,为中国山水诗创造更完美的意境,抒发更强烈的感情闯出了新途径。

清代山水诗是在继承吸收前人山水诗优秀成果的基础上发展壮大的,所以它与前代山水诗有着密切的血缘关系。正因为清代山水诗融汇聚合、汲取借鉴了前代成功的经验,所以它就比前代山水诗在表现艺术、描写手法、抒情创意方面显得更完善、更成熟,在清代诗人的努力下，山水诗的创作达到了中国山水诗艺术的巅峰，它远远超越了前代山水诗的创作水平。有人评论清代山水诗说："元明清的山水诗是唐宋山水诗之遗绪，没有跳出唐宋的窠臼，也没有更多的变化和发展。""诗人们的山水之作无非是唐宋山水诗的遗绪，在审美性与社会性的结合上，没有突破他们的前辈诗人，或学唐、或学宋，因袭模仿，没有更多的创造了。"（张秉戍《山水诗歌鉴赏辞典・前言》）上述观点并非一家之言，而是基本代表了百数十年间研究者及其学界对明清山水诗的价值判断。诸多论家、文学史家论及中国古典山水诗不是戛然而止在晚唐、两宋间，就是只关注魏晋南北朝、唐宋的几大名家，而对后世，尤其清代忽略不提，这不能不是一个极大的缺憾。

要补缺释憾，还清代山水诗的本来面目，给它一个公正的历史评价，我们不能不辩证清诗与唐宋诗的关系，将"崇唐宗宋"论放在历史发展的客观背景下进行简单剖析。

中国古典诗歌从元明以降，总是在徘徊中前进，在巨人的阴影里徜徉，所以，求生存、谋发展便是第一要义，为了能在艰危的环境中保留话语权，抑或取得主导地位，各派诗人之间展开了偶像的角逐，前朝各代的大家、名家竞成互相标榜的旗帜，"崇唐宗宋"说由此应运而生，甚至成为数百年来断不清的公案。

如果以历史的眼光看，唐宋诗无疑代表中国古典诗歌两峰并峙的高潮，为后世确立了可资借鉴的规范，尤其在诗体方面，后代的诗歌创作确实没有突破这个规模与定式，而且作为一种典范，后代诗人从艺术审美、意境营造、谋篇布局、表情达意、锤字练句、押韵合辙等方面确乎将其奉为圭臬。但形式和诗艺的学习与继承并不能取代清诗在内容上的创新与发展，诗歌和别的文学样式一样，它也随时代的发展而出新，并不是一味的机械模仿，拾人牙慧的亦步亦趋。

清代因风云激荡、海飞山立所形成的心灵震撼唐人没有经历过；清代因满汉斗争而形成的文字之祸唐人未曾尝试过；清代因列强相继侵入而遭遇的国耻唐人没有体验过。清代社会绵延二百多年所积聚的点点滴滴渗透到清人的血液中，就形成他们的喜怒哀乐、歌哭行吟。清人前后相续，把自己身经目睹的悲欢离合、人世沧桑聚集起来就凝成有清一代的社会生活史诗。

从个人遭遇看,清人在国破家灭的危亡时刻,都能慷慨激昂、奔走呼号,以挽救民族为己任,不管是清初的节烈诗人,还是生逢鸦片战起的爱国诗人,他们面对故国陆沉、异族入侵的残酷现实,或亲身参与战斗、或四方奔走呼号,试图以螳臂之力挽起中华民族抵御外侮的长城,那些凝结着血泪与战火的诗篇始终回荡在历史的长空中。同样发生在唐代的安史之乱,足以倾覆一个国家,但唐代的诗人们罕有参与抵抗的,即使最伟大的诗人们也一变而为难民,由此,时代不同,人生遭际不同,所处境遇不同,因其促成的思想观念,价值取向亦不同,这种不同投射到诗歌创作中,就构成清人独有的"我自横刀向天笑"的悲壮风格。概观清人诗歌内涵的特质,我们不难发现清人永远是清人,怎么能因诗体上的学习继承来否认他们自身的存在,就像我们今天穿汉唐的衣服,吃汉唐的饭,能说我们就是汉人唐人吗?借郑燮的话来说,就叫"板桥诗文,自出己意,理必归于圣贤,文必切于日用。或有自云高古而几唐宋者,板桥辄呵恶之,曰:'吾文若传,便是清诗清文;若不传,将并不能清诗清文也。'"如此落地有声的语言,正可代表有清一代众多具远见卓识的诗人的文学观。

以山水诗创作本身来分析,清人与唐人不但自然观念殊分,而且游历目的、游赏方式亦有区别。唐人作诗重在气韵,喜欢在心灵的世界里寻觅玄空超远的禅悟,他们的山水诗有时脱离现实的自然,用"想象得之","用意广远,属词亦得其大概而已",其写景往往流于"未暇探真源"的"托空言"(方文《马上偶然作》)李长祥在为方文作的《鲁游草序》里说:"李供奉,蜀人也,蜀山水之奇,供奉诗不及焉;杜工部在蜀,亦惟瞿唐、剑阁有诗耳。以峨眉之奇而工部不及焉,供奉则有峨眉诗,然仅一绝句,其游山东也,有泰山诗五首,而孔庙不及焉;工部则俱不及,其在任城止《望岳》一首耳。古之人于诗,其思力之所至,则为之,其不为者,想亦其思力有所未至也。"[①]李白、杜甫一生仗剑远游,行万里路,驻华岳之下,过衡峰之前,经泰岳之旁尚且不能尽

① 〔明〕方文《嵞山诗集》。

心搜奇探幽，写出真山真水的真面目真精神，可见唐人山水诗观念在空灵，以“思力”为之，若“思力”不至，则山水遁形矣；清代诗人则不然，在游历山水、观览自然的过程中，不仅心思神往地追觅大自然蕴涵的真气，而且还身体力行，蹑危履险，无奇不探、无幽不发，在感同身受、耳濡目染的心灵颖悟中，既写出山水的色相实体，极尽刻镂描摹，又创造着超越山水形体本身的空灵透脱之境界。“诗也者，天地间自然之声偶会于吾人之情兴，遂载诸笔墨以出，实非吾所能刻意以求也。”（钱澄之《孙静紫游诗题词》）[①]“探奇抉幽”、“渐进自然”是清代诗人创作山水诗的基本原则。如果把李白的“明月出天山”与洪亮吉的《天山歌》《凉州城南与天山别放歌》加以对比，就足征唐人和清人山水诗创作的分野：一以想象，空阔浑茫而缺乏真实；一以写实，大气磅礴而真气淋漓。由于创作山水诗的思维不同，所以唐人与清人山水诗的韵格和视觉相去较远，故而臆断清代山水诗乃“唐宋之遗绪”的论点就毫无根据。

再说一个王朝的社会风尚和意识形态造就了一朝诗人的理想追求，由此导致了他们对人生、对现实的认知心理。唐代诗人多渴望建功立业，他们通过种种途径力图跻身朝堂，于是走终南捷径的，攀附佛道两门的，拉扯裙带关系的，不一而足。唐人是在亦仙亦佛的捉摸不定中品尝着自己的世俗味，越是空寂玄远，越是显出唐人的失意和落寞，他们竞相角逐，显露诗才，但终唐一代，很少有人在诗歌中抱持与统治者的离立心态。李白为清高孤傲，不与世谐而蔑视权贵的典范，但他一生挣扎在希望和失望、得意与落寞交织的矛盾之中，得意时他可以高歌“仰天大笑出门去，我辈岂是蓬蒿人”，落寞时却愤激地喊出“安能摧眉折腰事权贵，使我不得开心颜。”不管进也罢，退也罢，李白心中始终不忘的是平步青云、有所作为。杜甫人品卓绝，诗品达到高山仰止的圣境，他的理想是“致君尧舜上，再使风俗淳”，因之他的诗最多做到“美刺”的地步，而不可能更进一步表达对腐朽封建统治者否定与离心的态度。即使白居易的新乐府也只能站在同情悲悯的立

① 〔明〕钱澄之《田间文集》，黄山书社 1998 年版，第 392 页。

场对民间痛苦的生活进行表象化的描述。隔近千年的历史云烟,清代诗人感受了异族统治的残酷和禁锢,他们处身刀光剑影、文网交织的险恶环境,仍然不忘与统治阶级的抗争。终清一代,我们总能聆听到庙堂雅声掩抑下的悲壮的反叛之音。从清初遗民诗人大胆揭露统治者暴行,直面惨淡的人生,坚拒朝廷强征力辟的行为,到清末诗人高揭爱国旗帜,疾呼挽救沉沦,把矛头直指统治者的大义凛然,清代诗人们始终没忘记做为社会精英的道义和责任。严迪昌先生的《清诗史》对清诗的"朝""野"之势曾作过精辟述论,严先生认为清诗的在野派自甲申乙酉形成,乾隆以降而发生新变,至清末则嗣响不绝,他把在"野"诗人的存在看成是对"一尊"诗教的严重挑战,正因这个群体活跃在诗坛,才"鼓扬"了"清代中后期的诗史性的活力",而且作为一种社会文化形态,"它客观存在于二百六十七年的一代诗歌的嬗变行程中。"正因有着这样一批高揭道义之帜,在任何严酷惨烈的环境里不屈不挠,敢于为世道"鸣不平"的在野诗人部落的存在,才将清诗与前朝各代诗严格而鲜明地加以区分,犹如严迪昌先生所断:"清代诗史嬗变流程的特点是:不断消长继替过程中的'朝'、'野'离立。这是迥然有异于前明的复古与反复古态势的特定时空阶段的诗史景观。"①

综括以上,我们应该看出:清诗与前朝各代诗有着千丝万缕的联系,虽然有盘根错节的关联,但清诗就是清诗,它既有艺术上的继承性,又有内容上的时代性,是特定的社会现实造就了清人的胆魄和气质,他们学习了唐宋人的诗艺,从唐宋诗中深深悟到了才人之诗、学人之诗的真谛,又能将才情学养有机结合起来,构筑成自己的诗歌架构,涵养出前人无法企及的思想高度,清人借鉴了唐人,但摒弃了唐人庸俗而廓落的弊病;清人临摹了宋人,可避免了宋人平典而乏味的不足。所以,在论清诗时简单地将之归结为"崇唐"派或"宗宋"派是不符合诗史发展规律,以及清诗创作现实的,之所以对清诗研究有唐宋之争之辨,关键在于传统诗学的阴影在。在传统诗学的影响下,中国古典诗学的研究者们往往把关注的目光首先投向唐,其次宋,而对

① 严迪昌《清诗史》,浙江古籍出版社 2002 年版,第 16 页。

元明以后诗的研究浅尝辄止。传统诗学受诗话等的囿围，即使对清诗进行研讨，总是局限于理论观点、诗学主张和流派表象的梳理，而缺乏系统深入的内涵探究，没有对清诗本质、清代诗人个性特质进行整体和个案结合的全面研究，遂令清诗研究领域出现无可避免的空白，因为这个盲点的存在，导致了大多数学者看似无畏实则无知的判断。如果无知造成了无畏，轻描淡写地将清诗说成唐宋之牙慧、没有跳出“崇唐宗宋”的窠臼，还可宽宥的话，那么专治清诗，甚或对清诗造诣极深的学人们还生搬硬套，以掉书袋的酸涩硬要分出个唐诗派、宋诗派，那就如黄宗羲先生所言“腐儒规规焉”了。

“崇唐宗宋”是一桩历史公案，犹如今日的主义之争，它只不过是一种标签、一个口号，是派别相争、门户之别、个体抗衡的产物，与实际的诗歌创作相去甚远。对于标签式地将清诗归于唐或宋，抑或说某人诗学某人、出入某派的机械论断，清人自己也绝不买账。钱澄之历经国破家亡，亲身参与抗清斗争，其诗直可看成南明艰苦卓绝的抗战史，有人将他比拟为唐代号称“诗史”的杜少陵，而他自己则大声疾呼地喊出：“我自为钱钦光之诗耳，何浣花为？”[①]不仅如此，有清一代，凡具卓识的诗人从没停止过创新与突破，他们力主个性，反对模拟，并鲜明提出自己与腐儒们喋喋不休的唐宋之争的相反主张：“昔人可创之于前，我独不可创于后乎？古之人有行之者，文则司马迁，诗则韩愈是也。……若腐儒区区之见，句束而字缚之，援引以附会古人，反失古人之真矣。”（叶燮《原诗·外篇》）“有客问诗于予者曰：‘学唐优乎？学宋优乎？’予曰：‘子无问唐也宋也，亦问子之诗安在耳。’……今之为唐为宋者，皆伪体也。”（纳兰性德《原诗》）“今人诗有极工极宜学者，亦不徒汉、晋、唐、宋也。然格律莫备于古，学者宗师，自有渊源。至于性情遭际，人人有我在焉，不可貌古人而袭之，畏古人而拘之也。”（袁枚《答沈大宗伯论诗书》）叶燮认为诗是在“变”中发扬继承的，“学诗者不可忽略古人，亦不可附会古人”。有自我、有创造才能学古人而不泥于古人。纳兰性德以为诗是时代的产物，与诗

① 见《纳兰成德诗集诗论笺注》，山西人民出版社1988年版，第210页。

人的遭际阅历有关,是诗人真性情的体现,“世道江河,动成积习”,所以诗人必须反映自我,有自我才是真诗。袁枚则进一步将其深化:“今之莺花,岂古之莺花乎?然而不得谓今无莺花也;今之丝竹,岂古之丝竹乎?然而不得谓今无丝竹也。天籁一日不断,则人籁一日不绝。”袁枚将“变”与“不变”看成诗人成功与否的标杆,唐、宋之所以成其高,关键在于“变”,清诗之所以有活力,关键还在“变”,“变”是自然而为,是时势所需。

清诗是在流变中成就自己,塑造自己的,不管当时以至后世如何将其定位,用“崇唐宗宋”的封签将其简单化、庸俗化,但只要潜心冥思,用惛惛之事去研磨它、雕琢它、开拓它,我们依然可以说,它是诗国璀璨的明珠,是时代不可或缺的宠儿,是中国古典诗流的大潮中一朵闪烁光芒的浪花。对抱持“崇唐宗宋”的学人们我们正可用清人的这几句话警醒他们:“李杜诗篇万口传,至今已觉不新鲜。江山代有才人出,各领风骚数百年。”(赵翼《论诗》,《瓯北集》卷二十八)“意境几于无李杜,目中何处着元明。飞腾作势风云起,奇变见犹神鬼惊。”(康有为《与菽园论诗兼寄任公孺博曼宣》,《南海先生诗集》卷十一)“诗派江西宁足道,妄持燕石砥琼琚。平生自有千秋在,不向群儿问毁誉。”①(柳亚子《妄人谬论诗派,书此折之》)

历史长河浩浩荡荡,不忘源头活水,不捐沿波细流,乃能成其势;古典诗国群星璀灿,代有才人,人有特质,以此不同匹配彼不同,方能显风格上的百舸竞渡、万木争春。后浪推前浪,新桃换旧符,是历史发展的必然,也是文学进化的规律,不作妄断,不用陈词,以全新的视觉和眼界重视审定清诗的历史价值与现实意义,不薄古人,亦不薄今人,用客观公正的治学态度研讨清诗,必能使中国诗学的殿末之乐章终止在高亢华美的尾声中!

① 见《中国历代文论选(四)》,第364页。

绪论(三)

同质求异　双璧互辉

——中西自然观念及其山水诗的比较

文化作为一种特殊的精神载体，它可以跨越时空，在不同地区、不同种族间进行滋生、蔓延，甚至融汇交流。文学艺术作为文化的重要组成部分，它以抒写心灵、表达感情、叙述事件为存在价值，最易引起人们的普遍关注和相互理解，通过跨文化的欣赏而达到心理共振的效果。尽管在语式运用、思维角度、表述习惯上各民族有自己的特色，但在深层内涵上却有惊人的相似，亦即特殊性与普遍性的辩证关系。中国文学代表了中华民族乃至东方文学的基本风格，而欧洲文学则代表了西方文学的大致走向，在世界文学发展过程中形成了中西并行、双璧同辉的大格局。

中国古典山水诗是中国传统文学的重要构件，亦是中国人文精神和自然观念的产物，与西方自然风景诗相比，中国山水诗更能体现中国古典诗歌的审美意境，如果把诗画结合起来，放在同一尺度上进行比较，则东西方的共性与差异性显得非常明晰。

一、中外自然观念和艺术情趣的共同性与趋近性比较

由于空间关系和社会原因，东西方在历史上曾处于相对隔离的状态，谈不到后世所称的文化艺术交流与融合。尽管如此，东西方的自然观念、艺术精神仍有相互参照、冥冥契合的趋同性，尤其十八、九世纪以降，随着国际交往的日益扩展，东西方在思想观点、审美情趣和艺术精神方面互相发明、互相渗透，甚至互相借鉴，逐使文化的同

一性更趋显著。

首先，表现在诗学观念上，东西方的文艺理论家们都认识到了诗的功能和作用，他们把诗看成反映社会生活，鼓舞人的心志、娱悦人的性情，从而达到对人的本质的深刻反映。孔子曰："诗，可以兴，可以观，可以群，可以怨。"①"兴"、"观"、"群"、"怨"说奠定了中国古典诗论的基础，成为影响古典诗歌创作的美学原则与社会评判标准。歌咏情、诗言志精辟地阐释了诗歌的抒情功能和认知价值，在强调诗歌抒情特征的同时，中国古典诗人们更关注诗的"观"、"群"能量，他们认为诗缘情而起，用形象表现人性，反映社会现实，通过诗可以反映社会的种种世态，起到凝聚人心的作用；诗缘起于个人的感情涌动，成就于诗人无极限的形象思维活动，但个人心志与情感的触发来自于四时代序的自然物象，来自于社会生活的方方面面，因此诗缘情而来，又合乎时事而止。刘勰在《文心雕龙·明志》中说："人禀七情，应物斯感，感物吟志，莫非自然。"在刘勰看来，诗是情的外在体现，而诗人创作诗歌必抱持"情性"，把心中所感自然流泻出来，最终达到"义归无邪"。

从孔子的诗教观念到刘勰的诗学主张，中国古典诗论家们一以贯之的理想就是将诗看成抒写性灵、怡悦人心、载道悟理的介质，叶燮在《原诗》里阐释到："曰理、曰事、曰情三语，大而乾坤以之定位，日月以之运行，以至一草一木一飞一走，三者缺一，则不成物。"②叶燮的《原诗》在清代诗歌理论中独树一帜，其持论公允，观点醇和雅正，矫诗坛种种流弊，在门户之见愈益盛行的前清，它明确了"理"、"事"、"情"三者的关系，在叶燮看来，优秀的诗人必须具有"胸襟"，有"胸襟"才能写出情理具备、感发人心的作品。"理"是诗歌萌发的基础，"事"是诗歌创作的内容，而"情"则是诗歌想象奔突、枝叶繁茂、"情状

① 《论语·阳货》，见《黄侃手批白文十三经·论语》，上海古籍出版社1983年版，第36页。

② 叶燮《原诗》，人民文学出版社1979年版，第21页。以下引用此书，不再一一注明版本。

万千”的表征。“理”如果是诗人对宇宙自然规律的哲学思辨的话,“事”就是诗人对社会现实的概括和反映,而“情”则是诗人通过形象描绘,达到感奋人心、愉悦性情的目的,具有娱乐功用,所以叶燮认为“夫情必依乎理,情得然后理真。情理交至,事尚不得耶?”[①]

中国古典诗论发展到晚清,已然金戈铁马、风云激荡,含蓄蕴藉的兴寄说一变而成“我手写我口”的呐喊。虽然风气随时势大变,但先贤们倡导的为时而著、为事而作的诗学主张依然是诗人们的共识,他们面对国家艰危,毅然用诗承载起巨大的社会责任。黄遵宪出使欧洲,目睹西欧诸国诗人以诗作号角鼓舞人民斗志的现实,从而发出“诗虽小道,然欧洲诗人出其鼓吹文明之笔,竟有左右世界之力”的感慨,针对“俗儒好尊古”的衰弱局面,他力倡“我手写吾口,古岂能拘牵”的创作原则。梁启超评黄遵宪的诗风曰:“其精神之雄壮活泼沉浑深远不必论。……吾为一言以蔽之曰:读此诗而不起舞者必非男子”[②]丘逢甲遭遇台岛沦陷,率先以诗作刀兵,欲振起国威,力挽狂澜于海上。在他的诗论中,我们随处可见:“迩来诗界唱革命,谁果独尊吾未逢。流尽元黄笔头血,茫茫词海战群龙。”(《论诗次铁庐韵》其二)“如此江山竟付人,干戈留得苦吟身。……请将风雅传忠义,班管重回故国春。”(《题沧海遗民台阳诗话》)[③]诗界革命后的诗论主张因时变而发,承前代载道的传统而来,既是中国士人精神在诗歌创作中的发扬光大,亦是优秀传统诗学主张的延伸,同时更是面对国破山河碎时志士仁人们抒愤发忧的心灵回声,是对传统诗学的全新阐释,一如孔广德所言:“自来世有大变,则有大才应运以拯救于其间。然此大才者,必有忠亮不欺之诚,而又有发愤为雄之气,然后能戮力致身,得以登四海于衽席。”[④]从孔子的“兴、观、群、怨”到晚清的“我手写吾

---

① 叶燮《原诗》,第 32 页。

② 梁启超《饮冰室诗话》,人民文学出版社 1959 年版。

③ 丘逢甲《岭云海日楼诗钞》,上海古籍出版社 2009 年版,第 204、222 页。

④ 《普天忠愤集自序》,见郭绍虞主编《中国古代文论选(四)》,上海古籍出版社 1980 年版,第 140 页。以下引用此书,不再一一注明版本。

口”，中国诗论一直坚持诗的社会功能，祈盼用诗振奋人心、认识社会，从而达成诗娱悦性情、净化灵魂的多种效用。

与中国诗学主张相一致，西方的诗人和诗论家们也看到了诗的三重主要功能：抒情、悦性、有益社会。

贺拉斯说：“诗人的愿望应该是给人益处和乐趣，他写的东西应该给人以快感，同时对生活有帮助。”[①]诗对人的有益帮助不是靠说教，对社会的反映不是靠概念，而是要借助形象，通过乐趣，只有让人们快乐了，才能引起人的心灵共鸣，所以贺拉斯首先看到的是“给人以快感”；其次才强调了诗的社会意义，为了使诗的教育作用产生明显效果，贺拉斯告诫诗人们：“在你教育人的时候，话要说得简短，使听的人容易接受，容易牢固地记在心里。”在贺拉斯之前，亚里斯多德早就指出了诗与音乐艺术的基本功用：“一般来说，诗的起源仿佛有两个原因，都是出于人的天性。……摹仿出于我们的天性，而音调感和节奏感也是出于我们的天性。”[②]“音乐应该学习，并不只是为着某一个目的，而是同时为着几个目的，那就是(1) 教育，(2) 净化，(3) 精神享受。”[③]贺拉斯之后，马佐尼也明显主张诗是一种摹仿的艺术，它应该具备娱乐和教益的特征：“诗总是一种摹仿的艺术，因此它的目的总是事物形象的正确再现；但是尽管如此，如果把诗看作游戏，它的目的就在娱乐；如果把诗看作须受社会功能制约的游戏，它的直接目的虽在娱乐，却是指向教益的娱乐”。[④] 基于这种认识和对诗的功能的分析，马佐尼对诗下了三层递进式的定义：“作为一种摹仿的艺术，诗的目的在于再现一个形象；作为一种消遣，诗的目的在于娱乐；作为一种应受社会功能制约的消遣，诗的目的在于教益。”从再现形象，到娱乐，再到教益，诗的“目的”是递进式的，而马佐尼通过

---

① 贺拉斯《诗艺》，见伍蠡甫等编《西方文论选（上）》，上海译文出版社1979年版，第113页。以下引用此书，不再一一注明版本。

② 亚里士多德《诗学第四章》，见《西方文论选（上）》，第53—54页。

③ 亚里士多德《政治学》，见《西方文论选（上）》，第93—96页。

④ 马佐尼《〈神曲〉的辩护》，见《西方文论选（上）》，第201页。

考察发现,诗的上述三种目的的实现必须引起受众的注意,激发他们的热情,只有听众心理感动了,诗才能达成目的,那么引发听众兴趣的关键是什么呢?马佐尼在诗的三种目的的基础上进一步归纳出诗的第四种功能:"作为一种理性的功能,诗的目的在于产生惊奇感。"

与马佐尼同时代的英国诗人锡德尼论述说:"诗,因此是一种摹仿艺术,……它是一种再现,一种仿造,或者形象的表现;用比喻来说,就是一种说着话的图画,目的在于教育和怡情悦性。"[①]锡德尼对"怡情"和"教育"的功能解释得很清楚:"怡情是为了鼓舞人们去实践那个他们本来会逃避的善行,而教育则是为了使人们了解那个感动他们,使他们向往的善行。"正因为诗有劝善向美的重大作用,所以锡德尼就把它作为衡量真正诗人的"真正标志"。这种以"载道""崇德",而不以"押韵和写诗行"为标准讨论诗人的诗歌理论与中国古典诗学不谋而合。

十八世纪末,十九世纪初是欧洲革命波诡云谲的大动荡时期,与中国十九世纪末一样,诗人们面临着艰难的抉择,他们沉思冥想,慷慨长歌,用诗当战鼓,擂响时代的最强音。其中最具代表性的应是雪莱,雪莱首先认为诗人必须在诗中表现真、善和正义,用诗去唤醒人们对正义和自由的追求。要"运用""一个诗篇的一切要素",来"宣扬宽宏博大的道德,并在读者心目中燃起他们对自由和正义原则的道德热诚,对善的信念和希望。"[②]在《诗辩》里他明确了诗人的地位和角色,诗人"不仅是语言、音乐、舞蹈、建筑、雕像、绘画的创造者;"而且还是"法律的制定者、文明社会的建立者、人生种种艺术的发明者。"[③]"凡是抱有革命见解的作家必然都是诗人",既然诗人的社会地位和作用迥然特出,那么诗人将如何完成唤起民众的历史使命呢?雪莱对诗的作用的第二层认识是"诗总是和快感作伴的",通过诗特定的形式和内容,引起读者的快感,诗人才能达到唤醒民众的目的:

---

① 西德尼《为诗一辨》,见《西方文论选(上)》,第231、234页。

② 雪莱《伊斯兰的起义·序言》,见《西方文论选(下)》,第46页。

③ 雪莱《诗辨》,见《西方文论选(下)》,第52—63页。

"诗人的听众好像被一位看不见的音乐家的曲调所倾倒,觉得自己受了感动,心情和畅。""诗以永远新鲜的愉快的思想,重新充实想象,从而扩大想象的范围。"雪莱觉得,人们要达于"至善"的境界,就必须通过深刻而周密的想象,"快乐"则是诗人激发人们进行想象的根本动力。在上述两层含义的前提下,雪莱最后确认诗的崇高使命是推进社会改革,充当民族觉醒、社会发展的先驱者和追随者。他在《诗辩》里说道:"一个伟大的民族觉醒起来,要对思想和制度进行一番有益的改革。而诗便是最为可靠的先驱、伙伴和追随者。"因为看到了诗在社会大变革中的重要作用,所以雪莱总结性地用一个多重排比句深情地赞颂并肯定了诗人的社会地位:诗人们是祭司、是镜子、是言辞、是号角、是力量,他们代表的是"时代的精神",正因为他们能反映现实、洞察未来、推动社会改革,所以"诗人们是世界上未经公认的立法者。"

不但在诗的功能和作用方面,东西方诗学家们的观点惊人的相似,即使在诗的思维、韵律和造境方面亦相通暗合。

中国古典诗论家认为诗是形象思维的产物,是自然外物激发的结果,诗人只有遍览万物,与自然物象心灵相契,才能神游万里、思接洪荒,产生无际涯的诗歌思维。其中陆机和刘勰的观点当居前锋,陆机曰:"遵四时以叹逝,瞻万物而思纷。……收视反听,耽思旁讯,精骛八极,心游万仞。"[①]在陆机看来,四时代序、万物争荣激发了诗人的创作动机,引起了诗人的思维冲动,由此进入沉思冥想、心游广宇的创作过程。刘勰在陆机之后,将诗的形象思维阐释得更具体、更生动,"文之思也,其神远矣。故寂然凝虑,思接千载,悄焉动容,视通万里;吟咏之间,吐纳珠玉之声,眉睫之前,卷舒风云之色。"[②]以刘勰的观点,诗人在写作前必须让自己凝思静虑,专注自然物象,通过自然物象的导引进入一个空阔辽远的思维世界,万类纷繁,忽焉在万里之

① 陆机《文赋》,见《文选》第十七卷,上海古籍出版社 1986 年版,第 761 页。

② 刘勰《文心雕龙》,人民文学出版社 1981 年版,第 295 页。

外，倏忽又在“眉睫之前”，这是由“思理”导致的构思过程，而“思理”的妙处就在“神与物游”，当诗人“思理”顺畅，达到神与物游的至境时，他就会“登山则情满于山 观海则意溢于海”，此时无论才力大小，都能“与风云而并驱矣”。形象思维是诗歌创作的基本前提，离开了万物的触发，离开了时序的感动，诗人的诗思就会干涸滞涩。

西方文艺理论家虽然不象中国古典文论家那样直接明了地指出形象思维与诗歌创作的关系，但他们与中国古典文论家一样重视思维和想象在诗创作过程中的重大作用。狄德罗说：“想象，这是一种特质，没有它，人既不能成为诗人，也不能成为哲学家、有思想的人、一个有理性的生物、一个真正的人。”①“想象”在狄德罗眼里非常重要，它是产生诗人，甚至哲学家的先决条件，“想象是人们追忆形象的机能。”只有“形象”能唤起“想象”，只有“想象”才能产生“画家或诗人”，而诗人“想象”的产生与自然“未经雕琢”或“加过工”的形象有关，不管它是宁静，还是动荡；是高远，还是平阔，都能引起诗人内心的感受，不但自然形象能激发想象，狄德罗进一步认为充满“壮大的、野蛮的、粗犷的气魄”的时代风尚也能激起诗人的想象，“在经历了大灾难和大忧患以后，当困乏的人民开始喘息的时候。那时想象力被伤心惨目的景象所激动，就会描绘出那些后世未曾亲身经历的人所不认识的事物。”②随后的英国诗人济慈也明确指出：“我只确信心灵的爱好是神圣的，想象是真实的——想象所攫取的美必然是真实的。”③想象力来自真实，真实存在于自然，所以自然万物能使诗人感到“威力和强烈的兴奋。”“一般说来，诗，想象力喜欢威力和强烈的兴奋。”④

诗，是天才诗人心灵的产物，是客观世界在诗人主观意识中的折射，真正的诗人能在无意识间发现诗的意象，通过自然倾泻的方式，

---

① 狄德罗《论戏剧艺术》，见《西方文论选(上)》，第 357 页。

② 同上，第 371 页。

③ 济慈《书信・致柏莱》，见《西方文论选(下)》，第 61 页。

④ 济慈《书信・致乔治・济慈》，见《西方文论选(下)》，第 65 页。

把常人难以捕捉的情感用形象表现出来，使普通人无法言说或极其渺茫的思想转化为含蕴深厚的光辉形象。主观与客观相融，人情和物理相通，自然物象引发情思，心灵渗透于万物之景，这就是造境，天才的作品，优秀的诗人无一不是造境的高手。对于造境，中国古典诗论家们历来非常看重，其中以王国维的境界说最著名："有造境，有写境，此理想与写实二派之所由分。"[①]"有有我之境，有无我之境。……有我之境，以我观物，故物皆著我之色彩；无我之境，以物观物，故不知何者为我，何者为物。"王国维把境界根据创作方法的不同区分为"有我之境"和"无我之境"。他觉得"有我之境"是融入了诗人的个人情感，是景和情水乳交融的结果，属于借景抒情类；"无我之境"纯以写景为主，诗人着力寻觅大自然中稍纵即逝的一种感觉，这种境界看似无情，其实个人的感情已被悠远杳深的自然物景所替代，令人产生欲辨而忘言的绵绵情思。故此，王国维精辟地指出，境界并非是单纯的景物描写，而是作者"喜怒哀乐"之情与客观景象的和谐统一，有境界与无境界的区别在于，是否"能写真景物，真感情。"

和王国维持论相当的是十九世纪英国诗人柯勒律治。在《文学传记》第十五章，柯勒律治论述道："形象本身，无论多么美，多么忠实地由自然抄袭下来，多么准确地用词语表达出来，都不能说明诗人的本质。只有在下列情况下，形象才变成为独创天才的印证：这就是，当形象受到了一个主导热情的陶铸，或主导热情所唤醒的联想和形象的陶铸的时候；……最后，当形象从诗人的精神中接受过来一种富有人性和智力的生命的时候。"[②]柯勒律治的观点可以理解成：1）自然物象是美的，具有自身的审美价值；2）如果单纯客观地描述物象，再美的形象也不能本质地体现诗人的特征；3）只有当客观形象与诗人的主观情感有机统一起来时，亦即客观形象溶入了诗人的"热情"和"精神"时，它才能成为本质意义上美的形象，最终体现诗乃至诗人的价值。"当形象把诗人心中最占首要地位的情境、激情或性格，予

---

① 王国维《人间词话》，人民文学出版社 1960 年版，第 191 页。

② 见《西方文论选（下）》，第 34—35 页。

以形体的塑造、色调适应的时候,便是具有最高的价值,也就无疑地更说明了诗才的特征。”①虽然东西方对诗境的认识不同,对选境方法的理解不同,对写境手段的表述不同,但其强调的主观与客观统一,外物和精神相融的造境的美学原则是高度一致的,一如华滋华斯所说:“人的心灵能够映照出自然界中最美最有趣味的东西”,所以诗人“怀着一种喜爱”和激起他内心快乐的“普遍自然交谈着”,从而写出情境交融的优秀作品。诗境的创造依靠诗人与客观景象的化合统一,需要诗人全身心热情的投入,热情或激情则凭借客观环境激发扬厉。一个有高度责任感的诗人,一个对自然万物具有普遍爱心的诗人,一个善于从客观事物中发现美的诗人,“不管地域和气候的差别,不管语言和习俗的不同,不管法律和习惯的各异,”他们“总以热情和知识团结着布满全球和包括古今的人类社会的伟大王国。”②从上述简要对比,我们确信华滋华斯所说的无论有多少差异,诗人们总能以其优秀作品感动并“团结”起全球的人类成员。

讨论了诗学理论上东西方的统一性后,其次我们再来简述一下东西方思想家在自然观念上的趋同性。

自然观念不仅表现了人们的审美观念、艺术观念,而且还决定了人们的生存观念、发展观念。自有人类以来,人与自然就结下了不解之缘,人的一切生活方式、生活态度,以及生活理念均受自然影响,尽管我们一再强调人定胜天,用人力去改造自然,改变人类与自然的关系,但事实一再证明,人对自然的改造是徒劳的,表面上看,我们在某个时段、某个领域、某个区间改变了自然,但实质上我们没有改变自然的属性。人类思想史、哲学史,甚至科学史、文学艺术史从本质上说就是一部自然史。因为人类始终思考和体认的核心就是对自然的关系。离开了自然,则人类所有活动就失去了意义、失去了价值,因而对待自然的态度,决定了人类的自然观念,尽管东西方存在着文化

---

① 见《西方文论选(下)》,第35页。

② 华滋华斯《抒情歌谣集·一八〇〇年版序言》,见《西方文论选(下)》,第15页。

差异，但其在自然观念上仍然呈现着高度趋同性。

老子认为最美的事物像水，因为“水善利万物，又不争。”（《老子》第八章）[①]。与老子几乎同时代的希腊哲学家泰勒斯也提出“水为万物之原（为此故，他宣称大地是安置在水上的）”[②]。之所以得出“水是本原”的论断，是因为在泰利士眼里，“水则是潮湿本性的来源”，所有万物均萌发产生于水的“湿”性。在自然化生衍变的思考中，老子提出道统归一的主张，他把“一”看成最高的境界，当作万物起源的根本，“道生一，一生二，二生三，三生万物”（《老子》第四十二章）；“天得一以清，地得一以宁，神得一以灵，谷得一以盈，万物得一以生”（《老子》第三十九章）。古希腊哲学家毕达哥拉斯也说：“数是一切事物的本质，整个有规定的宇宙的组织，就是数以及数的关系的和谐系统。”[③]在自然界的发生、发展中，毕达哥拉斯把“数”当成第一的，基础的，它是万物构成的元素，整个天地宇宙就是一个由“数”决定的和谐体。

在对待生命本体的思考方面，庄子高标齐小大、等生死的观点：“天下莫大于秋毫之末，而太山为小；莫寿于殇子，而彭祖为夭。天地与我并生，而万物与我为一。”（《庄子·内篇·齐物论》）庄子觉得生命本体不管存在形式怎样，存在时间长或短，在本质意义上是一致的，无差别的。古印度的《五十奥义书》同样指出：“视宇宙之大，蝼蚁之微，等无差别，混然与万事万物融为一体。”[④]《五十奥义书》为古印度婆罗门教的哲学经典，曾对西方哲学家，诸如叔本华等产生过深远影响（《五十奥义书》有徐梵澄译，中国社会科学出版社 1995 年版的版本流行，读者诸君可详阅）。

在人与自然的关系方面，唐代孔颖达认为人的感情、心理，以及

---

① 〔晋〕王弼注《老子道德经》，见《百子全书》第八辑，浙江人民出版社 1984 年版。

② 〔古希腊〕亚里士多德《形而上学》，商务印书馆 1959 年版，第 7 页。

③ 转自黑格尔《哲学史讲演录》第一卷，商务印书馆 1997 年版。

④ 〔印度〕《五十奥义书》，中国社会科学出版社 1995 年版，第 70 页。

一切活动,都受自然的影响,是自然外物的变化激发人内心的变化:“六情静于中,百物荡于外,情缘物动,物感情迁。……若夫哀乐之起,冥于自然,喜怒之端,非由人事。”[①]成玄英,初唐道士,为唐代道家中知名学者,他对老庄思想极尽阐释发挥:“若非自然,谁能生我;若无有我,谁禀自然乎?然我则自然,自然则我,其理非远,故曰:是亦近亦。”[②]在中国古代思想家眼里,自然是人的规范,人的一切活动均与自然息息相通,人时刻要与自然保持一致,顺乎自然之理,才能达到大治。西方著名的思想家同样看到了自然对人的启迪作用,西班牙学者塞内卡指出:“我要尊重自然,明智的意思就是不违背自然,按照自然的规范进行自我修养。”[③]尊重自然,不违背自然,按自然的规范提炼修养自身,是达到身心健康的幸福生活的必由之路。

在自然和艺术及其审美的观念方面,东西方具有远见卓识的理论家们持见略同。明代画论家唐志契曰:“凡画山水,最要得山水性情。……自然山性即我性,山情即我情,而落笔不板呆矣。”[④]石涛进一步发挥说:“山川使予代山川而言也,山川脱胎于予也,予脱胎于山川也。搜尽奇峰打草稿也。山川与予神遇而迹化也。”[⑤]山水精神是中国人文精神的至高境界,优秀的画家、艺术家必须观照山水,融入山水,以山水为师,才能创作出神韵流转的艺术精品,这是因为“凡物之生而美者,美本乎天者也,本乎天自有之美也。”(叶燮《原诗》语)自然本身蕴藏生机,各类生物的本质就是美的显现,诗画艺术的美来自

---

① 〔唐〕孔颖达《毛诗正义序》,见鲁枢元主编《自然与人文(上册)》,第83页。

② 〔唐〕成玄英《南华真经注疏·齐物论》,见《自然与人文(上册)》,第84页。

③ 北大哲学系外国哲学史教研室编译《西方哲学原著选读》上卷,商务印书馆1981年版,第190页。

④ 〔明〕唐志契《绘事微言》,见俞剑华编《中国古代画论类编(下册)》,人民美术出版社2000年版,第742页。

⑤ 〔明〕石涛《苦瓜和尚画语录·山川章第八》,见俞剑华编《中国古代画论类编》,第153页。

天然,“鸟啼花落,皆与神通。”(袁枚《续诗品·神悟》)只有性灵独具的艺术家才能“众妙扶智”,发现自然之美,创造出与自然仿佛的诗画作品。对此,德国哲学家康德主张说:“美的艺术必须看起来像是自然”,原因在于“美就是在那单纯评判中而令人喜欢的东西。”①黑格尔把自然美看成是自然万象在心中引起的“一种愉快的动人的外在和谐”,它能“引人入胜”,“自然美还由于感发心情和契合心情而得到一种特性。”②西方美学上所谓的移情说还是基于“感发心情和契合心情”这一论断而来的。自然界万类纷披、气象非凡,它无穷尽的变化能“唤醒”人的“心情”,人冥冥中沉思的心情一经自然唤醒,就产生审美冲动,形成美感经验。如果现实生活是自然的重要组成部分,是自然界在社会活动中的再现的话,那么自然美的范畴还应包括对现实生活场景的完美体现。俄国文艺理论家车尔尼雪夫斯基则敏锐地看到了这一点,他说:“‘美是生活’。‘任何事物,凡是我们在那里面看得见依照我们的理解应当如此的生活,那就是美的;任何东西,凡是显示出生活或使我们想起生活的,那就是美的。’”③“应当如此”的“生活”是自然的,亲切的,是一切自然细节在生活中的再现,所以当人们感受到这一系列构成生活要件的自然细节时,就能热情奔放,想象横溢,顿然产生美感。

从自然中发现美、创造美,由自然激发产生创作的冲动,这是古今中外思想家和文艺理论家的共识。虽然地缘、种族、语言,以及由此生成的文化差异存在于各个时代,但跨越时间和空间,卓越的思想家依然可以在处理人和自然的关系方面找出心灵息息相关的共同点。

---

① 〔德〕康德《判断力批判》,人民出版社 2002 年版第,150 页。

② 黑格尔《美学》第一卷,商务印书馆 1979 版,第 169—170 页。

③ 车尔尼雪夫斯基《艺术与现实的美学关系》,见《西方文论选(下册)》,第 409 页。

二、中外自然观念和艺术情趣的相异性比较

尽管人类因心灵相通而产生不同时代、不同地域、不同民族间在诗学理论、美学情趣、自然观念方面的趋同和近似,但文化背景不同、思维方式相异终究会导致中外思想家、文学家在诗歌,特别山水诗创作方面出现极大差异。

稍加分辨,中外思想家、文学家的差异性首先表现在哲学理念,以及由此导致的自然观念上。

中国古代哲学家们认为人与自然合而为一,人与自然没有距离,人对自然的观照和体认是直入式,不必经由某种介质,人与自然的关系从本质上说是:“与天地合其德,与日月合其明,与四时合其序,与鬼神合其吉凶。”①天地万物以其形体和精气昭示着人类,人类通过对天地万物的感应达到治国,修身的至境:“天地感而万物化生,圣人感人心而天下和平。观其所感,而天地万物之情可见矣!”(《周易·咸》)天地运行是万物化生的基础,以天地为准则,人类才能找到快乐与幸福的根源,但天地运行的具体方式是阴阳交替和互补。“一阴一阳之谓道,继之者善也,成之者性也。”与天地同化,与万物共生,与阴阳共转,人类才能找到生命的本源,达于快乐的巅峰。“天地有大美而不言,四时有明法而不议,万物有成理而不说。圣人者,原天地之美而达万物之理,此之谓本根,可以观于天矣!”②庄子的思想具有广泛的代表性,他把自己对生命的感悟,对宇宙的认识形诸笔墨就汇聚成独树一帜的自然生命观:“芴漠无形,变化无常,死与生与,天地并与,神明往与!……独与天地精神往来而不敖倪于万物,不谴是非,以与世俗处。”(《庄子·杂篇·天下》)“泛爱万物,天地一体也。”(同上)天人相合,共处一体,人以天地为精神为形体,天之阴阳调理人之精神气质,地之山川塑造人之刚劲柔美之形体状貌,人和自然相处要进入“包裹宇宙而无表里,洞同覆载而无所碍”的精神境界。“天地之

---

① 《周易·乾》,见黄侃手批《白文十三经》。

② 庄周《庄子·外篇·知北游》,见《百子全书》第八册。

气，莫大于和。”[①]“和”是天地运行的最高准则，只有“和”，才能生成万物，因此，人类必须在“和”之间选择修身治世、颐养生命的平衡点。“神明接，阴阳和，而万物生矣。”（《淮南子·泰族训》）中国古代哲学家天人合一的自然观影响深远，不但奠定了中国人的思想观念，而且还从更深层面形成了世界东方的思维方式与世界观。天人合一不仅表现在哲学理念上，而且还由这种哲学理念生发，波及医学、养生学、农学、文学、艺术学等领域，构成中华民族，乃至东方世界的认知体系。如以医学、养生学来看，中国古典的医学理论家反复强调天人合一的重要性，他们认为天地阴阳变化、四时节序代替都和人的生理机能丝丝相连，“天之在我者，德也；地之在我者，气也。”人生以立德养气为旨归，德气具备，才能成圣人、完人，在自身完成个人修养，在社会则担当道义，而养气立德的途径应为：“顺四时而适寒暑，和喜怒而安居处，节阴阳而调刚柔。”（《黄帝内经·灵枢·本神》）。

和中国天人合一自然思想相异的是西方的思想家认为人与自然不是直接地介入，进行主客一体的观照，而是把自然对象化、客体化，通过某种介引去审视自然、观察自然、接近自然，那么充当人与自然介引的那个信使又是谁呢？西方思想家回答很明确：神！柏拉图说：“现在天穹，或者我们所谓的宇宙，从神那里得到许多恩惠，得以产生。”[②]“神治愈了宇宙先前的疾病，使先前那种在宇宙自身内在动力的推动下发生的旋转复归正常，通过对宇宙的指挥和校正，神为宇宙取得了永恒和不灭。”[③]亚里士多德也说：“宇宙是神所保护的，并经由神的整体的次序和排列。……在宇宙的上面区域。为一有固定上界的整体，是诸神之居所，被称为天。”[④]此后的爱比克泰德（希腊晚

---

① 刘安《淮南子·汜论训》，见《百子全书》第五册。

② 柏拉图《柏拉图全集》第三卷，人民出版社 2002 年版，第 108 页。

③ 同上，第 112 页。

④ 亚里士多德《亚里士多德全集》卷二，中国人民大学出版社 1991 版，第 606 页。

期斯多葛派哲学家)也直言:"'自然'是什么意思呢?就是神的愿望。"[1]《圣经》更是把神对自然的地位强调到绝对。在他们看来神是万物的创造者,是神给人类以空气、大地、飞禽、走兽、森林、河流、鲜花、昼夜,甚至自身的生命,所以人应该感谢神、赞美神,把神当作永恒的主体加以感戴和称颂。由于《圣经》和宗教的力量,西方哲学思想体系中始终弥漫着一种超自然的泛神气氛,与中国"天人合一"的哲学思想比起来,西方的自然观念就显得缺乏亲近感,他们观照自然需神性的力量,面对自然他们不是主动切入,进行融合式的体认,相反他们是站在一定距离之外,以旁观者的眼光鉴赏自然的局部,而不是整体。

鉴于哲学和哲学思维导致的自然观念的差异,中外诗人与艺术家的第二个显著区别是他们在创作实践上的不同。以下用诗画为例简要说明。

因为对自然观照的思维不同、方式相异,所以中外诗人和艺术家在创作以自然为对象的诗画作品时,对描写对象的观察方式、切入角度有较大差异。中国古典的诗画家们在确立自然为描写对象时,把那些最能体现自然精神的山水分离出来,让山水作自然的代言,山水于是具有了特定的生命意义。与此相对,西方的艺术家对自然的理解是混沌的、泛神的,他们选择自然作歌咏描摹对象是以自然的田园风光,比如一场劳动景象、一次野外聚会、一阵风雨雷电、一个港口的繁忙场面、一片日出的灿烂霞光、一缕月夜的安谧气氛等。在西方的诗人和画家看来,自然界万类竞长、一派繁荣,它们都是神的赐予,都能引起人的愉悦和感官享受。因此之故,中西方诗画作品中的自然题材就表现得极不相同。

首先,以绘画为例说明中西自然派的迥异之处。

由于中国古典哲学强调天人合一,内王外圣,通过自然反观心灵,所以中国的绘画理论和艺术创作实践一再重申对自然山水的人

---

① 见北大哲学系外国哲学史教研室编译《西方哲学原著选读》,商务印书馆 1981 年版,第 192 页。

性化、同一化。在画作中通过咫尺万里的想象和纳大千于须弥的含蓄手法，表现山水的精神，传达自然的意蕴，最终使画品气韵生动，大势淋漓而骨格奇崛。“外师造化，中得心源”[①]，乃唐代画家张璪的个人绘画心得，但纵观中国古代绘画历程，它几成一条金科玉律，“外师造化”说明山水画必得以自然山水为唯一范本，画家只有亲近山水，深入山水，与山水相容，才能体验山水的真谛，从中发现自我，启迪心灵，反观人的内在本质，即“中得心源”，最后达到天人合一、主客一体，山水与人心相激发、相印证的境界。唐代著名诗人元稹评张璪曰：“张璪画古松，往往得神骨。”（《画松诗》）自从南齐谢赫在《古画品录》中提出绘画六法之后，“气韵生动”就成后世创作、鉴赏诗画作品的最高准则，后人论画品多遵循此原则，如沈括：“书画之妙，当以神会，难可以形器求也。”[②]不以“形器求”，而“以神会”，则专指书画作品应有真气流动，所以沈括评述上品的书画艺术应达到：“得心应手，意到便成，故造理入神，同得天意。”唐代张彦远发挥了谢赫的六法，指出：“夫阴阳陶蒸，万象错佈。玄化亡言，神工独运。”[③]气韵是一种超越形似的东西，只可在“神工独运”中意会营造，而不能在“历历具足”的谨细中创造描绘。清代方薰尤其推崇六法，他把六法看成“画之大凡”“谈画者必自六法论”。不但论画以六法为旨要，作画也应将六法当“桀矱”，“气韵生动为第一要义，然必以气为主，气盛则纵横挥洒，机无滞碍，其间韵自生动矣。”[④]追求心灵感应，营构人与自然和谐的韵格气度是中国绘画的精髓。由此，神似超越形似，布景设色服从绘画主题，在尺幅之间表达无尽之意是绘画艺术上中国特色的完美体现。宗炳在《画山水序》里说道：“张绡素以远暎，则昆阆之形，

① 〔唐〕张璪《文通论画》，见《中国古代画论类编》，第 19 页。

② 〔宋〕沈括《梦溪笔谈论画》，见《中国古代画论类编》，第 43 页。

③ 〔唐〕张彦远《历代名画记叙论・论画体》，见《中国古代画论类编》，第 37 页。

④ 〔清〕方薰《山静居画论》，见《中国古代画论类编》，第 229 页。

可围于方寸之内。竖划三寸,当千仞之高;横墨数尺,体百里之迥。”[①]郭熙、郭思所撰《林泉高致》亦曰:“画山水有体,铺舒为宏图而无余,消缩为小景而不少。看山水亦有体,以林泉之心临之则价高,以骄侈之目临之则价低。”[②]在尺素之间,呈现昆仑之博大宽广,于方寸之内,见出万仞之高、千里之袤,绘画也罢,赏画也罢,必须懂得含蓄蕴藉的至理。因为中国的山水画“原是风流潇洒之事”[③]“不是拘挛用工之物。”因此凡画山水者,多“有山林逸趣”,大都走“写意山水”的路径,“不取工緻山水也”。“写意”即透视山水的精神和气韵,传达山水内含的本质,而“工緻”仅为山水“留影”而已,工于山水乃“画院俗子”所为。山水画的境界在常人难以企及的含蓄中体现,“盖山水所难在咫尺之间,有千里万里之势。”[④]咫尺万里是中国山水画与西洋风景画的一道不可逾越的分界线。

出于含蓄和神似的需要,中国山水画论始终看重画的立意,即使布景、设色、运笔、造型、点皴,甚至题款、用印,都应灵活自然,不能“迫塞”,而处处显出“虚实”。清代画论家郑绩在《梦幻居画学简明论山水》中指出:“作画须先立意,若先不能立意而遽然下笔,则胸无主宰。”[⑤]那么画意又是什么呢?郑绩认为画意就是画中体现的骨格气韵,是超越形似的一种流荡奔突的精神和“品格”,而“品格取韵则有:曰简古,曰奇幻,曰韶秀,曰苍老,曰淋漓,曰雄厚,曰清逸,曰味外味,种种不一,皆所谓先立其意而后落笔,而墨之浓淡焦润,则随意相配,故图成而法高,自超乎匠习之外矣。”画的“品格”“不一”,绘画时使用的笔法、用墨、设色等亦与之“相配”。中国山水画家为了追求真实,他们不惜万里行游,做到“学写山石,必多游大山,搜寻生石,按形求法,触目会心”,广游历才能博识天下之真景,有真景物方始“胸有真

---

① 见《中国古代画论类编》,第583页。

② 见《中国古代画论类编》,第631页。

③ 〔明〕唐志契《绘事微言》,见《中国古代画论类编》,第736页。

④ 〔明〕唐志契《绘事微言》,见《中国古代画论类编》,第737页。

⑤ 见《中国古代画论类编》,第951、961、962、963页。

谱,乃有真画。”达到“作雄浑者,尺幅而有泰山河岳之势;作逸澹者,片纸而有秋水长天之思。”留空白、间虚实,一排白鹭横空而去,一缕云烟飘渺不绝,这是中国山水画创造空间感,营构含蓄意境的基本原理。

山水画虽为中国画之一类,但它却集中体现了中国天人合一的自然理念,从深层次上映现了中国的人文精神,其艺术的审美价值超越其他门类的画派。这种人文含量和审美价值的形成源自画家们的自觉修养和不懈追求,在他们看来,“大家”创作“在气象”,“名家”创作“在精神”,“大家”、“名家”之所以有“气象”、有“精神”,关键是他们“骨性天成,各行其是”。如果用清人戴熙的一段话来总括中国山水画的艺术追求,则颇为有理:“纸如大地,心如水银,遇孔即出,随空而入。未画之先,不见所画;既画之后,无复有画。”①

和中国写意与神似不同的是,西方的画论总是在强调形态逼真,他们认为对自然的模仿、临摹,可以通过线条,涂色、明暗对比等一系列手法达到再现的程度,越是逼真的作品才是上乘的作品,画家的美感价值就在于真实地、分毫不差地表现了自然物态,用真实唤起人们的欣赏意识,达到心灵共鸣与精神愉悦的境界。苏格拉底说:“绘画是对所见之物的描绘,对吗?帕拉西俄斯?(希腊伟大画家)例如,你们借助颜色模仿凹陷与凸起,阴影与光亮,坚硬与柔软,平与不平,准确地把它们再现出来。”②柏拉图把“直线和圆以及用尺、规和矩所形成的平面形和立体形”当成最美的,他觉得这些形状“永远是绝对美的”,原因是这些物态“按照它们的本质”体现了真实。③

从苏格拉底、柏拉图引申,西方的文艺理论家大多坚持真实地再现自然,通过再现,帮助并引导人们认识自然。薄伽丘论意大利著名画家乔托时说:“他描绘得如此逼真,以致与其说很像一件自然之作

---

① 〔清〕戴熙《习苦斋题画》,见《中国古代画论类编》,第995页。

② 见《西方画论辑要》,江苏美术出版社1990年版,第21页。以下引用此书,不再一一注明版本。

③ 《文艺对话集》,见《西方画论辑要》,第28页。

品,倒不如说是自然本身的一部分。”[①]在乔托的画笔下,自然万物均被他勾勒绘摹得真实可感,以至于人们“将他所画之物误认为物之真体了。”达·芬奇以画家的眼光,根据自己的创作实践,从用色、构图等方面阐述了绘画和自然的关系:“绘画是自然界一切可见事物的唯一模仿者……绘画的确是一门科学,并且是自然的合法女儿,因为它是从自然产生的。”[②]“绘画科学的第一条原理:……绘画科学首先从点开始,其次是线,再次是画,最后是由面规定着的形体。”点、面、线构成画,而画的艺术水平与人的视觉功能相联系:“绘画涉及眼睛的十大功能:黑暗、光明、体积、色彩、形状、位置、远和近,动和静。”画家绘画时必与这些视觉功能发生关系,但无论他们“用何种方式,靠他们的艺术再现这一切,再现自然的作品和世界的美。”西方绘画表现的是逼真,他们认为真实再现自然界的一切是画家的基本准则,所以在绘画时西方的画家特别注重明暗的对比,因为明暗对比能将自然物的形体纤毫毕现,达到乱真的程度,达·芬奇对透视效果和明暗对比的论述是:“绘画以透视学为基础,透视学不是别的,只不过是关于肉眼功能的彻底的知识。”“明与暗—光和影,再加上透视缩影的表现构成绘画艺术的主要长处。”达·芬奇的观点基本代表了西方绘画理论的范式,他揭示了西方风景画的创作规律,画家熟练运用透视学原理,充分发挥眼睛十大功能的综合作用,巧施明暗光影对比,真实摹写自然物的美感形体,进而达到绘画的最高境界。达·芬奇的绘画理论既是对传统的总结发扬,又开启了西方绘画,包括风景画的新时代。

米开朗基罗在达·芬奇之后提出“绘画是美妙的和神圣的,……总是最成功地临摹着永生的上帝的任何一件作品。”不管“这件作品”是什么,它总是上帝的杰作——自然界的任一生命,画家的最高贵的使命就是巧妙地“临摹”它们。十九世纪法国古典主义画派的卓越代

---

① 见《西方画论辑要》,第 91 页。

② 达·芬奇《芬奇论绘画》,人民美术出版社 1979 年版,分别为第 15、17—18、56—57、93 页。

表安格尔也说:“世界上不存在第二种艺术,只有一种算艺术,其基础是:永恒的美和自然。”[①]画家“只有在客观自然中才能找到作为最可敬的绘画对象的美。”谈到造型艺术,安格尔提出“美的理想”是达到“酷似造化”的“程度”,只有把作品“当成自然本身了时,才算达到了高度完美的境地。”细心地观察自然,逼真地表现自然,透过光色明暗的对比,把自然界的万千事物、无穷变化展示得近乎酷似,这是西方绘画永续不辍的定律,即使后世出现了各种画派,涌现为立体派、现代派等等,其绘画手法和审美精神始终保持一致。如康威勒在论述立体派时曾说:“立体派画家所指望的视觉概念,绝不在于几何形,而是在于描绘再创造的物体。”[②]法国几何形抽象派画家瓦萨列里论几何画时说道:“我认识到了自然界中内在的几何学。”[③]英国女画家赖利论述道:“对我来说,自然界不是风景,而是视觉的动力系统。”[④]尽管西方绘画在二十世纪分裂为许多流派,其创作风格、艺术主张纷繁杂陈,但利用光色,线条的对比与组合,发动“视觉的动力系统”,或逼真,或抽象,或两维,或三维地再现自然万物的本来面目,则是其一以贯之的艺术原则。借用赖利的话语可以总结成:“我的绘画原则是这样的:每幅画说明一个特殊的情境。在各种情境中,有些元素保持恒定不变,另外一些新元素插进来打破原来的结构。……我想使‘事件’的骚乱自然发生,以视觉的方式从我所运用的元素的内在的能量和特性中自然发生。”[⑤]

中西方自然观念、诗画艺术精神的差异表现在创作实践上,有以下几个显著区别:

1. 虽然中西方艺术家的山水自然作品都是以真实存在的自然

---

① 安格尔《安格尔论艺术》,辽宁美术出版社 1979 年版,分别为第 20、21、25 页。

② 引自吕澎《欧洲现代绘画美学》,岭南美术出版社 1989 年,第 147 页。

③ 克劳德·马克思编《世界艺术家 1950—1980》,纽约,H.W.威尔逊公司 1984 年版,第 875 页。

④ 同上,第 730 页。

⑤ 见《世界艺术家 1950—1980》,第 732 页。

物为对象的,他们表现的主题和抒写的性灵都是以自然物为载体,而且不管感情的指向如何,他们在作品中无一列外地都要传达创作者的主观感情,营造抒情氛围,同时还要构建意境。尽管如此,中西方在艺术创作实践上还是有着题材定位、主题确立、价值取向、意境创造上的严重分歧。中国诗画把山水从自然物象中独立开来,形成一个蕴含深厚的艺术门类,而西洋只有风景画、风景诗,却没有山水之说,从概念上西方显然比中国宽泛含糊得多;在意境创造上,中国山水画以虚写实,通过空白来体现悠远无极的诗画境界,而西洋风景画则实景再现,比例合度,突出画面的立体效果。清代松年在《颐园论画》中说得很明白:"西洋画工细求酷肖,赋色真与天生无异,细细观之,纯以皴染烘托而成,所以分出阴阳,立见凹凸,不知底蕴,则喜其功妙,其实板板无奇,但能明乎阴阳起伏,则洋画无余蕴矣。中国作画,专讲笔墨勾勒,全体以气运成,形态既肖,神自满足。"[①]松年论述稍有偏颇,但总体还是指出了中西艺术创作的分界点。中西都"取真境",但西方以色彩渲染,突出明暗和凹凸对比,力求画境的真实性;中国画则注重"余蕴",讲求运气,在"形态既肖"的基础上,达到"神自满足"的超远意境。如同样是以壁画形式出现的,发现于敦煌第323窟中的《敦煌山水壁画》就与发掘于意大利庞贝古城的壁画《风景》截然不同。《敦煌壁画山水》画面远山重叠连绵,江水澄净无波,烟树迷离、小舟逶迤,其意境高远,思绪如缕,飘向无极;而庞贝古城壁画《风景》取生活中一自然片段,通过牧人与牛羊、小桥流水以及教堂背景构成一幅充满生机的田园图卷,其构图强调平面感,描绘精确细腻,富装饰感。其它如范宽的《溪山行旅图》、王希孟的《千里江山图卷》、马远的《踏歌图》、夏珪的《溪山清远图卷》、黄公望的《富春山居图卷》等,和尼德兰画家勃鲁盖尔的《播种者预言》、德国画家阿尔特多弗的《有城堡的景色》、佛兰德斯画家布里尔的《贝尔蒙特城堡》、鲁本斯的《佛兰德斯风景》、荷兰画家扬·博斯的《意大利风景》等,相对而言,中国画家以诗化的语言,在山水错落有致的排序中,追求着一种"味

---

① 见《中国古代画论类编》,第335页。

外之味”，其神韵全在空阔辽远的构图之外得以体现；西方画家或选一道山岗，一个月夜，一片田园景象，进行细致描绘，让光影和色彩表达画面质感，给人以身临其境的美的陶醉。即使放在同一时代背景下，中西方画家的创作风格亦迥然不同。如弘仁的《黄山始信峰图轴》、原济的《山窗研读图轴》、戴本孝的《华岳十二景图册》、龚贤的《松林书屋图轴》、王时敏的《山水图轴》、王翚的《小中见大册》、汤贻汾的《秋坪闲话图轴》、戴熙的《云岚烟翠图轴》、苏六朋的《江濑山光图轴》、吴昌硕的《杂画册之一、二》等，俱代表了有清一代山水画创作的整体风貌，无论其间寄寓了各人怎样的情思和胸襟，但画面构架均以崇山峻岭、平湖溪涧为主体，层峦叠嶂、气象峥嵘；烟岚轻拂，银瀑倒泻，笔法简淡高古，意境深邃悠远，在画面的空虚处留下不尽的情韵和意味。与此相反的是西方画家的风景画，写实逼真，光色鲜明，且细微到无想象空间，如法国画家洛兰的《有舞者的风景》、华托的《风暴》、布歇的《有打鱼男孩与其同伴的风景画》、柯罗的《摩特枫丹的回忆》；英国画家卢泰尔堡的《阿尔卑斯山的雪崩》、透纳的《威尼斯风景》、康斯太勃尔的《干草车》；德国画家库考克的《公园风景》、托马的《蒂沃利的瀑布》；美国画家杜兰的《林中小涧》、莫尼斯的《夏日》等。虽然西方风景画的自然主义倾向十分鲜明，而且每幅画都充满超群的魅力，并且也有纯粹以山、海、湖泊、瀑布等为题材的作品，但因其思维定势、艺术主张迥异，西方自然风景画不可能象中国山水画那样气势千里、思情万种，于写真中含无尽之意。

2. 中国文人的气质和精神来自学养与自然，博大精深、学贯古今成就了中国文人认识社会、反思人生，达到与自然契合的思想境界，而审视自然、深化自然、融入自然则使中国文人平澹冲和，随时而化，通过自然山水的熏陶浸染，中国文人进入内省与无我的逍遥与混沌状态。由此为基点，中国的诗画作家，不管是写实派，还是浪漫派，不管是入世，还是出世，他们的山水诗画作品无一例外地追觅一种味外之旨，即使尘世的繁扰纷杂，争战杀伐令他们曾热血奔涌、满目肃杀，但在其山水画作中都表现得神闲气定、不染尘滓，内心一片宁静祥和。如清初著名画家髡残、渐江、万寿祺、傅山等人，都曾是身历国破家亡,奋起反抗异族入侵的悲慨之士,国亡后他们或隐迹佛门、或键关问学,其画作独标一帜,意态万千,在他们的传世山水画卷里处处弥散出“奥境奇辟,缅邈幽深”的特点。

西方风景画却不一味追求超远冲澹的气韵,他们的作品更接近人世,与作者的率性而为相关,众多西方画家强调抒发个人感情,在画作中传达自己或向往宁静安逸、或狂放奔涌的内心世界。如比利时画家韦斯特拉特的《暴风雨来临》,美国画家理查兹的《礁石》,法国画家库贝尔的《海涛》《海浪》《风暴之海》《雷曼湖和格拉蒙峰》,德国画家莱辛的《山崖风光》等,以怒浪排空、峭崖争天的自然画面,抒发了创作者内心风起云涌、狂潮四卷的热烈情感。

从上述可见,中西方山水风景画的第二个显著区别在于中国山水画始终追求宁静祥和,超越人世的心灵归宿,而西方风景画的情感指向则因人而异,与画家的个性特征及其对生活的体验同步。他们可以借助自然景物抒发或宁静、或沉思、或激情、或狂放的内在感情。中国山水画的意境是在虚空中暗示出来的,让人驰骋想象,思绪如蚕茧一缕缕抽象而来;西方自然风景画的意境与画面相烘托,用实景明白渲染而出,离却光、影、色,则无意境。中国山水画的意境和情感通过主观想象去捕捉,是一种心灵体验过程,而西方自然风景画的意蕴与内涵利用实景透析,是一种视觉感知过程。

以上简略从自然观念和意境创造方面比较中西山水风景画的区别,至于构图设色等具体艺术表现方法上的异同,出于本文主题的需要和篇幅,暂不述及,且专门美术史论家多有精辟分析。对绘画的比较,旨在烘托中西方山水诗和自然风景诗的殊异之处,利用迂回的方式,从侧面见出中西方在诗学领域的自然观与艺术精神的显性区别。

中国自然观念导致中国人文精神的形成,涵养了中国文人反观内心,追觅禅意生活的气质,同时孕育了中国山水诗的艺术境界和审美趣味。朱庭珍《筱园诗话》中对山水诗创作和诗人情怀关系的一段论述颇能说明问题:“作山水诗者以人所心得,与山水所得于天者互证,而潜会默悟,凝神于无朕之宇,研虑于非想之天,以心体天地之心,以变穷造化之变。……以人之性情通山水之性情,以人之精神合山水之精神，并与天地之性情精神相通相合矣。”[①]山水乃自然精华，天地所孕育，诗人创作山水诗应凝心静虑，彻悟山水之肺腑，要“领悟当前，会心不远”，既写山水之形，又传山水之性情之精神，使山水与诗魂融为一体。在中国诗人眼里，山水为人而设，为那些独具慧眼和匠心的诗人而设，诗人因山水而灵动，山水可以助长诗情；反之，山水亦因诗人感遇相知而名扬天下，传之不朽，“天下多少山川，倘无一名人生其中，则顽块与污泥耳！天下多少山川，然名人杖履所不到，题咏所不及，毕竟黯然无色。”[②]人与山水目遇而神交，互通存问，冥契相切，达于圣域，这是中国山水诗之所以历久不衰的创作规律和审美准则，遵循这一基本规律和准则，中国的诗人们在创作山水诗时无不倾注心血，使山水成为他们心灵的代言者。由此之故，中国古典山水诗主体突出、对象明确，山水乃独立于其它自然物之外，成为诗人歌咏描摹的审美对象，而西方则无独立的山水意识，在西方诗人笔下，自然浑成一体，包孕万物，不管鸟兽虫鱼、雷鸣电闪，还是崇山旷野、河流湖泊，甚至港口街巷、田间垄上均为吟咏之物，对其加以笼统歌唱。如果以时代性为标竿，我们可以把清代诗人的山水诗与欧洲诗人的自然诗进行比较。清代是中国古典山水诗走向集结的年代，众多诗人秉承前贤遗韵，又推波助澜，使山水诗创作臻于完善。在清代诗人笔下，山水既是独立的审美主体，又是诗人寄托心志、抒发性灵的客体，所以清代山水诗形神兼备、韵格高标。有清一代，诗人以万计，山水诗车载斗量，蔚然大观，凡宇内名山大川均入清人诗笔，在清人笔下，山无匿迹、水无匿响，山水独立的形象始终是他们山水诗篇中的主体画面。王士祯力主神韵，其诗篇处处透视着诗人灵慧敏警的感悟，他几度奉命出巡，踪迹遍南北，山水诗为其创作的主流。在王士祯的山水诗里，我们始终能品味出诗人心游万仞的开阔与博大，

---

① 见张国庆选编《云南古代诗文论著辑要》，中华书局 2001 年版，第 273 页。

② 陈炜《山水移赠言》，见关贤柱编撰《杨文骢诗文三种校注》，贵州人民出版社 1990 版，第 21 页。

试举《天柱山绝顶望见岷山作》:“鞍马众峰头,苍茫万里收。岷山横塞出,灌口接天流。……大荒飞鸟外,眼底尽姚州。”虽然此处诗人用的是俯瞰平望的视角,但空间的延展,顿令诗境雄浑莽苍,有“思接千载”、“视通万里”的审美效果。再如赵翼的《高黎贡山歌》,通过气势磅礴的笔墨将西南名胜高黎贡山渲染得惊心动魄,大有风涛夜惊、怒浪排空的震撼力,其山势之峻之奇之险,全在诗人具体而微的刻画中一一呈现。此外王昶的川西军旅山水诗、洪亮吉的天山诗群,黄仲则的黄山歌吟,以及晚清众多诗人,诸如何绍基、俞明震、魏源等的山水篇章均以具体的山水为歌唱刻镂的对象,在他们的诗章里,山水主题鲜明,形象真实可感,尽管大多诗章兼有抒情写意,但情、意的抒写都以独立完整的山水作基石,在中国古典山水诗里,山水形象准确不含混,诗人所有的意绪都围绕具象的山水而绽开。

西方因其没有独立的山水意识,所以西方诗人笔下的自然风景诗主题意象较含糊,他们可以用整体的自然观念表现自然界中的所有事物,把自然物当成一个完整的诗歌形象加以描写欣赏,从不有意识地使山水分离于自然万象之外而独立,因之在西方诗人的风景诗里表现了一种泛自然化倾向。如果按内容进行归纳,西方自然风景诗可以分为这样几类:(1) 写景型;(2) 借景抒情型;(3) 虽有风景诗题,却无风景诗旨,即有名无实型。

第一类型可以英国诗人雪莱的《咏尼罗河》、华兹华斯的《湖乡夕阳》、叶芝的《柯尔庄园的野天鹅》;俄国诗人叶赛宁的《在天空蓝色的盘子上》;德国诗人艾辛多夫的《出游之歌》、荷尔德林的《尼喀河》、夏米梭的《蚌古尔城堡》、赫尔斯霍夫的《池塘》、戴麦尔的《静静的城市》、里尔凯的《菩登湖》;法国诗人厄莱迪亚的《珊瑚礁》、波德莱尔的《信天翁》等为代表,在这些诗篇中,诗人或轻描淡写,或大笔点染,或高歌激昂,或浅吟低唱,道出了对自然的热爱、赞美,通过对自然形体外貌的描摹刻划,寄寓了诗人向往和平安谧、超然世情的理想。

雪莱,英国著名的浪漫主义诗人,与拜伦、济慈号称十九世纪英国浪漫诗坛三剑客,在他的诗里充满理想主义色彩,对革命、对人生、对爱情的理想点据他的心灵,他把诗看成鼓舞人心的号角。《咏尼罗河》是他一首纯自然描写的诗，该诗创作于1818年，以埃及著名的母亲河为歌咏对象，诗篇为不严格韵律的十四行体，前半部以九行的容量抓住尼罗河从“峭立”的“冰雪覆盖”的“峰峦”间奔腾而来的气势，突出尼罗河博大雄浑，甚至肆虐的特点，进行大势渲染，后五行总括全诗，在前半部写景的基础上，点明题旨：“人啊，记取吧；因为，知识对于你，/正像这广阔的河水之于埃及。”

叶芝，英国十九世纪末，二十世纪初著名的抒情诗人和剧作家，曾获1923年诺贝尔文学奖。柯尔庄园为叶芝好友剧作家葛拉高雷夫人的产业，叶芝于1897年，初访该地，时隔十九年创作《柯尔庄园的野天鹅》，整首诗用回忆和写实交替闪现的手法，把“五十九只”“浮游”于水面的天鹅往昔轻快灵动、眼前沉静忧伤的形象层层展现开来，令人回味咀嚼，大有往事不堪、美人迟暮之苍凉感。诗境空阔透亮、节奏轻柔舒缓，一股淡淡的怀旧的哀伤从字里行间流泻而出，有极强的艺术辐射力。

叶赛宁，生于1895年，俄国著名抒情诗人。由于从小生活在农村，所以他的诗作处处透视着俄罗斯式的田园风光，田园是他汲取诗的养分的宝库，亦是他灵魂的归宿，因此，他的诗作纵情赞美田园风光，倾心描绘田园生活，在他写来，田园犹如牧歌，缓缓飘荡在白云浮动的草原上。《在天空蓝色的盘子上》是其信手拈来的田园诗作之一，夜幕将合，天空如洗，一派湛蓝的底色上，升腾起“散着蜜样”的“黄色浓云”，云彩飞飏、松林吐纳、群山轻驰、寒星闪烁，鹭鸟的啼声惊碎沼泽地的无边安宁。诗人用多种意象的组合，营造了一份韵味悠长的田园诗境，这境界“就像天空中的闪电”令人于稍纵即逝间，捕捉永恒的回味。

德国诗人艾辛多夫的《出游之歌》，以“出游”为轴线，全景式地再现了大自然生机勃发、百鸟争翔的快乐景致，从清晨的第一缕霞光，到云雀欢歌飞舞，从川流潺湲到白云飘荡，诗人用仰观俯察的视角，把自然界动静相间、五彩纷呈的至美境界表现得令人神往。

尼喀河是德国南部斯瓦比亚的河流，荷尔德林就出生在河畔，诗人童年曾听着河水的浅唱而度过，所以本诗以无比的深情淋漓尽致地赞美了尼喀河的自然风光。

里尔凯的《菩登湖》以一个特指的对象为描绘主题,就诗题以观,很像中国的山水诗,但细研诗的结构和韵味,却完全是西方风景诗的风格,诗人虽以特定对象为诗题,但其描写对象却超越了菩登湖本体,而展开远景勾勒:村庄、钟楼、钟声、城堡、峡谷;远景映衬下波涛汹涌、汽船轻泛,两岸群山闪着银色"映入我的眼帘"。整个诗简洁明快,宛如一幅置图工整、色泽透亮的风景画。

法国诗人厄莱迪亚(1842—1905)的《珊瑚礁》通过光影的透视效果,把海底世界所呈现的"光明灿烂"、"生机一片"的景象表现得五彩斑斓、惝恍迷离,如同花朵一般的珊瑚、恍若"长发垂垂"的各类海生植物,把"苍白海蚕"剥蚀的礁石装点得"光怪陆离","一尾""航过""茂密枝条"的大鱼,昂首扬鳍,"它那辉煌的鳞甲"使沉寂的海水顿然失色,在它"尾鳍"奋力冲击下,"澄澈"如"琉璃"的海面,刹那间闪现出万道如"细纹"、如"翠彩"、如"金光"的波痕。

第一类型尽管通过自然景物表达了诗人的情感和内心活动,但其通篇主题仍以摹写自然景观为依归。真正进入借景抒情,达到景为情设境界的应为第二类型借景抒情型。

第二类型的代表作,如意大利诗人夸西莫多的《黎明》《大地》,俄国诗人莱蒙托夫的《帆》;法国诗人拉马丁的《谷》《湖》;德国诗人迈耶的《雪白的山峰》《雪峰之光》;英国诗人华滋华斯的《轻舟唱晚》等。

夸西莫多,意大利二十世纪伟大诗人,1959年因其作品"以充满古典热情的抒情作品表现现代人生的悲剧"而获诺贝尔文学奖。他的诗作处处透视着古典优雅哀伤的美,穿越哀感忧郁之门,我们窥视到诗人否定黑暗冷酷现实、渴望自由,民主和宁静生活的心灵世界。《黎明》《大地》分别以不同景色描写为背景,抒发诗人郁结心头的淡淡哀愁。秋月、晨曦、古道、马蹄,声声催生着"朋友们别离"时无限的哀伤和"孤寂"。

莱蒙托夫,十九世纪俄国诗坛上最有影响的诗人之一,他的诗如号角,唤起人们追求自由和光明的渴望。《帆》以海上航行的船帆为象征,迎着阳光驶向远方,这一叶鼓满的风"帆",追求的不是常人眼里的“幸福”，而是“风暴”，不言而喻，“风暴”在莱蒙托夫心中就是革命的征兆，由此，《帆》的抒情意义蕴含得极为深刻。

《谷》、《湖》是法国十九世纪抒情诗人拉马丁的代表作，拉马丁自幼生长在家乡幽静柔美的自然环境里，是自然给他诗的灵感，造就了他明快飘逸、缠绵忧伤的独特诗风，因此他的收有《湖》《孤独吟》等名作的诗集《沉思集》一经发行，便引起全法兰西的轰动，被当世誉为诗坛泰斗。著名文学史家朗松在《法国文学史》中说道：“他是一个伟大的诗人，最自然的诗人，最诗人的诗人，如果认为诗的基本要素是情感的话。”①《谷》是诗人对自然的赞美，同时也是借景抒情的佳作，在他写来，“童年的山谷”永远那么明澈透亮，绿荫环绕、清溪婉延，大自然一片勃勃生机，诗人负载着尘世喧嚣嘈杂的灵魂，欲在幽静得仿佛出离人间的山谷中找回生命的真谛，全诗景中有情，情因景生，让人在忘我的意境中悟彻“一切对你都在变，自然则不改其恒，天天是同一太阳照临着你的存在”的至理大道。与《谷》呼应的《湖》笔锋一转，首先设问，感慨岁月匆匆，人生如航船，向着不可知的前方催行。接着诠释设问，道出心中对所思念人的祈盼和追慕，在波光如镜的湖心，俩人“悄悄荡桨”，“波上之，晴空之下”，万籁俱寂，只有桨声拍着微波“和谐相应”。诗人利用幽雅安详、深邃宁静的湖景追忆一段永逝不复的刻骨感情，“愿这回忆也随着春风而往来荡漾，也随着湖边清籁与岸相和而鸣，也随着银额之星用它那柔软微光把湖面晃耀成琉璃万顷！”景中情，情中景，被拉马丁款款写来，就产生我是蝴蝶，抑或蝴蝶是我的混沌之美。

《雪白的山峰》《雪峰之光》是德国著名诗人迈耶的代表作，迈耶1825年出生于瑞士的苏黎世，他的作品感情充沛、形式华美严谨、语言凝练而抒情性极强。《雪白的山峰》以阿尔卑斯山为歌颂赞美的对象，诗人紧扣“一座耀目的山峰闪烁在森林的上空”，借助阿尔卑斯的巍峨气势，尽意抒写他“只要我一觉醒来，山峰就对我呼唤”的人山相亲的一往深情。《雪峰之光》推波助澜，把诗人对阿尔卑斯这座母亲

---

① 引自《法国近代名家诗选》，外国文学出版社1981年版，第90页。

山的深厚感情推向高潮:“不论我的气质、我的诗章,到处都照耀着高峰的雪光,伟大的寂静的雪光。”阿尔卑斯伴着诗人成长,在他的心灵中,雪山就是他的故乡,当仰首翘望时,“终年积雪的山峰,顶着碧天,”闪烁出纯净无比的“雪光”,就是这“雪光”令诗人魂牵梦萦、情思如缕,反复咏叹的高亢旋律中一再突显“伟大的寂静的雪光”的主题。迈耶的自然风景诗轻描淡写,对景物不作精确的刻画,不在光色布景上下功夫,而是将一泻如注的激情通过大笔勾勒的景物轮廓释放出来,就产生强烈的感染力。

上述两种类型,或擅于写景,或长于抒情,其共同点在以景为基质,情的抒发必待景的触动。第三类型则与之相反,空有自然风景诗的题目,而无与其相应的实质内容,即诗题与诗旨没有必然的内在关联性。这一类型以歌德的《冬游哈尔茨山》《泛舟在幼发拉底河上》;惠特曼的《草原之夜》《在宽广的波托马克河边》《从遥远的达科他峡谷》等。严格来说,本文不讨论第三类型,也不必将其归纳为一种类型,但作为一种诗歌现象,尤其它的题目纯以自然风景诗的面貌出现,就不得不作粗线讨论,以辩证西方自然风景诗的原本状态。歌德的《冬游哈尔茨山》从题目看是标准的自然风景诗,但从全篇考察,诗人的目光始终瞄向人类社会的复杂世态,虽然诗章结构以诗人的游踪为线索纵向展开,而诗的内容总是诗人虚拟的“诗”情、“诗”神自由翱翔的场景,无一笔墨洒向自然景物,之所以出现这种情形,与诗人“出游”的意图相关,1777 年 11 月 29 日至 12 月 19 日,歌德匹马跃上哈尔茨山,前去调查矿山资源,并探访一位尚未晤面的年轻人,途中他创作了这首诗,由于诗人本意不在游赏自然风光,所以诗中的主旨也就不放在吟味自然、刻摹景物上了。如果《冬游哈尔茨山》还有些自然风物的影迹在,那么《泛舟在幼发拉底河上》就根本与自然风景无缘。

惠特曼与歌德年代相去甚远,作为美国近现代伟大抒情诗人,他的诗与美国精神紧密联系,成为美国革命的号角和鼓吹,在他的以自然物为标题的诗里,写的基本是美国人民的斗争、奋进、勇往直前的火热生活,那些自然物仅为一个诗标与符号,与诗旨全无关系。

中西方自然风景诗与山水诗创作差异性不仅表现在不同时代、不同诗学观念、不同流派的诗人群体方面，而且还存在于时代相近、诗歌理论趋同、人生轨迹相似的诗人个体之中。如清代诗人袁枚和英国诗人华滋华斯。

袁枚出生于1716年，比华滋华斯（1770—1850）早半个世纪，袁枚21岁应乾隆元年的博学鸿词考试，24岁中进士，华滋华斯22岁剑桥大学毕业，获学士学位；袁枚33岁辞官归隐江宁小仓山之随园，潜心诗歌创作，过着诗酒留连、红粉青山相伴的自由生活，华滋华斯44岁移居湖畔，隐于莱德尔山间，是大自然的无限生机激活了两位诗人的诗才与想象，颐养了诗人性灵独具的慧眼和胸襟。隔着时空的隧道，两位诗人竟发出同一种诗化的声音："鸟啼花落，皆与神通。……惟我诗人，众妙扶智，但见性情，不著文字。"①"诗是强烈的情感的自然流露。……诗人沉思这种情感直到一种反应使平静逐渐消逝。就有一种与诗人沉思的情感相似的情感逐渐发生。"②

由于个性气质、诗学理论、人生际遇的相近，袁枚和华滋华斯隔着浩瀚的大洋，用自己的心灵和彩笔鲜明地划出一个与众不同的创作圈，他们虽然代表不同文化背景、不同语言习惯、不同思维方式，但其共同地成了自然的歌者，以及山水文化的行吟者与传播者。

袁枚行游万里，足迹无南无北，东南到匡庐武夷、粤桂，西北至河洛华岳，又历泰岱、黄山、雁宕群峰，在他笔下山水灵动而富生机，精致却大气磅礴，充分体现了"性灵派"以形写神、气韵生动的艺术特征，其主要名篇有：写浙东山水的《登华顶作歌》《到石梁观瀑布》；写五岳名山的《登华山》《登泰山》；写黄山景色的《从慈光寺步行穿石洞上木梯到文殊院》《登始信峰》《宿狮子林晨起登清凉台看云铺海》；写匡庐武夷、粤桂山水胜境的《香炉峰观瀑》《同金十一沛恩游栖霞寺望桂林诸山》《八月二十八日游武夷》《署中诸友同游七星岩》等。袁枚

① 袁枚《续诗品·神悟》，见《中国古代文论选（三）》，第478页。

② 华兹华斯《〈抒情歌谣集〉一八〇〇年版序言》，见《西方文论选（下）》，第17页。

毕生以交游为乐,其“足迹遍东南,山水佳处皆遍,其瑰奇幽邈,一发于文章,以自喜其意。”①

华滋华斯早年思想激进,致力追求自由、平等、博爱的幸福社会生活,所以他曾两度游历法国,对法国社会革命表现了极大热情,同时也被法国美丽多姿的自然风物所倾倒,因之在他的自然风景诗中,体现着人与自然神交而相通的至高境界,其思致绵密且想象丰富、感情激荡而韵味悠长,具有和中国古典诗论“缘情”、“言志”相契合的特点。他沉浸自然,纵心自然,用情讴歌自然,所以他的自然风景诗就成为其创作的重要组成部分。撮其要者为:《轻舟唱晚》《阿尔卑斯辛普朗山口》《山的回音》《可爱的山谷》《高入云霓的山》《奇利卡兰奇山口》《格拉斯米尔湖畔》《多瑙河之源》《斯多巴赫瀑布》《阿耳—汉狄克瀑布》《天使岭》《在法兰西平原上观望天空》《阿尔班山上眺望罗马》《唐纳谷平原》等,这些自然风景诗篇以点连线,轮廓式地记录了诗人屐痕遍欧陆的人生经历。

在西方诗人中,华滋华斯是一个颇具山水意识的抒情诗人。就个别诗作而言,很接近中国古典山水诗的审美情致。如果把袁枚的《到石梁观瀑布》和华滋华斯的《阿尔—汉狄克瀑布》进行对比,我们发现诗人的思维角度极其吻合。袁枚的诗作大势淋漓,以仰观纵切的手法,把瀑水从天而降,又向远方奔腾而去的气象表现得惊心动魄;华滋华斯也是以仰望远观的视角,长距离地写出瀑布喧豗咆哮、怒浪相激的撼人气势。在描写瀑布形体,营造抒情气氛时,二人同样用形声、比喻、夸张的艺术手法,使瀑布倒悬、一泻千里的诗境得到完美再现。

虽然如此,华滋华斯毕竟代表了十八、九世纪之交英国浪漫主义诗派的风格,他的自然风景诗无庸置疑地烙有那个时代、那个民族的特殊印记:泛自然化,对景物只进行面上的扫描,而不作细致深入的刻划。在他的大部分自然风景诗里,风景是宽泛的、表象的,是个人

① 姚鼐《随园君墓志铭》,见钱仲联主编《广清碑传集》,苏州大学出版社1999年版,第548页。

情感的载体或陪衬，当个人抒情的成分唱主角时，景物则退居为烘托气氛的幕布与背景。如《湖乡夕阳》虽然意境很美，有夕阳西下时湖光闪耀的活跃，有浓荫密蔽下小舟轻划水面的悠扬，有远山近水环绕的幽雅，有牧童回归家园的恬淡，这一切错落有致，但却缺乏中心意象，从而使诗境无法达到味外有味的效果。再如《阿尔班山上眺望罗马》《特拉西米诺湖畔》纯属借自然风景诗之名，抒发诗人对历史、对现实的感慨，以及对未来和平、自由和民主的渴盼之情。《天使岭》一诗，融写景抒情为一体，诗人凭眼前壮观的山岭，展开想象的翅膀，极力歌颂并赞美了神性的崇高和伟大，全诗浸润着一股神灵的气息。

袁枚力主性灵，擅于抒情，但他的山水诗以具象化的山水为描写刻镂对象，不枝不蔓，不散不乱，在对实体山水作精确描述的基础上，展开丰富的想象，抒发个人观山临水的主观感情。

袁枚、华滋华斯是两位时代相近、诗风相近、个人遭际相近的伟大抒情诗人，但终因空间的疏离、文化背景的悬殊，在山水诗和自然风景诗创作方面走出了一条既属于他们个人，又属于他们所属民族的不同的路。

综上所述，我们的结论是：中西方文明有相互印证的兼容性与趋同性，在数千年发展过程中，中西思想观念、哲学思维，以及文学主张有相契、有暗合、有碰撞、有包容，同时因地域、种族、语言习惯、文化背景的差异而形成了各自不同的风格与特质。通过粗浅对比与分析，我们可以把中西方山水自然观念及其创作实践方面的差异归纳为：

1. 山水意识和山水文化的形成是中国“天人合一”自然观念的产物，为中国文化所独有，和西方笼统且包罗万象的自然风景观相比，中国山水文学中的山水意象是独立的，是从自然万物中剥离出来，作为一个整体而独立存在的审美对象。

2. 山水艺术是中国艺术的表征和精髓，艺术家和诗人的山水审美趣味代表了中国美学的最高原则。山水诗画中所着力捕捉的韵味、营构的境界成为中国含蓄超远、意在言外的美学精神的典范。和西方浓墨重彩的写真风格与审美原则不同的是中国山水诗画极力表现空灵澹泊、绵绵不绝的情韵和思致。

3. 就创作主体看,中国山水诗人的身份呈现了多元性,他们有时是诗人,有时诗人画家兼而有之,从社会角色看,大部分诗人亦僧亦道,将政治家、思想家、学者,甚至军事家的多重身份集为一体。这种多重身份的集合,使得山水诗创作流派纷呈、风格多样,且精品迭现;和中国山水诗人相较,西方的诗人身份大多较为单纯,其专业性倾向十分明显。

4. 中国古典山水诗摆脱了泛自然化倾向,从神性的光环中走出来,转向人本的生活体验和刻画,通过山形水貌的雕镂,负载了人间社会的生活状态,表达了诗人对自然的亲情与热爱。与之相反,西方自然风景诗描写宽泛,甚至有泛神论的现象。

5. 在表现手法方面,中国山水诗采用点的刻画,西方风景诗进行面的扫描,其切入角度有所区别。中国山水诗立足一山一水的基点,把山水当成独立完整的对象加以精雕细琢,着意表现山水的形体状貌,进而传达他们的精神气质,使山水充满生动的气韵;西方自然风景诗画面宽泛,对景物点到为止,基本不做精细刻画,主要以抒情为主。

6. 由于中国文字为象形文字,所以用中国文字创作的山水诗,无论韵脚、构图,还是着色、拟声都使诗歌具备直观而形象的音乐美和建筑美特征,读一首中国古典山水诗我们不但从内容,而且从外形上都能产生心理共鸣,激发人的联想,引起人的美感知觉。这种得天独厚的语言优势为中国所专有,西方的拼音文字很难从感官上引发人们对自然山水意境的联想。

引　子

甲申之变，为中国历史揭开了新的一页，暴风骤雨式的阶级斗争裹扶着刀光剑影的民族斗争如狂飙漫卷了大江南北的诗坛，迫使诗人在复杂的形势面前做出人生艰难的选择，这对中国传统的士人无疑于一次痛苦的蝉蜕，甚或脱胎换骨。

由于人生价值取向的不同，对待社会巨变的态度不同，清初诗界的诗人划然分为两大阵营：一是入清不仕，坚拒新朝强征力辟，始终保持民族气节的遗民诗人；二是入清便投怀送抱，顷刻成为新贵的变节诗人，其中第二阵营由这样几种类型构成：1. 前明变节投诚的降臣；2. 始而抗清，继而耐不住诱惑走向科场的前明士子。除上述两大对立阵营外，还有一种诗人群体，亦曾活跃于清初诗坛，他们既不是前朝遗民，也不是新朝降臣，而是通过满清科举自然走向大清庙堂的新生代诗人。清初诗坛正因有上述几类诗人群体的离合聚散，相互激发与振荡才显得生机勃发、气象万千，一扫晚明衰颓的沉闷景象，使中国古典诗歌大合唱的尾声戛然而止在激慨高亢的旋律中。

鉴于拙作《山魂水魄—明末清初节烈诗人山水诗论》已对大明殉节诗人和清初遗民诗人的山水诗作过粗线概述，因之本文继《山魂水魄》的序曲之后，首先让入清以来的其他诗人群体登场，用他们不同的韵律和声调由此把清代山水诗的合唱推向更为令人瞩目的高潮。论诗首先要论史，知人必当先知世，要理清前清山水诗歌发展的大势，通过山水诗创作透析诗人的思想内涵，就必得对清初，即顺康之际的社会状况作一简述。

从 1644 到 1722，历史匆匆走过不足百年的短暂时光，但就在这电光石火的瞬间，清初诗坛上的诗人们却经历了灵与肉、血与泪、冰与火的双重考验和煎熬，这种边缘化的人生状态完全由当时的历史条件所决定。满清铁甲长驱入关，奠都北京，当此时也，基业初创，天下未定，为了巩固新生政权，清统治者软硬兼施、恩威并重，一方面用“奏销案”、“南北闱科场案”、“通海案”等严酷手段，沉重打击汉族知识分子，令他们人人自危、尊严尽失、人格贬值；一方面又效前明之制，大兴科举，通过开科取士给许多知识分子以生机和希望，让他们在仕进的轨范中与统治者保持向心力。

顺康之际，由科举而入仕途的士子学人，除少数与前明较少瓜葛外，大部分或是前明遗臣之后，或本人曾坚持抗清，继而经受不了诱惑，遂改弦易辙，入了新朝的仕籍。在这批汉族秀杰之士中，有人成了一代诗坛宗匠，比如王士祯、朱彝尊、陈维崧、宋琬、施闰章、梁佩兰等；有人成了一代影响深远的学者，比如彭孙遹、徐乾学、叶方蔼等；有人成了一代令人仰止的名臣良吏，如汤斌、陆陇其、张伯行、于成龙等，其中汤斌、陆陇其、张伯行在清代“以名臣从祀孔子庙”[①]与顾炎武、黄宗羲、王夫之、陆世仪并列。由上即见，清初社会状况比较复杂且多变，顺治一朝既有民族斗争的血腥和残酷，也有满汉逐步趋向融合的缓冲与销解，康熙王朝则进一步巩固，而且国势日渐强盛，满汉之间的民族矛盾转化成大清王朝与周边少数民族之间统一和分割的斗争，复明反清的意识在渐次增长的正统观念中又一次被淡化，并相继退出历史舞台。

清代顺康间的社会形态决定了清初诗坛的走向，亦形成了清初山水诗创作的特质。与清初政治、经济、文教相适应的清初诗坛呈现出诗人群体的多样化，以及由这种多样化所生成的山水诗创作风格的多角化。

遗民诗群、降臣诗群在清初诗坛代表两股不同的力量，他们之间交互纠结、彼此消长、互为犄角，又共同激发，是这种诗坛力量的冲荡与均衡，才使清初诗坛出现如论家所说的中兴气象。

---

① 《清史稿》，第1345页。

清初山水诗创作，因受遗民诗群的推动和影响，出现了极为繁盛的景象，假使以屈大均为代表的遗民诗人是清代山水诗史上第一个创作高峰的话，那么以王士禛、潘耒为代表的清初神韵派、博学鸿词诗群则是第二个创作高峰，由此延及后来，使清代山水诗创作高潮迭现、波澜壮阔，形成清代山水诗史波浪式发展的整体态势。

以王士禛为领军，清初山水诗的阵势不管是反，还是正，无论是偏，还是奇，遂形成一支标识各异、旗帜不同，但锐气与胆魄相近的创作队伍。

能和王士禛为代表的神韵派山水诗创作抗衡的是赵执信，以及此前此后的潘耒和查慎行。赵执信的山水诗如其为人骨骼苍劲、胸胆开张，与王士禛的神韵说对比鲜明；查慎行骨力不及赵执信，但他的素描手法，自有神韵派所不到处。

综之，清初山水诗创作，和诗坛其它现象一样，经历整合、归宗、分流，终于汇成一股洪流，冲荡了沿习已久的板滞青涩局面，而开清诗新气象。

第一章　残村秋水　江山萧瑟

——江左三大家的山水诗

明末清初，社会大动荡、大变革、大颠覆的态势，不仅使一批节烈之士成为悲壮的英雄人物，而且还让那些意志不坚、人格软弱的变节降臣们无可置疑地演绎了一场悲剧人生。在满清看似拉拢恩遇，实则排挤迫害的用人机制下，清初易服变节的降臣们遭受了前所未有的心灵煎熬。经历过鼎革的暴风骤雨，感受了人格双重痛苦的折磨，目睹了朝代更替时种种的不幸，清初忍辱苟活的变节诗人们用诗这种独特的形式作载体，一方面宣泻个人压抑已久的悲愤和呻吟，一方面客观记录历历在目的历史事件，让后人在其史诗般真实的叙述中感受家国破灭的无奈与痛悔。“人生苦乐皆陈迹，年去年来堪痛惜。”(吴伟业《鸳湖曲》)这句吴梅村借“江湖钓叟”之口发出的人生感叹，或可看成屈身事清的前明遗臣们悲苦无奈的普遍心态。

虽然缺乏遗民节士那种大义凛然、不屈不挠的骨梗与沉雄，但清初的降臣诗群毕竟在饱尝了夷族统治下人心的险恶、世道的艰危，以及诸多无以言说的痛苦之后，力扫前明诗界徘徊凝滞的积弊，用委婉曲折、深藏玄机的诗风开清初之新局。

论说清初降臣诗群的山水诗，按诗史发展大势，当推以钱谦益、吴伟业、龚鼎孳为组合的所谓“江左三大家”。“三大家”之组合的称谓既非三人有意合成，亦非三人观点相近、诗风趋同的流派之别，而是因刻于康熙六年(1667)，由吴江顾有孝、赵澐编辑的《江左三大家诗钞》行于世，才始有其名，这种称呼纯属人为的撮合，实非派别之自然形成。即使这样，“三大家”的并列自有其道理，三家的主体经历相同、名位相同、声望相同，尤其入清后的行止亦相同，故而将其排列组合，即得到史家普遍认同。“三大家”活动在社会动荡，朝代更替，特别是党争剧烈的晚明和清初社会，钱谦益利用名望，不但创虞山诗派，而且激扬奖掖同侪与后进；吴伟业先是复社中坚成员，深得朝野士人看重，继而开娄东诗派，一批江左诗人籍此声名大噪；龚鼎孳仕于两朝，诗名不及钱、吴，但他力庇前朝遗民，推荐在野贤才，一时传为佳话。如果站在诗史的角度，客观地说，三大家各有特征，在清初起承转合的诗坛上，三大家实属举足轻重。但如有些诗论家所说“开风气”之先的论断恐未必全信，因为全清一代影响诗坛主流走向，成为清代诗歌真正代表风格的不是馆阁，或金台体那种充满醇和雅正、往来酬唱的无病呻吟，相反是身处社会底层，或民族危亡之际，用诗鸣不平，用诗警醒世人的卓越歌手的集体合唱。由此，“江左三大家”只能算作有名望、有地位、有声势的诗人，但不能成开有清一代新声的卓特歌手，因为他们缺乏人格与正气，因此也就缺乏开清诗直面人生、敢于反抗的胆略和勇气！诗本是一种形式，一种情感的载体，只有当这种载体真正回归民本、回归人情、回归人性、回归民族大义时，它才能成为主流，成为典型。“清初三大家”不具备开风气之先的资质，即使后来被目为开风气、开流派的王士祯、沈德潜之流也不具备，他们充其量只是一个时段、一个阶层的典型和代表，而绝不可能是清诗发展的主流。是否主流作家，是否主流作品，决不取之于他的参与群体的多寡，时人评论的高低，以及统治阶级对其褒贬的程度，而是来之于他对社会的认识，对人生的反思，对民间疾苦的关怀，对家国命运的忧患意识，从这个角度以观，“清初三大家”只能从史的流程考察，该放在清初山水诗论述的前列，而并非其真正为大家而忝作首位。

第一节　板荡凄凉　山水如焚

——钱谦益的山水诗

清初诗坛，钱谦益是个争议颇多而命途坎坷的人物，论诗才，其博大精深、老辣雄健，为文宏肆而寄意遥深，堪为一代典范，但国破家亡的历史变故，使其命运一波三折，终因“两截人”的悲剧令后世叹惋与诟病。正如徐世昌所评：“牧斋才大学博，主持东南坛坫，为明清两代诗派一大关键。誉之者曰：别裁伪体，转益多师；毁之者曰：记丑言博，党同伐异。”[①]随时势推移，钱谦益的身后评论更是众说纷纭，莫衷一是。本文论说他的山水诗，约略得提及其身世沉浮、诗文创作概况。

一、钱谦益的生平与身世

钱谦益(1582—1664)，字受之，另字牧斋，晚号蒙叟，又自号绛云老人、东涧遗老，江南常熟人。明万历三十八年(1610)年庚戌科进士，由翰林院编修历官礼部右侍郎、翰林院侍读学士等；南明福王时依马士英而任礼部尚书。清兵下江南，钱谦益率先迎降，以礼部右侍郎管秘书院事，从政不称心，改而充任《明史》副总裁，任职仅数月即告归。钱谦益一生的政治目标是入阁拜相，但历仕两朝，都未能实现其愿望，因此他对明不满，对清亦不满，最终落得“贰臣”的可悲结局。

钱谦益生于晚明政治昏暗、风雨飘摇的乱世，又遭逢故国沦亡、异族入侵，所以对其一生品行很难用某一常模评定。早年他入东林，与太仓张氏兄弟过从甚密，成为东林党人的中坚。万历时，因浙省举人钱千秋案而被劾，天启中，因忤阉逆魏忠贤被削籍。至崇祯当国，阉党鸟散，朝廷召钱谦益为礼部侍郎，未几有枚卜之事，结果被政敌温体仁所告讦，最终未能入阁。经此事件，钱谦益深知入阁无望，转而一心向学，但厄运还是适时降临到他的头上。崇祯七年，执了政权的温体仁指使张汉儒讦发钱谦益、瞿式耜居乡不法事，遂严旨逮问，后经贿赂通关节，事态得以平息，可钱谦益的青云之志则一落千丈，从此，他整日陪爱妻柳如是吟诗作画，悠游林下。

甲申之变，应南都之召，钱谦益出为礼部尚书，在拥戴福王即位时，他依附马士英，和阮大铖关系走得很近，据常熟籍著名诗人王峻

---

① 见《清诗汇》，第208页。

(1694—1715)撰《钱牧斋传》记曰“士英与阮大铖用事，谦益惧不见容，遂附二人，得为礼部尚书，又上疏颂士英，且为大铖讼冤修好。”①对这种矛盾现象谢国祯先生说得比较恰切，在由马士英组织的南明小王朝中，“一般正人像黄道周、陈子龙之流，皆被排挤而去。逆案中张捷、杨维垣、虞廷陛一流人，皆入了政府，钱谦益因为恭维阮大铖，也起复了原官。凡是当时不得意的人，现在皆有了势力。”②

顺治二年五月，大清兵破江南，南京陷落，钱谦益率百僚出城迎降，给他的人生画上了无论如何都不能粉饰的污点。素有入阁拜相之欲的钱谦益想投靠新主，有更大的政治作为，但事与愿再次相违，入清仅授秘书院学士兼礼部侍郎、《明史》副总裁的闲职，极度失望的他，旋于顺治三年六月引疾归。当时清廷对汉族官员管束极严，防范甚谨，唯恐其有风吹草动之举，在“朝官无敢谒假”③的艰危情势下，钱谦益“竟驰驿回籍”，此举难免引发清廷的猜忌，不久“遂牵连淄川谢升案，锒鐺北上”，一波未平，一波又起，顺治五年四月又涉案于黄毓祺。黄毓祺，江阴贡生，领隆武官职，清军南下，破家起义兵，事败，变名姓隐于淮南，后遭人告发而捕至金陵就义。据计六奇《明季南略》“毓祺将起义，遣徐摩往常熟钱谦益处提银五千，用巡抚印。……及摩至常塾，钱谦益心知事不密，必败，遂却之。”④黄毓祺因奸人告密而与同侪遇难于南京，钱谦益则输贿三十万金得免。

钱谦益一生履历复杂且曲折，其为人一如其为文为诗，博大宏阔，诡谲变幻，令人难以入其堂奥。纵观他的生平，我们不妨说他是一个素怀大志而命途多艰、欲登人臣之极而始终未能如愿的失意者，他的对明不忠、对清不敬，皆源自新旧两朝未能使他最终实现政治理想。试想崇祯初年，他如愿入阁，或许就不会有后来的变节之事；降清之后，能让他像陈名夏、冯铨之流位居首辅，他也许不会仅仅五个

---

① 见《清代诗文集汇编》第275册，《王艮斋文集》卷三，第211页。

② 谢国桢《明清之际党社运动考》，辽宁教育出版社1998年版，第70页。

③ 邓之诚《清诗纪事初编》，上海古籍出版社1965年版，第306页。

④ 计六奇《明季南略》，中华书局1984年版，第253—254页。

月就毅然拂袖而去，他的变节与首鼠两端皆因其“徇名而死权利”（章太炎《訄书别录》）的功名心太重、心机太深所导致。由于钱谦益“縈情利禄，溺志声色”（王峻《钱牧斋传》）而“不克保其晚节”的悲情命运，给后人留下太多叹惋和深思。

入清不久，难遂其志的钱谦益退居拂山水庄，通过诗文抒发内心的哀怨和悔恨，对清兵南下时的暴行有所揭露，对时刻卷土重来的反清势力满怀期待，为此遭清廷大忌。由于钱谦益降清又排清的复杂经历，后世对其评价褒贬参半，誉之者说他如历史上忍辱复国的范蠡、李陵，“泣血椎心”，目的在于伺机中兴恢复大明，其中金鹤冲，张鸿的说法最具代表，而今人更有将其比作“腐身亡秦”的赵高，赞叹他的降清之举是欲“自污”而寻机复国的忍辱负重：“他决定打入敌人内部，然后有所作为，如赵高自腐以亡秦。”[①]虽然钱谦益晚期的诗文辛辣老到，有浓重的故国黍离之悲，甚或有忍望王师、赞画郑成功军事的影迹，“其眷怀故国，望断中兴”的“忧愤忠悬之志”[②]流溢于字里行间，但把他的变节降清说成是曲线复国、打入敌人内部而图有所作为，似乎与历史事实，以及钱谦益本人的性格特点不符。中国士人的传统是重名节，在他们看来，气节重过生命，在义的选择上，他们宁可舍生，而不放弃义。钱谦益生当故国沦亡，异族入侵的危机关头，面对夷夏大防的生死抉择，最终选择了迎降，而且是跪接异族入城，这不仅是一时的软弱变节，而且还是士人人格上永远抹不去的污点。在二十四桥顿成焦土，江南无数生灵涂炭，包括他的许多挚友纷纷殉节死难的关键一刻，他亲率百官迎降，这不是一个小小的个人变节问题。如果用种种借口来为其粉饰辩污，那么如张煌言、陈子龙、史可法、祁彪佳等人岂不是成了历史罪人？因为史可法的顽强抵抗，才使清兵恼羞成怒而上演扬州十日；因为江南人民的拼死捍卫家园，才令清兵惨无人道地对江阴、嘉定等处实行屠城。如果钱谦益等人的变节降清可以原谅，甚至赞美的话，那死节的士人、守志的遗民岂不都

---

① 刘世南《清诗流派史》，人民文学出版社 2004 年版，第 62 页。

② 连横《台湾诗乘》卷一，台湾文献史料丛刊第八辑，大通书局印行。

成了不识时务的痴人？数以万计的江南反抗民众岂不都成了冤魂？中华民族还有什么浩然正气可以充塞天地之间？

钱谦益的降清变节，丧失人格，除了性格因素，以及由地缘而生成的个性特征外，还有一个重要的因素就是他对民族气节的认知程度，及其始终一贯的政治投机心理。早在万历四十七年，钱谦益就在《重辑桑海遗录序》中，对以身殉义的陆秀夫、文天祥的行为评价道："夫劳臣志士，既得死所，所以报国恩而酬人望者，无余事矣。独其志有所为，而时事不可为；时事犹或可为，而坐视其必不可为。持忠入地，杀身无補。"[①]文、陆崛起于抗击异族入侵的危难时刻，其前半人生经历颇似钱谦益，有"有项不得信，有唾不得吐，骈首缩舌"的局促感，他们所处境况如晚明，一面是"胡马渡江"，一面又是"大臣犹用机械钴轧人，言官犹用毕牍抹杀人"的昏暗污浊，所以钱谦益很惋惜他们在知事不可为的艰危境地中勉力"为国任难"的行为，对他们的尽忠死难评价为于事"无補"，这既见出钱谦益的愤激，也可昭示他的深层人格：国难骤至，他绝不是一个奋不顾身、挺胸殉义的人。钱谦益降清叛明，复又怨清复明，实则原自他内心的政治投机性。从他的政治行为看，他不是一个安于平庸的俗人，他极大的心愿是无论政治、还是文学均欲领天下之人望，登坛主盟，可惜生逢浊世、乱世，他的政治理想一再遭逢厄运，令其始终徘徊于彷徨矛盾中。他是一个为了实现政治欲望而愿放弃一切的人，包括人格、名节和忠贞，但每次他都因过分机巧而押错赌注，别的暂且不论，单就他降清后又复倒向暗里与海上相通，就是一次政治上的投机行为，稍知历史背景的人都能明白，顺治初，江南形势复杂，南明坚持抗清的力量此消彼长，声势非常浩大，民间反清活动在江浙皖一带如大海潜流，随时可卷土重来，自知士节有污的钱谦益不能不为自己留条后路；顺治十六年张煌言、郑成功又师进长江、逼金陵，连下二十多州县的辉煌战绩，确令江南人民，以及众多遗民节士看到复明的希望，当此时，倒戈反水的前明降臣比比皆是，钱谦益作为一个生于斯长于斯的聪明人，自然也看到

---

① 见《牧斋初学集》，上海古籍出版社 1985 版，第 847—848 页。

了这个关键。由此可见，钱谦益的暗通海上，与其说是他不忘故国，试图利用郑成功的力量达到复明的雄图大略，还不如说是他又一次见风使舵、相机行事的政治投机，对此，黄人在《牧斋文钞序》中有过非常深刻的阐述。

钱谦益一生坎坷抑郁，难伸其志，尤其遭逢国变，晚节有污，确乎令人悲感哀戚，叹其不幸。其降清变节虽为大势所迫，但关乎人格，不能不为后世诟病。但钱谦益无行却不无耻，软弱善变而不丧尽天良，他有嫉恶如仇的正义感，但缺乏慷慨赴死的胆魄，他是时代巨变、社会动荡和个人机巧心理综合而成的悲剧人物。

二、钱谦益的诗论主张和诗歌创作概述

对钱谦益这样一个声望卓著，在诗文创作方面具有承前启后作用的大家，我们既不能因其巨大的文学成就抹去他人格上的污点，同样也不能因人抑文，让他气节方面的缺憾遮盖其令后世景仰的诗文光辉。先师严迪昌在《清诗史》中一方面辩证钱谦益的大节问题，一方面又高度评价其诗文成就说："才情雄赡，笔势恢张，加之腹笥宏富，故在晚明即称大手笔。"[①]凌凤翔在《初学集序》说道："窃惟宗伯诗，适当诗派中衰之际，实开熙朝风气之先。……其学之淹博，气之雄厚，诚足以囊括诸家，包罗万有，其诗清而绮，和而壮，感叹而不促狭，论事广肆而不诽排，洵大雅元音，诗人之冠冕也。"[②]综之，钱谦益诗文在朝代鼎革，文风代序的转捩关头，确乎起到了盟会群雄，导引潮流的巨大效果，无论毁也罢，誉也罢，钱氏的诗歌功绩还是煌然灿然的。钱谦益诗歌创作的实践与他的诗论主张有着密不可分的相切关系，要言之，他的诗论表现为以下几点：

（一）以唐人为宗，但不肤廓浅薄，而应体味唐人的真性情、真精神，从本质上向先贤学习。钱谦益生活的时代是摹拟之风正盛，浮躁夸饰之气浓厚的岁月，为矫诗坛之弊，他力推唐人遗韵，尤其崇尚杜

① 严迪昌《清诗史》，第365页。

② 见钱谦益《初学集》，上海古籍出版社1985年版，第2229—2230页。

甫、韩愈的质实有物、劲健浑厚且沉郁顿挫的诗风。他认为学杜、学韩、学元白，必得登其堂入其室而后才能吐纳其元气、禀承其精神、领会其神韵，为此，他形象地用登山比喻学诗曰："唐人之诗，光焰而为李、杜，排奡而为韩、孟，畅而为元、白，诡而为二李，此亦黄山之三十六峰，高九百仞，厜㕒而上者也。善学者如登山然，陟其麓，及其翠微，探其灵秀，而集其清英，久之而有得焉，李、杜、韩、孟之面目亦宛宛然在吾心目中矣。"(《邵梁卿诗草序》)向古人学习而不泥于古人，追慕唐贤而能融会贯通，是学诗之正道，基于此种理念，钱谦益对明朝诗坛盛行的优孟衣冠的复古之风表现了极大不满："向令取杜氏而优孟之，饬其衣冠，效其颦笑，而曰必如是乃为杜，是岂复有杜哉?"不仅如此，他把批判的焦点集中在号称前七子领袖的李梦阳身上，他对李梦阳学杜之皮毛而未得其真传批评说："献吉以学杜自命，聋瞽海内。比及百年，……夫献吉之学杜，所以自误误人者，以其生吞活剥，本不知杜，而曰必如是乃为杜也。"以李梦阳为号召，明中叶形成一股拟古之风，钱谦益由对李梦阳的批评而波及整个诗坛拟古倾向，在他看来"献吉辈之言诗，木偶之衣冠也，土菑之文绣也。烂然满目，终为象物而已。……呜呼！学诗之蔽，可谓至于斯极者矣!"(《曾房仲诗序》)在学习古人文风方面，钱谦益特别反对"僦"、"剽"、"奴"的不踏实、不求真现象，他通过郑圭作古文的范例，提出矫正"为僦、为剽、为奴"的办法："读柳子厚、苏子瞻之文，句比字栉，疏通其意义，以授学者"，"不为伪学"(《郑孔肩文集序》)。学习古人是一个继承和创新的过程，钱谦益认为学古人应该"转益多师"、"别裁伪体"，诗道之所以衰微，诗艺之所以榛荒，就在于有明一代"伪体"泛滥："甚矣！伪体之多，而别裁之不可以易也。"要使诗坛重振，诗界清明，就必须"先河后海，穷源溯流，然后伪体始穷，别裁之能事始毕。"后人论诗，尤其论明清诗总爱绕着宗唐崇宋转圈子，而无视诗歌发展及其创作的源流及现实，观钱谦益之诗学理念，他无意于把杜甫奉为唯一偶像，也无意于把盛唐当作不可逾越的圭臬，提倡以李、杜、韩、苏为范式，凝练诗的境界和品位，但其更注重诗歌创作中的真情、真言、真心性，"诗不本于言志，非诗也。歌不足以永言，非歌也。宣己谕物，言志之方也。

文从字顺,永言之则也。”“言志”、“永言”是别裁伪体的有效办法,亦是诗人创作优秀诗歌的重要途径,在钱谦益看来诗歌创作必须坚持:“宁质而无佻;宁正而无倾;宁贫而无僦;宁弱而无剽;宁为长天晴日,无为盲风涩雨;宁为清渠细流,无为浊沙恶潦,”总之,质朴真实,无复假饰是钱谦益反复申说的学诗之途。通过上引《徐元叹诗序》,我们就能约略看出钱谦益不盲目模拟,不循规蹈矩的习古之道。

(二)做诗要有真情实意,以真为基点抒发诗人的内心感慨,如此才能成为独具品格的真诗人。由于明代诗坛流行的拟古之风,诸多诗人渐次失去了真面目、真精神,针对这种状况,钱谦益提出:“诗者,志之所之也。陶冶性灵,流连景物,各言其所欲言者而已。”(《范玺卿诗集序》)诗人通过“各言其所欲言”,而达到“标置各异”的目的,“标置各异”是此诗人有别于彼诗人的界标,是诗人个性、人格和人生经历的综合表现。既然诗是真性情、真品格、真感情的结晶,诗人有个性才能进于“标置各异”的境地,那么如何才能写出真情流泻、与众不同的好诗呢?钱谦益在分析了刘咸仲的诗品之后,明确指出诗品与人品之间的辩证关系。他通过刘咸仲的创作说明真诗来自诗人的人生遭际,以及由这种人生遭际所形成的个性特征,能喜怒、能哀乐,方始有真情、有好诗:“咸仲之为人,眉宇轩豁,心腑呈露,意中无结轖不可解之事,喉间无嗔咽不可道之语。以君父为天,以师友为命,以文章山水为日用饮食。其为诗文也,亦若是而已。”刘咸仲的诗文之能卓然不群,自成体格,关键是他能:“喜而歌焉,哀而泣焉,醒而狂焉,梦而愕焉,嬉笑颦呻,……咸仲之性情在焉,咸仲之眉宇心腑在焉。有真咸仲,故有咸仲之真诗文。”以真为诗文创作的基质,抒发诗人独具的喜怒哀乐是钱谦益诗论主张的一大特点,亦是其一贯倡导的原则。在著名的《虞山诗约序》里,他反复申说了真情与真诗的必然关系。

(三)诗是外界自然对人的感情激发的结果,人的内心受山川气象、社会风云等的激荡,产生共鸣,有大起伏、大不幸才能产生上乘的诗文作品。在《李君实恬致堂集序》里钱谦益率尔指出:“文章者,天地英淑之气,与人之灵心结习而成者也。”诗人只要近“山水”,远世俗；近清高，远红尘，受清流高风之影响，就一定会达于“不古不今，卓然自作一体”的创作佳境。人生有起有伏，有忧有乐，如行吟泽畔的屈子，受不公不平的待遇才能呼天抢地，抒发感人至深的真情，钱谦益觉得在人生失意或遭遇不公时，能够“登山舒啸，临流赋诗”，①如同黄鹤岭一样借恒山之险峻高洁写照自己的人生。唯其如此，孙楚惟、孙紫冶、孙幼度、孙靖自等人的作品就是感发身世、激于外物的心灵独白。孙氏一门刚正忠义、不屈不挠，故而其诗文“气象宏博，脉理沉厚，高华骏朗”，(《孙靖自文序》)他们将慷慨之情、报国之志、“军旅之事”吐纳于“呼吸万变”之际，其作品“往往风发泉涌”，“有光熊熊然，有气灏灏然”，“忠厚憯怛，憔悴危笃”，有“魈吟而鬼哭”的感人效果。钱谦益通过《孙楚惟诗稿序》《孙紫冶诗稿序》《孙幼度诗序》对孙氏阖家遭逢衰世而为国慷慨赴难的气度进行了高度褒扬。文如其人，孙氏一门的诗文就是他们“涉波涛，冒锋刃”，勇赴国艰的人格写真。

慷慨激昂的斗争生活能使诗人创作出“浑沦盘礴，地负海涵”《孙幼度诗序》的崇高作品，而游历山川，亲近自然亦可引发诗人的情怀，使山川万物与人情相互映发，孕育成清新脱俗、韵格非凡的飘逸诗情：“以高人逸老山僧樵客为伴侣，以孤情绝照苦吟小饮为资粮，与山水之性情气韵，自相映发。”(《越东游草引》)与山川“相映发”，拒绝尘俗名利之诱惑，方始能言诗，“山川之映发，友朋之伸写，意行而卧游，酒悲而梦愕，皆用以资为诗。如是而诗不大昌者，未之有也。”(《华闻修诗草序》)世道人心、山川万物既能激发诗情，又可供作诗材，在钱谦益的其它诗评中屡屡可见。

卓尔不群，锐意进取，言之有物，真情漫溢，是钱谦益对诗歌创作的颖悟，在他的理念和价值判断中“真”是诗文创制的基本原则，在这个原则规范下，钱谦益的诗处处喷薄着他一腔的热血和真情，他对社会、对人生的感慨，对朋友、对爱人的关切，对生命、对自然的感悟，都通过汪洋恣肆、宏博深广的诗意激射出来，就形成钱氏独具的抒情魅

---

① 钱谦益《黄鹤岭侍御游恒山诗序》，见《牧斋初学集》，第912页。

力！如“忽漫抠衣拜此堂，心期如梦泪千行。”（《戊寅九月初三日奉谒少师高阳公于里第感旧述怀即席赋诗八章》其一）高阳公，即孙承宗，与钱谦益有师生之谊。孙承宗在崇祯一朝抵御内忧外患，宵衣旰食，令钱谦益极为敬佩；戊寅当是崇祯十一年，晚明处于风雨飘摇的危机中，钱谦益在高阳“里第”拜谒了孙承宗，举目河山，是处神鸦社鼓，面对老师“心因忧国浑如醉，鬓为论兵半有霜”的憔悴容止，他通过八章首尾相贯的组诗，抒发了对恩师“拊手关河”、“侧身天地”的英雄气概的赞美之情，同时也对孙承宗个人之志难伸的悲辛命运表示了极大惋惜。师生秋夜相对，促膝而谈，临别他执手凝噎、泪湿青衫：“高河水急朔风鸣，再拜无言别泪盈。海内公今双白鬓，田间我亦一苍生。”明知此别即成永诀，今生再见的机缘可能极其渺茫，面对浊乱之世，家国飘零，钱谦益向恩师剖白心迹：“卅载师门何所效？谨传衣钵事归耕。”参照《特进光禄大夫左柱国少师兼太子太师兵部尚书中极殿大学士孙公行状》一文，即能看出钱谦益的胆略和忠气淋漓，不幸的是在人生最关键的一刻，他既没有如同老师一般慷慨殉国，也没有信守对恩师许下的诺言，“谨传衣钵”，以“事归耕”而保持人格的高洁，对此，确叫人扼腕叹惜！钱谦益人生大节有亏，但他的诗篇却处处抒写着对国家命运的忧虑，对节义之士的敬仰和哀悼，这种抒情氛围徘徊低昂，萦迴迂曲在他前后的诗篇中，就形成哀感顽艳的感人格调。如《哭稼轩留守相公一百十韵》就写得情调恳切，大气凛然，全诗有忆旧，有写实，有史的比拟，有境的烘托，笔势纵横，思路巉刻，最终归为对瞿式耜死国之举的赞美和哀悼，愁云惨淡而不伤，悲感淋漓而不哀，虽是一首悼亡之作，但全诗在悼亡中迸射着悲梗凛然的大气。

钱谦益怀抱极高，但命途多舛，其一生起落沉浮，而且与狱讼禁卒多有关联，这使性情率尔、心地颇高的他实实难以接受，但现实的严酷，又令他不得不逆来顺受。乐天应命、等待时机成为他贬谪放归、囚系刑狱时抒情的主体：“破帽青衫出禁城，主恩容易许归耕。……汉家中叶方全盛，《五噫》何劳叹不平。”（《乙丑五月削籍南归十首》其一）乙丑，即天启五年，这一年三月，因著名的汪文言之狱，杨涟、左光斗、魏大中、袁化中等人牵连系狱。越明年提督苏杭织造太监李实诬劾周起元、高攀龙，周顺昌等人，缇骑捕至京师，如此南北呼应，迭起大狱，全因魏奄弄权，欲置政敌东林党人于死地。钱谦益其时为东林中坚分子，因得罪魏奄而削籍。魏奄群小猖獗，东林党人宁死不屈，倾巢之下，钱谦益怀着悲愤无奈之心情踏上“南归”的路，诗中既有诗人深重的沉吟，又有对罹难党人的悲怀，寓讽刺于自慰，寄愤激于平和。明说不必歌“《五噫》”，但其中已暗寓朝政的昏暗、奄党的恶行：“世情炎冷日相交，坚坐浑如看叫呶。去燕来鸿俱作客，拙鸠巧鹊总营巢。”鹊来鸠去，不正暗示朝中宵小横行，各自“营巢”的无耻行径吗？群丑登坛而刚烈遭嫉，奄党肆虐而直臣遭危，因了魏奄的私欲，东林党的精华遭遇到空前的戕害，即使大权在握、坐镇边疆的孙承宗亦被魏党排击，大志难伸：“去国尚占台鼎宿，视师难问玉关期。”(其八)放眼“江天云物”，诗人忧伤国家、感怀身世，发出：“谁人解唱《公无渡》，对此真令我欲愁”的沉重叹息。

如果上述是诗人政治生涯中最为刚直辉煌时遭遇放归后的愤激心情的表露，那么《狱中杂诗三十首》则是诗人又一次蒙羞含辱时呼天抢地的心灵独白。《狱中杂诗》作于崇祯十年，受温体仁“衔恨”排挤，钱谦益在温党张汉儒恶意参劾下，与瞿式耜“并逮问下锦衣卫狱”。[①] 事情虽然曲折排解，但给钱谦益的政治生命以重重一击，遂使其在崇祯一朝未能东山再起。温与钱表面上因枚卜之事结下深怨，实质上还是奄党与东林党之间尖锐斗争的继续。直面魏奄余孽的倾陷，钱谦益用三十首的长歌抒发了积蓄既久的悲慨和苍凉：“画狱脚跟还有地，覆盆头上不多天。”(其二)虽然身陷“坐卧风轮又火轮”的危境，他还是气冲斗牛，不肯低下岸然的头颅，心中牵系着国家的安危：“斗牛侧畔干将气，早晚光芒定属云。”(其三)“三韩残破似辽西，并海缘边尽鼓鼙。……中华未必忧寒齿，群虏何当悔噬脐？莫倚居庸三路险，请封函谷一丸泥。“(其十一)在《狱中杂诗》中逡巡难去的应是诗人一腔浓酽的愁绪，从那弥漫的忧愁氛围里我们即可见出钱谦益是一个善于写愁抒忧的高手：“犹有忧时心未已，鸡鸣风雨叹

---

① 〔明〕文秉《烈皇小识》卷五，上海书店 1982 年影印本，第 130 页。

斯晨。”(其六)“风传暗柝千般恨,月照圆狴别样愁。”(其七)“月圆窥户如愁絷,风送更筹似逐逋。”(其九)“美酒经时浇汉狱,愁肠终夜绕吴门。”(其十六)钱谦益抒发忧愁不但直写胸臆,而且还用形象比拟,从多角度表达凝结在心头的艰难苦恨:“枯骸每与人争坐,白昼频看鬼乱行。”(其十四)“人比篱花何许瘦,身如朔雁几时归?”(其十七)“经年狱底阻艰危,狂鸟投笼马就羁。”(其二十四)从这凝重滞涩的忧愁中,我们能深深体味一个年逾花甲的老人对世态人心的凄凉感受,好在寒冷如铁的牢狱生活中还有友朋与爱人送来的一丝弥足珍贵的温馨;“良友冥冥恨夜台,寡妻稚子尺书来。平生何限弹冠意,后死空余挂剑哀。”(其二十八)

患难时的“走书相唁”,来自平昔诗人对友谊和亲情的珍重,在钱谦益看来名位显要的师友值得尊仰,而那些身处下层的亲友亦须用心眷顾。为此,他抒情的笔触总是延伸向那些相濡以沫的普通朋友:“长鱼发发带冰脂,想见寒江出网迟。放箸欢娱看一饱,夜来风雪老渔知。”(《薛丈馈大鱼兼寄二绝戏答》)“闲庭小院始生香,烛暗帘开别有芳。……莫道南枝成别种,岁寒谁共白云乡?”(《再叠前韵二首》)薛丈馈鱼,陆仲子赠梅,乡居的生活使诗人完全与渔翁和近邻融为一体,他们就像“岁寒”而后凋的松柏,友情弥久愈坚。友情、亲情、爱情,是支撑钱谦益苦闷人生的三大精神支柱,有了友情,他可看到人间的温暖和希望:“同病更怜同赏在,解捐萸酒助茶香。”(《九日得徐于诗却寄》)有了爱情,却能使他的生命之树再次绽放新的枝芽:“当风弱柳临妆镜,罨水新荷照画堂。从此双栖惟海燕,再无消息报王昌。”(《合欢诗四首六月七日茸城舟中作》(其二)“银釭照壁还双影,绛蜡交花总一心。地久天长频致语,鸾歌凤舞并知音。”(同上,其四)“合欢诗”写于崇祯十四年六月七日,是日,对钱谦益来说不啻脱胎换骨、重沐新生,年已花甲的他携芳龄二十四岁的柳如是在“茸城舟中”举行“结缡”大典,尽管钱柳的结合引起一般士绅的攻讦,但钱谦益对之坦然自喜,不仅用四首“合欢诗”表达了内心的柔情,而且还做四首《催妆词》进一步向娇艳的柳如是示爱:“妆成莫待双蛾画,新月新眉总似钩。”(其二)“从今不用看牛女,朱鸟窗前候柳星。”(其三)钱谦益诗虽宏博典雅，多堆砌故实，但他写给柳如是的诗却情深意切，只有明丽缠绵而无晦涩艰深，由此，我们不能不佩服钱谦益充沛流溢的一往深情："莺花无恙三春侣，虾菜居然万里舟。照水蜻蜓依鬓影，窥帘蛱蝶上钗头。"（《中秋日携内出游次冬日泛舟韵二首》其一）"桂子香飘垂柳岸，芰荷风度采莲舟……便合与君长泛宅，洞房兰室泛中流。"（同上，其二）

从上述轮廓式的扫描，足能洞鉴钱谦益潜蓄内含的性格特征，他是一个博学的鸿儒，更是一个卓越的抒情诗人，他把满腹经纶融汇到与生俱来的深情之中，形成自己独特的话语格式，令人有不能承受之重。本文之所以避开钱谦益《秋兴》之类的诗作而单选其抒亲友之情、爱人之情的作品进行散点式透视，原因有两点：一是如《秋兴》、《金陵后观棋》之类寄意遥深，论者多有涉及，对其隐含的"微言大义"似已穷尽本源，况且这类诗隐晦曲折，茧缚包裹太深，很难辨析出钱谦益真实的人格特征。所以本文为避效颦之嫌，不再枉费薄力对此类作品进行探求。二是钱谦益人生经历坎坷，郁不得志，既有东林党人刚直正义、讲求性情的优点，又有政客患得患失、缙绅纵横乡曲的劣迹。他是一个有着多重人格、多种心态、多面人生的复杂人，故此本文规避了他那些堆砌学问、嗜于用典，而且晦言隐义的诗作，单单瞄准其抒写亲情的作品加以概述，目的是通过这些最能直接透视诗人心灵活动的诗篇来还原诗人，让他的真我呈现于世人的面前。

抒情诗在钱谦益能表现其真实的一面，关键由抒情诗的本质所决定，德国文艺理论家本恩在《抒情诗问题》中说到："抒情诗摈弃那些乏味平庸的东西，不能容忍它们。抒情诗的天地狭窄，手段非常精妙，其材料是现实材料的高度浓缩。"①不仅如此，抒情诗还是"诗人切身的悲剧性经验"所形成，这是"抒情诗的本质"。钱谦益志向颇远、心气甚高，但命运总是和他开玩笑，在个人理想和现实环境的严重冲突面前，他的心绪是感伤的，人生"经验"是悲剧性的，故而抒情

---

①　刘小枫选编《德语诗学文选》，华东师范大学出版社 2006 年版，第 283 页。

诗就能真实地还原诗人的本真心性。在钱谦益卷帙浩繁的诗篇里，窃以为最有价值的是他抒愤发忧、歌吟性情的“哀歌”般的抒情诗，因为这些诗把他内心的理想、热情和期望，以及那理想、热情和期望渐次破灭后的彷徨、苦闷、激愤一一喷发出来，就形成如席勒所说的有价值的诗：“哀歌中的悲哀是从理想所引起的热情产生的。完全由于这点，哀歌才获得自己的诗的价值。”[①]钱谦益诗歌中价值最高的不是他炫耀学识、微言大义而为自己饰过的“征引塗泽”（朱庭珍《筱园诗话》）之辞，相反却是抒怀发愤的“哀歌”，因为这些“哀歌”真挚、赤忱，几无隐饰，是诗人“因欢乐丧失而感到的悲哀，因黄金时代在世界上的消失而发生的忧怨，因青春、爱情等等的幸福一去不复返而产生的哀愁。”钱谦益的“哀歌”式的抒情之作不正是个人理想不能实现，美好事物随风飘逝时产生的个人心灵中最本质的回音么？

三、钱谦益的山水诗简析

与清代大多数山水诗人相比，钱谦益至少在数量上要逊色不少；即使和他丰赡宏肆的诗歌创作相较，其山水诗所占比例亦很轻微。如果从年代角度考量，钱谦益的山水诗可划分为入清前和入清后；假如用题材去分辨，大体有：行旅山水诗、赏游山水诗和寄情山水诗。行旅山水诗主要创作于入清前往来京师的途程上；赏游山水诗或集中或分散于其生活的各个阶段，主要创作于崇祯元年至十五年间；寄情类的山水诗则创制于入清后。就其所描写的对象和地域分析，主要包括京师一线，以及江苏之吴中、浙江之杭州富春，皖之英霍黄山等。因钱谦益山水诗除黄山组诗比较集中外，其余散见于《初学集》和《有学集》中，所以为论述方便，拟以时间为主线，将其各类题材山水诗作进行有机整合，意欲反观钱谦益山水诗的整体风貌。

（一）雄放磅礴、清新绮丽：钱谦益早期的山水诗概说

钱谦益从明光宗泰昌元年起，至明毅宗崇祯十五年止，漫长二十几年间，共创作各类山水诗总计七十首。这一时期诗人几经沉浮，热

---

① 席勒《论素朴的诗和感伤的诗》，第131页。

衷名利，他的精力大部集中在树立名望，试图主盟诗坛和政坛，后来虽有失意，可他还是留意经营自己的名利圈，所以他不像同时代其他诗人那样流连山水、吟咏性情，足迹踏遍三山五岳。钱谦益作为学者型诗人，他更多地习惯书斋、钻研史乘、把玩藏书，这种生活习惯和个人气质就决定了他一生游踪及其山水诗创作相对狭窄的特点。

入清之前，钱谦益总是在希望和失望、奋起与沉沦之间徘徊，命运之神稍一垂青便倏忽而逝，令他常觉人生类转蓬，有无法把握之虚幻，那些奔波于京师一线的行旅山水诗恰好映现了钱谦益几经起落的仕宦生涯与生命状态。如写于泰昌元年的一组北上行旅山水诗，就准确地表达了诗人对“岁月”和“宦况”的感受。通过这一组山水诗我们体会到钱谦益哀感忧戚，对前途充满迷茫的心境：“岁月看如此，风波意眇然。浮生催渡客，宦况钓鱼船。”（《渡江》其一）“鸦轧争看济渡舟，人如凫雁集汀洲。褰衣灭踝君休笑，自古黄河是浊流。”（《徐州杂题》其五）

钱谦益的行旅山水诗通过登临揽胜、借景怀古抒发了早期沉郁忧闷的心情，其值得提及的名篇还有：《大风发谷城山》《夜过磨盘岭》《阻风满家湾》《登岱五十韵》《清河道中三首》《费县道中三首》《泗水二首》等。《登岱五十韵》作于崇祯十年“春尽赴急征”、“草索渡淮”北上的途中，诗人用五言古诗的形式，极力渲染了岱岳高峻险要、势凌天下的气象，全诗大气雄浑、纵横捭阖，充分显示了钱谦益内蕴深厚的气质和过人的才情，结句以“茕茕虮虱臣，独为苍生泣”收煞，深切透视了其悲天悯人的情怀。

能代表钱谦益山水诗最高成就，使其诗情诗才得以尽意挥洒的是游赏类山水诗。虽然诗人以史学、典籍自负自娱，缺乏寻幽探胜的丰富经历，但他对自然的热爱、对山水的向往总是渗透到生活的各个方面，“残生天与慰途穷，是处云霞媚此翁。卜宅已居青嶂里，移家仍在翠微中。”（《移居八首》其一）与自然为邻，和山水相伴，钱谦益品茗著书、听琴斗诗，心魂和自然融为一体，顿忘尘世的喧嚣烦杂：“日闲竹涧收棋局，月照苔阶把道书。”（同上，其八）“老夫更向春风笑，断送频年反舌鸣。”（同上，其七）把这种亲近自然、沉溺自然的思情转换成篇篇如珠玑般的文字，就有《西山道中》《碧云寺》《香山寺》等游赏京师风物；《夜步虎山桥》《冒雨游玄墓》《游虎丘诸山》《宝岩湾枫林》《夜泛西湖》《拂水竞渡曲十首》等观览吴中名胜；《天都峰瀑布》《天都峰》《莲花峰》等歌吟黄山奇景的山水诗章。

钱谦益作诗讲用典，讲句式，讲工稳，在妥帖严整的格律中显示诗的华贵典雅，其游赏京师的山水诗于明丽秾艳中充分展示了这一特点，如"望里青山开复遮，数峰缺处有人家。沟渠流出垣墙水，篱落飘来禁苑花。夕照对衔宫树直，晚风旁掠酒帘斜。软红尘土原如许，一入东华便可嗟。"(《西山道中》其二)西山，是京师西部诸山的总称，为太行山支脉，其中最著称的风景名胜包括：百花山、翠微山、卢师山、香山、玉泉山、妙峰山、潭柘山等。《天府广记》曰："京师之西，皆山也。旧记：太行山首始河内，北至幽州，第八陉在燕，强形巨势，争奇拥翠，云从星拱于皇都之右。"[①]天启元年，诗人奉召入朝，词馆闲暇，间道赏游了西山胜景，面对夹路"莺花"、满山"泉石"，他豪兴湍飞，挥笔写下《西山道中二首》《碧云寺》《香山寺二首》等歌咏京城风物的山水诗。从上引诗作，我们可见出钱谦益写景不在精工描摹，而注重大笔渲染，先由远视的角度切入，"望里"但见青山逶迤、叠嶂西驰，给下文抒情营造气势；次写眼前诸景，突出帝京景物的殊异性，用"垣墙水"、"禁苑花"、"宫树"、"酒帘"等非寻常之意象来点染京师的繁花富丽。《碧云寺》《香山寺》则分别由点的切入，进一步透析京郊风光的庄严华贵，与众不同。

如果京师风物在诗人笔下显得华贵典雅，有质实庄重的帝王之气，那么游赏江南山水的诗篇则散发着空阔飘逸、灵动隽秀的特色，二者相较，其地域性还是很殊异的。如："寻花不觉远，直入梅花村。……西山千万树，亚枝趁朝暾。洗妆映流水，薄寒倚柴门。"(《元夕阻雨泊舟光福》)"花雾阴中晴日变，湖山断处白云烘。低迷杨柳差新绿，点缀樱桃记小红。"(《西山看梅归舟即事，示僧弥四首》其二)崇祯元年正月十四日，诗人由常熟启航，"放舟"经横塘到光福、西山

---

① 孙承泽《天府广记》，北京古籍出版社2001年版，第488页。

“看梅”，因是雨中观梅，所以诗人紧扣细雨如丝、花事朦胧的山水特征，精心刻画出“沾湿闻雨香，登顿入花雾”、“湖山蓄气韵，烟云发芳泽”的“如梦”之境。

钱谦益赋闲的时间比在朝要多得多，春秋暇日，他或呼朋唤侣，赏红叶于拂水吾谷之山涧；或携柳夫人月夜泛舟尚湖之上，故园胜景在他笔下妩媚柔情、风韵飘洒：“月穿窈窕山皆漏，湖逗空明野欲流。”（《八月十二夜》）“突兀盘纡列两湖，灭没烟尘生万井。灌木森如百顷禾，俯视枫林背日景。……残红恰似佳人老，夕阳更爱晚妆靓。”（《登南岩抵破山即事》）“玉箫声中兰气香，月照兰舟如洞房。清歌一曲夜山晓，十里山塘抵许长。”（《五月望夜泛西湖归山庄作》）姑苏红叶为秋景之冠，苏郡向有赏枫之习。苏人赏红叶分两大去处，一是郡城西南之天平，另一则是常熟虞山之吾谷拂水。天平因近郡城而名播遐迩；虞山之枫僻处一隅，故鲜为人知。虽然如此，“烘日蒸霞万树堆”的烂漫景象足令游人神魂俱惊。

西山之梅，虞山之枫，确使钱谦益胸襟清爽，精神亢奋，但真正使他进入超越人世境界，达到物我两忘，进而展露其气魄和才华的应为观览黄山的组诗。

黄山组诗体制庞大，共由十六首描写各著名景点的篇章结构而成，如果包括前后途次所作，总量达三十首以上。这组诗气势恢宏、描写精当，于千变万化、惝恍迷离中，给人鬼神莫测的艺术震撼力，历来为论家所推崇，严迪昌先生在《清诗史》中赞道：“有种磅礴雄奇气势，五七言古体写景的矫健入神，笔底境开，洵为史不多见之力作。”[①]游黄山在明崇祯十四年春，此游诗人心意飞飏，情思如涌，大约与两个外在因素激发有关，一是黄山的壮阔雄伟唤醒并象征了诗人潜在的气质；二是与河东君的初婚，令他真情迸发，大气充盈，把这些难得一见的磅礴情怀融入五七言古诗，就产生黄山组诗无以羁勒的撼人气魄。清代写黄山的诗作层出迭现，愈翻愈奇，但不管气势的雄阔、神韵的飘逸、写景的精确、刻摹的贴切，都无过钱谦益的才情和

① 见《清诗史》，第365页。

智慧，从此意义，钱谦益的黄山组诗堪为清代黄山山水诗的开山之作。黄山组诗的特点不仅是气象宏大，纵横万里，即使写景手法，诗人也能变化万端，新意横生，如写瀑布之水，他通过多种感觉，利用比喻拟物的具象化手段，刻摹出瀑水倒激的非凡气概："初疑渴龙甫喷薄，抉石投奅声碚礧。……更疑群龙互转斗，移山排谷轰圆穹。"（《天都瀑布歌》）写著名的云雾，他说道："绵绵飞絮却复迎，团团车盖遥相并。……如涛如浪复如海，至竟但可名为云。"（《发朱砂庵登老人峰》）写黄山之高之险，他既用正面刻划描绘，又通过主观感受进行烘托："上视近天心气肃，下临无地魂魄悚。……心骇神移耳目怠，积苏累块今安在？"（《登始信峰回望石笋矼》）其它如《下云梯迳莲花峰》《莲花峰》《石笋矼》《炼丹台》《慈光寺》等，无论七言，还是五言，诗人都能得心应手地通过博大精深的诗材诗料，借助自然山水迥绝的奇景，泼洒出一腔滚烫的热情，与其所作九篇《游黄山记》的散文相辉映，就能洞见胸襟阔大、神思万里的钱谦益的本真面目。

黄山之游仿佛是钱谦益生命中最闪亮的巅峰，这一年他带着情感上的无限欣慰，登上天都之顶，莲花之峰，用奇峰怪石，陡涧飞瀑来激活他的第二青春，归来不久，童颜鹤发的他即与正值妙龄的柳如是花开并蒂。洞房花烛之夜，即是家国风雨如晦之时，此时的钱谦益一边轻歌"拂水涧如围绣带，石城山作画屏风。柳因莺浅低迷绿，花为春深历乱红。"（《春游》其二）的踏青曲，一边忧虑内困外患的国家命运："项城师溃哭无衣，闻道松山尚被围。原野萧条邮骑少，庙堂镇静羽书稀。"（《冬至后京江舟中感怀八首》其六）世事易料，天命难转，钱谦益担忧的家国覆亡的结局最终还是出现了，随着明亡清兴的逆转情势，诗人轻快雄宏的山水诗风也被另一种悲凉凄切的哀音所替代。

（二）哀感凄恻、悲声似诉—钱谦益晚期山水诗浅析

经历中原板荡、山河易主，钱谦益一颗不老的雄心销磨殆尽，只留下苍凉。为了排解心中苦闷，寻求精神释压的突破口，给自己找到一个追思故国、忏悔易志变节罪愆的实体寄托，钱谦益最终选择具有象征意义的山水。顺治七年五月，他束装往杭州、婺州等处，成诗一卷，曰：《庚寅夏五集》，其国变后的山水诗，基本现于此。钱谦益为何

要在顺治七年出游？出游为什么要选择浙江之杭州、婺州、睦州等处？这得从他入清后的经历和心态说起。顺治二年，钱谦益变节降清，三年告归，四年牵连谢升案，五年又遭黄毓祺之狱，一连串的人生变故，令诗人心气郁结，因此，适时寻觅舒放心灵的机会便是当务之急。《庚寅夏五集》恰好成了反观诗人忧闷彷徨心态的一面镜子，因为这些诗作是诗人所说的"有忧患"的抒愤之作。钱谦益释放心灵、寄托心志之所以选择西湖、钓台、严陵祠，关键是这些地方与宋元之际的遗民活动有关，这些山水景物有着很深厚的怀思故国、坚守节操的文化内涵。国变后的钱谦益始终生活在矛盾、痛苦、彷徨与自悔的阴影中，对前明思念里有愧疚，对满清愤恨间充满排斥，他的哀哭故国的黍离之悲，不但表现在诸多隐含微义的抒情诗中，而且在《庚寅夏五集》的山水诗里也得以深层体现。如："欲哭西台还未浔，唳空朱噣响云端。"(《早发七里滩》)"纬缅江山气未开，扁舟天地独沿洄。空哀故鬼投湘水，谁伴新魂哭钓台。"(《五日钓台舟中》)"千里江山殊故国，一抔天地在西台。"(《五日泊睦州》)"林木犹传唐恸哭，溪云常护汉衣冠。"(《归舟过严先生祠下留别》)在上引诸章中，诗人描写的景点在变幻，从七里滩，到严子陵钓台、严先生祠、睦州等，但其抒情的意象却没有随景的变幻而转移，总是定位在"西台"这个特定的轴心上。"西台"，在浙江桐庐富春山上，有东西二台，相传汉代高士严子陵曾垂钓于此，故又称严子陵钓台。它作为山水诗的抒情背景，其人文含义有两点：一是道义方面，严子陵不慕名利，恪守气节，成为后代景仰的道德典范；二是气节方面，南宋灭亡，文天祥死难，曾任咨议参谋的谢翱登西台设祭，撰著名的《登西台恸哭记》，成为千古绝唱。谢翱恸哭西台的举动在后世成了一个象征，尤其朝代鼎革的明清之际更为节士遗民所推崇。钱谦益舟过钓台，百感交集，他怀着感伤、悔恨和愤懑的复杂情绪，借"西台恸哭"的故事，发露了对故明恋恋不忘，对满清极力排斥的心声。

庚寅五月，钱谦益决意作一次远游，而且是有目的的远游，他的踪迹自睦州向婺州，折而"憩于杭州，往返将匝一月。"(钱谦益《庚寅夏五集·序》)前述睦、婺之行，诗人的意图非常清楚，是想借西台痛哭的故实寄托内心的悼亡之情，所以其行程和目的地选择很有意味；而后来的杭州小憩，他又一次把抒情的背景选定在西湖，西湖因了南宋偏安直至灭亡的历史往事，是一个追逝悼亡、凭吊故国的好去处，不仅如此，民族英雄岳飞、于谦就安息在这块神奇而秀丽的山水间。如果从感怀故国、寄意深沉而言，西子湖的景致更能酝酿出一段哀感缠绵、悲伤凄切的亡国之痛："版荡凄凉忍再闻，烟峦如赭水如焚。白沙堤下唐时草，鄂国坟边宋代云。"(《西湖杂感》其一)"戎马南来皆故国，江山北望总神州。行都宫阙荒烟里，禾黍丛残似石头。"(同上，其十六)《西湖杂感》共二十首，其创作主旨非常确定，即借"岳、于双表，绿字犹存；南北两峰，青霞如削"的湖山胜景，来抒写诗人"旧梦依然，新吾安往"的矛盾彷徨，以及"嗟地是而人非，忍凭今而吊古"的伤感情怀。《西湖杂感》严格地说不能算纯粹的山水诗，它不过是籍湖山而摅心臆的抒情诗，但这组诗的抒情背景须臾不离湖山风光，在表现艺术上，真正达到了景为情设、情因景生，离景则无情，舍情则景枯的相融效果。

钱谦益对故国的缅怀追忆是深切的，哀感是发自内心的，正因如此，他对满清的排击亦直白而不加掩饰："鹰毛占断听莺树，马矢平填放鹤台。"(《西湖杂感》其三)："青山无复呼猿洞，绿水都为饮马池。"(其九)西湖以柳浪闻莺，林逋放鹤、呼猿洞为胜迹，每一处景点均有隐含的人文意义，太平盛世，士女踏青讴歌其间，令西湖平添无数风流；清兵南下，血雨腥风，往日的繁华翻成鹰雏横行、马粪熏蒸的腥膻地，放眼望去"匼匝湖山锦绣巢"，顿时变成充满"血风杀气"的"屯戈甲"、"掣骆驼"的古战场。当年谢翱恸哭西台，怕遭不测，还将宋末遗事隐托唐代，而钱谦益的恸哭明亡，指斥满清，却是这样的直白，没有任何隐曲，相反他一再声称自己的西台、西湖之行与谢翱紧密相关："南国今年仍甲子，西台昔日亦庚寅。"(《书夏五集后示河东君》)"南国"、"甲子"，实质上就是不承认满清的正统地位。

《西湖杂感》哀怨凄恻，如寒蝉饮露，悲声沁人，国变后，钱谦益多有自怨自悔的诗作，但论者大多认为是其矫情的"自慰"之作。假如另类抒情之作使人生疑的话，那么上述借湖山风物、人文遗迹表露心绪的山水之作应该是真实的，“冬青树老六陵秋，恸哭遗民总白头。南渡衣冠非故国，西湖烟水是清流。”(其十七)痛哭故国、寄寓遗民心志是钱谦益入清后山水诗明宣暗示的唯一主题，现以他的《西湖杂感》的尾声来为他晚期山水诗作个完整的总括：

> 罨画西湖面目非，峰峦侧堕水争飞。云庄历乱荷花尽，月地倾颓桂子稀。莺断曲裳思旧树，鹤髡丹顶悔初衣。今愁古恨谁消得，只合腾腾放棹归。
>
> ——《西湖杂感》其二十

乱红飞尽，山河依稀，一点寒鸦掠过低迷的水面，残荷正经受狂风骤雨的侵袭，诗人用这无限感伤的意象，一缕缕地剥蚀着心中的“今愁”与“古恨”。其中第三联意味深长，寄情无限，“鹤髡丹顶悔初衣”，既是悲恨国艰，又是自悔当初。

钱谦益诗才宏肆，创作甚丰，其所作山水诗从数量上确实有些欠缺，令人有意犹未尽的缺憾，但通过上述轮廓式的概述，我们还是释然的。他的黄山诗气势雄浑，场面壮阔，表现手法精细准确，为清代黄山山水诗确立了典范；他的寄情类山水诗借助特指山水意象，深切地表达了国变后诗人本质上的悲伤和痛悔，其感情流露自然单纯，为我们解读真实的钱谦益打开了另一扇窗口。如果不是辱志降清，单从山水诗考量，钱谦益是个心怀故国，有很强烈民族意识，并具正义感的人。通过黄山山水组诗、杭州西湖山水诗群，我们真正领略了他的审美情趣，以及他寄情言志，熟练驾驭诗歌题材的功力。

钱谦益游踪不过两点一线，山水诗题材仅止京师、吴中、黄山白岳、杭州婺州，但这并不能说他不热爱旅游，不喜欢与自然山川融为一体，他在刊刻《徐霞客游记》时，一再赞叹“此世间真文字，大文字，不当令泯灭不传。”(《嘱徐仲昭刻游记书》)①“徐霞客千古奇人，游记

---

① 〔明〕徐霞客著《徐霞客游记》，中州古籍出版社 1992 年版，《外编》第12页。

乃千古奇书。"(《嘱毛子晋刻游记书》)钱谦益的山水之作虽不能如他评徐霞客游记那样是"大文字、奇文字",但至少是"真文字"。

第二节　"云壑埋忠愤,风涛诉苦辛"

——吴伟业的山水诗

清初诗界,衍承明风,虽然朝代更替,但诗史的因承却是联贯的,钱谦益以"学问渊博,浩无涯涘"而使"本朝诗人辈出,要无能出其范围。"[①](郑方坤《国朝诗品》)的主盟地位开虞山诗派,当其时能和钱谦益抗礼的诗人只有号称"江左三大家"之一的吴伟业。吴伟业虽然才望逊色钱谦益,但他诗兼众体,远绍李、杜、元、白,创著名的"梅村体",与同时代的云间诗派相互切劘,开"娄东诗派",且追随者甚众,论说清初山水诗,吴伟业应是一个备受关注的人。

一、吴伟业的生平及诗歌成就概览

(一) 吴伟业的生平、人格和气节分析

吴伟业(1609—1672),字骏公,号梅村,江南太仓州(今江苏太仓市)人。明崇祯四年进士第二人及第,授编修。少年曾受学于著名的复社领袖张溥,后乃为复社得力成员之一。由于温体仁专权,与东林、复社诸君子为敌,张溥指使吴伟业参温体仁结党援私,而吴伟业因初入朝,不敢妄参,故改上疏讦温之爪牙蔡奕琛(事详见吴伟业的《复社纪事》、眉史氏的《复社纪略》等)。由此得罪权臣,遂祈假归里。至崇祯八年入都補官,崇祯十二年出任南京国子监司业,翌年升中允转谕德。南明时,起補少詹事,受马、阮排挤,赴官两月即辞归。大清兵破江南,他杜门不出,主文社于娄东,会十郡文士于虎丘,其势甚盛而声名愈重。

清兵南下,吴伟业所幸辞官归里,没有像钱谦益那样出城迎降。

---

① 见《清诗汇》,第208页。

顺治十年，他应征北上，出仕新朝，做了一个“两截人”，给后人留下无限惋惜和感喟。

关于吴伟业出仕新朝，众说不一，但归纳起来，大致有两点：一是迫于压力；一是热衷名利。据当时情势和吴伟业本人的个性来分析，恐怕两者都有，抑或原因更多。以下稍作辨证。

比起钱谦益，吴伟业更有理由为大明殉节，一是吴伟业受先朝恩遇比钱谦益隆重；二是吴伟业在大明朝的遭际比钱谦益好得多。吴伟业自登第以来，其仕途呈上升趋势，毫无牢狱和贬谪之累。即使遭逢波折，亦能化险为夷，其间全赖崇祯帝的垂青眷顾。顾陈垿《抱桐轩文集》曾提到吴伟业常说自己有三大人生快事：鸿胪唱名、奉旨完婚、“珠胎”堕地[①]。这三大快事，前两件与崇祯四年殿试一甲二名，以及奉旨归娶郁淑人有关。作为一介书生有此隆恩殊遇，确应肝脑涂地，生死肉骨，永志不忘，正如陈继儒所说：“词臣何以酬明主，愿进关雎窈窕章。”（《送吴榜眼奉旨归娶》）

其实“词臣”“酬明主”，岂止是“进关雎窈窕章”，作为饱读圣贤之书，受先朝殊遇的臣子，他应该知道“节义”二字的含量。据顾湄《吴梅村先生行状》所述，“甲申之变”吴伟业曾号恸欲自缢，为家人所觉，朱太淑人抱持曰“儿死，其如老人何?”一个关于生死节义的大事就这样轻飘飘地被掩饰过去了。顺治十年他应征北上，对于其北上的过程，各类谱传多有记述，其中顾湄说：“本朝世祖章皇帝闻其名，会荐剡交上，有司敦逼，先生控辞再四，二亲流涕辨严，摄使就道，难伤老人意，乃扶病入都。”（《吴梅村先生行状》）这里所说“有司敦逼”，当指时任总督的马国柱疏荐一事。陈廷敬曰：“本朝初，搜访天下文章旧德，溧阳、海宁两陈相国共力荐先生，以秘书院侍读征，转国子祭酒。”（《吴梅村先生墓表》）邓之诚总诸家说而更详析之：“入清杜门不出，然犹主持文社，数为十郡大会，会于虎丘，声名益重。顺治十年，陈名夏、陈之遴同为大学士柄政，与冯铨、刘正宗争权。名夏社盟旧人，而之遴与伟业儿女姻亲，思借伟业文采以结主知，因瞩江南总督马国柱

---

① 语见《清代诗文集汇编》第201册《吴黄门传》，第407页。

具疏力荐伟业，敦促就道，阻其行者甚众，经年不能决，终于就道，比入都补官弘文院侍讲，转国子监祭酒，仅委以修书，所谓虚相位以待者，竟无其事，未几，名夏诛死，之遴发盛京居住，禁社盟，兴科场之狱，皆党争报复。"①

由上引可知，迫使吴伟业就道北上的重要原因是当局的强征力辟，以及"二亲流涕辨严，摄使就道"，也许这种强力逼迫的载述可能是其门人掩饰他变节行为的一种托辞而已。即便是真的逼迫，也不能成为原宥吴伟业失节的口实，当其时，面临新朝威逼利诱、强征力辟的前朝遗民不可计数，其中有人宁可舍弃家室，亡命江湖，有人遁入空门，靠一袭缁衣护持了志节的清纯。中国士人讲忠孝，但孝的前提首先要忠，孝是忠的基础，忠是孝的升华，没有忠就无所谓孝，孝必须从属于忠。吴伟业深受国恩，在危难的转折关头，都是"朱太淑人"的哭诉才使他丧失了尽忠守节的原则性立场。甲申乙酉之变，从北到南，不管是缙绅朝臣，还是士子布衣，举家赴难，阖门尽节者比比皆是，"朱太淑人"作为一个深明大义的人在关键一刻确实没有尽到贤母的责任。与之相隔数十里地的顾炎武之所以能成为道德楷模，除却本人所具备的遗民气节外，他的养母王氏更是一个人令人敬仰不已的贤人，清兵破昆山、常熟，王氏绝食死，临终前再三告诫顾炎武"勿事二姓"。两者相较，我们可以这样说：有王氏的深明大义，视死如归，才有顾炎武的气节磊磊、忠贞不二；有"朱太淑人"的晦于大义，贪生怕死，才有吴伟业的变节辱志、苟且偷生。

说吴伟业的北上完全是外因所迫，恐不尽然，主观上他还是想有个新的比前明更大的政治前途，所以在"虚相位以待"的巨大诱惑下，他一边假意推托，一边真心北上了。如果粗略翻拣吴伟业的诗文，我们就能发现他是一个十分矫情的人，不过他的矫情表现得恰到好处，能博得大家的同情与谅解。在他后期的诗文里多次表达了"长虑收者在门"、"惴惴莫保"的恐惧心理，考察吴伟业入清前后的行止，任何一次狱讼都与他轻轻擦肩而过，所以这种恐惧纯属矫情，抑或是庸人

---

① 见《清诗纪事初编》，上海古籍出版社 1965 年版，第 392 页。

自扰。他自我评述道："吾一生遭际，万事忧危，无一刻不历艰难，无一境不尝辛苦。"[①]（《与子暻疏》）说其纯粹一帆风顺，没有波折是不真实的，但说"无一刻"、"无一境"不艰难、不辛苦确与史实不合。清初的社会形势复杂，吴伟业之所以能得后世诸多论家谅解，主要在他没有像钱谦益一样降表签名，而且还是被征起程，仕二姓之后，他又善于诉说苦闷忧愁，以"草间偷活"的形象令人生楚楚可怜之心。事实果真如其自忏那样："万古惭愧，无面目以见烈皇帝及伯祥诸君子"吗？要弄清吴伟业仕清的本因和其人格特质，还得从他另外一些诗文去考察。

对于北上仕清，他不是坚拒或真拒，而是通过拒来表现一种欲说还羞的姿态，给人不情愿的错觉，明拒暗受才是他北去的实心："杨彪病后称遗老，周党归来话圣朝。"（《将至京师寄当事诸老四首》其一）"不召岂能逃圣代，无官敢即傲高眠？匹夫志在何难夺，君相恩深自见怜。"（同上，其四）这里还没有入京，就已经满口"圣朝"、"圣代"地大肆恭维，俨然满清臣子。古人曰：三军可夺帅，匹夫不可夺志，吴伟业则暗示"匹夫志"有"何难夺"，为了感"君相恩深"，他的志随时可替、可改、可夺！

如果吴伟业是迫于时势不得已而北上仕清，苟且乱世，保活老母妻子，倒还可理解，我们只能说他缺乏骨气，软弱萎缩，但事情远不止此，他一到京城，入了清人的仕籍，便反转歌颂圣朝、诋毁抗清义师，如此便不仅是气节问题了。其歌颂大清皇帝的篇章，有《恭纪圣驾幸南海子遇雪大猎》《上驻跸南苑阅武行蒐礼召廷臣恭视赐宴行宫赋五七言律诗、五七言绝句每体一首应制》《朝日坛》等。在吴伟业看来，满清是"龙生大漠"，其国运如"河出昆仑日正长。"故而他在《即事十首》中进一步细述了入宫生活："从游西苑花初放，侍宴南台酒半酣。最是御书房下过，赐茶清燕共谈经。"（其三）

不但在诗里，对大清极尽献媚，在文中，吴伟业也屡屡提到"皇清"、"圣朝"、明主等，极尽谄谀奉迎："皇清荡平海宇，隆礼功臣，一时

---

① 见《吴梅村全集》，上海古籍出版社 1990 年版，第 1131 页。

鸿勋骏伐之彦，上追祖考，下逮子孙，恩数皆极优渥周至。”(《敕赠怀远将军峻吾仝公墓志铭》)①好一句“皇清荡平海宇”！这岂是身为前明受恩殊隆的大臣，目睹清兵南下种种暴行的士子所说的话？“吾以继伯母之丧出都，主上亲赐丸药。今二十年来，得安林泉者，皆本朝之赐。”(《与子暻疏》)②吴伟业抱病北上至京师，“蒙世祖皇帝抚慰备至”，所以在有遗言性质的《与子暻疏》和《临终诗》中，其感恩戴德之情深沉备至。

“洪惟我世祖章皇帝大统既集，王公卿士勋在盟府，……其或有先服后叛，则命将出师往征之，系熊罴不二心之臣是赖。”(《梁宫保状猷纪》)③吴伟业对顺治皇帝的文治武功歌颂到令人侧目的程度：“伟业尝簪笔侍世祖于西苑，仰窥睿算，得御将之道，善任知人，宽衔策以求干城，厚宠禄以收心膂。”(同上)④“公禀鸿骏魁杰之才，遭逢圣朝，回翔禁近，值世祖章皇帝兴治右文，……圣主良臣，相得益彰。”(《魏贞庵兼济堂文集序》)⑤“今国家鼎新景运，皇上亲儒重学。”(《陈百史文集序》)“当世祖皇帝优礼词臣，东观横经，长扬较猎”(《白东谷诗集序》)⑥在吴伟业笔下，满清成“皇清”、“圣朝”，顺治为文武兼备、礼贤下士的圣天子，即使那些双手沾满中原人民和抗清义师鲜血的刽子手，也被他美化到无以复加的程度：“朝廷不得已而至于用兵，则我东南之民，劳费巨亿，肝脑涂地者，又不知其几何矣。然则今日江湖生齿，烟火晏然，谁之赐也？公之德岂不大哉！”(《梁宫保壮猷纪》)梁宫保，即梁化凤，清顺治三年进士，积军功至提督军务总兵官、太子太保、左都督。吴伟业极力美化的是他平定郑成功、张名振义师进长江、逼金陵的功绩。再如“龙骧豹变先关中，奇勋以逮吾江东。荡灭

---

① 见《吴梅村全集》，第1227页。

② 同上，第1132页。

③ 同上，第617页。

④ 同上，第641页。

⑤ 同上，第1156页。

⑥ 同上，第657页。

寇氛奏肤功，天子宠锡祖考封。”（《敕赠怀远将军峻吾仝公墓志铭》）仝公，即时任大清浏河营游击仝光英，其父因赞助破郑成功、张名振水师有功而追赠怀远将军，吴伟业受仝公之嘱而代其父作墓志铭，在铭文中吴伟业表达了对仝公“荡灭寇氛”功劳的赞赏。

吴伟业对满清及其所谓功臣歌颂赞美至极，那么对孤军奋战，誓复大明的义师又持什么态度呢？在下列诗文中他是这样说的：

> 铁马新林战鼓休，十年军府笑咨谋。但虞庄跻争南郡，不信孙恩到蔡洲。江过濡须谁筑垒？潮通沪渎总安流。芦花一夜西风起，两点金焦万里愁。
>
> ——《江上》

《江上》诗作于清顺治十三年，顾师轼纂的《梅村先生年谱》说到：“海寇犯镇江，有《江上》诗。”[①]这里所说的“海寇”当指何人。徐鼒的《小腆纪传》曰：“癸巳（1653）年冬，张煌言复间行如吴淞，寻招军天台。明年，军吴淞，以上游有夙约，会名振（即张名振，时为定西侯—笔者注）之师入长江，趋丹阳，掠丹徒，登金山，……而上游失期不至，左次崇明。甲午（1654），再入江，掠瓜洲、仪征，薄燕子矶，……乙未（1655），成功书约大举。丙申（1656），驻马天台；冬，又驻秦川。”[②]由此可见，张煌言、张名振、郑成功的南明抗清义师从1653（清顺治十年）到1659（清顺治十六年）的七年间一直活跃于南京、镇江、淞沪一线的江海上，给立足未稳的满清势力以极大威胁，给江南人民的复明行动以相当鼓舞。在此，吴伟业目张煌言、张名振、郑成功的海上义师为“海寇”，把他们恢复大明的正义斗争比成“庄跻争南郡”、“孙恩到蔡洲”，让他感到安慰的是“沪渎总安流”，满清的水师稍可使他看到平定“海寇”的希望。不仅在诗中，他明显诋毁张、郑的抗清行动，而且在文中多次指斥其为“盗”、为“寇”、为“逆”：“己亥（顺治十六年）

---

① 见《吴梅村全集》，第1465页。

② 见《小腆纪传·张煌言传》卷四，明文书局版。

之秋，郑逆入犯，公复坚守崇明孤城，出奇击贼，斩刺甚众。"(《全氏族谱序》)"已亥(顺治十六年)之秋，江南猝有郑逆之变，时贼兵数万突入，陷京口、扬州，直指金陵。梁大将军星驰赴援，念崇明根本地，非公不可守者，乃以崇明属公，而大将军遂大败贼兵于神策、仪凤门。贼拥众南窜，且逞忿于崇明，极力围困其城，欲必陷之，公饮血登陴，鼓励将率，时缒死士击贼城下，斩刺无算，贼惶骇走尽散，崇河获生，从此海不扬波，投谢踵至，鲸鲵巢窟，为之悉空。"[①](《敕赠怀远将军峻吾全公墓志铭》)在《梁宫保壯猷纪》中，他一方面赞颂梁化凤平定郑成功、张名振义师的丰功伟绩，把清军屠杀围剿南明抗清力量的过程描述得可歌可泣，充满正义性，而处处指斥郑成功、张名振及其义师为贼、为海寇，把他们的悲壮斗争说得一钱不值："盖以海寇郑成功、张名振图自闽窥浙，自浙以窥江南，故先事修完分地，以为之备也。""十二年秋，张名振犯崇明之平沙洋，……发代未至而贼急。""郑成功、张名振自平洋创于火攻，洋山铩其风鹢，鱼逃鸟窜，伏处经年，无复过南沙一步。"[②]郑成功水师遇险于洋山，吴伟业借梁化凤之口极尽幸灾乐祸，清军收复镇江，攻克沿江诸城，郑成功义军不幸败绩，吴伟业感叹说："噫嘻！贼本沮洳幺麽之人，万分何虑？然苟将牢不击，屈疆江湖之间，以诖误吏民，譬诸爝火滥延，疽瘫内食，浸淫未有攸底，朝廷不得已而至于用兵。"[③]试想一个身受前朝厚恩，又捷登南闱，仕途一帆风顺的士大夫何至于泯灭良心、丧心病狂到如此程度，这不仅仅是"草间苟活"、"忍辱偷生"所能轻描淡写掩盖而过的。

(二) 吴伟业的诗学观及其创作简析

由吴伟业生平简析可见出他是一个具有忧郁气质的诗人，他把性格上的敏感和内心的焦虑外化出来就形成怀古探幽、感时伤事的咏怀诗，其诗情绮丽流转、格调哀感顽艳皆源自他的才情和个性特征。

---

① 见《吴梅村全集》，第1228页。

② 同上，第631页。

③ 同上，第638页。

就诗学理论而言，吴伟业有自己的主张和观点，他认为："诗人之为道，不徒以其才也。有性情焉，有学识焉，其浅深正变之故，不于斯三者考之，不足以言诗之大也。"(《龚芝麓诗序》)[①]"才"、"性情"、"学识"三者是诗歌创作的基础，有"才"，就能使诗充满天马行空的韵味，达到想落天外的效果；而"性情"则使诗富含奇情壮彩，起到感动人心的作用；"学识"能让诗充实厚重，有内容，显得典雅醇和。"才"是天赋，"性情"可以修炼，"学识"则靠广采博览，三者经由个人遭际、人生变故、国家命运有机融合起来，从而创作出"有感时侘傺之响，而不改于和平；有铺扬鸿藻之辞，而无心于縻丽"(《龚芝麓诗序》)的质实凝重之作。吴伟业对好诗的品评标准是："发乎性情，系乎风俗。"(《彭燕友偶存草序》)只要发自诗人的内心，这性情不管是"忧愁愜迫、懑愤无聊"(《程翼苍诗序》)，还是"严鼓之节，雄情慷慨"，(《白林九古柏堂诗序》)，都能扩展诗的抒情功能，提升诗的美学价值。吴伟业的诗歌理论和主张散见于他为多人所撰的诗序，以及《梅村诗话》中，其诗论体系博综该洽，有大家气象，但沿波探源，我们仍能于其触角旁逸的诗论规范中理出纲领所在，即抒真性情、写真世事，诗人的创作必与世情相推移，在《邹黎眉诗序》《沈伊在诗序》《徐季重诗序》《翁季霖诗序》等诸多序文中，他反复申说了这一观点。

在诗歌创作实践上，吴伟业恪守学问、性情和诗才三位一体的基本原则，始终坚持诗要有真我，并能与世相推，他把诗人之才情和个人之际遇、国家之变故有机地融合起来，就创制出了独一无二的"梅村体"，"梅村体"以史实为关节、以哀感为基调、以长歌为体式、以通俗流丽为叙述语境。后世之所以推崇他、怜惜他、宽容他，就是因为他在诗歌方面的两大贡献：一是创"梅村体"、二是开"娄东诗派"，这个贡献在清初诗坛上几乎无人替代，并且影响了一代清诗在特定领域的走向。

当然，我们在充分肯定吴伟业诗歌成就的同时，还应看到他的缺陷：首先，吴伟业性情懦弱、体质多病，因此他的气质中缺乏大势淋漓

---

① 见《吴梅村全集》，第664页。

的浩然之气，反映在诗歌创作里就不敢直面真正的现实，他的所谓史诗般的作品大部分是一些述往事、诉悲伤的疏廓之作，最多是商女隔江弹唱的后庭花之流，他既不能总结明之所以亡的实质，为后人找到前车之鉴，更不敢直指明末清初惨烈的民族矛盾。诗人所生活的太仓，在明末清初是一非常关键的江海汇合之处，清兵南下的暴行，近在咫尺的昆山城守、嘉定三屠、江阴事件在他笔下无一反映。就以《圆圆曲》为例，充其量不过《长恨歌》的仿作，在回肠荡气、一唱三叹的个人悲欢离合中融入了些许家国变故的因子，从本质上并没有揭示汉奸吴三桂的无耻，也没有揭示大清兵入关的侵略性质。再如《后东皋草堂歌》名义是凭吊抗清名臣瞿式耜，但纵览全诗，除了叹惋草堂前后所经历的不同命运之外，没有一字提到瞿式耜死难的意义，以及表达对民族英雄的追怀之情。同样，与吴伟业同城的陆世仪在大清兵破江南，围攻屠杀江南人民时创作了大量反映现实的诗，其《感遇》组诗惊心动魄；与吴伟业一邑之隔的归庄在昆山城破时，用诗史般的笔墨真实地记录了清兵血洗昆山郡城的暴行，而且归庄悲悼瞿式耜的诗篇写得气壮山河，大有长虹贯日之势①。与这些同时代，且同乡的诗人比起来，吴伟业的诗就显得毫无重量和价值，至少缺乏史诗的纵深感和深沉性。这种区分显然不仅牵扯到诗艺，更重要的是人格和头颅的分量。

吴伟业是一个聪明人，也是一个乖巧人，他的聪明与乖巧首先是自保，在民族大义、个人节义和身家性命、父母妻儿、前程名利的抉择上，他的天平肯定是偏向后者。当后人指责钱谦益降表签名，而同情吴伟业被迫北上时，我们难道不能假设，如果在清兵破金陵的关键一刻，吴伟业不是乞休家养，而是在南京任上，他又会做何选择？人品即诗品，我们不能要求一个贪生怕死的人，把名利看得比节义更重的人，把小家利益置于民族利益、国家利益之上的人面对血淋淋的现实能冒死去表现它、记录它，让它成为真正的诗史，所以在吴伟业的所谓直追杜少陵的诗篇中，就缺乏杜甫人民性的情怀。他在风格上的

① 以上可参考拙作《山魂水魄——明末清初节烈诗人山水诗论》第三章。

哀感凄楚根本不能和杜甫"悲梗沉郁"的诗风相提并论。由此,就决定了吴伟业诗歌创作的第二个缺陷,诗艺高超而诗品低下,形式华丽而内容轻薄。对于吴伟业诗歌存在的上述弊端,朱庭珍在《筱园诗话》中曾有砭骨之论:"其诗虽缠绵悱恻,可泣可歌,然不过《琵琶》、《长恨》一格,多加藻采耳,数见不鲜。……倘不身际沧桑,不过冬郎《香奁》之嗣音,何能独步一时?"[①]

一代诗人自有其生活的时代与生存状态,论述他们的功过是非,成败缺失殊非易事,但对历史人物,特别是社会变革时的历史人物进行评价,必须要有是非感,要参照其人格、人品去鉴别他的文格与诗品,否则难免滑向浮躁而失真。

二、吴伟业山水诗的内涵述略

吴伟业是一个性情中人,他半生踪迹与山水结下不解之缘,为解脱名缰利锁带来的负累和痛苦,他不但生前"性爱山水,游尝经月忘返。"(顾湄《吴梅村先生行状》)[②]而且身后亦愿与山水同在、和自然同化:"吾性爱山水,葬吾于灵岩、邓尉间,碣曰'诗人吴梅村之墓'足矣!"(陈廷敬《吴梅村先生墓表》)[③]

吴伟业"性爱山水",既表现为对山水形貌的沉溺赏游,还且还体现在对山水内在气质的深切感悟,他认为山水可以陶冶人的性情,成就人的气质和诗文风格:"有振衣千仞,俯视尘埃之想,故其诗岿然而高,渊然而深,有探幽抉冥、刻镂真宰之心,故其诗锐者削成,涓者澄澈;有吞吐万象、壮伟不测之观,故其诗嵚崎巃嵸,悬出而奔流,举章门、贡水、巫闾、碣石之奇而尽揽之:此小眉所有得于山水以名其编者也。"(《苏小眉山水音序》)[④]对山水和人的关系,吴伟业亦有独到的见解,他觉得人和自然一体,山水陶铸人的品性,人亦能使山水成就

---

① 见《云南古代诗文论著辑要》,第307页。

② 见《吴梅村全集》,第1405页。

③ 同上,第1408页。

④ 同上,第692页。

传之久远的名望："嗟乎，异哉！古今一时一事，一草一木，遇其人则传，不遇其人则湮灭无闻者多矣。然其间哀乐之趣不同，要以性情触之，发为歌啸，著为文章，各自孤行一意，而兴会机境，因之以传。"①（《三吴游览志序》）

性爱山水，对山水有切肤冥心的体悟，所以吴伟业的山水诗既可见出诗人的情趣，亦可观照他的心灵嬗替。

吴伟业的山水诗题材主要以姑苏洞庭东、西山为主，兼及吴中周边其它山水胜景，和钱谦益一样，他的游踪基本限于一点两线。点，即上述所说吴中风物，而线则指北上京师，南下郢都，形成这种状态的原因，大概与当时的形势，以及诗人的心情有关。社会动荡、烽烟遍地，从客观上限制了他的游踪，但吴伟业游历狭隘的主因还在于个人心态，士大夫矜持审慎的心理决定了他不可能象身处低层的诗人那样游走四方，遍览河山；遭逢国变，常怀惴慄的心情，促使他闭户埋首，无暇情于山光水色之间。就现存数量有限的山水诗考察，吴伟业通过山水形体寄寓了诸多人生感悟。

首先，他借山水之形，抒写了深沉的故国之思。甲申、乙酉之变，使众多汉族士人经历生与死、义和不义的严峻考验，在故国飘零、神鸦社鼓的凄凉中，除少数没心没肺、祖宗遗忘殆尽的士子之外，大部分汉族士大夫对故明一往情深、怀思追忆，成心头凝结的一块疾痛。顺治十年，吴伟业被"强逼"北上，途经南明故都金陵，他怀着"误尽平生是一官，弃家容易变名难。"（《自叹》）"十年重到石城头，细雨孤帆载客愁"（《投赠督府马公二首》其二）的复杂心情，挥笔写下《登上方桥有感》《钟山》《台城》《观象台》《国学》《鸡鸣寺》《功臣庙》《玄武湖》等一组吟歌金陵胜迹、故国遗址的山水诗群。这组诗意象各异，主旨一致，诗人通过故国花草、前朝旧迹，幽幽地道出无比哀感的心声。如：

王气消沉石子岗，放鹰调马蒋陵旁。金棺移塔思原庙，玉匣

① 见《吴梅村全集》，第1207页。

藏衣记奉常。杨柳重栽驰道改，樱桃莫荐寝园荒。圣公没后无抔土，姑孰江声空夕阳。

——《钟山》

南京，古称金陵、建业、建康，为东南形胜之地、帝王之都，诸葛亮曾说："金陵钟山龙盘，石城虎踞，帝王之宅。"历代王天下者，莫不蜂起而力争之。明太祖起家淮甸，奠都南京，钟山是秦淮王气所归，锁钥之地，顾祖禹《读史方舆纪要》曰："钟山，府治东北十五里，京邑之巨镇也。明太祖玄宫奠其阳。远近群山，环绕拱卫，郁葱巍焕，雄胜天开。"[①]顾炎武《肇域志》亦曰："钟山，又名金陵山，又名紫金山，（吴）大帝祖讳钟，因改曰蒋山。"[②]以上足证钟山"紫气晨见、雄视江关"的大势。吴伟业北上赴召，仰钟山形胜，而思故国旧事，心中一番感慨全托之山水状貌表达出来，首联总起全诗，"王气销沉"，明言前朝命运的一去不返，曾是帝王陵寝的神圣之地，而今却是异族入侵者"放鹰调马"之所，一股物故人非、江山易主的悲伤气氛顿时笼罩全诗，为下文奠定了抒情基调，颔联用史实典故、颈联则借眼前之景，进一步说明故国难以回首的悲哀。尾联含蓄悠远、哀声似诉，一道无语消逝的江流，一抹令人凄恻的如血残阳，全凝结在一"空"字中，人世茫茫、浮生若梦、家国何方？乡关何处？心灵漂移向"江声"、"夕阳"之外的虚无。再如：

形胜当年百战收，子孙容易失神州。金川事去家还在，玉树歌残恨怎休。徐邓功勋谁甲第，方黄骸骨总荒丘。可怜一片秦淮月，曾照降幡出石头。

——《台城》

台城，在明清上元县治东北五里，最早为吴后苑城，晋平吴在秣

① 顾祖禹《读史方舆纪要》，中华书局 2005 年版，第 943 页。

② 顾炎武《肇域志》，上海古籍出版社 2004 年版，第 106 页。

陵水北面置建业县，南渡后建都于建业，台城遂为京都拱卫。据《金陵记》载，南北朝时，建康设有外城，只在台城以外设六座“篱门而已”，“百官第宅，皆在台城外，有警辄恃台城为固。”[①]台城不但是金陵屏障，更是历史遗迹，它见证了太多的盛衰兴亡，容易引发人的幽思之情。吴伟业行经其地，触景生情，一开篇便感喟：“形胜当年百战收，子孙容易失神州。”正为大明的兴亡作了沉痛而深刻的总结，祖宗开基以“百战”的艰难苦辛而告成功，但“子孙”却轻轻一掷，那万里河山顿时就变色易姓，空留后人凭吊感叹：“可怜一片秦淮月，曾照降幡出石头。”首联、尾联遥相呼应，经颔联、颈联正反对比的咏史推动，令全诗借景抒情，感慨兴亡的主题得以深化。

金陵组诗百感凄恻，愁肠万端，通过故国亭台、旧京山河，全方位、多层面地摅写了诗人矛盾彷徨、哀怨凄凉的极端心态。“白头博士重来到，极目萧条泪满襟。”（《国学》）“侯日观云倚碧空，一朝零落黍离同。”（《观象台》）“鸡鸣寺接讲台基，扶杖重游涕泪垂。”（《鸡鸣寺》）江山已逝，遗留下一点残阳、几片汉瓦，伴随着茕茕孑立的孤臣听悲风卷起的怒涛拍打着石头旧城，凝神注视烟波迷漫中一抹残霞晚照：“英雄转战当年事，采石悲风起怒涛。”（《功臣庙》）“烟水不关兴废感，夕阳闻已唱渔歌。”（《玄武湖》）金陵组诗的意义在于通过一组组前朝意象来负载诗人“极目萧条泪满襟”“一朝零落黍离同”的凄冷心境，这种凄凉悲伤的心境经吴伟业不断强化和放大，就使其前期山水诗内涵陡然扩展，凝成一段亡国者的哀伤心史。

感慨兴亡、怀念故国的意绪，从吴伟业北上就一直象条啃噬灵魂的蛇，紧紧地缠绕着他，使他有难以喘息的沉重感。将这种情感无限延伸就激荡出如下一些借山水古迹以抒性情的诗句：“此地信陵曾养士，只今谁解救王孙。”（《汴梁二首》其一）“梁园遗迹销沉尽，谁与君王避吹台。”（其二）“沧桑今古事，战鼓不须哀。”（《黄河》）汴梁，北宋故都，战国时信陵君曾养门下士于此地，吴伟业途经汴梁既感慨于信陵君的往事，又被目前“城上黄河曲注来，千金堤帚一时开”的景象撼

① 见《读史方舆纪要》，第935页。

动，不经意触动身世之叹。与金陵组诗相较，诗人北上途中所作汴梁怀古山水诗显得更沉重，更悲切，如果金陵组诗写的是一段亡国之痛的话，那么汴梁怀古山水诗则更凸显了诗人对个人身世的感叹，是一曲诗人内心苦吟而出的人生哀音。

吴伟业虽然有悲凉的故国之思，能够见景起意，把自己的一腔感伤无奈寄托于山形水貌、古迹遗址传达出来，但他毕竟不是一个直摅血性的人，所以他的感兴寄意类的山水诗不但量少，而且从质的方面，也不可能象明末清初的节烈诗人，有更深刻、更宽广的内涵，除了感慨自叹，他是不可能借山水形体暗示对新朝的叛逆、对恢复故明的希望的。

作为一个敏感而艺术化倾向明显的诗人，吴伟业山水诗量大且质优的应属娱情怡性类的。这类山水诗写景细腻，意境空阔辽远，在工笔白描的景物再现中，透析了诗人独立苍茫、远离尘世的禅性生活。

在诸多娱情悦性，歌咏山水的诗篇中，以五言古诗《石公山》《归云洞》《林屋洞》《廿五日偕穆宛先孙浣心叶子闻允文游石公山盘龙石梁寂光归云诸胜》；五言律诗《支硎山斋听雨明早晴更宿法螺精舍》《偕顾伊人晚从维摩逾岭宿破山寺》《横云》《莫厘峰》《胥王庙》《登寒山高处策杖行崖谷中》《登东山雨花台》；七言律诗《登缥缈峰》《九峰诗九首》；七言绝句《虎丘八首》为代表。试举几例，以鉴证吴伟业山水诗的风采；

伍相丹青像，须眉见老臣。三江筹楚越，一剑答君亲。云壑埋忠愤，风涛诉苦辛。平生家国恨，偏遇故乡人。

——《胥王庙》

白云去何处，我步入云根。一水围山阁，千花夹寺门。日翻深谷影，烟抹远天痕。变灭分晴晦，悠然道已存。

——《登东山雨花台》

晓色近诸天，霜空万象悬。鸡鸣松顶日，僧语石房烟。清磬秀群木，幽花香一泉。欲参黄蘗义，便向此中传。

——《三峰秋起》

绝顶江湖放眼明，飘然如欲御风行。最高尚有鱼龙气，半岭全无鸟雀声。芳草青芜迷近远，夕阳金碧变阴晴。夫差霸业销沉尽，枫叶芦花钓艇横。

——《登飘渺峰》

上引各诗为吴伟业退隐乡曲，分别于顺治十六年、康熙六年、九年游历吴中时所作山水诗的缩略。据顾师轼《年谱》所记："十六年已亥，……春游石公山，秋游虞山。"①"康熙六年再游石公山，""（康熙）九年庚戌，探梅邓尉。"②吴伟业"性爱山水"，一生虽未远游，但他对故乡，尤其洞庭之水、邓尉之梅、支硎之山了然于胸，钟爱至极。《胥王庙》是吴伟业山水诗，乃至整个诗作中很有豪壮之气的一首快诗，它一洗悲切怨恨、轻飘空廓的结习，而空前显得英风烈烈、忠气淋漓。诗人首先用寥寥十字，就勾勒了伍子胥刚正忠直、骨梗劲健的"老臣"形象；第二联写伍相一生忠义保国、平楚拒越的丰功伟绩；第三联则笔锋陡转，用"云壑"、"风涛"渲染伍相直烈遭危、忠而见杀的悲剧命运；第四联则由古及今，由伍相到自身，引发感慨家破国灭的深层情愫。胥王庙，即灵顺宫，在洞庭东山之杨湾，庙祀吴国故相伍子胥。伍子胥由楚奔吴，大有功于吴，且刚烈含冤而死，吴人悯以敬之，为其建祠庙多处。范成大的《吴郡志》、金友理的《太湖备考》、徐崧的《百城烟水》均有载录。历代诗人每过胥口，入太湖必停舟造访伍相国祠庙，瞻拜相国浩然长存的遗风，并赋诗作文，以资自励且励人。据诗意，吴伟业《胥王庙》所歌吟对象当属东山杨湾之胥王庙。

和《胥王庙》英气逼人、郁怒勃发相对，《登东山雨花台》《三峰秋晓》《登缥缈峰》写景隽永秀丽、空阔超远，如山间钟磬嘹亮清幽，似空谷兰香若断又续。《登东山雨花台》诗人通过阴晴晦明的天道变化，悟出"悠然"难摹的至理大道：家园已逝、故国飘零，那世道就像自然界的阴阳变幻，令人难以追踪寻觅，只有顺乎天、应乎道，心灵才能得

① 《吴梅村全集》，第1469页。

② 同上，第1475页。

以安详宁静。雨花台，又名雨花庵，在东山叶巷北二里，为东山著名风景区。《三峰秋晓》以常熟虞山为刻摹对象，顺治十六年秋，吴伟业偕顾湄游历海虞，秋日的虞山幽静安详，涧水奔注，红叶盈谷，处处弥散着禅意的氛围，在曲径通幽、潭影空人的山光水色里，吴伟业写下一组机锋暗藏、佛性圆融的山水诗章："云从闭目过，月向举头生。"(《假寐得月》)"清磬秀群木，幽花香一泉。"(《三峰秋晓》)"杳然松下路，人影石桥东。"《偕顾伊人晚从维摩逾岭宿破山寺》"暗泉随去马，急叶卷归人。"(《夜发破山寺别鹤如上人》)

太湖东西山以莫厘峰和缥缈峰为最，莫厘领东山群峰，缥缈受西洞庭众山揖拜，吴伟业游洞庭东西两山，乘兴登莫厘、缥缈绝顶，骋怀放目，一股慨叹人生、感喟兴亡的悲壮气油然而生，遂使其《莫厘峰》、《登缥缈峰》意境雄阔，在"乱峰经数转，远水忽千盘。""芳草青芜迷远近，夕阳金碧变阴晴"的辽远之境中，迸发出"绝顶江湖放眼明，飘然如欲御风行"的快意与超然，当他面对湖山，才感觉"始信一生误，未来天际看。"(《莫厘峰》)当他亲临浩无涯际的烟波，终于悟到："夫差霸业消沉尽，枫叶芦花钓艇横。"与亘古无垠、浩然长存的自然比起来，即使不可一世的"夫差霸业"也会随历史云烟销沉殆尽，湖边芦草年年吐着白茫茫的芦花，悠然自得的渔人依旧短笠竹蓑，稳坐钓艇。

三、吴伟业山水诗的审美特征

吴伟业诗艺高超，善写幽情，他能把个人的情志有机地融入自然外物，形成自己独到的审美情趣和造境手法。在山水诗意境提炼过程，他能充分发挥诗人颖悟灵警的感知能力，捕捉常人难以把握的情境；即使状物写景，他亦才思横溢，手法跃动变幻，通过多种视角，表现山水灵动而奇丽的外形，给人视觉感染力。

(一) 情胜于质，以情造境

作为清初卓然的大家，吴伟业的诗风缠绵哀感，诗境空阔通透，不管咏史怀古、感叹身世，还是游赏山水、咏歌情怀，他都非常注重诗的抒情功能。抒情功能发挥于山水诗，就是借景寓情、情境偶合，通过融情于境的高超手法，形成山水诗独有的意境。在吴伟业笔下，山水不分地域，均表现了一种脱尘绝俗、圆融妙悟的禅境，给人“羚羊挂角，无迹可求”的美感。如“渔出沙成路，僧归月在门。”(《高邮道中四首》其一)“一峰当止观，万象逼孤清。”(《支硎山斋听雨明早晴更宿法螺精舍》)“舟行人影动，桥语月明空。”(《暑夜舟过溪桥示顾伊人》)“湿云低染径，老树半侵门。”(《查湾西望》)“湖出千松杪，钟生万壑中。”(《寒山晚眺》)“日透玲珑影，烟生窈霭心。”(《登寒山高处策杖行崖谷中》)“洞起春云招胜侣，潭空秋月证前身。”(《神山》)“石鲸潭影秋风动，铁笛江声夜雨昏。”(《天马山》)吴伟业属忧郁敏感型气质，他对外物的感知大多通过感性去体悟，细腻深刻，而又时时不离自己的心性。在他的哲学思想中融入了相当程度的佛禅理念，与之交往多释门名僧，如苍雪、继起、愿云等，家居期间，他多次往返佛舍僧寮，和那些高僧参禅论道，酬唱往来，对佛禅有极深的造诣：“花深山径远，石破讲堂开。潭出高人影，泉流古佛台。”(《破山兴福寺僧鹤如五十》)“书来飞鸟上，僧出乱流中。世事千峰断，乡心半偈空。”(《得庐山愿云师书》)“孤峰半榻霜颠白，清磬一声山叶黄。”(《哭苍雪法师二首》其一)吴伟业不是一个慷慨赴死、振臂疾呼的名节之士，也不是一介欲逃名江湖、隐于山林的世外高人，他时命不佳，常常感叹：“衰病重闻乱，忧危往事空。……谁将数年泪，高处哭途穷。”(《野望二首》其二)矛盾犹疑、自怨自艾的多重人格，促使他转心向佛，试图寻求解脱的途径。因为受佛禅浸染较深，且诗心敏锐，所以吴伟业的诗，特别山水诗始终在营造一种空寂虚静、超然物外的艺术境界，他把言外之意、韵中之味当成山水诗创作的基本美学原则。当后世关注梅村体的咏史类歌行之属有类唐人风旨，是少陵、元白、放翁遗波的同时，我以为就吴伟业的山水诗亦可说承唐人风韵，其造境之功力，直逼王、孟、韦、柳，或有过之而无不及。

(二) 以形现意，意在笔先

吴伟业山水诗以禅意为宗，有清空幽远、韵味浓厚的特点，也有精雕细琢、绮丽秾艳的优长。在短章中，他以造境为主，对山水形貌不做精细刻镂，而长歌则纵横驰骋，熔抒情写景于一炉，其绘摹景色角度多变，手法相异，通过层层渲染铺叙，把目经身历的自然山水表现得纤毫毕露，生动有致。

吴伟业写景的特点之一是利用视觉听觉等综合艺术手法的通感效应，渲染制造出景的宏壮气势和与众不同的形貌特征。如："釜鬲炊云中，杵臼鸣天际。……远窥楼橹坚，逼视戈矛利。一关当其中，飞鸟为之避。……循级登层巅，天风豁苍翠。"(《石公山》)石公山，在苏州洞庭西山明月湾之西，与著名的三山岛相对。山上分布石公庵、归云洞、寂光洞、云梯、联云嶂、一线天、石公石婆、落照台、石梁蟠龙等景点，是洞庭西山一处风物幽秀的绝佳去处。吴伟业登临石公，顿被此山"真宰劚云根，奇物思所置"的造化之工所惊绝，他通过象形写意的手法，突现了石公山奇崛巉刻、不落凡俗的气概，"鸣天际"是拟声，"楼橹坚"、"戈矛利"是比喻，"登层巅"、"豁苍翠"是俯仰交错的视觉感受。由听觉而视觉，从"远窥"到"逼视"，再由仰视转俯瞰，石公山全景式地飞凌于世人之前。

抓住景物的象形特点，深入探求其人文内涵，突出景物深杳神秘的氛围，从侧面烘托景物的非凡本质，是吴伟业刻摹自然山水的第二大特征。如《归云洞》《林屋洞》，归云洞为石公山一处景点，背山面湖，翘然兀立，其旁"千松""盘结"，岩石峭焉。诗人从归云之形起笔，紧扣其"古佛自为相，一身杂仰俯"的特点，在"叶叶青莲吐"的幽邈背景中，幻化出一"仙翁"形象，把归云洞的自然景观表现得仙气缭绕、迷离悠远。

林屋洞，在洞庭西山，金友理《太湖备考》曰："《震泽编》：'即《道书》十大洞天之第九，一名左神幽虚之天。洞有三门。同会一穴，一名雨洞，一名旸谷，一名丙洞。中有石室、银房、石钟、石鼓、金庭、玉柱、白芝、金沙、龙盆、鱼乳泉、石燕'。"据载林屋洞北通王屋、南接罗浮、西达峨眉、东连岱岳。春秋时，吴王曾派灵威丈人入洞探幽，执火把日夜兼程行七十日，因无法穷尽其源而返，得《素书》三卷，孔子断为："此禹石函文也。"《娄地记》说："太湖东小山名洞庭，纯石巉岩，木惟松柏。"林屋洞在洞庭山底，据道书《玄中记》所说为天后之宫，"天后者，林屋之真君，住太湖包山下。”[1]吴伟业写林屋洞，越过景的客观外形，进入历史传说、神话仙境等构成的人文层面，以之反衬此洞杳冥难测、幽邃高古的境界，让人瞬间产生“炼骨如飞鸿”的超脱感。

综合多种感知效果，利用复式结构，在回环往复、一唱三叹的咏歌中，显现自然山水的神韵和体貌，是吴伟业山水诗状物传神的第三大特征。如《廿五日偕穆宛先孙浣心叶子闻允文游石公山盘龙石梁寂光归云诸胜》，该诗用五古体裁，长至一百韵，共分八解。第一解二十韵，以丰富的想象、离奇的手法，总括了石公山“兹山在天壤，灵异蓄不泄”的整体状貌；第二解，通过诗人的主观感受，以羽化升仙的心理快乐，反衬神窟仙宅的悠远莫测；第三解，从历时的角度，说明石公胜景的亘古长存，与之相比“秦皇及汉武”显得如“同蠓蠛”；第四解把石公之微同五岳江河之大相较，发出“睥睨五岳间，谁与分优劣”的概叹；第五解从虚幻转入现实，由“扶杖”“村翁”“话年月”，引出世无净土，感慨那些高人隐士只不过部分逃名而已；第六、七解写与同行友人游山过程，用精雕细琢的笔墨写出石公几大洞窟的神情状貌，参差错落、凹凸有致；第八解，写游历归来的感想，以前瞻的视角，写“他年”再与山灵期约，共同归化自然的祈盼：“濯足临沧浪，浩思吟不辍。”这首诗篇幅阔大，内涵丰富，写景、抒情、叙述、议论等手法综合运用，溶神话传说、历史演绎、生活场景、主观感受为一体，充分显示了吴伟业独到的审美眼光和高超的艺术功力！

“取象经营巧且密，丰神点拂天然中。顿挫淋漓写胸臆，研精毫发摹宗工。”这是吴伟业《观王石谷山水图歌》中对王石谷山水画艺术手法的概括。王石谷即清初著名山水画家王翚，吴伟业在这首长诗中对王翚的山水绘画艺术进行了全面总结。“取象经营巧且密”点明王翚山水画布景设局手法的高超精妙，以及造境选象视角的细密独特；“丰神点拂天然中”指出了王翚的山水画不但结构细密、布局合理、视界独异，而且还“丰神”自在，气韵生动，宛若自然天成，毫无人工斧琢之痕；“顿挫淋漓写胸臆，研精毫发摹宗工”既说明王翚的山水

---

① 〔清〕金友理《太湖备考》，江苏古籍出版社 1998 版，第 279—280 页。

画不仅有大势淋漓的感情抒发，而且还有严谨细致的工笔描摹，将神韵天然的气势渲染和精到逼真的细节描绘有机统一起来，就形成王翚山水画神形兼备、出离尘寰的至高境界。通过上述吴伟业山水诗的简略论述，我们即能发现山水诗、画在艺术表现手法上的互通暗合，故此将吴伟业《观王石谷山水图歌》中的名句移来概括吴伟业的山水诗艺术也是非常精当恰切的！

第三节　地遥江汉　心志鹏鸠

——龚鼎孳的山水诗

"江左三大家"，钱谦益以老辣沉着的诗风成一代盟主，吴伟业以哀感悱恻的梅村体开"娄东"诗派，而龚鼎孳侧身三大家实非诗学成就，大抵因其才望、官位，因之，龚鼎孳在"三大家"中是一个特殊人物。对此，沈德潜在《清诗别裁集》里说道："合肥声望与钱、吴相近，又真能爱才，有以诗文见者，必欲使其名流布于时，又因其才品之高下而次第之，士之归往者遍宇内。时有合钱、吴为《三家诗选》，人无异辞。惟宴饮酬酢之篇，多于登临凭吊，似应少逊一筹。"①这里"登临凭吊"指感怀故国，有沉郁厚重内涵的作品，而"宴饮酬酢"则是灯红酒绿之间友人交际互赠的篇章，前者以传统诗学的价值观衡量，显然高过后者，龚鼎孳之所以少"登临凭吊"之作无疑与其人生态度和价值取向有关。虽然如此，论述清初山水诗，龚鼎孳仍然是三家中的佼佼者。

一、龚鼎孳的生平及诗歌创作概说

龚鼎孳(1615—1673)，字孝升，号芝麓。"南直合肥(今安徽合肥)籍江西抚州临川人。崇祯甲戌(1634)科进士，官兵科。"②据《清

① 〔清〕沈德潜《清诗别裁集》，上海古籍出版社1984年版，第30页。

② 〔清〕计六奇《明季北略》，中华书局1984年版，第631页。

史稿》载："李自成陷都城，以鼎孳为直指使，巡视北城，及睿亲王至，遂迎降，授吏科给事中，改礼科，迁太常寺少卿，顺治三年，丁父忧。"[①]后"坐事降八级调用"，至康熙初年，起用为左都御史，迁刑部尚书，卒谥"端毅"。乾隆三十四年，下诏削其谥号。

龚鼎孳与钱、吴相较，人格亏失似更严重，后世诟其病者多牵连一人，即顾媚。据载，龚鼎孳接受李自成直接使一职时曾说："我原欲死，奈小妾不肯何？"[②]当时钱谦益与柳如是、龚鼎孳和顾媚的情事被传为艳闻，声名远播，柳如是在大节上光明磊落，有奇男子之风，清兵南下，曾劝钱谦益为大明殉节，后多次参与反清复明活动；而顾媚在李自成入京，清兵进犯时一再拖累龚鼎孳，使其反复变节辱志，为节士所不齿。陆以湉《冷庐杂识》曰："龚鼎孳娶顾媚，钱谦益娶柳如是，皆名妓也。龚以兵科给事中降闯贼，授伪直指使，每谓人曰：'我原欲死，奈小妾不肯何？'小妾者，即顾媚也。见冯见龙《绅志略》。顾苓《河东君传》谓：'乙酉五月之变，君劝钱死，钱谢不能。戊子（应为甲辰，陆说有误）五月，钱死后，君自经死。'然则顾不及柳远矣。"[③]龚鼎孳的数易志节与儿女情长有关，但把士大夫大义面前不能守身如玉完全归于"奈小妾不肯何"，似极不公允。龚鼎孳在大节面前是一个宁肯舍义而不能舍生的假名士，就人格而言，他不但表现为见风使舵、投机取巧，甚或有些厚颜，如《清史稿》所记："先是大学士冯铨被劾，睿亲王集科道质讯，鼎孳斥铨奄党，为忠贤义儿，铨曰：'何如逆贼御史？'鼎孳以魏征归顺太宗自解，王笑曰：'惟无瑕者可以戮人，奈何以闯贼拟太宗？'"不仅如此，"丁父忧"期间，他一方面向清廷"请赐恤典"，一方面又于奔丧途中，"闻讣仍复歌舞留连"，这种行径，不管是忠义，还是孝道，均不被世人首肯。孟森先生说："芝麓于鼎革时既名节扫地矣，其尤甚者，于他人讽刺之语，恬然与为酬酢。自存稿，自入集，毫无愧耻之心。……生平以横波为性命，其不死委之小妾，而

---

① 《清史稿·文苑传》，第 2076—2077 页。

② 见《明季北略》，第 631 页。

③ 见《清代笔记丛刊》，齐鲁书社 2001 年版，第 2650—2651 页。

他人之相讽者，亦以龚与善持（龚鼎孳为顾媚起的爱称—笔者注）君偕殉为言，弥见其放荡之名，流于士大夫之口矣。”[①]观《龚鼎孳诗》，其酬唱饮宴者十有七八，概与其人品格相关乎？

前明降臣，无一不是软弱怯懦，缺乏为先朝一死的勇气和胆魄，贪生舍义之际，他们不得不为名节考虑，为掩变节辱志之过，钱谦益用自悔，吴伟业用自怨，通过悔和怨的方式，二人在很大程度上博得了后世谅解。龚鼎孳位高权重，再加个人性情的原故，他的饰过方式极其特别，即怜才惜才，以交结、荐举、翼护各方遗民才士而受到大家的交口称赞。其最典型者如徐珂《清稗类钞》中关于马世俊、阎古古的记述。因龚鼎孳古道热肠，扶危救困的义举，感动了好多人，所以包括杜浚、阎尔梅等在内的遗民，以及吴伟业等人对之交口称赞，使其美誉不断。阎尔梅因狱讼得龚鼎孳力解，阎遂感激曰：“君相从来能造命，湖山此后好容身。”[②]吴伟业称之为：“身为三公，而修布衣之节，交尽王侯，而好山泽之游，故人老宿，殷勤赠答。北门之窭贫，行道之饥渴，未尝不彷徨而慰劳也。后生英儁，弘奖风流。……未尝不流连而奖许也。……先生倾囊橐以恤穷交，出气力以援知己。”[③]王赓在《今传是楼诗话》中亦曰：“端毅本不专以诗名，清顺康间公历任枢要，于易代扰攘之际，苦心调护，士类赖之。”[④]由上即见，龚鼎孳因惜才爱士而深受推许，在某种程度上冲淡了人们对他品行有亏、数易其节的诟病。邓之诚先生独能透过表象而洞见本质：“鼎孳为人，实无本末，唯好集令誉。……官刑部尚书，婉转为傅山、陶汝鼐、阎尔梅开脱，得免于死。艰难之际，善类或多赖其力，又颇振恤孤寒……以是遂忘其不善而著其善，得享重名，亦由此矣。”[⑤]

---

① 孟森《心史丛刊》，辽宁教育出版社 1998 年版，第 110 页。

② 徐珂《清稗类钞》，海南国际新闻出版中心 1996 年版，第 527 页（以下引用此书，不再一一注明版本）。

③ 见《吴梅村全集》，第 665 页。

④ 见《清诗纪事》，第 1362 页。

⑤ 见《清诗纪事初编》，第 553 页。

龚鼎孳的诗虽不能与钱谦益、吴伟业相伯仲，但从整体看，他还是有自己的特色：气韵流荡而风格清澹，虽然用典，却避免了钱谦益的幽奥曲折；语近明丽，而脱离了吴伟业的浓艳缠绵。他的诗作以酬赠宴饮为主，时见真情充盈，摒除了一般士大夫虚与委迤的固疾。有如吴伟业所说："故其为诗也，有感时侘傺之响，而不改于和平，有铺扬鸿藻之辞，而无心于靡丽。"①

龚鼎孳交游遍天下，从王公贵族、同僚同年到布衣遗逸、释门佛徒，他均过从甚密，因此他为人称道并显示与众不同的诗歌成就即为宴饮酬赠类。邓汉仪《诗观初集》曰："公赋诗有三异：每与同人酒阑刻烛，一夕可得二十余首，篇皆精警，语无咄易，此一异也；当华筵杂沓之会，丝竹满堂，或金鼓震地，而公构思苦吟，寂若面壁，俄顷诗就，美妙绝伦，此二异也；他人次韵每苦棘手，而公运置天然，即逢险韵，愈以偏师胜人。此三异也。"②郑方坤《国朝名家诗钞小传三十二芙蓉斋诗钞小传》亦曰："每当花晨月夕，三爵以后，击钵赋诗，风流自赏，或一题而数吟，或一韵而七八叠，无不扶质垂条，方流圆折，笑谐间作，落纸如飞，……其调高以逸，其词婉以丽，其音节响以沉，其托旨也遥深，而其取材也精确，新声绮制，非复人间。"③龚鼎孳被人目为"三异"而"非复人间"的酬答唱和名作如《岭南喜晤曹秋岳作歌》、《万子年少自清江过访值余他出阙焉倾倒返舟既迫后晤未期临发怅然赋此寄谢》《如农将返真州以诗见贻和答》《怀方密之》《人日同张登子邓孝威海幢寺访澹归上人》《老友阎古古重逢都下感赋》等。在赠答唱和之作里，诗人并非单纯的应景抒情，相反将难言之隐，通过特殊形式表现出来，愈见情真旨遥。如赠答万年少他说："道穷宽出世，书就痛编年。丰沛英雄老，曹刘壁垒坚。"对万寿祺生逢乱世而大志难伸的困境表示了极大叹惋；再如老友相见，殊途重逢，他执姜如农的手深情地歌道："九关豺虎今何往？一别河山事不同。执手小桥君

① 见《吴梅村全集》，第665页。

② 见《清诗纪事》，第1358页。

③ 同上，第1359页。

记否？几年衰草暮云中。""花迷故国愁难到，日落河梁怨自知。隋苑柳残人又去，旅鸿无策解相思。"姜埰明末因言事而被谴谪，龚鼎孳患难间三次上书援救，明亡后，姜埰易僧装为遗民，龚则降清，二人重逢，百感交集，念江山易主，友朋星散，遂赋诗言志，以明心迹。龚鼎孳哀怨隐忍的故国之情不是通过直接宣泄表达出来，而是借助与知交故旧的酬答互赠曲折地予以暗示："同死臧洪谁慷慨，逃生张俭独悲辛。"（赠方密之语）"佛云不改清流色，人曰偏宜海国阴。"（赠澹归上人语）"过眼山川来倚仗。吞声宾客纵班荆。""壮夫失路非无策，老伴逢春各有乡。"（赠阎古古语）上述诸人，皆明亡前与龚交往甚密的故友，明亡后他们或隐迹佛门，或积极奔走，以彪炳的人格成就一代铁骨铮铮的遗民。龚鼎孳利用赠答宴饮诗作掩护，深切地表达了他对故国的怀念和哀悼。

龚鼎孳人格有缺失，但作诗却讲个性、讲性情，从其酬唱互赠的诗篇来看，他是个重于谊而深于情的诗人。

二、龚鼎孳的山水诗概说

江左三大家，名位相近，行迹略同，游踪亦颇近似。所不同者钱谦益有黄山之游，吴伟业有吴中洞庭湖山之旅，而龚鼎孳则远涉粤赣，其现存山水诗则以这次远游途次所见所历为题材，用 196 首的大型诗群酣畅淋漓地表现了浙、赣、皖、粤的奇山异水，为清初三大家的山水诗别开新局。

龚鼎孳顺治十二年因事被降八级调用，十三年四月起补上林苑蕃育署署丞，旋即使粤，时在仲冬。这次使粤从时间推往返经一年；由路线排列大体是：京师至苏杭，由杭州发舟经浙之富阳、龙游、玉山、常山，赣之铅山、贵溪、安仁、吉水、赣州、南康，进入粤省历梅岭、曲江、韶石、飞来峡、观音岩而抵广州。返程由粤经赣达皖，期间逗留金陵。龚鼎孳的山水诗主要围绕这次旅程而展开，它以目的地为轴心，采用以点连线的结构方式把沿途所历之景有机整合起来，遂形成使粤山水诗组群。其总体气象开阔、意境高远，写景以白描为主，诗人以敏锐之观察、横厉之才情，抓住各景点之特征，最终体现了景各有殊的地域风貌。如写苏浙风光，他突出的是柔媚委婉的特色："野桥残柳色，长路已含情。"(《吴门雪后舟行即事》其一)"橹柔轻白浪，山妙领黄昏。"(《钱塘江行杂诗》其一)"玻璃寒映玉壶浆，锦石鳞鳞引镜长。"(《建德道中口号》)"平沙细瀫总波澜，顽石谽砑溅橹残。"(《自兰溪趋龙游戏占》)写赣中风情，他笔法多变，既着力描绘赣北的山川秀美，又重点凸显赣南江滩重重，关山雄峙的壮景："碧净波含翡翠毛，莽苍云断赭山高。"(《雨发饶江》)"浠水孤城石壁悬，江干戍马暗风烟。"(《过弋阳》)"巨斧斫崩云，飘动万川雪。阴涛如怒驷，历险转奔悦。"(《十八滩杂咏》其一)"万石御孤舟，森然齿牙集。其状各槎枒，力短斧柯涩。"(《十八滩杂咏》其三)粤地山水奇峭，如星罗斗布，这一切被诗人道来，就有以下迥异之处："万仞裂冰雪，鬼斧愕难状。丹翠悬石根，陡绝失倚傍。伏虎应辟易，飞鸟亦惨怆。"(《弹子矶》)"溪回灯袅袅，云动月鳞鳞。石墨遥横黛，风湍暗损神。"(《夜行过始兴江口》)"碧乳蛟宫注，丹梯鸟迹迁。半山星月影，平挂众峰巅。"(《乘月放舟过观音岩》)"菡萏浮天青七叶，龙螭蹴铁劲千盘。斜飞珠阁苍林拥，细拂云帘碧乳寒。"(《游七星岩》其一)

龚鼎孳诗风清秀，才气横溢，各体兼长，前人对此多有褒扬，吴伟业《梅村诗话》评道："孝升于诗最秀颖高丽，声调遒紧。"林昌彝《海天琴思续录》曰："白下才华重合肥，散花天女着铢衣。横波捧砚钞诗艳，一卷琅琊五字稀。"杨际昌《国朝诗话》说："龚合肥诗文下笔数千言立就，……敛才为绝句，……气韵绝不凡也。"吴伟业着眼于龚诗的风情声调，林昌彝推崇其五律，认为"五律"乃龚诗"为最"之体式；杨际昌和王士禛等人一样，非常激赏龚的七绝，在他们看来龚之七绝不但"气韵""不凡"，而且"多杰作"。如果以山水诗为例，上述诸家的评论确可得以验证。

龚鼎孳的山水诗从意境看，有幽深杳邈、空阔通透的脱俗感；从语言考察则显得贴切自然、形象可感；从形式辨析，各体兼善，有五古、五律、七律和七绝，不管哪种体式，经他翻手一转，就显得流丽圆润，能引人入胜。

先看他山水诗的意境。如："寒水浮星动，崩岩入暮平。波经孤峡细，月挂半山晴。"（《峡江月夜》）"翠入茅檐合，云浮远塔浓。前山飞急雨，愁湿暮天钟。"（《玉山道中》其四）"碧海停桡晚，春星罢酒明。潮平珠不晕，天阔月无声。"（《珠江月夜》其一）"春星斜挂半峰晴，湖气浮天白雪生。入夜中流重放舸，还疑雨黑岭头行。"（《抵南康后舟中漫兴十首》其四）意境是中国山水文学追求的终极目标，山水诗因为创造和体现了意境才使它比其它题材的文学作品更有价值，更受人们关注。意境创造因人而异，有不同的人生感悟、个性气质，就有不同的诗歌意境，清丽浏亮、高远悠长、雄浑奔放、苍凉悲慨，都可自成一格。龚鼎孳为人圆滑，缺少骨鲠气，正所谓英雄气短儿女情长，所以他的山水诗意境必然透析他的人生，柔婉清淡、韵味绵长。为能准确传达个人感情，他一般选取具有特征性的客观物象来营造独特的诗境：高山峡江、春星明月、夜色苍茫、孤烟自生、细雨斜风、空翠晴岚，即使壮阔的景色被龚鼎孳写来也柔媚婉转，意境冲淡，如："钱塘潮水富阳舟，泪滴寒星酒面浮。今夜赣江波上月，岭猿啼断一春愁。"（《十八滩病中口号》）

其次，说说龚鼎孳山水诗的语言。语言是营构意境的媒质和载体，同意境一样，诗体语言的选择也因人而异，有什么样的诗人就有什么样的意境，有什么样的意境就必得用相适应的语言去构造它、表现它。龚鼎孳的山水诗整体境界是婉约透亮的，所以他使用的语言色彩明快、简捷直白，在光、声、色三者之间找出语言表现力的平衡点。如："芦花雪浪沧洲道，笑启篷窗昼泊同。……即看玉境中天满，试倚兰桡落照红。"（《中秋沧州舟中》）"江国繁霞媚，金波绚晚潭。浅深峰故叠，天水碧相含。"（《晚霁将抵吉水》）"芦花雪浪"对应"落照红"，色彩对比强烈，使诗的表现效果空前提高；"江国"被一派晚霞相"媚"，水面上泛起层层绚丽的"金波"，远山重叠，天水相映，恍若一副金碧山水图卷。龚鼎孳不仅善用色彩对比鲜明的语言，而且还能娴熟运用形象化的语言，写出景物的动态情状，如："高沙界中流，万象归一石。远若浮菱芡，近或欹屋壁。错落卧羊马，拱揖昧主客。"（《十八滩杂咏》其六）上述拟人拟物的手法，把十八滩中怪石嶙峋，激湍迸奔的险境表现得形象逼真，宛然如在目前。此外，龚鼎孳还擅长夸张，把难状的景物通过对比夸张显现出来，给人无限震撼："万仞裂冰雪，鬼斧愕难状。丹翠悬石根，陡绝失倚傍。伏虎应辟易，飞鸟亦凄怆。"(《弹子矶》)

再次，龚鼎孳写作山水诗，善于根据客观景物变化，以及个人主观兴致而选择不同的诗体，形式灵活，结构多变，长歌短章相错杂，有时单篇咏一景，有时连属数章咏一物，其间层叠变幻，曲折幽奥，叫人目不暇接。其五言古诗力追谢灵运遗风，无论句式、韵脚，还是写景拟物，都与康乐相颉颃。如《富春渚》《七里濑》《舟发建德作》(上述诸作诗人注明"用康乐韵")，《兰溪舟中作》《自龙游趋衢州作》等，不光用韵仿谢灵运，而且描写手法、结构方式亦与谢灵运山水诗吻合，但在造境方面龚鼎孳显然超越前人，这大概是清代山水诗对前人因承创新的结果。

龚鼎孳五言古诗精雕细琢，善于写景，而五律、七律，尤其七绝，则于写景外，更刻意捕捉一种神韵。如把写同一对象的五律《夜发抵富阳》《枕上过钓台》与五古《富春渚》《七里濑》相比，二者之间的区别是非常显著的。五律空阔透明，质地轻飏，而五古则精细刻画，厚重质实，风旨殊异迥绝。

前人评龚鼎孳才气横溢，援笔数韵立成，且一篇不足，继之以组歌，这个特点从山水诗创作反映出来，就有《十八滩杂咏六首》《常山道上六首》《玉山道上四首》《晓发象口杂纪四首》《南康晓行趋大庾四首》《过梅岭五首》《岭南归兴六首》(以上五律)，《游七星岩四首》(七律)，《晓发万安口号八首》《三水舟中和秋岳制砚韵留别八首》《雨抵赣江三首》《十八滩病中口号十首》《抵南康后舟中漫兴十首》《上巳将过金陵四首》(以上七绝)等一系列各体具备的山水组诗，这些山水组诗一气相贯，从不同角度把诗人眼中的特指景点表现得风致婉然、高潮迭出。

"三大家"因才望、官位和出处趋同，后世多将其相提并论，目为开有清一代诗风之宗师。如果稍加辨证，"三大家"人品、诗才则同中有异、异同互见。说其"同"则表现为：三人均热衷名利，如驽马恋栈，丝毫不肯有所舍弃。正因为贪恋名位，所以大节面前往往做出与其才望不相称的昧于大义的抉择，从而在道德评判的层面上将自己陷入永劫不复的深渊，给人留下“哀其不幸，怒其不争”的慨叹。中国的士人最重的是气节，他们毕其一生孜孜以求的境界是人格的完美，成仁取义是中国儒家思想的核心，“江左三大家”之所以成了悲剧式的人物，关键是他们性格的怯懦、心理的侥幸、政治的投机，由此种种造就了他们“仁义”观的偏失，丧失了真正士人的原则而沦为道德审判席上的被告者。在诗歌成就方面，“三大家”虽然各有特点，但其趋近的是他们都推崇唐诗，特别是杜甫，对杜诗中表现的韵味格调情有独钟，由继承学习前贤而自创新声。“三大家”都共同关注诗的抒情功能，在他们的诗篇中真情流溢，扩大了诗的传情范围。在山水诗创作上，“三大家”有一个默契的共识，那就是追觅悠远绵长、清空冲淡的山水诗境。

“三大家”除了趋同，还有求异，同中现异才能各显本色。他们的相异处显示在：三人虽然名节有亏，但其性情和处世方式还是有所区别，钱谦益阅历丰富，为人深沉，平生素有激昂慷慨之志，不但文学深厚博奥，而且史学、舆地、兵法、谋略亦颇广博精深，他是一个在某方面甘冒风险且不随意俯仰俗流的人；吴伟业仕途少颠踬，没有钱谦益一样的坎坷波折，虽然有小的狱讼牵连，但都有惊无险，在他的性格中缺少大气磅礴的骨梗气，谨慎敏感，犹豫寡断，临大是大非容易被亲情所惑、名利所扰，充其量他是一个完全个性化的诗人，在他身上诗人气质大过其它人格特质，明哲保身和谙于世故使得他不像钱、龚一样大肆张扬，除了被迫应征，出仕新朝，吴伟业几无被人指摘之处。吴伟业出仕新朝有被逼迫的因素，但他的变节却是身心俱变，这一点耐人寻味。龚鼎孳资历与钱谦益无法相较，比吴伟业也算晚出，崇祯七年中进士时才二十岁，少年得意。在政治上他因见风使舵、左右逢迎，所以仕途一直顺利，名位高于钱、吴，由此他放浪形骸，流连诗酒，出入歌楼妓馆，受时人指斥讽谕颇多，即以文学成就，龚鼎孳与钱、吴很难并肩，钱谦益宏博雄视，时有大气盘旋；吴伟业哀婉激楚，创“梅村体”，而龚鼎孳除诗艺差能忝列“三大家”，其余则处下风。从山水诗创作的角度，三人题材均显单薄，游历颇寡，若仅以游踪和表现题材考察，龚鼎孳为三家之首，他的粤赣山水诗精彩纷呈、高潮不断，在清初山水诗坛算得上奇观。若以气势来看，钱谦益的黄山组诗英气逼人，宛如黄山之瀑，砰訇噌嗒，夺人心魂；钱谦益入清后山水诗深刻的故国之思，亦是吴、龚无法达到的。站在山水诗题材、审美趣味的基础上，龚鼎孳应推首位，因为他因承创新，扩大了山水诗的表现范围，并进一步提高了山水诗造境的水平。

第四节　“唐宋今何代，泉山喜独看”

——曹溶的山水诗

清初辱志变节的降臣何止“江左三大家”，后人之所以十分关注钱、吴、龚，关键在他们领袖诗坛的崇高声望，换言之，是他们的诗名将其推向了时代大潮的风口浪尖，成为当代以至后世诟病的对象。“三大家“之外，曹溶亦属易服的著名诗人，入清前他和龚鼎孳交好，入清后他们同病相怜，其友情一直延续伸展到生命的尽头，从龚鼎孳《岭南喜晤秋岳歌》的字里行间，我们即能领略二人间笃厚而互勉的友情之重。曹溶诗名声望虽不及“三大家”，但其山水诗却远远超越钱、吴、龚，无论诗境的扩大，还是题材的延伸，不管诗艺的锤炼，还是表现手法的多样，曹溶无疑是下启清代山水诗繁荣的重要作家。

一、曹溶的生平和诗歌概说

曹溶(1613—1685)，字洁躬，号秋岳，又号倦圃，别号金陀老圃，浙江秀水人。明崇祯十年进士，由行人授御史，崇祯十七年三月，李自成陷京师，曹溶“被获，重掠，悉索寓中纳二百两。贼心未厌，直加严刑，伤足，舁出，又纳五十两，发王旗鼓再拷，王为山右诸生，尝读溶文，谕杨枝起招之授职，以足创不能行，又数日，闯遁，客劝其暂守城以待太子而遇千清。”[①]由上述可知，北京陷落之际，曹溶曾受到李自成拷掠，其输银数量前后不过二百五十两，如果属实，即能见证曹溶为官清廉刚正；另外，他曾被李自成属下起荐，欲授职，先是溶以病足坚辞，继之李自成弃京城西去，才免曹溶降志之辱。这是他与龚鼎孳的区别之一。

降清后，曹溶以原官起用，在任上他以谏臣身份，“疏陈请定官制及屯田、盐法、钱法、规制等六事，……疏荐明进士王崇简等五人，请旌殉节明大学士范景文、尚书倪元璐等二十八人”[②]虽仕新朝，但不忘旧恩，仍能上疏“请旌”为前明“殉节”的忠臣孝子、义士节妇，这是曹溶与龚鼎孳的区别之二。

曹溶天性梗直，对经世致用之学有擅长，终其一生起落频繁，故未竟其志以殁，这是他与龚鼎孳的区别之三。

对曹溶与龚鼎孳的关系史家多有载述，《曹溶传》曰：“其诗源本杜甫，苍老之气，一洗妩柔之调，与合肥龚鼎孳齐名，世称龚曹。”《清诗纪事初编》曰：“溶在崇祯时，与龚鼎孳同有声台谏。入清后，屡踬屡起同，而诗才如海亦略同。又与陈之遴同年相善，其降职正坐党陈也。”[③]

曹溶藏书甚丰，广闻博见，诗、词、文皆有建树，其词被朱彝尊称为浙西派之开山。撰有《静惕堂诗集》四十四卷、《词集》一卷。《诗集》由其后学门人李维均刊刻于雍正三年。

曹溶诗与龚鼎孳齐名，但二人因情怀心志相异而诗风有殊别。以题材论，龚多酬唱赠答，曹则赠答、怀古、登临兼而有之；就风格看，龚空阔绮丽、冲澹平和，曹则明丽通脱、崛奇刚劲。前人有评曹溶诗风曰：“秋岳先生诗以深老生硬为主，不屑入时趋一字。”[④]曹溶之所

---

① 〔清〕钱𫆃撰《甲申传信录》，上海书店印行本1982年版，第69页。

② 钱仲联主编《广清碑传集·曹溶传》，苏州大学出版社1999年版，第161页。

③ 见《清诗纪事初编》，第741页。

④ 〔清〕邓汉仪《诗观三集》，见《清诗纪事》第1563页。

以有“浑雄悲壮”、“奥衍宏深”(郑方坤语)的诗旨和风格,关键由他的才学、志向与经历决定。据载,三藩乱起,“阁臣荐为边才,随征福建。”①

曹溶长于吏治,所以他的诗篇多能切中时弊,反映民间疾苦,有强烈的现实主义倾向,如《空城雀》《虹县飞蝗谣二首》《悯荒五首》《前(后)捕虎词》《广应州童谣》《愍旱歌》等,这些诗作继承汉魏乐府的优秀传统,深刻揭示了当时社会的矛盾,在降臣诗群中比较鲜见。另外《答顾宁人》一诗深沉婉转,表达了诗人郁结心头的悲感愤激之情:“我性本浮游,悠忽将终老。外物丧本真,进德未能早。蒙君下针砭,宿疾期一扫。”心怀忧郁的诗人,恰是“中情正枯槁”之时,与“三吴杰士”顾宁人相逢于“北鄙”荒凉之地,听反清义士顾炎武一席“针砭”的知心话语,使他的“宿疾”“一扫”而空,这“宿疾”当指何病,是不言自明的。

二、岭南朔北　万里行吟

——曹溶山水诗的思想内涵和艺术特征

清初降臣诗群,因主观心态和客观环境所限定,大都游踪稀少,山水诗题材狭窄,诗作数量偏小,曹溶的出现突破了这个常规,而将清初山水诗,特别降臣诗群的山水诗创作带入了一个新境界。曹溶山水诗不但主题广泛,游迹宽阔,而且数量巨大,质量亦属上乘。他的山水诗题材随他的游踪遍布京师、皖赣、江浙、楚粤、云中、三晋,从幽秀峻挺的岭南到雄浑莽苍的晋北,从奇峰耸峙的皖鄂风物到湖光旖旎的江浙山水,都入他的诗笔,形成他风格多样,诗题宽阔的山水诗特征。曹溶山水诗总量按《静惕堂诗集》目次概算达568首之多,比“江左三大家”的总量还多。经历家国巨变,胸怀抑郁之气,素有经邦济世之心,且擅长战守之策,把丰富的人生经历,复杂的个人情感融入无南无北的山水景物,遂生成曹溶山水诗独有的艺术魅力和美感特质。

---

① 〔清〕沈季友《槜李诗系》,见《清诗纪事》第1564页。

如果以歌咏吟赏的对象来归纳，曹溶山水诗的内容可分以下几大模块：

(一)“物色非人世”的江浙山水诗

曹溶世居浙江秀水之槜李，槜李在嘉兴县南，古有槜李城，为吴越分界线。《史记·吴太伯世家》：“吴伐越，越王勾践击之槜李，……伤吴王阖闾指，军却七里。”[①]这次战役导致吴越结仇甚深，遂有后来卧薪尝胆等一系列历史故实。槜李是三吴交通枢纽，曹溶不管是仕宦奔波，还是交友酬酢，都要往来于苏杭之间，因此，幽秀美妙的湖光山色中多了一位诗人的身影，他彩毫展动时，就流溢出无限湖山胜景的光彩：

> 七里登临路，闻钟得讲亭。霜横千雉白，花谢一峰青。密叶藏邻圃，澄湖汲晓星。尚嫌离俗近，吾志欲沧溪。
>
> ——《虎丘秋夜纪游十首》其十
>
> 渔榔清夜依空曲，水榭繁华傍短城。潮落家家飘桂影，楼开面面踏歌行。穷交得酒时相命，乐事耽狂愧未成。小驻野航人静后，鱼龙群起抱珠明。
>
> ——《中秋南湖泛舟》
>
> 寺门罗众岭，邀我入盘云。天地深无象，溪山绿未分。遥空飞涧坼，清梵老松闻。幽意何人觉，沙边问鹤群。——《冷泉亭》

虎丘，在苏州，离阊门七华里，一名海涌。相传吴王阖闾葬其下，有三千鱼肠剑殉葬，剑气上冲为白虎，蹲踞阖闾墓上，故名虎丘。曹溶舟行七里，至虎阜，登临揽胜，放眼“霜横”、“花谢”的一派悠远秋色，心中蓦地升腾起绝尘弃俗的超脱感。南湖，一在余杭县南二里，为泄苕溪之水而筑，有上湖、下湖之分，至明末清初，“多堙废”；另一在嘉兴府秀水县城南一里，又名鸳鸯湖，据载，南湖为嘉兴府城近郊最大的一处水泊，周回计“百有二十顷”，因为两湖相连而得名。鸳湖

① 〔西汉〕司马迁《史记》，中华书局1959年版，第1468页。

水和他的支流到城东南二里汇入彪湖，又沿城而北合秀水河，入运河。[1] 中秋之夜，诗人按乡俗，呼朋唤侣，泛舟于南湖之上，但见“清夜”如水，“水榭”婉约，是处桂子飘香，歌舞杂沓，一片节日祥和狂欢景象。置身繁华气氛中的诗人，似乎并不狂放，相反却是“小驻”待“人静”，其内心隐忧依稀可辨。冷泉亭，杭州西湖名胜，属北山路飞来峰景区之一景。《湖山便览》载：“自莲花峰麓而下，渟蓄于云林寺前。”[2]又“冷泉亭，唐刺史元萸建，白居易为记，刻石亭上”。自唐始建，历代多有增扩修葺，冷泉亭因其“地收胜概，物无遁形”的湖山之胜，足娱人耳目心性，所以被赞为“最余杭而甲灵隐”，文人骚客徜徉留连，吟咏颇多。曹溶信步“众岭”之巅，顿觉湖山摇绿，天地杳深，涧流从天而降，钟磬破空扑来，一股禅意的觉悟悠然萌生：“幽意何人觉，沙边问鹤群。”

曹溶的江浙山水诗细腻婉约、轻快明丽，大多能折射透视诗人闲适澹然的情怀。如“孤篠穿云鸟，平山印塔灯。”（《游治平寺》）“海云开画幔，渔火出青沙。”（《虞山道中三首》其一）“秋水连城郭，人家半杳冥”。（《舟行至富阳》）“两岸看清霭，随流到远岑。镜空天不染，风物舫无心。”（《将抵常山值雨二首》其二）“物色非人世，春浓散目劳。”（《游武林南山杂诗五首》其五）“阶前春草合，山气老僧知。晚茗频烧叶，空楼总映池。”（《杨梅坞僧院》）“暮霁云来随羽翼，寺楼空外得峰峦。”（《飞来峰》）“万壑千岩古会稽，秋冬黄落使人迷。”（《禹陵四首》其二）江浙山水以明丽秀美著称，曹溶生于此，长于此，因而在他笔下西湖之水、虎丘之月、富春之山、会稽之风均能引发情思，令人如入清空杳远之境。

上举数例为曹溶江浙山水诗之一角，其余能管测其深层心态的江浙风物名篇还有：《避暑虞山歌》《观拂水歌》《西湖同心公夜泛四首》《阻风燕子矶二首》《邗关二首》《淮安湖心寺》《宿迁道中二首》《舟行至富阳》《兰溪》《支硎二首》《上净慈寺后山》《飞来峰顶》《江阴道中

---

① 见《读史方舆纪要》，第 4168 页。

② 〔清〕翟灏等辑《湖山便览》，上海古籍出版社 1998 年版，第 142 页。

二首》《句曲二首》《上韬光》《韬光道中》《登锡山塔望太湖》等。

(二)"云岭千寻接"的鄂赣闽粤山水诗

曹溶为人干练，颇有边才，所以其宦辙四出，屐痕处处，在长途奔劳或公务之余，他都指点江山，挥洒笔墨，于是一篇篇巉刻崭绝、横厉峻拔的鄂、赣、闽、粤山水诗如行云流水扑面而来，令人目不暇接。在篇幅丰赡的南行山水诗中，尤以赣粤山水诗特异卓尔、独立不群。如：

> 宵霖犹未减，远自粤天来。江走千崖疾，涡盘万仞开。落霞栖怪石，穿浪吐荒苔。甚愧舟人捷，临危了不猜。
>
> ——《滩舟二首》其一
>
> 江势森然合，空青辟两厓。石斜风自落，松暗瀑真埋。挂席多灵境，辞官得好怀。戒心催我去，卜筑意常乖。——《清远峡》
>
> 唐宋今何代，泉山喜独看。洞摇飞鼠黑，舟夹縢鱼寒。雾雨封春早，琅玕报客宽。军麾喧不到，古意得盘桓。
>
> ——《端溪下峡四首》其三

《滩舟》写赣江行舟之险，诗人抓住怪石嶙峋、怒浪排空的特征，把十八滩的气势突显出来，给人强劲的视觉冲击。十八滩为由赣入粤的必经之路，俗称赣石，在吉安府万安县境内有九滩，赣州府赣县境内有九滩，合称十八滩，顾祖禹《读史方舆纪要》曰："(赣水)北流三百里，至吉安府万安县，其间有九滩，……又经九滩乃至万安，所谓十八滩也。江在(赣)县境者一百八十里，滩之怪石如精铁，突兀廉厉，错峙波面。其上流在信丰、宁都者，石碛险阻，尤甚于十八滩。"①由此即见，滩上行舟为赣江最惊心动魄者，历代诗人多有吟咏，至清代则更层出不穷。

清远峡，在广东清远县境内，顾炎武《肇域志》曰："县东北三十

---

① 见《读史方舆纪要》，第4055页。

里曰峡山,又名中宿峡。”[①]又曰:“峡山,在(清远县)东三十里,崇山峻峙,中通江流。”[②]《清史稿·地理志》曰:“中宿峡,一名飞来峡。”[③]清远峡因二禺山夹峙束隘江流而形成,故其形势险要、景色非凡,被道家列为第十九福地。曹溶由赣入粤,一路经南雄、始兴、韶州,过清远,抵广州,每到一地,他即兴赋诗,这些山水诗不但成了他旅程的记录,而且还融入清代粤中山水诗的合唱,成为后世欣赏粤地风物的宝贵资料。《清远峡》首句紧扣两山耸峙、急流奔涌的山水特征,通过写实、抒情相结合的手法,把清远峡的绝代风华展露于世。

《端溪下峡》写端溪景色,端溪在广东肇庆府高要县境内,《读史方舆纪要》曰:“高峡山,府东三十里,高百余仞,周十里,与烂柯山对峙,江流至此夹束而出,一名高要峡。相传山有灵羊,……亦名灵羊峡,灵,一作‘羚’。”又“烂柯山,在府东南四十六里,一名柯斧山,旧传王质观棋处,亦名端山,峡之对山也。高数百仞,周五十里,……江水经此谓之端溪。隔溪有二岩,石可分砚。”[④]端砚自唐、宋即为贡品,叶樾《端溪砚谱》曰:“(肇庆府)东三十三里,有山曰斧柯,在大江之南,盖灵羊峡之对山也。斧柯山峻峙壁立,下际湖水,自江之湄登山行三四里,即为砚嵒也。”[⑤]《端溪下峡》一组四首,从山形水势起笔,描摹出端溪联结“牂江”、贯通“桂岫”的地理形胜,以及“壶天清一气,镜水耀双瞳”、“绝巘收奔潦,凝然万象青”的山水气象,最终收煞在“唐宋今何代,泉山喜独看”的真情自娱中。

曹溶千里行游,宦辙所至,多为鄂、赣、闽、粤山水胜境,其刻镂南国风物的名作,更有《阻风马当山》《海南杂诗》《上浈阳峡》《仙霞关》

① 见《肇域志》,第2260页。

② 同上,第2168页。

③ 见《清史稿》,第568页。

④ 见《读史方舆纪要》,第4631页。

⑤ 转引自史为乐主编《中国历史地名大辞典》,中国社会科学出版社2005年版,第2809页。

《下建溪诸滩》《上建溪诸滩》《贵溪雨泊》《峡江县》《万安夜泊》《泊南雄城外》《抵韶州》《胥江道中》《游五羊观四首》等。

(三)“万仞真天堑,丹崖划水门”的晋北山水诗

顺治十三年,曹溶由广东布政使被降调山西阳和道,转任大同兵备。仕途坎壈,反而成全了他的山水诗创作,看惯了春江花月,饱尝了南国风韵,突然来到山寒水瘦、苍茫雄浑的北国边塞,曹溶顿被那片神奇的土地所吸引,鞍马驰骛之际,公务闲暇之时,他恣意山水、纵情放歌,于是一篇篇豪情满溢的诗章破空而出,云冈神窟、恒山险峰、应州木塔、雁门雄关联翩交织,再穿插以各种要塞隘口、堡寨碉楼,一幅幅融边塞风光、军事重镇的山水画卷跃然呈现于世人面前,给清初山水诗坛增添了质实厚重、雄浑莽苍的悲壮美。曹溶在明“謇谔有直声,”(郑方坤语),入清则颇具边备之才,其为诗至“中年风格日进”(徐世昌语),观其晋中山水诗,可以肯定地说:诗品即人品,从他排奡纵横的山水诗风里,我们庶能观照其人格和诗艺不断拓进的深层本质。

顺治十三年,降调北上的诗人,从粤至晋,千里迢迢,马不停蹄地赶赴边陲重镇大同。其入大同的路线基本是:广昌→灵丘→浑源→大同→阳和(即阳高),从此他的行迹往来穿行于以大同为中心的各个隘口堡卫间,而他的边塞风光山水诗亦以其行踪呈扇面辐射开来,如果将其串联,就纵横交织成如下山水诗网状体系:《入广昌县》《灵丘县》《过北岳不得上二首》《阳和西山小村四首》《阳和城》《天城卫》《镇门堡》《镇川堡》《得胜路二首》《弥陀山寺》《助马路二首》《牛心山寺》《左卫》《右卫》《杀虎市口》《威远卫》《平鲁卫二首》《乃河堡》《老营堡二首》《偏头关二首》《自偏关还大同途中作五首》《再宿平鲁》《高山城》《雁门关三首》(以上五律),《云岗寺四首》《悬空寺二首》《送照千游恒山四首》《发西安堡》《应州木塔四首》《登恒山四首》《观音寺山亭》《度倒马关》(以上七律),《镇西堡西河楼歌》《云岗石佛行》(以上七古),《云中八月十五日夜月》《游云岗寺》(以上五古)。由上列诸体兼备的雁北山水诗可以见证以下几点:1. 诗人勤于国事,勉力戍边。阳和,在大同府东北二十里,明洪

武三十一年设卫，为边防重地，有明一代曾发生过数次重大战役，明嘉靖二十六年设兵备使者于此，管辖四卫、七堡，防线长达九十六里，属大同东路。《读史方舆纪要》曰："本路随地皆边，向称冲要，寇犯宣镇之顺圣诸处，天城、阳和其首冲也。"[①]清顺治三年，阳和与高山两卫合并称阳高卫。雍正三年改阳高县，后沿革至今。曹溶在阳和任上，查勘形势，奔走各堡之间，肩负起为国戍守边陲的重任；2.通过曹溶的晋北山水诗，我们深刻领略了大同地势冲要，为京师甚至为中原屏障的战略地位，对今日乃至将来巩固祖国北地边防将有深远的借鉴意义。顾祖禹《读史方舆纪要》曰："（大同）府东连上谷，南达并、恒，西界黄河，北控沙漠。居边隅之要害，为京师之屏障。……女真之亡辽，蒙古之亡金，皆先下大同，燕京不能复固矣。"[②]顾炎武《肇域志》曰："（大同府）东连上谷，南达并、恒，西界黄河，北控沙漠。京师之藩屏。地方数百里，为西北之巨镇。"[③]由于大同居京师上游，控扼中原，有居高临下、锁钥神州的地利之便，历代均为重兵驻防，尤其到明代，以大同为中心，四面皆设卫、堡、关隘，互为犄角之势。明王朝在大同四周筑堡以坚其守之外，还沿东、西、南三个方向设置十五卫，成为大同的卫星城。其东五卫约在今山西阳高、天镇，以及河北阳原、蔚县一带，作用是为大同依托，而与宣化连接，一旦大同失守，则防敌经天镇、阳高突进宣化沿桑干以犯京师；西线五卫，约在今内蒙托克托、清水河以及山西右玉一带，作用是屏障大同，防来犯之敌沿大青山麓或河套东攻大同；其南之五卫，约在今之大同、左云、怀仁、朔县一带，作用是坚固大同，以防北来之敌南下宁武、雁门，或东出飞狐口迂回威胁京师，甚或直接南下攻取山西腹地。按大同防卫以观，卫是大同的屏障，堡则是卫的肱股，其唇齿相倚、交互声援，构成了坚固而立体的防御体系，环环紧扣、层层设防，符合我国传统的战略防御思想。

---

① 见《读史方舆纪要》，第2020页。

② 同上，第1993页。

③ 见《肇域志》，第847页。

曹溶边塞山水诗的意义，就是通过对山水、关隘、卫所、堡寨等的精确描写，使我们认识了大同的地理形势和国防意义；3. 曹溶的晋中山水诗因有上述两大特点，所以它既是山水文学的诗化体现，又是舆地学、国防学、军事学的有机整合，它不仅具有山水诗的审美价值，而且还有地理、国防等方面的借鉴参照价值，甚或是艺术性与实用性的完美统一。

从诗艺的角度考量，曹溶晋中山水诗的典范之作应为：《云岗石佛行》《雁门关三首》《云岗寺四首》《登恒山四首》等。《云岗石佛行》以七言古诗的长篇形式，大气淋漓地渲染了云岗石窟的撼人魅力，及其惊世绝尘的艺术价值。诗作起篇大势开合，心骛八极，用寥寥数语勾勒出云岗石窟的地貌特征："黄河北走吞居延，乱榛虎穴相骈肩。坤灵渐欲辟雄镇，群螺削作芙蓉圆。"云岗石窟，在山西大同市西三十里之武周山上，武周山，又称武州山，《读史方舆纪要》卷四十四曰："武州山，府西二十里，武州川水所经也。峪中有石窟寺，又有石窟寒泉。《水经注》：'武周川水东南流，水侧有石祇洹舍并诸窟室，比丘尼所居也。其水又东转灵岩南，凿石开山，因岩结构，盖浮屠巨丽处，即石窟寺也。'"北魏时，从太武帝拓跋焘，到孝文帝元宏，多次临武州山，大约 60 年间，兴造佛像，开凿石窟，留下 45 个大中型石窟和 1000 多个尚未编号的小窟龛，其大小佛像达 51000 多座，规模之大、造型之美、景色之雄堪称晋北乃至中国石窟艺术之精粹，与甘肃敦煌石窟、麦积山石窟、河南龙门石窟并称中国四大石窟。云岗石窟以造型优美雄放著称，世称旷古无匹的艺术宝藏。曹溶神游心会于庄严华美的石窟间，顿被其佛光万丈、精整雄放的艺术魅力所感动，于是彩毫挥洒、妙语四出："巧匠提斤生佛国，白毫顶上须眉全。有时穷锼陷深壁，窈若禅定余千年。……密者龙象簇径寸，巨或百仞摩青天。揽衣行脚各殊状，亿万成列皆圣贤。"诗人通过反衬正写、譬喻对比的手法把云冈石窟诸佛的神情状貌刻划得栩栩如生，宛在目前。因灵魂的震撼和净化，所以诗人结尾不断吟唱道："老僧柏子月浩浩，梵唱静啭鸣秋蝉。……岂无至人出象外，招我共载莲花船。"同样是以云冈寺为歌咏对象，诗人在首尾相贯的《云岗寺四首》中却将描写的重心由对石窟艺术的喟叹变为对山川形胜、地貌地物，以及由此产生的国防战略的思考。云岗为武周山之绝顶，其地势险要，峰岭峻拔，既为佛家胜地，又是军事要冲，明朝曾设堡于此，称云冈堡。曹溶以战略家的眼光指出："铁马数过云雾窟，金轮仍拱治安朝。"（其一）"白毫飘动与山齐，回眺朱旗百雉低……遗构莓苔修复遍，普天先祝洗征鼙。"（其三）

曹溶写景造物，善于抓住晋北山水的特点，雄关漫道、险峰如削，以银钩铁划般的笔墨点缀出雁门关、恒山、悬空寺特有的悲劲苍凉、瘦削骨梗之势："万级摩宵出，丹楼裹怪松。……锉石斜拦马，崩湍逆上龙。"（《雁门关三首》其一）"秋高直下看云影，地尽长空倚石根。梁跨青藤蛇径曲，山衔碧瓦蛎房存。"（《悬空寺二首》其一）"缥缈香台缀绝巅，天中栈木袅轻烟。溪光疾卷晨钟去，辟势斜回画栋悬。"（同上，其二）"岭势长蛇断复连，层冰销夏笋舆边。望收黑漠氍毹小，影掠黄河菡萏悬。"（《登恒山四首》其三）

雁门关，山西境内有数处，四川汶川县东北十里雁门乡有一处。山西境内分别在古宪州天池县，忻州雁门乡，代州雁门山。按曹溶行止，其诗中所写雁门关当为代州雁门关。《读史方舆纪要》："雁门关，（马邑）县东南七十里，与代州接界。"代州雁门关在今山西代县西北二十二里之雁门山上，又称西陉关。北宋时为防御契丹重地，杨家将的故事多发生于此。明代筑雁门关于现今雁门关村，是山西著名三关之一。曹溶置身雄关，以诗人和军事家的双重目光将雁门锁钥中原、雄峙晋北的气势和地位刻划得极为深刻："夕照通勾注，苍烟吐代州。已成真锁钥，安取更兜牟。"（《雁门关》其二）"止戈传近世，设险动深思。月白刘琨啸，山颓李牧祠。"（《雁门关》其三）"勾注"，在太原府代州西北二十五里，一名西陉山，又叫雁门，据载，勾注山东西山岩峭拔，中有路盘旋崎岖，绝顶置关，谓之西陉关，亦曰雁门关。《读史方舆纪要》曰："雁门关在州北四十里，为戍守重地，与宁武、偏头为山西三关。关城周二里有奇，傍山就险，屹为巨防。"①"已成真锁钥"，

① 见《读史方舆纪要》，第 1788 页。

“设险动深思”二句足见曹溶的战略眼光。与之相对，在《偏头关二首》中，诗人亦表达了对雄关漫道，镇守中华的无限感慨。

悬空寺，位于恒山脚下，在浑源城南5公里的恒山主峰天峰岭与翠屏峰之间的金龙峡内西岩峭壁上。其上负危崖，下临深渊，似悬系半空，惊险绝伦，民间谚语曰：“悬空寺，半天高，三根马尾空中吊。”悬空寺的艺术价值不但在“悬空”而建，更重要的是它殿回楼转，一步一景，以建造别致、玲珑剔透著称。悬空寺始建于北魏后期（约471—523年），现存建筑以明、清两代修葺为主，共有全木结构殿阁大小40间，钢、铁、石、泥佛像80尊。最高层的三教殿内，释迦牟尼、老子、孔子塑像共居一堂，形成三教合一的奇观。曹溶仰视悬壁，下瞰深谷，被悬空寺的奇观所震撼，于是慨然生出：“贪奇欲伴猿猱宿，不记临边战鼓昏”的向往之情。

恒山，在山西大同南约62公里处，东西绵延250公里，号称有108峰，主峰高2016米，据传说，早在4000多年前，舜巡守四方，曾封恒山为北岳，秦皇封其为天下第二山。唐代的李白、贾岛，金代的元好问都来游历过这座名山。尤其徐霞客的《徐霞客游记》中对恒山的详尽描写，遂使恒山誉满天下。曹溶侧身恒山之麓，满目皆见高峰入云、松柏竞长、青嶂连天、虎啸龙吟，于是他惊异地吟唱道：“天驱兵马三关净，地削芙蓉万仞开。”（《送照千游恒山四首》其四）“上应北辰真帝座，外收西海尽王庭。”（《登恒山》其一）

从战略防御的实用价值考察，曹溶的晋北山水诗有很高的参照性。他的描述刻摹各个堡、卫的山水诗，既全面记录了诗人巡边守疆的辛勤军旅生活，又精确严整地勾勒了堡卫相连、关隘相接的国防形势。如“晨晖揽绣袍，马背敢言劳。……拓边羌幕远，吊古汉台高。”（《阳和城》）“屏树辽西阔，疮痍换故封。秋阴笼易水，兵气截居庸。”（《天城卫》）“赤棘团遥寨，腰镰日暮归。健丁思用武，射兔每成围。”（《镇门堡》）“万仞真天堑，丹崖划水门。”（《得胜路》其一）“墩草斑铜弩，鹏云转绣旗。”（《得胜路》其二）“壁势缘城峻，雄兵枕大荒。硷烟枯羽箭，桂魄晃银枪。”（《助马路》其一）“建牙专地胜，百雉俨分星。”（《左卫》）“王会通西极，孤军应接难。……奔潦穿沙井（即沙陀故里），飞楼俯纥干。”（《右卫》）“障压祁连断，砂腾瀚海昏。……驼马千家市，金钲万里屯。”（《杀虎市口》）“锐石冲波尽，丹泥百丈高。阵云屯虎豹，隰露飐葡萄。”（《威远卫》）“恒北峰联峙，槎枒列阵雄。星低蒙画戟，夜静响琱弓。”（《平鲁卫》其二）“关外无平坂，颠崖拟折辕。日光寒绝漠，河势柝中原。”（《老营堡》其二）“驿穷参井域，秋健鼓笳天。骑射觇强国，蒿莱夺有年。”（《偏头关》其二）“楼角欹相射，回岗箭括迷。川陵图屡变，寒燠岁难齐。”（《自偏关还大同途中作》其一）

以上“卫”、“堡”、“关”皆为大同境内关防要地，屯兵之所，阳和城，前已述及。天城卫，在大同府东百八十里，明洪武二十一年设，万历十三年增修，城周九里多，多极边冲要之处；得胜堡，在大同府北五十里，明嘉靖二十年置，万历二年增修，周边三里多，属大同北东路；镇门堡，距阳和西北五里，明嘉定二十六年筑，隆庆六年增筑，周一里有奇；助马堡，在大同府西北一百里，明嘉定二十四年筑，万历初增修，周长二里多；杀虎口，在清朔平府右玉县，有杀虎口巡司；大同左卫，在大同府西南一百二十里，明初设，永乐七年、万历六年增修，城周十一里多；大同右卫，在大同府西二百里，明初置，永乐二年、万历三年增修，城周九里有奇；平鲁卫，明称平虏卫，在大同府西二百五十里，明成化十七年置，万历二年增修，城周六里多，是一个“岗阜环绕，险与敌共，随在皆冲“的边防要塞；老营堡，在明河曲县，清偏关县境内之偏关东北八十里，明正统末置，弘治十五年、万历六年增修，城周四里多，据《边防考》老营堡与大同接壤，山坡平漫，属易攻难守之处，故不可不虑也；偏头关，在明太原府河曲县、清宁武府偏关县境内，距县治偏北一百十里，明从洪武二十二年起筑城，代有增葺，万历二年复改筑关城，城周五里多。偏头地处冲要，易攻难守，是一个必须谨慎防备之所。从曹溶山水诗描写排列的次序可见出，他是沿大同所属天城卫出发，经阳和卫、镇门堡、镇川堡、得胜堡、助马堡、左卫、右卫、杀虎口、威远卫、平鲁卫、老营堡，最终到达偏头关。其踪迹一直沿长城遍历晋北边防线之各要塞，在明代这是山西最北的界限，清代山西边界虽向北延展，但依然是重要的国防命脉，从这个意义看，曹溶的晋北山水诗已越过纯文学的层面而进入文学审美与战略思考完整合一的境界，在清初山水诗坛为一引人注目的亮点。

综合上述，曹溶诗名、人望虽然不及“江左三大家”，但仅以山水诗成就而观，他的由江浙、鄂赣闽粤、晋北三大板块构成的山水诗集群，尤其晋北山水诗群已超越“三大家”。无论题材，还是诗艺；不管审美，还是实际效用，曹溶均将清初山水诗推向新的境界，为后期清代山水诗的发展奠定了良好的基础。

第五节 “精卫悲难尽，啼鹃血未干”

——吴兆骞的山水诗·附论陈之遴、杨宾

清初风云变幻，诡异莫测，为了稳固新生政权，满清统治者无所不用其极，先是刀锯斧钺相加，再是各类狱讼迭起，令南北士子人人自危，噤若寒蝉。清初狱讼最烈者莫过南北闱科场案、江南奏销案和通海案，以及庄廷鑨史案等，这几大案主要针对士人而来，对清初知识阶层打击摧残甚重。

奏销案，清顺治辛丑八月(1661)发生在江南之苏、松、常、镇等处，黜革官绅士子达万人，其中多人被刑逮。《研堂见闻杂录》曰：“抚臣朱国治，既以钱粮兴大狱，株连绅衿万余，又杀吴郡诸生一二十人，知外人怨之入骨，适以丁忧罢。”[①]《清稗类钞·狱讼类》亦曰：“是年(1661)正月初七日，世祖晏驾。二十九日，圣祖谕吏部、户部云云……此即当时之所谓新令，人民所痛心疾首者也。凡入奏销案者，固谓之絓新令。然即辛丑奏销以后，官吏之追呼，士绅之僇辱，亦无不以新令为陷阱矣！”[②]江南奏销案牵涉士子之多是空前的，而“阑入”当时名士之多亦是罕见的，著名者如吴伟业、汪琬、曹尔堪、彭孙遹、韩菼、计东、顾予咸等。奏销一案，清廷实借拖欠钱粮为口实，欲以“威胁”江南之士绅，凡“絓误”此案的士子，死的死，贬的贬，其颜面

---

① 〔清〕佚名《研堂见闻杂录》，第298页。

② 见《清稗类钞》，第358页。

和廉耻扫地殆尽，昆山探花叶方蔼因欠银一厘而谪官，当时民间有“探花不值一文钱”之谣。

顺治一朝，科场案最多，以丁酉(1657)为界，此前则有乙酉(1646)、丁亥(1647)、壬辰(1652)、甲午(1654)诸案；此后则有著名的丁酉顺天科场案、丁酉江南科场案、丁酉河南科场案、丁酉山东山西科场案等。顺治短短十八年，科考几乎连年，而科考案亦接踵相续，造成这种畸形社会现象的原因，《清稗类钞》有很精辟的分析：“凡汲引人材，从古无有以刀锯、斧钺随其后者，铨政纵极清平，能免贿赂，不能免人情，科举亦然，士子之行卷，公卿之游扬，恒为猎取科第之先导，不足讳也。……至本朝，乃兴科场大案，草菅人命，甚至弟兄、叔侄，连坐而同科，罪有甚於大逆。无非重加其罔民之力，束缚而驰骤之，盖始於顺治丁酉之乡闱矣。”又曰：“明代迷信八股，迷信科举，至亡国时而尤盛，余毒所蕴，至本朝遂尽泄之。盖满人旁观极清，笼络国中秀民，莫妙于中其迷信。始入关，则连岁开科，以慰蹭蹬者之心，继而严刑峻法，俾忮求之士称快。丁酉之狱，主司、房考及中式之士子，诛戮及遣戍者无数。其时满、汉方水火，而汉之无耻者，又欲借满以倾汉，倾汉以结满，故发难者汉人，受祸者亦汉人，汉人陷溺于科举，至深且酷，不惜假手于满人，屠戮同胞，以泄多数被摈者之愤，此所谓天下英雄入我彀中者也。”①

丁酉科场之狱，几遍全国，其尤甚者先后为顺天、江南、河南、山东、山西，史料对之载述考证颇详，兹不赘及，单就与本文涉及的南闱科场案稍作展开，以为下文张目。据《研堂见闻杂录》所记，丁酉科场案是五案中最惨苦的：“丁酉之役，江南两座主及分房诸公，与逮系举子，既讯鞫后，天子不复严问，以为可因缘侥脱，或长系狱中矣。至岁杪忽降严纶，两座师骈斩西市，十六分房诸公，皆绞死于长安街，举子则各决四十，长流宁古塔，而财产皆入官，诸父兄妻子，各随流徙。”②与此相比顺天北闱就幸运多了，牵连诸人因上谕“多犯一时处死，于

---

① 见《清稗类钞》，第353页。

② 见《研堂见闻杂录》，第288页。

心不忍”而“俱从宽免死，各责四十大板，流徙尚阳堡。”[1]尚阳堡距京师三千里，宁古塔“去京七八千里”，后流徙宁古塔之人“则望尚阳如天上矣。”(《研堂见闻杂录》语)北闱房考官仅处决三人，南闱两主考、十八房分考皆被或斩决、或绞决。对南闱之惨剧，民间有一传说：考试前几日，严霜厚三寸，而且封闭了考场后，还听到鬼哭之声不止，虽然迷信，但足见是狱之惨烈(事见《清稗类钞》)。

由上述即见，科场案的教训是血的教训，它是朝代鼎革时统治者惯用的手法，亦是汉族人因迷信科举而互相倾轧的可悲下场。清廷之所以用严刑峻法加之于科考士子，关键是以血来警示知识阶层，让他们俯首称臣，以淫威箝制书生之口舌！对此，徐珂的《清稗类钞》有非常尖锐的质疑：“夫行不义，杀不辜，为叔世得天下者之通例，不从弑逆者，即例应以大逆坐之，科场案则何为者？士大夫之生命、之眷属，徒供专制帝王之游戏，以借为徙木立信之具，而于是侥幸弋获、侥幸不为刀下之游魂者，乃诩诩然自命为科第之荣，有天子门生之号，呜呼！科举之败坏人道，摧残廉耻，而卖国、卖君之人，乃亦出于其中，岂创设科举者之所逆料者耶？”[2]南闱科场案之所以比北闱更著名，除却惨烈外，更重要的是南闱牵连科场案的流人中有两位声名显著者，一为方拱乾，一为吴兆骞，其中吴兆骞的故事更让人动隔世之情。

和奏销案、科场案同时发生且残烈相埒者应为通海案，这三案并行而呈拉网之势，使江南士子几无避匿，大多成了断头冤魂、异乡之鬼！

顺治十六年，郑成功水师攻克镇江，直逼金陵，给江南抗清力量和忍望恢复的广大士民以极大鼓舞，许多反清复明的义士积极投身其间，他们或明或暗，给郑成功、张煌言义师以帮助，后战事失利，郑成功退居台岛，张煌言避匿悬嶴，那些曾参与并接引过义师的士民均被奸人告讦，清廷遂以“通海”将其严加惩处。计六奇《明季南略》曰：

---

① 见《清稗类钞》，第 355 页。

② 同上，第 356 页。

"（金坛）如海寇一案，屠戮灭门，流徙遣戍不止千余人。"①通海案牵连人数最多为金坛，而苏、浙一带牵连的名士亦为数不少，著名者如金圣叹、祁班孙、祁理孙、魏畊、钱缵曾、陈三岛、杨越（杨大宾之父）等。金圣叹以哭庙死，魏畊、钱缵曾死于狱，祁班孙、杨越遣戍宁古塔。

庄廷鑨史案因与本章内容暂无关系，待后述。

清代东北流人，尤其以文字之祸而流徙的汉人，最早始于函可，函可在拙著《山魂水魄—明末清初节烈诗人山水诗论》中已有专节述及，从函可后，大规模的流人应以丁酉科场案为标志，先是流徙尚阳堡，再次遣戍宁古塔，这条由江南到京师，从京师到遣戍目地的路是一条血肉铺成的路，累累白骨、滴滴血泪，仿佛在诉说着民族矛盾的残酷，以及无数冤魂对故乡的涓涓思恋。佚名所著《研堂见闻杂录》曰："宁古塔在辽东极北，去京七八千里，其地重冰积雪，非复世界，中国人亦无至其地者，诸流人虽各拟遣，而说者谓至半道为虎狼所食，猿狖所攫，或饥人所啖，无得生也。向来流人，俱徙上阳堡，地去京师三千里，犹有屋宇可居，至者尚得活，至此，则望上阳如天上矣。"②生活的不幸，往往造成了文学的大幸，命途的多舛，总是使一批诗人士子脱去平庸，从而变得智慧、变得坚强、变得与众不同。清初因流徙而名噪大江南北，给后世留下一笔山水文学瑰宝的诗人当属吴兆骞。

一、吴兆骞的生平及其山水诗述略

吴兆骞（1631—1684），字汉槎，江南吴江人。少年即有隽才，勤于读书，汪琬《说铃》述其"一目十行，然短于视。"所谓"短于视"，即今近视眼。沈德潜《国朝诗别裁集》曾评曰："汉槎傲岸自负"，是一个歌呼任意的性情中人。早年师事吴伟业，歌行与陈维崧齐名，同属"梅村体"传人，吴伟业曾把他与华亭彭师度、宜兴陈维崧并称"江左三凤凰"。

明亡时，吴兆骞年仅十四岁，但受其父影响，他骨子里还是充满

① 见《明季南略》，第500页。

② 见《研堂见闻杂录》，第288页。

了对新朝的排斥，对故明的思念，如："天高朔气妖星动，地入边笳御宿空。"(《秋感八首》之三，诗人自注曰："甲申九月在湘中作。")"鼎湖龙去无消息，目断神仙水一方。"(《遗事》)他托名刘素素的《虎丘题壁二十绝句》哀感凄恻、悲声如诉，从本质上揭露了清兵南下，江南半壁涂炭、骨肉分离的惨剧，其它再如《榆关老翁行》等，皆寄寓了凄切悲伤的故国之思。

吴兆骞诗歌成就，前人已有定论，且评价极高，此处重在对他山水诗作一浅说。

论述吴兆骞山水诗必得追溯其遣戍冰天雪地的背景。吴兆骞遣戍宁古塔为顺治丁酉科场案所牵连，是案牵连大臣及士子多人，其中唯吴兆骞最有名，原因在于：1. 吴兆骞本人的诗名及声望著于时，当其受冤流放之日，同情、惋惜，甚至不平者遍南北，穷塞绝域，淹留二十余年，时人将之和持节塞外、守志不易的汉代苏武类比："白草黄沙，冰天雪窖，较之李陵、苏武，犹觉颠连困阨也。"①2. 吴兆骞流放寒荒僻远之地，但穷途不能变易其傲岸之志，在常人难以忍受的环境中，他把一腔心血凝成篇篇《秋笳集》中感发人心的诗句，愈是艰难，他愈能守住心灵中一片净土，在茫茫林海雪原上，他与同是流人的道合者结成"七子诗会"，流连唱和，歌以言志，使中原深厚的文化根柢能在苦寒的极北滋生、蔓延，其功可谓无量。前人对吴兆骞穷而能诗，诗则言情的评价是："先君忽离桑梓而谪冰雪，触目愁来，愤抑侘傺，登临凭吊，俯仰伤怀，于是发为诗歌，以鸣其不平，虽蔡女之十八拍，不足喻其凄怆，此《秋笳》所由名也。"②"孝廉虽遭放废，……在塞外日，与羁臣逐客饮酒赋诗，曾结'七子诗会'……分题角韵，月凡三集。困厄中有此韵事，能穷其境，不能夺其才也。"③3. 因诗名才情为当世推重，所以吴兆骞遣戍宁古塔的不幸遭遇引起众多师友的悲伤

① 〔清〕徐釚《孝廉吴君兆骞墓志铭》，见《碑传集》第 4101 页。

② 〔清〕吴桭臣《秋笳集跋》，见《秋笳集》，上海古籍出版社 2009 年版，第 358 页。

③ 〔清〕袁景辂《国朝松陵诗徵》，见《清诗纪事》第 1950 页。

惋惜。临行日，为其赋诗送行者甚众，其中吴伟业的《悲歌赠吴季子》写得悲感凄绝，催人泪下；同时，顾贞观为救吴兆骞，不惜放弃名士身份，馆于纳兰之舍，经其多方努力，使吴兆骞终返故里。杨钟羲《雪桥诗话》曰："吴汉槎以隽才戍绝塞，纳兰容若力赎以还而馆之，殁复为之完其丧，世高其义。"[①]正是这悲歌送别、友人拼死相救的感人故事，才使吴兆骞的出塞蒙上了一层悲壮凄婉、哀艳神秘的色彩，引发世人屡称不绝的美谈。

吴兆骞的山水诗题材单纯、主题鲜明、风格遒劲而声调苍凉。要理解吴兆骞山水诗的意义，就必得先理清宁古塔的地理环境和自然状况。宁古塔，清初为宁古塔副都统驻地，古为肃慎国都，光绪二十八年置吉林绥芬厅，宣统元年升府，二年改名宁安府。据《吉林外纪》："宁古塔，国语，数之六也。开国方略：六祖各筑城分居，称宁古塔贝勒，因以为名，又称以塔为者，附会也。城在今(吉林)省城东南五百九十里。南至土门江朝鲜界六百里，东至海三千余里，西至都岑河吉林界二百五十里，北至混同江蒙古界六百里。南瞻长白，北绕龙江，允边城之雄区，壮金汤之帝里，是宁古塔之形胜也。"[②]曾为张缙彦《宁古塔山水记》作序的钱志熙记曰"单阏之岁，余坐窜营州之东又千余里，曰宁古塔。其地皆深山穷谷，人迹罕到之地，自结绳来，几千岁不通于中国，唯宋末完颜氏僻居此地，建东京云。迄今三四百年，而东京旋为榛旷，近乃以为迁斥锢人之所。其山连绵而纡郁，四望如屏如障，云兴雾涌，烟霞万态；其泉清而驶，狭处若瞿塘峡口，瞬息百里，广处澄潭雾洁，波縠潆回，游鱼可数。有奇峰突碛，下临不测之溪，奔流有声，风趋电薄于沙石之上者；有林木数十里，不见日月，千寻百围之材，不可胜数者。其佳处，宜无让匡庐、雁荡，特以僻陋荒

① 〔清〕杨钟羲著、雷恩海、姜朝晖点校《雪桥诗话》卷三，人民文学出版社2011年版，第131页。

② 〔清〕萨英额《吉林外记》第二卷，见《近代中国史料丛刊续编》第八十二辑本，第42—43页。

服，不见称于士君子也。”[①]（钱志熙，浙江吴兴人，因有与张缙彦同样被谴谪宁古塔的经历，故其序中所称极为生动翔实。笔者注）高士奇《扈从东巡日录》叙其民风和自然状况曰：“闻之兆骞曰：自沙林而东，八十里为宁古塔，临江而居，以木为城，地极寒，八月即雪，度清明，冰乃解。人劲勇重信义，道无拾遗，人不敢私斗，官民相习，狱无妄系，宛然有陶唐氏之风矣。（据高士奇所言，吴兆骞有《天东小记》一书，专载宁古塔周边地理形势和历史遗迹——笔者注）”[②]吴兆骞之子吴桭臣的《宁古塔纪略》对“宁古塔”解释为：“宁古在大漠之东，过黄龙府七百里，与高丽之会宁府接壤，乃金阿骨打起兵之处，虽以塔名，实无塔，相传昔有兄弟六个，各占一方，满洲称六为宁古，个为塔，其言宁古塔，犹华言六个也。”

吴桭臣，康熙三年（1664）十月十四日生于宁古塔戍所，至归南日已是十七岁翩翩少年。可谓生于斯，长于斯，其生命中最难忘的岁月是在一个人人闻而畏如虎口的地方度过的，那么宁古塔在吴桭臣的记忆中又是一个什么摸样呢？且看下列几段文字：

> 予家在东门外，有茅屋数椽，庭院宽旷，周围皆木墙，沿街留一柴门，近窗牖处俱栽花木，余地种瓜菜，家家如此。后因吴三桂造逆，调兵一空，令汉人俱徙入城中，予家因移住西门内，内有东西大街，人于此开店贸易，从此人烟稠密，货物客商，络绎不绝，居然有华夏风景。
>
> 南门临鸭绿江，江发源自长白山，西门外三里许有石壁临江，长十五里，高数千仞，名鸡林哈答，古木苍松，横生倒插，白梨红杏，参差掩映。端午左右，石崖下芍药遍开。至秋深，枫叶万树，红映满江。江中有鱼极鲜肥而多，……予少时喜钓，每于晡时持竿垂钓，顷刻便得数尾而归。又有一种生于江边浅水处石

---

① 〔清〕钱志熙《宁古塔山水记·序》，见《雪堂集（外八种）》，黑龙江大学出版社 2011 年版，第 408 页。

② 见《清代诗文集汇编》第 166 册，第 84 页。

子下者，上半身似蟹，下截似虾，长二三寸，亦鲜美可食，名哈什马。

……沿城（宁古塔城）俱平原旷野，榛林玫瑰，一望无际，五月间玫瑰始开，香闻数里，……产人参，尔时多贱，竟如吾乡之桃李，……产黄精、桔梗、五味子，及鸡腿麻菇、木耳、真经菜、蕨菜，极多而肥。

北山离城十里，重岩叠嶂，古树丛密，城内人家俱于此樵采。城之西北十余里名额富里，又六十里即旧城。临河，河内多蚌哈，出东珠极多，重有二、三钱者，有粉红色、有天青色、有白色，非奉旨不许人取，禁之极严。有儿童浴于河，得一蚌剖之，有大珠径寸，藏之归，是夕风雨大作，龙绕其庐，舒爪入牖，攫取其珠而去，风雨顿止。……江之南有索尔河溪，噶什哈必儿汀，此处水极深，上有崇崖插天，其地背阴，日光不到，虽亭午亦不甚明爽，然一至夜，转有光照石壁，石壁皆红，土人甚异之。忽一日渔人捕一青鱼，大盈车，载以入城，江右徐定生以青布一匹易之。先取鱼首煮之，既熟，剖得红色珠，大如弹丸，红光犹寸许。……此后石岩昏黑无光矣。……宁古三样宝，指人参、貂皮、乌腊也。所产之物，俱异于他处，香瓜极香甜，夏日尽饱，无破腹之患，冬日食油腻及饮冷水亦然，所以各处流客，无不服水土者，我父素羸弱，到彼精神充足，其水人称为人参水。

《宁古塔纪略》叙人情、述风俗、记形胜、明掌故，是一部散文化的边疆地理志，其用情之深、述事之详、择辞之美堪称一绝。作者自述写作缘起时说："余生长边陲，入关之岁，已为成人。其中风土人情，山川名胜，悉皆谙习，颇能记忆。今年近六旬，须发渐白，回思患难时，不啻隔世，诚恐久而遗忘，子孙不复知祖、父之阅历艰危如此，长夏无事，笔之于纸，以为《宁古塔纪略》。"由此即见作者的创作意图，明言子孙永记祖、父辈历经的"艰危"，实则让子孙永世不忘那片充满浪漫、充满欢乐的黑土地，从上引几段文字足以看出作者对宁古塔的怀恋和感激，从他如诗如画的描写叙述中，我们看不到冰天雪地的荒寒，看不到人们想象中野兽食人、至酷至惨的生存状况，相反却令我们顿觉那是个土地“肥沃”、“物产”丰美、野花烂漫、果蔬遍地而人情淳厚优美的世外桃源。

吴兆骞的宁古塔山水诗是《宁古塔纪略》的诗化表现，如果二者相互印证，则可使我们进一步领略宁古塔的生态美和自然美。如：“落日凭栏四望开，江流如带抱山回。云林晴色秋横野，雪岭寒光晚照台。”(《西山阁晚眺》)“秉烛邀宾到野亭，苍烟白露满前汀。……明月鲛宫江漠漠，秋风渔火夜冥冥。”(《夜同诸君饮江亭》)“朝辞石栈乱云巅，暮宿苍林万仞前。灌木带天余百里，崩榛匝地自千年。栖冰貂鼠惊频落，蛰树熊罴稳独悬。”(《大乌稽》)据《宁古塔纪略》，西门外有“石壁临江”，四周古木参天、杂花参差，生态极其优美，石壁上有平坦“一朗岗”，古迹遗址、佛塔莲池逶迤相属，吴兆骞登“西山阁”，纵目“晚眺”，但见“江流如带”，山势萦回，云林漠漠、雪岭皑皑，一抹如血的夕阳笼盖了满目多彩的秋色，令诗人心醉不已。江亭，在宁古塔西门外“鸡林哈答”，《纪略》曰：“有僧名静今者，亦江左人，因事戍此，建一观音阁于崖下，夏秋时迁客骚人多游焉。”“迁客骚人”因相同的祖籍、相同的命运而相聚到一起，他们感叹命途多艰、生命短促，于是夜以继日，秉烛欢饮，尽管有“却愁寒水多呜咽”的异乡之忧，但面对绕江明月、三秋渔火，还是“秉烛”相邀，拼得“金樽美酒”一醉方休。大乌稽，是宁古塔通向吉林乌喇的必经之路，康熙二十年(1681)，吴兆骞因“还乡诏下”，遂哭别亲友，取道大、小乌稽，一路南行。大乌稽林木蔽天、野物匝地，且神秘不可测，诗人经行其间，顿感百骸俱惊，挥毫创作《小乌稽》《大乌稽》两首专咏此处殊异风光的山水诗，其诗中所道与《记略》暗合，《记略》曰：“大乌稽，古名黑松林，树木参天，槎枒突兀，皆数千年之物，绵绵延延，横亘千里，不知纪极。……其中多峻岭巉岩，石径高低难行，其上鸟声咿哑不绝，鼯鼪狸鼠之类，旋绕左右，略不畏人。微风震撼，则如波涛汹涌。飕飕飒飒不可名状。”行走大乌稽，不但是体力的考验，而且还有心灵的煅铸，因为乌稽在诸多山水记载中充满神秘诡异的色彩，令人有毛发戟指的肃穆感，如张缙彦的《宁古塔山水记》叙曰：“乌棘，土语大树林也，南去宁古百余里，东西去宁古数十里，纵横不知尽处。其中多山神野鬼，过者挂巾带衣物纸钱于树枝上，以乞神佑，见者莫敢取，或亵慢戏谑，往往得大病不起。夏日常雨，冬日常雪，四时晦暝，出林则晴明如故。松杉合抱，大材不可胜用，居人梁栋槽桶，皆于此取足。"[①]高士奇的《扈从东巡日录》亦曰"乌稽者，汉言大林也。中皆乔松及桦柞，树间有榆椴，鳞接虬蟠，缨山带涧，蒙密纷纠，白昼晻哱，霜旦叶凋，略见曦月。树根乱石磥硊错落，疑无道路，车马过此，为之踌躇，为之屡顾矣。"[②]由上述诗文相互印证，吴兆骞宁古塔山水诗的重大价值不仅在文学和历史，而且更在当代自然生态的重建与保护。

宁古塔在吴桭臣笔下风光旖旎，物产丰饶而生态绝佳，但因观念、水土和心境的关系，吴兆骞始终萦心系怀的还是家乡的鲈鱼莼菜，因之在他笔下，塞外的山水显得格外悲凉凄切，处处都透着一股沁人心脾的寒气，从出关到入关，诗人基本沉浸在哀怨愤激的情绪中。如"渡辽幕府已凋残，傍海山川尚郁盘。……露祭独怜遗老在，秋风碛路哭戍鞍。"(《沙河道中》)"书传锦字三年泪，路绕银河万里槎。褵褷敝裘归未得，几回弹铗叹无家。"(《晓起》)"沙声连雨急，岚气逼云寒。日暮愁征旅，前岗且驻鞍。"(《四道岭》)"边心淹夜月，客泪入秋风。……明朝肠断处，一叶故园桐。"(《宿混同江明日立秋》)吴兆骞的关外山水诗之所以含悲带恨，如哀鸿长唳，关键是他忍辱受冤而遣戍"非复世界"的荒寒之地，在科场案发，至遣戍过程中，他总怀着："冤如精卫悲难尽，哀比啼鹃血未干。若道叩心天变色，应叫六月见霜寒。"(《戊戌三月九日自礼部被逮赴刑部口占二律》)的如海深冤，以及"极目南云何处是，羁心一夜度江关。"(《感怀诗八首呈家大人》其二)"可怜一片江南月，永夜苍苍客梦劳。"(同上，其三)的如丝乡愁，这种"冤"、"愁"交织而成的意绪，经酝酿发酵，就形成他关外山水诗以悲愁为美的第一个审美特征。

吴兆骞恃才傲物，意气风发，他与生俱来的才情骨格和塞外遒劲

---

① 见《雪堂集(外八种)》，第427页。

② 见《清代诗文集汇编》第166册，第83页。

殊绝的山水一经契合，就迸发成雄阔大气、峭厉劲健的另一个山水诗审美特征。在这里既有莽苍绵延的山峰、浩荡奔涌的江流，还有秋笳劲吹、暮云低垂的军阵，以及天险重叠、雄关耸峙的边防形胜。如"落日莽茫茫，严城列雉长。地形环汉塞，山色接辽阳。"(《次前卫》)"巫闾千嶂削芙蓉，走马东来翠几重。残碣久述辽日月，毁垣犹记汉提封。"(《广宁道中作》)"绕帐笳声促夜装，明星欲落雾苍苍。……据鞍却望黄沙外，此地由来百战场。"(《早发尼失哈》)"黑林天险削难平，唐将曾传此驻兵。形胜万年雄北极，勋名异代想东征。"(《黑林》)"江涛滚滚白山来，倚櫂中流极望哀。襟带黄龙穿碛下，划分玄菟蹴关回。"(《渡混同江》)从山水形胜，到关隘塞垣，诗人一路写来，但觉峭劲雄放，大有海阔天空、英风飒爽之感。在诸多山水诗篇中，尤能体现吴兆骞诗品及胸襟的应是《塔山道中望海二十韵》，此诗长歌漫吟，浮想联翩，从山海形势起笔，通过白描、想象，以及神话传说，把大海"浩浩雄东极，茫茫控北边"的雄放气势表现得淋漓尽致，韵格非凡。

前人有评吴兆骞诗曰："汉槎徙远塞，为诗益精丽雄浑。"(邓汉仪《诗观三集》)"兆骞诗风格遒上。"(朱克敬《儒林小记》)此类评说不是泛泛而言，观吴兆骞宁古塔山水诗作，恰好印证了诸家所评。初以戴罪含冤之身遣戍塞外，终以文化传播者而融合于民族之间(吴兆骞在宁古塔结诗社、授生徒、作幕客，将中原文化有机地通过上述方式，浸润到当地风情中，有传播融合文化的功绩在)，置身白山黑水，用绝代风华，饱蘸浓情，创作了大量描摹极北风光的山水诗，这是吴兆骞对清代山水诗，甚至中国古典山水诗的贡献。

清初流人山水诗，吴兆骞之外，陈之遴亦是颇值一论的诗人。就社会地位和名望陈之遴显然高于吴兆骞，而诗坛声望与诗艺吴兆骞与陈之遴各负千秋。他们同属流人范畴，但其流徙的背景与方式有所区别，陈之遴因党争被谪戍盛京，后徙尚阳堡，吴兆骞因科场衔冤被直接遣戍宁古塔，当代及后世往往把同情和悲悯的目光投向吴兆骞，对他的流放及回归给予高度关注，就此而言，陈之遴因出身、处世等大节问题，备受时人冷淡，甚至幸灾乐祸。尽管如此，陈之遴和吴兆骞分别代表了那个罗网高张的时代里汉族知识分子两种被流放的类型，及其殊途同归的人生走向。

二、陈之遴的山水诗论述

陈之遴(1605—1666)，字彦升，号素庵，浙江海宁人。明崇祯十年丁丑科进士，由编修迁中允。顺治二年降清，授秘书院侍读学士，五年迁礼部侍郎，六年，加左都御史，八年，擢礼部尚书，九年，授弘文院大学士，短短几年，位极人臣。他受陈名夏引荐而仕清，被称南党，与冯铨所代表的北党互相倾轧。顺治十一年，陈名夏党争失败。旋即处以绞刑，十三年，陈之遴受人所劾，被下吏部严议，“命以原官发盛京居住”，同年冬，“复命回京入旗”，十五年，坐“贿结内监吴良辅”，本应论斩，后“命夺官，籍其家，流徙尚阳堡，”(事见《清史稿·陈之遴传》)康熙五年卒于戍所，十年由其妻徐婉疏请携骸骨归葬。

陈之遴虽以悲剧总结人生，但他却未引起人们任何的同情和怜惜，究其因有三：一是变节降清，辱志事敌，成为人们所不齿的两截人；二是首鼠两端，热衷党争，为巩固名位不惜结党营私；三是数典忘祖，丧心病狂，他曾上疏请发掘明陵，以绝前朝皇脉。仅此，其人格可以想见矣。

虽然人格大亏，但陈之遴的诗歌成就仍然备受世人推崇，邓汉仪《诗观三集》评曰：“其诗雄浑清壮，固堪建帜词坛。”①徐世昌《晚晴簃诗汇·诗话》亦曰：“集中七律才情飚举，实过梅村。”②邓之诚《清诗纪事初编》则谓：“其人不足道，而诗词则意捷语新，稍嫌才累。诗格颇似吴伟业。”③

若跳过道德评价，单从山水诗角度以观，陈之遴的山水诗在降臣诗群中属佼佼者，其诗艺之精，题材之广比吴伟业、龚鼎孳，甚至钱谦益要胜一筹，即使同写塞外风光，陈之遴描写手法之变幻、歌吟对象之丰富、审美视角之宽广连吴兆骞也要逊色少许。

---

① 见《清诗纪事》，第1558页。

② 徐世昌《清诗汇·诗话》卷二十一，北京出版社1996年版，第251页。

③ 《清诗纪事初编》，第776页。

谪戍盛京、尚阳的经历，给陈之遴山水诗创作提供了空前的便利，这是他胜出清初三大家的独异之处。在塞外的日子，他心气平和，俯仰宇宙，吸纳万物，表现了少有的闲适和澹定，此或可是吴兆骞不能比拟的长足之处。

陈之遴的遣谪山水诗以纪行为主，从《发京师》起，他一口气写遍了沿途所见自然风物、以及所经战垒关隘，其间咏叹情怀、纵论防守、感慨民生，内容繁杂而多变。如："西日低征旆，东风引去车。邦畿寥落甚，前路更何如？"（《三河县》）"黄沙漫漫惊鸿落，白霰濛濛倦马冲。生聚十年良不易，几家烟火事春农。"（《大凌河》）以上借景悯时，悲感民生；"京左精兵处，渔阳势特雄。藩屏连上谷，阨塞控辽东。"（《蓟州》其一）"北扼重山峻，南临大海环。节旄雄异代，锁钥巩重关。"（《山海关》）"塔山松杏乱烽烟，一战精兵尽九边。……极目霜风斜照里，可怜错绣旧山川。"（《自杏山至塔山》）以上借关河形胜，擘划战守大计；"孤竹高风邈，双松晚致清。倦眸开翠色，愁耳豁涛声。"（《卢龙驿》）"渺漠天弥大，荒凉地早寒。居然穷塞客，几日别长安。"（《辽河》）以上对景抒情，叙写一腔遣客愁绪。

山水诗，可以借景抒怀、临物伤情，但其最终功能还是摹写山形水态，传达自然神韵，陈之遴的塞外山水诗基本体现了这个规律，其写景状物自有特征，如其五言律《医巫闾山》、七言律《登医巫闾山》对辽东名山医巫闾的刻摹雕琢就很能新人耳目。两诗首联均总起醫巫闾的山势。"巨镇神仙宅，征骖不可停。""北条万里度渝关，特辟神区绝塞间。"接着颔、颈两联从不同角度刻画山容水貌，显得极其神圣而峻拔："盘纡知地脉，憔悴愧山灵。月洗千岩白，松留万古青。""回拱紫微连蓟岭，并雄元极配恒山。仙亭宴月云开合，羽驾朝天鹤往还。"尾联表达对山灵的崇敬，祈愿能与圣山化合结盟："终期携象管，重扫翠云屏。""五岳有怀游未得，晚从兹镇试跻攀。"上述两诗格律不同，用笔有异，但其赞颂对象同一，诗人通过首尾一贯，大气开阔的临摹和渲染，将医巫闾雄镇边关、睥睨北极的气势表现得极其到位。医巫闾山，在清属奉天锦州府广宁县（今辽宁北镇县）西，其横亘绵延，南北长 45 公里，方 120 公里，主峰望海山海拔达 866.6 米，因其雄峙高峻，锁镇北塞，从古即封北镇，《周礼·夏官·职方氏》曰：东镇沂山、西镇吴山、中镇霍山、南镇会稽山、北镇医巫闾山。[①]《清史稿·礼志》对此亦有记载，朝廷多次遣官告祭，乾隆十九年，皇帝巡吉林，望北镇而祭之。光绪初元，加关中太白山神为"保民"，加关东医巫闾山神为"灵应"，即此可见医巫闾山神圣而崇高的地位。医巫闾风光无限，景色优美；涓涓溪流，道道飞瀑，互映成趣；岩洞涧壑，怪石奇松，相得益彰。幽秀深雅的自然景观中，康熙、乾隆"钦点"的"闾山八景"更为这座北镇名山平添一段风流。清代因祭祀山神大典频繁，所以写医巫闾山水的诗篇亦随之丰富，著名者如孙淦的《乌拉纪游》，诗人以气势磅礴的长篇歌行记录了辽东一带，尤其医巫闾山的壮丽风光。孙淦(1640—1700)，字静紫，号担峰，河南辉县人，孙奇逢之孙，清初著名诗人，康熙二十一年春随崔蔚林(1635—1688，字夏章，号定斋，直隶新安人)"奉祀长白、医巫闾"，他把所经所历，制成长歌，就使关外景色显出龙骧虎步、惝涚迷离的大美气象。在孙淦笔下，医巫闾呈现着庄严肃穆、山环水绕的阔大之境："巫闾环翠如屏倚，雄镇并营何代始。古洞千年背岫开，飞泉万丈从天坠。庙貌崇巄俯万川，松龛僧老忆当年。"[②]

陈之遴谪戍期间，多访道问禅，与释门子弟交往密切，故而其心境平和，怡然自得，春天看花、夏日临风、秋夜赏月、冬季对雪，一派超然世情而不与人争的景象屡现笔端："道心安绝塞，秋色净诸天，茶熟松风里，花香石槛前。"(《过上人精舍》)"浴日他年梦，樵云此日心。……朔风来万里，潇洒豁尘襟。"(《冬日闲居》其三)"霁岭吞残雾，晴河走断凌。东郊踏青地，行乐两年曾。"(《初春闲居》其五)不但自己化解心头的抑郁悲伤，能与物同化，而且他还劝友人放开眼量，随物赋形，努力追觅心灵的宁静："遐陬异天气，珍重御春风。"(《寄怀吴子汉槎》其三)"故山如可到，待子白云边。"(同上，其四)陈之遴作

① 参见黄侃《手批白文〈十三经〉》，上海古籍出版社1983年版，第91—92页。

② 见《雪桥诗话》，第927页。

为戍臣，能有平和宁馨的心态，取决于他始终心存幻想，期待有朝一日重见皇天，正因为这样，他体会不到蒙冤受屈而心怀绝望的吴兆骞呼天抢地的悲愤之情，故而他的山水诗缺乏吴兆骞劲峭凌厉、激楚悲慨的风味。

陈之遴行踪宽泛，宦迹颇广，所以他除具代表性的辽东山水诗之外，还有一批写姑苏、杭州、京镇、泰岱的作品，这些诗作风格多样，形式灵活，反映了其摹色绘景的艺术功力。如写苏杭风物他极力捕捉山水清嘉、人情柔美的韵味，把南国景色刻镂得极有声色："一径踏幽翠，数枝霏静香。"(《横塘寻菊》)"院静惟闻瀑，云深稍辨松。"(《游中峰》)"不知一泓水，窅然三潭深。风吹白云尽，月照天中心。"(《西湖杂诗》)其十二)其写泰山、衡山、鄱阳湖则翻手一变，用五言排律的长歌，尽情渲染了东岳、南岳和鄱阳湖的磅礴气势，其中直叙、反衬交互使用，神话传说、历史掌故层现迭出，增加了"群岳皆宗"的泰山，以及衡山幽深险峻的气氛。

题材广泛，风格多变，是陈之遴在山水诗创作上略胜吴兆骞处，但因人格的缺失和柔弱，所以陈之遴的诗风整体呈现低靡委顿状态。

如果科场案造就了吴兆骞，宦海风波成全了陈之遴，使他们从温柔富贵的南国一头扎进冰天雪地的北极之地，给清初山水诗国增添了不少亮色，那么通海案则将杨宾推向清初山水诗合唱的大舞台，使他有缘向世人展示激越的歌喉。

杨宾(1650—1714)，字可师，号耕夫，别号大瓢，又号小铁，浙江山阴(今绍兴)人，有《晞发堂诗五卷》《杨大瓢杂文残稿不分卷》传世。其父杨越，字友声，号春华，又号安城，明末诸生，与朱彝尊相善，康熙初年，因受通海案牵连，被遣戍宁古塔。康熙二十八年(1689)，杨宾由京师到宁古塔省亲，第二年返京，他将沿途所历之风土人情、山川形势缀以成篇，就有《柳边纪略》，其第五卷为诗歌结集(《柳边纪略》第五卷所收关外诗作，亦即《晞发堂诗》第四、五卷编录之宁古塔山水诗—笔者注)。

《柳边纪略》和《宁古塔纪略》属同一类型的地理杂记，清代除这两部专门记述东北包括宁古塔形胜和风物的杂记之外，还有张缙彦撰《宁古塔山水记》、方拱乾撰《宁古塔志》、方象瑛撰《长白山记》、萨英额撰《吉林外记》、西清撰《黑龙江外记》、徐宗亮撰《黑龙江述略》、佚名撰《游宁古塔记》等。

《柳边纪略》纪形胜共四卷，第五卷独立为《塞外草》。柳边，地名，有类篱墙式的边城。《清史稿·地理志》曰："柳边周围长六百二十二里，栅高四尺五寸，壕宽、深各一丈，插柳结绳以定内外，曰：'柳条边'。"吴桭臣《宁古塔纪略》曰："乌远堡，即柳条边，柳条边垂杨数百里，系前朝所种，以隔中外，今仍有章京守此，盘诘所来，亦要害地也。"对《柳边纪略》的成因和评价，清人多所论及，沈德潜《国朝诗别裁集》说："考安城为友人累，戍宁古塔，可师赴阙讼冤，得旨之柳条边迎亲，归作《柳边纪略》，塞外人称'杨夫子'。……诗体专主沉着，身后散如云烟矣。惟于其门人处得《塞外诗》一册。"[①]徐世昌《晚晴簃诗汇·诗话》曰："遂奉母以父丧还葬苏州，作《柳边纪略》，述塞外风土甚悉。"[②]邓之诚《清诗纪事初编》亦曰："请代父戍不许，乃与弟先后出塞省之，习其地理沿革、山川道里、风土人情，著《柳边纪略》五卷，为世所称。"[③]除论家所记，杨宾出塞时，其同学辈诗人"伤其行者，皆赋诗送之。"[④]诸人为其所作序论多收集于《杨大瓢杂文残稿》附录中，限篇幅，兹不引述。

三、杨宾的山水诗浅论

杨宾的山水诗成就主要集中在《柳边纪略》第五卷，亦即《塞外草》中，和吴兆骞、陈之遴相同的是他的山水诗多为纪行之作，不同的是杨宾有一组由二十首篇章构成的专咏宁古塔风物、风景、风俗、风情的《宁古塔杂诗》，这是一个颇具认识价值的组歌。

《柳边纪略》卷五(《塞外草》)共计各体诗歌 76 首，如果从排序

① 〔清〕沈德潜《清诗别裁集》，上海古籍出版社 1984 年版，第 815 页。

② 《清诗汇》，第 520 页。

③ 《清诗纪事初编》，第 281 页。

④ 见《清代诗文集汇编》第 178 册，第 85 页。

看,基本属诗人告别吴中同学和京师亲友而出关省父的全程记录,以纪行为主线,纵贯全集,有机地串联起诗人目经身历的各种自然景观与风土人情;若以内容辨析,则有写景、抒情、言怀和记事,如此丰赡的诗歌内涵和渐次展开的空间顺序就构成了《塞外草》纵横交织的结构特点。

作为首章,《述怀五百字留别吴门诸同学》为诗人的塞外之行奠定了抒情基调,从少小历经艰辛,到家庭遭遇变故,父戍子散,乡关万里,诗人一颗凄凉悲切、感叹故国的赤心在五百字的长歌中升沉跳跃,使人有不能承受之重。追忆骨肉离别的情景,他说:"牵衣哭一声,寸寸肝肠磔。"写对父亲的切切思念,他说道:"极北望我父,血流双眼赤。纵有断鸿飞,奈此重关隔。"写自己千里省父,重关万道,前路茫茫,他悲切地预示:"萧萧白日寒,渺渺云山碧。谁云道路长,今日乾坤窄。"这种关山飞度、险阻重重、凄凉悲愤的意绪漫延拓展,在其诸多的诗篇中都能得以承续:"西风干木叶,原野变颜色。征人别所知,去去燕山北。"(《发燕山》)"山海关前日色昏,风尘况复暗乾坤。不堪更上凄惶岭,双袖横流血泪痕。"(《凄惶岭》)"渴向氈墙分乳酪,饥随猎马割麞肝。中原生长何曾惯,处处伤心掩泪看。"(《孤山道中》)为表达那种愁云惨淡、道途艰辛的凄苦心境,杨宾在选取山水意象时往往能抓住情境合一的自然景象进行情的烘托渲染:"西风吹落木,斜日满群山。"(《次榆关》)"草木萧萧归野烧,乾坤漠漠老荒沙。"(《出关》)"黄沙漠漠暗乾坤,威远城头欲断魂。芦管一声催过客,柳条三尺认边门。"(《出威远边门》)"日落万峰西,荒荒路欲迷。"(《宿贺莫索落山中》)西风、落日、野烧、荒沙、芦管、柳条等,都是极具引发哀愁悲伤情绪的特指意象,杨宾在他的山水诗里多借此暗喻生离死别之情是颇有深意的。

杨宾塞外纪行山水诗题材与其他诗人各有千秋、互为弥补,其不同的是,他写景更细腻、更具体,因而更具感染力。如写混同江,吴兆骞用七律,杨宾用五言古体,吴诗写景粗犷宽泛,杨诗充分利用五言长于写景的特点,对混同江的形势作了非常精细的描写:"雪埋高岸头,沙涨层冰下。顿辔驽马奔,杖策车轮过。……东行出塞垣,百川此为大。千山更临江，崩奔争一罅。”(《混同江》)再如写大、小乌稽(窝稽)，两人的殊分亦如上述，吴诗以七律高度浓缩了大小乌稽(窝稽)幽、险、奇的神韵；杨诗则工笔刻划，以五言古诗的形式，细腻精确地勾勒出其形貌特征，突出了密林重重、道路艰险、危机四伏而神秘莫测的山水特色："树密风怒号，崖崩石奔跳。……古雪塞危途，哀湍喧坏道。更无人迹过，惟闻山鬼啸。”(《纳木窝稽》，即小乌稽)“豺狼逐我驰，山鸡向我舞。谷口咆熊罴，松根窜貂鼠。云横道不通，雾黑眼若瞽。”(《色齐窝稽》，又名塞齐窝集，即大乌稽)吴兆骞和杨宾在山水诗描写手法上虽各有特色，不分优劣，但就诗风老辣、气势腾越来看杨宾显然逊色吴兆骞。

在杨宾的关东山水诗中，尤值一说的是他的《宁古塔杂诗》，该组诗一共二十首，语言清新、形式活泼、格调自然、内容丰富，基本一诗咏一事，遍及宁古塔的景物、形胜、风俗、民情、物产、边防、生计，甚至佛禅和思古，如果将其联缀成帙，则是一幅画面清新、韵格超逸而内容丰富井然的宁古塔风景民情之长卷。现举几首以证：

石礮围平野，河流抱浅沙。土城惟半壁，茅屋有千家。泣月天边雁，悲风塞上笳。老亲忠信在，不减住中华。　——其一

化城开石壁，灯火出林微。不见乘杯渡，还看卓锡归。闲云埋土室，古佛钓渔矶。怪底经行处，天花片片飞。　——其五

八月松花冻，家家打角鹰。山边张密网，树底系长绳。拦虎金眸疾，屠龙玉爪能。海青如便得，万里会骞腾。　——其十

杨宾一生受父亲影响，绝意科考，厌弃八股，对诗文创作却情有独钟，在《晞发堂诗·自序》中，他不但申说了刻苦为诗的曲折经历，而且还表明了自己以性情为主的诗学观念。杨宾的山水诗除《柳编纪略》外，更值得一提的是他寓居吴下时所写的姑苏山水诗群，姑苏山水诗从《姑苏台》起笔，用四十八首的体量，一口气写尽了苏州境内的名山胜水、人文古迹，其气势雄阔、视界辽远，堪比诗化的《盛世滋生图》。

清代的流人制度，是一个极其残酷而严格的刑罚制度，它具有深刻的历史渊源和复杂的社会背景，清初承明制，分刑为五等：苔、杖、徒、流、死。据《清史稿·刑法二》："流犯，初制由各县解交巡抚衙门，按照里数，酌发各处荒芜及濒海州县。……明之充军，义主实边，不尽与流刑相比附。清初裁撤边卫，而仍沿充军之名。后遂以附近、近边、边远、极边、烟瘴为五军，且于满流以上，为节级加等之用。附近二千里，近边二千五百里，边远三千里，极边、烟瘴俱四千里。……而满流加附近、近边道里，……初第发尚阳堡、宁古塔，或乌喇地方安插，后并发齐齐哈尔、黑龙江、三姓、喀尔喀、科布多，或各省驻防为奴。乾隆年间，新疆开辟，例又有发往伊犁、乌鲁木齐、巴里坤各回城分别为奴种地者。"[①]上述为清代流刑之大略。流刑从主观上是统治者巩固政权、维护社会治安、惩戒犯罪的一种手段，但在清初这种刑罚却具有极为复杂的社会背景，在众多流人中，多是汉族知识分子，而且大都与科场或文字冤狱有关，故而清初的流放制度是仅次于死刑的让人望而胆寒、永劫不复的酷刑，其产生的社会影响非常深远。

若从客观分析，流人制度的正面作用有以下几点：

1. 促进了中原文化与边疆少数民族文化的融合，对民族团结起到了一定积极推动作用。函可流放辽阳千山，把明末清初南禅宗之曹洞宗的教义在极北做了推广，时志明著《山魂水魄—明末清初节烈诗人山水诗论》曰："函可流放辽宁千山的日子里，潜心做了两件大事；一是传布禅宗法经，使得本来寂寞的辽宁禅学有所振起；二是以遣谪边地的明遗臣诸如左懋泰、李呈祥、魏琯、郝浴、季开生、李龙衮、陈心简等为核心，结成冰天诗社。"[②]吴兆骞在流徙的岁月里，与边民广泛交接，教授生徒，和同声相应者结"七子诗会"，使中原文化有效地在冰封雪冻的东北大地得以流播，吴桭臣《宁古塔纪略》曰："我父……横被诬陷，致使家门倾覆，颠沛流离，迫远戍穷荒。……所遇

① 见《清史稿》，第997页。

② 时志明《山魂水魄》，凤凰出版社（原江苏古籍出版社）2006年版，第411页。

将军固山，无不怜才，待以殊礼；穷边子弟，负耒传经，据鞍弦诵，彬彬乎冰山雪窖之乡，翻成说礼敦诗之国矣！”

2. 流人制度刺激了边疆地区经贸繁荣，加快了当地经济发展的速度。《宁古塔纪略》《柳边纪略》对之有详细载述。流徙东北的中原人首先将先进的农耕文化，包括农田管理知识传入渔猎意识浓厚的满族及其它少数民族地区，为当地农业文明的发展奠定了基础。由于流人日渐增多，渐成规模的城镇相继形成，商贸经济突然繁荣，其盛况与江南媲美；南方流民的移徙迁动，往来探视，促进并带动了交通、旅舍业的空前发展，而且商品流通亦成现实。

3. 流人制度迫使一批中原，特别是江南士子含冤负屈、背井离乡，忍受风雪之苦，满怀离愁别绪，从温柔富贵之乡，冷不丁跌进异域绝国，诗人不幸，反成全诗之大幸，清代流人山水诗为中国古典山水诗填补了一大空白！

第二章　水容青滑笏　山态碧玲珑

——王士祯及其神韵派的山水诗论

清初，经过腥风血雨的洗礼和狂飙漫卷式的民族斗争的涤荡，其社会秩序渐趋稳定，统治者出于巩固政权、开拓新朝事业的目的，积极承袭前明科举制度，连年开科取士，给一批前朝的士子和遗臣后代提供了跻身仕途的机会。在清初的科场上，能荣登榜首，且颇具名望者，大多是前明世族之后，其中王士祯是最具典型和最有影响者。

如果站在文学发展史的角度，特别清诗流变发展的座标上进行考察，王士祯的出现有转变风气、开一代新局的巨大作用，他所倡导的"神韵"诗风既是社会发展到一定阶段的产物，又是其个人有意识而为的一种诗歌现象。"神韵派"应运而生，"意味着甲申、已酉以来，百派急漩、千帆竞扬的诗国格局将面临一次整饬和制约，以就范于新的'醇雅'、'正宗'之'一尊'。"①"醇雅"、"正宗"就意味着掩盖矛盾，熄灭反抗之火，粉饰统治者的太平盛世，为统治者建立稳定的社会秩序充当吹鼓手。满清统治者在金戈铁马的武力中建立了新的王朝，但武力只能征服外在疆土，而不能降服内在精神，因此，倡导一种适合统治者需求的诗学原则和审美标准，是那些顺应新朝的士子们孜孜以求的人生目标。"王士祯则恰好具备最佳的条件，适应着特定的时机，成为'绝世风流润太平'的骚坛宗主。"②

王士祯的诗歌贡献是多方面的，作为一代"骚坛宗主"，他题材广泛的诗歌创作已被众多学者所论及，本文仅从其山水诗角度，来探求

---

①② 严迪昌《清诗史》，第 421 页。

考辩王士祯“神韵”派的艺术精神和审美趣味。

第一节 王士祯的生平及诗学成就概说

王士祯(1634—1711),字子真,又字贻上,号阮亭,晚岁因慕姑苏太湖之滨渔洋山风景秀美,遂取号渔洋山人。王士祯初名士禛,殁后,为避雍正皇帝讳,改名士正,乾隆命改书士祯。

王士祯家学渊源极深,是山东新城世家,“在明嘉靖至清康熙这一段时间,新城王氏门第之高、家族之盛,实为齐鲁一地之冠。”[①]王士祯的祖辈以“象”字排序,父辈以“与”字列谱,其祖父王象晋、伯祖父王象乾均为明代著名的直臣;其伯、叔父辈,如王与胤 、王与玫等多死难于国破之时,朱彝尊在《曝书亭集・文林郎湖广道监察御史王公墓表》中曰:“新城王氏,科第最盛,尽节死者亦最多。”王士祯的祖父王象晋、父亲王与敕虽未在鼎革时为大明殉节,但其隐退乡间,洁身自好,以严谨勤勉的风格和不断进取的精神教诲着王士祯兄弟,以期锐意科举、重振家风。由此,王氏家族呈现为以下几个特点:1. 治家甚严而人才辈出,有丰厚的家学底蕴;2. 深明大义而坚持操守,既有为大明尽节的烈士,亦有保持贞操的节士;3. 看重科举而力保家族声望。在王氏深层的意识形态中,认为仕进是其重振家风的唯一坦途,因此他们教育后辈不遗余力。这种规矩正直、勤谨自励而又不乏圆融变通的家风对日后王士祯的成长产生了不可估量的影响,王士祯的思想观念、处世态度、诗学原则、审美精神无一不受其规范和导引。

新城王氏是一个极重仕途簪缨的家族,钮琇《觚剩续编・事觚》提到《新城家法》时说:“新城王氏,自参议公而后,……父诫其子,妻勉其夫,人人勤学,以自奋于功名,故新城之文藻贻芳,衣冠接武,号为宇内名家。”[②]受此家风推动,王士祯早年起即戮力科举,顺治八

---

① 王利民《王士祯诗歌研究》,中华书局 2007 年版,第 4 页。

② 见《清代笔记丛刊》,齐鲁书社 2001 年版,第 196 页。

年，十八岁的他应乡试，中第六名；顺治十二年，“会试中式第五十六名，未殿试而归。”[①]顺治十五年，“二十五岁，赴殿试，居二甲”；顺治十六年，“谒选得江南扬州府推官。”虽然理想中的翰苑与之擦肩而过，但毕竟少年得志，一府之法律治安皆归其掌管。由此，王士祯一生春风得意的仕宦生涯拉开了充满曙光的帷幕，诗歌创作活动亦走向了一个更宽广、更有影响力的舞台。

王士祯一生创获甚丰，除主攻诗文之外，他还撰有大量随笔、杂记和小品，现据齐鲁书社出版、袁世硕主编的《王士祯全集》，其作品共有诗文集十一种，包括：《落笺堂集》《渔洋诗集》《渔洋集外诗》《渔洋续诗集》《蚕尾诗集》《蚕尾续诗集》《衍波词》《渔洋文集》《蚕尾文集》《蚕尾续文集》《集外文辑遗》；杂记（著）共十九种，包括：《花草蒙拾》《王考功年谱》《蜀道驿程记》《粤行三志》《皇华纪闻》《池北偶谈》《国朝谥法考》《秦蜀驿程后记》《陇蜀余闻》《手镜录》《长白山录补遗》《居易录》《浯溪考》《香祖笔记》《律诗定体》《渔洋诗话》《古夫于亭杂录》《分甘余话》《渔洋山人自撰年谱》。在诗集，即各种诗全集的基础上，王士祯亲自主持，由其门人林佶 、盛符升、曹禾具体操作，选定了《渔洋精华录》。《渔洋精华录》成书于清康熙庚辰年（1700），共收各体诗一千六百多首，是王士祯一生诗歌创作的精华所在，它集中而鲜明地展现了诗人的创作宗旨与美学精神。

王士祯未仕之前即诗名大振，尤以顺治十四年的《秋柳诗》四首驰誉天下，一时和者甚众。此后，随宦辙所至，其交游日广、诗名益重。《清史稿·列传五十三》曰：“士祯姿禀既高，学问极博，与兄士禄、士祜并致力於诗，独以神韵为宗。取司空图所谓‘味在酸咸外’、严羽所谓‘羚羊挂角，无迹可寻’，标示指（旨）趣，自号渔洋山人，主持风雅数十年。……既没，或诋其才弱，然终不失为正宗也。”[②]《四库全书总目》在著录《精华录》时亦曰：“士祯谈诗，大抵源出严羽，以神

① 〔清〕王士祯《渔洋山人自撰年谱》，见袁世硕主编《王士祯全集》，齐鲁书社 2007 年版，第 5060 页。

② 见《清史稿》，第 1347 页。

韵为宗。……当康熙中，其声望奔走天下，凡刊刻诗集，无不称渔洋山人评点者，无不冠以渔洋山人序者。”①王渔洋从司理扬州，便着意交接天下名士，通过各种诗文活动，凝聚集结了一大批影响深远的诗界闻人。按照这些人物的身份和辈次大致分以下几类：

1. 前朝志节坚贞、郁怒勃发的遗民诗人，大多以京镇苏浙为主，兼及幽燕等处，著名者如林古度、杜浚、方文、余怀、吴嘉纪、申涵光、张盖等；

2. 横跨明清两代，在诗坛有领袖天下地位的人物，譬之钱谦益、吴伟业等；

3. 与其年齿辈份相当、学问相砥砺的诗界重量级人物，诸如朱彝尊、陈维崧、汪琬、宋琬、施闰章等；

4. 因各种原因，投身拜名其门下，成为其门人的诗坛新秀，比如盛符升、林佶、惠周惕、宗元鼎、汤右曾、洪升、查慎行、汪懋麟、吴雯等。

上述四类诗友，出现在王士祯仕途及其入主诗坛的各个关键阶段，他们对王士祯稳固官场地位，逐步领袖诗国发挥了不同的重要作用。

王士祯靠前辈诗人的推掖揄扬，逐渐形成自己的声望，取得与朱彝尊、陈维崧等人平分秋色、相互推重的诗坛资质，陈维崧说：“其为诗歌也，温而能丽，娴雅而多则，览其义者冲融懿美，如在成周极盛之时焉。”（《渔洋诗集序》）汪琬详析道：“贻上之诗，绪密而思深，纵横驰骤，无所不可，不蹈袭前人一言一字，庶几尽破其所谓敖辟骄志之习，以进于正风者与！”（《渔洋诗集序》）对王士祯的美誉，终清一代纷然杂矣，兹不过多引述，但就是这前呼后应、推波助澜式的不断称颂，使得王士祯登上了清初诗国王者的宝座，从而引导了一个时代的诗潮走向！

正因王士祯文采烂然，仕途畅达，诗学仕宦均为当世所崇仰，所以对他的身世就有种种神化了的传说，比如《清代学者像传》记曰：

---

① 见《四库全书总目》，中华书局 1965 年版，第 1551—1552 页。

"幼时频梦小鸟五色如凤凰，百十为群，飞达左右，又屡梦人赠以古墨，嗅有异香，人以为文字之祥。"[①]再如葛虚存撰，广陵出版社 1993 年版的《清代名人轶事》则有两个故事，既神化了王士祯，又高度赞扬了他的夫人，现引述如下，以反观名人的社会效应：

稗勺述高南阜云：渔洋先生前身，为高丽国王，将诞之夕，有人止村庙中，见途中羽葆鼓吹，仪卫甚盛，其人骇惧，询之从者，云高丽国王降生新城王家，其人素善封翁，急入城探访，先生已堕矣。（卷九《渔洋先生前生》）

高凤翰，号南阜山人，清代著名诗人、画家，山东胶州人，据《清代名人轶事》"南阜与王氏交好，此说（即上述传闻—笔者注）得之于其后嗣，非齐东野人之语也。"至于是否"齐东野人之语"，已无关紧要，本就是一段民间传闻，但通过这个神化的传闻，把世人对王士祯的崇敬之情表达得很透彻。

另一则为《王渔洋夫人之贤敏》：

渔洋先生，司理扬州，文士辐辏，弦诗角酒无虚日，余韵遗风，足为风尘吏增色。闻先生妻张夫人，实贤耦，闽人许珌，以会试入京师，道出邗江，金尽告急，先生无以应，有忧色，夫人遂脱跳脱于腕。徐夜者，字东痴，隐居东皋郑潢河上，贫且老，虽冻饿不以干人，会大风雪，夫人出絮帛谓先生曰："君得毋念徐先生寒乎？曷以遗之？"其贤敏若是。（卷十五）

这是一个极生动的生活小品，通过两个扶危济困的故事，把王夫人那种古道热肠、贤惠敏捷的人物品性刻画得入木三分。

王士祯的仕途和诗坛地位互相助长、双向推动，康熙十七年应

① 叶衍兰、叶恭绰编《清代学者像传》，上海书店出版社 2001 年版，第 50 页。

该是他命运发生重大变化的一个关捩之处。是年，康熙召对阁臣，“问在廷中博学能诗文者孰为最?”李霨、陈廷敬、张英、冯溥等“交口荐之，特召赋诗，称旨”，次日皇谕将其“以翰林用，遂改侍讲，转侍读。”十九年，迁国子监祭酒，二十三年，迁少詹事，奉命祭告南海，三十五年，奉命祭告西岳、西镇、江渎，三十七年，迁左都御史，入直南书房，三十八年，迁刑部尚书，四十三年坐谳狱失出罢官，四十九年特命复职，五十年，卒于家，年七十八岁。乾隆三十年特旨赐谥“文简”。

王士祯的生平虽略有顿挫，但总的趋向是稳步上升，以康熙十七年为转折，他的生命之流突然改变走势，其一帆风顺的航程是其他诗界名流无法企及的。因诗而受知，隆恩眷顾，“儒臣之荣”，为当世所“艳称”，由仕途日进，而诗名益振，门生故旧半天下，遂“宗盟坛坫五十余年”，被“海内名流悉尊之为山斗。”（语见《清代学者像传》）因为诗与仕相辅相成，使王士祯既达到了人生辉煌的巅峰，又实现了他的祖父辈重振家风的理想，所以王士祯凭过人的机敏时刻寻找着以诗直干青云的机会，他洞察了清初社会正处转型的特点，适时地提出醇和雅正的诗歌主张，用风流蕴藉的审美趣味来掩饰尖锐对立的民族矛盾，为统治阶级迅速建立一个和谐稳定的社会秩序而鼓吹。“神韵说”的应运而生，就是王士祯在那个大背景下最有说服力，亦最具迷惑性的选择。鼓吹“神韵”从表面看，非常切合诗艺，是远绍司空图、近承严羽诗学原则的正统之举，而且中国古典诗歌不断提炼的意境就是意在言外、玄远空阔，“不著一字，尽得风流”；但透过表象，我们却发现，王士祯在那个特定的时代、特定的典型环境里，大力标榜“神韵”，已经超越了单纯的诗学层面，而进入复杂的政治范畴。“神韵说”与其说是一场纯粹的诗歌运动，毋宁说是一次利用诗歌作标榜在意识形态进行的政治运动。作为一个力求仕进的诗人，王士祯具备的不仅是诗学头脑，而且更具备政治家眼光，他把诗创作没有看成人生追求的唯一目标，相反却当成实现个人理想的工具；从他的诗集里看不到哪怕是一首反映社会尖锐矛盾、抨击统治阶级暴行、为人民呼喊心声的篇章，因此，他的“神韵”只能粉饰太平、融合矛盾、平息反抗,甚至不经意间把社会的意识形态归纳到统治阶级的意识形态中,达成润色鸿业、齐歌雅颂的大一统局面。分析“神韵说”的产生背景和倡导意图,如果抛开了政治因素、社会因素,单纯从诗学的角度切入,那是不客观、不完整的。当然,把“神韵说”放在政治需求层面进行剖析,并不是贬抑它,降低它在诗歌史上的地位,相反,通过社会大背景的烘托,更能彰显“神韵说”在清代诗歌发展史上的重要地位。

王士祯的诗歌理论是其诗学的重要组成部分,其力倡的“神韵说”既渗透于他的创作实践,又突显于他的诗歌理论,作为重要的诗论著作,丁福保编辑《清诗话》时,收录了他的《师友诗传录》、《师友诗传续录》、《渔洋诗话》三种。王士祯诗学思想丰厚,其体系完整、思路开阔而识见独特,除上述三种诗论著作外,他的诗歌主张还散见于其它笔记杂著中,如《香祖笔记》《池北偶谈》《居易录》《皇华纪闻》《陇蜀余闻》《古夫于亭杂录》诸书,其论诗条目多达数百。

王士祯一生品评的诗作、诗人无数,其眼光精确敏锐,有“操千剑而后识器,听千曲而后知音”(《文心雕龙·知音》)的浑厚感,他论诗宗盛唐,对王维、孟浩然一派尤为推崇,因为王孟代表的是兴象超逸、神峻飘洒的诗风,与其力倡的“神韵”吻合。“神韵”是王士祯诗论的核心,也是他一生追求的美学原则,如果通俗地看待“神韵”,则可理解为诗歌与其他艺术作品中所蕴含的鲜活欲滴的生命力,这种生命力充满蓬勃向上、任运天然的精神,它不是以某种特定形体而存在,但处处流荡充塞在诗人的心胸之间,让人去体味、去追觅。“神韵”是质地厚重的精神和轻飏动荡的韵味的自然巧合,本是一个非常具象化的概念,但自司空图、严羽介入之后,这个理论便显得玄之又玄,杳渺无根,成了令人难以解读且无法把握的东西。王士祯继承了司空图、严羽的诗论传统,又结合自己的体验与参悟,提出他对“神韵”的具体主张。在《池北偶谈·神韵》中,王士祯借他人之口,阐释了自己的“神韵”观:

> 汾阳孔文谷(天胤)云“诗以达性,然须清远为尚”。薛西原论诗,独取谢康乐、王摩诘、孟浩然、韦应物,言:“‘白云抱幽石,

绿筱媚清涟'，清也；'表灵物莫赏，蕴真谁为传'，远也，'何必丝与竹，山水有清音'，'景昃鸣禽集，水木湛清华'，清远兼之也。总其妙在神韵矣。"神韵二字，予向论诗，首为学人拈出，不知先见于此。

神韵在王士祯看来必须体现"清"、"远"，有"清"必然如天籁之音，响出自然，让诗人的笔端呈现自然山水的光色音声，不假一丝斧琢之痕；而"远"则使景象开阔、视界拓展，有咫尺万里的空阔之势，"清"、"远"妙合则是神韵，有神韵的作品就有空白、有想象、有无尽的回味在其中，山水清音，不待人间丝竹；水木清华，无须铅朱粉黛，以此标准衡量，他认为盛唐的王、孟，近代的高启、曹学佺、释读彻庶几无愧。《香祖笔记》卷二有两段话足以说明王士祯神韵的标准：

唐人五言绝句往往入禅，有得意忘言之妙，……观王、裴《辋川集》及祖咏《终南残雪》诗，虽钝根初机，亦能顿悟。

七言律联句，神韵天然，古人亦不多见，如高季迪："白下有山皆绕郭，清明无客不思家。"杨用修："江山平远难为画，云物高寒易得秋。"曹能始："春光白下无多日，夜月黄河第几湾。"……释读彻："一夜花开湖上路，半春家在雪中山。"皆神到不可凑泊。

从王士祯引用的诗句中，我们略能辨察到他对神韵的规范：和平冲澹、圆融工稳、自然贴切、毫无斧凿。以此来评判诗人的创作，他觉得连李白、杜甫也不符合神韵的范式，因为李白太超迈，有豪侠之气；杜甫过沉郁，有怨刺之心。编选《唐贤三昧集》时，他很自然地把李白、杜甫拒之门外，对此，清代学者提出疑问曰："《唐贤三昧集》则非惟昌黎、香山不载，即李、杜亦一字不登，皆令人莫测其旨。"[①]对这个

① 〔清〕梁章钜《退庵随笔》，见《清诗话续编》，上海古籍出版社 1983 版，第 1973 页。

疑问，王士祯在《唐贤三昧集序》里回答得很明确："严沧浪论诗云：'盛唐诗人，惟在兴趣，羚羊挂角，无迹可求，透彻玲珑，不可凑泊。如空中之音、相中之色、水中之月、镜中之象，言有尽而意无穷。'司空表圣论诗亦云：味在酸咸之外。康熙戊辰春杪，归京师，居宝翰堂，日取开元、天宝诸公篇什读之，于二家之言，别有会心，录其尤隽永超诣者，自王右丞而下四十二人，为《唐贤三昧集》，釐为三卷，不录李、杜二公者，仿王介甫《百家》例也。"根据这篇序文，我们可以明确，《唐贤三昧集》是王士祯遵循司空图、严羽二人的理论观点，按照自己对神韵标准的厘定，选刊出来以印证自己神韵主张的物质表现。之所以"不录李、杜二公"，借口是"仿王介甫《百家》之例"，其实是他认为李杜的作品不符合"隽永超诣"的入选规则。所谓"隽永超诣"就是远离现实，回避矛盾，让诗人在个人的心灵反省和回味中去摆弄玄远枯寂的禅悦理念。"神韵说"强调诗歌美学必须体现典雅、超远、和谐、守则，王士祯在《蚕尾续文集·丙申诗旧序》中具体提出神韵的四个关键词：一曰典、次曰远、次曰谐音律、次曰丽以则。这四个字，曾被钱谦益概括为：谈艺四言。任何文学作品，都必须以真为美，尤其到了清代，艺术审美标准特别突出真的要素，清人力主以真为美已是不争的事实。离开真而谈神韵，只能导引诗人们远离生活、远离社会，甚至远离自然，从而失去诗的本质。梁章钜针对这一弊端指出："王渔洋谈艺四言：曰典、曰远、曰谐、曰则，而独未出一'真'字。渔洋所欠者，真耳。"①

王士祯诗学理论的另一视点是他强调诗人的性情和才学应该合二为一，不可偏废，在他看来，诗人创作，既要有"根抵"，又要讲"兴会"，二者得兼，方始成大家：

> 夫诗之道，有根柢焉，有兴会焉，二者率不可得兼。镜中之象，水中之月，相中之色，羚羊挂角，无迹可求，此兴会也。本之风雅，以导其源，泝之楚《骚》、汉魏乐府诗，以达其流；博之九经、

---

① 《退庵随笔》，见《清诗话续编》，第 1983 页。

三史、诸子,以穷其变,此根柢也。根柢原于学问,兴会发于性情。戬于斯二者兼之,又斡以风骨,润以丹青,谐以金石,故能衔华佩实,大放厥词,自名一家。(见《渔洋文集》卷三,《突星阁诗集序》)

司空表圣云:"不着一字,尽得风流。"此性情之说也;扬子云云:"读千赋则能赋。"此学问之说也。二者相辅而行,不可偏废。若无性情而侈言学问,则昔人有讥点鬼簿、獭祭鱼者矣。学力深,始能见性情,此一语是造微破的之论。(《诗友师传录》,见《清诗话》第25页)

王士祯学问根柢被评为不及朱彝尊,在整个讲究考据辞章的清代社会背景下,他必然要受到后人不同程度的诟病,"一代正宗才力薄"(袁枚《仿元遗山论诗绝句》)。"渔洋天赋不厚,才力颇薄,乃遁而言神韵妙悟,以自掩饰。"[①]虽然王士祯有"才力颇薄",博学不及朱彝尊等同时代人的不足,但瑕不掩瑜,他毕生追求的诗学目标,力倡的神韵说,在清代诗歌史上具有承前启后、继往开来的重大意义。神韵说和神韵诗派的产生对清代诗歌提高艺术水准、追求完美的诗歌意境、锻铸新的艺术风骨产生了积极的推动作用,尤其在山水诗创作方面,神韵说具有异乎寻常的导向功能。

第二节 冠盖往来 行游万里

——王士祯山水诗的内涵简析

王士祯一生创作甚丰,仅其《渔洋精华录》就收诗一千六百九十七首,而在各类诗作中,山水诗在《精华录》里据大略统计有五百二十一首,占百分之三十。数字也许是枯燥的,但通过数据分析,我们就能看出山水诗在王士祯诗歌创作中的地位,同时也能洞见清代山水

① 钱钟书《谈艺录》,中华书局1984年版,第97页。

诗发展的基本趋向。

如果以时间为序进行纵向串联，以区域或事件为板块进行横向穿插，王士祯山水诗的内涵就由以下几个方面构成：

一、司理扬州时的京镇姑苏山水诗

顺治十六年，王士祯谒选得江南扬州府推官，十七年三月赴任，八月充江南乡试同考官。同年冬，至常州，登京口三山，作《过江集》；顺治十八年，驻扬州；春天，游苏州、无锡，又复至金陵。康熙元年，与袁于令、杜于皇、陈伯玑等人修禊扬州红桥，作品结集为《白门集》、《入吴集》，写金陵、吴下胜景的山水诗多存录于此。康熙三年，与林古度、杜濬等人再次修禊红桥，康熙四年，与冒襄、陈维崧、邵潜夫等八人修禊如皋冒辟疆水绘园。

从顺治十七年，至康熙四年，诗人在扬州任上五年，期间他因公务之便，足迹遍江南，在金陵，他游历了秦淮河、燕子矶、摄山、长干寺、瓦官寺、灵谷寺、乌龙潭等名山胜水、古刹遗迹，"探幽访古"，发抒情怀；在京口、秣陵，他登三山、观大江、历君山、上观音诸山、"临曲阿后湖"；驻守扬州，他写遍扬州古迹遗址、田畴岗阜；在姑苏，他渡太湖、赏梅花、眺法华渔洋诸胜。总江南山水诗作，王士祯共创作 233 首之多。以下就京镇、姑苏为主，巡览其江南山水诗规模。

顺治十七年冬，诗人至京口，登临金山、焦山、北固山，观赏大江急流。满目皆见的江山胜迹激起他的创作热潮，此一时有游记六篇，题名记七篇，古近体诗四十首，编为《过江集》，时人张九征评其："笔墨之外，自具性情，登览之余，别深怀抱。"观《过江集》诸作，张九徵的评语确非溢美。如：

> 返照入长江，江流自平远。坐眺爱青山，白云独晚归。
>
> ——《吸江亭观落照》
>
> 日暮南山里，山僧远独归，竹林覆残雪，石涧掩荆扉。行道花长落，焚香鸟自飞。京江泉壑好，朝夕在清晖。
>
> ——《竹林寺题壁》

曲港回汀暗野桥，斜风吹雨暮萧萧。江南乌柏红千树，望断春申浦上潮。

——《毗陵道中雨》

长松古竹覆山根，小艇探幽破藓痕。枯木堂中斋磬晚，水晶庵外大江昏。洞开三诏临青壁，浪打双峰矗海门。醉下高岩寻瘗鹤，寒涛激石暮崩奔。

——《晚登焦山》

因山环水绕，险固异常，所以镇江自古便被称为“天限南北”、“控扼大江，为浙西门户”，同时又被看做“衿带江、山，表里华甸，经途四达，利尽淮海”的战略重地。宋代祝穆《方舆胜览》曰：“东通吴会，西接汉沔，浙西门户；控扼大江，内蔽日畿；望海临江，险过金汤”①。顾炎武《肇域志》曰：“上接淮南，左控大海，前护神京，为下流第一要害。”②顾祖禹《读史方舆纪要》曰：“府内控江湖，北拒淮泗，山川形胜，自昔用武处也。”③

京镇既是战略要地，又是江山俱佳的风景之都，其境内山萦水绕，恍若仙境。金山、焦山、北固山三山耸峙，圌山、蒜山、银山、京岘山拱卫环绕，凡至江南者，必登三山以放眼抒怀，饱览“满眼风光北固楼”的雄浑辽阔之景。王士祯的《过江集》以锐敏的诗心尽情捕捉了京镇三山饱涵的神韵。《吸江亭观落照》是诗人兴会忽至的写景佳作，全篇意境开阔、神思万里，色彩绚烂而韵味无穷。吸江亭在焦山，是观看晚霞落照的绝妙之处，王士祯《焦山题名记》补充说明了他在吸江亭观日落的心境：“来焦山有四快事：观照吸江亭，青山落日，烟水苍茫中，居然米家父子笔意。”“青山落日”因在“烟水苍茫中”，故如一幅意境超远的有“米家父子笔意”的山水写意画，其诗意“江流自平远”确已进入此等境界。竹林寺，在镇江之夹山，夹山距丹徒县城南

① 〔宋〕祝穆《方舆胜览》，中华书局 2003 年版，第 56 页。
② 〔清〕顾炎武《肇域志》，上海古籍出版社 2004 年版，第 40 页。
③ 〔清〕顾祖禹《读史方舆纪要》，中华书局 2005 版，第 1248 页。

四里，唐代僧人夹山在此说法，其寺名竹林，从唐至明，代有复兴。王士祯《自招隐登夹山入竹林寺》对沿途景色刻画极尽形相，且韵味富足。在《竹林寺题名记》里，他形容道："自招隐至竹林，山路迂曲，长松如画，修竹数万竿，清风拂戛，上捎云日。"[①]上引《竹林寺题壁》是其写竹林景致之一首，'日暮'、'残雪'、'石涧'、'荆扉'，一"山僧"踏着落花独自归来，一缕香烟，几只飞鸟，映衬得山间景致幽静非凡，如此意蕴浑厚的诗情与盛唐之音极其契合。

毗陵，旧称延陵，史载为"季札所居"，今之常州也，《吴越春秋》记曰："季札之采邑也。汉改延陵为毘陵县，晋为毘陵郡，又为晋陵郡，今常州也。"[②]王士祯雨中行"毗陵道中"，但见："曲港回汀"、"野桥"横卧，"斜风"细雨，暮色潇洒，翠色的乌桕树上挂满殷红的果实，一脉江潮通向远方，如此浑融圆润的江南腊尽时分，其风光依然俏丽迷人，令人想落天外。"凉月澹孤舟，遥村隐红树。杳杳暮归人，悠悠渡江去。"(《毗陵归舟》)

镇江形胜以山为垒，以江为境，其江天一色的胜游又以三山最著。三山即金山、焦山、北固山。金山亦名伏牛山，在镇江府西北七里大江中，其绝顶称妙高峰(金鳌峰)，顾祖禹曰："风涛环绕，势欲飞动，一名浮玉山。"[③]北固山，在镇江城北一里，下临大江，三面环水，回岭斗绝，形势最为险固，故称北固，甘露寺、北固楼乃其登临放目、怀古思幽之处。焦山，在镇江府东北九里大江中，后汉河东人焦光隐此，故名焦山。金、焦二山相望对峙，为江南之锁钥。《读史方舆纪要》载曰："山巅盘礴处曰焦仙岭，其旁岩洞参差，奇胜不一。山之余峰东出，有二岛对峙江流中，曰海门山。"王士祯《金山题名记》对金、焦二山的特征进行过对比描写："焦山幽冶，金山绮艳；焦山骨胜，金山肉多。"《晚登焦山》通过"登"的动态情景，来展示诗人对焦山的感悟，由"登"到望，从低到高、先点后面，晚岚轻笼下的焦山被一层层地

① 《王士祯全集》，第1587页。

② 〔汉〕赵晔《吴越春秋》，江苏古籍出版社1999年版，第11页。

③ 《读史方舆纪要》，第1252页。

揭去美丽神秘的面纱，呈现给人的是一派浪打潮回、乱石崩奔的孤峭气象。如果在诗人笔下焦山呈现的是幽邈太虚的特点，那么金山和北固山则凸现了雄浑阔大、辽远深沉的内涵："三楚风涛杯底合，九江云物坐中收。"（《登金山二首》其一）"千层台阁凌云起，万叠江山拍座浮。"（《登北固绝顶多景楼》）

王士祯的京江山水诗以京镇为中心，把淮扬名胜尽收笔端，共成诗六十九首，在诸多诗作中，值得稍提的还有《海门歌》。海门，在焦山，原为两支东出的"余峰"延伸江中，形成"二岛对峙"的局面，俗称海门，名其海门，是古人认为这是"江流朝宗之道"。王士祯的《海门歌》气势恢宏、想象丰富，有心骛八极的人文畅想，如写长江万里奔涌的气势，他说"岷峨东下江水长"，"奔涛万里始一曲。"写江天一色、海浪吞吴的辽远雄阔，他又说"长空飞鸟去不尽，江海一气同青苍。"由江山形胜而怀思历史，金戈铁马的南北对峙化成诗人心底的愿望："我愿此山障江海，七闽百粤为堤防。"（此诗作于顺治十七年，是郑成功舟师攻金陵不克而退居闽海的第二年。）结尾诗人舒缓收煞，留下一个意味极其深长的回思："作歌大醉卧岩石，起看江月流清光。"

顺治十八年春暖花开之际，诗人经无锡至苏州，历观姑苏山水名胜，在暖风微醺、梅花似雪的醉人情境里，他把满腔诗思抛向太湖的万顷波光，"一时"被人目"以为狂"。现举几例，以体验诗人对姑苏山水的热"狂"之情：

云中听雨登高阁，烟外凌空俯太湖。林屋仙人招欲出，鸱夷高士远堪呼，离离螺髻行相映，渺渺渔舟看渐无。更忆潭西最明迥，青山满眼眺姑苏。

——《晓起登梵天大悲诸阁望湖山》

昨登擅胜阁，遥遥见湖滨。聚沙瞩高妙，珠露高由旬。山趾理归棹，中流望嶙峋。铃铎天际语、狮象云中蹲。揽衣造峰顶，大千俯微尘。悟彼解脱义，得此清净身。名山缭四隅，出没媚烟晨。眺远迹方遐，怀古情弥辛。采香已荒径，菱歌尚含颦。馆娃一片石，千载为沾巾。回身望胥口，落日悲孤臣。

——《登光福寺塔望穹窿灵岩诸山怀古》

梵天阁，在邓尉山圣恩寺，圣恩寺南向临太湖之水，远可眺渔洋、法华诸山，王士祯信步登阁，纵目三万六千顷湖光山色，心神俱惊，于是写下《由光福里入太湖口往圣恩寺》《雨夜宿圣恩寺还元阁》《还元阁听雨怀太湖》《晓起登梵天大悲诸阁望湖山》《由拈花堂至竹深处与诸道人茶话》《冒雨自法华钟楼寻米堆山》《由米堆山下行至上杨村钱家磡望湖中渔洋法华诸山》《玄暮竹枝词八首》等。这些诗一气呵成，前后呼应，写出诗人对湖山相接、景色幽秀的太湖风光的由衷赞美。《晓起登梵天大悲诸阁望湖山》，诗人紧扣"晓起"的时间特点，用移步换景的手法，尽情抒写了他由梵天、白衣、还元等阁到大悲坛"望湖山"的过程。首联从高远的视角切入，利用俯瞰的笔触，勾勒了太湖三万六千顷烟水浑灏的壮景，颔联、颈联用平视的画面效果，延伸到"林屋仙人"、"鸱夷高士"、"离离螺髻"、"渺渺渔舟"，从画面布局看，诗人在不断变幻方位，其纵深扩展已达湖山远近或显或隐的种种构景要素。尾联他笔锋一挑，转而追述"潭西""青山满目"的媚人风情。王士祯小憩姑苏，钟爱太湖。所以太湖山水在他写来风韵天然、神姿出尘："梅树初花石涧流，满山香雪送行舟。……师子窟中岚翠合，法华山外暝烟收。"(《雨夜宿圣恩寺还元阁》)"千重修竹林，一径江梅树。花香上寒衲，石流湿芒屦。山霭接湖云，日夕自来去。"(《冒雨自法华钟楼寻米堆山》)"邓尉山头片雨晴，司徒庙下晚潮生。却登七十二峰阁，玉柱银房相向明。"(《玄暮竹枝词八首》其四)

《登光福寺塔望穹窿灵岩诸山怀古》与《由米堆山下行至上杨村钱家磡望湖中渔洋法华诸山》是王士祯五言古体写湖山的压卷之作，其气势磅礴，视野开阔，由点及面，从近到远，由现实到历史，从具象到虚幻，诗人的情思如涌泉，汩汩而出，源源不断，最后流注成一汪"回身望胥口，落日悲孤臣"的哀怨悲壮之深情。

二、典试川中、祭告西镇时的秦蜀山水诗

康熙一朝，王士祯官位屡显，名望日重，常受朝廷委派，或视学、或祭告，行程万里，关山飞度，历尽秦川蜀道的奇山异水。康熙十一年，他"奉命典四川乡试"，康熙三十五年，复"奉命祭告西岳西镇江渎，"据《渔洋山人自撰年谱》，这两次的出使背景是：

康熙十一年壬子，……六月，奉命典四川乡试，……是役也，得诗三百五十篇有奇，为《蜀道集》。所过名山，如井陉、霍山、姑射、中条、雷首、太华、少华、终南、太白、云栈、嶓冢、锦屏、天柱、岷山、青城、嵝颐、凌云、峨眉、乌尤、五峰、涂山、平都、上岩、瞿唐三峡、巫山十二峰、隆中岘首、苏门百泉诸胜，舟车遄发，或至或不至，凡登望皆有诗。昆山叶子吉评曰："毋论大篇短章，每首具有十二分力量，所谓狮子搏象，皆用全力也。"盛侍御珍示曰："先生《蜀道》诸诗。高古雄放，观者惊叹，比于韩、苏海外诸篇。"

康熙三十五年丙子，六十三岁，奉命祭告西岳西镇江渎。……是役有诗百余篇，为《雍益集》。山人寓书盛侍御（符升）曰："再使秦蜀，往返万里，得诗才百余篇，皆寥寥短章，无复当年《蜀道》、《南海》豪放之格。然览古兴怀，得江山之助，生色有加；拟诸《眉山集》中所分纪行、游览、古迹、寓兴诸篇，殆兼而有之。又有《秦蜀驿程后记》六卷，《陇蜀余闻》二卷。陇蜀旧游之地，具详《驿程记》中，此又纪其所未备者也。

从康熙十一年到三十五年，时隔二十四年，诗人从盛壮的三十九岁到衰暮的六十三岁，时光已经磨砺了他的豪放超迈之情，所以《雍益集》比起《蜀道集》《南海集》其"豪放之情"显然逊色不少。尽管如此，岁月沧桑馈赠给诗人的是更加深沉、更加具有历史蕴含的使命感。

《蜀道集》编次在《渔洋续诗集》中，共收录诗人记游山水诗二百一十四首，数量极为丰厚。这时期是王士祯山水诗风转变的重要阶

段。因受巴山蜀水雄放奇峻氛围的感染，王士祯的山水诗由空灵窅远向雄健奔放进行质的蜕变。如写五丁峡之险，他说："斗壁何狰狞，十万磨大剑。攒罗列交戟，茫昧通一线。乱水殷峡中，鲛蜃喜澜汗。仰眺绝圭景，俯聆竞雷抃。"(《五丁峡》)。叙述朝天峡所见所历，他将其刻画得惊人魂魄："阴崖积龙蜕，跳波畏鲸掷。往往压人顶，骇此欲崩石……慷慨一扣舷，浩歌感今昔。风便黎州城，茫茫波涛白。"(《朝天峡》)写夜雨行程之艰，他以亲身所感把它表现得历历如在目前："疾风吹白雨，折坂下青泥。诘屈穿牛角，纵横印虎蹄。"(《天马山雨行》)写蜀山之奇之峻之险，他极尽雕镂之能事："千盘坠鸿洞，峥嵘逾巴阆。陟岭如累棋，下谷如入瓮……俯临陆海雄，仰视天宇空。长啸千仞岗，出险忽如梦。"(《天柱山》)"鞍马众峰头，苍茫万里收。岷山横塞出，灌口接天流……大荒飞鸟外，眼底尽姚州。"(《天柱山绝顶望见岷山作》)"绀壁临千仞，萧萧木叶黄。水流通越嶲，峰远入江阳。"(《九盘望峨眉》)

以上写蜀中山岳峡谷，诗人突出的是连岗叠嶂、险峻幽深的特征，而写蜀中之水，他亦紧贴忽而高江急峡、忽而舒缓滉漾的特色，展开变化百出的刻摹渲染："茫茫双江来，抱此益昌郭……武都地势高，众水竞流落。分道下氐羌，两川乃磅礴。鸣水回惊澜，阴平划大壑。"(《桔柏江》)"晚晴见涪水，清绝抱南楼。不见千头橘，空惊万里秋。"(《涪江》)"曲折真成字，沧波十月天。云开见江树，峡断望人烟。"(《舟出巴峡》)"上滩嘈嘈如震霆，下滩东来如建瓴。瞥过前山才一瞬，鹧鸪啼处到空舲。"(《新滩二首》其一)"兵书峡口石横流，怒敌江心万斛舟。蜀舸吴船齐著力，西陵前去赛黄牛。"(《新滩二首》其二)蜀中山水奇胜，迥异人寰，王士祯以少壮之年、英特之才，着意刻画了她险峻宏伟、清丽舒放兼而有之的绝美姿容，通过上举各例，我们即可鉴别他"诗骨愈苍，诗境愈熟，濡染大笔，积健为雄"[①]的一反常态的苍健诗风。在诸多入蜀山水诗中，《登高望山绝顶望峨眉三江作

① 〔清〕张维屏《国朝诗人征略·听松庐诗话》，中山大学出版社2004年版，第66页。

歌》堪为代表之作。这首诗以七古长歌的体式，熔抒情、写景、叙事为一炉，从感叹生命有涯而自然长存切入，首叙奉命入蜀途中所见中条、太华、河潼、终南之雄阔壮丽，再一一点染“登高望山绝顶”纵目远望峨眉、三江山水相属的绝佳景致。意境阔大、想象丰富，情感贯注如汪洋恣肆。高望山，又名高标山，在清嘉定府乐山县城西隅。顾祖禹《读史方舆纪要》曰：“高标山，州治西半里。一名高望山，巍然高峙，万象在前，旧有层楼，江山千里，一目可尽。”①王士祯《蜀道驿程记》记述道：“高望，一名高嘌，州之主山也，有宋神霄玉清万寿宫，绝顶为高标书院，登此四望，其西三峨耸峙，青衣、沫若二江自西来，会于双湖；岷江自灌口、成都下新津、武阳，径城北平羌峡，至凌云山前，三江合流，浩森天际。凌云九峰相接，又名九峰。稍南，乌尤、马鞍二山鳞次江岸，丹崖翠壁，望若图画。江流平远，戍、泸诸山宛在杯案。昔人谓嘉阳山水为西川冠，非虚语也。”②文与诗相配，始信诗人对嘉州风光的赞叹绝“非虚语”：“三江九峰倏然合，丹崖翠嶂穷雕锼。江山奇丽冠天下，何意绝景来蛮陬。”

从京师发轫，沿晋、秦入川，再顺流而东，观三峡风物，历鄂豫皖，终而息驾于京师，诗人行程万里，妙笔生华，用一支神韵四溢、激情澎湃的诗笔记录了秦、晋、川、鄂、豫、皖等地的名山胜水。如果将这组气势宏伟的山水纪程诗与《蜀道驿程记》相对比，我们会得出：诗是韵律化的山水印象记，记是散文化的山水叙事诗，诗以情为重，记以叙为主，在诗文交相互映的效果下，诗人沿途所历之山川万物皆神光离合、腾跃奋扬，焕发出此消彼长、不断交替的勃然生机。这种生机不但来自自然山水本身，而且还源自诗人内心的生命律动，正因有这种自然客观与诗人主观的默契碰撞，才导致王士祯诗风承前启后的变化。对此，前人已了然洞见：“壬子奉使命入蜀，往还万里，所经山川塞阨，多秦汉已来名迹，登临凭吊，遥集兴怀，而先生之诗一变。”（程哲《渔洋续诗集·序》）这种“一变”的诗风体现为：“其镵刻而藻缋之

---

① 《读史方舆纪要》，第 3365 页。

② 《王士禛全集》，第 2562—63 页。

者，极万物变幻之巧，而出之以自然，所谓非常特出之才，得古人之传，自为一宗者也。”（汪懋麟《渔洋续诗集·序》）

和《入蜀集》的长歌振荡、雄放苍劲相较，《雍益集》的气格明显衰微，而且山水诗作的整体穿透力正显强弩之末势。况且《入蜀集》之山水篇什各体兼陈，长歌小调，音声和谐，《雍益集》则以短章为主，除少数如《飞仙阁》、《牛头山》外，绝少用长歌。由此山水诗创作的变数，即能析离出诗人人生经历、心灵嬗替、诗风更迭，尤其生命与才情双竭的演绎过程。试例举《雍益集》中的山水诗以体认王士祯诗风的转换：

名岳标西极，金天作镇雄。东看连太白，北望尽回中。日出横秦畤，烟消指汉宫。导岍思禹绩，此地凿鸿濛。

——《登吴岳》

连峰去不穷，万叠塞寒空。向下惟看鸟，凭虚但御风。身投巴徼外，目极雪山东。五亩湖边宅，何年着退翁？

——《登牛头山》

涪江江水抱山流，不见唐家帝子楼。记取江东诗句好，澹烟乔木是绵州。

——《晚渡涪江》

函关东望势嵯峨，北顾洪涛俯大河。自昔云山三晋壮，至今风雨二崤多。国殇白骨埋幽草，山鬼清秋带女罗。想象秦声思蹇叔，夏皋陵下一悲歌。

——《雨度硖石》

吴岳，即吴山，被封为西镇，在陕西陇州境内。顾祖禹《读史方舆纪要》曰：“岍山，在州（陇州）西四十里。《汉志注》：‘吴山，古文以为岍山’。……亦谓之吴岳山，盖山有三名矣。”又曰：“岳山，州南八十里。……《水经注》‘吴山五峰霞举，叠秀云天，崩峦倾倒，危巅相捍，俗语谓之虞山。’……亦谓之西镇山。有五峰，曰镇西，曰大贤，曰灵应，曰会仙，曰望辇，于诸山中最为秀异。顶有龙湫，盖吴山与岳山岗陇相接，或谓之一山矣。其实吴山在州西，而岳山在州南也。”[①]王士祯《秦蜀驿程后记》对祭告西镇的过程有详细载述，并且对吴山形势和名称亦有描绘与辩证。《登吴岳》与《吴山瀑布泉二首》是诗人祭祀之余，乘兴登览西镇的抒怀之作。虽然写景雄阔辽远，但已没有二十多年前的意气奋飞昂扬，相反却低徊着沉郁的怀古之思。

牛头山，在昭化县，顾祖禹《读史方舆纪要》载：“牛头山，在县西十五里，亦以形似名。”[②]王士祯《秦蜀驿程后记》曰：“昭化南里许，登牛头山。山下皆土阜，陂陀而上，西俯嘉陵江；数折，不复见江，江水西南趋阆中也。每折愈高，石梯斗绝，约二十里始造其颠，奇壁修林，略如北栈，南下斗绝亦如之。”登牛头山，诗人胸胆开张，仰观俯视，但见“连峰”走浪，“万叠”塞空，其形势大有“全蜀万山围，四顾迷背向”(《牛头山》)的雄伟壮丽，在“峨峨牛头山，排空削千嶂”(《牛头山》)的气势感染下，他顿觉心臆豁然，万象成空，有羽化升仙之思：“向下惟看鸟，凭虚但御风”(《登牛头山》)“归云荡胸来，浩呼汹涛浪。有如泛香海，一苇凌滉漾 。”(《牛头山》)《雍益集》中，如写牛头山的酣畅淋漓的快诗极为少见，更多则是《晚渡涪江》类的轻俏短章。

涪江，据顾祖禹记，出松潘北九十里的小分水岭，流经江油、成都、绵州、罗江、潼川、射洪、遂宁，入重庆，至合川与嘉陵江汇。王士祯记曰：“舟渡涪江。涪江自龙安来，经绵州城西，东南与安昌水合，汇于芙蓉溪，宛成‘巴’字，流入潼川州界。”(《秦蜀驿程后记》)晚渡涪江，江水安流，山川迢递 ，明丽隽秀的江山胜景中，诗人掩不住淡淡的思古之忧。

再次入蜀，不但诗歌创作异于前，而且诗人的行色也显得匆匆，没有壮年时历三峡之险，听猿啼狖鸣的悲慨心境。这次他由秦入川，又由巴蜀折而东下洛阳。洛阳，古为杀伐争战之地，崤山之役，函关之险等一系列意象均能引发诗人追昔思幽之情：“至今冠盖东西客，

① 《读史方舆纪要》，第 2655 页。

② 同上，第 3125 页。

起侯鸡鸣到日斜。”(《旧函谷关》)“国本争来党锢连,楚歌楚舞亦堪怜。”(《洛阳》)“伽蓝半化洛阳尘,汉代鸿胪迹尚新。”(《白马寺》)《雨度硖石》把这种沉郁苍楚的怀旧之情总揽起来,推向高潮:“国殇白骨埋幽草,山鬼清秋带女罗。想象秦声思蹇叔,夏皋陵下一悲歌。”硖石,在洛阳附近有三处,顾祖禹《读史方舆纪要》载录:“硖石,在县(孟津)西二十里,亦黄河津济处。晋永嘉末,魏浚率流民数百家保河阴之硖石。”[①]又“硖石堡,在县(新安)西四十里。《水经注》:‘谷水……东经雍谷溪,回岫萦纡,石路阻峡,故有硖石之称。’”[②]又“峡石城,在州(陕州)东南七十里。……《一统志》:‘硖石关古之崤关也。路东通渑池,西通函谷’。”[③]王士祯经行并抒写雨中之情的当为陕州之“硖石城”。据《秦蜀驿程后记》:“三十日(康熙三十五年六月),雨竟日,食硖石,古二崤也,与函谷东西相距百七十里。…… 峻坂崎岖,加以泥淖,二更,始抵石壕。”《左传》载,崤山有南北二陵,王士祯雨中穿行在“峻坂崎岖”、“回岫萦纡”的硖石古道上,自然引起内心苍茫迷离的恋古之情。

两次入蜀,时不同,境相异,因时命和情境的渐变,诗人的山水诗也呈现着两种不同的风貌与情韵,通过山水诗风的嬗变,庶几能观照一代才人经历人间沧桑,生命走向终结一刻的情感体验和心灵脉动。

三、奉命祭告南海时的粤赣山水诗

康熙二十三年十一月,王士祯奉命祭告南海,将行旅所作诗三百余篇结集为《南海集》,其中山水诗一百七十八首。《南海集》承《蜀道集》,是诗人创作生命正值旺盛而诗风大变之际的心灵结晶,其“豪放之格”一以贯之。

十月十九日诗人怀着“万里自兹始,孤怀谁与论”(《甲子冬奉使粤东次芦沟桥却寄祖道诸子》)的复杂心绪,踏上南下征途,一路由河

---

① 《读史方舆纪要》,第2251页。
② 同上,第2260页。
③ 同上,第2271页。

北、山东、安徽、江西，至于广东，此行使诗人领略了东南特别粤赣两地险滩连出，迥别于中原的山水风光，从《大雪渡浔阳江》肇始，诗人的诗兴云标霞举，全凭山水激发，一路导引我们徜徉在怒石相激的赣滩、幽秀峻拔的匡庐、清奇斗胜的七星、辽远空阔的南海之间，心神顿然为之重沐天日。《南海集》所写山水殊异而多变，因之，诗人的诗风亦变幻万端，如波起云涌，令人目不暇瞬。如《抵九江》《琵琶亭晚望》《入庐山口号四绝句》《香炉峰》《晚渡亭》《峡江县》《吉水绝句》《将抵曲江》《抵清远》《登阅江楼二首》《抵南安》《鄱阳湖舟中望庐山》《江上看晚霞》等，写得舒放闲适、澹荡空阔，字里行间洋溢着轻快明丽、心游物外的逸情雅韵。而《十八滩三首》《弹子矶》《南海神祠》《羚羊峡》《大庙峡》《浈阳峡》《三峡桥》《玉渊潭》《自白鹿洞至三峡涧》《开先瀑布》等，则呈现出激流崩奔、冲崖而出的险仄气概。滩流如箭、矶石突兀、飞瀑倒激，构成了南行山水诗激越高亢的主旋律。再如《大庾岭》《韶石》《观音岩》《峡山飞来寺》《羚羊寺》《七星岩石室》《重游飞来寺》等，则峻拔幽秘，下临无地，有非复人间之感，与滩流、峡石相映，粤赣的峭崖、绝壁足可撼人心魄。

在舒缓、促迫和峻拔的山水诗格之外，王士祯的南行山水诗还有辽远绵邈、思尽亘古的一类，如《登浴日亭》《登粤秀山》《石钟山》《小孤山守风》《晓望铜官山》《荻港》《三山矶》《蟂矶灵泽夫人祠二首》《天门山歌》《天门山夜泊》《牛渚望青山》《然犀亭》等

《南海集》格致情韵承绪《蜀道集》，但笔锋老辣、状景细腻、声气沉雄胜于《蜀道集》。如："半日过五滩，滩滩各殊状。怒流一喷薄，石角迷背向。激瀑散霜雪，倒洒石壁上。漩涡走风霆，喧豗裂层嶂。汹如奔万马，崩腾不相让。又如阊阖开，掫掫羽林仗。"（《十八滩三首》其三）十八滩为江西万安县至虔州一段水路所经之十八处险滩的总称。该江段滩滩相连，"怪石错互，激湍怒飞。"怀着历险的心情，目睹"万山立积铁，其下临大壑。……排空纷怪石，森然奋拏攫"（《十八滩三首》其一）的山形水态，耳闻"辊雷起何处，万夫迭呼啸"（《十八滩三首》其二）的汹涌江涛，王士祯通过声情并茂的渲染夸张，连类引譬的对比描摹，把"滩滩各殊状"的情景表现得形神兼备。论其形，栩栩如

生、具象可感;察其神,聚散离合、鬼神莫测。再如《观音岩》写粤山之奇特峭厉:“其下蟠水府,其上排云霓。……白日忽昼晦,疑逢魍与魉。蝙蝠如白鸦,钟乳皆倒垂。……暗瀑响阴壑,寻丈安可知。”观音岩,在清韶州府英德县,其山势“削立逾百丈”,上有钟乳石洞,洞中广大,可容千人坐卧。乳石倒挂,形象万端,自然天成的洞壑奇观,令诗人惊叹叫绝,于是命笔写下奇峭诡谲的《观音岩》。与《观音岩》相类的还有《弹子矶》《峡山飞来寺》《七星岩石室》等。《七星岩石室》摹景状物,变幻闪烁,如虹霓隐现,令人神惊,在具体细节刻画方面,诗人利用象形拟物手法,把七星溶洞的万千形貌表现得生动逼真,有呼之欲出的动感。《南海神祠》气象开阔,写景造境,均能紧贴大海“云涛万里,泱漭无际”[①]的典型特征,写出海阔天空、一碧无垠的南海神韵。南海神祠,即南海庙,在广州府城东南,“海道八十里”之处,又曰波罗神庙。韩愈《南海神庙碑》称其“扶胥之口,黄木之湾。”

若论《南海集》的“豪放之格”,《南海神祠》是粤行山水诗的结题之作,而《三峡桥》、《开先瀑布》则以其呯訇噌嗒之声,用匡庐陡涧飞流之气势将王士祯南行山水诗推至《天门山歌》而煞尾,令人掩卷遐思,神超万里:“江水东流浸明月,月上山头更清发。若叫写作十眉图,横云却月俱奇绝。”(《天门山歌》)

四、翰苑风流、闲情自赏的京师山水诗

司理扬州、视学巴蜀、祭告南海,使王士祯巡行万里,遍赏烟霞,彩毫清发处,便构成他山水诗沉健稳练的三大主题。除却以上,王士祯的京师山水诗,以及其它行吟山水诗均能发明诗人息心自然、神游俗尘之外的超旷胸襟。如:“遥山雁齿列,远水鱼鳞波。……坐羡云间禽,归飞向岩阿。”(《初春四日休沐同荔裳方山西樵往西山道中作》)“竹色既闲静,松荫媚沦涟。清晖一相照,万象皆澄鲜。”(《香山寺月夜》)“地僻山鬼邻,鸟下苍苔积。孤阁临寒溪,林壑莽萧槭。”(《观秘魔崖至龙潭作》)“苍茫採樵路,似有微钟起。山风冷吹烟,斜

① 《粤行三志》,见《王士祯全集》,第 2622 页。

日乱溪水。”(《晚望翠微寺》)“入寺闻山雨,群峰方夕阳。流泉自成响,林壑坐生凉。”(《碧云寺》)康熙十年,王士祯任职户部福建司郎中,因便与宋琬、程可则、曹尔堪、施闰章等诗文往来,十一年“春正月三日雪后,与宋荔裳、谢方山(重辉),兄西樵游西山,有《游山诗》。”(《渔洋山人自撰年谱》)《游山诗》主旨鲜明、题材集中,是诗人雪后“休沐”之日赏玩西山胜景的娱情之作,其情韵绵长幽秘、闲定恬淡,恰好映照了此刻诗人仕途步步上升、人生处于强盛的心理状态:平和自然、心有所待。其中《登石景山浮图绝顶》于恬淡平和之外,别出一格,孤峭峻绝、凌空飞升,而且视野旁通、气象宏大,有慷慨悲劲之感:“茫茫塞上山,浩淘连波涛。浑河荡山来,石壁如动摇。……朔吹扬惊沙,屯云盘怒雕。慷慨一伤怀,览古心郁陶。”

作为齐人,王士祯对故乡的山水充满深情眷恋,他的足迹尽齐鲁名山胜水。年十五就作《锦秋湖二绝句》,虽骨格未健,但韵味已然富足:“鹅鸦城边水映空,渔舟来往暮烟中。唱歌未断神鸦起,荷叶菱花四面风。”(《锦秋湖二绝句》)碧水连天、芰荷飐风、渔舟唱晚、落霞似锦,富有地域特色的山水意象,把诗人稚气未脱的诗情烘托得美仑美奂,为日后神韵诗风的孕育埋下了一颗生命力旺盛的种子。

顺治十三年,诗人乘兴游览家乡长白山,创作《长白游诗》一卷,后又至“东莱”“省伯兄”,借机“观海于蠡勺亭”,作《蠡勺亭观海》,该诗登高望远,气壮声雄,波涛如野马狂奔、惊澜回旋,变幻明灭的海上景致激发鼓荡起二十出头的王士祯一腔喷薄而出的热情,那扬厉着生命呐喊的海啸与他内心淋漓的年少壮志相互碰撞,共同升华,最终达到景为情设、情因景生的完美效果:“登高丘而望远海,坐见万里之波涛。……怒潮乘风立千丈,虎蛟水兕纷腾逃。……须臾势尽潮亦止,波淡天清静如绮。……击我剑,听君歌,有酒不饮当奈何?……人生快意无几时,明镜朱颜岂长好。吾将避世女姑山,不然垂钓蜉蝣岛。”写作《蠡勺亭观海》的时候,是诗人“会试中式第五十六名,未殿试而归”(《渔洋山人自撰年谱》)的待机一刻,这时诗人自言“避世”、“垂钓”不过是反退为进的谦辞而已,越是如此,越能见出诗人心中躁动的进击之情。

第三节　神韵飘逸　大势开阖

——王士祯山水诗的艺术特征

如果以思想性绳墨王士祯的诗歌成就，确实难跻大家之列，但从艺术性的角度考量，王士祯的诗歌创作无疑把清初诗流推向一个波光云影共徘徊的境界，使其达到波涌浪卷的高潮。纪昀《四库全书总目提要》曰："士禛等以清新俊逸之才，范水模山，批风抹月，倡天下以不著一字尽得风流之说，天下遂翕然应之。"[①]王士祯艺术上的力倡"神韵"，在清初诗坛有结束晚明、开启新风的巨大功效。他崇尚司空图、严羽之说，力求清空超逸，试图营造诗歌"无迹可求"的审美意境。但行游万里，得江山之助的实践活动，激发了他空前的创作热情，丰富了其诗歌表现的内涵，使他在创作实践上远远超越了司空图、严羽空廓而虚拟的理论主张，同时也跳出自我标举的"神韵说"的局限，将诗美的表现力拓展延伸到一个更为广阔的空间。严迪昌先生在《清诗史》里精辟地指出："渔洋立足的仍是现实社会，其诗所表现的也还是人间烟火。……实践则就是痕迹，'无迹可求'只存在于无实践状态中，王渔洋的'无迹可求'的神韵诗美的追逐，乃是对特定境界的追逐，意在导引人们对诗的境界美的重视。"[②]"无迹可求"只有在抽象中存在，在理论中诞生，在虚拟中形成，在总结旧时代、开辟新潮流时，用一种理论导引人们的意念，转移人们的思维，形成一种美学精神是非常必要的。但诗论与创作究竟不同，创作主要是实践，描写真实存在，表达真实感情，所以王士祯的创作实践既体现了他的诗论主张，又超越了"神韵"的审美臆想，在诗篇布局、色彩配饰、音韵声律、风格多样方面完美地体现了大方之家的"高度修养和艺术功力"，成为那个特定时代的典型代表。

---

① 〔清〕纪昀《四库全书总目》，中华书局1965年版，第1522页。

② 严迪昌《清诗史》，浙江古籍出版社2002年版，第473页。

山水诗是王士祯诗歌创作的主流题材，亦是他“神韵说”的物质载体。“神韵”追觅的高远清空、无挂无碍，在王士祯的山水诗里得到最佳印证。所以讨论王士祯的山水诗艺术特征，首要提及的应是“神韵”之美，其次扩展旁及到其他美感特性。

一、清空秀逸、冲淡自然是王士祯山水诗始终追求的韵味，也是他山水诗构境的基本元素。

山水诗最引人入胜的审美特征就是意境，意境是诗人的意念和自然的情境在瞬间的交合，这种交合不能用语言进行传达，只能借助想象通过心灵体验去感知，因而意境就成了最能感发人心、触动人的情感萌生的艺术默契。王士祯参透了艺术的“三昧”，他非常明白诗境在诗创作中的决定性作用，所以他奋力高倡“不著一字，尽得风流”的“神韵”主张，不厌其烦地宣示：“诗至此，色相俱空，正如羚羊挂角，无迹可求，画家所谓逸品是也。”（《分甘余话》卷四）“唐人五言绝句往往入禅，有得意忘言之妙。……予每叹为绝，以为天然不可凑泊。”（《香祖笔记》卷二）不但在理论上力推“神韵”，而且在诗创作的实践上，他极力渗透“神韵”的精髓，使其山水诗流溢回荡着飘逸空远、圆融自然的灵气。如：

吴头楚尾路如何，烟雨秋深暗白波。晚趁寒潮渡江去，满林黄叶雁声多。

——《江上二首》其二

日暮东塘正落潮，孤蓬泊处雨潇潇。疏钟夜火寒山寺，记过吴枫第几桥。

——《夜雨题寒山寺寄西樵礼吉二首》其一

寥落青芜晚进船，明霞起处水生烟。断云斜日宜陵道，一路临风听暮蝉。

——《宜陵》

露筋祠前水拍村，平湖水暖生兰荪。灵风斜日画旗卷，时有神鸦归庙门。

——《秦邮杂诗八首》其三

以上诗作基本创制于扬州司理任上，是诗人早期力倡“神韵”的实践印证。《江上二首》历来为论家所称道，把它看成上追王孟、下启“神韵”一派的范例。“吴头楚尾”拓开空间的辽阔，起头似乎平淡无奇，只言明地点、地域，但经“烟雨秋深”笼盖，便显得高远无垠、朦胧迷离，有一股渐行渐远的空阔感。后一联倏然调头，通过渡江的具体行为更进一步说明空间的高远浑茫，尾句借“黄叶”、“雁声”的意象，通过色调点染、音声反衬，宕开诗境的浑融悠远，给人无牵无碍，至于无极限的神游之感，全诗从远而近、由全局到具体，间以视觉、听觉、感觉等渲染手法，使诗境浑成天然，无一丝“凑泊”之处。

《夜雨题寒山寺寄西樵礼吉二首》亦为论家所称，杨际昌《国朝诗话》曰：“王阮亭七言绝句，……点染生新，自是作手，终以眼前情景，天然有兴会有情寄者，为最上乘。试举若干首，质之海内同志。”[①]在杨际昌所举若干首诗例中，《夜雨题寒山寺》赫然在列。寒山寺，在姑苏城外西北方，为驿路往来的咽喉之处。王士祯扬州任上，曾往姑苏探梅，适逢春雨绵绵、寒意袭人，他泊舟城外，在“夜已曛黑，风雨杂沓”之际，“摄衣着屐，列炬登岸，径上寺门，题诗二绝而去，一时以为狂。”[②]这二绝被时人“以为狂”的题诗，紧扣“雨夜”的时间背景，透过空间延展，突出了凝结在诗人心头孤寂落寞的情怀，“日暮”、“落潮”、“孤蓬”、“萧萧”雨是“眼前情景”，“离居”、“怅难同”、“十年旧约”、“江南”春梦为“兴会”和“情寄”，由此凄冷之景，激起诗人郁闷在胸的骨肉相离的悲伤情怀，一经“自然兴会”，便酝酿成一种凄美的诗歌意境。

《宜陵》于明暗相间的自然物象中，时时流荡着“寥落”的主观意绪，全诗气氛低沉徘徊，幽愁暗恨潜伏其中，但诗人不直言“寥落”心境，而是通过一组非常鲜明的客观形象将其暗示出来，就极具感染力，从而使诗境神韵横生。宜陵，在今扬州江都区，称宜陵镇，相传隋

---

① 见《清诗话续编》，第 1666 页。

② 〔清〕陈维崧《贺新郎·小引》，见《全清词》（顺康卷），中华书局 2002 年版，第 4236 页。

炀帝南巡，有姓宜宠妃殁葬此处，故名，为历史文化古镇，其地理交通南北。

《秦邮杂诗》，轻快活泼，婉转明丽，其第三首则选取“露筋祠”这个特定意象，表现诗人恍恍迷离、神与物化的隐幽心境，此诗可与《再过露筋祠》相映照，是诗人努力践行“神韵”主张的成功之作。他利用水乡泽国特有的柔性景物“水拍村”、“平湖水暖”来烘托诗歌欲表达的中心含蕴“灵风斜日”、“神鸦归庙门”，就使全诗轻笼在“不即不离”的虚幻气氛中，给人“天然入妙”的浑融感。

赵翼《瓯北诗话》述王士祯诗歌特点曰：“醖籍含蓄，实是千古绝调。然专以神韵胜，但可作绝句。”[①]“神韵”之作，大多“但可作绝句”，此论确实中肯，考察王士祯神韵具足的山水诗篇，的确以七言或五言绝句为体裁，这与王、孟、韦、柳的特征基本吻合，就体式而言，王士祯的神韵主张限于“绝句”，但从时空来看，王士祯神韵说一直影响着他全部的创作历程，成为他毕生追求的美学原则。如：

江上渝歌几处闻，孤舟日暮雨纷纷。歌声渐过乌奴去，九十九峰多白云。

——《广元舟中闻棹歌》

嘉阳驿路俯江流，寒雨潇潇送暮秋。谁识蛮中风景别，洋州风竹戴嵩牛。

——《夹江道中二首》其二

黄陵庙前闻橹声，一滩才过一滩迎。三千里外峡程尽，十二碚前秋水清。

——《十二碚》

五丈原头望，秋风落大星。空留高卧处，古柏日冥冥。

——《卧龙岗》

---

① 〔清〕赵翼《瓯北诗话》卷十，见郭绍虞编《清诗话续编》，上海古籍出版社1983年版，第1299页。

以上各例是诗人入蜀途中所作，当为壮年气盛时的心灵写照。这些诗清空明丽、气韵丰盈、运笔流畅而遐想联翩。有不尽神韵浸透其间。再如：

庐南万古峡，常有野云封。朝来雷雨过，白日下飞龙。

——《青玉峡》

白帝江声尚入吴，灵祠片石倚江孤。魂归若过刘郎浦，还记明珠步障无？

——《蟂矶灵泽夫人祠二首》其一

古寺红墙出翠微，莓苔石壁滴人衣。一行白鹭冲船起，却上半岩松顶飞。

——《烈山》

上述各例是王士祯奉命祭告南海往返途中所作，无南无北的山水风物，被他用小调吟咏出来，就有无迹可寻的迷人风韵。这种无以迹求、不用言辨的神韵一直延伸扩展到气格明显衰微的《雍益集》中：

漾舟潼水碧潺湲，一抹青峰想玉颜。留得文君好眉黛，薄云初散长卿山。

——《长卿山》

峡口群峰似铁围，半空晴雨落霏霏。阴溪树合疑无路，鬼蝶如轮自在飞。

——《金牛峡滴水岩》

碧嵩清洛洗愁颜，伊阙中分两髻鬟。暖翠浮岚看不尽，缑山南是伏牛山。

——《洛川南望》

“神韵”是王士祯毕生执着的审美原则，也是他贯穿始终的造境手法，因为有对“神韵”的深刻理解，王士祯的山水诗才焕现出天然成趣，情景无间交融的艺术魅力。

考察王士祯以绝句为主体的山水诗，我们对神韵的理解是：诗人之胸意不在山水形体的刻镂描摹，而是越过具象的山水深入自然的灵魂，与自然进行超时空的交融，以眼前景，印证流泻心中情，让二者自然巧合，不必经任何硬性介引而达到水乳交融的境界。神韵创造的是佛家“见山见水”的第三境，即“依前见山只是山，见水只是水。”（青原惟信，见《五灯会元》第十七卷）这一境的山水与人平等，审视的主体和被审视的客体达到自然妙合的地步，无尘无染、无挂无碍，一切尽在无意识中显现。

“神韵”说要营造的山水诗境是主客两忘、物我同一的彻悟澄明、高远无尘之境，这从主观理论上说是一个值得张扬和倡导的艺术风格。但在创作实践上一般很难企及，它与诗人的心境、才力、敏感性、审美趣味，甚至精力、眼力等紧密相关。王士祯试图毕生坚守“神韵”的艺术高地，欲奋一己之锋锐，来执掌那面号令天下的帅字大旗，可在其艺术创制的生涯中，似乎并不如人所愿，通过他的山水诗，我们发现，真正意义上的神韵之作毕竟有限，而且随岁月的磨蚀、精力的耗散，其神韵亦在渐次淡薄，就像一缸出窖的酒，头曲浓烈醇厚，二曲回味绵长，三曲则略显寡淡。从京镇山水诗到《雍益集》的山水诗，恰好揭示了王士祯追求神韵的艰难历程。

（二）跳跃腾厉、大气开阖，在万马回旋的奔放热情中展示山水的内在气质，是王士祯山水诗的第二个审美特征。

王士祯虽以高标神韵著称诗坛，且在创作实践中奋力印证他的神韵主张，但作为一个才力富赡、资质过人而观察敏锐细腻的诗界高手，他的山水诗风是多变的。这种多变风格的形成一是源于诗人的主观动因，另一来自身经心历的客观山水的激发与涵养。京镇的滚滚江涛、巴蜀的奇峰峻岭、粤赣的险滩怪石，无一不给诗人带来空前的心灵震撼。这种强烈的视觉冲击和灵魂震撼，无意识间唤起了诗人潜蓄在人性深处的阳刚气质的觉醒，于是借万水千山的百变形态，抒发了凝结心头的超迈心情，这种超迈卓厉、鹰扬高蹈的情愫和清空澹远，无迹可求的韵味不断撞击融合，就构成了王士祯山水诗艺术的真实内涵。

王士祯山水诗艺术的多样化转变是以《蜀道集》为标志的。《蜀道集》以行程为线索，全面而精细地刻画了诗人入蜀途中所见所历之奇山异水，其表现手法或细腻，或粗犷，或幽冥，或明快，或大势淋漓，或巉刻奇崛，令人有目眩神迷、骨折心惊之感。如写山势之萦迴曲折，他说："石壁横千仞，盘盘上翠微。行人萦阁转，鹦鹉下山飞。"(《大散关》)"路绝无钩梯，直上若悬溜。日月互蔽亏，光明错昏昼。"(《凤岭》)；写山形之奇崛瑰怪，他描述道："骑危蹑虚空，险绝缘钩梯。"(《观音岩》)"朝过大庙峡，怪石蹲渴虎。"(《大庙峡》)写山水相激、雷霆斗怒的气势，他渲染说："乱水趋嘉陵，波涛势交汇。万壑争一门，雷霆走其内。"(《龙背洞》)"岷江从东来，奔腾回万牛。沫水汇青衣，簸荡千斛舟。三江九峰倏然合，丹崖翠嶂穷雕锼。"(《登高望山绝顶望峨眉三江作歌》)

王士祯山水诗穷形尽相，从多角度展示了秦蜀山水、粤赣风物的迥异特性，他对山水形貌的刻镂描摹，可谓精当细腻，善于传神。在他笔下，山水的形象就是诗人精神的寄托，以及内心情感的暗示，通过面貌迥绝、神志殊异的山水形体，诗人把自己最本质的人性光华闪耀出来，一反现实中温柔婉顺、圆滑乖巧的角色定位，摆脱了神韵光环下不喜不怒、若即若离的循规蹈矩，因之而出的是胸胆陡开、大气盘旋而悲慨苍劲的伟丈夫气概："真作凌云载酒游，汉嘉奇绝冠西州。……东坡老去方思蜀，不愿人间万户侯。"(《晓渡平羌江上凌云绝顶》)"慷慨一扣舷，浩歌感今昔。风便黎州城，茫茫波涛白。"(《朝天峡》)"飞瀑落长虹，登临见禹功。……渝州天堑地，感慨大江东。"(《塗山绝顶眺望》)"乘槎兴不尽，复欲帆南溟。……一望穷寥廓，真看小洞庭。"(《登落日亭》)诸多悲慨劲健、胆气开张的山水诗中，以《井陉关歌》和《南海神祠》为南北互映的压卷之作。《井陉关歌》采用七言歌行体，容量十分丰厚，它从山形地貌总起，用一连串的描画、设喻，把井陉关屏障中华、襟带大漠的雄壮气象挥洒得淋漓尽致："天公一夜送寒雨，千叠万叠云锦张。丹崖翠壁窈万状，瑰奇娟妙难具详。……峰回径绝不知数，谽岈倏见开中央。……登楼顾盼豁胸臆，四山云气争飞扬。”在登临四顾，豪气飞扬的关山形势渲染的基础上，诗人用一句意味深长的反思收束了全诗：“乃知地利未足恃 ，此关几阅诸侯王。”

如果《井陉关歌》用七言长调，写得风卷云舒、气宇轩昂的话，那么《南海神祠》用五言古体的形式，把大海苍茫、混涵天地的气势表现得劲健严整，气度不凡：“神宫压沧溟，潮汐在阶除。我驾万斛舟，乘风但斯须。……振衣浴日亭，遥见三足乌。咫尺蹑樊桐，览彼天帝都。”

生活中的王士祯风流蕴藉，官场上的王士祯更是温柔敦厚，显出一片醇和雅正的雍容气度，但山水诗里的王士祯却热情奔放、悲劲慷慨，有黄钟大吕之音。即此可见，理论主张的外在追求，往往不能代替人的本质心性，也许刻意修饰的神韵和自然奔涌的豪放的有机融合，才构成了完整的王士祯的艺术个性。

三、明快高远、典雅不俗，利用中国绘画的基本技法设色构图，拈取最具表现力的辞章渲染意境，移步换景，因景生情，是王士祯山水诗的第三个艺术特征。

中国绘画讲意蕴、讲含蓄，有意蕴和含蓄才有不尽的神韵，有咫尺万里的气势，以及引发审视者思接万仞的想象力。绘画中的意蕴和含蓄主要靠画家高超的布景艺术手法来实现，布景合理，角度适当，层次殊别就能营造让人浮想联翩、味之不尽的深远意境。艺术家布景首要选视角，通过高、中、低三个不同层次，营造高远、平远、辽远的审美境界。宋代著名画家郭熙、郭思父子所著《林泉高致》明确指出：“山有三远；自山下而仰山巅谓之高远，从山前窥视山后，称之为深远；从近山而眺望远山，称之为平远。”①

王士祯谈艺有四言：典、远、谐音律、丽以则。他深知高远的意境对诗歌创作极为重要，所以他对前人论诗必须以“清远为高“的观点特别推崇，将其融合到”神韵“之内，践行在山水诗创作之中，即形成

---

① 见俞剑华编《中国古代画论类编》，人民美术出版社 2007 年版，第 639 页。

超迈激越的阔大诗风。如写平远之境，他通过直视的角度，点缀以烟霞飞鸟，使整个诗境在朦胧隐约中延展到无垠之处："望望朱提路，夕阳千万山。落霞明极浦，飞鸟近南蛮。城角旌竿直，江亭铁锁闲。郁姑台咫尺，烟霭画图间。"（《叙州锁江亭晚眺》）古人论画曰："远欲其高，当以泉高之；远欲其深，当以云深之。远欲其平，当以烟平之。"①王士祯作诗与画家的画论不谋而合，在创造平远之境时，他反复借用烟霞的意象来点染烘托，令人有咫尺万里之思。写高远之境，他目极千里，以飞瀑、夕照乱烟等陪衬，勾勒出所写对象的幽深险峻、神秘莫测："青天半云雨，夕日乱烟霏。瀑水临江合，神鸦出洞飞。"（《巫峡中望十二峰》）"绀壁临千仞，萧萧木叶黄。水流通越嶲，峰远入江阳。十月蛮云淡，三峨积雪苍。"（《九盘望峨眉》）闲云澹荡、江流奔涌，愈发衬托出蜀山高峻奇伟的高远气象。与平远、高远稍异，王士祯写阔远，则通过放目骋怀，一览众山的视界写出万山齐聚、怒峰若簇的雄阔景象："鞍马众峰头，苍茫万里收。岷山横塞出，灌口接天流。……大荒飞鸟外，眼底尽姚州。"（《天柱山绝顶望见岷山作》）"踏泥盘盘到绝顶，江山披豁开双眸。峰峦八面簇金碧，下瞰江海如浮沤。"（《登高望山绝顶望峨眉三江作歌》）通过绘画三远的造境手法，王士祯在山水诗里营构了与"神韵"相对的另一种雄放激楚之境。为了体现三远的精神，他多采用"望"、"眺"、"登"等动词，给诗境增加了飘逸洒脱、奔腾动荡的阔大感，在他的山水诗题中，以这类动词命名的多达数十首；在"三远"构境背景的烘托上，王士祯善取晚霞、飞瀑、疏烟、暮霭、苍雪、江流等一系列具丰富内涵的名词，从而大大提高了山水诗造境的艺术效果和审美功能。

王士祯山水诗创作因其人生经历，在内涵上分三大模块，从早年司理扬州的京镇姑苏山水诗，到中年视学四川、祭告南海的蜀中粤赣山水诗，再到晚年礼祀西镇的雍益山水诗，他的诗风因岁月推移，所历时境风物各异而发生着变化，虽然神韵是其贯穿始终的主流格调，但早期山水诗神韵流溢，格调悠扬且明快，中期山水诗因受蜀地特异

① 〔清〕汤贻汾《画筌析览》，见《中国古代画论类编》，第 824 页。

山川的激荡感染，变得激昂苍劲、险峻诡谲，处处回荡着幽深隐秘的气息，晚期则沉着冷静，有一副静观世态、反思自然的悠闲和庄重。如果用诗人自己的话来总述，他的山水诗经历了如下三个境界："枫落吴江妙入神，思君流水是天真。"(《戏仿元遗山论诗绝句三十六首》其三十)"诗情合在空舲峡，冷雁哀猿和竹枝"(其三十五)；"九嶷泪竹娥皇庙，字字《离骚》屈宋心。"(其三十六)这三个境界互相因承，共同融合，在神韵的主旋律下，唱响了王士祯山水诗在清初诗坛清澈浏亮、醇和浑阔的最强音。

通过以上对王士祯山水诗的简要论述，我们对"神韵"派的艺术精神和创作原则有了一定认识，作为一个诗歌流派，虽然"神韵"说有其空廓虚无之弊，在其引导下，诗人往往远离现实，回避真我与自我的存在，但站在时代背景下，"神韵"派的出现，无疑厘清了明末清初混乱的诗歌创作局面，使诗的真正价值得以回归，从而开创并确立了一个时代的新理念和新气象。清代诗坛派别林立、关系复杂，在众多以地域为主干的流派中，真正高扬某种文学风格或美学精神，以一种诗歌创作理念相号召的流派并不多，所以神韵派的出现是时代激扬的结果，他的影响巨大而具普遍代表性，在清代诗坛诸多流派中能与之抗衡的是后来袁枚倡导的"性灵派"。尽管"肌理"、"格调"也是以诗歌创作原则为主张的诗派，但其影响与"神韵"、"性灵"不能等量齐观。

"神韵"派的最大功绩就是力倡诗要有味有趣有神有韵，通过看似"平淡"的风格实现"神韵"的境界，在由门人何世璂所述，王士祯口授的《燃灯记闻》中有这样几句话，说明了"神韵"的本质特征："脱尽时人面孔，方可入古"，"为诗先从风致入手，久之要造于平淡。""诗要洗刷得净"。"诗要清挺"。[①]"脱尽时人面孔"、"从风致入手"，"造于平淡"、"要洗刷得净"、"要清挺"，几语道尽神韵的真谛，干干净净、不枝不蔓，于平淡处表现超越常规、超越现实的无尘之境，日本文学评论家青木正儿曾评析曰："所以要学诗，必须从'风致'入手而至于'平

① 见《清诗话》，上海古籍出版社 1963 年版，第 119—120 页。

淡’，这时才达到‘风神’之境。就是说具备了‘神韵’。”[①]由此生发，王士祯所追求的理想诗境“是具有平淡的外貌，而有无穷的兴趣，其兴趣则是冲淡、自然、清奇，要而言之就是古淡，并且具有明丽的色泽。”[②]王士祯所追求的理想诗境在他的山水诗里得到了充分体现，纵观其一生山水之作，处处都显得“冲淡、自然、清奇”而且还呈现出“明丽的色泽”。最后归于“听钟又逐惊蓬去，山木苍苍落日曛”的无我之境。(《题弘济寺方融道人壁》)正因为力求“冲淡”“清挺”，所以王士祯的山水诗缺乏大气磅礴的淋漓之势、激壮飞扬的感情抒发，“神韵”有余而真气不足，清淡漫溢而性情衰微。即使他长歌大调的山水诗作，亦不能尽情抒发诗人的感情，缺乏撼动人心的感染力。这不能不说是一种无法弥补的缺陷。

虽然后世或当代对“神韵”派及其创作有所诟病，但其立场坚定、旗帜鲜明地独标一派的功绩无法抹杀，如青木正儿所言：“神韵之提倡，无论如何，毕竟是赠给清初诗坛的一付清凉剂。”[③]

第四节　“清光出云中，皎皎如初洗”

——神韵诗派的山水诗总揽

神韵派作为清初诗坛一大流派，其门徒传人遍天下，这些众多门生弟子聚齐在王士祯大旗之下，不但因王士祯的地位与声望，而且还缘于他们对神韵美学原则的集体认同。正是有这样默契的认同感，所以他们在诗歌创作上与王士祯保持着高度同一。由此形成神韵派前后相继、不断壮大的创作阵容。据载，王士祯罗致的门生先后有数百人以上，其中最著名的有吴雯、盛符升、宗元鼎等数十人。除了门

---

① 〔日〕青木正儿著、杨铁婴译《清代文学评论史》，中国社会科学出版社1988版，第54页。

② 见《清代文学评论史》，第54页。

③ 同上，第69页。

生，神韵派的中坚还包括王氏兄弟。以下撷取几位主要诗人，以概观神韵派的整体山水诗风。

一、王氏兄弟的山水诗概观

新城王氏乃名门望族，其家学渊源非常深厚，王士祯兄弟四人：长兄士禄、仲兄士禧、叔兄士祜皆能诗且成就斐然。《蚕尾续文·抱山堂诗序》曰："予兄弟读书东堂……长兄考功先生嗜为诗，故而兄弟皆好诗……每一诗成，辄互赏弹射。"

王士禄，字伯受，一字子底，号西樵。有《表余堂诗存》二卷、《十笏草堂诗选》九卷行世。在诸兄中，他对王士祯的影响甚巨，神韵说的萌生、发展及成熟与他的启发关系重大。沈德潜《清诗别裁》评其风格曰："诗以才情擅长，运古而不见使事之迹。"郑方坤《国朝名家诗钞小传》更是一针见血地指出王氏兄弟诗学的因承影响关系："西樵少颖悟，率诸弟读书家塾，授以诗法。诸弟渐次成名。……渔洋诗格正复不离其宗，荜路蓝缕，哲昆实首庸焉。"[①]王士禄作诗清醇雅正，蕴藉澹远，深得王、孟微旨，对此前人多所肯定。那种被时人评为"冲和澹泊"、"幽闲澹肆，极性情之所之""时逃于贝叶，时逃于绮语"（见王士祯《考功集序》）的风格，在山水诗里呈现得极其明显。如：

> 夕阳半春山，山麓招提静。入门娑罗树，古柯散斜影。古佛疲津梁，游子发深省。妙香悦初花，至理味青茗。忽忽思退谷，契阔岁月永。散朗近幽意，萧槭乃真境。
>
> ——《晚至卧佛寺遂游退谷》
>
> 鸣雨作还止，萧然开晚晴。雄风凉大壑，雌霓贯秋城。台送遥山碧，窗添夕照明。长空闻雁语，怊怅故园声。
>
> ——《晚晴》

前诗景色清幽、气象平和，处处透着禅家恬然安详的意境。退

① 见《清诗纪事》，第1855页。

谷，为京师西山诸景之一，《天府广记》曰：“京西之山为太行第八陉，自西南蜿蜒而来，进京列为香山诸峰，乃层层东北转，至水源头一涧最深，退谷在焉.后有高岭障之，而卧佛寺及黑门诸刹环蔽其前，冈阜回合，竹树深蔚，幽人之宫也。”①诗人利用时间造成的光色效果，首起便说：“夕阳半春山”，接着抓住“古柯散斜影”的意象特征，通过“妙香悦初花”的禅思反衬，营造了“散朗”得近乎“幽意”的神韵诗境。王士禄仕途多有坎坷，曾经身幽囚室，对人世炎凉、官场险恶颇生慨叹，他把人生的苦闷寄托到佛禅之中，就化出“散花落处谁无着 ，春米筛来悟自圆”（《谈禅》）的超悟心境。因此，在他笔下就多了对佛国净土吟唱歌赞的山水诗，如《碧云寺》《天宫寺》等。

《晚晴》是一首用平远的视角写景的山水诗，它不以一山一水为特定对象展开描摹，而是紧贴“晚”的时间背景、“晴”的气象特征，抓住几个富有表现张力的自然形象：“鸣雨”、“萧然”、“雄风”、“雌霓”等，声色俱佳地勾勒了“遥山碧”、“夕照明”的空阔秋景，使人陡生故园之心。

王士禄诗追王孟，力透神韵，但与生俱来的豪气令他刚烈倔强，诗风亦因之变得苍劲：“南睨河山俱在下，宵看星汉只疑平。……足底黑云天下脊，几朝车马赤宵行。”（《上党》）

王士禄山水诗明丽清新与瘦劲荒寒共同辉映，一并形成如王士祯所评“出新意于法度之中，寄妙理于豪放之外”的风韵，由此被徐世昌目为与王士祯“才力雄深伯仲之间，各有面目，殆非渔洋所能掩。”②

王士禧，字礼吉，为王士祯二哥，在四兄弟中，他是唯一没出仕的，《抱山堂诗序》说道：“予三人先后成进士去，各以王事驰驱南北，独仲兄家食以老。”王士祯兄弟间感情甚笃，在长兄、叔兄早逝后，尤其和这位一直家居的仲兄往来密切。“康熙丙子，以祭告岳渎之役，归自秦蜀，兄送予南村，呜咽挥手，明年春讣闻京师。”由于王士禧家

① 〔清〕孙承泽《天府广记》，北京古籍出版社 2001 年版，第 516 页。

② 徐世昌《晚晴簃诗汇·诗话》，北京出版社 1996 年版，第 326 页。

居日久，所以其声名、交游比其他三位兄弟逊色不少，正因为这个缘故，其山水诗就有一种象征性和代表性。如：

> 始皇曾避暑，四阁望依然。欲纵登临目，空愁雨雪天。
>
> ——《清凉洞》
>
> 遥望苏门山，隐磷多幽致。青林间白云，晚照含苍翠。
>
> ——《苏门山》
>
> 巍巍楼阁倚云隈，占断春风百尺台。东去锦帆淇水合，西来爽气太行开。如新榱桷存丹雘，极目烟霞点绿苔。莫上望京楼望远，黍离麦秀使人哀。
>
> ——《登望京楼》

王士禧居家读书，对官场险恶体味不深，所以他的山水诗清秀隽永，余韵颇长，《清凉洞》全篇不著清凉二字，可清凉之意穿空而来，令人顿生神清气爽、羽化升仙的快感。《苏门山》贴近人文特征，用“青林间白云，晚照含苍翠”的背景突出它“隐磷多幽致”的隐逸之风，情致深幽绵长，引人回味。《登望京楼》则一反常态，诗人通过登高望远的开阔视界，用雄浑的气势传达了他怀古思幽的悲慨情怀，尤其尾句让人产生无尽的遗民之悲。王士禧隐居的生活使他与官场习气保持了隔绝的距离，相反贴近民间，体察民情，表达真我成了他和其他三王的显著区别，因而胸怀“黍离麦秀”之意造成了他山水诗另类的风致。“峰山插千仞，高下遍玲珑。游子倦行役，卧看白云峰。”(《望峄山》)“清明愁里度，细雨连新乡。茅店贤人饮，琼楼少妇妆。”(《清明过新乡》)“科头坐涧石，赤脚踏层冰，几夜闻猿啸，一春梳鹤翎。”(《山居》)“枯树蹲霜鹘，寒流过暮鸦。茫茫高下望，烟火出人家。”(《笼水道中雪》)上引诗句意象枯寒瘦硬，意态超然澹泊，无一丝金台气，倒仿佛元人小令。纵观王士禧山水诗，虽然存量微薄，但其风格却显示了神韵派写景造境的浑厚功力。

王士祜(1632—1681)，字叔子，又字虞山、子侧，号东亭，别号古钵山人。有《古钵集选》行世。

王士祜少年早慧，长于博闻强记，深受时人嘉许。顺治十二年，士禄、士祜 、士禛三人游于京师，与诸多名流评诗论文，有“三王”之称。从此，声誉渐进，为海内所重，计东《广说铃》曰：“予同年王子侧居西樵、阮亭间，才堪颉颃。予与邓孝威、宗鹤问诸公，偕子侧游苕、雪山水间，子侧诗援笔辄成，多见警拔。”[①]王士祯《古钵集序》说王士祜“幼沉默，寡言笑，读书好深湛之思，为文章刻深窈杳，不取悦时目。”由于个性和致力“帖括”的缘故，王士祜写作山水诗起步较晚，而且题材极其有限，《古钵集选》所录山水诗基本为其顺治十七年游京口三山所作。

尽管数量少，范围窄，但王士祜的山水诗承家学，走的是王、孟一派神韵的路数。如：“缅邈寻丘壑，殷勤访鹤林。萧然古竹院，朝日翠微深。奇石媚幽赏，清泉流至今。米颠复千载，高望寄长吟。”(《鹤林寺》)鹤林寺，在镇江黄鹤山，与宋代文人米芾有关，王士祯《鹤林寺题名记》曰：“米元章卒后，为鹤林寺伽蓝，墓在黄鹤山下，风气清郁，松影岚翠，四时供养。”王士祜的《鹤林寺》以幽静杳深的笔墨点染出古寺萧然淡远、翠微深沉之意境，令人有望峰息心的禅定之想。

除却《鹤林寺》，王士祜的京镇山水诗主要还包括：《登金山》《登焦山》《登北固山甘露寺多景楼》《招隐寺》《宿黄渡驿》《早过奔牛》等，其中《早过奔牛》为诗家所称道：“枫叶萧萧露气清，菰蒲猎猎早潮生。扁舟跻脚闻风水，便有长江万里情。”奔牛，镇名，在常州府西三十里，“镇西五里又有奔牛台，亦曰金牛台，相传茅山尝出金牛，奔至此，因名。”[②]王士祜道出其间，适逢三秋枫叶荻花萧瑟之时，他沉思冥悟，写出一派江南暮秋景象，虽然着墨不多，但其秋声如诉的神韵飘忽扩散，终成一片“长江万里”之情，给人留下无限想象的空间。王士祯评《鹤林寺》说：“二十四品中所谓神出古异，淡不可收者。”评《早过奔牛》则曰：“想见胸情所寄，一往萧远。”由此可见，王士祜山水诗与神韵派的血脉关系。王士祜的山水诗意兴湍飞，神韵天然，仿佛一幅幅

① 见《清诗纪事》，第 2619 页。

② 《读史方舆纪要》，第 1230 页。

意境悠远的水墨小品，如："马行黄叶里，人在翠微中。"(《自宁国县之宣城道中二首》其二)"苍松翠篠空如画，怊怅烟岚屐齿稀。"(《阁上坐雨望敬亭》)"数声鸟弄青春色，一树花明谷雨天。"(《姑孰重过瑞竹堂感怀静波禅人》)这些山水诗句清幽娴静，禅意具足，被王士祯尾批为"声情之妙 ，一唱三叹"，"乱头粗服自妙"之作。

二、王门弟子山水诗浅议

作为一代开风气之先的诗坛宗主，王士祯及其所倡导的"神韵"说得以扩大绵延，形成一个影响甚巨的诗歌流派，决非其个人行为。从纵深层面看，它是一个群体共同作用的结果，换言之，"神韵"由诗论到诗派的催生、置换，是靠王士祯为核心的王门弟子前呼后应的合力所致。正如严迪昌先生所指陈："作为诗界泰斗和一派宗主，更需要有群星拱月般的弟子的群从。"[①]论述"神韵"派的山水诗，以下几位王门弟子是不能被轻视的：

汪懋麟(1639—1688)，字季角，后改字蛟门，晚号觉堂，江苏江都人，康熙六年进士。著《百尺梧桐阁诗集》十六卷、《文集》八卷、《遗稿》十卷、《锦瑟词》一卷。在王门弟子中，他地位甚高，诗名甚重，而且持论与王士祯有出入，"神韵"派宗主唐人，以王、孟、韦、柳为楷模，而汪懋麟则诗学两宋，把苏轼、陆游当成典范。虽然与师门宗承略有不同，但王士祯对汪懋麟的评价极高："君诗才票姚跌荡，其师法在退之、子瞻两家，而时出新意。"(《汪比部传》)[②]《四库全书总目》曰："其诗法传自王士祯，而才气纵横，视士祯又为别格。"邓之诚先生《清诗纪事初编》论道："诗有别才，韵响格清，声名甚盛。" 汪懋麟取法神韵，而又别具诗才、诗格，在王门弟子中是一个机杼独出的优秀诗人。虽然其诗歌成就为当世称道，但翻阅《百尺梧桐阁诗集》，其山水诗作寥寥无几，现就其仅存山水诗来透视他与神韵派的内在一致性：

---

① 严迪昌《清诗史》，第 451 页。

② 见《清诗纪事》，第 2541 页。

吴中池馆日吹萧，只有寒山寺寂寥。读罢江枫渔火句，行人归去雨潇潇。

——《寒山寺》

水上箫声绕翠微，晚风吹絮恋人衣。无端催促城中去，暮雨吴山独自归。

——《湖上晚归》其二

寒山寺，在苏州城外西北角，因唐人张继《枫桥夜泊》而彰显于世。汪懋麟经行其地，题《寒山寺》一诗，王士祯《渔洋诗话》曰："江都门人汪懋麟……诗才隽异，……游吴，题《寒山寺》云云。"此诗前半用对比手法写出寒山寺的冷寂幽深、枯槁寥落，暗寓佛门的远离红尘、不落凡俗；后半借张继的诗意，把"行人"的愁绪扩大加深，遂使寒山寺的象征意义更加浓重和深远，有欲辨忘言的效果。《湖上晚归》诗人紧扣诗题，突出湖面宽阔无痕、晚风轻拂的景致特点，借"箫声"、"翠微"、"晚风"、"吹絮"、"暮雨"等声色兼备、动静相倚的诗歌意象，反观诗人"独自归"的淡淡心绪，全诗不着一字喜怒哀乐，但其留恋风景而时光催人的忧喜之情穿空而来。

汪懋麟善写长歌，但通过上述小调的简析，我们依然能体会出"神韵"派诗人造境写意的深厚底蕴。

盛符升，字珍示，号诚斋，江苏昆山人。早年曾师事复社名人张溥、夏允彝，允彝抗清死难，符升为之营葬，由此，盛称于时。康熙三年中进士，官至内阁中书，以荐修大清会典，擢礼部主事，考授广西司御史，不满一年，被放归。有《诚斋诗集》八卷、《文集》一卷行世。王士祯《诚斋诗集序》对其评价曰："吾友盛侍御珍示，经明行修，海内推为通儒长德。其生平于师友之际，尤缠绵笃挚，多非世俗所可及者。"盛符升是王士祯顺治十七年充江南乡试同考官时选拔的人才，他对王士祯的知遇之恩铭记感怀，据传《渔洋精华录》就是他与另一门人曹禾编撰而成。

盛符升的山水诗承王士祯的衣钵，写得空灵脱透，意蕴颇长。如：

身入云端云下垂，风雷南去日西驰。青霓断续斜阳外，碧海澄鲜子夜时。天柱独晴依上界，冰轮乍满半秋期。茫茫俯视皆尘雾，一片空明对玉池。

——《中秋岱顶即事》

岱顶日出乃一大景观，而皓月当空、冰轮初转更令人心醉魂惊，盛符升乘云飞驰，凌风望月，但见“青霓断续”，“碧海澄鲜”，巍峨的岱岳如同一擎天大柱直插霄汉，“乍满”的圆月照彻人间，诗人俯视仰望，只觉“尘雾”渐远而“玉池”渐近，一股油然而生的高远辽阔、无挂无碍的幽思弥漫在诗情画意间。盛符升虽然遵奉神韵的创作原则，在山水诗里着力营造空远澄明的艺术境界，但作为血性独摅，有强烈个性的诗人，他受明末复社士人的熏陶，骨子里潜蓄着对前明的怀恋与哀悼，将这种情愫融入山水诗，就使他的诗风为之一变。如：“望帝何年泣草莱，漫留抔土锦山隈。……雪暗苍梧千古痛，月沉湘浦二妃哀。”(《昌平山行有作》)“几经溢浦惜幽寻，重向宫亭望远岑。……三人一笑谁宾主，五老千秋自古今。”(《冬日渡彭蠡过庐山下》)前诗写行经昌平山中，触景生情，由满目荒芜丛杂的山树，联想到崇祯帝悲情亡国的“千古痛”，表达了诗人对不幸殉国的“英主”的深切悼念，景色迷离、“雪暗”“月沉”；悲情如诉，大有“泣草莱”，“恨”无穷的哭天抢地之感。后诗写冬日望庐山的景象，他通过“惜幽寻”、“望远岑”的心理活动和形体语言，融入冬季匡庐特有的景致，深切地透视了诗人“思北涧”、“忆东林”的感伤情怀，面对“五老千秋”的亘古长存，诗人以“惆怅”“劳梦想”的叹息收煞全诗，给人无限遐思的空间。盛符升以经学闻于世，又长于史学和礼学，晚期“为朝廷执法之官”(王士祯《诚斋诗集序》)。在他的性格中有悲劲苍健之气，所以他的山水诗奇正相生，出于“神韵”而不被“神韵”所囿，这是他与王士祯稍有不同之处。

林麟焻，字石来，莆田人。康熙九年庚戌进士，历官礼部郎中，贵州提学佥事。有《玉岩诗集》七卷行世。《四库全书总目》曰：“其诗法受自王士祯。初官中书舍人时，尝偕检讨汪楫奉使琉球，途中唱酬甚夥。""奉使琉球"期间诗作结集为《星槎草》一卷、《中山(琉球)竹枝词》一卷。此处,仅摘其《琉球竹枝词》中篇章,以观海上风物:

三十六峰瀛海环。怒潮日夜响潺湲。楼西一抹青林里,露出烟萝马齿山。

庙门斜映虹桥路,海鸟高巢古柏枝。自是岛夷知向学,三间瓦屋祀宣尼。

望仙楼阁依崔嵬,日看银山十二回。笙鹤彩云飞咫尺,不教弱水隔蓬莱。

琉球,在现福建泉州东南大海中,自古与中国不通往来,自明开始才遣使朝贡。《明史·外国四》载曰:"琉球居东南大海中,自古不通中国。元世祖遣官招谕之,不能达。洪武初,其国有三王,曰中山,曰山南,曰山北,皆以尚为姓,而中山最强。"①《清史稿·列传·属国(一)》亦载曰:"琉球,在福建泉州府东海中,先是明季琉球国王尚贤遣使金应元请封,会道阻,留闽中。……康熙二十一年,命翰林院检讨汪楫、内阁中书舍人林麟焻为正副使,赍诏敕银印往封琉球国世子尚贞为王,赐御书'中山世土'额。礼成,还京。"②历经康乾,以至嘉道,琉球依属中国,"光绪五年,日本入琉球,灭之,夷为冲绳县。虏其王及世子而还。……由是琉球遂亡。"琉球孤悬海上,为僻壤小国,其风土人情、山川景致与中原相径庭。林麟焻《琉球竹枝词》的意义在于让世人认识一段外交史,了解已成绝国的琉球殊异的人情物理、风光景致、民俗土产,以及历史沿革、政治经济状况等,为发心研讨琉球史的学人提供佐证。

王门弟子众多,名士如云,若论山水诗成就,吴雯当推首位。

吴雯(1644—1704),字天章,号莲洋,先祖为奉天辽阳人,随父至山西蒲州任所,遂占籍蒲州。康熙十八年举博学鸿词不遇,游历于

① 《明史》,中州古籍出版社 1998 年版,第 1518 页。

② 《清史稿》,第 2358 页。

燕、赵、齐、鲁、吴、越、秦、楚等地，足迹半天下。后居家于中条山南之永乐，其晚年所居，襟带太华，西临雷首，竹梅相映，生趣盎然。以哀痛母丧，卒于康熙四十三年。

吴雯诗名动当时，深受名家推重，王士祯初见吴雯便击节叹赏，称其为"仙才"。朱彝尊将他和屈大均相提并论；即使力诋王士祯的赵执信对吴雯也推许有加，认为不管"天姿国色"，还是"粗服乱头"，吴雯的诗总是出于天然的尚品佳作。不但当世极称之，后代论者对吴雯也是推崇褒扬不已。因科场失意，依人远游，足迹几半天下，所以吴雯的山水诗范围广阔、题材多样，成为"神韵"派传人中的佼佼者。如：

落日山风吹，长松乱清影。白云逗残雪，忽见前峰暝。野鸟下寒竹，孤僧汲修绠。聊欲遂幽寻，理策渡西岭。

——《羊山》

莲花五千仞，灵孕自洪蒙。每变风云色，能参造化功。阴将连太白，气自满关中。欲问真源在，仙人住蕊宫。

——《望华山》

羊山，又名洋山，称此名者有多处，一在清松江府华亭县"金山卫东海中"；一在江苏铜山县东北；一在浙江嵊泗县西崎岖列岛中；一在今云南个旧市西；一在陕西旬阳县北五十里。根据诗意，吴雯《羊山》当写陕西旬阳之羊山。《清一统志·兴安府一》记曰："（羊山）终南支阜，联络千里。相传为福地修炼之所，下有谷粟、黑龙、仙花等洞。"吴雯写羊山行旅，与自己落寞的心境契合，他为了渲染气氛，烘托诗境，首先选择有典型特征的意象，比如"落日"、"长松"、"残雪"、"寒竹"、"孤僧"等；再使用凄切冷峻的色彩和动词，如"山风吹"、"乱清影"、"见""峰暝"、"下寒竹"等，使整个山水诗境沉浸在冷寂寥落、孤寒激楚的氛围中，给读者留下"遂幽寻"的想象空间。

《望华山》以"望"为焦点，从仰视的角度切入，把华山险峻高大、幽邈莫测的气势表现得淋漓尽致，让人在"五千仞"的高度，通过"风云色”的变幻，来参解自然的“造化”之功。

吴雯写北方山水以冷峭雄阔为特征，旨在渲染北地山川河岳稳健厚重的气韵，而南方景致在他笔下则显得幽深杳冥、轻飏曼妙，处处流荡着空明澄碧的神韵。如：

> 斑竹晚沈沈，维舟惜滞淫。潮来全楚白，云上半江阴。远渚鸟双下，空山猿一吟。故乡千万转，今夜洞庭心。
>
> ——《宿湖口》
>
> 西溪清浅流，洄洄杂菱荇。白鸟忽飞来，萍开见山影。
>
> ——《西溪》

湖口，在今江西湖口县，为彭蠡湖入长江之口，故名。吴雯“维舟”江湖交汇处，放眼两岸，“斑竹”千竿、暮色“沉沉”，远望潮水翻腾，白浪吞没“全楚”；仰视黑云低垂，“半江”阴翳；鸟栖“远渚”，猿吟“空山”，这气氛、这景象足以勾起诗人思乡的切切之情，愁肠百转、乡心如梦，全因入目皆见、入耳即闻的物理环境所感发所牵引。全诗采用远近相间、俯仰结合、动静相生、声色互现的手法，以“宿”的事件为基点，展开对山水景物的描摹刻画，突出了平远、高远的画面效果，达到景中见情、情因景生的艺术境界。

西溪，有多处，分布福建、云南、安徽、江苏、浙江、陕西等地，吴雯《西溪》诗之西溪无法具体确认，但从意象能判断为江南某处。诗用五绝的小令形式，言简意明地勾画出一副江南舟行的快意情景，小流清浅、菱荇参差、白鹭轻飞、山影扑人，这一组色调鲜活明丽的意象构成南国特有的自然画境，宛如一副充满生机而又淡远雅静的山水小品。

吴雯萍踪鸿影，行走南北，失意的科场促成了他对山水的依恋之情，让他在南北交错的山水间释放一腔无法向人诉说的心声，因此，他借景抒怀，把山水看成红尘知己，幽幽地淡淡地倾吐着人生的快意和失落，在人与自然、景和情交融的瞬间，便生发出如王士祯所言的“神韵天然”而不可凑泊的山水诗境：“野墅客来忘闭户，晴沙屐过不沾泥。”(《水村》)“淡淡浮云尽，渺渺飞鸿度。”(《再宿百泉》)“长沙自昔伤心地，亲向青山听鹧鸪。”(《四月》)“当门万里昆仑水，千点桃花尺半鱼。”(《次青县题壁》)“山鸟漫吟泥滑滑，吴娘偏唱雨潇潇。。(《吴门初春》)以上为随手撷取的吴雯山水诗句，仅此即可看出诗人善写意境的艺术功力，如果用诗人自己咏叹王昭君的一句诗来总括他的人生和诗艺，恐怕有意在言外的效果：“始知绝代佳人意，即有千秋国士风。”(《明妃》)

洪升(1645—1704)，字昉思，号稗畦，浙江钱塘人。说他是王门弟子稍显勉强，但毕竟他跟王士祯有过学诗的经历，故而将其归入王门弟子进行简述亦不为过。洪升出身钱塘世家，才华横溢，且受学于毛先舒、王士祯、施闰章等名家，和朱彝尊、袁于令、毛奇龄等交往甚密，可惜其一生仕途不济，最终因剧作《长生殿》而获罪，时人有惜之者曰“可怜一曲《长生殿》，断送功名到白头。”洪升的《长生殿》与孔尚任的《桃花扇》在中国戏曲史上同为经典之作，两剧一出，轰动当时，但南洪北孔的命运却有惊人的相似，从性格上，两人都傲岸不屈，骨气铮铮；从才华讲，两人均深于诗，长于史，精于曲；从最终的结局看，两人都因各自的代表作或隐或直触犯了统治者的忌讳而付出了沉重代价。洪升一生除戏剧作品外，还留有诗集《稗畦集》《稗畦续集》等。

作为王门弟子，洪升的山水诗自然有王门的明显特征：清空澹远、优雅寂静，在自然素描中追求空灵无我之境，而且其北上南下，往来奔走于形象殊异的山水图像中，所以他的山水诗题材广泛、情致超远、意境深邃，有种本色天成的韵味流荡于诗人所经所历之山川间。如：“登楼望西山，山晓翠无限。白云澹空濛，秋光若近远。”(《望西山作》)“兴随流水远，心与野鸥闲。青屿自孤迥，白云时往还。”(《湖上山》)前诗以京师名胜西山为歌咏对象，其意境开阔，色调雅致而空濛迷离，恍若水墨扇面；后诗写诗人故乡湖山，流水无声，野鸥点点，一种闲情逸致从轻声的咏叹中飘逸而来。两诗背景虽异，但境界却了然重合，如雪泥鸿爪，无迹可觅。再如“空江烟雨晚模糊，越峤吴峰定有无。宿鹭连拳鱼泼刺，败芦深处一孤灯。”(《晚泊》)“高吟把酒倚舡窗，惊起沙头鹭一双。夹道丹黄乌桕树，随人直过富春江。”(《富春》)

烟雨连江，鸥鹭无心，越山吴水，处处透着怡然的生机。洪升的山水诗追寻澹然无痕的纯净之境，如“寒色孤村暮，悲风四野闻。溪深难受雪，山冻不流云。鸥鹭飞难辨，沙汀望莫分。野桥梅几树，并是白纷纷。”（《雪望》）白雪红梅，琉璃世界，虽然处在“孤村”、“悲风”的“寒色”冷背景下，但诗人营造的诗境却超越了环境的囿围，而进入一种物我一体的混沌状态。洪升的山水诗用力最工，用情最深的还属其绘摹吟唱故乡西湖的山水诗群，这些诗基本用善写山水形态、吟咏性情的五言律体创制，收录于《稗畦续集》中，有志者可悉心研磨。

王门弟子繁盛，人脉兴旺，除上述几位，还有诸如宗元鼎、朱载震、王戬、周纶、朱湘、陈奕禧等一大批中坚人物，正是这些诗人的围拱烘托，才使王士祯所倡的神韵说繁衍滋盛成一个显赫的诗派。他们在诗艺上追摹王士祯，把王士祯所倡的典远端丽、清空冲澹的诗学理论当成创作的规范，进而在诗歌意境创造上努力与王士祯保持一致。如：

云顶关头路，丛篁绕翠微。蹴花双燕下，带雨一僧归。吟兴消长昼，春寒上袂衣。朋俦尽何在，行处颇忘机。

——陈奕禧《云顶关》

寺通野阜转清幽，压户藤梢带叶抽。最好江洲浮远绿，孤悬塔影漾中流。

——朱载震《夏过北兰寺》其一

独倚层栏欲望休，江南烟月动春愁。青山碧水无穷尽，卷入吴云去不收。

——宗元鼎《登吴陵城楼其二》

上举各诗，不管陈奕禧写山行感兴，朱载震刻画野寺塔影，还是宗元鼎临摹登楼远望，皆能于远近相间、高下相倾的视角变换中营造一种兴会玲珑、无迹可求的妙悟之境。

神韵派的山水诗从风骨可分为柔媚和刚劲两种，从韵味则形成清空与冲淡两路，就置景、造境来考察，皆能统一于开阔清远。这个特征不但王士祯兼备，而且扩展到神韵派的其他诗人亦表现明显。如张实居不但能写柔媚冲淡的《雨后》、《桃花谷》，而且还能创制雄劲冷峭的《会仙山》；周纶既能吟出“岚光疑晓雾，猎火乱寒星。地自飞泉白，天由密树青。”（《由冯公岭抵括苍作》）的幽深澹远，又能唱出“吏事昏鸦集，人烟返照横。乱流惬地脉，遗戍护农耕。”（《郯城》）的激楚苍凉。王士祯在为王戬作的《突星阁诗集序》中大力彰扬了神韵说的主旨，而王戬的山水诗除了“有根柢”、“有兴会”的风韵外，还有《送人出居庸》的悲慨苍茫：“风吹大漠黄羊过，天亘长城白草凋。百二关河悲故垒，十三陵寝识前朝。”蒲松龄虽然算不得王门弟子，但其《聊斋志异》经王士祯品题而风行天下，通过题诗能见出王士祯与蒲松龄间的同乡之谊。蒲松龄的山水诗瘦劲空阔、清远淡定，显然受神韵之浸润。如：“南山北山云，千株万株树。但见山中人，不见山中路。”（《青石关》）“驶急穿横流，汹汹作怒响。回首过来处，低云接沆漭。”（《渡河》）

神韵派作为一个主要的诗歌流派，不仅在清初，而且在全清一代的诗歌史上堪称阵容最强、标识最显而特征最具的诗派之一。尽管当时以及后世对其毁誉不一，褒贬不同，但它的以“不着一字，尽得风流”为号召的创作原则，以及重兴会之情、相外之神、味外之韵、言外之旨的美学精神对清代山水诗的创作起到了推波助澜的重大作用。追求神思，提炼诗境，达到形似与神似的统一，这是中国古典诗人孜孜以求的艺术原则，“神韵”派的诗人们将其继承、总结，进而扩大延展，其承前启后的历史功绩无法湮没。

第三章 “我性爱烟水，乘秋恣所寻”
——赵执信和齐鲁诗群的山水诗

清初诗坛，因政治力量的介入和岁月变迁，其格局发生了微妙变化。首先，随着众多遗民诗人的相继离世，诗风由悲劲慷慨、激昂哀感向澹远空阔、平和醇正转变；其次，缘于政治因素，创作群体的繁盛开始从江左向山左偏移。这种渐变和偏移是以王士祯、赵执信等为核心的齐鲁诗群的异军突起为表征的。

齐鲁诗群之所以能在一段时间与江南诗群此起彼伏，且形成抗衡之态，除清初复杂的社会因素之外，与齐鲁深厚的文化底蕴，及其所处地理位置相关。齐国始于姜尚，姜尚俗谓姜子牙，因佐周武王伐纣有功，待武王“平商而王天下，封师尚于齐营丘。”[①]“太公至国，修政，因其俗，简其礼，通商工之业，便渔盐之利，而人民多归齐，齐为大国。”(同上引)周成王时，管、蔡作乱，成王授命太公专征伐，以讨天下，齐国由此在诸候中地位特殊，成为显赫一时的强国，建都城于营丘。司马迁在《齐太公世家》的赞词中评道：“吾适齐，自泰山属之瑯邪，北被于海，膏壤二千里，其民阔达多匿知，其天性也。以太公之圣，建国本，桓公之盛，修善政，以为诸候会盟，称伯，不亦宜乎？洋洋哉，固大国之风也！”[②]与齐国一样，鲁国的建国者则是著名的周公旦，周公佐武王而有天下，于是“偏封功臣同姓戚者”[③]时，周武王“封

① 《史记·齐太公世家》，第1480页。

② 同上，第1513页。

③ 《史记·鲁周公世家》，第1515页。

周公旦于少昊之虚曲阜”，号为鲁公。周公名望甚高，不仅作《牧誓》等重要文告，而且还在武王既卒，成王尚幼的危难之际，不避嫌疑，担当起“摄行政当国”的重任，为稳固周初国基，奠定成康治世立下不朽功绩。周公出身显赫，功勋卓著，但他谦逊让人，厉行教化，渴盼并尊重人才的风范成为后世楷模，其子伯禽代他往封地鲁国就任前，他语重心长地告诫道：“我文王之子，武王之弟，成王之叔父，我于天下亦不贱矣。然我一沐三捉发，一饭三吐哺，起以待士，犹恐失天下之贤人。子之鲁，慎无以国骄人。”[①]齐鲁在春秋时以教化礼让驰誉天下，令各诸候国渴慕敬仰，成为当时人望所在。就文化底蕴来说，齐鲁大地曾是出产过孔孟思想的热土，另外还是兵圣孙武、书圣王羲之的故乡；贾思勰、鲁班以其绝技名扬天下。齐鲁文化海涵地负，博大精深，对中华文化的形成影响甚巨，尤其孔子为代表的儒家思想不但对中华文化贡献至大，而且对世界文化亦产生着无可估量的影响。柳诒征先生在《中国文化史》中论道：“孔子者，中国文化之中心也，无孔子则无中国文化。自孔子以前数千年之文化，赖孔子以传，自孔子以后数千年之文化，赖孔子而开。”[②]孔子以教育为传播文明、滋生思想的手段，他广收门徒，大力推广以“仁”为核心的儒家道统，在其著称的七十二贤人中，鲁国就占三十八位。孟子做为孔门的再传弟子，把儒家思想引入一个更广阔的天地，他在孔子“仁”的基础上，提出“义”的人格准则，从此“仁义”两字便成为中华民族恪守的道德规范与行为标准。在每次民族危亡之际，那些抱贞守坚的士人都要北上齐鲁，谒曲阜先师遗迹，表达心头不仕二姓的誓愿：“泰山沧海并高深，一院松风洙水阴。”（阎尔梅《曲阜访孔庙》）“万古巍然存，莫与尼父比。贤于尧舜远，斯言非溢美。”（方文《恭谒圣庙》）明末清初是一个腥风血雨的阴晦年代，许多士人的灵魂和人格经受了前所未有的考验，阎尔梅、方文是积极为抗清奔走，不与新朝合流的一代奇士，他们参孔庙，谒先贤，用高山仰止的心情吟唱出一代国士的悲慨之声。齐鲁因历

① 《史记·鲁周公世家》，第1518页。

② 《中国文化史》，中国大百科全书出版社1988年版，第231页。

史渊源形成的圣贤文化，既开启了中华千年文明的新纪元，又影响延续了齐鲁文学艺术的不断繁荣和兴盛。清初代江左诗坛而异军奋起的齐鲁诗群的出现，恰好证明了齐鲁文化底蕴的深沉，及其影响后世之巨。

齐鲁深厚文化的形成，与其延续的历史承传有关，更和它所在的地理形胜相连。齐鲁山岳耸峙，控扼南北；黄河穿境而过，大海扬波其侧，具有十分重要的战略意义。从春秋、战国，以至于明、清，齐鲁历来为兵家所重所争。且不说它临海而踞，有抵御外侮，巩固国防的重大作用，单就从南北勾连、屏卫京城而言，齐鲁的战略地位已成无可替代。元、明、清以降，国家的财税漕运要经京杭运河或海运通过齐鲁到达目的地——北京；官员往来驰骛，信息南北交流则取径齐鲁走陆路驿道，才能相互沟通。由此可见，齐鲁有锁钥咽喉之势，交通南北之利，从整体上对国家政治、经济命脉起到掌控作用。如顾祖禹《读史方舆纪要·山东方舆纪要序》所精当分析：“山东之于京师，犬牙相错也。……漕渠中贯于山东，江、淮四百万粟皆取道焉。……山东者，驭之得其道，则吾唇齿之助也；失其理，则肘腋之患也。吾尝俯仰古今，而知能为幽、燕患者，必于山东。”①在顾祖禹眼里，山东乃“积贮天下之大命也”，之所以有此重要的战略位置，是因为山东“东据海，南距淮，西接梁、宋，北走燕、赵”②的形胜所决定，就交通而言，“山东去京畿密迩。水陆往来皆取途于此，远至浙、闽，近自江、淮，皆以山东为走集之冲也。”（同上）顾炎武在《肇域志》中亦有类似的分析：“山东要害之地凡五：临清，南北之咽喉；武定，燕、蓟之门庭；曹、濮，鲁、卫之藩篱；沂州，徐、淮之锁钥；登、莱，边卫海东之保障。南有泰山，北有渤海。《战国策》介山东两路之间，最为冲要。《金史·蒙古纲传》”③

由于山东为水陆交通驿道，境内名山大川星布，所以按山水诗地

① 见《读史方舆纪要》，第1439页。

② 同上，第1442页。

③ 见《肇域志》，第451页。

理考察，终清一代，凡北上南下的诗人均留下吟咏驿路风光，刻摹齐鲁形胜的优秀诗篇。正是这南北文化的交汇融合，催生化育，才使齐鲁诗群在清初成为取代江南诗群而唱响诗坛主旋律的梦想变成无法置疑的现实。

齐鲁诗群的领军人物以王士祯和赵执信为首选。王士祯作为神韵派的领袖前章已述及，本章以赵执信为主将，拟对齐鲁诗群的山水诗进行由点到面的扫描。

第一节 嵚崎磊落 诗格高标

——赵执信的生平及诗学观念

一、傲岸不屈的人格特征

赵执信(1662—1744)，字伸符，号秋谷。山东益都人，益都曾为青州府治，所以赵执信自署其诗文集曰："青州赵执信。"

赵执信先祖曾是赵宋苗裔，因避靖康之难而迁隐山东蒙阴。明初，由蒙阴移居益都县颜神镇，成当地名门望族。他的曾祖赵振业中明天启乙丑科进士，官至监察御史，入清，历任山西、江南两布政司参议；叔祖赵世美中明崇祯庚辰科进士，入清，官至福建按察使。祖上科举入仕的荣耀时刻激励着赵执信，让他在家族良好的教育氛围与自身聪慧颖悟的双重眷顾下，于康熙十八年荣登是科榜首并入选翰林院，当时他年仅十八岁！五年后，入山西任乡试正考官；二十五岁调任右春坊右赞善。从十八岁金榜题名，到二十五岁任职右春坊，赵执信短短的七年光阴走过了无数人几十年都无法企及的坦途。

因为少年得意，仕途风帆正旺，且为人耿介坦荡，所以赵执信对官场趋附之风颇不以为然。对此，黄叔琳在《赵执信墓表》中描述道："朝贵皆愿纳交，而先生性傲岸，耻有所依附，落落如也。故才益著，望益高，忌者亦益多。"陈恭尹在《观海集序》中也表达了同样的看法："益都赵秋谷早通仕籍，才名振天下。然好纵酒，喜谐谑。士以诗文贽者,合则投分订交,不合则略视数行,挥手谢去。是以大得狂名于长安。”“早通仕籍”而“性傲岸”,“才名振天下”但不谙官场习气,赵执信意欲如腾空之天马,独行其是,但卑污的仕途官场,加之居心叵侧的幽暗灵魂岂能容得下这么一个童心未泯的名士独善其身?灾祸终于在不该降临时骤然降临了!

康熙二十八年,赵执信春风得意的人生之流发生了急剧的逆转,由于国丧忌日观看洪升的《长生殿》被言官所劾,他从此告别了十年仕宦生涯而浪游隐居终生。

“观剧案”不但改写了赵执信的人生史,而且还使洪升、查嗣琏等一批名人也因此遭受重大挫折。推究原委,“观剧案”的爆发有以下三点:其一为当时剧烈的派系之争,即徐乾学与纳兰明珠两大实权派系的斗争所导致。“观剧案”虽然为其余波所及,可对于赵执信、洪升等人已构成致命打击;其二是赵执信本人被劾与他“遭时忌”有关。郑方坤《国朝名家诗钞小传・饴山诗钞小传》曰:“(秋谷)恃才傲物,为京朝官所嫉。时《长生殿》院本盛行,而秋谷尤所咨赏。会国恤止乐,……言事者掎摭入奏,各遣谪有差,而秋谷遂坐是削籍。”①其三是私人挟隙报复的结果。赵执信恃才傲物,“率性自好”,所以对同僚间的关系处置不当,遂使心怀卑下的小人常有伺机报复之心。弹劾“观剧案”的“言事者”黄六鸿(名黄仪),为江苏常熟人,与同郡徐乾学相善。据梁绍壬《两般秋雨盦随笔》卷四所载:“黄六鸿者,康熙中由知县行取给事中入京,以土物并诗稿遍送名士。至宫赞赵秋谷执信,答以柬云:‘土物拜登,大稿璧谢。’黄遂衔恨之次骨,乃未几而有国丧演剧一事,黄遂据实弹劾。”赵执信遭遇弹劾,险些丧命,惊魂甫定之际,他赋诗亦诋斥黄六鸿曰:“广寒乐罢天未明,墙阴黄犬为人声。”(《与史生升衢对酒话京中旧事》)这里“黄犬”当影射黄六鸿。

二十八岁被劾削籍,八十三岁终老田园,赵执信逾半个世纪的生命在交游、旅寓和忧愤中度过。当他的难友们或星散飘流,或改名换姓之后,他依然傲岸孤高,处处表现了与统治者离立的决绝态度:“叔

① 见《清代传记丛刊》第24册,第224页。

达顾来宁有甑，相如免后更无赀。……解道箫韶能引凤，何妨一鹤不来仪。”（《躬暨见示，以新例宏开，当有弹冠之兴，却呈四韵》）这首诗作于康熙六十一年，他的友人冯协一（冯溥之子——笔者注）认为新皇帝即位，赵执信得官有望，所以写信给他，请他相机出山，但赵执信写诗婉拒了“躬暨”（冯协一的字——笔者注）。在诗中他表示自己象东汉末年的孟敏（叔达）一样，看待弃置的官职犹如破甑，纵使穷困到司马相如被免职后的潦倒程度，也不会再入官场，向当权者卑躬曲膝。去官后的赵执信处处表达了他悲愤激昂、不向统治者低头的高洁心怀：“垂堂高坐本难安，身外鸿毛掷一官。”（《寄洪昉思》）“门前几日不霜风，君看万柳何颜色。”（《冯文毅公别业古柏》）“情知舌巧王孙喜，不向金丸落处飞。”（《题信州所畜白鹦鹉》）赵执信与统治者坚不合作的对立心态不但表现于上述嬉笑谐谑的抒情中，而且还寄寓在他大量反映社会现实，揭露各级官吏丑恶行径的叙事里：“兵盗相寻几时了，从此行人恐难保。”（《村宿书所闻》）康熙号称盛世，但民不聊生的社会逼良为盗，盗因生活所迫，他们的劫掠仅限于过往行旅的商人，而“兵”则借捕盗之名，大肆残害生灵，掠夺民间，在赵执信看来兵不如盗。兵之所以暴虐横行，关键是官贪卑无耻，官的横行霸道、为虎作伥既是兵肆虐的基础，又是导致民穷、民困、民反的祸根：“虎在山林本畏人，近日公然入城市。借问何缘敢横行，伥鬼巧黠为之使。”（《虎伥行》）此处用寓言的形式，把指斥的矛头层层向上，直刺封建统治者，因为有了他们的指使，那些凶恶的猛虎才能“公然入城市”，显示“虎目眈眈尾矗矗”的凶相，“乘风间隙甘人肉”。当然“甘人肉”的恶虎吃人时不能独吞，而是首先要“腥膻惯向山神献”，如此才能“威福潜将上帝移”，“山神”得到恶“虎”献来的“腥膻”，才能把更大的“威福”授于它，让他继续作恶。“甘人肉”、饮人血，这就是封建官场由层层权力交织成的利益链，换言之是由利益链结成的牢固不破的权力网。那些受封建统治者倚重的各级官吏如同尸位素餐的“木偶人”，他们常常“庙中高踞街中游，诃呼雷应云香浮。”（《木偶人》）道貌岸然、满脸庄严，是封建统治者的共同特征。但金碧辉煌的外表始终掩盖不了虚伪残暴、内心空洞的本质：“侬家使君已二年，班班治绩惟金钱。”(《两使君》)“攫金搜粟恨民少，反唇投牒愁民多。”(《吴民多》)封建统治者的苛政杂赋、贪婪残暴，最终使人民铤而走险，奋臂而起，用绝望中的一击，反抗封建官吏的残酷暴政：“官私计尽生路无，不如却就城中死。一呼万应齐挥拳，胥隶奔散如飞烟。可怜县令窜何处，眼望高城不敢前。”(《甿入城行》)赵执信对生计无存的人民的反抗投以赞许，对水深火热中的民生寄予同情，对横蛮贪暴的官吏无比蔑视和仇恨，当他看到蝗灾给人民造成的深重祸难时，呼吁蝗虫不要吞噬穷苦人的庄稼，而应到官吏家去作客：“蝗乎，蝗乎，且莫殚我谷！告尔善地栖尔族：一为催科大吏堂，一为长安贵人屋。”(《后纪蝗》)分明的爱憎、不屈的意志、悲悯人生的情怀，是赵执信傲岸孤直、不与浊世同污的人格特征。秉持这样的人格，他岂能为一官而屈膝奔走，又怎能在漫长的人生之旅中熄灭抗争的心灵之火。

如果说康熙二十八年的观剧案改写了赵执信的人生，使他更贴近生活、接近民生，培养了他悲天悯人的高尚情怀，那么，与王士祯的诗学之争，则成就了他在文学史上的地位，令他成为一个备受关注的卓越诗人。

二、见识卓越的诗学观念

赵执信与王士祯在诗学观上的论争，一直是人们关注的焦点，大多数论者将其淡化为个人间积久的恩怨，其中最具代表性的论点有：

(赵执信)生平服虞山冯氏定远，称私淑弟子；而于渔洋王氏，著《谈龙录》以贬之。然责人斯无难，未必服渔洋之心也。诗品奔放有余，不取蕴酿。(沈德潜《国朝诗别裁集》)

益都赵宫赞秋谷，自少负异才，以工诗鸣山左，视一时辈流，罕有当其意者，迨识新城先生，乃敛衽慑服，于是噤不作诗者四五年。……厥后两公议论偶不相合，谗人从而交构之，而彼此嫌隙生矣。(王应奎《柳南随笔》)

执信娶王士祯之甥女，初相契重。相传以求作《观海集》序，士祯屡失其期，遂渐相诟厉，仇隙终身。……迨其后沿波逐流，

递相祖述，坚持门户，入主出奴，哓哓然迄无定说。（纪昀《四库全书总目提要》）

秋谷娶渔洋甥女，恃才不相下。……盖与渔洋龃龉已久，所谓因乞序构衅者，特其决裂绝交之显迹耳。（徐世昌《晚晴簃诗汇·诗话》）

综合上述各家所论，赵执信与王士祯早期因有远亲关系（赵执信岳母是王士祯从妹，所以赵执信从辈份讲是王士祯甥婿—笔者注）而相互推重，赵执信对王士祯"裣衽慑服"，后为作《观海集》序言，王士祯一拖再拖，使赵执信心生不快，由此导致了两人间矛盾的激化与公开化。

一件在文学史上两种观念、两个观点的论争和对抗就这样被轻描淡写地弱化了，这种解释对赵执信来说似乎有些轻浮与不公。其实导致赵、王之间纷争和抗辩的原因与其说是私人关系的恶化，毋宁说是两种人格、两种人生观、两种诗学理念的撞击和抗衡。

从人格特征来辨察，赵执信与王士祯表现出迥异的个性特点，这种个性特点既来自于先天禀赋，又来源于个人修炼。在赵执信性格中始终沉积着："率性自好，无所缘饰"（吴雯语）、"孤情绝照，不屑屑焉随人作计者也"（郑方坤语）、"性傲岸，耻有所依附"（黄叔琳语）、"峭峻褊衷"（《清史稿》语）的人格特质。正因为这些人格特质决定了他行为上不拘小节，"好纵酒、喜谐谑"（陈恭尹语）、"纵情于酒，酣畅淋漓，漫骂四座"（沈德潜语）的处事方式；在对人对事方面，以个人性情所适为取舍原则，不掩饰，常常表现得曲高和寡，"落落如也"（黄叔琳语），"士以诗文贽者，合则投分订交，不合则略视数行，挥手谢去。"（陈恭尹语）"于近代文章家多呰謷"（王应奎语）具备这种人格特质的人率直自然，待人接物不以功利为目的，而以性情为主，敢于任事，有侠义之气，不斤斤计较个人得失，且嫉恶如仇。在观剧案爆发后，为了保护同受牵连的其他"坐客"，赵执信"至考功，一身任之"，而且断然拒绝"西曹"的"索贿"；罢职后，有人变易姓名，重登仕籍，缄口不再谈论世事。（据查为仁《莲坡诗话》载，观剧案后，赵执信、查嗣琏同被贬谪，为了安慰朋友，赵执信赠诗查嗣琏曰："与君南北马牛风，一笑同逃世网中。"查答曰：“欲逃世网无多语，莫遣诗名万口传。”“荆高市上重相见，摇手休呼旧姓名。”查嗣琏后变名查慎行，再中康熙四十二年癸未科进士。笔者注）王士祯为人圆滑精明，他的人格特征是冷静沉着，善于应变，做人做事首要考虑的因素是利害，这是他和赵执信的本质区别。

以人生观念考量，赵执信适性自然，不刻意追求功名利禄，始终与封建官场保持一定距离；而王士祯正好与之相反。

由于人格特质、人生观念的差异，赵、王在诗歌创作上也持不同态度。赵执信能直面现实，关注民生，对社会黑暗面进行无情揭露和抨击，对广大人民群众的疾苦给予最大程度的关注和同情，表现了高尚的现实主义作家所具有的悲天悯人的情怀；反之，王士祯的诗歌却无一字触及社会矛盾，不敢正视民生疾苦与社会现实。从赵执信大量反映民生疾苦、揭示社会黑暗的作品中，我们可以判定他是一个具有社会责任感和人民性的现实主义诗人，而王士祯则是站在统治阶级立场，力求避开社会矛盾，刻意倡导一代风气的正统歌手，这种诗创作上冰火不容的对立反映在政治态度、诗学观念诸方面则是导致王、赵之争的本质因素。正如严迪昌先生所说：“他（指赵执信）与王渔洋在诗学观上一争短长，应属历史客观条件所孕结的某种必然！”①

赵执信与王士祯诗学观念冲突的焦点是对“神韵说”的质疑。在赵执信眼里，“神韵说”是空泛的，无根抵的，它导致诗人盲目追求形式上的典雅，或内容上的玄远，而偏离生活轨道，忽视现实，漠视民生，从而形成诗坛宗派主义：“词场近来盛稂莠，虽有条蔓无根荄。楚相衣冠惑左右，狡黠总是输俳优。”（《七夕雨饮松皋舍人分韵得九佳》）在此，赵执信对“神韵”派的指斥是明显的，他们的创作看起来“条蔓”繁盛，但实质却无“根荄”，是诗坛臭腐的模拟之风的翻版，是古人玄远空洞诗格的“楚相衣冠”，这种表象看来“狡黠”高明的模仿，其实连“俳优”都不如。不仅如此，赵执信还把批判的刀锋对准“神韵”派所形成的宗派主义势力，他痛切地指出“神韵”派虽然势如“山

① 见《清诗史》，第 603 页。

岳”，无人能排，但事实上却给诗坛，甚至社会带来极大危害：“渔洋诗翁老于事，一一狎视海鸟翔。赏拔题品什六七，时放瓦釜参宫商。”（《题大木所寄晴川集后》）王士祯标榜“神韵”，成为一代影响甚巨的宗主，经他“赏拔题品”的诗人诗作，一夜可以走红大江南北，所以他的门生弟子遍海内。可是骨鲠耿介的赵执信却不买这个帐，他一方面批判王士祯赏拔太滥，一方面点破“神韵”派“瓦釜参宫商”的弱点。“神韵”派诗人中有些人凭王士祯的点缀而登堂入室，俨然大家，如瓦釜一般雷鸣在诗国的天空，其危害比“万马齐喑”还可怕。

赵执信针砭“神韵说”的观点除散见于其它诗文外，更重要的集中于《谈龙录》。

《谈龙录》是赵执信诗论思想的结晶，也是他对当时诗坛深刻的反思录。这部一经发表就引起轰动的诗论著作写成于清康熙四十八年（1709），距他解职落籍整二十年。《谈龙录》的问世，既是对王士祯诋毁贬抑的回应，又是赵执信诗歌理论的宣言。虽然在《谈龙录·序》中赵执信明确道出著述《谈龙录》的原委是为“师门”“亡友”辨诬，为自己伸张正义，但详察《谈龙录》，它已超越个人和师门恩怨的局限，而将审视的目光投向整个诗坛。详推之，《谈龙录》的诗论主张有以下几点：

第一，诗歌要以个人的遭逢体验为主体，要言之有物，不同的人生经历、不同的生活态度，反映在诗歌里，就有不同的风格和韵味。人生是丰富的，生活是多样的，所以诗的形式和风格也是多元的，“非徒以风流相尚而已”，风流蕴藉是一种风格，但不能涵盖所有，作诗一定要有人、有事，让“后世因其诗以知其人”，兼“论其世”，[①]“神韵”派的弊端就是隔离“人”与“事”，使“人”“事”相违：“言与心违，而又与其时与地不相蒙也。”（同上）

第二，诗贵言志，“志不可伪托”[②]，而言志之诗必须切近现实，必

① 〔清〕赵执信《谈龙录》，见《清诗话》，第 311 页。

② 见《清诗话》，第 312 页。

须有事在，达到诗与人、人与事的完整统一，有“寻其首尾如贯珠然”的效果。否则大家千篇一律，“征引故实，夸多斗靡”，必然会失去诗歌的独特性与典型性。赵执信认为作诗必须“贵知学，尤贵知道。”①学是诗人的素养，诗的内涵的深厚、格调的高下与“学”密切相关；而“道”则是诗人对事物的感受，对社会现实的关怀，对民间疾苦的悲悯，“道”可以使诗人的作品之外“尚有事在”。为了实证“学”、“道”对诗创作的重大意义，赵执信以杜甫、白居易、罗隐为例，说明了现实主义诗歌言之有物，关注社会的可贵特征，同时，他毫不隐晦地批判了王士祯“酷不喜少陵”、“薄乐天而深恶罗昭谏”的偏执诗学观。对待以杜甫、白居易、罗隐为代表的现实主义诗风，不但是诗学之争，而且还深层地反映了持论者的政治态度。赵执信正是看到了王士祯以诗学为表象而回避现实、掩盖矛盾、粉饰天下太平的思想本质，从而对他展开愤切的批评：“余谓昭谏无论已，乐天《秦中吟》、《新乐府》而可薄，是绝《小雅》也，若少陵有听之千古矣，余何容置喙！”②

第三，诗歌风格应多样化，让诗人在自己学识气养的基础上，自由选择适合的格调。王士祯倡导“神韵说”虽有功绩，但其偏执于“不著一字，尽得风流”，就使诗歌创作走上了舍本求末、虚无玄远的歧途。针对这种状况，赵执信在《谈龙录》里说：“司空表圣云：‘味在酸咸之外’。概而论之，岂有无味之诗乎哉？观其所第二十四品，设格甚宽，后人得以各从所近，非第以‘不著一字，尽得风流’为极则也。”在此，赵执信的观点极为明确，他认为二十四诗品都没有将“不著一字，尽得风流”定为作诗的最高准则，那么当代诗人大可不必把它奉为第一甚至唯一规范，相反应该在自己性情、禀赋、学识、阅历等范围内就近选择适合的品格韵致，以形成各自不同的风格。

第四，诗歌要言之有物，以意为先，在形式和内容的处理上，以内容统帅形式。赵执信在《谈龙录》里引用《金史·文艺传》周昂的话说：“文以意为主，以言语为役，主强而役弱，则无令不从。今人往往

---

①② 《清诗话》，第313页。

骄其所役，至跋扈难制，甚者反役其主，虽极词语之工，而岂文之正哉？”[①]“以意为主，以言语为役”，阐明了诗文创作的基本原则，“意”是内容，“言语”是表情达意的手段，因此“言”必须为“意”服务，做“意”的“役”，如果作诗过分强调语言的雕琢或刻镂，甚至堆砌词藻，就会使诗歌空无一物，犹如海市蜃楼，远观秀象玲珑、华丽无比，近察则空空如也，这种毫无个性和思想感情的形式主义诗风是富有责任心的诗人所不取的。基于这样的理念，赵执信对王士祯倡导的空浮诗风进行了无情抨击，他指出“神韵”派不顾诗歌风雅传统，背离“建安风格”、乐府旨趣，一味“蔽于严羽呓语”，为求所谓味外之旨，而“相竞以多”，“徒事拉杂堆垛”，最终产生“意已尽而犹剌剌不休”的不良效果。

“神韵”派在清初诗坛是一支不可忽视的力量，它不但是诗歌创作方向的引导者，而且还是当时新生代政治势力的集合体，因此，“神韵”诗派一经形成，便势如“山岳”，无人能撼动。赵执信拨开他们烟焰张天的表象，看到其相互援引、排击异己的宗派倾向，他毫不留情面地指出：“奖掖后进，盛德事也。然古人所称引必佳士或胜己者，不必尽相阿附也。今则善贡谀者，斯赏之而已。”[②]古代先贤以“奖掖”推引“后进”为“盛德”之事，他们“奖掖”的往往是“佳士或胜己者”，相反，王士祯所代表的“神韵”派表面看似阵容强大，名位极盛，实质却是一批利害相切、攀附势力的“善贡谀者”，他们对同类者阿谀互赏，以成宗派，而对与其主张不合、持论不同的“后来秀杰”，只要“稍露圭角”，便“罪谤”不已，大加挞伐。为此，赵执信质疑王士祯奖掖后进的行为曰：“乌睹夫盛德？”既然是攀附援引，排斥异己，何谓其有“盛德”乎？

《谈龙录》言简意深，直陈胸臆，它对清初流行诗坛的空泛诗风和宗派倾向有诸多批评，其深刻的思想性已超越对“神韵”派的拨正，至于其更深广的内涵，当有待大方之家详察明辨，做系统全面探析，兹

---

① 《清诗话》，第 314 页。

② 同上，第 315 页。

不赘述。

第二节　“三江连五岭，浪漫问知音”
——赵执信山水诗的内涵简述

赵执信在清初诗人中是一个个性鲜明、思路极为独特的现实主义作家，在现存十九卷，包括一千零四十四首各体诗作中，除少数酬唱赠答的篇章失之平庸外，其大部分作品都写得平直自然，言之有物，而且感情激越，喷涌而出，形成如前人所评的“自写性真，力去浮靡”（陈恭尹语），“硬语能佳”（袁枚语），“直而不俚”（吴雯语）的特有风骨，这种言之有事、言而成真的诗风被朱庭珍评价为：“笔力锐入快出，直击鼓心，胜于阮亭。”（《筱园诗话》卷二）赵执信被世公认为写实主义诗人，他的作品涵盖了生活的诸多方面，但细加辨析，其主体内容有以下三点：（一）揭露阶级矛盾，暴露社会黑暗，同情民间疾苦，为民慨然请命的现实主义悲歌；（二）鄙视功名利禄，珍惜气节友情，抒发个人高洁情怀的浅唱；（三）纵情山水，放歌自然，穷形尽相刻镂江河湖海、山岳丘壑的豪迈乐章。前两类已被前人广泛认同，并加以激赏，而第三类，亦即山水乐章则是本文欲详述的。

如果从时间上划分，赵执信的山水诗以康熙二十八年为界截然分成两段；如果以地域考察，则有晋冀齐鲁、苏浙粤赣之属；假使以描摹对象观照，则有崇山险峰、江河湖海之类；设若以风格和用笔来看，就表现了瘦劲苍莽与逸韵高古并存、工笔细描和大气点染相间的多元风格。以下按时间为序，以地域和描写对象为模块分述之。

一、刚崛劲健、险仄峭厉的燕赵山水诗

赵执信于康熙二十三年被任命为山西乡试正考官，上任往返途中，穿插盘旋于万峰竞峭、林木蔽日且瀑水倒激的太行山中，他把人生巅峰的豪情融入满目皆见的幽燕山水，挥毫写下一组太行山水诗，在清代山水诗史上，这组太行山水诗群有着独特的地位，正如吴雯在

《并门集·序》中所言，有“渟泓骏发”之气，“高而不诡”之情。

组诗集行旅、吟赏、观览为一体，是诗人前期山水诗的代表作，收入《饴山诗集·并门集》中。

《并门集》中的山水诗沿诗人入晋主持乡试往返的途程而展开，全集刚直瘦劲、幽奥雄阔，写出了横亘幽燕晋冀的太行山脉的凌然气势和它屏障中原的战略形胜。其体制以古律杂歌为主，而且五七言相间，五言多刻摹景致，细腻工整，使山形水态纤毫毕露；七言以抒怀为主，长歌独啸，把诗人因雄放山水激励的感情如江河一泻而出。如写行旅山水的五言体《获鹿至井陉道中三首》，一气连贯，前后呼应，把从获鹿至井陉的旖旎风光描写得如同一幅辽远雅致、意境深邃的山水联屏图：“高处云封屋，秋来草没门。……却听樵歌返，前峰日已昏”，(其一)“犹隔数峰远，还从深树回。暗中闻犬吠，始见竹篱开。”(其二)“晓日不照地，群峰方障天。行人听鸡起，鸟道接河悬。”(其三)三首五律一体相关，描写了从获鹿至井陉道中所见的秋景秋色。虽然三首各有侧重，但组诗以秋气为基调进行布局设色，使全诗笼盖在辽远空阔、幽深明净，而略带怅然的气韵中，结尾将景与情互融，吟唱出“秋来无限思，牢落付山川”的淡淡忧愁。赵执信五言古体山水诗与五律相比，其风格和气韵陡然不同，如果五律轻快逶迤，有曲径通幽的含蓄感，那么五古则风云突变，如江河决口，波涛冲天，又若宵夜独行，四闻秋坟鬼唱，有悚目惊心的感染力。如：“山势郁屯云，水声激流电。波荡巨石奔，滩坼地轴转。……圆浪欲没鞍，轻沤时及面。浮沉溯众川，攀缘望绝栈。”(《涉七十二河》)七十二河，在清属太原府辖平定州境内，为诸多河流的总称，据《平定州志·舆地志·山川》载：“吾州治在万山中，下城为山水合流之冲，一遇大雨，两崖暴涨，居民濒河者不胜苦矣。”顾祖禹《读史方舆纪要》对平定州是这样记述的：“州东迫常山，扼井陉之重险，西驰汾曲，据太原之上游，并、冀有事，州其必争之地也。且前控漳、滏之流，后拒句注之阴，山川环绕，道路四通，居然雄胜矣。”[1]平定州清初属太原府，雍正二年升直

① 见《读史方舆纪要》，第1841页。

隶州，境内众水合流，其重要者如泽发水、洞涡水、南川水、清漳水等，《清史稿·地理志》对其川源河流有详备记载。赵执信由京师出发，到平定时正值秋水时至、涯涘难辨牛马之季，面对陡然暴涨的河流，他以五言古体的长诗描绘了山城急流如箭、洪涛吞天的骇异景观，读之使人心惊骨折、胸胆洞开。和《涉七十二河》联袂成篇的《晚发芹泉驿，夜过寿阳》则写得神秘诡谲、幽邈莫测，其阴森处直砭肌骨：“新月乍微茫，群星半耿耿。远云时作阴，积雨正多泞。……阴阴俯崖际，籁籁乱林影。深谷聚豺狼，涧潦渲蛙黾。山腰忽一灯，鬼火出焰井。”夜间行旅在一星如豆、阴崖崩摧的山路上，四闻乱林萧森、涧喧狼嚎，举目则浓云低垂、昏灯似鬼，一路“昏眸呼不开”的诗人，突然被“寿阳城上钟”，敲击得“残梦三更醒”。此诗结句给人留下余音袅袅的空阔感。芹泉驿，地名，属平定州，清初曾设巡司于此。芹泉山，在寿阳县东二十里，山有泉二，流出南山鸦儿谷者曰南芹，出北山太平谷者曰北芹，二泉合流后东入平定州界，芹泉亦名琴泉，驿名概得之于山名者。

五言古诗体例自由，容量庞大，是传统山水诗中诗人常用来对山形水貌进行精雕细琢的首选诗体。赵执信充分利用五古的体裁优势，把目经身历的太行山景刻画得精确细致，宛如一幅意境高古而笔锋工整的巨制山水图，其一景一物形态逼真，一山一水灵动自然，使人恍然身临其境，神魂俱醉。如写雪峰皑皑、群山莽苍的景致，他抓住仰视远望的特征，把晋中独具的混茫雄劲表现得极其酣畅：“高堂收众阴，目极天四下。空烟寒欲开，晚云散如泻。远见群山来，莽莽乱奔马。”（《沁水使院望石楼山雪》）写山中行旅冰封雪冻，万山回合，道路崎岖的状况，他时时突出山势萦纡、林木阴森的特点，以此点染太行山深沉幽邃、险峻磊落的气势：“我行曾冰中，仄径愁跻攀。马压后人顶，足滑不得安。……久依悬崖转，每疑绝壁穿。……四山森列笏，戢戢争荒烟。林木接萧瑟，万壑寒声传。”（《发泽州宿星轺驿，尽日行太行最深处》）写太行山将尽而山势倏然急迫险峻的情形，他以急管繁弦的笔势把“野旷山尽收”的殊异景象描摹得令人咋舌不已：“万山围马首，崚嶒行相逼。……晓看白日近，渐觉山势急。前路纷羊肠，下赴将何极。……浮云千里通，清流一线直。……久行望弥真，屡下境转偪。回视高峰颠，一一诧所历。"(《下太行入河北》)太行山绵延横亘数千里，跨晋、豫、幽、冀数省区，为北陲屏障。顾祖禹《读史方舆纪要》"山西名山"条曰："太行山，在平阳府绛州绛县东二十里。此为太行之西垂，东连怀、泽之境，又东北出彰德、潞安之郊，直抵幽州东北凡数千里。"[①]又"河南名山"条曰："太行山，一名五行山，(亦曰王母山，又名女娲山。)在怀庆府城北二十里，接山西泽州南界，羊肠险道在焉。《禹贡》曰：'太行、恒山，至于碣石。'……《述征记》：'太行首始河内，北至幽州，凡百岭，(诸山皆因地立名，实一太行也。)连亘十三州之界。有八陉，(《尔雅》：'连山中断为陉')：第一轵关陉(在济源县)；第二太行陉(在河内县)；第三白陉(在卫辉府辉县)；第四滏口陉(在彰德府磁州)；第五井陉(在北直，今河北获鹿县)；第六飞狐陉(在山西蔚州)；第七蒲阴陉(在北直，今河北易州)；第八军都陉(在北直，今北京昌平州)。'《括地志》：'太行连亘河北诸州，凡数千里，始于怀而终于幽，为天下之脊。'《里道记》：'自晋阳趣河内入洛阳，必经太行，太行在怀、泽间，实据南北之喉嗌。'"[②]宋乐史撰《太平寰宇记》"河北道济源县"条云："太行山，相传谓皇母山也，或名女娲山。其上有祠，民祈福而岁祷焉。"[③]又"获鹿县"条云："井陉口，今名土门口，在县西南十里，即太行八陉之第五陉也。四面高，中央下，似井，故名之。"[④]清孙承泽《天府广记》卷三十五记述道："京师之西，皆山也。旧记：太行山首始河内，北至幽州，第八陉在燕，强形巨势，争奇拥翠，云从星拱于皇都之右。"[⑤]又曰："军都山在昌平西北二十里。……又名居庸山，太行山之第八陉也。"[⑥]由上述记载可见，太行

① 见《读史方舆纪要》，第1784页。

② 同上，第2095页。

③ 乐史《太平寰宇记》，中华书局2007年版，第1083页。

④ 同上，第1252页。

⑤ 孙承泽《天府广记》，北京古籍出版社1984年版，第488页。

⑥ 同上，第500页。

山横亘晋、冀、豫，绵延上千里，其间险关重重，为屏障中原、拱卫京师的锁钥“喉嗌”之地，从春秋以至当代为兵家必争的战略要地。“夫太行为天下脊，岂止一方之险要而已。”[①]“‘夫太行之山，千秋不异，则太行之险，亦千秋不异矣。’”（顾祖禹《读史方舆纪要》引崔伯易《感山赋》语）太行不但险峻奇诡，为兵家必争的战略形胜，而且其山势连绵，林木阴翳、涧壑幽深，有连屏山水画廊的审视效果。赵执信从秋日入晋，到冬尽返程，其往返行途全穿行在太行绵亘不断的万山中，他与生俱来的豪情穿越重重险关、道道山岭，盘旋于逼仄崎岖的羊肠小道，徘徊在山水一体的自然之境，他把历险的感受、人生的体验和无尽的诗思整合起来，发散成对太行壮景的真实摹写与纵情放歌。如果他把五言古体写景的优势发挥到最佳，那么他更把七言歌行抒情的境界推向高潮，在五言体的诗歌里他真切实景地再现了太行山的形势，而在七言体的篇章中，他借景抒情，把心中汹涌的激情倾泻出来，形成激荡人心的艺术力量。如《井陉道歌》前半写景、摹形、造势，后半则在景、形、势构成的浑阔背景下，抒发诗人深沉的思古怀忧之情：“嗟呼绝险天所设，左车当日真良谋。……古来成败两寂寞，山川满目增烦忧。道傍战垒野花放，雨余山鸟鸣啁啾。”井陉关，在清北直隶真定府获鹿县（今河北获鹿县）西十里，又名土门关。其“山势自西南而东北，层峦叠岭，参差环列，方数百里。”[②]因为井陉是太行险要之冲，所以历来军事之争都与之相关，赵执信穿行在“初缘细路行逾上，风中一线秋空浮”的山道间，放眼雄关漫道、群山莽苍的景致，俯察“径回两壁竞奇诡，坐令溪谷成深幽”的惊魂山势，顿然生出“失势忽落不自觉”、“人如回飙激下叶”的空茫感，一股冷透肌骨的寒潮慢慢升腾在胸臆之间：“已觉心气俱沮丧，敢云追蹑穷冥搜。”置身于此景此情，人的生命飘乎如一片黄叶，与大自然的雄浑广袤相比，任何个体的生命都不敢宣称已穷尽天下，而且历史上不管是韩信的成功，还是赵国的失败都已毫无意义。山川依旧、天险固在，而人世间

① 见《读史方舆纪要》，第 2096 页。

② 同上，第 424—425 页。

的争战杀伐如一缕轻风消逝在故垒旁的残砖碎瓦中，只有一丛野花静静地在开放，一群山鸟幽幽地“啁啾”欢歌！与《井陉道歌》低沉徘徊的幽情相比，《夜渡黄岭》写得轻快如朝日之初升，令人有“欲与天公试比高”的豪放之意：“凭虚直上二十里，势与天阙争中分。……东方放晓日欲出，却望天际危此身！”在七言古体的太行放歌中，《太行绝顶望黄河歌》堪称一首横空而出、卓厉不群的佳构，它融精致刻画、形象比拟、大势渲染和肆情写意为一体，结句以眼前景，抒心中情，把一个悲天悯人的诗人形象跃然突现于笔端：“前临忽觉地形逼，两河烟树开千重。中间烟断树灭处，青黄一道连高空。初疑当风曳云锦，又似东方升䗖蝀。料量始识大河见，势拟天阙悬飞龙。昆仑倒泻几万里，划分南北无始终。”太行之险，黄河之狂，被诗人用直描和比喻间替写来，已成撼人心魄之势。由黄河的激流万里，气吞“华嵩”、势“控秦豫”，诗人笔锋陡转，突然想到河水湍急给两岸生灵带来的灾难性后果，致使他由壮景的欣赏变为对民生的悲感：“可怜黔首半鱼鳖，漫言游子开心胸。”

太行山水组诗是赵执信早期山水诗的代表作，通过那一篇篇金刚怒目式的山水诗章，我们能深深参悟诗人与生俱来的狂放与刚劲，正因为诗人耿介孤高，才有他笔下精彩纷呈、勃发郁怒的山容水态，从此意义而言，太行山水诗群曲折反映的是诗人的性情和人格，同时更进一步证明自然山水与诗人主观性情之间相互激发、共同催生的交感作用，入晋之日恰是赵执信诗情日长、人格形成，而学养气识基本趋于成熟之时，因此，太行山绵亘千里的气势，险峻入云的形貌，阳刚雄阔的气质影响了赵执信创作心理的走向，成为他巉刻冷峭、孤傲雄放诗风形成的关键。

二、放歌言怀、浩淼激越的江海山水诗

康熙二十八年，赵执信解官归田，开始了隐于乡间、旅食江湖的漫长岁月。本不谙官场习气，生性率真而耿介的他，一旦与自然相融，他顿时有超越人世、逍遥物外的亲近与归属感：“长如野鹿依岩宿，偶与流泉出谷行。”（《赠山居者》）“过眼烟云忽若驰，投闲林壑雅

相宜。”(《遣怀》)凡不谐俗流者,必与自然相亲,凡冷眼名利者,必同民间相近,凡对山水起意者,必心存高远,有不世之情,赵执信就是这么一个爱恨分明、孤高傲世的性情中人。他的理想有三大境界:一是在“扶桑”之东“褰裳海腾沸,游目天空濛。”(《遣怀三首》其一)在苍茫的大海中寻找世外仙山,与红日一道升沉,和海风一起飞飏;二是在“三江”“五湖”之间“远追鸱夷步,近慕烟波徒。”(同上,其二)“泛舟浮家”,与“雁鹜”相呼,和鱼虾共侣;三是“在桃花源”“清时欲焉避,但羡山中田。”(同上,其三)闭户塞道,和恶浊的尘世不通人烟。

他自认不是世俗的宠儿,却是山水的知音:“近来解识逍遥趣,溟海蓬蒿信所期。”(《遣怀》)心怀江湖溟海的诗人在休整了一段之后,束装辞亲,走向了“观海”、“鼓枻”的漫游吟赏生涯。他把这一时期所作诗章结集为《观海集》和《鼓枻集》,《观海集》以写海山水诗为主,《鼓枻集》则收录其摹写南来北往所经和所居之处风景名胜的山水诗。

如果太行的雄放峻伟催生了诗人基本创作风格的形成,那么大海则涵养了诗人宽阔辽远、波澜恣肆的创作胸怀,使他的诗歌,尤其山水诗歌显出遗世独立的风神气韵。正如诗人观海前后反复申述的那样:“男儿负奇志,夙欲吞巨川。……长风倘可驾,一上蓬莱颠。”(《东向言怀》)“寄身入无涯,旷览乾坤态。……千山相簸荡,六合欲横溃。顿觉丧吾我,何知齐小大。……谁发小海讴,回帆引雄概。”(《泛海言怀》)

大海给赵执信展示了混涵天地、簸荡宇宙的壮阔气象,使他郁积烦扰的心情得到空前释放,于是他面对大海肆情高歌,发出阵阵声震长空的“雄概”:“洗眼看云海,前期未参差。心目忽一豁,神情恍回驰。大地直前赴,高天欻下垂。颠波从东来,神山竞西移。”(《始见海》)初见大海的他,霎时觉得自己往昔萦心科场的人生仿佛“在坎井”,当海市向他展示了奇幻陆离的仙家气象时,他忽然有羽化升天、快意无比的颠狂感:“失喜欲发狂,巨川细流两无拒,信知大海真难量。”(《雪晴过海上,适海市见之罘下,自亭午至晡,快睹有述,时十月十日》)海市是神奇的,大海是难以估量的,他把自己狂喜的心情细化成余音袅袅的无尽思量:“天穷人厄总莫问,微尘大地俱荒唐。客散境变灭,半山还夕阳。醉归却听暮潮上,浩浩天风吹面凉。”(引诗同上)变幻莫测的海市令诗人目眩神迷,心存世事难料的感慨,而星罗棋布、形态殊异的海岛,更让诗人惊叹连连,感喟天工机巧,自然界之神奇叫人无法追攀,他的一曲《蓬莱阁望诸岛歌》想象丰富,比喻奇警,把蓬莱诸岛迥绝的形貌吟颂得令人胸臆开张、拍案称绝:“君不见不周崩摧地维裂,东南海溅共工血。千山万山皆平沉,鳌撑天力海水深。女娲拣石炼天色,余块垒垒向空掷。……或如星槎坠河汉,或如古鼎腾光芒。鱼鼋戢戢尽昂首,云霞历历森成行。……惊风飒飖碣石来,银涛连山中划开。漂摇岛屿相摩戛,激荡海底生轰雷。”不管海市的迷离,还是海岛的殊绝,都让诗人领略了前所未有的心灵震荡,所以他对大海敬之畏之,亲之爱之,在他看来风云变幻、阴阳交替皆能引发大海的喜怒哀乐,让大海表现出刚劲与阴柔完美相间的审视效果,如写风潮骤至时大海的神情,他说道:“譬如倚阊阖,下见玄黄战。波腾银屋翻,沫吼白雨乱。万灵助呼吸,百怪互隐见。东连汤谷沸,北汩云山转。恍忽掣丹崖,苍茫吞赤县。”(《大风登海镜亭观潮》)写月色笼盖中的大海他娓娓细说:“谁持琉璃盘,捧出蛟龙宫。方圆随想象,根蒂生空濛。……长风荡千山,夜色明万重。”(《海潮庵观出月》)自然界的风云雷电、阴晴圆缺能引起大海瑰异奇丽的变化,而面对不同形质的海景,诗人产生的心理感受亦迥然有别,当飓风激荡海面时,他郁结的心胸豁然贯通:“莫测天地机,但觉心目眩。……一笑险夷间,吾生失忧患。”目睹了海天一色神鬼莫测的变化,人世间的“险夷”、“忧患”已成不值一提的往事,其豁达透彻之心境皆由海风所起。当明月朗照、海天浑融成一色时,他瞬时有身如羽毛、飘然远举之意:“披怀倒冰壶,扬袂拂桂丛。七宝待修合,相期跨星虹。”

大海不但波诡浪谲,变幻无穷,而且宽厚有容,处变不惊,他给赵执信带来的是无尽的感慨、无边的眷恋和无垠的启迪:“空濛倏变现,世界生历历。真妄理无殊,观者自烨赫。回头阅人间,何处为陈迹。归来每注目,慌惚云涛碧。”(《说海》)《说海》一诗是诗人观海归来自陈胸襟的一首感怀之作,为《观海集》的总结。他从因言获罪,因直遭嫉,到心胸郁结而至于观海后百忧皆忘,神与境通的心路变化写起,直抒了山海之景之境对人心灵感发的赞叹之情。

三、“三江连五岭,浪漫问知音”的江浙粤赣山水诗

康熙三十五年秋天,赵执信怀着浣洗胸襟,访问名山大川,结交诗文挚友的愿望踏上南征的途程。他从家乡出发,沿大运河经济宁、淮安、扬州、镇江、苏州、杭州;折而溯钱塘过富阳、桐庐、金华、衢州,转怀玉山及信江、历上饶,泛鄱阳湖,以至南昌;再逆赣水历经吉水、万安、赣州、南康、南安,度大庾岭,又顺北江经曲江、英德等处到广州;逗留广州有日,起身沿东江过惠州、龙川、岐岭,于年底抵潮州;次年由潮州顺原道返回故乡。他把这次南行所作诗篇结集为《鼓枻集》(上、下),南行所经,大多乘舟,又因屈子《渔父》一章曰:“渔父莞尔而笑,鼓枻而去。”“鼓枻”后代即理解成远离浊世的代名词,赵执信将其诗作名之《鼓枻》,寓浪游江湖、远弃恶浊之世的深意。

从山东到广东,行程万里,历经数省,其间山川错杂、江湖纵横,而且人文极其繁盛,故而诗人在《鼓枻集》所收的第一首《别兴》里明确道出自己出游的目的与心境:“对酒不辞饮,浣此湖海襟。请看石上泉,中有万里心。我性爱烟水,乘秋恣所寻。三江连五岭,浪漫问知音。”生性喜“爱烟水”,乘着秋色,恣意踏上追觅自然之趣的路,经“三江”,过“五岭”,最终的目标是“浪漫问知音”。怀着这样的出世之心,赵执信一路南来,感受着南国清丽峭峻的山水带给他的视觉享受与心灵冲击。南国的山水比不得太行的绵延雄阔、大海的浩瀚汹涌,但她清丽隽秀,幽奇杳冥,给诗人以别样的审美趣味,如写吴江之水波平浪静、幽人往还的意境,他说:“吴淞流水清且妍,越波鳞鳞要我前。……幽人寂坐无一言,倏吴倏越心流连。……青林萧森出云烟,位置有意无意间。”(《平望舟中长句》)松江,又名松陵、笠泽,或称吴淞江,是太湖最大的支流。唐陆广微《吴地记》曰:“松江,一名松陵,又名笠泽。……其江之源,连接太湖。一江东南流,五十里入小湖;

一江东北流，二百六十里，入于海；一江西南流，入震泽，此三江之口也。"[①]宋朱长文《吴郡图经续记》曰："松江，出太湖，入于海。"[②]清顾祖禹《读史方舆纪要》曰："吴江在县（吴江县）东门外，即长桥下分太湖之流而东出者。古名笠泽江，亦曰松陵江，亦曰松江。"[③]平望是吴江至湖州、嘉兴的水陆交通要道，顾祖禹《读史方舆纪要》说："平望镇，县（吴江）南四十五里，为控接嘉、湖之要道。"平望前对莺脰湖，莺脰湖不但拥风景之胜，而且还是处"苏、湖之间"的关隘险要之地。清姚承绪《吴趋访古录》述平望地名缘起曰："平望去县东南四十里。汉为松陵镇，唐置驿，筑西南北三塘以通行旅。宋设巡检司。……其地无高山大陵，一望皆平，故名。又名平江、平水，平川。"[④]赵执信轻舟白帆，穿行于一望无垠的宽阔水乡，举目苍翠深秀，俯首碧波如镜，微风徐来，秋容似画，看惯了北地奇崛瘦劲山水的他，顿被澄碧透明、长川摇绿的江南水乡所倾倒，于是挥笔长歌，用别种笔墨轻轻点染了世称天堂的水乡风光，结尾他联想不断，把前此所历之景、所发之情与眼前所见所感进行对比，概然吟出机杼独出的审美感受："峨冠长剑神宇耸，曲眉嫮目遗视矊。二者正使交生怜，虬须蝉鬓皆便娟。试将我语问西子；淡晴浓雨谁能偏？"赵执信历来主张诗歌创作的风格要多样，这首山水之作不但为其创作主张的实践，而且还体现了他力求审美情趣多元化的美学原则。

江、浙的苏、嘉、杭平原，水流无波、澄澈宁静，而江西境内多险滩急峡，洪水倒激，惊湍似箭，这一切让生性豪侠的赵执信写来更具动人魂魄之处，如写乘风顺流，一帆冲击江流的快感时，他豪情四溢地说道："何来快哉风，径为帆鼓腹。又如绝尘马，或是避弦鹿。奔云乱鹅鹳，碎浪喧琴筑。"（《无风溯江，崇朝十里忽得午风，快然成咏》）在惊涛骇浪中行船，对生长齐鲁的山东大汉是一种心理和意志的考验，

① 《吴地记》，江苏古籍出版社 1999 年版，第 82—83 页。

② 《吴郡图经续记》，江苏古籍出版社 1999 年版，第 47 页。

③ 见《读史方舆纪要》，第 1168 页。

④ 《吴趋访古录》，江苏古籍出版社 1999 年版，第 125 页。

面对突起的飚风、汹涌的江流，船似“绝尘”的野马，“避弦”的奔鹿，天上“奔云”如惊慌的“鹅鹳”之群，但船旁喧豗的浪涛在诗人听来却象奏响十面埋伏的激越琴声。由此澹定自若的心态，形成诗人结句处变不惊、超脱世情的感慨：“榜人啸闲逸，余亦谢拘束。濯发洧盘流，何心诮旸谷。”赣江之险在十八滩，凡经由赣江入粤的诗人在亲身体验十八滩激湍雷鸣、乱石崩奔的险象后，无不留下刻摹十八滩令人魂惊的山水之作，赵执信往返程中，通过对比的手法，抒发了溯流而上、顺水而下时在十八滩历险的激情：“滩行日百转，转转山四围。寒流中屈曲，郁怒不自持。……游人阅奔峭，快意耽幽奇。”(《行十八滩中》)“春水决连峡，归帆吞乱滩。……怒流如龙鳞，可顺不可干。……忆昨强沿溯，目眩摧心肝。雷霆争寸隙，性命轻微澜。”(《顺流下十八滩》)十八滩带给诗人的不光是争奇斗峭的山水景致，以及情感上惊人魂魄的震撼，而且还有由客观山水引起的诗人情感震动而产生的人生感悟，不管溯水行舟，还是顺风扬帆，诗人都能从中体味颖悟出人世的至理，并适时调整自己的心态：“蓄力争毫发，同心生坦夷。……夕阳驻西岭，为我延清晖。”(《行十八滩中》)“人生忧乐情，旷士同一观。怀哉今所易，即是前所难。”(《顺流下十八滩》)十八滩的历险不下于宦海风波的生死较量，历经了官场险恶的诗人，面对赣江滚滚而来，汹涌而去的风涛，感悟着人世，感悟着生命：“何处人间不惶恐，羡他高雁入青天。”(《惶恐滩口号》)不仅如此，诗人体验感悟的思辨一直绵延渗透到他南行山水诗的字里行间，形成他山水诗作特有的艺术张力。如《度大庾岭怀古》，他借“朝光未放叠嶂开，一碧微茫千丈影”的重关峻岭的险要形势，指陈了国家的长治久安不在关山险固和武力征服，而在休养民生，推行王道：“莫言形胜关兴亡，秦人当年此启疆。……君不见南征多少熊虎将，岭头却祀张丞相。”再如《飞来峰》通过对杭州西湖名胜飞来峰充满神奇想象的描绘赞叹，抒发了诗人澹定自适，不与世谐的哲思：“我方息机心，辄欲通灵语。……游行本取适，胶固反失据。”

南行后的诗人，通过山水荡涤了心头挥之不去的郁怒和愤慨，让他的心灵经历了一次涅槃与新生，面对昔日患难之交的朋友，他自豪地吟唱道:“云泥踪迹半生尘,湖海襟情一梦新。”(《答洪昉思吴舒凫》)如果粤赣之行,让诗人“襟情”一新,视界顿开,那么秀丽的西子湖则成诗人梦中永远眷恋的知音,她那绝世清奇的恣容,飘飏远举的气韵,使诗人半个世纪的人生发生着喜剧般的逆转:“钱塘奇秀雄东南,城郭江海湖相参。……万里兹游殿奇绝,归程无复魂黯黯。”(《韬光庵金莲池上,茅屋三楹,远见江海,下尽西湖,杭城浮动其中,极旷奥之趣。余醉后独往得之,倚酒大书曰:“直须还他第一”,既而成二十韵,因留别诸子》)韬光庵,在西湖北高峰下,为登览杭州全景的佳胜之处;金莲池在韬光庵内,以泉水甘洌而著称。赵执信偕洪升等挚友登临远眺,杭城丽色尽收眼底,狂兴如飚风骤至,他大书“直须还他第一”的题字,并用二十韵的七言古诗抒发了胸中尘滓顿消,生命为之一新的悠悠深情。这首长诗有总括《鼓枻集》山水诗的意向,虽然江浙粤赣之行,令他饱览了如十八滩之类的险境,但诗人的心灵最终归隐于宁静详和、波光云影徘徊的湖山之间:“波涛云雾拥郁郁,楼台烟火浮澹澹。”

四、“今宵孤客梦,清绝海云西”
——赵执信其它往来南北的山水诗综说

赵执信漫游粤、赣、江、浙,旅居姑苏,隐迹乡曲,曾创作了大量行旅、遣兴和怡情的山水诗,除上列几方面外,现对其往来南北、息心田园时即兴所作山水篇章进行散点描述,通过典型范例,透视诗人醉心自然、耽情山水的玲珑诗心。以下按时序和地域,分别举几例来观照赵执信山水诗的总体风貌:

微子山头隐晓霞,湿云浓压峭帆斜。回风忽皱平湖水,雨立船舷看浪花。

——《昭阳湖行书所见》其四

湖上残秋隔岁情,雪芦霜树映妆成。渔歌唤起扁舟梦,独倚篷窗看晚晴。

——《自济宁至清江浦舟中杂诗》其二

秋色连江暝，凭高望欲迷。汀烟向山叠，渔火引星低。天阙扪疑逼，龙宫迥得栖。今宵孤客梦，清绝海云西。

——《暮登金山宿海岳楼》其二

阊门送船处，星没远鸡鸣。舟子暗相唤，遥分荡桨声。

——《小舟晓入阊门至葑溪口号》其一

望齐门外望青州，一室欢声入棹讴。十幅风帆半城月，最难图画是归舟。

——《归舟》

山青沙白石粼粼，直接沧波未起尘。溪岸消摇行饭处，中流闲看乱流人。

——《暮出溪上口号》其二

上举各诗，创作于不同时期，为诗人从青州到苏州，再从江南往返故乡途中所作。

昭阳湖，在山东与江苏交界处，联系滕县与沛县，大运河纵贯其间，一般在山东者曰昭阳湖，在江苏者曰微山湖（沛县有微山）。顾炎武《肇域志》曰："昭阳湖，《齐乘》曰：'山阳湖俗曰刁阳，在县（沛县）东八里，河约十余里，山东滕、邹二县水咸汇于此，下与薛水合，自金沟口达于泗河。东长十里，南阔一里，西十一里，北四里，周二十九里有奇。'"①又"昭阳湖，在县（滕县）西南六十里。湖故窪地，周九十里。水发时，则滕东北诸泉会成巨浸，南溢出沽头诸闸，以济旧运河。"②顾祖禹《读史方舆纪要》记曰："昭阳湖，县（沛县）东北八里，即山阳湖，人称刁阳湖，邹、滕二县之水俱汇于此。周二十九里有奇，下流与薛水合。……《漕河考》：县（沛县）境有张庄、吕孟、微山、赤山诸湖，与昭阳湖并为潴水济漕之处。"③又："昭阳湖，县（滕县）西南七十里，接沛县界。县境诸泉皆停蓄于此，水盛则溢出沽头诸闸以济运，水涸

---

① 见《肇域志》，第405页。

② 同上，第568页。

③ 见《读史方舆纪要》，第1404页。

则民皆佃种。”康熙三十五年，赵执信南游时，取径昭阳湖，放目沿湖“白波如沸”、“菰芦”“青苍”、渔家闲澹、“鹅鸭如云”的如画景色，即时作《昭阳湖行书所见》的组诗，以纪其行，整组诗篇篇照应，从渔家闲适恬静的生活写起，通过平视、远视、近视的多维角度切入，将昭阳湖初秋的景物刻划得空阔透明、表里澄澈，安宁中透着活力，恬淡间奔涌着生命息息不停的律动，仿佛一幅用笔简约而含蕴无穷的水墨丹青。与《昭阳湖行书所见》意蕴连贯的是诗人康熙四十四年秋再游苏州途中所写的《微山湖舟中作》，这首诗以五言古体的形式，细腻逼真地再现了微山湖美妙醉人的秋景：湖山横斜、秋荷千顷、村舍掩映、帆影迷离，由于粉色的荷花点缀，所以这首诗设色浓艳，如同意境悠远的水彩图：“移舟青红端，飘若凌绮霞”，阵阵山雨“飒然”而来时，飘过的香风，令诗人恍入“避地”逃世的“桃花源”，其浩然长歌的愉悦心情破空扑来。

清江浦，在清属淮安府城西，直通淮河，旧称沙河，一名乌沙河。《清史稿·地理志》曰：“清江浦，明陈瑄开，宋沙河也。运河西北自桃源入，岐为盐河，又东为中河口。《水经》谓之中渎水，出山阳白马湖。”[①]清江浦连接南北漕运，捍卫河、淮，既是运河通道，又是山阳一带水利枢纽。顾祖禹《读史方舆纪要》说：“万历五年漕臣吴桂芳等修新庄等闸，增筑清江浦河南堤以御湖水，加北岸以御黄、淮，……六年河臣潘季驯复经理之，而运河复为安流。”[②]赵执信数经清江浦，他一边为黄河泛滥给两岸人民带来的灾难而痛惜：“陌上洪流失旧津，长鲸雪齿竟甘人。”(《清江浦书事二绝句》之二)一边又被清江浦黄淮安流时宜人的风物所感动，从济宁到淮安，沿途但见千艘竞发、锦帆高张、南音夹杂吴语随柳絮翻飞，诗人挥毫写下六首一组的“杂诗”，通过互不相属的景物和场面，把早春二月清江浦一带的景色勾勒得柔媚婉约，令人神往。

金山，在江苏镇江府西北七里大江中。因其“风涛环绕，势欲飞

---

① 见《清史稿》，第 498 页。

② 见《读史方舆纪要》，第 1076 页。

动”（顾祖禹《读史方舆纪要》）又名浮玉山。登金山，大江尽收眼底，塔影倒映、落霞如醉、晚岚轻笼、汀烟弥漫，诗人在“江晚潮半落”的暮色中，仰首蓦见“塔入山烟澹，栏欹夕阳红”的绝妙之景，心灵得到空前净化，仰望俯视之际，他被暝色中澄江如练、孤峭幽深的江山壮景所感动，挥毫写下意境隽永的“今宵孤客梦，清绝海云西”收煞全诗，给人留下不尽的回味。

阊门和望齐门是苏州著名古城门，亦是一等一的风流繁华之处，历代文人墨客多有题咏。阊门，在苏州城西，《吴趋访古录》曰：“像天门，通阊阖气也。吴王阖闾欲破楚，楚在西北，故立阊门以通天气，一名破楚门。”[①]齐门，在苏州城北，《吴越春秋》曰：“齐子使女为质于吴，吴王因为太子波聘齐女。女少思齐，日夜号泣，因乃为病。阖闾乃起北门，名曰望齐门，令女往游其上。”[②]康熙四十四年，赵执信二度游苏州，寓居葑溪，将此次写作的所有作品命名为《葑溪集》。《小舟晓入阊门至葑溪口号四首》就是诗人寓苏州时于一个秋阳欲上的清晨所写，组诗分别描绘了苏州水乡河上行船、沿岸人家、跨河桥梁和民居建筑等，画面柔媚，风格明丽，令人生梦牵魂萦的怜爱之情。赵执信除了故乡青州，他一生到过最多，也最钟情热爱的地方便是苏州，从康熙三十五年初游开始，到雍正二年返故乡为止，赵执信共游历且寓居苏州五次，在苏州他先后旅居过葑溪、陈氏西园、金鹅馆等。《归舟》是诗人最后一次旅寓苏州，返程归乡时所写作品，诗歌深情满怀，喜忧参半，回故乡为喜，别苏州为忧，他把这种难以言表的复杂感情寄托在山情水意中，就有“十幅风帆半城月，最难图画是归舟”的绝妙好词。

除了游历南北、观山探海的山水佳作之外，赵执信晚年隐于乡间，对农村田园生活有着独特的审视和理解，他兴至时，携酒溪上，与田父对饮；忧闷间，拄杖田塍小道，面对山石荦确、流水潺湲，抒发内心向往自然、厌弃人世污浊的感慨。《暮出溪上口号》是诗人田园山水诗的名篇之一。在村居田园山水诗中，诗人整日与逗晚晖的“燕

① 见《吴趋访古录》，第2页。

② 〔汉〕赵晔《吴越春秋》，江苏古籍出版社1999年版，第55页。

子”为侣，和“膝间”“惊忽飞”的“鸟雀”相伴，他反复咏叹的主题是“雨玩山姿晴对月，莫辞闲澹送生涯”（《村舍》）“应笑武陵源里客，千秋赢得避秦名。”（《遣兴》）康熙二十八年，正值生命兴盛之时，事业扶摇直上之际的诗人突遭横祸仍能生机勃发、笑对生活，心灵始终绽放出一片灿烂之光的关键是无南无北的山水给了他无微不至的慰藉与启示，在和自然山水擦肩而过的瞬间，他抓住了山神水灵纯净无染的手，与他们达到了灵与肉不可离分的交融和契合：“山月苦随人，天明不成别。”（《绝句》）“自古多才天所薄，我亦将归卧林壑。阳春相和一高歌，池上梅花向人落。”（《春日扬州赠别鲍生》）

赵执信纵情自然，放歌人生，他以山水为依托，抒写了主观心灵嬗替变化的各种幸与不幸。透过南北风格迥然的山水诗作，我们能洞见其磊落嵚崎的人格和始终不与世谐的高远心志。

第三节　“画手权奇敌化工，寒林高下乱青红”

——赵执信山水诗的艺术浅说

赵执信是一个提倡言之有物、诗中有事的写实派诗人，但这并不妨碍他在山水诗中极力追觅空灵之境、高远之意，他认为诗人作诗与画家作画一样，既要讲技巧、讲构图，而且更要追觅意境，营造氛围，使诗歌达到空明澄澈、意在言外的审美效果：“画手权奇敌化工，寒林高下乱青红。要知秋色分明处，只在空山落照中。”意在言外，不事堆砌，构建“空山落照”般令人回味无穷、吟之不尽的艺术境界，是赵执信诗歌艺术的不懈追求。历览赵执信的山水诗，我们明显发现，他的山水之作基本以意味悠长、意境高深为特征。如：

岭路盘盘行欲迷，晚来霜霰忽凄凄。林间风过犹兼叶，涧底寒轻已作泥。马足蹙时疑地尽，溪云多处觉天低。倦游莫讶惊心数，岁暮空山鸟乱啼。

——《山行杂诗》其一

雨转南山逗晚晖，闲和燕子出荆扉。前溪遥见驱牛影，一一村昿种豆归。

——《暮出溪上口号》其一

前诗是诗人入晋时对太行山景的描写，他通过“山行”的体验，对太行山深秋的晚景进行了精细的刻镂。首联点明情境、时序，颔联渲染山路艰险崎岖，颈联暗示山势高峻、山形连绵，前三联的描绘渲染，为尾联的意境营构起到了强烈的烘托作用：“倦游莫讶惊心数，岁暮空山鸟乱啼”，一路倦于行旅的诗人，被眼前秋山如梦、夕阳似血的晚景所感动，在一片寒叶飘零、暮云低垂的凄切冷寂中，诗心随“空山”鸟啼飞向无边的远方。

后诗作于诗人隐于家乡、放情田园之际，此刻诗人心性闲适放逸，常怀“长日生清兴，幽栖向远山”（《夏日移居山庄》其一）的闲情高致，把关注的目光时时投向田园、投向山林，与田父对酌、和友人相约，雨后溪头，榆柳荫下，都留下他“主客相视笑，兴尽可以行”（《携酒溪头，酒尽而至》）的欢声笑语。《暮出溪上口号》是诗人此一时系列作品的代表作，诗歌以田园风光为基点，紧紧抓住“暮出”的背景特征，以“晚晖”、“驱牛影”、“种豆归”的特定意象，着力构建了空阔辽远而又安宁闲适的田园诗境。

尽管赵执信在诗论主张上与王士祯有所抵牾，对“神韵说”颇多微辞，但考辨赵执信的山水诗创作实践，我们不难看出，他并不一味否定诗歌追求澹远空灵、清丽浑厚的韵味，相反，赵执信在山水诗创作时着意构建风格多样、气质迥异的诗歌意境，使他的山水诗整体显出或雄放开阔、或险仄奇崛、或绵密深长、或空灵透脱的风神气韵。比如大海诗，诗人用激越磅礴的胸襟，写尽了大海浑茫浩淼、雄奇奔放的态势，使人置身其间真有惊世骇俗、物我两忘的感受；写山川形势，诗人则通过直接观察与主观感受相互溶化的神来之笔，道尽山川形胜高峻险要、幽深叵测的内涵；写水势汹涌激越，诗人饱含深情，浓墨重彩地刻画出水势连天、惊湍直下的意象。概言之，无论大海的雄放浑阔，还是高山急流的险峻奔腾，诗人都能以卓厉高蹈、豪迈不羁的诗情将其表现得痛快淋漓，处处呈现出金刚怒目、胸胆开张的阳刚之美。不过就意境创造而言，最能体现赵执信山水诗审美价值的当属那些抒发山水之乐、田园之趣的性灵之作。如《微山湖舟中作》：

舟前湖泱漭，湖上山横斜。湖中何所有，千顷秋荷花。山雨飒然来，风香浩无涯。移舟青红端，飘若凌绮霞。林光村远近，楼影帆交加。疑是桃花源，参差出人家。流览情所喜，避地想更佳。何必博望候，虚无乘海槎。

诗写乘舟泛览微山湖的情景。从"舟前"湖水浩森"泱漭"的景致起笔，诗人把眼底的湖水、远望的横山、千顷荷花、一抹村树，以及孤帆楼影总揽在一幅清澈透明的画面中展现出来，其构图按从近到远、由高而低的顺次排列，精致周密，布局十分合理。在色彩运用上，诗人着力于浓淡搭配，尽力使画面透出丰满秾艳但不失雅致的格调：绿碧的湖水、红粉的荷花、苍翠的远山、水墨般的烟树，这一切与整体画图布局有机协调，就形成了符合传统诗画美学原则"诗中有画，画中有诗"的艺术境界。不仅如此，诗人还在整个诗意的画面上点缀以山雨骤至的灵动一笔，遂使诗境呈现为动静结合、远近错落、高低互倾、浓烈与澹泊相衬的审美效果。

如果《微山湖舟中作》描摹了一幅空阔透明的水墨风景画，那么《秋光》则着意绘制了一帧如梦如幻的秋山夕照图：

解道渊明日夕佳，秋光次第到山家。薄寒潋潋浮云叶，细雨濛濛养豆花。螺髻千峰争渲黛，蝉声万树半拖霞。橘中不羡商山乐，况乃飘摇上海槎。

随诗人画笔导引，我们渐次把审视的目光移向西斜的日光、烫金的村舍，天高云淡、豆花点点，象美女螺髻一样高耸危立的山峦争翠斗绿、蔚然深秀；即将告别生命的蝉声在茫茫无边的林海中汇成凄婉的绝唱，尤其一道血色的霞光穿透暮霭，纵横于天地之间，仿佛为整个秋光笼盖的原野涂上一层悲壮绚烂的亮色。在此,不光有平面与立体、光线和色彩的统一,而且还通过视觉、听觉的互融互换,给我们构建了一个幽远宁静、超旷空灵的诗画意境,把读者的情思引导到更深更高的艺术领域。

在《谈龙录》里赵执信强调道:“始学为诗,期于达意。久而简澹高远,兴寄微妙,乃可贵尚。”这里所谓的“简澹高远”、“兴寄微妙”与司空图、严羽等人力倡的诗格、诗韵不谋而合,除上举几例外,赵执信的山水诗作几乎都蕴含着一种心与境合的妙明境界。

赵执信诗歌意境雄深高远、清旷飘逸,得益于他善用比喻、象征等手法。他运用比喻,手法多样,不拘一格,或明或暗,或明暗相杂,使南北山水穷形尽相,生动感人。如写山势奇峻、山路险绝,他说道:“初缘细路行蹁上,风中一线秋空浮。……人如回飚激下叶,马拟古栈穿猿猴。”(《井陉道歌》)“凭虚直上二十里,势与天阙争中分。我行但觉马人立,据鞍自笑如孤猿。”(《夜度黄岭》)再如写水势汹涌激荡、一泻千里的景象,他说:“山势郁屯云,水声激流电。波荡巨石奔,滩坼地轴转。”(《涉七十二河》)“回风地底来,雹雨皆倒飞。乱石势腾攫,狞恶各异姿。”(《行十八滩中》)“怒流如龙鳞,可顺不可干。怪石如恶人,形灭气亦殚。”(《顺流下十八滩》)险仄陡绝的山形,奔涌湍激的水势,被赵执信形象地比拟出来就产生震撼人心的气势。在善用比喻的山水诗中,尤以大海诗为著,如“忽登万斛舟,如蹑长鲸背。千山相簸荡,六合欲横溃。”(《泛海言怀》)“君不见不周崩摧地维裂,东南海溅共工血。千山万山皆平沉,鳌撑无力海水深。……或如星槎堕河汉,或如古鼎腾光芒。”(《蓬莱阁望诸岛歌》)

比喻,是文学艺术家惯用且喜欢的一种表现手法,通过比喻,诗人可以把只能意会而不能言传的事物形象地表达出来,状难写之景如在目前,摹无形之物宛然似存。朱熹在《诗集传》中对比喻定义曰:“比者,以彼物比此物也。”刘勰的《文心雕龙》则进一步阐释曰:“(比)或喻于声,或方于貌,或拟于心,或譬于事。”(《比兴》)总之,比喻是用一个形象的事物来全方位地描摹另一事物,喻者与被喻之间有互通互容之处,从而揭示事物的本质特征,给人以形象可感的视觉冲击力,以及心理接受力。正如黑格尔所说:“意象比譬则结合寓意的明晰和谜语的谐趣。它把在意识中显得很清楚的意义表现于一种相关的外在事物的形象,用不着让人猜测,只是通过譬喻,使所表现的意义更明确,使人立即认识到它的真相。”[①]在黑格尔观念中,比譬就是把抽象的,人们无法直接感受的事物,通过类似的,二者具有可比性的另一事物具象出来,让其更加生动,更具生命活力:“隐喻是用来使诗的表现显得生动的,……所谓生动性就是具有较明确的形象,便于感兴观照,它把一般抽象的字的不明确性消除掉,通过意象比譬,使他化为感性的(具体的)。”[②]不但如此,黑格尔还进一步指出比喻的艺术效果是:“强化效果”、“把自己和自己的情绪转化为美的形象”,“避免平凡”地通过“想象力的恣肆奔放”,将事物“相隔最远的东西出人意外地结合在一起。”[③]

赵执信在山水诗中,为了使难状之景宛然如在目前,他不惜大量用比譬,他的比譬不但使形象具体化,而且还贯穿诗人恣肆的感情与思想,因之,他的山水诗就具备精神层面的审美接受价值。

赵执信是一个善于写景的诗人,又是一个热情奔放、胸胆开张的性情中人,所以他的山水诗在精细刻镂自然形貌的同时,融入了诗人一泻千里、无可羁勒的情感之流。他对山水是钟爱的,对自然是一往情深的,因此他高标“我性爱烟水,乘秋恣所寻”的旗号,在“三江”、“五岭”间叩访“知音”。自然界无挂无碍的空灵世界给了诗人独抒性情的广阔空间,在这里他不用设防,亦不用掩饰,相反,每处景物,每个意象均成他抒写感情的对象,他奔涌激荡的内心世界所蕴积的郁勃之气将通过外界景物的触发而喷泄出来。这种景为情设、情因景生的因缘关系构成了赵执信山水诗情韵绵长的魅力。如《太行绝巅望黄河歌》以细腻而凌厉的笔锋勾画了黄河由小到大、由远到近、由高到低、由模糊平缓到清晰咆哮的全貌。写景上,采用动静结合、点

---

① 〔德〕黑格尔《美学》第二卷,商务印书馆 1981 年版,第 126 页。

② 同上,第 130 页。

③ 同上,第 132 页。

面相交的手法，以透视和应物象形相间的技巧将“黄河之水天上来”的撼人气势表现得淋漓痛快，在充满神韵的写景中，诗人的感情自然流溢，且奔冲于字里行间。再如《上元日微阴，夕泊惠州合江楼下，李督军奠原，张灯置酒，大陈百戏，适闻余至，遽邀登楼，纵饮至二更，云散月出，望江山夜色作歌》，在“云散月出”背景的烘托下，诗人心游万仞、思接八荒，与东坡起舞，共青莲举杯，“河汉倒泻万里碧，江山一气晃朗不可求。起挥云片作帆席，导我直上恣所投。”是月导引了诗人，还是诗人挽住了月的翼翅，总之此刻的诗人已洗尽凡间尘滓，一举而欲作逍遥之游，这种对理想世界的追求，对无限自由空间的向往才是赵执信心灵与个性的至真至情的反映。

概观赵执信借景抒情的山水篇章，其间无不流露着诗人的真胸怀、真性情。大约狂狷的诗人在感情上一般是任性率真、一泻难止的，赵执信久负盛名于诗坛，且大得狂名，故而其诗亦弥漫着一股浓重激烈的浩然之气。一如陈恭尹所言：“其要归于自写性真，力去浮靡。如是士亦何妨于狂哉！”[①]正是狂傲放情的性格特征，才成就了诗人思路镵刻、想象奇特、感情丰富的艺术风格。袁枚在《随园诗话》里说：“凡作诗，写景易，言情难，何也？景从外来，目之所触，留心便得；情从心出，非有一种芬芳悱恻之怀，便不能哀感顽艳。”[②]依袁枚的观点，能写景不能算最好的诗人，而上乘的佳作必然是藉景写怀，在有限的景观意象中融会诗人不尽“芬芳悱恻之怀”的篇什。赵执信的不同凡响，就在于其写景不单是摹写客观景物，而重要的是在客观景物的描绘刻镂里渗透了主观情感，从而使他的山水诗章处处是景语，亦是情语。情景交互作用的结果是构筑了物我同一、主客化合的山水诗境。

赵执信因性情狂放，故而作诗不拘俗套，能从别人见不到处自辟蹊径，所以前人多评他“以思路劖刻为主”(朱庭珍《筱园诗话》)“思路劖刻”说明赵执信诗思新颖、视觉独特，往往有出人意表、想落天外的

---

① 见《清诗纪事》，第2929页。

② 《随园诗话》，人民文学出版社1982年第2版，第183页。

惊人之笔。与思路奇崛相联系，赵执信的诗歌语言则显得鲜活自然、瘦劲高古，且变化灵动，有不可方轨之势。陈恭尹《观海集·序》曰："片言只字，不苟下笔。其要归于自写性真，力去浮靡。""其于世也，率情自好，无所缘饰。故其为诗也，直而不俚，高而不诡，盖如其为人矣。"不管是思路，还是语言，都本质地体现了赵执信不蹈前人旧迹、率性自为的人格特征。他认为"气韵神采，非可涂饰而至。"以此为准绳，赵执信创作山水诗时，特别注重思路的拓展和语言的锤炼，在他笔下，不同的对象有不同的写法、不同的形质，即使同一对象他也能以不同的思路和语言描绘出来，使所表现的对象呈现出千姿百态、妙趣横生的气象。如写太行山，他可以站在不同的角度，处在不同的方位，用不同的笔墨把它连绵不断、横亘千古的险峻气势勾勒出来，使人如临其渊、如履其巅。其中《井陉道歌》堪为思路创新、语言奇警的力作。

与太行组诗相互辉映且同有震撼力的是大海组诗，诗人面对大海千变万化、混同宇内的壮景，他思路顿开，想象随海潮一道翻卷涌动，在他笔下，海波如千军万马，奔腾回旋；海市如烟霞明灭，变幻无穷；海岛如螺髻，星散棋布，仪态万方；海上升明月则似水晶盘中转琉璃，一光万顷，滉漾太虚，顷刻间叫人扬袂而起，有若玉壶在胸。

此外，赵执信诗思排空而起、诗情排闼而来的艺术特质还浸透漫溢在他书写湖光山色、险滩急流的诸多篇章中，如《登云门山》《渡河》《望金山》《西湖》《彭蠡湖》《葛溪》《蓬辣滩》《游碧落洞》《观音岩》《微雨见龟峰山》《上饶江中滩行》《新晴》《飞来峰》《灵隐后山》《晚晴过太山下》《大雪过十八里岭》等。在上举作品中，诗人以奇崛不凡的思路观察山水的变化，以幽峭警拔的语言加以表现，使不同的山水景致呈现出各自特异的姿质和神韵。譬如同是写水态，西湖和彭蠡湖意境趋同而姿质神韵相异；同是摹山形，云台山与灵隐后山就各具神情气质；即使描写滩行情景，十八滩就不同于蓬辣滩，更与上饶江中的滩水相去甚远。

作为一个少年得意科场的才人，赵执信的命运是不幸的；作为一个率性自任的诗人，赵执信的人生是充满辉煌的，他把对生活的体验、对尘世的觉醒、对山川的钟情——付托于笔墨，用充满灵动的诗思、巉刻奇峭的语言、形象贴切的比喻发露出来，就喷薄成如绮霞、如白练、如罡风、如明月般多姿多彩的诗章，任后人评点激扬。在此，用卢见曾的评论为赵执信的山水诗论作一个总结陈辞：“先生足迹半天下，翰墨流传，贵之者如拱璧，……今先生之诗具在，论之者可以想见其早年遭际承明仔肩鼓吹之气概，可以想见其一蹶不复起穷愁忧愤莫可抒泄之怀抱，可以想见其遍游名山大川之学识，可以想见其上下千古磊落不可一世之精神。……读先生之诗而见先生之真性情，……读先生之诗，并读千载以上之诗，谓先生与李、杜、韩、苏诸公长存天地间可也。”(《饴山诗集·序》)[①]卢见曾自称“德州门下后学”，对赵执信推崇备至，其评论既可看成一家之言，同时又可当作具有代表性的盖棺定论，为后代认识赵执信的生平遭际、人格特质，及其诗歌成就提供了弥足珍贵的宝鉴。

第四节 “群星耀齐鲁，新凤鸣山左”

——齐鲁诗群山水诗总论

齐鲁文化承绪绵延，至明清称雄诗坛者比比皆是，正如王士祯在《古夫于亭杂录》中所言：“吾乡风雅，明季最盛”，“吾乡六郡，青州冠盖最盛，……明嘉靖、万历间，官至尚书者八、九人，而世宗时，林下诸老为‘海岱诗社’，唱和尤甚。”王士祯不但盛赞“吾乡”文风之盛，而且还列举大量“冠盖”及诗界闻人来印证他的赞语，使人不能不信服其论点的可靠性；对此，赵执信在《谈龙录》里也有相同的看法：“本朝诗人，山左为盛”，在赵执信指陈的诸家如宋琬、王士禄、王士祯、曹贞吉、李澄中、颜光敏等均为唱响于当时诗坛的大家。山左代江左在清初诗坛异军突起的原因有很多，诸如前述包括历史文化的传承与地缘关系，但更重要的还是诗学发展的自身原因。严迪昌先生在《清诗

---

① 见《清代诗文集汇编》第210册，第195—196页。

史》里分析说:“无论从宏观上抑或是微观地看,山左人文特别是‘诗文化’在清初有着深厚根植和积累,因而此间涌现争雄诗坛或诗学上独标己见的人物,绝非偶然。”①清初齐鲁诗人群雄竞起,辉耀诗坛,若论山水诗,除王士祯及神韵派、赵执信而外,丁耀亢、法若真(另章专论)、曹贞吉、宋琬(另章专论)、李澄中(另章专论)、冯廷櫆、赵执端、颜光敏、孔尚任、李文藻(另文专论)是必须一说的。

一、“长风问苍海,赤日叩岱宗”

——丁耀亢的山水诗

齐鲁诗群前后相续、逶迤不绝,丁耀亢算年资较高而成就卓特者,他生于明神宗万历二十七年(1599),卒于清康熙十年(1671)。年齿分别长王士祯三十五岁、赵执信六十三岁。邓之诚《清诗纪事初编》载:“丁耀亢,字西生,号野鹤,晚年病目,自署木鸡道人。诸城人,少为诸生有名,入清以贡生选容城教谕,升福建惠安知县,告归。卒于康熙十年,年七十三。撰《丁野鹤集》十二卷,为《逍遥游》二卷,《陆舫诗草》五卷,《椒丘诗》二卷,《江干草》,《归山草》,《听山亭草》各一卷。……耀亢家世甚盛,父维宁,从兄自劝,皆成进士,仕宦有声,弟耀心,从子大谷,崇祯中乡举,独耀亢不第。……既不得志,乃泛海北游,为升斗计。……晚以著书被祸入诏狱,仅而得免,丧明逃禅,文人之遇,斯为最酷。”②丁耀亢作为清初齐鲁前辈诗人,其遭际确实令人叹惋,他把生平不遇的感慨,以及欲奋发有为而又不得不为了“生理缺”的缘故象“奴仆”一样“请逢迎”的悲愤寄托到诗句中抒写出来,就形成如龚鼎孳所言的“天海空寥,迴翔自适,……无响不坚,有愁必老”的悲慨诗风。在《逍遥游·序》中,龚鼎孳精细地辨察出丁耀亢借庄周之逍遥,抒愤泄忧的深层内心:“其言弥放,其志弥悲,观于仗剑海滨,闻鸡帅幕,怒飚晨起,惊涛夜飞,……世间之最不逍遥者,莫野

① 见《清诗史》,第603页。

② 见《清诗纪事初编》,第682页。

鹤若矣。”[①]庄子梦蝶，是“胸中感愤磊砢之所为”，丁野鹤托意“逍遥”，实在是积久而成的“屈子之哀，江淹之恨，步兵之失路无聊”，杜少陵之“忧伤憔悴”所激发。由上即知，丁耀亢自明入清，不得已而为小吏的抑郁心志。

丁耀亢生当朝代陵替，社会动荡之际，其命途多舛、大志难伸，常常悲感人生无常而年华易逝，“每谓参禅易，方知断爱难。热肠何日冷，老泪几时干?”(《悲命》其二)“白日生哀乐，百年行未休。人间多失意，地下岂埋忧。”(同上，其四)《悲命》一组四首，是诗人晚年归山隐居，因目疾参佛后的作品，与七首一组的《悲慨》相参照，可灼见诗人晚景凄凉、心态趋于枯寂的生命情状:“孤鸿鸣断续，相失怨离群。影灭终难见，声哀似有闻。”(《悲秋》其四)“秋原闻野哭，独树起孤烟。宿鸟归何急，寒蛩断复连。”(同上，其七)由于诗人心怀高远而壮志难酬，欲在纷乱的世道一展侠肝义胆，有所作为，但命运时时对他极不垂青，悲慨怨愤之余，他把卓厉高蹈的情怀寄托于山水之间，让自然物象代他立言，有如其“吴州宗社小弟日乾谦龙”(“吴州宗社小弟日乾谦龙”，暂不详其具体行止—笔者注)为《逍遥游》所作序言指出的那样:“今见野鹤集中，驾长风而问沧海，鞭赤日而叩岱宗，观王气于秣陵，凌天堑于北固，而其间水澹岛峙，鸟飞龙起，一一发其三匝无枝之叹，十年抱剑之悲。故其岱游之音壮，海游之音哀，江游之音思以长，故山游之音清以激，吴陵游之音怨以平。横槊朗吟，天地震动，……野鹤之诗一野鹤之人之史也。”[②]这篇小序真气淋漓，发自肺腑地点评了丁耀亢寄情山水，以不同山水负载不同感情，体现不同风格的创作特征。

(一) 激壮以长吟，哀怨而清啸的早期山水诗

丁耀亢的山河江海游诗首先集中在《逍遥游》里，《逍遥游》分为《岱游》《海游》《江游》《大泽游》《燕赵游》《太行山游》《山阳游》《吴陵游》等，根据各集所标，《逍遥游》创作的年代在明末清初朝代鼎革的大动荡时期，其具体起止在明崇祯六年，到清顺治四年，即 1633—

① 见《清代诗文集汇编》第十三册，第 190—192 页。

② 见北京图书馆藏清初刻《丁野鹤集八种》卷首序言。

1647年间。身在风云变幻，心存君国天下，丁耀亢曾欲一展报国雄图，但纷乱的大势令他只能游走江湖，以观时变，《逍遥游》恰恰反映了此刻诗人心路变革的历程。

《岱游》以《登岱八律》为首，共包括二十六篇长短诗章，体裁以五七言律或古诗为主。气格劲健、韵味苍老，在雄峻巍峨的山水形貌描绘里透着一股庄重古朴的风骨。如："东来紫气走鸿濛，别有灵光出太空。似与乾坤分管钥，不将泉石斗神工。"（《登岱八律》其一）"磴转梯悬九坂回，晴云卷雪斗崔嵬。瀑流御帐眠青峡，影借仙人净碧苔。"（同上，其六）《登岱八律》一气呵成，从不同侧面展示了泰岱势倾华夏、气压九州的雄姿，每诗前两联绘景，后两联抒情辨理，使景、情、理融为一体，构成气势恢宏、格调高远的山水诗境。岱游诗前呼后应，不管是总写，还是分述，都极大限度地体现了诗人刚猛劲健的情怀，通过对泰岳立体化的描摹，使人顿生厚重庄严的崇高感。如"山高不可极，旸谷在足底。熊熊金光旭，夜夜沧溟洗。灏气吞鸿濛，石瀵流丹泌。"（《登岱再次前韵》）"泰山绝顶古乾宫，上界阴晴积气中。一夜风雷失陵谷，千岩鳞甲战空濛。"（《宿日观峰玉皇阁候日出夜大风雨元明澹心病甚促归》）泰山的崇高险峻经诗人融情入景的大势渲染，更加令人肃然起敬！

《海游》在《岱游》之后，据作者自序，《海游》组诗应作于崇祯十二年至十七年的六年间，这一时期正是中原板荡而天下大乱之际，丁耀亢为避乱，自"已卯卜居"，到"甲申春闯乱复入海"，数年间将身经目遇的山海景色入诗，遂成《海游》组诗共六十三首。因遭逢世乱，窜身海滨，所以《海游》组诗在混茫雄阔的背景下，时时流荡着诗人悲感哀艳的忧伤情怀。如："客心日夜长，俯仰变今古。……海天开城邑，蜃蛟杂烟雨。……达观付洪涛，轻身寄一橹。"（《渡海》）甲申国变前后，战祸频仍，诗人为避"东兵入境"而奉母携家至海州，所以《海游》诗多描述战乱的仓惶及对骨肉分离的忧伤："客路艰如许，惊涛信海涯。……烟雨湖村暗，菰蒲仄径斜。"（《自新坝渡海阻风登岸行雨中同冯玉前》）"庐山势陂陀，夜行无低高。沙路明如线，霜白草生毛。"（《冬夜闻乱入庐山》其三）北兵突入、"胡笳"乱鸣，《海游》组诗如同一幅历史画卷，真实记载了乱离中人们避兵逃难的艰辛过程，丁耀亢以诗人的敏感、流人的凄楚，通过慷慨悲劲的诗笔，给我们展现了一个时代的悲剧。尽管如此，生性豪爽洒脱的诗人还是发现了海州境内如世外桃源的安详美景：“海东有山名云台，属海州地，为三元修炼宫殿。……山多幽村，地宜麦稻，产樱桃茶树，唐宋隐君子往往居之，多古迹焉。”（《海游·野鹤自记》）在他笔下，云台山奇幻峻洁、神秘幽冥：“蛟宫鳌窟青苍里，云阁虹楼浩淼中。半夜海潮三万里，月明一叶下天风。”（《云台山寺》）“夜卧不知曙，但闻幽禽鸣。海气隐朝旭，安辨天阴晴。”（《云台谒三元再宿月帆兄禅室》）“云峰拍浪疑无路，石栈凌虚更有门。经阁迂回悬象纬，灵宫幽窈动精魂。”（《清风顶三元宫》）云台山，有数处，海州（今连云港市）境内者，又名郁林山，郁洲山。顾祖禹《读史方舆纪要》曰：“郁洲山，州东北十九里。海中有大洲，周围数百里，谓之郁洲。”①《大清一统志·海州》条载：“（郁林山）《旧志》：‘云台山在州东北海中，周百余里。一名青峰顶，其北有望日峰，其阳有青霄洞。’《通志》：‘云台山幽深秀特，常冠云气。按：云台即古郁林。’”丁耀亢笔下的云台山与方志所载暗合，其山势清幽秀丽，有一股绵邈的仙气脱颖而来。其它如《延福观》《神松庵》《西石渡》《仙人洞》《石城寺》《郁岛》《墟沟营》《于公浦》《大石门》《郁林观》等都写得清新超迈、幽远放逸。

《逍遥游》还包括《江游》《故山游》《吴陵游》。按时间，《逍遥游》中各游历次序为泰岱、东海、江淮、“故山”和“吴陵”；按背景和出游目的，江淮乃诗人继东海避难之后浪游生活的延伸，“自己卯避地，泝海而淮而江，既不得南枝，蜡屐倦游，止于白下，纪其所见，积箧中遂成帙。”（《江游·野鹤日记》）《故山游》则是诗人回归故里，思恋往昔，抚今追逝之作。《吴陵游》当在归里“郁郁不得志”时，诗人再次“泛舟淮海”，访旧问故的实录。从诗歌风韵和气格考辨，不管是江淮白下，还是故山草木，诗人都用质实洒脱的笔墨勾勒出其意蕴隽永，清新脱俗的风貌。如：

---

① 见《读史方舆纪要》，第1094页。

淮水清清送客帆，邗关垂柳拂春衫。长河一路多鱼藕，不使诗人动酒馋。

——《江游·高邮湖》

泊舟甘露寺，问径米家山。吴楚移乡语，江湖抗客颜。潮音僧去住，春信鸟间关。独立深林晚，空墙泼墨还。

——《江游·泊舟留诗海岳庵》其一

日落山木古，云生夜殿阴。蔓螺三影幻，龙象一灯深。闻呗悲劳刦，归禅养慧心。梦回风雨寂，此外苦难寻。

——《故山游·登九仙峰石阁宿禅房》其二

不识曾游处，因开小洞房。花犹红绕砌，水欲绿侵床。梦破槐衙幻，禅清竹院凉。途长驴背倦，斗笠半斜阳。

——《吴陵游·由庙湾行马逻道中再过空思寺遇玉光上人》其二

高邮湖，又名新开湖，《读史方舆纪要》曰："新开湖，州（高邮）西北三里，其水东、南俱通运河，长阔各百五十里，天长以东之水俱汇此湖而入于淮。湖中突起一洲，可百余亩，水虽盛涨，终不能没，其洲去城十里。秦观诗'高邮西北多巨湖，累累相连如贯珠。'盖州境自昔恃湖为险。"[①]高邮湖与樊梁湖、甓社湖为高邮州（今江苏高邮市）境内三大名湖，它们不但在地势上合众水入淮而为州境险要，而且还联通运河，为南北驿道咽喉。丁耀亢自东海"泝安东入淮"，一路沿运河入大江，霎时被沿途湖光山色所倾倒，彩笔灵动处，淮阴钓台、扬州烟花、秣陵草树、秦淮风月皆闪耀着生命的光华。《高邮湖》是其江游组诗的代表，它空灵透澈，富人间烟火味。

海岳庵，在丹徒县（今江苏镇江市）境内北固山西麓，为宋代著名画家米芾所建。《南畿志》曰："海岳庵在利涉门南山上。"（利涉门，为唐僖宗乾符年间润州守将周宝所筑"罗城"南水门。）米芾书画绝世，尤喜名山胜水，海岳庵是其建于江边的一处佳宅。丁耀亢泊舟甘露寺前，摹前贤英名而留诗壁间，其所题山水诗紧扣江天一色、山水相

① 见《读史方舆纪要》，第1136页。

映的物候特征，通过米家山水、佛禅意境点染，遂使山水诗境显得悠远空阔、圆融冲澹。《江游》与《岱游》比，多了一份空明澄净，和《海游》相较，则显出闲适辽远，有一种“云远无数帆，江清一独鹤”（《渡江》）的孤高清峻之气概。

九仙山，凡七处，一处在安徽霍邱，五处分别在福建尤溪、仙游、福州、德化、将乐等县境；另一处在山东五莲县东南三十里。丁耀亢所写九仙山为其故里山东之名山。《读史方舆纪要》曰：“九仙山，县（诸城）西南七十里，高耸摩空，峰峦十有一，磐石十有八，苏轼以为奇秀不减于雁荡。”[①]九仙山擅山水之胜，为“西走沂、莒”之要道。丁耀亢返归故里诸城，多次登九仙山访友问道，心思超然时，写下对“故山”一往情深的赞歌，其风致婉然、幽情无限，通过“林深多鹿迹，云暗起龙湾”（《宿九仙山后书院访王炼师不值》其二）的仙佛景语，向我们传达了“旧约空来往，仙人不可扳”的情思。

庙湾、马逻，皆明、清淮安府属山阳县地名，《读史方舆纪要》：“庙湾镇，府（淮安）东北百八十里，为滨海冲要处，亦曰庙湾场，嘉靖中倭寇往往阑入于此。”[②]据方志记载，淮安府东北九十里为马逻镇，明代设巡司于此，过马逻一百六十里是北沙镇，再过二十里就是庙湾，明代亦设巡司。嘉靖年间，倭寇犯中国，据庙湾，东侵淮安，被明军击败。倭寇再败后，逃遁于庙湾，终被明军击败，遂乘舟逃跑。由上即见庙湾的战略地位，它是海上控扼淮安一府安危的险要所在。丁耀亢于顺治四年“家居郁郁不得志”时往海陵访友，道出庙湾，行经马逻道上，遂游当地名胜空思寺，他放眼“花犹红绕砌，水欲绿侵床”的怡人风物，心中顿悟“琉璃光影暗，前路待君参”的佛禅境界。

（二）灵动幽峭，自然浑融的后期山水诗

丁耀亢的山水诗前期悲慨而有风致，后期则灵动幽冥、浑然天成，一如其逃禅之澹然心境。《四库全书总目》述曰：“耀亢少负隽才，中更变乱，栖迟羁旅，时多激楚之音，自入都以后，交游渐广，声气日

---

① 见《读史方舆纪要》，第1649页。

② 同上，第1080页。

盛，而性情之故亦日薄。”[①]丁耀亢前期“时多激楚之音”的山水诗已于《逍遥游》中有所概述，而后期“性情”“日薄”的山水诗则集中收录于《丁野鹤诗钞》各卷的目次中。以下分卷略述，以概观丁耀亢山水诗全貌。

1. 北上京师的《陆舫诗草》

历经磨难，疲于避乱的诗人，终于在顺治五年束装北上，开始了他长达五年的京师漫游生涯，据诗人《自述年谱以代挽歌》可知，他入京师“名为赴试，实避诸艰。”一路顺风，日行千里，使诗人感到从未有过的快意：“祭神得风，扬其双帆。如鹤来风，如箭离弦。舟行波外，风居水巅。舟子高歌，众客已酣。星斗可掬，乐而忘眠。天未达旦，路已过千。已越天津，直抵蓟南。生平快事，所谓得焉。”丁耀亢本是名士，所以抵京后，名流显宦多与他诗酒留连，唱和过从：“抗席谈诗，狂歌岸帻。”直到顺治十年冬天他通过贡士取得容城教谕一职而离开北京。《陆舫诗草》就写作于这种背景下，其中山水华章大都与帝京景物相关，与诗人北上的行程相连。如纪行山水诗著名者有：《自利津入海一夜达宝砥七百里》《出海宿宝砥舟中》《玉田道中》《琉璃桥》《涿州》《白沟渡》《水淀渡二首》《次河间府》《献县道中二首》《申家桥野望》《庆云道中》《宿长芦河岸》《晓渡白羊河》；写帝京风物的名篇包括：《西内》《云堆桥》《景灵宫》《玉蛛桥》《迎仙楼》《春日游西山自石经山入戒坛》《香山寺》《玉皇阁》《望潭柘寺西山诸陵》《西山戒坛寺》《香山寺》《碧云寺》《望西山诸陵有感二十二韵》《独游西山归东圣秋孝威岱观》；写容城赴任行旅的山水诗作有：《渡鸭岛过海》《十月望日登塔山顶》《望海》；此外，《椒丘诗》写容城山水的还有：《自新安舟至五方口》《容城道中即事》等，这些诗作或清峻、或凌厉、或悲慨、或雄劲，全面展示了丁耀亢绘摹北国劲健风物的艺术水平。

蒹葭霜净夜萧森，岸泊舟回待月临。不尽秋光连大漠，无边海气动寒音。津门残照斜收雨，村港归潮远入林。流止不惊随

① 《四库全书总目提要》，中华书局1965年版，第1652页。

所住，济川何用起为霖。

——《出海宿宝砥舟中》

从利津（山东利津县）入海，诗人扬帆疾进，一夜行七百里达宝砥，沿途所见风光颇让他有苍海桑田之感，蒹葭萧森、秋光无限、斜阳残照、寒潮入林，这种秋气弥浸、冷光逼人的韵味一直徘徊在北上的山水诗章里，形成他《陆舫诗草》的基本抒情格调：“津门烟树望依微，无数寒潮送落晖。野菊半荒屯牧暮，秋禾无主掩村扉。”（《玉田道中》）“秋容疏细柳，霜气暗残荷。”（《白沟渡》）“平沙漠漠草萧萧，河影中流夹岸高。鸡屋烟稀无客过，龙祠树老有鸟巢”。（《宿长芦河岸》）丁耀亢尽管没有坚拒新朝，象众多前明诸生一样做耿介不屈的遗民，但他对前明的怀念、对先皇的追思、对故国不绝的思绪一直散发在《陆舫诗草》中的山水诗里，令人有沉甸甸的厚重感。如：“先皇湖上多行宫，碧水晴烟翡翠中。鼎湖龙去豪华尽，日暮牛羊下朔风。”（《西内》）“王气一朝尽，乌号杳莫扳。龙蟠分泗水，虎化失钟山。……野老吞声哭，前王创业殷。”（《望西山诸陵有感二十二韵》）“云林风磴覆烟萝，高阁曾经御辇过。……流水似怜人世改，先皇行处咽声多。”（《独游西山归东圣秋孝威岱观》其六）故国不堪回首，一道弯月、一抹秋风、一派秋气，尽化作先皇遗迹、前朝风流供后来者凭吊，如此抒情氛围的营造全来自诗人对景物特征的准确把握和传神写照，《陆舫诗草》中大多山水之作写景构图都非常精致老辣，气韵流转，显出引人入胜的艺术效果，如“冰鱼已泮藻犹冻，社燕将归柳未柔。绝塞尘沙迷鸟道，二陵雨雪闭龙湫。”（《北地春寒》）“落花惊系马，啼鸟乱鸣钟。谷暗佛光出，云孤塔影重。”（《西山戒坛寺》）“灯昏愁古鬼，栎老啄荒禽。云带昆庐气，花空去住心。”（《香山寺》其二）“一水回周寺，依山落暗豁。……流莺无意绪，啼处草萋萋。”（《碧云寺》）上引诗句，意境空灵、神气圆融，有超越凡世之感，而下述山水诗作，凌空突起，令人胸臆豁然：“鞭石何能超弱水，投竿直欲钓银河。清秋鹤路凌风近，入夜龙吟傍月多。”（《渡鸭岛过海》）“孤峰高眺起浮烟，山海空苍望欲连。……谁堪日没鸿边影，无限云生水外天。”（《十月望日登塔山顶》)“不分天海共青苍,到此阴晴俱渺茫。曙色三更浮沆瀣,金光一线出扶桑。”(《自利津入海一夜达宝砥七百里》)丁耀亢为人慷爽真率,他虽然为生活所逼,不得不束装北上,但意绪中没一丝傍龙御、求宠贵的沾沾之喜,相反,通过上述山水诗简述,我们即可辨察他隐于心间的落寞孤愁与傲世独立之情。

2. 就职惠安时的《江干草》

丁耀亢任容城教谕五年后,于顺治十六年调任福建惠安知县,《自述年谱以代挽歌》叙说道:“闽海万里,霞岭千重。羊肠蚁穴,力短才庸。己亥十月,捧檄而往。自吴而越,借居湖舫。……桐泾钓台,郎山仙岭。抵于江浦,杉竹成荫。武夷九曲,虹桥千寻。桃花始放,黄鸟多音。异域气候,岁腊方阴。止此三月,乃许放还。”倦于宦情的诗人,解职后有如飞鸟归林、池鱼跃渊,他把此行所经,撰成《江干草》一卷。全帙诗体多变,有七律、七古、五律、五古,还有绝句、长歌,诸体错杂,舒缓悠扬,如同一曲渔舟唱晚、江云四合的散板,让读者追寻诗人的足迹去吟味苏杭至武夷沿线的江山胜景。《江干草》为诗人赴惠安知县任时沿途行程的实录,所以除武夷游赏山水诗之外,基本属行旅山水诗。顺治十六年恰是郑成功、张煌言水师进逼长江,闽浙一线战事日紧的风云激变时期,因而丁耀亢对远赴惠安始终心存淡漠,根本没有任何喜悦之情,“白发人移青海外,丹宫香满玉壶中。”(《奉答李渭清赠别四韵》其二)“再趋蚁梦南柯远,欲问鹏程北海迟。”(《出门示二子》)因为有此冷漠心境,所以丁耀亢《江干草》中第一首山水诗便显得愁云惨淡、山雨欲倾:“淮海十年行路难,片帆南去北风寒。兵多尚阻瓜洲渡,舟驶空过邵伯滩。”(《邵伯滩》)从《邵伯滩》发轫,诗人的舟车一路疾进,于是就产生如下行旅代表作:《瓜州候潮》《望金山》《京口江行》《泊舟无锡登惠山汲泉访蔗心甫顾修远》《夜入姑苏晓达枫桥》《谒孤山林和靖先生墓》《桐庐道中》《七里滩》《舟泊严州》《兰溪县道中闻莺》《泊江山县抵清湖镇度岭率成十八韵》《度岭》《江郎山》《廿八都》《枫岭》《风雨度杉岭见杜鹃花茶花时仲冬》《五显庙岭》《同林宣子游南浦桥》《绿波亭》《宿西乡村》《梨口村》《黄嶅岭入崇安县路》《山行遇雨》。上列行旅山水诗目清晰地勾勒出诗人赴闽的行踪，它们既准确地反映古代南北沟通的驿程要道，为我们展示了一幅可资借鉴的交通网络图，同时还精细刻画了沿路迥然有别的风物人情，构成一卷万里江山胜景图，让我们领略大好河山多姿多彩的美丽与壮观。如：

水驶滩声接，山穷溪溜分。丹枫九月晚，黄鸟一时闻。净练明鱼影，团沙宿鹭群。布帆烟霭里，百里总氤氲。

——《兰溪县道中闻莺》

三石青天上，仙霞接路高。佛楼盘磴曲，烟树望秋毫。嶂复排云锦，崖悬耸仗旄。还疑鸟道外，绝壁挂猿猱。

——《江郎山》

万万冬青树，层层碧玉溪。水分山闽越，云界峡东西。仰面看天小，回头见日低。无人解小筑，空听画眉啼。

——《枫岭》

云春溪碓乱岩阿，桥接孤亭半绿莎。山远岚光轻似黛，江清石子翠如螺。烽烟南国留人少，雨雪中原去路多。惆怅浦桥长望处，伤心今古恨如何。

——《绿波亭》

从浙江经江西到福建，自古是一条行人游子走不到尽头的离别之路，也是南北往来奔波的漫漫之旅，其山水奇秀，莺声燕语不绝于野，凡途经此驿路的文人骚客，均醉心于两岸夹山、江水澄碧的美景之中，或狂歌、或漫吟，或清啸、或浅唱，他们都能用神灵感悟的诗心写出对江山胜迹的倾心与恋慕。丁耀亢虽然心怀不遇之情，但天赋的颖悟之心还是让他自觉地沉浸在那一天如火的江花、一抹如黛的青峰之中，唱出了对自然山水由衷的赞歌。

兰溪县，在清浙江金华府西北五十里处，其境内多名山胜水，南住山、大云山、洞岩山、盘山四围回合，一条兰溪绕城而过。丁耀亢行兰溪道上，风帆轻飏、碧流似玉，莺声恰恰、丹枫点点，其心魂全被烟霭轻笼的秋色所陶醉。

江郎山，在清衢州府属江山县南五十里。据方志记载："山高六百寻，一名金纯山，一名须郎山。有三峰皆耸秀，俗呼江郎三片石。山顶有池，人迹罕至。"[①]江山县因江郎山得名。丁耀亢用远视遥望的角度，抓住江郎山"三峰皆耸秀"的山形特征，对其三峰入云、危岩插天的气势进行了恰切的渲染。

枫岭，在浙江衢州府属江山县南百里仙霞岭上，仙霞岭逶迤绵延，重岗迭嶂，上设仙霞关，为分界浙闽、屏障东南的险要之处。顾祖禹《读史方舆纪要》曰："《南行记》：'仙霞之为岭一，而南北有名之岭凡五；仙霞之为关一，而东西有名之关亦五。'所谓五岭者，一曰窯岭，在仙霞北十五里；一曰茶岭，在仙霞南三里；一曰小竿岭，在仙霞南八里；一曰大竿岭，在仙霞南三十六里；一曰梨岭，在仙霞南五十六里。此皆往来登陟之道，与仙霞为六大岭，盘纡峻拔，岗麓相接。六岭之旁，大山深谷，接岫连峰，不可胜纪。……小竿岭崔巍雄峻，延袤十余里，北麓童然隆起，无林峦之胜。引而南复有一峰杰出，谓之枫岭。枫岭北为浙、闽分疆之处，相距不过数武，而物候荣落，顿觉不同。沿岭而趋，长松曲涧，夹道相属。"[②]枫岭从史乘所载，为界闽浙的重险，不但地势关键，而且地形复杂，山峦起伏，峰回路转，"长松曲涧，夹道相属。"丁耀亢驱马行来，但见万树青绿、层溪如玉，举首则天高日小，倾耳便画眉啼空，诗人以敏锐之心，简约之笔，寥寥数语便点画出"枫岭"的雄峻纡回，令人惊心动魄。

绿波亭，在福建浦城县，浦城有南浦溪，溪上建南浦桥，丁耀亢《同林宣子游南浦桥》诗题自注曰："即江文通《别赋》送君南浦处。"此说可能为附会，但南浦桥与绿波亭却因此而得名，并成为人们吊古伤别的幽胜处。绿波亭取江淹《别赋》"春水绿波"之意。丁耀亢万里赴任，抛家舍亲，有恨如天，有泪如倾，行至南浦，立足绿波亭畔，心绪被江淹《别赋》的愁思所感染，于是借眼前"山远岚光轻似黛，江清石子翠如螺"的萋萋清景，抒发心中"惆怅浦桥长望处，伤心今古恨如何"

---

① 见《读史方舆纪要》，第4115页。

② 同上，第4115—4116页。

的漫漫浓情。

丁耀亢越江而来，路过重重险关峻岭，其行旅山水诗争奇斗妍，丰富多彩，但《江干草》中最值得一说的是武夷山水诗群。武夷山在清属福建崇安县境内。《读史方舆纪要》曰：“武夷山，县(崇安)南三十里，峰峦岩壑，秀拔奇伟，清溪九曲，流出其间。”[①]又曰：“其山绵亘百二十里，有三十六峰，三十七岩，一溪缭绕其间，分为九曲，道书以为第十六洞天。”[②]武夷山作为道教第十六洞天，它奉祀的山神称武夷君。武夷山形态殊异，东南西北望之，分别如楼台、如城壁、如庾禀、如车盖，峭拔奇妙，高下相依，常年云雾缭绕、草木蒙茸，冬夏色不变，岩石红赤，为典型丹霞地貌。一溪回环曲折，如朱熹所言：“清溪九曲，流出中间。”每曲对应峰峦一座，形状迥别、引人入胜。详情可参《读史方舆纪要·福建·名山》，亦可参证清人董天江撰《武夷山志》。

丁耀亢的武夷山诗群，从《入武夷题幔亭峰汉祀亭》始，止《武夷山行》共二十一首，其中有七绝、七律，还有七古，其音调舒放缓冲，诗意随诗人的诗情排闼而出，或幽冥、或清空、或迂曲、或峻拔，总之，武夷九曲在诗人写来，神韵悠长而形姿迥绝。如：“绝壁生云疑布幔，老松挂月半垂萝。”(《晓起登玉皇阁再用前韵》)“云雷尚许封毛髓，狠鹤时来化子孙。九曲未游从此始，已看山势似昆仑。”(《大王峰》)玉皇阁玄远飘渺，大王峰势如昆仑，而玉女峰被诗人写来，风鬟雾鬓，俏丽无比，“玉女明妆耸翠鬟，霞裳丹披出云间。……香雾氤氲山叠叠，佩环缥缈水珊珊。”(《玉女峰》)写山峰，诗人能抓住山形特征，写出各峰的神情气韵，而写水，诗人则尽力展现武夷九曲的回环曲折，幽深奥邈：“前峰迎客后峰催，侧面看山对面回。一水潆洄摇不定，青天倒出石门开。”(《泛舟自三曲至五曲》)“忽疑水向天边出，未见舟从山上行。欲住难留屡回首，前峰玉女又相迎。”(《自六曲泛舟出山》)武夷山水相依，景色清绝，成为诗人心中永远的一个结：“异域相逢皆万里，名山一别即千年。”(《别武夷寄张蚩蚩李瘖生两异人》)

---

① 见《读史方舆纪要》，第 4444 页。

② 同上，第 4369 页。

武夷山以特异的面目令诗人尘心顿消，有脱胎换骨之感，因此，他以一曲长歌《武夷山行》对此游作了最后的总结。长诗共分六解，第一解，通过与海内“仙山”比较，突出武夷的迥异特出：“兹山灵奥辟鸿蒙，探奇平生见未足。”第二解，通过联翩比喻，总写武夷山“峰插云根水绕山，岞崿浑沦各起伏”的山水形势；第三解分写各峰姿态万千令诗人“目眩神摇仰可瞩”的景象；第四解写水态，主要突出武夷九曲“恍若人行冰镜中，照出丹青满一幅”的迷人韵味；第五解抚物怀人，通过仙人遗迹，表达了他渴望“卜筑”武夷的心愿；第六解，借烹茶道人的叙说，说明历经明末清初战乱，武夷山饱受毁坏的情景，道出诗人祈盼天下清净、人间和平的心愿：“但愿天平海不波，万里还来跨黄鹄。”《武夷山行》以歌行的篇幅，融景、事、情为一体，是诗人心间流淌出的对武夷山真情至性的赞歌！

丁耀亢赴惠安知县任，从行程和时间，以及其它诗文记载，他根本没到职就在友人劝说和自己的意愿下“决志抽簪”，在崇安县盘桓三月后，“乃许放还”，于顺治十八年正月“得赋归来”。回归家园的诗人参透了人间风波和人世诡谲，立意隐于乡间，终老田园：“野菊无篱接远峰，薜萝千尺倚高松。”“载酒携孙仍把菊，渊明别况亦悠然。”《归山草》是诗人终老田间、隐心参禅的心灵写真，在熄灭了人间一缕希望之光后，历经磨难的诗人把自己对人生的参悟、对生命的理解化成枯寂灭绝的文字，遂有《归山草》和《听山亭草》问世。

清康熙二年、三年，丁耀亢连涉两次狱讼之灾（先是“衅起孤侄，鬻产不保”，受到株连；再是“构我文章，以成讪谤”，其实两次牢狱之灾，全因地方官吏贪赂不成，而趁机“假祸”的结果。）经此祸变，加之失明，丁耀亢决意向佛，遂前往嵩山，遁迹佛门：“嵩山少室是天门，石影犹存初祖根。问取三峰松上月，可容巢鹤养儿孙？”（《开门偈似太室三空法师》）《归山草》多为诗人感慨人生、参阅禅理之作，而仅存山水诗当为入少林寺时对嵩山少林一线佛家净土的描写，如：

雨歇嵩山积翠开，松阴沙岸净无埃。自携绿玉方方杖，点破青溪段段苔。一路笙歌喧赛鼓，半天云雾出香台。不堪足力登临倦，应有仙人控鹤来。

——《雨后入嵩山》

古殿含云气，山门锁翠微。宗风留影石，祇树挂初衣。岩室僧难定，丛林鸟乱飞。盛衰随大化，净土自光辉。

——《少林寺》

嵩山，在清河南府属登封县(今河南省登封市)北十里，著名的五岳之中岳。《读史方舆纪要》曰：“嵩高即嵩山，在河南府登封县北十里，五岳之中岳也。萃两间之秀，居四方之中，窿然特起，形方气厚，故曰嵩高，《禹贡》所云‘外方’也”①。嵩山，一名太室山，其西十七里为少室山，少林寺在少室山。嵩山据《名山记》所述，其高有二十里，周围一百三十里，其主峰为峻极峰，东叫太室，西叫少室，回环围绕的山峰达三十六座。丁耀亢雨后登山，倍觉身心爽朗劲健，在满眼“积翠”的山色中，他手持绿玉杖，啸歌行吟，恍入人间仙境，在此，诗人没有对山形水势进行工笔细描，而是紧贴嵩山厚重的宗教氛围，着力表现圆润淡远的禅家意境。和《嵩山》对比，《少林寺》就更具会心一笑、意在言外的禅宗感悟：“岩室僧难定，丛林鸟乱飞。盛衰随大化，净土自光辉。”少林寺是禅宗初祖达摩面壁的圣地，据顾炎武《肇域志》载：“少林寺，在县(登封)西少室山北麓。后魏孝文帝建，唐高宗与武后尝幸其地，武后有诗刻石。寺北里余有初祖庵，岭上有初祖面壁洞。寺之西有甘露台，寺之南有五品封槐。碑刻甚多。”②

丁耀亢生当朝代更迭的乱世，遭逢兵祸与磨难，其一生坎坷而不得志，他把慷慨之情，敏锐之心，全融进身经目见的自然山水中，让山水代其立言显性，故而其前期山水诗凝重厚实，有激荡扬厉之风，成为他“伉爽磊落”(龚鼎孳语)人格的写实；后期山水诗清峻空阔，有悠然澹泊之韵，完全印证了他参悟佛理、彻解禅性的慧根。作为齐鲁诗群的前辈诗人，丁耀亢比王士祯多了一份悲辛和激昂，比赵执信更接

① 见《读史方舆纪要》，第2092页。

② 见《肇域志》，第1189页。

近悠远空灵之境，如果论其山水诗整体成就，在齐鲁诗群中属数量丰赡、质量上乘而气质超众的卓越诗人。他的山水诗越过具象化描摹，而深入自然山水的内在本质，力图追觅一种云本无心、水流自在的禅化境界："参禅无境亦无心，莫向宗门处处寻。近得王维诗里画，水穷云起月沉沉。"（《诗禅》其四）因为受禅的淫浸，丁耀亢的山水诗境处处呈现出天外孤踪、鹤骨崚嶒、寒潭片石、空山冰雪的澄澈透明。

二、"青岳群峰长，苍然势自雄"

——曹贞吉的山水诗

曹贞吉，字升阶，又字升六，号实庵，山东安丘人。康熙三年甲辰进士，考授内阁中书，外放徽州府同知，旋内召礼部仪制司郎中，后以疾辞去湖广学政，归里隐居。其作品结集为《珂雪集》一卷，《珂雪二集》一卷，《朝天集》一卷，《鸿爪集》一卷，《黄山纪游诗》一卷，《珂雪词》二卷，《補遗》一卷。

山左诗人中，曹贞吉声名卓著，王士禛曾选宋荦等十人诗为《十子诗略》，曹贞吉名列其中，此十子世称"金台十子"。（金台十子分别是：曹禾、田雯、宋荦、汪懋麟、颜光敏、王又旦、谢重辉、曹贞吉、丁炜、叶封。笔者注）

曹贞吉与弟申吉被邓之诚先生目为"悲歌慷慨，自是才人"的诗国"二难"，申吉，字锡余，号逸庵，顺治十二年进士，康熙十年任贵州巡抚，吴三桂起兵时被执，从此下落不明，是附逆，还是尽节，后人说法不一。（其曾孙曹益厚在《南行日记》的弁言中说，乾隆二十九年特旨以"殉难大臣"的名义为曹申吉立传，并"设位"于"昭忠祠"，"春秋时祀"，据此即知曹申吉时隔八十四年后被追认为殉难烈士。笔者注）。曹申吉的诗因受吴逆造乱，多毁于兵燹中，尤为可痛惜的是其任职贵筑时所作的《黔行》《黔寄》，除邓汉仪《诗观三集》收录数十首外，其余皆荡然飘失。他的山水之作现留存于其所著《澹余诗集四卷》《南行日记一卷》中，《澹余诗集》前两卷多有吟咏齐鲁燕然风情的作品，后两卷则保留了诗人任职楚鄂时创作的山水篇章；《南行日记》是诗人康熙六年奉命祭告南岳时创制的行程纪，诗文相间，内容十分丰赡。曹申吉山水诗不但数量丰满，而且韵味醇厚，境界超远，语词极为华美流转，充分显示了诗人超绝的诗艺水平。关于曹申吉的山水诗以后另文专说，此不详述。

受齐鲁文化熏陶，曹贞吉气质冲澹超远，其诗格“高秀苍老”，(邓汉仪《诗观三集》语)入仕后，有幸到素称山水之窟的徽州任职，这不但给他提供了亲近自然、走进自然，让自然陶冶心灵的机缘，而且还从根本上改变了他的山水诗风，让他的诗思在山水间徘徊徜徉，从而形成与众不同的崭绝风格，有如邓汉仪所评：“吴剑宜曰：昔人云，青山绿水中作二千石，是第一快事。新安山水佳胜，而近得中翰曹公来治吴郡，诗才文笔，炤耀岩峦，固为人地两绝。而甫莅浙江，旋承辑端，往来燕齐道上，著《朝天集》，河声岱色，尽贮奚囊。他时搜胜天都，发为诗歌，灵奥当复奚似？”[①]上述评论给我们昭示两点：1. 曹贞吉诗才雄健，有卓厉鹰扬之势；2. 新安地杰人灵，山水佳胜，有感发激动诗情的巨大作用。曹贞吉与新安山水的知遇契合，是人和自然相互激励生发的因缘所在。

(一)“青天削芙蓉，片片垂岚光”的南北赏游山水诗

正因为有山水的涵养、自然的陶炼、神灵的导引，所以曹贞吉的山水诗骨格奇特、气韵流荡，而境界悠深精奥。如：

沙鸥几点浴晴湾，寂寂寒潮去复还。一夜好风吹短棹，轻舟已过大鱼山。

——《发舟口号》

门外寒山曲径通，一江宿雾送空濛。凭栏最是销魂处，十日斜风细雨中。

——《晨起》

云际苍然秀色铺，万松深处翠模糊。便思作使马遥父，为画春山欲雨图。

——《山行口号》其一

---

① 邓汉仪《诗观三集》，转引自《清诗纪事》第 2483 页。

沙鸥点点、寒潮寂寂，一夜好风吹来，轻舟已过万重青山，诗人怀着无比轻快愉悦的心情，用透明似水的语言把江南暮春景色表现得恰到好处。《晨起》紧扣清晨晓雾“空濛”的背景特征，主要通过冷寂幽静的意象欲传达“凭栏”的心理感受，令诗人最能“销魂”的是“十日斜风”吹落一江“细雨”，丝丝如梦直扑他的心灵深处。《山行》选自《鸿爪集》，诗人穿行于青山逶迤、溪流回环的皖南道上，宣城一带清峻空明的景致宛如一幅水墨图卷，仰观遥望，层次分明，上述绝句语言轻快，画面空明，着色淡雅，意境悠然浅淡，为曹贞吉山水小品的代表。如果绝句意境悠长，令人回味无穷的话，那么七律山水诗则更进一步折射出诗人对自然山水感悟的心灵境界，如：

> 绝顶孤峰一径幽，万松深处见重楼。芳洲忽送三江碧，钓艇全疑几点鸥。地近星辰分岳气，山连吴楚枕寒流。扶筇欲结长林契，鸿迹冥冥不可求。
>
> ——《游翠螺山登三台阁远眺》
>
> 十年初听浙江潮，石壁崚嶒入望遥。夜静鱼龙喧客梦，月明箫鼓出山腰。扶疏佳气来三竺，杳霭烟波接六桥。我欲乘风窥海若，碧天无际水迢迢。
>
> ——《吴山即事》
>
> 梦中山色画中看，一柱狂流砥去澜。江面雾随蛟室现，海门潮落日光寒。乾坤兀突存元气，吴楚风烟得大观。拟向妙高台上望，洪涛万里自漫漫。
>
> ——《金山四首》其一

翠螺山，安徽当涂境内之采石山上，采石傍大江而立，巍然壮观，自古是兵家争战杀伐之地，亦是文人墨客登临凭吊、放目游眺之处。曹贞吉登临采石翠螺山之三台阁，用“远眺”的开阔视觉，大气淋漓地渲染出绝顶孤峰、一阁巍峨屹立江边的凌然气象，放眼但见江流东去、白鸥点点，诗人站在时空的分界点上，顿感自然浩大，人世渺渺，一切如鸿迹，难以刻意追求。《吴山即事》虽然时空背景发生了变化，但其营造的幽冥杳深、辽阔空远的意境却始终得以延伸，佳气扶疏，夜入客梦；烟波杳冥，佛光照人，在一派祥和宁静的禅定氛围里，诗人心如白鸥，随海风直到“水迢迢”的无际涯处。吴山，有多处，一在山西永济，又名首阳山，一在江苏吴县西南横山，一在浙江长兴县南，一在浙江杭州旧城区西南城隍山上，相传山上有伍子胥庙，故又称胥山，一在福建浦城县东，一在陕西陇县西南，又名汧山，即著名的西镇。曹贞吉诗中的吴山为杭州之吴山。《读史方舆纪要》曰：“吴山，在府治南，……亦名胥山，左带大江，右瞰西湖。……今峰峦相属，以山名者凡数处，而总曰吴山。”①

金山诗一组四首，从金山江山相依、雄胜东南的总势写起，首尾一贯，气象雄浑，通过风烟万里、海门潮涌的生动描写，把金山锁镇大江南北的壮阔景象表现得惊心动魄。

假如南国风物在诗人笔下呈现出逸韵流荡、空阔悠远的特征的话，那么北方山水在曹贞吉写来，则于玲珑空窍中透出刚劲磊坷，如：

晓起空濛宿雾遮，迟回渐觉海生霞。一天霁色迎朝日，十里潮声卷落沙。宝气疑从鲛室尽，飓风欲动蜃楼斜。三山飘渺知何处，漫想安期枣似瓜。

——《日照道中观海二首》其一

迢递风尘岁月更，萧然匹马又孤城。天低平野空青色，僧汲寒泉碎玉声。杳霭岚光依远岫，冥濛海气乱朝晴。何人共剪西窗烛，听尽梅花一夜冰。

——《冬日高密道中》

日照，山东县（今为市）名，《读史方舆纪要》：“日照县，州（营）东南百五十里，南至南直赣榆县百六十里，北至诸城县百七十里。汉为海曲县地，置盐官于此，名曰日照。魏晋以后俱为营县地，金始置日

① 见《读史方舆纪要》，第4124页。

照县，属营州。”[①]日照沿海而居，因其南接江苏海州（今连云港）而成为沿海交通要道。曹贞吉取道日照，往江南之徽州赴任，被清晨鸿濛一气、朝霞如染的海上壮景所感染，他放眼遥望，但见“一天霁色”迎着初升的太阳洞彻万物，“十里潮声”漫卷着细碎的砂砾扑向嶙峋的岩礁。眼前的沧海即是远古的桑田，世情变幻，自然无常，有限的生命在无垠的自然面前显得那么“缥缈”，“孤屿雨晴寻蟹迹，海门风起断蛟涎”，如此警觉特异的诗句恰好映现了诗人心头的惆怅与空茫：“日暮涛声来枕上，惊回旅梦倍凄然。”（《日照道中观海二首》其二）曹贞吉日照观海的山水诗不但显露了他当时郁郁不欢的心情，而且还是以日照为题而观海的山水诗的代表，这给日照名望的提升起到了一定的推动作用。

高密，清属莱州府之胶州。《读史方舆纪要》：“高密县，州（胶州）西北五十里，西南至青州府诸城县百二十里。”[②]从秦开始置高密县，代有沿革兴替，据史记载，高密是个具特殊人文蕴含的地方，所以高密文脉一直繁衍，至清代中期形成著名的高密诗派。高密境内丘陵蜿蜒，河流纵横，著名的水系有胶水、潍水，密水等。曹贞吉的《冬日高密道中》为返归北方时所作山水诗。全诗以“冬日”为抒情写景的背景，整个突出了北方“天低平野”、“寒泉碎玉”的季候特征，用“匹马”、“孤城”等“萧然”的意象，抒发反衬诗人心头孤寂凄寒的情怀。这种情绪在其一路的行程中反射出来，就有《潍河道中》“天垂远树疑三尺，水绕疏篱自一湾”的清寒辽远，以及《途中大风雪倦极有作》的“吹残海渚风沙急，冻合危岩薜荔悬”的苦寒凄冷之意境。

曹贞吉写南北山水的诗作标志性极强，南国清幽绵长，北方清寒雄放，如：“春水盈盈送画桡，望中两点见金焦。”（《渡江》）“拂云疑共晴霁远，掠水难同孤鹜飞。”（《燕子矶》）“云垂千树杳，月黑大江横。”（《丹阳道中夜作二首》）“岱宗高峨峨，鸿濛辟灵境。阴崖六月寒，冰雪常耿耿。”（《齐河道中望泰山积雪》）“青天削芙蓉，片片垂岚

① 见《读史方舆纪要》，第1657页。

② 同上，第1675页。

光，……绝壁青红交，怪石苔藓苍。”(《螯山》)“万山一气无端倪，如马如日不可知。绛衣掩映何葳蕤，化为苍狗空中驰。”(《蒙山出云歌》)“海气远浮吴观雨，河声近绕鲁王都。千寻白练分高下，九点青烟辨有无。”(《登岱》其二)就上述几例，即可见出曹贞吉写作山水诗善于捕捉不同状态下的山水的不同形质，通过很诗意化的语言将其入木三分地表现出来，就形成自己与众不同的风骨神韵。

(二)“奇人”写“奇境”的黄山山水诗

真正代表曹贞吉山水诗创作水平，也能把他在清代山水诗史上提到一个更新高度的应是《黄山纪游诗》。清初游历黄山，并创作黄山山水诗的诗人甚众，著名者如钱谦益、石涛等，钱谦益登临黄山，创制了气势恢宏的黄山组诗；石涛国变后，隐于黄山，以黄山为底本创作了大量的黄山诗、黄山画，成为清初遗民诗僧的代表人物，但以黄山纪游诗命名并结集行世者，曹贞吉的《黄山纪游诗》则属首创。先师严迪昌在《清词史》中评道：“他(曹贞吉)的《黄山纪游诗》一卷尤擅名于世，宋荦评之为‘奇人’与‘奇境’相融合的‘不朽之篇’，并说‘此山名作寥寥，向推虞山，今被实庵压倒矣’。”[①]这里所提及的宋荦的评语见于《答曹实庵书》：“每念足下奇人，黄山奇境，必有不朽之篇为山灵增重。今读纪游诸什，其高则天都，始信诸峰拔地参天也。其浩瀚无际，则文殊台下之云海矣；其离奇夭矫，则扰龙、卧龙诸松之盘空耸翠，骇人心目也。此山名作寥寥，向推虞山，今被实庵压倒矣。”[②]《四库全书总目》说到：“贞吉诗格遒炼，其黄山诸作，极为宋荦所推。”除“宋荦所推”外，曹贞吉在新安的受业弟子汪士鋐亦十分崇敬《黄山纪游诗》，在其所撰序言中曰：“吾师安丘曹夫子以西清名彦，佐郡新安，庚午晚秋，公事之暇，为黄山游。游凡七日，得诗三十七首。……读至登峰望海诸诗，千态万状，鲸吞鳌掷，云逗星离，不觉洞心骇目，魂断色飞，一时惊涛骤马，搏鸷藏龙，舞袖峨冠，战阵蒐狩，一切可喜可愕之事，矗出楮表，予不禁作而叹曰：此轩辕氏明堂朝会之图，而百

① 《清词史》，江苏古籍出版社1990年版，第267—268页。

② 见《清诗纪事》，第2483页。

灵真宰，鸳行而鹄立者，一经拈出，吾知巨灵夸娥必将幻为赤文绿字，勒之仙榜，丹台天龙呵护，观止矣；兼康乐、少陵、昌黎、坡公之长，细入无间，而一气包举，力大而思深，自尊其骨，采性灵以出于四公之外，观止矣！”汪士鋐这篇序文汪洋恣肆，情感激越，而文辞腾厉，有出尘之想，他不但褒誉赞扬《黄山纪游诗》包罗天地、追越古人的博大内容和精湛诗艺，而且还一再强调这是一卷能“移吾情”的震撼心灵之作，能移情，方始能读懂黄山，与黄山为师为友。

《黄山纪游诗》的出现不仅在诗艺上使曹贞吉的山水诗表现张力得到空前扩大，推动了中国山水诗在清代的不断繁荣和拓展，而且站在当代旅游学与生态学的基点上，《黄山纪游诗》有提高黄山知名度，加大黄山旅游文化内涵，警示后人以清人为参照，着力保护原生态黄山风貌的重大作用。曹贞吉“受业”门人吴启鹏在《黄山纪游诗》的《跋》中说：“吾歙黄山，奇峰拔地，崩壑惊人，十岳以外，罕见其比，而其名至唐始著，其纪游至宋始见。……盖山川之灵气不轻发洩，一若有鬼神呵禁之者，然秘者不能自秘，刻画烟云，驱使泉石，唯文人能夺鬼神之权耳！……顾灵心相契，安丘曹夫子，武密靳夫子先后来游，途畏峰涩，两夫子搜异不止，发为诗文，山若为之增高，水若为之加深，流播人寰，杖履生色。”

能让山灵“灵心相契”，使黄山山水“增高”、“加深”，得到当世推崇的《黄山纪游诗》共有各体诗章三十七首，其中写友人送行赠答的九首，其余为直接刻镂黄山各山水与人文景物的诗篇，这些诗篇或黄钟大吕，长篇歌吟，写尽黄山奇峰飞瀑的撼人气势，如《白龙潭观瀑有怀吴耳公》《望天都峰》《过小心坡》《卧龙松歌》《登立雪台看后海一带诸峰》《文殊院观铺海歌》《莲花峰》等；或清商小调，短章浅吟，绘制黄山梦幻般绝世的姿容，如《初望见天都云门诸峰》《老人峰》《天都峰下看红叶》《迎送松》《度一线天》等。

小唱轻柔明快，充满动荡流泻的生命活力，在有限的章句里，极力彰显黄山神奇的魅力和气韵。如：“拔地惊天万仞峰，仙人掌上现芙蓉。自疑飞鸟飞难到，明日翛然杖一筇。”（《初望见天都云门诸峰》）“绣壁崚嶒万仞孤，攀萝直上一筇扶。老人与我俱头白，神鼎刀圭乞得无。”(《老人峰》)“才自桃花源上回，三秋哪得有花开。天门一望堪愁绝，疑换人间甲子来。”(《天都峰下看红叶》)高峻险奇、万仞插天的黄山被诗人轻轻写来，犹如一首轻快流畅的小曲，万仞崚嶒、一筇直上；黄花红叶、漫山飘香，此情此景，只有读懂了黄山，与山灵结缘的诗人才能于看似轻描淡写的绘摹中传达出来。

黄山，位于安徽省歙县境内，清属徽州府，今为黄山市。据史载：“北黟山，在宣、歙二州界，县西北一百六十里。高一千一百七十丈，南属歙州，丰乐水出焉。旧名黄山，天宝六年敕改为北黟山。浙之东西歙、池、饶等山，皆此山之支脉。”[①]“黄山，旧名黟山，在歙县西北百二十八里，高千一百八十仞。《郡志》：‘其山有摩天戛日之高，宣、歙、池、饶、江等州山，并是此山之支脉明矣。诸峰有如削成，烟岚无际，雷雨在下。其霞城、洞室、崖窦、瀑泉，则无峰不有，信灵仙之窟宅。西北类太华山，有峰三十六，其水源亦三十六，溪二十四，洞十有二，岩八。水流而下，合扬之水，为浙江之源。第四峰有泉沸如汤，尝涌朱砞。世传黄帝尝命驾与容成子、浮丘公同游，合丹于此，其后又有仙人曹、阮之属。’”[②]“黄山，在县(歙)西北一百二十八里。一名黟山，高一千一百八十仞，北倚九华，西拓彭蠡，南接广信，左挟浙河，右起桐汭，以尽海濡，皆支垅所分。唐天宝中，敕改名为黄山，其峰三十有六，源如之，溪二十四，洞十二，岩八。”[③]“黄山，府(徽州)西北百二十里。旧名黟山，唐天宝六载改今名。其山盘踞诸州县，而属于歙。高千一百八十仞，有峰三十六，水源亦三十六，溪二十四，洞十二，岩八。溪涧流下，合扬之水为浙江之源。登其巅，则匡庐、长江隐隐在望。浙之东西，池、饶诸境之山，皆其支脉也。……南踰百里为歙县治，北三十里为太平县，又北抵宣州治二百四十里，不当通都大邑之走集，游者罕至矣。山之西麓，田土广衍，曰焦村，焦村而南有数峰凌

① 〔宋〕乐史《太平寰宇记》，中华书局2007年版，第2060页。

② 〔宋〕祝穆《方舆胜览》，中华书局2003年版，第282页。

③ 见《肇域志》，第379页。

空，最名者曰天都、芙蓉、朱沙，而天都为尤高，鸟道如线。”①

从上述史料载记可知，黄山名称代有兴替，乐史说旧名黄山，唐天宝六年改北黟山，但顾炎武、顾祖禹均说，黄山，旧名黟山，唐天宝六年改今名，即黄山，与乐史同时代的祝穆虽没明确指出黄山改名之事，但他也说黄山，旧名黟山。《新唐书》《宋史》《元史》地理志中都未提及黄山，自《明史》开始才有黄山的记载，但只说：黄山，旧名黟山。由上可见，黄山，古称黟山，而自天宝六年始改今名，称黄山。《水经·浙江水注》曰：“浙江又北历黟山，县居山之阳，故县氏之。”其实确切说，乐史称北黟山没错，黄山走向呈西南偏东北，俗称在旧歙县境内者曰北黟山（即后改称黄山），黟县境内西段部分仍称黟山。又，中国境内称黄山者，多达数十处，但论山岳形势和名气，则以徽之黄山为最。黄山作为宇内名山，虽声名渐著，但在晚明以前，专为其图形写貌的诗文并不显见史籍，地理志书方面，以《徐霞客游记》为先河，而诗歌结集，则曹贞吉的《黄山纪游诗》当属首创。

曹贞吉写黄山的短歌前已提及，其气韵格调已让我们对他的黄山诗有了深切感受，但真正显露诗人胸襟气质，以及艺术表现能力的还是黄山组诗中激情恣肆的长歌，诗人凭借长歌幅度长、容量大的优势，以饱满的激情、精细的观察、高超的手法对黄山的峰岭涧壑、奇松怪石、烟雾云海展开了大势淋漓的渲染与绘摹，读之，使人骨折神惊，胸襟顿开。如写黄山的高峻雄伟、奇绝天下：“三天子鄣信奇绝，天都更是诸峰长。目断穹窿不可极，鸟飞亦作枋榆抢。风雷只到半山腰，下界阴沉上宣朗。”（《望天都峰》）天都峰，黄山主峰之一，遥望仰视，如一道天然屏障横亘东南，其势凌然摩空，幽涧深壑，杳冥莫测。徐霞客曾描绘曰：“仰见群峰盘结，天都独巍然上挺。……上至平岗，则莲花、云门诸峰，争奇竞秀，若为天都拥卫者。……前海之前，天都、莲花二峰最峻，其阳属徽之歙，其阴属宁之太平。”②（《游黄山日记》）“左天都，右莲花，背倚玉屏风。两峰秀色，俱可手揽，四顾奇峰错列，

① 见《读史方舆纪要》，第1367页。

② 见《徐霞客游记》，中州古籍出版社1992年版，第10—11页。

众壑纵横，真黄山绝胜处。”[①]（《游黄山日记后》）徐霞客两游黄山，一在明神宗万历四十四年农历二月初三日；一在明神宗万历四十六年九月初四。前次因积雪未登天都、莲花二峰；后次则亲历了登天都、莲花的冒险乐趣。曹贞吉游黄山正好在康熙二十九年九月，他仰视天都，顿被天都势拔五岳、君临群壑的气魄所震撼，于是通过正面描摹、侧面反衬，或夸张，或比拟，把天都峰的险峻雄伟表现得英气逼人。与天都峰并列的莲花峰亦是黄山绝胜的景点，徐霞客认为天都、莲花两峰相抗，互为表里，登天都，则莲花拜揖其下；登莲花，则天都俯身相让："（莲花峰）其巅廓然，四望空碧，即天都亦俯首矣。盖是峰居黄山之中，独出诸峰上，四面岩壁环耸，遇朝阳霁色，鲜映层发，令人狂叫欲舞。"[②]（《游黄山日记后》）面对如此奇秀的莲花峰，曹贞吉惊呼叫绝："不道莲花奇若此，游人历历到花须。夜深多宿莲花柎，冷光朝暮相激射。……磴道高悬势矹硉，俯看莲蕊才及肩。……惟有天都堪并矗，诸峰鹄立皆臣仆。……浓翠霏霏衣袖中，排空御气如飞蓬。路人惊我白云出，老夫适谒浮丘公。"（《莲花峰》）在此，诗人抓住"莲花"象形的特征，把莲花峰险峻奇绝、秀出云表的形貌刻划得鲜活逼真。再如《登立雪台看后海一带诸峰》对黄山群峰姿态各异的描写，显出诗人精细把握自然山水的高超艺术功力。黄山以险峰、怪石、云海、奇松为四绝，曹贞吉冒危履险，一路攀跻，但见奇松、云海凌空而来，又凭虚而去，豪兴遄飞之际，他挥笔写道："黄山有松皆不俗，一枝两枝等朱珊。轮轮囷囷各异态，不沾寸土精神完。"（《卧龙松歌》）"白云一片涌空濛，眼底千峰皆杳霭。只疑浑沌开穷荒，或有风雷泣真宰。鳌身一抹映天黑，鲸波万里连渤澥。……过眼一洗碧琉璃，惊风猛浪嗟何在？"（《文殊院观铺海歌》）奇松横空而出，夭矫宛如蟠龙，虬干龙鳞，傲世独立；云海恍如仙境，变幻出万千奇异景象，这一切足令诗人"狂叫欲舞"，信笔写下《黄山纪游诗》章。

前人评曹贞吉诗风为"极有笔力"（王士祯语），"深沉博丽，众美

---

① 见《徐霞客游记》，中州古籍出版社 1992 年版，第 22 页。

② 同上，第 23 页。

悉兼”（邓汉仪语），而评其为人曰：“介特自许，意所不顾，万夫不能回。”（卢见曾引张杞园《曹公墓志》语）纵观曹贞吉山水诗创作的艰辛历程，尤其黄山诗的形成，我们始信前人所评不虚。

三、“杰阁兀晴空，入窗云气积”

——冯廷櫆的山水诗·附说赵执端、卢见曾、颜光敏

齐鲁诗人中与王士祯有知遇之契，同赵执信为知音相赏者应为冯廷櫆。邓之诚先生《清诗纪事初编》曰：“廷櫆早岁惊才，晚愈锤炼。虽与士祯境地日远，诗格却不似冯班，强被执信牵引耳。”这里言辞婉约隐曲，却道出了一个奇异现象，即冯廷櫆虽然和王士祯论诗有岐异，但其创作风格却和赵执信崇尚的冯班所论亦不合，赵、冯之所以论诗相投缘，且看似盟友，其实是赵执信牵强拉其结盟的。即使如此，可以看出冯廷櫆在各派诗文化力量间角逐的重量。冯廷櫆去世后，赵执信将其诗歌编辑刊行，名曰《冯舍人遗诗六卷》，王士祯、赵执信分别为其作序，《四库全书总目》曰：“是集（指《冯舍人遗诗》）乃廷櫆殁后，赵执信所编，……并为作序，以士祯序为知之未尽。盖当日执信方以论诗与士祯相左，故虽同一推奖，亦持异议云。”[①]王、赵对冯廷櫆的“虽同一推奖，亦持异议”从二人为冯“典试于楚”时作的《晴川集》所写的序、跋中可得到佐证。王士祯《晴川集序》紧扣楚地风物特征，着力彰扬的是冯廷櫆游楚地、沐楚风而表现出的风人之旨：“冯子大木以中书舍人典试于楚，赋诗百余篇，其词甚丽，盖真能得《三百篇》洎屈、宋、唐、景之曲折者，……其天才超逸，类多顿挫悲壮，有《九歌》《九辩》之遗风。”[②]赵执信在《题大木所寄〈晴川集〉后》高度评价了冯廷櫆“归来烂漫出妙句，颇疑胸已收三湘”的创作成就，同时他对王士祯立诗坛宗派的做法表达了很深不满：“渔洋诗翁老于事，一一狎视海鸟翔。……苏门上客虽旅进，未许与子为秦黄。”针对诗界流行的浮廓弊病，赵执信相期与冯廷櫆“会与五岳果夙约，独乘莽眇游

---

① 见《四库全书总目》，第1662页。

② 见《王士祯全集》，齐鲁书社2008年版，第1798页。

五方。他年自携三万首，要向君论雁抗行。”冯廷櫆与赵执信为乡试同年，二人创作旨趣大略相近，命运亦趋相类，故二人间互相激赏、互相抚慰，情谊颇深厚，赵执信在《深秋偶作》诗中赞曰：“昨见冯生抒愤词，兼爱洪子翻新曲。”又在《酬大木自都下见怀》中对冯廷櫆的难中相慰表示了极大谢忱：“满眼不可耐，有怀何足云。夜来京国梦，只为大冯君。”郑方坤《国朝名家诗钞小传》对赵、冯、王三者之间微妙的关系进行过精确分析，有一定参阅价值。

冯廷櫆(1649—1700)，字大木，山东德州人。康熙十七年举乡试，二十一年赐进士出身，因“馆选不得与”，遂终以中书舍人。有《冯舍人遗诗》六卷行世。

冯廷櫆性格孤介傲岸，不谙钻营投机，故其毕生郁郁不得意。沈德潜《国朝诗别裁集》：“舍人性孤介，不入大僚之门，官闲无事，惟枕籍书卷。所为诗清警绝俗，咏古尤佳，山左中尤矫矫者。”[①]王士禛《文林郎内阁中书舍人管典籍事冯君大木墓志铭》对其有全面而详尽的评述：“官闲无事，僇直稀少，益取古人书，枕籍读之。足迹踽踽，终岁不识贵人之门。性孤峭益甚，而诗文亦益奇。……君生平嘐嘐然，慕古近狂，不屑不洁，近狷，与人少可而多怪。……君之文清迥绝俗，歌诗尤超逸，似不从人间来。”[②]冯廷櫆虽不入王门，但王士禛对其盖棺之论还是很中肯而多褒誉，足见廷櫆为人。据王士禛墓志叙述，冯廷櫆康熙三十九年九月十七日卒于“邸舍”，死因为前一日与友人会饮，夜半客散，廷櫆就寝，至第二日“日高不起”，仆人开门查看，廷櫆已逝，邓之诚先生说盖“中煤炭毒”而亡。冯廷櫆少年早慧，博洽群籍，诗文清峻超逸，标新而领异，惜其命途多艰，天不假年，可见一代才人“人忌之，天亦忌之”“颇颔没世”的悲剧命运。

《冯舍人遗诗》随年编次，“初授官为《京集》，校士于三楚为《晴川集》，薄游近畿为《雪林集》，假归卜居于厌次之墟为《曹村集》。”(郑方坤《国朝名家诗钞小传》)其中《晴川集》是其最具特色、最有光彩者。

---

① 《清诗别裁集》，上海古籍出版社 1984 年版，第 519 页。

② 《广清碑传集》，苏州大学出版社 1999 年版，第 355 页。

论冯廷櫆的山水诗，当以《晴川集》为一典范。

《晴川集》前有述及，作于冯廷櫆康熙二十六年“典试湖广乡试”期间，收录于《冯舍人遗诗》第二卷，共有古今体诗九十首。其内容和风致如王士祯在冯舍人墓志中所说：“既撤棘，蜡屐筇杖，登黄鹤楼，俯江汉之流，眺内方、大别诸山，南望潇湘、洞庭，慨然远想。有诗百余篇，识者以为骚之苗裔，今所传《晴川集》是也。”《晴川集》所录山水诗大体分三类，共五十九首，占《冯舍人遗诗》卷二的百分之六十六。以下按类别分述之：

（一）山阔水长的行旅山水诗

康熙二十六年秋，冯廷櫆奉命往湖广典乡试，他辞别亲友，打马南下，开始了楚地之旅。一路从“晓渡卢沟水，秋原雨过时”（《出都》）的悲冷凄切奏响序曲，经河北良乡、定兴、保定、新乐、真定，河南磁州、临颍、郾城、确山、信阳；湖北应山、德安、孝感、黄陂、夏口，终结在“正是楚天鸣雁候，冷云寒水最酸辛”（《将发武昌》）的激楚酸涩之尾声里。虽然序曲和尾声有寒蛩悲吟、秋虫凄楚之音，但冯廷櫆是个性情中的诗人，他的诗歌始终追觅清空高古、雄奇嵯峨的超迈风韵。如：“广阳城外水如银，夹路秋光泼眼新。驴背刚来乞浆客，牛衣斜卧卖瓜人。”（《良乡道中》）“绀碧烟中寺，接蓝雨后天。高棚僧施水，野市妪求钱。”（《定兴道中》）“一亩泉肥声活活，三陵土茂草油油。群蛙排浪鸣官柳，独鸟冲烟下寺楼。”（《保定阻雨》）“残暑还因老将退，秋虫何事鸣不平。半陂野水初投钓，千耦斜阳欲辍耕。”（《新乐道中》）“水面田田荷叶开，午风吹送野香来。山僧倘结莲花社，迟我篮舆取醉回。”（《磁州二绝句》其一）以上写河北道中景致，尽管时入三秋，有北地苦寒侵袭，但经诗人彩笔点缀，直北风光依旧轻飏透明，宛如一首舒缓的小调。再如：“遥山远水罢登临，却爱秋林十亩阴。……凉云孤塔三重上，新雨寒沟二尺深。（《临颍道上》）“斜阳平氏野，秋树朗陵城。路僻荆榛合，陂空鹤鹳鸣。”（《确山道中》）“远水石梁双鹭下，斜阳萧寺一僧归。……竚立沙头寒栗栗，四山空翠湿单衣。”（《应山道中》）“野桥烟断续，村落水东西，花鸭浮莲荡，凉螢入稻畦。”（《孝感道中》）“薄日尖风酿早凉，芦藩竹舍小家忙。千林落叶投僧院，一簇红楼压女墙。”(《汉口》)从河南临颖,特别确山开始,豫楚交汇的风物渐次接近,山势宠炭,水道逶迤,令人有目不暇瞬、顾盼生辉的感受。行旅山水诗既透析了诗人淡定坦荡的胸怀和追觅空阔澄澈诗境的审美情趣,同时也勾画了由京师到湖广的驿站和风情,为人文地理与当代旅游发展提供了参照。

(二) 思古追幽的人文山水诗

冯廷櫆一路南下,其经历的程途,不但山水幽秀,而且人文底蕴亦十分丰厚,他在审视自然风光的同时,把追觅绵长情韵的思绪洒向了沿途所遇的人文古迹,他通过描绘涵蕴深厚的人文景物,寄托了自己潜蓄心头的感慨,抒发了想落天外的历史情怀。如:“纵然意气倾燕市,岂有功名到酒徒。……南来曾过邯郸道,还问人知剑术无?”(《荆轲故里》)“麦饭亭前路,呼舟古水滨。仓皇铜马帝,历落白衣人。”(《滹沱怀古》)“愁云迷下蔡,乱木入溵亭。故垒盘苍隼,空濠落湿萤。”(《郾城怀古》)“坏垣欹径野花幽,肃肃灵祠礼武候。红饭三升村赛晚,黄桑千树庙门秋。”(《谒诸葛公祠》)历史遗迹,多半隐含了前代贤人名士或叱咤风云,或怀才不遇,或令人叹惋,甚至争议的悲壮人生,借古抒怀的作品,往往从眼前景入手,把作者一腔抽象而难以言传的心声,形象又具体地表达出来,由之达到景为情设,情为景生,情景终于交互融合的美妙之境。冯廷櫆少负奇才,但中年之后,大志始终未逞,所以他把自己怀才难遇、压抑沉闷的心情贯注到《冯唐墓》《邯郸怀古》《祢衡墓》等一批借景抒情的山水诗中,就形成微言远意、阐隐发幽的婉约风格。

(三) 登临放目的写景山水诗

冯廷櫆的诗被朱庭珍评为“诗笔爽俊”,所谓“爽俊”是指不枝不蔓、豪放英挺,这种独异风格很突出地表现在他登临放目、摹写山水形态的山水诗中。如《嵖岈山》《出关》《渡江》《黄鹄矶》《高观山》《游洪山》《铁犀行》《重游大别山》《山行四首》《渡河》《浮邱山》等。

嵖岈山,有两处,一在今山东平度市东北三十里,与天柱、大泽山相接。一在清汝宁府属遂平县,即今河南省遂平县西五十里。冯廷櫆所写为遂平之嵖岈山。顾祖禹《读史方舆纪要》曰:“查牙山,县西南七十里，亦曰嵖岈山；以山势崚嶒，亦名嵯峨山；又状类莲花，曰莲花山；又孔穴玲珑，风嘘则鸣，一名玲珑山。其东南十里曰马鞍山。”因嵖岈山势险峻，又当豫皖鄂之要冲，自唐至明，凡天下倡乱之际，嵖岈为兵家必争、民众避凶之地。《方舆纪要》评说道：“山形险阻，中有平地可据，又有仙人洞，幽邃迤逦，路通舞阳，凡百余里。”①冯廷櫆置身嵯峨险要的嵖岈山间，顿被其“山势何屡仄，群峰纷钩连”的形势和“东邻下蔡郊，南逼武阳关”的战略位置所感染，其思绪越过山形水貌，而进入对历史的缅怀与拷问，最后发出：“谁挽天河水，一洗诸峰峦。跋马趋山脚，余愤激肺肝。”

豫鄂交界山峰连绵，关隘重重，南北交往，必克道道险关，方始能北进中原，南下荆襄，其重关险隘主要有九里关、大胜关、武胜关、平靖关、黄土关、平昌关、恨这关等。顾祖禹《读史方舆纪要·信阳州》曰：“州控据三关，为全楚之襟要。……盖其地群山环结，地形阻隘，北接陈、汝，襟带许、洛，南连襄、郢，肘腋安、黄，自古南北争衡，义阳（古信阳郡名）常为重镇。”信阳在军事上为南北控扼的战略要地，关键有三关之险，三关，据《读史方舆纪要》曰：“黾阨塞，在汝宁府信阳州东南九十里，湖广应山县北六十五里。亦曰冥阨，亦曰黾塞，又谓之平靖关。……自魏、晋以后，鄳阨之地常为南北重镇，所谓义阳有三关之塞也。三关者，一曰平靖关，即《左传》之大隧也，在信阳州东南一百五十里，西南至德安府应山县一百三十里，地名大塞岭；一曰黄岘关，亦名百雁关，又谓之九里关，即《左传》之直辕也，在信阳州南九十里，南至应山县亦九十里。义阳城与三关势如首尾。”②冯廷櫆由豫入楚，过平靖关，仰视雄关漫道，其势“屹立千仞”，“独径”通幽，扶筇直上，但觉“天风”劲吹，松涛阵阵，白猿过涧，岭壑重重，诗人顷刻神思漫溢，恍若置身方外，《出关》以飞扬跋扈之笔，豪情迸发之意，写出了雄关飞渡的激壮和超迈之情。

楚地风物殊异，青峰如障，江湖交错，冯廷櫆的楚游山水诗以《游

① 见《读史方舆纪要》，第2372页。

② 同上，第2124--2125页。

洪山》《铁犀行》《江上四首》《重游大别山》为代表。洪山，在清武昌府东十五里，旧名东山。《读史方舆纪要》言其：“岩壑秀异”，上有寺，称洪山寺。冯廷櫆公务之暇，携杖入山，放目四顾，只见洪山“峰高千盘曲，径危两崖斗。……下瞰南湖山，历历入吾彀。万马争啮决，群龙相奔凑。鸿濛列画屏，造物工雕镂。”山势奇峻，四望如画，诗人猛然被造化的鬼斧神工所惊寤，于是在洪山寺“法雨飞晴昼”的禅境中心胸豁然顿开：“顿悟法界宽，一洗井底陋。”(《游洪山》)其它写晴川阁、郎官湖等武昌名胜，诗人能抓住各景点相异的特征，把它们放置在楚地风韵的背景下，使各景物表现得风姿婉约，神韵悠远绵长。

冯廷櫆一生落落寡合，仕途颇失意，对自己不求闻达的心境，诗人是这样描述的：“官身敢怨十分贫，商略行縢费二旬。……正是楚天鸣雁候，冷云寒水最酸辛。”(《将发武昌》)“官身”“贫”到为返程的行囊要思量筹备“二旬”的地步，此凄凉境况与“楚天鸣雁候”的节令相激发，使人从骨子里体会到“冷云寒水”般的人生之“酸辛”。尽管人生充满酸辛，但冯廷櫆对诗始终充满热情，充满童贞的想象，其山水诗始终游荡着轻柔曼妙、空阔透明的韵味，他把对自然山水的真挚热爱与深刻感悟融入笔端，就凝结成一颗冰雪透明的诗心，从而使他的山水诗处处营构着：“白云半拥维摩室”、“无情落叶解吟风”、“鸟争落日赴巢忙”、“一阵山云雪到门”(《山行四首》)的空明澄澈之境。

(四) 赵执端的山水诗

赵执端，字好问，号缓庵，山东益都人。曾官汶上县教谕，有《宝菌堂遗诗》二卷行世。从亲缘关系考辨，赵执端为赵进美之孙，赵进美是赵执信叔祖，入清任福建按察使，所以赵执端与赵执信是同曾祖的堂兄弟；他的母亲是王士祯的嫡亲小妹，故与王士祯为亲甥舅关系。在家学上，赵执端和赵执信同出一脉，相亲相敬，赵执信去官隐居故园时，赵执端写诗安慰他：“偶同流水出，闲伴倦云归。既喜清心迹，还堪远是非。”(《奉寄秋谷兄山居》)字里行间足见同宗兄弟的眷眷之心。就诗学源渊，赵执端受教且受知于王士祯，对其崇敬有加，王、赵纷争之际，他旗帜鲜明地站在亲舅一边，对堂兄颇有微词：“突兀龙门群仰望，飘零宅相独徘徊。依然万壑朝宗在，不禁蚍蜉撼树来。”《四库全书总目》曰：“执端舍执信而从士祯，其诗句拟字摹，亦颇得其一体。集中有过士祯旧居诗曰…… 盖为执信《谈龙录》发也。”[①]黄叔琳《宝菌堂遗诗·序》述之更详：“赵君缓庵为先生甥，有自出之亲，其于诗也亦然，剪截浮华，摆落庸近，思清而不寒，语质而不滞，一切纤媚倾侧之容，噍杀怨怼之气，流宕轻险之习，诗家每倚以致才，缓庵独无所染。视其舅氏之风，虽波澜小狭，神韵难臻，若夫扶质立干，所谓具体而微，良由平时浸灌久而熏蒸徹。”[②]这段序言简洁阐明了赵执端与王士祯的诗学承续关系，及其赵执端诗风的特点，对王、赵（执信）诗论之争，黄叔琳态度亦鲜明：“人于吾师（指王士祯）向往固多，反唇者亦间有。集中过渔洋公旧邸云……读之有同慨矣。”由上可见，赵执端是一个感情比较复杂而处身两难的诗人，为顾亲族关系，他对从兄敬佩而同情；为重师承，他又是非分明，坚定地批评了赵执信对王士祯的“反唇相讥”，表现了齐鲁文人耿直的胸怀。

由于交游和人生履历的局限，赵执端行踪偏狭，未能像其亲舅和从兄那样，纵横万里，畅游南北，故而其山水诗存量极少，且题材仅为家乡一隅之山水景物，虽然如此，因承王士祯诗风“浸灌”“薰蒸”，赵执端的山水诗神韵秀出，风致极其婉娈隽美。如：“清晨入谷口，列嶂烟苍莽。万转出谽岈，风木忽开敞。嵯峨苍翠姿，离立森相向。竦起鹿岑峰，直与青天党。峻削千仞高，一席平如掌。……极目夕阳时，烟岚千万状。霜林云锦张，岩泉琴筑响。”（《登鹿岑》）鹿岑如云锦张天，气势巍然，诗人把十年所结的“劳想”，一朝变成“幽赏”，他乘清晨的阳光，踏上入山的途程，一到山口，便被列嶂谽岈、万峰竞起的山势所沉醉，于是振衣估勇、登临峰巅，把杯斟酒，一洗人世“骯髒”。酒酣时他情随景生，景因情移，心魂与山色浑融一体，不分彼此。再如：“斜阳间夕霏，白云半山腹。遥见簑笠人，烟中鞭觳觫。峰岚忽明灭，草树如新沐。凭栏思浩然，清吟慰幽独。”（《雨中登清音阁》）这首诗渔洋老人评曰：“其源出于二谢。”如果从句式、布景考察，《登鹿岑》、

---

① 见《四库全书总目》，第 1661 页。

② 见《四库存目丛书·集部》第 252 册，第 73 页。

《雨中登清音阁》确有二谢的影迹，但从全篇圆润流畅、气韵生动来看有出于蓝而胜于蓝的超迈之处。《雨中登清音阁》诗人将景物放置在“雨中”，清新柔媚，爽气顿生，明快中透出悠远的田园之韵，再用“登”的视角宕开，上下错落、远近相宜，使画面呈现了层次感强，色差适宜的美学倾向。

赵执端古诗颇类二谢，而律绝亦清亮透徹，脱尽人间尘滓气。如：

残阳留树梢，片月已当空。天意欲作雪，四山云气浓。荒原衰草白，野烧隔林红。遥羡山居者，关门落木中。

——《途中》

招提多野色，触目尽青幽。垂户柳青眼，翻经僧白头。空庭花乱落，碧沼水交流。不浅濠梁兴，拟将物外游。

——《春日过龙泉寺二首》其二

历乱千林急雨声，松荫转处数峰晴。扶筇下看经行处，直是云烟脚底生。

——《雨中自对松山至水帘四首》其三

苍翠岧峣绕画阑，云烟缺处见仙盘。水帘万道排空下，顿觉高楼增暮寒。

——《雨中登观岱楼》

《途中》为行旅山水诗，诗人用五律这种善于摹景的形式，把瞬间入目的野景纳于笔尖，并定格在“残阳”西坠、“片月”当空的背景之下，着意透视“荒原衰草白，野烧隔林红”的画面效果，通过空旷辽远、色彩反比的视觉维度，拓展了山水诗境的表现内涵：“遥羡山居者，关门落木中。”

同是五律的体式，《春日过龙泉寺》则以“触目尽青幽”的宜人春光为引子，抽出诗人对自然景象超越物理的诗禅感悟，因物悟道，与物同化，落花自在、流水无心，满目皆见的是“濠梁”鱼乐的自得之趣，只要身心无挂无碍，住于无何有之乡，就能达到逍遥自为的“物外”

之游。

《雨中自对松山至水帘四首》首尾呼应，一组四首相互联属，景随步移，情因景换，从“万壑千峰”的苍翠山色写起，经历“俯听轰雷”、“千林急雨”的激荡，诗人的诗情戛然而止在“红泉掩映”、“绿萝”交结的空明虚静中。整个组诗以形写意、以意传神，意到神飞，韵味如“脚底”自性而生的“云烟”随处漫溢。

《雨中登观岱楼》，篇幅精致，如一帧斗方山水，诗人善用一动一静两个写意笔法，“雨”为静态背景，整个诗意轻笼在“云烟”飘渺的空透境界里，全诗不着一雨字，但雨中的泰山更显出生命的活力；“登”是动态过程，是整个山水画面构景的成因所在，险峻的山势，纡曲的山路，飞流的瀑水全因“登”的高度不同而一一呈现于画图之中，令人生气势非凡、气韵飞扬的壮阔美感。

赵执端存世山水诗数量实在偏少，而且基本为描写故乡景物的山水篇什，放在清代山水诗的背景下，确属微不足道，但作为齐鲁诗群的一分子，赵氏家族的代表，王士祯诗学的忠实传人，他的山水诗无庸置疑地表现了齐鲁诗风的传统，而且意象玲珑，韵味充足，有王士祯神韵的遗响在。

(五) 卢见曾的山水诗

卢见曾(1690—1768)，字抱孙，号澹园，又号雅雨，山东德州人。康熙六十年辛丑进士，历官两淮盐运使。有《雅雨堂诗集》两卷、《文集》四卷、《出塞集》一卷行世。又辑《国朝山左诗钞》六十卷，收录清初齐鲁诗人作品较完备。不仅如此，《国朝山左诗钞》以小序形式，对清初齐鲁诗人的行迹和创作风格多有中肯评述，为研究齐鲁诗群的创作留存了珍贵资料。在诗友关系上，卢见曾恭敬王士祯，为其增补并刊行《感旧集》；又钦仰赵执信，曾做《饴山诗集序》，对其人品诗风褒扬不已。徐世昌《晚晴簃诗话》曰：“雅雨莞淮盐(鹾)前后数年，延致名流，惟恐不及，如金寿门、陈玉几、厉樊榭、惠定宇等数十人，皆为上客。爱古好事，世所艳称，诗笔健拔而词旨深厚。穷居塞外，有惓

惓望关之忧。”[①]卢见曾两淮盐运使任上,继其同乡王士祯之后,把扬州的虹桥修禊又次推向巅峰。《扬州画舫录》盛称其事曰:

> 虹桥修禊,元崔伯亨花园,今洪氏别墅也。洪氏有二园,虹桥修禊为大洪园,卷石洞天为小洪园。大洪园有二景:一为虹桥修禊,一为柳湖春泛,是园为王文简赋冶春诗处。后卢转运修禊亦于此。因以虹桥修禊名其景。列于牙牌二十四景中。

虹桥,又曰红桥,清汪应庚撰《平山揽胜志》记:“红桥,朱阑数丈,远通两岸,虽彩虹卧波、丹蛟截水不足以喻。……春夏之交,繁弦急管,金勒画船掩映出没于其间,诚一郡之丽观也。新成王尚书阮亭先生司李是邦,大会诸名流,赋《冶春绝句》,一时传唱,遍大江南北。自是红桥之名愈播词人齿颊间矣。”[②]王士祯《红桥游记》述曰:“拏小艇,循河西北行,林木尽处,有桥宛然,如垂虹下饮于涧,又如丽人靓装袨服流照明镜中,所谓红桥也。……登桥四望,忽复徘徊感叹,当哀乐之交乘于中,往往不能自喻其故。……壬寅季夏之望,与箨庵、茶村、伯玑诸子倚歌而和之。箨庵继成一章,予亦属和。嗟乎!丝竹陶写,何必中年;山水清音,自成佳话。……而红桥之名,或反因诸子而得传于后世,增怀古凭吊者之徘徊感叹。”[③]壬寅为康熙元年,王士祯与杜濬、张养重、邱象随、陈允衡、陈维崧诸名流修禊虹桥;甲辰(康熙三年)春,复与林古度、杜濬、张纲孙、孙枝蔚、程邃、孙默、许承宣、许承家等聚于此。前后修禊虹桥,使王士祯在明遗民诗人心目中的地位顿然提高,而且其名因《冶春绝句二十首》走红清初诗坛,为其日后宗主地位的确立奠定了坚实基础。一如当时著名诗人宗元鼎所说:“休从白傅歌杨柳,莫遣刘郎唱竹枝。五日东风十日雨,江楼齐唱

---

① 见《清诗汇·诗话》,第911页。

② 见《平山揽胜志》,广陵书社2004年版,第5页。

③ 同上,第5—6页。

冶春词。”[①]

虹桥曲槛回廊、芰荷四面、山石玲珑、杨柳柔媚，是广陵游春赏景的绝胜处，自王士祯雅集于此，歌冶春之章，后继者络绎不绝，其中卢见曾官两淮盐运使时，“筑苏亭于使署，日与诗人相酹咏。一时文讌盛于江南。乾隆乙酉，扬州北郊建拳石洞天……平岗艳雪二十景。丁丑（乾隆二十二年）修禊虹桥，作七言律诗四首云。”[②]这次修禊活动影响范围甚大，“其时和修禊韵者七千余人，编次得三百余卷。”[③]赵翼有诗评其盛况：“虹桥修禊客题诗，传是扬州极盛时。”（同上引）卢见曾继王士祯后把虹桥修禊的风雅推向极致。

因主持虹桥雅集，又有塞外之行，所以卢见曾的山水诗呈现两种迥然不同的风致，这两种风致迥别而气象各异的山水诗章散见于《雅雨山人出塞集》和《雅雨堂诗集》上、下卷中。根据有关史传所载，卢见曾乾隆元年任两淮盐运使，同年与高凤翰一道被劾。《雅雨堂诗集》中有《丙辰高西园凤翰与余同被劾赋以寄之》，通过这首诗既可考见被劾的大致原因，又可知晓贬谪出塞的时间。其有句曰：“自古荐贤膺上赏，不知对簿有何辞。怜才惟羡凌云客，狗监偏能识不羁。”乾隆二年削职，五年谪戍伊犁，乾隆十八年再任两淮盐运使。由此推演卢见曾的以扬州为中心的柔媚温婉山水诗风和以塞外为主体的刚劲苦寒山水诗风相互交替、共同辉映，从而交织成柔中有刚、温而带燥的整体风貌。如果以时间为序，卢见曾的山水诗当以“出塞”为先，因为被劾遭谴时，他的《扬州杂诗》《红桥修禊》等还未出世。《雅雨山人出塞集》收录的山水诗主要有：《望燕然大青诸山》《青冢》《蒙古包》《过瀚海》等。这些诗作一如塞外风光，峭劲凌厉、寒光逼人，在斜阳衰草、鹰飞马嘶的殊异景象里，营造了另类山水诗境，如：

毛衣革带学戎装，弓剑随身米载囊。浩浩风云亘沙漠，萧萧

---

① 见李斗《扬州画舫录》，中华书局1961年版，第221页。

② 同上，第228页。

③ 同上，第229页。

驼马入斜阳。碑传良史残仍在，骨表名山朽不妨。欲酹燕然吊青冢，剧怜岐路枉彷徨。

——《望燕然大青诸山》

龙沙回望更霑衣，树别兼旬鸟见稀。惟有顽山时外向，曾无活水不东归。毡屯犬静笳飞怨，草铺灯昏雪打围。宵寐难成成莫醒，梦行定不背朝晖。

——《过瀚海》

燕然山，有两处，一在今河北宣化县东三十里；一在今蒙古国杭爱山。《汉书·匈奴传》载汉武帝征和三年(公元前90年)，贰师将军李广利出五原塞，“引兵还至速邪乌燕然山。”《后汉书·窦宪传》曰：汉和帝永元元年(89)窦宪与耿秉率军出朔方鸡鹿寨，大破单于稽落山，“遂登燕然山，去塞三千余里，刻石勒功，纪汉威德，令班固作铭。”卢见曾诗中所“望”当属后者。《清史稿·地理志·蒙古》载：“(土谢图汗部)西：杭爱山，在鄂尔坤河源之北，其山最高大，山脉自西北阿尔泰山来，东趋……为肯特、大兴安诸山。……杭爱译言‘橐驼’也，山形似之。当即古之燕然山。”大青山，又称青山，在今内蒙古呼和浩特市北。光绪《绥远旗志》卷二载：“(大青山)在城北三十里，亦曰大斤山，又称秦山，即阴山也。”《清史稿·地理志·山西》曰：“(归化城直隶厅)北：大青山，即阴山，古白道川。其支阜，西石绿，西北克寿，东北乌兰察布、喀喇克沁，钟山。”[①]《读史方舆纪要》曰：“青山，在府(大同)西北塞外。唐贞观十五年李勣击薛延陀，逾白道，追及之于青山，即此。明嘉靖初，中国叛人逃出边者，升板筑墙，盖屋以居，乃呼为‘板升’。有众十余万，南至边墙，北至青山，东至威宁海，西至黄河岸，南北四百里，东西千余里，一望平川，无山陂溪涧之险，耕种市廛，花柳蔬圃，与中国无异，各部长分统之。”[②]又“青冢，在府(大同)西北

① 见《清史稿·地理志》，第511页。

② 见《读史方舆纪要》，第2006页。

塞外，相传王昭君冢也。地多白草，此冢独青，因名。”[①]青冢，又名明妃墓，在今内蒙古呼和浩特市南十八里大黑河南岸。卢见曾贬谪伊犁，从京师一路北行，经漠北、瀚海，满目皆是荒寒凄苦，他举目遥望燕然、大青山在夕阳下横亘大漠，风沙浩浩、驼马萧萧，此情此景触发了诗人心中岐路彷徨的无限感慨，于是他借大青山青冢下王昭君的悲慨命运和班固勒铭燕然山的千秋功业来抒发自己难以言传的复杂心绪。诗的首联写北去塞外的艰辛；颔联写荒漠殊异的景象；颈联因燕然而思班固之功业，凭青山而哀昭君之不幸；尾联则触景生情，发抒自己内心岐路徘徊的忧闷。卢见曾在贬谪出塞留别扬州朋友时，隐微地述说了内心的不平和哀愤：“沙暗阴山秋猎壮，雪明瀚海夏裘温。多情应信扬州月，直送征轮到塞垣。”（《承恩出塞留别扬州诸故人》）扬州是春风十里的温柔之乡，一朝遭贬，到苦寒荒凉至极的“塞垣”，诗人心头难抑失落、孤愤和哀怨之情，因之他对出塞所见山水景物不做形态刻画，相反更关注山水间蕴含的人文情结。王昭君含怨带悲、辞乡去国的悲辛故事正能映现此刻卢见曾从人生巅峰跌入谷底的心情：“死难忘内地，生已成穷边。……未央宫畔月，曾得几时怜。”（《青冢》）眼前景，胸中情，一经酝酿激发，则营构出卢见曾出塞山水诗激楚苍凉、哀怨凄切的别样意境。《过瀚海》与上述诸诗相互照应，成了卢见曾塞外山水诗的集成之作。瀚海，所指地域，史上因时而异，汉魏六朝指北方之海；唐代为蒙古高原大沙漠以北及迤西准噶尔盆地一带广大地区的泛称；元代指今阿尔泰山；明以后则指戈壁沙漠。一般诗文中瀚海代指广袤的荒漠。元耶律楚材《西游录》曰：“金山之南隅，有回鹘城，名曰别石把，有唐碑，所谓瀚海军者也。瀚海去城西北数百里。海中有屿，屿上皆禽鸟所落羽毛也。”[②]“龙沙回望更霑衣，树别兼旬鸟见稀。”首联即言大漠荒寒，举目四顾风沙茫茫，地上无树木，天空自然就绝飞鸟，“龙沙”有两指，一是实指古代西域白龙堆沙漠，在今新疆若羌县东

① 见《读史方舆纪要》，第 2018 页。

② 见《古西行记》，宁夏人民出版社 1987 年版，第 180 页。

北库姆塔格沙漠。地域从罗布泊以东延袤至甘肃玉门关一带,为古阳关至西域的必经之路;另一是泛指塞外沙漠,古人诗文中常有“龙沙”字样。由诗意可知,卢见曾所谓“龙沙”乃泛指。此诗前半部概括“龙沙”荒凉惨淡、了无生机的自然景象,后半部以眼前孤寂凄楚的场景反衬内心落寞忧愁的意绪。“宵寐难成成莫醒,梦行定不背朝晖。”徐世昌评卢见曾在塞外“有惓惓望阙之忱”,观《过瀚海》一诗,徐世昌此言不谬。

卢见曾正值官运亨通而雅声鹊起之际,突遭弹劾,被罢官“命往军台效力”(卢文弨《故两淮都转盐运使雅雨卢公墓志铭》),直到“乾隆九年召还”(同上引)。十八年复任两淮盐运使,其心情是非常复杂的,这种既悲且喜、亦忧亦乐的意绪不但显性地表露于出塞山水诗中,而且在烟柳画桥的扬州山水诗中亦隐约有所表现。扬州对卢见曾既是步王士祯之后表现风流蕴藉才华、交结天下才人的佳胜地,又是让他不堪回首,遭遇上官挟嫌弹劾,被贬出塞的伤心处。所以卢见曾一方面通过《扬州杂诗》《红桥修禊》展露他的才情,极尽赞美之意,一方面又借《留别扬州》的契机委婉曲折地传达了郁结在胸的幽怨之情:“平山回望更关愁,标胜家家醉墨留。……为报先畴墓田在,人生未合死扬州。”(《留别扬州》其三)“长河一曲绕柴门,荒径遥怜松菊存。从此风波消宦海,始知烟月足家园。”(同上,其四)袁枚在《随园诗话》中说:“卢雅雨先生转运扬州,……及其致仕,《留别扬州》诗,竟成绝调:真所谓欢愉之词难工,感怆之言多妙耶?”尽管袁枚认为《红桥修禊》诗盛极一时,没有《留别扬州》的百感悽恻,并且产生“感怆之言多妙”的效果,但从山水诗的角度考察,《红桥修禊》《扬州杂诗》当之无愧地代表了卢见曾风格的另一面:清词丽句、柔媚宛转,一如江南荷风骤起,满目摇绿;又若美人秋水,明媚莹澈,如:

足茧千山消未曾,软尘过眼莫生憎。绿杨城郭红桥寺,合着云龛老画僧。

——《扬州杂诗》其二

一剪鹅溪万点烟,山青未了水潺潺。夫于亭上闻诗日,为说门生画辋川。

——同上，其五

《扬州杂诗》一组共十二首，因“杂”而显得内容丰富，涉及面较广，有忆旧、有写景、有抒情、甚至有诗评。扬州不但画桥烟月、红栏绿水，而且人文厚赡，素称诗画滋盛之地，卢见曾的组诗以扬州为背景，特意突出的是人文、自然与情趣的妙合，“千山”青翠、软尘如烟、“一剪”溪流、万川映月，都付与善写擅画的文人去详说“一代清华”、“百世风流”。如果《扬州杂诗》视觉阔大而内容庞杂，那么《红桥修禊》一组四首则主旨鲜明，前后一贯，用温婉华丽的词章描绘了平山堂、红桥等二十景的旖旎风光：“绿油春水木兰舟，步步亭台邀逗留。十里生香新阆苑，二分明月旧扬州。”（其一）“雕阑曲曲迷幽径，嫩柳纷纷拂画船。二十景中谁最胜，熙春台上月初圆。”（其二）“月度重阑香细细，烟笼远树雨濛濛。莲歌渔唱舟横处，俨在明湖碧涨中。”（其三）“逦迤平岗艳雪明，竹楼小市卖花声。红桃水暖春偏好，绿稻香寒秋最清。”（其四）《红桥修禊》用七律体，共四首，旨在继渔洋之后把红桥新增二十景彰扬天下，故而诗作中对二十景进行了集中歌咏和描绘，柔滑细嫩、逶迤明丽是其总体格调，而词藻清绝酣畅，绮艳不俗是其最著之特征。

卢见曾在齐鲁诗群中，名望颇重，在整个乾嘉诗界亦影响较大，正如严迪昌先生《清诗史》所言：“从卢见曾、沈德潜到曾燠、阮元，这十数名世称风雅总持者前后承绪，整整主盟着乾嘉二朝以至道光前期长达一个世纪的诗坛文苑。他们不仅是一批宦途显要，生前名高，而且几乎都年登大耄。”[①]卢见曾能与沈德潜等一起影响清中期（乾嘉）诗坛，主要得力于其主两淮盐政、大兴红桥修禊的盛举。扬州山水诗是他修禊红桥的结晶，从中可看出诗人庙堂雅声的婉约清醇；出塞山水诗虽然数量极少，但因其描摹的对象特定，所以使卢见曾的山水诗在雅正之中显出奇崛激楚的苍凉感，为清代山水诗增添了一抹

① 见《清诗史》，第662页。

迥异的色彩。

（六）颜光敏的山水诗

颜光敏（1641—1686），字修来，又字逊甫，号乐圃，山东曲阜人。康熙六年丁未科进士，官至吏部考功司郎中。著《乐圃集》。沈德潜《清诗别裁集》曰：“时辇下称诗者有十子之目。田公纶霞……考功其一也。诗品端厚正大，不轻佻，不板滞，于十子中为雅音。”①徐世昌《清诗汇·诗话》亦评曰：“修来以诗鸣山左，为十子之一。……其诗高华丽则，格调老成，古体浑灏流转，今体秀逸绝尘，五七言如太华、麦雨诸作，苍郁雄高，怪伟百态。”②颜光敏极受王士祯推重，在齐鲁诗群中辈份高于卢见曾，他的山水诗最著称的要推华岳诗群。

华岳诗群总其名曰《登太华山》，主要名篇有《青柯坪》《千尺峡》《瀑布》《犁沟》《白云峰》《擦耳崖》《苍龙岭》《西峰》《南峰》《东峰》，以及相关篇章《潼关》《望华山》等。华山，又名太华山，五岳之西岳。毕沅《关中胜迹图志》曰：“太华山，在华阴县南十里。……《洞天记》：‘华山名太极总仙之天，即少昊为白帝，治西岳，上应井宿之精，下镇秦地之分野。’”③《太平寰宇记》载：“太华山，在（华阴）县南八里。《山海经》云‘太华之山，削成而四方，其高五千仞，广十里，鸟兽莫居。……’远而望之，有若华状，故名华山。按《名山记》云，‘华岳有三峰，直上数千仞，基广而峰峻垒秀，迄于岭表。有如削成。……’又华山与首阳本一山，河神巨灵，以手擘开其上，以足踏离其下，分为两山，以通河流，故掌与脚迹有焉。”④华山雄峙关中，有镇守西土、锁咽中原的形势之利，所以自古华山被蒙上了神光离合的面纱，令人生敬畏之感，关于华山命名的由来，《太平寰宇记》引述《华山记》和《白虎通》分别曰：“山顶有池，生千叶莲花，服之羽化，因名华山。”“西方华山，少阴用事，万物生华，故曰华山。”顾炎武《肇域志》对华山形势述

---

① 《清诗别裁集》，上海古籍出版社 1984 年版，第 364 页。

② 见《清诗汇·诗话》，第 478 页。

③ 〔请〕毕沅《关中胜迹图志》，三秦出版社 2004 版，第 353 页。

④ 见《太平寰宇记》，第 618—619 页。

之甚详，可参阅。

颜光敏写华山，既有山水形胜的总揽，又有各胜迹景点的分述，总分相参，使华岳的神情气韵毕现目前。如《望华山》站在遥望仰视的角度，通过“望”的动态推移，把华山万仞凌空、俯瞰山河的气势表现得令人魂飞魄扬：“万壑深松寒白日，三峰积雪照黄河。天鸡晓彻扶桑涌，石马宵鸣翠辇过。”华山遥望气势非凡，近观则险要重重，令人胆丧，它使胆怯者望而却步，勇敢者奋然跃起，欲与山灵比高：“我从华阴来，秋怀苦凄怆。一登十八盘，嗒焉如尽丧。手拂岫幌开云关，峰峦变灭无停状。……举头忽讶晴天开，垣屋鳞鳞缀晴巘。……吁嗟青柯坪，壮观真崔巍。三峰高造天，于我何有哉？安得巨灵咆哮重擘裂，二十八潭倾帝台。手挽铁船入天汉，仰攀十丈莲花开。”（《青柯坪》）沈德潜评曰：“后半放笔为之，苍郁雄快，遂成伟观。”“后半”之所以能“放笔为之”，形成“苍郁雄快”的“伟观”，关键在诗人通过前半“青柯坪”所历险境的激发与反衬，顿然而生与巨灵比高的豪情。将青柯坪“壮观真崔巍”的自然之景融入“手挽铁船入天汉”的胸襟，就能产生撼动人心的力量。青柯坪，《关中胜迹图志》引述《雍胜略》曰：“在十八盘之上有青柯馆，遊者至此，舍舆易装。”[①]顾炎武《肇域志》载：“青柯坪，在瀑布泉西北，来山谷尽处，初登太华之所。”[②]

华山愈上愈险，愈险愈惊人魂魄，使游者生羽化飞升之想，其山峰罗列，峰峰争胜，而主要者为白云峰、西峰、南峰、东峰等。在颜光敏笔下，华山主峰各呈姿态，各具面目，仰观俯视，杳深不可测：“大道望如发，豁然见长安。……秋色何时来，万里霜林丹。……玉女怅不顾，目断双青鸾。”（《白云峰》）白云峰，在华岳东北方向，传为唐代金仙公主修行之所。“众险历已穷，千盘坠幽渺。西见青莲花，娟洁万象表。……渐觉明霞昏，忽讶繁星绕。”（《西峰》）西峰，即莲花峰。《名山记》曰：“从云台望，东、西二峰，上分下合，若并蒂莲花，南峰藏

① 见《关中胜迹图志》，第358页。

② 见《肇域志》，第1326页。

其间如莲房。”[①]“仰凌变寒温，俯视殊昏旦。……乱山互纠结，豁然四奔窜。欹倾如海涛，泱漭天为岸。”(《南峰》)南峰，即落雁峰，《唐语林》记曰：“李白登华山落雁峰曰：此山最高，呼吸之气，想通帝座。”“屹然鼎彝峙，势如虎豹蹲。……巨灵拓太古，高掌谁能扪？晨光没河汉，似有云车痕。阴风折秋花，吹落洗头盆。”(《东峰》)东峰，即朝阳峰也，为观日出之绝胜处。与几大主峰相并而成为华岳险要峰岭的还有苍龙岭、毛女峰、擦耳崖等景点，在颜光敏的刻画下，这些峰岭崖壑姿态横出、夺人胆魄，如：“犁沟划绝壁，直上无回藏。……仰睇愁瞑眩，况乃穷八荒。……高林绝鸟雀，万壑闻笙簧。”(《犁沟》)犁沟为华岳通顶峰之险要处，据《关中胜迹图志》引《三才图会》曰：“一云离垢，谓老君登华山离尘却垢云。”犁沟之旁，即擦耳崖，据载擦耳崖地形险要，上绝飞鸟，下临万仞，路径狭窄，仅容一趾，崖石时时擦人耳，故名。颜光敏突显其行路之难，令游人惊魂夺魄的情状曰：“蚁行缘危栈，逡巡皆股慄。侧身常甀耳，茹趾妨啮膝。……萧槭无人踪，坐惜幽芳失。”(《擦耳崖》)“青霄岚彩灭，蜿蟺垂苍龙。修鳞剥石藓，高脊突剑峰。神物倏幻化，雷雨愁相从。”(《苍龙岭》)苍龙岭亦华岳之险道，毕沅《关中胜迹图志·华岳》的按语曰：“至山之奇莫过于千尺幢，险莫过于苍龙岭，其余大奇则大险，小奇则小险，蜗旋而上，猨挂而下，随足所到，皆非心神意计所及。”[②]华岳之险，不但在远望，还在迫察；不仅在仰视，还在下瞰，据说下瞰更有惊人魂魄、令人有生死永别处。华岳在近山巅，擦耳崖之上有一景点，名“昌黎投书处”，据载，唐著名文学家韩愈登华山，下山至百丈崖时，四顾深渊，心中涌出无名恐惧，于是投书崖下，与家人永诀。顾炎武《肇域志》对此有详述。

华岳不但以险峰名胜著于天下，其瀑流亦千丈奔涌，灌注而来，形成撼人心神的气韵，“万仞青琅玕，瀑流下砰訇。天逼多烈风，飘洒无时定。细沫随雾消，大珠如星迸。”(《瀑布》)华岳瀑布因水而成形，

① 见《关中胜迹图志》，第368页。

② 同上，第376页。

因山而造势，其独特的山水容貌所凝聚成的瀑流奔放豪迈，砰訇如雷，细似云雾，大若珠玑，顿然让人产生“谁使鸿濛开，瑶宫借涵映”的遐想。

华岳诗群体制宏大，用笔刚健，有非常显著的北方特色，在各体兼有的诗作中，诗人着意表现了华岳峻峭险要、刚劲雄壮的形貌，通过独具的形胜刻镂，他着力追觅冲荡奔突在峰峦涧壑中的生动气韵。如：“巉岩互喷薄，造化争一候。夭矫转蛇龙，窅冥穿鼯鼬。侧闻天籁发，旷野雷霆斗。”（《千尺峡》）

颜光敏诗律工稳，诗格劲健，其华岳诗群因山水激发，显出大气磅礴、一洗凡尘的艺术气韵，给齐鲁诗群山水诗增加了一笔丰厚的宝藏。除华岳诗外，颜光敏还有京镇江南山水诗，其风韵流转，若水光潋滟，如“遥空指苍翠，久行渐重叠。……孤亭四环望，风磴遂屡蹑。……浩歌怀美人，褰裳不可涉。”（《游燕子矶》）

颜光敏不但以诗知名，受当世敬重，而且其为人豪壮，有侠义之风，倍让后代景仰。王士祯《渔洋诗话》曰：“（颜修来）书法擅一时，于诗亦有功，《清流关》云：‘身骑龙背上青霄，路转峰回出丽谯。雨气全吞幽壑树，风声直送大江潮。’《渡江》云：‘天际扬帆一鸟轻，四边银屋海门声。巨鳌已散扶桑岛，却怪神山两岸行。’《长干》云：‘南郭浮屠高出霞，下窥黄屋如金沙。四十门中响空籁，吾将独步青莲花。’”邓之诚先生《清诗纪事初编》评道：“其诗初刻入《金台十子集》，近体明秀可诵。善接纳，知交遍海内，顾炎武诗案狱亟，光敏为之经营颇力。精骑射、蹋鞠；喜山水，尝西登太华，循伊阙，南浮江淮，观涛钱塘，溯三衢而归。所至命画工为图，盖振奇人也。”[①]颜光敏“喜山水”乃其性情所至，可惜天不假年，四十岁的壮年即匆匆辞世，没能让其尽兴游历海内名山大川，否则清代山水诗又将增添更多亮色。

---

① 见《清诗纪事初编》，第713页。

四、清新鲜秀 情致缠绵

——孔尚任的山水诗述论

孔尚任(1648—1718)，字季重，别字聘之，号东塘，又号岸堂，自称云亭山人。山东曲阜人。康熙二十三年(1684)之前，他一直生活在故乡曲阜，“以鲁诸生”的身份，“读书石门山中”，三十八岁开始，北上京师，由监生授职国子监博士，迁户部主事，进工部员外郎。其间委派往淮扬参与疏浚淮河事务，足迹遍留京镇淮海，以及苏锡常一线。有《湖海集》《岸堂稿》《长留集》存世，现流行科学出版社 1958 年版的《孔尚任诗》，该刊本由汪蔚林辑。

孔尚任的诗名被一曲《桃花扇》所掩，世人只知他是戏剧家，而对其诗歌创作知之较少。《桃花扇》是孔尚任感慨兴亡、寄寓心声的一部力作，写成于康熙三十八年(1699)，其剧情跌宕、韵致苍凉，且怀思故国，所以此剧一出，便风靡天下，同时因剧中寄寓的故国之思触犯了时忌，孔尚任稍后被借故解职。

(一) 平和冲澹 深情至性——孔尚任诗风概览

从 1684 年，康熙南巡，经曲阜召孔尚任御前讲经，授国子监博士，到 1699 年因《桃花扇》被罢职，诗人在官场前后达十五年，这短短的官场生涯，留给诗人最宝贵的财富就是结交了众多当世诗界名人，其中奉命治理淮河，驻扬州、南京时，他与前朝遗民过从甚密，为写作《桃花扇》搜集了大量一手资料。因交游广泛，所以孔尚任的诗十之七八为酬唱宴饮之作，这些酬答赠谢类的诗作，既实录般地说明了当时诗界往来交互的错综关系，成为研究顺康诗歌繁盛局面的佐证；又真实坦露了孔尚任的情怀和胸襟，使后世从某个侧面认识了一个赤忱童贞的诗人的真面目。如“选楼笔砚久凄凉，董子帷前草更荒。……採风一卷添齐鲁，主社十年接李王。”(《江都董子祠访邓孝威时选诗观三集》)，邓孝威，即邓汉仪，他编选的《诗观三集》，收罗当时诗人甚备。孔尚任访邓汉仪于江都，赠诗高度评价他纂辑《诗观三集》的盛举，并对其艰辛卓绝的选集工作给予真实描写。再如“书理存疑常折角，诗题待改未謄篇。如何咫尺难良会，阻绝桃源似旧年。

天石入桃源洞，去年始出。"(《柬顾天石》)顾天石，即顾彩，江苏无锡人，与孔尚任合作《小忽雷》传奇。康熙四十三年经孔尚任引介，入容美，访土司田舜年，著《容美纪游》，对容美风土人情、山川地理等载述甚详。(顾彩及其《容美纪游》另文专论)孔尚任和顾彩知交甚厚，且思想相近，他们以学问相切磋，诗艺相研磨，孔尚任有难言之隐，尤其罢官后凄凉的心事，都向顾彩倾诉："贫病只凭消闷酒，暄寒难换适时衣。归休已觉心情减，才听笙歌兴又飞。"(《丙戌中春日，偕弟侄饮洙园，同顾天石分韵》)寓居扬州期间，孔尚任座上总是雅士络绎、名流云集，他们或览淮扬春光，或观风邗上，或抒怀感兴，或谈诗论艺，极尽友朋宴集之乐："北郭名园水次开，酒筹茶具乱苍苔。……海上犹留多病体，樽前又识几诗才。蒲帆满挂行还住，似为维扬结社来。"(《停帆邗上，春江社友王学臣、望文、卓子任、李玉峰、张筑夫、彝功、友一，招同杜于皇、龚半千、丘柯村、蒋前民、查二瞻、闵宾连、义行、陈叔霞、张谐石、倪永清、李若谷、徐丙文、陈鹤山、钱锦树、僧石涛集秘园，即席分赋》)由诗题所列宴集者名录可见，他们或是"春江社"社友，或是前朝著名遗民诗人，这批诗界闻人的聚散离合，折射出当时诗坛的人脉走向与潮流起落。诸如此类的宴集酬答在孔尚任的创作中占重要地位。孔尚任淮扬旅居期间，不但和淮扬为中心的江南名士交情深厚，而且远在鄂赣等处的俊杰亦命驾造访，使其眼界顿然开阔，如《逢宁都魏和公、昭士父子谈翠微峰之胜，诗以纪之》对翠微峰的间接描写，就令人嗟叹不已："翠微之峰高千丈，牵藤扪壁抵石关。入关划然天忽阔，阡陌纵横水潺潺。……早炊午炊烟飞炼，城里人知魏家膳。……天下爱读易堂书，谁知书卷杂云片。"全诗以听闻的虚笔道来，感情充沛、描摹真切，把翠微峰如桃源仙境般的绝尘之态，"易堂主人"埋首山间，心中充满"仙意"的飘逸之状写得丝丝入微，让人瞬息产生向往倾慕之心。

孔尚任为孔圣后裔，谙熟经学，他对经学的修养和理解跳出了腐儒规规而拘谨的句读之学，也超过了一般经学家肃穆严正，不食人间烟火的道学气，他以经学为基础，以家国大业为胸怀，以个人性情禀赋为前导，形成高洁纯美的学风与诗格。他的诗以酬答清宴为主，却没有官场或文士间往来应答的矫情虚伪,脱去了媚气、俗气、腐气,一变而清新、明快,甚至回旋着豪侠气。在他的赠答酬唱诗中,或与友人谈诗论道,或抒发个人心声,或隐曲揭示社会现实,或流露对友人的关切,其诗笔婉约明艳、清新流畅,感情深沉真挚,如一曲浑厚朴质的牧歌,令人咀嚼再三。如:“八代衰文初救时,干旌行处凛天威。萧条只採诗千首,梦寐难忘帝万几。临水灯光招旧隐,满空雪意待寒矶。使君高义寻常少,感得渔樵泪染衣。”(《和黄仙裳仙舟图诗,为田纶霞先生停舟招隐作也》)黄仙裳,乃明遗民诗人黄云,黄云与邢昉、顾与治、纪映钟等京镇遗民诗人过从甚密。《扬州府志》曰:“云穷研经籍,少即以诗文名家,慷慨尚义,晚年愈贫苦,屡辞聘召,益肆力于诗歌,东南言风雅者必宗焉。”[①]纶霞,为田雯的字,山东德州人,齐鲁诗派的中坚人物,有《古欢堂集》三十六卷行世。邓汉仪《诗观二集》评曰:“纶霞诗精伟警卓,气象雄伟,却中有精义,不轻下一笔,故能俯视群流。”[②]田雯曾列金台十子,论者将其与王士祯并举,认为各有优长。孔尚任游于江淮,与黄仙裳交往至厚,对田雯极推崇。从他“和黄仙裳”的诗作中,我们可见出其心态相通、艺文共勉的默契之处,首联赞颂诗友振起“八代衰文”的不朽功业;颔联说明採集“诗千首”的艰难,有身在江湖而心存魏阙的忧患感;颈联阐述故人相见的凄清高洁,虽然一灯如豆,雪压四野,但友情如玉壶冰心,澄澈透亮;尾联照应首联,再次盛赞田雯德义高尚,恩泽布满“渔樵”的“使君”风范。全诗感情真挚,情景互现,无一尘俗虚矫之气。孔尚任是一个钟情的人,也是一个对友情视如生命的人,凡与他交情深厚的诗友画友,他都关怀不尽,相聚时极欢而散,相别时黯然神伤,思念如游丝飘浮缠绵在每句诗行里,“天涯倾盖罄交欢,重到元亭去住难。疾病相依为眷属,清贫屡教费盘餐。……分手怜君头白尽,书函珍重慰长安。”(《过黄仙裳草堂留别》)黄仙裳是前朝遗民,对孔尚任的仕途毫无影响,孔尚任视看河工,往来维扬道上,多次过访并邀黄仙裳聚会,两人

① 见《清诗纪事》,第 1096 页。

② 同上,2486 页。

间不为贫贱相移，只为“凭诗写”心中块垒。每次与黄仙裳聚而复散，他都无语凝噎，以诗言情：“双泪临风掩袖多，把君别酒听君歌。前番折柳情千尺，今日情深又几何？”（《黄仙裳、交三移尊舟中饯别，即席分韵》）黄仙裳骨格梗介，慷慨尚义，王士祯司理扬州期间，遍访遗民，但吴嘉纪、黄云等却不在其列，由此即见孔尚任交友择人不以功利为目的。龚贤，明末清初著名的诗人画家，性情孤僻，落落不与人合，但他和孔尚任一见倾心、交情甚深，孔尚任对这段友爱之情时时见之笔墨，令人扼腕慨叹：“野遗自是古灵光，文采风流老更强。幅幅江山临北苑，年年笔砚选中唐。……萍水逢君非偶事，扁舟一夜聚维扬。”（《喜晤龚半千，兼谢见遗书画》）“古寺新秋步月光，知君旅病体初强。何年饱愿求书画，同座虚心论宋唐。”（《龚半千抱病回金陵，叠前韵赋送》）友人初见，执杯互倾仰慕，惊闻故友病愈，关切之情溢于言表，而知交辞世，令诗人肝胆俱裂，哭声直干青霄：“砚弃笔亦焚，书画徒相许。追悔赴约迟，遥遥成千古。”（《哭龚半千》其二）“相逢无以赠，团扇为却尘。……今日向君展，纷纷泪俱湮。”（同上，其四）龚贤离世，给孔尚任留下太多遗恨，《哭龚半千》四首相缀，有血泪俱下的悼亡；有知音一去、心声难托的悲伤；还有些许歉疚与悔恨，总之哀情怨词，全从心田间汩汩而出。

如果站在现实主义和功利主义的角度，孔尚任的诗确实不象赵执信那样有强烈的社会责任感，同时他也不象王士祯把诗看成干青云的工具。他的诗是中性的，诗人只把诗当作个人抒情的载体，让诗歌抒发内心淡淡的忧愁和喜悦，从而使诗境保持平和与唯美的基调。即使罢职归田，人生落于低潮，他亦能澹定自守、温润如故：“平生不听附耳言，别君归去胸浩浩。南山有豆儿荷锄，窗下有机女织缟。”（《刘静伯招饮，同余鸿客，李抱一剧谈》）“远隔红尘世外幽，宜人景物失乡愁。含烟店柳从容发，破冰山泉放肆流。”（《二月朔日，同吴青霞、刘岩遇游龙子祠分韵》）罢职归乡后的孔尚任忍受“吟诗瘦尽”的苦寒生活，远游汉阳，与友人执盏唱和，用诗诉说着他内心对人世的“呻吟疾痛之声”，所以他的诗至死保持不怨不怒、不愠不燥的祥和气氛，有大儒参透古往今来的闲定气度，唯其如此，才实践了诗人倡导的“诗也者,性情之音也”的主张。

(二) 清新隽永 风致嫣然——孔尚任山水诗论略

孔尚任受仕宦经历和经济实力的局限,他一生的行止大约为京师、维扬、汉阳与故乡一线,他的山水诗以维扬京镇为重心而构成扬州秦淮、京师齐鲁和汉阳鄂渚三大模块。这三大模块既反映了诗人得意与失意的人生旅程,又折射了他不同阶段的心灵体验和情感起伏,更高度地展现了孔尚任追求唯美的艺术精神。

1. 怀古探幽,婉约旖旎的淮左京江山水诗

康熙二十七年(1688),孔尚任受委派前往淮扬视察河工,他怀着“踟躇何计救桑麻”(《渡黄河》)的复杂心情,面对“八月荒蒲飞白鸟,孤城落日照黄沙”的凄凉背景,油然升起一股王命在身、力挽狂澜的使命感:“此处源流谁探取,秋风初动使臣嗟!”(《渡黄河》)尽管奉命监督疏浚淮河,诗人有不负朝廷、拯救黎民的热切愿望,但官场上热衷逢迎,置民生于不顾的恶习令他忧心如火,愤之甚深:“皇华亭下使臣舟,冠盖逢迎羡壮游。……九重图画筹难定,七邑耕桑户未收。为问琼筵诸水部,金尊倒尽可消愁。”(《淮上有感》)初入官场,受康熙帝赏识,特旨授国子监博士的孔尚任满怀热情,秉持凛然正气,奉命出使途中借风景名胜抒发了内心的忠正之情:“隋帝楼台横薜路,陈琳词赋尽荒山。二分明月今仍照,感慨谁来宿水关。”(《宿邗关》)“庆历遗堂见旧颜,晴空栏槛俯邗关。……文酒犹传居士意,烟花总待使君闲。”(《游平山堂》)“回首芜城半是烟,轻鞭策马意凄然!……香消粉坏何年恨?且解征衣唤钓船。”(《蜀岗观音阁是迷楼故址》)“九重封事信如何?日日江干见雁过。……酬报久思无计是,吴天冷雨意消磨。”(《维扬舟中即事》)淮扬自古繁华,人文浑厚,有诸多兴盛衰败的遗迹供后人凭吊,孔尚任经行其他,借隋宫旧事、邗关往昔、平山堂掌故抒写内心感慨,旨在警示后人。这时的诗人正如蓄势待发的风帆,意欲兼济天下。他见山起意,临水生情,把一股豪迈之正气寄托于江山胜景,就有如下刚劲雄阔之诗篇:

满岸青山夹海邦,烟光岚气扑晴窗。轻帆不见风涛险,已过

金焦又问江。

——《渡扬子江望京口》

千重山势趋京口，万里江涛抵寺门。楼殿空明秋木落，鱼龙寂寞古僧存。峰头柱杖瞻云气，洞底探崖验水痕。不及远公安榻处，风帆来去海朝昏。

——《登金山》

镇江，古称南徐、润州、丹徒，临江而踞，与扬州隔水相属，其名山有金山、焦山、北固山，历代题咏甚众，是骚人墨客登临骋怀的佳胜之地。孔尚任渡江登金山放目、临北固观江海，心潮与江波共起伏，挥毫写下雄阔激慨的京江山水诗。他善用大江环合、四山拥翠的特定意象，来展示江天一色、撼人心魂的壮丽景色，给人留下不尽回味。

如果雄壮是孔尚任山水诗的别样风格，那么清词丽句、声韵宛转则是他山水诗的本色特征，其维扬山水诗整体风貌是挹红拥翠、繁华似锦。如：

雪消蜀岭寺犹寒，尽敞窗阑放眼宽。修竹偏宜沿路种，遥山不似隔江看。寻思兴废闲吟足，爱惜晴春偶步难。溪上游人惊小队，风流那是马牛官。

——《法海寺楼上坐眺》

杨柳江城日未曛，兰亭禊事共诸君。酒家只傍桥红处，诗舫偏迎袖翠群。久客消磨春冉冉，佳辰引逗泪纷纷。扑衣十里浓花气，不藉笙歌也易醺。

——《三月三日泛舟红桥修禊》

缓荡轻舟水气温，菜花凝望净无痕。青余湖上双堤路，黄遍江头万里村。映带残阳金满眼，接连春色柳垂门。恰同卧病逢南菊，三月烟波亦断魂。

——《秦邮舟中望菜花》

法海寺，创建于元代至元年间，清康熙四十四年圣祖南巡经此，赐名“莲性”,故改今名为莲性寺,孔尚任在扬州时仍叫法海寺。寺内后建有白塔,其旁有法海桥、莲花桥(即著名的五亭桥),早春二月,扬州仕女探春于蜀岗一带,登法海寺楼即能将“溪上游人”“风流”无限的景致一览无余,全诗清寒高远、韵味十足。

红桥修禊,既是园名,为奉宸苑卿洪征治别墅,称大洪园;又为诗人聚会的风雅活动。扬州红桥经王士祯、卢见曾修禊于大洪园,乃扬名海内,为众多士人心中向往的风流之地。清乾隆帝南巡临幸此园,赐名曰“倚虹园”。园内曾有妙远堂、涵碧楼、致佳楼、修禊亭诸胜,另有厅三楹,题曰“虹桥修禊”。孔尚任作为诗酒风流的名士,初见红桥时就被“红桥跨绿波,精神更妩媚。……画舫自笙歌,垂扬自烟雨”(《初春经红桥》)的艳冶风致所倾倒,以“红桥”为题,他写作了多首诗章,从不同角度赞美了红桥的绝世姿容。除了上举《三月三日泛舟红桥修禊》外,他还有《三月四日清明再泛舟红桥》。尤其二十首一组的《清明红桥竹枝词》把红桥的景致、人情、风物融为一体,前后相贯,又各自独立,一诗一景,一诗一事,工笔细腻,不落俗套,犹如惊鸿照影、凌波生尘,又似笙歌慢吹,声韵婉转,如:“长桥挂在绿扬树,新月蛾眉色又红。水陆分成十字路,画船南北轿西东。”(其三)“扬州第一红桥胜,花柳清明无二时。点点关愁江上雨,儿童不得放风鸥。”(其十一)“雨湿红桥似绛唇,花遮柳掩看难真。牵情桥上佳公子,不但消魂为丽人。”(其十六)“红桥南北无多水,款款摇舟万里长。法海寺傍湖尽处,吹箫打鼓等斜阳。”(其十九)“留恋红桥市酒香,归来都到日昏黄。灯船乱点迎头照,水底霞光一丈长。”(其二十)竹枝词轻快悠扬,脱胎于巴蜀民谣山歌,孔尚任充分利用竹枝词的特点,宛转流畅地展示了清明节扬州人踏青冶游红桥的繁华场景,有较高的史料价值。

秦邮,即高邮,为扬州府属州。春秋时属吴地,秦属九江郡,代有沿革,至明清为扬州府辖州。高邮通南北驿道,其战略位置极为重要,介于扬州和楚州之间,为东南咽喉。就地貌和风物来看,高邮境内湖泊众多,河港密布,平畴弥望,旷野延展,与扬州另一属州泰州接壤。每到春气萌动,莺飞草长之季,油菜花盈望无极,与波平如镜的水系交织错杂,形成令人心醉神迷的壮观景象,宛如一幅色泽明艳,透视感极强的西洋风景画。

如果维扬山水诗温婉秀丽、华贵雅静的话，与此相称的秦淮京镇山水诗则于富丽明快中显出忧郁和激切之风。如：

> 钟阜巍然在，萧条王气无。有官皆瓦础，何巷不屠沽。客泊新秋水，城啼旧夜乌。中宵饶感慨，空对莫愁湖。
>
> ——《泊石城水西门作》其四
>
> 万家天上一亭孤，有客来吟至日晡。庙破城荒悲往事，水连山断览雄图。秋苗禾黍盈南内，旧本芙蕖满后湖。一自标题劳御手，从新气象压三都。
>
> ——《登北极阁观象台》

水西门，五代扬吴金陵城西门之一。因地处内秦淮河的出城口，成为控制西水关的要隘，故叫水西门，明代改称三山门。今为南京城水西门。《泊石城水西门作》一共四首，是康熙二十八年孔尚任初到南京的作品，诗人通过感叹历史兴亡、人世代替，抒发对大明王朝的哀悼之情，他的抒情处处借景，而景的描摹又蕴含悲悼的情愫，组诗起首就点明时间和空间背景："抱膝蓬窗里，沉吟望帝畿。""抱膝"而坐，"沉吟"静思，放眼"望"去，"帝畿"尽收眼底，这里山墙依旧，江湖如故，一派古寺弥漫在扑朔的"烟雨"中，"晋代"衣冠终被垒垒"丘陵"替换。号称"金汤固"的胜战之地，淹没了多少"南朝"繁华，"古来争战垒，都是锦山河。"青山满目，人事已非，南明灭亡全在清谈误国，党争纷起："清谈时已误，门户计全差。"在大军压境之际，国家希望系于一线之间，满朝文武欢歌"夜宴"、"乐部"高张，所以诗人对景伤情，临风浩叹："伤心千古事，依旧后庭花。""钟阜巍然"、"王气""萧条"，留给"望"中沉思的诗人的，只能是一缕无边的忧伤哀怨："中宵饶感慨，空对莫愁湖。"这四首一组的抒情山水诗，既为诗人南都山水诗奠定了基调，也为后来传世名作《桃花扇》确立了主题，怀古抒愤，感叹兴亡，以悲伤哀情的儿女之意寄寓深沉悲慨的家国之恨，"两个痴虫，你看国在那里，家在那里，君在那里，父在那里，偏是这点花月情根，割他不断么？”（《桃花扇·第四十出·入道》）“这青苔碧瓦堆，俺曾睡风流觉，将五十年兴亡看饱。那乌衣巷不姓王，莫愁湖鬼夜哭，凤凰台栖枭鸟，残山梦最真，旧境丢难掉，不信这舆图换稿，诌一套哀江南，放悲声唱到老。”（《桃花扇·续四十出·余韵》）诗句戏词相互发明，孔尚任创作《桃花扇》决非一时兴情所至，而是蓄势已久，他虽做了满臣，但骨子里先贤遗留的士人尊奉正统的凛然之气始终冲荡奔突，一旦外界环境适宜，他一定会喷发而出，形成一股冲决网罗与桎梏的洪流。孔尚任南京之行遍访先朝遗老，尽览前代遗址，是一座座凝聚中华民族正义之气的故址遗迹，激发了他，启迪了他，引导了他，让他把由山水感发而形成的思想片断联缀拼接起来，最终贯穿于《桃花扇》中，遂产生感人至深、催人泪下的永恒魅力！

在孔尚任看来，秦淮河水、石城遗址、雨花胜境、孝陵墓道、莫愁秋风皆能摧人魂魄，让后来者凭吊叹惜、沉思冥想，如“此处钟声惊帝枕，当年盏饭出宫厨。一从殿阁秋生草，渐许梧桐夜睡乌。”（《鸡鸣寺》）“荒台残照古今留，一望平收万里秋。”（《雨花台晚眺》）“乱柳不将湖露岸，残荷才让蓼开花。”（《莫愁湖楼上，同王安节、伏草、司直，分得车字》）“正当落日光浮动，看尽长江势去来。”（《清凉山高台晚望》）“夕照偏逢鸦点点，秋风只少黍离离。”（《过明太祖故宫》）“夕阳红树间青苔，点染钟山土一堆。……石麟碍路埋榛草，玉殿存炉化纸灰。”（《拜明孝陵》其一）“宋寝齐陵尽野莎，英雄有恨欲如何。……萧条异代微臣泪，无故秋风洒玉河。”（同上，其二）上引山水诗句，代表了孔尚任秦淮山水诗忧愁哀怨、追思先朝的悲慨酸辛风格，这类作品不但是他山水诗的重要组成部分，而且还是观照孔尚任思想感情，分析《桃花扇》成因的重要实证。

孔尚任锦心锈口，灵根深厚，他的金陵山水诗不仅借景起意，抒发内心潜隐的故国之思，而且还刻意摹写秦淮风光，用色彩艳丽、格调明快、感情奔放的诗笔展现了京江秀美隽永的殊异风光。其中著名者应为牛首山山水组诗。牛首山，南京名胜，《太平寰宇记》曰：“牛头山，在县（江宁）西南四十里，周回四十七里，按《舆地志》：山有两峰，时人号为牛头山，晋代过江，将立双阙，王导出宣扬门，南望牛头山两峰，乃曰‘此即天阙’是也。”[①]高鹤年《名山游访记》曰：“出南城，道路宽畅，春光明媚，遥望牛首祖堂，相对咫尺，峥嵘并峙。三十里牛首山，林木清幽。”[②]《读史方舆纪要》载：“牛首山，府（应天，今南京）南三十里，一名仙窟山，以山后有石窟也。本名牛头山，有二峰东西相对。……《金陵记》：‘牛首山周回四十七里，高百四十丈，其南为祖堂山，周四十里，高百二十七丈。’……”[③]孔尚任的牛首山山水组诗，包括《行石子岗》《登牛首山弘觉寺》《西隐庵留宿》《白云梯》《宿朝爽阁》《聚云楼眺雨》《涵虚阁》《登天阙》《过桃花涧叶舟上人静室》《幽栖山祖堂寺》《献花岩紫薇花》《拱北阁回看牛首》等。牛首山组诗气韵流畅、意境深邃、格调明丽，感情超迈而不失豪放。现举几例以证：

岭云溪水荡凡胸，停却篮舆试短筇。古路向山皆甃石，午炊何处不烧松。连天江气明还灭，回首城烟澹又浓。眼底欲凭龙虎势，直须身到最高峰。

——《行石子岗》

秋山能放几番晴，时刻浓云逐洞生。黑过松林铺万亩，白来塔院隐三层。收帆不见行江客，洒笠还愁度岭僧。听得潺潺多瀑布，隔溪须借一枝藤。

——《聚云楼眺雨》

天阙双开状帝都，而今宫寝只平芜。城中日见南山翠，身到晴峰翠也无？

——《登天阙》

石子岗，在明应天府，今南京城南十五里。《读史方舆纪要》引《吴志》曰：“建业南有长陵名石子岗，葬者依焉。”其地有山，名梓桐山，梓桐北即石子岗。石子岗周回二十里，有横道曰白杨路。孔尚任

① 见《太平寰宇记》，第1777页。

② 高鹤年《名山游访记》，宗教文化出版社2000年版，第48页。

③ 见《读史方舆纪要》，第947页。

由石子岗至牛首山时，被石子岗一带溪水孱湲、松荫满径、云霞明灭、古道逶迤的美景所感动，他舍舆扶筇，估勇直上，放眼但见江天一色、澄碧如洗，岚烟变幻、尘心顿空。牛首山，幽静祥和、空翠透明，有一种仙佛之气破空而出：“收来远岫无边翠，接入长江一道冰。”(《登牛首山弘觉寺》)“云出床头常润被，秋生树杪忽催诗。”(《宿朝爽阁》)“长江何处来，杯里摇光景。”(《涵虚阁》)“经函杂秋花，遍榻红蔌蔌。……谷烟夕更浓，山山发晚绿。”(《过桃花涧叶舟上人静室》)“涧泻冰霜崖后水，门横晓暮岭南云。……多少松枝围下院，闲行闲坐任僧群。”(《幽栖山祖堂寺》)“空山无人落复开，遥对牛首山阁作镜台。晓起临镜见花朵，隔烟隔雾只疑猜。……镜台花好人亦好，不知牛首山阁谁对坐？”(《献花岩紫薇花》)仅上述诗句，能灼见孔尚任登牛首的豁然心境，满山偎红摇绿、随缘率性，人山合一、主客相融。

孔尚任交游最广，阅历最多，而且艺术生命最强劲旺盛的时期，正是在维扬、京镇度过的，这一时期他饱经江南一线优美风光的浸染，形成了自己追求唯美的艺术精神，他数量众多、内容纷繁的京江山水诗全面反映了其独具的慧质，通过对淮扬、京镇，以及周边诸多山水胜景的精心刻镂，诗人深刻表达了对生命的感悟，对自然的体认，以及对诗艺的理解。由维扬京镇山水诗生发开来，孔尚任的山水诗则构成“一体两翼”的和谐格局。“一体”，维扬山水诗，我们已有粗浅认识，而“两翼”即为：京师故园山水诗和汉阳楚地山水诗。以下简述之。

2. 清奇料峭 潇散闲适——京师故园山水诗

孔尚任寓居京师期间，虽然就职国子监博士，但贫困清淡、仰人鼻息的生活始终让他难以一展欢颜：“才营斗米支寒灶，又买肩舆谒贵人。搔白头颅无计好，叔敖贫倍去年贫！”(《新寓》)一代饱学大儒，一个怀才的士子，常常要为生计苦恼，面对不平的社会现实，他心中悲辛抑郁，有恨难伸：“丈夫无钱依人艰，谁能强颜待升斗。”(《送吴介兹南旋》)“世态最能添老鬓，边机未敢入乡笺。满城旌旆寒风起，驱遣新愁有俸钱。”(《中秋前日》)悲愤苦辛、乐天知命，是寓居京师、身为国子监博士的孔尚任常有的心态，正是这种心态影响，使他的京师山水诗即形成清奇中有激楚，苦寒里寓高远的独异风格。如：

风吹瘦马过桥头，桥下淙淙水乱流。何处霜天无晓月，半环清影在芦沟。

——《晓过芦沟桥》

千峰日照紫烟攒，不似芙蓉似牡丹。收入晓妆银镜里，山名应是臙支山。

——《晓望西山》

绿水环村曲折流，萧疏木叶带残秋。分明人唤秦淮渡，只少吹箫顾媚楼。

——《赵北口》

卢沟桥、西山、赵北口，多为行人途中遥望歌吟的对象，他们与其它诸多景致一样，成为京师标志性的物象。孔尚任的诗凄凉冷艳，有天高地阔、寒雁唳空的审美效果，读其诗，令人自然联想到宋元人的山水小品："烟村一抹谁图画，半幅襄阳半巨然。"(《晓雾》)

因一曲桃花悲歌，孔尚任被借故解职，他告别了"弹指十年官尚冷"(《岸堂，予京寓也，在海波寺街，其前有京厂，乃先朝牧马处》)的清淡生活，束装东向，回到了曲阜家乡。归乡后的诗人读书自娱，虽然有抑郁悲辛之意，但总体能看淡名利，洞穿人世，一如他的先祖把"不义富且贵"看得如同浮云，乘春风骀荡，秋光明媚，呼朋唤侣，一览故园宁静澹远的山川原隰，让那充满仁厚与灵气的家山荡除内心的积垢，使他在自然宽厚安谧的胸怀里寻求心灵的寄托和归宿：

高贤踪迹杳难求，石上泉声依旧幽。自创书堂迷径路，常眠僧舍指墟丘。峰高尚爱看云立，涧冷偏宜避暑游。故国名山来胜友，探奇不买五湖舟。

——《同张晓岩、乐块然游石门》

山尾山头拖翠长，吟鞭摇雨路苍苍。不成村舍三家住，稍有田塍半段荒。铺地云容如海市，遮天峰势似边墙。溪回岭转无穷态，直到门前见夕阳。

——《冒雨过石门山，后由横岭口转寺前》

几攒青翠出群山，鼓兴亲摩未肯还。屐齿踏开云骨冷，袖头拂下藓花斑。朝天真见笏同样，削玉难为笋一般。逢着樵人闲指点，千寻尖处有谁攀。

——《玉笋峰》

石门山，孔尚任曾读书于此，在他心中犹如故人。其山在山东曲阜东北五十里，上有石门寺。国内名石门山者多达四十余处，而山东境内亦有三处。孔尚任的故园山水诗多次提到石门，石门在他看来不但是一座幽秀挺拔的自然物象，更重要的还是“高贤”出没、含蕴丰厚的精神象征。在石门，他可以读书击剑、饱赏烟霞，闲时看石上清泉自在流，困来即倒卧僧榻任意眠，云起云落，寒暑两宜，石门与诗人情如手足，心理相通。孔尚任诗风空透明丽，宛如牧歌小唱，经故乡园田激发，他的山水诗愈加宛转轻飏、柔美醇和，如：“沾来密雨秋常滴，结住浓烟夕不除。酒幔才收人过尽，鸦群未宿月升初。”(《胜果寺晚柳》)“林水人家画不成，闲登山半看春耕。麦留青陇容车转，杏出红梢与座平。”(《看花至富村登亭亭山午饭》。诗人自注：即马鞍山)“犁耕煖土翻红瓣，酒卖香风荡翠帘。一路蒸霞连岭后，几层烂锦出楼尖。”(《冒雨寻颜村桃花》)由上举几例可见出，孔尚任的故园山水诗不但风格轻柔醇和，而且还映现出诗人融情田园、醉心自然的澹泊闲静心态。

3. 烟波千里，浮云悠悠——鄂渚楚游山水诗

家居日久，孔尚任应朋友之约前往汉阳。据载孔尚任与处鄂西南的容美土司田舜年神交既久且厚，二人间交往以《桃花扇》为媒介。孔尚任在《桃花扇本末》中说：“楚地之容美，在万山中，阻绝人境，即古桃源也。其洞主田舜年颇嗜诗书。……每宴必命家姬奏《桃花扇》。”[①]田舜年因倾绝于《桃花扇》，便投诗表达了他对作者的仰慕和崇敬，而孔尚任作《容美土司田舜年遣使投诗赞余〈桃花扇〉传奇依韵

① 转引自《容美纪游校注》，湖北人民出版社 1999 年版，第 375 页。

却寄》八首回赠，其中第一、二首赞美田氏建牙“列候”于徼外的丰功伟业；第三、四首向往容美世外桃源的幽深祥和；第五、六首暗示世情变幻无常，愿田氏能坚守贞节和正气；第七、八首则隐约道出自己罢官原由，对二人间的神交作了总括：“解组全辞形势路，还乡稳坐太平车。离骚惹泪余身世，社鼓敲聋老岁华。”（其七）“爱把奇文薰艾蒳，胜游异域拜毗邪。从今水乳神交切，只乞容阳数饼茶。”（其八）据说孔尚任曾经到湘鄂之交的土司游历过，洪柏昭先生在其所撰《孔尚任与〈桃花扇〉》一文中曾引《永绥厅志》说：“康熙中，曲阜孔尚任来游此园（即保靖宣慰司花园），观演所制《桃花扇》，欢极而散。”①另外，袁世硕先生的《孔尚任年谱》提到康熙四十八年（1709），孔尚任曾游武昌。当其时，孔尚任同宗孔毓基，字振兹，任湖北枝江县令。综合上述即知，孔尚任在解职归乡后，应友朋之邀，曾做楚地之游。对孔尚任的行程和游踪众说不一，但就其山水诗来看，主要以汉阳为中心。围绕汉川景物展开描述，著名者如《题黄鹤楼后白云楼》《游黄鹄山冠霞亭》《游洪山寺》《腊月望日，坐雨黄鹤楼，喜家弟佃野同楚客尤孔铸、章明旦、翟柴门、张耀宇，携具来陪，吹笛歌吟，小饮成醉》《登晴川阁》《再到黄鹤楼，题陈炼师壁》《除夕，晴川阁看雪，柬李希文、万仰之两太史》《过凤凰山》《来鹤亭》《汉口登舆北归》等。楚地风物迥异中原，烟树迷离、芳草连天、一派横流、千峰争翠，孔尚任登晴川阁，临黄鹤楼，放眼骋怀，纵意挥洒，把一腔凝滞之情借助江山胜景摅写出来，就有一洗凡尘空万古的欣然大气。如：

重重烟树客愁埋，身到危栏倦眼开。江上大苏歌雪浪，窗中小李画丹台。雄城山势趋吴去，闹市人声过汉来。独叹浮生无鹤翅，腊残还对楚江梅。

——《登晴川阁》

楚国江山鲁客情，楼头诗在不须惊。横排北雁传寒信，遍敞西窗对晚晴。夏口烟波初怅望，荆门云树渐分明。云来鹤去何

① 见《容美纪游校注》，第262页。

曾住，留得骚人绝代名。

——《题黄鹤楼后白云楼》

烟波已快生平游，不及洪山一寺幽。过岭松林遮塔院，穿云石磴入僧楼。楚山苍翠千峰出，湘水空明万派流。荡尽客愁开老眼，两层亭上景全收。

——《游洪山寺》

晴川阁，在今湖北武汉龟山东麓。《大清一统志·汉阳府》载曰：“（晴川阁）在汉阳县东北五里，明知府范之箴建。”其名取之“晴川历历汉阳树。”《登晴川阁》思发千古，境界开阔，诗人用先抑后扬、欲擒故纵的手法，把晴川阁雄视江汉，控扼吴楚的气势刻画得真气升腾。

黄鹤楼，在汉夏县黄鹤山上，楼因山得名。祝穆《方舆胜览》曰：“黄鹤山，一名黄鹄，在江夏东九里。县西北二里有黄鹤矶。”[①]又“黄鹤楼，在子城西南隅黄鹤山上，此楼因山得名、盖自南朝已著矣。《南齐志》：‘仙人子安乘黄鹤过此’。阎伯理记：‘……观其耸构巍峨，高标茏嵸，上倚河汉，下临江流，重檐翼舒，四闼霞敞，坐窥井邑。俯拍云烟，亦荆、吴形胜之最也。’”[②]黄鹤山形势蜿蜒，人称蛇山。黄鹤楼因唐崔颢题诗而名噪天下。白云楼，或称白云阁，在黄鹤山上，《方舆胜览》曰：“南楼，在郡治南黄鹤山顶上，有登览之胜。旧基不知其处，中间改为白云阁。”[③]孔尚任以“鲁客”身份，满怀向往之情登上白云楼，回思当年李白与李颢题诗的千载雅事，放眼四顾，但见北雁南来，晚晴如醉，近观夏口“烟波”浩淼，远望荆门“云树”迷离，传说中的仙鹤不见踪迹，而登临此地的骚人代代相因，英名远播。此诗以眼中景，融心中情，使情和景达到相融相生的化境。

洪山，峙立大江边，山寺清幽，江山在望，孔尚任入寺观览，顿被眼前“苍翠千峰出”、“空明万派流”的浩然气象所惊绝，他豁然感到“客愁”“荡尽”而“老眼”开张，全楚景物一望皆收，一点乡心、满腹忧

---

① 见《方舆胜览》，中华书局 2003 年版，第 495 页。

②③ 同上，第 497 页。

愁，随浩浩江水流向远方，留给诗人的是心旷神清、万虑俱净。

汉川之行，是孔尚任最远的旅行，也是他人生处于低谷而感悟生命的终极之旅。他把满腔无以言说的悲愤和抑郁借助楚地空阔的山川抒泻出来，最终感悟到自然的平静祥和，人生的变幻游移，生命的短促与珍贵："过眼春秋新粉墨，等身词赋老波澜。……鼓角声中偏下榻，朱门应作草庐看。"（《武昌幕府，喜遇裘殷玉，稿多填词》其一）"曲中红豆吴伶记，卷里黄花晋史收。名动江关休怨晚，几人长揖见诸侯?"（同上，其二）人生得意与失意在于个人的生命体验，不必因权贵而屈膝，不必因名利而折腰，更不必因名人留迹而望之却步，率性而为，任意而行，让自己的生命之花绚烂绽放，这是孔尚任游历楚鄂后的颖悟："劫灰未到还丹处，留得看云眼一双。放胆崔诗书满壁，驻颜辛酒买盈缸。"（《再到黄鹤楼，题陈炼师壁》）在孔尚任看来，大千世界小中有大，大寓于小，只要把大小、生死看成一体，人生便能达到至境："栏低能俯千层市，牖小偏通万里江。愿与仙翁同鹤梦，坛边龙虎不须降。"（同上）

孔尚任山水诗还值一提的是晋游诸作。与楚汉诗相比，晋游山水诗在秀丽清绝间，多了些高古质朴，有瘦劲感。如：

> 苍崖翠壑几层环，乱插危峰见固关。径窄难容人并过，城高不放雁轻还。诗中边势云烟秀，画里军容剑佩间。却被秋风催感慨，古来争战是名山。
>
> ——《之平阳，过固关》
>
> 荆关画里步徐徐，渐少红尘境渐纡。树底村园通驿路，山腰楼阁接仙居。炊烟便在云来际，汲水偏当瀑响余。此是洞天幽绝地，几回回首意踟蹰。
>
> ——《过索洲镇》

平阳，在山西西南部，东连上党，西略黄河，南面与汴河、洛水相通，北面直接太原，史书称其"表里山河"。孔尚任应友人之约，前往平阳，一路观赏了沿途风光，固关是他晋游的第一站。固关，又名故关，《读史方舆纪要》曰：“州东九十里，道出井陉之要口也。《通志》谓之井陉关。今关与北直井陉县接界。”固关从地理分野上为河北与山西的交界点，其形势甚为重要。孔尚任作为诗人，以刚劲凌厉的诗笔把固关控扼重险，飞峦叠翠的形胜刻画得引人遐思！而《索洲镇》一诗则冲澹高远，视角开阔，由低到高，从远渐近，把山间小镇远离红尘的“洞天幽绝”特征突现眼前。孔尚任晋游诗韵味清醇，意境极其淡远，譬如：“万转清溪透夕曛，龙窝深处净无垠。奇开佛境当峰现，秀绝人寰自洞分。”（《龙窝寺》）“远隔红尘世外幽，宜人景物失乡愁。含烟店柳从容发，破冰山泉放肆流。”（《二月朔日，同吴青霞、刘岩遇游龙子祠分韵》其一）晋游的时候，去诗人罢官已八年，离他生命的终结只有十年，此刻诗人满怀烦忧和无奈，一身穷愁，几近潦倒，“惟愁触景添乡梦，愿得模糊一醉眠。”（《除夕，平阳署馆，同吴青霞、刘岩遇，弟佃野分韵》）“形影相吊六十春，何须久恋腐儒贫。世还有主能留客，我已无家欲乞邻。”（《正月三十日送穷诗》）穷途如此的诗人，还能写出“欲趁晴光扶杖去，不知雪界几重山？”（《清音亭》）“尘缨未洗心先净，冰涧才开气已温。”（《金龙池》）的山水诗句，足见诗人心地之高远、性情之玉洁，只有不为名利所累，不被尘俗所牵，寄情自然、心追圣贤，看淡了“天下攘攘”的智者，才能用平和之气、澹然之情、质朴之心把自己融入大自然的生命之流，写出秀逸隽永，尘氛全息的山水诗篇！观孔尚任淮扬、江汉、故园，以及晋游山水诗，我们肃然感喟，他的山水诗几近于“风呼舞雩，咏而归”的圣境。

清初的齐鲁诗群是个阵容严整而风格多样的诗人集合体，他们面对的自然环境相近，接受的文化熏染趋同，形成的人生观、价值观和人格特征亦有所近似，赵执信耿介有正义感，孔尚任虽不及其愤激直白，但骨子里依然保留着傲岸不屈，坚守清白的人格底线；冯梃樾、颜光敏，尤其丁耀亢在其作品中常常流露的不与世谐、孤高自许的情绪，恰恰印证了齐鲁文化的本质特征。虽然齐鲁高山峻嶒，粗犷质朴，但齐鲁诗群的山水诗却空阔透亮，意味深厚，意境高古而幽深，且运笔简澹，气势如江海汹涌，除上述诸人，齐鲁诗群的其他优秀诗人足可证明，如字次雷、号红亭老人的曲阜人颜肇维的《太行山》《海门雨中望海》；字仪陆、号沧湄的滨州人张宣的《盘山道中》《长淮泛舟》；字秩宗、号澹园的曲阜人颜光猷的《宿蟠龙山法海寺》《去安顺》；字静子、号拙石的寿光人安致远的《过郑州》《登青州北城楼》；字子纶、号山姜的德州人田雯的《芦沟桥》《云梯关观黄河注海歌》《晚渡荆江》《飞云岩》等，从不同角度，用多种笔墨把无南无北，甚至西南边陲的山水表现得或悠远绵延、或诡谲奇幻、或大气开阖。总括之，齐鲁诗人在清初继江左诗群把清代山水诗引入深广的境界，又为清后期齐鲁诗群山水诗的创作奠定了坚实基础。

第四章　群花绽放　众星璀璨

——博学鸿词科诗群的山水诗

“科举制度是封建社会走向成熟的标志，也是封建文化最具典型的产物，它集中地反映了封建制度政治、经济和文化的本质内涵。”①在一千多年的发展过程中，科举制度盛衰起落，功过互现，它既为封建社会发展选拔优异人才做出了重大贡献，同时由于明代以后的制艺八股的出现，使科举走向了僵化、空泛和衰落，给中国社会发展带来负面影响。科举之外封建社会选拔人才还有一途，即制举。科举有常法，而制举无常法，乃为“天子自诏考”，科举选拔秀杰之士，制举选拔特异之才，即《新唐书·选举志》所言：“所以待非常之才焉。”博学鸿词科是制举之一种，它首倡于宋高宗，至清代已盛况空前。《清史稿·选举志》曰：“清代科目取士外，或征之遗佚，或擢之廉能，或举之文学，或拔之戎行，或辟之幕职，荐擢一途，得人称盛，有足述焉。”②清代形式不同的制科考试中，唯博学鸿词得人最盛，其中尤以康熙十八年和乾隆元年两次鸿博考试最为引人注目。据《清史稿·选举志》载，康熙十八年的博学鸿词考试，参试者达一百四十三人，皆各地举荐的名望之士，他们中有耆宿硕儒，如：李因笃、彭孙遹、王顼龄、汤斌、毛奇龄等；有名重当代的文学家，如：陈维崧、朱彝尊、潘耒、施闰章、尤侗、李澄中等。乾隆元年，清廷再开博学鸿词考试，这次参

---

① 时志明《浅议博学鸿词科及其对中国古代文学发展的影响》，见《苏州职业大学学报》2002年第4期。

② 见《清史稿》，第768页。

试者多达一百七十六人，其中著名者如：杭世骏、诸锦、齐召南等；厉鹗、吴雯、李念慈等虽未中选，但其都是参与考试的文学大家。关于清代博学鸿词考试的详情，及其与文学发展的关系，可参阅拙文《浅议博学鸿词科及其对中国古代文学发展的影响》（载《苏州职业大学学报》2002 年第 4 期）。

因博学鸿词考试乃国家盛典，它的特殊意义高于普通科举，海内名士皆欲出其门下，所以博学鸿词科的诗人都能领军一时，成为那个时代的主流歌手。本章论述的主体是康熙十八年博学鸿词诗群的山水诗。

明末清初，风云动荡，凡处身其间的士子都经历了灵与肉的磨难，除誓守坚白的节烈诗人外，还有一批士人始而反抗异族统治，面对入侵者的屠刀，他们或依山据险、结寨起义；或奔走联络、试图有所恢复。当是时，处江浙皖交界的苏、常、湖、嘉一带成为南明小王朝抗清义师最活跃、最可靠的根据地，他们利用湖港交错、崇山绵延的地理形势，与入侵者展开了殊死较量。张煌言的义军得到英、霍各处山寨的响应，其抗清斗争几与顺治一朝相始终，期间吴易起太湖兵，吴应箕起英霍之兵，为之死难的义士数不胜数。这英烈层出、气贯长虹的激壮之气必然要影响到成长期的英烈之后，诸如宜兴陈维崧、吴江潘耒、秀水朱彝尊等。陈维崧、潘耒、朱彝尊等人都是始而用实际行动抗击过满清，终而又参与博学鸿词考试，成为大清臣子的江南才士。陈、潘、朱等人的行迹虽然与其众多好友，诸如顾炎武、屈大均逊色不少，但和钱谦益、吴伟业、龚鼎孳有着本质区别：一是名份不同；二是地位不同；三是变节的方式不同。在论述博学鸿词科诗群的山水诗时，这个问题应该稍加辩证。以下从陈维崧拉开博学鸿词诗群山水诗述略的大幕。

第一节　“青山四五重，桃花一千树”

——陈维崧的山水诗

一、源出清流　傲岸不群

——陈维崧的生平与诗作简述

陈维崧(1625—1682)，字其年，号迦陵，江苏宜兴人。宜兴，处江、浙、皖交界，山陵纵横、洞壑密布，是一个地理非常特异的地方。在明清常州府属的各县中，宜兴不但人文繁盛，出过名将卢象升，名流陈贞慧，产生过阳羡词派，即使到二十世纪亦被誉为教授之乡，而且还是个危难之间能坚守正义的政治敏感地，仅明末清初，为抗清而死的志士达数十百人。陈维崧，包括他所代表的阳羡诗群、阳羡词派是经明末清初风云激荡、苦难磨砺、正义感发而形成的特殊文学群体，“他们或清狂放逸、寄情烟霞，或愤世嫉俗、浪迹湖海，或侘傺无聊、沉沦下幕，或息影篱门、酣醉高卧……家国之痛，幻灭之怨，压抑之悲，废弃之愤，又复将他们驱遣到一起，同声以求，同病相怜，相濡以沫，沟通其情，酿变出一组悲慨的、萧瑟的、激宕的、冷峻的、疏放的、凄寂的这样多层次、多音部的和声歌哭，而其基调则是郁勃奇崛、凄苍清狂的‘商’音。”①先师在此是就阳羡词派的整体而论，但作为阳羡词的领军人物和号召者，将这段评语移之陈维崧亦恰切适宜。受家学影响，陈维崧的骨子里有愤激慷慨的正义感、耿直傲岸的人生观，《清史稿·文苑传》评道：“维崧天才绝艳，十岁，代大父撰《杨忠烈像赞》。比长，侍父侧，每名流宴集，援笔做序记，千言立就，瑰玮无比，皆折行辈与交。”②郑方坤《国朝名家诗钞小传》亦曰：“检讨少清癯，长而于思，学士大夫皆称为陈髯。……既连不得志于场屋，乃束

① 严迪昌《清词史》，第164—165页。

② 见《清史稿》，第2080页。

装为汗漫游，诗坛酒社，到处逢迎。……顾髯落拓，视金帛如土，每出游赠遗千金，辄随手散去，时时匮乏，则仰屋拥书眠，如是者终不悔。”[①]此小传言语简练，寥寥几笔就将陈维崧落拓不羁、豪情大方的个性跃然于纸上。

陈维崧家世清显，祖父陈于廷官明左都御史，清正刚廉，为反抗阉竖逆党，并触忤权相周延儒而两次被罢黜。父陈贞慧与吴应箕、周镳等起草《留都防乱公揭》，与阉党余孽阮大铖之流进行殊死斗争。他的老师吴应箕为起义兵，而被清兵杀害。（陈维崧有《哭次尾师》五章，前小序曰：“乙酉之变，我师次尾先生驰军遇难。门人崧悼招魂之无从，痛知音之难遇。阳春自苦，亦惟天实怜才不尽。因自戊寅以至乙酉，阐飏梗概，荟为薤露数章。绝操人间，悲风千古。”）明亡后，陈维崧一落而为依人乞生，受尽穷愁潦倒之委屈，由于命运前后的强烈反差，使陈维崧更清醒地认识到异族统治的残酷与悲哀。对故国的思恋、对人生的喟叹凝成他诗歌悲慨怨绝的抒情氛围，他把故国之思、亡国之恨总是寄寓在对师友的悼念和感时起兴中。

如《哭次尾师》借悼念恩师吴应箕，歌哭任性、哀痛伤情，一气呵成五首七言古体，首章颂次尾师草《留都防乱揭》的英豪气概；次章缅怀随恩师游学秦淮的美好时光；三章写燕京国变，次尾师“拂拭芙蓉剑”而欲报效国家，壮志未酬，清流祸起，次尾师被迫“亡命人间任草莱”的悲愤过程；四章叙次尾师为挽时艰，毅然投笔从戎的激壮行为，“跃马且随班定远，弯弧还隶霍嫖姚。”在诗人看来，大明抗清的力量雄壮威武、士气正盛：“千营芳草尽芊眠，万马春风齐结束。”其语气豪劲、神色飞扬；五章以悲伤哀悼落笔，沉痛追思大明抗清力量的败亡和恩师英勇就义的悲剧结局：“羽书旁午金陵陌，北军万骑江天白。……千军义旅飞朱骑，水银组练迷天地。（诗人自注：‘指金正希先生也’。笔者注：金正希，即金声，清兵南下时曾结义兵于江、浙、皖交界处，吴应箕参其军，后兵败被执遇害。）……先生变服隶元戎，大呼瞑目临霜锋。”在陈维崧心目中，他的恩师英气逼人、豪气冲天，真正一个大丈夫形

① 见《清诗纪事》，第2841页。

象:“秋高直突黄金戟,风急长驱赤兔骢。”可叹可惋的是义军一朝土崩,星月无光:“红日苍皇黄雾塞,四十万军同夜没。军主孤身陷北围,先生泪洒长空月。”金声义军失败,吴应箕不久也被清军杀害,陈维崧痛苦哀伤、有泪如倾:“招魂不至连朝雪,沙场草染金钩血。还留宝剑啸雌雄,掷作天边两彩虹。”这组五章联属的悼亡诗,旋律高亢,主题鲜明,情绪跌宕起伏,对恩师的豪情义举,对抗清军事力量的壮大,诗人用高昂的音调予以赞颂;对异族的入侵,对起义军的失败,对恩师的死难,诗人低回婉转,用极其愤慨与哀绝的笔墨,描绘了一幅愁云惨淡的历史画卷。

再如《春兴八首》,诗人以节令更替,时序暗换为契机,深沉地寄托了追亡悼逝,怀思故国的凄苦心结:“昨夜春风拂九河,中原斥堠尽持戈。千军出塞愁金甲,独客登楼冷玉珂。”(其一)“先皇甲帐锦花斑,一夜军声怆御颜。……旧臣难记千秋节,野马争游万寿山。”(其五)春风春雨能勾起诗人物是今非的故国之思,而秋月秋露更能激发他悲感哀戚的旧君之悲:“江草江花万里哀,西风草白放龙媒。……汉宫仙掌真云际,肠断芙蓉露一杯。”(《暮秋杂感》八首之一)“又见长安骤玉珂,凤城天半郁嵯峨。……诸公尽是南朝客,重向含元殿外过。”(同上,其二)“烽火经秋梦寐劳,秦宫汉殿总蓬蒿。……嗟予弱冠遭戍马,落照中原看佩刀。”(同上,其六)

陈维崧弱冠之年,经受国破家散的哀痛,成年后饱尝四海飘零、寄人篱下的艰辛和忧苦,所以他的诗,除了酬答赠谢之类的应景之作外,大多都透着一股哀思故国、忧伤己身的悲凉气,时时显现着:“玉笛吹来家万里,金砧捣后泪千行。”(《中秋》)的冷艳感。如:“仲宣词赋频思土,梅福功名竟桂冠。寄语金阊旧年少,莫携齐瑟向君弹。”(《过吴门赠姜如须》)“一上孤城朔气催,西风萧瑟亦悲哉。红颜失路吾多感,白首为郎尔自哀。”(《九日怀曹石霞》)陈维崧自叹身世,孤蓬飘零,他的凄苦之情往往通过怀人、忆旧表达出来,不仅如此,他还利用物华潜移、时序代替来昭示内心的忧伤和哀感。如:“孤馆青尊正忆亲,不堪憔悴过嘉辰。……金盘翠柏伤心物,莫向西京父老陈。”(《辛卯除夕》)“韶光次第逐人生,密雨微微花影轻。万里川原成黯澹，千家节物忆升平。”（《壬辰元日》）辛卯、壬辰，即顺治九年，诗人通过年华转移、新桃旧符的交接说明自己心头挥之不去的故国之情，这里既隐曲又直白，既含蓄又大胆地揭示“千家”所处乃不“升平”的世道，一望“万里川原”，“黯澹”不堪，所以遭遇“嘉辰”，亦感“憔悴”，睹物怎不伤情。陈维崧依人附食、孤身飘流的岁月是极其难堪的：“乱后工为客，飘零绝可怜。……全家三十口，望断落花天。”（《姑苏杂感》其一）“汝兄今作客，流寓阖闾城。多病哀僮仆，无家累友生。卖歌非得已，弹铗岂忘情。”（《寄诸弟》其二）他的歌吟如秋蝉咽露，悲切激楚、凝滞苦涩，本当奋志有为，但现实却如此凄苦，生命对他有不能承受之重，他借咏物，托言内心，道出心田里沉淀累积的悲慨与凄凉：“悲哀如异域，偪侧少同群。……莫吟沙海上，此地有孤军。”（《秋夜闻蟋蟀同延公青若赋》二首其一）“胡乃太悽厉，风前彻夜鸣。……微躯无宅窟，鸣咽到天明。”（同上，其二）秋露如珠，秋风萧瑟，蟋蟀的悲声和秋蝉同样凄凉哀伤，能激发诗人的身世之感，在这些诗歌意象中，我们已难判然分清诗人与草间鸣虫的界限。陈维崧哀感身世、悲思故国，情如冻云、挥去又来，他不但用短章怀人咏物来寄托心志，而且还擅长通过七古咏史的形式来抒发内心填塞的激情，著名者有《长干行》《故宫行》《十一月二十五日游剑池》等，情词婉转、叙事缠绵，于怀古、忆旧、咏史中潜心唱出对故明的哀悼。

陈维崧诗歌格调以悲冷为主，抒情手段大多以托物起兴、怀古寄意为尚，语言华美流畅，铺陈敷衍，极尽渲染，尤其歌行体绮丽艳冶，如一袭夺人眼目的霓裳羽衣，这种绮丽排闼诗风的形成，与他的诗学师承有关，据诗人自述，他学诗过程为：“十四五时，学诗于云间陈黄门先生”，“好《玉台》、西昆、长吉诸体。”（《湖海楼文集》卷一《与宋尚木论诗书》）后又从吴伟业游，诗从“香奁体”入手。他有一首长诗《酬许元锡》，全面回顾了自己先后师从陈子龙、吴伟业学诗的经历：“忆昔我生十四五，初生黄犊健如虎。华亭叹我骨格奇，教我歌诗作乐府。二十以外出入愁，飘然竟从梅村游。先生呼我老龙子，半醉披我赤霜裘。此生阑入铜驼路，可怜老作江南赋。……我年三十余，清狂爱儿戏，旁人见我笑不休，安知我有填膺事。”[1]从这首自叙式的诗里，我们既可看到陈维崧的师承，又能理清他诗风前后的变化，前期生活优悠，心境颇佳，作诗注重形式的锤炼与修养，后期备尝寒士之苦，阅尽人间种种不幸事，转而关注诗歌内容，常常把“填膺事”化作“江南赋”，哀怒激楚、悲梗苍凉。

陈维崧诗、词、文均擅长，后世论者过多关注其词的成就，而略疏于其诗文创作。舒位在《瓶水斋诗话》里对此状况表示了遗憾：“陈其年七言长歌，道胜国时事，激昂悲慨。……通籍后，所作多近宋体，然犹是梅都官集中上乘。而世顾艳称其词，真不可解。”[2]虽然如此，只要拉近时代与诗人的焦距，对准诗人心底喷发而出的感情焦点，我们还是能感受到陈维崧豪放慷爽、激愤悲切的“雄迈恻挚”（朱克敬《儒林琐记》语）之情。

二、“玲珑还简朴，瘦削必飞腾”

——陈维崧的山水诗浅说

山水诗与诗人的境界相关，和诗人的游踪相联。境界决定诗人对自然的态度，以及对山水的偏好程度，表现为诗，就形成个性独具的山水诗境；游踪则决定诗人对山川的阅历，阅历越宽越深，创作的山水诗数量越多，内容越丰，而山水诗表现的幅度越广，境界就越高。

陈维崧才情横溢，豪气充沛，其诗学根抵亦深厚，如若倾其全力，行遍天下万里路，则会有令人仰止的山水诗成就。惜其生于动荡之际，长于困顿之间，固穷守困的生活境地限制了他游历天下的行踪，因此，也就使他的山水诗创作无论从内容，还是描摹对象都受到了极大制约，给人留下题材单薄、范围狭小的遗憾。据广陵书社出版、钟振振先生主编、江庆柏先生点校的《陈维崧诗》统计，陈维崧山水诗有七十多首，其中包括准山水诗、部分怀古和咏人文景观的篇章，在其

---

① 〔清〕陈维崧《陈维崧诗》，广陵书社 2006 年版，第 145 页。以下引用此书，不再一一注明。

② 见《清诗纪事》，第 2843 页。

一千多首诗篇中占比重较小。按诗的体裁看，有七古、七律、七绝、五古、五律和五绝，各体兼有，而以五古、七古为甚；从内容看，其游踪可分为江南，包括苏杭、京镇；江北，包括豫、晋、京师等，基本保持两点一线的格局。以下按诗体，对陈维崧的山水诗进行简析。

（一）奇崛险仄、精雕细刻的五言古体山水诗

陈维崧五言古体山水诗有二十六首，占其山水诗总量的近一半。这些数量颇丰的山水作品，利用五言古体擅长叙事的特点，把诗人所经或南或北的山川风物、名胜古迹刻划得精确细微、纤毫毕现，因诗人以才情和学问取长，所以刻划景物时他广泛用典，甚至利用句式倒置、生涩词汇，对描摹对象进行夸张、比喻，使眼前之景既显得形象生动，又有奇崛险仄之感。如《泛舟过元白东溪别业》，诗人紧扣“泛舟”而“过”的动感，景随舟移，舟绕景行，把“元白东溪别业”的清丽之景绘制得极其宜人：“格格渚禽飞，逗入溪东庄。……蝉声落水栅，竹色连陂塘。”再如《由祝陵至善权寺三首》对“由祝陵至善权寺”一路风物的刻画，诗人按时空推移的视角安排景物层次，使写景、叙事既井然分明，又相互融合，从而构成一幅色彩明艳、细节精致的山水长卷：“飞花点春渡，激水锵回溪。到村涧壑净，绕寺风篁低。松巷颇逶迤，秀色无端倪。蟉根裂地轴，苍干排天梯。”（其一）“夤缘入寺门，拾级杂鼯鼬。古穋结囷壁，苍岩露唐构。……经堂架巉岩，长榈贯林岫。……束缊一详观，雷音砉然吼。”（其二）“空闻善权钟，不见祝陵酒。……缓酌颜已酡，淡荡无不有。风来长松端，月落西岩口。微醉掩花关，妙香亦时取。”（其三）以上三首联袂成篇，为典型的纪游山水诗，纪游山水诗的特点是融写景、叙事为一体，从远而近，由大到小，先总写，再分写，宏观渲染和微观勾勒相结合，首章从“挂席”入山写起，点明时间、地点，以及环境特征：山环水激、竹风阵阵；松巷深幽、秀色无边，这是组诗的总起；次章刻摹“入寺门”后，在“阿师”导引下，“历前后”的所见所闻，经室佛堂、香积厨下，残碑大殿，一一被诗人写来，具体而微地再现了善权寺庄严清静、古朴悠远的禅意境界；末章则进一步将前两章的叙事延伸开来，通过日常应用境来反观自我，彻悟禅理：“微醉掩花关，妙香亦时取。”有收煞全篇，引人深思之功效。

陈维崧五言古体用词险仄，写景常有出其不意的惊人之语，这样就增加了描写对象的幽冥与神秘，如："两洞斗玲珑，双扉互谲诡。……侧沸水潺潺，斜攒石齿齿。颂洞悽心神，幽寒透骨髓。"（《踰花桥寻寺后湫水》）"兹游首乾洞，豁达破崖胁。深杳疑道流，飞腾踰剑侠。……峥泓玉柱明，滴沥金膏浥。"（《从小湫水陟岭寻乾洞了下探水洞二首》其一）以上所写对象为诗人家乡著名的山洞——善卷洞奇观，宜兴风景秀美、山川瞩望，境内以竹海和洞府著称于世，顾祖禹《读史方舆纪要》曰："国山，县西南五十里，高百二十五仞，延袤三十六里。……其东南曰善卷洞，一名龙岩。洞有三：一曰乾洞；其二曰大、小水洞。相传周幽王二年洞忽自裂，门广二十尺，初入若险仄，中极平旷，可坐千人。"①

五言古体以写景细腻见长，陈维崧充分利用这个诗体的优长，对所历之景展开工笔刻镂，不仅佳篇迭出，而且警句层现，令人有美不胜收之感："沙鸨伫空明，江葵覆清浅。红泉雨后流，白露草间泫。"（《早发望亭》）"雨歇邻塘深，日霁遥墟显。……皎镜一以开，生绡问谁剪。"（《冬日过水绘园作》）"好峰忽扑面，苍红互斑驳。失喜一大呼，群山响铙镯。"（《滁阳山行》）除上举，陈维崧的五古山水诗还有《晓发洛阳》《寒月夜眺》《米元章墓下作》《游竹林寺》《由竹林历招隐寺未及寻八公岩而返》《春晚行洧川道中》《自汴赴许途中作四首》等，这些山水之作，总体风格与上举趋同，即意境深幽峭远，语言险仄诡谲，思路巉刻而视角迥异，为陈维崧所独有之特征。

（二）骋目放怀、狂歌清啸的七言古体山水诗

七言古体适合于狂歌吟啸，因为它的容量和节奏比较庞大而舒展，有行云流水之快畅，跌宕起伏之曲折，抒情诗采用七言古体，能将诗人如海潮漫卷的心臆泼洒得痛快淋漓，产生撼人心魄的感染力。陈维崧的七古山水诗共八首，尽管总量有限，但其蕴含极为丰赡，一是符合了诗人"慷慨悲歌，唾壶欲碎"（杨伦《湖海楼集序》语）的个性特征，负载了诗人涵混古今的博大心胸，产生"使人流连往复，感叹唏

① 见《读史方舆纪要》，第1237页。

嘘”(同上)的艺术魅力;二是给诗人提供了抒发情怀的广阔空间,陈维崧在诸多诗体中偏爱七古,关键在于七古音声舒放、节奏疾徐相间,能把一泻无余的情感尽意释放出来,从而达到大写意的效果。如《十一月二十五日游剑池》,诗人借苏州虎丘剑池含载的雄图霸业的厚重人文精神,着力抒发了他抚今追昔、哀逝掉亡的悲概心情:“兰桡击汰一慷慨,依然紫缆盈江津。……年年飘泊姑苏道,意气凌霄不可干。……富贵繁华不可留,十年戎马暗江洲。”(其一)“紫苔石冷无珠履,青塚篰悲少绮楼。……君不见紫玉坟前蝴蝶飞,生公台畔暮云归。谁知一片吴宫月,照尽千秋歌舞衣。”(其二)五言古体重在写景摹形,七言古体专长写意抒情,两者偏重不同,但效果异曲同工。剑池给诗人以怀古思幽、发散内心凝愁的契机,诗人对剑池为主的虎丘风物没有进行具象刻摹,而是站在实景的角度,肆情展开想象,用浓墨重彩的笔调,抒发了由剑池引动的思古之情,愤激慷慨、缠绵惆怅是其贯穿始终的感情基调。《报恩寺塔灯歌》《宋荔裳招游红桥放歌》在篇幅上超佚剑池歌,其感情奔放、思绪腾跃更胜剑池歌一筹。《报恩寺塔灯歌》以“报恩寺塔灯”为歌唱对象,诗人通过层层渲染和铺叙,把佛门塔灯盛况描绘得金碧辉煌,光华照耀人间,在强烈对比的氛围中,他哀思故国的情绪如江河奔涌而出:“一朝猎火满天至,金床玉几不得眠。岂惟宫殿无颜色,如来十载香灯黑。半夜金鳌泣向人,累朝玉烛悲何极。”红桥,前已述及,乃扬州繁华清游、文人修禊的佳丽之处。宋荦招同诗人游历红桥,虽然眼前是“出郭渐觉野景好,沿流顿益秋光妍”的明媚景致,但萦绕心间的悲感让诗人与主人一起歌呼任意,有泪如倾:“众宾泪下如孱湲,我歌猛虎尊罍干。旧事岂妨人作达,对酒怀古非豪贤。”

如果上举诸诗以写景为铺垫,重在抒发感情的话,那么《登五狼同戴務旃无忝范女受赋》《屋后望太行山歌》《幽涧泉》则是以雄阔气势、奔放感情绘景摹形的佳作。《登五狼同戴務旃无忝范女受赋》通过视角变幻,将五狼山阴晴明灭交替的景致描绘得奇离诡谲,其中光影声色处理非常恰当,使整个诗境横溢出无限生机,初登山时,诗人写道:“天风吹我落天外,乾坤一气殊青苍。琳宫绀殿莽欹仄,丹崖翠巇纷低昂。”登临四顾，胸胆开张，但见“江流注泻静如拭，万顷窈窕玻璃光。少焉蹙沫迴龙堂，喧豗鞺鞳声铿锵。珠涛雪浪吼终古，蜃楼贝阙何琳琅。”“江流注泻”为动态描写，“静如拭”“万顷窈窕”为静态刻画，“玻璃光”为无色之色，“喧豗”、“鞺鞳”、“铿锵”皆为摹声词。诗人在动静相交、色彩点染的艺术描写中，一气连用三个摹声词，使整个诗境处在急管繁弦的驱动下，产生震撼人心的吸引力。《幽涧泉》以一泓清澈的山泉为切题的对象，诗人善用背景设置，抓住“幽”的凝滞特点，形象逼真地写出泉水幽咽吐纳、凄切悲吟的形貌与神韵：“秋堂夜凉月色清，谁家膝上孤桐鸣。一声两声瘦蛟舞，三声四声大蟹行。……须臾众蝥翻悲吟，飕飕坏壁天阴森。”这首诗虽用七古，但篇幅精悍，诗人用词准确，且全篇象征、比喻屡见笔端，如此则使抽象的泉声变得具体可感，引人入胜。陈维崧七古山水诗的压卷之作应是《屋后望太行山歌》。诗共二十五韵，篇幅适中，但容量颇巨，笔力沉雄，视界开阔，气势张扬，布景采用欲擒故纵的手法，首解从“屋后”的环境写起，点明时序，烘托气氛，为下文的“太行山”突兀而出做背景铺垫；二解笔锋陡转，使太行拔地擎天的气势奔突而来，有万马回旋之势：“倚天拔地一峰出，排青滴黛难为详。”三解跳出微观写景的圈子，从宏观的角度，进一步阐发太行山屏障天下，雄踞中原的战略形胜：“猗嗟此山障全晋，绵亘西北开雄疆。二陵风雨古今恨，三关鼓角风沙飏。”末解叙写自己欲束装登山，而有人劝说“此山不可上，怪物恶木声礌硠”，采取问答的叙述方式，抒发了太行山给诗人带来的情感冲击：“呀然失笑客言误，人间何处无太行。……生平跳荡虎食肉，倏忽摧颓鸟啄疮。言罢山灵更呈媚，变幻金碧森开张。”七古诗体的优势被陈维崧发挥得相当到位，在上述诗例中，起承转合，自然无痕；写景、叙事、抒情，一体相承，如行云流水；想象丰富、思极八荒；打破时空界限，有怀古、有写实，兴亡之叹、得失之思基于景的大笔勾勒，自然流泻出来，就形成其山水诗雄浑深厚、奔放不羁的风格特征。

（三）“萧然何限意，灯火隔江生”的五、七言律、绝山水诗

陈维崧各体兼擅，但尤偏嗜古体，古体的舒放自如恰与诗人的狂放胸襟暗合。如果五、七言古体山水诗尽显诗人“摇笔散珠，动墨横

锦”(杨伦《湖海楼集序》语)的绝世才华,让其在山水间骋目放怀,一吐慷慨胸臆的话,那么五、七言律绝则如一帧小品,透视了诗人冰雪般坦诚的胸怀,体现了他善将忧患之情融于自然之景的艺术功力。如:

水国凉飔落,推蓬看晓天。断桥藤乱挂,破屋树斜穿。渐觉孤城出,那禁万感缠。预知相见日,把袂必茫然。

——《如皋道中有感》其一

萧飒丹阳郭,栖栖复此行。有坡皆赭色,无日断车声。烛短孤舟泊,途长古驿横。年年离别地,春草不须生。

——《舟次丹阳》

清秋万壑路漫漫,极目层宵望里寒。拍岸波涛终浩淼,登楼吴楚在栏干。多情墓草荒今古,无意江风冷珮环。更忆昔年曾战伐,孤城屑瑟与君看。

——《登江阴君山同侯朝宗赋》

槜李重游入画图,清江一望更踌躇。黄鹂欲语春潮急,紫燕将归夜月孤。淼淼村墟纷雁鹜,萧萧泽国乱菰蒲。故园花落行将半,独对东风莺脰湖。

——《莺脰湖》

上举各例,或行旅,或登临,诗人都善将微细的意象组织起来,构成一个整体抒情背景,通过特定景物的归纳,承载了心间如春蚕抽丝般的绵绵愁绪。如皋,明属扬州府泰州,清雍正二年割属通州直隶州。顾祖禹《读史方舆纪要》:“如皋县,州(泰州)东南百四十里,东南至通州百四十里,西至泰兴县百里。”《清史稿·地理志》曰:“如皋,州(通州直隶州)西北一百二十里。东,濒海。……大江西自靖江人,又东入通州,北通运盐河。”如皋临江濒海,有盐业之利,境内河港交错,一望平畴,既是南北交通要道,海防之地,又波光如洗,景致宜人,为游览赏心之处。陈维崧曾依如皋冒辟疆,留连水绘园,与诸友人唱和雅集,赋诗多篇。《如皋道中有感》二首是诗人经如皋时因景抒情的名作。诗中意象具有浓烈的地域性和节候性:“水国”“晓天”、“断桥”乱藤、“破屋”斜树、“孤城”遥望、霜风渐紧,这一切激起诗人无限的愁思,俾其有不能承受之意:“不断海风高,那禁万感缠。”

丹阳,明清皆属镇江府,《读史方舆纪要》:“丹阳县,府东南六十里。东南至常州府百里,西至应天府句容县九十里。本楚之云阳邑,秦曰曲阿县。……天宝初改曰丹阳县。”《清史稿·地理志》:“丹阳,府东南七十里。东北有九龄山,大江北自丹徒播为夹江,径姚家桥入,东与江合。”《舟次丹阳》为典型行旅山水诗,诗人从吴门与友人分别后,发舟一路北来,目睹了丹阳、京口沿岸风物,利用“萧飒”、“短烛”、“孤舟”、“古驿”等特定意象,寄托了心中如“春草”萋萋不绝的哀伤。这首诗可与《舟次京口》相互参照,颇能烛见诗人“萧然何限意,灯火隔江生”的幽幽心情。

君山,在江阴,《读史方舆纪要》:“君山,城(江阴城)北一里。县之主山也。突起平野,俯临大江,一名瞰江山。……又北四里曰黄山,与君山皆以春申君名也。峰如席帽,上有石室,为扬吴时烽火之所。山之西曰马鞍山。北曰鹅鼻山,其形尖斜如鹅鼻,俗名鹅眉嘴,凸出大江,称为险要。”诗人偕明末著名诗人侯方域登临君山,游目四顾,只见江流浩淼,惊涛裂岸,吴楚疆域全在指掌间,一种争战杀伐,朝代更替的怀古之情沛然而来,清兵南下突破江阴防线,南明小王朝顷刻灰飞烟灭,只留“孤城”在寒洌的秋风中“屑瑟”,任后人吊往伤情,哀痛如斯。

莺脰湖,在清苏州府吴江县南四十里,湖上游通烂溪、荻塘等水系,至平望安德桥汇集成湖。因其形如莺脰,故称之莺脰湖,又名莺斗湖,南达汾湖、北通太湖,顾祖禹称其为四战之地。陈维崧重游故地,水乡泽国,一望春潮泛急,夜月孤清,“村墟”淼茫、“菰蒲”“萧萧”,于是顿生“故园花落”的惆怅凄迷之情。

陈维崧是身经国变,心蓄悲慨激楚的诗人,他的故园之情,怀旧之感,必然要通过自然景物发散出来,形成如前所述的山水诗风,但他同时更是一个诗心玲珑,对自然有敏锐观察,颖慧感悟的才人,所以他的山水诗还有超越尘心,远离个人嗔恶之情,而真正进入纯美境界的篇什。比如：

楼外即春山，山晴意更闲。鸟声沉寺磬，花影扣禅关。便觉离言说，谁堪共往还。晚归忘曳杖，乘月弄潺湲。

——《春日过闻湛上人寺楼》

藤萝三经路漫漫，直跨层椒梵宇丹。百道红泉穿睥睨，九峰碧磴压烟峦。边鸿自送疏钟暮，海燕偏怜曲阁残。更欲振衣环珮冷，上方高处一凭栏。

——《登九龙山》

湖心亭子恰攀跻，画阁丹崖面面齐。一水莲房排战舰，三年菱唱入征鼙。风来山下波偏美，人倚楼头月又西。欲别秋空重眺望，数声钟磬发招提。

——《湖心亭晚眺》

轻航小泊此官河，两岸珠篱苦竹多。不及侬家罨画口，罗裙水面唱吴歌。

——《野泊》

春云的的绿堪染，吴田漫漫青欲流。江南三月足风景，好在阊门水阁头。

——《清明虎邱竹枝词四首》其一

以上均写江南风物，不管写梵音阵阵，还是松阴深深，无论写山，还是写水，诗人都能通过视觉、听觉的交互感应，把每一处景致的风韵和内在美透视出来，最终达到主观情志和客观物象的统一，使诗人的心魂完全禅化在一片空明无碍的自然之境里。

陈维崧生当朝代鼎革、中原陆沉的风雨飘摇之际，虽然他不像父、师辈，诸如陈贞慧、吴应箕那样或慷慨赴义、舍身报国；或坚贞守白、誓不与新朝合作，但受父执辈潜移默化影响而形成的英奇磊落、苍深悲梗的诗人气质还是成了他与众不同的人格标识。这种人格特质贯穿于他的创作中就产生出如前人所指陈的艺术风骨和审美高度："盖既具什佰众人之才，而又笃志好古，取裁非一体，造就非一诣，豪情艳趣，触绪纷起，而要皆含咀酝酿而后出。以故履其阈，赏心阅目，接应不暇；探其奥，乃不觉晦明风雨之真移我情。”[①]（蒋景祁《陈检讨词钞序》）陈维崧虽然诗名不及词名显著，但他独具胆识的长歌依然在清初诗坛引起了普遍关注，尤其他的以《屋后望太行山歌》为代表的山水大作确实具备令人“赏心阅目”而能“真移我情”的艺术撼动力。由于受生存状态制约，除了北上京师赴博学鸿词考试之外，陈维崧毕生没能走出江南一线命定的生活圈，因之也就造成了他山水诗创作成就与其博大浑深的天赋英才之间不相符的矛盾和缺憾，不过这个缺憾与不足被诗人同时代的诗中挚友潘耒和朱彝尊所弥合，并因此将清代山水诗创作推向更高的水平。

第二节　狂杀青山　骑鲸捉月

——潘耒的山水诗

明清之交，江南一地风云变幻。吴江，处江、浙交汇，是一条交往东西南北的重要通道。因其交通便利、信息快捷，所以，吴江的文学之士聚会结集甚为频繁。盛氏、叶氏、潘氏、吴氏家庭文化的繁衍滋盛推动了松陵诗群在清初的迅猛发展。潘耒作为吴江潘氏族群的重要成员，他庶几可代表清初吴江家族诗群的山水诗创作成就。

一、潘耒的生平和诗歌概说

潘耒（1646—1708），字次耕，号稼堂，晚号止止居士，江南吴江人。其家学渊源深厚，父潘凯，曾列名复社，兄潘柽章能文，负气节。其师顾炎武、徐枋为当世著名学者、诗人，而且是气节磊磊，不与新朝合作的遗民。《清代学者像传》说他：“先生资秉绝人，少有神童之目。从顾亭林、徐俟斋、戴耘野（吴江戴笠）三先生游。其学贯穿淹洽，无

① 转引自严迪昌《阳羡词派研究》，齐鲁书社1993年版，第197页。

所不通，诗文尤精博。”[①]《清史稿·文苑传》曰：“潘耒，……生而奇慧，读书十行并下，自经史、音韵、算数及宗乘之学，无不通贯。”[②]潘耒学行高尚，史乘多所肯定与彰扬，《清史稿》评他“有至性，初被征，辞以母老，不获命，乃行。……逮居丧，哀毁骨立。……枋（其师徐枋）殁，赒恤其孤孙，而刻炎武所著书，师门之谊甚笃焉。”《清代名人轶事·学行类》载曰：“潘次耕耒，幼时与人赌记，取历日试之，首尾过目，不遗一字。徐俟斋没，无尺寸之产，举孀妇孤孙以托，次耕恤之终其身。”[③]

影响潘耒一生，使其命运发生重大转折的事件有两个，一是其兄潘柽章牵涉清初著名的庄氏史案而罹祸；一是康熙十八年被力辟参与博学鸿词考试。潘柽章罹庄氏史狱之祸，表面看是偶然，细加考察则有实质上的必然，它是特定时代背景下的必然产物，亦是诗人性格和人格造成的必然结果。庄氏史案，即“庄廷鑨史案”，《清稗类钞》等诸多史乘均有载述，其中杨凤苞《秋室集》卷五有《记庄廷鑨史案本末》对之记载甚详备。谢国祯《明清之际党社运动考》说：“是狱从顺治辛丑发生，至康熙癸卯判决（1661—1663），把全书编纂人和编纂人的昆弟子女年十五以上者，全都斩决，妻女配沈阳披甲为奴，株连了不下一二百人，是清初最惨酷的一件案子。”[④]在这场祸难中，当时吴江著名的惊隐诗社的领袖人物吴炎、中坚人物潘柽章同罹浩劫：“吴愧庵名炎，潘力田名柽章，才望相埒。康熙癸卯二月（永历十七年），同以南浔庄氏史狱株连，逮系虎林军营，是岁五月五日吴、潘俱磔于杭之弼教坊，同列者七十余人，遣戍者百余人。”（《吴赤溟集·附录·平望志》）由此可以肯定，潘耒与清王朝有杀兄破家之仇，且受其潜在影响，骨子里渗透了蔑视新朝的离立心态，而且他师从的顾炎武是一个用行动恢复故明、死不和清统治者合作的志士，徐枋亦是响当当的

---

① 叶衍兰、叶恭绰编《清代学者像传》，上海书店出版社 2001 版，第 94 页。
② 见《清史稿》，第 2081 页。
③ 葛虚存撰《清代名人轶事》，江苏广陵古籍刻印社 1993 年版，第 38 页。
④ 见《明清之际党社运动考》，第 145 页。

誓不食周粟的遗民。这双重慷慨正气的熏陶，必然养成潘耒傲岸不屈、卑视功名的人格特征，形成他凛然的正义之感。既然是这样一个具备遗民特征的诗人学者，潘耒又是如何踏上改变他一生走向的博学鸿词之路的呢？

通过对潘耒诗文的辨析，他参与鸿博考试主要是形势所迫，而非本心。清人初定中原，为了稳固政权，便采用威逼和拉拢两种手段，迫使汉族知识分子服膺其统治，在这种强征力辟的高压下，许多士人或遁入空门，或称病佯狂，以逃名于天地之间，正如钱澄之《田间文集·姚瞻子行路吟引》所说："夫人至求为闾巷编民不得，脱而逃之方外，又以为畏途焉，复转逃于方以内。悲夫！此盖古人所不及悲者也。"邵廷采的《明遗民所知传》亦表达了同一意思。古人不愿与当世合流，还有优悠林下，做自由民的权力，而明遗民面对的却是一个刀锯斧鉞置于前，强逼利诱施于后的可怕年代。面对如此不堪形势，除少数遗民，如傅山、魏禧等外，譬之朱彝尊、孙枝蔚、李因笃、潘耒等为避免灾祸而违心应试。从潘耒言怀的诗章明显能见出，他的应试确属无奈之举，与陈维崧出山稍有差别，陈去病《五石脂》说："虽举鸿博，而《遂初》早赋，其志亦可谅矣。"[①]潘耒能够直言己志，且让后世"可谅"的诗章包括《写怀十首》《后写怀十首》《续写怀六首》。这几组诗哀感悱恻，阐明了诗人被迫应试前后的心境和态度。

《写怀十首》抒发了惊闻被征，初接诏书时的焦虑忧愤之情，他幻想着那纸"征书"有误，是官府"传语误"的虚惊，但面对"牒来方讶姓名真"的残酷现实，他忧愁万分、焦灼不已："雕龙岂得呼高鸟，芳饵何当近逸鳞。"（其一）他本是一个处乱世而求自保，不愿与世同流合污的贞节之士，"土木形骸卧竹根，一生无梦到金门。……栎以不才留作社，瓠因无用取当樽。"（其二）"悲歌总挟清商气，掘笔都无典丽风。枚马揽天才不少，因何搜採到岩中？"（其三）在"牒"书传来，强逼征辟之际，诗人如天塌地陷，呼号哀痛之声不绝于耳："魂伤废垅哀风树，

---

① 陈去病《五石脂》，江苏古籍出版社 1999 年版，第 287 页。以下引用此书，不再注明版本。

泪滴秋原痛鹡鸰。如此人身堪出否？谁云借嫁为娉婷。”(其四)“昔贤心迹太分明，蹈海焚山事可惊。……只合从容求放免，林泉深处好偷生。”(其六)为求解脱，他怀揣牒书，向“有司”陈情，以乞放归：“长官省识支离态，幕府哀怜痛切辞。”(其七)“绵上母偏愁捧檄，鹿门妻不羡怀金。……留此须眉对松柏，风霜晚岁共千寻。”(其八)潘耒的陈情我们有理由认定是真心流露，决非矫情造作，他誓愿和“松柏”共经“风霜”而达“千寻”，决不想“捧檄”“怀金”以干青云。陈去病的《五石脂》有这样一段记载：“孺人(潘柽章夫人，沈自炳之女。自炳为前明臣子，大清兵南下，佐吴易起兵，败亡后投水自尽，其妻发配黑龙江途中自刎殉节。笔者注)北徙之际，力田异母弟稼堂先生实从之，行年才十六耳。间关千里，备尝厥艰。孺人既殉，卒护其丧以还。乃变姓名为吴开琦，避地西山，从徐俟斋游。”①吴江叶氏、沈氏、吴氏世为姻亲，国变前后，有多人被清廷杀戮流放。潘耒直面亲友罹难的血腥场面，亲历兄嫂冒风霜、冲锋镝，以身殉节的悲情过程，始终怀着“天高谁能呼，泪尽何处滴”(《恸哭七十韵》)的哀愤情绪，誓愿不与清廷合污，所以康熙十八年的举鸿博对他不但不是喜从天降，反而是灵魂的一次痛苦煎熬。《后写怀十首》继《写怀》陈述了他被迫应试的沉郁心声：“扣阁上书愁见抵，牵裾雨泪肯相矜。从容进退前人事，叹息吾侪便不能。”(其二)“牺将断尾嗟何及，路到临岐最可悲。……鹧鸪啼彻南楼夜，卧听禽言有所思。”(其三)在强权统治的异族淫威下，连求前朝逸士那样“从容进退”，“曳尾于涂”的自由身而不得，诗人悲情哀怨，踏上令他不堪回首的北上之程：“芒鞋昔别蓟门秋，誓作农师守故丘。……一往孤怀今得否？茫茫此日始言愁。”(其五)哀感郁愤是诗人出山时的基本心情，他非常清楚自己是“嵚崎磊落人”，根本不能和光同尘，去“腾达飞黄地”争一腐鼠，故而他有达人知命、君子见机的清醒心态：“心清不作槐根梦，白昼僵眠雪片中。”(其八)尽管坚辞不就，但他还是迫于形势，束装北上，以就征车，面对师门亲友，他愧疚不已：“谁教出处两无成，飘荡身如一叶轻。……玉居璞内方为宝，泉

① 见《五石脂》，第288页。

出山来定减清。”(其九)为此,他向亲友师长们保证,自己决不恋栈,不久将回归田园故里,与他们同享天伦之乐:“元直会骑苍鹿去,廉夫须乞白衣还。封书寄向渔樵侣,玉柱金庭好人攀。”(其十)徐世昌《晚晴簃诗汇·诗话》曰:“稼堂师皆遗宿,兄死史难。岩栖谷隐,若将终焉。应大科,入词馆,良非始愿。赴召时,有《写怀诗》二十首,具述出处本末。既授职,复牒吏部,乞放还,未允。及挂弹事,又作《续写怀》六首,遂南归。”[①]徐世昌所言“及挂弹事”乃《清史稿·文苑传》所载:“二十三年,甄别议起,坐浮躁降调,遂归。”徐世昌对潘耒入鸿博的心态概括得极其恰当,因其“良非始愿”,所以诗人对入馆阁的宠荣表现得很冷淡,甚或有些厌弃:“野夫何事点朝班,竟岁劳劳尘土间。”(《续写怀》其一)身列“朝班”,他依然保持“傲岸”、“清狂”的本性,在他心目中,“作官”不能“行胸臆”,不能做自己应该做的事,所以他“乞放还”再三,结果未被允许。好在机会终于降临,有人趁“甄别议起”,弹劾他“浮躁”,缘此,他才整装“南归”。对弹劾的人,他不但不衔恨,反而充满感激:“莫问弹章出谁手,勤攻吾短是良箴。”为逃脱世网,回归“故山”,诗人可谓用心良苦。《续写怀》嬉笑中含怒骂,感怀里蕴忧愤,他把三年馆阁之任看得轻如一毛,将宦海风尘化作险恶之途,虚空飘渺,宛若南柯梦境:“世情信有羊肠险,宦迹真成鸿爪虚。”(其三)“旧说峨眉惊画笔,未捐团扇奈秋风。”(其四)官场腐烂庸俗,令诗人须臾不能忍受,所以离去的一刻,他隐隐表达了心底的蔑视:“鹤性自来难笼络,松身宁解学缠绵。……锻翮翦翎非所惜,无过使我不冲天。”(其五)“掩关正好看山色,缄口无妨近酒人。万古功名棋上劫,百年身世隙中尘。”(其六)

通过以上对潘耒三组《写怀诗》的简析,我们基本可以理解诗人应试博学鸿词的初衷,释去对他大节有亏的嫌隙。同时,通过其它诗篇,尤其赠答诸遗民的诗作,诸如《赠阎古古一百五十韵》等,我们更能从深层次理解潘耒的遗民心志和磊落人格,以及他在这种心境中催生的特有诗风。诚如前人所评:“太史诗以气胜,而七古又气之盛

---

① 见《清诗汇》,第589页。

者。《汴河行》《烈士行》诸作，如天马行空，纵横如意；神龙掉尾，变化无端。而其骨之坚凝处，又如黄山三十六峰，矗立云海中，云虽变幻，山终挺然不动也。”[①]

二、模山范水　涵咏性情

——潘耒的山水诗述略

潘耒学力深厚，气质高古，睥睨庙堂，而志在山水之间，因此，他的诗歌风格一如其为人，有气吞万里、涵养天地的淋漓之势。海宁籍著名诗人许汝霖在《遂初堂集·序言》中评道：“夫子胸吞云梦，心湛秋阳，感物造端，括囊乎道艺；模山范水，涵咏乎性灵。诗本风骚，文兼崔蔡，可以呵磨皲瘃，可以澡雪精神。元酒太羹，蕴古今之至味；黄钟大吕，寓天地之元音。”这是一篇真气排闼、大笔如椽的诗论，只有读懂了诗人的本心，才能出此肺腑之言。潘耒一生酷爱山水，他认定自己就是闲云野鹤，适宜于在岩壑松荫间徘徊徜徉，留连忘返，他为了涵养性灵，怡悦真情，大江南北、黄河上下，无幽不探、无奇不揽、无景不赏，行程万里，处处留下吟赏烟霞的点点墨痕。对此，前人多有赞誉：“性好山水，往游燕赵，因与一时名人交相讨论题咏。……后乃遍游罗浮、天台、雁荡、武夷、黄、庐、中岳诸名山，尽穷其胜，各为诗若文记之。”（沈彤《检讨潘先生传》）[②]“一筇一笠，自放于山水之间，近者三五百里，远或数千里，凿险缒幽，胜情独往。谢康乐、柳子厚以后，乃见斯人。所编诗以‘游草’名集，自《少游》《近游》，以及《海岱》《台荡》《黄庐》《闽》《豫》《楚粤》等编外，而王堂之作则曰《梦游》，晚岁林居诸什则曰《退游》，盖无适而非游也。”（郑方坤《国朝名家诗钞小传·遂初堂诗钞小传》）[③]《四库全书总目》对潘耒诗作各集载录甚详：“耒诗分《少游》《梦游》《近游》《江岭游》《海岱游》《台荡游》《闽游》《黄庐游》《楚粤游》《豫游》《卧游》诸草，分年编次。……耒性好游名

① 〔清〕袁景辂《国朝松陵诗征》，见《清诗纪事》第 2770 页。

② 见《碑传集》，第 1260 页。

③ 见《清诗纪事》，第 2771 页。

山，足迹甚广，其诗不事雕饰，直抒所见。”[①]徐世昌《晚晴簃诗汇·诗话》说潘耒罢职南归后，“出游赣、粤、齐鲁、浙、闽、楚、豫，周揽五岭、泰岱、台荡、武夷、黄山、匡庐、嵩少、衡湘诸胜，游屐所经，留题殆遍。”[②]潘耒不仅游踪广，山水诗“留题殆遍”，而且篇篇精致，能细心刻划出所经山水之神情状貌，故此前人将其比作柳宗元之山水游记：“潘次耕游山诗，如《碧云寺》《香山》《卦山》《清凉谷》《元阳洞》《石公》诸作，宏深粤衍，如读柳柳州永、柳诸记。”[③]

潘耒因游踪纵横万里，所以他的山水诗题材多样，内容丰厚，为论述便利，特依据其“分年编次”的顺序对其山水诗作整体考察。

（一）襟带黄河、情系江淮的《少游草》

《少游草》，《遂初堂诗集》编次为第一卷、第二卷，第一卷称“卷上”，第二卷称“卷下”，是诗人早年山水作品，大概创制于清康熙八年前后。其范围首先从江南开始，再延伸至京师、两晋，复回归姑苏。这期间，潘耒曾北上拜顾炎武为师。顾炎武有《亡友潘节士弟耒远来受学，兼有投诗，答之二首》。《少游草》的山水诗描写对象恰与这次游学活动相关，它以康熙八年为时间界限，以京师为空间焦点，由此构成了一个前后延展，纵横交错的山水时空网络。诗人写作《少游草》时就围绕这个时空轴心而展开，先是北上序曲，由一组江南诗群构成；再是京师华章，由西山景物组诗为主；次为两晋高歌，由晋、豫、鲁山水诗群领衔；最后则是尾声，让柔媚的太湖诗章收煞全篇。

《少游草》代表了早期潘耒的山水诗创作水平，反映出他对自然山水的初步认识，其笔法劲健、运思开阔，对自然景物有独特的感性理解。如

万古标形胜，中江一柱尊。水分天作堑，地坼海为门。钟磬

① 见《四库全书总目》，第1659页。

② 见《清诗汇》，第589页。

③ 〔清〕杨钟羲《雪桥诗话续集》卷二，人民文学出版社2011年版，第873页。

来波面，蛟龙聚塔根。蕲王血战处，坠马有惊魂。

——《金山》

策马入乱山，山廻夕岚隐。徐步吟松风，不知僧寺近。入门坐修廊，风物转凄紧。寒石青棱棱，枯泉白泯泯。筼筜束数丛，娑罗挺双本。苍凉殿瓦颓，剥落碑字损。……夜梵群籁息，晨钟众峰殷。喧寂两无营，嚣尘此俱尽。山行信冥搜，兹地聊息轸。谷神如可求，吾将养玄牝。

——《游京西卧佛寺》

中台秀出五台心，天造浮图一万寻。雁塞山河飞舄看，金轮世界蹑云临。挂瓢僧住水天老，拨草人来月窟深。信是清凉真境别，三灾不到雪山岑。

——《登中台》

峡口双峰相对开，冲波日夜走轰雷。雪消春卷桃花至，雨霁秋兼瀑布来。势夺一门推壁转，声驱万象触龙豗。只今十月涛痕落，塞岸冰澌亦壮哉！

——《龙门八首》其二

东蒙山色静逶迤，马上迎看面面奇。日出紫烟朝北斗，雪晴寒翠浴灵芝。嵌崖苔茗丛丛结，覆洞帘泉冉冉垂。阅遍红尘来去客，羽衣扶杖立多时。

——《蒙山》

《金山》诗，是诗人北去途中，路经著名的江南胜地镇江时所作的山水组诗之一。金山，在清代被江水环合，四望水天一色，孤帆远影，洪涛涌动，是扼制大江南北的咽喉之地。潘耒登金山，上北固，观焦山，游多景楼、竹林寺，顿被“水分天作堑，地坼海为门”、“云气冲帆湿，涛声溅佛寒”（《焦山》）的江山气势所震撼，他游目远眺，只见“寒村攒橘柚，落日沸鱼龙。”侧耳倾听，但闻“帆送中流笛，杯倾隔岸钟。”（《多景楼》）心魂顷刻随“萧飒”的晚风，沉沉的“烟光”飘向“香雨”澄净、“竹阴”深幽的佛化境界。从京镇山水组诗，我们明显感到，潘耒虽经兄嫂、亲友罹难的痛苦煎熬，但自然山水渐次平息了他心间的隐痛，唤起了他与生俱来的豪放与旷达之情："遥传松顶啸，人在最高峰。"(《竹林寺》)如果金、焦组诗工整拘束，不能尽意挥洒诗人钟情自然，纵意人生的快感的话，那么此前创作的《登华山》则通过七言放歌的形式，跌宕起伏地表达了他登山的感悟与激情："东吴之山千万重，就中秀拔莲花峰。……我登兹山巅，拂袖开空濛。千叶之莲渺何处，但闻惊飚怒号排云走雾，飘若蜿蜒驾骊龙；又见连山四合若长波荡海，蹙沓奔涌而朝东，使人对此开心胸。八荒茫茫不可辨，三山穷发何朦胧。五湖如杯江如线，浮青缭白残霞中。……丈夫终当汗漫游五岳，倒骑日月凌苍穹！"华山，又名花山、天池山(天池山东半爿为华山)，在今江苏苏州境内之藏书镇，徐崧《百城烟水》载曰："华山，其顶名莲花峰。山半有池，在绝巘，横浸山腹逾数十丈，故又名天池山。山有石鼓，石屋二间，四壁皆凿佛像，又有龟巢石、虎跑泉、秀屏、苍玉洞，……长松夹径，怪石沿崖。"①历代得道隐士、高僧多喜结庐此山，与白云为侣。潘耒登华山，意气风发、胸胆开张，大势淋漓间，发出人生的宏愿，要骑日月，驾长风，游遍三山五岳，让自然淘洗心中之块垒，与山水常在，和浊世永诀，这几可成为他未来生命的预言。

康熙八年岁梢，潘耒由山阳，经德州，至北京问学于顾炎武，乘隙他游览了京师名胜西山和八大处，写下一组绘摹京城景物的山水诗，包括《退谷》《碧云寺》《洪光寺柏径》《翠微寺》《秘魔崖》《吕公洞》《香山》等。《游京西卧佛寺》以描绘精致，气韵生动为其代表作。京西卧佛寺，据《天府广记》载："唐兜率寺今名永安，俗呼卧佛寺，殿前娑罗树来自西域，唐建寺时所植，今大三围，高参天。"②中台，为五台山主峰之一，顾炎武《肇域志》曰："五台，……以岁积坚冰，夏仍飞雪，曾无炎暑，故曰清凉。五峰耸出，顶无林木，有如垒土之台，故曰五台。……中台稍近西北，有太华泉，有古寺二十余处。东台去太华泉四十二里，……西台去太华泉四里，……南台去太华泉八十里，……北台

---

① 见《百城烟水》，第152页。

② 孙承泽《天府广记》，北京古籍出版社1994版，第580页。

去太华泉十二里。”[1]由此载述可知，中台是五台山之地标，参照它能衡量各台远近高下，及其景物布局。潘耒《登中台》先言明中台的形势：“中台秀出五台心”，然后紧贴“天造浮图一万寻”的景物特征，着力渲染“雁塞山河飞舄看，金轮世界蹑云临”的凌空气势，最后营造出：“信是清凉真境别，三灾不到雪山岑”的高远境界。潘耒游历三晋，大约是随其师顾炎武而去，顾炎武在康熙九、十年先后入晋谒傅山等人。晋中人文极其富赡，而且山水奇崛，给青年期的潘耒以强劲的心灵冲击，他吟赏观览间，留下了诸如《晋祠四首》《卦山》《五台县》《洪庆寺》《小雨宿柳院》《将至清凉谷十数里红叶漫山溪流清驶如行图画》《永明寺》《罗睺寺》《北山寺》《绵上》《红叶》《游霍麓广胜寺观霍泉》《望霍》《子夏祠》《龙门八首》等。晋游山水诗旋律激切，声调高亢，如一曲行进的快板，而《龙门八首》则以它大势渲染、痛彻流泻的强劲音符为其作了大总结。《龙门八首》相映成篇，写出了龙门“吼峡风霆千古斗，排天日月往来虚”的激壮景象。龙门，有两处，一在山西河津县，《肇域志》曰：“龙门山，在县（河津）西北三十里，即禹所凿通黄河处，名禹门渡。”[2]另一处在河南洛阳南二十五里。《肇域志》“陕州条”引唐肃《砥柱赋序》曰：“砥柱在大河中流，禹导河自积石，至于龙门，南至于华阴，东至于砥柱。然后至孟津，过洛、汭，而复北折焉。盖河自龙门既决以来，奔腾迅快，势不可遏。”[3]从诗意考辨，潘耒所写当为河津境内之龙门：“秦关晋塞风苍苍，濯足洪流凌八荒。正忆马迁史笔健，生来耕牧河山阳。”河津对岸即陕西韩城，秦、晋相对均有龙门山，山下都设龙门关。潘耒的《龙门八首》气势宏阔、笔力苍健，有不可羁勒之感，除上举第二首，其它几首都波撼浪涌，惊涛连天，读来令人骨折神惊：“平吞砥柱鱼鼋横，直扫金堤版锸愁。”（其三）“深通壶口篙师险，下瞰盘涡木客惊。清啸一声山四答，楸然唤起蛰龙鸣。”（其六）黄河行程万里，而最险要、最湍急、最勇壮、最撼人的当

① 见《肇域志》，第920—921页。
② 同上，第835页。
③ 同上，第1182页。

是龙门、壶口、砥柱一带，潘耒伫立黄河之滨，登龙门而惊心，恍然有脱胎换骨的涅槃之思："未到此山诗总弱，续游他夜梦休迷。……百尺枯桐根不死，无枝彩凤欲安栖？"（其八）

《蒙山》应是诗人游学南归，间道山东时所作山水诗，与《蒙山》连属的齐鲁诗章有《渡沂》《山行》《岨徕》《岱岳》。《蒙山》写景清秀隽丽，空翠澄明，堪为齐鲁山水诗之冠。蒙山，在明清沂州属费县西北五十里，横跨蒙阴、沂水二县界，是当年孔子登临小鲁处。山顶有白云岩，产云茶。

《遂初堂诗集》卷三、卷四曰《梦游草》，为诗人应鸿博前后作，鲜有山水之章，姑置不论。卷六《近游草》，顾名思义，是诗人弃官南归后，游历以吴江为中心的周边地区山水风物的作品结集，主要篇目包括：《云栖》《宿韬光山房作二首》《雨阻韬光作三首》《冷泉亭》《渡泖湖》《游小昆山寻二陆故居》《阳羡道中作二首》《高淳道中二首》等。这些山水篇什，以短章为主，风格轻快透明，有脱尽尘滓的飘逸感，反映了回归故园后诗人轻松愉悦、潜心隐居的高士心情："晓山过尽暮山逢，更有奇云幻作峰。密树覆溪千万转，眠餐都在绿荫重。"（《阳羡道中作》其一）"水白山青引棹歌，藕花风里笛声多。浮家处处为苕霅，自是无人学志和。"（《高淳道中》其二）

（二）江流万里、倾情南越的《江岭游草》

《江岭游草》创作于诗人"拂衣归"乡之后。摆脱了强征力辟的网罗，远离了官场僵死腐臭的氛围，如渊鱼回归旧池，飞鸟重返故林，诗人潜隐的豪情和真气瞬间得以复苏，他裹粮南下，沿长江一路溯游而来，经京镇，过天门，登九华，览马当、石钟之胜，望匡庐、鄱湖之景，历峡江、赣石、十八滩之险，越大庾岭，直抵百粤，遍赏了飞来寺、观音殿、七星岩、阅江楼、灵山寺、南海神庙、浴日亭等粤中人文胜迹和自然奇观。足履所至，诗情迸发，于是一首首沉淀着诗人豪放之情的山水之作便随江波海雾、山光烟岚释放出来，令人目不暇接。

与《少游草》相较，《江岭游草》显得气韵充盈，流光圆润，思绪更趋绵密而开阔，如《金山》同题诗，前后有显著区别："金山突起扼江路，孤柱力与洪涛争。盘涡推荡崖壁转，沸浪跳蹙鱼龙惊。有时波平天一色，芙蓉倒浸玻璃明。”再如《燕子矶》写景贴切，空阔澄明，完全平息了惯常诗人怒浪奔突，巉岩高张的郁勃气，给人详和宁静，碧流缠绵的柔美感：“临江峭壁不知数，第一玲珑燕子矶。帖水悬岩长剪剪，穿云乳石乍飞飞。”其它如《采石》《牛渚》《天门山》等，均以江山胜景起兴，抒发了诗人一泻千里，不可逆转的豪情。在苏、皖江行山水诗中，特别令人瞩目的是诗人吟咏九华圣地的组诗，这组诗绘景细腻生动，以佛禅幽秘奥妙的思理引导诗情步步深入，使人留连感叹，情思邈邈：“雲端双石笋，秀色落江心。……蝉声催树切，虎迹印苔深。”（《双峰庵》）“尽道灵山地藏开，不知杯渡已先来。琳宫直占莲花药，香沼如安明镜台。”（《化城寺》）写九华山，大多诗人或远眺，以隐约的笔墨写出九华的外在形貌，或近玩，着重刻镂九华如九朵莲花怒放的磅礴气势，而潘耒更着眼于佛教名山的人文气息，他深深体会了这座佛家道场处处弥漫的清静娴雅、奥秘玄远的内在神韵，一气连贯，写出《经车家湖望铜陵青阳诸山苍翠万状遂登陆游九华》《双峰庵》《神光岭礼地藏塔》《化城寺》《龙庵》《宴坐岩》《伏虎洞》《登天台绝顶》《活埋庵赠默安禅老》《下天台自龙口出山，遇骤雨，山径险仄不容肩舆，跣足行岩涧中二十余里，却视诸山在云海中隐见出没，备储奇诡，赋诗志快》等。九华组诗虽然整体凸显佛禅意境，但个体诗作亦然呈示出诗人对山形水态的精确把握、精细观察和精致描写：“我来恍惚有神助，迅风扫出青芙蓉。径上层岗度阴壑，风日凄凛如霜冬。群山渐渐觉低伏，众石一一呈玲珑。如屏如笏千万态，造物所幻难形容。……登登绝顶何所见，千岩万壑来朝宗。九子伏如马，仙姑覆如钟。惟有黄山三十六峰相拱揖，磅礴一气分横纵。举手摘牛斗，俯身跨虬龙。西眺江楚东吴淞，庐霍八九吞心胸。”（《登天台绝顶》）诗人揽九华“撑天柱地”的雄阔景象，心间飞升腾跃着出尘离世，与自然同化的感慨，这种自然观，人生观是潘耒骨子里固有，也是残酷朽坏的人世让他反思的结晶，成为他热爱山水，创作山水诗的内在动因：“吾本餐霞人，失脚坠尘境。对此如家山，得归万缘屏。……嗟尔市朝人，何年梦初醒。”（《经车家湖望铜陵青阳诸山苍翠万状，遂登陆游九华》）

告别九华山，诗人继续溯江而行，览安庆秀色，观鄱阳湖诸景，经南昌、吉安，一路直抵广东。写下著名山水诗：《登安庆迎江寺塔》《余忠宣祠》《磨盘洲》《马当山》《小孤山》《石钟山》《大孤山》《鄱阳湖》《望庐山》《南康道中》《吴城》《滕王阁》《铁柱宫》《游西山翠岩寺》《同雪门和尚游洪井洞》《丰城》《剑池》《峡江》《吉安》《十八滩》《赣州》《南安道中》，以上为赣行山水篇目；《大庾岭》《南雄》《始兴江口》《南华礼六祖真身》《韶州至清远道中杂诗（五首）》《观音岩》《飞来寺》《阅江楼》《七星岩》《云山寺》《羚羊峡》《朝汉台》《光孝寺》《海幢寺》《五仙观》《大佛寺》《海珠石》《六榕寺》《羊城杂咏》《南海神庙》《浴日亭》《龙川县》《南山寺》《东山寺》《温泉》《霍山八首》《同许仪九沂惠州东江游菊潭精舍登白鹤峰憩东坡亭小饮舟中作》，以上为"岭"游山水诗目，合苏、皖、赣"江"游山水诗，综为"江岭游草"。这些诗作的总体特点是大气开合，有总有分，既写出其他诗人曾绘之景，又写出其他诗人未历之境，使"江岭"之自然景观，或明或未明一一呈现出来，形成一幅壮美的山水万里图。在风格上，诗人根据自然景物的不同特征，结合特定情境下个人的主观感受，灵活选择或轻快、或疾速、或舒缓、或沉郁的语言格式，使诗歌中的山水意境变幻百端、绵远悠长。轻快者如《马当山》《小孤山》《南康道中》《鄱阳湖》《始兴江口》等；疾速者如《石钟山》《十八滩》《七星岩》《浴日亭》《羚羊峡》等；舒缓者如《望庐山》《同雪门和尚游洪井洞》《南雄》《阅江楼》等；沉郁者如《大庾岭》《韶州至清远道中杂诗》《赣州》《余忠宣祠》等。

（三）势倾五岳、秀甲东南的《台荡游草》

台荡游之前，诗人还有《海岱游草》，主要收录淮扬至海州，再至齐鲁的游历之作，其中名篇有《游东海神庙作》《白云楼二首》《阙里》《君山》等，因其数量微少，兹略去不论。

《台荡游草》是诗人继江岭游之后，把个人山水诗创作推向高潮的心血结晶，如果以中国古典山水诗发展为坐标，把潘耒放在原点上，纵向与前代诗人，诸如谢灵运、李白、永嘉四灵比，潘耒的台荡山水诗成就远在诸人之上，谢灵运以写永嘉山水而著名，但康乐很少提及近在咫尺的天台、雁荡；李白往来台荡，对其势倾五岳的壮观极为推崇，但他的台荡山水诗少得可怜，只有《天台晓望》和《早望海霞边》；即使宋末号称“永嘉四灵”的赵师秀等人，鲜有台荡之作，四人中赵师秀的《大龙湫》五律一首，写得平平，毫无鲜活之色，对大龙湫撼人心魂的瀑水他只说了一句“高风吹作雨，低日射成虹。”[①]倒是徐照的《龙湫瀑布》写得还有点气势：“飞下数千尺，全然无定形。电横天日射，龙出石云腥。”[②]徐玑的《大龙湫》亦曰：“瀑水数千尺，何曾贴石流。……雾雨初相乱，波涛忽自由。”[③]横向对比，清代写天台、雁荡始成大观，诸如杨文聪、邢昉、袁枚、洪亮吉、魏源等，他们以清人大气磅礴的诗笔勾勒渲染了天台、雁荡山势奔涌、瀑水倒激的撼人景象，但能以一诗写一景，一章咏一物的细腻工笔把天台、雁荡的幽微美姿全面展示出来的诗人，除却潘耒，别无他人，由此一点看，潘耒在清代山水诗史上的地位是很难被替换的。

天台、雁荡，史志多有载录，宋代乐史撰《太平寰宇记》曰：“天台山，在州(台州)西一百一十里。《临海记》云‘天台山超然秀出，山有八重，视之如一帆，高一万八千丈，周回八百里。又有飞泉，悬流千仞似布。’”[④]祝穆《方舆胜览》曰：“天台山，在天台县西一百一十里。……《洞天福地记》：‘天台山，名上清玉平之天，即桐柏真人所理，亦名桐柏山。’”[⑤]顾祖禹《读史方舆纪要》曰：“天台山，县(天台县)北三里。一名桐栢山，亦名大小台山，以石桥大小得名，……《山经》：‘天台超然秀出，入山者路由福溪，水险而清，前有石梁，下临绝涧，逾梁而上，攀藤梯壁，始得平路，其诡异奇秀，非记载所能尽也。’”[⑥]天台山绵延横亘，支脉包括赤城山、琼台山、双阙山、瀑布山、石桥山、寒石山、天柱山等；其山有九峰之数：紫霄、翠微、玉泉、卧龙、

① 参见吴之振《宋诗钞·清苑斋诗钞》，中华书局1986年版，第2423页。
② 同上，第2472页。
③ 同上，第2489页。
④ 见《太平寰宇记》，第1966页。
⑤ 见《方舆胜览》，第137页。
⑥ 见《读史方舆纪要》，第4274—4275页。

莲花、华琳、玉女、玉霄、华顶；因孙绰作《游天台赋》而声名大著。徐宏祖《徐霞客游记》中首章即为《游天台山日记》，该日记对天台形势和景点分布记述得极其详尽。潘耒游天台，除作诗纪胜外，还撰约五千言的《游天台山记》一篇。从记文能见潘耒游天台的缘起和时间，即康熙三十年(1691)他应时任宁海县令的门生辛祇傅之约，携从弟往游。游天台是诗人"蓄念久矣"的渴盼，所以一到天台，他更尽情畅意，对天台山景展开真气淋漓的刻镂与歌唱："昆仑之脉从天来，散作岳镇千琼瑰。……天台环周五百里，金翅擘翼龙分胎。峰峦一一插霄汉，涧瀑处处奔虹雷。……南溟东海白一杯，括苍雁宕青数堆。"(《华顶峰》)登上华顶峰，众山俯伏其下，东望海，西观山，诗人倾刻魂销在四万八千丈的"灵异"境界，联想到王羲之、李白游天台而不能尽兴，身在山水而心系名利的缺憾，他再三申述自己的心志："羲之乏灵骨，太白非仙才。已住神山却归去，空余石屋寒苍苔。我已梦觉墙根槐，安能更逐鱼龙豗。径须习定栖峰顶，饱看苍桑三百回。"怀着弃绝尘世，回归自然的高洁志向，他潜心山间一水一石、一丘一壑，写下《茅蓬杂咏(十首)》《石梁观瀑布宿方广寺(二首)》《断桥》《珠帘泉》《万年寺》《雨后寻龙湫》《桐柏宫》《琼台双阙》《桃源》《寒岩》《明岩》《赤城》《苍山九龙潭》《慧明寺》等十数首诗作，对天台山进行了全景扫描，其中最值一提的是《茅蓬杂咏》，茅蓬大约是散处山中的僧舍，诗人首先说："天台六十五茅蓬，总在悬崖绝涧中。"因处"悬崖绝涧"，所以游人极少光顾，潘耒追寻丝丝缕缕的禅意，独自越山度岭，往访"茅蓬"中的高僧，这组诗意境极为圆融澹远，有参悟禅理的空灵与机敏："山鸟溪花纷献笑，此山顽石比人灵。"(其十)

雁荡山，有南北之分，北雁荡在清温州府属乐清县境内，南雁荡在温州府属泰顺县。天台山，史志舆图记载颇早，谭其骧主编《中国历史地图集》南北朝时期南齐"扬州"属地已有标示，雁荡山则晚于天台山，至北宋才开始标示于地图之上，南雁荡更晚于雁荡山，至明代始出现于《中国历史地图集》。《太平寰宇记》有天台山记载，而无雁荡山，至祝穆的《方舆胜览》始有雁荡山一条，从乐史到祝穆，年代所差近三百年。尽管南雁荡在《中国历史地图集》里晚至明代才出现，但《方舆胜览》已有南北雁荡载述："雁荡山，在乐清县。《叙山》云：'此山数百，谷邃峰叠，行者不能遍，分而为东西谷，列而为十八寺，始有驻足之地'。……南雁荡，在平阳县北，自穹岭南雁荡、施岭西，五十里间，皆南雁荡山也。"①据有关史料记载，南雁荡知名要早于北雁荡。对雁荡山阐述比较详尽的是沈括的《梦溪笔谈》。此后徐宏祖的《徐霞客游记》对雁荡山有更深入的描绘。潘耒游雁荡是在天台之后，据其洋洋四千六百字的《游雁荡山记》："人多言春游天台，秋游雁荡，余既至天台，则不能待秋，遂肩舆而南。"顺便提及，徐宏祖的雁荡之游仅限北雁荡，而潘耒则先北后南，他的贡献在于创作了《游南雁荡记》，在潘耒笔下南雁荡如同北雁荡一样风姿绰约，瀑水涧壑，洞府重重，有着惊人的美丽。直面南雁荡秀绝迥异的自然型态，诗人"欲穷搜幽讨"，将其所历一一形诸文字，为其立传，留传后世，但最终因当地"士人"、"山僧"、"村民"均不能回答他的咨询，给他留下深深遗憾："岂天之未欲发露此山耶？何锢之深也！自吴山至仙姑洞，三四里间，秀岩巧石，鬼划神铲，实不减北雁荡者。……世岂无勇健过我，资力过我，剪葳芟荒，一洗此山真面目者。余幸未老，此生或能再至，清泉白石，实闻斯言。"(《游南雁荡记》)潘耒在为李宁候作的《雁荡山志序》中说："非泉石情深则语焉而无味，非笻屐亲到则述焉而不详，非长于文笔则鄙陋而难读，非精于去取则猥杂而无章。"作为才情横溢的诗人，潘耒具有了"长于文笔"、"精于去取"的艺术功力；作为深情至性的旅游家，他具备了"泉石情深"、"笻屐亲到"的高致和雅健。因之，他的雁荡游记诗显得不同凡响，首先，他突破了惯常的散点透视式，而采用全景扫描，对雁荡既做整体欣赏，又做局部把玩，不进行蜻蜓点水式的走马观花，而是潜心冥志，深入山形水态的脏腑，搜尽幽微，发露前人所未发；其次，在诗体选择上，一律用七言绝句，即使对大小龙湫的描绘亦采用七绝体，这样就有纳须弥于芥子的功效，使整个雁荡山的气韵显得轻松飘逸，有辽远幽渺的空阔感；再次，在描写和修辞方法上，他采用一景一诗，一诗一世界的形式，抓住各景物

---

① 见《方舆胜览》，第150页。

或象形，或蕴含人文气息的特点，灵活变换表现手法，从而使雁荡山水诗显出跌宕起伏、千姿百态的诱人魅力。

雁荡山水诗总其名曰《雁山百咏》，诗前小序阐明了诗人的创作意图："雁宕山名胜至多，一峰一石，各自标奇，非大篇长律所能综括，若赋此遗彼，则罣漏实多。因就游屐所到，各题一绝，意有不尽，则垒二垒三，以至于十，凡百题得诗百三十首，其非所目睹与目睹而不知其名者，皆不及咏，以俟后游焉。"这篇序言既说明了创作意图，诗群规模，又难能可贵地揭示了诗人严谨的创作态度，他不是凭空虚拟，用想象去写作山水诗，而是亲历，甚至亲历而"不知其名者""皆不及咏"，如此一丝不肯轻忽的艺术精神是清人独具的。潘耒以学者的严谨写作山水诗，以诗人的才情营造山水诗境，又以艺术家的眼光发现并展示山水姿态各异的美质，给人灵动自然、舒放悠扬的心理感受。如："一峰卓立乱云中，圆顶方袍面面同。欲表雁山为佛窟，先于谷口露真风。"(《老僧岩》)"双笋纤纤玉削成，望如骈干却分茎。箨龙正有参天势，又被春雷一夜惊。"(《双笋峰》)"列笋中间秀一峰，含葩欲绽玉芙蓉，白云如水天如盖，人在金台第几重。"(《芙蓉峰》)雁荡山，众峰耸立，象形者极多，上举《老僧岩》《双笋峰》《芙蓉峰》均为信手拈来的作品，诗人抓住其形态各异的特征，将其活现于纸上，令人顿生向往之心。雁荡之景，以岩为胜，以水为美，潘耒写水势，轻笔点染，重在勾勒其流动奔注的气韵，如："非烟非雾结成团，乱迸明珠着面寒。喷落九天无倚著，一回飘洒一盘桓。"(《小龙湫》其二)"轻于雾縠薄于绡，碎剪银丝万万条。倒卷回飞难着地，层层盘舞下三宵。"(《大龙湫》其二)"湖是灵湫碧一泓，只嫌葑草作丛生。何当净洗污泥出，夹镜交光相照清。"(《雁湖》其七)"卷烟成片雪成团，滚滚从空落玉盘。更被曈昽晴日照，珊瑚网映碧琅玕。"(《重过大龙湫观瀑布》)

雁荡山水诗是"台荡游草"的重要组成部分，其体例单纯，规模较大，风格婉约明快，尤其一诗一景，基本囊括了雁荡山水景物的名胜之处，有诗体雁荡志的实用价值，如能完善开发，合理利用，对发展南、北雁荡旅游事业有很大裨益。因诗人过于追求规模效应，所以部分诗作略显直白和平叙，缺乏山水诗特有的艺术魅力。

《台荡游草》的主体是天台、雁荡山水诗群，而其羽翼则是诗人对往来途中，及其周边山水吟赏歌咏的诗作，主要包括《萧山道中》《曹娥庙》《国清寺》《高明寺》《寒风阙》《天封寺》《跃龙山》《金地岭》《银地岭》《仙岩飞瀑》《宝岩十景》等，这些山水诗章通脱透明，如一湾碧溪，宛延宁静，直向心灵的远方延伸。诗歌之外，潘耒还有《游玉甑峰记》《游仙岩记》《游仙居诸山记》等，诗与文相映互辉，令人如行瓯越道中，与山灵夜话，神魂俱惊。

（四）碧波如梦、奇山似醉的《闽游草》

旅游是潘耒开阔眼界，涵养真气，增广学识的主要途经，更是他生命的重要组成部分，所以诗人台荡归来，稍事休整，便于康熙三十四年命驾东南，作闽地之游。《闽游草》即此次闽游山水诗的结集。他以《江行杂咏十首》拉开序幕，组诗以富春“江行”为背景，用澄澈透明的诗笔，抒发了心头狂放无羁的豪情，他把回归自然的喜悦、澹泊宁静的情怀，融入如梦似幻、“练明镜净”的江景传达出来，便别有一番感人的风韵：“五年不上富春江，买得渔舟恰一双。小拾诗材储箧笥，平铺画卷对船窗。……万里一槎高兴在，衰迟未遣壮心降。”（其一）“双桨夷犹弄晚晴，桐庐水色湛空明。……莎草最怜波底活，游鱼可羡镜中行。”（其四）“秋林疏瘦郭熙树，晓景熹微马远山。身退江湖原自阔，心空日月本长闲。”（其十）浙江之行以江行为主，入闽因地势险仄一变而为溪上行舟，与富春的空阔澄碧、波平如镜相较，诗人领略了闽地溪行的惊心动魄，时而舒缓，时而疾驰，时而在水面漂流，时而潮击浪打，跌入深谷，令人快意且惊魂：“仙霞南下无平陆，尽日盘回乱石间。……赣石韶泷称绝险，何曾得似此间关。”（《溪行杂咏十首》其一）“豸角牛头险不禁，最难防是乍浮沉。横槎曲槛栏江密，锐石斜礁隐浪深。柁转数湾危走马，船投一孔狭穿针。”（其二，“走马”、“穿针”皆险滩名）“快意惊心是下滩，逆流争似上滩难。……闽风伏雨如添势，尺步真当滪滟看。”（其四）“闽山秀削复葱茏，夹岸临溪紫翠重。船转不时逢削壁，云开有意露奇峰。”（其六）通过《江行杂咏》和《溪行杂咏》的对比，我们感叹潘耒善于捕捉不同情境下不同景物特征的艺术功力，他的观察、体验能力与学行阅历一道增长。《闽游草》以《江行杂咏》和《溪行杂咏》开篇，为其后来抒写闽地风物的山水诗奠定了基本格调。

闽游期间，潘耒受到了门生和友人，诸如汀州太守傅燮诇（号浣岚）、榕城林碧山（其号，名不详）、门人翁樵仙（其号，名不详）等的热情接待，才得以尽兴游历闽中名胜。期间他创作了《朝斗岩和韵》《宝胜菴》《游上杭金山作》《中峰寺》《寄题圆通寺》《游水南梅庄》《美女峰》《普陀峰》《游鼓山憩白云廨院》《涌泉寺》《喝水岩》《国师塔》《风池庵》《白云洞》《登屴崱峰绝顶》《再宿列祖堂》《吸江兰石》《题武夷万年宫》《十月望日同刘渭生、徐肖未诸子宿天游阁》等，其中以游鼓山山水组诗最能宣示诗人闽游的旷达情怀。鼓山，在福州市东三十里，《读史方舆纪要》曰："鼓山，府（福州）东三十里，延袤数十里，郡之镇也。山之南麓屹峙江滨，为戍守要地。顶有巨石如鼓，因名，其最高者为大顶峰，一名屴崱峰，正东可望海中。又有小顶峰，与大顶峰相去二里，其余峰顶岩洞之属，称名胜者不可胜记。"[①]鼓山地近福州，往来便利，自古即是游人如织、栖隐游览的胜地。潘耒偕友人，在山僧导引下，对鼓山进行了寻幽探微的游览，在他笔下鼓山诸景或"作劈斧皴，绝涧千尺"，或"下临绝壑，奇石笏立万挺"，如果推窗远眺，但见"江平不流，练明镜净，风帆徐来，遥山滴翠，宛然一幅潇湘景也。"鼓山绝顶称屴崱峰，亦名大顶，登临此处，江山形胜尽收眼底："天风蓬蓬，四望无际，北则万山连绵，龙腾潮涌；西则双江如带，城垣如环，村落如黛；南则方山虎头，千峰拱抱；东则大海茫洋，一碧万里。"潘耒的《登屴崱峰绝顶》是其整个闽游诗的巅峰之作，这首诗诗笔遒劲刚猛，大气淋漓，意境辽远雄放，是自然之景和诗人之魂相互激荡的典型之作。

(五)"仙灵闷堂奥、奇秀甲万山"的《黄庐游草》

潘耒一生钟情山水，他游历四方的足履没有因时势的困顿和年岁的衰老而懈怠。如果台荡之游是诗人把山水诗创作引入高峰，那么黄庐之游则是经过闽游的盘桓休整最后跃然登上峰巅的惊世之

① 见《读史方舆纪要》，第4384—4385页。

作。《黄庐游草》的首章《将游黄山匡庐书怀二首》说："我生爱探奇，足迹穷海峤。……黄山天下奇，仙灵闷堂奥。……所至得从容，庶尽山水妙。"（其一）"匡庐九叠屏，奇秀甲万山。……我昔浮鄱阳，倒影数翠鬟。风利不得泊，香炉失跻攀。到今抱遗恨，企想披云关。……漱齿瀑布水，题诗五老颜。"（其二）

潘耒游黄山诗，从《钓台》发轫，一路沿行程和游踪展开，包括：《新安江四首》《望云门峰》《汤泉》《祥符寺》《桃花源》《慈光寺》《文殊院》《天都峰》《莲花峰》《丞相源》《光明顶观云海》《天平矼》《鍊丹台》《天海庵》《飞来峰》《西海门》《始信峰》《散花坞》《石笋矼》《扰龙松》《接引松》《蒲团松》《樵松叹》《师子林访默安禅师不值》《九龙潭瀑布》《檗庵和尚塔二首》。最后以《将出山留别吴楞香及同游汪文治、王名友诸子》收煞。

上述篇目的罗列，决不是简单对潘耒游踪的介绍，而是通过这些山水诗目，我们始可辩证诗人与众不同的自然理念，及其游山方式。从自然理念看，诗人反复强调的是对山水的向往，对人世名利的厌弃，他一再说明只有自然山水那活泼灵动的生命状态才能给他以启示和慰藉，自然山水的激发是他创作的本源："怪石奇松常下拜，一松一石一篇诗。好山无数诗无数，问尔归来是几时？"（《赠乡僧雁黄二首》其二）"惟吾胸怀与众殊，天下名山愿游尽。……三条四列任攀登，取次题名遍岳镇。黄山应念仍快游，餐奇揽秀无余蕴。……一丘万里各逍遥，莫以蜩潜笑鹏运。"（《将出山留别吴楞香，及同游汪文治王名友诸子》）吴楞香，名苑，安徽歙县人；汪文治，名洋度，亦歙县人。据《黄山游记》可知，吴苑是潘耒门生，由于他的鼎力相助，才使潘耒游黄山的夙愿得以实现。就游山方式来说，潘耒夙性好奇，凡游历山水无不抉幽探隐，深入其腹心，人迹到与未到，他都要设法探究，以结缘山灵。因此，他的黄山纪游诗不但写常人所写之景，而且还写常人未写之景，他既把黄山当成整体来观览，又把黄山分解成不同的个别去探索、去吟味、去品鉴。如黄山三大主峰是历来文人歌咏的对象，潘耒毫不例外地对它们进行大笔勾勒，渲染出它们柱天倾地的气势；而飞来峰、天海庵、散花坞、西海门、扰龙松等是较少被人涉及的描写对象，潘耒亦能对其精细观察、精心描写，使黄山壮景纤毫不漏地呈现于世人之前。

黄山组诗创作于康熙三十六年，是时诗人已逾知天命之年。人生的阅历、学养的增厚，加之江山之助，使诗人此时的诗风渐趋老辣苍劲。比起《少游草》，《黄庐游草》更显成熟和沉着，他的每一招一式都是经过磨砺和推敲的，故此，黄山山水诗写景细腻中有劲健，豪放里显沉郁，风格变幻多样，手法灵动苍深。如写山势，他根据不同的对象采用不同的语式和技巧："梯空一万重，拔地九千丈。烟云升及腰，日月行在掌。群山自言尊，对之失气象。"（《天都峰》）天都峰乃黄山第一主峰，为"百千峰"之尊长，诗人抓住"天都"之名大做文章，处处突出其"尊严故无两"的领袖气质；"一峰骈千峰，万石攒一石。……合成千叶莲，亭亭插空碧。荡漾云海中，扬葩复含菂。"（《莲花峰》）莲花峰是黄山第二主峰，虽不及天都之尊，但亦令人仰望崇敬。诗人写莲花峰，紧扣象形的特点，或用比喻，或用直描，把莲花峰幽渺神奇的状貌写得出人意表；"千峰竟巉岩，平地无寻丈。何意逢丹台，豁然得空旷。……群峰为莲辨，侧立环相向。……云海方新开，余波犹荡漾。似坐万斛船，平临北溟涨。"（《炼丹台》）炼丹台以黄帝炼丹而得名，诗人写景既突出它"豁然得空旷"的地形特征，又怀古思幽，融进它"想当轩皇游，百神肃圭鬯"的人文精神，使炼丹台恍然仙乐飘摇，令人有"弱骨轻欲飏"的出世之想。在写山的篇章中，《始信峰》更见变幻百端、笔锋苍健："峰端锐削不容席，振衣鹄立穿青冥。俯视奇石百千队。横披则露无潜形，抚摩峰峦蹑飞舄。挥霍云海骑奔鲸，杖履遥看作仙影。"不但写山，体式迥异，山各有形，即使写云海、写山寺、写松石亦思路斩绝，互不雷同，犹如九龙瀑布，从天而来，流光泻影，恍若虹霓缤纷，珠玑迸飞。

黄山之游是诗人游历中最得意的一笔，它的色彩之丰富、形态之壮观、气势之磅礴足令他惊心动魄，永远追忆。在《游黄山记》中，潘耒通过对比所历天下名山，发现黄山迥异独绝的七大优胜之处，最后非常感慨地总结道："黄山大矣，富矣，神矣，妙矣。吾始游罗浮、丹霞，不意复有大小劳山；游大小劳山，不意复有天台、雁荡，游天台、雁宕，不意复有武夷九鲤，今乃复见黄山，奇妙不可思议，是知造物之出奇无穷，天地之秘藏无尽。”

《黄庐游草》一脉贯注，前后相继，先黄岳，后匡庐，展尽诗人平生之胸臆，他把酷嗜自然的澹远之情，博通古今的富瞻才学通过黄山之奇峰，匡庐之烟云泼洒出来，就产生如朝日初升、江海潮涌的鲜活与壮阔。

庐山山水诗与黄山诗一样，阐隐抉幽，景无不探，目无不尽、心无不到，凡目尽心到处，匡庐之景无遗漏矣！

潘耒的庐山山水诗总其要者，约略有：《烟水亭》《濂溪祠》《太平宫二首》《东林寺》《西林寺》《香炉峰寻白乐天草堂故址》《绿雪庵》《大林寺》《石隐庵》《佛手岩》《天池寺》《聚仙亭》《火莲院》《黄龙潭》《金竹坪》《仰天坪》《登五老峰最高顶》《青莲寺》《芦林庵》《圆通寺》《渊明故里》《归宗寺》《玉帘泉》《简寂观松》《开先寺》《布水台》《万衫寺》《五乳峰》《三峡桥》《栖贤寺》《白鹿洞》《巢云庵》《玉川门》《三叠泉》。从上列诗目，能见到潘耒庐山山水诗的显著特征：(1) 自然景观和人文景观互现，但以人文景观为主。在潘耒看来，庐山独异于“他山”的特点是“得天地中和之气”(《游庐山记》)，而“可耕可凿”，适宜人居，因此之故，庐山“在在皆有僧舍”，其风景独秀，“孤峰拔地，绝壁造天，瀑落云中，泉悬空际，而意象古雅，标格清疏，即之可亲，复之无斁。”是一方“宜乎高人逸士栖托”并“留连忘返”的理想乐土。(2) 无论写自然景观，还是人文景观，都体现了诗人穷究山灵，探索杳冥的创作精神。潘耒游山不但为适性情，而且还在穷源究理，旨在为山灵立传，使其传之久远，彰显天下。他认为庐山“跨两郡”(即九江、南康)，绵延二百多里，前人因时日和游山理念所限，大多未睹山之全貌，更不用说穷其精髓，“韦左司、白乐天辈官九江者，仅至其北，王子充、王敬美辈官南康者，仅至其南，周益公、李溉之、李献吉辈，虽尝遍游，而绕其边，未穿其腹。余以林居无事，特酬宿愿，……从容搜讨，穷诸奇胜。”抱持“穷诸奇胜”的游山精神，潘耒的庐山山水诗涉及了前人较少涉及的歌咏对象，为庐山山水诗表现内容的丰富和扩展做出了贡献。(3) 庐山山水诗阵容壮观，融山、水、人文三者为一体，表现手法立体多变，有仰视、平视、远视，通过不同视角，把庐山秀甲东南的神奇峻秀景象描绘得形象逼真，气势非凡，给人咀嚼不尽的美感享受。如写山势宠巜、卓立特起，他说道："大壑阴森不见底，磴道盘空一线度。九旗峰高削寒玉，锦绣谷窈埋苍雾。谁将月斧斫云根，石骨谽谺洞天露。"(《佛手岩》)"我浮鄱湖望五老，万仞秀出天中间。……寒空啸裂碧玻璃，大地山河收寸掌。……白沙赤岸错如绮，烟林点点天南州。天公妬我尽远景，故遣飞云夺峰顶。如轮如席掠面来，万象斯须不留影。"(《登五老峰最高顶》)再如写水流倒溅，万马回旋的气势，他说道："忽见九天帛，飘空无根蒂，盘旋烟雾霏，扑落珠玑碎。流苏洒千条，缨络垂百泒。斗折作三层，层层出奇态。风中舞鲛绡，月下锵環珮。亭亭姑射仙，独立埃壒外。"(《三叠泉》)三叠泉为庐山众瀑之最，本有奔流下注、万马回旋、飘云拖链的壮观，其势不可逆阻，但在潘耒写来，却一反阳刚为阴柔，如月下仙子，裙裾飘曳，罗袜生尘，令人有美不胜情之感。庐山之景，除山形水貌的自然物象外，还有很深厚的人文蕴含，以及与自然相关的花鸟虫鱼之属，这一切综括错杂，构成了匡庐迷人眼目、悦人心臆的旷世奇观。潘耒的这一类山水诗作写得圆润剔透、醇和雅净，有如一朵山寺盛开的夭桃，娇艳而清新，如："盛夏开春花，深山见红影。排案列岫齐，环门一溪冷。"(《大林寺》)"为有千竿竹，常生六月秋。炉峰晴垒翠，石涧雨添流。"(《绿雪庵》)"宝树行行直，香泉脉脉深。蓄云为海势，涌梵作潮音。"(《火莲院》)"人间四月无花看，上霄峰头花烂漫。山丹杜鹃夹道开，殷红缥白纷凌乱。"(《仰天坪》)"霜刀飞处僧危坐，石塔红时人再来。夜话亭空涵白月，花田坂老绣苍苔。"(《圆通寺》)匡庐人文底蕴非常丰厚，她的宗教氛围，她的隐逸精神，如同她弥漫升腾的云烟一样缭绕不绝，愈久弥浓。潘耒行游其间，不但肉体感官得到大自然的熏陶浸染，而且灵魂也穿越时空，游走在宝刹禅林、先贤遗迹之中，大化衍流，生命如潮，他的每一首庐山山水诗都在诉说着个体生命对永恒自然的仰慕和追攀。

(六) 楚风萧骚、粤韵幽秀的《楚粤游草》

潘耒的出游极有规律，从台荡之后，闽游、黄庐游、楚粤游，以至后来的豫游在时间上总是等距离排列，即相隔都是两年，闽游：已亥，康熙三十四年；黄庐：丁丑，康熙三十六年；楚粤：已卯，康熙三十八年；豫游：辛巳，康熙四十年，诗人去世于戊子，康熙四十七年。他的《豫游草》创作于康熙四十年（1701），是年诗人五十六岁，距谢世仅七年。

《楚粤游草》和《江岭游草》的出游目的地基本相当，但游历路线却不类似。江岭之游，诗人基本是沿着这条线路走的：苏州→京镇→芜湖→九华山→安庆→九江→彭蠡（南康）→南昌→丰城→峡江→吉安→十八滩→赣州→南安→大庾岭→南雄→韶州→端州→广州；楚粤游的路线，除了枢纽转接外，和江岭游大异其途：苏州→桐庐→新安江→屯溪（齐云山）→祁门→景德镇→饶州→南昌（中转）→萍乡→湘潭→茶陵→长沙→沅江→岳州→衡山→永州→广州→惠州→端州→汀江→清流县→永安→延平→建宁→仙霞关→江山。比对两次行游路线，诗人的旅游目的地相同，而旅游观赏对象的重点不同，选择的交通工具与方式亦因出游线路不同而相异，"江岭"以"江行"水路为主，沿途停驻较少；"楚粤"则水陆兼有，途中遇重要观赏景点，便留连盘桓，登陟赏玩，整个行程显得舒放有致。

《楚粤游草》以湘游山水诗群为核心，以浙皖赣、粤闽行旅山水诗群为辅翼，形成主题突出、层次感极强的结构模式。从诗歌气韵考察，其两翼山水诗群显得轻松活跃，有杳远空阔的风神气度，如："树变轻霜后，山开薄雾中。秋容无限好，写入水清空。"（《桐庐道中》）"阴洞雪凝乳，阳岗珠溅瀑。前临千峰朝，下瞰一溪络。山小而雄奇，灵气所磅礴。"（《游齐云山》）"烟火十万家，镇大无与耦。家家业为陶，型范传世守。"（《景德镇》）"白云山顶出云层，客到云开万象澄。岭峤迢遥无过雁，海天空阔有骞鹏。"（《白云山登高》）"片云依鹭白，孤屿浴波青。吹笛无仙侣，垂竿有客星。"（《惠州西湖十咏・湖心亭》）"魄化兹山土，神栖何界天。纤纤湖上月，犹似照婵娟。"（《惠州西湖十咏・朝云墓》）"清流难得见，爱此县名嘉。一水清环郭，千峰秀拱衙。"（《清流县》）"三面清江一带山，层城如画碧环间。江中帆桨明堪数，城上楼台迥可攀。"（《延平府》）上引章句皆潘耒往返楚粤途次所作山水诗中信手撷取的片断，仅此足见诗人对自然山水用情之专，抒写之妙。《楚粤游草》涉及范围广泛，行程绵延数千里，而描写对象纷繁复杂，但删繁就简，去芜芟杂，我们能清晰地看到，诗人歌咏吟唱的重心在以衡岳为代表的三湘风光。

楚游即湖南游，湖南，称楚，是因为《禹贡》将其划归荆州之域，荆州春秋战国为楚国之地，又因湘水贯其境，故简称为“湘”，或代指为“三湘”，所谓“三湘”者，有两说，一说湖南有湘乡、湘潭、湘阴（或说“湘源”），分别为下湘、中湘、上湘，合并为“三湘”；一说湘水发源与漓水合流称漓湘，流经中段与潇水合流称潇湘，至下游与蒸水汇合称蒸湘，总称为三湘。自近代以来“三湘”指称湘东、湘西、湘南，演化为湖南全省之代称，犹如称福建为八闽，浙江为两浙。湖南，尤其长沙自古为兵家必争，扼要守卫之重地，《读史方舆纪要》曰：“府（长沙）南距五岭，北界重湖，内抚蛮猺，外控黔、粤、古三苗之境也。”①（潘耒游赏的地方，主要分布在古潭州，又长沙郡及衡州府境内—笔者注）长沙，代有沿革兴替，唐初废隋长沙郡改曰潭州，天宝初曰长沙郡，“宋平湖南，仍曰潭州，元曰潭州路，明初改潭州府，洪武五年又改长沙府。”② 长沙，北宋属江南西道“武安军节度”。③ 南宋属湖南路，明属湖广布政使司，清康熙三年，析置湖南布政使司，为湖南省，长沙府为省治。长沙风俗据乐史《太平寰宇记》曰：“按《湘中记》云：‘其城有舜之遗风，人多纯朴，士少宦情，今古老犹弹五弦琴，好越风。’又按《湖南风土记》云：‘长沙下湿，丈夫多夭折，俗信鬼，好淫祠，茅庐为室，颇杂越风。’”④长沙，地接蛮猺，与少数民族杂处，所以自古民风好强，“性颇犷悍”。祝穆《方舆胜览》谓：“其人劲悍决烈。”⑤长沙处湘中首府，形胜绝佳，《遁甲经》称为“既可“避难”，又能“隐居”的“福地”，境内衡湘一带山川相属，景致幽渺，宋代著名画家宋迪曾画“潇湘八景”图传世。

---

①② 见《读史方舆纪要》，第 3746 页。

③ 见《太平寰宇记》，第 2316 页。

④ 同上，第 2316 页。

⑤ 见《方舆胜览》，第 410 页。

潘耒游览的足迹遍布长沙、岳州、衡州、永州，如果把其楚湘山水诗按顺次排比，即能明晓他的屐痕所至：《自芦溪陆行过萍乡抵湘东》《湘潭县》《茶陵兵营》《道林寺》《岳麓书院》《岳麓寺》《浮湘(十首)》《沅江》《赤沙湖》《天心湖》《龙阳县》《青尉祠》《沧浪水》《橘洲》《墨池》《游金牛山》《题雨花庵》《泛洞庭湖》《岳州》《登岳阳楼故址时楼毁于火》《望君山》《白鹤山吕仙亭》《汨罗江》《黄陵庙》《谒南岳庙》《朱陵洞观瀑布》《九仙观》《黄庭观》《福严寺》《自狮子岩过兜率铁佛丹崖诸庵踏雪抵上封寺》《上封寺竟日对雪》《雪后登祝融峰顶》《中山寺》《九龙庵》《茅坪》《西明精舍》《方广寺》《二贤祠》《邺候祠》《甘泉书院》《辞岳》《石鼓书院》《回雁峰》《游浯溪读中兴颂石刻》《镜石》《窳尊亭》《永州》《柳司马祠》《愚溪》《绿天庵》《芝山岩》《朝阳岩》《澹岩》。

湘楚风物以碧流环绕，青峰秀出为特征，正如潘耒《游浯溪记》所说："湘江两岸，多小山连绵靡迤，少奇崛之概。"又《游金牛山记》亦曰："楚南山水之胜闻天下，余浮湘涉沅数百里，烟涛浩然，水观颇畅。"诗人以敏锐的观察、灵警的诗心，紧切"小山连绵靡迤"、"烟涛浩然"的楚湘风景，展开精彩纷呈的描摹："阔会千溪水，清涵万象秋。峰峦舷际涌，城郭缆边浮。"(《浮湘》其一)"湖光开晓镜，山色上朝霞。月滉鱼龙宅，霜寒雁鹜家。"(《赤沙湖》)"一水天然有浊清，足缨任濯水无情。同尘举世皆渔父，高洁何曾有屈平。"(《沧浪水》)"泪点万千凝翠竹，烟鬟十二耸瑶岑。"(《望君山》)以上写景，风鬟雾鬓，楚楚可怜，在诗人纤细的描绘中，楚湘山水如含睇宜笑的仙人，一一朝凡间走来。写自然山水的诗作中，《游金牛山》《泛洞庭湖》《游浯溪读中兴颂石刻》《芝山岩》《朝阳岩》《澹岩》等是很具独创性的。它们以五、七言排律的体式，以激扬铺张的气势刻画了从岳州到永州之间不同地域的迥异风物，给人空前的艺术感染力。金牛山，在常德府属龙阳县南六十里，其山"峰峦秀出，岩洞甚胜。"[①]潘耒《游金牛山记》对其描写得恍如五彩斑斓、清幽绝世的人间仙境。洞庭湖，在岳州府城西南一里，又因沅、渐、沅、辰、溆、酉、澧、资、湘九水汇流于洞庭，故又称九

① 见《读史方舆纪要》，第3776页。

江。洞庭之南有青草湖，西有赤沙湖。青草，自冬至夏，弥望青草萋萋；赤沙，水枯季节惟见“赤沙弥望”，三湖水涨时相连为一。《读史方舆纪要》：“洞庭周回三百六十里，南连青草、西吞赤沙，横亘七八百里，谓之三湖。”[①]洞庭湖中有君山，又叫洞庭山，因舜南巡死于此，其二妃哭悼殉情，为湖神，故名君山。潘耒的《泛洞庭湖》融湖山形胜与荆楚形势于一体，写景空阔辽远，叙事气掩千古，有浮思联翩、冥然沉寂之神韵：“九江潴一湖，占地楚封半。名城十二三，微茫缀湖畔。……中流吐日星，余波沸江汉。……水浮玻璃天，山横青玉案。”浯溪，在永州府属祁阳县南五里。山溪诸水所会，因“危矶峭壁”，石色“鲜秀润”泽，“崭然特异”（《游浯溪记》）而成为祁阳“奇胜”，更因唐代著名诗人元结撰、颜真卿书《中兴颂》的摩崖石刻而著称于世。芝山岩、朝阳岩、澹岩皆永州名胜，曾入柳宗元笔下。祝穆《方舆胜览》：“朝阳岩，在零陵南二里，下临潇湘。……澹岩，在零陵南二十五里，岩有二门，中有澹山寺，楼殿屋室，隐隙罅中，虽风雨不能及，四顾石壁，削成万仞。傍有石窍，古今莫测其远近。”[②]潘耒《游永州三岩记》曰：“芝山岩最佳，朝阳岩最近，澹岩差远。”自唐开始，咏永州澹岩、朝阳岩、浯溪景物者甚多，其中名最著者如柳宗元、元结、黄庭坚。潘耒的《游永州三岩记》描述“三岩”景致生动详细，可看成柳柳州之永州游记的续篇。对此，清人杨钟羲颇有同感：“潘次耕游山诗，……宏深奥衍，如读刘柳州永、柳诸记。”[③]

潘耒楚游足迹遍湘东、湘南，纵贯潇湘，但他最钟情的还是号称南岳的衡山。“五岳惟衡山最远，嵩华皆在帝都，泰岱当南北要路，昔人多登览焉。北岳差远而僻，至者较稀，衡山在洞庭之南，去中州二三千里，唐以前名贤无至者，杜少陵望而未游，韩退之仅至山麓岳庙而已；宋朱晦翁、张南轩乃登祝融峰至方广；明士大夫非祭告而至者无几人，……余来南楚，专为衡岳之游。”（《游南岳记》）衡岳之游，令

---

① 《读史方舆纪要》，第 3506 页。

② 见《方舆胜览》，第 454 页。

③ 见《雪桥诗话》，第 873 页。

诗人一步三叹，有没世难忘之意，“异日或能再至，棕鞋竹杖，不烦人力，团蕉树屋，随意淹留，庶足揽其形而穷胜概耳。”

衡山，主要在湖南衡山县和衡阳县境内，衡山县明以前属长沙府，明以后属衡州府。《太平寰宇记·江南西道·潭州》：“衡山，一名岣嵝山，宿当翼、轸，度应机、衡，故曰衡山。……下踞离宫，摄统火师，故号南岳。”①《方舆胜览·湖南路·潭州》条载曰：“南岳，一名衡山，在衡山县西三十里。……《长沙志》：‘轩翔耸拔九千余丈，尊卑差次七十二峰。岩洞溪涧，泉石之胜，交错于中。又有数十洞，十五岩，三十八泉，二十五溪，九池，九潭，六源，八桥，九井，三穿，三漏，此最著者。七十二峰，最大者五：祝融、紫盖、云密、石廪、天柱，而祝融为最高。’”②又《衡州》条曰：“衡岳，在衡阳县。……岣嵝峰，在衡阳北。……回雁峰，在衡阳之南。雁至此不过，遇春而回，故名。或曰峰势如雁之回。”③《读史方舆纪要·湖广·名山》：“衡山在衡州府衡山县西北三十里，五岳之一也。……《九域志》：‘名山三百六十有八柱，此为第六柱。五峰而降，其在衡山县境者凡五十五峰，而在衡阳县境者凡七峰，在长沙府湘乡、湘潭、善化县境者凡十峰，共为七十二峰也。’（笔者注：衡山七十二峰之说，有好事者附会的成份，未必尽信。）徐灵期曰：‘回雁为南岳之首，岳麓为南岳之足。衡山盖跨长沙、衡州二郡之境矣。’”④

潘耒向往衡岳已久，楚游专为一睹其绝世姿容，所以其登临衡岳，心身俱化，诗思排空。仰首南天一柱的巍峨壮观，他深情无限地祈请道：“夙钦名胜特探访，远涉章贡浮江湘。岳灵由来肯念客，开云霁雪非荒唐。乞收宿雨赐晴旭，振衣直上万仞岗。”（《谒南岳庙》）南岳飞瀑绝壁、寺观书院遍布，其载于史志者比比皆是。潘耒不作浮光掠影式的浏览，他把自己广博的才学、深沉的爱心和一汪恣肆的诗情

① 见《太平寰宇记》，第 2322 页。
② 见《方舆胜览》，第 411—412 页。
③ 同上，第 432 页。
④ 见《读史方舆纪要》，第 3496 页。

融汇起来，就产生这样高迈的诗情画意："青霄雪练飞千尺，白昼风霆吼一川。洗耳醉眠非俗客，排帘出入是真仙。"（《朱陵洞观瀑布》）"紫虚高阁雾氤氲，岭上流泉竹下闻。峰锐不容多著屋，石奇犹似乍停云。"（《黄庭观》）"山游不厌奇，众态宜遍历。回风驱雪来，林峦忽改色。……瑶台耸千寻，琪树森百尺。赴壑泉有声，梯空磴无迹。……卧雪万仞峰，一生无此夕。"（《自狮子岩过兜率铁佛丹崖诸庵踏雪抵上封寺》）"百亿须弥银地涌，三千世界月波澄。……濯尽人间尘土魄，仙心诗力一时增。"（《雪后登祝融峰顶》其一）"清泉布石垂为瀑，老屋临崖叠作楼。雪点苍苔如罨画，云迷大壑欲藏舟。"（《九龙庵》）"莲峰秀出众峰西，碧叶千层一萼齐。寺在花房平若掌，人来雪路净无泥。"（《方广寺》）衡岳方广连绵，峰峰相望，松荫蔽日，瀑流如练，红墙掩映，碧瓦参差，其幽深秀美独压五岳，潘耒诗思骏发，估勇直上衡岳之巅，弥望玉树琼花，遍世界仿佛一望清澈无染之仙佛境界。游南岳是其多年蓄积的夙愿，而游事了结，欲别衡峰时，他依恋眷顾、一步三叹："远游心事岳灵知，几载峰峦入梦思。……雪凝雪霁看皆好，云合云开态总奇。难见可能容易别，殷勤回望下山时。"（《辞岳》其一）

潘耒不仅是一个博学的诗人，而且更是一个酷爱自然的旅行者，楚粤归来不久，他又踏上北去的旅程，做生命中又一次远游，创作于康熙四十年(1701)的《豫游草》忠实地记录了他这次以中岳为主体的豫游过程。此次远游诗人怀着"不穷十岳"誓不休的雄心，一路扬鞭北进，越淮、泗，过颍、寿，间道直奔豫北重镇卫辉府，沿路观瞻游览了百泉、苏门、林虑等胜景，最后渡河登中岳，完成了他豫游的最大心愿。游豫山水诗纵横豫东南、豫西、豫北和豫中，林林总总共八十首之多。整体诗风苍凉悲劲，有若雄关漫道、猛士四顾，充分体现了诗人烈士暮年的深沉与悲悯之心境，在摹景写物的艺术手法上更趋稳健老辣，气韵流转。如："白浮涛似屋，碧缀屿如凫。浴日归墟接，蒸霞少海铺。微云山影在，一发岸痕无。波静鱼龙伏，沙寒鸨鹳呼。"（《过洪泽湖》）"沥血忠魂应庙食，荐馨父老尚歌思。八陵寂寞无椒糈，一树冬青更可悲。"（《朱仙镇岳庙》）"群峰列瑶簪，石窦泉沸涌。轻明泻平潭，千珠喷错落。"（《百泉》）"神禹疏百川，平成渺无迹。兹山凿痕存，千寻见裂石。连岗为修蛇，五丁斧其脊。中断若蛾眉，正对洛阳陌。”(《龙门》其一)“攒峰当万雉，束峡耸层台。闪雾旌旗湿，惊秋鼓角哀。”(《虎牢》)“豫州”处中原腹地，是中华民族文化发祥地之一，顾祖禹《读史方舆纪要》：“河南，古所称四战之地也。当取天下之日，河南在所必争；及天下既定，而守在河南，则岌岌焉有必亡之势矣。”[①]《周礼·职方》曰：“河南曰豫州。”所谓称“豫州”者，因其在九州之正中，有安逸之气，或曰禀中和之气，性理安舒，所以称“豫”。潘耒豫游遍览山川，对其深厚的人文底蕴深表敬意，而其豫游的重点则是中岳和林虑。“余夙有五岳之盟，既至大梁，锐意一游中岳。”(《游中岳记》)“太行绵亘千里，林虑实居其脊，山水之胜闻天下。余读柳开、许有壬诸游记，神驰久矣。今兹辛巳(康熙四十年)薄游中州，锐意一往。”(《游林虑山记》)嵩山虽以山水著称，但其人文蕴含更为丰赡，潘耒在极目“翠岭千重包楚塞，黄河一线下秦川。”(《登嵩山绝顶三首》其二)的雄伟山势的同时，更为嵩岳的人文气氛所感染，在《游中岳记》结尾处，他总结说：“余既耽山水，兼有嗜古之癖，……斯游也，于古器见测景之台、候日之表；于古木见嵩阳之柏、天仙之松；于古刻见三石阙之篆，皆二三千年物，所得六朝唐宋碑刻不下数十通。他山游未有此也。”相反，林虑之游，诗人则专注于其山势岩峣、孤峰如削的壮美奇景：“关隘曲穿三晋胁，峰峦雄压太行腰。”(《游林虑山》其一)“潭空玉女频窥镜，磴仄元君旧驻车。瀑挂虚岩千丈雪，城临绝壑半天霞。”(同上，其二)“雪练铺成三叠涧，瑶簪秀出一天峰。神灯隐见来深夜，冰塔崚嶒结暮冬。”(同上，其五)林虑山，又名隆虑山。《读史方舆纪要》：“隆虑山，在县(林县)西北二十五里。南负太行，北接恒岳。……一名黄华山，有黄华谷，其北岩出瀑布曰黄华水，……志云：黄华山有三峰，名仙人楼、玉女台、鲁般门，又有抱犊固、马鞍峰、栖霞谷诸胜。”[②]隆虑山因避东汉殇帝刘隆讳，故改林虑。山中林木蔽日，涧泉迸珠，形势险峻，既是避兵结寨的险要处，又是仙人修

① 见《读史方舆纪要》，第 2083 页。

② 同上，第 2330 页。

炼、隐士遁世、游客登临揽胜的佳境，凡往来河南、河北，间道山右的文士骚客多有题咏。潘耒的《游林虑山》组诗气象开阔，用笔峭厉，设色简淡，与《游林虑山记》相参照，能给人神思飞扬，心魂俱醉的美感。游林虑归来，诗人感慨百出，在游记的续篇，他情意绵绵地说："林虑……山势嵯峨挺拔，藏秀于雄，蕴巧于朴，幽深无际，端岩有余。……余饱游南中山水，思见北方大山乔岳，食其苍古浑厄之气。今一举足而揽太行之绝胜，有厚幸焉，记之以示南人，俾未到者当卧游耳。"

潘耒游踪广泛，宇内名山大川经历殆遍，他的山水诗不仅量大，而且内容丰厚，题材多样，在表现手法上他既以学者的才情入诗，使山川形貌得以完美展示，又以诗人的性情创作，使所歌咏对象神采飞扬、神韵具足而神气流荡，产生空前的艺术感染力。在博学鸿词诗群，乃至整个清代山水诗史上潘耒是一个起承传作用的优秀诗人，他不恋名利，不贪仕途，沉浸自然，纵情山水，用舆地史乘的尺度考量山川的成因和形势，用诗人的性情和才华吟赏歌咏目经心历的江河湖海、山岳峰岭，使个人的主观心志与自然的客观形貌有机整合，进而达到审美的山水诗境。在中国山水文学创作和旅游文化的发展史上，他是一个由自然到自主的山水诗人，是把旅游从合目的性推向审美境界的自然歌手。诗之外，潘耒还撰有《雁荡山志序》《丹霞志序》《五岳游草序》《徐霞客游记序》《柳边纪略序》《使粤日记序》等一批与游记舆地有关的书评，以及包括《游罗浮记》等在内的十数篇游记散文，诗文相证，潘耒的自然观和山水观，以及由此形成的山水诗风赫然概见，他的《鸿爪集自序》可当成其自然理念的宣言。

最后借用潘耒《题王石谷画》中的名句："石谷堪追白石翁，纷披老笔简能工。诗人一段苍寒意，正标疏林瘦石中"来为他自己的山水诗艺术作一总结，我们可以毫不夸张地说，潘耒的山水诗笔法简练，工整有致；意境苍寒高远，仿佛一段疏林，一块瘦石，空窍玲珑，却不失遒劲。

第三节 “横海将军号，临江节士歌”

——朱彝尊的山水诗

清初诗坛，各派力量此消彼长，争奇斗妍，自王士祯倡“神韵”而主盟天下，能与其匹敌并抗衡的诗人似乎罕见，但自然均衡的法则总会使人们力图找一个强势者出面打破僵化且凝滞的独裁局面，从而起到重组格局或牵制对方过度扩张的作用。朱彝尊就是“神韵”派势力如日中天时，王士祯的劲敌赵执信将其推向前台，以平衡诗界势力的砝码：“或问于余曰：‘阮翁其大家乎？’曰：‘然。孰匹之？’余曰：‘其朱竹垞乎！王才美于朱，而学足以济之；朱学博于王，而才足以举之，是真敌国矣。他人高自位置，强颜耳。’曰：‘然则两先生殆无可议乎？’余曰：‘朱贪多，王爱好。’”（《谈龙录》）①王士祯才有余而情不足，学力单薄几为世所诟病，朱彝尊恰好才学相兼；王士祯长于诗而短于词，朱彝尊则诗词并长，诗开秀水，词领浙西；王士祯辑《感旧集》，以存“词坛门户”（方汝谦《读〈感旧集〉五首》语），朱彝尊选《明诗综》《明词综》，以存耆旧遗迹。由此之故，康、乾诗界有“南朱北王”的称号，著名诗论家薛雪在《一瓢诗话》中说：“朱王两公，南北名家，骚坛宗匠。”“北王”的山水诗前已论及，现就“南朱”的山水诗作一粗浅概说。

一、朱彝尊的生平、诗歌创作及诗论

朱彝尊（1629—1709），字锡鬯，号竹垞，又号金风亭长、小长芦钓鱼师，因同族兄弟中排行第十，故有“朱十”之呼。浙江秀水（今嘉兴）梅会里（今王店）人。其先祖世居吴中，至明代十世祖朱煜由吴江盛泽三家村入赘于秀水商河陈氏，遂为秀水籍。曾祖朱国祚明万历间官到武英殿大学士兼户部尚书，至朱彝尊时，家道已衰落，但深厚的

① 见《清诗话》，第316页。

家学渊源和人文气息仍然影响着朱彝尊，对他日后成为诗人、学者起到了奠基作用。朱彝尊生活的环境和陈维崧、潘耒极其类似，宜兴、吴江、嘉兴一衣带水，家学隆兴而气节之士颇多。甲申乙酉，大清兵破嘉兴，朱彝尊随本乡义师奋起抗清，未几，义军败绩，他的叔祖朱大定等人不久被俘遇害。此后，他隐居乡里，为家计所迫曾远游岭南、山右，《清史稿·文苑传》曰："（彝尊）生有异秉，书经目不遗，家贫客游，南逾岭，北出云朔，东泛沧海，登之罘，经瓯越，所至从祠荒塚，破炉残碣之文，莫不搜剔考证，与史传参校同异。"[①]朱彝尊诗、文、词、考古皆精，其交游的朋友多为当世名人，诸如顾炎武、徐钪、陈维崧、潘耒、祁氏兄弟、曹溶、屈大均、陈恭尹，乃至王士祯、赵执信等，尤与同乡李良年、周篔、缪泳过从甚密。他们早年"以诗歌唱和，远近称诗者咸过梅会里"（朱桂孙、稻孙《竹垞府君行述》）[②]与朱彝尊讨论诗学，"靡不心慑"。顺治十二年（1655），他开始出游山阴（今绍兴），前往梅市拜访祁班孙兄弟，祁氏兄弟受父亲祁彪佳影响，皆是心怀复明大志的节士，与他们往还的魏畊、朱士稚等人都参与了张煌言、郑成功的抗清活动，后来酿成"通海案"，结局非常残酷；顺治十三年，应海宁籍广东高要县知县杨雍建之聘，前往广州，此行结识了广东义士屈大均、陈恭尹等一批曾抗击清廷的诗界名人。当时著名诗人曹溶正在广东任职，曹溶与朱彝尊有师生之谊。朱彝尊居广东两年，与曹溶等诗文"交相唱和"。顺治十五年（1658）返故里，期间暗中交通山阴祁氏兄弟和魏畊等，秘密策划反清活动，当时郑成功、张煌言的军事力量入长江，逼金陵，给江南人民带来了极大希望，但好景不长，随着郑、张军事失利，反清复明大业顷刻成泡影，清廷用"通海案"将一大批义士残酷杀害。巢覆卵破之际，朱彝尊于康熙元年（1662）"访冯公（竹垞的岳丈冯镇鼎）于归安儒学"，康熙二年（1663）"客永嘉"，作永嘉县令王世显的幕客。康熙三年（1664）由京师辗转山西，往依师辈曹溶，时曹溶由广东降任"山西阳和道"，备兵大同。自康熙三年至十

---

① 见《清史稿》，第 2080 页。

② 见《广清碑传集》，第 283 页。

七年，朱彝尊历魏晋、京师、齐鲁、徐淮，过着游幕生涯，史称“江湖载酒”的日子。康熙十八年(1679)，声名大著的朱彝尊被荐参与博学鸿词考试，殿试中式，被授翰林院检讨。从早年参与抗清，到后来应试鸿博，朱彝尊在道德评判上给自己造成了“两截人”的可叹结局。潘耒应荐鸿博拒之再三；陈维崧虽不像潘耒，但在他的诗词里多次表达了对前明的哀伤与追怀；朱彝尊不同的是，或幽或明地传达了他对出山的期盼。邓之诚《清诗纪事初编》曰：“论者惜其轻于一出，终伤铩羽，然观所作《吊李陵文》，早已决心自献矣！而后削文类布衣之称，题诗集《腾笑》之名，毋乃忸怩乎？”刘师培的《书曝书亭集后》更是情绪激昂，言辞犀利地对朱彝尊的失节行为进行了讥刺。受任翰林检讨后，朱彝尊以“明史纂修官”的身份“骑驴入史局，卯入申出。”(《竹垞府君行述》)康熙二十年，充任日讲官，知起居注，是秋出典江南乡试；康熙二十一年(1682)入直南书房，“恩赐禁中骑马”，从应试博学鸿词到入南书房，朱彝尊短短几年就得到了康熙皇帝的恩宠，可见其影响不凡。康熙二十三年(1684)，“名挂弹事，吏议当落职。天子怜王父才，止左谪焉。”“左谪”期间，他收集各种资料，辑成《日下旧闻》、《经义考》等；康熙二十九年(1690)，“補原官，明年正月复罢官”。从受隆恩到两次“罢官”，朱彝尊经历了官场冰炭两重天的人生体验，可见官场之阴暗与龉龃。罢职后，朱彝尊于康熙三十一年三月从张湾起航，秋天回归故乡，不久游岭南。康熙三十七年(1698)，为刊刻“所著经籍诗文”，朱彝尊携同查慎行入闽，游览观赏了武夷九曲之胜，顺路登临福州名山鼓山。从康熙三十一年罢官归乡，到康熙四十八年(1709)逝世，朱彝尊致力于著书立说，其一生主要作品有：《曝书亭集》八十卷(自著)、《经义考》三百卷、《日下旧闻》四十卷、《词综》三十卷、《明诗综》一百卷(以上编著)等，还有许多考证、志传类的书籍未及完成。

从朱彝尊的生平，我们能管窥到诗人历经磨难而治学不息、虽居清贫但严谨自律的学者风范。他谆谆告诫孙辈作学问的道理，庶几为他治学做人的格言：“凡学诗文，须根本经史，方能深入古人窔奥；未有空疏浅陋、剿袭陈言而可以称作者。今汝(指朱稻孙)年已长，

《记》云：'时过然后学，则勤苦而难成；独学而无友，则孤陋而寡闻。'斯言而三复也。"（《竹垞府君行述》）诗文创作要以扎实的学问作基础，否则就会轻浮无根柢；不因陈，不剿袭，有创新才能有成就；不违时、勤用功、广交友、开视界，是历来成就学业的普遍规律，后来者不可不慎。

朱、陈、潘虽然命运相似，学行相当，但后世对朱彝尊的青睐似乎更多一些，无论论诗、论词、论文、论经义，朱显然胜陈、潘稍许。对朱彝尊在清代文史和诗学上的地位，郑方坤曰："古文词剪截浮嚣，峭洁名贵，于易堂、尧峰之间高参一座。诗名尤籍甚人口，……体大思精，牢笼万有，而澄汰锻炼，不肯人云亦云。若以匹敌，正如玉溪生所云：'彼若陈葛天氏之舞，此乃引穆天子之歌；彼若言太华三峰，此必曰浔阳九派者。'"（《国朝名家诗钞小传·曝书亭诗钞小传》）①朱庭珍亦评道："惟竹垞诗、古文，皆成一家言，兼精填词；诗尤雄视一代，品在渔洋、荔裳、愚山之上，洵通才也。"（《筱园诗话》）②在朱庭珍看来，朱彝尊的诗厚重质朴，风格雄放，自然浑成，"造诣实过阮亭。"当然人各有品，但通过上引，能辩证朱彝尊在清代诗史上的地位。

朱彝尊的诗在《曝书亭集》中以分体编年的形式刊刻，后人为其二十二卷的诗歌笺注颇多。从诗史角度，能对其诗歌成因、诗论主张作全面而精辟探析的，应属严迪昌先生著《清诗史》。因严先生大笔所至，妙思如涌，兹不赘朱彝尊论诗理念和创作历程，单就诗人的山水诗进行概述。

二、"苍梧风起愁云暮，侧身天地一悲歌"

——朱彝尊的山水诗述论

朱彝尊先祖曾经辉煌，家世显赫，但生逢末世的命运仍然将他推向转徙飘零、依人谋生的凄苦境地，他既不像陈维崧忧虑萦怀、凄苦压抑，更不如潘耒豁达恺爽，不谐俗流，把功名等同浮云。他少年、青

---

① 见《清诗纪事》，第 2700 页。

② 见《云南古代诗文论著辑要》，第 277 页。

年有节士义行，中年转向觅求扬名显身之途，晚年怀感恩戴德、醇和雅正之情，所以其诗风随岁月潜移、命途变化和心境转换而发生渐变，他的山水诗创作风格基本依其整个诗风变化而变化，整体显示了"横海将军号，临江节士歌"(《舟经震泽》)的悲慨和"侧身天地一悲歌"，"苍梧风起愁云暮"(《崧台晚眺》)的凄切之风。关于诗风随境推移，遇时而化的状况，诗人在为早年诗友缪泳所作的《荇溪诗集序》中说："予舟车南北，突不暇黔，于游历之地，览观风尚，往往情为所移，一变而为骚诵，再变而为关塞之音，三变而吴伧相杂，四变而为应制之体，五变而成放歌，六变而作渔师田父之语。"诗歌创作本是诗人主观情怀和客观环境相互激发的结果，朱彝尊诗风发生"六变"的过程恰好说明游历对诗人情感嬗替与思想变移，即"情"为"风尚"、风物"所移"的重大影响。

《曝书亭集》以年代编次，起于旃蒙作噩，即顺治二年，根据如此排列，我们既可观照朱彝尊山水诗风的演进，又能透析其心灵蝉变的过程。

1. 感遇时艰、凄清激楚的早期山水诗

乙酉之交，年届十七的朱彝尊入赘冯氏，"避兵五儿子桥"，此刻他的心境极其孤冷凄凉，常常见物起意，触景生情："吾生早离家，南北忽相逾。……吁嗟鸡不若，骨肉长相须。"(《村舍》其二)面对动荡不安、危机四伏的环境，他心怀烦忧，仰天悲歌："我欲悲歌，谁当和者？四顾无人，茕茕旷野。"(《悲歌》)真正的孤独是心灵的孤独，是在嘈杂的人世而不被理解，犹如置身荒原的孤独。朱彝尊的悲歌是从孤独的心灵中渗出的血泪之吟，他把此种心境融入山水诗就形成如下篇章：

> 夏墓荡前停钓舲，荒沟极浦易迷津。夕阳满地北风起，飞遍芦花不见人。
>
> ——《夏墓荡》其一
>
> 轻舟乘间入，系缆坏篱根。古道横边马，孤城闭水门。星含兵气动，月傍晓烟昏。辛苦乡关路，重来断客魂。
>
> ——《晓入郡城》

泽国东南远，楼船旧荷戈。明霞开组练，恶浪走蛟鼍。横海将军号，临江节士歌。重来已陈迹，叹息此经过。

——《舟经震泽》

《夏墓荡二首》作于顺治二年(1645)，是诗人初始学诗时的处女作。夏墓荡在嘉善县北三十里，又名夏湖，风景宜人，物产丰厚，尤其出一种小斑鱼，味道相当鲜美。乙酉清兵南下，朱彝尊的家人为避战乱兵盗，迁居其地，诗人轻舟小航，趁便观览了夏日湖景，放目四顾，虽然湖水悠悠、"渔师"闲澹，令他有恍然隔世之感。但一派"夕阳满地"、"北风"骤"起"的凄切景象还是引发了忧郁纠结的彷徨心绪。

《晓入郡城》是兵火之后，诗人"乘间"去"郡城"嘉兴的感怀之作。乙酉之际，朱彝尊曾入嘉兴义师抗击过清兵，次年，他来"郡城"，往日的繁花已被"古道横边马，孤城闭水门"的荒寒所代替，不但物象凄凉，而且虚空中仿佛也凝结着"兵气"，残月当空，"晓烟"昏沉，一派肃杀悲戚的景况令诗人肠断"乡关"、"客魂"悠悠。

《舟经震泽》是顺治四年(1647)他路过"震泽"时所写的行旅感兴山水诗。震泽，在明清苏州府属吴江县西南八十五里，西距湖州府南浔镇十二里。《读史方舆纪要》载曰："有震泽河，北出太湖，东北通莺脰湖，南连诸漾，凡嘉兴西北，湖州以东之水，多汇于此。"[①]朱彝尊的《舟经震泽》意象苍劲激楚，有一股英雄豪气冲突排荡。"泽国东南远，楼船旧荷戈。"暗寓吴易的太湖义师抗清的悲壮往事；"明霞开组练，恶浪走蛟鼍。"遥想当年义军水战的激烈和高亢；"横海将军号，临江节士歌"表达对死于战事的义军领袖的崇敬与颂扬，他们虽然生命逝去，但精神还象号角、象悲歌一样振奋人心，回旋在生者的心头，让后继者缅怀追忆："重来已陈迹，叹息此经过。"《舟经震泽》虽然诗艺显得稚嫩，但其气质非常英挺，"横海将军号，临江节士歌"为朱彝尊整个山水诗创作奠定了基本抒情格调。此后所作的山水诗或幽或明地寄寓了这种悲劲苍凉的情愫，如创作于顺治九年的一组姑苏山水

① 见《读史方舆纪要》，第1170页。

诗和创作于顺治十二年的会稽山水组诗，都呈现了冷艳、郁结的风韵：“惊鸟沙上鸣，渔子夜深语。遥闻歌吹声，暗入枫桥去。”（《枫桥夜泊》）“阴崖深树绿，斜日乱峰黄。湖上扁舟兴，沉吟意不忘。”（《治平寺》）“乘风万里外，击楫中流半。慷慨游子心，临江起长叹。”（《龙潭晓发》）“竹暗清溪路，沙明白石楼。羁鸿与孤客，归思两悠悠。”（《梅市》）“风雨他乡别，羁愁薄暮心。冬青已无树，忍向六陵寻。”（《雨坐文昌阁》）“绝壁暗愁风雨至，阴崖深护鬼神朝。……千载六陵余剑舄，帝乡魂断不堪招。”（《南镇》）

朱彝尊早期山水诗以故乡嘉兴为焦点，向两线延伸：一是姑苏，一是山阴，这一点两线的格局既再现了当年诗人的生活轨迹，又寄托了他的人生感慨，直面异族的血腥，身经战乱的煎熬，他的内心始终被凄切悲凉所困扰：“江表遗风在，承平旧事虚。吾生多涕泪，高会辄欷歔。”（《午日吴门观渡》）为了摆脱抑郁不欢的情绪，同时受生计所迫，他毅然接受邀约，前往广州，由此启开了他山水诗第二阶段创作的幕布。

2. 雄关漫道、真气排闼的粤游山水诗

顺治十三年，朱彝尊辞亲别友，扬舲南去，行舟始发瓜洲，一路经采石矶、鄱阳湖，遍观大、小孤山，历赣江险滩，度大庾岭，沿浈阳、香炉、大庙、羚羊诸峡，逶迤至羊城。抵达珠江之滨时，已过顺治十四年元日，阴霾低沉的天色，给这位游子心里平添几多惆怅与凄凉：“客舍千山外，春城万里心。……往事随蓬转，谋生愈陆沉。……此邦非乐土，何处好怀音。枉作穷途哭，虚劳泽畔吟。”（《首春端州述怀寄故乡诸子》）虽然漂泊的岁月是凄苦落寞的，但日渐成熟的诗人已不象少年时那样多愁善感、悽恻自伤，他很快从南国奇异的山水风物中找到慰藉、找到灵感、找到一释心头郁结的知已，面对雄关漫道、山花烂漫而艰险奇诡的江山胜迹，他引吭高歌：“明发梅花岭外看，长从驿使报平安。侧身天地多知己，且莫频歌行路难。”（《南安客舍逢陆君伯兄世楷以藤王阁诗见示漫赋》）粤游是朱彝尊思想转折的关键期，而粤游山水诗是其山水诗创作的主体，其诗艺精湛苍深越过了早年，气势雄浑、格调高亢，一洗愁闷烦忧，而变得倔劲健朗、轻飏乐观。如：

采石矶边积雪晴，横江馆外暮潮生。金陵美酒百斛尽，明月满江空复情。

——《采石》

铜盘滩急水西东，两岸高山四面风。绝壁倒飞巫峡雨，悬流直下吕梁洪。

——《滩行口号六首》其二

何年香炉峡，擅此香炉名。匡庐与会稽，秀色同削成。篁径散彩翠，溪流澹澄明。青云结车盖，白日悬霓旌。孤舟泛容与，百丈纷纵横。人影如沙虫，林林川上行。夕阳下长坂，猿鸟尽哀鸣。征途渺何极，恻恻使心惊。

——《香炉峡》

山行不辞劳，况非道路长。石门敧层阿，沙草敷阳岗。仄径既窈窕，连峰复青苍。登高睐千重，矫首凌八荒。飞鸟遗之音，埃风吹我裳。览彼终南诗，有纪亦有堂。亭亭翠旗列，宛宛朱凤翔。忘忧岂在迩，为乐诚多方。何当启阊阖，高举朝紫皇。

——《由香关至玉虚观遂转登绝顶》

上引诸诗，为诗人南下途中对粤赣山水的题咏，时不同，地不同，但风神气质却始终趋同，诗歌意象皆以明朗轻快、超逸舒放为主。采石，即著名的采石山，《读史方舆纪要》曰："采石山，府（太平府）西北二十五里，滨江为险。昔时自横江渡者必道采石趋金陵，江津襟要，此为最冲。"[①]采石山，据载古人曾採石于此，故名。《肇域志》曰："采石山，在县（当塗）西北二十五里化洽乡。上有峨眉亭，下有矶，亦曰采石。又有牛渚矶，石出于江，曰采石矶。"朱彝尊的《采石》以七绝小调的形式，撷取"积雪晴"、"暮潮生"的丰富意象，通过明暗对比、动静相生的表现手法，使一樽美酒照耀在"满江"无限的"明月"之下，令人生言不胜情、心游万仞的空阔感。

《滩行》写舟经赣江的历险过程。古代行旅至广州，水路均过赣

---

① 见《读史方舆纪要》，第1322页。

江，赣江以险滩著称，其中自赣州到万安有十八滩，行人至此，莫不怵心骇目、神魂俱惊。朱彝尊的《滩行口号》一组六首，篇篇相连，意趣横生，诗人把别人写来鬼神惊悚的险境用“口号”的语气歌吟出来，顿使诗境化险为夷、超迈飘逸，给人飞扬跋扈、胸胆开张的性灵感。

《香炉峡》写入粤途经韶州府至高要（笔者注：高要县，肇庆府治所，肇庆唐以前称端州，以产砚石著名于世。）一带奇崛山水，粤地山势巉刻斩绝，两山夹峙，一线中通，故称峡者极多，如英德境内的浈阳峡、高要境内的羚羊峡，凡游历广东者，多涉此境，诸如王士祯、赵执信，以及后来的袁枚等。朱彝尊此行的目的地是高要，他越过大庾岭，就进入韶州府，沿英德、清远，一路扬帆疾趋，顷刻被扑面而来的“粤山”所惊绝，一口气写下《度大庾岭》《浈阳峡》《香炉峡》《大庙峡》《羚羊峡》等刻摹沿途幽秀风光的诗作。浈阳峡、羚羊峡多人曾描绘过，而香炉峡、大庙峡则罕有诗人提及。朱彝尊紧紧抓住香炉峡“篁径散彩翠，溪流澹澄明”的空阔特色，着意突出它的宁静、幽娴，与浈阳峡“壁立千仞余，洞壑俯穹嵌”的“崭嵓”峭厉相比，香炉峡显得沉静幽远：“孤舟泛容与，百丈纷纵横。人影如沙虫，林林川上行。”香炉峡、大庙峡两峡勾连，诗人在夕阳西下、归鸟翻飞的暮色中举目远眺，只见大庙孤悬，灵旗飐动，岚烟四起，古松苍郁，这是令人眷顾留连的山水壮景：“遥见灵旗翻，微风响清籁。川光与天容，上下如衣带。累累白石明，窅窅浮云晦。”（《大庙峡》）大庙峡介于英德至清远的中宿峡和浈阳峡之间，《广州通志》曰：“峡山庙一名大庙，在英德县下流五十里。前临大江，有怪石，为舟楫患，过者神而祀之。”

《由香关至玉虚观遂转登绝顶》与《崧台晚眺》《下扶啸台陟阆风崖自蓬壶径汎舟入钟鼓洞》《入景福洞登璇玑台》《七星岩水月宫》等，均为诗人游赏肇庆七星岩时所作。这组诗写景细腻生动，语言形象贴切，而气韵幽渺清奇，有一种超脱凄绝的美感。如“杰阁临江试独过，侧身天地一悲歌。苍梧风起愁云暮，高峡晴开落照多。”（《崧台晚眺》）崧台，在广东肇庆府高要县，为七星岩主体景点。《南越志》曰：“高要有竦石，广六十余丈，高二百许仞，土人谓之崧台。”顾炎武《金石文字记》亦曰：“肇庆府北七星岩，古名定山，亦曰嵩台。”《广东通志》载:“崧台在高要县外六里,广六十余丈,高两百余仞,为上帝觞百神之所。古名冈台,唐天宝中改名。”七星岩以奇石怪洞取胜,它的分布象形于天上北斗,据《高要旧志》称:“七星岩在沥湖中,去肇庆城北六里,一曰冈台山,一曰圆屋,七峰两两离立,不相连属,二十余里间若贯珠引绳,璇玑回转,盖帝车之精所成,而沥湖则云汉之余液也。玉屏居七峰之东,是象玉衡,或以七峰纯作金形,上应西方白虎七宿。……其含云吐雨,居禽兽而生草木,皆星之精所为之:石乳者,星之津;宝藏者,星之光芒,一卷之多,皆珠斗之子孙也。”①肇庆七星岩与桂林七星岩并列为两大名胜。朱彝尊其它篇章肆情刻划了七星岩空窍玲珑、幽冥诡谲的洞府宫室,而《由香关至玉虚观遂转登绝顶》则反转思路,以“登”为着力点,把诗情引入“仄径既窈窕,连峰复青苍。登高睐千重,矫首凌八荒”的超迈境界,当飞鸟高翔、凉风拂面而过时,他的诗心已被自在自为的外界生命所同化,瞬间悟道:“忘忧岂在迩,为乐诚多方。”忘记烦忧,离却尘嚣,人生快乐的途径是多样的,与天地同在,和惠风互生互息,就能达到精神的飞升。

粤中之行,使朱彝尊的生命之流陡然发生逆转。首先,他通过与屈大均、陈恭尹、张家珍、陈子升、万泰等一批前朝遗民的交往,开阔了视野,磨炼了心性,使他更趋沉静和成熟;其次,在曹溶的悉心指导下,他的诗词技艺更加纯熟。由于受粤中迥异风物的激发,他的思想感情也由悲愤抑郁而转向开朗豁达;再次,粤中之行,让他观览了沿途峭拔险仄的自然山水,受其触发,他诗思潮涌,一气创作了数十首粤行山水诗,无论表现手法,还是意境构建都超越了前期,把他的山水诗独唱逐步推向了高潮。

3. 江波空明、山势清峻的瓯越山水诗

顺治十五年,朱彝尊由粤返乡,越年他再次出游,不过这次游历的目的地在当时形势下是非常敏感的,那就是反清复明秘密成员活跃而集散的据点——山阴。从顺治十六年开始到康熙二年讫止,诗人徘徊于山阴至永嘉号称山水画廊的点线间,两浙闻名的湖山景致

① 转引自《渔洋精华录校注》,第1343页。

尽入他的法眼，西湖夜月、兰溪江波、七里之濑、南镇之石、缙云秀色、永嘉丽景让他娓娓写来，仿佛一场丰盛充盈的山水大餐，色汁清淡、形质清峻、香味清远，而神韵清逸飘飏。从山水诗所透析的情感蕴含中，全然看不出这是避“通海案”之难而“亡命天涯”的朱彝尊所为。处身艰危困顿，而心胸放旷超逸，朱彝尊第三期的山水诗从奇崛孤峭的审美视阈走出来，进入了舒缓空明的另一境界。如：

渡口乘潮漾北风，轻舟如马泝江东。明朝又是山阴道，身在千岩万壑中。

——《渡钱塘》

江花江草满江关，浣女清歌日暮还。曲罢彩云犹未散，春风吹上土城山。

——《土城山和钱六》

犹忆清江旧板桥，门前曲水细通潮。垂杨不是伤心树，那得长条更短条。

——《重经彭山》

一峰高出万松寒，磴道虚疑十八盘。近海鱼龙吹宿雾，中天日月转浮澜。风帆岸压明珠舶，仙树花浓白石坛。旧是锦衣行乐地，江山真作霸图看。

——《吴山望浙江》

上述各诗分别创制于顺治十六到十八年，是诗人山阴晤祁氏兄弟、魏畊等义士前后所作。十六年郑成功、张煌言义师入长江、逼金陵，魏畊等人以祁氏庄园为据点，秘密结联安徽英、霍山寨义兵准备响应南明抗清军事斗争，不幸事泄，魏畊等人遇害，祁氏兄弟遭流放。朱彝尊处身险境，能临危不乱，用平和澹然的心态观山临水，足见其心灵的成熟和人格的定型。《渡钱塘》是他此行的第一首山水诗，诗歌写钱塘过渡的情景，风格轻快，画面明丽，有实写、有虚拟，虚实相生，自有引人入胜之处。

绍兴，春秋时为越国，号於越。其属地代有废兴，秦汉设会稽郡，宋元后改绍兴府(路)。其形势“襟海带江”,扼守东南,因越王勾践卧薪尝胆,三年而亡吴,遂著名于世。山阴为绍兴附郭,故以代指绍兴。境内江海勾通、湖河纵横,山峦逶迤而清峻,景色十分宜人,晋代著名书法家王羲之修禊兰亭,作《兰亭集序》曰:“此地有崇山峻岭,茂林修竹;又有清流激湍,映带左右。……是日也,天朗气清,惠风和畅。仰观宇宙之大,俯察品类之盛,所以游目骋怀,足以极视听之娱,信可乐也。”①后人把山水清嘉、连类吐属,使人快心悦目之地,比喻为行山阴道上。兰亭山,在绍兴府西南二十五里处。朱彝尊历遍山阴名胜古迹,作有诗篇多首,《土城山和钱六》为其中之一。土城山,在绍兴府东六里,《越绝书》载:“越王得西施,习于土城,三年而献吴。”故又称西施山。朱彝尊贴紧西施的传说,把浣江花草、西施歌舞进行组合,营造了清丽浓艳的抒情诗境。朱彝尊从嘉兴到山阴,杭州是必经之途,小驻杭州期间,他漫步于西湖之花港、放鹤亭、岳王坟、孤山……,与友人酬唱赠答,题咏美景,《登吴山望浙江》是其登临聘怀的杰作之一。吴山,在明清杭州府南,春秋为吴国南界,故称吴山。又说因伍子胥而名伍山,讹为吴,别名胥山。《读史方舆纪要》曰:“左带大江,右瞰西湖。……绍兴(宋高宗年号)末,金亮闻其胜概,欲立马吴山,遂南寇。今峰峦相属,以山名者凡数处,而总曰吴山。”②《登吴山望浙江》江山相依,景象壮阔。首联突出山势高峻兀傲;颔联俯察仰观,海阔天空,水光浮动,烟岚如梦;颈联散点透视眼前景物,选取“风帆”、“珠舶”、“仙树”、“白石坛”等代表物象,以暗示杭城的锦绣繁花;尾联追昔怀古,点出吴山、浙江气势壮伟的形胜特点。

朱彝尊的浙东山水诗以缙云组诗和永嘉组诗最为典型。

康熙元年,朱彝尊在杭州告别曹溶等友人,与永嘉县令王世显一同乘舟经富春江、过兰溪、金华,到处州之缙云。富春、兰溪、双溪水清见底、荇菜碧绿、细石如玉、游鱼自乐,诗人一路行走在如画的水面上,心旷神逸,或趁便游览两岸名胜,或梦魂与名山相期,诗兴随山水

① 《古代散文选》上册,人民教育出版社1962年版,第310页。

② 见《读史方舆纪要》,第4124页。

激扬升腾，目遇神会间，写下《七里濑经严子陵钓台作》《兰溪道中怀远》《双溪》《金华道上梦游天台歌》《黄龙寺》等长歌短调，以志情怀。《缙云杂诗》是此段行程的总结，组诗共十首，分别写缙云十大名胜。诗歌全部用五绝写成，色彩淡雅明丽，骨格清奇峻挺，情景相融，韵致深远。如：

连山积翠深，白石空林广。落景不逢人，长歌自来往。

——《忘归台》

朝闻谷口猨，暝宿崖上月。夜久天风吹，西岩桂花发。

——《西岩》

咫尺仙岩寺，云峰望转亲。夕阳钟磬发，犹有未归人。

——《仙岩寺》

孤亭云木暝，众壑哀猿啸。空翠湿衣裳，夕阳忽来照。

——《积翠亭》

缙云，在明清处州府东北九十里，其名称来自仙都山，仙都本名缙云，唐天宝七年改仙都。缙云名山众多，为神仙窟宅，著名山峰有括苍山、吏隐山、黄龙山、大盆山、大姥山、仙都山、冯公岭等。括苍为浙江名山，仙都山道书称为第二十九洞天。留驻缙云，因季节的关系，朱彝尊未能游仙都等名胜，便冒风冲雪经丽水、青田转道永嘉。

永嘉为温州府附郭，汉代称回浦、章安，晋代为永嘉郡，著名诗人谢灵运曾任永嘉太守。《方舆胜览》曰："城当斗口，负山濒海，百里荷花"①，有此江海形胜，永嘉一直是文人墨客思欲一游的山水圣地。自谢灵运发轫，历代诗人歌咏者甚众。永嘉负山面海，地势冲要。境内名山有：华盖山，又名东山，道书以为第十八洞天；孤屿山，在城北江中，与永嘉城相对，孤屿山麓有江心寺，极其著名，南宋末抗元军事力量曾在此集结；罗浮山，在江（瓯江）北岸，与孤屿山相望；西山，温州府西三里，山有七十二峰相互连绵，幽秀奇胜；另外，大罗山、破石

① 见《方舆胜揽》，第149页。

山皆环拱永嘉之名山；青澳山耸峙海中，两壁对立如门，号青澳门。永嘉以山环揖，以水襟带，瓯江萦绕其下，大海扬波其前，著名水系首推大海，顾祖禹评曰："内控郡城，外联岛屿，为郡境之门户。"[①]其次为永宁江，即瓯江，又称蜃江、永嘉江；再次有安溪和楠溪。如果从温州府来看，诸山中雁荡最胜。朱彝尊来永嘉正好是壬寅岁末，癸卯之初，青春暇日，他探奇搜幽，游历了永嘉及周边的奇山秀水、人文古迹，写下这样一组歌吟永嘉山水的优美篇章：《永嘉杂诗二十首》、《东瓯王庙》、《秋日对酒江心寺同高石埭骏升作二首》《夜渡永嘉江入黄嶴》《返照》《孤屿亭对月》《雨渡永嘉江夜入楠溪》《文丞相祠》。这些诗作风格遒劲，笔力老到，艺术地再现了永嘉山水的幽秀奇奥、孤傲冷峻："寒潮天外落，秋草渡头生。历览穷孤屿，逍遥倚化城。"（《秋日对酒江心寺同高石埭骏升作二首》其一）"绝岸苍茫水，穷山断续风。雨归沉黑蜧，川暝失丹枫。"（《夜渡永嘉江入黄嶴》）"皎月空江满，寒云万里收。……南征有鸿雁，相傍宿沙头。"（《孤屿亭对月》）"尚忆文丞相，当年此誓师。……竹柏空祠屋，牲牢尚岁时。鸱夷他日恨，异代有同悲。"（《文丞相祠》）永嘉诸作中，以《永嘉杂咏二十首》为典范，《四库全书总目》曰："王士祯为作序（为《竹垞文类》作序。笔者注），极称其永嘉诗中《南亭》、《西射堂》、《孤屿》、《瞿溪》诸篇。"[②]王士祯之所以"极称"永嘉杂诗，是因为永嘉杂诗风韵颇类他所推崇的王维、孟浩然。而朱彝尊被世推重的《永嘉杂诗二十首》基本采取五言绝句的体式，短小凝炼，一诗一景，韵味具足，有盛唐之风。如：

苍苍山上松，飒飒松根雨。松子落空山，朝来不知处。

——《松台山》

薄云雨初霁，返照南亭夕。如逢秋水生，我亦西归客。

——《南亭》

---

① 见《读史方舆纪要》，第4341页。

② 见《四库全书总目》，第1523页。

已见官梅落，还闻谷鸟啼。愁人芳草色，绿遍射堂西。

——《西射堂》

云峰断人行，活活风泉落。知有山桃花，青春发红萼。

——《白水漈》

鸟惊山月落，树静溪风缓。法鼓响空林，已有山僧饭。

——《瞿溪》

朱彝尊《永嘉杂诗二十首》咏环永嘉之九峰，以及永嘉知名于世的台阁楼榭。《读史方舆纪要》曰："志云：郡城有山凡九，形家谓之'九斗山'，而华盖当其口。"[①]松台山，九峰之一，又名西岩，上有佛塔，为永嘉之地标；南亭，在温州府郡城之南一里多；西堂，为州宅，永嘉守宰之居驻地，谢灵运名句"池塘生春草"即咏歌此处；白水漈，在北山，北山有石岩飞瀑，高百余丈，下注成两潭，名白水漈；瞿溪，永嘉城西南一十里瞿溪山水，东北流经铁场岭而东与郭溪会，绕至城（永嘉）西南汇成会昌湖。《永嘉杂诗》二十首所题之景，大多经谢灵运点染而名播宇内，谢诗以局部细腻刻画取胜，朱诗则追觅其自然物象的情韵，一重形似，一重神似，二者相较，各有优长。

"去年雨雪桃花岭，此日烟波檇李船。"（《归次皋亭山作》）这是瓯越返程后，朱彝尊对自己行程的总结，其间隐含了许多人生的悲凉和无奈，当他面对"白发高堂望眼穿"的凄戚目光时，本应暂歇转徙飘流的脚步，偎依在父母膝下，与亲人共享天伦。然而命运常常弄人，还没坐温床橙的他，又因"田园生计转茫然"的窘境逼迫，于康熙三年北上大同，往依恩师曹溶。在别好友李绳远的诗中他说："鸿雁岁北向，鹧鸪日南征。弃置父母邦，各事万里行。我游逾上谷，君去适昆明。迢迢异乡县，邈若参辰星。"（《别李绳远》）李绳远，是朱彝尊的同乡诗友，与其两个弟弟李良年、李符合称"浙西三李。"在秋柳苍苍、牛女相会的季节，朱彝尊经淮阴、渡黄河，过临清，小驻天津，便取道居庸，至宣府镇，开始了他旅居宣府、大同，遍观塞上风光的游子生涯。以朱

① 见《读史方舆纪要》，第4339—4340页。

彝尊的才情，加上晋西北雄放山水的激发，他肯定能笔走龙蛇，创作出大量风格劲健的山水诗。可事实上，朱彝尊留下的晋游山水诗实在有限，如仅以数量比较，他连曹溶都不及，这或许是个缺憾。虽然数量极少，但晋游山水诗还是从另一角度显示了朱彝尊的别样审美眼光和胸襟气度，萧瑟劲健、苍深质直，有一股猛隼翔空，雄视下界的闲静韵致。如：

居庸关上子规啼，饮马流泉落日低。雨雪自飞千嶂外，榆林只隔数峰西。

——《出居庸关》

高城西北控燕都，吹角清秋落日孤。……边事百年虚想象，谁夸天险塞飞狐。

——《宣府镇》

南登雁门道，骋望勾注巅。山岗郁参错，石栈纷钩连。度岭风渐微，入关寒未捐。层冰如玉龙，万丈来蜿蜒。飞光一相射，我马忽不前。……嗷嗷中泽鸿，聆我慷慨言。

——《雁门关》

康熙七年冬尽(1668)，诗人结束太原客游的岁月，沿齐鲁，越淮泗，回归乡里。沿途作《华不注》《自沂水至大岘山作》《邹县谒孟子庙二首》《曲阜晚眺同刘中丞》《饮历下亭泛舟莲子湖作二首》《度骆马湖》等山水篇什，与康熙十年(1671)的京师山水诗《西山书所见》《卧佛寺》《题退谷》等汇成一流，为他前期的山水诗创作画上了休止符。

康熙十三年(1674)，飘零在外的朱彝尊写下了著名的《鸳鸯湖櫂歌一百首》，其中大量篇幅绘摹歌咏了诗人故乡鸳鸯湖沁人心脾的秀美风光。櫂歌，即船歌，鼓櫂而歌，又称棹歌，是汉乐府的一种类型，它多流行于江南一带，文人创作的棹歌往往词章华美清丽、风格婉约缠绵，有民歌的亲切活泼，内容或抒情，或写景，或咏物，显得非常自然质朴。朱彝尊生长在水乡泽国，深受江南文化的陶染，对船民的生活体验甚深，所以欣然命笔写下一百首的船歌，以志对故乡的眷顾之情："甲寅岁暮，旅食潞河，言归未遂，爰忆土风，成绝句百首。语无诠次，以其多言舟楫之事，题曰：鸳鸯湖櫂歌，聊比竹枝、浪淘沙之调。"（《鸳鸯湖櫂歌》序）鸳鸯湖，即著名的南湖，《读史方舆纪要》曰："城（嘉兴）南一里。一名南湖，长水塘诸水所汇也。宋闻人滋云：'槜李，泽国也。东南皆陂湖，而南湖尤大，计百有二十顷，以两湖相丽而名'。"《鸳鸯湖櫂歌一百首》内容丰富、运笔恬淡、色调明丽、意蕴非常澹远，其写景往往能刻画湖山神韵，寓情于景，使人生留连向往之意。如：

沙头宿鹭傍船栖，柳外惊乌隔岸啼。为爱秋来好明月，湖东不住住湖西。

——其二

秋泾（桥名，在嘉兴城北）极望水平堤，历历杉青（闸名）古闸西。夜半呕哑柔橹拨，亭前灯火落帆（亭名）齐。

——其五十

伍胥山（胥山在城东十八里）头花满林，石佛寺（唐刹）下水深深。妾似胥山长在眼，郎如石佛本无心。

——其五十九

鹰窠（在澉浦山椒，每十月朔日月并出海中）绝顶海风晴，乌兔秋残夜并生。铁锁石塘三百里，惊涛啮尽寄奴城。

——其六十七

《鸳鸯湖櫂歌》既有上引写景的篇什，还有记载风土、描述人情、彰扬民俗的众多诗章，如果能把它们同其他嘉兴籍著名诗人，比如曹庭栋等的《魏塘纪胜》、谭吉璁的《鸳鸯湖櫂歌》相参照，对开发嘉兴一郡旅游事业将有助益。

4. 风骨苍健、闲云流转的后期山水诗

朱彝尊的人生以康熙十八年截然划为两个阶段，前期诗名渐起，学行誉满天下，但诗人却过着飘零转徙，依人而食的生活；后期被荐应博学鸿词，荣登翰苑，虽有风波，但毕竟荣耀自豪，让他有沐浴天恩的崇高感:“宸游多悦豫,振旅入天街。”(《御试省耕诗二十韵》)为感圣意眷顾之恩,他处处不忘对天子的颂扬和赞美。正是前后两种人生的反差,使朱彝尊的诗风发生整体变异,由之也催生了他山水诗审美风格的蜕变与更新。先以他滞留京师时,与徐元文、姜宸英于康熙二十六年冒“雨雪”游“大房山”的组诗为例考辩他风骨苍健的山水诗风。大房山,一名上方山,《天府广记》曰:“最称奇秀,古碑云,幽燕奥室。”明末著名诗人曹学佺记载说:“出房山县行六十里,所过村落曰瓦井、曰天光、曰孤山口,皆与山势为升降。过孤山口则崇山如环,幽溪如带。”[①]大房山为燕京山水府奥,群山环拱,幽壑险壁、佛庙道观遍布千岩万岭,朱彝尊漫游在“雪色妙渲染,一峰殊一峰。”(《冬日陪徐副相元文、姜著作宸英游大房山出郊雨雪马上作》)的殊绝山水中,顿被其气势所感染,豪情迸发时,用大笔为大房山留下了撼人心魄的真面目:“峰回削峘岋,水涸失涔派。哑哑饥乌集,簌簌病叶败。返景寒易收,阴厓瞑逾怪。”(《止孤山普济寺》)“短松走长根,老树撑空腔。径尽缘仄磴,险过梯云杠。”(《入上方山》)“蜿蜒众山伏,崱屴一峰挺。……天逼寒棱棱,星压光炯炯。”(《望摘星陀》)上引诗句笔法刚劲瘦硬,有金石之气,刻划了寒气逼人的幽燕山水诗境。正因为金石气过于凝重,所以这一期的朱彝尊游历山水更注重对山水,以及相关文史古迹的考证,《中院》《东峪寺》《西峪寺》《甘池》等皆为此类山水诗作的代表。

康熙三十一年(1692),朱彝尊结束了京师宦海生涯,由此又进入屐痕遍南北的游历过程,首先,他沿浙江衢州线,过江西玉山、广信、铅山、弋阳、贵溪、安仁,取道赣州、南安,再入广州。沿途游览烂柯山、鹿鸣山等浙江名胜,并眺望玉山、铅山、弋阳、贵溪等赣中风物,留有山水诗多篇,其诗风幽峭深邃,颇显沉静稳练:“江光寒转白,峰色远愈青。”(《鹿鸣山晚眺二首》其二)“滩响层层石,林疏面面山。”(《广信》)“连山齐覆釜,独石忽成桥。”(《贵溪》)“水回沙市曲,山到郭门平。”(《安仁》)

---

① 见《天府广记》,第505页。

朱彝尊后期行旅山水诗以入闽之作为典范，它们前呼后应，以多样的风调充分表现了诗人超常的艺术功力和审美情趣。康熙三十七年，为刊刻诗文集，朱彝尊携同查慎行一道由“江干”启航，经富春桐庐，再历铅山紫溪，抵闽之崇安，游历誉满天下的武夷九曲。沿江而行，两位旷世诗界才人，或联句酬答，或独声歌吟，把目经身历，且使人动心的美景一一勾画出来，让人仿佛置身江山万里图中，随诗人的诗魂一道去追觅弥漫无际的山水情韵：“桐江生薄寒，急雨晚淋漉。炊烟起山家，化作云覆屋。”（《桐庐雨泊》）“直到兰溪看明月，浮桥不锁待吟船。”（《晚次汝步乘月抵兰溪城下》）“乌石村深一水湾，家家吠蛤闭柴关。此时惜少洋州笔，恣写风篁十里山。”（《乌石村》）由浙江入福建，江平野阔，一片恬淡之色，而入闽地，则万峰相接、险滩迭出，令人怵目惊心，虽然朱、查二人乘兴游览了九曲武夷，但其互夸学问，以考证之笔创制山水之作，就使九曲武夷山水诗显得味同嚼蜡，毫无生机，倒是写滩行的诗章颇能显出闽地特长的风物：“颠波势欲下，乱石故磨毡。……轻舟恣一掷，纵若鸟脱罨。”（《樟滩》）“滩光黯淡雨连坑，一笑船师劝客行。三叠跳波两摇手，櫂歌十里下延平。”（《雨中过黯淡滩》）“岸阔滩平漾白沙，船人出险鼓停挝。为贪放溜风头坐，不觉蜻蜓上桨牙。”（《水口》）樟滩、黯淡滩、水口皆福建闽江（建溪）首尾相连的险要处。《读史方舆纪要·福建·大川》曰：“黯淡滩在延平府北五里。”又“自水口以上达于浦城，计程几六百里。滩石嵯岈，纵横林立，舟行罅隙中，滩高水急，略无安流。”又“水口滩险已尽，而列石江中，参差数里，水势震荡，势犹汹汹。出水口则江流浩衍，以风阻为虞矣。”①

闽越归舟，朱彝尊基本不再远游，他留连风景、缓释心灵的目光一直凝注在以故乡嘉兴为中心的苏杭一带。姑苏自古繁华，虽经明末清初劫火的焚掠，但到朱彝尊旅居吴门，写作太湖山水诗时的康熙四十三年（1703）至四十六年（1706），已经重现欣欣之象。姑苏山水诗与作于康熙四十年的西湖山水诗遥相呼应，通过平湖如洗、荷清桂香的诗情画意，我们颇能体会晚年朱彝尊人生的恬静澹远、不愠不

---

① 见《读史方舆纪要》，第4374—4375页。

燥，他怀着一颗探查生命之源，寻找心灵静土的平常心，幽幽地漫步于钱塘西子湖畔，姑苏缥渺峰下。姑苏山水诗以西洞庭诗群为主体，通过湖山映象，深刻折射了诗人温柔敦厚的人文情怀：

缥缈峰头雨，飞来销夏湾。舟停给孤寺，路转石公山。吹浪神鼋老，迎人吠犬豭。七樯帆百幅，最乐是鱼蛮。

——《雨中从销夏湾汎舟泊石公山麓》

溪桥烟柳晓参覃，鋆拂才过三月三。人自雨中来雨外，路从山北转山南。遗民老结莲花社，开士高居燕子龛。茶板粥鱼消歇后，空余井谷上方甘。

——《由上沙登灵岩山寺有感书壁》

吴下长为客，舟行不计程。过桥湖水阔，隔岸野云生。寒食谁温酒，深村亦卖饧。农人占甲子，最喜上方晴。

——《石湖》

销夏湾、石公山为洞庭西山风景名胜，与道书称第九洞天的林屋洞一起构成苏州西山游览景群，朱彝尊乘江南杏花春雨，一路从销夏湾到石公山，陶醉他的不是孤峭浩淼的湖山风光，而是充满情趣的岛居渔家生活；灵岩山，吴越时曾为吴王夫差行宫，上有西施故迹玩月池等。登临山巅，烟雨迷离，暮春江南水墨般的秀景让诗人痴迷。石湖，依上方山，湖山相映，塔影绰约，是郡城仕女踏青寻梦的好去处。朱彝尊既沉醉于"湖水阔"、"野云生"的青春佳景，更倾倒于"农人占甲子"的田园野趣。姑苏山水诗以景为铺垫，深切地抒发了诗人暮年回归自然的恬然情怀。太湖，烟波浩淼，与嘉兴一水相连，又是诗人生命中最后的驿站，所以朱彝尊对太湖极为依恋，除上列诗篇外，他还专门作《太湖罛船竹枝词十首》以表达对太湖的由衷之情。组诗隽永秀美，画面淡雅，蕴含相当丰富而辽深。

朱彝尊的诗风随其人生呈起伏跌宕之势，正如诗人自我评述那样，一生随时因势诗格发生六变。从上述山水诗的简要论述，我们恰好体认了他诗风衍变的历程，前期依人而食，浪迹江湖，多为时势和生计所迫，所以他的山水诗有“骚诵”、“关塞之音”的激楚苍凉，处处升腾着一股清新豪壮的真气韵；后期虽然也南北驰骛，但此刻的他已是誉满天下，且退隐林泉的翰林检讨，从幕府谋食到座上清客，他的身份发生了重大变化，由此他后期的山水诗大多有“应制之体”，充满凝滞枯燥的金石气，比如其武夷九曲山水诗让人丝毫激不起对壮丽山川的向往之情，如果不是杭州西湖山水诗、姑苏洞庭山水诗，特别竹枝调的太湖诗为其增加一点亮色与活力，朱彝尊后期的山水诗基本是金石考证的诗化体现，缺少山水诗应有的灵动与美感。《四库全书总目》认为朱彝尊前期受王维、孟浩然影响，所以才有永嘉杂诗一类清新自然、焕放山水异彩的诗章出现，但这些没有真正发挥出诗人的真才能，“至其中岁以还，则学问愈博，风骨逾壮。”如果就整个诗风评价，《四库全书》的编撰者们自有道理，但以山水诗而言，反倒是王、孟成就了他，而“学问”则降低了其审美内涵，使他的山水诗创作走进枯寂乏味的呆板境地。

第四节　“地标铁柱南荒远，璧拱燕云北极尊”

——李澄中的山水诗·附论徐嘉炎、汪琬

康熙十八年的博学鸿词考试，将天下握瑾怀璧的才人几乎网罗殆尽，除前述三大家，尚有一个博学鸿词的诗人群体活跃于康熙一朝，并延及霑溉于乾隆诗坛，使得康乾之世文风日盛，诗学大长，推助了整个清代文学的蓬勃发展。李澄中作为齐鲁诗人的佼佼者，他的诗名与其他鸿博诗人，诸如汪琬、施闰章，甚至朱彝尊、潘耒等齐名，可惜的是诸多清诗史论家对其关注不够，若论清代山水诗，李澄中当之无愧是一位令人瞩目，且成就非凡的优秀歌手。

一、李澄中的生平和诗歌创作概说

李澄中（1630—1700），字渭清，号渔村，又号雷田，山东诸城人。康熙壬子（十二年）拔贡生，己未（十八年）举博学鸿词，授检讨，历官侍读，他是山东唯一中式而入史馆的应试者。据载，李澄中父亲曾梦明代著名诗人李攀龙入室而生澄中，故而李澄中学诗青睐李攀龙，但其同年任丘庞垲在《论文绝句》中委婉否定了这种说法："寿光安子非知己，强为于鳞认后身。"从这句诗论可以看出，庞垲对赵执信、安若讷（即"寿光安子"）的传说有訾议，他认为李澄中的诗风和李攀龙并非一路，要是牵强附会地说李澄中是李攀龙的"后身"，那是没有真正理解并读懂李澄中的诗。其实庞垲指陈的不是具体的诗人，而是对当时诗坛盲目指认某某学某某的风气进行批评。李澄中在自撰的墓志中说道，他小时候和一群小伙伴玩游戏，经常会沉思走神，心中时时看见太古深山两种境界，过一会儿就恢复常态。卢见曾的《国朝山左诗钞》征引李澄中自撰《墓志》曰："君始为诗，恒废食饮，喜怒哀乐皆寄之。久不得志于有司，遂罢举子业，专力于诗。其诗高岸，以汉、魏、唐人为宗，不屑屑近时习也。"李澄中诗骨遒劲，转益多师，并非李攀龙所能囿围，所以曾刊刻他诗文集的庞垲要为其鸣不平。邓之诚《清诗纪事初编》评道："澄中诗学杜甫，辞多比兴，雅而能切，文笔遒炼，善于碑传纪事之作。鸿博五十人中，足称上选。"①李澄中存世作品有《卧象山房集》十五卷，包括文一卷、诗二卷、滇南集一卷、赋一卷、白云村文集四卷、诗正集七卷，另有《滇行日记》一卷行世。《四库全书存目》载录李澄中的诗文集有：《卧象山房集》三卷、《附录》二卷、《白云村集》八卷。《四库全书总目》曰："康熙己未以召试入史馆者，澄中与庞垲交最契。文格、诗格二人往往互似。是集（指《白云村集》）即垲官建宁府知府时为刻于福建者。垲序称王新城阮亭、田德州纶霞坛坫久成于时，望重龙门，渔村入都，与鼎足而立，士林称山左三大家。然澄中诗文修洁有余，至魄力雄厚，终非王、田比也。"②

李澄中诗学成就已被诸家所公认，而其人格特征，除自撰墓志说"久不得志于有司"外，很少有论家提及，但通过抒情之作，我们庶几能勾勒出他大概的形象：关心民瘼、珍视友情而剑气如虹。如"残荷

① 见《清诗纪事初编》，第690页。

② 见《四库全书总目》，第1660页。

挺孤房，柳静溪光直。稼穑乃民命，丰歉在顷刻。”（《初晴张篷海石门兄弟过荷堤》）与朋友初晴之日聚会风荷亭畔，一阵蝉声，即刻引发诗人悯农的情思；“昨岁京洛尘，与君始相遇。抗怀见古人，论文表情愫。行世互箴规，常恐多谬误。……人生天地间，孝友非细故。”（《送宋稚恭省觐归淮南》）岐路相别，朋友情深，他对友情的理解是贞洁自守、相互勉励，以正气和“孝友”做为友人立于“天地间”的根本。有了悲天悯人之心、友于同袍之气，诗人才会激起内心慷慨激昂、剑气如虹的豪侠之情：“男儿万事在怀抱，四十行年耻言老。腰间剑珮七宝装，辞家东出渔阳道。……虎皮甲袖锦战袍，剑光直拂青云高。……古来神物须大用，笑杀冯驩但蒯缑。”（《仗剑行》）剑气雄心，横行万里，上马击胡，视死如归，一个侠义少年的形象跃然纸上。

李澄中生长山东诸城，诸城明清为青州府所辖，汉代置东武县，曾先后做过胶州、密州治所。《清史稿·地理志》曰：“诸城，府东南二百八十里。东南：琅玡山、云母、烽火；南：黄山；西南：马耳、九仙山。”宋代伟大诗人苏轼曾知密州，在此留下许多遗迹和佳话，让后代追慕怀想，并影响着当地文气。李澄中对故乡情意深长，热爱至极，特作《东武吟》以彰显风物、夸赞古迹，并将其置于《滇南集》卷首，旨在引起后之君子对“东武”的重视。

二、“性癖烟霞，心耽丘壑”

——李澄中的山水诗简析

李澄中不得志于“有司”，却钟情于自然，他是一个耽溺山水的性情中人，在《别卧象山文》里诗人曾说：“某性僻烟霞，心耽丘壑，一瓢一笠，遗世逍遥。永久永朝，栖神寂寞，忽得亿万年未开之福地。”因为“性僻烟霞，心耽丘壑”，所以游踪广泛，南北名山胜水均有他的题咏歌吟，从其所作的游记散文，我们略能探知他的游迹：《卧象山记》《游桃源山记》《泛滇池游太华寺纪》《江行纪》《游嵩顶记》《游采石记》《游青山记》《过江郎山记》《仙霞岭记》《游武夷山记》等。

李澄中虽然有江浙闽、豫鲁皖之游，但论他的山水诗，我们仅撷取其《滇南集》足矣。《滇南集》创作于康熙二十九年（1690），是年，诗人奉命典试滇省，他把往返途程所经山水风物，以及观览临赏的滇中自然胜景形诸笔墨，得诗 152 首，结集为《滇南集》。滇游山水诗的价值不仅在文学艺术方面，而且还有人文地理、生态旅游、民族民俗方面，它包容广博丰厚，是一部不可多得的历史地理、边疆物产的珍贵资料。正如其同年挚友为所作序文所评："吾年友李渔村先生值庚午之宾兴。来主司于滇省，丝纶夕贲，旍羽朝驰，冀、豫、荆、梁，将历九州之半；潇、湘、沅、澧，尽探南国之奇。看女伴于菱城，花明秋水；问仙踪于桃洞，云度溪阴。短裙花布，犵狫㺍獠，王会图之堪载；海马蜈蚣，鸡背象鼻，博物志所未收。任耳目之送迎，诡奇不厌；纵车舆而上下，险仄几忘。撷秀搴芳，散卓蔚云霞之采；絺章绘句，赫蹄涌纹縠之波。……少陵排奡，唐室史臣；摩诘鲜新，诗家画境，于兹备美洵已钜观。"（田雯《滇南集序》）"渔村驱车增千里而遥，而其徙倚登陟之处，目足以证畴昔之所闻，耳足以考索从来参差俶诡之迹，才情思虑足以摅古人不易写之怀。创今人不经道之语，视夫荒崖幽箐，寂历崎岖，无足抒其怀思者。……然使碧鸡、金马、点苍、鸡足之间，皆有渔村之诗若文，以为地灵生色，不亦伟与？况乎目之所经，耳之所得，才情思虑之所发，越诚亦有有资于滇者与？"（徐嘉炎《滇南集序》）"康熙庚午，例当比士于乡，李侍读渔村先生奉命典试滇南。凡輶轩所历，名山大川幽奇奥区，皆有诗纪之，汇为一集，曰《滇南集》。属序于陈子，陈子读而叹曰：是不当以诗目之也。……将以记风土之殊致，考政事之得失耳。兹读是集，诗与境会，才与情长，写难状之景如在目前，含不尽之思见于言外，凡所历之山川人物、土俗民情、形胜要害，皆可于是诗考之。……孰有如渔村以皇华兴贤之使，兼太师采风之任，为此煌煌大篇，以扬扢盛世文明之化乎？异日大用，则内而《天保》，外而《采薇》，将于是集筮之，噫！亦可谓奇矣。"（陈僖《滇南集序》）上述各家序文，有骈有散，文不同体、言非同辞，但其相近的共识有二：一是李澄中行迹广泛，历经数省，目经身历的名山大川助长了他的才情、开阔了他的胸襟、丰厚了他的学问，使他诗兴所至，撰为《滇南集》；二是《滇南集》收录广博，不但有很高的审美价值，而且还可当一部博物志，为滇省风土人情、民风民俗的发掘起借鉴作用。以下就这两方面对《滇南集》作粗浅述论。

《滇南集》开篇《初闻滇南之命志喜二首》交代了此行的背景、时间和诗人鸢飞鱼跃的喜悦之情："诏下初为万里行，萧萧斑马出神京。……盛世车书收僰道，高秋雷雨动昆明。"（其一）"地标铁柱南荒远，星拱燕云北极尊。应有人文如盛览，可能罗致遍丘园。"（其二）"地标铁柱"，言所经之地异于中原的风土人情；"星拱燕云"，点明心存庙堂，山河一统，虽边徼荒远的滇南亦如群星拱卫京华。从京师发轫，到"地标铁柱"的滇南，其间纵横数千里，穿越冀、豫、楚、湘、黔等省区，气候风物、山川民俗都有天壤之别，李澄中一路流留、一路观赏、一路感慨、一路写作，到滇南往返时已收获甚丰。若要深入考察、探析《滇南集》的潜在价值，必先对诗人的大略程次做梳理，如此方能沿路线延伸而切入诗歌的迥异特征，展现其丰厚内涵。稍作整理，李澄中主试滇省的行程大约是这样安排的：

京师→保定→赵州→邯郸→磁州（以上河北）→彰德→黄河→禹州→裕州→南阳→新野（以上河南）→襄阳→荆州→公安（以上湖北）→清化驿→武陵→桃源→辰龙关→辰溪→沅州→晃州厅（以上湖南）→鸡鸣关→黄平州→清平县→杨老驿→清镇县→杨家关→关索岭→梅子关→铁锁桥→江西坡→鹦鹉寺→云南坡（以上贵州）白水驿→寻甸→嵩明→昆明（以上云南）。昆明留驻有日，阅尽山水人文胜迹，王事已毕后，诗人告别诸多朋友，启程返京，其经历线路为：昆明→普安县→安顺→贵阳（返程在贵阳驻马数日，遍历贵阳名胜）→辰溪县→横石滩→常德，从此由原程返京，其《滇南集》以《十二月二十四日归次常德闻雁有感》结束，而《自滇北归一百韵》则全面总结回顾了滇黔异于中原的山川地理、风物节候、民情民俗，以及自己受命主试滇省，为国家尽忠竭智选拔人才的感想，驿路所经、途次所闻，叙事、抒情、写景、考证全汇集于一百韵的长诗表现出来，令人感叹唏嘘。

京师到豫楚交界，路途千里，风光逐渐变异，诗人沿路从保定"草色连平楚，山形纵太行"（《保定道中》）的雄阔起笔，到南阳新野一带"白鹭娟娟影，斜阳逐我来。"（《新野别颜北亭》）的娴静休止，对冀豫山川人文作了深情满怀的吟诵，其中有精致的写景，如"沙浮远树滹沱转，楼接飞云北岳来。”(《登真定阳和楼》)“太行西折避洪波，欲钓金鳌奈若何?”(《渡黄河》)有睿思如涌的怀古，如“魏武遗雄风，高台郁嵯峨。……乃知豪杰人，儿女情更多。”(《铜雀台怀古》)“层岗回远势，传是武侯居。……轻起酬三顾，英雄气未除。”(《南阳谒诸葛祠》)从上简略可知，李澄中是一个写景抒怀的高手，写景能抓住其本质特征，而抒情则视角独具，发别人之所未发。

从湖广开始，山川风景殊异中原，而且渐行渐远渐离奇，楚地山水诗在整个滇南山水诗中起到启承转合的作用，它既有中原的雄峻，又有南国的幽冥，如：“星垂古岘口，月照大江西。”(《晚抵襄阳》)“斗绝千仞余，仿佛武丁凿。岗势趋北山，地形互脉络。”(《虎牙关》)“荒田低潦少高岗，鸂鶒群飞是水乡。”(《公安口号》)

鄂湘交会，山势突然连绵，水流环合，情韵幽深莫测，仿佛太古的神灵一一从岩宫洞府间翩然而至，令人生忧愁敬慕之情。滇南山水诗的高潮从湘西开始，一路高歌，把读者的心灵导引到一个奇境顿开的幽深世界，让我们尽意领略桃源之安谧祥和、湘西之神秘诡谲、黔中之雄伟险峻、滇北之宏深辽远。在这曲山水大奏鸣中，首先来聆听充满奇幻的湘西山水之声：

岚烟四面散空濛，迢递轻舆宿雾中。南国秋光乌柏树，殊方鸟语白头翁。看云乍觉双崖合，绝壁焉知一径通。东望药山青在眼，可能高枕听松风。

——《清化驿山行》

千山鸟语万山松，行过青山几万重。绝壁盘回堪倒马，悬崖斗削挂飞龙。溪边竹叶长于尺，岩下泉声滴似钟。曾向遇仙桥上立，秦人鸡犬几时逢。

——《桃川宫山行》

两崖束雄关，斗峭疑鬼工。群山尽西向，面面青芙蓉。峡势何窈窕，列嶂摩苍穹。……玉帛走中原，南北此路通。自古恃危险，兵谋有时穷。岂知造化力，人天相代终。

——《芙蓉关》

乱石闭洞门，一水荡空翠。悬崖百尺余，终古疑欲坠。高下敞层檐，峨峨俨鳞次。钟乳各倒垂，蜂脾互相缀。乾溪下注深，石壘决幽邃。山空若洪钟，鞺鞳声无际。翻笑桃源人，避秦失此地。

——《乾溪洞》

三湘水色近秋清，山势遥连二酉平。历尽千峰与万壑，最怜处处画眉声。

——《石门口占》

湖南至贵州，经历澧州府、常德府、辰州府、沅州府、晃州厅，该区域地形复杂、山势峻拔、溪流交错、险关重重，湖南四条最大的河流有两条即澧水和沅水流经澧州、辰州、常德、沅州境内。江流所经，险滩迭出，关山难越，《清史稿・地理志・湖南》"澧州直隶州条"记澧水形势曰："澧水在境（慈利县）为洲渚者八，为潭者二，为滩濑者百三十二。"[①]《读史方舆纪要》载沅水、澧水说："沅水过沅州城南，又径黔阳县城南，又东接靖州会同县西界，东北流经辰溪县北、庐溪县南，又过辰州府城南，东北至常德府桃源县南，又东径常德府城南、龙阳县北，至沅江县之西南注于洞庭湖。"沅、湘并称，早在屈原的《九章》中反复出现，司马迁亦南"浮沅、湘"，成就行万里路，考校山川的宏愿，可见在湖南西南部，沅江、湘江为最大水系。顾祖禹对澧水的评价是"会众川以入洞庭者，于东则湘水为宗，于西则沅水为长，而出于二水之中者澬水为雄，由是而北，庶几以澧水为君矣。"[②]

上举各诗，分别是诗人经澧、常、辰、沅、晃诸州府境时所作山水诗的代表。清化驿，在澧州直隶州境内，今湖南省津市南。明洪武十五年（1382）置清化驿，清嘉庆改置清化巡司，《清史稿・地理志》"澧州条"曰："州判驻津市镇。清化、顺林二巡司。兰松水、马二驿。汇

---

① 见《清史稿》，第 549 页。

② 见《读史方舆纪要》，第 3504 页。

口、三汊河、津市、嘉山四镇。”[①]澧州山川相属，逶迤连绵，景色清幽而色彩斑斓(今张家界市在澧州、常德)，诗人穿行在岚光如醉，秋林似染的山道上，听鸟语阵阵，看云影离合，刹那产生高枕听松的出尘之想。桃川，在常德府桃源县，《读史方舆纪要》:“桃源山，县南二十里，高五里，周三十二里。西南有桃源洞，一名秦人洞，即白马洞也，道书以为第三十五洞天。沅江经此曰白马江，亦谓之桃川江。又绿萝山，在县南十五里，道书以为第四十二福地。”[②]桃源因陶渊明《桃花源记》而得名，景色幽深奥渺，移步换景，有人间仙境之称。县境著称者有八景:桃川仙隐、白马雪涛、绿萝晴昼、梅溪烟雨、寻阳古寺、楚山春晚、沅江夜月、童坊晓渡。李澄中所写桃川宫，在桃源山下，《方舆胜览》曰:“桃源山，在桃源县南二十里，《图经》云:‘山下有桃川宫，西南一里即桃源洞。’”桃源山、桃川宫、桃源洞三位一体，为桃源县八景之首，李澄中游罢桃源洞，作《游桃源洞》诗，《桃川宫山行》是其姊妹篇，两诗相互补充，把桃花源山水依依、洞壑幽幽的仙灵世界表现得令人神往。芙蓉关，在辰州府境，过常德，入辰州，一路关隘连属，李澄中的《辰龙关》《乱石关》《马鞍关》《芙蓉关》等，既精心刻划雄关漫道的山水形貌，又沉思冥想，颖悟险关与治理天下的至道:“设险不足恃，徒启后世乱。吾欲铲垒嶂，坦然安里閈。”(《乱石关》)“大义即胜兵，一挥扫贼残。”(《马鞍关》)辰州处边徼地带，少数民族杂居其间，所以设险关而保障安危，但李澄中认为与其设天险以防乱，还不如宽政爱民、休养生息，通过教化来使人民知书达理、安居乐业，“自古恃危险，兵谋有时穷。岂知造化力，人天相代终。”(《芙蓉关》)对于辰州的关隘形胜，顾祖禹是这样说的:“辰龙关，在府境，要地也。……又有乱石关，山少林木;逾数里，高岗复岭，万木森罗，至马鞍关陟峭千尺;过此皆万仞峻岩，松柏交荫，下临深涧，不止数丈，隔岸峰峦对峙，盘纡深曲，引人入胜;过芙蓉关宿马底驿，辰龙关以西皆

---

① 见《清史稿》,549 页。

② 见《读史方舆纪要》,第 3775 页。

十里一亭。”①李澄中对各关形貌体势的描绘恰好印证了顾祖禹的载录:“下视气惨悽,天束峡势急。……凿空双门开,削壁一峰立。”(《辰龙关》)“关门积乱石,徐步自喘汗。突兀见南峰,披云党霄汉。……西下大壑深,窈黑气未散。”(《乱石关》)“羊肠缘绝壁,斗削凌千盘。锦屏列惊峡,山气常高寒。”(《马鞍关》)湘西群山连绵,险峻异常,众水回合,而溪涧暗流遍布各处,特殊的地貌形成诸多溶岩洞府,为湘西之奇观。乾溪洞,在辰州境内,为湘西著名洞府之一,李澄中轻描淡写,将溶洞奇观呈现于世人目前。《石门口占》在众多幽奇峭劲的湘西山水诗中,宛如一首清亮的小唱,使人被高峡急流、雄关绝壁绷紧的心弦得以缓释,从而静心欣赏湘西别样如桃源仙境般的旖旎风光。

“不尽青莲色,相随万里生。……楚草腥难近,黔山秃未平。”(《清浪山行》)初秋放晓,天光熹微,诗人怀着“渐南欲寄家书切”(《立秋日晃州驿早发》)的怅惘之情,告别晃州,结束了漫长而惊心的湘西之旅,走在满眼“青莲色”的清浪道上,开始了黔中行游。清浪,指清浪卫,在明贵州镇远府东七十里,明太祖洪武二十三年置,属湖广都司,清雍正五年割属思州府,置青溪县。由湘经黔至滇,山水错互,如犬牙之纠结,顾炎武《肇域志》曰:“出沅州而西,晃州即贵竹地,顾清浪、镇远、偏桥诸卫旧辖湖省,故犬牙制之。其地只借一线之路入滇,两畔皆苗。晃州至平夷(明为平夷守御千户所,属贵州普安州普安卫辖,清康熙二十六年省入霑益州,三十年改平彝置县,属云南曲靖府。笔者注)十八站,每站虽云五六十里,实百里而遥,……其地步步行山中,又多蛇、雾、雨,十二时天地暗卺,间三五日中一晴霁耳。然方晴倏雨,又不可期,故土人每出必披氈衫,背篛笠,手执竹枝,竹以驱蛇,笠以备雨也。谚曰:天无三日晴,地无三里平。”②李澄中的黔中山水诗以《鸡鸣关》起首,一气连贯创作了数十首,涉及黔省地理、山川、民风、民俗等,可谓流光溢彩,令人神往魂销。如写山川气势的:“众山气鸿濛,势可天

① 见《读史方舆纪要》,第3821页。

② 见《肇域志》,第2471页。

地配。百折陟雄关，嵯峨两崖对。日月争一门，恐与风云碍。……群岫如列眉，俯见飞鸟背。峰攒万壑低，苔古乱石碎。”(《油榨关》)油榨关，在明清贵州镇远府西三十里，《读史方舆纪要》载：“旁有二仙坡，山二峰突立，其状如人，崖壁险固，控拒所资。”镇远府“东达沅辰，西贯贵竹，当往来之冲，为扼要之地。”[①]所以城廓周边关隘四设，油榨关即其一，李澄中写油榨关形胜高可极天，下临无地，一气鸿濛而“两崖”“嵯峨”相对，顿然让人感到黔山的雄伟壮丽。再如：“碧藓披云入，丹梯倚杖劳。乔松无甲子，悬石涌波涛。”(《飞云岩》)飞云岩，在明贵州都匀府兴隆卫东三十里，清镇远府黄平州东。《读史方舆纪要》曰：“一名东坡山，壁立千仞，奇胜万端，下有澄潭，旁有月潭寺。”[②]飞云岩在李澄中笔下，山水相激、气势雄阔，古松荫蔽、幽深苍茫；又如：“天无三日晴，地无三尺平。黔人为此语，念之心骨惊。今登江西坡，指顾风云生。千峰在足底，罗列何峥嵘。……鸟道挂绝巘，下聆鹧鸪声。”(《江西坡纪黔人语》)江西坡，在清贵州兴义府普安县境，离云南边境平彝县不远，诗人历经艰险，亲身体验黔地山势“千峰在足下，罗列何峥嵘”的险要之后，感慨黔人所谓“天无三日晴，地无三尺平”的谚语之真切，有“痛定思痛”之悟。黔中多以坡、岭为山名，其坡的概念不似中原较平缓而低，黔中之坡往往是高峻入云、盘旋数十里的大山，如相见坡、鸡公背坡、打罕坡、云南坡等。李澄中的《云南坡》写得巉刻峭厉、惊人心魂：“一峰划云南，地仍属鬼方。……今朝云复生，漫谷何洋洋。奔豗瀑布泻，寂历秋风飏。暗壑通地胏，绝顶排天阊。俯拾江河影，上拂日月光。……咫尺忽异态，耳目失其常。万仞不见底，侧足心彷徨。”

除高坡峻峰、山脉相连，黔中地貌的特征是洞壑层出、关岭迭现。顾炎武《肇域志》曰：“贵州多洞壑，水皆穿山而过，则山之空洞可知。”[③]又曰：“贵州设山，上中高而外低，如关索乃贵镇山，四水倾流，

① 见《读史方舆纪要》，第 5314 页。
② 同上，第 5283 页。
③ 见《肇域志》，第 2471 页。

内无停蓄。”(同上)李澄中写洞府,形象生动,声情并茂,把黔中掩抑深山的洞壑奇观渐次绽放开来,令世人观瞻。如“凿空藏巨壑,穿石滴鸣泉。风袅云常冷,灯明路自悬。”(《华严洞》)“兕牛潭上瀑,海马洞中云。天地盘江远,山川罗鬼分。”(《海马洞》)“嵌洞施天巧,高深触类成。……幽奇无斧削,灵秀且晶莹。坎涸泉仍注,潭空气转清。石钟虚更响,乳笋滴还生。……猿蹲思奋攫,龙挂俨长鸣。”(《凭虚洞》)从形似到神似,诗人将所见之洞壑尽意勾勒,使人如身临其境。写黔中奇峰耸立、划天柱地、激流崩奔,声势撼人的诗篇,《关索岭》与《铁锁桥歌》当属压卷之作:

关门烟雨散空濛,锁钥西南一气中。天外秋光浮贵筑,云边山色压乌蒙。苍苔渍石侵崖黑,斜日穿林射峡红。自笑平生多感慨,登临怀古意无穷。

——《关索岭》

盘江之水称奇绝,双峡壁立如截铁。惊涛澎湃戒舟航,行人眼穿骨欲折。曾闻唐末阁罗凤,创为铁锁势飞动。千年桥在袭遗踪,山河南北遥相控。我今游滇过此桥,江流滚滚风萧萧。两崖叠石说仙客,斜支短柱通云霄。铁絙似臂贯两旁,小絙细碎悬中央。穿石而上为屋栋,穿木而下成桥梁。铁钳木板平如掌,牝牡相衔自宽广。飞阁朱棂桥始成,车马朝朝共来往。下临江水森无际,倒悬藻棁风雨闭。逆贼一炬总烟销,皇朝重修加壮丽。远观飞桥落彩虹,近视铁锁何玲珑。天地补救待人事,万年无弊车书通。

——《铁锁桥歌》

关索岭,在明清永宁州境内。顾祖禹《读史方舆纪要》:“关索岭,在司(顶营长官司)北三十里。岭极高,周回百余里,入滇者必由此。与安庄卫接界。”又“安庄卫指挥所”条:“卫近接黔、蜀,远控滇、粤,而关索岭者,又明初用兵之地也。……关索岭,即所治(关索岭守御千户所驻地。笔者注)。滇、黔通道也。……《滇程记》:‘鸡公背与关索岭相对，两山之趾，界以溪涧。岭凡四十三盘，至巅，有香树坡、小箐口坡、白口东坡、安笼箐坡、胡椒凹、象鼻岭，左右皆崖箐万仞，中仅有道如梁，行者慄且汗矣。'"[①]李澄中的《鸡公背》《关索岭》《象鼻岭》一气贯穿，通过山岭险峻气势的描写，突出其地跨滇黔、控御东西的战略特征，既撼人眼目，又发人深思："关门烟雨散空濛，锁钥西南一气中。"(《关索岭》)"山低镇远遥通楚，地划安南半入滇。"(《象鼻岭》)言山川形势，雄镇西南，控守滇、黔，气势极为雄阔；"天外秋光浮贵筑，云边山色压乌蒙。"(《关索岭》)"吹面西风忽飒然，浮空秋色荡层巅。"(《象鼻岭》)山势与节候相映，愈发突出望里青山苍深辽远的雄浑气象；"苍苔渍石侵崖黑，斜日穿林射峡红。自笑平生多感慨，登临怀古意无穷。"(《关索岭》)"绝壁云霞双涧落，寒城灯火万家悬。凭高莫起怀乡思，久隔藤萝鸟道边。"(《象鼻岭》)俯看远眺，从细节入手，进一步渲染黔中山岭的高峻深邃，最后因景生情，使情景达到自然交融的完美境界。

铁索桥，在清安顺府永宁州与兴义府安南县交界之北盘江上，今属贵州关岭布依族苗族自治县。清陈鼎《黔游记》载曰："明天启间，监司朱家民始冶铁为絙者三十七，长数十丈，贯两崖巨石间，覆以木板，相类栈道。然絙长力弱，人行其上，升降不已，身随摇撼，不克自持，车骑必下，前者陟岸，后者始登。若接武而行，益增其险，曩毁于道。今则两崖甃以巨石，柱以强材，经以铁絙，纬以平板，上覆木屋，人可骈肩，马可联辔，即鱼贯列武而行，亦不惊矣。"[②]铁索桥横跨北盘江之上，不但勾连交通了滇黔往来之要路，而且如一道卧波长虹，与江山紧紧相依，融为一体，成为自然景物中一个闪耀着人文光彩的奇观。李澄中登桥四顾，心神皆惊，写下山水诗篇《铁索桥歌》。开篇他大笔挥洒，言盘江之流遄急迅猛，有惊人魂魄之势："盘江之水称奇绝，双峡壁立如截铁。惊涛澎湃戒舟航，行人眼穿骨欲折。"然后盛赞古人天堑架铁桥的千年伟业："千年桥在袭遗踪，山河南北遥相控。"

① 见《读史方舆纪要》，第 5343 页。

② 见《中国历史地名大词典》，第 2130 页。

最让人叫绝的是诗人对铁索桥结构精微准确的描写，其观察之细腻，描绘之精准，堪为桥梁工程史提供考证资料。

过云南坡，向西而行，便渐入号称七彩云霞的滇中。初进云南，诗人相度山川，观览形胜，用雄阔高远的目光指出云南的战略地位："彩云生处起秋风，金马青苍在眼中。地控铁桥分六诏，山连黑水下三崇。"（《初入滇南》其一）云南虽然地控滇黔，势压西南，但与黔中相异的是其平缓迤逦的山形水貌，给人耳目清新的焕然感："潇潇细雨柳鬖鬖，无数青山映碧潭。……满岭松风清入耳，清溪洞口好停骖。"（《初入滇南》其二）顾祖禹《读史方舆纪要》叙云南形势曰："云南与贵州、四川接壤，今行旅所经，有东西两路，而皆以曲靖为孔道。从辰、沅经贵州，出威清、平坝、普定、安南，越普安州入云南界，遵平夷而达曲靖者，此东路也。从巴、夔经泸州，出永宁、赤水、毕节、乌撒，逾七星关入云南界，遵霑益而达曲靖者，此西路也。"[①]云南处西南边陲，所以它对巩固边防、稳定中原有重要的屏障作用。关于云南的地形地貌，顾炎武《肇域志》引明王士性《广志绎·方舆崖略》曰："两山夹陇丘行，俗谓之川。滇中长川有至百十余里者，纯是行龙，不甚盘结。过平夷以西，觉天地开朗，不行黯黮中。至漾濞以西，又觉险峻崚嶒，然虽险，犹不暗也。行东西大路上，不热不寒，四时有花，俱是春秋景象。"[②]由黔入滇，过曲靖即是昆明，因行程和地理原因，李澄中的滇南山水诗显得平和澹荡，如一曲舒缓的散板，让人心旷神怡，如："雨余秋色净，松隙石稜生。虚谷闻蛩语，空山无鸟声。"（《将至白水驿山行》）"不意滇南道，西风草气香。……一水回幽沼，群峰拥半岗。"（《青石坡道中纪事》）"秋满关前草色平，武侯祠下白云生。千年化石松枝老，散作空山风雨声。"（《寻甸关岭武侯祠前古松》）"径转松林入翠微，五华遥映白云飞。山浮岚气来杯酒，风动湖光上客衣。"（《于鼎臣藩司、许元功臬司、王劼轩、吴克庵两观察招饮五华山》）从上述滇南山水诗片段，足以见出滇地风光之幽秀旖旎，以及诗人写景造境的

---

① 见《读史方舆纪要》，第 5401 页。

② 见《肇域志》，第 2421 页。

高超水平。滇南山水诗应以《准提阁望嵩明湖》《登太华寺大悲阁望滇池作》《重九前一日王抚军在兹邀游金马寺》为代表：

小阁凭虚野色开，为怜怪石重徘徊。天空山势参差出，草阔湖光缥缈来。浅水飞凫秋兴远，浮云落日客心哀。荒村浊酒无沽处，空羡渔舟去复回。

——《准提阁望嵩明湖》

香台高拥万山平，无数烟云绕涧生。杯底岚光浮太华，檐前秋色挂昆明。空余战垒悲戎马，似有霜风动石鲸。我醉欲留归路晚，满湖鸥鹭棹歌声。

——《登太华寺大悲阁望滇池》

迢递层岗路欲迷，深松方塔乱峰西。又乘旭景来金马，曾逐凉风上碧鸡。故垒几经秋草没，荒城依旧夜乌啼。登高漫说他乡远，美酒茱萸尚可携。

——《重九前一日王抚军在兹招游金马寺》

嵩明湖，不详其成因，在云南府属嵩明州。嵩明州在云南府东北一百三十里，《肇域志》载曰："古滇国地，名曰枳磴，又曰嵩盟。昔汉人筑金城于此，曰长州，因筑台与蛮盟，故曰嵩盟。"①嵩明州境内山川环回，土地平沃，有素称"岩石峭立，文彩若罗锦"的罗锦山，"苍崖叠出，望之郁然，土壤肥沃，果蔬繁美"的弥雄山等峰峦，还有缠绵宛延、可渔可溉，"带滇池，汇昆池"的龙巨江、嘉利泽、邵甸河等江河泽泊。李澄中登高望远，嵩明湖周边景色排空而来，山势参差、湖光缥缈、落霞如醉、秋凫翻飞，一片淡淡的乡愁随"秋兴"愈飘愈远，给空明的景致涂上一层血色的凄冷，加厚了诗歌的抒情氛围。

滇池，在云南府城南。一名昆明池，亦曰滇南泽。《读史方舆纪要》引《滇记》曰："郡城金马、碧鸡二山东西夹护，高山北来，而环列于前，中开一大都会。滇北受邵甸、牧羊山诸泉及黑白龙潭、海源洞诸

---

① 见《肇域志》第2327页。

水汇为巨浸，延袤三百余里，军民田庐，环列其旁，而洩于稍西一小河，又折而北，不见其去，故又名滇海。”[①]又“昆明县”条曰：“滇池，在府城南。府西南八十里为海口，池水由此北入富民县，汇于广趄塘，通金沙江处也。”[②]又“晋宁州呈贡县”条曰：“滇池，县(呈贡)西南三十里。烟霞万顷，支流环绕，邑中资以灌溉。”云南府(今云南昆明市)城周边，不但滇池称胜，而且有金马、碧鸡对峙，山水称形胜也。《读史方舆纪要》所载各山包括：五华山、商山、玉案山、金马山、碧鸡山，此外还有海源洞。这些分耸东西各方的峰岭与滇池相映，构成昆明幽秀奇丽的山水胜境。五华山，在府城内，上有五华寺，可俯瞰昆明池；商山，在螺山之北，其形夭矫特立，“连峰叠嶂，丹崖翠壁，有鹤停鹄峙之态。”[③]玉案山，云南府城西二十五里，山势秀丽，有泉石之趣，南距滇池十多里；金马山，云南府东二十五里，西对碧鸡山，两山相距五十余里，滇池被其合围，山不甚高，但绵延向西南达几十里；碧鸡山，云南府西南三十里，“东瞰滇池，苍崖万丈，绿水千寻。”(同上)碧鸡西北有太华山，上有太华寺，其“下瞰滇池，左环右绕，称滇城绝胜。”(同上)诸山而外，海源洞在昆明亦称佳境，其位置在云南府西二十里，中空可容几百人。“四崖削立，石乳奇幻，下有龙湫，其水清浅，四时不竭，流入鸳鸯池，又注为黑龙潭。”[④]李澄中驻马昆明，在当地大员陪同下，前后遍游了滇池周围名山胜水，面对“万顷烟霞一窗里，全收金马碧鸡山”(《范苏公制府招饮兴春楼三绝》其二)的滉漾隽永景色，创作多篇即兴山水诗歌，上引为其中典范。太华寺临流而筑，下瞰波光云影的滇池，远处万山平阔，近观烟霞缭绕，让人顿然产生“杯底岚光浮太华，檐前秋色挂昆明”的悠远辽阔感。金马寺，在金马山上，重阳节近，正是诗人思乡心切的时刻，穿过层峦松径，踏着旭日，跃身而上金马之巅，骋目放怀，故垒依旧，秋草萋萋，一种时光难

---

① 见《读史方舆纪要》，第5053页。

② 同上，第5064页。

③ 同上，第5063页。

④ 同上，第5063页。

留、乡思如缕的空茫感袭上心头。但豁达的诗人笔锋一转，把乡愁远远宕开，只留下美景良辰、佳酿清兴随“凉风”飘飞远飏：“登高漫说他乡远，美酒茱萸尚可携。”

自别京师，一路历险至滇南，诗人的乡愁如飞絮，终于在昆明池畔绽开苞蕾，迸发成漫天飞舞的精灵，洋洋洒洒地渗进滇南山水诗蔓延开来，给人视觉享受之余，又带来心灵悸动。从山水诗的艺术角度考察，李澄中的滇南山水诗在精致的景物描绘里，揉进了缕缕乡思和淡淡哀愁，使景和情，客观与主观达到完美融汇，以景写情，以情现景，从而使山水诗境显出弱不胜情而又清峻淡远的美质。

“苍苍云树归来想，渺渺山川别后心。异地应同怀友兴，昆明金马梦中寻。”(《与毕铁岚观察小饮吴克庵学宪澹宁轩留别》)在昆明的日子，诗人的乡思和岁月一同增长，而美丽的滇池风光给诗人带来空前的心灵抚慰，所以他离别昆明，告别友人时显得依依深情，魂梦相牵，“离怀逢岁暮，幽梦越江湖。”(《留别汤禹若》)“北风嫋嫋送行旌。雨雪天涯数去程。……关岭松前定回首，不堪魂断是昆明。”(《留别于鼎臣方伯许元功臬台》)挥断滇南云彩，李澄中踏上返程的归途。虽然往返线路重复，但其山水诗描写对象相异，且诗风韵味前后略有区别。归途山水诗在内容上不再翻版往昔，而是全新显现，如《归次多罗有感》《普安县山中纪兴》《安顺山中遇雪口号》《石门山》《登栖霞山》《贵阳王文成祠》《福泉山高真观用彭禹峰先生韵》《葛镜桥》《黔行杂咏》十六首(以上主要写贵阳)、《江行口号》《山色》《宿辰溪县》《过九矶滩》《过横石滩》(以上写湘西)等。就诗风、韵味而言，归途山水诗更多了一份乡关万里、愁绪漫溢的悲感与凄清，如：“万里经秋无过雁，一灯深坐有归人。……纵是蛮方亦摇落，高岩花发转伤神。”(《归次多罗有感》)“羊肠自怯经年路，马足重过万里台。……有书欲寄家乡远，望断长天雁不来。”(《普安县山中纪兴》)如果以刻镂景物，营造山水诗境的表现手法而观，李澄中往返滇南的山水诗艺前后保持了高度一致，写景生动，用词精致，对仗工稳而神韵自出。如：“千峰眉际攒，螺黛快一扫。……西岩敞平畴，苍烟郁缥缈。”(《石门山》)“曲岸蟠深峡，晴烟昼杳冥。横流沉地黑，削壁入天青。”(《葛镜桥》)“江深清见底，谷静远闻声。倚枕看鸥鸟，飘飘物外情。”（《过九矶滩》）滇行山水诗至此落下清音缭绕、余韵不绝的帷幕，但十六首相贯的《黔行杂咏》约略值得一提。这组诗用五律的诗体，前后相接，全景式地再现了黔境所历之景，所见之物，所生之想，所发之情，有回顾反刍，总括全篇之意。《黔行杂咏》不写具体山形水态，不述一事一物，不载一时一地，但黔中山水形貌特征、四时节物、民风民俗俱生机勃发、灵动鲜活地呈现于诗人笔端，让人遐思畅想。贵州以山地著称，再险峻的高山在黔人眼里都是“坡”或“岭”，“山色高无极，千寻只号坡。……瘴雨时时有，云峰面面多。”（其三）“天日清和少，全黔万岫中。岚烟经岁有，泥泞四时同。”（其一）“山高仍唤岭，江迥且名河。”（其五）黔地风物节候，民风民俗与中原迥然不同，山城雾瘴，人皆纹彩衣绣，叫人叹为观止，“雾露埋峰顶，经旬不见天。”（其六）“山惟关岭大，安顺半成峰。”（其八）“殊俗真如鬼，方言尽是苗。绵衣冬不着，洞女唱相招。”（其九）“牡蛎纷垂鬓，中男耳戴环。”（其十）“尺布缠头怪，无分暑与寒。……人在云中住，天从峡外看。”（其十一）“居人皆跣足，苗妇只长裙。……蛮巫随处有，铜鼓数声闻。”（其十二）将《黔行杂诗》所载与其它山水、民情诗篇，比如《芦荻村山行》、《杨家关山行》、《苗民篇》、《安南谣》等交互参阅，既可深入了解黔中风物民俗，又可深切体察苗民生活的艰辛，在记述了苗族种群的民族习俗后，诗人目睹苗民的苦难，提出自己的治世理想：“自古豪杰靖边疆，仁心驾御兼机警。莫教长吏肆贪残，远人含冤思一逞。牂牁故郡穷且荒，山高田少多流亡。家苗租庸困已甚，生苗叛服原不常。我行欲绘苗民苦，日日辎轩遍鬼方。”（《苗民篇》）自古以来，治世以仁心宽政为上，尤其对边远贫瘠的少数民族地区，简政爱民、轻徭薄赋，施行教化和礼义，是稳定社会、巩固边疆，和谐民族关系的基本措施。李澄中悲天悯人的情怀不但提升了他滇南山水诗的品质，而且还为后世治理边远少数民族提供了有益思考。

李澄中身为参试博学鸿词的学者，他没有朱彝尊、潘耒那样考核史地的凝重，相反他在山水诗创作上兼有了诸家所长，又避免了枯燥板滞的缺陷，以纯粹诗人的眼光去观察临摹山川清丽雄阔、旷逸苍劲的形貌，通过清新自然、萧疏澹远的格调表现出来，就使其山水诗境达到了韵味充盈、光彩焕现的审美高度。因此之故，博学鸿词诗群中，李澄中的山水诗价值不仅表现在独特的内涵上，而且还体现在诗人纯艺术的表现形式上，他是一个性情中的诗人，他的山水诗亦是因情写景，情景交会的上乘之作。

三、徐嘉炎的山水诗

博学鸿词诗人中，李澄中和徐嘉炎关系甚善，出于机缘巧合，康熙二十九年李澄中典试云南，徐嘉炎典试贵州，临歧执手，两人互道珍重，字里行间足显其情谊深厚。在为李澄中《滇南集》所作的序言中，徐嘉炎深情地说到："余与渔村同事馆阁，渔村弟蓄余者有年，庚午岁两人皆奉使西南行，渔村得滇，余得黔。黔与滇趾连壤接，其亭传距滇稍迩十之二，然黔之川谷岭涧、物产土风，无一可与滇齿者。"

徐嘉炎(1631—1703)，字胜力，又字华隐，浙江嘉兴人。康熙十八年举博学鸿词，中式一等，授检讨。历官内阁学士，兼礼部侍郎。有《抱经斋诗集十四卷》《文集不分卷》行世。《四库全书总目》载录其作品曰："《抱经斋集二十卷》，附《焚余草》一卷。"《焚余草》为其父徐肇森遗作。据邓之诚《清诗纪事初编》约略可知，徐嘉炎自幼即聪明特异，和夏完淳等人一道被目为神童。康熙三十八年，六十八岁的徐嘉炎辞官归里，四十二年卒于家。徐嘉炎与李澄中交情深厚，而和"同里同举"鸿博的朱彝尊却互不相能，据《清诗纪事初编》所载徐朱二人不和的原因是"以争名成隙。"由种种迹象分析，邓之诚先生认为"彝尊未必君子也"。(邓之诚先生的评价姑备一说，其实徐朱不和由来已久，而且各出阴招，兹不详述。笔者注)

徐嘉炎诗歌以才气取胜，出入于唐宋诸名家，故此徐世昌评其"途辙甚正，吐属故是不凡。"①

徐嘉炎山水诗成就斐然，其篇什丰赡而内涵富厚，因其入唐初四杰、韩愈、苏轼、陆游之堂奥，所以山水诗意境清新自然、超逸奔放，感

① 见《清诗汇》，第581页。

情充沛而气势宏阔。如：

高岭鸡鸣树萧索，林烟空翠相回薄。残月未落星河见，云花处处团成片。群峰插天天半白，翛然起坐临流石。山鸟新啼未识名，衰灯不惜留羁客。东山朝光来殿里，凉风生竹青烟起。当年天半彩云飞，玉露秋空夜湿衣。

——《晓望五云山》

我行望庐山，烟雨交连绵。自笑素无济胜具，何因得遂名山缘。忽然雨止风势恶，长年回舟山下泊。遂从城市抵嵚岩，却向村墟问丘壑。登崖试踏万重云，驰裳欲上千寻阁。逶迤竹径松参差，层峦绝巘排云裹。屏风星罗千万叠，石梁倒影银河重。峰回路仄群山间，山泉飞湍何潺湲。烟霞欲卧还归岫，因风恍惚开禅关。禅关云是开先寺，隐隐岩萝成积翠。白足遥看曳九天，青衫自慰临初地。石门精舍望中看，虎溪深处东林寒。寻幽揽胜不可尽，将翔愿得凌风翰。芒鞋竹杖数奇石，将与高人共晨夕。寂寂徒闻太白堂，茫茫谁识匡君宅。溪花山草春相寻，锦屏漱玉亭阴阴。青峰之云绿萝月，顿令游子忘归心。瀑飞千层层不断，客肠百结结逾深。相期啸月香炉顶，还复乘云五老岭。

——《春日游庐山歌》

兰江三渡又晨征，山鸟山花共有情。朱槿紫薇疑一色，鹧鸪鶗鴂果殊声。风来望断申鸣墓，秋至悲深宋玉城。径曲漫忘行路险，藤崖箐谷总王程。

——《澧州道中》

以上诸诗，选录徐嘉炎不同时期，不同地域，不同体裁的山水诗代表作。五云山，在杭州府（今杭州市）西南二十里。《读史方舆纪要》："沿江自徐村而进，盘曲凡六里，七十二湾，上有二井，大旱不竭。长江三折，正当其前，又有溪水东流，经诸桥以入江。"[①]徐嘉炎的《晓

---

① 见《读史方舆纪要》，第4126页。

望五云山》写于早期，是其游历杭州西湖诸胜时的作品，全诗轻烟漫笼，晓雾迷蒙，在一片欲晓未晓的晨曦中，鸡鸣鸟唱，月残星稀，群峰突破秋空排闼而至，诗人临流而坐，思情随“朝光”、“凉风”穿越重重烟岚飘向远方。其诗风轻快朦胧，韵味含蓄蕴藉，表现了诗人对自然山水的沉醉和虔敬。《春日游庐山》是一篇用歌行体创制的山水大作，这首诗大气开合，感情激荡，诗人在庐山山水总貌描写的基础上，抒发了无可抑止的奔放情怀，看似处处写景，但却笔笔用情，情通过景的负载具象化地传达出来，便产生感染人心的艺术力量。诗歌语言如贯珠，一气呵城，丝丝相连，既有灵动圆转之处，又有形象逼真的功效。《澧州道中》作于康熙二十九年赴贵州途中，澧州，当湖北、湖南之要冲，为湘鄂交替之处。古名澧阳、涔阳，屈原《离骚》多有提及。《方舆胜览》言其形胜曰：“东接洞庭，右接巫峡，彭阜耸其西，江陵在其北，倚连岗以起伏，荆之近庸。”[①]因澧州山川相连，贯通湖广，江山相映，屏障荆楚，所以古人称其“神仙窟宅”、“国之南屏”。境内名山众多，最著者有彭山、药山、大浮山、崇山、黄山、天门山、赤松山等，澧水穿境而来，故名澧州。徐嘉炎行走澧州道上，突然而来的楚湘风光引得诗人思绪如缕，遍目迎送的花鸟含情脉脉，弥望是紫色连成的画布，谛听则各种飞鸟唱出不同的歌声，由于沉浸在如诗似画的山景中，所以险关重叠的驿路早已被行吟者遗忘，从石门到桃源，诗人的目光总是留连在仙幻世界的迷离景致上：“依稀花涧流红绕，恍惚仙山乱碧滋。”(《游桃花源二首》其一)“鸣泉百道缘山冷，古树千章列洞寒。”(同上，其二)上引三诗基本反映了徐嘉炎清淡悠扬、空阔辽远的山水诗风，在他无南无北的丰厚山水诗篇中，我们始终被诗人奔放的热情、细腻的刻镂、超脱的人生态度所感染，心魂跨过时空，和诗人的诗意一道飞舞飘扬。最后再以诗人优秀的山水诗片断来进一步品鉴他的卓越诗艺：“风涛万里夕阳寒，吴中山水足盘桓。横塘晚渡钟声近，如钩新月青松端。”(《泊虎丘夜坐石上闻吹箫》)“击剑高歌行路难，江头云影生层湍。长风破浪偶然事，章木南连岭月寒。”(《藤王阁

---

① 见《方舆胜览》，第541—542页。

歌》)"古树晴遮日,修篁暗接溪。林间闻馨后,风雨独凄迷。"(《云栖寺二首》其一)"人行八月秋涛里,路入千层暮霭间。……悬知剩有云霞客,长採芝英更不还。"(《登岣嵝绝顶》)"屏风云锦叠,飞雨玉绡张。雾重疑成市,虹低暂作梁。诸峰迷翠蔼,远树隔苍茫。万仞芙蓉绿,初春杨柳黄。"(《雨中望庐山瀑布》)"明月团团望大孤,鄱阳渡口採菰蒲。相看水草还同色,不向江南听鹧鸪。"(《大孤山》)仅以上零章断句,已足说明徐嘉炎的山水诗品位和格调,他着力营造的是空阔透明且富于情趣的山水诗境:"林屋洞中云,莫厘峰上月。幽人夜独归,山花自怡悦。"(《题邹毅人画卷四首》)他致力追求的是心远地偏,超越尘凡的山水精神:"千竿万竿竹,三寸五寸鱼。对此情偏适,宜君愿卜居。"(《题禹尚基画四绝》其一)

四、汪琬的山水诗

汪琬(1624—1690),字苕文,号钝翁,又号尧峰,江南长洲(今江苏苏州人)。《清史稿·文苑传》载曰:"少孤,自奋于学,锐意为古文辞。于《易》《诗》《书》《春秋》《三礼》《丧服》咸有发明。性狷介,深叹古今文家好名寡实,鲜自重特立,故务为经世有用之学。其于当世人物,褒讥不少宽假。顺治十二年进士,授主事,再迁刑部郎中,坐累降兵马司指挥,能举其职,不以秩卑自沮,任满,稍迁户部主事,民送之溢衢巷,权江宁西新关。以疾假归,结庐尧峰山,闭户撰述,不交世事,学者称尧峰先生。以宋德宜、陈廷敬荐博学鸿词科,试列一等,授编修。纂修《明史》,棘棘争议不阿,在馆六十日,再乞病归。归十年而卒,年六十七。"[①]其行世诗文集为《钝翁前后类稿》六十二卷、《续稿》五十六卷。

汪琬性格狷急,不肯俯首于人的特征诸家多有述及,比如王士祯、杨际昌、郑方坤、陈去病等,《清朝野史大观》亦有载录。其中以郑方坤《国朝名家诗钞小传》为代表:"钝翁性卞急,遇意所不可,辄攘臂争,即诗文得失,不少假士友相传。钝翁喜骂人,然坦率无城府,喜奖

① 见《清史稿》,第2079页。

借后学，片语之佳，不难首俯至地。家居弟子日进，常教之曰：学问不可无师承，议论不可无根据，出处不可无本末。”①

汪琬以文称于世，并受知于朝廷，诗歌创作乃其“余力为之。”（郑方坤语）故而当世，以至后来的诗评家对其诗多有贬抑，谓其取材狭窄而诗力颓放，如：“取径太狭，造语太纤，且隐逸闲适话头，未免千篇一律。”（郑方坤《国朝名家诗钞小传·尧峰诗钞小传》）“汪钝翁琬诗笔颓放，似非其所长。”（康发祥《伯山诗话》）“汪钝翁诗，格卑才弱，远次于文。”（朱庭珍《筱园诗话》）假使以整体诗风而言，汪琬的诗歌确有诸论家指出的缺陷，设若以山水诗来看，他的诗风清丽、语句工稳且不乏纤巧端丽，给人耳目一新之感。如：“桃花临断岸，兰若出斜阳。惟羡东流水，潺湲到故乡。”（《鼎石山野眺》）鼎石山，在镇江郊外，诗人登山望远，桃花流水，佛塔斜阳全入眼底，其意境十分悠远绵长；再如：“积气生阴晦，层波驾太空。千帆残照外，孤屿乱流中。”（《与兹昭及慧侄眺大江》）江水浩渺、天色如洗、“残照”帆影、“乱流”“孤屿”，这一组特定的意象组成风帆远扬、心有所期的深厚诗境。又如：“渔家小艇穿绿蘋，网得银刀三尺鳞。今宵买鱼佐村酒，一醉船头欹角巾。”（《骆马湖》）骆马湖，又名落马湖。在宿迁县西北四十里，汪琬停舟湖上，被水波摇绿的湖光所吸引，遂估酒烹鱼，尽醉而欢，其诗充满鲜活欲滴的生活气息。

正如郑方坤所言，汪琬的诗“取径太狭”，尤其山水诗取材极为有限，除了北上京师，他的足迹基本在故乡徘徊，而且作为姑苏人，他对吴中风物涉及亦极有限，这也许与他“狂狷多忤，交友罕善终者”（王士祯《居易录》语）的个性相关，从心理来分析，汪琬游历不广的诱因是交友不广，不善处理人际关系，故而他对自己的行为就有所控制，甚至有所封闭，如此则造成其山水诗题材的狭窄、内容的单薄和数量的稀少。

虽然有取材不广的缺憾，但就现存山水诗作考量，汪琬的山水诗显得很有吴地特质：温婉柔和、蕴藉圆润，颇得神韵之风。如：

---

①　见《清诗纪事》，第1913页。

艳骨香魂怨月明，荒林剩有玉钩名。春风吹遍青青草，直到雷塘不断生。

——《咏扬州》其二

新柳条垂著水齐，画桥行榜虎山堤。卷廉渐觉香风入，一路梅花到崦西。

——《虎山桥》

《咏扬州》以叹往伤逝，感慨兴亡的笔墨，总写了扬州春风十里的繁华与香艳，后两句写出春色迢递不断、绵延无垠的空阔感；虎山桥，在苏州著名风景区光福境内，清代潘承绪《吴趋访古录》曰："（虎山桥）与元墓、铜井诸山相连属，两峡一溪，画峦四匝，有湖在其中，为西崦湖，阔十余里。堤上桃柳相间，红绿灿烂如万丈锦，落花染湖水作胭脂色，画船箫鼓，往来游燕，不减武林西湖。"①《虎山桥》诗内涵丰厚，包容颇富，既写出"桃柳相间，红绿灿烂如万丈锦"的繁盛华丽，又点染了香雪海梅花暗香浮动、沁人心脾的花事之浓。

汪琬个性狷介，不善与人交往而避世隐名，他评人讥世冷峭尖刻，与其禀赋相关，又和他的身世有染，史传说他少年即孤。正因如此，汪琬对社会、对人生都持有冷眼静观、不逐俗流的态度。《虎瞟寓庐十首》通过对罢归后寓居山间生活的叙述，抒发了他高洁自守、与红尘揖别的"幽人"情怀："幽人招雀还，寂寂篱门静。明月满长松，襳褵舞双影。"（其二）罢归的诗人"以家贫"而"售故居于人，寓身虎瞟"，过着极为清贫而自乐的生活。"一櫂归来未是迟，正逢江上早春时。柴门莫道都无事，酒熟花香恰要诗。"（《集兴七首》其二）汪琬的孤傲耿介，不谐俗流取决于他对功名利禄的鄙视和淡漠，他是一个埋首经卷且正直的士人，而不是汲汲功名、口是心非的仕者，所以他甘于隐退、息心林泉，"年年客路蓟门西，何年归来守故栖。文字只如木有瘿，功名都是絮霑泥。"（《咏怀三首》其一）将这种鄙薄功名、不谐世俗的意绪浸染到山水诗中，就使其山水篇

① 《吴趋访古录》，第27页。

章扩大了表情容量。如：

> 绝无惊凫与栖禽，怪石崚崚乱瀑深。仕宦险巇尝未饱，而于此地试登临。
>
> ——《鸡窠岭自嘲二首》其二
>
> 柳外莺雏弄好音，暂牵画舫入溪阴。楝花欲放黄鱼美，谷雨才晴绿树深。才少不堪文字饮，兴酣那惜短长吟。麦秋时节须行乐，已分功名付陆沉。
>
> ——《舟过鸭脚浜》

鸡窠岭在吴县境内，属著名风景区天池景群。汪琬有《自鸡窠岭至天池》诗专写鸡窠至天池“幽胜”景色。《鸡窠岭自嘲二首》融情于景，借景摅怀，道出“仕宦”险于仄径崎岖、下临深渊的危殆情状。鸭脚浜，在苏州声名显赫的虎丘景区，清顾禄《桐桥倚棹录》：“鸭脚浜，为生公放生处，在胜安桥内。……此处有泉，俗呼‘鸭脚泉’，昔人以鸭脚泉煮虎丘茗为佳品。汪琬《过鸭脚浜》诗云：……”[①]汪琬把心底的孤愤，以及对世情的凄凉、对名利宦途的厌弃寄托于柳外莺声、楝花黄鱼等富于令人生情的春意传达出来，就使其山水诗容量陡然增大。

汪琬的山水诗以其隐居的尧峰为中心，向两翼扩展至虎丘阳山一线和灵岩邓尉一带，形成姑苏风物山水诗群，其著名诗篇包括《登虎山佛阁》《湖上竹枝词二首》《游灵岩集咏六首》《游阳山集咏五首》《过西园》《尧峰访储禅师》《兴福塘》《雨中集兴六首》《咏尧峰三首》《舟往尧峰遇雨》《咏山庄二首》《登妙高峰即尧峰绝顶》《游煉虚村中女真院四首》《游姑苏台台之左一僧庐焉》《由小赤壁过凤凰池复登山至洗心泉》《自胡巷入蕉竂》《山村观桃花》《皆山阁》《村居十六首》等。汪琬一生与尧峰结缘甚深，隐居读书，传业授道，故此，尧峰在他心目中不但是“山静水悠悠，经行每小留。檐牙啼布谷，篱脚蔓牵牛。澹

① 《桐桥倚棹录》，中华书局2005年版，第328页。

澹墟烟直，濛濛社雨收。”（《闲游》）的幽胜之地，而且还是避世逃名、息心静气的心灵归宿：“曾涴蓬莱侍从班，十年姓氏堕尘寰。而今别授山人号，管领尧峰一抹山。”（《上官有行县查予名号者，究其事则风马牛也，戏赋二绝》其二）“茅屋三间不染尘，松风萝月独相亲。空山不要闲钱使，点得黄金别赠人。”（《山中游仙词》）尧峰对于汪琬是一种寄托、一个象征、一抹难以忘却的心灵印痕，所以汪琬对尧峰咏叹再三，除其它抒怀之作外，他的尧峰山水诗分别以《尧山集咏一》和《尧山集咏二》收集，载录于《钝翁前后类稿》卷十、卷十一。尧峰山水诗林林总总多达二三十首，基本以恬淡的笔墨勾勒出尧峰宁静淡远、极富生活情趣的风物景致，格调超迈洒脱，不染尘氛。试举两例：

经年杜门胸次恶，小著芒鞋试双脚。偃松半死苍藓拥，危石将崩寿藤络。蛇溪鸟道何盘盘，刚风吹人毛骨寒。陗崖疑逢雷鬼劈，黑洞或有龙公蟠。太湖一杯水，洞庭两拳石，遥望中原大如席。九州之外更九州，登此始知天地窄。稽古帝尧安在哉？勋德不满巢由哈。吾曹失意且行乐，慎勿三叹浮云西北来。

——《登妙高峰即尧峰绝顶》

竟日不出户，凭高兴自长。溪山供画本，烟霭润琴床。药草烹为馔，松肪爇作香。儿童报奇事，邻笋欲捎墙。

——《皆山阁》

尧峰，在苏州西南十里，为石湖景区重要组成部分。徐崧《百城烟水》曰：“尧峰，在横山西南，相传尧时吴人避水于此。”①又曰：“御书阁，在尧峰之麓，为汪钝翁先生读书处，旧名皆山阁，复称归来阁。甲子冬，大驾南巡，御笔临董其昌书以赐，因供奉阁中，遂改今名。”②顾炎武《肇域志》亦载：“横山西，有岷山、花园山，有凤凰池、小石壁、紫石池，景亦幽胜。西南为尧峰山，于诸山中最高。周益公必大云：

---

① 《百城烟水》，江苏古籍出版社 1999 年版，第 153 页。

② 同上，第 154 页。

雍熙二年，知县事罗处约记云：昔在帝尧，洪水肆暴，吴人遁于此山。”①汪琬山居日久，胸次郁结，遂登尧峰绝巅妙高峰，写下《登妙高峰即尧峰绝顶》一诗。诗人采用由近而远、由细微到浑阔的布景手法，利用近视、平视、俯视、远视的不同角度，把尧峰山势写得气象非凡、迥然特立，大有“小天下”的空阔感，这是汪琬一首直抒胸臆的山水大篇，亦是他难得的快诗。皆山阁，为汪琬读书处，又名归来阁，因康熙御赐手书，改称御书阁。在诗人笔下，皆山阁满目青翠，仿佛一幅天然画本，令人卧游其间，书卷琴音、烟霭绕室，尽日烹山间药草为馔，和邻家顽童嬉戏，其山居读书生活俨然一帧充满情趣的世外高士图

汪琬山水诗题材狭隘是一大缺憾，但他的山水诗却透着一股生活的情趣、一种超世的情思，以及一片悠然简淡的情韵。

第五节　众星璀璨　异彩纷呈

——康熙己未科博学鸿词诗群山水诗综论

博学鸿词考试在清代正式举行过两次，其中康熙十八年称最盛。凡参与鸿博考试的人，除李因笃、朱彝尊、潘耒、严绳孙等少数为布衣外，其他大多是科举出身的士人，这批人身怀绝学，饱览群籍，而且不乏通硕大儒，其被荐应试的目的是“备著作顾问之选”，参与国家大典及史籍的修撰。他们不但学问淹博，诗文精进，而且阅历丰富，视阈开阔，有些甚至行踪万里，饱览过大江南北的奇异山水，把目遇神会的山川载于笔端，就形成众星闪烁、韵律和谐的山水诗创作局面，论述博学鸿词山水诗，这个群体的雕像应该被轮廓式地勾勒出来，以彰显该群体山水诗创作的赫赫之功。

---

① 见《肇域志》，第251页。

一、彭孙遹的山水诗

彭孙遹(1631—1700),字骏孙,号羡门,浙江海盐人。顺治己亥进士,康熙己未召试博学鸿词,取一等第一名,授编修,官至吏部侍郎。有《松桂堂集》行世。

彭孙遹诗歌风格清淡自然,有余韵,对此,前人多所指陈:"羡门诗词气和平,在唐人中最近大历十子,在十子中最近文房。"[①]王士祯认为彭孙遹诗风清丽淡远,即使刘长卿(文房)亦"无以过也";徐世昌《晚晴簃诗话》曰:"羡门幼慧,七岁咏凤,号神童。……早年诗有《南淮集》,才气尤盛。"[②]

彭孙遹山水诗题材较广,而且风格因描摹对象的不同而呈多元化体现。写北方山水,他在淡远清幽的总体格调规范下,着力突出北国风光的崛劲和瘦硬,如:"古道斜阳一片明,桂岩岞崿俯层城。……朔风凌厉愁云重,向夕凭轩万古情。"(《任邱道上》)"融结河山见化工,遥遥削出紫茏苁。峰悬一片长安日,地界千年大国风。"(《望岱》其三)"极目苍茫迥自愁,洞天何处敞清幽。斜阳竞吐千峰秀,残雪争鸣万壑流。"(其四)"倒影贮峰峦,阳乌明藻荇。寒渡无群喧,沦涟舞人影。"(《渡齐河》)齐鲁山势茏苁,风寒水瘦,但被彭孙遹写来还是透着一股清幽隽秀、宏深辽远的无尽韵味。再如写黄河的篇章,更是意境阔大,声势撼人:"浊流远挟百川飞,冻合帆樯入望稀。"(《渡黄河》其一)"泱漭中央白日昏,倚舷长望旷无垠。回澜纵壑吞淮渎,急浪归墟下海门。"(同上,其二)

与北方山水风貌相对的是江南山川风物,彭孙遹的山水诗因地域不同而呈显不同的美质,江南山水诗虽然也清空简淡,意韵窅深,但和北方山水诗风相异的是它清空而不劲峭,窅深而不瘦硬,如"雪后携筇上翠微,参差林木映清晖。云岩晓树鸦初起,鹤涧空波鸟自飞。春草依然侵履迹,寒山终日拥僧扉。道人对客忘言久,闲向松荫

---

① 见《清诗别裁集》,第211页。

② 见《清诗汇》,第596页。

補衲衣。”(《雪后登虎丘山》)“山塘风日好,云木互层阴。不尽平林秀,如藏万壑深。蘋波通小檝,花屿下鸣禽。坐久生清思,泠泠起梵音。”(《山塘》)

彭孙遹虽然科举、仕途皆显达,但其山水诗不管南北,无论节序,都普遍透视着一种忧怨苦恨的凝滞心态,甚或还有深深的忧患意识,这也许是一个清醒的入世者对社会、对生活的高度道义感所致。正因在山水诗中融入忧愁、忧患的人文情怀,才使彭孙遹的山水诗更具表现张力。如:“百年古碣埋虫字,千里寒云接雁沙。莫向城头听朔管,应怜踪迹滞天涯。”(《交河道中》)“河流远合滹沱水,驿路中分督亢陂。欲问霸图销歇尽,朔云千里不胜悲。”(《白沟渡》)“岁月淹行李,江湖任转蓬。南方今正苦,矫首叹飞鸿。”(《渡江》)“回首山川千古恨,侧身天地几人间。白杨树老阴初合,红蓼花残色渐殷。”(《秋日重游虎丘题壁》)“平岗徙倚起悲风,回首乡关思不穷。……莫更披榛寻往事,烟芜一带是隋宫。”(《蜀岗眺望》)“晴翻江岸雪,暝入蒋山秋。世事惊如浪,人生转若浮。”(《大风渡江》)“城上风高白飐沙,行人徙倚听悲笳。北连紫塞三千里,南接青齐十万家。暝色一行迷去骑,寒天数点没残鸦。年来随计燕山道,几度经过感岁华。”(《景州》)“客路逢秋思易伤,江天烟景正苍凉。依然极浦生秋水,终古寒潮送夕阳。”(《秋日登滕王阁》)山水诗的价值不单纯在摹景绘事,更重要的还要融入人的活动,融进人的感情,使抒情主体自然无碍地切入山水客体的脏腑,如此才能形成情景圆融的山水妙境。彭孙遹的山水诗写景独到,观察敏锐,清新自然,而且以淡淡的哀愁、悠悠的凄切,再加浓重的人性关怀入诗,就使他的山水诗境界得以空前提高。

二、乔莱的山水诗

乔莱(1642—1694),字子静,号石林,江苏宝应人。康熙丁未(1667)进士,己未召试博学鸿词,列一等,授编修,历官侍读。有《使粤集》《直庐集》《归田集》行世。

乔莱的山水诗以使粤途中所作篇章为世所称道。王士祯在《使粤集·序》中说:“今观卷中诸篇,自洞庭、潇湘、南岳、九疑以至零陵、桂林诸名迹，犁然皆具。而其诗又奇秀峭拔，与其山川相似。”阮元《广陵诗事》曰：“洪昉思升叙乔石林《使粤集》云：‘康熙壬戌，粤西補行乡试。编修乔石林先生往典试事，凡道途梯涉邮签驿舍之栖止，与夫幽遐瑰丽之观，谈燕赠答之雅，悉发而为诗。’”乔莱的使粤山水诗为众家称道的原因有二：一是写景细致工整、气势逼人；二是蕴含深厚，有很强的人文关怀。前者如《下滩》《湘口》等；后者如《确山道中诗》《过应山吊杨忠烈公》。现例举如下：

湘南三月湘水生，驰波跳沫空江鸣。谽岈乱石亘江面，险如瞿塘滟滪谁能撄。我闻就下水之性，岂乐与石相排争。清流何为辄暴怒，鼎沸势欲苍厓倾。其如滩石太崄巇，横排曲扼真难平。笆竿之船薄如纸，左旋右折中流行。舵师自许识趋避，到此亦觉心魂惊。十里五里在俄顷，回头不见丹峰横。一滩才过一滩至，到耳总作奔雷声。纵然赋命果穷薄，毋乃太视波澜轻。

——《下滩》

雁叫猿啼不可闻，零陵风雨正纷纷。三岩明灭潇湘合，三水潆洄楚粤分。纵目好看灵岳树，落帆犹带隐山云。探幽更向愚溪去，野性偏宜鸥鹭群。

——《湘口》

《下滩》写湘南行舟惊心动魄的经历和体验，滩险流急，行舟惊魂，在赣中、闽中已被诗人们多次描绘过，但湘南急滩的惊险一幕，乔莱是第一次绘摹。诗歌开篇首先点明时间、地点，桃花春潮泛起，湘南江流似电；接着通过不同意象描述湘江一路狂跳奔涌，穿越无数怪石险滩，水石相激，声若惊雷的景象：本是清流一道，突然暴怒高涨，如同炸开的油锅，浪花排空，倾倒千尺苍崖。湘江在湖南境内，以险滩著称，《读史方舆纪要》曰：“湘江，府（永州）北十里，自广州兴安县流入府界，东北流至湘口，潇水会焉，内有古墙、巴州、冷水、七里等滩。”[①]又:“湘水,县(祁阳,永州府属)东二十里。自零陵北流入界,经县南,洛溪合众流注之,又东北入衡州府常宁县境。江滨多滩碛,其最著者为县东二十二里之三门滩。”[②]又“湘江,县(东安县,永州府属)东南五十里,自广西全州流入界,中多险滩,又东北入零陵县境。”对湘南湘水险滩的描述,顾祖禹是这样说的:“垂幔滩,在府西南(永州),绵亘百里,枕湘江之岸,峭壁倚空,遥望如帏幔之状,又石牌滩,在府北四十里,石皆片断,连缀如牌筏然。”[③]乔莱写湘江险滩不仅描述其独特的形貌和气势,而且还揉进个人的心理体验与人生感悟:“一滩才过一滩至,到耳总作奔雷声。纵然赋命各穷薄,毋乃太视波澜轻。”滩险流急,人命艰危,纵然人生各有穷通厚薄,赋命相殊,但在生命的本质意义上是相同的,因此珍爱生命、不轻视生命是每个人应持的生活态度。

《湘口》写永州之湘口关。《读史方舆纪要》:“湘口关,府北十里,潇湘二水合流处也。今为湘口驿。”[④]《肇域志·永州府》:“湘口水驿,县北十里。”又“潇湘镇,在县北十里二水会流处。”又“湘江,在府城北十里。源出广西兴安县海阳山,下全州,流经府界,至湘口,与潇水合。潇水,出九疑山朱明峰,南流至三江口,东北与沲水合。又东北流至府城西,北流至湘口,会于湘。”[⑤]湘口合上江之流,天高水长,烟淡树低,诗人以远近错落的视觉置景,在“雁叫猿啼”的凄切背景下,从永州三岩:朝阳岩、澹山岩、暗岩拉开,镜头渐摇渐远、依次扩展至楚粤分疆、灵岳宝树,令人目眩神迷,最后以想象结句,道出更胜的奇境在前途——愚溪,那里不仅景色幽雅,而且还是灵魂的栖息地。

乔莱写景韵味醇厚,骨格奇峻,抒情、叙事充满浓烈的道义感和人文关怀。他的使粤山水诗不仅有纯审美的写景之篇,而且还有抒情言志,透视社会现实的叙事之作。如《确山道中诗》,诗人在“中州天下腹,厥田异斥卤”的山川形势绘摹下,突现沿途所见民不聊生的

---

①③④ 见《读史方舆纪要》,第3797页。

② 同上,第3799页。

⑤ 见《肇域志》,第1856页。

凄惨苦况。山川辽阔,形胜甲汝南的确山在诗人经过时处处呈现荒径人稀、民不堪命的萧条之态,造成这一切的既有明末清初战乱的历史原因,更有苛政猛于虎的现实政治因素:“户少徭益繁,民贫吏如虎。……如欲起疮痍,何能逢卓鲁?”尽管结句诗人把形成如此惨状的责任归向“任州府”的地方官,但其隐含的指向很明确地道出幕后实景:统治者为了拓开疆土,创造盛世辉煌,不惜民命,加重赋税,巧立名目,掠夺民财,竭泽而渔,与民争利,终至导致表面上看似太平,其实人民依然流离失所的社会现实。对此,杨钟羲的《雪桥诗话》有评述曰:“康熙壬戌(1682),粤西補行乡试,石林偕杨秋曹佐国往典试事,有《使粤日记》一卷。谓自西平(西平县,历史上各朝有废置,分布多处。此西平,指河南西平县,西汉置,属汝南郡。笔者注)至确山,田荒芜不治,弥望皆黄茅、白苇,豺虎出没其中,……今户口稀,徭役重,居者且多逃亡,……因念汝南为天下之腹,水甘土沃,……承平四十年而千村万落尚付蒿莱,留心国计民生者,所宜动念也。”《过应山吊杨忠烈公》以明代杨涟事迹为底本,通过对杨涟忠义廉洁、勇于任事的大节的赞美,倡导君子之行,并把君子行为和国家命运联系起来,极能引人深思:“君子岂能误国家,目为党人正气绝。呜呼!正气绝,国乃灭!”

邓之诚《清诗纪事初编》谓乔莱曰:“诗文皆有实际,尤善论事。”父官明末河南道御史,“有直声,入清高蹈不仕。……父子继盛,文采又足以彰之,为时所忌,殆由此也。”乔莱既能以出色的手法刻划山形水态,又能于山川人文景观中寄托悲天悯人、忠气凛然的悲慨情怀,盖与其个人禀赋和家学渊源皆有关系。

三、李因笃的山水诗

李因笃(1631—1692),字天生,又字子德,陕西富平人,一说富平籍洪洞人。明诸生,博学强记,善于注疏,对经世之学颇用力。明末,他曾到塞上求勇敢死士,以抗击满清。入清后远避雁门,与著名明遗民诗人顾炎武、傅山、屈大均交厚。邓之诚先生《清诗纪事初编》记曰:“欲师事顾炎武不可,乃为友,炎武在山东以启祯诗选作传事为人告发入狱，因笃走三千里脱其难，名日高，与李颙、李柏称关中三李。”[①]康熙十八年荐应博学鸿词考试，中一等，授检讨。未及一月，因母老乞养，准归，讲学于朝阳书院。行世著作包括《受祺堂诗》三十五卷、《文》四卷。

李因笃生为秦人，关中特有的山川涵养了他刚劲直崛、朴厚苍凉的人格和诗品。徐世昌《晚晴簃诗汇》载：“潘次耕曰：天生关中豪杰人也，自负经世之略，无所试，一吐之于诗，原本风骚，出入古歌谣乐府，而以少陵为宗，意象苍漭，才力雄瞻。”又《诗话》曰：“天生应征出于敦迫，授官后，陈情乞养，疏词悱恻，世比之李令伯（即著名《陈情表》的作者李密，密字令伯。笔者注），诗宗少陵。……其胎息深厚，本于朴学，非驰骋才华者比。”[②]李因笃生性豪宕而诗宗杜少陵，所以他的山水诗颇现刚崛苍深、梗概悲劲之风。如：

遥岭哀笳走塞阴，碛亭搔首一沾襟。羽书迢递传西北，营垒凄凉阅古今。烟绕游丝春色澹，树连飞翠夕阳深。椎牛射虎怀前史，野庙残碑入故林。

——《重憩雁门关》其二

古屋荒林落照催，高歌酹酒独徘徊。苔尝印虎秋还肃，柳只啼鸦晚更哀。敢谓萧曹皆有命，愁同召吕一论才。（太史公云：假令学道谦让于汉家，勲可方周召太公之徒，后世血食矣。……诗人自注）翻留血食村翁社，不爽明禋过客杯。

——《韩候岭》

云薄关门紫气长，帝枢曾此撼岩疆。河经百二开天地，华枕西南锁雍凉。戍火忽移函谷月，征车多带灞亭霜。旧京萧索垂千载，飞挽何由接巨航。

——《潼关》

太华三峰列峻屏，晴霄飞翠下空溟。晓云东抱关河紫，秋色

① 见《清诗纪事初编》，第869页。

② 见《清诗汇》，第573页。

西来天地青。玉女盆中寒落黛，仙人掌上接明星。乱余林壑怀遗客，缥缈幽栖赋采苓。

——《望岳》

万仞悬孤嶂，双厓划一门。好人多在野，春水自依村。雨走空天角，松藏老石根。危梯攀古洞，仿佛说桃源。

——《登代州白人岩因饮孙园》其一

李因笃山水诗的地域性特别显著，上列诗篇的刻摹对象均是秦晋富含历史和人文因子的山川关隘，通过对这些特定地域，带有特定人文内涵的山水对象的歌吟咏叹，寄托了诗人审视历史、反观现实，意欲有所作为的激壮情怀。

雁门关在山西代州境内，与偏头关、宁武关并称控扼晋中三路形势的险关。《读史方舆纪要》曰："雁门关，州（代州）北十五里。旧名勾注，亦曰西陉，在今关西数里。……两山夹峙，形势雄胜，……关外有大石墙三道，小石墙二十五道，道北即广武站也。其隘口凡十八，东起水峪以迄于平刑，西自太和岭以迄于芦板口，皆有堡。"①雁门关自古屏障全晋乃至中原，因此有"形势甲于天下"之称。雁门之称据《山海经》："雁门，飞雁出于其门。"李因笃明末清初，往返塞上，欲求敢死之士，试图恢复，多次留驻雁门关，所以诗题曰《重憩雁门关》。诗歌气势雄壮，格调苍凉，融怀古、抒情、写景于一体，构成秦人特具的审美风格："霓旌天半护烽台，鸟道云迷望或开。……秦城万仞徒空说，汉骑千群莫漫猜。"（其一）这首诗写景从高远入眼，而"烟绕游丝春色澹，树连飞翠夕阳深"则是近景的细节烘托，远近相接，高下相对，把雁门关雄峙一方、锁钥天下的形势表现得令人神魂飞扬。

韩候岭，即韩信岭，一名高壁岭，在山西灵石县境内。《读史方舆纪要》曰："高壁岭，在县（灵石，明清属霍州。笔者注）东南二十五里，亦名韩信岭。最为险固，北与雀鼠谷接。"②《肇域志》："韩信岭，在县南

---

① 见《读史方舆纪要》，第1853页。

② 同上，第1926页。

二十里。元归旸《唐记》曰：灵石之有庙，何也？候（指韩信，信被汉高封淮阴候。笔者注）所经也。”[①]韩信战功卓著，对大汉王朝的建立有不世之勋，但其不能与汉王朝的贵胄们相能，终至身首异处，令后世扼腕喟叹不已。李因笃的《韩候岭》对韩信的遭遇表示了深切同情。他途经韩信岭，放目只见荒林古屋、落照青苔，于是酹酒高歌，徘徊在当年战马嘶鸣的崎岖古道上，看松林如血，暮鸦哀啼。这首诗怀古思今，借景抒情，气韵苍凉而格调非常峭劲。

代州白人岩，不详其具体方位，但据李因笃诗意可知，白人岩形势险峻，高耸孤立，外形险要而内藏桃源之美，是理想的避世隐逸之所：“法境清凉外，人烟战伐余。因声寄莲社，吾志在山居。”

《潼关》《望岳》相互联属，写出关中雄踞天下，虎视中原的关山形胜：“河经百二开天地，华枕西南锁雍凉。”“晓云东抱关河紫，秋色西来天地青。”黄河襟带华岳，屏障潼关，山水相依，形势极为险固，是秦汉，隋唐大国的奠基之地。李因笃借河山起兴，思绪上追千古，飘向遥远，有景象阔大，笔力雄浑的穿透感。

除上述律句外，李因笃的长篇山水诗也呈苍凉悲劲、浑厚质实的特征，如《良乡》等。

四、秦松龄的山水诗

秦松龄（1637—1714），字留仙，号对岩，江南无锡人。顺治己未（十二年）进士，改庶吉士，授检讨，罢归。康熙己未召试博学鸿词，复授检讨，出典江西乡试，历官左赞善，终于谕德。《清史稿·文苑传》曰：“松龄为庶常，召试《咏鹤》诗，有句云：‘高鸣常向月，善舞不迎人。’世祖拔置第一，示阁臣曰：‘是人必有品’，及告归，里居二十余年，专治《毛诗》”。[②] 其传世诗文集曰：《苍岘山人集》。

秦松龄山水诗颇具江南风韵，柔媚细嫩、清丽婉约，如荷风掠水，摇曳生姿。如：

---

① 见《肇域志》，第1018页。

② 见《清史稿》，第2080页。

高阁中夜坐，揽此山上月。目尽意未已，移步向林樾。碧草色欲无，朱华影俱白。微火出上方，清风吹片石。人语渐不闻，吾心共幽阒。静理常在山，浮生喜为客。清光永若兹，芳菲有消歇。

——《悟石轩玩月》

诗写夜半无人，小阁待月的情景。诗人从“移步”“林樾”写起，只见“碧草”无色，“朱华”摇白，一抹微弱的灯火穿透“清风”吹动的“片石”款款照来，令人生无尘之想；夜月无声，凉风似水，诗人的诗魂早随月光一道绝世而去，相对永恒的“清光”，一切“芳菲”繁华的事物都有“销歇”飘零之时。全诗景融于情，情化于景，景、情、理相互圆转流荡，遂使诗境如玉树宝塔，空窍玲珑而洞彻万物。再如：

过眼青山失，停桡落叶闻。渔灯明夕浦，野鹜划寒云。水气孤城合，人烟断岸分。不成尊酒兴，归思竟纷纷。

——《泊青浦》

青浦，明清属松江府，《读史方舆纪要》曰：“其地（指“清浦旧县”所在地青龙镇。笔者注）下瞰吴淞江，据沪渎之口，自昔为海舶辏集之所。”县境水网纵横，河流密布，著名水系有吴淞江、青龙江、澱湖、横泖等。秦松龄舟泊青浦，黄昏的景色令他归思如乱绪，无法梳理，但生性沉静超迈的他用近乎透视的笔墨勾勒了空阔安谧的江上晚景：“渔灯明夕浦，野鹜划寒云。水气孤城合，人烟断岸分。”

秦松龄的山水诗始终充盈着清澈空灵、水面无痕的灵动感，他的美感世界里永远回旋着孤鹤唳空、闲云飘散的澹定和宁静。如：“看云心不动，爱石坐常移。去住成今古，寒林应未知。”（《桃源涧》）“萍开孤鹤过，莲坠小鱼争，迴合深林碧，微添落照明。”（《秋水阁》）“林影依山折，溪声挟雨寒。哪知流远近，还作二泉看。”（《支泉》）“清唳时一闻，林峦自杳绝。水槛开素书，坐看暮云灭。石磴落红满，山头吐明月。”（《续和唐人惠山诗》）上引各例，是秦松龄诸多山水诗的断片，仅此即能洞见诗人追求高古窅远的敏锐诗心。这种以五言为主体的清空诗风深受王士祯赏识，被其评为“秦子清真五字诗”。清而不淡，真而不实即是秦松龄山水诗的本质。

五、陆棻的山水诗

陆棻(1630—1699)，字次友，号义山，又号雅坪，浙江平湖人。康熙丁未(1667)进士，官内秘书院典籍，康熙己未召试博学鸿词，列一等，授编修，历官内阁学士。有《雅坪文集》行世。

陆棻与朱彝尊为中表，相互唱和，甚为欢洽。二人平生经历、才学聪慧颇相类，据袁枚《随园诗话》载录：“……康熙己未举鸿博，入词林。圣祖爱其才，一日七迁，从编修、赞善、庶子，授内阁学士，才一年，先生引疾归。又十年，卒。自题华表云：‘一日七迁千古少，周年致政寸心安。’”陆棻康熙十一年曾客广州，有《上伍铁山书》自叙身世曰：“申酉之间，风尘莫掩；师下江南，独被俘获。燕台囚服，饮血三年；戊子之岁，夏日见兄，冬日依父。如入墨辟，其赎百锾，言还里门。……”[①]曲折的人生经历不仅磨炼了陆棻坚毅豁达的性格，而且成就了他雄深坚贞的创作风格。徐世昌《晚晴簃诗汇·诗话》曰：“诗有三唐矩矱，伍铁山称其坚净，方雪眠称其雄丽。”[②]

陆棻山水诗风格奔放，恰好印证了前人“坚净”、“雄丽”的说词。如：

春江灌潦水，百堵没沧州。釜已游鱼鳖，涯难辨马牛。艚声来木杪，帆影度城楼。双剑沉何处，清宵起暮愁。

——《自丰城抵万安江水大涨》

夙兴越崇岗，晓气湿如露。邱壑郁回抱，登顿得坦步。虽非五丁凿，介然已成路。云是高与陈，名存迹非故。茂草生峰巅，光风为布濩。荡漾成微波，渺若水云遇。嗤彼涧底松，偃伏叹迟暮。

——《度高岭陈岭》

① 见《清诗纪事》，第2568页。

② 见《清诗汇》，第582页。

春山寂寂片帆轻，一路烟峦送客程。最是断肠听不得，杜鹃花里鹧鸪声。

——《南安早发》

丰城，属南昌府，万安，属吉安府。两地一水相连，舟行可达，其间滩险岩峭，危殆惊怵不可言状。《读史方舆纪要》言吉安形势曰：“内出赣石之隘险，外通南昌之声势。”[①]陆棻乘舟沿赣江而行，值春潮上涨之季，诗人通过夸张、比喻、拟声的艺术手法，把江涛汹涌、洪波翻澜的景象表现得骇人心目。

高岭，在明清肇庆府属阳江县北六十里。《读史方舆纪要》曰：“有石洞，洞门迂曲，仅容一人，内宽广容千人。泉出其下，声如鸣珂。……其中又有一洞，石壁峭削，不可上下，乡人名为铁城。”[②]此外江西景德镇亦有高岭村。陆棻所写高岭、陈岭似乎与广东阳江高岭非一地也。因粤赣境内地况复杂，崇山峻岭迭出，陆棻诗中所描写的高岭当属南下广州途中所见之地名。诗人清晨跃身登上雾气弥漫的“崇岗”，放目聘望：邱壑回环，险峰无数，山巅芳草如茵，和风吹荡起绿色波澜，幻化成天边一片扰扰的云霞，此情此景，不能不让人心怀远大，壮志凌云。

《南安早发》轻笔勾划，意象玲珑而情思哀愁，给人缠绵悱恻之感。南安，界限粤、赣，是一条重要的南北通道，战略形势非常重要。《读史方舆纪要》曰：“府南扼交广，西距湖湘，据江西之上游，拊岭南之项背。……今郡城南去庾岭不及一舍，为南北要冲，行旅往来必取途于此，盖犹秦、汉故道矣。”[③]南安府附郭即是大庾县，大庾岭离府城只有二十五华里。大庾岭作为南安府镇山，号称五岭之一，其山形高峻磅礴，延亘绵远，为南北险阻。历代诗人往交广者，必经大庾岭，凡经行其间者必有题咏，故而大庾岭名重千古。过大庾岭即是另一

① 见《读史方舆纪要》，第 4006 页。

② 同上，第 4651 页。

③ 同上，第 4078 页。

番异于中原的气象,所以陆棻诗中散发的哀愁凄切之意皆江山景象所激发。

陆棻的山水诗既“坚”、“雄”,又“净”、“丽”,“坚”“雄”时如“历风击水使倒流,水声怒立为山丘。六鳌并起翻沧海,盘涡鼎沸驱蛟虬。白日黯淡鬼神泣,狂澜震摇天地愁。……今朝一叶飞洪涛,遂使形神寄超忽。阳候鼓浪如共工,层波相触群山空。排沙裂岸不可却,马当横绝居其冲。……小孤嵊竖气雄卓,中流声势为犄角。”(《大风疾行二百里过马当小孤》)当年传说江神借风一夜送唐代著名诗人王勃从马当到南昌,遂成千古名篇《滕王阁序》。即此可见,马当地处风口浪尖,顺疾风行舟,既惊心动魄,又惊险叫绝,陆棻一介文弱书生,乘“大疾风”而“行二百里”江路,其间险象环生,险情不断,面对雪浪滔天、惊波裂地的景象,诗人不但不生畏惧,而且思绪随惊涛翻涌,悟出令人拍案的心理感受:“乘船似乘骏马行,追风蹑影无尘声。复似修鱼鼓鳞鬣,任钩巨锱何敢撄?……回首万重山,去若弦上矢。不向壶公借碧龙,那羡琴高骑赤鲤!”与这种雄放坚直的风格相比,其明净秀丽的诗境往往引人情思:“层云吐新霞,颜色美难数。颢气指东北,划然界苍宇。……晚峰郁深翠,暮霭覆村坞。”(《宁都西江》)“藕花明万顷,渔艇入三湘。……虽无采莲曲,逸兴满沧浪。”(《浒山铺》)“树色明浮千顷月,江声寒听五更潮。”(《泊瓜步》)“千章松影碧,五月稻花香。”(《大庾岭》)如果以自然美的尺度衡量,陆棻的山水诗豪放和柔丽、阳刚与明媚兼而有之,并达成完美统一。

施闰章是博学鸿词诗群中一个成就卓然的诗人,因其与宋琬并称,所以他的山水诗当另章专论。博学鸿词诗群中除上述诸人,还有一个特殊群体,即参与举荐而名列三四等被“报罢”的诗人们。这批人虽然应试不利,但其在学术和诗歌方面的成就依然受当世乃至后代推重,所以述博学鸿词诗群的山水诗,他们作为重要组成部分而应该加以彰扬。现举几位有代表性的诗人简述之。

六、邓汉仪的山水诗

邓汉仪(1617—1689),字孝威,江南泰州人。康熙己未举博学鸿词，授内阁中书。

在清初诗人中邓汉仪辈份较高，凡往还扬州的诗界名流多与其唱酬交际，如王士禛、孔尚任等。而且上溯至顺治初年，他和吴伟业、龚鼎孳的相互推重更成为众口相传的诗坛佳话，如《扬州府志》载曰："汉仪淹洽通敏，贯穿经史百家之言，尤工诗学，为骚雅领袖。太仓吴梅村，合肥龚芝麓皆与倡和。"[①]徐世昌《晚晴簃诗话》曰："孝威早负盛名，与吴梅村、龚芝麓游，当时名流，多申缟紵。"[②]邓汉仪诗歌倾绝一时，杨钟羲《雪桥诗话续集》曰："邓孝威淹洽通敏，为胜流推重。绝句如《归舟偶感》云……《过江州琵琶亭》云……《江行杂咏》云……皆极浑脱。律诗如《万安道中病卧至章门小差时值清明》云……《巴河镇登太乙阁》云……词妍调响，亦梅村、芝麓之亚。"[③]邓汉仪在诗学上的最大贡献是收录同时代人诗作汇编成《诗观》四集，其资料价值相当巨大。《扬州府志》曰："（汉仪）尝品次近代名人之诗，为《诗观》，别裁伪体，力追雅音。海内言诗之家咸宗之。"沈德潜《国朝诗别裁集》评曰："孝威与国初诸前哲游，洽闻广见，所选《诗观》共四集，虽未脱酬应，然亦足备后人采择。"[④]徐世昌亦看到《诗观》独有的史料价值："所辑《诗观》四集，搜罗最富，其中遗集罕传者，颇赖以得梗概。"

邓汉仪虽然身不在遗民之列，但心却有遗民之态，时常悲感故国，有乡关日暮、客愁无限的怅惘感："万里烽烟长草屦，一生魂梦客铜驼。依人四海平原尽，哭友空山杜宇多。"（《章门逢谈长益约同访徐巨源陈士业不果》）"万里河山惊鼙鞭，一时儿女对烽烟。英雄老去心情改，泪尽高凉冼庙前。"（《张登子招集喜遇胡豹生感赋》）心惊尘世变幻，英雄老去襟怀，泪洒岐途，如杜宇啼血，沁人心脾："肠断九疑山似黛，鹧鸪飞入竹间啼。"（《韶阳寓感》）吟味上述感怀言志的诗句，我们很能洞察邓汉仪沉重凄切的内心，他的灵魂犹如一股回响在空

① 见《清诗纪事》，第 2815 页。

② 见《清诗汇》，第 657 页。

③ 见《雪桥诗话全编》，第 818 页。

④ 见《清诗别裁集》，第 493 页。

谷间的杜鹃之声，唤之不来，挥之不去，凄艳感人，又沉重凝噎，把这样的哀感冷艳之情融进山水形体表达出来，就有如下诗章：

绝岛谁传飓母生，五羊城角暮烟晴。蛮花争傍陈隋碣，海道曾过秦汉兵。百战地埋烽火黑，中宵龙抱寺灯明。无心更访厓门事，月黯榕村破帽行。

——《岭南作》

过岭风花陌上狂，冥冥细雨搅孤航。客中人病经寒食，愁里莺啼入豫章。垂柳军城残日动，新烟鱼浦战云荒。不知麦饭江村路，寂寞谁来吊国殇。

——《万安道中病卧至章门小差时值清明》

江州迁客未归秦，弦索初闻泪满巾。今日善才风调尽，虾蟆陵下总新人。

——《过江州琵琶亭》

楚宫慵妇黛眉新，只自无言对暮春。千古艰难惟一死，伤心岂独息夫人。

——《题息夫人庙》

以上山水诗或借景抒情，或见物起意，始终激荡着一种沉重悲感的历史回声。《岭南作》写诗人客游岭南时，面对绝岛狂飚、五羊暮烟而生怀古思幽之情，其苍劲悲凉的故国之思穿透厚重的历史帷幕排闼而来，"无心更访厓门事"一句则愈益反衬出诗人内心遗民心态之厚重。

万安，江西吉安府属县，在吉安府南一百八十里。赣江著名的十八滩有九滩在万安境内，其中惶恐滩尤为"湍险"。"惶恐"本名"黄公滩"，后讹为今名。从万安沿赣江可以直航南昌，邓汉仪抱病乘舟，至南昌恰逢令人断魂的清明佳节，过岭狂风、冥濛细雨，加上啼莺哀诉，残阳染树，令诗人有触景生情、情难自禁的悲伤感。

《过江州琵琶亭》与《题息夫人庙》皆为对景抒怀、思古发幽的寓意类山水诗歌，这类诗的特点是描写对象往往是富含人文情愫的历史遗迹，或人文故址，诗人的情思借所咏对象的故事演绎抒发出来，就构成厚重幽远的山水诗境。琵琶亭，在明清九江府德化县境，《太平寰宇记》曰：“琵琶亭，在州（江州）西江边，白司马送客湓浦口，夜闻邻舟琵琶声，问之，是长安倡女嫁于商人，乃为作《琵琶行》，因名亭。”凡过往此地的诗人，大多留足其址，借千年哀怨的琵琶之声，抒心中悲往叹逝，怀才不遇的心声。息夫人庙在湖北汉阳境内，为纪念春秋时息候夫人息妫而立。《辞源》息夫人条曰：“楚文王灭息，以息妫归，生堵敖及成王。传说以国亡夫死之痛，与文王不通言语，见《左传·庄》十四年。汉刘向《列女传》谓楚王灭息，虏获息君夫妇，两人皆自杀。……《清诗别裁》裁邓汉仪《题息夫人庙》……”[①]邓汉仪的《题息夫人庙》言简意厚，寄托了无限悲感慷慨的故国之思，真是字字惊人魂魄，令变节苟活者赧颜反省，让思欲有所作为者奋发而起。康发祥《伯山诗话》：“旧传此诗在龚合肥座中作，合肥为之色沮罢会。”俞樾《春在堂随笔》：“……明末一巨公，与泰州邓孝威汉仪善，孝威讽其徇节，不从。后孝威游楚归，巨公索阅近作，有《题息夫人庙》一首，云云，公愀然废卷而起，入内，遽患心痛卒。按‘千古艰难’二句，至今脍炙人口。”[②]

邓汉仪的山水之作因其特殊的身世和特定的心态，寄托遥深，悲感哀怨，让人有鹃血淋漓、楚天低垂之感。即使如此，作为诗人，他的山水诗更有清新细腻、刻镂精湛的审美效果，如：“过崖星陡见，近郭火偏逢。更喜滩声外，层层响乱松。”（《山行趋大庾》）“却怜亭子空青极，无限鸡鹊自在飞。”（《江行杂咏》选一）；另外还有被诗论家交口称道的诗句，如：“人马盘空细，烟岚返照浓。”（《过梅岭》）王士祯对此意境“极称之”。“青茅春瘴逐山流，细雨高帆漾客愁。听彻猿声江更阔，只疑天上是韶州。”（《归舟偶感》）“十年亲酌曹溪水，我亦江湖破衲僧。”（《游天宁寺》）以上诗作康发祥称为“浑脱”而有禅味。

邓汉仪的诗，尤其借景抒怀类的山水诗沿着明遗民的思绪写来，

---

① 《词源》第二册，商务印书馆 1983 年修订第一版，第 1124 页。

② 见《清诗纪事》，第 2817 页。

有韵外之旨，言外之意，一如沈德潜所说："其用意处，须于言外领取。"①

潘江，字蜀藻，号木崖，江南桐城人。康熙己未举博学鸿词，有《木崖诗集》传世。徐世昌《清诗汇·诗话》曰："木崖生明季，避乱居金陵，乱定还里，以著作自娱。优游吟咏者二十余年，卒年八十有四。"②潘江因经乱离，备尝艰难苦恨，所以他的山水诗在博学鸿词诗群里，略显苍凉凄切，有无语凝噎、对物伤怀的幽咽感，如："野旷栖乌急，峰高过雁稀。北风吾畏汝，吹作雪花飞。"（《自桐城至黄州道中杂诗》）桐城至黄州山水相属，风物殊胜，一般的诗人写来，总会透着欣赏喜悦的情怀，而潘江用伤心人的视觉打量入目即见的山川景致，故而能表现出令人寒意砭骨的凄清感。

七、纪灵的山水诗

纪灵，字朏庵，号仲霁，北直隶霸州文安县人。诸生，康熙已未举博学鸿词。有《桂山堂集》行世。徐世昌评其："性好游览，辙迹几遍天下，所传题咏最富，论者谓其诗如苍松古柏，挺拔千仞。"③

纪灵在清代诗人中是一个默默无闻的人，一般论家、史乘均不述及，论清代山水诗如果疏略了他，似乎有些遗憾，因为纪灵的山水诗歌在博学鸿词诗群里算得有显著地域特色的，他涉及的区域在清初大多数诗人笔下较少出现，如：

> 玉门千万里，飞鸟去仍回。山自昆邱矗，河从积石来。羌人咸内附，边郡复新开。随路邮亭少，征鸿只独哀。
>
> ——《秦州杂咏》
>
> 山郡易为雨，河湟便有秋。野人收燕麦，羌地出犏牛。红鸟窥笼语，孤猿带树愁。五原闻暮吹，大半唱凉州。
>
> ——《陇城雨中即事》

---

① 见《清诗纪事》，第 2817 页。

② 见《清诗汇》，第 656 页。

③ 同上，第 659 页。

秦州，西北历史文化名城，明属陕西行省巩昌府，清属甘肃省，升直隶州，今更名天水市，省会兰州之外，即甘肃第二大城市。《太平寰宇记》曰："秦州，天水郡，……《禹贡》雍州之域，所谓'西倾、朱圉、鸟鼠至于太华'是也。周以前为西戎之地，至孝王时，其地始为秦邑。"[①]《读史方舆纪要》曰："州(秦州)当关陇之会，介雍凉之间，屹为重镇。秦人始基于此，奄有丰岐。……盖关中要会常在秦州，争秦州则自陇以东皆震矣。虞允文曰：'关中天下之上游，陇右关中之上游。'而秦州其关、陇之喉舌欤？"[②]《清史稿·地理志》曰："秦州直隶州，……西：刑马山，西北：邽山，东南：麦积；西南：潘冢。"[③]唐代著名诗人杜甫曾寓居秦州，有《秦州杂诗》，对秦州山川、风物、遗迹等进行过全面叙述。纪昀的《秦州杂咏》以高视点切入，首先写出秦州势倾昆仑、扼守西北的江山形胜："玉门千万里，飞鸟去仍回。山自昆邱矗，河从积石来。"接着通过历史追溯，说明秦州在联络边地少数民族，巩固祖国疆土方面的重要位置："羌人咸内附，边郡复新开。"末句点明秦州处关西人烟渐稀的地域特征："随路邮亭少，征鸿只独哀。"全诗转合自然，从宏观到具体，把秦州不可忽略的地理形势和战略地位提示得极其深刻。

陇城，本为县，后废。《太平寰宇记》曰："陇城县，本汉陇县，即略阳道，属天水郡。后汉改天水曰汉阳。……魏黄初中改为陇城。"[④]境内有著名的街泉亭，即马谡败军之处。《读史方舆纪要》曰："陇城废县，在县(秦安)东九十里。汉陇县，属天水郡；后汉属汉阳郡，为凉州刺史治。"[⑤]纪昀《陇城雨中即事》以雨季为背景，写出秋雨连绵时，田野一望恬淡宜人的农耕风光，清新自然，虽然荒寒寥落，但不凄凉哀戚，相反因诗人使用了"野人收燕麦"、"红鸟窥笼语"等富有生活气

---

① 见《太平寰宇记》，第2897页。

② 见《读史方舆纪要》，第2834页。

③ 见《清史稿》，第532页。

④ 见《太平寰宇记》，第2900页。

⑤ 见《读史方舆纪要》，第2840页。

息的生动意象与场景描写，顿使诗歌充满别样令人遐思的生机。

清初博学鸿词诗群除了上述诸人，还有嘉兴藉诗人李良年（另文专论）、谭吉璁，宜兴诗人蒋景祁，上虞诗人徐咸清，直隶新城诗人王方穀，清苑诗人陈僖等，其中谭吉璁的《鸳鸯湖櫂歌》、徐咸清的《登岱》都是很有特色的山水诗作。限篇幅，清代博学鸿词诗群其他诗人的山水诗暂不一一叙述。

封建社会选拔人才，以科举为盛，制科作为科举的非常形式，被看作特科，制科始自汉代贤良方正，经历唐宋，尤其被统治者所重视，常常被目为国之盛典。清代康熙十八年的博学鸿词考试无论规模，还是声望，以及质量均超越前朝各代，其形成的影响可谓深远。正如浙江诗人吴骞所记："圣祖仁皇帝以康熙己未年特开博学鸿词科，以收罗天下贤隽奇才异能之士，虽布衣韦带，岩穴幽隐，莫不征求辟荐，……于是经儒硕彦，名臣杰士，一时影集。盖自设科取士，立贤无方，风云际会之盛，从古罕觏。……圣祖仁皇帝睿謨渊断，度越古今，虑专尚制艺不足以尽收天下英奇，特举千百年之旷典；高宗纯皇帝敬天法祖，以乾隆丙辰年复诏开博学鸿词科，得士亦并一时俊杰，继继绳绳，后先辉映，迄今流风余韵犹有存者。"[①]关于康熙十八年的博学鸿词科，前人研究成果颇伙，如李集《鹤征录》、秦瀛《己未词科录》、袁丕元《清代征士记》、孟森《己未词科录外录》等等。这些资料编排有序，征引宏富，上自制诏，下及奏疏，旁采家传、碑志、笔记、文集等等，有纲举目张，体要兼备之优。它们不但是词科玉海，而且足备清初文史之巨观。

以上所选取诗人均能代表康熙博学鸿词科诗群的山水诗创作水平，他们不仅诗学昌明当世，而且学术、人品亦能领一代之风骚。从社会阅历，及其思想特质看，这批诗人大多经历了明末清初朝代鼎革的沧桑巨变，在他们的感情深处始终回旋着哀感顽艳的故国之思；就

① 〔清〕吴骞《己未词科录序》，见《续修四库全书·集部·别集类·愚谷文存续编》卷一。

其诗风和诗艺考辨，他们代表着清初百派回旋、千帆竞发的繁盛气象，这种诗风是自由的，同时又是严谨的，它上承明末清初节烈诗人刚劲奇崛的悲慨之气，下启后来清代诗坛清空疏阔的唯美意识，从诗学渊源说，己未博学鸿词诗群影响了一代诗歌的走向。

己未博学鸿词科之所以影响深巨，关键是它产生的时代背景和参与者的社会影响决定的，凡参与己未博学鸿词考试的，不管试与不试皆为明末清初的硕学博彦，比如顾炎武、黄宗羲、傅山、孙奇逢、魏禧等虽因种种缘故托词未试，但其造成的社会影响是不可估量的。博学鸿词科诗人开创了清代学人之诗与诗人之诗有机结合的先声，为全清一代诗歌创作树立了一支高高的标杆。

盛世华音

清代顺康雍乾诗人山水诗论

中

时志明 著

凤凰出版社

第五章　山水清音　庙堂雅声

——顺康走向盛世的金台诗群的山水诗

清初诗界，如同清初社会其它现象一样，截然对立成两大阵营，一是遗民诗群为代表的在野派，一是由科举走向仕途的廊庙派，又称金台诗人。这两大阵营的诗人因心态和人生阅历的差异而表现了两种不同的诗歌内质及艺术风格，但就诗文化的发展来看，他们互相激荡、反复交锋，最终推动了诗界繁盛局面的形成。清初诗坛繁盛的社会原因，前章已约略述及，兹不赘述。本章主要论述以南施北宋为轴心的顺康走向繁盛时代的庙堂诗群的山水诗。如果从山水诗总体风格而言，庙堂诗人更注重诗艺的锤炼，他们追求句式严整、刻画精细，其诗歌意境冲淡萧疏、风格雅正醇和，甚至还有一股谨严刻板的书卷气。以下分节具体考察，以概见庙堂雅声的华丽乐章。

第一节　“江山犹故物，百变生清光”

——施闰章的山水诗

清初诗坛风卷云舒，名家荟萃，大家迭起，不同心态、不同风度的诗人交相唱和，遂推动了顺康间诗界新格局的形成。随大清一统江山的渐次稳固，尤其康熙朝大国气象的出现，诗文化也相应调适到与现统治者需要的审美焦点上。王士祯倡“神韵”而成为那个时代最有力的歌手，围绕这股冲澹圆融、蕴藉和谐的诗坛旋律，众多优秀诗人脱颖而出，思欲奋翩远翔，以形成自己独具的风格和诗界名望，施闰章就是在这个大潮涌动的诗史长河里踏浪而来的弄潮者。

一、施闰章的生平和诗风概述

施闰章(1618—1683),字尚白,又字屺云,号愚山,晚年又号矩斋,江南宣城人。顺治六年(1649)己丑科进士,观政刑部,授主事。后御试学政,列第一名,提学山东。授江西湖西道参议,康熙六年(1667)裁缺归。十八年(1679)举博学鸿词,因卷中有"清彝"二字,差点被斥还,经大学士李霨力争,列二等,授侍讲,旋改侍读。出典河南乡试,选拔张伯行等儒生,伯行后为一代理学名臣。

施闰章少年早孤,奉叔父施誉如父,其性至孝且负异资,和著名遗民诗人沈寿民相善。成名后,在京师与莱阳宋琬、余杭严沆、仁和丁澎、祥符张文光、阳武赵宾、华亭周茂源等诗文唱酬,时人称之为"燕台七子"。施闰章为诗论文注重雅正质实,反对浮靡夸饰,在江西布政司湖西参议任上,他关怀民生,以体恤人民而受拥戴,同时提倡学风,修景贤、白鹭洲两书院。裁归之日,贫无以为生,遂卖其所乘舟而返归故里。举鸿博后,他致力于《明史》的修撰工作,受到当世推重。金天翮撰《施闰章、李天馥传》称曰:"遇羁人才士失志者,多方为之延誉。死丧厄困,赈恤不遗余力。天下士以是益归其门。"[①]又曰:"闰章为文守欧、曾矩度,意朴而气静,不张皇驰骤。诗温厚得风人旨。"施闰章著述丰厚,影响甚广,他的诗体被誉为"宣城体"。现存作品有:《学余堂文集》二十八卷、《诗集》五十卷、《别集》四卷、《遗集》六卷;另有《端溪砚品》一卷、《矩斋杂记》一卷、《蠖斋诗话》二卷等。近年有广陵书社出版、钟振振先生主编的《清名家诗丛刊初集·施闰章诗》行世。

施闰章的诗在清初影响巨大,其诗坛主角的地位往往被诸多选本所确认,清吴蔼编的《大家诗钞》收录《学余堂诗集选》一卷,邹汉仪编《慎墨堂名家诗品》收录《施闰章诗》二卷,邹漪选《七家诗选》收录《施愚山诗选》,严津辑《燕台七子诗刻》收录《愚山诗选》,吴之振辑

① 见《广清碑传集》,第201页。

《八家诗选》收录《愚山诗选》。也许选本只从侧面反映了选刊者个人的诗学偏好，但一个诗人在同一时代的短短几年间被不同选家所倚重，就很能证明入选者在当世诗坛的地位和影响力。对于施闰章诗的评价，自清初以至晚近，犹如空谷啼音，回声四起。王士祯《池北偶谈》曰："康熙已来诗人，无出南施北宋之右，……昔人论《古诗十九首》，以为惊心动魄，一字千金。施五言云：……此虽近体，岂愧十九首耶？"[①]此处王士祯首先提出"南施北宋"的概念，从此"南施北宋"有时即与"南朱北王"相辉映。施闰章的诗风平和淡远，有味外之旨，且自然天成，故而王士祯把他推到"古诗十九首"的高度加以褒扬，在《池北偶谈》里，王士祯进一步阐发他推崇施闰章的缘由："予读施愚山侍读五言诗，爱其温柔敦厚，一唱三叹，有风人之旨；其章法之妙，如天衣无缝，如园客独茧。"王士祯将其欣赏有加的五言诗句集结起来，汇成《摘句图》。对这件雅事，沈楙德在《蠖斋诗话·跋》中曰："渔洋山人尝取其五言警句数十联，汇为《摘句图》，其雅重如此。"[②]郑方坤称施闰章诗"体气高妙，格律深稳，锵然而玉应，盎然而春温，一时诗人有南施北宋之目。"[③]陈文述对施闰章极为推崇，将其拔为"国朝"第一："国朝人诗，当以施愚山为第一，为其神骨俱清，气息穆静，非寻常嘲风弄月比也。"（《书施愚山诗钞后》）在陈文述眼里，即使薛始享（罗浮道人）、钱谦益（虞山蒙叟）也"犹逊一筹"。陈仅在《竹林答问》中也说道："本朝六家，王、朱、施、宋、查、赵，查已不及四家，若秋谷，诚邾、莒，不知何以得此盛名。然鄙意当以愚山为第一耳。"[④]由上约略可见，施闰章在清代诗坛的影响是深远的，百数十年来，诸论家能交口称赞而不置一微词者，施闰章是少数能享此殊荣的诗人之一。

---

① 见《清诗纪事》，第1719页。

② 同上，第1722页。

③ 《国朝名家诗钞小传·宛陵诗钞小传》卷一，见周骏富辑《清代传记丛刊·学林类》第24册，第61—62页。

④ 见《清诗纪事》，第1726页。

施闰章是皖南山水孕育的才人，他的气质中始终潜藏着清新秀逸、空寂遥深的底蕴，这种特质不但体现于以自然物态为观照对象的山水诗里，而且还流溢在怀人送远、酬唱赠答的应景之作中，如此则有让人触景生情，情不能已的凄艳清绝感。如：

独归人自老，岁晚雪中行。山绕蒙阴麓，江寒楚客程。野狐蹲断岸，沙雁宿空城。不寐知今夕，惟应诗思清。

——《雪夜怀家叔南归》

月出山逾碧，烟开树欲明。一时群彦集，满眼五湖情。远浦鱼舟影，高楼玉笛声。兴来重把酒，中夜煮莼羹。

——《月夜段桥曹秋岳侍郎限羹字》

"家叔"，即施闰章叔父施誉，闰章早孤，奉施誉如父，叔侄间亲情甚笃，从《雪夜怀家叔南归》的抒情背景和氛围，即能考见诗人笃于孝悌的仁爱之心。"家叔南归"令诗人萦心系怀，愁情无限，他把这种难以销融的离别之情用"山绕"、"寒江"、"野狐"、"断岸"、"沙雁"、"空城"等一系列凄绝的意象烘托出来，给人以视觉和心灵的双重冲击。

曹秋岳，即著名诗人曹溶，顺治十八年前后，在杭州，曾与钱谦益、周亮工、施闰章、祁氏兄弟、朱彝尊等人泛舟西湖，玩月赏景，分韵唱酬。施闰章写友人聚会，情谊欢洽，诗思悠长，他对友情的赞美不是直接表达，而是通过"月出山逾碧，烟开树欲明"的背景烘染开来，让"远浦渔舟影，高楼玉笛声"加以深层推宕，就使"群彦"间诗酒留连的君子之情深厚绵长，如波光潋滟的五湖之水。施闰章柔媚清丽、含蓄凄艳的诗风不但来自故土山水的涵养，而且更重要的还源于他内心平和冲淡，乐天知命的人生观，他对人生、对命途常持达观不争、守贞自然的态度，有超越现世的沉着与冷静："上哲能不忧，中人尚知足。偃鼠饮长河，快意在满腹。神龙失所依，进退成抵触。天道亦何常，平地多翻覆。"(《书感》)天道无常、平地翻覆，人生变幻有如自然衍化，不能随主观意愿，所以秉持"知足"之心，才能达到"不忧"的境界，“偃鼠”虽小，但它的“快意”在于“满腹”；“神龙”号称强大，可其“进退”失据的缘由就是“失所依”。一个人只有平常地对待生命、对待人生、对待名利，才能进退有据，而不至于“翻覆”。因此之故，裁官归里时，他不但不悲，反而喜从中来，放言高歌：“圣主知臣老，群公恕我真。从来甘薄宦，渐许乞闲身。……旧溪鱼鸟在，应待未归人。”（《自喜》）施闰章与陈维崧、朱彝尊等为同辈诗人，他们共同经历了朝代鼎革的惨烈史实，所不同的是他们的家世背景和个人心志，以及由此形成的人生态度。施闰章心境温婉，有乐观知命的豁达，所以他的诗作比起陈维崧就显得宽厚醇和，较少哀愁怨恨之色。

二、施闰章山水诗的内涵和艺术总揽

按山水诗的写作缘起和刻摹对象而论，陈维崧以交游、朱彝尊以幕游、潘耒以旅游为主，施闰章则以宦游为切点展开对山水题材的把握。因之，论施闰章的山水诗必得理清其宦游踪迹，根据他的车辙所至，梳理他山水诗的结构模式。如果按地舆分布，施闰章的山水诗应该包括：京师山水诗、湘桂赣山水诗、齐鲁豫山水诗和江浙皖闽山水诗；按诗体考察，他各体兼有：五古、五律、五绝、七古、七律、七绝均能运用娴熟，其中尤以五言为世称道；就山水诗内涵来看，有行旅、登临、言情、怀古、吟赏几大类型。以下以舆地为主线，以诗体和内涵为副线对施闰章的山水诗作总体概述。

（一）“霁色落长安，空翠无近远”的京师山水诗

施闰章前后两次任职京师，这对他诗坛地位的确立，特别“燕台”诗人声望的传播起到了至关重要的作用。在京师期间，他游赏观览了西山、天坛等名胜古迹。京畿繁盛的风物让他欣然欢悦，一释“征夫易感触，怅望绝心赏”（《赴京道中作》其一）的惨淡情怀，一气创作如下堂皇雅正、清新端丽的山水诗章：

黄沙满襟袖，客怀无一展。时梦江南游，青山情不浅。今晨觉爽气，悠然见绝巘。矗矗既崚嶒，邈邈何旷缅。塞垣千里接，白云共舒卷。霁色落长安，空翠无近远。赏心谁与谐，灵境终当

践。虽无薜萝衣，一洗风尘眼。

——《途中望西山》

清境历悬磴，飞塔浮云端。桂旗时上下，百灵集丹坛。举首见宸翰，光怪生林峦。入门二松石，匝地双龙盘。攫拏广庭隘，戛拂青天寒。谽谺有崖洞，迢递穿巉岏。不知客行疲，但惜春风残。移觞未敢酌，高坐生清欢。精庐坐山月，谁解栖长安。

——《宿西山戒坛限坛字》

香山东去昼冥冥，碧殿丹楹倚翠屏。老树数围全覆屋，流泉百折故依亭。碑传中贵祠园地，阁护先朝敕赐经。乱后璇题渐零落，檐前依旧万峰青。

——《碧云寺》

京师唱酬，使施闰章名满天下，科甲得意，更令他时时有"欲望天颜真咫尺"(《晓入西苑》)的荣幸感，故此，施闰章在数量有限的京师山水诗里委婉地再现了他春风得意的舒畅情怀。上举三例即为其代表作。西山，在今北京市西部，为诸山总称。《天府广记·岩麓》记曰："京师之西，皆山也。旧记，太行山首始河内，北至幽州，第八陉在燕，强形巨势，争奇拥翠，云从星拱于皇都之右。"众山中最有名的是：玉泉、聚宝、香山、庐师、翠微、潭柘等山，凡客燕京的士子才人均要游赏西山胜景，留下他们吟味烟霞的锦绣诗文，现引述几段，以证西山胜概："西望诸山，则崖峭岩窟，隐如芙蓉，泉流波沉，来如白虹，渺乎若是其旷也。至是茂树回环，幽阴翁蔚，坳窪渟濙，百川所蓄，窅乎若是其深者，又临瞰乎西湖者矣。"(明·倪岳)①"凡客长安者，未有不指西山为胜概者也。然游览所至，亦自玉泉香山华严而止。予自马上望金山之势，蜿延巇嵲，烟草四合，意必有神工鬼斧在人迹不到之处。"(明·陈衍，福建人)②另外，著名文学家李东阳、袁宏道、袁中道诸人皆有西山游记，文情并茂、华彩丽章，对西山各胜迹褒誉讴歌，令

---

① 见《天府广记》，第490页。

② 同上，第492页。

人生无限向往。

《途中望西山》为诗人初入京师时于道中远眺而作。全诗高远辽阔，意韵幽深，用对比的手法，通过前后心情的反差，把初见“西山”的豁朗爽快之意表现得淋漓尽致，终篇与山灵期约，为后文埋下伏笔。与其相衔接的《入西山》则把这种“赏心”之情进行了扩展延伸：“马首见西山，乘兴陶嘉月。”在诗人“乘兴”赏游的法眼中，即使落英缤纷、暮鸟急归的景象也有一种欣欣向荣、繁花永续的美感享受：“琪树寒始花，红药蕊初结。披拂散心颜，荣落皆愉悦。莫鸟归岩扉，阴云如积雪。”施闰章诗心敏锐，善于捕捉瞬间即逝的物象之美，并把它们有机组合，就形成浑然天成的审美诗境：“缘阶泻碧泉，古树卧残柘，……灵迹信有无，蜿蜒见犹乍。阳坞竹还青，春渚梅未谢。”（《潭柘分得柘字》）“香山东去昼冥冥，碧殿丹楹倚翠屏。老树数围全覆屋，流泉百折故依亭。”（《碧云寺》）潭柘寺、碧云寺均西山胜迹，两寺各以泉石古木取胜，施闰章从松、柘苍古清奇，泉流溅珠泻碧入眼，把它们幽深庄严的气氛烘托得极为浓郁。

施闰章以“燕台”诗人而著称，但他描写咏歌帝京景物的山水诗确实微寡，且艺术性与后期比较略显平板滞涩，真正能反映他山水诗创作水平的还属转任齐鲁、赣南、豫中地方官时创制的大量篇什。

（二）“澄波漾皎月，窈窕生清晖”的湘桂赣山水诗

顺治六年，施闰章中进士，授刑部主事，这期间，“奉使桂林，宣慰定南王孔有德。”（金天翮《施闰章、李天馥传》）孔有德，辽东人，原为明皮岛总兵毛文龙部将，后谋反不成，叛明降清，从皇太极攻打锦州一线，屡立战功。顺治元年，随多尔衮入关，“追击李自成至庆都”，（《清史稿・孔有德传》）又隶多铎西迫李自成，陕西既定，旋攻淮扬京镇；顺治三年，因功封平南大将军，自此开始转战湘赣粤桂，与南明抗清力量展开殊死搏杀。桂王被孔有德一步步进逼，由桂林败走南宁，再退广南，抗清名臣瞿式耜、张同敞亦死于孔有德之手，明代宗室及留守官吏自靖江王以下仅桂林一役被斩首者达四百七十三人。顺治六年，孔有德晋封平南王，八年，被明将李定国围歼于桂林。施闰章奉使慰问孔有德当在顺治七年，诗人在《奉使粤西答长安诸公送别》

的题注中说："时予初入比部。"对这次奉使出行，诗人如履薄冰，心怀忧惧，完全没有"天使"出都的荣耀感："朝谒承明庐，夕发天南隅。……桂岭尚烽火，豺虎交路衢。不惜行路难，衔命绥蛮陬。"王命在即，诗人促装南下，一路望湘桂而来，沿途只见："悲风触颓岸，鸟兽各惊翔。……天南风日异，战后百城荒。"（《湘潭阻风怀侯蓝山韩振》）面对如此艰危形势，诗人没有一点观赏吟味山川风物的情致，相反他因"美人在九疑，孤棹留潇湘"的凄绝景象，引起心中"岩谷昼晦矣，侧身忧豺狼"的惊恐不安。在《湖南行》中他把耳闻目睹的战后惨象一一描绘出来，使人仿佛回到汉末建安"白骨敝原野，千里无鸡鸣"的恐怖时代："浩浩湖南行，悄悄悲修途。荒城时卧虎，空村无啼乌。……白骨为瓦砾，青燐然丘墟。王师跨岭表，铠甲簇苍梧。供亿日以繁，肓血日以枯。不惜腰磬折，鞭挞销肌肤。"这首以歌行写成的长篇，全面揭示了战争，尤其民族战争给人民带来的残酷浩劫，诗人直面白骨成瓦砾、村落无乌啼的血色场景，心中涌动着悲天悯人的哀感和誓为良吏，以死为民请命的崇高责任感："丈夫万里志，奋臂拯艰虞。庶几绘图献，一使苍生苏。"身在战火纷飞、民不堪命的艰危境地，诗人泪眼观花、愁心问月，把一腔难以排遣的哀伤寄寓到山川风物中，就有如下使人感怀铭记的山水诗句："山多高树稀，岩石何嶙峋。清江淡白日，芳草薰游人。鉤輈越鸟叫，纵横虎豹群。带甲一何繁，城郭少遗民。"（《抵桂林》其一）桂林山水自古甲天下，是诸多诗人歌咏并倾心的对象，但以施闰章愁闷填塞的胸臆想来，她总被"凄凄""春雨"所笼盖，令人生"凭高不可望，叹息当谁陈"的怅惘之情。

施闰章南下湘桂，途程万里，经行鄂湘，又由粤西，度大庾岭，过赣南而返程，期间他阅历山川无数，那十里不同天，百里不同形的山水风貌使其眼界大开，心胸为之一豁，在创作负载厚重人文情怀的诗篇的同时，亦创作了大量极具审美情趣的山水乐章，其主要篇目有：《游朝阳岩洞》（五古），《赤壁》《登江夏洪山寺塔》《泊嘉鱼》《二乔墓》《望君山》《湘夫人祠》《自浔阳至长沙舟中集咏》《滩舟即事》《排山驿》《永州南数十里夹路皆古松》《经王公岭白云庵》《全州道中》《发昭潭》《昭江夜泊》《端江旅兴》《南华山寺》《大庾岭》《十八滩》《中秋夜泊樟树镇》(以上五律),《晴川楼至大别山绝顶》《望衡岳》《衡南排山道中》《熊罴岭》《宿永州高山寺》《端江七星岩》(以上七律),《过洞庭湖》(五言排律),《衡山道中寒食》《端江到佛山途中口号》(以上七绝)等。从上列诗目即见,施闰章湘桂之行纵横南北,行程纡曲,写尽了江汉湘桂、粤西赣南的奇山异水,其诗艺亦呈现了精彩纷繁,佳句迭出的境界。如写永州著名的岩洞,他说:"春光崖际莫,署气潭上秋。鱼鸟泳清沘,宫观临沧洲。"(《游朝阳岩洞》)写江汉大江东去,众山奔涌的壮阔形势,他说:"崚嶒存赤岸,虚白俯沧洲。百战亭台尽,三春江汉愁"(《赤壁》)"山势龟蛇斗,江流沔汉分。……南望湖光白,鸿归度夕曛。"(《登江夏洪山寺塔》)写洞庭波平澜微,芳草连天的景象,他说:"孤屿凌天险,沧波绕翠微。四时芳草暗,万古白云飞。"(《望君山》)"湘云摇珮带,岳雨送旌旗。夜静鱼龙入,情深草木知。"(《湘夫人祠》)写浔阳至长沙水路迢递、空阔透明的韵致,他说:"荒村依岸曲,古庙立山巅。"(《自浔阳至长沙舟中集咏》其二)"波绿澄湘浦,天青合洞庭。"(其三)"云自青莎出,鱼从白鸟衔。"(其五)写潇湘行舟之险,他说:"引洪舟一叶,穿石水千盘。"(《滩舟即事》)写湘桂交界之平野空阔、岩壑幽深,他说:"鬼神深窟宅,烟雨蔽山丘。"(《永州南数十里夹路皆古松》)"凭高聊极目,粤岭一何长。"(《经王公岭白云庵》)"异香群卉集,深翠象山同。"(《全州道中》其一)写粤西江流潺湲、杂花生树的奇观,他说:"江泊依榕树,幽寻过竹梁。雨来山乍白,日落水全黄。"(《端江旅兴》)"野艇收鱼子,溪虫哺鸦儿。披榛茉莉出,夹道荔枝垂。"(同上,其二)"崧台沙路树相参,急水轻舟带夕岚。无数烟村山色里,不禁飞梦到江南。"(《端江到佛山途中口号》)写粤赣山势连绵,险滩崩奔的江山壮景,他说:"门容一骑入,人度万山来。"(《大庾岭》)"落帆循石罅,解缆趁江湍。"(《十八滩》)以上皆施闰章奉使桂林往返途次所作山水诗的摘句,虽是信笔拈来,但吉光片羽,通过它们能窥见早期诗人的创作心理和艺术追求,悲悯人生、感叹世艰是其寄寓在山水诗作中的思想基质,追求凄清悲梗、空阔辽远的审美意识是其艺术走向自然,贴近现实的表征。湘桂之行,因时势艰迫,民生凋敝,所以施闰章此期的山水诗略显凝重而乏灵秀,只有匡庐组诗的出现，才给他这次行程抹上一层空透的亮色。庐山组诗是施闰章由粤经赣，间道瞻仰匡庐后留下的山水力作，其名篇包括：《庐山遇雨》、《玉川门歌》（以上七言古）、《雨宿三叠泉下凌云舍》《九日庐山寻瀑布绝顶处》（以上五绝）、《归宗寺用壁间韵》《开先寺》《三叠泉》（以上七律）等。庐山组诗的创作受山水灵气的涵蕴，写得大势腾跃、空灵脱透，韵味极其绵长。如："泉响千林动，峰开五老尊。来朝攀绝顶，俯仰尽乾坤。"（《雨宿三叠泉下凌云舍》）"独倚层峰塔，回看百丈泉。奔雷翻绝壁，晴雪下高天。"（《九日庐山寻瀑布绝顶处》）"山下自晴山上雨，林深苔滑流石乳。……忽闻天际一钟鸣，隔水苍茫寻涧户。"（《庐山遇雨》）"老蛟昨夜崖前吼，百泉迸出雷霆走。玉川雨后多白云，片片从风飞户牖。"（《玉川门歌》）"上方秋晓散清钟，木末凭凌千仞峰。蠡泽寒光沾翠壁，寺门灵迹起枯松。"（《归宗寺用壁间韵》）"峡开青玉奔雷急，崖暗苍龙带雨归。谁拾枯松煮瀑水，朝朝目送白云飞。"（《开先寺》）"侧叠云峰路几盘，飞流曲注一天寒。……五老细垂苍玉佩，九屏濯出翠琅玕。"（《三叠泉》）庐山山水诗气韵浑厚，意境开阔，为施闰章出使桂林的旅程划上优美的句号，正如诗人所言："寻源我欲开幽境"，"开幽境"不单是为其游赏山水的行为而设，更主要还体现在此后山水诗创作的艺术追求上。

施闰章湘桂粤赣山水诗的重要组成部分是其任江西参议，分守湖西道时所创制的山水诗群。赣中山水诗群不仅数量丰厚，而且含蕴深广，是诗人钟情自然、厌弃尘嚣的高远情怀的写照，亦是他悲悯苍生、热衷文教的仁爱胸襟的折光。清初，战乱频仍，民不聊生，施闰章分守湖西道时，所辖吉安、临江、袁州三府经兵马蹂躏，民生凋敝，兼地方官追赋，居民多逃匿山中，相聚为盗。目睹此情，施闰章一方面晓喻民众安居乐业，一方面将人民的疾苦上达有司，警示他们应该宽政爱人，休养民生。事见诗人所作《湖西行》《大阬叹》《竹源阬》等。在湖西任上，诗人"一意休息（笔者注：指休息民生），吏不能为暴。乃修景贤、白鹭洲两书院，……集多士讲学，或屏车骑，往来金牛、石莲诸洞，宴游赋诗。"（《施闰章、李天馥传》）施闰章的赣中山水诗清新俊逸、放旷超迈，完全体现了诗人超然物外，不违农时，不扰民生的儒者风范。如:“宿雾暗未收,晓月照苍翠。……石洞迴空明,前驱走魑魅。”(《晓过洪阳洞》,洪阳洞在江西分宜县)“万古清莲花,苍寒半舒萼。钟歇滩响闻,云开峰翠落。……却羡无心云,逍遥去寥廓。”(《化成岩》,岩在江西宜春县)“白云生断岸,幽禽下修渚。前山正寒翠,木石坐堪数。悠然濠濮间,俯仰久延伫。”(《金牛泉》)“旱久始霑足,田家欢有余。新禾多秀色,四野何敷腴。”(《发清江至新淦》)五言古体严谨醇和,写景状物重在形似和环境烘染,七言则感情热烈,舒展有致,如“螺川夜雨朝日晴,早霞正照千山明。……浩荡风尘成老叟,怕见青枫映疏柳。……东篱有菊未开花,野寺何人远吹笛。”(《吉州九日登天华山》)“空濛远色碧天尽,滚滚浊世飞黄埃。千山寂寞皆培塿,大小袁山在人口。”(《袁州临发登宜春台短歌》)“小孤风急枫叶殷,马当矶下浪如山。北去官舟三日住,日日乌啼矶上树。”(《三宿马当歌》)施闰章的七言古体山水诗不但气韵流转,而且激情四溢,如决江河于千仞之谷,令人有眩目惊心之叹,如:“北风晓发江晦冥,惨澹孤山看不见。天吴河伯白羽旗,牛首蛇身共酣战。帆樯饱掣天欹斜,儿童转侧头惊眩。今朝雷雨更砰轲,鄱阳倒揭匡庐倾。折戟沉沙怨鬼怒,崩崖古庙神鸦鸣。”(《彭蠡湖遇迅风误入别港》)彭蠡湖倚匡庐而带大江,风急浪高,势掩江左,施闰章舟行遇骇浪“迅风”,在舟人失色惊惧之间,他突发“乘风”“快意”之想,挥笔写下上述惊天地、泣鬼神的山水快诗。此外,《青原山后新得飞瀑目曰小三叠漫书僧壁》亦是气象奔涌的一首赣中山水诗作:“玉井银河曲注来,崩云骇雾纷相接。仰看拍手共惊呼,此是匡庐小三叠。……天开灵境始吾曹,山鬼水仙走蹀躞。老僧笑对一无言,振策重将峰顶蹑。”青原山,在明清吉安东南十五里,山高峻险要,顾祖禹《读史方舆纪要》曰:“山势根盘,外望蔽亏,旁有一径,縈涧而入,中有骆驼峰、鹧鸪岭,势甚乔耸。”青原山与周边诸山相犄角,为军事要冲,佛家辟为浮屠胜境。施闰章分守湖西时,闲暇常至山寺,与高僧论道参禅,故此,他对青原情有所钟:“溪水过林麓,山云出寺门。青冥飞塔迴,空翠一亭存。诗思休公剧,时吟老树根。”(《青原山寺》)诗前半写青原寺幽深明丽、浑融脱透的景色,后两句赞美其同乡友人,明末清初著名诗人方以智,方以智明亡后，剃度为僧，驻锡青原，号他山，又号药地，施闰章与其交情甚笃。

通过赣中山水诗的简述，我们即可洞见“宣城体”或“闰章体”的创作风格，平和冲澹、幽深绵远，工笔勾勒加大气渲染，使所历山水形神兼备，韵味如丝，绵绵不绝。

(三) 岱宗万仞、少室幽栖的鲁豫山水诗

施闰章任职江西前，曾因御试成绩优异，被任命为山东学政；康熙十八年举博学鸿词后，曾出典河南乡试，这两次视学活动使他饱览了齐鲁中州的雄阔山川，虽然历经二十多年的岁月变迁，但诗人在绘摹北国风物的艺术手法和审美趣味上却保持着前后相贯的一致性，如：

寒星看掌上，暮雨忽樽前。积气无岩壑，秋声划海天。万松飞涛里，三观乱云边。恍惚身何在，真从象纬眠。

——《岱岭夜雨》

彩鹢横飞缓，神蛟偃息初。沙晴浮涨减，岸远碧天虚。瓠子嗟民力，龙门忆禹书。中流箫鼓竟，把酒试河鱼。

——《渡黄河》

《岱岭夜雨》写作于视学山东任上。在一个秋雨如丝的夜晚，诗人挑灯把盏，对雨独酌，心情萧疏散淡，一任晚风掠过万顷松涛，秋声如诉，秋气突至，令他恍忽顿生身在仙境之感；《渡黄河》则创作于康熙十八年举鸿博后典试河南途中，黄水奔流，万里激荡，远天低垂，平野超旷，诗人思古怀幽、嗟叹民生的情绪随波涛共起伏，消融在一片萧鼓喧天、酒香甘醇的绵远氛围中。两诗气韵流荡，风骨相承，表现了宣城体特有的艺术品位。再如：

碧海烟归尽，晴峰雪半残。冰泉悬众壑，云路郁千盘。影落燕齐白，光连天地寒。秦碑凌绝壁，杖策好谁看。

——《雪中望岱岳》

晨兴出东郭，秋霁开心颜。高阜一回首，爽翠飞巉岏。三花信有无，碧树森琅玕。前峰复中断，白云时独还。岩户深且阻，峻坂何险艰。逝将凌玉巘，骋辔无翔鸾。延睇如藐姑，绰约青霞端。

——《望少室》

《雪中望岱岳》和《望少室》虽然节物不同，季候有别，但诗人在诗篇中传达的情韵和心绪趋于一致，前诗空透玲珑、冰肌雪骨；后诗空翠深碧、云霞明灭，在不同背景烘托下，岱岳、少室气凌霄汉、高峻险仄的景象相互映照，有异形同构的绝妙之美。

施闰章的鲁豫山水诗板块以齐鲁为主体，因为诗人在山东历时较长，行踪颇广，他东到大海，南至沂蒙，登岱岳，谒曲阜，齐鲁大地被他游赏过半。在他笔下，北地风光旖旎多姿，清新雅健，别具一番引人入胜的浑阔气象。如写泰岳雄峻英挺、卓然云表的肃穆景象，他说："岱宗万仞气苍苍，杖策寻巅尽八荒。……丹霞白雾分阴霁，玉简金函入混茫。"(《登岱》其一)"帝许登临开日月，人从指顾走虹霓。扶桑灼烁沧溟畔，太华微茫碣石西。"(同上，其二)"日观晴光傍午开，茫茫东见海为杯。九州积气峰前合，万里浮云杖底来。"(同上，其四)

写大海腾跃激荡，浮光耀日的沧茫气势，他说："万里苍波照容颜，危亭天畔更跻攀。鱼龙欲见空中阁，风雨忽移何处山。绝壑浮云来掌上，扶桑倒影接人间。"(《日照观海同吕翰公明府》)"动如万马扬朱旗，烂如金屋堆琉璃。……光芒倒射鼋鼍宫，扶桑枝罥蓬莱阁。"(《望日楼同杨登州张蓬莱看日出》)"大竹盈盈横匹练，小竹湛湛浮明珠。……列屏复帐闪宫阙，桃源茅屋成村墟。沙门小岛更奇绝，浮图倒影凌空虚。……三山十洲一步地，群仙冉冉来蓬壶。"(《蓬莱看海市歌》)大海的浑茫浩淼，海上日出的神奇壮观，海市蜃楼的变幻迷离，被诗人写来激情澎湃，光芒万丈。施闰章是一个追求唯美的诗人，他的山水诗无南无北，都以营造意境、追觅韵味为至上，不但前述赣中山水诗神韵具足，即使北方山水在他笔下亦神采焕现，韵致旁逸，而且还延展扩散到他此后所有山水诗创作的实践中，形成他独有的山水诗风。如："寒天无过雁，近海动悲风。……客心当落日，极目见飞蓬。"(《东郡道中》)"山城云送客，官路雨成谿。……荷花开太好，披折向人低。”(《雨发青州》)“尊前孤塔迥，郭外远峰青。”(《次长青》)“积寒生石发，落日动山烟。”(《五大夫松下看流泉》)“水气垂天阔，涛声裂地穿。”(《登州》)“三山平对酒，万里入凭栏。日落回潮碧，风疏清磬寒。”(《重至海镜寺》)“何人见荣落，终古一青苍。元气收东岳，孤根接大荒。”(《夫子手植桧》)“野店迎寒早，秋原树色分。林端飞片月，塞北起黄云。”(《清风店》)“残照下溪湾，孤僧度岭还。泉开深树里，山响乱流间。”(《宿百泉》)“拂槛寒星晴历历，侵衣银汉昼泠泠。地连朔雪孤城白，天入齐烟一带青。”(《光岳楼》)“石槛茅亭处处幽，凉风六月坐惊秋。时看荷芰山根出，无数藤萝水面浮。”(《衍圣公荷亭》)“苍岩石壁孤城影，深洞莓苔古佛身。薄暮寒烟连海色，华峰千丈独嶙峋。”(《济南九日登历山》)从上引诗句便见，虽然北地风物萧疏瘦劲，有一股刚直凛冽之气，但其神韵淡然恬静，玲珑空透，与南国山水诗风格遥相互通，达成谐和统一。

(四)“疏磬一声传，泠然得天籁”的江浙皖闽山水诗

施闰章生长的皖南，岗峦起伏，溪水萦洄，秀色盈野，自古是文人雅集游赏的乐土，唐代大诗人李白穿梭往来于以皖南为中心的吴越之间，留下“俱怀逸兴壮思飞，欲上青天览明月”(《宣州谢朓楼饯别校书叔云》)的千古诗情和数以百计的诗篇。施闰章承先贤遗风，把自然山水当成“相看两不厌”的知己，推心置腹，纵意其间，如果京师、赣南、鲁豫山水诗群代表了他仕宦生涯的心灵折光，是他公务之余忙里偷闲的闲情映象的话，那么江浙皖闽山水诗模块正好再现了他退隐田间、摆脱世网而适心自然、潜意山水的自由自在的本质心性。

施闰章诗名列清初六大家抑或八大家之列，与王士祯、朱彝尊、宋琬等唱酬往还，为“宣城体”的奠基人。《清史稿·文苑传》曰：“闰章与同邑高咏友善，皆工诗，主东南坛坫数十年，时号‘宣城体’。”宣城，古称宛陵，自宋梅尧臣开辟文风，即代有传人，其诗文世替，名家辈出，极称盛事。施闰章对自己的故乡情意深浓，热爱至极，在《书带园集序》一文中他说：“吾宣城于江上称岩邑，其山巉以秀，水甘以清，草木扶疏而沃若，其清淑之气所郁积，必有异能之士，道德文章之美，卓然见于天下。”(施闰章《学余堂文集》卷一)无独有偶，唐诗人李白

对宣城亦情有所钟，他生命中最苦闷、最不得意的时光就是在宣城度过的，是宣城的山水抚慰了他孤寂苦闷的心灵，使他在阴霾四伏的生命之途看到了一线希望之光："淮南望江南，千里碧山对。……宗英佐雄郡，水陆相控带。……当结九万期，中途莫先退。"（《赠从弟宣州长史昭》）"众鸟高飞尽，孤云独去闲。相看两不厌，只有敬亭山。"（《独坐敬亭山》）宣城的山水适宜于文人隐退，过恬淡静谧，与自然相对，互不厌弃的生活。受此隐逸文化的熏染，施闰章退出名利圈后，并未感到低沉徘徊，心有所待，而是放眼风物，纵意山水，把一身浮躁的风尘蜕化在心意所至的山岚水云间，让钱江潮、太湖月、六朝风、武夷云、黄山雾轻轻抚摸着他倦怠的尘心，引导他追觅另一个充满生命活力的美的世界。为追求个人心灵和自然山水相契合的平衡点，施闰章抉微发幽的步履遍及江浙皖闽的名山胜水，通过潜心冥悟，他将对生命的体验、对人生的感慨、对艺术的颖悟皆寄寓在目经心历的奇山异水中传达出来，遂将"宣城体"温柔绵远、清丽深秀的审美特点彰显无遗。如写黄山，他一反常态，不作具象化刻镂，而着力搜觅其内涵的气韵，从而使吟赏的对象活力迸发，情思绵邈："俯首见白云，举首见青莲。……竦身蹑峰顶，把袂亲拍肩。欲语若凝睇，夕阳在前山。"（《登老人峰》）"人间何处无中秋，谁向山岩绝顶游。白头牖下苦局促，浮云转眼空烦忧。君不见黄山天海光明顶，横绝千峰冠万岭。……夕阳散映青山红，珊瑚万树琉璃中。绝壁寒光出沧海，赤霄皎月随长风。……眼底高擎出仙掌，劝我把盏为加餐。……夜未阑，露将薄。白鹤唳兮回青鸾，翠云裘敝天风寒。于乎万古此山此明月，何人不愧峰顶客。"（《中秋夕坐光明顶看月歌》）"飞来一片月，照我万峰巅。松叶出寒磬，莲花明暮烟。"（《暮登文殊院是黄山中峰胜处》）"片日斜飞动，群峰半有无。称心风细细，垂手接天都。"（《登莲花峰顶》）"天海浩无涯，孤僧寄一家。泉吞丹井月，坐对青莲花。小屋岚烟重，高台石路斜。雪中人迹断，烧叶自煎茶。"（《书炼丹台侧指月庵》）黄山游是诗人的夙愿，通过游黄山，他彻悟了人生如梦，万象皆虚的至理，只有身心化归自然，才能达到超越："我家近黄岳，梦上天都峰。……我昨孤啸莲花巅，钟山庐岳皆点烟。……丈夫会应取知己，何处酒楼同醉眠。”(《黄山吟赠曹宾友》)再如写江浙山水，诗人或寄托情怀、或轻歌浅唱、或激越、或清丽，其意绪宕跌逶迤，令人心醉。“洵美此南国，天堑一何长。…… 雉堞枕湖水，山影涵青苍。……江山犹故物，百变生清光。凭高过疏雨，吹我征衣凉。”(《鸡笼山登览经鸡鸣寺作》)鸡鸣寺，在今南京市鸡鸣山东麓，南朝梁时于此首创同泰寺，后屡毁屡建，明洪武二十年(1387)重建，改今名。施闰章游历鸡笼山(即鸡鸣山)，经鸡鸣寺，睹物思人，一种幽幽的故国之情弥散开来，使诗境顿增哀怨之色。“清泉洗百虑，渴饮倾百斗。……巨浸东南雄，涵滋万林薮。俯仰人代促，延陵复何有。”(《登惠山第一峰》)惠山，在今江苏无锡市，诗人登临放目，但见万顷波涛，群峰如黛，茫茫无边的太湖之水引起他“俯仰人代促”的悲戚之思。写姑苏山水，诗人一变而为深幽柔美，如吴歌夜唱，宛转清冽：“深树暗人家，流泉出衣带。欲辨青莲花，遥知白云外。疏磬一声传，泠然得天籁。”(《自支硎晚赴花山》)“松声凉石径，水色散林霏。古墓沈苍藓，疏钟满翠微。”(《玄墓圣恩寺》)“岩前对面碧湖湾，美人留得蛾眉影。……妆台洗尽看僧塔，惟有春花岁岁生。”(《灵岩山》)苏杭自古并称，被世人目为神仙之府，山水灵宅，施闰章写姑苏幽雅澹远，恍如不染人间尘俗，写钱塘十里荷花、三秋桂子，他更心如澄波，一碧如镜，勾勒出杭郡宛若西子般宜人的姿容：“春水盈盈浸碧沙，行人折尽半开花。六桥一色连芳草，何处钱塘苏小家。”(《西湖漫成》其一)“外湖游遍里湖游，南北峰高水面浮。弱柳新裁成絮少，不教飞去惹人愁。”(《西湖竹枝词》其一)“古塔南屏麓，高标拔地雄。风霜从剥蚀，烟雨入鸿濛。”(《雷峰塔》)“试风莺出柳，挟子鸭翻蒲。”(《诸子汎舟孤山》)“岚深晴作雨，树老晚成花。”(《韬光寺用白香山韵》)西湖乃杭城佳丽之地，它不但以湖山取胜，而且还以赏月为极乐，在施闰章笔下，夜月西湖，宛如琉璃千顷，空阔透明；又似佳期之梦，令人神往：“两岸苍烟皎月来，万顷清光照幽独。……片云蜿蜒过南山，望见仙人骑白鹿。夜深风起何泠泠，远山犹白近山青。浮图层级真可数，波心寒玉吐孤亭。”(《西湖看月歌》)“远寺几时到，断桥谁独行。南屏桂花发，摇落正关情。”(《湖楼对雨》)钱塘诸作中，《钱塘观潮》堪为景情合一的杰作：

“海色雨中开，涛飞江上台。声驱千骑疾，气卷万山来。”江浙湖光山色，在施闰章笔下空阔透亮，温软柔媚，尽显风流蕴藉，而浙东山水诗群以另类气象庶几将其推向高潮。浙东背山临海，山势宠灰蜿蜒，奇壑遍布，幽涧杂陈，其中尤以天台、雁荡称雄天下。施闰章家居之时，心事如晦，为一释心头郁结，他慕永嘉而往游其山水，在《将游天台雁荡诸山酬梅瞿山子彦送别》一诗中，他约略道出其中原委："谢公爱丘壑，雁荡迷冥搜。谪仙客吴越，天姥终梦游。……岂不畏行路，驾言驱百忧。”（其一）“白鹿为我骑，寒花为我开。天浆行可酌，抗言浮一杯。毋为卧穷巷，踳踽中心哀。”（同上，其二）对浙东山水，诗人钟爱有加，倾情不已，彩毫挥洒间，赤城、雁荡等绝世之景形神毕具，韵致横生："玲珑初景明，烂漫夕阳照。……餐霞蕴奇赏，采隐企高蹈。”（《登赤城》）“触目耸玉柱，临风翔羽旂。皎皎匹练明，喈喈双莺啼。惊雷洞石峡，仙液垂龙鬐。”（《灵岩》，诗人自注：岩皆奇石，为雁荡诸山最高处，有天柱、展旂、丹霞、双莺诸峰，小龙湫、龙鼻水。）“寒光倒星辰，夜气来溟渤。须臾万岫开，东峰出皎月。……晓看江海间，巨舰炯一发。……延目雁山青，坐卧已超越。”（《玉甑峰》）“过桥松引客，到寺水当门。……泉声自饶舌，日夜向人论。”（《国清寺》）“涧合双崖门，山鸣十里寒。蛰龙时起舞，仙老坐盘桓。”（《石梁观瀑》）“孤城环水白，九斗拂云开。”（《东瓯大观亭》）“凌虚双塔涌，破浪一洲闲。……正气祠仍在，哀歌向夕还。”（《登孤屿江心寺》）“暮云来海色，凉雨送经声。乡思如潮汐，无端日夜生。”（《瓯城客舍在华盖山下》）“潮声远带轻帆没，塔影横催白日斜。”（《巾子山》，在台州）“江海远浮双练窄，云霞重压赤城平。”（《登华顶》）台荡山水诗境界开阔，气势充沛，《大龙湫歌》可为压卷之作："白龙倒影垂青天，天河欲决成桑田。惊涛一泻五千仞，曳为素练霏紫烟。游丝小驻势不下，奔雷迸射当我前。……忽如玉女舞白纻，翠鬟长佩何翩跹。”

施闰章以诗知名，但他不满足于仅做一介诗文自高的书生，他志向高远，始终怀救世之志，常常欲将民间疾苦上达天聪，做一个辅佐明君的贤士，可现实总将他抛向“兵荒作吏真可悯，鞭挞催科心不忍”（《寄周处州宿来》）的跼促境地。理想不能实现之际，他转而向往自然，企求用五岳之云烟荡涤内心的烦忧与燥气："君不见向平游兴在五岳，那能偃蹇跼蹐一寸地，使我眼前一日无江湖。"(《中秋夜愚楼觞月同赤方伯调阮怀耦长诸子》)在《登清凉山歌》中，他激情地咏唱出心灵的回声："半生自向名山趣，解组中年称情愫。北游嵩少南武夷，一枝撑空破烟雾。世乱余年仍薄游，剩水残山思坦步。""剩水残山"是战乱初定后江山风物的写照，而"思坦步"则说明诗人面对险恶的生存环境欲超然物外，一意"薄游"的坦然心态。如果上述各山水诗作，记录了诗人大半生由仕而隐、由自律而自然的人生轨迹的话，那么闽游则为诗人的山水小唱划上了一个圆满的休止符，使她煞尾在激情四溢而缠绵悠远的余声中。闽游山水诗奇瑰多姿、异彩焕现，它以武夷九曲为中心，延伸为仙霞、浦城、鼓山一线，体制较为宏大。其中有工笔描绘，有大气渲染，有点擦，有勾勒，有素色，有彩涂，在诗人多角度的视界中，闽中山水腾跃而来，又奔涌而去。如工笔写山势峻拔险要，他说："回叠众山合，凭陵微径取。云气出我衣，去作沧江雨。层巅頫来路，断续垂一缕。"(《仙霞岭》)"秋霁林谷静，叠巘明回溪。蜿蜒故相接，名状纷难齐。前峰悦来目，转楫失故蹊。"(《武夷山中作》)"岩穴互崩峭，石门相欹临。悬泉洩微溜，众籁生涧阴。"(《归宗岩》)"叠壁何崚嶒，赤霞露石背。……曲磴度岩肩，孤亭豁杳霭。仰看绝顶峰，平视沧海外。"(《登喝水崖》)再如通过大气渲染江山相依的崔嵬壮阔，他说："危峰矗立鼓山顶，目尽闽天万峰影。……双江汇合蛟龙游，三山灭没人烟浮。岛屿东看入海气，空青一发指琉球。洪涛忽起天地动，羲和返驾寒云愁。"(《屴崱峰》)"虹桥采幄云锦张，流霞天酒百花香。髣髴藐姑肤绰约，霓裳妙舞均天作。……白日欲暝饮既醉，虹桥忽撤人在地。人在地兮当奈何，彩云散尽白云多。"(《幔亭歌》)又如写江水相激，山随水转的迤逦，他说："城堞万家出水上，烟岚一寺衔山湾。浮桥沽酒晚相就，立鹭伺鱼寒未还。"(《过延平》诗人自注：有黯淡滩)"一滩一发白，百滩堪白头。不应千里路，都作断肠流。"(《建江滩行》其一)福建武夷之游是诗人比较得意的一次畅意之旅，武夷九曲的回环往复，闽地险滩急流的惊心动魄，令诗人再次感受了自然山水带给他的心灵慰藉与冲击。

施闰章的山水诗最能体现"宣城体"清婉明丽、空阔透亮，以及含蓄不尽的特色，在他绘摹山水形态、借景抒情的诗作里随处都是林莺暗啼、水鸭相呼、树迷江雨、天青吴楚、清光极浦、逸响空林的雅致意象，他蓄志追求的是诗境的高远和超越，所以他的山水诗以婉约含蓄、明艳淡雅为审美特征。诸多学者论"宣城体"特点时基本有主学、有物、醇厚的观点，但考察施闰章的大部分诗作，尤其山水诗作却无书卷气，他与朱彝尊、潘耒同举博学鸿词，但在他的山水诗里没有朱彝尊的金石味和潘耒的学者气，虽然身处"孤村百战后，存亡双眼泪"(《禾塘麻天为宅》)的万象凋敝时代，他把悲悯苍生、感叹时艰，意欲为民请命的儒者情怀寄寓到那些写实的诗篇中传达出来，而将一颗感受自然之美的敏锐诗心沉浸到自然山水里，让诗魂飘飏游荡在无挂无碍的自由境界，由之创造了清初山水诗别开生面的新格局。

第二节　"陇孤高无极""巴山望不穷"

——宋琬的山水诗

清初诗坛有"南施北宋"之说，与"南朱北王"之称遥相映衬，这是因为清初诗文化的聚合往往以江南的三吴地区和齐鲁的新城、青州、莱阳一线为中心，扩展延伸并形成颇具影响力的江南诗群与齐鲁诗群的交相唱和、互为表里。宋琬就是清初诗坛南北分派抗衡的大背景下脱颖而出的一位北派巨子，他与施闰章早年相遇于京师，诗艺相切磋，诗情共交融，声名并著于当时。《清史稿・文苑传》曰："始琬官京师，与严沆、施闰章、丁澎辈酬倡，有'燕台七子'之目，……王士祯点定其集为三十卷，尝举闰章相况，目为'南施北宋'"[①]。"南施"的山水诗已概述于前，兹就"北宋"的山水诗作简要阐释。

① 见《清史稿》，第2077页。

一、宋琬的生平、诗歌创作及理论主张

宋琬(1614—1674),字玉叔,号荔裳,山东莱阳人。出身官宦世家,高祖宋黻,为明代莱阳进士第一人,官至浙江按察使司副使;父宋应亨,明天启进士,历任大名府清丰县知县、吏部稽勋司郎中。崇祯十六年,清兵进犯莱阳,退职家居的宋应亨与莱阳县令共谋守城,城破之日,其一门数十人罹难。从此意义看,宋琬与清王朝之间不但有亡国之痛,而且还有家仇之恨。明亡时,宋琬已届而立,是一个有思想、有见解、有是非、能辨大义的人,但他最终没能经得起科举名利之惑,踏上了出仕新朝,违背父愿的不归之途。就史实考辨,不但宋琬,即使齐鲁一境在明末清初,除了姜埰、徐夜、高璟之外,很少有名高史册的遗民诗人出现,生长孔孟之乡,受传统文化浸染颇深的齐鲁出现这种历史现象颇令人费解。

宋琬少有才名,加之世代诗书传家,所以他早年就已写得一手好诗,比如作于崇祯十六年为纪念父亲殉难的《纪愁诗》,就是一首感情激荡、格调高亢的抒愤之作。甲申之难后,为避战祸,他一度流亡江南之吴江,客居著名诗人叶绍袁家,吴江在明末清初是诸多遗民诗人往来聚合的集散地,这一阶段,宋琬得以和吴中遗民诗人交接通问,其诗歌中悲慨凄楚格调的形成与此大有关联。清顺治三年(1646),宋琬举乡试,翌年中进士,独具慧眼的论者认为宋琬的出试是“出于客观复杂因素”[①]。“客观因素”的“复杂”有时会为主观因素作掩饰,甚至人们因为“客观”“因素”而宽谅了当事者本身的种种错误。入仕新朝后,宋琬先后被任命为户部河南司主事,吏部稽勋司主事、陇西道佥事、永平道副史、浙江左参政,分守宁绍台道、浙江提刑按察史、四川提刑按察史。

宋琬似乎命中注定运途多舛、灾祸相继,其所经历的种种波折和不幸是常人难以承受的。早年经历家国之难,后来又有两次牢狱之灾,晚年则遭妻女离散、生死幽隔之痛,最终导致诗人惊惧忧愤而亡。

---

① 见严迪昌《清诗史》,第524页。

宋琬与施闰章诗名相颉颃，有南北比翼之誉，但其诗风却相去甚远，宋诗悲歌如诉，哀声动地，充满令人无法卒读的苦情孤诣，不管述家世，还是悯世情，他的悲感如涓涓寒泉，砭人肌骨；施诗有抒愤怀忧之作，但这种忧愤来之于个人心志不得伸展的压抑和郁闷，而宋诗风格的形成则是个人"一生遭遇，丰少屯多"[①]的悲苦命运所使然。就两家诗的风骨比较，宋显然比施更深沉、更苍凉，从而更能激起读者的心灵共振，如邓之诚先生所言："其诗多愁苦之音，世与愚山并称，然才气充沛，似过于施。"郑方坤《安雅堂诗钞小传》对宋琬遭际、诗风述之颇详："(琬)少负异才，风格遒上。……壮岁成进士，回翔郎署，其标格意气，文采风流，并足推倒一世。……嗣出备兵秦州，晋两浙宪长，渐响用矣。族不逞子以夙憾飞章告密，逮入对薄，一门咸就系羁西曹，且逾岁。久之，事得白。自伤非常奇祸起于骨肉之间，蹶险骑危，惶而后免，遂流寓吴越，梦断乡关。居无何，天子察其冤抑，起補蜀臬。会入觐，留京师，而吴逆告变，发愤填膺。既则成都失守，妻子皆在蜀，卒郁郁不得志以死。……所为诗具在，览古写怀，思乡望阙。江山资其凄婉，风雨壮其羁愁，豪宕感激，怨诽而不怒，有劳人志士之思焉。"[②]

宋琬与施闰章齐名，但二人间却没有文人相轻而难容的通病，相反他们聚如手足，离则梦牵魂萦，罹难能撕肝裂胆，痛不欲生，恰恰留下一段诗坛佳话。宋琬有《意难忘·为施校书宛西作》的词，对友人推崇备至，怀思深沉："无限恨，向梅花，清泪染琵琶。待学他，鸱夷少伯，共泛仙槎。"另有对景伤情，共话阔别的抒情之作《八月十五夜同施愚山泛舟湖上听庄蝶庵弹琴》《施愚山至杭严灏亭招集皋园漫成一首》等，抚今追昔，感叹零落，把挚友间那种无以稀释的感情表达得入木三分。同样，施闰章亦有《同宋荔裳集严灏亭皋园》《中秋宋荔裳邀泛西湖值雨》等酬答之作，诗中切切传达了两人心灵默契、心志暗合

① 见《清诗纪事初编》，第 673 页。

② 见《国朝名家诗钞小传》卷一，台湾明文书局印行《清代传记丛刊》第 24 册，第 143—145 页。

的脉脉深情。正因为用情至此，当宋琬不幸羁狱蒙冤时，施闰章忧心如焚，两泪交流，为朋友的命运劳烦不已："鸾翮如何触雉罗，惊闻双泪似悬河。……满目阴云愁雨雪，横流沧海慎风波。"（《闻宋荔裳被逮》）宋琬因妻女被吴三桂乱军掳掠而忧愤致死后，施闰章翻检他的遗作，睹物伤情，哀歌痛哭："西川终古流残泪，东海从今少大风。国士魂销多难后，离人望断虎豹丛。张堪妻子应谁托，巢卵长抛九原中。"（《见宋荔裳遗诗悽然有作》）

宋琬是一个悲悯苍生而重友情的性情中人，他的悲悯生灵不仅表现在为官清正、轻徭薄赋、休养民生，而且还浸透在对灾难中死而复生者的慰勉和扶助。如："余以甲午春，谬领陇头节。维时值天灾，厚地忽而裂。可怜半秦民，骨肉毙陶穴。板屋尽丘墟，坚城无遗堞。余也对残黎，呼天眼流血。"（《丁酉季春赴任北平留别秦州守姜继海》）这是一首临别赠诗，但却不是一般的赠别诗，它首先寄寓了诗人对秦州大地震中死难同胞的哀悼；其次表达了对幸存者的悲悯；再次告诫秦州地方长官一定要上下同心，共"拯"民间"危陧"，"下令减征徭"，"共发囊中金"，使人民得以休养生息；最后，诗人真挚地劝勉秦州守姜继海，为了成就"比隆于稷契"的功业，必须刚柔相间、宽猛互用。这首诗融宦情、民情、友情于一体，排荡激越，令人起敬。不但诗歌表现了悲天悯人的情怀，而且宋琬为秦州大地震所作的文告亦能洞鉴诗人一颗宽政爱民、仁慈悲悯的赤子之心："地坼陵迁，惮黄舆之载震；灰飞电灭，哀赤子之无辜。……惟兹天水，是号神皋。闾阎乃板屋之风，士女习车辚之旧。……历观前志，间逢地震之灾；何意今兹，遂尔躬逢其厄。走疾雷于屋壁，五丁之怒何殷！鞭猛兽于川原，四甲之期未已。驱秦王之铎，夜半山移；成汉苑之灰，地中血涌。……或兄牵弟袂，抱骸陶复之中；或儿在娘怀，碎首悬崖之下。……某等忝居长吏，矜此下民。……抚城郭以警心，望丘墟而流涕。招魂广漠，恨无西域之香；掩骼荒原，化作南柯之蚁！"（《为秦州地震压死士民忏佛文》）[①]这篇"忏佛文"，声情并茂，声泪俱下，以详

① 见《宋琬全集》，齐鲁书社 2003 年版，第 169 页。

尽的笔墨描述了天塌地陷的一刻，亿万生灵顿成冤魂的骇人事实，宋琬作为守土有责的地方官吏，用极其沉痛和哀伤的语调替死难的“士民”向“慈航普济”的佛国谨表超度亡者的忏意。秦州，即今甘肃天水市，明属陕西巩昌府，清初沿明制，雍正七年升直隶州，属甘肃省，为巩秦阶道治。据《清史稿・灾异志五》记载：“顺治十一年，五月初八日，宝鸡、定远、沔县地震，坏屋压人。六月，兴安、安康、白河、紫阳、洵阳、兰州、巩昌、庆阳等处地震，声如雷，坏民舍，压死人畜甚众。”①此处虽然没有明载秦州地震，但五月初宝鸡等处地震已联动秦州，而六月兰州、巩昌、庆阳地震则囊括秦州。宋琬丁酉春涖秦州，既而发生“天灾”，“厚地”忽裂，“秦民”半殁。在《祭秦州山川社稷文》中有：“某以菲德，钦承简命，来莅秦川，夙夜战慄，……乃六月丁卯，地震天水，城复于隍，岸夷为谷，丘陵易位，壁走雷霆。”由此即知秦州地震当在顺治十一年六月丁卯日。此次地震的惨烈程度史无前例，不但山谷陵替，人民伤亡，而且其造成的心理创伤和后续问题令人颇感黯然：“哀我黔黎，化为壤土，半毕命于垝垣，多填骸于陶穴。二三孑遗，靡室靡家，飘摇风雨之中，坐卧犬豕之侧。岁云秋罢，震撼未宁。……考之传记，自古讫今，未有逢天殚怒若斯之甚者也。”②灾难给秦州人民造成的苦难是深重的，作为封建官吏的宋琬既没有高高在上，虚伪地掩饰苦难，肤浅地或象征性地向灾民表示所谓的“深切慰问”，而且通过祭告天地山川之神的形式，拷问了灾难发生的深层原因，并且情辞恳切地表达了愿上天降罪于他，而自己即使九死亦不悔的悯民之赤心：“夫灾变之兴，皆由人召，方今天子圣明，百神咸若，而土失其性，惟成纪为烈，良由文武将吏在兹土者奉职无状；或刑罚去入，而狱有冤民；或掊克在位，而里盈怨气；或法令烦苛，而人嗟束湿；或牲牷弗备，而黍稷不蠲。有一于斯，皆足动天威，致灾祲。”这种天灾面前，不推诿责任，而反思人祸的内省精神，完全体现了儒家“民为贵”的仁厚之心和民本思想，后来居官者不能不深思。对于天灾降

① 见《清史稿》，第 407 页。

② 见《宋琬全集》，齐鲁书社 2003 年版，第 170 页。

临的责任，诗人恳告上苍，由自己独身承担："然谴责之加，宜在下官；元元何辜？罹此凶害。……余率官僚百姓，听命于神，其以秦民被创之痛，敷奏于天，庶几哀而赦之，罔有后艰。俾无夭札疫疠之疾，水旱兵革之菑，神之灵也，民之幸也。倘此邦之民犹有余孽，亦惟一二守土之吏当之，某等无所逃罪。"[①]如此在大难当前，勇于担当，敢于负责的品质，实实体现了宋琬作为一介封建官吏的人格力量。

宋琬身世的悲苦和人生经历的曲折，决定了他诗歌"多凄苦激荡之音"[②]（吴修《昭代名人尺牍小传》）的特征，对这一诗风的确认，前人多所定评，而从更深层面提示宋琬这一"悲怆沉慨"的"凄苦"之风的应属当代学者严迪昌及其高足马大勇的精辟之见。严迪昌先生在《清诗史》中说："宋琬诗以悲怆沉慨见胜，古体尤多愤情激宕之篇，往昔论者谓其师法明代前后七子，'高古'，'整齐雅炼'云云，都不足以说明其风格。是脱离诗人实际身世和凄苦心态的泛泛之谈。"[③]马大勇学兄在《论宋琬的"怨怒"诗心》一文中曰："宋琬以'雄健'之特质有别于同时诸大家实则突出表现在他以'怨而且怒'的'诗心'构织成的一系列在挫折迫害下唱出的悲慨之歌！"[④]宋琬的悲不是忧怨凄切的悲，他的哀也不是凝噎吞声的哀，相反他把个人种种不幸的遭际和时代腥风血雨、司法黑暗、官场险恶的斑斑劣迹融合起来，表现了一种郁怒勃发、骨梗不屈的独特风调。

诗人悲悯哀怜民生的情怀我们通过上述哀悼秦州震灾的诗文已有所深度辨察，而其抒写个人之哀、命运之悲的诗文主要有两类，一是遭牢狱之灾时对司法黑暗的揭露，以及由此而来的悲愤激楚；二是对家世不幸所造成的悲感悽恻、血泪交溅的内心世界的渲泄。前者以《庚寅狱中感怀（四首）》《诏狱行》《双燕歌》《悲落叶》《听钟鸣》《狱中八咏》等为代表；后者以《庚寅腊月读子美同谷七歌效其体以咏哀》

---

① 见《续修四库全书·别集类》第1405册，第74页。

② 见《清诗纪事》，第1674页。

③ 见《清诗史》，第525页。

④ 见《西北师范大学学报》（社科版）2007年第5期。

《九哀歌》《纪愁诗(癸未八首)》等为典型。除此,还有《祭沈少参岫阳》《汾湖行为叶元礼作》等都是述家世、感友情,情辞哀感缠绵的抒情记事佳作。

宋琬作为金台诗人,虽不像明遗民诗人那样成为新朝的对峙者,始终表现一种凛然不可侵犯的节士气概,但观其诗格和人品,他也不像入新朝后其他的燕邸诗人,无时无刻不在掩饰矛盾,成为封建统治秩序的歌手,他的诗是处庙堂而心怀怨愤的叛逆之歌,是通过个人的悲欢离合、家世之感来映现民族矛盾、阶级矛盾深层激化的一面镜子,因此之故,我们细研其"摧折惊魂断,哀歌带血腥"(《临江答宋观察西湖见寄》)的诸多诗章的时候,灵魂不禁随诗人的血泪歌吟而颤抖而惊悚!宋琬入仕新朝有离立心态,且忧思如焚,根抵于他不断的悔恨和对前朝的隐曲悼念,这种心迹通过他与诸多前朝遗民诗人或易节出仕满清的前明士子的赠答之作能够彰显出来:"曾向燕山对落晖,重来陵谷已全非。……艰难剩有吴钩在,回首江湖事事违。"(《重晤李舒章》其二)"山色西来烟欲暝,江流东去月无声。飘零俱是吹箫客,感慨还为猛虎行。"(《送李舒章南还》其四)李舒章,即云间派诗人李雯,与陈子龙诗学相切劘,情同手足,国变时被强留北京,出仕新朝,闻陈子龙抗清失败被俘投水自尽时,雯亦忧闷而逝,后人多将其比拟为南北朝时哀歌江南的庾信。再如:"骊歌哀怨写秦筝,弹得新诗出塞行。久客渐多燕赵气,感时不尽古今情。"(《方尔止访余北平未几别去》其二)"图画诗篇总断肠,人间那得返魂香。报仇才证西方果,来世应为聂隐娘。"(《为方尔止题抱鸳图四绝》其四)方尔止,即明末著名诗人方文,明亡后绝意仕进,与清廷保持势不两立的抗衡心态。宋琬通过对方文"我有兄仇羞共国,君因家难滞他乡"的同病相怜的哀叹,深层地暗示了他和前朝遗民间丝丝相牵的感情联系。

宋琬为诗悲歌哀吟,一自胸中流出,如秋蝉冬雁,其声凄切浏亮,足以振起人心,而论诗更是从切身感慨生发,机杼独出,能警示后世。清初诗坛既承明风,又对王世贞、李攀龙等为代表的"后七子"诗颇多讥刺,且讳莫如深,针对这种不顾诗史发展规律而割裂时代的现象,宋琬认为有舍本逐末之嫌:"海内之言诗者,遂至以王、李为讳,譬如治河者，不咎尾闾之泛滥，乃欲铲昆仑而堙星宿，不亦过乎？”（《周釜山诗序》）[1]王、李有功亦有过，矫正明诗之弊，不但要纠钟、谭之偏，而且还要正确评价王、李的历史地位。出于自身遭际的切肤体验，宋琬提出诗是个人性情的产物，人有寄托、有忧思、有感慨必然要借诗的形式表达出来，“人之性情必有所寄。无以寄之，则繁伤侘傺，蹇产于邑，如水之失防也，泛滥溃决，颓放而不能自止。”（《胥永公诗序》）[2]诗是性情的载体，而“友朋”、“山川”是诗的发酵剂，通过“友朋”、“山川”的酝酿激荡，诗人才能创作真情自然的佳品，“人之于友朋也，犹车之有轼也。……故古人赠答之篇，于知己不数数见；而登临之作，或在乎卑丘、浅壑、培塿、岑勺之间，夫二者之于造物何关乎？而若或靳之乃若此可慨也。”（《李镜月庐游诗序》）[3]山川不但能激起诗人的诗兴，而且山形水貌变化莫测，如意境不可方轨之诗，二者相通而互证，宋琬论诗以山为喻，有别开生面的妙处：“辰六出所为诗与天目纪游数十篇示余，俾为之序。余曰：‘诗至今日而难言之矣。……无已则请以山喻可乎？今夫穹然而高者，山之势也；幽然而邃，旷然而远者，山之曲也；杳然而深，兀然而险，渊然峭然谽岈而窈窕者，山之岩窟洞壑也。虽然，山其果尽于是哉？高者，吾可攀梯絙索而登；邃者，吾可扪萝挽葛而入；远者，吾可肩舆扙策而游；深且险者，吾可排猿猱，犯虎豹，悬縋秉矩，足二分垂在外而下窥也；谽岈而窈窕者，吾可寝食坐卧，穷意象而求之，丹青粉黛，按图经而绘之也。若夫朝暾出而晓霞开，时雨过而轻霭集；或缥或青，忽绀忽紫；远而望之则空翠扑人，逼而视之则澹然无色；变化倏忽，莫可端倪，斯乃山之正色，昔人强名之曰翠微者，不可以意象求，不可以丹青绘也。’辰六之诗秀而婉，静而不佻，其春容而迭荡者，有南山朝霁之象焉；其靓深而巉削者，有峨眉天半之容焉。取吾之论山者而况之，何其相肖也哉？”[4]

① 见《宋琬全集》，齐鲁书社2003年版，第13页。
② 同上，第22页。
③ 同上，第23页。
④ 同上，第28页。

(《越辰六诗序》)这是一篇文采斐然的诗论,他以山喻诗,以自然形体譬拟艺术特征,用山之"高"、"邃"、"远"、"深"、"谽岈"等说明诗的形式,而烟霞缥渺,青紫变幻,空翠袭人,观之有形,察之无色则说明诗的神韵和灵魂。形的东西可以捕捉玩味,可以摹拟仿佛,但神却不能求索,不能把玩,只能通过心灵感悟,通过豁然贯通的慧根去体认。这篇诗序以形喻意,以象求神,充分辩证了形神、形意之间"变化倏忽,莫可端倪"的微妙关系。

中国传统诗教,重视庙堂的正统雅声,以诗人的身份和地位确立其诗史地位,一部诗歌发展史基本上被廊庙诗人所垄断,在此文化背景下,那些毫无功名,一生以布衣而终的卓越诗人往往被淹没在所谓醇厚中正、氤氲祥和的颂歌中。宋琬对这种诗史现象与评价体系有不同看法,他认为诗歌的繁荣发展离不开"卿大夫"之流的推动,同时更离不开"韦布之士"的高歌猛进式的推助,只有这两股不同气韵、不同声调、不同旋律的歌唱的合流,才能使诗歌呈现健康、繁盛且迅猛发展的大好局面:"一代之诗,必有二、三韦布之士,瑰然特起,以与卿大夫争衡于坛坫之上,若徐文长之傲兀,沈嘉则之伟丽,孙太初之孤峭,谢茂榛之高秀,岂非布衣之雄杰者乎?"(《吴六益诗序》)①

早年论诗,宋琬意象扬扬,放言高论,至后期身经诸多磨难,诗人的哀感悲郁之气亦弥散到对诗创作的认识中,他认为诗随诗人的遭际命途而变化,诗人经历的苦乐衰荣能决定其诗歌的出处和风尚。"古之幽人畸士类有然者,顾余与敬哉所遭之时则何如哉!或逢年而无贵仕,或穷岁而叹斯饥,虽数年之间,显晦或有不同,然而伤心之赋,痛切罇罍;门内之戚,叹兴帷帟。悲愁于邑,且有《三百篇》所未能尽道者,又况乎去椒举之邦,而衔庾信之哀乎!……而独此旅人游子穷愁孤愤之音,得与子规、蟋蟀同鸣天地之郁,读之者,感叹流连而不能已焉。"(《王敬哉诗序》)②穷愁羁旅,浪迹天涯,是一个人命运的不幸,正是这种不幸才成了"小人之忧,君子之赐",所以"君子"能见机

① 《宋琬全集》,第33页。

② 同上,第609页。

而作，把幸与不幸摒绝于胸臆之外，不幸的命运反而是成就真正诗人的契机，历史上那些曾“拥铁骑、鸣玉珂”的声名显赫者，“不知销沉何地”，而“旅人游子”的“孤愤之音”却能与天地同在，令后人扼腕。

宋琬的诗学观念形成于自己的创作实践，并与个人的身世遭遇相联系，所以他散见于多篇诗序中的论诗主张出语奇警，识见独特，有诸多启人深思的地方。如一缕“芳菲之气”，能够“香人齿颊”（《韦惕庵词序》语）①。

二、“闲云随卧起，幽鸟共浮沉”

——宋琬的山水诗论

论宋琬的山水诗，必先理清他的宦迹和游踪。彭启丰所撰《安雅堂未刻稿序》则是一篇述身世、探游踪、考诗风的佳作，《序》曰：“先生早岁登籍，中丁家艰，晚遭逆变。燕、秦、越、蜀游历殆遍，仕进龃龉，卒未得如其志，人争惜之。而吾谓此正不足惜，盖不极天下苦硬之境，不能道天下秀杰之句。……然则当日所历山川险要，戎马倥偬，其所以增益先生者不少，又乌足为先生病哉！”一生祸难不幸，遭逢其身，使其诗风哀感顽艳，韵味醇厚；足迹历遍“燕、秦、越、蜀”，以及三吴之区，所以让他写出“天下秀杰之句”，宋琬所历“天下苦硬之境”，不仅不能看作他的不幸，而且还应该当成诗人创作绝世之作的灵魂归宿，正因经历了那么多的艰涩辛酸，才使诗人的诗歌达到一种令人拍案惊奇的效果：“至其幽悲困蹙落寞之言，则又如戛夜琴，按霜刃，情词凄紧，溢水满山。”（蒋超《安雅堂序》）宋琬的山水诗基本是在这样的背景和心境之下创作而成的。如果以内容来衡量，宋琬的山水诗大约分三种类型：1. 借景抒情型；2. 咏史怀古型；3. 怡情悦性型。假使以行踪来辨析，宋琬的山水诗则有秦陇燕冀、吴越江淮、巴蜀荆楚之分。以下兼顾内涵和分野概述宋琬的山水诗。

（一）“雁声入耳哀，秋风思故园”的感怀山水诗

山水诗一般以特定的山川为描写歌吟对象，或刻摹它的雄奇壮

---

① 《宋琬全集》，第608页。

伟，或演绎它的清幽澹远，营造意境、追求韵味是诗人创作山水诗的基本原则。山水诗通常忌讳直抒胸臆，把自然物象当作情感的陪衬物。宋琬的山水诗之所以有借景抒情，直接宣泄内心情思的一类，关键取决于他因身世遭遇所形成的创作态度，即使如此，我们研磨他这类诗作时并没有枯淡直白之嫌，相反被诗人借景抒怀的真意所感染，情思与诗人的诗思一道穿行于篱边黄花、秋风关河的凄切中。如：

万里西征亦壮哉，篱边三见菊花开。蟹螯欲把不可得，雁声入耳何其哀！俸钱殆尽且沽酒，秋云虽好愁登台。何日拂衣沧海曲，长瓢短笠归徂徕。

——《九日秦州》

这首诗是诗人在陇右道任上所作。诗中通过"万里西征"的空间，"篱边""菊花"的节令，"雁声入耳"的氛围、"秋云"漫漫的视觉，回环往复构成了抒情的背景，他乡虽好，民风淳朴、景致清幽，但抑不住让诗人有哀戚悲切的故园之思："留滞天涯叹此身，每逢初度倍霑巾。……亦知张翰伤心极，讵为秋风故国蓴！"(《丙申生日秦州作》)如果西北陇上风物能勾起诗人的故园之情，令他产生"天涯叹此身"的哀思的话，那么时隔多年之后，因罹牢狱之灾而罢职，漂流吴越时，南国烟雨照样让他悲感凄切，哀声似诉，这一如丝线般纠缠不断的情思借客观景物发露出来，就有这样冷艳悱恻的山水诗章：

古寺荒荒雨，羁心竟若何？音书天外断，骨肉梦中多。有地容樵牧，无家问薜萝。余生安可料？假寐尚无吪。

——《湖上杂诗十首》其二

《湖上杂诗》十首相贯，是诗人赏游杭州西湖时的抒情之作，据载宋琬在顺治十七年秋调任浙江左参政，分守宁绍台道，十八年八月升任浙江提刑按察使，同月因族侄诬告而二次入狱，康熙二年冬冤白被放归，遂流寓江浙一带。从诗意和史实来考，《湖上杂诗》当作于狱事得白而流寓江浙的岁月。尽管组诗意境清幽闲淡、意象空阔辽远，充满“云起千峰乱，天晴一塔孤。”（其三）“傍树起人烟，似欲望蓬径。”（其七）“归人从鸟路，落日在渔罾。”（其八）的禅悟韵味，但其始终营构的抒情气氛却是：“野鸥何意绪，亦似惜离群。”（其一）“生平戎马后，不敢恨江潭。”（其五）“云水常萧瑟，蒹葭自渺茫。”（其六）“寒鸥分晓梦，荒草蔓归心。”（其九）的凄冷迷茫，其中上引第二首即是组诗抒哀情的典范：“古寺”荒雨、“羁心”惨澹、家书隔绝、骨肉分离，遍大地“樵牧”来往，而不能容诗人一颗乡愁如缕的心得以安息，“余生”难料，只有经历了无数劫难、心怀忧惧的人才能产生如此哀感销魂，对人世充满绝望的愁思。

除上述，宋琬的悲愁心情不断扩展蔓延在其不同时段，不同地域的山水诗篇里，如：“茱萸三载泪，蟋蟀异乡愁。老去惭霜鬓，悲来倚柁楼。”（《舟中九日作》）“栖乌千点乱，宿犬数声悲。素雪纷如集，幽兰应恨迟。”（《寓楼晚眺二首》其二）“山钟霜月湿，村舍晓烟深。……寥寥天外雁，顿起故园心。”（《燕子矶晓发》）“汤汤汶泗此交流，地控中原拥上游。……何事扬朱偏涕泪，茫茫岐路客心愁。”（《分水庙》其二）

宋琬的悲情愁绪不但是真实的，而且还是渗透到骨子里的一种无法排遣的本质思维特征。所以他的感情总是在寻找迸发的间隙和负载物，一旦外界物象与主观情愫相合，他总要进行适时且合理的摅写，有时借助自然景致，有时凭籍人文遗迹和历史故实；前者已作轮廓式扫描，而后者比较典型的如《马嵬》《过黄粱祠有感》《邯郸》《漳河》《铜雀台》《祁山武侯祠》《漂母祠》《韩淮阴祠》《蜈矶》《冯唐墓》等。借景抒情，能使抽象虚无的感情顿时化作具体可感，而借古咏怀，则在情景交融的基础上，使所咏之怀更深沉、更广阔，从而更能引发人的联想。诗人心怀烦忧、哀声似诉，所以他从《马嵬》《蜈矶》中找到了心灵的回音：“可怜杜宇声声血，只在长生殿里啼。”（《马嵬》）“空山悲杜宇，深夜舞冯夷。……珮环风雨降，英爽遍云旗。”（《蜈矶》）《马嵬》《蜈矶》二诗所咏的主人公都是女性，她们虽然隔数百年的历史云烟，但其不幸的悲剧命运却是何等相似。在那个以政治为目的，以男权为主宰的社会里，女性最终只能沦落成封建皇权或政治斗争的殉葬品，杨贵妃、孙夫人的英灵在守望中等待，在渴盼里祈求，但杜宇声声、灵旗招飐，向人们诉说着无数个可怜可悯的悲剧故事。宋琬历经磨难，雄心渐销，他深知人世乃一场虚渺空幻，所以在《过黄粱祠有感》《铜雀台》等诗中感叹到："卢生醒后更何人？半为浮名误此身。"（《过黄粱祠有感》其一）"十年阅尽人间世，不待龟兹一枕时。"（其二）"三台缥缈郁相望，俯眺中原接太行。……漆灯讵有千年焰，繐帐空施八尺床。"（《铜雀台》）人世如一枕黄粱，百年功名转头成空，所以诗人在《邯郸》一诗中，借平原君的遗事慨然长叹："三千珠履人何往？十五银筝歌自哀。寂寞平原抔土在，麒麟荒缺卧苍苔。"韩信、冯唐是历史上功绩赫赫而又遭受不公待遇的悲情人物，对他们的命运后人多所怜惜，宋琬借其历史故实抒发心头郁结的不得意："楚媪祠边荐白蘋，谁将卮酒酹王孙！千金一饭犹思报，肯负高皇吐哺恩！"（《漂母祠》其二）"古碑荒薛合，高柳暮鸦秋。自笑为郎拙，萧萧欲白头。"（《冯唐墓》）宋琬虽然悲情，参透世态，但并不悲观，反之他壮心激昂，崇尚贤人，思欲为国奔走，成就英雄大业，在《祁山武侯祠》中，他凭吊诸葛亮曰："三分帝业瞻乌日，二表臣心跃马时。风起还疑挥白羽，霞明犹似见朱旗。""三分帝业"、"二表臣心"，千百年来成为人们尊奉仰慕的楷模。肃立诸葛像前，诗人不由浮思如涌，一种金戈铁马的雄壮之气让他奋然振起。

（二）"好峰青可数，远树碧俱迷"的怡情山水诗

宋琬尽管悲感愁烦，诗风凄迷，但他毕竟是一个卓越的诗人，凡优异特出的诗人总会在主观心灵和客观事物间找到心灵的平衡点，通过自然物象的启发引导，寻求诗意的生活，在日常见惯的生活细节中捕捉诗的韵味，营构诗的至纯境界。宋琬的山水诗除却负载人文情怀的篇什，更多的还是刻摹山水形态，烘染山水气韵的审美之作。如："岸遥沙似月，霜冷叶初丹。……村烟林外暝，野烧谷中残。日脚连红岫，星光满碧澜。高台临澒洞，孤嶂插巑岏。"（《滦河放舟暮登钓台得十八韵》）滦河，即古濡水，发源于清代承德府境内，流经多伦等处北折向东南，其中游穿燕山山地而过，下游夹乐亭、昌黎以入渤海。

清代《永平府志》卷十九曰："（滦河）自嘉庆十八年滦水东迁，定流河遂闭，后惟蔺家营及老米沟入海之处尚属乐亭县境，其余尽入昌黎。"顾祖禹《读史方舆纪要》卷十七曰："滦河，府（永平）西十里。……自塞外流入蓟州遵化县境，径迁安县东南流经此，又东合于漆河，历滦州境下流入于海。"滦河为北直隶"大川"之一，与桑乾、滹沱、卫河、易水，漳水等并称，其流程高下相倾，"易于决溢"，故而历代守永平者必"筑堤以防"。宋琬于顺治十四年迁任永平道副使，他放舟滦河除视察河道外，顺便观览了沿河胜景，在他工致的诗笔下，滦河如一透亮碧润的玉带环绕回流在冀北大地，使苍凉的北地风光顿显空阔柔媚，在他眼里滦河沿岸的山水景色变幻多姿，令人心胆皆开。再如写江南风情："却看黄菊开岩际，不见丹砂出井中。千里江流寒漠漠，六桥秋色晚濛濛。"（《九日登葛仙岭》）葛仙岭，即葛岭，"在杭州府城西北，自宝石山而西，其相接者曰宝云山，稍西即葛岭也。"（《读史方舆纪要》卷九十）相传葛仙翁曾在此炼丹，故名葛仙岭。宋琬登葛仙岭，近察黄花满地，金色连天；远眺江流似练，寒秋如洗，暮色中六桥一带若隐若现，如同安详宁静的梦幻。宋琬对山水景物的美既通过工笔刻画表现出来，又利用主观体验传达出来，使山水的美感达到了主客一体、物我皆忘的境界。在宋琬大量具审美价值的山水诗作里，最能代表他的诗风，而且反映其艺术特质的是其任职陇右时对秦中山水和任职四川时对巴蜀风光歌咏吟唱的山水篇章。

1."陇孤高无极，清秋望更赊"的秦川山水诗

秦中山水诗由华岳组诗和秦州组诗构成。华岳组诗是诗人陇右道任满返京途经华州时游览西岳所作，主要篇目包括《登西岳庙万寿阁》《云台观》《同东云雏王心古诸君登华山云台峰》《登华岳作》等。组诗气象雄阔、排奡青云，因华岳蕴含的浓厚人文情愫，所以诗人始终营构一种幽秘杳深的抒情氛围。如："崔嵬杰阁玉为寮，白帝离宫倚绛霄。槛外河山三辅小，岩前觞豆百灵朝。"（《登西岳庙万寿阁》其一）"九曲流从星宿海，五陵烟锁帝王都。莲花弄影空青落，瀑布当窗雪练铺。"（同上，其二）"丹梯千仞倚嵯峨，万转盘纡出薜萝。少华西来朝白帝，太行东望走黄河。"（《同东云雏王心古诸君登华山云台

峰》)华山高峻险要,俯临关中、锁镇中原的形胜被宋琬写来别具风情,他主要利用视觉的落差和背景的反衬完成对华岳形貌和气韵的状摹与追觅。四首一组的《登华岳作》以磅礴的气势、飞扬的姿态、阔大的视野把华岳组诗引入空前的佳境:"遥遥青黛削芙蓉,此日登临落雁峰。……流沙弱水真杯勺,太白终南尽附庸。"(其一)"独上钩梯览大荒,秦关终古气苍苍。"(其二)"扶桑万里天鸡曙,箭括三更石马鸣。"(其三)"九霄唳鹤明星馆,百道飞虹瀑布悬。"(其四)览此横绝雄豪的诗句,仿佛置身于华岳最高峰,西望终南、东临秦关,黄河飘云拖链,陇坂苍茫延伸,一切均能令人思游万仞!

秦州组诗写作时间在顺治十年到十三年间,是时诗人任职陇右道。公务闲暇时,他遍历秦州名胜,呼朋唤友,极尽欢情。秦州地理位置优越,为中国南北气候分界点,所以境内山水清秀,人文古迹密布,且民风淳厚,是中华文明发源地之一。顾炎武《肇域志》曰:"秦州,府(鞏昌)东三百一十里。……东扼陇坻,西倚天门,南通蜀汉,北枕六盘。兰、河之中坚,关陇之重镇。分巡陇右道驻札。……三阳川,在州北三十里,东流入渭,其地有扶羲画卦台。……麦积山,在州东南八十里,状如积麦,为秦州林泉之冠。……天水湖,在州南七里,宋初,立亭其上,号天水殿,又以水疗疾有效,改惠应殿,其水冬夏无增减,故名。……成纪废县,在州,伏羲所生之地。"[①]顾祖禹《读史方舆纪要》曰:"秦州,府(巩昌)东三百里,东至风翔府陇州三百五十里,东南至汉中府凤县三百二十里,南至成县二百六十五里,东北至平凉府三百四十五里。……州当关、陇之会,介雍、梁之间,屹为重镇。秦人始基于此,奄有丰、岐。"[②]秦州,始名于周孝王封秦之先祖非子于其地,后历代沿革,或称陇西郡,或称天水郡,形势险要,为兵家必争之地,三国时蜀相诸葛亮与魏将司马懿激战于此,留存遗迹颇多。顾祖禹分析了历史上诸多重大事件后总结道:"盖关中要会常在秦州,争秦州则自陇以东皆震矣。"唐代吐番陷没秦州,关中岌岌可危,南宋

---

① 见《肇域志》,第1694—1695页。

② 见《读史方舆纪要》,第2833页。

弃守秦州，北中国即沦于金人之手。所以顾祖禹反思道："秦州其关、陇之喉舌欤？"《清史稿·地理志》曰："秦州直隶州，要、冲、繁、难。巩秦阶道治所，明隶巩昌府，领秦安、清水、礼三县。顺治初，因明制，雍正七年，升直隶州，降巩昌属之徽州为县，与所领两当县来属。……西：刑马山；西北：邽山；东南：麦积；西南：嶓冢。渭水西自伏羌入，右纳藉水，左纳牛头河，东迳城南，又东纳诸小水，过三岔城北，迤南入陕西陇州；西汉水出嶓冢山南麓，西入礼县；骆驼川水出嶓冢山东麓，流合数小水，南入徽县。"西汉水即著名嘉陵江上游。

秦州山水组诗由行旅和赏游两部分构成。行旅山水诗约略为诗人巡视地方，考察政务，往来奔走途中所作，主要以《清水道中》、《马跑泉》为代表：

陇孤高无极，清秋望更赊。石林千叠水，板屋几人家？古驿羊酥饭，空山燕麦花。停骖问耆旧，井税说频加。

——《清水道中》

磬折秦亭路，停车有胜游。出逢秋雨霁，坐爱石泉流。髡柳迷深岸，荒蒲接远畴。吾将勤疏凿，乘月鼓渔舟。

——《马跑泉》

清水，秦州属县，地接甘陕，交通东西，形势险要，山水雄丽，境内川塬交错，林木繁茂，有秦的先祖非子始封之地秦亭，汉代著名屯垦将军赵充国墓遗址，唐代开国皇帝李渊之父李虎亦葬其处，成吉思汗行军驻留清水，更重要的中华文明始祖之一的轩辕据传诞生在此，至今还有以轩皇命名的村落、山谷等。三国蜀汉相争时，清水（古称上邽）为主战场之一。顾炎武《肇域志》曰："清水，东三十里曰亭乐山，有秦亭遗迹，即非子始封处。……又二十里曰盘龙山，即大陇之支阜，形若盘龙，上有关曰大震，即吐蕃阑入处。又二十里曰关山，即陇坻，其山磅礴三百余里，岩岫重叠，层层递高，其坂十八回，上下七十里至顶，西下则夷，陇西之高可知。西二十里曰牛头山，下有牛头河，即西南诸水之会，姜维大战牛头山，即此。北三里曰集翅城，下有上邽古城，赵壮侯、姜将军之墓在焉。东南三十里曰邽山，即上邽所得名者。光武伐隗嚣，数上陇，驻兵于此。西南三十五里曰小陇山，清、秦二水所分处，俗谓之坂坡峡，绵延百里，至县西而止。南道河，在县东三里，出南道峡（笔者注：三国时，诸葛亮与司马懿相持于此）。"①

宋琬行走在从陕入陇的道上，经陇坻直达秦州。沿途放目，但见秋高气爽，陇坂绵延，秋花似金，秋山如醉，茅檐低小，瀑水千叠，于是欣然写下《清水道中》以志胸次旷怡之情，诗歌节奏舒放，旋律悠扬，如一曲田园牧歌；在布景、设色上，层次清晰、浓淡相宜，有远景、近景、平景，交相错杂，仿佛一卷韵致极为深远的山水行旅图轴。起笔从高远着力，写出陇山孤高独标，气压雄关的壮阔，清秋弥望，山势如流，逶迤而来，又激荡而去；颔联拉近镜头，林泉之美，板屋之静，构成野趣十足的陇关山居图；颈联则点出民风民俗，物产风情，说明这个关陇小县历史的悠远和人情的醇厚，给人世外桃源的超然感；尾联收煞在"停骖问耆旧，并税说频加"的人文关怀中，给诗歌增加了一份厚重的质实感。

马跑泉，有多处，分布在河北、湖北、两广等地，皆相传因"马跑泉出"而得名。宋琬《马跑泉》所写为秦州马跑泉，《读史方舆纪要》载："马跑泉，在州（秦州）东南四十里，相传唐初尉迟敬德与番将金牙战于此，士卒罷渴，敬德马忽驰，泉遂涌出，因名。明初徐达定关、陇，引兵向秦州，至马跑泉，其守将弃城遁去。"此诗首言"磬折秦亭路，停车有胜游。"说明诗人的行程至此略有转折，"秦亭路"尽而"胜游"开始，从秦入陇，清水县是第一驿程，穿越险峻的峡谷沟壑，豁然在眼的是马跑泉，马跑泉面渭水，倚秦岭，一道平川随渭水东延，人烟稠密，物产丰饶，是通往秦州的必经之路，其地势如锁钥，为扼守秦州咽喉之地。宋琬历陇坂险峻，忽而置身渭水北岸，顿被"出逢秋雨霁，坐爱石泉流。髡柳迷深岸，荒蒲接远畴"的旖旎景象所倾倒，遂生"吾将劝疏凿，乘月鼓渔舟"的深远理想，他想通过疏通水道，整治环境，来使马跑泉变成能"鼓渔舟"的小江南。

---

① 见《肇域志》，第1497—1498页。

宋琬秦州山水组诗的第二类为赏游性山水诗，主要诗篇有：《雨后湖亭分韵三首》《同欧阳令饮凤凰山下》《青阳峡》《同欧阳介庵拜杜子美草堂》《甲午初冬同赵一鹤、欧阳介庵宿鸡山寺》《湖亭》《秋夜同郭函九高虞宾王山公姜继海观天水石泉有作》《大雪自卦台宿张秀才家》《丙申人日大雪同郭将军游卦台》等。天水，即秦州，山川秀美，人文古迹遍布，宋琬任职数年间，勤于王事，又适逢大震，所以他的足迹只能留连于州城左近，而较少涉猎其周遭惊艳绝俗的山川胜景，给后世颇留憾恨；但通过其现存秦州赏游山水诗篇章，我们亦能领略诗人笔下秦州古城的婉丽姿容：

兰若城边寺，蒹葭水际亭。数椽留劫火，千树覆寒汀。明月羌村笛，秋风佛阁铃。频来真不厌，徙倚暮山青。

——《湖亭》其一

不浅寻源兴，因成秉烛游。入林惊宿鹭，篝火聚轻鯈。金屑宜朝汲，银河迥夜流。归鞍见残月，趯趯草虫秋。

——《秋夜同郭函九高虞宾王山公姜继海观天水石泉有作》其一

茅茨深处隔烟霞，鸡犬寥寥有数家。寄语武陵仙吏道，莫将征税及桃花。

——《同欧阳令饮凤凰山下》其二

夹岸长杨接翠微，乱流高下见柴扉。空山十月无冰雪，红叶丛中蛱蝶飞。

——《青阳峡》

湖亭，天水名胜，为天水湖上所建之亭，见前顾炎武《肇域志》。《读史方舆纪要》载："天水湖，在州南七里。《秦州记》：'郡前有湖，冬夏无增减，故有天水之名。'"[1]天水湖因在州城之近侧，且风景殊丽，故而既是士民赏玩游冶之处，又是官员闲暇宴乐赋诗之地，宋琬与同僚往往于"放衙无一事"的公务之暇，"岸帻"潜"出孤城"，面对"柳重

---

① 见《读史方舆纪要》，第 2839 页。

低烟色,荷枯碎雨声。凉云依岫断,秋水照衣明"(《雨后湖亭分韵三首》其一)的空翠澄明之景,举杯相邀,啸歌独吟,在他笔下天水湖桥影如梦,秋声似幻,远山近水,迷离相映,令人心驰神往:"桥影眠花鸭,波光浴竹鸡。好峰青可数,远树碧俱迷。"(同上,其二)"把酒分青盖,行吟选绿苔。波闲鸥不去,风急雁将来。"(同上,其三)

天水之名得之天水湖"冬夏无增减",其境内林泉高致,涧壑幽美,使游人留恋往返,络绎于途。"石泉",又称"北流泉",《肇域志》曰:"在州南八里,杜甫诗:'山头南郭寺,水号北流泉。'"[①]又"翠屏山,在州南二里,其麓为石马坪,即汉将军李广墓。其右三里曰武峰山,其上有古南山寺。杜子美《秦州杂诗》所谓:'山头南郭寺,水号北流泉'者也。泉今讹为南山灵湫。"[②]南郭寺、北流泉乃天水名胜,远望苍松翠柏,古干虬枝,交互错杂,恍若仙灵之府。宋琬披星戴月,秉烛夜游"石泉",顿被"万斛明珠涌,巑岏古柳根"的林壑幽景所撼动,于是产生与古名士一道品泉探奇的遐想:"品水陆鸿渐,探奇郦道元。"(其二)

凤凰山,在秦州西北六十里处,《肇域志》曰:"(秦州)六十里曰凤凰山,其山两翼翩然南旋若凤,其下有娲皇庙。"[③]宋琬招同友人畅饮凤凰山下,怀古思幽,有古桃源遗风,茅屋数椽,鸡犬相闻,令人不忍惊破那恍若仙境般的祥和气氛。《青阳峡》与《同欧阳令饮凤凰山下》风调相谐,景致相当,诗人用七言绝句的轻快笔法,浅吟出秦州一带民风古朴,景色幽闲,远离俗尘的特有韵味:"夹岸长杨接翠微,乱流高下见紫扉。"一派悠然自得、淳厚清和的气象被诗人不经意间点染而出,让人凸生爱慕之心。

甲午春日赴秦陇之任,丁酉"季春"离别陇上父老,宋琬在秦州首尾相继度过四个年头,离别时他始终不忘秦州父老,心中关怀的是芸芸苍生:"余也对残黎,呼天眼流血。"(《丁酉季春赴任北平留别秦州

① 见《肇域志》,第1694页。

② 同上,第1495页。

③ 同上,第1771页。

守姜继海》)在同僚和父老执手相送的长亭古道边,他“拉泪强登车,回首心惙惙。”(同上引)随着陇右任满,宋琬的秦州山水诗转由另外一种风格,别样一番风致所替换,那就是“巴山望不穷”的蜀地山水诗。

2.“涪水流方合,巴山望不穷”的蜀行山水诗

巴蜀山水诗与秦州山水诗是宋琬山水诗创作的两大支柱,虽然从大势看有遥相呼应,同为表里的照应关系,但两者的区别还是显著的:从内容看,二者描写的对象因地域而产生很大差异,一质朴清峻、幽闲安谧;一峭劲奔腾、喧豗杳深,秦州山川雄厚中有朴实之风,巴蜀山川奔放中含清丽之气。由气韵和骨格来辨,秦州山水诗闲适澹远,瘦劲苍深,如一曲陇上牧歌,远远地回荡飘移;巴蜀山水诗则怒浪排击,险仄孤峭,如一首川中号子,急管繁弦,催人魂魄。从结构形式看,秦州山水诗随性而为,比较零散,而巴蜀山水诗结构严整,首尾相贯,总名为《入蜀集》,单独成集,容量极其丰厚,它们既是诗人入蜀艰险历程的实录,又是从另一角度观察欣赏长江三峡壮丽风光的艺术写真。

《入蜀集》分上、下,上集是诗人入蜀纪程赏游诗的结集,下集则是抒情、怀人、赠答词的总汇。此处以上集为蓝本对宋琬的巴蜀山水诗进行简要论说。关于《入蜀集》的成因,王士禛《渔洋诗话》有这样一段记述:“康熙辛亥(1671),宋荔裳琬、施愚山闰章皆集京师,与余兄弟倡和最久,明年壬子(1672),荔裳補官蜀臬,余典蜀试,先后出都门。既而余以十月下峡,荔裳以明年春上峡,遂不相见。是岁荔裳入觐,殁于京师,后二十八年庚辰(1700),余官刑部尚书,荔裳之子思勃来京师,以《入蜀集》相示,亟录而存之。集中古选歌行,气格深隐,余多補入《感旧集》。”[①]上引说明,王士禛与宋琬同时入蜀,但二人所行路线正好相逆,宋琬入蜀的途次恰好是王士禛回程所经,王由秦入蜀,顺流经巴东,过宜昌,越鄂皖,返京师;宋则从京口启航,经皖赣、历汉阳,逆流直逼彝陵、巫山,白帝城,一路直达巴蜀。

---

① 见《清诗话》,第 204 页。

宋琬入蜀的山水诗不管范围、数量，还是诗体的选择均不及王士祯宽泛、丰厚而多样，但他在具体景物的搜幽探微方面超过了王士祯，成为其独具的亮点，与王士祯沉静持重的风格比较，宋琬多了一份轻飏畅爽的超迈感。现举几例以析赏之：

乱山回合郡城楼，城外巴江万里流。估客东来应自喜，征人西上迥堪愁。数家鸡犬新生聚，晚市鱼虾不易求。犹有茅堂名绛雪，醉翁词翰若为留。

——《彝陵》

江水远赴瞿唐门，建瓴而下势欲吞。东过秭归峡逾逼，双崖突起成藩垣。神龙在槛虎被缚，自然挐攫还腾奔。巨石中央列戈戟，云霾雨蛰盘孤根。……疑是共工怒，头触昆仑折天柱；又似樊将军，毛发冲冠皆倒竖。……岸边林立黄头儿，负戴装囊半村女。攀萝扪葛胜丁男，头上银钗已非古。……涛声断处即安澜，咫尺分明割乡县。……艰危莫漫数黄牛，鹿角、狼头、曹桧耳。

——《新滩歌》

明妃生长地，环珮旧曾过。遗恨留青塚，余香染绿波。一朝辞汉月，万里渡交河。倭堕宫中髻，琵琶塞上歌。花娇分半靥，山翠蹙双螺。皓齿埋沙碛，灵衣带女萝。魂应精卫化，泪比杜鹃多。近接湘累庙，伤心共汨罗。

——《古香溪》

巫峡江深苦无月，巫山见月出江津。长江淼淼临孤岸，新月娟娟似故人。吹笛中宵乌鹊起，眠沙千点白鸥驯。峨眉秋色应相待，醉倚青天揽桂轮。

——《巫山对月》二首其一

江山天设险，锁钥尔当关。霸业兴亡速，舟航上下艰。孤城连白帝，千里控乌蛮。戎马堪流涕，哀鸿几处还。

——《滟滪堆》

宋琬《入蜀集上》从《宿迁舟中作》起，到《麻仓湾》止，共包括各体山水诗六十八首，其编排按诗人入蜀的行程为次序。他沿大江逆行，经京镇、九江、皖城、黄州、彝陵、归州、夔州、云阳、忠州，期间历惊涛裂岸的“三国赤壁”；怪石插天、崩浪洄漩的西陵诸峡；人文涵浑、香魂如缕的三闾祠、昭君溪；万山连绵、略无阙处的巫峡云雨；天地开通、山川蕴藉的云阳古道，一路走来，让人尽观长江万里、气吞吴越的壮阔气势，上引各诗为诗人每段行程的点睛之笔。

彝陵，即夷陵，为湖北重镇。顾炎武《肇域志》曰：“夷陵州，府(荆州府。笔者注)西二百八十里。城周八百六十二丈。元为夷陵路，本朝甲辰(元至正二十四年，即1364年。笔者注)为府，洪武九年(1376)，改夷陵州，属荆州府。《通鉴》注：自三峡下夷陵，连山叠嶂，江行其中，迴旋湍急。至西陵峡口，始漫为平流。夷陵正当峡口，故以为吴之关限。”[①]顾祖禹《读史方舆纪要》曰：“夷陵州，府(荆州府。笔者注)西三百四十里，西至归州一百五十里，西南至施州卫五百里，北至襄阳府五百七十里。春秋，战国时楚地，秦属南郡，两汉因之。魏武平荆州置临江郡，蜀汉改为宜都郡，后属吴，称重镇焉。……元改峡州路，明初为峡州府，洪武九年改为夷陵州，以州治夷陵县省入。”[②]夷陵地当三峡由冲波回澜向广奥平衍过渡的关口，向东屏障荆襄湖广，逆西则扼守巴蜀，形势非常险峻，《读史方舆纪要》分析道：“州距三峡之口，介重湖之尾。战国时为楚重地，秦将白起攻楚，拔郢烧夷陵，逐东至竟陵，楚于是乎东徙。”[③]历代政治家、战略家、军事家都对夷陵有高度评价，他们一致认为夷陵是荆襄之门户，江汉之要害，夷陵若失，荆襄之亡在旦夕。《清史稿·地理志》曰：“宜昌府，冲。隶荆宜道，总兵官驻。顺治初，沿明制，为夷陵州，属荆州府。雍正十三年升为府，更名，属湖北布政司，置东湖为治。鹤峰、长乐、降归州及所属长阳、兴山、巴东来隶。”[④]宋琬途次夷陵，遍赏了境内山光水色，他不但对夷

① 见《肇域志》，第1818页。

②③ 见《读史方舆纪要》，第3678页。

④ 见《清史稿》，第545页。

陵“乱山回合郡城楼，城外巴江万里流”的整体形胜作大势淋漓的渲染，而且还对夷陵具体而微的山川印象进行工笔描绘，令人心魂震荡，神往不已：“爱此澄江水，色映青玻璃。……群峰互方圆，参差璧与珪。层巅挂飞梁，千仞垂虹睨。”（《宜都阻雨入夜始霁自荆门虎牙山而上群峰络绎险怪万状蜀江之奇自此始》）“蒙茸岩际花，斑驳沙边石。小市闻鱼腥，近郊留虎迹。……黄牛未百里，江流疾如射。云岑莽亏蔽，波涛相委积。”（《泊舟彝陵作》）在《泊舟彝陵作》中，诗人将写景、叙事、抒情有机融会，使诗情、诗境达于至美，尤其对纤夫行船情势的绘摹，具有很高的民俗考证价值：“百丈挽孤舟，譬诸御勍敌。黄头运长篙，森然列矛戟。伐鼓以为节，进止有成画。喧呼殷雷霆，鱼龙应辟易。草间觅微路，蜿蜒入山脊。”纤夫背纤，逆水行舟的艰险，千人一舟，牵挽而上的雄壮，在这声形并举的描摹中跳荡而出，让人仿佛听着巴东号子的节奏去穿越高江急峡的震撼！

彝陵地势控扼巴楚，乃兵家用武之地，境内险滩遍布、深峡横陈，是长江激流回旋的转捩之处。《肇域志》载夷陵山川曰：“黄牛峡，在州西九十里，高崖间有石，色如人牵牛状，人黑牛黄，故名。湍险纡迴，去远犹见，行者歌曰：朝发黄牛，暮宿黄牛。三朝三暮，黄牛如故。西津关，在州西大江右。……西陵峡，在州西北二十五里，峡长二十里，三峡之一也。”[①]《读史方舆纪要》分条载录为：“石鼻山，在州西北三十里，高五百余仞，下临江流，中有巨石横六七十丈，如簰筏然，亦名石簰山，下有虾蟆碚，以形似名。……峡口山在州西北二十里，两岸壁立，蜀江西来，旋涡最恶。……又天柱山，在州西三十五里，三峰耸立如柱，故名。”又载：“西陵峡，州西二十五里，峡长二十里，石壁千仞，三峡之一也。”在“湖广·重险”条下描述“西陵”曰：“今自巴东历三峡下夷陵，连山叠嶂，江行其中，迴旋湍激，至西陵峡口，始漫为平流，而夷陵州正当其冲，故国于东南者，必以西陵为重镇矣。”[②]又载“明月峡”曰：“在州西二十里，悬崖间白石状如月，亦名扇子峡，高七

① 见《肇域志》，第 1818 页。

② 见《读史方舆纪要》，第 3513 页。

百余仞。”①除峡以外，夷陵境内江面上还有滩与关，著名者如：流头滩、狼尾滩、南津关、黄茅滩、使君滩、黄牛滩等。对西陵险关重叠、江流回旋壮景的刻摹，宋琬一改平和醇厚的风调，而变得猛志如雷，激越高亢：“长江万里来，莽莽开户牖。大禹驱龙蛇，群峰俨趋走。锦屏百叠张，翠壁千寻陡。”(《南津关》诗人自注：即西陵峡)“崩浪屡洄漩，层峦迭参错。……沿迴路已穷，侧转忽开拓。烟际见渔舟，遥遥一秋箨。……汹汹怒涛哀，袅袅山泉弱。”(《黄茅滩》)“三日行恶滩，魂惊面多垢。忽见翠芙蓉，高撑干列宿。”(《空舲峡》)在所有摹写西陵险滩巨峡的诗作中，《新滩歌》为殿后总成之作，它以磅礴的气势，纵横的笔法，将写景、怀古、叙事、抒情统合起来，构成思通古今，情贯万仞的山水诗境。新滩，在归州境内，与西陵峡诸滩相呼应，其形势极为险要。范成大《吴船录》记曰：“三十里(归州顺流下行三十里。笔者注)，至新滩，此滩恶名豪三峡，汉、晋时，山再崩，塞江，所以后名新滩。石乱水汹，瞬息覆溺，上下欲脱免者，必盘博陆行，以虚舟过之。两岸多居民，号滩子，专以盘滩为业。”②新滩下游八十里即黄牛峡。顾祖禹记新滩道：“叱滩，在州西三里，水石相激如喷叱声。……又有新滩，在州东二十里，宋时尝徙县治此，其相近者又有小新滩。”③

归州，明与夷陵州平行，同属荆州府，清初沿明制。雍正六年升为直隶州，十三年再次降为州，归属宜昌府。《清史稿·地理志》记曰：“归州，简，府西北三百五里，明属荆州府，雍正六年升为直隶州，十三年复降为州来属。大江自巴东来，东入东湖界。香溪源出兴山县南入之，曰香溪口。江中有新滩、叱滩及石碣、达洞、独石诸滩。又有马肝、白狗、空舲三峡，皆险处也。”④宋琬经历西陵诸险之后，对归州境内山水的刻画更着眼于其蕴含的人文基因，这里有名垂千古的屈子祠，有清流葬香魂的昭君溪，他们前后相承，以其悲怨哀愁、忠愤

① 见《读史方舆纪要》，第3681页。

② 〔宋〕范成大《范成大笔记六种》，中华书局2002年版，第222页。

③ 见《读史方舆纪要》，第3691页。

④ 见《清史稿》，第546页。

忧国的形象让后人凭吊怀念，以诉衷曲。宋琬遭逢多次冤狱之灾，心怀无限委屈和忧愤，故而途经归州，他的主观心志与客观山水所透射出的人文气质相激发，遂使诗人的感情有了倾泻的依托："寥落归州峡，灵均此卜居。……石势疑山鬼，江声泣女媭。巫咸招不下，风雨倍愁予。"(《归州》)"青山环梓里，白日暗湘沅。……问天怀侘傺，哀郢泣烦冤。意掩重华袂，难招万古魂。九歌悲帝子，三秀忆王孙。《小雅》兼骚体，长江写泪痕。"(《三闾大夫庙》)"明妃生长地，环珮旧曾过。遗恨留青塚，余香染绿波。一朝辞汉月，万里渡交河。……魂应精卫化，泪比杜鹃多。近接湘累庙，伤心共汨罗。"(《古香溪》。诗人自注：昭君入宫洗妆于此，色如碧玉，入江数里不没。)香溪和三闾庙一衣带水，同辉共映，是归州任凭后人缅思的山水佳丽地。范成大曰："(归州)属邑兴山县，王嫱生焉。今有昭君台、香溪，尚存。城南二里有明妃庙。余尝论归为州僻陋，为西蜀之最，而男子有屈、宋，女子有昭君。"[①]《肇域志》曰："香溪，在州东二十里，源出兴山界，一名昭君溪。"[②]《读史方舆纪要》曰："香溪，州东北十里。源出兴山县，流入江，州志所云：'大江经前，香溪绕后'者也。或谓之乡溪，又名昭君溪，州东北四十里盖有昭君村云。"[③]又"香溪，县(兴山)东南一里，即县前河也。有珍珠潭，相传为昭君洗妆处。"从夷陵到归州，江山依依，水如激箭，山似翠黛，令人留恋忘返，不忍弃之而去，宋琬作《峡中山水歌》以抒心中依恋之情："自从下牢至空舲，瑰伟离奇写不出。……日光动摇翠作波，微雨乍收墨初泻。万里江流何滚滚，元气苍茫势将尽。……虎攫龙蹲露爪牙，倏尔婵娟弄妖姣。……安得结庐长卧此，山则真山水真水。"

江行出巴东，至巫峡，溯流而到云阳、忠州，水流缓急相间，沿岸村墟篱落，恍若桃源人家。在宋琬笔下，壮丽如画的三峡风光体态各异，顾盼生辉。巫山夜月如梦，瞿塘、滟滪雄关险峙，三峡猿狖清啸，

---

① 见《范成大笔记六种》，第 221 页。

② 见《肇域志》，第 1821 页。

③ 见《读史方舆纪要》，第 3691 页。

云阳、忠州悲辛多艰。如写巫峡之月，他用轻似梦幻的笔调，勾勒出峡月神秘不测的本色："长江淼淼临孤岸，新月娟娟似故人。"(《巫山对月二首》其一)"素峨清影元今古，神女高唐定有无。"(同上，其二)写瞿唐、滟滪之险，他以巉刻斩绝的笔墨，逼真地写出其控扼巴蜀、关乎兴亡的险要形势："江入瞿唐窄，乾坤此户枢。……艰危思历览，幽兴不能无。"(《瞿唐峡》)"江山天设险，锁钥尔当关。霸业兴亡速，舟航上下艰。"(《滟滪堆》)写云阳、忠州一线民生凋敝、山河冷落，诗人完全融情入景，借江流凝滞的物象表达内心厚积的人文关怀："放櫂白帝城，圆月哉生魄。天地忽开通，山川饶蕴籍。……沿岸见废墟，瘦田失阡陌。渔灯乱鬼火，骷髅草间白。鸠形半妇女，腰镰刈新麦。胡不待其黄，饥来不遑择！父老前致词，衣穿多露骨。……太息此烝黎，中夜转踊蹐。"(《云阳道中作》)"客行二月三月时，眼底千山万山影。……箐林昼黑杜鹃啼，哀哀寡妇同悲哽。欲叫天门亟上书，赐复十年小臣请。"(《忠州作》)南施北宋诗风人各有体，但就借山水之形抒发心中人文关怀的特征而言，他们却有着惊人的相似，这也许是仁者精神的普遍性存在所致。

《入蜀集》虽然终止在"梦魂不识三巴路，祇道青山是剡中。"(《水阳溪早发》)"无限烟波新雨后，画图端属赵王孙"(《麻仓湾》)的悠扬澹远中，但诗人在整个巴蜀山水诗中所折射的"闲云随卧起，幽鸟共浮沉"(《双流夹》)的超然心境始终与那些夹江而来，又排山而去的山水魂魄相磨灭，共消长，成为清初金台诗人山水诗中的强劲音符。

宋琬性情古朴倔劲，有齐鲁遗风，他才华流溢，宅心仁厚，为人有侠肝义胆，本当是一驰骋于政坛诗国的千里雄驹，但多舛的命途使他常仰天悲嘶，哀声似诉，故而形成他如前所述的悲凄哀愤的诗风，正因有这种哀怨而不怒、醇厚而不媚的诗格的存在，才使得清初诗坛洗去柔靡不振之风，始终呈现一种劲崛忠直之气。朱庭珍论诗甚严，但他对宋琬却满怀崇敬，在《筱园诗话》中说："宋荔裳诗格老成，笔亦健举。……晚年入蜀，诗格一变，苍老雄肆，异于平时，可为《安雅堂集》之冠。"宋琬因地域、因经历、因学养形成的被论家所认可的"如秋隼盘空，岭猿啼夜"(俞陛云《吟边小识》)的诗歌特色在前述山水诗简论中已然明了，成为清诗主流格调的一个高亢音声。

第三节　“云水天宇空，惊涛势何雄”

——宋荦的山水诗·附说宋至、江左十五子

清初诗坛，在南施北宋、燕台七子之外，能独树一帜，且政治地位足可抗衡王士祯的当属宋荦，论顺康庙堂诗人的山水诗，宋荦是一个关键人物。

一、宋荦的生平和诗歌创作概说

宋荦(1634—1713)，字牧仲，号西陂，又号漫堂，河南商丘人，为清初大臣宋权子。宋权，字元平，明天启五年(1625)进士，官顺天巡抚，驻密云。未几，李自成入北京，宋权率所部降多尔衮，清政府仍命其署原职。权深知明之弊政，故而多次上疏言事，有政声，顺治三年，擢国史院大学士，六年，加太子太保，八年，遭陈调元等弹劾致仕，九年，卒，谥文康。顺治四年，年仅十四岁的宋荦“应诏以大臣子列侍卫”，开始了他的仕宦生涯。康熙三年，授湖广黄州通判；十六年，授理藩院院判，迁刑部员外郎；二十二年，授直隶通永道；二十六年，迁山东按察使，再迁江苏布政使；二十七年，擢江西巡抚；三十一年，调江苏巡抚。宋荦以荫庇而不因科甲跻身仕途，历任地方大员，政绩颇显，尤其任江苏巡抚，驻苏州时做了许多体恤民情的善事，《清史稿·列传六十一》曰：“苏州滨海各县遇飓，上元、六合诸县发山水，淮、扬、徐属县河溢，疏请视被灾轻重，蠲减如例。发江宁、凤阳仓储米麦散赈，别疏请除太湖傍坍地赋额，户部以地逾千亩，令详察，荦再疏上陈，上特允之。”[①]宋荦仕宦生涯最辉煌的时刻就是在江苏巡抚任上，据《清史稿》载：“荦在江苏，三遇上南巡，嘉荦居官安静，迭蒙赏赉，以荦年逾七十，书‘福’、‘寿’字以赐。”(同上)康熙四十四年，擢荦吏部

① 见《清史稿》，第1369页。

尚书，至此其名位与王士祯相当。四十七年，以老乞罢，临离朝时，康熙赐诗以送行。五十二年，到京师为康熙祝寿，加太子少师，又赐以诗，其荣耀可见一斑。是年九月卒于乡，年八十。

宋荦受家学影响，少年早慧且致力于诗，在清初诗坛是一个很有影响的人物，王士祯汇刻《十子诗略》，首选即为宋荦，后人将《十子诗略》中入选的十位诗人称为“金台十子”，与前期的“燕台七子”相照应。《十子诗略》选刊始于康熙十六年，其时宋荦任职理藩院院判、刑部郎中。王士祯选《十子诗略》意在树立自己诗坛盟主的声望，宋荦虽未入“神韵”之门，但此后多年，他和王士祯在诗界有双璧相辉的态势。王任扬州司理时，大力推奖后进，广纳门人；宋任职江苏，继王之风雅，使江淮文士趋之若鹜。其幕下诗人邵长蘅集二家诗为《渔洋绵津合刻集》。王士祯对世所认为的“王、宋”齐名亦颇首肯，晚年他寄诗给宋荦说：“尚书北阙霜侵鬓，开府江南雪满头。当日朱颜两年少，王扬州与宋黄州。”对宋荦与王士祯之间微妙而必然的关系，先师严迪昌评析道：“清前期诗坛上，以六部九卿或方面大臣之尊而主持风雅，广事声气，足可与王士祯后先媲美的，是宋荦。……宋荦开府江南时的‘提倡后学’，对江东南诗风的影响，确有渔洋当年在扬州时的气派。”[①]尽管宋荦诗歌创作成就及其诗界地位确非王士祯敌手，但其诗学功底广博浑厚，且很有渊源，正如舒位在《瓶水斋诗话》中所说：“两公诗格，绝不相似，且宋实非王敌。邵青门合刻二家之诗，意在尊宋，适足以形宋之短耳。然漫堂诗亦自有佳句，如‘哀雁去楼不盈尺，修竹摇风才数竿。’殆非烟火人语。”[②]《四库全书总目》评曰：“荦虽以任子入官，不由科目，而淹通典籍，练习掌故，诗文亦为当代所推，名亚于新城王士祯。……平心而论，荦诗大抵纵横奔放，刻意生新，其渊源出于苏轼。……故其诗虽不及士祯之超逸，而清刚隽上，亦拔戟自成一队。”[③]较之他人所论，《四库全书总目》评说略见平

① 见《清诗史》，第539页。

② 见《清诗纪事》，第2219页。

③ 见《四库全书总目》，第1526页。

和公允。对于学诗及诗歌不断蜕变演化的历程，宋荦在《漫堂说诗》中有这样一段自叙：

余年十二即奉先文康廷训，从事声律。旋入侍禁闼，侧身属车豹尾间，此道便弃。后归故园，追随侯方域、贾开宗、徐作肃诸君，分题拈韵，篇什遂多。迨筮仕黄州，官衙岑寂，颇究心诗学。然初接王、李之余波，后守三唐之成法，于古人精意，毫未窥见。康熙壬子癸丑间屡入长安，与海内名宿尊酒细论，又阑入宋人畛域。……庚申虔州返命，舟泊鄱湖，月夜望匡庐，与儿至作诗话，忽有所得。阮亭侍郎序余《西山》诗云："黄州以前，守而未化；虔州以后，每变愈工。"余愧未敢当。足见此道自有实证。

《漫堂说诗》是宋荦学诗心得的总结，它的成因有二：一是为其"儿致筠""欲请学诗"所写的指迷录；二是对自己学诗生涯的深度概括，一如诗人所说："戊寅长夏，儿致筠心艳父兄倡和之乐，欲请学诗，因书此说付之，并记余学诗崖略于末。"

十二岁学诗，历经漫长的半个多世纪，宋荦对诗歌有着极其清醒和深刻的认识，他认为诗歌：

首先要有性情，性情是诗创作的灵动之源，只有心怀赤诚，真情泉涌的诗人才能创作感动人心，激发想象的好诗，真性情来自对客观环境的心灵体验，诗人的主观心志与客观事物的无碍契合，是真情流溢，真诗创作的彻悟之境。"诗者，性情之所发。"真性情的激发不必拘泥于古人，不必局限于成法 ，只有用心体会前人的优秀之作，将前贤的心血化成自己的悟解，必能洞然豁然而入真情淋漓之境："所谓取材富而用意新者，不妨浏览以广其波澜，发其才气，久之，源流洞然，自有得于性之所近，不必橅唐，不必橅古，亦不必橅宋、元、明，而吾之真诗触境流出，……此之谓悟后境。悟则随吾兴会所之，汉、魏亦可，唐亦可，宋亦可，不汉、魏，不唐，不宋亦可，无暇模古人，并无暇避古人，而诗侯熟矣。”[①]宋荦诗学成长的年代，正是前明遗风正盛，诗界就宗唐宗宋喋喋不休的关键时期，他以超然的态度指出不管唐，不管宋，不管古人，只要有助于真性情萌发产生，就要体悟它、领会它，使它融入诗人的创作实践，形成自己的“诗侯”。

其次，诗歌取材要宽，主题要多元化，诗本源于性情，故而灵动多变，不必拘执一途。对明代嘉、隆以降的狭隘诗格他深恶痛绝，为拯救诗之困厄，宋荦明确地指出：“盖诗道本广大，而彼故狭小之；诗道本灵通变化，而彼故拘泥而穿凿之也。”“诗道”“广大”，且“灵通变化”，明人诸如李攀龙、钟、谭等往往以其“境隘而辞肤”的浅薄之谈将其导引到“狭小”、“拘泥而穿凿”的绝境，王士祯力倡“神韵”之说，有矫正诗界流弊之功，但宋荦在褒扬其“力挽尊宋祧唐之习，良于风雅有裨”的功绩的同时，委婉地批评他的不足：“至于杜之海涵地负，韩之鳌掷鲸吞，尚有所未逮。”王士祯与宋荦在诗界相互推重，宋的大有名于清初诗坛，得助于王的极力牵引。宋荦对王士祯的尊崇溢于言表，但唯一不能苟同而且很有微辞的是王士祯摒弃杜甫、韩愈于“唐贤三昧”的作法，这一观点与同时代有识之士相吻合。

再次，宋荦师法前贤，对唐宋诸大家的诗采取“转益多师”的态度，实践上他以苏轼为摹本，但本质上却将杜甫看成千古一圣，认为他的诗不管气韵精神，还是思想内涵，不管格律声韵，还是诗体形式都是后人难以超越并奉为圭臬的。“少陵乐府以时事创新题，……便成千古绝调。”[②]“余意历代五古，各有擅场，不第唐之王、孟、韦、柳，即宋之苏轼、黄庭坚、梅尧臣、陆游，要是斐然，而必以少陵为归墟。昔人诗评：杜工部如周公制作，后世莫能拟议。”“七言古诗，上下千百年定当推少陵为第一，盖天地元气之奥，至少陵而尽发之，允为集大成之圣。”[③]“律诗盛于唐，而五言律尤盛。……子美变化尤高，在牝牡骊黄之外。”“初唐王、杨、卢、骆，倡为排律，……若夫浑涵汪茫，千

① 见《清诗话》，第416页。
② 同上，第417页。
③ 同上，第418页。

汇万状，惟少陵一人而已。”“世之称诗者，易言律，尤易言七言律。……独少陵包三唐，该正变，为广大教化主，生平瓣香，实在此公。惜未能阈其阈。东坡云：‘天下几人学杜甫，谁得其皮与其骨?’然不敢以难而谢之；学杜有得，即学苏学陆无乎不可。”[①]杜甫在诗史上的地位无可撼动，不管宗唐，还是宗宋，凡学诗，并想在诗创作上有所成就的人，都无法绕过杜甫的堂奥而登其他门阀。苏轼、陆游堪为大家，宋荦对苏轼心仪到痴迷的程度，据时人所述，宋荦“尝命作苏子瞻像，己侍其侧。后筮仕竟得黄州通守，诗名振天下。”[②]沈德潜在《清诗别裁》中评曰：“（荦）所作诗古体主奔放，近体主生新，意在规仿东坡。时宗之者，非苏不学矣。”[③]宋荦诗学东坡，有东坡之“清放”风格，为众多论家所公认，尽管如此，宋荦对杜甫的推崇更超越对苏轼的敬仰，他认为只要对杜诗的精义理解深透，得其三昧，则“学苏学陆”不难矣。对杜甫的尊崇不但标明了宋荦的诗学理念，而且还是对王士祯“神韵派”的矫正，其深意寓于字里行间，不辨自明。

二、“宦辙随运转，江山助人兴”

——宋荦山水诗述论

宋荦十四岁入禁苑，八十岁仙辞人间，其大半个世纪的人生是在宦海中度过的。公务之暇，他将更多的热情投注于诗歌创作以及与之相关的活动中，据《四库全书总目》载录：“荦所作诗有《古竹圃稿》，有《嘉禾堂稿》，有《柳湖草》，有《将母楼稿》，有《和松庵稿》，有《都官草》，有《双江倡和集》，有《回中集》，有《西山倡和诗》，有《续都官草》，有《海上杂诗》，有《漫堂草》，有《漫堂倡和诗》，又有《漫堂草》凡十四集。”[④]宋荦的诗作结集每一阶段自为一小单元，每单元均记录诗人的宦迹、心态和创作嬗替过程，如果将《绵津山人诗集》各部并联起

---

① 《清诗话》，第418—419页。

② 〔清〕查为仁《莲坡诗话》，见《清诗话》第513页。

③ 见《清诗别裁集》，第529页。

④ 见《四库全书总目》，第1526页。

来，则能见出诗人毕生创作的整体风貌。若以山水诗的角度衡量，宋荦的大部诗作创作于他任职湖广、西江、京师和吴中期间。由于前后长达数十年，所以《绵津山人诗集》的风格呈多样化态势，其中受江山形势激荡，使其诗风不断趋于成熟和完美的事实，得到诸多论家认可："绵津山人集者，牧仲宋先生自名其前后所为诗也。……既而从事宦游，南临江淮，北俯碣石，所过名山大川，长林峭壑，无不往探……所以拓其胸次，而陶育其性情者，复久且深，其志愈充，其气愈下，于以发为诗歌，其长篇雄变如蛟龙之幻化，其短章秀杰如珠玉之莹润，甚至联句角胜，则写难状之物而吐难言之情，如倾江倒河，益注而益不穷，洵乎，其才之高，学之宏，而养之裕也！"（汪琬《绵津山人诗集·序》）"顷览诸君子之序斯集也，或云得江山之助，或云为江山生色。……牧仲与山水殆有宿缘，甫解齐安之绶，旋榷章贡之关，夫造物者无乃瓜分渔樵之汤沐而供其采笔乎？今长吟诸什，如姑射仙人绰约冰雪，此真得助于江山，而又能为江山生色者也。"（高珩《双江倡和集·序》）"牧仲所以臻此者，非徒善于取材而工于摹古也，实得江山之助多焉。"（汪琬《双江倡和集序》）"宋子牧仲游西山归，示余诗一卷而属为序，余谓山水文章恒相因也。……要之，萧闲澹远无长安贵游繁嚣气习，披览一过，烟云杳霭缭绕几席间，信牧仲于山水文章有深情也。"（汤斌《西山倡和诗序》）其他如邵长衡的《庐山诗序》、尤桐的《沧浪亭诗序》、邵长衡和冯景分别撰的《红桥集序》都精辟地分析了诗人的诗情、诗风和江山之间密不可分的关系。

宋荦诗风按王士祯《西山倡和诗序》言，自中年任职江西后发生重大转折，此种现象表现在山水诗里就有早、中、晚的分期；以时序顺次，他的山水诗又有地域之别，即湖广之行，收辑在《嘉禾堂稿》《将母楼稿》等结集中；章贡之旅，收辑在《双江倡和集》《庐山诗》等结集中；京师幽燕之游，收辑在《回中集》《西山倡和集》等结集里；吴门江海之情，收辑在《漫堂草》《述鹿轩诗》《沧浪亭诗》《红桥集》等结集里。以下循诗人之生命轨迹，按地域分野，简述其山水诗特质。

（一）早年任职黄州期间的湖广山水诗

康熙三年，宋荦授任湖广黄州通判。黄州曾是宋代著名诗人苏轼任团练副使的地方，宋荦诗学苏轼，对苏轼怀有极大的崇仰之情，所以宋荦得以黄州赴任，似乎天缘巧合。黄州得大名于天下，不但与苏轼极有关系，而且和它的地理形势相关联。顾祖禹《读史方舆纪要》曰：黄州府，“境通接淮、楚，襟带江、汉，临深负险，屹为雄镇。当春秋时，楚得其地，而陈、蔡之势蹙矣。及吴、魏相攻，互为重地。……当六朝之际，五水群蛮数聚于此，山川纠结，难驯易扰，江左视之，隐若一敌国云。隋、唐以来，江，淮用兵，蕲、黄恒为要会。”①黄州地势冲要，历代均将其看成湖广屏障，宋荦通判黄州，得以饱览其江山形胜，他所作诗结集为《将母楼稿》，吴伟业在为之所写的序言中极称楚地风物之盛，以及蕲黄山川对宋荦诗情的陶冶。黄州山水诗多为诗人公务闲暇，登临放目，怀古抒情之作，写景雄放、气象开阔，而诗情泛滥，大有东坡赋赤壁的气概。如：

孤屿排空起，波涛万顷连。蛟龙留窟宅，殿阁自江天。法鼓闻山县，神鸦送客船。沙头闲极目，斜日起苍烟。

——《望龙蟠矶》

登楼望南山，千峰秀无限。朵朵青芙蓉，嵯峨常在眼。山根界大江，惊涛如雪卷。坐来移我情，高歌兴不浅。薄暮白云生，茫茫失绝巘。

——《楼上望江南诸山用太白韵》

上引两诗皆以“望”为切入景点的角度，望有远望、平望、仰望、俯瞰之分，《望龙蟠矶》采用的是远望的布景方式，通过平望的视野，把入目即见的各种山水意象按形、声、色的顺序排列起来，使诗境显得雄浑阔大、幽渺莫测。《楼上望江南诸山用太白韵》的视角综合了远望、俯瞰的特点，点染出隔江一带“山川相缪，郁乎苍苍”（苏轼《前赤壁赋》）的壮阔景象，黄州府西与汉阳府毗邻，隔江和武昌府相望，诗中所写“江南诸山”当指武昌境内诸山也。武昌，明、清时皆为湖北首

① 见《读史方舆纪要》，第3554页。

府，大江九派横流，楚天空阔，名山有：荆山、内方、大别，另有府城附郭之山：黄鹄山（亦名黄鹤山）、凤凰山、洪山（又名东山）、大观山、江夏山、赤壁山等。黄州府治所在黄冈隔江和武昌府武昌县对望，武昌山川连绵，其樊山、神山隔江和黄冈相接，西塞、灵溪诸山则远望如“朵朵”青色“芙蓉”。宋荦湖广山水诗多次写到武昌山川，比如前举《望龙蟠矶》就写的是樊山之景。其它如《过寒溪寺二首》《大别山谒禹庙》《樊口二首》等，皆和武昌山水相关。《楼上望江南诸山用太白韵》意境辽远，豪情迸发，尤其“朵朵青芙蓉，嵯峨常在眼。山根界大江，惊涛如雪卷。”两联有李白之清发、苏轼之豪放，充分显现出早期宋荦诗学李白、苏轼的特征。《将母楼稿》分上、下，上篇以黄州为中心，展示了诗人公务之余对黄州、武昌风物的眷恋与赏游，而下篇侧重对黄州归来，沿途所历山水的歌吟咏叹，两者相互映照，见出宋荦江汉之游的整体风貌，以及他前期诗歌雄浑秀逸、苍深雅健的风骨。如：“小孤之山孤且高，干云矗汉何雄豪。……大江浩浩何处来，排空倒峡岷山开。洞庭彭蠡相灌注，此山不动真崔嵬。马当横其下，彭郎跨其傍，匡庐五老拱而立，云烟出没遥相望。……小孤胜如此，大孤复何如？江天空阔看不极，白日西下江月初。吾生愿此老樵渔，采山钓水歌归欤。安能奔走风尘朝复暮，令人摧眉折腰有志不得舒。”（《小孤篇》）这是一篇写游小孤山的长歌，诗人从山势横绝大江的开阔处着笔，尽情讴歌了小孤山江山相激、渔樵自乐的天然生机，最后表达了宁愿“采山钓水”、自得其乐，而不愿“奔走风尘”、“摧眉折腰有志不得舒”的人生理想，与李白《梦游天姥吟留别》的情景颇相近似。宋荦的湖广山水诗有长篇，有短章，疾徐相间，其长歌感情奔放，大笔挥洒，写出山水与人、主观和客观相契相合的真气韵、真精神，除上举写小孤山之外，还有《江上望九华山》《舟泊天门登梁山》《牛渚风雪歌》《谪仙楼观萧尺木画壁歌》《马当阻风歌》《团风镇避风用少陵万丈潭韵》等，这些诗境界大开大合，恣肆而来，又奔涌而去，气势非常宏大。如写江上远眺九华，他说道：“宠岽群岫出，秀色良可餐。岚光殊飘渺，顿令江空寒。”写天门之险，他歌吟说：“天门划然开，并峙雄千古。梁山岩壑幽，突兀若廊芜。穿云一径遥，林薄霭春煦。……乘风凌绝巅，浩荡江天俯。”描摹牛渚风雪漫卷的情景，他渲染曰：“牛渚孤舟三日泊，浩浩狂飑天外作。惊涛巨浪若奔雷，岸柳汀花俱寂寞。晓起蓬窗望冥漠，雪花如掌纷纷落。”荆楚山水诗代表了宋荦早期的创作风格，其韵味淡雅，情感热烈，语言婉约，在对山水形态进行写意式刻划的同时，融汇了诗人对人生、对世情、对自然的感悟与思索，其感情时而低回，若有所悟；时而超越，恍然怀脱却尘世之思。这一审美特征，在他的山水短歌里体现得相当完美，如：“云影悠悠浪影微，呢喃紫燕傍船飞。春风桃柳增人恨，又到江南板子矶。”（《板子矶望芜湖有感二首》其一）“秋风飒飒凉吹衣，舟行远望青山微。……一声两声沙鸟叫，千种万种江鱼肥。挂席飘然入图画，扣舷高咏当斜晖。”（《江行》）

（二）诗风渐变中的章贡山水诗

宋荦两进赣中，一是康熙十六年“授理藩院院判，迁刑部员外郎，权赣关”之际；另一是康熙二十七年“擢江西巡抚”之间，其诗风发生转折为“庚申虔州返命”之时。庚申，即康熙十九年（1680），这一年他完成了“权赣关”的使命而返程北上，宋荦的章贡山水诗基本创作于这一时段。王士祯在《双江倡和集序》中说：“虔州当闽楚百粤之会，挟双江之奇，为东南山水最胜处。牧仲先生奉命视榷其地，值闽粤湖南初定之后，为政清静，务与商旅休息，放衙无事，时时与客登高望远，形为歌诗。又其邦之高士彭君、魏君辈遁迹金精山中，先生皆能致之相与流连倡和。至于扁舟数千里，所过匡庐、九子、彭蠡、落星诸胜莫不毕见于其诗，盛矣哉！古未有也，今读倡和集，有二谢、有杜、有韩、有皮陆、有西昆，又有元白、有张王乐府，盖山水之奇秀至先生而发露无余，而康乐以还诸家之体制亦至先生而综括无遗憾矣！自用兵以来，赣石烽燧达章门者数载，一旦得先生巨丽之笔，爬剔而洗濯之，岂非西江山水之幸乎哉？”汪琬的《双江倡和集序》亦表达了同样的意思：“赣西瞰交广，东达汀漳，轮楫之所衔尾，商旅之所骈迹，其形胜冠于岭北。……商丘宋子牧仲往持使者节，治榷于此，既已拊恤估人，俾大和会，及其听政之暇，则又偕宾从子侄极风流好事之致，敷茵坐花，飞觞醉月，吊郁孤之故墟，访八境之遗址，流连翰墨，倡酬交作，往往散华落藻，探奇角险，能使览之者目骇，诵之者神奋。"《双江倡和集》之所以受到王士禛、汪琬等的推崇，从上述序文中可约略得知，一是受江山激励，宋荦的诗风发生了巨变；二是《双江倡和集》全面反映了诗人此时宽政爱民、纵情山水的仁者情怀；三是《双江倡和集》的诗作基本为山水之章，深刻体现了宋荦追慕苏轼"侣鱼虾而友麋鹿"的放达胸臆。

《双江倡和集》的主要参与者，除宋荦，还有华亭人钱柏龄（字介维，又字立山）、宣城人袁启旭（字士旦，号中江，又号江湖一客）、宋至（字山言，号方庵）、宋基（字维德，号似斋）、宋著（字锦含，堂号静承），上列诸人，除钱、袁外，其余均为宋荦子侄。

《双江倡和集》采用同题和韵的形式，展开对自然山水的歌咏吟唱。风格遒劲有力，境界排荡开阔，在诗意的构建和感情的抒发方面诸人保持同中现异，异而求奇的创作精神。如同写舟中望匡庐的《舟过彭蠡望匡庐用澹亭游悬空寺韵》一诗，宋荦怀着崇仰的心情写出匡庐"排空拔地"的壮阔气势，表达了他"愿同白鹤"鼓翅高翔的出尘之想；钱柏龄的和诗通过先抑后扬的手法，描绘了匡庐"横压地轴排天门"的雄浑景象，抒发了自己"狂吟欲就风乍起，篷窗卧听惊涛翻"的狂热激情；宋至的和诗善用譬喻，用纤秀清丽的笔墨勾勒出匡庐"千岩万壑竞趋赴"的壮观形势，叙说了他对山灵奥秘景象的敬畏和怀思："吁嗟灵异幻今古，纷纷俗子谁堪论。洞天咫尺渺难即，愁吟徒使胸怀繁。"倡诗、和诗同写一种山水景物，对象相同、时空相同，而视角不同，情感亦不相同，就大气奔涌、排空而起的胸怀而言，宋荦显然略胜诸人。再如《游石钟山次晦山大师韵二首》对石钟山的刻镂，宋荦诗曰："吞吐江湖水，崟崎上下钟。……目极风帆渺，云涛正荡胸。"（其一）钱柏龄和诗曰："怒涛从啮石，幽洞欲闻钟。……云帆看不极，万里拓心胸。"（其一）宋基和诗曰："突兀松盘磴，訇訇壑起钟。……搔首江天迥，开兹旷荡胸。"（其一）宋至和诗曰："湍飞穿钧石，风急误僧钟。……春波逾浩荡，极望一开胸。"（其一）从韵脚相同的倡和诗可以见出，宋荦此时的诗风正在发生悄然变化，即清空开阔渐变成雄深苍劲，鹅黄浅绿不经意间显出黛色深浓，其情志悠然，大有稳泛苍溟空阔的超脱感。“崆峒山畔暮云堆,风起芙蓉次第开。向夕空庭堪挂笏,连天积翠月中来。”(《虔州杂诗用子瞻八境台韵八首》其三)“船尾红旗猎猎斜,江天遥度几云沙。风轻日暖蓬窗启,稳坐中流看九华。”(《江行》)自虔州归来,宋荦逐渐追求平和澹远,把诗风有意识地引导到沉着稳练的境界。如将时隔多年后,作于康熙三十一年的《庐山诗六首》加以考校,这种风格的变化显得较为明晰。

(三)瘦硬劲健的京师山水诗

宋荦于康熙十九年完成赣州“榷关”之役返京师,此前他曾任职刑部,王士祯选《十子诗略》,宋荦列首位,此时已确立其“金台”诗人的地位。康熙二十年三月,举行仁孝、孝昭两皇后“梓宫”安葬大典,宋荦以“比部员外郎”身份“祇役其间”。《清史稿·后妃传》载:“圣祖孝诚仁皇后,赫舍里氏,……康熙四年七月,册为皇后,十三年五月丙寅,生皇二子允礽,即于是日崩,年二十二,谥仁孝皇后。二十年,葬孝东陵之东,即景陵也。”又“孝昭仁皇后,钮祜禄氏,……康熙十六年八月,册为皇后,十七年二月丁卯,崩。二十年,与仁孝皇后同葬。上每谒孝陵,辄临仁孝、孝昭两后陵奠醊。”[①]宋荦把这次参与“巨典”往返途中所作诗结集为《回中集》。王士祯序曰:“斯集也,其犹得风雅之正欤?若其纪山川、备掌故、论世者皆宜有取焉。”

宋荦京师山水诗收辑于《回中集》和《西山倡和诗》里,西山山水诗诸如写玉泉、卧佛寺、碧云寺、香山、洪光寺、卢师山、秘魔崖、皇姑寺、翠微寺等名胜的诗作已见于同时代众多诗人的笔墨间,而《回中集》较之《西山倡和诗》则另具殊异风味,其描写对象特指而具备典型性,风骨苍劲刚直,充分呈现了北国风光的特有气韵。如:“群山回合来,远向都城压。千峰直北奇,俨如剑腾匣。支筇走山麓,紫翠落衣袷。”(《望居庸关》)居庸关,又名军都关、蓟门关,在今北京市昌平西北三十里。关因山而得名,军都山“在昌平西北三十里。昌平汉军都县,以山名也。……又名居庸山,太行山之第八陉也。”[②]居庸山层峦

---

① 见《清史稿》,第1122页。

② 见《天府广记》,第500页。

叠翠，险峻异常，雄关峙其上，为燕京八景之一，名曰居庸叠翠。《清史稿·地理志》将居庸列为直隶重险："其重险：井陉、山海、居庸、紫荆、倒马诸关，喜峰、古北、独石、张家诸口。"①顾祖禹《读史方舆纪要》曰："居庸关，在顺天府昌平州西北二十四里，延庆州东南五十里。……两山夹峙，悬崖峭壁，称为绝险。……紫荆、倒马二关，隘口多，守御难遍，内达保定、真定，皆平夷旷衍，无高山大陵之限，骑兵便于驰突。惟居庸重岗复岭，关山严固，三关之守，居庸险而实易。"②居庸关因"奇险天开"，控扼幽燕，屏障河北，所以明代著名战略家于谦将其比拟为洛阳之成皋、西川之剑阁。登居庸关，群山莽苍，若万马回旋，有不可羁勒之势，它不但为战守重地，而且还是赏游寄情的胜境，自金开始，元、明、清各代诗人多有吟唱题咏，从而使得这座天下名山彰扬于后世。再如《孤山三首》写"孤山"山势峭劲，乱石崚嶒的气象，诗人点线结合，用笔刚硬而轻快："突起孤峰旷野间，崚嶒乱石出榛菅。翠华缥缈曾经此，好锡嘉名驻跸山。"（其一）孤山，即驻跸山，《天府广记》载："驻跸山在昌平西南二十五里，高十余丈，西北袤二十里。金章宗游此，镌（隽）驻跸字。上有台，章宗自题栖云啸台四字。"③驻跸山山势峭拔，石皆壁立，高者可达十余丈，"巇沓欹危，如坠如挽"，其前临平川广野，一望无际，烽台孤堠时而隐见，猿啼鸟悲，令行人有凛然之感。驻跸山风景幽胜，川原相连，崇岗叠巘遥相呼应，为京都胜游之所。明代北京人王嘉谟有记，记叙甚详。《读史方舆纪要》曰："驻跸山，州西南二十五里，其山绵亘而北，凡二十里。石皆壁立，正北有石梯可登陟。金主璟尝游此，因名。"④幽燕之山自西北而来，如海浪腾跃，席卷驰骤，宋荦生性豪宕，与燕云山水一蹴即合，如："乱石荦确草痕碧，霜蹄腾踏我马骄。崆峒咫尺足游眺，壁立千仞真岧嶤。……孝陵东望连碣海，峰峦合沓干云霄。郁葱佳气龙

① 见《清史稿》，第476页。

② 见《读史方舆纪要》，第431—433页。

③ 见《天府广记》，第501页。

④ 见《读史方舆纪要》，第477页。

虎抱，晴霞一道俨绛霄。”（《蓟州崆峒山用放翁临别成都帐饮万里桥韵》）崆峒山，道教名山，以其名山者有多处：一在明清北直隶蓟县，今天津市蓟县东北五里；一在江西赣县南；一在河南汝州西南六十里；一在四川平武县西北；一在甘肃高台县西南；一在甘肃平凉府西三十里。崆峒山散处各地，其在北方者大多传说黄帝曾问道于广成子而著名，比如蓟县、汝州、高台、平凉之崆峒史书均有黄帝问道传说的载述。宋荦所写“蓟州崆峒山”在蓟州东北五里，据传有黄帝问道处。诗人从山势壁立写起，抓住黄帝遗迹的道家奥秘特征，营造出一种玄远的诗歌意境。在宋荦的幽燕山水诗中，《盘山诗六首》及其姊妹篇《重游盘山七首》堪为殿末之章。盘山是河北名山，在蓟州境内，《读史方舆纪要》曰：“盘山，州西北二十五里。一名盘龙山。志云：山高二千仞，周百余里，势磅礴而盘桓，因名。《图经》云‘南距沧溟，西尽洵水，东放碣石，自远望之，层峦叠嶂，崒嵂排空，真为雄胜。’山北数峰林立如削，曰紫盖、曰宿猿，尤为奇特。其最高者曰上盘，上有二龙潭，下有潮井，又泽钵泉。稍下者曰中盘，东行十余里，蔚然深秀，怪石突起者为白嵓，其南又有一小岭，陡绝南行，曰砂岭，高二百余仞，周六里，泉水沿石窦而下为砂河，东流合遵化县之五里河。”①宋荦盘山组诗六首，篇篇紧扣盘山高耸孤立、突出云表的形胜特点，一步一景，景情结合，使人恍入仙乐飘飏的非人间境界。在诗体选择上，他利用善写细密景致的五言古体，工笔刻画，使所写景物达到纤毫毕现的精美程度，《重游盘山七首》与《盘山诗六首》风格相承，二者相互映现，使盘山更具神韵。如写山势，他说：“五峰互低昂，青翠落幽蓟。……旭日照山椒，石磴盘天际。”（《盘山诗》其一）“幽磴几登顿，怪石惊巑岏。或如屋宇叠，或如象马攒。或拱如野叟，或矫如翔鸾。”（同上，其二）“幽燕之奥区，百里势奇横。五峰插碧天，群岫如奔命。”（《重游盘山》其一）“崒嵂挂月峰，磴道一何险。孤塔入云汀，殿阁耸岩广。”（同上，其四）盘山大势淋漓，而各峰自具本真面目，诗人点面结合，分总相间，写出盘山独异的形势特点；再如写山间神秘的仙家

① 见《读史方舆纪要》，第494页。

韵味，他形容道："微闻仙梵幽，寂历日亭午。塔院近可寻，池爱红龙古。"(《盘山诗》其二)"空山正寂寥，何处人语响。遥见故人来，临风披鹤氅。"(同上，其五)"盘泉响珮环，隔岭听愈奇。……太息水之涯，照影惊皱面。"(《重游盘山》其二)"人语惊栖禽，老鹳声格格。闻钟投宝坊，片月檐际白。登台抚长松，天畔留岸帻。"(同上，其三)《重游盘山》和《盘山诗》异曲同工、前后相应，但"重游"时的诗人已不再是往昔只关注山水形貌的纯洁心情了，比起《盘山诗》，《重游盘山》更着力追寻心灵的寄托和情感的渲泄，诗人通过微细景观的尽心刻镂，来营构情与境、心和物的相融境界："停屐还振策，胸已无险巇。山心探初地，天藻仰穹碑。道人知我来，为我扫茅茨。松石知我来，为我发幽姿。……月明啸高阁，愿与山灵期。"(《重游盘山》其二)"游兴动枯禅，偕我登叠嶂。……新月正如舟，散发一疏放。……风起海云铺，从师问真妄。"(同上，其六)

京师山水诗以居庸、盘山、西山为主要表现对象，其风格苍劲，表现手法简洁有力，是诗人山水诗歌创作由外而内发生变化的关键时期，如果前期，他借山形水貌在吟唱解脱尘網的心曲的话，那么此刻他已向灵魂深处寻求和自然合二为一的途径，所以诗风显得自然平淡，波澜不惊："向夕苍崖访秘魔，孤亭微雨对烟萝。长松自作惊涛响，不见扁舟泊磵阿。"(《秘魔崖晚坐》)

(四) 圆润流转的江南山水诗

宋荦宦途最辉煌的是任江苏巡抚期间。这一时期，他赈济灾民，兴修水利，深得民心；康熙南巡，他三次扈驾恭从，因"居官安静"，康熙皇帝对其屡加"赏赉"，并"书'福'、'寿'二字以赐"；江苏诗人辈出，名家众多，宋荦效仿王士祯修禊红桥的雅事，推奖后学，他所编选的《江左十五子诗》及其"十五子"所代表的"江左"诗风在当时颇具影响，对康乾以后江苏诗坛的重新崛起起到了极大的推助作用，因此之故，沈德潜评其为江南"风雅之总持"。

宋荦的江南山水诗就创作于这样的背景下，它们完整而全面地映现了此刻诗人意气昂扬、风流蕴藉的晚年情怀。如写姑苏虎丘探花的闲适，他说："禅关寂历小院幽，一树繁葩看不足。雪塔矗立白漫漫，柔枝亦作苍虬盘。清香缥缈遍法界，余英散落随惊湍。”（《虎丘山后僧舍看玉兰用东坡游道场山何山韵》）再如写灵岩、邓尉赏梅的盛事，他用六首一组的联屏手法，把春光微曛、山花烂漫的宜人景象临摹得令人目眩神往：“花事盛江南，看宜蕊半含。春风吹小艇，远岫送晴岚。”（《春日过灵岩元墓看梅同吴志上心壁道人儿至六首》其一）“溪桥聊待月，画舫忽闻歌。烟水迷蒙际，幽香几阵过。”（同上，其三）“最是吾家山，千林一望间。浅深花远近，上下鸟缠绵。”（同上，其六）写句曲茅山，他突出道教名山的玄冥窅深：“凄清行潦侵山脚，明灭轻烟界树腰。……茅君咫尺无由觌，空挹晴岚向碧霄。”（《晓发句曲望茅山》）苏州府城古迹盈野，浮屠古刹妆点其间，令这个柔媚温润的水乡更具空寂悠远的禅意境界，瑞光寺塔即是众多佛塔中声名卓著者之一。宋荦元宵前夕，登塔四望，但见瑞雪纷纷，银花玉树，激起心中无限豪情：“当檐四顾云荡胸，七堰八门辨隈隩。乱山晶莹朔气凝，万井萧槭饮烟矗。胥江瀰瀰吹东风，鳞次征帆静相逐。……狂夫自笑老更狂，有胸不贮尘十斛。言归路出吴趋坊，万点华灯灿夺目。”（《正月十四日雪中登瑞光寺浮图》）瑞光寺浮图，即瑞光寺塔，徐崧《百城烟水》曰：“瑞光禅寺，在开元寺南。吴赤乌间，僧性康建，名普济院。宋宣和间，朱勔建浮屠十三级，五色光现，诏赐今额，并赐塔名天宁万寿宝塔。元丰间，延圆照禅师开法，堂上法鼓自鸣，池中白龟出听，庭下竹生合欢枝，与塔光为四瑞，有堂，释弘道记。靖康兵毁。淳熙十三年，法林重葺，并复塔七级。”①宋荦登塔，举目四顾，层云荡胸，东望征帆点点，西瞰饮烟袅袅，沧浪之水，香径佳人一一朝他扑来，瞬间令他狂兴大作，胸次无一丝纤尘杂念。姑苏山水长歌中，除《正月十四日雪中登瑞光寺浮图》之外，能够与之鼎足而立的是《沧浪亭》、《登华山绝顶望太湖歌》，这两首山水诗作，体式相近、气势趋同，但所歌咏对象侧重不同，一写人文景观，一写自然景致。沧浪亭，苏州园林之一，《百城烟水》曰：“在郡学东南。积水弥数十亩，傍有小山高下曲折，与水相縈带。《石林诗话》以为钱氏时（指五代十国吴越王钱镠统治

---

① 〔清〕徐崧、张大纯《百城烟水》，江苏古籍出版社1999年版，第100页。

期间—笔者注）广陵王元瑑池馆，或云其近戚中吴军节度使孙承佑所作，既积土为山，因以潴水。庆历间，苏舜钦得之，傍水作亭，曰沧浪。欧阳文忠公诗云：清风明月本无价，可惜只卖四万钱。沧浪之名始著。舜钦死，屡易主，后为章申公家所有，广其故地为大阁，又为堂山上。亭北跨水有名洞山者，章氏併得之。……两山相对，遂为一时雄观。”[①]宋荦对沧浪亭情有独钟，他不但多次与亲友徜徉在“明月清风本无价”的幽秀林壑间，倡和吟咏，而且还把姑苏山水诗结集为《沧浪亭诗》。在《沧浪亭》长诗中，他纵横往来，对其历史掌故、景物构置进行全景式叙述，令人思绪缤纷，神化魂销。《登华山绝顶望太湖歌》以华山为立足点，画面聚焦在太湖万顷烟波之上，激情横肆，诗思如涌，气势超越《正月十四日雪中登瑞光寺浮图》和《沧浪亭》。太湖古称三万六千顷，有包孕吴越之势，大凡诗人到过苏州，均有登临揽眺之作，但登华山望太湖，宋荦则是颇具独到视界者。“华山，其顶名莲华峰。……山半有池，在绝巘，横浸山腹逾数十丈，故又名天池山。”[②]写华山登揽而又将视野扩展到一望无际的湖光水波，确让宋荦一舒胸襟：“三万六千顷震泽，涛山浪屋当空旋。七十二峰互掩映，晴云破碎争绵联。……昆山虞山两螺耳，岝崿拾取须米巅。”

宋荦晚年官江苏，足迹历遍以姑苏为中心的江南一线，每至一地必有题咏，其山水诗风沉稳工练，有大气，但与早期相较，其长诗多有金台味，缺少灵秀与脱透，倒是那些轻歌小唱式的山水诗篇显得温婉柔媚，写出江南山水的特有韵味。如“钟磬不闻僧闭关，池光树影共萧闲。扫尽笙歌与罗绮，而今真识虎丘山。”（《腊月十六夜虎丘看月四绝句》其二）“回帆鼓急隔墙闻，不碍哦诗向夜分。一阵南风又霪雨，妒他凉月白纷纷。”（《秋日广陵杂兴八首》其七）“摄级向山巅，神清忽悚然。岩花千佛绕，松响半空传。”（《游摄山栖霞寺二首》其二）“垂虹亭畔峭帆开，莺脰湖中激箭来。我是沧浪濯缨客，寄声鸥鸟莫相猜。”（《莺脰湖二绝句》其一）

---

① 见《百城烟水》，第 11 页。

② 同上，第 152 页。

综合上述浅析，我们即可见出宋荦的山水诗与其宦情、心情和诗情相始终，他从早年的清放疏狂到中年的清峻疏朗，再到晚年的沉稳潇散，其间历经了多次心灵的蝉变和诗学观的演进，与施闰章、宋琬相比，他更多的是金台诗人的朝阁气，以及人生得意时的豪宕之情。

三、宋至的山水诗

宋荦与宋至在人伦上属父子，在诗学上属心灵相通的诗友。这种复杂的多重身份，使得二人间诗歌往还，品诗论道，欢情极洽。宋至作《纬萧草堂诗》附录于《绵津山人诗集》后，其诗歌清丽隽永，有宋荦的影响在，但在凝重方面，宋至似不与乃父合辙，故而他的山水诗自始至终保持了贵公子风流倜傥的飘逸之风。如：

半篙寒水一帆风，摇漾轻舟石峡中。翠柏黄柑无限好，闲林啼遍白头翁。

——《舟行即事》

湖光澹澹水沈沈，坐向澄湖自在吟。十里枯荷连败苇，沙鸥一对点波心。

——《济南杂诗》其二

湿云如絮破轻雷，小院阴阴踏碧苔。怪底春衫香不散，才从玄墓看梅来。

——《山游回口占》

扬子江头朝雨过，妙高台上暮晴时。中泠一盏资吟眺，如练常拖小谢诗。

——《登金山》

向夕征帆驶，吴江入望新。霜林声瑟瑟，野水碧粼粼。风物惊游子，湖山待散人。垂虹何处是，烟火认通津。

——《舟次松陵》

宋至随父宦海飘移，足迹遍江南北，上引诸诗为其各个时期创作的山水诗代表作，其诗歌意境通透，有牧歌渔唱的韵味，除了短章绝句，宋至的长歌亦平淡融和，如山间小溪，汩汩而出，又潺湲而去。如《自玉泉至卧佛寺宿用东坡次正辅同游白水山韵》、《游盘山诗》等。

四、“江左十五子”的山水诗

宋至之余，再附说一下“江左十五子”的山水诗，诗史所称“江左十五子”是成名于康熙一朝，其活动延续至雍正时代，并影响了江南诗风转变的一个诗人群体。宋荦任职江苏，合刻十五人诗为《江左十五子诗选》，自王式丹至郭元釪每人一卷，共十五卷。正如先师严迪昌《清诗史》所说：“宋荦辑刊‘十五子诗’，导致一种真气日漓，辞不胜意的风气，并不是说‘十五子诗’本身启开此种陋风，而是指宋氏选诗时专门删剔去有关社会政治等在其看来不够温柔敦厚的作品。”[①]宋荦选刊“十五子诗”有树立门户，步趋王士祯后尘之意，对此，《四库总目提要》略有讥评：“《江左十五子诗选十五卷》，……乃荦为苏州巡抚时，甄拔境内能文之士王式丹等十五人，各选诗一卷刻之。……历代沿波，至明代而前后七子广续五子之类，或分垒交攻，或置棋不定，而泛滥斯极，往往以声气之标榜，酿为朋党之倾轧，覆辙可历历数也。荦与王士祯并以文章宿老领袖诗坛，士祯既以同时之人为十子诗选，荦亦以所拔之士编为此集，虽奖成后进，原不失为君子之用心，究未免前明诗社之习也。”[②]明代诗人以文学相标榜，拉帮结派，各立门户，相互攻讦，遂酿成党祸，其余波漫延至清初顺康间，诸多在大位者，以其政治上的优势，招致延揽门下士，通过品题赏拔，刊刻选本而提升自己的诗界影响，进而形成某帮某派，使“前明诗社之习”流毒于清初诗坛。从《十五子诗选》的编选目的看，《四库全书总目》的分析还是有一定道理的。宋荦编选《江左十五子诗选》的旨要通过他为之撰写的序言可以考知大略：一是宏扬圣朝江左诗道之盛：“至于今而极(指吴地风雅之事。笔者注)，岂非由今天子濬哲文明，言成，雅颂久道，化成于上，而大江南北丕然从风，遂甲天下也。”二是通过删削定

---

① 见《清诗史》，第542页。

② 见《四库总目提要》，第1768页。

裁，以存风雅之篇，与大清日渐隆盛的气象相匹配："与夫上古之九歌，用以劳民劝相，而春秋君卿大夫燕飨答贶，率歌诗以交邻国，往往尚礼而息兵，如郑七子及六卿赋诗见志之类，以其有用，故贵之也。"在这种选刊编辑的宗旨下，《江左十五子诗选》只存留了宋荦认为合目的性的篇章而剔除了怒、怨、刺的一类，从而使诗选呈现了温良恭俭、气定神闲的风貌，正因此故，"十五子诗选"中的山水诗因其澹远雄阔兼而有之的审美趣向得以大量保存。以下选取王式丹、吴廷桢、宫鸿历、徐昂发、管榆(另文专论)、顾嗣立、缪沅、王图炳等为代表，从总体把握"江左十五子"山水诗的思想特质和艺术风格。

(一) 激壮凄美，抒怀见志——王式丹的山水诗

王式丹(1645—1718)，字方若，号楼村，江苏宝应人。康熙四十二年(1703)中进士，授编修，有《楼村诗集》二十五卷传世。王氏明末至清嘉道年间一直是宝应望族，代有才人著名于世。王式丹受家学影响，诗名早播江南，但其科举晚成，且仕途屡踬，令世人多所叹惜："楼村壬午乡举，年已六旬，明年会试，殿试皆第一，……归里后，以同年友累，至于对薄，辨雪未几，遂成古人。艺林重其才，因悲其遇云。"[①]王式丹性格耿介，不与世沉浮，大概是造成他世途淹蹇的重要因素，邓之诚《清诗纪事初编》曰："式丹性不谐俗，屡与世忤。"[②]王式丹因"不谐俗，屡与世忤"的心态所形成的"涉及时政得失，人物臧否"的作品被宋荦在选"十五子"诗选时删除隐去，但通过他的山水诗，我们依然能见到一个金刚怒目，忠愤哀感的猛士形象，如：

> 曾披唐史传遗烈，百战孤城迹不磨。犄角力堪歼寇盗，殒身功已障山河。名先李郭悬青简，血并南雷染碧莎。此日楹前修一拜，阵云边月想悲歌。
>
> ——《睢阳庙二首》其一

> 自弃热血洒高穹，只手扶天日月中。中国安危操上策，外潘

① 见《清诗别裁集》，第769页。

② 见《清诗纪事初编》，第538页。

影响戮孤忠。苔封石马三春雨，烟暝巢乌万木风。相望鄂王精爽在，灵旗萧飒暮山空。

——《于忠肃公墓》

上引两诗，均为写人文古迹的山水诗，这类山水诗以物寄兴，叹古怀幽，寄寓诗人无限感慨的情怀。睢阳庙，在睢阳（即商丘），奉祀唐安史之乱为国死难而英风凛然的烈士张巡；于忠肃公墓，在杭州西湖，葬明代著名大臣于谦，二人均有抗击外来侵略，保家卫国的壮烈行为，凡国事日艰，外侮相加时，忠节之士总要以其为楷模，激励报国之心。王式丹家庭明亡后由吴门迁至宝应，诗人曾与吴中著名遗民徐枋等交游，由此可以见出王式丹借张巡、于谦的史实，受山水物象的激发而产生的悲壮情怀是有一定出处的。除了通过先代烈士遗迹抒发内心激烈感情之外，王式丹还借助自然山水一吐心中悲楚激切的块垒，如："山烟分翠古苔痕，佛手岩前敞洞门。细数千官名姓在，当年谁解忆中原。"（《烟霞洞》）烟霞洞在杭州西湖，诗人自注曰："洞口千官塔，刻南渡诸臣姓名。"此处借烟霞洞"山烟分翠"的幽冥景色，寄寓心头故国山河的感慨。再如："赤壁临江百战余，凭栏北眺每踟蹰。……英雄不作词人去，叫彻荒城尾毕逋。"（《西爽亭冬杪漫兴八首》选四其三）"楚尾吴头天险长，山川乱后只悲凉。荒城旧址排危堞，飞炮遗痕洞短墙。"（同上，其四）西爽亭在黄州府城上，诗人登揽临眺，远山近水皆收眼底，他既感喟当年赤壁鏖战的激情豪迈，又悲悯战乱初定，楚地民生的凋零败落，故而诗风苍冷悲楚，能砭人肌骨。如果上述诸诗有浓重的人文遗迹的印痕，那么《石钟山》《采石矶》则以江山形胜起兴，抒发了诗人心头缠绕已久的人世之悲和故国之哀："晓烟万树郁苍苍，踏遍嵚嵜对混茫。郦元李渤何须问，日夜江流悲未央。"（《石钟山》）"杉松落日冷于秋，掩映红墙抱山嘴。……东西入郢亡吴地，枉是江南庾信哀。"（《采石矶》）

王式丹心怀故国，悲情如缕，他的山水诗一如上述，激壮苍深、哀感顽艳，时时透着一股失意文士的耿倔气，所以他总是选取诸如"落日"、"山烟"、"薄雾"、"晚潮"、"寒鸦"、"衰草"等自然意象，烘托气氛、营造意境，使整个诗情融会在浑然天成的自然之境中，达到了时人所评的“实大而声宏，心醇而气和”（郑方坤《国朝名家诗钞小传·楼村诗钞小传》）的审美意境。

（二）长歌抒胸襟的吴廷桢

吴廷桢（1653—1715），字山抡，号南村，江苏长洲（今苏州）人。康熙四十二年癸未（1703）进士，改庶吉士，授编修，历官左春坊左谕德，著《南村集》《古剑书屋文钞》。

吴廷桢早有才名，但久困科场，历经曲折和坎坷，于康熙四十二年始登科第，郑方坤《国朝名家诗钞小传》谓其：“少负异禀，为文章惟意所适，咸浑然若天成。……吴中风尚颇急仕宦，又好以声名相轧，山抡独淡然无所营。……所著《南村集》最富。惜未行世，宋漫堂开府三吴日，选刻‘十五子诗’，山抡名在第二，仅寥寥数纸耳。”①

吴廷桢的山水诗选入《江左十五子诗选》的有十六首，占整个入选总量五十三首的百分之三十。虽数量有限，但其诗格清峻、韵味具足，自有一番引人入胜处。如：“芙蓉片片落晴波，山脚春帆拂槛过。江走白沙衔日月，天开青壁削岷峨。”（《焦山次韵》）“孤棹动霜晓，梦回问水程。入船残月冷，到枕远钟清。”（《淮阴晓发》）“江光秋练净，岚色晓屏开。独鸟冲波没，连帆带日回。”（《登六和塔》）上举各例，虽然地各有殊，风物迥异，但在诗人写来无论南北山水均空灵澄澈，一如晓风朗月，令人心清。

吴廷桢的山水诗值得一说的有两个特点，一是善用长歌，二是善写秦中风物。其长歌以《观潮》《登南高峰绝顶下憩龙井晚归纪游诗得三十四韵》《端午后一日雨中集绿荫斋用坡公雨中游西湖韵》为代表，三首诗同写杭城风物，但所取角度不同、选用诗体各异，所以表现出的气象和格调亦同中现异。《观潮》用七言古体的奔放格式，尽力叙写渲染了潮水山立、江海翻腾的壮阔气势：“霆击雷轰碎天鼓，日车倾昃羲和愁。……旋见跳波散珠珮，惊涛荡潏天低昂。乱石呼訇山破碎，潮头一落百尺强。”《登南高峰绝顶下憩龙井晚归纪游得三十四

① 见《清代传记丛刊·学林类》第24册，第320—321页。

韵》则用擅长绘景叙事的五言古诗，把触目皆见的湖山胜迹一一道来，精细微妙，意境极其幽渺："大江凌喷薄，列嶂莽回互。俯观培塿趋，侧听波涛怒。遥遥沧海日，郁郁扶桑树。……山田噪晚蛙，湖渚拳宿鹭。坎坎城鼓动，泠泠寺钟度。暝色何苍然，峰头缺月吐。"

吴廷桢迫于"稻菽谋"而枥马西入秦关，在秦中，他饱览峻拔险要、刚猛瘦劲的山川风光，泼墨写下《函谷关》《晓望华岳》《泾原感事》《金佛峡》等诗作。看惯了水波连天、青山如黛的江南风物，吴廷桢突然被西北大风漫卷、"惊沙"塞川的壮阔景象所倾绝，在他看来，这是一块浸透着英雄热血的土地，这里的山川关隘都能引发人的壮怀与叹惋："丸泥塞险峙崇墉，表里河山百二重。城晚角声通晋塞，关寒树色锁秦封。"(《函谷关》)"六师曾此破黄巾，千里沙场不见人。草木变衰余战血，风云暗淡落愁燐。"(《泾原感事》)在秦中山水诗里，《金佛峡》是约略一说的："谁辟蚕丛险，才堪鸟道通。双崖幽碍日，一罊迥含风。石剑森相向，丹梯杳若空。平生无别泪，那免泣途穷。"金佛峡，在今甘肃平凉境内，《读史方舆纪要》曰："金佛峡，在府(平凉)西六十里，峡长二十里，峭壁层峙，不见天日。嘉靖十九年于峡口筑城，复建清水、红沙二石墩于山上，以增戍守。"[①]由记载可知，金佛峡地势险要，为戍守要地，吴廷桢的诗紧扣峡势而展开描写，他用"蚕丛险"、"鸟道通"为譬喻，突出金佛峡"双崖幽碍日，一罊迥含风"的险峻和幽深。由于受艰险山川景象的触发，诗人感慨万端，自叹身世飘零，此诗苍劲巉刻，融情入景，具体而微地展示了陇上殊异的风物特征。

(三) 诗势如飞虹的宫鸿历·附徐昂发

宫鸿历(1656—1718)，字友鹿，又字恕堂，江苏泰州人。康熙四十五年(1706)进士，官翰林院编修。有《恕堂诗钞》行世。

宫鸿历出身"清华"，少有才名，晚年得以成进士，入翰林，欲一伸"夙志"，但多次献玉却屡遭疑忌，故而"前后两游吾闽，诗囊最富，中间翦刻山川，雕镂景物，实能为无诸故墟别开生面。"[②]据郑方坤小传

① 见《读史方舆纪要》，第2780页。

② 郑方坤《国朝名家诗钞小传》，见《清诗纪事》第3358页。

可知，宫鸿历值得称道的是他入闽时所创制的“翦刻山川，雕镂景物”的篇什，然而《江左十五子诗选》却无一篇阑入其中，似有缺憾。不过从《江左十五子诗选》所录的山水诗作看，宫鸿历的诗风飞扬挺劲、势如虹蜺，令人胸胆皆张。如：“鲸鱼昼鸣蒲牢吼，钟化两龙踏波走。……挥空劈险龙怒飞，蜕骨千年露苍秀。……瞿塘万马啮空来，山脚泥沙烦洗漱。”（《石钟山》）“大江流不息，苍莽日夜东。嘘吸转潮汐，光怪腾蜺虹。……盘涡立似象，弱浪高于蓬。颠倒出日月，敲磕闻雷风。砉疑地轴断，淼若天池通。”（《渡江三首》其一）“长江轰㵣来，万马忽迴勒。旋波怒腾卓，水腹中坼副。”（同上，其二）“涛声翻击撞，水势怒奔跃。荡潏日光暗，惨黰天色恶。”（《过高邮作》）上列各诗，《石钟山》以七古长调写出石钟山当江湖而挺立的峻峭形势，诗歌一唱三叹，高潮迭起；《渡江三首》首尾相衔，写不同时段中大江的所见所历，气势逼人而意境开阔，从不同视界展现了大江“晓乘长潮来，江面展图画”的壮观景象；《过高邮作》表面写“涛声”四起，“水势”怒涌的自然景致，深层却记录了一场突如其来的滔天洪水，给众多庶民造成了无家可归的悲辛史实，结尾诗人以儒者的仁厚之心，表达了他悲悯苍生的情怀：“哀彼七县人，罹此一朝虐。”

徐昂发的山水诗《江左十五子诗选》编入的仅有《泊舟虞山下晓起》《兴福寺》《顶山庙》数首。徐昂发生年不详，卒于乾隆五年（1740），江苏昆山人，字大临，号绸庵。康熙三十九年（1700）进士，官编修。有《乙未亭诗集》六卷、《畏垒山人诗集》四卷。徐昂发以五言古体著名，而五律山水诗亦温润秀丽，有空透之气，如“蔑舫轻如叶，鸥边一枕宽。满湖芳草绿，清梦晓钟残。”（《泊舟虞山下晓起》）“连峰忽断处，一径入禅关。树老长巢鹤，泉清不出山。”（《兴福寺》）虞山，在江苏常熟境内，《吴趋访古录》曰：“在县治西北，吴之乌目山也。晋太康中改为海隅。《吴郡志》曰海虞；《续志》云海巫。海虞以虞仲得名，海巫以巫咸得名。又孙吴置虞农都尉，因以名山。”[①]兴福寺，又名破山寺，在虞山北岭下，为唐诗人常建咏歌“曲径通幽处，禅房花木

---

① 〔清〕姚承绪《吴趋访古录》，江苏古籍出版社 1999 年版，第 101 页。

深”的地方。《吴趋访古录》曰:“在虞山北岭下,飞泉石梁,修廊复阁,皆唐时筑也。堂柱有神书,门外二松如龙形蟠屈,庭植缨珞,池产千叶莲,寺有赐钟及通幽轩、空心潭诸胜。”[①]徐昂发虞山诗柔媚婉约,写尽海虞湖山相映、古寺通幽的天然风韵。

《江左十五子诗选》著录山水诗篇目最多的是管棆,管棆的山水诗不仅量多,而且品质亦属上乘,因其任职黔中,所以他的黔游山水诗在“十五子”山水诗序列中应为最耀眼的一环,鉴于管棆山水诗创作的非凡成就,下文另节专论。

(四) 惊湍倒激的顾嗣立

“十五子”山水诗成就,能和管棆相伯仲的当属顾嗣立,管棆以贵溪山川风物刻镂见称,顾嗣立因建溪险滩急流吟唱而形成惊湍倒激的独异风格。

顾嗣立(1665—1722),字侠君,号秀野,江苏长洲(今苏州)人。康熙五十年(1711)成进士,改庶吉士,任武英殿纂修官。有《秀野草堂诗集》六十八卷、《闾丘诗集》六十卷,编《元诗选》四集,共三百家一千二百卷,为历代诗歌选集总汇的重要著作,《四库全书总目》曰:“虽去取不必尽当,而网络浩博,一一采自本书,具见崖略,非他家饤饾缀合者可比。有元一代之诗,要以此本为巨观矣。”[②]

顾嗣立少年即孤,二十岁开始学诗,肆力于前朝各代之诗学,又浪迹南北,访名儒故迹;家居时与当代名流论诗倡和,过着“诗盟酒社”的生活,故而其诗学大进,名满天下。

顾嗣立一生南北往来,足履甚广,他东南达闽粤,北方到齐鲁,每至一处均有吟咏,并以其地望命集,如《山阴集》《噉荔集》《桂林》《嵩岱》等。沈德潜评曰:“盖其诗得江山之助,游历愈广,风格愈上。《桂林》、《嵩岱》二集,尤为生平之冠云。”[③]徐世昌认为顾嗣立的山水诗“五七言古体纪游诸作最为擅场。”(《晚晴簃诗话》)在顺康之际吴中

① 〔清〕姚承绪《吴趋访古录》,第113页。

② 见《四库全书总目》,第1731页。

③ 见《清诗别裁集》,第916页。

诗人里，就诗作的丰富、题材的广泛、风格的多样，时人往往将其与潘耒类比，可见顾嗣立游历之广，山水篇章之富赡，故此，《江左十五子诗选》录其山水诗甚丰。顾嗣立山水诗题材多样，风格亦多变，其诗境随所咏地域或景物而发生变化，或清新婉转，或幽深峭拔，或激湍如箭，或迅疾若奔。如写江南名胜焦山时，他抓住焦山孤挺幽深的特征，展开激情的吟唱："浪平沙软莹如镜，山影倒落十丈长。……沿江曲径断复连，树罅点点飘帆樯。攀援石磴上绝顶，海门红日摇扶桑。"写横渡长江，他突出澄江似练，烟树迷离的特点："钟响烟中寺，帆移树里云。余霞浮水上，噪影鸟纷纷。"江南风光在顾嗣立笔下总是一派清丽柔媚之风韵，如《游鹤林寺》《十四日抵莫步至避风禅院坐钓鱼台望江复沿江岸取径昭关踏月归寓》《登北固山》《鉴湖》《晚度小岭由龙池游华山松迳次介于韵》《登香炉峰》等。与江南景色相异，北方山水显得清秀洒脱，质实朴素，如："日高马踏峰峦影，市近风喧鸡犬声。……田家况味真闲适，愧我劳劳事北征。"(《新泰道中》)"日欲沉如赤玉盘，燕脂迸破暮天宽。爱他六里河中浪，却少鸳鸯对对看。"(《琉璃河》)"满眼青山缓缓行，凉飔吹鬓马蹄轻。枣花香里浓荫合，爱听黄鹂第一声。"(《新泰道中》)顾嗣立山水诗善用长调，其五七言古体舒卷自如，疾徐有间。除上述部分诗作，他的长篇山水诗章还集中于写闽粤、杭城风光，如《江郎山》《四月三日度仙霞关》《弥陀滩》《黯淡滩》《望接笋峰》《二月朔日查山探梅集六浮阁分得佳字》《灵隐寺》《韬光庵》《冷泉亭》《飞来峰》《天竺寺》《葛岭》《紫云洞》《玉泉寺》《云门山》《登卧龙山》等。

此处择要说一下顾嗣立的闽游山水诗，据诗人自述："壬午春游闽、粤，往还四月，得诗百余首，名《啖荔集》。"(《寒厅诗话》)壬午，即康熙四十一年(1702)，顾嗣立着意进行了为期四个月的闽粤之游，这次游历他经浙江，过枫岭、仙霞关，一路饱览了闽地急流险滩的惊心动魄，重点体验了武夷九曲的幽秀奥秘。面对闽地山水，诗人惊奇叹绝，心神向往，在《江郎山》的结尾，他感叹说："浙东山色已看尽，闽峤游兴方沉酣。多谢山灵知客意，清晖半日宁嫌贪。"行尽浙东山水画廊，突然直面闽中山水时，他惊绝地慨叹曰："闽海地脉多峰峦，万山烂漫奔中原。砉然截断罗刹水，四扇突兀开雄关。……吴山越水足迹遍，未若此境夸雄观。……笔底光芒射六合，南游好惬平生欢。”（《四月三日度仙霞关》）写行舟险滩的情景，他说：“小滩才过大滩横，硡硡骇浪攒剑铓。金梭撇烈走石缝，性命瞬息鸿毛轻。”（《清流船歌》）“巨石森我左，白波喷我右。轻舟如飞梭，中容一线溜。……硡然一声中，生死判清昼。”（《弥陀滩》）以上用白描写法，将滩行之险刻摹得令人魂惊，下列则用比喻、拟人、拟物等综合手法，将险滩行船的惊魂一刻绘摹得千形万状，使人有置身其间的亲历感：“舟行黯澹滩，顿觉宇宙隘。……初如战锋交，万马脱营寨。欻若刀枪陈，奔窜格斗败。恨无据水飞，那得裂背哙。仰恐天柱折，俯愁地轴坏。”（《黯淡滩》）滩行惊人魂魄，但历险后放眼闽江两岸风光，又是一番舒放坦夷、心旷神闲的淡雅风味：“清浅溪头乱石危，孤舟拍岸任风吹。鹧鸪满树无人到，苦竹萧萧日落时。”（《自双溪口出建阳道中得四绝句》其二）“建阳山色映斜曛，古木千章拂夏云。夜梦不曾离九曲，凭谁先报武夷君。”（同上，其四）诗人在闽中，着迷于其险滩平野，两岸逶迤的自然风光，他的游兴勃发，一直延伸蔓衍，直指山灵腾笑的武夷九曲：“崔巍大王峰，撑空作天柱。下临九曲溪，群峦争佐辅。”（《六月四日晚泊武夷山下步游冲佑万年宫》）六月六日诗人一口气游遍一曲至六曲，每曲一诗以纪胜，在顾嗣立写来武夷九曲，曲曲宜人，且面目相异，让人恍入仙宫贝阙，心魂皆随山灵水怪一齐飞升。如写第二曲，他运笔婉丽，以拟人的表现方法，写出山水清纯窈窕，风鬟雾髻的绰约风姿：“玉女何亭亭，隔水招我前。新妆临镜台，三髻增婵娟。……铁色积叠嶂，水光照晴川。一步换一景，举目堪流连。”（《六日舟入武夷自一曲至六曲六首》其二）再如写四曲，他着力营造飘逸洒脱，一峰竞起的悠远意境：“云拖山腰长，浪摇壁面窄。举头望青天，不知几千尺。”（同上，其四）

顾嗣立游踪在十五子中甚广，他不惮辛劳，纵情山水，用长歌精细刻镂入目皆现的山形水态，抒发因自然激起的人生情怀，其诗风清澈亮丽、醇厚有味，表现手法多样，写出了大江南北山水的真面貌、真精神。

顾嗣立以下，论“十五子”山水诗，缪沅、王图炳二人是要大略一提的。

（五）缪沅、王图炳的山水诗

缪沅（1672—1730），字澧南，号湘芷，江苏泰州人。康熙四十八年（1709）进士，授翰林院编修、擢内阁学士，官至刑部侍郎。有《余园诗钞》六卷。

缪沅的山水诗入《江左十五子诗选》的是一组抒写杭州为中心的浙西山水诗群，主要包括《登凤山顶望钱塘江》《灵隐寺》《龛山望海》《镜湖放歌》《晚游吼山》《鲍山》《菱溪道中》《蠡山用商丘公丁卯桥韵》《半月泉再叠前韵》《山雨乍霁由桃花涧历天开岩观禹碑望最高峰慨然有出世之想》等。其中以长篇歌吟为主，间有五七言律句，词语清峻爽朗，处处紧贴浙中山水相映、孤峭幽冥的特点而展开。如“霜林倦倚一枝藤，古庙斜阳塔数层。……长廊静院珠光隐，渔市菰村水气澄。”（《白龙潭上废寺》）“孤亭匝地松杉冷，石笋连天洞壑通。”（《灵隐寺》）（以上为律句）“双阙峙海门，昏烟乱苍鹘。……犀船与铁骑，簸荡在空阔。……琅然起啸声，娟娟映纤月。”（《龛山望海》）“谷帘璎珞势交环，飞栈谽岈屹相向。孤舟棹入无底壑，其上巉巉插青嶂。人行壑底与天通，水漱山根惊石涨。”（《晚游吼山》）（以上为长歌）龛山，在明清绍兴府属萧山县，《读史方舆纪要》曰：“吴越钱氏尝屯兵于此，有营寨旧址，下瞰浙江，与海宁县之赭山对峙。旁有小山曰鳖子山，江出其中，故有鳖子门之名。亦曰海门，为钱塘之锁钥。”《清史稿·地理志·浙江》曰：“萧山，……东北：龛、赭二山，浙江西北自富阳入，浦阳江西南自诸暨入，合于渔浦街，……海潮自鳖子亹入，为龛赭所束，洪涛奔突。”龛山既是浙江第一门户，海防重地，又是观潮望海的绝佳之处，缪沅登龛山，举目四顾，海天一色，思绪随海浪漫卷、伴海风飘扬，他从江山形胜回思到始皇伟业，从眼前之景展望到东瀛空阔，诗境极为雄浑辽远。

王图炳，字麟照，号澄川，江苏华亭（今上海）人。康熙五十一年（1712）进士，改庶吉士，授编修，历官吏部侍郎，降侍读，加詹事衔。

王图炳山水诗风格明秀隽丽，宛如一曲江南丝竹，悠悠荡荡，使人顿生哀感忧怨之情，如："前年曾宿枫桥下，澹荡春风渔火夜。乱挽垂杨绾画桡，吴娘低唱雨潇潇。重来且醉枫桥酒，秋江无复青青柳。惟有寒山夜半钟，依然飘到客船中。"(《枫桥舟次》)

王图炳是一个心有大志而胸襟难展的人，他把对人生的失意化解成山水意象传达出来，就有如此激楚苍凉的格调："云自孤飞月自明，蒲帆十幅翦江行。君听浊浪金焦外，淘尽英雄是此声。"(《渡江二首》其一)人的主观情志偶合客观物象，往往会激荡生发，形成咏之再三的凄美诗章，《秋夜宿燕子矶，明月横空，江天一色，徙倚篷窗，不复成寐，偶忆东坡夜起登合江楼，高吟子美"四更山吐月，残夜水明楼"句得五首，尔时意境至今犹可想见，因援笔和之，仍以"残夜水明楼"为韵》一诗，描述了诗人秋夜宿燕子矶旁的情景，秋月如水，照耀着滚滚而去的大江，遥望中天，人不成寐，受江山浩瀚幽邈景致的引发，诗人遐思联翩，情不能已，用一组五首的山水篇章吟唱出涌动难息的心潮："南飞有乌鹊，瘦影落寒滩。"(其一)"潮势撼空城，荻风战故垒。"(其三)"江天同一色，兰桨击空明。"(其四)从一更之月，望到五更之月，诗人思如流水绵绵不绝，心中感慨由平缓澄静而变成长歌清啸："浩歌拍铜斗，起助榜人讴。"(其五)

第四节　乾坤鸣怀抱　石濑泻不平

——管棆的山水诗·兼说李蔚

宋荦开府江南，奖掖品题名士甚多，"江左十五子"先后脱颖而出，宋荦实有功焉。在"十五子"中，管棆位不过邑宰，仕途远非其他显贵者敌手，但论山水诗，管棆的成就除顾嗣立，其他诸人亦非其匹。管棆(1663—1723)，字青村，又字宇文，号柏轩，别号青蛉、据捂、吹万等。初姓杨，后改今姓。江苏武进人。有《据梧诗集》十五卷行世。

对于管棆的大略行止，邓之诚先生是这样记述的："少为舅氏杨大鲲所抚，大鲲生子，乃复姓。宋荦刻《江左十五子诗》，尚署杨棆，度复姓已在中年。官普安知县，越補新昌，迁姚州知州，调师宗，卒于雍正元年。以集中‘壬申(康熙三十一年)除夕甲全过’语,推其年当为六十二。……楡诗出入苏、黄,才气无双。清词丽句,不失先正榘矱。自康熙二十二年癸亥至六十一年壬寅,四十年之诗,不下数千首,江左十五子中,可谓篇章最富者。”[①]徐世昌在《晚晴簃诗话》中说到:“青村尝宰江西余干、贵州普安诸邑。诗自都官入,清迥森秀,绝非凡响。特以顺康间名大家林立,青村交游又未广,故名字不甚显。”[②]

依据上述邓之诚、徐世昌所论,至少可以得知管楡以下几点:1. 出身寒微而仕宦不显,在“十五子”中属家世背景和个人遭际比较微弱者;2. 在顺康诗坛名家林立,大家驰骛的情势下,其诗名掩抑而不彰扬;3. 虽然有以上两原因,但并不影响诗人创作成就的形成,他不但诗歌数量在“十五子中”属于最富者,而且诗歌风格独特,“清词丽句”、“绝非凡响”,因其“清迥森秀”而独步当时诗坛,成为“才气无双”的名家。

管楡的山水诗不管数量,还是艺术特征正好印证了后人对其所作的评价。从所叙写的对象来看,管楡的山水诗范围广泛,题材多样,从南国到北地,甚至涉及徼外之苗乡;就诗体运用考察,管楡的山水诗表现灵活,五七言古体、律绝交互错杂,犹如一曲交响合唱,各种声部的协调,才使其旋律和谐,余韵无限;依艺术表现手法看,有气势渲染,有工笔刻镂,有全景勾勒,有局部凸显,色彩明丽,画面爽朗,无一丝尘滓气。他的山水诗以自然为底本,把山川草术当成痴爱的对象,在醉心山水原貌的同时,又寄托了个人的悠悠情怀,正如诗人自叙那样:“山于卧看时方好,诗到怀乡句里成。……乾坤岂自鸣怀抱,石濑潺湲泻不平。”(《富春道中六首》其六)由此即见,管楡的山水诗不仅是卧看溪山的“寻游兴”之作,而且还是诗人“鸣怀抱”、“泻不平”的心灵之音。

管楡的山水诗主要收集在《据梧诗集》的《吹万集》《修琴阁集》《鸥驯集》《天外集》《圃华集》《小游仙集》等诗集中。与其他诗人不同

---

① 见《清诗纪事初编》,第452页。

② 见《清诗汇》,第729页。

的是，管棆各分集所收山水诗除《天外集》比较密集地表现了黔中风物外，其它各集所写对象并不以时地所区分，而是题材交叉错互，在时空上表现为交替闪回。管棆的山水诗灵气充盈，情感丰沛，是诗人主观情思与山水物象相互融化的结果。他的长篇山水诗随情绪的起伏动荡布景设局，歌吟自如、旋律跌宕，于自然山水外奔涌着一股激情的气韵，其名篇如《匡庐歌》《五日舟行洞庭湖歌》《上滩行》《青琅滩》《白龙岩放歌》《辰溪对江碧水丹山》《自辰溪南行峭壁夹峙，怪诡屡出，即事有纪》《飞云岩》《华严洞》《舟泊富家基》《五月二十五日洞庭湖看夕照歌》《出洞庭湖舟泊扬舲矶》《由滇历黔三旬风日和煦征人喜之》《舟下辰沅述所见百二韵》等，上举长篇山水诗，除《匡庐歌》，其余均为诗人赴黔中任时沿途创作的行旅山水诗。湘黔山势幽峭，溪滩遍布，而且岩壑洞穴为其地貌特征。管棆行走在湘西、黔北的千岩万壑间，一颗淡定的诗心顿然被“川原在眉睫，黛翠入衫袖。”(《舟下辰沅述所见百二韵》)的奇丽山水所激荡，于是他集中用长篇记述歌唱了湘黔山水奇绝人寰的种种景象。如写洞庭湖水光上下，混茫一气的壮观，他说：“岳州城头坐楼望，混茫一气有无中。……波痕欲撼城角缺，水势直与天源通。……平铺泛碧万千顷，特立添黛三两峰。四天不见湘草软，一色惟见湖光空。”(《五日舟行洞庭湖歌》)

写辰沅险滩重重，风激浪卷的情形，他渲染道：“天风鼓动冯夷宫，怒涛卷起蛟鼍宅。牵船百丈山之巅，树木蒙密相连蜷。”(《上滩行》)“沅江之水百千曲，万古与石相抵触。波移叠嶂千树青，雨散平篙一池绿。……三千水犀射潮退，十万劲弩刳蛟僵。声排雷电掣天吼，气饱烟雾埋云黄。”(《青琅滩》)青琅滩，又作青浪滩，在湖南辰州府沅江上，《读史方舆纪要》曰：“沅江，府西南三里。……志云：沅江经府西百四十里，有雷洄滩，以江流触石，其声如雷也；又东流二十里曰青浪滩，滩口又有三门滩、闪电洲，……”沅江从雷洄滩开始，滩滩相接，水石相激，高崖峭壁，令人魂惊。辰州至黔中山势险要，江流汇注，不但以滩称奇，而且岩壑洞穴，随处可见，构成湘黔山水诡秘幽冥的独特境界，管棆对湘黔的岩洞是如此描述的：“白龙岩高八百三十有七丈，屹然特立，青霄碧汉。上有云雾相来还，傍岩怪石百千个。

眠立欹正仰伏乎，其间杂以僵藤并秃树，有若猛虎背痒揩枯杉。”（《白龙岩放歌》诗人自注：岩在浦市下三十里。笔者注：浦市，又叫作浦口镇。）“高者皆嶙峋，下者非老丑。初拟蛟龙潜，偶然脱械杻。手摇势欲翔，语激声恐吼。”（《华严洞》）“兹山独钟灵，一一滴空翠。何时云蓬蓬，随风作位置。……轩轩蹲虎豹，昂昂舞犀兕。……或如跛立人，或似渴奔骥。天吴倒欲悬，仙人昼方睡。要皆逼肖形，幻意随所寄。”（《飞云岩》）管榆长篇山水诗明显表现出两个特征，一是情感充沛，气势阔大；二是写景物，能抓住所写对象象形的特点，用比喻、拟物等手法，把其最本真的形象刻划出来，达到感人的艺术效果。《舟下辰沅述所见百二韵》以“百二韵”的巨幅容量、纵横驰骤的笔法，以及多种描写方式的综合运用，使“辰沅”一带的山水纤毫毕露，既是湘黔山水的实录，又是南行山水诗的殿末之章。

管榆长篇山水诗虽然穷形尽相，能全面映现山川江河的形貌特征，有感发人心的气势，但从气韵和艺术审美来品鉴，真正代表他山水诗成就的应为多达数百首的律绝体短章。与长篇集中写湘黔山水不同，短章山水诗的表现题材宽广而阔大，从湘黔到齐鲁，由赣中到江浙，跨时空的交互描写，使他的律绝体山水诗精彩纷呈，高潮迭现。不仅如此，短歌山水诗语言简净澄澈，意境深远而气韵流转，处处飞扬着生命的活力，给人轻快恬适的心理感受。如：“微波不受日光落，变作玻璃水面浮。”（《西湖竹枝词七首》其五）“鱼鳞云衬峰千叠，鸭绿波平水一篙。”（《富春道中六首》其五）“暮雨来时山起雾，空潭积处水如云。”（《游匡庐三首》其二）“中天月影直，四野云生衣。”（《蠡湖月夜三首》其二）“空林落日见红影，近水悬崖尽绿苔。”（《开先寺》）“云归远岫常吞吐，雨起平山似有无。”（《过五老峰下》）“晴霞波上卷，月舫镜中趋。擎盖连天翠，承盘转露珠。”（《蕲州雨湖观荷携酒如是庵竹下九首》其二）“雨洗野鸥闲拍岸，水侵枯柳不成林。帆依城郭移寒影，窗对湖山有远吟。”（《过彭蠡湖三首》其三）管榆的律绝山水诗不但意境隽永，情韵悠长，而且他还善于把握南北不同地域的山水特性，分辨其殊异的韵味，将其维妙地表现出来。如写黔中风光，他着重突出其清峻苍翠、幽深杳然的特点，如：“春山绿透万株松，碧水澄虚动远空。忽讶前行迷去路，青峰回抱一溪通。”（《江行四首》其一）“一夜蘋风起绿波，朝来群岫绾青螺。云横绝嶂千山暗，雨洗盘涡六月多。”（《黔江舟中八首》其六）“拔地撑天起白云，云凝白石入秋雯。只疑殿阁遥通路，不信仙凡是处分。”（《飞云岩二首》其二）“秋江涛立三层卷，石室门高一面开。李白集中无此作，夜郎空负谪仙才。”（《华严洞用王文成公韵二首》其一）写江南秀色，他深入其脏腑，全力表现山水相依、澄江似练的空阔和旖旎：“潮起只知天界白，云开直见海门青。……呼吸三山通帝座，乘风万里只扬舲。”（《金山二首》其一）“金焦槛外两屹峙，日月窗中几逝流。……云烟飞鸟倏然过，坐对闲销暇日忧。”（《北固山多景楼》）“澄江如练水云中，一叶轻帆倚碧空。草长莺啼寒食近，江村花事满东风。”（《青山二首》其一）“天宁门外雷塘西，画舫轻桡漾碧溪。酒旆茶铛随处好，红栏曲曲傍河堤。”（《红桥二首》其一）

与湘黔、江南物候特征、江山形貌殊异迥别的是北方山水，北方因地貌和气候的关系，其山川寥落空旷，岗峦起伏，风雪迷漫而枯寂峭厉，气韵朴质粗犷，使人神清。管棆以诗人的敏锐、游子的情怀，通过情景交融的手法，勾勒了齐鲁燕赵的山水壮貌：“夕阳衰草没荒芜，月起前村澹欲无。湿雪冷烟谁画得，右丞诗写辋川图。”（《将至嶅阳，落日衔山，寒烟没野，漫成绝句》）“寂寂霜寒雾雨冥，奇峰幻作素云屏。……衰柳不遮村外路，好风时送殿头铃。”（《雪中山行》）“风沙迷古驿，烟水绕重城。新柳明残照，澄湖荡晚晴。”（《雄州道中》）“十丈尘沙马首来，西山朝爽杳难开。征鸿阵急行犹密，官柳排空响易密。”（《涿鹿道中》）北国风光，尽管风沙漫卷，雪花如席，寒烟衰柳，草色凄迷，但被管棆写来却别有一番苍茫刚劲、空灵辽远的生气：“远渚天空净，危桥水急湍。店通沙岸白，门傍柳荫寒。”（《沂州旅次》）“渚明沙白鹭丝飞，绿岸人家苧網垂。渐有江南好风景，合于闲眺便吟诗。”（《沂河道中六首》其一）在管棆齐鲁燕赵行旅山水诗中，《齐鲁间杂诗三十首》是收绾之作。

《齐鲁间杂诗》是由三十首七律连属而成的大型组诗，它融写景、叙事、抒怀为一体，详尽绘摹了齐鲁特有的悲梗风光，抒发了诗人因外物所激起的凄楚情怀，景为情至，情因景来，客观之景与主观之情和谐统一，达到相互映现、共为表里的境界。如写景之句："山花雨过依然好，枯柳风多半不存。沙水细流当路出，枣阴垂实隔枝繁。"（其一）"日到前山雨到溪，花生断岸草生堤。隔村篱犬自相吠，近午荒鸡还乱啼。"（其三）"云敛岚阴澹欲悲，山村水郭正迷离。……雾气半遮峰顶没，溪声偏接马行迟。"（其五）"风起一池荷颤颤，雨斜千树柳层层。眠阴乳鸭时冲浪，伴水驯鸥远避罾。"（其二十八）齐鲁的乡村风光，如一幅上古混沌未开的农耕图，枣花飘香、柳丝吐絮，晴岚夕照、碧溪澄波，鸭鸥自在、鸡犬相随，令人追慕怀思，情从中来，管棆作为仕途颠踬的诗人，他的淡淡惆怅和古朴恬淡的自然之景悄然暗合，遂使诗境升华到"有我"的高度："野花带雨方啼恨，路柳牵人未解愁。"（其六）"五更灯火照柴门，匹马西风易断魂。……人高诗苦谁嗟及，天厄途穷慎莫论。"（其九）"枣叶雨余光有色，蝉声风定咽方鸣。……极目摇鞭吟绝处，齐山依约鲁山横。"（其十四）"阴晴涧壑随时变，齐鲁川原入望分。浊酒一尊当落日，漫将感慨号能文。"（其十二）《齐鲁间杂诗》写景不限一时一地，诗人将沿途所见，通过时间顺序一一串联起来，就形成一整幅连屏式的田园山水图卷，其价值主要在于以景写情，以情入景，使组诗显得如行云流水，不滞不碍，意味绵长。

管棆在清初诗坛是一个宦途和诗名都显得卑微的人，他的诗歌有意无意间显示了"诗情潦倒"的文人"良可哀"的忧愁，然而仕途的失意恰好成就了他放情山水、醉心自然的心志："平生剧有寻游兴，领取烟波一叶舟。"（《富春道中六首》其一）他散发弄舟，倚杖啸歌，"晓看""岚影""云白"，"卧听""滩声""雨流"，尤其放任普安知县，反倒让他一展山水情怀，诗思如潮，"一生山水癖，大半在西南。"（《溪行杂诗八首》其三）由于"山水癖"深，所以诗人得以在"公余休暇"，徜徉南北山水间，"得山川之助"（宋荦《天外集序》），创作出词清句丽、情韵深邃的山水篇章，为清初山水诗增色良多。

李霨（1625—1684），字景霱，号坦园，自号据梧居士，直隶高阳人。顺治三年（1646）进士，改庶吉士，授检讨，官至保和殿大学士，谥文勤。有《心远堂诗集》十二卷、《二集》四卷行世。

李霨在清初诗界位高望重，而且还是高阳藉诗人，与明代抗清名臣孙承宗同里，所以他为人耿介，为政有廉声，徐世昌《晚晴簃诗话》评曰："其在相位凡二十八年，参豫机密，削平祸乱，风度峻整，忠诚廉俭。"由于性格和人格的刚直，所以表现在诗歌创作上，李霨不依傍前人，能够自成格局，陈廷敬为《心远堂》作序说："辟之山然，……辟之水然，……山不同，同为山；水不同，同为水，诗不同，同为诗。同者，何也？真也，真于诗者，其学必博，其思必深，其诗必能自立。"李霨的诗真情淋漓，思深学博，故而"能自立"。《四库全书总目》针对这个问题发表评论说："其论诗，谓王、李、钟、谭其词皆予，而所不予者在其效颦学步之流。持论最为平允。故集中诸作，皆冲和雅正，不为叫嚣之音。亦不蹈纤仄之习。"[①]鉴之李霨位至相国，恩遇甚隆，故此，其诗"有雍容太平之象"，是"台阁文章"的代表人物。

李霨仕途通显，政声赫然，他毕生的精力集中于朝廷事务，故而其没有经历如王士祯、宋荦、施闰章一类地方任职的生活体验，对自然山水的认识显得略微肤浅，他的山水诗不但构成简单，且台阁味重而诗情寡淡，是典型的廊庙雅颂之声。

李霨的山水诗以入闽行旅诗群和参与皇室大典的赏游诗群组成，所以其构成较为简单。从诗艺的角度分析，他的山水诗质实朴素，气势充沛，时时流露一股高古之气，如"洪流浩元气，蕴蒸几千古。天地远莫分，蛟鼍细难数。"(《渡河》)"崩沙沸白波，遥山羃黑雾，訇轰雷车奔，澒洞雨师怒。"(《泊江口风雨》)"挂树猿狖闲，蹲石虎豹猛。天近云车翻，岚沐烟鬟靓。苍黑杉百丈，葱蒨竹千顷。"(《仙霞岭》)"凭高纵目俯崇墉，城势环山湿翠浓。楼迥丹青开百角，浦澄风雨见双龙。"(《登延平百角楼》)顺治八年(1651)，诗人奉命"使闽"，他从"都门""初发"，沿途渡黄河，绝长江，间道游历金山、锡山、惠山、虎丘、西湖等吴越名胜，再越仙霞诸关岭，一头扑进闽中奇丽的山水之间，徜徉流连，情不能已，遂成往返行旅诗若干，由上举几例可看出李霨前期山水诗的基本特征。

---

① 见《四库全书总目》，第1641页。

和前期使闽行旅山水诗相对的是李霨多次扈驾行猎、参与祭礼大典的燕京山水诗群。据诗人自叙，他重大的扈驾行动有“己亥仲冬”（即顺治十六年）随皇帝狩猎、癸卯（即康熙二年）参与清世祖葬孝陵的大典、康熙十一年（壬子）“扈从西山”之役。这几次扈行的经历，使他饱览了燕京著名的山水风物，把其形诸笔端，就有如下著名篇章（其中有组诗，有单篇）：《南口》《弹琴峡》《长安岭》《雪后山行》《移营盘石台》《扈从西山杂纪》《游盘山千佛寺》《雨游中顶回香亭》《居庸关》《八达岭》《赤城》《扈猎杂纪三十二首》《林暮杂述次沚亭韵（五首）》等。燕京山水诗和前期闽游山水诗相比，其诗风渐变的印痕还是明显的，这种变异不但是地域的差别，而且更是诗歌风味的区分。如：“千岩封落木，一涧复坚冰。返照征裘湿，飞花谷鬓凝。”（《雪后山行》）“沙岗尽处是卢沟，雉堞苍茫暮霭收。毳幕才安催秣马，半规霜月照征裘。”（《扈猎杂纪·宿卢沟》）“玉削群峰四望同，旭光喜见树头红。层冰马踏翻忘倦，人在房山图画中。”（《扈猎杂纪·三屯营道中雪晴》）“叠嶂危岩处处迎，爱山已复厌山行。石门斜渡龙王口，渐喜渔阳一望平。”（《扈猎杂纪·出黄花山口》）由上引诗例可知，李霨的闽游山水诗多以五古写成，其容量较大，写景细腻，但失之枯燥寡淡，缺少灵动气，而扈驾北游山水诗多用五、七言律绝表现，虽然有北方天寒地冻的物候特征，但诗歌意境空阔，澄澈明丽，给人整体通透的美感。如果把同样写关岭险阻的闽游之作《仙霞岭》《枫岭》《梨岭》等和燕京山水之作《居庸关》《八达岭》《赤城》等相比照，李霨的北方山水诗韵味更隽永，诗情更浓烈。试以《八达岭》为例说明之：

> 谷转峰回径欲迷，仰窥雉堞与云齐。地当锁钥神皋北，险控宣云大漠西。秋雪阴阴埋石磴，寒流滮滮咽长溪。道旁胜迹无人识，时拂残碑看旧题。

此诗以雄关漫道、锁镇幽燕的京师名胜八达岭为描写对象。八达岭在明清延庆州（今北京市延庆县）东南三十里，《读史方舆纪要》曰：“八达岭，州南三十里，东南去居庸上关十七里，为往来之冲要。

五代周胡峤《陷番记》:'自居庸西北入石门关,关路狭隘,一夫可以当百,此中国控扼契丹之险。'或以为此即石门关也。……《山水记》:'自八达岭下视居庸关,若建瓴,若阚井,昔人谓居庸之险不在关城,而在八达岭也。'"[①]李霨的《八达岭》诗以鲜明的层次,递进的手法,雄劲的气势写出了八达岭"下视居庸关,若建瓴,若阚井"的险要形胜,首联采用仰视的角度渲染关岭的高峻挺拔,颔联用平远的视野点出八达岭"锁钥"神京、"险控宣云"的战略地位;颈联用近景描写的手法,勾画出关岭高寒凄冷的特点;尾联用叹惜的语气,道明八达岭人文遗迹的丰厚。诗歌四联从大到小,由宏观到微观,利用视觉交叉的表现方式,全面刻镂了八达岭的形胜特征,气象阔大,意境深远,具有较强的艺术表现力。

李霨在清初诗坛的影响力来自他位极人臣的政治地位,他的诗歌典型地代表了金台诗人严整平板,醇和雅正的体式与风格,若就山水诗艺术表现来论,虽然他的律绝诗味绵长,有空透之感,但其古体诗,尤其五古显得生涩凝滞,平淡枯寂,让人体验不到山水自有的灵动之气,由此使其山水诗审美价值大打折扣。

第五节　碧鸡出雅音　昆池漾清波

——赵士麟的山水诗·附论张鹏翮、钱良择、金德嘉

顺康时期,清王朝不但政治、经济走向逐步稳固,社会朝繁荣强盛发展,而且文化诗教亦别开生面,向着多元化的领域进行拓展,除了传统江南诗群与齐鲁诗群的此起彼伏,不断推进诗潮澎湃向前之外,一些处于边陲或内陆地区的诗人亦纷纷亮相,用他们独异的色彩为清初诗坛注进了一股清新的活力。赵士麟就是踏着滇池之波,手披七彩霞光走向清初山水大合唱舞台的一位滇产诗人。诸多清代诗史类的论著很少提及这位西南诗人,但论清代山水诗,如若没有他们

---

① 见《读史方舆纪要》,第779页。

的参与，那将是一种极大缺憾。

赵士麟(1629—1699)，字玉峰，号麟伯，云南河阳人。康熙三年(1664)进士，官至吏部左侍郎。有《读书堂彩衣全集》四十六卷行世。

赵士麟的诗罕见于诗史的原因大约和他的郡望有关，云南偏处边外，信息多不与中原沟通，故而选辑评论者往往会忽略了他，如沈德潜所说："云南远隔万里，风诗难采，少宰诗亦不多见。"[①]赵士麟作为云南学人诗人的代表，他既精于诗文，而且在理学上造诣也很高，彭孙遹为之所作序文称："河阳夫子生有异质，读书一目即诵，生平披览，几于五车。……人但见先生理学精纯，不知先生诗文深造。"赵士麟生活的时代正是云南多事之秋，先是李自成余部撤退入滇、南明抗清势力相继漫延，后有吴三桂之乱，所有这些给当地人民带来灾荒的事件，诗人都以充满同情的笔墨加以写实，表现了他深沉的人文情怀："年来民力已无余，况遇干戈扰里闾。……荒江乏米从何负，乱世无书可带锄。"(《杂感》其一)

《读书堂彩衣全集》共四十六卷，据说该集刊刻时赵士麟母亲适逢九十四岁高龄且健在，故而取名《彩衣》，其中文为前二十一卷，诗始自第二十二卷，诗人的山水诗作主要收集在卷二十七(滇南诗)、卷二十八(北征诗)、卷二十九(北征诗)、卷三十(北征诗)、卷三十二(金陵诗)、卷三十三(武林诗)、卷三十四(金阊诗)、卷三十五(该卷多为京都风物，诸如《燕京八景》等)。就上述诗歌分卷结集的情况能够大体看出诗人的行止，以及其山水诗创作的时序和涵盖的内容。以下按诗卷分类为模块，对赵士麟的山水诗做一概述。

一、流光溢彩的《滇南诗》

《滇南诗》是诗人对《彩衣全集·诗集》卷二十七的分集命名，从时序看是诗人早期，即三十三岁前后参加乡试时观览昆明一带风物后创作的山水诗汇总，当时为清顺治十八年(1661)。这一时期诗人的心情是复杂的，一方面欲伸展抱负，如"道傍""千尺"高耸的"大木"

---

① 见《清诗别裁集》，第348页。

能够支撑“明堂作栋梁”(《大木》),另一方面常常心怀忧伤,对因战乱早逝的父母及亲人的哀思,对民不聊生现实的悲悯纠结困惑着诗人,成为他的心结:“而今始遂青衿愿,遥忆椿萱倍觉哀。”(《辛丑補行庚子科乡试》)“侵晨闻报録,双泪渍衣裾。痛定徐思痛,惊魂尚未纾。……忆昔寇氛乱,所向止一屠。……苛政猛如虎,衣冠尽剥肤。……作书寄地下,父母亦嗟吁。”(《乡试获隽有怀先考妣诗以纪之》)虽然中怀烦忧,有泪沾襟,但志向远大,且心胸豁达的诗人依旧对昆明旖旎奇丽、流光溢彩的山水景物产生了倾心爱慕,通过太液池水、碧鸡烟岚来缓释他的凝重心情,让他的心灵飞升在一个七彩云霞缭绕、百鸟和谐高歌的自然之境。赵士麟的“滇南”山水诗,主要以昆明为中心,把昆明一带的名山胜境,人文遗迹组合起来加以表现,诗思漫溢、诗情盎然,处处流溢着滇南山水色彩斑烂、苍翠氤氲的欣欣之气。如:

　　秀色西来压万重,天开一朵碧芙蓉。平池积水涵孤影,落叶疏林逗晚钟。翠岫昔传彩凤集,苍崖今见白云封。王褒去后无消息,时有文人载酒从。

——《昆明十二景・碧鸡秋色》

　　泉声滮滮度平沙,灌溉东方利赖赊。遥望彩虹趋洞底,却随舞鹤到山家。层层碧树笼高寺,濯濯游鳞戏浅涯。水阁风亭客坐啸,诗成随意酌流霞。

——《澄阳十景・东浦流虹》

上举两诗选自咏昆明十二景、澄阳十景的组诗。昆明十二景是以昆明境内著名的十二个风景名胜为基点而形成的特指景观,如“金马朝晖”的所指为昆明东二十五里的金马山;“碧鸡秋色”的所指是与金马山相对,位于昆明西三十里的碧鸡山;“玉案晴岚”的所指为位于昆明西二十五里的玉案山;“昆池夜月”所指即为众所周知的滇池,滇池又名昆明池;此外“商山樵唱”、“官渡渔灯”、“螺峰叠翠”,“柳屋拖青”、“云津夜市”、“高峣晚舟”、“五华莺绕”、“龙泉鱼跃”均分别特指昆明周边的山川名胜商山、五华山，高峣（又称高桥）、螺山、龙泉山（下有龙湫）、云津桥（跨银稜河上）等。

《碧鸡秋色》以碧鸡山的秋景为描写对象，此处诗人虽然名义上按“昆明十二景”的诗意着笔，但实际刻画对象就是碧鸡山。他从山势雄放逶迤写起，透过“一朵碧芙蓉”的玲珑外形，渲染了碧鸡山四围“涵孤景”、“逗晚钟”的悠远气韵。结尾两联在前半写景的背景下，通过传说和历史掌故增加了“碧鸡秋色”的厚重与浓烈。

澄阳十景是赵士麟家乡澄江府境内十处著名景点的浓缩，包括：金莲捧日、玉笋擎天、仙湖夜月、罗藏朝云、万花春谷、九苞凤城、西山伏虎、东浦流虹、华藏招提、岩水涟漪。以上十景都对应澄江府河阳县内十处名胜。如“金莲捧日”是指金莲山，《读史方舆纪要》曰：“金莲山，在府治东五里，一名龟山，高圆平正，众山环拱，日光照耀，有若金莲。”[①]“罗藏朝云”则指罗藏山，《方舆纪要》曰：“罗藏山，府北十里，……山高五千尺，上宽平，有龙湫，时兴云雾。”[②]再如“仙湖夜月”、“岩水涟漪”分别指抚仙湖和西峃。《方舆纪要》载：“抚仙湖，城南十里，一名罗伽湖，一名清鱼戏月湖。周三百余里，北纳诸溪流，南受星云湖，涵泓清澈，一碧万顷。”[③]又“府西有盘龙岗，石岩下双湫夹出，曰西凿，一云即西浦龙泉也。”[④]

《东浦流虹》为澄阳十景之一，东浦和西浦相对，据载西浦水原来由地下直接昆明池，然后双涌于西山之麓，不过百步，又南折入抚仙湖。诗人写东浦之水波荡漾，紧贴其“流虹”特点，用“遥望彩虹趋涧底，却随舞鹤到山家”的轻飏笔法，写出了东浦宁静安详，纤尘无染的本性，诗情浓厚，意兴不尽。“水阁风亭客坐啸，诗成随意酌流霞。”

除以上写特指景观的山水诗外，赵士麟的滇南山水诗还包括：《太华山》《太和宫》《进耳山》《妙高寺》《罗严寺》《西华洞》《莱海子》《雄川阁》《彩云楼》等。这些诗篇语言简洁凝炼，画面层次分明，写出了滇南山水体各有殊的审美特质。

---

①②④　见《读史方舆纪要》，第 5111 页。

③　同上，第 5112 页。

二、纵横万里的《北征诗》

《北征诗》写作于诗人公车北上之际,时当康熙二年(1663),这一年孟冬之月,诗人从家乡河阳发轫,历经贵州、湖南、湖北、河南、河北,以至于京师,期间虽然艰辛备尝,但是偏处一隅的他被渐行渐北的中原雄阔气象所倾倒,逸兴遄发间,一篇篇歌咏自然风光,记载旅程的行旅山水诗如珠玑般散落于笔端,汇成四卷二百八十首之多的《北征诗》。

关于《北征诗》的成因和背景,赵士麟有一篇骈体的《自序》说得很明白,《序》曰:"仆世居滇省,家在河阳。幸与计偕,得观光于上国。……始自黔而入荆,复由洛而趋冀,途经万里,皆名山大川之邦;时届三冬,正凄风落叶之候。珍禽异兽,伯益之所未收;峻岭危溪,道元之所失载。莫不骋奇足底,炫异目前。至于古刹精蓝,灿烂云霞之色;兼之秦碑汉篆,琳琅金玉之书,洵足婆娑能忘。……惟是暮鼓初严,晨鸡渐唱,望寒灯之在壁;抱膝微吟,趁浊酒之犹温,披衣疾草,藏之游箧,遂而盈囊。韵叶四声,多在秣马脂车之际;墨翻两袖,无非晓风残月之余。……汇风俗于寸楮,朗若列眉,收山川于一囊,灿如指掌。……传诸好事,堪佐卧游。"由序文可以看出《北征诗》是诗人行万里路的实景记录,他把沿途所见所历,所感所思汇聚成诗,目的是要让连郦道元都未载入《水经注》的山水草木能传之后世,叫人留连欣赏,以"佐卧游"。

《北征诗》共分四个卷次,第二十八卷专写云贵行程,第二十九卷专记荆楚旅次,第三十、三十一卷则专载中原风物。以下按卷次略叙诗人"北征"行程。

卷二十八共收诗四十九首,起《癸卯孟冬余自河阳抵会城公车北上,汇录途次所经,附以题咏,颜如右焉》,止《油榨关》。全卷为记录滇黔所经山川风物的山水诗,其体例基本采用题、咏结合的方式,题是对重要的山水、人文遗迹成因的辨析,咏是用诗的形式对这些山水景物的歌唱赞美。滇黔山川纡曲,各不相类,滇地沃野蔓衍,黔省则坡岭联属,陡绝险峻,这些在赵士麟笔下呈现为:"白鹭青凫掠小桥,杨林湖畔见轻舠。"(《杨林湖》)"荒山萧瑟惟羁旅，千顷湖光扑面来。"(《准提阁》)"微霜山转秀，可作画图看。……黑风吹落木，白水映晴川。"(《白水驿》)"天开胜景彩云生，金碧由来独擅名。……四时花柳无寒燠，万户桑麻绝战争。"(《题滇南胜境》)以上为题咏滇南的山水诗断片；其写景秀丽多姿，引人遐思，和滇南相反，黔地羊肠鸟道，萦纡回折，诗人对黔省风物刻镂道："路入羊肠曲，云从马首生。三溪环似带，一岭屹如城。"(《云南坡》)"鸟道千重天欲暮，不关风雨亦萧萧。"(《芭蕉关》)"岭上多白云，云深陆成海。始讶玉山颓，复疑冰柱解。"(《白云岭》)"百顷流泉一水涵，奔雷飞雪下层岚。玉龙倒掣犀牛出，又见红霞起碧潭。"(《犀牛潭》)"明霞错万叠，清流响一湾。"(《飞云岩》)"相见坡，三重起。楚为头，黔为尾，中间蜿蜒如龙身。后者相呼前者唯，人生聚散类浮萍。"(《相见坡》)"关前叠障风云出，峡里开门日月低。"(《油榨关》)以上写黔中途程所历的关山风光，峻岭相望、急流湍飞，洞壑岩窦充塞其间，使人心神俱惊。

卷二十九承二十八而来，集中记录楚湘旅次，其所录诗篇为描写吟唱楚地风景的山水作品。代表作如《紫金山》《挂虹泉》《马鞍关》《芙蓉关》《乱石关》《辰龙关》《过阳气桥望松原》《桃川宫》《桃花源即事》《白云洞》《阳山》《涔阳》《冒雪渡荆江》《荆门山》《虎牙关》等。上列各诗造境幽渺，用语奇警，反映了赵士麟深厚的艺术功底。如"行来石畔垂云乳，坐看天边挂玉虹。"(《挂虹泉》)"霜侵寒月小，木脱远峰孤。"(《乱石关》)"帆影挟云飞，江流触石怒。"(《白马渡》)"目断微波悲帝子，情深芳草忆王孙。"(《招屈亭》)

北征途程漫漫，风物殊异迥绝，各领风华，如果云贵湘鄂山水激荡，势掩西南的话，那么中原则以厚重而涵浑的人文景观取胜，赵士麟中原山水诗的名篇，有《登禹州城楼望箕山颖水》《望具茨山》《渡黄河》《卢沟桥》等。限于篇幅，兹不详述。

三、风情万种的京镇苏杭山水诗

《清史稿·列传六十二》载："康熙二十三年，(士麟)授浙江巡抚，……修学校，亲莅书院，与诸生讲论经史及廉、洛、关、闽之学，士风大振。……二十五年，移抚江苏。浙人怀之，绘图以志去思，并于西湖敬一书院肖像祀之。”[①]赵士麟清廉公明，一心致学，所以在浙江、江苏巡抚任上深得民众拥戴。作为一个政绩赫然的官吏，他潜心为民办实事；作为一介儒士，他大兴学校，振兴地方文风；作为一名诗人，他把公务闲暇的时间投入到江浙温柔多姿的山川风物里，修心养性，歌吟自适，在他隽秀清峻的诗笔下，西湖之景、京镇之山、姑苏之水精彩纷出，如歌似梦，令人心魂俱醉。卷三十二名为《金陵诗》，收诗68首；卷三十三取名《武林诗》，收诗60首；卷三十四则命名为《金阊诗》，收诗42首，三集共有江浙山水风物诗164首，凡南京四围、西子湖畔、太湖之滨的名胜古迹、自然景观均显露蕴含在这几组庞大的山水诗群里。

《金陵诗》以著名的《金陵十景》为领军，围绕南京古城，对京镇山水展开环型扫描，诗人采取先近后远、由内而外，山川相交错的布局进行谋篇，使《金陵诗》显得严整有序，高潮迭出，其主要篇章包括《钟阜山》《凤凰台》《白鹭洲》《龙江关》《秦淮河》《栖霞寺》《雨花台》《后湖（一名元武湖）》《牛首山》《狮子山》《赤石矶》《莫愁湖》《桃叶渡》《杏花村》《燕子矶》《茅山》《金山》《中泠泉》《北固山》《甘露寺》《琼花台》《迷楼》《月波楼》《露筋祠》等。金陵因王气冲天而有虎踞龙蟠之说，其浸漫于大街小巷的富贵风流之风，使它显得庄严神秘如锦似绣。赵士麟的京镇山水诗比较而言，更多地透出一股王霸之气：“秣陵王气钟，兹阜称第一。群峰四面来，相让如拱揖。”（《钟阜山》）“金陵六代都，宫阙委丘墟。不见朱雀航，但见元武湖。”（《后湖》）“石头城，燕子矶，龙蟠虎踞是耶非。谁言铁锁千重练，已见楼船百道飞。”（《燕子矶》）“名胜真称第一区，琳宫相近六朝都。……临高已觉云生袂，身在江天一画图。”（《金山》其一）“长江浩浩镇方舆，武帝巡游驻彩旃。半壁金汤资北固，六朝锁钥在南徐。”（《北固山》）

《武林诗》结构较单纯，除少量诗作独立成篇外，其基本构成是《杭州十景》和《西湖十景》两大组诗。杭州城负山面水，襟江临海，而

① 见《清史稿》，第1370页。

西湖水光连天、荷清桂香，招提隐约、钟磬悠扬。赵士麟抚浙时，总会“乘暇探奇”(《天竺》)与自然融合为一：“闹里不知谁是客，萧然适意且徜徉。”(《天竺》)既然把山水当成寄托心灵的载体，所以在他写来，杭州一郡显得清爽俊郎，活力激射：“满堤花柳融如雪，大地河山洁似冰。”(《西湖夜月》)“海气蒸成苍玉色，日光荡出紫金痕。”(《东海朝暾》)“翠色漫飞竹叶酒，绿荫时系木兰桡。”(《六桥烟柳》)“传来客舍能清梦，散入禅林可息机。”(《南屏晚钟》)“寒潭无复衔山影，孤月依然映水心。”(《三潭印月》)“塔影凌虚射日紫，山光迎照浴波青。”(《雷峰夕照》)

《金阊诗》不以组诗结构，而是通过连点成线的方式，把一道道入目皆见的姑苏胜境联缀起来，形成一轴全景繁华图卷：《沧浪亭》《白公堤》《虎丘》《剑池》《千人石》《宝带桥》《枫桥》《灵岩山》《邓尉山》《支硎山》《穹窿山》《天池》《洞庭山》《石湖》《垂虹桥》，上述诗篇每诗一景，从里到外，从近到远，把姑苏“远山近水皆有情”的山水特点表现得非常精确。

《清史稿·赵士麟传》总评曰：“士麟潜心正学，以朱子为归，躬行实践，施于政事，士悫民恬，所至皆有声绩。”[①]即此可见，赵士麟的毕生以“正学”为旨归，而诗学乃其余事，正因如此，他的山水诗随时世的推移而发生渐变，早年如初升太阳，鲜丽活泼，生机勃现，无论造境写情，皆自然清新；晚期醇厚苍深，格律工稳，难免金石之气。前后期山水诗风的突变映照了诗人人生的转折和心境的变异，这种变异的山水诗风格使赵士麟毫无疑问地成了清初金台诗人的典型代表。

四、张鹏翮的山水诗

张鹏翮(1649—1725)，字运青，号宽宇。四川遂宁藉湖北麻城人。康熙九年进士，选庶吉士，改刑部主事，累迁礼部郎中。康熙十九年，授苏州知府，丁母忧，除山东兖州知府。因政绩突出，被举“卓异”而擢任河东盐运使。内迁通政司参议，转兵部督捕副理事官，随

① 见《清史稿》，第1370页。

时任内大臣的索额图等勘定俄罗斯界;回程后,被擢大理寺少卿。康熙二十八年,授浙江巡抚,因议事不合康熙旨意,夺官;寻授兵部侍郎,督江南学政。三十六年,迁左都御史,三十七年,迁刑部尚书,授江西江南总督。康熙三十九年后,张鹏翮被授河道总督,致力于治理黄淮水患,成为清代治河名臣。雍正即位后,加太子太傅,授武英殿大学士,雍正三年卒,加少保,谥文端。

张鹏翮是张问陶高祖,他阅历极为广阔,曾北去俄罗斯,西出秦蜀古道,东下川巴,往返江浙,每历一地,每经一处,诗人辄诗情贲张,泼墨留影。在其诗笔下,山水不分南北,均显出澹荡悠远、醇和蕴藉的神韵,如:"昭君溪入汉江流,香气团成绿水洲。……夕阳晚映妆台柳,旭日晴蒸塞上楼。"(《香溪》)"峦含列嶂光堪挹,雾卷群峰翠欲连。……凭虚已造登封顶,万里晴空对碧天。"(《登岱岳》)"云笼野树藏山寺,风送霜钟到德阳。……梯霞直上高峰顶,万里晴空望帝乡。"(《题灵泉寺》)"十二峰前江水深,天风引籁入松吟。千潭印月清无底,洗尽云华不染心。"(《巫山》)尽管为国事奔趋,辙轨遍天下,但张鹏翮对故土的依恋,时时拨动着他敏锐的诗心,他的以遂宁为中心的川巴山水诗就成了一曲永远的思乡牧歌,久久撼动人的心魂。

张鹏翮的山水诗值得一说的是他随内大臣索额图往勘俄罗斯边界时所作的出塞诗。这些珍贵的刻摹蒙古一线的山水诗歌载录于诗人所作《奉使俄罗斯行程录》中,《奉使俄罗斯行程录》诗文并存,以文为主,大体详录了每日行程。其诗歌配合记文描述了塞北殊异的风光,从《早发居庸关》开始,到《喀尔喀曲》为止,共录诗十一首,尽管数量极其有限,但内容却非常珍贵,为清代边塞山水诗填补了空白。而且从艺术和审美的角度也显示了诗人别样的风格,雄劲奔放、空阔透明,是写实主义和乐观主义相结合的典范。如:

月傍层峦望欲迷,诸天飘缈暮烟齐。丹峰四面云藏屋,翠壁千重石作梯。涧水涌花泉带雨,疏林斜日鸟归栖。行人不尽登临兴,漫拂苍苔续旧题。

——《弹琴峡》

龙沙漠漠转多艰，憔悴风烟未解颜。帐下青羌凄夜月，军中白马向边关。天横砂卤画孤塞，地尽穷荒接万山。长路何人问行役，铙歌高唱雪中还。

——《驻军拉拉克台有作》

弹琴峡，在明清顺天府昌平州境，距居庸关不远，《读史方舆纪要》曰："又七里曰弹琴峡，水流石罅，声若弹琴。"钱良择《出塞纪略》记曰："出关(居庸关—笔者注)，山势尤奇，危峰插天，翠屏丹嶂，掩映复叠，三里至阴凉崖，山高蔽日，因以名焉，有白鹭饮啄其下。又五里，至弹琴峡，水流其间，潺湲有声，峡端缘崖置屋，若凌虚然，峭不可梯，谛视莫得其所由登之路。"张鹏翮随使团道出居庸，经弹琴峡，仰目两崖夹峙、危峰插天的险绝地势，满怀欣喜地写下《弹琴峡》以抒胸臆。首联从仰视远望的角度切入，只见月挂层峦，四望迷蒙，远天延伸绵亘，笼罩在沉沉暮霭之中；颔联转用仰望近观的手法，写丹峰飘絮，茅屋隐约，翠壁千仞，一径通天的险峻；颈联则紧贴弹琴峡"涧水涌花"，声如琴音的特点，着意突出了弹琴峡泉声清亮、疏林摇红、斜日如醉、归鸟唱晚的无限生机；尾联抒发自己游兴盎然，诗意勃发，面对幽静高远的山水意境，情不能已的欣悦情怀。从设景布局、语言提炼、造境写意几个方面考察，这首诗都算上乘之作。

拉拉克台，在蒙古境内荒寒之地，诗人驻军此地，放眼骋目，但见"龙沙漠漠"、"风烟""憔悴"，一望即所谓茫茫瀚海，尽管羌笛幽幽、冷月凄凄、"砂卤"无边，"地尽穷荒"，但他心中还是充满豪壮之气，"铙歌高唱"，声震长空，一种"驰骋万里气雄哉"(《中秋前一日同陈掌科使还》)的天朝使节的壮气回旋于漠漠大野之间："圣主得臣今日事，燕然复有勒铭才！"(同上引)张鹏翮作为朝廷重臣，金台诗人的中坚，他论诗极称"性情为主"，而且主张诗要有内涵，能载道，要"庄敬和乐，敷陈治理，扬厉道德。"(《张南轩诗集序》语，转引自李调元《蜀雅》)那些"徒绘其情状以为工"的诗，他认为不是真正的诗。作为持论如此严正而力求有用世情的雅颂诗文，张鹏翮的奉使出行山水诗写得意境深远、豪情万丈，且画面幽秀雄阔，庶几深层透视了诗人力求“性情”的特点，如徐世昌《晚晴簃诗话》所评：“文端为治河名臣，不以诗著，而行役之作意境独超，不必与专家争工字句间也。”[①]

通过以上简述，我们可以认定张鹏翮位极人臣，儒学修养极高，他是一个胸怀仁厚的廉吏，又是一位治世，尤其治河有功的能臣，尽管如此，诗人社会角色的标识并未替换他诗化人格的确认，他的诗风格遒劲苍深，韵致婉娈绵长，诗情澹然而诗意窅渺，诗思奇迥且诗境高远，这种家族独具的诗学特质，通过血缘遗传，深深地影响了遂宁张氏家族诗性人格孕育的基因。

和张鹏翮的《奉使俄罗斯行程录》相辉映的是钱良择所作《出塞纪略》。

五、钱良择的山水诗

钱良择(1645—?)，字玉友，号木庵，江苏常熟人。有《抚云集》十卷传世。

钱良择为人骨鲠浑朴，不与世俯仰，常有一股冲决回荡之气盘旋于胸，在著名的《醉中示门弟子四十韵》中，他自我标榜曰：“天地有灵气，盘郁塞八荒。蕴久成百怪，洩之以文章。……千古不死心，譬如日月光。……吾生浩然气，譬如大风飚。”(《抚云集》卷四)[②]因为鄙弃科举，卓立高蹈，所以诗人一生功名不显，以幕客而止，沈德潜《清诗别裁》曰：“玉友随大吏出使海外，又同朝贵使塞外绝域。为诗感激豪宕，不主故常。”[③]他“同朝贵使塞外绝域”期间，把沿途所历诉诸笔墨就汇集成被世人关注的《出塞纪略》。

《出塞纪略》是钱良择以幕宾身份，随张鹏翮一道跃马北上时所作的行程录。这部“纪略”以日记体的形式，记载了从京师到噶尔噶(即喀尔喀)往返两万里的绝域风光，其中有好多是前人所未涉足，比如塞上气候风物、地名土产、语言习惯、风俗禁忌等，是一部认知蒙古

---

① 见《清诗汇》，第468页。

② 见《清代诗文集汇编》第165册，第472页。

③ 见《清诗别裁集》，第1053页。

地理地貌、气象物候、旅游资源的珍贵史料。现录几小段以飨识者：

> 初九日(康熙二十七年五月——笔者注)庚辰，晴署。士马蚤发，石路偪仄难行。七八里外，道渐平，地多花草，有藂蔟如圆盖者，蕊红花白，其开也，自边而中，故多中红边白者，全放则纯白矣。有黄类金雀者，有白瓣五出香似麝者，皆不知名。……遥望北山，穹庐簇簇，畜产成群，黑白相错，如叠雪堆云然。
>
> 十四日乙酉，侵晨大雨，辰尽乃晴，行四十里，至鄂托呵，平皋千顷，万山环之，水流地中，广不数尺，千回百折，自西北而东南，芳草绿缛，不见沙土，红花盖之，远近掩映，鲜嫩如片霞，意即胭脂草也。雷雨大作，雨雹如弹，凡人畜被击俱辟易。
>
> 十五日丙戌，晓晴，四山清皎，忽有白雾如匹练，縈绕水涯，瞬息间自下而上，瀰漫蔽天，对面不相见，食顷而散，轻阴微雨。道旁红花满地，黄花间之，烂若披锦，红者五出双瓣，有花无叶，黄者其形类金钱菊，薄荷蒿艾尤多，马蹄践之，香闻数步。

钱良择所随使团于康熙二十八年五月初二日正式辞京北行，五月所历基本为内蒙地界，从作者记载可以见出，内蒙水草丰美、野花烂漫，牛羊成群，蓝天白云，生机无限。六月以后即入喀尔喀疆界，喀尔喀属外蒙，《清史稿·地理志》曰："外蒙古喀尔喀：古北狄地。"①和内蒙风光绚丽多姿相异的是，外蒙沙砾遍野，颇具苦寒之状：

> 六月朔日壬寅，天晴大暑，轻骑进发，地多砂石，或赤如珠，或黑如铁，草根布地，不能萌蘖，以手掏之，随手滃然，飘散成灰，盖亢旱日久矣。入噶尔噶境，其岗峦形胜，与蒙古界中无甚大异，惟沙深倍常，非内地之比，古人每言北荒之地，必称之为沙漠，良有以也。
>
> 初二日癸卯，半晴微署，行不数里，黄沙盖地，其深过尺。山

---

① 见《清史稿》，第604页。

巅平地,厚薄略同,马蹄践之,簌簌有声,深处几不可拔,虽有骏足,莫能驰骋。……意汉之所谓大漠,唐之所谓大碛,即此地也。……晚大雷雨,少顷即止,雷甚震而雨不多,仰视蝃蝀横空,(蝃蝀,即彩虹。笔者注)昏黑方灭,大抵塞北一雨,则蝃蝀必见,无论早暮,日高则低,日低即高,断续隐显,倏忽屡变,或不见其中,两脚对峙如桥柱,或全身不现,而忽露尺许于云表,或复叠掩映,多至三四层,青红眩目,亦异景也,得四绝句。

根据钱良择记载,古代所说大漠、瀚海当在今外蒙一线,因为自"六月"开始的日记几乎无一天不离"荒岗沙碛"、"凄凉极目"、"山遍覆黄沙"、"黄沙满地"的描写。《出塞纪略》不但忠实地记载了蒙古境内的物候地貌、气象土产、风俗人情,而且还有辨证史实的作用。使团最终的目的地是俄罗斯,但行至喀尔喀即返程,原因是喀尔喀为阿鲁忒所败,其国家残破,道路梗塞,无法通行。对身临危困之境的使团的"纪载",当时的词臣"多饰词",钱良择以写实的手法记叙了大家所处之"真境",目的是让"同志知之"。钱良择还辨察考证了中原与蒙古的关系,以及历史渊源,颇具史料价值。

钱良择的塞上山水诗不是独立成篇,而是与文相配,散见于《出塞纪略》中,是诗人"马上吟咏"的产物。尽管如此,足以见出钱良择如时人所评的"奇玮""磊落"特点。如:"黄日压边城,风摇大将旌。弓刀三万骑,一骑是书生。"(《出塞口占》)"乾坤何处无殊色,沙漠居然饶丽华。寒重故留春入夏,艳多浑讶雾笼霞。"(《马上见胭脂草作》)"远衬孤城叠翠浮,大荒形胜此山留。……对面石欹蹲怪兽,荡胸云出奋潜虬。"(《登归化城纳凉望阴山作》)"北高南下万峰连,车马行如上水船。鸟道止留痕一线,旌旗鱼贯入青天。"(《马上绝句十七首》其一)"噫气呼訇涌怒涛,昏眸惊见万山摇。马蹄猎猎搏羊角,欲乘余威上九霄。"(《五月二十六日大风陡作,得二绝句》其二)以上写内蒙之景。"雨后天低现蝃蝀,举头朝暮在西东。风人不禁殊方指,枉却横空半玦红。"(《六月初二日行黄沙中,忽大雷雨,雨过天晴,得四绝句》其四)"鹢飞车偾井翻波,一道惊尘卷白河。叱驭封姨催去急，双龙泛驾撞人过。”（《六月十五日屯姑儿巴吐鲁，四面土山，焦枯如赭，晚旋风一道，起于西北，得一绝句》）以上写外蒙古。钱良择的蒙古山水诗，以行旅为主，多叙沿途风景人俗、气候物象，限于篇幅，仅举几例。通过上述几例，我们庶几能观照塞外之景的变幻神奇，如内蒙古繁花似锦，水草丰美；外蒙古黄沙浩瀚，骤风突起。虽然是作者马上吟哦，偶然得之，但通过这些去尽铅华的诗章，我们依然能捕捉到诗人在苦荒的自然之境中追觅美感的纯真诗心。钱良择北行山水诗最后不得不说的是其《长城行》，这是一篇写景雄阔、思路独特，而视觉迥然的歌行体山水诗。诗篇起笔，诗人用感叹的语气写出长城的雄伟："吁嗟哉！燕王秦始先后争雄豪，筑城千仞忘其劳。"接着诗人写长城横亘东西、界限南北，巍然耸立万山之巅的雄壮气势："丹崖翠壑莽高下，玉环素练围周遭。错铁为筋石为骨，峨峨键钥金墉牢。"这首诗的视觉独异在于，诗人在结尾处一反常态，不是人云亦云地赞颂长城雄镇朔漠，屏障中华的丰功伟绩，而是机杼独出地说道："吾皇神武驭以德，穷发远近均恩膏。大开关城置邮递，骨都颉利争来朝。"按钱良择的观点，一个国家、一个民族的兴盛强大，或者安危，不但体现为物质形态，更重要的反映为观念形态：开放、仁政，即对外对内"驭以德"，就能使"穷发远近"的人感受到恩惠和幸福；"大开关城"就会让邻国争相"来朝"，和平共处，这种借长城以抒怀抱的观点即使今日亦能引人深思。

钱良择的山水诗以出塞为有特色者，但他一生深于诗学和游历，故而其山水诗浑灏窅渺，如海波簸荡，茫无涯际，一如其族祖辈著名诗人钱陆灿《抚云集序》所言："大吏出使海外，请与偕往，帆风箭激，漫澜粘天，常一日踔数千里，鱼龙之所撞突，隝溆之所潆洄，顾益自喜，以谓软红尘坌须此一番摆荡也。……三十年间，自平原省会以外，足迹几遍天下。"[①]钱良择曾到天涯海角的琼岛，创作海上山水诗若干，著名者如《海云》、《渡海四十韵》、《琼州杂诗五首》、《再渡海》等，这些南行山水诗群和出塞诗两两对映，不但见出虞山钱氏诗人的

---

① 见《清代诗文集汇编》第165册，第438页。

高蹈诗风，而且还为清代大跨度空间背景下的山水诗创作提供了范例。

六、金德嘉的山水诗

金德嘉(1630—1707)，字会公，号蔚斋，湖北广济人。康熙二十一年(1682)进士，改庶吉士，官翰林院检讨。有《居业斋文集》二十卷、《别集》十卷、《居业斋诗钞》二十二卷存世。

金德嘉作为楚中诗人，与其同乡顾景星齐名。顾景星(1621—1687)，字赤方，号黄公，湖北蕲州人。康熙十八年荐举博学鸿词。有《黄公说字》、《白茅堂集》四十六卷传世。《四库全书总目》评其："记诵淹博，才气尤纵横不羁，诗文雄赡，亦一时之霸才。"[①]金德嘉在诗学观上与顾景星略有异同，按《四库全书总目》的辨析可知，顾论诗"往往追慕秦、汉，宗尚王、李"，"德嘉独不为高论，力摹韩、欧。"在为人上，金德嘉正直耿介，因参与《明史》及《一统志》的纂修工作，和徐乾学相善，后遭徐的政敌李光地弹劾罢归。金德嘉的诗在清初诗坛上虽"宏肆博赡"远逊"前辈"，但他能始终保持"先民矩矱"，存一脉古朴之风。徐世昌《晚晴簃诗话》认为他的诗"皆和平中正之音。"金德嘉在贵州选中的门生周起渭在《居业斋诗钞・序》中亦曰："醇雅古淡，中正而和平者，先生之所以为诗也。"

《居业堂诗钞》的大部分分集以诗人所历地域命名，如《江浒集》《石城集》《京邸集》《南征集》《涉湘集》《江州集》《黔游集》等。此处论山水诗，仅选取《黔游集》和《涉湘集》为典范来透析金德嘉的诗歌风韵。

《黔游集》创作于康熙二十六年(1687)诗人奉命典试贵州期间，在《黔游集自序》里，金德嘉曰："炎暑薰蒸，征轺转仄，时有吟咏，不遑脱稿，邮亭小憩，则药炉茗碗，较胜于饔飧。比及楚南，放于黔西，秋风微凉，旅次加餐，然层崖叠巘，箐丛绁靮，俯视大壑千寻万丈，澒洞窅冥，心胆惊悸；片云垂垂，瞬息骤雨，淋幔霑衣，岚瘴濡湿，即事成

① 见《四库全书总目》，第 1635 页。

诗，……凡所过名山大川，通都剧郡，土风人物，悉当笔之于书。"金德嘉在朝为史官，他传承史官"采风辅轩，献于天府"的美德，把沿途所见之民情民意，所历之山川风物汇集成轶，遂有《黔游集》。《黔游集》的山水诗作以纪行为主，从《行次卢沟桥》发端，共计三十五首。主要篇目包括：《保定道中》《过汤阴》《飞云岩》《黔山歌》《黔中杂诗（七首）》《洞庭湖》《桃源山》《石屏山》《平溪卫》《岳麓书院》《鸡鸣关》《飞虹涧》《辰龙关》《芙蓉关》《马底关》等。这些诗作力道遒劲、意境浑朴，画面清峻而形象逼真。如写黔山之奇之峻之可人，诗人说道："黔山突兀千芙蓉，晓日未上云蓬蓬。我来手把青镂管，日对青青文笔峰。峰高千寻复万丈，呼吸可以苍冥通。"（《黔山歌》）"怪石露天真，赋形随所受。或鸷如鸱蹲，或猛如虎斗。或如猊迸逸，或如马驰骤。如蝉或垂緌，如鸟或引咮。容与或如鸳，狡捷或如狖。细或如江鸥，大或如海鲎。天下瑰玮观，总向兹岩簇。"（《飞云岩》）写黔中民风民俗以及自然风光，他笔墨飞扬，挥毫点染道："地势鱼鳞少，山形虎踞多。……最喜升平久，苗人夜踏歌。"（《黔中杂诗》其一）"袅袅云垂屋，稜稜石作关。大风传古洞，清水志名山。"（同上，其五）"系马听秋蝉，人家老树边。花开岭上路，雨润峡中田。"（同上，其七）写楚南风烟浩茫、险关万叠的窅冥情境，他说："云梦为襟带，君山一羽毛。……烟雨湘灵瑟，风雷楚国骚。"（《洞庭湖》其三）"石屏千仞削芙蓉，镇远城边第一峰。苍翠迎人疑雨到，虚空镇日有云封。"（《石屏山》）"绕涧千峰复万峰，关门削出双芙蓉。时清不用壮夫守，鸟道蛇盘薜荔封。"（《芙蓉关》）

黔中之游，让诗人感受了山重水复的奇特美景，而湘中之行则让他进入了一个山川纡回、风烟弥望的迷幻世界。《涉湘集》即为金德嘉结束"黔之役"十年后应"故人"之"期"，"挂席西征"，重游楚中山水的诗作结集。

诗人《涉湘集·自序》曰："信风解缆，风停则止，烟雨孤舟，四望无际。……旅次多暇，裒沿途所作古今诗，都为一册，颜曰《涉湘集》。是地也，司马子长曾一至而余且再矣。江山忘恙，年齿渐增，存诗以纪岁月。"

《涉湘集》既是诗人十年后再游湘地的抒怀之作，所以其诗风较十年前更为平和冲淡，于迷濛陆离的写景中透出淡淡的凄切。如："楚天歘雨雪，半夜满湘山。缥渺一孤顶，微茫十二鬟。霏霏涛浪里，脉脉竹松间。"(《望君山》)"远树低垂残水白，寒云漭入九疑青。鱼龙澒洞询湘老，屈贾凄凉吊古亭。"(《泊岳州》)"乾坤浮昼夜，星日薄鱼龙。鸟渡垂千里，青青只数峰。"(《涉湘》)涉湘山水诗总体比黔游沉静平和，有一种历经岁月沧桑，反思人生的意味，其写景不离楚地风物潇散幽冥的特点，抒情总是和楚骚的传统相关。因此缘故，通过《黔游集》《涉湘集》能透视出金德嘉心境变幻的轨迹，以及山水诗风演化的过程。

金台诗人作为一个群体出现在清初诗坛上，既是政治的需要，又是社会发展的产物，更是诗歌演进的必然。当社会秩序趋于稳定，一统天下的王朝气象渐露端倪的关键时刻，统治者总要营造一个笙歌悠扬，雅声嘹亮的文学氛围，扶持延揽一批以和平冲淡、圆融雅正为主体风格的诗界闻人作为时代的吹鼓手。清初金台诗人大多出身仕途，是一个以庙堂为依托，与在野布衣相对立的诗歌群体。他们的诗作里已没有前明节烈诗人的激慨和悲愤，因为思想观念上的趋于保守醇和，所以他们的山水诗基本显得温润淡雅，有如渔歌晚唱，令人神清目爽。

第六章 “河山非故国，悠然悟达生”

——查慎行、厉鹗及其浙派诗人的山水诗论

清代诗界，流分九派，群体众多，有些以诗体相近，有些以诗论趋同，有些则以地域划分，如钱谦益为代表的虞山派、赵执信为首的饴山派基本按诗人生活的地域进行划分；王士祯为典范的神韵派则以诗论相号召；吴伟业为主的“娄东派”当以诗体（梅村体）相凝聚，他们各领诗界风骚，为开创清诗的繁盛局面作出了重大贡献。浙派作为清诗流派的重要一支，它的产生既是时势所趋，又是诗人的自觉所致，这个流派虽以地域命名，但它却综合了诗学主张、诗论观点，以及治学态度等因素，是清诗发展史上一个复杂的流变现象。首先，浙派的形成和清初诗坛崇唐宗宋之争相关，崇唐者诗风空寥静远，以气韵为主，讲求声韵和词藻，但唐人之韵格乃时势之产物，至清初已不适应唐风的再现，如果简单追慕唐人风韵，则流于空虚和枯寂。于是宋诗所力主的以学问入诗，以简约白描为风尚，以清峻质朴为格调的诗学观念受到了清初有识之士的重视，这批崇尚宋诗的诗人散布全国，但更集中于浙西、浙东一带，是他们的发端和鼓扬，才使宋诗为标榜的浙江诗群成为清代诗坛的一支劲旅。浙派诗人鼓扬宋诗的前导应推黄宗羲，吕留良等，黄宗羲、吕留良是明末清初著名的遗民诗人，他们尊尚宋诗，提倡宋人之学与当时所处的时代有密切关系，因为宋之遗民在形态和思想上影响了明之遗民，况且宋诗提倡的以学问入诗的主张和黄宗羲，乃至吕留良致力经世之学的观念不谋而合。黄宗羲曰：“宋之亡也，文、陆身殉社稷，而谢翱、方凤、龚开、郑思肖彷徨草

泽间，卒与文、陆并垂千古。”(《余恭人传》)[①]吕留良由朱子之学上溯至孔孟之学，将其概括为夷夏之大防，“留良幼读《朱子集注》而笃信之，因朱子而信周程，因程朱而信孔孟。尝云：‘……君臣之义固重，而更有大于此者。所谓大于此者何耶？以其攘夷狄，救中国于披发左衽也。’……所谓孔孟之道，所谓《春秋》之义，留良着眼处，一言敝之，曰夷夏之防而已。其选宋诗，评时文，无非鼓吹此义，非于宋诗时文真有所偏嗜也。”[②]由上即见，浙派以宋诗相号召而凝聚成一个诗群，他们始终心怀的不仅是诗学之争的概念问题，更是对故国难以忘却的浓厚情结。浙派崇尚宋诗是其所有成员的共同诗学倾向，因而也就成了他们这个流派的标识，为此有学者将其细分成“宗宋派”和“浙派”，让他们并列为清诗流派之一。浙派前后相继，很难将其崇宋的传统进行纵向或横向的割裂，从黄宗羲力主宋诗的理论诞生，到吕留良、吴之振《宋诗钞》的问世，再到厉鹗《宋诗纪事》的付梓，浙派诗人不但在理论，而且在实践上使尊宋的创作风尚一直延续开来，成为他们彼此凝聚的纽带。其次，浙派的形成和地域，以及由此形成的血缘、师承和宗族关系相联结。浙派最初以浙东、浙西为主产地，后来演变成以浙西的嘉兴为中心，波及杭嘉湖地区，这个地区诗人众多，学术勃兴，在地理上称“三吴”，所以他们交通南北、勾连东西，和吴地诗人多所切磋，形成颇有地域特色的太湖流域诗歌群。(笔者按：尽管浙江诗群学宋的风旨被世所公认，但据吴骞《拜经楼诗集续编自序》所言，浙江诗群初始学唐，到吴之振等人才戮力学宋，由此浙派拉开了悖唐向宋的序幕，其序曰：“予自少癖耽吟咏，每游武林，辄喜从诸名宿谭艺，尝闻诸堇浦杭先生之言曰……浙中诗派夙尊唐音，盖源自云间，昔陈卧子先生为绍兴司李，名重于时，吾杭西陵十子咸从问业，各得黄门之一体。嗣是西河、竹垞诸君皆宗法唐音，与新城尚书遥相应和，自吴孟举、陈言扬等三数公，专以宋诗为尚，学者靡然从之，于是浙西风雅几为之一变。”[③]这个说法比较符合浙派发展的走势，姑备一说。)

---

① 黄宗羲《南雷文定》三集卷二，见《续修四库全书》第1397册，第504页。

② 《张履祥、吕留良、陆陇其传》，见《广清碑传集》，苏州大学出版社1999年版，第142页。

③ 见《续修四库全书・集部・别集类》第1454册，第336页。

浙派诗人因生态环境和人文环境的双重涵养，他们本质上对湖山胜景充满柔情与向往，在他们心灵深处厚厚地积淀着对山川草木挚爱的情愫，之所以在艺术上选择轻描淡写的格调，是因为他们生活的自然环境本身就是一幅着笔简洁、意境空明的水墨图。他们热爱自然，纵情山水，习尚简洁明快的审美趋向，故此，在其诗歌创作生涯中，山水诗一直是其生生不息的主题元素。

浙派诗群在清初诗国是一个承前启后、影响深巨的创作群体，除了黄宗羲为浙东余姚人，其他包括遗民诗人李确、谈迁、吕留良在内大多为嘉兴籍诗人，后来又延及杭郡。因此，浙派诗人就有鲜明的地域性，同时又有时间上的贯穿性，这种时空交替延伸的探究，能整体把握浙派诗群相互承启、共同推进的脉络关系。本章论浙派山水诗，从活动于顺康之际的查慎行、厉鹗开始，延伸至乾隆初期的浙派重要诗人杭世骏、胡天游，以及与之相关的其他诗人，唯其如此，才能使浙派诗人的山水诗创作呈现波涌浪卷、高潮迭起的全景态势。

第一节 “孤高真得势，陡起绝无凭”

——查慎行的山水诗

浙派崛起于清初诗坛，使清诗突显新的气象，他们仿佛气足神完的高手，不循常规而剑走偏锋，一出手便令天下群雄侧目。浙派诗群庞大，创作丰赡，其中起关键作用并能称得上大家的应是朱彝尊、查慎行，还有后来的厉鹗、杭世骏、胡天游等。全祖望把汤右曾添入朱、查之列，称其为浙派鼎足而三的大家。“浙之诗人首朱先生竹垞，其嗣音者，先生暨汤先生西厓，实鼎足，至今浙中诗派不出此三家。”(全祖望《翰林院编修初白查先生墓表》)如果以诗人来论，汤右曾无论声望，还是成就恐非朱、查之比。朱彝尊的山水诗已专节述及，兹论浙派山水诗，查慎行从辈份、年序，尤其诗史声望当推浙派第一。

一、查慎行的生平及诗史地位

查慎行(1650—1727),原名嗣琏,字夏重,别署查田;后改慎行,字悔余,别署初白,浙江海宁人。查氏在海宁为望族,代不乏才人。查继佐是查慎行族伯父,明末清初著名学者兼诗人;查嗣瑮、查嗣庭是查慎行的胞弟,二人分别于康熙三十九年、四十五年成进士,嗣瑮官至侍读,嗣庭官至内阁学士兼礼部侍郎。查嗣珣、嗣韩是查慎行的从兄弟,他们在康熙四十二、二十七年分别中进士,查慎行族侄查升于康熙二十七年中进士,入值南书房多年。查慎行本人是康熙三十二年举人、四十二年进士,曾入值南书房,受康熙荣宠。

查氏家世鼎盛,文脉相传,查慎行幼年颖异,智慧过人,五岁即能诗,十岁作《武侯论》,受到乡贤赞赏推誉,《杭州府志》载曰:“查慎行……性颖异,五岁能诗,十岁作《武侯论》,同邑范骧称为旷世才。既长,游黄宗羲之门,所学益进,最深于经,诸经中于《易》尤邃,又好苏轼诗,《编年補注》矻矻者三十年,学有本根,断断自爱。”[①]查慎行幼年学诗,饱读经籍,但才华横绝、学业优异的他在科场上失意至极。康熙二十三年(1684),已三十五岁的诗人捐入国子监,此后寄迹京师,心有所期,康熙二十八年一场从天而降的灾祸改变了他的人生,这场灾难就是著名的观剧案,前章论赵执信已提及。观剧案名义上是国恤日观演《长生殿》犯了“大不敬”的罪过,实质上却是小人挟隙报复所致的党争之祸。该案牵连人物较多,虽经权臣明珠斡旋得解,但参与诸人还是受到了严厉处罚,比如洪升被革去了国子监生籍,赵执信被罢官,查慎行被开除学籍。王应奎《柳南随笔》记曰:“凡士大夫及诸生,除名者几五十人,益都赵赞善伸符执信、海宁查太学夏重嗣琏其最著者也。后查以改名慎行登第,而赵竟废置终其身。”[②]赵执信少年才俊,性情耿介,所以他因观剧案而罢黜终生的悲剧结局令时人叹惋哀怜。和赵执信不同的是查慎行虽然也博得后人惋惜,但

---

① 见《清诗纪事》,第3245页。

② 同上,第2928页。

在诸多同情的言辞中颇具微讽，查为仁《莲坡诗话》就是稍具微词者，详见前第三章赵执信论。查为仁是查慎行的侄辈，他在诗话里不能直白地指责“家伯”的软弱与深通世故，但把赵、查二人互赠的诗句摘录出来，其用意略含褒贬。经过观剧案的牵连打击，查慎行恍然若有所悟，他从诗文自娱的清梦中警醒过来，开始重新打量这个充满险恶的世道，他不象赵执信那样骨梗坚硬，誓不与统治者合流，不向得势的肖小低头，不贪慕名利，不屈服淫威。相反，查慎行性格软弱，意志不坚，在灾难和恶运面前采取逃避的态度，由嗣琏到慎行，从夏重到悔余，这不仅是名号的变易，而更重要的是人格的蜕变。如果为诗人开脱，查慎行的更名完全可以归究为客观环境的险恶和危机，康熙一朝，朝廷权贵间斗争呈白热化态势，凡跻身朝堂者，必得谨言慎行，敛尽锋芒，脱去锐气，磨平棱角，如此才能“竿木随身，逢场作戏”(《敬业堂诗集·竿木集序》)，立身风云诡变的庙廊，而不被险风恶浪所淹没。尽管如此，一个正直的诗人，一个有社会责任感的诗人必须是淡泊名利、具备高贵人格的诗人。赵执信《饴山诗集》中反映社会现实，同情民间疾苦，揭露并抨击统治阶级暴政的诗篇在《敬业堂诗集》里难觅踪影，这不能不是一个难以弥补的缺憾。更何况改名易号，痛悔余生，对于讲求气节的士人来说是一种难以言表的隐痛，甚或是一个无法洗涤的瑕疵，故而为查慎行作传的诸多学者均巧妙地绕开了这一话题，讳言其事。

改换名号的目的是希望再登科第，以求承续祖业，彰扬名气，功夫不负有心之人，查慎行终于在康熙三十二年(1693)秋，应顺天乡试，得中举人，康熙四十一年(1702)“圣祖东巡守，以泽州陈公荐，驿召至行在赋诗。随入京，诏直南书房。明年，特赐进士出身，改翰林院庶吉士，授编修。”(全祖望《翰林院编修初白查先生墓表》)入直南书房对查慎行是一件极为荣幸之事，同时也是招致“忌者”排挤的开始。在充当康熙文学侍从的日子里，查慎行掩饰不住对皇恩的感激之情，他处处慎言慎行，以歌颂帝德为主旨，计发的《鱼计轩诗话》说道：“圣庙幸南海子捕鱼，赐群臣命赋诗。查初白慎行时为编修，供奉内廷诗云：‘笠檐蓑袂平生梦，臣本烟波一钓徒。’称旨。内侍传烟波钓徒查翰林……”对此一段佳话，陈康祺的《郎潜纪闻初笔》亦有载录。查慎行是一个“疏落一往”、钟情于“书卷文字”而“不能委曲周旋同事”的寡淡书生，于是“忌者思去之”，借故将他挤兑到武英殿书局，做了一名校勘官。三年后，他辞官归乡。

如果查慎行退隐后能一直“葛巾野褐，徜徉湖山”，终老田园，也算一件人生幸事，可厄运始终与他结下难解之缘。据相关史料所载，雍正四年，查嗣庭因文字获罪而下狱，其兄慎行和嗣瑮牵连被逮入京。（笔者按：查嗣庭被指犯罪的原因，按徐珂《清稗类钞》所载有四种：一是典试江西，出的试题犯了雍正忌讳；二是典试试题出了“维民所止”，暗示雍正无头；三是其所著《雍止录》横读皆“诋斥满洲”之语；四是其《雍止录》专记雍正“宫廷暧昧事”。不管哪种原故，雍正是要借文字之祸置查氏于死地了。查嗣庭曾是皇八子允禩的宾从，查慎行的弟子揆叙是允禩的骨干成员，他们在皇权争夺中形成了你死我活的矛盾关系。《清史稿·世宗本纪》叙曰：“四年丙午春正月甲午，上御太和殿受朝贺。丁酉，宣诏罪状皇九弟胤禟。戊戌，集廷臣宣诏罪皇八弟胤禩，易亲王为民，褫黄带，绝属籍……拘禁宗人府，敕令易名，名曰阿其那，名其子弘旺曰菩萨保……五月，乙巳，改胤禟名为塞黑思。”①阿其那、塞黑思均为满语音译，一般解说为“猪”“狗”之意。但据陈寅恪、王钟瀚等学者考辩，其无“猪”“狗”含蕴，可理解为“下贱之人”、“令人厌恶之人”。不管该称呼的确切含义如何，总之，雍正令其改名，足见其对政敌的仇恨与蔑视。查嗣庭获罪在雍正处罚了其八弟、九弟的当年九月，他的结局自然就相当明了且悲惨。）本案中，查嗣庭庾死狱中，被戮尸；查嗣瑮遣戍陕西，以八十高龄客死异乡；查慎行赴京申辩与查嗣庭毫无关联，对其罪行毫不知情，得雍正特旨宽大，放归乡里，旋即辞世。浙江一省停当年科举。这场案件的险恶程度远胜于观剧案，它对查慎行，及其查氏家庭的打击可谓是毁灭性的。

纵观查慎行一生的行止，他始终有怀才不遇，世途多舛的忧闷，其运程似乎否多泰少，虽然改名换号，取得瞬间的辉煌，但与生俱来的危惧命运时常让他心怀惊悚，抑郁而终。被囚系北上途中，他把无法稀释的心情形诸笔端，为其苦情“慎行”的人生作了很好的诠释：

---

① 《清史稿》，第68页。

“老涉惊波足可怜,平生履险怕临渊。”(《赵北口堂冰床》)“平生内省能无疚,此祸相连亦有因。”(《丁未立春》)慎行谨言、委曲求全,是在饱尝了人间磨难之苦、历练了宦途种种莫测之险以后不得已而为之的事,这是查慎行的心路历程中最不堪承受又不得不承受的屈辱,所以,查慎行对自己的悲剧结局有清醒的预见:“全家同诏狱,何事不相关。泪尽存亡际,魂惊聚散间。吾衰虞死别,汝健必生还。或者诗成谶,他时一破颜。”(《德尹将赴谪籍留别二章》之二)此诗果然一语“成谶”,德尹,即查嗣瑮,因“诏狱”牵连,被遣戍陕西,兄弟间于“泪尽生死”之际,互赠珍重之语,其死生契阔之情、流离患难之痛全寄于字里行间发露出来,令人掩面唏嘘,不忍卒读。

查慎行作为浙产的诗人,他因固有的性格特点和对功名科举的萦心系怀,不能如赵执信那么决绝,面对统治集团的威逼利诱体现凛然的气概,但他也不是一个毫无骨气、一味钻营的势利小人。他性格软弱而心怀大义,为人磊落却醉心科第,他是一个矛盾且复杂的多面人物。查慎行的正气与刚直没有通过直接的行为表现出来,反之,他用间接委曲的形式表达了自己郁结在胸的英雄情结和民族正义。如“宝剑尘封三尺水,麻蹊寒踏九州霜。随身一掬澜翻泪,不哭穷途哭战场。”(《读白耷山人诗和恺功三首》其二)“战后河山非故国,记中花石尚平泉。烟埋平碧迷芳草,血染春红化杜鹃。”(《留守瞿相国春晖园》)“忆昔元人失其鹿,群雄角逐争驱驰。濠州布衣人未识,芒砀云气常随之。金陵一朝定九鼎,六合不足烦鞭笞。”(《洪武御碑歌》)白耷山人,即著名明遗民诗人阎尔梅;瞿相国,乃抗清名臣瞿式耜;洪武,朱元璋年号。诗人通过彰扬骨气铮铮的阎尔梅,凭吊气节凛然的瞿式耜;歌颂大明圣主朱元璋的开国功绩,来表达他一腔郁怒勃发的忠贞气,着实体现了其人格的另一面。

查慎行一生失意坎坷于科场,却得志扬名于诗坛,他的诗歌无论数量,还是质量均为浙派诗人之冠。在清初唐宋之争的论战中,他旗帜鲜明地标榜宋诗,并以苏轼为教主,曾花三十年之功夫作《補注东坡编年诗五十卷》,其字“初白”的来源就是化东坡“身行万里半天下,僧卧一庵初白头”之意。《四库全书总目》对查慎行的《補注东坡编年诗》极其推重，认为是自宋代施元之注本以来用力最勤、考证最密、蒐採最备的一部苏诗注本，具有拨乱反正、澄清诗史之功效。查慎行诗学源渊时人所评甚多，其师法出入唐宋几大家，但其钟情于苏轼的事实为众所公认，沈德潜《清诗别裁集》曰："所为诗得力于苏，意无弗申，辞无弗达。"《四库全书总目》曰："核其渊源，大抵得诸苏轼为多。观其积一生之力，補注苏轼，其得力之处可见矣。明人喜称唐诗，自国朝康熙初年窠臼渐深，往往厌而学宋，然粗直之病亦生焉。得宋人之长而不染其弊，数十年来，固当为慎行屈一指也。"①查慎行的创作经历与其人生命运紧密关联，并相起伏，前期清峻英拔，中期稳练醇和，后期楚酸哀艳，一如宝鉴，洞彻其心灵之嬗替轨辙。赵翼在《瓯北诗话》中就查氏的诗风渐变有过这样的评述："梅村后，欲举一家列唐、宋诸公之后者，实难其人。惟查初白才气开展，工力纯熟，鄙意欲以继诸贤之后，……今试平心阅初白诗，当其少年，……出手即带慷慨沉雄之气，不落小家。入京以后，角逐名场，奔走衣食，阅历益久，锻炼益深，气足则调自振，意深则味有余，得心应手，几于无一字不稳惬。……要其功夫之深，则香山、放翁后一人而已。"②

查慎行以其人生历炼的一步三折形成了诗歌内容的一唱三叹，其情至真，其性至率，即使逃世潜行、纵然歌功颂德，亦能用真言发摅出来，毫无矫饰与掩抑；他将宋诗崇尚理趣、简净直观的表现手法转接成白描的艺术功力，进而构建了浙派，乃至清初诗坛淡泊洁净、平和不怒的审美诗境，成为清诗完成自我，走向成熟的标记。相对清代诗歌流变演进的历史，查慎行无疑是一位承前启后的诗人。

二、"身行半天下，江山待初白"

——查慎行山水诗的内涵概观

郑方坤《国朝名家诗钞小传》曾论查慎行曰："生平所癖好者，唯于诗、于山水、于友朋、其于进取荣利之途，泊如也。少日为诸生，即

---

① 见《四库全书总目》，第 1528 页。

② 见《清诗纪事》，第 3149 页。

杖策从军，出入牂牁、夜郎之境，以及齐、鲁、燕、赵、梁、宋之区，驿壁邮亭，挥洒殆遍。又尝渡彭蠡，过洞庭，登匡庐五老之峰，探武夷九曲之胜，寻无诸之故墟，访尉佗之遗迹，江山神助，诗益富而且奇。癸未成进士，……比岁西巡，赓歌载笔，凡幽岨之区，瓯脱之境，为从古诗人所未历者，荡胸骇目，悉于五七言发之。”[①]从上引郑氏的“小传”即知：1. 查慎行的游踪广阔，从湘黔到中原，从闽粤到塞上，屐痕几半天下；2. 查慎行的游历生活丰富了他的创作，其诗风的不断演化与他的游踪渐次深化有关；3. 查慎行大量的诗篇与他遍历山川的经历相符，每历一地一境，辄有“五七言发之”，他的抒怀之作，特别山水诗创作，是他与自然山水相融的心灵回声。

如果依郑方坤小传的归纳，按诗人生平游踪的线索展开，查慎行的山水诗当涵盖以下几个方面内容：

（一）“出入牂牁、夜郎之境”的湘黔山水诗

康熙十八年（1679），查慎行因家计所迫，随同乡杨雍建从军入黔，雍建时任贵州巡抚，受命朝廷讨伐吴三桂残余势力。查慎行与堂兄查容结伴，从南京溯江而上，由汉口而荆襄，再独身随军进发黔中，一路历湘之武陵、桃源、辰州、沅江，次年岁末抵贵阳。从军入幕对查慎行是一次心路成长的历练，经过这次苦难洗涤和异域风情感化，他的诗歌创作呈现了一种全新气象，正如赵翼所说：“当其少年，随黔抚杨雍建南行，其时吴逆方死，余孽尚存，官军恢复黔、滇，兵戈杀戮之惨，民苗流离之状，皆所目击，故出手即带慷慨沉雄之气，不落小家。”[②]黔中之行是查慎行别开生面的契机，他诗风的奠基始于此刻。

黔中山水诗从京江拉开序幕，一路写尽湖广、湘西、黔北险峻奇崛的奇山异水，令人眼目缭乱，美不胜收。其著名篇章如：《登金陵报恩寺塔二十四韵》《汉口》《荆州杂诗六首》《三闾祠》《海螺峰歌》《午日沅州道中》《早发齐天坡》《连下铜鼓鱼梁龙门诸滩》《天擎洞歌》《飞云

① 转引自《清诗纪事》第3246页。

② 赵翼《瓯北诗话》，见郭绍虞选《清诗话续编》，上海古籍出版社1983年版，第1299—1300页。

岩》《度油榨关》《黎峨道中二首》《黔阳杂诗四首》《母猪洞观瀑》《青草湖》《中秋夜洞庭对月歌》[①]等。在数量甚巨的黔游山水诗中，诗人既惊诧于西南边陲迥异江南的殊绝风光，又感于边地少数民族艰辛苦难的生活状态，以及沿途所见兵戈暂息后民不聊生的社会现象，他把写景、叙事、抒情统摄于自然山川传达出来，就使黔游山水诗蕴含了更多的人文关怀，从而增大了其感情张力。如："百家成小聚，一县得虚名。路险行吟客，天骄跛扈兵。……不到干戈地，谁知荆棘生。"(《晚泊安乡县六韵》)安乡县地处湖南北部，时属澧州，康熙十八年，诗人随黔抚杨雍建进军湘黔，此地为吴三桂起兵时受灾最重的区域之一，诗人目睹满目荒凉，苦吟出"不到干戈地，谁知荆棘生"的沉痛感慨。再如："西隔辰阳才百里，伤心战地见何曾。尸险林下鸟争肉，瘦棘花边鬼傍灯。"(《北溶驿》)北溶驿在湖南辰州府治东北二百里之沅江北岸，康熙十九年春夏之际，诗人途经此地，借山川形势记录了战争带给人民的深重祸难。又如："雪填土窟埋尸浅，冰裂刀痕迸血新。等是三灾逃不得，疆场沟壑两穷尘。"(《度油榨关》)油榨关，又名文德关，在贵州镇远县西五里，其地势险要，绝壁入云，有一夫当关、万夫难开之称，查慎行康熙十九年冬随杨雍建督运粮草，过此关，目睹士卒雪埋尸骨、命殁草间的惨状，联想到黔地民众的重重苦难，抒发了心中黯然的感情。

查慎行黔游山水诗除上述借景抒情、喟叹民生的作品外，更多的篇章还是专注于对湘黔山川风物的歌咏吟唱。在这类作品中，诗人充分利用白描的优势，同时辅以大气渲染和散点透视的表现手法，使湘黔山水显得或淡雅古朴、或瑰玮峭拔、或怒目开张、或激情四溢。如："蛮果枇杷熟，山花躅踯多。蒲鱼乡国味，风雨客程歌。"(《午日沅州道中》)"丝路微从鸟道分，半空鸡犬隔江闻。雨声飞过岩头寨，多少人家是白云。"(《鸡冠寨》)"马滑前岗冷未消，一鞭丝雨上衣潮。瘴

① 凡引查慎行诗文，皆出自周劭标点《敬业堂诗集》，上海古籍出版社1986年版；聂世美选注《查慎行选集》，上海古籍出版社1998年版。以下不一一注明版本。

茅黄过三郎铺，寒水清涵葛镜桥。”(《黎峨道中》)黎峨，山寨名，清属贵州平越州，其境内镇山名嵺峨山。贵州一路飞瀑险滩、高峰云岩相属连绵，其气势雄壮、声威撼人，查慎行借助深厚的描写功力，将其刻画得形神兼备、气象不凡：“轻舟纸作底，百折穿石罅。雨雹飞两旁，雷霆奋其下。……又如彀强弩，东向海门射。”(《连下铜鼓、鱼梁、龙门诸滩》)“水穷云起岩洞出，外象轩翥中含空。……悬岩俯瞰势将坠，一柱突兀撑于中。蜂房倒垂作层级，钟乳乱滴穿玲珑。……石梁截断千匹练，明珠迸出鲛人宫。”(《天擎洞歌》)天擎洞在清属湖南沅州麻阳县西三十里，俗名破岩，其景致幽深，崇岩崿嶂，石湍飞溜，极其壮观。“岩前汇奔流，人骇马辟易。来如曳组练，一线注飞白。……直从湾澴底，跳沫腾百尺。”(《母猪洞观瀑》)母猪洞，又称牟珠洞，在贵州贵定县城西二十里。洞口有石笋一株，大数围，高耸十余丈。游人持炬深入，则见石乳结撰，嵌空玲珑，波诡云谲，莫可名状。洞内有大士石像，妙丽庄严；各种奇石如人如鸟如兽如器物，令人神迷目眩。以上写黔中洞壑云岩，其势剑拔弩张，其形巉刻峭厉，无与伦比；而写湖湘风致，诗人则笔势一转：“淼淼湖光天尽头，曚曈初日起芦洲。小船百折行难到，一片苍云白露秋。”(《青草湖》)这首小诗写湖南名胜——青草湖，诗用轻描淡写的手法，将青草湖轻淡如梦、水面无波、湖光万里、烟霞迷濛的景象勾勒得深邃阔大，圆融飘逸。如果《青草湖》是一曲小调的话，那么《中秋夜洞庭对月歌》则是一首旋律激荡、音调繁复而气势奔泻的长歌，它融写景、抒情于一体，把诗人潜藏心底的郁结情怀通过湖光月色发露出来，产生了极强的共振性和感染力。这首诗既可看作诗人黔游诗的殿末之章，亦可当成他前期山水诗风格形成的代表作。诗曰：“长风霾云莽千里，云气蓬蓬天冒水。风收云散波乍平，倒转青天作湖底。初看落日沉波红，素月欲升天敛容。……月光浸水水浸天，一派空明互回荡。……人间此境知难必，快意翻从偶然得。遥闻渔父唱歌来，始觉中秋是今夕。”查慎行诸体中，五七言古体颇为擅长，王士祯的《敬业堂诗集序》曾评道：“若五七言古体，剑南不甚留意，而夏重丽藻络绎，宫商抗坠，往往有陈后山、元遗山风。”[①]观《中秋夜对月歌》则深信王士祯所评不差。此诗作于康熙二十一年，诗人由贵州返程，道经洞庭湖，偶期中秋佳节，放眼皎月东升，湖光无垠的壮阔景象，顿被月光、水光、天光相互交融、共同辉映的奇丽画面所倾倒，神会之间，大笔淋漓地留下这首畅情快意的佳构杰作，因其意境开阔，气象万千而感情奔放，被后人评为“奇语可破鬼胆”(查奕照语)，翁方纲更将其推举为“先生七古入卷以来此为最！矜炼之作矣。”另外《渡洞庭湖四十韵》的五言长歌和《中秋夜洞庭对月歌》此倡彼和，全景式地再现了洞庭“一气吞全楚”的壮阔气势。

(二) 漫游“齐、鲁、燕、赵、梁、宋之区”的山水诗

经历了前期求学游幕的漂泊生活，查慎行于康熙二十三年(1684)北上京师，拉开求取功名、寄迹京城的人生幕布。从捐入国子监，到二十八年革去国子监学籍，前后历时五年，这五年他足迹遍踏齐鲁、燕赵、梁宋等古风漫溢之地。凡目遇之景，皆神会于心，发之笔端，就形成古苍浑厚、思绪飘逸的山水篇什。查慎行的齐鲁、幽燕、梁宋山水诗描写平淡，含意深沉，其意象紧扣北地景物的特色，给人亲切自然、回味悠长的心理感受。如写齐鲁遗风，他说道：“红日忽沉烟起处，白杨长递雨来声。万山回首如屏障，一片平芜接晏城。”(《晚抵晏城次壁间韵》)“蹇驴三四驿，平野入飞沙。白月孤城闭，清沂一道斜。”(《郯城道中》)见惯江南风景的诗人，首次踏上北去的旅程，他的惊喜豁朗之情在诗境中漫漫散发开来。再如写帝景景物，他表现得庄严华贵、明丽秀美，如：“含烟含露一梢梢，花果禅扉锁合牢。野鸟不知园有禁，隔墙衔出紫葡萄。”(《松林寺》)松林寺，故址在今北京市西山香山公园内。查慎行《人海记》对之描述曰：“舆胜庵，土人目为‘松林’，……春月桃杏杂发，登阁望之，不异锦城花海也。”此诗作于康熙二十三年，工笔细描，笔法圆润流转，意境开合自如，充满盎然生趣。“禅榻吹灯睡不成，栖乌枝上已三更。纸窗一面朦胧月，只道秋声是雨声。”(《同吴六皆陈叔毅汤西崖宿摩诃庵》)摩诃庵，在今北京

① 见《敬业堂诗集》,《四库全书》本卷首。

市西城外海淀区八里庄,明代蒋一葵《长安客话》卷三记曰:“黄村东十里为八里庄,有寺曰慈寿,……慈寿寺旁有庵曰摩诃庵。……登楼一望,川原如织,西山逼面而来,苍翠秀爽之色似欲与人衣袂接。”该诗虽写夜宿山寺的情景,但诗人能通过几组不同的意象,把主观感觉同客观外物有机融合起来,使诗情显得绵密细深,引人入胜。查慎行的齐鲁幽燕山水诗代表了走向成熟期的诗人的基本审美风格和艺术趋向,其中尤以往返燕赵之区的诗作为典型。如:

月黑见渔灯,孤光一点萤。微微风簇浪,散作满河星。

——《舟夜书所见》

澹烟消处日初衔,酒旆微风到布帆。我自偶从花底过,不劳蝴蝶上春衫。

——《泊头镇见杏花》

日痕红曙露初晞,草色迎人欲上衣。顿觉水乡风景好,一群野鸭踏波飞。

——《琉璃河次汤西厓壁间韵》

风柔自觉轻衫便,山近微嫌湿翠多。日暮大清桥畔望,一丛春树拥齐河。

——《大清桥》

《舟夜书所见》是查慎行诗艺达到巅峰的代表作。作于康熙二十七年(1688)“扶持”其病笃的岳父陆嘉淑南归途中,诗人“水程濡滞”,便“以诗送日”,写下大量纪程山水之作。《舟夜书所见》以“舟夜”为背景,把触目“所见”的景点转换成富含诗情的意象联结起来就构成无迹可求、圆润如梦的山水诗境。

泊头镇,在明清北直隶交河县东五十里(今改泊头市),《读史方舆纪要》载曰:“商贾凑集,筑城于此,管河别驾驻焉。”[①]《泊头镇见杏花》诗境空灵,诗笔轻飏,通过景与情的巧妙融合,充分显示了诗人善

① 顾祖禹《读史方舆纪要》,中华书局2005年版,第561页。

于捕捉生活细节，以小见大的艺术概括力。

琉璃河，又称六里河、刘季河，源出房山县西北，东南流经良乡县西南，又流经涿州东，南入保定府新城县，被称古圣水。康熙二十九年，被革去国子监生的查慎行南归行经琉璃河畔，放眼遥远的地平线，但见朝暾初起，霞光微现，碧青的草色沾着清凉的露滴袭人衣裾，此情此景顿令诗人忘却人间险恶，一切的郁闷全消解在“野鸭踏波”的勃勃生机中。

大清桥，在山东济南府齐河县东半里，桥跨大清河，为南北之通道。始建于元代的大清桥，不但有交通之便利，而且还有观赏之价值，桥共九孔，石皆钤铁，上置狻猊槛柱，结构精工，造型优美，东西各一坊，一曰“大清桥”，一曰“济水朝宗”。后经战乱有损毁，大清顺治八年重修。诗人查慎行穿梭在春风骀荡、春日微醺的齐鲁驿道上，一袭春衫轻便，满树翠绿迎人，纵目齐河上下，一切全笼盖在夕阳洒金、春树含烟的画景中，令人神怡心清。

（三）“渡彭蠡，过洞庭，登匡庐五老之峰，探武夷九曲之胜，寻无诸之故墟，访尉佗之遗迹”的东南山水诗

康熙二十九年，被革去国子监生的查慎行，为了生计，先后奔波游学于闽、粤、赣等地，这种游历既排遣了他的忧郁胸襟，又使他徜徉于东南一带的奇崛山水中，让他饱览了武夷之胜、匡庐之景、梅岭之春、彭蠡之秋，这些亘古长存、奇峻壮美的山川不仅慰藉了他疲惫的心灵，而且还进一步锻铸了他的诗魂，使其更趋完美。如果齐鲁幽燕山水诗平淡瘦劲，柔中带刚的话，那么查慎行的东南山水诗更见沉稳工致，在空阔淡定中含有峭拔郁怒。如：“夹浦桥南客棹孤，雨声连夜洗平芜。东风吹浅吴江水，半作春潮涨太湖。”（《夹浦桥阻风》）夹浦桥，在清苏州元和县娄门外，其江水勾连吴江，查慎行于康熙三十一年(1692)春季应时任九江知府的朱俨邀约，入其幕府，他把此行所作结集为《溢城集》。《夹浦桥阻风》为其扬帆九江经苏州时所写，诗歌以骤雨夜入吴的背景展开描述，用“客棹孤”、“雨声连夜”、“东风吹浅”、“涨太湖”等动静相间的特殊意象，抒发了他如春潮涌动的复杂心情，给人郁勃激楚的心理感受。与此相近的还有：“拔江喷作雨，白

日潜光辉。初疑鳌山倾,又若鳄窟移。”(《大风至刘婆矶》)“战回左蠡军容壮,凿断残岗霸气销。……自从血洗孤城后,九派空迴寂寞潮。”(《江州杂咏四首》其一)查慎行的赣游山水诗以庐山组诗最为警策。庐山,高大雄伟,层峦叠翠,奇险异常,云雾出其半,烟波绕其前,放目四顾,令人胸胆开张。查慎行烦忧压抑的心绪被庐山一激发,顿时如旭日初升,光芒四起,如:“升仙台前白玉碑,柱石挐攫龙之而。……天池之山高巍巍,竹林仙驭杳莫追。鹤归倘记石华表,世代已逐沧桑移。百年雨露在山泽,惟有松柏参天枝。”(《洪武御碑歌》)升仙台,又称白鹿升仙台,在庐山牯岭西北锦绣峰顶,相传明代初年周颠在此处乘白鹿升天而去。洪武碑,即朱元璋访周颠不遇而为之所制玉碑。碑文前镌《周颠仙人传》,后刻《祭天眼尊者周颠仙人徐道人赤脚僧文》及诗二首,皆为朱元璋亲笔撰制。查慎行登临升仙台,怀古思幽,抚物追人,将人情、物理、山水融为一体,借洪武雄才大略的波澜壮阔映照山势磅礴,又以庐山绵亘不绝、柱天维地的气势来反衬洪武皇帝的千秋之功,气象开阔,激情四溢。再如:“背负碧落盖地圆,尺吴寸楚飞鸟边。初看白缕生栖贤,树杪薄罥兜罗绵。……滔滔滚滚浩浩然,浑沌何处分坤乾。……以山还山川自川,五老依旧排苍巅。……此时此景幻莫传,顷刻变天随云烟。”(《五老峰观海绵歌》)五老峰,庐山主峰之一,山势峭拔险要,形似五位老人拱手而立,是观云海出没变幻的佳胜处。查慎行的《五老峰观海绵歌》跌宕起伏,婉转圆润,诗人以放歌的舒缓旋律,尽情刻镂了云海变幻莫测、千形万状的奇异景象,其抒情如云烟突起、雾海翻卷,绵绵不绝,又诡异善变。除长歌而外,查慎行的庐山小调更显清澈纯净,意味浓厚,如:“一奁明镜插芙蓉,积雨初晴翠蔼浓。万叠好山看未足,又添云势作奇峰。”(《初夏坐烟水亭望庐山二首》其一)庐山之游是诗人创作生涯的转折点,更是诗人将半生经历融入自然山水后的感情结晶,对此,他的长诗《自题庐山纪游集后》作了全面而深刻的总结。

康熙三十七年,家居有日的查慎行随朱彝尊买舟南下,作闽地之游,他们沿兰溪逶迤而行,遍赏了江水如蓝、群山若醉的旖旎风光,或清歌独啸、或心曲倡和,其写景曼妙,富含生活情趣,如:“飞尽渔湾白鹭鸶，罛师逆浪上滩迟。兰溪城外数钱女，月出未收青酒旗。”（《晚次汝步乘月抵兰溪城下》）“山田早插绿秧齐，小犊新生未驾犁。闲背村童浮水去，牛栏只在岸东西。”（《和竹垞沙溪铺》）闽中山水诗作为东南之游的后续作品，其风格与赣中山水诗遥相呼应，平淡中见奇崛，简净里显波澜，如：“一村树合烟初暝，四面山高月未升。隔岸闻钟知有寺，满川风浪放河灯。”（《七月十五夜泊埂程》）从字面看，此诗写闽江泊舟的安详静谧，烟树迷离、山高月小，画面极为清幽，可诗人结尾宕开一笔，从虚空处着眼，借听觉拓展视界，满川风浪，波澜四起，一盏盏如星的河灯摇曳飘散于激流之中，向远处缓缓隐去，顿使诗境显得空阔辽远。再如：“人从井底盘旋上，天向关门豁达开。地险昔曾资剧贼，时平谁敢说雄才？”（《度仙霞关题天雨庵壁》）仙霞关雄伟险要，横亘闽浙交界处，屏障两省安危，查慎行融山水壮景、险关形胜和人文思考于一体，在“虎啸猿啼万壑哀”的悲慨背景下，道出自己对国家命运的深沉思索。因之，此诗被时人评为“雄放却工稳”的七言佳作。在闽游山水诗中，查慎行的滩行之作颇值一提，滩是闽江沿途多见的险仄水道，诗人对滩的描写精工细赋，且多用对比和譬喻，使诗境显出形象逼真而惊心骇目的特征，其名篇有《大小米滩》《牛头牛尾滩》《莲花滩》《鼠滩》等。

(四)“比岁西巡，赓歌载笔”的扈驾山水诗

康熙四十一年(1702)，时年五十三岁的查慎行经张玉书、李光地相荐，另说受陈廷敬推荐(见全祖望《翰林院编修初白查先生墓表》)，趁康熙东巡的机会赴德州行在赋诗，称旨，遂入直南书房。

身居宸垣翰苑，查慎行不但尽瘁于国事，为皇帝当好文学侍从，而且还于公务之余，游赏帝京景物，尤其扈驾北巡，道出关外，尽观了与中原相异的山水风光，使他心胸为之开张，诗境亦因而改变。如：“云从万叠峰头出，风逐千群马尾生。”（《二十七日随驾发汤山》）“巨灵擘石如擘云，云根俯插黄花军。烟氛突过扫无迹，风雨欲来天半闻。”（《六月初四日扈驾出古北口》）“已被云遮百万层，又从云外见崚嶒。翻绿山好添惆怅，未得峰峰策杖登。”（《塞外山》）“古藤攀石度，绝壁过云通。鸟啄槐花雨，蝉嘶槲叶风。”（《行过青石梁》）“谁写丹青

向碧霄,参差入望势偏遥。烟光澹处疑无树,日气生时似涌潮。飞鸟不能逾嶂外,横云只许抹山腰。”(《赋得远色有诸岭限二萧》)“雕雾鹰风涨泬寥,一天秋意顿萧萧。彩虹截断辽西雨,飞入银河当鹊桥。”(《七夕喀喇火屯雨后作》)“千岩浮动万壑充,十里雾湿三花鬃。阳乌展翅烟摅虹,倒射石壁纷青红。……小者为霍大者宫,前高后亚儿随翁。……青天一碧悬双蓬,仙舟出没波涛洪。形随径转日在东,并作高柱孤宠炭。”(《双塔峰歌》)“一林槲叶一林枫,半染青黄半染红。只道平沙随地阔,忽开绝境与天通。冰霜气候阳和里,金碧山川指顾中。”(《度汗铁木儿岭》)“严霜如薄雪,细水作轻冰。”(《初十日发摆波喀口》)“翠屏丹嶂四成围,见说前网雉兔肥。”(《十九日度生吉兔岭》“龙沙展势提封外,鸟道盘空霄汉间。诏许重登峰顶望,始知高出万层山。”(《二十六日扈跸至兴安岭有旨命臣等绝顶远眺恭纪七律四首》其一)“东走陪京山委浪,北逾翰海地粘天。牛羊白散千屯雪,草木青回万灶烟。”(同上,其二)“崇岗无树朔风寒,直下真从井底看。知是向南归路近,乱飞黄叶打征鞍。”(《大风下兴安岭》)“青山缺处吐孤城,行到牛栏路更平。一片黄榆绿槐影,白狼河畔作秋声。”(《牛栏山下二首》其一)“凿开峭壁转龙腰,高栈中萦线一条。石吻仰喷泉作雾,云根倒拨树干霄。”(《发桦榆沟从新开石梁至哈喇火屯》)“蛇蹑猿攀路仅通,溪声忽转一山红。行来不道秋才半,已在寒林薄雪中。”(《度达阴岭看红叶》)“千峰雪作漫天雾,万帐风兼动地雷。红树一番残叶尽,碧空依旧夕阳开。”(《八月十七日伊苏河源雪中闻雷食顷开霁》)“横亘东西路几千,直从辽海控居延。尽消伏莽山无树,不断灵源地涌泉。”(《随驾行兴安岭上》)“直下初从万仞巅,忽于井底见炊烟。松风夜转潺湲水,知是山腰一眼泉。”(《下西巴里台》)“截断云头作翠屏,官沟南泻水泠泠。”(《入居庸关》)“沙纹练练溜涓涓,似有鸣琴出响泉。松磴晓含三尺雪,石床秋语七条烟。”(《弹琴峡》)上引诸诗,代表了查慎行作为康熙帝文学侍从,人生处于巅峰状态下创作的山水诗水平。诗人以惯用的艺术手法,饱满的热情和敏锐的诗心,讴歌了塞上及其辽东一带的山水风物,诗笔苍健,诗境雄深,让我们尽情领略了一个前人较少涉猎的奇丽境界,给人绵绵不尽的美感回味。

(五)“葛巾野褐,徜徉湖山”的江浙山水诗

查慎行一生得意时少,而失意日多,得意之际,他英才勃发,创作了如塞上辽东那般劲健雅深、斑烂多姿的山水诗,失意之间,如全祖望所说“萧然如老诸生,葛巾野褐,徜徉湖山。”基于全祖望的这几句描摹,我们展开想象,可以清晰地看到一个乡老装扮的儒生,用仁者的胸襟,智者的旷达,行吟在故乡一望无边的湖光山色中,用南湖之水、钱江之潮、太湖之波荡涤一生难以消解的尘氛,使他躁动了一世的灵魂安谧于鹰窠顶日出的瞬间,虎丘塔飘风的季节,以及小孤山暗香浮动的月影之下。如果说查慎行的大半生是为功名奔波着,为生计苦闷着,在挣扎和躁动中寻求一线希望之机的话,那么挂冠归来,或失志退隐的日子则是平静的、安详的,甚或有种解脱的枯寂。这些心绪融入山水诗创作,就使其以咏歌故乡为主的江浙山水之作呈现出淡远澄静,无波无痕,流溢田园之趣、人生之乐的色调。如:“晓风催我挂帆行,绿涨春芜岸欲平。长水塘南三日雨,菜花香过秀州城。”(《晓过鸳湖》)鸳湖,即嘉兴之南湖,康熙五十二年,辞官家居的查慎行泛舟游于湖上,只见晓风徐来,平芜涨绿,春雨生新,菜花送香,不禁心旌飘摇,魂入水乡,此诗用视觉、味觉相杂的通感手法,把江南泽国的春色描绘得鲜艳明丽,韵味十足。南湖,是嘉兴名胜,查慎行对之颇为钟情,凡道出其间,他都要扁舟一叶,尽兴留连,因此,在查慎行诗笔下,南湖宛如一绰约渔家女子,铅华洗尽,风致无限:“积雨初霁交清明,桃花杏花飘满城。城南水色绿于酒,鹅鸭一滩春草生。”(《清明日南湖泛舟》)“卧看西南落月圆,起来晴色满湖烟。……菰叶晓沉风外岸,菱花秋淡影中天。”(《晓过南湖》)查慎行故乡海宁和海盐相接,地处江海汇合处,景色秀丽、当潮而立,不但是弄潮儿勇立潮头的观涛胜地,而且还是凭高远眺、纵目观日的佳处,诗人一曲《十月朔五更鹰窠顶观日出》的长歌把日月同辉、海天一色的壮观景象勾勒得扣人心弦,如同一声震耳的洪钟响彻天地之间,令人骇目惊心:“我来此处看日出,要是乾坤旷荡之奇观。山高地穷天水连,尾闾东泄茫无边。明星有烂黑气作,雾非雾兮烟非烟。移时一痕破,满空血色红殷鲜。乍浮复乍沉,水底疑被长绳牵。须臾涌出水面圆,紫金光现榑

桑颠。自东而西不知几万里，一线倒射洪波穿。亦不知自高而下几千万万丈，一跃直上团团天，观者目眩心神迁。”鹰窠顶，即鹰窠顶山，在浙江海盐县南三十里，又名南阳山，其前临澉湖，后倚大海，多奇石，凡九折而上，可观日月并出的奇景。查慎行的长诗从远古有关日的传说起笔，混沌浩淼，苍溟空阔，又通过比较渲染出鹰窠顶观日出的独异之处，接着以淋漓之笔描摹了日出时江海翻腾，万里同光的雄伟气象，其气势充沛、用笔灵活，如一道霞光，耀人心目。洪亮吉在《瓯北诗话》中评曰：“兴会所到，酣嬉淋漓，力大终身，虽长而不觉其冗矣。”

查慎行生为江南人，对江南风物钟爱不已，在不断往返南北的旅程中，他把江南景致刻划得如同一泓清水，既纯净明澈，又富民俗民情，恰似一幅幅烟雨农耕图。如：“楼头树色已葱葱，楼外烟光薄未融。……绿芜望极空濛际，白发痕深聚散中。”（《虎丘花信楼与马素村别》）“酒熟桥边肆，鱼跳柳外罾。烟波千里舶，帘幕几重灯。”（《夜宿常州城外》）“山水多平远，秋来悉美田。红姜肥似掌，紫芋大于拳。玉剥菱腰阔，珠收芡粒圆。老饕归为口，一味说丰年。”（《梁溪道中》）梁溪，即无锡，康熙五十二年，诗人告假归里，经无锡，放眼秋日江南，风景如画，他选取几个富有生活情趣的场景：红姜正肥，紫芋似拳，一群妙龄女儿划着点点木桶漂浮水面，鲜艳的菱角在她们手中闪出朵朵红霞；菱肉似雪，芡实如珠，好一幅江南秋收图！因其充满生活情趣和生产喜悦，所以此诗自然显现清新流转、质朴秀逸之感。写杭城秀丽空明之景，他说：“凿开混沌著丹青，落石犹疑处士星。白鹤不归梅树老，鹭鸶飞上御书亭。”（《西湖櫂歌词》其二）“蜂喧蝶闹奈春何，拂面风香过绮罗。此意少年应未曾，第三桥畔落花多。”（同上，其四）“两山钟磬东西寺，十里烟波远近帆。”（《三月二日偶游硖石精舍》）

查慎行江浙山水诗不但空阔淡远、富有诗意，而且还借景抒情，用特指的人文景观发摅内心的隐忧情绪，悲愤沉雄，能反观查慎行人格潜形隐志的另一面。如：

> 不知颓废自何年，一片伤心到目前。战后河山非故国，记中花石尚平泉。烟埋平碧迷芳草，血染春红化杜鹃。狼藉南云凭

栏外，愁看白日下虞渊。

——《留守瞿相国春晖园》

松圆为友河东妇，集里多编唱和诗。生不并时怜我晚，死无他恨惜公迟。峥嵘怪石苔封洞，曲折虚廊水泻池。惆怅柳围今合抱，攀条人去几何时？

——《拂水山庄》其三

上引两诗为托物言志的人文山水诗。诗人于康熙三十二年(1693)春三上北闱，途经苏州，特意取道常熟，一边欣赏“烟村雨浦递湾环，忽入澄湖杳霭间”(《渡尚父湖晚抵虞山二首》其一)的画里风光，一边来到位于常熟名胜虞山之畔的春晖园、拂水山庄，借园庭遗迹，发露内心感叹故国的兴亡之慨。春晖园，据《常昭合志》载：“在阜城门外拂水桥之左，亦瞿忠宣之别墅。”瞿忠宣即抗清名臣瞿式耜，查慎行生活在文字狱已开始严酷的康熙时代，他把对前朝感念、对异族不满的悲慨情怀不能以文字直接表达出来，却以委婉的笔触通过凭吊“瞿相国春晖园”遗址的方式传达给读者，全诗凭“颓废”、“伤心”、“烟埋平碧”、“血染春红”等特指意象，深沉地抒写了“河山非故国”的亡国之恨，以及对瞿式耜“春红化杜鹃”的悲壮人格的怀思与敬仰之意。气氛悲壮哀婉、格调抑滞沉痛，读之令人生“荆棘铜驼之感。”(庞树柏《龙禅室摭谈》语)拂水山庄，钱谦益所筑，在常熟虞山拂水岩下，风景极为幽胜，钱谦益与柳如是生居此，死亦葬于附近，是后人凭吊怀幽、一摅郁结心绪的人文故迹。此诗委曲宛转地悼念了大明的灭亡，通过对钱谦益大义面前不能舍身的悲剧命运的憾恨，表达了诗人在大是大非上绝不苟且的坚白心志。查慎行追逝悼亡、托物言志，虽然春晖园、拂水山庄主人的价值取向不同，人生归宿有异，但二诗异曲同工，主旨互为表里，从正反两面表现了查慎行内在人格的趋向和本质心性。这两首以咏怀古迹、借景抒情的人文山水诗是认识查慎行山水诗整体思想内涵的点睛之作。

三、“细比老蚕初引绪,健如强弩突回潮”

——查慎行山水诗的艺术审美价值

作为浙派的中坚人物,作为宋诗的忠实信徒,查慎行以学理入诗,以白描为主要手法,以平淡质朴为风尚的诗歌特征被众多诗论家所公认。袁枚《随园诗话》曰:“查他山先生诗,以白描擅长。”[①]又《答李少鹤书》中曰:“他山是白描高手,一片性灵。”[②]赵翼的《瓯北诗话》评道:“初白好议论,而专用白描,则宜短节促调,以遒紧见工。……一遇使典处,即清切深稳,词意兼工。”[③]张维屏在《听松庐诗话》里论曰:“查悔翁于人情物理,阅历甚深,发而为诗,多所警悟。……初白先生诗极清真,极隽永,亦典切,亦空灵,如明镜之肖形,如化工之赋物,其妙只能是达。”[④]朱庭珍对查慎行白描为主的清空诗风分析更为到位:“查初白诗宗苏、陆,以白描为主,气求条畅,词贵清新,工于比喻,善于形容,意婉而能曲达,笔超而能空行,入深出浅,时见巧妙,卓然成一家言。”(《筱园诗话》)[⑤]由上述所论,查慎行诗歌的基本风格约略可见,白描、清峻、飘逸、典丽、隽永是其审美指向的关键词。

查慎行诗艺的形成,既是他创作成果的凝结,更是他诗美精神的体现。就诗歌创作的过程,以及诗美特质的构建,查慎行的体验与感悟有以下几点:1. 诗歌创作是诗人辛苦耕耘的结果,是诗人经过生活磨砺,博采众长的创造性劳动,为此,他对友人说道:“唐音宋派何须问,大抵诗情在寂寥。细比老蚕初引绪,健如强弩突回潮。……不遇知音弹不得,吾琴经爨尾全焦。”(《得川叠前韵从余问诗法戏答之》)“惟诗亦云然,众美视斟酌。神功须力到,佳境岂意度。”(《答钱

---

① 〔清〕袁枚著、王英志批注《随园诗话》卷八,凤凰出版社 2009 年版,第 141 页。

② 袁枚著《小苍山房尺牍》卷八,见《袁枚全集》第五册。

③ 〔清〕赵翼著《瓯北诗话》,人民文学出版社 1963 年版,第 160 页。

④ 见《国朝诗人征略》,第 274 页。

⑤ 见《云南古代诗文论著辑要》,第 283 页。

玉友》)2. 诗境用白描勾勒而成,但坚实的功底来自深厚的学问,作诗须有底本,如此才能形成看似平淡质朴,其实却非常耐人寻味的诗歌境界。“文章岂必关神授,知有工夫在洗磨。”(《题楼敬思梦洗三瓯图》)“诗贪老境甘如蔗,醉觉香醪味似糖。”(《雨中同竹垞兄过恒斋饮次竹垞韵》)“诗境全从寄托深,开编静对见君心。行收珠玉挥毫手,往和风霜落叶吟。”(《题同年张蒿陆落叶诗卷后》)3. 真美的诗境本于天然,提炼自诗人广泛亲近山水,对自然进行深刻思辨的精神活动,离却自然、离却生活,就没有诗人情思的流光溢彩,同时也就没有诗歌境界的构建基质。“想当泼墨目无前,董巨源流却井然。天下溪山皆粉本,室中结构是云烟。”(《题王石谷山水四首》其三)王石谷的山水虽以前贤为标本,但他更注重从“天下溪山”中汲取源泉,让自然灵动的山川草木激活他的创作灵感。查慎行同样也以自然为“粉本”,他把入目即见、遇神而化的山川万物纳于毫端,致力营构属于自己的诗美境界:“半生读书不得力,浪走风尘嗟暮色。……偶然兴至或留题,聊藉微吟豁胸臆。诗成直述目所睹,老矣焉能事文饰。”(《自题庐山纪游集后》)述“所睹”、吟“胸臆”,不事“文饰”是查慎行山水诗创作的精髓所在,因此,他认为春花秋月、草木虫鱼皆能引发诗人空阔辽远的情思,使诗人营造如斜阳晚钟般空虚杳冥的深沉诗境:“春深花淡淡,日暮云袅袅。余晖带疏钟,诗境堕空杳。”在他看来,“古今”恍似“一大梦”,只要参透,就如日升月落,不过“昏晓”一隔而已。

有了以上对诗美境界的思考,查慎行在他的山水诗创作实践中处处突出其颇具个性化的艺术特征。

首先,在诗境构建上,诗人以清真淡远为尚,以平直朴质为审美标准,尽力选取富有生活情趣的场景和寓含生命力的意象,以渲染烘托背景,营造令人咀嚼不尽,回味无穷的山水诗境。如:

好山隔黄沙,隐隐一重雾。雾敛日红时,螺青出高树。

——《晓起回望西山》

沿堤画桨爱徐行,但换桥坊不改名。水墨图中天一色,鹭鸶几点去分明。

——《雨中随驾泛舟石湖次院长韵》其二

漓江江色绿于油,百折千回到海休。多事天公三日雨,一条罗带变黄流。

——《桂江舟行口号》其二

碓床石濑响泠泠,爱入归人旧耳听。岸草绿痕移蟋蟀,水花红影带蜻蜓。樵争晓市秋初霁,风转荒湾櫂一停。云雾不遮南望眼,三峰回首逼天青。

——《晓晴发清湖镇舟中望江郎山》

上举各诗,分别作于诗人寓居京师,浪游浙、闽、粤、桂期间,虽然所指对象地域悬殊、形胜相异,但其营造的诗境却惊人相似,澹远空阔、朴实无华,有一股不尽的意味充盈其间,令人回味追觅。

其次,在表现手法上,诗人以白描为主,以譬喻、形声、夸张为辅,使其所绘山水景物形象逼真、声色兼备,充满呼之欲出的生命动感。如:“悬崖峙西湾,水势扫如帚。……熊罴饥攫人,奇鬼起援手。蜂窠挂篙眼,鸟卵破甕缶。……有时应鞺鞳,照影见星斗。”(《石钟山》)“一气吞全楚,孤舟望不穷。……冰雪凝壶净,烟霞拂镜融。恍疑天四合,长见日当中。……未成骑赤鲤,直欲驾晴虹。空旷曾张乐,轩辕想驭空。”(《渡洞庭湖四十韵》)“呈形寓百怪,意想得奇肖。昂昂舞狮象,狠狠蹲虎豹。蛟龙护鳞甲,鸾凤披羽翮。或疑人卓立,又似波倾倒。”(《飞云岩》)上列无论写石钟山的孤峭诡变,还是洞庭湖的浩淼诡谲,尤其飞云岩的幽深诡异,诗人都能通过比喻、拟声、摹形的多重手法,将其刻画得惟妙惟肖、穷形尽相,使人恍如置身其境,魂惊目骇。

再次,在山水诗格调和气韵生成方面,诗人着力打破淡雅平和的基本套路,而随所历之境,所见之景,所生之情不断变幻着山水诗的风格与审美取向。如写南国之景,他的风格呈现为幽静澹远、冲和圆润,有一丝悠悠的情韵缠绕在山水间,如漫天精灵在轻轻翻飞浅唱:“溪女不画眉,爱听画眉鸟。夹岸一声啼,晓山青未了。”(《青溪口号》

其三）清溪，在浙江淳安县，诗人以画眉喻人，人鸟合一，情趣自然生动；“黄芦吹断黑头风，寒日初生血样红。一片湖山新着色，万螺浮白碧壶中。”（《雪后晓渡太湖》）康熙二十九年，诗人应徐乾学之邀在苏州东山参与修撰《大清一统志》，是年冬日雪霁，他迎朝旭登舟渡太湖，但见“黄芦”迎风，“寒日”如血，“一片湖山”被白雪和朝日交替辉映，群山似“万螺”，点点浮动在“碧壶”样的万顷波涛中，诗意空阔，诗风柔婉；其它写江南景物的诗作如同上举，皆空明洁净，如琉璃万顷，不染尘氛：“可怜一川月，细碎如波汞。”（《长水塘夜泊》）“浓日吐烟烟吐树，浮图一角是城东。”（《晓渡西氿回望宜兴县郭》）“酒熟桥边肆，鱼跳柳外罾。烟波千里舶，帘幕几重灯。”（《夜宿常州城外》）“林深叶密晓冥冥，旭日初衔雾未醒。……秧从布谷声中绿，山向画眉啼处青。”（《南陵早发》）和南国风味迥异的是诗人绘摹北地风光的山水诗，北方山势雄放、大漠平远，水流如电，少了许多空明柔媚，而多了几分刚健雄奇，虽然同用白描的基本艺术手法，但北方山水诗自然透视出雄浑苍莽的粗犷气：“天垂旷野名都壮，路入中原战垒多。细雨一蝉高岸柳，西风匹马故宫禾。”（《渡漳河》）“岸低沙易涸，天远树全浮。梁宋回头失，徐淮极目收。”（《渡黄河》）以上无论漳水横流，还是黄河飞渡，诗人都能与“路入中原”的平旷地势相关，使诗歌在蝉鸣高柳、天远树浮的声威中表现出山河横空的壮观气势。真正能体现查慎行雄杰本心的诗作应推扈驾北巡时的山水篇章，其瘦劲骨梗的形态刻画得益于诗人独特的白描手法，而苍深悲壮的气概则源自诗人与生俱有的内在气质。扈驾北狩，是查慎行政治生涯中最辉煌的一刻，也是他山水诗创作达到巅峰的实体表徵。与此前此后同时的诗人相比，查慎行的关外山水诗更显严整精细，富于韵味。

最后，在诗歌内涵上，查慎行的山水诗于自然山川的美质呈现之外，更拓展了人文精神的内在张力。他在以纯自然为观照对象的山水诗中全力营造空明辽远、无色无味的完美诗境，而在以人文色彩浓厚的山水篇章中，充分抒发内心的感慨，借古迹遗址，回思历史，让古人的一腔热血来荡涤自己忍辱难伸的苦闷情怀，同时也表现他不能明泄，但不得不宣泄的桀骜之气。如：“不尽兴亡恨，浮图试一登。孤高真得势,陡起绝无凭。……胜境才何有,高歌气或腾。钟山青入望,相对故崚嶒。”(《登金陵报恩寺塔二十四韵》)此诗作于康熙十八年夏诗人入杨雍建幕途经金陵之际,报恩寺塔,为报恩寺内重要景点之一。报恩寺,在金陵聚宝门(今中华门)外长干里,和金陵另两座名寺天界寺、灵谷寺并称,是游人登临揽胜,特别是文人凭高抒怀,发露思古之幽的绝胜处。查慎行的兴亡之感在其它文字里很难表现出来,而在这类诗作中得以淋漓尽致的发挥,该诗以五言古体的巨幅容量,借“孤高真得势,陡起绝无凭”的凌云形势,把宝塔“碧落开千里,丹梯转百层”的特点描绘得惊人心魂。诗作处处不离报恩寺塔形胜的渲染,而字字寓含物故人非、江山失色的兴亡之恨,由于融情入景,情景互生,且议论风生,故此诗思绪绵密,纵横洒脱,有大家气象。再如:“余恨空传割据还,青天了了隔江山。……望远易成千里隔,时危敢爱一身闲。”(《从监利至荆州途中作》)书生投笔从戎,为国慷慨赴难的雄心从诗情画意中奔溢而来。

查慎行善于借景抒情,以情渲染山水诗气氛,使富有人文之望的山水景物、故宫遗迹更具撼动人心的艺术魅力。如:

> 平远江山极目回,古祠漠漠背城开。莫嫌举世无知己,未有庸人不忌才。放逐肯消亡国恨?岁时犹动楚人哀。湘兰沅芷年年绿,想见吟魂自往来。
>
> ——《三闾祠》
>
> 千古兴亡恨,忠臣末运多。死难扶少帝,生不愧巍科。慷慨忧时策,峥嵘《正气歌》。黄冠故乡意,庙貌在山阿。
>
> ——《螺山文丞相祠》

三闾祠,在湖南常德府武陵县境内,据《嘉庆重修一统志》载,每年五月五日郡人都要举行“竞渡”活动,“以祀楚屈原”。康熙十九年春,查慎行随杨雍建行军湖南途中,间道拜瞻了三闾大夫祠,诗歌从“平远江山”宕开一笔,极目远眺,“古祠漠漠”,尽显荒凉之意,为下文抒情造成悲冷氛围,接着两联感叹屈子生不逢时,英才遭忌而抱恨终生的悲剧命运，这里既是对屈原不幸结局的慨叹，同时又有自叹身世，推而及于世之英雄沉埋蒿莱的不平之鸣。尾联照应首联，诗人还借眼前之山川景物，生奇思妙想，只要"湘兰沅芷"早早生发泛绿，屈子的精神就永世不灭，其忠魂往来自由，常驻人间，这种首尾相关的借景抒情方式，使得诗情悲而显壮，冷且不凄。

文丞相祠，奉南宋名臣文天祥之祀，螺山，在江西庐陵县，其山南临赣江，宛委如螺，故称。《螺山文丞相祠》写于康熙五十六年，是年诗人应广东巡抚佟法海之邀往游粤东，虽然与吊屈子祠相距三十七年，但诗人一颗忠贞之心依旧勃然挺然，诗歌虽然不点明自然之景，但字里行间的正气一直回荡在上有日星、下有河岳的天地间，使民族英雄的"千古兴亡恨"变得激昂奋发，能振起人心，首联运笔凝重，有扛鼎之力，下文的抒情围绕这个格调展开，全篇深沉刚猛，让人蓦然心惊。

借景抒情，是查慎行于白描之外运用娴熟的艺术手法，它的功能在于景为情设，使诗人能够发露心中难以用其它方式传达的复杂意绪，此类山水之作的代表性篇章，还有《汴梁杂诗八首》《朱仙镇岳忠武祠》《过凤阳城外》《晚晴登安庆城楼》《邺下杂咏四首》《初游城南陶然亭》《淮阴侯庙下作》《韶州风度楼》等。

就人生的经历和心路的嬗变，查慎行遭遇了太多的变数，其坎壈侘傺、抑郁不得志的悲惨运途足以消解他与生俱来的慷慨激情。在屡受挫败的命运边缘，查慎行始终以诗歌为寄托心灵的归宿，诗是他唯一青史留名的载体，也是他心灵突破重围的希望之光。他本是一个具有正义感和梗慨气的热血之人，但对科举的孜孜以求，对仕进的无比眷恋，使他陷于进退两难的窘境，变得庸俗懦弱、畏首畏尾、意志消沉而英雄气短，后来尽管厕身廊庙，但骨子里的不与世相谐的清高和桀骜让他最终同那个充满恶浊腐臭的官场决裂。查慎行的人生遭际决定了他是一个复杂人物，他的心灵在反复的煎熬和冶炼中不断成熟，最后回归本质。《敬业堂诗集》凝聚了诗人一生的血和泪，回旋着他生命的歌与哭，在清诗的发展史上产生了巨大影响，正如先师严迪昌先生所评："查慎行在诗史上的认识价值，就在于其身居所谓清要之职，心态常处清醒之境，周旋在高层缙绅文化的虚华圈子里，却能少沾习气，沉潜自持地细味清平盛世里四伏着的不测凶险，从而以其身心悖反的深切感受，映现出别的诗人所未能如此充分地获得和达到的特定层面的世间相。”[①]查慎行的山水诗作为《敬业堂诗集》的重要构件，它既是对自然的歌吟咏唱，又是对心灵的折射宣泄。在观照自然山水时，诗人潜心冥志，力图达到与山川契合，让心灵在山水间自在自为、任意飞升，他的山水诗境是艰难求索的结晶，亦是精神升华的所在，是“已离大地炎埃外，尚在诸天色相中”（《自怡园荷花》其一）的超人间存在状态。

对于诗境的构建，查慎行有深切的体悟：“不知结构几时改，但觉城西竹树转盼生辉光。一丘与一壑，一重复一掩。似浅而愈深，为奇岂关险。兴酣挥洒如化工，岩峦出没初无穷，能将万里势，移入园亭中。”（《再为树存题王麓台宫詹所画苏斋图》）因查慎行以白描为主，他的山水诗看似浅淡，但透过浅的表面，我们则能反观其“愈深”的本质，在查慎行看来“为奇”并非“关险”，只要诗人“兴酣挥洒”就能臻于“化工”的境界。如果把“能将万里势，移入园亭中”看作查慎行山水诗艺术审美特征的话，那么“孤高真得势，陡起绝无凭。”（《登金陵报恩寺塔二十四韵》）则形象地诠释了其山水诗风骨，并概括了他山水诗所蕴涵的激壮情怀。

第二节 “诗卷非无讬，茫茫看陆沉”

——李良年的山水诗·兼说嘉兴诗群

有清一代，浙派兴起，其优越的经济地位和生态环境造就了一批声名卓著，且影响后世的诗坛大家与名家。遗憾的是当众多文学史家，或文学评论家将关注的目光聚焦到诸如朱彝尊、查慎行等人时，却对李良年一样的诗人较少提及，甚至忽略不计，如此则让一大批诗

① 严迪昌《清诗史》，第573页。

学资质很高，而且在创作方面独树一帜的诗人渐次湮灭在茫茫的诗史沉沙中。若论清代浙中诗人的山水诗，李良年、高孝本、李符、曹庭栋等是不能被遗忘的。

一、李良年的生平及诗学成就简论

李良年(1635—1694)，字武曾，初名法远，又名兆潢，号秋锦，三十岁后更今名。诸生，康熙十八年参与博学鸿词考试，报罢，从此绝意仕进而以游幕为生。论家世，李良年祖上没有朱彝尊显贵，但就民族大义的熏陶而言，二人颇多相似，李良年祖父李士标官明山东宁海州同知，崇祯十五年(1642)大清兵进犯海州时殉于城守，父亲李寅，为复社成员，明亡不仕，客死韶州。

李良年继承家学，少负奇才，据载他九岁能文，十岁赋诗，与同里朱彝尊并称“朱李”，和周筼、缪泳等名流共相倡和，极受当世推重。朱彝尊对此记叙曰：“有处士屠翁者(即屠炌，著名诗人)谓予曰：‘子之才里中罕俪，吾门有李生，将来庶几与子并驾乎？’予遂与君定交。”(《曝书亭集》卷八十《征士李君行状》)李良年谈诗论文语惊四座，机杼独出，与其兄李绳远、弟李符被时人目为“三李”。他的诗，风格遒劲而清远，醇厚且简淡，虽然仕进不畅，科场屡遭失意，但他并不象其他诗人怨怒潜蓄、凄切悲慨，相反他对科举仕途始终持淡然态度：“小筑营身外，浮云过眼前。半生堪悔事，京洛骤尘鞭。”(《偶然作》)在他看来那些汲汲科名，厕身宦途的人犹如土偶木人，毫无生气，亦没有自由可言，是一群抽干了灵魂的行尸走肉：“但见群吏朝朝暮暮抱牍立，何有青松白石临苍苔。……汝不能乘风远掠小鸟兽，又不能倚窗习作儿女声。何似翻然返寥廓，上有云霄下岩壑。”(《嘲郡庭双鹤》)鹤，在常人观念中是祥瑞高贵的象征，李良年一反常态，借嘲鹤无情地讽刺了那些貌似清高而实则尸位素餐的庸俗官吏们。李良年虽然过着入幕寄居的生活，但他心地高洁，一如冰雪，他眷恋怀想的生活状态是双燕翻飞、莺声恰恰的自由世界：“只有旧巢双燕好，画中犹得认差池。”(《赠王子叶》)“特立人千载，平生酒数卮。……招鹤从初好，听莺已后时。”(《暂归南村屏息尘事劳者之怀輙焉自慰题山房左壁》其一）在他理想中，生活应该是舒放自如、远隔红尘的一种生命的自主状态：“良辰领佳趣，机息与天逢。……隔岸红尘接，褰裳未可从。”（同上，其五）《秋锦山房集》凝聚了诗人的心血和感悟，是诗人心灵的独白，所以整个诗集透着万象空阔、表里澄澈的洞明感，如果把李良年的《曹子诗序》中的评语移作对其本人诗歌的评价亦恰切熨妥：“今始读其全帙，觉泓然以深，澹然以永，如寻名山，瀰迤乍历，蜿折顿殊。不类人间畦径也。又若静女整妆，无意于悦世，而凝思流睇，神光黯在，不假众姝粉泽也。”（《秋锦山房集》卷十五）①

李良年对仕途渐远而对自然渐近，对红尘保持距离，但对山水始终心怀眷意。在他的诗学理念中，山水是心灵的寄托，是诗人情感孕育的酿房，离却山水则无真情，离却自然就无法创作感奋人心、激发至情的优秀诗篇：“予尝谓山水之外无诗。非无诗也，诗不得山水之助，虽极工，予之好不存焉，是予之癖也。”（《石月楼诗序》，《秋锦山房集》卷十四）不仅诗人自身创作秉持这种态度，纵然绳量他人的创作，李良年恒常以自然、以山水为立论的背景，如《曹中丞黔行集序》《王君闽游诗序》《吴君诗序》等，都非常鲜明地指出优秀诗人的绝妙好词均与山水之助有密切关联。在此诗学观的导引下，李良年进而对远游的朋友寄予厚望，朱彝尊赴晋访曹溶前夕，他说：“锡鬯往而眺雁门之山，过居延之水，经李陵、苏武握别之处，俯仰今昔，得毋有感慨悲歌而缠绵不去者乎？”（《送朱锡鬯游云中序》）朱方庵任职峨眉之际，他谆谆勉之曰：“山川之与歌咏相遭，非偶然也。昔人称蜀山之奇甲天下，而峨眉又为蜀山之最。……今宇内和乐，既非若子美之身经变乱，而君以为政之余，从容登眺，亦岂子瞻之长去其乡国者所敢望哉！然则他日者，徘徊二峰之间，对积雪之森寒，覩岷江之浩荡，必有发为歌咏，以补两公所不逮者。而山灵有知，其亦可无憾于寥寂也夫。”（《送朱方庵之官峨眉序》）

由于对自然保持纯真的赤子之情，对山水，以及与山水相关的风

---

① 引文均出自《秋锦山房集 秋锦山房外集》，上海古籍出版社 2011 年版。以下不再标注版本。

花雪月、草木虫鱼的由衷眷恋，李良年的诗风始终呈现出澄静空透、不染尘滓的缠绵感，他打破了浙派，尤其浙派中以宋诗为标榜，或以学问为根柢的诗人们所构筑的厚重质朴、幽独孤峭的诗歌氛围，从而创建了纯正的诗人之诗的审美风调。其内容丰富，题材多样的山水诗充分诠释了他视角独异、风味鲜美的诗学之审美内涵。

二、李良年的山水诗概说

李良年在《自题秋锦山房集》中自叙半生行迹曰："遂以丁未(1667)历上谷，走云中，戊申(1668)还至京师，己酉(1669)趋秣陵，庚戌(1670)再入燕，其明年(1671)，齐、鲁、豫、楚，迄于贵竹，计身历者，万有余里，而哦吟不废。要其所作，不过山川临眺，友朋赠答之语。"(《秋锦山房集》卷二十二)由上能辨察，李良年自康熙六年至十年的数年间，足迹几遍南北之名区，其所历之处，均有"山川临眺"之作，一如《四库全书总目》所言："良年少有俊才，其游踪几遍天下，所未至者秦蜀岭峤耳。其诗清峭洒落，亦颇得江山之助。"

李良年的山水诗是其整个诗作的重要组成，亦是他诗歌风格和审美精神的浓缩与典型再现。因其基本剔除了学人之诗的凝重和板滞，是真正意义上的诗人之诗，所以他的山水诗空窍玲珑，意境深远，色彩明艳而词章纤丽，在构图上力求整体和谐，韵味显得绵长醇厚，能独抒诗人之性灵。如："乱云野水白相映，细柳新蒲青可怜。晚去星河生客梦，旧游台榭渺寒烟。"(《碧浪湖》)碧浪湖，浙江湖州名胜之一，在乌程县南三里，该处群山环抱，众水汇流，诗人于春日如醉的季节，放舟纵目，只见"乱云野水"相互映现，"细柳新蒲"扬絮吐青，一抹湖山胜景令他沉醉。"短篱疏树望中疑，往日春风飐酒旗。茅屋总随流水尽，红墙三版露筋祠。"(《自燕子矶至秦邮遣兴》其四)从南京燕子矶到维扬之秦邮，一路沃野平衍、水网纵横，野店茅屋，荷盖亭亭，柳丝飘摇，江云带雨，诗人的诗思随风飘飐，任意东西。"赤栏桥与野波平，云掩家山未放晴。红蓼半滩枫两岸，鹁鸠声里一舟行。"(《归舟遣兴》)泛舟西子湖上，不但六桥春色浓艳，游人仕女如云，而且暗香浮动，云山掩映，红蓼枫叶参差相辉，让人如同穿透千年的历史烟云，寻找梦里的画境。南国景致在李良年写来柔媚空灵，北地风物在他笔下亦显轻逸飘洒，脱去峭劲激楚之态：“登临最爱前峰好，杖底濛濛走白云。苔径忽随丹嶂合，泉声先到碧窗闻。”（《碧云寺》其一）碧云寺，京师西山名刹，内有明神宗御书“水天一色”匾额，古木蔽日、流水有声，多林泉之趣。“丹梯直北通榆木，拂袖山烟百折登。……行人尚忆回銮曲，碛岸曾移照妓灯。”（《八达岭》）八达岭，在今北京市延庆县东南三十里，地形险要，锁镇京师，顾炎武《昌平山水记》曰：“自八达岭下视居庸关，若建瓴，若窥井，故昔人谓居庸之险不在关城，而在八达岭。”顾祖禹《读史方舆纪要》载：“八达岭，州（延庆州）南三十里。东南去居庸上关十七里，为往来之冲要。”八达岭历来为居庸一体相关的险扼之地，它不但有战守之重，而且还有景致之美，雄关巍峙，绵亘千里。李良年过居庸，登八达岭，放眼山河，心潮如峰峦起伏，奔涌而来，又澎湃而去。

李良年半生游幕，足迹遍南北，其山水诗内容丰赡而多变，但最能代表他诗艺水平的应是黔游和闽行山水诗。对此，前人颇为首肯和乐道：“汪方壶云：‘新城蜀中诗，秋锦黔中诗，虽派别各异，而骨味并臻绝顶。’”[①]黔游诗作于康熙十年李良年入黔抚曹申吉幕府期间。朱彝尊《征士李君行状》曰：“于时曹侍郎申吉出抚贵州，引君为助。既闻三藩同撤，君曰：乱将作矣。遂力辞归，为母寿。既抵家，云贵告变。”曹申吉，山东安邱人，与兄贞吉被目为双璧同辉的优秀诗人。他对李良年的人品和才学极为钦敬，故而邀其同往黔中。在黔抚任上，曹申吉常常心怀忧惧激楚，他把难以对人言说的衷肠倾诉给李良年：“今日春又尽，吾归竟何时。……浮云多聚散，草木有荣衰。中怀易慷慨，形迹同拘羁。……唱和谁复闻，一遣殊方悲。”（《春尽赠武曾》）由诗意当知，此时李良年已洞知吴三桂将叛而辞归乡里，曹申吉身不由己，过着“形迹同拘羁”的楚囚生活，因此这首赠答诗被时人认为“投荒念乱，与《武陵杂诗》同一悽惋”（杨钟羲《雪桥诗话》）的心灵哀歌。曹申吉是附逆，还是殉难，后来众说不一，均无所本，但从他的

---

① 《梅会诗选·诗话》，见《秋锦山房集附录》，第678页。

《陷贼诗》我们可以深切体会到诗人内心的凄惋哀绝:“兵戈凄断楚江湄,君去滇南慎莫悲。回首故乡真万里,此生倘有梦还时。”这样被邓之诚先生目为“幽愤结轖,语多悽悷”的诗句没有身陷其境、心经炼狱的悲剧人物是无法从心间如血泪般渗透而出的。李良年与曹申吉异乡相知,尽日欢洽,在黔中的日子,除了案牍公务外,两人登临山水,唱酬互讴,情谊颇深浓:“君家中丞爱丘壑,探奇日有登临作。已得清吟共惠连,更从天际怀康乐。”(《酬曹升阶中翰》)李良年写给曹申吉的赠答诗绝少阿谀奉承的应景之语,相反他把友朋之情、诗文之义、山水之乐全融进一篇篇珍贵的文字里表现出来,令人颇为感慨唏嘘。从《良乡道中呈曹澹余开府》始,李良年有多首赠作直接表达了他对曹申吉的敬仰,诸如《读曹中丞题子瞻集后诗因和》《十月三日奉同中丞作》《奉赠曹中丞》《插篱和中丞口号二首》《上巳和中丞二首》《次韵酬中丞题灌园图》《述怀奉同中丞公用秦少游海康书事韵分得十韵之五》等,其中《奉赠曹中丞》长达一百韵,它既歌颂了曹申吉开疆守土、安定边徼的功绩,又深切陈述了宾主间诗文相磨砺的真挚交往过程。

李良年的黔行诗与查慎行相比,更多了一份清峻飘逸、妩媚多姿的韵味,这与二人入黔的时代背景有关。以吴三桂起事为界,李良年入黔在乱前,查慎行则在乱后,所以李良年的诗以自然为媒质,尽情展现了诗人之诗的空透绵长。如:“乌榜红舷曲未阑,水神祠庙枕江干。风涛数见浑闲事,不信朝来逆浪难。”(《荆江歌》其二)“锦石临江画不成,岩花半逐渔舟去。……溪山满眼客不住,辜负茅斋枫树间。”(《辰溪歌》)“一雨新凉生贵竹,行人今日换征衣。……记取蛮中风景别,乱山无数鹧鸪飞。”(《初抵贵阳》其一)“朝霭淡益秀,流泉响逾静。屋顶得初霁,阶前落山影。”(《贵阳山中杂兴》其一)“湘竹自寒秋浦外,岭云斜去寺钟边。烟村十里通州榜,渔火三更入渚田。”(《江上》其二)“林秋无剩绿,屐外有空青。背岭双萧寺,残阳一短亭。”(《山行即事》)康熙十年入黔,十二年返里,李良年在黔署无事时节,便陪同曹申吉登临山川,遍访名胜,每游必有佳作问世。在给曹申吉《黔行集》、《黔寄集》所作的序言中,我们约略窥见二人诗酒流连、山川相娱的生活轨迹:“少宰渠丘曹公,拜中丞之命,开府黔阳。……余获与公偕行，所过名山大川，深溪绝阪，重关密箐，束马而车，截流而舟。其间岩壑险怪，鸟言卉服，虎踪猿啸，钩辀粉画之禽，歧叶不凋之树接于前者，咸发为诗。”（《秋锦山房集》卷十四）李良年的黔游诗以黔中风物为主体而向往返途程延伸，有各体山水诗八十七首。除上列各例，再选取其要者以辨察李良年山水诗的精义：

清江如带碧湾湾，江上女儿吹叶还。何得郎歌解侬意，朝来分臂小铜环。

——《黔阳杂咏》其九

一镜开凫栅，清流对荜门。偶穿残菊外，别有蜡梅村。狖挂翻沙壁，樵归出树根。眼中山水意，清绝与谁论。

——《蜡梅村》

一峰瞰江环斧凿，溪风北来日西落。旧游不辨沽酒处，但记垂鞭向林薄。当时曾羡下滩舟，背人两桨蜻蜓掠。今朝真作镜中行，扣舷不饮非人情。楚地青山皆两岸，楚船一日已三程。

——《舟过平溪顺流骋目忆往岁取陆路南行山水依然顿殊劳逸倚醉有作》

枉渚秋香生绿蘋，风来谷口尚如春。柴门一簇芙蓉里，鹅鸭纷纷不见人。

——《巴洲》其二

上引各诗创作于李良年入黔与出黔的不同时段。初入黔境，红土地的一切令诗人惊喜诧异，叹为观止，不但山川迥异，而且民风民俗都给诗人别开生面的新鲜感：“古堞行回带晚潮，山城七月暑全消。临江浣女无红粉，近市居人杂紫苗。”（《初抵贵阳》其二）在众多歌咏黔中的山水诗作中，《贵阳山中杂兴》《黔阳杂诗》《黔阳杂咏》最有特色。一是形式灵活，结构庞杂，或一组四首五首，或一组十二首，前者用五言，后者用七言竹枝调，显得轻松自然，悠扬舒放；二是内容丰富，表现张力扩大，从山川形胜，到民族风情，从自然景观到人文风貌，经诗人娓娓写来，颇能引人共鸣：“轩窗来峒雨，苍陌掩秋蓬。濯锦蛮丝艳，烧畲野燎红。”(《黔阳杂诗》其一)“翦翦东风二月催，蜀南邛北尽红埃。马鞭(草名)青过奢香驿，璎髻花翎作队来。”(《黔阳杂咏》其二)“窄径穿沙妾住西，黄丝烟月最堪迷。春泥滑滑愁郎马，花信风前听竹鸡。”(《黔阳杂咏》其十)

《蜡梅村》选取乡村一景，诗人用脱尘绝俗的笔墨勾勒了“眼中山水意”的恬静优雅之境。以一具体地点或景致散发开来，对黔中风物进行以点带面式描绘是李良年山水诗艺术表现手法之一，它具有真切立体的透视感，如：“石船(峰名)深树走雷声，云气江天历乱行。一片远村烟外失，半峰斜月雨边生。”(《雨夜》)“渡头日出烟霏霏，秋云片片生我衣。南邻北邻屋相压，山花水花风乱飞。”(《陆齐云》)

和“以点带面”相对的是骋情放目，纵横交织地对黔境山水进行全景式描摹的艺术手法，《舟过平溪顺流骋目忆往岁取陆路南行山水依然顿殊劳逸倚醉有作》即属此类，这类诗作的特点是视觉广阔，以虚写实，思绪纷繁，诗情奔放。如：“十日爱山行，三朝息徒御。……巉岩束四面，前津莽烟雾。……峦疆划天险，千峰水东注。……合眼失焦溪，烟峦竟非故。”(《自镇远发》)“绝壁何嶙峋，侧翠倚江岸。云水一相映，清晖朝屡换。……纵横百里内，仰视目为眩。”(《自白龙崖趋泸溪述所见》)

巴洲，为黔中返程经湘之晃州厅一水驿之名。诗人驻舟“枉渚”，但见“晚鸦飞尽”，“秋香生绿”，一川清流澄澈莹碧，宛如一个“巴”字飘向“楚云”之西。诗境空明洁净，充满灵动之气。与《巴洲》相类的还有《思州》《晃州瀑布》《沅州》等。

李良年的黔中山水诗总体呈现为灵秀明澈、婉娈轻动，给人心情怡悦的审美快感，但《葛镜桥》《重游飞云岩歌同分虎作》《望大小锦屏峰》《九恼滩》《观音滩》等却以感情激亢、描写细腻、旋律奔放而显示为正中有变的别样风格，成为我们解读李良年心灵世界的另一窗口。

李良年山水诗的第二大亮点是康熙二十七年(1688)入福建巡抚幕府期间创作的闽游山水诗。

闽行往返共得各体山水诗九十六首，在这近百首诗作中，诗人虽然显示了一贯的审美风格，但在基本风调不变的前提下，他还是尽量捕捉闽地山川独异于他处的形貌特征,以及内在神韵,将其刻画得骨格劲健、气韵流动而姿态万千。如写闽行途中兰溪江水的平静优雅、浅淡自然,他说:“镜面兰阴水,沙明不作泥。……岸影斜千嶂,栏痕绉一溪。”(《兰溪县》)“似叶轻装恰半舟,屏除衫靸称科头。火云射汐翻红雪,枉过春江第一楼。”(《江行杂咏》其二)“两岸山根走江底,江流还走万山中。下窥碧绿青红石,此水分明锦水同。”(同上,其八)和兰溪同为浙中名胜,但在诗人笔下富春桐庐、江郎三衢之景却于明澈妩媚中更显劲健深幽,如:“前坡隐隐谷樵响,隔水明明溪女鬟。……欲问桐君往来处,暮禽无语掠波还。”(《桐庐》)“数灯红簇渔为市,一屿青低月到船。衰鬓未堪泷水照,古情空逐钓台悬。”(《重泊七里滩》)“岭截江分鸟道开,夕阳不见古烽台。弹丸姑末原雄郡,十万黄丝却换来。”(《三衢》其一)“屴崱三峰异,西看合翠屏。……华狱差颃颉,蓬莱尚杳冥。野猿惊落臂,高鸟过扬翎。”(《江郎山》)闽浙江山相衔、一衣带水,而闽地山水却迥异于浙中,在李良年道来二者形貌殊分、气质相异,如:“秋原一岭限,风物见南闽。雁影杳如凤,猿声清过人。向来多斥堠,到处有荆榛。”(《岭外》)“瓯越遥襟带,深知地脉藏。群山围粉堞,二水合沧浪。”(《建宁》)“中央山水窟,名郡扼烟沙。列雉当窗俯,浮梁夹镜斜。”(《延平》)“溪畔不曾逢钓艇,酒家绝似访神山。南飞乌鹊知人意,催上沙头月一湾。”(《将抵延津》)“鸟语花香岸,林丹露白秋。……镜里船如画,峰腰客倚楼。”(《建溪道中》其一)闽中山水以险滩而著称,李良年的《过黯淡诸滩述险》采用五古的体式,思绪缜密、笔法细腻地把所历诸滩千形万状、千难万险的惊心动魄展示开来,令人心惊魂怵,如临其境,其间借景抒情,情思隽永,启人深思。

李良年闽行山水诗中堪能一说的应是《闽滩曲》,《闽滩曲》看似单篇,实则由五十首规制相同、风格相近而气韵相通的五绝联缀组成,他把闽地必经之水程中五十个不同的滩组合起来,加以吟唱,使滩滩各呈面目、各显风采,既道出了众人所道,又道出了众人所未道,极具观赏性、趣味性和史料性。组诗的《序》文陈述了诗人的创作旨趣和过程:“闽水皆滩也。予舟所经,自浦城至水口,仅六百里,为滩一百二十有一。又水口二百里达省治，则安流矣。舟中无事，用五字断句，遇境辄书，不暇点窜。……后游于斯，不特可戒舟航，抑山川图画，按曲而得矣。……曲五十首，附船谣五首。”五十首诗作，对有名称的滩，以名冠之，无名，或名不详者，以序数称之。因以五绝写成，所以诗意简洁凝炼，辞章活泼清新，生机勃发而意兴遄飞。如：“两山相接处，绝险不堪经。水战谁拦入，从天若建瓴。”（《第七滩》）“濛濛岚翠滴，谷鸟去来闲。此水偏容与，无心竟出山。”（《二十三滩》）“浮图下窥江，不见浮图影。出险万珠跳，水帘挂山顶。”（《塔岭滩》）“缘溪无静所，岸岸走雷声。莫道诸滩恶，平洲尚不平。”（《平洲滩》）“如锦复如钿，苔石映班驳。未可去囱囱，中流山有角。”（《六十五滩》）“水势飞腾绝，神灵或此居。排山有余力，万弩射何如。”（《青铜滩》）“顽峰一百里，自古绝跻攀。十里玲珑石，翻疑是假山。”（《茶洋滩》）读《滩行曲》，如展开一卷长幅山水图轴，从启航到落帆，我们的思绪随诗人诗笔指点，或在两岸连山、激流飞湍间穿行，或在云影徘徊、澄波如梦的山水中徜徉，闽中独异的山川风物、人情习俗让我们顿觉爽心清目，正如诗人所自陈：“闽地称东南奥区，山奇而丽，水险而驶，物产侈以博，与卤北殊，与吴越亦殊。其土壤、人事、里俗，视开国以前异，视十五年前用武之时不远。君之诗，山为闽山，水为闽水，倚装扣舷、兴怀俯仰，令识者回环三复，而知为今日之闽也。”（《王君闽游诗序》，《秋锦山房集》卷十五）

浙派诗人中，嘉兴籍占半数，李良年以清新的风格、严整的韵律、始终不渝的性情直抒独标一格，他的诗学成就比肩朱彝尊，被后人并称“朱李”，但与朱彝尊相较，李良年的诗少了一些学究的金石气，而多了一份诗人的真性情，因此他的诗被《四库全书总目》认为“清峻洒落”，同时又表现出“自少至老，风调不变”的缺憾。其实正是这种所谓的不足才显示了诗人的诗路，不管时势如何变通，俗流怎样涌动，他至死不渝地坚持了自己的“风调”，这种“风调”即是时人所评：“秀脱中神韵无尽，是真得乾坤清气者。”[①]（曹溶语）“予坐卧秋锦诗，直

① 见《秋锦山房集》，第677页。

遇天风吹入瑶宫阆苑，目荡魂摇，真出意外。”（苏懋旂语，引文同上书）“武曾诗字字秀挺，篇篇苍妍，窠臼尽除，机抒自出，曲折藏于行间，神明生于法外。”（汪婉语，引文同上书）现代著名学者邓之诚先生对李良年的诗学成就极为推重，他在对比朱、李诗歌特征后，中肯地说：“律格深细，正其擅长处，亦朱、李齐名胜于朱处。”通过上述山水诗的简析，我们印证诸人所评，深切体察了李良年诗人之诗的蕴含及风骨。他的山水诗既是诗人“我本澹荡人，生涯托岩薮”（《题毛会侯明府戴笠垂竿图》）的怡情适性之作，更是“得失与兴亡，水洁了可镜”（《拜严先生祠敬赋》）的感慨写心之歌。

李良年既和朱彝尊并称“朱李”，又和其兄绳远、弟符合为“三李”，言说嘉兴诗人的山水诗，李符不能不被提及。

三、李符的山水诗

李符（1639—1689），字分虎，号耕客，浙江嘉兴人。与其兄绳远、良年号称“浙西三李”，少与同里朱彝尊、周篔等诗文相倡，名动当时。曹溶里居闻其独异，出藏书资助他的学业，李符遂自认为其弟子。在嘉兴诗人中，李符的诗以“清空一气”而著名，他不盲目模拟明七子之风，能机杼独出，自成一体。著有《香草居集》，其中包括诗五卷、词二卷。

李符少小家贫，长而功名不成，遂客游四方，其游踪在江淮、湘黔与滇南。康熙二十八年卒于福州。据载，李符死于谋杀，邓之诚先生《清诗纪事初编》曰：“分虎客闽中某官署，其夫人亦能诗，慕分虎才，因越礼，某官侦知之，召分虎与眷属共饮，酒半，舁一巨棺，强二人入之，遂葬后园，至今土人犹呼为鸳鸯冢。”①

李符诗、词并擅长，与朱彝尊、沈岸登、李良年、沈皞日、龚翔麟等被当世视为“浙西词”六大家。他的诗歌风格清峻，自成一体，其“黄山同学”方光琛在《香草居集序》中说：“峻骨岳立，清气渊渟。穆然以远者，情思；凝然以静者，品度；纵横排荡森然不可干者，法律

① 邓之诚《清诗纪事初编》，上海古籍出版社1965年版，第759页。

也。……分虎绝意仕进,以遨游吟咏为陶写性情之具,其出人远矣!"[①]徐世昌《晚晴簃诗话》评曰:"分虎诗才力不逮两兄,然其清空隽逸,一气奔放,亦非两兄所能掩。尝游云南,登碧鸡山;遇道士谓其前身是庐山种菜僧,因作《庐山行脚图》,期将终老焉。后卒于闽中客次,未遂其志。"[②]

李符的山水诗以滇行为闪光点,整体突出了诗人"清空隽逸,一气奔放"的特点。根据李良年黔中怀念李符的诗意,我们可推知,兄弟二人入滇黔的时间基本相同:"抱琴起弹青竹林,琴虽不工写余心。何来陇鸟御书坠,有弟遥传断肠句。"(《弹琴值分虎自滇中寄诗云约束琴书好归去莫令又过菊花时因感旧游》)李符在滇中常常怀念乃兄,二人虽未并轨西南,但兄弟间相期归程:"小弟约东还,果否并归鞫。酒钱会倾囊,吟醉过百驿。"(《吕黍字以诗集属分虎见寄有此赠》)归途兄弟联舟北来,一路谈诗品文、游赏烟霞,极尽人伦之欢:"眼前败事无俗物,况复有弟资清谈。……酒阑泼墨写狂句,兴至且复从子耽。"(《重游飞云岩歌同分虎作》)"沅阳诸峰叶初葬,与子连樯别山郭。……楚南风景天下奇,符也一日能数诗。"(《与分虎舟中夜坐共话家园》)由上唱酬诗句,约略能见李氏三昆仲间骨肉相连、诗文共赏的手足之情。

李符传世的诗歌总量较少,所以其山水诗就数量而言略显寡薄,前后不过五十余首;如以题材考量,李符的山水诗除几首绘摹京镇风光的作品而外,其余均为入滇前后所作;若论诗情、诗韵、诗味,李符的滇行山水诗令人咀嚼回味,有口颊生香之感。如:"波涛浴日月,江汉为沟渠。……乘流木叶下,挂席凉风徐。中有十二峰,俯瞰千里区。"(《出洞庭望君山》)"夜久生残月,风微缓去波。客眠长独醒,飘泊奈愁何?"(《普市》普市,在清湖南辰州府辰溪县境内—笔者注)"水阔山低武陵岸,郭门一半逐江开。扁舟不耐停喧市,昨向桃花洞口来。"(《洞庭绝句同仲兄作》其一)"绵亘盘江水,源从乌撒流。滔滔终日

① 见《清代诗文集汇编》第151册,第607页。

② 见《清诗汇》,第562页。

逝，渺渺古今愁。”（《渡盘江》）

李符滇南山水诗以《滇南春词》和《寻甸州杂诗》为最卓著。《滇南春词》由十二首七绝组成，分咏以昆明为中心的滇南名胜，其形式别致、风韵婉媚、内涵丰富而格调轻逸。如“朱邸东连菜海子，人言此胜越西湖。垂杨一色碧波里，风景春来似画图。”（其二）“云津市上已斜阳，金线鲜鱼尚满筐。小妇数钱齐买去，背人作脍劝郎尝。”（其七）“滇南正月如三月，李花桃花开满城。待到花朝花尽落，未逢上巳叶全生。”（其十一）如果“春词”是一种紫竹调形式，以万物复苏的春景为陪衬而观览春光下人物、景物、风物共同交织、相互作用的复杂生活场景的话，那么“杂诗”则立足一个山川或人文基点，展开想象，放开眼光，将入目皆见的山川景物并联起来，从不同侧面、不同视角加以绘摹，以景触情，以情入景，使情和景达到完善融合，形成缤纷多姿的审美诗境。《寻甸州杂诗》就是诗人立足寻甸这个特指的基点，通过视界多面的扫描对其自然风物和人文历史的全面呈现，其写景辽远峻洁，抒情奔放洒脱，如：“物产兹乡好，无如千载苓。……午市山城集，秋风贾客经。”（其四）“径满千林叶，峰迷万古云。萧然隔尘世，麋鹿可同群。”（其五）“车湖一片碧，小艇荡清虚。映水芙蕖少，环山木叶疏。”（其八）寻甸，明为寻甸府，清康熙八年降府为州，隶曲靖府。顾祖禹《读史方舆纪要》曰：“府北达川蜀，南巩会城，右邻武定，左出霑益，山水縈回，川原平衍，宜于耕稼，亦奥区也。”①寻甸沃野平衍，山川秀美，境内名山胜水有：月孤山、勇克山、果马山、梁王山、龙头山、额吾峰、阿交合溪、车湖、傥俸溪等。李符的《寻甸州杂诗》基本反映了寻甸的自然风貌和人文历史，厚实凝重，具有一定认识价值。

李符的山水诗成就在嘉兴籍诗人中不属令人注目的，因其以滇南风物为观照对象的诗作的特殊性，才将其附论李良年之后，若论山水诗成就，嘉兴诗群中很值一说的是高孝本、李宗渭和曹庭栋。

① 《读史方舆纪要》，第 5090 页。

四、高孝本的山水诗

高孝本(1649—1728),字大立,号华青、戴笠,自号固哉叟,晚称花泾老农,浙江嘉兴人。康熙三十年进士,官绩溪知县。有《固哉叟诗钞》八卷传世。

高孝本先世从汴京迁至萧县(先属江苏,后划归安徽),后又迁嘉兴,从明代隆庆、万历始,高氏科第不绝,入清后,其祖高道淳由恩贡官至光禄,父高以永癸丑(康熙十二年)进士,历任河南内乡县令、北直安州牧、户部员外郎。受家学熏陶,高孝本生而颖异、少年早慧,有大志,康熙十七年举于乡,三十年成进士,授安徽泾县令,不久以内艰归,再补绩溪令。绩溪任上,高孝本以休养民生为旨归,轻赋税、兴文教、抑豪强、察冤狱,旋以"廉直撄时忌,竟罢官。"离任之日,"士民攀留,号呼罢市。"(金永昌《高孝本传》)绩溪县有印潭,潭中央一方石,形如印章,周边被黄沙环壅,据传此石如遇贤县令,则沙土顿开,印石突显,高孝本任县令一年,沙石俱开露,被邑人认为是守令廉明清正的象征。

高孝本离任后,"竹杖芒鞋,问水寻山",以赏游壮丽河山为人生旨趣。他的诗作大多"以游而进",被时人誉为:"谢客之在永嘉,杜陵翁之入蜀,可以行远传世。"(《高孝本传》)高孝本从海岱到台荡,从岭南到关中,足迹万余里,每至一地辄有诗以纪其行,正如王豫《江苏诗徵》所言:"大立好游而又工于纪游,辙迹所至,凡山川胜概,与夫民风土俗,古寺荒碑,良朋之聚散,岁月之迁流,有感于中,必形于楮墨。读大立之诗,可以当卧游矣。"①高孝本乐于游赏,又善于游赏,故而他以自然为底本,融入灵警敏悟的诗心,创作出气韵飘逸、诗格洒落、诗境清丽的山水诗,使后人颇为感慨激赏,《四库全书总目》评道:"孝本虽年届四十始为诗,然罢官后放浪山水以老,故其诗洒落有清气。"

《固哉叟诗钞》是诗人以七十八岁高龄自订的个人诗作结集,它从《趋庭集》始,到《台雁集》至,共十七集,每集既系于编年,又充分显

---

① 见《清诗纪事》,第3074页。

示其游踪，通过各集的名录，我们即可知晓并把握诗人一生的主要行迹，如《江汉集》《岭南集》《秦游集》《晋游集》《海岱集》《台雁集》等。为论述便利，以下选取诗人部分诗集，跳跃式地观览诗人不同时段、不同地域背景下创作的山水诗概貌。

1. 初出茅庐的《趋庭集》

《趋庭集》置《固哉叟诗钞》卷一，诗人自序曰："自己巳至癸酉(1689—1693)所作，有先君曾批抹者，有未之见者，总名之曰趋庭。"趋庭，典出《论语·季氏》："(孔子)尝独立，鲤趋而过庭。曰：'学诗乎？'对曰：'未也。''不学诗，无以言。'鲤退而学诗。"诗人以"趋庭"命集有思念严亲，秉承父志之意，集中多登山临水之作，是认识诗人早期山水诗风貌的宝贵材料。如《登岱》组诗，五首五古一气呵成，既总揽岱岳背负青天、君临齐鲁、雄镇山河的阔大气势，又分写泰山树石、险峰、仙隐、日出等壮观景象，令人目眩神迷，情思翻飞："岱宗冠五岳，嵯峨出二东。……排阒见天表，恍惚云路通。……不知天下小，会且凌苍穹。"(其一)"山巅树石表，雷雨终不歒。"(其四)"东登日观峰，片石拂苍苔。扶桑日初上，此峰曙色开。"(其五)如果泰岱雄阔肃穆，诗风略显凝重的话，那么诗人南归途中所见，以及游历姑苏、九华、武当和茅山时创作的山水诗则写得清空俊逸，颇具南国风韵，如："白雪飞过麻姑山，宛溪溪水流潺湲。何处芙蓉青朵朵，敬亭忽向马前堕。"(《宣城》)"宣城以西碧縈绕，晴螺万叠浮林杪。……数峰天际高并天，决眥不得穷其巅。……山行渐近奇渐发，稜稜寒玉露瘦骨。鸿濛以来谁雕鑱，如簪如笏争突兀。……九十九峰从此去，一峰一日不思归。"(《过南陵县始见九华》)"瀑飞石转地欲裂，松深竹密骨亦冷。茫茫千顷雾作海，下方台榭知安在？"(《雨中登东崖宿僧舍》)"绝顶无寸土，怪石非一状。或蹲若虎豹，或置若屏障。……孤松生其巅，千尺耸危望。"(《天台峰》其二)《趋庭集》从时间上看，为诗人早年奉父训的试笔之作，内容涵盖较广，不但泰岱、宣徽山水景物入其墨端，而且姑苏、燕云自然风光，甚至武当胜迹亦呈现于诗人笔下，诗风清新俊朗，韵味醇和深厚，如："蒲帆饱挂满湖风，欸乃声停唤石公。……千层涛白翻山顶，一线天青落峡中。"(《石公山》)"万重云气迷仙界，一带花香认下方。”（《缥缈峰》）“山行逾百里，步步白云中。万树遮天黑，千峰拔地雄。”（《太和山》其二）“铁壁银山畔，真为汉北门。高城元近塞，流水尚余温。”（《出德胜门过昌平诸陵至居庸关》其四）

2. 激湍似箭的《岭南集》

高孝本一生因宦游、因入幕，足迹半天下，其山水诗内涵深广，而风韵婉娈，不尽详述，仅以岭南、闽中和秦晋为基点，来透视诗人山水诗的整体风貌。

岭南游所作结集为《岭南集》，共收山水诗二十四首，是诗人走向创作成熟期的艺术再现，其风格多变、笔锋苍深、气势充沛。如写江涛拍岸、惊湍似箭的场景，他说：“万山缭绕随江走，冲来碎石大如斗。……雨后涨痕添十分，浊流滚滚蛟龙吼。”（《十八滩》其一）“六幅帆冲雪浪上，千重山触火云过。”（《羚羊峡》）再如绘摹巉岩高悬、荫天蔽日的画面，他渲染道：“连绵尽骨立，奇状峰峰各。胜绝崆峒岩，天巧非雕凿。”（《崆峒岩》）“突兀千尺余，下与蛟宫对。远望如堵墙，削成无琐碎。……槛下洪涛奔，俯视眴目退。”（《观音岩》）其次写粤中人文胜迹、田园风光，他运笔如行云，细腻工稳，又飘逸洒落：“两崖交树影，乱石走泉声。”（《自韶州府至翁源县》）“层层山拥临江塔，叶叶帆飞出峡舟。”（《阅江楼》）“连山松色近，隔岸荔阴浓。”（《潘州诗》其一）“青连栽芋地，绿满种鱼塘。”（同上，其二）“南楼试一望，万里海茫茫。……神光中夜见，铁飓半天黄。”（《电白》其一）“独立苍茫处，千家指顾间。烟生安定寺，潮长白蕉湾。”（同上，其二）“南下万山龙气住，东归三水虎门收。光生珠泻非因月，香送花田不觉秋。”（《羊城杂诗》其一）

3. 关山飞度的《秦游集》

粤行归来，诗人旋即北上，作秦中之游。秦游山水诗在描绘对象上与粤中有地域之别，但在诗境、诗情、诗风的烘染构建上却体现了协调一致，成为高孝本诗歌成熟期的有力佐证。如：“冰消涧水响潺潺，霁日和风暖客颜。……村依绿树逢陶穴，路隔黄河指晋山。”（《汉函谷关》）“阌乡驿路树重重，四扇潼关晓雾浓。东下龙门河一曲，西迎仙掌岳三峰。”（《潼关》）秦关为陕西锁钥，又是骚人墨客追思怀古、抒发感慨的人文与自然相契合的山水胜迹，高孝本经行此处，放目关河，壮阔辽远，神思不由飞到“汉代楼船”、“秦时明月”的激壮年代，诗风因此而沉郁刚烈；再如写秦山秦水，诗人紧扣其山川特征，用怀古思幽的笔墨勾勒出关陕山河质实厚重的原型：“万古神灵岳，三峰镇雍州。首阳曾北裂，星宿始东流。”（《登华山》其一）“犁沟一线上，搦岭半空行。风似雷霆吼，峰疑神鬼擎。”（同上，其三）“希夷云际卧，毛女树边逢。……烟霞都踏遍，应迓两茅龙。”（同上，其五）“故宫何处问华清，野寺凄凉蔓草生。似伴雨淋铃一曲，山前流出断肠声。”（《骊山温泉》其一）“马上终南翠色收，今朝真作曲江游。少陵原北垂青柳，汉武泉边汎白鸥。”（《曲江》）如果粤行使诗人历览了南国激情澎湃的山川气象的话，那么秦游则让诗人经受了一次心灵的洗礼，秦关万里，汉阙千重，唐韵遗风，娓娓诉说着历久不衰的兴盛衰亡。《西安杂咏》和《秦中杂感》从不同侧面映现了高孝本受山川激发而产生的心理感应：“骊山宫殿灿云霞，六合横吞遂一家。黔首杀来多似草，蛾眉愁绝艳如花。”（《西安杂咏》其一）“汉开四郡通西极，秦筑长城壮北门。九塞于今烽火息，函关紫气作雄藩。”（同上，其四）息兵罢战，休养民生，重本务农，提倡教化是中华民族孜孜以求的理想社会，亦是诗人高孝本在秦游山水诗中表达的终极愿望：“公刘修旧业，穴居勤稷黍。豳风七月诗，恍见风俗古。……循循壘亲逊，西陲亦邹鲁。”（《秦中杂感》）

南粤、西秦之游为诗人盛年成熟期诗风的再现，而闽桂之作可当成诗人古稀之龄诗风趋于苍劲的殿后之章。这一期的山水诗骨格瘦硬而诗境清空苍深，无论造境、写景、抒情皆体现了诗人历尽人间苦乐的沧桑感。如“山重谷阻地险恶，五丁不识何年凿。就中第一数仙霞，一夫当关万夫却。”（《仙霞岭》）“两崖夹峙日色少，惟闻山木啼子规。……岭名五显又千盘，诸峰尽作苍龙蟠。……山鹧声声行不得，老夫欲借双飞翼。”（《过茶岭枫岭五显岭》）闽山的艰险与诗人暮年天地跼蹐的心态暗合，所以此刻的山水诗隐约表达了他苍郁深沉的心结，这种情绪一直到桂林山水诗出现才得以呈现转机。1718 年，即康熙五十七年的盛暑，诗人应阳朔令之邀，以七十高龄前往桂林，在桂林他游历了七星岩景区，以及其它名胜，诸如龙隐岩、虞山、隐山、风洞、独秀峰等，每游一处，诗人均以诗纪之，这些诗或精雕细作，或大笔点染，写出了桂林山水幽深玄妙、一峰独秀的绝世姿容。

高孝本从早年的趋庭试笔，到晚岁的台宕之行，其间经贵筑、粤闽和秦晋山水的激发，诗风于清空洒脱的基础上，向质实沉郁的多音质转化，遂使其在嘉兴籍诗人中独秀一枝。

五、李宗渭的山水诗

李宗渭(生卒不详)，字秦川，号稔乡，浙江嘉兴人。与李良年为堂兄弟，少小能诗，和朱彝尊过从甚密。因为肆力古诗，专攻齐梁，所以李宗渭的诗歌形成独有风格，深得众大家嘉许，朱彝尊在《瓦缶集序》中说："上舍之诗，丽者不佻，高者不抗，古诗多于近体，五言遒于七言，是诚能道古者，其风肆好，非大雅之材欤？……上舍以汉魏六代三唐为师，不堕宋人流沠，优游涵咏，造乎古人之域，譬之于缶，……试奏之鹭翿之侧，与雅乐奚殊哉？"[①]嘉定著名诗人张云章(字汉瞻，号朴村、闲存堂、朴村居士。笔者注)评李宗渭诗风曰："秦川生其乡，亢其宗，虽绪说相承，根源有自，而其诗骨力之古，风格之高，才思之雄迈，乃其得诸天者固优。……集中非不规模古人，然不以形似，而以神合，不为词障，而以心通。出入变化，魁垒顿挫，无不与古人为徒，而未见有一篇袭其陈言者。秦川岂囿于风气者耶，盖随世递迁者，群材也，一代之兴，必有豪杰之士出，其挽回之力追配古人于千载之上者，则亦不过三四人而已，此非世数之所得而限也。"[②]张云章和朱彝尊、李良年相善，与之论诗于嘉兴，李宗渭出《瓦缶集》问序于朴村，张云章欣然命笔，其中对李宗渭的师承家风，诗格品相极尽褒扬，把他和明初开一代风气的刘基、高启等人相比拟，使李宗渭的诗史地位得以极大提升。李宗渭生平"坎坷多迍"是其声望隐微的主要原因，自康熙五十二年中举北闱后，后因"丁内外艰"错过"上捷南宫入

---

① 见《四库全书存目丛书》第267册，第42页。

② 同上，第42—43页。

翰苑”(金介复《瓦缶集序》)的机会，从此开始，诗人至辞世一直过着“敝裘羸马，辗转奔赴于日下关中”的飘零生活。对李宗渭高才不遇、生命惨淡的遭际时人多所痛惜叹惋：“痛哉！孝廉高才不得志，人咸扼腕，岂所谓诗人必穷，穷而后工，造物者故为屈抑之，使极其困顿以发其悲惋之音，以传于后耶！”(金介复序语)[①]金介复感慨造物弄人之余，对李宗渭的赤子之心，以及由此赤心酝酿的诗风给予了中肯评介：“孝廉胸中天真烂漫，不着一点龌龊，故其见于诗文超诣，最上一格，又不系于天资学力者，源清则流不浊，亦惟予知之真也已。”金介复，字俊民，又字晋民，号心斋，嘉兴人，和朱彝尊一起参校过李宗渭“先大父蓼园先生诗集”，蓼园即李明嶅，著有《乐志堂集》四卷，明嶅曾远游闽中，集中多山水之作。李宗渭孙承祖业，诗风有先祖之遗韵，《四库全书总目》评道：“大旨以汉魏六朝唐人为法，……故字句率有古意。”[②]邓之诚先生在《清诗纪事初编》中曰：“诗多古体，……而气温辞雅，与徒事叫嚣无端感叹者有别矣。遨游南北，足迹及于陇右湘中，所至发为吟咏，皆有寄托。”[③]

《瓦缶集》初编于康熙四十六年，共三卷，后经其婿高衡重加搜辑整理，扩编为十二卷，包括乐府一卷、古体诗九卷、近体诗二卷。诗集以“瓦缶”命名足见诗人谦逊好古，以质朴无华为崇尚的创作旨趣。瓦缶，一种器具，据说秦人用此来作乐器，唱歌时按节奏敲响，以配乐声助兴。汉代杨恽《报孙会宗书》有：“田家作苦，岁时伏腊，烹羊包羔，斗酒自劳。家本秦也，能为秦声。妇赵女也，雅善鼓瑟。奴婢歌者数人，酒后耳热，仰天抚缶而呼呜呜。”[④]“瓦缶”为名，“秦川”为号，身处江南的李宗渭冥冥中似与关陇雄壮厚重的山川有宿缘乎？抑或是诗人在科场失意后，“敝裘羸马，辗转奔走于日下关中”时对秦关陇上山水赤诚相亲的表征。一部《瓦缶集》处处洋溢着对秦山的赞颂，

① 见《四库全书存目丛书》第 267 册，第 43—44 页。

② 见《四库全书总目》，第 1672 页。

③ 见《清诗纪事初编》，第 746 页。

④ 王力《古代汉语》第三分册，中华书局 1979 年版，第 874 页。

对陇水的依恋，前清诗人中，多有西南山水诗创作大家，而西北山水诗的大量创制，李宗渭首推第一。

秦陇，即今陕西、甘肃之代称。历史上陕甘两省为同一行政辖区，元代称陕西行省，其地域包括了现陕西之境和甘肃的中、东、南部，明设陕西省，又设陕西行都司，陕西区域基本上承元制，但有所扩大，将元甘肃行省的宁夏、甘州等划归陕西，而陕西行都司的辖区以元甘肃行省的部分地域为基础，包括现甘肃的河西地区、青海西宁一带。清初因明制，设巡抚，治所在西安，兼辖四川，乾隆十三年罢兼辖，二十四年改陕甘总督，二十九年移驻兰州，由此成定制。甘肃的沿革与陕西始终相关，明代为陕西布政使司及陕西行都指挥司辖区。清初设甘肃巡抚，驻宁夏，后徙兰州。康熙三年，分陕西为左、右布政司，右布政司驻巩昌；乾隆二十九年，裁巡抚，以陕甘总督治兰州，此后成定制。从历史沿革约略看出，秦陇山川相依，风俗相同，为一大历史文化区域。就陕甘形势看，正如顾祖禹《读史方舆纪要》所说："陕西据天下之上游，制天下之命者也。是故以陕西而发难，虽微必大，虽弱必强，虽不能为天下雄，亦必浸淫横决，酿成天下之大祸。……盖陕西之在天下也，犹人之有头项然，患在头项，其势必至于死，而或不死者，则必所患之非真患也。"秦陇居国之腹地，地势偏高，有俯冲天下、包举宇内之险，控扼东南与西北交通，是历代兵家必争之战略要地。秦陇川塬相交、山水环绕，雄阔绵延、质实浑厚，是中华文化的重要发祥地之一。李宗渭从京畿发轫，历冀、豫、晋而入秦关，最后沿庄凉驿道，至金城，达西宁，走完了一次人生的大旅程，这次旅行的见闻使诗人眼界和胸襟得以空前拓展，精神境界有了质的升华。他把游历的山川纳入笔端，融以个人的豪情和思索，创作出总计约120首之巨的秦陇山水诗群。这些诗作或总揽，或分述，或大笔点染，或工笔刻划，从宏观到微观把秦陇山水表现得气势恢宏、神采飞扬。如总写秦陇山水之雄劲奔放，他说："地势一山转，水德千年清。……中流一俯仰，上下黄云平。"(《渡河》)"终南与太乙，青黛双眉弯。……但闻渭入河，千里声孱孱。"(《入关》)"雍州横地轴，河水扬波澜。襟带出神岳，昂然司寇冠。"(《西安府》)"百雉在云中，千里走岗峦。金城阨其要，黄河扬急湍。……落日风萧萧，壮士发长叹。……肆目崇庸下，云物何漫漫。但闻河水声，流出边云寒。”（《兰州》）分写秦关陇坂的具体山水，诗人画笔随行程一一展开，将那片充满远古传说的神奇土地表现得大气淋漓、精彩迭现：“千家在空碧，青螺逐人来。……芳草似罗带，陌上无尘埃。……山翠落如雨，春袍暂徘徊。”（《华州》）“四面浮云残，仰望不见顶。……赤日丽中天，肃然霜雪冷。何当乘长风，直上凌绝岭。”（《望太华》）“马踏古原草，日日歌声起。城头汉殿云，桥下秦宫水。”（《咸阳县》）“行人绿云中，郡楼对青山。……牛鸣深树丛，一鸟青波间。……空山不见人，落花满林间。”（《邠州》）“山光悦人多，远近赏仓卒。飞云度遥岭，立马俯城阙。……长歌归去来，处处闻鵻鸠。”（《泾州》）“一鞭两黄犊，终畊三十里。青山抱孤村，天然出桃李。”（《王村》）“雨过青无尘，碧草何油油。……终日万山中，不知深且幽。……囊中如有钱，明朝上兰州。”（《清水驿》）“渭川一月雨，白浪高拍天。……云际出乔树，孤帆徒渺然。”（《渡渭水》）“野水开平绿，遥青入旧塍。欲将诗笔写，唯有漫郎能。”（《平凉道中》）“青龙一线波心卧，虾子鱼儿哪敢过。……横絙一头绾两头，造舟十个复五个。浪激风摇足力软，有似糠粃受箕簸。……银河一道地天通，金城五郡风月破。”（《河上浮桥》）《河上浮桥》写兰州黄河浮桥，桥始建于明洪武五年，名镇远桥。由宋国公冯胜派遣的守御指挥赵祥督造，桥址在兰州城西七里。洪武九年，卫国公邓愈移建于州西十里，为古浮桥。洪武十八年，守御指挥杨廉移置城西北二里金城关。顾炎武《肇域志》记曰：“（浮桥）用巨舟二十四艘，横亘黄河上，架以木梁，棚以木板，围以栏楯，两岸南北为铁柱四，各长二丈，一落河底，铁盘见存，木柱四十五，维铁缆二，各长一百二十丈，麻缆四、草缆四，长亦如之。遇冬河将冻，则拆而修舱之，来春冰泮复建。”①顾祖禹《读史方舆纪要》亦记：“镇远浮桥，旧在州西十里，明洪武十八年移置城西北二里金城关下。用巨舟二十四横亘黄

① 顾炎武《肇域志》，上海古籍出版社，2004 年版，第 1549 页。

河中，入甘肃通西域路皆出此，为咽喉重地。”[①]黄河浮桥既是“咽喉重地”，有重要的军事和交通价值，又是俯看河水奔流的人文景观，它把两岸山水和城郭一体担当，有雄视万古的激昂气势，对黄河浮桥，李宗渭尤为钟情关注，通过各体诗作加以由衷赞美：“休言铁索牢，从他木罂渡。狂风吹浪若雪山，行人那得住。”（《浮桥词二首》其一）“毂转雷声控上游，何人投策断横流。蛟龙自避千寻锁，天地才通一叶舟。远戍孤烟城阙晚，隔岗长笛寒垣秋。”（《兰州城外河上浮桥》）西北，在世人心目中是苦寒荒凉之处，但李宗渭通过他写实的笔墨还原了那个山水秀丽、人情淳厚的地域的本真原貌，让读者对其产生心神向往的美感：“川原迷去路，桃李忽成村。绿畛余残烧，春流改旧痕。”（《泾州道中》）“三月定西道，无边杨柳生。春风千万里，吹彻玉关情。”（《安定道中》）“郭外青山寺，登临一啸歌。俯观春渚动，回首夕阳多。”（《登山寺》。此寺据诗意当为秦州城外南郭寺。笔者注）“千畦涵晓日，一骑动春风。……薜荔堪结束，携手绿云中。”（《醴泉道中》）

李宗渭陕甘之旅，使他尽情领略了一个从未涉足的山水境界，这块山川连绵、驿路迢递的黄土地令他胸胆顿开，魂魄尽销，痴情赏玩之际，写下百十首秦陇山水之歌，除上举，其名篇还有：《秦关道中》《望南山》《庄浪卫》《甘草店》《西宁卫》《自平凉东归》《雨后望南山》《临潼道中》《渭南道中》等。这些诗篇述时人所未述，写时人所未见，为清初山水诗的合唱增添了一组粗犷苍劲的音符。兹以《陇上歌》为诗人的秦陇之行划上雄壮悲劲的圆满句号：“陇西天水吾旧乡，飞来鹦鹉毛羽长。千岩万转去不去，陇山之树何苍苍。陇山山头白云起，吾马随云渡深水。春服萋萋不可寻，边烽千里复万里，悲歌玉关从此始。”

李宗渭由南向北，从东到西，其行迹跨神州之泰半，如果秦陇山水诗是其生命第一乐章的话，那么湘桂山水诗则毋庸置疑地成为他心灵歌吟的第二乐章。湘桂山水诗风格和秦陇相较，明显多了一抹清朗幽渺、烟霞明灭的灵动与激楚。如：“身入清光中，逍遥拜晴瀑。

① 《读史方舆纪要》，第2877页。

万朵青芙蓉，亭亭落清照。”(《初至桂林》)“豁然洞天外，万顷玻璃田。贞观穷丘壑，拨云登山巅。……回头望四海，胸襟荡无边。”(《水月洞》)，水月洞，在桂林漓山，即象鼻山山麓，顾祖禹记曰：“门出水上，其高侔阙，上徹山背，其旁岩洞相接，奇胜不一。”①“孤山拟百仞，独秀倚天空。岧岧敛崄崿。面面皆玲珑。”(《独秀山》)独秀山，在桂林府治东，顾祖禹记曰：“直耸五百余丈，环眺诸峰，独为雄秀，郡治主山也。”②“山色澹于人，悠然念栖泊。入谷景已迥，升林路犹怍。轻云宿嶒峦，流泉出崄崿。”(《七星岩》)七星岩，桂林府城东三里处，又名七星山，顾祖禹记曰：“峰峦并列如星象然。中有栖霞洞，洞旁又有玄风洞。”③假使桂林山水呈示孤耸清绝、杳渺曲折的特征的话，那么湘山潇水则神光离合、激楚哀怨，令人生无限怜爱之情。如：“吾闻湘漓水，夙昔寄相思。……兰芷生春夏，香风日以滋。”(《舟行杂诗十六首》其一)“沙际出山村，天边转江树。……渔父莫相召，片帆从此去。”(同上，其七)“流泉出石隙，飞阁跨山陬。云飞春陵道，鸟鸣潇湘楼。”(《浯溪》)，浯溪，在湖南永州祁阳县南五里。祝穆《方舆胜览》曰：“流入湘江，水清石峻。”④唐元结家于此地，且作《大唐中兴颂并序》，遂使浯溪大得名于后世。“激水明珠浮，举櫂素纨裂。……烟际乱遥青，沙头明积雪。静知天体圆，动忽蟾光阙。”(《月下泛江》)“晓日衡山县，苍茫一望中。……祝融君可见，作礼向虚空。”(《衡山县》)“沅湘流不尽，遗恨屈灵均。野旷天垂岸，江寒月近人。”(《岳州道中》)

不管是秦陇之旅，还是湘桂之行，命运多蹇使诗人始终怀郁郁不得意之情：“少年负盛气，游侠燕与秦。风尘苦心志，龙性亦已驯。”(《舟行杂诗十六首》其十三)“征夫怀苦心，少妇含新怨。江水去悠悠，同为一长叹。”(同上，其十六)《舟行杂诗》创作于湘桂行役的回程

① 《读史方舆纪要》，第 4815 页。

② 同上，第 4814 页。

③ 同上，第 4819 页。

④ 见《方舆胜览》，第 455 页。

中，诗人放目秋尽冬初的衡湘景色，心中涌动无限人生感慨，一股忧怨哀艳的愁绪淫浸于字里行间，使其湘桂山水诗整体孕涵了一种“思君君不见，明月满汀洲”（《舟行杂诗》其八）的空茫惆怅和“泛泊无终极，日暮生烦忧”（同上，其十）的悲凄虚无之美感。

秦陇、湘桂山水诗群以外，李宗渭还有燕赵、吴越两组山水诗群。前者以行旅山水之作为主体，点线结合地绘摹了从燕京到晋豫的奇崛风光，名篇包括《秋山》《过赵州桥》《柏乡道中》《卫辉道中有感》《真定州》《井陉怀古》《固关》《平定州》《寿阳县》《平遥道中雪》《张兰堡》《灵石县》《韩信岭》《霍州》《渡滹沱河》《夜抵滦城》《行过赵州》《自赵州至柏乡》《邢台道中》《平原君故里》等；后者以赏游为主，行旅为辅，纵横交错地再现了吴越山水清丽温婉的旖旎风貌，其主要诗章有：《柴门》《绍兴》《游曹山》《重游曹山》《登卧龙山》《逸门山》《晚过河桥》《晚过临平山》《七里濑》《渡钱塘》《澹台子墓》《玉山道中》《虞山道中》《湖边访客》《王珣故宅》《自西兴驿至萧山》《鉴湖》《七里滩》《玉山雨泊》《和竹垞先生东湖曲四首》《弄潮词五首》等。李宗渭山水诗风格清朗明秀、雄劲浑朴，处处流荡着自然竞发的生命回声。上述两组不同地域背景下形成的山水诗群则进一步实证了诗人手法多样，风格稳定的山水诗创作规律。

在清诗精彩纷呈，大家云集、名家辈出的发展历程中，李宗渭显得十分卑微，如同一朵稍纵即逝的浪花，但就山水诗流变的轨迹而论，李宗渭因视角独具的秦陇山水组曲而浓墨重彩地留下了他永不磨灭的印记。

六、曹庭栋的山水诗

曹庭栋（1700—1785），字楷人，又字六吉，号六圃，又号慈山居士，浙江嘉善人。著有《易准》、《孝经通释》十卷、《昏礼通考》二十四卷、《逸语》十卷、《琴学内篇》、《外篇》各一卷、《老老恒言》五卷、《产鹤亭诗集》七卷、《宋百家诗存》二十八卷。

曹庭栋出身嘉善大家，其父曹郁源为副贡，雍正间选任庆元县教谕，祖父曹鉴伦中康熙十八年进士，官至兵部侍郎，后改吏部；曾祖父曹尔坊为诸生，兼工诗、书、画，得倪瓒之精髓，名满京师；曾伯祖父为著名诗人曹尔堪。曹氏自尔堪，以至庭栋子侄辈，绵延数世，代有才人，其诗名、文名震嘉兴。

曹庭栋为廪贡生，乾隆元年举孝廉方正，辞不就。中年绝意仕进，退居故园，奉母自娱。据《重修浙江通志·曹尔堪传·附曹鉴伦、曹庭栋、曹焜》载：“（庭栋）杜门四十余年，著述绘事之外，弹琴赋诗，摹写篆隶，以抒闲寂。……画菊不拘古法，墨采鲜丽，丰神圆朗，一时罕匹。鼓琴亦理用兼谙，得其神解。……生平最爱贺铸诗，以弁《诗存》之首。故所为诗亦大似北宋人。钱塘袁枚称其专主性情。庭栋寓枚书云：‘老人生平苦心，被君一语道破。’晚自营生圹，手植梅花成林。乾隆五十年卒，年八十七。”①曹庭栋远承祖训，于《易》有专攻，并精通训诂、音律，是一个博学多才的学者型诗人。他编纂的《宋百家诗存》深受好评，《四库全书总目》认为他与吴之振遥相呼应，互为表里，但曹庭栋更进一步完善充实了宋诗选本，弥补了《宋诗钞》“阙略尚多”，“有录无书”的缺失。

曹庭栋诗歌结集为《产鹤亭诗》十一卷（《四库全书总目》著录为七卷），其中包括《产鹤亭诗一稿》《产鹤亭诗二稿》《魏塘纪胜》《续魏塘纪胜》等。曹庭栋毕生致力于治学奉亲，其行止基本限于嘉兴一带，所以他的山水诗题材带有明显的地域性，如《魏塘书院杂咏十首》《舟中晓起》《游天竺》《芦墟舟次》《晚风》《夏日园居》《春日园居杂诗四首》等。由此来看，曹庭栋在山水诗创作方面确无建树，但考察曹庭栋的山水诗应以微观的眼光进行探究，他的《魏塘纪胜》《续魏塘纪胜》足以令他在山水诗史上占有一席之地。清初诗人中，能以细腻的笔触、独到的视角，对一个江南古镇的自然风光、生态环境、人文古迹进行全面考评搜罗，用诗歌加以记录而歌吟的，曹庭栋数第一人。《魏塘纪胜》《续魏塘纪胜》的山水诗价值在于使人们认识嘉善一地丰厚的人文底蕴，以及适宜人居的生态环境，给后来者合理开发古镇文化旅游资源，保护地域人文与生态环境提供有益借鉴。

---

① 钱仲联主编《广清碑传集》卷三，苏州大学出版社 1999 年版，第 194 页。

魏塘乃嘉善旧名，嘉善是明清嘉兴府属县，在府城东三十六里。关于魏塘，据《清史稿·地理志》记载，既是水道名，又是镇名，“（嘉兴）府境之水二派，曰武林、天目，而天目派由石门、秀水入运，则合武林为一。……海盐塘东南自其县入，并汇于南湖，一名鸳鸯湖，东南接滮湖。六里泾承南湖水，岐为二：一魏塘，一汉塘。”又“嘉善，……魏塘自秀水入，会东郭湖塘，贯西城壕，出东门流为枫泾塘，入江苏娄县。……魏塘、陶庄、干家窑三镇。”①

关于魏塘（嘉善县）的历史沿革，顾炎武《肇域志》记曰：“嘉善县，……地无山谷、桥梁，一望皆水，湖荡连接，支河千派，……魏塘镇巡检司，在县东三里。”②顾祖禹《读史方舆纪要》曰：“嘉善县，……本嘉兴县之魏塘镇，（明）宣德五年析置今县。”又曰：“魏塘镇，县西二里。以宋里人魏武居此，商民成市而名。寻置巡司，元因之，明仍旧。又有魏塘税课局，在县东。”③《四库全书总目》亦曰：“盖嘉善旧隶嘉兴路，为魏塘镇，亦名武塘，明宣德五年始析为县。”④曹庭栋《魏塘纪胜例说》对之辨析更详，他从魏塘的历史沿革、古迹兴癈、人文承传等方面加以概述，清楚阐明了他创作《魏塘纪胜》的宗旨，从而确立了该诗集的文献价值：“我邑旧隶嘉兴路，为魏塘镇，一名武塘。相传魏武帝窥江南，尝驻此，或云有魏武二大姓居此，又云有魏姓武名者集商成市于此，此皆世远无征，传疑莫断者。前明宣德五年析为县，名嘉善，嘉定三十二年始筑城。溯自汉唐来所谓胜地胜事，其湮没无闻者又何可数计，夫地可传，曰胜地；事可传，曰胜事，亦有因事而地传，因地而事传，更有因人而其地其事遂传，并有因其地其事而其人亦传，莫为纪之，终归湮没于此。”魏塘的由来和历史成因传说不一，无法征稽史料加以详细考证，但从“汉唐”以来的人文遗迹代代相因，遂使嘉兴一带闻名天下，由于岁月变迁，人事代兴，故而魏塘盈野的名胜、遍

① 《清史稿》，第 533 页。

② 《肇域志》，第 1946 页。

③ 《读史方舆纪要》，第 4172 页。

④ 《四库全书总目》，第 1683 页。

地的古迹有湮没之虑，曹庭栋创作《魏塘纪胜》的目的就是为故乡的历史、人文、自然风景名胜立个传，使后世对其有全面认识。《魏塘纪胜》的体例是：“分题而咏，准以百首，考之邑乘，参之他书，采诸遗闻，证诸目见，随作随录，不加诠次。至标题之下更列小序，志其地，述其事，务在详尽。”（《产鹤亭诗三稿·魏塘纪胜例说》）

《魏塘纪胜》一百首，内容丰富，所纪详赡，有自然山水，有人文古迹，有寺观书院，有湖塘园林，有田舍村落，凡所涉及，皆以诗纪之，纪之不足，又以小序阐释之。从诗艺来看，诗人选用七绝的体式，有竹枝的轻快活泼，而不失律体的典雅端丽，辞句凝炼，节奏舒放，不管是写人文遗迹，还是自然风光，诗人都着力营造空明淡泊、韵味醇厚的审美境界。如写自然风物，诗人能切近其形貌而透析其精神：“云光剑气拥平芜，南望鸳湖北鹤湖。山色于人亦何吝，恰分南北画方隅。”（《胥山》）“水漾琉璃天蔚蓝，此疆尔界一波涵。紫须蟹美香莼滑，占断秋风江以南。”（《分湖》）“凤凰墩上乱云飞，望入菖蒲烟水迷。闲倚画桡泾畔过，夕阳影里竹鸡啼。”（《凤凰墩》）“两湖近接四丫泾，南陆东朱共一汀。千亩春涛卷晴雪，净莲桥泊打鱼舲。”（《麟湖》）再如写田园村舍、湖河港汊，他能突出清澈明秀，充满生机的谐和气象：“倩谁更写画图看，渺渺烟波指点难。犹得留传好诗句，有人吟对荻花滩。”（《水村》）“万顷祥符漾碧虚，轻舠载月访幽居。数椽茅屋芦花岸，只有孤僧伴老渔。”（《荻秋》）“可是仙源旧隐家，满溪碧涨泛红霞。如何一样看春色，不种桃花种杏花。”（《杏花庄》）“景莲庵畔稻花香，绿树清溪旧有庄。可但诗书遗泽远，此间颇亦乐耕桑。”（《陆庄》）以上虽然写田园风物，但根据诗人诗前小序可知，其所咏对象，初始为前朝名人园墅故居，后来衍成当地游赏胜地，和四围田畴湖港相映照，遂构建出一幅美不胜收的田园渔耕图。魏塘不但平野四望、湖山相依，自然风景颇为精致，而且古迹盈满，寺院宫观、园亭桥梁交互错杂，成为该地引人入胜的文化亮点，曹庭栋对这些凝结地域文明精髓，体现魏塘古镇历史风貌的遗址和实景钟爱有加，考察辨认之余，用深情的笔触如数家珍地道来，令人心神俱醉：“欹斜老屋剩三椽，祠宇新开荒径前。自是殊恩荣里巷，敢论故典废高贤。”（《思贤书院》）

“乍看榛莽孽除新，桃李成阴又几春。书幌静移长日影，讲堂堂下有游人。”(《魏塘书院》)“江泾塘上草芊芊，江泾塘下波涟涟。史君高义空千古，草色波光共渺然。”(《高史君祠》)“竹雨松风绕石坛，森森杰阁逼天寒。怪来氍毹阴晴异，颠倒人情一例看。”(《慈云寺》)“数朵亭亭色亦空，香台冷落长蒿蓬。虎溪无复联新社，不独于今少远公。”(《白莲寺》)“水月荡中水月庵，如萍一叶碧波涵。月光照水水印月，寄语老僧仔细参。”(《水月庵》)“洲边老柳不成行，八子风流尚有堂。共指高台堪眺赏。纪功谁识问刘郎。”(《柳洲亭》)魏塘历史悠长，绵延至明清，其积久而成的厚重文化底蕴通过实物载体承续显现出来，就编织成嘉善一境纵横交错的人文遗迹网络，由于它们的广泛覆盖和无限延亘，就充分辉映了嘉善作为历史文化名城的世代辉煌。除了上面几例人文古迹的诗作外，曹庭栋一百多首《魏塘纪胜》、《续魏塘纪胜》的作品，十之七、八皆为歌咏记述历史文化、人文古迹的篇章，这些诗篇以内容富赡、艺术精湛而列名嘉兴诗群的山水诗史册中，且绽放出鲜有的艺术光彩。

嘉兴，明清时期包括嘉兴、秀水、嘉善、海盐等七县。古号槜李，又易名秀州、嘉禾。境内川原秀美、桑麻遍地，居民非常富裕，因丰赡的经济条件提供了士子专心文会，致力诗学的基础。故此，从汉至清，嘉兴一郡文脉旺盛，创获甚巨。正如萧明客先生为《嘉兴文献丛书》所撰《总序》述评那样：“嘉兴艺文肇自前汉。自汉以来，严忌之赋，见录班书，陆机之注，荣列四库。迄两晋与宋，陆、顾大族屡变文华……明清之降，更成大观。若清江有诗，士林有品，墨林有琴，倦圃有书，缘情托兴，比符诗骚，皆一时之选也。推延至清，则嘉禾文光，照映当时，胜流遍地，诗家如云。”嘉兴文风代代相承，不断光大，其著名诗文汇编的典籍有：沈季友编《槜李诗系》、李维均辑《梅会诗人遗集》、孙福清纂《槜李遗诗》、金兆蕃和张元济刻印《槜李丛书》《槜李文系》等。在嘉兴灿若群星的诗人中，朱彝尊、曹溶等大家前已另章述及，这里选择李良年、高孝本、李宗渭、曹庭栋等人的山水诗加以简论，旨在从不同层面、不同社会地位、不同诗学风尚角度，让后世全面了解、认知嘉兴诗群山水诗艺术的构建模式，同时也让那些诗歌创作卓有建树而湮灭于历史烟云之中的诗人们亦能登台亮相,嗣响诗史。

第三节 “茫昧思前古,悲凉发慕歌”

——厉鹗的山水诗·附说马曰琯、马曰璐

浙省在清一代,文会鼎盛,诗学昌炽,自朱彝尊开山,经查慎行转折,到厉鹗光大,浙籍诗群以其不断开拓创新的精神为清代诗歌的发展做出了重大贡献。尽管在清诗发展史,或清代诗歌流派史上朱、查、厉被分割成不同派别(朱为秀水派、查为宋诗派、厉为浙派),但拨开论家人为设置的重重框限,我们不难发现,浙江诗群在清初近百年的激荡扬励过程中,形成了自己厚重凝炼、清空淡泊的基本诗风。在这样共有的诗风基础上,浙派诗群中的有识之士,在特定的时空背景下,结合自己的身世、遭遇、人生感悟,创建了富有个性特征的诗美体系,从而使浙派诗坛呈现了高潮迭起、大家层出的走向。厉鹗继朱彝尊、查慎行之后,用自己独具的清峻寒瘦、孤淡高朗诗风将浙派引入另一番审美新天地。不仅如此,在山水诗创作方面,厉鹗也是一个令人耳目一新的诗人。

一、厉鹗的生平和诗学观概述

厉鹗(1692—1752),字太鸿,另字雄飞,号樊榭,又号西溪渔者,浙江钱塘(今杭州)人。康熙五十九年举人,乾隆元年荐试博学鸿词,报罢。

从诸多史料记载可辨,厉鹗是一个淡于名利,甘于孤寂,长于交游的行吟诗人,他对自由的渴望胜过对名利的追求,他是一个表面上孤寒,本质上热情奔涌的学者型诗人。他的朋友圈以杭世骏、全祖望为例,都是一些孤傲耿介,疏于功名的人物。郑方坤《国朝名家诗钞小传》曰:“康熙庚子举于乡,再上公车不第,既以博学鸿词征应试,又

不遇，遂绝意功名，不复作春明梦矣。”[①]全祖望《厉樊榭先生墓碣铭》记曰：“其人孤瘦枯寒，于世事绝不谙，又卞急，不能随人曲折，率意而行，毕生以觅句为自得。”[②]李元度《国朝先正事略》载曰：“康熙庚子举于乡，需次县令。将入都，道经天津，查莲坡留之水西庄，同撰《周密绝妙好词笺》，遂不谒选。乾隆初，举鸿博，报罢。南归，与乡闾诸老酬唱。客扬州，有马氏藏书最富，延主其家，尽探其秘牒。”[③]厉鹗不长于世故，科第淹蹇困顿，但于诗创作却殚心积虑，几近入魔，《清朝野史大观》有一则轶闻曰：“厉樊榭征君意制拙率，不修威仪，尝曳步缓行，仰天摇首，虽在衢巷，时见吟咏意，市人望见，遥避之，呼为诗魔。”[④]厉鹗毕生治学赋诗，所以他的诗学成就备受世人瞩目。汪韩门《樊榭山房集跋》曰：“先生之诗，搜讨精博，蹊径幽微，取材新则有独得之奇，使事切则无寡情之采。自成情理之高，不关身世之感。”[⑤]《四库全书总目》评其诗风曰：“吐属闲雅，有修洁自喜之致，绝不染南宋江湖末派。”吴应和的《浙西六家诗钞》亦曰：“（厉鹗诗）参用性灵书卷，自辟蹊径，诸体皆工，七律更耐寻绎。……美不胜数，遥情逸致，诵之口角生香。”[⑥]朱庭珍的《筱园诗话》对厉鹗的诗歌成就作了总括性的评价：“浙派自西泠十子倡始，先开其端，至厉太鸿而自成一派，后来多宗之。其清俊生新，圆润秀媚之篇，佳处自不可没。”厉鹗生平足迹几乎囿于江浙一带，具体来说他是在两点（即钱塘、维扬）一线间往来徜徉，心胸和眼界略显狭隘；另外，他专注于宋诗，撰《宋诗纪事》一百卷，诗风受宋人影响颇深。鉴于上述两点，厉鹗的诗歌呈现出清丽有余而雄阔不足，纤巧无尽而淳厚稍逊的格局，再加之对宋人以学问入诗风气的崇尚，所以他的诗往往采用僻典、冷语、生字等，给世人

---

① 见《清诗纪事》，第 3525 页。

② 见《广清碑传集》，第 472 页。

③ 李元度《国朝先正事略》，岳麓书社 2008 版，第 1199 页。

④ 《清代名人轶事》，江苏广陵出版社 1993 年版，第 36 页。

⑤ 转引自《清诗纪事》，第 3524 页。

⑥ 同上，第 3528 页。

留下訾短的话柄。朱庭珍《筱园诗话》曰：“往往求妍丽姿态，遂失于神骨不俊，气格不高，力量不厚，无雄浑阔大之局阵篇幅，谐时则易，去古则远也。……其宗派囿于宋人，唐风败尽。好用说部丛书中琐屑生僻典故，尤好使宋以后事。……是小家卖弄狡狯伎俩，非名家之品也。”[①]洪亮吉《北江诗话》指陈道：“近来浙中诗人皆瓣香厉鹗《樊榭山房集》，然樊榭气局本小，又意取尖新，恐不克为诗坛初祖。”[②]姚鼐在《惜抱轩尺牍·与鲍双五》中更是切责甚深：“今日诗家大为榛塞，虽通人不能具正见，吾断谓樊榭、简斋皆诗家之恶派。”[③]姚鼐将厉鹗、袁枚一路视为“恶派”有失公允，但从中也反映了时人对浙派热衷学习厉鹗“逞情拈弄，随手付发”[④]，而忽视其“精心密虑，结形构巧”的创作态度的反感。虽然如此，厉鹗的诗歌创作在康乾过渡期有起承转合的巨大功用，他的诗学观念和主张影响了清中期，以至后期众多诗人的创作风气。所以，在诸种微辞面前，亦有诗论家表示了拨乱反正的态度，张维屏在《国朝诗人征略》中说：“樊榭五言以气韵胜，七言以才情胜。总由胸中积书，是以语多隽味。”康发祥在《伯山诗话》中精辟地指出：“钱唐樊厉榭诗，视杭堇浦为一时瑜、亮。……清空高朗，尽以堆垛目之，则失其本来面目矣。”不管时人如何评价，不论岁月怎样迁延，厉鹗作为一介寒士，一个布衣诗人，他以微见著，以小写大的创作方式，以及自成一体的诗歌风格在清代诗史上留下了深刻的印痕。他的诗是美丽的，这种美丽来自他笔下的创作环境，来自他对形成自己创作环境的真实生活环境的钟爱与理解。

厉鹗的诗风总体显出清绝纤丽、孤寒怪僻，这既与他的身世和生活状态有关，更与他的诗论主张和创新精神相联。厉鹗生活在康乾时代，表面繁盛的社会气象并没给他带来更多的幸运，相反他依人而食，靠友人接济谋生。杭世骏在《道古堂文集·厉母何孺人寿序》里

① 见《云南古代诗文论著辑要》，第291页。

② 〔清〕洪亮吉《洪亮吉集》，中华书局2001年版，第2256页。

③ 见《清诗纪事》，第3528页。

④ 〔清〕厉志《白华诗说》卷二，见《清代诗文汇编》第541册，第242页。

分析厉鹗的人生状况曰："樊榭少而孤露，奉太夫人之教，积学以至于有立，夫岂不知圭绂之可以荣亲，禄入之可以养老？而顾杜门却轨，甘寂寞而就枯槁者，诚以仕宦之难，惟县令为最。……樊榭之才，千诗百赋，郁怒遒紧，长输远逝，虽极之倾河倒峡，而不见其所止。若以其鸿朗高迈之怀，肮脏磊落之志，屈而与今之仕宦者相习，譬之方枘圆凿，龃龉而不相入，而谓其能哫訾粟斯，喔咿嗫嚅，以为闪揄乎？而谓其能逞妖作蛊，妄生媚眼，以狡讦而摩上乎？"[①]如此不谐世俗、不俯时流，不肯屈身权门的个性造就了厉鹗孤高苦寒的生活境遇，同时也生成了他在诗学上力主"清真"，锐意创新的精神。他认为："盖自廊庙风谕，以及山泽之癯所吟谣，未有不至于清而可以言诗者。"(《樊榭山房文集·双清阁文集序》)"未有不本乎性情而可以言清者。"(引文同上)"清"可以是庙堂之声，亦可以是民间小唱，可以为天籁，可以为人籁，只要性情真，从内心中流出的诗都能达到"清"的境界。在他看来"清"真的诗应该是："天机所到，自然流露，如霜下之钟，风前之籁，应气则鸣，初无旬锻月炼之苦，而达生遗物，能使人忘去荣悴得丧所在。"(《樊榭山房文集·秋声馆吟稿序》)厉鹗富于才学，尤好典章逸事，他最不满的是诗坛空泛模拟的习气，他极力追求言之有物的作诗境界，表面看似生僻冷硬字句的不断运用，实际却是诗人通过语言的形式来隐喻其力图创新的内在意蕴。在为弟子江沆所作的《盘西纪游集序》里厉鹗明确说道："辞未必经人道，而适得情景之真，斯为难耳。"(《樊榭山房文集》卷三)由此，他心目中的好诗应是："以坚瘦为其格，以华妙为其词，以清莹为其思。"(引文同上)清真、瘦劲、倔犟、孤寒庶几成为厉鹗诗风的关键词。

厉鹗的诗风被世公认为"寒"，但细味，他的寒不是贫士失职后的悲鸣，更不是怀才不遇、感叹时艰的不平之声，亦不是如秋虫咽露式的哀音，他的寒是一种意境，是诗人着意在诗歌创作中追觅的气韵，他的"寒"气如平沙落照，悠远绵长；如雨后苍山，青空莽荡；如蒹葭古渡，平远开阔；如秋水孤鹜，纯净无染。譬如："横塘秋水明菰叶，老屋

---

① 《道古堂文集》卷十七，见《续修四库全书》第1426册，第367页。

残阳上藓花。……南湖多少闲风物，鱼簺谁分一片沙。”[①]（《南湖秋望》）“人约寒云来别浦，叶和流水出荒街。撷蔬风味追前辈，翦树轩亭换旧牌。”（《同玉裁大宗集皋园》）“平望亭前落照红，十年几度系孤蓬。湖田芋熟连朝雨，水国鲈香大段风。”（《舟泊平望怀王载扬客都下》）以上不管是独立寒秋，还是怀人远思，抑或是挚友相聚，诗人都以充满“寒”意的自然物象作抒情的背景，让情与景交融成清空孤绝的气氛，从而增强了诗歌的表现力。

二、“幽人与时鸟，悠然悟达生”

——厉鹗的山水诗浅析

厉鹗虽然不擅于世故，但他对山水情有所属，在所有诗歌创作中，其山水诗成就最高。全祖望在《厉樊榭先生墓碣铭》中说：“最长于游山之什，冥搜象物，流连光景，清妙轶群。”王兰修在《国朝诗品》中评道：“厉樊榭镌刻林壑，渲染烟霞，深于山水之趣。”李慈铭的《越缦堂读书记》（卷八）对厉鹗的山水之作亦赞赏不已：“先生取格幽邃，吐词清真，善写林壑难状之境。”由上列诸家评论可见，厉鹗不但善写山水，而且还能“冥搜象物”、“渲染烟霞”，通过状“难状之景”来达到追觅“山水之趣”，营造“幽邃”山水之境的目的。

纵览厉鹗诗全编，除其它题材作品外，其山水诗占半数。钟振振先生主编的《清名家诗丛刊初集·厉鹗诗》以各种版本的《樊榭山房集》为底本而相互校刊，其中收录山水诗共 582 首，刘世南先生统计厉鹗的诗前、续集共 1385 首，由此即见，山水诗在厉鹗诗歌创作中的份量，虽然不如前人所夸张“十诗九山水”，但接近总量一半的规模还是相当可观的。厉鹗山水诗的题材极其狭隘，除少量记录北去行旅的作品外，其余均以西湖为圆点，半径扩展到吴越、维扬、京镇一带，形成一个颇具地域特色的山水圈，这种看似狭隘的山水诗题材，恰恰为诗人突出地域风情，专注绘摹特定情境下的自然景观提供了巨大

---

① 凡引诗文均出自《樊榭山房集》，钟振振主编《厉鹗诗》，广陵书社 2006 年版。以下不再一一注明版本。

空间,在厉鹗笔下,江南特指的山水风物,尤其西湖景观的描写被推向了极致。诗人突破了时空的界限,将西湖当作自己最亲密的爱人,最能倾吐心声的知己,反复推敲,用心研磨,使西湖或显或晦,或明或暗的种种姿态完全呈示于世人面前,令人有夺目惊心之感。如:“众壑孤亭合,泉声出翠微。……木落残僧定,山寒归鸟稀。”(《冷泉亭》)“夜寒香界白,涧曲寺门通。……一灯群动息,孤磬四天空。”(《灵隐寺月夜》)“春烟沉大岭,密雪响疏林。……推篷起寒色,双屐阻幽寻。”(《西溪泛舟遇雪》)“水上寒雾生,弥漫与天永。折苇动有声,遥山淡无影。”(《晓至湖上》)“林峦幽处好亭台,上下天光雨洗开。小艇净分山影去,生衣凉约树声来。”(《雨后坐孤山》)“林影滩光静自如,向寒人意转清疏。……烟外有山浑入梦,月中著句未曾书。”(《十一月十二夜月同黄松石张情田散花滩闲步用句曲外史马塍新居韵》)通过上举,我们体验到,厉鹗山水诗中处处闪烁着一种清冷的“寒光”,时时流荡着一股“寒”的气韵,离却了这种“寒”,就没有了那种让人惊心动魄、回味隽永的山水诗境,同时也就抽去了诗人超越凡尘的山水诗魂。厉鹗山水诗追求的是因“寒”而生的审美意境,他的寒有超绝人间烟火,摆脱个人身世之叹的行空之感,是一种艺术价值的再现,也是诗人努力追求的诗学境界,所以毕其一生,诗人都没有离弃这种艺术理想的追求。

西湖的美不仅是天然的,更是人文的,犹如浓妆淡抹的西子,既有盛妆后的光彩照人,又有洗去铅华时的风韵天成,既有秋光冬雪的冷面,又有春花夏月的温婉,厉鹗作为一个多思善悟的写景高手,虽然他的审美主流是寒淡,但这并不排斥他用别样温和浓艳的暖色调去涂抹西湖美景。在厉鹗诗笔下,西湖随时而变,随地而变,随人而变,只要人心变化到不同状态,西湖的美色亦能随人心之变化而变化。如写春光烂漫的西湖,诗人彩笔点染,将其表现得明媚和煦,鉴人心魂:“白练鸟从深竹飞,春泉净绿上人衣。分明孟尉投金濑,吟到日斜犹未归。”(《花坞二首》其二)“爱来湖上作浮家,艇子冲波一道斜。日晚水仙祠下去,青山影里采蘋花。”(《四月十八日湖上作》)“新堤桃柳能白红,画船来往只湖中。郎怕伤春复伤别,侬怕愁水又愁风。”(《西湖竹枝词三首》其二)“满湖春霭山空濛，雨微泼火花从风。画船平底如屋里，撑入琉璃拍天水。藏鸦门外水侵门，霏霏吹湿绿萝裙。”(《小寒食日同穆门鹿田江声鹂亭诸君汎舟湖上用杨铁崖花游曲韵》)“堤上无穷柳，春来那忍攀。丝长初蘸水，绿浅不遮山。”(《同让师泛湖看新柳》)“山满楼空鹭浴翎，行窝大好在湖亭。凭栏斜日不归去，吟尽浮岚泼眼青。”(《寒食湖上冶春绝句七首》其五)再如写秋景如画的西湖，诗人脱尽尘滓，将其刻画得冰肌雪骨、悠远如梦：“秋气在兰舫，澹然谐素心。萧云翳空水，灭景坠遥岑。欲写尤难状，将留不可任。绝怜归渡晚，疏蓼一丛深。”(《湖上秋阴同陈楞山符幼鲁施竹田张东扶作》)“里湖凉思不胜飘，路转青林接野桥。……风过残苇疏还响，云衬晴峰淡欲消。”(《舟泊西林桥同吴尺凫作》)“青山白鸟大圆镜，折苇枯荷古佛龛。人影静随云影倒，诗情淡与道情参。”(《秋日同穆门江声莜林竹田瓯亭泛舟至湖心寺》)西湖之景不但四季不同，而且四时亦不同，昏旦朝暮、雨前月下，西湖的窈窕多姿会因节候物象的变换而呈现万千景象。如写月下西湖，诗人细心品味道：“月下看花不肯红，沿堤花影压孤蓬。春烟夜半生波面，仿佛青山似梦中。”(《二月十四夜同周少穆胡又乾施竹田吴敦复汪旭瞻施北亭西湖汎月共赋四绝句》其四)“溪流凡几曲，曲曲月随船。……鸟惊千树雪，人语数峰烟。”(《月夜泛舟至西溪山庄》)月下西湖是最美的，恍如一波万顷的太虚幻境，令人有羽化飞升的畅情之思，厉鹗的一曲《春湖夜泛歌》将这种情思推向高潮：“晴湖不如游雨湖，雨湖不如游月湖。同时看月兼听雨，二事难得鱼熊俱。……水月楼边水月昏，烟水矶头烟水阔。尊前绿暗万垂杨，月痕似酒浮鹅黄。一片蛙声遥鼓吹，四围山影争低昂。此时坐上各无语，流云走月相吞吐。”雨湖月湖最难兼得，而这种世间奇观与佳境被诗人幸运相逢，于是他心旷神逸，魂与月光共舞，情和雨雾相融，长啸高歌，一抒心声：“合成芳夜销金锅，繁华千古随逝波。谁把长桥短桥月，谱入吴娘暮雨歌。”写雨中西湖，诗人抓住烟锁雾笼，轻阴小寒的特色，把她妩媚脱俗的气质表现得相当精到：“官梅开后野梅落，湖水满时河水新。”(《春雨有怀徐丈紫山湖上》)“遥峰隐见黛眉横，怪底春来无此寒。朋比熏炉风味浅，有人楼上泥栏干。”(《西湖春雨四首》其四)“林峦幽处好亭台,上下天光雨洗开。小艇净分山影去,生衣凉约树声来。”(《雨后坐孤山》)“回瞻云峰远,前与花林逐。……因依远人境,摇动沦漪绿。”(《雨中同符幼鲁圣几泛舟河渚看梅暮至西溪》)“社燕来时初上冢,林鸠啼处各归家。山容正媚偏逢雨,酒价初高只为花。”(《泛湖归舟遇雨用前韵》)如果雨中西湖有空翠清新之感,那么雪中西湖则冰清玉洁,恍若姑射仙人:“清寒山梦惊,晓色上佛幌。……稍稍杂雾蔼,冥冥失诸嶂。……一庭虚白光,湛寂生妙想。”(《信宿溪上巢夜复大雪晓望有作》)“云雪相模糊,粉墨一箫瑟。桥危积未平,篁深飘更密。”(《雪中西溪归舟》)在四时晦明变化的情境中,厉鹗似乎更倾心于“晓起”观览西湖美景,“晓”看西湖,对诗人是一种心灵的约会,只要兴致所至,他无论雪中雨后,春夏秋冬,都会驾一叶扁舟,呼朋唤侣,以畅心曲:“一年难得是春晴,落尽梅花始出城。半白烟横山淡冶,初黄柳照水空明。”(《初晴晓行湖上》)“牵埭披衣有底忙,水烟笼日共苍凉。客行十里又五里,舟过下塘还上塘。……平生未了山游债,处处唯闻佛土香。”(《晓行皋亭道中》)“粉洒乱红飞雪里,金泥碎锦夕阳时。云山烟水如相护,酒幔茶樯任所之。”(《晓次临平风雪大作晡至皋亭始晴三十里中桃花正盛亦一奇也》)“人望林端白,幽禽出竹飞。……香气濛初日,横枝近翠微。”(《西溪山庄晓起看梅》)“诸天宫殿琉璃上,二月湖山锦绣前。红雨欲飞惊宿鸟,碧波不动待游船。”(《四照亭晓望》)“一湖春水窥山影,十里初阳上柳梢。……游踪未逐香尘动,远听渔榔隔浦敲。”(《晓发南屏渡湖归舟中写望》)西湖,为杭州名胜,亦为杭城之灵魂,古来既是仕女游冶悦性的佳丽之地,亦是文人墨客挥洒性情的人间仙境,《太平寰宇记》曰:“西湖,在(钱塘)县西。周回三十里,源出武林泉,郡人仰汲于此,为钱塘之巨泽。山川秀丽,自唐以来,为胜赏之处。”[①]《方舆胜览》曰:“西湖,在(杭)州西,周回三十里,其涧出渚涧泉,山川秀发,四时画舫遨游,歌鼓之声不绝。好事者常命十题,有曰平湖秋月、苏堤春晓、断桥残雪、雷峰落照、南屏晚钟、曲院风荷、花港

---

① 乐史《太平寰宇记》,中华书局 2007 年版,第 1865 页。

观渔、柳浪闻莺、三潭印月、两峰插云。”[1]西湖，自郦道元的《水经注》开始，代有载录，但以“西湖”称之，则启于唐人别集。西湖，作为杭城水利工程和游赏胜地，它的疏浚修葺备受各朝统治者重视，史上对西湖整修工程中最著名的唐有白居易，五代有钱鏐，宋有苏东坡，至明清从朝廷到地方对西湖的修缮、疏浚工程极为重视。清人翟灏等辑的《湖山便览》卷一曰：“皇清肇兴，即大兴水利。顺治十一年六月，诏该督抚责地方官修筑堤防，以时蓄泄，西湖景象，自此更新。康熙二十八年己巳，圣祖仁皇帝省方至浙，驻跸西湖，御制诗序，谆谆以开湖溉田，筑堤潴水为务。……世宗宪皇帝，特因西湖水利切系民生，敕令工部查议行该省确勘具题，……汙浅沙滩三千一百二十余亩，疏浚深洁，以畅湖流。……乾隆辛未，天子法行巡守大典，临幸西湖。丁丑、壬午再幸，举凡利益生民之事，无一不仅圣怀，不沛恩泽。……仍于涌金门、一天山、长桥、湖山神庙四岸，立石永禁，绘图存案。每冬令地方官按图勘验。由是惠泽滂敷，下游农田仰藉充给，年谷顺成，民物殷阜，湖山景色更觉灿然改观。士庶歌咏太平，优游化日，咸谓有湖以来，未有如今日之盛者也。”[2]从实用的角度，西湖的水利工程可以使杭城及周边民众得以改善民生，诸如饮用水质、农田灌溉、洪水防范等；从精神的层面，西湖对于杭州城市的美誉度提升，对杭城居民品位和情感的形成都有至关重要的作用，如苏轼所言：“杭之有西湖，如人之有眉目，盖不可废也。”(《乞开杭州西湖状》)在长期历史发展与文化积淀的过程中，西湖确实如一张醒目的名片成为杭州的“眉目”，她明眸善睐，风情万种；卧波横黛，春色无垠。故此，古人有赞曰：“笙歌极天下之选，风物该人间之望。流传今古，只夸两浙之间；多少繁华，尽簇西湖之上。……碧天连水水连天，鱼在琉璃影里；画阁映山山映阁，雁横锦障图中。”(林晖《西湖丰乐楼赋以楼成湖上与众同乐为韵》，引自《湖山便览》卷一)[3]厉鹗生为钱塘人，与西湖朝

① 见《方舆胜览》，第 7 页。

② 见《湖山遍览》，上海古籍出版社 1998 年版，第 14—15 页。

③ 同上，第 16 页。

夕相伴，他的血脉里流淌着西湖纯正灵秀的汁液，和其他诗人不同的是，厉鹗写西湖用情更专，用意更深，他把西湖当成自己的灵魂，着意塑造、用心锻铸，从而写出西湖的内涵和气韵。

厉鹗的生活圈比较狭小，除到京师应试之外，他基本在江南一带活动，故而他的山水诗题材就有非常明显的地域特色。因地域相近，描写对象趋同，所以厉鹗山水诗的风骨基本保持统一。不管是京镇风光，还是吴越景色，在诗人笔下，都呈现出如西湖山水诗一样的风致与格调，即淡远孤寒、清新峻健，如写越地风光，他紧扣江山相映，空阔透亮的特点加以生发："是时秋江明，远近生寒漪。"(《夜泊桐庐》)"袅袅凉风帆影转，层层僧舍竹光斜。"(《七里濑钓台下作》)"涧仄泉疑翻白鹭，雨深松欲化青人。"(《自金华至永康道中作》)"清钟不散雨，破寺共吟秋。"(《雨宿卧龙山僧舍分韵》)"千峰碧于洗，片月林外低。……溪光几曲动，杳嶂相迎送。……宛在画中行，秋高景弥清。……落日见归禽，闲心与之往。"(《晓霁入若耶溪中逢暴涨不得至云门而返》)"秋波渺渺碧无泥，云树参差望不齐。唤得乌篷新艇子，好山都在鉴湖西。"(《泛舟鉴湖四首》其一)写三吴秀美景色，诗人突出它水乡温柔醇和、弥望深翠的亮点，进行肆意点染："芦分山色离披去，水接云容淡沲浮。风物三吴何处最，陂塘五月已如秋。"(《碧浪湖》)"如画云岚西复西，梁溪几折入荆溪。舟师失道隔烟问，山鸟畏人穿竹啼。"(《荆溪道中》)"蒹葭望极净无烟，小泊秋娘渡口船。对月心情多往事，阻风滋味又今年。"(《月夜泊吴江》)"楞枷山影混空碧，胥口月光流水银。十幅帆从天上渡，一星火识芦中人。"(《月夜渡石湖》)"钓徒何处访元真，来往江湖浪迹频。青草绿波如送客，斜风细雨欲留春。"(《雨中过莺脰湖》)"青山断处水连村，踏草无人见履痕。为爱横塘名字好，梦肠他日绕吴门。"(《自石湖至横塘二首》其二)"桃萼飘红上菜苔，荡湖艇子转城隈。春阴不惮盘阊远，为谒湖州长史来。"(《独游沧浪亭五首》其一)"寒山寒气贮春余，入谷风烟更翳如。崖接扶阑疑蜀栈，树悬飞雨想匡庐。"(《寒山寻赵凡夫隐处有法螺庵千尽雪诸胜》)

厉鹗一生最钟爱的是西湖山水，因为那是他诗意栖居的灵魂归宿地;其次,他深情思念的是维扬京镇的山水,在维扬他结识了马氏兄弟,由此,他把京镇看成精神家园。

据史料载,厉鹗在人生失意的时候,幸逢马氏兄弟,二人慕其学问和诗名,延之为上宾,马氏兄弟筑小玲珑山馆,其间富藏书,厉鹗处馆时,多阅其说部野史等秘籍,从而既增广了他的学识,又助长了他独特诗风的进一步成熟:“樊榭在扬州马秋玉家,所见说部书多,好用僻典及零碎故事。”(袁枚《随园诗话》)“扬州马秋玉兄弟延为上客,嗣后来往竹西者凡数载。马氏小玲珑山馆多藏旧书善本,间以古器名画,因得端居探讨。”(王昶《湖海诗传·蒲褐山房诗话》)厉鹗和扬州马曰琯、马曰璐兄弟深于友情、笃于诗情,他们不但学问相研磨,诗歌相唱酬,而且在志趣上亦十分投缘,志在山林,以山水为友朋,沉溺山水是其共同的人生乐事。因此之故,厉鹗山水诗创作的第二大主题就是对京镇山水的反复吟咏和歌唱。其名篇有《同程友声红桥夜泛》《同秋玉佩兮西颢江皋自京口放船至焦山》《双峰阁》《别峰庵》《甘露寺》《游金山》《登甘露寺多景楼》《招隐寺》《宿摄山渡》《摄山杂咏十二首》《登清凉寺》《归舟江行望燕子矶作》《焦山观音岩晚望再用赵冰壶韵》《焦山看月分得声字》《大风渡江望金山》等。京镇形势,东南为甚,其临海带江,倚山而建,自古是南北之天堑,凡游历其间的文人墨客,多有登楼感慨,逸兴奋发的诗词作品迸溅而出,给后人留下无限思古怀幽的想象空间。厉鹗受江山形胜的激励,一改孤寒冲澹的风格,转用巉刻激扬的文字将大江东去、波涛接天、危楼高耸、水石相激的京镇风光渲染出来,令人有耳目一新之感。如:

石势浑如掠水飞,渔罾绝壁挂清晖。俯江亭上何人坐,看我扁舟望翠微。

——《归舟江行望燕子矶作》

风雨翦江去,渔帆恐不禁。涛声俄上下,山势若浮沉。金碧疑神力,虚空见佛心。回头惊定处,画里记登临。

——《大风渡江望金山》

手剔摩厓旧迹存,江风为扫冻云昏。山当落日如争渡,帆向遥天欲倒吞。绝顶僧栖如怖鹤，空庐人去有惊猿。廿年三到缘非浅，好掬清波洗眼根。

——《焦山观音岩晚望再用赵冰壶韵》

上举三例是厉鹗先后游览京镇时所作山水诗的代表作。它们虽然时不同、地不同、境相异，但诗人流露在作品中的气韵和精神却是同一的，即阔大豪雄，如惊湍万里，不受羁勒。《归舟江行望燕子矶作》因起笔不凡、落笔不俗，境中有人、景中有情而被陈衍所激赏："尝谓樊榭《燕子矶诗》末二句，……十四字中，作四转折。质言之，为看他在那里，看我在这里，看他看我也。"（《石遗室诗话》卷十五）《大风渡江望金山》，诗人把抒情的背景置于"大风"之下，让惊涛骇浪衬托出"山势"的汹涌起伏，再以江山相激的气势暗示出诗人稳泛苍溟的闲定气度。全篇融写景、抒情为一体，达到感发人心的艺术效果。《焦山观音岩晚望》则意境更开阔，视界随"望"而渐次绽开，尤其在夕阳镕金、万航争渡的情境中，诗人登临绝顶，心魂不禁与落霞齐飞，和长天共舞。故此，结句他奇思突发，欲"掬清液"以"洗眼根"，使人和物、情与境达到了完美合一。

厉鹗的诗风历来被论者定格为孤峭寒淡，而且他的以杭州、扬州为主要生活场景而形成的创作环境也被世人目为短处。如果将厉鹗放在清代诗歌发展的大背景下比较，也许他的生活圈限定了他创作的视野，使其成为不可弥补的缺陷；但若将其当成个案研究，则可以发现正是这种以某个特定区域为生活基点的优势，才使他形成了个体创作的特征，具有了无可替代性。比如从题材上考察，厉鹗的西湖山水诗超越了前人点睛式的写法，而专情于对西湖景致进行多角度、多层面、多时空的深度描写，写出了西湖的形质气韵，以及湖山相依的内在精神，譬如他的西溪诗群足以说明这个特点；如果从风格方面品鉴，厉鹗既有众所公认的孤淡清寒，而且还有洒脱超逸，激越奔放，如："焦山寺里钟始鸣，焦山寺前江月生。……长波万里入杳霭，中流一道驰空明。……坐久起踏松影碎，满地窸窣霜华横。琉璃宫殿水精域，佛界尽在寒而清。……高咏坡公赤壁句，一尊酹月还同倾。"

(《焦山看月分得声字》)“千金不买湖月白,一杯独吸春山空。”(《二月十五夜泛月三潭同穆门柳渔田恒公作》)“移来天外帆,森晶胡豆洲。一窗纳万里,波远斜阳收。”(《重游焦山信宿石壁菴二首》其一)“凌云仿佛三山意,濯足空明万里流。”(《月夜渡江》)“一线黄流奔禹甸,两涯残雪接徐州。”(《渡河》)“却向东蒙看霁雪,青天乱插玉莲花。”(《蒙阴》)厉鹗的山水诗并不一味是清寒孤峭的小唱,或远山横黛、近水迷离的小品式写真,有时诗人胸次犹藏十万甲兵,不经意间便能奔突而出,用激情的壮歌来渲泻心中潜伏的豪放:“平生五岳愿未从,真形突兀蟠心胸。……半天明灭千芙蓉,群山如水皆朝宗。盘车五汶豁双目,元气回薄开春容。……征途鞭影何怱怱,孤烟一抹归鸟冲。不知气象尔何物,但听木末敲疏钟。”(《泰安道中望岳作歌》)假使从锻铸词句的角度辨析,厉鹗的山水诗时时有别出心裁、花样翻新的特征,这种用心遣词造句,不落俗流的手法的运用,无疑提高了山水诗的艺术表现力。如:“天风鼓蓬勃,白云若沸甑。”(《三月十三日游法华山》)“野桥迎月直,断岸见烟生。”(《月夜舟出北关同寿门作》)“石作鬼面皴,树比佛胛瘦。”(《石屋》)“树红迎北干,江白隔西兴。”(《萧山》)“风传街柝冷,云湿寺钟遥。”(《姑苏旅舍夜雨》)“山趋野寺断,烟入戍楼深。”(《晚次齐河》)“柳拂差池燕,河惊拨剌鱼。”(《南归次琉璃河》)“风烟秋半净,江水晚来波。”(《晚发江干》)“匹寺湿红隐,孤塔空翠埋。”(《迎峰庵晓起冒雾出山》)上举各例,实实说明厉鹗运用语言的迥异思路和纯熟程度,这种随处可见、迥不犹人的遣词造句手法,大大扩张了诗境的空间,使所述对象更具生命的活力。

厉鹗的山水诗不是单纯摹形写景的产物,不是孤立静止地对山水进行外在观照的结果,相反,他通过山水形貌的刻划尽力达到表现自我,传达心声的目的。故此他的山水诗处处有“我”,将“我”的主观心志融于自然物象表现出来,从而使其山水诗更具价值:“驾风波忽大,到海地无多。茫昧思前古,悲凉发慕歌。”(《夏盖湖》)“年光又共草色变,秋思有如云影深。”(《初秋写怀》)“水光知月出,花落见风行。……孤吟少俦侣,发兴自江城。”(《晚步》)“客行津鼓动,天远峭帆收。俯仰悲人代,茫茫对碧流。”(《江涨桥》)“云光在其下,帆影尽于西。身世浮杯似，年华过鸟齐。”（《双峰阁》）“幽林天光入，栖神历众妙。……挥手谢时人，与尔不同调。”（《别峰庵》）“花虽无言酬以意，为待幽人来作主。幽人与世实寡营，捷足织儿每工侮。”（《西溪梅花已残永兴寺绿萼二株正盛开》）“登高今日情难已，不约还成七人矣。嬉游大好同队鱼，何必飞腾千万里。”（《人日同陈授衣丁敬身石贞石登吴山用石壁上东坡先生释迦院看牡丹韵》）上引诗作，不管是悲世途、怀家国，还是感命运、抒幽愤，诗人都不是空泛直白地作无病之吟，反之，他借山水之形，通过浩淼的湖波、三秋的桂子、湍急的江流、孤傲的梅花、无垠的岗峦等特指意象，顺理成章地让一腔郁勃孤愤的情绪外化出来，形成景中有情、物里有我的山水诗境。“茫昧思前古，悲凉发慕歌”既是诗人面对浩淼湖波时对世态、对人生的感悟，又是他独特山水诗风的形象表征与深层再现。

由于受家世、遭遇和个性的定限，厉鹗涵养成狷介孤傲的高洁心态，不喜交接、不善世情、不愿远游的人生阅历最终极大限度地制约了他山水诗的题材，同时因为追求纤细、孤寒的艺术原则和审美情趣，故而使他的山水诗显得细致有余而醇厚不足，孤淡有余而圆融不足，纤巧有余而大气不足，是为厉鹗山水诗无以掩饰的缺憾。

三、马曰琯、马曰璐的山水诗

“幸托良朋全远志，莫教慈母寄当归。平生浪说交游遍，更有何人重芰衣。”这是厉鹗雨夜泊“故城”时怀念至亲好友“嶰谷”、“半槎”时所发的感慨。是时诗人“扁舟寥落”，面对“孤城风雨”，在“千里关河”之外，“旅梦飞”向日夕相处的朋友，可见这种友情之浓重与可贵。那么被诗人忆及的“嶰谷”、“半槎”又是谁呢？嶰谷，即马曰琯；半槎，即马曰璐。按常理，论浙派山水诗马氏兄弟是不应列入其中的，但因其与厉鹗和浙派其他诗人间错综复杂的关系，所以姑将其附论于厉鹗之后。

说到马氏兄弟，不得不先简述一下扬州盐商现象。扬州盐商是清代康乾时期社会经济与文化现象的典型和缩影。他们既和清代全盛时的经济有关，是清中叶经济发展的产物，同时又与当时文学艺术，以及出版事业有着千丝万缕的牵联，是一个商人文化化，文化商业化的典型范式，它为中国后来的商业文化的形成和发展起到了重大的启示作用。盐商是伴随盐业的产生而产生的一个特殊商人群体。盐业在中国战国时的齐国就已崭露头角，此后历代均大力扶持，至清代中后期便成为国家财政收入的重要来源之一。萧一山先生的《清代通史》曰："齐国征渔盐之利，是为盐政之起源，自是以后，历代政府，亦无不注意于此，以为国家财政之一大收入。……清初减轻人民负担，但就万历年间旧额，按引征课，加派者悉行蠲除。……至雍正时，官吏之诛求，更甚于前，盐商遂不得不与之结纳；盐商既结纳官吏，遂有所恃而朘削小民。自是官与商皆得法外之利益，而国家与人民两蒙其害。迄于乾隆，国用浸广，盐课岁入五百余万两，较清初加至十倍。"[①]清代盐法沿袭明制，按盐产地划为十多个盐务区，《清史稿·食货四》曰："清之盐法，大率因明制而损益之。蒙古、新疆多产盐地，而内地十一区，尤有裨国计。十一区者：曰长芦、曰奉天、曰山东、曰两淮、曰浙江、曰福建、曰广东、曰四川、曰云南、曰河东、曰陕甘。"中国盐务历时既久，范围且广，为何在盐业发展史上，清代的扬州盐商有如此高的社会声望，而且影响所及，遍于社会生活的多个方面。屏去其它因素，扬州盐商之所以能产生那样大的影响，关键在于：一、扬州特殊的历史文化背景和地理位置；二、扬州盐商整体的文化素养和其对文学艺术的偏嗜。关于扬州的地理形势，顾祖禹在《读史方舆纪要》中说："（扬州）府根抵淮左，遮蔽金陵，自昔为东南都会。"[②]从战略上看，扬州控制江北江南之要害，凡得扬州者，即能全取天下，而失扬州者，则江南半壁尽丧；从经济上考察，扬州兼江淮渔盐财帛之利，为国家主要财政之源；从历史文化辨析，扬州多是文人咏歌留连之地，自唐宋以降，扬州就一直是诗人笔下反复咏叹的主题。不管李白的"烟花三月"，还是杜牧的"春风十里"，都让扬州这个地处江淮的通邑大都成为江南繁华温柔的象征。正因扬州有地利之

---

① 萧一山《清代通史》，华东师范大学出版社 2006 年版，第二册第 299 页。

② 《读史方舆纪要》，第 1113 页。

便，所以商贾易于聚焦，较之陕甘、四川、山西等处的盐商，扬州的盐商更能施展其才华，形成独到的商业文化，这正所谓城市因商而繁荣，商人因城市而知名，两者遇合，相得益彰。

诚然，扬州盐商能大得名于天下，与扬州的地理形势有关，但这只是客观外在的因素。能使扬州盐商一举成名，得到世人瞩目的内在深层因素则是以诗文化为核心的商业文化的形成。从籍贯上考察，扬州盐商大多来自皖南，以歙地为多，而明清徽籍文人多侨居扬州，著名者如：姚思孝、曹应鹇、郑燾、孙默、查士标、吴树诚、吴绮、汪弼、闵麟嗣、汪舟、郝士仪、方淳、郑晋德、程锋、汪楫、程浚、毕三复、蒋嘉会、许承家、程岫、张潮、郑昂、戴震等，以上是有据可查的侨居扬州的歙地文人之一部，他们中有些不但能诗，而且善画，其诗名画艺蜚声清代文坛。正因有这些徽籍诗人在扬州的活动，才使得当时众多新安诗人、新安画人和新安商人在扬州源源不断地登台亮相，各展才华，造成盐商亲诗亲文、重学重艺的新气象，一种与众不同的商业文化就此应运而生。

关于徽州人在扬州的行迹，以及徽、扬之间文化交流、商业互动的情况，史籍颇多记录。如陈去病的《五石脂》评曰："徽人在扬州最早，考其时代，当在明中叶。故扬州之盛，实徽商开之。扬，盖徽商殖民地也，故徽郡大姓，如汪、程、江、洪、潘、郑、黄、许诸氏，扬州莫不有之，大略皆因流寓而著藉者也。而徽扬学派，亦因以大通。"①"乾嘉间，扬州名士，若汪容甫、江郑堂，其先皆徽州人。"②对于徽州籍盐商在扬州的活动，《扬州画舫录》《清稗类钞》等典籍有不同角度的载述，兹以《扬州画舫录》所述为例："徽州歙县棠樾鲍氏。……业鹾淮南，遂家扬州。初，扬州盐务，竞尚奢丽，一昏嫁丧葬，堂室饮食，衣服舆马，动辄费数十万。……自诚一（鲍志道，字诚一）来扬，以俭相戒，值郑鉴元好朱程性理之学，互相倡率，而侈靡之风，至是大变。"③扬州

① 〔清〕陈去病《五石脂》，江苏古籍出版社 1999 年版，第 326 页。

② 同上，第 328 页。

③ 〔清〕李斗《扬州画舫录》，中华书局 1960 年版，第 149—150 页。

盐商给世人的印象是穷奢极欲，为富不仁，但有些盐商却不尽然，他们生活节俭，一心为学向善，如上举鲍志道；在扬州园林建筑、城市繁荣方面，徽籍盐商亦功不可没，他们充满个性化的园林建筑，推动了当时城市文化的发展，在物质上保障了过往文士聚会唱酬的雅事，比如著名的红桥修禊，本叫大洪园，园为徽籍盐商洪征治所构。王士祯司理扬州，在园内赋冶春诗，使其一举成名；卢见曾转运扬州，在此处举行诗文大会，扬州因红桥修禊而名噪大江南北，成为清代诗史上一笔弥足珍贵的财富。扬州盐商不仅酷爱建园，而且对园林文化有很深的造诣，比如曾任两淮商总的汪应庚，不惜花费巨资重修并扩建扬州名胜平山堂，并撰《平山揽胜志》一书，在该书《自序》中，汪应庚说到："游于山水间，有所感之乎吾心，则有以为心之所不可已；有心之所不可已，则又有以为事之所不可无。……毫端次第，句里历然，短幅长篇，散华流艳。……于是收以简编，授之梨枣，命之曰《平山揽胜志》，俾后之人登斯堂者，忆诗文如图画；览斯志者，喜平山可卧游。"说的明白一些，汪应庚编《平山揽胜志》是想通过收集荟萃历代诗人咏平山堂及其周边景致的诗文作品来为平山堂扬名，为扬州的园林风景立传，使之留传后世、彰显天下。因为扬州给徽籍士人提供了精神与物质的双重馈赠，所以扬州在徽州文人心目中永远是一个心灵的归宿，"满眼秋光千古在，隔江山色六朝多。游人不惜金貂醉，商女还传玉树歌。"（程洪《红桥晚步》）"喜多高士屐，更近故人家。……自堪容啸咏，何必羡繁华。"（郑昂《移家广陵》）

从个人的角度来看，扬州盐商的文化修养较之其他商人要高出许多。他们一方面承家学、乡学渊源，一方面努力拓展文化事业，比如构筑园林，开设藏书、刻书馆舍，与南来北往的文士交往，给他们提供物质帮助，使扬州成了当时文人相互交流的集散地。《扬州画舫录》载曰："扬州诗文之会，以马氏小玲珑山馆、程氏篠园及郑氏休园为最盛。"小玲珑山馆的主人为马曰琯、马曰璐兄弟，他们由"祁门诸生"移籍广陵，从盐业发家构筑园墅于扬州城，其别墅名曰街南书屋，即小玲珑山馆。马氏兄弟博学多才，酷嗜文学，广泛结交诗人学者，能扶危救困，使得当时许多诗人学者仰慕不已。《扬州画舫录》曰：

"马主政曰琯,字秋玉,号嶰谷,祁门诸生。……好学博古,考校文艺,评隲史传,旁逮金石文字。……所与游皆当世名家,四方之士过之,适馆授餐,终身无倦色。著有《沙河逸老诗集》,尝为朱竹垞刻《经义考》,费千金为蒋衡装潢所写十三经,又刻许氏《说文》《玉篇》《广韵》《字鉴》等书,谓之马板。弟曰璐,字佩兮,号半查,工诗,与兄齐名,称扬州二马。"[①]马氏藏书富甲江南,"玲珑山馆后丛书前后二楼,藏书百厨,乾隆三十八年奉旨採访遗书,……可备採择者七百七十六种。"如此丰富的典籍贮藏,自然吸引文士一睹为荣。和马氏兄弟交往并相逢的诗人学者体系大致如下:

胡期恒,字复斋,湖广武陵人,名门之后,和马氏兄弟结韩江雅集;

唐建中,字天门,官翰林,与马氏兄弟交谊甚厚。后死于马曰琯家庵(行庵),曰琯"厚赙以归其丧。"

厉鹗,字太鸿,杭州人。马氏兄弟延其上座,饱读小玲珑山馆之藏书,与二马情最笃。厉鹗"年六十无子,主政为之割宅蓄婢",后死于杭之西溪,马氏为之设位致祭。

陈章,字授衣,杭州人。弟陈皋,字江皇。兄弟工诗,齐名于当世,与马氏同结诗社于扬州。

全祖望,字榭山,浙江鄞县人。与马氏兄弟"友善",寓居小玲珑山馆,"得恶疾,主政出千金为之励医师。"

杭世骏,字大宗,浙江仁和人。"来扬州主马氏",和卢见曾亦相友善。

陈祖范,字亦韩。"来扬州主安定书院讲席,与马氏唱和成集。"

姚世钰,字玉裁,吴兴人。因贫困而授徒江都,后客死扬州,马氏为其经纪丧事,并刻其《莲花庄集》。

楼琦,字于湘,浙江名诸生,工于诗,因其年长未婚,马氏曾为之"择配完家"[②]。

---

① 《扬州画舫录》,第88页。

② 同上,第90—94页。

马氏兄弟和诸人多所交结，诗词相酬，时人有“前五君、后五君之目。”前五君：胡期恒、唐建中、方士庶、厉樊榭、姚世钰；后五君：刘师恕（字秘书，宝应人，官直隶总督）、程梦星（字伍乔，歙县人，官翰林，篠园为其所筑）、马曰琯、全祖望、楼琦。

从上列简单的诗友关系即能见出马氏兄弟的文学修养和个体特征。在诸多盐商中，马氏兄弟因其良好的文学氛围而备受世人关注，作为一个特殊的文化现象，后人对之研讨甚多，兹不赘论。以下只简要论说一下他们的山水诗概况。

马曰琯（1688—1755），字秋玉，号嶰谷，安徽祁门人。其祖“承运盐业，始家扬州”。马曰璐（1701—1761），字佩兮，号半槎（查）。家世、事迹详见金天翮《汪梧凤马曰琯马曰璐鲍廷博传》。

马氏兄弟与诸名士诗歌相酬，声名颇著，曰琯著《沙河逸老集》、曰璐著《南斋集》。阮元在《淮海英灵集》里评其诗风曰：“缠绵清婉、格韵并高。”杭世骏在《南斋集序》中说：“吾友马君半查，志洁行芳，秕糠一切，……诗不立异，亦不苟同，醖酿群籍，抒写性真。”秀水诗友蒋德为《南斋集》所撰序言亦曰：“马君佩兮，与其兄秋玉，皆以诗名东南。……至君诗浏然以清，窈然以深。”马氏兄弟情谊深笃，两人一同为学，互为师友；一起吟诗，交相唱酬，秋玉先逝而佩兮辍笔，是为诗坛奇事。蒋德释其原委曰：“夫君二十年来之于诗，无不与兄同之，今又奚忍独为之欤？况今日之所游处，皆曩者埙篪唱和之地，而谓君能复晏然吟啸于其间哉？”所谓“今日之所游处”乃昔日兄弟“埙篪唱和之地”的特点，在他们的山水诗里得到了完美印证。马氏兄弟交友虽广，家赀颇丰，但览其生平踪迹，除北上京师之外，基本足不出吴头楚尾。他们的山水诗题材多限于京镇风物和姑苏山水。沈德潜《沙河逸老小稿序》记曰：“渡江来吴，凡寒山、天平、石公、林屋，无奇不搜。策蹇燕台，探龙潭，寻潭柘，一路名胜，俱经眺览，不谒津要而归，至金、焦、秦淮、摄山，尤为近地，时携筇屐，具此胸次，发而为诗，泝洄风骚，……至峭刻得山之峻，明净得水之澄，缒险凿幽，潆波叠浪，则又性情与山水俱深矣。”此处，沈德潜既品评了马曰琯的山水诗风，又点明了他山水诗所表现的内容，以姑苏山水诗为主，兼及“燕台”和“金、焦、秦淮”。

马曰琯的吴中山水诗共有三十三首之数，从具体内容看，诗人的旅游目的性很强，由扬州经无锡，过虎丘，直奔洞庭西山。初见太湖，马曰琯顿被其波光万顷、橘柚飘香的壮美景象所倾倒，在他眼里西山如同仙境，流溢着一种令人忘返的非凡气韵：“不向洞庭过，焉知秋水多。鱼龙潜窟穴，橘柚满岩阿。”（《过洞庭》）“山光断处水云连，到处黄橙翠橘天。阁阁鸣瑯惊晓梦，渔舟撑到卧床前。”（《宿石公菴》）“缥缈何秀发，迥在众峰上。……望望百虑消，微风理孤榜。”（《毛公坛》）“沙上青芦波上蘋，君王水殿久成尘。风怀万古空陈迹，一样斜阳不恋人。”（《消夏湾送春》）太湖包孕吴越，涵养天地真气，马曰琯登缥缈主峰，宿石公禅室，听天风刮过船桅，眺山水一碧万里，身心瞬息之间化归自然之境：“谁人来此地，还有出山心。”（《游包山》）在姑苏，马曰琯遍历山水名胜，留下诸如《茶坞雨中招游石湖》《晚步剑池》《支硎山》《华山》《灵岩山》《邓尉山》《天平山六绝句》等山水诗作，这些诗总写吴地名胜，诗风一如沈德潜所评，幽深中含明秀，峭厉中见冲融，足能悦人情性。

吴中山水诗以外，马曰琯的京镇山水诗和“燕台”山水诗亦能彰明诗人醉心山水之乐，追求自然之趣的高洁情怀，如：“十年不到浮玉山，梦里时时幽兴发。……浪涌潮翻逼银阙，望处澄江彻底明。吟成远岫排空没，黄芦苦竹舞平沙。”（《焦山看月……分韵得月字》）这是一首用七言古诗的体式创制的山水之歌，诗人借“月”下江山一色，空阔辽远的气象，抒发了内心无可抑止的豪情：“广寒八万四千户，要与江山助奇突。人生此境岂常遭，拾得莫教随手撇。”如果南国山水在诗人笔下显出一派温柔绚烂、明澈透亮的气象的话，那么北方山水则令诗人悚然惊起，用孤峭疏寒的笔墨将其刻划得如同一副仿古的山水图轴：“风尚未销寒鉴似，日当初照玉壶同。几家茅屋疏林外，一带危桥乱石通。”（《青齐道中雪后晓行》）“孤峰特崔嵬，浮图插山顶。……云淡天宇空，树老山色暝。”（《望石景山》）“潭底三冬黑，山根九夏寒。……欲去翻惊怖，兴云涌石阑。”（《龙潭》）

马曰璐山水诗题材与其兄相同，而且诗题相近，如写吴中山水，兄弟俩就诗题诗材而言确实如出一辙。所不同的是马曰璐更注重诗境的营造和诗韵的点染，比其兄多了一份空灵圆通的诗情，如：“栖禽隔树杪，幽梦深几重。”(《晚步剑池》)“云去无冬春，云来自朝暮。万古青莲花，亦有幽人住。”(《天平山六绝・莲花洞》)“御风念霞举，超心离人群。回视上山路，炉烟飘细缊。”(《华山》)“山影淡清晖，荒榛隐破扉。……空余一泓水，常是照云飞。”(《天池》)“崖断风为界，波吞月不分。夜深亭上立，招得鹤为群。”(《薄暮登石公山》)“飞来白鸟水云空，消夏湾头柳絮风。此地送春兼吊古，纵无雨色亦濛濛。”(《消夏湾送春》)马曰璐一生诗创作追随乃兄，二人同起同落，在诗意上表现了绝对同一，而诗风却显得相对有异，这于山水诗中显得尤为明晰。马曰璐的诗风正似杭世骏所评，主要是清“洁”而无杂质，“洁”者，即性情突出，冲淡自然，脱去凡襟。

尽管马氏兄弟，特别马曰琯的山水诗有时显得平板直白，有如村醪，但作为特定时空下的特定创作个体，马氏兄弟还是充分展示了其深厚的文学修养，以及“写孤韵”，“释躁”气、滌“凡襟”的山水诗创作功力。

第四节 “眼界超尘缚，江天写寥廓”

——杭世骏、胡天游的山水诗・附说全祖望

浙江诗群，自黄宗羲、吕留良等人开篇，经朱彝尊、查慎行、厉鹗簸荡转折，到乾隆一朝已绵延百载，其诗风因时代而遭进蜕变，诗人群体亦呈多元化趋向，其中杭世骏、胡天游应属浙派群体里的特立独出者。先师严迪昌在《清诗史》中说：“与厉鹗一度齐名而以学者称的杭世骏，实亦‘浙派’一奇士。”[①]“胡天游奇才喷薄而命运淹蹇，于是郁勃气怒，愤苦血沥，构成‘险语破鬼胆’(包世臣《石笥山房集序》语)

---

① 见《清诗史》，第884页。

的诗风，足称为诗界一‘怪’。”[①]不仅杭世骏、胡天游在浙派中走险怪奇崛之路，而且全祖望亦骨梗倔劲，在博学稳健的外表下掩抑着一颗不善屈膝的刚猛灵魂。由此即能判断，浙派诗人演进到杭世骏的时代已不是用“宋诗派”的说词所能评介的，他们的叛逆精神、刚猛气质和奇特诗风已然替换了查慎行，甚至厉鹗，把浙派推向了一个更新的高度。以下单以山水诗来透析杭世骏、胡天游迥然有异的人格特性和诗歌气质。

一、杭世骏的山水诗风简论

杭世骏(1696—1773)，字大宗，号堇浦，又号秦亭老民，浙江仁和人。雍正二年(1724)举人，乾隆元年(1736)荐试博学鸿词，授编修。乾隆八年，清高宗“重御史之选，命大学士、九卿、督抚各举所知考试，引见录用。”[②](夏孙桐《拟补清史文苑杭世骏传》)受大学士徐本所荐，杭世骏参与此次考试，“日未中，已得数千言，语过憨直，末又言‘满洲人官督抚者过多’，触纯皇帝怒，抵其卷于地者再。”[③](洪亮吉《书杭检讨遗事》)杭世骏引得乾隆大发雷霆，且欲置其死地的观点主要有“四事”，皆当时朝政之弊。虽然杭世骏所陈实“笃论”，但刚愎自负的乾隆岂容一个“微末无知之小臣”触摸其心头隐痛，难怪他要把杭世骏的试卷反复地狠狠地摔在地上。杭世骏洋洋千言，“切直无忌讳”，正当他沉溺在一吐为快、“意得甚”的期盼中的时候，乾隆颁上谕力驳杭世骏的观点，认为他是挑动朝中满汉矛盾、江浙大臣和边省大臣不和的罪人，并严辞切责，必欲置之大法：“杭世骏独非本朝臣子乎？而怀挟私心，敢于轻视如此。若稍知忠爱之义者，必不肯出此也。交部严议革职。”(《拟补清史文苑杭世骏传》)后经徐本(钱塘人，字立人，号是斋)力救，“得斥归”。罢归后，杭世骏奉母杜门，与同乡耆宿结诗社，因家贫而游馆于广东，主讲粤秀书院，后又往依扬州马

---

① 见《清诗史》，第837—838页。
② 见《广清碑传集》，第489页。
③ 同上，第488页。

氏，主讲安定书院多年。乾隆三十七年(1772)卒于家，终年七十五岁。

对于杭世骏不平的遭际清人多所叹惋，并表现了微妙的评述，除洪亮吉之外，比较深刻的还有龚自珍，在《杭大宗逸事状》中，龚自珍述曰：“乙酉岁(乾隆三十年)纯皇帝南巡，大宗迎驾，召见，问汝何以为活，对曰：臣世骏开旧货摊。上曰：何谓开旧货摊？对曰：买破铜烂铁，陈于地卖之。上大笑，手书：‘买卖破铜烂铁’六大字赐之。”[①]时隔二十二年，乾隆还耿耿于怀，记忆犹新，表面看似嘘寒问暖的闲谈，其实机锋四出，冷光逼人，君臣间把黑色幽默演绎到如此程度，可谓令人发指。至于杭世骏的死，有以下说法，龚自珍记曰：“癸巳(乾隆三十八年)岁，纯皇帝南巡，大宗迎驾。名上，上顾左右曰：杭世骏尚未死么？大宗返舍，是夕卒。”(同上)汪滁源《杂记》曰：“乙酉(乾隆三十年)，四举南巡，在籍文员迎驾湖上，上顾杭世骏问曰：汝性情改么？对曰：臣老矣，不能改也。上曰：何以老而不死？对曰：臣尚要歌咏太平……”[②]以上两则逸事，龚自珍时间有误，汪滁源所书年代有些含糊，所以无法直接把杭世骏之死和乾隆对话联系起来，但无论杭世骏的死是否乾隆“口谕”所导致，就对话本身来考量，那个表面上文武全才、风流蕴籍的“十全老人”，其实是一个器量狭窄、阴险奸诈的小人，他对异己排斥不遗余力，甚至杀人不见血。试想身处九五之尊，以天下为胸怀的皇帝如何能对一个落魄书生讲出那样的话，可见那些号称“英明”的圣主们鄙下的人格和阴暗的心理。

杭世骏性情磊落，才气纵横，本怀远大志向，欲一展报国之宏图，没想一纸忠直恳切之言，换来不测之祸。离京日，他满腔悲愤地自我安慰道：“湖山待我看秋色，驿路从头问旧名。”(《出国门作四首》其一)“七载旧游程可按，卅年壮志事全违。”(同上，其二)“史局未知谁秉笔，翰林闻说有群书。朝参分与疏慵隔，依旧秋风下泽车。”(同上，其四)秋风萧瑟，壮心难酬，一腔迷惘、满天是非只能付诸历史去

① 〔清〕龚自珍《龚自珍全集》，上海古籍出版社1999年版，第161页。

② 同上，第162页。

评说。

杭世骏落职后，专心治学，他不仅学术成就独步一时，而且诗艺日进，颇受后人青睐。其中对杭世骏诗风评价能一语中的的论家有彭端淑、袁枚、王昶、龚自珍、林昌彝等。现引述几段，以概观其风貌：

> 杭堇浦世骏，浙西名士，其诗豪放不羁，七古尤长。
>
> ——彭端淑《白鹤堂诗话》
>
> 气猛才豪老尚堪，施梁以外孰清谈。平心细按三千首，一集终须重岭南。（此处“岭南”指杭世骏的《岭南集》）
>
> ——袁枚《仿元遗山论诗》
>
> 堇浦先生书拥百城，胸罗四库。……既归，益肆力于诗古文词，海涵地负，日光玉洁，实足以雄长艺林。
>
> ——王昶《蒲褐山房诗话》
>
> 大宗著《道古堂集》，海内学士见之矣，世无知其善画者，龚自珍得其墨画十五叶，雍正乙卯岁，自杭州如福州纪程之所为也……纪月日琐语，语汗漫而瑰丽，画萧寥而粗疏，诗平澹而屈强。
>
> ——龚自珍《杭大宗逸事状》
>
> 《岭南》一集久推袁，上接黄全鼎足尊。诗律更增深厚力，居然文采照中原。（诗人自注：仁和杭堇浦世骏，大宗《岭南集》为生平杰作，然尚少萧疏之气、深厚之力，非其至也。）
>
> ——林昌彝《海天琴思续录》

杭世骏学问淹溥，才情富赡，但他作诗能自出胸臆，以性情为宗，不受学问所累，亦不轻易掉书袋，正如清代怀宁人潘瑛、商丘人高岑合编的《国朝诗萃初集》所评：“堇浦先生学富才高，为两浙冠冕，而诗格清老疏澹，逸气横流，不为书卷所累。”杭世骏诗风豪雄疏澹、逸气苍深的特点不仅为诸大家所认同，而且在他的山水诗中体现尤其明显而深刻。如：

疑有鱼龙此啸哀，江天快截一帆来。鳌擎地柱浮波立，鸽旋罡风到塔迴。殷阁钟声时却浪，横空雪色独登台，坡仙一去尘缘隔，谁倚虚廊试妙才。

——《雪后登金山作》

荡胸力抵江风大，云护行缠上杳冥。纳日危岗收晚翠，倚天孤障入遥青。一竿高下中分界，七建回盘此作经。九百江关方历尽，暂抛筇杖拜山灵。

——《大竿岭》

丹枫匝岸双江丽，峻岭环川万户开。汗漫偶为乘跻客，苍凉独上郁孤台。层楼飞鸟萦烟度，大壑惊涛辊石来。漠漠天风满归路，旋螺门巷半蒿莱。

——《郁孤台》

凝望重波晓日生，紫澜回薄凤台城。苍茫片穴邀龙卧，桀竖双牙似虎撑。野气暗连沧海阔，疾风横卷涨沙平。推蓬一笑扬帆渡，要掠鼋鼍背上行。

——《虎头门望海》

杭世骏生平行迹比较简单，除了北上京师，南达闽粤，他基本上在江以南活动。上举各例即为诗人在不同时段、不同区间流连山水，纵情自然的闲适心情的写真，它们不仅忠实地记录了诗人颠沛游学的人生历程，而且还深刻地反映了他情感起伏、诗风演化的轨迹。

《雪后登金山作》为诗人罢归后，寄寓扬州，主讲安定书院期间创作的山水诗代表作，收入《道古堂诗集》卷十一，此期诗作总汇为《归耕集》。金山，隔江和扬州相望，是镇江名胜之一。杭世骏游览“雪后”金山，全然没有人生失意的落寞感，相反他面对晶莹剔透的纯美境界，以大开大阖的笔法，尽情抒写了排空而来的超迈情怀。首联诗人以开阔平视的角度描绘了江天一色的辽远景象，用“江天快截一帆来”的动态情景映射内心豪情迸发的主观感受。颔联用平视、仰视交替的手法，通过视角的转换，刻画了江波荡漾、塔势耸峙的江山胜景；颈联则将虚空的“钟声”和“雪色”相对应，利用声色互补的效果，渲染反衬出金山一峰独秀、迴出云表的气势，尾联借景抒情，发怀古感今之意，激楚而不哀伤，苍茫但不惆怅。如果“雪后”的金山能令诗人万虑尽失、豪气充盈的话，那么月下的焦山更让诗人尘缘了断，情与景合，心随万里月辉同游于太虚之境：“平生眼界超尘缚，欲向江天写寥廓……湿银滟滟和江流，异境摇溶两难攫。九霄澄彩助清悽，万里分涛姿展拓……大声忽起接潮头，猛力时来打山脚……振衣起蹑山径高，光动空林叶零落。悄然静听鱼龙吟，呼酒时同石阑酌。”（《焦山看月》）金山赏雪、焦山观月，如同无瑕的双璧，辉映出诗人一颗纯洁无染、超凡脱俗的诗心，同时呈现了虽遭坎坷，但豪气仍在的诗人一贯的雄放诗风。苏杭京镇是诗人生活的基点，也是他本色山水诗创作的源头，从青年、壮年到晚年，诗人的足迹印遍了江南的名山胜水，把目之所历、身之所经、情之所钟的自然形体化为笔下的山水乐章，就有《古荡舟中望法华秦亭诸山》《从柏家桥寻梅花泉》《九月十八日纪游》《湖中看雨》《包家山看桃花复登桃关绝顶观潮归各作诗纪胜》《开湖曲》《东皋杂诗》《吴江舟夜》《山塘泛舟》《同人泛舟蕙江历探西石大黄诸胜》《登双峰阁》《临平道中》《新秋雨中泛湖》《饭扬太守百法禅房取径后院攀磴而上望江上诸峰》《冬日游宝奎寺》《盆山》《西湖竞渡四首》《游中塔院遂历上塔院》《尖山观海简刘明府守成》《同人过濠上遂登镇海塔》《七月晦日观镇海塔灯》《夏日湖上》《春风后三日湖上》《吴山秋眺》等。这些诗篇以京镇苏杭山水为底本，散见于《道古堂诗集》卷一、卷二、卷四、卷六、卷十一、卷十二、卷十四、卷十五，分别收录于《橙花馆集》《橙花集》《寄巢集》《归耕集》《修川集》《桂堂集》中。从诗作收录情况可看出诗人总其一生的行止，以及诗风前后相承的因变关系。虽然这些山水诗篇作于不同阶段，其中有些显得婉约空灵，颇具江南特色，如“菖蒲青茸茸，界断一泓水。何年绿萼华，影落小潭底。”（《从柏家桥寻梅花泉》）“一色玻璃水天阔，鹭鸶飞不到南屏。”（《开湖曲》其三）“山塘七里界平流，一櫂回环散客愁。”（《山塘泛舟》）“岚光动摇中，倒影更妍妩。旷观怡客情，揽胜始江浒。”（《同人泛舟蕙江历探西石大黄诸胜》）“树从烟际远，山比雨余青。野色围孤寺，溪光上短亭。”（《临平道中》）“遥峰尽敛苍波出，短櫂初来白雨飞。”

(《新秋雨中泛湖》)但其自始至终的雄放豪气一直回旋在他的山水歌唱中，形成其主体艺术风格，如写观潮的景象，他描绘道：“前水万弩劲，后水千军骁。睢盱嘘怒气，未洩鞭尸骄。……大地横匹练，乃向空江包。卷彼明月魄，洒作秋波涛。断若齐纨裂，散比吴盐熬。”(《九月十八日纪游》)秋涛如千军万马，腾跃而来，又呼啸而去，令人魂惊魄散；与秋涛相对的是春潮翻涌、桃花连天的另番气象：“春潮轻辊春浪缓，雪花迸落岚光中。山头红雨江白雨，鼓荡地轴烧天穹。”(《包家山看桃花复登桃关绝顶观潮归各作诗纪胜》)再如写大海含混雄阔的气势，完全融合了后期诗人的壮心不已的情怀：“叠嶂崩云遥送望，孤帆斜照迥含愁。粘天野气连三泖，应月寒潮带六州。”(《尖山观海简刘明府守成》)

《大竿岭》描写闽浙交汇处之险关，顾祖禹《读史方舆纪要》曰：“仙霞岭，在(江山)县南百里。志云：岭长二十里，高三百六十仞，有二十八曲；又南十里为大竿岭，又二十里为小竿岭；皆浙、闽之襟要，行旅必由之道也。”[①]诗人雍正二年中乡试，被选为福建乡试同考官，入闽途次，他诗画并举，把闽中见闻形诸笔墨，汇成诗集《闽行杂录》，收入《道古堂诗集》第五卷。

《闽行杂录》成就于诗人盛壮之期，闽地山形险峻磅礴、滩流激荡汹涌的气势恰好与此刻诗人勃然向上的心态相吻合，因此，在《闽行杂录》的诸多篇章中，诗人借自然山水之形貌，发露了内心积蓄的豪放之情：“高天削出秀峰峰，千级曾梯侧足容。……湍飞未信鱼能乐，箐黑悬知虎有纵。”(《仙霞岭同周司农栎园韵》其一)“千溪赴壑斜通越，叠嶂奔云倒控吴。”(同上，其二)“云脚乍分山郭補，林腰将断水亭交。”(《道山写望同王霖兄弟作》)“峡束涛奔逆溯难，浮桥北上号惊澜。饮飞竞挟扁舟渡，欢喜重过黯淡滩。”(《建溪舟行杂诗》其三)“小米平连大米铺，谽岈石势挟涛呼。虎儿泼墨试家法，幅幅冬溪绝妙图。”(同上，其六)杭世骏能诗善画，作为诗人，他满眼皆见都是气象非凡、刚劲巉刻的江山胜景；作为画家，他又能于雄放阳刚中发现闽

① 《读史方舆纪要》，第 4315 页。

山闽水秋气高远、一洗如碧的阴柔之美,用画人的视角去营造韵味无穷的山水意境:“山头塔影两相望,中有寒流玉带长。绕过龙邱三十里,水花如绣不闻香。”(《江行六首》其五)“洪山桥外洪山寺,红树遮藏寺后峰。行遍桥亭一百八,天风才散午时钟。”(《建溪舟行杂诗》其一)“秋山洗眼待归人,碧绿丹黄着意匀。策杖溪桥看云起,不知谁画苦唫身。”(《岭行八首》其三)“峻岭崎嵚镜转清,竹风溪响共琮琤。严霜一下山花尽,独有寒枫分外明。”(同上,其五)由于雄奇豪放和平阔澹泊的双重诗风的相互映现,所以杭世骏的“闽行杂录”被龚自珍评价为“平淡而屈强”。

闽行之外,杭世骏最重要的一次远游应是岭南之旅。岭南之旅成行于诗人罢归之后,为了生计,他前往广东主讲粤秀书院,他把来往途中所历之景,以及逗留粤中所赏风物创制为数十首山水诗,名之曰《岭南集》。《道古堂诗集》卷十六、十七、十八、十九、二十皆著录《岭南集》。《郁孤台》《虎头门望海》即为岭南山水诗的代表作品。

郁孤台,在江西赣州市西北。《方舆胜览》曰:“郁孤台,在丽谯。坤维隆阜,郁然孤起平地数丈,冠冕一郡之形势,而襟带千里之江山。”①《读史方舆纪要》曰:“贺兰山,府治西北隅。其右隆阜特起,为文笔峰。绵亘而东为白家岭。志云:山即郁孤台,昔人因高筑台为登眺处,以郁然孤起而名。”②杭世骏归途经郁孤台,登临四望,满目丹枫似火,清江一线,惊涛卷雪,天风横来,心中不禁涌起“苍凉”的怀古之思,该诗格调悲劲苍深,意境十分阔大。《虎头门望海》作于诗人周览粤中风光之际,虎头门,即虎门,在广东东莞市西南海中。《读史方舆纪要》曰:“虎头山,(东莞)县西南五十五里大海中,有大虎、上虎二山,俗号虎门头。……今外国来人贡及出使外国者,皆取道于此。”③杭世骏在广东期间,足履遍及肇庆、广州诸名胜,他登阅江楼、上越王台、观大海、赏七星岩,屐痕处处而诗兴遄发。《虎头门望海》为诗人

① 见《方舆胜览》,第356页。

② 见《读史方舆纪要》,第4054页。

③ 同上,第4604页。

写景抒情的杰作之一。诗歌从日出波开起首,大开大阖,写尽沧海茫茫、虎门遥望的混漭气象,结句景中有情、情寓于景,使诗境得以无限延伸。

如果把《岭南集》和《闽行杂录》进行对比,我们会发现二者同中有异,正中有变。从早年到晚岁,从人生的勃发期到“罢归”的失意时,诗人始终坚持的是达观开朗的生活观,一贯体现的是腾跃开阔、苍茫雄放的山水诗风。所不同的是,《岭南集》更成熟、更苍深、更老辣。在诗体选择上,变化多样,有五古、七古、五律、七律;有长歌,有短吟;在描写手法上,更趋沉稳,有工笔细描,有大笔点染,有写意,有透视;在意境创造上,更追求情与境合,把人的主观意念与山水的客观形貌无间地契合起来,从而营构出幽远绵长、味之不尽的山水之境。如写入粤所历,诗人胸襟开阔,放目远眺,一种前所未有的狂放之情油然而来:“青山睡起长横几,白浪飞来半啮城。画栋朝云词客去,扁舟落日大江平。”(《滕王阁》)“绝险谁教一线通,雄关横截岭西东。搀天路迥盘蛇细,拔地峰奇去雁空。”(《梅岭》)“山灵知我爱佳眺,导入三门转清奥。……振衣攫攫凌危台,数峰倒影风吹开。……玉龙蜿蜒下峻坂,苍雪弥天昼疑晚。寻源更渡流香桥,猛见飞流破岩壶。峥潺激响檐铎喑,心魂洒濯毛发森。……君不见劳劳尘世少仙骨,难将常语酬山灵。”(《峡山寺》)粤北雄关漫道、群峰逶迤,大庾岭当其前,曲江縈其后,凡入粤者,必跨大庾而入曲江,一路扬帆,历尽浈阳、大庙、中宿等峡之险,观韶石、弹子矶、观音岩之奇,因此,峡山寺、中宿峡、大庙峡、浈阳峡等险峻奇峭的山水景物便成清代诗人屡屡咏唱的主题。杭世骏本性豪放刚直,所以一经粤北山水激荡,便引吭高歌,以抒胸臆,《夜入羚羊寺》《羚羊峡歌》即是诗人抒情写意的典范之作。除了诗情排闼,气势恢宏的长歌外,杭世骏还用五、七言排律创作了《中宿峡》《大庙峡》《浈阳峡》《观音岩》《弹子矶》《韶石》《鹞鹰石》(在始兴)等绘摹韶州英德至广州清远一带沿江峭拔奇丽景致的山水诗。

从浙江到广东,驿路迢迢,山阔水长,杭世骏骋目远望,俗虑尽销。他把人生的得意和失意全然泯灭,在一望无涯的自然山水中淘洗疲倦的灵魂，让一颗不老的诗心追逐碧清的江水、野店的炊烟、入夜的凄雨、云外的钟声一道翻卷飞翔，融入无挂无碍、不离不弃的逍遥之境："帆迟路转纡，景入山逾峭。……高台蔓荒烟，千古仰垂钓。"（《七里濑用康乐韵》）"炊烟茅店午，云气乱山阴。……野花无赖甚，作意照尘襟。"（《玉山道中》）"绿借秋前树，青归雨后山。云移花渐暝，风起鹤应还。"（《同张明府游海幢寺》其二）"静谙禽语乐，翠想竹光寒。……频来应换骨，不用一丹丸。"（同上，其三）"十里塘回岸柳明，渔郎晒网一舟横。晴波不隔东西港，短塔斜阳空复情。"（《陈村舟行口号》其二）"阴洞探泉钟乳绿，澄湖盥手水芹香。南来雅负登临兴，屈指斯游得未尝。"（《七星岩》）"一角妙峰盘翠髻，两堤青草学罗裙。"（《始兴江口茅屋数家风景清绝》）"连日江潮逆，轻帆未许抽。舟如舞风燕，人比狎波鸥。"（《江行杂诗十六首》其四）"冷牵吴梦短，清入楚天长。……江湖愁雁侣，露湿不成行。"（《弋阳雨夜》）"倚天塔影圆如笠，春枕滩声健过潮。"（《长至日广信舟中》）仅以上随意拈来的断章零句，就能见出诗人清新脱俗、玲珑洁净的纯真诗心。

杭世骏是一个性直情至、不谙世故的真诗人，他自我宣称："夙抱栖真志"，而命运偏偏弄人，让他"中婴世网靰"，成了一个远游谋食的行吟诗人，尽管如此，他依然抱持一颗童贞的诗心，与自然为侣，和山水为伴，傲骨凌霜，不坠初衷："老去红蚕尚有丝，模山范水逞新奇。"（《岁暮杂题八首》）"晚便丝竹供陶写，静爱烟云共卷舒。"（《漫兴三首》其一）"悠悠不是竟无才，曾炙韩苏气象来。浮生试借三车忏，傲骨何妨五岳堆。"（同上，其三）这些抒发性情的诗篇创作于岭南漫游的岁月，它们既能当成诗人热爱自然的艺术宣言，又可看作他对自己不屈不挠人生的总结。正因此故，《岭南集》一出世，便得到同时代众多论家的热情赞美。

杭世骏诗学成就、学术造诣与厉鹗相伯仲，世称"厉杭"，而其性格孤高，不为世俗所屈和胡天游相近，尽管二人山水诗风有异，但差别化的审美视角恰好反映了浙派山水诗多元化的艺术追求。

二、胡天游的山水诗概说

胡天游(1696—1758)，字稚威，号云持，榜姓方，后又复胡姓，浙江山阴人。“少有异才，于书无所不读。雍正元年(1723)举副贡生，乾隆元年(1736)诏开博学鸿词科，任公兰枝荐之应举。”[①]富戏剧性的是，厉鹗试鸿博时因“误写论在诗前”而“罢归”，胡天游因“鼻衄污卷，易而复污者再”，“遂扶病出”，厉鹗落名孙山有人事因素的话，胡天游罢归则完全由“天意”，故而时人惋之曰：“文章憎命达，非人力所能为也。”(商盘《越风》)胡天游学识非凡，恃才傲物，鄂尔泰“爱才若渴”，“延为三礼馆纂修。”在京师的十余年中，胡天游文名大盛，重金求其文者“踵门不绝”，“诸公卿争欲令出门下，先生岸然不屑一顾。”(以上引述均见《清代学者像传》)名重当时，才高于世，但“恃才嫚骂”(陶元藻《凫亭诗话》语)的耿介寡合性格，终于引动“人多恶之”的忌毁结果，有忌者面覆乾隆询问时一句“臣所闻太刚太自爱”的奏语使胡天游失去了最后一次得志科场的机会。晚年无所归宿的诗人往山西依故旧田懋(高平人，号一琴山房)，主讲海中书院，并修太原、蒲州等志。乾隆二十三年卒于蒲州，终年六十三岁。

胡天游诗文“沉博绝丽”，令“见者咸惊服”[②]，陶元藻评介他的诗文成就曰：“云持胸有卷轴，而笔又足以达之，……及抵京师后，酝酿愈深，全以灏气流行，苍莽无涯涘。”(《凫亭诗话》)[③]袁枚心高气傲、睥睨世人，但对胡天游独折服之：“余自幼，诗文不喜平熟，丙辰，诸征士集京师，独心折于山阴胡天游稚威。尝言吾与稚威，则师之矣；吾于元木(周大枢，山阴人)、循初(万光泰，秀水人)，则友之矣；其他某某，则事我者也。”(《随园诗话》)[④]胡天游学品、人品均受到当世贤士大夫激赏，所以他最终以不得意而客死异乡的悲惨遭遇亦得到贤良之士的惋惜。至于胡天游才调不俗而运途坎坷的深层原因，史传学

① 《清代学者像传》，第 178 页。

② 见《清史稿·文苑传》，第 2090 页。

③④ 见《清诗纪事》，第 4821 页。

者作如是分析:“时四方文士云集,每稠人广座,天游辄出数千言,落纸如飞,文成奥博,见者嗟服,一日赫然,名震京师。……时桐城方苞为古文有重名,天游力诋之。前人如王士禛、朱彝尊诗文,遍摭其疵痏无完者,士大夫皆重其才而忌其口。”(朱仕琇《方(胡)天游传》)①《清代学者像传》有同样记述:“时方望溪负文名,先生力诋之;新城、秀水两公诗亦遍摭其疵痏无完肤。时流皆重其才而忌其口,以故坎坷终身,论者惜之。”②由上引述可看出,胡天游的“终身坎坷”确非简单的“自喜特甚”,而是从骨子里对权威的否定,对世俗观念的挑战,由之也是对封建道德秩序的蔑视。放在清王朝文网盛行,封建统治得以巩固的雍乾时代,心怀偏激之志的胡天游自然在被扼杀之列。

胡天游不守常俗、不循常规的叛逆精神体现在诗歌创作中,就呈现出如包世臣所评的:“诗则《南山》、《陆浑山水》、联句诸什,真险语破鬼胆已!征君刻意求似,唯琢句险易,交错为异,其在当时诚为间出。子才袁君与征君同举,年最少,名亦相逼。其文故条达,而为徵君哀词,欲逐迹追风,遂至失其故步,以是知诘屈聱牙殊非易事耳。”③“险语破鬼胆”表象地看似与用词造句有关,但究其深切原因,则是诗人对现世流行的诗坛风气不满,意欲力挽颓波,以别样的风格警示诗界同人,引起大家对现实社会的关注,这无疑是一次诗学革命的尝试。朱庭珍对浙派诗人渐入冷僻琐屑、远离现实的诗风极有微词,但他对胡天游心有所属:“惟山阴胡天游稚威,幽峭拗折,笔锐而奇,虽法郊、岛、山谷,取径僻狭,……然笔力较为沉著深刻,亦足以成一家。”(《筱园诗话》)④由于不受世俗所累,不遵权威法则,胡天游的创作卓厉高蹈,随心所之,有俯视同侪之胆略,徐世昌《晚晴簃诗话》曰:“思力风骨俱胜,在雍、乾间故应俯视流辈。”胡天游之所以受诸大家推崇,不但因其诗格高峻、诗思独僻蹊径,而且还缘于他语出惊人,

① 见《碑传集》,第 4165 页。

② 叶衍兰、叶恭绰编《清代学者像传》,第 178 页。

③ 《石笥山房集序》,见《续修四库全书》第 1425 册,第 315 页。

④ 见《云南古代诗文论著辑要》,第 291 页。

视阈迥异，诗风雄劲，李文泰在《海山诗屋诗话》中评道：“胡稚威明经以骈体擅场，而诗亦极雄健，如：‘星斗春天湿，鱼龙夜气高。’‘英雄事去山河在，竖子名成燕雀忙。’皆迥不犹人。”[①]诗格取决于人格，诗品往往折射出人品。胡天游凌傲权贵，蔑视权威，但他对人品高尚、不屈世俗的廉洁士人敬佩有加，引为同志，如郑燮做潍县令时，常遇荒灾之年便“封积粟者，责令平粜；听讼，则每右窭人。尤恶监生，每以事干谒，辄叱曰：‘驼钱粮有何所陈？’呼皂卒脱其帽蹴之，或捽首黔面驱以出。”[②]胡天游寄诗郑燮云：“风流看似此，为政果如何？每叹清才少，能容傲吏疏。”(《寄潍令郑燮》)

胡天游的诗法险怪峻洁，不落常俗，不能单从所谓的师法“郊、岛、山谷”的视角去评价，这样评价的结果是忽视了胡天游的个性特征，进而忽略了清人的时代性和特殊性。胡天游的诗风形成是诗人生活的时代激变的产物，是诗人内在心理特质的外化。他向往自由，追求高洁，心怀大志，但现实却是表面繁华强盛，而本质卑污，权臣横行，官贪吏污，世风日下，民不聊生，直面如此不堪的世道，“胡天游心中永怀莫名的郁怒，而且始终抱着一吐为快、不愿缄默的态度。”[③]胡天游“郁怒”不平的心声有时如同剑气，琤琮鸣响：“炼尽娲天石骨寒，白日无声自风雨。主人堂上悬并州，庭树泣舞西帝愁。荆轲青血冻不收，悲风槭槭酸秋眸。”(《太邱主人两剑行》)有时却象惊涛，奔涌激荡，回声四起：“大声噫然号，雪蜺恣崩奔。蹴踏万银屋，昂轩来咀吞。……唯当润焆毒，爪角时一伸。奇伟斡天化，雷雨开蒙屯。”(《晓渡安东观海市已骤风雨》)有时又象险峰，高可极天，崩奔突兀：“五岳南岳奇未有，七十二峰森欲吼。精灵夜半飞上天，化为朱鸟啄南斗。”(《衡山》)概而言之，胡天游的郁勃之气、雄慨之情，既通过言志的篇章抒发出来，又寄托于刻镂山川的诗句，让自然代其立言，以明心迹。

胡天游传世的诗篇结为《石笥山房诗集》十二卷，以及《补遗》《续

① 见《清诗纪事》，第 4824 页。

② 见《十朝诗乘》，福建人民出版社 2000 年版，第 361 页。

③ 严迪昌《清诗史》，第 839 页。

补遗》各上、下篇，共收诗1385首，其中山水诗据不完全统计有201首，约占总量的百分之十五，这个比例在清代诗人中算不得可观，但其涉及的范围还是很广阔的。胡天游南到湖湘，北上京师，西北至秦晋，西南达川蜀，东南抵台荡，而江之南的京镇、苏杭印遍了他的足履，这不同地域的迥异山水风光令诗人胸襟顿开，诗情大增，而且还让他在不同情境下有了舒展诗才诗艺、创造迥别诗境的广阔空间。比如同样是绘摹岳镇雄奇瑰伟的壮景，写南岳衡山和两晋名胜霍山，诗人所用的笔法就有明显区分。衡岳在诗人笔下既有雄壮高峻的一面，也有飞扬灵动、金光耀日的一面："五岳南岳奇未有，七十二峰森欲吼。……沐日浴月出天地，羽节相从华盖君。"(《衡山》)霍山作为古冀州镇山，它被奉为仙灵之窟，负载着厚重的人文底蕴，故此，诗人对霍山的礼赞更注重其肃穆庄严气氛的渲染："大山小山环作宫，岩岩唯霍宫其中。空青兀突掷写落，阵云仰看朝蓬蓬。职方名字记最古，揖让峻极虚三公。礼宜腓上配后土，用以积德宣神功。"(《望霍山》)霍山，在今山西省霍州市东南。《读史方舆纪要》曰："霍山，在平阳府霍州东南三十里。亦曰太岳，亦曰霍太山。……《周礼·职方》：'冀州镇曰霍山。'《尔雅》：'西方之美者有霍山，多珠玉'……霍山崎岖险峻，介并、晋二州之间，实控扼之要矣。《唐六典》：'河东道名山曰霍山，祀典谓之中镇'。明洪武中建中岳庙，祀霍山。"①再比如，同是写江河，南方之水和北方之水显得韵格不同、情致亦不同："舟月三更落，风林一叶吹。江连吴蜀怒，秋唤古今愁。"(《镇江夜泊》)"塞水急滹沱，声声咽复多。分明月中影，大地有山河。"(《滹沱河》)南方之水凄清婉娈，虽有惊涛怒张，但含愁带怨，而北方之水则风声萧萧，激楚呜咽，一种辽远雄阔、浑茫无涯的气韵回旋其间。

胡天游个性明显，不加掩饰，而其山水诗一如其人，不管刻镂景物的笔法，还是构建诗境的思路，尤其句式变化、言辞诡异，确乎与其险怪多变的性情极相吻合。

---

① 《读史方舆纪要》，第1786页。

首先从景物刻画、结构布局上来看，诗人能敏锐抓住地各有殊，景各有体的特点，采用或细描、或点染，或仰观、或平视的不同手法，对南、北、东、西所历之景加以刻镂，令自然山水精彩纷呈。如“叶飞雁叫秋栈栈，人马饥走黄卷坂。……潼关危争浊河怒，樱景奔闪平沙漫。”(《黄卷坂行》)“天寒断岸高，野阔紧沙委。奔注声犹微，去意尚踢抵。”(《渭口》)“岧峣云栈过千盘，直下刀州向锦官。猿鸟风光随画旗，莺花时节解征鞍。层城高转江流合，沃野初平地势宽。”(《至成都》)“浮玉一点浮孤烟，坐走水府朝诸天。地中鼓角沧江破，殿外鱼龙白日悬。”(《金山》)《黄卷坂行》《渭口》均写秦晋山水。黄卷坂，又名黄巷坂，在今陕西潼关县东北，旧潼关东北黄河南岸。其坂突然隆起，雄峙河边，下瞰关城，郦道元《水经注》谓其形势：“河水自潼关北东流，水侧有长坂，谓之黄巷坂，傍绝涧，涉此坂以升潼关。”[①]渭口，即渭水入黄河处，在潼关县东北。二诗以开阔平视的手法，写出河水奔注、旷野千里的动态空间，同时辅以拟声，使抒写的气氛更显紧迫莽苍。《至成都》以素称锦官之城的成都为基点，采用虚实相间、远近结合的绘景方法，将仰视、远视、摹声、绘色纳于毫端，从而突显了成都的温润繁花、绮丽峻险。《金山》诗抓住金山孤悬江心，如“浮玉一点”的形象特点，气势开阔、诗思涌动，给人活力激射的审美体验。

其次，从诗境的构建、诗韵的追觅方面考察，胡天游的山水诗既兼顾地域殊分，又泯灭南北局限，他在捕捉南北山水不同韵味和特性的瞬间，又体现了它们共有的悠远辽阔、窅然深邃的山水之境。如：“虚无共迴泊，浩荡一相望。星斗春天湿，鱼龙晓气荒。”(《岳阳楼望洞庭》)“愁映沙湄晚，身从地肺浮。茫茫烟海阔，更欲引扁舟。”(《登江中小渚》)“晚水渺更积，寒山远自孤。……细雨浮舟客，春愁傍酒垆。”(《晚泊笠泽口》)“剑力拔山青，摩空作赵陉。……寒际翠如语，晴开望有灵。”(《赵陉》)“绝塞通豁鹿，群峰插虎牙。……涧断春无水，关长雪作花。”(《石楼堡》)“上党天边郡，壶关控扼齐。须为九州险，全压太行低。”(《上党》)《岳阳楼望洞庭》诗人以“望”的视界切入，

---

① 见《读史方舆纪要》，第2302页。

把洞庭湖波光连天、涵虚一气的景象通过“虚无”、“浩荡”、“星斗”“湿”、“鱼龙”“荒”的特指意象暗示出来，就使诗境显得幽渺而浑阔。《登江中小渚》和《晚泊笠泽口》一样，均写江南景色，其笔触轻淡，含烟笼雾，令人有神思凄清邈远之感。《赵陉》《石楼堡》《上党》已转换了抒情场景，南方清丽芳菲、幽峭浩渺的山水风物被北地苍劲雄浑、瘦硬突兀的景致所替代，尽管如此，诗人在诗意的营构上依然追求着雄浑阔大和悠远深邃。赵陉，晋之关塞之地(晋、冀谓山之背脊曰陉，或曰山之阙处。笔者注)，暂不详具体位置。诗歌起首剑戟怒张，把山势之雄壮、山形之险峻通过寥寥十字便表现得飞扬跋扈，令人魂惊；颈联笔锋陡转，轻松一宕，使诗境呈现出空翠辽远、幽渺无极的高深境界。《石楼堡》，据诗意当写汾州府石楼县之石楼山。《读史方舆纪要》曰：“石楼山，县东南六十里，蒲水出焉，……隋以此山名县。”[①]另山西沁水县南、兴县东北分别有山名石楼。堡(寨)是明以来山西沿边地方防御戍守所筑的规制极小的城池。胡天游漫步于山西诸多的崇山峻岭间，直面“绝塞通溪鹿，群峰插虎牙”的“石楼堡”的形势，用心营构起“寺藏冰峪险，天倚戍楼斜”的雄浑诗境。《上党》写晋中名胜上党郡，即潞安府形胜。诗人以战略的眼光，从全局把握上党山河险固，自古为兵家必争之地的重要位置。据史志所云：“郡地极高，与天为党，故曰上党。”“上党郡有上党、壶口、石陉三关。”杜佑评价它的地理形势曰：“上党之地，据天下之肩脊，当河朔之咽喉。”胡天游的《上党》诗气势宏伟，想象开阔，不但实写战守形势，而且还驰骋纵横，追溯历史，把诗意拓展到时空交错的更为辽远的境地。

再次，就诗的语境和语辞分析，胡天游的山水诗处处显现着与众不同的特质。这一特质险仄怪僻，语出惊人，既出乎意料之外，又在情理之中，它是形成胡天游诗风的重要元素之一。胡天游山水诗语言艺术的第一个特点是善用比拟，以情入景，使所言之景和所抒之情相融相合，达到形象感人的效果：“涧流见伏如清济，上与悬峰照螺髻。孤想千丈起崭岩，半岭荒台落余砌。……万事人间等乌有，落絮

① 《读史方舆纪要》，第1949页。

浮萍本无蒂。……萧萧林柏声吹寒，清入寥天如鹤唳。”(《昆仑台》)以“清济”喻“涧流”，用“鹤唳”比“萧萧林柏声”，能小中见大，隐处见显，把本微小之景，或抽象之事进行扩大，使其更具形象化。选词生僻，造语拗折是胡天游山水诗语言艺术的第二个显著特点，如：“壮归皋原浩，宇宙气骤醒。……寒天转高青，百年自鼎鼎。”(《河内晚泊》)“雕阴接流景，翳翳相澄绮。际翠陉如沓，练野沙自委。”(《雁关外行登上西河阪作》)“不作穿云到，安知此地能。行吟幽辨鸟，洞宿冷携僧。”(《楞枷寺》)“过峰传翠急，进鹢蹴花轻。天远蒹葭入，秋疏岛屿明。”(《江行》)“溪牛浮牧过，风鹊语人晴。竹屋松根矮，苔鞋石稜轻。”(《谷步》)“山月洗云稜，飞临万木清。看于残喉吐，故作望边明。”(《山月》)上举几例，不管是写江河之景，还是远山秋色，不管是描述漫步所见，还是图影山间明月，诗人用词造句特别奇峭，不落常套，从而加强了诗歌的表现力。语意夸张，词笔豪健是胡天游山水诗语言艺术的第三个迥异特点，如“倒垂溻涧峰，孤怒崩霜碕。别眼寸寸色，换魂澄澄辉。”(《秋寻阳明洞遂登群峰四首》其二)“万古夺山门，河流独自尊。鱼龙同一蹴，岸峡俨随奔。”(《砥柱》其一)“阁势登愈壮，虚危身共浮。关山低一气，河渭失同流。”(《登岳祠万寿阁》其一)“碧腾迴宇宙，红闪过鲸鳌。何处最先晓，一峰秋外高。”(《海日》)“落日与天倾，天连塞草晴。看从沙上汲，翻似海边生。”(《塞土观落日》)“寒水争归报上游，云沙高蹴旋惊投。不消安得千山破，忽放迴成两岸愁。”(《龙门口观涨》)胡天游虽然生长在素号天堂的西子湖畔，但他山水诗创作最为辉煌的是写两晋山水风物的篇章。两晋山岳绵亘，奇峻幽险，大势淋漓而刚猛不屈，英姿挺拔且气象不凡，穿越其间，便见雄关耸峙、涧流湍激，其奔放雄阔的气韵恰与诗人的胸臆相吻，因此，胡天游独特的语言艺术和狂想的精神灵感便有了投射的对象物。语境深邃，语韵绵远是胡天游山水诗语言艺术的第四个卓著特点。胡天游山水诗选用生涩冷僻，甚至险怪的语词和句式，并非是生硬僵化，给人晦涩难解之感，相反，他通过精选的语词，凝炼的句式，来营造一种悠远深长的诗歌意境，追觅自然山水所涵的韵外之情、言外之意。如：“天河凉低山寺空，人鸟静共松杉中。琉璃地迴灯洗睡，银铛殿阴金掣风。……烟霏独去应想见，山碧时时涧倒红。”（《万固寺夜》）“石丑树能蔽，山佳佛亦来。昼随秋自在，人与翠徘徊。”（《法镜寺》）“白日洗青山，簪簪斗玉攒。瘦添秋刻画，遥入翠盘桓。”（《途中望九仙山》）“雨露无言足，江山见象多。……感激登临尽，回风扬浩歌。”（《夏日共登东武台》）“野色平如掌，寒原极望开。……宇旷盘雕下，沙明猎骑回。”（《秋晴眺海上台》）“马首朝朝见，烟边冉冉遥。……待得春深去，寻香摘涧苗。”（《望中条》）意境是山水诗的灵魂，是诗人主观感情和自然物象的相融相切。创造意境，既需要诗人与生俱来的灵心慧质，还得力于诗人对自然山水的把握和提炼，在准确把握、精确提炼的基础上将其形成诗化的语言，并构成含义深刻的意象。胡天游运用语言的手法和思维已超越了常规，他大胆创造、用心揣摩，故而他的山水诗语意就显得格外丰富与深厚。

“平林近看秋都好，远势兼传句有神。”（《题画》）胡天游的山水诗初看，瘦硬生涩，有诘屈聱牙之感，但细心吟味，用意揣摩，走进诗人的脏腑，我们方始发现，他的山水诗处处透着“有神”的美感，不管“平林”，还是“远势”，近看俯察，皆为融入诗人个性特征和人生感悟的优秀之作。一如杨钟羲《雪桥诗话续集》所评：“昔人以皱、瘦、透品石，惟诗亦然，兼之者其胡云持乎？”①

三、全祖望的山水诗

雍乾之交，浙派诗风进入了转折期，厉鹗、杭世骏、胡天游以卓异迥别的人格特征演绎着诗界的传奇，和他们性情相近、交谊深厚，且名重当时的诗人还有全祖望。

全祖望（1705—1755），字绍衣，号谢山，小字阿补，浙江鄞县人。年十四补诸生，雍正七年充乡贡入京师，乾隆元年成进士，改庶吉士。因得罪权臣张廷玉，故不得参与博学鸿词考试，仅以散馆铨选知县。全祖望愤而离京，南归后，他藉丁内外艰，遂坚不复出。作为一介书

---

① 见《雪桥诗话》，第1016页。

生，全祖望除“性好聚书”（严可均《全绍衣传》语）外，于人情世故全然不顾且不通，因此，他常陷入“饔飧或不给，冬衣夹衣”的窘困境地。先后主讲蕺山书院、端溪书院。乾隆二十年卒于家，年五十一岁，属英年早逝。全祖望生前曾“居马氏畬经堂”（刘师培《全祖望传》）遍览马曰琯兄弟藏书，受到其周济，死后，因“贫甚，至无以供丧具，扬州马曰璐赙其丧，乃得葬。”（李于锴《全谢山传》）

全祖望“性伉直，不能容物”（严可均语），其一生常在衣食维艰的困境里，但治学为文相当精勤，著述不仅富赡，而且非常精深，成为后世仰慕的正人君子。全祖望治学秉承家世，且继黄宗羲、万氏兄弟把“四明之学”发扬光大，故此，凉州李于锴在《全谢山传》中高度评价他：“先生之学，其大者在学术分合异同之故，弃短取长，融液通贯，沿波讨源，由内达外。铿之为风节，炳之为文学，渊而宏，正而不窳，壁立千仞，海纳万流，自黄、顾两先生以来，未见有如先生者也。”①又曰：“《鲒埼亭集》三十八卷、《外集》五十卷，镕经铸史，雄阔灏变，视南雷且过之。雍乾以前作者未见其比；曰《诗集》十卷，自写已意，无心与宋合而适与之会，学人之诗也。”全祖望学兼经史，才高词林，他是一个全能的学者型诗人，阮元在《经史问答序》中评曰：“经学、史才、词科三者，得一足以传，而鄞县全谢山先生兼之。”②全祖望的盛名不仅形成于他的学问和诗文，而且还得力于他孤介梗概的人格与气节。据其诗文和史传所载，他不是一个甘于幽闭书斋、皓首穷经的儒生，他素怀济世之志，欲有为于当代。乾隆初登大宝，社会表面一片鼎盛且蓬勃的气象，令众多有识之士欲一展宏愿，全祖望当时怀抱为世所用的热情跻身科场，但后来一系列的官场恶习让他惊痛，进而认清了统治集团腐败残酷、虚伪奸险的本质，于是愤而离职，潜心为学。李于锴的《全谢山传》分析道：“当高宗初叶，正圣清一朝治化最盛之时，先生志在匡时，平居持论，不右膏肓泉石者流，至以范蔚宗传隐逸为

① 《广清碑传集》，第520页。

② 〔清〕全祖望《全祖望集汇校集注附录》，上海古籍出版社2000年版，第2734页。

无识。是先生非不愿仕者也，而时势风会之所推移，有迫以不得不长往者。"微讽"隐逸"，表明其"志在匡时"，它体现了全祖望真儒生的远大抱负，但"时势风会"的"推移"，令全祖望由希望的高峰跌入失望的低谷，最后不得不全身隐退，也许归田著述、埋首书斋有违诗人的初衷，对他的人生是一个严重的挫败，但唯其如此，才能保全他的人格，完成他精神境界的升华，"则使先生幸登禁近，亨大年，谓能摧其刚方之气，以与世委蛇乎？"（李于锴《全谢山传》）"刚方之气"是全祖望积久养成的浩然之气，生当文网纵横、"奇祸"迭起的黑暗年代，他自然不能与统治者虚"与委蛇"了。

全祖望人格的形成，既有地域文化生成的因素，又有家族背景的影响。他虽生活并成长于雍乾时代，但骨子里却浸透着前明的血汁。他仰慕追随黄宗羲，是因为《南雷文定》中"于残明碧血，刻意表章。祖望踵南雷之后，亦刻意表章，详尽而核实。"（严可均《全绍衣传》）[①]全祖望不忘故明，"刻意表章"先贤的行迹，主要表现在：一、为前明遗臣节士作了大量的传记文字，大胆露骨地彰扬了他们排斥满清的节义行为；二、辑撰了《沧田录》、《续甬上耆旧诗》等，目的是"发扬幽潜，以诗存人"（刘师培《全祖望传》），为即将湮没的明末遗民留名青史。全祖望举科第于满清，但心魂却始终萦系于大明，故此，刘师培说他"彰善绝恶，有明末节士遗风。……虽委挚本朝乎，然亮节高风，卓立人表，其心殆未尝一日忘明也。"浙东在明末清初是一个经历过血与火煅炼的地方，这里有许多遗民节士前赴后继喋血于岭云海日之间，所以其士风伉直，学风浑厚，有不屈不挠之韧劲，全祖望即其非常典型者，刘师培在《全祖望传》中总评曰："明社既墟，惟两浙士民日茹亡国之痛，晚村讲学，庄氏修史，华周抒策，嗣庭讽诗，此犹彰彰在人耳目者。……祖望生雍、乾之间，诛奸谀于既死，发潜德之幽光，其磊落英多之节，有足多者，后人以儒林目之，岂祖望之志哉？……然祖望表彰节烈之功，则固诸子所不逮也。"[②]这里所指"诸子"，除吕留良一

① 见《广清碑传集》，第521页。

② 同上，第524页。

辈外,还有后来的朱彝尊、杭世骏、龚自珍、戴望等。

全祖望虽以学者著称,出入经史之间,但他作诗不掉书袋,不以饾饤之句、生冷之典夸示于人。他的诗格高峻,诗风典雅庄重,且诗韵浑厚绵密。这种特点用山水诗呈现出来,就愈见显著。如:

覆舟喧鸟遍平沙,尚有鲥鱼上酒家。毕竟江南风景好,渡淮无复此清嘉。

——《观音门夜眺》

缓棹出乌镇,遥山入望稀。清流染晴色,穲麦幻春晖。河女留鱼贱,僧察访古违。五湖堪极目,浩荡白鸥飞。

——《溪行欲与樊榭游乌镇东西二寺,不果》

观音门,在今南京市北,明洪武时所建,为南京外郭城门之一。其故址当直渎水入江之口,历代皆作屯戍防守要地。当年张煌言率部逼金陵,曾驻师此地。全祖望过其处,抚摩遗迹,感叹良多:“半夜秋风出灵谷,千船军火窜焦湖。孤生逐日空三足,碧血沉渊尚一壶。”(《燕子矶兰若寻苍翁题字》)《观音门夜眺》一反寄托遥深、悲慨苍劲的风格而显出空明悠闲、清丽醇和的特色。乌镇,在浙江湖州府东南九十里。《读史方舆纪要》曰:“唐元和初镇海节度使李锜反,有将军姓乌者力抗于此而死,镇因以名。”①乌镇地处“浙、直之交”,所以自唐以降,尤其明代为重要“防察”之通衢。全祖望青春暇日,“缓棹”携友,与厉鹗一同放舟向乌镇款款进发,纵心游目间,“遥山”依稀、清流澄碧,青青麦苗沐浴着和煦“春晖”,渔家女银铃般的嬉笑随风飘散,僧舍佛塔可望而不可及。这一派大好春色撩动诗人无限情思,令他顿觉天地宽阔,生命灵动飞舞:“五湖堪极目,浩荡白鸥飞。”

全祖望的山水诗主要呈现为两种主体风格,一是和诗人雄厚的学识、以及悲慨的故国情怀相关,表现为质实厚重、寄托深远;一是和

① 见《读史方舆纪要》,第4189页。

诗人胸襟宽阔、气质超迈相切，表现为豪放雄劲、包孕古今。前者如："为报高皇罔极恩，漫言当壁眷先殷。育王岂有锄奸助，道衍终成佐命勲。"(《报恩寺》)"葛姬大节成鸾凤，顿老游魂寄黍苗。名士美人双寂寞，荒江斜日逐渔樵。"(《旧院》)"晨起望早潮，茫茫雾如海。……四明北诸峰，翠碣擅晴霭。……谁谓平旦气，定足见精采。长夜亦梏亡，畴为洗荒秽。"(《返棹慈湖先生墓下，守潮》)"一亩行吟地，风流尚未寒。弃材良可惜，召谤不无端。"(《沧浪亭》)后者如："左湖右湖新涨绿，山色与之俱回沿。杰阁凌虚挹西爽，候虫草际鸣戋戋。……忽然飞去不知处，清辉续照生寒烟。寒烟和月堕入水，精庐倒影迷地天。此时老子兴不浅，直欲凌风恣孤骞。划然长啸声所到，留遗犹堪五百年。"(《同人登吴山延庆道院看月，分韵得"天"字》)"历乱红船西复东，江豚挟浪舞空中。人间如此风涛盛，一苇金山岂挂胸。"(《晓渡扬子》)全祖望因其性情和思想，他的山水诗一如上述，质实厚重，放达雄阔，但作为诗人，他亦有灵心萌动，轻歌婉约的一面，如："谁洗繁秾静，晴光放满山。……天入重湖碧，人依净域闲。"(《雨霁，同人集南屏，补烧笋之约，分韵赋湖中新绿》)"几番花信宁遗汝，一片春心别有群。谁为点酥和碧水，遥疑捧日涌祥云。"(《和樊榭城北菜花诗》)"湜湜上沙水，霭霭灵岩云。……积翠望中落，妙香空际闻。以野乃更秀，以淡乃更文。婵娟遗世立，脂粉不足群。"(《信宿水木明瑟园，柬茶坞》)灵心蕙质，再加深厚的学识，以及悲慨的故国之情，使全祖望的山水诗蕴含丰富而风韵绰约。

全祖望大半生埋首书斋，隐于著述，他的足迹以浙之甬上、苏之邗沟为主，唯一的远行即是受邀出任端溪书院山长的南粤之游。南粤之旅使他观览了粤赣奇特的风物和景致，将其发于歌咏，就汇集成《度岭集》。《度岭集》以截面的形式，展现了全祖望岭南生活的体验和过程，除了部分游学、酬答的场景外，大多吟赏自赣之粤的山水风光，成为深度透析诗人思想特质和诗风演化的典范之作。

全祖望南下广东，当在乾隆十七年，时年四十八岁，离诗人辞世仅三年，可能因身体缘故，所以其门人故旧多有劝阻者，就诗人本身而言，此次远游亦心怀抑郁，在《东粤制抚以天章精舍山长相邀，辞谢不得，齿发日衰，乃为五千里之行，非予志也》的组诗中，他抒发心志曰：“忽忽暮春日，茫茫五峤行。”（其一）“此去特谋食，投荒作远游。”（其二）“衰病畏行役，屏营足不前。”（其三）驿程迢递、前途茫茫、衰病谋食、去意徘徊，此行对诗人确乎是一次并不看好的生命之旅，所以在他粤行的山水诗里除了承续悲梗寄托的风调以外，还多了一丝人生的感慨与苍凉。如：“荒江抚木末，尚有鲁公魂。我亦酹卮酒，一吊谢生坟。”（《严滩》其二）“泝江西上去，极目路漫漫。岸泊山根稳，天浮水面宽。……况复石尤阻，弥愁行路难。”（《吉水道中》）“畴昔怜杨、万（即杨廷璘、万元吉，二人均抗清死难赣州。笔者注），空将螳臂残。……往事鱼羊劫，遗民心胆寒。”（《赣关》）尽管心臆忧闷、愁绪万端，但是粤中风情万种的灵山秀水足以赏心悦目，令诗人愁颜顿散，诗情随山花烂漫、江风飘洒，一一凝结成对粤地秀美奇丽山水的歌唱。粤游山水诗的意义在于使全祖望的灵魂得以尽情舒展飞飏，成了他生命尾声的绝唱，其摹景手法精确，察物设色各有所宜，构景造境达到令人惊服的审美程度，是我们体察全祖望诗学艺术的重要载体。

粤游山水诗的总体风格是简洁凝炼，意味深长，情景交汇，引人入胜。如：“遥青接员屋，新绿满清池。天旷定无暑，地偏足自怡。”（《游宝月坛》）“突兀楼台起，苍茫眼界宽。江天落襟袖，烟雨幻林峦。”（《登阅江楼》）“乳泉上接天浆落，斗枋遥疑石笋擎。山鬼空中惊爆竹，诗人傍午作题名。”（《七星岩》）“万壑自西来，奔腾不可回。中流成阨塞，杰阁起崔嵬（谓阅江楼）。……羚羊窥塔火，挂角到林隈。”（《羚羊峡》）从上引诗句，能映现全祖望深沉浑厚的创作功夫，他笔法严整，诗思缜密，用词洁净，且能融情入景，自写胸臆。粤游山水诗还值得一提的是《牂牁江上偶然作》，牂牁江，又曰左江、南江、郁江，《读史方舆纪要》曰：“左江一名南江，以在广西南境也；一名郁江，以浔州府旧为郁林郡也；一名牂牁江，以昔时道通牂牁郡也；而其上流则为南、北二盘江也。”又曰：“左、右江合流于广东境内，谓之西江，至广州府南而入于海。”《读史方舆纪要》载西江在肇庆境内情势曰：“大江，在府城南。一名西江，亦曰西水。……今自广西三江而来，经封川、德庆绕郡城而东西，入广州府境注入海。每淫雨则江涨暴至，且为羚羊峡所束，郊原皆溢。”①全祖望长端溪书院期间游历牂牁两岸绝佳秀丽风光，用二十四首一组的七绝句，详尽歌咏了沿江风土人情，诗笔清嘉、诗情圆融，如一幅色彩淡雅、格调明快的山水长卷。现举几例，以见全祖望轻快舒放的心境，以及他善于吸收民歌小调创作山水诗的另种风情：

牂牁怒涛亘万里，束江亭口不可矶。桃花新涨忽山立，一点塔火遥熹微。

——其一

东三峡更西三峡，最爱灵山寺水清。活水寒流烹谏果，待郎梦醒解余酲。

——其十一

端舟白石净于玉，端州锦石烂如云。黄岗十里皆石户，女郎亦参追琢勋。

——其十六

七星岩里花蝙蝠，五色迷人双目睛。不减罗浮大蝴蝶，仙风习习更通灵。

——其二十

作为鄞人，全祖望对故土风物和山水钟爱不已，其所著《句余土音》多咏怀鄞地山水名胜的诗篇，兹不赘述。

浙派诗人中，厉鹗、杭世骏、胡天游、全祖望，不仅生性相近，命运相同，而且诗风诗格亦相辉映。他们都有参与乾隆元年博学鸿词考试的经历(全祖望虽因权臣阻挠未参加考试，但当时大臣皆交章举荐)，除杭世骏中式外，厉、胡二人均以天不假命而落选；四人性格均“伉直”，不愿做风尘小吏，或与昏愦的统治集团相沆瀣。他们都有依人而食、贫寒交加的生活经历，但即使碾落尘泥，依然芳香如故，绝不肯与世俗

① 《读史方舆纪要》，第4632页。

同流，和官场共污。清代诗人和前代，尤其唐代相较，他们不但有诗人的才情，还有学者的渊博深厚，厉、杭、胡、全则诗情、史才、学问三者兼备矣。从诗学成就看，他们在浙派，乃至清诗发展史上都有承前启后、转捩风气的作用。

诚然，任何一个群体都不可能同化到单一的程度，假使以山水诗作为突破口，反视厉、杭、胡、全的诗风，我们仍然能发现其同中存异、异中求新的迥别特征。厉鹗的山水诗以纤细孤寒为主；杭世骏则清新婉丽和豪纵雄阔兼而有之；全祖望以质重朴实、寄意深沉见长；胡天游则出诸人之外，虽然豪放雄劲，但其用词奇僻、造语诡异、构境瑰玮，给人惊魂破胆之感。表面看，胡天游不循常规，但联系他的人生际遇深细品味，我们方始觉悟，胡天游的奇崛怪异实则是对现世社会的悖逆，对传统诗学之流的拦腰一截，他的目的就是独标一帜，以矫正廊庙雅颂四平八稳、毫无棱角、失却生气的风尚。钱仲联先生在《梦苕庵诗话》中评曰：“（胡天游诗）皆掐擢肾胃而出，神来之笔，往往石破天惊，可夺造化。”因此之故，钱先生总揽浙派中厉、杭、胡三人比较说：“称浙派诗者，每尊樊榭、大宗，若论千辟万灌，洞精骇瞩，则厉、杭俱未逮石笥也。”此诚为精到之见。

第五节 素怀山水志 五岳写胸臆

——桑调元的山水诗·附说张映斗、张湄

桑调元在清代诗史上是一个比较陌生的名字，凡论诗史者，绝少提及他，纵然辨析浙派诗群，桑调元亦是一个被遗忘的角色。这种缺憾的成因大致有三：一是桑调元确实在众星璀璨的清代诗界算不上自成一派的大家或名家，二是桑调元虽为浙派诗人，但比较特立独行，他与浙派其他诗人保持既友好，又相对独立的关系；三是受传统诗学观影响，众多论家，只限于关注诸如朱彝尊、查慎行、厉鹗等一批被世公认的名家，而较少费力去研究除大家之外的声名隐微者。如果从整体诗创作成就的角度考量，桑调元的名望不能引起诗学家的

关注，但论说清代山水诗，桑调元是必须浓墨重彩地登上这个艺术舞台的。

一、桑调元的生平及诗歌概说

桑调元（1695—1771），字伊佐，又字弢甫，自号独往生，后号五岳诗人。浙江钱塘人。

桑调元学承余姚经学大师劳史，《清史稿·儒林传》曰："调元，字弢甫，钱塘人，为孝子天显之子，天显亲病革，合羊脂和粥以进。亲死，抱铛而哭，人为绘《抱铛图》。调元授业于史，得闻性理之学。雍正十一年，召试通知性理，钦赐进士，授工部主事，引疾归。调元主九江濂溪书院，构须友堂，祠余山先生（劳史，字麟书，浙江余姚人，世称余山先生。笔者注），以著渊源有自。余山，史自号也。调元东皋别业又辟余山书屋，以友教四方之士。为人清鲠绝俗，足迹遍五岳。晚主滦源书院，益畅师说。"[①]从上述简要记叙可知，桑调元受家风影响，一生行忠孝笃信之事，和尘俗绝少往来；秉承余山先生学风，大力宏扬"师说"，不慕名位，毕生完成两件大事，一是先后主讲濂溪、滦源、大梁、鸳湖书院，以传播学问为旨归（桑调元的理学著作有：《论语说》二卷，《躬行实践录》十五卷，前者为对朱子《论语集注》"未尽之意"的阐释；后者系其讲学时的心得语录，"大旨以程朱为宗，言敬言仁，辟仙辟佛。"《四库全书总目》对其评价甚高，曰："持论极为醇正。"笔者注）[②]；二是"足迹遍五岳"，既为山川立传，又让五岳庄严厚重的自然风光助长其人文情怀。

关于诗歌创作的缘起和风格衍化，诗人在《弢甫集自序》中说："予年十四五，及余山先生之门，先生教之行所言，……寻为朋侪牵率效作诗古文辞，年少气盛，伸纸辄千言，不数年卷帙填溢，既而省观之，知弗善，悉弃去。思研经讨古，以求其所自得。……自是笔墨亦知慎矣。迨游京师，为人作酬应文字，例不存片楮。中年厌薄虫篆之为，觑薄有所自见，窃讲求当世之务。漫浪一出，抱愚守拙，竟不可

---

① 见《清史稿·儒林传》，第2036页。

② 见《四库全书总目》，第832页。

施，遂请急归，有终焉之志。”依自述，桑调元学诗始于少艾之年，当时意气风发，略无拘束，故而“伸纸辄数千言”，成年后，自觉少年之作难免浮浪，遂弃去，潜心学问，让其诗风一变；入京师，更使他自觉不是廊庙之器，于是“请急归”，放志山水之间，浪游五岳之际，故而其诗风由此成熟。以是观之，桑调元的诗歌是纯粹的抒情之作，是受山川激发和圣贤之学启示后形成的“历苍素发不变”的心灵独白，他作诗不依傍门户，也不刻意去摹拟古风，而是洞知真情，反观自我，“涉世怀古，亦尝振笔抒所郁塞，本不知古作者意，亦不遑模古作者。海内著述家林立，予耽闭户，稀与之往还。”当故旧之友、总角之交，“凋丧略半”、“存者率星散”之际，诗人剥茧抽丝，自定诗十四卷。

从少年的率尔而为，到成年的有意而为，至中年的无为而为，桑调元的诗歌经历了一个见山是山，见山不是山，见山还是山的蜕变过程。在诗人不断提炼和打磨的熔铸下，他的诗风处处显得浑厚深沉，如一枚青橄榄，嚼之有味，历久弥鲜。《四库全书总目》评曰：“调元才锋卓厉，学问亦足以副之，故诗文纵横排奡，摆落蹊径，毅然自为一家。”[①]梅曾亮在《桑弢甫先生集叙》里说到：“桑弢甫先生以孝义奇伟之性发为诗文，高奇清旷，有自得之趣，非如同时诸人，掇拾南宋后之偏词剩义为奇博者比也。”[②]徐世昌在《晚晴簃诗话》中总括说：“弢甫……性至孝，清鲠绝俗，足迹遍五岳，……诗无理障语，善为五古，多游山咏古之作，雕肝镂肾，刻意求新，他体亦不苟作。”[③]不管《四库全书总目》的“纵横排奡，摆落蹊径”，还是梅曾亮、徐世昌的“有自得之趣”、“刻意求新”，他们都敏锐地看到了桑调元诗歌创作不依人、不攀附，自出己意、独抒胸襟的特点。

桑调元传世诗文结集为《桑弢甫集》八十四卷，其中弢甫诗十四卷、文三十卷、弢甫五岳集二十卷、续集二十卷。《弢甫五岳集》总计有诗 1759 首，《弢甫续集》亦近千首。桑调元的诗从内容大致分两

---

① 见《四库全书总目》，第 1677 页。

② 见《清诗纪事》，第 4443—4444 页。

③ 见《清诗汇·诗话》卷六十八，第 1017 页。

类，一是友朋酬唱赠答、追逝悼亡之作，如：《和马君游西山诗韵六首》、《重和马君游西山诗韵六首》（笔者注：马君，即马曰璐兄弟）、《酬和厉樊榭鹗见送独游台荡原韵》、《沧浪亭书所见怀厉樊榭》、《哭厉樊榭》等；另一则是游览吟赏、模山范水之作，这类作品占其总量十之八九。

桑调元虽为学者，但他诗才横溢、诗情恣肆，故而其诗歌风发凌厉，善于抒情，正如《四库全书总目》所说："恃其才学，不主故常，豪而失之怒张，博而失之蔓衍者，亦时有之"[①]。"怒张"、"蔓衍"是诗人情之所出，所以审视角度不同，对其评判亦不同。桑调元诗歌成就被世人津津乐道的是其流光溢彩的山水诗。袁枚在《随园诗话》中说："（弢甫）性孤僻，能步行百里，弃主事官，裹粮游五岳。"李调元的《雨村诗话》评曰："钱塘桑工部弢甫调元有游山癖，曾遍五岳，遂以名其集，亦奇人也。"[②]"奇"以善游山水，耽于自然，故"有游山"之"癖"，正是这种迷恋自然，不恋名位的独特心志和行为，才成就了桑调元在中国山水诗史上的绝对地位。

二、桑调元的山水诗巡览

桑调元的人生正应了清人的一句话"不爱美人爱江山"，他自述"少爱山水，登眺适兴"，由此一发而不可收，足迹踏遍东南半壁河山。不仅如此，他为游五岳，还"弃主事官"，真正体现了一介儒生的人生价值，不慕虚名，不恋宦途，一切适兴而止，率意而为，随心而来，又飘然而去。他把内心无法掩抑的"排奡"之情，"纵横"之意托付给自然山水，让山川代其立言，遂形成意气奋发、光彩焕现的两千多首山水篇章。以下按板块将桑调元的山水诗分两部分进行观照。

（一）东南毓秀的京镇、苏杭、台荡、闽赣山水诗

桑调元性喜山水，从早年到晚年，他跋涉的脚步从未停止过，他把五岳之外的山水之作结集在《弢甫诗》和《弢甫续集》里，形成体系

---

① 见《四库全书总目》，第1677页。

② 见《清诗纪事》，第4443页。

非常完整的山水诗序列,让读者极其明晰地追踪诗人的步履,和他一道徜徉于山林涧壑之中,淘洗满身的尘俗之气,荡涤一切烦忧和浮躁。

《弢甫集诗》十四卷基本录诗人前期创作的山水诗,内容主要为对京镇风物和西湖胜境的精细描绘。从这些流溢着芬芳气息的山水诗作里,我们既可感受山川万物的勃勃生机,也能体察早年诗人胸襟高爽的昂扬之气。如写京镇江山相依、辽阔峻挺的景致,他说:“高擎一朵碧菡萏,下堆万顷青琉璃。”(《金山》)“巉巉怪石半空矗,汹汹白波终古飞。海月江天一雁度,金陵铁甕千山围。”(《登燕子矶》)“至今风激涛声怒,一片吞吴气未平。”(《燕子矶谒关壮侯祠》)风波激荡、千古江山,这里迸射散发的不但是自然山水独有的钟灵之气,而且还有诗人金戈铁马式的激壮情怀。不过从诗意的角度权衡,早期的诗人,更沉迷于故乡飘逸柔媚、一碧万顷的湖山风光,他把对故土的依恋,对自然的热爱,对人生的思考一一倾注到以西湖为基点的杭城风物中,就使《弢甫诗》从头至尾笼盖在晶莹剔透的玲珑氛围里:“杨柳作花湿不飞,冥冥细雨春将归。……沙燕背人独自语,海鸥与我都忘机。”(《春暮作》)“层岩石气冷丹青,根插崩涛削翠屏。洞底飞光穿日月,谷中奇响走雷霆。”(《舟过绕门山》)“幽淙一滴寒,春苔几重碧。……霁散雪窦烟,四罅天光坼。”(《飞来峰》)“棋劫打残千点雨,笛声吹散一湖烟。”(《怀鹤洲》)“潺潺漱碕谷,清莹如玻璃。”(《九溪》)“斜阳射赭塔,巉崿皆金光。层霄蔚彩翠,一径摩青苍。”(《晚登雷峰观落照》)如果篇幅甚巨的西湖山水诗透析着诗人澄澈绵邈的心性的话,那么一首《乍浦登汤山望海歌》则将诗人卓厉不群、奋发鹰扬的另面展示给我们,让人惊心骇目:“客行到此望东海,奋身飞上汤山头。沧溟势与天混一,天东海东寒悠悠。……连朝沉冥烟雾积,今日日上红锦球。晴霞光焰烛万道,龙蛟宫室堪穷搜。……溟濛积水无险阻,撇漩万里骑螭虬。蓬莱方丈亦小景,洧盘咸池非远游。……长啸天风卷海水,有人惊起凤麟洲。”汤山,在浙江海盐县东北三十六里,《读史方舆纪要》曰:“高七十丈,周五里,上有烽堠,与乍浦所相接。”登汤山望海,青苍一线,朝日初升,万舶辅辏,云帆遮天,诗人不觉身生双翼，欲举翮高翔于天地之间，去追觅超凡的理想境界。

中年以后，桑调元悠游于天台雁荡、洞庭姑苏，甚至闽赣一带的山水间，心志淡泊，适性而为，他用跌宕起伏的情感、变幻不定的诗笔、体制纷繁的形式，精心而深情地歌吟了吴越、闽赣风格迥异、气象万千的山形水貌，让人目不暇瞬、神魂俱醉。如写雁荡风情，他描绘出一幅高峰耸峙、飞瀑倒卷的雄壮气象："矗空大笔何荧煌，赤石照耀五彩扬。……三贤入手横(去声)挥洒，乾端坤倪俱轩昂。迩后抛掷碧霄下，寂寥终古天苍茫。"(《大笔峰》)"金轮涌海底，飞出扶桑上。朱晖千万道，直射屏霞幛。"(《屏霞障》)"项领标嵬铁，奔腾尽向东。溟濛消雨脚，兀突峙晴空。"(《天柱峰》)"大声呼硼天上来，灵湫倒壑长喧豗。摧林擘石响不绝，铁城内转崩山雷。……飞湍阻遏不得下，三千组练屯虚空。……回顾神龙入大海，一气浩浩奔回涛。回涛震荡龙伯国，岛屿摇空态惶惑。"(《大龙湫歌呈予斋》)"上龙湫，龙湫盘礴居上游。……訇轰激越数百丈，倒落岩下有若巨鳌戴山涌出蓬莱洲。……天地有元机，回旋可睹矣。子在川上有微言，吾心安得长如此。"(《上龙湫歌呈予斋》)再如写洞庭柔媚幽冥、开阔明净的自然物态，他用长歌的诗体，极尽刻摹之能："穹楼嵌空谁驾凿，鸿蒙包裹元黄初。……冲入蝙蝠掠厓窾，朱曦倒射景未晡。"(《林屋洞歌》)"欲雨不雨岚霭重，太湖连夕烟濛濛。今朝曦景漏云脚，催我直上缥渺之危峰。……七十二峰云锦张，一峰包在云中央。云中独立振薜裳，四海无人知我狂。……地环澄泓三万六千顷，一片圆冰脱玷翳。"(《登缥缈峰放歌兼寄叶惺斋(士宽)》)"好山登眺不厌重，况烛霞彩万道开溟濛。参差巇崿群拱揖，莫厘对面争长攒东峰。……长歌激越震空林，天地风云一驱廓。"(《复登缥缈峰放歌怀卢敬甫叠前韵》)"轻烟细雨罨画中，三面青岚浮箕嵲。一湾早梅破春寒，香来一湾又一湾。"(《三湾舟行》)"霞岫丹青看不足，淋漓水墨皴林谷。……山前山后开遍早梅千树花，花气溟濛漾深壁。"(《雨中天池行》)在山水清嘉、湖光澹荡的姑苏，桑调元足不入城市，他从浙直相界的南浔扬帆而来，游兴直指洞庭西山，以及周边的天平、灵岩、花山，阳山等风景名胜，观山临水，一碧万顷，他的心魂霎时被自然山水无尽的宽阔所撼动，于是笔墨淋漓间，创作了除上举之外的长篇歌行《洞庭观打鱼歌》《明月篇》《后明月篇》《缥缈行元日登山作》《龙渚谣》《后龙渚谣》《小雨后续作龙渚谣》《石公歌》《穹窿行》《狂歌行邓尉看梅花作》《登灵岩山怀古》《游天平山入白云寺》《千尺雪歌》《上天梯谣》《阳山行》等，这些诗作容量巨大，节奏起伏，音韵舒展，而旋律轻快流畅，通过写景、叙事、抒情，使诗歌的表现力空前扩大。

天台雁荡、姑苏洞庭归来，诗人应邀主讲濂溪书院，他又一次束装远行，作生命中重要的一次远游。这次出游他从故乡发轫，沿兰溪，过仙霞，历建阳、建宁、延平，经福州，观尽闽江诸滩之险，遍赏闽地峰岭之峻，后又折向浦城仙霞、江郎，逶迤入濂溪书院。桑调元的闽赣山水诗多至二百首，录载于《弢甫续集》卷十二、十三、十四、十五、十六中，其主要篇目有：《江郎山》《仙霞岭》《西华岭》《晓发建宁》《盆滩》《黯淡滩》《延平》《黎滩》《乌石山观海》《黎岭》《茶岭》《濂溪书院瀑布歌和定岩韵》《和仝人登郁孤台韵》《通天岩歌》《清明定岩携同人泛舟章江讌集和韵》《大风扬帆抵吉水歌》等。其中最引人注目的是大型组诗《庚辰四月十七日赣州登舟纪程》（一日一首），庚辰，即乾隆二十五年（1760），诗人在莺飞草长、杂花烂漫的季节结束了濂溪书院的讲学生涯，登舟溯赣江，迤逦望北（诗人晚年主滦源书院）而来，他把每日所见所感用绝句记录下来，遂成九十九首的大型山水组诗。这组诗既有诗人旅途写景之作，也有怀人悼亡之章；既有抒怀的杂感，又有情融于景的写实，内容丰富，情韵缠绵。试以其纯写景的山水之篇来透视诗人晚期诗风之嬗变：

碧水瀰漫十八滩，连樯下濑故非难。江神不借南风便，咫尺无因到万安。

——其三，写"出滩"

倦程向背看青山，无数悲怀付等闲。骤雨强于万枝弩，訇轰直射童家湾。

——其六，写"童家湾"

峭帆横骛激风湍，黄石矶头落照残。见说明朝江路好，皖公山色镜中看。

——其三十七，写“黄石矶”

里河水缓漾清深，草树千重映碧浔。返照横塘帆影度，依稀云过半山阴。

——其五十九，写“汜水”

此次行程从南到北，由“赣州登舟”，经皖、苏、鲁，一直抵“长芦秋水正冥茫”(其九十九)的“天津”，诗人把旅程所见、所感、所思汇聚起来，让我们从那篇篇跃动着生命活力的诗篇中感受到他晚年澹然自得、不以物喜、不以已悲的恬静心态。

尽管以学人著称，研习性理，但桑调元一生和山水情缘深浓，他漫游自然的身影穿梭于东西南北中，除早年的故土之恋，中晚岁的台荡、姑苏、闽赣之旅外，桑调元最有价值，而且独步中国古典山水诗坛的应是他的五岳之游。

(二)“诗豪宕不群”的五岳山水诗

桑调元的五岳山水诗，在中国山水文学发展史，甚或在中国旅游文化发展史上都是一个令人惊叹的奇迹。它产生的意义在于：一、诗人把游览由无意识、无目的变成有意识、有目的，把对自然山水的欣赏从自在自为转化成一种人类合目的性的行为，从而推动了中国旅游业的萌生和发展；二、在桑调元之前或之后，五岳作为中华民族精神的象征，它们受到历代诗人的追捧和歌咏，但象桑调元一样，花六载功夫，独自扶筇而往，并且“弃主事官，裹粮”以游，能够深入五岳的涧壑洞府、峰岭草木，对其作微观刻划的诗人史不多见。从旅游文化学的角度，桑调元拓宽了自然山水与人文底蕴相融合的旅游之路；三、明代已经拉开大范围、精细化观赏游览山川的序幕，涌现了一大批著名的旅游学家，诸如王士性和他的《五岳游草》、徐霞客和他的《徐霞客游记》等。桑调元在继承前辈优秀传统的基础上，将其延展扩大，并进行深度开发，他的《五岳集》以诗体的形式，对五岳进行全面扫描，这种大规模的山水诗群在中国文学史上极为罕见。

关于《五岳集》的创作时间和缘起，桑调元在《五岳集总序》中是这样叙述的：“游岳必五者备，而后可畅雅怀。……樵夫牧子，日夕攀登，卒无一字，必吟眺足发川岩幽异，乃为不负山灵。……自辛未发轫嵩山，时年五十七，中间一年不游，华、泰、衡、恒凡六年而遍。于今六十有二矣，筋力虽衰，尚堪登跻岳顶，性癖耽吟，登高怀古，胸中有如许物必倾吐乃快。衡、恒路益远，兴益豪，所作益多，初不计工拙，五岳巅奥俱遍洒墨迹。……五岳惟华山最奇险，过青柯坪攀铁索上，死生直在呼吸，然奇景步步超越意表。嵩二室、泰两观，其幽胜在庐岩、黄华洞；衡山回雁、云麓，首尾迤八百里；恒山孤峰陡峭，统领万山。昔人谓：嵩山如眠，泰山如坐，华山如立，予益以二言，衡山如行，恒山如蹲，斯足尽其胜概矣。”以花甲之年，遍历五岳之巅，存诗近两千首，桑调元对自然山水“惟恐游之不及”的赤忱之心赫然如在目前，令人感叹敬仰！

《五岳集》包括《嵩山集》二卷，共录古今体诗 264 首；《华山集》三卷，共录古今体诗 195 首；《泰山集》三卷，共录古今体诗 262 首；《衡山集》五卷，共录古今体诗 426 首；《恒山集》七卷，共录古今体诗 612 首。以上五集总汇，《五岳集》录古今体诗达 1759 首，这是一组惊人的数字。不但数量惊人，而且桑调元的《五岳集》质量也属上乘，包括袁枚在内的诸多论家对其评价甚高。袁枚在考察了《五岳集》后，感叹道：“非深于游山者不能言。”潘焕龙在《卧园诗话》中说：“诗豪宕不群，深得山水之助。”①“深于游山”，才能领会五岳凛然浑厚的气势，捕捉她流荡在天地间的气韵，并“得山水之助”，进而形成“豪宕不群”的山水诗风。

《五岳集》各集所写对象殊异，所以其诗风、诗韵也因刻摹对象不同而发生微妙的变异，以下按时间顺序，根据歌咏内容的不同，分体概述桑调元《五岳集》的山水诗成就。

1. “河山环拱”“争雄豪”的嵩山山水诗

嵩山山水诗结集在《嵩山集》里，是诗人嵩山之游的心血结晶。此游成行于乾隆十六年，桑调元为了实现“遍五岳之志”，“遂发愤赁

① 见《清诗纪事》，第 4445 页。

一柴车”，在没有任何人陪伴的情况下，独自扶杖往游，“所至停轨于坡陀之足，……穷幽极峻，意有所得，则啸呼作为歌吟。”(《嵩山集》自序)既然《嵩山集》是诗人“穷幽极峻”的结果，又是他“意有所得”的心灵“歌吟”，更是他“恬寞于世味”而耽情自然的内心写照，所以《嵩山集》就表现得清峻高古、豪雄不羁。如写嵩山之雄阔浑深，他说：“昆仑祖脉青茏苁，两戒岩崿争豪雄。河山环拱此隩宅，崧高拔起天当中。灏气呵嘘对喷薄，离合太少分西东。”(《放歌行登峻极峰作》)嵩山气势高峻，挺立天表，但嵩岳峰岭被诗人写来，却峰各有体，岭各有殊：“一峰琢黟玉，杳霭苍云平。……明月深相照，白云蔼将迎。”(《金壶峰》)“山灵露光怪，虹气升九天。……高穹净扫翠，万木寒无烟。”(《玉镜峰》)“宿雨断宵鸣，朱旸朗朝霁。……岚气接东岩，清苍杳无际。”(《浮邱峰》)“灵通山泽气，崇辟天地户。……云破青冥开，风回翠柏舞。”(《黄盖峰》)“飘风激飞瀑，跳珠沸空潭。奔冲石凝碧，倒漾天蔚蓝。……龙拔千丈湫，水挂一重帘。”(《悬练峰》)嵩山，又名嵩高，在明清河南府登封县北十里，为五岳之中岳。《读史方舆纪要》曰：“萃两间之秀，居四方之中，窿然特起，形方气厚，故曰嵩高。……一名太室山。……《名山记》：‘山高二十里，周百三十里，中为峻极峰，东曰太室，西曰少室，其回环盖有三十六峰。’”①“回环”嵩山的“三十六峰”在古人笔下较少反映，即使王士性的《五岳游草》、徐霞客的《徐霞客游记》只是寥寥带过，没有过多分述嵩山各峰的形胜特点。桑调元以诗人的情怀、敏锐的观察，对嵩山各峰进行了对比描写，他抓住各峰的形象特征，着重刻划了它们异彩纷呈的山水形貌，除上举而外，还有《万岁峰》《松涛峰》《芙蓉岩》《青童峰》《鸡鸣峰》《东岩》《高登崖》等。

桑调元把刻镂自然形貌的诗篇留给了嵩山的峰岩涧壑、洞府宫观，而把抒写情怀，发露感慨的机会则融入到“嵩洛”的古迹遗址、川原风物中，成《嵩洛杂诗一百十六首》，这“一百十六首”诗全用七绝，格调明快、体式灵活，抒情、写景、怀古、叙事融为一体，让人生留连徜

---

① 《读史方舆纪要》，第 2092—2093 页。

徉之意。“烟丝摇漾绿鬅鬙,溪畔人家挂小罾。三十六陂春水阔,东流官渡照衰兴。”(其四)“夹马营荒冷碧苔,金银佛寺拂云开。琉璃井是咸池水,一勺曾经浴日来。”(其四十一)“山色波光泼座来,云中石叠九莲台,浮生重到非容易,更上香山看一回。”(其六十八)“二室春飞彩翠浓,幽巢未便觅云松。腾空倚仗亲兄弟,踏遍东西六十峰。”(其八十二)“庐岩一雨百泉新,瀑点如珠迸泪频。天半飞湫追雁荡,伤心游伴已成尘。”(其八十五)“放眼初凌华盖巅,天风吹袂意翛然。乡园遥望齐州里,依约东溟一点烟。”(其九十九)“催散林鸦晓色分,万峰如黛翠氤氲。天公忽作鱼龙戏,曼衍嵩高一片云。”(其一〇一)《嵩洛杂诗》一百十六首,以洛阳、嵩岳一路人文遗迹、寺庙宫室、田畴沃野、山形水势、风土人情作抒写对象,笔法灵活、思绪跳跃,虽是大型组诗,结构繁杂,但诗人以时间和行迹为经,以所历所经对象物为纬,将其精心组织,编结成一根主线贯穿,写景、抒情、叙事错杂环拱的大型旅游山水诗网络,这组诗既有辽远的宏观总揽,又有具体的微观刻画,最终体现了诗人摒弃名利,摆脱俗累,而游心物外,纵情山水的志向:“魏国河山坏土存,千秋只有布衣尊。”(其一一一)“九州只作一瓢捐,何处遨游不洒然。留着峰头三丈土,胜绝天上葬神仙。(诗人自注:三丈字见《路史·余论》。《路史》,南宋罗泌撰,共 47 卷,包括:前记 9 卷,后记 14 卷,国名记 8 卷,发挥 6 卷,余论 10 卷。此书为杂史,“路史”即大史之意,记述了上古以来有关历史、地理、风俗、氏族等方面的传说和史事,取材繁博庞杂,是神话历史集大成之作。笔者注)”(其一〇八)

嵩岳之游是诗人五岳之游的发轫,通过这一游,他初次体验了五岳的凛然浩气,以及磅礴雄阔的大势。嵩岳归来,诗人于次年,即乾隆十七年中秋之季,登华山,饱览了华岳雄镇关中的不凡景象。

2. 气压寰中、势控关内的华岳山水诗

《华山集》收录各体诗 197 首,不同于嵩岳山水诗的是,华岳山水诗以长篇取胜,在长歌排荡雄浑的旋律中,诗人精心渲染了华山苍劲凌空、控扼关陕的不凡气势:“太华岧峣气象雄,天生陡峭压寰中。三峰形势容分鼎,五岳精灵实合彤。锁钥凭陵关内外,咽喉控扼陕西东。”(《华岳百韵》)《华岳百韵》是《华山集》的压卷之章,亦是华岳长篇山水诗的领军之作，这首诗总揽华岳形胜，思接古今，上极天表，下临地肺，通过对华山形貌的宏观把握，诗人怀古思幽，笔触非常深远，有撼人心魂的艺术效果。“九州延袤呵嘘力，六合凌乘造化功。濯足河流冲砥柱，荡胸云气接鸿濛。……中条商岭皆培塿，丞相通候尽蠛蠓。……瀑布雷霆击砰磕，银河涛浪破冲瀜。崚嶒筑磴摩晴旭，叆叇舒波荡颢穹。……烟迷弱水归青鸟，雨歇扶桑断赤虹。……鹿逐乾坤经扰攘，蜃嘘楼阁阅朣朦。翛然独往无踪迹，免得人呼避诏翁。”大气开合，想象丰富，是华岳诗的总体格调。以《华岳百韵》为统领，桑调元的华山山水诗如一排行伍严整、戈甲耀日而气势高亢的出征勇士，给人横空而来的冲击力。如写山势纡屈、盘礴杳邈之态，他说：“万山深复深，苔磴次第破。绝嶂倚天开，云屏谁所作。”（《云屏坊》）“威纡十八盘，步步升云岑。一溪千万折，潺湲抱崎嵚。”（《十八盘》）“歙欻苍龙陡跃出，之而爪甲惊蜿蜒。鼓鬣直上气奋迅，云蒸雾涌将横骞。……金鳞耀日射倒景，形势飞动当空悬。”（《苍龙岭》）再如写华岳之险要挺拔、下临无地的形势，他说：“此峰云作顶，千仞断尘界。……危哉铁索垂，臬空学猿挂。”（《大上方》）“仰瞻千尺幢，飞梯挂穹嵌。凌霄架阁道，穿空出重岩。”（《千尺幢》）“云台高入云，石壁四面削。梯空上层巅，白云生我脚。”（《云台峰》）“奇险仙人砭，欲度魂惊沮。下临不测深，岩腰縈一缕。”（《仙人砭》）“险绝长空栈，无人此往还。梯登一长啸，散步白云间。”（《长空栈》）和嵩岳相比，华岳不但更为险仄耸峙，奇峰插天，而且还有飞流直下，白云翻卷的雄阔与奇幻，写华岳倒激而下的飞瀑，漫空弥漫的白云，诗人笔走龙神，热情洋溢地说道：“万泒汇赴龙泓口，老湫怒拔崩岩陉。涛澜盘礴涌水府，二十余里鸣轰轰。……千仞峰巅白虹下，条条界破青山青。……大小上方舞溯湃，一泻荡涤芙蓉城。……晴霞绛旭光照耀，五彩交罗眩目睛。”（《瀑布行》）“今秋霖雨多，水帘常不卷。帝所绝纤埃，犹垂千尺练。”（《水帘洞》）“瀑泉落幽涧，松风回远林。耳根萧然净，如听玉姜琴。”（《毛女洞》）“瀑泉挂素练，松风卷寒潮。孤云随去鹤，落日逢归樵。”（《二仙桥》）“华山万山蒸白云，白云云气时氤氲。万山白云合，一山白云忽复分，畠畠孤出凌秋雯。……金鸦飞堕夕阳夕，遮断千山万山赤。腾空乍矗千宠岚，云台北斗掩几重。……忽焉纳归气，海底青天放出万朵金芙蓉。团团一轮悬秋空，俯烛华阴城边灏灵殿，楼台千尺攒青红。……一丝灏气俄而吐，叆叇坛埏莽回互，回头已失南天门。……似烟非烟雾非雾，烘以夕照五纹罗，一帧乾坤横绮素。”（《白云谣》）“白云铺万顷，叆叇侵岩路。一气灏瀰漫，连峰莽错互。”（《俯渭岩》）如果嵩山在诗人笔下显得庄重肃穆，人文底蕴丰厚的话，那么华山则令诗人魂魄俱入山水之间，抛却杂念，勇力倍增，无论远眺，还是俯瞰，不管平视，还是仰望，诗人都能豪情满溢、快心畅神地把入目皆见的峰岭涧壑一一渲染出来，让人有羽化登仙的升腾感。比如同是写峰岭，华岳山水诗就平添了一股飞跃奔放、豪兴俊发的艺术魅力：“平生积梦华山游，今日飞上南峰头。南峰天门开浩荡，峡势环束晴云浮。……宝旭峰尖看日落，朱丝万道霞岚稠。倒映浑河簸骇浪，黄琉璃滉猩红毬。八川纷纶赤破碎，金光四散瀰神州。”（《南峰》）“白云秋溟濛，云开见仙掌。似招沧洲仙，共我狂欢赏。”（《望仙掌峰》）“夕阳照万象，尽作黄金容。一峰烂华瓣，斩新秋芙蓉。”（《望莲花峰》）“连朝环宇奇妍暄，金鸦飞涌扶桑暾。……我冠切云恣徙倚，五千仞上孤高蹲。……羊公毛女自游戏，骖驾白鹿飚车屯。……素心不屑受金液，乘化一任流光奔。……楸梧远近烟霞绣，蒿里聚敛英雄魂。……千年错磨紫翠色，崚嶒只有悖物存（笔者注：悖物指太白山）。”（《宿南峰叠韵》）“云将掉头方东游，火鸟燃灼千山头。东峰白涨水银浪，对面一朵莲花浮。……瀛海溟茫去咫尺，烟雾包裹蓬莱洲。……我睇海天一长啸，声响远激层城楼。”（《东峰叠韵》）华岳雄视关河，锁镇东西，在她的脚下俯卧横亘着充满金铁长鸣、争战杀伐的关中大地，秦时明月，汉家长城，隋唐宫阙，全都诉说着那一页页人血染红的所谓英雄史诗，这些让世人津津乐道的王霸之争，在桑调元心中引发无限的隐忧和蔑视。因此，高声歌吟山河壮美的同时，诗人深刻地批判了历代统治者血腥创立基业的罪愆，并对其表现了极大的轻视。在诗人看来唯有山河才是壮丽的、纯净的、让人息心静气的，山川长存，自然永在，而人类一切的所谓争权夺利、血战厮杀都是过眼云烟，稍纵即逝：“却顾全秦绕胫趾，焦土一片咸阳原。干戈格斗古不已，惨惨龙血污黄坤。……金牛之粪铁马汗，霸王(去声)有力相并吞。”(《宿南峰叠韵》)“趾绕全秦一大物，古人白骨堆高丘。……嬴刘颠蹶若转瞬，夕日一片金光流。华清宫殿矗云起，温泉水滑潴灵湫。……卢龙贼骑驰飘飏，艳笑香魂一哭休。王孙身体窜荆棘，龙种失势输凡俦。”(《西峰叠韵》)“秦皇汉武褰裳望，秋川逝波苦难留。只有精金元气在，砰訇瀑布云岩流。……俯视壤虫绕地轴，昕夕扰扰争啾啾。”(《东峰叠韵》)诗人为了游五岳，辞官裹粮，目的就是让清净的自然一洗尘滓，在雄放挺拔的山形水态中找到灵魂栖息的乐土。所以他在雄视尘寰的时刻，始终将浓重的笔墨泼向华岳的险峰峻岭，除上举，桑调元的华山游诗，著名的还有《落日俯渭川歌》《太华绝顶》《望仙掌峰》《镇岳宫》《瀑布岩》《明星峰》《香炉峰》《玉女峰》《上华山连日晴霁喜叠前韵》等。这些诗激情洋溢、意境开阔，写景造型均属佳品。从《华山集》即能透析出，桑调元虽以学者身份而入庙堂，但他绝不是因循之人，他的诗心高洁、诗情恣肆，内心充满高迈超绝的理想。他的华岳游诗，艺术风格清峻自然，全凭性情所至，不受羁勒，如果用诗人自己的诗句来评，就是：“万华迥出清水上，都去雕饰存天然。”(《玉井莲歌题玉井莲图寄力本》)

3. “群山东向尽朝宗”的泰山山水诗

“乐复乐，又登车。一年游一岳，岁月不空徂。”(《登车行》)桑调元把遍游五岳当成人生的赏心乐事，为此他年复一年，从中岳到西岳，再由西岳而至东岳。“日观须凌第一峰，登高发兴引游踪。……独客南来偏伉健，群山东向尽朝宗。人间多少闲恩怨，不到禽生旷荡胸。”(《泰游口号》)乾隆十九年秋月，诗人带着凌绝顶、发清吟的夙愿登临群山朝宗的五岳之首——泰山。在泰山，他“飞凌日观”，欣赏“寰中第一景”(《泰山集自序》)的泰山日出，又“览黄华、灵岩，穷岳之胜。……且游且吟”，成诗二百六十四首。

和华岳相异的是泰岳游诗以七言律体取胜，而描绘主体除险峰之外，更趋向于对泰岳的崖、岭、洞、阁进行精心临摹，从而突出泰岳的人文气韵。如：“凌虚阁势切高雯，眼底轻飞片片云。……封禅纷纷迷往迹，望中何处是亭云。”(《飞云阁》)“高崖千尺已摩空，架阁飞凌冷翠中。海色动摇秋水白，岚光渲染夕阳红。”（《摩空阁》）“一雨奔飞百道添，仙阁不卷水晶帘。……涧腹秋清元鹤洗，潭心月冷白龙潜。”（《水帘洞》）“洞门寒滴仙岩翠，泉坞清磨圣水沙。白石无尘堪隐几，乱山有路不容车。”（《黄华洞》）“穹石横排堪隐马，飞流直下剧奔龙。烟霞晚绚晴岩色，冰雪秋填冷客胸。”（《马棚崖》）“西岩宿雨洗氛霾，斑驳新霜锦树排。……欲借林僧青竹杖，起观沧海畅秋怀。”（《西百丈崖》）“环道重重入险巇，纵饶叱拨也难骑。……万里秋风吹客鬓，中峰阴雨晃灵旗。”（《回马岭》）“黄岘凭陵石磴高，苍藤七尺上硗磝。……飘飘襟袂难轻举，凉拂天风也足豪。”（《黄岘岭》）从上引诸诗，我们略可看到，桑调元写泰山是怀着崇敬的心情而来的，他既希望通过泰岳“火轮涌出”、“霞暾历乱”、“元气泱漭”、“群岳连绵”的山水壮景来达到娱情悦性的目的；又试图让泰山深沉浑厚的文化氛围来陶冶涵养他的个性气质，所以不管是写宫观楼台，洞府亭阁，还是峭崖峻岭，他都能在绝妙的景色描写中彰显其幽渺神秘，厚重朴实的人文气息。

泰山之所以能达到万岳朝宗的至高地位，关键是历代帝王的封禅仪典所致。司马迁《史记・封禅书》曰：“自古受命帝王，曷尝不封禅？盖有无其应而用事者矣，未有睹符瑞见而不臻乎泰山者也。”[①] 关于“封禅”的含义，张守节解释曰：“此泰山筑土为坛以祭天，报天之功，故曰：封。此泰山下小山上除地，报地之功，故曰禅。”[②]泰山封禅的故事始于舜，自此历代君王逢吉必举行大典，以报天命。司马迁曰：“《尚书》曰：舜在璇玑玉衡，以齐七政。……岁二月，东巡狩，至于岱宗。岱宗，泰山也。”（同上引）泰山封禅活动作为国家大典，受到各朝重视，但其中影响深巨，典礼隆重的当数秦皇、汉武。桑调元尽管倾心于泰岳宏伟壮丽、肃穆庄严的自然和人文合二而一的殊绝神韵，但他对秦皇、汉武好大喜功，毫无实质意义的封禅行为给予了坚决否定：“秦皇汉武殚威力，东门怅望何贪愚。”（《登车行》）在诗人眼里，纷

---

① 《史记》，第1355页。

② 同上，第1355页。

纭繁杂的“七十二”“古皇”镌石勒铭的所谓封禅盛事，已随历史的烟云湮灭在苍苔瓦砾之间，而自然山水依旧供人清赏，令人畅神：“云亭社首自巀嵲，何人封禅存遗书？浮云一过净无迹，只容吟眺供娭娱。”(同上)“山势青骢马，奔腾到海隅。……犹存封禅迹，秦汉一何愚。”(《登岳五首》其五)

如果桑调元写泰山宫室、洞观、亭桥、台阁、崖涧、峰岭的诗作是从具体景点对泰岳进行微观描写的话，那么《登绝顶四首》则是站在泰岳之巅，放眼河山时，诗人对泰山“小天下”的宏观气势的把握。在这组写景言志的山水诗里，诗人由近而远、从下而上，自外而内地对泰岳的至尊地位进行了大气渲染：“直上天门与天语，侧闻龙洞有龙吟。……忽听传声动岩壑，秋空长啸快登临。”(其一)“万山祖脉自昆仑，东到沧溟泰岱蹲。红跃一毬凌日观，黄流如带下龙门。……千古朝家无限事，白云兴灭了无痕。”(其三)“词人凭眺古今同，踪迹俱随逝水东。……峰头日月双悬迴，亭上乾坤四望通。”(其四)

虽然桑调元的泰山诗以七律为主，五律辅之，长歌比写华岳要少许多，但诗人对五岳钟爱向往的激情，以及沉积在他内心的豪放之情还是通过《狂歌行日观峰观日出作》传达出来，令人产生魂魄俱惊的艺术感染力：“乍闻天鸡一声唤，海水浮动黄琉铺。釜蒸万道彩氛涌，五色包裹红扶疏。……阳焰八面泼紫澜，汹汹鱼龙趋扶桑。……此时卓立三天都，清宁与我合一躯。有生得此一大快，他景不足为我娱。浩歌激越声气粗，乾坤震宕传八区。……神仙富贵焉足图，老我昂藏一丈夫。高吟千首吐胸臆，不厌寂寞形神孤。红盆碾空下界晓，壤虫扰扰争锱铢。”从扶筇直上日观峰，到仰望晨曦初露、星河寥落的长空以待日出，再从红旭突放、霞光万道的壮观，而至大块混濛一气、天地凝成一体的雄奇，诗人尽情地描绘了一幅泰山日出图。置身这样的奇境，诗人心与自然冥契，达到了忘却尘世的超越境界。

4.“苍山凝黛色”、“云气接南溟”的衡岳山水诗

桑调元游五岳几乎是一气呵成的，他在前一游程中，就思量向往着下一游程。也许是他和山水有夙缘，抑或是他对自然钟爱的虔诚感动了上苍，他每次的游岳祈愿都能随各种机缘的出现而得以印证。

泰岳之后，诗人如愿地踏上了南下衡岳的航程，据《衡山集序》，桑调元南下的背景是这样的：“万事有定，惟情之所钟，天必从之。春初，应南闽道山之聘，岳游之期宜有待，适以病归。病已，蹶然起曰：是殆天成我之清游也。遂泝钱江而上，度常玉，泊芦溪，过萍乡，舣舟衡山，登祝融绝顶，连日开霁，穷极岩幽。回帆梯岳麓，访朱张之胜，吊屈贾之灵，浮洞庭直下。故人为九江守，邀登庐峰，会濂溪书院新成，留予为山长。予乐其山水之清佳，元公卜筑归老之隩区，愿蹑其遗踪，而养予之志也，许就焉。……游历之境繁多，诗遂得四百余篇。”《衡山集》得诗“四百余篇”，分五集收录。卷一主要为从桐庐到袁江的行旅山水诗；卷二、卷三主要是衡岳山水诗；卷四包括岳麓、汨罗、樊口游历山水诗；卷五主要是从九江，经皖南的归途山水诗。其结构层次清晰，内容丰富，诗人衡岳游的行程于此了然在目。

和其它四岳相较，衡山因地处楚风萧骚、灵秀幽邈的三湘大地，所以衡岳在桑调元笔下显得既高峻入云，又灵风飒爽、窅邈绵长。如：“苍山凝黛色，茅屋带烟痕。紫盖云中矗，芙蓉木末繁。”(《登岳八首》其一)“鸡犬依村静，松杉夹路青。阳光荡东极，云气接南溟。”(同上，其二)“云梯千万转，才到半山亭。日气衔枫赤，秋光到海青。”(同上，其五)“天迥垂朱鸟，潭深隐赤龙。乾坤开眼界，云海荡心胸。”(同上，其八)初上衡岳，诗人心胸为之一荡，凄清的“雁叫”、火烧的赤枫、氤氲的烟霭、飞卷的云霞，都让他感到身入杳冥的非人间世界。所以在桑调元的衡岳山水诗里我们深切感受到的是诗人通脱超俗、清绝无染的全新境界：“晓色连湘树，晴光映岳岚。鸟声空翠坠，鹿迹石苔参。”(《隐松岩》)“碧峰秋窈窕，寒翠明霄峥。……涧泉落浅濑，厓烟散杳冥。……照岩月镜皎，涤径松涛清。”(《架鹤峰》)“盘盘入仙窟，一峰滃秋云。……峤寒落飞翠，天静豳游氛。……白鹤去不息，怅望空斜曛。”(《云岫峰》)“明珠万斛天畔倾，砰轰惊起潭龙蛰。秋飕怒聒势转雄，岩头千丈挂白虹。……银河乍蹴巨石翻，声传林谷雷崩坼。……游方信意无内外，远拂红桑近紫盖。”(《朱陵洞》)在桑调元看来，衡岳之美在于云飞雾卷、瀑水倒激，只有这种山水相映、隐约朦胧的境界才能形成衡山迥异于他处的独特气韵。基于这种审美意向，桑调元在描摹衡山的自然景观与人文遗迹时都要体现其地域特征和地貌状况，从而使得衡岳山水诗呈现出清峻绵邈、壮阔英挺的风神气骨。如：“香炉云中秀，秋色明丹峰。缥缈接紫盖，氤氲连祝融。……有时横绛气，回薄天九重。”(《香炉峰》)“山气如凝靛，半空青嵬嵬。黛泼兜罗绵，垂光紫金台。间以霜枫树，焜燿云屏开。”(《碧云峰》)“一峰矗起紫霞端，岳庙当前映晓寒。……炼玉仙人何处去，高空惟见月团团。”(《赤帝峰》)“崎岖蹑万级，乃上南天门。落照千山动，游云一气奔。”(《南天门》)“清动银河浪，寒凝碧岫烟。高凌祝融顶，晓景最幽偏。”(《望月台》)“朱氛千道火，碧海一泓潭。晃朗层岩晓，鸡鸣不待三。”(《望日台观日出二首》其一)衡岳虽然横亘绵延，峰峰竞立，但其不似华岳之险、泰岳之高、嵩岳之奇，它在五岳之中以幽深峻秀、清空绵邈著称，故而桑调元写衡岳总是擅用“朝云”、“翠微”、“秋气”、“清晖”、“冷烟”、“鲜霞”、“灵禽”、“青空”等富含凄清冷艳美的意象来营造诗境。

衡岳山水诗虽以五言律为主，但生性豪放的诗人不经意间还是奇情俊发，用放歌的诗体来抒写心头难以遏止的激情，其中值得称道有：《紫盖峰叠韩韵》《洞灵宫古枫歌》《芙蓉峰叠韩韵》《祝融峰叠韩韵》《祝融峰顶偃松歌》《乾坤胜览亭长歌续短歌》《天柱峰叠韩韵》《石廪峰叠韩韵》等。这些长歌一如既往地发露了诗人游山的豪壮之情，以及对所游之山岳的赤忱赞美，大势淋漓，大气开合，叫人胸胆开张：“兀突云峰七十二，祝融拔起尤豪雄。横空飞鹤不得过，侹险走鹿力所穷。……岂惟南溟近跟肘，九点烟都一览空。”(《祝融峰叠韩韵》)“纵目直过天池外，羊角鹏搏何足怪。蓬莱左股指罗浮，离离南斗横空挂。却看潇湘洞庭青烟浮，秋波一溜寒悠悠。九疑云气泼晓黛，重华不返湘娥愁。泰华恒嵩遥拱揖，霞岚一气相嘘吸。”(《乾坤胜览亭长歌续短歌》)

游罢衡岳，诗人怀着眷恋的心情发舟北向，一路过长沙，谒岳麓，拜屈贾；经湖湘，登岳阳楼，泛洞庭波，观赤壁，吊祢衡，上黄鹤楼，望大别山；再折向九江，遍游大小孤山、石钟山，泛舟彭蠡之侧；沿江顺流过安庆、芜湖，直抵金焦，历观沿江之山水胜景。在这样一个漫长的山水画廊里穿行，桑调元的诗笔一刻都没停止耕耘，他把心田里一颗赤热的种子播撒下去，就结成绵绵不断，令人回味的果实。其中颇具代表性的山水诗章包括：《岳麓峰》《岳麓书院》《吊屈大夫歌》《汨罗江》《青草湖》《洞庭湖歌》《岳阳楼放歌》《赤壁》《浩歌行夜登黄鹤楼作》《大孤山》《石钟山歌》《九华山》《芜湖夜大雷雨歌叠韵》《庐江大雪歌叠韵》《燕子矶》《金山歌》等。上述诗作代表了不同时段、不同区域背景下诗人的创作旨趣，它们长歌曼吟，既是诗人遍赏山水的游程纪录，又是一幅浓情重彩的长江历史图卷。

“吴楚烟波漾一帆，归来犹梦碧巉巉。……恒山明岁扶筇去，五岳诗人好署衔。”（《抵修汲堂》）游衡岳令诗人心潮澎湃，一股怀思眷恋之情久久不能平抑，而衡岳归来，诗人更为渴望的是恒山之游，这样他就毫无愧色可以“署衔”“五岳诗人”了。《抵修汲堂》是桑调元衡山之旅的总结，更是恒岳之游的开端。

5.“天开石窟神灵聚”的恒山山水诗

恒山之游是诗人五岳之游的大总结，所以完成恒山之旅，对桑调元意味着平生宏愿的实现，以及人格的最终定型：“策杖恒山去，云流石磴中。真成游五岳，不羡作三公。”（《恒游口号》）

恒游始自濂溪，诗人水陆兼道，兴致极高，在《恒山集序》中，他说：“遂溯江汉，过河汴，道京师，瞻仰云中双阙，……即出居庸关，抵浑源州，直上恒宗绝顶，万里塞山，峄蜀奇特，一览在目。转诣曲阳，得朱坚石刻恒岳图，录其故迹，记以诗，殆岳灵之假手于我乎？却出信阳，下汉口，归濂溪之上。”恒山游，包括往返所作，诗人得诗612首，分七卷载录于《恒山集》中。

恒山，在明清大同府属浑源州境内，延亘至北直隶曲阳县。《读史方舆纪要》曰：“恒山，亦曰常山，亦曰北岳，在真定府定州曲阳县西北百四十里，亘保定府以西及山西大同府东境。……《名山记》：‘恒山高三千九百丈，上方三千里，有大玄泉，其山有五名：一曰兰台府，二曰列女宫，三曰华阳台，四曰紫微宫，五曰太乙宫。’又《北岳记》：‘恒山顶一名无恤台，以赵襄子尝登此观代国，下瞰东海也。’《地志云》：‘恒山高侵霄汉，顶名天峰岭，下建北岳观。观前风出如虎吼，名虎风口。其余峰岩洞壑，随地立名者以数百计。'"[1]又"恒山，(浑源)州南二十里，即北岳也。"[2]恒山，不但以宫观奇峰的幽秀景色著称，而且她横亘山西、河北一带，地理形势非常险要，是中原安危的一道不可或缺的屏障，《读史方舆纪要》评曰："夫恒山挺峙于冀州之中，为东西屏蔽，岩谷高深，道路阻险，出奇者所必由也。"[3]桑调元初上恒岳，便以十二首七律《登岳》总揽山岳形势，笔锋凌厉，气韵流荡，把恒岳的自然景致、人文精神，以及山川形胜收于一端，有荡气回肠之感。"泱漭城南叠翠痕，巍然耸峙一峰尊。天开石窟神灵聚，雪积阴崖虎豹屯。"(其一)"岳路清高步入云，置身霄汉绝尘氛。……啮然起作孙登啸，散入秋风万壑闻。"(其二)"清虚石室半床分，乌几闲披玉笈文。秋霭万山龙气上，斜阳一径虎风闻。"(其六)"灵山晴日翠岚浓，云气奔飞宛似龙。……一条泉涌空明眼，万里天开浩荡胸。"(其七)"落日苍茫指顾间，幽并形胜压常山。三霄月照飞狐口，千里云奔倒马关。"(其八)"何人独立向层巅，倚剑崆峒望八埏。……边人歌舞云中社，秋马悲嘶代北天。"(其十一)身凌"第一峰"，诗人顿然生出指顾山河，放目骋心的快感，他纵情周览，恒山孤高绵亘，"紫塞云山连大漠"，其气势壮阔，不同凡物，令人不断有"秋光入望中"，"壮观开胸次"的出尘之想。

《登岳》组诗首开雄阔豪放的气概，所以桑调元的恒山山水诗便以此为基调进行抒情写景，使《恒山集》弥漫在峻拔不群、盘礴大气的氛围中。如写山形，他说："景晏四山暝，一峰蹲白虎。……曲磴盘层霄，连峰列环堵。"(《白虎峰》)"竦身上梯磴，举手扪星辰。云松偃翠盖，岩荪展芳茵。"(《天峰岭》)"巨斧削一嶂，碧峰何嵬嵬。晓色晃玉宇，秋光抱琼台。……烟岚堆龙沙，地维奠雁门。……呼啸震岩谷，万里长风回。"(《碧峰嶂》)"轻飞渫云白，冷映遥山青。破烟下鸟影，度涧来钟声。"(《翠屏山》)其它如《枪旗岭》《昼锦山》《马鞍山》《五峰

① 《读史方舆纪要》，第412—414页。

② 同上，第2030页。

③ 同上，第414页。

山》《玉泉山》《果老岭》《龙角山》《凤凰山》《横山》等都是绘摹山景的佳作。恒山磴道盘旋，涧峪纵横，而且峭崖飞流，为其增色不少，桑调元身经其间，健笔写来，便有如下惊人之景：“霞岚灿烂空中色，鸾鹤飘飖世外群。”（《步云路》）“清晖晃仄月，虚涛响长松。……油云遍六合，雨点漫秋空。”（《白龙洞》）“烨烨琼芝满峪中，金光白昼透烟空。”（《紫芝峪》）“千寻细蹑蛇盘径，一岭横生虎啸风。……烟云好处初经眼，正在仙岩落照红。”（《虎风口》）“洞户遍恒岳，嵌岩爱总真。……断槎卧偃蹇，怪石蹲嶙峋。”（《总真洞》）“夕阳虽埋照，空岩实隐身。清风洒乔木，不死留谷神。”（《通元峪》）恒山作为道教名山，有诸多神人仙翁留迹其中，他们的传说故事，尤其道德人格令后世景仰，把这些形而上的精神化为形而下的物象，就有了遍布山间的各种寺观亭台，这些人文景观的出现，给恒山的自然风物平添许多幽深飘逸的灵动之气。在恒岳，桑调元除了醉心其自然景色外，更把关注的笔墨投向浓重的人文风景，如：“峭嶂凌千仞，层层着梵宫。……万山声并作，长啸半天中。”（《悬空寺》）“悬涛簸虚空，回飚卷骚屑。……林西逗微明，新月挂玉玦。”（《翠雪亭》）“晚云涨灵穴，远水明神川。孤鹤映微月，疏钟度寒烟。”（《真武庙》）“元岳标贞固，乾坤道在恒。……出地光悬斗，垂天翼化鹏。”（《谒岳庙》）“玉殿三清列，岚光百尺垂。……叶响悬瓢树，泉香洗药池。”（《三清殿》）“万里扫寒空，横云一片碧。高风绝塞秋，片月孤亭夕。”（《碧云亭》）“悬崖辟紫府，一径盘空冥。……浮岚簇雁塞，远浪摇鲲溟。群仙高会散，冷睨秋山青。”（《会仙府》）

恒岳游是诗人五岳游的终结，为了游恒岳，他不惜千里迢迢，从匡庐起航，星夜兼程，往返于殊异的水陆驿道上，尽管历尽风霜艰辛，但诗人的诗心一直空灵剔透，徜徉飞升于楚江之月、吴地之波、太行之烟、幽燕之云共同交织的大美境界里，成为他恒岳之游的前奏和尾声，而那些凝聚着诗人心血的篇篇诗作，也就当之无愧地成了恒山山水诗的重要组成部分。其中有代表性的篇章包括：《琵琶亭叠白韵》《晴川阁叠韵》《碾盘山》《樊城》《博望》《渡黄河》《磁州》《赵州大石桥》《清苑》《琉璃河》《居庸关》《八达岭》《长城故旧》《东八里屯》《望塞外山》《阳高》《大同》《畲畚村》《望有明十三陵》《曲阳》《彭家湾》《武胜关》《抵濂溪书院》等。这些诗作，从南到北，跨度极大，在不同抒写背景下，诗人的诗风一直保持了清新简约、明快剔透的韵味。如："轻风扫积翳，薄云汎层霄。秋山叠冷翠，霜树鸣枯条。……何来一白鹤，孤踪渺难招。"(《大同道中》)"好山纷叠翠，高城映嵬嵬。……白云泛雉堞，叆叇縈中隈。我心澹无际，马蹄信纡迴。"(《新保安》)"弹琴入翠峡，皓月今霄圆。涧泉留冷韵，松风去繁弦。悠然自终古，逸响谁为传。……泠泠在山水，孤怀忘寂喧。"(《弹琴峡》)

"仗剑行千里，微躯敢一言。"(《改唐人诗一绝示友》)桑调元生平"仗剑"远行，足履遍布五岳，以及南北风景殊胜的山水间，他豪兴勃发，用黄钟大吕式的歌喉尽情吟唱了山河的壮美，同时他用诗人的敏警和灵根着意刻划了五岳的形体状貌，发前人所未发，道前人所未道。他游五岳不是泛泛而过，匆匆而去，相反他潜心冥志，搜尽奇峰，把五岳的峰岭岩壑、洞府宫观、亭台楼阁，甚至一花一木都纳入毫端，使五岳山水具体而微，完全展示于世人之前，这是他的独特之处，也是他成为卓越山水诗人的不可磨灭的功绩。

桑调元之外，浙派诗人中，山水诗成就甚高，而名望不为后世所熟知的诗人还有张映斗、张湄。

三、张映斗的山水诗

张映斗(？—1747)，字雪子，号苏潭，浙江乌程人。雍正十一年癸丑进士，改庶吉士，授编修，乾隆十二年卒于典试四川的归途中。

张映斗少年早慧，据载他八岁能诗，十四岁时即受学使彭斯博(邓州人，字直上，号方洲)赏识，被目为"国器"。由此，张映斗更致力诗歌创作，"大江以南，凡夫名迹胜场，骚坛广座，过必有诗，淋漓挥霍其间，或专刻单行，或他集引重，海内久脍炙焉。"[①](张守约、守愚《秋水斋诗集》识)

张映斗作诗取径唐宋，但又不专意学某人，他主张词必己出而要

---

① 见《四库全书存目丛书·集部》第276册，《秋水斋诗集》卷首。

雅正醇和，故而受到“当世士大夫”的推奖。齐召南在《秋水斋诗》的序言中说：“先生才高学赡，德器浑然无涯涘。其为诗也，出入汉魏六朝唐宋，不名一格，而各有以见其长，所谓取精多，用物宏者耶。”[①]汤右曾的序言亦评道：“予偶焉瞩目，见有清灵之句，循讽周览通卷，格律严整，典雅深秀，……老成清旷，雅调高张，所谓杜诗韩笔无一字无来历矣，古学正声，斯焉有托。新城先生而见雪子之诗，有以合宗旨而慰平生，岂非萧韶嗣响，星海导源欤？”[②]

张映斗诗格清丽隽秀，画面澹泊典雅，如：“飞泉漱石尽成珠，老树梢云悉如绮。……天光云影两徘徊，风定月高更清美。”（《游法华山留宿偶题》）“衔花翠鸟下绝壁，酿蜜黄蜂飞半廊。风旛不动禅意寂，鼻观时时闻妙香。……空中帆影动蝉翼，树缺湖流澄练光。”（《游道场山何山》）“溪光十里秋气清，前路宾鸿啼数声。夕阳半挂山树乱，野店旗收日将晏。”（《锡山道中》）“澄湖静无声，明月微有魄。轻舠蹴浪纹，裁破一天碧。”（《鸳湖夜泛》）“浊浪排空万马奔，浮萍小聚孤峰在。……江流日色磨精光，倒影平飞岩壁赤。……恍惚凭栏纵眼明，划然长啸山鸟惊。”（《金山用东坡韵》）清词丽句，简洁凝炼，风格随时而变，意境因地而异，写江南水乡风物，他极力展示其温婉柔媚的特色；而刻摹金焦大江雄峙的气势，他一反常态，把其渲染得腾跃扬厉，锐气逼人。

张映斗诗风多样，或凝炼幽深，或峭劲雄苍，他的山水诗构景造境皆因所历之境、所咏对象的变迁而不同。现以其西湖山水诗群和蜀行山水诗群为例进行观照。

西湖是诗人的乡梓之地，亦是秀甲东南的风景名胜之区，它以湖山空濛、风姿绰约著称于世。张映斗置身西湖万松合围、荷风四面、峰影婉娈、梵音缭绕的幽深境地，用心写出如下沁人心肺的纯美诗句：“朝暾起木杪，琐碎摇金碧。面面清夫容，清阴覆几席。”（《庵中晓起》）“时闻琴筑响，琅琅答清词。月出树逾静，烟横山更奇。……归

① 见《四库全书存目丛书·集部》第276册，《秋水斋诗集》卷首。

② 见《四库全书存目丛书》第276册，第737页。

路碧云合，遥见青琉璃。"(《晚步山径至冷泉亭》)"清风扫石龛，佳处隔云树。……环山青琅玕，蒙密不知数。"(《由石佛庵步至韬光寺》)"郁律云根坐结盟，净缘千载说三生。……牛背月明人异代，雪痕鸿爪石留名。"(《三生石》)"秋来染作古锦色，孕含万象成诗囊。……忽见帖地红氍毹，怪石罗拜儿孙行。似展将军着色画，丹霞遥衬云水光。"(《莲花峰顶看红叶》)"匹练江云淼，悬钲海日高。"(《石笋峰》)

与上举西湖诗群迥然殊别的是张映斗典四川乡试时，对沿途所历风物的刻镂歌吟，蜀行山水诗群以冀晋、秦蜀山水为对象，呈现了诗人苍劲雄健的另类风格。如写沿途川原相接、秋日空明的气象，他说："青林障日暑全消，多稼如云入望遥。"(《良乡道中见秋禾正盛即目口占二首》其一)"平临荦确上林邱，且喜泉声与耳谋。……连岗八陉千盘谷，骇浪三重一钓舟。"(《自井陉县至平定州道中作》)；写雄关如铁，险阻山河的形势，他说："凿险缒幽隐剑锋，云根鳞甲似盘龙。乱山叠作眉痕锁，滚石平添足茧重。"(《井陉旧关》)"方惊一径悬车入，忽见重关觌面开。地底风雷排浪出，空中雉堞挡云回。"(《潼关》)写山行的险仄艰辛，山势的纡屈徘徊，他说："压马黄云重，翻鸦绿雾轻。回眸惊磴道，聒耳厌滩声。"(《灵石县山行》其一)"彳亍蚁封叠，盘纡牛磨旋。……荦确行良苦，遥峰我尚怜。"(同上，其二)"不觉岗峦高矫首，更觉星河近须臾。山气思郁蒸天半，空濛月添晕高低。……山风歘起雾痕收，咫尺岩阿始可认。"(《月夜山行大雾》)"陈仓道中飞雾白，布野泉流散百脉。……凝眸乍疑路已穷，扪壁蛇行得余隙。……青霞决眥入望遥，回头忽见惊波涛。悬崖直下千尺强，只留一线容人迹。"(《宝鸡山中》)张映斗的蜀行山水诗刚劲倔强，苍深老辣，而且形象逼真，与西湖诗群形成鲜明对照，比如诗人写栈道的一组诗作，就很能体现这个特色："大者悬流汇江汉，劈破苍崖气融洩。小者散瀑作涧池，环绕山根作漱刷。……触石凭崖便作声，似向行人诉凄切。"(《栈道水》)"初看柳花出林表，渐见披絮围天垠。……须臾云散日杲杲。山顶枯木仍如焚。"(《栈道云》)"瑰琦瘦秀各自呈，苍翠从人横侧看。"(《栈道石》)"晴云展岫舒青葱，千林嘉植多丰容。宛如千鬟绾蝉翼，翡翠共戏兰苕中。"(《栈道树》)"南能授衣通绝岭，蜀山合有风幡影。王子岩居雪没腰，道人树底雀巢顶。清净身高山险低，广长舌震溪声静。”(《栈道僧》)“岐风不到西周西，荒原埋没陈仓鸡。秦山落尽大小翮，蜀栈多闻群鸟啼。”(《栈道鸟》)奉命典试四川，诗人已饱尝了宦途的艰险和世情的冷暖，所以他不但以沉静的笔触写出了蜀道“凌空猿鸟绝，风邃激寒溜”(《五丁峡》)的奇特形势，而且还通过栈道水、栈道云、栈道树、栈道石、栈道僧、栈道鸟等各种意象，寄托心志，抒发感慨，使情和景有机交融，最终凝聚成诗人留在人间的山水绝唱。

四、张湄的山水诗

张湄(1696—?)，字鹭洲，号南漪，又号柳渔，浙江钱塘人。雍正十一年进士，官兵科给事中。有《柳渔诗钞》十二卷存世。

张湄生与杭世骏同庚，诗和厉鹗相切劘，故而杭、厉皆推崇张湄的诗学成就，并引为知己。《四库全书总目》曰:“湄与金志章、厉鹗等以诗相镞厉，故集中与诸人唱和为多。”阮元在《两浙輶轩录》中亦有同样的说法:“陆耀曰:侍御诗春容华润，不为桀骜险涩之体，同时厉樊榭、杭堇浦皆为序其集。”[①]张湄诗歌典雅端重，有风骚遗韵，郑江在《柳渔诗钞序》中极力褒扬他的成就，认为他是在“祧唐祖宋”风尚造成的“江河日下”的诗坛衰势中能够“别裁伪体而归之坦途”的诗人:“乃今数十年来，诗人祧唐祖宋，务为新奇，以相矜尚，江河日下，伊于胡底，余虽穷老蹇拙，恒思杰魁之士有以振之。吾友张子柳渔夙禀异质，其为文别裁伪体而归之坦途。……而其所为诗，驰骤三唐，得其英华，神韵悠然，真有得于其风肆好穆如清风之意。……余读张子诗，喜诗道之由是大振也。”[②]张湄的诗之所以能受到时人推崇，认为他路径独僻，自成一家，有起衰振颓的作用，关键是张湄作诗不徒慕虚华，而以性情见长，诗中有我，对此，厉鹗精辟地评价道:“吾乡张先生柳渔之诗，可谓以我法行之，而能自言其志者也，柳渔为人冲澹

---

① 转引自《清诗纪事》，第4449页。

② 见《四库全书存目丛书·集部》第276册，《柳渔诗钞》卷首。

渊默，夷险一致。……今读其诗，华润而不窘于物象，春容而不伤于促迫，应变不穷而无旬锻月炼、雕肝钵肾之苦。”[①]（《柳渔诗钞序》）

张湄的山水诗作为其诗歌创作的重要一支，其风格明显体现了如厉鹗诸人所评的“华润”、“春容”、“神韵悠然”的特色，并且在圆润冲澹的主体风调中时时流溢着一股淡淡的悲愁美的韵味。如：“天风横吹岚有无，叶叶芙蓉插秋旻。”（《游飞来峰》）“断云片片归南屏，寺角日斜风满铃。……两山烟鸟叫群宿，一路野花催醉醒。”（《南湖晚归》）“疏柳淡摇明镜里，轻舟闲置画图中。汀烟乍破飞孤鹭，山雨潜形亘断虹。”（《夏日湖上避暑》）“夕阳明处野烟消，一碧鱼山入望遥。空外有谁传梵响，松林朔吹自寥寥。”（《东阿县极目》）“山川愁似我，又见晚烟痕。古道少人迹，穷冬销客魂。”（《宿临城驿》）“暝色愁无际，河滨竚望时。……苍茫一曲水，相阅鬓成丝。”（《渡黄河》）“寒星牢落水浮天，夜半桥湾傍驿眠。钟响不传枫叶尽，独留渔火在江船。”（《泊枫桥和唐人韵》）上举各例分别创制于诗人生活的不同阶段，西湖诗代表了他前期诗学的审美观，空阔明艳，冲澹融和，如荷风四起，钟磬远来，悠然深入人心；《东阿县即目》以下，则是诗人晚期由京师回归故里时所作，时不同，境不同，其诗风亦不同，萧瑟寒瘦，劲倔苍凉，如秋风乍起，寒雁唳空，给人悲愁之美。张湄山水诗风的前后变异，不仅仅是时空的原因，更重要的还有诗人心态的潜移默化。前期他心志单纯、感情淡然，如一泓碧波，无色无味，洞鉴万物；晚期则在经历了无数人生辛酸，宦海风波后，心态变得复杂，种种人世的感慨聚合催化，遂使他忧从中来，愁绪萦怀，将这种感叹今昔、忧虑生命匆促的情愫揉进山水诗歌，便显示了淡淡的悲愁之美。张湄一生因宦途奔波，南北的水道驿程均留下他的身影，正如诗人自述：“十年游迹半海内，山高泽大目匪夷。未知涨海以外更何物，梦飞不到身亲之。”（《长歌送吴山辉还浙》）凡诗人所历处，皆有诗作以抒写江山胜景和个人情怀，通过以上浅析，我们大略能体察他南北驰骛，前后相异的山水诗风，但真正代表他山水诗成就的应是滇行与闽行的诸多篇章。

---

① 见《四库全书存目丛书》第276册，《柳渔诗钞》卷首。

(一)“万里西南”的滇行山水诗

乾隆三年(1738)张湄“奉使”出都,作“万里西南”的“碧鸡使者”,他从“良乡”一路兼程,沿途经河北、河南、湖北、湖南、贵州,历时三月余,抵达昆明;秋闱毕,诗人又循旧路返京。他把往返所历之奇山异水纪之以诗,共得各体山水之作118首,编入《柳渔诗钞》第五卷,总名为《滇行集》。

滇行旅程万里,从北到南,横绝物象迥异、山水殊别的六个省域,诗人一路进发,用细腻的笔墨、独到的观察,敏锐的诗心把沿途所历所思一一表现出来,就使《滇行集》精彩纷呈,佳作迭出,令人如入绝胜的山水画境,情不能已。如写冀豫风光,诗人特别着眼的是弥望田畴延展、黄河一线的自然景观,以及燕赵大地回旋飘散的英雄气概,二者相互映衬,就使冀豫山水诗清绝慷慨,激壮辽远:“麦黄犹覆垄,树密即成村。山气生凉霭,蝉声近早暾。”(《涿州早发》)“青天泻黄流,一曲几千里。……川涂如掌平,风绝波不起。游目恣遐赏,四顾极涯涘。”(《渡黄河》)“烟柳远翻千顷浪,曙云初放一棱山。”(《南阳县晓行》)“陂原高下绿,禾黍正芃芃。牧犊寒烟外,川禽潇照中。”(《新野道中雨霁》)“稀星明月晓苍苍,愁诵曹公对酒章。……草埋疑塚英雄绝,云锁空台伎乐亡。”(《邺下早发》)“一水英魂聚,千金骏骨灵。高歌谁击筑,酒尽客还醒。”(《抵保定府》)写楚湘山水,诗人审美视角随地而变,他紧贴楚天浩淼、湘水幽深的特色展开绘摹,给人呈现了一幅烟云弥漫、溪涧恣肆而峻岭重重的窅邈图景:“江深汉广云涛驶,东方欲白散苍烟。”(《渡汉江舟次作》)“江云碧嵯峨,江水白浩溔。……岸曲沙平密树屯,浪花影里见朝暾。……人心长恨水长流,万古滔滔坤轴徙。”(《大江行》)“沿溪飞落英,时见野芳媚。……岚雾冷衣裳,磴曲径弥邃。好鸟悦山光,涓泉穿竹翠。削壁耸千寻,藤萝半空坠。”(《游桃源洞》)“白云抱山腰,滃然散为雾。倏忽不见云,身在云中度。”(《辰阳口号四首》其二)“缘崖一线路盘纡,雨涨青林叫鹧鸪。急濑分流桥木断,阴云欲暝驿亭孤。”(《辰溪书山塘邮壁》)“云浮树梢分明白,山过黔阳未了青。”(《沅州道中》)“山回龙夭矫,水回龙蜿蜒。……飒如洪涛半空吼,森如大剑八面攒。”(《回龙阁》)如果楚湘山水含愁带怨，有悲切幽深之美的话，那么滇黔山水更让诗人心魂一振，其奇异诡谲让他浮思联翩："马首天河没，新秋露气重。……回看东岭曙，历历绣芙蓉。"(《清溪晓发》)"万山深处水纵横，不尽寒流瀌瀌鸣。翠壁丹崖皆入画，蛮花犵鸟讵能名。"(《由清浪关次镇远县道中作》)"我闻有云作奇峰，五色石烂弥苍穹。……吐吞日月伏光景，顿疑天在兹山中。……乍如军门习鱼丽，车旗荼火纷交攻。又如群真瑶岛会，回翔鸾鹤驰仙童。……岂但寒光砭人骨，磊落颇肖吾心胸。……何当腾身汗漫里，芒鞋踏碎千芙蓉。"(《飞云岩歌》)"雨过天逾碧，山稀地渐平。鸟飞随叶下，人语隔烟耕。"(《平坝道中》)"山深云雨骄，水溢草木横(去声)。……朝来陟陻廮，回视骇汗迸。"(《斗狼箐》)"危坡曲折凡几变，学字江流无此健。"(《相见坡》)"霜崖束处濑嘈嘈，雨点斜飞石上篙。日午荒鸡出林落，半村红叶数间茅。"(《黔江舟行杂诗二十四首》其二)"玉屏岩下水镕银，鸂鶒双双不避人。异日生绡画横幅，乌蓬红树楚江滨。"(同上，其十)"曲曲屏风千万重，晴晖日夕丽佳容。分明小李将军笔，赭树蓝山着色浓。"(同上，其十三)"迎风白芷动芳馨，流水茫茫下洞庭。夜半绝无人鼓瑟，数峰江上为谁青。"(同上，其十五)滇行诗，意象丰满，风格多变，历经万里的西南之旅，让诗人眼界顿开，诗风随景而变，又与诗人的心境相关，他把个人的人生体验和沿途所历的艰辛结合起来，从而使滇行山水诗达到了人境合一的审美境界。

(二)"天水无垠同一气"的闽行山水诗

滇行归来不久，张湄又一次扬帆东南，出使台湾，作闽中之游。乾隆五年(1740)十二月三日，张湄出京师广宁门，告别亲友，在"雪影穷冬树，笳声落日村"(《庚申十二月三日出广宁门作》)的萧瑟背景中，踏上南下的旅程，此次闽行的目的地是台湾。台湾从收复以来，有钦派使者巡视其地的惯例，法式善《梧门诗话》曰："旧例：台湾有巡视御史，历其疆域，纪以诗歌，亦採风者之一助也。"张湄前往台岛，正是以"巡视御史"的身份莅临其地的。吴振棫《国朝杭郡诗辑》载曰："(张湄)尝巡视台湾，凡海外风俗之俶诡，服物之新奇，无不一一收入奚囊，可以補从古诗人之所未及。”[①]台湾自古以来即是中国领土不可分割的一部分，这是不争的事实，但以“台湾”为地理标识和行政区划始自清代，清以前“古书无台湾之名”。古史所称“琉球”即今之台湾，（笔者案：《清史稿·地理志》列台湾为行省，又《属国传》中叙“琉球”，看似与古史所载有矛盾，其实古史所称“琉球”包括后之“台湾”在内的较广区域；而《清史稿·属国传》的“琉球国”仅为“福建泉州府东海中”的所谓“琉球国”疆域，琉球国从明至清多次派遣使者，“请封”于中国，光绪五年，“日本人琉球，灭之，夷为冲绳县，虏其王及世子而还。总理衙门以灭我藩属诘日本，日人拒焉。……由是琉球遂亡。”）关于“琉球”与“台湾”的历史渊源，孟森先生在《清史讲义》中辨证说：“近柯先生劭忞著《新元史》，于《外国琉求传》后系论曰：‘琉求，今之台湾。今之琉求，至明始与中国通，或乃妄传为，误莫甚矣。’此说极是。史书中琉球有传，惟《隋书》《宋史》及《元史》。……据诸史所言，地望距泉、汀极近，自汀属海屿往，且不过一日可达，部署登岸，被抗而还，抵澎湖计亦不过一两日程，其为台湾地无疑。至明洪武初所诏谕之琉球，则俨然旧国，与元以前所纪无文字、无年岁、无疆理、无官属者，文野迥异。”[②]《清史稿·地理志》叙台湾曰：“台湾：古荒服之地，不通中国（这里所说“中国”即指中原地区，亦即后来所称中国大陆。笔者注）名曰东番。……清顺治十八年，海寇郑成功逐荷兰人据之。……康熙二十二年讨平之，改置台湾府，属福建省，领县三。雍正元年，增置彰化县，领县四，光绪十三年，改建行省。……二十一年，割隶日本。”[③]关于台湾形势，论述者颇多，而《清史稿》是这样描述的：“台湾屹峙海中，为东南屏障，四面环海，崇山峻岭，横截其中，背负崇岗，襟带列岛。浪峤南屏，鸡笼北卫，澎湖为门户，鹿耳为咽喉，七鲲身毗连环护，三茅港汇聚澄泓。蓄牧之饶，无异中土，诚东南一大都会也。”[④]为了巩固东南海防，抚慰平息台岛民众的情绪，同时也为了了解民情、民风和民意，清统治者在收复统一了

① 转引自《清诗纪事》，第 4450 页。

② 孟森《清史讲义》，中华书局版 2006 年版，第 163—164 页。

③ 《清史稿》，第 566 页。

④ 同上，第 566 页。

台湾之后，定期派员前往巡视。张湄就是在这种背景下，身负重任，踏进宝岛风光旖旎、海飞山峙的土地的。他把此行所作诗篇结集为《海槎集》(上、下)，其中大部为记述描摹台湾风光，以及沿路景色的山水诗作，共106首。

《海槎集》气势雄阔而气象万千，内容丰富而神韵飘逸，诗人以充沛的精力、开放的胸襟，以及娴熟的艺术手法刻画了东南雄放峭拔的山水风光。如："砰訇骇浪万里白，地雷倒激凌虚空。千帆倏随飞鸟绝，指顾金焦亦飑靴。"(《渡扬子江》)"蛇盘鸟道极天长，矗矗屏风绘墨张。雪喷乱畦溪浪急，春盈仙井茗芽香。"(《过仙霞岭和周栎园先生韵四首》其三)"丰城狱户雌雄吼，夜半寒光烛牛斗。……翻身飞入水底天，星沉海变三千年。"(《延平津》)"落日千帆集，鸣铙入鹭门。……晚市星辰乱，高岩虎豹蹲。"(《抵厦门》)"驿路榕荫翠欲迷，山泉雨后尽归溪。虹蜺压浪四千尺，穲稏翻云十万畦。"(《惠安道中》)"建溪水怪石更恶，水石舂撞森剑锷。疾雷奋地蛟龛蟨，万马脱缰奔且跃。"(《建溪行》)"孤峰初笔卓，忽裂天一线。对插双玉簪，碧色渐明蒨。"(《江郎山》)"鸡鸣两岸见人家，水面残红几缕霞。可但翠屏宜晚对，朝晖夏木最清华。"(《自清湖舟行至钱塘途次得八绝句》其三)张湄持节台海，万里行游，其诗风阳刚与阴柔并重，完美展现了诗人所历之壮美河山的殊绝风貌。其它暂且不论，此处主要概览一下他的台湾山水诗。在数量众多的《海槎集》的山水诗中，台湾山水诗虽然比重不大(共有十首)，但其诗史意义却是很重要的，首先，在山水诗题材方面突破了前人所限，弥补了前人之"所未及"的空缺；其次，通过张湄的台岛山水诗，我们不但领略了台湾异于中原的山水风光，而且还从疆域地理、战守形势上深刻认识了台湾的重大战略地位。对张湄出使台湾，及其台海山水诗的意义，其同乡同年诗人齐召南有《送张柳渔侍御巡台》组诗述说得很有预见性："声名宁隔海波遥，边跨沧溟自我朝。……使者采风应一笑，蛮歌处处叶箾韶。"(其一)

张湄的台湾山水诗由两大主题构成，一是纯粹描绘宝岛自然风光的；一是以自然风物为背景，揉入社会和人文因素表现劝农、采风主旨的，这两大主题相互映衬，共同构成他台湾山水诗雄阔辽远、意味绵长的艺术境界。如写大海广阔无垠、波涌浪簸的迥绝气象，他说道：“大担门外渡横洋，群山灭影流汤汤。天水相交上下碧，中间一叶凌波飏。少焉红沟映霞艳，倏忽黑蛟喷怒墨。……澎湖环岛三十六，历历人烟出渔屋。……三夜惊涛春客枕，梦魂跌宕雷霆间。”（《泊澎湖》）“横风北来阻归櫂，海水起立鱼龙啸。澎湖浮屿出云涛，留我重宿来时澳。……欲置闲身入画图，如箭风帆虚远眺。此处青天沧白波，鲸眼摇光日无曜。”（《再泊澎湖》）澎湖，清代设澎湖厅，隶属台南府。《清史稿·地理志》描述其“悬居海中”。《读史方舆纪要》曰：“彭湖屿，在府（泉州）东南海中。山形平衍，东西约十五里，南北约二十里，周围小屿颇多。自府城东出海，舟行三日可至。又有东、西二碇山，亦在海中。……其地环衍可二百余里，三十六屿之胜，盖清障、温陵二郡之门户。……波平浪息，无溯奔激射之势，其状如湖，因曰彭湖。”[①]澎湖风平浪静、“山形平衍”，是天然的避风港，更是联接扼守大陆与台湾的咽喉之地，故而从明代开始即加强了此处的防备。台湾、澎湖和大陆关系紧密，其疆防意义非常重大，它们象一道道屏障拱卫着东南沿海。《读史方舆纪要》说：“彭湖为漳、泉之门户，而北港即彭湖之唇齿，失北港则唇亡而齿寒，不特澎湖可虑，漳、泉亦可忧也。北港盖在彭湖之东南，亦谓之台湾，天启以后皆为红夷所据。”[②]张湄从大担登舟，扬帆向澎湖而来，东南海天一色的奇异景象令他魂惊魄动，眼界和胸襟为之一开新面。受海浪激荡、海风轻拂，诗人的诗兴如浪涛突至，挥毫写下《泊澎湖》的长诗以纪胜景。他的视角从远而近，由外而内，先写海天一色、四顾苍茫的大海气势，辽阔悠远，变化无穷；再写澎湖三十六岛，岛岛相环、人烟遍地的民居生活，安谧恬静，宛如海上仙山。诗歌意境开阔深远，气势宏大；构图层次分明，色调非常丰富，冷暖相宜、明暗对比强烈，恍如一幅造型逼真的西洋风景画。《再泊澎湖》是《泊澎湖》的姊妹篇，为诗人完成使命归途阻

① 《读史方舆纪要》，第 4517 页。

② 同上，第 4518 页。

风泊澎湖时所作，与前首相比，《再泊澎湖》更注重内心感受的再现和抒发。全诗借景抒情，以情衬景，令人顿生无限感慨："一过再过岂所期，人生去住殊难料。""孱躯纵便得生还，一夜惊愁发为皓。"

台岛风光宜人，山水相依，潭影漾其前，山鸟鸣其后，置身其间，让人有隔绝尘世之感。张湄在他的台湾山水诗中绘摹道：

团圆孤屿水中央，稻熟浮田吠蛤凉。烟火渡头移蟒甲，青山环映白波光。（诗人自注：番架竹木水上，积草成土，以种稻，谓之浮田；蟒甲，小舟名，以独木为之。）

——《水沙连》

空明潭影月溶溶，向夜寒随剑气冲。三尺枯蛟抱树死，只余秋水绕加冬。（诗人自注：树名，高耸蔽天，相传荷兰插剑树上，树忽生皮，包剑于内，不可复见。）

——《剑潭》

澄台上下树婆娑，满目残阳动碧波。天水无垠同一气，风帆如叶岛如螺。

——《澄台》

瘗玉埋香骨未尘，五妃青塚草长春。云寒孤岛魂相聚，直抵田横五百人。

——《五妃墓》

上引四首，有自然风物，有人文景观，为台岛形胜之缩影。水沙连，地名，诗人自注曰："在彰化县东北番境，四围皆山，自山口入，为潭，广可七八里，周二十里，中突一屿，名水沙连，番绕屿以居。"这首诗当创制于诗人巡视民间、访问民情的公务之暇，为即兴所作。诗歌充满诗情画意，把普通的农家生活融入波光潋滟、青山如黛的自然景物中，从而达到景中有人、人在景中的生动效果，具有鲜活的生命力。剑潭，诗人自注："在淡水大浪泉社"，张湄紧扣潭水澄澈幽深、寒气逼人的特点，把"剑潭"写得寒光激射、冷意透人肌骨。澄台，诗人自注："在台湾道署内，高拱乾观察建，沧波浩渺，岛屿参差，悉入望中。"诗人独立“澄台”，骋怀放眼，但见“满目残阳”，返照在“碧波”“无垠”的浪花上，白帆点点，岛屿联翩，一派浮光耀金，万象欣欣的壮阔景象入人心中。(高拱乾修《台湾府志》把“澄台观海”作为台湾八景载录其中。笔者注)五妃墓，是台岛一处著名的人文遗迹，它不但埋葬着朱明宁靖王的五位爱妃，而且还掩抑着一段悲切忠贞的缠绵故事。诗人自注曰：“明宁靖王妃袁氏、王氏、秀姑、梅姑、荷娘同殉王死，葬台邑之仁和里。”关于“五妃墓”遗迹，史乘多有载录，其中陈鸿、陈邦贤的《清初莆变小乘》记曰：“明宁靖王朱术桂，字天球，……闽失，避海外，与郑成功合，谋取台地。迨郑氏已降，王无所之，自以明家龙种，义不可辱，乃具冠服，再拜二祖列宗讫，语五妃曰：我死期至矣。五妃皆曰：王生俱生，王死俱死。遂同缢堂上。……五妃：袁氏、王氏、秀姑、梅姑、荷姐也。”除此，郁永河的《裨海纪游》、凌扬藻的《蠡勺编》均有述录。由史乘可知，“五妃墓”负载的内涵确实丰厚，它集忠、孝、节、义、烈于一体，因而“五妃墓”下不仅掩埋着五个美丽而凄婉的香魂，而且更重要的是它在诉说着一段亡国的痛史，因之，凭吊“五妃墓”成为文士们心中一件极哀感缠绵之盛事。著名者如范咸、六居鲁。范咸，字贞吉，浙江钱塘人，雍正元年癸卯进士，历官至御史，曾奉命巡视台海，他的《吊五妃墓》写得哀感顽艳，不但唱出缠绵悱恻的哀歌，而且忠贞之气淋漓，仿佛一曲正气歌：“田妃金盌留遗穴，何似贞魂聚更奇。三百年中数忠节，五人个个是男儿。”(其一)“忍把童家旧誓忘，孝陵风雨怨苍苍。芳魂若向秦淮去，正好乘潮到故乡。”(其二)“明妃天命死胡沙，青塚荒凉起暮笳。争比冰心明似月，隔江不用怨琵琶。”(其三)六居鲁，满洲镶红旗人，乾隆九年(1744)，以户科给事中奉命巡视台湾，在台期间，与范咸一道纂辑《重修台湾府志》，编《台海采风图考》《番社采风图考》，著《使署闲情》四卷，其《吊五妃墓》既悲慨哀伤，又气如长虹，把五妃的人格升华到英烈的层面，令人顿生崇敬之情：“路旁老人为余泣，当年一线存前明。天兵既克澎湖岛，维时台海五烈皆捐生。……田横从死五百皆壮士，于嗟乎，五妃巾帼真堪旌。”为了纪念这五位德行高尚的节妇，让后人回味这段痛史，方邦基立“穹碑南门(台湾县)外，曰‘五妃墓道’，并刻诗其下。”(凌扬藻《蠡勺编》)张湄的

《五妃墓》因感情缠绕悲壮，词意深沉悠远而被刻“其下”，且被评为“最佳者”。

自然风光而外，张湄作为“巡视御史”，他还通过巡查劝农、采风走访对台岛民俗、民风，以及人文历史进行叙录和追忆，成为我们认识台湾社会状态的一个重要证据。如：“高浃天墟括九州，微茫一发认琉求。（诗人自注：台地旧属琉求国。）风生鳌背重溟黑，雷奋鲲身巨岛浮。……颜（思齐）林（诗人自注：道乾，皆明季海寇。）几辈虫沙没，落日苍凉赤嵌楼。”（《台湾杂感四首》其一）“火飞龙碽红毛尽，飚涌羊山白下惊。劫运不曾逾甲子，俄看东海腐长鲸。”（同上，其二）（诗人自注：郑成功掘得铜炮曰龙碽，无御之者。成功肆毒，滨海民患之，有善知识者云，此东海长鲸也。）“潮长海麕频得力，（诗人自注：癸亥克郑逆，舟进鹿耳门，海水骤涨；辛丑克朱一贵，港口亦然，前后若合符节。）晛消冰雪未移时。山头碧血成陈迹，酾酒还登五将祠。”（诗人自注：五忠祠在安平镇，祀阵亡将备许云等五人）《台湾杂感》通过“杂感”的形式，描述了台岛的地理形势，同时追叙平台历史，悲劲慷慨，大气回旋。《喜雨有作》、《冒雨劝农诗》、《劝农词》、《巡台湾》等作品表达了诗人忠于职守、悲悯人民的忠贞情怀：“龙潭一勺水，散作四郊雨。……良苗浡然兴，生意各栩栩。……念彼垄上氓，沾涂愿作苦。赤日灼秧针，泣视龟坼土，妇子相睢盱，辍耕待官府。官不为请命，曷以称众父。”（《喜雨有作》）“出郭天四垂，墨云挟狂雨。……弥望青葱笼，物我同栩栩。平畦漾縠纹，犁锸应时举。……为语蚩蚩氓，海滨践王土，……烟林布谷鸣，陌上鞭水牯。米家图画间，坐览簑笠侣。”（《冒雨劝农诗》）“梧竹阴森护短垣，群峰飞落聚星圆。海翁九十发如鹤，门外水田秋稼繁。”（《劝农词》）“少寒多暖不霜天，木叶长青花久妍。真个四时皆是夏，荷花度腊菊迎年。”（《巡台湾》）诗人勤于王事、悲悯天下的胸怀，台岛山川肥沃、旖旎如画的风光通过这些丝丝如缕的描写传递出来，让人似入桃源之境。台湾悬处化外，土风颇著，巡台诗人多有记叙，著名者如范咸的《七里香》《窃花词》《五绝句》《吹箫》等。而张湄的台岛风俗诗与诸人相和，写出台湾土俗的清新可爱，如“一种可人篱落下，家家齐插绿珊瑚。想从海底搜罗日，长就苔痕润不枯。”（《绿珊瑚》）“争迎使节共欢呼，骢马前头众妇趋。首顶糍盘陈野食，大官曾未识都都。”（《献都都》）“都都”，台湾一种类似内地糍饭团的食品，凌扬藻《蠡勺编》曰：“六黄门居鲁《台海采风图考》：巡使按年巡历南北二路，抚赏番黎，士女欢迎马前，有跪献都都者。”[①]“鹅筒惯写红夷字，鸩舌能通先圣书。何物儿童真拔俗，琅琅音韵诵《关雎》。”（《吟台湾风土》其一）“竞夸麻达好腰围，健足凌空捷似飞。萨鼓铿锵声近远，轻尘一道走差归。”（同上，其三）通过以上，台湾的民风土俗，宛然如在耳目之间，颇多引人向往之处。

张映斗、张湄为浙派诗人中的佼佼者，缘于浙派中名家辈出，大家甚众，故此如二张一类便声名隐微，多不见史传，尤其治清诗史的学人皆未予以必要关注，这或许是一种憾事。论述清代山水诗，二张因其显著风格和特殊经历，特别张湄因台海之旅，开了一种新境界，弥补了前人之缺，所以必须将之列入史论，以引起后世关注。

第六节　“江白接天光，星疏绝云迹”

——钱载的山水诗·附说张庚

浙派从狭义的视角，被论家细分为宗宋派、浙派、秀水派等。宗宋派、浙派的代表人物查慎行、厉鹗前已述及，而秀水派的代表人物钱载因其后出，所以序次较晚

关于秀水派的开山人物，及其流派的形成，治清诗史的学者颇有分歧。刘世南的《清诗流派史》将朱彝尊奉为秀水诗派的代表人物，他说：“清诗的一大特色，是学人之诗和诗人之诗的统一。……真正立意做诗人，自觉地表现这种特色，是秀水派的创始人朱彝尊。”[②]在刘世南看来，朱彝尊的诗虽不能“自成一家”，但他毕竟是“秀水派的

---

① 见《丛书集成初编》之《蠡勺编》卷四十，中华书局1985年版，第656页。

② 刘世南《清诗流派史》，人民文学出版社2004年版，第146页。

始祖,又是浙派的奠基人。"[①]钱仲联在《浙派诗论》中评介道:"盖自竹垞晚年好为山谷,金桧门继之,遂变秀水之派,钱箨石出而堂庑益大。……而秀水诗派盛极一时矣。"朱则杰将钱载看成秀水派的代表人物,但对其论述不详,没有完全理清或辩证钱载与秀水派的关系,在《清诗史》里,朱则杰大略说到:"钱载诗歌的影响十分深远。在他的家乡,有许多诗人的创作风气与之相近,大抵以生硬为宗,形成了一个秀水派。秀水派的源头,可以上溯到朱彝尊。……朱彝尊取径黄庭坚,赋格生硬,这在其整个诗歌创作中所居的比重毕竟有限,而钱载却以此作为基本。……因此,秀水派作为一个有共同创作倾向的诗歌流派,它的形成客观地说正是钱载的功劳。"[②]严迪昌对秀水派的形成,论断为和"朱彝尊无涉",他认为朱彝尊与秀水派诗人群的创作存在很大差异,在《清诗史》里,严迪昌辨析道:"'秀水派'有以下几点可识别性:一,此诗派上限只能断自金德瑛一辈,与朱彝尊无涉,朱竹垞与'秀水派'的分野应以对黄山谷诗的好尚与否为准绳。……二,'秀水派'与自查慎行到厉鹗称典型的'浙派'已趋变异。……三,更重要的一点是'秀水派'阵营的馆阁气、翰苑气严重浸入诗心,与'浙派'的野逸情趣有着重大差异。"[③]对秀水诗派的渊源及特征,严迪昌辨析甚深,其用功之勤,用心之切尤胜于他人。

综合诸家所论,参以诗史,我们可以得知,秀水诗派的产生,既有地缘关系,又与他们的创作风尚相关联,更与其诗群成员的构成有关。之所以命名为"秀水派",是因为这个诗群的诗人们产自浙江嘉兴。嘉兴,古称秀州,后改名嘉禾、嘉兴,秀水是嘉兴附郭县名,与嘉兴县本同一地,明宣德四年始"于府城内西北隅置"秀水县。嘉兴,在明末清初早就活跃着一批优秀的诗人,而后来以"秀水"再名诗派者,原因是"秀水派"诗群结构和诗歌倾向有别于其他嘉兴籍诗人。"秀水派"诗群基本以位居显要,且曾当过御前"侍从"文人的一批廊庙诗

---

① 刘世南《清诗流派史》,人民文学出版社 2004 年版,第 168 页。

② 朱则杰《清诗史》,江苏古籍出版社 2000 年版,第 236 页。

③ 严迪昌《清诗史》,第 892 页。

人为主体，他们在创作风格上追求“盘空硬语”，以江西诗派为标杆，以黄庭坚为宗尚。他们是在当时社会环境的锤炼下，于浙派诗人中分离出来的一个独标一帜的新群体，因此，他们既不完全混同于浙派宗宋的习尚，又与前期嘉兴诗群有明显区别。徐世昌《晚晴簃诗汇·诗话》总结说：“萚石论诗，取径西江，去其粗豪，而出之以奥折，用意必深微，用笔必拗折，用字必古艳，力追险涩，绝去笔墨畦径。金桧门（德嘉—笔者注）总宪名辈较先，论诗与相合，而万循初孝廉光泰、王谷原刑部又曾、祝豫堂典籍维诰、汪康古吏部孟鋗、丰玉孝廉仲钤相与酬唱，皆力求深造，不坠恒轨，一时遂有‘秀水派’之目。”[①]

从上简述即能肯定，浙派诗群中“秀水”一支的真正代表人物毋庸置疑的当推钱载。

一、钱载的生平及诗歌特征

钱载（1708—1793）字坤一，号萚石，又号瓠尊，晚号万松居士。浙江秀水人。雍正十年，副榜贡生；乾隆元年，荐“举博学鸿词、举经学，就试皆未入选。乾隆十七年，成进士，改庶吉士，授编修。七迁内阁学士，直上书房。四十一年，督山东学政。四十五年，命祭告陕西、四川岳渎及帝王陵寝，寻擢礼部侍郎，充江南乡试考官。……四十八年，休致；五十八年，卒，年八十有五。”[②]有《萚石斋诗集》五十卷存世。

钱载家学有渊源，受其父影响，他对宋诗有偏好。虽然不“耐为举业文”，但他对诗歌创作有种执着的态度，朱休度《礼部侍郎秀水钱公载传》说他：“以诗为命，独窥古人奥，缒凿不已。”[③]钱载性格耿介，不轻易许人，所以他与著名经学家戴震之间的一些相互“争辩”为时人所关注，王昶《湖海诗传·蒲褐山房诗话》有一段颇具趣味的记载：“萚石襟情萧旷，真率自如。乾隆甲戌（十九年）初夏，从金桧门总宪

---

① 徐世昌《清诗汇·诗话》，北京出版社 1996 年版，第 1226 页。

② 《清史稿·钱载传》，第 1468 页。

③ 见《碑传集》，第 1051 页。

一经斋与余订交，遂成雅契。性豪饮，常偕朱竹君学士……过余。冬夜消寒，卷波浮白，必至街鼓三四下。时竹君推戴东原经术，而萚石独有违言。论至学问可否得失处，萚石齇发赤，聚讼纷拏。及罢酒出门，龂龂不已，上车复下者数四。月苦霜浓，风沙蓬勃，余客伫立以俟，无不掩口而笑者。”[①]这是一段非常精妙的小品，钱载耿介的个性，坚持已见的真率，以及醉后的狂放和憨直，被其寥寥数语便刻划得形神毕肖、入骨三分。

钱载多才多艺，他以诗而著称，但其绘画亦成就卓然，诗画相映，共同促长。如王昶所言：“善鉴别法书名画，望之审其真伪，故尤工绘事，晚年致仕归，藉以给朝夕。”钱钟书先生在《谈艺录》里亦曾提及钱载的书画鉴赏水平：“萚石好收藏，精鉴赏。顾其题咏书画，有议论，工描摹，而不掉书袋作考订。……《观画图》之‘人事无常画中画，画中看画无人会。我今犹是画中人，画外居然发长喟。’有俯拾即是之妙。”[②]钱载绘画风格与诗相类，苍然兀立，而简淡不繁，如其《枯木寒鸦图》就是典型之作，笔墨流畅，技法纯熟，且要言不繁。晚年退隐后，钱载以“卖画为生”。袁枚在《随园诗话补遗》中对他的晚景有如此记叙：“庚戌（乾隆五十五年）五月，相访嘉禾，则已中风，半身不遂；年八十有三，……家徒壁立，卖画为生，官至二品，屡掌文衡，而清贫如此，真古人哉！”[③]一代名诗人，一个官至礼部侍郎的二品大员，且“屡掌文衡”的显宦，退位后居然“家徒壁立”，难怪让袁枚都惊叹其“清贫如此”，而评他是“真古人”。

钱载师承金德瑛，而作“诗亦宗庭坚，险入横出，崭然成一家。……载又为（钱）陈群族孙，从陈群母（即陈书，号南楼老人）陈受画法，苍秀高劲，亦如其诗。”（《清史稿·钱载传》）由于“秀水派”宗尚黄庭坚，所以他们的诗歌创作“务缒深凿险，不堕臼科。”“力求捐弃尘

① 〔清〕王昶《蒲褐山房诗话新编》，人民文学出版社 2011 年版，第 53 页。

② 钱钟书《谈艺录》，中华书局 1984 年版，第 179 页。

③ 〔清〕袁枚《随园诗话》，人民文学出版社 1982 年版，第 575 页。

墙，毋一语相袭取。”[①]尽管他们风尚“不异”，但“体格”却各自有“不同”，即同中有异，人各有体。钱载的诗风一般被论家评价为：“凌纸怪发，险入复入，横出复出，于古不名一家，更历万里游，壮观岳渎，吸灵奇之气而张之，故老益肆益硬。”（朱休度《礼部侍郎秀水钱公载传》）[②]舒位《乾嘉诗坛点将录》曰：“智多星钱萚石载（赞）：远而望之幽修漏，熟而视之瘦透皱。不知者曰老学究。”作为诗坛“智多星”，钱载的诗歌风格呈多样化趋势，即以“盘空硬语”自成一格为主，而兼有清奇率性、博大开阔，甚至“纤新”“真朴”的多种特性，正如诸大家所论：“萚石斋诗造语盘崛，专于章句上争奇。”（陈衍《石遗室诗话》）“萚石诗秃笔淡墨，不侧媚弄姿，不偏锐取胜，故当时名辈，颇鲜知赏。”（钱钟书《谈艺录》）“萚石七古，硬语盘空。”（钱仲联《梦苕庵诗话》）如果“秃笔淡墨”、“硬语盘空”是钱载诗风的基本格调的话，那么，在此基础上，他的诗歌体式呈多元化显现，如：“钱萚石先生诗……体大思精，字字真实沉着，洗尽矜浮之气。”（黄培芳《香石诗话》）“萚石先生诗，不名一家，大要以清真镵刻为主，……有时或出以纤新。”（张维屏《国朝诗人征略》）“萚翁笃于根本，……其气清刚，其意沉著，其词排奡。……有一种浑厄真朴，不假修词属对为工。”（吴应和《浙西六家诗钞》）[③]钱载作为“秀水”诗群的领军人物，他博取广受，自成一格的诗风为众多诗学家所公认，从上述转引的评述里我们即能知晓他在清代诗坛的声望与影响。

钱载在雍乾时代诗风渐趋雅正古板的关键时刻，能以一枝独秀的“硬语”式的“清刚”之气，给诗坛吹来一股“真朴”、“沉着”，令人精神为之一振的劲风，使诗国风气为之一变，正如汪孟鋗所言：“专家开手眼，异境拓心胸。……有来上下古，抚撑气如虹。”（《厚石斋诗集》卷九之《赠萚石》）这种独“开手眼”，匡正馆阁熟媚之风和考订金石之气的特征不但表现在诗人抒怀叙事的作品里，更重要的还通过山水

---

① 《清史稿》，第 2090 页。

② 见《碑传集》，第 1051 页。

③ 以上引文分别见《清诗纪事》，第 5387—5405 页。

篇章传达出来，就产生了“异境拓心胸”的艺术效果，让人的心灵受到撼动，油然而生“气如虹”的豪放之情。

二、钱载的山水诗内涵

钱载生平多次充乡试考官，且受命祭告“陕西、四川岳渎及帝王陵寝”，随驾巡狩木兰围场等，他足迹遍历江浙、湘桂、秦蜀、晋冀、齐鲁，从南到北，由东到西，纵横几万里，这不同地域的不同风物既开拓了他的诗境，涵养了他的诗风，而且成就了他独树一帜的诗格，一如钱钟书先生所说：“萚石辅轩屡出，足迹甚广，游历登临之作，皆全力以赴。”钱载曾“全力以赴”的“游历登临之作”是他的阅世之作，亦是他倾尽心血的写心之作。根据《萚石斋诗集》所录，我们可以看出从乾隆二年到五十三年的半个世纪里，诗人审视的目光始终聚焦在自然山水的原点上，自然山水不但成了他灵魂栖息的家园，而且也成了他诗歌表现的主要对象。以下按诗人的行踪，贯穿以行年，将诗人的山水诗整合成模块进行概览。

(一) 清歌吟啸的江浙山水诗

乾隆二年到十一年的近十年间，钱载的生活轨迹基本环绕在以西湖为圆心的江浙一线。这一时期，他把创作的热情投向西湖的幽秀、姑苏的繁华，以及京镇维扬的绮丽。在诗人笔下，江南温婉多姿的山水显得清新明丽，仪态万端。如写西子湖的幽秀窅深、清丽脱俗，他通过不同情境，利用光色悬殊的手法，把其表现得美轮美奂：“才生萍点柳沉烟，旋出荷茎柳放绵。几日柳荫山雾湿，野菱叶涨不容船。”(《湖岸晓立》)“篱梅只见叶，雨声方著枝。老屋过百岁，妙香闻片时。”(《微雨上树雪林》)“法华山下钟，凿翠轩边梵。……岩烟荪萼开，砌水竹梢蘸。”(《微霁出花坞至云栖别室》)“亭边花点红，桥外水流白。回首老禅栖，松萝气如积。”(《桥亭避雨》)“清泉满路不归涧，破寺无僧惟出云。堤内小池荷叶翠，忽然风动与香闻。”(《雨后行北山下》)从上举诸例，我们即能分辨出，同是写西湖，钱载与厉鹗、杭世骏等人有着明显差异，造语新奇崛劲的特点在他早年的山水诗里已显端倪。除西湖山水诗外，钱载的江南山水诗还包括姑苏、京镇山水诗群，其名篇有：《红桥二首》《真州二首》《登燕子矶》《望金陵》《沧浪亭》《望石湖》《夜过吴江二首》《葑门口号三首》《晓过太湖》《虎邱诗十七首》《游华山》《鹤林寺》《竹林寺》《登多景楼》等。

（二）苍寒劲峭的幽燕山水诗

钱载写塞上的山水诗数量不是很多，但作于乾隆十四年的一组木兰诗却非常有特色，苍寒劲健，让人颇生异样的审美感受。如：“两崖峻逼容车轨，徐武宁之内边是。……斜阳莽苍驻马蹄，慨然口外山高低。”（《出古北口》）“红栏缘栈曲，碧涧泻山长。荞麦花尽雪，枫林叶未霜。……地形沃且衍，峰色秀以苍。”（《度三道梁至喀喇河屯》）“平沙四山展，小聚百家高。……却望垣西刹，新松起翠涛。”（《什巴尔泰》）“圣人驾玉虬，虎士臂黄鹞。山绿胜江南，浓苔树阴照。……千峰壮九秋，万里归一眺。”（《木兰诗十五首》其二）“宛宛谷乍通，霏霏雾初敛。……叠嶂绉如皴，连林苍似染。”（同上，其五）“云气若飞絮，山坳寒不轻。濛濛日亭午，秋暑背汗生。凉飚振空起，突作奔雷声。雷转雹随电，珠玑撒地明。雷收雹旋止，山迥风清清。”（同上，其七）“雁排人字去，天与秋心高。雨疏乃有雪，雪密如翔翱。旌旗万帐洒，枫槲千林韬。”（同上，其十）“雄雄势成隘，插汉峰多青。……铁华壁峭仰，虹影桥低经。”（《中关至热河》）木兰围场，在今河北围场满族蒙古族自治县境内。清初，辟为蒙古喀喇沁、敖汉、翁牛特诸旗牧地，周回一千三百多里。从康熙开始进行狩猎之典，此后历代清帝每年八月即于此行围，所以木兰狩猎对于清王朝算是重要活动。吴振棫的《养吉斋丛录》记曰：“康熙四十年以前，秋狝出古北口，皆驻喀喇河屯行宫。至四十一年，始驻跸热河避暑山庄。……国语（即满语—笔者注）谓围场曰辉罕。称木兰者，国语哨鹿之谓，围场为哨鹿所，故云尔。”[①]又“高宗自乾隆辛酉至辛亥秋狝四十次。”木兰秋围，在康、乾时期极为盛大，这与当时的国势强盛有关。秋围盛典，表面上看似一场包涵诸如比武、摔跤等娱乐活动的狩猎行为，但其实质意义却远不止此，它是清王朝宣示国力，强化武备，巡视边疆，安抚蒙古诸部落的

① 〔清〕吴振棫《养吉斋丛录》，中华书局 2005 年版，第 209 页。

一种重要手段。《清史稿·礼志(九)》记曰:"秋狝,清自太祖奋迹东陲,率臣下讲武校猎习兵,太宗踵行之。世祖统一区夏,数幸南苑,令禁旅行围,始立大狩扈从例。……康熙二十年,幸塞外,猎南山,寻出山海关,次乌拉,皆御弓矢校猎,越二年六月,幸古北口外行围,木兰搜猎始此。木兰在承德府北四百里,属翁牛特。先是藩王进献为搜猎所,周千三百余里,林木葱郁,水草茂茂,群兽聚以孳蓄焉。……高宗每行猎,自旧藩四十九旗暨喀尔喀、青海诸部分班从围,绥辑备至。洎平西域,远藩如左右喀萨克,……朝谒踵集,唯恐后时。"[①]由各类史料所载,木兰秋围当是国家盛事,亦是扈从大臣难得一逢的机遇。钱载扈驾狩猎时,怀着感恩之情,一方面颂扬出猎的盛况,一方面赞美山川的壮丽,在首尾照应的十五首组诗中,他以雄劲之诗笔、巉刻之思路、凌厉之气势绘摹了木兰围场迥异殊别的山水气象,其构图层次分明,设色浓淡相宜,表现了诗人成熟期的诗歌风调。

(三)清峻幽秀的楚湘山水诗

如果前述江浙、幽燕山水诗是钱载山水诗合唱的序曲的话,那么从楚湘开始,他的山水诗便渐次展开,进入发展,直达高潮。这前后不断照应,逐步推进的格局,使得钱载的山水诗围绕一个主旋律而和谐地奏鸣着,充分表现了诗人诗艺的演进轨迹,以及诗风承绪的脉络。

乾隆二十五年,钱载出京师,沿信阳一线,越荆襄,渡洞庭,过衡岳,抵达永州、全州、桂林之境,沿途所历,旅程所闻,令诗人精神畅爽、胸怀顿开,而诗风为之辟一新境。

荆湘风物,云蒸霞飞、波撼浪激、香草遍地、峭岩高张,在清人笔下成为长盛不衰的表现主题,但被钱载瘦硬的笔触写来却更有一番韵味。如:"橡树沉沉压岭苍,槿花红紫瓠花黄。"(《应山道中二首》其一)"望望岷峨势陡回,东流水乍入江来。出城楼阁连山起,对岸人家两郡开。"(《武昌》)"南岸望北岸,惟觉云苍苍。……美人何处梦,秋水自生香。"(《夜渡湘江》)"娟娟如静女,灿齿拖修裳。缈缈如晓云,

① 《清史稿》,第658页。

曳风含碧光。峭之以禀秋，湿之以清湘。峰峰如画浓且淡，沓沓如涛低复昂。”（《楚山歌》）“登岭莽回顾，峰沓驶秋涛。”（《度熊罴岭》）“夕阳夕阳碧潇浒，群玉支趋向东吐。翠蓉蔟梢苞瓣肥，独蘸凉波影倒俯。”（《游朝阳岩》）“万翠堆岩力收怒，洞天呀豁欢喜具。……石床石几不可数，乱落如星大小互。”（《游澹山岩》）“依稀红玉洞中身，云母溪流岁岁春。”（《零陵二绝句》其二）湖湘山水本就幽深峻挺、杳渺凄绝，而钱载用异常的语体将其显现出来，韵格自然不同凡响。在钱载的楚湘山水诗群中，最值得一述的是其写全州一境和衡岳的山水组曲。

全州，又称清湘、湘源，秦属长沙郡，汉属零陵郡，隋改零陵郡为永州，五代晋高祖时，改永州之湘源县为清湘县，置全州，宋因之。元为全州路，明初改为全州府，洪武九年复降为州，属湖广永州府，洪武二十八年改属广西桂林府。清因明制，仍属桂林府。顾祖禹《读史方舆纪要》叙其形势曰：“州北连永、邵，南蔽桂林，舟车络绎，号为孔道，从来有事粤西者必争全州，盖界壤相错，门户所寄也。”[①]钱载行走于全州“峭险峻绝”，“峰峦蓊郁”的山水间，挥笔点染其幽绝气象说：“黄华趋欲止，翠峦卓且崇。隔江峭壁面，定窟释子宫。……仰焉石骨秀，百亿秋芙蓉。……西堂月初白，杵杵三更钟。上与山响答，下与江声通。”（《宿湘山寺》）湘山寺，在湘山。湘山距全州城正西一里，其山“峰峦蓊郁，岩洞幽深，泉石秀异”，为览一州之胜的绝妙处。钱载夜宿山寺，放目远眺，只见“翠峦”百重，高峻雄伟；江水悠悠，“峭壁”直立；仰观“石骨”隽秀，遥望“芙蓉”似火；一道钟磬之声穿透夜空，山鸣谷应，直沁心魂。再如写全州道中景色，他欣然说道：“合抱参天蔽复开，长岗高阜越田栽。”（《出全州行松林间六十里至山枣口占四首》其一）“捎云如竹一坡坡，根络黄泥叶盖莎。”（同上，其三）“冒雨短鞭行，山山蟋蟀鸣。涧流青草合，岭断白云生。”（《将至兴安》）其它还有《兴安至全州四首》《全州北作二首》皆属此类。

衡岳山水组诗是诗人返程路经衡山时登临揽胜的杰作，其名篇

---

① 《读史方舆纪要》，第 4828 页。

有《谒南岳庙》《赤帝峰》《望莲花峰》《历磴上南台寺》《坐祝融峰顶石观云海歌》《岳顶夜起》《吸云寺》等十数首。这些诗作境界雄阔，气韵充沛，笔势凌厉倔硬："八峰立相环，一寺中独踞。……却顾朱陵东，洞天云自絮。"(《望莲花峰》)"最高已立南天门，培塿下见衡州前。湘江南来一线白，五折北去明蜿蜒。……日光回照明且净，三百里铺白玉田。……盘陀与我在云上，太虚之天惟倚天。"(《坐祝融峰顶石观云海歌》)

(四) 自然之韵和人文之风相映的匡庐山水诗

乾隆四十四年，钱载出试江西，他渡黄河，越皖南，由九江而入江西境。这次游历使他尽观了赣中滩险水激、山高月小的峻秀风光，其中匡庐之游更成为他赣中山水诗的巅峰之作。

庐山，在明清九江府，因其峰岭幽秀峻奇而称天下。顾祖禹《读史方舆纪要》曰："庐山，府(九江)南二十五里。峰岭岩谷洞石之属，其在境内者以数十计，与南康府接界。"[1]又曰："庐山在南康府西北二十里，九江府南二十里。高二千三百六十丈，周二百五十里，叠嶂九层，川流九派。……殷、周时有匡俗兄弟七人结庐于此，故曰庐山。"[2]道书将庐山列为第十八洞天，第三十六福地。庐山横亘绵延，跨赣之南康、九江二府，其险峰峻岭、幽壑陡涧亦分布二府之境。在南康的名胜有：五老峰、石镜峰、紫霄峰、凌霄峰、铁船峰、汉阳峰等，其中五老峰为庐山主峰，因"石山骨峙，突兀凌霄，如五老人骈肩而立"而得名；汉阳峰，"在庐山绝顶，望数百里，极目江汉，故名也。"(同上引)汉阳峰之水，西流汇注成康王谷之谷廉泉，被陆羽品为天下第四泉；东流聚集成开先寺之双瀑，是历代诗人题咏吟赏庐山飞流的胜景。顾祖禹评曰："庐山之南，瀑布以十数，而开先之双瀑为最胜。"庐山峰岭胜迹在九江府境的包括：双剑峰、莲花峰、香炉峰(又名石人峰)、石耳峰、大林峰、上霄峰等。上霄峰，亦在庐山绝顶，上有石梁瀑布。庐山不仅以险峰著称，而且其瀑水素以拖云飘练，倒激砰訇而骇

---

① 《读史方舆纪要》，第3930页。

② 同上，第3880页。

人心目,上述开先寺双瀑、三峡涧之水、石梁与石门之瀑共同构筑成庐山的生机与活力。

钱载的庐山诗由外而内,由远而近,从下到上,从笼统到具体,通过立体构景的方式,对庐山展开绘摹,使其显得大气磅礴而具象入微,声情并茂且主体突显。如《雨至东林宿二首》先从外围着眼,写庐山的整体风貌:“匡庐胜未见,屡过山之阴。连峰湿微雨,一罄流清音。……田畴落翠坞,松槚延修岑。”(其一)再如《出东林六七里望庐山》写遥望庐山的情势,诗人写道:“连峰出云云半开,奔渠卷雪响春雷。云中屈曲明如玉,都是天池顶泻来。”庐山整体风貌在诗人笔下显得苍山如海、田原相望、翠色弥野而辽远雄阔,但深入观察、赏析,匡庐局部则峰岭殊异、涧瀑四激,令人目乱魂惊。以写匡庐之水为例来体验诗人庐山诗的风格,“巨石崩且夹,众流喷以低。涛声迸碎珠,雪色翻晴霓。”(《龙池》)“初如匹练挂,直是银河翻。……铁色十里壁,玉光千仞湍。曳风雪洒纷,撒空珠跳圆。”(《立四望石文殊塔左观瀑布》)“窈然渊水来,石触叠怒投。……涛翻雪断腭,雷霆发不收。”(《三峡涧》)“平流练带如,疏响松涛比。……雷霆谷应动,潮浪雪翻委。”(《玉渊潭》)

(五) 栈道盘屈的秦蜀山水诗

秦山蜀水,栈道縈纡,清代众多诗人曾在这条充满传说的艰险程途上留下持节跋涉的踪迹。乾隆四十五年,已届七十三岁高龄的钱载奉命祭告秦蜀岳渎,以及帝王陵寝。这次奉使持节的机会,使钱载有幸领略了关岭险峻、栈道高悬的雄放和劲健,于是他诗笔老辣地将其形诸“图画”,便有如下惊人的章句:“忽见匹练飞,翠壁双削齐。……遂上煎茶坪,乾坤错端倪。瑶峰尽嘉树,翠壑多芳荑。”(《半坡观瀑布上煎茶坪》)“仰岩危欲落,对壁削若垂。群峰压影碧,乱水交声时。”(《晓趋草凉驿》)“岭半起数峰,峰身拥千树。……峰坳夏绿丛,鸟声不知数。峰上复层峰,峰肩径乃度。……设无白云眠,遂欲流水住。暧然凤岭经,愁语昔人误。”(《凤岭》)“历高渐渐危,转曲层层缓。千树涧谷深,万树岗峦满。”(《柴关岭》)“莽莽武都郡,葭萌南复西。……路有青棡树,山无白马氐。”(《宁羌》)“云飞石叠晓岩巉,豁断蒙胧绿树间。万里来游草堂寺，双旌归度剑门关。”(《出剑门》)“马怜坪陡入，偪仄山孱颜。隘穿复盘上，蜀险在秦山。千层崖崭绝，一线沟潺湲。”(《七盘岭》)“盘盘磴道仄，高高山骨青。箕山偪幽阻，褒谷插深冥。”(《度鸡头关连日历旧阁道处得诗五首》其一)“奔涛逆我来，万古响水滩。(诗人自注:栈名。)……片片石无根，飞石崖(飞石崖等俱栈名)巑岏。稍前观音碥，不作阎王观。黑龙江声壮，四塞峰青攒。架云可半里，云翠堆琅玕。(架云亦栈名)”(同上，其二)除上举，钱载的秦蜀山水诗还有:《过冻河至黄牛堡》《晚次凤县》《紫柏山下留侯祠》《画眉关》《观音碥》《诸葛忠武侯庙》《渡汉江至定军山谒诸葛忠武侯墓》《月下过桔柏渡》《泛舟锦江》《出汉州》《天际日出望峨眉积雪》《宿郎当驿》《牛头山》《朝天岭》《宿黄坝》《分水岭》《五丁峡歌》《大安驿》《褒城》等。还有往来秦关蜀道时对秦地山水、蜀中风物刻画描摹的山水篇章，如《潼关》《西岳庙登楼望岳》《登华山至青柯枰望千尺幢》《富平》《金镇关》《泾阳》《渡渭》《灞陵》《慈恩寺登塔》《牛头寺》《武功》《岐山》《凤翔道中》《宝鸡》《登西镇吴山》《剑州荫路柏歌》《发梓潼》《晚至旧绵州》《落凤坡》《德阳》《弥牟镇观八阵图》《谒江渎庙》《心红峡》《马嵬二首》《登骊山》等，如果将秦蜀山水诗延伸到大河南北的晋冀一线，钱载此行的山水诗总量多达数十首。

三、风致独特，奇崛瘦硬

——钱载山水诗的艺术特征

浙派诗群，阵容雄壮，延绵久长，其风格自成一体，各不相类。虽然都是各个时段的领军人物，但他们在诗风上绝不盲目因袭。钱载和朱彝尊、厉鹗一样皆为学者型诗人，但他的山水诗，比朱彝尊少了金石气，而不显得寡淡凝重，比厉鹗多了些倔劲厚实而不显得孤峭单薄。正如郭麐在《灵氛馆诗话》中所说:“萚石斋诗淳音古意，自成一家。视《曝书亭》较深，视《樊榭山房》较大。”即使和杭世骏、胡天游相较，亦有区别，杭世骏的山水诗大气淋漓，又流畅自然，胡天游的用语奇崛，“怪”味横出，而钱载缺乏杭世骏的开阔与流畅，用词直白、造语生硬比胡天游有过之而无不及。对钱载的独异诗格，严迪昌先生分析道:“钱载诗最大的特点是造语奇崛而又不多用僻典;韵语却多用虚词助字,甚而不避俚词、凡近语,拗折清削如古文辞,但又不失机趣,极似将韩愈的文法与杨万里诗法有机揉合一起。这样,一种很奇妙的艺术效果就形成:一方面扫去了当时太习见的‘空架子,假门面之语’,予人以‘生新’的感觉。……另一方面则虽‘苍莽之极,转似荒率’,可是‘其旨敦厚,其气清刚,其意沉着,其辞排奡’,……他终竟在变异畸形态势中保留了一些个性特点,走出了一条自家的诗径。”① 钱载的山水诗基本诠释了诸大家对其诗风的定论。具体辨析,有以下几方面:

(一) 造句拗折,用词生新,一种盘空刚硬的气格形之于其独特的语言运用中,使诗境顿然得以提升。

钱载写山水,以所历之真山真水为底本,参之以独特的语言格式,达到既能“切景以造句”(张维屏《听松庐诗话》)又能形成“清真镵刻”,扫除空浮的山水诗境。如写风光旖旎的西湖景致,他一反常态,用生硬的语言形容道:“桥无行处板,衲有定时龛。坞口人惊怪,翛然客两三。”(《法华亭》)“吹衣淡有风,竹影沉沆瀣。清音非偶即,忽忽琼瑶在。”(《晓度招隐桥入在涧庵》)“清泉满路不归涧,破寺无僧惟出云。”(《雨后行北山下》)钱载的山水诗语言不但出新出奇,而且还口语化、散文化。如:“大黄牯,尻高不服犁。小黄牯,头低不饮溪。我行直跨黄牯背,千山万山见粤西。”(《度黄牯岭》)“愚溪桥外望,碧玉流洄洑。心绝爱怜之,桨牙凭往复。”(《渡潇水游绿天庵厮笋归》)“叠叠复齿齿,周遭临一坪。以之傲柳子,绝胜小石城。”(《易家山》易家山,在全州境)“佛者亦无心,宇内山各居。峨峨天柱脉,中截骨所于。”(《最胜轮塔》,在衡山)“大别山横碧,江城带晚霞。息夫人庙口,春日有桃花。”(《望汉阳二首》其一)“船人黑相语,岸火细多生。……新腔铉拉杂,宛是海盐声。”(《宿弋江东》)“一船去,一船来,滩阔水宽船两开。上滩船,浮若凫;下滩船,飞若梭。……船头远山眉翠低,船尾钩月摇玻璃。”(《后下滩歌》)“南桥接北桥,两道河淙淙。别尔滥觞处,

① 见《清诗史》,第897页。

去为嘉陵江。桥南草如毯，草上峰如幢。”(《过冻河至黄牛堡》)“果是罗纹水，江回绝可怜。青苗近畦见，黄土外山连。”(《出新绵州是旧罗江县》)

语言的运用，语体的选择，表面上看仅是外在的、形式的，但透过语言的外壳，我们会发现一个诗人或作家在选择一种语体时是经过了锤炼与熟思的，他们选择的往往是独一无二的，与众不同的，既能充分表达自己的主观思想，又能引导文学创作风尚的语言形式与风格。正如美国著名文学评论家韦勒克、沃仑合著的《文学理论》所说：“每一件文学作品首先是一个声音系列，从这个声音系列再生的意义。……在许多艺术作品中，当然也包括散文作品在内，声音的层面引起了人们的注意，构成了作品审美效果不可分割的一个部分。”①大浙派诗群，从胡天游到钱载，用他们的独特思维创造性地选择了新的，有异于他人的语言模式，这与他们的个性特征有关，更和当时诗坛的社会性走向有关。要自成格局，冲破流行的诗歌创作风尚，就必须从内而外进行独树一帜的自我更新。在所有更新自我的选择中，语言体式是最显著的特征。对此，韦勒克与沃仑是这样说的：“不同的诗派与不同的诗人会以不同的方式采用理想的格律模式，同时每一流派或者诗人都有自己的格律标准。”②既然语言模式和语体风格是区分作家、诗人与流派的重要标准，那么语言一定会和诗人或作家的审美倾向成正相关，只有当语言成为诗化的语言，审美的语言，它才是有意义的。钱载的山水诗语言险怪生硬、口语化、散文化，甚至有些生涩拗折，让人感觉些许不流畅，但如果我们把他的语言风格和他所描写对象的特征，以及他的审美风格结合起来考察的话，则会豁然发现，它们搭配得极为合谐，甚至有奇思迸发、想落天外的颖悟之感，进而其诗歌的审美情趣亦隐含其中了。

---

① 〔美〕韦勒克、沃仑合著《文学理论》，生活·读书·新知三联书店1984年版，第166页。

② 同上，第183页。

（二）色调明艳，构图和谐，在浓淡相间的画图效果中，突显自然山水固有的诗意。

钱载不但精于诗，而且还工于画，他的绘画简淡疏朗，设色布景颇具章法。他以诗人的细腻、画人的灵秀观察并捕捉自然山水的阴晴变化、明暗对比，通过细节绘摹来呈现歌咏对象的美质和生机。如：“迷离紫殿寻，踟躅青芜送。微闻幽涧来，漱玉落桥洞。”（《凤凰山下溯涧行憩石桥望圣果寺》）“风声鸟不闻，烟林色如坏。人家屋山竹，梢叶已胜画。”（《石臼漾残雪》）“平畴散荒舍，绛叶明青林。微风曳冷烟，白鸟将翠禽。”（《安仁》）“一峰转江江碧澄，峰之插江以为恒。……牛卧狮搏龙矫腾，青霞千里纵横凝。”（《过弋阳六七千里江山胜绝即目成歌》）“日落江气青，逦迤浮于沙。……天光自相映，红紫为西霞。霞收江欲雾，滩转峰何斜。”（《兰溪晚泊》）“晓行入一湾，仰见秋树冷。半红半青黄，人曰达阴岭。桦树十万株，密密直于针。日光照玻璃，叶叶晴不阴。枫树或间之，叶红点我襟。”（《木兰诗十五首》其十二）“牛头山见北村低，隐隐饮烟叫午鸡。安石榴花红玛瑙，嘉陵江水碧玻璃。”（《牛头山》）“越山遥且隐，吴岫近方寂。江白接天光，星疏绝云迹。”（《泊舟铁幢浦观月用柳柳州赠江华长老韵》）

诗歌，尤其山水诗，不仅是语言的艺术，而且更是线条和色彩的艺术，它是无形的画。诗人通过独特的语体风格，运用构图简洁、色彩明丽的绘画手法，来营造意味深长的山水诗境，使其笔下的山形水貌更显生机盎然，引人入胜。宋代著名画论家李澄叟在《画山水诀》里曾提出这样的观点：“朝晴晃朗，暮翳阴昏，舍屋不在多间，渔钓有时而作。藤蔓仍依古木，窠丛簇于山头。”[①]考察钱载的西湖、木兰、秦蜀等山水诗群，我们会发现诗人在再现诗境时自然而然地应合了中国山水画设色构图的美学原则。

（三）风格多样，视角宽广，以奇崛为正，以柔丽为辅，在刚硬语言塑造的山川形象之外，诗人还多了一份田园诗般的恬淡与安详。

如：“南山翠起沃焦顶，西涧清流盘石坡。竹树田园都若此，耕桑

① 俞剑华编《中国古代画论类编》，第620页。

儿女复如何。四周阡陌西湖少，两境鱼盐大海多。丙舍关门任风雨，焙茶烧笋一春过。”（《南山》）南山，在诗人故居澉浦，与诗人庐舍“丙舍”相邻。青春暇日，和风四来，告老还乡的钱载开轩眺望，但见“南山翠起”、“西涧”盘坡、竹林放青、桑麻弥野，阡陌纵横而湖光敛迹，渔盐繁华而海波荡漾，他的心情随一缕淡淡的茶香飘向远方，任它云起云落，总是自在自为。再如：“一湖南北两湖长，水网牵还岸网张。燕子飞来山笋出，菜花鱼上菜花黄。”（《菜花鱼歌二首》其一）“涧上松万枝，桃李松荫开。不如辞涧去，那必问涧来。”（《西涧五绝句》其四）“灯蕊开花昨夜红，画船相唤出城东。鹁鸪声散村村雨，杨柳楼高面面风。”（《南湖泛饮》）“晓露满畦蚕豆绿，晚风连顷菜花黄。”（《篱门》）“杨柳初丝亚文杏，木兰如玉照樱桃。”（《村居》）“南港几湾星聚落，东风多树鸟飞鸣。”（《南九曲》）“九曲湾环绿浸涯，一筇彳亍髫鬖髟。圃梅南北半飞片，篱卉万千齐报芽。”（《九曲二首》其一）从以上充满盎然生机，近乎行歌的诗句里，我们真正体验了解脱束缚，从名利场走向大自然的钱载本真的人生快乐，与前期山水诗相比，此刻诗人的风格如同其心境已达参透世情，归于恬淡的境界，他时常泛舟家乡的南北湖，在鹅黄翠绿间穿行，尽意享受自然带给他生命中最后的快乐。在所有田园风味的山水诗里，《泛舟》当是殿末之章：“绿鸭波晴昼催暖，赤马船轻人唤伴。意行有路波摇摇，路转无心船缓缓。……麦苗沿岸豆花香，菜花满田水满塘。桃树斜红李花白，参差杨柳湾宽窄。……海上远山百里间，山外隔江见越山。桨牙蝴蝶飞相逐，吹急东风又一湾。”春水绿波，轻舟小桨，诗人随波款行，任情所之，麦苗泛青，豆花飘香，桃红李白，杨柳依依；看远方，海上仙山隐约，隔江越峰隽秀，而眼前则是蛱蝶乱舞，和风扑面。这是怎样一幅色彩明艳而层次清晰的春光图，又是怎样一个充满无限生机，蕴含活力的自然场景，只有感悟了生命，离却了尘俗之后，诗人才能达于此种美的境界！

钱载年老归田，每日徜徉于湖渚阡陌之间，游走于故乡的街巷市井之中，身心完全溶于乡土、乡音和乡情之内，除了尽情赞美自然风光之外，他还将笔触延展到颇富童心童趣的民俗民风方面，使我们仿佛看到了几百年前江南小镇的生活情景：“十店青帘又夕阳，儿童竿木也逢场。丁丁弦响村风急，灼灼桃开水岸香。富厚易传苏季子，是非难管蔡中郎。不成买醉欣然坐，摇鼓咚咚自卖糖。”（《小店》）“柳桥桑岸复何因，红色旗竿处处新。穿茧作灯村女献，缚船将草野巫陈。农蚕往岁皆如愿，土地今年倍有神。”（《水庙》）街巷小店，弦索嘹亮，一副社戏的场面恍忽入人眼帘；而水庙肃穆，香烟袅袅，则深刻表现了人生祈求幸福的夙愿。这种充满民情民俗的画面真实地再现了诗人生活年代的乡村实景，具有一定的认识价值。

钱载生于康熙晚期，成长并成名在乾隆盛世，他的一生几乎和乾隆一朝相始终。在位高名重的庙堂诗人中，他是一个欲以自己充满个性特征的创作实践来冲破陈式，引导新风尚的奇崛之人。对此诗学功绩，清代诗人许宗彦在《题黎二樵〈五百四峰草堂诗〉却寄》中评说道：“邕和清庙瑟，明靓倾城姝。俗士忌自立，好学邯郸趋。……何人善变辟风格，近来禾中少宗伯。”[①]尽管钱载以硬语生新的诗风开辟了诗坛新境，但其过分追求奇僻，以“生硬槎枒”（杨钟羲《雪桥诗话》）之语入诗的习惯给其诗歌创作带来了令人费解，甚至感官别扭的弊端，使其山水诗美感和境界大打折扣。如：“傍城南未已，奈复碧堪染。岸阔人家廥，沙明灯火渐。”（《漓江晚思》）“空声出霄分，暗响及卧次。三更逾悲悽，一寺尽诧异。谢公起而言，是乃辛公至。”（《将至铅山》）“隐尝招太白，名自晦淳于。皖国舒州在，刘琨祖逖无。”（《望司空山》）“钱塘天竺寺遥辨，凤县心红峡近争。”（《画眉关》）“谓之曰峡以狭胜，山峡水峡遑知他。初过浣石铺，将上滴水岩。峰连峰夹青巉巉，峰身树交绿不芟。”（《五丁峡歌》）此类诘屈聱牙之句，用俚词、助词和口语化入诗的例子在钱载山水诗中随处可见，这些既呈示了诗人的语言风格，同时又影响了他山水诗整体审美价值的高度。

钱载以下，浙江诗人还有张庚应值一说。

四、张庚的山水诗

张庚（1685—1760），原名焘，字溥三，又字蒲山，自号瓜田逸史，

① 见《清诗纪事》，第5391页。

一号弥伽居士、白苎村桑者，浙江秀水人。监生，乾隆元年荐应博学鸿词试。有《强恕斋集》存世。李濬之《清画家诗史》记曰："幼与钱文端同学，画得南楼老人传，山水清洁雅秀，尤精鉴别，著《画征录》，足资研究画法。"①

张庚一生坎坷，"七岁而孤"，既无力延师请教学问，又没有叔伯兄弟互相约束切磋，他的成长，以至成才全靠先天颖悟和后天努力。在《强恕斋诗钞・叙》里诗人自述道："以是肆其情之所欲，年十二、三即矢口为诗。好画，则无择人物写真、山水花草、鸟兽虫鱼楼阁；好书，则无择篆隶八分、正楷行草飞白；见奕棋，又好之，至废寝食，冬月手背瘃肿，忍痛就好，手布子独坐，则以名谱覆之；见鼓琴，又好之，甚至筭数卜筮，击剑踏踘，见即好，好即习，……康熙壬辰，年二十七岁，授经枫江，乃屏弃一切，专力于书画；亦屏弃一切，专力山水，诗与画，本表里，书为画之源，故兼之。然于书，犹常辍，不甚力。古文性所嗜，然不妄作。……自三十岁后，惟是三物相寻，以迄于今。"由此自述，我们即能见出张庚天资聪颖，兴趣广泛，且多才多艺，术业既有专工，特长又旁涉多门，他是一朵在孤寒环境里顽强绽放的奇葩。

张庚生平足迹遍南北，与当时著名诗人杭世骏、桑调元、刘青芝（襄城人）、陈德荣（安州人）等交情甚密，诸人对其诗文褒扬有加。张庚因多才多艺，且致力于书画创作，所以世多闻其艺名，王昶《湖海诗传・蒲褐山房诗话》曰："浦山工于山水，世多以翰墨称之，不知学问淹博。……古文简朴，五七言古体诗颇见古人堂奥。"②《四库全书总目》评曰："庚少孤贫，卖画养母，以余力为古文。"虽然诗文是张庚"余力"所为，但在他的诗文中融入了诗人的身世阅历和艺术感悟，所以就显得沉着绵密，且气韵秀逸非凡。其同学友人舒瞻在为《强恕斋诗钞》作的序言中说："浙西张氏多以诗文起家，而禾中浦山征君独以布衣老。读其《强恕斋诗钞》，古体居多，律则什之四焉。盖浦山自幼为客于外，尝浮大江，游秣陵，至东鲁，谒孔林，北游上谷，徘徊满城故

---

① 李濬之编《清画家诗史》，浙江人民美术出版社 2014 年版，第 468 页。

② 见《蒲褐山房诗话新编》，第 27 页。

地；东探泖湖，泛吴淞江，西由严濑，访三天子都，南由钱塘会稽，渡甬江，又南而涉章江，望庐山，抵双井，拜黄文节墓，又次汉南，登岘首山，度三关，止梁孝王园，上吹台；复由潼关至成都谒诸葛武侯祠，足迹几半天下，宜其诗之高深灵秀，发乎古，以成诗家之所难。造物能以布衣困浦山，而不能以双屐困浦山，此则浦山诗之所自诩为独工也。”

张庚“足迹几半天下”，其山水诗创作亦遍江南北，显出内容丰富、涉历广泛的特点，如写秦蜀道中风物，他说：“立马古关口，巍巍岗阜重。黄河自西来，绕趾流淙淙。两峰峡陡立，一发中曲通。”（《函谷关》）“陗壁镵苍玉，矗立凌层霄。……下窥杳无底，但见长林梢。飞泉激乱石，腾响振奔潮。”（《马鞍岭》）“才涉观音碥，又升箕头关。仰首望白道，一缕空中蟠。……不亲蚕丛峻，宁赋蜀道难。”（《箕头关》）“山深千余里，辟境多灵奇。……连岩忽削立，百丈叠碟砢。……灏气接呼吸，天风拂裳衣。”（《龙洞背》）雄关漫道、栈路萦纡、崇山连嶂、阴翳遮天，这是张庚笔下秦山蜀水的形貌特征。再如写西南山水，他描述道：“丛峰忽相合，苍翠郁沉幽。入深路逾峻，陡壁峡洪流。……哀猿啼断续，古木盘蚴蟉。奇花媚晚色，瘦竹清翛翛。”（《三桥峡》）“泸水何雄使，洪声振山椒。山脉渐以促，峡势旋相交。……砰硼激乱石，屈曲沸层坳。玉龙行蜿蟺，白马肆桀骜。”（《泸沽峡》）“晒经关外山重重，崎岖杳霭穿云丛。……四山飞瀑汇陡壑，震惊百里雷行空。……转崖忽见乱水淙，白波卷沫喷回风。”（《自平夷堡至海棠城七十里皆急涧巨壑》）西南，古称徼外蛮荒之处，高江急峡，险要异常，瘴疠时出，诡谲万端，张庚侧身其间，百感交集，心潮涌动，挥笔写下记事、抒情、绘景熔为一体的西南山水之歌。又如阳刚与阴柔兼有的江汉山川，在诗人写来，更添情致：“盖牖松停千尺翠，绕门泉走一泓清。”（《自信阳历罗山孝感山行》其一）“丰年村落情逾美，晴昼林峦气更殊。”（同上，其四）“黄鹤楼上风烟秋，黄鹤楼下江水流。……来朝更上晴川阁，仗此孤筇且纵游。”（《登黄鹤楼》）“四面并穷千里目，一江远出万山流。……游子何关兴废事，乡园望断海云浮。”（《登江陵雄楚楼》）江风四面、晴川历历，楚河汉界在诗人眼里既风情万种，又寄寓深沉，有一股浑厚苍凉的历史感。

张庚行游万里，既非王命所在，亦非娱情悦性，很大程度上，他的游历与生计相关。所以张庚的山水诗自然就寄寓了身世之感与人生之叹："于山叹观止，于险惊绝俦。自笑白发翁，有此南荒游。"（《三桥峡》）"今来值霁爽，万象灿自呈。栖栖感徂岁，仆仆怅劳生。"（《大树铺山家》）"自古高人不远役，名区只数江之东。可怜白头为糊口，亦欲渡泸穷遐踪。"（《自平夷堡至海棠城七十里皆急涧巨壑》）"半幅酒旗溪口店，数声牧笛枣林村。天涯游子心谁识，鲁国儒生道自尊。"（《丙辰冬十月归途次济宁》）"山色江声似往年，登楼此日独潸然。……满头白发悲生事，怅望云中铁笛仙。"（《重登黄鹤楼》）由于见山起意，临水生情，故而张庚的山水诗在浙江诗群中更多了一份苍凉悲感的气韵。诗人有一首《自题独行图》，或可为其悲感身世的山水诗篇作诠释："踽踽独行迈，脉脉俨若思。所思苦无益，独行苦无依。问年已四九，潦倒常苦饥。……亦知岁月去荏苒，究将何所置此身。吁嗟此身无所置，苍茫一往看天地。"天高地远，人老岁荒，独立无边无垠的宇宙之间，诗人心路迷茫，不知所之，其情何堪！

虽然孤贫苦寒，但张庚对艺术的追求和领悟却是契而不舍、既精且深。他的山水诗受其山水画造诣的影响，显得层峦巍峨而苍波明秀、云烟滃郁而神韵百出。在《橅巨然夏山欲雨图卷》《题王麓台仿梅道人山水》《王石谷临李营邱山阴泛雪图歌》《题米元晖云山卷》《纪画歌》《倪云林溪山无尽图》《董文敏山水图歌》等长歌式的题画诗中，诗人一再表述了自己对艺术的理解，对山水自然的钟情，这些题画诗总体反映了张庚的美学精神，成为他创作山水诗画的艺术宣言。"有时潇洒江之湄，江花漠漠江波吹。有时傲兀崇山头，白云泱漭乾坤浮。有时森木茂阴下，若见鼪鼯听山鹧。有时烟村茅舍中，桑麻鸡犬随村翁。有时孤亭对清涧，有时小舫荷风晏。拂面风来忽又薰，疏帘清簟槐阴氛。架前高拥三十轴，豪气直欲凌青云。……君不见古来著作林，每当困踬方洗心。画图亦是千秋业，此乐悠悠独我寻。"（《纪画歌》）将诗比画，以画喻诗，张庚在艺术追求和审美趣味上可谓达到诗画合流、互相生辉的境界。

第七节 磨盾倚马 羽书飞传

——高士奇、孙士毅的塞外、藏游山水诗论

诗歌以地域而论，这是因为相同的地缘容易产生诗人心灵上的共振与和谐，从而在文学艺术的审美精神上能得以普遍认同。浙江诗群因受历史背景和地域关系的影响形成了诗史上众所公认的“亲宋”倾向，他们把宋诗的精髓熔铸到自己的创作实践中，使其不断升华发酵，就成了顺康以来浙派诗歌的艺术坐标。正如先师所判断：“他们的以‘史’之学济诗，是紧紧结合‘宋诗学’研究的史学史识，与稍后兴盛于南北的考据之学、金石之学迥异。于是‘浙派’所构成的是这样一种微妙景观：……徜徉的空间原是南宋京畿之域，足可神驰往昔，构想与宋诗心魂相交游；治的是探究宋诗本事的稗官史乘。此即为清代‘宋诗派’的或一形象和特质，而从历史规定性来说，是指清中叶前后的‘浙派’形象和特质。”①由于这种地缘关系生成的诗歌风尚，后之学者极易将其等同于宋诗的翻版，给他们打上学宋的历史印记，从而在人生遭际上把他们定位为不合时宜、否多泰少的失意者；在诗歌风格方面又归纳为险崛、幽秀、瘦硬、怪诞，善用迥异常人的语词和视界阐发自己隐幽心声的苦吟者。其实全面考察清代浙江诗群，他们的构成成分是多样的，除了前述命途多舛的查慎行，游离于封建统治集团之外的厉鹗、杭世骏、胡天游、全祖望等人，还有一些位登人臣之极，随侍皇帝左右的“御用文人”，比如康熙朝的高士奇、乾隆朝的孙士毅等就是典型代表。高士奇是清初金台诗人中的势力显赫者，孙士毅则与吴中诗群的毕沅相颉颃，尽管他们在诗歌创作上用力甚勤，建树颇丰，但由于其特殊的社会身份和政治地位，所以好多治诗史的学人绝少提及此类诗人，致使他们的诗歌成就被永久地尘封于历史的烟云中。论述清代山水诗如果少了这些诗人那是万万不

---

① 见《清诗史》，第 873—874 页。

能的，因为他们的山水诗从内涵上不仅另辟中国古典山水诗的新境界，而且还是后人认知康乾盛世开疆扩土、统一祖国、稳定边防、加强民族大融合的诗化史料；就艺术风格而言，他们打破了浙派一贯传承的审美风尚，表现为语言的流畅生动，意境的悠远绵长，抒写手法的蕴藉婉转，句式格律的工整圆润，由此体现了地域诗文化的多元化特征。

一、“铿然而金和，温然而玉绌”

——高士奇的塞外扈从山水诗

高士奇(1645—1703)，字澹人，号江村，浙江钱塘人。在康熙朝的大臣，亦即廊庙诗人中，高士奇与张鹏翮不同，他既非科班出身，亦非位极人臣，更没有张鹏翮清正廉洁的崇高声望，但作为天子近臣，高士奇的地位曾一度臻于炙手可热的程度，连当年推荐过他的权相明珠都谦让其几分。《清史稿·高士奇传》记其生平曰：“幼好学能文。贫，以监生就顺天乡试，充书写序班。工书法，以明珠荐，入内廷供奉，授詹事府录事，迁内阁中书，食六品俸，赐居西安门内。康熙十七年，圣祖降敕，以士奇书写密谕及纂辑讲章、诗文，供奉有年，特赐表里十匹、银五百。十九年，复谕吏部优叙，授为额外翰林院侍讲。寻补侍读，充日讲起居注官，迁右庶子。累擢詹事府少詹事。”[①]郑方坤《清吟堂诗钞小传》对高士奇的身世记叙更为耐人吟味：“自少好学能文，家固贫，年十九之京师，以诸生就京闱试，不利，落魄羁穷，卖文自给，新岁为人书春帖子，往往自作联句，用写其幽忧牢落之怀。偶为圣祖皇帝所见，大加击节，立召见，旬日之间，三试皆第一，于是简入内廷供奉，旋授内阁中书舍人，擢翰林院侍讲，洊升詹事府少詹事。嗟夫！先生一孤竖寒儒耳，当其留滞长安，三旬九食残杯冷炙，时遭戴安道之辱，卒能以文学自奋，致身霄汉之上，故论凌云之际遇，则与气冲星象，表词感帝王尊者，同其煊赫。……先生素谨，慎口不言，温室树徒。以不由科目骤致通显，朝士多侧目，会有造蜚语上闻者，赖

---

① 见《清史稿》，第1360页。

天子仁圣，放归田里，曲示保全之意。越五年，复以原官起用，仍内值如故。”①

高士奇以一介寒士入京都，因书法精良经明珠保荐而受到康熙青睐，再加之善用机巧，故立朝不久便得康熙宠信，他与徐乾学、王鸿绪、王顼龄、何楷等相互结纳，共为党援，招权纳贿、扰乱朝政，因此受到言官弹劾，其中“左都御史郭琇劾奏曰：‘乃有原任少詹事高士奇、左都御史王鸿绪等，表里为奸，植党营私，……士奇出身微贱，其始徒步来京，觅馆为生。皇上因其字学颇工，不拘资格，擢补翰林，……士奇日思结纳，谄附大臣，揽事招权，以图分肥。……是其罪之可诛者一也；……结王鸿绪为死党，给事中何楷为义兄弟，翰林陈元龙为叔侄，鸿绪兄顼龄为子女姻亲，俱寄以心腹，在外招揽。凡督、抚、藩、臬、道、府、厅、县及在内大小卿员，皆鸿绪、楷等为之居停，哄骗馈至，成千累万，……是士奇等之奸贪坏法，全无顾忌，其罪之可诛者二也；……又于本乡平湖县置田产千顷，大兴土木，杭州西溪广置园宅。以觅馆糊口之穷儒，忽为数百万之富翁，试问金从何来？无非取给于各官，官从何来？非侵国帑，即剥民膏。是士奇等真国之蠹而民之贼也，其罪之可诛者三也。’……疏入，士奇等俱休致回籍。”②郭琇，山东即墨人，康熙九年进士，十八年授江南吴江知县，因其“材力强干，善断疑狱”，“居官七年，为江南最”，被汤斌荐举，“圣祖特许”，“授江南道御史”。郭琇“疏劾明珠与国柱(余国柱)结党行私”而“直声震天下”③，后又疏劾高士奇、王鸿绪“植党为奸”，凡经其疏劾之人，均遭“降黜”、“休致”等处分。康熙一朝，沿袭明末陋习，党争十分剧烈，郭琇疏劾明珠、高士奇等人，既有被弹劾者本身的污点，同时亦不无党争之嫌。对朝臣间互相倾轧的弊端，康熙洞悉甚深，且痛之颇切，语见《清史稿·王鸿绪传》，兹不赘述。

在清代诗人汇成的波澜浩瀚的洪流中，高士奇不过是一朵微小

---

① 见《国朝名家诗钞小传》卷一，《清代传记丛刊》第24册，第123—125页。

② 见《清史稿》，第1360—1361页。

③ 同上，第1358页。

的浪花,但论述清代山水诗,高士奇是一个无法逾越且不能被遗忘的诗人。他的山水诗不但视觉独异,题材迥别,而且还因其负载着一段可歌可泣的悲壮史实而具有深厚的历史与社会价值。高士奇山水诗的价值是和康熙年间征服葛尔丹的战事紧密相关的。康熙年间,为了巩固边防、融合民族、收复失地,朝廷举全国之力,在东、西、南、北实施了取台海、定西藏、平准噶尔之乱的正义战争,这几次战役,从战略上为今后中华民族的统一,疆域的延展,边防的稳定起到不可估量的作用。据史载,葛尔丹恃强凌弱,野心勃勃,一直骚扰并侵犯西藏、蒙古等部落,成为北方边疆不容忽视的祸患因素:"(康熙)二十九年,……六月,……戊寅,葛尔丹追喀尔喀(喀尔喀即外蒙古,《蒙古逸史》曰:外蒙古又称外札萨克,蒙人自称曰喀尔喀,分四部落。笔者注)侵入边。……秋七月,……辛卯,葛尔丹入犯乌珠穆秦。……八月乙未朔,……抚远大将军裕亲王福全大败葛尔丹于乌阑布通,……丙子,葛尔丹以誓书来献。上曰,'此虏未足信也,其整师待之。'三十年辛未春正月,……葛尔丹复掠喀尔喀。……三十四年,……八月辛丑,博济奏报葛尔丹属下回子五百人阑入三岔河汛界。"[①]此外,由国家图书馆分馆编,线装书局2003年出版的《清代边疆史料抄稿本汇编》第15册之《蒙古逸史》第三章对葛尔丹侵占喀尔喀,给喀尔喀人民造成的灾难有详尽载录。鉴于葛尔丹猖狂恣肆的分裂行径,为了大清,亦即后来中华民族领土的完整性,康熙皇帝决意御驾亲征,"三十五年丙子春正月甲午,下诏亲征葛尔丹。……抚远大将军伯费扬古大败葛尔丹于昭莫多。……葛尔丹以数骑遁。……三十六年,……二月丁亥,上亲征葛尔丹,……夏四月甲子,费扬古疏报闰三月十三日葛尔丹仰药死。……上率百官行拜天礼。"葛尔丹的败灭使北方,以及西北一线进入空前大一统的时代,所以康熙对这几次战役取得的胜利极其看重,他曾派员祭天、祭地、祭祖宗先师,向他们报告煌煌伟业。高士奇的山水诗就是其扈从亲征时用亲眼所见、亲身所历、自心所感的第一手资料对那场彪炳史册的战事的实境再现,他的山水诗

---

① 见《清史稿》,第50—52页。

与后来孙士毅、杨揆等的卫藏山水诗，以及诸多诗人的台海山水诗一道遥相照应，成为后人回思怀念祖先开创基业、平定边患、统一疆域、稳固边防的实体鉴证。

就高士奇从军征战山水诗的价值，其同时代诗人评价甚高，彭孙遹在《清吟堂集序》中说：“江村先生具瑰丽博大之才，负湛深灏衍之学，笼罩百家，发皇万象，巨构鸿裁，敷华扬藻，足以鼓吹休明，垂不朽之绝业。……皇上亲总六师，扈从沙漠，栉风沐雨之时，被诏赋诗，磨盾草檄，皆援笔立成。……故凡山川之所游陟，时事之所感触，景物之所流连，绝无愤懑堙郁之气。贮于胸次，形之于诗，铿然而金和，温然而玉绌。”[①]尤桐《序》曰：“丙子有厄鲁特之变，皇上三驾亲征，先生执鞭扈从，遍历河套沙陀之地，寒风朔雪，屡著□劳，然而磨盾倚马，不辍翰墨，……盖世有非常之才，然后有非常之遇，有非常之遇，然后有非常之功。非常者，固常人之所异也。”[②]高士奇门人海宁卢轩的《序》亦评道：“吾师宫相公以道术文学受知圣主，……又当黄钺三巡，荡除边寇，公有行必从，瀚海交河，周旋尽瘁，……扈从则属橐鞬，随豹尾，仰雷霆之赫濯，历山川之阨塞，磨盾墨笔而成，直与皇矣、常武诸篇相表里焉。”（同上，第三页）高士奇被世所称道，能表现其“铿然而金和”，且与“常人”有“所异”的塞外扈从征战山水诗主要见诸《清吟堂全集·清吟堂集》之第三卷、第五卷、第七卷、第八卷，以及他所撰拟的扈从日记中。《清吟堂全集》共九十六卷，是诗人一生长歌短吟的诗作结集（《清吟堂全集》包括：《清吟堂集》九卷；《神功圣德诗》一卷；《恭奏漠北荡平凯歌》一卷；《扈从东巡日录》二卷、《附》一卷；《扈从西巡日录》一卷；《独旦集》八卷；《归田集》十四卷；《经进文稿》六卷；《竹窗词》一卷；《蔬香词》一卷；《城北集》八卷；《宛西集》十二卷；《随辇集》十卷；《随辇续集》一卷）；此外，高士奇还有《松亭行紀》一卷 、《塞北小钞》一卷、《扈從紀程》一卷，及上述《扈從东巡日录及附录》《扈從西巡日录》等，这些著作是诗人多次随驾出巡或亲征时撰拟的日记体舆地著述，被多种笔记大观和舆

① 见《清代诗文集汇编》第166册，第1页。

② 同上，第2页。

地类丛书收录，比如《小方壶斋舆地丛钞》、台湾新兴书局版的《笔记小说大观》等。因为高士奇有皇帝侍从的身份，再加诗人喜好舆地考证，故而其所撰纪行类的著述极其详尽而入微，是研究东北、西北和蒙古历史地理必不可缺的参考资料。

从历史事件来看，高士奇的塞上蒙古山水诗与张鹏翮有前后相承的因果关系，据《清史稿·圣祖本纪》载："二十七年，……三月己亥，增遣督捕理事官张鹏翮、兵科给事中陈世安，会内大臣索额图与鄂罗斯议约定界。……夏四月甲寅，以厄鲁特侵喀尔喀，使谕葛尔丹。……六月庚申，阿喇尼奏葛尔丹侵额尔德尼招，哲卜尊丹巴、土谢图汗遁。发兵防边。……九月壬申，遣彭春、诺敏率师驻归化城防边，是时喀尔喀为葛尔丹攻破，徙近边内。"①张鹏翮一行去鄂罗斯的目的是勘定中俄边界，当其时大清势力如日中天，谈判态势对中方极为有利，但因葛尔丹侵略喀尔喀道路阻塞，中国使团只好被迫中途返回，错过了最佳的谈判机会，这个事件不仅影响了当时，而且还给后代留下深深隐患。康熙亲征葛尔丹的重大意义就在于平定北方边乱，使中华民族大一统的疆域不至于落于分裂分子之手。

高士奇的山水诗南北相间、东西纵横，既有归养解职后对故乡杭郡风物的吟赏，又有扈从东巡时对东北奇崛山川的素描，还有随辇巡游时对所历迥异风光的礼赞，但在其跌宕繁复的山水旋律中，最引人入胜，且能把我们的心绪带入一个激情贲张，天光云影相徘徊的奇丽山水之境的，当属其随康熙御驾亲征葛尔丹时所创作的山水诗章。高士奇的塞外蒙古山水诗和同时代的张鹏翮、钱良择，后来的塞尔登等构成清代蒙疆山水诗的主流，但在抒写地域的广阔，表现主题的多样方面，高士奇远超其他诗人，因为张、钱对蒙古风光的描绘仅限出使沿途所历，呈线性分布，而高士奇则随大军走遍内、外蒙的所有疆域，甚至到达宁夏一带，体现为扇面布局。因书写角度的不同，所历情境的相异，故而高士奇的蒙疆山水诗内涵更丰富、笔势更生动、气韵更充沛，因之就更具历史价值与生态参照价值。

---

① 见《清史稿》，第49页。

征葛尔丹战役是康熙亲自主持下的一场决定蒙疆安宁稳定，多民族进一步融合，边防趋于巩固的正义战争，故此这场战役被高士奇等诗人写来便激情澎湃，金甲耀日，旌旆高扬而战马长啸，其场面之雄壮令人骨折神惊。在《二月三十日圣驾亲征葛尔丹告祭发京师恭纪二十韵》中，诗人就为他的塞上出征山水诗定下了长歌激荡、热血奔涌，又艰苦卓绝的抒情基调：“圣德超禹夏，皇威迈汉唐。一夫无不获，四海尽来王。……号令雷霆疾，声灵日月光。”虽然出征的道途艰险，冰封雪覆，瀚海苍茫，但在诗人心中，平乱的大军犹如“洪波漂蚁子，重辙碾螳螂”，一鼓可荡平葛尔丹的势力。正是这种豪情贲涌的壮士胸怀的激扬振荡，才使高士奇的塞外征战山水诗充满了雄宏壮阔的阳刚之美。如“萧萧冷雨湿行装，骤雪迷离覆远疆。风劲马难廻铁勒，夜寒身獨拥狐裳。”(《雪夜宿崑脑儿》)“云凝曙色薄，古树翻饥鸦。……凭高送远目，四面天周遮。……尚德不在险，天下今一家。”(《长城岭》)“土俗习骁悍，猛气负贲育。百雉俯川原，万马肥苜蓿。”(《神木》)“滚滚流沙水色浑，经过容易断离魂。……折戟抛来销欲尽，颓墩废久势还蹲。”(《过无定河》)“贺兰山势雄，天险横嶕嶢。……夏多未解冰，冬有隔年雪。……扩地罄青海，挞伐扫蚁穴。”(《望贺兰山》)高士奇三次扈从出征，其足迹踏遍蒙古辽阔的草原和山峰，且远渡黄河，经榆林、花马池、无定河，到达塞上重镇宁夏，其间经历无数宋、明为防边所筑的长城及其关塞遗迹，面对磊磊孤坟荒冢，重重颓垣残壁，他在山水诗中对景抒怀，既写军威之壮、军行之艰，又抒心中渴盼和平、稳固边疆，让“戈甲永销浑不用，八荒之外尽为家”的仁者情怀。

虽然高士奇的塞外军旅山水诗以磅礴的笔势极力渲染了康熙御驾亲征的煌煌战绩，表现了空前的阳刚之美，但蒙古一线万里封疆，地势繁复，且生态优美，在呈示刚崛料峭、苦寒瘦劲一面的同时，还有令人沁入心骨的阴柔之美。高士奇以诗性的情致在行军的间隙，用柔美的笔墨尽意地给我们谱写了一曲辽远悠长的草原牧歌。在诗人笔下草原物种繁盛，呈现一派勃勃生机：星月同辉而鸟鼠共穴，泉水清澄且游鱼自在得乐；鸟鸣、花香、云影、山色交相编结成一幅烂若云锦的塞上风景画。如写草原之夜，诗人用如梦如幻的笔法说道："举头北斗觉南移，夜永边笳静不吹。小幔虚闲来月影，遥空阒寂断风丝。……今古寒辉同一色，何缘诗句说秦时。"（《大漠对月南苕司马随斋学士乾斋侍读见过六叠前韵》）"塞天无际月轮升，照徹寒沙草上冰。两见盈亏岁将晏，归途征信尚难凭。"（《仲冬望日鄂尔多思对月》）又如写草原野花烂漫、香气袭人的情景，他不无怜爱地说："平芜聊散步，雨后一花新。照野色流艳，拂鞯香染人。"（《塞外雨后行山谷间见野花》）"野花开满地，晓望锦模糊。那得滕昌佑（滕昌佑，唐末五代画家，字胜华，本为吴人。《宣和画谱》记有滕昌佑茶花作品《山茶家鹅图》一幅，被宋徽宗藏于宫廷。宣和御府藏其作品六十五幅，九幅为画牡丹：《牡丹睡鹅图》二幅、《湖石牡丹图》一幅、《龟鹤牡丹图》四幅、《太平雀牡丹图》一幅、《牡丹图》一幅。笔者注），丹青用意摹。"（《塞望》）再如写塞外游目所见的自然山光，诗人轻轻捻出，便是一幅幅水墨小品："秃山无数乱纵横，沙韭沙葱满地生。芳草天涯何处是，愁边孤月一痕明。"（《塞外杂咏十三首》其二）"开遍金莲花满川，艳黄经雨色新鲜。採来亦有香盈把，聊破羁愁过眼前。"（同上，其六）"云山绝好塞垣图，浓黛轻烟晓暮殊。野外八屯分畜牧，马牛千里富青刍。"（《自湖滩河溯至三坌（岔）》）尽管是鼙鼓动地、硝烟弥漫的军旅之际，但蒙古草原特有的旖旎景致在高士奇笔下还是得到了最佳展示。

康熙不但是一个雄才大略、胸怀仁厚的战略家、政治家，而且还是一个酷嗜自然、钟情山水的行吟者，他一生除亲征葛尔丹等战事活动外，还巡游南北，目的是宣慰边地少数民族，考校山川，查访民情，正是这样的皇帝，才成就了像高士奇一样的追随"属车豹尾"以巡游四方的"御用文人"。作为康熙的近侍，高士奇每巡必从，每从必有文字以纪其行。《扈从东巡日录》是诗人康熙二十一年随辇出巡东北时写的行程日记，此次扈从出巡张英、王士祯、陆棻、徐乾学、毛奇龄以下诸人均有赠诗以"宠斯行"，陈廷敬、汪懋麟、朱彝尊为其作序；《扈从西巡日录》为康熙二十二年扈从巡幸五台山的"日录"，是编徐乾学、王士祯为之序；《塞北小钞》是康熙二十二年扈从巡幸塞上时的实录，陈廷敬、严绳孙为之序；《松亭行纪》是"康熙二十年三月"，高士奇随侍康熙“奉太皇太后行幸温泉兼巡塞外”时的日志，徐元文序该书时首先指出其价值所在“能赋者，则熟悉其原隰山川之广陋，道里之夷险；能名者，则习知其草木鸟兽虫鱼百物之情状，以辨夫土风而察乎物理，而政教出焉，学识广焉。”同时徐元文进一步概括高士奇作为“起居注官”所撰实录的现实意义：“首书上膳谒陵，以章圣孝之纯笃；纪御制诗，以著宸藻光华；志列围射虎，以明神武之余略；述宽城驻跸之明谕，以见不忘创业之艰难；序宴赉蒙古四十八部落，以示柔远之模，圣朝威行塞外之盛。至于舆图方名之外，博采旁罗，纤微具足，足备昭代之典故，而资文人之谈咏者非一。以此知传所谓卿大夫之选者，非高君其孰当之也。”[①]徐元文的观点基本反映了包括朱彝尊、毛奇龄、徐乾学、陈廷敬等人序文的主旨，作为皇帝的文学侍从，高士奇的诗文确实是后世研究探讨康熙盛世一段可贵史实的重要典籍，所以在诗史上忽略这批诗人的地位有些遗憾，甚或不公正。

高士奇的扈从纪行录与清代其它诸多纪行的舆地著述一样，亦文亦诗，诗文相辉映，深度表现了诗人所历之山川的形体状貌，既给后人留下了考校疆域沿革和山河形势的历史材料，又让人沉浸濡染，体验了自然山水的美感特质。作为真正意义上的“御用文人”，高士奇的纪行山水诗毫无矫揉造作之弊、雍熙雅颂之气，相反却处处流溢着自然自在自为、海天空阔的无限生机，其笔法老到，刻画准确，造境深邃，任情豪宕，堪称清代廊庙山水诗中的典范之作。如写“东巡”所见，诗人说到：“霏雨凌芳晨，轻阴散林薄。修坂被青苔，穷崖吐红药。……憩足惬幽赏，晚烟张翠幙。松倚云欲堕，海静潮初落。”（《游千山》。千山在辽阳，为关外名山，高士奇《扈从东巡日录》纪其胜况曰“疏雨蒙蒙，湿翠沾衣，辽左诸山，土多石少，此独积石磊砢，巑岏骇目。峰峦丛叠，以千数计，此山之所由名也。”）“凭栏四望豁远目，惚恍灵变难周穷。初看水面摩青铜，轰雷忽动势震撼。耳畔飒飒鸣惊风，碧沙腾涌银涛拆。……大瀛澄泓散霞绮，扶桑照灼初阳红。”（《澄海楼观海歌》。诗人《扈从东巡日录》纪山海关形势曰：“澄海楼在关西八里许，飞栋承霄，层檐接

---

① 见《笔记小说大观》第3编第6册，第5907页。

水，楼前有台平临海岸，海水溯湃台下，初望海水深碧，万里无波，天风忽来，殷雷四震，遥见海上银涛矗立，沖瀜沆瀁；少近岸，则元浪飚飞，颓波云驶，登楼下望，水及衣裾。”）再如写塞外扈从所经，诗人笔意婉转，写出大漠风光的千重妖娆：“塞行日厌山，骋望少平陸。北上更峇岆，缭曲往而复。……蒙茸草树繁，鸟径殊逼蹙。向午闻鸣蜩，临风振轻縠。”（《十八盘岭》。十八盘岭，在居庸关附近，高士奇《塞北小钞》记曰：“十八路尽兔径鸟道，止能通人，不可行马。今十八盘岭，或即德胜岭。”）“崒嵂双峰日已西，空山寂寂鸟频啼。依稀樵径无人迹，只有花香送马蹄。”（《自双峰寺望上盘山》其一），“千仞耸危岫，孤高数上盘。……天外松风落，崖边草色寒。尘襟一以涤，独立感无端。”（《上盘绝顶》。盘山，燕京名山，高士奇《松亭纪行》记游盘山缘起曰：“上曰：‘明日当经盘山，尔曾游否？’臣士奇对曰：‘昔闻盘山乃畿辅名胜之地，未曾登历，每切梦想。’上命侍卫一名同臣明日往游，兼谕臣士奇曰：‘上盘、中盘及李靖庵、静业庵，林木泉石，尤为幽邃，不可不到，须穷一日之力，从容眺望也。’臣拜命而出。”）除诗之外，高士奇的纪文足可当一篇文字优美，意境超远的盘山游记，现引述一片段，以观高士奇写景记事的高超技艺：“策马行二十里许，遥望峰崖层峭，怪石磊落，松栝千株，扶疏高下，悉托根石上，丛条交阴，时方春夏之交，景物明媚，山花半谢，山鸟乱啼，细路崚嶒，马为屡却，憩李靖庵。”[①]高士奇的扈从塞外山水诗不但内涵丰富，而且风格多样，韵味百出，如“行路宵严夜月明，万山络绎影纵横。清添风拍吹笳壮，光动龙堆牧马惊。紫塞苍苍绵大漠，黄榆历历暗长城。天教此地分中外，秦汉徒多用武名。”（《月夜望塞外山川》。诗人记写作背景曰：“驻跸拜查，月色如昼，夜深立幕外，望塞上山川，巉岩络绎，围拱中原，山空夜半，万籁阒寂，惟闻御营行漏，时传岩谷答响，邻幕诸人俱以熟睡，独立沉吟，赋诗二首。”）“乔松千余株，枝枝尽奇娇。远望清岑边，似在白云表。雨过林壑清，天空初日晓。”（《扈从塞外杂记》其三）高士奇的扈从山水诗意义不但在自然的审美价值，更重要的通过这些写实性的诗作，我们深切感知了清初社会走向大一统的雄阔气象，以及康熙作为一代英主开疆拓土、抚近

① 《松亭纪行》，见《笔记小说大观》第3编第6册，第5909页。

怀远的艰辛努力和远大志向。正如诗人所说：“一自八荒归雨露，边陲万里尽亨衢。”（《黄花山》）“新诗句句关山壮，何似前人羽猎篇”（《扈从回京》）

高士奇以一介穷儒，闯荡京城，他与众多士子一样，试图通过科举走向封建统治集团壁垒森严的阵营，但淹蹇的命途使他未能如愿，相反成了京城的漂泊者。如果不是侥幸得遇明主，他恐怕只能是一个靠一技之长而谋食于人间社会最底层的游民。所以他作为皇帝的侍从文人，其感恩戴德之情如时人所言是发自内心的，毫无恶意阿谀奉迎之处，正是时代造就了高士奇一类的“御用文人”，也正是高士奇一般的“御用文人”使清代诗歌史多了一个值得认真研究并深入思考的诗人群体。高士奇不由科甲而致大显，并深得康熙宠信，这不能不引起朝臣倾轧，在清初党争剧烈的背景下，高士奇的处境尤为艰危，诗评家郑方坤站在客观的角度分析了诗人的遭际和生平，有为贫士鸣不平的意味，因对高士奇人品的推重，所以郑方坤评价他的诗风曰：“所为诗，诸体具备，丰而不失之靡，约而不失之促，和平尔雅，而不为钩章棘句之习。所谓和其声而使鸣国家之盛者，云蒸龙变，微斯人吾谁与归？”[①]作为真正的廊庙诗人，高士奇堪称御用文人之最，但郑方坤作为有卓识的诗论家，还是很清醒且公正地看到了高士奇用自己的“和平尔雅”之声“鸣国家之盛”的诗歌特质，并站在正面立场，给予其高度评价。

二、“间关边塞，磨盾草檄”

——孙士毅的川藏军旅山水诗

孙士毅（1720—1792），字智冶，号补山，浙江仁和人。乾隆二十六年（1761）进士，二十七年，清高宗南巡，召试一等第一名，授内阁中书，军机章京 ，迁侍读，充戊子科四川乡试正考官；同年冬，随大学士傅恒征缅甸，叙功迁户部郎中，擢大理寺卿，出为广西布政使，擢云南巡抚，因李侍尧案牵连，被夺职，遣戍伊犁，“录其家，不名一钱，上嘉

① 见《国朝名家诗钞小传》卷一。

其廉，命撰校《四库全书》，授翰林院编修，书成，擢太常寺少卿。”[①]此后，孙士毅历任山东布政使、广西巡抚、两广总督、兵部尚书、军机大臣、四川总督、两江总督、吏部尚书等。

孙士毅一生虽有“故善和珅”而被士林訾议的瑕疵，但他转战南北，为稳定边防，巩固国基，缓和与周边少数民族以及番属国的关系立下了不世之功，且其位极人臣、清廉自守的官声及人品尤为乾隆嘉赏，故除任封疆大吏和朝廷重臣的实职外，其受封的荣衔亦令人喟叹，比如多次被赐双眼翎、图形紫光阁，卒后被“赠公爵，谥文靖”等。关于孙士毅的生平，除《清史稿·孙士毅传》等一类正史之外，袁枚的《太子太保文渊阁大学士封一等公孙公神道碑》一文有更详尽、更生动的载述。

孙士毅在浙江诗人中位至封疆大吏，且征战东西，其声望与吴中诗群中的毕沅相埒，虽然他没有毕沅延揽人才，惜才爱才的清誉，但孙士毅对诗学的耽溺，对诗歌创作的专情并不稍逊于毕沅；他的治军理国的才干，纵横南北东西的军旅生涯比毕沅更为丰富和广阔。

孙士毅虽为浙人，生活的年代与厉鹗、胡天游、杭世俊、钱载等相近，且其诗歌创作的旺盛期正在浙江诗派崛起于乾嘉诗坛的辉煌一瞬。但是遍阅《百一山房诗集》，我们却惊异地发现，孙士毅的诗风离浙派渐远，而和吴门诗人的诗格相近，与“性灵”诗法有异曲同工之妙。他的诗浅近自然，但不失含蓄蕴藉，格律工稳，却有民谣的轻快活泼，语言摆脱了浙江诗群普遍存在的奇崛险仄，有类袁枚式的滑嫩爽口。作为寒士起家的封疆大吏，孙士毅的诗创作一如其为人，清洁简静，平易近人，略少廊庙诗人的严峻之色。正如袁枚在《神道碑》中所言：“公好整以暇，歌咏临戎，可以想见其平生之局量矣。……公虽风裁山峻，而贞不绝俗，……刻意怜才，一介之士辄与抗礼，……家本寒素，能耐艰险。”[②]缘于共同经历鼙鼓震天、矢石交集的烽火岁月，孙士毅与王昶，尤其赵文哲交好，同赵翼、杨揆唱酬不绝；出于和性灵

① 见《清史稿》，第1557页。
② 见《广清碑传集》，第559页。

诗的灵犀相通，孙士毅对袁枚礼敬有加，正是这样的诗界友情，才使孙士毅形成了与浙派其他诗人迥不相犹的创作风格。时人评孙士毅的诗歌风尚曰：“学博气厚，精深闳阔，若泛大瀛海，其中金银宫阙，珊瑚木难，滉漾怪发，而澄涵渟蓄莫穷其际。”①“公少长贫贱，阨于乡里，久之始得第，故其诗多感激奋厉郁抑慷慨之思；迨献赋通籍，从容制诰，而诗体一变；间关边塞，磨盾草檄，而诗体又一变；持节乘轺，宣风迈德，……终于筹边绝徼，身老兵间，而诗体又屡变而不穷。要其根抵深厚，文文章章，有黄钟大吕之音，……非寻章摘句之士所可望见者，此则公之所独至也。”②

孙士毅“精深闳阔”、“澄涵渟蓄”，“诗体又屡变”而“不穷”的“有黄钟大吕之音”的诗歌特征，在其山水诗创作中映现出来，就犹如金顶佛光，呈示出一片庄严华美、瑰奇陆离的大家气象。如早期写钱塘观潮，诗人利用视觉、听觉和感觉的立体效果，笔势淋漓地渲染出钱塘大潮撼人的气势：“电车煜煜灵胥怒，云旗霏霏天吴骄。……潮头屹立一千丈，天河倒泻昆崙愁。……江神玩险出奇谲，失势一落百里呈秋毫。……百川渟蓄尾闾洩，剧怜精卫填空劳。”(《钱塘观潮歌》)《钱塘观潮歌》是孙士毅最早的山水诗代表作之一，这时的诗人如初生牛犊，怀着睥睨天下的凌云壮志，借撼人心目的钱江大潮抒发了他的少年心志，其诗情狂放且诗境阔大，诗意上穷千古，而诗思漫溢于古往今来的历史洪流中。再如写雪中渡太湖的情景，诗人以“雪夜”为背景，通过闲适澹荡的笔墨，给我们展示了一幅冰清玉洁的琉璃图：“湖波卷雪雪无力，湖水翻空作雪色。江城浩淼白无际，莫釐峰头一点黑。……远帆不动空中行，近帆欲与飞鸦争。”(《雪夜渡太湖》)又如写栈道崔嵬险绝的形势，他说：“云栈从天来，光景逼西颢。……浮埃荡洮陇，晴曦失炎皞。”(《入栈》其一)《入栈》是孙士毅“奉命典试

① 〔清〕郭麐《百一山房诗集·后序》，见《续修四库全书》第1433册，第515页。

② 〔清〕苏去疾《百一山房诗集·序》，见《续修四库全书》第1433册，第361页。

四川”，道出秦蜀古道时所作，诗人用工笔细描的手法，通过历险的心理感受，把“落日大散关，横云七盘岭。”(《入栈》其二)的千里蜀道逼真地凸现出来。另外，绘摹西南边关高江斗怒、群山壁立的山川形势，孙士毅更是笔底挟带风雷之色，把它们如电如雾又似风的绝世姿容展现无遗：“绝险限蛮夷，犬牙势相抗。垂天作阴窦，卷地为巨浪。夺隘气汹汹，入峡响悢悢。……禹力所不到，山川各奔放。”(《铁壁关》)“戛鸠江深没马腹，马尾多拖江水绿。……当归花开红欲然，槟郎两岸浓荫圆。”(《渡戛鸠江》)“绝磴逈青冥，线路盘如丝。如丝复宛转，白云来间之。”(《相见坡》)“昆弥以南天嵯峨，东廻洱海西榆河。点苍罗浮互襟带，中有鸡足遮羲娥。……我来拜佛佛莫笑，果能度世何论他?”(《鸡足山访大迦叶尊者华顶道场》)

孙士毅一生足迹遍南北，而且他几度入川滇黔粤，有从征缅甸、安南、台湾、廓尔喀的战事阅历，故其山水诗题材甚为丰赡，凡东西南北山水佳处均现其毫端。以上所举仅为诗人不同时地所创制山水诗的几个片段，吉光片羽，颇能折射诗人诗艺之一斑。除了江浙、闽粤、滇黔、秦蜀山水诗作，本文着重一说的是孙士毅的藏游军旅山水诗。

乾隆五十六年(1791)，廓尔喀侵后藏，朝廷“命摄四川总督，督饷。士毅自打箭炉出驻察木多，师已入后藏，复驰诣前藏，馈运无匮。……五十七年，廓尔喀平，……偕福康安、和琳驻前藏谋善后。福康安率金川土司入觐，命士毅再权四川总督。”[①]孙士毅的藏游诗就创作于诗人为征藏大军转运粮草，并处理西藏善后的戎马倥偬间。

藏游诗规模宏大，体式多样，主题鲜明而内容丰富。就其规模和体式而言，共包括二百五十首各体诗章，其中有五、七言古诗、律绝，还有杂言，长歌小唱，交互错杂；就主题与内容来说，涉及军旅、地理、生态、民俗与民情，如此繁复庞杂的内涵又统摄于惊心动魄的平乱安藏战事，主线一贯，脉络分明。孙士毅的赴藏诗共三卷，被他的孙子孙均编排于《百一山房诗集》第九、十、十一卷中，因其具有独特的视界和极高的社会价值，今人吴丰培先生将之从《百一山房诗集》中析

---

① 见《清史稿》，第1558页。

离出来,命名为《百一山房赴藏诗集》,与杨揆的《桐花吟馆卫藏诗稿》成双璧之势而并列于《川藏游踪汇编》。

孙士毅入藏时已是七十二岁的古稀老人,但从他的诸多咏怀言志,尤其纪行记事的山水之作中,后人很难把他与一位白发苍然的老者联系起来,相反,通过百多首恺切的军旅山水诗章,我们能聆听到烈士暮年壮心不已的灵魂呐喊:“感恩自唱军中乐,垂老能为剑外游。”(《奉命总督四川简鄂大司马前藏》其一)“莽莽山楼接大荒,桓桓士气尽飞扬。……臣颇老矣空遗矢,马革酬恩愿未偿。”(《奉命驻打箭炉筹办征调事宜》其一,诗人自注:士毅自请出师,未蒙俞允。)孙士毅虽然没有实现“自请出师”,亲率大军参与战斗的悲慨愿望,但为大军筹集粮饷,督运军需进藏的重任亦非常人难以担当,其间路途之艰、时日之迫、任务之巨、山河之险可以考验每个人的意志和灵魂。袁枚在《孙公神道碑》中曰:“上命公往打箭炉办理军需,其时大兵已进后藏,而前藏为军营要道。公督理粮饷,路经察木都、瓦合山等处,上下七十二峰,嵚崎屵嵲,盛夏积雪下消,凝为冰稜,人马无驻足处,公令土人立山顶,以绳系腰悬缒以下,身带糈餔和雪而食。每遇险辄以身先,人多感奋。凡器械军粮,无不如期而至。”[①]孙士毅督运“器械军粮”由打箭炉一路飞渡大渡河、平羌江、七纵河、雅龙江、金沙江,翻越二十四盘、飞越岭、大雪山、二郎湾雪岭,经破碉行乱石中,辗转于茫茫无边的荒原草地间,接着连续翻越西藏名山瓦合山、赛瓦合山、丹达山,冒风冲雪,过冰海,涉激流,昼夜兼程,最终到达军行目的地。

孙士毅的藏游山水诗就是以其随军出征的行程为线索,忠实而真切地描述了发生在乾隆五十六年那场平乱安藏战争的艰巨与激壮,同时也为川藏高原的奇异山川留下了迥绝人寰的大美影像。在孙士毅笔下,川藏一线的山川首先是雄壮挺峻,撼人心魄的,他把军旅之情与山川之形有机融合起来,就使其藏游山水诗自始至终充满激越高亢、姽欹巍峨的浩然之气和刚健之美。如写川藏之险峰峻岭,诗人笔势如铁划银钩,豪情迸发地描绘道:“筰山盘如龙,一盘龙一

① 见《广清碑传集》,第558页。

曲。……岚翠扑衣袂，揽箸手可掬。……峡云开堂皇，窈窕见深谷。……绝处忽有路，开朗豁心目。”(《二十四盘》，诗人自注：即筇笮山)“问汝雪山高，但见马蹄下踏星辰色。问汝雪山白，但见沙上行人人影黑。……坡陀牢落不知几千仞，人尽攀崖马衔勒。……铁衣裹绵如裹雪，魂魄都为雪所蚀。……望中烟火是巴塘，又向山南转山北。”(《大雪山》)“前山下甲贡，后山上瓦合。……冰中出石稜，锋利穿革鞜。……倒影挂绝壁，云雾自喷歙。……相沿禁发声，山灵怒嘈杂。……山气忽澄霁，岚翠一襟纳。”(《瓦合山》)“昨经瓦合山，自晓直至晦。……今从恩达来，迎面一峰对。……边风砭肌骨，人马同鹢退。奇峰露嶙岏，彼险此更赛。”(《赛瓦合山》)“丹达山头神鸦飞，阴风飒飒飘灵旗。……层冈积缟愁云低，白日匿影山鬼悽。……将军虽死骨如铁，魂绕千峰万峰雪。”(《丹达山神祠》)从川西到藏地，其间雪山巍峨，险峰无数，孙士毅以壮士勇赴国艰的悲慨情怀，将亲身历险的情状如数家珍般地娓娓叙来，便有上述令人魂飞梦惊的山水章句。筇笮山，又名邛崃山，在明黎州守御千户所北五里。清雅州府荥(又作荣)经县南，清溪县北。《清史稿·地理志》记曰：“荥经……南：邛崃、瓦屋、大关。荥、经二水为邛水上源，荥水出邛崃山。……清溪，……县北五十里有大相公岭，即荥经之邛崃山。大渡河一名泸水，在县南，自打箭炉入。”①孙士毅以《二十四盘》为诗题，形象逼真地刻划了“筇笮山”屈折如盘龙的蜿蜒景象，其笔法如行云，始终游走在虚无飘渺的天际间。大雪山，在清理番直隶厅之梭磨宣慰司境内。《清史稿·地理志》记曰：“大溪，源出梭磨土司东界大雪山，东南流，亦入大江，……梭磨宣慰司，厅西北，旧为长官司，乾隆四十年设置，大溪源出司境大雪山，东北流入厅。”②孙士毅率军飞跃“大雪山”，他神魂俱被晶莹剔透的巍峨雪峰所倾折，故而诗人怀着朝圣样的心情写下雪山的赞歌：“问汝雪山高，但见马蹄下踏星辰色；问汝雪山白，但见沙上行人人影黑。……翻疑鸿蒙世界本如此，又疑火繖炎宫不

---

① 见《清史稿》，第556页。

② 同上，第560页。

奉职。”雪山，是川藏线上的一道奇观，除著称的“大雪山”外，还有其它冰峰闪耀的高原奇景，顾祖禹在《读史方舆纪要》中记曰：“玉堡山，司南五里(指明四川所属天全六番招讨使司。笔者注)。亦曰玉垒山，以积雪如玉也。其相近者又有白崖山，矗立如雪，亦名雪山。《图经》：‘自长河西至董卜砦二百余里，皆绕雪山而行。’雪山垂尽有山曰大铁围山，盖西境高寒，山常积雪，故多以雪山为名。”[①]允礼的《西藏往返日记》详述曰：“余因避遮多山瘴，自泰宁东南行，进鸦落沟，入谷口数里，山岭突兀，林木葱郁，憩下板厂，望雪山高耸，烂然如银，期间复含碧色，光芒射目者，万年冰也。……《元和志》大雪山，一名蓬婆山，胡三省《通鉴注》：蓬婆岭其地在雪山外；金履祥书注：岷山数百峰，大雪山三峰闯其后。……盖大雪山绵亘番界，《禹贡》弟指蜀江所发，以为岷江导江，其实江源在大雪山，犹导河积石而河源却在崑崙也。”[②]孙士毅的川藏军旅山水诗因山就势，依景写情，他的诗笔前后相续，始终围绕冰峰皑皑、银光滉漾的异境而绽开情感的宣泄：“山中飞雪不飞雨，雪下蛮江即春涨。……我行直到飞鸟背，性命转轻神转王。”(《二郎湾道中度雪岭数层》)“秦鞭中断长城缺，连峰东走不肯折。一线横截天山腰，乃是阴崖古时雪。塞外六月严寒生，雪花夜与天山平。……倒啮青天白齿齿，冻云不动死灰色。”(《雪城行》)“丹达山，何窈窕；丹达雪，何皛皛。绵延七十里，长空绝飞鸟。盛夏若严冬，滉漾入云表。……罡风倏助虐，玉山忽推倒。”(《丹达山雪中吊亡者》)青藏、滇藏，尤其川藏，以冰峰雪山著称于世，就象黄山云雾、泰岱霞光、赣滩激流、秦蜀古栈一样，它已经固化成为一个区域的地理标志！孙士毅以古稀之龄、诗人之情、壮士之志，万里飞度，灵魂化成一朵雪花，一粒冰晶，久久萦绕在那片神圣的纯净山水间：“到处云为幄，经年雪作城。奇观吾已足，真不负斯行。”(《阿南多道中》)瓦合山、赛瓦合山、丹达山，皆川滇入藏必经之天路。瓦合、丹达的概况参见本文第十章“杨揆的山水诗简论”，此不赘叙。赛瓦合山，介瓦合、丹达之

---

① 见《读史方舆纪要》，第 3430 页。

② 见《川藏游踪汇编》，第 89 页。

间，清人丁耀奎撰《西康行军日程》记曰："巴里郎进沟三十里上朔马喇山，俗呼赛瓦合山，山距最高远，诸山如阡如陌，如畛如畹，层折环列于足下，山顶亦平原如瓦合。"[①]孙士毅的《瓦合山》、《赛瓦合山》、《丹达山神祠》、《雪城行》前呼后应，一气呵成，从不同视角，不同层面，全线展示了入藏行程的激壮和悲慨，虽然诗人歌吟礼赞的是千年不化的银峰冰川，但透过这些令人肃然神惊的山水诗章，我们仿佛回味还原了那场伟大而艰巨的民族战争的惊魂场面。

青藏、川藏，乃至滇藏，不仅是华夏群山朝宗的圣地，而且还是众派发源，万川映月的母腹，在这里既有涓涓细流，还有浩浩江河；既有天堑之称的峡谷，还有洞鉴人们心灵被目为"海子"的高原湖泊，这些无论浅吟，还是怒吼；不管奔放，还是安详的高原河湖，与其高可及天的银峰雪山一道构成了世人永远无法破解的自然奥秘。在孙士毅写来，川藏的河湖溪涧，甚至变化无常的风雨雷电都令人生心空万物的雄奇感。如："众峰趋越嶲，远势连牂牁。……天河忽倾泻，百里闻惊涡。绳桥驾宛虹，浮艇刳灵鼍。"(《大渡》)"宛虹饮涧首下垂，匹练下界青山陲。……明珠万斛溅白雨，水花拂面寒生肌。……奇观本不域中外，乃知天地原无私。"(《头道水道中瀑布甚奇》)"雅龙发源自青海，奔流日夜东南行。长江万里此分派，蜀道横截峨岷经。……倒走银山作平地，长虹水面横庚庚。……四面见冰不见水，马蹄蹴作冰棱声。……此江上下亘三渡，上接银汉窥天彭。"(《雅龙江浮桥》)"江流漾金沙，丹灶化阴汞。片云从西来，雨势不旋踵。……中流起盘涡，应有沙脊壅……生平仗忠信，肯为波涛恐。"(《雨中渡金沙江》)"山凹平湖四十里，直下黄泉冻连底。……冻云不散连愁烟，迈比万顷琉璃田。白日下射作寒色，倒影定亦成冰天。"(《冰海行》)"一泓海水青接天，阅尽桑田几清浅。……此水西来抱山趾，一碧溶溶四十里。……或云其下最深广，孕育文犀高十丈。……或云深处通蛟宫，金堂贝阙辉瞳昽。……我来昏旦无此异，但见四围落空翠。"(《阿咱山下海子歌》)上列是孙士毅写川藏江河湖泊、溪涧激流的山水诗代表作，它们

① 见《川藏游踪汇编》，第484页。

与描述冰峰雪岭的诗章交互辉映,共同折射出那片佛国净土的圣洁和刚劲。

《大渡》写著名的川西南天险大渡河。大渡河在明黎州守御千户所南九十里。《读史方舆纪要》曰:“源出徼外,经雅州芦山县北而入州境,自州西折而东南入建昌行都司界。”因大渡河是界限南北,控扼东西的天堑之处,所以自古便成防卫吐番东侵的重地,唐仪凤三年(678)置大渡县,属雅州,大足初(701)改属黎州。宋代设大渡镇,属汉源县。《清史稿·地理志》记曰:“雅安,……青衣江,一名平羌江,俗称雅河,即大渡水。自芦山入,至县北门外,东南流入洪雅。……清溪,……大渡河一名泸水,在县南,自打箭炉入,与越嶲分水,穿凉山夷界,入峨边为中镇河。”[①]宋乐史《太平寰宇记》“罗目县”条曰:“大渡河,一名沬水,在县南一百八十步。源出嶲州界来,经县东入龙游县界,水出麸金。”[②]又“卢山县”条曰:“大渡水,从生羌界来,流入浮图水。”[③]南宋祝穆《方舆胜览》曰:“青衣水,出庐山徼外,东南流迳严道、洪雅、夹江,至龙游与岷江合。青衣,以县名;一名蒙水,以山名;一名大渡,以溪名。”[④]关于大渡河的形胜,《读史方舆纪要》阐述为:“自昔设险于此以御蛮夷。”[⑤]《方舆胜览》则曰:“《寰宇记》:‘大渡河自吐蕃界经雅州诸部落至黎州东界,流入通望界,入黎州,为南边要害之地。唐时大渡之戍一不守,则黎、雅、邛、嘉、成都皆扰。建隆三年,王全斌平蜀,以图来上。议者欲因兵威复越巂,艺祖皇帝(指宋太祖)以玉斧画此河曰:‘外此吾不有也!’于是为黎之极边。曩时河道平广,可通漕身,自玉斧画河之后,河之中流忽陷下五六十丈,河流至此澎湃如瀑,从空而落,舂撞号怒,波涛汹涌,舡筏不通,名为噎口,

① 见《清史稿》,第556页。

② 见《太平寰宇记》,第1512页。

③ 同上,第1552页。

④ 见《方舆胜览》,第939页。

⑤ 见《读史方舆纪要》,第3119页。

殆天設险以限夷、狄。’”①孙士毅的《大渡》以“众峰”奔趋的激壮“远势”为起笔，将大河奔流、关山横渡、军行之疾、军争之烈的纷繁主题归纳于国家一统、华夷无限的宏图大略中，遂使诗境显出雄阔苍劲、礴磅超远之势。

《头道水道中瀑布甚奇》写行军途中所见之高原陡涧飞流的奇丽景象。头道水，西距打箭炉四十五里，前人记其地貌曰：“行五里头道水，沿山岸而行，峻岭临江，又五里至二道水，高崖夹峙，耸立水中。山后有瀑布飞涌而下，其声如雷。果亲王(即允礼)有诗云……”②姚莹的《康辅纪行》记曰：“高崖夹崎，一水中流，居民皆在山麓，水声呼訇如雷霆，岩上有瀑布，夭矫喷礴，亦一大观。”③孙士毅紧扣“两崖夹峙”的地利特征，写出“头道水道中”所历瀑布“甚奇”的迥异之处：其形如“白龙飞出”，曲折夭矫；其势似长“虹饮涧”，一气贯注；其色若“匹练”，划破“青山”；其韵像“秋涛”“倒卷”，“明珠”交“溅”；其声犹铁骑突至，丝竹袅然。置身如此奇异的山水境界，诗人慨然发出“奇观本不域中外，乃知天地原无私”的惊呼感叹！

《雅龙江浮桥》和《雨中渡金沙江》前后映照，二诗均以独具的思路和惊人魂魄的笔墨点染了川藏线上两条闻名于世的天河。雅龙江，在清康定府境内，《清史稿·地理志》曰：“康定府：要。……雍正七年，移雅州府同知来治，置打箭炉厅，仍隶雅州府。光绪三十年，升直隶厅。三十四年，升府，改名康定，隶康安道，……东南：大雪山。东北：郭达。西南：折多山，为入藏要道。鸦龙江即古若水，自青海境发源，南流，迳府西南入冕宁。大渡河即古涐水。”④金沙江，川康界云南之大川，因流经区域广阔而名称多有差异。《读史方舆纪要》载曰：“马湖江，在府(明马湖府。笔者注)南，即金沙江也。自乌蒙府流入

① 见《方舆胜览》，第1001页。

② 〔清〕吴崇光《川藏哲印水陆记异》，见《川藏游踪汇编》，第338页。

③ 见《康辅纪行》第一卷。

④ 见《清史稿》，第557页。

府界，经蛮彝长官司南，又东流迳府城南，至叙州府界流合于大江。”[①]又曰：“金沙江，在府(明乌蒙军民府。笔者注)西南二百九十里。其上流自会川卫界会泸水流经东川府界，又东北流入府境。”[②]又曰：“金沙江，府(明东川军民府。笔者注)西百五十里。其地有金沙渡，蛮人凿大木为槽以济，即金沙江津口也。一名纳彝江，又名黑水。”[③]“金沙江，卫(明会川卫军民指挥使司。笔者注)西南二百五十里，源出吐蕃，迳云南丽江、鹤庆、姚安、武定之境至卫界，又东合泸水，至废黎溪州为马湖江。其江昔有岚瘴，隆冬人过，虽袒裼皆流汗，惟雨中及夜渡无害。夹岸皆石，江中沙土黄色，因名。”[④]在“云南大川”条，顾祖禹对金沙江载述更详，可参阅。《清史稿·地理志》“巴安府”记曰：“色楮河即金沙江，自三岩入，迳府西至得荣入云南丽江。”[⑤]雅龙江、金沙江异派而同流，它们交互纠结缠绕，由川、青、藏交界一路向南，再转东南奔冲而下，《清史稿·地理志》“登科府”条叙曰：“鸦龙江自甘孜入，入瞻对。巴冲楮河自巴塘入，下流入金沙江。”[⑥]孙士毅的诗歌既切中雅龙、金沙的江山形貌和地理胜概，又融入军旅的激扬慷慨，写出诗人为国家大业而不畏艰险的壮士情怀：“雅龙发源自青海，奔流日夜东南行。长江万里此分派，蜀道横截峨眉经。……我从千骑东方来，甲光照耀银棱明。……梅花羌笛奏凯乐，归期应及春风生。”(《雅龙江浮桥》)“邮程志双堠，已过竹巴笼。……银竹万条直，明珠满江涌。……生平仗忠信，肯为波涛恐。”(《雨中渡金沙江》)

渡过金沙江，翻越宁静山，诗人的眼前便豁然呈现出另一番令人心魂俱惊的纯净景象：“寒冰如海海水深，长风东来吹不起。……蛟龙僵卧过三春，六月雷霆破冰出。”(《冰海行》)“混沌何年凿海眼，山

---

① 见《读史方舆纪要》，第3407页。

② 同上，第3413页。

③ 同上，第3417页。

④ 同上，第3475页。

⑤ 见《清史稿》，第557页。

⑥ 同上，第587页。

灵乞哀不得免。……璇源不许别派连，要蓄清泠浴龙子。……仙人跨背时出游，海立云垂山震荡。……夜静往往发光怪，明珠的烁珊瑚红。”(《阿咱山下海子歌》)“冰海”在“擦竹卡道中”，乃“山凹”中一湖泊，其“周围数十里”，至“冬春冻如平地，可通人马往来”，因此孙士毅将其“名之曰冰海”。“冰海”与“海子”是西藏高原最有魅力的景观，她们在雪峰的环抱与映衬下，如湛蓝晶莹的宝石镶嵌在纯净高洁的雪域间，其神光可以洞彻人们的灵魂，使凡夫俗子瞬间受到心灵的净化。“阿咱山海子”的阿咱山，在拉里西南约五十里，上有海子，名阿咱泊。清范铸《三省入藏程站纪》曰:“擦竹卡《通志》作擦褚卡。有热水塘，过山凹中有一湖，约宽七八里，长十余里，冬春冰如平地，行人履之无所怖。……阿咱，……有海子，名阿咱泊，长四十余里，有独角兽为怪。”[①]清张其勤《炉藏道里最新考》记“海子”曰:“随上鲁公拉大山，山如怪石堆成，上下数十里，无咫尺坦途，……积雪厚尺许，终岁不消。下山，约四十里至海子尖，海子有二:大者面积可数百亩;小者不过十余亩。中有小溪相通，水皆作青绿色，深不见底。……下坡有海子(此处海子即孙士毅所写“阿咱山下海子”。笔者注)，即扎穆纳裕池，宽可里许，长二十余里，水平如镜，青碧色，俗传有独角兽，时出为怪。”[②]吴崇光《川藏哲印水陆记异》曰:“在阿咱海子左边行，两旁高山夹海子，直至海子尽头处三十里矣。相传此海深通龙宫，海中有独角蛇偶时出现。”[③]孙士毅的《冰海行》与《阿咱山下海子歌》两篇蝉联，以“歌”“行”的长篇体式，用对比鲜明的艺术手法，分别写出“冰海”和“阿咱泊”殊异迥绝的形态。吟味此诗，仿佛令人置身寒光闪烁的“万顷琉璃”世界，又若恍入充满迷幻的龙宫仙窟，身心顿时化成万朵冰雪的精灵，飞升于纤尘无染的超人间境界。

通过以上粗线条勾勒，我们已概见孙士毅笔下川藏山水的壮美雄浑之势。作为壮士，孙士毅把一腔报国的激慨之情寄寓在雪峰、峻

---

① 见《川藏游踪汇编》，第 430 页。

② 同上，第 403—404 页。

③ 同上，第 351 页。

岭、湍波、怒浪等高原特有的山川形态中泼洒出来，就构成空间上不断变换延展，时间上前后相随，主旨上始终一贯的山水画卷，其所透析的阳刚之美，刹那间可以摄人心魂。作为诗人，孙士毅特别偏爱唐诗的浑深与醇厚，并对性灵派的创作旨趣极为追捧，因之，他在山水诗中着力营造清新俊发的悠远之境，以及澹然自在的诗歌风致，如此则产生其川藏山水诗的第二个审美特征，即轻快怡然与清隽杳深相溶的阴柔之美。如：“萧条绝壁片云留，玉篴梅花下陇头。今夜平羌江上过，依然山月半轮秋。”（《夜渡平羌江》）“河湟西入大荒流，二月穹庐已作秋。残月晓风一声笛，有人今夜坐碉楼。”（《杨柳铺作塞外柳枝词》其七）“不断淙淙碧玉流，遥山如黛雨初收，出关大有销魂地，红柳飞花扑马头。”（《自东俄洛至卧龙石得诗八首》其一）“峰寒木亦瘦，沙净水逾清。到处云为幄，经年雪作城。”（《阿南多道中》）“残星共月沉，晓烟作云起。水平渐无声，惟见波瀰瀰。白石纷可数，清流忽见底”（《自江达至顺达循河行六十里》）“踏遍千峰万峰雪，夜行忽见林梢月。月光照雪雪逾寒，雪中见月月尤洁。……十里五里行不已，万朵芙蓉生脚底。”（《月夜行鹿马岭道中》）以上不管是川西高原平羌江的夜月、杨柳铺的晓风、东俄洛道中的“红柳飞花”，还是藏东雪域“阿南多道中”的寒峰净沙、“江达至顺达”的“残星”“晓月”、鹿马岭的“月光”“雪”光，都在在呈现出诗人对川藏高原心魂相交的一片赤子之心，没有对那方山川的心灵交会，就不会吟咏出如此叫人心碎的玲珑诗句；没有对诗艺的不断锤炼和对诗歌美学价值的深刻思考，就不会将世人闻而色变的徼外绝国表现得那么缠绵悱恻，让人生出魂牵梦萦的向往之心。

清代入藏、出藏的文人墨客似过江之鲫，络绎不绝，而礼赞雪域佛国的诗篇亦如满天繁星，让人凝睇仰视，目眩神迷。但在前后相继的赴藏诗人中杨揆和孙士毅堪称双峰并峙的雄杰，他们有共同的心灵历炼，有相似的诗学追求，更有相近的社会角色标识，即战士、志士和诗人。孙士毅与杨揆从不同的视野和高度，以其奇崛激昂的诗风，既给世人全面展现了青藏、川藏一线迥异绝伦的山水图景，让那块美到极致的异域净土撩起神秘的面纱，又让后世深度了解了乾隆五十六年那场发生在雪域高原的民族保卫战的艰巨与悲壮。从这个意义说，杨揆、孙士毅的藏游山水诗不但具有极高的文学和美学鉴赏性，而且还是研究青藏、川藏地理、民俗、节候、交通等状况的重要资料，更是研究西藏问题，尤其民族关系，以及边疆保卫战的不可或缺的历史见证。

浙省不但有渔米之富，而且山川清嘉，自然资源，尤其可供清赏行吟的佳会之处丰赡无匹。这种得天独厚的自然环境孕育滋生了浙江绵延不绝的文脉，并形成独步天下的学风和诗风。从明末清初的刘宗周、黄宗羲、吕留良、谈迁、李邺嗣等，到顺康、雍乾的朱彝尊、徐嘉炎、查慎行、李良年、厉鹗、杭世骏、胡天游、全祖望、桑调元、钱载、高士奇、孙士毅等，他们前后呼应，共为表里，以其同中有异，各领风尚的诗歌创作汇成了浙江诗群的主流，这个群体学问渊博，经史兼治，而且个性特异，他们读书万卷，行程万里，凡江南北之名山大川无不游历殆遍。在与自然神光离合，心灵相契的瞬间，他们以多彩的笔墨不但为自然山水图影留形，而且还将自己的胸襟与情感渲泄出来，使山水诗境在主客一体的浑然交融中得以空前提高。

浙江一省，在清初到雍乾的百数十年间，诗才横溢、名家迭现。以上仅选取几个点，将其连成一线，则能约略看出大浙派诗群诗歌创作的概况，以及山水诗发展的脉络。除以上所提及以外，浙派诗人活动在清前、中期的当以百千计。他们在山水诗创作方面视角独特，风格变化多样，为浙派山水诗增辉不少。比如陈克绳（浙江归安人，官四川川东道）的《西藏竹枝词》、钱琦的“海外诸诗”、汤右曾的湘桂山水诗等，不仅为浙派山水诗增色，而且还为整个清代山水诗开新境。浙派诗人中山水诗成就斐然的还有诸如商震、吴锡麒、钱以垲、陈兆崙、金德嘉、陶元藻、沈廷芳、诸锦、汪沆、符曾、赵昱、王又曾、万光泰等。这批人诗歌倾向遥相趋近，又先后结成不同小联盟。浙派所倡导的清峻质实、语言瘦硬的传统被他们在百数十年中一代代传承下来，且加以不断变革，遂成大浙派诗歌创作的洪流，影响遍及满清一朝。此章论浙派山水诗始自查慎行，终于孙士毅，从时限上似不符合

“清初”的概念,但若人为割裂时代而断之于顺康两期,则不能见出浙江诗群从顺治、康熙、到雍正、乾隆的完整走向,及其因变过程。由之,时代的交替兼容当服从内容和流程的完整显示与再现。

不管怎样,从本章轮廓式的描述中,我们庶几见出,浙江诗派的产生和形成既是社会政治经济环境催生的结果,又是浙省独特的自然和人文环境孕育的结晶。在清代诗史上,特别论述清代山水诗,能与浙派抗礼且并肩的应是以吴门诗派、常州诗派为中坚的江苏诗群,只有江、浙的互相激荡,才扬起了清诗流派发展波光连天的狂潮。

第七章 “山色孤标在,江流一往深”

——叶燮、沈德潜与吴中诗群的山水诗论

自古以来,无论经济、民生、自然风物,以及人文繁盛,能和浙省,尤其杭、嘉、湖三郡相抗衡,并此消彼长、交互影响的应属位处江湖淮海的江苏,特别是号称“吴门”的苏州,故此江浙之称,尤如苏杭并举,令世人艳羡至极。如果以学术而言,明、清的江浙因顾炎武、黄宗羲而平分秋色,共领风骚;假如以文学艺术的整体成就考辨,吴中似略胜杭郡一筹,比如世所共知的吴门曲派、吴门画派、吴门诗派、吴门医派等,即使在明清之交,吴门的文学艺术亦独占天下诗坛,成为众望所归之渊薮。

吴中,特指以苏州为中心的历史文化区域,扩及明、清时期的松江一带。虽然吴地在历史上与浙之嘉兴、湖州,苏之金陵、延陵有过交互错杂的关系,但历经沧桑变化,吴门文化和其它吴地文化逐渐拉开距离,形成各自的特色。吴中,因独具的地缘优势以及源远流长的历史文化传承,它自古就是吴地的政治、经济和文化中心,春秋时为吴国首都,三国时是孙吴的龙兴之处,后来多次成江苏首府。关于苏州的历史沿革,史籍多有载录。司马迁的《吴太伯世家》对吴地的起源作了详尽叙述,是追溯吴国历史和吴地文化源头的重要史料之一。司马迁曰:“吴太伯,太伯弟仲雍,皆周太王之子,而王季历之兄也。季历贤,而有圣子昌,太王欲立季历以及昌,于是太伯、仲雍二人乃奔荆蛮,文身断发,示不可用,以避季历。……太伯之奔荆蛮,自号句吴,荆蛮义之,从而归之千余家,立为吴太伯。”泰伯、仲雍皆周太王之子,为躲避宫中即将开始的废长立幼的祸难而逃到当时号称“荆蛮”

的苏州一带，隐姓埋名、“纹身断发”，向“季历”表示了“不可用”的决心后，艰苦创业，终于立国为“句吴”。唐代张守节为《史记》作的“正义”解释说：“吴，国号也。太伯居梅里，在常州无锡县东南六十里，至十九世孙寿梦居之，号句吴。寿梦卒，诸樊南徒吴，至二十一代孙光，使子胥筑阖闾城都之，今苏州也。”[①]乐史的《太平寰宇记》曰：“苏州，《禹贡》扬州之域，……周时为吴国，……后吴伐越，越子败之槜李，即今嘉兴县界槜李城是也。其子夫差为越王勾践所灭后，又属越。后六王至无疆，为楚威王所灭，取吴故地。……后秦并其地，置会稽郡。……汉亦为会稽郡，后汉顺帝分置吴郡。宋、齐亦为吴郡，与吴兴、丹阳为三吴。齐因之，陈置吴州，隋平陈，改吴州为苏州，盖因州西有姑苏山以名郡。……唐武德（高祖年号。笔者注）四年平李子通，置苏州；……贞观八年复置嘉兴县，领吴城、昆山、嘉兴、常熟四县。……皇朝为平江军节度使。”[②]北宋苏州辖吴县、长洲、昆山、常熟、吴江五县，而将嘉兴、海盐、华亭“割出”，隶秀州。祝穆《方舆胜览》记“平江府”曰：“【郡名】姑苏（因山得名）、吴郡、吴会（《图经》：‘吴，东南一都会。’）吴门、吴中。”[③]以上是明清以前苏州，即吴门的历史沿革情况，明代改元代平江路为苏州府，直隶京师，辖一州七县。清沿明制，设苏州府，原建制不变，至“雍正二年，升太仓为直隶州，割崇明、嘉定属之。又析长洲置元和、昆山置新阳，常熟置昭文，吴江置震泽。”[④]由上述史料可知吴郡变迁沿革的大致轨迹。从“文身断发”的蛮荒之地，到人文称盛的东南望都，苏州的历史是无数代人经历艰苦卓绝的创业而形成的，它的辉煌离不开古圣先贤薪火相传的积累，也与在这块土地上日出而作、日落而息的勤劳的广大民众息息相关。

姑苏的历史和繁华不仅见之正史，而且还于方志稗史中多所反映，如唐陆广微的《吴地记》述曰：“吴国四四至：东亘沧溟，西连荆郢，

---

① 《史记》，第 1445 页。

② 〔北宋〕乐史《太平寰宇记》，中华书局 2007 年版，第 1816 页。

③ 〔南宋〕祝穆《方舆胜览》，中华书局 2003 年版，第 30 页。

④ 见《清史稿・地理志》，第 499 页。

南括越表，北临大江，盖吴国之本界也。”[①]唐时苏州辖七县：长洲、嘉兴、昆山、常熟、华亭、海盐、吴江。南宋范成大的《吴郡志》曰：“吴之土风习俗，《隋志》详矣。……其人君子尚礼，庸庶淳庞。故风俗澄清，而道教隆洽，亦其风气所尚也。”[②]又曰：“吴下全盛时，衣冠所聚，士风笃厚，尊事耆老。来为守者多前辈名人，亦能因其习俗以成美意。……吴中自昔号繁盛，四郊无旷土，随高下悉为田，人无贵贱，往往皆有常产。”[③]再如清代顾震涛的《吴门表隐》、姚承绪的《吴趋访古录》、顾禄的《清嘉录》和《桐桥倚棹录》等对姑苏繁荣景象亦多有涉及：“吴门文学之盛，明初有北郭十子合集，杨维祯选；前辈有依园七子合刻；继有续北郭十子合稿……同时又有吴中七子，皆品学推重于时。”[④]“吾吴为东南文薮，哲人蔚起，如震川、荆川、鹿门、陶庵诸大家，皆从经子成文，必以根柢立说，非徒时文之习锢之。”（蒋庆均《吴门表隐序》）[⑤]“吾吴自周初著录，代产伟人，其间山川人物、名基胜地，数千年来指不胜屈。”[⑥]“吴，古扬州地。东际大海，西控震泽，山川衍沃，水陆所凑。唐宋以来，号称繁华之区，亦江南一大都会也。”（朝川鼎《清嘉录·序》）[⑦]“吴趋自古说清嘉，土物真堪纪岁华。一种生涯天下绝，虎丘不断四时花。”（何桂馨《清嘉录·题词》）[⑧]除上所录，记载吴地山川、风俗和古迹的方乘之书，著名者还有：朱长文的《吴郡图经记》，徐崧、张大纯的《百城烟水》，袁景澜的《吴郡岁华纪丽》、金友理的《太湖备考》、陆友仁的《吴中旧事》、高德基的《平江记事》、杨循吉的《吴中往哲记》等。其它分述山川的志书，如《寒山志》《洞庭山记》《穹窿山志》《太湖七十二山记》《石湖志》等，多达数十种。

---

① 〔唐〕陆广微《吴地记》，江苏古籍出版社 1999 年版，第 1 页。

② 〔南宋〕范成大《吴郡志》，江苏古籍出版社 1999 年版，第 8 页。

③ 同上，第 13 页。

④ 〔清〕顾震涛《吴门表隐·附集》，江苏古籍出版社 1999 年版，第 363 页。

⑤ 同上，第 12 页。

⑥ 〔清〕姚承续《吴趋访古录·凡例》，江苏古籍出版社 1999 年版，第 1 页。

⑦ 〔清〕顾禄《清嘉录》，中华书局 2008 年版，第 125 页。

⑧ 同上，第 27 页。

这些闪烁着前人智慧之光，凝结着撰著者辛勤心血的方志之作，弥补了正史不采民俗民风，不录俚俗逸闻的缺憾，为我们重读姑苏繁华的历史，追溯吴门厚重的人文遗迹提供了弥足珍贵的佐料。

因为风物清峻、岁华绮丽，而人物、文学望重东南，所以吴门一直是文人笔下层出不穷，屡翻屡奇的歌颂对象。陆机文采焕发、词藻瑰丽，一篇《吴趋行》把"吴趋"古风绝畅、物华丰美的气象表露无遗；左思的《吴都赋》，铺陈扬厉、气势如虹，把"吴都"的历史、风土、人情，以及自然形貌渲染得激情四溢，恍若江海倒激、云霞流走，令人有起死回生之震撼！白居易、杜荀鹤、陆龟蒙、韦应物、张籍、刘禹锡、苏舜钦、范仲淹、苏轼、范成大等唐宋诗人，前后或守苏州，或过吴地，或寓吴门，他们在和苏城相亲相融的心灵交会中，深刻感受了吴门土风清嘉、物产丰饶、人文鼎盛的生活氛围，彩笺翻飞、彩笔灵动间，便有篇篇诗章激扬而出，使姑苏名动一时，有些诗句甚至成为吴门永久的城市名片，如"君到姑苏见，人家尽枕河。古宫闲地少，水港小桥多。"(杜荀鹤《送人游吴》)"姑苏城外寒山寺，夜半钟声到客船。"(张继《枫桥夜泊》)"阊阖城碧铺秋草，乌鹊桥红带夕阳。处处楼头飘管吹，家家门外泊舟航。"(白居易《登阊门闲望》)"黄鹂巷口莺欲语，乌鹊河头冰欲销。绿浪东西南北水，红栏三百九十桥。"(白居易《正月三日闲行》)至明清时期，吴门已成东南都会，文学艺术的勃兴，给这个素号绮丽繁华的温柔乡更添锦上之花。姑苏当时的盛况一如诗人所说："人间看尽三千界，天上移来十二楼。……斗牛宫阙当头是，何必乘槎海外游。"(徐有贞《阊门城楼初成郡守刘公瑀宴余于楼上即席赋》)"虎丘八月齐停桡，歌楼舞榭喧笙箫。大潮望后甫三日，游人尽向行春桥。"(徐崧《八月十八日同介公楞枷山看串月歌以纪之》)吴中擅园林之胜，拥湖山之景，而且吴人好冶游，每至青春暇日、秋月烂漫的佳节，总要呼朋唤侣，杂沓于花前月下，酒肆曲栏，以尽欢会。这种聚会不但反映了民风民情，而且还给文人结社提供了物质基础。缘于此，吴门绮丽繁盛的表征之一即是仕女倾城的节日狂欢，著名者如葑门观荷、虎丘赏月等。明代著名文学家张岱的小品文《葑门荷宕》《虎丘中秋夜》对姑苏岁华盛况有非常精致的描绘。此外，袁学澜的《吴郡岁华纪丽》、顾禄的《清嘉录》对清代吴门时令佳节更有详尽而精彩的载述。由于“物华天宝”滋养了一代“地杰人灵”，故而明清以来，吴门的繁盛已为天下仰慕，许多文人墨客不远千里，辐辏于此，与地产的诗人、戏剧家和画家等相互切磋，共同推进，遂形成吴门特有的种种文学艺术流派。如以戏曲成就而言，名列史册的明清作家和曲艺家有：王世贞（作《鸣凤记》）、梁辰鱼（作《浣纱记》）、陆采（作《明珠记》《南西厢记》）、徐霖（作《绣襦记》）、沈璟（作《义侠记》《红蕖记》）、王骥德（作《曲律》）、吕天成（作《曲品》）、徐复祚（作《红梨记》《一文钱》），以上明代吴门戏曲作家，其中梁辰鱼发展并形成了昆曲，是昆曲这一新剧种的奠基人；沈璟则创立了与汤显祖临川派相抗衡的吴江派；王骥德、吕天成的功绩是为戏曲的规范化确定了标准。即使在大动荡的明末清初，吴门曲派仍然活跃在文坛上，比如吴江派的作家袁晋和他的《西楼记》《金锁记》，沈自晋和他的《翠屏山》，沈自征和他的《霸亭秋》等，另外，还有吴伟业的《秣陵春》，这些曲作家承前启后，为吴门曲派在清代的发展打下了坚实基础。比如李玉，不但是清代吴门曲派的中坚人物，而且还是整个中国戏剧史上的典型代表，他的戏剧紧扣明末清初海崩山裂的惨痛现实，表现了空前忠烈慷慨的故国情怀，对大明的灭亡进行了残酷的冷思考，其代表作有《万里缘》《牛头山》《昊天塔》《千钟禄》等，特别《清忠谱》已成中国戏曲史上的典范之作。与李玉同时的吴门剧作家还有朱㿥、朱佐朝、丘园、毕魏、叶时章、尤桐、李渔等。李渔稍晚于李玉，但其对吴门曲派的贡献不下于李玉，他不仅是剧作家，而且还是剧评家。和戏剧成就相比，吴门的白话小说创作因冯梦龙的出现也达到高峰。明清以降，吴门的诗歌创作比起曲艺则更加引人注目，其流派之众，创作阵容之强，为天下冠。从明末清初开始，以陈子龙为代表的云间诗群、顾炎武为代表的昆山诗群、钱谦益为领军的虞山诗群、吴伟业为主帅的娄东诗群，他们前后推助，一直把清代吴门诗歌创作推向令天下瞩目的高峰，从而出现了吴兆骞、叶燮、沈德潜等一大批具有深远影响的诗人。由于文风炽烈、文脉昌盛，所以，清初的吴门成为天下文士众望所归的聚散处，以顺治十年的虎丘大会为例，即可见出当时的盛况：“癸巳春社，九郡人士至者几千人。……会日以大船廿余，横亘中流，每舟置数十席，中列优倡，明烛如繁星。”①

吴门文风的繁盛来自于它自身的交通、自然风物，以及经济发展。顾炎武《肇域志》曰：“金阊一带，比户贸易，负郭则牙侩辏集，胥盘之内密迩，……而诗书之族聚庐错处，近阊尤多。”②顾祖禹《读史方舆纪要》说：“府枕江而倚湖，食海王之饶，拥土膏之利，民殷物繁，田赋所出吴郡常书上上。说者曰：吴郡之于天下，如家之有府库，人之有胸腹也。”③

通过以上简述，我们大概可以推知吴门积久而成的深远影响。这种既来自社会力量聚合，又源自生态环境熏染陶冶的文化影响力是产生吴门诗群的根本所在。因为文化氛围与背景的差异，所以吴门诗群比起浙江诗群便多了一份含蓄与内敛，这种含蓄而内敛的品格和心态通过山水诗透析出来，就使吴门诗人们的山水诗风显得温润平滑、蕴藉天然，如一枚羊脂美玉，晶莹细腻，又如一丛夏日荷花，风致宛然而风韵无限。

吴门诗群的诗人，诸如钱谦益、吴伟业、吴兆骞、潘耒等，前已在相应的章节述及，此章专以叶燮、沈德潜为主线，而辅之以金之俊和吴江诗群、尤桐和吴门诗群、徐元文和昆山诗群、王昶和松江诗群，以至于一代名臣毕沅。吴中诗群在清代初年至雍乾时期经历了一个跌宕起伏、推陈出新的蜕变过程，他们在前辈诗人开拓的道路上，不断审视自己，思考诗学的本源，从而将吴门诗派导入了一个更广阔的天地。以下以时代为序，兼及诗人生活的区域，对吴门诗派的山水诗作整体考察。

---

① 见《吴梅村全集·附录·年谱》，第 1463 页。

② 见《肇域志》，第 261 页。

③ 见《读史方舆纪要》，第 1157 页。

第一节 “空山闻自性,逝水不言愁”

——叶燮及其吴江诗群的山水诗

吴中诗派的形成和繁盛,是诸多更具区域特征,而且带有世家姻亲,以及师友关系的诗人群体交互影响、共同推动的结果。在这个庞大而复杂的诗人网络中,吴江诗群因地缘关系,呈现出交通南北、纽带江浙的互动特征。对这一特征杨凤苞在《书南山草堂遗集后》中说道:“松陵为东南舟车之都会,四方雄俊君子之走集,故尤盛于越中,而惊隐诗社又为吴社之冠,汾湖叶恒奏,社中之领袖也。”①松陵即吴江,姚承绪《吴趋访古录》说:“吴江,即古之松江,汉为松陵镇。”②吴江因交通四方,风光旖旎,且物产丰美,故而自古即为人文繁盛、社盟迭兴之地。汾湖又当江浙之界,因此又名曰分湖。顾祖禹《读史方舆纪要》说:“汾湖,县(吴江)东南六十里,与浙江嘉善县分界,亦曰分湖。东合诸湖荡,又东通三泖,入华亭界,其北连诸湖港入莺脰湖。”③汾湖作为认识松陵诗群的一个窗口,它的以叶氏家族为典范的诗歌创作成就,及其诗学影响不但为吴中诗群之翘楚,而且放在清诗发展史的大背景下考察,其作用亦是巨大的。叶燮便是叶氏诗人群中一个在文学史上值得浓墨重彩大书一笔的关键人物。

一、叶燮的生平和诗学思想述论

(一)叶燮的生平

叶燮(1627—1703),字星期,又字已畦,号横山,江苏吴江人。在顺康之交的诗坛,当王士祯与赵执信论辩进入白热化程度时,能沿流探源式地对诗歌创作加以辩证和廓清,从而为诗学开一新视界的人

---

① 〔清〕杨凤苞《秋室集》卷一,见《续修四库全书·别集类》第1476册。

② 见《吴趋访古录》,江苏古籍出版社1999年版,第118页。

③ 见《读史方舆纪要》,第1167页。

物当属叶燮，《清史稿·文苑传》曰："当是时，海内以诗名者推士祯，以文名者推汪琬，而嘉兴叶燮(因历史上汾湖曾隶属嘉兴，故曰嘉兴叶燮。笔者注)，字星期，其论文亦与琬不合，往复论难，互讥嘲焉。及琬殁，慨然曰：'吾失一诤友矣！今谁复弹吾文者？'取向所短汪者悉焚之。燮父绍袁，明进士，官工部主事，国亡后为僧。燮生四岁，授以《楚辞》，即成诵。康熙九年进士，选授宝应令。值三藩乱，又岁饥，民不堪苦，累以伉直失上官意，坐累落职。时嘉定知县陆陇其亦被劾，燮以与陇其同罢为幸。性喜山水，纵游宇内名胜几遍，年七十六，犹以会稽、五泄近在数百里独未游为憾，复裹粮往，归遂疾，逾年卒。寓吴时，以吴中论诗多猎范、陆皮毛，而遗其实，著《原诗》内外篇，力破其非。吴士始而訾謷，久乃更从其说。著《已畦诗文集》，士祯谓其熔铸往昔，独立起衰。"①由《清史稿》所述，我们可以推知叶燮在清初诗史上的地位，一是能与王士祯并肩，"熔铸往昔"，为诗学发展作出"独立起衰"的贡献；二是探讨诗学源流，追溯诗之根本，著《原诗》以辩证诗学发展规律，对当时模拟古人的"皮毛"之弊，进行了无情批判；三是叶燮自幼至老，毕生致力于诗学理论的探索和诗歌创作活动，成为吴门诗派继往开来的关键人物。

吴江因地理环境造就了它的人文气脉，旺盛绵延，持久不衰。汾湖地区更是吴江联接江浙，纽带南北的中枢所在，其境内港汊河湖交错纵横，汾湖漾其前，太浦河环其右，景色优美，渔米充盈，是一方养育文人骚客的佳胜地，尤其以家族文化为特征的汾湖叶家更为这个号称三省通衢，锦绣明珠的地方增添了令人心往神驰的艳丽色彩。徐崧在《百城烟水》中说："汾湖，属二十八都。去县治东南六十里。按是湖两界中分，南北相等，南半为嘉善之境，北半为松陵之墟，故名。今里中叶氏为著姓。"②同时徐崧著录里人陆行直《致仕还汾湖问信海棠》一诗来表现汾湖世外桃源的超远繁盛景象："湖滨春水似桃源，杨柳青青燕子喧。晴日暖云歌别树，锦天绣地醉金门。"(引文

---

① 见《清史稿》，第2086页。

② 〔清〕徐崧《百城烟水》，江苏古籍出版社1999年版，第340页。

同上）叶燮家世清显，均为当世诗词名流。其父叶绍袁、母沈宜修不但夫妻倡和，在明末清初是独标一格的诗人，而且还忠节双全，成为影响子女成长的道德楷模。叶燮长兄叶世佺（字云期）、次兄叶世偁（字声期）、三兄叶世傛（字威期）、四兄叶世桐（字开期）、五兄叶世儋（字书期）、七弟叶世倕（字弓期）皆擅长诗文，特别姊妹行叶纨纨（字昭齐）、叶小纨（字惠绸）、叶小鸾（字琼章）曾以诗才惊艳闺中，成为清代闺阁诗群的先声，此三人当在闺阁山水诗中专论。（叶氏一门，尤其叶氏闺阁诗人的作品由叶绍袁编成《午梦堂集》传世，中华书局1998年排印出版，可参阅。）成长于锦绣之乡，受教于文化世家，浸润于亲友的相互切劘，叶燮的诗学观念和诗歌创作日益成熟，并臻于至境是水到渠成的事。

（二）叶燮的诗论

和浙派诗人相较，吴门诗派的诗人不但有令人自豪的创作成就，而且还有前后相承，开辟清诗新境界的诗歌理论；和吴中前辈诗人相比，尽管钱谦益、吴伟业各自成派，独领风骚，但在诗学理论建设方面，他们无法和后起的叶燮、薛雪、沈德潜比肩。吴门诗群的形成、发展与这个群体的诗论主张紧密相关，但真正将吴门诗派的诗论体系化、深入化的应是叶燮及其门弟子薛雪和沈德潜。

叶燮的诗歌成就在清代诗史上算不得引人瞩目，但他的诗歌理论却足以令清代诗坛大放异彩，有振衰起颓，探本溯源之功。和王士祯玄远空寂的神韵说相比，叶燮的诗歌主张更为质实有物，切近现实，少了一份痴人说梦的空廓，而多了一些厚重苍深的思考。在诗坛模拟之风盛行，而浮躁之气蔓衍的关键时刻，叶燮奋力而出，以《原诗》为利器，“直抉古今来作诗本领，而痛扫后世各持所见以论诗之原也。”①（林云铭《原诗叙》）叶燮诗论的价值，及其对清代诗歌走向的矫正，时人曾作出高度评价：“自有诗以来，求其尽一代之人，取古人之诗之气体声辞篇章字句，节节摹倣而不容纤毫自致其性情，盖未有如前明者。国初诸老，尚多沿袭。独横山起而力破之，作《原诗》内外

① 《原诗》，第84页。

篇，尽扫古今盛衰正变之肤说，而极论不可明言之理与不可明言之情与事，必欲自具胸襟，不徒求诸诗之中而止。”[①]（沈楙悳《原诗跋》）《原诗》诞生于清初诗坛模拟之风大炽，而诗歌本原渐次消泯之际，诗人通过《内篇》潜心追溯诗之根本，指出诗的创作“宗旨”，而《外篇》以微观分析的方法，极力辩证诗歌创作的规律。正如沈珩在《原诗叙》中所言：“内篇，标宗旨矣；外篇，肆博辨也。非以诗言诗也，凡天地间日月云物，山川类族之所以动荡，虬龙杳幻、鼪鼯悲啸之所以神奇，皇帝王霸、忠贤节侠之所以明其尚，神鬼感通、爱恶好毁之所以彰其机，莫不条引夫端倪，摹画夫毫芒，而以之权衡乎诗之正变与诸家持论之得失，语语如震霆之破睡，可谓精矣神矣。”[②]《原诗》的价值不但在于“权衡”“诗之正变”，纠“诸家持论之得失”，有惊起诗界沉“睡”的巨大作用，而且还“功在学术流品”，有正本清源，以诗存世的深远意义：“诗存而距塞其逢世欺人之浸淫，则世道人心之系，亦以诗存。”（沈珩《原诗叙》）根据《原诗》的大义推演，叶燮的诗论主张大体呈现为以下几个要点：

1. 诗歌发展随世推移，诗韵变化演进自有其本原和规律，不管创作，还是立论都必须正本清源，有纵览全局，条贯古今的学识与气养，否则各执一词，互为门户，则会使诗歌走向式微和衰落。

要创作好的诗歌，廓清诗界之风气，就必须辩证诗之源流，从源头上把握诗的内在一致性。为此，叶燮开宗明义地说道：“而要之，诗有源必有流，有本必达末；又有因流而溯源，循末以返本。其学无穷，其理日出，乃知诗之为道，未有一日不相续相禅而或息者也。”[③]针对当时诗界割裂诗史，片面谈论诗之盛衰的“郛郭隔膜”现象，叶燮一针见血道出其导致诗学衰落的祸端：“于是百喙争鸣，互自标榜，胶固一偏，剿猎成说。后生小子，耳食者多，是非淆而性情汩。不能不三叹

① 《原诗》，第 86 页。

② 同上，第 85 页。

③ 同上，第 3 页。

于风雅之日衰也！”①

2. 诗歌创作必须言之有物，缘事生情，因景起兴，得现实社会之激发，受天地万物之启示，如此才能回归诗道，使诗歌创作随世运推移，顺人情物理发展。

诗必须有感而发，受外物触动而生成，叶燮将此上升到诗的本质层面加以论述：“原夫作诗者之肇端而有事乎此也，必先有所触以兴起其意，而后措诸辞、属为句、敷之而成章。当其有所触而兴起也，其意、其辞、其句，劈空而起，皆自无而有，随在取之于心。出而为情、为景、为事，人未尝言之，而自我始言之，故言者与闻其言者，诚可悦而永也。”②言之有物，触兴而起的诗作必然合于古人论诗之道，上应天理（即自然规律），下切儒家“温柔敦厚”的诗教。关于“温柔敦厚”的诗教本义，叶燮有自己独到的见解，他认为“温柔敦厚”是“意”和“文”的有机结合，而且一代有一代“温柔敦厚”的具体内涵，后人在理解这个诗教本义的时候，既不能割裂内容与形式的本质联系，破坏它们和谐的内存一致性，也不能僵硬固化地去死守崇唐宗宋，或厚古薄今，泯灭不同时代的界限，把其无差异化：“不知‘温柔敦厚’，其意也，所以为体也，措之于用，则不同；辞者，其文也，所以为用也，返之于体，则不异。汉魏之辞，有汉魏之‘温柔敦厚’，唐、宋、元之辞，有唐、宋、元之‘温柔敦厚’。……且‘温柔敦厚’之旨，亦在作者神而明之，如必执而泥之，则《巷伯》‘投畀’之章，亦难合于斯言矣。”③诗歌创作随世推移，随时变化，本无定规，叶燮针对当时诗坛盲目而僵化的模拟风习说道：“此以时言诗，时有变而诗因之。时变而失正，诗变而仍不失其正，故有盛无衰，诗之源也。……诗递变而时随之，故有汉、魏、六朝、唐、宋、元、明之互为盛衰，惟变以救正之衰，故递衰递盛，诗之流也。”④辨证诗之本源，循其流变而发展，是诗不断走向繁盛的必由之路。历史上凡成大家者必能持变守正，博大宏肆，“其力大，其思雄，

---

① 《原诗》，第3页。

② 同上，第5页。

③④ 同上，第7页。

崛起特为鼻祖。”[①]学古而不泥古，得其精神实质，而不屑屑于“窃其余唾”，以“优孟衣冠”自喜自命。在叶燮观念中，诗人应该从实际出发，审时度势，如不能做到统帅三军，为一旅主将，那就“宁甘作偏裨，自领一队”，否则“假他人余焰，妄自僭王称霸”，结果只能是“一土偶耳”。[②]

3. 作诗要有器量胆识，胸襟要开阔，眼界要高远，如此才能才力雄厚，体大思深，出入于神化之境。

在《内篇》(下)中，叶燮开首便说道：“大凡人无才，则心思不出；无胆，则笔墨畏缩；无识，则不能取舍；无力，则不能自成一家。”以才、胆、识、力作为诗人创作的基准，叶燮进一步指出诗人必须因情生境，因境达情，使情和境有机融为诗人的胸襟：“诗之基，其人之胸襟是也。有胸襟，然后能载其性情、智慧、聪明、才辨以出，随遇发生，随生即盛。”[③]那么如何才算得有胸襟“呢”？叶燮说：“千古诗人推杜甫，其诗随所遇之人之境之事之物，无处不发其思君王、忧患乱、悲时日、念友朋、吊古人、怀远道，凡欢愉、幽愁、离合、今昔之盛，一一触类而起，因遇得题，因题达情，因情敷句，皆因甫有其胸襟以为基。”[④]叶燮认为大凡古之诗文大家，必然是才力雄厚、胆识过人而胸襟高迈者。“才”、“识”、“胆”、“力”相互联系，相互激发，它们的交相作用，才使诗人登大雅之堂，成为大家与名家而受世人尊崇：“大约才、识、胆、力，四者交相为济。苟一有所歉，则不可登作者之坛。”[⑤]在“才”、“识”、“胆”、“力”论的基础上，叶燮进一步提出“理”、“事”、“情”的观点，他把前者与后者结合起来，进行深化阐述，从而引导诗人去反思诗的本质“法”则：“自开辟以来，天地之大，古今之变，万汇之赜，日星河岳，赋物象形，兵刑礼乐，饮食男女，于以发为文章，形为诗赋，其道万千。

---

① 《原诗》，第 8 页。

② 同上，第 9 页。

③④ 同上，第 17 页。

⑤ 同上，第 29 页。

余得以三语蔽之:曰理、曰事、曰情,不出乎此而已。”[①]真正的作诗“法”则是随物赋形,因情而变、因事而变、因理而变,不管国家大事,还是男欢女爱,不管万物山川,还是风花雪月,只要顺应自然之变,合于“理”、“事”、“情”,皆可“发为文章,形为歌诗”,这是诗歌创作的“自然之法”:“故法者,当乎理,确乎事,酌乎情,为三者之平准,而无所自为法也。……人见法而适惬其事理情之用,故又谓之曰‘定位’”[②]。根据叶燮的论述,我们可以见出他的作诗的“法”则是寓于“理”、“事”、“情”之中,离开“理”、“事”、“情”的“法”即是“虚名”之“法”。由此,叶燮对“理”、“事”、“情”的论述就成了他辨别诗之本原的又一大焦点:“曰理、曰事、曰情三语,大而乾坤以之定位,日月以之运行,以至一草一木一飞一走,三者缺一,则不成物。文章者,所以表天地万物之情状也。”[③]“理”、“事”、“情”是“文章”的表现内容和情感生发的基础,而将三者串联起来,加以总括的则是“气”。“气”是“理”、“事”、“情”之外,叶燮提出的又一重要观点:“然具是三者,又有总而持之,条而贯之者,曰气。事、理、情之所为用,气为之用也。……得是三者,而气鼓行于其间,絪蕴磅礴,随其自然,所至即为法,此天地万象之至文也。岂先有法,以驭是气者哉!”叶燮不否认作诗应有“法”,但他极力反对模拟因袭,一知半解,不能随世而变的“死法”,在他看来诗是充满生命活力,是气韵游荡、神形俱备的活的有机体,不能用“死法”去束缚它:“天地之生万物,舍其自然流行之气,一切以法绳之,夭矫飞走,纷纷于形体之万殊,不敢过于法,不敢不及于法,将不胜其劳,乾坤亦几乎息矣。”[④]叶燮的“理”、“事”、“情”之说,超越一般“法”,而进入无所不在、无所不包的自然之“法”,它随物而变,随时而化,凡言诗者,不能越此“法”则:“曰理、曰事、曰情,此三言者足以穷尽万有之变态。凡形形色色,音声状貌,举不能越乎此。”通过对“才”、“胆”、“识”、“力”与“理”、“事”、“情”的交错关系的反复阐述,叶

---

①② 见《原诗》,第 20 页。

③ 同上,第 21 页。

④ 同上,第 22 页。

燮有力地批判了当时盲目拟古的诗坛风尚，在举世“哓哓”而不能因时顺变的尘嚣中有挽狂澜于既倒的气概。

《原诗·内篇》旨在辩证诗之源流，探讨诗之正变，以求全面继承古人之优良传统，通过“才”、“胆”、“识”、“力”和“理”、“事”、“情”的四三原则的交相阐释，作者总括其说为两点：一是诗不是简单的字句、格律和声韵的皮毛之相，相反它是诗人内心感情和外界事物相互感触的产物：“原夫创始作者之人，其兴会所至，每无意而出之，即为可法可则。”①“兴会所至”、“无意而出之”便是学诗作诗的法则，离此别无二法；一是学习古人，继承古诗传统要全面，不能人言亦言，盲目割裂历史，以偏概全：“推崇宋元者，菲薄唐人；节取中、晚者，遗置汉、魏，则执其源而遗其流者，固已非矣；得其流而弃其源者，又非之非者乎？然则，学诗者，使竟从事于宋、元近代，而置汉、魏、唐人之诗而不问，不亦大乖于诗之旨哉！”②

4. 诗既要讲形式，讲风格，还要重实质，重内涵；好的诗要形质统一，个性鲜明，能通过优美的外在表现力，来达到感动人心，感染人情的目的。

关于形式和内涵的关系问题，叶燮是这样论辨的：“诗家之规则不一端，而曰体格、曰声调，恒为先务，论诗者所谓总持门也。诗家之能事不一端，而曰苍老、曰波澜，目为到家，评诗者所谓造诣境也。以思论之，体格、声调与苍老、波澜，何尝非诗家要言妙义！然而此数者，其实皆诗之文也，非诗之质也；所以相诗之皮也，非所以相诗之骨也。”③在世人看来，诗的“体格”、“声调”，甚至“苍老”、“波澜”等，是诗人风格的体现，是诗“总持门”，达到“造诣境”的标准，但叶燮认为离开了诗的内在本质，离开诗的表现内容，以上四者全都成了无所依托的空壳。由此，叶燮论述说：“彼诗家之体格、声调、苍老、波澜，为规则、为能事，固然矣；然必其人具有诗之性情、诗之才调、诗之胸怀、

①② 见《原诗》，第35页。

③ 同上，第45页。

诗之见解以为其质。”[1]

诗的质不但体现为传达诗人内心感慨的“志”，而且还表现为诗人丰富的“性情”，有“性情”的诗是质形合一的真品：“‘作诗者在抒写性情’，此语夫人能知之，夫人能言之，而未尽夫人能然之矣。‘作诗有性情必有面目’，此不但未尽夫人能然之，并未尽夫人能知之而言之者也。”[2]为了辨清“性情”、“面目”的内涵，叶燮特举杜甫、韩愈、苏轼为典范而阐述有“面目”、有“性情”即有本质、有风格的诗歌特征。

诗既然要“性情”真实，“面目”独具，就必须从“心”间自然流出，不能“违心而出”，做到淡泊名利、不慕虚浮：“诗是心声，不可违心而出，亦不能违心而出。功名之士，决不能为泉石淡泊之音；轻浮之子，必不能为敦庞大雅之响。”[3]叶燮认为人心似“日月”，光明正大，皎皎无污，所以其诗亦能“如日月之光”，世人只要“随其光之所至，即日月见焉。”优秀的诗人，真正的大家，人格和诗格是统一的：“每诗以人见，人又以诗见。”为此，叶燮告诫后之学诗者要由心而出，因情而出，千万不能狐假虎威，作欺世之言：“勉强造作，而为欺人欺世之语，能欺一人一时，决不能欺天下后世。”

5. 诗是从心而出，因情而生的产物，故而诗人不能“好名”、“好利”，“好名”、“好利”是“亡”诗之道。

叶燮生活的年代正是社会资源大整合而诗坛纷扰繁杂的变革时期，当其时，许多诗人把诗当成搏功名、干青云的工具，表面号称宗唐崇宋，其实是自立门户，拉拢群从，以树一己之名，对这种诗坛危殆局面，叶燮毫不留情地予以指斥：“诗之亡也，亡于好名。”这些“好名”者不是“好”千古留传之名，而是好“目前之名”，他们为了树立“目前之名”，便“先工邀誉之学，得居高而呼者倡誉之，而后从风者群和之，以为得风气。……而诗亡矣。”以“迎合”之势，造“连卷累帙”的应景之语，是“诗亡”的首要表征。“诗亡”的第二表征则是“好利”，“好利”之

① 《原诗》，第 46 页。
② 同上，第 50 页。
③ 同上，第 52 页。

徒往往不求“实学”，不远“虚名”，而是以交游为手段，博得一己之利：“于是以风雅坛坫为居奇，以交游朋盍为牙市，是非淆而品格滥。”当“名”与“利”相互利用、相互得兼时，诗道之亡已成定势。

“诗之亡”既和诗人“好名”、“好利”有关，而且还与“诗道之不能长振”相联。“诗道”不振的主因则是“诗评”的杂乱无章，由此叶燮对“古今人之诗评”亦提出尖锐的批评，他认为“诗评”缺乏整体把握和本质透析，没有对诗创作进行规律性探索，而是片面的字、词、句的品评，甚至相互标榜、盲目推重：“诗道之不能长振也，由于古今人之诗评杂而无章，纷而不一。六朝之诗，大约沿袭字句，无特立大家之才。其时评诗而著为文者，如钟嵘，如刘勰，其言不过吞吐抑扬，不能持论。……唐宋以来，诸评诗者，或概论风气，或指论一人，一篇一语，单词复句，不可殚数。……后世评诗者，祖其语意，动以某人之诗如某某，……泛而不附，缛而不切，未尝会于心，格于物，徒取以为谈资，……明人递习成风，其流愈盛；自以为兼总诸家，而以要言评次之，不亦可哂乎？我故曰：历来之评诗者，杂而无章，纷而不一，诗道之不能长振于古今者，其以是故欤？”①诗评对诗创作有总结和导向作用，从宋、明的严羽、高棅、刘辰翁、李攀龙以来，逐渐将诗学引入“不振”的歧路，叶燮将其目为“锢蔽学者耳目心思”的“谬戾”而“矛盾”之论。

《原诗》(外篇下)分论汉魏以下各名家风格及其得失，进而探讨各体诗歌的作法，以及后人学诗的正确途径。

《原诗》寻源探流，变正风雅，既不迷信古人，又不菲薄古人，它是站在古今相续，承前启后的焦点上，客观而冷静地分析了明清之交弥漫诗坛的种种积弊，由此提出建立新诗学体系的构想，为后之学诗者提供了可资思考的宝贵经验。在《原诗》的最后一节，作者作了以下总结陈辞：“学诗者，不可忽略古人，亦不可附会古人。忽略古人，粗心浮气，仅猎古人皮毛。……昔人可创之于前，我独不可创于后乎？……苟不然者，自我作古，何不可之有！若腐儒区区之见，句束

---

①　见《原诗》，第54—55页。

而字缚之，援引以附会古人，反失古人之真矣！”[①]

二、“云山本浩荡，君无踢西东”

——叶燮的山水诗纵览

据史载，叶燮于“康熙九年成进士，十四年选江苏宝应县知县，旋罢归。”(《清史列传》卷七十)“罢归”后的叶燮远离红尘，亲近自然，移驻姑苏横山之畔，一方面埋首著书授徒；一方面“纵游”天下，凡“泰岱、嵩高、黄岳、匡庐、罗浮、天台、雁荡诸山”，皆有诗人登临揽胜的踪迹。

叶燮为人“伉直”，有民本意识，故而不善官场阿谀幸进的套路，但他生来就耽溺自然，热爱山水，与自然结下前生之缘，在他的意识里，山水可以使人阅尽“终古”，摒弃世间“忧”与“攘”，进而臻于“忘我并忘山”(《山居杂诗》其一)的至境。隐居横山之后，诗人整日与云霞共起落，和烈风相呼吸，“灌畦”凿池，听蛙鸣鸟唱；“展卷”乐志，观林岚夕照，与尘俗断绝所有来往，“我门无剥啄，来者鬻樵薪。”(同上，其七)据说宋荦慕名前往横山拜访叶燮，叶燮避而不见，宋荦叹惋曰：“‘独立苍茫处’，容一立否？”并“留二绝句而去”。看似无情的叶燮对人、对己、对自然有自我抱持的情怀：“我本山中人，只说山中事。勋业镜不看，远道书绝致。三株两株梅，半池半屋地。……所求石与甒，一乐在饱醉。绕檐花满枝，便是吾生遂。”(同上，其二十七)

如上所见，叶燮是一个闲适淡泊的自然人，他不慕名利，不趋权势，一心向学，专情世外，有绝尘弃世之恣、林泉高致之态，所以叶燮退隐后，足履遍南北，以山水陶冶性情，进而达到物我两忘的至真。据诗人自撰《追黄山庐山两游》一文可知，他的主要旅行目的地为黄岳和匡庐，其次为岭南等处：“康熙壬子(1672)首夏，予游歙之黄山，寝食于山者，旬有三日，……越乙丑(1685)之冬，游于庐山，寝食于山者不及旬。”在黄山，诗人花费时间和精力多于庐山，但遗憾的是游黄山景物的数量不及庐山，更为叹惜的是诗人游黄山无一文一字留传

---

① 见《原诗》，第78页。

人世："游黄山予无文以记并无诗以咏，游庐山得诗四十余首，亦无文以记。"游黄山之所以无文无诗，诗人认为黄山的"奇诞怪诡"是"不可端倪"的，有"言语道断，思维路绝"的禅意境界，故而诗"不能状"，文"不能名"，对黄山的大善大美只能心会，不能言传；庐山虽然"幽邈澹远，恍惚变迁"，"其态缥缈而不可即，其容髣髴而疑于神。"因此庐山的神情意态还能以诗来传达。对于游山水，并传达山水之意境，进而将其展示给世人，叶燮觉得这是诗人的天职，他对山水自然的感知是："予尝以谓天地之所以为天地，日月山川而已矣。然日月为天地之所公，山川则有时而为天地之所秘，尽天下无一人不仰日月者，山川则不然，天下何地无山无水，然至名岳奥区，神灵所栖，柱维所脉者，常不在恒境。"因"不在恒境"，故而游历山川必历险履危，如此诗人更应发幽抉微，代山川立言。叶燮的山水诗篇不仅是其自然观念的产物，而且还是他诗学理论的实践，在《原诗·外篇(下)》中，有一节专论"游览诗"，现引述如下：

游览诗切不可作应酬山水语。如一幅画图，名手各各自有笔法，不可错杂；又名山五岳，亦各各自有性情气象，不可移换。作诗者以此二种心法，默契神会，又须步步不可忘我是游山人，然后山水之性情气象。种种状貌、变态影响，皆从我目所见、耳所听、足所履而出，是之谓游览。且天地之生是山水也，其幽远奇险，天地亦不能一一自剖其妙；自有此人之耳目手足一历之，而山水之妙始泄；如此方无愧于游览，方无愧乎游览之诗。

叶燮毕生游踪如《清史列传》所载，东到泰岱，西至嵩高，南达匡庐、罗浮，又历尽江南之黄岳、天台、雁荡诸山，而且离世前一年，他为了弥补缺憾，"裹三月粮"，亲往"会稽五洩"，"穷其奥而归"，归来"遂疾"，第二年以七十七岁高龄辞世。这是一个以自然为归宿，把游历名山大川当成生命之源的超旷之人，但遗憾的是叶燮的游历并没有全面反映到他的山水诗中，换言之，诗人现存的山水诗章，除了南下广州，游赏匡庐的以外，其它所历所经之名山奥区很少出现在他质实淡泊的诗笔下。虽然有缺憾，但就存世篇章考察，叶燮的山水诗特征依然很显著：

1. 苍深幽邃，寄意遥远，藉山水之形，摅写心中了无涯岸的高远之志，使诗境在情的驱动下，呈现一片浑然杳渺的纵深感，从而显出别样的审美倾向。

叶燮主张“游览诗切不可作应酬山水语”，而应依据山水的不同气象，以诗人的真实经历，用真性情将其再现出来，使山水诗有内涵、有寄托，显得质实有物，而又空阔深远。展玩叶燮的山水诗，我们首先感到的是诗人对山水自然的冥想与颖悟，以及通过山水物象所传达的诗人敦厚深远的情怀。如：“羃烟一川陆，群动寄此中。……谁谓覆载大，此意如可穷。……宇宙递今古，愚者泥其踪。云山本浩荡，君无蹋西东。”（《夜泊钱塘江》）这是诗人夜泊钱塘，面对遥山近水，以及浩无际涯的自然物象，有感而作的一首抒怀之作。此诗写于“既游黄山，循钱江由婺以游括苍”的途中，诗歌意境杳邈，思绪随诗人的想象和感悟而渐次展开，情因景生，景为情移，层次感非常明晰。再如：“残照年年在，孤台处处浮。空山闻自性，逝水不言愁。月上荒祠冷，崖藏古戍亭。”（《钓台》其三）《钓台》一组四首，同为诗人“由婺以游括苍”途中所作的行旅山水诗。但其意境在和《夜泊钱塘江》保持同一的基础上有所差异，诗人通过四首相贯的山水组诗，将怀古、抒情、写景融为一体，在一气呵成的抒怀氛围中，将诗意推向更为阔大辽远的境界。其它再如《兰溪》《常山道中》《晚至玉山》等，都是叶燮写境幽邃、寄意苍深的代表作。

2. 借景写怀，以古鉴今，通过眼前景寄托浩茫情怀，使山水诗意象饱满，情韵绵长，含蓄而不露，劲峭而不涩。

叶燮觉得好的“游览诗”，应该是诗人与自然山水在“目所见，耳所听，足所履”的相接过程中，达到“默契神会”的产物，而不是无物可谈、无事可咏、无迹可寻的“应酬”语，所以叶燮的山水诗着力捕捉山情水韵，并将其现世化、人格化、让山水负载诗人的诗情和灵魂一道升华，从而达到意象丰满、意味浑厚的审美标准。如：“帝子何年建高阁，陵谷几回废与落。……南浦西山犹有情，朝云暮雨向人迎。不知才子千秋恨，转逐征人一夕生。"（《滕王阁》）滕王阁，在江西南昌，祝穆《方舆胜览》曰："滕王阁，在郡城西。唐高祖之子滕王元婴所建。夹以二亭，南曰压江，北曰挹秀。自唐至今，名士留题甚富。"①叶燮经南昌，留连滕王阁下，他借南浦朝云、西山暮雨递相起落，山川依然的壮美景色，抒发个人深怀不遇的"千秋""才子"之"恨"，此诗融感叹兴亡，写景抒怀于一身，显得缠绵无尽，韵味颇深。再象："设险资形胜，雄关扼百蛮。……事去江山旧，时平楼橹间。"（《赣州》其一）"千里连峰匝，纡回出万寻。险分南服界，雄见越王心。……高松阴夹路，风过助长吟。"（《度大庾岭》其一）等，始终反映了诗人怀慕古风，仰望先贤的情怀。写行旅所见，诗人不离雄关漫道、险仄峭厉的景致，而写岭南风物，他诗笔变幻，情致宛然，突出粤地秀丽特异的绚烂风情："蛮烟瘴日满樽前，千嶂屯云尽海边。……鹧鸪啼老云帆驶，貔虎宵闲玉帐偏。"（《岭南杂诗》其二）"溪边浣女可如霜，输与湖头五月凉。杨柳柔条先腊舞，桃花红雨隔春装。……蓬岛沉沉云海晚，褰裳如欲赋沧浪。"（同上，其三）"幽岩真见七星环，联栈勾梯窅窕攀。……峰峰向我如将语，树树邀云故不闲。"（同上，其五）"罗浮绝汉插芙蓉，闻说登临有万重。……风生两腋餐难饱，人到孤峰客不从。"（同上，其七）粤省山峻水急，各种地貌错杂互见，七星岩之幽深奇幻，大庾岭之险峻雄阔，以及土风民情，物华特产，均出现在叶燮的诗笔下，使其虽质朴平实，但不显呆板滞涩，相反，通过诗人精细的刻镂，令人有身临其境、情随景移的逼真感与想象力。

3. 诗笔细腻，用语奇崛，构图以巉刻峭深为主，旨在突出山水自身拥有的原始风貌，给人劲健凌厉的感官冲击。

叶燮摹写粤地风物采用点染的笔法，重在气势的勾勒，而写吴越景物，他工笔刻镂，如一幅山石荦确、曲径萦回的小品，令人把玩摩挲，胸藏云壑。如："深谷飕凄凄，修涧霭漠漠。径仄览弥夷，籁应近逾邈。"（《由天竺登北高峰》）"壁峭悟迳穷，岩开忘溪转。杂篁修涧鸣，幽葩石栈展。……朝曦跃重湖，晶光临绝巘。……迅瀑激木末，

① 〔南宋〕祝穆《方舆胜览》，中华书局2003年版，第337页。

笙镛互流衍。”（《循北山历虎跑登南高峰》）“轻阴散浮屿，澄漪碎孤丘。……褰衣度石濑，摄袂凭山楼。荒祠临回波，磴道折渟流。”（《春日泛湖登孤山》）“萧然倦策度重峦，绝壁摩天傍斗看。游子伤心悲九折，美人遥睇隔千盘。”（《括苍道中》）叶燮的山水诗多用五古的体式，工整对称，善于写实，而长歌在他笔下较为少见，但一首《东山歌赠山左董樵谷》足以传达诗人奔放热烈，宏肆激扬的超迈胸襟：“东山天半临溟涨，崒嵂丹翠写万状。结庐直压最孤峰，荡胸朝日扶桑上。……白云影落知有无，孤筇随驻寄独赏。……入耳鸠鸣香径红，回头雁过胥潮白。”东山，又称东洞庭山，与西洞庭山隔水相望，为吴中山水名胜之地。叶燮怀着对“结庐”于此的“乡国”的无尽眷恋，扶筇乘日，“直压”“孤峰”之巅，层云荡胸，碧波洗尽满目尘滓，感情激越时，一曲高吭的放歌便喷发而出。

4. 风格多变，情韵婉转，形式活泼，内涵丰赡，以多面视角，多种体裁，倾力塑特定对象的风神相貌，使其既大气淋漓、神韵俱足，又纤微尽显，逼真可观。

叶燮的山水诗，如以整体性、鉴赏性、完美性而言，当以庐山诗群为最。庐山山水诗写作于康熙二十四年，是诗人“自岭南归，道出彭蠡湖，便道游庐山”的诗歌汇集，共“得诗四十余首。”（《追记黄山庐山两游》）庐山山水诗代表了叶燮最佳的诗艺水平。从置景构图的角度看，有遥望远视，有登高俯视，有近观平视；从抒写性情、绘摹景物的角度看，有浓墨重彩的渲染，有气势雄放的勾勒，更有点面结合的刻镂；从诗体选择的角度看，长歌间以小调、七言和五言互出，疾徐适当、旋律和谐。总之，庐山山水诗韵味醇厚，形式灵活，轻快幽秀，又不失质朴庄重，在精彩迭出的景物刻摹中，让人的心魂得以无限放逸。

现存《已畦集》中的庐山诗群，从《发南昌入彭蠡湖遥望庐山》起，到《出庐山》讫，共有各体山水诗二十六首；除此，归途山水诗十首，可看成庐山诗的延伸作品。庐山诗写景大气开合，神韵横出，如写瀑水倒注的景象，诗人说道：“震霆云木间，举首惊电疾。闪烁九日落，界空无阶级。……噌吰万石钟，笙竽声并一。一一旋湿云，大珠小珠逸。”(《从万杉寺循麓迤逦而东过开先寺始见瀑布注为龙潭入山第一大观也》)写庐山横空出世,控扼江左的气势,诗人深情地说:“长江万里岷蜀来,彭蠡派汇天南回。巨川交叉束宇宙,庐山握纽真雄哉!左揽江流蜿蜒如盘带,右衔湖影滟潋如螺杯。揽带衔杯昂钜首,俯视古今王侯将相无异蜉蝣与尘埃。……无如此老蟠踞襟带亘天下,我今直上睥睨目欲无全天。初登一峰峰犹迩,十步九折举堪趾。二峰初登峰削成,老猿却步狙公惊。中峰才上见全楚,九点齐烟何处所。”(《登五老峰自一峰二峰登中峰最高处》)除上举长篇歌行,叶燮的短章诗作亦意境悠远、耐人寻味,如:“花分诸界雨,泉送出山钟。”(《栖贤寺》其二)“闻根色界倏然惊,鹍水鹏云总不成。匹练银河非隽物,峰头瀑布莫安名。”(《由栖贤涧北上岭见五老峰下瀑布》)“绝壑孤云合,禅扉水槛开。碧澄端妙静,寂照本无媒。……南溟犹水击,偏向九天回。”(《大天池》)“一自拈花后,何来舒紫磨。大千曾记蒴,一指阅沧波。”(《佛手岩》)

游历庐山,给诗人留下太多的感悟,在诸多山游过程中,庐山是诗人始终萦情系怀的生命驿站,因为在庐山,他找到了自我,颖悟了生命,使自己的主观世界完全融汇到自然客观的物象中,与山灵结为“两知相视”的“双莫逆”。故而告别庐山,诗人挚情地表白说:“阅尽苍黄一万重,空囊无计贮山容。庐山若个曾亲到,归去骄他拥万钟。”(《出庐山》)

叶燮一生以学问自高,孤直耿介,不谙官场,所以他心中时常潜蓄着大志难伸、雄心未泯的孤愤感。因之,他蔑视权贵、粪土名利,一心向往纯自然的山水境界,将自己无法向世人道,也不能向世人道的廓落襟怀寄寓到自然山水中,让山水代其言志抒情,遂形成了个人独有的“山色孤标在,江流一往深”(《彭泽县》)的山水诗风。透过叶燮山形水容刻摹的表象,我们总能捕捉到其“才人零落名山老,莫怪啼鹃夜夜声”(《敬亭山》)的悲戚忧愤,以及“客心如水水如愁,容易归帆趁疾流”(《夜发苕溪》)的叹逝之情。

叶燮的巨大成就是以《原诗》为利器,力图廓清世人对诗的误读,把诗学理论推向更新的高度。因为致力于诗学研究,以学者身份而创作山水诗，所以叶燮的山水诗阙略之处还是很明显的：意境浅淡而神气不足，质朴有余而韵味较寡；平直的语言和生新的造句影响了山水诗作清新明快的美感评价。这一令人遗憾的不足在叶氏弟子，及其松陵诗群其他诗人那里得到了弥补与完善。

叶燮隐于横山，筑“独立苍茫处”，以著书授徒为乐事，其门生遍吴下，其中能秉承师门之风，将叶燮的诗学思想激扬推荡，形成完整诗论体系的应推薛雪和沈德潜。沈德潜，后文专论，此处附说薛雪的诗学思想及其山水诗。

三、薛雪的诗论及其山水诗浅说

薛雪(1681—1771)，字生白，号一瓢，江苏吴县人。其所著《斫桂山房诗存》《抱珠轩诗存》《一瓢斋诗存》均署为“河津薛雪生白”，河津，现为河津市，北宋宣和二年改龙门县置河津，属河中府，明属蒲州；清雍正二年仍属绛州。河津是薛氏望族，《新唐书·薛仁贵传》载：“(仁贵)绛州龙门人。”唐代的“龙门”即后来的河津。由此推断，薛雪祖籍应为山西龙门，后因故迁徙至吴门。薛雪自署“河津”，为不忘先世祖茔之意。薛雪，毕生致力于学问，兼通诗、画、医，并在这些领域建树甚丰。其诗学方面除著《一瓢诗话》外，还有诗集《斫桂山房诗存》《抱珠轩诗存》《一瓢斋诗存》等；绘画方面的造诣甚深，“墨兰尤精妙。”医学与叶天士、缪宜亭并称，号名医，袁枚对薛雪的医术奇赏之，叹为神手。

(一) 薛雪的诗学理论浅说

薛雪在当世虽然医名掩盖了诗名，但他的诗学成就仍然令人仰目，不仅诗歌创作内容丰富，风格多样，出入唐宋诸大家“壶奥”，而且在诗论方面秉承叶燮《原诗》的基本思想，将其发扬光大，形成具创造性的独特诗论著作《一瓢诗话》。

薛雪诗论的基本思想来自叶燮的熏陶和影响，在《一瓢诗话》中，薛雪多次引用叶燮的观点，以证明自己论诗主张的合理性，不仅如此，他还把叶燮的诗论思想创造性地加以发挥与扩展。在反对模拟，自抒胸臆，正变相生，以及风格多样等方面薛雪与叶燮前后相应，互为表里，从因承关系看，《一瓢诗话》是《原诗》的后续产物，薛雪的诗论思想和体系的确立是受叶燮的启示与影响，并建立在《原诗》基础上而形成的；从创变角度辨析，《一瓢诗话》机锋四出，新意盎然，是对《原诗》的进一步完善与发挥。因为《一瓢诗话》的出现，才使叶燮为代表的吴门诗论更具体系，同时更趋完美。概而观之，薛雪的诗论主张表现为：

1. 诗学是不断创新的，诗歌创作必须具有诗人自己的“才思”、“学力”和“志气”，不能盲目模拟古人。有品位的诗歌来自于有“胸襟”的诗人，而有“胸襟”的诗人即是“心正”之人，“心正”，诗才能正。

对于诗歌创作才与学、思和情的关系的辩证，一直是诗论界关注的焦点，凡有见识和胸怀的诗论家一般都主张才学并兼，思情同举，唯其如此，方始见作家的造诣和功力。薛雪在辨析“才思”、“学力”和“志气”的关系时说道：“学诗须有才思，有学力，尤要有志气，方能卓然自立，与古人抗衡。”①“才思”、“学力”是创作的基础，而“志气”是跳出“古人”窠臼，摒弃前人“唾余”、“残膏”，“自领一队”的关键。创作有自我、有个性的作品，不但需要“才思”、“学力”，更需要“志气”，那些对“古人”“一步一趋”，力主学习“古人”的人，不是缺乏“才思”和“学力”，而是“直自无志气耳！”②薛雪认为“志气”和诗人的“胸襟”相关，有“胸襟”，才能立意高、见地远，能“随遇发生，随生即盛。”故此，“志气”是超越“古人”的关键，“胸襟”则是创作优秀作品的“基”石。“作诗必先有诗之基，基即人之胸襟是也。”③具备了“胸襟”的诗人是人品诗品皆高的一流诗人：“诗文与书法一理。具得胸襟，人品必高。人品既高，其一謦一欬，一挥一洒，必有过人之处，享不磨之名。”④“胸襟”在诗创作中有着无可替代的作用，具体表现为：“正不伤庸，奇不伤怪，丽不伤浮，博不伤僻。”⑤有了“胸襟”，再去学习“古人”就不

---

①②　〔清〕薛雪《一瓢诗话》，见人民文学出版社《原诗》《一瓢诗话》《说诗晬语》三著合一本，第90页。

③⑤　同上，第91页。

④　同上，第91—92页。

会陷于拾人余唾的困境,相反会得古人“神理”,而“决无剽窃吞剥之病。”[①]“胸襟”不但要广,而且还得“正”,诗乃抒情言志的产物,如果心术不正,就无法创作“道性情”、感人心的好作品:“柳公权云:‘心正则笔正’。要知心正则无不正,学诗者尤为吃紧。……昔有人问余曰:谚云‘歪诗’,何谓也? 余曰:诗者,心之言、志之声也。心不正,则言不正;志不正,则声不正,心志不正,则诗亦不正,名之曰‘歪’,不亦宜乎?”[②]这段阐述有震撼人心的作用,扩而广之,岂但“学诗”,即使做任何事,必须“心正”,“心正”才能持论公允,不矫不伪,不欺不瞒,达到自然“合律”的境界。

2. 诗歌必须言之有物,质实厚重,洗去浮尘和纤巧,达到自然平澹的状态,切忌徒发议论、无病呻吟,只有去掉率俗和酸腐,才能进入真正的创作状态。

薛雪认为作诗和“读书”有关,但“读书”一定要务去陈言,具备慧眼,有高超的辨别能力,如此这般,方能作出“好诗”,在《一瓢诗话》中他论述道:“读书先要具眼,然后作得好诗,切不可误认老成为率俗,纤弱为工緻,悠扬婉转为浅薄,忠厚悬恻为粗鄙,奇怪险僻为博雅,佶屈荒诞为高古,才是学者。”[③]作诗的弊端往往是表面看起来“平淡”,或者罗列“故实”,言之宏博,但实际上却味同嚼蜡,缺乏神韵。针对此种现象,薛雪纠偏道:“作诗能不隶事而浑厚老到,方是实学。”[④]“火候未到,徒拟平淡,何啻威喜丸? 费尽咀嚼,斐然满口,终无气味。”[⑤]薛雪反对“捃摭故实,翻腾旧句”而“炫丑博”的作法,但他认为好的诗一定要言之有物,要有为而作,务去“俗字”与“俗意”:“诗不可无为而作,试看古人好诗,岂有无为而作者? 无为而作者,必不是好诗。”[⑥]“人知作诗避俗句,去俗字,不知去俗意尤为要紧。”

---

① 〔清〕薛雪《一瓢诗话》,第 91 页。

② 同上,第 92 页。

③ 同上,第 95 页。

④⑤ 同上,第 93 页。

⑥ 同上,第 96 页。

3. 诗歌创作必以诗人性情为主，兴会所至，时运所移，均为触发诗人灵感的契机，盲目“拟古”，是诗之大敌。时势有推移，，四季有代序，所以诗人的风格也应呈多元化发展，假如“偏嗜”一端，则易陷于“小见”，而导致诗歌创作走向呆板滞涩，缺乏生机的僵局。

薛雪以观画喻作诗的妙用说：“独往山人黄遵古（黄鼎，生于1660年，卒于1730年，江苏常熟人，字遵古，又字彝军，号闲浦、旷亭，又号独往客，善画山水。）与余同客武林幕府，朝夕观其作画：其正处精神，多在侧处渲染；近处位置，又从远外衬贴，浓不伤痴，淡不嫌寂；气运蓬勃而出，一时笔墨都化，微乎微乎！画之道，诗之道，文之道也。”①作诗要通过远近、浓淡、高下相倾的哲学思辨，让其互为表里、互为映照，真气淋漓间，诗意画境则会喷薄而出。诗的风格向来多变，有清幽，亦有淋漓；有苍劲，亦有宛转，所以诗人应该宽其胸襟、拓其眼界，决不能偏执一格。“从来偏嗜，最为小见。如喜清幽者，则绌痛快淋漓之作为愤激、为叫嚣；喜苍劲者，必恶宛转悠扬之音为纤巧、为卑靡。”②薛雪认为诗歌的风格如“天地赋物”，“各有一性”，它是随时随地而变，随诗人的性情而变，如行军布阵，诗风应不断守正出奇，发生变化：“温柔敦厚，缠绵悱恻，诗之正也；慷慨激昂，裁云镂月，诗之变也。用兵而无奇正，何异驱羊？作诗而昧正变，真同梦呓。然兵须训练于平时，诗要冥搜于象外。”③“冥搜于象外”是形成多样化诗风的根本，诗人应该思发千古，情动于衷，有感于外物，有触而发，才能形成主客一体、物我同化的诗境：“无所触发，摇笔便吟，村学究幕宾之流耳，何所取裁？”④诗之所以衰微的原因是诗坛固执的“拟古”之风，不能随时而变，不能“活泼”用事，是诗走入绝境的信号，因之，薛雪明确指出：“运会日移，诗亦随时而变”，“拟古二字，误尽苍生！”⑤“用事全在活

①② 《一瓢诗话》，第103页。

③ 同上，第103—104页。

④ 同上，第104页。

⑤ 同上，第106页。

泼泼地,其妙俱从比兴中流出。”[①]

4. 诗品高下取决于诗人人品的高低,高尚的人品产生于深厚的学养,以及对俗务的鄙弃。诗品总是表现在诗人寄托兴会、破除“程式”的个性化创作中。

薛雪在分析比较之后认为,诗格有“体格”和“品格”之分,“体格”是定数,而“品格”则是由诗人的人品优劣决定的变数:“格有品格之格,体格之格。体格一定之章程,品格自然之高迈。品高虽被绿蓑青笠,如立万仞之峰,俯视一切;品低即拖绅搢笏,趋走红尘,适足以誇耀乡闾而已。”[②]“著作以人品为先,文章次之,不可以‘不以人废言’为藉口。”[③]在此,薛雪的观点非常鲜明,论者往往以“不以人废言”为托辞,而不顾作者人格的高下,离开人格去品评诗文的品格,这是极其不妥的,诗格即人格,两者不可分割,也不能孤立品评。优秀的诗作品格首先要高,其次还要讲气度、讲兴会、讲寄托,对于这个问题,薛雪论述道:“诗重蕴藉,然要有气魄,无气魄决非真蕴藉。诗重清真,尤要有寄托,无寄托,便是假清真。有寄托者,必有气魄。……犹之有性情不可无学问,有学问乃能见性情,二者原不单行。”[④]诗歌的“气魄”与“寄托”构成了诗不可或缺的骨骼与内涵,而创新和“雷同”则体现了诗人才气纵横、追求出新的精神:“诗文家最忌雷同,而大本领人偏多于雷同处见长。若举步换影,文人才子之能事,何足为奇?惟其篇篇对峙,段段双峰,却又不异而异,同而不同,才是大本领,真超脱。”[⑤]由此即见,薛雪心目中的创新不是形式上的变化,亦不是简单的时空转移,而是于同中见“不同”,于“不异”中见“异”,这才是高手过招,虽然看似司空见惯,但招招暗藏玄机,令人目眩神惊。

---

① 《一瓢诗话》,第 107 页。
② 同上,第 119—120 页。
③ 同上,第 121 页。
④ 同上,第 116 页。
⑤ 同上,第 120 页。

5. 绝妙好词，如天籁之音，皆自然生成，不是刻意模拟、用前人之句印证而来。诗人的天职就是创作优秀的佳作，所以诗人必须涵养自身，不断用充沛的浩气和完善的人格形成个性化的诗风。

薛雪主张诗歌创作要有寄托、有兴会，上好的作品是诗人真情流露、自然天成的结果，他引用苏东坡论诗的警句来劝诫诗人，不用"字字觅奇险，节节累枝叶"式的去写诗，而是要处处用心、处处留情，"冲口出常言，法度法前轨。人言非妙处，妙处在于是。"他认为"普天下诗人，当于言下领会。"①关于诗歌兴会、寄托、"冲口出常言"的"妙处"，薛雪把它们看成诗家只可意会，不能言传的禅悟式体验："'状难写之景，如在目前，含不尽之意，见于言外'，'作者得于心，览者会其意。'此是诗家半夜传衣语，不必举某人某句为证。"②诗人兴寄所至，胸臆所出，即是好诗，创作"好诗好文，自是吾人分内之事。如居官之廉洁，妇人之贞节，为人子之孝友，一一皆分内之事。"③"好诗"因人的气廪涵养、天分学识而相异，所以评判"好诗"应该有多角化的标准："鬯快人诗必潇洒，敦厚人诗必庄重，倜傥人诗必飘逸，疏爽人诗必流丽，寒涩人诗必枯瘠，丰腴人诗必华赡，拂郁人诗必悽怨，磊落人诗必悲壮，豪迈人诗必不羁，清修人诗必峻洁，谨勅人诗必严整，猥鄙人诗必委靡，此天之所赋，气之所禀，非学之所至也。"④

薛雪的诗论思想虽然没有叶燮那样宏深博大，从更深的层面辩证诗的本质，但他遵守师门规范，以叶燮的诗论主张为基础，根据当时诗坛存在的盲目习古、模拟前人的弊端，创造性发表了自己的观点，成为叶燮为代表的吴门诗论体系的重要一环。正如沈楙德《一瓢诗话跋》所评："是编自抒心得，痛针俗病，凡所指斥，皆能洞中窾窍，非好为叫嚣者比。"(《一瓢诗话·附录》)⑤

薛雪论诗强调人品对诗品的影响，胸襟对诗格形成的重大作用，

---

① 见《一瓢诗话》，第130页。

②③ 同上，第131页。

④ 同上，第143页。

⑤ 同上，第182页。

他的诗作恰好从实践方面印证了这一重要的诗论主张。比起叶燮生新奇僻的诗风，薛雪更注重清奇自然、玲珑通透的诗境的营造。在薛雪的诗集里处处透着清奇苦寒，不染世务，不沾尘滓的高古之气，不管是抒怀言志，还是咏物寄情，诗人一直用心在营造着一种与其人格相匹配的诗格。如：“渺渺天际鸿，悠悠江中鱼。敞襟托真赏，舍此将焉如。”（《和金广文连城村居六首》其一）“疏林发清响，潦水澄寒波。相期阻丘岑，临风惝浩歌。”（同上，其六）“老去思芳实，狂来倒葛巾。悠然成独赏，陶令是前身。”（《对菊》）“自有芳心自作花，何须春日竞繁华。雪中看取红于锦，悔把寒梅傲骨誇。”（《山茶》）“亭亭独立俯中流，玉佩仙人碧玉楼。漫把六郎轻比拟，从来君子本无俦。”（《荷》）“戏与幽芳一写真，笔花飞落墨痕新。若嫌冷淡难随俗，岩谷如今有几人。”（《题兰》其一）从上引几例中，我们已约略见出薛雪空透玲珑、不落凡俗的诗歌品格，通过这些借物咏怀、直抒己意的诗篇，我们仿佛看到了一个遗世独立，不与尘俗同流的高洁的诗人形象。薛雪高尚的人品原自他内心对自然的崇拜，对品行高洁的前贤，尤其屈原的敬慕，是自然给了他栖息心灵的净土，是前贤的高尚人格给了他无限启迪，所以薛雪诗中一再表达了自己沉溺自然，踵步先贤的意愿：“晓窗唤起语移时，写得骚人九畹姿。”（《题兰》其三）“读罢《离骚》酒一壶，残灯照影夜犹孤。写来如梦复如幻，未审朝看得似无。”（《题兰》其七）“毫端画破虚空界，想见行吟泽畔人。”（同上，其八）“诗人自写襟怀意，只有灵均识此情。”（同上，其十四）

如果抒写胸臆、托物言情的作品直接表达了诗人遗世独立，不入俗流的坚贞心志的话，那么散落在《斫桂山房诗存》《抱珠轩诗存》《一瓢斋诗存》等诗集中的各体山水诗作则如一面宝鉴，曲折婉委地映现了诗人纤尘无染、吹气若兰的精神世界。

（二）“漉酒从人劝，临风任我吟”——薛雪的山水诗简析

薛雪毕生以行医为主，其踪迹在吴越间徘徊，和叶燮相较，他是一个抱贞守幽的诗人，足迹远非其师广阔。在山水诗创作上，他的题材大多选自湖光潋滟、青山隐约的三吴风物，表现内容不及叶燮丰富；因为以幽娴贞静，不染红尘为人生的价值取向，故而其山水诗风

总体表现为婉娈隽秀、简淡飘逸，比叶燮多了几分妩媚和清幽的韵味，因此，在诗意的构建上亦超越叶燮，给人更多的审美感受。如："放舟沿柳岸，频转就阴森。漉酒从人劝，临风任我吟。好山都在眼，归鸟乱投林。"(《石湖纳凉喜值雷雨》)石湖，在今苏州市西南，依上方山而临郡城，宋代著名诗人范成大曾居于湖畔，为姑苏春秋佳日行吟赏月的幽胜之处。顾祖禹《读史方舆纪要》曰："石湖，在府(苏州)西南二十里，西南通太湖，北通横塘，东入胥门运河，相传为范蠡入五湖之口。志云：太湖自三江导流而外，其支流东出香山、胥山间曰胥口，又东至吴山南曰白洋湾，稍折而北汇于楞枷山下曰石湖，界吴县、吴江间，称为湖山绝胜处。有行春桥跨湖上。"[①]薛雪放舟石湖，满目皆被翠绿的山色所迷，他斟酒邀人，临风闲吟，一派适性自然、不染世俗的旷达之情沛然而生。再如："雨后看山面目真，峰峰如沐黛痕新。尤怜岭下清溪水，一路潺湲似送人。"(《金牛岭》)金牛岭，在今江苏溧阳市南，《清一统志·镇江府一》曰："(金牛岭)在溧阳县南七十里，长亘十五里，与安徽广德界。"又《读史方舆纪要》曰："(金牛岭)在州(广德)东北七十里。四面皆重山，中一岭，长亘十五里。"雨洗青山，峰岭苍翠，远观近察，一抹抹山色如刚刚出浴的少女，眼波闪亮、黛眉含情，令诗人顿感自然界活力激射，于是他深情地吟唱道："尤怜岭下清溪水，一路潺湲似送人。"又如："天际浮螺分岫色，眼前明镜卷湖光。千村绿树欣过雨，十里红渠远送香。凭眺却忘归路晚，钟声何处下斜阳。"(《黄泥岭》)"莫釐峰下露团团，斗影阑干月影残。山自雨余添黛色，鹤因人静上松盘。"(《莫釐峰露坐怀清虚坛诸道侣》)以上两例，不管是黄泥岭的崎岖陡峭，还是莫釐峰的含蕴隐幽，诗人都把抒情的背景放在"天际浮螺"、"湖光"滉漾的海天空阔中，让诗境始终充满悠远绵长的韵味。另外如《野望》《过翠峰寺阻雨》《游白云洞山行口占》《孤山梅》《葑山观荷》《三月晦日与徐子振远泊舟皂溪四月三日复泊舟江城作》等都是意韵清远、情致婉丽的写景佳作。

薛雪论诗主张承叶燮而来，他认为诗歌创作有"奇"有"正"，风格

---

① 见《读史方舆纪要》，第1163页。

应该呈多样化，在不同审美视阈下展现诗人的真胸襟、真气魄。因此之故，他的山水诗不但有蕴藉风流、空阔透明的一面，而且还有怒目开张、忠愤淋漓的一面。他把对自然的向往，对山水的美感体验融入前者，而把个人生命旅程中种种的感慨和反思，以及一腔郁怒勃发、忠愤填膺的意绪寄托给后者，让自然山川，或富含人文精神的历史遗迹代其摅写心中如怒鹤冲天的心志，这些诗作从内容上表现了与纯审美的山水诗不同的价值取向，而在艺术风格上却有如诗人在《一瓢诗话》中所说的：“如快剑斫阵，骏马下坂”，“如回风舞絮，落花萦丝”[①]的激越和萦纡。如：“精忠两字留青史，碧血千年报狡童。自是人心轻社稷，非关天意困英雄。无穷南渡兴亡恨，尽在书生一拜中。”(《谒岳王墓》)“五月五日江水翻，江上阗阗金鼓喧。兰桨云旗不相下，帝子孤臣各断魂。一片声歌歌不起，沉冤只在清波底。拾取鲛人血泪珠，丝丝织入《离骚》里。”(《竞渡》)“万古英风在，荒祠压水滨。父兄双殉国，吴楚一孤臣。苍鼠惊飘瓦，灵鸦噪远人。平生感慨泪，瞻拜益沾巾。”(《胥王庙》，以上引诗见《一瓢斋诗存》卷二、三)岳王墓，在杭州西湖；《竞渡》写端午观竞渡过程；胥王庙，在苏州胥口。以上三诗均以忠义彪炳、浩气长存的历史人物为歌吟对象，通过寓意深厚的历史遗迹的兴起，抒发了诗人心头百感悽恻的忠愤悲慨之情。其感情激越、意绪沉郁恰好折射了薛雪蔑视权贵，不染尘氛的傲岸本性。

薛雪的山水诗以短章为主，轻快灵秀，飘逸洒脱，诸如《野望》《过翠峰寺阻雨》《夜泊京口》《游白云洞山行口占》《孤山梅》《葑山观荷》《舟行晚兴》《夜半至岱心湾》《舟过玉柱山房》《雨中望茅山》《重过丹阳道中》《白云洞》《登富春江楼》等。与短歌的轻灵相比，薛雪的长篇山水诗则略显沉雄与狂放，如：“振衣磅礴间，奋步上蹲踊。举手扪青天，四顾恣啸乐。白波何浩淼，卷起向身落，中涵七十峰，个个巨灵削。峨峨两高山，相对话然诺。……腋下无清风，安得驾黄鹤。”(《登穹窿绝顶望震泽》)穹窿山，苏州名胜之一，顾祖禹《读史方舆纪要》

---

① 见《一瓢诗话》，第114页。

曰："府西南十里，山高峻，旁滨太湖，其顶方平，广可百亩。山半有泉曰法雨，分流下注，近採香泾复合为一，潴聚成潭，筑堰置牐，藉以溉田。……又有香山，与穹窿相接，……胥口之外曰胥湖，南有高峰，穹窿之脉尽于此。"①穹窿山，因其山势而命名，相传著名军事家孙武曾埋首山中，写成《兵法》十三篇，清乾隆皇帝南巡登山望太湖，至今留有御诗碑，道书列为七十二福地之一，山顶有三茅君祠殿。薛雪扶筇振衣，直上穹窿之巅，三万六千顷湖光尽收眼底，一派浩淼烟波令他胸襟开张，啸歌长吟，适情悦性，这首长歌宛转流畅，尽情抒发了诗人豪放的心声。再如："渴掬乳泉饮，坐听山禽哢。再憩复再登，渐失同游众。风来老树香，云起危峦动。……落日淡寒烟，茫茫堪一恸。摄衣下层岗，白云封古洞。"(《游乳泉洞入石云复登莲花岩至白云洞》，《一瓢斋诗存》卷一)登穹窿绝顶，放目三万六千顷的"震泽"风光，诗人心游万仞，思极无垠，而入"乳泉洞"，再入"白云洞"，登临"莲花岩"，诗人心入杳冥，魂归自然，听山间鸣禽弄哢，看林际白云起落，"老树"生香，"危峦"摇绿，一派生机勃发的景象既让他欣然喜悦，又使其生人世"茫茫"、程途艰危的隐"恸"。

薛雪多才多艺，不但擅于岐黄之术，而且还精于丹青之绘，所以他的山水诗在意境构造、景物布置、色彩运用方面均体现了诗画一体的审美特色。比如构造意境，诗人用心说道："月趁江流涌，天随沙岸低。"(《夜泊京口》)"影落征鸿外，心孤野店前。"(《重过丹阳道中》)"桥锁湖波静，舟轻入夜清。"(《秋夜泊垂虹亭下》)"千山翠重半轮月，万顷波平一叶舟。明灭渔灯移远岸，离披江草立闲鸥。"(《登富春江楼》)行旅是枯寂的，又是冷漠凄清的，薛雪在营造山水诗意境时既抓住行旅山水诗特定的孤独幽寂的印象特征，把入目即见的山水型态表现得如孤鹤夜惊、凄清冷艳；又跳出哀愁烦忧的心理氛围，极力追觅山水意象中贞静闲雅的韵味，把山水诗意境推向"明灭渔灯移远岸，离披江草立闲鸥"的超远旷达，以及"苍茫四顾如遗世，欸乃一声凌太空。蟹舍青荧明远火，云罗断续度征鸿"(《月夜渡太湖》)的空阔

① 见《读史方舆纪要》，第1162页。

幽深境界。在景物布置方面,薛雪以画人的眼光,将入目即见的山水景致按远近高低、显著幽微的层次,通过平远、高远、深远的不同视角,设置得极其妥帖。如《登穹窿绝顶望震泽》写登高望远的景象,诗人以“穹窿绝顶”为基点,游目四顾,太湖壮景尽收眼底,他通过平视远望、俯视近观的手法,把远景近景融合为一,使得诗歌构图层次分明,繁而不杂。再如《登富春江楼》,诗人登楼远望,但见“千山翠重”、“万顷波平”、“半轮”孤月、“一叶“小舟”给这充满宁静孤寂的江上景色增添了更为高远深阔的气韵;骋目细察,又见“渔灯”“明灭”,出没在遥远的岸边,“江草”“离披”,悠闲的白鸥相向而立,诗中画面由高到低,由远而近,视角则不断从仰视向平视、俯视交替转换,过渡自然,错落有致,使富春江上诸景构成了一个浑融的整体。又如《月夜渡太湖》,诗人抓住青山隐约如横眉黛的特点,通过平远为主、高远为辅的布景方式,把月下太湖波光接天,湖山一体的景色表现得如同梦幻。在色彩运用上,薛雪以空阔透明为基调,以浓淡适中为原则,该浓艳时则不吝笔墨,设色极为厚重,该清淡时则惜墨如金,画面呈虚白之象。如:“海涌峰前红乍稀,垂虹桥畔绿荫肥。……樯燕窥人频上下,湖光欲雨转霏微。”(《三月晦日与徐子振远泊舟凫溪,四月三日复泊舟江城作》)“红乍稀”、“绿荫肥”两相映衬,显得色调极为秾艳,而“湖光”由“雨”转为“霏微”,则如水墨图,淡雅清静。再如:“处处芦花卷水痕,家家黄叶掩柴门。丹青安得倪迂手,画出江城烟水村。”(《舟行晚兴》)“芦花”如雪,“黄叶”似蝶,对对飘飏,点点飞洒,如同一幅色彩鲜艳明丽、格调深远淡雅的山水小品。又如:“一插青峰一朵花,峰峰飞翠映朝霞。”(《葑山观荷》)荷叶如“青峰”直插碧空,而荷花如浮在万顷碧翠之中的“朝霞”,艳丽无比,惹人怜惜。

薛雪的山水诗题材较窄,数量亦有限,但通过以上简述,我们仍然能感到诗人在创作山水诗时所秉持的自然观念,以及美学原则,他以诗人的聪慧、画人的眼界,把所经所历的山水风光有机整合起来,通过精心布局与设色,使其笔下的山水形态各异,气韵充沛,由此进入虚空深远、简淡自然的审美意境。综而言之,薛雪的山水诗特征,一如诗人自作的《题画》诗所言:“重重山色落柴关,长日无尘景象闲。

安得此中能着我，一生趺坐对青山。”

四、金之俊、王曾翼及其松陵诗群的山水诗概观

松陵诗群从明末清初一直活跃在清代诗坛上。叶燮、薛雪因为独标一帜的诗论观点而备受世人关注，除以上叶、薛之外，能把松陵诗群山水诗温润柔美特色完美展示出来的还有以金之俊、王曾翼等为典型的其他诗人。

按年齿与经历，金之俊应与钱谦益、龚鼎孳辈相伯仲，但此处将其归于松陵诗群，并置于晚出的叶燮之后，是考虑金之俊的诗风婉约温润，可为松陵诗人之另类典型。

（一）金之俊的山水诗

金之俊（1593—1670），字岂凡，又字彦章，号息斋，江南吴江人。明万历己未科（1619）进士，历官兵部右侍郎。入清，以原官起用，因多次上疏言事，深得顺治嘉许，故屡迁其位，由兵部侍郎调任吏部侍郎，历任工部尚书、左都御史、中和殿大学士兼吏部尚书、秘书院大学士等，并多次加太子太保、少保兼太子太保、太保兼太子太师。康熙元年致仕，九年卒，谥文通。有《金文通公集》二十卷传世，其中《奏疏》六卷、《诗集》六卷、《外集》八卷。

金之俊虽然位居显要，但他心地宽厚，以善为怀，和佛门有极深缘渊。通过《外集》所收录的序、疏、颂、偈等诗文作品，我们能洞鉴诗人一衲遮身、万念俱泯的佛禅思辨与颖悟。比如《和明严大师念佛十颂》对“念佛”的体认，他说：“志向弥陀杂未精，须将万虑一澄清。心猿意马牢拴住，字字从今要认明。”（《摄念》）“念熟犹如顺水舟，涛翻浪涌亦安流。何曾着意施篙橹，任到中央快自由。”（《任念》）“念归无念始超方，山自高兮水自长。十世古今无起灭，大千沙界尽承当。”（《寂念》）念佛，是一种境界，更是一个过程，它是人的心灵从有所指、有所欲，经过“摄念”、“切念”等收束净化的程序，而逐渐进入“任念”、“悟念”、“寂念”的境界，最后达到“圆念”，即泯灭东西界限、混同世界的圆融自性目标：“登峰造极原平地，自性莲台自涌花。”再如《和洞山初禅师十心颂》对“心”的颖悟，他说：“心是尺短长，宽窄难损益。毫

发稍欺乱准绳，沉沦万劫堪痛惜。”（其五）“心是镜具足，光明是本性。略惹尘埃着力磨，须教垢尽恒沙映。”万善之源与万恶之源皆由心生，诗人用佛禅理念观照人的心灵世界，他认为“心”就是舂鼓、是水火、是衡器，更是洞烛迷途的明灯和宝鉴，只要把持扬善弃恶的平常心，人才能达到心境的更新与超越。又如《祖鹅湖大师一衲遮身原韵》对人间生老病死、功名利禄的思辨，充满了金之俊的佛学判断，能启人智慧：“一衲遮身百事闲，柴门竹径自盘桓。……香台夜半烟消后，月影移来补衲残。”（其三）“一衲遮身百事忘，蒲团月满好回光。……休将禅教生分别，华藏莲胎一样香。”（其十）因为有上述佛禅体验，所以在金之俊心中一切皆是空无，一切都成寂灭：“人生枉打算，万事水流东。田园和第宅，辞世一场空。”（《和端禅师十空偈》其一）“丈夫争意气，我见最难融。四大崩离日，好胜一场空。”（同上，其三）“罪福总无相，执着如捕风。不达无相义，修习一场空。”（同上，其九）既然一切皆幻，世间万物随心而生，金之俊体认佛法禅理的途径便是与自然融合，在自然界自在无为的混一境界里去追觅自我本性：“雪里看山山更好，只因清静无尘恼。寒光一片满大千，独坐茅庵闻道早。”（《赠雪屿上人偈》其一）融入自然、随缘任运，相忘于人与物的异同之辨，佛心才能显现，“信步踏来芳草中，不饥不渴绿阴茸。山童枉费闲心力，赢得藤萝一枕浓。”（《和普明禅师牧牛图颂》其七，《任运》）“人牛非有那寻踪，皓月澄秋万里空。若问个中消息也，虚亭绿满草丛丛。”（同上，其十，《双泯》）泯灭了物我之界，心归于无挂碍的佛天，就如同一月照彻九州，遍天下为浑沌一体的大千法境：“一天如镜涵群象，照破恒沙万影迷。任是浮云时聚散，光华到处逗真机。”（《月偈》四首，其一）“一片圆明照大千，偏地生盲亦了然。可惜双眸炯炯者，无端着屑昧光天。”（同上，其四）由于受佛禅思辨和佛家美学精神的规范，金之俊的山水诗呈示出浑融圆润、清静无波的特色，如：“香气浮篱落，欢情动牧樵。停眸多幻态，云影束山腰。”（《山径》）“清阴凉野坐，翠色接山情。树果因风落，泉流借月明。”（《山墅》）“天围平野尽，月浸万峰图。真际超生灭，浮光任有无。”（《待鹤楼漫兴》）“渺渺秋无际，长天一镜收。……高雁沉疏影，轻凫泛细沤。”（《秋水》）上述不管是《山径》《山墅》，还是《漫兴》《秋水》，诗人皆能从天高云淡、雁影徘徊的自然现象里捕捉悠远绵长的山水诗韵。金之俊的山水诗普遍选择日常见惯的自然意象，或生活细节来传达诗人内心对自然、对人生的感悟，如："一路酣香气，千林斗雪光。迷离茅舍隐，历乱野蜂忙。"（《乙巳春西山看梅》）"雪山微弄影，玉树尽含香。往复罗浮境，依稀极乐邦。"（《丙午西山看梅》）"寺生烟雾里，塔涌柳梢头。绿绉风嘘麦，黄酣菜满畴。"（《半塘看菜花》其二）"新绿衣山翠，晴波立鹭娟。画船飞骑竞，游女断桥联。"（《丁未清和四日过西子湖》）"江近层峦踞，湖藏竹树连。千山沉翠色，万壑绣平田。"（《自云栖过岭至上天竺》）"村居恰尔对枫林，始信秋容醉更沉。一片霞城平野立，杳然欲入武陵深。"（《看曹溪枫叶二首》其二）"锦茵四地黄金灿，惹得游蜂趁蝶乱。最是风来送野香，催人痛饮千忧散。"（《丁未春半塘看菜花四绝》其三）上列各例，均以日常习见的生活细节，诸如观梅、赏花、吟枫等日用境来反观诗人喜悦、空灵、闲适、怡情的精神世界。

金之俊山水诗选材非常纤巧，在他笔下绝少出现险峰峻岭、高江急峡等类雄浑壮伟的自然景观，相反他以柔婉工致的姑苏山水为刻摹主体，将自己对故乡的深情，对禅宗空寂审美理念的参悟寓于太湖之烟波、洞庭之清风流溢出来，就形成松陵诗群中清婉圆润的另类风格。如：

绝巘凭虚到，湖山极目全。千帆迷独鸟，一水浸高天。草树连云合，烟峦似髻旋。清风来暮色，巧绘莫能传。

——《登穹窿顶望太湖》

晓雾失华峰，烟收觌面逢。幽林松障合，怪石藓衣封。游屐穿云过，僧厨汲水供。相看身世外，不必叩禅宗。

——《游华山》

犹是此山中，隔峰迥不同。波光欺日影，岫色乱丹枫。远近渔舟出，参差古寺重。晴湖无遮影，一览目围充。

——《游东山后》

穹窿山、华山、东山皆姑苏山水胜地，三山遥相辉映，襟带万顷太湖。诗人登山四顾，只见苍然深秀，湖光滉漾，风帆高张，草树迷离，烟峦盘旋，松林幽蔽，青苔点点，渔舟唱起悠远的晚歌，丹枫烧红半边带霞的天空，古寺钟声穿空而来，又排空而去。受湖山幽绝景象的激发和启迪，诗人顿然产生“纵目乾坤小，凝神今古悠”（《丙午登穹窿绝顶》）的超达旷远之情。

金之俊生当朝代鼎革而海飞山立的年代，他既没有同乡志士，诸如吴易、沈自炳等慷慨激昂、揭竿而起的悲壮义举，也没有如同徐崧、史玄等人坚贞守白，誓不与新朝合流的民族气节，因而他的山水诗柔媚多于倔劲，圆润多于骨梗，从本质上说，缺乏大势酣畅而英气逼人，雄浑莽苍而劲健凌厉之风，这在松陵诗群以豪爽悲劲为主的山水诗格中确属另类。

和金之俊柔和温情的诗风形成鲜明对比，并把松陵诗群刚健奇崛特色承传下来的山水诗人当为晚出的王曾翼。

(二) 王曾翼的山水诗

王曾翼（1733—1795），字敬之，号芍坡，江苏吴江人。乾隆二十五年庚辰科进士，官至甘凉道。有《居易堂诗集》行世。

王曾翼少有诗名，据周兆基《居易堂诗集序》所言：“松陵王芍坡先生未弱冠即以诗文名于乡。乡、会试皆高第，制艺脍炙人口。”王祖武（曾翼子）《居易堂诗集识》中亦说：“先君子自总角应童子试，即以诗见赏于学使者蒲阪崔公嗣，由拔萃登乡荐，益肆力于词章，每一篇出，士友间争相传诵，辄持其稿去。”少年早慧，诗文名于乡里“士友”间，青年登科，中年辗转于仕途，王曾翼的诗基本是其人生履历的纪实，尤其任职甘肃以后的行迹多于诗歌中反映出来，遂激楚悲慨，风味迥然。“迨乾隆丁酉（1777）由御史擢为监司，出官陇右，前后凡十有八年，中更事变，而赋从军，再从嘉勇公于役秦陇，以至玉关内外，足迹所经，见闻所触，发为劳人之唱，因著《吟鞭剩稿》二卷，丑辰纪事诗一卷。”（王祖武《居易堂诗集识》）由这段文字可知《居易堂诗集》的主体是诗人官甘肃时所作诗歌的结集，包括《吟鞭剩稿》上、下卷，主要纪行、写景、咏史、怀人；《吟鞭剩稿附》一卷以怀人为主；《丑辰纪事诗》一卷、《甲辰纪事十六首》一卷，分别记述发生于乾隆四十六年和四十九年平定回族叛乱的战事，其格调之激烈、叙事之完整，足可当一部金戈铁马的战争史诗。

以山水诗述论的视角衡量，王曾翼的《吟鞭剩稿》无疑有很高的评判价值。首先，他填补了前人的空白，把关中以西、回疆以东前人多所遗漏的广袤山川、风土人情作为吟咏对象，并加以气势恢宏的渲染和刻摹，使清代山水诗的表现范围得以拓展，正如前人所说："甘肃自玉门以西，辟自圣朝，为古文人学士著录所不到，其山川风俗人物之瑰奇，固不宜无诗，特假先生之行以达之。"（周兆基《居易堂诗集序》）"吾于芍坡先生《吟鞭剩稿》，窃叹其言人所未言，信乎其必传也。……此稿则自入甘以来，历乾隆癸卯(1783)、甲辰(1784)、乙巳(1785)、丙午(1786)行役之作耳。据鞍吊古，揽景怀人，阅历之奇境尽，词章之能事亦尽……先生独开生面，至新疆回部，前之人未有诗，而今忽有之，以採民风，以宣圣化，是诗非徒作，视夫雪还柳往之什，殆不同也。"（吴镇《居易堂诗集序》）其次，王曾翼在山水诗境构建上一反江南文士柔和温婉的常规，而根据西部山水的地貌特征，将其雄阔壮丽、刚劲激楚的一面展示出来，令人产生别具一格的审美感受。

《吟鞭剩稿》既然创作于诗人出任甘凉道期间，所以它的描写对象以陇上为主体，以关中、回疆为两翼，兼及上述区域的山川风情、民俗物产，既可当成风味卓绝的山水诗来吟赏，也可当成一部浓缩了的西部风情史来解读。以下按类型对王曾翼的西行山水风物诗作简要叙述。

1. 雄浑壮美的回疆山水诗

从关中一路西行，沿庄凉大道，直至兰州，群山逶迤，川塬交接，风景十分壮丽而秀美，王曾翼怀着神奇而惊艳的心情，把一个自己从未涉猎的地域的山川用心描述出来，就使关陇山水既雄浑莽苍，又显得清峻幽深，那一抹斜阳，一道川流，一座雄关，一条峡谷均给诗人带来前所未有的激情，故而关陇山川在王曾翼诗笔下被赋予了别样的生命之光。如："微茫一线走，合沓千峰插。履险多凌兢，缒幽愈縈折。"（《晓行过河入峡》）"穿萝纡绿径，隔涧插青峰。籁奏泉间石，涛喧雨后松。”(《自真符抵渭门雨中山行二首》其二)“山城高接栈云秋，昨夜西风落叶稠。绝磴几千縈鸟迹，雄关第一数鸡头。”(《鸡头关》)“羊肠愁诘曲，马足怯巑岏。叠岭终年雪，征衣五月寒。”(《六盘山》)关山陇水，自古就是雄奇奔放、天高云淡的象征，王曾翼经行其地，诗笔随景物转移变幻，凡入目皆见的高关险峰、深峡幽谷皆被其赋予野性的活力。

在所有西部山水诗中，尤以回疆之行的山水诗作令人耳目生新，魂为之惊。如：

> 酒泉西去陟崔嵬，岭上雄关四扇开。万里风云通雁塞，九边锁钥扼龙堆。沙飞漠漠分中外，碛度重重怯往回。正拟旋镳俄发轫，瓜州迤北近轮台。
>
> ——《出嘉峪关》其一
>
> 出关千里平如掌，行到南山窒马蹄。路人打班愁陟险，沟名焕彩孰留题。松生万树排青嶂，雪化千岩泻碧溪。剧忆往年云栈路，重携图画到天西。
>
> ——《南山口至松树塘》
>
> 回镳英吉沙城过，小憇征骖叶尔羌。晴后雪峰弥皎皎，腊前河水自洋洋。(叶尔羌河冬月不冰，方舟可渡—诗人自注)万家烟火环村郭，百货梯航入肆场。此去和阗知不远，宵分隐隐见虹光。
>
> ——《叶尔羌》其一

回疆之旅的山水诗诗人前后命名为《西行杂咏》《西行续咏》，分别创作于乾隆五十年四月和九月。嘉峪关，是西出的第一站，也是征人惜别的断肠处。关在今甘肃嘉峪关市西，因处嘉峪山西麓而得名。嘉峪关建于明洪武五年(1372)，是明长城的西起点，其形势险要，为通往西域的必经之路，素有“天下第一雄关”之称。顾祖禹《读史方舆纪要》曰：“嘉峪关，在卫(肃州卫)西嘉峪山下，山之西即关口。明初收河西地，西抵玉门，北至沙漠，而仍以嘉峪为中外巨防。”王曾翼先后两次出关，他不但折服于雄关漫道，控扼“中外”的险要形势，而且还借景抒怀，阐明守土镇边的重大意义。

南山，《读史方舆纪要》记曰："在于阗南。东出金城，与汉南山相接，《汉书·西域传》：'西域三十六国，南北有大山，中央有河。'所谓南山，指此山也。"[①]南山，界玉门、阳关与西域诸国之间，从古西出分南北两道，《读史方舆纪要》"葱岭"条曰："西域诸国，东接汉玉门、阳关，西则限以葱岭。自玉门、阳关出西域有两道：从鄯善傍南山西行至莎车为南道。……自车师前王庭随北山循河西至疏勒为北道。"[②]松树塘，又名招摩多，在今新疆巴里坤哈萨克自治县东南。从嘉峪西出，千里大漠，平坦如砥，忽焉"南山"横亘，"马蹄"窒塞，山路险仄，万松合围，青嶂似屏，这一切均令诗人胸胆一开，豪情顿生。叶尔羌，即今新疆莎车县，叶尔羌的意思是指"土宇广大"。《读史方舆纪要》曰："莎车城，在于阗西北"。莎车土地广袤，田园肥美，草木繁盛而物产丰富。王曾翼的《叶尔羌》一诗，围绕"晴后雪峰弥皎皎，腊前河水自洋洋"的自然景观，写出了叶尔羌，即莎车地处通途，商贸繁华，民丰物阜的社会状况。

除上述，王曾翼的写景山水诗，还有《固原》《青岚山》《望崆峒》《过马家堡》《重过马营监》《过秦安县》《由赤金湖至赤金峡抵玉门县宿》《过哈密》《巴里坤》《星星峡》《苦水至格子烟墩竟日行戈壁中二首》《土鲁番》《哈拉沙尔》《库车》《阿克苏》《喀什噶尔》等。

2. 寄托感慨，对景抒怀的行旅山水诗

王曾翼入西域的年代正是朝廷平定回疆，剿灭甘肃马文熹、张文庆、马四娃等回民起义后百废待兴的非常时期。因此，诗人通过行旅山水诗把触目皆见的社会现象，以及对历史的反思表达出来，就使此类山水之作具有更深更广的内在蕴含。如："十家九烬马营监，策马重过泪湿衫。……烽烟靖后埋新骨，瓦砾堆中出断镵。"（《重过马营监》）"青燐点点逐尘飞，尚忆凶徒血刃时。五夜霜威增凛烈，四山月色照凄其。"（《过隆德城逆党千余骈戮处》）乾隆四十九年(1784)，甘

① 见《读史方舆纪要》，第3071页。

② 同上，第3071页。

肃回民在张文庆等人率领下聚众造反,一时声势颇张,陷通渭等县。朝廷派福康安、海兰察“赴甘肃剿捕回匪”①(《清史稿·高宗本纪》),后又“命阿桂领火器、健锐两营兵往甘肃剿叛回”(同上引),“叛回”平定后,朝廷对其进行了残酷镇压,除首领张文庆、马四娃、马文熹被“槛送京师”外,其余家属人众悉数遭朝廷屠戮,对当时清兵屠杀回民妇孺及丁壮的惨状,王曾翼在《过底店马逆故里》《过隆德城逆党千余骈戮处》等行旅山水诗中多所提及:“底店千余家,俱以从逆诛,靡有孑遗矣。”(《过底店马逆故里》诗人自注语)看到昔日恬静安逸、人烟“似蚁”的沿途村镇,而今新骨累累、瓦砾遍地,诗人不禁“泪湿”征衫,痛彻心底,他衷心希望“圣朝”皇恩“浩荡”,而使战后“疮痍能渐复”。

在王曾翼的行旅山水诗里我们常常会感受到西部物产丰富、生态优美而节候适宜的鲜明特征。如:“麦陇连川铺碧毯,桃蹊绕郭烂红云。一般杨柳春旗色,是处儿童竹马群。”(《过秦安县》)“碧涨瓜田渠汩汩,翠翻麦浪野芃芃。花门夹道瞻熊轼,柳色沿堤引玉骢。”(《过哈密》)“花门瓜作饭,屯地马能耕。苜蓿经霜翠,葡萄入市盈。”(《土鲁番》)西部在世人眼里是一个戈壁无边、黄沙漫漫的不毛之地,但通过王曾翼的行旅山水诗我们方始窥见真正的西北山川原来是麦陇相连、杨柳依依,瓜肥果香、清渠粼粼的世外桃园。

3. 旖旎多姿、光彩焕然的风情山水诗

王曾翼西行山水诗的另一大亮点是对西部,尤其新疆境内民风、民俗的刻画和咏叹。民风、民情是构成诗人西行山水诗的重要组成部分,它从不同侧面反映了边疆的风光物产、人情土俗,是我们透视西部社会的一面镜子。这些诗作被诗人总名为《回疆杂咏》,其内容丰富、格调优美、韵致婉然,有竹枝调风味。如写回疆风光秀美,诗人说道:“开都河水漾晴波,波底银鳞掷玉梭。好待桃花春涨暖,乘船直下叶羌河。”(其一。诗人自注:开都河在哈拉沙尔城外,洋洋巨川,与阿克苏、喀什噶尔、叶尔羌诸水通流。)“万树胡桐似白杨,丛榆夹道接槐塘。仙踪更诧蟠根李,涌出灵泉古道旁。”(其四。诗人自注:洋萨尔之东,大

① 见《清史稿》,第114页。

道旁卧柳一丛，共十余株，状极奇秀，中有灵泉涌出，味甘如醴，行人争掬饮之。）回疆沃野千里，清渠如许，奇丽隽秀处有如江南。再如写回疆物产丰饶、遍地桑麻的田园景象，诗人说道："河流分涨入渠来，麦豆胡麻万顷栽。最说新秋风景好，木棉花落稻花开。"（其二十二。诗人自注：回地少雨，惟藉渠水灌田，所植麦豆、高粱、芝麻、棉花、粳稻与内地同。）"一盘桃李放春风，月季玫瑰香韵同。独有异花开绝域，倒垂芳穗结秋红。"（其二十四。诗人自注：回中异卉一种，叶似鸡冠，花如辫穗倒垂，三四尺，色红紫，春种秋开，名察齐巴克，以其形似回妇首饰之察齐巴克也。）"瓜梨蘋果共安榴，曲跽擎筐泥客收。更是冰盘堆簇簇，塔儿糖列最高头。"（其二十六。诗人自注：白糖和面，抟作杵形，高尺许而锐，其顶呼为塔儿糖。回俗最珍之，以饷贵客。）西域风光迥异中原，而物产更是丰富多彩，除五谷杂粮，还有奇花珍果，令人心神俱醉，满颊生香。新疆不仅物产丰赡，风光优美，而且土俗繁多，民族风情更让中原人士为之侧目倾心，王曾翼对其描绘道："荆芭高坐绛罗蒙，新妇登门拜姥公。鼓乐喧阗亲弗集，满斟克逊庆新红。"（其十一。诗人自注：贵族婚姻，必凭媒定，吉期以荆芭衬花毯，坐女其上，红锦蒙头，舁至婿家，拜翁姑如礼，三日内亲戚麇至，曰待喜。验红有，则设酒庆贺，云巴克逊，回酿名，如内地黄酒。）"士女摩肩巴杂场，哈斯察克互称量。妾身自织金丝布，好换郎家紫色羊。"（其十五。诗人自注：每逢七日为大巴杂，犹内地之集期，百货充溢，男女成群，以哈斯量长短，华言尺也，以察拉克较斤重，华言秤也。）"对对胡姬舞态浓，胡琴拍拍鼓咚咚。更阑曲罢还留客，手酌葡萄劝玉钟。"（其二十一。诗人自注：鼓径一尺六寸，高三寸，鞔以羊皮，胡琴十弦，拍鼓抚琴，回妇二人歌舞，此宴客之乐也。）回疆礼俗、婚俗、商贸、娱乐等均呈现鲜明的地域特色，色彩艳丽，而风尚古朴单纯，颇能引人兴致。

王曾翼在清代诗人中，即使在松陵诗群中，声名甚微，鲜被世人称道，但他气势充沛，格调激楚，而风味独特的西部山水诗足以让他在清代山水诗史上占一席之地。

（三）陈权和他的维西山水诗

松陵虽为莼菜鲈鱼、水软山柔的渔米之乡，但地产的诗人却多激昂悲慨之人，如陈权。权，字圣谋，号东湖，江苏吴江人。曾官云南阿迷州知州。有《滇游集》存世。

《滇游集》四卷,创作在诗人任职滇南时,其内容不仅止于山川风物,而且还包括军旅、民政、城建、转输等,凡所经历与见闻,均纪以诗,正如袁景辂在《国朝松陵诗征》中所说:“《滇游集》四卷,东湖官滇南时所作,……而于鹤庆、维西、阿迷山川、风俗、边事、彝情述之尤详。至今读其诗,如履其地,而先生之鞠躬尽瘁,亦如见其人。”陈权淡于名利,二十多岁“即弃举子业”,先后“奔走燕、赵”,“从军甘肃”,最终以功補官云南鹤庆、维西,擢阿迷州知州。维西,即丽江木氏之地,陈权任职维西时政绩斐然,他把亲历之山川、民俗、彝情形之笔墨,就有风格遒劲、内涵丰盛的维西山水诗。如:“千载荒夷境,于今隶版图。地分川北界,边接藏西隅。俗尚同麋鹿,音声杂鸟乌。”[①](《维西杂诗》)维西,地交滇藏,境内多彝、藏等少数民族,明以前属土官管理,多为羁縻性质,不仅不见于诗文歌咏,而且舆地之书亦鲜有载录。直至清代,维西始见于史籍,《清史稿·地理志》叙其建制曰:“丽江府,顺治十六年,改土府,省所属州县并入,雍正元年设流官。乾隆二十一年,置中甸厅,三十五年,置丽江县为府治,改鹤庆府为州,并所属剑川州、维西厅来隶。……维西厅,府西北七十里。明末拓元临西西北吐番地为土府。雍正五年设厅治,隶鹤庆府,通判驻之。乾隆十一年随鹤庆来隶。”[②]维西厅,今为维西傈僳族自治县。因其“地居西极”,故“取四维之一之义”,命之曰维西。陈权的《维西杂诗》首叙维西历史沿革,阐明大清拓疆扩土的历史功绩,再点明维西独特的地理位置,最后说明维西多民族共处的社会特征,它不但是我们欣赏西南迥异山川的风情画卷,而且还是研究古代少数民族习俗、语言及其民族特征的实景记录,具有不可替代的史料价值。再如:“民风安朴陋,从未识衣冠。跣足逾山疾,蒙头负重安。御冬惟爇火,经岁总衣单。边地生涯苦,劳心抚字难。”从这些实录般的文字中,我们能透视维西地区少数民族生活的艰难困苦,让人顿生悲天悯

① 见《清诗纪事》,第3641页。

② 见《清史稿》,第581页。

人的情怀。

第二节 “身在冰壶中，心骨俱清寒”

——沈德潜及其吴门诗人的山水诗

吴中、吴门作为一个区位概念，在论述吴文化的源流时，往往交替出现，相互指代。但作为文化符号，吴中应指以吴文化为特征的广大地区，而吴门则指郡城及其附郭之吴县、长洲一带，比如清代顾震涛所著《吴门表隐》中的“吴门”即限定在“三邑境内”。换言之，前人所称吴门，即今之苏州市区也。

吴门之华丽繁盛前已述及，兹不赘言。而吴门文学滋生绵延，代有传人，至清朝，吴门诗歌集前代之大成，因创流变，蔚然大国，其中沈德潜以其丰富的创作成果和独特的诗歌理论成为清代吴门诗派继往开来的中坚人物。

一、沈德潜的生平和诗论

沈德潜(1673—1769)，字确士，号归愚，江苏长洲(今苏州市区)人。乾隆元年荐应博学鸿词，报罢，四年中进士，选庶吉士，历官至礼部侍郎，加尚书衔，赠太子太傅，卒谥文悫。有《竹啸轩诗钞》十八卷、《归愚诗文钞》五十八卷、《说诗晬语》四卷传世。另编辑《古诗源》《唐诗别裁》《明诗别裁》《国朝诗别裁》等诗歌选本。

沈德潜一生遭际颇富戏剧性和传奇色彩，再加其倡导诗歌要讲“格调”，要充分体现“温柔敦厚”的传统诗教，故而后世对其误解颇多，争议亦由之产生。一般把他当做封建王朝的卫道者或吹鼓手，甚至是御用的帮闲文人。事实果真如此吗？以下就沈德潜生平遭际和诗论主张两方面来稍作辩证。

(一) 沈德潜的生平遭际与其思想嬗变之关系

以乾隆四年考中进士为界，沈德潜的人生划然分为两个阶段。前期的诗人一方面专注于诗学，一方面教书授徒，致力科考。据《自订年谱》，沈德潜五岁起，就由祖父亲自教授“平上去入之声，及一切谐声会意转注。”二十九岁，馆于苏州著名诗人兼戏剧家尤桐的侄儿尤鸣佩家，与其子弟相互唱和，共同推重，其诗名日渐高起。沈德潜诗歌成就的取得不仅有赖于良好的家庭教育与环境薰染，而且还跟他的师从有着密不可分的关联。据载，沈德潜二十六岁时曾问学于叶燮门下，成为叶燮诗学理论的继承者之一，若干年后，被著名诗人王士禛评为：“横山门下，尚有诗人。”

受学于叶燮，受知于王士禛，是沈德潜诗学道路上非常幸运的两件大事，对此，沈德潜曾赋诗志感，将“历下”与“汾湖”并举。当叶、王相继辞世，沈德潜感慨地说道：“济南无作者，海内失诗人。……虞翻同感泣，此意向谁陈？”（《王新城尚书寄书尤沧湄宫赞，书中垂问鄙人云：‘横山门下尚有诗人’。不胜今昔之感，末并述去官之由云：“与横山同受某公中伤”。此新城病中口授语也。感赋四章，末章兼志哀挽》其四）

沈德潜早年科第不畅，但其诗学却日渐成熟，并自树一帜，与著名的翁方纲、袁枚“争雄于一时”，颇受世人推重，吴中学子从其受业者“翕然”而来，正如徐珂《清稗类钞・文学类》所记载：“德潜少从受诗法（指叶燮—笔者注），故其诗古体宗汉魏，近体宗盛唐，大所服膺者为杜。选《古诗源》及三朝诗《别裁集》以标示宗旨，吴下诗人翕然从之。”①沈德潜诗名鹊起，前后从其学诗者络绎不绝，其中最著名的有号称“吴中七子”的王鸣盛、王昶、钱大昕、曹仁虎、黄文莲、赵文哲、吴泰来等。七子之后，沈门继起的弟子还有张熙纯、毕沅，因毕沅的关系，沈门再传弟子还包括黄仲则等人。由于沈德潜继承叶燮的诗学观念，以唐人为标杆，高举“格调”的旗帜，顺应当时诗歌创作的潮流，所以他的“师传之广”、影响之巨，在“乾嘉以来”首屈一指。徐珂在《清稗类钞》中描述其盛况曰：“踵其后而以诗鸣者，大兴有舒位，秀水有王昙，昭文有孙原湘，世称三君。四川有张问陶，常州则黄景仁外，有洪亮吉、杨芳灿、杨揆，江西有曾燠、乐钧，浙中有王又曾、吴锡麒、

① 〔清〕徐珂《清稗类钞》，海南国际新闻出版中心 1996 年版，第 1379 页。

许宗彦、郭麐，岭南则有冯敏昌、胡亦常、张锦芳三子，而锦芳又与黄丹书、黎简、吕坚为岭南四家，大率皆唐人之是学，未尝及德潜门，而实受其影响者。”[①]开一代宗派，树百年文风，沈德潜在以奇崛怪诞、冷僻生硬为旨归的诗界氛围中力倡“格调”的诗学主张确实影响了乾嘉诗坛的走向，即使以性灵为倡导的袁枚亦对其赞叹有加：“诗专主唐音，以温柔为敦，如弦匏笙簧，皆正声也。”（《太子太师礼部尚书沈文悫公神道碑》）[②]袁枚论诗与沈德潜相悖甚多，而且二人在诗学观上颇有论争，但袁枚并没有因观念的歧异而对沈德潜产生排斥与非难，相反在诸多的诗文里，袁枚对沈德潜表达了极大的关注和褒扬，甚至当有人对沈德潜及其倡导的“温柔敦厚”的诗学观窃窃疵议时，他通过诸如《答李少鹤书》、《再答李少鹤》等文，毫不留情地进行辩驳，旨在维护沈德潜崇高的诗坛声望，以及“温柔敦厚”诗学观的纯洁性。

诗学大兴而科举屡踬的沈德潜从康熙三十三年（时年诗人二十二岁）被“取为长洲博士弟子员”后，直到乾隆四年（是年诗人六十七岁）才考中进士，这长达近半个世纪的等待是常人难以承受的，因此，大器晚成的诗人荣登科第后心中复杂的情绪亦是常人难以言说并理解的。

虽然在朝时间只有十年，但沈德潜因诗知遇乾隆的荣耀却是出人意料的。最初“轮班引见”时，乾隆就“谕张中堂（即张鹏翀）云：‘沈德潜系老名士，有诗名。’”后赠“五言八韵”，其中起首二句云：“我爱德潜德，淳风挹古初。”告老还乡之日，乾隆不仅赐诗，而且赐匾，恩宠无比，其诗、匾分别曰：“清时旧寒士，吴下老诗翁。”“高尚特教还故国，清标终惜去朝班。”“诗坛耆硕”。从乾隆四年到生命终结，沈德潜与乾隆皇帝之间结下不离不弃的诗缘，他因诗受无尚优待，从最初的庶吉士，一路升到礼部侍郎，并赠礼部尚书、加太子太师衔，卒谥文悫，归乡后，乾隆仍然不忘沈德潜，多次召见并赐诗与他，其中有句

---

① 见《清稗类钞》，第 1379 页。

② 见《广清碑传集》，第 417 页。

云：“玉皇案吏今烟客，天子门生更故人。别后诗裁经细检.当前民瘼听频陈。”“星垣帝友岂无友，吴下诗人尚有人。”更有甚者，乾隆还亲撰《归愚诗钞序》将其比以李、杜、高、王[①]。沈德潜以一介“老名士”、老诗人的身份得霑如此浩荡皇恩，不仅在清诗史上，即使在整个中国文学史上亦属罕见。正如袁枚在《沈文悫公神道碑》中所评：“诗人遭际，至于如此，盛矣哉，古未尝有也。……惟公以白发一诸生，受圣人知三十年，位极公孤，家餐度支，远封荣祖，近荫贵孙，薨后皇情纡眷，赐谥赐祭，赐葬赐诔。赠太子太师，崇祀乡贤，呜呼！如公者，古何人哉，古何人哉！”沈德潜高龄中魁，得遇圣眷，其感恩戴德之情沛然而生，但诗人并不因此而自骄，相反，他把对皇恩的报答化作一腔赤子之心表达出来，一方面恬淡自律，一方面下情上达，以尽臣子之职。对此，袁枚叙述道：“而皇上亦四巡江南，望见公，天颜先喜。每一昼接，必加一官，赐一诗。嗟乎！海内儒臣耆士，穷年兀兀，得朝廷片语存问，觉隆天重地，而公受圣主赐诗至四十余首，其它酬和往来者，中使肩项相望，不可数纪。……然逡巡恬淡，不矜骄，不干进，不趋风旨，下直萧然，绳菲皂绨，如训蒙叟。或奏民间疾苦，流涕言之；或荐人才某某，展意无所依回；或借诗箴规，吁尧咈舜，务达其诚乃已。诸大臣皆色然骇，而上以此愈重公。”[②]

从以上简述可见，沈德潜幼年即受良好教育，秉承醇正蕴籍的家风，他的性格内敛而不张扬，温婉而不乖僻，是为日后倡导“温柔敦厚”的诗风奠定了坚实的人格和心理基础，在观念形成的过程中，他领会叶燮的诗学精神，且将其发扬光大，成为叶门弟子中的翘楚，其尊崇唐诗，钟爱杜甫、韩愈等诗歌风格的审美趣向导源于叶燮，和封建统治阶级的风尚略无瓜葛；因为他的“格调说”代表了乾嘉诗坛的主流意识，矫正了当时浙派末流的创作弊端，故而受到包括“吴中七子”，以及当代诗坛众多有识之士的首肯，遂形成清诗在乾嘉时期的

---

① 见《沈德潜诗文集·附录二·〈沈文悫公自订年谱〉》，人民文学出版社 2011 年版，第 2124—2133 页。

② 见《广清碑传集》，第 416 页。

再度繁盛，它不但没有束缚诗人的创作活动，相反承己未博学鸿词诗群的创作风尚，进一步激活了诗人之诗与学人之诗的大融合、大发展；沈德潜主张的“格调说”与其倡导唐诗的旨趣是相通的，而且这种诗学主张产生于乾隆四年以前，亦即诗人未入封建统治集团以前，在他四十三岁所选的《唐诗别裁集》的序言中，诗人明确宣称其崇尚唐诗的本质意图是“备一代之诗，取其宏博，而学诗者沿流讨源，则必寻究其指归。”①为初学创作者立一个“诗教之本原”。唐诗经历两百多年的流变过程，有正有邪、有优有劣，如果不加分辨，良莠兼收，则会失去“诗教之本原”。鉴于此，沈德潜选诗的标准有两点：首先要有厚重坚实的内容，要能深刻反映社会现实，要言之有物；其次要风格多样，既要注重韵味和性情，要有空灵淡远的审美意象，更要提倡雄浑沉郁的艺术风格。“余因取杜、韩语意定《唐诗别裁》，而新城所取，亦兼及焉。……因而增入诸家：如王、杨、卢、骆唐初一体，老杜亦云：‘不废江河万古流’也；白傅讽谕，有补世道人心，本传所云：‘箴时之病，补政之缺’也；张、王乐府，委折深婉，曲道人情，李青莲后之变体也；长吉呕心，荒陊古奥，怨怼悲愁，杜牧之许为楚骚之苗裔也。……他如任华、卢仝之粗野，和凝“香奁诗”之亵嫚，与夫一切生梗僻涩及贡媚献谀之辞，概排斥焉。”（《重订唐诗别裁集序》）②虽然诗人一再陈说“诗教之尊，可以和性情，厚人伦，匡政治，感神明。”③但从上所述其选诗的准则，我们决不能把他与封建卫道者的形象联系起来。后世对沈德潜“格调说”的误读首先在于没有从内容的质实厚重，有益社会、有益人心方面去审辨，而是注重形式，从“高古者格，宛亮者调”（李梦阳《驳何氏论文书》）的角度进行简单判断，故而将“格调说”看成陈腐僵化的诗学理论；其次，把“格调说”看成正统诗教理念的翻版，是一种只强调“温柔敦厚”，而排斥性情、不讲创新的格式化诗学主张。对于这种误解，用沈德潜自己的话就能予以纠偏：“诗不可无

① 见《唐诗别裁集·序》，上海古籍出版社1979年版，第1页。

② 〔清〕沈德潜《唐诗别裁集》，上海古籍出版社1979年版，第3页。

③ 同上，第4页。

法，乱杂而无章，非诗也。然所谓法者，行所不得不行，止所不得不止。……若泥定此处应如何，彼处应如何，则死法矣。……试看天地间水流自行，云生自起，何处更著得死法。”(《唐诗别裁集·凡例》)又曰：“诗贵浑浑灏灏，元气结成，乍读之不见其佳，久而味之，骨干开张，意趣洋溢，斯为上乘。”(同上引)就此种种，我们难以看出沈德潜的诗歌理论，及其诗歌创作就是特意迎合封建统治者的愿望，为逐步走向稳固繁盛的清王朝歌功颂德的御用之作，更谈不到他是一个“极无学识”、充满“腐朽的封建奴化思想”的“庸俗”诗人。①

沈德潜晚年得第，又“独以文字结主知”，但这些殊荣并没有改变他外表“温柔敦厚”，内在骨梗憨直的人格特征。正是这种人格特质才导致了他身后被扑碑、夺谥的可悲境遇。关于沈德潜死后被扑碑、夺谥的原因，《清史稿·沈德潜传》是这样记载的：“(乾隆)四十三年，东台县民讦举人徐述夔《一柱楼集》有悖逆语，上览集前有德潜所为传，称其品行文章皆可为法，上不怿。下大学士九卿议，夺德潜赠官，罢祠削谥，仆其墓碑。”②另有《清朝野史大观》载录的《咏黑牡丹》逸闻，可备一说。此外，《清代文字狱档》中载有“沈德潜选辑国朝诗别裁集案”，其中乾隆帝对沈德潜将钱谦益列为“别裁集”卷首极为震怒，故而下旨严查，饬令收缴并销毁原版，“乾隆四十一年十二月初一日，奉上谕，前因沈德潜选辑国朝诗别裁集，进呈求序，朕偶加披阅，集内将身事两朝、有才无行之钱谦益居首，有乖千秋公论，……传谕杨魁即查明此版现藏何处，如未经销毁，即委员将板片解京，并将未经删定之刷印原本，一并查明恭交，钦此！”③上述各种说法，仅是沈德潜身后被扑碑、夺谥的表象因素，而真正引发乾隆忌恨的是沈德潜的骨髓，以及他深含针砭，揭露清室残暴与阴暗的诗歌创作，一如钱仲联先生所透析：“沈归愚《汉将行》一诗，作于雍正十年，盖为年大将军羹尧之死而作。此清史上一大案也。……归愚冒大韪为此诗，并

① 此论说见《清诗流派史》，第287页。

② 见《清史稿》，第1467页。

③ 见《笔记小说大观》第45编第6册，第701页。

刻入《归愚诗钞》,安得不为高宗所恶,死后获咎,徐述夔一传,恐不过为导火线耳。"(《梦苕庵诗话》)[①]除此,沈德潜还有被钱仲联先生称为"无愧诗史"的《制府来》,颂扬明末抗清死难烈士的《江阴二忠祠》,伤逝悼亡的《秦淮杂咏》、《金陵咏古诗》等,另外,沈德潜还有大量同情民间疾苦,揭露社会阴暗与不公的现实主义作品,诸如《忧旱》《愁霖叹》《观打鱼行》《刈麦行》《凿冰行》《后凿冰行》《地震行》《秋雨叹》等,参照这些格高调响的作品,我们无论如何都不能把沈德潜定格为一个帮闲式的御用诗人。

(二) 沈德潜的诗歌理论与其人格演进之关系

沈德潜毕生不但致力于诗文创作,而且还潜心于诗歌理论的探究,以及诗学体系的构建。康熙三十七年(1698),他投叶燮门下学诗,叶燮是清代诗歌理论史上最伟大的诗论家之一,而且还是清代诗歌史上最具人格的诗人之一。在叶燮的指导与影响下,沈德潜的诗学修养渐趋完善,终至形成自己独特的诗歌流派。

沈德潜的诗学主张一是散见于其诸多的诗序文章中,一是集中于其诗论专著《说诗晬语》里。就师承而言,沈德潜既有对叶燮理论的接受和继承,又有对其业师观点的修正与创变。在追溯诗歌源头,探究诗之正变,尊崇唐诗醇厚风格,把杜甫奉为圭臬方面,沈德潜与叶燮保持了高度统一。而在诗的功能,尤其抒发性情、反映现实的阐述上,沈德潜更趋向于诗的教化作用,提倡"理性情、善伦物、感鬼神、设教邦国、应对诸侯"(《说诗晬语》卷上)[②]的传统诗教观,并且还与之相应地提出"温柔敦厚"的创作方法,为"温柔敦厚"赋予更多更广的新内涵。

《说诗晬语》创制于雍正九年(1731)。关于该书的成因,沈德潜在《自序》里是这样说的:"辛亥春,读书小白阳山之僧舍,尘氛退避,日在云光岚翠中,几上有山,不必开门见山也。……每钟残灯灺候,有触即书。或准古贤,或抽心绪,时日既积,纸墨遂多。命曰'晬语',

① 见《清诗纪事》,第5061—5062页。

② 〔清〕沈德潜《说诗晬语》,人民文学出版社1998年版,第186页。

拟之试儿晬盘，遇物杂陈，略无诠次也。”[①]虽然名之曰“晬语”，诗人自谦为“略无诠次”，但览全书即可发现，《说诗晬语》是一部既对《原诗》有所继承，又得以自我发挥的系统的诗论专著。概而言之，《说诗晬语》的理论观点表现为：

1. 诗必须言之有物，要合乎儒家所倡导的“诗教”，“诗教”不是空洞的泛泛而谈，亦不是光注重声韵格律的吟风弄月之作。诗歌的内容要关乎人情、关怀民生、关系国运盛衰，它是诗人有感于物，而引发的主观感情的真实流露。在《说诗晬语》的首章，沈德潜即提出诗道的观点：“诗之为道，可以理性情 、善伦物 、感鬼神 、设教邦国 、应对诸侯，用如此其重也。”[②]要达到这个“诗教”目的，沈德潜认为必须从片面“尊唐”的狭隘意识中跳出来，而“上穷其源”，“仰溯风雅”，如此“诗道”才能得以大行。诗虽然有“道”，但“诗道”的表现不能太直白，太露骨，相反应该含蓄委婉，以“比兴”的手法加以暗示，“事难显陈，理难言罄，每托物连类以形之；郁情欲舒，天机随触，每借物引怀以舒之。”在沈德潜看来，诗的形式应为内容服务，优秀的诗人是善用各种表现手法，包括声韵格律，而曲折蕴籍地表现自己的喜怒哀乐，传达内心丰富的感情的，“或忼慨吐臆，或沈结含悽，长言短歌，俱成绝调，若胸无感触，漫尔抒词，纵辨风华，枵然无有。”[③]

2. 好的诗歌产生于有胸襟的诗人，诗人的“襟抱”决定诗品的高下。诗既是“性情”的体现，又离不开灵活善变的章法，只有不断推陈出新，顺节应变，才能创作“掷却凡骨”的优秀篇章。“有第一等襟抱，第一等学识，斯有第一等真诗。”[④]“真诗”是“襟抱”酝酿的结果，而“第一等襟抱”应该不受尘世俗务的牵绊，随处可生，虚空广阔，“如太空之中，不着一点；如星宿之海，万源涌出；如土膏既厚，春雷一动，万

---

① 《说诗晬语》，第 185 页。

② 同上，第 186 页。

③④ 同上，第 187 页。

物发生。”①在“性情”和章法的关系上，沈德潜主张二者不可偏废，章法是“性情”抒发的框架，“性情”依“法”而行，才能达到和谐的境界，当然“法”必须是“以意运法”的活“法”，如行云流水一样，“行所不得不行，止所不得所止。”②诗歌创作是因变的过程，如果不以“古”诗为范式，则会粗放狂野，不登大雅，但假如“泥古”不“变”，则会失去诗歌独具的神灵之气，一变而为毫无生机的“临摹”品。“诗不学古，谓之野体。然泥古而不能通变，犹学书者但讲临摹，分寸不失，而己之神理不存也。”③真正的诗人必须懂得“学古”和“通变”的道理。通过向古人学习来积累自己的经验，形成独具个性的诗风，在不断累积的基础上自然而然地超越凡俗，超越自我。“作者积久用力，不求助长，充养既久，变化自生，可以换却凡骨矣。”④

3. 诗格贵高，诗法尚曲，优秀诗人的作品起首抬笔便大势淋漓，令人有仰泰山北斗之感；能感染人心，让人回味的必然是含蓄曲折，有不尽之意的作品。沈德潜遵从传统诗教的审美原则和创作方法，极力提倡“温柔敦厚”的诗学主张，但我们不能就此简单地把他归结为不怨不怒、粉饰太平，说他倡导“温柔敦厚”就是“维护和加强清王朝的封建统治。”⑤是“歪曲历史真实，教训弱者怎样心甘情愿地接受强者”统治的一剂“孟婆汤”⑥。如果站在当代政治分析的立场来看，“温柔敦厚”往往会被理解成内容上的保守僵化，为统治阶级粉饰太平，但如果还原历史真实，回归诗人倡导此说的真实意图，我们不难看到，沈德潜其实是针对当时诗坛现状提出来的一种创作方式而已，与统治阶级的意识形态没多少关联。诗不同于文，文可以直接议论，简捷明了地立论、辩驳，但诗要有韵味，要有令人回味思考的空间，诗给人的思考是简接的，暗示性的，所以诗必须含蓄蕴籍。就时人对

---

① 见《说诗晬语》，第187页。
② 同上，第188页。
③④ 同上，第189页。
⑤ 朱则杰《清诗史》，江苏古籍出版社2000年版，第218页。
⑥ 见《清诗流派史》，第286页。

“温柔敦厚”诗学主张的菲薄，袁枚在《答李少鹤书》一文中有过鲜明而深刻的回应：“夫‘温柔敦厚’，圣人之言也，非持教者之言也。学圣人之言，而至庸琐卑靡，是学者之过，非圣人之过也。足下必欲反此四字以立教，将教之以北鄙杀伐之音乎？……夫温柔之与卑靡，刚健之与粗硬，似是而非，差之毫厘，失以千里，不可不察也。然而天下物，未有不以柔为贵者。”[①]“柔”即是含蓄，袁枚认为含蓄的诗才是可“为贵者”。

在沈德潜看来，《诗》《骚》所以有价值，能感动人心，成为经典，关键是《诗》《骚》在传达思想、抒发感情时能用含蓄蕴藉的手法加以表现：“诗有不用浅深，不用变换，略易一二字，而其味油然自出者，妙于反复咏叹也。”[②]“《楚辞》托陈引喻，点染幽芬于烦乱瞀忧之中，令人得其悃款悱恻之旨。司马子长云：‘一篇之中，三致意焉。’乌得为过？”[③]“温柔敦厚”源出中国传统诗教伦理评价，它是对以《诗经》为代表的诗歌表现手法的高度概括，由此俯瞰，沈德潜认为汉代乐府作为《诗》《骚》优秀传统的直接承绪者，它本身的价值也体现在含蓄不尽、“回翔曲折”。“乐府之妙，全在繁音促节，其来于于，其去徐徐，往往于回翔屈折处感人”[④]。“乐府宁朴毋巧，宁疏毋炼。”（同上）不但抒情叙事的诗要兴寄譬喻，隐言曲回，而且直言讽谏，讥刺社会黑暗现实的诗亦不能不讲艺术性，“讽刺之词，直诘易尽，婉道无穷。……苏子所谓不可以言语求而得，而必深观其意者也。”[⑤]“政繁赋重，民不堪其苦。而《苌楚》一诗，唯羡草木之乐，诗意不在文辞中也。”[⑥]从《诗经》《楚辞》到汉乐府，降而为杜甫、白居易，中国古典诗歌的优秀传统，即直面人生，反映现实的“诗道”观如红线牵联，始终贯穿于诗人们的创作过程。“少陵才力标举，纵横挥霍，诗品又一变矣。要其

---

① 见《袁枚全集》第五册《小仓山房尺牍》，第 169 页。

②⑤ 见《说诗晬语》，第 190 页。

③ 同上，第 196 页。

④ 同上，第 198 页。

⑥ 同上，第 192 页。

感时伤乱，忧黎元，希稷契，生平抱负，悉流露于楮墨间。诗之变，情之正也。”[①]“白乐天诗，能道尽古今道理，人以率易少之。然‘讽谕’一卷，使言者无罪，闻者足戒，亦风人之遗意也。”[②]诗之所以为诗，它的本质特征就是要有深意、有回味、有诗韵，要意在言外，给人咀嚼的空间。“情到极深，每说不出”“盖一说出，情便浅也。”[③]

4. 诗歌既要有补于时代，有益于人生，有利于社会，而且还要抒发诗人旷古超迈的情怀，让质实与含蓄共存、委婉和豪放同生。沈德潜论诗虽然力倡“温柔敦厚”，看重言之有物的现实主义作品，但他并不反对，甚至抑制其它风格的诗人及其创作。他主张风格的多样化，诗体的灵活化，语言的个性化，诗坛的规范化。这些诗学观点表现在他对不同诗人的评价中，如评陶渊明，沈德潜非常崇敬地说：“陶公以名臣之后，际易代之时，欲言难言，时时寄托，不独《咏荆轲》一章也。六朝第一流人物，其诗自能旷世独立。”[④]陶渊明的“旷世独立”不仅体现在“时时寄托”，能写出如《咏荆轲》那样“猛志”常在的豪放之作，而且他还能在“晋人多尚放达”的特殊文化背景下，写出“有忧勤语，有自任语，有知足语，有悲愤语，有乐天安命语，有物我同得语。”[⑤]的优秀作品，他的多样风格为后世诗人立下了“祖述”的标杆：“陶诗胸次浩然，其中有一段渊深朴茂不可到处。唐人祖述者，王右丞有其清腴，孟山人有其闲远，储太祝有其朴实，韦左司有其冲和，柳义曹有其骏洁，皆学焉而得其性之所近。”[⑥]唐代诗人以杜甫和李白为两仪，杜甫以沉郁顿挫的诗风独步诗坛，而李白则以天马行空的神思雄视千古，沈德潜对李、杜所创制的不同诗体进行了精辟分析：“五言长篇，固须节次分明，一气连属，……叙事未了，忽然顿断，插入旁议，忽然联续，转接无象，莫测端倪，此运左、史法于韵语中，不以常格拘也。

---

① 见《说诗晬语》，第 206 页。

② 同上，第 212 页。

③ 同上，第 192 页。

④⑤ 同上，第 202 页。

⑥ 同上，第 207 页。

千古以来，且让少陵独步。”[①]“才大者，声色不动，指顾自如。太白五言妙于神行。”[②]“太白想落天外，局自变生，大江无风，涛浪自涌，白云卷舒，从风变灭。此殆天授，非人力也。”[③]“少陵歌行如建章之宫，千门万户；如钜鹿之战，诸侯皆从壁上观，膝行而前，不敢仰视；如大海之水，长风鼓浪，扬泥沙而舞怪物，灵蠢毕集。与太白各不相似，而各造其极，后贤未易追逐。”[④]“五言绝句，右丞之自然，太白之高妙，苏州之古澹，并入化机。”[⑤]“七言绝句，以语近情遥，含吐不露为主。只眼前景，口头语，而有弦外音、味外味，使人神远，太白有焉。”[⑥]杜、李之外，沈德潜对李贺、孟郊、贾岛等人的风格也作了逐一褒扬：“李长吉诗每近《天问》《招魂》，《楚骚》之苗裔也。”[⑦]“孟东野诗，亦从《风》《骚》中出，特意象孤峻，元气不无斲削耳。”[⑧]沈德潜尊崇唐诗，同时不黜贬宋诗，他对宋代有成就，而且具有创新精神，能开一代风气之先的诗人极为崇敬，比如他评苏轼就用了这样一段深情的语言：“苏子瞻胸有烘炉，金银铅锡，皆归熔铸；其笔之超旷，等于天马脱羁，飞仙游戏，穷极变幻，而适如意中所欲出，韩文公后，又开辟一境界也。”[⑨]

风格变化，意在笔先，力求形式和内容的和谐统一，是沈德潜“格调说”的理论基础，也是他诗论观点的根本点与出发点。他认为诗人在创作过程中，应该使诗“意”得以统率全篇，有“意”在胸，但“意”要含而不露，“深”而不藏。“古人不废炼字法，然以意胜而不以字胜。”[⑩]“写竹者必有成竹在胸，谓意在笔先，然后著墨也。惨淡经营，

---

① 见《说诗晬语》，第206—207页。

②⑧ 同上，第207页。

③ 同上，第209页。

④ 同上，第210页。

⑤⑥ 同上，第219页。

⑦ 同上，第21页。

⑨ 同上，第233页。

⑩ 同上，第241页。

诗道所贵。”[1]“意主浑融，惟恐其露；意主蹈厉，惟恐其藏。究之恐露者味而弥旨；恐藏者尽而无余 。”[2]

沈德潜作为继王士禛之后，清代康、乾诗坛的一派宗主，他的诗学观点非常鲜明，即以古诗为源头，探究诗歌创作的正变之道，提倡言之有物，风格多样，而且含蓄婉曲的创作精神。他的“格调说”应时运而生，矫正当时诗坛趋向冷僻纤巧、生涩直白的弊端，以“温柔敦厚”的传统诗学观念为旨趣，结合时代特点，给其赋予新的内涵，遂使其诗歌理论自成一家。沈德潜的诸多反映社会现实的篇章，及其各类诗歌选本，尤其《清诗别裁集》，即是诗人诗歌理论的产物，它们全面印证了“格调说”，以及“温柔敦厚”的主张绝不是为封建统治者服务，单纯宣扬“忠”、“孝”理念的“体貌粗具，性理全无”（文廷式《琴风余谭》语）的空泛说。如果叶燮的诗学理论是站在宏观的角度，以非常深广的视界对诗歌创作所涉及的重大问题进行论述的话，那么沈德潜的诗论是对叶燮的补白，是从微观的方面指导初学者如何辩证源流，从正道而入，进行创作的方法论。对于沈德潜诗学理论在清代诗史上的成就，前人多有中肯评价，如符葆森在《国朝正雅集 · 寄心龛诗话》中说：“文悫论诗以和平敦厚为宗，故所选《别裁》诸集，皆秉斯旨，海内风气为之一变。扫芜响，振古音，文悫之力也。”[3]朱庭珍的《筱园诗话》曰：“沈归愚先生持论极正，持法极严，便于初学。……故《说诗晬语》所论，虽未入三昧悟，精深微妙之诣，得未曾有，然古今诗家源流正变之别，及各体句调章法规格，则言之娓娓，大旨略具，亦初学发轫之一助。从其言，可望入正路，不致误于歧途，引人入门，此叟之功也。”[4]

---

① 见《说诗晬语》，第 241 页。

② 同上，第 242 页。

③ 见《清诗纪事》，第 5048 页。

④ 见《云南古代诗文论著辑要》，第 289 页。

二、沈德潜的山水诗论

沈德潜的山水诗因受诗人性格、经历和诗学主张的影响,整体呈现内容单纯、韵格温润、风神超迈的特点。就描写范围来看,沈德潜的山水诗主要以吴中风光为中心,扩展到京镇、黄岳和天台一带,显得略为狭窄;从诗艺和审美的视角考量,他的山水诗是其诗论观点的完美体现,一是诗体运用得当而变幻多样;二是风格以“温柔敦厚”为主,兼及空阔辽远、俊洁峭厉;三是语言简洁清新,无幽峭生僻之辞。以下从内容和艺术两方面简析沈德潜的山水诗。

(一) 湖光澹荡,云海混茫——沈德潜的山水诗内涵初探

沈德潜除了应试北上,在京师十年,期间被“钦点湖北正主考”[①]。(事在乾隆九年,《沈归愚自订年谱》曰“九年甲子,年七十二。……六月,晋詹事府少詹事。钦点湖北正主考。”)南下武昌之外,他的足迹几乎未出吴越一带,而其数十年的光阴基本断守在吴中的湖光山色中,故其山水诗的第一大主题便是对故乡山水的深情歌吟。沈德潜在诗学上倡导“格调说”,主张诗歌创作要继承《诗》《骚》传统,有补于世,但在性情上,他是一个放情自然,钟爱山水的率性之人。这一点他与叶燮、薛雪大有相同之处。在《山中杂兴》中,诗人明确宣称:“我本山中人,但识山中事。猿狖作比邻,云木关痞痳。”(其一)他迎着朝阳“晞发”,沿着溪流“濯足”,心神宁静,心如止水,“行止岂豫谋,兴到随所寄。”和村农一道举杯,“颓然”醉倒在“新酒”的醇香中;灌园浇蔬,伐薪採芝,怡然自得于“岚气”四合,烟雨暝濛的自然佳境里。如果把沈德潜歌唱姑苏风物的山水之作进行辨析,我们会发现他的自然观念与其山水诗创作有着极大关联。如“短棹出胥口,放眼忽渺漫。……微微流远目,隐隐吐烟鬟。浩歌声激越.击汰弄潺湲。身在冰壶中,心骨俱清寒。”(《月夜泛太湖》)出于自然,融入自然,身在千顷烟波浩渺中,心神俱被一片冰清玉洁的月光所净化,诗人顿有“胸怀宽”的超越感。再如:“明月照九土,一湾擅嘉名。……居人淳古风,种树兼力

---

① 见《沈德潜诗文集》,第2119页。

耕。鸡犬多静意，儿童息喧争。……来探山水窟，心净形骸轻。还期明月夜，领此冰壶情。”（《明月湾》）明月湾，洞庭西山一古村落，面湖临水，景物宜人，民风淳朴，恍如太古一世外桃源。沈德潜游历其间，不仅被其如画的山水所陶醉，而且还被它古朴的民风所融化，于是兴从中来，与“居人”相期于“明月”之夜，共同欣赏“冰壶”清景。沈德潜生为姑苏才人，应为姑苏山水扬名立传，因姑苏自古称山水清嘉之仙窟，但现存于《归愚诗钞》中描写吴中风光的山水诗多为洞庭东、西山山水诗群，由此约略见出沈德潜对太湖风光的一往情深。在这些诗篇中，诗人借太湖万顷碧波一抒胸臆，感情充沛而寄托遥深，描写细腻而大气恢宏，如：“高峰七十二，缥缈称独尊。拔起湖波间，半岭云烟屯。……长风忽然来，惊涛互吞吐。虚岩势飞动，疑逐洪流奔。我心慕远游，何由怅神魂。便思骖青鸾，逍遥上昆仑。”（《缥缈峰》）“东山突兀此峰尊，缥缈相望似弟昆。杖底白云千叠起，袖边红日一丸奔。鱼龙积气常屯聚，涛浪穿空互吐吞。”（《登莫厘峰》）缥缈、莫厘分别为洞庭西山和东山主峰，登其巅则远见湖波浩淼，金光万道；俯察白帆点点，烟树环合，令人有思极万仞、心游千古之快意，沈德潜的缥缈、莫厘二诗气象开合、旨趣杳深，写出了诗人潜藏心底的豪放心情。除上举，沈德潜的西山山水诗群还包括：《旸坞》《石公山》《林屋洞》《雨宿包山寺》《自包山至罗汉寺》《毛公坛》《消夏湾》《大小龙渚》等，这些诗作发挥五言古诗擅长绘景的优势，从不同角度，采用一景一诗的方式，对西山山水形貌进行了由点到面，连点成片的描写，使洞庭西山秀甲东南的山水风物得以全景式再现。

沈德潜是一个感情丰富而逸兴遄飞的诗人，他内心始终躁动着一股热流。现实社会的冷漠与禁锢使他难以将一腔热血喷薄而出，于是他把摅写内心激情的目光投向了无羁无勒、空阔自由，且形态万状的自然山水。黄山因峻拔英挺、变幻多端，成了沈德潜寄托心灵的最佳载体，故而黄山山水诗便自然成为他山水诗的第二大主题。与叶燮游黄山“无诗以咏”相反，沈德潜游黄山不但有诗，而且还各体兼备，体制较为庞大，在长歌大调的吟唱中，诗人一腔蛰伏的激情鼓荡而来，又激越而去，形成气势宏放的山水回音。如写初游黄山时喜悦的心情，诗人通过沿途所历之景，将其表现得轻飏曼妙，充满浓郁的生命气息：“东风扫积阴，天许游名山。……村郭放桃花，含笑何嫣然。篱落散鸡犬，篰屋动炊烟。……前途失平坦，遥指千烟鬟。”（《自梁下至潜口作》）“一路滩声迎，一路滩声送。迂回入乱山，崎岖步难纵。……境转心目开，仍见天宇空。平畴花竹间，人家业耕种。……静坐忆所经，一灯恍如梦。”（《自潜口行三十里宿山家》）写黄山之险，诗人通过变幻多端的笔墨，将其表现得形象生动、步步惊心：“岩深谷虚牝，涧泻泉喷激，经过老人峰，伛偻似迎客。峨峨陟横云，境界顿开闢。……支木接断桥，梯空上危壁。……千峰总围抱，一气周羃历。”（《发慈光一路经老人峰缘天都峰趾过断凡桥上木梯至文殊院宿》）“山转路灭没，险逾川中栈。……回合望欲迷，凹凸势莫铲。……高步躋危岗，怪伟忽在眼，有境窥门垣，无底入甑甗。”（《下百步云梯过莲花沟穿鳌鱼洞作》）写黄山英姿雄挺，诡谲莫测的奥秘之境，诗人排闥而入，将黄山各峰刻画得神韵互见，气象非凡：“黄山天下奇，天都峰之特。绝地九百仞，陡下如斧劈。势疑塞高空，体许镇地脉。……无心拔众上，众自莫敢敌。通体断寸肤，万石怒分坼。”（《天都峰》）“缘茎上千级，穿孔攀百重。梁危俯悬流，梯接凌虚空。……四体失所司，目眩心冲冲，力尽到巅顶，四顾风云通。左右指江海，一气溟濛中。”（《登莲花峰》）“奇岩搏象形，雄踞高嶒嶙。……后顾气混茫，前瞻境虚牝。……刺天攒千戟，迸地出万菌。……鬼工险莫加，天匠巧欲尽。”（《登狮子峰望石笋矼》）“陗峰斗然裂，下瞰无底渊。危杠支断厓，偃松两厓连。……平视五供峰，仙掌疑擎天。俯视散花坞，四序春芊绵。仰视石笋矼，万株立我前，……境界到始信，难向尘中传。何当携白猿，高枕峰头眠。”（《登始信峰》）黄山云海以奇谲诡异、幻象万端为天下艳称，沈德潜置身奇妙的云海幻境中，激情迸发，大笔挥洒，于是黄山之云便显得奇瑰夺目，精彩纷呈：“老夫新从人海回，又到黄山看云海。……袅袅一缕云，倏上遥峰巅。俄然峰岭合，瀰漫相连延。青螺欲定忽欲动，层叠涌出兜罗绵。远近平铺总一色，浮天吞岸哪得穷其边。横空汹汹浩无迹，恍惚惊涛互冲激。铿锵鞺鞳声不闻，潋滟茫洋势何极。白银宫阙杳渺间，疑是蓬壶方丈仙人域。……

须臾微阳穿漏天风来，解破白衣绚金碧。……歌成云归海旋散，仍见高天杲日光瞳胧。”(《黄山看云海歌》，诗人自注：在文殊台作)

黄山诗群激越宏大，多以五言古体和七言歌行撰制而成，沈德潜心怀高远、胸襟阔大，在与黄山神魂相遇的瞬间，他完全被大自然不可名状的磅礴气势所倾倒，于是他大笔挥洒，淋漓尽致地勾勒了黄山无与伦比的奇特状貌，进而抒发了胸间冲突奔涌的豪迈之情：“陟万仞兮层巅，忽空明兮景无边。……呜呼！人生混浊兮苦羁束，百年一睫兮如短烛。……何如扫除一切兮心与天游，升高望远兮身世俱浮。……此山此月兮足千古，讵必更寻玉京深处开琼楼。”(《登光明顶放歌》)

吴越自古一衣带水，相亲相融，他们不但山水相连，互为源渊，而且文学交互错杂，此消彼长，各领风骚。这种因地缘形成的文化交流，给吴越两地的文人提供了相互切磋，共同助长的便利。沈德潜作为吴中诗派的典型代表，他倡导的诗学主张、创作旨趣，及其艺术风尚虽然和浙派诗群有所差异，但这些并不影响他和浙派诗人间交谊深厚的人情来往，以及诗文唱和。在杭州，他与厉鹗、杭世骏、马曰琯、马曰璐等留连于西子湖畔，写下大量刻摹西湖美色的诗篇，之后转而向东，探禹穴、登天台、观石梁，创作了著名的浙东山水诗群。浙中山水组诗和吴中、黄山山水诗群鼎足而立，成为沈德潜山水诗体系的主框架。

浙中山水诗群主要以湖州、杭州、绍、甬、台境内之山川风物为刻摹对象，诗人直面浙中层次变幻、阴晴各异、山重水复的幽奥景致，利用不同诗体的抒情写意功能，或工笔细描，或大笔勾勒，或全景再现，或局部放大，或仰天高歌，或浅酌低吟。概之，浙中山水在沈德潜笔下蜿蜒如龙蛇奔走，娴静似西子凌波，空明雅致和大气吞吐相得益彰。

写西子湖景致，诗人轻按牙板，娓娓而谈，使西湖景群拖云带雨，尽显风流：“怪峰回合处，一水鉴虚明。……涵空天倒映，穿石涧常鸣。”(《冷泉亭》)“六桥杨柳罥轻烟，细雨丝丝泛画船。乍识淡妆西子面，乱头粗服更天然。”(《西湖杂句》其一)“湖光宜雨最宜晴，好景偏怜夜色清。十里画船歌舞歇，月明徐听按筝声。”（同上，其五）“晚风飒飒林端生，雷峰塔前夕照明。南屏钟动鸟飞绝，人在乱山缺处行。”（同上，其六）刻画会稽山水，诗人笔势刚柔相济，使其人文内涵和自然风物相互激发：“卧龙山巅越王台，重重磴级跻崔嵬。人民成郭双屐下，山光湖影千盘回。……我本姑苏台畔人，偶来于越踏烟云。霸图消歇名山在，倚仗峰头吊夕曛。”（《越王台》）“周礼会稽推首望，大神作镇镇南方。……寝殿闷宫常肃穆，云车风马每腾骧。”（《南镇》）“游目山阴地，风流仰昔贤。……品类咸集矣，情怀此快然。”（《游兰亭用右军序中字成诗》其一）“清湍长激激，林竹每修修。……古人期可悟，异世与同流。”（同上，其三）“星斗窥窗入，峰峦避客过。……明发山阴道，风流忆永和。”（《萧山舟夜同叶义山作》）湖州与苏州隔湖相望，襟带相亲，一般写太湖的诗人大多以姑苏洞庭东西二山为基点。沈德潜以开阔的视野，勃然的游兴，既写苏州之湖，又写湖州之湖，两地相参，方窥太湖三万六千顷的全貌：“我登吴兴城，遥指弁山高。……阴崖渫云雾，峭壁走猿猱。……荡胸浩烟波，五湖环周遭。……一气何混茫，变幻随昏朝。……长啸激天风，万窍俱鸣号。”（《登弁山绝顶望太湖》）弁山，又名卞山。《读史方舆纪要》载曰：“府（湖州）北十八里。高百丈，周百四十里，为郡主山。……亦曰弁山，下有金井洞，吴越时黄龙见此，改曰黄龙洞。”①

沈德潜浙中山水诗，应以浙东之天台诗群为殿军，这是一组大气凌然、激情四溢而写景开阖自如、舒卷有致的山水佳作。如写登高望远，诗人胸怀顿开，笔走风云：“昆仑远脉趋南东，蜿蜒磅礴天为工。……回环联络八百里，中藏千朵万朵灵奇峰。……其高万有八千丈，蔽日干云势无两。……目光所到穷涯垠，四山重重互围裹。……东望太末，西眺括苍，南瞻雁荡，北睇钱塘。一杯杳渺指嬴海，此中洲岛何微茫。”（《登华顶》）天台山，在浙江台州府天台县境，山有九峰，华顶其一支峰也。《读史方舆纪要》曰：“桐栢山，县西北二十五里，天台之支山也，故天台亦兼桐栢之名。周围有紫霄、翠微、玉

① 见《读史方舆纪要》，第 4186 页。

泉、卧龙、莲花、华琳、玉女、玉霄、华顶九峰，亦即天台诸峰矣。”①

再如写华顶“日月同度”的奇观，诗人将其描绘得滉漾诡异，宛如万道金光穿梭往复，照彻人的心魂：“空中千道红光流，近蒸两浙远十洲。玫瑰鞣鞨匪一状，变幻金蛇紫色穷双目。……云际恍惚天鸡鸣，海波吞吐疑有声。蟾蜍走匿归瑶京，万山照耀栖乌惊，六合内外皆光明。”(《华顶观日月同度》，诗人自注：十月朔）又如写石梁之瀑，诗人紧扣石梁陡绝险峭、两崖逼仄的特点，点染出石梁瀑水倒激、跳珠溅玉的非凡气象：“巨灵用全力，两涯忽分断。放出三白龙，夭矫互斗战。……巨石不容水，水怒力逾悍。……如倾万斛珠，喷洒溅涯岸。……俯看奔骍马，仰睇挂匹练。久坐心骨寒，乍惊耳目眩。”(《石梁观瀑》)

沈德潜山水诗的第四大主题是多次参与科考，往来京师时，对京镇、齐鲁、幽燕山川风物的刻镂和歌吟。这一主题的山水诗多以登临、行旅的类型出观，虽然创作时空在不断变换，但其阳刚劲健、激情四溢的艺术风格与前述三大主题始终保持着高度同一。如写幽燕山水，他着力表现其锁钥中华、雄镇北国的浑厚气势：“渔阳重镇削芙蓉，紫盖攀跻第一峰。……微茫海气环天外，层叠边城绕几重。”(《登盘山》其一）“天穷漠北郁崔巍，佛海龙池独往来。……到此并忘身世感，，茫茫大地总浮埃。”(同上，其二）盘山，又名田盘山、盘龙山、东五台山、四正山。在今天津市蓟县西北二十五里。据释智朴《四正山居志》所载：“盘山一名东五台。自来峰，北台也；先师台，南台也；紫盖峰，中台也；九华峰，东台也；午剑台，西台也。晾甲石为下盘，古中盘为中盘，云罩寺为上盘。上盘之胜以松，中盘以石，下盘以水。”(见朱彝尊《日下旧闻考》卷一一五）盘山，形势险峻、山水绝胜，而人迹罕至，故成为众多诗人登临览胜、抒发情怀的一方净土。《读史方舆纪要》对其描述曰：“州(蓟州，明清属顺天府，即今北京市。笔者注)西北二十五里，一名盘龙山。志云：山高二千仞，周百余里，势磅礴而盘桓，因名。《图经》云：‘南距沧溟，西尽沟水，东放碣石。自远望之，层峦叠

① 见《读史方舆纪要》，第4275页。

嶂，崒嵂排空，真为雄胜。山北数峰林立如削，曰紫盖，曰宿猿，尤为奇特。’其最高者曰上盘，上有二龙潭，下有潮井，又有泽钵泉。稍下者曰中盘。东行十余里，蔚然深秀，怪石突起者为白岩。其南又有一小岭，陡绝难行，曰砂岭。高二百余仞，周六里，泉水沿石窦而下为砂河，东流合遵化县之五里河。”[①]写齐鲁之山，他极力突出其势掩五岳、凌虚飞峙的雄峻特征，以及浑深厚重的人文气韵：“苍苍十八盘，上有神人居。楼观缥缈间，云气乍有无。……星辰高躔从下看，帝座直逼凭空呼。”（《舟行齐鲁境不得望岳作歌》）游泰岳，诗人虽以想象为之，但他纵横往来，上下腾跃，用如海日初升、流云飞卷的笔墨将泰岱横空而来的气势渲染得令人魂惊。再如写京镇山水，沈德潜笔锋一转，流光顾盼间，便使大江两岸清峻壮阔的风光尽现于世人目前：“苍苍山山在洪流，万里长江间怒涛。如雷日轰激澄波，似带相回环其中。……空中疑听天鸡鸣，车轮涌出从东瀛。天地忽开万象生，俄然六合皆光明。……却听钟声早渡江，回头惟见春波绿。”（《妙空岩观日出》）“天风盘鹳鹤，海月上楼台。钟梵从空落，江山入座来。”（《金山》）“一叶轻舟趁好风，金焦双峙乱流中。船头不怕蛟龙窟，贪看鲸波浴日红。”（《渡江》其二）“山头甘露寺，隔岸佛貍城。……天空寒雁落，人静晚潮生。”（《次京口作》）京江两岸，山明水净，长空似洗，晚霞如绮，历代往来其间的骚人墨容登北固、驻金焦、观六朝粉黛、赏秦淮烟柳，他们长歌低吟，留下无数传世名篇。沈德潜的京江山水诗写意空阔、情致宛约，而气势充沛，与诸多前贤的登临揽胜之作遥相辉映。

沈德潜因个性和阅历的缘故，虽然心中常怀“五岳游”的夙愿，但他毕其一生足迹没有向更广阔的区域迈进，故而诸多奇山异水与他灵秀豪放的诗笔擦肩而过，使其整个山水诗内涵显得略为单薄，与他的诗坛盛名相较，似乎有些不能匹配，这不能不让人为之惋惜。

（二）“余霭散江面”“江光一气吞”——沈德潜山水诗的艺术分析

尽管内容欠丰赡，刻镂歌吟的对象有些狭窄，但沈德潜山水诗的

---

① 见《读史方舆纪要》，第494页。

艺术风格依然非常独特，有常人难以预料之处，细加审辨，沈德潜的山水诗艺术特征表现为：

首先，诗人以卓厉高蹈、腾跃不羁的情怀观山临水，从而使其山水诗充满感奋人心、超越尘世的激情。读沈德潜的山水诗，我们很难把他与“温柔敦厚”的中庸形象联系起来，相反，通过诸多长歌式的抒情杰作，我们时时能感受到诗人那颗躁动跳跃的诗心，以及不受羁绊、仿佛脱缰而去的狂放诗魂。如写轻舟遏浪，江天一色的壮怀，诗人借景抒情，将其表现得豪气突至，高潮迭起：“今来截江径横渡，一舸放溜如掷梭，……山巅有亭欻开豁，俯看千里惟洪波。……断霞余霭散江面，但见江光一气相吞摩。……吸江亭边且高卧，人生遑复知其佗，天半拍手歌狂歌！”(《游焦山作歌》)再写姑苏湖山相望、水阔天长的胜景，他笔舞龙蛇，诗情游走在浩瀚的天地之间：“秦余杭山不知几千丈，箭阙嵯峨在天上。扪萝陟蹬身忽高，下界送眼难为状。……山杳水合渺无际，但见太湖隐隐环西东。青天微茫不在外，白日恍惚沉其中。”(《登阳山绝顶》)又如写钱塘观潮，诗人将眼前景、心中情熔化为一，把江涛奔涌、素练飞卷的情势刻划得骇人心目：“龛山赭山山为亹，海潮约束狂崩奔。……倏忽万骑声喧喧，雷鼓紞紞车哼哼。……地维震撼天为掀，蛟龙簸荡鲸鳌翻。……回旋冲击忽一喷，越山龙凤留青痕。……沙堤百里势欲吞，千夫鼓噪升高原。心悸胆折神俱昏，迎潮舟人勇黝贲。”(《钱塘江观潮》)

沈德潜志趣高古，性情疏放，常怀山林之想，所以他的山水诗多有抒情写意的长篇歌行。善用长歌刻摹山水，歌吟自然，既和诗人本生的性情有关，同时与诗人对七言古体，即歌行的诗体偏爱相联。在沈德潜眼里，七言古体善于“养气”，能摆脱羁绊，直抒诗人胸间或奔放、或跌宕的激情：“文以养气为归，诗亦如之。七言古或杂以两言、三言、四言、五六言，皆七言之短句也。或杂以八九言、十余言，皆伸以长句，而故欲振荡其势，回旋其姿也。其间忽疾忽徐，忽翕忽张，忽渟潆，忽转制，乍阴乍阳，屡迁光景，莫不有浩气鼓荡其机，如吹万之不穷,如江河之滔漭而奔放,斯长篇之能事极矣。”(《说诗晬语·第八十二》)[1]基于上述理念,沈德潜的长歌山水诗在《归愚诗钞》里俯拾即见。

其次,沈德潜的山水诗善于抓住地各有殊,景各有别的特点,把入眼即来的南北山水刻画得面目相异,各呈风韵,从而使其笔下的山水显现了浑深辽远的多重意境。如同样写水势,他笔下的江河无论从气象,还是韵味都显示出不同的特征:

万里金波照眼明,布帆十幅破空行。微茫欲没三山影,浩荡还流六代声。水底渔龙惊静夜,天边牛斗转深更。长风瞬息过京口,楚尾吴头无限情。

——《月夜渡江》

合流汹涌处,望里杳冥冥。午日照无色,阴风触自腥。天涵三楚白,山断两淮清。不敢吹长笛,蛟龙恐出听。

——《渡黄河》其二

前诗写月下渡江的情景,诗人把抒情的背景放置在风清月白、江流无声的虚空状态下,使全诗弥漫着一种空阔透亮、咫尺万里的寂寥感,其意境之深远不可限量。后诗写亭午渡河的经历,诗人起手抬头便将黄水万里,奔流不息的景象划画得惊人耳目,其意境于辽远中平添几份壮阔。

再如写南北之山,诗人还是根据地域特征,突出北方之岳和南国之山的本质差异,从而营造不同的山水诗境:

大造爱奇崛,产兹东海间。五方群长岱,九宇总无山。青帝灵难接,天门路可攀。何须凌绝顶,胸已隘尘寰。

——(《望岳》

一柱能防万里流,此间胜概冠南州。半空日月窗前过,无地

① 见《说诗晬语》,第208页。

楼台水面浮。历乱帆樯京口暮，微茫烟树海门秋。振衣直上留云处，何许乾坤是十洲。（诗人自注：留云亭可以望海）

——《游金山》其一

岱岳，自古是登临望远、一小天下的绝巅处，它的人文底蕴极其丰厚，沈德潜的《望岳》以仰视的角度，全力突出岱宗势凌青空、领袖群伦的气质，虽然是仰望，但诗人从另一角度，更进一步渲染了泰岱高不可攀、弃绝尘寰的神秘意境。金山，尽管不能和泰岳比高，但它孤耸江中，一峰秀起，其人文底蕴毫不逊色于任何名山。据史书所载，金山因在“大江中”，常年“风涛环绕”，而且“势欲飞动”，故又名“浮玉山”，当年晋破苻坚，曾在此“献俘”，所以金山还称“获苻山”。凡有南北战事，金山首当其冲成为镇守京口、屏障江南的战略要地。沈德潜往来京镇，多次游历金、焦二山，在他眼里金山既是“一柱能防万里流”的“南洲”雄胜之地，又是让人凭栏眺远，追忆年华，而生“对此茫茫百端集”的伤情之处。因此之故，诗人把金山的意境描绘得杳冥悠远，深细绵长，使人回味不尽。

沈德潜的长歌山水诗气势充沛，感情激越，而短章则空灵澄净，意境十分隽永，有如一方水墨山水扇叶，引人神思。如：

斜日晚悠悠，寒江古渡头。隔溪人不见，独立蓼花洲。

——《问渡》

湖波起縠晚风余，一抹残霞画不如。傍岸渔家尽收网，绿杨深处卖银鱼。

——《莺脰湖词》

两诗均写江南水乡风光，前诗以浙江嘉兴南湖为立足点，后诗以江苏吴江平望境内莺脰湖为吟咏对象。两湖水系相通、一脉相连。虽然诗人在具体时间节点上都以“晚风”、“斜日”为背景，但在意境营造上，他却紧贴季节特点，选取富有表现性的意象，比如前诗写秋景，诗人就着意用“寒江”、“蓼花”等鲜明的自然片断，与“古渡”、“斜日”等相呼应,构建出空阔清寒,一汪无际的窅深诗境。与前诗相比,后诗更显生活趣味,有一种万类竟长、鱼米生香的欣欣向荣之感。这种晚霞明艳、天阔水长诗意的营构,全的得助于“湖波起縠”、“一抹残霞”、“傍岸渔家”、“绿杨深处”等特定意象的烘托,通过这些晚霞凌波飘练、渔家傍岸收網的不同景象的组合,诗人把诗意推向至境。此类诗意盎然、境界高远的诗作,在沈德潜的五、七言律绝体中随处可见,成为他山水诗创作艺术的一大闪光点。

再次,沈德潜以自然山水或人文景观为载体,融入个人的身世沉浮,以及历史的代替兴衰,寄情言志,以抒忧愤悲慨之情。质言之,寄托心志,借景抒怀是沈德潜山水诗的第三大艺术特征。如:“丞相已成仁,遗民剩一身。西台曾恸哭,古墓不逢春。……高吟晞发咏,山鬼亦伤神。”(《谢皋羽墓》这是一首借人文遗迹,抒发高古贞节情怀的诗作。谢皋羽(即南宋著名遗民诗人谢翱。笔者注)墓,在浙江富阳富春江畔,与著名的严子陵钓台相伴。南宋末年,谢皋羽登西台恸哭文天祥,成为后代节义之士的精神象征。再如:“先生今不死,万古仰完人。兴丧由天命,安危仗此身。……遗庙平江路,辉煌俎豆新。”(《谒文信国祠》其一)“正气千秋在,丹心后代看(诗人自注:先生有丹心集)。西台旧宾客,恸哭泪汍澜。”(同上,其三)文信国祠,又名忠烈祠,在苏州府治长洲县乘鲤坊,祀宋末名臣文天祥,始建于明正德年间。沈德潜怀着崇敬的心情,拜谒“文信国祠”,他借“蛟龙蟠古柏,风雨卷灵旗”的肃穆景象,抒写内心对“孤臣”艰难“立国”、志图恢复的凛然气节的仰慕追思之情,组诗正气浩然、直贯长虹。又如“大将回戈日,中原陷敌时。……天意竟如此,神灵俨在兹。千秋见孤愤,认取向南枝。”(《岳鄂王墓》其二)岳鄂王墓,即岳坟,葬南宋民族英雄岳飞,墓在杭州西湖栖霞岭下。诗歌以湖山为背景,藉缅怀岳武穆之机,发摅了诗人内心悲愤激慨、抑郁难平的心志。

如果人文胜迹包蕴了厚重的历史内涵,能让诗人淋漓酣畅地借古人之酒杯,浇心中之块垒,而一抒心臆的话,那么凭依自然山水,寄寓个人心志,发露内心激壮情怀,则使沈德潜的山水诗更具令人回味反刍的深沉蕴意。“㕒㕒峭壁耸云端,高阁千寻俯激湍。隔岸潮声凭槛听，过江山色卷帘看。雕盘寥廓秋风急，帆入空濛夕照残。极目长天杳无际，楚云漠漠不胜寒。”（《观音阁》）观音阁，在燕子矶旁，为登临抒怀、极目江天的幽绝之处，历代诗人多有题咏。沈德潜登阁远眺，江山尽收眼底，放目但见激湍拍岸、山色隐没、鹰击长空、风帆疾驰；侧耳即闻江涛有声、万籁齐鸣，悲壮之音如同千军骤至、风霆夜惊，全诗不着一字，激壮之情油然而生。再如：“甘露寺前云作门，多景楼下云为屯。天风欲摇岚岭动，山势疑逐波涛奔。……乡关咫尺阻归路，寂寞寒江断客魂。”（《阻风上多景楼》）多景楼，在镇江北固山甘露寺，临江而耸峙，景观极为壮丽，北宋著名诗人曾巩诗曰：“欲收嘉景此楼中，倚徙栏干四望通。云乱水光浮紫翠，天含山气入青红。”南宋著名诗人刘过诗曰：“壮观东南二百川，景于多处最多愁。江流千古英雄泪，山掩诸公富贵羞。北固只今惟有酒，中原在望莫登楼。”米芾题诗曰：“六代萧萧木叶稀，楼高北固落残晖。……海近云涛惊夜梦，天低月露湿秋衣。”（《题多景楼吴太守裴如晦学士》）[①]曾巩诗以写壮景为主，推及自我渴盼“冥鸿”的闲适心态；刘过登楼，北方已陷入金人之手，所以他悲歌低吟，泪湿青衫。沈德潜的多景楼诗兼曾、刘而有之，于壮阔劲健的写景中融入寂寞凄楚的忧伤之情。又如：“铸剑初成竟杀身，句吴霸业旋沉沦。……莫邪应亦同埋此，恨血千年碧草春。”（《干将墩》）干将墩，即干将墓，在苏州府城匠门（匠门，据《百城烟水》载：“一名干将门，阖闾使干将于此铸剑。今葑、娄之间有匠门塘，或省称曰将门。”后一音之转即成相门。笔者注）沈德潜以干将铸剑的故事引申，表达了内心慷慨激烈的不平之鸣。吴中风景殊异，而吴越争霸的史实令后世沉思冥想，成为世道兴衰代序的借鉴，沈德潜在《灵岩》一诗中，凭吴宫遗迹，抒发了国家兴亡的无限感喟：“琴台独上俯嶙峋，吴越兴亡总劫尘。……极目烟波堪一苇，浮家应问五湖滨。”灵岩山上曾有吴王夫差修筑的行宫，这是一个思幽怀古、感叹兴亡的好地方。沈德潜登山四顾：湖波闪烁、长天空阔、山石嶙峋、香草满径，于是“句吴霸业”消沉的兴亡之感，西施香殒玉残的惆怅之叹交织间杂，

---

① 上引曾巩、刘过、米芾诗，均见《方舆胜览》，第60页。

奔涌而出。

在《说诗晬语》中，沈德潜曰：“古人不废练字法，然以意胜而不以字胜，故能平字见奇，常字见险，陈字见新，朴字见色。”[①]又曰：“诗不可不造句。江中日早，残冬立春，亦寻常意思，而王湾云：‘海日生残夜，江春入旧年’。一经锤炼，便成警绝。”[②]沈德潜作为格调派的代表，他不仅着力于诗的抒情写意功能的提升与扩大，而且还十分注重诗的语言的“锤炼”，尤其在他的山水诗里，诗人对于语言的运用和锤炼达到了既娴熟自然，又精到缜密的程度，实现了他“平字见奇，常字见险，陈字见新，朴字见色”的理想。如：“汉阳树与秋云淡，黄鹄矶连沙溆平。”(《汉阳渡江之武昌》)此联写汉阳之树，楚天之云，诗人用一“淡”字将其相连缀，并与下文“平”字贯通，遂自上而下，由近到远，使整个诗境凸现辽远空阔，不着尘色。再如：“残雨杏花江驿冷，春风杨柳酒帘斜。练塘烟火通官道，京口山川指暮霞。”(《舟行兰陵道中时清明日》)清明行舟，杏花满天，残雨零落，杨柳酒旗，烟火弥散，暮霞如醉，诗人将这些富有蕴含的意象组合起来，一幅意境深远、韵味充足的山水图卷扑面便来。又如：“溪水去不尽，花林望欲迷。隝深时见鹿，村断不闻鸡。”(《桃花溪》)“江分山脉断，天划海门通。云树混元气，波涛僦太空。”(《望海门》)“巅顶云烟中，恍疑入天路。”(《天柱峰》)“日边归后此身轻，竹杖挑云到化城。听罢无生万缘静，临流不用濯尘缨。”(《西山探梅》其二)沈德潜作为一个有成就的诗人，他对诗的格律、语言和其它牵涉形式的问题都有清醒的认识，从上列信手拈来的诗句，我们基本能管窥其一斑。

作为一介书生，尤其晚遇而得圣眷的儒生，沈德潜的后期诗作难免有庸俗谀世之作，歌功颂德之章，由此而引起后世讥讽在所难免。但就山水诗创作的实践观察，沈德潜确实不是人们印象中顽而不化、呆板守旧的正统诗人，相反他志在五岳，情系天下名山胜水，而用激越的感情、深远的韵味勾勒了一幅幅壮美的山水图卷。用他自己论

① 见《说诗晬语》，第241页。

② 同上，第247页。

时人画卷的语言来概括即是:“似烟非烟山非山,群山吐烟山藏烟。香光泼墨作游戏,造化在手然乎然。”(《董宗伯烟江叠嶂图用东坡韵》)“峨诗吐怀抱,烟霞满心胸。……生平百事俱殊慵,独有寻山贾勇情偏浓。更闻罗浮离合风雨中,匡庐千丈悬玉虹。武夷水乐声潺淙,天台石梁跨穹窿。雁湖瀑布庐山同,岂独海外推方蓬。请君广抱九宇愿,他日遍游洞天福地四方上下寻仙踪。”(《题凌静圃愿游黄海图》)

沈德潜门生遍吴中,最有影响者当属号称“吴中七子”的王鸣盛、王昶、赵文哲、钱大昕等七人。因“七子”中多属松江人,而钱大昕又是著名的学者,故而他们的山水诗当在后节分别专论。

第三节　极目层楼迥,风流真绝代

——吴门诗人山水诗综述

吴门,既是一个地域分界,同时更是一个文化符号。从文化传承和衍生的角度而言,吴门的分野当东扩北延至昆山、常熟等处,正是这些地域的拱卫和烘托,才使吴门的文化更显灿烂,形成当世无以逾越的巅峰态势。以下以徐元文、张埙、尤桐等为典型,散点式透视吴门诗群山水诗的本相特征。

一、清奇与激慨并存的徐元文

徐元文(1634—1691),字公肃,号立斋,江苏昆山人。初冒陆姓,后复本姓,顺治十六年进士第一,授翰林院修撰,康熙初补国史院修撰,累迁国子监祭酒,充经筵讲官。

元文“少沉潜好学,与兄乾学、弟秉义有声于时,称为‘三徐’。”[①]因受舅氏顾炎武的影响,徐文元博通经史,为人“闲雅方重”,深得康熙赏识,“十三年,迁内阁学士,改翰林院掌院学士,充日讲起居注官,

① 见《清史稿》,第1294页。

教司庶吉士。”[①]康熙二十七年,徐元文“复代其兄乾学为左都御史,迁刑部尚书,调户部,二十八年,拜文华殿大学士,兼掌翰林院事。”徐元文专领史局多年,期间引荐诸多鸿儒,包括前明遗老,比如黄宗羲、曹溶,姜宸英等。

徐元文与其兄徐乾学立朝日久,专伺主上之意,故而招致朝议,尤其徐乾学卷入党争甚深,最终遭到政敌反攻,兄弟皆解职归家,对此,《清史稿》评介说:“元文兄乾学,豪放,颇招权利,坐论罢;而元文谨礼法,门庭肃然。二十九年,两江总督傅拉塔劾乾学子侄交结巡抚洪之杰,招权竞利,词连元文,上置不问,予元文休致回籍。舟过临清,关吏大索,仅图书数千卷,光禄馔金三百而已。”[②]越明年,元文卒于家,其传世诗文集有《含经堂集》三十卷,《别集》二卷。

徐世昌在《晚晴簃诗汇·诗话》中评徐氏昆仲曰:“立斋昆季并掇巍科,同跻台鼎,文章上结主知,士林奉为泰斗,而皆不安于位。立斋致仕后未久卒于家。其诗修洁整饬,律句长于隶事。犹有几社之余韵焉。”(《晚晴簃诗汇》卷三十)[③]

徐元文长于经史,但诗歌创作亦独具个性特征。首先,他的诗歌格律严整,表现出醇正圆融的特点;其次,他的诗风多变,能随时随地而变,呈现出清奇为主,激慨为辅的多样审美趣向;再次,徐元文的诗歌借景抒情,托物喻事,有寄意浑深,启人心志的质重感。

徐元文一生致力朝政,为典型的廊庙诗人,故此,他的山水诗多以京师为中心,兼及北上途程所作山水诗群,以及南下闽浙时创制的山水乐章。虽然题材有一定局限,但徐元文山水诗的艺术水平还是值得称道的,一是清新雅洁,绝少台阁气;二是含意隽永,韵味绵长,有令人咀嚼回味处。如写所过重镇,以及驿程要道,诗人突出其雄镇关河、联通南北的浑阔和壮伟之势:“曾是雄藩北向开,大河南下势潆洄。云悬万堞波光动,雨过千山晓色来。……马蹄蜷局鸿寥唳,极目

① 见《清史稿》,第 1294 页。

② 同上,第 1204 页。

③ 见《清诗汇》,第 396 页。

悲风起客哀。”(《徐州道中》)“严程趋帝里,左辅入天津。海色看风雨,河澜自鬼神。”(《天津》)“百雉悬城壮,千帆带水长。……据鞍聊极目,平野正苍茫。”(《过德州》)山阔水长,雄关漫道,徐元文在绘摹南北重镇、山水相依的壮阔景致的同时,融入个人身世,以及历史旧事,使其笔下的山水画面更具坚实厚重的质感。

徐元文的山水诗不但寄托颇深,有悲慨之气,而且还追觅韵味,有澹泊悠远的田园之风,给人清新雅健的感官享受。如:“碧天无际水云浮,村郭霏微一望收。夹岸高阳縈客骑,半湖浅苇出渔舟。”(《雄县道中》)“村原雨歇暮烟舒,黄蔑楼中掩卷余。……千顷月明人正醉,碧天寒色满衣裾。”(《舟中即事》)“郭树千重出,溪樵一径通。墙东遗叟在,倚仗待行骢。”(《东阿道中》)“旬日看山足,还行山霭中。……绝岭连云碧,蘘花点石红。”(《江郎山道中》)“树带村庐小,波涵石堰长,浮澜风浩浩,流景月茫茫。”(《夜过维亭》)“蓼叶蒲根相暎秋,林边烟坞水边洲。差差细浪浮萍动,棹出渔村一叶舟。”(《高淳杂咏四首》其一)上述无论北上途中所见,还是南行道上即目,诗人均能于青山绿水间捕捉韵味淡远的田园风情,给人清新雅致的审美感受。

因个人遭际和气质的制约,徐元文的山水诗较少抒发激壮情怀的长篇歌行,在他整个的山水篇章中,我们很少感受到黄钟大吕般的激越与亢奋。相反,徐元文的山水诗于温和醇厚、严整工稳中透析出一股淡定自若的轻飏感。如:“山气多含雨,津帆独信风。乡心离雁外,生事泛萍中。”(《初发钱塘》)“月宇乘高望,金波澹欲流。……影转峰前寺,光摇水上楼。”(《乌石山月夜二首》其二)“轻浅浮沙色,空澄漾午晴。人家波外静,津树望中明。”(《渡青弋江》诗人自注:江在南陵)。“堤柳沉沉带野烟,空郊闲墅亦悠然。数围高树藤千尺,栽自尚书未百年。”(《途中绝句三十六首》其二十六)

徐元文的山水诗多以五、七言律句写成,形式显得单一,缺乏必要的变化,由此导致其内容没有跌宕起伏、一唱三叹的律动感。尽管如此,诗人在平直的叙述中,还是尽力按地域的分殊来营造不同韵味的山水诗境。如同是刻划山势,诗人笔下北方山形突兀刚劲、矫若虬龙：“蓟城西北盘龙山，群峰森蔼罗烟鬟。岧峣直上二千仞，碧莲紫盖青冥间。……半岭空林孤鸟啼，潺湲飞溜下重溪。”(《登盘山》)“崇岩拱京室，穹岭镇北州。……一过翠微半，举目异林丘。两壁交巉削，鸟路不可留。”(《游上方山三首》其一)与北地山形相较，徐元文的南国山脉则显得峭厉幽深、孤峻挺拔：“绝岭悬千仞，危关控百城。云为残血色，瀑作晚雷声。”(《仙霞岭》)“高峰直上势崔嵬，闽越雄州一柱开。……鸟飞山外天如镜，人到云中海似杯。”(《登为郙峰》)

徐元文在吴中诗人中属辈份较高，且出道时间较早的，他所生活的年代正是明亡清兴，社会处于震荡而动乱的关键一刻。虽然他通过科举走上了仕途，并得到最高统治者的青睐，但少年时经历的腥风血雨，以及后来亲身感受的宦海凶险，使他常怀隐忧之心，并且油然而生危机之感：“一坠青云重自伤，何期白水更回翔。……带月欲栖偏顾影，侵霜暗叫待成行。应知四野多矰网，莫便生涯寄稻粱。”(《放鹰》)由于不能直言清统治者的暴虐行为，所以徐元文只能通过隐晦婉曲的形式将目之所历的社会现实传达出来，因而形成他清新雅净之外的另一种山水诗型态：“孤舟驿路对重阳，拂夜商飔到客裳。……鸿迟孤影临河水，柝急寒声度女墙。转忆江南当此日，催租风雨暗鲈乡。”(《舟中九日》)“催租”一句当指顺治末期令江南士人闻风丧胆的“奏销案”。“奏销案”残酷至极，在当时情况下，许多士人不敢载之于史籍，徐元文通过“舟中”所见之景，隐曲地点出了“催租”给江南带来的萧杀悲凉之气。“弦歌声已绝，浅水咽孤城。……有官惟苦役，无户不愁兵。”(《武城》)“泽畔嘶征马，楼头卧老兵。故乡多带甲，眺望独心惊。”(《同友登济宁州城》)明末清初，兵火连天、社会动荡的景象于此可见一斑。

尽管有抒发悲慨之情，托物写实的山水诗作，但徐元文作为一个由科举而迈向廊庙的诗人，他代表了那个时代金台诗人的普遍心态和特定诗风，他的山水诗工稳严整、圆融蕴藉，如一湖春水，澹定有余，而波澜不起。

二、"野性耽高卧,随时作远游"的尤桐

尤桐(1618—1704),字同人,号艮斋,又号西堂,江南长洲(今苏州)人。康熙十八年,举博学鸿辞科,历官侍讲。著有《西堂文集》二十四卷、《西堂诗集》三十二卷、《西堂乐府》七卷等,其所作《西堂全集》、《余集》共计一百三十五卷,另有《鹤栖堂稿》六卷。"著书之多,同时毛奇龄外甚罕其匹。"①

尤桐生当朝代鼎革,亲历颠沛流离的动荡生活。入清后,以贡生身份　选河北永平府推官,坐擅打旗丁降调归,康熙十八年举博学鸿辞,授检讨。三年后,乞假归乡,悠游林下二十多年,称东南耆宿。《清史稿·文苑传》曰:"侗天才富赡,诗文多新警之思,杂以谐谑,每一篇出,传诵遍人口。……初,世祖于禁中览侗诗篇,以才子目之。后入翰林,圣祖称之曰'老名士',天下羡其荣遇。侗喜汲引才隽,性宽和,与物无忤。兄弟七人甚友爱,白首如垂髫。卒,年八十七。"②

尤桐著书甚富,诗、词、文皆擅长,但值得一提的是他的戏剧成就,其传奇作品《读离骚》《均天乐》《吊琵琶》《桃花源》《黑白卫》等成为中国戏剧史上的典范之作。

尤桐的生平与时代风云紧密相关,早年经历兵火之乱,后来为生活计,奔波宦途之间,南北驰骛,东西竞走,遍观闽浙诸山水,他把身之所经,目之所睹,心之所感的山川壮景纳于毫端就形成丰富多样,才情横溢,而形式灵活的山水诗作。

尤桐的山水诗分别收录于《西堂诗集》的各分集,如《西堂剩稿》《西堂秋梦录》《西堂小草》《右北平集》《于京集》中,这些诗歌分集基本编年而辑,详尽地刊载了诗人或颠沛、或淡定、或草间偷活、或奔走南北的人生旅程与心路嬗替。正如诗人在《西堂诗集·自序》中所说:"予年十五始学为诗,不过俎豆之戏耳。十八游庠,获交汤子卿谋,卿谋惊才绝艳,援笔便成。……自乙亥讫甲申十年之间,篇什遂

---

① 见《清诗纪事初编》,第317页。

② 见《清史稿》,第2080页。

多，卿谋既亡，知音断绝，旋遭鼎革，兵燹流离，束书奔窜，弃置笥箧者久之，不意蒲柳尚存，风尘漂泊，南游北历，多名山大川，间从贤士大夫谈燕之次，时有感触，不废啸歌。”

尤桐虽然没有明末遗民节士的悲歌慷慨，但身罹祸难的艰难苦恨，依然使他心怀新亭垂泪、故国不再的怆然之情，这些情绪寄寓在山水诗中，就表现为一种哀感顽艳的孤愁，以及对世外桃源般恬适生活的向往。如：“烟中横独鹤，木末起层云，水抱秋风骨，山含落日文。无端倚惆怅，孤吹远相闻。”（《晚眺》）“我今作渔父，寂寞到江滨。……寄语问津者，时来一避秦。”（《千亩潭泛舟时有小雨》，载《西堂剩稿》）“帆影忽来千树里，江声若出万峰间。水云自起羁愁合，野鸟高飞客思闲。”（《由君山入黄山》）如果借用诗人《千亩潭记》中的话语来反观此刻诗人的心志则更为简洁明了：“癸未（1643）七月之晦，予与王子禹庆，避暑于千亩潭。……今日者，北望神京，甘泉烽矣；西望长安，潢池弄矣。汉家陵阙，半入西风残照中，日月几何，沧桑一变，则斯游也，正晋人所云，风景不殊，举目有江河之异；抚今感往，惟有河水淙淙，助我涕泣。”（载《西堂杂组》一集卷五）①由上即见，尤桐早期的山水之作当为忧患意识的真切写照，他把一掬悲思故国，感慨“神京”陷落的苍凉之泪凝结在自然界的山川花木中，就显出凄艳悲冷的感官冲击：“秋声一鸣萧然薄，千岩万壑愁如削。……西风吹乱数峰青，草堂淅淅摇残箨。树上寒蝉砌下蛩，鼓吹两部清商乐。”（《九日同诸子走虎溪》）“万树涵湖白，孤鸦带日黄。……欲问兴亡事，愁烟没大荒。”（《登灵岩二首》其二）

甲申、乙酉对节烈之士是一个生死抉择的人格考验，对尤桐而言，虽达不到节烈之士的人格高度，但在悲念既往，感叹兴亡方面他同样经历了心理的煎熬与痛楚。“呜呼！甲乙之际，时事可胜叹哉！予一书生草间求活，废弃笔墨久矣。”（《西堂小草·自序)《西堂小草》不同于《西堂剩稿》和《西堂秋梦录》，它创作于乙酉到壬辰的八年间，其时间跨度长而记录诗人的经历亦颇复杂，从“草间求活”到“拔萃人

① 见《续修四库全书·集部·别集类》第1406册，第245—246页。

贡”,从“北征之役”到“遨游两浙”,基本抒发的是诗人“牢落肮脏之气”,以及盛年昂扬不羁之情,因之,其山水诗亦呈现出不同的高迈清峻气象。如:“却登山上亭,大江抱平楚。江外山有无,山外烟吞吐。远树眇天末,苍茫不知处。气象入心胸,俯仰生今古。”(《饮崔季韫乌龙潭登清凉山四望亭》)“南北山对峙,面面碧玉簪。江水活活流,东风摇征帆。挥手谢江水,从此就长骖。”(《渡江》)“黄河天上水,水势上于天。隔岸即千里,清流知几年。”(《渡河》)

北征归来,本就厌弃尘世、鄙薄宦途的尤桐一头扎进以西子湖为圆心的“两浙”山水中,重温起往日旧梦:“梦觉钱塘口,江空一雁鸣。潮来舟夜沸,风过枕寒生。”(《再渡钱塘》)“他乡风雨似人情,偏打孤蓬逐远行。石濑磷磷潮不上,江天漠漠夜难明。……为忆灯残人睡醒,搴帷无语听鸡鸣。”(《夜泊七里滩》)

尤桐的山水诗秉持了吴中诗人沉稳典雅、柔美贞静而对仗严整的固有特色,于热情激扬中透析超然物外、不以已悲的人生态度。如:“红日烧空行路难,长年闷坐只如闲。袍船截住横江口,便是南徐第一关。”(《舟阻京口》,载《于京集》卷一)“河源星宿出昆仑,九折南来日月吞。滚滚洪流归六扫,芒芒禹迹在三门。地形险过黄牛峡,风利惊看白马奔。纵使乘槎上天汉,何如濠濮乐蒙园。”(《黄河二首》其二,同上引)“黄云常绕燕山路,绿竹犹依淇水流。……朝歌不用回车去,试听河西野老讴。”(《登卫辉望京楼赠田介眉大参》,同上引,卷五)

尽管尤桐有吴中诗人的儒雅温婉之质,但蓄积胸间的“牢落之气”还是抑止不了地在他后期北行山水诗中喷发出来,一如江海浩荡、山岳耸峙,大有撼人之处。如:“偶然走马看花回,却喜登临接赋才。山势遥吞射虎石,水声常绕钓鱼台。”(《陪周伯衡黄门游一柱峰钓鱼台和韵二首》其一)“独凭虚阁俯滦河,萧瑟凉风襟带过。不断青山趋雉堞,忽来白浪出渔蓑。”(《偏凉汀登眺二首》其一)“芒乎望羊向若叹,大哉归虚渺无岸。近视争看白马奔,远观不辨青霓断。……骇浪乍浮出地日,惊潮翻射垂天云。……飘飘我亦凌云游,海风吹摇城上楼。……雾髻烟鬟光窈窕,夜深鼍鼓舞冯夷。……仰头屹对长城孤，惟有沧海依古在。沧海尚变桑田枯，而我感叹何为乎？”(《登山海关澄海楼观海》)清初诗人写观海的诗比比皆是，他们或蓬莱观海、或南海神庙观海、或宁波镇海观海，而写山海关“观海”者鲜有。尤桐的“观海”诗，以山海关为基点，显得雄浑壮阔、苍凉悲劲，给人气象万千、变起仓皇的紧促感。山海关，在明、清北直隶所属永平府抚宁县东百里，原名渝关。《读史方舆纪要》曰：“(渝关)北倚崇山，南临大海，相距不过数里，实为险要。……志云：渝关下有渝水通海，自关东北循海有道，道狭才数尺，仅通一轨，傍皆乱山，高峻不可越。明初以其倚山面海，名曰山海关。筑城置卫，以为边郡之咽喉，京师之保障。”[①]又曰：“今关城甃以砖石，高四丈有奇，周八里有奇。月城二，水关三，门四，有池环之，东面又有夹池、罗城，恃为险固。”[②]尤桐登山海关，上澄海楼，远望苍澜万丈，洪波涌起，大海如“白马”奔腾、“青霓”横空，“惊潮”、“骇浪”吞日翻云；近观姜女神庙灵旗招展，“雾髻烟鬟”，光色迷离，一股人间暗换，山河依旧的沧桑之感涌上心头：“沧海尚变桑田枯，而我感叹何为乎？”

尤桐的北行山水诗基本收录在任永平府推官时所撰的《右北平集》里，这些诗作写得苍劲激楚、凛冽逼人，全然没有时人所评的“流于太易，……远近或以游戏视之”[③]，“流入浅近，颇伤俚俗，且多游戏率意之作”[④]的轻滑和浮躁。如：“半天开玉宇，一夜白人间。闭屋烟常断，空林鸟自还。”(《大雪三屯道中》)“大风飞万里，朔气绕三河。老树叫山鬼，黄尘扬海波。”(《三河》)“身似衔芦雁，年年带雪飞。……水介封红树，琼花绣白衣。”(《定兴行雪》)“卢沟晓月起征鸿，扑面寒沙卷朔风。……红云缥缈神京外，青火萧条战壁中。”(《早发卢沟桥》)“边地悲风苦，春来吹不禁。……晓色千村动，寒声万马吟。”(《早发七家岭》)

---

① 见《读史方舆纪要》，第429页。

② 同上，第766页。

③ 见《清诗别裁集》，上海古籍出版社1984年版，第438页。

④ 朱庭珍《筱园诗话》，见《云南古代诗文论著辑要》，第280页。

尤桐生平家居、游宦、交友，屐齿满南北，正如诗人《看云草堂集·自序》所言：“予自丙申(1656)秋，北平罢官归，卜筑先人敝庐之侧，……其间再上长安，一游闽越，以至恒山之阳，榆关之右，三衢之麓，青海之滨，近则秣陵、邗沟、骥沙、乍浦，跋涉于道途，栖迟于羁旅者，数数有之。”[①]经历短暂的馆阁生活，淫浸在遍南北的自然山水之中，尤桐悲逝悼往，追怀故旧，他的心一如天边之浮云，卷舒自如，表现了前所未有的澹荡无忧：“云之为物，朝舒暮卷，忽聚忽散。白衣苍狗，变幻不常，然皆出于无心，则看云者亦何心之有哉！人生百年，光阴不可把玩，升沉离合，偶然相遭，转盼而失，与浮云之过太虚何异！”(同上引)。正是这种随缘任运的旷达闲适心态，造就了尤桐山水诗随物赋形，自歌自娱的潇散风格：“春心粘柳絮，客梦冷菰蒲。却羡溪边叟，纶竿入画图。”(《舟中连雨》)“仙霞岭上天何小，仙霞岭下人如鸟。……舆夫笑入竹林去，剥笋挑来点白茶。”(《仙霞岭》)“云石不可知，一片空濛色。……天半卓奇文，千古江郎笔。”(《江郎石》)“不知王谢堂前燕，何日飞来到此矶。……六朝箫鼓随流水，万里楼台送落晖。”(《燕子矶夜泊》)尤桐长于曲词乐府，其传奇作品为后世称道。正因如此，他的诗名并不彰显，但是通过上述风格疏朗、运笔自然的南北山水诗篇，我们始能窥见作为吴门文人代表的尤桐的艺术精神之全貌。

三、“山水界南北，天籁自无声”的张埙

张埙(1731—1789)，字商言，又字吟芗，号瘦铜，江南吴县人。乾隆三十四年已丑科进士，官内阁中书，有《竹叶庵文集》行世。

张埙擅长诗词，早年即负盛名，与蒋士铨齐名，深受翁方纲等诗界名流敬重。他的诗才纵横凌厉，而风格清峻幽峭，硬语时出，被时人所称道。袁枚在《随园诗话》卷十六中曰：“吴门张瘦铜中翰，少与蒋心馀齐名。蒋以排奡胜，张以清峭胜，家数绝不相同，而二人相得。”王昶在《蒲褐山房诗话》中说：“商言才情横厉，硬语独盘。”沈德

① 见《续修四库全书·别集类》第1406册，第506页。

潜在为张埙作的《碧萧词序》中亦称誉曰：“商言之词，秾而不腻，鲜而不靡，巧而不佻，曲而不晦。其长调亦间人苏、辛诸公，而徘徊容与、温丽芊绵，终归周、柳，其天才使然与？抑土风所遗也。吾吴以词鸣者，尤检讨西堂后，寥寥无闻，商言以多情多才之人，发而为词，擅声吴中，吴之多情多才者，复同声而和，他日吴地名家亦继两浙而兴起也，商言其先声也。”[①]沈德潜的这篇词序简明扼要，既指出了张埙词风的特点，同时也看到了吴中词与两浙词的差异，他把张埙看作吴中词派兴起的标志与希望，因此即见，张埙词的文学史意义。

张埙的山水诗题材因其阅历的延展而扩大，他南至广州，北上热河，西到关中，东游两浙，故而论其山水诗应以地域的殊异而展开。

(一) 高江急峡、雷霆斗怒的南行山水诗

张埙于乾隆三十五年(庚寅)南下粤广，开始了他充满豪情的人生之旅。此次远游，他历经浙赣的急流险滩、高山峻岭，翻越南国屏障大庾岭，进入粤地，目睹浈阳、羚阳峡行的惊心动魄，感受南国景象的迥异氛围，挥翰题诗，总其名曰《南海集》。《南海集》分上、下，上集主要载录诗人赴粤途中所作诗篇，下集大多包含在粤逗留观光时随心吟唱的作品。张埙南行山水诗的风貌基本体现在《南海集》上集中，从《露坐》写两浙舒放清幽的景物开始，诗人一路历经浙江之钱塘、常山，江西之玉山、铅山、九江、赣南等地，饱尝了十八滩行舟的重重险象，最后越大庾险关，体验了浈阳、香炉、大庙等峡的雷霆万钧之力，终而止于《黄巢矶二首》，共得山水诗四十九首。南行山水诗的韵格随所写对象的不同而变幻层出，恰如一首疾徐相间、张弛有度的奏鸣曲，颇能引人入胜。如写两浙山水，诗人用舒放的笔墨，突出其空阔静谧、杳深延绵的雅趣：“天籁无声夜景迟，葛巾不受野风吹。偶移萤火东西岸，似是星光落水湄。”(《露坐三首》其三)“衣锦江山入画图，风云铁弩射潮枯。一从龙气归天目，陌上花开半有无。”(《钱塘达常山杂诗十二首》其一)“为爱看山趁晚晴，碧天如乳露长庚。一声风笛秋江上，几个鹭鸶卧月明。”(同上，其六)“夕阳明灭草堂偏，屋上青

---

① 见《续修四库全书·集部》第1449册，《竹叶庵文集》卷首。

山屋下田。浴过溪牛沙路静，一枝桔树靠秋烟。”（同上，其十）江浙山水素以温柔旖旎著称，通过上引张埙的浙江行旅山水诗，我们更能体认这一特征。除上述，张埙的浙江山水诗还有《钱塘江大风》《西湖》《玉泉观渔》《雷峰塔》等。

浙江山水诗如果是张埙南行山水奏鸣曲的序曲的话，那么赣江山水诗则是其展开部，通过疾管繁弦的强势演绎，终于将其推向金钟震响的高潮——粤中山水组曲。

赣中山水诗，主要以赣江滩滩相连、险仄逼人的形势为描写对象，诗人用瘦劲倔直的笔触，突显了赣江高江急峡的壮伟气象。如："阴厓坠黄泉，千劫哪揽取。变相罗刹恶，得势跳掷舞。……当其一出世，万人汗被雨。”（《皇恐滩》）“人言五岳地上尊，指画郡县分乾坤。五座滩形如五岳，错落中央周四角。……奋然出水三五尺，回舟避之不为卮。”（《五座滩》）“精悍赛暗铁，凌乱当秋涛。长风吹浩浩，白日横滔滔。”（《天柱滩》）赣中行舟，险滩最多，如“惶恐滩”是众多诗人笔下常见的表现对象，而张埙既写其他诗人写过的险滩，又写别的诗人很少涉及的江滩，比如《松树滩》《桃花滩》《九乌滩》《绵绳滩》《凉滩》《九脚滩》《鳖滩》等。

赣江行尽，粤水迎人，一路受风簸浪颠的诗人越过“火鼠冰蚕”、炎凉分明的大庾岭，扑面而来的是夹江雄峙的巍峨山峰，及其怪石嶙峋、急流狂放的幽渺峡谷。面对粤地高江斗怒、暗流涌动的特别景象，诗人见景起意，融情入景，把峭绝巉刻的崖岸、奔放回旋的急流与思极千古的情怀有机融汇起来，就构铸成《浈阳峡》《香炉峡》《大庙峡》《清远峡》《黄巢矶》高迈雄健的主体格调。“峡行畏中断，大石横苍天。……訇然峰胁开，郁气舒云烟。各分一岸山，山头倒压船。……直视上霄汉，峛径皆奇缘。”（《浈阳峡》）“山拥青芙蓉，瀑垂银落索。潺潺不及地，中路又被攫。”（《香炉峡》）“岩壑分阴阳，阖闢元气受。大庙莽疏豁，诸峰开户牖。”（《大庙峡》）“群山万壑峡门通，一路沿回地势穷。小杜无心诗宛合，人歌人哭水声中。”（《黄巢矶二首》其二）

《南海集》以硬语盘空的笔势，跌宕起伏的旋律，一唱三叹的韵格将诗人南行所历的山水逐一绽放开来,令人在心神俱惊的自然情境中感受到雄放激烈、一泻千里的审美诗境。

(二)“地尽中原山,天挂秦时月”的北上山水诗

乾隆四十一年至四十五年,张埙束装北上,出古北口,观热河风景,创作《热河集》《热河后集》,共得山水诗作三十八首。这些诗篇总揽了热河一线莽苍激楚、高寒瘦劲的山水风光,群峰逶迤、雄关漫道、白草迷茫、寒气砭人,北地随处即见的山岭梁坎,沟壑坡峪被诗人写来,别有一番感人的魅力。如:“晴雨莽相战,昏黄隐西嶂。禾黍高攘攘,沙石伏漾漾。”(《晚次牛阑山》)“郁郁无名树,苍苍太古壁。……初见一屋云,已有数雨滴。”(《穆家峪》)“大石塞我前,一峰包一峰。诸峰四围积,磊落天地雄。”(《白河涧》)“地尽中原山,天挂秦时月。喜峰连居庸,夹此青硉矹。…… 沙清走野兕,日落剩飞鹘。”(《古北口》)“山形与龙类,头角高峥嵘。……此脉太行始,蜿蜒谁经营。”(《喀拉河屯》)牛阑山,一作牛栏山,在明清北直隶顺义县北二十里。明改曰顺义山,山高百余丈,南望京师,尽收眼底,张埙的北上山水诗起于牛栏山,他在刻划山形水势的同时,着意点染了牛栏的形胜特点。古北口,在密云县东北一百二十里处,《读史方舆纪要》记其地势曰:“两崖壁立,中有路仅容一车。下有深涧,巨石磊砢,凡四十五里,为险绝之道。亦曰虎口。”①古北口,地形险要,崇山叠嶂、关口阻阨,为战守之重地,守其地,则京师无忧,失其关,则两河震动。张埙的《古北口》一诗从地利、战伐,到历史沧桑将其表现得苍凉悲劲、雄浑阔大。

《热河集》分上下,分别创作于乾隆四十一年和四十五年。上集主要以五言古诗创制,下集则多用歌行体,两者互相呼应,使塞上风景顿显殊异之气象。除上举,其名篇前后还有《晓渡白河》《潮河》《石岭子》《芹菜峪》《新开岭》《南天门》《老虎峰》《青石梁》《黄土梁》《广仁岭》《双塔峰》《磬棰峰》《热河》《白檀山歌》《红螺山歌》《九松山歌》《六月三日巴克什山对雨》《山出云行》《雨后下三道梁》《渡河二首》等。

---

① 见《读史方舆纪要》,第487页。

（三）“天空渺环珮，地远浮玲珑”的西行山水诗

张埙的西行山水诗主要结集于《渡渭集》(戊戌迄己亥三月)、《乞假集》(壬寅五月迄癸卯七月)中，他的西行与时任陕西巡抚毕沅的邀约有极大关系。在素有襟带山河、据天下之险的关中，张埙于闲暇时光，遍览了其险峻的山川，同时还观摩了随处可见的人文遗迹。“入秦何所好，所好拓残碑。……一笑东归去，将毋暴富儿。”(《拓碑三十韵》)关中山水环绕，名胜星罗，但张埙现存的西行山水诗仅为写太白的篇章，这些诗作从点到面，从整体到局部，写透了太白山的形貌气质，从而使这座关西名山的神圣姿容惊现于世人之前。如：“身在群真会处游，诸天鹤驾压龙湫。一炉宿火三生梦，五色仙花四面楼。”(《太白山麓作》)“敦物大峰特地起，其高不知几百里。上封积雪万万纪，泝之茫茫迷太始。”(《太白山二首》)“太乙只一峰，群峰守其宅。一峰最倚后，堂皇半天碧。”(《太乙第一坊》)“山下泉混混，山上泉泠泠。天空渺环珮，地远浮玲珑。借此一点喧，唤人百念醒。”(《下窦泉》)“郁积为神州，瀵涌生灵湫。……凌乱爪痕缩，淡洩鳞光浮。”(《上窦泉即太乙湫》)“大峰开坪左，直削数百丈。……不断万山青，压于八水上。坎艮罗地轴，风云布天网。”(《青冈坪》)“西华接黄河，岳莲万人见。太乙障长安，隐秀独北面。”(《登太乙山绝顶二首)其一，诗人自注：今呼为南五台)太白山，又名太乙山，又号南五台。在清西安府城西南八十里。毕沅《关中胜迹图志》载曰：“《咸宁县志》：‘一名南五台，延袤十里许，道由石壁谷，东南竹谷入，中有太一谷，谷内有太乙湫，山顶有金华洞，山西壁有八仙洞，山麓有日月岩、龙泉。’”因太乙在前代或指终南，或指太白，所以毕沅考证曰：“今考：马理《陕西通志》云：太一者，犹云第一山也。今南山神秀之区，惟长安县南五台为最。《雍大记》亦云：五台山太乙谷中有太乙元君湫池，汉武帝元封二年祭祀太乙于此，建太乙宫。又山有太乙峰、太乙池，证据确凿。……登陟五台绝顶，南望终南，如翠屏环列，芙蓉万仞，插入青冥，旁若巨壑，深肆无景，与终南不相绎属，则太乙自当专属之。”①

---

①　〔清〕毕沅《关中胜迹图志》，三秦出版社2004年版，第33页。

太白山，史书载为在武功县南，离长安有二百里，参见《水经注·渭水》，《水经》又称“太一山，亦曰太白山。”如此看来，毕沅所考与诸书载录有出入。究竟太白、太一、终南在地理上如何区分，暂不论，单就张埙的太白、太乙山水诗以观，确有气象雄阔、韵味幽深而仙风飘摇的律动感。不管是太白山高可摩天，雪如滢玉，还是太乙峰秀插天汉，佛光笼盖，均被诗人表现得质实朴厚、想出天外。在描绘太乙独特山势时，诗人用极强硬的语句和手法，将其刻划得入木三分：“山前看渭灞，沟水只寸溜。山后接千峰，峦光塞白昼。如潮亦如涛，连连各奔凑。……阴壑百万丈，渺尔日光透。”（《登太乙山绝顶》其二）

吴中诗人山水诗的整体风格表现为温润圆通、稳健严整，而绝少奇崛峭硬；张埙打破这种恒定的规律，自出一格，成为吴中山水诗创作的别样类型，从而显示了他的个性与涵养。据王昶《湖海诗传·蒲褐山房诗话》载：“（张埙）生平与翁覃溪、赵云松、孔荭谷诸君友善，故考证金石及书画题跋颇为详瞻可喜。”[①]由于喜“考证金石及书画题跋”，再加风格的盘空硬语，张埙的山水诗中过多掺杂了对地理、史乘和现实的考证与思索，从而影响了山水诗韵味的醇厚度，使其山水诗境显得峭劲有余而圆融不足，缺乏令人经久反刍的幽深与绵长感。

第四节　“长剑倚霄影，红日到幽谷”

——毕沅的山水诗

吴中素以文风繁盛见称于天下，受浑厚深沉的文学浸润，吴中在明清两代多有夺魁天下、折桂蟾宫的士子，但这些士人一旦进入宦流，则多为内阁九卿、翰詹科道，而很少有跻身封疆大吏者，能“始以文学，驰誉岩廊；继以勋业，播绩封疆”（王昶《兵部尚书督察院右都御史湖广总督赠太子太保毕公沅神道碑》）[②]的吴中诗人应推毕沅。

① 见《蒲褐山房诗话新编》，第104页。

② 见《碑传集》，中华书局1993年版，第2104页。

一、毕沅的生平简介

毕沅(1730—1797)，字纕蘅，又字秋帆，江苏镇洋人。(镇洋，即今太仓。清雍正二年将原苏州府属太仓州升直隶州，析其地置镇洋县。)乾隆十八年举人，授内阁中书，充军机处章京；二十五年中一甲一名进士，授修撰，再迁庶子；三十一年，授甘肃巩秦阶道，期间随总督明山出嘉峪关勘屯田，调安肃道，后擢升陕西按察使。乾隆帝东巡，毕沅觐见，详细陈述甘肃旱情，命赈灾，因功擢升布政使。清军讨伐平定金川之乱，毕沅因督饷输运军需有力，授陕西巡抚。在陕抚任上，毕沅前后共十多年，其文武治绩，世所瞩目；五十年，调任河南巡抚；五十一年，赐黄马褂，授湖广总督，期间治理荆江堤防、剿除"邪教"多建勋绩。嘉庆二年，积劳成疾，卒于辰州，赠太子太保；嘉庆四年，因追论"教匪初起失察贻误，滥用军需帑项"，被"夺世职，籍其家。"[①](另据史料记述，毕沅被夺职籍家是因为与和珅案件有染，参见刘禺生《世载堂杂忆》"和珅当国时之憨翰林"条。笔者注)

毕沅少年丧父，受母亲张太夫人教诲督促，十岁即谙熟音韵，十五岁作诗，声名渐起。后随吴门名士沈德潜、惠栋游学，其学业更臻深邃。毕沅一生无论勤勉于国事，还是孝悌于亲人，即使笃信于友朋，他都能做得让人们褒扬不已、铭感再三。王昶的《兵部尚书督察院右都御史湖广总督赠太子太保毕公沅神道碑》对之作了高度评价："自以文学、经济上结主知，不肯有所附丽，旌节所至，尽心国事，勤求民隐，至于二十六年。盖历省督、抚中，未有如是专且久者。……天性孝友，迎张太夫人至西安官署，先意承欢，靡间晨夕。……友爱二弟，始终弗替，闻不足，辍俸以济。督教诸侄，乡试中式者三人，由诸生拔贡者一人，尝谓为政贵识大体，治尚宁静，故洞悉属员贤否，而不以机智钩距，不以科条缴绕。望之温然，无内外大小，皆驭之以恩，人服其宽，乐为之用。笃于朋旧，爱才下士，老友如中书吴泰来、侍读严长明、编修程晋芳诸人，招致幕府，流连文酒，名流翕集，望若登仙。

---

① 见《清史稿》，第1569页。

学士邵晋涵、编修洪亮吉、山东兖沂道孙星衍，咸以博士工文，前后受知门下，情谊周挚，其余籍奖，借以成名者甚多，”①在毕沅“籍奖”并“借以成名者”中，黄景仁当属最著者。黄景仁于乾隆四十六年秋游西安，客毕沅署中，毕沅一见倾心，并出资为其补官；乾隆四十八年，毕沅闻黄景仁讣告，一方面和王昶、沈业富等“厚赙之”，使其归葬常州；一方面撰文，对黄景仁“风仪俊爽，秀冠江东”的才华表示钦佩，对其“高才无贵仕”的不平命运表达惋惜(语见《吴会英才集小序》)。

毕沅虽“以文学”而“驰誉岩廊”，但在经籍著述方面，他亦建树颇丰，有多种考订撰著流传于世，其中著名者如《关中胜迹图志》《续资治通鉴》《史籍考》《关中中州山东金石记》《河间书画录》等；还有一些经其手“校而录之”的“古书善本”，如《山海经》《说文解字》《三辅黄图》《太康地志》《王隐地道志》《晋书地理志新補正》《道德经考异》等。

二、毕沅的山水诗述略

毕沅生性“宽平”又特别“爱士”，由此深得士林嘉许，因其所“爱”之士，多为金石学者，故而毕沅受世人关注的成就尤以“典籍”为甚。正如王豫在《群雅集》中所言：“制府长厚好学，召致名士，考订经史，下及金石碑版，纠讹正谬，付之梓氏，厥功典籍不小。而礼遇贤俊，悉本真诚，故为当时人望所宗。”②尽管毕沅的政声和学名掩抑了他的诗歌成就，可是论吴中诗群的山水诗，毕沅无论题材之广、内容之丰，还是诗境之纯美、诗法之多变都是首屈一指的大家。毕沅的山水诗总计八百七十七首，分别散见于《灵岩山人诗集》的各卷中，其中尤以卷五《三山揽胜集》、卷十七《听雨楼存稿》、卷二十五《秋月吟笳集》、卷三十三《玉井搴莲集》、卷三十四《嵩阳吟馆集》、卷三十八《香草吟》、卷三十九《香草吟》收录数量最多，分别达到六十五首、六十二首、四十一首、九十四首、六十八首、八十九首和四十一首，其数量之巨，令人惊叹。

---

① 见《碑传集》，第2103页。

② 见《清诗纪事》，第5763页。

毕沅山水诗的题材宽泛，内容丰赡，从山水温润的江南，到英挺隽秀的陕甘，从清幽苍深的湖广，到雄放峭劲的幽燕，诗人的游履始终随宦辙展开。因此他的山水诗不但具有文学的鉴赏价值，而且还有了解诗人心灵嬗变、个性发展，以及为国事辛劳尽瘁的认识价值。以下按诗人的行迹为主线，将其不同时空的山水诗作并联起来，以观照毕沅的诗艺演进过程，进而洞鉴诗人复杂而多变的人生履历。

（一）豪气与幽情共存的江南山水诗

毕沅的江南山水诗基本创作于乾隆九年到十七年间，这一时期是诗人问道游学、蓄势待发的准备期。此刻的诗人既有胸怀远大的豪壮之心，又有“为赋新诗强说愁”的幽人情怀，故而其诗风呈现为壮声与悲愁共生，激扬和沉静同在的对峙状态。如写故乡落梅点点，残萼飘摇的景象，他笔意稍凝凄婉冷艳：“伤春人似杜樊川，隐几西楼思黯然。风急纸窗关不住，梅花片片落琴弦。”（《小楼晓起》“茫茫荒寒境，梅疑被雪逼。是雪还是梅，真幻两莫识。…… 明月淡黄昏，春光白鹤得。”（《香雪海》）虽然怜惜落梅，心存凄婉，但毕沅毕竟是一代胸襟高远的诗人，他的志在天下、顾盼神州的豪壮之意寄寓在早年的山水诗里，就有如此猛气充盈的章句：“长剑倚霄影，险铲天根碎。卓立一万尺，灏气斡无碍。”（《天池石壁》）“湖山奇绝处，一览收万景。……誓将登太华，缒险试铁绠。”（《华山》）“具区排白浪，澒撼坤维垠。金庭玉柱间，倒插虚无根。湖光荡花光，一气互吞吐。”（《邓尉山》）如果姑苏湖山相映的景象颇能引发诗人壮游万里的情怀，那么京镇江山相依、波浪连天的气势却与诗人的天姿暗合，更能激起他内心的共鸣：“遥疑鳌戴蓬莱峰，随波来自扶桑东。……江山争奇屹相向，石脚截水水声壮。……安得春江化为酒，浇我对此茫茫百端交集之悲怀。……落日昏黄画角起，眼底千江一叶耳。”（《舟行阻风金山登妙高台放歌》）“慈云三界涌，沧海一杯吞。远纵难穷目，虚摇不定魂。御风如有术，俯视日轮奔。”（《登金山寺塔》）“天风浩浩声不息，万里吹我襟怀开。茫茫往事不可问，但见江水明灭云中来。”（《登钟山放歌》）作为夙怀壮心的志士，毕沅的姑苏、京江山水诗通过浪卷波翻、孤耸峭劲的山形水态寄托了他的豪放之情；作为苦心孤诣追求美感的诗人,毕沅的江南山水诗更多地透析出清醇幽远、婉约明秀的自然之境。如写太湖观梅,他把入目即见的客观色相,通过主观过滤,表现得柔媚如梦、洁净如雪:“石磴落人影,云泉和磬声。梅繁香径塞,桐覆小窗清。”(《光福寺》)“举头月正中,疏影如画谱。……寒禽忽飞来,双双踏香语。”(《夜游白云寺看梅花》)再如写姑苏、京江一带远山如黛、碧水似银的景象,他通过细腻的刻画,极力营造空谷无响、天籁自成的山水诗境:“鸟啼春寂寂,花落不知数。……松子满石床,无人坐挥尘。山风吹午梦,林端响樵斧。”(《空谷》)“寒山出寒泉,云骨穷劖镌。……纵之使一落,银汉秋空悬。……听泉即听雪,妙悟泯真诠。”(《千尺雪》)“境寂坐忘归,斜阳上帘箔。江声绕寺门,野花满篱脚。”(《鹤林寺》)“法界诸天近,遗台在野垌。江连三楚白,山带六朝青。”(《雨花台》)“金翠六朝浑似梦,烟花三月冷于秋。白门杨柳青溪水,不信无愁却惹愁。”(《莫愁湖》)

毕沅的江南山水诗涉及范围较广,而体制庞大,题材呈多角度展开,《灵岩山人诗集》卷一到卷四命名曰《砚山怡云集》,收录姑苏山水诗一百三十六首;卷五分别为《三山揽胜集》《白门访古集》收录京镇山水诗六十五首。除上举,其主要名篇还包括:《虎丘步月坐千人石试第三泉》《渡海吟》《游马鞍山登文笔峰展眺》《山塘泛月》《凌云阁望太湖》《过穹窿道院》《剑门》《拂水》《香雪海探梅歌呈沈宗伯归愚德潜先生》《夜泛芙蓉湖》《游寄畅园》《舟中望焦山》《焦山》《板桥行》等。单篇的山水歌吟之外,毕沅还有大型山水组诗,如《吴淞櫂歌五十章》《秦淮水榭杂诗二十首》《游摄山诗二十首》。

《吴淞櫂歌》以诗人家乡流经的吴淞江为歌咏对象,采用灵活而自然天成的船谣形式创制而成,它是诗人亲聆“渔父棹娘”“倚棹而歌”、“扣舷而和”的对歌后,受“余音”启迪的心灵回声,其创作的目的是“谱江国之风谣,记渔家之岁月”(《吴淞櫂歌·序》)。既然是“江国”“风谣”的韵味,“渔家”“岁月”的内容,所以《吴淞櫂歌》就代表了诗人轻快活泼、音声婉转的山水小调的别种风格。如:

半江碧玉皱涟沦,点染波光绚好春。柳陌雨深泥滑滑,绿蓑

青箬卖鱼人。（其二）

淀山圆泖众流通，万顷玻璃晓镜中。系缆柳根鱼不得，钓纶空漾落花风。（其五）

画船萧鼓荡中流，白塔凌虚倒影浮。八月十八潮生日，问潮馆外看潮头。（其二十）

郭外春风飐酒旗，隔溪开遍杏花枝。遥村红日三竿上，正是渔家晒网时。（其三十三）

《秦淮水榭杂诗》、《游摄山诗》均为每组二十首的大型山水组诗，前者以人文遗迹和街市风物为抒写背景；后者则以金陵名胜摄山（即栖霞山）的真山真水作为寄意的依托。组诗均采用五七言绝句形式，篇幅精致、语言凝练、韵味绵长、意境隽永，充分体现了毕沅运用短章刻摹山水景物的娴熟技巧。如：

白沙翠荚接波光，邀笛相传此渡傍。三弄人归何处去，鹭鸶梳翅立斜阳。

——《秦淮水榭杂诗》其八

凉宵梦转水西厅，残月穿帘照画屏。更鼓已停钟未动，轻风闲荡护花铃。

——《秦淮水榭杂诗》其十七

平湖摄山麓，沄沄新雨足。照影尽花枝，春波不能绿。

——《游摄山诗·湖上》

风停云渐归，日暮僧初定。穿破玉玲珑，经堂一声磬。

——《游摄山诗·白云庵》

江南行尽，北风渐来，乾隆十七年，诗人束装北上，“寓保阳”，准备第二年的“顺天乡试”，从此拉开了他人生仕宦舞台的大幕。北上应试，不但是诗人政治生涯的起点，而且还是他山水诗从内容到风格发生渐变的转折点。

（二）意气奋发、长歌猛进的北行山水诗

从乾隆十七年应试北闱，到乾隆三十二年离任京职，毕沅的足迹一直徘徊于以京畿为中心的南北山水间。这一时期是诗人仕途逐渐绽露曙光的盛壮期，多年的翰苑生涯，令诗人心气高扬，志兴勃发，除北上南下遍观驿路风光外，公务之暇，他呼朋唤侣，历赏京畿名胜，甚或随御辇出猎，尽览塞上风物。丰赡迥异的自然形态、昂扬奋进的主观心志相互激撞磨合，造就了毕沅北上山水诗在内容上的丰满多样、艺术手法上的娴熟灵动、审美境界上的凝重沉静，以及语言运用上更逼近台阁气和金石味。

毕沅的北上山水诗基本收录于《灵岩山人诗集》卷六至卷十八的各集里。卷六为《渡江吟草》，创作于乾隆十七年北上应试时，多为行旅山水诗；卷七、八为《莲池吟草》，创作于乾隆十八年；卷九、十为《五湖载酒集》，创作于乾隆十九、二十年间，多为往返京师与姑苏程途的行旅山水诗；卷十一、十二、十三为《青琐吟香集》，创作于乾隆二十一到二十三年，主要是京师景物，包括木兰行围的游赏山水诗；卷十四、十五为《阆风集》，创作于乾隆二十四到二十七年；卷十七、十八为《听雨楼存稿》，创作于乾隆二十九到三十年，主要收录京畿，包括盘山游赏山水诗。以上各集，载录山水诗最多的应是《渡江吟草》，共三十六首；《听雨楼存稿》，共六十二首；《青琐吟集》五十七首。从山水诗创作情况，可以看出毕沅初入翰苑，处处谨慎勤勉，较少流连光景，时日既久，当他熟谙公务，地位日高、声望益重时，便于青春暇日，心情畅爽地邀朋携侣穿行在京师遍布的泉壑山林间，或登临，或引觞 ，或高歌，或浅吟，以抒内心久蓄的豪情。如：“久闻西山西，磅礴数千里。逞秀复争奇，壶峤依稀是。……松吹洒我襟，溪声洗我耳。顿令肺腑中，清虚绝渣滓。遥峰千髻鬟，招我绿云里。”（《西山纪游诗二十首·出阜城门经门头村作》）“银河犹在天，东海已分晓。……翘首望寺门，岧峣出云表。……贾勇凌绝顶，忽讶众山小。东向见帝京，旭日初杲杲 。”（《西山纪游诗·晓发洪光寺寄城中诸僚友》）

毕沅的帝京景物山水诗不仅中气充沛，有凭高望远，一览众山的超远气象，而且写景细腻逼真，能突出幽燕山水盘礴纡曲、险峻壮伟

的特征。如:“纡盘一径石峆岈,瘦马跉踄未敢拄。映日遥岗沙似雪,著霜丛树叶如花。”(《入厓口》)“巉岩绝寒矗重嶂,秀拔扶舆逞天匠。虎踞龙盘坌复坳,石棱厓角森南向。……縈槃沿山麓,鸟道绝依傍。峰峰秀铁花,迥出层霄上。……我惊退走云门西,一峰下方上锐形如圭。……回策东岗去,霜叶红千树。蘼芜一望平,不见行人路。”(《兴安大岭歌》)“兴安大岭”,疑即大兴安岭,岭南北横贯今内蒙古东北部,延及当时的木兰围场,毕沅乾隆二十二年扈驾北狩,在诗的结尾他说:“登此山者数我为初度,爰抽佩刀磨厓题署乾隆丁丑秋九月,灵岩毕沅扈跸大猎会游处”。此诗想象丰富而奇瑰,利用多重排句点明“兴安大岭”的辽阔雄浑,以及它“地尽”“天穷”、“鸿濛”未开的原生态特征,因其用长歌创制,故而节奏起伏、情感激荡,给人排闼而来,又鼓涌而去的强烈动感。再如《木兰行围十首》对木兰狩猎场壮观景象的描绘,亦体现了非凡的气概:“芒芒瓯脱藏灵境,如砥平原难计顷。中盘七曲八曲溪,四抱千层万层岭。”(其一)木兰围场,清属宣化府围场厅,据《清史稿·地理志》载:“本内蒙古卓索图、昭乌达东二盟地。康熙中进为围场,曰木兰,国语(即满语—笔者注)‘哨鹿’也。光绪二年置厅,三十年自承德来隶,兼有府、赤峰西北、丰宁东北境,在内蒙古各部落之中,周千三百里,广三百里,袤二百里,并有奇,四界表识曰‘柳边条’。”①

和《西山纪游诗》、《木兰行围即景诗》风格有所差异的是《盘山纪游诗六十首》。《盘山纪游诗》不仅数量巨多,而且其韵味悠长,意境幽深,一改北方山水诗粗狂峭劲的面貌,而显出纤巧工致、禅意窅深的美感特质。如:“平明凭危栏,山色翠如洗。……入林访白云,云是古时水。”(《登寺楼望空桐山》“马首瞻遥岑,黪黰擢林表。……应是米襄阳,纵笔弄机巧。万丈鹅溪绢,墨沈泼初了。皴成欲雨山,浓云百层绕。”(《望铁岭》)“云叶接飞泉,树头悬峻岭。……松寺晤枯禅,禅话颇奇颖。……房廊风雨声,几度龙蛇影。”(《万松寺》)“爱听风泉声,寺北倚危榭。……松顶壁月升,适与悬流射。百万斛珍珠,乱向

① 见《清史稿》,第481页。

峰头泻。寒光烂如银，石阁不能夜。”(《寺阁月夜对瀑作》)盘山诗共六十首，为诗人十多天游历盘山的心灵感悟之作，在盘山他盘桓有日，目尽其一涧一壑、一山一岭、一寺一观、一草一木，将其默识颖悟，就汇聚成机锋暗藏、禅悦四溢的大型山水组诗，正如诗人在《将出盘山留别铁君》一诗中所告白：“入山已经旬，遍领西山趣。道院与禅关，怪石及嘉树。目谋心赏者，一一赋新句。……盘泉独多情，送我出山去”。

（三）清音与雄浑交响的陇上山水诗

乾隆三十一年，毕沅的仕途发生了许多令人欣喜的变迁，先是“充会试同考官，寻转左庶子。”又因“上知公可大用，特授甘肃巩秦阶道，旋调安肃道。”(《神道碑》)①这一职位的变化，意味着毕沅从此告别清淡的翰苑生涯，而跻身地方大员的行列，为他日后充分显示才干、荣登封疆大吏的宝座迈出了实质性的一步。从山水诗创作的层面看，毕沅任职甘肃，确是诗人之大幸，也是陇上山水之大幸。因为毕沅在甘肃足迹踏遍了陇东、陇南、陇西，甚至还西出嘉峪关，到达乌鲁木齐(即迪化)，在陇上行吟的岁月中，毕沅的心境开朗豁达，有一股腾跃奋飞的生命活力激荡在他的心间，他一边尽力国事，一边穿行在冰炭两重天的陇塬山水中。陇上山水因地理、地貌的关系，其差异极为巨大，陇东险峰重叠、川原逶迤；陇南峻岭嵯峨、山川秀丽；而陇西以上，至嘉峪、迪化一线则大漠孤烟、冰峰耸峙，间之以平畴广野、沙海绿洲，其生态环境十分奇特而壮观。这一丰富多变、奇异迥别的山水现象，令毕沅眼界顿开，诗情如涌，彩毫灵动处，陇上清音、塞外放歌便一一舒展开来，汇成一曲清亮与雄浑兼备的自然大合唱。

毕沅的陇上山水诗汇集在《灵岩山人诗集》卷二十二《陇头吟》、卷二十四《崆峒山房集》、卷二十五《秋月吟箛集》、卷二十六《杏花亭吟草》中。其涉及地域广袤、描写对象繁复，在毕沅的山水诗中堪为高潮。

甘肃从地理上分陇东、陇南、陇西和河西，陇东、陇南与陕西、四

① 见《碑传集》，第2098页。

川交界，共拥秦岭山脉，陇坂绵亘、雄关险峙，间以河谷纵横、川塬交叉，境内景致雄放中带有清丽雅健之美；河西因其绵延狭长，扼守西去通道，故有"走廊"之目。毕沅的陇上山水诗东西交映，南北互现，以波澜壮阔的气势再现了陇塬全貌，成为清代山水诗史上一个奇观。比如写陇东山水，他说："笄头障陇云，灵气抉双眦。荡摇虚无中，群峰倚天起。奥区洩神秀，秦陇互表里。……盘旋入山心，愈进进不已。千松万松巅，苍翠润石髓。远眺金银台，瑶宫近尺咫。……入山复出山，欲问广成子。"(《游崆峒山》)"劈面立壁青，石门通邃谷。双厓插虚根，细路容双毂。……泾源出云顶，满空溅碎玉。……地势抱险隘，溪光漾寒渌。马上残梦醒，如闻奏琴筑。"(《弹筝峡》)"踠地柳空腔，拂天山四抱。艳艳霏红霞，萋萋萌碧草……金笳与玉笛，壮我箧中稿。"(《瓦亭》)"岸抱黄砂碛，波潆碧柳烟。分明香岫曲，少个钓鱼船。"(《孤树川》，诗人自注：隆德县北)。毕沅赴甘肃巩秦阶道任所，必由平凉驿道入境。平凉属陇东，境内多名山，且川原相属，风景极为宜人。崆峒山，在清平凉府西三十里，《读史方舆纪要》曰："相传即广成子所居，黄帝尝学道于此。山之东岩有广成子洞，阜鹤洞。西岩有西岩泉及琉璃泉，味具甘冽，峰之最高者曰翠屏峰，顶有圆石累累若珠，一名垂珠峰，俗名屏风山。峰顶又有青龙洞，雨后将晴，云辄归洞中，亦谓之归云洞。其相对者为香炉峰，亦名香炉台。两峰间有巨石横亘谓之石桥。山下有撒宝砦。秦始皇游崆峒至此。又汉武帝逾陇西登崆峒山。下有问道宫，亦以黄帝问道广成子而名，历代皆修葺焉。山之西北为望家山，亦峻耸。志云：崆峒西连笄头，东连大统，西北接望家山是也。"[①]毕沅登临崆峒，决眦而望，云气四合，灵奥莫测，山川苍翠、瑶宫开阖，一种幽冥玄远的道家气象升腾而起。弹筝峡，在平凉府西百里，《水经注》曰："都庐山峡（即弹筝峡）之内尝有弹筝声，一名弦歌之山，峡口水流风吹，摧响如音韵也。"毕沅过弹筝峡，一方面惊叹其两崖壁立的险峭，一方面沉醉其满耳碎玉般錚琮如筝的清音。瓦亭，地名，亦山名和关名。瓦亭山在平凉府属华亭县西北一

① 见《读史方舆纪要》，第2779页。

百六十里。瓦亭关在山西麓，距县城一百八十里，历代为战守要地。瓦亭川出陇山东北，西南流，关在瓦亭川上，故名。毕沅的《瓦亭》诗前半指点形胜、怀古思幽；后半紧扣山川相连、春光依依的陇东风物展开抒情。孤树川，在平凉府隆德县北三十里，地僻人稀，颇显荒寒，但毕沅宕开一笔，于苦寒的背景里用水墨的笔法描绘了它一川细流、两岸烟柳的秀丽景致。

毕沅受命甘肃赴巩秦阶道任，巩秦阶道，在清代为分巡道，驻秦州，一说驻岷州，辖巩昌府、秦州直隶州、阶州直隶州。其辖地相当于现在甘肃天水市、陇南市、定西市。道的责任，按《清史稿·职官志》记载为："各掌分守、分巡，及河、粮、盐、茶，或兼水利、驿传，或兼关务、屯田；并佐藩、臬校官吏，课农桑，兴贤能，励风俗，简军实，固封守，以帅所属而廉察其政治。"[①]毕沅在巩秦阶道任上，充分显示了体察民情、关怀民生、尽心国事的人文情怀和干臣才能，他的足迹遍布辖区的山山水水，这种四出访察巡视的经历，不但使他深刻认识并了解了甘肃的民情、民意，为其日后树立良好的政绩打下坚实的基础，而且还让他尽情畅游了陇西、陇东、陇南神态各异、气韵相殊的迷人风景，使他的山水诗创作迈入让人心醉神往的新境界。如写陇西一带风情，他说："清渭源有三，僻在雪峰后。涓涓始滥觞，渟泓小于臼。……巨岭障落日，百盘绝磴陡。山中产鸟鼠，同穴自相偶……暝色催归牧，勒马重回首。瑟瑟空山秋，斜月挂疏柳。"(《过鸟鼠同穴山》)"连村负郭带林垧，胜地相传古赤亭。最爱夕阳山色好，盘云螺髻数堆青。"(《赤亭》)鸟鼠同穴山，又名鸟鼠山，在清兰州府渭源县西二十里，《读史方舆纪要》曰："俗呼为青雀山，渭水经其下，其地鸟与鼠同穴，亦曰鸟鼠同穴山。"[②]赤亭，在清巩昌府陇西县境内，有赤亭山、赤亭水。《读史方舆纪要》曰："赤亭山，在府(明巩昌府)西南五十里，以近赤亭川而名。"又"赤亭水，府东五里，源出府东十五里之东山赤谷，西流经府北，又南入于渭。亦谓之赤亭川。"赤亭因地当陇西冲

---

① 见《清史稿》，第 808 页。

② 见《读史方舆纪要》，第 2869 页。

要，古代即为战守之处。

《读史方舆纪要》描绘巩昌府，包括陇西县地理形胜时说道："府翼蔽秦、陇，控扼羌、戎。……盖其地山谷纠纷，川原回绕，其俗尚气力，修战备，好田猎，勤耕稼，自古用武之国也。"①毕沅的陇行山水诗以地貌为视点，加进怀古、战守、民政等人文元素，从而突出了巩、秦、阶一线山河险要、民风劲悍的地域性特征。如写陇东一带的秦州风物。他将宏阔而厚朴的自然形貌与深沉悠久的历史文化融会贯通起来，突出了这座历史文化名城的现实地位。"洪炉工烹然，太乙锻石骨。……顽然石一块，留此太古质。……巉崖带清渭，浩浩奔涬汩。名山饶古泽，直欲岳镇匹。"（《朱圉山》）"单椒矗紫霄，一幅画屏展。鸟道挂云边，细径穷百转。……三十六盘回，巨石塞绝巘。蛇行出峰背，异境开平衍。…… 此地即桃源，仙凡真不辨。"（《仇池》）"斗大荒城里，秋声满竹林。……红叶溪山好，黄华风雨深。"（《九日宿同谷二首》其一）"一枝童童若车盖，郁苍直与精灵会。质练风霜古有心，枝撑日月光无外。一枝卧地千尺强，颓然偃蹇凌鸿荒。……古刹突兀南山颠，碧根亚抱寒翠连，想见当年杜陵野老偃息吟啸于其间。……呜呼！终老荒山究何益，千古万古常抱凌霜傲雪不凋色。"（《南山寺双柏行》）"素性好探奇，不惮路艰梗。愈险愈穷追，往往造佳境。……昨登鹿玉山，山径细于绠。盘旋入杳冥，分寸未敢骋。……穿塞走浑河，界天峙秦岭。手可揽垂虹，足真凌倒影。……地高风自凉，林密鸟偏静。乾坤忽赭红，崦嵫衔半景。"（《登鹿玉山抵师子洞窥玉井归纪以诗》）"一门开阖青云里，天生扼要险莫比。上揭巑岏万仞之危峦，下临湍湃无垠之急水。……子规声里山凝黛，开遍金钗石斛花。"（《玉垒关》）"碧空形团团，势连汗漫宇。……行近始知山，岩峦秀今古。下马摄衣登，琳宫开净土。红泉泻石磴，画阁面花坞。……苔龛瞻佛祖，鹫岭现云根。龙天回八部，知由神鬼功。……小憩潭上亭，诸峰青可数，丁丁不见人，烟林响樵斧。惊起鹤一双，远落夕阳浦。"（《麦积山》）"丹霞衬远岑，红日到幽谷。曲径袅霞外，森森夹乔

① 见《读史方舆纪要》，第 2810—2811 页。

木。万绿深如海，中藏古金屋。”(《雕窠谷》)秦州，古为西戎之地，周孝王封秦非子于其他，始称秦州。秦州，又称天水郡，今为天水市，因“州当关、陇之会，介雍、梁之间，屹为重镇”，所以历代欲图关中者，必争秦州，“争秦州则自陇以东皆震矣。”[①]秦州风光秀丽、物阜民淳，人文底蕴异常丰厚。毕沅的陇东南山水诗以秦州为过渡，表现了巉刻与幽秀兼有的特点。

朱圉山，在明清巩昌府伏羌县(今天水市甘谷县)西南三里，俗名白崖山。诗人写朱圉山时，着重突显它一峰凌空、奇石崛起的特征，融神话练石补天的故事，说明朱圉山“突兀色赪艳”的地貌状况。仇池，即仇池山，《清史稿·地理志》载：“西和(县名，清巩昌府属，二十世纪50年代后期—80年代前期，属天水地区，1985年划归陇南地区，现陇南市。笔者注)西南：仇池山。”[②]又：“礼(县名，清属秦州直隶州，二十世纪后半建制同西和。笔者注)东南：仇池山。”[③]又：“成(县名，明属巩昌府，清属阶州直隶州，二十世纪后半，属武都地区，后归陇南市，曾于1956—1961年划归天水地区。笔者注)西：泥功山、仇池山。”[④]《中国历史地名大辞典》记曰：“仇池山，一名瞿堆，又名百顷山，在今甘肃西和县南洛峪，为杨氏根据地。”[⑤]顾炎武《肇域志》曰：“西和县……仇池山，在城南一百里。林木繁茂，四面壁立，峭绝险固，自然有楼橹却敌状。上有平地，方二十余里，有丰水泉如湖，可煮盐。”[⑥]又：“成县。……仇池山，在县西北一百里，亘西和界。”[⑦]由上述史乘载录可知，仇池山归属代有沿革，其形势“四面壁立，其上峰峦险峻”，而且“宽平”，有田百顷，横亘于西和、成县两界。毕沅的《仇池》诗抓住山形孤耸、鸟道参天、一线穿空、石磴盘回的惊险特点，用峰回路转的手法把人们引入一个“良田百顷”、居民安然、鸡鸣狗吠、村童烂漫的“仙凡”难辨的世外“桃源”，让

---

① 见《读史方舆纪要》，第2833页。

② 见《清史稿》，第524页。

③④ 同上，第532页。

⑤ 见《中国历史地名大辞典》，第444页。

⑥ 见《肇域志》，第1690页。

⑦ 同上，第1693页。

人顿生渴盼向往之心。同谷，旧县名，明清时成县县治所在，秦时为下辨邑，西魏改名同谷。唐代大诗人杜甫为避安史之乱，曾寓居同谷、秦州一带，留下大量咏怀、写景、记事的诗篇，成为陇右文化不可或缺的重要组成部分。毕沅的陇右（秦州）、陇南（阶州）山水诗或隐或显地都表达了对诗圣杜甫的崇敬与缅怀："江山长不改，千古一诗人。"（《飞龙峡杜工部草堂四首》其一）"有客来同谷，衰年托转蓬。功名双鬓外，身世七歌中。"（同上，其二）杜甫在同谷、秦州的生活暂时得以安宁，但心怀悲催、思君忧国的飘零身世一直为后人所感喟，故此，毕沅的同谷山水诗总是徘徊低昂、悲戚不已："明秋在何处，俯仰正凄然。"（《九日宿同谷二首》其二）这种沉郁凝重的缅思之情相继延展到《南山寺双柏行》中。南山寺，即今天水市南郭寺，寺有古柏两株，毕沅的诗序简洁介绍了"双柏"的形貌，以及他创作此诗的目的："秦州南山寺佛堂前古柏二株，夭矫轮困，梢云翳日，真数千年物。故老相传云杜老杂诗'老树空庭得'即此柏也，爰为作歌。"南郭寺古柏因杜甫而著名，凡至秦州的文人士子多有题咏，至今犹为秦州一绝。鹿玉山，在成县东十里，其山势险峻，"蹊洞幽绝"（顾祖禹语）玉垒关，在明清阶州文县东一百二十里处，唐、宋以来为戍守要隘。《清一统志·阶州（二）》曰"在文县东南一百二十里，路通四川剑州。"毕沅的鹿玉山山水诗图形绘影，把鹿玉山盘旋曲折、一径通幽的奥秘景象刻划得逼真细腻，同时以亲身历险的体验，阐述游山的心得，更进一步激起人们的向往之情。与写鹿玉山上可摩天、下临无地的幽深景致相比，玉垒关在毕沅笔下显得虽然一关漫道、险要莫比，但通篇轻快劲健、柔和妩媚，给人别样的美感。麦积山，在秦州东南九十里。因其"状如麦积，为秦地林泉之冠"，[①]故称麦积山，又名麦积崖。据史载西魏大统六年，乙弗皇后自杀于秦州，凿麦积崖而葬之，号曰寂陵。自此，历代均有石佛造像于崖壁上，积众而成风格各异、姿态万千的麦积石窟，与敦煌莫高窟、洛阳龙门石窟、大同云岗石窟一道并称中国四大艺术石窟。雕窠谷，在麦积山北，《肇域志》曰："在州南，麦积

① 见《读史方舆纪要》，第2836页。

之北，旧隗嚣避暑宫故址。”[①]毕沅写麦积山和雕窠谷既能突出峰峦挺秀、山谷幽邃的清秀状貌，更能联系到它们的历史价值，将其生发延伸，使自然之景和人文之情得以天然巧合，增加了诗歌的表现容量。

秦州山川错互，峰岭隽秀，而阶州则岗阜连绵、险关重重，其风光险峻巉刻令人心惊。阶州，清代为直隶州，隶巩秦阶道，辖成县、文县。《读史方舆纪要》曰：“州接壤羌、戎，通道陇蜀，山川险阻，自古为用武之地。……盖虽僻在西陲，而控扼噤要，用之得其道，未始不可以有为也。”[②]《肇域志》曰：“阶州，……山川险阻，陇蜀咽喉，古来用武之地。南逼番虏，西通套酋。”[③]《肇域志》“文县条”对陇南地势描述更为详备：“地杂羌、夷，俗尚儇薄，射猎好讼。左山右江，号称天险。……诸山环峙，两江水合流。东接连云，西盘百顷，秦、陇之屏帏，巴、蜀之门户。西达仇池，北倚紫金，南通白水，关、陇之襟喉，巴、蜀之门户。”[④]毕沅历览陇南山水，写下如此惊心动魄、瑰奇怪诡的诗句：“双阙拔险峭，下垂虚无根。……仰窥天轮轧，俯压地轴掀。日月不到底，今古潜灵昏。……龃腭不肯让，荡薄转欲吞。建瓴注绝壑，演漾天四垠。”(《鲁班崖》)“今渡白龙江，蹋步凌岞崿。孤庵贴峰腰，倒影下无着。……双崖束湍走，奋汛势险恶。……翠岫劖青冥，千仞当面落。……江声荡山影，万古青帘幕。”(《观音阁》)“青山解爱客，夜静窥虚窗。娟娟写烟鬟。窈窕世无双。……支枕弗成寐，巨浪喧春江。”(《滴水岩》)“江源夺山出，奔赴绝宿溜。千峰一线通，开辟争此窦。束之益豪怒，陇蜀弗能救。……疾湍与乱石，曲折成邂逅。……夹以万仞山，立壁削青瘦。细境缘秋毫，不敢下猿狖。……日落山外山，乱红堆众皱。”(《自临江堡至乾江缘崖上下仄径险绝》)“乱山藏古县，遗俗爱敦庞。春老黄花驿，波明白水江。”(《两当》)以

---

① 见《肇域志》，第 1695 页。

② 见《读史方舆纪要》，第 2848 页。

③ 见《肇域志》，第 1698 页。

④ 同上，第 1699—1700 页。

上所引诗句，皆毕沅巡行地方政务时，对陇南，包括阶州之成县、文县，徽州之两当，岷州之宕昌等处山水形貌的图写。鲁班崖，暂不详具体方位；观音阁，在成县东北，《读史方舆纪要》曰："县东北有观音洞，两山壁立，洞在山半，至为高险。"按毕沅《观音阁》诗意，阁疑建于观音洞之侧；滴水岩，在文县北，《读史方舆纪要》述其形势曰："乱山矗立，划开两峰，如鸦髻对峙。有飞泉七尺。"[①]临江堡，疑即临江寨，在阶州文县北一百二十里，岷州卫东南一百五十里。《读史方舆纪要》载曰："又临江寨，在县(文县)北百二十里，其下为临江渡。"[②]又曰："又摩云岭，在卫(明代岷山卫)东南百五十里，下临白水江。宋有临江砦，初属秦州，熙宁中改属岷州。"[③]又《读史方舆纪要》"岷州卫·白水江"条引张舜民《画墁录》语曰："自岷州趋宕州，沿水而行，稍下行大山中，入栈路，或百十步复出，略崖险岑，不可乘骑，必步至临江寨，得白江，至阶州复七八日。"毕沅的《自临江堡至乾江缘崖上下仄径险绝》当写自宕州(即宕昌)至阶州一路历险的景象。两当，县名，清属秦州直隶州，与陕西汉中府凤县毗邻。境内名山川有鹫鹫山、天门山、嘉陵江等。因其东抵汴京，西达益州，均为"三十六程"，故名之曰两当。

毕沅的陇上山水诗不但用生花之笔全面而艺术地再现了陇东、陇西、陇南同中有异的迥绝风光，是陇上壮美山川的集体亮相，而且更是诗人勤于国事、体恤民情的艰辛宦迹的真实写照，通过以上不同区域山水物象的透析，我们即可曲折地感受到诗人南北驰骛、东西穿梭的身影，如果展读了诗人《大雨夜度广吴坡山行险绝抵落门聚憩宿》《山行杂诗十二首》《雨后登试院寓楼展眺阶邑近郭诸山》《东行经安会道中感时述事寄兰省诸公十首》《晓发六盘山寄平凉太守顾晴沙光旭》等写景、记事、抒情的诗篇，那么我们就能真正认识诗人那颗大仁大爱、胸怀天下、情系民间的赤忱之心。

---

① 见《读史方舆纪要》，第2855页。

② 同上，第2856页。

③ 同上，第2899页。

由于干练勤谨的办事能力和作风,毕沅不久得到朝廷的重用,被调任甘肃安肃道,“从总督明山出关勘屯田。”出关西行、风尘万里,一路雄关大漠,雪峰火山,看惯岸柳芦花,听熟渔讴櫂歌的诗人倏然耳目生新,心魂为之振荡飞扬,挥毫泼墨间,西域的奇异山川便惊现于世人面前。毕沅的西域山水诗共四十一首,收录于《灵岩山人诗集》卷二十五,即《秋月吟箫集》中。

如果说《自兰州至嘉峪关纪行诗一百韵》总括了诗人”草草具行装,迢迢赴绝域”的艰辛旅程,给我们从面上展现了“行行万余里,月窟到可蓦。”“厓陡急流奔,风定孤烟直。断蓬忽飏空,影逐群鹰击”的西去风光的话,那么,从《嘉峪关》开始,诗人通过一诗一景的方式,具体而微地再现了从嘉峪到迪化沿途所历的山水景物,组诗以长歌短章相间的旋律,唱响了西部山水壮歌。在毕沅汹涌的激情描绘中,西部波澜壮阔、风卷云舒的画面顿然突现于世人面前,令人情为之动,魂为之惊,骨为之折!如写雄关漫道的壮阔浑茫气象,他说:“锁钥雄西徼,孤城控极边。……草白浑疑雪,沙黄远到天。最怜秋黯黯,极望路绵绵。……磨剑榆河岸,题诗葱岭巅。壮游谁及我,伴月碛中眠。”(《嘉峪关》)写峡行的艰辛萧瑟之景,他说:“行路艰辛叹未曾,岭崇碛迴步凌兢。……残角鸣驼遥应和,断蓬饥隼互飞腾。不知驰抵西陲路,尚隔云山几万层。”(《赤金峡道中作》其四)写西行路上鸣沙黑水的奇异景观,他说:“高峙苍黄色,遥闻萧屑声。何曾停昼夜,不见损峥嵘。”(《鸣沙山》)“曲折趋西海,魂魂自古今。……一泓如可翦,试作墨池临。”(《渡黑水》)写关外水月相印、波光连天的景象,诗人迥异特出、想落天外,既表现了月光浩瀚、水波如银的特点,又突出了塞外荒原上阔大苍茫的气势,读来令人叫绝:“白草平铺如集霰,棱棱寒气侵人面。长风尽卷浮云开,飞出天山月一片。金波雪浪两潋鲜,滉漾孤峰影倒悬。冰匳玉镜水精域,螺髻一点浮苍烟。”(《蒲海望月歌》)蒲海,即蒲昌海,在玉门、阳关以西三百里,又名盐泽。广袤三四百里,是葱岭、于阗两河灌注而成。毕沅写荒原水天一色的景致,虽然也有冰魂月魄交相辉映的澄澈透亮,但更多的让人感受到鬼影森森、苦寒难耐的气氛,这也许和诗人的心境有关:“可怜今夜清光里，海角泉台一样愁。”毕沅从兰州出发，一路经嘉峪关，过鸣沙、三危之山，涉黑水、望蒲昌之海，最终到迪化，行程万里，观景无数，他把沿路所历之山水形于毫墨，便有西去山水诗数十首，其中名篇有《古玉门关月夜闻笛作》《三危山》《抵迪化城有作四首》《博克达山歌》《雪莲花歌》《火山行》《大风歌》《冰山行》《东归过多伦达阪》等。这些山水诗作既有西域特具的自然审美价值，而且还有考量西部特殊的生态环境的参考价值，如写迪化《今乌鲁木齐）的风土人情、自然环境，他说：“都会雄西徼，层岗立界牌。橐驼行负水，羌女出担柴。”（《抵迪化城有作四首》其一）“衣冠通日下，风景似江南。畜牧耕屯广，膠庠文字谙。”（同上，其四）写雪莲盛开、一枝独秀的奇景，他说：“云重重，山叠叠，中有孤芳凝秀靨，亭亭茎干青瑶接。含素艳，吐清芬，自开自落世断知。”（《雪莲花歌》）写火山势焰张天、熏蒸大漠的壮观，他说：“火山磅礴势巀嵲，未至百里地已热。……金乌玉兔遥匿迹，惟恐毛羽遭烧焚。纵有愁云衔雨至，雨未及下云先干。翔禽远觊且心慑，奔兽潜窥各胆寒。千寻倒影落海水（诗人自注：近有热海），潋滟尽日翻红澜。……有如周郎破孟德，黑夜潜军入赤壁。蔽江艨舯一时烧，光芒激射半空赤。又如女娲支洪炉，鼓皮排炼补天石。”（《火山行》）火山，即火焰山，在明哈密卫所属柳陈城东，连亘火州。《读史方舆纪要》曰：“山中尝有烟气涌起，无云雾。至夕光焰若炬火，照见禽鼠皆赤。”[①]毕沅见“火山”而神惊，他通过不同的视角，由远及近，从高到低，全方位展示了“火山”“直欲上炙银河温”的壮观景象。再如写冰峰雪山的非凡气势，诗人说到：“西域冰山实奇绝，气结为峰水作骨。银涛隔海疑三岛，琼阙朝天森万笏。嶙峋直上凌苍天，层峦幽磴盘几千。……忽然一柱擎霄汉，凌虚卓立绝依傍。忽然一缝裂马前，俯窥有路通九泉。元阴凝结春不到，消息欲问鸿蒙巅。”（《冰山行》）如果把《大风歌》看成诗人西域山水之作的领军篇章，我们即刻会被那种狂飚突至、遮天漫地的威势所倾倒。诗人通过视觉、听觉、触觉的互通，渲染了“大风”突来，如海啸、如鹏怒的撼天气势，又通过多重对

---

① 见《读史方舆纪要》，第3056页。

比、明喻、夸张等艺术手法，详尽描述了常人难以一睹的“大风”变幻不尽的色相：“有时风色赤，有时风色黑”，“有时风色黄”，“有时风色青且白”。总之，层层推进，步步设喻，处处渲染，使西域特有的“大风”尽现骇人心魂的魅力与魔力！

陇上西出山水诗是毕沅山水诗创作的高潮，亦是转折点，不管是抒写对象，还是表现手法，无论诗歌格调，还是诗人胸襟，陇上山水诗均体现了大开大阖、大起大落的勃然之势，其韵格之激慨，旋律之激扬，诗情之激荡恰好折射了此刻诗人心怀远大、不屈不挠的进取心态。从陇上山水诗以降，毕沅的山水诗便由激扬排闼而转入卓厉高蹈、奇峭窅深的新格局。

(四)“题诗即景费冥搜”的关中山水诗

乾隆三十六年，毕沅“奉旨授陕西按察司使”。不久，擢陕西布政使，“护巡抚印务”，三十八年，为征金川大军供应军需屡建功勋，授陕西巡抚。在陕西任上，毕沅重人文、兴文教，大力发展地方社会事业，使得陕西一省民众安居乐业，不仅如此，毕沅还“重修华岳庙暨汉唐以来名迹”，把散佚各处的“碑版”“萃而置之府学”，同时他还“请帑兴修”因“日久”而“颓圮陊剥”的“西安省城”，为保护秦中的历史文化作出了重大贡献。

毕沅从乾隆三十六年任陕西按察司使，到乾隆五十年正月调任河南巡抚，前后在陕西盘桓十四年。这十四年间，他因公务之便，踏遍了关中的名山胜水，凡足履所到处，辄有诗以纪其行。与前期山水诗比较，此刻毕沅无论事业，还是诗艺均渐入佳境，而呈现出成熟稳健、苍深卓厉的审美风格。如：

> 好峰如婵娟，一转一回顾。衣影卷轻云，鬓光湿香雾。目送不敢逆，恐逢玉女怒，阴阳乍离合，指点虚无路，谷藏无名花，壁挂不老树。泠然天风来，微觉暗香度。人影照寒泉，朱颜已非故。曷不拾瑶草，长生或可慕。幽人石上眠，三阁云深处。
>
> ——《游终南山十五首》其四

终南山，又名南山，在西安府城南五十里。毕沅撰的《关中胜迹图志》载曰："《一统志》：'西自凤翔府郿县入境，连亘盩厔、鄠县及长安、咸宁四县之南，又东抵蓝田县界。一名终南。'《括地志》：'中南，一名太乙山，一名周南山，一名橘山，一名楚山，一名泰山，一名地胏山'。"毕沅游终南，深入山水之肺腑，仰观俯瞰，用十五首相缀的大型组诗全面刻镂了这座关中名山的绝世姿容。在毕沅心目中，终南山是"造化费全力"而构建的一座"龙兴虎视地，设险控疆域"的神山，她云起云落，惝恍迷离；苍松挺立、仙花遍地；怪石突兀、碧溪潺湲。上引即其组诗之四，全诗笔意纵横、层层推进，先总写山势"婵娟"婉娈，再分写山岚轻笼下的山间之景，峰回路转、杂花生树；天风徐来、幽香暗度，最后收煞在"幽人石上眠，三阁云深处"的无限遐想中。

毕沅关中山水诗不但韵味幽深杳渺，而且运笔极为老辣细腻，如他的一组陈仓古道山水诗群，就颇能代表此刻诗人的创作风格。"一枕波流渭川月，半房帘卷蜀山雪。……一带遥村连鸟道，风镫红自益门分。"(《宝鸡行馆宵坐展眺北栈诸山邀冬友同作》)"岭形宛游龙，雄关跨其脊。……杜鹃唤凄魂，骷髅等山积。……闲行溪谷间，沉沙露折戟。"(《大散关》)陈仓，即宝鸡，《元和郡县志》曰："乾元初改陈仓为宝鸡，以'昔'有'陈仓鸡鸣'之瑞，故名之。"①宝鸡地势当陕、甘、蜀之要道，北面山原屏障，南面云栈控扼，渭水、金陵、玉涧三条河流"相环如带"，自古是兵家必争之地。毕沅的陈仓山水诗群创作于诗人为"征四川大小金川"的各路大军"调运粮饷、夫骡，拔解军火、器械"的军务火急之时。与刁斗夜鸣、号角急催的创作背景相应，毕沅用急管繁弦式的笔墨勾勒了征途高山险阻、关岭叠加的撼人气势。如写山势巍峨、行路艰危的状况，他说："钩梯连鸟道，仰睇万仞青。蜗壁投趾怯，马蹄与石争。……攀跻穷绝顶，瞥眼落下层。千盘才出险，寸步又失平。"(《凤岭》)"群峰忽飞纵，天势不可摄。古冰松岭悬，危石云顶压。回瞻壑无垠，仰眺崖欲合。"(《柴关岭》)"钩梯上青天，飞陷三泉底。一线窥褒谷，秦栈将穷矣。……云霞辉五色，雄冠竦而峙。"

① 见《关中胜迹图志》，第 467 页。

(《鸡头关》)再如写峡谷幽邃、激流似箭的情景，他说：“威凤失翠翎，坠地成锦石。……曲栈窥云深，流云塞途窄。画屏倚三霄，倒景荡空碧。”(《心红峡》)“峡深觉景浅，邻少不成村。星光小于豆，甕底沉昏昏。……一钩峰背月，静存太古痕。”(《青羊峡》)“疾湍纵一往，其涸立待耳。曲之千涡盘，束之两崖峙。洪涛恣撞舂，凿凿露石齿。悉力峻拒之，哮吼怒不止。声訇走雷霆，锷铦截犀兕。天吴掀坤轴，波立十丈起。”(《黄金峡》)从宝鸡到汉中，一路所经皆秦蜀古道，这条道自古就被看作“难于上青天”。毕沅筹办军需，督运粮草，穿行在遮天蔽日的峡谷之中，往来于木栈连云的古道之上，其间还要翻越险峻壁削的关岭崇山。所有这些惊险的场景，给诗人留下了难以忘却的回忆，在《鬼门关》一诗中，他总括道：“浓翠滴层霄，万峰争一隙。鸟道循秋豪，危桥贯双石。……觑之心魂惊，阴阳骇境隔。……冥晦沉云雷，天地亦跼蹐。”

毕沅的关中山水诗以终南组诗的飘逸幽渺为前导，以陈仓山水诗群的巉刻峭劲为展开，以华岳大型组诗的雍容磅礴为高潮而形成跌宕起伏、格调高亢雅正的三部曲。和陈仓山水诗群音节促迫、旋律低徊不同的是，华岳山水组诗不但容量巨大、体式多变、抒写主题呈特定性，而且其格调舒缓悠扬，气韵流荡充沛，写景抒情交相互见，形成卓厉不群、鹰扬高蹈的超迈诗风。如：“出嶂约里余，裂壁复相对。……势危心反雄，事急体忘惫。……扶摇九万风，撒手踏鹏背。”(《百尺峡》)“青云堆万重，台建即成峰，尽日泉声冷，连天秋色浓。……傥欲游西极，群松尽是龙。”(《云台峰》)“形如北冥鲲，修脊出高树。……乱山涌涛头，高下望风附。……终恐雷雨时，拨刺腾空去。”(《望飞鱼岭》)

毕沅的华岳诗，体制庞大，包括各体诗共九十九首，除了桑调元而外，毕沅算得上创获丰厚了。通过五、七言长短句，诗人搜幽缒险，写尽了毕岳的险峰峻岭、幽涧深谷，经前人所道或未道的壮丽景致被其展示无遗。在各体诗作中，最能撼人心魄，并让人留恋忘返的应属长篇歌行《登落雁峰放歌》《金天宫西楼夜起观日出》《晓抵龙口观云海作》《下憩青柯坪观瀑布作》等。华岳组诗以一诗一景为特色，大多写景工致、重点突出，显示了毕沅独到的观察力和绘景摹形的艺术功力。长篇歌行则宏观总括，以奔腾之气势、激越之感情、淋漓之笔墨、超迈之境界，写出华山独有的云海、日出与飞瀑，给古典华岳山水诗增添了一道耀眼的亮色。如写华山云海，他尽力渲染道："茫洋银海森无边，榾柮齐烧万灶烟。……溟鲲变化成鹏时，毛羽霑濡未克飞。晾日晞风舒两翼，待乘羊角归天池。……飚腾岳压破空来，蚩尤旗靡遭蹂躏。……岂料异观能若此，荡胸未足言奇矣。题诗即景费冥搜，几度挥毫难落纸。"（《晓抵龙口观云海作》）如果云海写得千絮万状，天地一片混沌，显出奇诡难测的至美之境的话，那么华岳日出在毕沅笔下则光焰万丈，如同天地初开，一轮新生的希望之光破空而来，有排山倒海之势："倏讶东方色顿改，白豪万道生光彩。何人掘地支烘炉，鼓韛残宵犹煮海。……烛龙昂首三千丈，声若丰隆殷山响。……自幸此生逢罕觏，九枝齐放扶桑花。"（《金天宫西楼夜起观日出》）不管是乱云飞渡，还是金乌升天，抑或是银河倒注、气吞宵汉，都比不得落雁峰一曲放歌的激壮雄浑、辽远高亢。《登落雁峰放歌》诗人骋怀纵目，心游万里，以磅礴之笔力，超远之襟怀，把华岳上摩苍天，下临九州，控扼南北，锁钥东西的奇伟气势点划勾勒得令人心惊骨折："一条金线盘黄河，不信个里能风波。……眼底溟溟浩烟海，蜀山秦岭三点两点浮青螺。……潼关至陇坂，雨势如盆倾。上方全未觉，惟见斜阳照处燕齐梁楚吴越俱晴明。"

毕沅的山水诗从南到北，由东到西，其抒写对象的差异之大在清代山水诗史上，虽算不得绝无仅有，但也堪称丰富多样，这种变异悬殊的生态环境反复砥砺了诗人的心志，拓宽了他的胸襟，同时还造就了他多样化诗歌风格的形成，使他的诗艺更趋成熟和完美。如果说早期山水诗以江南风物为对象，写得圆润融通、温婉浏丽，经京师风情的推助，西北山水诗表现得峻洁英挺，有飞扬跋扈之势，纵横捭阖之气的话，那么后期山水诗在保持峻挺幽远风韵的基础上，更向窅深冷艳、大势淋漓的诗境推进一步。这种风格的不断嬗变主要反映在刻镂豫、鄂、湘山水的诗篇中。

(五)“日月吞双峡，风雷走一门”的河洛嵩岳山水诗

乾隆五十年正月，毕沅“进京陛见”，被调任河南巡抚，是时“豫省频旱，又水溢，沿河田舍被淹。”毕沅到任之日，便多方调集钱粮，赈济平民。因其宽仁爱民，办事妥当，乾隆下旨嘉奖曰：“所思周到，调汝可谓得人。如此尽心民瘼，或邀天佑，朕为彼一方民慰幸也。”[①]（《神道碑》）精神鼓励的同时，朝廷还“增给三十万石以赈之。”办理完河工事宜，毕沅束装赴桐柏山“寻访淮源”，并“具图覆奏”。由此即见，毕沅确是一位亲政爱民，为国尽瘁的干才，处封疆之权位，而事必躬谨，他应为当代及后世廉洁奉公的楷模。毕沅的山水诗随其巡察地方的辙迹而展开，它显性地表现了龙门的壮阔，嵩岳的幽秀，以及豫省的山川状貌；隐性地折射了诗人奋发前行、不断进击的昂扬心态。所以此时的山水诗风如砥柱挺立，龙门腾跃，有一股不可逆转之势，又如嵩山远望，群峰叠起，遥深幽静，有一种令人心气沉着，不浮不躁的仙灵之气。如：“龙门开洛邑，渔火下潼关。星斗微茫外，神灵杳冥间。”（《孟津夜渡黄河》）“日月吞双峡，风雷走一门。声疑吹地转，势欲挟崖奔。”（《龙门》）“翠屏千仞下，屹立寺门前。日吐楼头树，云流石腹泉。”（《禹王庙》）“河水东趋第六曲，奔腾滮湃震岩陆。……天生夏后运斤斧，三门辟处狂澜收。（诗人自注：中为神门，南为鬼门，北为人门。）……石陏风生湍益豪，凭陵欲与山竞高。千寻壁立若无事，定力有素盘根牢。……陡落盘荡犹激箭，雷霆下索蛟龙战。”（《砥柱山》，诗人自注：又名三门山）砥柱山，在明清陕州城东南十里、山西平陆县东南五十里大河中。《读史方舆纪要》曰：“自底柱而下至五户滩，其间一百二十里，夹岸巍峰重岭，干霄蔽日，盖亦禹所凿以通河者。冲湍激石，有一十九滩，水流风急，势同三峡，破坏舟船，自古所患。”[②]毕沅的砥柱、三门与龙门、孟津山水诗相呼应，写出了黄河天险的气势，通过这些诗作，传达了诗人激情鼓荡的阳刚之气。

毕沅的河洛山水诗以《嵩岳纪游诗六十首》取胜，这组诗首尾连

---

① 见《碑传集》，第2100页。

② 见《读史方舆纪要》，第2101页。

缀，诗情互补，通过精细的雕琢，将嵩山的神情气质、状貌姿容逐次展示开来，充分体现了诗人自始至终所坚守的艺术审美观，以及人与山水相亲相敬的自然观。

嵩岳，即中岳嵩山，在明清河南府登封县北十里。《读史方舆纪要》称其："萃两间之秀，居四方之中，窿然特起，形方气厚，故曰嵩高。"①嵩岳因其为河南名山，历代凡游中原者，必登嵩顶而聘情高歌。毕沅以地方大员的身份，登山遍览其幽涧绝壑、峰峦寺观，通过自然和人文相融相汇的壮阔景象，或明或隐地抒发了种种潜蓄心底的复杂情感。如："岧峣杰阁界穹苍，纵目凭栏尽杳茫。四岳峰峦输峻极，八方气势拱中央。便思遗世求丹药，真可排云叩紫闾。"（《天中阁》）"悬崖形绝奇，未审几千丈。缥缈凌倒景，飞鸟不能上。……俯视苍茫中，众山首皆仰。……窅然移我情，天际真人想。"（《倒景台》）"入座时闻磬，开窗总有山。拈毫思着句，适兴不知还。"（《法王寺》）"云根太室巅，觇之一心志。吾道贵推移，方寸肯凝滞。"（《定心石》）"仰望梯无际，年深石发粗。不须凌绝顶，绝顶是穷途。"（《石梯岩》）透过上引诗句，我们基本能窥见人过半百以后毕沅的人生态度，这一时期的他，锐气渐次退去，代之而来的则是对隐逸之风的向往，清心静念，与自然同在，为"遗世求丹药"，他可以"排云"去"叩紫闾"；看到万山"俯首"，飞鸟"绝踪的嵩岳气概，他忽然萌生"窅然移我情，天际真人想"的超脱之感；尤其久经宦海风波，他深谙个中滋味，所以"仰望"石梯"无际"的难测景象，他慨然发出"不须凌绝顶，绝顶是穷途"的感叹。创作《嵩岳纪游诗》的时候，诗人不但思想趋于稳妥沉静，而且诗艺亦进于成熟和工致的境界。在《嵩岳纪游诗》中，诗人特别注意山水诗的色彩相配、高下相倾、动静相生、远近相形的构图原理，而且用词遣字更显凝练。如："径迂涧曲接祇园，聒耳松涛不定喧。水气有腥龙在窟，花阴如昼日当轩。"（《龙潭寺》）"境幽疑出世，峰起不分天。破树揞危石，红砂漾古泉。"（《逍遥谷》）"水光回影漾斜阳，照见空林云一片。山禽惊去叶争飞，樵斧有声人不见。"（《叠石溪》）"炯

① 见《读史方舆纪要》，第 2092 页。

炯光芒冷逼人，冰轮一片生沧海。”(《玉镜峰》)“一泓峰顶池，珠迸古石缝。静夜不因风，波涵星斗动。”(《天池》)由上引即见，毕沅的山水诗虽然光色对比明显、置景手法工稳，但他的色调一直是低沉暗淡，有一股寒气砭人的冷艳感，也许人到接近暮年，心境自然会陷入沉郁冷静。

(六)“女巫沿楚俗，山鬼习骚吟”的衡湘山水诗

乾隆五十三年，将届花甲的毕沅因“奉旨授湖广总督兼署湖北巡抚”，乾隆六十年再“授湖广总督”，这前后相续的莅任，对毕沅来说有些临危受命的意味。前次因“汉江、鄱阳诸水俱骤涨出江以截江流，故江水亦腾跃，决荆州堤，溃城而入”的危机局面的出现；后次因湖南乾州一带苗民骚乱，“四处钞掠”的缘故，不管在什么情势下，毕沅都殚精竭虑，采取积极的措施，既保全了民生，又稳定了边徼形势，因此深得民众拥戴和朝廷倚重，乾隆屡下旨嘉奖。嘉庆元年，湖北山民起义，诡称白莲教，势力迅速漫延，毕沅奉旨督军平乱。嘉庆二年，因操劳过度，殉职于湖南辰洲任所。王昶的《神道碑》是这样描述的：“明年(即嘉庆二年)，公遵旨留驻辰州，综揽南北诸军事，羽檄纷沓，心规手画。久历蛮荒，炎天瘴毒，积劳成疾，初患眩晕，手足不仁，继疡生于背。病闻，降旨慰问，命以安心调摄，赐之丹药，而已莫能療矣，七月初三日，卒于官舍，年六十有八。公配汪氏，诰赠一品夫人，早卒，终身不复娶。”[①]由此记述可见，毕沅作为一代儒生而跻身封疆大吏，为国事操劳奔走，为民生屡次上疏请命，进而在个人生活上廉明峻洁、守贞如一，在夫人汪氏“早卒”的情境下，他坚持“终身不复娶”，可以想见其人格、人品。

毕沅一生在事业上鞠躬尽瘁、奋进不止；在诗歌创作上也孜孜不倦、笔耕终身。他的沅湘山水诗就是诗人在生命旅程的最后一个驿站留给后世的纪念品。沅湘山水诗作为后期创作，更多地表现了一种凄婉的韵味，诗人受楚地神秘的巫文化的感染，自觉或不自觉地在营造着一种惝恍陆离、幽渺清空的山水诗境。如：“洞庭水已落，秋色

① 见《碑传集》，第2102—2103页。

满遥岑。……女巫沿楚俗，山鬼习骚吟。”(《澧州行馆》)“江波澄夜色，巉壁夹岸崎。……一月散千江，静会川流旨。……神游入琼户，荡漾秋光里。”(《沅江舟行玩月》)“沧江不可极，极望秋连天。……灵修怨迟暮，明月空婵娟。”(《涉沅十九首》其二)“骚音绝嗣响，淫哇聒众耳。我歌楚些曲，曲终怅曷已。……竹暗云冥冥，秋残水沵沵。……一江碧无情，搴裳采芳芷。”(同上，其四)“蛾眉畏讥谗，沉忧令人老。……精诚孰予谅，忠信难自保。……极目楚天长，羁魂亦懆懆。《离骚》二十五，字字皆香草。”(同上，其八)“江山带骚意，岸唱竹枝歌。波声石色间，惨悄无冲和。……芳洲羞白蘋，古祠搴女萝。风雨若有人，披发骑鲸鼍。灵均一掬泪，秋满洞庭波。”(同上，其十三)

沅湘山水诗以《涉沅十九首》和《衡岳纪游诗六十首》为支柱，而《衡岳纪游诗》又与前期所作《盘山纪游诗》、华岳纪游诗、《嵩岳纪游诗》遥相呼应，连点成线，遂形成全面映现诗人一生遍历南北山水的珍贵史料。如果《涉沅十九首》以屈原的《九章》《九歌》为范本，组诗通篇采用“骚”韵十足的意象和格调着力构建了幽渺凄清、冷峻哀怨的诗境的话，那么《衡岳纪游诗》则以仙灵窅邈、独尊南国的笔调为这座号称南岳的名山作了全景式写照，并为诗人毕生创制的山水交响曲划上了一个令人回味的休止符。现举几例，以呈现毕沅山水诗的收绾之笔：“千尺飞流冷挟风，洞门长掩玉玲珑。痴情欲觅梅花梦，咫尺罗浮有路通。”(《朱陵洞》。诗人自注：相传此洞与罗浮通，为道家第三洞天。)“祝融峰顶梵王宫，不断凉吹阊阖风。下隔尘寰程几万，楼台一色蔚蓝中。”(《天尺庵》)“厓回涧曲惬幽寻，飒飒凉风爽客襟。……坛遮碧树圆如盖，石漱红泉细若琴。似此幽栖能有几，一龛终古白云深。”(《云居寺》)“回雁峰，何崔嵬。……极目荒烟落日里，迷离一片苍梧秋。渔舟薄暝绝流渡，我欲邀之话情愫。……惟见枯芦浅水边，横斜飞落雁无数。”(《回雁峰歌》)衡岳诗主要以五七言短章创制，内容更多涉及遍布山间的佛寺道观、名贤遗迹，充满幽渺玄奥的人文气息，氛围略显凝重，在肃穆沉着的衡岳山水诗情境里，一曲《登祝融峰放歌》以奔放的激情、排奡的气势再现了诗人早年的激昂情怀，同时亦曲折地表达了诗人参透世情、厌弃功名，对人间不公不平种种世相的反省深思。

毕沅作为吴门诗群的一位优秀诗人,他不但才干出众,学问渊博,而且诗情充沛、诗思如涌。其煌煌四十卷的《灵岩山人诗集》足以说明诗人在诗歌创作方面的非凡成就。毕沅从南到北,由东到西,宦辙所经,皆有流荡着生命光华的山水歌吟跳跃而来。他的山水诗既是南北东西大跨度自然景物的迥异写照,又是诗人诗风递进、思想演化的文字实录。从早年温润婉约、锐意进取的姑苏、京师山水诗,到中期峭峻卓厉、高歌奋发的秦陇山水诗,再到晚年幽渺哀怨、心怀“夷犹”的沅湘山水诗,诗人的心路历程清晰可辨,引人冥思。“偶来恋清游,骚情入骨髓。”(《浮湘》其一)在生命的最后一刻,诗人“偶来”“骚情”浓重的沅湘,看水云淼淼,听斑竹泣泪,重悟生命的真谛,再证与湘君、屈子巧合的前缘,如此这般,岂非天意?

第五节 “楚水时近远,吴山半阴晴”

——“吴中七子”和松江诗群的山水诗

论吴中诗群的山水诗,有一个群体是不能被割裂并忽略的,那就是和吴中在形体上一脉相连,在精神上相互包孕的松江诗群。

松江府,元直隶浙江行省,明属南京(苏州、松江、常州、镇江四府元代均属浙江行省,明代属南京所领。笔者注),清属江苏,与苏州并称苏松。《读史方舆纪要》述其沿革和形势曰:“春秋时吴地,后入越,……隋属苏州,大业初属吴郡,唐仍属苏州,五代时吴越有其地,改属秀州。……元至元十四年(1277)置华亭府,明年改松江府。……府雄襟大海,险扼三江,引闽、越之梯航,控江淮之关键。”①

松江府在地缘上与苏州府有千丝万缕的联系,而且文学发展、人文精神亦相互激荡,共同作用,形成无法分解的整体,明末清初的复社、几社成员,大多产自苏、松两地,他们正义相砥砺,诗文相切劘,在

① 见《读史方舆纪要》,第1199页。

大清兵铁骑践踏江南，民族处于危亡之际，苏、松两府的士子们啸聚五湖三泖，力图挽救家国陆沉；当文风日衰，诗格益靡的紧要时刻，苏、松两地的士子们又高揭清流的旗帜，聚众集会，正本清源，以还诗界慷慨激昂、性情充沛的真面目。如杜麟征在《壬申文选序》（几社合稿）中所言："文章起江南，号为通儒，我郡为冠。"[①]又吴郡姚希孟评苏松诗风的交互影响曰："今之风会，日趋日沉，其能逆挽洪河之流，扫暮烟而远朝暾者：一则赖举业家尽发'二酉'之藏，而经生自囿者，不得窜名文苑；一则赖名下士必置身千古之上，而庸鄙自甘者，不得联袂清流。此其青萍之末，实始吴会，而煽为丽景，邕为繁条，极芳华明艳之辰，隐寓铁干冰棱之骨，则彝仲、卧子辈以蝥弧为之招也。"[②]由此即能辨析，吴中诗群和松江诗群间无法割裂的渊源关系与血脉之亲。故而论吴中诗群的山水诗，松江诗群当附论于后，而论松江诗群的山水诗，"吴中七子"自然成其先导。

"吴中七子"名号的由来和沈德潜有关。一是"吴中七子"皆为沈德潜诗学理论的衷心拥戴者，所以他们投身沈门，成为其入堂弟子。徐珂《清稗类钞·文学类》记曰："（沈德潜）选《古诗源》，及三朝诗《别裁集》以标示宗旨，吴下诗人翕然从之。……其后则有王鸣盛、王昶、钱大昕、曹仁虎、黄文莲、赵文哲、吴泰来之吴中七子。"二是沈德潜曾主持刻选了七人诗，取名《吴中七子集》。"七子"的籍贯是：王鸣盛、钱大昕、曹仁虎是嘉定县人，嘉定，明属苏州府，清割属太仓直隶州；赵文哲、黄文莲是上海人，上海，明、清均属松江府；王昶是青浦县人，青浦，明、清皆为松江所辖；吴泰来，长洲人。由以上七位诗人的属地能见出吴中诗群的广泛影响力。"吴中七子"因生活经历不同，所阅世情相殊，故而其山水诗成就略有区别，其中王昶、赵文哲曾涉足中缅边境，有从军万里的奇特人生，因之其山水诗如狂飙突进，充满奇情幻彩，价值在"七子"中最高。

---

① 《陈子龙诗集·附录》，上海古籍出版社1983年版，第754—755页。

② 同上，第754—755页。

一、金戈耀日,壮声如雷

——王昶的山水诗·兼说“吴中七子”

王昶(1725—1806),字德甫,又字琴德,号兰泉,晚号述庵,江苏青浦人。“乾隆十九年进士,南巡召试,授内阁中书,充军机章京,三迁刑部郎中。”①

乾隆三十三年,王昶因坐卢见曾案被罢职。当是时,“缅甸未靖”,定边右将军兼云贵总督阿桂遂请王昶参军事。由此,王昶随军至腾越;乾隆三十六年,温福代阿桂统率大军移师四川,办理大小金川事,王昶“从温公西路军进讨”。参佐军幕期间,王昶不畏艰险、不惧矢石,无论”山脊绝险”,敌我“错处”,还是“雨雪”交加,道阻且长,他皆能“力疾驰马悬崖,日行数百里,夜治章奏文书于炮火矢石之中。”(阮元《诰授光禄大夫刑部右侍郎述庵王公神道碑》)②乾隆四十一年,在三路大军的合围下,大、小金川始得克平。奏凯日,王昶“以戎服行礼”,“赏赉优渥”。因军中服役九年,王昶克尽职守,累加军功十三级,并纪録八次,故深得乾隆赏识,谕曰:“王昶久在军营,著有劳绩,升鸿胪寺卿,赏戴花翎,在军机处行走。”③

乾隆四十一年秋,王昶被擢通政司副使,四十二年三月,擢大理寺卿;四十四年冬,授都察院左副都御使;四十五年,授江西按察使;同年秋,丁母忧;服除,補直隶按察使,未到任,移陕西按察使;“在陕西凡十年,值回田五为乱,军兴,昶缮守具,佐治军需。”(《清史稿·王昶传》)在“兵少”而“贼势张”的境况下,王昶调度有方,指挥若定,使得常武一城保全而“民以无恐”。乾隆五十一年,授云南布政使,著《铜政全书》;五十三年,调江西布政使;五十四年,擢刑部右侍郎;五十八年,“乞归修墓”,并“以病乞休”,次年回籍,名其堂曰“春融”;嘉庆十一年六月初七日病卒,时年八十三岁,葬“昆山县雪葭湾年字圩”。

---

① 见《清史稿·王昶传》,第 1470 页。

②③ 〔清〕阮元《揅经室集》,中华书局 1993 年版,第 422 页。

王昶博通经史，长于诗文，善治金石，是一个成就斐然的学者型诗人。阮元高度赞扬他说："公之为学也，无所不通。早年以诗列'吴中七子'，名传海外。初学六朝、初唐，后宗杜、韓、苏、陆。……词拟姜夔、张炎；古文力追韩、苏；碑版之文，照于四裔；积金石文字数千通，书五万卷。……后进才学之士执经请业，舟车错互，屦满户外，士籍品藻以成名致通显者甚众。"①

王昶毕生为诗为文，笔耕不辍，纵使行军途中，道路艰险、矢石交至，亦意气风发，妙笔挥洒，集一生心血所凝结，辑为《春融堂集》六十八卷，其中诗二十四卷、词四卷、赋一卷、文三十九卷。他的山水之作或集中，或散见于《春融堂诗集》的各分卷中，尤以《兰泉书屋集》《琴德居集》《三泖渔庄集》《履二斋集》《闻思精舍集》《杏花春雨书斋集》收录最多。《春融堂诗集》按年编次，不分体裁，由此可以清晰地将王昶的山水诗创作分为早期、中期和晚期。通过山水诗创作的不同阶段，我们庶能把握诗人诗风的演进和内心世界的不断蜕变。

(一)"抒写性情，清真微妙"的早期行旅山水诗

王昶早期山水诗主要集中于《兰泉书屋集》《琴德居集》《三泖渔庄集》《履二斋集》中，其时间跨度由乾隆六年到十九年。这一时段是诗人求学问道、优游家乡，闲暇时呼朋唤侣，畅游山水的快乐时光，其足迹以姑苏为中心，以京镇、杭嘉湖为半径而展开。由于青春年少，心地单纯，内心充满对生活、对自然的渴望与憧憬，故而其山水诗意蕴朴真淳厚，格调轻松愉悦，以抒写个人情感、寄托个人心志为旨归，所以王昶早期的山水诗整体上呈现了雅静超远、澄明虚淡的审美情趣。

如写风光温润的姑苏山水，他说道："春水三篙绿，春峦一桁青。乘潮挂帆席，风色正泠泠。"(《横塘》)"凉波渺风露，开遍白莲花。山月坠树深，湖云生晓霞。"(《晓坐泖上水亭》)"名蓝放梵初，钟声出林际。长松洗孤清，修竹落疏翠。"(《寒山寺》)"烟村一路鹧鸪啼，油菜花残豆荚齐。几日东风微雨过，春芜绿遍画桥西。"(《过吴江》其一)

---

① 〔清〕阮元《揅经室集》，第424页。

再如写江天一色、龙蟠虎踞的京镇风物，诗人笔走龙蛇，超迈空阔，不染尘滓：“云帆烟际收，江笛风中断。何处最相思，残钟楚天远。”（《江上》）“人来疏竹外，犬吠暮云中。落叶乱无数，寒泉响不穷。”（《枫隐寺宿》）“云水渺无际，楚天闻断鸿。烟中辨渔唱，杳杳清溪東。……澄湖帆落后，孤驿夜灯红。”（《晚渡滆湖》）“云树西津渡，楼台北固山。江帆斜照里，相送度邗关。”（《自京口放船至扬州》其二）假使江南温柔绮丽、水光连天，恍若一明眸皓齿的少女，眉含远山、目送秋波，令诗人产生天远地阔、澄碧宁静的美感的话，那么乾隆十九年，束装北上，赴京赶考途中所历的齐鲁燕赵山水则让诗人体验了与江南殊异的劲健风光：“自我入鲁境，翠色瞻龟蒙。群山东来不可数，岗阜叠出森青葱。东岳巨镇亘百里，气象特兀连穹窿。……东望蓬瀛笑海若，西指汶泗怀河中。狂游高唱应未晚，回首灏气蟠心胸。”（《道中望泰山》）“风色满平芜，苍茫独问途。……地迥人难见，春寒草未苏。”（《东平》）“地势连三辅，潮声接九河。历城鏖战地，流恨更如何。”（《次德州》）“地形蟠钜鹿，水势接滹沱。五垒遗墟尽，三关夕照多。”（《献县》）齐鲁燕赵山水不但峭拔瘦硬、苍深荒寒，而且还因它厚重的历史遗存，使其更显悲壮激慨。王昶穿越齐鲁大地，心神顿然被一种神秘的自然力量所征服，因此，在他的北去山水诗中始终激荡着悲慨凄楚的回声。

（二）金声玉振，响遏行云的中期军旅山水诗

乾隆十九年，王昶中进士；二十二年，南巡召试，授内阁中书，充军机章京；三十三年坐卢见曾案被罢职，发云南军前效力；三十三年，随军入川征大、小金川；四十一年，金川平定，进京复命。这一时期，诗人经历了人生的大起大落、大开大合，宦海的万丈波澜把他推向了辉煌的峰巅，又将他抛进了失望的低谷，使他由一个每日得睹天颜的辇毂之臣，突变而为戴罪的戍徒，这种冰炭两重天的人生遭际给诗人提供了反观自我，进一步熔铸诗胆、诗魂，开拓诗眼、诗材的机遇。随军征缅、平定大小金川的经历，让诗人领略了一个从未涉足的山水世界，这里山峰如簇、水流似箭，风雪交加，道路险阻，而且少数民族的特异风情，边陲的迥绝风光令他惊艳倾倒，心为之惊，骨为之折。正

是这个前所未历的自然之境，把王昶的山水诗创作引入黄金时代，让他的诗风发生了海飞山立的巨变。

从《发京师二首》起笔，王昶西南行的山水大幕逐次拉开，令人如穿行于山势嵚崎、险滩重重而疾徐相间、明暗互补的山水画卷中。如写湖湘山水，诗人主要突出其连山逶迤、滩流激荡的特点，使形、声、色达成完美统一："孤峰碧笋如，独出秀无比。岧峣数十丈，直下插江底。"（《穿石滩》）"晓行虎子矶，矶流忽震掉。上有穿云壁，壁势削奇矫。"（《虎子矶》）"汹汹青浪滩，滩阔势转悍。水急风旋生，廿里激雷偏。"（《自大雱溪至青浪滩长四十里上有马伏波祠》）"一日过数滩，滩滩献奇警。一滩亘数峰，峰峰露妍靓。峰根千万石，作态互驰骋。"（《沙罾滩》）"殷殷春霆轰，浩浩高浪驾。……石角怒而前，排奡欲争霸。……连溪斑竹丛，冥冥叫山鹧。"（《瀼水滩》）"五日画一水，十日画一石。挂我高斋间，观者叹神迹。讵知一日间，千万饱奇癖。"（《玉树湾二十余里石皆珑玲离立吾乡湖嵌殆不足数也》）沅湘一路走来，水程迢迢，滩声如雷，除上引，王昶写湘西南山水形胜的名篇还有：《明月岩》《雷回滩》《过滩夜泊晴见微月》《风雨过横石滩》《辛女岩》《白沙滩晓行见溪山出云作》《鸬鹚滩》《行黔阳道中望诸山积雪》《日暮过大迟滩》《夜闻滩声奇诡可怖诗以状之》等数十首。

"经月方辞楚，乘风欲届黔。……诗成百廿首，胜事我能兼。"（《舟泊晃州驿》）晃州为湘黔分界的地标，诗人历经一月"人从激箭流中坐，船在崩崖罅里行"（《舟至玉屏》）的惊心动魄后，终于踏上黔中坡岭相连、关河漫道的途程。古代入滇，须由湖湘而来，穿越贵州省境，至平彝县之宣威岭方始到"滇黔交界处"。这段行程，山水奇绝，风景秀美，如一道高峰挺峻、水石激荡而层次错落的山水长廊，是清代诸多诗人笔下歌吟的对象。王昶的黔行山水诗纡曲盘旋，佳境迭出。如："上山卧肩脊，下山惊魂魄。……万仞穹崖危已坼，半岭飞泉碎玑璧。足底千峰哪可识，云海苍茫界天白。"（《斗狼箐道中遇雨》）"乱山浮翠雨新晴，径转苍崖拔地生。雪瀑三层缘石泻，虹梁百尺绝溪横。"（《过鱼梁江新桥》）"忽闻殷雷动万壑，到眼乃是奔泉倾。……悬崖独成无色界，一落百丈开空明。怒者盘螭鳞甲横，飞者仙鹭翘修

翎。……卷空如烟复如雨,水面尽化云英英。”(《白水崖瀑布》)

王昶西南行的山水诗,以湖湘为前奏,以黔中为过渡,其真正达到高潮,且极具价值的应为描绘腾冲、鸡足山等异域绝国山水的力作。因为这些诗作见证了王昶山水诗创作风格的骤变过程,其所刻镂的对象前人很少涉足,而且在山水诗史上具有补白作用。如“蛮江西来疾于矢,太息吾行胡至此。兹江发番蒙,奔流掠腾冲。……朝蒸炎烟暮毒雾,瘴气如虹乱花絮。千峰层叠高刺天,经时不得春风颠。”(《渡潞江》)潞江,俗称怒江。《读史方舆纪要》曰:“在永昌府潞江安抚司东北五十里。源出吐蕃雍望甸,南流经司北,两岸陡绝,瘴疠甚毒,夏秋之间,人不敢渡。本名怒江,以波涛汹涌而名也。又东经永昌府(今保山县)南百里,复东南流经孟定、芒市界达木邦、缅甸入于南海。”[①](诗人自注:“潞江在澜沧江之西,番名哈拉乌苏,即禹贡之黑水。其水自前藏东北哈拉脑儿流出,东南入喀木界,又东南流入怒夷界,为怒江,入云南大塘隘为潞江。”)王昶《潞江》诗从两岸形势写起,结合江流所出的考证,以及大江“瘴气如虹”、“千峰层叠”的自然环境的总体勾勒,凸现了这条激流汹涌,横亘“番蒙”的大江的撼人气势。腾越高山亘其左,三江出其右,为中国通缅甸的咽喉要地,其江流之险,骇人心目:“昨过兰沧森欲堕,铁索千寻颤如簸。龙川今到心徘徊,下瞰怒石溅风雷。昆仑岗前山势住,一线奔流莽回注。……寻橦度笮宁足豪,梯空荡漾凌奔涛。前轩后轾吾岂免,见惯不须愁脚软。”(《过龙江铁索桥》)龙江,又称龙川江。《读史方舆纪要》载曰:“源出峨昌蛮地七藏甸,绕越甸界,经高黎贡山北,下流注南甸、干崖及陇川境合于大盈江。其渡口有桥,旧编藤铺板以渡,名曰藤桥,在州东七十五里。”[②]龙川江藤桥有三处,王昶所写当为龙川江关所在,据载明弘治年间,兵备使赵炯“缆铁为桥”,嘉靖时潘润“复修之”,遂有“铁索桥”,为往来交通要道。王昶的《过龙江铁索桥》通过渡江时的心理感受,反衬了铁索桥“上亘金绳作飞渡”的惊心动魄。腾越不但江流奔冲,而且

---

① 见《读史方舆纪要》,第5051页。

② 同上,第5194页。

高山阻隔，形势极为繁难。其中高黎贡山为诸险之首。王昶经高黎贡山，挥笔写下《经高黎贡山》的长歌以壮行色："举头峦影高㕒㕒，如蛇之路山腰欹。徬伏猩狒兼貙貍，夔魈来往行人稀。……蒲蛮蒲卡自古遗，坐致瑰丽无人知。九州之外良幽奇，愧无巨笔磨天麾。盘旋渐下龙江湄，又见雪浪翻蛟螭。"高黎贡山，又写作高黎共山，为滇西南名山。《读史方舆纪要》曰："高黎共山，在永昌府腾越州东北一百二十里，一名昆仑岗，夷语讹为高良公山。……山上下东西各四十里，登之可望吐蕃雪山。草卉瘴翳，四时不凋，瘴气最恶。冬雪春融，夏秋炎炽。山顶有泉，东入永昌，西入腾越，故又名分水岭。……其山延袤数百里，当走集之道，战守要道也。一名磨盘山。……又《滇附录》云：'渡怒江至八湾，度高黎共山，其高四十里。……过龙川至腾冲卫，地稍凉，中国之西南界尽于此矣。'"①（诗人诗题自注："蒙氏时，封是山为南岳，上有磨盘岭，即李定国抗王师处。"）王昶的高黎贡山诗前段叙山势高峻，行路艰险，中段分写山间所见：花卉烂漫、奇树参差、蕉阔棕肥、竹青桧翠、鸟鸣自得、猿狖腾跃，好一派令人醉心的生趣图；后段则总揽高黎贡山交通中外，扼制边关的战略形势。诗歌气势充沛，立意高远，融自然、历史和现实于一体，能启人深思。在写山的诗篇中，《经火焰山下》非常有特色，诗人通过比喻、铺排等多种手法，把这座矗立南徼的具有特异地貌的山势刻画得极为形象生动："炎烟裂坤轴，上耀金鵶红。石棱作宝焰，剡剡犹腾空。毒泉兼热瘴，馈馕填心胸。"王昶写腾越一带风光的山水诗还有《八湾晓起》《再渡怒江》《南甸》《盏达》《出铜壁关》《野牛坎》《红溯》《再过香楠林中》《猛暮道中》《西帕河边丛竹数十里》《渡南大金江》《雨渡南大金江即事》《入虎踞关》《过太平坡》等。

乾隆三十五年，诗人自保山县杉木和驿启程，由花桥一路朝大理北来，专程观瞻了滇中佛教名胜鸡足山。鸡足山位于云南大理宾川县境内，西连大理，遥望洱海；北邻鹤庆，因其山势顶耸西北，尾掉东南，前列三支，后伸一岭，形似鸡足，故得名。鸡足山乃佛祖释迦牟尼

① 见《读史方舆纪要》，第5044页。

弟子迦叶菩萨道场,是中国十大佛教圣地之一。清代高奣映著《鸡足山志》载之甚详,可参阅。王昶的鸡足山山水诗群数量虽然偏少,但其处处漫溢的佛教气氛还是让人顷刻体会到了佛法庄严的净化感:“风转迦陵随梵唱,花残优钵和香泥。……兜率应知同此胜,愿从华首问伽黎。”(《宾川驿馆晓行》)王昶的鸡足山山水诗以《自石淙寺至华首门礼大迦叶并游悉坛诸寺赞佛颂》为压卷,该诗以一千六百字的累累篇幅,通过对鸡足山佛法无边、雄踞域外的法相与山河形势的礼赞而给鸡足山山水诗群作了完美收煞:“点苍东蜿蜒,高黎南崱屴。金沙绕其西,洱海带其北。福地与洞天,培塿呞蹇劣。是为灵奥区,群真共栖息。……作诗和梵呗,一滴沧海分。书罢翰音唱,金鸦翥朝暾。”

“手挽天河洗兵马,试看露布驰皇州。”(《奉旨移师往讨金川启程途中有作》)乾隆三十六年秋末,大小金川战起,在滇三年的王昶又从温福移师入川,开始了他金戈铁马、壮声悲慨的激情人生。这次随军入川,让王昶经历了一次心灵洗礼,继之,其山水诗风亦出现了巨大变化。合沿途所经、战地所见、驰驱所历之艰险山川、奇异风光为卷帙,就汇成《春融堂集》中最具影响力和感染力的《劳歌集》之四、之五。《劳歌集》是王昶从军征缅甸、大小金川时创作的诗歌结集,按时序和事件共分五卷,其名取自《诗经》中“饥者歌其食,劳者歌其事”之意。如果站在诗歌发展史的立场,尤其立足山水诗流变的角度,分析王昶等一批清代从征大小金川的诗人创作于那个特定时代与环境中的山水诗篇,我们可以肯定地说这是一笔空前绝后的宝贵财富。首先,从描写对象,亦即诗歌内容上看,这是一个前人未历,后人虽历却未形诸诗章的幽秘之境;其次,从诗艺方面考察,这些作品已突破了传统山水诗造境写意的手法,把山水诗的意境由单纯的空阔玄远、圆融含蓄扩大为清峻与雄阔相生、蕴藉和奔放共存,总之,山水诗的写意手法在王昶等人的川西北创作中得到更新和发展;再次,就认识价值和社会功能以观,这些作品既是浪漫的,又是写实的;既是对自然山水的真实绘摹,又通过山水诗的特殊形式史诗般地再现了那个特定时代里为巩固边疆、稳定民族秩序而产生的艰苦卓绝的战斗场景。

通过这些诗作，我们既欣赏了那片神秘土地上奇异的山形水貌，又还原了那个战火纷飞的环境下壮士们勇赴国难的波澜起伏的历史画卷；最后，从民族学、民俗学的角度辨析，这些作品中出现的许多景物，包括自然和人文两方面，深刻地反映了川西众多少数民族的生活状况、民俗风情，以及建筑风格、审美情趣等，如此这般，对考察研究民族文化提供了借鉴和参考。

从腾冲启程，王师一路北上，经威宁、过毕节、临泸州、绕成都，沿岷峨穿行在江水咆哮、万山巑岏的川西高原上。《劳歌集》之四、之五全程记录了这次"炮石""如雷"、"草檄谈兵"的军旅生涯。如初入川西，面对激湍回旋、高山仰止的景象，他说："岷山塞外来，厥流最迅利。奔腾逮汶川，响若风雷厉。直下为中江，激箭犹雄肆。"(《离堆》。诗人自注：上为灌坂，有秦守李冰父子庙)"遥睇恶溪长，林林立刀鞘。风雷摆訇轰，冰雪乱奔跳。营魂已迷离，耳目并震掉。"(《溜筒》)"昔过铁索桥，下俯江如雪。今来出汶川，竹桥更奇绝。……百步过江心，羁魂余战慄。回看桥左偏，旧筰半绽裂。"(《竹索桥》)川西北以高山峻岭、急流奔湍为特征，王昶的行旅山水诗把山高峻、水湍急的形貌特点与万马云集、号角铮鸣的战斗生活紧密相切，二者相互激荡，遂产生令人心魂俱惊的强烈效果："剑南自负多奇气，直造岷山看江水……岩下哀涧琤琮鸣，溅人飞沫衣生稜。……生平豪气老不除，挥鞭径上凌崎岖。……空山忽闻挝大鼓，巨炮如雷走林莽。"(《军抵山神沟》)"碉头之路如蚁旋，斗削翠壁千寻悬。怪石林林万刀剑，下护绝底蛟龙渊。……昆仑山势西南来，天山葱岭争崔巍。向南一支到滇蜀，千岩万壑云中堆。……军锋未动众已怕，番官土职争迎迓。此中险隘汝弗矜，试看神兵自天下。"(《行碉头草坡间作》)"朝抵松林口，午陟天舍山。玉龙倏忽戏云海，琉璃万顷堆银盘。人言此是太古雪，白日不化封层峦。……乞与元戎作僮仆，五人曳马鬃，十人持马足。双旗飒沓下重岩，走丸激箭夸神速。"(《过天舍山至格节薩》)"碉寨之坚谁始作，唐名石屋今犹昨。绝徼千山连脉络，碎石林林遍溪壑。……累棋直上出丛薄，七层浮图十丈阔。四面孤悬耸而削，高矗烟霄捎鹳鹤。……斗角钩心颇恢扩，南北有扉两扇拓。……负嵎設险穷贪虐，侧岭危梁耸附萼。或两或三形势各。(诗人自注：日耳南北山上碉座甚多)合抗我师敢弗恪。”(《望日耳碉寨有作》)大、小金川战役主要发生在四川懋功一带。懋功，清代为四川所属屯务厅，全称“懋功屯务厅”，《清史稿·地理志》曰“大、小金川土司地。顺治七年，小金川归附；康熙六年，大金川归附；雍正元年，授安抚司；乾隆四十一年，分置美诺、阿尔古两厅，四十四年，并阿尔古入美诺，四十八年，改懋功厅，驻同知，理五屯事务。广千四百五里，袤五百七十里。”①懋功地处氐、羌、番杂居之区，山川险峻、道路艰危，故明代以前为徼外番属，归朵甘都司所辖。碉楼是大、小金川一带居民特有的建筑，它主要功能是居住、生活、生产，同时兼有防守、战备：“蚁蛭蜂房群所托，以安作息敛畊穫。以蕃子姓共熙醽，引贯流泉冬不涸。”(《望日耳碉寨有作》)根据王昶的描绘，碉楼的建筑特点是：首先，垒石成屋，大小石块如棋子顺序排列；其次，碉楼选址在危岩峭壁之上，结构如“七层浮图”，形势“四面孤悬”，高耸入云；再次，碉楼的风格简朴、结实，以实用为主，不巧饰粉妆，“筑之不俟匠人约，涂之不籍圬人垩。其颠木石交相错，旁开圭窦睇寥廓。庯以施枪注矰缴，飞桄佤斜藤绠缚。”(同上引)碉楼既然建筑独特，坚固险要，且具有战守功能，所以一旦土著居民聚众叛乱，其后果将极其危殆。征大、小金川的战斗大多和攻克碉楼有关：“石碉石卡互联络，三面枪炮如风飚。……逊克尔宗在眼前，俯视廛居悬指掌。独愁番地千巑岏，尺峰寸地皆艰难。”(《克色溯普》)“坚碉非坚坚乃心，番心忍悍甘幽深。垒石作屋当高岑，浚濠三面暨十寻。……不畏血肉膏刀镡，碉倾卡塌摧崎嵚。”(《览逊克尔宗贼碉作》)“番人于斯善审势，木城石屋随其宜。木思工噶更险巇，峰峦呀处为通逵。……相厥右阜巴木通，首冠三碉高巀嶪。”(《官兵下木思工噶遂克噶尔丹寺》)石碉钩梯相通，堑濠栅塞相间，且大多建于危崖峭壁上，故攻碉的战斗显得异常艰苦惨烈，王昶的诗篇将地形地貌和战守策略有机融合，通过声色渲染、气氛营造，把我们带到了那个金戈铁马、血肉交溅的战争年代，由此，让后世懂得稳固

① 见《清史稿》，第560页。

边疆的重要意义。

因为身历战斗场面，并参赞、相观战守形势，所以王昶此时的诗作大都以战事推进为诗魂，以雄放山水为基质，使其笔下的山形水貌处处充满着光焰万丈的豪情，同时烙刻着那段烽火岁月的历史印记。除上举各例，王昶的军旅山水诗还有：《晓行》《克喇穆》《喇穆及登古之北，为达尔扎克，循山梁而下，为日耳巴当噶，直逊克尔宗之北，又下为墨格尔，又下为罗博瓦鄂博，总名凯立叶。至是则横截作固顶，灭金岭及勒乌围，中间下贼巢道路最捷。故本年正月，分兵万余于此进取，而贼据达尔扎克，久不得进，及西路兵至逊克尔宗两月余，贼亦虑乘隙上此山，因于日尔巴修筑碉卡，不期我兵从墨格尔上也。十月十七日，由墨格尔据密拉嘎拉木，二十一日，克达尔沙朗、日耳巴当噶，遂于达尔扎克兵会合云》《从格鲁古尽克灭金岭、作鲁顶》《克空萨尔》《六月初二日雷雪》《官军下日则》《晨过喇穆至罗博瓦周视形势有作》《罗博瓦道中》《瓦角晓望》《攻克罗博瓦四峰作》《元日大雪由美诺进讨》《喜官军收复美诺》《望北路官军攻克宜喜二十六韵》《移师至翁古尔垄作》《军次美诺》《克僧格宗》《破翁古尔垄》等，展读这些诗作，如铺开了一幅气壮山河、豪情恣肆的历史画卷，让人有扼腕叫绝的激壮感。

虽然王昶感时咏事，创作了大量反映军旅的山水诗篇，有很厚的历史纵深感，给我们审视破解那段战争史实提供了弥足珍贵的佐证，但作为真正审美意义上的山水诗，王昶下列作品可能更切近自然美的评判标准：

> 苦竹黄蒿一路多，春风未见况清和。江乡此日交芒种，万顷新秧绿映蓑。
>
> ——《过汶川》
>
> 名山落蛮荒，万古绝吟赏。……岚分天女眉，崖擘巨人掌。浓绿染苍崖，新翠变黄壤。……潺潺百道泉，赴壑等修蟒。……缘溪红蔷薇，颇乘夏气长。……兹山十日游，恐未穷所往。……聊摅耳目奇，折简寄吾党。
>
> ——《过楚卡戎葵，山色绝胜，书寄曹来殷、吴冲之》

又度绳桥第一程,翠屏如画斗峥嵘。悬崖怪树留题句,夹道番儿指姓名。奋臂何由擒丑虏,拊心先计惜疲氓。千山摇落秋风里,肠断蛮江作雪倾。

——《瓦寺道中》

寒云高与阵云浮,万仞攒空石笋稠。……怪绝数峰浓雪里,山雷如炮殷清秋。

——《再过斑斓山》

上述作品,尽管创作于诗人忧劳国事的行军途中,但其显露的美质犹如篱外寒花,高洁不污、遗世独立。汶川道中冰澌消融、和风渐来的风情;楚卡戎葵山烟岚妩媚、危崖撑空、苍翠如染、蔷薇吐艳的“绝胜”“山色”;瓦寺道上“翠屏如画”、“悬崖”高张、江水如雪的醉人秋色;斑斓山黑云压城、“万仞攒空”、夏雷震震的巉刻激昂,都令人深切感受到了川西北山河无可比拟,亦无法复制的绝世之美。

(三)“月霁烟霏”、心淡如菊的后期怡情山水诗

王昶经历了血与火的战斗洗礼,其心灵已进入宠辱难惊、清淡如菊的安谧境界,虽然他奔走国事,地位日高,但生性耽溺自然的本能,始终让他与山水保持着不离不弃、相敬相亲的关系,他在山水里追觅艺术不断精进的启示,在自然中让心灵获取更大的自由。因此之故,王昶后期的山水诗不管时空如何发生迁移变幻,其诗风基本保持了沉稳平和、澹然无波的韵格,令人有“望峰息心”、魂归自然的超越感。如:“江声晓落春申浦,海色高悬沪渎城。……闲身欲觅渔樵侣,欸乃烟中乐此生。”(《泊闵行镇》)“月霁烟霏敛,名山见太行。嵩恒分两界,赵魏划中央。峦嶂争层叠,村墟望渺茫。”(《汲县》)“湖山重叠淡于烟,斜掩蓬窗自在眠。风外谁惊清梦断,数声渔唱夕阳天。”(《过昭阳湖三绝》其二)“秋日城湖分外清,断云残雨总关情。柔波如簟明如镜,合与诗人晚濯缨。”(《蒲圻舟中山水清远独成四绝》其三)“荒湾断港水如烟,初过黄梅五月天。十顷荷花犹未放,柳荫已系采莲船。”(《灵璧道中》其二)以上诸作,写于诗人南北穿梭的旅程中,虽然时地不同,风景殊异,但流荡漫溢在诗歌中的韵味却保持了同一性与近

似性。

王昶晚期的山水诗风韵虽然保持了平澹融和、空阔透明的特点，但从乾隆四十五年至五十三年，他先后被授予江西布政使、陕西按察使、云南布政使、江西布政使等职，这种南北驰骛、东西纵横的仕宦生涯，就决定了其山水诗表现题材的宽泛和抒写内容的丰富。在王昶笔下，秦陇的奇崛、潇湘的清峻、豫章的巉刻、滇中的隽秀，以及来往京师道上所历、赋闲家居时所见，皆能神姿英发、异彩纷呈地奔跃而出，将我们引导到一个山光云影徘徊、澄潭翠霭相映的山水梦境。在王昶后期数百首山水之作中，我们只要概举其任意几篇诗题，就能以点带面地看出他山水诗内涵丰富多样、风格不断出新的总体特点。如《潼关》《邠州道中》《天堂镇雨后》(诗人自注：属麟游)《陇州夜宿》《吴岳》《由商州赴山阳作》(以上秦陇)，《暮雨望点苍山》《关索岭》《再过飞云洞》(以上滇黔)，《棣花铺道中》《武关》《雒南道中》《上津浦》《东湖夜泊》《太湖道中》(以上鄂皖)，《栖贤寺夜泊》《自德安循庐山至九江作》《将去南昌重游烟江叠嶂亭题壁》(以上赣中)，《过洞庭湖汇口》《湘江晚泊》《岳阳楼望月》(以上潇湘)，《自龙泉关上长城岭》《中台寺》《出山即事》《盘山》(以上幽燕)，《网师园杂咏》《望亭》《丹阳》《天开岩》《紫阁峰》(以上白下、吴中)。

通过以上轮廓式的描述，我们方始得出：1. 王昶的山水诗不但总量超群，而且质量亦属上品，和毕沅相较，二人无论经历，还是品学都极为相似，但以山水诗题材的广泛、内容的丰赡而言，王昶显胜毕沅一筹；2. 王昶的人生随仕途的跌宕而变幻，大致分为早、中、晚三期，早期求学问道，心有所期，故山水诗风明快矫健，如朝霞升太阳，令人倍感神清气爽；中期从军滇南、川西，金戈铁马、鼙鼓动地，恰如黄钟大吕，足以立顽起懦；晚期则驰骛南北，勤于政事，其诗风如渔舟唱晚、雁阵惊寒，显得平和澹荡，波澜不起。以山水诗发展的角度衡量，王昶中期的军旅山水诗是清代山水诗中最为耀人眼目的一环，它不但具有很高的文学审美价值，而且还有解读历史，正确审视大清王朝平定边乱的正义战争的认识价值。

总之，“吴中七子”中，王昶的山水诗既写性情之纯，又写历史之实，还写山水之真，更写自然之美，对它的价值的评价可以借用他自己的诗句来总结：“当代文章客，谁堪第一筹。午风诗数卷，标格足千秋。书画供陶写，云山入唱酬。渔洋仙去远，仿佛见风流。”（《题邹阁学晓屏午风堂集》）

“吴中七子”中，与王昶山水诗内涵相近，而人生经历趋同的应属赵文哲。

(四) 赵文哲的山水诗

赵文哲（1725—1773），字损之，又字升之，号璞庵，别号璞函，江苏上海人。乾隆二十七年（1762），南巡献诗，赐举人，授内阁中书，迁内阁户部河南司主事；三十三年（1768），牵连纪昀、徐步云“洩两淮盐运使卢见曾事”（王昶《恤赠光禄寺少卿户部主事赵君墓志铭》）[①]与王昶一道被谴谪云南腾越，在阿桂军前效力；三十六年，金川战起，随定边大将军、大学士温福入川；三十八年（1773），大军进至木果木，与敌相持五月余而不克，后因腹背受敌，导致军队溃败，温福殁于阵，赵文哲同时殉难，时年四十九岁。其事迹详见王昶所撰《墓志铭》和吴省钦所撰《赠奉政大夫光禄寺少卿前户部河南司主事赵公神道碑文》。赵文哲高才博学，少有诗名，其撰著有《群经识小录》若干卷、《文集》若干卷、《媕雅堂诗》十二卷、《藏海楼诗》四卷、《娵隅集》十卷、《词》四卷。

尽管赵文哲命途多舛而天不假年，但他的诗歌成就被时人目为“吴中七子”第一。法式善在《梧门诗话》中说：“王西庄尝语人曰：今日江左诗人，尝以赵损之为第一。”符葆森《国朝正雅集》引述《石溪舫诗话》曰：“升之先生诗清而不佻，华而不缛，壮而不粗，哀而不激。七子中自述庵师而外无其匹也。”[②]赵文哲的诗歌创作分前后两期，前期主要以《媕雅堂集》为总汇，收录“未入官时所作”；后期则以《娵隅集》为代表，收录从征云南至殉难木果木之役期间的作品，因为《娵隅集》产生于诗人困顿烦忧的低潮期，又成熟于金鼓震天、血肉迸飞的

① 见《春融堂集》，上海文化出版社 2013 年版，第 918 页。

② 见《清诗纪事》，第 5982 页。

烽火岁月，它是诗人灵魂的呐喊与奇崛山水相激的产物，故此深受诸多方家推崇和褒扬：“《娵隅集》中多从征作，风俗之俶诡，山川之险怪，可惊可愕，每于诗传之。”（法式善《梧门诗话》）“升之长于古体，黔、滇途中所作，尤为奇诡，多前人所未道。”（徐世昌《晚晴簃诗汇·诗话》）《娵隅集》取义于刘义庆《世说新语·排调》之典：“（郝隆）揽笔便作一句云：‘娵隅跃清池。’桓（温）问：‘娵隅是何物？’答曰：‘蛮名鱼为娵隅。’”赵文哲以“娵隅”名集，意指此集成就于南荒之地。关于《娵隅集》的成因及深刻内涵，王昶为之所作的《叙》剖析得很是明白：“乾隆戊子，君与余又均因口语被吏议，顷之，以阿大司马奏请，均从军于滇，舟车戎马，所至辄为诗，以自陈写。庚寅秋，驻永昌，会幕府无事，君乃揔其所作，编为一集，名之曰娵隅。……自豫、楚而黔而滇，出西南徼外又二千余里，风俗之俶诡，山川林莽之险怪，烽烟炮石之可骇、可愕，皆前古诗人所未及。故其取材也富，而见于篇什者肆而奇。”[①]赵文哲和王昶同乡同学，又共同遭遇“口语”之祸。从人生经历看，这是大不幸，但就诗歌创作而言，却是不幸中的大幸，因为共同的阅历使二人同时经受了奇诡山川的熏染，他们把对自然的感悟、对生命的重新体验化作一瓣心香，沉积在诗创作中，就形成百感凄恻、真气回旋的山水诗韵。

虽然赵文哲与王昶结伴而行，面对同样的山水胜境，相互唱酬，甚至用同题诗对同一客观物象进行歌吟描摹，但不同的学养气识、个性特质，最终还是构成了两人同中有异、人言言殊的山水诗风。与王昶比起来，赵文哲的个性更善感，对事物的观察更细腻，因而在相同遭际的背景下，赵文哲多了些忧怨和哀戚。如：“请缨志自豪，叱驭心转慄。有家别何悲，悲至难自述。”（《发京师四首》其一）“可怜沾裳酒，不及泣痕长。……上马出门去，风云郁飞扬。……挥之去非忍，病妇须扶将。”（同上，其三）“落叶恋故枝，凄咽似相诉。哀哉叶不如，孤根讬何处。”（同上，其四）同样都有《发京师》，赵和王的风格相去甚远，而情怀亦大异其趣，赵诗哀伤悲凄、泪如零雨，其凄切惨怛之声仿

① 见《续修四库全书·别集类》第1436册，第3页。

佛秋坟鬼唱，恍若命中注定的谶语。这种伤离别、感身世的忧郁气氛一直笼盖着诗人脆弱而孤寂的心，让他时刻有生命飘忽而韶华易逝的萧瑟感。如“雷转河声怒，霜侵马色寒。……临流重延伫，客鬓感凋残。”(《将渡河至荥泽守风作》)“我怜沅江树，夹岸碧无次。……楚雨日夜零，千林震哀吹。……亦如感物者，慷慨一洒泪。”(《沅江二首》其一)“月出烟雾开，乘夜片帆动。……水华打船头，船尾风华送。……滩行我何知，别有惊弓痛。”(《暮抵白石滩乘月复行》其二)

赵文哲心怀激楚，时时以泪眼观花，所以他的山水诗多了一份哀婉柔美之气。同样，他发挥个性的长处，以细腻的笔触、敏锐的观察、颖悟的诗心，把入目即见的山山水水信手写来，就比王昶的山水诗风显得更为温柔细密，给人愈益逼真的感官享受。如：“滩流清可怜，阻石形势变。一望江空濛，如雨复如霰。……石立水亦立，飞浪搏人面。……昔称倒水岩，灵秀桃川冠。龙溪碧玉流，茂竹纷可玩。(诗人自注：滩上为甕子峰，峰与倒水岩相望，即《水经注》所云：‘沅水东历三石间，秀若削成。茂竹便娟致可爱玩者也。’龙家溪亦经此南注于沅水。)”(《过桃源初上一滩名毛甕子》)“山无一寸石，水无一寸土。大星倒河汉，磊磊自太古。……孰陈百万兵，绝不依队伍。立者啼怪豕，卧者瞰馋虎。大者恒数亩，锐者卓一柱。”(《自鱼子洞抵雷洄、清浪二滩，怪石亘四十里为滩行绝险处》其一)“雷鼓数百面，作气音未绝。谁将万层浪，散作炎荒雪。……石阵势忽变，沿江布劲卒。步步接短兵，一人复一出。……朝听滩声号，暮听滩声咽。扣舷重悲歌，铁篴为破裂。”(《同上，其二》)赵文哲的山水诗不但形神兼备，富有动感，而且还能融情于景，既写山水之神韵，又写诗人之主观感受。其诗笔之细、诗艺之精，略出王昶之上。除上述，他写湘西南的山水诗篇还有：《岩石》《虎子矶》《明月岩》《大风过芝草白榕诸滩》《将至沅陵过诸滩作》《沅陵》《泸溪县》《自白沙滩至白龙岩所见石壁甚奇纪诗二首》《辰溪望大西观》《鸬鹚滩》《过洪江市》《薄暮上连州滩，水石险恶，急流处忽断一牵舟，倒退不能止，述庵遣人助挽，始得上》《瀼水滩》《雨过黔阳县》《雪后登岸上小山眺望作》《滩石多怪伟近所见则嵌空秀削大类吾乡太湖石特林立溪岸间不以少见珍耳得诗一首》《大池滩》等。

赵文哲的山水诗在追求形象逼真的基础上，着力营造山水诗特有的氛围与意境。这种诗歌风格的形成，既和诗人内在的气质相关，又作用于自然山水的激发，从黔、滇到川西，一路前所未见的迥异风物，令诗人胸襟开阔，诗情大振，故此其山水诗亦呈现了空前的韵味和美质。如："牟珠洞门守一龙，清溪洞乃龙所宫。千鳞万爪隐现中，时见其首垂高空。……片云如缕穿玲珑，百灵来朝玉献珑。方圆平锐无定容，神鼍伐鼓鲸叩钟。……洞天六六双袖笼，一洗五岳块垒胸。"(《清溪洞》)"稻花香里逐征旗，千里腾冲此一篱。……瀑垂村屋鸣鸡隐，树合溪桥去马迟。"(《南甸道中》)"一峰十万树，一树四五猿。一猿千百声，杂以风雨喧。一日十二时，一程三十里。一军六千人，尽在猿声里。"(《冒雨行老秧田道中啼猿满山率而成咏》)"十日蛮云颓不流，沙边老枫水没头。……瘴江万里满戈甲，谁道中有袁宏舟。"(《雨中渡南大金江》)"回梯叠磴接天门，半凿松根半石根。……远连沃隰如龙抱(诗人自注：过山数十里，地名龙抱，平原沃衍，直接州治)，险扼雄关见虎蹲(诗人自注：山与虎踞关相直)。"(《上杉木笼山》)"万峰如海潮，势涌一峰出。下有崇朝云，上无太古日。霜雪所不到，阴气弥荡泆。"(《重过高黎贡山》)"两崖一线走阴森，班马凌竞有戒心。雪似冻鸦翻绝壁，石如饥虎攫空林。"(《暮至尤溪》)"征人黯无语，水石为怒号。入关江始雄，激荡百丈涛。……俯聆惊雷鸣，仰瞩浮云飘。中流一掀簸，目眩心魂摇。"(《度汶川索桥》)

赵文哲淹留腾越，从征川西，常怀乡关万里、天涯飘萍的羁旅感，但勇赴国难的激情总是替代难以抑止的天伦之思，从而让他变得慷慨昂扬、豪情如涌，这种激昂梗慨的气质贯穿在他的山水诗里，就产生了铁骑奔突、刀枪铮鸣的雄壮感。如"金江乘舟岁在丑，战鼓如雷共江吼。一声炮火掠人顶，摧折维舟十围柳。"(《乘舟行江门驿作》)"万里冰霜长至日，四年戈甲未归人。……犹有余生赐环后，鼓笳声里望凤宸。"(《至日山神沟作》)"连峰若环断若玦，羊肠一丝天际豁。贼碉矻然不可拔，如猘之狂鼠之黠。一军居左遏贼冲，及山之半布成列。一军右上监其脑，俯瞰碉楼蚁在垤。……枪丸似雨烟似墨，一卒飞腾刀滚雪。"(《十二月十三日斑斓山纪事》)

赵文哲的山水诗虽然在韵格上有超越王昶之处，但因其性情柔弱，颇多忧郁之思，再加天不佑人，让其生命之树戛然摧折于盛壮之年，因此，他的山水诗总体远非王昶敌手，尽管有此缺憾，但瑕不掩瑜，赵文哲仅从军滇缅、殒命川西时创作，经血与火交织并淬炼而成的山水篇章，足可令中国古典山水诗史陡生熠熠之光。正如诗人为其友人查礼（俭堂）所画松树图的题诗所言：“物贵得本性，岂以大小论。”

（五）曹仁虎的山水诗

“吴中七子”的山水诗，王昶、赵文哲因其别开生面，用金戈铁马式的激壮旋律唱响了清代山水诗史上的雄健之音，故而成就最高。其次钱大昕、曹仁虎、王鸣盛亦能以清新婉转的小调吟诵出大江南北的宜人风物，成为松江诗群山水诗合唱的重要组成部分。钱大昕因经学胜出，所以留待后文专论，现简述曹仁虎、王鳴盛的山水诗创作大况。

曹仁虎（1731—1787），字来殷，号习庵（一说“习庵”乃其又字），江苏嘉定人。《清史稿·文苑传》曰：“少称奇才。乾隆二十二年，南巡，献赋，召试列一等，赐举人，授内阁中书。二十六年，成进士，选庶吉士，授编修。每遇大礼，高文典册，多出其手。擢右中允，充日讲起居注官，累迁侍讲学士。五十一年，视学粤东，方按试连州，闻母讣，酷暑奔丧，昼夜号泣，竟以毁，卒于途。”①

曹仁虎的诗风以“格调”为宗，颇得沈德潜真传，出入“三唐”，但不囿于“三唐”，尤其诗风趋近成熟之际，他转益多师，“浸淫于杜、韓、苏、陆，下逮元好问、高启、何景明、陈子龙及本朝王士祯、朱彝尊诸公，横空排奡，才力富有。七律尤高华工整，独出冠时。”②不仅如此，曹仁虎“独出冠时”的诗风在当时诸多论家看来有廓清风气、扭转诗坛走向的功能：“及来殷诗出，乃奏金石以破蟋蟀之鸣。”（《蒲褐山房

① 见《清史稿》，第2089页。

② 见《蒲褐山房诗话新编》，第91页。

诗话》)"君诗宗三唐,而神明变化,一洗粗率佻巧之陋。"①

曹仁虎的山水诗基本见于《宛委山房集》。《宛委山房集》共两卷,沈德潜辑《七子诗选》时录为卷十二、十三,其内容多以姑苏、京镇风光为抒写对象,因表现对象的制约和影响,所以曹仁虎的山水诗没有王昶、赵文哲的激昂悲慨之气,相反,却处处流溢着莺声婉啭的绮丽和温婉,在"七子"中呈现了真正的"三唐"之音。如:

晓色开晴嶂,烟岚望不分。林光微露日,石气欲生云。远瀑松间落,疏钟岭外闻。空山少尘色,闲访麋鹿群。

——《虞山》

湿云欲连山,寒月犹挂树。解缆溯轻波,迢迢西蠡路。荒鸡唤前村,落雁低古渡。忽听渔歌声,苍茫不知处。

——《毗陵晓发》

澄江如练客舟轻,遥指金陵一日程。楚水乱帆时近远,吴山残血半阴晴。濛濛浦树烟中出,点点沙禽望里明。无限南朝兴废感,寒潮空到石头城。

——《渡江》

振策重登建业城,丹梯碧蹬望中明。澄波千顷水禽散,落照一陂山雨晴。射雉场荒芳草合,闻鸡埭远野烟生。华林旧苑销亡尽,惟见渔舟日暮横。

——《登鸡鸣山眺后湖》

上引不管是五律,还是七律,无论摹写山色,还是勾勒水景,诗人皆能用深远之思、绵密之笔,刻划点染出空阔澄澈、幽静杳深的山水诗境,其神韵气象直逼盛唐之风。《虞山》写常熟名胜—虞山。《百城烟水》载曰:"虞山,在县治西北一里。《括地志》《祥符图经》并曰'海禺',《吴郡志》曰'海虞',续志曰'海巫'。以为海禺者,谓山临海之隅;以为海虞者,谓虞仲尝隐此山;海巫者,以商相巫咸与其子贤尝居此,后葬于

① 见《国朝诗人征略》,第563页。

此。……山长一十八里，其高处，江外诸山皆可见焉。”[①]虞山，附常熟之郭，幽秀绵延，有林泉之致。它不但为常熟望山，而且还是游人杂沓、仕女交至的赏玩胜地，历代文人徜徉其间，吟咏甚多。今人谓虞山乃其通称，其实按山的走势和朝向，虞山还分别有：顶山、破山、中峰、乌目山之称。顶山，离县治偏北十八里，因“山特峻，故曰顶山。”其上泉涧遍布、怪石特出，有白龙潭、龙母峰、石城峰、石门峰、东涧、乌目涧、铁山涧等山水胜迹；破山，在县治北八里。据传“龙斗而山裂”，故名破山，下有兴福禅寺，因唐诗人常建的诗而知名天下。破山寺前有龙涧，清流一道，水声潺湲，与寺钟相应。《百城烟水》述曰：“相传龙触崖石成涧，山泉从岭西南而来，会于涧中，激石喷跃，曲折清驶，最为胜观。”[②]；中峰，在龙母峰下，将整个山势中分两半，其山径盘空、鸟道蜿曲，秋涛长松，掩映成趣；乌目山，在县治北十八里，山上有乌目涧。除此，虞山名胜更以拂水岩而著称，《百城烟水》对其描绘道：“在虞山之南，岩石陡峻，水奔注如虹，凌风飞溅。”拂水岩上蟠剑门之险，下临涧壑千仞，巉岩高张，陡壁峭立，一瀑奔注而下，如虹贯空，若龙饮涧，其势汹涌，不可羁勒。曹仁虎寻幽探胜于虞山，顿被山间烟霞明灭、钟磬隐约、鸟鸣松落、暮光四合的幽深景致所倾倒，除了通过《虞山》一诗对其进行刻划外，他还写了如下令人回味的诗句：“凭高俯层崖，湖波泻万顷。疏钟时一声，四山接暮景。”(《三峰》)“修竹连崇岗，白云自卷舒。松涛谷口生，泠泠动高馆。……岩虚磬响清，顿觉晨梦断。”(《宿中峰讲寺》)虞山诗空翠玄远、虚静杳深，颇得唐人风旨。

昆陵，即常州。常州北临长江，东通大海，襟带太湖，地理形势非常优越，境内川泽沃衍而民丰物阜，自古即是礼仪之邦、富庶之地。曹仁虎“晓发”“昆陵”，但见“湿云”“连山”、“寒月”“挂树”，一派清秋景象令他思绪飞扬。诗人在表现天高云淡、水阔山长的诗意时，着重选取了“荒鸡”“落雁”“古渡”“渔歌”“苍茫”“迢迢”等富含张力的意象，从而使诗韵流溢，达到引人入胜的效果。

---

① 见《百城烟水》，第362页。

② 同上，第367页。

《渡江》抒写扬帆横绝长江的所见、所历，及所感，全诗空阔透明，意境迷离遥深，有涵蓄太清、波撼石城的包容感。前半以“澄江如练”作背景，逐一点划出“楚水乱帆”时远时近、竞相飞渡，以及“吴山残雪”阴阳相间、变幻无常的空远之境；后半在“浦树”迷离、“沙禽”“点点”的景物烘托下，抒发了诗人喟叹朝代更迭、物是人非的兴亡感。

鸡鸣山，在清江宁府（今南京市）西北七里。《寰宇记》曰：“山西接落星岗，北临栖玄塘。”[①]因形似鸡笼，故原称鸡笼山。《寰宇记》载：“在城西九里。宋雷次宗居此，元嘉中改曰龙山，以黑龙尝现于真武湖，此山临湖上。”[②]鸡鸣山依玄武湖，湖山相映，为金陵胜迹。曹仁虎寓居秦淮，时时被断送“南朝”的“秦淮”烟柳所迷惑、所倾绝，于是“振策重登”石头古城，放眼远眺，“澄波千顷”、“落照一陂”，但在繁华澄净的气象掩蔽下，秦淮往昔遗迹化归为荒草凄凄、“野烟”濛濛，尾联用今昔对比的画面，暗示出含意无穷的兴亡之情，其意境深远高古，堪为绝美之作。

曹仁虎的山水诗工稳圆润、空阔澄明，整体呈现了格调派雅健蕴藉的特点，其韵格和意境都达到山水诗独有的审美标准。除却以上各例，他的山水诗随处能见到诗人特有的风韵：“杰阁涵虚俯大荒，南徐木落气苍苍。楚吴地敞连平远，江海潮回接混茫。”（《金山》其三）《金山》组诗四首相贯，气象开阔、笔势凌厉，有包孕江海、并吞吴越之势，是曹仁虎胸襟高远、真气淋漓的代表作。再如：“堤畔江声收万里，镜中黛色涌三山。”（《润州》）“断云诸寺出，斜日半山明。……剑池今夜月，还照阖闾城。”（《小吴轩》）“白蘋千顷鹭初散，红杏一村莺乱啼。”（《罨画溪》）“通波桥外泛孤蓬，水郭山村杳霭中。忽忆故园三月晚，楝花風急雨濛濛。”（《吴门春日杂诗》其十）

“七子”中，曹仁虎的山水诗不算丰富，其踪迹远非王昶、赵文哲所比，甚至比王鸣盛亦狭窄不少，但他的山水诗富含意象，其韵味醇厚绵长，为诸家之首。

---

① 见《读史方舆纪要》，第944页。

② 见《方舆胜览》，第337页。

(六) 王鸣盛的山水诗

在创造山水意境，酝酿诗歌韵味方面，与曹仁虎相埒的应为王鳴盛。

王鸣盛(1722—1798)，字凤諧，号西庄，又号西沚，江苏嘉定人。乾隆十九年，以一甲进士授翰林院编修，擢侍读学士，充福建乡试正考官，不久擢升内阁学士，兼礼部侍郎。因“坐滥支驿马”而左迁光禄寺卿，后“丁内艰”，遂不再出仕。

王鸣盛早年从沈德潜学诗，继又从惠栋问经，由此其诗文经学日益精进。除诗文集《西庄始存稿》四十卷，王鸣盛的经学著作主要有《尚书后案》三十卷、《周礼军赋说》四卷、《十七史商榷》一百卷，另外，王鸣盛还撰《蛾术编》一百卷。

王鸣盛名望、地位和王昶相比肩，他不仅擅文词，而且还兼通经学。正同其门人张焘在《西庄始存稿·序》中所说：“西庄先生文学天下称之，然人所以称先生者，皆非先生志意之所存。……是以文人与经师常不能兼也，先生独能兼之。……予谓士生宋元明之下所难，正不在论道，患无学耳，以实学为文，合经与文而为一，先生是也。”[①]王鸣盛“经与文”合一的成就来自他的谦逊博学，更源自他行万里路的实践活动，他把游览天下，遍历山川看成涵养个性、印证学问、提高修养的必要途径，因此，他的诗文、经学皆达到超越凡俗的善境，对此，他的门人萧芝在《西庄始存稿·序》中褒扬曰：“先生之学非流俗之学，先生之文非流俗之文也。从来著述家必读万卷书，行万里路，然居而弦诵，出而游览。……即有忌之者，能齮龁其名位，而终不能掩抑其文章。如此者，盖亦代不数人矣，若先生非其人与？……先生淡于声华而浓于德业，廉于干进而贪于文章，勇于学术而怯于权门，密于穷经而疏于逐利。”[②]

王鸣盛的山水诗内容广泛，其咏歌对象纵贯南北，从“出入属车豹尾间”的“近畿”及“塞外”，到江山奇谲的西陵峡口；江浙皖赣、粤闽

---

① 见《续修四库全书·集部·别集类》第1434册，《西庄始存稿》卷首，第1页。

② 见《西庄始存稿》卷首，第2页。

湖湘，东南半壁河山皆入他的诗眼，遂令其山水诗题材呈多元性；就感情指向辨析，王鸣盛的山水诗有沉郁激楚的感怀抒忧之作，亦有澄澈明快的山林闲适之吟；有意兴遄飞的登临之篇，亦有山遥水阔的行旅之章，总之，王鸣盛的山水诗风骨清峻、韵味醇厚而格调高雅。如："悲笳千里戍，斜日万家烟。……江山共摇落，回首意茫然。"（《发金陵》）"落星岗畔纵登攀，元武寒波莽苍间。朱邸遗墟空寂寞，水军旧垒送潺湲。"（《同吴企晋钟上亭徐俊三张韫辉登鸡鸣山眺后湖》）以上两诗，均以六朝故都金陵为抒情背景，诗人目睹风烟迷濛、斜日返照的特定景物，胸间陡然涌起怀古思幽、感叹兴亡的忧愁之情。再如："悬崖千石瘦，倒影半江明。鸟入孤云灭，天连暮色平。"（《登君山》）"马邑风烟通一线，太行紫翠压千盘。……沙际闲鸥应笑我，又听铃铎送征鞍。"（《芦沟桥》）"古渡春申凿，寒潮沪渎趋。……十年乡国泪，辛苦滞江湖。"《（渡黄浦）》"我生本无适俗韵，溪云林霭性所耽。……振衣千仞逸兴发，极望寒镜开尘函。重重出浦树，渺渺来风帆。琉璃作堆湿银破，云涛倒粘天蔚蓝。空濛几点螺子髻，斜插玉女青瑶簪。"（《登缥缈峰望太湖》）"蹑屐层崖迥自哀，馆娃遗迹俯崔嵬。……石磴盘廻飞鸟上，湖光隐现乱峰来。"（《登灵岩》）王鸣盛早年屡困科场，心意郁闷，在反复渡江北上南下的途中，他时时有乡关何处、草树凄迷的惆怅感，因之，他把即目所见的自然山水当成抒情载体，让山水代其抒发幽怨与愁绪。"吴楚风烟愁远梦，江湖浩荡寄劳生。……历历川途渺何极，沙边惭愧白鸥轻。"（《渡江》）"我欲浮湘去，行吟楚泽间。今宵对明月，把酒慰离颜。"（《天门》）"渺渺浔阳烟树齐，萧萧湓口雁行低。长江九派东流去，何事孤舟独向西。"（《九江舟中》）

尽管有抹不开的哀感和愁绪，但王鸣盛毕竟是心胸宽广，耽溺烟霞，有高蹈之情的诗人，所以他的山水诗情绝尘而来，横空而去，给人以清苍遒劲、浑融悠远的律动感。如："金光黛色空中落，屏风九叠岚翠浓。宫亭倒影青芙蓉，东南削出五老峰。……惊湍直下万仞壁，雪瀑乱洒千年松。……茹芝采菊我生事，世上浮名安足论。"（《九江舟中望庐山》）"倚郭亭台齐入画，临江峦岫若浮空。洞萧何处催斜照，孤鹤无心掠短蓬。"（《游赤壁》）"悬流触石转，百折飞浪花。……俯愁裂坤轴，仰见侧日车。”(《虎牙滩》)“须臾云起飞雨集，白头怒浪掀孤蓬。……振衣千仞发长啸，惊起雕鹘盘高空。崚嶒两崖势忽断，岷涛万里流当中。”(《雨泊江岸登天门绝顶》)王鸣盛南北奔波，阅历的山水颇为广泛，其丰厚的山水诗难以一一详说，但作为吴人，尤其嘉定籍的诗人，他的一组六十首的《练祁杂咏》是须要一提的。练祁，原为昆山所属一镇，宋宁宗嘉定年间析置为县，即后来的嘉定县。嘉定土风清美、山川绮丽，民风民俗淳厚，尤其古迹遗址星罗棋布，王鸣盛为彰显故土风华之美、文脉之盛，作《练祁杂咏六十首》以志之，所以，这组诗既是风格清新、音韵宛转的山水华章，又是补阙史志、载录地方风物的史乘资料，对“后之采风者，或有取焉。”(《练祁杂咏·序》)现举几例，以观诗人绘事载物的绝妙功力：

三江烟水接溟濛，最好东吴更向东。荷叶菱丝秋瑟瑟，放船恰趁鲤鱼风。

——《练祁杂咏》其一

野奴泾水没苔矶，清镜回塘映夕晖。犹有老人学农隐，稻花香里掩柴扉。

——同上，其八

树影烟光镜里涵，鱼苗如蚁水揉蓝。数声晚唱斜阳外，何处晴波漾菊潭。

——同上，其二十四

捍海塘边碧四围，苍茫暮色散烟霏。登楼试看吴淞月，万顷沙明一鹭飞。

——同上，其三十

望仙桥畔尽渔家，豆架瓜棚傍水斜。几只小船杨柳岸，腥风一剪漉鱼虾。

——同上，其四十四

(七) 吴泰来的山水诗

“吴中七子”按现代的区域划分，真正属于吴门的诗人应是吴泰来，简述“七子”山水诗，当以其为后卫。

吴泰来（1722—1788），字企晋，号竹屿，江苏长洲（今苏州市）人。乾隆二十五年（1760）进士；二十七年召试，授内阁中书，有《净名轩集》《砚山堂集》。

吴泰来家世清显，淡于仕进，其品行、诗艺深得诸家钦仰，王昶在《蒲褐山房诗话》中全面评介道：“企晋襟期清旷，意致萧闲，……少中副车，选校官，俯仰仕途，非其好也。特以松滋山水之佳，勾留竟岁，旋以病归。其大父吉安太守铨归筑遂初园于木渎，云林杳霭、花药参差，……其尊人用仪复购书数万卷于其中，多宋、元善本，遂与江、浙诸名士流连觞咏，座无俗客……虽成进士，以召试赐中书，而少无宦情，壮而弥甚，东南人士望之如仙。既而兄弟争析产，出藏书而货之，并售其园。于是，同年毕公沅招主关中书院，携家而往。后又随至开封，年六十余而卒。企晋才情明秀，尤嗜征君所注《精华录训纂》，故作诗大旨一本渔洋，吴中数十年来，自归愚宗伯外，无能分手抗行者。……今取其诗而吟讽之，不啻山阳之笛矣。”[①]这篇文笔隽秀，透着淡淡忧伤的评述文字，让我们全面了解了吴泰来的人生简历和个性特征，以及诗学所宗：1. 吴泰来淡泊名利，酷爱山水交游，是一个风流自赏的清淡文人，他坐拥景致幽胜的园庭和万卷“宋、元善本”典籍，与“江、浙诸名士流连觞咏”，竟无虚日，其座上客包括惠栋、王鸣盛、钱大昕、李果等，皆当时声名卓著的诗人与学人；2. 吴泰来前半生优悠林下，诗酒自娱，高朋盛会，唱酬不绝，后半生因家产之争而迫不得已流离关中、汴京，客异乡，令人有山阳之悲；3. 吴泰来诗宗“格调”，心羡渔洋，故此诗风温厚蕴藉，得神韵之旨，是“七子”中保留三唐之风最多者，正因有此诗学渊源，所以后人对其评价甚高，符葆森《国朝正雅集》引用郑廷旸的话说：“竹屿诗如神龙戏海，天马蹑云。”[②]谭献《复堂日记》云：“阅《吴门七子诗》十四卷，当以吴企晋为

---

① 见《蒲褐山房诗话新编》，第85—86页。

② 见《清诗纪事》，第5803页。

冠，琴德、西庄、升之皆不逮其情深有韵。”[①]扬子毕在《菲菲堂诗话》中亦指评吴泰来诗风说：“纯以神韵胜人，得红绡不言之秘。”[②]

吴泰来的诗风被人目为“迂回涵特，风格清超，以槎牙奡兀为横绝一时者。”（王豫《群雅集》）所以他的山水诗就成了诠释其诗风的最佳例证。吴泰来南下荆襄，北上京师，西到长安，东游天台，所到皆以诗纪其行、抒其情，因此，他的山水诗既有江南特有的明净澄亮、温润圆通；又有北国的峭劲清峻、气象雄阔。如：“不知西峰阴，竹月已流素。青林深几重，暗泉自奔赴。经声隔翠微，僧房杳何处。”（《晚坐法螺径待月夜归作》）“晓景极空濛，离离辨洲渚。鸣榔稍欲散，水禽相与语。……幽兴不可穷，烟中羡渔父。”（《湖楼晓起》）以上写苏杭风物，诗人通过“竹月”“流素”、“暗泉”“奔赴”、“晓景”“空濛”、“洲渚”“离离”的特定意象，来传达蕴含在山水中的悠远难觅的主观情思。再如：“乱石敖阳道，人行紫翠中。岳云晴绕郭，沂水远连空。暝色催征骑，长天落断鸿。”（《蒙阴》）蒙阴，在山东，诗人途中远眺，只见“乱石”穿云、古道盘空、岱山隐约、“沂水”连天，“暝色”夹杂“断鸿”，使征人难免生悲劲激楚之情。

吴泰来的山水诗以长歌最擅，短章间杂其中，遂形成节奏和谐、音声嘹亮的山水二重唱。在长篇山水诗中，诗人运用细腻的工笔手法，形神毕肖地为山水图影，同时融情入景，让山水代其宣泄内心不谐世俗的高洁心志，因而吴泰来的山水长歌便有情满于山、意溢于水的艺术感染力。如：“苍崖破天根，壁立生万象。……仰穿但壁削，俯视惊漭漾。孤松倒千寻，夭矫忽奔放。飞泉劈阴崖，石角皆怒向。……吾将採琼蕤，高卧观叠嶂。”（《十八盘》）“林立玉笏翘犀株，神瀵喷薄成沮洳。……撞钟击鼓吹笙竽，绿毛仙人来徐徐。……东通海岱西荆巫，云气直达巴陵湖。……置身尘垢徙区区，石床苔藓宜扫除，愿留此中读禹书。”（《林屋洞歌》）与长篇精雕细琢、气势奔突不同的是，短章轻快活跃，圆润通脱，韵味极为醇厚。如：“月白江气寒，

① 见《清诗纪事》，第5803页。

② 同上，第5805页。

秋波澹容与。征帆投远村，哀雁寻荒渚。”（《虎山夜泊》）“空谷闻清响，孤云在翠微。樵归山径寂，鸟下竹林稀。”（《晚过白云寺》）“苍茫垂柳接长堤，春草王孙去欲迷。后夜枫香亭馆里，乱山残月听荒鸡。”（《红桥录别》其二）“莲叶东风路几湾，踏波眠起白鸥闲。鱼鳞云散洞庭阔，一抹青遮蚕尾山。”（《东平道中》）

吴泰来诗歌谨依“格调”派规范，又倾慕王渔阳“神韵”派风姿，因此，他的山水诗把形貌刻镂和韵致追觅天衣无缝地对接起来，尽力营造浑然一体、味外有味的山水诗境，给人不食人间烟火的超脱美，正如诗人《蒋荪湄招同诸子集绣谷出桃花溪水图索题漫成》所言：“画师好手不可遇，咫尺忽睹沧州趣。桃花流水望杳然，想见伊人结茅住。”

二、“痛哭苍生苦，山颓奈若何”

——潘钟麟的山水诗

清代诗史的发展流程，由平缓到高潮迭起，由涓滴到汪洋肆意，期间经历了无数诗人艰辛而呕血的推助和扬厉，他们或隐或显，或贵或卑；或位登大吏，或隐处草间；或理论旗帜高揭，形成一个强壮的阵容；或埋首创作，以一己之力截断诗坛众流，总之，一部清代诗歌史是群体创作累积的结果，亦是他们智慧的结晶。由于清诗数量庞大，而诗人众多，再加对其研究多浮光掠影式地以点带面，故此有许多优秀的诗人因名位不显被永久地雪藏在历史的冰峰之下，鲜为世人所知。活跃在康熙年间的云间诗人潘钟麟就是一位诗情湛然而诗名菲微的作家之一。

潘钟麟（生卒年暂无考），字层峰，号霄客，其室名号深秀堂、澄秋堂，江苏华亭人。有《深秀亭诗集》二十一卷、《深秀亭近草》五卷。《深秀亭近草》著录于《四库全书总目》，《总目》评介曰：“是编皆七言律诗，前四卷为乞酒之作，所投赠者凡三十人，以大学士王顼龄、户部尚书王鸿绪为冠，盖借此以存其人，乞酒、寄怀特假托之词耳。”①王豫《江苏诗征》引《江苏诗事》曰：“霄客所居‘留诗草堂’，即朱国盛‘交

① 见《四库全书总目》，第1659页。

山堂’,刻小像于堂壁而自以杜句‘诗卷长留天地间’题其上,其自负如此。又著《乞酒诗》五卷。”[①]在王豫看来潘钟麟虽然运途式微,但其诗才尚可,而且自负自重,为一时佳话,尤其他的《乞酒诗》遍求海上名人题诗,被王豫称之“此亦一韵事也”。

潘钟麟史传载录较少,故其事迹与履历颇难考辨,暂时存疑。从辈次来看,潘钟麟在松江诗群中与王顼龄、王鸿绪相当,而高过王昶、王鸣盛等人。就交游和诗文关系考辨,潘钟麟与孔尚任相善,并同结诗社。潘钟麟往来京城,多留连孔尚任、袁佑等友人几席,相互酬答,欢情甚洽:“特立骚坛表岸堂,频年踪迹恕清狂。论诗花满琴樽座,拭剑天开牛斗鋩。……升沉去就何妨异,止惜须眉各渐苍。”(《留别孔东塘主政》)“感说归田当有期,谁知客去却先时。高秋松菊真难负,贫况天涯不可支。”(《留别宫坊袁杜少先生》)孔尚任诗集中,也有与潘钟麟等社友聚会论诗的记载,如《招同社蒋玉渊(铣)、刘仰山、陈健夫、于虎臣、顾而立(卓)、吴鹤山(崇先)、刘静伯、程书焉、李万资、潘层峰、朱赞皇(襄)、沈耘石、李永祺、余尺玉,集岸堂赏盆桃二首》《丙子(康熙三十五年,1696。笔者注)花朝,社集岸堂,同蒋玉渊、刘仰山、陈健夫、于虎臣、潘层峰、吴鹤山、袁中江、刘静伯、顾尔立、朱赞皇、李万资、汪资沧、程书焉、施孝虔、李永祺、徐芝仙、李苍存、余尺玉分韵》、《上巳,集谷宁上人丁香书院修禊,同顾天石(彩)、陶奉长、顾尔立、陈健夫、刘静伯、潘层峰、蔡铉升、唐驭九、徐芝仙、家竹樵分韵》。孔尚任曾以诗歌和传奇活跃于康熙年间,他的交游从南到北,多为名重一时的诗人,其中有前朝遗民、有当代布衣、有声气相投的同年知己,“岸堂”为其京师寓所。根据诗意和创作年代看,孔尚任和潘钟麟等社友集会时已两鬓苍然,具体在康熙三十五年前后。

潘钟麟名位不显,但山水诗创作成就却非常高。《深秀亭诗集》收录他的山水之作多达六百七十五首,这些数量庞大的山水篇章基本采用五、七言律句创制,它们是诗人寄情抒怀的发愤之作,故而其意蕴丰厚、寄托杳深,处处回旋着一股冷峻幽寂的清商之气。

① 见《清诗纪事》,第3750页。

剖析潘钟麟的山水诗，我们即可发现诗人频年奔波于华亭幽燕间，江海苍茫、驿路迢遥，由此让他时刻怀有人生凄苦、岁月蹉跎的怅惘之情："痛哭苍生苦，山颓奈若何？……乾坤留我辈，可惜任蹉跎。"（《野醉》）正是这种"痛哭苍生"、感叹"蹉跎"的凄苦心境，奠定了潘钟麟山水诗的抒情基调和氛围，使他的山水诗始终萦绕着一丝孤傲凄清、峭劲冷艳的气韵，呈现出耐人咀嚼的悲愁美。如："绿烟莺燕梦，画阁管弦愁。已是魂销尽，离人不可留。"（《雨中过玉峰》）"激水摇残岸，危桥立晚鸦。天荒沙草白，风急酒旗斜。"（《虹桥古渡》）"峻岭盘云上，重关骇马迟。朔风穿铁甲，乱石裂冰澌。"（《平定道中》）"三晋标雄障，环山锁插城。风烟吹画角，砂碛凛屯兵"（《固关》）"惊涛成玉石，怒马踏鱼龙。魂梦伤千里，云山隔九重。"（《滹沱河岸积雪》）以上诗歌创作于早期诗人往来京师的旅途中，体会了世态炎凉、官场冷漠的悲辛滋味，潘钟麟在其行旅山水诗中借特定的意象，表达了心头抑郁凄楚的不平之声，不仅如此，他还把悲悯个人遭际的情怀一直放大延伸，转向对苍生的关怀，对统治者的诘责："晴烟开野圃，秋水碧城阴。畿辅膏腴地，风尘感慨心。调琴堂上吏，可悉道旁吟。"（《安肃道中》）"一带炊烟白，山城朝旭红。……地瘠天难问，农伤室屡空。幸悬蠲赋诏，抚字莫如聋。"（《乐平道中》）"沃壤融晴雪，乔林护晓城。……未知名乐土，可否得民情。"（《新乐道中》）这种把个人身世之悲、人生不平之鸣融入到对民生关怀和悲悯的思考中，顿时升华了山水诗的内涵和精神，同时也扩大了诗歌的表意功能。

潘钟麟的山水诗意象丰富、格调随所写对象的不同而相异，语言简洁明快，处处透着生命的气息，在他笔下，大自然充分显示了原始的生机和活力，从而也就具备引人遐思的无穷魅力。如写故乡，包括京镇风情，他紧扣山光耸翠、水色凝碧的特点，将其刻划得如同杳远的梦幻："远水寒声合，危楼空际明。一层未可上，万籁杳无惊。"（《月夜望烟雨楼》）"十月晴霜暖，轻帆逐浪来。"（《唯亭道中》）"青山依旧好，相见又逢春……含葩烘日角，归棹滑波鳞。"（《过惠山》）"扬帆轻载月，酹酒稳凌风。铁瓮饮烟外，金山青眼中。"（《渡江晓望》）又如写齐鲁燕赵景象，诗人笔锋陡转，用心刻划出其瘦劲矫健的山川形貌，以及质朴浑厚的田园图景:“百尺危堤阔,垂虹寒影深。流澌喧饮犊,征辔瞩遥岑。”(《齐河桥》)“插石松根瘦,摩云佛日高。”(《崮山驿》)“蒙山青带雪,尽日绕征鞍。云气何峰定,松风扫石寒。”(《蒙山》)“万丈恒山麓,嵯峨亘北隅。荒原天作障,晴雪石初癯。”(《望恒岳》)“野旷云无际,烟销树有痕。……急水喧争渡,空林静掩门。”(《武邑道中》)“急溜争残岸,寒林剪朔风。村平远影密,寺古夕阳红。雁断烟光外,鸦栖客思中。”(《交河道中》)“远山明不尽,云外罩轻阴。落日寒空翠,长天掩画林。”(《远山》)根据《归兴口号十九首》的诗意可知,潘钟麟因生计所迫,长期过着“轮蹄驰病骨”、“法斧持三尺”的游幕生活,所以他的山水诗多用行旅的形式呈现,而且其抒情背景基本设定在寒气砭人的深秋隆冬之际。同王昶、王鸣盛等达人相比,潘钟麟的山水诗约略代表了松江“寒士”诗群的风格和审美趣味。

潘钟麟的山水诗数量丰厚,内容广泛,难以尽述,但对其关中、浙闽之行的篇什不能不稍作简析。

康熙四十二年春初,潘钟麟由故乡出发,渡江经滁州、淮泗、汴梁,过陕州、灵宝,入函谷,到达关中,他集来往途中所作山水诗共得一百三十四首。陕行山水诗诗风较为明朗轻快,而且内涵随经行区域的不同而有变化,其中有写景、有怀古、有抒情、有叙事。如:“石剑潭前山似铁,珠龙桥下水翻云。能文太守何曾醉,怀古游踪却展勤。”(《滁州》其二)“庙貌凛堂堂,威棱旧泽长。苍生思铁面,神父庇桐乡。”(《包公祠》)“山势趋江口,荆涂隔岸青。枣花香屑米,榴蕊艳朱铃。”(《怀远道中》)“自笑劳形欲御风,遥从征辔礼崆峒。广成也不留今日,大道原来问转蒙。”(《望崆峒山》)“峻坂深沟似井陉,只闻驮铎唤山灵。田家穴处多樵牧,白日荒荒草木腥。”(《宜阳道中二绝》其二)“天设关河险,苍崖古道门。犹龙余紫气,六国仰征魂。”(《入函关》)“阿房一炬土还焦,浊浪空排万里桥。人物独思白太傅,村庄应尚解风谣。”(《渭南道中》)由南而北,地近中原,诗人的抒情随所经地域不断展开,他把深沉的怀古之情和群峰逶迤、川原相交的自然景致结合起来,使其山水诗的内涵得以极大延展。潘钟麟虽然偏爱冬雪秋霜,喜用寒冷的色调为自己的山水创作营造别样意境,但他毕竟是一个古道热肠，有一腔热血的性情中人，所以他的关中山水诗如异军突起，有一种难以掩饰的锐气和豪情："锁钥秦雍夹岸山，天开百二障雄关。风烟狠敌黄河壮，兵甲旋移征垒斑。"(《潼关》)"浊浪急危渡，崩沙沸夕阳。烟寒榆柳白，风打荻芦荒。"(《赤水》)"百丈高原千岭云，穴居深浅几层分。行人小出秋林杪，鸡犬遥从空外闻。"(《磁钟》)

如果关中行旅山水诗释放了诗人难得一见的开朗矫健的情绪，使他的山水诗风由冷色向和煦悄然转变的话，那么浙闽山水诗的出现，则把潘钟麟的山水诗创作推向了风格多样、笔致灵活而姿态百出的高潮。

浙闽山水诗创作的年代在康熙四十三年，这一年诗人发舟杭州，经桐庐、兰溪、过江郎，越枫岭，历遍闽中的高山峻岭、险滩急流，得各体山水诗一百六十九首。浙闽山水诗笔法多变，形式灵活，尤其诗风呈多角化态势，是潘钟麟山水诗审美趣味的总体性显现。如写西湖景群，以及浙东江行所见，诗人将其描摹得如同一幅婉约的水墨长卷："晚烟白于云，澄泓洌于酒。轻棹击流光，人影泼堤柳。不沉董北苑，便擅黄子久。"(《湖上二首》其二)"万树攒苍翠，群峰列画屏。云烟澄碧乳，天地着高亭。"(《冷泉亭》)"一棹清风碧水湾，霜林斜日锦斑斑。客游图画犹难去，那得先生肯出山。"(《富春山》)"水气涵山翠，孤城百级悬。霜前濯锦树，雨后蔚蓝天。"(《兰溪二首》其一)"十里桐溪碧，天开石壁滩，层层丹嶂削，历历翠微寒。"(《石壁滩》)"远黛停云千百重，横岗贴水亘眠龙。晴消残雪烘寒翠，橘柚船香满箬封。"(《衢州道中二绝》其一)"群山争啮水，杰峙独排空。痴冻晴霞骨，高呼翠黛风。"(《大溪渡》)从杭州到江郎，一路山水相依，奇峰峻岭、澄潭碧溪犬牙交互、迢递连绵，令人如行千里山水画廊中。潘钟麟穿越这座天然的画图，寒彻的心魂逐次被满目幽秀的景致所唤醒，于是他诗笔灵动，尽情地讴歌了浙东南醉人的山水风情。

与浙东清幽隽秀的山水形势相较，闽中山水却显得高峻雄伟、湍急喧豗，有一股惊人魂魄的气势。从《窯岭》《仙霞岭》《枫岭道中二绝》开始，诗人用凌高一呼的声势，巉刻峭厉的手笔，详尽描绘了闽中山水的体貌和神气。如："怒石奔虎攫而立，崩崖驯象伏难牵。插霄峭壁一千丈，覆额古翠百万卷。”（《窯岭》）“空翠濛濛晴翠湿，仄径纡回险壁立。……飞云以外只山光，山角有田开原隙。……安得长夏三月留，乐我清酣闲收拾。”（《仙霞岭》）“两滩亘三里，水骨激石髓。怒涛峻而矢，其窄仅船比。巨灵劈眠云，叠嶂涌浪起。鳌虎伏青狮，鬼怪搏块垒。……泰运许清游，耳目翻狂喜。”（《环琦滩至双门滩》）“洪流乱石区，喷雪横铁路。狰狞鬼面叉，披猖虎威怒。……山水骇神奥，匪关石尤妒。”（《念佛滩》）闽行山水诗跌宕绵延，声韵高亢而婉转，既有前述之巉刻激劲的风貌，又有如小唱般悠扬舒缓的韵味。这种多样诗风的产生和闽中的自然环境相关。“山外云遮云外山，蒙丛竹树鹧鸪斑。分飞贴水将母似，行到沙鸣叠石湾。”（《鹧鸪塘》）“浦城一叶着清波，历尽严滩五十多。路到雷尖滩始断，片帆无恙去如梭。”（《雷尖》）“溪痕山翠渍梅坡，曲曲编篱绕绿莎。屋角村深全不露，石梁筇杖有僧拖。”（《梅坡》）

潘钟麟在清代诗史上是一个绝少被人提及的诗人，他一生“腰间悬瘦铁”（《剑津》），辗转南北，饱尝风霜，同时也历遍大江南北的奇山异水，是这些姿态万千、面目各异的山川风光涵养了他的诗魂，成就了他数量与质量均称丰盛的山水诗成就。也许他一生的志愿随流水而逝，有抱恨终天的遗憾，但自然山水给他的丰厚馈赠足以令他留名于清代山水诗史。借用他《张迥文见过论诗》中的话评价他，乃能见其本性：“剑气悬谁识，张华幸比邻。岁寒交始老，诗律劲如神。松竹生枝翠，云霞过眼新。乾坤关运会，作手几前人。”

三、如见谪仙人，峨眉青未了

——吴省钦的山水诗

松江诗群，若论山水诗成就，吴省钦是继王昶、潘钟麟之后，把云间诗人的山水大合唱推向高潮的关键人物之一。

吴省钦（1729—1803），字冲之，号白华，江苏南汇（今上海南汇）人。乾隆二十八年进士，改庶吉士，累官至左都御史。有《白华诗钞》《白华前稿》《白华后稿》。

吴省钦长于诗，有文名，但因其依附和珅，做了一些贪赃枉法、倾害同僚的事，故受到后世卑弃。例如在任直隶学政时，他贪贿舞弊，被不满其行止的学子挂出一楹联曰："少目焉能评文字；欠金安敢望功名。"横批曰："口天欺天"，这幅对联嵌"吴省钦"三字，讥讽他目不识丁、贪赃枉法。另外，吴省钦还有"告密"一事，亦不为世所齿。乾隆五十一年，御史曹锡宝欲参劾和珅的管家刘全"恃势营私，衣服、车马、居室皆逾制"[①]的不法之事，从而借机撼动和珅，他把写好的奏章拿给同乡吴省钦过目，没想吴省钦连夜从京城赶至"热河行在"，"驰以告和珅"，得到密报的和珅即刻命刘全销毁隐匿一切"违制"的物证，曹锡宝因奏事无实据被革职，不几年便郁郁离世，而吴省钦一路升迁至都察院左都御史。嘉庆四年，和珅倒台，吴省钦"恐被人列款弹劾"，遂以"保举非人"(即荐举王昙"能作掌心雷"故事。笔者注)而落职回籍。(以上事迹有些出于正史，比如《清史稿》；有些出于野史，譬之《郎潜纪闻》等，以备参考。)

吴省钦和王昶、赵文哲关系既是同乡，又是同学，更是密友。赵文哲征金川遇难后，王昶和吴省钦书信往来，对挚友的殉国行为给予了深切关注和高度褒扬，其诚挚的友情溢于字里行间。吴省钦去世后，王昶受省钦子请托，为其撰写了《前经筵讲官都察院左都御史吴君墓志铭》。在《墓志铭》中，王昶首先回顾了与吴省钦诸人早年声气相投、诗文相磨的真情岁月："余弱冠后，取友于同郡之士，先交君及赵君升之、张君策时，既而又交君弟泉之，及陆君健男，相与磨切学问，以文章为己任。其后六人者，相继通籍，京师士大夫论松江人物者，必举此六人。"其次简洁论述吴省钦的性情和履历："少英敏，善属文，年十七为诸生，……乾隆二十二年，高宗纯皇帝南巡献赋，召试，赐举人，授内阁中书；二十八年成进士，改庶吉士；三十一年散馆一等第二，授编修。……嘉庆二年，升都察院左都御史，后二年，因保举非人，遂罢职。君在翰林二十余年，以文学词赋为圣主所知，己丑、辛卯、壬辰充会试同考者三；戊子充贵州正考官，庚寅充广西正考官，辛卯充湖北正考官，壬子充江西正考官；己亥、甲寅、乙卯充浙江正副考

① 见《清史稿》，第1529页。

官者三；癸丑为会试总裁，丙午顺天乡试监临，乙卯充殿试阅卷官，派教习庶吉士者三，提督四川、湖北、直隶学政者四。君历主乡、会试，所录多知名之士，迄今侍从、台谏及跻通显者甚众。任学政教士子以博文好学，不惑于时尚，士子亦多乐而从之。”[①]（《春融堂集》卷五十六）

吴省钦临终前之所以嘱托其子求王昶为其作《墓志铭》，是因为他知道这盖棺论定的重要意义。他依附和珅的事是永远抹不去的人生污点和心理阴影，如果换别人撰写碑传，他绝对不放心，只有同乡故交，而且为人厚道的王昶才会为其隐恶扬善，不至留瑕疵于后世，何况王昶为人正派，没有被人疵议的口实，所以王昶的《墓志铭》能让他挽回一生节操上的贬损。略加推敲，王昶的铭文果然写得很有分寸，非常得体，既没有一字提及陷亡友于不义的往事，也没有大肆褒扬旌表铭主的溢美之辞，语意平实，用心深沉。

吴省钦是松江学子的典型代表之一，他的为人和行迹被士林所不齿，与他的才学相衡，让人难免生叹惋之情。其实吴省钦现象是官场中普遍存在的，当其时，和珅把持朝政、势焰极盛，奔走其门下的士大夫何止吴氏兄弟，据清人笔记史料所载，连举世公认的名臣毕沅、阮元亦不能免俗：“当时走和珅之门，壮年出任封疆者，以毕秋帆沅、阮伯元元为最得意。……毕于和珅事败前死，和珅家产没收，秋帆家亦列单查抄。嘉庆帝曰：使毕沅若在，当使其身首异处。……大考翰詹，伯元先得题目，和密告之也。……孙、洪、阮、毕并重一时，但气节独归孙、洪，官爵皆归阮、毕。”[②]封建专制的官场乌烟瘴气，一靠裙带；二靠逢迎，没有投机钻营的手段、见风使舵的心机、揣摸主子心曲的机敏，尤其无所不用其极的厚黑心肠，那是万万不能跻身其间的。吴省钦兄弟欲得荣华富贵，有权倾一时的夙愿，投身和珅门下，与毕沅、阮元等人目的相同，但他们采取的手法似乎更为露骨和卑劣，所

---

① 〔清〕王昶著、陈明洁等点校《春融堂集》，上海文化出版社 2013 年版，第 971—972 页。

② 刘禺生《世载堂杂忆》，中华书局 1960 年版，第 24 页。

以难免引起后世清议。如《清朝野史大观》所言："吴省钦人不足论。"[①]更有甚者，在某些历史小说中，他被塑造成一个毫无廉耻的小人。

尽管一如上述，吴省钦"人不足论"，但他的文学成就依然是值得肯定的，其诗文创作得到诸多论家首肯，如果论山水诗创作，他更应算作收获甚丰的诗人之一。

吴省钦多次被委派主持贵州、广西、湖北、江西、浙江、顺天乡试，并历任四川、湖北、直隶学政，这种丰富的仕宦生涯既历练了他的吏治才能，又开阔了他的眼界，让他饱览了大江以南、黄河以北、函关以西、湘水以东不同形貌、不同气韵的奇山异水，从而创作出数百首充满奇情壮彩的山水诗章。特别他的入蜀山水诗，为清代山水诗史增添了新的亮点。

吴省钦的诗风带有吴地特有的浑融澹远、圆润冲和的气质，正如雷国楫在《龙山诗话》中所评："公诗气格浑成，旨趣澹远。求之古人，逼近王、孟。"[②]崔旭的《念堂诗话》亦曰："吴白华总宪工于言情，其缠绵悱恻之情，婉约旖旎之态，楚楚可人。"[③]吴省钦"气格浑成、旨趣澹远"而"缠绵悱恻"、"婉约旖旎"的韵格表现在山水诗中，就形成如下幽情绵邈、旨趣杳深的山水诗境："远水连村竹护篱，板桥来往白云期。夕阳乌臼明如绮，正是鲈鱼上钓时。"(《周庄》)"宿云留鸟梦，湿翠变僧烟。闻有鹿来饮，幽期无夜眠。"(《雨后山亭观泉》)"牛渚如丸月，流光满太虚。……星星渡江火，良夜渺愁予。"(《月下泊采石》其一)"一湖全化月，数艇忽冲云。鹭影窥灯避，龙吟带笛闻。"(《夜抵韩庄望微子湖》)"林桔变清霜，滩滩响碓床。滩鱼无一寸，林雁有千行。"(《龙游》)"枣花作雪香才透，荞麦成秋味未谙。应是熟梅天气好，嫩晴细雨望江南。"(《北舟杂咏》其二十五)"万花台外雨痕残，出口人归袂渐单。一片白河吞乱水，又垂马辔住牛栏。"(《次牛栏山》)

---

① 见《清朝野史大观·清朝史料》卷三，《笔记小说大观》第33编第6册，第86页。

②③ 见《清诗纪事》，第6037页。

上引诗作,有南有北,创作时间有前有后,但通过粗线条的勾勒,我们仍能体察到吴省钦孜孜以求的山水诗审美精神。

吴省钦曾典试江西、广西、浙江、贵州和湖北,他把往返旅程所见所历的山川胜景汇集起来,就构成庞大的山水诗体系,撮其要者有《富阳》《入七里泷》《桐庐夜泊》《小箬望宝峰山》《回雁峰》《重游岳麓寺》《湘阴》《洞庭湖》《赤壁》《大别山》《彭泽晚泊》《渡荆江至孱陵》《澧州道中雨》《辰龙关》《雨中度青山坡》《油榨关》《渡重安江》《大王滩》《桃花溪》《信阳山中》《泊全州北门外》《泊浯溪》《古北口》《密云》《天门》《松滋》《枝江》《十二碚》《香溪》《新滩》《兵书峡》《均州望武当山》《舟行汉江》等。以上简要摘录吴省钦驰骛南北时创作的山水诗目次,由此,我们通过连点成线的方式,庶几能确认他山水诗内容的丰富性和广泛性。尽管有上述丰硕的成果,但真正突显吴省钦山水诗风骨和成就的当属其川蜀之作。乾隆三十七年冬,吴省钦奉命督四川学政,在蜀地前后历五年,他的足履踏遍川蜀大地,北到松茂、东达夔府、南至宁远、西临雅州,他把所过州府创作的古今体诗篇结集起来,命名为《学舍集》(八卷)、《学舍后集》(四卷),其中山水诗据粗略统计达三百首之多。吴省钦的蜀游山水诗搜罗广泛,包容蜀地“山川人物”,可以当成诗化的《华阳国志》,不仅如此,从蜀行开始,吴省钦的诗艺得以全面提升。张维屏《国朝诗人征略·听松庐诗话》曰:“白华集陕蜀道中诸作,颇有深思厚力。”[①]符葆森《国朝正雅集》引《松江诗钞》曰:“其诗初犹以渔洋、竹垞为宗,后则警辟坚挺,直与川、楚之山雄水猛相抗,洵为杰构。”[②]

现以吴省钦在蜀中的行迹为序,对他的川游山水诗作粗浅观览。

(一) 激湍如箭、雄关漫道的雅州、宁远山水诗

吴省钦督学四川,莅位不久,他便前往地处蜀西南的雅安和宁远。雅安,即今雅安市,宁远,即今西昌市。《清史稿·地理志》述其沿革曰:“雅州府,……顺治初,因明制,为直隶州……雍正七年升

---

① 见《国朝诗人徵略》,第593页。

② 见《清诗纪事》,第6037页。

府,……以其地增置雅安县,改天全土司为天全州,改长河西、鱼通、安远宣慰司为打箭炉厅。八年,改黎大所为清溪县。均属府。……雅安,冲、繁、难、倚。西:雅安山,县以此名,……青衣江,一名平羌江,俗称雅河,即大渡水。”[①]又“宁远府,……顺治初,因明制为卫。雍正六年改府,以会理州来属,并置西昌、冕宁、盐源三县。越巂一厅隶之。”[②]吴省钦由成都出发,先视学雅州,再向南至宁远,他把此行所作诗篇收集为《学舍集四》,其中记述山川地貌、歌咏风光的诗篇占泰半。雅安,襟江连山,形势险峻,境内有天险大渡河,所以自古是界限华夷的自然屏障。吴省钦观山临水,对景抒怀,写下著名者如:《白鸡关》《大渡河》《自大树堡至河南堡》《越巂道中》《平羌渡望铁索桥》《大相岭》《小相岭》《泸沽峡》等山水诗章。大渡河乃划界南北、疆域番汉的天险,它的重要意义不全在自然之形势,而在守御蛮夷,保障西南安全的人文价值。因此,凡写大渡河的诗人无不对其进行战略上的思考。吴省钦立足激流崩奔的峭壁之颠,由洪波西来,奔涌呼啸的自然之景,引发国家如何强盛的人文思考:“大泽徙龙蛇,深山迁虎豹。如何画斧人,断渡弃南诏。(指宋太祖赵匡胤挥斧画疆界的历史故事。笔者注)智乃逊韦皋,积弱可先料,击楫歌慷慨,何时计鱼钓。”(《大渡河》)

(二) 金光朗照、梵音隐约的峨眉山水诗

峨眉在清四川嘉定府峨眉县境内,《清史稿·地理志》曰:“大峨、中峨、小峨三山俱在南。”[③]吴省钦试院事毕,“偕秋塘(姚兰泉号,兰泉,字栽亭,江苏南汇人,有《秋塘蜀道诗》。笔者注)率二骑往焉。”(《白华前稿·愿门集自序》)峨眉山横跨“华戎”之界,身兼“仙佛”两道,她金光四射,佛法无边,被世人目为“朝山”的崇拜圣地。吴省钦的峨眉诗以磅礴的山势为依托,重点彰显她“由愿而入”的“不二”法门,在他笔下随处可感受到佛光笼盖的华严庄重气氛。如:“一云肖一物,一物幻

---

① 见《清史稿》,第556页。

② 同上,第555页。

③ 同上,第556页。

一影。蓬蓬来四方，作气护悽冷。……妒罗绵万重，跋陀海千倾。……华严称法藏，世界本平等。……悠然生灭心，空色悟精警。”（《华严顶佛阁观云海》）“众生距菩萨，返照同一身。平地距山顶，实践同一尘。……潭潭濯云雾，烂烂披星辰。峨眉月为镜，平羌水为绅。……寄言向禽侣，且学羲皇民”（《初喜亭》）“殿下千朵云，云中一朵殿。殿栋云宿之，山心阒无见。云来悬作衣，云去冻为霰。”（《白云殿》）峨眉山，大势回旋，连岗叠嶂，延袤三百多里，主峰突起，扪天绝地，令人生绝尘之想。吴省钦的峨眉诗不但梵音如缕、华严圆融，而且受自然景物之激发，回旋着一种呼訇迸发、雄豪难羁的神韵。如：“砰訇钟发杵，喧沓船走碇。雷车载鼓来，万仞劈悬磴。”（《雷洞坪》）“大峨峨峨逼霄汉，右台高架如登轈。……法轮常住日轮闪，雄虹雌霓头尾交。……云光回薄日下射，想象天地阴阳包。……回身一照玉豪在，留犁法藏皆当抛。”（《光相寺台观佛光》）“我行两川三载不见雪，见雪乃在三伏之庚天。……光音寥寥四天碧，佛头青青佛毫白。白波汗浩朝大峨，沬濛汶渎萦带罗。……呜呼，安得佛日融雪山径通，佑我再揽八极支孤筇。”（《峨顶望西北诸雪山歌》）

（三）两岸连山、滟滪突兀的夔府山水诗

夔州，川东之要道，江流迅疾，两岸连山，直通荆襄，为川中东出之门户。《清史稿·地理志》叙其沿革曰：“顺治初，沿明制，领州一、县十二；康熙六年，省大宁入奉节，七年省新宁入梁山，九年，省大昌入巫山；雍正六年，升达州为直隶州，以东乡、太平二县往隶，七年，复置大宁、新宁二县，旋改新宁隶达州，改梁山隶忠州；乾隆元年，改建始隶湖北施南府。”[①]夔州下属各县滨江依山，形势非常壮丽而险要，《清史稿·地理志》曰：“奉节冲、繁、倚。东：白帝山，赤甲与白盐隔江，两山对峙。……东：瞿塘峡，峡口为滟滪堆，大江即岷江，自云阳入，迳县南，东流，出瞿塘峡，自峡以下谓之峡江，亦名锁江，又东入巫山。……巫山冲、繁。府东百三十里。东：巫山，山有十二峰，亦曰巫峡。……南：大江自奉节入，东流迳巫峡，又东入湖北巴东。……云

① 见《清史稿》，第555页。

阳冲、繁。府西百四十里。东：石城；北：汉城、马岭；南：飞凤；东南：新军山；西北：大梁山。大江自万入，迳城南，东流入奉节。”[①]吴省钦的夔府山水诗从《晚登夔府东城楼同秋塘作》起，一口气创作各体山水诗近百首。这些诗作有借景抒情的长歌，如《滟滪行》《白兔亭》等，更有诸多即兴脱口而来的山水小品，其最活泼可人，有浑厚韵味的应是那些山水小唱。如写滟滪堆，他用象形的手法说道："老鹰郁余怒，一撇翅生响。仄巘仰悬橧，断流希撒网。"(《泛滟滪》)写峡江秋泛的闲适，他说："曝衣恰趁晴三日，载酒先乘水半江。日气白浮枫叶渡，江声清和竹枝腔。"(《秋江燮亭招泛夔峡憩少陵祠》)写舟行望远的景象，他说："高城却月倚岧岧，凝望无多望转遥。……江吞烂石枯方吐，风长轻帆背即消。"(《舟中望云阳》)写穿行万木葱茏、花团锦簇的山间驿路时，他说："烟起云势闲，半露青芙蓉。……烟云互明灭，顾盼皆荡胸。"(《万县山中雨行》其二)"迹间滑滑泥，泥底巉巉石。著脚难豫期，寸寸跨鳌背。"(同上，其三)夔州依山傍水，日升日落，皆能引发诗人的勃勃诗情，吴省钦的《峡次观晚霞》则以独特的视角，用了无挂碍的笔墨，勾勒了落霞映江的绚丽景象："痴云如盖雨如针，津鼓咚咚昼易沉。玳瑁半天天又晚，一重红浅一重深。"(其一)"余绮低翻匹练明，赤城一语胜宣城。只愁小李将军见，三峡楼台画不成。"(其三)

吴省钦的山水诗范围广泛、题材多变，而蜀中山水诗是其最辉煌、最典型的代表。清代以来，入蜀的诗人无算，入蜀而留有墨迹的诗人亦不可胜数，但不管是王士祯、宋琬，还是王昶、孙士毅、钱载、顾光旭、查礼，即使生为川人的张问陶，他们对蜀中山川风物的描写或者是局部一点，或者是连点成线，而吴省钦的诗笔随其屐痕先是连点成线，继而连线成片，凡蜀中所属之州府，诸如成都、雅州、保宁、顺庆、潼川、嘉定、宁远、涪州、忠州、叙州、夔州、达州等几入他的诗囊，每至一处，他都要登临缒险，访寻古迹名胜，故此，他的蜀中山水诗从内容上就胜出别人许多，成为后代便览蜀地山川、观赏巴中风物、体

---

① 见《清史稿》，第 555 页。

验西南风情的全景式记录。

虽然吴省钦因全面绘摹蜀国山川风物而占清代山水诗史之一席，但受个人诗艺和人品的制约，他的诗风不如王昶之激慨大气，诗艺不象王士禛之浑融磅礴，其诗品与人品一样，缺乏阳刚激壮、自然天成的神情气韵，有时还流于淡而无味、平典滞涩的弊端。

四、挥毫气凌霄，把酒临江酾
——陆锡熊的山水诗

松江诗群的诗人，多以治学、为诗、为文而名高天下，陆锡熊不仅治学严谨 、诗文博洽，而且人品亦为当世所称道。

陆锡熊(1734—1792)，字健男，号耳山，江苏上海人。乾隆二十四年举于乡，二十六年中进士，“二十七年春，恭遇南巡，献赋行在，召试，入一等，赐内阁中书舍人，旋充方略馆纂修官。”[①](王昶《诰授通奉大夫都察院左副都御史陆公墓志铭》)乾隆三十三年十二月迁宗人府主事，继擢升刑部员外部，进郎中；三十八年因撰《四库全书总目提要》，受乾隆皇帝嘉赏，遂改授翰林院侍读，四十年二月，授右春坊右庶子，后相继擢任侍读学士、日讲起居注官、文渊阁直阁事；四十五年六月，授光禄寺卿；四十七年五月，授大理寺卿；五十一年十二月，提督福建学政；五十二年二月，授都察院左副都御史；五十七年正月，卒于奉天。王昶的《墓志铭》记曰：“(《四库全书》)前校勘者不谨，舛错脱漏所在多有，文溯阁(清代建于盛京的藏书阁，与大内文渊阁、圆明园文源阁、避暑山庄文津阁并称。笔者注)书尤甚。公以是书旷代盛典，不可任其疵类，乃请自往校之。既而以为未尽，五十七年正月复往，会春寒，山海关道中冰雪冻冱，比至奉天病卒。预是书之役者众矣，公独勤其事而殁，可悲也。”陆锡熊在《四库全书》编纂过程中，用力甚多，先是与纪昀、孙士毅充总纂官，后又奉命与纪昀编写《提要》，对《四库全书总目提要》的内容、体例进行了：“综合、平衡，并在文字上加以润

① 〔清〕王昶著《春融堂集》，上海文化出版社 2013 年版，第 951 页。

饰。”[①]（《总目提要·出版说明》）

陆锡熊为人谦恭谨慎，性情温和，为学聪明敏捷，能博识强记、洞悉精要。著《篁村诗钞》《宝奎堂文集》《炳烛偶钞》《陵阳献征录》等。陆锡熊除文学侍从的职守外，还曾“典浙江、山西、广东乡试各一，分校会试二，提督福建学政一。”[②]他的山水诗基本围绕出行目的地的范围而展开。

陆锡熊曾分任浙江、广东、山西乡试正副考官，每至一地，每经一处，他都要吟咏风情、临摹烟霞，留下诸多风韵天然、含意浑厚的山水篇章，但若以数量和气象而论，则粤赣之行的山水歌吟最为动人心魄。因为粤赣山水诗的风格随所摹对象的不同而发生显著变化，或江山相依、空阔透明；或烟树掩映、惝恍迷离；或峭岩高张、滩声斗怒；或险峰在望、风卷云舒，总之，粤赣山水诗如一支跌宕起伏的多声部奏鸣曲，令人闻之心旷而神怡。如写江上风光：“楚尾风烟合，江心波浪长。……出没千峰外，云头是建康。”（《初抵江口》）“斜风细雨马当船，看尽东南半壁天。独鹤唳开樊口月，神鸦飞破小孤烟。”（《渡浔阳江》）“茫茫九派接空流，亭角扶阑信远眸。……断云影拆黄梅岸，哀雁声沉苦竹洲。”（《登琵琶亭作》）“屈摺缘江路，闲鸥喜见亲。乱樯森似竹，断塔矮如人。”（《新淦江上二首》其一）再如写高江急峡、水石相摩的紧迫气象：“睥睨窥江黑，连峰峡口阴。……树卷明河影，楼伤独客心。”（《峡江七夕》）“县墙围薜荔，阴色上眉初。山翠冲檐落，江涛射枕虚。”（《万安县》）“荦确崎岖路，荒荒野堠残。烟生分水岭，风急对鱼滩。”（《赣州道中二首》其二）又如写登临揽眺，一望无极的气势，他说：“江流碧安极，山色翠还重，日上香炉顶，烟消绵绣峰。”（《出九江南门上庐山麓》）“磴攀井孔千盘上，关划星痕一线过。……滔滔不尽楼船水，只送南流奈尔何？”（《过大庾岭》）”直北星辰望帝京，双门突兀倚秋晴。……扶桑晞发真奇绝，径踏鼋鼍背上行。”（《拱北楼远眺作》）“盘阿鸟道怯登临，清槛疏帘接暮阴。衣袂乍寒五岭色，江山

① 见《四库全书总目》1965年版，第1页。

② 〔清〕李元度著《国朝先正事略》，岳麓出版社2008年版，第1220页。

长感九秋心。”(《韶州九成台晚眺》)“湿翠波心望杳冥，塔尖盘鹘护风铃。……极浦归帆带烟雾，丛祠灌木閟神灵。”(《大孤山》)上述各例均拈自陆锡熊粤行山水诗结集中，从这些信手撷取的诗句，我们基本可判别出陆锡熊的诗风与吴中诗群间的血缘关系。

因为陆锡熊多专注经世致用之学，并充任《四库全书》总纂官，所以后世将其定位为四平八稳、老成持重的夫子，但熟研其山水诗，我们却不得不承认他是一个锦心绣口、热血横肆的优秀诗人。

首先，作为优秀的山水诗人，陆锡熊善于捕捉自然山水中蕴含的天趣，并通过精细的刻划将其形象地呈现出来。如表现皖南险滩逼仄横绝、风涛如雷的气势，他通过俯仰结合、声色相融的细节绘摹，给人如身临其境的逼真感：“山青削两崖，天白露一线。众壑竞奔流，斜曳万丈练……清流岐数支，触石珠交溅。萦回转似轮，激驶直如箭。崩波恐一决，百丈从后牵……因之悟至道，长啸得所遣。”(《横塞滩》)再如写鄱阳湖浩淼无垠、水势滔天的情状，他通过远近相连、今古穿越的手法，把其韵味吐纳得近于极致：“连山尽东趋，大地忽中拆。岷流束衿喉，楚派会圭璧。微茫波涛青，破碎洲屿黑。……鱼龙闲自舞，天水了不隔。当年战鄱阳，阵火照山赤。”(《鄱阳湖》)

其次，陆锡熊的山水诗借景抒情，有浑深厚重、寄意遥远的辽阔感。如：“众流汇为渊，其水清且泚。岩石郁成坡，森列如壁垒。……挥毫气凌霄，把酒临江酾。……只余吊古情，深比桃花水。”(《桃花潭》)陆锡熊虽然生长在乾隆盛世，因文学而受“主知”，但他的山水诗却毫不掩饰地借吟咏历史古迹，来抒发内心悲慨苍凉的故国之情，如：”宋家已失独松关，丞相遗祠傍故关。……我向南溟雪余涕，浪花卷屋吊崖山。”(《庐陵文信公祠》)“姓名只唤吴男子，印绶宁縻汉大夫。……不知遗像荒山里，曾见西台恸哭无。”(《严子陵钓台》)在不断奔走的宦途中，诗人难免心生困惑与忧思，他把这种情不自禁的凄冷意绪，寄托在山水诗中，就有“我歌路难心最苦，独有篙师闲笑语。人间何限四不出，问官底事忙如许。”(《七里泷》)“愁如旅雁经霜倦，病比寒鱼怯夜眠。独倚孤蓬望南斗，庐山一角淡生烟。”(《玉山登舟》)的凝噎和滞涩。山水诗意境的形成，来自诗人的主观情愫和自然物象的有机结合，即诗中有我、景中有情。陆锡熊一方面精确刻摹自然山水的体貌特征；一方面又见景起意，借景抒情，使其笔下的山川万物既显出特有的美感特质，又具有生机勃发的流荡气韵。

李元度在《国朝先正事略》中评陆锡熊说："生有万夫之禀。"就生平事迹来看，陆锡熊没有象王昶、赵文哲那样有身冒矢石、勇赴国艰的经历，但就其敢于任事，鞠躬尽瘁而留意刑律、职官等治学的精神考察，陆锡熊确乎具有"万夫之禀"。如果这种"万夫之禀"的气概渗透到山水诗中，就凝聚成感情排荡、气势奔涌的艺术特征。如《庐山谣九江道中作》，诗人先用层层推进的手法，渲染了庐山上摩青天、下临万象的壮阔气势，其后，自然而然地让一腔激情借山形水势一涌而出，"我来浩荡乘白云，南游兴发寻匡君。梦中手执绿菡萏，半天鸾鹤径接扶摇群。……吁嗟乎！远公社中旧相识，曾约归来未头白。放歌因续庐山谣，记我他年不生客。"再如《大通望九华山》，其气象之雄阔、情感之奔放、用笔之超迈令人叫绝："千峦万壑过飘忽，搀天忽认青濛濛。云鬟窈窕倚霄立，四面转侧难为容。青霞半随步障卷，翠朵折尽花房重。……婵媚突兀各有态，奇秀独绝谁争雄。"

在清代诗歌发展史上，陆锡熊毕竟不是一个风格突显、成就斐然的大家，所以他的山水诗尽管有如上述之优异处，显得雅洁俊爽、气象开阔。但将其与吴中诗群中众多成就卓著的诗人相比，他还是表现出题材狭隘、才力柔弱的缺陷，这种不足恰好印证了诗人的性格特征，以及胸襟气度。

五、"夷险殊华夏，真称行路难"

——杜昌丁的滇藏行旅山水诗

与杨揆的青藏山水诗，孙士毅的川藏山水诗具有同等鉴赏价值和史料价值的应是康熙年间青浦诗人杜昌丁的滇藏山水诗，这三位诗人因从不同断面全景式地再现了藏区诡变奇丽、壮阔恣肆的山川气象，所以他们的藏游山水诗就具有广泛代表性与典型性，由之成为一个时代山水文学的座标。

杜昌丁（？—1756），字松风，又字望之，江苏青浦（今上海市青浦县)人,后移居太仓。副贡生,补教习,曾任福建永春直隶州知州(永春,明至清初为泉州府属县,雍正十二年升直隶州,杜昌丁为永春首任知州——笔者注)。在永春知州任上,杜昌丁广施仁政,兴修水利等惠民工程,深得永春民众拥戴。民国十六年(1927)编纂的《永春县志》在“循吏”传中评曰:“廉洁宽厚,深得人心,三百年中,盖无其比。”(《永春县志》卷十二)其作品除《壬癸志稿》外,他还主持修撰了《永春州志》,此次(乾隆二十二年)修志聘福建永福人黄任为总纂,共三十五卷,因其翔实的史料、严谨的体例、较高的文献价值,该志现被收辑于上海书店2000版的《中国方志集成》“福建府县志辑”第26册。

康熙五十九年,杜昌丁为“感恩笃谊”,遂送蒋陈锡由滇入藏,他把沿途往返所经,形于笔墨便有著名的《藏行纪程》,由于是书史料价值独特,所以后人对其格外关注,曾先后收录于清张潮编、杨复古续辑的《昭代丛书》辛集,清王锡祺编的《小方壶斋舆地丛钞》第三帙第一册,今人吴丰培编的《川藏游踪汇编》中。

蒋陈锡(1653—1721),字雨亭,又字文孙,江南常熟人。出身常熟世家,其父蒋伊(1631—1687),康熙十二年进士,累官至河南提学副使;弟蒋廷锡(1669—1732),字扬孙,又字西谷,康熙四十二年赐进士,官至文华殿大学士,加太子太傅,谥文肃,工诗善画。陈锡子,蒋涟,字檀人,进士,终太仆寺卿;蒋洞,字恺思,进士,历官工部郎中,云南提学道,甘肃凉庄道,康熙用兵西域,洞论功升山西按察使,进布政使;廷锡子,蒋溥(1708—1761),字质甫,雍正八年进士,历官内阁学士、吏部侍郎、湖南巡抚、户部尚书、东阁大学士,加太子太保,谥文恪(蒋氏在常熟为簪缨世家,亦为文学世家的轮廓由上述可概见)。蒋陈锡中康熙二十四年进士,历任陕西富平知县、礼部员外郎、山东布政使、山东巡抚、康熙五十五年擢云贵总督。云贵总督任内,正逢大兵进藏之际,据《清史稿·蒋陈锡传》载:“都统武格、将军噶尔弼率师入西藏,以云南粮运艰难,欲自四川运粮济给,四川总督年羹尧奏言滇蜀俱进兵,蜀粮不足兼供,乃命陈锡与巡抚甘国璧速运。五十九年,诏责其筹济不力误军机,与国璧并夺职,令自备资斧运米入藏。

明年，卒于途。”[①]蒋陈锡因“误军机”而被“夺职”“自备资斧运米入藏”，从一个位登封疆大吏的重臣一变而为一介冒死涉险的罪人，其所属幕僚一夜间星散烟消，只有杜昌丁为感恩德，才情愿陪送其至生死相许的滇藏之交。

杜昌丁陪同蒋陈锡从昆明出发，经大理、丽江至中甸，穿十二阑干，过阿敦子雪山，渡金沙、澜沧激流，出“雪坝”到“洛龙宗”，这条线路即举世闻名的滇藏古道，因西南各地与藏区有“茶马”贸易往还，故又称“茶马古道”。“茶马古道”险仄处如虎牙贲张，壮丽时则叫人留恋忘返，其大险大美的稀世风光被杜昌丁写来便有一番引人入胜的风情与韵味。如：

夷险殊华夏，真称行路难。危滩奔一线，峻岭恐千盘。薄暮休回首，临深敢据鞍。报恩轻险阻，漫说倚阑干。

——《十二阑干道中》

山程纤曲似回肠，独步危梯鸟道茫。销雪有声飞瀑远，寻芳无意野花香。蹇驴背上添离恨，芦管声中忆故乡。自笑何缘经绝域，此行兼为谒空王。

——《阿敦子雪山道中》

别怨离怀触绪生，牵情翻悔是多情。风波尽日消难得，书剑频年学不成。愁碧漫看春草色，啼红忽忆杜鹃声。可怜游子何穷恨，掩袖斜阳涕泪横。

——《渡澜沧有感》其二

金风飒飒起乌鸦，扑面边尘日易斜。白骨有知还入梦，青山何处可为家。一肩犹剩西归履，八月空随误泛槎。却怪劳人奔走惯，鞭丝帆影老年华。

——《雪坝感怀》

一索横飞过，危悬无著身。非船登彼岸，不筏渡迷津。疑是秋千戏，真成解脱因。下临波浪涌，何处世间尘。

——《溜筒江》

---

① 见《清史稿》，第1373页。

数日勾留丽水滨，鞭丝依旧扑芳尘。雪山又作经旬别，回首天涯是故人。

——《沫滂坡回望丽江雪山口占》

《十二阑干道中》写丽江至中甸(即今之香格里拉)通道“十二阑干”的险绝形势。《藏行纪程》叙其行路之难曰：“十二阑干为中甸要道，路止尺许，连折十二层而上，两骑相遇，则于山腰脊先避，俟过方行。高插天，俯视山沟深万丈，丽江雪山巍然对峙，古木苍崖，且不胜赏。然绝险为生平未历。”①杜昌丁把美“不胜赏”，且“绝险”的“十二阑干”用诗记录下来，就产生“夷险殊华夏，真称行路难”的撼人气势，面对“危滩奔一线，峻岭恐千盘”的自然天险，诗人心中涌出激壮四溢的感怀之情。

《阿敦子雪山道中》所写道途之险虽不及十二阑干，但因其所记对象殊异，故有一种叫人唏嘘感叹处。阿敦子，在清云南德钦县境内，属滇藏之交的一大驿站，《藏行纪程》描绘其沿途景色曰：“雪片大如鹅毛。途中所见花卉，四时皆备，多中国所未见。一种似菊而小，五色叶如芝麻，番名鹤来蜜塗。行五十里，至阿敦子。”②从“崩子栏”至“阿敦子”多为冰天雪地，险象不断，杜昌丁叙曰：“雪山通亘二百里，不甚高，有树木，不生草，亦无人烟。……有白蟒能兴云雾，降雨雪，触之即病。”

过阿敦子，渡澜沧江，即是著名的梅里树。澜沧江，与金沙江、潞江并称为云南三大“名川”，其水系发源于“吐蕃嵯和哥甸鹿石山”，又名鹿沧江，亦曰浪沧江。南下流经云南丽江、大理、顺宁等府入缅甸，后汇入南海。澜沧江既有自然惊湍激流之壮观，又有丰厚的历史文化之积淀，据说当年出使西域的张骞误入斗牛就在此地，而东来传教的达摩“一苇渡江，只履西归”亦在此处，杜昌丁叙曰：“二十五日(康熙六十年六月二十五日。笔者注)，行六十里至梅里树，险仄较十二阑干

① 见《川藏游踪汇编》，第41页。

② 同上，第45页。

逾十倍，宽不及尺，平不及丈，左绝壁，右深渊，出口以来，所称最窄最险莫过于此。……二十六日，行李陆续渡江，俟一日始齐，水即澜沧，山即葱岭，阴霾之气，无开日。相传达摩一苇渡江，只履西归处也。”[①]杜昌丁的《渡澜沧江有感》二首，前后相续，寓景于情，诗人把江流汹涌、惊波激荡的江山胜景通过自我情感的抒写暗示出来，就生出“万里自来称绝域，而今万里未云奇”的撼人魅力。

《雪坝感怀》以“感怀”的抒情方式，艺术地再现了滇藏交替五百里无人区的凛冽荒寒景象。“雪坝”据杜昌丁描述曰：“自此以西，五百余里无人烟。……其寒盛夏如隆冬，不毛之地，名雪坝。……兵多道死雪坝，山中白骨累累。”[②]雪坝荒寒至极，且“夹坝”出没，故被往来藏地的行人游子视为生死之地。《雪坝感怀》用“金风飒飒起乌鸦，扑面边尘日易斜”的凄厉悲怆意象作背景，尽意抒发了诗人黯然惨淡的离情别绪，关山重重、白骨累累，人生苦短，年华易逝，杜昌丁对“雪坝”的描写全通过这缠绵悱恻的抒情外现出来，便产生辞不胜情的艺术效果。

《溜筒江》与《沫滂坡回望丽江雪山口占》作于诗人返程途中。“溜筒江”以渡江采用“溜筒”的方式而得名。杜昌丁记其惊险状况曰：“以百丈之宽而命悬一索，一失足则奔流澎湃，无所底止。……初脱手闭目，不敢视，耳中微闻风声，稍开见洪流汤汤，复急闭，达彼岸然后开视，坐观行李人马俱从索渡，真一奇迹。然天下之险，莫过于此也。”[③]

沫滂坡，据《藏行纪程》载，在“吕合”：“二十五日（康熙六十年九月二十五日。笔者注）七十里吕合，宿。是日上沫滂坡，回望丽江雪山，晴色相映，洁白无比。”[④]“吕合”又作“吕阁”，《读史方舆纪要》曰“吕阁驿，府（楚雄）西四十里，古名合关滩。……《舆程记》‘今吕合驿即吕

---

① 见《川藏游踪汇编》，第 47 页。
② 同上，第 51 页。
③ 同上，第 54 页。
④ 同上，弟 55 页。

阁也。又吕合巡司，北至姚安百五十里，西至镇南州沙桥驿六十五里。旁有合襟水，因改名吕合。’”[①]楚雄距丽江千里之遥，诗人登“沫滂坡”，回首瞻顾，但见蓝天碧洗、云淡风清，一道洁玉般的雪线横亘在天地间。“丽江雪山”即著名的“玉龙山”，《读史方舆纪要》叙其形势曰：“玉龙山，在丽江军民府西北二十里。一名耸雪山，亦曰雪山。条岗百里，峃耸十峰。上插云霄，下临丽江。山岭积雪，经夏不消。壁立万仞，千里望之，若在咫尺，与蜀松州诸山连接。蒙氏封为北岳。”[②]杜昌丁送蒋陈锡赴藏，往来均经“丽水”之滨，他遥望雪山，情思满怀，在他的意念中，圣洁的“丽江雪山”就像一位故人始终萦绕着他的梦魂，让他生死相许：“雪山又作经旬别，回首天涯是故人。”在这首小唱式的山水诗歌里，诗人没有正面去描绘赞美“丽江雪山”的雄姿和神韵，但其笔墨与情感始终没离开过雪山，这种以神写形，以虚见实的手法，更能产生咫尺万里的艺术联想力。

《藏行纪程》虽然内容略显简约，尤其诗人所创作的山水诗就气概而言，没有同时代其他诗人，诸如杨揆、孙士毅那样的激越悲壮、大气磅礴，但从史料价值来说，杜昌丁的滇藏之旅为清代藏游山水诗大合唱增添了一个重要音符，同时也为后代研究滇藏一带少数民族生活状态提供了不可多得的宝贵史料。因为此书所记路线较为殊别，而且内容多为诗人经历“万死一生”的“困苦艰难”[③]后，对个人心路历程，以及滇藏“山川风土”的实景再现。正如吴丰培先生所言：“经过之地为中甸、阿墩子等处，均为民族地区，非独记入藏途程罕见之作，亦研究云南民族者所必须参考者。”[④]

---

① 见《读史方舆纪要》，第 5129 页。

② 同上，第 5045 页。

③ 见《川藏游踪汇编》，第 56 页。

④ 同上，第 57 页。

第六节 花明鸟影外，香满磬声中

——吴中诗群山水诗综论

吴中诗群，人才辈出，大家、名家不绝于史，在上述各家之外，还有一些绝少见诸史传，并鲜被论家提及的优秀诗人。因有这些诗人的烘托和推动，才使吴中诗坛更加波澜壮阔，从而显示了它经久不衰的生命活力。因此，论吴中诗群的山水诗，这些诗人的功绩是不能被埋没的，以下选择几位颇具代表的诗人充作吴中诗群山水诗述论的尾部。

一、“池塘劳远梦”的褚廷璋·附说蒋业晋

褚廷璋(生卒年暂不详)，字左莪，号筠心，江苏长洲人。乾隆二十二年召试，赐内阁中书，二十八年成进士，官翰林院侍读学士，后降为六品衔部曹，遂乞归。

褚廷璋诗风近元、白，颇关注现实，对民间疾苦多有悲悯，如《闻吴中岁饥》《鬻子行》等。昭梿的《啸亭续录》对其生平、行止和人品有较详记述：“储筠心先生廷璋，长洲人，为沈文悫公弟子，少时与赵舍人文哲、曹学士仁虎等结社，号‘吴中七子’。诗崇盛唐，无宋、元卑靡之习。……性直梗，和相秉权时，先生以其非科目中人，不以先辈待之。和相慊 然，以考事中之，改官部曹，先生终身不谒铨选，曰：‘此膝不为权臣屈也。’”①

褚廷璋的山水诗如其为人，骨梗瘦劲、苍然浑厚，自有一股力透纸背的天然风韵。如：“楼观何岧峣，朝暾射金榜。山来庄严地，万古镇龙象。……浮图倚层霄，放眼纳莽苍。横接飞鸟翅，仰扪巨灵掌。俯瞰银涛翻，青螺贮盆盎。长谣激天风，飘忽绝尘鞅。”(《上楞枷山登浮图绝顶》)楞枷山，又名上方山，山上有七级佛塔，登其巅，但见青螺

① 见《清诗纪事》，第6046页。

点点、碧波滉漾,天高地远的旷然之情油然而生。褚廷璋“登浮图绝顶”,放目天边飞鸟、仰扪如水长天,啸歌任意、飘然绝尘。

褚廷璋善用不同的表现手法,精细地刻画绘摹稍纵即逝的自然现象和山水形态,使难状之景瞬息间声色兼具地呈现于目前。如:“未接奔流状,先听奔流响。如雷亦如车,水石自扰攘。回漩冲激余,一派界三两。”(《昭陵滩》)“遥闻声淙潺,下见水洄洑。高崖列层扉,弯环抱寒瀑。舟穿乱石间,左右溅珠玉。”(《甕子洞滩》)“左顾峰攒攒,右盼石齿齿。中束一线江,清浪捷于驶。翻银滚雪间,如案亦如几。又如列盘盎,琐碎失料理。”(《清浪大滩》)湘黔交界处,山高流急,险滩重叠,这样的惊魂景色已被清人写尽,但褚廷璋写来却别有一番风味,其根本原因是除了绘声绘色的描摹,诗人还能将人生的感悟融入精细的写景,使情景达到完善统一。

褚廷璋生长吴地,深受吴门文化的浸淫,所以他的山水诗深深地烙下了吴中诗群共有的印痕。除却上述“隘地涛声驰白马,连天山势压青螺”(《风滩》)的激壮,褚廷璋的山水诗还流荡着空明雅洁、浑融通脱的气韵。如:“归鸟破暝色,闲云翁丛绿。……禅扉晚不关,一径入祠屋。相遇无烦言,清吟坐空谷。”(《晚入海岳庵中访友人闲话》)归鸟高飞,晚钟突起,诗人拨开重重翠竹,访友人于梵音缭绕的佛堂之畔,他们相对抚琴,手执一杯清气四溢的香茗,目视一轮高挂树稍的新月,此刻不用语言,不用表白,一切尽在大自然天籁自生的幻境中。再如:“绕屋寒流静,开门雪正深。微茫辨篱落,苍翠失云岑。”(《晓起大雪》)茅檐低小,雪色晶滢,溪流如带绕屋而来,尽大地一片混茫的琼玉世界,诗人独立苍茫,心间涌动着生命的歌吟,又如图写江南诸景,他将其表现得冰雪聪明,如梦似幻:“坐倚泉边石,时来松下风。携琴修竹里,蹑屐乱云中。”(《惠山》)“孤鸿声可数,黄叶落无多。……烟开溧阳树,山接贡湖波。”(《南楼对月》)“不复似人境,好风来自东。花明鸟影外,香满磬声中。径入春篱短,窗开雪涧空。”(《优昙庵看梅》)“春雨过幽坞,芳林明晚霞。……何当入深处,一访隐沦家。”(《晚步甘露港看桃花》)上述诗作,意境淡远而气韵悠长,格调醇正而诗意浑厚,即使置于盛唐之作,亦无愧色。

褚廷璋因“备员史局，八载于兹，承修《西域图志》《同文志》诸书，考索印证”（《西域诗·序》）[①]，既编纂成上列史书，同时还于“编次之余，爰成斯什”（即《西域诗》。笔者注）。他撰拟《西域诗》的目的是：“志天山南北都会城郭之大略，以補史乘所未备，且籍以咏歌盛烈，窃附于《江汉》《常武》之义。”《西域诗》严格甄别，它不属于山水诗范畴，一是诗人只是引用典籍对西域诸城的山川地势进行了诗体载录，而没有通过亲身游历来创作；二是《西域诗》创作的主观目的是補史书不足，张扬大清及中国历代王朝的文治武功，以定版图疆域，而不属审美范畴。尽管如此，《西域诗》还是以其严整的格律、雄壮的气势、老辣的笔法得到了同时代人的赞扬：“谙习新疆古迹，所作西域咏古诸诗，音律尤苍凉合格。”（昭梿《啸亭续录》）[②]“长洲诸筠心廷璋，官侍读学士，赋《西域诗》八首，……风格高搴，音调圆响，洵可传之作也。”（梁绍壬《两般秋雨盦随笔》）[③]这八首被誉为“音律”“苍凉”、“风格高搴”的诗作确实不虚其名，现摘几对诗句以证诸家所论：“山围蒲类分西谷，云护沙陀拱北庭。不断角声横月白，无边草色入天青。”（《乌鲁木齐》）“海气万重吞丽水，山容三面负祁连。盘雕红寺朝鸣角，散马青原夜控弦。”（《伊犁》）“弓挂轮台飞皎月，剑磨蒲海射晴暾。戍楼高处分襟带，山水遗经费讨论。”（《哈喇沙尔》）“天边冰雪郁嵯峨，木素峰高朔气多。……东縈姑墨千年碛，南走于阗一线河。”（《阿尔苏》）“渔人秋採河边玉，战马春耕陇上田。今日六城歌舞地，唐家风雨汉家烟。”（《和阗》）

蒋业晋（生卒不详），字绍初，号立崖，江苏长洲人。乾隆二十一年举人，官汉阳府同知，有《秦中》《吴廡》《楚游》《出塞》《归田》诸集。

蒋业晋的山水诗题材宽泛，他曾西出阳关，南涉江汉，三吴两浙，屐痕处处。因为有从军塞外的经历，所以他的山水诗风多显出刚直劲健、卓立高蹈的特征。如：“白昼严关闭，黄云大漠屯。风光中外异，征戍古今繁。客去得无泪，生还望此门。双星天上合，忆别几消

①③ 见《清诗纪事》，第6050页。

② 同上，第6046页。

魂。”(《七月七日出嘉峪关》)“我本役荷戈，从军志所尚。朝辞崆峒来，暮出六盘上。……杀气作悲风，阵云压远障。……何处雨倾盆，天河洗玉帐。”(《自平凉赴皋兰忆戍马所经地》)“横塞接青冥，天教作障屏。阴崖闷冰雪，绝壑走风霆。秦栈雄今古，行人恐晦暝。驱车最高顶，长啸起山灵。”(《六盘山》)“太华接天险，突兀起我面。……峨冠压雍梁，芙蓉插霄汉。巨灵讶初劈，两戒忽中断。……紫气腾寒空，白雪凝匹练。……白云袅晴峦，回望生依恋。”(《过太华山下》)蒋业晋的诗多写塞上从军的感受，旁涉塞外山水风光，《清诗汇》(即《晚晴簃诗汇》)曾收录其西域从军的篇章《北庭都护行为武勇公奎将军林作》《从将军围猎南山口归纪其事》等。他诸多的诗篇可以折射其人格特征：心怀雄图大略，有悲梗苍凉之气；正义愤世，敢于直面腐败阴暗的社会现实。比如《皋兰城中书所见》对官商勾结、民不聊生的现象的抨击和揭露，就很具有历史的深远意义；《读陈龙川集》高度赞扬了南宋著名文人陈亮激慨传奇的人生，通过寄情讬事，实则宣示了蒋业晋自己悲壮激烈而怀才不遇的复杂心曲。这种人格特征融入山水诗，就形成吴中诗群中激昂悲慨的别种风格。

二、“欲布甘霖满寰宇”的苏加玉

苏加玉(生卒年暂不详)，字维晋，号餐霞，江苏太仓人。诸生，有《蓼虫吟稿》存世。

关于苏加玉的生平事迹、人品性情，以及诗学渊源，王昶在《湖海诗传·蒲褐山房诗话》中有所概述：“维晋才情雄杰，骨力开张，少时犹及见沈子大(即沈起元)、顾玉停(即顾陈垿)诸先生，备闻绪论，而又以杜、韩、苏三家为宗，同里汪衡玉少司空视学安徽、江右、河南，所至必偕以同行，性极好游，凡遇名山故迹，必登临吟啸而去，故集中所作极为卓越。归而贫益甚，年逾六十，犹作童子师以自给，余尝过所居，绳枢圭窦，頫首而入，见其败甓破席，吟咏自如，虽饔飧不继弗顾也。”(《湖海诗传》卷三四)①

① 见《续修四库全书·总集类》第1626册，第248页。

苏加玉生性好游，而且诗风凌厉排闼，有杜、韩、苏三家纵横捭阖之气象，再加贫益且坚，故其山水诗以风行雷厉为特征，有虎视鹰扬之势，如："九派何汤汤，彭蠡漫浩浩。江湖互吞吐，日夜势春擣。……须臾飓风来，雨暗失江表。"（《青山风横浪逆，濒于危者数矣，幸而获免，诗以志感》）"寺后万峰拥，峰峰插天劲。……沙崩激洄湍，石乱肆横亘。险艰非一途，攀援绝孤磴。……缥缈文殊台，烟霭破钟磬。"（《十八日发硃砂庵，过天门，至老人峰，历巢云洞，上小心坡，渡断凡桥，抵蓬莱岛，穿一线天，遂登文殊院》）"洪涛荡曦霞，旷景布原隙。……崖欹轮侧旋，峰倒石欲压。……睥睨界云悬，仄径梯空蹑。"（《晓发洛阳次函谷关》）从上引约略可见，苏加玉的山水诗不论写江湖涉险，还是叙登陟之艰，他都将其置于一波三折的惊悚情境中，从而反衬所历山川的险绝情势。

因为苏加玉感情充沛，诗情奔放，所以他的山水诗擅长歌行的体裁，在歌行的山水诗中，诗人笔意纵横、诗思如涌，他把一腔淋漓的激情寄托在大势渲染的写景中，使得情景交汇成一条澎湃激越的山水之流。如："夜宿文殊院，晓上文殊台。左狮右象互蹲踞，玉屏背枕相差排。……摄衣拾级眼界阔，但见千峰万峰掀舞空中来。……八卦森罗列，老人似婴孩。层峦峭壁不足数，一一涧底抽根荄……仰睇天都最奇崛，青苍一气连斗魁。浑元运化万万古，天地未辟此峰精气先胚胎。……独有莲花不肯下，一茎万朵凌虚栽。……高台壮观有如此，凭凌大叫舒胸怀。半生落魄世龃龉。抚髀日夜嗟摧颓。……君不见，文殊院中老僧如死灰，独占绝顶居蓬莱。"（《十九日登文殊台看前海诸峰放歌》）黄山以天都、莲花为至尊，诗人登文殊台，仰观远望，只见群峰罗列，逶迤而至，其气之苍茫，其色之浑厚，令人神魂俱醉，在险峰绝壑、气吞云涌的景色激发下，诗人情思骤来，如山风鼓荡，穿走在群峰之巅。再如《九龙潭瀑布歌》，诗人一扫哀感人生不遇、世途多艰的悲思，意气奋发地唱出："奔流穿云抉石走，石破凸凹屈作九。郁怒欲泄气更豪，轰雷聒耳阴风号。……欲布甘霖满寰宇，会待风云上九天！"

苏加玉的长歌，感情如风卷云舒，能瞬间弥漫人心，但其律绝体的山水诗却显得浑融润泽，寄意深远，特别歌咏人文景观的山水诗，因溶进了诗人抒幽发愤的情愫，故而显得更加含蓄杳远，启人遐思。如：“桐庐风景入清妍，一叶凌虚坐渺然。山色倒涵明镜里，江流远泻白云边。”（《桐庐》）“林间鸟去春烟白，浦外渔归岸火青。客绪如丝吹易乱，春阴似梦唤难醒。”（《晚泊黄泥坂次陆所亭韵》）“南阳气象尚氤氲，发迹英雄汉代闻。……成败兴亡谁可料，霸才王佐各超群。”（《南阳》）“琵琶亭外水连天，落日帆樯估客船。不待秋风波浪急，潺湲夜夜入哀弦。”（《琵琶亭》）

苏加玉的山水诗还善于写景，诗人通过奥妙变幻的手法，能将万里之势纳于目前，洪亮吉对其“刻画”景物的艺术功力特别推重：“太仓苏加玉茂才游山诗，亦颇刻画尽致，如《游黄山朱砂庵至文殊院》诗云：‘抱崖十指牢，垂岩一足剩。屈膝磨过腹，缩顶低触胫。’游山实有此境。辛酉冬，余过太仓，饮汪庶子学金家三日，无日不与茂才偕，饮量甚豪，一如其诗。”（《北江诗话》卷三）①

三、“偶造仙灵窟，因谐山水心”的王廷兰·兼说陆学钦、沈端、沈靖、蒋莘、蒋征蔚

王廷兰（生卒年不详），原名史，字畹香，江苏青浦人，乾隆五十四年进士，官淅川知县，有水竹居诗。

王廷兰山水诗以抒情为主，兼及写意，其运笔泼墨颇具章法，而且诗情随不同体裁的篇什发生变化。比如五言古体，他发挥其擅于写景的优势，对所历之景进行精细刻划，在精确写实的基础上，抒发自己对尘世厌倦、对自然亲近的幽人情怀：“水波正遥裔，云霞乍明灭。……沙边人语远，烟际渔舟失。……何处协幽期，邈然寄寥泬。”（《绿家浜晓发》）“杂花既缤纷，修树亦婉娈。……崟崿互亏蔽，云霞递幽显。……丘壑平生心，嚣尘自兹遣。”（《支硎》）与五古相对，诗人用五、七言律体既写眼前之景，又抒旷古情怀，一切仿佛如在眼前，倏忽又荡然远去，极具时空的延展性：“偶造仙灵窟，因谐山水心。松风

① 见《洪亮吉集》，第2274页。

飘夕梵，花雾淡春阴。”（《细林山》）“海天斜日丽金焦，饱挂征帆趁暮潮。……无边白浪连三楚，一发青山认六朝。”（《渡江》）

王廷兰的山水诗承绪吴中诗风，平阔明净，气韵充盈，但他的一曲《登北固山放歌》则将诗人横空凌厉的另一面诗艺展示出来，叫人顿然有胸胆开张的淋漓感：“岷江万里泻一气，尾闾泱漭连云霄。曲江涛头甲天下，疾雷百里穷昏朝。……海天辽阔豁胸臆，醯鸡不识良可嘲。结庐拟傍净名侧，江光山色相招要。”

陆学钦（生卒不详），字子若，太仓人。嘉庆五年举人，有《蕴真居吟草》。

陆学钦虽名不显于清代诗坛，抑或默然于后世，但他的山水诗蕴含丰富、笔致细腻，颇具古朴典雅之风姿。如其游赏常熟名胜虞山的一组诗就很能映射诗人内心的复杂情怀：“看月不厌阙，看山不厌遥。阙月光转媚，遥山景逾饶。……皎日照寒水，一叶随飘飘。……迤逦似龙卧，谁能辨林皋。”（《舟中望虞山》）“金风吹山净如沐，青女行霜扫寒绿。……西川合号丹邱生，能使佳城变赤城……岭曳余霞晕转明，山衔落日看逾媚。……好将设色痴翁笔，写入停车小杜诗。”（《吾谷看枫叶》）“两崖撑铁色，一罅豁云根。特立形偏壮，排空气自尊。勒铭吾敢效，不用扫芜痕。”（《剑门》）《舟中望虞山》以远望环视的角度，把虞山“初视若堆阜，影混云天交。”再视“迤逦似卧龙，谁能辨林皋”的幽秀杳深进行了全景再现，诗笔细腻，设色简洁。《吾谷看枫叶》和《剑门》则具体描写虞山的两大景点，其绘摹更加精致，尤其《剑门》一诗形象突兀、刚劲怒张，折射了诗人雄心勃发的内心世界。

陆学钦的山水诗不但有名篇，而且还有名句，这些名句字字锤炼，简洁含蓄，令人怜爱，如：“竹色绿无际，鸟声清可怜。青山向秋静，红树得霜妍。”（《石梅涧晓坐》）“秋山如静女，婉娈系人思。……江皋下黄叶，一棹破涟漪。”（《偕吴竹筠木钱许田宗颖同游虞山放舟西关作》）

沈端（生卒不详），字方立，镇洋人，嘉庆五年举人，有《沧州吟稿》。

沈端家世清寒，兄弟飘零，依人谋食，“家贫无旧业，所至辄依人。”(《送弟安成之山左》)故而其心中常怀忧郁冷寂之情，这种心态映现在山水诗中，就使其诗境透着一种幽邈虚静的美感。如：“烟江静暝色，碧嶂含夕阳。……岚气拂衣袖，凉风响空林。……孤赏发遥思，慨焉抚瑶琴。”(《游山》)“幽鸟啼还静，道人心自闲。一声清磬响，寂寞掩松关。”(《游憩清凉寺》)

蒋莘(生卒不详)，字觉夫，号于野，元和人(元和，清雍正二年析长洲县置，与吴县、长洲县同为苏州府治，治所在今苏州市，1912年并入吴县。笔者注)，著《水竹庄诗钞》；蒋征蔚(生卒不详)，字应质，元和人，著《经学斋诗集》；蒋夔(生卒不详)，字希甫，元和人，诸生，著《青荃诗集》。三蒋兄弟，诗名著于时，王昶《湖海诗传・蒲褐山房诗话》曰：“于野兄弟，时号‘三珠’，应质之名尤著。应质赋才颖异，年未二十，已能读群经注疏，又通《周髀》、《说文》之学。阮伯元阁学视学浙中，称为小友，延之入幕，遍历浙东山水奇胜。其诗或清新微妙，或挥霍纷纭，靡所不有。”[1]阮元在《定香亭笔谈》中记曰：“元和蒋蒋山征蔚，治经史小学，兼通象纬，著述甚精，诗文才力雄富，无所不有。岁丙辰(1796，嘉庆元年)，与余为越东之游，走笔为《甬东诗》八首，传诵至海外，有《少游》、《浙游》诸集，余为总订之，曰《经学斋诗》，并序之，谓其研精覃思，……不失颜、谢山水怀抱也。”[2]蒋氏“三珠”，名播一时，而征蔚更以博学早慧为阮元激赏，徐珂的《清稗类钞・知遇类》说道：“乾嘉间，元和有三蒋，伯莘，字于野；仲征蔚，字蒋山；季夔，字希甫，皆工诗，人各一集。蒋山尤渊博，治经史小学，……诗文才力雄富，无所不有，弱冠游浙，阮文达公方督浙学，一见倾倒，留之署，约为异姓兄弟。”[3]

三蒋的诗风冰清玉洁，如篱外黄花，清香高雅，而不失法度，如：“一树幽花世外姿，依依水浅月斜时。无端玉骨飘零甚，不怨东风恰怨谁。”(蒋征蔚《落梅曲》这种婉约清瘦的诗风深得袁枚激赏。不光咏物如此雅致高洁，即使他们的山水诗亦能体现这种风骨。如：“寺古藤当瓦，溪幽树作桥。……指点西林去，言逢谷口樵。”(蒋莘《山行》)“苔老

---

① 见《续修四库全书》第1626册，第393页。

②③ 见《清诗纪事》，第7384页。

阶犹滑，池平水不波。闲窗续残梦，清境落岩阿。”（蒋莘《晓起》）“丝丝柳垂阴，苍苍月初上。……天空绝众籁，神虑细万象。远望烟霭中，山色楞枷爽。”（蒋夔《夏夜泛舟石湖》）“木叶下汀洲，萧萧逐水流。……苔合涧逾碧，竹深楼更幽。”（蒋夔《倚栏》）从以上两例，分别见出蒋莘、蒋夔的诗歌风尚，在他们看来山水如同友人，不管远观，还是近察，无论晨昏，还是晴晦，都与人息息相连，同一哀乐，面对春花秋月、古寺断桥，他们能目极千里，心空万仞，营造出澹然无波的绵长诗境。

三蒋中，蒋征蔚更受世人关注与推重，他的山水诗成就亦胜出蒋莘、蒋夔两人。蒋征蔚曾入阮元幕府，游历颇广，而且他的游记诗被王昶评为：“或清新微妙，或挥霍纷纭。”所谓“清新微妙”是指蒋征蔚的山水诗含蓄细密、空寂窅远；“挥霍纷纭”则说明他山水诗的另一种风格，即大气纵横、无可羁勒。如：“春风来几日，吹绿门前山。白云如识我，挂在高松间。”（《春山》）“但觉松风凉，不知归路暝。……新月烟中流，微茫辨萝径。”（《山中晚归》）上引两诗均写山中所见，诗人选用山月、白云、松风等意象，使整个诗意显得清俊悠远，又空灵飘逸；再如：“惊波不肯断，陡绝数峰矗。山石备万象，澎湃转地轴。长风驾高浪，落叶号古木。……洞撄古龙蟠，石怒猛虎伏。……长啸来鹤巅，试伴猿猱宿。”（《石公山》）“七十有二峰，缥缈此独尊。直上势无地，半岭风烟昏。……万山泄尾闾，苍然归海门。……倒景俯长啸，壮观谁与论。”（《缥缈峰》）石公山、缥缈峰均为苏州太湖西洞庭山之名胜，历代诗人多有吟咏。石公山以峭厉巉刻取胜，缥缈峰则以俯瞰万顷湖波，仰扪苍苍青天而为太湖七十二峰之尊，蒋征蔚的《石公山》《缥缈峰》诗以大写意的笔法，将二山之异相渲染得气象纵横开阔、诗情腾厉澎湃。

从地缘上，苏杭并称，在明、清时期皆为江南人文荟萃、民生繁衍的两大都会；就文学，特别诗歌流变与交汇的角度看，两地诗人有着茧缠丝缚的亲缘关系，他们或谈文，或论艺，或品题山水，或鉴赏烟霞，不管太湖之滨，还是西湖之畔，总能看到他们酬唱往来，把酒临风的身影。正是这种交融与切磋，才造成两地诗文的相互激发，共同发

盛世华音

清代顺康雍乾诗人山水诗论

下

时志明 著

凤凰出版社

第八章 江湖发天籁 秋光亦平分

——袁枚和性灵派的山水诗

清代经顺、康两朝艰辛创业，社会秩序得以逐步稳定，民生得以渐次休养，而经济亦得以迅速恢复。在这样国基不断巩固的上升时期，康熙一朝平三藩、取台湾、定回疆和西藏，使清王朝呈现出如日中天的盛大气象，为此后雍、乾走向极盛打下坚实基础。孟森先生在《清史讲义》中说："世宗、高宗两朝，为清极盛之时，……高宗则享尽太平之荣，位禄名寿，直可侈拟舜之大德，然日中则昃，衰象亦自高宗兆之。"[①]雍、乾两朝借顺、康风势，其文治武功臻于盛极，其中续前朝遗事首先收复青海及喀木；其次继续对西藏用兵，取得平定卫藏的胜利；再次，攻取准噶尔，扫平其叛乱；又次趁取准噶尔之势，再取回疆，至此，清代江山一统，其疆域远非前朝各代可比。正北至喀尔吉克塔尔喀克山，与俄罗斯托罗斯达巴汉接壤；东北至格布特岛、库页岛；正西至苏满，与阿富汗因都库什山相连；东南一直到曾母暗沙以南；正南至乌得。由于祖宗基业的巩固，拓疆开土的成功，国力达到盛极一时的缘故，乾隆皇帝便自喜、自矜且自信到无以复加的程度，自号"十全老人"。然而物极必反、月满则亏，缘于雍正的暴戾自负，乾隆的好大喜功最终导致满清王朝由极盛走向速衰，由莺歌燕舞走向危机四伏。

根究满清衰落的本源，祸根首先在乾隆，从后期开始，乾隆任用奸佞、混淆朝政，为满足一己穷侈极欲之私心，倾天下人民心力与血

① 见《清史讲义》，第 214 页。

汗，如此作派，国焉得不衰不亡。其次，满清的衰落实与当时盛行的文字狱有关，文字狱的兴起既是皇权专制走向极致的标志，亦是历史发展的必然。伴随文字之狱的兴起，乾嘉以下的诗人不敢再谈义理，不敢再攻微言大义的汉学，从此远离政治、远离现实的考据之学成为文人躲避祸难、寄托心灵的唯一选择。当一个国家走向专制的顶峰，而万众缄口，国人不再谈论国家政治的时候，其实就是这个国家开始衰落，走向尽头的关键时刻。对此，孟森先生分析道："故清一代汉学之极盛，正士气之极衰，士气衰而国运焉能不替。此雍、乾之盛而败象生焉者一也。"[①]"乾、嘉学者，宁遁而治经，不敢治史，略有治史者，亦以汉学家治经之法治之，务与政治理论相隔绝，故清一代经学大昌而政治之学尽废，政治学废而世变谁复支持，此雍、乾之盛而败象生焉者二也。"[②]雍、乾之世是清王朝断往开来的全盛时期，乾、嘉时代则是清王朝走向衰落的转折期，从乾隆后半，大清的国势便如正午以后的太阳，逐渐向西，一直到殒落。

伴随着国家势运的起伏，文学思潮和诗歌创作亦出现了不可逆转的振荡局面，一是铙歌雅颂齐润太平的盛世之音；一是秋虫春鸟作不平鸣的抗争之声，这两种声音的交替闪现，构成了清代中叶诗坛互相激赏，又相互排斥的多棱现象。清代中期诗坛之盛大，不仅表现为诗人种群之多，个体参与创作者之众，涉及地域之广，而且还表现为理论主张之丰富、诗歌流派之竞长，正是这各种流派和音声的激扬鼓荡才使清诗显露出本质面目。对此，先师严迪昌在《清诗史》中评曰："清代诗歌从那时起已总体进入这样的运动轨迹，'清雅'、'醇正'之风正荡涤或消解被视为不合'指归'的一切变徵变雅之调。……然而，事物的发展和历史的演进又总是不尽按某种意志单向前行……岁月的流逝、社会的潜变、生活的无定规、人心的多灵动，这一切一切无不深层潜在地涌动着一股与上述统制于'正'的诗潮相逆向的波流。……清诗发展到中期，真诗、见心灵的真情文字，大抵又复出之

① 见《清史讲义》，第307页。
② 同上，第308页。

于‘匹夫’笔端；挣脱羁缚，一展抒情主体个性精神的吟唱重归于布衣、画人以及为‘世道’所屏弃而遁迹草野、息影山林的谪宦迁客群中。”①

诗歌是抒写心灵的载体，是诗人对社会现实进行价值判断的物化表现，所以诗歌本身并不完全以政治的风向标为价值取向。即使被人们认为“御用”文人的沈德潜一辈诗人，亦有突破政治樊篱而直抒胸臆的篇章，更有揭示社会阴暗、同情苦难民众的血泪歌吟。其他象黄仲则的寒士之声，洪亮吉、赵翼、钱维乔等的不平之鸣等，完全说明诗的天国并非一统天下，它不俯首于某种权威，也不臣服于某个特定的意识形态，而是按自己的本质规律进行自转。当然，诗国的运行不是盲目的、无序的，诗潮的涌动亦应有相应的流向和导引，观乾嘉前后的清诗流变，我们发现每次诗歌发生嬗替的关键时刻，总有哲人高擎理论旗帜，以鲜明的主张或观点号召群伦，由此产生了清代中期诗歌史上著名的格调、肌理和性灵诸派。若以诗论主张，或诗学发展来考察，各派等无差别，互有优劣，只不过各言其志而已。但在众流回旋而诗歌功能日渐衰微并缺失的窘境中，“性灵说”的出现，以及性灵派的形成，确乎起到了补救时艰的重大作用。

“性灵说”和性灵派的出现之所以有补救时世的作用，关键在于他们针对“格调说”与“肌理说”对诗文创作产生的误导而提出匡正意见。就“格调派”一味尊唐，不求创新的流弊，袁枚十分鲜明地提出三点：一是诗歌只有优劣、工拙之分，而无古今之分，诗的工拙、优劣和诗产生的时代毫无关系。“尝谓诗有工拙，而无今古。自葛天氏之歌，至今日，皆有工有拙，未必古人皆工，今人皆拙。……然格律莫备于古，学者宗师，自有渊源。至于性情遭遇，人人有我在焉，不可貌古人而袭之，畏古人而拘之也。今之莺花岂古之莺花乎？然而不得谓今无莺花也。今之丝竹，岂古之丝竹乎？然而不得谓今无丝竹也。天籁一日不断，则人籁一日不绝。”（袁枚《答沈大宗伯论诗书》）②基

① 见《清诗史》，第652—653页。

② 见郭绍虞主编《古代文论选》（三），第467页。

于古今诗歌创作各有自己的时代特点和特指内容，诗人皆有自己独特的生活经历、人生体验和性情禀赋，所以袁枚进一步阐述了第二个观点，即学诗要有创新，对古人优秀的传统要继承，要延续，但不能盲目因袭，否则就是优孟衣冠，使诗歌失去鲜明的时代性和鲜活的生命力。“唐人学汉、魏变汉、魏，宋学唐变唐，其变也，非有心于变也，乃不得不变也，……当变而变，其相传者心也；当变而不变，其拘守者迹也。鹦鹉能言而不能得其所以言，夫非以迹乎哉？”[①]在袁枚看来，继承和创新，即“学”与“变”是相互生发的，没有“变”的“学”是毫无生机、绝无生命的复制和模仿，只有遵循诗人个性发展、融合时代特点的“变”才能激活诗的生命，达到真正“学”古的目的。袁枚纠偏“格调说”的第三个观点是诗歌创作应该坚持多元化，允许各种风格的形成和发展，“温柔敦厚”、“含蓄不尽”要提倡，其它与之相异的内容和风格亦应大力张扬。“子曰：‘可以兴，可以群’，此指含蓄者言之，……曰‘可以观，可以怨’，此指说尽者言之，……曰‘迩之事父，远之事君’，此诗之有关系者也。曰‘多识于鸟兽草木之名’，此诗之无关系者也。”[②]

“性灵说”对“肌理说”的针砭表现在诗文创作和考据之学的辩证关系上。“古文之道形而上，纯以神行，虽多读书，不得妄有摭拾，……考据之学形而下，专引载籍，非博不详，非杂不备，辞达而已，无所为文，更无所为古也。……以考据为古文，犹之以火为水，两物之不相中也久矣。”(《与程蕺园书》)在袁枚看来，为文为诗讲的是性情、是灵感、是形而上的东西；而考据家主张以学理为文为诗显然违背了诗文创作的基本规律，忽视了诗人主观情感对诗文创作的巨大作用，如果以考据的胸襟创制诗文必然会导致诗文走向岐路。

“性灵说”和性灵派的产生与形成是时代的必然，亦是诗歌发展到一定阶段的产物，同时也是个性特出、卓见独具的专业化诗人推动的结果。袁枚作为“性灵说”的倡导者和性灵派的主帅，他当之无愧

---

① 见《古代文论选》(三)，第 467—468 页。

② 同上，第 468 页。

地成了那个时代诗界改革的先行者，因此，论说性灵派的山水诗，袁枚应为第一人。

第一节 “孤峰卓立久离尘”“四面风云自有神”

——袁枚的山水诗论

一、袁枚的生平、诗论和诗歌创作概说

袁枚(1716—1798)，字子才，号简斋，浙江钱塘人。《清史稿·文苑传》称曰：“幼有异禀，年十二，补县学生，弱冠，省叔父广西抚幕，巡抚金鉷见而异之，……会开博学鸿词科，遂疏荐之。时海内举者二百余人，枚年最少，试报罢。”①乾隆元年，袁枚受广西巡抚金鉷疏荐应博学鸿词考试，虽然没有中式，但这次应试的经历给诗人日后的成长提供了非常重要的机缘，因为应试者皆名满天下的名士和才人。乾隆四年，袁枚中进士，选庶吉士。后改发江南知县，历任溧水、江浦、沭阳、江宁等处。尤其在任江宁知县后，深得时署两江总督尹继善的青睐。钱振锽《袁枚传》记曰：“其宰江宁也，尹侍郎会一督学江南，与枚异趣。日驺从过三山街，某将军家奴冲道，嫚骂之，窘会一。知府某不敢诘，枚缚而置之狱。大学士高斌适之宁，会一为之言：‘枚才如子建，政如子产。’又一次将军家奴征李氏租，囚周姓子。枚诘之，奴抗不服，杖决之。”②袁枚刚正不屈、办事循法的干才不但得到尹继善赞美，而且远在直隶总督任上的方观承以袁枚为楷模，告诫属下曰：“袁枚循吏也。虽宰江宁省会，而尽心于民事，尔曹宜师之。”(语见钱振锽《袁枚传》)

袁枚秉性不喜循规蹈矩，而由翰詹外放知县，使其屈才如此，因此，三十三岁那年他辞官归隐，卜居南京小仓山下，构随园以居之。

---

① 见《清史稿》，第2090页。

② 见《广清碑传集》，第548页。

从此开始了近半个世纪以诗文创作为职业，以交游授徒为消遣的优游生活。姚鼐《袁随园君墓志铭》载曰："君本以文章入翰林有声，而忽摈外，及为知县，著才矣，而仕卒不进。自陕归，年甫四十，遂绝意仕宦，尽其才以为文辞歌诗，足迹造东南山水佳处皆遍。其瑰奇幽邈，一发于文章，以自喜其意。"①

袁枚生性放情自任，不拘道统家之所谓礼法，他的创作、他的诗论主张皆取自个性和内心，绝少刻意文饰。因他对当时盛行的考据、文章、义理之学有所訾议，再加他帐下多女弟子等超常行为，故而受到时人强烈批评，如果抛开观点之争，剥掉道学家正统观念的外衣，还原袁枚的本质，我们足能发现袁枚是一个有血性、有正义感，而不被权势所屈服的真汉子。在他身上具备诗人的热情和童真，他不一味地逢迎人，也不随意地贬抑人，率性而为、任情而作。在号称盛世的文网笼盖下，一般聪明人全都转向远离生活、远离民情、远离人性的文章考据之学，独有袁枚大张旗鼓地拿起性灵的矛枪，向理学家公开叫阵，这不能不引起视文章考据为生命的理学大师们的严厉声讨，他们把袁枚看作"名教之罪人"，把他所倡导的诗论"性灵说"当成"丧心无忌，敢诲圣言"的"邪说"②，因持论不同，对待各自所尊奉主张的态度冰炭不能兼容，所以章学诚对袁枚的批评和指斥是极其不留情面和余地的。尽管如此，袁枚在那个时代能上承明代李贽、下启近代龚自珍等人，开一代思想新风，力排腐儒伪学的胆魄与勇气是非常值得肯定的，正如钱振锽《袁枚传》所分析："使当时有发枚文字为谤书者，枚又何辞？枚固幸免于当时文字之狱耳。然且以死奋笔，岂寻常绳墨文字，漫无痛痒者可几及哉！……不信佛老阴阳，见人祸福，不论因果。生平最恶一'庸'字，世但知以性灵为诗，不知枚以肝胆为文；但知枚有乐天之易，不知枚有史迁之愤。"③袁枚的诗文看似平易，无生新、无倔劲，但字里行间实实透着一股愤懑不平之气。其它

① 见《广清碑传集》，第548页。

② 〔清〕章学诚《文史通义·诗话》，中华书局1985年版，第568—569页。

③ 见《广清碑传集》，第549页。

暂不论，即使在袁枚自称“自娱”、“戏编”、“妄言妄听”的文言小说集《子不语》（又名《新齐谐》）里，处处散发着一种反封建、反礼教的叛逆精神。袁枚在骨子里是一个叛逆性极强的反礼教斗士，但在现实生活中，他非常懂得斗争的艺术，他把一腔骨梗悲慨之气、激扬奋发之情变换成狐仙鬼怪的非人间世界，以及嘻笑怒骂的辛辣文辞传达出来，就产生惊世骇俗的效果。

袁枚的诗论主张与其人格特质相一致，他对诗的见解完全溶化了他对人生、对社会、对人性的种种体验和洞察，与其反封建的民主精神相贯通。袁枚生活的年代，是封建政治走向专制集权巅峰的关键时期，各种新思潮、新观念、新学术在满清王朝的残酷迫害下，如三秋之花纷纷凋零败落、枯萎灭绝。诗歌观念作为社会思潮的重要组成部分，它的滋生、成长与社会潮流产生同步效应，当社会潮流无可逆转地进入沉闷抑郁、死水无波的冬眠期之后，诗界生气亦随之消耗殆尽。面对这样一副“前不见古人，后不见来者”的苍茫世界，袁枚高举“性灵”的旗帜，意欲拉开诗坛改革的沉重大幕。与王士祯当年力倡“神韵”以补时阙不同，袁枚的“性灵”主张旨在回归诗的本质，他所抹去的不是民族矛盾造成的士人心态上的裂痕，弥补的也不是诗坛上所缺乏的空寂圆融、玄虚杳深的韵味，迎合的更不是统治者意识形态中所需要的风华绝代、风流绝畅的太平气象，相反，袁枚的“性灵说”力图拨开当时笼盖在诗坛上的粉饰太平的氤氲之气，通过强烈的个性解放意识在诗界掀起一场反封建的风潮，让人性、人情、人心的光华再次照耀诗的天空。就此意义说，袁枚力主“性灵”不单是一个诗学的理论问题，而且更是与整个封建社会意识形态有机抗衡的大命题。对袁枚的诗史地位，先师严迪昌在《清诗史》里有这样几段精辟的论述：“袁枚面临的诗界景象远较前朝先辈（此处主要指晚明的公安三袁、竟陵诗派的钟惺和谭元春。笔者注）严酷，‘神韵’、‘格调’、‘肌理’以及形形色色羁缚才思，窒息情性的诗观念、诗批评、诗创作现象已捆紧诗文化近百年，而且愈捆愈紧，……可是，袁枚却痴爱于诗，不仅以诗为生命，而且还意在拯救诗的生命。……这无疑须拥有极大的胆力和识见，而且更需要绝顶的聪明机智。”[①]“袁枚是清代诗史，也是整个中国封建诗史上最后一个全身心挽救诗的生命力的诗学改革家，而且是卓有建树，助益后世甚巨者。……在封建历史行将出现决定性更变的前夜，作为新旧交替界碑前的一个诗学家，袁枚无愧于老树着花之喻。……他那不惜投注一生心血，拼力想充当报春第一燕的现象和精神，决不应低估以至抹煞。”[②]

袁枚的诗学现象代表了一个时代，随着这个时代的到来，中国古典诗歌创作终于进入了回归本质的崭新阶段，抒写真情、表现真我、体现真心，是中国古典诗歌始终追求的目标，正如明末思想家李贽所说：“夫童心者，真心也，若以童心为不可，是以真心为不可也。……若失却童心，便失却真心，失却真心便失却真人。……苟童心常存，则道理不行，闻见不立，无时不文，无人不文，无一样创制体格文字而非文字者。”（《李氏焚书·童心说》卷三）又如袁宏道所倡：“足迹所至，几半天下，而诗文亦因之以日进，大都独抒性灵，不拘格套，非从自己胸臆流出，不肯下笔。有时情与境会，顷刻千言，如水东注，令人夺魂。”（《袁中郎全集·序小修诗》）[③]由上引即知，“童心”、“真心”、“独抒性灵”就是指诗歌创作一定要有真我，所有诗句都是“从自己胸臆流出”的“本色独造语”。然而在诗歌日渐成为政治意识形态的附属物之后，诗人的真情创作总被封建卫道者的政治标准所阉割、所扼杀，故此，袁枚“性灵”说的出现具有惊骇世人之目，启开诗界新声的重大作用。一旦袁枚逝去，这个诗学的新时代亦随之隐退，中国古典诗歌旋即进入如龚自珍所言的“万马齐喑”的可悲可叹境地。

袁枚的诗学主张或集中于《随园诗话》，或散见于其它诗文作品中。以下主要以《随园诗话》为例浅说一下袁枚的诗论思想。

---

① 见《清诗史》，第737页。

② 同上，第739页。

③ 见《历代文论选》(三)，第211页。

（一）诗的功能是抒情言志，诗人创作诗歌必须要有情，“性灵”即真情流露、天籁自成。

袁枚倡行“性灵”之说，“性灵”讲到底就是人的本质天性的自然宣示和流泻，与明代李贽的“童心”说遥相呼应，是公安三袁诗学理论的延伸和升华，“余尝谓：诗人者，不失其赤子之心者也。”[①]因为强调真情和真心在诗歌创作中的主导作用，所以袁枚在《随园诗话》中反复申说了这个核心命题。“余作诗，雅不喜叠韵、和韵，及用古人韵。以为诗写性情，惟吾所适。”[②]这段话是针对诗坛流行的注重格式、注重外在语言模式的弊端而发的。所谓“叠韵”是指用同一韵字来作诗，一气可重叠作几首，甚至数十首；“和韵”是指用别人诗中的韵字来作诗。如此种种过分强调声韵的作法，极大地约束了诗人感情抒发的自由度，有碍性灵。袁枚认为真正的好诗如天籁之音，是诗人心声的直白，是人性灵妙而神奇的力量，是诗人对天地人生感悟的灵气，只有脱尽了格律的局限，率性而为，才能创作出独抒性灵的好作品。独抒性灵的佳作不仅不受韵脚的限制，而且还要摆脱命题约束。“无题之诗，天籁也；有题之诗，人籁也。天籁易工，人籁难工。”[③]袁枚认为优秀的诗篇，能“独绝千古”的好诗，皆为无题之作，这是因为“无题之诗”与性情有关，“有题之诗”离性情越来越远。“无题之诗”大抵诗人真情实感的喷发，是先有诗情而后有诗句，诗题、诗韵、诗格是随诗人情感的跌宕起伏自然而形成的，故而“无题之诗”是“天籁”，舒卷自如，绝无斧凿之痕。真情就是性灵产生的基础，离开真情则无性灵，同时也就没有直抒性灵的好作品问世。“诗难其真也，有性情而后真，否则敷衍成文矣。”[④]“文以情生，未有无情而有文者。”“真”是诗歌的灵魂，“性情”是“真”的源起，离开“性情”就无“真”，无“真”

---

① 〔清〕袁枚《随园诗话》，人民文学出版社 1982 年第 2 版，第 74 页。以下引用此书，不再一一注明。

② 同上，第 3 页。

③ 同上，第 228 页。

④ 同上，第 234 页。

则无诗，亦无文。一个薄情的人即使能为诗为文，也非真诗真文，因为他们不是在“作诗”，而是在“描诗”。“描诗者，象生花之类，所谓优孟衣冠，诗中之乡愿也。”[①]袁枚的诗在当代已被评为“专写性情”，而袁枚本人亦自负于写性情，他毫不隐晦地宣称：“余最爱言情之作，读之如桓子野闻歌，辄唤奈何。”[②]出于对“性情”和“真”的反复申说，袁枚在给学诗者的赠语中也明确点划道：“万般物是天然好，野卉终胜剪彩花。”[③]

（二）正确处理性情和学力、内容与形式的关系，诗歌创作主要讲性情、讲内容，但必要的学力和恰当的形式还是不能偏废的。

袁枚主张诗歌关乎性灵，与诗人的学力大小无关，“人有生而潇洒者，不关学力也。”[④]“人有满腔书卷，无处张皇，当为考据之学，自成一家。其次，则骈体文，尽可铺排，何必借诗为卖弄？自《三百篇》至今日，凡诗之传者，都是性灵，不关堆垛。”[⑤]袁枚认为做学问和作诗是两个不同的范畴，因思维不同、用情方式不同、胸襟器识不同，所以学问和诗的旨归亦不同，正因为不同，袁枚觉得满腹才学的人不必强行涉猎诗的领域，甚或还要求以学问入诗，以考据为诗，学问家应该做学问家的事，从此意义说，袁枚并没有完全否认考据之学，也没有恶意谤伤学问家，只不过是指出学问与诗各有途径，误入自己不擅长，或不谙熟的领域，必然产生误导世人的后果。虽然袁枚一再强调传世之诗作，必是“性灵”之作，但他并不一味否定学识、气养对诗歌创作的影响。他觉得只要诗人运用得当，引经书、用典故照样也能使诗达到奇妙新警的效果：“诗用经书成语，有对仗极妙者。……姚念慈云：‘野无青草霜飞后，菊有黄花雁到初。’……胡稚威云：‘春水绿波芳草色，杂花生树乱莺飞。’”袁枚认为学力和作诗并非冰火两斥，

---

① 见《随园诗话》，第 235 页。

② 同上，第 360 页。

③ 同上，第 806 页。

④ 同上，第 237 页。

⑤ 同上，第 146 页。

关键是如何运用。构思过程，全靠诗人“天分”，即与生俱来的想象力和热情；而落笔成文的过程，一定要有厚度，有内容，二者相互照应，才能彰显诗的魅力：“诗文自须学力，然用笔构思，全凭天分。”①“学力”和“天分”的恰当运用，才使诗歌既有令人遐想的“寄托”，又有让人神魂俱醉的“天籁”之音：“诗有寄托便佳。”②“诗有天籁最妙。”“有寄托”可启人深思，使诗显得醇厚而不寡淡；“有天籁”则让人产生联想的空间，于看似平常处享受一种自然天成的美感。

（三）作诗要广开眼界，学习前人应转益多师，破除门户之见，抹去唐、宋之界，这是诗歌创作的根本点，也是诗歌历久不衰的生命之源。

中国古典诗歌发展到明代，门户之见日益兴盛，伴随而来的是喋喋不休的唐、宋之争，清人沿袭明人陋习，始终徘徊在崇唐宗宋的边缘，对这一诗坛怪象，袁枚深恶痛绝，他一再主张诗歌是诗人真情的流露，与摹拟前人没有关联。清代诗人创作的诗和清代的文化背景、社会形态，以及由此激发的诗人的感情相关，清人的诗就是清人真实情感的凝聚，决不是依傍门户、因袭前人的结果。“阮亭《池北偶谈》笑元、白作诗，未窥盛唐门户。此论甚谬。……余按元、白在唐朝所以能独竖一帜者，正为其不袭盛唐窠臼也。阮亭之意，必欲其描头画角若明七子，而后谓之窥盛唐乎？要知唐之李、杜、韩、白，俱非阮亭所喜，因其名太高，未便诋毁；于少陵亦时有微词，况元、白乎？阮亭主修饰，不主性情，观其到一处必有诗，诗中必用典，可以想见其喜怒哀乐之不真矣！”③王士祯的“神韵”说，不仅代表了一个诗派的理论主张，而且还是封建正统思想在特定时空里对诗学影响的结果。袁枚不管生前或身后，其身份仅止于诗人，他以民间专业作家的身份敢于直面被谥封为“文简公”的御用桂冠诗人王士祯，并针砭其流弊，足见其对“神韵”说所设定的门户之见的厌恶。当然袁枚对“神韵”说的

---

① 见《随园诗话》，第526页。

② 同上，第688页。

③ 同上，第80页。

排诋，旨在纠谬于他们谨守门户，作诗缺乏真性情，只能作“清雅”句，而不能为“排奡”语的弊端。“阮亭先生，自是一代名家。惜誉之者既过其实，而毁之亦损其真。须知先生才本清雅，气少排奡，为王、孟、韦、柳则有余，为李、杜、韩、苏则不足也。”[①]袁枚并不一味反对学习古人，但他认为学有“善学”与“不善学”之分，善学者能得古人真髓，而不善学者则如买椟还珠之喻：“后之人未有不学古人而能为诗者也。然而善学者，得鱼忘筌；不善学者，刻舟求剑。”[②]“文尊韩，诗尊杜，犹登山者必上泰山，泛水者必朝东海也。然使空抱东海、泰山，而此外不知有天台、武夷之奇，潇湘、镜湖之胜，则亦泰山上之一樵夫，海船上之舵工而已矣。学者当以博览为工。”[③]善学以“博览为工”，这是袁枚对学古的态度，“博览”必须破除门户之见，以性情为宗。“诗分唐、宋，至今人犹恪守。不知诗者，人之性情；唐、宋者，帝王之国号。人之性情，岂因国号而转移哉？……七子以盛唐自命，谓唐以后无诗，即宋儒习气语。”[④]

性情自诗人胸间流出，如行云过眼，自在自为，所以独抒性灵的诗人创作的诗歌必然如莺声婉转、丝竹嘹亮，呈现出多姿多彩、自然天成的风格。“夫诗为天地元音，有定而无定，到恰好处，自成音节，此中微妙，口不能言。”[⑤]“诗境最宽，有学士大夫读破万卷，穷老尽气，而不能得其阃奥者。有妇人女子，村氓浅学，偶有一二句，虽李、杜复生，必为低首者。”[⑥]诗是“天地元音”，不能用枯涩凝滞的声调或学理去拘限它，相反应该让他“自成音节”，自由生长，如此才能显出“诗境”之“宽”。“诗人家数甚多，不可硁硁然域一先生之言，自以为是，而妄薄前人。……虽才力笔性，各有所宜，未容勉强。”[⑦]“诗有音

① 见《随园诗话》，第 48 页。
② 同上，第 49 页。
③ 同上，第 266 页。
④ 同上，第 196 页。
⑤ 同上，第 122 页。
⑥ 同上，第 88 页。
⑦ 同上，第 149 页。

节清脆,如雪竹冰丝,非人间凡响,皆由天性使然,非关学问。"诗格与人格相近,诗情取自人情,所以袁枚主张诗应该随诗人的天分、禀赋和性情而有不同风格,他把王士祯的"神韵"纳入诗的一种风格(见《诗话》卷八第七十一则),在袁枚看来"神韵"一派的诗人天性澹然,擅长作"羚羊挂角,无迹可求"的神韵诗。

袁枚力主风格多样,诗由情生的立足点就是对学古的认知和态度,他不非薄古人,也不迷信古人,但他极力反对挟古人以自重,而不思创新、不求改革的腐儒习气。"人闲居时,不可一刻无古人;落笔时,不可一刻有古人。平居有古人,而学力方深;落笔无古人,而精神始出。"[①]"抱韩杜以凌人,而粗脚笨手者,谓之权门托足。仿王、孟以矜高,而半吞半吐者,谓之贫贱骄人。开口言盛唐及好用古人韵者,谓之木偶演戏。故意走宋人冷径者,谓之乞儿搬家。好叠韵、次韵、剌剌不休者,谓之村婆絮谈。一字一句,自注来历者,谓之古董开店。"[②]上列种种,皆流弊于清初至清中叶诗坛的拟古现象,袁枚既不回护其短,也不避让矛盾,而是一针见血地描绘出各种学古而不善者的可笑可怜的群像。

袁枚既然把独抒性灵当作诗歌创作的根本点,所以他始终坚持以真情真性为品评诗歌的标准,只要诗人的诗作真情漫溢,达到感人至深的目的,那就一定是"佳诗"。"人或问余以本朝诗,谁为第一?余转问其人,《三百篇》以何首为第一?其人不能答。余晓之曰:诗如天生花卉,春兰秋菊,各有一时之秀,不容人为轩轾。音律风趣,能动人心目者,即为佳诗,无所为第一、第二也。"[③]

通过上述,约略可知,袁枚主性灵,但不排斥学识,酷爱诗歌创作,但绝不轻蔑治经史。因为在袁枚观念中,诗歌和学问取径不同,功能也不同,只有将二者关系处置得当,才能使其完美集合于一体:"今之博通经史而不能为诗者,犹之有厅堂大厦,而无园榭之乐也;能

---

① 见《随园诗话》,第 352 页。

② 同上,第 148 页。

③ 同上,第 70 页。

吟诗词而不博通经史者，犹之有园榭而无正屋高堂也，是皆不可偏废。”①

（四）广收博采，不辞细流、不捐土壤，只要片言只语，符合性情，皆纳入《随园诗话》，意在为当代诗人留一席之地，使其佳句名篇不湮没于滚滚红尘之下。这是《随园诗话》功德无量的一件善举，也是其熠熠生辉的闪光点。

尽管章学诚在《文史通义·诗话》中申斥袁枚及其《随园诗话》曰：“而毅然笔为诗话，人可戮而书可焚矣。……今乃累轴连编，所称闺阁之诗，几与男子相埒，……妇女内言不出阃外，诗话为之私立名字，标榜声气，为虚为实，吾不得而知也。……其中名德巨公，志其余事，奇才宿望，著其精能。或有身地寒微，表其幽隽，一节可取，藉端留芳，此诚诗话应有事也。今乃玉石不分，苗莠无别，往往诗话识其名姓，邂逅偶遇斯人，实乃风尘游乞、庸奴贱品，助语不辨虚实，引喻全乖向方，臃肿无知，赘瘤可厌，亦不乏其徒焉。……至于附会经传，肆侮圣言，尤丧心而病狂矣。……则斯人之所谓名，乃名教之罪人也；斯人之所谓名，亦有识者所深耻也。……倾邪之人，必有所恃，挟纤仄便娟之笔，为称功颂德之辞；以揣摩抵掌之谈，运宛转逢迎之术，权贵显要，无不逢也；声望巨公，无不媚也。……凡圣贤典训，无不横征曲引，以为导欲宣淫之具，其罪可胜诛乎？自负诗才天下第一，庸妄无知甚矣。”②章学诚（1738—1802），字实斋，浙江会稽人，清代著名文史学家，著《文史通义》。他和袁枚同为浙人，比袁枚年小二十三岁，晚于袁枚四年逝世。因二人所攻术业领域不同，治学路径殊异，故而思想观念有所岐分，袁枚主张性灵，称作诗以性情为本，不关学力；章学诚则视文章、义理、考据为生命，由此引发二人间的相互论战。

如果讨论学术，或是诗文主张，原可有理有据，平心静气地以理服人，但观章学诚所为，颇有挟“名教”以自重，欲以封建正统的礼法

---

① 见《随园诗话》，第332页。

② 见《文史通义校注》，中华书局1985年版，第567—569页。

置袁枚以死地的架势。章学诚在清代学术史上举足轻重，尤其史学被目为继唐代刘知几后的又一丰碑，但过分的严谨和自重，往往流于苛刻与固执，他的论点语气总给人以促狭和峻刻的印象。（笔者按：章学诚攻袁枚的文章除《诗话》外，还有《妇学》《妇学篇书后》等，可参阅。如果不曲意护短，站在诗与义理、史学的角度客观考察，章学诚确实为史志之学开一新局，是一代至诚笃实的史学大师，他毕生所钟情的是义理、文章和史志，所以当袁枚在诗论中对学人，尤其考据家"张皇为诗"的现象大有微词时，确实捅到了章学诚的痛处，故而他要拼死一搏。但反观章氏的《诗话》和《妇学》等篇，无论从立论，还是逻辑论证的视角，确实不敢恭维，从那些谩骂式的评论里，我们真实感到章学诚长于史而短于诗，专于文而薄于情，故此他对袁枚的论战似有蜀犬吠日之嫌。）

《随园诗话》作为诗学论著，它的理论系统性与广深度是无法和叶燮的《原诗》相提并论的。但就保存当代诗歌创作资料，还原清中叶诗歌创作的繁盛景象，它是一部绝无仅有而值得珍视的诗话著作。在《随园诗话》中，凡名公巨族、社会显达，以至贩夫走卒，只要有片言只语能自出机抒，自抒性灵，袁枚皆采录其中，使其人其诗流播于后世。

袁枚因广采博收，不问诗人身份和出处，颇受时人讥评，对此，袁枚的态度是："以诗受业随园者，方外缁流，青衣红粉，无所不备。人嫌太滥，余笑曰：子不读《尚书大传》乎？东郭子思问子贡曰：夫子之门，何其杂也？子贡曰：医门多疾，大匠之门多曲木，有教无类，其斯之谓欤？"[①]袁枚《随园诗话》以收录天下性灵诗歌为旨要，而袁枚更以采录天下或隐或显的诗人作品为己任。为了采诗，他交遍四海友朋，跋涉千山万水，不避趋附权门之嫌、不厌风尘沦落之人。"近日十三省诗人佳句，余多采录诗话中，惟甘肃一省，路远朋稀，无从搜辑。戊申春，忽江宁典史王柏厓光晟见访，贻五律四首，一气呵成，中无杂句。余洒然异之。问所由来，云：'幼讲诗于吴信辰进士。'吴诗奇警。……吴名镇，甘肃临洮人。"[②]吴镇，甘肃名诗人，因地偏西北，故

---

① 见《随园诗话》，第806页。

② 同上，第544页。

而江左人士鲜有知其名与诗者，袁枚将其采录入诗话，对于南北东西诗学交流起到了推动作用。袁枚选诗的标准不以当事者的社会身份而区分，相反，他在力求地域宽广，有代表性的基础上，坚持“诗能入人心脾”者“便是佳诗”①，“能入人心脾”的诗，就是纯出天然，富有性情的真诗，故而袁枚将其广辑穷搜，不问这诗是否出自“名家老手”。袁枚一再宣称：“余好诗如好色，得人佳句，心不能忘。”②“余闻人佳句，即录入《诗话》，并不知是谁何之作。”③当然采录诗作是一件吃力不讨好，甚至在取舍之间颇费心力的事，故此袁枚说道：“采诗如散赈也，宁滥勿遗。”④“选诗如用人才，门户须宽，采取须严。”⑤

《随园诗话》采录的诗作上至名望巨公、下逮“畸士贱工”，或吐珠联璧，或“脱口而出”，洋洋成大观。但其最值得称道，且焕现异彩的当是布衣寒士与闺阁诗人的言情抒性之作。在袁枚心目中，寒士布衣多散处民间，饱尝人间甘苦，他们的诗没有富儿的夸侈斗靡，也没有台阁的粉墨登场，更没有名士的扭捏作态，大多为从心底自然流溢而来的写性之作。比如《诗话》卷八第四十八则对扬州寒士诗人汪舸的记述，就很感动人心：

> 诗人少达而多穷。汪可舟舸，自称客吟先生，诗笔清绝，而在扬州，竟无知者。己丑除夕，忽过白门，意大不适，有汉江之行。余坚留之，不肯小住，遂成永诀。未十年，其子中也，家业大昌，买马氏玲珑山馆，造亭台，招延名士，而可舟不及见矣。其《听雨》诗云：“檐外几声才淅沥，胸中何事不分明。”又曰：“侧身已在江湖外，绕屋宁堪竹树多。但觉有声皆剑戟，不知何物是笙歌。”其纡郁可想。

① 见《随园诗话》，第610页。

② 同上，第637页。

③ 同上，第749页。

④ 同上，第773页。

⑤ 同上，第222页。

寒士诗本是从生活小事感悟，写自己对人间世相的切肤体验，故而情多泪也多。在《诗话》卷十第八十二则中袁枚又一次记叙了汪可舟的一段逸事："余最爱言情之作，读之如桓子野闻歌，辄唤奈何。录汪可舟《在外哭女》云：'遥闻临逝语堪哀，望我殷殷日百回。死别几时曾想到，岁朝无路复归来。……便即还家能见否，一棺已盖万难开。'《过朱草衣故居》云：'路绕丛祠鸟雀飞，依然门巷故人非。……问疾榻前才转盼，谈诗窗外剩斜晖。……'"[①]朱草衣与汪可舟同为寒士诗人，《诗话》卷九第一则记曰："白下布衣朱草衣，少时有'破楼僧打夕阳钟'之句，因之得名。晚年无子，卒后葬清凉山。余为书'清故诗人朱草衣先生之墓'勒石坟前。……《郊外》云：'乱鸦多在野，深树不藏村。……'《大观亭》云：'长江围地白，老树隔朝青。'"[②]布衣诗不全是郁闷抒愤、悲悯苍生的苦情作，其中有些诗辞句清峻洒脱，有超迈之气。如《诗话》卷十三第十八则记福建诗人刘芳曰：

> 闽人刘南庐，名芳，貌若枯僧，以布衣云游，所到必栖深山古刹，受群僧供养，问何不还乡，笑而不答。晚年卒于通州之狼山，群僧为葬于骆右丞墓侧，置石碣焉。丁丑九月，宿随园，见赠七律，仅记中二联云："安仁尚有栽花兴，孟博全无揽辔心。水影到窗知月上，松风搅枕信秋深。"《焦山避暑》云："千丈洪涛一小舠，乘危逃暑到僧寮。……压槛有天连水阁，开门无路入尘嚣。……"《瓦官寺》云："……曲径云深僧笠重，闲门花落客鞋香。……吊古一尊沽未至，烟钟风磬立斜阳。"《军山夜坐》云："星辰夜影窗间落，江海秋潮枕上生。"

再如《诗话》卷十六第二十六则对山阴寒士李杜的记述，亦逸气横生：

---

① 见《随园诗话》，第 360 页。

② 同上，第 287 页。

李杜，字云帆，山阴人，贫不能自存，流转燕、赵、吴、楚间，依僧而居。年三十余，卒于京师。性耽吟咏，尝有“黄河水阔秋飞雁，银汉风疏夜坠星”之句。……云帆又有《题伍大夫庙诗》云：“入吴虽是成兄志，破楚终非望子心。”《客怀》云：“一江凉月呼同载，到处名山恨独看。”皆有逸气。

袁枚对寒士布衣诗人推重且怜惜的原因是多方面的，除了诗作本身的因素，可能还有更深层的社会因素和心理因素。由此上下旁涉，袁枚对贩夫走卒、优伶妓人亦能平等对待，只要他们有零章断句，能见出个性、彰显性情，亦悉录不误。其中更有令人深思者，袁枚还对朝代鼎革之际的节士烈妇褒誉不已，在《诗话》中为他们留有一席之地。如以下两则：

本朝开国时，江阴城最后降。有女子为兵卒所得，绐之曰：“吾渴甚，幸取饮，可乎？”兵怜而许之，遂赴江死。时城中积尸满岸，秽不可闻，女子啮指血题诗云：“寄语路人休掩鼻，活人不及死人香。”（《诗话》卷一第五一）

余到南海，阅《粤峤志》：“景炎二年，端宗航海，有香山人马南宝献粟助饷，拜工部侍郎。……卫王昺立，走厓山，以曾子渊充山陵使，奉梓宫，殡于南宝家。宋亡，南宝泣不食，作诗曰：‘目击厓门天地改，寸心不与夜潮消。’又曰：‘众星耿耿沧溟底，恨不同归一少微。’后卒殉节。”其诗其事，正史不传，故志之。（《诗话》卷十五第二一）

前则直接载述明末清初那段痛史，其爱憎之情溢于言表，虽短短不足百字，但清兵南下时的残暴，江南人民遭逢的厄运，以及贞妇死难的情状，历历在人眼目，尤以“活人不及死人香”一句警人心魂。正如时志明《山魂水魄——明末清初节烈诗人山水诗论》中所说：“‘活人不及死人香’，‘墨点无多泪点多’（郑燮诗语。笔者注）用极警辟的诗句写出了一段血泪凝成的痛史，突出了死难者流芳千古的英奇人格。”[①]后则以宋末抗元的史迹作依托，实际彰扬和歌颂了一种民族精神。南宋最后一帝赵昺在大势已去、元兵迫临的一刻，由陆秀夫负而蹈海，完成了生命和人格中的壮烈之举，遂成后人凭吊仰慕的形象。因事发地在广东新会县境内之厓山，所以“厓山”在明末清初的忠臣义士心目中就成了精神的寄托，常常出现于他们的诗作里。袁枚虽然没有经历过血与火的洗礼，而且生活在清代称为极盛的乾隆时期，他不可能有强烈的反清思想，但潜意识中追逝悼亡、感念故国的情绪依然是深厚的，否则他采录当朝诗作的《诗话》，不可能凭空把南宋的遗诗录进来。

如果寒士布衣诗能直抒胸臆，那么闺秀诗则更是言情写意的上乘之作。妇女诗歌代不乏人，而且佳作迭现。但至清代已焕然一新，不仅清代参与诗歌创作的妇女人数骤然增多，远非前代可比，即使论题材的宽度和抒情的深度，清代妇女诗人远远超轶前朝。故此，袁枚顺应时代潮流，对女性诗人给予了空前的重视与关注。一般来说，历代对女性文学参与者多持肯定与赞赏的态度，但其赞赏和肯定是有条件的，女性不能越过封建的伦理纲常。袁枚之所以因褒奖女性诗人而受当代以至后世的贬抑诋毁，关键是他突破了封建的伦理纲常，把女性当成和男性一样平等的创作群体加以推崇，且提到一定高度，这难免要引起一班所谓的正人君子的斥责。如果以历史发展的客观规律来看，清代女性诗人群体的不断壮大、创作阵容的空前严整、作品数量的迅猛增长、艺术水准的直线提高，与整个社会经济的发展、文化教育的普及有关，更与妇女觉醒的自我意识、不断增强的社交欲望，尤其是愈来愈显著萌发的女权思想相联系。在这样一个社会化诗文化的氛围中，袁枚的出现无疑是时代潮流的必然。袁枚的民主意识、平等观念和反礼教的胆魄恰好与女性文学思潮的涌动在那个特定的时代、特定的环境里发生了剧烈的碰撞，因而袁枚现象无论毁

---

① 《山魂水魄——明末清初节烈诗人山水诗论》，江苏古籍出版社 2007 年版，第 455 页。

也罢，誉也罢，终竟成了那个时代诗歌史上一段抹不去的辉煌。

袁枚在《诗话》中曰："近时闺秀之多，十倍于古，而吴门为尤盛。"[①]正是看到了"闺秀"诗人"十倍于古"的不争事实，袁枚才不遗余力地鼓扬闺秀走出深闺，参与诗文化发展的大业。他的入室女弟子，或追随者，多以吴门为中心，扩及京镇、两浙，以至更远，这些闺阁诗人多有良好的教育背景，抑或家族诗文化氛围，她们或夫妻对吟，或妯娌相和，或姊妹互倡，或父女、母女、兄妹相互教习切磋，即使有家室操臼之劳，亦不废吟咏，这是一批热爱诗，并视诗为心灵寄托和生命归宿的杰出女性代表。故而袁枚对其产生的钦敬之情更非一般道学家所能体悟。如《诗话·补遗》卷三第二十一则记曰：

吾乡多闺秀，而莫盛于叶方伯佩荪家。其前后两夫人、两女公子、一儿妇，皆诗坛飞将也。先娶周夫人映清，……其它佳句，如《都门即景》云："拣杏新添调酪椀，尝瓜不惜买冰钱。……"《柳绵》云："乍从野水官桥见，只傍鞭丝帽影飞。"

继娶李夫人含章，……《望岱》云："海外天光明野马，寰中人影动蜉蝣。"……《常州道中》云："路已近家翻觉远，人因垂老渐知秋。"又《两儿下第》云："……四海几人云得路，诸生多半壑潜鱼。当年蓬矢桑弧意，岂为科名始读书。"见解高超，可与《三百篇》并传矣。

其女公子令仪，……《舟夜》云："……满窗凉月白于雪，船底忽闻鱼簖声。"……

其长媳长生，吾乡陈句山先生之女孙也。……其佳句，如《硖石道中》云："树远作人立，山深疑雨来。"《春夜》云："湿云压树暝烟重，淡月入帘花气幽。"……

……

方伯次媳周星薇，亦工吟咏，少年早夭，以故诗多失传。仅录其《悼鹦鹉》云。……

---

① 见《随园诗话》，第785页。

陈夫人之妹淡宜，亦工诗。《都中寄姊云》……

如上述以家族为集群而对诗有很高造诣的现象在《随园诗话》中比比皆是，这种现象充分证明清代社会的两极对立态势愈益激烈，一方面是文字狱屡兴，而士人箝口的喑哑局面，一方面又是诗文化暗潮涌动，诗人们极力想摆脱道统束缚而独抒性灵的转折期；同时又是理学家勃然兴起，考据之风大盛，封建礼教及其卫道者大力宣扬"存天理，灭人欲"的沉闷，甚至黑暗岁月，与之相抗衡的则是知识阶层女性的觉醒、叛逆，以至抗争，她们突破封建礼教的束缚，跳出道学家设置的闺训樊篱，勇敢地走向社会、走向与男性争平权的诗学领域，这种热潮由清中叶炽然燎起，以至影响并开启了近现代女性文学的先河。袁枚女弟子骆绮兰的《听秋馆闺中同人集序》，以大胆的语气、直白的言词、百回千转的激慨之情，决绝地表明了女性诗人对诗的赤忱与钟爱，为了诗，他们可以如飞蛾扑火，为了捍卫诗的尊严和女性诗人的纯洁，她们敢于挑战任何道学家的刻薄之说，"毁誉之来，颇淡然于胸中。……每当凉月侵帘，焚香默坐，时于远近闺秀投赠之什，犹记忆不能忘。……因裒而辑之，以付梓人，使蚩蚩者知巾帼中未尝无才子，而其传则倍难焉！"骆绮兰的话岂不是代表了无数妇女求平等的心声？

袁枚广收女性作品于《随园诗话》，一是为了使世人明白，"女子"不仅"宜诗"，而且还有诸多佳品杰作，在抒写性灵方面，她们不比男性逊色；二是他看到"古闺秀能诗者多"，而"至今""杳然"无存，令人心生无限遗憾，故此，他广采女性诗篇，旨在让她们流传后世、名彪诗史；三是袁枚重视女性诗作的最深层因素即是他看到了时代发展的潮流，女性迟早会走向社会、走向更深广的社会生活，这股颇具民主意识的潮流必须加以引导、加以扬励，于是袁枚就自然成了女性由闺阁创作向社会化创作过渡的宝筏。

袁枚与随园女弟子，及其女性诗学间的关系千丝万缕，从其生前以至身后成为人们关注的焦点，数百年来论者甚众，限篇幅，不再赘述，谨以咸、同年间称任协襄的宜兴籍诗人之令堂屠太夫人《爨余集》

中一首《题小仓山房后》来缩影式地鉴别袁枚对女性文学的重大影响："明珠错落水晶盘，一片光华耀眼寒。不敢临风读仙句，恐叫飞入碧云端。"（屠氏《爨余集》下卷）

袁枚的诗歌创作，自问世以来，有毁有誉，毁之者恨不能焚其书、灭其言；誉之者则视为天外之音，能发人深醒。对袁枚诋毁最烈的除上述章学诚外，广东诗人黎简、云南诗论家朱庭珍亦有不留情面处。朱庭珍在《筱园诗话》中将袁枚的《随园诗话》及其创作逐一进行了批判，他认为"《随园诗话》持论多无稽臆说"，是"所谓的佞口"，袁枚的诗歌"以淫女狡童之性灵为宗，……误以鄙俚浅滑为自然，尖酸佻巧为聪明，谐谑游戏为风趣，粗恶颓放为雄豪，轻薄卑靡为天真，淫秽浪荡为艳情，倡魔道妖言，以溃诗教之防。"[①]在朱庭珍的心目中，性灵派的诗人们其实是一群毫无功力、毫无根柢的"瞽人"，他们的创作"不讲格律，不贵学问"，是"空疏易于效颦"的浮滑之作。正因为如此，朱庭珍把袁枚及其性灵派置于"流毒天下"的罪魁之首："是以谬种蔓延不已，流毒天下，至今为梗。……袁、赵（指赵翼。笔者注）二家之为诗魔，较前明钟、谭，南宋江湖、九僧、四灵、江西诸派，末流之弊，更增十百，实风雅之蠹，六义之罪魁也。"朱庭珍的观点绝非一家之言，他至少典型地代表了具有道学观念的诗评家的总体心声。

与毁诋之见不同的是，袁枚的诗歌被众多有识之士看成是开创一代新风，抒写性情之真的天纶之音。如蒋士铨在《读随园诗题辞》中说："我读随园诗，古多作者我不知。古今只此笔数枝，怪哉公以一手持。意所欲到笔注之，笔所未到意孳孳。……心兵意匠极艰危，归诸自然出淋漓。"[②]郭麐《灵芬馆诗话》曰："国朝之诗，自乾隆三十年以来，风会一变。……随园树骨高华，赋材雄骜，四时在其笔端，……正如钟磬高悬，琴瑟迭奏，极其和雅，可以感动天人，协平志气。"[③]舒位在《乾嘉诗坛点将录》中将袁枚放在"及时雨"的位置，足见其崇敬

① 见张国庆选编《云南古代诗文论著辑要》，第 290 页。

② 见王英志主编《袁枚全集》，江苏古籍出版社 1993 版，第 2 页。

③ 见《清诗纪事》，第 5093 页。

之情："及时雨袁简斋枚(赞)：非仙非佛，笔札唇舌，其雨及时，不择地而施，或膏泽之沾溉，或滂沱而怨咨。"[①]蒋湘南在《游艺录》里冷静而公允地分析道："平心论之，袁之才气固是万人敌也，胸次超旷，故多破空之论；性海洋溢，故有绝世之情。所惜根柢浅薄，不求甚解处多，所读经史但以供诗文之料而不肯求通，是为袁之所短。……世人无其才学，不能知其真本领之所在，因其集中恶诗遂并其工者而一概摈之，此岂公论哉！"[②]

袁枚的诗编集为《小仓山房诗集》共三十九卷，其中正集三十七卷，补遗二卷，诗歌总量为四千四百余首。在这数量丰赡的作品中，有精华，也有应酬浮泛之作，总之袁枚的诗歌是其诗学理论的印证，是诗人自抒性灵、率意而为的写心、写性、写情之作，故而诗中多以生活小事为题材，把眼前景、心中情有机融汇起来，如清溪一道，任情而来，又随意而去。展读品味，颇觉清新自然、轻松愉悦，全无金台体的装腔弄势，也无金石家的佶倔聱牙。如：

> 寒夜读书忘却眠，锦衾香烬炉无烟。美人含怒夺灯去，问郎知是几更天。
>
> ——《寒夜》
>
> 莽莽江天万里涛，一帆才去一帆招。侬家舟系青溪畔，不采莲花橹不摇。
>
> ——《舟》
>
> 城下梅花千树栽，罗浮春到一齐开。参横月落群仙降，定与诗魂共往来。
>
> ——《诗城诗》其四

《寒夜》以"寒夜读书"为引子，是读书人惯常的生活场景，但被袁枚写来却妙趣横生，既有红袖添香的温馨厮守，又有"美人夺灯"的且

---

① 见《清诗纪事》，第5092页。

② 转引自严迪昌《清诗史》，第816页。

嗔且怨，其中饱含亲情、爱情和人性之至纯。《舟》以“青溪畔”的渔家采莲女作抒写主体，在“莽莽江天”、“万里涛”声的衬托下，更显渔家生活悠游自在的天然风趣。《诗城诗》抒发诗人编成《随园诗话》后的喜悦澹然心情，何谓“诗城”，按袁枚自己的话说，就是：“余山居五十年，四方投赠之章几至万首，梓其尤者，其底本及余诗无安置所，乃造长廊百余尺而尽糊之壁间，号曰‘诗城’。”《诗城诗》四首连续，看似笔墨无多，词意浅显，但却坚定地表达了袁枚以诗为财富、以诗为阵地、以诗为生命的无量胸襟。

袁枚的诗以浅近的口头语直写诗人的心情，极富人情味和生活性，但细研其诗，往往于琐屑的小事中见出启人心智的哲理。如：“渐渐金风动井床，差差荷叶送新凉。寒蝉心事无人识，苦抱青枝叫欲狂。”（《秋兴》其一）“管弦声里摇鞭去，斜指江南水一湾。……寄语行人莫轻用，恐教良马泪潺潺。”（《马鞭》）“七十经过又四春，自知非复旧精神。……譬如棋子将终局，收拾全盘付后人。”（《自知》）“山顶蚊虻尽，萧然绝点尘。苍蝇偏不断，高处有谗人。”（《蝇》）“春留三月动征程，从此炎凉逐渐生。一夜落花飞似雪，莫嫌来去不分明。”（《春归》）上引富含哲寤的篇章在《小仓山房诗集》中随手可拈，它们大多来自诗人对人生、对自然、对世态的深刻体验，从而在司空见惯处悟出一般常人能想而不能道的至情之理。

袁枚力主性灵，强调诗歌创作必须有新意、有心声、有性情。因此，他的诗被后世有时误解成只有自我，没有社会；只有性情，没有现实；只有浅显，没有浑厚；只有直抒胸臆，没有深沉寄托。其实这是对袁枚诗歌以偏概全的理解。袁枚童年家贫，少年早慧，青年出任地方“俗吏”，他曾经有过“意气凌八表”（《偶然作》其十）的用世宏图，但中岁因不满于作一风尘“俗吏”，故而将“大鹏翼”一变“化作小山草”（《偶然作》其十）这种人生遭际令心高气盛、矢志峻洁的袁枚常怀抑塞不平之气，他曾自我解嘲曰：“至人非吾德，豪杰非吾才。见佛吾无佞，谈仙吾辄排。谓隐吾已仕，谓显吾又乖。解好长卿色，亦营陶朱财。”（《秋夜杂诗》其五）既不甘心做奴颜婢膝的“俗吏”，又不忍其素怀的“愿得丈二殳，为国铭燕然”（同上，其六）的雄才大略沉没蒿莱，故而，他把现实无法实现的大志寄托到遥远的历史中，以期借古人之酒杯浇自己心中难平之块垒。如："远望鼍江气寂寥，江东遗冢草萧萧。……伤心枉进英雄计，花醉华堂泪未消。"(《罗昭谏墓》)罗昭谏，即唐代著名诗人罗隐。《全唐诗·罗隐》曰："罗隐，字昭谏，余杭人，本名横，十上不中第，遂更名。从事湖南、淮润，无所合，久之归……年七十七卒。隐少聪敏，既不得志，其诗以风刺为主。"[①]《唐才子传》评罗隐说："恃才忽睨，众颇憎忌，自以为当得大用，而一第落落，传食诸侯，因人成事，深怨唐室。"罗隐素怀大略，因其《谗书》中的文章对时政多所讥刺，故触统治者所忌，所以他连考十次科举皆名落孙山。罗隐的遭遇、思想观念和诗歌意蕴与袁枚近似且暗相吻合，比如其所作《西施》诗与袁枚的《马嵬》等同情妇女、指斥红颜误国谬论的诗篇，旨意非常契合，故袁枚借古喻今，道出自己心中"英雄计"落空，而"华堂泪未消"的不平之声。(罗隐的《西施》曰："家国兴亡自有时，吴人何苦怨西施。西施若解倾吴国，越国亡来又是谁?"袁枚有《西施》诗曰："吴王亡国为倾城，越女如花受重名。妾自承恩人报怨，捧心常觉不分明。"又有《玉环》诗曰："五百袈裟回向寺，一枝玉尺有前因。缘何四海风尘日，错怪杨家善女人?")再如《题张睢阳庙壁》："残兵独障全淮水，壮士同挥落日戈。……而今雀鼠空啼窜，暮雨灵旗冷薜萝。"张睢阳，即唐代安史之乱时，为抵抗安禄山叛军，独守孤城睢阳，最终壮烈殉国的张巡，袁枚借凭吊张巡的故事，说出心中怜惜英雄而感叹世道炎凉的悲愤情怀。

袁枚虽然生于乾隆年间，与前明毫无瓜葛，在他心目中似应没有"夷夏大防"的民族观念，但与生俱来的英武慷慨之气，遭遇庸才当道而难逞其志的抑郁壅窒之心，时常令他有悲壮激楚的故国之思，以及对末路英雄的崇敬和叹惋之情。如："一战已经烧汉贼，九原应去告孙郎。……我有醇醪半尊酒，为公惆怅奠斜阳。"(《周瑜墓》其二)"岳王坟上鸟声悲，半是黄鹂半子规。铁像至今长跪月，金牌当日早班师。"(《岳武穆墓》)"每过梅花岭，思公泪欲零，高山空仰止，到眼忽丹青。胜国衣冠古，孤臣鬓发星。宛然文信国，独立小朝廷。"(《题史阁

① 《全唐诗》，上海古籍出版社 1986 年版，第 1655 页。

部遗像》其一)“已断长淮臂,难挥落日戈。风云方惨淡,天子正笙歌。……至今图画上,如盼旧山河。”(同上,其二)“从南控西北,终古一英雄。……虎龙古王气,郑鄏定江东。……开国衣冠歇,中原历数穷。山河余瓦砾,士女亦沙虫。……禾黍虽萧瑟,香烟竟始终。冬青宋陵树,遗恨不相同。”(《孝陵十八韵》)上引各诗,不管是凭吊古人,诸如周瑜、岳飞,还是感叹近人,比如史可法、朱元璋,诗人都贯穿着一根“烧汉贼”的主线,他对其英雄末路、壮志难酬的命运表示深深叹惜和崇敬;对故国河山“萧瑟”,一片“瓦砾”的景象表现出幽幽的伤感与怀思:“冬青宋陵树,遗恨不相同。”

袁枚曾几任县令,虽然这个职位在他眼里只不过是“三年没阶趋下风,九转丹成拜跪工。金鸡初鸣出门去,夕阳来下牛羊同。有时供具应四方,缝人染人兼酒浆。有时迎谒跪道左,掀公于淖犹衮裳”(《俗吏篇》)的“俗吏”,但在“俗吏”这个位上,袁枚不仅仅是跪拜迎送、供应“四方”,而且还有为民请命,与民一道“捕蝗”、灭火、抗灾的亲政行为:“《周官》三百六十职,佛经万劫千灾殃,顷刻教汝一身当。”(《俗吏篇》)正因为能把“三百六十职”、“万劫千灾殃”担当于“一身”,所以袁枚在县令任上亲躬为政、亲民断事,首先,通过《书戒石》组诗,我们读懂了袁枚忠、信、仁、廉、清、公集于一体的为官之道。在《书戒石》中,诗人告诫自己“官能用吏,吏如手足。吏能用官,官为荼毒。”(其二)“莫高尔门,门闭则昏。莫多尔符,符出吏呼。……不自以为聪,终无大聋。常自觉其廉,满面沾沾。”(其四)“立政勿异,求名勿专。……两税无差,抚字赖焉。……仁在义先,理居情后。”(其五)“民既信我,无所不可。我既爱民,民皆子孙。”(其六)其次,通过《火灾行》《捕蝗歌》《南漕叹》《苦灾行》《捕蝗曲》等充满悲情的篇章,我们一方面体察了袁枚呼天抢地、悲悯民生的赤子之心,一方面又感受到袁枚对封建专制统治下造成人民不幸命运的各种弊政的反感与愤怒。《苦灾行》写于他在溧阳县令任上,满纸血泪歌吟、满目流民的惨状,足见袁枚悲悯苍生的仁厚胸怀。大灾必然伴随某种社会制度的缺陷而产生,有些灾祸与其说是天灾,毋宁说是人祸,每当灾祸降临时,袁枚都能清醒地认识这一点:“我闻苛政猛于虎,蠹吏虐于蝗。”

(《捕蝗曲》)“监司节镇浩呼汹,文武攘臂趋如风。顷刻赤地三十里,小民畏官胜畏虫。……君不见萧曹孳孳得民和,柳州大书郭橐驼。督邮来往蝗更多,香山早有《捕蝗歌》。”(《捕蝗歌》)从袁枚笔下,我们可以知晓:尽管蝗害给江淮地区带来灾难性毁灭,但那些大吏出行的“威仪”和小吏狐假虎威的喧嚣给人民造成的灾难比蝗害还要可怕。漕运一直以来被认为是国家经济命脉所系,关乎国计民生,如果单纯站在交通的角度看,漕运确实沟通南北,为国家经济的发展起到了十分巨大的作用。但漕运本身有征粮、征夫等制度,即《清史稿·漕运》所称:“有正兑、改兑、改征、折征。此四者,漕运本折之大纲也。”[1]粮米兑折,以年景丰欠或地区差别确定,朝廷曾三令五申以体恤民情为宗旨,“以本色交纳,无许勒折滋弊”,但地方官吏“往往仍藉改折浮收,虽有明令,莫能禁也。”[2]袁枚屡任县令,对漕运的制度性弊端深有体验,且深恶痛绝,在他笔下贪官污吏借漕运一事朋比为奸,与民争利,肆无忌惮地坑害善良民众,使广大农户陷于饥寒交迫、无以为生的可怕境界。读《征漕叹》《南漕叹》仿佛将我们的思绪拉回到三百年前令人不堪回首的征兑漕粮的场景!

袁枚是一个性情中人,他的诗歌全部出自个人情感的抒发,有时可能显得直白、“浮滑”,但他绝不是一个对民生视而不见,对社会现实冷漠的无情诗人,也不是一个只问风月,不关民情的无聊诗人。正如王英志先生在《袁枚全集·前言》中所说:袁枚的诗“或直接揭露社会弊端,可以纳入讽谕诗范畴”。他的《捕蝗谣》《苦灾行》《南漕叹》《征漕叹》,“在内容上与白居易的讽谕诗精神一脉相承,风格亦近于新乐府,其词直而径,其言直而切,通俗易懂。”[3]

---

① 见《清史稿》,第 857 页。

② 同上,第 358 页。

③ 王英志主编《袁枚全集》,江苏古籍出版社 1993 年版,第 6 页。

二、其人与笔两风流，绿水青山伴白头

——袁枚山水诗内涵概观

袁枚论诗主性灵，作诗讲性情，他的性灵、性情除点点滴滴凝结在一往情深的品诗论文中，还肆意泼洒在无南无北的江河湖海、崇山峻岭间。他把自然山川当成自我写照，与其相亲相伴、相切相劘。正如赵翼在《读随园诗题辞》中所说："其人与笔两风流，红粉青山伴白头。"[①]姚鼐《袁随园君墓志铭》亦曰："足迹造东南，山水佳处皆遍，其瑰奇幽邈，一发于文章，以自喜其意。"[②]考察袁枚一生的行踪，其"足迹"何止"造东南"，他一生所历的"山水佳处"遍布大江南北、黄河上下，北到京师燕南、西至秦关汉阙、南达两广、东到泰岱，江浙名山胜水全入他的诗笔，由此形成他浩瀚无穷、波澜迭兴的山水诗大观，让人生望洋而兴叹的辽阔浑茫感。以下按时间顺次，将袁枚摹写不同地域的山水诗进行概要阐述，由此反观袁枚诗歌创作以及心灵成长的历程。

(一)"桂岭三秋月，长安一路尘"——袁枚的早期山水诗

从乾隆元年(丙辰)肇始，袁枚正式走出书斋，踏入社会，拉开了他人生新的一幕。此一时，因广西巡抚金铁惜才举荐，袁枚北上应博学鸿词考试，此后中进士，外放江南任知县，"再起发陕西，甫及陕，遭父丧归，终居江宁。"(姚鼐《袁随园君墓志铭》)如果把从广西到陕西这一段时光当成袁枚山水诗歌创作的早期阶段的话，那么这一阶段，袁枚的行踪跨度之长，涉及的地域之广是后期任何一次合目的性的远游无法比拟的。我们不妨把这个阶段看成袁枚一生游宦的时期，随他游宦目的地的不断变化，其山水诗的描写对象和诗风也在发生相应渐变。如：

看山有所得，日暮聊为诗。舟子多曳足，村歌以答之。江湖

---

① 见《袁枚全集・小仓山房诗集・序》，第3页。

② 〔清〕姚鼐著《惜抱轩全集》，中国书店1991年版，第154页。

发天籁，秋光亦平分。我歌船头月，尔歌船尾云。

——《看山》

秋老一峰晴，巴船过洞庭。水摇天地白，山入混茫青。云气飞篷背，霜花落雁翎。今朝吟不得，窗外有龙听。

——《过洞庭》

澹澹春山小小舟，一湖水气湿妆楼。六朝南北风流甚，天子无愁妓莫愁。

——《莫愁湖》

江风送月海门东，人到江心月正中。万里鱼龙争照影，一船鸡犬欲腾空。帆如云气吹将灭，灯近银河色不红。如此宵征信奇绝，三更三点水精宫。

——《江中看月作》

一夜白如此，小舟犹未行。野飞花不断，春在树无声。山影依天尽，沙光射橹明。是谁扫蓬背？冰玉响琮琤。

——《自杭州赴苏泊船平望，哓起望雪》

昆仑山顶星如火，飞落青天路莫探。九派浊流横海内，一条衣带界江南。清虽有日人难待，塞竟无时浪正酣。手拔长茭乘月去，满堤官柳碧毵毵。

——《黄河》

绕空岚翠割天光，青满河南是太行。万点野梨明玉露，一山春草健牛羊。难招古树谈前代，且把残书认战场。回首暮云肠欲断，向东飞去雁衔霜。

——《修化道中》

从乾隆丙辰(1736)到壬申(1752)诗人的心境经历了由高歌激慨，到悲郁沉落的涨跌过程。上引山水诗篇，基本上忠实地描述了袁枚这种心灵蜕变的轮廓。

《看山》《过洞庭》创作于袁枚二十岁探望叔父于桂林的旅途中，尽管诗中含有“秋光”、“霜华”等冷色的意象，但与其它作于此一时间节点的诗作一样，其诗境显得柔美开阔，有一种“天籁”发于“江湖”、青山没入“混茫”的静谧安详、遥深悠远感。

《莫愁湖》写于诗人江宁县令任上，诗的意境尽管以“春山”为背景，用了“澹澹”、“风流”等暖色的、善于煽动春情的辞眼，但其整个诗意却让人感到一种落寞和失意，隐含着对现实的否定和讽谕。

《江中看月作》《自杭州赴苏泊船平望，晓起望雪》则写作于诗人“挂冠”赋闲的时光，与《莫愁湖》相对，这两首诗，不管写月，还是写雪，其意象玲珑雅洁，用墨简淡含蓄，更逼近本真的袁枚。

《黄河》《修化道中》则创制在袁枚补官陕西的途中。《黄河》是诗人“十载青云别凤池”后，又一次“出山”赴京补官时复杂心境的写真，面对“九派浊流”自“昆仑山顶”奔放而来，“一条衣带”横绝“海内”，又界限“江南”的壮阔气势，他不禁心绪潮涌，壮气凌云；但反思庸人当道，政局昏暗污浊的现实，诗人难掩心底潜蓄的悲愤和隐忧：“清虽有日人难待，塞竟无时浪正酣。”《修化道中》（修化，县名，隋代改窟胡县置修化，属石州。治所在今山西中阳县西北。后废。笔者注）写诗人将至陕境时的酸涩心情，前半写景渲染春光烂漫、四野平芜的迷人景象，后半则笔锋陡转，以“回首暮云肠欲断，向东飞去雁衔霜”煞尾，给人由喜而忧，由乐生悲的凄切无奈感。

与一般士人毫无二致，青年袁枚抱负浑厚，意欲在宦途有所作为，所以他的热情与心力基本贯注于与之相应的现实“俗”务中，而对自然还未产生纵意相亲的痴爱之情，故此，袁枚早期山水诗比晚年少了许多，而且以律绝为主。在早期山水诗篇中，不能忽略的抒情大作应属：《同金十一沛恩游栖霞寺望桂林诸山》《登泰山》《登华山》三首。如果上引山水篇章以线的形式串联了袁枚十年入世的心路历程的话，那么这三首长篇大作，恰好以点的角度，透视了袁枚激情洋溢、卓厉高蹈的超凡气质，同时亦全面展示了诗人善用长篇精细刻划山形水态的艺术功力。其气象之阔大、感情之奔跃、意境之瑰丽奇幻不但代表了袁枚山水诗艺术的高峰，而且还典型地反映了清代山水诗整体的艺术高度。

（二）“身在云中身不觉，看云还上最高峰”——袁枚的中期山水诗

“俗吏未必从我始，俗吏当亦从我止。……仰天大笑卿知否，折腰只为米五斗。何不高歌《归去来》，也学先生种五柳。”（《俗吏篇》）始而心怀大志，终而沦落“俗吏”，这让才学富赡、不肯让人，而且心志高洁、气度不凡的袁枚终于选择了狂歌《归去来兮》之辞，学陶渊明“种五柳”于随园，完成了他人生由尘俗向高尚的大转身。归隐后的袁枚如洁净不染的白云自由自在地游弋，随心所至，任情而为。从三十三岁至逝世，袁枚的生活与随园相始终。除晚年有几次大型的出游活动外，诗人的踪迹基本上出没于京镇、淮扬、苏杭一带，他中期山水诗的歌吟对象即以此为基点而展开。

袁枚与京镇、淮扬、苏杭有着千丝万缕的血缘关系，杭州是他的祖籍，也是诗人的诞生地，许多人生难以忘却的回忆常让袁枚对杭州梦魂牵萦、至死铭记：“久客还乡夜不眠，望乡常自立帆前。一痕山送西湖色，万种情深故国天。旧宅萧条伤往事，此身生长记华年。”（《舟近钱塘望西湖山色，因感旧游》）和杭州相对，袁枚与苏州[illegible]的亲情和友情，他钟爱的长女成姑嫁给苏州大户之子蒋元鼎；他[illegible]称叶燮弟子的薛雪为刎颈之交，和沈德潜是同年，诸如此种至诚的亲情与友情，让袁枚自然把苏州当成了心灵的栖息地。苏杭之外，袁枚的故交遍淮扬，其中程晋芳是他的生死故人，由程晋芳，袁枚与程氏一族许多博通经史、擅长诗文的名宿结成深厚的友谊。

正因为有这种血肉相联的感情纽结，所以袁枚写京镇淮扬、姑苏杭城山水便真情凝注、心血相倾，融入了诗人一颗鲜活的赤子之心。如：

> 湖心更深春月朗，一亭如云飘水上。……鲛绡万重烟里树，竹笛一声渔动桨。……九州地缺琉璃补，半夜潮生篷橹响。……但见万川印为一，那信人天还有两！仙乎仙乎如相招，风车一下吾其往。
>
> ——《湖心亭登台望月，同程、钱两秀才作》

游遍山南与水南，就中何处最心贪。为他幽绝游难尽，两度呼车别理庵。

——《湖上杂诗》其十九

一回舟过一回登，垂老江山感不胜。题句有心寻四壁，高楼无力上三层。重摩殿后千寻石，不见堂前百岁僧(默默和尚)。暮雨愔愔风悄悄，钟声催点客船灯。

——《重登燕子矶游永济寺作》

身在云中身不觉，看云还上最高峰。谁知身已穿云过，脚下云铺万万重。

——《身在》

五年不到阖闾城，箫鼓新添水面声。为待虎丘山月上，四更犹放酒船行。

——《虎丘同钱景凯泛酒船》

上列各诗分写杭州、金陵、苏州山水风物，虽然创作时间有先后，但其感情蕴涵一脉相承，它们完整体现了诗人对滋生亲情、友情的故土自然山水的钟爱与吟颂，是中年退隐后的袁枚“自把新诗写性情”(《春日杂诗》其十二)的心灵回音。

湖心亭，为杭州西湖著名景点，四面荷风、一望水波如银。袁枚将其置于月下，使湖光月色相互辉映，幻化出月印万川的禅意诗境，全篇不着一“情”字，而“情”在景中矣！

燕子矶，金陵登临揽胜、眺望江景的绝佳处，凡南来北往的诗人多有题咏，当年王士祯月夜造访燕子矶，题诗而去，遂成一段佳话。袁枚寓居秦淮，多次往返江南北，所以他对燕子矶怀有浓重的眷爱：“一回舟过一回登，垂老江山感不胜。”从早年的过江奔走科名，到晚年的寻访亲友，袁枚每登一次燕子矶，心头的怜惜之意便增厚一分，岁月不再、江流无声，故旧如逝水一去不复返，只留给诗人一帘风雨、几多幽愁。

《身在》《虎丘同钱景凯泛酒船》写苏州风光。《身在》从诗题看不专写某一特指山水景物，但其内涵却与登山临水、观物赏景密切相关，并且富含袁枚式的空灵与思辨。在袁枚写苏州景物的山水诗中，此类诗题非特指而诗意浑融的小品类诗作比较常见，如："江村白沙明月中，一个鹭鸶一钓翁。鹭鸶衔鱼忽飞去，钓翁犹立钓鱼处。"(《寓目即书》)

袁枚中期山水诗多以短章的体式创制，这与他笔下江南特有的精致玲珑的山水形貌相吻合。尽管如此，袁枚是一个感情热烈、意兴遄飞的抒情诗人，只要外界客观物象与他内心的激情一经碰撞，顷刻便能爆出耀眼的火花。他登南京摄山，远望群山逶迤、大江东去的壮阔气象，心惊魄动间写下《登最高峰》："群峰齐俯首，争把一峰让。一峰果昂然，独立青天上。……白云篷蓬生足下，红日皎皎当胸前。……不知人世藏何所，但觉江光摇匹练。……背山摇鞭风洒洒，手掷金轮放西海。"再如飞身直上苏州太湖西山缥渺峰之巅，他骋怀放目，只见湖波翻澜、田畴盈野，挥笔写下《登缥渺峰》的放歌："一峰横，一峰竖，一峰一峰行不住。……遥天四望青茫茫，白波万道摇眼光。琉璃平铺大地没，饮烟几点人家藏。……风兮风兮相吹知有因，劝我莫作人间绝顶人。"

"支硎山下看花还，又看真州竞渡船。"(《衰年杂咏》其一)从三十三岁退隐随园，到年过花甲，袁枚盛壮的岁月就在"看花""支硎"、观渡"真州"的诗文相赏，以及探亲访友中度过，在他如歌的吟咏中，不管是《游苏州得五律六首》，还是《真州竹枝词》都显得那么亲切自然，如飘飏轻散的牧歌，沁人心脾。也许人到静思，性灵自然随境而生，一如诗人自述："静里工夫见性灵，井无人汲夜泉生。蛛丝一缕分明在，不是闲身看不清。"(《静里》)

如果说袁枚早期奔走科场，尝尽宦途艰辛，心中常怀抑郁不平之气，他的山水诗是写心之作的话，那么中期谈诗论文，以交友访亲，娱乐自适为旨归，他的山水诗即为写情之作；年过花甲，人近古稀，袁枚更懂得人与自然的亲密关系，他从自然的无穷变幻中豁然悟出诸多人生哲理，故而他晚期的山水诗便成了写性之作。

袁枚写心、写情的山水诗通过以上简述，我们略知大概，那么他的写性之作又呈现何种气象呢？以下对袁枚晚期的山水诗进行概说。

(三)“老骥不知筋力减,闲云只觉往来轻”——袁枚晚期的山水诗

清代山水诗发展史上,袁枚是当之无愧的大家。与王士祯诸人盛壮之年即已出游四方,创作浩瀚宏肆的山水诗章不同的是,袁枚的山水诗创作高峰则出现在诗人年近古稀的生命晚期,这不但是一个鲜活健壮的生命状态的显现,而且袁枚的诗思并没有因“衰年”的出现而枯竭,相反其山水诗艺更精进、更完善,继写心、写情之后,完成了写性的全部心灵历程。

袁枚现象在清代山水诗史上是个异数,如果对诗人晚期的山水诗创作加以排序的话,我们确有叹为观止的敬仰感。乾隆四十七年(1782),袁枚六十七岁,出游浙江天台、雁荡,得山水诗八十四首;四十八年(1783),六十八岁,出游黄山、九华,得山水诗三十九首;四十九年(1784),六十九岁,南下广东,游历庐山、两广,登衡山,得山水诗一百十三首;五十一年(1786),七十一岁,游历福建武夷,得山水诗四十首;五十七年(1792),七十七岁,重游天台,得山水诗十八首;六十年(1796),八十岁,游镇海,登招宝山,得山水诗二十一首。从乾隆四十七年起,到乾隆六十年止,袁枚以生命中最后的十四年时间历遍东南诸山水,凡所经所闻皆载之歌咏,共得各体山水诗章三百十五首。这些诗章热情洋溢、思绪飞腾,如群山朝宗、万马回旋,气象十分宏伟,它们不但是诗人在垂暮之年唱给自然的一曲赞歌,而且还是给自己充满活力的生命献上的一份赞礼,同时也是给后世留下的一笔珍贵的文学遗产。

因为袁枚的山水诗创作主要集中在后期,要对这位性灵派盟主的山水诗艺进行深入分析,概观其全貌,就不能做蜻蜓点水式的述略,所以分时段、分区域对之进行赏析是非常必要的。

1. 晴岚涌翠,飞瀑倒激的浙东山水诗

袁枚的浙东山水诗首先以天台、雁荡之作为代表。天台山,在清浙江省属天台县北三里,又名桐柏山,亦名大小台山。山势绵延高耸,陡涧飞瀑,甚为壮观,被道家称为第六洞天(因山中有玉京洞。笔者

注)，自古来，天台山是文人抒发情怀的理想之处。袁枚登天台方知天台山幽奥曲折、奇险无比，与自己心中潜藏的超迈感情一拍即合，于是诗人振衣直上，引吭高歌道：

> 天台山势如争天，比高欲与天齐肩。……众山八面齐安排，如坐如卧如奔走。为狮为象为婴孩。……星辰恍从头上坠，海水飞从脚底来。可以吞九点、走八垓，遨嬉蓬岛，鞭驱云雷。倘乘纸鸢竟飞去，何由知我非仙才。……
>
> ——《登华顶作歌》

华顶，天台九大主峰之一，其上可扪星辰、下临万丈不测之深渊的雄伟壮景激发了袁枚一腔奔涌的热血，诗人登高一呼，但觉群峰耸动、众壑回澜，于是他欲乘鹤飞升，直到九天。“山僧留我宿上方，五更看涌金轮光。我意殊难留，将欲往石梁。”石梁，是天台山观瀑布处，石梁瀑布倒垂千丈，与华顶高峻险要的山势比，石梁瀑布更让人惊心骇目，大有化身巨鳌，与之同游的快感：

> 涛水来从华顶遥，分为左右瀑两条。……一落千丈声怒号，如旗如布如狂蛟，非雷非电非笙匏。……三千组练挥银刀，四山崖壁齐动摇。……心花怒开神理超，高枕龙背持其尻。……安得将身化巨鳌，看他万古长涛涛。
>
> ——《到石梁观瀑》

孔子曰：“仁者乐山，智者乐水。”袁枚既有一颗宽容慈善的仁心，更是一位参透世相，顿悟自然的智者，所以他观山临水，辄有感悟：“解得渊明参悟语，分明此水是吾师。”(《次日再往观瀑》)“水性如人性，缓急不同科。急者为奔浪，缓者为盘涡。”(《水珠帘》)“游山如读书，久历始知妙。又如初交朋，岂可遽违教。”(《拗岭》)做为智者，袁枚游山不是浮光掠影式地赏玩或浏览，而是潜心冥志，搜尽山之魂魄与水之精神。在《观大龙湫作歌》中诗人通过激情澎湃的歌吟，于“大龙湫”撼人心目的气势中悟出人间至理，歌曰：

> 龙湫山高势绝天，一条瀑走兜罗绵。……初疑天孙工织素，雷梭抛掷银河边。继疑玉龙耕田倦，九天咳唾唇流涎。……有时软舞工作态，如让如慢如盘旋。有时日光来照耀，非青非红五色宣。……天台之瀑何狂颠，雁山之瀑何蝉嫣。石门之瀑何喧阗，龙湫之瀑何静妍。化工事事无复笔，一瀑布耳形万千。要知地位孤高依傍少，水亦变化如飞仙。

天台、雁荡令袁枚如痴如醉，其彩毫随诗情一道穿越时空，回旋排荡，响彻九重。这种激情洋溢漫延，一直接绪到十年后重游天台时所作的《游四明山作》中：

> 四明山高莫明状，两峰夹空作屏障。长篇大股气郁蟠，绝地通天自开创。……白云偶被风荡开，僧楼影落青天上。……分明身卧海潮中，明日先生行不得。谁知晨起来，阳光照窗缝。……依旧松荫一路归，但添瀑布千条送。

四明山，浙东名山，横亘于绍兴、宁波两府交汇处，勾连余姚、上虞、嵊县、奉化、慈溪等县，雄峙巍峨，颇为壮阔。《读史方舆纪要》曰：“四明山，在绍兴府余姚县南百十里，宁波府鄞县西南百五十里，亘两郡之境，蟠跨数县。由鄞县小溪镇入者曰东四明，由余姚白水山入者曰西四明，由奉化雪窦山入者则直曰四明。层峦绝壁，深谿广谷，高迥幽异。……山凡二百八十峰，四面形胜，各有区分，中通一溪曰簟溪。……群峰之中有分水岭，石窗四面玲珑，每天地澄霁，望之如户牖，中通日月星辰之光，亦名四窗，故曰四明。……大抵余姚、上虞、鄞县、奉化境内诸山，以奇胜称者，皆四明也。”[①]另外，《四明山记》对四明山形胜记载甚详，可参阅。袁枚重游天台，途经嵊县，间道登四

---

①　见《读史方舆纪要》，第4103页。

明山，在《游四明山作》的小序中，诗人说："从嵊县入四明山，不过山之一角耳，业已险绝。"在袁枚眼中，四明山高峻耸峙，大气盘礴，白云游弋，山风四面，其道路险仄纡曲，令人不寒而栗，诗人通过夜宿山寺的感受，反观了四明山奇特变幻的曼妙英姿。

游天台、雁荡、四明诸山，诗人胸臆开张，大气淋漓，不用长歌不足以达其情，尽其意，逞其勇，长歌用跌宕的音律、回旋的结构、宏硕的容量尽情抒写了诗人压抑已久的恣肆之情，给人以震撼的艺术魅力！和长歌相较，袁枚的短章绝句则如待月仕女，风鬟雾髻、丰姿绰约；又如清溪小姑，独立水岸，隽秀可人。如：

一陂一磴一溪烟，水自拦人人自前。挽上陂陁三百丈，天台原本在青天。

——《将至天台，溪急岭高，势难遽上》其二

一角青溪两岸春，溪声以外即红尘。送郎到此怕归去，重见桃花不见人。

——《惆怅溪六首》其一

石妇《玄经》着，云鬟此处斜。春风嫌寂寞，吹与满头花。

——《美人石》

风中梳裹雾中藏，雨是浓妆月淡妆。莫道玉人长不老，秋来也有鬓边霜。

——《玉女峰》

孤峰卓立久离尘，四面风云自有神。绝地通天一枝笔，请看依傍是何人。

——《卓笔峰》

前峰远望势岧峣，及到行来客忘劳。只为白云吹不散，青天未觉比山高。

——《山行杂咏》其五

清词丽句、自然率性，是袁枚天台、雁荡山水短歌的总体特征，这种特点既符合袁枚性灵的诗论精神，又体现了浙东秀丽清婉的山水

韵味，更突显了性灵派创作山水诗时所遵循的审美原则。

袁枚钟爱浙东山水，他不但时隔十年先后游天台，而且还在生命的最后一刻，扶杖踏波，前往招宝山观海，登四明雪窦吟怀。虽然此行的山水诗均为五、七言律绝，但诗人雄浑阔大、追觅性灵的诗心依然鲜活，只是多了点遒劲的沧桑感而已。述论袁枚的浙东山水诗，当以此为殿末：

> 招宝山头坐，茫茫望大洋。波涛如起立，人世定洪荒。水合天无缝，云生岛尽藏。有谁温带下，亲手折扶桑？
>
> ——《招宝山望海》
>
> 九点烟如许，中原算一枝。天心无畛域，地界有华夷。鱼目三更日，虾须十丈旗。宣尼果浮海，语怪也惊疑。
>
> ——《再过招宝山观海四首》其二
>
> 中天卓立妙高台，穿破浮云眼界开。四面山如儿女伏，一声呼唤定飞来。
>
> ——《游四明雪窦七章（实为八章），录呈枫村太守兼寄雪堂僧》其四
>
> 狂客由来爱四明，果然风景似蓬瀛。不知人世藏何所，但听仙禽奏乐声。
>
> ——同上，其五

招宝山，在今浙江宁波市镇海区东北甬江入海口西岸。明属定海县，清属镇海县。《明史·地理志》曰："（定海县）东有侯涛山，一名招宝山，上有威远城，山麓有靖海城，俱嘉靖三十九年置。东、北皆滨海。"[①]《读史方舆纪要》曰："招宝山，在县（定海）城东北。本名候潮山，以诸番入贡停泊于此，因改今名。南临港口，屹然耸峙，极为要

---

① 〔清〕张廷玉等撰《明史》，中州古籍出版社 1996 年版，第 255 页。

害。旧设台堠于此，今改设城堡。”[①]招宝山临海倚江，形势十分险要，自古是海防重地，尤其道光年间，英军北犯，招宝山曾为激战之处，《清史稿·地理志》曰：“道光二十一年英兵舰由此登岸。”[②]又《兵志》曰：“中法之役，法舰曾至宁波洋面，招宝山炮台却之，此后遂无欧舰之踪。”[③]袁枚登上招宝山，四望大海茫茫，洪波鼓浪，涛声间杂鼙鼓之声顿然从心中升起，他不但由海的阔大悟出：“善下斯为大，能虚自有容。”(《再过招宝山观海四首》其三)的至理，而且还从纵深的层面思考招宝山的海防地位：“戈船尚来往，炮位更横陈。”(同上，其四)袁枚登招宝山的时代离鸦片战争不到半个世纪，诗人放眼海天“无缝”处，顿然生出：“有谁温带下，亲手折扶桑”的深沉反思。

雪窦山，在今浙江奉化市西北六十里，《读史方舆纪要》曰：“雪窦山，在县西北六十里。亦四明之别阜，名胜错列。宋理宗梦游此，赐名应梦山。……大约县境群山皆四明之岗阜，而最著者则大雷、雪窦诸山是也。”[④]雪窦山以寺庙、瀑布、高台为绝胜，登山临远，群峰苍然深秀，碧水如衣带，令人恍然有出尘之想。袁枚到雪窦探胜，心间仿佛生羽化成仙之感：“舍却肩舆换竹兜，为探雪窦作仙游。”“览胜须登峰绝顶，兴豪应让舍身人。”

雪窦、招宝山之游既为袁枚的浙东山水诗划上了圆满的句号，而且也成了他一生山水诗的绝响。以八十高龄，乘兴而去，又兴至而归，如果不是对自然有种深情挚爱，袁枚是不会超越常人之理去做履危犯险之事的，用诗人的话为此作小结曰：“满头白发披过耳，听说青山心尚喜。……初登招宝山，鲸波将眼洗。……雪窦参天石镜开，径往从之歇行李。……试问人间八十翁，如此风怀能有几?”(《纪游一篇留寄大守》)

---

① 见《读史方舆纪要》，第4253—4254页。

② 见《清史稿》，第535页。

③ 同上，第979页。

④ 见《读史方舆纪要》，第4248页。

2.“一梯既升天，万岭如涌潮”的黄山山水诗

乾隆四十八年孟夏，六十八岁的袁枚约同门人刘霞裳出游黄山。他们从南京出发，一路经由采石、平沟、三溪，翻越榆岭，间道登齐云山，之后“冒雨至黄山汤口”，次日即“一枝筇竹杖，直上白云端。”(《一枝》)拉开了他吟赏黄山壮景的序幕。

黄山，素以奇峰、怪石、苍松、云海而著称。袁枚登上黄山，游遍黄山的峰岭涧壑，他天性豪纵的气质与黄山雄奇狂放的神韵相互排荡、共同激发，遂凝聚成二十多首音律高亢、长短相间、气势磅礴而感情激越的黄山组诗。这组诗笔势淋漓，观察精细，描写手法非常精湛，充分展示了袁枚绘景状物的艺术功力。如写山势险峻、万峰攒起的状貌，他说：“青天岂可削，黄山峰如刀；刀上岂可蹑，黄山路莫逃。……一梯既升天，万岭如涌潮。”(《从慈光寺步行，穿石洞上木梯到文殊院》)“众岭森罗脚底来，凭我恣餐如列鼎。或指九华浮远翠，或说双丸腾倒景。”(《坐光明顶上老僧送茶至》)“双峰若双阙，壁立青天近。……盘旋蚁封曲，出没鹅鹳阵。”(《登始信峰》其一)袁枚写黄山的山势，不但用重笔勾勒，从正面突显险峰壁立、万仞摩空的骇人景象，而且还通过登山时的心理体验，从侧面衬托黄山的殊绝气势：“趾未纳二分，云已埋半腰。……到寺魂小定，满胸山尚摇。”(《从慈光寺步行，穿石洞上木梯到文殊院》)“才为井底蛙，俄作升天鸟。……不能乞山灵，放平怜我老。”(《雨后自文殊院左折而下，过百步云梯、一线天、鳌鱼洞，是黄山最险处》其二)“鳌鱼张口吞，入者貌都惨。……只须赵子龙，浑身都是胆。”(同上，其三)

黄山的美不仅体现在千姿百态、森罗万象的奇峰异石上，而且还凝注在如梦似幻、变化不定的烟霞云海、飞岚飘雾中。烟霞云海使黄山在众峰叠起、奇险无比的壮阔中平添一段风流与蕴藉。因为烟霞云海是黄山的灵魂，飞岚飘雾是黄山钟灵毓秀之所聚，所以，大凡摹写黄山之景的诗人无一不把浓墨重彩泼向那满天云雾之中，把云雾当作表现黄山之灵气的对象加以铺张扬厉。袁枚写黄山云海变幻、烟霞明灭的景象时满含深情，既大气排奡，又不失柔婉和妩媚。如：“山如新妇羞相见，故使云为半面妆。坐待片时才却扇，天公教我捉

迷藏。”(《一路望天都、莲花二峰半为云掩，到院少顷始露全峰》)如果这里用拟人的手法把黄山含蓄多情的姿态形象地表现出来，令人神往的话，那么下面一段所写的景象简直叫人骨折神惊、叹为观止了：“清凉台高迥绝伦，我登正值山铺云。一疋布将大地裹，千条练许山灵分。初散后聚结作片，左缺右补团成群。”(《宿狮子林，晨起登清凉台看云铺海》)初看云海，浩浩森森，混灏太清，再看则天地茫茫、变幻无穷：“青峰几丛未灭顶，风行水上成奇文。谁持铜斗向空熨，压软万顷玻璃纹。疑是王家元宝斗国富，树树绢挂南山匀。又疑裴氏蓝田新开垦，耕烟种草龙殷勤。王母瑶池砌白玉，秦陵江海流水银。”(同上引)此诗连用几个比喻，借神话传说中仙和神的典故，意在写尽云海惝恍迷离、曲尽变幻之妙。但诗人终觉仙神故事不及云海自然天成：“相较都觉有痕迹，不如此处自然一气吹氤氲……为我一谢云中君，高歌此曲闻不闻。”(《宿狮子林，晨起登清凉台看云铺海》)这一首云中歌唱得声震林野，岂独“云中君”，即使千古而下，黄山之灵当感知音于袁枚绝妙的诗笔！

看云铺海是一种美的浸润，而观云起云落后黄山的群峰另具一番境界：“端阳开门人世换，不见人形但闻唤。……须臾云气重重开，我乃支筇立雪台。前海后海看崔巍。许看不许看，全凭云主张。”(《端阳阻雨文殊院云来遮门一无所见午后小晴步至立雪台望前后海诸山》)黄山的奇峰异石、苍松怪柏、云蒸霞蔚使诗人留恋忘返，当他告别黄山时，忍不住写下了似怨似嗔、且喜且惊的章句：“黄山倘再上，先置扫云人。”(《恼云》)“青山长住人不住，看过青山人欲去。……宾朋相迓色欣欣，世上人迎世外人。……关心甘苦互乘除，痛定思痛乐有余。”(《从朱陵坞绕出天都莲花二峰之背到云谷看九龙瀑布乘舆下山》)历尽艰险的黄山之游虽然随时空变换而结束了，但留给诗人的思索和余韵却一直徘徊萦绕在心头，化成一汪无法稀释的深情。

3.“三年游屐未曾停，又作珠江万里行”的两广、西江山水诗

乾隆四十九年，六十九岁的袁枚怀着“春风替我为前导，白发笑人学少年”(《花朝后三日作岭南之游，留别随园六首》之六)的愉快心情，如壮怀千里的“老骥”，扬蹄奋鬣，水陆兼程，从金陵发舟，一路经

皖之芜湖、安庆、池州，进入赣省九江，间道登匡庐，又历十八滩之险，逾梅岭，穿浈阳峡，到达端州(今广东肇庆市)，期间他游览了周边著名的七星岩、西樵山、罗浮山等。“重九后七日赴桂林”，途中尽观“端江到桂林一路”“奇绝”的“山水”，并乘兴游览桂林独秀峰、风洞、普陀寺等名胜；再折而北向，过兴安、兵书峡、永州，沿柳子厚遗迹，赏钴鉧潭、游愚溪、探朝阳洞，十一月中旬，抵衡阳，登临南岳观日出；月稍至长沙，瞻游岳麓书院及岳麓山；是年岁底，辗转渡洞庭、九江，次年“新正十一日还山”，这次出游历时既久，范围亦广，而且创作的山水诗大多因其质量上乘而成为经典之作。如：“江心涌一山，卓立冠霞表。……时逢三月初，烟鬟梳更好。……不敢问彭郎，嫁事何时了。”(《登小姑山》)“江尽入湖口，渔歌四面闻。……浪与人争立，天随水不分。”(《鄱阳湖》)“挂起西江水，青天作画看。四时常洒雪，万古此狂澜。”(《香炉峰观瀑》)“恍疑仙境入，只见好山来。树色千层锦，滩声四面雷。”(《过万安县山水渐佳》)“看山如论文，所贵在逋峭。韶州丹霞山，公然俱此妙。……左失我方愁，右得我又笑。忽别忽相逢，惝恍不可料。”(《到韶州换小舟游丹霞至锦石岩》)“山下怒涛岔涌，水中怪石横排。橹向狼牙曳出，舟从虎口吞来。”(《从端江到桂林一路山水奇绝，有突过天台、雁宕者，赋六言九章恐未足形容，终抱歉于山灵也》其二)“长绳牵上青天，一步船高一丈。分明水底山多，篙打乱山头响。”(同上，其四)“江到兴安水最清，青山簇簇水中生。分明看见青山顶，船在青山顶上行。”(《兴安》)上列诗句，形象逼肖、清新自然，论袁枚诗歌风格的大方之家喜用其做实例来论证袁枚高超的艺术表现手法。

袁枚南下广州、桂林，一路所历山水地貌殊异、地况繁复，既有水石清浅的婉约景致，又有怒浪排空的豪壮奇观，而这些不同地貌与地况的山水风物往复迭出，激起了诗人阴柔和阳刚两相兼美的创作热情，因此，粤行山水诗集排荡之气和恬淡之风于一体，成为袁枚山水诗风格多样化的典范。如写庐山观瀑的景象，诗人用一系列形象比喻，将其表现得惊心动魄：“白龙从空来，腾踔无昼宵。……一阻生万怒，格斗声刁骚。猛者灭顶过，弱者伺隙逃。徐者作回波，疾者奔飞猱。……五百天魔舞，十千战鼓嚣。……只觉两耳中，刻刻生波涛。”

(《早起游万杉寺过三峡涧,坐桥上听水》)再如写端州七星岩,诗人笔势纵横,通过不同角度,把七星岩空窍玲珑、迥出云表的状貌刻划得令人神惊:"端州近海海风厉,天上七星吹落地。……恍似山灵握肺肝,教人一一张眸看。……片片青山顶倒垂,时时仙鼠声相唤。……天门三重辟云表,一重一重登更好。……自指脚下双麻鞋,曾踏青天北斗来。"(《署中诸友同游七星岩》)又如写岳阳楼,诗人用七律的体制,在短幅的容量中,尽情地展示了描写主体的雄浑壮阔之美:"岳阳楼望水无涯,万里荒荒白浪开。气象果然吞八表,神仙岂止醉三回。……几点君山云外立,拟乘风去访蓬莱。"(《岳阳楼》)

"自觉山人胆足夸,行年七十走天涯。公然一万三千里,听水听风笑到家。"(《新正十一日还山》其一)"行年七十"、"一万三千里",这两组惊人的数据足以说明晚年的袁枚对游历山水的胆魄和痴情。在作于游粤归程的《舟中遣怀》里,诗人深情地自述说:"习静三十年,忽然爱山游。一年得游趣,三年游不休。"(其一)游山玩水、吟赏烟霞、放情自然,纵意在山林间寻欢是袁枚晚年生活的主要内容。因此,七十南行归来,诗人一颗鲜活的诗心还萦系在武夷与西湖的群峰碧水间:"昔人年七十,悬车不赴朝。……可奈武夷山,与僧曾有约;杭州明圣湖,尚想住行脚。"(同上,其四)"与僧曾有约"的武夷之游是袁枚多年的夙愿,也是他晚年山水诗创作进入佳境的畅情之游。

4."半生梦想武夷游,此日裁呼江上舟"的武夷山水诗

清代到过武夷山的诗人层出不穷,且都有传世名作,比如丁耀亢、朱彝尊、查慎行等,他们的武夷山水诗无一不关注并渲染武夷九曲的幽奥杳深,以及曲折玄远的气韵,而袁枚却别出机杼,把游赏的焦点对准别人赏过但未表现过的景致,同时扩展延伸到对武夷整体形神的把握与刻镂,给人感情恣肆、大气奔涌的强烈动感。如写初见武夷时的感受,他说:"簇簇青芙蓉,对面开千朵。颇似武夷君,着渠来迎我。有时形突兀,云中插箭笴。有时势盘纡,长眉斗婀娜。遥青与天分,近绿将人裹。"(《从浦城新乡起行六十里宿势口,一路山势奇险,是武夷之先声》)芙蓉簇簇,青山迎人,置身如画的美景里,诗人心魂与山灵同化,在他看来,山形水态如含情的仙姑,全是武夷君派来

迎接他的使者。当他深入武夷山中，顿被其四处弥漫的仙灵之气所萦绕，于是诗人对月高歌，将心底感慨悲欢离合的淡淡忧伤唱给武夷君："八月中秋月正明，武夷之君驾玉軿。……过来多少事茫茫，今宵且尽杯中酒。……羽换宫移曲渐终，五更玉漏响丁东。唱到人间可哀曲，湘弦齐断月明中。……吁嗟乎，君兮君兮胡为不再来？岂不知望断人间更可哀！"(《到武夷宫望曼亭峰作》)袁枚游武夷恰好是八月之半的美好季节，清风徐来、皓月当空，纯净如银的月光似水一般流泻在武夷诸峰的涧壑洞府间，诗人登楼远眺，心神皆醉，肺腑中奔突的激情如潮水随飘逸的诗句迸射而出："千峰压地地无缝，三峰插天天欲动。金钟大镛碧空坠，丑犀怪象八蛮贡。……水精盘里漾青螺，银海光中走白凤。……果然化人解乘虚，岂止张骞能凿空。……我今一笑告诸公，此来不负远行二千里，此山不负婆娑七十翁。"(《登天游一览楼览武夷全局，是夕月明如昼》)因为武夷山险峻怪诞，曲折难测，让诗人既感受到自然美的熏陶，又豁然悟出人生至理，武夷给诗人的是双重的精神馈赠，因此，袁枚在游历了武夷的全景后，无限感慨地唱道："青天尽被怪峰割，猛兽欲同奇鬼战。……高悬万古不轻落，此中奇理难具论。……偶然高下若铸就，非由人力非由天。……假使有生无死寿若毗骞王，翼若万里垂云金翅鸟，看见乾坤开辟两三回，又能顷刻飞翔周八表；自然一切仙船、石匮、虹板桥，原委由来都了了。"(《至伏虎岩遍历险怪，憬然有悟》)袁枚的武夷山水诗以长歌为主，短章为辅，长短相映，互为补阙。长歌重在对武夷全景的渲染和礼赞，而短章则一诗一景，在精炼的概括中，点划出具体景观的神貌特征，语辞凝炼，笔势灵动而意境非常隽永。如："绝壁森森古洞开，羲皇曾此坐苍苔。想因细看横排石，悟出先天一画来。"(《伏羲洞》)"青山有意斗眉痕，巧作弯环月样新。急取笔来描粉本，还家重作画眉人。"(《斗眉峰》)"何处钟飞来，挂空如碧瓦。有意避人敲，甘心万古哑。"(《飞钟》)

袁枚晚年的游历，武夷之行不是其最后一个休止符，但论他生命晚期的山水诗，武夷之作确属断后之章。虽然武夷山水诗从量上逊色粤、桂之游，甚至台荡之游，但就质而言，其美学价值依然可与其它

几次远足的山水诗作相抗手，用诗人自己的话作结曰："万里游归说武夷，江山成就六年诗。"(《春日偶吟》其一)

袁枚一生以诗为生命，他把诗当成灵魂栖息的家园，以及人生回归的港湾。为了诗，他不愿俯首甘做为五斗米折腰的"俗吏"；为了诗，他四处奔波，搜幽辑佚，用生命的尊严筑起坚固的"诗城"；为了诗，他以老骥伏枥的胆魄，跋山涉水，纵横东南半壁河山，往来几万里，最终在遍山河大地一片苍茫的雄浑辽远中，找回了自己童贞而赤忱的诗心。就此意义说，袁枚晚年的远游是诗人生命本体向自然的皈依，更是诗人诗的生命再次被大自然的天籁之声唤醒而大放异彩的灵光闪现。对于晚期远游和诗歌臻于至境的关系，袁枚自我反省曰："游趣复如何？约略手能数。台宕峰峦佳，黄海松树古。匡庐高瀑飞，罗浮仙蝶舞。一一收双眸，森森插肺腑。落笔心有得，开卷诗可补。"(《舟中遣怀四首》其二)

三、"难达之情息息吹，难状之景历历追"

——袁枚山水诗艺术浅析

"性灵"派的出现是清代诗坛的一大转折，它所倡导和引领的审美风尚是对诗的本性的回归。诗从本质意义说是抒情写性的，写人之真心怀、真性情，通过自然流泻的手法，用近乎天籁的音节把人最本性的东西展示出来，以达于灵秀通脱、灵动圆融之境。性灵派的诗人是优秀而杰出的抒情诗人，在他们身上集中了浪漫诗人所具备的敏警、智慧和激情的特点，他们所表达的是真实的、内心的，他们所创造的亦是自然的、自由的。正如黑格尔在《美学》中所言："抒情诗的中心点和特有的内容就是具体的诗创作主体，亦即诗人。但是抒情诗主体并不投身到实际动作情节中去造成事迹，也不展现于戏剧冲突的运动，他的唯一的外化(表现)和成就只是把自己心里话说出来，不管对象是什么，说出来的话表达了主体的情感，即把自表现的主体的心情展示出来，在听众心中引起同情共鸣。"[①]在黑格尔的理念中，

① 〔德〕黑格尔《美学》第三卷(下)，商务印书馆1981年版，第208页。

抒情诗的主体是诗人，诗人的职责是把内在的“心情展示出来”，以此“引起”“听众”的“同情共鸣”。客观上，抒情诗人创作要顾及听众的感受，并“着眼到听众”，但主观上，抒情诗人更应该表达自我，传达自己内心的喜怒哀乐之情：“抒情诗还有一种更深的动机，即不肯把最亲切的情感和最深远的思想据为私有，秘而不宣。只要谁能歌能诗，谁就有唱歌作诗的天职，就应该唱歌作诗。”[①]“性灵派”的诗人作为真正意义上的抒情诗人，他们首先强调诗的抒情写性功能，他们认为在抒写性情之外别无真诗；其次，他们追求心灵的自由，精神的解放，在毫无拘束的自然状况下，使个人的内心世界得以尽情显现；再次，“性灵派”的诗人习惯于运用极平常的事物或内容，来表达内心对外在客观世界的感想，不管是稍纵即逝的心情躁动，还是持续不断的内心欢愉；无论一瞬间而来的戏嬉谐谑，还是突然而至的愁情怨绪，总之，一切生活的浓淡色彩，以及瞬息万变的动态，都可以被他们通过抒情诗的特定形式凝聚贯注起来，形成感人至深的诗歌作品。

袁枚对诗的感受是深刻的，他对诗的抒情性有着充分而独到的认识。他认为优秀的诗人是能反省自身，从自我内心的感觉去反映客观事物的写心写性之人，优秀的诗作同样是从诗人内心流出，自然地表达外在物象的篇章。在《随园诗话》中他说：“诗者，人之性情也，近取诸身而足矣，其言动心，其色夺目，其味适口，其音悦耳，便是佳诗。”[②]在《续诗品》中，他更将“性灵”说的审美精神推向极致：“诗如鼓琴，声声见心。心为人籁，诚中形外。”（《斋心》）“鸟啼花落，皆与神通。人不能悟，付之飘风。惟我诗人，众妙扶智，但见性情，不着文字。”（《神悟》）“诗如化工，即景成趣。逝者如斯，有新无故。因物赋形，随物换步。”（《即景》）

袁枚既然认定诗是抒情的产物，是诗人性灵的再现，所以他的诗自然而然便成了意在笔先，兴会所聚的心灵回声。其意境高远、神思飘飏，为时人所称道，如蒋士铨在《读随园诗题辞》中所说：“意所欲到

---

① 〔德〕黑格尔《美学》第三卷（下），商务印书馆 1981 年版，第 208 页。

② 见《随园诗话·补遗卷一》，第 565 页。

笔注之,笔所未到意孳孳。……难达之情息息吹,难状之景历历追。……海岳幽奥林泉奇,气象入笔皆可窥。高才博学严矩规,心兵意匠极艰危,归诸自然出淋漓。”概览袁枚的山水诗篇,无论意境营造,还是感情抒发,不管着色布景,还是遣辞造句,无一不是诗人性灵诗论的具体实践和完美显现。

首先,袁枚的山水诗体现了诗人意会淋漓、自抒性灵的审美原则。在他的山水诗作中,避免了枯涩瘦峭的外形描绘,转而进入对山水内在精神的把握,通过强烈的抒情,加大了自然山水的深度和广度,从而使他笔下的山水形象既显得丰腴饱满、圆润通脱,又灵动轻飏、不可羁勒。如《同金十一沛恩游栖霞寺望桂林诸山》,诗人以栖霞寺为基点,切入“望”的长距离视界,展开对桂林诸山神奇状貌的大笔点染,在整个描绘过程中,诗人并没有着意对桂林“诸山”进行精细而具象化的刻镂,相反,他笔笔不离对桂林“诸山”神奇无比、变幻莫测的形神绘摹:“我知混沌以前乾坤毁,水沙激荡风轮颠。山川人物熔在一炉内,精灵腾卓有万千,彼此游戏相爱怜。忽然刚风一吹化为石,清气既散浊气坚。至今欲活不得,欲去不能,只得奇形诡状蹲人间。”再如《登最高峰》,诗人以兴酣淋漓之笔,激荡跋扈之情,从辽阔广远的角度,对“最高峰”争出群峰之上的气势进行了全面呈现,全诗不纠结于山形水态的外在临摹,而是通过登山的体验、放目远眺的主观感受,突出了“最高峰”不落凡俗的气质:“游山莫到山绝顶,再上无路生归心。背山摇鞭风洒洒,手掷金轮放西海。”不仅长歌以抒情为主,而且短章的山水诗亦能呈现袁枚以情写形、形意相倚的审美特征,如:“一层两层风力猛,欲落不落三人影。三人如蚁转磨盘,塔高如天竟无顶。身不登高眼不明,江山历历似围屏。何须僧借苍龙杖,天马空行自一生。”(《偕香亭、豫庭登永庆寺塔有作》)登塔眺远,心旷神怡,在这首登临揽眺的山水诗里,袁枚不用心刻画所登之塔的形貌特征,而是通过个人的主观感受,以及登高所生的心灵感悟来反衬塔势上绝青天、下临无地的壮观景象。

袁枚的山水诗以性灵为宗,重在抒情,所以其风韵婉约,浑然天成,如风行水上,涟漪自生。如:“晴山高耸雨山沉,起爱天晴游爱阴。

一种淡青浓绿处，王维能画不能吟。”(《山行杂咏》其四)“桐江春水绿如油，两岸青山送客舟。明秀渐多奇险少，分明山色近杭州。”(《桐江作》其一)“东村未到小车回，非恋红尘忘讲台。知道远公今寂寞，无人送过虎溪来。”(《游东林寺不果》)“樟树迷离密不分，几声鸡犬树中闻。蒙蒙一缕茅檐白，知是炊烟是晚云。”(《从绵津至赣州储潭得绝句五首》其三)

袁枚的山水诗之所以浑然天然，圆融自在，主要取决于诗人孜孜以求的诗学主张，以及由此派生的审美趣味，在《品画》一诗中，袁枚明确地宣称：“品画先神韵，论诗重性情。蛟龙生气尽，不若鼠横行。”艺术的生命力来自艺术作品本身蕴含的活力，不管是“品画”，还是“论诗”，“神韵”与“性情”是诗、画充满生机，富有活力的条件，离开了“神韵”和“性情”，诗、画作品就如“蛟龙”丧尽“生气”，毫无艺术作品特有的魅力。

其次，袁枚的山水诗在表现手法和艺术风格上变化多样，奇丽瑰玮，或腾地拔空、或辽阔窅远、或气势奔涌、或想象奇特，总之，诗人以旷世之才、风发之情，淋漓尽致地描绘了奔入他眼底心中的山山水水，并借这些山山水水释放着蕴藏在他心底想发而难以发的汹涌情感。一旦把满腔真情倾注到那些所见所历的山水间，那每一座山、每一道水，在诗人笔下都显得生机勃发、青春旺盛，而且坦率真诚、情意绵绵。如以黄山诗群为例，当他初临黄山时，便见“芙蓉万叠云中立，知是山灵抗手迎。”(《从江村冒雨至黄山汤口》)；当他羁留山中时，忽然涌出“我游黄山无主人，黄山为主我为宾”的奇想；当告别黄山，踏上归程时，他又感到山灵恋恋不舍的深情：“似怕归途太寂寥，特遣九条龙送客。”(《从朱陵坞绕出天都莲花二峰之背到云谷看九龙瀑布乘舆下山》)不仅山灵如此多情，就是那一草一木也显得善解人意：“赖松来引人，援手如相认。”(《登始信峰》)再如游历江、浙诸山，他也深情漫溢，奇思联翩，当登山遇险阻时，他会感到连“奇松”、“怪石”都有意设置障碍，与人争道：“奇松伸臂似来攫，怪石拦人不肯让。”(《游四明山作》)当登山有悟时，他痴想那是山水间的一切在向他昭示人生的哲理：“风兮风兮相吹知有因，劝我莫作人间绝顶人。”(《登缥缈峰》）“水堪招隐都缘曲，山到成名毕竟高。”（《舟中赠霞裳》）如上诗句，在袁枚的山水诗中俯拾即是，读这样情深意浓的篇章，我们深深地被多情而诚恳的山神水灵感动了，在诗人拟人化的艺术境界里，那些山神水灵与人是多么和谐而亲切，彷佛我们自己被置身在山水温厚宽广的胸怀间，接受山的抚爱，尽享水的慰藉，这里是人与自然、人与山水高度融合的至善化境。观览研磨这样的诗句，我们不能不为诗人对山水的热爱之情所倾倒！以情观山，山皆含情；以情临水，水亦脉脉，这不正是人对山水、对自然审美体验的最高境界吗？

袁枚论诗主张性灵，他认为：“有性情便有格律，格律不在性情外。”[①]所以他在诗歌形式上，按表达感情的需要来安排句式及音韵，如此则形成了袁枚山水诗句法灵活、音韵随感情宕跌而变化的特点，尤其在长歌中这个特征更为明显。如《游四明山》，长句、短句错杂相交，甚至还有些近乎散文化，诗人登山历险的感情起伏、心理变化，以及山势的盘迂曲折、缓急跌宕皆随着句式长短的变化和音韵抗坠急徐的跳荡而发生变化。再如《端阳阻雨文殊院云来遮门一无所见午后小晴步至立雪台望前后海诸山》《宿狮子林晨起登清凉台看云浦海》写黄山云雾变幻不定的景象，诗人在句式和音韵的选择上不拘一格，任由情感如天马行空，无羁无勒，在黄山诸峰的雾海中驰骋。其它象《至伏虎岩遍历险怪憬然有悟》《登缥缈峰》等都明显呈现着这种艺术特征。

袁枚在诗歌语言运用上，力主平易、朴实、通俗，他极力反对陈词滥调、生硬堆积，在《随园诗话》卷三中他说道：“诗境最宽，有学士大夫读破万卷，穷老尽气，而不能得其间奥者；有妇人女子，村氓浅学，偶有一二句，虽李、杜复生，必为低首者。”用语造境，皆得之天然，成于性情，能使用眼前景、口头语发露心中的真性情，即便是凡夫俗子也能创造出真趣天然的意境。在这种理论指导下，袁枚的山水诗在语言运用上显得灵活、平实，有些逼近口语，除了比喻和拟人手法外，在他的山水诗语言里很少有生冷艰涩、巉刻险峭的词句，也较少用

---

① 见《随园诗话》，第 2 页。

典。如写桂林一带山水,诗人用语特别平实,再如《老僧岩》,口语和佛语掺杂,形象而传神地描绘了老僧岩的形貌特征。其它如写泰山高大雄伟,写庐山瀑布奔泻直流,均体现了袁枚山水诗平实浅易的语言风格。

由于袁枚过分强调率真自然,圆滑爽口的表现手法,因而读袁枚的山水诗总觉得感情充沛而余味不佳,气势雄阔而神韵不足,这也许是袁枚山水诗的缺憾。当然这个缺憾与其成就相较,那是微不足道的。

第二节 “生平游迹遍天涯,塞北交南万里赊”

——赵翼的山水诗论

论地域,赵翼应该归属于常州诗群,与洪亮吉、黄仲则、孙星衍比肩,但若以诗学主张和诗史地位,赵翼因其力主性情,与袁枚同列“乾隆三大家”,并结成牢固的诗坛盟友而理所当然地高居性灵派榜眼之位。

一、赵翼的生平及诗学主张

赵翼(1727—1814),字云松,又字耘松,号瓯北,江苏阳湖(今常州)人。

据各类史传记载,赵翼早慧,三岁即能日识字数十,十二岁学为文章,一日制成七艺,人皆奇其才。乾隆十五年,举顺天乡试,选授内阁中书,入直军机处。二十六年成进士,殿试进呈一甲第一,陕西王杰居第三,结果乾隆皇帝在御批时认为,自开国以来,陕西没有以第一人中进士的,故而把王杰和赵翼的次序作了调换,由此,赵翼便从状元屈居探花,终其一生,赵翼恒常耿耿于怀。

乾隆三十一年,赵翼由翰林院编修授广西镇安知府。镇安地处广西西南,与云南和越南接界,为僻远荒傲之区,其地民风淳朴,狱讼简约,但因胥吏在“仓谷出入”时作弊严重,所以民众有怨声,赵翼“痛革其弊”，镇安民众心悦诚服。后因事，触怒总督李侍尧，被劾。“适朝廷用兵缅甸，命翼赴军赞画。……寻调守广州，擢贵西兵备道。以广州谳狱旧案降级，遂乞归，不复出。”（《清史稿·赵翼传》）归乡之日，正值赵翼四十六岁的盛壮之年。

乾隆四十五年，清高宗南巡，赵翼迎驾于江苏宿迁，五月，起文赴部，行至台庄，忽患中风，两臂不能举动，遂返舟归里，从此，赵翼绝意仕进，“专以著述自娱。”（《瓯北先生年谱》）[①]五十二年，台湾林爽文叛，李侍尧奉命赴闽筹办军需，力邀赵翼入幕参赞军事。赵翼因与李侍尧有老上司的情份，同时，他欲便道游赏武夷等风景名胜，所以即应约偕行。次年，林爽文事平，赵翼辞归，由浙江之温州、处州、金华一路行来，遍观浙东南山水。

辞归后，赵翼愈专心于诗歌创作和经史之学，其成就得到世人嘉赏。姚鼐的《瓯北先生家传》曰：“台湾既定，李公欲奏起，先生固辞之，因游武夷，遍历浙东，山水之胜，一发之于诗。……其诗与同时袁简斋、蒋心餘齐名，世所传《瓯北集》也。”[②]《清史稿·赵翼传》亦曰：“事平，辞归，以著述自娱，尤邃史学，著《廿二史劄记》《皇朝武功纪盛》《陔余丛考》《檐曝杂记》《瓯北诗集》。……同时袁枚、蒋士铨与翼齐名，而翼有经世之略，未尽其用。所为诗无不如人意所欲为，亦其才优也。”[③]

嘉庆十五年，赵翼和姚鼐以先朝老臣的身份参鹿鸣宴，赐三品衔。后四年卒，年八十八。

纵观赵翼一生事迹，我们不难发现，他不但是一个深于诗，在诗学上自成一格的性情诗人，而且还是精通史学，力图在史的方面有所创新的史学家；更为难能可贵的是，他亲历了征缅甸、平台湾的重大军事斗争，在参赞军务的过程中，他凸显了过人的胆识与智慧，成为一名颇具边才的战略家。

---

① 〔清〕赵翼《瓯北集》，上海古籍出版社 1997 年版，第 1407 页。

② 同上，第 1418 页。

③ 见《清史稿》，第 2092 页。

对赵翼的史识和诗才，前人多有定评，其中王藻、钱林的评价极具代表性："所撰《廿二史札记》，考证精审。又《陔余丛考》一书，虽不及顾氏《日知录》、钱氏《养心录》之精博，然于文字之同异，究其源流；事物之差殊，正其讹误。抑多闻解惑之一助也。其《皇朝武功纪盛》一书，以连篇累幅未能备述者而简括出之，足征史才。惟《檐曝杂记》体例稍杂，未为善本。然国家掌故及滇、黔各省土风物产，观览略备，益足增长见闻，通知时事。较之侈谈考据，于日用事物之间，毫无裨补者胜之。晚岁取唐、宋以来各家全集展玩而寻绎之，沿波溯源，间得其心力独至之处，故所撰《瓯北诗话》抉摘精微，语多切当，要非局方隅之见横使议论也。"（《文献征存录·赵翼传》）①这篇传文从史学得失、诗学源流方面，客观而公正地评述了赵翼的成就，在众多论说中颇有典型性。

赵翼因才情恣肆高旷，诗意腾卓奔放而受到世人热评，把他与袁枚并称；同时，又因论诗主张性情，反对因循守旧，而被目为"性灵派"的中坚人物。刘世南先生的《清诗流派史》把赵翼列为仅次于袁枚之后"性灵派"的第二位代表人物，从诗歌流派发展的交互关系看，确有一定道理。不过，从严格意义说，赵翼不能算，至少不能纯粹属于"性灵"一派的诗人，他和袁枚之间诗界地位相当，名望相埒，只不过在创作旨趣、论诗主张和诗学观上保持了惊人的一致。无论袁枚生前，还是身后，在讨伐之声四起，倒戈之人日渐增多的严峻情势下，赵翼一如既往地坚定支持袁枚，进而成为"性灵派"的守望者。惟其如此，后世攻击袁枚者，必不放过赵翼，朱庭珍在《筱园诗话》中袁、赵并举，指斥他们是"诗魔"，而且还是"风雅之蠹，六义之罪魁也。"梁启超的《清代学术概论》虽然误把赵翼说成赵执信，但其批判的矛头所向依然十分明确。

如果要把赵翼纳入"性灵"一派的轨范，就必得从他的诗学思想入手进行辨析。赵翼的诗学思想首先完整而系统地反映在他的《瓯北诗话》中；其次散见于他论诗的诗文里，两相贯穿，即可见出诗人体

---

① 见《瓯北集》，第1428页。

系完备的诗学观。

《瓯北诗话》共十二卷，其中前十卷分论李白、杜甫、韩愈、白居易、苏轼、陆游、元好问和高启、吴伟业、查慎行等十位自唐至清的诗人。赵翼之所以选取以上十位诗人进行论述，是因为在他的诗学观念中，这十位诗人的成就已成为他们所生活时代的标志，因之也就成了诗歌发展史上里程碑式的代表作家。赵翼以史学者的眼光，精审严辨，选择上列十位诗人作为论述的对象，目的就是欲以史证诗，以人存史，将横的切面通过纵的结构串联起来，给人以清晰而确实的诗史继承，以及创新的发展轨迹。因为《瓯北诗话》不同于《随园诗话》《说诗晬语》等漫话式的诗话著作，所以诗人的诗歌观念、诗学主张不是直接宣示出来，相反则是通过论述李、杜、韩、苏等的诗歌风格而曲折反映出来。大致析解，赵翼在《瓯北诗话》中贯穿的诗歌主张有以下几点：

1. 诗歌是人的性情的自然流露，是诗人心灵的回声，它如行云流水，自在而来，又自然而去，不用半点雕琢和锤炼，心到处，诗情随心而生。

在论“李青莲诗”一章中，他说：“诗之不可及处，在乎神识超迈，飘然而来，忽然而去，不屑屑于雕章琢句，亦不劳劳于镂心刻骨，自有天马行空，不可羁勒之势。”[①]在论“苏东坡诗”时，他把这个观点作了进一步深化：“坡诗有云：‘清诗要锻炼，方得铅中银。’然坡诗实不以锻炼为工，其妙处在乎心地空明，自然流出，一似全不着力，而自然沁人心脾，此其独绝也。”[②]李白和苏轼在诗史上被公认为天才超迈、不拘一格而天纵英挺的豪放诗人。赵翼认为李白的诗之所以能“天马行空，不可羁勒”，关键是他性情中与生俱来的“仙灵”之气使他成为一个“神采迥异”常人的伟大诗人，他的诗是随性而来，由心所生的产物。苏轼和李白相比，其才情过人，文思泉涌，他的诗一自本心间流出，不加雕琢，也不进行“锻炼”，颇能洞鉴诗人冰雪般灵窍的诗心。

① 见《清诗话续编》，第1139页。

② 同上，第1196页。

不仅李白、苏轼如此，即使以平易晓畅著称的白居易，亦能自抒性情，不假涂饰："试平心论之，诗本性情，当以性情为主。……坦易者，多触景生情，因事起意，眼前景，口头语，自能沁人心脾，耐人咀嚼。"白居易在中唐诗坛，被人目为与韩愈齐肩的大家，他的风格以"坦易"为主，因是之故，往往被人误解成"轻俗"，赵翼对其进行剖析之后辨护曰："香山自归洛以后，益觉老干无枝，称心而出，随笔抒写，并无求工见好之意，而风趣横生。"①不"求工见好"，"不以锻炼为工"，"不屑于雕章琢句"，而能让其诗品超迈飘逸、"风趣横生"，如"天马行空，不可羁勒"，主要取决于诗人的本性，以及和此相关的性灵。"后人从此等处悟入，可得其真矣。"②

2. 生活是多样的，风云月露，草木虫鱼，以至民瘼人情都呈现为多彩多姿的态势，故而诗人的风格亦应多元发展，不必拘于一体。

唐诗经李、杜，天下绝学已然殆尽，后之学者极难有所突破，韩愈尊奉李、杜，但又不囿于李、杜之一格，他能于李、杜之外，自创一路，自成一体，形成其个人独特的风格。"韩昌黎生平，所心摹力追者，惟李、杜二公。……至昌黎时，李、杜已在前，纵极力变化，终不能再辟一径。惟少陵奇险处，尚有可推扩，故一眼觑定，欲从此辟山开道，自成一家。……其实昌黎自有本色，仍在文从字顺中，自然雄厚博大，不可捉摸，不专以奇险见长。……若徒以奇险求昌黎，转失之矣。"③韩愈的诗以"奇险"取胜，以"硬语"见长，但赵翼却很审慎地鉴别出，韩愈自有体格，即"文从字顺"、"雄厚博大"，这是因为韩愈的诗"不但创格"，而且"又创句法"。不断创新，是形成韩愈个人风格的前提与基础。凡有成就的诗人，都注重个性化诗风的形成，李、杜如此，韩愈如此，白居易也如此，白诗以平易为主，以古体为最，但他"于古诗律诗中，又多创体，自成一格。……盖诗境愈老，信笔所之，不古不律，

---

① 见《清诗话续编》，第 1173 页。

② 同上，第 1140 页。

③ 同上，第 1164 页。

自成片断。”[①]诗歌发展进入宋代，仿佛有凝滞不前、徘徊踝躞之意，而苏轼的出现似有截断众流之势。东坡善学古人，而不以古人为牢笼，他腾空高翔，以独创的风格为宋诗开新局。“以文为诗，自昌黎始，至东坡益大放厥词，别开生面，成一代之大观。……盖李诗如高云之游空，杜诗如乔岳之矗天，苏诗如流水之行地。读诗者于此处着眼，可得三家之真矣。”[②]“坡诗不尚雄杰一派，其绝人处在乎议论英爽，笔锋精锐，举重若轻，读之似不甚用力，而力已透十分，此天才也。”[③]“东坡大气旋转，虽不屑屑于句法、字法中别求新奇，而笔力所到，自成创格。”[④]苏轼以大才自负，聪明达到绝顶，不管什么诗材、诗料，一经其手，便觉生意盎然，故此，赵翼认为“昌黎之后，放翁之前，东坡自成一家，不可方物。”苏轼的“自成一家”，与他的不断出新与创造有紧密关系，他总是说“未经人说过”的“意”，用“未经人用过”的“书”，所以其“成家”、“成大家”是必然的。

3. 作诗以性情为主，以自然流泻为佳，但“自然流出”并不意味轻率粗俗、鄙陋浅薄，“自然流出”是一种境界，它是诗人的才情、性灵和高超诗艺的天作之合。

赵翼在力倡性灵的同时，还十分强调诗歌的精准和凝炼，即锻炼之功。“坡诗不以炼句为工，然亦有研炼之极，而人不觉其炼者。”[⑤]东坡的诗“放笔快意，一泻千里”，后世多认为他如流水泻平地，自然天成，“不甚锻炼”，但赵翼认为苏轼不是不“锻炼，而是他以挥洒出之，全不见用力之迹”，在别人需要“千锤万杵”苦苦“锻炼”的章句，他则以“天才”之力化有形为无形，一如雪泥鸿爪，无迹可求。宋代诗歌“以苏、陆为两大家”，虽然两家遭际不同，风格各异，但在锤炼诗意方面却有惊人的相似之处：“放翁诗以律诗见长，名章俊句，层见叠出，

---

① 见《清诗话续编》，第 1176—1177 页。

② 见《清诗话续编》，第 1194 页。

③ 同上，第 1195 页。

④ 同上，第 1199 页。

⑤ 同上，第 1214 页。

令人应接不暇。……意在笔先，力透纸背，有丽语而无险语，有艳词而无淫词，看似华藻，实则雅洁，看似奔放，实则谨严，此古体之功力更深于近体也。或者以其平易近人，疑其少炼；抑知所谓炼者，不在乎奇险诘曲，惊人耳目，而在乎言简意深，一语胜人千百，此真炼也！”[①]苏轼的诗以“才思横溢，触处生春”为特点，他的锤炼之功通过踏雪无痕的“天才”力量来实现，而陆游的诗以各体兼工、“平易近人”著称，其锤炼的艺术底蕴恰巧涵盖在“出语自然老洁”的不经意处：“此其炼在句前，不在句下，观者并不见其炼之迹，乃真炼之至矣。……放翁古诗，从未有至三百言以外，而浑灏流转更觉沛然有余，非其炼之极功哉！”[②]

“锻炼”是诗家构思诗歌的必要手段，亦是诗歌达到凝炼出新的首选途径，“锻炼”不但体现在字句上，而且还反映在诗意的提炼和构思上，“遗山修饰词句，本非所长，而专以用意为主，意之所在，上者可以惊心动魄，次亦沁人心脾。”[③]正因为能用心“锻炼”“诗意”，所以元好问的诗在诗意的表现上能独步千古，绝少有人超其右：“遗山……构思窅渺，十步九折，逾折而意愈深，味愈隽，虽苏、陆亦不及也。”[④]

4. 诗是时代的产物，亦是诗人心灵嬗变历程的折光，诗人因时变而生感慨，尤其经历沧海桑田的朝代鼎革，诗人的心境转入苍深悲慨，故而其诗风随变为沉郁激楚。

“元遗山才不甚大，书卷亦不甚多，……然正惟其才不大、书不多，而专以精思锐笔，清炼而出，故其廉悍沉挚处，较胜于苏、陆。”[⑤]元好问才力、学问不及苏轼、陆游，但其诗风的“廉悍沉挚”“胜于苏陆”。这是因为元好问“生长云、朔，其天禀本多豪健英杰之气；又值金源亡国，以宗社丘墟之感，发为慷慨悲歌，有不求而自工者，此固地为之也，时为之也。”元好问于大金国而言，为亡国之臣，遭遇国变，因之其诗风转觉苍凉沉鸷，有穷而后工之妙。赵翼对元好问的人生遭

①② 见《清诗话续编》，第1222页。

③ 同上，第1268页。

④⑤ 同上，第1267页。

际与诗风遭变之间的关系把握极其准确，他认为元好问一生“身阅兴亡浩劫空，两朝文献一衰翁。”（《题元遗山集》）是一个名实相符的经历了亡国之痛的遗民诗人，所以他的行止与感情皆与故国之思有关：“行殿幽兰悲夜火，故都乔木泣秋风。”由“行殿幽兰”、“故都乔木”引发诗人“悲夜火”、“泣秋风”的黍离之悲，最终成就了诗人“慷慨悲歌”的独异诗风。从元好问的诗歌成就，赵翼得出了一个普遍性的诗学规律：“国家不幸诗家幸，赋到沧桑句便工。”以历史的眼光考察，诗人乃时势所造就，而诗歌与时势关系尤为紧密，这种现象不仅发生在元好问身上，而且还推而广之，及于此前此后的众多诗人。比如此前的陆游因“生于宣和，长于南渡”，寄身在朝廷醉生梦死、苟且和议而江北父老忍望恢复的残山剩水间，时刻心怀“复仇雪耻”的大志，于是他的诗作多有“寓其悲愤”的“长篇短吟”。再如生于朝代鼎革、中原陆沉之际的吴伟业，多有哀伤前朝遗事，感叹自身命运的抒愤发忧之作，“梅村身阅鼎革，其所咏多有关于时事之大者。”①

5. 诗歌创作是一个流变过程，因承是流，创新是变，流是变的基础和条件，变则是流的升华与生命力之所在。向前人学习是后之学者的必要途径，但学前人要用创新的态度去对待，打破门户之限，泯灭时代之界，兼收并蓄、推陈出新才是诗歌创作获得生机的本源。

赵翼主张诗歌创作要因时而变、因势而变，不必拘泥前人成见而使诗失去本有的生命活力。在论高启的诗时，他说：“高青丘才气超迈，音节响亮，宗派唐人，而自出新意，一涉笔即有博大昌明气象，亦关有明一代文运。”②高启能成为众所推崇的“开国诗人第一”，是因为他的诗广采博取，转师多人，其“五古、五律，则脱胎于汉、魏、六朝及初、盛唐；七古、七律，则参以中唐；七绝并及晚唐。要其英爽绝人，故学唐而不为唐所囿。……独青丘如天半朱霞，映照下界，至今犹光景常新，则其天分不可及也。”③赵翼论诗力求创新，不废江河，亦不捐细流，他以史论家的独到眼光，站在史的纵向角度去评判诗人的存

① 见《清诗话续编》，第1283页。

②③ 同上，第1274页。

在价值，不因古薄今，不因人废言，《瓯北诗话》选当朝诗人查慎行为代表就体现了赵翼“未可以荣古虐今”的胆识：“查初白才气开展，工力纯熟，鄙意欲以继诸贤之后。”①

赵翼思路独特而视界新颖，他一再强调诗歌创作要创变，要在学习古人优秀传统的前提下，自成一格、自创一体，“世儒目论多拘牵，每薄今人慕古贤。庸知不朽有真价，何论已往与目前。”（《再赠子才》）赵翼生活的乾嘉时期，正是各种诗歌主张杂现纷呈的时代，其中尤以“世儒”、“拘牵”唐、宋门户之见，“每薄今人慕古贤”的理论主张风行于世，面对此复古不化、僵而不死的诗坛局面，赵翼大声噇嗒地疾呼道：“满眼生机转化钧，天工人巧日争新。预支五百年新意，到了千年又觉陈。”（《论诗》其一）自然界的生机靠天地日月一阴一阳的相互交替而出现，诗的生命和活力亦靠不断推陈出新，以及各种不同诗潮的激荡而产生，所以“拘牵”“古贤”，泥于唐宋，只能使充满生机的诗歌创作滑入陈腐的边缘，不用说一般的诗人，即使最伟大的诗人，他们只能领风骚于一时，而不能保“新鲜”于万年，所以诗歌创作必须有所创造、有所超越，只有不懈创新，才能使其枝繁叶茂、生机盎然：“李、杜诗篇万口传，至今已觉不新鲜。江山代有才人出，各领风骚数百年。”（同上，其二）这首论诗的绝句因其宏大的气魄和富赡的内涵已被世所公认。赵翼论诗始终坚持发展的诗史观，他在多篇《论诗》的作品里反复强调了一代有一代独领风骚的优秀诗人，不必为了“宋调唐音”而“互雌黄”，时代是发展的，所以诗歌也应随世运而不断创新，不断进步。“词客争新角短长，迭开风气递登场。自身已有初中晚，安得千秋尚汉、唐？”（《论诗》）今人与古人隔千百年的时空“同此风云月露”，在古人笔下那些惯见的“风云月露”已被刻画殆尽，今人若不创新，别出心裁，就会陷入“拾”古人“残牙慧”的窘境。但创新不能是盲目的，粗浅的，而应是从自然而来，从心底流出，以古人为楷模，以自然为师范，以性情为酿房，形成韵味醇厚的天籁之音：“只应触景生情处，或有空中天籁音。”（同上）“称诗何必苦争新，无意为诗

① 见《清诗话续编》，第 1299 页。

境乃真。”（《称诗》）为了说明诗的自然存在，以及诗情、诗性的自在自为，赵翼通过形象的比喻说道：“鸟语花香孰主张，春来无物不含芳。荒鸡不自知天籁，每到应啼便引吭。”（《天籁》）“天籁”之音是心灵的回声，是人与自然契合为一的结晶，因为有了“天籁”之音，人间便有好诗、有佳句：“枉为耽佳句，劳心费剪裁。生平得意处，却自自然来。”（《佳句》）

“历朝诗帙重披寻，掩卷苍茫感不禁。千古真如飞鸟过（诗人自注：黄山谷诗：万古飞鸟过），四时何限候虫吟。”（《批阅唐宋诗感赋》）赵翼作为优秀诗人，他的诗论充满智慧和思辨，在清代卷帙浩繁的诗学著作里，赵翼的贡献是巨大的。首先，他以历史发展的眼光去评判诗的价值，包括历史价值和审美价值，在他的诗学观念里千年历史的发展过程犹如飞鸟掠空，一闪即逝，所以论诗不必“荣古虐今”，既要有史的延续性，更要有史的发展观；其次，赵翼认为诗人是时代的弄潮者，与时代命运休戚相关，所以论述诗人，或诗歌作品的价值不能孤立地脱离诗人所生活的时代；再次，赵翼主张诗要有新意，“新”是诗的灵魂，也是诗的生命力之所在，凡有成就的诗人，都会思发天外，语出惊人，而不落前人俗套，“诗家欲变故为新，只为词华最忌陈。杜牧好翻前代案，岂如自出句惊人。”（《杜牧诗》）

赵翼以史家的目力评判诗，而不落诸史学家常规的独异处，为有识者所辨察，如严迪昌先生的《清诗史》所评：“卓荦的史家眼光，迥异于诸如循环论、复古论者的史识，……因而无论作诗还是论诗，赵翼处处表现出其史学家的气质。……这对于诗的史论诚多可贵。”①

赵翼和袁枚在诗歌理论上同倡自抒性情，他们把诗看成个人情感的载体，在他们看来，诗的功能即是抒情，因此之故，两人在创作实践上都以抒情诗为主。在人生经历和遭际方面，二人均怀大志，欲有所作为，但现实总给他们当头棒喝，令其心志未伸而抱恨终生，所以他们在抒情诗中表达的主观意绪颇为近似。所不同的是赵翼有从军边疆、身历戎行的经验，诗中颇带铁甲气；赵翼中年解职，退隐乡曲，

---

① 见《清诗史》，第939页。

此前曾任职两广，和民间多所接触，对民情亦了解甚深，但他不象袁枚那样创作有反映社会现实、同情民间疾苦的诗作；赵翼以史家的胸怀，诗人的敏警，通过披阅历史风云，结合个人感悟，道出了许多人所未道的警世哲理，这是其稍胜袁枚之处。

赵翼的诗作基本以摅写个人心志为主，在众多抒情的诗篇中，特别值得一提的是他抒愤发幽和褒扬忠烈的章句，这两个主题看似独立，其实互为并联，有诗人的心怀忧愤，才有刚烈不阿的忠贞之气，有一腔喷薄的忠贞之气，才能将之化作对先朝忠烈之士的仰慕与赞美之情。

"老凭故纸送残年，藉遣无聊岂望传。死后名难膏白骨，生来命早落青编。……太息男儿多少事，只余瑟缩枕书眠。"(《书愤》)这首抒忧发愤的诗写作于诗人七十五岁的垂垂暮年。何以到此高龄，赵翼还有"愤"好"书"呢？从诗意我们即能看出，诗人一生虽以诗、史著称，且自珍自负，但他绝不是甘于"老凭故纸送残年"的一介书生，他对老去"只余""枕书眠"的人生结局极其悲哀，所以他的"太息"发自心底，来源于"男儿多少事"未能如愿的心灵缺憾。赵翼本当名列魁首，直步青云，可命途总是乖蹇多舛，让他与理想擦肩而过，对此，诗人感慨万端："平生无一事堪豪，每到垂成易所遭。(诗人自注：余为教习三年，可得邑令，而考授中书；为中书六年，可迁部曹，而成进士，官编修；今六年，可得坊局，而又出守。每垂成辄易地，殊不可解也。)"(《奉命出守镇安岁杪出都便道归省途次纪恩感遇之作》其六)由于"每到垂成"而遭遇不测，因此诗人常自叹自怜"平生无一事堪豪。"他的这种感叹命途之艰的不平之鸣无法直接表露出来，只能借咏史、咏物的形式委曲地加以暗示："运去卧龙空伐敌，时来屠狗亦封侯。……历历古今成局在，兴衰不尽系人谋。"(《读史》)"大家气象无寒态，本色胭脂有醉痕。……生来性格原骄贵，肯向风尘漫托根?"(《稚存谓古来牡丹诗少有作正面文字者戏成四首索和》其一)

生性高傲而自负才学的诗人，原不肯因命途乖违向恶浊的"风尘"之世俯首"托根"，于是他把一腔济世的雄心转化成对节烈之士的无限崇敬和旌扬："须眉正气凛千秋，丞相祠堂久尚留。南渡河山难复楚，北来俘虏岂朝周？”（《过文信国祠同舫萼作末章兼吊李文水》其一）“鄂国祠堂礼器存，土花碧不蚀精魂。壮怀未饮黄龙酒，故物如传白兽尊。”（《岳祠铜爵》）“满江风卷怒涛声，千载如闻战鼓鸣。……时清兵燹无遗迹，事往英雄尚大名。”（《金山咏韩忠武事》）不管是文天祥，还是岳飞、韩世忠，皆历史上功垂千古的民族英雄，他们在社稷危亡之际，能奋身不顾，或屡建奇勋，或杀身成仁，让后世的节义之士奉为楷模。赵翼咏叹史实，借仰慕先烈之机，抒发了个人抱负无法实现的感喟：“愧我亦曾身执戟，至今仍作一书生。”（《金山咏韩忠武事》）如果南渡遗事能激起诗人的英雄情怀，让他作仰天一啸的话，那么明末殉节的英烈则使赵翼悲慨长歌，一股苍凉的故国之情油然而生。如：“马前叩头草间活，国破君亡谁拒守？公也林下一书生，衣不掩胫袖露肘。回天挽日何等事，岂出区区措大手。……山河改局鳌折柱，天地为笼鱼在笱。正惟成败百不计，足知志定甘授首。……君不见同时众名流，声望出公右。书推王孟津，诗擅钱蒙叟。至今令人笑齿冷，断楮零缣付酱瓿。”（《题黄陶庵手书诗册》）黄陶庵，明末嘉定诗人黄淳耀，顺治二年，清兵破江南，淳耀倡义兵守城，后城破殉义死。赵翼的题诗从正面歌颂了陶庵先生悲慨激壮的英烈行为，在“天兵南下”，许多名公巨卿望风而降的危殆关头，“黄陶庵”以“林下一书生”的身份组织义兵，欲“回天挽日”，成就复明大业。赵翼既正面表达了对黄淳耀节义壮举的仰慕和敬佩，同时又通过对比阐明了自己爱憎分明的历史观：“君不见同时众名流，声望出公右。……至今令人笑齿冷，断楮零缣付酱瓿。”王铎、钱谦益名望高出黄淳耀许多，但因其“马前叩头草间活”的卑污行为，使后人“至今”“笑齿冷”。赵翼生当满清鼎盛时期，文字之祸惨目惊心，而且愈演愈烈，他能有如上之文字，让人不仅佩服他的史识，还敬服他的胆识。再如《题忠节金正希先生遗像为其族孙素中太守作》，对大明英烈金声的褒扬就更显出赵翼长歌悲慨的气度：“书生何意好论兵，正值时危国步倾。……黄山白岳集乡兵，一弹丸地为谁守。……已联众志结成城，不籍印囊悬在肘。明知一旅事何成，犹欲挽天凭只手。”赵翼史识史胆超群，他的爱憎感、正义感通过彰扬先朝英烈表现得如贯日之虹。又如《题阎典史祠》对江阴守城殉节的阎典史的歌颂，就更充满悲壮慷慨的忠义气："呜呼！明季虽多殉节臣，乙酉之变殊少人。将帅降幡蚤竖垒，公卿款表先趋尘。高门王谢献城亟，盛名巢由拜路频。何哉节烈奇男子，乃出区区一典史!"阎典史，即阎应元，清兵南下，江阴民众据城死守，推应元为将，应元以一小小县城，与清兵相持"八十有一日"，后不屈死。阎应元的精神在后世影响甚大，《明季南略》有一段话，与赵翼的诗意极其吻合："《江阴野史》曰：'有明之季，士林无羞恶之心，居高官、享重名，以蒙面乞怜为得意；而封疆大帅，无不反戈内向。独陈、阎二典史，乃于一城见义，向使守京口如是，则江南不至于拱手献人矣。'时为之语曰：'八十日戴发效忠，表太祖十七朝人物；六万人同心死义，存大明三百里江山'。"[①]赵翼的诗歌成就前人已有定论，此处特意把他褒扬前明忠烈的作品展现出来，旨在折射其最本质的人格特征。

纵览赵翼诗歌，题赠酬唱，篇什繁复，但其中最能体现诗人雄放恣肆情怀，一展其生平欢颜的，还是那些纵横万里的山水之作。赵翼一生最遗憾的是穷守诗、史，不能伸张大志，"才短愧无经世用，时清惟有作诗传。"(《八十自寿》其二)"可怜八十年心力，不在凌烟图画中。"(同上，其四)而他最自豪、最得意，也深感欣慰的是宦辙遍南北，游踪满天下的风华岁月。从《六十自述》到《八十自寿》，诗人一路走来，津津乐道的总是"生平游迹遍天涯，塞北交南万里赊"(《六十自述》其三)"游迹生平万里赊，老犹登览爱雄夸"(《七十自述》其二十四)"一出春明道阻长，天教游迹破天荒。携来词客惊人句，踏遍前贤谪宦乡。"(《八十自寿》其三)和袁枚的山水诗内涵相比，赵翼的描写对象更宽泛，涉及的地域更广阔，而表现手法更趋多样；在游历方式上，袁枚主要集中在晚年，而且多为自助式游赏，赵翼毕其一生徜徉山水风物，但他重大的游历活动则出现在盛壮之年，且大多和他的宦迹有关，诗人有题为《追忆宦游陈迹杂记以诗》的大型组诗，详尽而真切地记录了他由翰苑到地方任职的全过程，其涉及地域包括京师燕

① 〔清〕计六奇《明季南略》，中华书局 1984 年版，第 243 页。

北、黔南粤西、闽中台海，甚至还有江浙一带。鉴于此，赵翼的山水诗除文学的审美价值外，更有地理学、历史学和民族学的考辨价值。

二、“俯仰无成惟自愧，敢誇老健地行仙”

——赵翼的山水诗综述

人到垂暮，怀旧之心油然而生，同时总括生平，忧乐自喜。赵翼在《暮景》诗里很觉憾恨的是“俯仰无成”，而“敢”于自“誇”的却为“老健”之年能成“地行仙”。赵翼从盛壮宦游到垂暮郊居，终其一生与山水风物结下深厚的情缘，他把这种浓厚的情缘诉诸笔墨，就构成千形万状、气势腾跃而卓厉非凡的山水乐章。

以下按行年为序，以地域为纬，对赵翼的山水诗进行综合述论。

（一）“三十书生鬓未斑，扈从大狝出严关”的幽燕山水诗

据《瓯北先生年谱》载：乾隆十四年，二十三岁的赵翼因生活所迫，“乃襆被入都”，馆于刘统勋家，助其“纂修宫史”，乾隆二十一年，三十岁的赵翼被“选入军机处行走”。是年秋，“扈从木兰”；乾隆二十二年，赵翼再次“扈从塞外”；二十三年秋，诗人“又扈从出塞”；二十五年，赵翼第四次“扈从木兰”。这四次扈从秋猎的机会，使赵翼充分体验了“秋高落叶西风里，立马兴桓古塞山”的异样风情，他的早期山水诗即以扈从木兰时所创作的塞上风情诗为主体。

满清建国之初，特别到康乾时期，为了炫耀文治武功，传承祖宗旧制，他们多次举行“秋狝”活动，仅乾隆皇帝就“秋狝四十次”。据吴振棫的《养吉斋丛录》可知，木兰，满语是“哨鹿”的意思，打围的地方是“哨鹿”之处，“久则视若地名”。哨鹿一般在秋分前后进行，昧爽时，令人“戴鹿首伏林壑中，以哨致鹿”[①]。木兰围场，在喀尔喀、敖罕、翁牛特诸部所属区域，皆该蒙古部落王公所献土地，其地周回一千三百余里。

赵翼的木兰扈从山水诗内容纷繁、体式多变，既有对一山一水的微观刻镂，又有对塞上风物的总体把握；既有塞外风土人情的个别描

---

① 〔清〕吴振棫《养吉斋丛录》，中华书局2005年版，第210页。

述,又有行猎过程的全景式再现。由于表现对象殊异,所以赵翼的扈从山水诗便显得奇崛刚劲、峭厉寒瘦,如山石孤兀、苍鹰掠空,自有一种劲健之风弥散其间。如写雄关漫道、天险重重的形胜,他说:“锁钥凭天险,因山戍垒成。千盘蛇阵势,十万马蹄声。”(《出古北口》)“紫塞秋风紧,凌寒踏晓霜。……饮马长城窟,呼鹰古战场。”(《再出古北口》)“路从云雾下崔巍,响踏空山落叶堆。投栈马嘶归意急,入关雁带峭寒来。”(《入古北口》)写山岭相属、势压塞北的绝域风光,他以骇人耳目的笔触描绘道:“路需梯设级,山似剑排釭。……凭高揽形胜,秋色正苍苍。”(《青石梁》)“清晨缘麓上,到顶已斜曛。……路如蛇不断,人似蚁成群。”(《登毕尔哈尔巴齐达巴罕》)“言入木兰道,极目无人烟。……万山互盘纡,重重相钩连。……我行苍翠中,恍觉非人间。”(《扈从木兰途次杂诗》其三)“巍巍达巴汉,(诗人自注:蒙古语,岭也)其高不可计。……万马气一喘,弥天作云沸。扪星仰歇息,迥立苍霄际。却望四山齐,翻如在平地。”(《扈从木兰途次杂诗》其八)“天惟通一线,星可摘三霄。……地形愁倒马,风力称盘雕。……云族漫为海,山支涌似潮。”(《南天门》)塞上山行,既令人魂飞胆惊,又让人畅情悦目,秋满群山,色彩绚丽,足使人醉心迷神:“青山红叶晚秋天,溪壑生平得少缘。……境难留处惟题句,人未来时或有仙。”(《山行》)“山坞人家僻,居然石隐流。……翻嫌太淳朴,不识白云幽。”(《山坞》)木兰围猎的场面盛大雄阔,诗人通过组诗《行围即景》《木兰较猎恭纪》将其叙述得波澜迭起,且惟妙惟肖:“虎哮而起死相格,人虎空中互跳踯。斯须攒刺虎不支,拗怒赍恨洞胸膈。”(《行围即景·虎枪》)“霜信迟犹留嫩草,潦痕退已少轻泥。木兰好片清秋景,黄叶青山百鸟啼。”(《木兰较猎恭记》,其三)“拂镫鞭追飞兔影,鸣髇箭作饿鸱声。……最是获禽颁赏处,满营膜拜颂恩荣。”(《木兰较猎恭纪》其四)“哨鹿三更帐殿开,随行数骑尽衔枚。……获隽呼灯山外火,割鲜行酒马前杯。”(同上,其六)

扈从木兰的山水诗大多以五七言律绝或古诗的形式创构,诗人极少用长歌描述塞外幽峭雄放的山水形势,而《次韵倪敬堂仆少过玲珑山之作》则是一首激情漫溢的七言大作。这首诗大气开合,绘景丝丝入扣，语境寒瘦险巇，语意曲折盘旋，在一波三转的景物渲染中，融入诗人突兀而来的澎湃情思，顿然使雄阔的山水气势与国家强盛的气象相互激荡，遂使诗境显出万马回旋、撼人心魄的雄放感："山行日日马首东，惯见岗阜如游龙。忽然高崖插天起，幻出十里玲珑峰。……健鬣森开巨鱼脊，万古排立摩青穹。……袤延如屏薄如纸，几恐片片吹落随罡风。……横吐风穴声万籁，侧穿月窟翳一重。……兹峰倘得托区夏，当与岱松岳藕日观云海相争雄。……岂知山川灵秀待时显，入我朝始光昭融。"

赵翼早期山水诗以上述木兰行围的塞上扈从诗为主体，它们以独异的描写手法，劲健的风格呈现了诗人充满阳刚之美的艺术风尚，和此前创作的《黄天荡怀古》《游阳山清水洞》《登金山塔顶放歌》等山水作品在艺术风格上一脉相承，是诗人素怀的雄才大略的物化体现："生不能挹浮邱袂，拍洪崖肩，又不能随列子，御风行泠然。黄尘蹩躠日奔走，安得矫首凌云烟。……振衣忽长啸，平生空负狂。五岳未游一，遇险心已惶。何以更向莲花峰头挽铁索，天台山上度石梁？……听取天鸡鸣时拟再上，要看五更日出扶桑红。"（《登金山塔顶放歌》）

（二）"昆仑关口工尧隘，闲吊天南古战场"的西南山水诗

乾隆三十一年，赵翼被朝廷"特授广西镇安府知府"。出守镇安虽非诗人所愿，但遍历西南奇异的山形水貌却让他的心境豁然开朗，他将这种充满期待的喜悦之情发于笔端就有如下诗句："株守频年想壮游，从今景物豁吟眸。天教诗境开生面，人少题篇在上头。……平生曾诩登高赋，可有惊人好句留？"（《奉命出守镇安岁杪出都便道归省途次纪恩感遇之作》其八）自乾隆三十一年出守镇安，至乾隆三十八年"乞暂留养"，赵翼历任征缅大军参谋、广州太守、贵西兵备道，合粤、桂、滇、黔所作山水诗篇，遂成"诗境开生面"的大西南山水诗集群。

大西南山水诗创作于诗人仕宦的上升期，其时他恰值人生的盛壮之年，所以大西南山水诗总体表现为意境奇诡壮丽，有席卷千军之势，其用情之深、用词之巧、用意之新为前所未有，在赵翼所有的山水

诗章中，大西南之篇毫无愧色地成了领军之作。为了详尽而全面地把握赵翼西南山水诗的丰富内涵，及其渐变的艺术特征，现根据赵翼在不同时段的行踪对其西南山水诗进行类别化分论：

1. 桂西宦游山水诗

“官程忽赴粤江滨，除授荣叨御墨新。”（《奉命出守镇安岁杪出都便道归省途次纪恩感遇之作》其一）赵翼由“翰林”一变而为“专城”“边郡”行政长官，他怀着复杂的心绪，一路经浙江、江西、湖南，抵达广西。这次南行使他领略了一个从未涉足的神奇世界。愈往南去，自然山川愈加壮美瑰丽，尤其湘赣山水相激、粤桂孤峰突起的景致令诗人激情高涨、诗情如涌，他一路走来，一路写来，笔墨点缀处，就谱成一曲声调悠扬、旋律高亢而节奏疾徐相错的桂西宦游山水交响乐。如果把《舟发钱塘江》《富春道中》《钓台》《常山道中》看成是序曲的话，那么《鄱阳湖怀古》《滕王阁》《萍乡》《浮湘》《舟行》《衡山》《永州道中》《铧觜为湘漓二水分流处》则是展开部，经湘赣山水的过渡，诗人的桂西宦游山水诗最终被《斗河》《风洞山为瞿式耜张同敞殉节地》《阳朔山》《过昭平峡》《鉴隘塘瀑布》《下雷道中》《树海歌》《舟行》《莲花九㟃》《昆仑关怀古》《宾州》等桂西山水篇章推向高潮。

桂西宦游山水诗内涵饱满，手法灵活，而情景相融，有写景、有抒怀、有思古、有悟道，如写浙中至湘南途中山川相缪、轻波滉漾的空阔透明，他说：“孤舟入苍山，日与滩上下。……幽崖落空翠，蒙蒙湿衣帕。画眉时一声，远响答山鹧。”（《富春道中》）“古路依山辟，参差柳影疏。川原分楚越，水陆绾舟车。”（《常山道中》）“碧天无际水茫茫，泛槭遥临楚塞长。……路经九曲帆频转，地为三闾草亦香。”（《浮湘》）“烟雨潇湘泛使槎，九疑一半暮云遮。长途已过峰回雁，宽政今无俗捕蛇。”（《永州道中》）再如对景抒怀、借物思古，他激情四溢地说道：“涛声如沸舞回飚，想见当年水战嚣。……楚歌四面乌江败，吴火中流赤壁烧。”（《鄱阳湖怀古》）“苍茫今古一凭栏，物换星移俯仰间。爽气西来仍不减，大江东去几曾还。”（《滕王阁》其二）“危滩上尽得平池，半向南流半北驰。听取两头呜咽水，哀音绝似泣相离。”（《铧觜为湘漓二水分流处》）又如写边界民族和睦，山水襟带的融和景象，他说："时清关隘靖兵尘，饬备仍严绝徼巡。……深山日少常如暮，密叶冬荣只似春。"（《行边》其一）"安南处处共山场，判界曾无一堵墙。……柔远销萌非细事，头须从此白岩疆。"（同上，其二）如果上引短章如行歌，舒缓悠扬，把桂西宦游山水组曲逐渐导入佳境的话，那么以《斗河》《阳朔山》《过昭平峡》《鉴隘塘瀑布》《树海歌》等为代表的长篇则将其推向疾管繁弦、大势磅礴的高潮。如写阳朔山，诗人用夸张的笔法，连类引譬，把阳朔奇峰独秀、"孤撑"绝傍的特征刻画得令人叫绝："苍根拔地起突兀，削铁孤撑绝旁缘（去声）。或如靓女拥高髻，或如武夫戴峨弁。或侹而立忽拗项，或偻而走又仰面。或翘骈拇岐有枝，或露髑顶秃无鬋。……直或哮虎尾能竖，曲或怒牛角堪战。……但觉无数青螺蛳，撒来倒插江岸遍。又疑机括发地弩，仰空激射千枝万枝箭。"（《阳朔山》）再如写广西之水，诗人亦运笔生风，腕下似有惊雷之声："忽然入峡势迫束，万叠盘涡满江沸。水如强弩将柁送，石似怒牙向船伺。千丈深有蛟龙馋，一线窄防剑矛利。至此恍然始惧色，上不到天下无地。"（《过昭平峡》）赵翼作为学者型诗人，他的山水诗有时越过纯艺术的层面，而进入见景起意、借物悟道的社会学范畴，由此使其笔下的山水风物加大了表现张力。如《舟行》写行舟之艰危，他马上联系到人生得意与失意的感悟："风逆水复逆，进寸虑退尺。风水两俱顺，良可快躁进。……君看得意人，双挟风水驶。……前有山弯弯，下有石齿齿。乘势不及收，一触或破毁。"（《舟行》其一）又如《过昭平峡》，诗人在大势激宕的景物渲染中，通过卒章点题的手法，深化了山水诗蕴含的主旨。

在桂西宦游山水诗中，最后略值一提的还有《树海歌》。这是一首歌吟对象比较特殊的纪行山水诗，说其特殊，是因为它用长篇的歌行吟咏绘摹了诗人从广西镇安下雷州前往云南开化府"八百里"行程中的茫茫林海。这个"望之如海"的林区，是诗人生平从未经历，故而在他笔下"树海"顿显神奇奥妙，万千种姿态各异的古树苍木如同精灵一齐闪烁而出，令人魂魄俱惊："文梓为牛枫变叟，空山白昼百怪惊。绿荫连天密无缝，那辨乔峰与深洞。……有时风撼万叶翻，恍惚诸山爪甲动。冥蒙一气茫无边，森沉终古不见天。……怒籁吼作崩涛鸣，浓翠涌成碧浪驾。忽移渤澥到山巅，此事直教髡衍诧。……归田他日得雄誇，说与吴侬望洋怕。”（《树海歌》）《树海歌》的价值不但是审美的，而且还是生态的，它让我们在诡异奇丽的山水描绘中回溯了赵翼所生活年代的生态状况，从而为当前，以至今后的生态建设与保护提供有益借鉴。

2. 滇南军旅山水诗

“少年曾亦慕勋名，今日真听战鼓声。”（《奉命赴滇从军征缅甸》其三）乾隆三十三年，赵翼因事忤总督李侍尧，被其交章弹劾，所幸是弹劾未至京师，而朝廷命诗人从军征缅的公文先到，这让诗人颇觉意外，又怀感恩：“劾疏幸因军事免，朝衫终仗国恩留。男儿官不遭弹去，便合沙场洒血流。”（同上，其二）

从军征缅，一方面让赵翼无比亢奋，有一种“投笔从军亦壮行”（《庆远守博晰斋前辈亦奉命赴滇余至土富州晰斋已先过数日却寄》）的豪情沛然而生；另方面又让诗人饱尝了军旅的艰辛和危殆，日闻鼙鼓，夜听马嘶，激壮悲慨的军旅生活荡涤着诗人的灵魂，同时也形成了他此一阶段山水诗的诗风，并为此后的山水诗风格渐变奠定了基础。

滇南山水诗气势奔腾、诗风劲峭而内涵充裕，有行军途中记事之作，有军事余暇赏玩之篇，亦有直陈战事、指画形胜，将自然山川和军旅生活有机相融之章。综之，在总量多达三十六首的滇南军旅山水诗中，诗人恣意表达了他素怀的英雄之志，唯其如此，滇南军旅山水诗自始至终迸射着一股难以羁勒的狂放之情。如：“软如匹练摇轻风，长如彩霓架远空。俯身骇见百沸水，脚底酸到头颅中。……还期奏凯澜沧渡，金水桥边谒九阍。”（《行至土富州竹桥十余丈为暴水冲断督土人接成步行过之用放翁度笮韵》）“深山硿磕殷雷鼓，人马不敢独行踽。……建瓴万斛方急落，有石触之怒于虎。蓦然腾出三百尺，雷雷万矢发地弩。浑疑神龙下取水，倒卷江湖满空吐。”（《响水塘》）诗人不仅借奔若疾电、声似巨雷的滇南之水势来传输内心的激越感情，而且还凭滇南形比五岳、奇峭耸峙的山势来暗示潜藏心底的英雄情结。如："杉木笼，险无比，传是前明征麓川，夺隘进兵路由此。……危梁一线亘若虹，绝壑两旁瞰无底。……君不见碧树阴森白日寒，空山无人啸群鬼。"(《杉木笼山王骥征麓川进兵处》)"楞木岗前揽辔过，地形扼塞少平坡。丸泥真可封函谷，战垒曾传挽鲁戈。"(《楞木寨为前岁战处》)行军赴敌、涉山跋水是辛劳而艰危的，但赵翼毕竟是一个具有高旷胸襟和敏锐诗心的诗人，他不但能抓住滇南山水的迥异特征，寄寓内心扫平虏氛、为国立功的远大理想，而且还能在金戈铁马的战事间隙，用审美的眼光打量"彩云南畔"那片神奇美丽的土地，发掘她充满诗情画意的美质："千峰行尽见平畴，一片炊烟万瓦浮。……彩云晴卷黄茅瘴，宿雾寒消碧玉流。"(《滇城》)"苴兰城外又青山，一道风烟入百蛮。勒马云端重回首，夕阳人在碧鸡关。"(《碧鸡关》)"沧波浩渺映朝岚，极浦人家浸蔚蓝。一片风帆天际杳，教人马上忆江南。"(《洱海》)

从征滇南的经历，开拓了赵翼的胸襟，也拓展了他的山水诗境，那片远处边陲而且奇诡善变的山川令诗人激昂奋发，诗情排空而来，在众体兼备的滇西军旅山水诗大合唱中，以《滇海》《下关》《高黎贡山歌》的音声最为高亢。《滇海》《下关》代表了赵翼五言古体的水平，而《高黎贡山歌》则反映出诗人纯熟运用七言歌行的艺术功力。《滇海》与《下关》分别描绘滇中名胜滇池和大理风光。滇池，在清云南府城南，又名昆明池，亦曰滇南泽，汉武帝元封年间欲讨伐昆明，乃于长安西南穿昆明池象之；诸葛亮征南，曾驻马池畔。赵翼的《滇海》起势雄阔，写尽滇池涵汇滇中众水的苍茫气象："惟滇远难注，众流自成汇。苍茫五百里，弥望绿浼浼。"在阔大的景物烘托下，他思古怀幽，以史家的笔墨评说了滇池的历史归属和人文底蕴，在诗人眼里滇池一碧如洗，可以洗尘氛，可以荡胸襟，可以令人与自然同化同归："万顷碧琉璃，顿洗尘襟猥。澄影涵绮霞，清芬长兰茝。有时闻鼓枻，渔歌出襖㚇。不意蛮荒天，江郫共烟霭。"下关，在大理，《读史方舆纪要》曰："今石门南有上关城，在府北七十里，周四里，四门。一名龙首关。……又府南三十里有下关城，周二里，三门。关南有桥，桥南有壁，一名龙尾关。”[①]下关自古是大理通道，所以战守形势非常重要，赵翼的《下关》写法、结构、思路与《滇海》极其相似，所不同者，《下关》更侧重对其历史兴衰、战略形胜作浓墨重彩的渲染：“点苍千仞高，洱海万顷沛。山川负雄杰，天末辟都会。……我来值军兴，输挽动仓廥。鼓鼙思封疆，关河抚襟带。会有名将材，一战靖尘埃。”

和《滇海》《下关》相较，《高黎贡山歌》不仅是体制上的区别，而且还是气韵、精神与审美趣向方面的殊异。《高黎贡山歌》卓厉高蹈而运笔自如、境界开阔但描写细腻，诗人融宏观和微观于一体，把这座滇南名山刻摹得既惊心动魄，又细致入微，令人生身临其境之感：“高黎贡山潞江畔，万仞孱颜插穹汉。……回视飞鸟但见背，俯瞰众峰已在骭。雪经烈日晒不消，瀑作怒雷吼不断。……浩如骑鲸入烟海，身在万里迷茫中。……危崖石裂藤络罅，老树皮皴虎磨痒。有时栖鹘戛长啸，是处啼猿发哀响。……解鞍且就茅店眠，惊看繁星比瓜大。”清代随征缅甸的诗人，诸如王昶、赵文哲等，都有歌吟绘摹高黎贡山的传世诗作，但从气势和神韵的角度观察，赵翼的《高黎贡山歌》似略胜诸人一筹。如果把清代描绘高黎贡山的诗作荟萃成集，将会对当代高黎贡山的生态保护和旅游业发展起到史料的借鉴作用，进而提升高黎贡山的人文品位。

3.“诏除剧郡到番禺，岭外雄繁第一区”的粤省赏游山水诗

乾隆三十五年，赵翼因事赴省，途次贵县，忽奉旨调守广州。“诏除剧郡到番禺，岭外雄繁第一区。万里尚蒙恩记忆，频年敢说迹驰驱。”（《贵县途次奉旨调守广州感恩志遇兼寄别镇安士民》其一）他从贵县直接驰赴广州任，广州与镇安相较，其地为东南一大都会，不仅商贸繁华，民丰物阜，而且景物海涵地负，有罗浮之月、南海之波、镇海之楼，这一切给诗人的山水诗创作开辟了更多空间。

如果镇安以行旅、滇南以军旅为主线，那么粤省则以赏游为主轴而形成山水诗组歌。粤省赏游山水诗大多用七言律体、五言古诗的形式创制，七律浑融空阔、诗境透彻辽远，五古则精致细腻、诗

① 见《读史方舆纪要》，第5055页。

意苍深幽冥;七律以抒情见长,五古以绘景胜出。如以七律为例,则有:

羚羊峡口放船轻,冲邑先经管内城。众水汇来江愈阔,万山尽处地初平。津亭日丽朱旗影,堠馆风高画角声。渐觉海邛繁庶象,岂宜领袖一书生。

——《舟次三水县》

百尽楼高振策来,相传地即越王台。似烦雄镇一都会,曾阅偏安几霸才。国俗尚沿刘龑侈,人文终自陆生开。时清胜境供游瞩,不用登临吊古哀。

——《登镇海楼》

礼罢神祠肃炳萧,振衣千仞蹑岧峣。鸡声欲白三更日,渔火犹红半夜潮。化羽何当仙岛戏,采芝未觉祖洲遥。登临又起苍波兴,归路虚舟转泬寥。

——《登浴日亭》

目力将穷境更赊,望洋今日得雄夸。信知地外皆为水,应到天边始是涯。蛟蜃嘘还成幻市,神仙过或驭飞车。苍茫何处蓬壶路,我欲扬帆采石华。

——《虎门望海》

三水县,明清时属广州府,距府西北二百七十里。又据《读史方舆纪要》载:"府北二十里。"赵翼赴广州,必途经三水。三水地当山川交汇,风景迤逦而物华繁茂,诗人行经其地,颇感身心舒放,且眼界顿宽,于是赞美曰:"众水汇来江愈阔,万山尽处地初平。"

镇海楼,在广州府城越秀山上,始建于明代,《读史方舆纪要》曰》:"明洪武……十三年,永嘉侯朱亮祖等以旧城抵隘,乃改筑府城,连三城为一,东北包粤王台山,北连马鞍至于白云山之麓,岗阜相连不断。又建五层楼于北城上,高八丈,名镇海楼,称为雄胜。"[①]镇海

① 见《读史方舆纪要》,第 4595 页。

楼实际虽高八丈，但因其凌踞越秀山巅，故而有飞越重山、雄镇一方的庞大气势。赵翼振策登临，极目远望，一股怀古思贤的旷世情绪纷然而来："国俗尚沿刘龑侈，人文终自陆生开。"

浴日亭，在南海庙附近，为观海之处。《方舆胜览》曰："浴日亭，在扶胥镇南海王庙之右。小丘屹立，亭冠其巅，前瞰大海，茫然无际。"①赵翼登浴日亭，胸怀开朗、神思飞扬，虽然只是"小丘屹立"的一座小山，但在诗人意念中浴日亭高及"千仞"，形势"岧峣"，纵目远方，旭日欲升，朝霞似火，点点"渔火"映红海潮，此刻的诗人受祭拜南海神庙的肃穆气氛感染，其神魂已化作一道腾空的彩练，一只自由翱翔的仙鹤，在茫茫的大海上往来翻飞，上下求索。

虎门，在广州府东莞县。《读史方舆纪要》曰："虎头山，县西南五十五里大海中，有大虎、上虎二山，俗号虎头门。《志》云：即秀山也。宋景炎二年，元将刘深攻帝于浅湾，张世杰战不利，奉帝退保秀山。明初，廖永忠下东莞，次虎头关。今外国来入贡及出使外国者，皆取道于此。"②虎门因地势险固，当大海之冲，所以自古来既是守御广州之门户，又是海外商贸集散处。赵翼曾登浴日亭观海，此番又来"虎门望海"，他以"望"为视角切入点，将无垠的空间延展纳入"望"的格局中，在他"目力将穷"的视野中，大海波涌浪卷，水阔天空，情境变幻游移，于是诗人深深赞叹："信知地外皆为水，应到天边始是涯。"

从上引七律体的山水诗例，即能见出赵翼抒情山水诗的不凡气象，它们无一例外地呈现出气势阔大、气韵流转而不落凡俗的艺术特征。

假使七律体的山水诗重在抒情，那么五古体的山水诗则表现了诗人绘形摹景的独异手法。如写广州名胜海珠寺，他从地理形势、山水印象、人文蕴含等方面全方位地雕琢了这座南国名寺经天纬地的壮景，其写景精致细腻，而不失雄阔舒朗："苍茫烟波内，一朵浪花沸。上有水晶宫，凌空擅清閟。层楼入穹汉，千里目可寄。……地真浮玉

① 见《方舆胜揽》，第 608 页。

② 见《读史方舆纪要》，第 4604 页。

如，名叶照乘譬。”(《海珠寺》)赵翼粤省赏游山水诗中，以五古体创作的典范之作应为《罗浮纪游十首》。

《罗浮纪游十首》前呼后应，首尾相贯，是诗人赏游广东名山罗浮时的纪游之作。罗浮山，在明清广州府增城县东北三十里，惠州府博罗县西北五十里。《读史方舆纪要》曰：“其山袤直五百里，高三千六百丈，峰峦四百三十有二，岭十五，洞壑七十有二，谿涧瀑布之属九百八十有九，盖宇内之名山，东粤之重镇也。……《岭南志》：‘其瑰奇灵异，游历所不能遍。大约峰之秀者为飞云、玉鹅、麻姑、会真、会仙、锦绣、玳瑁之属；洞之幽者为夜乐、石臼、朱明、黄龙、朱陵、黄猿、水帘、蝴蝶之属，而石楼、铁桥之胜，尤为杰出云。’”[①]罗浮由罗山和浮山汇合而成，据载罗山山脉源自大庾，而浮山则为蓬莱之一岛，从海上浮来，至广州与罗山聚合故称罗浮。道家称罗浮朱明洞天，为十大洞天之一。

游历罗浮是赵翼生平所愿，故而诗人极尽诗才，通过点面结合，纵横相交的结构方式，将罗浮山的方方面面展现出来，令人有顾盼生辉、飘然出尘之感。如写入罗浮途中所见，他说：“言过扶胥口，月色何茫茫。……是时正潮上，万顷玻璃凉。……水尽山则到，吾亦辞舟航。”(其二)写罗浮著名景点黄龙洞，他说：“山半双瀑布，万古悬长虹。……洞水所来处，流出山花红。”(其四)写罗浮最高顶飞云峰，他说：“飞云五千仞，云聚族而众。……蓬蓬触石出，郁勃谁能控。……回看诸峰头，灭没若浮瓮。”(其六)当游历罗浮，向山灵辞别，诗人总揽罗浮迥异殊别的神韵时，他深情无限地说：“独其灵秀殊，发现云与水。四百三十峰，峰峰有云起。七十有二溪，溪溪有水瀰。……云者山之气，水者山之髓。如人精与神，内足斯外美。”(其十)

4.“万里黔阳信壮游，江山楚蜀绾襟喉”的贵西“壮游”山水诗

赵翼守广州一年多，旋即被“擢授贵西兵备道”。从广西到云南、再由广州到贵州，诗人的踪迹遍及大西南和两广的奇山异水，这既是造物者给诗人空前的赐予，也是历史巧合的机缘，为中国古典山水诗的宝库意外地增加了一笔珍贵的财富。贵西是诗人在大西南的最后

---

① 见《读史方舆纪要》，第4583—4584页。

一程，也是他宦海生涯终结的地方。如果站在山水诗创作的角度而言，贵西山水诗有承上启下的转折作用，因为贵西所处山川有别于两广和滇南，故而其山水诗风更显峭厉幽冥，与后来的台海、武夷山水诗遥相照应，成为彰显赵翼诗歌精神和艺术光华的物化载体。

贵西山水诗以黔西为主，兼及赴任途次所作，主要包括以下篇章：《端溪》《努滩》《柳州》《怀远县鸡翼滩》《牂江道中（八首）》《水西道中》《偕补山崧霞游雪崖洞甲秀楼诸胜》《于役古州途次杂咏（八首）》《都匀道中即景》《过三脚屯上牛皮岭》《都江道中》《谷蔺道中》《南笼》《马场》《海龙囤》《鸭池河》《路经黔西戴春台州牧邀游东山寺即事》《关索插枪岩歌》《白云山罗永庵相传为明惠帝遯迹之所》《渡鸭池河西上大坡》《途中杂诗》《落折河》《夜宿平山哨》《平山塘顶处处皆水》等。在络绎相续的黔西山水诗群中，诗人既有对自然山川的至纯歌吟，亦有借山水形相抒发内心复杂感情的寄兴之作。如："密箐烟迷窈冥，阴崖风刮凄凛。深篁忽有人出，惊是猕猴下饮。"（《牂江道中》其四）"雪残枯树尚余白，日出乱山相映红。"（《水西道中》）"牛皮大岭入云苍，浩浩天风洒面凉。一水绕山随曲折，千峰与我互低昂。"（《过三脚屯上牛皮岭》）"岭树身长枝叶少，溪流性急浪涛多。野禽五色仙裙蝶，山黛千盘佛髻螺。"（《谷蔺道中》）"危途如线入孱颜，侧岭横峰紫翠斑。细碎石纹嵌短草，皴成一幅广西山。"（《鸭池河》）"梯田高下满坡坨，都有新泉浸绿禾。"（《途中杂诗》其一）"夕阳晴映数峰间，树石都成紫绿斑。"（同上，其五）

赵翼把写景留给清新舒缓的山水小诗，而将抒情、绘景、悟理的复杂意绪寄托给容量较大的长歌。在长篇山水诗章中，诗人从眼前景上升到心中情，再从情景交融的感悟中参透人与自然交互暗示的至理。如《怀远县鸡翼滩》《偕补山崧霞游雪崖洞甲秀楼诸胜》《都江道中》《关索插枪岩歌》《白云山罗永庵相传为明惠帝遯迹之所》《落折河》等诗篇，诗人均能于惊心动魄的山水景物绘摹中，抒发奔涌浩荡的激越之情。

5．"黔山烟雾楚江波，曾记劳人屐齿过"的西南归程山水诗

乾隆三十七年，赵翼以母老奉养为由，向朝廷辞去贵西兵备道职

务，循水路北上，“经洞庭湖、岳阳楼、黄鹤楼诸胜”，这些自然和人文景观是诗人“生平所未到”之处。赵翼的楚汉山水诗作为其大西南山水诗的尾声，已深深把诗人风尘万里的辛劳“屐齿”镌刻在那片幽深奥秘的山川间，令后人追寻着他的足迹去回味岸芷汀兰的优雅、湘潇水云的空阔，以及岳阳、黄鹤耸入层霄的高峻。楚湘归程山水诗尽管留有峭厉斩绝的瘦硬诗风，但总揽全程，诗人更多地还是表现了水阔山遥的辽远与明媚，因此，赵翼的大西南山水乐章，最终休止在柔缓悠长的旋律中，给人不尽的回味和反刍。如写湘潇一路到皖赣的水态，诗人抓住其碧澄明澈、微风簇浪的特色进行刻画：“芳芷涵波碧，丹砂透石红。”（《沅州道中》）“洞庭波淼落帆轻，小泊亭皋候月明。”（《晚泊》）“风细江行缓，中流日暮时。远帆如不动，寒月故相随。”（《江行》）“江天宜旷望，晏坐豁窗棂。汉水鸭头绿，楚山螺髻青。”（《晚眺》）“帆影依依带落晖，江平如镜浪痕微。舟凭野鹭为前导，人与春鸿共北归。”（《江行》）再如写山川连绵、水云相生的繁华景象，他说：“一派晴江接汉川，落帆风紧到堤边。”（《夜泊汉口》）“涛声如沸撼长空，月黑天低夜守风。官烛满堂消散尽，来分渔火一灯红。”（《将至安庆望皖公山不及十里忽风浪大作不能进急收入小港》其二）“夹港重沙路几湾，舫斋趺坐画帘间。水平风细舟行缓，看尽江南雨后山。”（《荻港道中》）

赵翼辞官返乡的归程，千里迢迢、风光无限，沿途不仅有连绵相属的山水驿程，而且还有众多蕴含丰厚的人文景观。面对曾经激壮而悲慨的人文遗迹，诗人以史学者的睿智，饱蘸浓情，抒发了启人心智的胸怀。这些借景抒情的怀古之作，翻成赵翼大西南山水诗中的一个亮点。如“水落湖光似镜平，倦游人过岳阳城。……壮气漫吞云梦泽，微才敢附杜陵名。”（《题岳阳楼》）“依然形胜扼荆襄，赤壁山前故垒长。……千秋人物三分国，一片山河古战场。”（《赤壁》）“表里山河地必争，儒冠曾此守孤城。岭云尚吐登陴气，江浪如闻战鼓声。”（《皖口谒余忠宣公墓》）“危矶俯插沧江水，一片贞魂招不起。……要知夫人性英烈，自有一死留清芬。……空江烟雨迷离合，还似苍梧日暮云。”（《蟂矶灵泽夫人庙》）“历历千年迹未消，兴亡局似去来潮。道

人绮习删除尽，不蘸胭脂写六朝。”（《金陵》其三）

历遍宦海风波，诗人更加向往澹定无欲的田园生活。受闲适心情的影响，赵翼的西南山水诗乐意终于在舒放闲散的慢板中划上令人咀嚼不已的休止符：“归人澹无事，扁舟任容与。……曲径依山转，白云无定所。……霞边夕阳明，千里见平楚。……中有忘机人，澹然对鸥侣。”（《守风登燕子矶》）“屋随岩转如螺旋，僧阅年多解乌伸。……羡他日对沧江住，阅尽风涛不问津。”（《题永济寺》）“浪随残雨尽，船趁退潮归。孤月寒相照，闲云澹不飞。”（《晓过仪真》其一）为了表达归途的喜悦和轻快之情，诗人处处选用“江山”、“平远”、“山平水软”、“天澹云闲”、“江天”、“旷望”、“天风浩浩”、“长堤曲曲”等意象，使诗歌的表现力空前得以强化。

归程山水诗既为赵翼波澜壮阔的西南山水长卷平添了一道温婉澹远的色彩，使他激越腾厉的诗心渐趋平和宁静，同时也为下一期赋闲家居山水诗的创作奠定了思想基础，赋闲家居山水诗风的形成，及其审美原则的确立，与西南归程山水诗有直接的因承关系。

（三）“天留老笔非无用，要与熙朝写太平”的家居山水诗

从西南归来，诗人脱去征衣，每日奉母读经、吟诗作赋，偶或呼儿携女，荷锄南亩、垂钓方塘，恰如一“田舍翁”。“柴扉近俯绿杨湾，回首风尘此倦还。老境逼来将白发，宦途尽处是青山。”（《归田即事》其一）“豚栅鸡栖一亩宫，呼来儿女脱青红。怜他未惯蓬茅宅，笑我原来田舍翁。”（同上，其三）“鸿爪春泥思往迹，《马蹄》《秋水》得闲情。天留老笔非无用，要与熙朝写太平。”（同上，其四）在这种潇疏闲适的心境中，赵翼创作的家居山水诗如闲潭日影、浑然无痕，呈现了一派“熙朝”“太平”气象。如：“山塘春早水微波，日日香风送绮罗。不是游人看山到，此山最是阅人多。”（《虎邱绝句》其一）“忽至野水岸，路断行迹绝。欲问空无人，一鹭草边白。”（《幽寻》）“一带垂杨映绿芜，平池拍拍浴群凫。地分北苑云烟画，身入东坡笠屐图。……此生已在羲皇上，岂屑高阳号酒徒。”（《渔塘闲眺》）“不信风流倩女魂，千年犹觉有余芬。关情一道裙腰草，绿到西泠苏小坟。”（《西湖杂诗》其四）上述不管写姑苏七里山塘，还是杭郡六桥烟水；无论水滨寻幽探胜，还

是田间放目闲眺，诗人均能于浑融熙洽的景物中，追觅一种恬淡无波、了无挂碍的超远情韵。

赵翼赋闲的日子是他思维最活跃，思想最成熟，而思考最丰富的时期。不但诸多语出惊人的诗史论句出自这一时期，而且他还根据日逐流水、心期白云的人生感悟，豁然得出："维人与万物，同生天地内。弱肉强之食，不知始何代。……于物何太忍，于人何过爱。……庶几节嗜欲，略少我心痗。"(《放言九首》其二)的生态平等意识。赵翼认为人和万物生而平等，所有物种同在"天地"之内，因此，人不能以强凌弱，为了逞自己的口体"嗜欲"而"戕彼百族命"。这种生态和谐观念即使放置在当今社会亦有警示世人的作用。由于日渐转浓的生态自然观的规范和影响，赵翼赋闲家居期间，身心与自然融合为一，他刻刻不离自然，处处和自然为伍，只有在自然无所不包的怀抱中，他才能有所感悟，灵魂得以栖息。"英雄晚节惟锄菜，道学闲情亦爱莲。谈艺不妨门外汉，寻芳或比地行仙。"(《行园》)"天因久雨开新霁，我与繁花共好春。……古来空说田园味，不到田园味岂真。"(《同秋园步郊外》)"天地有至文，花鸟与山水。当其生机妙，巧画弗能拟。……化工日眼前，触处无非是。……倘无我辈在，萧闲味其旨。大块亦寂寞，叹世无知己。"(《园中即事》)

"花鸟与山水"生机勃发，充满活力，是它们的活动才让"天地"形成"至文"，给诗人以创作灵感。赵翼的家居山水诗如行云，如流水，如幽幽的牧歌，缓缓地流淌在万类竞长的田野上，让人顿然悟出生命的真谛。如：

兰桡如被晚钟催，十幅蒲帆近夜开。翻似少年豪气在，大江月黑一灯来。

——《淮游》其二

云净天涵卵色娇，布帆无恙稳归桡。人依堤柳同眠起，鸟立风枝爱荡摇。湖水阔疑无地界，河流平为近江潮。文游台上秦淮海，千载何当酬酒招。

——《高邮道中即目》

又指夫椒泛蔚蓝，共嗤此老近游贪。气吞云梦尚八九，人在野航恰两三。风月从来无尽藏，湖山宁厌有幽探。墓田丙舍如营就，便拟幽栖吸翠岚。（诗人自注：时为先母营葬地）

——《与杏川念屺再渡太湖至马迹山》

赋闲期间，赵翼的行踪基本出没于以常州为圆心的淮扬、苏杭和京镇之间，因此，他的山水诗便以故乡绮丽隽永的自然小品为歌吟对象。《淮游》诗一组六首，记录了诗人渡江北去，畅游江淮两岸旖旎风光的过程。上引即组诗的第二首，诗歌充满轻松愉悦的情调，诗人通过近似民谣的语调和形式，把淮上一望平畴、风帆疾驰的景象展示得极其引人入胜。《高邮道中即目》写途经江北重镇高邮所见所历之景，诗人用“即目”，说明所见之物皆随心而来，又随意而去，是未经刻意觅求的自然风物，“云净天涵”、“布帆”高张，从高远着笔，点出背景之宏阔；“人依堤柳”、“鸟立风枝”，由细节烘托画面，使其充满勃勃生机；“湖水阔”“无地界”、“河流平”“近江潮”，则以平远的角度，渲染出高邮地界江湖、襟带河海的雄阔气象。与《高邮道中即目》属姊妹篇的还有《渡江》《晚泊京口》。马迹山，在常州府东南六十里太湖中，为太湖三大主峰之一。据传秦始皇南巡，曾登此山，其坐骑奋蹄扬鬣，留蹄印于石上，故曰马迹。《读史方舆纪要》曰：“山麓周百二十里，与津里山相接。其西麓地名西青，石壁屹立，下有马迹，因名。”赵翼曾到苏州观赏过太湖，作为毗陵人，他前后多次亦至马迹山遍览湖山胜景。太湖横陈苏、常之间，因地域的不同，其形成的美感颇有区别，赵翼写姑苏太湖，笔墨婉约简淡，如一幅水墨江南：“暝色湖波净，舟行似镜中。天连秋水碧，霞借夕阳红。”（《太湖暮归》）写常州太湖，他则笔锋凌厉、刚猛异常，写出马迹山神勇非凡、雄放壮阔的气象：“元气混茫间，雄观上碧孱。无边天作岸，有力浪攻山。”（《渡太湖登马迹山》其一）“气吞云梦尚八九，人在野航恰两三。风月从来无尽藏，湖山宁厌有幽探。”

经历了宦海的种种风波，承受了军旅生涯的熔煅，赵翼雄劲的豪气终于慢慢销解在牧童驱犊、鸡鸣桑巅的田园生活里。在和村叟抵足骈首的交流中，他悟彻了人生："邻翁邀我馔香秔，杂坐何嫌笑语伧。"(《村舍即事》其四)"悟彻吾生也有涯，何妨随分乐年华。……闲将多少诗人比，才不如他福胜他。"(《悟彻》)乐天知命、见机而作，是大自然给诗人心灵的启迪，当田园生活与诗人的生命息息相连时，他此期的山水诗恰好成了其心灵的回声，通过赋闲家居山水诗，我们更深刻地体验了诗人所崇尚的真性情的本质涵义。

(四)"扬帆风信催犀甲，传箭威声压蜃楼"的台海征途山水诗

乾隆五十一年，已届花甲的赵翼应李侍尧之邀随大军往闽省征剿"林爽文之变"。李侍尧是赵翼在两广任职时的老上级，他对赵翼的干才非常欣赏，赵翼对李侍尧亦十分敬重，二人间多通问存，为君子之交。乾隆五十年，袁枚游完武夷，将其奇胜之处一一追述给赵翼，令赵翼产生急欲一游的渴望："故人夸武夷，使我勇欲贾。……人间好山水，郁久奇必吐。……人地每相待，此事默有主。或者生面开，俟我作初祖。"(《去岁袁子才自武夷归以胜游夸于余不觉见猎心喜适制府钦斋李公以兵事入闽过常州邀余偕往遂襆被从行先以诗报武夷》)李侍尧邀赵翼一同偕往台闽，恰好给赵翼间道圆梦武夷的便利，所以临行前，赵翼赋诗赠李侍尧，表达了他既感知遇之恩，又喜悦不已的心情："笔无草檄新才思，刀有征蛮旧血痕。莫笑挂冠翻入幕，报师恩即报君恩。"(《赋呈李制府》其一)"扬帆风信催犀甲，传箭威声压蜃楼。谁道书生无胆力，也思摇笔杀狂酋。"(同上，其二)

赵翼的台海山水诗和滇南山水诗一样，都是以平定叛乱、稳定边疆、统一祖国的军旅生活为背景，但不同的是滇南从军令诗人备尝艰辛，其中含有激楚之声；而闽台之行，却让诗人喜由心生，主动深入山水，欲为山水立传："十载江湖稳钓舟，忽参戎幕佐军筹。人疑白首何轻出，我为青山未遍游。……凭添一卷闽南草，翠壁题名处处留。"(《十载》)诗人拟想中的《闽南草》从《仙霞岭》发轫，一直车辙所指，遍及闽台的山水胜迹，其创作的山水诗名篇包括：《延津》《海上望台湾》《自泉州至漳州道中作(七首)》《同安道中遇雨》《龙溪晓行》《海上》《鹭岛大风即事》《飓风歌》《厦门偕章湖庄沈百门游小普陀万石岩虎鹿洞诸胜》《游开元寺》(以上平定林爽文之乱时所作台海军旅山水

诗)；《武夷山》《冲佑宫》《仙蜕岩》《炼丹台》《鼓山》《宁德道中》《山行杂咏(七首)》《分水岭》《永嘉舟行》《自温赴处泝流作》《青田道中》《桃花隘》《金华换江山船》《严滩》《江行》《同乡陆蘧庵观察招游天竺龙井诸胜午后泛舟游湖即事》《西湖杂诗六首》(以上北归途中所作赏游山水诗)。

赵翼的台海山水诗境界雄阔、诗意盎然，既有对大海风起云涌的赞礼，又有对海疆旖旎风物的吟唱。因参与赞画平台军事，所以赵翼的台海山水诗始终贯穿着激昂慷慨的英雄气，他把平靖海氛、统一疆土的誓愿，与台海飑风骤起、巨浪滔天的壮景有机融合起来，就产生浑厚深沉的艺术冲击力。如：

极目沧溟浪接天，中藏掌大一山川。当年曾比田横岛，(诗人自注：旧为海逆郑成功所据。)今日重烦杨仆船。飓力吼来风有母，妖氛扫去水无仙。(诗人自注：用孙恩事。)临流远想熊津督，曾破周留定海埏。

——《海上望台湾》

极目苍茫水接空，兵氛遥指海天东。人油作炬燃宵黑，鱼眼如星射浪红。炎徼无村非瘴疠，战场有鬼是英雄。纷纷伏莽何时定，翘望征南矍铄翁。

——《海上》

昔闻海风飓最大，我今遇之鹭门廨。谁将噫气闭土囊，一喷咽喉不可搤。鼙鼙万鼓排阵来，群木尽作低头拜。郁怒似有块垒填，愤盈直觉虚空隘，鬼魔掀动天摆摩，虎豹吼裂山破坏。……是时习流千战櫂，眼望赤嵌不得到。……涌浪上薄浮空云，溅沫横轰发机炮。……不然竟刮海水竭，平步可达扶桑红。

——《飓风歌》

《海上望台湾》和《海上》属姊妹篇，她们同以“溟浪接天”、“极目苍茫”的大海为背景，吟咏台海辽阔雄放的殊绝景象。两首诗在气韵、结构和行文上前后呼应，极为趋同。首联点明地点，渲染气氛，为下文叙事抒情奠定基础，颔联、颈联分别指陈台岛的激壮历史，以及它无可替代的战略位置，以此来暗喻明示平台战役的艰苦卓绝和统一疆土的空前意义。尾联歌颂平台将帅，寄厚望于他们，希冀他们奋起神威，早日克平叛乱，还海岛以宁静与祥和。

《飓风歌》以海上特殊气候现象"飓风"为描写对象。诗人笔走龙蛇，腾挪闪展间，把"飓风"如万马回旋、鹍鹏远举的气势刻摹得让人魂惊魄散。该诗思路巉刻、诗情喷张，融景、情、理于一炉，是其台海山水诗的代表作。

"千军万马纷驰处，一个闲人访武夷。"《(北归)》赵翼结束了台海军旅生活，束装北上，满怀激情地扑向梦寐以思的武夷山水，在武夷神秘幽邈、奇丽清嘉的山水中荡涤着人生最后一点尘埃，使烦扰的心灵趋于彻底净化："生平踏遍天南戒，一隅尚缺瓯闽界。武夷欠我游山缘，我欠武夷作诗债。"(《武夷山》)"炼汞烧铅吾不耐，英雄撒手即神仙。"(《炼丹台》)

赵翼生平因宦游和从军的经历，遍览了滇黔粤桂、台海闽越的奇异山川，他的山水诗内容丰厚、激情狂放，且意境雄阔辽远，为清代山水诗史，乃至中国古典山水诗史揭开了新篇章。由前期锐意进取的京师山水诗，到后期息心田园的归老山水诗，诗人的心灵经历了渴望、振奋和缓冲，最终憩止在淡然无痕的宁静中，从此意义看，他的山水诗即为诗人的抒情写心之作。

赵翼和袁枚因身份不同、社会角色略有差异，所以他们的山水诗风格与艺术趣味亦存在一定区分。袁枚的诗是诗人之诗，而赵翼的诗则介于诗人与学者之间，故此，他的山水诗不象袁枚那么纯粹，那么轻灵，那么随手拈来，给人水面无痕的浑然感。赵翼夙怀雄心大志，又有从征缅甸、台海，身经边徼，备尝艰辛的人生履历，所以他比袁枚多了一份豪壮悲慨之气。表现在山水诗艺术特征上，他多采用长歌的形式，呈现了一种腾空而起、排奡而去的雄深气象，因气势排荡，气韵充盈，故其诗境开阖自如、空绝尘寰。对此独特诗风，前人评价甚高，蒋士铨在《瓯北集序》中说道："君诗则自出都后且益工，盖天才踔厉，其所固然，而又得江山戎马之助，以发抒其奇。当夫乘轺问俗，停鞭览古，兴酣落笔，百怪奔集，故雄丽奇恣，不可逼视。"[①]钱大昕的《瓯北集序》亦曰："耘菘所涉之境凡三变，而每涉一境，即有一境之诗以副之，如化工之赋草木，千名万状，虽寒暑异候，南北殊方，枝叶无一相肖，要无一枝一叶不栩栩然含生趣者，此所以非汉魏，非齐梁，非唐非宋，而独成为耘菘之诗也。"（《瓯北集·附录·序跋》）[②]虽然赵翼诗风凌厉，变幻无穷，如诸家所评，有"百怪奔集"、"雄丽奇恣"的豪放美，但作为"性灵派"的中坚人物，赵翼始终把自然山川当成传达心志、抒写真情的物质载体。因此，在他奇情壮彩的山水诗中处处流溢着轻灵悦动、无以迹求的虚静气韵，从而使其山水诗达到了豪放与柔媚兼容的审美至境！

第三节 "鸟怜杜宇皆思蜀，山爱峨眉不向秦"

——张问陶的山水诗述论·附说张问安

"公八十，我三十，前世已堪称父执。我庚戌，公已未，二十三科前后辈。人海何茫茫，望公如隔世。"这几句出自张问陶《寄简斋先生》的诗语，满含深情地道出了两个相隔半世纪的诗坛名流间心心相照、声气相投的仰慕之意。张问陶和袁枚年齿相差五十，地域相隔三千，素昧平生，无一面之晤，因了洪亮吉的介引，袁枚始知千里之外，有此千古一遇的知音，于是奋笔疾书，飞鸿传信，表达了自己对这个晚出的后辈诗人的敬重和渴盼之情。张问陶接到袁枚千里迢迢寄来的"一纸书"，欣喜欲狂地写下《寄简斋先生》。虽然张问陶和袁枚因年龄与地域的关系，从未有过正式的交流，在诗学缘渊上没有形成师承关系，但张问陶无论在诗学观念，还是诗歌创作方面均体现了"性灵"的特征，冥冥中和袁枚高度契合，由此，不仅让袁枚感动不已，视张问陶为知己，而且后世论者亦主张将乾隆三大家的袁、赵、蒋，改称

① 见《瓯北集》，第1439页。
② 同上，第1447页。

为袁、赵、张，此论的典型者莫过钱钟书先生，他在《谈艺录》中说："袁、蒋、赵三家齐称，蒋与袁、赵议论风格大不相类，未许如刘士章之贴宅开门也。宜以张船山代之。故当时已有谓船山诗学随园者，惜乎年辈稍后，地域不接耳。"①

如果类比而言，赵翼与袁枚年齿相当，持论相近，因为相互间持久而牢固的盟友关系，才被世人目为"性灵"派的中流砥柱。衡之赵翼，张问陶明确高标"性灵"的旗帜，直言宣示自己尊奉"性灵"的创作原则，以及始终坚持以"性灵"为宗的审美精神，故而张问陶更应该高居"性灵"派的榜首，成为继袁枚之后"性灵"派的旗手之一。论"性灵"派的山水诗，张问陶当之无愧地列居其间。

一、张问陶的生平和诗学主张概述

张问陶(1764—1814)，字仲冶，又字柳门，号船山。据传张问陶状貌似猿，故又自号"蜀山老猿"，晚年还曾称号药庵退守、群仙之不欲升天者等。四川遂宁人。

张问陶出身世代官宦之家，其家族乃清代遂宁望族。高祖张鹏翮(1649—1725)，是康熙、雍正年间名臣，官至武英殿大学士、吏部尚书、太子太保、太子太傅，曾随索额图出使俄罗斯。曾祖张懋诚(1667—1737)，官至通政使，署工部右侍郎；祖张勤望(1694—1757)，官至山东登州府知府，署登、莱、青海防兵备道；父张顾鉴(1721—1797)，官至云南开化府知府(张顾鉴与袁枚在乾隆元年同应博学鸿词试，二人一见倾心，遂订"杵臼之交"。事见《随园诗话补遗·卷六·四四》。笔者注)。乾隆二十九年(1764)五月二十七日(公历6月26日)，张问陶降生在山东馆陶县，从幼年起，即随父宦游于汉江之畔的均州、荆州、黄州和汉阳。乾隆四十三年，张顾鉴升任云南开化府知府，旋即因荆门"失出"案牵连罢职，家产赔偿殆尽，全家生计由此陷于困境，这对后来张问陶思想和人格的形成产生了重要影响。

张问陶虽然后来陷于家境苦寒的境地，但世代簪缨之家的良好

---

① 见《谈艺录》，中华书局1984年版，第137页。

教育仍然使他脱颖而出，成了一代令后世景仰的诗界才人。在家族文化背景的熏陶下，尤其在父亲的悉心教导下，张问陶少小之年，便发愤苦读，博览群书，对诗、书、画造诣极深。贫寒的生活不但没有夺去张问陶的发奋之志，反而让他壮声如雷、雄心万丈："布衣不合饥寒死，一寸雄心敌万夫。"（《杂感》）乾隆五十三年（1788）三月，张问陶中顺天乡试；五十五年（1790）中进士，选翰林院庶吉士，在翰林期间，张问陶结识了同年石韫玉、洪亮吉等名士；五十八年（1793）三月，授翰林院检讨。嘉庆十年（1805）九月，任江南道监察御史，奉派巡视北京南城；十四年（1809）春，充会试同考官，七月，改任吏部验封司郎中；十五年（1810）七月，出任山东莱州府知府，不数年，因忤上官而辞职。嘉庆十七年（1812）春，张问陶带着贫病和悲愤，在极度萧条中来到吴门，寓居于虎丘白居易祠左近，自号"药庵退守"，又号"乐天天随邻屋。"嘉庆十九年（1814）三月初四日（公历 4 月 23 日），一代诗坛宗师张问陶病逝于苏州寓所，享年仅五十一岁。出身仕宦世家，长于名门望族，又做过朝廷四品命官，张问陶的身后却极为凄凉萧索，三个女儿待字闺中，灵柩无力返乡，只得寄厝在苏州玄墓山，周年后，得友人鲍树堂资助，骨殖方始归葬四川遂宁两河口（今四川省蓬溪县金桥乡翰林村两河口）祖茔。

张问陶不但祖上诗书传世，而且弟兄妯娌俱能诗，其兄问安，从弟问莱，嫂陈慧姝、妻林韵征、弟媳杨古雪都是名闻当世的诗人，其妻有句曰："修到人间才子妇，不辞清瘦似梅花。"被传为诗坛佳话。

张问陶在诗学理论和创作主张上，与袁枚所倡导的"性灵说"不谋而合。尽管后世有人非要牵强地说张问陶诗学袁枚，比如余云焕《味蔬诗话》载曰："张船山诗清峭拔俗，游戏之笔更为擅长。……王雁峰《读船山诗》云：'近体空灵小得名，古诗惜少气纵横。分明欲学随园派，不学随园是矫情。'盖船山自评有'谁能有意学随园'句也。"[1]甚至在朱庭珍眼里，张问陶成了和袁枚、赵翼并列"相等"的三

① 钱仲联主编《清诗纪事》，第 6756 页。

大“诗魔”。但详察张问陶家世、郡望和生平思想，他的诗学观念的形成与其说是受袁枚影响，踵武“性灵”轨辙，还不如说是他自身生长环境使然，是他独特个性与天赋的产物。首先张问陶生活在一个充满浓厚文化底蕴的大家庭中，良好而丰厚的文化气息熏陶并滋养了他独立自主、追求个性的人格特征，这种人格特质表现在诗歌创作里，就形成性情独具、自然神会的艺术扩张力；其次，张问陶生长在山川毓秀、烟霞明灭的川中名城遂宁，这里景致幽雅，风光如画，青山隐隐、江流似带，是其独特的自然环境孕育且涵养了诗人敏警颖悟的慧根，给他以追求真、善、美的玲珑诗心；再次，张问陶成长在家道中落、世道衰退的困顿颠踬之境，生活的清贫使他如一朵寒花，孤傲又顽强；时代的巨变则让他沉冥静思、孤愤激慨，把这些人生的幸与不幸凝聚起来，就汇成其诗歌中追求个性解放、超越世俗红尘而高标真我的性灵诗风。由上即见，张问陶被视为“性灵”诗派的中坚人物，并非诗人有意而为，也不是他刻意追随袁枚的结果，他的“性灵”诗学观的形成出自家庭教育、生长环境和所生活时代的激变，是一种自在自为、自我无意识的思想聚变过程，是诗人内心感情孕育且催生的产物。如果他的诗学主张和袁枚隔半个世纪遥相映照，主要在于二人间心灵的息息相通，以及个人气质和天赋的冥契相合。从客观上说，“性灵”是无法复制，也无法模仿的一种感情交流和灵魂碰撞，它只有在心领神会间从诗人的心田深处滋生、勃发，以至蔓延。

张问陶的诗歌理论不像袁枚、赵翼那样自成体系，有很强的系统性，相反他的诗学思想如粒粒珍珠洒落于其论文、论诗、题画、题诗、杂感等诗篇中，如果将之精心串联，则焕现并闪烁出耀人眼目的光华。

1. 诗歌创作如行云流水，自在自为，不必拘执古人，亦不必从性灵外求取，诗人的天性就是诗歌酿造并成形的“性灵”之源，所以诗歌必须有自我、有真意。“胸中成见尽消除，一气如云自卷舒。写出此身真阅历，强于飣饾古人书。”(《论诗十二绝句》其三)[①]“胸中”没有“成见”，消尽一切俗套，让诗人自身的“真阅历”、真性情充溢流荡，形成滚滚不断的诗潮。为了把“性灵”诗的构思，以及创作过程诠释到位，张问陶用形象化的语言阐述道：“凭空何处造情文，还仗灵光助几分。奇句忽来魂魄动，真如天上落将军。”(同上，其四)“灵光”即灵感，亦即诗人对外界事物感知后留下的心灵回声，这种感悟如同“天上落将军”，突然而来，倏然而去，其所到之处令诗人“魂魄”撼动，“奇句”叠现；不但如此，诗思还象“风雨”之“聚”，“烟”云之“散”，瞬息万变，离合聚散间，“跃跃诗情”突现在诗人“眼前”。由于专注于性情，张问陶的诗论特别推崇“性灵”一格，他认为没有“性灵”的诗就是“伪诗”，是诗中无我、无情之作：“吁嗟乎！不写性灵斗机巧，从此诗人贱于草。”(《题法时帆式善前辈诗龛向往图两峰罗聘画》)“性灵”和性情有关，亦与诗人的真性、真意、真实语言相切，能够用个性化的语言，写出自我的真实感受，见出本质心性的作品就是“性灵”独具的上好作品。“语不分明气不真，眼中多少伪诗人。……喜君一卷新词句，竟作空山独角麟。”(《题朱少仙同年诗题后》)朱少仙，即朱文治(1760—1845)，浙江余姚人，他的诗作之所以能受到张问陶推崇，且流传后世，关键是他摒弃了“语不分明气不真”的诗坛恶习，而能独抒胸怀，见出真我，犹如“空山独角麟”那样遗世独立、唯我为尊，给诗界开出新风尚。

张问陶基于“性灵”的主张，他始终认为诗人要具备“性灵”的情怀，达到“性灵”的境界，而且诗篇更要呈现“性灵”的精神，充盈“性灵”的气韵，具备了“性灵”的诗人才是真诗人，呈现了“性灵”境界的诗篇才能得以广泛传播：“照影别开清净相，传神难得性灵诗。”(《梅花》其八)“半生傲骨禁秋风，万事轻心悔少年。剩此手中诗数卷，墨光都籍性灵传。”(《秋日》其二)“仗他才子玲珑笔，浓抹山川写性灵。”(《题子靖长河修禊图》)

---

① 〔清〕张问陶《船山诗草》，中华书局1986年版。以下张问陶诗文作品均引自此书，不再一一注明。

“性灵”既是诗歌创作的理论主张，更是诗歌创作的方法论。与方法论相关的“性灵”诗必须具备虚空本真、赤情如火的特征。由此出发，张问陶诗论的第二个观点便是：

2.“性灵”的诗人必须纯真，有一颗赤子般的童心，在他们的诗作里见出真情，见出本性，以空灵之笔、浩然真气写出自我的天然心性，为天地立言、为自然立言、为自我的精神立言。“点笔何须画鬼神，破空奇语在能真。”（《题王铁夫芑孙楞伽山人诗初集》。诗人自注：夫人曹墨琴，名贞秀，能诗，尤工楷法。）诗的生命不在形似，不在诡异，而在于“真”，“能真”则能让“奇语”“破空”而来，使诗歌充满生命的活力。在张问陶的心目中，“真”与“情”是相对而生的，有“情”无“真”不会产生感人的作品，有“真”无“情”则让诗歌流于枯寂，毫无生命的价值。“有情那可无真气”（《成都夏日与田桥饮酒杂诗》其四）“真气”得之天然，为随机形成：“诗为无心如拾得，身从多累转陶然。”（同上，其三）“但留真意境，何用好文章。”（《自题》）“莫笑丹青太潦草，最无心处是工夫。”（《自题所画》）天然形成的“真气”和自然山川的激发有关，与诗人闲适无为的心境相通：“忘情到山水，更比闲人闲。笑歌得真趣，随意游尘寰。”（《饮酒诗十篇和稚存》其八。诗人自注：稚存自京师寄《饮酒诗》十篇，和之。）“真气”是“性情”喷发的前提，“性情”经“真气”激荡排击，便形成浩无涯涘、一泻千里的诗情，因此，“性灵”诗歌在“真气”淋漓激越的基础上，必须“性情”恣肆、一汪而深。“转怜桃李无颜色，独抱冰霜有性情。”（《梅花》其二）“即此眼前真实语，也通诗境也通禅。”（《除夜五鼓将入朝独坐口号》）“文章飞动谈忠孝，风景流连写性情。”（《题杨西禾伦九柏山房诗稿》）“独抱冰霜”，具有高洁的胸怀，用“眼前真实语”，就能使诗歌产生真“性情”，达到“也通诗境也通禅”的至高意境。

“性灵”诗以“性情”为标志、以“真气”为诗格，它出于自然偶得，是诗人的心灵和外物瞬间偶合时所产生的灵感妙悟，所以“性灵”诗的品质高下与考订之学无关。在张问陶眼里，“考订实小技，何足立师道。”（《寄贵州学使洪稚存同年》）他认为优秀的诗作不是靠考订堆砌起来的，只有讲“性情”才能产生传世佳作：“笺注争奇哪得奇，古人只是性情诗。”(《论文八首》其五)“诗中无我不如删,万卷堆床亦等闲。”(同上,其六)“笺注”只是雕虫小技,靠它是无法产生“奇”文佳作的,古人的好诗只见于“诗中”有“我”,“诗中”有“我”即是“性情”之作。针对当时风行天下而又弥漫诗坛的考订之学,张问陶表达了讽谕之意:“文场酸涩可怜伤,训诂艰难考订忙。别有诗人闲肺腑,空灵不属转轮王。”(同上,其八)

考订、模拟均非学诗之道,更非趋近“性灵”之道,那么,张问陶的“性灵”之说倡导什么样的创作规范和审美原则呢?

“人生随天机,即事有真趣。”(《六月二十八日偶与亥白兄过东读画楼与宋芝山同访罗两峰两峰欣然拈笔取亥白兄手中扇写墨兰一丛相与诵芝山金塗塔新诗而别》)“题诗无处能忘我,对酒何时不忆君。万里长天如隔世,两枝健笔如凌云。”(《寄稚存》)“人生随天机”,一切顺应自然规律,这是中国天人合一思想的至纯至高境界,只有达到这个境界,“即事”才“有真趣”。“真趣”得于天然之道,合于“即事”之情,时时处处体现真我,便可长天万里、健笔凌云,自然流溢出“性灵”之诗。“想到空灵笔有神,每从游戏得天真。”(《论诗十二绝句》其六)“文章体制本天生,祇让通才有性情。”(同上,其十)“想到空灵”,即是要求诗人构思时要从空阔辽远处着笔,从虚白超脱处着心,如此才能有“天真”之趣,“文章”“天生”就是由人的心灵结构而成的,那些“通才”大儒本身就是最具“性情”的人。因此,“性灵”诗不是别的,说到底就是“天籁自鸣”、“天趣”具“足”的“近人情”之作。

“性灵”不但追求至情至性,自抒胸怀,诗中有真我、有真气,而且在创作方法,以及构思过程中也要力求虚静“空灵”,“书”“随笔化”、“心”“与天谋”。“惟应谢人巧,随意发天籁。……积卷堆尺余,境移真语在。”(《冬夜饮酒偶然作》)“悟来实境原虚境,书到传神竟入神。”(《题法庶子溪桥诗思卷子》)追觅虚灵之境,构造浑然天成的诗意世界,是张问陶毕生坚持的诗学主张,即使在生命的最后一刻,他还念念不忘地大声疾呼:“妙灵何处说心声,粉碎虚空自浑成。”(《题屠琴鸣论诗图》其一)“提笔便存天外想,神龙鳞爪破空来。”(同上,其二)“下笔先嫌趣不真,诗人原是有情人。”(同上,其六)“一片神光动魂魄,空灵不是小聪明。”(同上,其八)屠琴坞,即屠倬(1781—1828),浙江钱塘人。张问陶为屠倬的《论诗图》写题诗在嘉庆十七年底,距其行将离世仅一年多。由这组诗论式的品题篇章,我们更能体会诗人对“性灵说”的执着,他的这组论诗诗既是其对毕生诗论主张的深化和总结,又是对后学者的告诫与启迪:“规唐摹宋苦支持,也似残花放几枝。”(同上,其三)“一编也自留天壤,那望人知胜我知。”(同上,其十)“性灵”诗全从“空灵”处得来,是诗人通过“提笔便存天外想”的“妙灵”“说心”之作,与“规唐摹宋”无多大关系。优秀的诗人是“有情人”,他们的作品自然会存留天地之间,成为万古相传的鸿篇巨制。“高澹倪迂笔,无声待赏音。诗中开悟境,象外写仙心。”(《黄小松易作诗龛图寄法梧门祭酒为题一律》)“高澹”是“性灵”派诗人营造意境的目标,而这个目标的实现则要凭借诗人“开悟境”的颖慧,在“象外”传达出飘逸洒脱、一洗凡尘的“仙心”。

“无人赞处奇诗出,信手拈来险韵牢。”(《与王香圃饮酒诗》其二)作为“性灵”诗的倡导者和力行者,张问陶张扬的不仅是一种诗学观念,而且更是一种审美原则和艺术精神,他在诸多自题书画的诗篇里,反复申说了随机任运、抒写胸臆的“性灵”主张,把“性灵”的诗学观推向了更为广阔的领域,并且提升到一个更新的高度。“偶拈醉笔过人间,天海遨游且未还。五岳儿孙都看尽,凭空自写意中山。”(《作画自题》)“凭空下笔宁无法,得意忘言亦有时。”(《赠陈肖生嵩》)“要知天下奇山水,都自无心结撰来。”(《画山水自题》)“狂来只觉诗难称,痴绝还求画有神。寄语儿童烧不得,墨淋漓处见天真。”(《题南台痛饮图》)“性灵”诗的审美标准不仅是“真”和“性情”,而且还有“天真”,这“天真”犹如婴孩无私无欲,纯得不染一丝尘滓:“爱跨疲羸访故人,偶然淡语得天真。胸中别有闲丘壑,不受京华一点尘。”(《赠同年顾容堂王霖》其二)

“语真关血性,笔陡见灵光。”(《小雪日得寿门弟诗札即用原韵寄怀》)张问陶的“性灵”主张是诗人对诗学的独到理解,他认为诗人应该直抒胸怀,语真、情真、性真,从空灵处见神韵,但不同于其他“性灵”派诗人的是张问陶的“性灵”与他自身的“血性”相“关”,是诗人灵魂深处的呐喊，由此便引发出张问陶“性灵”诗论的第三个特征。

3.“性灵”不是苍白无力地抒发自我，不是空泛地谈论人情、人性，“性灵”源自诗人与生俱来的狂放和桀骜，以及由这种狂情所派生的脱凡绝尘、不可羁勒的独立人格。张问陶的性格孤高标新，不与世俗同俯仰，和袁枚、赵翼相比，张问陶善饮，而且有一股欲罢不能的英雄气。他的生命中把诗与酒等量齐观，酒成了他激发热情、触动灵感、孕育诗思、涵养人格的重要介质。正因为这样张问陶的“性灵”说比袁枚多了一份豪侠气，显得真气淋漓而英锐逼人。尽管世人总将张问陶目为袁枚的传人，“性灵”派的中坚，但张问陶却明确地宣告：“颠倒群儿太不狂，酒酣磊落见王郎。手中诗卷惊时辈，梦里江声绕故乡。……文心要自争千古，何止随园一瓣香。”（《与王香圃饮酒诗》）诗酒相激、狂情如火，这给张问陶的生命增添了一抹十分亮丽的色彩，更给“性灵”说增加了新的内涵，它使“性灵”说由众所公认的简淡自然向奇情状采迈进了一步，同时又给婉约圆润的“性灵”风尚平添了一角倔劲不屈的奇峰，让“性灵”的审美视界焕现了前所未有的厚重质感。在张问陶看来，“性情”就是能体现人的本质“狂态”的日常应用境：“难忏诗名更酒名，相邀常觉马蹄轻。通儒饮食皆风雅，狂客衣冠总性情。”（《乙卯春夏与谷人前辈饮酒诗》其一）

张问陶集诗、酒、狂于一身，他的狂名在当世即遍传京师，《清朝野史大观》曰：“张船山太守在都，沈酣诗酒，豪狂不可羁绁，一时朝士，上至诸王公，识与不识称为‘老船’。”其实，张问陶的“狂”并非名士式的颐指气使，或妄自尊大的目空一切，他的“狂”与其潜蓄心底的英雄气概有关，亦和他素怀的远大志向相联，在他早期的诗作里，诗人多次强调了内心如鸷鸟高翔、骐骥驰骋的豪壮之情：“长剑消磨四海尘，萍蓬不得夸弧矢。……蠖曲龙伸指顾间，英雄不下穷途泪。”（《羁旅行》）“许身龙虎匹，磊落不可招。……长鸣立大野，落日声萧萧。”（《神驹篇》）“眼大心雄转飘泊，鸷鸟群中悲一鹗。……寄语穷愁孟东野，新诗休作不平鸣。”（《击筑吟》）“伏枥长鸣万马惊，唾壶击缺气难平。……拊床忽忆刘琨语，莫道荒鸡是恶声。”（《重有感》其一）为了表达内心一空凡尘、驰鹜高翔的狂情和远志，他常借神马的形象进行类比:“想着风云真意气,恨无奇笔画英雄。”(《画马自题》)笔奇、意真、气势奔腾,所以张问陶的肺腑中才有“通变化”、“动心魂”的“性灵”之作:“挥毫似吐英雄气,落纸都忘笔墨痕。才大总能通变化,艺成也足动心魂。”(《夏日看椒畦作画》)椒畦,即王学诰(1754—1832),江苏昆山人,字孟养,又号学圃、木兰舟等,清代著名诗人、画家,与张问陶为知交。张问陶多次为王学诰题诗,或送别、或酬唱、或题赠,表达了二人间诗艺画技相切磨、性情互投缘的至诚之情:“客舍年来气味同,茶香尘影一灯中。……感君不为流言误,独解怜才到阿蒙。”(《送椒畦赴广东学使幕府》)

张问陶认为真的性情诗能抒一己之情,这种情是在诗人亦醉亦醒、亦真亦狂的状态下产生的真情,诗人越是对酒当歌,越是处于忘却尘世的狂态中,其诗情就越激昂、越纯真。“自磨碎墨写天真,知为苍生为鬼神。莫讶上书狂欲死,东山李白是乡人。”(《代启答毕秋帆先生并上近诗一卷》其三)“锦衣玉带雪中眠,醉后诗魂欲上天。十二万年无此乐,大呼前辈李青莲。”(《醉后口占》)“闲情思作赋,陶令本清狂。”(《月下与闺人饮酒》)李白以清狂彪炳史册,陶潜以善饮被后世追捧,他们“写天真”、“为苍生”的惊世之作都和酒有关,因此,张问陶坚称“诗”、“酒”、“狂”之间有一种天然的纽带关系,三者相互酝酿、相互激发,最终形成想落天外的性情篇章:“我将用我法,独立绝推戴。……使笔如昆吾,着物见清快。……耽吟出天性,如酒不能戒。”(《冬夜饮酒偶然作》)张问陶倡导自抒性灵,反对因袭模拟,他自认自己的诗在“悠悠三十年”中,终能“自开一草昧”。这种诗歌创作方面的标新领异完全得自诗人骨子里具有的坚执和狂放的酒性品格:“耽吟出天性,如酒不能戒。”“笔有灵光诗骤得,胸无奇气酒空浇。”(《秋夜》)“平等观人惟我辈,不知何事得狂名。”(《春日遣怀》其二)酒性的狂放是中国飘逸洒脱的浪漫诗人天赋的品格,它不染尘滓、不杂邪念,内心如皓月当空,皎洁透亮,又如鹰击长天,激昂慷慨,它是冰清玉洁和英雄气概的混合体:“文章早挟英雄气,襁褓曾依日月光。何意高轩能过我,论交偏爱酒人狂。”(《赠方葆严维甸光禄》)“冷眼看空《游侠传》,热肠涌出性情诗。”(《赠徐寿征》)“拥书倚长剑,光气腾岩鏨。抱膝对虚舟，壮怀犹踊跃。”(《题林瑶图照》)“穷极方知生是累，悲来常觉梦如真。酒肠渐窄花应笑，诗境全空笔有神。”(《秋怀》)“人境孤高画境寒，一楼诗思雪初残。”(《味雪楼图为宋梅墅礼部隖琦三姊涂母宋孺人作》)

张问陶以“狂”自命，以“狂”自喜，他从来没有因别人将其比为“狂”生而心存畏忌，相反，他把自己的“狂”情发挥到极致，以“狂”写性、以“狂”抒情，从而让他的诗作达到了步步惊心、处处感人的境界：“扫尽寻常名士气，丰神落穆是真狂。”(《赠同年顾容堂王霖》其一)“熟读《离骚》还痛饮，风尘偏笑不狂狂。”(《春日感怀》其四)“无穷吟性因秋起，有限才华为酒狂。”(《月夜感怀》诗人自注：立秋前一日。)因为“狂”而得名，又因“狂”而遭世俗所忌，但张问陶面对世人的冷眼，淡然而倔劲地说道：“直使天惊真快事，能遭人骂是奇才。”(《题孙渊如星衍前辈雨粟楼诗》)“潦草投诗气不驯，疏狂容我性情真。”(《赠杨荔裳观察即送其之川北道任》)

张问陶以“狂”为特征的酒性人格是以真情和自信为基质的，正因为有真情，他的诗才性灵独抒，如雪中红梅，剔透玲珑、不染尘氛；因为充满自信，他才不依傍门户，高标自我，不管世人如何评价，青史是否留名，他都对自己的诗才满怀期待：“不抄古人书，我自用我法，狂吟望朝饥，冥想惊梦魇。……我醉猖狂神不怒，人能痛饮诗方真。”(《壬子除夕与亥白兄神女庙祭诗作》)

诗酒清狂，高蹈不群，造就了张问陶“性灵”独抒的诗学观念，及其诗歌创作，他看重的是自我任意的生活品质，而不在乎千古之后的世人评说，“天若有情犹识我，人如无命不识才。谁传死后诗千首，莫放生前酒一杯。”(《佛前饮酒浩然有诗》其二)

张问陶无论做人，还是作诗，皆一汪情深，任性而来，率性而去，故此，时人将其以“狂”生目之。其门人崔旭在《念堂诗话》中总括曰：“船山夫子，或目为才子，为狂士，乃有识之才子、狂士也。……于朝贵无献媚贡谀之言，于同列无含讥带讪之语，下至能诗之奴、卖饼之叟、久侍之老仆、工书之小吏，无不一往情深。其识量为何如?”[①]“一往情深”，“识量”不凡，庶几为张问陶“狂”而不轻、柔且不媚的根本所在。

张问陶的诗歌在乾嘉诗坛自成一体，不复依傍，虽有“性灵”殿军之比，但因时不同、势不同、个人心路成长的趋向亦不同，故此，他与袁枚同调不同声，同声不同气。袁枚诗歌顺畅练达、爽利适口，时不时间杂游戏谐谑之笔，其格调如慢板，舒缓悠扬，疾徐有度，绝少长剑倚天、孤峰穿空的气势；而张问陶的诗空灵晓畅、清新婉曲，悦耳处如行歌、如丝竹，但其格调比袁枚高亢激越，有时若骏马嘶风、寒蝉饮露，高旷而清越，凄楚且激昂。

对张问陶和袁枚同中有异的诗歌风旨，以及审美趋向前人已有述评，如张维屏在《听松庐诗话》中说：“船山诗生气涌出，生趣飞来，古体中时有叫嚣剽滑之病，当时随园名盛，以游戏为诗，船山亦未免染其习气。至近体则极空灵，亦极沉郁，能刻入，亦能清超。……或论古激昂，或言情婉曲，或声大如钟镛，或味爽如菘韭，几欲于从前诸名家外，又辟一境。”[②]张问陶的诗“生气涌出”、“生趣飞来”，集“空灵”、“沉郁”、“刻入”、“清超”于一身，不管叙事，还是抒情，无论咏史，还是讽世，都能见出诗人的古道热肠，以及袁枚所难具备的龙吟虎啸之声。就张问陶诗歌的豪迈情怀、阳刚之美，前人多所精辟分析，如许宗彦在《题张太守船山问陶诗草》时说：“丈夫磊落写胸臆，那屑旁人说诗律。……万里神光何处寻，要离冢畔团团月。”[③]陈文述对张问陶的评价更是让人掩卷沉吟、拍案叫绝：“应是中原独角麟，毫端奇气出轮囷。天教西蜀生才子，我向东华识酒人。”[④]（《都门五君诗·

① 见《清诗纪事》，第 6753 页。

② 〔清〕张维屏《国朝诗人征略》，中山大学出版社 2004 年版，第 731 页。

③ 〔清〕许宗彦《鉴止水斋集》卷八，见《续修四库全书·集部·别集类》，上海古籍出版社 2002 年版，第 1492 册。

④ 〔清〕陈文述《颐道堂诗集》卷四，见《续修四库全书·集部·别集类》，上海古籍出版社 2002 年版，第 1504—1505 册。

张船山太史问陶》)“十年京洛问骚坛,第一才人压建安。自有诗名齐李杜,即论文望亦苏韩。……读到宝鸡题壁句,长虹落纸夜光寒。”(《挽船山太守》,见《颐道堂诗集》卷十二)

张问陶的诗歌之所以被时人评为神光万里,英雄气长,“毫端奇气”横溢,有“长虹落纸夜光寒”的撼人力量,关键在于他的诗能大胆唱出清王朝由盛转衰的不可逆转的末世之音,直面社会尖锐的矛盾,把统治者讳莫如深的各种弊端加以无情披露,因其作品具有强烈的时代性和现实性,所以在清代诗歌发展史上张问陶当之无愧地成了一位承上启下的重要作家。正如徐世昌在《晚晴簃诗话》中所言:“船山弱冠之诗,空灵沉郁,独辟奇境,有清二百余年,蜀中诗人无出其右者。”[①]

二、“幻出云山风雨疾,雄奇淡远无不宜”

——张问陶的山水诗析览

张问陶产自巴蜀,生在齐鲁,长于楚湘,游宦历京师,最终流寓江南,其一生踪迹以大江为轴线而遍布南北。他的性灵独出、姿色各异的山水诗即形成于诗人往来驰驱的旅程中。

因为奉行“性灵”的美学原则,坚持“为艺术而艺术”的创作精神,所以张问陶的山水诗从审美的视角而言,写得空灵澹远、情韵绵长,其语言风格近似巴蜀民歌,顺畅流丽、妩媚明彻,能沁人心肺。以下按诗人山水诗创作的时间和地域将其划分为三大模块,通过简要对比分析,透视诗人诗风演进的历程。

(一)“天边击楫长江远,世外看云太华高”的南北游历山水诗

张问陶自总角随父宦游江汉,到晚岁卒于苏州寓所,他近半个世纪的脚步不断丈量着大江南北的江河湖海、川原丘壑。他所到之处,一篇篇绘摹楚汉皖赣、江淮齐鲁、幽燕晋冀的山水诗章便如飞蝶穿花,翩翩而出。如果从十五岁创作《汉阳》一诗算起,到嘉庆十八年(是年诗人五十岁,距离世仅一年)留下山水卒章《寒山》,张问陶的山水诗创作基本和他的诗歌生涯、人生履历,以及心路嬗替历程相始

---

① 徐世昌辑《清诗汇》卷一〇八,北京出版社 1996 年版,第 1683 页。

终。因此，对张问陶第一模块山水诗进行纵向剖析，有助于鉴证诗人人生起伏跌宕的全过程。

张问陶的人生履历决定了他山水诗题材的宽度，也决定了他山水诗思想的高度，更决定了他山水诗一唱三叹、回旋亢进的艺术深度。如果以诗人人格发展嬗变的过程作参照，他第一模块的山水诗亦可对应分成早、中、晚三个历时阶段。

1.“贫贱悲生事，山川接壮游”的江汉山水诗

江汉，地当南北交替，自古即为战守之地、兵家所争，且境内江河纵横交错，崇山高峙绵延，景致兼南北之胜，是一方涵养人格、孕育性情的风水宝地。顾祖禹《读史方舆纪要》曰：“湖广居八省中，最为闳衍，山川险固，自古称雄武焉。中原有事，盖必争之地也。……今者荆土日辟，沃野弥望，再熟之稻，方舟而下，吴会之间，引领待食，虽江自夷陵以下时有横溢之虞，汉自襄阳以南亦多溃决之患，然而富强之迹居然未改矣。”[①]张问陶少小之年，随父宦游于黄州、荆州、均州、汉阳一带，他特立独行、倔劲傲岸的人格即形成于此时此地。写荆楚的山水诗虽然数量有限，但却热血横冲，有一股少年锐气流荡其间，与张问陶早期的心志相吻合：

揖让群峰势，容予一壑谋。有身从海角，无梦望刀头。贫贱悲生事，山川接壮游。英雄留战地，沙树落残秋。

——《汉阳》

云气束四山，山势各崭绝。狮象争向背，巨灵手亲裂。阴崖不可窥，中有秦汉雪。

——《望远山》

雨止日沉西，寒烟压水齐。秋连平楚阔，天入大江低。帆远冲云出，蝉悲隐树啼。草堂容笑傲，人拟浣花溪。

——《江上》

---

① 〔清〕顾祖禹《读史方舆纪要》，中华书局2005年版，第3516—18页。以下引用此书均为此版本，不再一一注明。

《汉阳》写楚中名郡汉阳的山水形胜，诗人从“群峰”之势起笔，以“英雄留战地”煞尾，中间穿插身世之感、少壮之情，使诗境顿显雄阔深远、慷慨激昂；《望远山》以“望”的角度切入，大笔勾勒出“远山”“崭绝”的气势，“云气”缭绕，“山势”巉刻，如同“狮象”各争“向背”，在张问陶笔下，楚中的“远山”不但有“崭绝”的外形，而且更有亘古深藏的内涵，诗人以“阴崖不可窥，中有秦汉雪”收煞全诗，将诗歌的艺术境界拓宽到更广的视野；《江上》写晚霞乱飞、澄江似练的江上壮景，首联点明时间、背景，颔联、颈联相互照应写出秋色连江、楚天平阔、远帆遥指、蝉声凄切的特定气象，尾联则笔锋一转，在景的铺叙中，直抒高远无羁的胸怀。

早期的张问陶沉浸在一片纯净的理想世界中，其思路巉刻、神情超迈，常把自己比做“所向无空阔”的“神驹”，诗歌“妙句”连连，颇“多湖海”之气，通过以上三例山水之作，我们即能辨察其心态。此外，诗人由湖广北上京师的行旅山水诗，作为江汉山水诗群的延伸作品，则更为深切地传达了他潜蓄心头的激昂悲慨之志。如：

卢沟南望尽尘埃，木脱霜寒大漠开。天海诗情驴背得，关山秋色雨中来。茫茫阅世无成局，碌碌因人是废才。往日英雄呼不起，放歌空吊古金台。

——《卢沟》

四面江声涌翠鬟，海门高处豁心颜。志存舟楫知谁子，历尽风涛是此山。呼吸便疑通帝座，扶摇直欲去人间。满岩松石皆仙骨，应笑狂奴不肯闲。

——《登焦山》

上举两例非常有代表性，《卢沟》以北方景色为描写对象，而《登焦山》以南国胜迹为抒情载体。南北对峙，风味殊异，足见张问陶从踏入诗歌创作的初期，就能熟练把握不同地域的山水风貌，用不同的题材表达同一主题。

卢沟，即卢沟河，京师八大景之一的“卢沟晓月”在此。凡南来北去，皆行旅所经之处。顾祖禹《读史方舆纪要》载曰："卢沟河，府（顺天）西南四十里，自保安州流经西山中，东南出，地势平而土脉疏，最易冲决。"[①]又曰："桑乾河，源出山西马邑县西北十五里洪涛山，东流经大同府南，山阴县、应州、浑源州之北，又东流经广灵县及蔚州北境，入北直保安州界，经州西南出西山，至顺天府西南曰卢沟河，俗呼小黄河，以其流浊而易淤也，亦谓之浑河，出卢沟桥下。"自宋、辽、金始，卢沟（桥）屡有战事发生，其形势非常冲要，故顾祖禹总结曰："卢沟盖京师南面之巨堑也。"[②]卢沟桥建在卢沟河上，其气势如长虹卧波、蛟龙出水，因 1937 年 7 月 7 日日本侵略中国的"七七事变"发生于此，故卢沟桥名震中外。《读史方舆纪要》曰："卢沟桥，府（顺天）西南三十五里，跨卢沟河上。洪涛东注，若迅雷奔马，不可测识，桥为往来之孔道。金明昌初所建，长二百余步，名广利桥。元至元十四年，命造过街塔于桥上。明正统中、崇祯初皆尝修治。"张问陶的《卢沟》气象开阔、意境高远，融写景、抒情、怀古于一体，曲折反映了诗人内心积极用世的渴望。首联点明地域特征，卢沟南望，大漠洞开，木叶夹杂"尘埃"在霜风中席卷而来，令人飒然生激楚苍茫之感；颔联写诗人的诗情涌动，海天空阔、关山逶迤，秋雨裹挟秋色沁人心肺；颈联则感叹身世飘零、理想如同梦幻，在"碌碌因人"的无所作为中，变成"废才"；尾联承颈联而来，用怀古的笔墨道出了诗人对"英雄"的怀念和渴慕，"往日英雄"千呼"不起"，留给他的只有"放歌空吊古金台"。"古金台"即指黄金台，《读史方舆纪要》曰："黄金台，府（顺天）东南十六里，又北里许为小黄金台。燕昭王尝于易水东南筑台，以延天下士，后人慕之，因筑焉。"[③]张问陶借黄金台的典故，委婉地道出他对当政者扼杀人才的愤懑与失望。

《登焦山》在主题上和《卢沟》前后照应，而且气势一以贯之，但就抒情的背景而言，两诗迥异殊别，反差极大。焦山峙立大江之畔，青

① 《读史方舆纪要》，第 445 页。
② 同上，第 417 页。
③ 同上，第 450 页。

山苍翠、碧流如带、白帆点点、涛声阵阵，这一切景象激起诗人击楫中流的英雄情怀，他欲乘万里长风，扶摇直上，在理想的境界自由翱翔。

从上述江汉山水诗，我们可大体辨察张问陶早期“良时苦蹉跎，不愤非豪杰”的人格特征，及其“十载哦诗壮志消，中原对酒雄心起”的诗歌风格。

2.“风尘双鬓改，天海一家浮”的宦游山水诗

从乾隆五十八年“入都”，到嘉庆十七年“去郡”辞职，张问陶有二十多年的生涯是在仕宦中度过的。这一时期，他经历了由希望到失望的人生蜕变过程，其山水诗创作几近绝迹，就现有少量的作品依稀可辨诗人诗风更迭变化的痕迹。如：

乱山中断大河横，沙水茫茫万古情。平尽战场开辇路，绿杨驱马忘边城。

——《南天门北眺》

中外今无外，河山势偶分。闲花迷战垒，古树吊将军。城仰秦时月，衣霑塞上云。笑谈挥手去，关柳绿纷纷。

——《出古北口》

柳暗风回一径开，平原陡尽乱山来。游踪只觉增奇梦，诗笔谁能抵将才。天半长城犹戍削，马前荒水不潆回。隔年步步追陈迹，边月朦胧照酒杯。

——《出峰山口宿密云》

以上三首均写古北口附近山水景色，创作于嘉庆十四年七月，是张问陶由口外返京师途中所历。诗人用敏锐的观察和判断，紧贴古北口周边“野水寻通谷，长城锁乱山”的险峻峭厉形势，表达了内心“壮怀犹磊落，销向马蹄间”的悲慨情思。因为吟咏的对象是雄关耸峙的北方景象，故而诗人在意象选取上别出心裁，主要有：“乱山”、“大河”、“沙水”、“战场”、“边城”、“战垒”、“长城”、“荒水”等自然物象，以及“万古情”、“秦时月”等人文意象，通过这些略带苦寒而高古的诗歌意象，诗人尽情展开了一幅“群峰历乱水弯环”，“野人篱落总

青山”(《常山峪道中》)的北国山水图卷,和他的荆楚山水相互辉映,即总成为南北山水大对决的绝妙态势。

二十多年的仕宦生涯并没有给张问陶带来多少命运的改变,或是人生得意尽欢的喜悦,相反却让他时时派生出“风尘双髩改,天海一家浮。去住总无着,苍茫何所求。”(《阜庄驿题壁》)的空茫与惆怅感,他把这种空寂的人生感叹寄托到哀伤民生、悲悯时艰的山水篇章就形成富有质感的艺术张力。如:

沟洫何时废,民因旱涝穷。频年伤积雨,逐处是哀鸿。浩瀚平沙白,荒寒古庙红。凭谁兴水利,能事想英雄。

——《河间道中》

著书终始为穷愁,匡济原难与命谋。尽有天人出邹鲁,都无长策救春秋。半生揽辔谁乘势,垂老旋辕总倦游。管晏仪秦方继起,枉将吾道问诸侯。

——《邹鲁道中》

河间,即河间府河间县;邹鲁,为孔孟故乡,两诗均创制于诗人赴莱州知府任的道上。《河间道中》以“道中”所见所感为诗材,借“浩瀚平沙白,荒寒古庙红”的自然景象,抒发内心“民因旱涝穷”的悲悯情怀;《邹鲁道中》则更深层次地反思了理想和现实间不可逾越的鸿沟,诗人本是怀“匡济”大志的儒生,但惨淡的现实总让他有“难与命谋”的挫败感,面对朝政的日渐衰败,社会危机的愈益显现,纵使圣人复出,亦难有“长策”以挽“救春秋”。

张问陶不但是“性灵”独抒的卓越诗人,而且还是少蓄大志、满怀用世之心的儒生,他面对乾隆末年,嘉庆初始或显或隐的各种社会矛盾,表达了悲情四溢的仁者情怀,他认为越是官位卑小,就越要体察民情、接近民间,做一个珍爱自身、珍惜家声的清官;在对待民情的态度上,张问陶也极具宽厚的仁者之心,他甚至主张对那些曾啸聚山林的贫民,也应该宽仁对待,因为他们本来就是良民,只因为官逼民反,苦于生计,他们才拿起刀枪和朝廷对立。这种仁者的思想浸透到山水诗里，就有了诸如《河间道中》《邹鲁道中》等一系列质实厚重的借景咏怀之作。

3."野鸟一声呼晓梦，林花五色绣春光"的归来之歌

嘉庆十七年，张问陶在参透官场玄机，对整个封建官僚制度彻底失望后，毅然与之诀绝，开始了他如"野鸟"弄语、飞花自在的闲适生活。从早年的雄心难消、志在千里，到中年的抑郁愁闷、勘破红尘，再到晚年的畅情悦性、澹然自若，张问陶的心灵经历了一个失而复得的蜕变过程。

正因为是灵魂的重生，所以诗人的生命，连同诗情在最后的几年焕发了前所未有的异彩。这种生命伴随诗性所迸射出来的光华闪现在山水诗中，就给诗人的生命旅程平添了一道永远留驻且令人炫目的亮色。

遍观张问陶后期的山水诗，随处可见其冲荡流溢的高远神思，以及飘逸洒脱的气韵，其运笔简淡，画面透明，如幅幅水墨图册，令人神往心醉。譬如写辞官南来的所见所历，诗人地不分南北，色不分浓淡，物象不分丰腴和清瘦，他都采用轻描淡写的手法，将其表现得澄静无染、轻灵通透。如："全抛缨冕今无事，澹对湖山忽有情。万点绿波通浩渺，一双白鹭太鲜明。"(《邹平湖山铺》)"淮流一线尽湾环，湖水迷茫际九寰……渔歌隔岸闲酬倡，帆势随风互往还。白鸟朱霞凭点缀，寥空谁为补青山。"(《高宝道中即目》)"人物消磨千古尽，画图烘染十分浓。送江入海横江去，西望岷源意万重。"(《瓜州渡江入京口》)"丹青影里放扁舟，山水都从枕上游。岸草沿流绿无缝，遥村点染露红楼。"(《绿岸》)经历齐鲁、淮扬、京镇山水的洗礼，诗人一路平息着自己曾躁动而烦闷的心灵，当往昔渐行渐远，而来者越追越近时，诗人不断反思、不断遐想："江湖沿路少新交，富贵浮云尽系匏。……绕树南飞更三匝，不知何处鹊营巢。"(《舟中遣怀》)"才辞北马又南船，风雨波涛望渺然。……寄语故人须料理，将诗来换买山钱。"(《丹阳舟夜写怀》)历尽南北，阅遍万水千山，张问陶最终将自己"绕树南飞更三匝"的"鹊""巢""营"造在山软水柔的苏州山塘，与白居易"毗邻而居"，和陆龟蒙日夕神交。为了志感自己在红尘中有一

清静安宁的归宿，他创制《题乐天天随邻屋》二首，以表达内心百感交集的复杂心情：“凭栏早醒繁华梦，点笔难删讽谕诗。”（其一）“三万二千狮子座，任他求法礼灯王。”（其二）

退居苏州的日子如同天边落霞，虽然短暂而飘忽，但在诗人的生命中却是那样宁馨和绚烂，这也许是走到人生尽头的张问陶留给后世的一抹永难褪色的回忆。通过流寓苏州期间创作的山水诗，我们从本质意义上认识了心存高远而情怀狂放、襟怀豁落且命途多艰的张问陶的人格特征，他的人生是诗意的，也是自然的，更是同日渐衰腐的社会现实顽强相抗而显出悲剧色彩的。以下举数例来印证这个判断：

> 故人折简近相招，一舸横江路不遥。醇酒暗消京口雪，大帆平压海门潮。扬州灯火难为月，吴市笙歌剩此箫。那管风涛千万里，妙莲两朵是金焦。
>
> ——《十六日雪中渡江》
>
> 春浓无碍水清灵，已去流年可暂停。冷暖谁知参佛法，温和才许悟仙经。浮华滟滟难成果，飞絮濛濛欲化萍。毕竟湘娥弦指妙，曲终犹见数峰青。
>
> ——《春水》其四
>
> 鸭头新绿拥鹅黄，碎影毶毶野岸长。花透土膏留正色，根涵风露守真香。如从佛地收金粟，闲替农天补艳阳。因到残春开更久，不知桃李为谁忙。
>
> ——《菜花》
>
> 径回山露角，鳌影戴飞楼。大石绿如染，小花红更幽。青鞋增野态，丹嶂纪宸游。暂坐忘飘泊，钟声荡客愁。
>
> ——《寒山》

迹近生命的尽头，张问陶慧根开张，灵性忽现，在上引四首写江南风物的山水诗里，他借景生心，见物起意，传输了内心归于佛禅境界的寂静和空灵。因为有了佛禅的思悟，所以他的山水诗既有日常应用境的随缘之性，又有空明灵窍、不为外物所累的不世之情：“好鸟乘春送法音，青畴迎雨布黄金。眼前便是莲花界，对镜如何不起心。”（《舟中所见》）《寒山》是诗人留在尘世的最后一首山水之作，其诗题清寒古淡，与诗意相仿佛，“寒山”远望，一石“露角”，峰回径转，梵塔隐约，一切呈现着自然界纷繁的生气，遍处有令人离心忘机的佛意，独立苍茫、四野空旷，诗人的形象被《寒山》的诗境永远地定格在狂情漫溢、诗性如潮的历史坐标上。

张问陶的人生经历了起落，心灵也经历了“云衣飘举出风尘，与世无猜梦亦真”（《与世》）的涅槃和复归，他的第一模块的山水诗，无论内容和风格，都从不同的侧面印证了诗人“浮生一瞥缘终幻，带业重来念早差”（《舟中见落花》）的生命旅程，若从山水诗的视角衡量，真正能代表他诗学成就的当属往来跋涉陈仓古道的第二模块和“即下巴峡出巫峡”的第三模块的山水篇章。

（二）“秦栈萦纡鸟路长，三年三度过陈仓”的蜀道山水诗

乾隆五十四年正月，张问陶科场首次遇挫，“下第西归”，沿河北定州，历正定、相州、硖石、灵宝，逼潼关一路向西，经华州、西安、咸阳、岐山，望太白、栈道而达宝鸡，然后进至煎茶坪、黄牛堡，越豆积山，登凤岭，穿心红峡，上紫柏山，过留坝、武关驿、七盘岭，出褒谷、武丁峡，再到宁羌，观金鳌岭、飞仙岭，渡嘉陵江入剑阁，由剑州出栈，整个行程穿越了被古人称为“难于上青天”的秦蜀古道。

李白在《蜀道难》中用夸张的艺术手法极力渲染了“蜀道”的艰险困厄：“西当太白有鸟道，可以横绝峨眉巅。地崩山摧壮士死（传说五丁开山，死于山峡之中，现有峡名五丁峡。笔者注），然后天梯石栈相钩连。上有六龙回日之高标，下有冲波逆折之回川。……扪参历井仰胁息，以手抚膺坐长叹。……但见悲鸟号古木，雄飞雌从绕林间。又闻子规啼夜月，愁空山。蜀道之难难于上青天，使人听此凋朱颜。”[①]经李白天才绘摹，“蜀道”的艰险令人惊心动魄。但从严格意义来说，“蜀道”应为“秦蜀之道”，因为青莲笔下的“蜀道”从四川剑州算起，要穿越关山险隘、激湍深峡，沿山壁攀援，走过“天梯石栈”，由陕西汉中的宁羌、凤

---

① 〔清〕沈德潜《唐诗别裁集》，上海古籍出版社1979年版，第185页。

县，以达宝鸡，如此漫长的驿路，即是“秦蜀古道”的大略程途。

有清一代，写“秦蜀古道”的诗人前后踵武，络迤相接，张问陶既不是第一个，也不是最后一位，但张问陶的秦栈蜀道山水诗却是极有特色的。首先，张问陶是以蜀人身份写蜀道，比起其他过往行旅的山水诗人，他对蜀道多了一份留恋和深情，故而在其光怪陆离、惊悚险仄的形貌描写中，多了一份浓烈的思乡之情；其次作为性灵派的优秀诗人，张问陶的秦栈蜀道山水诗不像毕沅、钱载等人那样写得枯干瘦硬、缺少空灵气，在张问陶笔下，尽管秦栈勾连、蜀山巍峨，盘旋诘曲，不可一世，但时见空灵隽秀、神光离合，一股无法遏止的悠长气韵奔涌而出。

秦蜀古道自陕西宝鸡起，至四川剑州止，历经汉中府之凤县、留坝、沔县、褒城、宁羌；保宁府之广元、昭化，其间雄关漫道、险峰林立、激湍如崩、栈道萦纡，真有“难于上青天”的吁嚱之叹。顾祖禹在《读史方舆纪要》中记述秦蜀古道的山川形势说：“散关，在凤翔府宝鸡县西南五十二里，汉中府凤县东北百二十五里。有大散岭，置关岭上，亦曰大散关，为秦、蜀之襟喉。”[①]大散关是秦蜀古道的险关之一，其形势南控巴蜀、北拒秦陇，自明清以来“皆以连云栈为经途，而大散之势益重矣。”[②]由秦入川，凤翔、汉中为必经之地，其中“褒斜道”、“傥骆道”、“金牛道”、“米仓道”则是联结蜀、秦的命脉之途。《读史方舆纪要》曰：“志曰：汉中入关中之道有三，而入蜀中之道有二，所谓入关中之道三者，一曰褒斜道，二曰傥骆道，三曰子午道也。所谓入蜀之道二者，一曰金牛道，二曰米仓关道也。今由关中以趋汉中，由汉中以趋蜀中者谓之‘栈道’。其北道即古之褒斜，南道即古之金牛。”[③]“褒斜道”，即北栈，南北贯通于汉中府褒城县、凤翔府郿县之间，南口叫“褒”，北口叫“斜”，故曰褒斜道。“褒斜道”，“总计川、陕相通之道，谷长四百七十里。”[④]又曰：“《汉中志》：‘褒斜谷’中宋时有栈阁二千

① 《读史方舆纪要》，第2497页。

② 同上，第2499页。

③ 同上，第2663页。

④ 同上，第2665页。

九百八十九间，元时有板阁二千八百九十二间，历代制作，增损不定。明因故址修造，约为栈阁二千二百七十五间，统名之曰连云栈，陆贽所云：'缘侧径于岭岩，缀危栈于绝壁者也。'"[①]《读史方舆纪要》引《褒中志》对褒斜栈道的全程描绘如下：

> 洪武二十五年，命普定候监督军夫，增损历代旧路，开通修建，起自褒城县，计"鸡头栈"八十五间，有巡司戍守，一名"鸡头关"，关旁有大小石洞。"北桥栈"三间，"石嘴七盘栈"九十二间，今亦曰"七盘栈阁"。"河底七盘下桥栈"一十五间，"独架桥栈"一百四十二间，倚云栈五十一间，今亦曰："响林滩栈阁"。"石佛湾栈"八十五间，今亦曰"盘云坞栈阁"，"堡子铺栈"六十间，"飞石崖栈"二百八十间，今亦曰"老君崖桥阁"，"关王碥栈"二百二十间，"东云栈"九十二间……今亦曰"黄草山栈阁"。"马桥铺栈"十间，今亦曰"青桥栈"。"顺平栈"三十四间，今亦曰"马道关栈阁"。"逍遥栈"五间，今曰"青桥"。"登空栈"八十六间，今曰"老君崖阁"。"三岔铺桥"三间，今曰"马道南桥"。"河底栈"二十六间，今曰"浴马泽栈阁"。"长亭铺栈"三十八间，今曰"甜竹碥栈阁。""半坡栈"五十八间，今曰"上天桥"。"燕子碥栈"六十一间，今曰"燕子栈"。"滴水桥"百二十一间，今曰"火烧碥栈阁"。"武曲铺栈"二间，今曰"南桥"。"马王栈"二十六间，今曰"簸箕碥栈阁"。"虎头关栈"三十八间，"盘虎栈"一百一十五间，"青云栈"三十六间，今曰"螣鱼栈"。"碧霄栈"四十五间，"焦崖铺桥"四间，"黑龙湾栈"七十一间，今曰"武曲湾栈阁。""飞仙关"二十三间，今曰"武曲关北栈阁"。"黑龙栈"十间，今曰"石沟桥"。"小湾栈"二十三间，今曰"八里关栈阁"。"云门栈"十二间，今曰"武关北桥"。"登坡栈"五十间，今曰"新开岭栈"。"转弯边山崖子栈"八十五间，今曰"安山湾栈阁"。"青阳栈"十五间，今曰"青水栈"。共二千二百七十五间也。

---

① 《读史方舆纪要》，第 2667 页。

以上是明代洪武年间督工“增损历代旧路，开通修建”的褒斜栈道的具体情况。《读史方舆纪要》又据《舆程记》对褒斜古道的里程进行了载录：

> 陕西栈道“长四百二十里，自凤县北草凉楼驿为入栈道之始，六十里至凤县，有梁山驿，又六十里至三岔驿，又七十里至松林驿，又南六十里至褒城县之安山驿，又六十里为马道驿，又五十二里至鸡头关，关南八里即褒城县，有开山驿，自县而东。五十里为汉中府，自县而南五十里为黄沙驿，至此路始平，又为出栈道之始矣。又四十里而至沔县，有顺政驿，自县而西又金牛道之始也。

褒斜栈道自秦汉即为秦蜀通途，历代多有增损修葺。其地理环境复杂，尤其山高水险，林木繁茂，如顾祖禹所说：“自凤县至褒城皆大山，缘坡岭行，有缺处，以木续之成，道如桥然，所谓栈道也。其间乔木夹道，行者遇夜或宿于岩穴间，出褒城地始平。”[1]

川、陕驿程相续，栈阁勾连，北栈所止，乃南栈之始。南栈即著名的金牛道，《读史方舆纪要》纪曰：“金牛道，今之南栈。自沔县而西南至四川剑州（属保宁府）之大剑关口，皆谓之金牛道，即秦惠王入蜀之路也。自秦以后，由汉中至蜀者，必取途于此，所谓蜀之喉嗌也。……历南北战争以迄金、元角逐，蜀中有难，则金牛数百里间皆为战场。”[2]金牛道的开凿颇有传奇和喜剧性色彩，《华阳国志》记载：“秦惠王欲伐蜀，患山道险阨，乃作五石牛，言能粪金，以绐蜀。蜀王负力而贪，令五丁开道引之，秦因使张仪、司马错随而灭之，因谓之金牛道，亦曰石牛道。”关于金牛道的驿程，《读史方舆纪要》引《舆程记》曰：“自褒城西南九十里而至沔县，又六十里为青阳驿，又四十里为金牛驿，其相近者有五丁峡，亦曰金牛峡；又七十里为宁羌州，州北十里有柏林驿，州南四十里为黄霸驿，驿南有七盘关，为川、陕分界处；又

① 《读史方舆纪要》，第2668页。

② 同上，第2671页。

六十里为神宣驿，又七十里至朝天岭，岭有朝天驿，计程共四百四十里，又南至广元县六十里。”清代的行旅，不管商贾，还是官吏，无论民间互通，还是国家有事，基本由此道北上南下，以趋川、陕。王士祯出使川中、孙士毅视学四川、毕沅输运军需均循此而来。张问陶“三年三度过陈仓”走的就是这条充满传奇色彩的秦蜀古道。在诗人才情横绝而性灵独抒的诗笔下，秦蜀古道显现出前所未见的迷人光彩。如写陈仓一线风物，他说：“细柳凝官绿，遥山簇帝青。栈云西望合，愁问短长亭。”（《岐山》。诗人自注：帝青山在岐阳）“山入回中乱，天临剑外低。子规如识我，犹为尽情啼。”（《宝鸡》）“峦壑喜我归，参差出林望。……啼鸟识乡音，急流清俗状。……触眼乱青红，翻欲惊奇并。”（《二里关》）“子规不作去年声，猿鸟都萦故国情。清浊泉流如有意，高低山色总无名。”（《煎茶坪题壁》其一）“一峰入云去，灵怪安可穷。……山桥隔浓柳，雁齿参差红。……烟霞随地足，胡为随转蓬。以骨誓青山，不隐非英雄。”（《东河桥》）张问陶性情与才情并俱，所以在他看来，那一叠叠山峦，一条条江河，即使一抹烟霞，一株花草，都含情带笑地迎接他这个远方归来的游子。如果行走陈仓道上，已让诗人深切感受了秦蜀山水的独异魅力，那么褒斜栈道则叫诗人陡然产生“从今细蜡游山屐，五岳全登不告疲”（《五月二十七日入栈值余生日戏作二律》其一）的不羁豪情。他的入栈山水诗长篇短章相互杂陈，长篇以五古为主，善绘景致，短章以五律为主，发抒内心无法抑止的真情，景情相生、刚柔相济，遂使褒斜栈道山水诗显出独步诗坛的艺术感染力。如写高山峡谷，激湍似箭的景象，他说：“怒涛奔西南，绕足争喧豗。喷沫漱奇石，宛然滟滪堆。……仿佛瞿塘游，孤舟落大洄。……片帆峡底出，一骑云中来。”（《雨后发黄牛堡》）“一水排山勇，双崖束浪高。欲倾巴峡泪，如看广陵涛。”（《武曲看褒水新涨》）写峻岭奇山、关隘陡绝的气势，他说：“界断众峰青，丹赭纷然积。巍峨敞画屏，俯瞰嘉陵白。……孤根戴短亭，杰阁逗危石。……美人爱淡妆，岂必弃芳泽。”（《凤县豆积山》。诗人自注：崖上有张果祠。）“朝发凤州郭，浓阴蔽千里。陟岭攀危梯，渐入层云里。……披云突出如披絮，碧空影净开清曙。……剑芒争割柔难分，吁嗟束手穷五丁。林壑州府。其东有瞿塘、巫峡之险，与荆楚接界。西连番族，威、茂、黎、雅诸州以西皆番族也。南阻蛮部，永宁、镇雄、乌撒、东川皆为蛮部，又南即云南境内诸蛮矣。北控褒斜，褒斜在陕西汉中府。《史记》曰：'巴、蜀四塞，栈道千里，惟褒斜绾毂其口。'……今由汉中府凤县连云栈西南过金牛峡，亦曰石牛道，至川口凡九百余里。"①

蜀人出川至中原，尤其到京师，一般选择或北上经秦蜀栈道，或东下沿三峡水路。不管选择哪条路径，对蜀人的意志都是严峻的考验，不要说路途遥远、旅程迢递，就是雄关耸峙，激湍猛浪的风波之险，足令行旅者眩目惊心、生死以许。乾隆五十七年(1742)冬月，张问陶由成都发舟，经眉州、嘉定、泸州、重庆，直向三峡而来，开始他"劳人入世如中酒，卧看青天任所之"(《壬子十一月二十八日舟发成都纪事》)的仕宦生涯。

张问陶的三峡山水诗与秦蜀古道山水诗一样，既充满惊心动魄的阳刚之美，又流溢着温润灵动的阴柔之气，它是诗人性情、人格和诗品三位一体的结晶。如果放置在中国古典山水诗发展史的坐标上，张问陶的三峡山水诗有上承唐宋，下启近现代三峡山水文学的重大作用。

三峡，从地理学意义上有广义和狭义之分。狭义的三峡特指西起四川夔州府的瞿唐峡、巫峡，东到湖北荆州府夷陵州的西陵峡所经一段江山；广义的三峡则上延至成都、重庆，下扩及荆襄一带，凡大江所历巴蜀、湖广险要之处，军事重镇均可看作长江流域最富魅力，最有文化内涵的三峡之属。顾祖禹在《读史方舆纪要》中详细阐述了三峡的地理形胜和战略位置，他把三峡分别看成四川和湖北的重险。《四川·名山》曰："巫山亦曰巫峡，在夔州府巫山县东三十里，为三峡之一，长一百六十里，所谓'巴东三峡巫峡长'也。……《江行记》：'自巫峡东至西陵峡，皆连山无断处，非亭午夜分，不见日月，风无南北，惟有上下，《水经注》谓杜宇所凿以通江者。'《图经》：'巫山抗峰岷、峨，偕岭衡岳，其群峰凝结翼附，并出青云。世传巫山十二峰，曰望

① 《读史方舆纪要》，第3105—3106页。

霞，曰翠屏，曰朝云，曰松峦，曰集仙，曰聚鹤，曰净坛，曰上升，曰起云，曰飞凤，曰登龙，曰圣泉是也。'下有神女庙。……陆游《入蜀记》'神女祠正对巫山，峰峦上入霄汉，山脚直插江中，说者谓太华、衡、庐皆无此奇。然十二峰不可悉见，所见八九峰，惟神女峰最为鲜丽。巫峡之名，盖因山以名峡也，蜀人以其在蜀东境，亦谓之东峡。'"①《四川·重险》曰："瞿塘关在夔州府城东八里，以瞿唐峡而名。峡在城东三里，或谓之广溪峡，三峡之一也。……瞿唐峡为三峡之门，两崖对峙，中贯一江，滟滪堆正当其口，于江心突兀而出。《水经注》：'白帝城西有孤石，冬出水二十余丈，夏即没，秋时方出。……盖舟人以此为水候也。'"瞿唐关两岸夹峙，关西门下当滟滪堆，水势湍急，生死难测，故而历代为守蜀门户，兵家反复争夺的重险之地，顾祖禹感慨道："瞿塘为蜀境东户，不亦信哉？"②又《湖北·重险》记述西陵峡曰："西陵峡在荆州府夷陵州西二十五里，峡长二十里，层崖万仞，三峡之一也。三峡者，一为广汉峡，即瞿塘峡也，在四川夔州府奉节县东三十里……一为巫峡，巫峡在夔州府巫山县东三十里，因山为名，首尾一百六十里，一为西陵峡也。三峡之间，长七百里，两岸连山，略无断处，非亭午夜分，不见日月。……今自巴东历三峡下夷陵，连山叠嶂，江行其中，回旋湍激，至西陵峡口，始漫为平流，而夷陵州正当其冲，故国于东南者，必以西陵为重镇矣。……三峡盖自楚入蜀之通道也。宋平孟蜀，明初取明氏，未尝不分遣一军西出三峡。三峡为楚、蜀之险，西陵又为三峡之冲要，隔碍东西，号为天险，可不知所备欤？"③

张问陶的三峡山水诗，以三峡为核心，上启自成都，下延及荆州，囊括了从四川到湖北千里一线的江山胜景。其体制宏大、风格多样而旋律跌宕起伏，如江流浩荡，混茫不可一世。张问陶素以"狂"人自居，他的人生离不开诗与酒，诗让他心灵净化、性情百出，而酒则使他焕发出前所未有的激情，展现了俗世少有的人性之童真："我醉猖狂

① 《读史方舆纪要》，第 3112 页。

② 同上，第 3125 页。

③ 同上，第 3513—3515 页。

神不怒，人能痛饮诗方真。”(《壬子除夕与亥白兄神女庙祭诗作》)如写江行所见，他把激流、孤舟、岸树、山月交互罗织，就编结出一幅幅质地透明而气韵飘逸的山水画卷：“浪花飞作雨，风草媚于兰。树老盘山瘦，江清抱日寒。”(《长峡》。诗人自注：一名三峡，在青神、嘉定之间。太白诗“夜发青溪向三峡”即此。)“凌云西岸古嘉州，江水孱溪抱郭流。绿影一堆漂不去，推船三面看乌尤。”(《嘉定舟中》)“风掠晴云澹不收，夕阳吹影上扁舟。帖山楼殿平如画，插水林峦碎欲流。”(《腊八日过叙州二首》其一)“云外残山碎可怜，江阳东下雨如烟。一诗未了千峰过，竟欲重寻上水船。”(《雨中泊纳溪县》其二)“旃檀风过一船香，处处楼台架石梁。小李将军金碧画，零星摹出古江阳。”(《泸州》其二)“爽朗三层阁，玲珑一县山。江回巴峡断，花放苧溪间。”(《万县小泊是日立春》)“峡雨濛濛竟日闲，扁舟真落画图间。便将万管玲珑笔，难写瞿唐两岸山。”(《瞿唐峡》)“石走山飞气不驯，千峰忽作乱麻皴。变他三峡成图画，万古终无下笔人。”(《由三分水至楠木围出巫峡》其三)“山头晴雪玉珑玲，金翠迷离好画屏。两岸峰峦争秀拔，随江九折看空舲。”(《空舲峡》)“春岸一村远，江船百种奇。霞光金错落，波影玉参差。”(《松滋野泊》)“古戍莺飞花气冷，春江人远雁声低。长天帖水青无际，细草含烟绿未齐。”(《荆州道中》)“江豚拜浪水风腥，虎渡遥遥接洞庭。落日鱼龙争出没，沿流楚火太零星。”(《江上即事》其二)“万里岷峨酒一樽，扁舟东下水云昏。荆南檥棹翻惆怅，未送长江入海门。”(《泊荆州沙市》)从“壬子十一月”底“舟发成都”，到“癸丑”“初九日”舟抵荆州“沙市”，诗人历时近两月，行程三千里，遍观长江两岸急流似箭、烟树笼月的壮美奇景，用牧歌般的音韵吟出心底绵绵不绝的深情。三峡，作为一个象征，它代表了长江文化的精义，从郦道元的《水经注》，到杜甫的《秋兴八首》，李白、苏轼、黄庭坚、陆游、范成大，以及明清以降的许多著名诗人，譬之王士性、王士祯、宋琬等人均对其进行过纵情描绘。张问陶的三峡诗不仅以绮丽明秀的风格具备了艺术的审美效果，而且还因融入诗人的千古之思、身世之叹体现了浑厚杳远的人文内涵，从而达到景中有情、景中有我的山水诗境，提升了三峡自然山水的文化品位。如：“笔墨供游戏，山川写性情。万钱储酒价，一梦笑诗名。”（《江安舟中遣怀》）“蜀山竟推挽，少岷独无党。礌砢有正骨，奕奕见英爽。孤高终自立，名重非标榜。……苍茫阅人代，过眼谁真赏。”（《少岷山》）“腊鼓鼕鼕岁又残，巴渝东望尽波澜。……西行便是还乡路，惭愧轻弹贡禹冠。”（《重庆》）“巴山东抱水潆洄，消遣残冬酒一杯。谁信风涛行不得，开头先指鹧鸪堆。”（《腊月十七日下巴峡》）“凿山起殿山为缩，殿中沉沉暗如椟。人来惊拜僧灭烛，阎罗怖人悍双目。……鬼无心肝神有欲，大杖年年易新竹。聚人无算供敲仆，山僧踞寺狠如蝮，王不笞之讶其秃。”（《丰都山》）“万石束江江愈狭，一线寒流细于闸。……百夫牵挽三老急，难进易退危可怜。小人得意每忘死，君不见上水船如古君子。”（《巴阳峡》）“老树盘风千涧响，子规啼雨一江寒。青山何处英雄墓，愁听残钟独倚栏。”（《云阳县汉桓侯庙下作》）“瞿唐蟠大壁，巫峡削千峰。……诗随林壑变，天辟画图浓。”（《瞿唐巫峡》）“峡中铁棺不可测，悬崖直下五千尺。……时拣浮云作墓田，猿鸣鸱笑皆游戏。……过客无须识姓名，彭殇过眼皆平平。”（《铁棺峡》）“梁州从此接荆州，一路看山过万流。只有长江无别恨，大波东去不回头。”（《万流驿》）“好奇须过古巴东，千水千山貌不同。看到黄牛三峡尽，可怜丘壑满胸中。”（《黄牛峡》其三）“渺渺闲愁感逝波，水窗情话故人多。七年不作荆州客，忍对寒江听楚歌。”（《出峡泊宜昌府》其四）审视张问陶的三峡山水诗，我们惊喜地发现，诗人不但是写情摅性的圣手，而且还是艺术地再现三峡奇景的高手，他的写景层次错落、构图谨严、色彩绚丽，且语言极为简洁凝炼。如：“脚踏凌云峰，手摩大佛顶。……是时水涸江水闲，一山浓翠浮波间。古洞轰轰答人语，悬崖奇木根如环。……开山凿险谁之功，后有韦皋前海通。……荒祠四面青山青，大苏独坐愁零丁。”（《壬子十二月六日与亥白兄携酒游凌云山》）凌云山，即九顶山，因“山下有凌云寺”而得名，寺中大佛就是当代著称的乐山大佛。《读史方舆纪要》曰：“九顶山，州治（嘉定）东一里，隔江。山有九峰，曰凤集，曰栖鸾，曰灵宝，曰就日，曰丹霞，曰祝融，曰拥翠，曰望云，曰兑说。山下有凌云寺。唐开元间，僧海通者于渎江、沫水、蒙水之会，悍流怒浪之滨，凿山为弥勒大像，高三百六十尺，建七层阁覆之。”①张问陶的“凌云山”游诗，紧贴大佛依山临水高高伫立的雄壮庄严之势，尽情抒发了内心久蓄的豪放清狂之情。再如写峡行的险峻峭厉形势，他说：“石烂文章出，横空半壁蹲。山客留禹凿，峡意仿夔门。”（《猫儿峡》其一）“大石满一江，舟与水争捷。……了了千峰去不回，空花堕眼诗情急。神哉江中百丈梁，黝如积铁攒锋铓。”（《由百丈梁下金鸡三碚》）“劈痕满山根，水力猛于斧。……大壁如连城，小砦若环堵。层层宝楼阁，黯黯破廊庑。……低昂人兽杂，缺落丹青古。”（《由湖滩至峨眉砦》）“四围山斗绝，五色树莺然。石泐泉香细，村藏竹影圆。”（《大溪口守风》其三）

长江三峡以风光幽秀，江山险绝著称于世，张问陶置身这个世所罕有的山水长廊，心神瞬间被自然风物所同化，他承前贤遗绪，展惊艳之才，创作了数量丰盛、质量超群的三峡山水诗群。和杜甫的沉郁顿挫对比，张问陶的三峡诗多了一份轻快隽秀；与李白的飘逸豪放相较，张问陶更显清新自然。张问陶写三峡风情，避免了长篇大作的汹涌排荡，表象地看似乎和三峡激湍奔浪的自然景色相悖逆，但从地域文化考量，他的近似竹枝调式的歌吟，反倒贴近巴蜀文化特征，通过连篇相属的绝句体更深刻地透析了三峡文化所形成的深层底蕴。对于三峡山水诗所形成的艺术影响力，借用诗人《自题扁舟集》中的一句话概括，即是：“赢得新诗满三峡，巴人传唱白云间。”

张问陶的山水诗以秦蜀之行为主体，以南北驰骛为护翼，在各体杂陈的山水歌吟中，尤以律绝的形式展示了他独异的清新风格，为“性灵”诗派的山水大会演落下了令人回味无穷的幕布。作为“性灵”诗派的殿军，张问陶的山水诗在题材和内涵上，与袁枚、赵翼形成互补的鼎足关系；就艺术风格、表现形式和审美境界，三人以和而不同的风貌平分“性灵”派山水诗的艺术秋色。

张问陶作为张氏家族最优秀的代表，他既是性灵派的中流砥柱，又是二百年来，清代蜀中诗人之最，他的诗名掩抑了其兄张问安，但

---

① 《读史方舆纪要》，第 3364 页。

作为棠棣情深的诗中挚友，张问安的山水诗与张问陶还是有相互兼容的共性。

张问安(1756—1815)，字亥白，号季门，著有《亥白诗草》八卷。其诗学风旨秉承家传，淡定质实，诗意超远，诗思流丽婉转，而余味极醇厚。王学浩在《亥白诗稿序》中评曰“语淡而味腴，节短而韵长，盖将于韦、孟之外另辟一径，以与唐人争席也。”[①]张问安因诗歌缺乏张问陶英气逼人的豪放感，所以他的诗坛名望比张问陶相去甚远，但这不影响他和张问陶在山水诗创作上的互补性与兼容性。从互补的角度看，张氏昆仲不但山水诗风略有差别，而且山水诗题材亦呈现交叉态势，张问陶所历，乃张问安所短，质言之，张问安所经，即张问陶所阙，比如张问安笔下的鄱湖风物、太行形胜、岭南山水，张问陶就没有涉足；同样，张问陶扈驾巡守的塞上风情，亦是张问安所欠。这种无论题材，还是风格的差异互补，既显示了家族诗学同源异流的多样性，又体现了同一诗学背景下不同个体间的内在差异，由此形成了遂宁张氏在山水诗创作上的繁盛局面。就兼容性观察，张问陶与张问安手足情深，二人诗艺相切磋，风月相邀赏，他们骈肩联袂观山临水，吟弄自然的影迹留遍巴山蜀水的每个角落，凡张问陶激情洋溢的笔墨所至，亦张问安澹然自若的诗情所驻。《亥白诗草》卷二之《入蜀集》《下峡集》《衣尘集》；卷四之《上计集》基本收录诗人出川入蜀时所作的江行、栈道山水诗，其中包括大量和张问陶同题唱和的吟诵山川之作，比如《除日同船山登豆积山游张果祠》《游葱岭同船山作》《剑州道中回望大剑山(与张问陶同题作)》《同船山游元山寺》《洛阳道上同船山作》等。张问安山水诗既瓣香性灵诗风，显得清新自然、流畅生动，如“疏林丛薄近郊坰，万仞云梯接玉屏。太白西来势雄绝，骡纲小队入青冥。”(《岐山道中》)“悠悠西林下，隔岭闻钟声。……峰转露精舍，灌木当前楹。……爱兹云木秀，远遗尘世情。”(《广德寺》。笔者注：广德寺在遂宁，与灵泉寺相映照，有佛家清寂，又擅林泉幽胜，据传是观音道场。)又能自出机杼，于性灵之外，别辟一番境界，其造语遒劲，嘎嘎有

---

① 见《清代诗文集汇编》第448册，第25页。

声，写景精致微妙，有工笔画的效果，如“石根裂厚地，远岫摩苍穹。飞瀑激怒湍，终古悬琤琮。……岸如古丈夫，森立垂孱容。”(《黄牛峡》)“崭岩但绝壁，峭拔倚天半。……狰狞欲崩石，骇露压人面。仰窥绝圭景，茫昧天一线。……石气黯然青，凄其集风霰。”(《巫峡》)“朝云起东岭，舒卷当晴空。……凌晨陟山冈，忽坠鸿蒙中。……滃然四荡潏，拗折迷硿硥。……连山浸波涛，似欲开长风。……纷变极万态，一气无始终。”(《晓行风岭望云气》)其它如《豆积山》《心红峡》《马鞍岭》《七盘岭》《五丁峡》《朝天关》《剑门关》等，诗人皆用象形的比譬、鑱刻的笔法，将三峡两岸连山、浓荫蔽日；秦蜀古道关隘险仄、万峰耸峙的江山形势刻划得如鬼神夜哭、商飚突至，给人极强的心灵撼动。从张问安这一路数的山水诗风辨察，他有钱载、杭世俊、胡天游等人笔势凌厉、造语奇戛而不循常规的特点，与张问陶一以贯之的性灵风尚有些微差异，正是这个迥异说明了张问安在诗学上“于韦、孟之外另辟一径，以与唐人争席”的不凡气概。

第四节　流波翻澜　逸韵不绝

——“性灵”诗派其他传人的山水诗综说

“性灵派”产生于清代中叶，既有社会因素和诗界本身激变的因素，而且更重要的是人的自我意识的觉醒推动并催生了人性解放、诗性人格的形成，由此，为“性灵”诗派的发展创造了一个空前深广的人文背景。“性灵”派不同于其它诗歌流派的庄重矜持，它从产生伊始就高标平等、自性、自我的旗帜，号召诗人独抒性灵，用我手写我心，得到广大诗界有识之士的认同，为“性灵”派的壮大奠定了群众基础。“性灵”派在思想上追求平等民主、个性解放，在艺术上力图构建诗人的心灵世界和精神乐园，所以，它的创作观念与美学原则顺应了当时的社会思潮，尤其符合了妇女思想解放的历史潮流，与女权意识的觉醒遥相呼应，故而“性灵”诗国成了女性唱响心灵回声的家园。闺阁诗人得以在清代繁盛，活跃于终清一代的诗坛，与“性灵”派的激荡鼓扬有着重大关联。由于“性灵”诗派的诗人更多地体现为平民化、女性化，除袁枚、赵翼、张问陶等诗坛闻人外，“性灵”说的拥戴者和追随者更多来自家族和闺阁。论“性灵”派的山水诗袁氏亲戚诗群和“随园女弟子”诗群是值得着重一说的。

一、袁氏亲戚诗群诗人的山水诗概说

(一)“日对湖山放小参，天机洗净野狐禅”——袁树的山水诗

袁树(1730—?)，字芬香，又字香亭，号红豆村人，袁枚堂弟。乾隆壬午(1762)“举京兆”，次年因“殿试落后”“为邑宰”，实授“正阳”县宰；乾隆乙亥(1779)移官“白下”，次年“奉广东太守之命”，任肇庆府太守；乾隆乙巳(1785)“忽以前任霍丘事镌级”而罢归。

袁枚一生酷爱交游，尤其到晚岁，屐痕遍东南，除了特殊情况，袁树经常陪伴袁枚左右，二人同游名山大川，共享自然馈赠的无尽宝藏。与袁枚相伴，袁树不但增长了见识和才情，而且其诗风亦步袁枚轨辙，出入“性灵”门庭，成了“性灵”派的有力拥戴者。正如胡德琳在《红豆村人诗稿·序》中所评：“余读其诗，清丽流逸，约数百首。中间所作，与令兄存斋倡和为多。……乃香亭年甫弱冠，竟能起而抗之，此固其天分胜也。然亦幸得放浪吴越间，日从存斋作山中游，且闻起居坐卧，皆有林峦之胜。……余窃窥之，陶冶性灵，独开生面，凡其胸中幽愁忧思郁勃不得遂之事，皆一一发之于诗，诗益进，吟益苦。”①陆建的《红豆村人诗稿·序》也提到袁树和袁枚的诗学关系：“下帷则分照书灯，泛渚则携登花舫。……半生游览，由来踪迹皆同；满纸风华，大抵性灵相近。”②

袁树积一生心血，创作诗歌逾千首，由袁枚手自裁定，编集为《红豆村人诗稿》十四卷。

袁树游踪广泛，识见颇多，他北到京师，南达两广，长江两岸，黄山白岳，徐淮邗上均有其长歌吟诵的身影。诗人所经，必有题咏，故

---

① 见《袁枚全集》第七册《红豆村人诗稿》，第3页。

② 见《红豆村人诗稿》，第6页。

而袁树的山水诗不但诗韵悠长婉转，如铁笛对月，情致无限；清歌遄发，澄澈照人；而且诗材广泛，内涵丰富，有对险滩激流的惊魂一瞥，亦有对青山翠峰的凝眸睇视；有对宇内名胜的纵情礼赞，更有对生活小品的精致刻划。综之，袁树的山水诗以“性灵”的笔触，多角度地扫描了自然山水的绝妙风姿，继袁、赵、张后，为“性灵”派的诗歌创作和诗学审美做了极好的笺注。如写黄山白岳一带山形高峻、山势葱茏的幽胜景色，他说：“出郭眼双明，长空万里清。烟消千树晓，雪拥九峰晴。……莲开天宇净，幻作翠眉横。”（《青阳道上望九华山》）“魂魄望中飞，乾坤眼底阔。……扑面骇岚光，当头溅瀑沫。……云高峰峦低，雪残青翠夺。”（《由桃岭经观音岩下过羊栈岭》）“停舆望齐云，遥见天门洞（诗人自注：山有一天门、二天门，皆自然门户，不假人工）。高卑亦同群，神彩独殊众。……四顾叹奇绝，眼中无伯仲。”（《过齐云山下》）“翠叠岚重路折之，水声林色互争奇。人攀绝壁云来近，峰夹长天鸟去迟。”（《山行》）写南来北往，道途所见殊异风物，他或轻歌曼飏，或眉飞色舞，或庄重凝结，或沉静杳深，使长河上下、大江左右迥绝殊别的气象尽入世人眼底：“雄关天半亘虹霓，匹马登临一望之。……殿昏神影晴无昼，风乱蝉声暑不知。”（《关山》。诗人自注：即古清流关）“云裹马蹄重，雨压风头响。急泉奔下山，匹练平如掌。”（《磨盘山中遇雨》）“回首高城远，当头新月圆。水深碧过玉，帆远白移天。”（《泊燕子矶》）“舟停烟乍瞑，云散月初生。轮到中天正，光临大野明。”（《泊黄河见月》）“日尽江南界，天高豁远神。人烟浮水腹，地势让河身。……苍茫云物影，曾见定三秦。”（《秋日登云龙山四首》其二）“马陵山色古今同，云气萧条霸业空。……滔滔白浪孤城外，漠漠黄沙夕照中。亚父冢高芒砀冷，有何成败论英雄！”（《彭城即事》）

袁树追随袁枚，受其耳濡目染的影响，诗风迫近“性灵”，他把日常见惯的生活情境、山水小品，以及自然场景加以消融贯通，就产生流畅生动、随性而出的山水诗境。如：“趁晓迎春上翠台，遥山四面送青来。朱栏低处一回首，满树玉兰花正开。”（《晓登曼花楼》）“月自江心见，幽光倍觉清。……潮落千帆远，沙寒一鹭明。”（《江心见月》）“风前帆挂云千片，烟外人犁雨一蓑。老树禅林僧磬晚，杏花村店酒旗多。”(《舟行即景》)“天上玉台斜挂影，水中银塔卧摇光。烟生岸外诸峰隐，秋入湖心万树凉。”(《湖楼月夜》)袁树聪慧颖悟，性情温婉，而且质地透亮，故此，他的山水诗多以夜月、烟树、绮霞、远村、湖上、晓望、晚眺等为抒情和造境的意象，从而达到情与境、人与物的高度统一，形成“日对湖山放小参，天机洗尽野狐禅”(《湖楼静坐》)的空阔虚无之境。

袁树山水诗成就虽比不得袁枚，但其题材之广泛、诗艺之超然、诗境之澹荡在袁门家族诗群中仍首屈一指。在他所有的山水作品里，诗人南下广州时创作的粤行山水诗堪称典范。粤行山水诗以“性灵”为旨趣，以真情为基质，全程显出海天空阔、激情洋溢而诗境淡远悠长的特色。如：“潮生南浦暗，雨落大江浑。舟楫通吴会，云山接郢门。”(《登滕王阁》)“千峰叠浪翻亭下，万树排青护岭巅。山水即今成胜地，风云自昔判蛮天。”(《度梅岭憩举头日近亭》)“潴石汇平湖，倒泻青天影。疑与银汉通，未许洪河并。……放眼湖天宽，扑衣岚翠冷。微闻幽磬遥，不觉清昼永。”(《登顶湖山庆云寺》)“玉皇峰顶敞高台，云引天门一线开。……峡山近傍阶前立，沥水遥从掌内回。”(《崧台》)“霞淡断犹明，蝉鸣雨初歇。……挂席乘长风，临流弄明月。”(《乘潮渡珠海》)“木兰艇子驾秋风，万里澄江月影空。云岫插天千顷绿，渔灯隔浦一星红。”(《端江月夜》)“地脉曲邀双水合，春流直下九江深。郁孤台迥荒烟散，盘古峰高落日阴。”(《过赣州》)袁树的粤行山水诗是诗人的讴心之作，在五、七言相兼，长歌短篇互现的山水咏歌中，粤赣山水连属、风云激荡的迥异风物被尽情展露。如果以上引为代表的短篇风味轻松愉快、画图简明透亮、气韵流畅圆转的话，那么以《粤山篇》《上滩行》《泊凤田汛》《舟行遣兴》《十八滩》《度岭后入清远诸峡，经观音岩、飞来寺各名胜，山水奇异，莫可名言，总赋一篇用识梗概》等为典范的长歌则用充沛的气势、激切的情感，尽情讴歌了粤中海天空茫的壮丽景色，其笔法腾挪闪展，比譬联缀不绝，充分绽现了袁树抒写性灵的过人才情，以及写景状物的深厚功力。如写粤省“山水奇异，莫可名言”的山水态势，他说道：“山山自相续，山山各起峰。奇峰骋势奇不去，峰头更矗青芙蓉。树树各呈态，一片绿蒙茸。绒堆絮积郁层叠，转疑天巧类人巧。两崖束江水力噎，奔涛怒走声汹汹。……或如束笋或拄笏，或如伏虎或飞熊。如盒或传混元秘，如匣或有干将封。千状万态绝拟似，森森白日吹阴风。……山水至此乃称绝，何有鸟道与蚕丛。"(《度岭后人清远诸峡，经观音岩、飞来寺各名胜，山水奇异，莫可名言，总赋一篇用识梗概》)粤赣山水奇异，尤其滩行更令征人阅尽世间险波恶浪，大有惊魂骇心之感，袁树的山水诗在极力渲染粤赣山水汹涌激荡外形的基础上，着重抒发了诗人见景悟道的哲人情怀："进退两彷徨，康庄亦羊肠。而况逆流上，鲲鲸千万状！……人间坦道有堪行，何必乘危夸破浪！"(《上滩行》)"生死安危寄旋踵，周处、卞庄失其勇。……安得长房鞭，尽鞭乱石走？……渺渺长江任往来，免教愁白征人首。"(《十八滩》)

袁树广东归来，年届半百，其仕途一如乃兄，坎壈不畅，为了排遣沉郁抑闷的心情，他溪头陌上、江干湖滨，或临流轻吟，或登高啸呼，留下大量吟唱江南小景的山水作品。总揽袁树晚期的山水之作，我们恍如置身一幅幅江南水墨小品，其情之超逸，其韵之悠长，完全得之袁枚点化，成为"性灵"派的忠实传人。评价袁树的山水诗风格，以及其深谙"性灵"三昧的苦心孤诣，可借用他《题女史何仙裳云山水画册》中的诗句作总括："画境如诗写性灵，最难健笔出娉婷。"(其一)"瘦写秋山润写云，居然生韵欲超群。"(其三)"诗写性灵"，"笔出娉婷"反映了诗人山水诗的创作观；"瘦写秋山润写云"则具体阐释了诗人山水诗的创作方法，正因为二者的有机相融，才使其山水诗呈现了"生韵""超群"的艺术感染力，具有"性灵"诗人所具备的独异审美价值。

(二)"无限诗情吟不尽，斜阳人影下西皋"——胡德琳的山水诗论略

胡德琳(生卒不详)，号书巢，广西临桂人，乾隆十七年进士出身，曾历官四川什邡、山东登莱等处，足迹遍秦、蜀、鲁、冀。著有《碧腴斋诗》八卷，由袁枚编定并作序。袁枚在《碧腴斋诗序》中概要介绍了胡德琳的生平及诗歌创作情况，《序》曰："《碧腴斋诗》，妹婿书巢作也。……书巢弱冠举于乡，从桂林来修婚兄弟礼，既见即别，别三十

四年矣。闻其成进士，宰什邡，走川峡，再为东诸侯迁郡，将登临于泰岱、琅琊、之罘间。……又性好交契，重然诺，廉俸朝入，馈遗暮尽。……其所癖嗜，尤在于书。署中缥素山积，躬自排比，虽圊溷所，犹手一编，拳拳不释。”[①]胡德琳仗义疏财，勤于国事，因其嗜于书，故此生计萧然，除诗书、妻孥外，身无长物，袁枚叹曰：“乃书巢之于宦途也，若称意，若不称意，或益之，或击之；三仕之，三已之。年垂六十，发苍然而室萧然，除骨肉妻孥外，只此一编与伴晨昏，其理而存之也，可喜也，尤可悲也。”

袁氏家族文脉兴盛，不但袁枚、袁树称极一时，即使其姊妹、甥婿行亦诗文传世，为“性灵”派的成长壮大起到推助作用。

胡德琳的山水诗，风格淡然自如，顺畅若行云，其意蕴深长杳远，深得“性灵”之旨。如：“垂柳水愈碧，斜阳山更红。……渺渺征人影，低徊烟霭中。”(《宿富庄驿》)“日落渚烟横，苍茫客思生。寒云连野岸，明月近山城。”(《泊富阳对月》)“小姑眉黛映秋空，縠影靴纹碧一弓。不识彭郎缘底事，任他抛掷浪花中？”(《归舟杂兴》)“日暖云山浮远黛，天晴露柳骨游丝。晴光遥映飞鸟乐，和气初回敝絮知。”(《过沂州》)“涧道阴森留雪久，山田荦确入云高。……无限诗情吟不尽，斜阳人影下平皋。”(《山行即景》)上述各例所写对象，遍及南北，有北上京师时对齐鲁景色的绘摹，有南下浙赣时对彭蠡之滨的点染，无论描绘对象发生怎样的转换，诗人始终把持“无限诗情吟不尽”的性灵诗风。

胡德琳因为“宰什邡”而远“走川峡”，所以他的山水诗最为引人注目的片断当是诗人经历秦蜀栈道，远出川东时所创制的巴蜀山水诗群。乾隆十七年冬，胡德琳“捧檄入蜀”，他从京师发轫，经河北、山西，过华山，沿秦蜀驿道，直向剑关之外的什邡而去。这条驿程山水复杂，变幻起伏，令诗人尽情观览了雄奇刚猛与巉刻清绝交替闪现的诡变风光。在《壬申冬捧檄入蜀，道中感怀，寄都门诸同学》中胡德琳表达了对天府之国的向往之情：“成都天府古称雄，高阁白云长剑倚。

① 见《袁枚全集》第七册《碧腴斋诗》，第1页。

三峨遥接十二峰，内外江流连越隽。天生行脚打包僧，要令胸中饱山水。”在这位“令胸中饱山水”的“行脚打包僧”的使蜀山水组歌中，太行华岳诗应当看作是雄浑苍劲的序曲：“日色冷含千嶂出，风声潜挟两河流。苍岩雪隐隋家寺，赤帜烟消汉代候。”（《井陉》）“知己由来异感恩，此心难与众人论。野桥呜咽闻流水，疑有当年国士魂。”（《过豫让桥》）“青天低邃岸，白日小尘寰。雪净烽烟断，花明野戍间。”（《潼关》）胡德琳虽然以“性灵”为宗，诗尚恬淡自然，但他的蜀行山水诗却时常剑气横来，令人胆寒，如写望华山的感受，他笔锋陡转，一股冷峻峭刻的气势压顶而来：“金天划元气，削出三尖峰。遥视不可极，但觉烟雾浓。稍近气散朗，霜刃明铦锋。乱堆碧琉璃，万朵青芙蓉。”（《望华岳》）“连山如洪涛，一泻不得住。散作平岗低，万壑争此赴。奔腾势未已，倔强有余怒。”（《途中回望二华》）

由这“霜刃明銛锋”的气质所决定，胡德琳的蜀道山水诗在“性灵”诗群中属变徵之音。和张问陶的清峻悠长、舒放明秀相比，胡德琳的秦蜀古道山水诗更多地突出并呈现了巉刻斩绝、幽峭怒张的韵致，时时渗透着一股沁人肌骨的寒气。如：“微霰飘萧丛树林，縈回一线路千寻。乱山缺处青天小，大壑寒生白日阴。”（《煎茶坪》）“秦岭才过万仞梯，前头又见众峰齐。寒烟漠漠常疑雨，细雪霏霏旋作泥。”（《自长桥至红花铺始见栈道，是夕宿草凉驿》）“层冰增路滑，微雪弄春寒。云合羌山冻，烟生野烧残。”（《自宁羌至黄坝驿二首》其二）“烟桨空濛里，寒江一艇孤。……独立惊山鸟，群飞羡野凫。”（《晓发广元》）

胡德琳秦蜀古道山水诗的巉刻斩绝、幽峭怒目不仅体现在韵味的演绎上，而且还表现在他对古栈所经诸山水的形体的精致刻画上。如：“地形扼褒斜，天险标秦凤。……山骨何崚嶒，凌霄蹑飞动。……雄关在岭半，雪积路全冻。涧道千层冰，石角五色粽。……山风飒然来，杂鸟时一哢。”（《凤岭》）“才过野羊水，峰岭渐诡异。群山忽崩奔，立仗排天驷。……石壁尤嵬奇，锋芒何锐利！直折或横裂，往往危欲坠。”（《马鞍岭》）“十里青桥驿，仄径中縈蟠。……循厓过绝磵，怪石立巑岏。……黑江杳无底，漩涡沸惊湍。阴风日惨淡，吹人毛发寒。”

(《观音碥》)“滩转峡角来,双峙袤千丈。石裂怒欲落,畏压不敢仰。洞阴中惨慄,白日迷惝恍。……侧目望天关,阁道更渺茫。”(《朝天峡》)“嵬峨侔金汤,密林攒羽箭。万马未敢窥,一夫力能捍。”(《剑门关》)“性灵”诗人的山水诗一般讲性情、讲自然、讲清淡,如一泓山泉汩汩而出,清澈透亮,无剑拔戟指之气,但展玩吟赏胡德琳的蜀行山水诗却让我们从别样的角度聆听了“性灵”诗变正为奇的山水之音,这种清奇激越、铮琮如金铁交鸣的诗风或可展现了“性灵”派诗风的多样化,为自然恬淡的“性灵”诗平添一抹刚劲的亮色。

(三)“初月淡相照,孤花红自矜”——陆建的山水诗

陆建(1730—1765),字豫庭,号湄君,袁枚之甥。关于陆建的生平梗概,可参见袁枚为之所作的《湄君小传》:“仲姊嫁陆氏而寡,携二孤以归,其季早亡,长曰建,即湄君也。大眼而颀,容貌充充然。……年十七,补博士弟子,张古香太守妻以女,从官宿州,权记室事甚办,古香绝爱怜之。性好吟诗,持论与舅氏和,不屑屑界唐、宋,而内写幽愫,外揆群雅,结采必鲜,运思必邃,其声清扬而远闻。……死时年三十五,有子官郎,生八年矣。”[①]陆建辈份为袁枚、袁树之甥,称胡德琳姨丈,袁枚长陆建十五岁,而袁树与其年相当。陆建幼年失怙,其母携归袁氏,由袁枚抚养成人,他和袁枚甥舅情深,如同父子,陆建早逝,袁枚哭之以诗,曰:“抱汝孩提看汝婚,悠悠三十五年春。……半生抚孤成底事,他时送舅望何人。凭棺忍听轮流哭,稚子孀妻白发亲。”(《哭陆甥湄君》)袁枚哭陆建痛彻心肝,在诸多亲人中,他对这个外甥情有独钟:“余年五旬,发斑斑有二色,无子,无兄弟之子;而前年婿死,去年五弟死,今年湄君又死。湄君者,其才且贤出婿与五弟上,而余夫妇恩之又最久,日谋以身后托者也。嘻,其酷矣!为之传以弁其诗。”(《湄君小传》)陆建受袁枚抚养成人,童蒙时和袁树一道在袁枚的督导下攻诗习文,所以其甥舅关系非同寻常。袁枚有诗《与家弟香亭、陆甥豫庭居随园,仿昌黎〈符读书城南〉诗作二首》(一题《示香亭》,一题《示豫庭》)详尽阐释了他呕尽心血培养“香亭”和“豫庭”的艰

① 见《袁枚全集》第七册《湄君诗集》,第1页。

难过程。陆建和袁枚名虽甥舅，实同父子；和袁树虽为甥舅，实则有手足之情，因为陆建生年即袁树生年，二人同受袁枚抚养培育，在思想感情上更能融合交流，《湄君诗集》中陆建和袁树唱和诗作甚多。

陆建少小受袁枚教诲，悉心传授诗文，长成后和袁树一道常随袁枚游学，遍观江南北空阔雅致之风物，故而其山水诗风大得“性灵”真谛，自然清新，流丽婉转，一如水上行舟，顺风扬帆，漂泊自在，不受拘束。如：

几家帘阁近烟波，紫陌流莺自在歌。春草渡头生月早，美人衣上落花多。水仙古庙辉金碧，苏小孤峰挂薜萝。领略湖山无限意，静看渔子理轻蓑。

——《西湖三首次香亭舅氏韵》其二

浪迹还随水上萍，洪波无际趁扬舲。帆争风力排江白，树带烟光列岫青。石濑悬罾渔舍闭，芦汀吹火夜船停。寒潮收向矶头住，愁被村鸡唤梦醒。

——《江行》

西泠何处望晴峰，回首桥梁又几重。晾網风斜寒料峭，敲蓬雨急梦惺松。梅花吹落邻舟笛，水鸟惊回野寺钟。试问榜人前汊路，烟帆东指入吴淞。

——《嘉兴道中》

西湖，既是杭城名胜，又是袁氏祖茔所在，因而袁氏一门对西湖感情尤为深厚。陆建生前随舅氏前往西湖探胜，逝去又与岳父、夫人合葬孤山脚下（袁树有《奠陆甥豫庭墓二首》，对之载述甚详），他的生命似乎和西湖结下三生之缘，故此陆建笔下的西湖如一淡妆仙姝，风姿绰约、绝世独立，含睇凝笑间，不带半点尘俗之气。《江行》以总揽远视的笔法，把入目皆见的空明“江”景通过“行”的动态形式有机串联起来，动静相宜、远近相映、点面结合、五色杂陈，使一江浪飞潮打的缤纷景色显得错落有致、层次分明，给人强烈的质感，不仅如此，诗人通过“江行”的特指情境，抒发了个人身世如“水上萍”而“浪迹”江湖的哀伤之情，虽然这种哀愁是淡淡的、幽幽的，但一经“村鸡”唤醒，即能感人至深。《嘉兴道中》与《江行》一样，属行旅山水诗范畴，不过两诗审视的主体略有区别，《江行》以水上所见为重心，《嘉兴道中》则如一道水陆杂陈的盛宴，琳琅满目而清脆可人，从多个角度呈现了地处苏杭交汇点的浙中名镇嘉兴的婉娈风光。首联诗人思绪远接杭城西湖，说明嘉兴幽胜景色承湖山而来；颔联则用眼前“晾网风斜”、“敲蓬雨急”两个实景，艺术地再现了杭嘉湖一带鱼米之乡的绮丽风光；颈联以“邻舟笛”、“野寺钟”的音响效应突出了“嘉兴道中”的空阔辽远、澄彻纯净；尾联映照首联，既指明前程，又点明嘉兴联接苏杭、沟通五湖三泖的地利之便。全诗虽然以冷淡为主色，以瘦寒为韵致，但一点也不显出冷色逼人、寒气侵衣的荒寂感，相反却充满了高洁不俗、冷艳凄清的勃勃生机，富含生命的律动力。

陆建虽受袁枚熏陶，与袁树交好，但限于个人命运和身世，他的山水诗无论题材的丰富，还是风格的多样，均显单薄与缺略，无法与“性灵”派的主干成员相比。不过作为“性灵”诗的传人，他的山水诗聚焦了其风格形成，乃至定型的核心所在。除上举几例，陆建的其它山水之作亦能深层表现他随情而来、率性而出的创作态度，以及清纯自然、不加雕饰的艺术风格。如：“梅花香散征衫雪，玉笛寒吹落月尘。”（《已巳上元日辞家游金陵，舟中和存斋舅氏韵》）“林密云常住，峰高日易曛。”（《山半亭》）“鸿爪纷纷印浅沙，儿时曾忆采江花。”（《重渡浦口》）“雪连山外雨，鹭立水边沙。”（《来安村中作》）“遥听隔山铃子响，跨驴人过野桥霜。”（《山中对月》其二）“林深先见塔，云隐忽闻钟。落日挂残壁，流泉飞断峰。”（《灵谷寺》）“网鱼船小风无碍，卖酒帘高雨不收。……悠扬短笛垂杨畔，吹落湖光一半秋。”（《过平望出莺脰湖》）“挂席江流绕，烧香磬响闻。前山更幽寂，信步踏斜曛。”（《栖霞纪游四首》其三）

“遥峰一带翠横空，万树寒吹料峭风。寂寞野花春独好，寄人篱下自能红。”（《偶成》）陆建一生依人而食，英年早逝，其凄苦的命运造就了他迥异别人的心态，在他看来自己就象苦情世界里被料峭寒风吹动的一枝篱外野花，只能听任无情的宿命摆布。因为这种苦寒心境的延伸，他的山水诗最终也涂抹上了一层“初月淡相照，孤花红自矜”（《夜坐》）的自叹自惜的凄清冷艳色调，形成“性灵”派中以“清”、“愁”为特征的审美风格。

（四）“日花原本色，佳境自清真”——何士颙的山水诗·兼说尹继善

“性灵”诗派的中坚人物除袁氏亲属诗群外，还有一些虽与袁门没有血缘关系，但在友情方面却胜比手足的门下信士，其中被袁枚推崇的“布衣”诗人之一的何士颙便是典型代表。

何士颙（1726—1787），号南园，江宁（今江苏南京）人。著《南园诗选》二卷，袁枚为之“付梓行世”，并作序。根据袁枚的诗序，我们首先知道何士颙是一个深于情、精于诗，对诗有着与生俱来的颖悟能力的人，“诗不成于人，而成于其人之天。其人之天有诗，脱口能吟；其人之天无诗，虽吟而不如其无吟。……何子南园，生而与诗俱来者也。虽为秀才，不喜制艺；虽读书，不矜博览；虽为诗，不事驰骋。其志约，故边幅易周；其思专，故性情易得。……久之，而何子与诗亦两相忘也。”[①]（《南园诗选·序》）何士颙之所以得到袁枚的认可，并为其鼓吹扬厉，关键在于他是一个以诗为生命，以诗为人生目标的人，他的诗全从性情中来，不假雕饰，不喜堆垛，不追求所谓博大精深，不管“薄醉微慵”，还是“雨余风停”，只要“有惬于怀”，他都“一付于诗”，故此，袁枚称他是古今白下诗人中的佼佼者：“白门从古诗人少，今剩南园与古渔。”（《论诗绝句》）其次，从袁枚为《南园诗选》所作的《后序》中，我们概要地了解了何士颙清高、清贫和清纯的人生事迹，以及人格特质：“金陵有二诗人，一为陈古渔，一为何南园，陈诗矫健，何诗清婉。……何则名未出于一乡，家又式微，予闻病即往，搜其诗得稿若干，选成两卷。”何士颙以布衣终老乡间，名不出白下，家道困苦，愁病交加，袁枚以故友身份为其选刊诗集，二人间以道相合的情义即此可见。袁枚选诗、存诗，上至王公显宦，下逮布衣闺阁，即使贩夫走卒、僮仆优伶，只要有片言可传，他都要在《随园诗话》中搜罗殆尽，加

① 见《袁枚全集》第七册《南园诗选》，第1页。

以品题。何士颙在诸多布衣诗人中尤能得到袁枚垂青眷顾，推崇褒扬，不仅因其贫而不酸、清而不寒的生活态度，或者先天具备的诗人情怀，而且更重要的是其虽处下层却心存高远，无论对事，还是对人皆有不同寻常的识见，这种慧眼独具的思想与袁枚极其相似。如：

卧薪尝胆廿年中，报怨全凭越女功。谋从有成输一着，事人以色岂英雄。

——《越王》

忍辱从来事可成，英雄盖世枉伤神。但知父老羞重见，不记淮阴胯下人。

——《项羽》

吴越争霸，越王一度成吴国阶下囚，为达到复国的目的，越王卧薪尝胆，屈身事吴，又进美女西施，通过反间计、美人计等一系列不光明正大的手段灭亡了吴国。何士颙站在历史正义的立场，尖锐讽刺了越王种种让正人君子所不屑的丑陋行为。项羽英勇过人，刚愎自用，有妇人之仁，却无豪杰之志，他的覆灭完全是争强好胜而缺乏忍辱负重的高贵品质所导致。何士颙虽为布衣，但他对历史人物的评述却石破天惊，有迥异常人之处，与袁枚的史论不谋而合。

何士颙论史见解独到，眼光高人一筹，与他个人的品质和思想境界有着极大关联。根据自抒心志的诗章，我们即能确认他虽然家境贫困，但却绝不依人而食，寄人篱下，是一个具备独立人格和自由意识的俗世高人。“才于趋世拙，诗到近情工。”(《偶成》)“有癖难谐世，多情易累身。”(《自述》)“绝无人处偏逢我，不寄篱边却羡君。”(《野菊》)上引不管是《偶成》《自述》的直抒胸臆，还是《野菊》的拟物喻人，都能从最本质的层面披露诗人的内在品性。

袁枚身处诸多非议的艰难窘境，能于常人趋利避害、趋炎附势的生存状态中，独把垂青的目光投向何士颙一类的寒士诗群，可以想见其胸襟之阔大、思想之平等、情义之至纯。

何士颙没有明确的“性灵”诗论，但他的创作却秉持“性灵”的传统，自然顺畅，如流水行云，从心间得来，又从情中而去，给人自然天成的浑融感。这一特征在其山水诗歌中更为彰显，如："落叶点青波，惊散游鱼影。……疏钟烟外飘，寒绿万山静。"（《溪行》）"云容闲度水，柳色密遮楼。花放无名草，香縈绿径幽。"（《早夏山行杂咏》其一）"晴山远望辨崚嶒，碧尽遥天爽气澄。临水却怜渔舍好，夕阳柳外晒鱼罾。"（《初秋同古渔北游》）"夕阳半岭一天碧，云外月痕如粉新。"（《早春山行同古渔作》）"树浓千点墨，山淡一痕烟。断岸潮声咽，江空晓色先。"（《采石店晓发》）

何士颙限于客观条件和主观心态，他一生交游无多，其踪迹大体徘徊在秦淮河畔，石头城下，所以他的山水诗多以江城风物为咏歌对象。其中除少量五、七言古体长诗如《秦淮泛舟》《早起过山寺听莺》外，大部分以五、七言律绝为制式，这些诗篇通体透亮，娇健灵动，既有烟花生树的妩媚，又有大江东去的雄阔，诗情滃然悠长，诗韵绵远深杳，完全符合"神韵"一派的诗美原则。如：

林皋如沐雨初晴，画里春光拂面迎。绿野有情皆麦秀，乱流无处不溪鸣。村边风定炊烟直，天际云空鸟翼轻。好语肩舆行缓缓，看山尤爱夕阳明。

——《陶吴道中口号》

堤柳霜轻绿尚稠，村边红树几家秋。芦花似我真无赖，潦倒风前尽白头。

——《江行杂诗》

危矶屹立与波争，何处飞来以燕名？万古羽毛苍藓涧，一生饮啄大江清。登临自有凌霄意，览眺宁无吊古情。闲羡水边坐渔父，垂竿风袅钓丝轻。

——《燕子矶》

吟情生雪后，天似为诗人。静亦无凡响，寒尤酿好春。日花原本色，佳境自清真。山径独行处，悠然画里身。

——《雪中山行》

何士颙山水诗的风神承“性灵”而来，和袁枚灵犀相通，就上述几例可以遍知他对山水诗创作的严谨态度。《陶吴道中口号》写雨后行旅所见，“林皋”如洗，“春光”似画，麦苗吐绿，“乱流”争鸣，好一派暮春江南溪山行旅图，穿行在竹篱茅舍、炊烟孤直的山径中，诗人仰首晴空、目断飞禽，心中充满空明辽阔的愉悦感。《江行杂诗》的审视对象是一脉如练的秋江，诗人没有按常规渲染秋江的澄澈透明，相反却选取几个富有色彩的截图：“绿尚稠”的“堤柳”、“几家秋”的“红树”、“尽白头”的“芦花”，通过色彩的有机调适，使江上景色充满无限生机。《燕子矶》以金陵名胜燕子矶作吟咏主题，诗歌紧扣燕子矶凌空展翅、势如掠水翻飞的象形特征，以遒劲矫健的诗笔，融写景、怀古、言情为一体，使诗境拓展到无极限的视阈，它是何士颙山水诗中难得一见的刚猛阔大之作。《雪中山行》以“天似为诗人”特意而设的能“吟情”的雪山为背景，给我们尽情临摹了一幅纯净无染、寂静无声的雪山行吟图，诗人置身“悠然”如“画”的山水之境，慨然发出：“日花原本色，佳境自清真”的喟叹，这既是他受自然美景所激后产生的心灵感悟，又是其久蓄心底的对诗歌艺术审美原则的总结。辨析何士颙，乃至“性灵”派的山水诗，确实符合“原本色”、“自清真”的美学理念。

性灵诗派的诞生以袁枚为标志或中轴而向前、后延伸，后向延展，其脉络如前所述，极其明朗；前置拓展，则有个关键诗人不能被忽略，那就是与袁枚名分上有师生之谊、感情上生死相许的尹继善。

尹继善（1694—1771），字元长，晚号望山，本姓章佳氏，满洲镶黄旗人。大学士尹泰子，雍正元年进士，由庶吉士、编修，历官两江、云贵、川陕等处总督，户部尚书、协办大学士、文华殿大学士等职，卒谥文端。《清史稿·尹继善传》盖棺论定曰：“尹继善释褐五年，即任封疆，年才三十余。莅政明敏，遇纠纷盘错，纡徐料量，靡不妥帖。一督云、贵，三督川、陕，四督两江，在江南前后三十年，最久，民德之亦最深。……高宗尝谓：‘我朝百余年来，满洲科目中，惟鄂尔泰与尹继善为真知学者。’”[①]尹继善登科五年便位及大吏，他一生清谨自守，不

① 见《清史稿》，第1475页。

但勤于国事，而且关注民瘼，凡所历之处，深受民众拥戴激赏，袁枚撰《文华殿大学士尹文端公神道碑》对其事迹载述颇详，其中有句曰“遇事镜烛犀剖，八面莹徹。……以故民相传折服，闻呼驺过，争欣欣然走一二里追舆望影，以为天人。……而在江尤久，前后三十余年，民相与父驯子伏，每闻公来，老幼奔呼相贺。公亦视江南如故乡，渡黄河、辄心开。临入阁时，吏民环送悲号，公不觉悽怆伤怀。”①尹继善长于吏治，潜心国事，但他又是一个对诗文嗜之如命的性情中人，袁枚曰：“闻人才后进，则倾衿推毂，提训孳孳。每公余，一卷一灯，如老诸生，寒暑勿辍。诗成，喜人唫听，至顿挫处，手为拍张，或半字未安，必严改乃已。以故清词丽句，虽专门名家自愧不如。”②尹继善长袁枚二十三岁，袁枚自称是尹继善“门下士”，他的《神道碑》以“受业以来，隅坐时齿牙所及，诸军民属吏所祝称者铺扬之”，所以细节真实，富含人情味，不全是参杂私情的谀墓之词。

袁枚和尹继善的关系非常微妙，他们不仅是普通的师生之交，而且更是默契相知的诗中挚友，尹继善和袁枚诗作唱和往来，倚声而为，期间诗艺相劘，亲情互现。就诗风来说，尹继善和性灵派一脉相通，袁枚的性灵之说受尹继善真传，二者纵向形成遥相呼应的承继关系；以私人关系来判断，尹继善与袁枚绝非世俗眼中因权势而紐结的趋附交情，不仅袁枚对尹继善有生死肉骨的感戴之意，而且尹继善对袁枚亦能用心呵护，将其视为人生知己：“梅因耐雪香逾晚，雁为凌空影自横。野外清闲无底事，行云来去尚关情。”（《余将赴金陵得袁子才山中寄怀诗依韵和之》其一）“瑶琴独抱向谁弹，僻处荒村梦亦安。……欲问年来身健否？几回北望整征鞍。”（同上，其二）在《尹文端公诗集》中此类赠答诗作俯拾即是。正是这种血肉相连、惺惺相惜的志诚交谊，才使袁枚在尹继善的庇荫下躲过了几至杀身的文字之祸。

乾隆三十四年，袁枚因刘墉的缘故，曾外出避祸，据《随园诗话·补遗》卷六记曰：“乾隆己丑（即乾隆三十四年，亦即1769年。笔者注），今亚

① 见《碑传集》，第894页。

② 同上，第895页。

相刘崇如先生出守江宁，风声甚峻，人望而畏之。相传有见逐之信，邻里都来送行。”[①]在《诗话》里，袁枚虽然轻描淡写地追忆了当年的情景，但刘墉在江苏学政任上，可不是袁枚所讲的只是“风声甚峻”那么简单。

刘墉(1720—1805)，山东诸城人，其父刘统勋(1699—1773)乃一代名臣，与尹继善同辈并交好(尹继善雍正元年进士，选庶吉士，授编修；刘统勋雍正二年进士，选庶吉士，授编修。笔者注)。《清史稿·刘墉传》述曰：“墉，字崇如，乾隆十六年进士，……督江苏学政，疏言府县吏自瞻顾，畏刁民，畏监生，兼畏吏胥，阘冗怠玩。上嘉其知政体，饬两江总督尹继善等淬厉除旧习。……旋推统勋恩，命仍以知府用，授江苏江宁知府，有清名。”[②]刘墉以刚直严峻著称，他任江苏学政时为整肃士风，除上疏痛陈府县弊端外，尤其制造了两起惊骇当世且影响后代的大案：一是徐述夔诗案，一是殷宝山案。据清代军机处档案记载，徐述夔诗案和殷宝山案皆因刘墉奏折所起，现将刘墉奏折简要引述如下：

> 《江苏学政刘墉折一》：臣刘墉跪奏：为奏闻事，臣在金坛办理试务，有如皋县民人童志璘投递呈词，缴出徐述夔诗一本，沈德潜所撰徐述夔传一本，……现移督抚搜查办理，谨此奏闻，并诗一本，传一本加签恭呈御览。[③]
>
> 《江苏学政刘墉奏折二》：臣在金坛办理试务，有丹徒县生员殷宝山当堂投递一纸题曰‘刍荛之献’，极言江南省风俗人心，官常学校之坏，甚属狂悖，当即拿交府县收禁，即其家中搜出诗文二本，除鄙俚不通外，内有记梦一篇，语句荒唐，心事暧昧，应行究讯。…并将作序加批之人究出一并讯办理。

此两折所署日期均在乾隆四十三八月二十七日，是刘墉二任江

---

① 见《袁枚全集》第三册，第701页。

② 见《清史稿》，第1457—58页。

③ 《笔记小说大观》第十二编第八册，第4911—5056页，《徐述夔诗案·附尹宝山案》，台北新兴书局有限公司出版1976年版。

苏学政期间。徐述夔诗案不但牵连徐述夔子孙辈，而且还牵连东台县令涂跃龙、扬州知府谢启昆、江宁布政使陶易，以及逝去多年的沈德潜。据《阿桂等奏折》引述乾隆谕旨曰："陶易、谢启昆、涂跃龙具着革职，着该督等派委妥员隔别押解来京，交大学士九卿会同该部严审定拟具奏。钦此。"[①]沈德潜在为徐述夔作的传中有"伊弟妄罹大辟，阅十七月而冤雪"之语，引起乾隆猜忌，严旨彻查其事。最后"缘乾隆元年，有泰州民缪照乘与繆又南之妻蒋氏通奸，商同勒死亲夫，蒋氏因曾被徐赓武(徐述夔之弟。笔者注)刁奸怀恨，是以到案供指徐赓武同谋。后经审出实情，将徐赓武枷杖完结。"[②]由此沈德潜才躲过了戮尸锉骨、子孙被流放的悲剧，仅以扑碑夺谥而告结。殷宝山案在今天看来，就是一个生员按自己对现实的看法提出了几点"不成熟"的建议而已，结果刘墉拿此作文章，致使江南一地多了几个冤魂。刘墉被世公认为清廉刚正，有包公之明的循臣，但这两件事办得真不光彩，有点人血染红顶子之嫌。在此严峻形势下，以袁枚的离经叛道，非贤非圣，还有狂放不羁，没有被刘墉之流卷入文字狱，尹继善毋庸置疑地起了防火墙的重大作用。

文学史家治清诗史，一般以袁枚为性灵派祖师，但从诗学师承以观，性灵派的祖师应该是尹继善，尹继善作为袁枚的恩师，无论从诗风，还是诗学观念均深刻地影响了袁枚，故而论述性灵派的形成和创作群体，应该上溯及尹继善。尹继善的诗风如行云、如流水，清扬玲珑、透彻澄碧，处处呈现出生命的活力，如"论文共剪西窗烛，复向郇厨索酒尝。云影何心来去速，萍踪有恨别离长。三更兴懒诗难就，两世交深话岂忘。一自辞君行画里，溪山又看米襄阳。"(《途次庐州与刘石庵学使相晤，出游摄山诗就正，别后于桐城道中即用前韵奉寄》其四)"自笑疏狂态，生平未改移。青牛思老子，竹马羡童儿。梦绕花潭雨，神留锦水陂。逢场耽啸咏，不敢忆东篱。"(《临别锦江三叠前韵》其二)以上两诗信手拈自《尹文端公诗集》，前诗"晤""别"同侪诗友刘

① 《笔记小说大观》第5020页，《徐述夔诗案·附尹宝山案》第56页。

② 《笔记小说大观》第4924页，《徐述夔诗案·附尹宝山案》第7页。

石庵，后诗临岐执手岳钟琪，虽然是酬唱赠答的应景之作，但诗人写来却充满深情，毫无虚饰掩抑之处，好友久别重逢的喜悦、个性疏狂的张扬全从诗人胸间流出，给人亲切自然、韵致悠长的回味感。再如写生活场景，诗人依然用自然妥帖的笔墨、清澹优雅的格调将其透视出来，从而产生性灵漫溢的艺术效果："数亩荒园一两家，门临碧水静无哗。停骖小憩层荫里，不断香生白藕花。"(《偕诸同事劝农郊外口占》其五）"无数青峰到眼来，沟塍错落傍山开。犹嫌隙地桑荫少，指点墙边着意栽。"(《南郊劝农用江宁令袁枚韵》其五)"使君劝农"自古是官场惯例，亦是官民在某种特定场合近距离交流的方式，尹继善身为江南总督，他没有前呼后拥的威仪，也没有颐指气使的张狂，而是用心贴近民情，在细微处体察民心、民意，故此，他的劝农诗充满悲悯民生，渴求轻徭薄赋的儒者情怀。以细致的生活情节入诗，表达一种自然本色的性情，毫无拗折佶屈之态，这是性灵派共同的艺术特征。

作为性灵诗派的前驱，尹继善与其他性灵诗群的诗人一样，通过山水诗这种独特的体裁，深度而具体的透视了真情自抒、浑然天成，而又流利婉转的美学趣向。在尹继善宛然如画的轻快诗笔下，自然山水随处焕现着如旭日之初生，若春潮之新泛的光华与活力。如"曲曲回廊径转幽，风帆过影远来舟。烟波更有幽深处，坐看游鱼共泛鸥(诗人自注：亭有烟波，深处又名盟鸥)。"(《和张南华太史游近华浦》其八)"近华浦"，即昆明大观楼，在昆明城西南，濒临滇池草海北滨。马如龙撰于清同治五年(1866)的《重建大观楼记》载曰："昆垣多山而少水，故滇池称巨浸焉，池之湄有浦，曰近华，因其近太华而名。"尹继善任职滇南时，常在公务之暇，呼朋唤侣，赏游昆池之胜，《和张南华太史游近华浦》一气连贯，以十二首组诗的体量，多角度地透析了诗人醉心自然、超脱尘俗的高旷心境："雨歇寒流乱野蹊，晴云遥指碧峰西。"(其一)"尘机到此都消尽，唯有清风树上声。"(其七)直面"万顷昆池万叠山，澄波倒影照云鬟"(其六)的无限风光，诗人乐从中来，情如不系之舟，飘然而来，又荡然远去："纵目轩窗遍十洲，欲穷千里又登楼"(其九)"人醉诗成罢咏觞，舟廻水面晚风凉。"(其十)尹继善的滇池山水诗自始至终流溢着轻松自然、平静淡泊的韵味，如一曲悠悠的牧歌，飘散在滇南的彩云之间。再如"一行雁影一帆风，簇簇枫林到眼红。谁道金焦山更好，楼台多半急流中。"(《江行即事》其一)"江上有栖霞，青峰插云汉。……远眺上高楼，探幽憩古观。景物尽天成，人力谁能辨。"(《秋日同介受兹沈归愚两宗伯庄容可中丞游摄山栖霞寺次沈宗伯韵》其一)"马踏层云寻古径，人冲晓雾渡清流。高山在望泉声远，野鸟空啼树影稠。"(《重过滁州》)尹继善一生宦迹斑斑，轮蹄踏遍滇黔、川陕、江浙、两京的驿路古道、川野山塬，每有经历，诗人均歌以咏志，用清新明丽的色彩、空透玲珑的意象、轻飏舒缓的节奏将其逐一点划出来，就产生悠远绵长的山水诗韵。

在清代八旗诗人中，尹继善是一个学养极高，天赋极厚，而儒学修养极深的性情诗人，他的山水诗始终一贯地体现了性灵派诗人的基本特征：温润剔透、圆畅婉丽、爽滑适口，无娇柔、无造作、无奇崛，即使别人写来剑拔弩张、汹涌激荡的山川形胜，在他笔下依然平和宁静，仿佛心田里流出的一曲散板，疏放而优雅。如"曲曲洪流抱远冈，秋来草色遍山黄。……西南十里滇南境，欲渡金沙意倍伤。"(《由箐口次雷波和许孝张韵》其二)"宦游二十年，遍领山水趣。此行山与水，人生实罕遇。……排空雪浪翻，震地涛声怒。……赋罢卧空山，忧思縈寐寤。"(《金沙江纪行》)"密雨斜风催马处，轻帆落日渡江时。溪山到处添吟咏，一卷残编手未离。"(《风岭道中仍用前韵》其二)

尹继善的山水诗风独特，其情致与袁枚前后相应，和性灵派其他诗人基本趋同。所异者，袁枚多变化，其诗体多样而艺术表现手法灵活，感情充沛且气势腾越，相反，尹继善的山水诗就缺乏大气开合、笔走龙蛇的撼人气势。这种现象正好说明诗歌的师承是超越向前的，只有超越才能不断推陈出新，赋予诗歌更强的生命力。

(五)"山光水色淡无际，别有天地寰宇清"——"袁家三妹"山水诗述略

袁氏算不得钟鸣鼎食的富贵之家，但在诗文化的传承衍生方面堪称清代，乃至中国诗歌史上首屈一指的名门望族之一。和众多著称于诗史的名门相比，袁门不但男性能诗，而且女性亦能诗；不仅直系亲属诗学成就斐然，而且旁系的夫婿、甥舅诗歌创作也能独步当

时，这种诗文化的浸透绵延使袁氏一门即使空气中都散发着诗性的韵味。袁氏女性诗人以袁棠、袁杼、袁机成就最为显著，袁枚辑三人作品合称《袁家三妹合稿》。“三妹”虽是闺秀诗人，但因其“袁家”的特定背景，故而论列山水诗将其归于袁门一派。

1. 袁棠的山水诗

袁棠(1733—1770)，字云扶，号秋卿，祖籍杭州人，袁枚堂妹，姊妹行排第四。袁棠聪慧过人，博学多才，凡诗词歌赋、金石之属，“靡不妍手争华，偏御竞响。”(袁枚《绣余吟稿·序》)[①]袁棠出生在漓江之滨，早岁即丧父，后依袁枚长大成人，兄妹间情深义笃，因为袁棠不但精于女工，长于针指厨艺，而且还善于吟咏，对音律颇有造诣，故此袁枚对其评价甚高，誉其为“扫眉之才人，不栉之进士。”

袁棠于乾隆二十三年(1758)嫁扬州富商汪孟翊(字楷亭)为继室，于归之日，袁枚赋诗曰：“江城春暮水漫漫，送汝扬州作季兰。……贫家夜赠新诗好，世上贤名后母难(诗人自注：妹继配汪氏)。”(《送四妹云扶于归扬州》其一)袁棠才貌双全，待人有礼节，持家温良恭俭，且能让人，故此深得夫婿汪楷亭及汪家上下人等的呵护与喜爱，可惜天不怜人，乾隆三十五年袁棠因难产而早逝，“年才三十八耳!”袁枚作《哭秋卿四妹》七首，以志哀感，其中有句曰：“白头夫婿寄哀词，惹我汍澜泪不支。何苦生前太贤淑，一家人去两家悲。”(其二)“几番邗上偶扬舲，乍入门先笑满庭。儿子称慈姑道孝，一齐夸与舅家听(诗人自注：儿为前室所生)。”(其三)袁枚对袁棠的悼念，主要以生活细节的回忆为主，因此显得真切感人、令人扼腕唏嘘：“久谙食性羹还问，才脱衷衣浣已终。寒夜归来一瓯粥，累君立尽满厨风。”(其四)“谢家诗笔最幽清，性喜推敲学更成。偷眼阿兄闲坐处，捧笺旁立女门生。”(其五)由于袁棠的贤淑多才，以及和袁氏兄弟间的感情深厚，所以袁枚对其四妹的逝去痛心疾首，泪如倾盆之雨：“自怜老泪无多少，偏作人间后死人。”(其七)

袁棠在袁家女性诗人中成就最高，著有《绣余吟稿》《盈书阁遗

---

① 见《袁枚全集》第七册《袁家三妹合稿》，第1页。

稿》。袁枚在《盈书阁遗稿·序》中评其诗风说:“妹诗渊雅,志洁而情深,缤乎其犹模绣也。”又在《绣余吟稿·序》中,袁枚将袁棠的诗歌价值推向传家风、开女宗的崇高地位:“将见吾家诗事,六宫传大舍之名;海内女宗,十哲配宣文之享。”

袁棠的诗,多以闺中情事为题材,包括兄妹间的赠答、亲人间的存问,以及春花秋月的闲情之作。无论写何种生活场景,她的诗总是感情真挚,手法细腻,完全体现了女性特有的神情和韵味。如写怀人之情,她说:“寂寂秋声思不禁,绣帘微动晚风侵。阑干影转千家月,砧杵声移两地心。”(《秋夜怀兄》)“万山木落冷江城,江上行人路几程?清夜不堪闲里坐,秋风多在树中生。”(《寄怀夫子》)写送别之意,她黯然之思溢于言表:“万里云山是锦城,长亭此别泪盈盈。……岸柳恨牵离合梦,官河愁听可怜声。”(《送赛英大姊入蜀》)写悼亡之哀,她更是血泪交溅,痛彻心骨:“家园魂返路悠悠,信断南天九月秋。……荆花已谢连枝影,旅雁长含只影愁。”(《哭五弟》)“死别生离路几千,泉台手足应相怜。凋残庭树三秋色,冷落芙蓉满苑烟。”(《秋夜追悼三兄、五弟》)由上述略见,袁棠是一个心地温婉多情的诗人,她不管是怀人、送别,还是伤逝、悼亡,都喜欢用眼前景来反衬映现心中情,把无限难以言说的闺人情怀,用细腻的景致刻摹形象地传达出来,就形成如袁枚所评的“志洁而情深”的艺术风格。

袁棠限于生活阅历,她的山水诗多以游赏为主,其写景淡雅隽秀,韵格高古绮丽,而风味“渊雅”纯净,如一泓洞彻灵魂的山泉,叫人有望峰息机的宁馨感。如:

兜笼乘舆踏香尘,一带垂杨景色新。十里风迎穿柳燕,数声莺送隔花人。竹藏古寺钟声渺,路出长堤鸟语频。果是风流歌舞地,马蹄忙煞杏林春。

——《西湖》其二

繁华初认阖闾城,隐隐亭台月色升。两岸吴歌平岸水,红楼高映满江灯。

——《夜过姑苏》

万紫千红燕语天，满堤丝柳半含烟。画船摇出歌声过，惊起鸳鸯落野田。

——《春日泛湖》其一

晴云高映采菱天，几处鸣蝉咽晚烟。隔岸人歌疏柳下，酒酣舟子枕篙眠。

——《秋日泛虹桥晚归》

袁棠的山水诗题材呈三点一线态势分布，即西湖、姑苏、扬州。西湖对袁棠是一个永久的象征，从婷婷玉立的豆蔻之年，到风姿绰约的闺中少妇，她梦牵魂萦的一直是西湖："故乡昼远宵不远，昨梦泊船闻藕香。"（《忆西湖》）姑苏是她生命中匆匆一过的驿站，而扬州则是她宿命中注定的回归之处。从上列各例我们隐约见出袁棠对三处风物的不同感受，西湖让她如沐熏风，不但春日的湖水沦漪温情，而且秋日的湖水也泛出冰清玉洁的纯色，让她心醉；姑苏只留给她繁华绮靡、山软水柔的淡淡印象；扬州画舫十里、烟柳如织，但诗人心底却透着一股寒蝉咽露的悲切，也许"几处鸣蝉咽晚烟"的诗句就成了她悲情人生的谶语。

袁棠的诗清秀幽静，如一枝寒梅，芳香四溢，坚贞自守，颇引人清思，如："云锁秋光夜气浓，半窗花月影重重。"（《秋夕》）"九霄风露下云端，分得天香出广寒。"（《中秋对月》）"层楼高耸入晴空，槛外波开淡淡风。……极目江南更江北，烟波何处是归蓬?"（《登随园天风阁》）"万点烟霞绝点尘，卷帘楼上倍精神。……高下雪飘云外影，横斜风动水边身。"（《膏雨楼看梅》）"露重新枝桂魄妍，沼堤疏柳挂轻烟。……晴霞数点松间照，一笛横秋夜泛船。"（《秋日泛湖晚归》）"九霄风露"、月出"广寒"，"层楼"远眺，"归蓬"何处？"烟霞"绝尘，卷帘静思，完全是闺中人语，又是情中人语，袁棠的冰雪肚肠、寒梅胸襟于此即见！

2. 袁杼、袁机的山水诗

袁氏女性能诗者，首推袁棠，袁棠稍下便是号称姊妹花的袁杼和袁机，袁杼（生卒年不详），字绮文，袁机（1720—1759），字素文，她们分别是袁枚的四妹和三妹。

袁杼、袁机和袁枚关系深厚，与袁树、袁棠一脉相通。袁杼有女过继给袁枚妾方聪娘为女，方聪娘早逝，袁杼病体沉重，所以这个女儿深为她所牵挂。不仅在《病怀杂诗》中，袁杼连用三首七绝，表达了对女儿的留恋不舍之情，而且在具遗嘱性质的《病危作》和《嘱女》中，袁杼肝肠俱裂地诉说了对“弱女”的死别之情，“黄泉原旧路，重证昔时因。……伤心遗弱女，回首别慈亲。”（《病危作》）“半世提携竟长成，忽然撇汝汝休惊。殷勤好侍爷娘侧（诗人自注：女寄大兄膝下，转唤我为阿姑者已七年），婉顺无伤姐妹情。罢绣且将书字理，思亲莫使泪珠倾。须知从此吾难管，欲裂衷肠话不清。”（《嘱女》）世上最令人黯然者，唯生离也，世上最令人情不能堪，且肝肠寸断者，死别也。生离死别之情，骨肉永诀之意，被袁杼写来，真字字血泪，磔裂人心！袁氏姊妹人在深闺，饱尝生为人妇、为人母的艰辛，他们与亲人间聚少散多，对生离死别之情有着切肤感受，因之，在其诸多诗篇中，以追逝悼亡之作尤为感动人心。“黄土总成今日恨，绿窗剩有昔年诗。”（袁杼《哭云扶妹》其一）“今朝望断秋来月，定照吟魂返故乡。”（同上，其二）“死别今方觉，生存已少缘。……萧萧风雨际，肠断落花烟。”（袁机《追悼》其三）袁氏姊妹善摅悼亡之怀，关键在于她们所共同遭遇的悲辛命运，袁棠英年难产而亡，袁杼继夫婿、儿子后中年殁世，袁机命运更惨，所遇匪人，在受尽欺凌后悲切离世。“袁氏三妹”中，如果袁棠、袁杼的薄命源自客观，那么袁机的不幸乃人为所造成。据袁枚《女弟素文传》所载，袁机尚在襁褓，便被许配给江苏如皋高家，后来在多次得知高氏子无行的情况下，袁家为保全信守承诺的家风和面子，还是将袁机嫁进了高门。“高（指袁机丈夫。笔者注）渺小，偻而斜视，躁戾佻险，非人所为。见书卷怒，妹自此不作诗；见女工又怒，妹自此不持针黹。索奁具为狎邪费，不得则手掐足蹴，烧灼之毒毕具。”①在呼天抢地的绝境，袁机得其父营救，才解除了与高某的不幸婚姻。归家后，她吃斋侍母，不膏沐，不闻乐，每花朝月夕，“辄背人而泣。”乾隆二十四年十一月，年仅四十岁的袁机带着对人世的许多憾恨离去，死时，

---

① 见《袁枚全集》第七册《袁家三妹遗稿·素文女子遗稿》，第54页。

"目犹瞠也，抚之乃瞑。"袁机因其命运悲惨，殁后袁氏一门包括袁枚都赋诗悼念，其情一往而深，令人不堪其哀："浮生千古幻，哀挽几行辞。盼断黄泉路，重逢可有期？"（袁枚《哭三妹五十韵》），"少守三从太认真，读书误尽一生春。……灵前空剩痴顽女，也着麻衣学谢人。"（袁树《哭三姊四首》其三）"贤明岂但称闺秀？儒雅难逢此士夫。应识幽贞犹有恨，不曾将泪到苍梧。"（陆建《哭从母》其二）"荆树霜寒难独立，桐花心冷不经秋。每忘自己平生恨，偏把鱼书慰我愁。"（袁杼《哭三姊》）"归梦难寻他日约，招魂空奠隔江云。……剩有千秋遗韵在，清风林下吊斜曛。"（袁棠《哭素文三姐》其二）

袁杼、袁机诗学随园，大得"性灵"之陶染，她们以闺中情事为诗材，用女性的细腻和诗人的敏锐，将内心的幽情通过常人难以捕捉的生活细节呈现出来，就具有十分感人的艺术魅力。如："窗外呢喃语，迎风宛转身。……带雨香泥湿，穿花毛羽新。势低因舞倦，不是为依人。"（袁杼《春燕》）"穿梁鼠斗心犹怯，绕帐蛾飞胆又惊。一角帘垂何日卷，重帷犹自怕风声。"（袁杼《病中作》）"欲卷湘帘问岁华，不知春在几人家。一双燕子殷勤甚，衔到窗前尽落花。"（袁机《闲情》）"三月清明柳最娇，春痕红到海棠梢。寄声梁上双飞燕，好啄香泥補旧巢。"（袁机《春怀》）

袁杼、袁机的山水诗以春花秋月为背景，多游园抒怀之作。其诗风细润温柔，如一抔清泉晶莹可爱；其格调哀怨悲冷，如三秋雁阵，寒声彻人心骨。如：

车行夹路草萋萋，一上江楼望转迷。风急始知罗袂薄，晓花落尽晚乌啼。

——袁杼《游鸡鸣寺》其一

蔼蔼山光映碧空，参差相影乱西风。芦花几朵明如雪，吹在横桥曲涧中。

——袁杼《秋园踏月》

手卷湘帘偶下楼，小阳天气独闲游。茫茫世事家何在，淡淡春风水自流。绿柳池边惊客至，黄鹂树上唤人愁。云松深处罗衣冷，欲别长堤且暂留。

——袁杼《游园》

不见深秋月影寒，只闻风信响阑干。闲庭落叶知多少，记取朝来着意看。

——袁机《秋夜》

采蘋亭上烟波暖，儒雅轩前竹石清。水榭云廊三十六，玻璃窗外月先明。

——袁机《随园杂诗》其一

袁杼、袁机命途多舛，她们的诗在清秀隽丽的风韵中，多含身世之感。袁杼有儿早亡、夫婿先她而去、弱女寄养袁枚膝下，自己又体弱多病，常悲叹光阴易逝而人生无常，因此，她的山水诗轻笼忧怨，漫溢凄冷，让人感受到闺中少妇难以稀释的苦闷彷徨。袁机酷爱诗歌，"少时吟咏极多"（袁枚《素文女子遗稿再跋》），但遇人不淑，中岁"戒诗，稿亦散失"，现存诗为其"归宁以来之作"，她把"归宁"后自怨自叹、自悲自怜的心态融进咏物游赏的诗章中，就形成"秋高霜气重，孤雁最先鸣"（《闻雁》）的"怜只影"、"作离声"的凄凉诗风。

"袁家三妹"的人生基本反映了封建社会广大中下层妇女，尤其有良好家庭教育和很高个人修养的女性的共同命运，他们用心呼唤爱情、追求平等，同时专情于自己热爱的文学事业，但封建礼教的种种教条如同绳索将她们牢牢束缚，她们生活在希望和绝望的边缘，为了恪守封建的妇道规范，她们熄灭了心头的热情之火，最终在"草色青青忽自怜"（袁机《随园杂诗》其四）的自然感悟中，发出"浮生如梦亦如烟"的无可奈何的空茫之叹！由以上袁棠、袁杼、袁机的山水诗简述中，我们略能把握其与时代共起伏的脉博。

二、"洁连根尽玉，清到叶俱香"

——随园女弟子诗群的山水诗概览

关于袁枚与女性诗人间的关系，前文略已提及，兹不赘言，这里着重概述袁门女弟子的山水诗创作状况，原本为女性，即闺秀诗人另设专章，但考虑到清代女性诗人群体甚众，而且创作成果丰硕，如果单论袁门女弟子，似应顾及不暇或不周，反而会掩抑其光彩；另外，论“性灵”诗派的山水诗，袁门女弟子是一个不能忽视，或割裂于袁门之外的创作群体，因为她们无论诗学理念、审美精神、艺术追求，还是创作形式，包括语言风格、修辞手法等都秉承“性灵”之风，是袁枚忠实的追随者，亦是“性灵”诗歌主张的完全实践者。由此种种，论“性灵”诗派的山水诗应该给她们一席之地，让她们用清脆婉约的歌喉为“性灵”派的山水诗合唱划上最后一个令人回味无穷的音符！

随园女弟子的作品，袁枚手自裁定，编选成《随园女弟子诗选》六卷。共收录席佩兰以下十九位女诗人的代表性作品。（严迪昌先生《清诗史》载录“《随园女弟子诗》入选的女诗人为二十八人”，细目略。现据王英志先生主编《袁枚全集·随园女弟子诗选》统计得十九位。此处所选人数差别的原因，王英志先生在《袁枚全集·前言》中作了如此辨析：“《随园女弟子诗选》，又作《女弟子诗选》六卷。袁枚原选收二十八位闺秀之作编成此集，据该书目录，作者是：席佩兰、……鲍尊古等。今存诗仅席佩兰……吴琼仙十九人。”）

袁枚女弟子皆当时名闻诗界的女性诗人，其中大部分有诗集流传后世，她们不仅在诗歌创作上一枝独秀，成为闺阁妇女中的奇葩，而且在思想上亦开清代中晚期妇女平权意识的先河，成为近代女性革命的思想启蒙者。前述袁枚女弟子之一的骆绮兰在《听秋馆闺中同人集序》[①]中，借批驳讥刺女性不宜为诗，特别不宜走出闺阁，投身男性诗人门下，“师事”诸如袁枚一类男性诗人的“私”“刻”观点，深度愤切地陈述了女性追求平等的强烈愿望。这篇序文条理畅达、逻辑严密、感情奔放激烈，可看成女性在文学领域追求民主、追求平权的宣言。此外，随园女弟子中的有些诗人已不再是只会吟唱“凄凄惨惨戚戚”的闺怨诗人，她们跳出风花雪月的圈子，把目光投向那个只有男性才能一展雄才的广阔世界，一变而成秋风铁马、剑气铮鸣的雄浑之境，令人有悚然惊起的雄豪感：“人事独悲秋渐老，少年须惜水难回。山川信美非吾土，欲赋《登楼》愧少才。”（孙云凤《登高示兰友及诸弟妹》）“白月横空

① 胡晓明主编《江南女性别集》二编，黄山书社2008年版，第695—696页。

大纛飞，辕门漏下羽书稀。天上近日狼烟尽，笳鼓声中夜猎归。”(廖云锦《塞上曲》)如果上述两例，说明了袁枚女弟子诗人诗境拓展，富含咫尺万里之意，有一股萧然飒然之气的话，那么孙云鹤的《宝剑篇》则寒光激射、锐气逼人，有凌然不可侵犯的豪侠之风，与后来鉴湖女侠的气质一脉相承:“宝剑遗编在，挑灯击节吟。恩仇千古事，湖海一生心。气逼秋霜冷，光腾夜月沉。”读这些诗句，我们无论如何都不能确认它们出自柔弱的女性之手，但袁枚女弟子就打破了这种千年不可逾越的性别界线，而创下中国古典女性诗史的奇观。

袁门女弟子诗人不仅剑气横吹，有豪侠阔大之情，而且诗艺非凡，有与袁枚诗学理论相近的诗论主张，如:“春花如笑，秋山疑颦。宇宙皆诗，本乎天真。灵机妙悟，无陈非新。不物于物，斯能感人。”(王倩《论诗八章》选五，其一)“句一落纸，已滞于形。存乎诗先，灵台焚焚。鞭挞山岳，奔走风霆。素养克裕，奇功斯成。”(同上，其五)王倩的诗论从立论的视角上和袁枚保持了完全的统一，她以女性特有的细腻和敏感道出了“性灵”诗的独特魅力，就诗歌的题材和内容而言，王倩认为“春花”、“秋山”各有姿态，满世界都是诗人取之不尽的诗材，只要符合自然、出自天真，就能创作“性灵”具足的好诗;在择取诗歌内容时，诗人要推陈出新，有创造性，敢于超越自我，不被实体的物象所拘束，就能达到感人的境界。以创作思路和方法而观，王倩认为诗人作诗如良医用药、良将用兵，“要其神妙”，而“不主故常”，即打破平庸、突破常规，以奇思妙想取胜。在诗歌形式上，王倩觉得，尽管“诗律甚严”，要遵守严整的诗律，不能破坏诗的格律美，但同时“诗境甚宽”，有“大江东去”的豪迈，必有“春花秋月”的空茫，有“雁阵惊寒”的凄切，更有“渔舟唱晚”的悠闲，总之，诗人要苦心研摩，精心体会，如此才能取得形式美和诗境美完善融合的审美效果。诗歌创作意在笔先，情统率形，只有意境高远、真情淋漓，才能笔撼五岳、驱云驰电，诗界的“奇功”由此便能告成！王倩虽女流之辈，但其论诗的妙悟不落于他人之后，实“性灵”诗人中的女性诗杰。

随园女弟子的山水诗范围广泛，已超出了袁氏三妹吟咏游赏的狭窄视界，而把女性山水诗推向行旅、登临、抒怀的广阔领域，显出气象万千、气势宏大的特点。

如果以题材和歌咏对象划分，随园女弟子山水诗即有：行旅山水诗、登临山水诗和赏游山水诗三大类。

（一）行旅山水诗的模范：席佩兰、孙云凤（附孙云鹤）

袁枚的女弟子遍及江浙，她们的生活圈子随父兄、夫婿的交游而有所扩大。在随父兄、夫婿宦游或交往的过程中，她们亲历了道途的险阻，同时亦饱览了闺阁中无法赏玩的名山大川，把目经身历的奇山异水，通过她们惊喜的心情过滤出来，就产生女性特有的行旅山水诗风。其中以席佩兰、孙云凤为典型。

1. 席佩兰（1766—?），字韵芬，又字道华，号浣云（本名蕊珠，小名瑞芝，字月襟），因善画兰草，故号佩兰，此后以号行世。江苏昭文（今常熟）人。中翰刁宝箴孙女，庶吉士孙原湘妻。著《长真阁集》七卷，另有《长真阁诗余》一卷。

席佩兰在袁枚的众女弟子中，是一个性情特具，人品超凡的优秀诗人，袁枚曾评价她说："字字出于性灵，不拾古人牙慧，而能天机清妙，音节琮铮。似此诗才，不独闺阁中罕有其俪也。其佳处，总在先有作意，而后有诗，今之号诗家者，愧矣。"（《清代闺阁诗人征略》卷六）[①]席佩兰与孙原湘夫妻倡和，为闺中佳话，她的诗清洁温润，如梅之瘦寒，如玉之晶莹，辟之"玉是肌肤铁是肠，孤山岑寂抱孤芳。……色相空诸明月里，神仙宛在白云乡。"（《梅花》）"一片清凉境，刚逢雨后天。……地僻真成隐，心空即是禅。"（《雨后》）不但如此，席佩兰，人如其号，蕙心兰质、幽香暗放，给人娴静淡远、空明辽阔之美，她的山水诗更似其为人，意境优雅闲静，韵致澄明空阔。如：

顿觉舟如叶，飘然万顷中。混茫连上下，空阔失西东。渡口沉云白，波心浴日红。深闺曾未见，放眼胆俱雄。

——《渡江》

一庭风雪掩重关，望里青山似玉山。只有孤亭遮不尽，恰如

① 见《清代闺秀诗话丛刊》，凤凰出版社2010年版，第1944页。

高髻耸云鬟。

——《雪中望辛峰亭》

落日明孤艇，篷窗独眺闲。轻云多贴树，远水欲浮山。桥近帆先卸，村来路渐弯。峰峦无数好，春去少人攀。

——《宝岩湾舟望》

画眉柳影合波圆，桥外烟波便淼然。临水桃花齐欲笑，倚人楼阁尽如仙。东风白鹭迎船小，斜日银鱼上市鲜。归棹若逢良夜暖，扣舷看杀月婵娟。

——《薄暮至平望出莺脰湖白日落矣》

上引诸诗，无论写渡江所见，还是故乡胜景，诗人均能于客观物象中颖悟出人与自然相契的真情至性。《渡江》以“混茫连上下，空阔失西东”的壮美江景为抒情对象，诗人把眼前景与心中情巧为融会，就迸发出豪气冲天的感叹：“深闺曾未见，放眼胆俱雄。”《雪中望辛峰亭》和《宝岩湾舟望》写的是常熟虞山和尚湖一带风物。二诗的审美视角皆以“望”展开，尽管辛峰亭是仰视，宝岩湾是平视，但二诗共同突显了所写景物的深沉遥远、空阔悠长的特征。《薄暮至平望出莺脰湖白日落矣》以记叙的笔触，选取诗人从常熟到杭州途经吴江的一个断面进行刻意描绘。从如眉的“桥影”开始，“淼然”的“烟波”、“欲笑”的“桃花”、“如仙”的“佳人”一一扑向她的视野，让她有羽化升天的飘逸感。

席佩兰生长在虞山脚下，尚湖之滨，幽秀的山水风光，丰厚的人文气氛淘洗且滋长了她剔透玲珑的诗心，让她如一枝月夜独放的白莲，“洁连根尽玉，清到叶俱香”(《白莲》)，处处透着“天无表里皆澄澈，月在中间是性灵”(《十四夜月》)的空灵之气。

如果故乡的山水使席佩兰养成温润柔美的个性特质，形成婉约绮丽的诗歌风韵，那么远赴晋中的经历，让这位闺阁才女眼界顿阔，心胆俱开，豪情伴着诗性排空而起，直上九霄，其诗风再变为遒劲豪迈，气势汹涌。如：“闻说人间险，人人畏太行。千寻穷鸟道，九曲入羊肠。”(《上太行》)“晓行乱山中，昏黑路难辨。……前骇绝壑奔，后虑危崖断。……俄顷云雾中，红光绽一线。初如蜀锦张，渐如吴绡剪。倏如巨灵擘，复如女娲炼。绮殿结乍成，蜃楼高又变。五色若五味，调和成一片。如剑光益韬，如宝精转敛。精光所聚处，金镜从中见。破空若有声，飞出还疑电。火轮绛宫转，金柱天庭贯。阴气豁然开，万象咸昭焕。”（《晓行观日出》）“河水急如湍，河声六月寒。直疑天上落，不似镜中看。浪沸羹调鼎，舟倾珠入盘。”（《渡河》）上举三例是席佩兰伴孙原湘前往山西上党官署省公爹时旅途所作。三首诗完整记录了诗人往返途程心灵的动荡过程。虽然规制较小，但结构合理，旋律协洽，而节奏互相照应，恰如一曲精致的微型交响乐。其中《上太行》以险仄峭劲的格调奏响序曲，《晓行观日出》则用变幻万千、大开大阖的旋律将之推向高潮，晓雾如帐幔笼盖四野，曙光沉沉，马蹄声声，千岩万壑阻绝了征人的前程，突然云开雾敛，一道红光破空而来，初如“蜀锦”“吴绡”，五色斑斓，忽似“巨灵”开鸿蒙、“女娲”炼天石，急管繁弦，大有石破天惊之势，最后，金光万道，天地一片光明，万物沉寂于安宁祥和之境。这首诗融声、色、光、形于一体，运用比喻、夸张、递进、排偶等修辞手法，将太行之巅观日出的壮阔雄伟之景表现得淋漓痛快，令人恍若置身钟鼓齐鸣、万马回旋的境地，魂魄为之震动。《渡河》延伸了序曲和高潮的激昂亢进，转而进入节奏促迫、音声沉着的尾声，使席佩兰的晋游山水诗落幕在“浪沸羹调鼎，舟倾珠入盘”的激荡振奋的旋律中。

席佩兰不但是一个善于运用多种艺术手法写景的智者，而且还是一个心怀天下，能从山水物态、人文遗迹中悟出悲悯苍生之理的仁者。如：“元宗亭子徽宗岭（诗人自注：宋徽宗为潞州节度使，于亭下增设游岭），一例风流属外藩。天宝流离靖康耻，晚年俱作上皇奔。”（《德风亭》其二。诗人自注：德风亭，唐元宗为潞州别驾时建）“官政清勤民感通，袁宏一扇扇春融。登亭太守知多少，几个曾经念德风。”（同上，其二）《德风亭》以唐代所留人文遗迹“德风亭”为抒情载体，深度表达了诗人“官政清勤民感通”的治世理想。“德风亭”始建于唐玄宗当年“为潞州别驾”任上，亭下又有“游岭”，“游岭”是宋徽宗所增设。席佩兰登眺“德风亭”，但见“群山四面拥孤亭”，一派苍茫的思古幽情奔突而来，她通过“石铭”，了解了此亭的由来，从“德风”二字起笔，讽刺了唐玄宗、宋徽宗表面追求风雅，空谈“德风”，而实际上骄奢淫佚、丧失“德风”的虚伪本质，通过他们“晚年俱作上皇奔”的可悲结局，警示后来的统治者要修德政，为社会树立“清勤”爱民的正面形象。

2. 孙云凤（1764—1814），字碧梧，浙江仁和（今杭州）人。按察使孙嘉乐女，程懋庭室。著《湘筠馆诗》。卒时年五十一岁。孙云凤与其姨娘王玉如（孙嘉乐侧室）、妹孙云鹤皆著名当世的闺秀诗人。

孙云凤早年聪慧，读书、吟诗、填词，样样皆精，一时名重士林。郭麐称其“所作词清新婉美，在梦窗、竹山之间。”[①]（《湘筠馆词·序》）《墨林今话》曰：“耽吟咏，幼随父官滇、蜀间，所至斐然成咏，多清新可诵。后归某，见笔砚辄憎，反目归，卒。著有《湘筠馆诗词遗稿》，兼工绘事。”

孙云凤虽为女流，但从其山水诗中可以看出她是一个颇具侠肝义胆，不屈从时俗的奇崛之人。如：“松涛从空来，感此动清警。……抚树发长叹，岁月直俄顷。俯仰心豁然，天风磬声冷。”（《再游飞云洞》。诗人自注：贵州道中）孙云凤父亲孙嘉乐官至四川按察使，他的宦迹踏遍滇、黔、川等处，孙云凤“垂发”之年便随父宦游西南诸省。这种随亲远游的经历，使诗人开阔了视界，同时陶冶了情操，她性格中孤峭挺拔、不依世俗的傲岸精神就得益于大西南迥异绝伦的山水风光的浸染。如其写西南途中所见山水，诗人通过缜密的观察，把它们的形质气韵刻划得杳深幽远，隽秀中飘逸着峭劲刚健之风：

蜀门西望处，直是上青天。路出重云里，人来夕照边。秋风三峡水，暮雨百蛮烟。丞相空祠庙，千秋一黯然。

——《巫峡道中》其一

风急暮烟起，水寒残照沉。插天双壁峭，入峡一江深。见雁多秋思，闻猿动客心。巫山霜信晚，木叶尚森森。

——《入峡》

---

① 见《清代闺秀诗话丛刊》，凤凰出版社 2010 年，第 1956 页。

木落西风急，秋深客思多。半帆云梦雨，一片洞庭波。旧赋悲鹦鹉？空江吊汨罗。重来复何日，惆怅此经过。

——《汉阳》

两岸啼猿厌客闻，西风霜叶晓纷纷。橹声一夜出巫峡，十二碧峰空白云。

——《出峡》

《巫峡道中》为组诗，与《入峡》《出峡》相互勾连，全景式地再现了诗人穿行长江三峡的心理变化过程，同时从不同角度表现了孙云凤摹写景物的精湛功力。《汉阳》写湖广重镇汉阳的辽阔风光。诗人途经汉阳，放眼长天一色的空茫楚天，那西风卷着客愁一股脑朝她的心头袭来，令她有不能承受之重，"半帆云梦"细雨，"一片洞庭"绿波，全幻化成吊古伤情的幽幽之思，空阔一片、惆怅一片，天地顿然沉浸在萧瑟冷凝的秋风里。

孙云凤和席佩兰同属随园女弟子中善写行旅山水诗的诗人，二者虽然所写对象不同，一南一北风格有所差异，一刚劲奇崛，一阔大雄浑，但两人在心胸情态方面互融互通，她们皆欲通过细腻的观察，为山水写出真形貌，真精神，同时在景的刻镂中融进个人或悲天悯人，或怀古思幽的真感情。

孙云凤与孙云鹤（生年不详，卒于1816年，字仙品，号益友）姊妹情笃，两人相聚时倡和甚多，后云鹤去岭南，云凤多有"忆妹"之作。云鹤一章《宝剑篇》令世人惊绝，所不幸的是姊妹两人嫁人都不顺意，皆郁郁而终，据《春融堂词·自注》："（云凤、云鹤）有《春草闲房》《侣松轩》两词集，取法南宋，风韵萧然。而所适皆不偶，故多幽怨语。"①（《清代闺阁诗人征略》卷六）孙云鹤随亲远游，曾创作多篇行旅山水诗，其诗风澹泊妩媚，情致绵邈幽深。如：

江乡极目客心孤，又听东风唤鹧鸪。正是莺花好时节，一帆

① 见《清代闺秀诗话丛刊》，第1956页。

烟雨过芜湖。

——《芜湖》

秋色斜阳影里，寒烟黄叶声中。一幅倪迂小景，溪边多个渔翁。

——《山行》

故园正是浴蚕天，客路初离上濑船。三月鸟啼春树雨，几家人种水村田。当前已觉农时近，背岭遥知石栈悬。莫动乡心且西去，锦城犹在暮云边。

——《客路》

《芜湖》写安徽名城芜湖一带优美的田园风光。诗人用七绝的体式，简洁地概括了芜湖面临大江，平野开阔而春光迷濛的秀景。诗歌画面清晰，意境开阔，感情略带忧郁，从而使诗意更增添打动人心的艺术效果。《山行》和《客路》同属无特指对象的行旅山水诗，这类诗歌的特点是诗人不以明确的对象为歌吟标的物，而是随意选取一个能感人心魂的生活断面，或自然山水小品作为载体，加以描述，进而抒发感情。《山行》用六言的独特形式，诗句凝炼，诗情湛然，诗人把山中所见高度浓缩，绘成一幅如倪云林式的山水小品。《客路》则以入川所经的一段水路驿程作背景，作者把自己的乡思融进触目皆见的田园风光透析出来，就在暮春三月、好鸟相鸣、水田漠漠的亮色中涂上一缕淡淡的忧愁，令人产生断肠人在天涯的无奈感。

孙云凤、孙云鹤作为行旅山水诗人，各有自己的写景抒情特色，但作为一对诗歌相往还的姊妹花，她们在山水诗境的构建上仍能灵犀相通。如写同一处景物，歌吟同一对象，二人的共性还是非常显著的："灵鹫峰头寺，清幽少俗氛。竹深人不见，木落鸟成群。海气蒸红日，山泉泻白云。我来游未足，莫遣暮钟闻。"（孙云凤《登韬光寺》）"萧寺峦光里，登临眼界宽。入山云百磴，引水竹千盘。霜色疏林晚，钟声落日寒。尘心与秋思，消尽此凭栏。"（孙云鹤《韬光寺》）以上两诗为同题，均写杭州西湖名胜韬光寺，两人虽有微小差异，但诗笔清幽，诗境超然脱俗，诗思浑深杳远却是高度混同的。

(二) 登临山水诗的代表：骆绮兰·兼说金逸等人

登临送目，怀古思幽，乃自古文人墨客常有之事，但将之移植闺中诗人则更有一番雄放不可抑止的风情感发人心。袁枚女弟子中，以登临抒怀，写雄奇阔大景物的应首推骆绮兰。

骆绮兰(1756—?)，字佩香，号秋亭，江苏句容人。适金陵龚世治，早寡，后迁居镇江，抚螟蛉之女，课以秋灯，作《秋灯课女图》，诸名流一时题咏甚多。《闺秀正始集》曰："佩香博通经籍，早寡无子，课螟蛉女以自遣。旧居广陵，厌其喧杂，徙于丹徒之西郭，食贫自守，作画亦饶有天趣。"①又《墨林今话》载："佩香少耽书史，好吟咏，移家丹徒。袁简斋、王梦楼两太史，俱以为女弟子，诗格益工。……余事工写生，所作《勺药三朵花》卷，论者谓入瓯香之室。尤喜画兰以寄孤清之致。……中岁皈心净业，深于禅理，诗与画不苟作矣。"(同上引)骆绮兰集一生心血成《听秋轩诗集》六卷，另辑诸闺秀诗人酬赠作品为《听秋轩闺中同人集》一卷，辑诸家题赠诗为《听秋轩赠言》三卷。

袁枚女弟子中两"兰"并蒂，幽香暗放，但以诗界成就论，骆绮兰稍胜席佩兰。骆绮兰不仅诗歌创作成果丰硕，而且在诗学界力倡女性独立的毅力亦比席佩兰坚韧，尤其追求女性解放，强调女性平权的精神更是超越当时的历史潮流。骆绮兰虽为女身，但心如烈焰，堪比伟丈夫。她的《听秋轩诗集》一经刊行，袁枚、王文治、曾燠三位名高望重的长者即为作序，且交口称赞。袁枚评曰："以余观于佩香，媞媞然淑慎其身，溺苦于学，其高识远见，视大男子裁如婴儿。而且赴义若热，能为人所不能为。"②(《听秋轩诗集序》)王文治赞曰："绮兰读书明大义，具卓识，无世俗儿女子态，亦不沾沾为资生计。……家虽贫，常能以财赂缓急人，扶危济困，有烈士风。所为诗伉爽豪迈，丈夫之雄杰者不能过也。……顾其诗益进，其境益穷，白屋孤灯，夏日冬夜，块然茕处，与物无求，古所称固穷之君子，不意于巾帼中遇之。至于游历山川，流连景物，意之所适，寝食辄忘，穷之中又有通者存焉，

---

① 见《清代闺秀诗话丛刊》，第 1952 页。

② 见《江南女性别集》二编，第 579 页。

殆非有得于中者弗能也。”[①]曾燠的序言更是别出机杼，对骆绮兰褒扬不已：“托兴则春江夜月，巧穷文士之心；放怀则前代故都，豪有丈夫之气。……非但不栉之进士，竟同文阵之雄师。”[②]

骆绮兰“伉爽豪迈”，“豪有丈夫之气”的诗风，通过“游历山川，流连景物”的山水之作“托兴”出来，就产生兴寄遥远、逸情奔放的五、七言长篇歌行，如《海上风雨行》、《游莫愁湖放歌》、《九日游上方寺》、《登茅山绝顶》等。这些长篇山水诗以抒情为主，其诗意浑然深远，情感随诗人的意绪飞越升腾，或激越动荡、或幽邃杳渺，或天风飒然而至，或霞光飘忽远逝。如写江涛汹涌、海上行舟的情势，她说：“江涛撼石如伐鼓，山欲浮空松桧舞。黑云随龙海上来，卷起江涛作飞雨。……何人涉险乘小舟，轻如萍梗飘洪流。天光入舱倒作底，浪花压人时打头。”(《海上风雨行》)海上行舟之惊心动魄，山雨欲来之撼人气势，全在诗人一气贯注的抒写中奔突出来，令人惊叹不已。再如写道家胜地茅山的气象，她笔锋一转，将其刻画得缥缈幽冥、杳深莫测：“旧闻三茅峰，缥缈在云外。……仰首逼星辰，下视但烟霭。树遥平若荠，云过垂如盖。”(《登茅山绝顶》)骆绮兰日夕困守闺中，“苦为巾帼”所“缚”，忽然呼唤“诸女伴”，“相约”登上“直与青霞会”的“茅山绝顶”，她瞬间被弥漫山间的“仙家”灵气所浸润，慨然发出“终当谢世缘，长此餐沆瀣”的喟叹！

骆绮兰作为善写登临之作的诗人，她的长歌感情奔放，如江河潮涌，富于感染力；而其短章则空灵秀逸，恍若流水行云，恬然自在。如：“身在云中不见云，登临忘却日将曛。回头欲辨来时路，惟有泉声隔树闻。”(《登天平山憩中白云庵》)“山翠连云卷，江声带月流。故乡何处是，望断白门秋。”(《秋日登焦山海云楼》)“溶溶万顷镜光开，多少闲鸥浴日回。两点青螺云外立，仙人何处御风来。”(《望洞庭山》)

骆绮兰一生酷爱两件事，一是读书论诗；一是交游远足，正如诗人自述所说：“自念髫龄时，偏解爱词赋。上窥秦汉文，下读唐宋

---

① 见《江南女性别集》二编，第 580 页。

② 同上，第 581 页。

句。……远游虽莫遂，吴越适几度。泛月西子湖，探梅邓尉路。情随山水遥，疾中烟霞痼。”(《四十感怀》)正是这“偏爱解词赋”和“疾中烟霞痼”的良好修养，才使她的山水诗充满了“雁影荒村外，渔歌夕照中”(《练湖》)的空灵之气，以及“两岸芦花浪接天，西风一叶下寒烟”(《雨中渡江》)的苍凉之感。

金逸(1770—1794)，字纤纤，长洲(今苏州)人。诸生陈基(竹士)室，夫妻二人均能诗，唱和甚欢。所惜天不假年，金逸二十五岁即亡。有《瘦吟楼诗草》传世。

关于金逸的生平概略，袁枚在《金纤纤女士墓志铭》中曰：“苏州有女士，曰金纤纤，名逸。生而婀娜，有夭绍之容。幼读书即辨四声，爱作韵语，每落笔如骏马在御，蹀躞不能自止。年甫笄，嫁吴中少年陈竹士。……从此琴鸣瑟应，奁具旁烟墨铺粉，不数日，变闺房为学舍矣。纤纤事尊章谨，不以文翰自矜。……当是时，吴门多闺秀，如沈散花、汪玉轸，江碧珠等，俱能诗，俱推纤纤为祭酒。……纤纤论诗于唐宋诸名家，靡不宜究，尤酷嗜余诗，得《小仓山房集》，伏而诵之，尽四昼夜毕，寄书谆谆，乞为弟子。今春往访，则病已笃，强扶起，呼‘先生’再拜。余旋往西泠，逾月归，则纤纤死矣。……然余阅世久，每见女子有才者不祥，兼貌者更不祥，有才貌而所适与相当者尤大不祥。纤纤兼此三不祥，而欲其久居人世也不亦难乎？……所著有《瘦吟楼诗》□卷。卒年二十有□，以□年□月□日葬。”[①]

金纤纤学诗，打破唐宋界限，以名家为宗，以“性灵”为主，“性情以外无传作(陈基句)，唐、宋之间有等差(金纤纤句)。”(《偕竹士联句论诗》)所以她的诗风一如其名、其貌，纤巧明丽，“婀娜”有致，如荷风起于水面，朗月行走碧空，澄澈明净，不染尘色。如“日气淡荷风，烟光散乔木。偶然池上来，溪流为谁绿？”(《拟柳柳州〈雨后晓行，独至愚溪北池〉》)“绣帘风影警花冷，庄蝶才分梦亦醒。一缕茶烟人不到，绿阴如水漾空庭。”(《初夏》)

袁门女弟子山水诗多清新婉约之作，而金纤纤在众多女弟子中

---

① 见《袁枚全集》第二册《小仓山房(续)文集》卷三十，第587—588页。

更以空灵纤巧、韵味深远见长。读金纤纤的山水篇章，能把你导入一个天光云影徘徊、寒月冷雾迷离的双重境界：

湿烟晓散吴城青，群峰插天如画屏。小舟一叶飞蜻蜓，侧风泠泠吹袖冷。活火船头煎绿茗，半湖秋水楼台影。

——《胥口晓发》

西山爽气扑城头，散尽残云豁远眸。一树晚风扶落叶，二分新月约登楼。怀人可奈偏成梦，善病何堪再入秋。却羡垂髫溪上女，把竿稳坐钓鱼舟。

——《登楼》

春归三月乱红稀，一片湖光上钓矶。打桨偶来杨柳外，水禽拍拍近人飞。

——《西溪舟次》其一

游丝落絮午风催，春尽探春此溯洄。林外酒旗红不定，隔花橹响一船来。

——《舟过冶芳浜有见》其二

《胥口晓发》写苏州太湖风光，诗人紧扣"晓发"，目光随舟行转移，首联总写湖山相依、府城在望的阔大景象；第二联接写舟行如御风的轻快感；尾联则用生活细节衬托湖光秋色共相辉映的闲适情趣，这首山水诗作，制式特别，介于律绝之间，其格调清新，韵味悠长，不减随园风范。

《登楼》是一首登临聘怀类山水诗篇。前两联以写景为主，首句总起"西山爽气"扑面而来，"残云""散尽"，诗人游目远眺，只见故国晚秋，木叶萧萧，一钩新月，照彻帘栊，境界极其开阔。后两联在景的渲染中，以抒情为主，怀人不见，愁肠百转；病体缠绵，不堪伤秋，处在如此忧郁的境地，诗人反倒"羡"慕起"溪上"把钓竿的"垂髫"女了，至少"垂髫"女儿的生活是自在的，她们的心境是闲适、健康与活泼的！

《西溪舟次》《舟过冶坊浜有见》皆为赏游之作。西溪，在虎丘山寺西侧，又名寺西浜、西山浜。冶坊浜，本名野芳浜，即古新泾。在苏州著名风景区虎丘山下普济桥下塘。明清以来多有诗人歌咏其地，其中以姜埰诗最著名。野芳浜是“吴人”“泊舟宴乐”、“冶春避暑”之处，所以自古即被称为“销金之窝”（见顾禄《桐桥倚棹录》）金纤纤生前多次与陈基游赏于虎丘之畔，二人联吟唱和，欢情甚洽。《西溪舟次》《舟过冶芳浜有见》和《东塔院题壁》《暮春偕竹士游塔影园》等山水诗篇一起见证了二人在“竹烟浮翠晴生坞，花雨吹红湿溅衣”的宜人春光里，“幽赏恰宜三月尽，清狂得似两人稀”的伉俪深情。

金纤纤的山水诗性情自现，空明洁净，如素娥舒袖，清凉无痕，但作为体弱“善病”的诗人，金纤纤多愁善感，时常有一种生命飘忽的忧伤浮现心底：“情惟一往深如许，魂不胜销死也拼。”（《寒夜待竹士不归，读〈红楼梦〉传奇有作》）故此，她的山水诗里总有一缕金纤纤式的忧郁气韵萦绕盘旋，挥之难去：“问春消息往来频，瘦影横斜曲涧滨。冷杀冻云残雪路，万梅花著一诗人。”（《烟陇探梅》）“绣帘双卷水窗开，一叶风帆镜里回。天意似怜人寂寞，青山移近画船来。”（《舟中即目》）“等闲春老雨声中，花积空阶二寸红。睡起不禁春恨满，一双蝴蝶在帘栊。”（《春日杂题》其四）残云冻雨，寒梅孤峭；人影寂寞，青山依旧，生命禁不住春去秋来，雨打风吹，一切如蝴蝶幻化成永恒的虚无。金纤纤锦衣玉食，诗才横绝一时，她对诗痴狂不已：“拈韵西窗灯火亲，诗狂入夜欲惊邻。”（《静绿轩夜话同竹士作》）可无法抗拒的宿命还是让她在生命的最后一刻感到了肃杀，看到了虚幻：“笑他到死方成悟，蝴蝶原来梦里身。”（同上）

金纤纤才貌兼备，命途有袁枚所说“三不祥”，是为天大憾恨，但正是这一憾恨才成就了她“风定孤烟直，蛩寒玉漏催”（《中秋夜雨后得月》）的高洁凄艳的山水诗风。

金纤纤诗才一如其人，有纤巧惊艳、空灵通脱之美，但红颜薄命的悲情人生却能引起诸多叹惜和惋怜，其中吴江著名诗人郭麐题诗曰：“冰雪聪明云海思，生来仙骨不须修。……锦瑟华年偏善病，春风庭院澹如秋。”（《题女士金纤纤逸诗卷》）“愔愔小雨沉沉病，草草新诗字字愁。从古上清多谪降，有人同命且忘忧。”（《陈竹士基见过出示纤纤女士病中答诗及见题近集二首同韵奉酬》其二）也许郭麐的哀怜惋叹代表了当代众多诗人的共同心声。

金纤纤以外，王倩、朱意珠、陈长生、严蕊珠、鲍之蕙、吴琼的山水诗亦值得一提。

王倩，字雅三，号梅卿，浙江山阴人。知县王谋文女，金纤纤殁后，嫁陈基为继室。有《问花楼诗钞》《洞箫楼词》传世。

据《墨林今话》载："（王倩）工诗词，兼善绘事。家贫，恒偕竹士游吴、越间，琴书相对，见者目为刘、樊仙侣。"又曰："画梅尤多，其后欲绘士女百幅，未就，病于云间白苧城。自知死期，嘱勿写遗照，赋《绝命词》六章而殁。"[①]王倩不但继金纤纤后与陈竹士诗情流连，"琴书相对"，而且还"卖画数十帧"，刊刻金纤纤遗著《瘦吟楼诗》，以及自著《问花楼集》，一时"流播艺苑，世共称之。"

王倩认为"宇宙皆诗，本乎天真。"（《论诗八章》）好的诗作来自诗人对茫茫自然之境的"灵机妙悟"，所以她的诗章随处皆见空灵之气、飘逸之韵，仿佛从山间奔注而来的小溪，清凉透亮，本自天机。如：

川原风物望中舒，远境青苍画不如。半岭云浓半岭淡，一村树密一村疏。

——《舟行杂咏》其三

江天一色水瀰漫，白鹭群飞过苍滩。两岸绿阴人不见，溪头闲却钓鱼竿。

——《舟行杂咏》其四

晚凉衣袂好风牵，花满银塘月满筵。出水新荷谁得似，玉环扶醉浴温泉。

——《暑窗即事》其二

《舟行杂咏》首尾联贯，记叙了诗人一路水驿迢递的观光历程。在王倩如画的诗笔下，沿途川原迤丽、风华正茂，鹧鸪声声，白鹭翩翩，塔影重重，峰岭绵绵，这一切构成一幅幅"远境青苍"，"江天一色"

① 见《清代闺秀诗话丛刊》，第1950—1951页。

的“舟行”山水图册，让人把玩吟赏，情不能已。

《暑窗即事》作为闲情偶寄型山水之作，它选取生活中司空见惯的一角小景为抒情载体，幽幽地吐露了诗人一缕如丝的闺情，其写景淡雅，喻物新警，诗情如出水芙蓉，不染任何尘俗。

陈长生，字嫦笙，一字秋谷，钱塘人。其祖父为著名诗人陈兆仑(官至太仆寺卿)，嫁广西巡抚叶绍楏(归安人)，有《绘声阁诗稿》存世。

陈长生的诗被袁枚所称，其多首写闺中之景的作品收录于《随园诗话》，如：“卖饧声里日初长，春满闲庭花事忙。楼外软风莺梦暖，篱边疏雨蝶衣凉。”(《春园偶赋》)“树远作人立，山深疑雨来。”(《硖石道中》)“湿云压树螟烟重，淡月入帘花气幽。”(《春夜》)陈长生的山水诗风与其写景之作极为近似，一是善于抓住景物特征，用极富表现力的意象，通过拟形会意方式将其再现出来；二是画面爽洁质实，不堆砌华词丽句，有简淡之气。如：

城南五尺五，地僻豁双眸。树色鸦边暮，人家雁底秋。烟光迷浅浦，岚气接层楼。更爱回车处，苍苍芦荻洲。

——《城南晚归》

《城南晚归》是陈长生的山水代表之作。诗人紧扣“晚归”的事态背景，通过“归”的动态形式，将“城南”一带晚秋的景致逐一写来，就如展开一卷秋山晚归图，令人顿生爽朗广寒之感。

严蕊珠，字绿华，又称禄华，吴江人，一说江苏元和人。诸生(秀才)严家绶女，未字。有《露香阁草》。

袁枚《随园诗话》曰：“近时闺秀之多，十倍于古，而吴门为尤盛。兹又得松陵严禄华蕊珠女士《春日杂咏》。”又曰：“吴江严蕊珠女子，年才十八，而聪明绝世，典环簪为束修，受业门下。”严蕊珠因深入领悟袁枚“性灵”诗的奥妙之处，所以被袁枚目为与金纤纤、席佩兰并列的三大知音：“余女弟子虽二十余人，而如蕊珠之博雅，金纤纤之领解，席佩兰之推尊本朝第一，皆闺中之三大知己也！”(《随园诗话》语)

严蕊珠生长在人杰地灵、风景秀美的松陵江畔，这里有长桥卧波的垂虹之亭，波光万顷的太湖之水，更有交通南北、风光旖旎的莺脰之湖，平野四望，震泽縈洄，是一个令人梦牵魂绕的心灵栖息地。严蕊珠怀着对故乡的深情挚爱，创作了许多讴歌故土风光的山水诗作，其中《春日杂咏》和《莺脰湖棹歌》两对组诗堪称典范。诗曰：

粘天芳草翠平铺，三月江南似画图。小立溪边春袚禊，水中人影万花扶。

——《春日杂咏》其二

如烟小雨润苔衣，花坞风酣蛱蝶飞。杨柳多情又多事，绾将春到放春归。

——同上，其四

淡妆浓抹变晴阴，柳色花光间浅深。描出西湖新样子，亭台一簇拥波心。

——《莺脰湖棹歌》其一

镜面波光点黛螺，鸣榔处处起渔歌。朝来几阵廉纤雨，雪色银鱼上网多。

——同上，其二

《春日杂咏》为随笔性写景之作，它没有特指的刻镂对象，诗人随性而至、随意而为，把入目皆见的自然风光当成歌吟物，从而加以尽情渲染，使其达到感动人心的目的。严蕊珠沐浴早春和煦的熏风，心有所感，遂赋诗以志“江南”“三月”“似画图”的春景。

《莺脰湖棹歌》用灵活轻快的船歌形式，描绘吟唱了吴江平望名胜莺脰湖。在诗人细腻圆润的诗笔下，莺脰湖恰如一“淡妆浓抹”的西子，婷婷立于天地之间，她皓首明眸，顾盼间令万象生辉。

严蕊珠另有《浮玉楼晚晴》《桃花坞》《秋日杂兴》等绘摹姑苏美景的山水诗作，这些诗的审美趣味与上举几例如出一辙，风致婉然、清香四溢，让人心生爱怜：“风轻扶弱燕，花落聚游鱼。……河汀新霁后，最爱画难如。”（《浮玉楼晚晴》）“深坞鸟声幽，隔花人影散。”（《桃

花坞》)"垂虹秋色五湖连,雁响菰蒲宿渚烟。帘卷西风云影散,洞庭飞翠落窗前。"(《秋日杂兴》其一)

和上述诗风略有差异,袁门女弟子中亦有山水诗写得沉郁激楚、雄劲耿介的,比如朱意珠的《南楼观潮》、鲍之蕙的《同舸斋登北固山有作》等。

朱意珠,字宝才,苏州人,汪心农箧室,其《南楼观潮》曰:

> 漭瀁横流急,川原一望同。断云低度水,远岸欲浮空。鹭立菰浦外,鸥飞灭没中。相看情未已,暮雨又濛濛。

从诗意看,此诗写秋雨连绵时,苏州一带遭受洪水的情景。虽然是一首气势"漭瀁"的山水之作,诗人通过"断云"、"远岸"、"鹭立"、"鸥飞"等富含诗情的意象勾勒了楼上"观潮"的壮景,但诗人在赏景之余,油然生出"相看情末已,暮雨又濛濛"的忧思,这忧思中也许包涵了她悲悯众生的情怀。

鲍之蕙,字仲姒,号茝香,丹徒鲍海门次女,同知张铉(舸斋)室。有《清如阁吟稿》多卷。

洪亮吉《北江诗话》评其"诗如栽花隙地,補种桑麻。"《丹徒县志》记曰:"(之蕙夫妇)才调相匹,闺中唱和诗,裒然成集。王侍读文治评其诗云:'律细于之钟(其兄字),骨重神清,情深意炼。'当时才人如袁太史枚、法祭酒式善诸君,皆极推许。"鲍之蕙"骨重神清"的诗歌特征被她的一首《同舸斋登北固山有作》诠释得极为得力,诗曰:"孤亭矗起迥凌云,天际惊涛木末闻。爽挹楼台千嶂合,势吞吴楚一江分。寻秋客访南朝迹,吊古人称北府军。更向高崖同极目,数行烟鸟落斜曛。"此诗首联劲道十足,意境非常开阔;颔联承上而来,有时空交合的纵深感;颈联思古怀幽,诗意高古苍茫;尾联则总揽全篇,画龙点睛地道出"更向高崖同极目"的阔大深远意向。其"凌云"之势,放目之意赫然如在目前。

鲍芝蕙的诗情境窅深,用辞颇为精当,如:"垂柳和烟敲水影,乱鸦如雨入林声。"(《扬州湖上迟月》)"新水偏从前浦绿,好花争向故枝

妍。”(《春日登凌江阁怀论山兄》)

诗歌,自产生之日起,它的本质功能就是言志抒情,因事而起,缘情而作,不管是风云变幻的自然物象,还是纷繁复杂的世间百态,皆能触动人心,引起诗人的感情激荡,从而产生极其震撼心魂的抒情之作。从《诗经》《楚辞》到李、杜、元、白,降而为苏轼、陆游,再到清代有建树的诗人,他们的作品无不充满激情,是抒忧发愤之作,更是彰显个性之作。抒忧发愤表现了诗人的社会意识和社会责任感,通过对他们生活时代种种不平现象的揭露和抨击,诗人们强化了诗言志的社会功能,即诗的外在功能;彰显个性则反映了诗人们自我意识的觉醒,以及诗性人格的不断形成,他们由风花雪月、草木虫鱼的自然变幻联想到个人命运的起降浮沉,以及生命的短暂和永恒,凡此种种,凝成诗人的心花,必将绽放成朵朵灼人眼目的性灵奇葩,由之便深化了诗的写性功能,即内在功能。正是这无所畏惧的社会责任感和抒发内在激情的力量相互融合,亦即诗的外在功能与内在功能的完美结合,才使诗焕发了不断更新的青春光华。不幸的是,在诗学潮流涌动的过程中,众多论家往往放大了诗的外在功能,而忽略,甚至压抑且扼杀了诗的内在功能,把诗歌创作导入枯干凝滞、缺乏生气的难堪境地。“性灵”派的倡导者和追随者正是看到了这一诗界弊端,才奋然而起以明确的诗学主张、清晰的创作原则和充满活力的创作实践,发动了一场真正的诗坛革命。“性灵”派貌似不满考订之学,或以学问入诗的诗学主张,实质上他们并不真的排除诗与学问的有机联系,他们的诗学观已越过单纯的诗论之争而进入道德层面、政治层面,成为诗界争平等、争女权、争人格自由和独立的宣言,从“性灵”派的山水诗概览中,我们深刻体会到,“性灵”说作为一种诗学理论或观念,它本身是灰色的,是有固定思维模式和价值取向的,但就无论袁枚、赵翼、张问陶,还是袁氏诗群、随园女弟子诗群的诗歌创作来观照,其生命之树永远充满生机,它随时而变、随事而异,随情而生,随性而来,他们的创作活动是充盈生命活力的心灵衍生与嬗替过程。

第九章　“天然神骨似论文，未许纤秾作派分”

——翁方纲和“肌理”派的山水诗·兼论新河朔诗群的山水诗

清代不但诗歌创作集前代之大成，呈万木逢春、百舸争流的繁盛气象，而且诗学理论，尤其以诗话为范式的诗学著述亦前后相续、层出累现，令人目不暇瞬。在诸多诗界高揭的理论旗帜中，能群起影从，并迅疾形成流派，且被当世及后人推崇而研磨的应属“神韵”、“格调”、“肌理”和“性灵”四派。“神韵”说作为时代的产物，它崛起于满清稳固国基、抚平社会创痕、填埋满汉裂罅的关键时期，在满清拉近与士人关系、淡化社会矛盾方面，“神韵”说无疑是一副可口的良药，甚或是万能的粘合剂。“格调”说的政治性虽不及“神韵”说那样浓烈，但它出现在满清走向极盛的繁荣时期，客观上为封建统治的政治秩序进一步强化起到鼓吹引导作用。继“神韵”、“格调”之后，“性灵”和“肌理”呈抗衡之势，差不多同时亮相于乾嘉诗坛。“性灵”说的提出具有力挽诗学衰颓之势，使诗歌创作回归本质的巨大作用；但“性灵”说因其主张的离经叛道，不符合封建统治集团口味，特别主张个性解放、追求女权平等的思想让一批封建秩序的卫道者们感到如芒在背、如骨在喉，顷刻间向其发动了猛烈反击。“肌理”说的粉墨登场，表面看似乎是纠“神韵”空廓之弊，“格调”尊唐之偏，但从政治倾向而言，“肌理”其实和“神韵”、“格调”一脉相承，他们异曲同工、异词同调，都是站在封建统治秩序和道德伦理的层面，在诗学上发起的一场整合各派力量以趋正统的行动。只不过“肌理”说和“神韵”说、“格调”说在诗歌创作的技巧上有所差异而已。尽管翁方纲在《神韵论》《格调论》等具纲领性的诗学论文中对“神韵”说、“格调”说有所指正和纠谬，但他的用意是站在封建统治阶级的立场，认为“神韵”说和“格调”说对封建统治者所倡导的“性理”之旨理解不深、阐扬不够，甚至表现不力，故而他反复强化的主题就是不管作诗，还是为文一定要有充实的内容，这种诗文所表现的内容即是和封建统治所需要的“经义”相一致的：“诗自宋、金、元接唐人之脉而稍变其音。……至我国朝文治之光乃全归于经术，是则造物精微之秘衷诸实际，于斯时发洩之，然当其发洩之初，必有人焉先出而为之伐毛洗髓，使斯文元气复还于冲淡渊粹之本然，而后徐徐以经术实之也。”（《神韵论·下》，《复初斋文集》卷八）[①]在翁方纲看来，“宋、金、元”的诗人们之所以能“继唐人之脉”而有所创新，并显示出空前的成就，关键是他们以“真才实学”而为诗为文，他所指的“真才实学”即其一贯鼓吹坚守的“肌理”，“肌理”从本质上考察就是要引导诗人们用“通经学古”为准则，以“考订训诂”为方式，最终达到淡化诗的抒情功能，抹去诗人心底郁怒勃发的社会责任心，以迎合统治者所提倡的明性理的政治趣味，进而让诗人的创作成为“研求经义，体思至道”（康熙语）的政治工具。

辩证探讨“肌理”说的产生背景和政治倾向，并不在贬抑其学术地位，而是试图说明，作为任何诗学理论，或诗歌主张均有其与时代或政治不可离分的交互关系。

第一节　“乾坤清气在神骨”“我诗不要海绵语”

——翁方纲的山水诗述论

“肌理”说的政治意图和诗论旨趣，前已大概述及，而要比较深入地梳理其诗论体系，则须从它的掌门人翁方纲入手进行断面剖析。

---

① 见《续修四库全书》第1455册《复初斋文集》，以下凡《复初斋文集》引文皆用此版本。

一、翁方纲的生平和诗学理论简析

翁方纲（1733—1818），字正三，号覃溪，顺天府大兴县（今北京市大兴区）人。据李元度《国朝先正事略》载：“年十二，补府学生；十五，登乡荐；二十，成进士，选庶吉士，是为乾隆十七年壬申。寻授编修，典江西乡试；二十七年，典湖北乡试；越二年，督广东学政，凡三任，前后八年；四十四年，典江南乡试，擢司业，迁洗马；四十八年，充顺天乡试副考官；五十一年，督江西学政；五十五年，扈跸山东，擢内阁学士；明年，命督山东学政。嘉庆元年正月，赐千叟宴，先生与焉，……十二年，重预鹿鸣筵宴，得旨赐三品衔；十九年，重预琼林宴，赐二品卿衔，时年八十二矣；又四年卒。”①从上述史传可知，翁方纲是一个少年早慧，青年得意，中年腾达，晚年荣宠的幸运者。以年龄而论，他取科名的时间比王士禛早五年，比袁枚早四年，比沈德潜早近半个世纪。虽然他不像毕沅等人有封疆大吏独挡一面的尊贵，也不似王士禛等人有侍从皇帝的荣耀，更不如王昶、赵翼等人有赞画军事，随征边徼的干才和谋略，终其一生只是在“视学”、“典试”的职守上更迭轮替，说不上功绩卓著、名位显赫。但纵贯其一生行迹，翁方纲可谓宦途顺畅，几无波澜，他的诗界声望和政治地位与时俱增，至老不衰。从“年十二，补府学生”，到三次以“预鹿鸣筵宴”的荣耀而寿终，翁方纲一直生活在令诸多士子心仪而艳羡的象牙塔里，这种高雅又高贵的生活境界使他充满了对封建王朝的感恩戴德，自觉自愿地承担起维护封建道德秩序的重任。和王士禛一样，翁方纲的诗创作远离红尘、隔绝人世，对社会矛盾视而不见，对民间疾苦无一字提及。如果王士禛以“神韵”的玄远空廓之风引导诗歌创作走向统治者所需的绝畅风流、粉饰太平、消弭社会矛盾的轨范的话，翁方纲则力图通过“考据”、“义理”等学究之气，将充满活力的诗歌之流导向疏离生活、漠视现实，循规蹈矩，以适应“试帖诗”式的创作模型，最终抹去诗歌自抒性情的个性特征，来为封建统治者充当鼓吹雅颂的政治工具。对于诗和考据、

① 〔清〕李元度《国朝先正事略》，岳麓书社 2008 年版，第 1216—1217 页。

义理的关系，翁方纲将其上升到政治的层面加以阐释："士生今日经学昌明之际，皆知以通经学古为本务，而考订诂训之事与词章之事未可判为二途。"(《复初斋文集》卷四《蛾术集序》)"诗必研诸肌理，而文必求其实际，夫非仅为空谈格韵者言也，持此足以定人品学问矣。……乐记声音之道与政通，则文章即政事也。……读斯集者，第知其纪荣遇，而其实即文章政事合一之义也。"(《文集》卷四，《延晖阁集序》)翁方纲长于金石、精于考证，且自始至终优游徜徉在封建统治者为其构建的精神与肉体两相合一的金碧殿堂里。故此，他怀着感戴之心，自觉地把诗歌创作同统治者倡导的性理之义结合起来，反复地申说："士生今日，经籍之光盈溢于世宙，为学必以考证为准，为诗必以肌理为准。……又曰声成文谓之音，声音之道与政通矣。"(《文集》卷四，《志言集序》)在翁方纲心目中，他所生活的时代是一个充满理性的时代，是一个力求一切学术或文学活动都以"义理"为准则的时代，"吾劝同志者，深以考订为务，而考订必以义理为主。"(《文集》卷七，《附录与程鱼门平钱戴二君议论旧草》)"考订"是形式和方法，"义理"则是内容与旨归，翁方纲不满王士祯"神韵"的空泛疏阔而提出"肌理"之说，一般人仅从形式上去纠结它的涵义，殊不知翁方纲的目的欲以"考订"的途径和方法来打通文学艺术，以及所有学术活动与封建统治者所倡行的道统与性理合而为一的路径，使其融汇贯通为定于一尊的主流思想。因此之故，翁方纲所说的"肌理"，其本质就不是外延上的言之有物，内容充实，也不是一种方法论，恰恰相反它是一种通过学术的形式而为统治者立德、立言的诗学主张："在心为志，发言为诗，一衷诸理而已。理者，民之秉也，物之则也，事境之归也，声音律度之矩也。是故，渊泉时出，察诸文理焉，金玉声振，集诸条理焉，畅于四支，发于事业，美诸通理焉。义理之理，即文理之理，即肌理之理也。"(《文集》卷四《志言集序》)翁方纲集台阁诗人、金石学家为一身，他的诗论主张意在泯灭诗的抒情功能，把诗人的个性湮没在统治者所倡的"性理"的统一标准中，既不要"神韵"，也不要"格调"，更不能触及现实。诗就是充斥斑斑锈迹的青铜彝器，是刻满蝌蚪之文的钟鼎碑版，最多也就是缺乏生命活力的花鸟图文，以供人们考证、鉴赏，他力图把鲜活的诗性生命禁锢在散发着腐朽气的理性牢笼中。翁方纲不但是这样倡明自己的诗学理论，而且还在创作实践中努力实证自己理论的可行性、必要性和正确性，他的诗基本是诗句化了的金石考证，或品题鉴赏的谱录之属。

诗是诗人感于外物，发于中情的抒情之物，离开了情，则无诗；缺乏情，则会使诗流于寡淡索然，失去生命的鲜活之力；抽去了情，则让诗黯淡无光，如同一副风干的僵尸，不仅没有美感可言，而且还令人作呕。翁方纲的诗作冷静沉着，已超越一般金石诗人，或台阁诗人的刻板凝重、枯寂生涩的程度，而达到无血无肉，更无情的地步。假使站在诗歌本身，或诗学独有特征的角度来作美学价值判断，“肌理”的诗学主张实乃诗歌发展大潮中的一股逆反之流。对此，袁枚作过很“委婉”的批评：“人有满腔书卷，无处张皇，当为考据之学，自成一家。其次，则骈体文，尽可铺排，何必借诗为卖弄？……凡诗之传者，都是性灵，不关堆垛。……近见作诗者，全仗糟粕，琐碎零星，如剃僧发，如拆襪线，句句加注，是将诗当考据作矣。”①

翁方纲论诗推崇苏黄，创作以“江西”为宗，但他只看到宋代诗人“研理日精，观书日富”，“莫不借诗以资考据”②的一面，而抹杀了苏、黄等人激情洋溢、感叹身世的诗歌特征。对于翁方纲学宋不似宋诗，敬慕苏、黄而失其本色的诗歌创作现象，时人多所訾议：“覃溪年甫及冠，已入词垣。……诗宗江西派，出入山谷、诚斋间。……然自作亦不能尽合也。”③“翁阁学方纲诗如博士解经，苦无心得。”④潘德舆在《养一斋诗话》中，对翁方纲论诗的谬误和矛盾之处给予了无情指陈，而更有意味的是，曾指斥袁枚为“名教罪人”的朱庭珍在《筱园诗话》中，对翁方纲也不买帐，贬抑他的诗作为：“死气满纸，了无性情，最为可厌。”朱庭珍的批评虽不留情，但却一针见血地道出了翁方纲诗歌

① 〔清〕袁枚《随园诗话》，人民文学出版社1982年版，第146页。

② 〔清〕翁方纲《石洲诗话》卷四，见《清诗话续编》，第1428—1429页。

③ 〔清〕王昶《蒲褐山房诗话》，人民文学出版社2011年版，第55—56页。

④ 〔清〕洪亮吉《北江诗话》，见《洪亮吉集》，第2245页。

的本相。

翁方纲的创作活动，既受其身份和意识形态的制约，同时还深深烙上了他诗学理论的印痕。概要地分析，翁方纲的诗学理论主要体现为以下几点：

1. 作诗要有益于“政事”，诗人的创作必须和经学相关联，通过考据理清“义理”，由“义理”而形成“肌理”，诗歌必须讲求“肌理”。

“肌理”说是翁方纲诗论主张的核心，也是他所代表的诗歌流派的标识。“肌理”在翁方纲看来就是“义理”、“文理”，亦即诗文内容和形式的统一。“义理”是“肌理”的灵魂，“文理”是“肌理”的脉络，“考订”则是“义理”产生的基础。在《考订论下之一》中他说：“考订之学可以平吾心，可以养吾气，可以渐问于学道之津矣。故曰：考订之学以义理为主。”(《复初斋文集》卷七)在《附录与程鱼门平钱戴二君议论旧草》中他又曰：“诂训名物，岂可目为破碎，学者正宜细究考订诂训，然后能讲义理也。”就“义理”、“文理”、“肌理”三者的关系，翁方纲是这样阐述的：“义理之理，即文理、肌理、腠理之理无二义也，……事理之理，即析理、整理之理无二义也。”(《理说驳戴震作》，《复初斋文集》卷七)在翁方纲心目中，“理”既是方法、途径和表现形式，又是内容、观点与诗文灵魂，诗人在创作时既要让诗歌血肉丰满、条理清晰、纹理自然贯通，而且还要内容充实、质朴厚重，能体现“义理”的内在涵量。翁方纲之所以把“理”强调到至尚的程度，关键在于他认为“理”无所不在、无处不在、无时不在，即使“神韵”亦为“理”的一种表现形式：“此理字，即神韵也，神韵者，彻上彻下，无所不该。……吾谓新城变格调之说，而衷以神韵，其实格调即神韵也。今人误执神韵似涉空言，是以鄙人之见，欲以肌理之说实之，其实肌理亦即神韵也。”(《神韵论上》，《复初斋文集》卷八)“诗必能切己切时切事，一一具有实地而后渐能几于化也，……神韵者，以心声言之也，心声也者，谁之心声哉？吾故曰：先于肌理求之也。”(《神韵论中》)翁方纲在《神韵论》中极力辨称“神韵”之说承前代优秀传统而来，它是随时而变、随事而变的一种诗歌创作方法，王士祯之所以倡“羚羊挂角”、“无迹可求”之一格，主要是针对前明偏执“格调”之说，故此，王士祯的“神韵”

说不仅不是空廓之论,相反它具有澄清流弊,开辟清代诗歌创作新山河之功。“诗以神韵为心得之秘,此义非自渔洋始言之也,是乃自古诗家之要眇处。古人不言而渔洋始明著之也。神韵者,非风致情韵之谓也,吾谓神韵即格调者,特专就渔洋承接李、何、王、李而言之耳。”(《神韵论下》)翁方纲认为“国朝文治之光全归于经术”,王士祯倡导“神韵”说的目的是为实现“经术”一统天下的局面进行“伐毛洗髓”的清道之功,先为其创造一个便于施行的“冲淡渊粹”的学术氛围和诗坛气象,然后再“徐徐以经术实之”,达到“经术”统领全局的“文治”目标。翁方纲竭力为“神韵”说辨白,并将其与“义理”、“经术”相牵强的本意,实乃为其“肌理”说的诞生寻找一个坚硬的外壳,换言之,他欲以“神韵”的大旗为之张目,把“神韵”当成“肌理”的新标签,而“肌理”又自然成了“神韵”的新版本。两者在扼制诗的鲜活生命,为统治阶级廓清宇内学术空气的社会功能上是高度同步的。

翁方纲的“肌理”和程、朱的性理欲保持一贯,这是清统治者所倡导的统治思想的基础。一般人认为翁方纲的“肌理”说是弥补“神韵”的不足,而试图在诗文中充实以“义理”,让诗文具有强烈的质感。其实,翁方纲所谓的“理”并非普遍所认同的“义理”,相反它是“存天理,灭人欲”的程朱理学的“理”,与当时盛行于清中期经学家们所提出的“义理”的概念是格格不入的。在《理说驳戴震作》一文中,他借驳论戴震“立异于程、朱”而“谈性道”且“言理”的机会,大力倡言“人之性即理”,人的一切思想活动“具性道统挈”的观点,他一再强调“性即理也”,“理”是“彻上彻下”“统挈”一切的“性道”。

明辨了翁方纲“理”的真正含义,才能体察他提倡“肌理”说的良苦用心。

2. 作诗要讲“诗法”,要有尺度,但同时还要有变化,有创新,时代不同,时势相异,诗的风格亦应有创变。

翁方纲的诗论体系构建于“肌理”之上,他的诸多诗论观点或集中于《石洲诗话》《神韵论》《格调论》《诗法论》等著名的诗论篇章中,或散见于其它论诗诗,以及为友朋所撰的诗序里。除力辨“肌理”的诗论主张外,翁方纲还从诗法、诗的创变关系上,对诗歌创作进行了多角度论述。

翁方纲认为，作诗必须讲诗法，诗法是使诗创作达到规范的必要途径。尽管诗追求得意忘言的空灵之境，但诗法对诗境的营造依然重要："忘筌忘蹄，非无筌蹄也。"可是诗法不是"板法"，不是一成不变的，它根据不同的诗人而有不同的变化："诗之作，作于谁哉，则法之用，用于谁哉。诗中有我在也，法中有我以运之也。即其同一诗也，同一法也，我与若俱用此法，而用之之理、用之之趣各有不同者，不能使子面如吾面也；同一时、同一境、同一事之作，而其用法之所以然，父不能得之于子，师不能传之于弟；即同一在我之作，而今岁不能仿昨岁语，今日不能用昨日之语。况其隔时地，分古今，而强我以就古人之法，强执古人以定我之法，此则蔑古之尤者也。"(《诗法论》,《复初斋文集》卷八)翁方纲反对以"古人之法"来"定我之法"，因为"诗法"是灵动的，多变的，不能陈陈相因，缺乏自我和创新。"法之立也，有立乎其先，立乎其中者，此法之正本探原也；有立乎其节目，立乎其肌理界缝者，此法之穷形尽变也。"(同上)基于诗法的"正""变"关系，翁方纲主张作诗既要坚持古之"绳墨规矩"，同时还要有自我，有"尽变者"，"故曰：禹之治水，行其所无事也，行乎所不得不行，止乎所不得不止，应有者尽有之，应无者尽无之，夫然后可以谓之诗，夫然后可以谓之法矣。"

翁方纲论诗极力反对因袭前人，拘执一端，他觉得诗必须有自我创新，如此才能符合时代发展的要求："化格调之见而后词必已出也，化格调之见而后教人自为也，化格调之见而后可以言诗，化格调之见而后可以言格调也。"(《格调论下》,《复初斋文集》卷八)"格调"说据翁方纲所论，创自明代的"李、何辈"，李、何拘牵一"格调"之论，而倡言"诗必盛唐"的主张，由此复古之风大兴，而"伪体"流布诗坛，针对"泥格调者"的弊病，翁方纲疾呼要变"化格调"之习，使诗歌归于正途。

翁方纲认为诗的因变不仅和时序有关，而且还随地域不同而有所迥异。“诗不但因时,抑且因地。”[①]（《石洲诗话》卷二）不同地域的诗人有不同的涵养、不同的气质,故而其笔下的意象就具有特指的涵义,这种由地域特征造成的迥异情致就形成诗人多样的创作风格。

3. 诗以“肌理”为主,因时顺变,随地而异,要虚实相得,“即离”互现,呈现一种亢爽激慨之气。

翁方纲论诗极力诋斥李、何之“格调”,处处为王士禛的“神韵”说帮场子,但他或隐或显地对王士禛所提倡的“无迹可求”有所纠谬,在《重刻吴莲洋诗集序》里,他说:“此事离即二义尽之矣。即者,或可执迹以求,而离者,不当执迹以求,此其大较也。”（《文集》卷三）这里所谓的“即”,是指作诗要“实出之”,不能“空洞极矣”;“离”的意思则是指诗人要有营造空灵超诣诗境的才华,把“执迹以求”和“不当执迹以求”统一起来,才能创作出“独具中和之气”的作品。

在诸多风格中,翁方纲论诗更为钟爱超迈雄豪,具有高蹈之情的诗人。他论杜甫曰:“杜之魄力声音,皆万古所不再有。其魄力既大,故能于正位卓立铺写,而愈觉其超出;其声音既大,故能于寻常言语,皆作金钟大镛之响。”[②]论近人诗风,他说:“才气横溢,辟易万夫。比出闱旬日,耳侧犹作砰訇砯砉声。……然旬日以来,把卷驰溯,如见君双眸射人,摇膝撚髭于烟月间。而其诗境硉兀奇宕,音在空外。”（《瓯北诗集序》）“其诗尚沉郁清壮,铿锵出金石。……欲使仲则胸中抑塞磊落之真气常自轩轩于天地间,江山相对,此人犹生,正不谓以长歌当痛哭也。”（《黄仲则悔存诗钞序》）翁方纲主张“直须笔力能扛鼎”的“肌理”的诗学观,所以他对诗中有物,真气充盈的诗人抱持赞誉激赏的态度,从唐代的杜甫,到同时代的赵翼、洪亮吉、黄景仁,只要他们的诗沉郁悲慨,有冲决充塞天地的浩然之气,他都给予褒扬首肯。不仅如此,他对陆游、元好问的奇崛诗风亦推崇备至:“一饭不忘君,奚必其学杜。忠孝出天性,肝胆相撑柱。……荡涤不平鸣,风雷有余怒。……胸次浩浩乎,自行于千古。”（《读剑南八首》其一）“奇气

① 见《清诗话续编》(三),第1394页。

② 《石洲诗话》卷一,见《清诗话续编》,第1375页。

辟万夫，转战下百城。怒蹴黄河奔，倒泻天汉倾。……此腕挥干戈，耿耿贯元精。……沉郁顿挫处，所以摧杜陵。"(其四)"秀骨出天然，非可学而至。惊心动魄语，抑岂堪屡试。"(《读元遗山诗四首》其一)"遗山接眉山，浩乎海波翻。……元精贯当中，耿耿谁与论。"(同上，其三)

翁方纲的诗学观产生于时代交替之际，表面繁盛兹生的王朝气象已被一种衰朽的暮色所弥漫，因此，要力挽时颓，振起社会意识形态与文学，以及学术的新局面，就必须有与统治阶级思想相适应的诗文理论应运而生，翁方纲观点鲜明、立论驳杂的诗学主张就是在这样的时代母腹中所激生的产儿。他的诗学理论如同其金石鉴赏、考订诂训之学一样斑驳陆离、纷披繁复，以上仅择其要，作掠影式述说，至于更为深入而系统的研讨则有待方家。

二、"观水难为水，在山不见山"

——翁方纲的山水诗概览

翁方纲山水诗的内容和题材非常广泛，这与他一生的宦游经历相关。如前所述，翁方纲曾先后典江西、湖北、江南乡试，任广东、江西、山东学政，这种四出典试、督学的活动使他开阔了眼界，同时亦巡阅了大江南北，尤其粤赣一带幽深峭绝的山川形胜。翁方纲的诗歌总结集为《复初斋诗集》七十卷，在这卷帙浩大的诗歌总集里，诗人基本上保留了品鉴书画、题赏金石、考订古迹，以及遍咏山水的篇章，故此，他的山水诗数量十分富赡。

如果结合诗人宦游的区域，再系以行年，翁方纲的山水诗创作情势约略为：1. 任职广东督学时创作的粤游山水诗；2. 任职"秘阁"、典顺天乡试时创作的幽燕山水诗；3. 视学江西时创作的赣游山水诗；4. 任职"内阁学士"时创作的辽东山水诗；5. 任山东学政时创作的齐鲁山水诗。这五大模块，全面展示了翁方纲毕生的主要游宦历程，它既是诗人人生履历的实录，又是他赏游山川、纵情自然的心灵回声。

(一)"榕绿木棉红，应接固不暇"的粤游山水诗

乾隆二十九年(1764)秋，三十二岁的翁方纲"奉命视学广东"，由

此拉开了他长达八年的岭南之行的序幕。学政,即提督学政,为清代一省掌管教育的最高行政长官。据《清史稿·职官志》载,“提督学政,省各一员”,他们一般由“侍郎、京堂、翰、詹、科、道、部属等官进士出身人员内简用。”其职责是:“掌学校政令,岁、科两试,巡历所至,察师儒优劣,生员勤惰,升其贤者能者,斥其不帅教者。凡有兴革,会督、抚行之。”[①]翁方纲才过而立,便跻身一省大员,其官位比王士祯、沈德潜、袁枚要早显许多,正因为如此,他宵衣旰食,勤于国事,往返奔劳于广东全境的学宫试院间,公务闲暇,他足履踏遍粤地的山川名胜,得诗数百首,结纂为《药洲集》。诗人在《药洲集》的小序中曰:“甲申秋奉命视学广东,至辛卯秋役竣,凡三任八年,舟车之次,所得诗凡存八卷。”翁方纲的粤游山水诗毕现于《药洲集》的各卷中,凡广东之山川胜地均被诗人搜罗殆尽,并呈示于毫端,录其主要篇目有:《电白山行》《新兴山行》《登镇海楼和诸城座师韵二首》《游七星岩》《中宿峡》《碧落洞》《同冠峡》《惠州览古八首》《龙川度岭至清溪》《潮州试院望韩山》《阅江楼歌》《上春十日舟发韶州杂咏十二首》《海角亭》《天涯亭》《渡海中流作》《秋晚重游雷州西湖兼怀确斋叠前韵》《纪连州山水六百四十字》《锦石行》《渡海二首》《三洲岩三首》《三水至清远江行五首》《舟上连州四首》《望罗浮三首》《阳江至电白三诗》《发廉州二首》《合浦道中》《雷州西湖叠旧用苏诗韵》《晓渡端江二首》《登阅江楼》《峡山寺和苏韵》《石钟岩三首》《浴日亭大风雨歌》《早发龙川岭》《蓬辣滩》《舟发程江三首》等。从这些随意罗列的诗目中,我们既可体察翁方纲足迹遍粤省勤奋国事的良苦心境,又能洞彻他放情自然、考证山川的旷达胸怀。

翁方纲的粤游山水诗创制于诗人血气充盈、肝胆迸张的生命旺盛之时,宦运显达、事业蓬勃上升的飞扬腾厉之期,故而其风格苍健雄放,无所拘束;语言平实贴切,不乏警句;描写手法以实景绘摹为主,间以大气盘旋的情势渲染,令人于沉静冷僻的语境中感受了翁方纲另样的山水诗情。如写粤地名胜七星岩,他既对其象形北斗的体

---

① 见《清史稿》,第806页。

貌进行入微刻划，又着意渲染它幽奥曲折、灵光缭绕的氛围，让人顿生迷离之感："沥湖湖上岩七星，金天宿合北斗形。……千盘万叠势不停，七峰乃吐光荧荧。……自魁而杓应青冥，阆风天柱俨帝庭。"(《登尊经阁望七星岩作歌》)七星岩远"望"形如"斗""杓"，神奇不已，迫游则秘境如梦似幻，有如误入神宫，一派仙气扑面而来："洞外为云内为乳，千簪万柱攒牙龈。天井一线通绝顶，有云来往仍氤氲。……平坐已近魁三象，长啸可接云中君。"(《游七星岩》)再如写高江急峡、水激山涌的景象，他说："下滩若放箭，上滩如弯弓。……四旁插欹石，巨石横当中。……水必石面过，相斗声硿礲。……石罅两三折，乃有万壑风。"(《蓬辣滩》)"東江亭不见，峡势自回环。……雨昏青石片，天削碧云湾。"(《羚山寺》)"石香炉袅五色雾，锦屏风挂千珠帘。一梯上下窈窕接，百峒首尾玲珑嵌。……奇哉！中宿峡尾望峰合，六六峡合三五湾。"(《浈阳三峡歌》)又如写大海的海天空阔、气象万千，诗人笔意纵横，诗情颇为奔放，充分展示了他当时迅猛上升的扬厉心态："千顷万顷烟茫茫，东见扶桑一痕碧。……谁言天与水一色，天转如墨水转兰。……风帆沙鸟那复辨，滔滔浩浩浑一青。……长风一霎鼓帆来，椰子林青指南岸。"(《渡海中流作》)"珠宫倒吸出飞雨，声入扶胥扣铜鼓。九天云垂四海立，蚬江珠江齐万弩。……白花碧浪相吞吐，众山鳞甲喧笙钟。极岛鱼龙变歌舞，七十二级浑烟雾。"(《浴日亭大风雨歌》)上述不管是"浈阳三峡"的险峻郁怒，还是大海的波诡云谲，诗人大多以长歌的形式将其表现得淋漓透彻，不遗纤毫。在长篇歌行以外，翁方纲写粤省山阔水长、花团锦簇风光的短章更充满悠长的韵味。如："观水难为水，在山不见山。……冥心一静摄，万象纷来前。"(《潮州试院望韩山二首》其一)"鸣弦峰势抱回龙，水浸苔矶翠映空。……山水清音满襟袖，何须器与后夔同。"(《上春十日舟发韶州杂咏十二首》其十一)"窈窕东官路，男歌女採珠。蝶争花自舞，鸟隔水相呼。岸岸深篁竹，湾湾响荻蒲。晚山摇飏里，青翠半模糊。"(《仲春舟发广州杂兴十首》其五)"背郭沿堤路岂殊，前岗后屿势非孤。……寺下亭中一烟雨，塔三桥六不模糊。"(《十月十五日游惠州西湖六首》其四)"烟消云涌日未吐，雨涴热余江不湍。……星岩极北墨七点,甫假江势回抱看。”(《晓渡端江二首》其二)翁方纲视学广东八年,其足迹遍历粤省全境,从“海角”、“天涯”,到罗浮、惠州、潮州、端州、韶州等,凡经历处,诗人皆纪之以诗,除上述,纪游山水之作在其《药洲集》里占极大比重。

(二)“极空无云目万里,镜天一碧江青铜”的两京山水诗

广州归来,翁方纲不久即入四库馆,期间曾典江南乡试,他把这一时期所作结集为《秘阁集》(共八卷,起自丙申(1776)十月,讫于辛丑(1781)三月)在《秘阁集》小序中,诗人自叙曰:“是年六月,天子开文渊阁贮四库书,命儒臣充校理,臣忝预是选,以名其诗,志荣遇也。”《秘阁集》收录山水诗多为诗人游览并往返两京(北京、南京)时创作的篇章。其主要作品包括:《赵北口》《雨宿献县次东壁韵》《宿德州作》《宿高唐州作》《雨后藤县道中三首》《清流关》《滁州道中四首》《乌衣镇二首》《渡江四首》《栖霞道中示蕴山》《后湖》《望摄山》《半山亭》《登摄山最高峰顶作歌》《宿文殊庵四首》《叠浪岩》《云片石》《天开岩》《受翠楼》《万松山房》《夜度磨盘山》《峄山四首》《赵北口三首》《怀柔县》《密云县》《古北口》《青石梁》《常山峪》《寒山行二首》《晚晴》《下青石梁二首》《下芦菜岭(石闸北八里)》《密云行》《早发玉田县》《宿怀柔县》《密云城北晚望》《行牛栏山下用查初白韵二首》《牛栏山二首》《宿通州》《夏店》《早发玉田县》《榆关》《澄海楼》《杏山》《潞河晚渡》《芦沟二首》《良乡》《涿州》《赵北口堤上二首》《宿牛栏山下》《宿村家二首》等。

翁方纲的两京山水诗虽然没有粤行山水诗那样画面辽阔、内容丰富、色彩斑斓,但两京毕竟地域悬殊,物候特征、山形水势迥然相异,这一切给诗人提供了从不同角度,用不同笔法表现南北殊异山水景物的机缘,故此,《秘阁集》中的山水之作整体显现了这样的风貌:幽深峭厉和刚劲奇倔相容、明秀绮丽同沉郁凝重互倾,从另一角度体现了翁方纲书画鉴赏家观察自然山水的艺术功底。如写南京名胜栖霞山诗人是这样刻画的:“重阳细雨迟黄菊,六代精蓝冷翠微。”(《栖霞道中示蕴山》)栖霞山,又名摄山,是故都金陵最负盛名的山水胜游之一。南朝时即建有“栖霞精舍”,栖霞山得名由此。栖霞山峰峦叠

翠、陡涧纵横、谷壑幽邃、林木繁茂、巉岩挺秀，在金陵众多的自然胜境中，被推为第一，《栖霞寺修造记》曰："金陵名蓝三，牛首以山名，弘济以水名，兼山水之胜者，莫如栖霞。"栖霞山可赏之景星布于涧壑洞石间，其著称者为栖霞寺、千佛崖、珍珠泉、桃花涧、叠浪岩、天开岩、受翠楼、万松山房、半山亭等。翁方纲于乾隆四十四年九月趁典江南乡试之便，间道游历了这座江城名山。他通过远望近察的视角、整体局部的结构、动静虚实的手法，给栖霞山绘摹了一幅完整而大气的秋光图："水阁枕湖堧，扶栏净午烟。芦花都作絮，芡实不论钱。"（《后湖》）"兹山卓如缴，秀色凌江城。……钟山西南来，蜿蜒亦有情。……不敢遽长啸，恐使山灵惊。"（《望摄山》）"一峰中分二峰路，西岫霞光接东岭。始识斜阳一点碧，尚在盘盘最高顶。……江南江北千万峰，供此虚廊半栏影。……下方云起上方钟，更度松窗光冏冏。"（《半山亭》）摄山，作为佛教胜地、山水秘境，其幽深奥妙处，令人生尘外之想；雄浑壮阔时，叫人胸襟豁然，长歌吟啸。翁方纲为人严谨，不苟笑谈，且有些板滞，但面对摄山，他忽而心境顿开，彻悟禅理；忽而登临揽眺，长歌曼吟，抒尽心中暗潮涌动的激情："略彴欹横杳霭间，树穿山月月穿山。不知仍是前来路，只向溪桥觅往还。"（《宿文殊庵四首》其三）"静境从何百籁生，了然无寐亦无营。不虚襆被禅床宿，收得空山鸟雀声。"（同上，其四）"摄山山势趋正东，三面接山山不同。……中峰直上裘挈领，紫阁一线云荡胸。穿云不知在云上，四垂但见烟濛濛。……万山巉巉若拱揖，大江滚滚来朝宗。……极空无云目万里，镜天一碧江青铜。……霜高助我奇响发，洲尾浩浩来天风。"（《登摄山最高峰顶作歌》）登上"摄山最高峰"之巅，诗人指点江天一色的浩淼气象，只见"大江滚滚"、"金焦一点"，一股"浩浩"的"天风"吹过心底，于是他振衣啸呼，一气写下《叠浪岩》《云片石》《受翠楼》《万松山房》等长歌以志情怀。这些古体山水诗作，不仅气势排荡、旋律起伏，而且摹形准确、构图精当、色彩极为鲜明，有强烈的质感，是翁方纲山水诗的点晴之作，亦是他运用书画鉴赏的独特视角创制的艺术精品。

与江南绮美秀丽、气韵流畅的山水风物比较，翁方纲笔下的燕京山水则呈现出另番韵味。如:“潮河塞外来,痕带万石砾。……遥望古长城,白云横若幂。…… 下上石岭间,午日林光隙。”(《密云县》)“直北俯诸峰,一往陟层霄。雉堞亚山巅,逦迤跨亭岧。……居庸递山海,锁钥旷迢遥。……蓊郁万木阴,苍翠弥山腰。”(《古北口》)“银河倒挂落九天,石梁三叠闻青莲。……蜿蜒盘礴不可住,如裘挈领当中权。千峦起伏大开合,雄辟万古冥濛烟。”(《青石梁》)“滦水迤北群山东,再成英乃三陟同。……一峰亭岧影横空,章八元说梯出笼。一峰中开三窍通,螺旋曲折表里融。……我来朝阳正曈昽,高低并在映罩中。……回看众皱绿更浓,绕塔万朵青芙蓉。”(《双塔峰》)燕京万峰耸峙,群山朝宗,其山势自太行而来,如海潮奔涌,滚滚不尽,翁方纲登临眺览,被其苍茫瘦劲的山形所激发,顺势创作以上引为代表的燕京山水诗群。和南京诗群相对,翁方纲的燕京山水诗则沉郁凝重,古朴苍劲,既有对山形水容的大笔刻划,又有对关河塞垣的考核校量,所以燕京山水诗群的气韵显然不及南京山水诗那般冲决流荡,这不但是南北山水差异的结果,而且更是诗人善于观察,运用不同艺术手法,营造不同山水诗境的美学精神的体现。

(三)“我来静摄入跌息,大千豪发以气并”的西江山水诗

乾隆五十一年(1786)九月,翁方纲“奉命视学江西”,此次西江之行前后历四年。与前述赴粤经赣不同,诗人这次的赣中行是深度潜入,他为了完成“视学”的使命,屐痕遍布以庐山为中心的赣南赣北,其山水诗创作也随诗人履历而展开,进入高潮期,这一时期的山水诗不仅数量丰厚,而且艺术性亦得以空前提升,成为翁方纲山水诗主旋律形成的成熟期。

翁方纲赣中山水诗以庐山为主体,以赣南为辅翼而形成点线相穿插的山水诗集群。其重点篇章有:《发沙井》《早发德安》《隘口》《瞻云寺》《右军阁》《黄岩》《出南康府城望庐山云气》《青玉峡》《聪明泉》《宿秀峰寺》《万杉寺》《栖贤寺二首》《玉渊潭》《栖贤三峡桥》《五老峰歌》《望大孤山二首》《下石钟》《欲游青原阻雨不果》《抵赣州二首》《赣州使院望郁孤台和苏韵》《八境台次苏韵八首》《雩都道中二首》《宿雩都县》《将至宁都道中四首》《秀岭》《广昌县》《南丰县》《自南昌往瑞州

道中二首》《新喻道中》《五老峰》《吴章岭三首》《晓发九江》《石钟山》《天冠山二十八咏》《游青原山寺叠前岁韵二首》《青原六咏》《十八滩三首》《赣州登陆往南安》《发大庾二首》《发赣州往宁都道中》《雩都至宁都道中山行四首》《游翠微峰饭金精山洞二首》《钟鼓岩》《游麻姑山三首》《饭麻姑山寺望五老飞炉诸峰》《东林寺三首》等。

翁方纲虽然以考据之学自矜，以力倡"肌理"而闻名，他的诗作枯燥厚重，一如钟鼎碑版，散发着浓浓的青铜味，毫无灵气可言。但其山水诗却突破了这个格局，既显得庄重严整、平实厚朴，又充满灵动气韵，色调斑斓而构图精致，感情充沛且音律优美，尽管比不得袁枚仿佛自然而来的天籁之音，但就翁方纲整体诗风考量，他的山水诗确实令人咀嚼回味，有一种端庄雍容与清奇雅致相间的美感。这一风格在他的以匡庐为主体的赣游山水诗中得以最彻底的显现。如写庐山面目，不管是长歌，还是短调，他都能紧贴匡庐既笼盖仙佛灵光，又充满儒家道学之气的特征，将之统归于自然无穷变幻的万象之中，让人顿生空阔无物、一洗尘滓的快感："山僧送客忘言说，水自飞流石自横。"(《招隐桥》)"巨石深崖龙虎气，空堂启户星斗横。我来静摄入跌息，大千毫发以气并。"(《宿秀峰寺》)"奇哉玉渊字，其气雄千丈。建瓴东北来，直泻势莽莽。……然后万珠玑，滚滚横摩荡。"(《玉渊潭》)"耳聋过玉渊，目眩又金井。……却上俯禅窗，变眩出俄顷。万壑回澜来，一束激箭猛。……我坐云气中，峰倒不见影。"(《栖贤三峡桥》)翁方纲的庐山山水诗融景、事、情于一体，笔法老辣精当，颇有奔放腾跃之势，其中尤以《五老峰歌》为显著。《五老峰歌》用七言古体尽情讴歌了匡庐主峰——五老峰的磅礴景象，全诗气势宏大、气韵流转，其摹形之精准、语言之流畅堪为翁方纲山水诗之冠。诗歌共分五解，层次清晰，环环紧扣，首解极言"五老峰"领袖群峰的"雄尊"地位；次解由面到点，具体而微地刻镂"五老"形态各异的真面目；三解通过与"河洛"、"衡霍"的比较，说明匡庐聚天下"奇秀"而"炳正位"的地利优势；四解写天开云散、万里浩荡的晨光中诗人直面"五老"，和"五老"一席长谈，顿使他"积翳一洗"、"清气"在胸；五解照应一解，诗人的诗情随山间云雾飞升超越，一直到无极。因受匡庐雄视宇内的气势感染,诗人胸襟大开、豪气潮涌,划然发出:“我诗不要海绵语”的震天长啸。

翁方纲的赣游诗主要以匡庐诗群和赣南诗群构建而成。如果匡庐诗群跌宕起伏,有一种超迈气概的话,那么赣南诗群则清新幽秀,别有一番悠长韵味。如写赣南行旅所见,诗人轻描淡写,把赣南山川绘摹得如同一曲醉人的牧歌:“贪看山影浸方塘,知有居人笑客忙。为尔船窗添一帧,舆夫曲折袅青苍。”(《雩都道中二首》其二)“石留间林芜,畦湾即画图。气蒸沙水涣,云密菜花铺。宿雨昏如织,遥山澹欲无。”(《将至宁都道中四首》其一)写赣南的人文遗迹,他笔意纵横、思接千古:“一亭横碧巘,万仞瞰飞流。儋耳三千里,元符七百秋。……雨洗浓清气,澜回翠玉楼。”(《赣州使院望郁孤台和苏韵》)“石沫花澜雪作堆,滩声喷激浪云开。江流屈曲山环抱,尽为高窗送绿来。”(《八境台次苏韵八首》其三)“万里凭栏杳霭中,楼台烟树点空濛。梅关桂岭如襟带,一气朝宗大海东。”(同上,其六)

乾隆五十四年,翁方纲结束了“视学江西”的使命,束装北上,经九江、安徽、山东、河北,抵京师,由此完成了他浓墨重彩的山水人生,同时亦进入了后期风格渐趋沉滞的山水诗收煞阶段。

(四)“茫茫元气收不尽,谁从太始观无始”的辽东、齐鲁山水诗

翁方纲后期的山水诗多以齐鲁幽燕的山峦河海为对象,因为这一时期诗人致力于金石考证、书画鉴赏活动,故此,其诗风由清空卓厉一变而成沉滞厚朴。虽然如此,翁方纲毕竟是一个有着很高艺术修养的诗人,他后期的山水诗在浓重的金石气味中,还是努力营造着一种独特的山水意境。如:“大东积翠接神皋,日脚红霞带海涛。地拥麦禾千野沃,天蟠松杏二山高。”(《沈阳道中》)“积气莽千里,大海轩端倪。……红云铺极岛,摇荡青玻璃。扶桑一镜中,倒摄千峰低。”(《望毉无间》)“山寒逾矜峭,意在迟杏花。山头到山下,林际或渚涯。……缟衣东风吹,薄雾西日斜。饱映行帐看,长天澹绮霞。”(《宿盘山下八首》其五)“银河倒晕半弯虹,一碧蒸空三万里。茫茫元气收不尽,谁从太始观无始。……吸翠拖蓝非一色,冥濛中有回澜紫。……芙蓉一岛摩云日,界会重洋分表里。”(《蠡勺亭观海》)“将升

未升暗摩荡，百宝沐浴海水烧。须臾一线界万里，紫磨金饼光动摇。……徐依海面测近远，极岛不碍烟帆超。……砂浮二竹俨画幅，烟横九点堆生绡。”（《蓬莱阁观日出》）

由上引各例可见，翁方纲晚期的山水诗风尽管随时地迁徙而有所变幻，但诗人在刻画景物，抒发情感，以及营造诗境方面依然力求突出诗中有画的艺术效果。这一特征不仅出现在上举各例中，而且还或明或暗地呈显在翁方纲创作的诸如《大凌河》《雨后宁远道中》《望盘山》《中前所》《登岱》《峄山二首》《崮山》等绘摹辽东、齐鲁山水的作品中。

“破墨铦戈不露锋，浑沦元气矫游龙。”这句翁方纲题邹衣白（名之麟，字臣虎，江苏武进人）画的诗句，若平移作对翁方纲山水诗的总评倒也恰切。一方面，翁方纲纵横金石与考据构建的大千世界，他的山水诗因之便肌理分明、骨骼奇崛，同时又深藏尖刻峭厉之迹，犹如“破墨銛戈”划过纸面，“不露”任何锐利的笔“锋”；另方面，翁方纲有非常深厚的艺术功力，以及对书画的鉴赏力，他以题画为主旨的诗作充斥其七十卷之巨的《复初斋诗集》，这些品题之作充分佐证了诗人精湛的艺术判断力。因为把鉴赏、品味山水画作的美学精神融进山水诗创作，故而他的山水诗“元气”“浑沦”、意境高远，感情激荡处，恍若游走于江海山岳间的“矫龙”，劲健苍莽，无可羁勒。比如《蓬莱阁观日出》《蠡勺亭观海》《游七星岩》《叠浪岩》《受翠楼》《登摄山最高峰顶作歌》《五老峰歌》等。展玩吟诵这些气势宏肆的长篇诗作，我们很难将其与力倡“肌理”、古板僵硬的翁方纲联系起来，但事实无可争辨的是翁方纲的山水诗确实突破了他固化而缺乏韵致的诗论思维，彰显了诗人严整而不乏大气、骨梗但不失隽秀的另种人格特质与审美趣味。

尽管翁方纲的山水诗有跳出“学究”腐气的长处，但放置在清代山水诗的大格局中，他既不能媲美于朱彝尊、王士祯、施闰章、宋琬、查慎行、沈德潜等，更遑论此前此后的袁枚、赵翼、张问陶、黄景仁、洪亮吉诸人。这是因为“阁学性耽吟咏，……所见法书、名画、吉金、乐石亦皆有诗，以考据并议论”[①]入诗的缘故，正象易宗夔所评：“翁名方纲……自诸经注疏，以及考订、金石文字之爬梳，皆贯澈洋溢于其中，盖真能以学为诗者。”（《新世说》）[②]凡此种种，形成了翁方纲一方面吟赏山水，一方面搜剔古迹碑版的独特游山方式。在他的整个山水诗里，以考证研磨石刻、书法、碑版的作品屡见层出，如《登尊经阁望七星岩作歌》《浈阳三峡歌》等，即属此类了无韵味的山水之作，如此这般，难免令人生“死气满纸”、毫无生机的窒息感。

第二节 “平生耽游几成癖，对此茫茫何有极”

——朱筠、朱珪的山水诗

乾嘉诗坛，南盛而北微，尤其直隶一省，享誉诗界的闻人仿佛晨星，稀旷疏淡，形不成璀璨之势，尽管如此，河朔诗人继申凫盟之后，以苍劲厚朴、奇崛突兀的诗风，把河朔诗潮推向新的高度，使河朔诗歌创作的成果再次出现丰硕富赡的局面，由此为清代南北诗派的遥相呼应开辟了广阔前景。

乾嘉之际，河朔的代表诗人除翁方纲以外，还有大兴籍诗人朱筠、朱珪，河间籍诗人纪昀，任丘籍诗人边连宝，宛平籍诗人查礼等。这些诗人前后踵武，把河朔诗群从乾嘉诗坛的幕后推向了前台。

朱庭珍在《筱园诗话》中曰：“朱竹君、翁覃溪北方之雄，记问淹博。”[③]朱竹君，即朱筠，与弟朱珪名噪乾嘉诗坛，和翁方纲学行相当，同为大兴籍乡贤，论河朔诗群的山水诗，朱氏二杰当继翁氏之后而成其典范。

---

① 见缪荃孙《重印〈复初斋诗集〉序》。

② 见《清诗纪事》，第 5457 页。

③ 见《云南古代诗文论著辑要》，中华书局 2001 年版，第 288 页。

一、"帆如不动暮天没，岸竟欲斜秋水流"

——朱筠的山水诗述略

（一）朱筠的生平和诗歌创作概述

朱筠（1729—1781），字美叔，一字东美，又字竹君，号笥河，直隶大兴人。与朱珪一母同胞，昆仲皆以诗文驰誉天下。

朱筠幼即聪慧，十三岁通七经，十五岁与朱珪同补诸生，得文名于世。乾隆十九年中甲戌科进士，选庶吉士，授编修。后由赞善大考擢侍读学士，并多次分校乡、会试。乾隆三十六年（1771）秋，督学安徽。

安徽督学任上，朱筠力倡朴学，以学行勉励士子。时值清高宗"下诏求遗书"，朱筠上书奏言："翰林院贮有《永乐大典》，内多古书，世未见者，请开局使校阅。"[①]"四库全书馆自是开矣。"朱筠深得乾隆帝嘉许，称其"学问文章殊过人。"[②]因在四库馆纂修官任上与于敏中之意相忤，不久即离开四库馆，而"督学福建"。在福建，朱筠"以经学六书训士，口讲指画，无倦容。"（《国朝先正事略》语）甚为士林颂扬。一年后，乾隆又命朱珪往福建代朱筠学政之职，朱筠返归乡里，数月后即病卒，时年五十三岁。

朱筠为人正直孝友，尤其以奖掖后进为世所称道，《清史稿·朱筠传》称曰："筠博闻宏览，以经学、六书训士，……尤以人才经术名义为急务，汲引后进，常若不及。因材施教，士多因以得名，时有朱门弟子之目。"《国朝先正事略》详述曰："顾笃好交游，一言之善，称道不容口，即有过，辄覆掩之，后进多因以得名。陆君锡熊、程君晋芳、任君大椿皆其所取士，而黄君景仁、洪君亮吉辈则北面称弟子。戴君震、汪君中兀傲不群，好雌黄人物，在先生幕中，独无闲言。孙君星衍以未见先生为恨，属洪君为绍，愿遥执弟子礼，先生许之。其督皖学也，延名宿十二人司校阅，联镳出国门，宾从称盛。……生平提唱风雅，

---

① 见《国朝先正事略》第 1062 页。

② 见《清史稿》，第 2092 页。

振拔单寒后进，天下士归之如市。”[1]朱筠弟子群体中，黄仲则、洪亮吉是非常幸运且特异的，据毛善庆（江苏吴县人）、季锡畴（江苏太仓人）同撰的《黄仲则先生年谱》所载：“三十六年辛卯，……冬，（黄仲则）复至太平，谒学使大兴朱公筠，遂留幕中校文。”又“三十七年壬辰，先生二十四岁，客朱公署中，受业门下。三月上巳日，为会于采石矶之太白楼，饮酒赋诗。”[2]这次“饮酒赋诗”大“会于采石矶之太白楼”的机遇，使黄仲则名满天下，大有当年王勃赋藤王阁诗的气势。朱筠对黄、洪推崇备至，在给友人诸如钱大昕、程晋芳的书信中，说他初到江南，最大的欣慰就是得到黄、洪二人，黄、洪的才如龙泉、太阿之剑，其锋锐能敌万人。对朱筠的提携推奖之恩，黄、洪亦铭感在心，溢于言表，初见朱筠，黄仲则便有《上朱笥河先生》的长歌以咏其志，在诗中他不但反复赞颂朱筠光明磊落的人格、擢拔奖掖后生的品行，而且还坚定表达了自己愿追随笥河先生用一己之长为其效力驰驱的宏大志向。不仅如此，在一举成名的《笥河先生偕宴太白楼醉中作歌》里，他颂扬朱筠曰：“谪仙之楼楼百尺，笥河夫子文章伯。风流髣髴楼中人，千一百年来此客。”黄仲则以一寒士身份，负米求学于朱筠，朱筠能在锦绣堆中慧眼垂青于他，这对黄仲则是终身难忘的恩情。

朱筠出入经学，长于诗文，是一个博学多才的君子。《清史稿》评道：“好金石文字，谓可佐证经史。诸史百家，皆考订其是非异同，为文以郑、孔经义，迁、固史书为质，而参以韩、苏，诗出入唐、宋，不名一家，并为世重。筠锐然以兴起斯文为已任，搜罗文献，表章风化，一切破崖岸而为之。”[3]因为“不名一家”，破除门户之限，才能成其博大；以经史为基质，以韩、苏文笔为参佐，所以能为当世所重。朱筠集毕生之力，为学治诗，遂有《笥河集》传世。

袁枚在《随园诗话》中评论朱筠说：“朱学士筠，字竹君，考据博

---

① 见《国朝先正事略》，第 1063—1064 页。

② 见《两当轩集·附录第三》，上海古籍出版社 1983 年版，第 618 页。

③ 见《清史稿》，第 2092 页。

雅，不甚吟诗。有《登湖楼》一律云：……帆如不动暮天没，岸竟欲斜秋水流。何寺一声孤磬远，长空万点乱鸦愁。……”又曰：“朱竹君学士曰：‘诗以道性情，性情有厚薄，诗境有浅深。性情厚者，词浅而意深；性情薄者，词深而意浅。’”①朱筠诗歌结集为《笥河诗集》二十卷，除酬赠、怀人的抒情之作外，他的诗多为“性情”醇“厚”，“意”境“深”远的山水篇章。这种钟意山水，放任自然的诗歌创作现象，与朱筠的个性相关，和他淡于名利、不求闻达的高洁心境吻合。《国朝先正事略》曰：“先生素无宦情，服阕，遍游天下名山。”当朱珪实情告知“掌院”，其兄“无疾”而请朱筠出山时，朱筠竟沉吟不语，神情茫然地对朱珪说：“弟败我清兴矣！”朱筠先后典顺天、福建乡试，充任安徽、福建学政，这种南北交驰的宦海生涯，助长了他的山水情怀，亦成就了他的山水诗创作。

（二）“若闻弹声隐，山水味弥旨”——朱筠的山水诗简述

朱筠虽然生于官宦世家，其父兄皆先后出入仕途，但就诗人的心性而言，他一直向往自然界的空阔清静、安详幽寂，所以每至一地，便登览瞻眺，尽兴而返。《国朝先正事略》记曰：“尤爱山水，使车所至，尝再登黄山、武夷。峭壁不通樵径，必攀萝造其巅，题名锲石而后返。”②

朱筠的山水诗内容比较简洁，主要依诗人两任学政的宦情而展开，包括皖游山水诗群和闽游山水诗群。皖游和闽游既是诗人创作山水诗的旺盛期，又是诗人山水诗艺术风格和审美趣味前后演变的分界线，通过这两大山水诗群的探析，我们庶几能管窥诗人宦情、人情和诗情交互相映的心灵世界。

1. 倔硬生涩的皖游山水诗

乾隆三十六年，朱筠督安徽学政。在任期间，他的足迹走遍皖南皖北，曾主风雅于采石太白楼，观日出于黄山之巅，寻古迹于醉翁亭畔，望佛光于九华之旁，凡皖省所辖之境，均留下诗人吟诵山川的墨

---

① 见《清诗纪事》，第 5567 页。

② 见《国朝先正事略》，第 1064 页。

迹。如果从《宿宿州》算起，朱筠写皖游的山水诗多达一百二十三首，其中具有地域代表性的作品包括：《灵璧县》《凤阳杂诗》《由定远上岱山铺宿滁之大柳树驿》《出太平上南门》《燕洞山》《登南陵尊经阁眺工山诸峰》《泾南道中三首》《自翟溪桥至伍家桥》《发绩溪却寄知县薛君》《汤池》《回龙岗》《观音厓》《老人峰》《南陵道中》《出宁国北门登舟之海棠湾》《登敬亭山阁》《广教寺》《宛溪道中》《当涂道中》《重过池州》《霞山村》《自抱龙峰折行上金谷岩探九曲洞》《滴珠岩》《紫霞关》《首楞右折由选佛岩上妙高峰》《昏黑逼文殊峰下归华岩寺》《缘石龙峰寻诸洞》《自龙虎关诸廊入陆子岩》《天池》《自天池下绕云梯》《六安武定门外阻风》《泊淝河口作》《硖石山》《塗山》《过荆山作》《宿明光集》《绩溪道中》《登莲花峰绝顶见云城之异歌以记之》《安庆城下阻风作》《江中望九华山》《大通口》等。上述篇目的铺排，不是简单的诗歌作品的罗列，相反，通过这些内涵丰饶，涉及区域广泛的山水诗作，我们既可以深深体验诗人勤于国事、奔波往来的赤忱用心，又能窥测其放情山水、畅怀任意的高洁心性。

安徽属地横越江淮，呈南北走势，东接古都金陵，西连河南固始，南邻江西德兴，北延江苏萧县，和江苏、浙江、江西、湖北、河南接壤，山川萦纡，地貌悬殊。《清史稿·地理志》叙其沿革和形胜曰：“安徽，《禹贡》扬及徐、豫三州之域。明属南京。清顺治二年，改江南省，置凤阳巡抚及安庐池太巡抚，兼理操江军务，并统于淮阳总督。……康熙元年，始分建安徽为省治，复置巡抚，驻安庆。……乾隆二十五年，安徽布政使亦自江宁来驻。东至江苏溧水；西至湖北麻城；南至江西彭泽、浙江遂安；北至河南鹿邑。……其名山：霍、皖、黄、九华、陵阳、敬亭；其大川：大江、皖、泾、枞阳、巢湖、淮、颍、涡、滁、浍、西肥、北肥、洪泽湖。”[1]朱筠的皖游山水诗几乎覆盖了如史书所载的安徽省境的山川风物，它们随抒写区域和对象，以及选择诗体的差异而呈现了不同的笔势与风格。如写淮北景象，他说：“隋堤杨柳开炀帝，相庙风雷感郭卿。湖外睢阳花绕驿，向南不见一峰横。”(《宿宿州》)“天青三楚

---

① 见《清史稿》，第501—502页。

外，波澹一窗前。空远低村树，平斜上水烟。”(《临淮驿馆闲眺》)“词客濠州偶一经，拘来四望状诗灵。无端忽索昌黎闹，撼树蚍蜉短李亭。”(《凤阳杂诗·四望亭》)凤阳地处淮北，与江苏徐州比邻，其所辖灵壁等地曾因历史上的楚汉相争而著名。朱筠路经其地，思绪翻澜，一股怀古叹逝的英豪之气陡然升腾，他把这种激慨之情融入徐淮特有的山川景象，就使其皖北山水诗显出峭劲瘦硬而略带忧郁的气格。再如写皖南风光，他笔势一转说道：“溪南横渡采虹坊，三月南州春有光。孤鹜平飞鸭水绿，远林低衬菜花黄。”(《出太平上南门》)“隔滩万顷田，黄菜绿麦抗。……高空小紫燕，盘旋急啄浪。”(《泾南道中三首》其三)“飞云忽何来，绵邈以廓寥。极目百里间，连蜷舒平皋。……当面柏枧山，一抹色愈韶。……其间有灵气，御风与之遭。”(《登敬亭山阁》)“人行江外程初稳，虫语田间岁已遒。早稻十分晚稻九，驿途莫放酒杯休。”(《当涂道中》)“相识青松满眼前，白云影在尚轻烟。沿溪语似闻惊浪，过岭人来看小天。”(《绩溪道中》)“向水芙蓉开艳艳，傍崖篱箬立娟娟。无泥亭外无泥岭，回首真堪一泫然。”(《出山》)皖南当大江之冲，擅万山之胜，著名的白岳黄山、天柱大鄣、九朵莲花亘立其间，河湖交错、峰岭叠翠，其气象之雄阔、景致之幽美，令人心神俱醉、魂魄全销。朱筠以一介儒学大家、朝廷命官的肃穆身份往来其间，亦感受到皖南山水带给他的强烈震撼。短章不能尽其意、达其情，他继之以长歌，通过《自岩脚至唐坞》《汤池》《观音厓》《打鼓墩》《龙翻石》《老人峰》《首楞右折由选佛岩攀缘金谷滴珠之顶上妙高峰》《昏黑逼文殊峰下归华严寺》《缘石龙峰寻诸洞》《雷公洞》《自龙虎关诸廊入陆子岩》《莲花石》《天池》《自天池下绕云梯》《登莲花峰绝顶见云城之异歌以记之》《江中望九华作》等歌行体的长篇山水诗，穷形尽相地刻画了皖南以黄山、九华为代表的奇绝山势。在朱筠笔下，皖南的山水脱尽妩媚细腻，一变而为遒劲盘屈，大有石骨棱棱、蛟螭盘旋之势。如写水石相激的撼人景象，诗人用形象比拟和象声词语，将其绘摹得淋漓尽致：“峰峰雨助瀑，洗石如刀刮。石皮皴剥骨，流刀犹自刷。”(《龙翻石》)再如写黄山之险，他不从正面渲染，而是通过主观感受来反衬山势之尊、山路之险、山形之奇：“一步获三蹶，非垤山宠宠。性命竟付之,未必聊复懵。上来猿升跳,下去猱挽捅。连臂饮危壑,判死各相统。……回惊缘壁下,张翅坠罗鸯。每从险绝度,颇仗神自董。……言归招提宿,卧榻浮濛鸿。”(《昏黑逼文殊峰下归华严寺》)又如写皖南奇幻的山石,他用绚丽多彩的笔墨,层次分明的笔法,将其勾勒得十分逼真:“素质待绘白广广,鲜葩濡染施朱胭。直茎大叶拆山出,艳艳辨脉明空笺。钩勒描摹着色迥,初日出水天然妍。”(《莲花石》)在朱筠的皖南山水长歌中,尤以《登莲花峰绝顶见云城之异歌以记之》《江中望九华作》为迥异。前诗写黄山莲花峰迥出云表、四望无垠的壮阔气势,诗人采用远望俯视的角度,尽力点染出这座宇内名山不同凡俗的骇人奇观;后诗叙佛家名山九华浮江而起、横空而来的灵动气象,因是从江面仰望,所以九华山在诗人写来不仅高峻耸峙,而且浮光耀金,仿佛腾空而去。“须臾群峰忽飞动,抉云欲刺苍苍倾。万点凫飞负之起,高危不坠随风轻。”

皖行山水诗反映了前期朱筠的人格特征、艺术风骨和审美倾向。作为酷嗜山水的诗人,他要尽量在诗中捕捉山水的灵秀气韵,营构山水诗独具的审美意境,为此,他选择五、七言律、绝以志山水之情;作为奉旨督学的朝廷命官、传经布道的儒学名师,朱筠处处留神,用雄阔刚劲的山川之气来涵养自己的人格,修炼自己的至纯之性,故而他利用长篇歌行的诗体,尽心刻画入目所见的山水之形,通过精确独到的山水状貌的雕镂,寄寓了个人刚直廉明、不屈不挠的高洁心志。

虽然朱筠在安徽督学任上,激赏识拔了黄仲则、洪亮吉等一般性灵独具的抒情诗人,而且他自己从某种程度说,也是一个放任自然的性情中人,但受思想观念、人格特质和身份地位的制约,他的皖游山水诗总嫌气韵不足、情致不够,甚至带有浓重的生涩枯燥之气,令人有厌倦乏味之感。这种山水诗创作上的缺略或可有待后期的闽游篇章弥补之。

2. 无心出岫的闽游山水诗

朱筠闽行前后有两次,一次是乾隆三十五年(1770)“闰五月十五日典试福建”,这次他从京师起程,经河北、山东、江苏、浙江,最后到达福州。因为典试时限促迫,不能让诗人深入闽地领略其山水风光,故而这次闽游的山水诗多以沿途所见的行旅之作为主，比如写齐鲁山水的《泰山》《敖阳岭》《望沂山》《望马陵》《重兴道中》；写江淮风物的《峒峿山》《骆马湖》《入桃源县》《露筋祠》；写苏南景致的《渡江》《登金山塔》《观音洞》《奔牛》《舟中见月》《浒墅关》《狮子山（诗人自注：一名鹤阜山）》《剑池》《试剑石》《五人墓》；写钱塘风光的《江郎道中》《至桐庐县用韦庄韵》《富春江用谢康乐韵》《钱江阻风》等共六十四首。第二次入闽，在乾隆四十四年（1779）九月，此次诗人奉命督学福建，虽然在闽视学只有短短的两个年头，但以朱筠之勤勉，他的脚步几乎丈量了全闽的学宫和试院。闽地视学之暇，朱筠沉浸于闽西南幽深峻峭的如画风景，前后创作闽游山水诗达二百零五首。这些规制鸿大的山水诗群集结在《笥河诗集》卷十六、十七、十八、十九中，其中十七、十八两卷纯以闽游山水诗结集。从这个看似简单的诗歌辑录现象，可以透视出朱筠复杂的生命状态：一是诗人酷爱自然，纵心山水，从早年“遍游天下名山”，到晚岁搜尽闽西南风光，朱筠跋涉的步履一刻也没有停留，由此可见，他是一个以自然为第一生命的写意诗人；二是朱筠创作闽游山水诗时，已离他生命终点还有一箭之遥，他倾尽生命的全力创作以山水为主题的自然诗歌，旨在透析自己厌弃官场、追求高洁人格的心境。故此，在记录自己心路历程的《笥河诗集》中，他汰削尽那些酬答、迎送的俗世文字，只留下吟赏烟霞，放歌自然的写心之章，以其来证明自己与世俗相离立的幽人情怀。

和前期皖游相比，朱筠的闽游山水诗突显出这样几个特征：(1) 在描写对象的选择上更趋全面和具体，闽地山川壮丽、风光绚烂，朱筠不但选择为世所瞩目，且被众多诗人写过的武夷、仙霞等名胜作为诗材诗料，而且还不放过他沿途所经所历的山川风物、村寨桥梁，以及负载颇多的人文遗迹，由此构成了一副点面交织、包罗万象，而且精彩纷呈的闽地山水全图；(2) 在诗体的选择上，闽游山水诗除《清风岭歌》《游玉华洞用四十四有一百韵》等少数诗篇用七言歌行体外，其它基本用善于抒发感情、营造意境的七律体式，避免了皖游山水诗散文化、口语化的寡淡无味现象，而使诗歌韵味和情致空前提高，形成山水诗固有的审美特质；(3) 就诗情、诗意、诗境的提炼与构建来衡量，闽游山水诗充分实现了朱筠一贯主张的艺术精神，即袁枚在《随园诗话》中所载录的“诗以道性情”的诗学观点。闽游山水诗剔除了昭梿《啸亭续录》所指陈的“好用僻字，……使人读之胸臆间格格不纳，殊不爽朗”[①]的弊端，其词意浅近，用笔流畅，毫无生涩冷僻之气。以下信手拈几例说明之：

无心岫外偶然招，上岭人来道已遥。一响耳边喷瀑合，两峰足底出云歊。阴崖绝想银花背，别壑闲看红树腰。问驿又呼小棹去，此心如水卧今宵。

——《登秀岭至水口》

扶路渔郎绝可怜，难忘惝慌五更天。窅深穴妄扪光石，清妙区真宿白莲。风物海棠砚可写，秘文林屋洞同牵。此中欲别频回首，况是游山主最贤。

——《宿白莲将出将乐境矣》

岭上青青日骤加，罗溪桥度剧清华。霏穿针孔秧根插，潦沃铜皮柏树芽。何路重源寻石洞，前期半月溯桃花。路旁驿吏如迎问，莫是仙人馈饭麻。

——《罗溪》

水不南流地尚汀，舆行踏雨态岭蝌。耽奇昨上澄心阯，（诗人自注：澄心堂故阯在朝斗岩右）善养今过平气亭。偪仄差能谙道路，苍茫颇欲感神灵。眼前变态相看笑，凿石名牛不乱青。（诗人自注：志云石牛镇以道旁有石牛名，今不见矣）

——《平气亭》

爱游意自逐高低，幽处还矜胜客携。翡翠鸟乡时见偶，荼蘼花候略开齐。来禽忽已林中烂，青竹何从谷里啼。不见泰宁铙顶宝，两崖石胜玉东西。

——《山夹道中》

① 见《清诗纪事》，第5570页。

朱筠在福建一年多的时间，游历吟赏了福州的鼓山、崇安的武夷，以及遍布邵武、延平、汀州等地的崇山峻岭、洞涧溪壑，上举几例从不同层面、不同角度既写实般地记录了诗人的游踪，同时亦散点式地透析了闽西南万山回合、溪涧纵横的迷人风光。

《登秀岭至水口》写于诗人初入闽视学途中，他沿途听草虫秋吟，看山色尽染，与青溪相伴，和白云为期，心神完全被高出云表的挺拔山势所倾倒，于是情从衷来，化解成对自然的无尽眷恋。水口，即古田县废县旧址。《读史方舆纪要》曰："宋太平兴国五年徙县于水口，就津陆之要，即今水口镇也。……今为水口驿，东南至府城百八十里，延津上游，此为锁钥之口。"①

《宿白莲将出将乐境矣》写延平府所属将乐县境的自然风光。将乐在延平府西北，东可达顺昌县，西北接泰宁县。境内崇山蜿蜒、溪流贯注，著名的山水胜境有：五马山，《读史方舆纪要》记其形势曰："五峰森立，如马驰骤。"②；天阶山，《读史方舆纪要》谓其："石磴崱屴，高若升天。"（同上）；九仙山，《方舆纪要》载曰："崇岗叠嶂，如龙翔凤翥，又如狮伏牛斗，为一邑最高处。夏无暑气，冬月常雪。旧传有九异人炼丹于此。"（同上）百丈山，距延平府偏西北一百八十里，又名羊角晶。《读史方舆纪要》曰："其山三面，南将乐，北邵武，西泰宁，皆悬崖绝壁，古木苍藤，郁然干云。"③将乐境内，崇山险峻，激流回旋，除上述名山外，还有以"岭""溪""峰"命名的山川胜迹，诸如：藤岭、蛟湖岭、亭岭、五岐岭；太灵峰、凌霄峰；大溪、龙池溪、将溪、水口溪、桃源溪等，这些峰岭溪涧或隐或显皆自朱筠笔下腾跃而出，就形成生机鲜活、自然清新的山川行乐图："越岭过村舆不奔，草痕随意绿当门。杜鹃丛染铺茵地，芦服花明面水村。"（《隔岭岗》）受自然充满活力的生气激荡，诗人顿感百虑尽失、尘心渐销："人生所遇难如愿，忧喜无心且一樽。"（同上）诗人所"宿"的"白莲"，即白莲驿，地当延平将乐县

① 见《读史方舆纪要》，第 4404 页。

② 同上，第 4463 页。

③ 同上，第 4464 页。

与汀州归化县交界处，为一大水陆驿道。《读史方舆纪要》曰：“白莲马驿，在县西南六十里，……《舆程记》曰：‘自驿陆行二十里而达汀州归化县界之铁岭隘，水行六十五里到归化县之明溪驿。’”[①]《罗溪》与《平气亭》均绘摹汀州府境的川原气象，其运思自然，毫无机巧之痕，诗人纵心游目，满眼皆现安详静谧之景，他把所历之景、所感之情相融相合，就使汀州之行的山水诗充满情景交织的圆融之境：“目前风满山行去，略盼天西虹破痕。”（《将入虾蟆堆》）“人生谁是心如石，莫到山川景极佳。”（《黄风岭道中》）汀州府，为闽地通往粤、赣的咽喉要地。《读史方舆纪要》评曰：“府南通潮、广，北达江右，山谷斗绝，称为奥壤。”[②]其所辖县有：长汀、宁化、上杭、武平、清流、连城、归化、永定。朱筠在汀州，从归化到清流，从宁化到永定，又从武平到上杭，凡峰岭坡塘、溪涧村寨均留下他如歌的吟咏，这些山水诗作既突出闽西南路隘林深、阴翳蔽日的物候特征，又抓住其川原相缀、陂塘相连的田园特征，将山形水貌的刻画和田园气息的捕捉结合起来，遂使诗情空前饱满高涨，达到引人入胜的美感境界：“黑云右半窥华洞，白鸟前头戏水田。……一株柳拂黄旗道，送客丝丝拂水烟。”（《黄旗塘》）“岭石纯遮松护竹，宇衡相望板通矼。……我冒雨来晴忽露，斯乡安乐果无双。”（《安乐村》）“休将好景滞浮生，雨势虽停意未更。……青草堆边人影去，扪来处处亦心惊。”（《青草道中》）在汀州，诗人经历了“排闼蒙茸山蕴精，每遭奇境更奇名”（《三都隘口自汀州入建宁界》）的赏心悦目之后，怀着“珍重诸生乞札别，题名遍响玉玲珑”（《棉家桥五里出汀州界留别》）的依依深情，走向下一段人生的驿程——建宁。

建宁，属邵武府，邵武北连武夷山脉，西邻江西建昌府，为闽中入赣之门户。《读史方舆纪要》曰：“府山川蜿蜒，土田夷旷，居列郡之上游，作全闽之西户。自江右而入闽中者，下三关，出樵川，势如建瓴

① 见《读史方舆纪要》，第4465页。

② 同上，第4480页。

矣。”[①]邵武山清水秀，地貌特殊，多名山胜水，其中道峰山介邵武、将乐，泰宁三县之间，山势高峻峭拔，直入霄汉。《读史方舆纪要》引述《寰宇记》曰：“道人峰(道峰山别名)负长溪，面樵水，秀峙数十里外。其险处名罗汉岩，下临绝壑。山周围盖八十余里，幽泉怪石，不可胜记。”[②]另有登高山、白水山、三台山、七台山、九台山等皆具飞瀑流泉、幽壑岩洞之胜。《山夹道中》选取的是诗人穿越山水画廊泰宁时的一个片断。泰宁距邵武府城西南一百四十里，县境奇山异水遍布，著名者如炉峰山、凤栖山、金铙山、大杉岭等。《读史方舆纪要》曰：“志云：县南五里为南谷，有曲涧层崖之胜。又十里为齐云岩，俯瞰大溪。……其相近者又有甘露岩，石门天成，一径如线，飞瀑千尺，垂岩而下，称绝胜云。”[③]泰宁不但峭石壁立、岩洞幽深，而且溪流环绕、众水汇注，二十四溪独擅山水之胜。《读史方舆纪要》曰：“二十四溪，县西四十里，汇山溪之水东出，有石山夹岸错立，崒嵂周密，凡二十四曲，西南至梅口入大溪。”[④]朱筠置身泰宁如诗似画的山水风景中，他左顾右瞻，随性而吟，抒写了对泰宁清绝幽奥的景致的一汪深情：“人家绿绿都摇影，雨岭丝丝若动烟。”(《发泰宁至分水塘》)“三溪泡杂松针滴，四岭云蜷石发伸。”(《源口道中》)“高石携霖入魏岭，悬波讶灌辨绥江。……茅店前头月色少，望舒不照古闽窗。”(《自袁庄入泰宁界》)“水南人去轼凭凭，小坐肩舆目直瞪。……十五里过山夹戍，槛瞰昣断碧岑升。”(《雾发泰宁》)

闽行是诗人生命中最值得回味的一次与自然深度相亲的灵魂之旅，所以朱筠把自己的这次山水之乐当成心灵的回声，加以鼓荡激扬，使其盘旋成永不消失的绝响：“我自采诗聊纵目，溪声铿觉老波澜。”(《高婆岭道中》)“中边甜味绝酸辛，水送山迎妙入神。……客论水口忘骸少，我到山心快意真。”(《山心》)由于日日面对的是闽南“妙

① 见《读史方舆纪要》，第4501页。
② 同上，第4503页。
③ 同上，第4508页。
④ 同上，第4510页。

香一径雨霏霏，处处行山山转围”(《香林》)的“幽佳”风致，故而诗人忽然产生“佳处相看若有缘”(《城南道中》)的奇思妙悟，他坚信自己一腔出自至诚的自然歌吟一定会随时光流逝而存留人间：“今日赖公岭下去，沧浪诗妙定谁传?”(《城南道中》)

雷国楫在《龙山诗话》中评朱筠说：“公长于金石之学，又善为古文辞，于诗不苟作，然每成一篇，即为同人传诵。”[①]朱筠的“为同人传诵”的诗作，被其门生洪亮吉赞美曰：“如激电怒雷，云雾四塞。”(《北江诗话》)尽管洪亮吉的评语有些过誉，但从朱筠的山水诗来看，他还是有力拔群峰、气掩诸水的苍劲浑深感。他的山水诗叙述语气颇近翁方纲，骨鲠瘦硬，略有金石气，语境特异，用词独到，在清代山水诗创作实践中显出与众不同的特点。作为众所公认的在金石、书法方面有很深造诣的诗人，朱筠和翁方纲有趋同之处，但就具体创作成果和艺术风格来详审，朱筠不及翁方纲那样大势开阖、精致严整，毕竟朱筠在书、画鉴赏方面缺乏翁方纲所具备的出神入化的审美判断力。朱筠山水诗创作上存在的学究气，以及情韵不足的缺憾，直到朱珪出现，才略有改观。

二、“山川阻深空谷秀，国香脉脉心香搜”

——朱珪的山水诗

朱氏先世在元至元年间即居浙东，明洪武间始迁萧山。八传至筠、珪高祖尚絅，明末任游击将军；曾祖必名，未仕；祖登俊官清湖北长阳知县、中书科中书；父文炳，官清陕西盩厔知县。从文炳开始，朱氏迁籍顺天大兴。朱登俊在湖北任职时，和著名学者朱栻相善，朱文炳受经学于朱栻，朱珪、朱筠兄弟的学行亦得益于朱栻影响。朱氏不但家世清显，而且其兄弟行也闻达于世，其中论宦迹和政声，朱珪为最显达者。

(一) 朱珪的生平和思想概述

朱珪(1731—1806)，字石君，号南厓，晚号盘陀老人。少年受家

---

① 见《清诗纪事》，第5568页。

学影响，颇早慧。十七岁，科试第一举于乡，和叔兄朱筠齐得名于都下，十八岁，会试中式，赐进士出身，改庶吉士。

乾隆十六年，散馆得第一，授编修；次年，大考得二等，授侍讲；二十三年，大考二等，授侍读学士；二十四年，主持河南乡试，旋即奉使告祭南岳；二十五年秋，授福建粮驿分巡道；二十八年，特旨擢升福建按察使，兼署布政司；三十三年，调山西按察使，越年，授山西布政使；三十九年，因得罪"按察司黄检"，被其以"终日读书，于地方事无整顿"为理由奏劾（语见阮元所撰《太傅体仁阁大学士大兴朱文正公珪神道碑》），黄检奏劾朱珪的逸事，葛虚存撰《清代名人轶事》卷二曰："外擢山西布政使，时抚军为黄检，文襄公之孙也，少年纨绔，贪黩骄奢，公时匡正之。黄以公为腐儒，不足与谈，因劾公为迂滞。"①事得乾隆皇帝宽解，朱珪遂内调翰林院侍讲学士；四十一年，命上书房行走，教时为太子的嘉庆帝读书；四十五年，代兄朱筠督福建学政，临行上五箴于嘉庆，五箴为：养心、敬身、勤业、虚己、致诚。嘉庆亲政后，将此五箴常置座右，以为戒勉；四十九年，扈跸南巡，授内阁学士兼礼部侍郎；五十一年，授礼部侍郎，主江苏乡试，督浙江学政；五十五秋，授安徽巡抚，在安徽，朱珪宵衣旰食，致力于赈救水灾，政声极佳；五十九年，调广东巡抚，兼署两广总督，旋即授都察院左都御史、兵部尚书；嘉庆元年夏，授两广总督，兼署巡抚。二年，授兵部尚书，旋调吏部尚书，皆留巡抚任；四年，乾隆帝"上宾于天"，嘉庆帝驰驿召朱珪入京，命直南书房，朱珪和嘉庆有君臣之分，师生之谊，故而嘉庆对朱珪信任且依赖倍于他人，据阮元《神道碑》载："自是，凡国家大政，有所咨询，皆造膝自陈，不草一疏，不沽直，不市恩，军机大臣不相关白。公第在外城，远且隘，赐第西华门，紫禁城骑马，加太子太保，充实录馆总裁、国史馆总裁、己未会试总裁。"②八年，兼翰林院掌院学士，以原衔充日讲起居注官；十年正月，拜体仁阁大学士，管理工部事；十一年春，朱珪感风寒，痰壅咳喘，至年底因"痰盛气微"而"遽薨"于府第。

---

① 见《清代名人轶事》，江苏广陵古籍刻印社 1993 年版，第 57 页。

② 见《碑传集》，第 1079 页。

朱珪逝世后，嘉庆帝极其哀伤，不但降旨评定其一生人品和政绩，而且厚治其丧，亲临“奠三爵，哭不止”，赐谥曰“文正”。对于嘉庆和朱珪间君臣相得、师生默契的深厚恩遇，阮元是这样评价的：“祎哉！上之重贤傅，任名臣，纳哲辅之益，隆饰终之典，至矣！非公之清介忠正，师表人伦，上致君，下泽民，曷克膺乎此哉！”①

朱珪一生由“神童连掇高第……通籍翰林，再更大考，累跻华资，出入极地。”（陈寿祺代某《光禄大夫经筵讲官太子太傅体仁阁大学士管理工部兼翰林院掌院学士赠太傅大兴朱文正公神道碑文》）②但他从宦数十年间，“丰厚端凝，中和醇粹，为仁若渴，抗义不挠，坦白公诚，绝无城府。……公官于外，厓岸廉峻，中朝大官绝无所援。管部事，持大端，不亲细事。数十年清操亮节，人皆仰之。”（阮元《神道碑》）朱珪的高风亮节，“厓岸廉峻”，从这样几个方面可资参照：

一是朱珪去世后，嘉庆皇帝对他的高度褒扬：“大学士朱珪，持躬正直，砥节清廉，经术淹通，器宇醇厚。……服官五十余年，依然寒素。家庭敦睦，动循礼法，洵不愧为端人正士，畀倚方殷。”（阮元《神道碑》）③进而嘉庆帝在悼念朱珪的《抒痛诗》中高度概括曰：“半生惟独宿，一世不贪钱。”在乾隆后期，和珅当权贪贿成风，而趋炎附势成官场常态的情势下，朱珪能保持“一世不贪钱”的高洁品德，确属难能可贵。正因为这样，朱珪一度成了和坤的眼中钉，“珪初以文学受知，洎出任疆寄，负时望，将大用，和珅忌之，授受礼成，珪进颂册，因加指摘，高宗曰：‘陈善纳诲，师傅之职宜耳。’会大学士缺，诏召珪，卒为和珅所沮。”④

二是朱珪心系天下苍生安危，有悲悯民生，宽政爱人的博大胸襟。据史料记载，朱珪任户部尚书时，凡与民争利，不给人民以休养生息的加捐摊派一律被其驳回，诸如安徽、江苏加收漕运银、米事；长

---

① 见《碑传集》，第1082页。

② 同上，第1085页。

③ 同上，第1080—1081页。

④ 见《清史稿》，第1593页。

芦提升盐价事；广东“奏升滨海沙地赋”事；仓场预纳钱粮事等，均被朱珪据理驳回：“小民未见清漕之益，先受加赋之害，不可行。并令曹司，以后凡事近加赋，皆议驳，以体皇上损上益下之意。”“海沙淤地，坍涨靡常。故照下则田减半赋之。今视上中田增赋，是与沿海民计微利，非政体。”（上引皆见《国朝先正事略》）[1]朱珪不增赋税，不与民争利的思想是其一贯的为政准则，亦是他以仁为体、以民为本的儒者情怀的表现。对于朱珪宽政爱民的高尚情操，时人评曰：“其苞淳也，仁义甘于刍豢，忠信宝于金玉，山川在抱，桃李不言，天球赤玉，国之宝镇，庆云景星，天无浊氛。”（陈寿祺代某《朱文正公神道碑文》）[2]一个胸怀“仁义”和“忠信”的直臣，其爱民亲民的赤胆忠心确实是“国之宝镇”，有这种上可灼天、下能照民的耿耿赤心，必能使国家政治清明，正气充盈，而“天无浊氛”！

三是朱珪把清正廉洁、关心民瘼、戒贪奉公当成行为准则，他不但自己亲身践行，而且还以此勉励家兄要时刻爱民亲民，不苟取一丝一粟不义之财，做一个正本清源的好官：“临别更何赠，在官终言官。渊明戒苟得，《魏风》歌《伐檀》。谁为民之牧，爱惜知艰难。……譬彼有源水，自出清波澜。浊渠虽云满，翘足可待干。兄其为高鸿，饮啄从渐磐。”（《冠山家兄以官事至京留家一月将还江西作诗五首送其行道过济阳与仲君兄共阅也》其五）“冠山家兄”，即朱堂。

朱氏有兄弟四人，皆徐太夫人所出，伯兄，朱堂，字冠山，曾任陕西大荔县丞；仲兄，朱垣，字维丰，又字仲君，号冬泉居士，历官山东济阳、长清知县；叔兄，朱筠，季弟，朱珪。在同祖兄弟排行中，他们分别为：行三、行四、行五、行六。朱堂从江西受上官之命，押解役犯进京公干，公务之余，归家与兄弟们短暂欢聚，临别时季弟朱珪赋诗相赠，其中既叙手足契阔之情，又谆谆告诫兄长做一个清正廉洁、心系万民的良吏。不但朱珪，朱筠亦赋《三兄冠山官新建，壬申十一月以公使来都，事毕还家数日，将反官所，作诗四首送之》，其诗意与朱珪同。

---

① 见《国朝先正事略》，第604页。

② 见《碑传集》，第1087页。

朱珪学行兼优，文章博肆深奥，诗情澹然超迈，有大家气象。其论史品人，别具视界。如《海丰》《陆丰》之咏叹宋末文天祥死国遗事，诗人满腔热血，写出那段痛史的激壮悲慨：“信国当年驻海丰，五坡岭上叹途穷。不须更唱长平曲，碧血千秋气贯虹。”（《海丰》）“鲁阳戈岂回，精卫血空漂。扶舆有正气，浩歌激商调。……英风五百年，一发鸾鹤啸。”（《陆丰》）再如《谒余忠宣公祠登大观亭》通过对元末忠烈余阙的缅思，充分透析了朱珪一身正气的人格：“我来再拜余豳公，耿耿浩气长于虹。……祠墓临江怒潮涌，想公骑蛟会胥种。……大观亭面水滔滔，六出花飞点绣袍。”朱珪虽为一白面书生，但他的内心却时刻奔突着一股英气逼人的英雄血性，他把这股凛然的正气通过史诗表现出来，就有《岳忠武王墓》《于忠肃公墓》等慷慨激壮、沉郁悲劲的抒怀之作。朱珪不仅对远逝的英雄满怀崇敬之情，而且对前明的直臣烈士，他也仰慕赞叹，有踵武其贤行唯恐不及之叹，“先生争国是，请剑诛雄枭。铁石作肝胆，性成自童龆。饥寒炼心骨，耿耿兀不摇。……少小读公书，涕泗霑双髫。今来拜遗像，欲赋大小招。风轮挟浩气，凛凛排空寥。慷慨燕赵歌，清绝忘湫嚣。”（《谒杨椒山先生祠》）杨椒山，即明著名直臣杨继盛（1516—1555），曾上书请诛权奸严嵩，被严嵩下狱，受尽酷刑而陷害致死，他的英烈事迹和直臣风范受到后世景仰，并影响着一代士风。杨椒山祠，为杨继盛故居，在北京宣武门外达智桥胡同南侧，近代著名的公车上书就发生于此。再如《扬州吊史阁部》对明末抗清而壮烈就义的史可法的礼赞，更充满势贯长虹的激慨气：“独挥血泪染疏草，谁息燕舞春灯红。……前有文山后漳浦，三光荡摩气贯虹。……嗟公一死重山斗，浩歌长啸江淮东。”

朱珪作为深受儒学浸染，生长燕赵大地的诗人，他诗歌中流溢的忠正慷慨之气，既是他涵养已久的人格的外化，又是生长环境的气质使然。在清代同期诗人中，朱珪的咏史抒怀诗和赵翼风旨颇相近，所不同的是，朱珪不仅有激烈悲慨的英豪气概，而且还有悲天悯人的现世情怀，如：“赵州以南黄河北，夏旱赤地秋无粮。……青榆龁皮表树白，十口一釜争歠糠。沟中瘠儿气如线，道旁乞妇颜犹装。河水流澌不得渡，北岸匍匐堆尸僵。……嗟民忍饥待春雨，看割岐穗连云黄。”（《所见》）《所见》是朱珪乾隆二十四年奉命祭告南岳途经河北境内所作。该诗以“所见”为题，通过大扫描的视角，真实地记录了诗人沿途“所见”的大河两岸灾民的悲惨生活场景，其语意沉郁、词情哀戚，令人蓦生惨目惊心的悲悯之情。

朱珪的诗风之所以激楚苍深、浑厚质实，而且能直面惨淡的社会现实，关键取决于诗人对诗的功能的理解，以及对为官从政之道的清醒认识，这二者的相互激发和震荡，催化并衍生了他的诗歌成就。就诗的功能和诗风的锻炼，朱珪是这样说的：“文章心之铃，清浊无不闻。……勾勒出天机，枝叶蔓世运。”（《送刘侍讲映榆视学粤东四首》其三）“气雄语硬挟河岳，杜韩二老亲麾扨。排沙汰石得珠贝，往往潏汩横奔泷。”（《将至河南寄督学汤御史先甲》）如果朱珪把诗文看成是“心之铃”，是诗人心灵的回声的话，那么他的为政思想就是诗人整个仕宦生涯的行为准则：“损下斯为损，益下乃为益。上以下为基，阴者阳之宅。远可经国家，近之理百脉。”（《杂诗四首》其二）“黄老治天下，从容出土苴。其言有至极，非徒大而夸。……散利以实下，不伐善莫加。华胥岂云远，民乐真无涯。”（同上，其三）《杂诗》一组四首，首章言诗人克已忘利，一切以国家和人民利益为重的“达者”情怀；次章重申自己时刻以普通大众利益为最高准则的为政观念；三章则进一步说明为政不仅要“益下”，而且还要秉持“黄老治天下”的精神，不以“治丝交纷拏”而烦扰天下，让人民真正快乐起来；末章表达了对历史上“李邺侯”宽以治民的高风亮节的仰慕与赞叹：“吾爱李邺侯，微中谈适可。……斯人不可见，白云帝左右。”朱珪是一个治世良臣，他的思想以宽政爱民为准则，他不但通过《杂诗》直抒胸臆的方式来阐明自己的政治理想，而且还通过咏物委婉地表达内心久蓄的治世方略：“生物贵得所，择处良有宜。人才与民气，取譬方在斯。”（《池荷开放》）给“人才”和“民气”创造“良有宜”的生长环境，国家才能长治久安，享运隆昌，一如“荷”在“池”中，必将“开放”出茂盛的枝叶和花朵。

朱珪在整个清代文坛，不以诗而著称，甚或有些悄无声息，他的诗歌多限于纪实、酬赠、怀人和悼亡，虽然如此，其彰显个性特征和诗艺水平的山水诗还是很有讨论价值的。

(二)“山碧千春色，滩流万古声”——朱珪的山水诗概述

和朱筠相比，朱珪的山水诗有这样几个相异之处：一是诗材有所扩大，抒写的范围更加广阔；二是诗境更显雄阔高远，诗情更为高涨浓郁。

朱珪因宦迹所致，他的游历要比朱筠广阔得多，加之诗人颇谙风烟之旨，所以他的山水诗水陆毕陈、南北兼具，写出了大河两岸、闽峤左右的山形水态。对于自己的广阔游历，朱珪是比较自赏的：“山川阻深空谷秀，国香脉脉心香搜。……宦游将逮天下半，胜迹屡负山灵羞。……践泥历水不足道，喜见岱岳雄东陬。……翻思大观荡云海，黄山衡山谁拔尤。……金山窣堵最上级，俯瞰无蒂江天悠。……衢严佳绝夙往复，夜渡七里风飕飕。……仙霞庾岭赓旧句，冰衔依旧心渝不。”(《出都日竹君兄赠我长歌三十六韵缄行箧中过淮阴舟中发而读之乃得次韵》)从这篇抒情言志的诗章，我们可以见出，朱珪的山水诗题材是很宽泛的，如果以区域来看有晋冀齐鲁山水诗群、江浙皖赣山水诗群和楚湘闽粤山水诗群，这三大山水诗群分写大江南北、黄河上下的江河湖海、山岳峰岭，其大跨度的地域特征造就了山川形貌和自然神韵的迥异特征。正是这不同的山水气象，使得朱珪笔下的自然山川显现出五色杂陈、百态缤纷的勃然生机。如同是写水，《黄河阻风》和《正月初八日同程聘山少宗伯登黄鹤楼》就体现出不同的神情与气质，这种差异既来自南北地势的不同，更源于诗人内心感情的起伏跌宕。写黄河，诗人着眼于“黄河之水天上来”的壮阔和辽远，重点突出黄水奔流倒注的撼人气势：“波涛翻天出奇怪，要我险语誇珠宫。黄河虬身腰脊耸，鳞甲伸屈尤强雄。……共工裂脑泻天罅，神鼇衔索吼巨咙。流水排山更劚窣，万剑缺齧鸣虚空。”与黄河怒声如雷、万马回旋的雄放相较，长江在诗人眼里则澄明如练、楚天空阔，让人倍感繁华绮丽、烟雨迷离：“长江南来汉西会，两岸列屋如星稠。……凭轩豁目但长喟，富贵何有真浮沤。”(《正月初八日同程聘山少宗伯登黄鹤楼》)

再如同是写登五岳观日出、看云海，诗人却能用不同的视角和相

异的情思将泰岱之雄奇和衡岳之幽深表现得迥然有别："天高云落众峰首，幻出渟海波沄沄。平磨玉山作砧石，净捣大素匀皱纹。……涛光鸿洞布六幕，仰面始识天为君。……安能腾身较奇胜，东瞰海市登亭云。"(《登祝融峰观云海》)"际天青黑拟蓬岛，浮地黄紫喷蜃虹。须臾明霞烂万匹，一线金织抽丝緵。譬如弦月目未瞋，珊瑚钩上悬玲珑。……俄然腾棱芒四射，揩眼已见升青空。"(《泰山顶观日出歌》)同样是观日出，南海日出的气象与泰山日出大异其趣："衔壁黄金釭，渐升大圆镜。四围悬玲珑，苍旻久未令。摇荡方嵌空，须臾光四射。"泰山雄伟高峻，能目极千里，所以其日出景象就比南海辽阔远大，气势超绝。

朱珪的山水诗题材多样，风格多变，其气象不仅随诗人所历的区域有所不同，而且还因诗人的阅历变迁而呈现差异。前期诗风清峻明朗，感情激越而充霈，具有较高的艺术审美价值，它们以督学闽、浙时创作的山水诗篇为范例。如写闽浙道中所见，他说："近山烟已开，一峰独出云。红花崖根艳，绿茸风度芬。……拕舟上清渚 ，回首辞桐君。"(《桐庐道中》)"右连五岭开萼跗，左酌三江泻杯潦。秋风喜放三日晴，岚红林翠生光晶。"(《江郎峰》)"仰晞閟青苍，回瞩荡心目。……重来蹑飞霞，一俯众峰矗。茶岭接小竿，突兀更腾伏。"(《仙霞岭》)"雾露霏我衣，白云近出没。晨暾升东峰，塔岭照突兀。循崖俯大溪，滩声荡石骨。"(《塔岭》)"山碧千春色，滩流万古声。"(《书所见》)再如刻画山水如画的浙东景物，他腾挪闪展，极尽变化："西行入山幽，峰峰凿天匠。闯然老僧崖，由旬不可量。"(《十月廿八日由黄岩至乐清取道雁宕山中纪所过九首》其一)"目成万娥眉，心荡藐姑射。初闻洞屋奇，地肺通天罅。"(同上，其三)"灵岩更幽邃，群峰争开张。芙蓉展翠旗，鸾凤交翙翔。……蜿蜿青石虬，爪伏於菟僵。鼻乳左右注，呼吸通天浆。"(同上，其五)"传闻雁峰池，百顷平如镜。……遥通大小湫，散瀑垂天夐。玉蜺饮银河，醉舞珠雾迸。"(同上，其七)朱珪的瓯游山水诗诡异幽奥，变化多端，写尽了雁宕一路的奇峻风光，其中《石门观瀑歌次顾雪亭韵》一诗无可置疑地成了他瓯行之作的扛鼎之章，这首诗语境奇特，想象丰富，思路巉刻，感情如石门之瀑，一发而无可羁勒：“轩辕鞭龙天关开，玉妃万手攀援来。龙头生狞须血迸，万茎摧落谁能栽？……天浆灌顶万古流，方诸嘘气双轮望。……倚天长剑是耶非，青田百里秔稌肥。虹交朝暾五色皎，涨怒夏潦千弩飞。……银河倒倾昆玉沸，支机不向黄姑求。”

乾隆五十九年，朱珪任广东巡抚，寻授两广总督，他的山水诗风格随其人生阅历和仕途升迁发生了转变，与前期比较，后期的山水诗更多地表现了台阁体肃穆熙洽的雅颂之风。在语体选择上，他一变前期清峻爽朗的风致，而显出生僻沉滞，略无生气的特征。如：“凿山开玲珑，束水涨迤演。……览奇目屡疲，探胜足愁茧。”(《峡行》)“灵岩吐莲舌，摩尼嵌佛脐。……湞水俯可鉴，魔蛃遯然犀。”(《观音岩》)“挽舟上湞水，濯缨溯清溪。……飞鸢仰蜂蝶，戴景如丹鹈。盘霄此巢窟，卵育宜洞栖。”(《弹子矶》)

朱珪尽管游踪比朱筠宽广，诗材亦比朱筠丰富，而且山水诗情韵更比朱筠清峻，但因其宦途不断上升，而且有与乾隆、嘉庆两帝的特殊恩遇关系，他把自己心存魏阙的感戴之情融进观山临水的自然活动，就使其山水诗逐渐染上了庙堂诗人凝重肃穆的习气，由此削弱了山水诗特有的艺术感染力，进而失去了审美鉴赏价值。

乾、嘉时期，河朔诗群的山水诗创作，不管是翁方纲，还是朱氏双雄，都带有浓重的金台体的特征，惯用奇句僻字，生造词语，卖弄金石考据之学，使山水诗的艺术性和审美性无法彰显，这种僵硬而凝重的局面，直到纪昀、边连宝、查礼等一批诗人的出现才得以扭转。

第三节 “何须更说江山好，破屋荒林亦自殊”

——纪昀的山水诗·兼说边连宝

乾嘉以降，河朔诗人中，地位宦绩堪比朱珪，声望学行伯仲翁方纲者，当属河间诗人纪昀。

一、纪昀的生平及诗歌理论概述

纪昀(1724—1805),字晓岚,又字春帆,晚号石云。祖上世代为河间籍,其祖父纪天申,行德于乡里,大饥之年,出粟米数千石,活人无数;父纪容舒,曾任姚安太守。据《清代名人轶事》载,纪昀为火精转世,火精者,一赤身女子也,故此,纪昀出生后耳朵上"穿痕"宛然,至老犹存,甚而,其足"白而尖",像缠过脚一样,所以纪昀无法穿"皂靴"。又一说,纪昀乃猴精转世,或大蟒投生。总之,因纪昀自身种种特异性格,他的前生后世乃被神异化了。朱珪所撰《协办大学士礼部尚书文达纪公昀墓志铭》曰:"公王父梦见光入楼中,已而公生,光遂隐。人以为公实此灵物化身也。少而奇颖,目数行下,夜则暗室闪闪有光,照见一切,物了然可辨,比知识渐开,光亦敛矣。"纪昀生而早慧,博通经籍,乾隆十二年中丁卯科举人,与朱珪同榜;乾隆十九年中甲戌科进士,与朱筠同榜。

乾隆二十四年,纪昀充山西乡试正考官;二十五年,充会试同考官;二十七年,充顺天乡试同考官,旋命视学福建;二十八年,升侍读;二十九年,丁父忧,服满,补侍读,充日讲起居注官,晋左庶子;三十三年,授贵州都匀府知府,旋以四品留任,擢侍读学士,因坐泄露卢见曾事,被谪戍乌鲁木齐;三十六年召还,授编修。

乾隆三十八年,纪昀擢升侍读。随即被任命为《四库全书》馆总纂官。在《四库全书》馆,纪昀殚精竭虑,"贯彻儒籍,旁通百家,凡六经传注得失,诸史异同,子集支分派别,以及词曲、医、卜之类,罔不抉奥提纲,溯源竟委。……又奉诏撰《简明目录》,存书存目多至万余种,皆公一手所订,评骘精审,……真本朝大手笔也。"①

四十一年,擢侍读学士,充文渊阁直阁事,日讲起居注官;四十四年,擢詹事,晋内阁学士;四十七年,授兵部右侍郎;五十一年,由左都御史转礼部尚书,充经筵讲官。

嘉庆元年,充会试正考官,授兵部尚书;十年正月,奉旨调礼部尚

---

① 〔清〕李元度《国朝先正事略》,岳麓书社 2008 年版,第 632 页。

书，协办大学士，加太子少保，管国子监事。二月十四日，因病“薨于位”。闻听纪昀病逝，嘉庆皇帝极为震悼，下旨曰：“纪昀学问淹通，办理《四库全书》，始终其事十有余年，甚为出力，……遽闻溘逝，深为轸惜。”（朱珪《协办大学士礼部尚书文达纪公昀墓志铭》）[①]

纪昀学问淹博，立身端谨，其毕生功绩在《四库全书》，《清史稿·纪昀传》评曰：“撰《四库全书提要》，进退百家，钩深摘隐。各得其要指，始终条理，蔚为巨观。”又曰：“昀校定《四库书》，成一代文治，允哉，称其位矣！”[②]嘉庆皇帝的《谕祭文》和《御赐碑文》中，对纪昀的才品学问、人格道德，尤其《四库全书》告成的功绩给予了高度旌表和褒扬，称其“禀性渊通，立身醇谨”，虽身居显要，而“品擢清班”，在《四库全书》总成之际，极尽“校雠之专责”，“潜心考索，锐意钩稽”，“银根勘误，玉格搜奇”，《四库全书总目》的编成，是前无古人的大事，“遍搜浩博，只字刊讹；别採菁华，片言扼要”，实乃“千万祺无此钜观。”

纪昀倾全力撰成《四库全书总目提要》，其内容该洽淹通，旁及经、史、诸子、文艺等，他的诸多学术思想，比如史学、文学、艺术，甚至天文、地理、医卜等都条贯于其间，形成一套完整的学术体系。正因为致力于《四库全书总目》的撰辑，所以纪昀一生其它著述欠丰赡，就此缺憾与疑惑，李元度所撰《纪文达公事略》作了如此辨析：“一生精力，备注于四库提要及目录，不复自为撰著。今人所见狭，偶有一得，辄自矜创获，而不知皆古人所已言，或为其所已辟。公胸有千秋，故不轻著书，其所欲言，悉于四库书发之，而惟以觉世之心，自托于小说稗官之列，其感人为易入。自文集外，所著《阅微草堂笔记》，凡七种，中多见道之言。”[③]

纪昀因《四库全书》总纂而毕其功，因《阅微草堂笔记》而成其名，他的《阅微草堂笔记》被后世目为和袁枚的《子不语》、蒲松龄的《聊斋志异》相颉颃的清代三大文言小说之一。纪昀还因“性坦率，好滑

① 〔清〕钱仪吉《碑传集》，中华书局 1993 年版，第 1090 页。

② 见《清史稿》，第 1524 页。

③ 见《国朝先正事略》，第 634 页。

稽”，时有诙谐之趣，故此后世多知其聪慧机敏，善于舌辨。由此种种，纪昀的诗名往往被淡化，甚至被掩蔽。

纪昀在诗论方面，没有像王士祯、赵执信、沈德潜、袁枚、翁方纲那样具有系统性，即有专门的诗论著作以阐释自己的诗学主张，他的诗学观点基本见诸其所作诸如《唐人试律说序》《冶亭诗介序》《云林诗钞序》等单篇序文中，通过这些诗序，纪昀全面而深刻地阐述了自己的诗学理念，及其创作原则。

首先，纪昀认为诗歌创作与鲜活的生活相联系，和诗人的气识精神相契合，他极力反对试帖式的学诗方法，他觉得学诗如果规守某种律法，亦步亦趋，那只能将诗歌创作导入优孟衣冠式的死路。在《唐人试律说序》中，他明确指出：“诗至试律而体卑，虽极工，论者弗尚也。……迩来选本至夥，大抵笺注故实，供初学者之剽窃。初学者乐于剽窃，亦遂纷然争购之，于钞袭诚便矣。”[①]创作讲求格律，要求形式的严整合度固然不错，但纪昀所处的年代，“试帖诗”再度经乾隆倡导而大行天下，故此，许多选本应运而生，流布天下。清代的“试帖”，实即唐代的“试律”，“试律”之行，实乃清统治者在诗文化领域意欲钳制天下人之口、控扼士子心理的一种手段，通过这种诗文化的导引，使士子汲汲于通过僵化的形式以达到获取功名的目的，于是“剽窃”之风盛行，而诗歌创作格调日益“卑”下，士子的心灵与人格也随之卑弱不振，缺乏个性、缺乏生机和神骨。针对这种诗坛怪象，纪昀指出即使做“试律诗”，也应该在“辨体”、“审题”、“命意”、“布格”“琢句”的基础上，锻炼“气”与“神”，使诗歌产生内在感染力：“终之以炼气、炼神，气不炼，则雕锼工丽，仅为土偶之衣冠；神不炼，则意言并尽，兴象不远，虽不失尺寸，犹凡笔也。”诗歌创作要有法度，有体式，但法度和体式是为内容，即“意”而设的，为此，纪昀要求学习诗歌创作的人必须通晓这样的规律：“大抵始于有法，而终于以无法为法；始于用巧，而终于以不巧为巧。此当寝食古人，培养其根抵，陶镕其意境，而后得其神明变化，自在流行之妙。”从“有法”到“无法”，从“用巧”到“不

① 见《续修四库全书·集部类》第1435册，以下引文均出此版本。

巧”,这是一条诗歌创作的必由之路。纪昀的“无法”、“不巧”其实阐明并点化了诗歌创作要达到自在自为、不落言筌的无我之境的道理。

其次,纪昀论诗,力主“性情”,他认为优秀的诗人都是个性张扬,“性灵”独具的性情中人。在《冰瓯草序》里,他开宗明义倡言:“诗本性情者也。人生而有志,志发而为言,言出而成歌咏。”诗人的“歌咏”源自内心的感触,激发于个人的性情,这感触和性情,既是天赋的,又是现实的;既是对国家大事的思考,又是自然外物引发的联想:“其大者,和其声以鸣国家之盛,次亦足抒愤写怀,举日星河岳,草秀珍舒,鸟啼花放,有触乎情,即可以宕其性灵,是诗本乎性情者然也。”在纪昀心目中,人的“情”根植于“性”,“性”“情”合一,才能自抒胸臆,成为天地间天籁自生的真诗人:“性动为情,情之至由于性之至,至性至情,不过本天而动,而天下之凡有性情者,相与感发于不自知,咏叹于不容已,于此见性情之所通者,大而其机自有真也。”[①]基于对性情的深刻认识,纪昀疾声倡导诗人:“诗之分葩竞艳,异曲同工,要皆发乎情思,抒乎性灵,读者自得于讽诵间,无俟予之哓哓也夫!”

纪昀作为河朔诗人,与翁方纲、朱珪等人交好;在四库馆和陆锡熊等名流日夕过从,跟袁枚从未谋面,但从诗学思想和诗论观点辨察,纪昀与袁枚及其“性灵”派有着一脉相通的天然联系,同翁方纲所倡言的“肌理”说毫无瓜葛,甚至在创作实践上紧贴“性灵”,而远离朱筠、朱珪等人的书卷气和冷涩感。在他的诗论中多次申说过“性情”、“性灵”对诗人涵养诗魂的重要性:“盖志者,性情之所之,亦即人品学问之所见。”(《郭茗山诗集序》)“故善为诗者,其思濬发于性灵,其意陶镕于学问。……思元主人喜为诗,触极勃发,天籁自鸣,……每一长吟,辄悠然作天际想,此真心之灵秀发为文章,非寻章摘句者所可拟矣。”(《清艳堂诗序》)

始果纪昀论诗的趣味和袁枚的“性灵”说是无意识的天缘偶合的话,那么他和王士祯、赵执信,甚至沈德潜之间则是有意识的前后相继。

---

① 〔清〕纪昀《纪文达公遗集》卷九。

纪昀论诗雅不喜幽峭冷寂、满纸书卷气，因之他徘徊游弋于王士祯的“神韵”说和沈德潜的“格调”说之间，同时他还推崇赵执信，极力想弥合并调适王、赵在诗学方面的裂痕，欲使之趋于同流。“阮亭先生《论诗绝句》有曰：‘风怀澄澹推韦柳，佳处多从五字求。解识无声弦指妙，柳州哪得并苏州。’岂非柳州犹役役功名，苏州则扫地焚香，泊然高寄乎？饴山老人持诗中有人之说，亦是意焉耳。”（《郭茗山诗集序》）王渔洋论诗尊奉严沧浪之说，力倡兴象玲珑的“神韵”主张，被赵秋谷讥为空洞无物，而纪昀则认为渔洋之倡和秋谷之旨不过异流而同源，他认为优秀的诗人可以兼“新城之超妙”、“饴山之劖刻”于一体（见《冶亭诗介序》）。在《袁清悫公诗集序》里，纪昀通过评价“袁清悫公”的诗，进一步阐明了他对王、赵诗争的观点：“公为渔洋山人之孙婿，渔洋拈不著一字，尽得风流之旨，以妙悟医钝根，而饴山老人顾执诗中有人之说以抵，瑕而蹈隙，左右佩剑，彼此互讥。论者谓合二家相济，乃适相成，是亦扫除门户之见也。公诗不愧为王氏婿，而读公之诗，慨然远想，可见其人亦足以兼摄赵氏法，其殆蝉蜕是非之外而毫无畦町于中者乎！”纪昀不仅认为王士祯和赵执信有异曲同工之处，而且他还追根溯源地把赵执信与严羽之说撮合起来，使之达到互不悖论的境界：“饴山老人作《谈龙录》，力主诗中有人之说，固不为无见，要其冥心妙悟，兴象玲珑，情景交融，有余不尽之致，超然于畦封之外者，沧浪所论与风人之旨，固未尝相背驰也。”（《挹绿轩诗集序》）

纪昀论诗主性情、主空灵，同时还力主韵味醇厚，要有格调，他认为诗歌是诗人遭际、经历和人格相互孕育衍生的结果，无论诗人处身何地，遭遇何事，心中都应保持醇厚平和之气，从而使诗歌呈现温柔敦厚之态：“惟是文章如面，各肖其人，同一坎坷不偶，其心狭隘而刺促，则其词亦幽郁而愤激，……其心澹泊而宁静，则其词脱洒轶俗，自成山水之清音。……桂圃侍郎因以家藏先公《月山诗集》见示，其吐言天拔，如空山寂历，孤鹤长鸣，以为世外幽人，岩栖谷饮，不食人间烟火者，而固天潢之贵族也。其寄怀夷旷，如春气盎盎，而草长莺飞，水流花放，以为别有自得之乐，不复与宠辱为缘者。而固命途坎壈，盛年坐废者也。此其所见为何如，所养为何如耶？斯真穷而后工，又

能不累于穷，不以酸恻激烈为工者。温柔敦厚之教，其是之谓乎？”（《月山诗集序》）

再次，纪昀站在历史发展的平衡点上，纵观诗歌流变发展的历程，明确提出清诗、清文自有其本来面目，不必盲目拟古，亦不必菲薄今人，诗文随世变而变，诗文作家要有独具个性的创新意识。在《香亭文稿序》里，纪昀言之凿凿地说：“孙樵谓文章如面，谅哉，斯言！夫天下之人，同是耳目口鼻也，而百千万亿之中会无一二貌相肖？即偶一二相肖而审谛细微，亦必有终不肖者，岂物物而雕刻耶？气化而成形，万物一太极，故同禀一气则同形；一物一太极，故各分一气则各貌，皆自然而然耳，岂如模造面具，一一毫厘毕肖哉！心之成文亦犹气之成形也，才力之殊无论矣，即学问不殊而所见有浅深，则文亦有浅深。”诗文如人面，各有殊形，各有异相，天下无同形之人，亦无酷肖之面，故而诗文创作因各人的心灵感应、学识气养不同而不同，如果坚执古人，就等于画地为牢，把诗文创作引入“模造面具”的绝境。纪昀针对明代以来复古模拟之风造成的流弊，提出诗文因承创变的观点：“为文不根柢古人，是偭规矩也，为文而刻画古人，是手执规矩不能自为方圆也。……读其文（指“香亭文”）于古人不必求肖，亦不必求不肖；于今人不必求不同，亦不必求同。”纪昀认为好的诗文是自性具足、天然成趣的，它如清流一道，随心而出，又如鸟啼花落，自在自为：“余尝泛舟严濑，浮岚掩映，清波见底，一樵、一渔、一花、一草，皆寥萧有世外意，以为胜西湖金碧山水，……今于香亭之文，始作如是观矣！”（《纪文达公遗集》卷九）纪昀秉持自抒己意、自成格局的诗学主张，故而在他心目中，真正的诗人是既能接受前人优秀成果，又能“独抒性情、戛戛独造”的创新型诗人，在《鹤街诗稿序》中，他说：“今观所作（指《鹤街诗稿》），一一能抒其性情，戛戛独造，不落因陈之窠臼，而意境遥深，隐合温柔敦厚之旨，亦不偾古人之规矩，其鲜华秀拔，神骨天成，不强回笔端作朴素之貌，而自然不入于纤丽，是真能自言其志，毅然自为一家矣。”

最后，纪昀论诗，极力反对自立宗派，党同伐异，他所倡导的是古今一体、异派同源的中正和平的诗学观念。在《耳溪诗集序》里，他说："余天性孤峭，雅不喜文社诗坛互相标榜。第念文章之患，莫大乎门户，元遗山诗曰：'邺下曹刘气尽豪，江东诸谢韵尤高。若从华实评诗品，未便吴侬得锦袍。'此以疆域争门户也；刘后村诗曰：'书如逐客犹遭黜，词取横汾亦恐非。筝笛安能谐雅乐，绮罗原未识深衣。'此以学术争门户也。朋党之见，君子病焉。"

综合上述，我们即能概见，纪昀的诗学思想单纯而简练，虽无长篇巨制式的海天空阔，却如一道涓涓溪流，清澈透亮，既能洞鉴诗人对诗学的深心，亦能为学诗者提供通向诗歌殿堂的简捷路径。

二、闽浙江心月，天山南北雪

——纪昀的山水诗概论

纪昀凝毕生精力于《四库全书》，故而其诗歌无论题材，还是涉猎范围均显单薄。正如同时学者所评："君既黼黻升平，甄综群籍，故其应制之作，虽为词苑所宗，而于寻常所著，不复珍惜成编。"（王昶《蒲褐山房诗话》）[①]虽然纪昀诗歌作品数量较少，但其醇厚通脱、圆润悠长的诗风还是得到当世及后人的激赏，郭麐在《灵芬馆诗话》中说："纪文达公以文章名一世，所定《四库》书，著语殆无一字不当，独恨诗不多见，近始得其全集，和平尔雅，真金华殿中人语。"[②]徐世昌的《晚晴簃诗汇・诗话》亦评曰："文达以学问文章早受主知，……博综群籍，才力宏富，余事为诗，不求奇诡而恢然有余。集中多华贵典赡之作，中年谪戍塞外，所作《乌鲁木齐杂诗》百六十首，韵节和雅，无愁苦之音，尤可徵其蕴福之厚。"[③]典雅"华贵"，"无愁苦之音"，无学究之气，无酸涩之感，是纪昀诗风的整体走向，纪昀诗风的成因，可追溯及他的人格特质，及其审美意向。据史传所载，纪昀"性喜动，在家无

① 见《蒲河山房诗话新编》，人民文学出版社 2011 年版，第 61 页。
② 见《清诗纪事》，第 5629 页。
③ 见《清诗汇》，第 1251 页。

事，不肯坐片时。”[①]“性坦率，好滑稽”，素负诙谐机敏之誉，这种人格特质决定了纪昀随性自然，不刻意掩饰自我的生活态度，将其融汇于诗文创作，就具备了诗人一再倡明的自抒性情，以性灵为宗，以自然为本的审美意向。在《阅微草堂笔记》中，纪昀曾说：“随意画一人，往往遇一人与之肖；随意命一名，往往有一人与之同。无心暗合，即是化工之自然也。”“无心暗合”是达到“化工之自然”的途径，而“化工”“自然”即是纪昀追求的创作原则与美学精神。如果说纪昀众多充满谐谑之趣的诗作，诸如《醉钟馗图为曹慕堂同年题》（笔者注：《醉钟馗图》本事见《阅微草堂笔记》）、《戏题》（笔者注：戏狐仙之作）、《戏赠》（笔者注：《戏赠》本事见徐珂《清稗类钞·诙谐类》）、《戏作》（笔者注：《戏作》本事见李调元《雨村诗话》）等表现了纪昀语出自然，不事雕琢的天然本性的话，那么他的山水诗则迹近天籁，清丽雅致，圆润峻洁，颇有“化工之妙”、“自然”之致。

纪昀的山水诗南北分明，疆界非常清晰，一是诗人视学福建时所作的闽行山水诗；一是遣戍回疆时所制的西域山水诗。以下按地域对纪昀的山水诗进行概要阐述。

（一）“闽海携家去，征骖夹路看”的闽游山水诗

乾隆二十七年，刚刚忙完顺天乡试的纪昀，被朝廷任命为福建学政，他怀着感恩戴德的赤诚之情，于十月初八日告别翰苑生涯，踏上南下的途程：“寒宵如有梦，只傍紫宸居，闽海携家去，征骖夹路看。”（《督学闽中十月初八日出都作》）他把这次闽行“夹路看”不尽的山光水色聚合凝结起来，就汇成一卷富有诗情画意的《南行杂咏》。纪昀闽行山水诗约共58首，其风格澹泊清峻，意味醇厚蕴藉，体式灵活，语言亦庄亦谐，颇具櫂歌风味。如：

> 琉璃河上挂斜晖，瑟瑟寒流一线微。洲渚都教鸿雁占，鸳鸯何处浴红衣。（诗人自注：范石湖记琉璃河内多鸳鸯，今殊无此。）
>
> ——《琉璃河》

① 葛虚存《清代名人轶事·异征类》卷九，江苏广陵古籍刻印社1993年版。

远山如黛青可怜，近山如赭枯而顽。山灵岂解作变态，正由眼底生媸妍。诗情画意两如此，此中有悟无人传。君不见蓬莱未必殊，人境好在天风缥缈间。

——《过齐河县入山》

数点寒鸦破晚烟，斜阳流水送吴船。（诗人自注：二句用少游词意。）高邮多问秦淮海，只是词人最惘然。

——《高邮》

寺界连江海，僧居占水云。诗留张处士，画似李将军。（诗人自注：李将军始为金碧山水，见汤垕《画鉴》）未布黄金地，应多白鸟群。谁于千仞顶，高卧翠氤氲。

——《金山寺》

已是银蟾挂柳梢，才收官舫泊塘坳。昏烟欲合孤城闭，远水微明小港交。寒鹭多情时近客，栖乌贪睡懒离巢。玲珑方塔犹相伴，一夜风铃尽意敲。

——《夜泊吴江》

浓似春云淡似烟，参差绿到大江边。斜阳流水推蓬坐，翠色随人欲上船。

——《富春至严陵山水甚佳》其二

烟水萧疏总画图，若非米老定倪迂。何须更说江山好，破屋荒林亦自殊。

——同上，其三

津鼓咚咚赛水神，江风作意送行人。青山是处如留客，一霎飞帆看不真。

——《江行甚速兼短视不能甚睹赋此解嘲》其一

摇船下濑弩放弦，挽船上濑登青天。东风一瞥转樯脚，上濑容易下濑难。须臾来去互相羡，舟子无劳拥楫叹。人间苦乐递乘除，封姨于尔何恩怨。

——《阻风泊水口口号》

上引各诗为诗人由北而南入闽界的行程记录，通过连点成线的方式,我们庶几能勾画出纪昀千里跋涉的艰辛过程。《琉璃河》一诗绘摹北国风光,诗人紧扣北地“塞上秋来风景异,衡阳雁去无留意”(范仲淹《渔家傲·秋思》)的节候特征,选取“斜晖”“寒流”“鸿雁”等物象,充分利用富有情感蕴含的语意,把“琉璃河”一带的深秋景象表现得凛冽瑟然,令人神情为之一肃。琉璃河,在明清所属顺天府良乡县南四十里,顾祖禹《读史方舆纪要》曰:“《金史》谓之刘李河,旧志云:即古圣水也。自房山县流经县界,至霸州入拒马河。”①《清史稿·地理志》曰:“卢河自房山入,迳琉璃镇曰琉璃河,纳挟活河。”②

《过齐河县入山》写齐鲁青山巍峨的壮观气象,诗人通过首联点明齐鲁“远山如黛”,“近山如赭”的形胜特点,在此基础上,他笔势盘旋,神思飞扬,通过颔联、颈联和尾联,大笔渲染了齐鲁山川幽秀的风神气韵,其“诗情”融于“画意”,让自然物象传达他内心“有悟”而无法用语言辩明的出尘之想。齐河县,明清属山东济南府,春秋时为晏婴采邑。

《高邮》是诗人途经江淮要津高邮时所作的一首山水抒情诗,诗歌篇幅精致,诗意浑融,他借秦观词意,自然地道出眼前景、心中情,集写景、怀古、抒情为一体,仿佛一幅意境高远的扇面小品,叫人回味咀嚼。

《金山寺》勾画京镇名胜金山寺风物,金山寺,在镇江府西北七里金山上。金山原为大江中一突兀而起的孤峰,因“风涛环绕,势欲飞动”而名之曰“浮玉山”,又据方志载,唐代有姓裴头陀挂锡山上,“于水际获金数镒”而名为“金山”。金山峰顶名为金鳌峰,或妙高峰,金山寺即雄峙其巅。纪昀登山四望,长淮尽收眼底,江海激荡,僧舍俨然,好一派超凡脱世的宁静气象。其景色婉娈多姿、苍深碧翠,宛如“李将军”出神入化的“金碧山水”。

《夜泊吴江》精心刻镂了江浙驿路必经的重镇吴江之夜景,诗境

---

① 见《读史方舆纪要》,第451页。

② 见《清史稿》,第476页。

澹泊清寒，诗意悠长清远，恍如一轮寒月照水，清澈透凉；又似古刹梵音穿破虚静的夜空，令人悚然警醒。吴江，处太湖之东，水网密布，是湖州、嘉兴诸水纳于太湖的必经之道。顾祖禹《读史方舆纪要》曰："吴江县，府东南四十五里。东北至松江府青浦县九十里，南至浙江嘉兴府九十里，西至浙江湖州府百八十里。本吴县地，唐曰松陵镇。……朱梁开平三年，吴越始置吴江县，属苏州。时筑城于江南北两岸，有南津、北津之名，宋并为一城。"吴江县得名于"吴江"，"吴江，在县东门外，即长桥下分太湖之流而东出者。古名笠泽江，亦曰松陵江。"①著名的京杭大运河南北向贯通吴江全境，自古凡舟车趋杭州，甚至闽粤者，皆以吴江为驿道。纪昀泊舟吴江，但见暮烟轻笼、"银蟾"初现、"孤城"紧闭，而"远水微明"，除几只"寒鹭"不时地"近客"之外，整个江上行旅显得孤寂落寞，安详静谧，犹似入了禅定。

《富春至严陵山水甚佳》一组四首，写浙江富春江上迷人景致。富春江，在富阳县城东南，即钱塘江之上流。"严陵"即严子陵钓台，在明清严州桐庐县境内。《读史方舆纪要》曰："富春山，县西三十里，一名严陵山，前临大江。汉子陵钓处，人号严陵濑。有东西二钓台，各高数百丈。《西征记》：'自桐君而西，群山蜿蜒，如两蛇对走于平野之上。三江之水并流于岩下，惊波间驰，秀壁双峙。上有子陵钓台，孤峰特起，耸立千仞。'"②从杭州往福建，水路将富阳、桐庐、金华等处串联起来，形成目不暇接的山水长廊。纪昀的富春江山水诗取宋元山水画意，将富春至严陵一段江山相映、烟雨迷濛的空翠景色表现得如同一出让人销魂的梦境："两岸濛濛空翠合，琉璃镜里一帆行。"（其一）"金碧湖山作队看，沙鸥却占子陵滩。"（其四）这一组诗首尾照应，语词清丽婉畅，韵律和谐悠扬，是纪昀山水诗的典范之作。

《江行甚速兼短视不能甚睹赋此解嘲》共两首，其抒写对象依然是富春江行情状，所不同的是这两首诗更符合纪昀语近幽默的特征。"江行甚速"，而诗人又"兼短视"（即近视），所以诗人语带诙谐，用略

---

① 见《读史方舆纪要》，第 1168 页。

② 同上，第 4156 页。

近口语化的笔墨勾勒出江山隐约的胜境：“浅碧深青露髻鬟，看山好在偶然间。”（其二）

《阻风泊水口口号》用民谣船歌的轻飏声调，唱出诗人经历崇山峻岭、险滩激流后的愉悦心情：“人间苦乐递乘除，封姨于尔何恩怨。”“水口”，在福州府古田县西南三十五里，为古田县旧址所在。《方舆纪要》曰：“水口驿，东南至府城百八十里，延津上游，此为锁钥之口。”[①]闽江经水口为一转捩之关键，《方舆纪要》曰：“闽江……入福州府古田县界，又五十里而至水口。自水口已上达于浦城，计程几六百里。滩石嵯岈，纵横林立，舟行罅隙中，滩高水急，略无安流，……相传始于浦城，迄于水口，诸滩之有名者以三百计。”[②]

除了上举能深刻体现纪昀诗学观的律绝体山水诗外，纪昀的闽行山水诗还有一些五七言长歌，诸如《赵北口》《晓发泰安距泰山二十五里不及登》《十一月初一日渡黄河》《过岭》《建溪二十四韵再效昌黎体》等。这些长篇气势宏大、感情奔放，展示了纪昀人格特质的另一面，是我们把握诗人看似诙谐淡定，实则感情丰富的内心世界的一扇窗口。闽浙山水虽然幽秀峻洁，如一道天然画廊，令人留连忘返，但写这一路山水的诗人和诗作络绎不绝、层出叠现，而且各显神通，将其表现得异彩纷呈，高潮不断，纪昀的闽行山水诗不过为之锦上添花而已。论纪昀的山水诗，最叫人拍案称奇的还属其遣戍回疆时创作的西行山水诗篇。

（二）“万家烟火暖云蒸，销尽天山太古冰”的西行山水诗

乾隆三十三年，纪昀因“坐泄露运使卢见曾事”而被遣戍“乌鲁木齐”。这次遣戍边疆，事起突然，对诗人的政治生命来说是极大的挫折，但对清代山水诗的发展却是很大的贡献，因为有了纪昀的西行，乌鲁木齐的姿容才得以全面而真实地展现在世人面前，叫人惊艳叹绝。纪昀把他西行的所经所历、所见所闻，通过追忆方式铺叙出来，就凝成由 168 首七绝构成的《乌鲁木齐杂诗》，被其孙纪树馨编在《纪

---

① 见《读史方舆纪要》，第 4404 页。

② 同上，第 4374 页。

文达公遗集》第十四卷。

关于《乌鲁木齐杂诗》的成因及写作缘起，纪昀在《乌鲁木齐杂诗》里是这样说的："余谪乌鲁木齐凡二载，鞅掌薄书，未遑吟咏。庚寅十二月，恩命赐环，辛卯二月，治装东归，时雪消泥泞，必夜深地冻而后行，旅馆孤居，昼长多暇，乃追述风土，兼叙旧游，自巴里坤至哈密，得诗一百六十首。意到辄书，无复铨次，因命曰《乌鲁木齐杂诗》。"从此即见，《乌鲁木齐杂诗》一百六十首皆诗人"恩命赐环"后于路途"追述风土，兼叙旧游"的回忆之作，并非象闽行山水诗那样是每历一地的即景即兴创作。就《乌鲁木齐杂诗》的写作意图，纪昀阐述道："乌鲁木齐，初西番一小部耳。神武耆定以来，休养生聚仅十余年，而民物之蕃衍丰膴至于如此，此实一统之极盛。昔柳宗元有言：思报国恩，惟有文章。余虽罪废之余，尝叨预承明之著作，歌咏休明，乃其旧职，今亲履边塞，纂缀见闻，将欲俾寰海外内咸知圣天子威德郅隆，开辟绝徼，龙沙葱雪，古来声教不及者，今已为耕凿弦诵之乡，歌舞游冶之地。用以昭示无极，实所至愿。"就这一段序言考量，纪昀虽为戴罪之身，但无一日不忘国恩，他把亲眼目睹的边陲繁盛滋生景象与历史上西部分裂、战乱，甚至衰蔽状况进行对比，得出清代"圣天子威德郅隆，开辟绝徼"，使得"古来声教不及"的荒寒之处，一变而成"耕凿弦诵之乡，歌舞游冶之地"的丰功伟业远超前朝各代的定论。从而产生既为当世唱赞歌，又为后代"昭示"太平的愿望。《乌鲁木齐杂诗》就是这个愿望的物化载体。对于这一创作宗旨，以及《乌鲁木齐杂诗》所具有的历史价值，清代经学大师钱大昕评曰："同年纪学士晓岚自塞上还，予往候，握手叙契阔外，即出所作《乌鲁木齐杂诗》见示，读之声调流美，出入三唐，而叙次风土人物，历历可见，无郁轖愁苦之音，而有春容浑脱之趣。……今天子神圣威武，自西域底平以来，筑城置吏，引渠屯田，十余年间，生聚丰衍，而乌鲁木齐又天山以北一都会也，读是诗，仰见大朝威德所被，俾逖疏沙砾之场，尽为耕凿弦诵之地，而又得之目击，异乎传闻影响之谈，它日采风谣、志舆地者,将于斯乎征信,夫岂与寻常牵缀土风者同日而道哉!”①

新疆,在清代纳于内地,设行省,成为中国神圣领土不可侵犯的重要组成部分。《清史稿·地理志》载曰:

> 新疆:古雍州域外西戎之地,汉武帝设西域都护,天山以南城郭三十六国皆属焉。天山以北,东匈奴右部,西乌孙,未尝服属。……唐于西州置北庭大都护府,统沙陀、突厥、回鹘、西突厥,北部诸都督府,于龟兹置安西大都护府,统龟兹、于阗、疏勒、碎叶四镇,濛池、昆陵等都护。中叶后,为吐番所有。五代并于吐番、回鹘。宋时乌孙、回鹘居山北,于阗、龟兹诸国入于辽。元置三行尚书省,葱岭以东属巴什伯里行尚书省。寻增天山南、北宣慰司,北则巴什伯里,南则哈喇和卓,后为都哩物穆尔地。明,四卫拉特居北部,……其南部则巴什伯里、叶尔羌、吐鲁番诸国,回部派噶木巴尔诸族居之。顺治四年,哈密内属,吐鲁番亦入贡,惟四卫拉特仍居其地,准噶尔即绰罗斯部,数侵喀尔喀,圣祖三临朔漠征之,噶尔丹走死,其兄子策妄阿拉布坦遁伊犁,传子及孙,从孙达瓦齐夺其位。乾隆十九年,杜尔伯特、和硕特、辉特先后来归。二十年,执达瓦齐,准噶尔平。二十二年,以阿睦尔撒纳叛,霍集占附之,再出师,二十三年,克库车、沙雅尔、阿克苏、乌什诸城;明年,收和阗、喀什噶尔、叶尔羌诸城,二酋走死,回部亦平。二十七年,设伊犁总统将军及都统、参赞、办事、协办、领队诸大臣,分驻各城,并设阿奇木伯克理回务。同治三年,安集延酋阿古柏作乱,陕回白彦虎应之。光绪八年,全部荡平;九年,建行省,置巡抚及布政使司。

从上述约略可见新疆沿革历史,清以前各代均有管辖和职守,但真正统一全疆,完成民族大融合的却是大清。对于这一旷世功绩,历史学家们曾给予高度评价。

---

① 见《纪文达公遗集》卷十四,《续修四库全书》第1435册,第651页。

清统一全疆设置行省，改原属甘肃迪化州隶新疆，并升其为迪化府，成为新疆省治。据《清史稿·地理志》：“迪化府，……乾隆二十年，平准噶尔，始内属，改名乌鲁木齐，筑土城。二十五年，设同知。二十八年，筑新城于其北，名迪化。三十六年，设参赞大臣，理事、通判。……三十八年，升直隶州，隶甘肃布政司，光绪九年，建行省，十二年，升府来隶。”①纪昀的《乌鲁木齐杂诗》以入疆的行踪为线索，将诗人在乌鲁木齐的见闻串联起来，全面展示了统一后的新疆所出现的繁荣昌盛局面。整个一百六十首“杂诗”虽然采用回忆的手法，但这种“追述”并非象唐代诗人那样出于想象，相反它们全是写实，是诗人目之所历、身之所经、心之所想的结晶，一如钱大昕所说是纪昀“得之目击”而“异乎传闻影响之谈”的写景、写事、写情之作。

《乌鲁木齐杂诗》，既以“杂诗”结集，那么它的内容就相当庞杂，涉及面比较广泛，有对自然风光的描写，亦有对民族风情的载录；有对西域历史地理的考证，亦有对社会百态的记述。读《乌鲁木齐杂诗》既可以把人们的审美目光拉向那个充满神秘色彩的梦境高原，又可以让人们跟随诗人的思绪去追踪数百年前西域的绮丽与繁华。总括之，《乌鲁木齐杂诗》不但内容丰厚广博，而且艺术表现亦牵人魂魄，让人们在如行歌的浅唱中徜徉徘徊于清流若线、鲜花似锦、银峰闪烁、绿洲在望的异域风光中，从而产生天上人间的审美感。《乌鲁木齐杂诗》从头至尾皆用七绝体式，诗人着意融入民歌活泼通俗的表达元素，看似浅淡平易，缺乏跌宕起伏，但把一百六十多首诗整体贯穿起来，则显得气势恢宏，一如横绝高原的激流，清澈透亮、不染尘滓，其韵律疾若鼙鼓之声，徐似朗月清风，篇篇、句句、字字皆能浸透人心。如写乌鲁木齐一带山水景致，他说：

> 流云潭沱雨廉纤，长夏高斋坐卷帘。放眼青山三十里，已经雪压万峰尖。（诗人自注：城中夏日颇炎燠，山中则气候长寒，每城中雨过，则遥见层峦叠嶂，积雪皓然。）
>
> ——其四

---

① 见《清史稿》，第 592 页。

峻岅连连叠七层,层层山骨翠崚嶒。行人只作蚕丛看,却是西番下马陵。(诗人自注:根忒克西北凡峻坂七重,最为险阨,番人过之,必肃然下马,如见所尊,未喻其故,或曰畏博克达山之神也。)——其十五

烟岚遥对翠芙蓉,鄂博犹存旧日踪。缥缈灵山行不到,年年只拜虎头峰。(诗人自注:博克达山,列在祀典,岁颁香帛致祭。山距城两百余里,每年于城西虎头峰额鲁特旧立鄂博处,修望祀之礼。鄂博者,累碎石为蕞,以祀神,番人见之多下马。)——其二十六

乌鲁木齐,四周皆山,望之如屏障。《清史稿·地理志》曰:“迪化,……天山自西来,横亘境南。西南:雅马拉克山,绵延二百里。东北:达坂城岭。东南:哈拉巴尔噶逊山。”[①]又“阜康(乌鲁木齐下辖县,清时称“迪化府阜康县”。笔者注)博克达山绵亘南境,最高者曰福寿山。迤北,小黄山、大黄山。县境诸水均发源博克达山。”[②]纪昀的诗歌视界广阔,采用仰观远眺的手法,把西域群山涌动,高峰峻拔的气象表现得令人心神向往。西域的山峰不但常年积雪如银,圣洁无比,而且峻坂重重,缥缈绵延,以至无极。博克达山之所以被列入大清“祀典”,成为神灵之一,不但在于博克达之高、之广、之险峻,而且还在于博克达山成为众流之源,浇灌滋润着芸芸众生,给荒寒的塞外带来无限迷人的生机。《清史稿·地理志》曰:“阜康,……县境诸水均发源于博克达山。……孚远(迪化府所属县名。笔者注),……博克达山支脉蜿蜒起伏入境。西南:无量山,东南:冰山、迤北千佛洞,皆博克达山之麓。城南小水均发源冰山。……绥来(迪化府所属县名。笔者注),乌兰乌苏河出古尔班多博克达山。”[③]不仅如此,著名的达坂城水亦“源出阜康博克达山天马峰。”达坂城水在迪化,即乌鲁木齐境内南流,会诸水经达坂城卡伦入吐鲁番。由此即见,博克达山的重要地位,纪昀在杂诗中将其神圣化是理所当然的。

---

① 《清史稿》,第592页。

② 同上,第593页。

③ 同上,第592—593页。

乌鲁木齐山色青黛，水光潋滟，纪昀写其四围山色，用笔大气，粗线条地勾勒出山势险峻曲折的特征，而写水流汤汤，盘旋漫溢的情态，他笔墨一转，将其刻画得一如水乡泽国那样澄澈透亮、旖旎多姿。如：

界破山光一片青，温暾流水碧泠泠。游人倘有风沂兴，只向将军借幔亭。（诗人自注：温泉在城北十余里，硫黄泉也，上无屋覆浴，必支帐。）

——其十

乱山倒影碧沉沉，十里龙湫万丈深。一自沉牛答云雨，飞流不断到如今。（诗人自注：博克达山有龙湫，周环十余里，深不可测，万峰拱抱如莲瓣，初苦田水不足，遣使祀以太牢，水即坌溢。）

——其十一

在纪昀笔下，除了山水风景，其它如风雨雷电等自然风光，还有民风民俗等人文风情，以及节候、物产、畋猎等杂项均入他的诗眼，将这些千差万别、头绪纷繁的风物纵横编织起来，就构成一幅完整而充满生机的西域盛世滋生图。如写西域疾风劲吹的气势，他说："城南风穴近山坳，一片涛声万木梢。"（其十九）"惊飚相戒避三泉，人马轻如一叶旋。"（其二十）再如写少数民族婚嫁、祈神的风俗，就颇具殊异韵味："婚嫁无凭但论赀，雄蜂雌蝶两参差。春风多少卢郎怨，阿母钱多总不知。"（其四十一）"喿喿哀歌徹四邻，冬冬画鼓碎声匀。雷椆那解西方病，只合椎羊夜赛神。"（其四十）边疆地广人稀、水草丰茂而民居随时随事变迁，这一特殊习俗被纪昀写来就显得轻松愉悦，极有田园之美："鸡栅牛栏映草庐，人家各逐水田居。豆棚闲话如相过，曲港平桥半里余。"（其五十）乌鲁木齐河网纵横，沃野广袤，物产极其丰富，这一充满生气的景象从纪昀指间流泻出来，遂生令人心醉的生态之美："前度刘郎手自栽，夭桃移得过山来。阜康城内园池好，尚有妖红几树开。"（其七十四）"照眼猩猩茜草红，无人染色付良工。"（其七十八）"红药丛生满钓矶，无人珍重自芳菲。"（其八十）"息鸡草（笔者注：息鸡草，俗称芨芨草，适宜生长在沙滩上，草极具韧性）长绿离离，织荐裁帘事事宜。”(其八十一,)“斑斓五色遍身花,深树多藏断尾蛇。”(其八十六)“白狼苍豹绛毛熊,雪岭时时射猎逢。”(其八十七)“山禽满树不知名,五色毛衣百种声。”(其八十九)“茸茸红柳欲飞花,歌舞深林看柳娃。”(其九十)乌鲁木齐的生态美既体现在原生态的自然美方面,更表现在人工创造的田园美之上。如“姹紫嫣红廿四畦,香魂仿佛认虞兮。”(其九十一,咏虞美人花)“旋绕黄芽叶叶齐,登盘春菜脆玻璃。”(其九十四,咏“三台黄芽菜”)“新稻翻匙香雪流,田家入市趁凉秋。”(其一〇〇)“千瓣玲珑绿叶疏,花头无力倩人扶。”(其一〇一,咏菊花)乌鲁木齐经十多年休养生息,早已不见战乱所遗留的痕迹,不管是当地的少数民族,还是内地迁徙的移民,他们共同生活在这方风光优美、特产丰饶,而民风极为淳朴敦厚的人间乐土上。在纪昀看来,这里“春鸿秋燕”穿梭,“杏子”、“蒲桃”飘香,“菽乳芳腴”甘美,“鸭绿鹅黄”充盈,“槐榆”泛绿,“红柳”“依依”,“蛱蝶”翩翩,“芳草丛丛”,到处都充满着令人沉醉的生活气息。能够说明这里是一片乐土,实证清王朝稳定边疆,使边疆达到空前繁盛的不但是物质生活,而且还有各族人民焕发欣欣生机的精神生活:“绛蜡荧荧夜未残,游人踏月绕栏杆。”(其一百三十九)“犊车辆辘满长街,火树银花对对排。无数红裙乱招手,游人拾得凤凰鞋。”(其一百四十)“箫鼓分曹社火齐,灯场相赛舞狻猊。”(其一百四十三)“琵琶弹彻明妃曲,一片红灯过綵楼。”(其一百四十四)“越曲吴歌出塞多,红牙旧拍未全讹。”(其一百四十五)“玉笛银筝夜不休,城南城北酒家楼。”(其一百四十七)边疆的繁华绮丽,让纪昀扳指数来,历历如在目前,不管是赛神祭礼、社火锣鼓,还是冶妇娈童、清呕弦歌;无论说部、马戏、滑稽、曲目等的搬演,都整体还原了数百年前西域民族大融合的繁荣气象。

“一笑挥鞭马似飞,梦中驰去梦中归。人生事事无痕过,蕉鹿何须问是非。”(《乌鲁木齐杂诗》其一百六十)纪昀因微小过失而谪戍边塞,又因一纸诏书而奉命还朝,来去如梦,令人有世事难料,春梦如幻的虚无感。面对诸多酸辛悲苦的忧乐之事,诗人心怀坦荡,泰然处之,在一百六十首“杂诗”中,纪昀始终保持了乐天知命,不愠不怨的儒者情怀,他把触目皆见,倾耳即闻的异域风情用富有表现力的语言追述出来，就如空谷回音，让后世品鉴回味，以资思考。

纪昀的《乌鲁木齐杂诗》在清代诗歌史上开创了西北流人新边塞山水诗的先河。《清史稿·刑法志》曰："乾隆年间，新疆开辟，例又有发往伊犁、乌鲁木齐、巴里坤各回城分别为奴种地者。……若文武职官犯徒以上，轻则军台效力，重则新疆当差。成案相沿，遂为定例。"①纪昀乾隆三十三年被遣谪乌鲁木齐，其流徙的时间在众多被发往新疆的清代诗人中是最早的。他的西行山水诗合后来洪亮吉、祁韵士、林则徐等人所创作的瑰丽之作，成为清代西北流人山水诗的主流。这些作品不但以高超的艺术水平而具有文学的审美价值，而且更因为其丰赡的社会内涵而具有相当高的历史价值与学术价值。

三、"秋山入眼呈倪法，墨妙装船似米家"

——边连宝的山水诗浅说

清代河间诗人对后世造成影响，并有声望于当时者，除纪昀外，还有任丘边连宝。

（一）边连宝的生平、诗歌成就和禅学思想

边连宝（1700—1772），字赵珍，又字肇畛，号随园，直隶任丘人。其父边汝元，长于诗文，和同乡庞垲"诗学相劘切"，有《渔山诗草》二卷传世。边连宝"世其家学"，自幼苦读，研辨经史，遂成一代名儒，杭世骏在《词科掌录》中评曰："北方学者，未能或之先也。"②边连宝澹于名利，酷嗜经学，一生著述颇丰，主要有《古体文》《随园诗》《病余草》《病余续草》《绝笔草》各若干卷。《四库全书存目》收其《随园诗集》十卷，《禅家公案颂》（符录）一卷。今人刘崇德先生编辑整理边连宝诗文集曰《边随园集》，该书搜隐辑佚，耗费心力甚巨。全集分卷册收录《随园诗集》《随园文钞》《边肇畛先生文稿》《杜律启蒙》《病余长语》《列国说荟辄要》等，共计 120 多万字，由中华书局于 2007 年出版，这是目前研究边连宝诗文最完备的资料汇编。

---

① 见《清史稿》，第 997 页。

② 见《清诗纪事》，第 4742 页。

边连宝出生寒微，家境萧索，其科举一途亦显偃蹇困顿。他曾历乡试十三次，被荐举五次，皆以报罢收场。雍正十三年(1735)乙卯，边连宝以廷试第一的成绩取拔贡，结果因“污卷”而“被贴”。乾隆元年(1736)，直隶总督李卫和钱陈群合力举荐边连宝应博学鸿词试，最终以用意不当报罢。乾隆十二年(1747)丁卯，48岁的边连宝乡试报罢后，终于幡然醒悟，走出了久困科场的怪圈，专心诗文创作。从康熙五十八年(1719)，至乾隆十三年(1748)，近五十年的时间里，边连宝基本上奔波于各村塾蒙馆间，教书授徒，以为家计，他是雍乾盛世诗苑中的一朵奇卉，亦是寒士诗人的典型代表。

边连宝虽以一介寒士跻身乾隆诗坛，但他的名望和学行还是很受当世推重。他与袁枚一道，被人们呼为“南北两随园”；和纪昀、戈涛、李中简、刘炳、戈岱、边继祖等并列“河间七子”；同时他的好友包括名重一时的钱陈群、李绂、戴亨、胡天游、蒋士铨等。蒋士铨为其人作传，为其诗撰序，褒誉之意溢于笔端。在《征士边君随园传》中，蒋士铨描述边连宝的人格特征说：“君身如癯鹤，眉目疏秀，须离离若可数，颔秃而无髭。性简介，不喜见俗士。……随身一茶铛，晚号茗禅居士。空斋晏坐，宛然一老僧。”[①]在《随园诗序》中，蒋士铨追述边连宝的人生遭际曰：“随园先生两膺大臣荐举，一就一不就，岂不谓鸿词所求者，文章之士耳，应之可也；经学，惟老师宿儒当之，吾岂其人欤？乃勿应。”[②]

边连宝诗歌风旨遥深，语意婉约，清隽秀逸，既得之于学古，又成就于自创格局。正如蒋士铨在《随园诗序》中所评：“今观其诗，脱绝町畦，戛然独造，才识邃衍，气力宏放，不名一家。……先生来游江南，最善予，尝记其言曰：仆如孙樵，天付穷骨，宜安守拙，入贡士列，十黜有司。知己日懈，朋徒日离，然抉文倒魄，洗剔精魂，澄拓襟虑，字字磨校，以牢知音，虽悴如冻灰，癯如槁柴，老死不易。若柳州所云：娄君无有者，仆庶几焉？非恶富贵而逃之，自度不堪其劳耳。”从

① 见《清诗纪事》，第4743页。

② 见《四库存目丛书·集部》第280册，第370页。

蒋士铨的序文中，我们可以得出这样的结论：边连宝是一个短于仕进，失意科场，对名利淡泊而“宜安守拙”的谦谦君子；反之，他又是一个钟情诗文创作，在诗文方面力求精进，为酬知己，他不断“洗剔精魂，澄拓襟虑”，即使“悴如冻灰，癯如槁柴”，九死不改心志的性情中人，就边连宝诗径独僻，自抒性情而自为一家的诗歌风貌，他的挚友戈涛是这样评述的：“余尝论随园诗以韩、孟为宗，七言歌行兼有青莲、玉川子。今更读之，以为不然。随园之诗，自成为随园已矣。随园诗，纵横排奡，不可方物，而各有一随园者存。即其晚年深造自得，其刚果之气，不能自没于冲夷淡寂中，此随园之真。”①具备“刚果之气”，又“不能自没于冲夷淡寂中”，所以边连宝才“真”气淋漓，且喷薄而出，形成“纵横排奡，不可方物”的独特诗风；兼具众家之长，又不为众家所牢笼，故此能让他成就“才力纵恣，雄起北地”（蒋士铨传语）的崇高声望。

边连宝诗风以深幽空窍为主，参以“狮王真气力”（蒋士铨《题随园无双谱诗后》语），而表现出一洗凡尘、空绝人世的超脱感。这种诗风的缘起，与诗人久不得意于科场的寒士心态，以及他深邃的佛禅思悟相关。边连宝的禅学思想除了渗透到他的诗歌创作中外，更主要的集聚在他“聊志一时心得”的《禅家公案颂》里。《四库全书总目》曰：“附录一卷，曰《禅家公案颂》，则其晚耽禅悦，读《指月录》所作云。”②《四库全书总目》所谓的“读《指月录》所作云”，是根据边连宝《禅家公案颂》的序言而说的。其序曰：“冬夜岑寂无聊，因取《指月录》读之，偶有所会，辄书二十四字，以当偈子，又时缀数语，以畅其旨，其中颇有与吾儒相发者，非敢推儒入墨，亦非附墨于儒，聊志一时心得云尔。”《禅家公案颂》以“禅家公案”为由头，诗人通过“颂”的形式表达了他的佛禅思辨，以及对人生和大千世界的看法。

边连宝追求个性的独立和心灵的舒放，他认为：“鱼跃不须鳞鬣，鸢飞哪用羽翰。”（其一）“鱼跃”“鸢飞”是无所待的，自由的，所以人的

---

① 见《清诗纪事》，第 4742 页。

② 见《四库全书总目》，第 1681 页。

心灵亦应得到极大程度的解放，如同游鱼自得其乐，飞鸢高翔远举，而不拘于尘情世網。人的本性既追求自由，那就得打破陈规和限制，突破一切人为的牢笼，对此，他的悟解是：“圆相不容一物，那论春韮秋菘。可笑一群钝汉，坐教挂碍虚空。”（其五）人世包涵万千，遍宇宙等无差别，人过无名，雁过无影，水过无色，风过无声，所有的一切尽归于虚空和真寂，所以人生要有“拿得起，放得下”的胸襟胆识：“区区分别精粗，眼前多少长史。一切瓦砾尿溺，那个不是精底。”（其七）“劈空一个筋斗，臭皮囊如敝帚。”（其八）“一个筋斗”可以“跳出二界十方之外”，这是“悬崖撒手”的契机，世上所有的色相都应当作“如是观”，“空以无体为体，捉以无用为用。”（其十一）佛法以万相为空，空即是色，色即是空，只有进入空的境界，人的心灵才能达到纯净无染，不挂不碍的境界，对此，边连宝悟解为：“争见虚空说法，风云雨露雷霆。从古度人几许，恒河沙数苍生。”（其十五）“太虚浮云无碍，游鱼流水相忘。心空理寂大旨，须从个里推详。”（其三十一）“心空理寂”是作人的“大旨”，也是治学的“大旨”，一个人若不能如“游鱼流水相忘”于江湖，则不能潜心冥志，遨游于学海的“太虚”之境。针对当时学术界泛起的急功近利的浮躁学风，边连宝通过禅悟规劝道：“穿凿一毫不得，只须与之委蛇。若论学人入手，还教穿破牛皮。”（其二十三）在这则颂词的“案”语中，诗人阐释曰：“药山（禅师）怕他穿凿，故云尔。余谓初学人定须有穿破牛皮愿力，始得，乃今之学人，亦只图遮眼，不知此乃成熟以后，优游涵养工夫也。”

世人有太多烦恼和苦闷，关键是心灵负担过重，装得太满，以致无法做到心空万物，欢喜快乐，就此，边连宝开悟曰：“彭祖焚章乞寿，石崇结柳送穷，添钵也同无厌，何如放遣钵空。”（其三十六）“放遣钵空”，让自己的心灵卸下名缰利锁的缠绕，才能“快活快活一生”，“墙外便是大道，大道直入长安。不必西向而笑，只求方寸中间。”（其二十七）禅家的最高境界是日常应用境，从饥来吃饭、渴来饮水、困来就眠的日常生活中体悟佛道，达到自性自悟，自在自为的空灵境，才能有大智慧大解脱：“上天下地独尊，无佛然后有佛。我外若还有我，老僧合应打杀。”（其三十一）“蔌蔌落花满地，萋萋芳草天涯。弹指之间

错过，秋风秋露荷花。”（其三十四）

边连宝的佛禅思想依禅宗公案展开，体系较为庞杂，不能一一析赏，但这几首颂语，颇叫人吟味沉思，不管做人，还是做事，尤其做学问，皆值得借鉴：“学问须得入头，才可钻研得透。休言无间可乘，只须辨取无厚。”（其五十）“未拈起时是静，既拈起时是动。老僧恰在中间，动静互相为用。”（其四十五）“白云自是白云，青山自是青山。青山却在云里，白云也在山间。”（其五十一）“自是人间镜子，更与二老何干。镜惟不执我相，故能照彻大千。”（其五十九）边连宝“十举十困有司”（其五十四），运命颇为乖蹇，诗人带着对世态众生的思考、对宇宙时空的观照，晚年耽于禅悦，借参悟禅家公案的机缘，阐释了潜隐在内心的各种感悟。这些充满大彻大悟的智慧不仅构成了他人生观的一部分，而且还深刻影响了他的诗文创作，使他的诗歌处处流溢着空寂玄远、不落言筌的韵味，“逸情至性”，令人感慨。

（二）“凭眺临深壑，千松响暮涛”——边连宝的山水诗浅说

边连宝因生活所迫，其一生基本忙碌于教授村童，奔走在以故乡为圆点的河间道上，所以他的山水诗创作多采用冀中一带的自然风物、人文古迹为题材，有相当浓厚的地域特色。晚岁，随其兄边中宝（撰《竹岩诗草》二卷）往扬州探望侄子边廷抡而作江南行游山水诗。关于边连宝的江南行踪，蒋士铨在《征士边君随园传》中记曰：“涛（指边连宝诗中挚友戈涛。笔者注）既死，君屏交游，惟与兄竹岩诗酒唱酬而已，竹岩名中宝，君同怀第四兄也。由乡贡四任学博，廉谨端恪，性和粹，与君慷爽异然，白头友爱如髫龀时。竹岩子廷抡起家兵部，出守徐州，历常镇道转两淮盐运使。竹岩就养江南，偕君往游，穷大江南北名胜，篢舆画舫中，二老歌吟弗辍；旗亭僧壁，传写殆遍。君诗益奇横，跌宕自喜，编《南游埙篪集》。”

边连宝的山水诗依年序、地域就自然区别成冀中赏乐山水诗和南行纪游山水诗。前者虽以北地风物为抒写对象，但诗风轻柔澹泊，禅意悠然；后者则于空阔蕴藉间，突现激情涌动，一如蒋士铨所评有“奇横”“跌宕”之气，略见诗人燕赵慷慨之士的真性情。

首先以诗人的冀中赏乐山水诗为基点，考察他的诗歌风貌。边

连宝生在河北，长于冀中，他终生与故乡的山水结下深深的情缘，在他逸韵横绝的诗笔下，素有慷慨悲歌之称的燕赵大地显得宁静超远、平和冲澹，如一坐禅老僧，令人澄怀静虑、百事尽销。如写村居的闲适，他说：“步屧秋沙软，登高暮景寒。霜澄波色净，风战叶声乾。”（《村居九日》）“独爱静中趣，时看云外山。明朝更如此，且去掩松关。”（《看山》）边连宝村居山水诗以闲情为主，写得安然自若，波澜不生，除上例外，他的村居类山水诗还有：《雨后看山》《村居冬夜五首》《霁夜野望》《看山》《晚眺》《晚步》《秋晚》《大野》《野望》《晚晴》《秋日杂诗》《早景》《新秋杂兴》《九日晚望》《夏晚游兴》《雨后登城眺望》《泽畔》《溪上步月》《任邑六景》等。再如写佛国禅意，诗人笔势轻灵地说到：“随喜到方丈，欣逢花雨天。……愿为春米客，衣钵莫轻传。”（《游云居寺》其三）“凭眺临深壑，千松响暮涛。晚钟禅院静，孤月戒坛高。”（《游云居寺》其四）“婆娑双树老，高迥万山秋。渐觉无冰炭，翻嫌有赘疣。”（《卧佛寺》）

边连宝冀中山水诗值得一提的还有其一气呵成的大型组诗《赵北口竹枝》。赵北口，清属保定府雄县，今归保定市安新县所辖。安新县，清代为新安县，1913 年改今名，隶直隶保定道。《清史稿·地理志》曰：“安州，简。府东少北六十里。道光十二年以新安省入。”又曰：“雄，冲、繁、难。府东北百二十里。西淀（即著名的白洋淀。笔者注），县南，亘安州、高阳、任丘，周三百三十里，汇府境诸水，所谓‘七十二清河’，赵北口扼其中。”[①]高士奇《扈从西巡日录》记曰：“赵北口，属河间府任丘县。志称高阳河自高阳县来，经赵堡口。……庞元英《文昌杂录》‘雄州城南陂塘数十里，芰荷极望，以小舫游其间，鸥鹭往来，红香泛于樽俎，四时有蟹，暑月甚肥，虽江乡亦无此景。’”[②]赵北口，地理位置十分冲要，是京畿南下的必经通道，历来为兵家所重。它地处东淀、西淀交汇之咽喉，界分燕、赵，勾连南北，凡南下北上之文人多有吟咏。边连宝的《赵北口竹枝》用竹枝调轻快活泼的形式，紧贴

---

① 见《清史稿》，第 478 页。

② 见《清代诗文集汇编》第 166 册，第 102 页。

赵北口独特的地理形胜、特产风物和人文习俗，由点到面地歌咏了她清丽绝俗的美丽风姿。如写赵北口的山水形胜，他将其描绘得水波潋滟、空阔窅深，既有杨柳依依的温婉，亦有秋波澹澹的澄净；既有荷花十里的妩媚，又有渔歌互答的悠然："西山隐隐水迢迢，蛇势长堤柳万条。更向戍楼高处望，鼍梁雁齿十三桥。"（《赵北口竹枝》其一）"花开菡萏动兰桡，的的红妆入望遥。沿路香风浑不断，十方院到易昜桥。"（同上，其九）"秋水无尘一镜开，底因水面特喧豗。金铁齐鸣屋瓦振，蛮船响仗卷波来。"（同上，其十三）再如写赵北口的地理形胜和民俗物产，诗人将其轻描浅画，勾勒得如同一幅充满梦境的风俗年画："衢通九省属咽喉，天子行宫据上游。怪底夜来多紫气，百灵常护望围楼。"（同上，其二）"连枷四响接比邻，颗粒针芒子细分。欲筑麦场无隙地，平房顶上撒黄云。"（同上，其十一）"遥看云际一帆开，知向天津贩粟回。闻道关东今大熟，海艘曾否过洋来。"（同上，其十六）"羽毛憔悴刷西风，鳗鲡荒唐但啄虫。瀛莫之间吾与汝，更无别个信天翁。"（同上，其十八）

《赵北口竹枝》语辞清丽，节奏舒缓而韵味悠长，是早年边连宝诗歌特征的具体显现。和早期空寂淡远，略带禅味的诗风不同，边连宝南行山水诗则于淡雅空阔中陡添一种超迈豪放，与其"戛然独造，才识邃衍，气力宏放"的诗性气质相近。如：

> 白马万匹驰星电，白练万匹拽不断。的是乾坤一大观，坐向高邮湖里见。滚滚之波浩浩风，风波搏击撑虚空。昆阳万瓦皆震动，楚汉广武争雌雄。南山伐石如铁铸，只愁石堰失坚固。……须臾波恬风罢吼，大块气静土囊口。万事变幻总如兹，个中消息一盃酒。
>
> ——《运河阻风登岸望高邮湖波浪》

> 塞北不信万斛船，江南不信千人帐。若非身到扬子江头遇大风，争知江间波浪高一丈。江豚向晚拜风婆，豿然跳跃舞且歌。须臾浪起高于屋，万叠银山激素波。十幅蒲帆向空举，百夫劝力声许许。危樯插汉划天风，舟师助势鸣钲鼓。生平胆如芥

子大，此日胆出身之外。那愁破浪冲波险，但知把酒联床快。转眼风恬波不兴，瓶中酒罄诗亦成。坐觉万里烟涛势，滃灪都从三寸不律管中喷薄出。

——《大风渡江与九兄对酌》

高邮湖，在明清扬州府属高邮州境内。高邮地处江海交接，河网密布、湖泽匝地，京杭大运河穿越其间，是为江南北咽喉所在。《读史方舆纪要》曰：“州介于扬、楚间，号东南咽领。……盖州薮泽环聚，易于控扼也。宋时州人秦观诗曰：‘吾乡如覆盂，高据扬楚脊。环以万顷湖，粘天无四壁。’故高邮亦曰盂城。”[①]高邮既“环以万顷湖”，南北行旅必扬帆其间，所以文人吟咏高邮湖美景的诗作层出屡见，花样翻新。边连宝见惯了白洋淀夏有亭亭莲叶，秋有苍苍蒹葭的别样风光，突然阻风高邮湖畔，令他领略了一个惊心动魄的撼人场景。诗人通过平望的视角，只见狂飚漫起，白浪如原野上一群奋蹄扬鬣的骏马疾驰而来，又呼啸而去。风云激浪，浪裹风云，天水顿时浑然一体，其气势如两军对阵，互争雌雄，须臾风静浪息，一切归于空寂。由自然界的风云变幻，诗人悟出世间“万事变幻”的奥妙，直面那令人怵目惊心的万般“变幻”，他终显淡然本色：“个中消息一盔酒。”

《大风渡江与九兄对酌》的气势和笔法同《运河阻风登岸望高邮湖波浪》相近。所不同的是“大风渡江”更为洒脱豪放，“生平胆如芥子”的诗人，在渡江中流忽“遇大风”，身处“万叠银山激素波”的险境，他举酒对酌，诗情如涌，一股超然之情“从三寸不律管中喷薄”而“出”，其神闲气盈之态，令人可以想见！

边连宝作为冀产诗人，一旦跨江淮南下，大江两岸空阔澄明的繁华景致令他诗情喷张，诗境大开，他的足履游走在扬州、镇江、金陵的名山胜水间，观之不足，又吟之以诗。如果从《入江南界》算起，边连宝的南游山水诗名篇包括：《下邳晚兴》《宿王家营河馆》《渡河》《淮安晚发》《渡淮》《扬州》《渡江》《同九兄登焦山和东坡韵》《同九兄登金山

① 见《读史方舆纪要》，第1134页。

次东坡韵》《北固山怀古》《重游焦山四首》《游北固山甘露寺》《瘗鹤铭次东坡孙莘老墨妙亭诗韵》《妙高台眺望》《廿四桥》《游平山堂八绝》《正月四日偕同人游焦山呈丹木》《同九兄渡江赴扬州》《瓜洲》《春日游平山堂》《四游平山堂歌》《同九兄泛舟赴摄山栖霞寺》《扬州道上口号》《仪正早发》《自龙潭陆行晚抵栖霞》《幽居》《爱翠楼》《万松岗》《桃花涧》《白廉泉》《功德泉》《探功德泉》《太虚亭浩歌》《叠浪岩》《彩虹镜》《别栖霞》《晚发仪征明抵扬州》等数十首。这一组南游山水诗群气韵充沛，神采奕奕，既显大气盘旋，又有深厚底蕴，在乾嘉河朔诗人中，独僻新境界。除了上举两例豪放风格的作品外，边连宝的南行山水诗更多的是怀古抒情、吟赏烟霞的写性之作。如：

西风一叶渡淮船，冲破琉璃万顷烟。帆带归鸦投浦树，橹摇秋梦入江天。浮家泛宅三生愿，洗耳临流此日缘。何处挖楼吹暮笛，骊龙正抱颔珠眠。

——《渡淮》

垂老皤然作壮游，揭来淮海古扬州。万家灯火连瓜步，一片蒲帆下石头。南浦烟霜莲芡老，西风砧杵雁鸿秋。芜城不少兴亡恨，吊古还应上酒楼。

——《扬州》

岷峨下注向东倾，直到荆扬怒未平。势蹴三山连蜃气，波摇两岸乱钟声。好风剪渡金山寺，宿雾遥开铁瓮城。我是瓜牛庐里客，兹游真足冠平生。

——《渡江》

佳名不枉妙高台，豁达江天四望开。轻毳浮空孤鸟没，大声吹地早潮来。漂摇身世波间梗，少壮心期劫后灰。目力穷时东极尽，遥遥一发似蓬莱。

——《妙高台眺望》

风恬不起靴纹皱，水碧浑如皴画苔。多少楼台衔倒影，参差写入镜中来。

——《游平山堂八绝》其三

一条天堑落云间，万古滔滔誓不还。欲问南朝香艳迹，隔江笑指秣陵山。

——《渡江》

《渡淮》写横绝淮河的情景。淮河，东南重要水系，夹江、河之间，有时江淮齐名，有时河淮并称，淮河还与江、河、济并列为四渎。《读史方舆纪要》曰：“淮河自河南固始县而东流入界(指明清江南界。笔者注)，经颍州南，霍丘县北，颍上县南，又东经寿州北及怀远县城南，又东经凤阳府城及临淮县城北，又东北经五河县城东，盱眙县城北，泗州城南，又东北至清河县南合大河，又东经淮安府城北及安东县城南而入海。长淮南北大小群川，无不附淮以达海者，而涡、颍、汴、泗诸水则尤要害所关也。”①淮河在地理上是大江南北的分界线，其军事地位非常重要，守江南者，必守淮河；取江南者，亦必以淮河为通道。《读史方舆纪要》曰：“自南北分疆，往往以长淮为大江之蔽。陈人失淮南，遂为隋人所并。唐末杨行密与朱温亟战于淮上，温不能渡淮，杨氏遂能以淮南之境与中原抗。五代周取淮南，而李氏之亡不旋踵矣。”②宋人失淮河而中原沦为女真附庸；史可法弃守两淮而大清兵长驰南下，如此事例不绝于史。由此可知，淮河乃江南之屏障，守江南必守大江，固大江必固淮河。边连宝乘舟渡淮，一叶风帆被西风卷扬着，如滑行在万顷笼罩寒烟的碧波上，舟轻帆正，“归鸦”投林，橹声摇醉诗人的三秋之梦，任诗情与梦幻同飞，飘散在寥阔的广宇间。这首诗空阔透亮，意境朦胧深邃，全诗融写景、抒情为一体，显得浑然隽永，不露斧凿之痕。

《扬州》以下各诗，分写京镇淮扬等处名胜。其形势前文多有述及，可参看。《扬州》主要借景怀古，诗人通过“十年一觉扬州梦”的绮丽繁花，抒写蓄积心中的“兴亡”之“恨”。《渡江》气势奔放，直抒胸臆，起笔便郁怒勃发，写出大江万里而来，奔腾激荡的气势，然后通过“三山”“蜃气”、“两岸”“钟声”的衬托与推助，具体而微地渲染了金山

---

①② 见《读史方舆纪要》，第887页。

寺、铁瓮城的壮观气象，结尾呼应首联，以“兹游真足冠平生”加强诗境厚度。《妙高台眺望》写诗人登上栖霞绝顶妙高台游心四顾的情景，诗境大开大阖，辽阔遥远，思绪激荡，是燕赵悲歌的变徵之音。《游平山堂八绝》是边连宝淮扬山水小唱的剪影，其韵致婉然，音节舒放，如玉人吹箫，清声不绝。《渡江》篇幅虽小，但气势与七律《渡江》遥相辉映，在尺幅小品中，诗人用含蓄婉约的笔墨勾勒了大江东去、淘尽千古的雄豪气度。

边连宝在扬州时日虽短，但山水诗创获甚丰，除上举之外，其写金、焦二山的作品亦堪称韵味隽永秀出的佳品。这些诗景物雄阔、感情激越，情与景交汇处，便生一种叫人难以承受的生命之感：“利名何在莽茫茫，海水洞冥天深黑。病根所坐在无明，无明动者宠辱惊。谁无血气与知识，个中哪得分人物。我登万仞绝顶之高山，下视横目之民无灵顽。但见蠢蠢蠕蠕来无已，九点苍烟一杯水。”（《同九兄登金山次东坡韵》）金山峙立江中，冷眼旁观了古往今来多少兴亡之事，舟楫穿梭，白帆上下，天下熙熙攘攘，皆为“名利”奔忙，诗人放目“九点苍烟”的人世，只见“蠢蠢蠕蠕”来往不绝的“横目之民”，其内心的孤独与苍茫正如江水浩浩，奔涌翻卷。边连宝的金、焦山水诗基本保持了这种借古抒忧、对景放情的格局，整体笼盖着悠悠的愁绪：“六朝劫火空成恨，三岛仙踪信可攀，王子凤笙桓氏笛，似闻袅袅出烟鬟。”（《游北固山甘露寺》）

第四节　“云山非故国，风雨逼孤舟”

——查礼的山水诗

乾嘉诗坛，河朔诗人才情横溢，秀杰之士辈出，除前所述之外，查礼是一个不能被遗忘且忽视的特异人物。如果翁方纲、朱氏兄弟以学问知名于世，纪昀既以学行，又因遣谪西北的经历而使其名声大噪的话，那么查礼则以迥异的人生履历使其成为一个带有传奇色彩的诗界奇才。查礼不像翁方纲、纪昀那般受到世人追捧，享不世之名，相反，他和朱氏二杰一样，鲜有论者深入探析，尽管如此，查礼在清代山水诗史上的贡献和价值是巨大的，其地位与名望不能被淹没，亦无法被替代。

一、查礼的生平和诗歌特征简述

查礼(1715—1783)，初名为礼，又名学礼，字恂叔，一字鲁存，号俭堂，一号铁桥，顺天宛平人。乾隆元年丙辰举博学鸿词，报罢。再应乡试不第，乃援例(入资)以主事注选，乾隆十三年五月授户部陕西司主事。未及一年，保举引见发云南以同知补用，未赴任，旋改广西补庆远府理苗同知。期间试守庆远、平乐二郡，又视榷浔州，奉檄修复灵渠水利。因廉干而擢升太平知府，太平地处广西最南端，与安南(今越南)接界，境内猺獞杂居，查礼任职期间，广行教化，抚循有方。凡瘴疠之乡、穷僻之谷，巡行殆遍，尤以振兴文教为先务，创建考棚书院，奖进诸生，教以读书行己之要。在太平府八年，郡人爱戴至极，查礼因母亲年老奉养为由辞官离郡之日，民众皆坠泪，士子相送不远千里，过了太平府境才依依惜别而去。

乾隆三十二年八月，服母阕期满的查礼在亲友敦劝下，起补四川宁远府知府。宁远，地界川滇，为少数民族，尤其彝族居住区，民风强悍，良民多被生番荼毒，苦不堪言。查礼至郡，驭化有方，民患稍懈。三十三年十月，奉旨特授川北道，旋调松茂道。三十六年，小金川战事骤起，查礼被檄调随营。三十七年，奉旨专司西路粮饷，将军温福奏请委任查礼总理北路粮饷。小金川平定后，温福先奏委查礼清查户口及屯政，又委其赴北路安设台站。三十八年，大金川用兵，温福率大军进驻木果木，其时贼势猖獗，查礼全力以赴，既率兵解温福之围，死守美诺，又要保证大军粮饷，事繁责重，因心力耗竭而须发尽白。三十九年，将军阿桂进兵谷噶山，筹改运道，查礼请求开僻色利沟之日尔拉山。日尔拉山高五十里，自古无路，且积雪常常厚达六、七尺，终岁不消。查礼受阿桂委派，监督开路工程，他相度形势，纵火烧冻，凿石为磴，不到一月而工成，从此捷径输运粮饷为朝廷节约费用不少。四十一年，大军凯旋，查礼留任川西北，平息果罗克骚乱。

因他处事果断机智，令川西北诸夷皆感震慑。四十四年，擢四川按察使。四十五年，陛见，乾隆详细询问了历年治理边事的情况，查礼奏对称旨，转四川布政使。布政使任上，查礼兴利除弊，事无巨细，必详审而后行。他认为事有小不慎而重为民害者，不可不察。有人曾劝查礼，您在军队中多受辛苦，现在名位已高，何必如此烦劳，应该休养自己了。查礼听后，语重心长地说："官高多责，望重多尤，吾为此惧，敢求安乎?"乾隆四十七年九月，奉旨升授湖南巡抚。十二月二十八日，召见奏对时，因偶感风寒，于次日"痰喘气逆，整衣端坐而逝。"（查淳《铜鼓书堂遗稿后序》）享年六十八岁。（关于查礼平生详细事迹，参见《四川布政使查公礼传》，原载《四川通志》，又见《碑传集》第2442页，以及《铜鼓书堂遗稿后序》等）

查礼兄弟三人，伯兄查为仁，字心谷，号莲坡，康熙辛卯科举人，著《莲坡诗话》；仲兄查为义，字履方，曾任安徽太平府通判。查氏世居京师，别业在天津，即世所称道的水西庄。水西庄藏书累至数万卷，东南一带的文人学士多慕名而来，盘桓不忍离去，著名者如厉鹗、杭世骏等，查氏兄弟与这些才俊之士过往甚密，尊酒倡和，殆无虚日。作诗成了查礼生命中最重要的组成部分，即使在戎马倥偬之间，他都没有停止过心灵的歌吟，查淳在《后序》中曰："府君少好学问，老而弥笃，虽戎马倥偬，薄书填委，未尝一日废书。于军国，机宜、民生利病，讲求最悉，其温柔敦厚，慈祥恺恻之意，往往见于歌诗，读者可考而知也。"查礼去世后，他的诗文被其子孙编集为《铜鼓书堂遗稿》三十二卷，收录的诗、词、文、词话等起自雍正十二年，讫于乾隆四十七年，为诗人四十九年来的心血结晶。

查礼在乾嘉河朔诗群中，是一个不以学问，而专注以诗词创作驰誉南北文坛的诗人。他诗学成就的取得有几大因素，一是受其生活环境——水西庄的文化浸淫；二是因为水西庄而大量交接了许多闻名当世的诗人，受他们诗性人格的激发，查礼诗学精进，创作日益臻于善境；三是得益于家庭诗化传统的霑濡，使他的血液和气质中充满了诗的灵性与颖悟。

关于水西庄，查礼是这样描述的："小筑临春水，风光宛若耶。碧围三径柳，红间一篱花。拂座云生牖，开门鹤到家。机心从此息，抱瓮入桑麻。”(《过水西庄》)厉鹗在他的诗中，对水西庄如世外桃源般的环境亦有美誉：“修梁百步余，沽水通小波。丝杨尽踠地，弥望菱与荷。客来冷香中，遥吹销烦疴。林蝉无辍响，秋思亦已多。”(《七夕查莲坡招同英司马梦堂吴东壁陈对沤集南碕草堂以荷净纳凉时分韵得荷字》)，水西庄，不但自然环境有天人合一的园林之胜，而且其文化氛围浓厚，在清代藏书史上堪称一绝，它与淮扬的马氏小玲珑山馆南北相映，是文人雅士的聚集之所。杭世骏为《铜鼓书堂遗稿》所作的《序》曰：“莲坡先生耽嗜风雅，狎主齐盟，海内词人，靡不向风景慕，同时广陵马氏遥遥相望。余南北往来，两家园林，必留信宿。”

由于水西庄环境优美，文化氛围浓烈，所以查氏兄弟读书期间，受其浸润深厚，诗文日益见精。诸多南北文士雅集其间，诗酒唱酬，差无虚日，这种沙龙性质的聚会，给查氏兄弟的诗学打开了一个更为广阔的视野。沈德潜北上京师，亦驻舟水西庄，查礼有《沈确士自吴门诣都停舟见访留饮舍南小筑》以记其事。在诗性文人编织的文化网络中，查氏兄弟始终处在焦点的位置。厉鹗乾隆十三年北上天津时，途中作《六月六日舟中寄查莲坡》曰：“岂有诗篇传济北，漫将米价问江东。美人咫尺劳相望，尚隔津门烟树中。”在水西庄盘桓有日，厉鹗、汪沆、英廉等诗界名流和查莲坡诗酒唱和，其情甚洽。杭世骏留连水西庄，因诗酒情深，而与查氏结姻亲。

海宁查氏与京津查氏，虽异派而同源(海宁查家与宛平查家皆出安徽休宁)，他们共同拥有家族的血统及荣誉。查慎行辈份高于查礼兄弟，但南北查之间的交流往往会突破辈份、年龄界限，而显得极为深沉融洽。查为仁的《莲坡诗话》有如此载述：“家伯查浦老人游迹遍天下，览眺留题，往往脍炙人口。……康熙庚辰辛巳间，来游天津，居吾家于斯堂，前后几及两载。时与赵秋谷执信、姜西溟宸英、昝元彦茹芝、朱字绿书、刘大山岩擘笺飞斝，殆无虚日。……余弟基、学、开三人，咸克世其学。”[①]查浦老人，即查嗣瑮(1652—1733)，字德伊，浙

① 见郭绍虞主编《清诗话》，上海古籍出版社 1979 年版，第 483—484 页。

江海宁人，查慎行之弟，其诗歌创作成就斐然，与其兄比翼诗坛，时人有北宋“二苏”之拟。著《查浦诗钞》《查浦辑闻》《南北史识小录》等。查浦老人以年伯身份在水西庄留驻两载，查礼兄弟的诗学得益其熏陶甚厚，故查为仁称“余弟基、学、开三人，咸克世其学”。就南北查氏诗人在诗学上相互交流，诗名盛行于当世的情形，顾光旭的《铜鼓书堂遗稿序》有间接的评述：“昔仁庙时，翰林查慎行以文学侍从，尝有瀛台坐钓应制之作曰：臣本烟波一钓徒。蒙帝赏赉。内侍每传呼烟波钓徒查翰林，以别于声山学士升云，而其所著《敬业堂集》亦遂盛行于天下。故湖南巡抚俭堂先生弱冠即蜚声文苑，举博学鸿词科试不利，又困京兆试，乃以赀为农曹郎。世咸谓文章无命，岂知魁伟绝特之士，天必试诸盘根错节之交，以淬其锋而砺其锷，然后畀以重任。……故其发为文章，乃经世有用之文，非徒学士讴吟之物。……先生于书，无所不窥，其诗不名一体，而大要则视烟波钓徒，如冰之生水，然钓徒未见诸事而托于诗，先生之事则一一见诸诗而徵其学。……吾知是集出，而海内争先覩之以为快，其与敬业遗文齐驱并轨无疑也。”[①]顾光旭的《序》指出了查礼和查慎行在诗歌创作上“齐驱并轨”的相通特征，同时他还一针见血地指出二人间的相异之处：查慎行因遭遇各种波折，且为了名利不惜更换名号而处处谨言“慎行”，故而其诗隐隐约约，似有不尽之意：“未见诸事而托于诗”；查礼不务虚谈，一切从质实有用处来，况且在数十年的地方官任上，他不惜冒犯上官，得罪同僚，一心为民请命，为朝廷着想，如顾光旭所言“仕宦三十余年，南至南越，西浮弱水，苍颜白发，据鞍扬扬，诸番罗拜，万姓待哺，仰之若父母，尊之如神明，而先生之劳其心力，苦其筋骨，不顾身，不顾家，犯大帅而不以为忤，折僚友而不以为非，遇仓卒而不惊，任非常而不变。每于拈韵挥毫，流露古君子立身行义之本，固未可以晚近诗人目之也。”查礼的诗与查慎行截然相反：“先生之事则一一见诸诗而徵其学。”

查礼在清代诗学批评史上名望不及查慎行，但他的诗歌创作从

---

① 见《续修四库全书・集部》第1431册，第2页。

某个视角，即人格特质上考察却有耐人寻味处，他至少比查慎行洒脱豪迈，性格中多了一些刚猛不羁的特质，而少了一丝曲意逢迎、规避现实的软弱。杭世骏认为查礼的诗“杼轴性灵，原本忠孝”，有杜甫、元结关怀民生的遗风。顾光旭则评道：“尝试取而诵之，时或惊风雨、泣鬼神，时或谐韶濩、沮金石。想其握管摛词，句斟字酌，一笔不苟下，大抵千锤百炼而合于自然，藉非浸淫百家，陶镕万有，其孰臻此宏中肆外，从心所欲者哉！……有德者必有言，世之学者，自此可知古君子之行，有不徒虚车之饰者。然则彪炳史册，照耀旂常而为世楷，则洵乎其在笔墨之外也哉！”“笔墨之外”更有深情、深意与深心，这是查礼诗歌迥异特出的过人之处。

查礼随军征大、小金川时，与王昶、赵文哲交好，相同的军旅生活把他们紧紧地聚合在一起，即使战火连天，矢石交下，他们亦能于公务之暇，诗歌互答，以寄心声：“杜陆清才万古传，敢夸诗笔斗前贤。江山寥落身将老，戎马间关病未捐。远道惊心悲陟屺，余生回首念归田。”（王昶《寄查观察恂叔》，《春融堂集卷十三》）王昶心目中的查礼不仅是心灵相印的诗中知己，而且还是“聚米凭君指战场”的具有“豹韬”大略的将才。除上引，王昶还有《得恂叔诗却和》《吴学使冲之杜方伯凝台玉林曹员外秋渔焜杨刺史笠湖饯别松茂官舍并怀恂叔》等，表达对患难相交的诗友的切切之情。赵文哲诗曰：“青门一别皆岐路，白首重逢是战场。……凭君莫问平蛮策，愧说参军策最长。”（《初抵成都先寄查俭堂观察》其一）“羽书阃外自交催，独坐思君蜡炬摧。……翻恐相逢一樽酒，梅花看傍战场开。”（同上，其二）与王昶相较，赵文哲和查礼的交情似乎更为深厚，无论艰苦至绝的“军中夜起”，还是闲暇忆旧的美好一刻，赵文哲时时会流露出对友人的切切思念：“独倚悲歌刀作响，倦偎病骨被生稜。……欲就故人话尊酒，醉来还恐涕沾膺。”（《军中夜起简俭堂》）“子规啼煞去无期，白发天涯又几丝。若念沧洲旧时约，此图便是北山移。”（《为俭堂题朱子颖画扇》其五）其它赠和之作，还有《俭堂昨上北山见崖石间皆松树高者仅尺许，而奇姿郁蟠如千百年物归以素纸写之劲秀特绝为题一诗》《北山行帐夜大雷雨读俭堂从军行有感即次其韵》等。赵文哲不幸战亡后，查礼悼之以词《摸鱼儿·哭赵损之农部》，其情之哀、词之壮、意之深，令山河失色，人心撼动。

查礼的诗歌创作，早年经历家学传承，以及杭世骏、厉鹗等一批饱学之士的濡染熏沐，中年又经历战火洗礼，结交了王昶、赵文哲等患难相罹的诗中挚友，所以他的诗风既清绝幽秀，又刚劲峭拔，象清荷临水，又似宝剑出匣，在清中期诗坛别树一帜。如早期所作《春日郊游》曰："落尽残梅处，无莺拂柳条。……一声清磬响，隔水寺非遥。"(其二)"蟾影穿疏树，龙声出短篱。兴阑归觉晚，境僻转忘疲。"(其四)再如，《月夜自水西庄步至宜亭旧址望西淀冰间积雪》描绘冬日月夜白洋淀的冰雪世界说："隔河忽近无垢国，琉璃为地添粉饰。零星残雪摇春光，极目疑在广寒侧。……自来耐冷惟纤阿，夜夜还拥冰轮至。"如果上举两例冰清玉润、澄明空透，显示了查礼追求高洁人格的超迈心境的话，那么作于雍正十三年(1735)的《古剑行》则预示了诗人高蹈卓厉、奋发有为的激慨人生："匣中古剑何时传，光芒艳发凌星躔。……天然宝气迥射人，未逢烈士谁赏识。君不见人中皎皎铁铮铮，锻炼经久功始成。……君不见丰城紫气耀九州，干将莫邪今难求。人生遇合亦如此，可能持此断离愁。"早年的诗人心淡如菊，寄怀高远，他看淡了人生的"荣枯"和"得失"，只愿与挚友一同神随飞鸿，自在翱翔："沽水人如旧，东篱菊自深。荣枯俱是梦，得失不关心。……细思凭远雁，吟就寄遥岑。"(《寄杭大宗》)

从雍正十三年到乾隆四十七年，查礼的诗歌创作伴着诗人的心路历程一道起伏跌宕，在经历了清吟浅唱的闲适生活、金戈铁马的战火淬厉后，戛然而止在"清风余两袖，囊空乏俸钱。俸入非不厚，众情仰所捐。……几番劳梦想，何时藉息肩。"(《别蜀》)的自宽自慰中。查礼莅蜀十六载，离川赴湖南巡抚任时，他深以自慰的是勤政爱民，两袖清风，同时自信自负是他留存人间的篇篇充满真情的写心之作："吟诗问比花如何，独向晴窗酌清醥。奚奴为点囊与瓢，满贮云山旧来稿。……忆战群英历词坛，虽逢元白须压倒。少壮之时胆气粗，及今反觉歉幽抱。学境如斯仕亦然，接物毕竟真为宝。劳劳名利古谁存，只有青山青不了。"(《元日书怀》)

查礼生在诗礼望族,长在锦绣丛中,浸于诗文化陶染,成于艰辛卓绝的仕宦生涯。他的人格以洁净纯实为特征,诗品以高旷真实为崇尚,他的“学境”也罢,仕宦也罢,皆以“真为宝”,他把“真”当成了人生追求的至境与目标,“物我皆自若,天地两悠悠。……形骸寄造化,精竭神难留。赖此微吟意,聊用结绸缪。安得淳朴味,老似韦苏州。”(《自述》)

诗品即人品,查礼毕生以淳朴勤谨为政,以智勇仁厚为人,故而他的诗,包括山水诗就烙有他人格的印痕而显出辽阔劲健、质实扬厉的特征。

二、“辋川妙笔须谁借,摩诘如生必我俱”

——查礼的山水诗总揽

查礼一生与翁方纲、朱筠、朱珪、纪昀等新河朔诗人一样,经历了科考、仕宦的固化程式,所不同的是查礼家境特异而科举乖蹇,他的仕宦多以边徼地方守官为主,尤其身历了收复大、小金川的战火淬炼,这使他比其他河朔诗群的诗人多了一份刚劲勇武、果敢坚毅的气质。如果以查礼的生平作纵轴,以其所经封疆为横轴,将他的山水诗纵横缀联起来,我们可以看到他的山水诗风格与他的人生履历、人格完善成正相关之联系。

(一)“刻烛分题,藏阄斗酒”时的山水诗

杭世骏在《铜鼓书堂遗稿序》中说:“今上龙飞廷试鸿博之士,得十五人,余皆报罢,然辇毂人才于斯为盛。其时水西山庄之宾客亦视前后为最盛,刻烛分题,藏阄斗酒,莲坡应接无倦容,而俭堂年甫弱冠,肩随秦晋,才情腾踔,出示一篇,则已惊其夙素。”①查礼乾隆元年前后,以“刻烛分题,藏阄斗酒”的雅士生活为主题。其时诗人“年甫弱冠”,所经的圈子基本在水西庄周边的幽燕一带,故此,他的山水诗既有平和澹然、温馨宛丽的田园之趣,又有寒山肃静、冻云冷凝的高远之致。

---

① 见《续修四库全书·集部》第1431册,第1页。

如写空阔淡泊之景，他说："闲云叆叇野苍茫，路入烟村客思狂。万顷桃花千树柳，一鞭收拾在诗囊。"（《杨青驿马上口占》）"河分九派门前合，潮送三山槛外迎。烟霭有时浮刹影，霜天无际彻钟声。"（《望海寺》）"村居幽趣许谁同，不是诗人即画工。一抹林峦描未得，乱云如絮白濛濛。"（《水西庄秋日雨中八首》其三）"舟载寒烟乍有无，披蓑贯笠渺江湖。辋川妙笔须谁借，摩诘如生必我俱。"（同上，其八）"一湾春水与堤平，潭底龙堂剩几楹。客话长安风雨夜，谁闻犬吠又鸡鸣。"（《百家湾》。诗人自注：在香河县北，其水无源，四时不竭，长安客话云：有居人百家，沦没于此，风雨昏晦，尚闻鸡犬之声。）"杨花绕岸轻于雪，荇叶穿波小似钱。黄鸟啼残深树里，夕阳红到小桥边。"（《泛舟至水西庄》）

不仅寺观园田、村墟遗址被诗人描写得清奇淡泊，即使北方的山峦涧壑、河流淀泊在查礼如画的笔墨中亦呈现简淡古朴、空濛悠远之美："草色乍回前度绿，山光已露上盘青。葱葱短树春来植，恰恰流莺梦里听。"（《百草沟》）"好诗多为看山成，今日闲吟马上行。北望群峰青历历，一峰阴又一峰晴。"（《马上望塞北诸山》）"草芳柳翠雨初经，静爱泉声倚树听。山色远从天际落，白云遮断数峰青。"（《百草沟雨后望田盘诸峰》）"石桥西畔断霞浮，豆子䴔边晚市收。独坐船头看雁过，数声啼破海门秋。"（《西沽晚泊》其二）查礼早期的山水诗之所以随处见出澹然高远、空寂圆融的特征，这与他乐天知命的佛禅思悟有天然联系。早年的查礼不仅与俗世饱学之士多所唱酬，而且还频繁出入佛寺庵院，礼佛拜忏，和佛门上师交谊甚厚。"疏林生虚籁，屋角飞流萤。深夜不能寐，淡月侵窗棂。"（《投普度庵》）"地净真无垢，香消尚有灰。大悲心未灭，可似月光回。"（《人日游大悲院》）"忆昨相见初，趺坐面翠微。各论内外旨，黄叶当头飞。……山空积雪深，夜月交光辉。想见山与僧，奈与静者违。"（《寄佛日释子》）"山衲忽来攲竹笠，园蔬聊复佐盘餐。诗成胜说维摩法，花好应参如是观。莫道良辰难久住，登楼未许晚霞残。"（《花朝前二日岱瞻释子过舍南小筑分韵得观字》）除上引，查礼还有《雨后忆盘山东西两甘涧寄法天国一二释子》《寄百超释子》《过念佛寺访黄思顺》《寄岱瞻上人》《重五日集南园联句送百超上人还盘山兼寄岱瞻上人》《七月八日岱瞻上人过访》《秋夜苔花馆对月与岱瞻上人禅话》《重九后二日同紫仙廷简登海光寺楼分韵得四豪》《寄栖碧庵岱瞻上人》《腊八日宿普度庵》《岁残寄百超释子》《岱瞻上人至自盘山同廷简循初季冶以心清闻妙香为韵得妙字》《重阳后二日过海光寺》《寄上方山达闻释子》《过庆国寺寄周月东》等数十首参禅悟道的诗章。通过这些以佛禅为主旨的诗作,我们既能领悟查礼参透红尘,超绝有情世界的人生观,更能理解其人格形成的基因,以及由此而激发的诗风锤炼成型的深层缘由。在这些充满彻悟的禅意歌吟中,诗人反复申说道:“眼中色相空还未,识取莲花不染心。”(《七月八日岱瞻上人过访》)“蒲团坐破三更月,藜杖看残一片云。性海茫然空世界,蝨舟不合狎鸥群。”(《秋夜苔花馆对月与岱瞻上人禅话》其三)“几为多闻一世忙,拈花微笑却寻常。笑余三十年来事,特为今宵一面墙。”(同上,其四)万性空茫,归于一寂,拈花一笑间大千世界的各种忙碌或烦恼均化作那面无声的土墙,让人有参不尽的禅机。“在家犹出家,我独怜同调。高枕爱吾庐,静比僧房妙。……因果如树花,君看花影掉。形灭神何存,千秋亦徒吊。”(《岱瞻上人至自盘山同廷简循初季冶以心清闻妙香为韵得妙字》)

尽管查礼受佛禅思辨的浸染,其诗歌风格婉约空透,有一种引人幽思的韵味,但燕赵山水毕竟有刚猛孤瘦、料峭苦寒的一面,这一切从查礼的笔下展露出来,就有如下意境:“西山青于螺,一一排远岸。……层峦残雪明,仄岫冻云断。”(《晓出广宁门望大房诸山》)“枯芦败苇荡已尽,惟见点点寒鸦飞。危桥亘空疑匹练,立马长嘶不敢践。俯视顿教斗胆寒,凭高更使雄心战。……噌吰噇嗒钟鼓集,然犀或见怪沉浮。或云河伯会海若,水族忽赴蓬莱洲。……何时桃花水高春树绿,任我凌风长啸惊天吴。”(《渡桑乾河》)“落日寒无色,晴烟暮转苍。……马逸嘶风健,鸦昏掠水忙。”(《南庄道中》)“如林乡外尽蒿莱,绕屋寒鸦阵阵来。最是客怀凄绝处,晓风残月吊荒台。”(《宿束城镇》其二)上列不管是远望大房诸山,还是横渡桑乾之水;无论行走在南庄道上,还是夜宿束城古镇,诗人都将其表现得清寒高远、激情澎湃,充分显示了查礼内心振翮高翔的不羁情怀。此类山水作品还有:《大城道上》《河间怀古》《肃宁县晚眺》《东安道上》《房山道上》等。

(二)"铜鼓询蛮俗,蕉花待月吟"的粤西宦游山水诗

乾隆十四年(1749)"正月九日",查礼被召至乾清宫,任命为"滇南"郡佐,"二十五日复蒙恩召见改官粤西",这是查礼由部曹改官边徼守臣的开始,也是他通过任职蛮荒而历练人生,实现个人远大抱负的起点。离都之际,他情思辗转,百感交至,怀着"咫尺都门万里身,草痕从此衬车轮"(《草桥道中》)的决绝心态,与亲友一一诀别:"别时双下泪,宦迹一浮萍。……池塘春梦杳,草色忆青青。"(《将之粤西赋别心穀履方两兄》其一)"铜鼓询蛮俗,蕉花待月吟。相思难细说,愁共楚江深。"(《留别沽上诸友》)离亲别友,飘蓬万里,这对深于情而重于义的查礼是一次心灵煎熬和人格重塑的过程。他把满腔离绪寄于一川烟水,就使其赴任南下的山水诗充盈着一抹无法淡化的悲愁美:"众水争归壑,群山送客舟。乡关云树隔,离思独悠悠。"(《午日峄县舟中》)"京华回首隔天涯,别后同惊宦迹赊。骆马湖边萍水合,青徐路阔夕阳斜。"(《骆马湖口逢符幼鲁农部》)"凭高忻四望,不雨亦清幽。……寄迹惭漂梗,天涯客正愁。"(《六月六日家贡木上舍招同高季冶布衣泛舟南湖登烟雨楼迟家文木上舍不至》其二)"越国云山怜西照,宦游情绪愧闲鸥。坐听两岸蝉声急,把酒蓬窗动客愁。"(《钱塘江上早秋》)从京师到吴越,水路迢遥,物华暗换,查礼的愁思如一缕扯不断的丝线,紧紧缠绕着他,让他时刻有睹物伤情、见景生忧的悲愁感,故而上举山水诗篇章就自然地呈现了伤感哀怨的悲愁美特征。

虽然离思如缕,欲剪还连,但查礼毕竟是一个精于佛法,深通禅境的豁达诗人,他的愁情别意延续到湘南一带便被迥异中原的幽秀山水所淡化,从而进入另一种清奇深秀、隽永绵淼的审美意境。如:"大江东去几时还,静爱层层山外山。竹木丛深藏瓦脊,十分青翠绕鹅湾。"(《江行杂诗》其四)"沙外分江口,天边月似弓。滩声穿石响,野烧遍山红。客况经秋淡,乡心有梦通。"(《夜泊双江口》)"云树入秋偏媚客,梦魂何夜不归家。……待到湘南南尽处,拟将风景报京华。"(《晚泊即景兼写怀》其二)"一水湾环处,山光作画屏。……隔岸钟声近,连天杉影青。我来仍小泊,夕照满迴汀。"(《石矶站》)从冀北到粤西,岁月推移,物华渐换,诗人饱尝了漫漫旅程的艰难苦恨,又饱览了

沿路殊异迥别的山水风光。故而查礼的粤行山水诗既真切地反映了他在粤西点点滴滴的勤政生活，又全面且具体地为其所经之山川留下了永不磨灭的影像。为论述方便，特追踪查礼在粤西的行迹将其稍作细化辨析。

1.“桂林南接万山青，分野何能辨一星”的庆远、平乐山水诗

乾隆十五年(1750)，查礼“補庆远郡丞”、随即又“权平乐郡”。庆远府在广西西北，平乐府在广西之东，中间隔柳州府。虽然偏在边徼之地，但诗人依旧怀着热切的希望踏上这片充满魅力的土地：“到处云山结梦思，惊心百粤任驱驰。离家万里官犹客，庆远今堪借一枝。”(《補庆远郡丞》)“桂林南接万山青，分野何能辨一星。……漫说功名期五马，敢叨印绶负天庭。”(《权平乐郡》)

庆远府地界广西柳州、贵州独山，形势险要，山川縈纡，《读史方舆纪要》言其：“江山险峻，土壤遐僻，控扼蛮荒，为西陲之襟要。”[①]其所属州县包括：宜山县、天河县；河池州(领思恩县、荔波县)；南丹州；东兰州；那地州(领忻城县)。平乐府东接广东连州，西北邻广西桂林，其地理形胜和战略位置均显重要。《读史方舆纪要》曰：“府屏蔽湖湘，襟喉岭表，而府江环带。自桂入梧数百里间，溪洞林樾，所在多有，傜人盘踞其中，一或不靖，祸生肘腋矣。……旧志云：自静江至梧，滩泷三百六十所，至昭而中分，自昭上至静，险恶尚少。自昭下至梧，则两岸悬岩，中多碎石，滩水湍急，郡盖府江之门户，而梧、桂之腰膂也。”[②]平乐府领州一、县七，即平乐县、恭城县、富川县、贺县、荔浦县，修仁县、昭平县、永安州。平乐与桂林一衣带水，漓江自阳朔逶迤而来，使境内诸山水显出空明澄净、绮丽妩媚的姿态。

查礼勤政爱民、宽刑薄赋，为遍施教化，了解民情，他的足迹丈量了庆远、平乐、浔州等处的山山水水，这种深入僮村猺寨的生活，不但历练了他的干才，开阔了他的视野，而且丰富了他的诗材，提升了他的审美品位，使他的山水诗创作进入一个前所未有的新境界。在查

① 见《读史方舆纪要》，第4922页。

② 同上，第4837页。

礼诗笔下，桂中山水如一江缓缓流淌的梦，似显又隐，若断且续，令人魂魄相牵，心灵相许。如："漠漠识岭云，历历辨汀树。舟子答渔歌，惊起衔鱼鹭。境幽觉身闲，目净慊心愫。"（《自练滩至昭平县》）"山径盘纡曲似蛇，阴岩红叶作飞花。澄潭洄溜寒鱼虾，黄芦苦竹映白沙。"（《冬日漓江舟中》）"山色思灵近，滩声铜鼓收。风清携满袖，岁暮独登楼。沙鸟冲烟没，寒云出岫浮。"（《登清风楼》）"春风一棹下浔关，水鸟依人去复还。翠滴沙间浓淡竹，青浮江上浅深山。"（《正月六日舟发浔州》）"云山澹无际，春风料峭寒。片帆挂新月，又上苍梧滩。"（《晚发苍梧》）"万叠云山压水村，漓江新涨碧波浑。孤舟侵晓迎流上，卧听篙声到县门。"（《晚过昭平》）

查礼的庆远、平乐、浔州山水诗不仅清丽隽秀，富含山水诗意韵，而且内涵丰厚，融山水之趣、人文之情于一体，令人眼界大开。如：

青峰几点带晴霞，二水争流卷白沙。绕郭獞人多种桂，近山蛮女半栽茶。断藤峡口西风急，铜鼓滩头夕照斜。视权此邦初问俗，春来应及课桑麻。

——《浔州府》其一

晓出小北门，湿云掩山嶂。解缆登江船，浩浩江水涨。旋下铜鼓滩，澎湃滩声壮。狂波击石齿，雪卷奔莽沆。传闻此滩内，铜鼓昔年葬。至今打桨过，咚咚响其上。滩师习水性，按柁破怒浪。舟轻似箭飞，中流坐无恙。

——《晓下铜鼓滩》

终朝曳杖对孱颜，附葛攀藤登涉艰。獞屋相连村上下，蛮溪不断水潺湲。轻云淡日濛濛雨，异草奇葩叠叠山。天末秋风萦客思，笋舆停处鸟飞还。

——《南丹道中》

乱山丛竹望相连，灯火人家绕市廛（诗人自注：镇有居民数千户）。一镇文章夸秀士（诗人自注：庆郡人文以德胜为最，孝廉茂才数百人），千屯禾稼庆丰年（诗人自注：是岁有秋，镇屯田皆熟）。夜严鼓吹孤城月，晓肃貔貅百户烟（诗人自注：镇辖土兵百名，有营房百间）。

不意蛮乡有此地，须知帝泽遍南天。

——《德胜镇》

远山红树掠飞鸦，秋色侵人望眼赊。竹叶盆空违看菊，鲤鱼风急促移家(诗人自注：五月家寓柳州，今又携往昭江)。江城客去烟初散，野店投时月未斜。衰柳条条回首处，往来踪迹笑抟沙。

——《九月八日发柳州》

《浔州府》以总揽的视角，全面述说了浔州的地理状貌、民风民俗、物产农时等状况，虽然大笔点染，但却丝毫不见空泛之语。浔州，在广西东南部，东接梧州，南连郁林，西望南宁，北通柳州。《读史方舆纪要》叙曰：“府据两江之会，扼溪洞之冲，山薮藏匿，职为厉阶，往者尝芟薙之矣。夫柳、桂诸州府为之襟带，梧、邕二郡府为之腰膂，防维不先，而粤西一隅将尽病矣。谈形势者，不可以浔为缓图矣。”①浔州府江河汇流，崇山险滩遍布，查礼起首便叙其地理形势曰：“青峰几点带晴霞，二水争流卷白沙。”第三联则具体指陈浔州的山川形胜：“断藤峡口西风急，铜鼓滩头夕照斜。”《读史方舆纪要》曰：“浔江，在府城东，其在城北曰黔江，一名北江(即所谓的右江。笔者注)，经柳、象诸州境，汇众水流入界，绕城北而东合于郁江。在城南者为郁江，亦曰南江(即著称的左江。笔者注)，经邕、横诸州境，汇众水流入界，绕州南而东合于黔江，共流为浔江，过藤、梧至番禺入于海。”②浔州府城南、北江夹流，“两岸连山，中多险滩”，著名的险滩有：思傍、砍水、碧滩、浪滩、弩滩和铜鼓滩。铜鼓滩，在浔州东一里许，当黔、郁二江合流处，春夏水涨，响声如铜鼓，故名滩曰铜鼓。

《晓下铜鼓滩》具体描绘诗人乘轻舟遏急流的涉险经历。晓色笼云，群峰叠翠，江流似奔，滩声如鼓，在千军万马回旋的“澎湃”壮声里，诗人稳坐船头，心灵若飞舟，随巨波起伏，显出一副凌波澜而不惊的雍容之态。

---

① 见《读史方舆纪要》，第4884页。

② 同上，第4887页。

《南丹道中》创作于诗人赴南丹视察矿产的途中，与《南丹土州》《宿南丹矿厂宝王庙僧舍》相参照，全面记叙了南丹山水重叠、物阜民丰的繁盛景象。“三宝山如黛，青云溪似缪。……宋代封州后，居民莫姓多。”(《南丹土州》)“向夕僧窗暂寄身，四山近绕石嶙峋。水穿矿坑声喧市，火锻金银气逼人。”(《宿南丹矿厂宝王庙僧舍》)南丹，以丰富的矿产而著称，因其处边徼，蛮峒杂错，故唐时设“羁縻蛮洞地”，宋元丰三年置南丹州，以莫氏世守其地。明初复为南丹州，洪武二十八年改设南丹卫，正统十年复州，属庆远府。清因明制，置南丹土州。《读史方舆纪要》述曰：“州蛮峒错杂，控据咽喉，称为形要。”[①]《清史稿·地理志》曰：“南丹土州，府(庆远)西北三百四十里。北：莲花山、青云峰。西北：孟英。东：金鸡山。东南：三宝、罗候。东北：劳村江自贵州荔波入，东南流，右受金城江，左界思恩，南流入河池，中平溪出州北十里许，经治东，东南流，入河池，曰洪龙江。”[②]查礼的《南丹道中》采用平视、远观的角度，对南丹的山川风物、民俗特产展开长焦距扫描，层次清楚，叙述井然，首尾相互照应，点染出诗人行走在“獞屋相连”、“蛮溪不断”、“轻云”细雨、“奇葩”遍野的“南丹道中”的轻快愉悦心境。

《德胜镇》写庆远府属名镇德胜镇的盛况。德胜镇，在庆远府西六十里，有巡司，明、清均设驿站于此。《清史稿·地理志》曰：“宜山，……有白土、德胜、龙门三巡司。……水驿二：大曹、宜阳。马驿：德胜。”[③]据查礼诗序可知，“乾隆十五年六月八日，礼任同知庆远府事，分防德胜镇，旋即权守平乐，继监督浔关榷务，忽忽两载，今于十七年七月十一日甫莅斯土，见镇之庐舍繁庶，士民淳朴，因诗以记其胜。”《德胜镇》不详记山川风光，而重在对其人文底蕴和社会生活场景的渲染，这种独特的叙述方法充分表明了查礼倾心国事，勤勉爱民的仁人情怀。

---

① 见《读史方舆纪要》，第4929页。

② 见《清史稿》，第574页。

③ 同上，第574页。

《九月八日发柳州》为诗人暂寓柳州而移家昭江时告别柳州而创作的抒情山水诗。柳州介庆远、平乐之间，为其往返的必经之地，明、清时仅次于桂林府而成为广西的第二大行政辖区，其战略地位相当重要。《读史方舆纪要》说：“府襟带楚、黔，控扼蛮洞，山川回环，封壤辽远。驭之得其道，可以荡黔江之氛翳，清岭表之烽烟也。”①清代的柳州府辖一州七县，马平为其府治。查礼的《九月八日发柳州》以“发”为诗眼，将所有的景致置于“秋色侵人”的背景下，显出离情别绪的凄清与空茫。首联大笔点染，总写柳州一望无际的“远山红树”；颔联用细节说明匆匆“移家”的不舍之情；颈联用想象展示前路迷茫的郁闷之意；尾联则通过“衰柳条条”的肃杀意象，暗示内心往事不堪回首，人生“踪迹”如“抟沙”的无常思悟。

2.“坐看幽绝处，别是一乾坤”的桂林山水诗

乾隆十九年(1754)，查礼受命疏浚灵渠。灵渠在明、清桂林府所属兴安县北五里。《读史方舆纪要》曰：“灵渠，在县北五里，即道漓水处。南经灵川县入临桂县界，亦谓之澪渠。……志曰：渠既通舟楫，亦利灌溉。一名中江。自李渤置斗门，开漓水则入于桂江，壅桂江则归之湘水。又凿分水渠三十五步，阔仅五六尺，以便行舟。其后修筑皆因渤之故迹。”灵渠，作为桂林通湘南的主要漕运水道，自秦至清，历代均有修葺疏浚。关于灵渠工程的修筑技术，范成大的《桂海虞衡志》简介曰：“灵渠，在桂州兴安县。湘水北下湖南。又融江，牂牁下流也，南下广西。二水远不相谋。史禄于沙磕中垒石作铧嘴，派湘之流，而注之融，激行六十里，置斗门三十六。舟入一斗，则复闸一斗，使水积渐进，故能循崖而上，建瓴而下。治水巧妙，无如灵渠者。”②查礼受上官委派主持灵渠修筑工程，在《灵渠役》一诗的序言中，他简洁地交待了该役的缘起：“秦郡监史禄凿渠以通粮馈，名曰灵渠，厥后修筑，代有其人。我朝自陈文简公巡抚粤西，重新之，迄今四十年，而凿处复淤，修者更圮，水源既塞，舟楫不通。乾隆甲戌秋，

---

① 见《读史方舆纪要》，第4898—4899页。

② 见《范成大笔记六种》，中华书局2002年版，第131—132页。

两广制军杨公佩之议行疏导水源，修复陡门，广右方伯檄礼董是役。行将探源兴安，勘工估费，作诗以示同人。”主持灵渠修缮工程期间，查礼克尽职守，不但如期完成使命，而且为了保证工程质量，达到标本兼治的目的，他风雨兼程，四出踏勘，查访水源江道的走向，他把自己查访辨析湘漓之源的成果撰成《修复灵渠记》《海阳山湘漓水源记》等科考性质的文章发表出来，为后世水利事业的发展提供了可资借鉴的史料。

查礼桂林山水诗的创作和灵渠紧密相关，在勘察工程的路途中，他一方面以务实的眼光，打量着桂林一府的山水形势；一方面又用鉴赏的心态纵情领略了桂林一带奇丽大美的山川风物。根据这两个主题，查礼的桂林山水诗便形成两大集群：一是具有实用价值的以考察灵渠水道为主体的山水诗群，这一集群的代表作诸如《大融江口望灵渠水口》《同梁希颜大令发兴安寻湘漓水源》《自兴安乱山中行八十里至凤凰井尚未及湘漓水源过此入灵川界矣马上口占》《海阳山湘漓水源歌》《经海阳山下惠济侯灵泽庙遗址》《自铧嘴历湘漓二江各陡门》《晚步灵渠堤上》等；另一是极具审美价值的以游赏为主旨的山水诗群，其典范之作包括：《叠彩山风洞避暑》《桂林秋日》《九月三日虞山即事》《自虞山沿江过木龙洞至伏波岩》《九日同盛方千王晴川及女婿杨质华儿子淳独秀山登高分韵得十一尤》《拓源》《上塘》《太平堡》《开洲》《分水亭晚眺》《海阳寺》《雨中泛舟美潭》《石龙江》《乳洞》《云根洞》《二月四日兴安见雪》等。以上两类诗歌互补照应，使查礼的桂林山水诗群既充实严谨，又空灵隽逸，从不同侧面展现了查礼驾驭诗歌题材的艺术功力。

如写桂林山水之美，他笔墨挥洒，浓淡相间，点皴勾染间，一幅幅水墨图卷便呈现于世人之前：“岫远峰逾秀，滩平水半浑。坐看幽绝处，别是一乾坤。”（《叠彩山风洞避暑》其一）“几村红叶树，一道碧流泉。境僻无人渡，斜横独木船。”（《拓源》）“行到水迴处，人家聚一邱。豆棚深竹里，茅檐小溪头。”（《开洲》）“粼粼亭下二江分，独立苍茫对夕曛。忙杀连朝青白眼，看山看水看飞云。”（《分水亭晚眺》）“侵晓陟虞山，日出烟霞炯。秋光非一峰，水落日色冷。……岸多李树园，黄

叶衬幽景。……前仰伏波岩，突起势何猛。欲与秀峰争，群峰莫能并。”(《自虞山沿江过木龙洞至伏波岩》)

再如写江道水源的地理形势，他一丝不苟，以诗人的眼光，把灵渠周边的水系通过考辨的手法，表现得清晰而精准：“为探湘漓窟，沿缘听水喧。几支收别派，一脉溯真源。才陟黄花岭，旋经落叶村。”(《同梁希颜大令发兴安寻湘漓水源》其二)“昔闻湘漓间，巍然铧嘴矗。高厚若石坛，分水走山麓。上下设斗门，旧有三十六。束水济舟航，利如野称沃。”(《自铧嘴历湘漓二江各斗门》)。

查礼的桂林山水诗以五、七言长篇取胜。在长篇歌行的大容量中，诗人极尽绘景抒情之才力，把入目即见的幽胜山川，艰辛探索的江源水向一一勾划出来，将人们的思绪牵引到一个水光接天、山色无垠的极乐世界：“湘漓水，至铧嘴。聚成潭，号为渼。潭光琉璃明，潭面如镜平。清流浸山影，萍藻牵柔茎。岸边祠宇倚巇嵲，天外云岚环县阔。迢遥不见海阳山，南望江源源水活。……波涛万顷深莫测，老龙吐珠调冯夷。……凫鹥飞宿洲渚寒，一曲渔歌烟里奏。”(《雨中泛舟渼潭》)“一江淙淙来，两山作水口(诗人自注：石龙上流有二小山，江出二山间，折而西流)……造化何怪奇，宛出斧凿手。飞跃具神形，见尾不见首。……龙腹如环桥，怒涛穿腹走。龙脊为通津，人迹卯至酉。”(《石龙江》)“山水有奇癖，登眺不须遣。……言寻云根洞，并径笋舆转。……伏流得巨渊，沿渊浸碧藓。中或卧潜龙，曲抱云根卷。”(《云根洞》)在长篇歌吟的山水乐章中，《海阳山湘漓水源歌》是一首诗化的地理考证之作，这首诗夹叙夹议，叙议相参，融历史考辨、山川形势和社会功能于一体，经诗人激情鼓荡的大笔点染，遂产生独特的艺术感染力。“我昔读水经，曾究湘漓流。……咫尺同源异千里，北曰湘水南漓水。……渠开水似天河倾，因功谋利费经营。……往来自此邀其惠，楚粤舟航咸利济。……裹粮策马走山麓，先事穷源后修筑。……一山突起矗大荒，石骨嶙峋百丈强。……山脚嵌空挂钟乳，下有清泉岩口吐。把火直入山腹中，目击潭光彻水府(诗人自注：自岩口沿溪入二十余丈得深潭，即湘漓水源)……呜呼，烟霞我固有深癖，抉秘搜奇无虚夕。”

乾隆二十年(1755),经查礼不辞辛劳的奔波,灵渠工程终于告峻,随之他又被委任前往太平"权边郡"太守之职,其桂中山水诗因诗人宦迹的延展而拓开了新境界。

3."晴光无处不烟岚……天然形胜控安南"的太平山水诗

太平府,在广西最南端,西北和镇安府相接,东与南宁府为邻,南出即安南(今越南)。因远处南陲,地形复杂,所以太平府自古便成中原和西南"夷僚"争夺的焦点。《读史方舆纪要》曰:"古南粤地,汉属交趾郡,(地名丽江)晋、宋以来为夷僚所据。唐为羁縻蛮地,隶安南都护府,其后或臣或叛。……明朝洪武二年改为太平府。……府内环溪峒,外达交趾,山川围绕,为西南之藩翰。"①清初因明制,设太平府,至清末,由于国际关系的日趋复杂,太平府的边防地位日见显著。《清史稿·地理志》曰:"光绪十三年,改隶太平思顺道。提督驻龙州,督办边防。二十九年,改置督办边防大臣,三十一年废,以太平思顺道办理边防事务。自光绪十一年越南沦陷,法入逼处西南一隅,与越南谅山、高平、宣光等省接壤。边防处处险要:……沿边千八百九十四里,隘卡百五十有六,有防兵二十五营,分扎沿边对汛及各炮台。"②清代太平府领二厅、四州、一县、十六土州、二土县、一土司(关于太平府属各土司情况,详见《清史稿·土司五·广西》)。

太平府不但人文环境复杂,属边陲少数民族聚居区,而且自然环境诡异奇丽,变幻无穷,查礼的太平山水诗随时而变,随地而变,更随诗人的感情变幻而变。其内容丰瞻厚重,诗情跌宕起落,而表现形式亦呈多样化。就内容来看,有对纯自然山水的纵情赞唱和精当刻摹,也有对半自然的田园风光的浅吟,更有对人文景观的由衷美化。概言之,凡太平府境的山峰激流、洞壑平湖,以及学宫祠宇、楼台馆阁均为诗人眼中弥足珍贵的诗材,通过他精心的过滤和研摩,皆纳入其诗笔之下。以表现形式而言,查礼的太平山水诗体制多变,有长歌,有短调,有七言,有五言,还有杂言,其诗体的选择既按诗人的情感波

---

① 见《读史方舆纪要》,第4952—4953页。

② 见《清史稿》,第578页。

动,又以表现主体的特征而定,比如写田园生活,他更多选七言绝句;写大山巨川,他则激情四溢,非长歌不足以发其情,达其意。譬如写自然山川,诗人通过长篇的形式,大势淋漓地刻画并渲染了其不同凡响的神情与状貌:“置身最高处,遥瞻天微茫。飞鸟烟际没,暮景愈苍苍。山根一泓水,乱石堆陂塘。渊渟起寒色,绿净鉴毫芒。……已足寻诗意,何须携酒浆。”(《游罗汉山》其二)“山后更有洞,阳崖较前广。……巨石如砥平,崆峒分下上。……钟乳尽倒悬,山骨多嵲崀。……谁为延孙公,长啸发逸响。”(《游呀凤山石楼洞》其三)“丽江之水清见底,处处游鱼露首尾。……沙迴洲曲走潺湲,滩上无风浪自翻。厓悬碧树鹧鸪叫,乱峰夜夜啼元猿。”(《丽江行》,丽江,在太平府左州南——笔者注)“蛮荒多奇山,处处足幽讨。……邃窦颇玲珑,绝硐亦深窈。飞梁接危峰,老树藤萝绕。……雨余生积阴,烟波增浩渺。……长啸引松风,空翠落林杪。”(《葩翠山》)“望望白马山,山骨尽屹立。……不知岩壑深,但觉衣裳湿。泉声弄鸣琴,古调奏缓急。”(《游白马山鸣琴洞》)再如写土风土俗、富含园田韵致的旅途景色,他用短章娓娓言道:“寂寂上林道,行行日已西。山花红艳处,恐是杜鹃啼。”(《上林道上山姜花红艳可观》)“树声宛流水,红叶落春花。如此幽奇境,蛮乡绝可誇。”(《郇地岬》)“藤碧崖边石,蔗青涧上坡。……帆影一江少,猿声两岸多。”(《丽江舟中即景》)“波横练影一帆开,日落愁惊四序催。人似天空云出岫,随风吹去又吹回。”(《冬日回太平途中口占》)“马上逢元日,登程自隔年。梅花笑白雪,山县冷苍烟。”(《元日来宾道上雪中作》)“花间多蛱蝶,村落少秋千。……春山青二月,处处尽啼鹃。”(《寒食土江州道上》)

太平知府任上,查礼奉公勤政、劝农兴学,深得当地父老拥戴。在太平,他不但收获了丰硕的山水诗创作成果,而且还留下了一代廉吏两袖清风的贤良声望。《出斤江口》《老口》《过青山头》是诗人留在太平府的山水卒章,通过这些山水之作,我们仿佛透过瘴江云烟还原了查礼与太平府的山川风物、军民士绅间血脉相连的惜别之意:“离云别雨暗江浔,此地年年往复临。今日携家打浆过,邮亭水驿总关心。”(《老口》)“山山水水远经过,千里同人送逝波。……各返太平安旧业，不须别泪洒滂沱。”（《太平绅士部民数百人拏舟不远千里追送至南宁以诗止之》）乾隆二十七年（1762）“九月二十日”，在“漫空秋气日来增”的萧瑟背景下，查礼怀着“土妇村夫识我深，莫言蛮地少知音。……临岐父老情何重，执酒攀辕泪不禁。”（《告养归里九月二十日自太平放舟诗别绅士部民》）的感恩之心，以及“八载斤江住，能无惜别情。”（《斤江惜别》）“我放扁舟下，依依感别魂。”（《过龙头墟》）的黯然销魂之情踏上北去的驿程，随着诗人远逝的身影，他长达十四年的粤西山水诗亦幽幽地划上了一个令人回思再三的休止符。

（三）“蛮烟寒绕郭，雪岭峭干云”的川西北军旅山水诗

乾隆三十二年（1767）冬月，查礼“出都”往“宁远”赴太守任。他一路直下，经河北邯郸、陕西潼关、长安，穿越著名的秦蜀古栈道，进入四川之剑门、绵州，在成都留连有日，最终抵达宁远。宁远府，即今西昌市，介川、滇交会处，自古属蛮夷杂居而民风剽捍的羁縻之地。《清史稿·地理志》曰：“宁远府：要、冲、繁、难。隶建昌道，建昌镇总兵驻。明，建昌卫。顺治初，因明制为卫，雍正六年改府，以会理州来属，并置西昌、冕宁、盐源三县，越巂一厅隶之。……领厅二，州一，县四，土司十一。”①《读史方舆纪要》曰：“《禹贡》梁州之域，后为西南夷所据。……明洪武中罢宣慰司置建昌卫，隶四川都司；又改建昌路为府，隶四川布政司。府寻废，而改建昌卫为军民指挥使司。二十七年置行都司，领卫六。……司连接滇蜀，隔阂番、戎，为边陲形胜之地。……志云：司山川清秀，土田膏腴，盖西南之雄镇也。”②

查礼赴宁远，自京师发轫，历万里行程，除绘摹沿路山川风光的作品《宿邯郸县》《潼关》《长安》《连云栈》《连云栈旅夜》《蜀栈岁暮》《剑门》《梓潼道上》《绵州除夕》《杜少陵成都草堂》等以外，他还留下咏歌宁远“清秀”“山川”的山水诗篇：《相岭》《云雾沟》《礼州》《邛池泛舟》《游蛙嶲山历净土至太清宫登小阁，阁无名，余为题曰：孤云。饮张建阳道人自酿酒大醉而返》等。这些作品嵚崎磊落，绵邈幽深，自

① 见《清史稿》，第555页。

② 见《读史方舆纪要》，第3455页。

有一番动人风韵。如：“云峰闷幽秀，溪流迴碧澄。……悬崖野猿叫，反臂挂古藤。……清磬穿林杳，岩穴烟光凝。……却笑吴道子，只解摹嘉陵。”（《云雾沟》。诗人自注：在越嶲厅南五十里）“策马穿树行，春光曙色映。桃杏花半开。溪暖鱼游泳。看山如黛横，临水犹窥镜。……是州余之名，是村余之姓。（诗人自注：礼州北山有查村）奇遇非所希，怪此二难并。”（《礼州》。诗人自注：在西昌县北二十里唐旧礼州地，今属西昌，县丞分驻其地）“四山环其外，缥缈波万顷。晴曜水开阖，扣舷春日永。下临无底渊，珠气益澄冷（诗人自注：池产珠蚌）……残月傃东生，茫茫对清景。”（《邛池泛舟》）“势不等崔嵬，云低鸟共回。……险绝平羌渡，艰难邛笮来。南人此仰止，怀古意悠哉！”（《相岭》）宁远境界川滇，大渡之水贯其中，崇山峻岭环其周，景色优美，特产丰饶，查礼写越嶲风光的山水诗虽数量微少，但通过这吉光片羽的描述，让地处大凉山深处的西昌风物始示现其妙深法相。

查礼蜀地山水诗成就以松茂任上所创作的军旅山水作品为最高，它们毫无疑问地把诗人的山水三部曲推向了旋律高亢、音声嘹亮，而感情激荡腾跃的高潮，同时给清代，乃至中国古典山水诗增添了浓墨重彩的一笔亮色。

清代自乾隆三十六年“秋七月壬寅，阿尔泰等奏小金川土舍围攻沃克什，命剿之”起，至乾隆四十一年“夏四月癸卯，以平定金川，遣官祭告天地、太庙、社稷”讫（事见《清史稿·高宗本纪》），战事前后历经六年，其艰苦惨烈远非寻常。这次旷日持久的平叛战争，不但为清王朝稳定川藏边境局势，形成大一统的繁盛气象，巩固边防起到了重大作用，而且还磨砺了一大批文士坚韧不拔的毅力，使他们的人格与诗艺一道经战火洗礼而得以升华。在参与征讨大、小金川战事的文人中，以王昶、赵文哲、查礼最著名，他们在战火中结成深厚的情谊，不但在诗学上相切劘，而且在气节上相激励，正是这种战地上开出的友爱之花，才成就了清代山水诗史上一段充满传奇的佳话。王昶、赵文哲、查礼三人用自己亲身蹈险履危的经历，创制了数量丰盛、质量极佳的军旅山水诗，无论主旨、题材，还是诗境、美感，三人各有千秋，不分伯仲，但与王昶、赵文哲深度比较，查礼的川西北军旅山水诗还是有胜于王、赵的特异之处：1. 查礼的川西北军旅山水诗题材比王、赵更宽。因为查礼在川西北从军的身份和王、赵不同，所以他经历的山川风物比起王、赵更加丰富，更加宽广，将这些前人未见、未历、未加刻摹的壮阔奇诡山川纳入诗创作视野，就形成其独有的山水诗题材；2. 查礼和王昶不同，他的诗歌中较少书卷气；和赵文哲相比，他更多了一份悲慨沉雄的英豪气，故此，查礼的川西北军旅山水诗气韵流畅、诗境浑融而刚柔兼济。

乾隆三十五年(1770)春，查礼"携家之茂州"，拉开了他在川西北烽火岁月的序幕。如果把赴松茂途中所作山水诗看成其军旅山水诗的序曲的话，那么这个序曲所呈现出来的婉转清丽的声韵极为令人倾倒。如："村荒蕃汉杂，山峻麦牟新。客路东风暖，林梢渐吐春。"(《汶川县》)"一线飞流急，城垣近水漬。……烧痕犹在野，春色淡斜曛。"(《保县》)"群山晓日放春晴，蔀屋烟青瑞蔼生。郭绕向阳百种树，楼堪纵目一登城。"(《元日登茂州城楼》)"侵人山色晓苍苍，渐有秧田犁道旁。石经春风吹不断，鸟啼人静野花香。"(《晓发桃坪行平武道上》)"人家小住水云边，峦绕溪迴雨后天。一骑行来三十里，春山多起焙茶烟。"(《雨后自灌县至龙溪》)

查礼的川西北军旅山水诗是从乾隆三十六年创作的《夏于成都议金川之役》拉开其激壮悲慨的幕布的。因为征剿大、小金川战事旷日持久，且地理环境复杂，所以查礼此一阶段的山水诗呈现了前所未见的繁复纷杂和多姿多面，一如千手观音，有亿万种法身。综之，查礼的川西北军旅山水诗表达了以下几个重要主题：

1. 通过山川状貌的奇崛艰险来透析或暗示战斗生活的激烈惨酷，以及将士为国效命，视死如归的悲壮情景。如："霜风飒飒雪岭华，振衣佩剑趋天涯。山山落叶飞已尽，树梢白子如梅花。……蕃经插竿若林立，危磵孤耸参云霞。三年偏走西陲路，直孤险峻过木丫。……行行我又陟岗去，前军屯处吹悲笳。"(《自博和坝至砍竹沟》)"纡迴笮马岭，峻险似环城。地绝豺狼迹，天骄鹳嚼声。山空堆古雪，径阻辟新程。挽运洵艰苦，何时议息兵。"(《笮马山营》)"云空天阔望无际，万岭周环势迢递。中匿凹塘地转宽，芊绵草色绿如荠。

上有四围之高山，下有百道之幽泉。……万年积潦不能出，泞淖淤污閟白日。草根盘结塗泥间，历久成途厚且密。……密烟苦雾绕缕缕，膨脝乱跳青暇蟆。……无居无室望无穷，浩荡苍雯任俯仰。……陷人陷牛还陷马，跋涉艰难深没踝。……屈指蜀游多险境，过岭逾沟事微倖。……呜呼，思之反觉神魂冷，此身不坠争俄顷。”（《过动颤坝作歌》）“霁景澄寒客未还，望中无数夕阳山。平原纵马人常健，绝域闻鸿泪欲潸。……营门鼓角声悲壮，又驻边秋水一湾。”（《十一日午后自二十四马鞍山外易骑行四十里薄暮宿阿摩拉卡水次》）从上引各诗，我们约略知晓，征大、小金川的战斗是何等激烈，将士们冒锋镝、冲霜雪、逾峻岭、过草地、绝深壑、渡湍波，历尽世间之艰危，才成就了国家统一、边陲稳固、民族和睦的千秋功业。查礼直接或间接揭示征大、小金川激慨艰辛战事的山水之作，除上举，还有：《自汶川过笮桥陟马岭作》《夜上天赦山》《卧龙关》《回舆下斑斓山投龙岩宿》《硐夜》《热耳寨军营》《自热耳寨移营阿喀木丫》《入砍竹沟历烟篷寨草木多诸站止笮马山》《元日布朗郭宗作》《章蜡营》《自章蜡营冒雨涉弓刚水循江至黄胜关》《两水口》《十七夜宿达浸大风毡庐尽委群马皆惊以诗记之》《风雪中过小直固山》《渡大渡河》《十七日宜喜军营雪中简牧静菴参戎》《金川纪事二十首用杜少陵秦州杂诗韵》等数十首。如果把这几十首军旅山水诗一一并联起来，就汇成一组波澜迭起、旋律高亢的悲壮交响曲，其选材之严谨、用情之沉挚、言事之真切，可谓清代用诗记载征讨大、小金川战事的一部信史。

2. 利用山川风物，彰显川西北民俗物产，展示少数民族的生活状态。查礼的川西北山水诗既有上述描述军旅战事的篇章，亦有赏目游心，叙述民俗民情的作品，这些作品以山水为载体，以风物为背景，全面而真实地摹写了川西北少数民族的生活情景，犹如一幅造境奇诡、画意生新而画面明丽壮阔的山川风情图。如：“夕照霜林下，游踪乘兴过。葡萄秋架少，杞菊晚篱多。聚桶蜂成蜜，开笼鸟去囮。”（《秋日游汶川胡氏园林》其二）“战场早醒繁华梦，绝域偏开富贵花。艳影净于初过雨，香光浓似渐蒸霞。”（《首夏守亭招饮行帐对新移山牡丹花》）“栏药曾吟昨岁诗，纷翻夏仲倍惊奇。……谁信名花饶野趣，可知绝域有芳时。”(《沃日山间芍药盛放》)“晓风吹雨湿云岩，大渡河边不挂帆(诗人自注：河无舟櫂往来，今以皮船为渡)。行部客从花外去，更无蝴蝶扑征衫。”(《大渡河边见桃花》)“山间又见牡丹开，塞上风光两度来。驿路转新驱马过，战场依旧看花回。”(《过登春见山牡丹盛开》)“绿阴过雨摇阑风，蔷薇花放沿溪红。高枝低枝簇团锦，云霞朵朵浮晴空。……蛮乡亦多好姿致，冉冉香气霏相蒙。飞来山鸟掠翠羽，嘤声无赖栖芳丛。……有情更过夷徼外，节已小暑花才融。侵寻三载雅相对，何因归去休兵戎。”(《徼外野蔷薇花歌》)“雨歇沙原净，层霞列绣屏。江声秋后壮，山色晓来青。路险稀民舍，边荒数驿亭。”(《晓发茂州》)“荒原无稼穑，列帐散牛羊。一种甘松美，家家掘满筐。”(《历阿格甲凹二土百户境》)“绕寨指北去，东西夹山邱。湾环如回肠，几曲沿沙洲。(诗人自注：河流大湾大曲，胜于柳江之九回，目所稀见。)水光入空阔，波平大宜舟。中藏丰草泽，蓄马成群游(诗人自注：鹊箇向产名马)。凫雁飞上下，沤渚风飕飕。不意塞外境，有此江南秋。”(《循夹结河西南行渡河宿西岸水限》。诗人自注：俗误呼为夹卓河)“远涉三道岭，仍指西南行。旬日少见树，边氓无椽楹。……行行历此土，乱山堆秋坪。寨寨架屋宇，沟沟松杉青。缘坡产稞麦，绕墅种蔓菁。”(《历郎驮土百户境》)“乱水流草际，惠日照荒坡。中涌青莲宇，灵境名曼陀。……经楼开净洁，高耸出烟萝。金躯妙庄严，幡幢袅婀娜。……钟鱼奏晚课，清梵起岩阿。”(《投日照坝曼陀喇嘛寺宿》)“溪水当门漾碧澄，钓鱼童自石矶升。霜花染叶山山老，秋气侵衣日日增。芦酒自倾蕃寨盏(诗人自注：蕃地酿以青稞，味亦清洌)，酥油长点佛龛灯。”(《曼陀寺僧楼秋日漫兴》其一)松茂自古山川险阻，番人杂居，其土俗物产自有与中原相异之处。查礼借军务之机，往来穿梭其间，对其地形地貌，土风土俗，特产节候了如指掌，体验颇深，在他笔下青山巍峨、杂花生树、溪流似带、鱼鸟自乐、雪光闪烁、林峦如染，遍地牛羊优游于平旷的草甸之上，一道梵音穿透林樾回旋在空谷之间，让人全方位地领略了松茂这个边徼重险之地的奇异风光。

查礼从守官边臣的角度，通过山水风物或曲或直地反映了王师平定大、小金川的赫赫伟业，表达了其个人渴望天降甘霖，早日熄灭战火，还边地和平安宁生活的仁者情怀。作为诗人，查礼的川西北军旅山水诗从更广阔的背景上，全景式地再现了川藏交界处前人从未形之笔墨的雄奇险峻风光，为中国古典山水诗创作走向巅峰起到了重要的推动作用。

查礼和王昶不同的是他在川西北艰辛跋涉的步履没有随平定大、小金川的战事告捷而停息。相反，乾隆四十一年大军凯旋之日，查礼仍被留任川西北，先是协助平息果罗克骚乱，办理平定金川战后事宜，其后，又奉檄前往缉拿“瞻对劫贼”。其间安抚民心、恢复生产、休养边民、巩固边地防务成了他夙兴夜寐、孜孜不倦的责任。果罗克地处高寒，土广人稀，民俗不种五谷，以射猎为生。因此地贼众袭杀“蒙古公里塔尔”，在“理藩院郎官阿林”奉旨“来蜀”查“勘”不力的情况下，乾隆特旨命查礼“往缉”。临行时，查礼赋诗以壮情怀：“猎猎征袍又北行，枝峰蔓壑数前程。……莫言筋力年来惫，横槊哦诗尚有声。”(《长至后一日复有果罗克之役午发成都二首(有序)》其一)奉旨前往果罗克平乱缉凶的查礼果然不负乾隆寄予的厚望，他怀着“不才岂倚边疆重，望古常思气节雄”的激慨心志，以非凡的干才缉捕了悍贼，安抚了当地民心。查礼川西北军旅山水诗中，最为辉煌且最具特征的当属他留任蜀中，驰骛川、藏交界时创作的山水诗群。

如果把查礼自成都前后赴果罗克、瞻对时创作的山水诗加以梳理，就有如下数量庞大的山水诗组群：《晚投郫县宿》《由灌口渡江游青城山》《上元宫》《青山寺》《大雾上娘子岭》《再游汶川胡氏园林》《自保县至茂州作》《自茂州至黛店宿》《自松州反辔重历茂州至保县作》《晓发度索桥行保县道中》《晓发维州》《十五日夜结营直固山下月中见微雪霏霏，洵奇景也，记之以诗》《梭木楼居夜坐》《过马鸣桥》《二十六日松冈立春》《雪后登松冈寨绝顶望远》《二月十二日统兵发松冈》《宿格登漠》《陟旻鹄山是夜宿山椒》《晓下旻鹄山》《登巢嘉山眺远》《宿巴尔达山麓》《晓发出松冈界入下果罗克土境》《旃檀喇嘛寺》《历下果罗克下阿树二土百户官寨》《历中果罗克山间》《野望》《春夜王路沟营居》《山间贝母作花》《侧龙沟》《渡龙跨河》《历上阿坝千户土境宿草卓卡》《重至郎驮日照坝投曼陀喇嘛寺宿》《六月十五日晓发曼陀寺午入卓克采土境》《出达尔沟憩巴尔康喇嘛寺》《宿卓克采平楼》《入维关》等(以上为诗人入果罗克土境时创作的山水诗篇目举例)。《八月八日奉檄出成都缉瞻对劫贼》《过名山县》《陟相公岭》《入冷云沟》《中秋日陟飞越岭》《冷碛》《渡铁索桥》《宿头道水瀑布下》《打箭炉》《多折山》《高日山》《中渡驿》《渡鸦陇江(诗人自注:江即弱水)》《剪子湾》《火烧坡》《里塘》《九日偕时若观察业白楼登高》《里塘送秋》《里塘郊垌散步》等(以上为诗人于乾隆四十四年"奉檄""缉瞻对劫贼"入里塘时所作山水诗之要目)。

从征大、小金川时的松茂,到缉拿"瞻对劫贼"时的打箭炉、理塘一带,查礼几乎走遍了川西北那片雄奇壮阔的土地。在他如歌如诉的吟唱里,川西北丝毫没有世人想象中的荒蛮与悲凉,相反,在查礼写来,那片神奇的高原既有原始的粗犷豪放,又有天然的静谧安详,她有时雪花飘逸,有时小溪潺湲,有时群峰相望,有时又鲜花烂漫、草色遥望无际。如:"百尺碉依霄汉间,春风一例到诸蛮。白头爱放登临眼,看尽松岗雪后山。"(《雪后登松岗寨绝顶望远》)"昨宿蛮溪侧,潺湲一夜响。水声入梦清,忘却劳尘鞅。……绝顶试一登,坐啸如平掌。……陇云收远睇,徘徊任俯仰。"(《登嵘嘉山眺远》)"满目晴云散水涯,向阳坡草渐生芽。春风几日薰人暖,山泽齐芳贝母花。"(《山间贝母作花》)"浅水危滩鱼乱跃,薄云细雨燕初飞。(诗人自注:是日始见新燕)两山如峡猿声断,半岭通樵树影稀。"(《渡龙跨河》)"一入阿坝境,山势多平逴。土地宽且腴,青苗颇滋渥。……决眦无碍观,众岭尽濯濯。……毡庐偪星娥,残宵动哀角。"(《历上阿坝千户土境宿草卓卡》)"上马冲薄雾,落月衔峰巅。空濛晓色中,乱水鸣溅溅。……西南道转迴,漠漠草盈川。云日相掩映,泉嶂交晴烟。"(《六月十五日晓发曼陀寺午入卓克采土境》)"山偪林逾密,溪陡流更湍。暝色起邃谷,霞光敛夕峦。……遥见沟口寺,风摇麻弥竿(诗人自注:以藏经布为旗,俗呼为麻弥竿)。小憩桑门外,粥鼓鸣空坛。"(《出达尔沟憩巴尔康喇嘛寺》)果罗克,又称郭罗克,有上、中、下三部,在清四川省松藩厅西南部(现为青海省达日县境,位置在川、甘、青三省之交的果洛藏族自治州南部。笔者注)《清史稿·土司二》"四川"条记曰:"上郭罗克车木唐寨上百户，系西番种类，其先噶顿，康熙六十年归附，授职。中郭罗克插落寨土千户，系西番种类，其先丹增，康熙六十年归附，授职。下郭罗克纳卡寨土百户，系西番种类，其先彭错，康熙六十年归附，授职。”①果罗克地形殊胜，控扼川、藏，屏障关、陇，虎视青海。根据谭其骧先生主编《中国历史地图集》(清时期)标注，郭罗克有上、中、下三司，在著名的巴颜喀喇山东麓。查礼奉命前往其地平乱，遂创作以上举为代表的山水诗篇。虽然果洛克沿途山重水复，有“老鹳摩天骄，野火烧地猛。羊角抟扶摇，卷烟上霄冥”(《宿巴尔达山麓》)的荒寒险要，但通过上述各例，我们依旧能鉴赏到川西北高原风光的旖旎丰姿。

乾隆四十四年(1779)八月，查礼以“蜀臬”的身份，“奉檄”“缉瞻对劫贼”。临行之际，他赋诗曰：“事不避艰原素性，身无求逸本初心。从兹奉檄登程去，日有新诗马上吟。”(《八月八日奉檄出成都缉瞻对劫贼》)瞻对，分上、中、下三司，《清史稿·地理志》没有具体载录，只是在《四川·巴安府》条间接曰：“巴冲楮河自瞻对入，与金沙江合。”②谭其骧先生主编《中国历史地图集》(清时期)标注在“雅州府”境，(笔者按：《清史稿·地理志》“雅州府”所辖不及打箭炉以西，而另设“康定府”、“巴安府”，与谭先生之说有出入。)瞻对土司，有上、中、下之分，故又名三瞻，其中上瞻对长官司、下瞻对安抚司，清雍正六年(1728)置，中瞻对长官司，乾隆十年(1745)置，其区域即今四川新龙县一带，它地处雅砻江上游，纵横数百里。由于地广人稀，民风剽悍，所以全清一代瞻对一直是朝廷剿抚的对象，《清史稿·土司二》“四川”条记曰：“初，瞻对土司恃强不法，雍正八年，四川提督黄廷桂剿降之。乾隆十年，四川提督李质粹等率兵五千，取道东俄洛，至里塘进兵，连破番寨，获贼首噶笼丹坪。十一年，质粹会钦差大臣班第，统兵进克泥日寨，烧毙番酋姜错太，抚定丫鲁、下密等处番夷。嘉庆十九年，中瞻对土司洛布七力劫掠邻番，抗捕伤兵。二十年，四川总督常明、提督多隆武领兵剿之，恃险死拒。重庆镇总兵罗思举力战破其巢，洛布七力

① 见《清史稿》，第2274页。

② 同上，第557页。

焚死，分其地入上下瞻对。”[①]据诸多史料载录，瞻对一带因其地理环境特殊，故而“夹坝”（夹坝，藏语，意即抢劫、劫贼。笔者注）活动频繁，经常劫掠过往客商，甚至连征藏大军也要骚扰，最严重的当属光绪“三十一年春，驻藏大臣凤全被戕于巴塘。”[②]《清史稿·土司二》记载，“洎咸丰中”，历“光绪初”，至“宣统三年”，朝廷与瞻对的战争基本没有停息过。“宣统三年六月，（赵）尔丰至瞻对，藏官逃，收其地，设瞻对委员。”[③]至于瞻对的较为具体的描述，《清史稿·土司二》曰：“瞻对有上、中、下三名。上瞻对茹长官司、下瞻对安抚司，均雍正六年归附授职；中瞻对长官司，乾隆十年授职。距打箭炉七日程。东连明正，南接里塘，西北与德格土司毗连。纵横数百里，为鸦龙江之上游。同治初，川、藏会攻瞻对，川军未至，藏兵先克瞻对，派民官一、僧官一，率兵驻守，由达赖喇嘛及商上选任咨请驻藏大臣奏明，每三年替换。……（宣统）三年夏，尔丰调任入川，偕嵩秋整兵经瞻对，藏官惮军势之盛，潜遁去，瞻人欢舞出迎，因收回设治。”[④]以上为史书对瞻对载录的大略情形。查礼作为守臣，对瞻对的民族习性和地理状况亦谙熟于胸，他在《西域行》及其序言中对“瞻对”的形势和自己“奉檄”出行的背景作了如下说明，其序曰：

蜀之西南，土司凡百有余，其瞻对一部，分上、中、下，均袭长官司职，而蕃民素悍，时出为盗，与西北路之三果罗克迹相似焉。乾隆乙丑（即乾隆三十四年），果毅公策制军、威信公岳军门奉命剿伏，未裂其土，于后盗风复炽。今年五月乃至里塘宣抚土司所属热寨之麻塘寺，杀毙蕃僧，焚毁佛宇，剽夺一切经文。制军奏礼往按其事，遂檄调与贼环境之德尔格忒宣慰各土司十六部落土兵万余，以威西域之行。

① 见《清史稿》，第2271页。

②③ 同上，第2272页。

④ 同上，第2277页。

由成都去瞻对，其间要飞越天堑大渡河，翻过多折、高日等摩天峰岭，沿波溯流、探奇揽胜，历尽蕃戎杂居之境的种种诡变幽异景观。这一前人未道之景，被诗性如潮的查礼写来，顿觉波翻云涌、壮阔无伦，使人有惊艳骇心之感：“泉流绕磴转折来，山色峦光半天划。……浩歌马上胆气粗，壮游垂老豪无敌。须臾腾踔登绝顶，下界烟岚尽扫迹。眼空万象身御风，影入云间何处觅。”(《中秋日陟飞越岭》)“斯桥镕铁作坚鍊，一十三条牵两岸(诗人自注：索重十三万斤)……洪涛奔浪走其下，迢迢波际飞长虹(诗人自注：桥长三十丈)……规模宏壮足大观，层层栋柱围雕栏。驿传乌斯内外藏，去回无复违惊湍。”(《渡铁索桥》)“山坳出流水，百尺挂飞瀑。喷腾响震天，声若狮子叫。寒光洒急雪，或怪珍珠跳。”(《宿头道水瀑布下》)“百雉边城矗碧霄，中穿一水过迢迢。……北转山形随地壮，西来佛法倚天昭。”(《打箭炉》)“巍巍岗岭高，嵲嵲豁径别。……云雾冲马首，虫豸鸣石阙。……吟诗乏佳音，惭愧余才拙。”(《多折山》。即折多山。笔者注)“陟彼高日山，山势危且盘。……离离秋草绿，飒飒秋风寒。望里无一树，不见霜叶丹。……山南有萧寺，梵呗声出坛。”(《高日山》)“浩波穿山来，浑沌谁开凿。源发西北垠，千里难束缚。流经三瞻对，到此逼山脚。……扁舟翦江过，晓风吹不恶。危矶喧浪花，陟险情亦乐。”(《渡鸹陇江》诗人自注：江即弱水)“近望平如掌，荒原十里宽。烟岚周四境，金碧焕层坛。”(《里塘》其一)“梵天云拥白，羌域雪争明。……饥乌喧落照，仗剑听秋声。”(同上，其三)“近岭拖浅烟，远岫横轻素。……日夕号狐狸，苍鹰天际顾。博击下层霄，岂容走狡兔。”(《里塘郊垌散步》)

“剑南十四载，一半在遐荒。头自雪山白，踪谙塞草黄。”(《自成都入都》)从乾隆三十二年入蜀，到乾隆四十五年入都述职，查礼在“剑南”度过漫漫十四年的岁月，其间参与征讨大、小金川之役，缉拿“果洛克”、“瞻对”之贼就耗去了诗人整整十年的光阴，这十年对诗人查礼是生死相许、激情横溢的十年，面对矢石交加、炮火震天的险境，他胸怀激烈，大义凛然，把常人看来充满凶象的生死之地，当成砥砺诗魂，提炼诗境的人间乐土，在他心目中军旅生活的艰苦卓绝是上天对诗人的眷顾，只有经历了血与火的洗礼，诗人才能啸歌任意，形成自己迥异绝伦的独特诗风。“白发披两鬓，登高赋新诗。劲气侵襟袖，一觞聊可挥。”(《冬尽日松岗楼居独酌》)“莫道筋力年来惫，横槊哦诗尚有声。”(《长至后一日复有果洛克之役午发成都二首》其一)“绛炬如霞入夜浮，乱峰衔雪映边楼。……男儿共此平生志，放眼高歌一破愁。”(《十七日宜喜军营雪中简牧静庵参戎》)“关山风雪惨悲凉，故旧天涯一纸将。愁地转当为乐地，战场权且作诗场。”(《赵损之中翰随温将军自滇来蜀进剿金蛮初抵成都先以诗寄次韵走答》其一)从这些壮气冲天，豪情四溢的诗句里，我们确能窥见诗人文弱的外表下掩抑的一颗雄放的诗心。

查礼出身望族，饱受诗书熏陶，青年隽才奇发，清商曼吟；中年任职边陲，诗风随人生经历而发生质的变化，劲健幽奥、峻洁英挺；晚年亲躬战火洗礼，足履踏遍川西北的每一寸土地，受高原雄浑险峻山水的激烈振荡，其心灵发生了前所未有的感动，诗境因诗人诗心的腾跃和阅历的拓展而得以升华。查礼的山水诗既是诗人诗歌不断嬗替演化的见证，亦是诗人人格不断完善的写实，更是一部浓缩了的粤西南和川西北自然状貌诗化了的山川志。通过对查礼山水诗的探究，我们首先能透视清代新河朔诗人勇猛精进的诗学创新精神；其次能反观家族文化熏陶下的诗文化传承，及其不断拓展的情状；再次能全面把握人与自然交互影响的感应过程，把诗学的研究置于生态学背景下，寻求诗人、诗歌创作和自然环境有机催生的最佳结合点。

清代诗歌发展之流浑浩无涯，有两岸难辨牛马之势，当各种诗学主张风生水起，各个诗派粉墨登场，互领风骚之际，沉寂许久的河朔诗人因翁方纲、朱氏双杰、纪昀、边连宝、查礼的出现而声誉再起，重振雄风。翁方纲倡导“肌理”之说，朱氏双杰引领学术潮流，纪昀、查礼经受特殊的人生阅历而备受世人关注。他们虽然在人生的价值取向上各异其途，但就山水诗创作而言，达到了心灵默契的同归状态。翁方纲的诗歌整体上没有诗的灵性和感悟，但其山水诗，尤其后期山水诗创作奇迹般地呈现了诗人张扬个性，抒发真情的深层人格魅力；朱氏双杰以学行、品性受到世人推崇，他们的主流标识是学者或重臣，但在山水诗中，特别在以闽地风光为歌吟对象的山水诗中，充分体现了诗人的个性特征和审美趣味；纪昀毕生的精力不在诗歌创作方面，他的诗虽然数量有限，但却都是诗人的抒情写心之作，其大型纪实组诗《乌鲁木齐杂诗》成了清代西域山水诗的辉煌乐章。查礼名望、地位在清代诗史上隐晦不闻，无法与翁方纲，甚至纪昀相提并论，但这并不影响他在中国古典山水诗发展史上的功绩，他的川西北军旅山水诗一枝独秀，其表现范围广阔，描写对象多样令人惊艳叹绝，如以山水诗的成就来评价，查礼是新河朔诗群总领军式的压轴人物，不管其山水诗的艺术价值、史料价值，还是学术价值均超越新河朔诗群的其他诗人，从而在清代山水诗史上放出独异的光彩。

第十章　“九州我昔历险夷，五岳顶上都标题”

——洪亮吉与常州诗群的山水诗论

清代诗学繁盛，不但诗人辈出，名流如过江之鲫，层现叠涌，而且诗文化崛起地域广泛，遍布大江南北，是这种以地域为经，以诗人为纬的纵横网络体系构建成清代空前的诗学大观，其繁盛气象非前朝各代可比。如果从地域诗文化的繁茂兴盛现象考察，清代诗歌发展的重心与焦点则在江、浙的长三角和杭嘉湖一带。这一地域山川清嘉毓秀，经济发达，物阜民丰，且其诗文化的传承以家族为单位而外向扩散渗透，一时成燎原之势。江、浙诗文化在清代的兴盛，除各种客观因素外，主要与前后呼应，共相激荡的诗人群体的诞生有关。江、浙在清代诗坛形成影响并引领一代风尚的诗群除前述以杭、嘉、绍、甬为中心的浙江诗群，以吴门、松江为聚落的吴中诗群，还有史称毗陵的常州诗群，这三大诗群以犄角之势，巍然峙立于清代诗歌发展的辉煌殿堂之上，其稳固的鼎足地位终清一代无有撼动者。

常州诗群人数众多，成就斐然而诗史地位独特，故有学者将其综合为清代一大诗学流派。刘世南先生在《清诗流派史》中辟专章论“常州诗派”，他认为“常州诗派”与“常州词派”应该并列成常州文学史上的两大奇观。刘世南先生分析了“常州诗派”的特征后指出，“常州派”是一个诗学观念独特而人格彪炳的诗歌流派，“他们首先反对神韵派”，“其次反对学宋派”，由此而始，对“格调派”、“肌理派”、“性灵派”、“浙派”等都持“反对”态度。既然“常州诗派”对泛起于清代诗坛的各种流派皆持“反对”态势，那么“常州诗派”自身所具备的特征又是什么呢？刘世南先生首先认为“常州诗派”的诗人们从人格特质上“大抵受儒家正统思想影响很深，实践忠、孝二字，都想一展修齐治平的抱负。人人生性鲠直，嫉恶如仇。然而并不迂腐，往往纵情声色，富于豪气，都是些圣贤豪杰二者欲兼的人物。”①其次，就诗论主张而言，刘世南先生指出“常州派”的诗人们大都秉持“强调作者性情、学识、品格”对“诗作传与不传的决定因素”，“主张奇而入理”、“反对俗与滑”，“认为诗必有珠光剑气，始不磨灭”等视界独异的观点。

先师严迪昌在《清诗史》中，对常州诗群现象论述曰：“常州在清代人文蔚起，如包括所属八邑，更是景观惊人。乾隆时期，常州这个‘部落’最称鼎盛，诗、文、词、画、经学、史学莫不名家辈出。即以诗论，先是黄景仁、洪亮吉称‘洪、黄’，后又加上孙星衍，称‘三家’，又添进赵怀玉为‘孙、洪、黄、赵’，最后则有‘毗陵七子’之号。”②同门杨旭辉学兄在其《清代经学与文学——以常州文人群体为典范的研究》中就“常州诗派”作过明确界定：“‘毗陵诗派’之名，早在赵怀玉的文章中就已经出现，并非是笔者出于自高门径的自创之辞。赵怀玉序钱维乔《竹初诗钞》时说：‘吾乡风雅盛于康熙间，邹进士、董文学倡国依社，后君家湘灵，继开毗陵诗派，学者翕然从之。于后复有醉吟、浣花、峨眉，一时旗鼓竞雄。故查悔余尝称吾常为诗国。’（见《竹初诗钞》卷首）其实自爱新觉罗氏入主中原，直到乾嘉之后，常州一郡的诗风之盛，从未衰歇。”③

常州能在有清一代形成“诗、文、词、画、经学、史学”等领域的繁荣气象，造就诸如赵翼、洪亮吉、黄仲则、孙星衍，以及顾光旭、秦瀛、杨芳灿、杨揆、赵怀玉等为主体的常州诗人群体，显示出让后世仰目的辉煌文化成就的深层原因，除薪火相传的深厚文化濡染外，恐怕与其独特的地域环境有不可割裂的关系。正是内存的文化动因和外在的自然环境的相互孕育与激发，才使常州诗群形成自性具足的绝世风姿，从而推动并促成了清代诗歌全面走向集大成的巅峰。

---

① 见《清诗流派史》，第394页。
② 见《清诗史》，第924页。
③ 杨旭辉《清代经学与文学》，凤凰出版社2006年版，第109页。

常州府,襟大江而带五湖,控吴越而屏京镇,土地平衍,物产丰饶,自古便是一块群雄相竞的风水宝地。常州,春秋时属吴、越,战国属楚,《越绝书》称之淹君城,秦汉属会稽郡,晋设毘陵郡,隋初改常州,后又复毘陵郡,唐复置常州,宋以后皆曰常州。常州文化底蕴深厚,春秋时称延陵,吴王寿梦第四子季札贤,寿梦欲立其为王,季札辞,其兄樊余立为王,“乃封季札于延陵,号曰‘延陵季子’。”[①]关于常州的地理形势,史籍多有载述,《太平寰宇记》论其“风俗”曰:“承太伯之高踪,由季子之遗烈,盖英贤之旧壤,杂吴、夏之语音,人性质直,黎庶淳让。言地则三吴襟带之邦,百越舟车之会。举江左之郡者,常、润其首焉。”[②]北宋时常州辖晋陵、武进、无锡、宜兴四县。《方舆胜览》曰:“人性质直,异材挺生。学子知所向慕,……远鹜之流栖伏于此,兼有水族陆产。”[③]《读史方舆纪要》评常州的山川形胜曰:”府北控长江,东连海道,川泽沃衍,物产阜繁,周处所云‘三江之雄润,五湖之腴表’也。且地居数郡之中,翼带金陵,为转输重地,脱有不虞,则京口之肘腋疏,而吴郡之咽喉绝。若其北守靖江,则内可以固沿海之锁钥,外足以摧淮南之藩蔽;南扼宜兴,则近足以消滨湖之窥伺,远可以清浙右之烽烟。昔者南唐守此以御吴越,明初得此以制姑苏,郡岂非东南之襟要欤?”[④]《清史稿·地理志》叙常州府建置沿革曰:“常州府:冲,繁,疲,难。顺治初,因明制,县五。雍正二年,总督查弼纳以苏、松、常赋重事繁,疏请太仓等十三州县各析为二,析武进置阳湖,无锡置金匮,宜兴置荆溪。……领县八。”[⑤]清代常州所属八县分别为:武进、阳湖、无锡、金匮、江阴、宜兴、荆溪、靖江。本章所论常州诗群以常州一府的代表性诗人为主体,以期在更广的层面上认识常州诗群的整体风貌,并进而透视他们殊异于浙江诗群、吴中诗群的

---

① 〔汉〕赵晔《吴越春秋》,江苏古籍出版社1999年版,第11页。
② 见《太平寰宇记》,第1840页。
③ 见《方舆胜览》,第86—87页。
④ 见《读史方舆纪要》,第1222页。
⑤ 见《清史稿》,第501页。

特质。

第一节 “平生耽游山，昼夜皆不舍”
——洪亮吉的山水诗概论

常州诗群，终清一代，尤其在乾嘉之际称得人最盛，其成就之高、学行之优、名望之重堪称影响当时，霑溉后世，无论史学、文学，还是考据、训诂，其学界影响力是无可估量的。常州诗群之所以有如此高超的学术造诣，关键是常州一郡在清中叶以降人才辈出，名家云集，如赵翼、洪亮吉、孙星衍、黄仲则、杨芳灿、杨揆、顾光旭、秦瀛、赵怀玉、钱维乔等。赵翼在论说“性灵派”诗人的山水诗时已述及，孙星衍因其学名胜于诗名，故拟将其归入“学人山水诗”一章加以讨论，此章则以洪亮吉为开篇拉开常州诗群山水诗述略的序幕。

一、洪亮吉的生平、思想和诗学观概说

(一) 洪亮吉的生平

洪亮吉(1746—1809)，字稚存，又字君直，号北江，别号藕庄、梦殊、对岩、华封，晚号更生居士，清属江苏常州府阳湖县人。

洪亮吉少即贫孤，六岁丧父，随母寄居外祖家，虽然家贫无以自给，但其天资颖异，刻苦自励，四岁时已能识得八百余字，熟读《毛诗》《鲁论》《尔雅》《孟子》等典籍。十三岁学作诗，有名句“月出百尺楼，花香三重门。”(《中秋即景诗》)十八岁参加童子试，巧遇黄仲则，二人因诗的缘故，遂订文字之交。稍后，与里中黄仲则、孙星衍、赵怀玉、杨伦、吕星垣、徐书受诗歌唱酬，名声鹊起，被时人称作“毗陵七子”。

洪亮吉、黄仲则一生感恩戴德，结草衔环相报者有两人：一为常熟邵齐焘，一为大兴朱筠。邵齐焘主讲常州龙城书院时，出身寒门的洪亮吉、黄仲则均受业于其座下，邵齐焘对二人呵护有加，延誉不已，其相互间的感情形同父子。二十六岁，洪亮吉成江阴科试一等四名，

补增广生。因馆谷不足养亲，遂入安徽太平幕府，有幸结缘朱筠，朱筠一见洪、黄，便惊为“龙泉、太阿”，称其才华“皆万人敌”。由于邵齐焘的精心培植，朱筠的忘情奖掖，洪、黄在诗界的声誉与修炼日臻佳境。

三十五岁，洪亮吉应顺天乡试，中式第五十七名举人。后久困场屋，屡试不售达十多年，这十年间，人近中寿的洪亮吉应陕西巡抚毕沅相邀，和孙星衍一起协助毕沅校勘著作，切磋经学。

乾隆五十五年，四十五岁的洪亮吉始登科举，殿试为一甲二名，授翰林院编修，派充国史馆纂修官。五十七年，充顺天乡试同考官，旋被破格擢任为贵州学政。视学贵州期间，他捐俸助学，勉励后进，且清廉爱士，深受上官与黔民赞誉嘉赏。

嘉庆元年(1796)年，洪亮吉返京任咸安宫官学总裁，二年，奉旨上书房行走，侍皇曾孙奕纯读书。四年(1799)，乾隆皇帝薨，洪亮吉赴北京哭灵，被派任修撰《高宗实录》第一分册，书成之日，洪亮吉将未尽之言写成洋洋近六千言的《乞假将归留别成亲王极言时政启》的折子，托成亲王转奏嘉庆，嘉庆览折，见文中有“群小荧惑，视朝稍晏”等语，以为谤毁朝廷，便将洪亮吉“交刑部治罪”，关于洪亮吉得罪、遣戍、获释的过程，史传颇多载录，李元度《国朝先正事略》曰：“坐身列侍从，用疑似语谤君父，大不敬，议斩立决。奏上，免死，戍伊犁。将军某妄测圣意，奏请俟君至，毙以法，先发后闻。得旨，严饬不行。明年，京师旱，诏减释军流，不雨。朱文正奏安南黎氏二臣忠于其主，久系狱，请释之，又不雨。上乃手诏赦先生，是日沛然雨，遂颁谕，言天人感应之理至捷，诫臣工弗以言为讳。”[①]《清史稿·洪亮吉传》曰：“诏曰：‘罪亮吉后，言事者日少。即有，亦论官吏常事，于君德民隐休戚相关之实，绝无言者。岂非因亮吉获罪，钳口不敢复言？朕不闻过，下情复壅，为害甚巨。亮吉所论，实足启沃朕心，故铭诸座右，时常观览，勤政远佞，警省朕躬。……’即传谕伊犁将军，释亮吉回籍。

① 见《国朝先正事略》，第1081页。

诏下而雨。”[1]从遣戍到召还，洪亮吉在塞外仅百日，期间多仰仗朱珪一力护持。

西域归来，洪亮吉自号更生居士，他开始绝意官场，而以讲学著作闲度余岁。嘉庆七年(1802)，应聘任安徽旌德洋川书院山长；八年(1803)应聘主讲扬州梅花书院。乡居间，他目睹了下层人民的苦难和艰辛，其创作更趋关注民生与国运。嘉庆十四年(1809)五月十二日，一代英才洪亮吉在家中病逝，享年六十四岁。

洪亮吉生为常州人，他的骨子里带有常州文人不媚世俗、不事权贵的骨梗耿介之气。《清史稿》评他：“长身火色，性豪迈，喜论当世事。”[2]《国朝先正事略》记曰：“至论当世大事，则目直视，颈皆发赤，以气加人，人不能堪。”[3]刘禺生撰《世载堂杂忆》有《和珅当国时之憨翰林》一则曰：“乾隆朝和珅用事，常州诸老辈在京者，相戒不与和珅往来。北京呼常州人为憨物，孙渊如、洪稚存其领袖也。……孙、洪、阮、毕并重一时，但气节独归孙、洪，官爵皆归阮、毕。尚气节者固甘为憨物也。”[4]葛虚存的《清代名人轶事》有《洪稚存轶事》和《孙洪之气节》两则，前者述洪亮吉性情曰：“负才傲物，清狂自喜。……一日访张船山，适船山生女，赋一律，成三联矣，洪见之，续云：可怜一队痴儿女，惯替人家做老婆。后洪以编修言事褫职。”[5]后者合赞孙、洪气节凛然曰：“阳湖孙渊如先生星衍、洪稚存先生亮吉，总角订交，并负才望，世称孙、洪。……然而两先生文章经术，衣被士林，其出而服官，一则力避权门，一则昌言主德，清操亮节，体用兼赅，彼拾许、郑唾余，窃班、杨貌似，通儒自命，气节靡然者，岂能望其肩背哉?”[6]由上引各条，即能见出常州文人的耿介之风，更能透析洪亮吉性如烈火而

---

① 见《清史稿》，第1639页。

② 同上，第1638页。

③ 见《国朝先正事略》，第1080页。

④ 见《世载堂杂忆》，第23—25页。

⑤ 见《清代名人轶事》，第35页。

⑥ 同上，第50页。

孤傲不群的人格特质。

洪亮吉与清代许多文人一样,才兼经史,不仅擅长诗文创作,而且沉研学术,在多个领域均有建树,诗歌方面时而洪、黄并称,时而洪、张(问陶)齐名;在学术上,则举世公认其与孙星衍相伯仲,共呼孙、洪。他的著作除诗文集《洪北江全集》,还有《左传诂》十卷、《公羊谷梁古义》二卷、《比雅》十二卷、《六书转注录》八卷、《汉魏音》四卷、《乾隆府厅州县图》五十卷、《補三国疆域志》二卷、《东晋疆域志》四卷、《十六国疆域志》十六卷等经传舆地著述,以及各类杂记等,包括《晓读书斋杂录》《遣戍伊犁日记》《天山客话》《外家记闻》。洪亮吉学问淹博,不但经籍、地理是其所擅,而且史学亦用力甚勤,他的史学撰著有:《后汉书补注》《西夏国志》《四史发伏》《历代史案》等。现行于世的当代点校本有刘德权点校、中华书局2001年版的《洪亮吉集》。

(二) 洪亮吉的思想

洪亮吉在乾嘉诗坛上是一个睁开眼看世道的人,他的执着、睿智、深思足以使他跻身卓越政治家的行列。洪亮吉在治国方略、识人察人,尤其针砭时弊、振衰起颓方面的远见既有其所生活时代的现实意义,更有令后世借鉴反思的历史意义。

洪亮吉生当乾隆盛世,社会经济的发达,必然带来人口的急剧增加,而人口的剧增,使社会资源的配置出现空前危机,这一危机现象不仅影响到社会的稳定和繁荣,而且还给人类的生存带来潜在威胁,面对此种社会问题,洪亮吉敏锐地发现“田与屋之数常处其不足,而户与口之数常处其有余也。”(《治平篇》)此即后来人口学家所说的人口的增长和生活资料短缺之间的矛盾。(据《清史稿·食货志(一)》所载:“盖清承明季丧乱,户口凋残。经累朝休养生息,故户口之数,岁有加增。约而举之:顺治十八年,会计天下民数,千有九百二十万三千二百三十三口。康熙五十年,二千四百六十二万一千三百二十四口。……乾隆二十九年,二万五百五十九万一千一十七口;六十年,二万九千六百九十六万五百四十口。”)按史载人口的对比,清初(顺治十八年)全国有19203233人,到清中期(乾隆六十年)全国人口为296960540人,短短134年间,人口净增

277757307人，增长率为百分之一百五十五。针对这一状况，洪亮吉分析说："治平至百余年，可谓久矣。然言其户口，则视三十年以前增五倍焉，视六十年以前增十倍焉，视百年百数十年以前不啻增二十倍焉。"①人口的激增必然带来诸如教育和就业，以及社会治安等方面的危机，这种危机不但给封建统治造成严重的负面影响，而且还祸及人类的生存，因此，有识之士不能不忧患丛生，百虑交集："然一家之中，有子弟十人，其不率教者，常有一二，又况天下之广，其游惰不事者何能一一遵上之约束乎？一人之居以供十人已不足，何况供百人乎？一人之食以供十人已不足，何况供百人乎？此吾所以为治平之民虑也。"②洪亮吉生活的时代，表象上看，花团锦簇，一派盛世滋生的繁荣景象，但揭开繁华的外表，其本质已衰败朽枯，一如油灯将尽。除了上述人口因素外，通货膨胀，货币贬值亦给人民生活和社会秩序形成恶劣影响。在《生计篇》中，洪亮吉分析了通货膨胀给民众生活带来的不堪情状："闻五十年以前，吾祖若父之时，米之以升计者，钱不过六七，布之以丈计者，钱不过三四十。一人之身，岁得布五丈，即可无寒，岁得米四石，即可无饥。米四石，为钱二千八百，布五丈，为钱二百。是一人食力，即可以养十人。即不耕不织之家，有一人营力于外，而衣食固已宽然矣。今则不然，为农者十倍于前而田不加增，为商贾者十倍于前而货不加增，为士者十倍于前而佣书授徒之馆不加增，且昔之以升计者，钱又须三四十矣；昔之以丈计者，钱又须一二百矣。……此即终岁勤动，毕生皇皇，而自好者居然有沟壑之忧，不肖者遂至生攘夺之患矣。……是又甚可虑者也。"③

洪亮吉的"可虑"的忧患意识是建立在他对满清封建专制政治走向腐朽化的清醒认识上，在著名的《乞假将归留别成亲王极言时政启》中，他直面针砭嘉庆皇帝的过失，称其"处事太缓"、"集思广益之

---

① 〔清〕洪亮吉撰，刘德权点校《洪亮吉集》，中华书局2001年版，第14页。以下引用此版本者，不再一一注明。

② 同上，第15页。

③ 同上，第16页。

法未备”、“进贤退不肖似尚游移”，因嘉庆的优柔寡断和游移不决，遂使朝政出现“用人行政，当一改权臣当国之时，而尚未改”、“风俗”则“日趋卑下，赏罚则仍不严明，言路则似通而未通，吏治则欲肃而未肃”的混乱衰败局面。上有所行，下必效之，由于最高统治者的庸碌无为，故而满朝权臣养成了“以模棱为晓事，以软弱为良图，以钻营为进取之阶，以苟且为服官之计”的官场恶习，这种“苟且”之人，“衣钵相承”，“牢结”成“党类”，“其贤者斤斤自守，不肖者亟亟营私”，于“国计民生，非所计也”，他们的最终目的是为一已私利而“救目前”、“保本任而已”。针对满朝上下的无所作为，洪亮吉提出革除时弊的激进主张，在人事改革方面，他认为：“夫设官之意以待贤能，人果贤能，似不必过循资格。”在净化社会风气、培植国民精神方面，他认为世风的“日趋卑下”是因为“士大夫渐不顾廉耻”造成的，所以转化社会风气，形成良好的民风，必须从上而下，全面推行：“士气必待在上者振作之，风节必待在上者奖成之。举一廉朴之吏，则贪欺者庶可后悔矣；进一恬退之流，则奔竞者庶可稍改矣；拔一特立独行、敦品厉节之士，则如脂如韦，依附朋比之风或可渐革矣。”如果用人行政、社会风尚、赏罚言路关乎国家盛衰，那么“吏治”则关系到国家的存亡。据此，洪亮吉提出彻底整肃“吏治”的建议：“吏治一日不肃，则民一日不聊生，民一日不聊生，而欲天下之臻于至治不可得。”整肃吏治当以督、抚、藩、臬等大员为“标准”，这些大员是生出祸乱、激成民变的初始根源，他以“湖北之当阳，四川之达州”的白莲教起义为“明效大验”，向最高统治者敲响了整肃吏治的警钟：“亮吉以为今日皇上当先法宪皇帝（雍正）之严明，使吏治肃而民乐生，然后法仁皇帝（康熙）之宽仁，以转移风俗，则文武一张一弛之道也。”

洪亮吉一生骨格劲健，性情憨直，不务虚名，不事鬼神，讲求廉耻，关注民生。在《好名篇》中，他论“名”曰：“甚矣，名之累人也，圣贤能不好名乎！……聪颖拔萃之人，有赏之不能劝，罚之不能惩，而名之一字，即足以拘之者矣。”“好名”是人之常情，即使圣贤亦难免其“累”，但洪亮吉认为“好名”往往束缚了人的自在本性，使人的天然神气难以舒展，更何况是虚名和假名：“文有文之精神，诗有诗之精神。……然则吾欲救天下好名之弊，亦惟使之各务实而已。”“务实”是挽救“好名之弊”的一剂良药，亦是矫正虚伪之情的必要手段。洪亮吉不仅反对务虚名，而且还厌弃虚矫伪饰之情。他认为人初生时是真的，成长后便开始失去本心，变得虚伪；社会人心初始是真的，经过发展变迁则变成虚伪。在《真伪篇》中他说：“今世之取人者，莫不喜人之真，厌人之伪。……上古之时真，圣人不欲过于率真，而必制为委曲烦重之礼以苦之；孩提襁褓之时真，圣人又以为真不可以径行，而必多方诱掖奖励以挽之，则是礼教既兴之后，知识渐启之时，固已真伪参半矣，而必鳃鳃焉以真伪律人，是又有所不可行也。”洪亮吉参悟出自然与人的相依关系，所以他看淡了生死之限，从根本上否定桎梏人心的鬼神说。“生者以生为乐，安知死者不又以死为乐?”(《生死篇》)“鬼神之说，上古无有。”(《鬼神篇》)“山川社稷风云雷雨之神，林林总总，皆敬而畏之，是山川社稷风云雷雨之神即生于林林总总之心而已。高、曾、祖、考之鬼，凡属子孙亦无不爱而慕之，是高、曾、祖、考之鬼亦即生于子孙之心而已。”(《天地篇》)天地之始，人生之初，本无鬼神一说，鬼神乃后人敬畏天地，追思先人而内心产生的超人间活动的体现，洪亮吉和同时代许多学者、诗人一样，对鬼神之类抱否定态度。中国的士人皆秉持仁的情怀，义的气节，其中“义”的核心便是廉耻，廉耻是人格修养的底线，故此，中国的士人把“行已有耻”当成立身行事的准则。洪亮吉在《廉耻论》中说：“廉耻之将，可使御敌；廉耻之吏，可使牧民；廉耻之士，可使人道。将不廉耻，虽胜不足喜也，是胜不敌败也；吏不廉耻，虽才能不足用也，是利不偿害也；士不廉耻，虽大儒不足重也，是得不补失也。”以“廉耻”作为士人精神的内核，洪亮吉认为士人不但负有“转移”社会“风俗”的重任，而且还要具有敢于担当的胆魄和毅力，“重廉耻之士，风俗所转移也。……然则廉耻何以重？曰士不敢慕风流而已矣。廉耻之道何以峻？曰士不敢饰中庸以欺世而已矣。……居今日而欲救风俗之弊、性情之失，则修廉耻之时也。舍廉耻之务而唯中庸自饰，则心术不已滋其害乎？夫流俗之士不切于日用，人犹觉之，至一号为中庸，而遂不敢置议，此则害之尤甚者也。”“中庸”乃自古许多滑胥大吏、规规小儒借以自保的口实，名为“中庸”，实则庸碌无为、首鼠两端，甚而至于滑向泯灭是非、丧尽廉耻的边缘，洪亮吉认为“中庸”是“廉耻”之害，如不革除“中庸之名”，则“廉耻之道”无以昌明：“乌呼！自非有圣人出，正华士少正卯之诛，吾恐中庸之名不绝，即廉耻之道不敦也。”

洪亮吉学涉经、史、艺文，思想淹博，识见异于常人，他的政论观点往往超越时代局限，而令后人感叹深思，仅以上浅略剖析即可窥其一斑。

（三）洪亮吉的诗学观

洪亮吉的诗歌理论如他的许多同时代诗人一样，只是散点式地通过诗序、诗论，或诗话等形式表现出来，没有前后一贯的主旨命题。即使如此，从诗人漫谈式的诸多诗论思辨中，我们仍能洞彻洪亮吉开阔宽广、迥异俗流的诗学观念。

1. 诗歌首先应该抒性灵，发真情，从社会现实出发，由诗人的内心激荡而出，如此才能感奋人心，形成真正意义的诗歌创作。在《北江诗话》卷二中，洪亮吉就诗歌创作提出五项原则：“诗文之可传者有五：一曰性，二曰情，三曰气，四曰趣，五曰格。”在这五项创作原则中，洪亮吉尤其重视“性”和“情”，他认为“诗文之以至性流露者，自六经四始而外，代殊不乏，然不数数觏也。其情之缠绵悱恻，令人可以生，可以死，可以哀，可以乐，则《三百篇》及《楚骚》等皆无不然。”[①]“情”能感人，亦能令人“生”、令人“死”，和人的“哀”“乐”相关。基于对“性”、“情”的认识，洪亮吉评判诗人的重要指标亦以“性情”或“性灵”为宗：“诗之道，难言也。自汉魏六朝以来，大抵流连光景之词多，而抒写性情之词少。即云抒写性情矣，……状目前之真景，词近旨远，言简意深者，常十不得一焉。”（《徐南庐先生诗集序》）[②]“自汉魏六朝以来”，“抒写性情”的词章之所以少，是因为诗人不能自抒胸襟，以已之所感来启悟人生，表达自性。在洪亮吉心目中，写“性”、“情”的诗作不但是“词近旨远，言简意深”，而且还要“不忘天性之亲与食毛践

---

① 见《洪亮吉集》，第2257页。

② 同上，第248页。

土之德，有所触而即动。”(《三山僧诗合刻序》)[①]《三山僧诗合刻序》是洪亮吉为“乳山方丈古岩、摄山方丈慧超、焦山方丈巨超”“合刻”诗集作的序言，序文以诗化的语言高度评价了三位禅师空寂玄远，具足性灵的本真诗风：“读三僧诗，其清远绝俗，若出一辙。又加以性灵，焚香扫地，碗饭杯茗；撞钟击磬，梵声佛号；佈施之杂沓，经忏之繁琐，入则一蒲团一龛，出则一瓶一钵，经府历县，蹈山蹠水；千险百怪，亿态万状，一一见之于诗，而未已也。值俗家父母兄弟之疾痛，所居所游历之州县水旱疾疫，皆于诗见之。”[②]以上“三僧”的诗受洪亮吉推崇的重要因素就是他们不仅写所经山川的“亿态万状”，还写所历州县的“水旱疾疫”，把这些随处可见的人间情事融入个人的“受想”与“行识”，就构筑成“清远绝俗”，几近“性灵”的超远诗风。

2. 作诗既要有“性”、“情”，更要重学行修养，以学识增长诗的内蕴，使诗歌更趋醇厚，接近性灵。在《北江诗话》卷三中，洪亮吉指出：“诗人之工，未有不自识字读书始者。……以韩文公之颊视一切，而必谆谆曰：‘凡为文辞，宜略识字’。杜工部，诗家宗匠也，亦曰‘读书难字过’。可见读书又必自识字始矣”。“读书”、“识字”看似壮夫不为的雕虫小技，但洪亮吉认为它是诗人文化修养的重要组成部分，是诗歌主旨内涵的物质载体，亦是诗歌意境提炼的根柢。“人但知陶渊明诗一味真淳，不填故实，而以为作诗可不读书。不知渊明所著《圣贤群辅录》等，又考订精详，一字不苟也。”[③]陶渊明的诗浅近自然，浑深质朴，犹如天籁之声，其风格的形成既是诗人天赋所致，又与学力相关。学力不到，纵然作诗亦浅陋凝滞，缺乏真性情。“今世士惟务作诗，而不喜涉学，逮世故日胶，性灵日退，遂皆有‘江淹才尽’之诮矣。”[④]洪亮吉对学识修养非常重视，对诗人的人格修养更是极为关注，他说：“诗人不可无品，至大节所在，更不可亏。”[⑤]诗品即人品，诗

①② 见《洪亮吉集》，第972页。
③ 同上，第2272页。
④ 同上，第2279页。
⑤ 同上，第2283页。

人的“大节”关乎诗歌的气运与格调。

3. 诗歌创作是诗人心灵感应激荡的结果，诗是诗人“心声”的外化。诗人的心理状态决定诗歌的气韵和境界：“‘言为心声’，固也，然必谓制危苦之词者，所遇必窘阨；作吉祥之语者，处境必丰腴。”①“孟东野诗‘出门即有碍，谁谓天地宽。’非世路之窄，心地之窄也。……杜牧之诗：‘蓬蒿三亩居，宽于一天下。’非天下之宽，胸次之宽也。……一号为‘诗囚’，一目为‘诗豪’，有以哉！”②“诗囚”与“诗豪”虽然一字之别，但其所呈现的心境和诗境不可同日而语矣。由此可见，心境对诗境的影响力。

洪亮吉论诗警句时出，睿思不断，由于散处《北江诗话》的各卷，以及其它论诗的诗文中，故而难以一一梳理为系统的诗学观。洪亮吉作为创作成果极其丰厚的诗人，他论诗的诗识、诗胆和诗思上溯诗骚，下及当代，在众多论述对象中，他把握最准，认识最深，识见最精辟的应是对同时代诗人特质的分析，有时往往寥寥数语，即能入木三分地点出他们无可替代的本真面目：“钱宗伯载诗，如乐广清言，自然入理。……翁阁学方纲诗，如博士解经，苦无心得。袁大令枚诗，如通天神狐，醉即露尾。……吴祭酒锡麒诗，如青绿溪山，渐趋苍古。黄二尹景仁诗，如咽露秋虫，舞风病鹤。……张检讨问陶诗，如骐骥就道，顾视不凡。”③

洪亮吉的《北江诗话》串点成线，以线交织成脉络清晰的经纬，在渐次闪烁的诗学光华中，他的诗人情怀、学者胆识得以全面呈现。正如自署“同里后学”的王国均在《重刊〈北江诗话〉序》中所言：“诵先生之《诗话》，必想见先生之胸襟，而后能知其扶植根柢，陶冶性灵，作诗家之指南者，若是其难能而可贵也。”④

① 见《洪亮吉集》，第 2292 页。

② 同上，第 2286 页。

③ 同上，第 2246 页。

④ 同上，第 2241 页。

二、“耽奇既游山，嗜古复搜逸”

——洪亮吉的山水诗浅析

王昶在《湖海诗传》中曰：“稚存少孤失怙，……性好山水，如天都华岳皆登其巅，必缒幽历险而后已。”毕沅在《吴会英才集》里说：“洪常博奇思独造，远出常情。……夙嗜山水，所游嵩、华、黄山，皆升绝壁题字乃反。”李元度的《国朝先正事略》亦云：“洪先生亮吉，……性嗜山水，游嵩、华、黄山，皆跻绝壁题名。”由上述诸评传可知，洪亮吉是一个性好游历，酷嗜山川，把自然当成心灵归宿的性情诗人，他的一生除著书立说，勤于王事之外，其余的精力和热情全泼洒在遍南北的巨浸大川、险峰雪岭之间，让山川的精华陶冶熔铸自己的人格，荡涤满腹难以止息的燥气，终而达到“独坐心转清，凭栏试新茗。”（《登山半小阁》）“山云不出山，舒卷如在我。”（《山楼读书杂诗》其六）的天人合一境界。

由于对自然山水怀着“平生耽游山，昼夜皆不舍。”（《杂诗十首》其四）的钟情至爱，所以洪亮吉的创作多以山水为歌吟对象，在他“存诗近五千五百首”（刘德权《洪亮吉集·前言》）的各体诗篇中，山水诗总计达一千零四十四首，占百分之十九。如果不计《拟两晋南北史乐府》二卷、《附鲒轩外集唐宋小乐府》二卷，《更生斋诗余》两卷，其山水诗所占比例将更高。就题材和涉猎范围而言，洪亮吉西到回疆，南至贵筑，北跨井陉，东临沧海，“万里荷戈”，纵横宇内，其山水诗无论内涵，还是风格均随诗人游踪的变换，以及人生阅历的迁移而发生质的飞跃，正如张维屏在《听松庐诗话》中所评：“先生未达以前，名山胜游，诗多奇警。及登上第，持使节，所为诗转逊前。至万里荷戈，身历奇险，又复奇气喷溢，信乎山川能助人也。”①

洪亮吉山水诗若从咏歌对象的广度而观，在常州诗群中鲜有其匹；即以诗情之奔放，诗艺之精进，亦能领军常州诗群而独步清代山水诗史。

---

① 〔清〕张维屏《国朝诗人徵略》，中山大学出版社2004年版，第728页。

为论述便利,以下按诗人行游踪迹,再系以行年,将洪亮吉的山水诗进行必要整合,旨在对其作纵横切面相契的全貌式剖析。

(一)“吟声落水开青萍,好句剥落如残星”的早期山水诗

如果以乾隆五十五年为界,洪亮吉的人生划然分成前后两期。前期,即乾隆二十五年,至乾隆五十四年。这一时期他生活困顿,为养家糊口,四出坐馆,依人远游尝遍了生活百味,期间,他曾多次参与科考,却屡试不爽,因之心怀郁勃之情。将这种清狂孤傲、郁怒激楚的感情揉进前期的山水之作中,就形成如毕沅所评的“奇思独造,远出常情”的特异诗风。对这一时期的诗风,张维屏极为推重,曰:“先生未达以前,名山胜游,诗多奇警。”假如总前期山水诗而论,洪亮吉的足迹遍大江南北、黄河上下,为奔波衣食,他往依安徽学使朱筠而历览黄山白岳;入毕沅幕府而登华岳嵩高。又因坐馆、校书、访友、科考而南至江汉,北到幽燕,东达台荡、西历晋中,正是这动荡不定、跋涉不已的生活状况成就了洪亮吉前期山水诗雄阔宏大的内涵,以及“如飘风骤雨”般淋漓的艺术风格。

洪亮吉的山水诗以编年串联,而按抒写对象的地理区位将其荟萃成集。其前期诗作,尤其早年创作主要收集在《附鲒轩诗》(八卷)和《卷施阁诗》前八卷中。根据每卷前的小标题可以确定诗人各个阶段的主要游踪和山水诗创作情况。比如《附鲒轩诗》卷二题曰《采石敬亭集》,卷三曰《黄山白岳集》,卷四曰《长淮清颍集》,卷五曰《桐庐林屋集》,以上基本是诗人依安徽学使朱筠幕时游历皖、浙、苏一带名山胜迹的诗作结集。卷六曰《钟阜蜀岗集》,卷七曰《茅峰摄山集》,卷八曰《天台雁荡集》,此三卷是诗人分别往南京“入江宁陶太守署中”校书授馆,拜谒浙江学使王杰时观览京镇、台荡风光后所作山水诗的小结。与此相类,《卷施阁诗》各卷亦设一小目,如卷二曰《凭轼西行集》、卷三曰《仙馆联吟集》、卷五曰《太华凌门集》、卷六曰《中条太行集》、卷七曰《缑山少室集》,以上均与西入秦关,参陕西巡抚毕沅幕府有关。

洪亮吉前期山水诗如繁星春水,闪烁泛滥于他人生奋起、抗争和搏击的各个阶段,其数量之大、范围之广、内容之繁不能一一尽述,仅

选取其以黄山白岳为主体的皖游诗、太华终南为代表的秦游诗、天台雁荡为亮点的浙游诗作焦点，以此来聚光透视他早期山水诗的丰神秀骨。

1.“心空山水性，神惊去来电”的黄山白岳山水诗

乾隆三十六年，时值二十六岁风华正茂之际的洪亮吉因“馆谷不足养亲”，遂“买舟至安徽太平府，谒朱学使筠。”（吕培等编《洪北江先生年谱》）[①]在安徽，洪亮吉得便“历徽州、宁国、池州、安庆、庐州、凤阳七府，六安一州，遍游采石、青山、敬亭、黄山、齐云、齐山诸名胜。”此时，诗人如剑在匣中，豪气冲天，生活的困顿并没有束缚他喷薄而来的诗歌灵感，相反受黄山白岳奇异山水的激发，他的诗情恰似排空而起的鹏鸟，绝云气，负青天，扶摇一飞即是九万里。皖游诗不但内涵深厚，而且诗意腾跃，诗思奇崛，像无羁之江河，滔滔而来，又滚滚而去。如：“骑鲸江上客，曾忆谢将军。江月长如此，青山不见君。”（《江口见月》）“骑鲸醉月不肯留，死后却葬青山头。……直须痛饮齐悲欢，大地何似杯中宽。……波涛澒洞一千丈，怯尔文澜不能上。……君不见江流逼岸无三里，会见青山没江底。一杯酬尔倘有灵，捉月仍从水中起。”（《青山谒太白墓》）“怒云生怪树，浓绿斗层山。麦气松衫入，禅心鸟雀娴。”（《南陵道中》）“吟声落水开青萍，清切倒唤游鱼听。谢公吟诗景犹在，好句剥落如残星。”（《游水西登烟雨亭》）“客心已驰黄海云，天意还留石门雾。……名山遥遥数佳客，佳客曾经旧题壁。”（《齐云山阻雨》）诵读这些清新明快的诗句，洪亮吉一颗与天地同寿，和自然共生的蓬勃诗心宛然如在目前。皖游是洪亮吉人生的起点，亦是他在乾嘉诗坛展露才华的机缘，因此之故，洪亮吉把他的绝世诗才、超众诗情倾注在《黄山白岳集》中发露出来，就形成回环咏叹、起伏跌宕的黄山白岳山水诗群。黄山白岳山水诗群代表了洪亮吉皖游山水诗的超常水平，它们不但诗意醇厚浓烈，而且刻摹景色的手法亦彰显了洪亮吉非凡的艺术功底，是其十年苦吟的结晶。如写由白岳往黄山一路所见，诗人按峰岭沟壑的形貌特征，将

---

① 见《洪亮吉集》，第2330页。

其逼真而殊异地加以再现：“独峰峨峨百尺身，刻削极处归真淳。地灵草木识山性，石骨自瘦肤仍春。”（《叶岭》）“柔桑翳村出朝日，春水对户思幽人。山川西来忽平旷，锦石都随乱流漾。”（《山坑》）“东行出险常左顾，如梦豁山忽无路。……薜萝深门带湿开，似讶空谷喧惊雷。”（《雷津》）如果由白岳一路而来，村树荫翳、溪山回环，显出一派恬淡怡然气象的话，那么入黄山则让诗人顿觉天高地迥，一股奇崛幽奥之感扑面而来。“岩纡气森森，谷虚水瀰瀰。……青冥怵猿啸，曛黑蹈虎履。山川夜气足，素景沉不起。”（《从焦邨入黄山至慈光寺宿》）“履危信千殊，积骇非一状。……诸峰渐庄严，云霞耸奇相。……峰形覆空釜，口缺入远亮。……回瞻北斗光，空濛永相向。”（《文殊洞》）“兹峰九百仞，积厚撼地轴。……回飚荡遥紫，倒影虚众绿。……元黄汇江海，一气转涧谷。……终当上孤云，冥心契亭毒。”（《文殊台望天都峰》）“薄萝无天风，积气晦一山。……流云合山崩，激电与谷还。中峰束诸标，呼吸竟一关。……猱升信堪忧，勇退诚知难。”（《冒雨登莲华峰》）以上无论文殊洞的幽奥诡秘，还是天都、莲花峰的高峻奇伟，均被洪亮吉用细腻的笔触刻摹得形神毕肖，令人有身临其境的真实感。又如写佛山胜境九华，他笔势纵横，笔意淋漓而笔法灵活，把九朵莲花形姿各殊的态势体现得极为妥帖：“群峰势中断，深竹補翠幙。石顶一寸光，离云自喷薄。……对此石骨遒，危峰忆莲锷。”（《游九华止一宿菴》）“出屋始见山，启户碍碧流。……回瞻及林泉，一一金碧稠。”（《自一宿庵至中峰》）“中峰抗佛殿，累累数百级。人攀铁锁竟，千尺复起立。……履石石欲下，奔瀑势踵及。”（《天台》）“拔势飞鸟外，形奇覆樽罍。……诸峰渐沉西，岩云怒飞回。”（《东岩》）

黄山白岳山水诗虽为初出茅庐，始经人世时的创作，但以诗情的喷发激扬而观，洪亮吉一在诗坛亮相，便显出龙章凤姿，英才天纵的奇观，这为他日后诗界地位的确立奠定了基础。

2.“危维天柱险，阴讶地维缺”的台荡山水诗

乾隆四十、四十一年，已届而立之岁的洪亮吉科场仍然失意，不得已，他又受荐入江宁太守陶易署中，半年后，因陶易擢任惠潮嘉兵

备道而转“就句容林大令光照聘”，在句容盘桓三月，期间“遍游茅山栖霞”，得“纪游诗数十篇”，录入《附鲒轩诗》卷七，名之为《茅峰摄山集》。越年七月，“往谒学使（王杰）于绍兴”，“遂偕往试台州、处州二府。中途历天台、雁荡诸胜，皆有诗记事。”游天台、雁荡山水诗命名曰《天台雁荡集》，是为《附鲒轩诗》的殿末之卷。

《茅峰摄山集》和《天台雁荡集》在内容和诗艺上前后相贯，互为表里，其气韵高古幽邈，运笔灵动轻飏如出一辙，毫无造作斧凿之痕。如写茅山的形态，诗人突出其道教神秘莫测、幽冥玄奥的特点：“山行数十里，破暝入岩腹。……青苔点朱符，元鹗咒红烛。……东山一千顷，月色依皱绿。……夜久雾气清，山虚漏声促。”（《夜宿茅山元符宫步至印房待月复下饮石壇作》）“探奇惬幽寻，百步得数洞。……浃暝持一灯，幽光破苔缝。……仙扃怯灵响，鬼壁怵虚哄。……灵踪此疑聚，深处列屋栋。”（《入蓬壶洞行二里许以烛尽不得入》）再如写摄山，诗人在山光水色的潋滟中透析出禅意浑融无住，圆通自在的神韵：“山僧出户惊狂客，绝顶立同山木植。……白云濛濛一招手，天风忽吹离立久。雄心直挟海水飞，南望天门北京口。”（《大风登摄山顶望江》）“寒月欲尽居穷山，道人厌客久闭关。禽栖深林兽藏穴，只有孤客偏忘还。”（《桃花涧》）“天青下合水泉碧，山绿暗裹楼台红。铃檐飘风看百尺，石径生云埋四壁。”（《白鹿泉》）又如写京镇江天一色，云树渺渺的悠远雄阔景色，他说：“一更初明山寺灯，二更雨止归寺僧。三更栖乌避光景，塔漾空明七层影。”（《夜泊金山寺》）“船头明月已四更，孤客幽梦随潮生。……江鱼千头迎日华，水色艳艳明红纱。朝暾东来月西缺，却视隔林星景没。”（《江上晓行》）江南奔波之日，正是诗人诗风渐趋稳定，诗情日涨之时，虽然生活常常出现“频来席未温”、“不复营妻子”的劳碌困顿境地，但诗人的诗思依然如脱缰之马，任情驰骋，他把这种自由舒放之情延展到台荡之行的山水诗中，就有如下之章句：“江天空濛云百顷，行人举头天压顶。惊涛随风落耳边，长松萧萧日没景。丈夫生世不合闲，履险始得开心颜。……山川英灵几人在，看此横流日归海。……山云欲出山雨从，越岭已觉声汹汹。君不见，壮游能消磊落胸，爱此激电铺江红。”（《白紵山半望江北诸山漫赋》）白紵山，原名楚山，在安徽当涂县东五里，山势南高北低，形若卧狮，因东晋大司马桓温驻节姑孰，常携妓登山宴乐歌舞，好为《白紵歌》，故改名白紵山。此地尝为文人登临揽胜、怀古思幽之处，洪亮吉登白紵，举目“江北诸山”，悲慨人生，于是作歌以志其情。此诗虽不是台荡之行的核心作品，但亦可看作是台荡山水诗群的前奏，因有这样格调高亢，而旋律优美的序曲，才使台荡山水组歌呈现了起伏婉娈，音声不凡的审美效果。如：“林腰束云岫，谷口入风尘。川绿疑成雨，岩红忽觉春。”（《自嵊县至天台山行杂诗》其三）“连峰惊西回，奔厓此孤突。危维天柱险，险讶地维缺。目极泛海舟，神迷入山辙。”（《自黄岩至乐清经盘石斤竹十余岭兼望雁荡诸峰作》其一）“林红无天光，竹绿補地影。……十里势郁盘，延回叹霄永。”（同上，其四）“奇峰围作屋，横石卧成梁。寥落长松阴，凄清涧壑光。”（《过黄岩六十四条岭》）“川原开异境，旷朗见遥阙。……亭空注飞雨，景短迫寒日。……嘘泉失真气，奔壑断云辙。”（《石门憩诚意书院看飞瀑》）天台之瀑、雁荡之云，如银河倒注，似白驹回旋，万象顿现自由自在、了无挂碍的闲静之趣，这一切被洪亮吉道来，颇多引人入胜处。山海尽头，诗人游兴方盛，他以一首《天台赤城歌寄孙大》为台荡之旅作了一个想象丰富、气势腾跃的大总结：“天台山高一万丈，结雾蒙云住仙宰。……崖穷壑转忽相失，侧耳已听鸣泉清。……吟肩拍处我欲狂，君亦寻君遂初赋。”

3.“谁云心胸奇”，“履险志不悔”的华岳嵩高山水诗

乾隆四十五年，洪亮吉在科考的迷途上终于看到了一线曙光，是年他以第五十七名中式顺天乡试。乡试甫毕，他应时任四川按察使查礼的邀请，入其幕掌书记，未几榜发，查礼为洪亮吉前途计，“遂力止先生无行。”乾隆四十六年三月，诗人“应礼部试”失利，遂于四月十日“决意游秦”，启程往依毕沅。“毕公闻先生来，倒屣以迎。翊日，遂延入节署。”（《洪北江先生年谱》）从入毕沅幕府，到毕沅逝世，洪亮吉和毕沅的交情极为笃厚，毕沅利用其声望地位，不但在生活上资助洪亮吉，而且在学识诗艺方面亦互相砥砺切磋，达到忘情的程度。洪亮吉一生交友甚多，但毕沅是一位师长级的生死挚友。嘉庆二年，毕沅

去世，次年五月，洪亮吉“诣苏州，哭毕公沅于其墓。”依据《年谱》可理出洪亮吉华岳嵩高山水诗创作的大体脉络：乾隆四十七年，“在西安节署，……游华山”（其游华山情状，《年谱》述之颇详），乾隆四十八年，“在西安节署。……留郿县五日，登太白山，……复上五丈原，望陈仓岐山，回途过盩厔，遍访仙游楼观诸胜。”乾隆五十一年，随毕沅由陕入汴，“十月由郑州密县抵登封，陟太室、少室、访嵩阳书院暨启母石，……信宿少林寺。”

洪亮吉的华岳山水诗结集为《太华凌门集》，其主要篇章包括：《初三日抵玉泉院》《自玉泉院至五里关》《由车箱谷经十八盘诸险》《自莎萝坪至青柯坪小憩》《从天井上千尺幢》《过二仙桥憩媪神洞》《经天梯升日月岩》《仙人砭望云台诸峰》《日昃经苍龙岭》《通天门纵眺》《坐玉女峰望东峰松桧》《侵黑登落雁峰》《夜从落雁峰足至莲花峰》《未晓由金天宫至环翠岩望山南诸峰》《金天宫夜宿》《松桧亭待新月》《缥纱岭纳凉》《四更上落雁峰看日出》《华阴庙六十韵》《龙门一百韵》等。华岳山水组诗气韵流转、气象恢宏，是诗人履危探险的全程记录，亦是他心灵蜕变和人格升华的物化载体，组诗以五言为主要表现格式，辅以五、七言杂句形式，使得诗歌在细腻精致的形貌描绘的基础上，显现出大势磅礴、无可羁勒的雄浑感。如写华岳云盘雾结的幽冥气象，他说：“遂令高峰云，惨若太古雪。……神工竞草创，巨斧未划截。万古积郁怒，欲下势已猝。……幽瞻正徘徊，飞瀑顶上出。”（《自玉泉院至五里关》）写华岳之险，他说：“飞腾挂枝猿，曲折旋磨蚁。……排空刺日月，嶜嶜试锋利。……十折复八折，草路入云细。回瞻足几失，直视神乃悸。”（《由车箱谷经十八盘诸险》）华山以险而闻名，所以游华山的诗人无不把华山惊心动魄的险峻通过非凡的艺术表现力全方位地展示给世人，洪亮吉不但从气势上渲染华岳之险，而且还利用多种角度、多种手法，比如仰望远观、心理烘托、行为暗示等正反描写手法把华岳险绝人寰的形貌逼真地刻镂出来，让人生魂胆皆惊的艺术感染力。“手滑铁索熟，足落石势侧。几将随崩涛，险复坠厓脊。……唇焦呼声劳，力竭心气逆。汹汹云俱垂，荡荡天若壁。”（《从天井上千尺幢》）“峰危殊难飞，路断铁索在。……足势久已虚,腕力忽欲怠。……谁云心胸奇,骤觉腹气馁。……腰平终南山,目直大瀛海。”(《经天梯升日月岩》)“背倚千尺岩,下视万仞强。……直下龙所居,云雾会渺茫。”(《仙人砭望云台诸峰》)“汹汹何隆隆,高绝不获仰。……卓哉峰万仞,不置一寸壤。……尘寰既高出,天路愈欲往。”(《侵黑登落雁峰》)华岳奇观不但在险,而且还有杲杲初日、皎皎明月共同交织辉映的仙灵秘境,这一非人间境界在洪亮吉写来,就妙语如珠,令人目乱情迷:“大声皇皇地轴空,玉色隐隐天门东。……忽然前峰开,已发松顶蒙。沧溟陡近一千里,海色上衬搏桑红。楼台金银一万重,日上似戴仙人宫。……白云穿空入太行,飞雨若席倾河梁。……回崖俯视亦壮观,洛水随阑十三曲。”(《四更上落雁峰看日出》)“初生虽微茫,原上千里白。……青峰收青欲上天,山绿如雨归平田。一山茫茫白雾连,空际止袅香炉烟。”(《松桧亭待新月》)

洪亮吉在陕中前后盘桓五年,期间他多次往返终南、太华一带,故而他的秦游山水诗除华岳诗群外,还有一些绘摹终南太白道风仙骨的山水名篇,如《抵盩厔书院与王明经开渼步月至三鼓始宿》《自城东沿山行至楼观作》《清晓由盩厔书院二十里入南山游玉女泉历黑龙潭并憩仙游寺作五首》《过终南镇》《急雨登五丈原谒诸葛忠武祠》《郿县道中望太白山积雪越日清晓复由县抵清湫镇入太白山三里憩上池作五首》等,这些诗作与华岳组诗相得益彰,互为表里,其气韵如丝,悠远绵长,高古中尽显奇崛,幽奥里多见仙灵,令人有“坐酌太古雪,永清尘外心”的离世之思。

从乾隆四十六年,至乾隆五十四年,洪亮吉以关中为基点,其足迹南到江汉,北达太行,东出汴洛,呈扇面分布,所以他此一时期的山水诗便凸显了风格多样、风味迥异而风情殊别的特点,为中、后期山水诗风格趋于多元化起到了导向作用。

(二)持节黔中,荷戈西域的中期山水诗

乾隆五十五年,洪亮吉终于时随运转,“应礼部会试”“获隽”,“殿试,……钦定第一甲第二名。五月初一日引见,授职翰林院编修。七月,派充国史馆纂修官。”乾隆五十七年,“八月,充顺天乡试同考官。

十四日，又在闱中奉视学贵州之命。"按大清官场惯例，"未散馆翰林，无为学政者"，而洪亮吉能得此任命，实为"异数"。对此天降纶音，洪亮吉感慨喟叹，唏嘘不已："却愧主恩原过厚，校文才了许看山。"(《八月十四日闱中奉视学黔中之命纪恩八首》其一)"一纸除书下九重，凌晨传遍棘闱中。神仙亦有升沉感，闲向瑶阶说杜冲。"(同上，其五)洪亮吉受命视学黔中，不仅为其劳碌颠沛的人生抹上了一层绚烂的亮色，而且还使他的山水诗创作发生了回波冲澜般的转折，与此后荷戈回疆，万里冒死而形成的西行山水诗一道，构成了中国古典山水诗史上永不磨灭的风景线。

1."三月风光疑有恨，十分颜色已无香"的黔行山水诗

黔中山水诗包括往来途程所作(56首)总量多达257首，这些作品结集为《黔中持节集(壬子)》《黔中持节集(癸丑)》《黔中持节集(癸丑、甲寅)》《关岭冲寒集》《莲台消暑集》《回舟百峤集》，分别收录于《卷施阁诗》卷十二、十三、十四、十五、十六、十七中。

洪亮吉贵州学使任上首尾共四年，其山水诗题材随他勤政的步履而逐次展开，遍及黔省全境。据《洪北江先生年谱》所录，诗人在黔中的行迹约略为："五十八年癸丑，先生四十八岁，在贵州任。二月，出巡上游，岁试安顺、南笼、大定、遵义四府。……六月，岁试贵阳府。八月，出巡下游，岁试平越、思南、石阡、镇远、思州、铜仁六府。……凡得纪游诗及杂文共百五十首。""五十九年甲寅，先生四十九岁，在贵州任。二月，出巡下游，岁试都匀、黎平二府。都匀试毕，陆行至三脚坉，由都江舟行，古之牂柯江也。至古州，复登陆，……游五榕山，入诸葛洞。……三、四、五月，科试镇远、思州、铜仁、思南、石阡、平越、都匀七府。……九月，科试上游安顺、南笼二府。……是岁，所得诗文百余篇。""六十年乙卯，先生五十岁，在贵州任。正月十九日，布政使以下奉邀巡抚冯公及先生至城南甲秀楼，张宴放灯。……三月，科试大定、遵义二府。……六月，科试贵阳府。……十一月十日，先生自省城启行，……十五日，抵镇远，……十二月，抵辰州，……十九日，抵荆州，……廿四日，抵襄阳，……除夕，抵河南南阳府度岁。是年得诗数十首，著《贵州水道考》三卷，门下士为先生校刊《附鲒轩》、

《卷施阁》二集。”①

从上述史料所载即知，洪亮吉视学贵州期间，脚步量尽了全黔的山川和乡野，凡有名胜处，均有其题咏与歌吟。和此前到过贵州的赵翼相比，洪亮吉在黔省的时空延展性更宽广、更厚实，所以他的黔游山水诗题材更多样，内容更丰富，而且数量亦丰赡厚重。如果把来往途程所作山水诗算作诗人黔行山水诗的重要组成部分的话，那么《早发良乡小雨》即可当成一支音声如诉的序曲，由此发端，洪亮吉的黔行如一条蜿蜒起伏、波光粼粼的江河不断流淌，把人们的情思带向一个隽永瑰丽、恍如仙境的天国彼岸。

洪亮吉的黔游山水诗与同时代其他诗人比较，明显烙刻着他固有的诗歌特征，即淡雅平静、含蓄沉着，似一朵篱外含笑的秋菊，既清幽淡泊，又不失优雅高远。如：“澧水绿如玉，水清鱼露目。……红霞欲渡波澜住，一线分明接天处。……行人十里香笋蹊，踏得涔阳岸头草。”（《澧州城外渡涔澧诸水作》）“三更鉴江波，波影逾空明。……帆空若行明镜中，镜里对舞山禽红。……虚窗闪白疑人面，却是布帆来一片。”（《夜抵桃源宿江上行馆》）“我方下岭谋少休，前骑又复穿云头。……有时望岭行欲及，石复离云自孤立。半空山果红欲然，连臂恨不如群猨。”（《过扬武堡升岭》）“沿溪北折山始梦，浓绿堆林欲无缝。……林阴染黛山成幄，我酌水泉疑漱玉。……他时纵复得霞举，誓与此山通性灵。”（《将至波州汛行入一山转转不得出林木甚美小憩少顷乃别》）由京师至黔省，一路经冀、豫、鄂，入湘西则山水诡变奇异，莫可名状，凡驿路所经，皆险关激湍、峰回路迷，且不说前代诗人对之视为畏途，即使洪亮吉同辈的诗人们亦为之悚然魂惊，叹为观止。但洪亮吉却变正为奇，机杼旁出，以另类的视角，将其表现得温婉柔媚，纯净如玉，让人颇生怜爱之情：“拨云看塔峻，映柳识桥横。及渡清溪水，方知水色清。”（《将至清溪县上岭》）“山百折，溪百回。到来山水欲俱断，一叶忽破青冥来。……岚光密处山花好，十月犹青堤上草。沿溪一带飞绿烟，偏向人家镜中袅。”（《渡水至焦溪行馆山

① 见《洪亮吉集》，第2341—2343页。

水环抱林木尤邃觉严滩剡中无此奇胜也》)洪亮吉清新明快、愉悦淡然的诗风不仅穿插在湘西一路所历的山水风物中,而且还深深地透析在他黔行初程的所见所闻里,经诗人一以贯之的轻灵诗笔点染,湘黔崭绝幽奥的山水顿然显得明秀通脱,令人如行千里花团锦簇的画廊中,心神为之陶然而醉:“马头乱拨云濛濛,马上人面犹云中。……飞泉拦路复冲出,人面始同坡面隔。下坡十里行转迟,纵不相见还相思。”(《相见坡》)“才收薄雾即新晴,似画溪山马首迎。添得白云成睥睨,连岡直似古长城。”(《晚晴自白泥塘至杨老驿山行》)“湿翠甫欲收,早喜霞光明。……最好山径奇,一转一曲屏。……回头望诸山,复觉云冥冥。”(《黄花坪道中》)“清绝山城只百家,城门楼上晚吹笳。犹余湿翠收难尽,商略明朝作晓霞。”(《晚至龙里县》)尽管洪亮吉着力护持自己始终不移的澹泊轻快诗风,但他毕竟是一个对经史舆地有很高造诣,且性格耿介豪爽的诗人,所以他的山水诗难免刻上大气盘旋、词藻华丽而绘景精致的印痕,如长篇歌行体的《牟珠洞》就写得想象丰富,意兴淋漓,且修辞手法腾挪闪展,恍然令人如入太虚幻境:“层山天半列作屏,下有洞壑藏真经。……飞空真人倚疏棂,法象奇古忘年龄。……凝脂点乳流素馨,石嫩可掐膏犹零。恍如鸿钟撞寸莛,绝巘往往扬空舲。……马前两两排仙伶,马旁力士疑五丁。后来一人殊伶俜,侧首鬓影光熒熒,回身匿避如尹邢。……或如空原萃鹡鸰,或如高枝缀蜻蛉。……五色变幻形竛竮,巨者恍若浮江萍。……万古不入蛟龙腥,灵风萧萧雨濛溟。”

洪亮吉的黔中山水诗以任学使奔驰黔省上下游,历观全黔奇异山川后创作的篇章为主体。这些诗体制庞大、结构宏伟,运笔轻灵,着色淡雅,而且内涵丰富,有对自然山川发自内心的歌吟,有对黔省奇异风物的辩证,有对少数民族迥绝中原的生活场景的绘摹,亦有借景抒怀,对主体感情的宣泄,总之,《黔中持节集》里的山水诗既可当成贵州自然山川的风物志,亦可看成黔中人文生活场景的实录,它融文学艺术审美性、自然山川观赏性和社会生活认识性于一体,是考察贵州山脉水系、风物民俗的不可或缺的珍贵史料。如写贵州行道所见,诗人笔如春水,柔情漫溢地勾勒了黔中宜人的山川风物:“春阴一堆红百堆，山翠缺处桃花开。……山泉日午开镜光，菜甲花满疑斜阳。”(《清镇道中》)“银塘北去山如锁，正好一村新绿裹。……柳丝濛濛挽客衣，去路开遍黄荼蘼。”(《上巳日自镇宁抵安庄道中》)“别来春色已阴阴，收拾高低遍野金(诗人自注：来时菜花极盛)。一晌东风岂无意，雨丝都洒百花心。”(《发新城道中值雨》)“江于清晓泛浮槎，隔岸山隅路几叉。行入白云红万点，半空都放石榴花。”(《初六日渡鸭池河至四方井道中作》其二)“四山茶花香，黄白均可爱。……秋葵盈半亩，野蓼色如醉。……行及罗仲塘，山云转深晦。”(《清平道中》)“马头浓绿间深红，半日全行复幛中。百转千回抱村坞，江南无此好屏风。”(《自平贯塘至白岩汎道中》其二)“一山方如筐，一山圆若筥。……霞景正欲升，炊烟穿缕缕。林红初曙日，涧绿昨宵雨。”(《出思南府遵化门道中》)“路濑塘西石迳遒，人家竹屋半临流。低飞蝴蝶高飞雨，百种花香出草头。”(《路濑塘道中》其一)洪亮吉在贵州，往返于各州府之间，所以其行道山水诗绵延相属，不绝于目。以上所举仅是信手拈来之作，但透过这寥寥数例，便能通观黔中风物之美、景致之秀、人情之纯，无论春秋，无论冬夏，不管黔南，还是黔北，贵筑的山水永远开满鲜花，涌动着滚滚春潮：“醉里似闻莺燕语，桃花颜色称春风。”(《看墙外桃花》)“梨桃杏李春事忙，参差一亩横海棠。”(《宿海棠庭院》)

除行道山水诗如梦幻般绘摹了贵州山水的清幽婉约外，洪亮吉特写贵州峰岭、江河的山水诗亦美轮美奂，从微观的角度，细致精到地描述了黔中迥异特出的山川形貌。如“道人侵晓初启关，一城花光浮上山。阑干影外春阴腻，香气依微塞空际。……深红浅白看难足，叶底参差间新绿。”(《武当山久憩》)“我寻白水源，涧削流殊细。……前行十里响不停，巨石欲裂穿惊霆。……非烟非雾郁不开，此景岂是人间来。忽惊一白垂无际，高欲切天低盖地。……离潭一尺波如斛，衬出空潭影逾绿。……四围山色高如岸，祇觉白云颜色暗。”(《白水河》)“排空翠巘逼天住，乃识细路悬如丝。……前行籧篨后戚施，时俯时仰愁难支。……居然一庙藏山半，上视山巅尚霄汉。……君不见，来途一线云初破，天上惊看马头坠。”(《关索岭》)“盘江水，流千里。……高低两层铺板平，人行半空马不惊。……四围山势若削成，树亦直上无纵横。……阑干影里望行人，一半分趋石厓左。……赏心岂独无俦侣，莺燕南来亦蛮语。”(《抵盘江过铁索桥久憩复下坡至凉水营午饭》)“江流中劈四山开，雨后江声怒若雷。万朵白云空际落，错疑潮自海门来。”(《渡乌江》)其二)“足底先惊万叠山，半空楼阁自回环。……日影镜光偏照耀，鸟声人语合绵蛮。”(《小厓关》)“黄平州，度玉虹，青天飞下一白龙。……断厓峻峋石色紫，厓上沉沉日光死。……溪风萧萧溪月静，疑有神鱼出波听。”(《再度响琴峡》)以上所记，皆黔中名山胜水。白水河，在永宁州慕役长官司西北三十里。有白虹桥凌空其上，据史志所称，白水河自高崖下注，长数十丈，飞沫如雨，在二、三里以内，瀑布之大无出其右者。又据《读史方舆纪要》载：“白水河，卫(安庄卫指挥使司)南三十里。源出山中，悬崖飞瀑，自高注下，三崿相承，凡数十仞，湍激若雷，时有云雾塞其下。”[①]关索岭，在永宁州顶营长官司北三十里。其山岭高峻，周回百余里，是由黔入滇必经之关隘。《读史方舆纪要》曰：“关索岭，即所(关索岭守御千户所)治。滇、黔通道也。……《滇程记》：‘鸡公背与关索岭相对，两山之趾，界以溪涧。岭凡四十三盘，至岭，有香树坡、小箐口坡、白口东坡、安笼箐坡、胡椒凹、象鼻岭，左右皆崖箐万仞，中仅有道如梁，行者慄且汗矣。’”[②]盘江，有南盘、北盘之分。《读史方舆纪要》曰：“盘江，在贵州境者为北盘江。出四川乌撒府(今贵州威宁彝族回族自治县)西北五十里，东南流至乌撒南九十里谓之可度河，又东南为七星关河，折而南经云南霑益州界入贵州境，经安南卫东，又南经永宁州西境，普安州东境，盘回曲折于山箐间，阴翳蒙密，夏秋多瘴。”[③]洪亮吉《贵州水道考下·盘水考》曰：“盘水今名北盘江。……且以水势验之，今盘江营铁索桥所在，水涨处仅可百余步，深十余丈，春夜之交，

---

① 见《读史方舆纪要》，第5342页。
② 同上，第5343页。
③ 同上，第5241页。

即有瘴气。”[①]乌江，在贵阳府北二百里。其水流湍急凶悍，为贵州、四川两省赖以为屏障的天险。乌江经贵州之平越、石阡府境而北入思南府，又西北入四川之重庆府彭水县，再经武隆县至涪州城东而汇入长江。《读史方舆纪要》记曰：“乌江，在府(思南)城南。自石阡府流入界，至府南十里，经鲇鱼峡，湍流澎湃，险不可言。旁有大岩，岩有一孔，若鲇鱼口然。经城北一里有香炉滩，滩石如鼎，因名。滩下为白鹭洲，突出中流。……又北历狮吼洞，乌江越府城三十里，至洞下泻十余里，声如狮吼，舟莫能行。……至府北三百五十里为龚滩，洪涛汹涌，声震如雷，长十余里，惟轻舟始得济。又北历袁滩而入四川彭水县界。亦谓之黔江，亦谓之涪陵江也。”[②]贵州，自古被称为“山箐峭深”之地，其间高山巨川，驰名或隐匿不露者数不胜数，洪亮吉以舆地学者的眼光考量着它们，又以诗人的审美触觉感受着它们，通过细腻的笔墨将其刻画描绘出来，就使其产生恒久的艺术魅力。

贵州不但山水幽险，而且那些被称作“塘”的村寨聚落亦栉次鳞比，充分彰显着这块神秘土地上的民风民俗，与其独特的自然环境相互整合，就构成一幅幅画面优美、色彩明丽的民间风情图。论说洪亮吉的黔行山水诗，那些数量众多的以“塘”为歌吟对象的作品是万万不能遗漏的。如：“李花如含颦，桃花已迎笑。……春塘北折凡几家，飞盖过树惊栖鸦。回厓阴阴蝶飞满，春在海棠深处暖。”(《过龙井塘上坡》)“人家多住石塘西，石屋参差望欲齐。空里鹧鸪声转急，山鸡飞上故巢啼。”(《沙作塘西上陡坡》)“雨丝初断日光微，十里亭前试袂衣。刚被软香吹破梦，满山黄遍野蔷薇。”(《杨柳塘道中》)“村村都喜说丰年，板屋斜开穲稏边。饱饭芋魁无个事，尽收鸡犬上楼眠。”(《新安塘道中》其二)“人行谷子塘，林木始回亘。野花生东西，叶叶悉垂露。……初阳开谷口，楼阁恍无数。知有山僧居，泠泠晓钟度。”(《谷子塘》)“一村都不见，全被李花遮。涧水到门合，山楼出树斜。……时有远香至，应知春事赊。”(《八匡塘》)“嘈嘈天半响笙簧，雉尾排肩

① 见《洪亮吉集》，第151页。
② 见《读史方舆纪要》，第5305页。

绣两裆。三百蛮姬拥前后，蓝舆飞过九朝塘。”(《九朝塘》)“石径空濛露有光，四山风刺袂衣凉。杜鹃一树红于血，月黑愁过鬼鸟塘。”(《鬼鸟塘》)贵州一省，以“塘”命名者殆遍全境，洪亮吉写其风物景致，着力突出它与中原迥然相异的清雅幽深，用山色四合、江流澄碧、村树蓊蔚、山花烂漫的特有意象进行烘托渲染，遂使黔中民风淳朴、民俗浓郁的人文气息借助其独具的自然风韵扩散开来，就有了人文与自然契合的双重审美价值。

洪亮吉的黔行山水诗总体呈现了平和清淡、圆融温润的审美特征。这种审美趋向的形成，是诗人早期酝酿的美学趣味和他勃然而兴的仕宦生涯有机整合的结果。洪亮吉科举多舛，中年晚遇，因此他对突然而至的圣眷隆恩感戴不已，将其看成人生无与伦比的荣光：“两年前尚一书生，持节今看万里行。”(《邯郸题吕祖祠》)从“一书生”到“持节万里行”，再到嘉庆元年以后的“派充咸安宫官学总裁”，“奉旨在上书房行走，待皇曾孙奕纯读书”，洪亮吉的社会地位和政治身份发生了质的转换。由此开始，诗人欲展尽平生之学报效国家，在著名的“大考翰詹诸员”的御试诗文中，他“力陈内外弊政，至数千言，情词剀切”，使“阅卷者”为之“动色”。不但如此，他还因“目击时事，晨夕过虑”，为国家前途和衰象已露的大清王朝的现状“感叹焦劳，或至中宵不寐”(以上数语均引自《年谱》)，最后终于酿成几至杀身的大祸。从“一书生”，到“翰詹”官员，再到远谪万里的戴罪之臣，洪亮吉的人生仿佛一场刚拉开幕布便戛然而止的悲喜剧，他的诗风亦如其人生一样发生了惊波洄旋式的大转折。

2.“长城万余里”、“南北尽天山”的西域山水诗

早在贵州学使任上，洪亮吉为同乡至友杨揆写过《杨兵备揆两至黔中皆不及见今得书知又抵军营寄怀一首》，其中有句云：“我生游迹殊通达，《禹贡》九州今历八。虽然输尔涉河源，远度昆仑越哈察。东西南北五万里，头上翠翎风细戛。如拳大字如椽笔，先把天山石磨刮。”没想一语成谶，时隔四年后，洪亮吉因上书言事获罪，被遣谪伊犁，实现了磨平“天山石”，用“如拳大字”“如椽”健笔，为神奇的天山“铭功纪德”的愿望。

洪亮吉事件，在嘉庆当政之初是一个震动朝野，并著名于清史的大事件，《清史稿·仁宗本纪》载曰："四年，……八月癸丑，编修洪亮吉致书成亲王私论国政，谴戍伊犁。"又"五年，闰四月丙午，上步祷祈雨。乙卯，释洪亮吉回籍。"①此处虽寥寥数语，但载录于嘉庆皇帝本纪中，足见此事影响甚大。

洪亮吉上书言事之所以在清代历史上造成深远影响，关键有以下几方面因素：一是事件的背景特殊。清代经康熙奋发有为，国力达到鼎盛，再经雍正肃清吏治，国基更趋稳固，而乾隆承祖、父之遗绪，将满清的文治武功推向世所仰目的巅峰，但物极必反，至乾隆晚期，朝政逐渐衰落，权臣当道，政治昏暗，宵小横行而庸人自保，官贪吏污而民不聊生，和珅一人操纵权柄，欺上压下，整个大清的吏治陷入前所未有的混乱和腐朽。这种衰败之象的出现必然让洪亮吉一流的热血之士思欲攘臂而起，借开言路以警策最高统治者必须改良社会，革新政治，以达到天下真正大治的目的。二是洪亮吉本身的人格和政治地位特殊。《清史稿·仁宗本纪》把洪亮吉上书事件定性为"私论国政"，这就说明洪亮吉上书没有按体制内的程序进行操作，以他当时的政治地位无权亦无责向皇上直接进言，故而将其定性为"私论国政"事出有因。正因为"私论国政"属非正常谏言，所以更显出洪亮吉耿直果毅的人格特质，及其为国家大事不惜以身试法的政治家胆略。由此之故，洪亮吉的行为引起了朝野上下震动，并在士大夫间产生了强烈共鸣。在劫后余生所作的《八月二十七日请室中始闻遣戍伊犁之命出狱纪恩二首》其二中他说："全躯自感君恩厚，对簿偏忘狱吏尊。人笑冷官罹法网，天教热血洒边尘。受知两度真逾次（诗人自注：未散馆即简任学政，及入直内廷，皆属异数），敢向闲中惜此身。"通过这几句掷地有声的诗语，我们即能勾勒出洪亮吉"长身火色"，与众迥异的形象特征，对嘉庆皇帝，他的感恩之情是真挚而深厚的，对朝廷的知遇之恩，他欲长洒"热血"、以身相报，为了国家大事他宁肯以"冷官"身份而"罹法网"，也不愿在国家存亡之际便"向闲中惜此身"，但对狐

① 见《清史稿》，第124页。

假虎威的“狱吏”，他冷面相向，“偏忘”其“尊”，表现了大义凛然的伟丈夫气概。三是洪亮吉上书指陈的对象的特殊性。洪亮吉上书矛头直指当时的最高统治者嘉庆皇帝，其言辞之激烈非常人难以接受，但这一切被嘉庆皇帝慢慢地消化了，由此即见嘉庆皇帝不是一个暴戾自负、心灵阴暗的昏君，相反他求治心切，渴盼满朝文武能奋起振作，辅佐他实现中兴大清的宏大愿望，可时势无法逆转，至嘉庆朝几无忠良耿介，敢于直谏的诤臣立于廊庙之上，所以后人评嘉庆曰：“仁宗初逢训政，恭谨无违。迨躬莅万几，锄奸登善，削平逋寇，捕治海盗，力握要枢，崇俭勤事，避地移民，皆为治之大原也。诏令数下，谆切求言，而吁咈之风，未遽睹焉，是可慨已。”（《清史稿・仁宗本纪》）[①]鉴于上述三点，洪亮吉上书言事一案在清代即成浓墨重彩，值得一书的大事件。

渡尽劫波后，洪亮吉痛定思痛，遂改号曰更生，他此后的作品基本收集为《更生斋文集》《更生斋诗集》《更生斋诗续集》等。其往返伊犁所作诗分别命名曰：《万里荷戈集》《百日赐环集》，收录在《更生斋诗》卷一、卷二中。洪亮吉多达一百一十首的西行山水诗从多个层面表现了天山南北雄奇壮美的自然风光，它的出现，刷新了中国古典山水诗的历史记录，不仅在题材的广阔上空前绝后，而且就艺术审美而言也使中国古典山水诗焕现了无与伦比的耀眼光华。在此之前，唐人写过大漠风光，天山明月；在此之后，林则徐为代表的流人们亦写过戈壁风情，西域壮景，但从古至今，没有一个人能从量和质两方面超越洪亮吉。洪亮吉的西域山水诗之所以价值超越常人，关键是他的西域山水诗具备形象逼真而超乎寻常的纪实性。

和唐代的边塞诗人，尤其李白的西域诗比较，洪亮吉无论从宏观点染，还是微观绘摹，他的西域山水诗都显现了形象饱满逼真，无一物无一景不是亲眼所见、亲身所历的写实特征。

写初进回疆，诗人以亲眼所睹，亲身所经的山川为基点，展开对异域奇特风物的真实描述。如：“半生踪迹未曾闲，五岳游完鬓乍斑。

---

① 见《清史稿》，第132页。

却出长城万余里，东西南北尽天山。”(《出关作》)“万古飞难尽，天山雪与沙。怪风生窟穴，战地绝蓬麻。”(《安西道中》)“一水悬天上，遥知疏勒泉。浴波童类鹤，铲岸屋如船。”(《疏勒泉》)“荒荒红一线，日出土囊低。……来从天山头，去向天山尾。”(《安西至格子墩道中纪事》其二)“林乌大如犬，兀傲不避人。攫肉翔道旁，足蹴十丈尘。……樸被何处栖，爬抉沙石根。”(同上，其四)以上诗句皆诗人出嘉峪关一路至安西道中所见，戈壁之雄放、西行之荒寒于此一一绽露。嘉峪关，明属肃州卫，清属肃州直隶州，是控制西域的咽隘之处，著名的万里长城西尽于此。《读史方舆纪要》曰：“嘉峪山，在卫西六十里，山之西麓即嘉峪关，一名玉石山，一名璧玉山。”[①]《清史稿·地理志·甘肃》曰：“肃州直隶州，……西：嘉峪山，其西麓设关，俄罗斯通商孔道，税务司驻焉。……边墙，自嘉峪关迤西北逾洮赖河，折而东南，入高台。”[②]嘉峪关历代为边徼重关，《读史方舆纪要》在分析“肃州卫”形势时曰：“卫迫临边徼，通道羌、戎，河山环带，称为要会。《边略》：‘甘肃边自金城至嘉峪长一千六百余里，西控西域，南迫羌界，北当要冲，而肃州地居绝塞，孤悬天末，尤为控扼之要。’”[③]洪亮吉出嘉峪关，便算正式踏上了西行之路，诗人东顾长城蜿蜒，乡心如梦；西瞻天山皑皑，愁情似海，尽管其性情乐观豁达，但诗中的意象总是那样低沉徘徊，不管是“安西道中”所见，还是“疏勒泉”所闻，诗人勾勒出的图景基本呈冷色调。再如，写入疆一路西去的境遇：“一峰西来塞官路，峰头一峰复回互。……山坳路古盘如线，却向林梢瞰遥甸。”(《进南山口》)“危峰北去高无际，过岭风声水声异。……云头直下马亦惊，白玉阑干八千丈。”(《下天山口大雪》)“马定知人意，穿松屈曲行。渐忘迁客感，足慰看山情。”(《松树塘道中》)“天山南北口，百里积冰雪。岁晚不逢人，牛羊伴除夕。……空明北斗光，穹庐代然烛。”(《菩萨沟道中》)“南山高瞰城，下复裂深谷。……晴天飞雪霰，

① 见《读史方舆纪要》，第 2983 页。

② 见《清史稿》，第 532 页。

③ 见《读史方舆纪要》，第 2981 页。

即已没车轴。……千年留战地，往往鬼夜哭。”(《廿八日抵巴里坤》)“北风排南山，山足亦微动。寒光亘千尺，壁立雪若衖。……百里仅数家，山房叠成瓮。”(《肋巴泉夜起冒雪行》)“嘐嘐萧萧彻五更，狗亦不吠鸡不鸣。……忽然破屋晴光出，涌得天山一轮日。”(《自白山至噶顺》)“天山界画分半空，白雪自白云光红。马蹄斜上雪飞尽，衣袂飘入云当中。……平沙日午卷北风，数点牛羊落天外。”(《发大石头汛》)“乌兰以北地不毛，极视千里无秋毫。穷荒鸟亦拙生计，啄土饮雪居无巢。”(《乌兰乌素道次》)“人烟百里何渺茫，疲羸独行古战场。……拂眉时有山禽过，清啸声高野禽和。”(《初八日乘月行四十里至三个泉宿》)“到得山村夜已迷，窗棂全不辨东西。狼驯似马凭鞭策，鹊大于鸡共树栖。”(《夜抵木垒河》)“边庭昨日已东风，宝鸭频添雪乍融。一晌春人梦魂腻，焉支坡上月光红。”(《黑沟步月》)“夜阑安济海，波焰烛天红。迥异云霞色，都异神火烘。”(《安济海夜起》)“北风吹雪入鬼门，风定雪已埋全村。……征人停车已三日，雪穴惊看马牛出。平明一线阳光开，乌鹊就暖皆飞来。”(《三台阻雪》)“看山不厌马蹄遥，笠影都从云外飘。一道惊流直如箭，东西二十七飞桥。”(《发二台》)“天山雪花大如席，一朵雪铺牛背白。……几家房廊陷成井，百丈青松没松顶。……东风乍停北风起，驱雪松涛十余里。”(《行至头台雪益甚》)“芦草沟边路，茫茫日欲昏。坚冰截南北，空白合乾坤。”(《芦草沟》)从南山口肇始，洪亮吉西去伊犁的轨辙才算真正踏上了异域的土地。其间冰峰插天、狂风漫卷、雪花如席、猛禽怪兽追随左右的险仄经历，让诗人或心花怒放，或惊魂动魄，或刻骨铭心，或回味咀嚼，将其形之笔端，就有上列骇人心目的篇章。南山口，即南山，在清哈密通往巴里坤的要道上，地界哈密和巴里坤交界处，为天山东端南支，与天山北支的黑山(北山)相对，故称南山。洪亮吉笔下，“南山”如梦幻，轻灵通透、风情万种：“二十五日，平明行一百十里宿南山，日已二鼓。屋后泉声淙淙，彻夜不歇，如卧江南山水窟中矣。”(《伊犁日记》)[①]“二十六日，平明行，入南山，一路老柳如门，飞

① 见《古西行记选注》，宁夏人民出版社1987年版，第368页。

桥无数，青松万树，碧涧千层，云影日辉，助其奇丽，忘其为塞外矣。”洪亮吉的西行山水诗不仅通过驿程所历的实录连缀，给我们显现了那片冰天雪地的奇瑰景象，而且还通过雪峰瀚海独有的特定镜头，给后代留下了那块土地上令人悚然魂惊的珍贵瞬间。如：“一山巉岩忽裂口，千羊万羊出其窦。羊群居前牛在后，鹰忽飞来攫羝走。群羊哀鸣牛亦吼，北巷南村集群狗，鹰攫羝飞势偏陡。云中健儿弓已拓，一箭穿云觉云薄。”(《鹰攫羝行》)这首诗以高原上特有的生存竞争为切入点，将鹰的鸷猛凶残、牛羊的善良孱弱刻划得形象逼真，让人仿佛回到三百年前那个野羊遍地，野牛成群，雄鹰高翔，猛禽扶摇盘旋的大美境界。对回疆大漠“鹰攫羝”的情景，清人有生动的描写：“骨岔，雕之黑而大者也。……惟巴达克山迤西，黑雕尤大而猛鸷，飞则两翅垂云，宿山间，高如驼象，所过之处，人皆避屋宇中，往往攫牛马而去。”[①]再如《牛触冰行》，写冰天雪地中牛坠入冰窟的险状，让人有惊心动魄、魂为之惊的悲悯感：“天山十丈冰稜大，牛角触冰冰欲破。牛向冰稜窟中坠，马车西来不能过。……须臾冰陷牛方出，一角已从冰上折。牧童驱牛不敢叱，更裂毾㲪裹牛血。”

历遍路途艰难苦恨，洪亮吉终于到达遣戍目的地——伊犁。

伊犁，在西北极边，是中俄分界处，历代均为中国疆土，《清史稿·地理志》记其沿革曰：“伊犁府，冲，繁，疲，难。隶伊塔道。汉至晋为乌孙、伊烈两国地，后入铁勒。北魏，悦般国，又车高地。周，突厥地。隋，西突厥及石国。唐，西突厥及回鹘地，又西境为突厥施乌质勒部，又西突厥及篏赤建国、石国地。大历后，葛逻禄居之。宋为乌孙，后入辽。元名阿力麻里，为诸王海都行营处。明，绰罗斯部，后属准噶尔。乾隆时，准部平，改乌哈尔里克为伊犁。二十五年，设办事大臣；二十七年，设将军，节制南北两路。”[②]伊犁地界俄国，为中国西北边陲极边之地，距省会乌鲁木齐一千五百四十五里，地方广袤，幅员非常辽阔，(据《清史稿》载：伊犁“广一

---

① 〔清〕马庆琛辑《异域舆情便览》卷一，见《清代边疆史料抄稿本汇编》第15册，线装书局2003年版，第21页。

② 见《清史稿》，第594页。

千五百余里，袤一千一百余里。”）著名的赛里木湖、巴勒喀什湖、特穆尔图淖儿皆在境内，伊里河水发源巴勒喀什湖。（按《中国历史地图集·清时期》称巴勒喀什湖为“巴勒喀什池”，今为俄人所占，称“巴尔喀什湖”；特穆尔图淖儿，又称“图斯池”，今被俄人所侵，称“伊赛克湖”。另外，由国家图书馆藏，线装书局出版的《清代边疆史料抄稿本汇编·新疆省全图说》对新疆包括伊犁的湖泊、山川、城郭、驿道、疆域等的历史沿革、地理分布载述极其完备，可参阅。笔者注）把《中华人民共和国全图》和《中国历史地图集·清时期全图》比较，伊犁地区的大部分国土被俄国侵占，这是一个令人极其不解且愤慨的事。洪亮吉在伊犁，深深被这个充满生机的边城重镇所感染、所陶醉，他一气连缀而成《伊犁纪事诗四十二首》，这组体式庞大、内容丰富的诗群融叙事、纪史、写景、抒怀于一端，把人们的情思拉回到商贸繁荣、街市太平、风尚嫣然、生态优美的境界中。如写伊犁商贸之繁荣，他说：“牛羊十万鞭驱至，三日城西路不开。”（其六）写伊犁歌舞升平，丝竹悠扬，他说：“达坂偷从宵半过，筝琵丝竹响偏多。不知百丈冰山底，谁制齐梁子夜歌。”（其三十二）写伊犁生态优美、物产丰饶的盛况，诗人用轻灵空阔的诗笔勾勒道：“古庙东西辟广场，雪消齐露粉红墙。风光谷雨尤奇丽，苹果花开雀舌香。”（其十二）“游蜂蛱蝶竞寻芳，花事初红菜甲黄。只有塞垣春燕苦，一生不及见雕梁。”（其十七）“芒种才过雪不霏，伊犁河外草初肥。生驹步步行难稳，恐有蛇从鼻观飞。（诗人自注：伊犁南山下有异蛇一种，遇骡马即直立如挺，或入马鼻中啖脑髓，马遇之无不立死。）”（其二十二）“鹁鸪啼处却东风，宛与江南气候同。杏子乍青桑葚紫，家家树上有黄童。（诗人自注：伊犁桑葚极美，白者尤佳。）”（其二十七）“山沟六月晓霞蒸，百果皆从筵上升。买得塔园瓜五色，温都斯坦玉盘承。（诗人自注：果子沟至六月百果方熟，伊犁北郭外满洲驻防塔章京园内有五色瓜，温都斯坦制玉盘盂等极精，伊犁亦时有之。）”（其三十四）“五月天山雪水来，城门桥下响如雷。南衢北巷零星甚，却倩河流界画开。（诗人自注：四月以后，即引水入城，街巷皆满，人家间作曲池以蓄之，至八九月始涸。）”（其二十六）由这些清词丽句的诗章，我们可以见出伊犁不但有高原特有的雄浑大气，而且还有略似江南的隽秀妩媚，她四季分明而气候宜人，人情淳朴而物产丰饶，尤其著名的果子沟更是闻名古今的人间仙境。洪亮吉的《天山客话》描述果子沟曰:“果子沟四月中百花竞放,异鸟成群,过其下者,遇风日清华,辄有出尘之想。余以五月初回途过此,花事已阑,桃杏万株,并累累成实矣。”[①]祁韵士《万里行程记》亦曰:“既至岭头,折入塔尔奇沟,俗名果子沟。不数武,忽见林木蔚然,起叠嶂间,山半泉涌,细草如针,心甚异之。前行翘首,则满谷云树森森,不可指数,引人入胜,注目难遍,欣悦之情,惟虑其尽。已而峰回路转,愈入愈奇……满山顶趾,绣错罕隙,如入万花谷中,美不胜收也。泉流十余里,与东涧中大水合流,湔湃砰訇,出入危石峻磴间,沿岸杂树丛枝,覆水不见,但闻其声。七十二桥回环屈曲于万岩千壑之中,密箐深林之下,凭谁摹此画中境耶。夫此沟,一线天耳,而其山其水及其草木,无一不臻佳妙,足称富丽天成,不必更以萧疏澹远为胜。何期万里岩疆,乃有一段仙境,奇绝!快绝!”[②]不管是洪亮吉,还是祁韵士都把果子沟当成一幅天然画屏来描述,通过这些先贤的用心雕镂,以果子沟为典型的伊犁风光赫然呈现于世,令人顿生“一段仙境”的心灵震撼!

在所有贬谪遣戍的诗人中,洪亮吉是最幸运的,在他之前,或同时,被遣谪的流人在西域滞留长达数年、数十年,有些甚至埋骨雪峰之畔,而洪亮吉在戍所惠远城仅百日便被“赐环”而归,这对几近绝望的诗人不啻天外福音,在《庚申又四月廿七日特奉恩命释回感事纪恩四首》中说到:“出关无别念,止有首邱愿。……将军阶下九叩头,微臣之命天所留。上惭螟蠓下蝼蚁,百计无能报天地。”(其一)发伊犁之日,他面对送别的其他难友感慨万端地说:“讵留齿发归铜柱,(诗人自注:西去即鄂罗斯,相传有唐尧时铜柱,上镌‘寒门’二字,西域人死者,魂气皆归于此,如中国之岱宗云。)真戴头颅入玉门。他日荷锄农事了,筑庐先署海西村。”(《将发伊犁留别诸同人》其一)洪亮吉戴罪出关,百日赐环入关在当世引起极大震动,诸多朋友为他赋诗题词,使其名留青史,成为乾嘉诗坛一段难得的佳话。因限篇幅,兹不引述。

---

① 见《古西行记选注》,第378页。

② 同上,第412页。

出关，诗人用纪实的笔触详尽描述了天山南北风沙弥漫、冰峰皑皑的壮美景象；入关，他同样用写真的手法绘摹了沿途所经之山川气象，给后人还原了数百年前物产丰饶、山河雄放的西域之景，这里有淳厚的人情之美、辽阔雄劲的大漠风光，以及风云变幻的高原物候，总之，诗人用轻飏灵动之笔，狂放喜悦之情尽意抒写了这片令他终生难忘的神奇土地上的奇丽山川。如写高原雷鸣电闪的物候，他笔走龙蛇，让人心惊地说："龙施水法雷火攻，水影火影悬当空，水火焰烛星辰宫。"(《玛瑙斯龙斗雷行》)再如写河山相依，飞瀑奔溅的奇观，他说："星光泻空滩，悬溜复四飞。"(《呼图壁》)"初阳甫出山，绝壁忽挂雨。……空翠落不完，欣同仆夫语。"(《朝发七个井雨》)又如写塞上山川逶迤、风光旖旎的情景，他说："峰峦南北途千曲，天半乱霞烘马足。……绿莎窗开波影摇，酒渴我尚餐山桃。"(《三台夜宿》)"一山倾欹一山断，宛转前行入螺旋。……黄羊上岭客登树，相望遥遥彻天曙。(诗人自注：是夕，人马依高树下宿。)"(《道白山口取小南路往哈密》)"日脚欲下雨脚酣，半岭草色同江南。……霞光天半色若赪，新月竟与斜阳争。"(《将至七箇井宿》)"星星峡中十五夜，天星地星光激射。一屋皆支一星罅，须臾天晦地忽明。"(《十三夜三鼓抵星星峡》)"兹山多赤云，石石悉灵异。……丹砂亘南北，碧涧分巨细。绝顶辟石房，玲珑逼天际。青羊及驯鹊，一一向空睇。"(《度赤金峡》)"古浪县边逢七夕，天河桥外说双星。夜深偶忆小儿女，遮梦远山无数青。"(《古浪县七夕》)从伊犁向哈密，不但山河雄奇，而且瓜果飘香、禾黍泛金，一派民生乐居的安怡景象，对此，洪亮吉述说道："十家汲井过，并向麦畦注。麦肥如野菽，饱食耐征戍。耕余了无事，间或插桑苎。……时有归墟人，穿云白如鹭。"(《四十里井汎》)"三堡至头堡，亩亩麦新刈。……全家挈框榼，儿女在旁戏。……今看戈壁外，沃壤庶无弃。……秦陇多流民，移来就边地。(诗人自注：邪教近又滋扰秦陇一带，并突至静宁、安定间。)"(《自三堡至头堡一路见刈麦者不绝》)"两车一马装亦华，后乘满载敦煌瓜。一旬戈壁苦无食，幸与瓜时适相值。……纵剩数瓜当亦朽，即以车藏酒泉酒。"(《自哈密至苦水铺作》)

洪亮吉西域山水诗不但真实地记录了那片让人梦牵魂萦的奇丽山川，具有空前的生态美学价值，而且还激情四溢，长歌吟啸，用雄浑嘹亮的歌喉深情地赞美了天山南北纯净不染，圣洁无尘的冰峰雪原。天山，是东西向横贯中亚地区的一条大山脉，它跨越中国、哈萨克斯坦、吉尔吉斯斯坦、乌兹别克斯坦等国。因常年积雪，故名白山，又称天山。汉以前匈奴称天山，唐代又呼折罗漫山，高二万一千九百尺，长二千五百公里，宽二百五十至三百公里，平均海拔五千米，其主峰分别包括托木尔峰（海拔 7435.3 米）、汗腾格里峰（海拔 6995 米）、博格达峰（海拔 5445 米）。天山山脉是新疆的分界线，南为塔里木盆地，北为准噶尔盆地。今之天山，在地域和方位上与古代有所区别，古人称祁连山为天山。《读史方舆纪要》曰：“祁连山，在甘州卫西南百里。山甚高广，本名天山，匈奴呼天为祁连也。……《西河旧事》：‘祁连山在张掖、酒泉二郡界，产松柏五木，美水茂草。山中冬温夏冰，宜放牧，牛羊充肥，乳酪美好。’……今自张掖以西，其大山多以祁连名。”[①]《读史方舆纪要·哈密卫》曰：“天山，在卫北百二十里。志云：哈密北有大山，其三面皆平旷是也。亦谓之伊吾北山。……亦谓之折罗漫山。……本名天山。番名折罗漫山，匈奴至此必下马拜。一名雪山，其南二里有盐池。”[②]又曰：“天山，在吐鲁番西北三百余里。……亦名祁连山，亦谓之白山。……唐龙朔二年薛仁贵破铁勒之众于此，所云‘将军三箭定天山’者也。天山盖西北之大山，与哈密相接。”[③]《清史稿·地理志·新疆》记曰：“迪化（今乌鲁木齐），……天山自西来，横亘境南。”又曰：“温宿府，……汗腾格里山为天山最高之峰，由县（温宿县）西北蜿蜒东北，为与伊犁府及俄罗斯界山。”《清史稿·地理志·外蒙古》载述曰：“南路旧土尔扈特部四旗：在喀拉沙尔城北，当天山之南，珠勒都斯。……天山，一名祁连，一名雪山，一名白山，又曰折罗漫山。自叶尔羌西南蜿蜒而来，曰葱岭，至辟勒玉

① 见《读史方舆纪要》，第 2472 页。

② 同上，第 3045 页。

③ 同上，第 3048 页。

山分脉。”[①]《清史稿·地理志》此条对天山走向、形势辨审颇详，有志者可参阅。限篇幅，不多引述。

洪亮吉的《天山赞》是这样描述并赞美天山的：“自凉州以西抵伊犁，凡七千余里。地势积高，天形转下。其横亘南北，界画中外；戴雪万仞，排云百重，半岭以上，灵禽不飞；百步之外，晴霰尚炫者，皆为天山，亦名雪山，北人所呼为祁连山也。……悬溜飞瀑，高逾石门，云液石乳，百倍天目。……是则天地之奇，山川之秀，宁不待千百载后怀奇负异之士，或因行役而过，或以迁谪而至者，一发其底蕴乎！”[②]洪亮吉写以天山为主体的西域山水长歌包括：《天山歌》《松树塘万松歌》《自乌兰乌素至安济海雪皆盈丈十余日不见寸土因纵笔作》《凉州城南与天山别放歌》等。这些篇章感情激越，用心专注，它们不但是诗人用文字结撰而成的山水放歌，而且还是诗人用心血凝成的灵魂呐喊。如写初见天山，一洗凡尘的惊艳心情，他说：“地脉至此断，天山已包天。……峰形积古谁得窥，上有鸿濛万年雪。……人行山口雪没踪，山腹久已藏春风。始知灵境迥然异，气候顿与三霄通。”天山以万年不释之冰雪渐次净化了诗人的心灵，使他在困顿失意的绝境中有浴火重生的涅槃感，因此，他一见天山便心潮高涨，连用对比的手法表达了对天山无限崇仰的激情：“连峰偶一望东南，云气濛濛生腹背。九州我昔历险夷，五岳顶上都标题。南条北条等闲耳，太乙太室输此奇。”(《天山歌》)写天山之麓万松合围，参天蔽日的壮观景象，他说：“一峰云青一峰白，青尚笼烟白凝雪。一松梢红一松墨，墨欲成霖赤迎日。无峰无松松必奇，无松无云云必飞。……天光云光四时绿，风声泉声一隅足。……好奇狂客忽至此，大笑一呼忘九死。看峰前行马蹄驶，欲到青松尽头止。”(《松树塘万松歌》)写天山一路雪光天光互相交映，道途混茫的气象，他说：“乌兰乌素迄安济，十日见天不见地。有时天亦被雪遮，天与雪光原不异。惟交日午与月午，日月破空光独丽。”(《自乌兰乌素至安济海雪皆盈丈十余日不见寸土因纵

---

① 见《清史稿》，第 610 页。

② 见《洪亮吉集》，第 1053 页。

笔作》）从“乌兰乌素至安济海”，雪光如银，天光一线，雪、日、月三影徘徊，构成奇幻闪烁的奥秘幽境，这一切被诗人细细道来，就有上下亿万年，纵横无边际的空茫感：“昆仑去天才咫尺，日月藉此相隐蔽。……山倾西北悉破碎，河界天人此分际。”洪亮吉一生阅山无数，九州历其八，五岳遍题名，但没有一座山象天山那般给诗人带来心灵上的震撼和升华，在他人生处于最低潮，心境落入万丈深渊的瞬间，是天山用圣洁的雪水为他洗去满腔的郁积，在人与山相聚的短暂时光里，洪亮吉的心魂始终萦绕在天山的冰峰雪谷间。因此，和天山告别时，诗人已将圣洁的雪山当成依依难舍的亲人，大有黯然销魂、肝肠崩摧的哀感：“去亦一万里，来亦一万里。石交止有祁连山，相送遥遥不能已。……天山天山与我有夙因，怪底昔昔飞梦曾相亲。但不知千松万松谁一树，是我当时置身处。兹来天山楼，欲与天山别。天山黯黯色亦愁，六月犹飞古时雪。……明朝北山之北望南山，我欲客梦飞去仍飞还。”（《凉州城南与天山别放歌》）

洪亮吉的西域山水诗以自然写实的风格，激越奔放的感情，人与山川相知相交的悟境，别开新声，使中国古典山水文学的发展呈现了前所未有的多元格局。

（三）“预知前路应长往，从此余年号更生”的晚期山水诗

嘉庆四年，因言获罪遣戍伊犁，嘉庆五年，被“赐环”归里，洪亮吉的生活发生了天地翻覆的巨变。归来后，诗人不但变号曰更生，而且从生活方式、人生态度等方面彻底颠覆了早、中期孜孜以求科名的世俗状态，转向追求自然、崇尚质朴，以交游、讲学和纵情山水为旨归。在里中，他常与赵翼等一大批诗友赏花吟诗、消闲步月，为“壶碟之会”；前后主讲皖南洋川书院、扬州梅花书院（梅花书院因诗人嫌其“酬应较繁”，嘉庆七年二月到任，四月乃辞归，“仍赴洋川书院”。笔者注）经历生死轮回、谪戍大劫，诗人对世情、世态大彻大悟，除交游、授学外，全身心投入江浙一带的名山胜水，让自然的生机来激发他几近衰暮的活力。概览这一阶段山水之作，洪亮吉晚年的游历有三个明显特征，一是因“生平性嗜山水”而游踪往还频繁；二是因“自奉明旨，不令远出”而游历范围大大缩小，基本限于江、浙、皖一线；三是因对自然忘情冥志的

沉溺，将其视为“饥之于食，渴之于饮，未尝暂离”（《平生游历图序》）[①]的心灵伴侣，故而他的晚期山水诗题材宽广，数量丰厚，非常人所可比拟。从嘉庆六年放还归里，到嘉庆十四年逝世，洪亮吉赏游山水、纵情自然的步履从未辍息，据《洪北江先生年谱》所载：“六年辛酉，……六月，避暑焦山定慧寺；……七月，孙总戎廷璧邀游太湖东西二山，遂至消夏湾观荷。十月，松太道李观察廷敬邀游吴淞江，镇洋汪庶子学金邀游趣园，遂自苏州遍游娄东诸胜而返。是岁，得诗二百十九首，文三十一篇。”“七年壬戌，……八月，青阳陈明经蔚邀游九华，历天台东岩诸胜，复游黄山，浴朱砂泉，重至洋川书院。……十二月，吴江徐待诏达源邀游黎里，旬余而返。”“八年癸亥，……二月，……因游京口诸山，遂至平山堂看梅；……十一月，自洋川由水程沿江至芜湖，……游后湖蟂矶诸胜；……因至句容茅山，遍游青元馆、华阳岗、乾元观。”“九年甲子，……同年邢大令澍邀游长兴龙华寺，遂泛湖至长兴，……八月，重游上海，……以中秋夜泛月至吴淞江，饮宴达旦。……十月，……登狼山绝顶，望海，访水绘园故址，……十二月，至苏州，游天平支硎诸山，久住吾与庵，遂往邓尉香雪海探梅而返。”“十年乙丑，……正月，自宜兴渡太湖至长兴，偕诗僧巨超游卞山，遂自湖州至天台，遍游天台石梁、赤城、琼台诸胜，宿桐栢宫国清寺，数日而返。……八月，旋里，复为太湖包山之游，遍访石公山、林屋洞、绿杨湾诸处。……十月，由京口溯江至星子县，登匡庐绝顶，自香庐峰历石门涧、天池、佛手岩、黄龙涧、秀峰寺诸胜。”“十一年丙寅，……正月，至杭州，以元夕泛舟西湖，遂至余杭县，遍游径山、大滌山诸胜，宿洞霄宫，回舟复至邓尉看梅。……七月，自宁国至泾县，遂由旌德、太平往游黄山，浴朱砂泉，宿紫云庵，复自黟县、祁门溪行至崇安县，游武夷山，遍历九曲溪及天枢、玉女诸峰，入桃源紫云洞，自上饶、玉山舟行旋里。”“十二年丁卯，……正月，往游金焦二山；……二月，舟行至於潜县，游东西天目山；……八月，嘉兴李太守赓芸邀游烟雨楼，遂游常熟虞山，至嘉兴，复渡浙江至绍兴，登北幹山，访快阁

① 见《洪亮吉集》，第1073页。

天池之胜。”“十三年戊辰，……是月(指三月——笔者注)，自江阴渡江至通州，游云台山及狼山，登支云塔，观海。……十月，江行至汉阳，访洪山、南湖、晴川、黄鹤之胜。……十二月，游荆溪南山，入张公洞里许而还。”“十四年己巳，……正月，至苏州邓尉看梅，久憩吾与庵。三月，重游焦山，小憩定慧寺及海门菴。……(五月)十二日，气息渐微，……未刻，先生卒。”①

晚年的洪亮吉因主客两方面原因，没有象早、中期那样恣情畅意，五岳题名，但就其山水诗风而观，他并没有因遭受挫折而低沉，或悲抑酸楚，相反，与前期比较，则更澹荡怡然、激情满溢，处处回荡着诗人皈依自然、适意净土的悠远心声。如：

花光碍月舟不前，花气薰客宵难眠。三更一棹破花出，客梦尚结花香边。东山荷花十里长，千枝万枝送客忙，花朵露滴波心凉；西山荷花一湾好，千枝万枝迎客早，曙色上波花愈姣。杨梅树绕荷花湾，深紫已落新红殷。荷花香破梦亦阑，再转已入仙人关。

——《初九夜乘月自东山放舟至西山消夏湾宿荷花内》

江波宽处突一山，水势壁立山弯环。潮平风静三百里，极目不到金焦间。焦山长老谁能待，(诗人自注：时僧清恒约游焦山)我跨石龙思过海。卅年前客无一存，只有马驮沙未改。楼头辟牖看八荒，落日正照沧溟黄。云生云灭尔许忙，来日飞雨今宵凉。

——《登君山望靖江泰兴诸县作》

曲江涛头天下奇，此邑还居曲江上。晨昏信早一二时，诡谲观真万千状。灵符昨到广利王，十万水族推潮忙。宁惟日月色黯惨，亦觉天地同回皇。前驱已过尖山顶，塔上客来争引领。……空中倏忽地轮转，梦里突兀天山倾。观潮万众都缄口，拜浪群神亦低首。天帝分明呼吸通，海山忽觉低昂久。……前潮甫过后潮续，至小涛头亦千斛。山楼一一惊没脊，水府明明难

① 见《洪亮吉集》，第2384—2353页。

驻足。潮升潮落曾几时，白气一线中如驰。星芒几点险欲落，塔影七级危难支。君不见，丈夫怀抱居然别，俯仰随人究何必。不逐回潮东向奔，世间惟有西驰日。

——《出海宁城东登塔院看潮》

一峰云中欹，一峰云外碍。峰峰随意转，各各逞向背。思穷旦昼晚，看遍头腹背。天门有时敞，地穴或全晦。峰峦频出没，日月惊破碎。……余山千万顷，青翠都割爱。静看香炉峰，云烟起炉内。

——《过西林寺饭并望香炉峰拜经台诸胜》

一石叠一石，腹背莓苔青。……洞边香气何濛冥，洞里五百仙人庭。……琴声琮琤水声绕，只有古今无暮晓。……清冷之渊乐有余，白石已有群灵趋。低头我讶蛰涧龙，岂知仙人仰此若采虹。……欲为石梁歌，久向蓝桥坐。狂甚思敲石门破，仙人应复煮胡麻，留我高斋作清课。

——《续天台石梁歌》

千峰尽南披，突有数峰峙。初阳天半出，五色露华渍。高黏萝薜影，恍建赤白帜。棱棱齐振翮，一一思出世。又疑古畸人，天外举头势。遂令云影疾，俨若电光掣。鸦背落磬声，心知定谁寺。……龙烟开万井，鸟道分四至。丹梯九千仞，合建祝融治。峨峨武夷君，不敢学平视。

——《崇安县屏南桥正望武夷》

山形如石帆，跨海欲东出。狂潮拦不住，倖有海门扼。江波揉绿沧溟黄，天外一发通扶桑。金乌玉兔飞走何太忙，似讶石腹藏天狼。……蜃楼海市倏忽不及见，夜夜吠蛤喧山陬。……君不见，山形万仞塔百尺，海上巨鼇支不得。何况浮云本无力，不然天风拔起瞬息不得停，飞作大海南头化人宅。

——《登狼山》

上列各诗，分别创作于诗人晚期几次大型的畅游活动，它们以长歌的体式，吟唱出了诗人纵意山水，放任自然的高蹈情怀，与同期创制的其它山水篇章一道，汇成了一组组绚丽斑斓、气韵极其生动的山水诗群，这些不同时段，不同游赏地域生成的山水诗群犹如一簇簇闪烁光华的群星彼此辉映，且和谐地构成晚年洪亮吉山水诗波澜壮阔的宏伟画卷，为他毕生的山水诗创作留下一个余音袅袅、回味隽永的尾声。

《初九夜乘月自东山放舟至西山消夏湾宿荷花内》是诗人关外归来，应苏州友人“孙总戎”之邀（孙总戎，即孙廷璧，洪亮吉诗注谓其“为庚辰科武探花”，庚辰即乾隆二十五年，曾任江南苏松镇总兵官，后调任浙江提督。笔者注）前往洞庭西山消夏时所作。尽管经历遣谪之累，西行之苦，但诗人的内心依旧安详闲澹，波澜不起，当他月夜乘舟泛湖，面对接天莲叶、亭亭荷盖时，内心的无限柔情被月光、“花光”所唤起，他循“花气”一路“破花”而“出”，“东山荷花”十里不断，花心滴露，含羞带娇；“西山荷花”“一湾”无垠，碧叶点金，仪态万千，诗人醉入花丛，枕一天风月，拥满湖荷香，这是一幅怎样令人心醉神惊的“月夜睡荷图”！

洪亮吉自嘉庆六年至生命终止的最后岁月，多次留连于苏州的山光水云间，他把自己对姑苏山水的痴情融成浓浓的诗情，就形成如珠如玑的清绝章句，其主要者如：《夜携酒至湖口望缥缈峰作》《消夏湾歌赠蔡博士九龄》《雨花台待同人不至》（以上嘉庆六年作品之一部）；《昆山登文笔峰回憩花神庙作》《淀山湖舟中望九峰作》《支硎山杂诗》《天平山》《花山》《中峰》《十六日早泊舟米堆山至元墓探梅道中作》《还元阁》《香雪海》《光福镇》（以上嘉庆九年作品之一部）；《石湖串月歌》《包山杂咏十二首》《廿三日自石公山至林屋洞游毕乘大风度湖历三山峡鼋山诸胜抵东山绿杨湾宿》（以上嘉庆十年作品之一部）；《自天平后山度岭至莲花洞》《中白云寺久憩》《邓尉看梅杂诗》（以上嘉庆十一年作品之一部）；《过言子巷》《破山寺》《拂水岩》《剑门》《吾谷》《自城北登虞山日晚始抵城西》《自昆山至嘉兴道中》（以上嘉庆十二年作品之一部）；《自白云泉复至寒山》《白云泉晚步》《自万峰台看梅回途抵香雪海》《邓尉山后憩万峰台》（以上嘉庆十四年作品之一部）。上述篇目的简单罗列，不但明证诗人对姑苏山水的眷恋，而且透过这些山水之作，亦可鉴别诗人心态、诗风嬗替之印迹。姑苏山水,光风霁月,清澈圆润,与诗人里居之乡一衣带水,故此,在洪亮吉笔下,苏州风物呈现了委婉多情、清淡融和的特征:"探奇绝顶云全墨,语怪空堂烛半青。久雨半城笼湿雾,回风四壁走精灵。"(《昆山登文笔峰回憩花神庙作》)"珠光初稀月光腻,倒影射天天作地。……全湖何止波影凉,江海苍茫贡清气。……三更归梦过虎邱,十里水光飞不断。"(《石湖串月歌》)"春光艳艳春花放,香气熏人百千丈。花光作雪雪作云,一片冥濛荡波上。"(《探梅先至香雪海待同人久不至》)"湖外冥濛晓色开,万花深处暂徘徊。何愁花底眠难醒,天半松涛刮梦来。"(《邓尉看梅杂诗》其三)

《登君山望靖江泰兴诸县作》是诗人乡居的日子,呼朋唤友,樽酒酹月时创作的闲情之作。君山,在常州者有两处,一在宜兴县,《读史方舆纪要》曰:"君山,县西南三十里,旧名荆南山,以在荆溪南也。高二百三十仞,周八十五里。山岭有池,岩洞绝胜。"[①]一在江阴县,《读史方舆纪要》载:"君山,城北一里,县之主山也。突起平野,俯临大江,一名瞰江山。……又北四里曰黄山,与君山皆以春申君名也。峰如蓆帽,上有石室为杨吴时烽火之所。"[②]洪亮吉所登君山乃江阴之君山。诗人独立山巅,只见"江波宽处","一山"突起,"水势壁立","极目"大江两岸,"金焦"苍茫,透过"楼头"窗棂,遥望"八荒","落日"照临江海,一抹悲壮的血色正渐次染红天地,"沧溟"空阔,"云生云灭",诗人心绪随江潮起落,神魂冥入自然无极限的寂静。常州,是洪亮吉梦魂牵萦的故里,尤其经历生死劫难后,他对故乡更加依恋,在生命走向终点的数年间,他穿梭驻足于故乡的一山一水,一草一木之间,或探奇于茅峰,或避暑于金焦,或徜徉于湖畔,或倚杖于篱外,总之,从嘉庆六年到嘉庆十四年,洪亮吉没停止过对故土绮丽山川的欣赏和歌吟。撮其要目,大致有:《十五夜独至云豁步月》《观音厓待月》《月波台夜坐》《十三日早至别峰庵看日出》《镇海楼》《过三塔荡》《焦

① 见《读史方舆纪要》,第1237页。

② 同上,第1242页。

山》《滆湖夜望》《山北寻老君垂云诸洞》《侵晓月波台看日出》《舟过黄天荡作》《人日自京口至焦山》《枕江楼望北固山》《江岸晚步》《雨行三十里至乌溪》《自蜀山抵乌溪》《大风上君山绝顶望孤山偕黄大令鹤陈茂才增同赋》《晓发象山渡》《观音厓看落照》《泊舟幕府山下》《新丰镇》《丹徒镇》《自焦山放舟》等。

《出海宁城东登塔院看潮》写著名的钱塘观潮盛况。海宁，明清时属杭州府辖。《清史稿·地理志》曰：“海宁州，疲、繁、难。府东北百七十里。东：黄湾山，临黄湾浦入石墩山，迤东凤凰山，并建炮台。浙江西南自仁和入，出鳖子亹为大海。自海盐至此，潮流倒灌，与江水相薄，此为浙西第一门户。”①因为“潮流倒灌，与江水相薄”的奇特自然现象所致，钱江大潮如千军万马，席卷而来。洪亮吉嘉庆九年间道海宁，出城登上“塔院”观览了“诡谲观真万千状”的“曲江涛头”。诗人通过视觉、听觉多种感官体验，用夸张、比喻、拟人等手法，将海宁江潮激荡的雄壮场面描绘得令人骨折魂惊，回思无穷。

《过西林寺饭并望香炉峰拜经台诸胜》，是洪亮吉嘉庆十年秋十月专程登匡庐时所作。诗歌用神出鬼没之笔，精致雕琢之工，细腻而准确地刻镂了匡庐“峰峰随意转，各各逞向背”的奇幻多变风姿。

与乾隆四十八年的《舟中望匡庐》不同，此次诗人是真真切切地跃上号称东南圣地的庐山。《初入匡庐山》，他便被其“双峰挺奇峭，五老散枝络”的清峻雄放气势所倾倒，于是振衣疾呼道：“南瞻隘衡湘，北望小潜霍。盥手告上真，兹当作南岳！”出于对庐山的热爱和敬畏，诗人的匡庐山水诗和此后的武夷山水诗一样，皆用雅正醇厚的五言古体作为叙述形式。五言古体以细腻工稳、绵密精緻而见长，利用五言古体创制山水诗，能使所表现对象达到形神毕肖的艺术效果。如写庐山涧水飞流、危岩突出的清峻景象，他说：“横峰支危樯，直石立削岸。翠雨屋上飞，清泉竹中乱。”（《由石门涧日昃抵报国禅林宿》）“千岩束一涧，至此忽奔恣。……惊兹百盘溜，时堕九霄翅。……潭虚目尤眩，石坠项惊避。……陟险望始惊，空潭走龙气。”

① 见《清史稿》，第533页。

(《度横岭至栖贤寺》,诗人自注:寺外即龙潭及三峡桥)再如写庐山上负青天、下临绝地的高峻气势,他说:“一线蟠十里,危崖接青冥。……濛濛万重山,荡此天宇青。危楼揖高真,颊压瞰沧溟。”(《凌晨自锦涧桥登峰顶寺历观天池文殊台聚仙亭诸胜》)“一拳危支天,一掌狠擘地。何年巨灵手,划此天地际。……森然排玉爪,曲折走青气。”(《从天池至佛手岩久憩并寻访仙亭白鹿升仙台故址》)又如写庐山云雾缭绕、瀑水倒激的气象,他说:“汹汹何隆隆,绝顶出悬溜。目眩耳久惊,心清齿先漱。……双瀑合一流,千弦恍齐奏。……平生耽胜赏,似此实奇觏。”(《秀峰寺看飞瀑并久憩白龙潭夜留宿七佛楼作》其一)

庐山诗群,除上列主体歌吟,还有与其相关的序曲与尾声,诸如《舟过小孤山以风利不得泊率赋一篇》《是日晚泊舟金家漻回望小孤山作》《庐山道中杂诗》《抵白鹿洞书院》《十四夜游白鹿洞乘月至郭岭村宿》《十五日五鼓度吴郭岭》《登九江城望琵琶亭》《过湖口望石钟山》等。

《续天台石梁歌》是《天台石梁歌》的姊妹篇,两诗前后相继,写尽了浙东名胜天台山石梁瀑布骇人心目的壮丽奇观。诗篇用擅于抒情的歌行体,大气排荡,大声噌嗒,如横风忽来,席卷四野,天台之高挺,石梁之狂放,在洪亮吉笔下得到了完美呈现:“眼中飞瀑从天堕,忽觉苍龙跨中过。……欲前不前疑骇麢,欲落不落同崩云。石梁尽处转危坐,足底雷鼓何殷殷。”(《天台石梁歌》)嘉庆十年,洪亮吉扬帆东来,舟航直指天台石梁,如果将其与乾隆四十一年的天台雁荡之旅相比,则区别显著存在:前者时日仓促,后者则更显从容;前者所历范围极其狭窄,后者则观尽天台一带人情风物;前者浮光掠影式地观览,故而所制山水诗篇章既少且泛,后者沉心冥志,搜幽发微,对天台进行深度体验,故此,其山水歌唱纷繁陆离,如一场音声嘹亮、韵律悠扬的水陆法会,令人耳目俱爽。

嘉庆十年,早春二月,诗人从钱塘发舟,过鉴湖,出曹娥江,历剡溪,在嵊县舍舟“乖山舆”,最后到达天台清凉寺,拉开了天台石梁之游的帷幕。这次观瞻天台壮景,诗人前后创作各体山水诗数十篇,其中代表性的有:《斑竹岭》《初四日入天台宿清凉寺》《过万年岭》《天台石梁歌》《续天台石梁歌》《方广寺夜宿》《出方广寺雨》《寒风岭遇暴风》《初六日抵桐栢宫止宿夜起看雪》《雪霁自桐柏宫至赤城道中作》《上赤城山憩上下二寺》《初七日抵国清寺》《初九日雨止发国清寺》《华顶望海》《关岭望天姥峰》《初十日月夜从剡溪放舟未晓已抵蒿坝》。天台石梁一路行来，诗人悟彻了人生如幻的至理，在总括此游的长诗《十一日晚抵山阴二鼓复偕王衍梅，陈景初诸人乘月泛鉴湖复登快阁主人出酒痛饮至夜半乃返》(诗人自注：快阁即宋陆放翁故宅)中狂歌慨叹曰：“能闲尽荷主恩赐，蜡屐游遍江南山。天台十日游方足，更放轻舟此湖曲。……君不见，放翁诗名盖今古，亦化会稽山下土。人生不乐当奈何，努力且进金叵箩。垒垒古冢何其多，我携丝竹环冢过。商声羽声响入波，地下倘欲闻高歌！”

《崇安县屏南桥正望武夷》为诗人游武夷山时创作的山水佳作，嘉庆十一年，洪亮吉在游遍苏、杭、黄山之后，于是年七月乘舟由“黟县、祁门，溪行至崇安”，遍历武夷九曲之胜。他把此行山水之作结集在《武彝九曲集》中，其中包括往返途程所作山水诗数十篇，主要者有：《水程自祁门至浮梁道中》《晓过景德镇》《圭峰山》《铅山县桥亭遥礼武夷山作》《度紫溪岭》《度分水岭》《自路口塘至羊肠望武夷支山作》《崇安县屏南桥正望武夷》《自崇安城外至九曲溪道中作(十六首)》《武夷山谒冲祐观兼望武夷诸峰》《入第一曲宿水光厓望天枢玉女诸峰》《舟行第二曲望虹桥板厓》《舟经钓鱼台并度溪望仙人桥诸胜》《接笋厓以索断不得上仅寻仙人掌云寮泉诸胜而返》《自六曲溪上岭五里至天游莽》《自金鸡岭入桃源洞》《九曲溪尽已抵星村偶登木架桥望迤西诸岭》《回舟自第一曲沿岭至止止庵复古庵紫云洞久坐大王峰下》《廿一夜五鼓乘月登盘珠岩历落石精舍天心庵迷路久之甫得登舟》《採茶歌》《九曲溪放歌》《自崇安溪至建阳》《题建阳北郭闽王庙》《过邵武府》《乌君山道中》《抵乌君山》《初七日早渡云礤岭》《铅山澄波桥作》《上饶道中》《过兰溪》《舟行将抵建德》《过严陵滩》《七里泷》等。洪亮吉和袁枚游历武夷九曲时差二十年，当时袁枚七十一岁，洪亮吉六十一岁，袁枚离辞世十二年，洪亮吉仅剩三年。两人的性情同中有异，而诗风同质异构，袁、洪两人互相推重，共同鼓吹性灵，所以性情相投，诗学相近，但在具体创作方法和诗意构建方面他们却显出独异的特征。袁枚的武夷山水诗以七言长歌为主，重在情感的抒发，间或杂以哲思与颖悟；洪亮吉重在山水形貌的刻画和渲染，其主体格式多选五言长律，偶或用七言长歌来抒发游山之乐，人生之悟，使其武夷诗群充满逼真形象，且大气回旋的艺术魅力！

《登狼山》是一首登临放目的抒情之作。洪亮吉分别于嘉庆九年应如皋汪为霖之邀往通州，登狼山之巅望大海，访冒辟疆水绘园遗址；十三年复渡江至通州，游云台山、狼山诸名胜，登支云塔观海。两次出游，诗人均有登临骋怀之作。通州，俗呼南通州，与直隶通州相对而言。明代属扬州府，清雍正三年升直隶州。《读史方舆纪要》叙其形势曰："州据江海之会，由此历三吴，问两越，或出东海动燕、齐，亦南北之喉吭矣。周显德五年取其地，始通吴越之路，命名通州，良有以哉。"[①]狼山，一峰雄峙大江之滨，风光壮阔峻美，遥望大海苍茫，俯瞰江波涌动，凡游通州者，必登其巅以骋怀送目，慨然长啸。洪亮吉游通州，每次都要眷顾狼山，留下情感激荡，意境高远的山水诗章，如《自通州南门车行至狼山道中作》《登狼山绝顶浮图》《狼山即事四十韵》(以上嘉庆九年作)，《廿四日自通州南门至狼山道中作》《登狼山》(以上嘉庆十三年作)。狼山，在通州南十五里，与塔山、军山、马鞍山、刀刃山相连属，故又称狼五山。相传有白狼居此，故名狼山；又传其山形如狼，所以名狼山。狼山，在清代为军事要塞，设炮台，狼山镇总兵驻。通州地界江海交汇，隔江与苏州常熟、太仓，松江崇明相望，所以境内海波万顷，平畴千里，令人有心情旷达、神理超迈之思："折残岸柳三春绿，来看榑桑初日红。"(《将抵通州先柬唐州守仲冕》)"天河清浅鱼浪迟，欲吸海水成天池。……月光盖地不盖天，月色暗处浮青烟。"(《海上明月歌》)"行尽江边历海边，濛濛细草欲生烟。"(《舟行》)"几点星光斗日华，乘车无异泛浮槎。……蝃蝀赤占今夜雨，酴醾黄绽昔年花。"(《李家港陆行至云台山》)"万树梨花欲吞海，十年螺蛤竟成山。……尤喜近郊墟落好，小桥流水自成湾。"(《廿四日自通州南

① 见《读史方舆纪要》，第1150页。

门至狼山道中作》)“海结雷霆阵，江浮鹅鹳军。天南青一发，黄欲入斜曛。”(《支云塔观海》)“平岗高下草芊绵，矮屋疏篱并及肩。一晌东风谢披拂，倒吹麦浪上青天。”(《如皋道中》其二)上举各例，清空明艳，碧洗如玉，与《登狼山》《登狼山绝顶浮图》《海上明月歌》《狼山即事四十韵》等长歌一道，形成了洪亮吉通州山水诗起伏跌宕的优美旋律。

洪亮吉晚期驻足以常州为半径的江南山水中，他此阶段的山水诗在风格和韵致上与早期有着高度同一，清新淡然，和平宁静，不愠不怨，亦温且润，虽然经历了中期因人生大劫而激变的山水诗创作风格的蝉变过程，但诗人始终心境平和坦荡，其诗风依旧淡然宁静，如水面清荷，浅浅地散发着醉人的幽香。因限篇幅，洪亮吉丰硕而大美的晚期山水诗不能得以全面展示，但就以上点线结合式的粗笔勾勒，我们足可大慰平生！

洪亮吉性格梗介，不随俗流，为人正直，《常州府志人物传》评曰：“亮吉性刚急，好古人偏奇之行，喜游，登黄山天都峰绝顶，入茅山石洞，持烛行数里，放舟上洞庭缥渺峰，大风浪吟啸自得，皆人所难，而气质沈厚，可任大事。”洪亮吉啸傲自许，不俯仰时俗的激慨情怀必待其诗作喷薄而出，如“一种幽兰叶，惊披剑戟林。……干吐清商气，歌成变徵音。”(《题史阁部可法为吴进士易题杨兵备龙友画兰卷子》其一)“画笔同诗笔，中含万古冤。奇香出空谷，白日堕高原。”(同上，其二)“史阁部”、“吴进士”、“杨兵备”皆明末抗清死难的烈士，洪亮吉通过褒扬称美他们的高风亮节，抒发了心头郁积的英雄气概，其诗格符合“性刚急”的人格特质。洪亮吉一生爱憎分明，他非常厌恶“乡愿”式的伪君子，对儒家信奉的“中庸”之道进行过有力批判，正如其诗中挚友孙星衍所评：“不能容物，好古人偏奇之行，每恶胡广中庸，不悦孔光、张禹之为人。”(《翰林院编修洪君传》)[1]

洪亮吉性格偏急，不喜“中庸”，但其山水诗却终生未改其风韵，

---

① 见《洪亮吉集》，第2358页。

虽然经历中期黔省奇异山水的感染，尤其西域雄放山川的转捩，但洪亮吉的山水诗一如既往的淡雅安详，不温不火，不疾不徐，如同智者倘佯大江之畔，又若静女待月西厢之庭，显示了洪亮吉“白鸥无梦到云霄”（《山径晚步》）的坦然心态，及其“开窗看水水色空”（《天池歌示陈秀才鸿熙》）的独特美学趣味。

洪亮吉被时人公认的是游历遍九州的奇险经历，被他本人津津乐道的还是足履印遍三山五岳、塞外边徼的游赏盛事。这丰富的游览经验，形之笔墨，便成一篇篇含英咀华、独绝天下的山水诗篇。如若以山水诗成就考量，洪亮吉的贡献是巨大的，他的具有审美性、艺术性和纪实性的伊犁风光山水诗成为中国古典山水诗史上的巅峰之作。

第二节 “一泻作墨瀋”“泼写山川奇”

——黄仲则的山水诗

常州诗群，集诗人、学者和仕宦于一身的人物比比皆是，但真正以诗人，而不以学问名天下者除黄仲则景仁，则别无他人。黄仲则不仅在常州诗群，即使在清代诗史上也是袁枚之外鲜有的纯粹抒情诗人。他的诗充满了楚骚之忧、史迁之愤、青莲之飘逸、工部之沉郁、义山之绮丽、坡公之挥洒，融众家之长而兼众家之体，汇集前贤之逸思，又旁出机杼，自成一家，形成清代乾嘉诗坛上一股突然而至，又飒然而逝的飚风，令人遥望仰止，回味不穷。

一、黄仲则的生平和诗歌创作

（一）黄仲则的生平

黄仲则（1749—1783），名景仁，字仲则，又字汉镛，自号鹿菲子。据洪亮吉《行状》所载，黄仲则先世乃出北宋著名诗人黄庭坚，南渡后，由江西鄱阳迁江苏武进，“遂为武进人”。祖父大乐，以岁贡生的身份任职江苏高淳县学训导，仲则生于其祖父任所并“祷于学宫”，故小名曰高生。生数岁，其父弃世，由祖父大乐抚养成人。他生性颖悟，八、九岁时即能制举文，应童子试，在武进应试三千人中“冠其军”，受到时任常州知府潘恂、武进知县王祖肃的赏识。

黄仲则秀外慧中，其风仪美妙，独立人群中，望之如鹤，慕名与之订交者争先恐后，仲则对其皆不顾，有人认为他是英伟奇才，有人则称他为狂生。乾隆三十一年，黄仲则就童子试，在江阴和洪亮吉遇于“逆旅中”，二人一见甚欢，“遂订交”。后又同游于常熟邵齐焘门下。(邵齐焘，字叔宀，昭文人。乾隆七年进士，曾主讲常州龙城书院。笔者注)邵齐焘和黄仲则名为师生，情实同父子，邵齐焘对黄仲则奖掖呵护有加，故黄仲则在恩师逝世后哭得哀感万端，令人动容不已：“我生受恩处，虞山首屈指。我愧视犹父，视我实犹子。”(《哭叔宀先生兼怀仲游》其一)“枫林一万树，血泪为之殷。”(同上，其三)黄仲则家贫，又不愿授徒以谋生计，故而前后往杭州、歙州拜访潘恂、王祖肃，往湖南拜见王太岳。乾隆三十六年，朱筠督学安徽，延请洪亮吉和黄仲则入幕中。数年后，洪亮吉、黄仲则游陕西巡抚毕沅幕，毕沅因爱黄仲则才华，遂出厚资为其捐前程，乾隆四十一年，皇上东巡召试二等，例得主薄，入资为县丞，铨选临近之时，黄仲则为债家所逼，再次抱病越太行，出雁门，因不堪忧困，遂病逝于河东盐运使沈业富运城官署，卒年三十五岁。

(二) 黄仲则的思想和人格特质

黄仲则英年早逝，给世人留下太多的缺憾和遗恨，但作为一个绝尘独立的诗人，不管是当世，还是后代，黄仲则皆受到世所公认的崇高礼遇。

黄仲则少年早孤，家境贫寒，又加才华横溢，所以他的性情中最主要的特质是落落寡合，不主动与人交往，对此，时人多有评说：“君性不广与人交，落落难合。”(洪亮吉语)“性疏放，落落寡合。”(吴兰修《黄仲则小传》)把这种个人身世和世运盛衰相互促成的“疏放”“落落难合”的凄苦心态融入抒情的诗章里，就产生“如咽露秋虫，舞风病鹤”一般的奇警诗魂。如写身世之苦，他说：“有酒有花翻寂寞，不风不雨倍凄凉。”(《重九夜偶感》)“搴帏拜母河梁去，白发愁看泪眼枯。

惨惨柴门风雪夜，此时有子不如无。”(《别老母》)“茫茫来日愁如海，寄语羲和快着鞭。”(《绮怀》其十六)“寒甚更无修竹倚，愁多思买白杨栽。全家都在风声里，九月衣裳未剪裁。”(《都门秋思》其三)“贫是吾家物，其如客里何？……心迹嗟霜梗，生涯辨雨簔。”(《移家来京师》其六)再如写世路不平，命途多舛，他说：“我生万事多屯蹶，眄到将圆便成阙。”(《中秋夜雨》)“关河容易入斜曛，独立苍茫数雁群。……我意先秋感摇落，泽蒲汀柳漫纷纷。”(《晚眺》)“穷途日暮皆倒行，更达漏尽钟声鸣。浮云上天雨堕地，一升一沉何足计。……天空海阔数行泪，洒向人间总不知。”(《悲来行》)“神清骨冷何由俗，凤泊鸾飘信可哀。……闻道玉皇香案下，有人怜我在尘埃。”(《失题》)“病马依人同失路，冷蝉似我只吞声。”(《旅夜》)“奈何处一世，俯仰同纍囚。……恨随孤蓬发，思逐纤尘流。”(《秋兴》其二)如果表象地看，单从身世入眼，黄仲则抒情感怀，甚至写景状物的诗确实充满悲感凄切的气氛，满目皆见愁、苦、忧、愤的字眼，但披开层层悲苦堆砌的“春鸟秋虫自作声”(《杂感》)的厚重门限，我们即能窥探到诗人内心深处蕴藏的“只知独夜不平鸣”的慷慨情怀与高洁之志。

黄仲则的愁苦之音一半起自身世之感，一半源于他所生活时代的激荡。如前几章所述，清代至乾隆时期国力达到极盛，形成中国历史上绝无仅有的盛世气象，乾隆皇帝自称为“十全老人”。可物极必反，在耀眼的盛世华章下，一股大厦将倾、危机潜来的忧患氛围逐渐逼近沉迷中的大清王朝。黄仲则作为敏警的诗人，他从生活的细节中，最先捕捉到“忧患”潜至的气息：“千家笑语漏迟迟，忧患潜从物外知。悄立市桥人不识，一星如月看多时。”(《癸巳除夕偶成》其一。癸巳，即乾隆三十八年，公元1773年。笔者注)把这种“忧患”思绪升华到社会的层面、国家的层面，就使黄仲则无可置疑地成了那个时代以诗鸣不平的卓越诗人。

黄仲则的“不平”之“鸣”是通过两个声道来发音的，一是对腐朽黑暗社会现实的批判和揭露；二是对个人壮志不能实现，以及英雄末路的悲剧命运的感叹与申说。

黄仲则出身贫寒，饱受生活磨难，他见惯了狐假虎威的官吏为害一方的种种恶行，也体味了下层人民生活的悲辛与苦难，更切身地感受了世途之艰，所以他的诗歌不象赵翼和洪亮吉那样平和雅正，远离现实，相反他在批判现实和暴露世情方面更接近赵执信，与袁枚有所类似。乾隆盛世，对那些特权者是大道如天的乐园，而对于处身下层，尤其生活在社会最底层的寒士来说，行道极为艰难，其悲催凄凉的生活现状令常人情难以堪。对此，黄仲则愤激地写道：“今人七情失所托，哀且未成何论乐？……悲来举目皆行尸，安得古人相抱持。”(《悲来行》)生活在盛大之世，何以要悲，这在常人似乎难解，但就黄仲则的心态考察，他“悲”的是世道逆行、人心险恶，没有黑白之分，没有曲直之辨，整个世间“天空海阔”，而“举目”四顾“皆行尸”遍地，因此诗人悲世情的“数行泪”雨，只能“洒向”不被“人间”所知的虚空。因为世情悲哀不堪，所以诗人时时感到行路艰难、出门有碍：“但积征途艰，那補漏天裂。……譬作瀚海行，中道势无辍。……汙下圣所悲，欲往气为结。……蜀道胡云难，陇坂未嫌折。……将毋累微躯，心境两兀鶂。……前途更淤洳，欲铲无巨铁。所望阳光开，庶闻叹声绝。”(《泥塗叹》)这是一首见景起意，比兴连譬的感怀诗，诗人通过行走泥塗的情事，排宕生发，产生对世道难行且暗无天日的嗟叹，其寓意深刻，象征深远，实实启人深思。由于世道艰难、人心不古，所以世情冷暖、世态炎凉的滋味令黄仲则常常心怀愤激，百忧顿生：“世情生落尽如水，何必桑田与沧海。”(《沙洲行》)“手指秋云向君说，可怜薄不似人情。”(《和钱百泉杂感》)“尔纵知恩去宜速，人不如鸟能钟情。”(《啼乌行》)“风蓬飘尽悲歌气，泥絮沾来薄倖名。十有九人堪白眼，百无一用是书生。”(《杂感》)“水深网断珊瑚沉，佩去空怀彩云散。侧闻天上朝星辰，谁知人间茹冰炭。”(《送春三首》其三)世路的艰险，人心的浇薄，总是和统治者的虚伪狡诈，官吏的为虎作伥，欺天灭心，残害人民有关，在《入市》一诗中，诗人通过记忆闪回的手法，把封建官吏蛮横霸道、作威作福的丑恶行径暴露无遗：“生平入市视常仰，谴诃往往愁官长。喧填驺从除道来，呼声直欲缘云上。居者罢市行者停，一一低檲过旌仗。人多路窄卒难避，顿触凄凉幼时事。蓬头敝履书塾归，正值天寒冻消地。道逢中丞卤薄来，失足堕沟颜死灰。吞声饮气哭不得，归语阿母肝肠摧。”“入市”虽为小节，但透过这种生活之微，却能见出世情之大，官吏贪虐蛮横、视民如草芥的骄奢淫佚之态，普通民众“吞声饮气”、“肝肠”崩摧的百不聊生的艰难苦恨，全于此细节的对比中活生生地展现出来，让人看清了统治者虚伪假善的真面孔。在《圈虎行》里，诗人借“圈虎”的百般媚态，揭露讽刺了那些依附权贵而失去人格、失去自我的奴化之人的可怜可悲行径：“依人虎任人颐使，伴虎人皆虎唾余。我观此状气消沮，嗟尔斑奴亦何苦。……此曹一生衣食汝，彼岂有力如中黄，复似梁鸯能喜怒。汝得残餐究奚补，伥鬼羞颜亦更生。旧山同伴倘相逢，笑尔行藏不如鼠。”虎本是山中之王，以野性著称，它的威力来自肉体和精神的高度自由，不因人而食，不受人役使，一旦虎变成“圈”中之物，受“市上游手儿”的“颐使”，便顷刻媚态尽显，奴性十足，成为“摇尾”乞食的可怜虫。面对这种可悲可悯的情景，黄仲则浮思联翩，感慨不已：“旧山同伴倘相逢，笑尔行藏不如鼠。”黄仲则之所以对媚态十足的奴才相予以无情抨击，主要是他自身人格独立，虽处饥寒潦倒之境，而决不丧失本身所具备的天然“野性”，正是这股“野性”，才让他象剑铓那般锐气逼人，如寒星一样棱角晶莹：“颠狂落拓休相笑，各任天机遣世情。”（《与稚存话旧》其二）“读书击剑好身手，野性束缚难为堪。”（《对月咏怀》）“駒駼本野骏，万里流沙来。……但愿埋骨处，得近黄金台。”（《杂诗》）“长铗依人游未已，短衣射虎气难平。”（《杂感四首》其二）“半生古意尽消磨，挽日空劳壮士戈。宿莽难邀论水客，晓风犹怨拔山歌。”（《濠州杂诗》其二）这类充满“野性”难驯，“颠狂”不已的豪迈诗句，在《两当轩集》中俯拾即是。黄仲则的“野性”不是狂野之性，亦不是蛮野之性，更不是粗野之性，他的“野性”是与生俱来的渴望自由、追求人格独立的不羁之性，这是诗人最本真、最赤诚、最令人肃然起敬的人性之光的激射与映现。黄仲则虽然“狂”、“野”不羁，对当道者及其奴才嗤之以鼻，极尽鞭笞，但他又仁心宽厚、慈悲满怀，对身在灾难和困窘中的贫民、寒士深表悲悯与怜惜：“火轮杲杲悬中天，下铄大地生青烟。……颇闻亢旱江淮田，三日不雨无今年。老亲病妇甕牖底，忧饥苦暑谁相怜。”（《苦暑行》）“频年苦蝗旱，此患匪所云。但见途路旁，野哭多流民。……长歌不能尽，恐扰泉间魂。”(《邓家坟写望》)“为怜涡水照人清，素舸轻装岁暮行。但见流民满淮北，更无余笑落阳城。”(《涡水舟夜》)“客苦吟，云阴阴。……孤灯萦曳刮作丝，欲灭不灭饥鼯疑。……深巷小儿呱呱啼，床头阿母知未知?”(《寒夜曲》)黄仲则揭露社会矛盾，反映社会底层民众的悲惨生活总是通过间接的，推己及人的方法表达出来，这样就更能让人产生感同身受的悲剧效果。上述《苦暑行》《邓家坟写望》《寒夜曲》等都体现了这种艺术魅力。除此，再比如《焦节妇行》，诗人利用正面歌吟褒美“焦节妇”的义烈行为，从侧面有力地鞭挞了统治者强征民夫，导致天下骨肉离散、生死两隔的血腥罪恶，读来令人蓦然联想到杜甫的《兵车行》。诗曰：“雄鸡齐唤霜满天，看郎刀裹肩上肩。里胥促发似豺虎，语声未毕行尘前。……郎行慎勿忧家中，妾身可碎妾不嫁。生当努力青海头，死当瞑目黄泉下。……荧荧一点青釭寒，蟋蟀在户鬼在室。忽然四面来血腥，举头瞥见神魂惊。……一风暗来飘血衣，去日曾穿此衣去。……昔闻瀚海风沙一万里，郎兮几时飞度此? 妾死尚欲随郎行，看郎白骨沙场里。”从“里胥促发似豺虎”的喝叱中，我们能见到生离死别的悲惨一瞬；由“生当努力青海头”，我们尚见“焦节妇”深明大义，嘱咐夫婿“努力”为国戍边的坚贞心迹；再从“妾死尚欲随郎行，看郎白骨沙场里”，我们已经肃然起敬地看到一个“节妇”义无反顾，英魂随为国捐躯的丈夫遍游“沙场”的圣洁形象。节妇之义烈，征人之横死，“里胥”之凶残全在这血泪斑斑的叙说中漫溢开来，随即产生撼动人心的艺术力量。

黄仲则因为善用春鸟秋虫诉说心中难抑的悲愤和苦辛，人们往往通过他诸如“心如莲子常含苦，愁似春蚕未断丝。”(《秋夕》)“锦衾罗帷愁夜长，翠带瘦断双鸳鸯。”(《秋夜曲》)等百感悽恻的缠绵诗句将他定格为善于言愁说恨的抒情诗人。这一判断从审美的视角而言确非虚妄，但从黄仲则的人格特质，及其诗歌内涵辨察则意犹未尽，略存阙憾。黄仲则写愁不是一己之愁，写忧亦不是一己之忧，他的愁和忧是诗人壮志未酬、英雄末路的一曲悲歌，他的愁和忧已超越失意士子悲秋的坎壈侘傺层面，而进入更加广阔的社会领域。黄仲则悲愁及其悲愁产生的根源浓缩了那个时代背景下所有士人的共同人生境遇和心理状态，是我们反观乾隆盛世身处下层而心有所待，欲奋发扬厉，但现实却将他们的一腔英雄火焰无情浇灭的寒士普遍的人生危机，以及由这种危机导致的绝望心境。

如果黄仲则的如寒蝉咽露、病马嘶风的诗情是时代催生的一种特殊诗歌现象的话，那么诗人扬厉高蹈，如金铁铮鸣，“轶群绝伦，意气恒不可一世”（万黍维《余味楼剩稿序》）[①]的超迈诗风则源自他本生俱来的宏深精进、搏击长空的英雄气概。在黄仲则的《两当轩集》中，随处可见诗人龙吟虎啸的抒情写性之作，通过这些充满血性的文字，我们正可还原诗人的本来面目：他是一个志存高远，欲图展翅高翔，抟飞九万里的怒目金刚，他渴望英雄，心中积淀着厚厚的英雄情结，但现实的黑暗、世态的炎凉、人心的浇薄如同三条无常的绞索，合力扼杀了他如地火般升腾、象冰雪样坚贞的宏图远志，令他时时产生“大道如青天，唯我不得出”的悲愤和喟叹，这种理想和现实的冲突，“历史的必然要求和这个要求的实际上不可能实现之间的悲剧性冲突。”（恩格斯《致拉萨尔书》）[②]就产生了清代诗史上一位望之如诗仙般的悲情诗人——黄仲则。

黄仲则的英雄豪气是与生俱来的，在早年作的《少年行》中他就已经明确宣称：“男儿作健向沙场，自爱登台不望乡。太白高高天尺五，宝刀明月共辉光。”不仅如此，他还在《题马氏斋头秋鹰图》中借物咏怀说明自己猛志常在、高翔远举的超旷胸襟。中年虽然多了一份“行路”唯艰的长叹，但诗人的雄心依旧如春潮不断高涨：“昨夜西风断玉关，伤心广利未生还。……请缨昔诧从军乐，仗剑今歌行路难。”（《寄王东田丈》）“破浪乘风万里游，早时落魄更离忧。……卧龙跃马终黄土，谁道狂歌非远谋。”（《偶成》）“匣中鱼鳞淬秋水，十年仗之走

① 〔清〕黄仲则《两当轩集·附录》，上海古籍出版社 1983 年版，第 627 页。本节所引有关黄仲则的诗文皆出此版本。

② 杨炳编《马克思恩格斯论文学和美学》，文化艺术出版社 1982 年版，第 418 页。

江海。……知君怜我重肝胆，赠此一片荆轲心。”(《以所携剑赠容甫》)“若论壮士志，澒洞为中肠。剖掷当君前，中有一寸霜。击衣呼豫让，向风刎田光。……微躯不自惜，破胆与谁尝?”(《烈士行》)读如此锋芒毕露、锐气侵人的诗章，我们不能不为黄仲则的英雄气概击节称赏、附掌叹奇!

黄仲则的诗之所以为后人激赏，并引起广泛共鸣，关键在于诗人由两极对立心态所发酵而成的丰富诗歌内涵，以及卓尔不群、雄视千古的高蹈诗风。“白日长吁静夜歌，飞扬慷慨欲如何?”(《夜坐写怀》)“或歌变羽亦快意，骤驰铁马挥金戈。词人久放《防露》作，音虽噍杀终难磨。……汰淘众响出金石，发挥大义追卿轲。”(《贾礼耕用昌黎石鼓歌韵赠诗和赠一首》)“白日长吁”、“静夜”高歌，意气“飞扬”，情辞“慷慨”，黄仲则的诗歌是诗人苦吟豪歌的心灵之声，他以“变羽”之调，发出“汰淘”了“众响”的“金声之音”，其诗中“大义”激昂，直追易水悲歌。黄仲则诗兼众家之长，但他对谪仙人李白情有独钟，他有时自信地认为千古之下，只有他才能和李太白产生心灵共振，创作出不媚时俗，不傍古调的惊世之作:“骑鲸客去今有楼，酒魂诗魂楼上头。……凡今谁是青莲才，当时诘屈几穷哉。……酒酣月出风起蠹，浩浩吹得长襟开。”(《太白楼和稚存》)“束发读君诗，今来展君墓。……高冠岌岌佩陆离，纵横击剑心中奇。陶镕屈宋入大雅，挥洒日月成瑰词。……笑看樵牧语斜阳，死当埋我兹山麓。”(《太白墓》)登太白楼，而思诗仙之魂，清歌隽发，把酒问天，千年一瞬，谁堪为“青莲”身后之“才”? 酒酣迎风，“长襟”顿开! 李白英奇任侠的人格，再加“陶镕屈宋”的诗骚风格，让他“挥洒日月”，将“乾坤”万物揽入怀抱，遂成篇篇“高冠”切云、“纵横”“陆离”的“瑰词”丽句而辉映万代。黄仲则独立“太白墓”畔，倾诉心肠，发出“死当埋我兹山麓”的宏深誓愿。

黄仲则虽然标榜“江山文藻待洗刷，乘风欲去何由能。……由来文章贵瑰傀，肯袭蹊径循畦塍。”(《孙薇隐自句曲归以诗示辄题于端即和其春日枉赠之作》)的“不复依傍”、不袭前人的创新主张，但其对李白的由内而外的追慕造就了他让后世难以企及的诗学高度。黄仲则天赋有类太白，其心境、人生遭遇亦迫近太白，故此，他对太白的怀思之情渗透到他的血液里，最终汇聚迸发为《笥河先生偕宴太白楼醉中作歌》的千古绝唱。这首诗作于乾隆三十七年，是年黄仲则二十四岁，因生计所迫，往依朱筠幕府，朱公在“三月上巳”，春风和畅之际，大会文人雅士于采石矶太白楼，饮酒赋诗，群贤毕集。洪亮吉记其盛况曰：“三月上巳，为会于采石矶之太白楼，赋诗者十数人，君年最少，著白袷，立日影中，顷刻数百言，遍视座客，座客咸辍笔。时八府士子以词赋就试当涂，闻学使者高会，毕集楼下，至是咸从奚童乞白袷少年诗竞写，一日纸贵焉。”(《国子监生武英殿书签官候选县丞黄君行状》)[①]洪亮吉之外，左辅的《黄县丞状》亦有所记：“学使尝游宴太白楼赋诗，时宾从数十人，皆一时名彦，仲则年最少，著白袷，颀而长，风貌玉立，朗吟夕阳中，俛仰如鹤，神致超旷。学使目之曰：‘黄君真神仙中人也。’俄诗成，学使击节叹赏，众皆阁笔，一时士大夫争购白袷少年太白楼诗，由是名益噪。”[②]黄仲则参与朱筠太白楼盛会，其风神玉立、下笔立就千言的风范可媲美初唐王子安赋滕王阁的气度。

太白楼，在安徽当涂县境内之采石矶。《读史方舆纪要》曰：“采石山，府(太平)西北二十五里，滨江为险。昔时自横江渡者必道采石趋金陵，江津襟要，此为最冲。亦曰彩石驿。又南里许曰牛渚山，亦曰牛渚圻。”[③]李白当年往依任当涂县令的李阳冰，在皖南留下诸多诗篇和佳语，其咏歌牛渚、采石的诗篇如《夜泊牛渚怀古》《姑熟十咏・牛渚矶》《天门山》等，因李白天才俊发的扬厉，遂使皖南的名山胜水显赫于世，后人为纪念这位谪仙诗人，遂在采石矶旁筑太白楼。太白楼，位于今安徽省马鞍山市采石矶西南一公里处。楼临长江，依翠螺山，景致极为幽雅，与湖南岳阳楼、湖北黄鹤楼、江西滕王阁并称“长江三楼一阁”，素有“风月江天贮一楼”之说。太白楼，原称谪仙楼，据载始建于大唐元和年间，因史料不详，故无法确认。能够准确

① 见《两当轩集・附录》，第604页。
② 同上，第607页。
③ 见《读史方舆纪要》，第1322页。

认定其较早建造的年代应在明英宗正统五年(1440)，当时工部右侍郎周枕命广济寺僧修惠于寺前建清风亭的同时，修谪仙楼，祀太白于其上。清康熙元年(1662)，太平知府胡季瀛重建，易名为“太白楼”；咸丰间毁于兵火。今存太白楼为清光绪三年兵部右侍郎彭玉麟捐资重建。太白楼依山临江、飞檐斗拱，势如太白凌空对月，颇能激人情思。朱筠宴客斯楼，八府士子闻风而动，给神思激荡的黄仲则以逞情扬厉的大好机遇。《笥河先生偕宴太白楼醉中作歌》气势磅礴，浮思联翩，其体大思深，气韵流转，堪称传世杰作。诗人起笔便如霞光万道，思绪若佛天雨花纷纷而来，把人引入一个天光云影徘徊、贤人士子杂沓的空前盛会：“红霞一片海上来，照我楼上华筵开。倾觞绿酒忽复尽，楼中谪仙安在哉?”从这一设问，诗人既紧扣“谪仙”楼欢会的特点，为下文抒情做铺垫，又自然过渡到“笥河夫子文章伯”、“风流髣髴楼中人”的眼前盛景，通过类比突出了“笥河夫子”飘然独立的“风流”形象。由此而下，诗人宕开一笔，转而对景抒情，用一支神来之笔，大势淋漓地摅写了上追千古，下临万世，和天地同在，与自然长存的亘古不变的激放情怀：“是日江上同云开，天门淡扫双蛾眉。江从慈母矶边转，潮到然犀亭下回。”天开云散，万里空阔，在这里诗人巧妙化用太白楼周遭的山水地名：峨眉(即天门山)、慈母、然犀，使诗境四至八达，极显雄阔。由自然之景，诗人自觉联想到人情物理的相互催生，在他看来江山与人互为宾主，人的生命虽然短暂，但只要和自然相融相合，尽意舒放自己，让精神的我主宰肉体的我，就可以和自然山水一样永恒：“青山对面客起舞，彼此青莲一抔土。若论七尺归蓬蒿，此楼作客山是主。若论醉月来江滨，此楼作主山作宾。”横绝一世，睥睨万物，对山起舞，临水放歌，此刻的黄仲则心空万象，他把“此楼”拟人化、具象化，既把“此楼”看成千古心慕的青莲居士，又将“此楼”当成他遗世不群的另类象征，在他看来，“此楼”中前后登临赋诗、长歌醉月的人物肉体生命最终会化成江边“一抔”黄土而归于寂灭，与万古不息的江水，永恒耸立的青山相比，楼中人只能是天涯过客；但“若论醉月”狂吟，无可羁勒的心灵飞升，那青山，那江水一一变成宾客，罗拜在主人面前。和青山碧水的自然万象比，人的实体生命是短暂的，但人的独立人格一旦形成，其放射出的精神光华是自然界的星辰日月无法比拟的："长星动摇若无色，未必常作人间魂。""高会题诗最上头，姓名未死重山丘。请将诗卷掷江水，定不与江东向流！"黄仲则狂歌醉月，不可一世的诗情来自李青莲的启示，它和诗人天赋的人格特质一经契合，便铸成纵横捭阖，能澄清玉宇的不朽诗魂。读罢此诗，掩卷长思，我们不能不为黄仲则不幸的命运而叹息，亦不能不为诗人生逢盛世而长歌飘零的身世而感喟，同时更为诗人出类拔萃的天才诗情所倾倒、所感染，他的生命如流星，如飘风，如闪电，如霹雳，但就在电光石火的碰撞中，焕现出前所未有的耀人光华，如果要用一个主题来隐括《笥河先生偕宴太白楼醉中作歌》这首千古绝唱的话，那么我不妨说这么几句话：江水滚滚，奔流不息，世间万事万物瞬间消逝在时间的无垠中，只有诗魂长存，与一天江月，一樽美酒，永远地定格在采石矶边的太白楼头，和江水，和青山一道永恒！

二、"见山一笑神已往，随处题诗兴成癖"

——黄仲则的山水诗略论

（一）黄仲则山水诗内涵概说

因人生遭际和个人阅历的不同，黄仲则与洪亮吉相比，其山水诗创作呈现这样几个特征：① 地域不广，游历范围偏狭；② 游历方式不同，游历情境有别。尽管如此，黄仲则以绝世才华，超迈心境，敏锐诗心创作的山水诗还是有超越洪亮吉的优胜之处：在诗歌意境创造上，黄仲则更趋多元化，既有平和淡泊，又有飚风突至；既有光天霁月，又有惊涛漫卷，和洪亮吉一贯的恬淡风格相对，黄仲则无论意境创造，还是诗体选择，都表现出多样丰富的特点。

黄仲则的山水诗是其内心世界的折光，又是其人格特征的外化，与诗人的生命历程息息相关。和清代大多数诗人不同的是，黄仲则的山水诗不是产生在宦游的得志过程，而是诞生于诗人孤苦无助、依人远游的失意间隙，故而他的山水诗在写意、写情的基础上，更多了一份写心的重量。

关于黄仲则与身世紧密相关的游历，《两当轩・自序》是这样描述的：“景仁四岁而孤，……岁丙戌，常熟邵先生齐焘主讲龙城书院，矜其苦吟无师，且未学，循循诱之。……三年，公卒，益无有知之者，乃为浪游。由武林而四明，观海，溯钱塘，登黄山；复经豫章，汎湘水，登衡岳，观日出，浮洞庭，由大江以归。是游凡三年，积诗若干首。……家益贫，出为负米游，客太平知府沈既堂先生业富。时大兴朱先生筠督学安庆，招入幕，从游三年，尽观江上诸山水，得诗若干首。”《两当轩集》中现存山水诗基本为诗人这几次大型游历场景的艺术再现。除此，按洪亮吉等诗友的记载，黄仲则曾有北上西去，登岳临海的游学经历。但这些丰富的人生阅历却没有在黄仲则的山水诗里得以全面体现，让人既生意犹未尽的缺憾，同时也给清代山水诗造成无法弥补的空白。

黄仲则的山水诗如其为人，放任旷达，不拘一格，就风格来看，有落霞与孤鹜齐飞的澹然悠远，又有雷电和狂飚相激的龙吟虎啸；以诗体考察，他律绝兼用，长短错杂；就地域看，黄仲则的山水诗以大江为轴线，向南北延伸，形成江浙皖湘的网络体系；从内涵分析，黄仲则的山水诗既有纯审美的山水歌吟，也有讬物言志的咏怀之作。概言之，黄仲则山水诗内涵富赡、形式灵活而风格多变，有一种常人难以企及的飘逸感，正象张维屏《国朝诗人征略》所评：“仲则天分极高，无所不学，亦无所不能至，下笔时要皆任其天之自然，称其心所欲出。乾坤清气，独往独来，此仲则之所以不可及也。”[①]“仲则之所以”有别人“不可及”的“仙才”、“天才”之气，他的诗歌，特别山水诗歌就凝成“时而金钟大镛，时而哀丝豪竹，时而龙吟虎啸，时而雁唳猿啼”的“味外之味”，“音外之音”，以及令人“聆之而愈长”的超美感享受。以下根据诗人的诗思变幻、诗情起伏来追觅诗人留在人间的“绿野仙踪”。

黄仲则天才英纵，诗心敏锐，有超越常人的想象力，他把这种超凡的想象力与心中潜在的浪漫激情统摄起来，泼洒在山水诗创作中，就使其目遇神会的山川万象充满了生命的活力，由之生出“金钟”震响、“大镛”嘹亮的抒情效果。如：“甲午十月十一日，将从具区归吴

---

① 见《两当轩集·附录四》，第628—629页。

淞。……舟空帆足半掠水，或出或没疑游龙。此时狂喜呼绝倒，一霎快意天所供。……东西闪烁云四结，如波萃萃如霞封。……遂闻雌雷转水底，飞帘屏翳驱相从。鞭驰百怪起狂斗，列缺吐焰遥传烽。……我张空拳奋叱咤，欲与霹雳争其锋。……雨声更骤雷更疾，一声恪恪云蓬松。渐看云气敛余怒，略见雨脚收狂踪。……不知怖心落何许，反快一洗平生庸。"（《大雷雨过太湖》）"甲午"即乾隆三十九年（1774），是年十月初冬日黄仲则往常熟展恩师邵齐焘墓于虞山，返程乘舟过太湖，遇冬雷震震，狂飚突起，一场罕见的"大雷雨"瞬间席卷了整个湖面，面对突然而至的惊涛骇浪，诗人不但没有畏惧恐慌，反而仰天长啸，双拳紧握，欲搏击雷电，和其一争锋锐，这种不屈服于命运摆布，要紧紧扼住命运喉咙的形象，让我们不得不穿透历史的云烟，跨越万里重洋，去欧洲大陆寻找另一个天才的身影："我要扼住命运的咽喉，它要使我完全屈服，这绝对办不到。——啊！生活是这样美丽，活他一千辈子吧！"[①]这是1801年贝多芬写给魏格勒信中的一段话。贝多芬在大雷雨之夜，双拳紧握，面向闪电，怒目圆睁，和命运搏击的伟岸身影与黄仲则何其相似。黄仲则表面上看起来"气喘喘然有若不能举其躯者。"（《自叙》）是一介文弱书生，但从他抒情的山水诗我们则能洞见到他内心的强大，他是一个处身颠沛却从不向命运低头的人，也是一个身陷困顿，而内心向往光明，豁达开朗、卓厉不群的人。这种激情澎湃、热情似火、纯情如水的主旨一直贯穿在他生命的全过程，构成其山水诗高亢的主旋律。如果以《大雷雨过太湖》为中间点，我们沿诗人的生命线向前后平移且回溯延伸，就会惊异地发现黄仲则的激越奔放之情始终回荡在他整个山水诗创作中。如：

客有不乐游广陵，卧看八月秋涛兴。……才见银山动地来，已将赤岸浮天外。……殷天怒为排山入，转眼西追日轮

---

① 〔德〕哈里·歌德施密特《德国音乐》，人民音乐出版版1959年，第136页。

及。……吴颠越蹶曾几时，前胥后种谁见知？潮生潮落自终古，我欲停杯一问之。

——《观潮行》

峨峨衡岳配朱鸟，帝与作镇炎荒中。……绝顶曾闻见海日，半岭已觉来天风。……海水半发白堪掬，明霞几点碎不融。……须臾一线吐复落，砉然万丈车轮红。九荒八极荡无翳，照我一寸披丹衷。……明明神君鉴鄙意，此身不向儿女终。……径欲身骑二龙去，御气直到扶桑东。

——《登衡山看日出用韩韵》

晨发黄州郭，夕宿浔阳渡。沙平岸阔不见人，瞥过千重万重树。……匡庐作云半江黑，倒吸白浪如山高。……角声振木木叶脱，秋声渐高秋思发。……江风吹面酒亦醒，掣笛吼作狂龙声。……昔闻乐天此间夜送客，琵琶声停江浸月。……我亦天涯有泪人，对此茫茫惨无泽。吁嗟乎！泪亦不必落，愁亦不必愁。君不见，茫茫九派东向流，千古万古无时休，我家乃在东海头。……莼鲈虾菜万事足，安用江湖叹敝裘？

——《晚泊九江寻琵琶亭故址》

海因云得名，云在海亦在。……返照一缕冲波开，彩翠细镂金银台。初疑百万玉鲸斗，阑入一道长虹来。……轻风吹合复吹开，白衣苍狗须臾态。我欲云门峰，化为并州刀。持登天都最高顶，乱剪白云铺絮袍。无声无响空中抛，被遍寒士无寒号。

——《铺海》

昔行江上望峅崿，船头抚髀复雀跃。……千寻未上气已吞，一步犹余力加猛。……朝钟暮鼓声殷雷，翠微光薄金碧堆。只有青莲读书屋，至今基址荒苍苔。……银河倒挂绿水来，碎渗翁翁碧虚色。……更令海水添一线，此山便与蓬莱见。……有幸不幸何足云，下界蛮触尤纷纷。……且可听吹子晋笙，不须更洒羊公泪。

——《游九华山放歌》

东风吹车入土门，井天一线愁霾屯。……我生不识秦关蜀栈之险绝，对此已欲堕泪销惊魂。……空余恨血泜水上，千秋鸣咽流浑浑。……世途夷险那可道，功名成败安足论。苍茫落日满山谷，终古谁怨谁为恩？……今宵何处息劳梦，半岭上有三家村。

——《井陉行》

黄仲则运途淹蹇，英年早逝。他从乾隆三十二年(1767)始应乡试到四十八年(1783)惨然离世，短短十六间，为谋生计而涉历湖湘、江浙、皖赣、齐鲁、幽燕、豫秦等域，其羸弱的身影交替迭现在大半个中国的土地上。上举从《观潮行》到《井陉行》一路歌吟，分布在不同的时间节点上，它们以连点成线的格局，忠实地刻录了诗人毕其一生的心灵回音。

《观潮行》具体创作于乾隆三十二年秋月，时年 19 岁的黄仲则"应江宁乡试"后接受"升任浙江观察"的潘莪溪之邀，"遂至杭州"，"为武林之游"。这次杭、徽之行，他登吴山、观江潮、游西湖，留下《登千佛岩遇雨》《游白沙庵僧舍》《吴山写望》《观潮行》《后观潮行》《湖上和酬仇丽亭》《雨后泛湖》《过钓台》《晓雪》《春雨望新安江》《山寺》《僧舍夜月》《石鳌坞洞天福地遗址》(地为张三丰仙处)等。《观潮行》是黄仲则首次出游的山水杰作之一，它代表了早期黄仲则奋发有为的人生取向和艺术水准。钱江大潮，每至中秋如期而至，潮头初起时江波一线，水面轰然如雷，继而海飞山立，潮浪如千军突至，万骑惊奔，涛头直逼江岸，卷起玉柱琼花，散成骇人心目的滔天巨浪，给人心灵震撼。从历史上说，中国有三大观潮地，先秦在齐鲁之青州，魏晋在广陵，唐、宋以后在钱塘。钱塘观潮是清代诗人前后相踵的盛事，黄仲则的《观潮行》与其姊妹篇《后观潮行》相互激荡，通过大势渲染和多种艺术手法的合成，写出了钱塘江潮撼人心魂的壮观景象。《观潮行》和《后观潮行》虽然气势相贯，如滚滚潮头前后相继，令人有骇目惊心之感，但在表情达意上，两诗各有侧重，且互融互补，前后映照，形成卷舒自如、首尾相衔的婉娈之势。《观潮行》从整体上用阔大的笔势写出钱江大潮如"银山动地"而来，"砰岩磓岳"的磅礴气势，诗人站在反思历史的角度发出“吴颠越蹶曾几时，前胥后种谁见知”的无限感慨！《后观潮行》继《观潮行》，具体而微地描写观潮的惊心动魄，其情感指向侧重于诗人内心的跌宕起伏：“海风卷尽江头叶，沙岸千人万人立。……鹅毛一白尚天际，倾耳已是风霆声。……一折平添百丈飞，浩浩长空舞晴雪。……潮头障天天亦暮，苍茫却望潮来处。……独客吊影行自愁，大地与身同一浮。……赋罢《观潮》长太息，我尚输潮归即得。”江涛忽来，飚风突至，“千人万人”簇立“沙岸”，但见“鹅毛一白”，远在“天际”，倏闻万钧“风霆”之声震耳欲聋，在“万户”同时“屏息”，“窗櫺”一齐“动摇”，而“潮头障天”的“苍茫”之间，诗人顿感身世飘移，生命轻忽，一股无法抑止的空茫感沛然而生，从《观潮行》的反思历史，到《后观潮行》的感叹人生，黄仲则的内心蓄积翻腾着比常人更多的苦闷与忧思，这种情绪的绵延漫溢，就构成诗人早期山水诗哀婉虚幻的审美基调：“夹岸晚荷香堕水，一堤烟柳澹思秋。采菱声散横塘暮，多病词人莫倚楼。”（《湖上和酬仇丽亭》）“云蒸海气欲浮城，雨过江天旷望清。……回首西湖真一掬，几番花月送人行。”（《吴山写望》）“木落千山秋，天空一江碧。……飘然冷风过，烟霾渐消迹。……山翠湿淋漓，苔空见白石。……山川美登眺，嗟余在行役。”（《登千佛岩遇雨》）黄仲则的“武林之游”虽然有“我亦稻粱愁岁暮”（《空中闻雁》）的苦闷忧郁之情，但诗人终究是一个有敏锐高远之致的性情中人，所以他的浙游山水诗在悲愁美的格调中还是透出了一片清丽宏肆的山水清音：“红树千行雁一声，两岸秋山入绵渺。……一峰对面一峰隔，每见一峰浮一白。……明朝还到海东头，青天一发见琉球。”（《甬江舟中看山甚佳》）“浮天忽如梦，络域斯其脉。……霞奔如有声，日起已千尺。……青岱隐北指，瓯越昧南适。……万顷明盐田，三时贡蕃舶。……尽化桑田平，无使瀴溟隔。”（《登镇海城楼观海》）浙省从杭城至甬上，兰溪一江贯通，两岸“红树千行”、万峰叠翠，年少气盛的黄仲则倚舟四望，心魂俱醉，他登镇海城楼，骋目远眺，只见红霞万道，海水流金，无限江山就在指顾之间。他把指点江山的豪情激扬在绮丽的文字里，就构成其早期山水诗如江潮涌动的雄放风格。“浮云欲别休回首，千里苍梧是去心。”（《钱塘舟次》)命运似乎注定了黄仲则如孤鸿翻飞,四处漂流转徙的生活,乾隆三十四年冬,他"谒湖南按察使王公太岳,客其幕中。"这次出行,诗人由钱塘发舟,一路经"武林而四明,观海;溯钱塘,登黄山;复经豫章,泛湘水,登衡岳,观日出;浮洞庭",尽览湘赣风光,得楚游山水诗若干首。《登衡山看日出用韩韵》就是黄仲则湘中山水诗的代表作之一。

《登衡山看日出用韩韵》以"登"为前奏,诗人围绕"登"山所历极力渲染了衡山"五峰插天"的雄峻与肃穆:"峨峨衡岳配朱鸟,帝与作镇炎荒中。五峰插天祝融最,实兀谁与争其雄。……绝顶曾闻见海日,半岭已觉来天风。"接着他道出此行"登衡山"的目的是"看日出",于是诗人展开想象的翅膀,肆情翱翔在写实与虚构交替的时空里,把人们的思絮投向激情迸发的审美高潮:"海水半发白堪掬,明霞几点碎不融。……须臾一线吐复落,砉然万丈车轮红。九荒八极荡无翳,照我一寸披丹衷。……猿呼鹤警寺钟歇,俯视下界方曈昽。径欲身骑二龙去,御气直到扶桑东。"《登衡山看日出用韩韵》在黄仲则的山水诗创作历程中,属承前启后之力作,在气韵和精神上,它上承前、后《观潮行》把黄仲则大势淋漓的山水诗风推向新境界,下启《九华山放歌》、《铺海》将诗人长篇歌行体的山水诗境拓展到新高度,同时又影响到后期《井陉行》,使黄仲则卓厉不群、悲慨激楚的山水诗情得以完整体现。"登衡山"被清代众多诗人写过,"看日出"亦成诸多诗人笔下状摹的美景,但在黄仲则写来衡山气韵流溢而道风肃然,在一派祥光笼盖下,"几点"明灭的烟霞,"一线"吐落的红光突破天地交汇的联接点,排山倒海地象一轮吐着万丈红光的"车轮"向着诗人"一寸""丹衷"奔冲而来,使他魂动魄惊,心有所思,情有所感,顷刻产生"径欲身骑二龙去,御气直到扶桑东"的超人想象力!

楚湘之旅,使黄仲则眼界大开,诗境新辟,因为这是黄仲则成年后第一次远游,亦是他毕生向南的唯一一次远行,故而楚地流荡着岸芷汀兰的嫋嫋骚风给诗人带来了空前的心灵撼动,他借景抒情,以先贤故迹、山川风物为引线,点燃了心中埋蓄已久的悲情之火:"三十六湾水,行人唤奈何!……烟中有渔父,隐隐扣舷歌。"(《湘江夜泊》)

“雀窥虚幙草盈墀，日暮谁来吊古祠。……千秋放逐同时命，一样牢愁有盛衰。”(《屈贾祠》)“得饱死何憾，孤坟尚水滨。……遗骨风尘外，空江杜若春。由来骚怨地，只合伴灵均。”(《耒阳杜子美墓》)“窗外三江流浩浩，雨余七泽气冥冥。风波如此来何事，日暮愁心满洞庭。”(《三江阻风》)上述不管是《湘江夜泊》，还是《三江口阻风》；无论是《屈贾祠》，还是《耒阳杜子美墓》，诗人都能于自然景色或人文遗迹的刻镂中找到抒发悲愁凄切之情的心灵突破口。

楚湘风物，不但给诗人以抒发坎壈悲切之情的物化载体，而且还赠予诗人无限美的享受，面对楚湘迥异绝伦的千里江山，黄仲则以抒情诗人特有的敏感和颖悟，解读着那方如神话般的山川丰厚而幽秘的内涵，如：“武溪溪头桃柳春，龙标城畔雨如尘。山通黔蜀多逢瘴，地杂蛮獠喜遇人。”(《辰阳道中》)“黔阳水冷山刺天，千年积瘴生绿烟。……蛮歌夜深遏云上，和我车前铎铃响。”(《黔阳》)辰阳，在清辰州府属辰溪县，汉置县曰辰阳，隋改辰溪，五代时马氏尝析辰溪置辰阳县，后复废。黔阳，清属沅州，南朝梁置龙标县，因王昌龄曾贬此地而大得名于天下。辰阳、黔阳一衣带水，互为犄角，自古入黔境必由此二县地经过。黄仲则穿行在湘西山水险阻、蛮猺杂处的奇绝驿道上，心花随山桃盛开，伴柳絮飞飏，放眼十万大山，尽入云端，淳朴的“蛮猺”随处可遇，逢人欢喜，此情此景让诗人顿然忘却尘世烦杂，整个身心与异境山水恰恰相融。

楚湘山水诗群除了湘地创作的如《游岳麓》《湘阴夜泊》等篇章外，还有一个重要的构成就是南行往返途中所歌的山水乐章，如《兰溪》《自常山至玉山途中大雪》《章江晓雪有怀》《南昌》《黄鹤楼用崔韵》《鹦鹉洲》《汉江晓发》《黄州》《晚泊九江寻琵琶亭故址》《月中泛小孤山下》《夜登小孤山和壁间韵》《舟中望九华》《灵泽夫人祠》《天门山》《舟中望金陵》等，其中长歌以《晚泊九江寻琵琶亭故址》为代表，短吟以《月中泛小孤山下》为典范，长歌短章交互辉映，唱出了诗人心中一段永生不灭的江山深情。

《晚泊九江寻琵琶故址》作为诗人湘行山水诗的尾声，其笔势与《登衡山看日出用韩韵》相连贯，大气盘旋而神韵俱足，所不同的是

《晚泊九江寻琵琶亭故址》构思角度以“寻”为着力点，诗人通过时空变换、虚实相切的手法，借江州司马泪湿青衫的故事来抒写自己天涯沦落的无尽情怀。虽然隔近千年历史的幕布，两位诗人有着共同的凄苦命运，但黄仲则的心境是开朗的，心志是明彻的，所以他的山水诗境亦随心志的开阔而显得勃然俊发、澹泊悠远：“吁嗟乎！泪亦不必落，愁亦不必愁。君不见，茫茫九派东向流，千古万古何时休。”除《晚泊九江寻琵琶亭故址》，黄仲则湘行归程所作的《天门山》亦感情激越，气势恢宏，诗人借大江东去的磅礴景象，抒发了“兴亡过眼谁能留”的超迈雄豪之情。黄仲则生长水乡泽国、大江之滨，又有多次往返浙皖江淮的人生阅历，故此，惊涛接天的大江涵养了他激情汹涌、狂放豪宕的诗性人格，使他成为清代诗坛罕有的优秀抒情诗人之一。

《铺海》《游九华山放歌》前后接踵，是诗人皖游山水诗双峰并峙的杰作，它们分别记录了黄仲则得意人生中最耀人眼目的精彩片断。《铺海》写黄山云海变幻，《游九华山放歌》抒发诗人面对皖中名山九朵莲花时得意至极的潮涌心情。游黄山白岳、齐山九华之时是诗人诗情最为高涨而人生处于巅峰之际（这一年黄仲则受朱筠激赏参与采石矶太白楼盛会，写作使其一举成名的《笥河先生偕宴太白楼醉中作歌》），他将人生得意的畅快淋漓之情倾泻在黄山、白岳、九华的苍茫云海间，就生发出流光溢彩、炫人耳目的黄山、九华山水诗群。黄山白岳组诗数量不算丰富，但十数首诗作篇篇皆精，如同晶莹的珠玑，焕现着洞照黄仲则诗魂的光华，如写白岳幽渺奥妙的韵致，他说：“丹崖翠嶂皆旧识，名山与我真缘哉。……风吹炉烟满山起，或没山腰或山背。……手披云开出真相，对我嫣然果无恙。云生云灭凡几度，石火流光问何遽？”（《重游齐云山》）写入黄山一路溪涧曲折、峰峦苍深的景色，他说：“隔溪见崇岭，巉削眩直睹。……行行渐平衍，兹岭忽峭举。一洗磊砢形，青空纵飞舞。”（《叶岭》）“千山一涧落，客程绕之进。……时犯积磴危，石气扑衣润。……鸡犬无世音，风水激宵韵。”（《小溪》）“人家半透白云坞，岚翠间染桃花林。……画图此景见亦无，那得便徙全家居。……传闻此乡人，十有九作贾。溪山如此不思归，觅得钱刀亦何补。”（《山铿》）登上黄山，千岩万壑如同鬼斧神工划然辟开，诗人魂飞魄散间，用一支神化的诗笔刻镂曰：“群峭森积甃，古壁暗光射。耳受万瀑声，神清不离舍。……振衣崖千寻，骨冷待烟化。”（《夜从慈光寺步至茅蓬菴再浴汤泉》）“一泉喷岩下，阴磵走滉养。……瞑眩心摇旌，飘簸谷张网。离属群峰形，巨力擘灵掌。……夐哉云中观，弥空有余仰。”（《出兹光寺至老人峰》）“天风卷游袂，群峭争来朝。地轴昔倾折，屹立支崇标。……兹峰独峻绝，一力当青霄。”（《天都峰》）“上岭怒欲压，下有无穷深。削壁绝扪据，长云荡其阴。”（《小心坡》）黄仲则的山水诗以抒情为主，摹形为辅，他重在对山水情致和神韵的追觅与渲染，所以读黄仲则的山水诗始终有一股灵动飘逸、浓郁奔放的激情冲击着我们的心灵，但写黄山、九华，诗人一改常态，将精致的形貌描摹与浓烈的感情宣泄有机融合，因之使黄山、白岳、九华胜境形神兼备地呈现于世。如果上述写黄山、白岳的诗作体现了这个特征，那么写齐山、九华，诗人依然用细腻的笔触，精确地勾勒了它们独具的神情和状貌：“山形如踞虎，下就清溪饮。……纡径入幽峭，五月寒已甚。……飞泉响石间，日日对高枕。……那得此巨流，一泻作墨瀋。泼写山川奇，后见皆敛衽。”（《齐山》）“流梵带雨沉，潜虬敛声集。……了见峰压檐，万翠成一湿。”（《夜宿中峰和洪稚存》）“曾闻绝顶接天梯，几叠烟岚望已迷。……飘萧洞气成飞雨，冥漠丹根护紫泥。”（《发一宿菴》）“竹稍千叠万叠山，一一风声起空谷。金沙老僧何处寻，曷不邀至谈夜深。”（《山楼夜起》）黄山、九华之游见证了诗人黄仲则悲情人生中最快意的一瞬，这种人生得意尽欢的印迹不但形之于上引诗作，而且还浓重地泼洒在其长篇大作《铺海》与《游九华山放歌》中。《铺海》《游九华山放歌》因圆融超迈的气韵、精光四射的情思、如歌如诉的写景、睥睨傲然的气势，尤其绵密沉深的人文关怀而成为黄仲则山水诗的扛鼎之作，进而成为清代山水诗史上的经典诗章。

“自嫌诗少幽燕气，故作冰天跃马行。”（《将之京师杂别》其一）乾隆四十年（1775），二十七岁的黄仲则为了增加诗歌的“幽并豪士气”，遂“蓄意”“游京师”。京师，从地理上属幽州、并州之区；从气概说自古为游侠豪士聚集之所，以“燕赵慷慨悲歌”而著称；因其贵为三代之都城，故而文化积淀异常雄厚，至黄仲则北上时，京师已是名流荟萃、大家云集，著称者如翁方纲、王昶、朱氏双杰、纪昀、温汝适、潘有为、冯敏昌等。在京师，黄仲则拜王昶为师，与翁方纲交厚，和蒋士铨、程晋芳、周厚辕、吴锡麒、张埙、洪亮吉等人结都门诗社，日夕唱酬，诗艺大进。由此以观，寄居京师的日子，对黄仲则既是“友朋文酒之乐”[①]“极盛”的时候，也是他为生计四出奔忙而心力交瘁的悲情岁月。他把生命中最后的失意和得意、悲怆与欢乐寄托到晚期的山水诗中，就让人于慷慨的燕赵之音里聆听到了诗人难以言传的心灵哀声。如：“昔年流涕史迁文，抔土今来吊夕曛。……终古人情只如此，试将杯酒与浇君。”(《廉颇冢》)“山势尽朝东岳去，地形都向北平开。絃歌邹鲁仍俗儒，指顾燕齐想霸才。”(《东平》)“禹迹茫茫代几更，古堤崩剥势如城。九河故道都磨灭，何似人心总不平。”(《禹城》)“九馗车马暮骎骎，几曲浑河落日阴。来似闲云去流水，此桥原不变人心。”(《出都过卢沟桥》)“风色大旗上，云开见堞楼。乱山来北岳，远树出并州。……滹沱仍唤渡，驱马思悠悠。”(《真定道中》)“峰尖木杪趁行輈，悽苦樵歌逐涧流。……将军垒畔闲云散，娘子关南暮雨愁。”(《旧关道中》)“上岭复下岭，出关复入关。……兹山崒屼陡云上，俯视群岚尽孙行。夕阳明灭紫翠开，茫茫欲逐天风飏。……北连恒岳南太行，三晋河山屹西障。……嗟余羸病困缁尘，暂得壮观情许亲。”(《暮投要罗寨登西岭》)从乾隆四十年(1775)北上京师，到四十八年(1783)离世，黄仲则一直徘徊在下层士人命定的名利圈边缘，为了全家的生计，他执着于科考，但高才薄命的现实，总是让他有志难伸，有亲难养，在“四年书剑滞燕京，更值秋来百感并。台上何人延郭隗，市中无处访荆卿”(《都门秋思》其二)的万般绝望，以及“全家都在秋风里，九月衣裳未剪裁”(同上，其三)“饥来客尚怜穷鸟，痴绝人还笑冻蝇”(《夜坐示施雪帆》其二)的千种凄凉里，他曾东出齐鲁，往依程世淳(字徵江，时任山东学政)，西上秦晋，投奔毕沅、沈业富，期间尝尽人生风霜之苦，亦尽观齐、冀、秦、晋殊异的山川之美，把目力所至，心力

---

① 见《两当轩集》，第622页。

所注的充满“幽燕”之“气”的山水诗作联缀起来，就构成黄仲则晚期的山水遗响。除上列所述，黄仲则晚期的山水名篇大约还有：《渡河》《东阿项羽墓》《晓行》《德州》《赵北口》《将游西山道中写望》《入山至戒坛》《登千佛阁》《历城道中》《望匡山》《华不注》《望鹊山》《渡运河》《张桓候故里》《安肃道中》《荆轲故里》《晓发保定》《尧母庙》《固关》《女娲庙》《青玉峡》《柏井驿》《平定州》《晓发芹泉驿》《寿阳》《榆次道中》《晋祠》等。黄仲则整个山水诗吟唱休止于《晋祠》玄深奥秘的清亮回声中，给人绵邈不尽的悠长回味，但令人遗憾的是他曾望华岳，并遍游古都西安“城南胜迹”，据武亿吊黄仲则的祭文所言，黄仲则有“游太原、秦中”的“寄兴”“诗两卷”①，“游太原”所作见于《两当轩集》，而历“秦中”和孙星衍、洪亮吉“访城南胜迹”的秦游山水诗却无一字之存，实为极大憾事。

《井陉行》是黄仲则北上京师后创作的山水诗代表作之一。乾隆四十六年(1781)，时年三十二岁的黄仲则“访陕西巡抚毕公沅”于西安，他途经太行八陉之一的井陉关时，受山水形势激发，创制了这首气势宏肆的悲慨篇章。井陉，又曰井陉关，属河北重险，顾祖禹《读史方舆纪要》曰：“井陉关，在真定府获鹿县西十里，山西平定州东九十里。……今山势自西南而东北，层峦叠岭，参差环列，方数百里，至井陉县东北五十里曰陉山。其山四面高平，中下如井，故曰井陉。”②井陉界河北、山西之险，从战国至晚明一直是兵家必争之地，凡天下有事，井陉即有争战杀伐，其中最著名，并让后世沉思感叹的战例当属大汉三年韩信与张耳东出井陉击破赵军的故事(事详见司马迁《史记·淮阴侯列传》)。《井陉行》在“重关虎踞三十六，参井历历手可扪”的山川形势渲染下拉开抒情序幕，诗人穿越“千岩万壑相吐吞”，“中间一束作天险”的井陉故道，他左俯“幽冀”，右瞰“并汾”，一股怀古抚今的激楚之情如脱缰烈马驰骤而来，“我所思兮韩王孙，悲莫悲兮成安君。一言不听左车计，举赵一掷歼其军。空余恨血泜水上，千秋鸣

① 见《两当轩集》，第623页。

② 见《读史方舆纪要》，第424—425页。

咽流浑浑。”井陉之战，韩信以少胜多，不朝食而败赵军二十万，斩赵军统帅成安君陈余于泜水之上，给后世留下太多的喟叹与反刍。黄仲则抚今追昔，既惋惜“成安君”一计不听导致身死国灭的悲剧结局，又感叹韩信能“谈笑”于“井陉之险”，却不能免于“一妇人手”的悲情人生。从根本上看，历史注定了每个人既不是赢家，也不是输家，宿命所限，凡参与历史活动的人最终都走向了同一种归宿。面对“苍茫落日”，黄仲则彻底悟出“世途夷险”根本无法预测，“功名成败”亦不足论说，历史造成的“终古”恩怨更不必纠结追溯，与“离禽骇兽自来往，悬崖激涧磨朝昏”的永恒自然相较，那些曾震撼人心的历史事件不过一道稍纵即逝的云烟耳！正因为有这样的历史观，所以《井陉行》的结句恍如激荡砰轰的大潮中涓涓流出的一股清澈似梦的小溪，给人回味不尽的余韵。

从乾隆二十三年到四十六年，黄仲则轻忽的生命之旅悄悄划过了十五个风雨兼程的人间春秋。从《观潮行》到《井陉行》，黄仲则激情洋溢的山水之恋由南到北，自东向西，跨越大江两岸，长河上下。追随诗人的踪迹，我们不仅尽情观览了钱塘风光、衡湘山水，神魂徘徊在黄山白岳的峰岭溪壑、万顷云海间，而且还倾听到幽燕朔吹掠过大地的苍劲之音，仰望巍峨太行如同巨人般磅礴的身影。黄仲则的山水诗创作用十五年的时间走完了同时代其他诗人可能用二十、三十，甚至半个世纪才走完的历程，可惜天不假年，高才薄命，不然以黄仲则英挺天纵之才，激扬奋发之情，卓厉绝伦之思一定会创制出数量更丰、题材更广，而艺术上更焕现异彩的山水大作。

（二）黄仲则山水诗的艺术简析

在清代常州诗人中，黄仲则诗风与赵翼、洪亮吉相近，但从抒情的角度而言，黄仲则似比赵、洪更为浓郁而激切。袁枚在《仿元遗山论诗绝句》中评曰：“常州星象聚文昌，洪顾孙杨各擅场。中有黄滔今李白，看潮七古冠钱塘。”[①]从袁枚的话语中，我们不难体会出这样两点：一是黄仲则与洪稚存、顾立方、孙渊如、杨蓉裳一道开“常州”诗

① 见《袁枚全集》第一册，第596页。

派，成为常州“文昌”繁盛的中坚力量；二是常州诗群的诗人各有风貌，都能“擅场”一时，但黄仲则在常州诗群中却如风鹤独唳，其音声清亮高吭，响遏行云，堪比当代李白。即使翁方纲也对黄仲则激情飞扬、“真气”淋漓的诗风大为折服：“仲则平生抑塞磊落之真气，常自轩轩于天地间，江山相对，此人犹生。”（《黄仲则悔存诗钞序》）[①]黄仲则的诗一经传写，便流布天下，且美誉不断，终清一代，对黄仲则诗的赞语如江河漫溢，一波高过一波。吴嵩梁在《石溪舫诗话》中说：“仲则诗无奇不有，无妙不臻，如仙人张乐，音外有音；名将用兵，法外有法。天纵其才，不能不夺其福；人忌其才，不能不发其光。”[②]张维屏在《听松庐文钞》里用排奡独造的笔法，对黄仲则天才英发，雄视千古的诗风评价曰：“古今诗人，有为大造清淑灵秀之气所特钟，而不可学而至者，其天才乎？飘飘乎其思也，浩浩乎其气也，落落乎其襟期也。……时而金钟大镛，时而哀丝豪竹，时而龙吟虎啸，时而雁唳猿啼。有味外之味，故咀之而不厌也；有音外之音，故聆之而愈长也。如芳兰独秀于湘水之上，如飞仙独立于阆风之巅。夫是之谓天才，夫是之谓仙才，自古一代无几人，近求之百余年以来，其惟黄仲则乎！”[③]张维屏推黄仲则为“天才”、“仙才”，是大清近“百余年以来”绝无仅有的抒情诗人，他对黄仲则兼备众家、“诸体皆工”，而“笔力变化腾拏，不拘一格”的诗歌风格崇尚备至，叹为天人。不仅以张维屏为主的一批大诗论家对黄仲则叹为观止，而且连痛斥袁枚、赵翼、张问陶为“诗魔”的朱庭珍对黄仲则江河恣肆、天才俊发的诗学成就亦褒誉首肯、嘉言称道：“常州四子，黄仲则才力恣肆，笔锋锐不可当，如骁将舞梨花枪陷阵，万人辟易所向无前，自是神勇，又如西域婆罗门吐火吞刀变幻莫测，具大神通。……其才气横绝一时，可谓诗坛飞将，有大神通矣！”[④]厉志更是在其《白华诗说》里以非常叹惋的笔触仰天

① 〔清〕翁方纲《复初斋文集》卷四，见《续修四库全书》1455 册，第 379 页。

② 见《清诗纪事》，第 7403 页。

③ 见《国朝诗人徵略》，第 576 页。

④ 见《云南古代论著辑要》，中华书局 2001 年版，第 289 页。

长吁曰："毘陵黄仲则，诗人也，而天独不予以年，惜哉！盖其气诣之醇实，时下所罕觏耳！"[①]黄仲则诗天才纵横、笔势凌厉而激光四射，不管同时，还是后世对其仰之如牛斗，重之如泰岱，美誉似缕，绵绵不绝于诗史。如果从山水诗艺术审美的角度辨析，黄仲则的诗风则表现为以下几点：

1. 风神飚发，诗情排空；即景抒情，情融于景，既使其山水诗充满排山岳、倒沧海的非凡气势，又让其山水诗流溢着浑然圆融、景中有我的超远意境。

在清代诗史，纵然在整个中国诗史上，黄仲则当之无愧的是一个"卓特的歌手"，一个杰出而优秀的抒情诗人，一个充满奇瑰气息的浪漫主义作家，他同古今中外众多浪漫主义诗人或作家一样，以深入人的灵魂，写出人心的本质为要义。丹麦著名的文学评论家、文学史家勃兰兑斯在论"法国的浪漫派"时对浪漫派的作家有过这样的评价标准："因为如果一个作家不深入到人类灵魂的本质，不深入到灵魂最深远的地方；如果他不敢，或者不能不顾后果而写作；如果他没有胆量象雕像那样赤裸裸地表现他的观念，不敢把人性如它们所显现的那样反映出来，既不增加一分，也不减少一分，而是看公众的脸色行事，……而对我说来，他是不存在的；对我之所谓文学说来，他的作品是毫无价值的。"[②]德国著名哲学家、美学家黑格尔在论述"抒情诗"时也反复强调曰："抒情诗的主体因素表现得更明显的是诗人把某一件事作为实在的情境所提供的作诗的机缘，通过这件事来表现他自己。"[③]"真正的抒情诗人并无须从外在事件出发，满怀热情地去叙述它，也无须用其它真实环境和机缘去激发他的情感。他自己就是一个主体的完满自足的世界。"[④]"抒情诗的真正源泉既然就是主体的

① 见《清代诗文汇编》第541册，第243页。

② 〔丹麦〕勃兰兑斯《十九世纪文学主流》第三分册，人民文学出版社1982年版，第20页。

③ 〔德〕黑格尔《美学》第三卷(下)，商务印书馆1981年版，第195页。

④ 同上，第197页。

内心生活，它就有理由只表现单纯的心情和感想之类，而无须就外表形状去描述具体外在情境。”①上述不管是勃兰兑斯，还是黑格尔，都对浪漫派的诗人作了人格特质及审美特征的界定。一个伟大的浪漫主义诗人，他必须深入人类灵魂的本质，把人最本性的东西原原本本、赤裸裸地表现出来，有一种敢于正视一切的勇气，不须看公众的脸色行事，不“一味依从公众的偏见、无知、虚伪、鄙俗”，不计较当世的名利，这样才能永存于人世而创作出极有价值的作品。

就人格特质和社会责任感说，黄仲则符合了勃兰兑斯对浪漫主义作家所作的“一个独立的作家”，就是一个“没有任何思想顾虑”，而“道出了他的亲身所感，写出了他的亲眼所见的每一部这样的作品”的论断。就抒情诗的审美性判断，黄仲则与黑格尔所要求的从客观事物“提供的作诗的机缘”中“表现他自己”，“无须从外在事件出发”而真实地、不厌其烦地表现或“描述具体外在情境”的美学标准达到了高度契合。黄仲则之所以成为清代诗史上卓越的抒情诗人，就在于他超越了表象世界的种种实相，而进入对主体心灵的探索。他所抒的情是“主体内心生活”的映现，是浓缩了的人类普遍心情的回声，因此，他的抒情诗就具备了抒情诗所特有的艺术审美特征。

黄仲则的抒情诗象一个多棱镜，折射了生活的方方面面，但其中最具美学价值的应属他那些横绝江河，气势轩昂而变幻诡谲的山水篇章。

纵览黄仲则的抒情山水诗，我们会明显感到他有三种类型的抒情方式：1. 直白独抒型；2. 见景起意型；3. 融情入景型。这三种抒情形式相互补充，共同照应，交织成黄仲则山水诗或大势淋漓，或轻吟曼妙，或疾如风雨骤至，或徐若渔舟唱晚的多样审美风貌。

如前所论，黄仲则是一个典型的浪漫主义抒情诗人，所以他的山水诗首先具有不假外物而直抒胸臆的美学特征。这一类型的山水诗体制以五七言古体为主，感情往往呈现出如江河汹涌、汪洋激荡的态势，诗笔淋漓，气韵超迈，客观物象不但不是吟颂的主体，相反却成诗

---

① 〔德〕黑格尔《美学》第三卷（下），商务印书馆 1981 年版，第 199 页。

人抒情的场景烘托。如:“岷江出峡连浔阳,九派入海争汤汤。陡逢天门怒始激,谁知转眼仍采石。……有江可凭山可倚,天下纷纷乃多事。……谁将地险称人杰,天意茫茫信难测。……惊流莫道沧溟近,更有金焦两点山。”(《观澜亭》)观澜亭在安徽当涂县(今马鞍山市区西南)的采石矶上,与太白楼、虞公祠、蛾眉亭、燃犀亭、问月亭、三元洞、观音阁等人文景观一道构成采石矶景区超凡的优美风光。黄仲则多次登临采石矶,写下大量咏歌绘摹其江山胜景的抒情诗篇,《观澜亭》为代表作之一。站立采石矶头,凭观澜亭远眺,但见“岷江出峡”浩浩而来,“九派”“汤汤”东流“入海”,其气势如万马回旋,奔冲激荡,无可羁勒,面对“奔腾万马冲复旋,采石不改青娟娟”的自然壮景,诗人激情犹如滚滚江潮,幽思冥想,以至于亘古无垠之境。再如:“揭晓达秦望,奋身穷跻攀。举头瞥见半崖赤,回首旭日扶桑边。……天吴海若勃然怒,鼓作巨浪声喧阗。……吁嗟祖龙尔何物,乃欲至此求神仙。……君不见人事推迁尚如此,何况蓬莱缥缈空流传。……愀然日暮亦归去,今古一望谁后先。”(《登秦望山》)秦望山在江南比比皆是,主要者有几处,一在明、清松江府(今上海市)东南六十里;一在明、清常州府江阴县(今江阴市)西南二十七里;一在明、清杭州府西南四十里;另一在绍兴府城南。黄仲则身登“秦望”,心游万仞,在海日天风的鼓荡下,他心胆俱开,举首问天,当年驱使“巨浪”,呼风唤雨的始皇帝于今安在?其显赫的名望和声威连同他求神问仙的荒诞一起化成“猿啼鹤唳杳无有,惟见海鹘盘荒烟”的无尽虚空。人世茫茫,时序代谢,不但“人事推迁”尚且“如此”,即使“蓬莱”仙山亦在“缥缈”间虚空相传,思念至此,诗人一腔激楚的悲情戛然收束在“愀然日暮亦归去,今古一望谁后先”的结句中,给人留下咀嚼不尽的回味。

直抒胸臆型的山水大作,在《两当轩集》中随处皆见,是黄仲则抒情山水诗的主体,除前列各例,此类型的山水诗篇还有《游岳麓》《金陵望江》《僧伽塔》《游四明山放歌》《春雨望新安江》《中秋夜游秦淮归城南作》《江口阻风宿僧寺》《偕容甫登绛雪亭》《颍州西湖》等。

黄仲则出身寒微，少蓄大志，他把个人有志难伸的矛盾彷徨心理经山水风物、人文遗迹的激荡抒写出来，就产生见物起意、对境生心的第二类型的山水抒情之作。这一类型的抒情山水诗一般采用借景抒怀的方式，体裁多以短篇为主，其题旨包容自然山水和人文景观。如：“前代游观所，离宫面面开。……城郭丛花现，江流匹练迴。回看孝陵树，怀古使心哀。”（《偕稚存登鸡鸣山》）鸡鸣山，原名鸡笼山，上有寺曰鸡鸣寺，位于南京市玄武区。黄仲则偕诗中挚友洪亮吉登上山巅，目睹“前代游观”之所，只见“城郭丛花”依旧，“江流”似“匹练”萦回环绕，而故国如梦若幻，一去不可复返，于是哀思潮涌，令人有不能承受之重。再如：“朔风吹客度长林，浩荡川原雪气阴。……人因地瘠多饥色，鸟为天空有去心。日暮哪堪途更远，马嘶犹似助悲吟。”（《春穀道中》）行走在皖南山水如画的旅途中，诗人并没有怡情悦性的畅快感，相反他听“朔风”吹“度长林”，望“雪气”寒压“川原”，地瘠人饥、天空鸟散，一种悲凄的吟声透人肌骨。黄仲则依人远游，心境悲酸苦辛，所以出现在他早期山水诗里的意象大多含愁带恨，如：“地冷荒春心，雾酸侵酒面。”（《舟泊》）“江水茫茫去不休，芦花如雪白人头。”（《江上晓发》）“蒲柳披已尽，纷错空烟堤。……物华感徂落，风土悲难齐。”（《舟次颍上》）“罗刹矶头落照阴，铁幢浦口夕波沉。……风雪衣单知岁晚，江湖酒病与年深。”（《钱塘舟次》）孤苦飘零的身世逼迫黄仲则时常产生悲凉哀怨的凄冷心境，一如上举山水意象所蕴含的悱恻之情，但生性高洁的人格特质，以及飘逸洒脱的诗人气质却决定了黄仲则钟爱山水，醉心自然的高旷胸襟，于是在他借景抒怀的作品中，更多的是清澈明艳、能洞鉴诗人灵魂的篇章。如写山水带给他的心灵感应和愉悦，诗人说道：“短帆拂晓春江上，鲜云生缬波如掌。……三山已尽牛渚来，巉崖三面排江开。”（《晓发牛渚矶》）“雾鬟烟鬟水上头，苏桡斜倚蓼花洲。眼波欲逐川流去，眉翠常含风色愁。”（《舟行即目》）“涛声入耳心所向，与君同家楚江上。比年漻走尘埃间，见此洪流亦神王。……水风吹衣日落去，石气荡魄云飘回。……浪静似响鲛人机，风便欲递冯夷鼓。……大陆浮沉且未休，吾侪身世将安托？”（《偕稚存望洪泽湖有感》）“远山如梦雾如痴，湖面风来酒面吹。不见故人闻旧曲，水西楼下立多时。”（《湖上杂感》其一）“湖岸烟尘过雨清，繁丝促管悄无声。……破寺阴阴飘柿叶，晚汀漠漠谢兰英。寻吟自爱幽凉地，反觉悲秋气渐平。”（《葛岭暮归》）“长崖一障日边雨，高树独摇天半风。……山灵极知我曹乐，留住绝壁残阳红。”（《偕邵元直游吾谷》）又如写山水带给他的心灵启迪，他说：“振衣直上最高楼，吴楚青苍一望收。……不尽狂澜走沧海，一拳天与压潮头。”（《登北固楼》）黄仲则少有奇志，常思奋翮远翔，但其心目所及皆恶浊不堪的悲苦之境，故此，诗人总欲于现实世界以外去求取真美的人生理想，于是他把一粒渴望真美的种子撒向如上所述的自然山水，而把内心郁积已久的英雄豪情倾泻到含蕴浑厚的人文遗迹，让古人的酒杯化解自己心头沉重的块垒。如：“美人骏马甫沾襟，遽使江东阻壮心。……莫向寒潮作悲怒，歌风台址久消沉。”（《乌江项王庙》）“愤王遗像黯承尘，已事空悲五裂身。百二山河销赤炬，八千子弟走青燐。……王气东南来尚早，不须亭长在江滨。”（《乌江吊项羽》）“两地招魂不见君，却从此处吊孤坟。美人骏马应同恨，多少英雄末路人。”（《东阿项羽墓》）项羽因其“力拔山兮气盖世”的英雄气概受到后人崇仰，又因“美人骏马应同恨”的悲剧命运得到后世悲悯与怜惜，黄仲则屡经“项王”遗址，睹物思人，见景生情，遂将自己一腔悲歌慷慨、英雄失路的郁结情怀寄托到项羽的故事里传输出来，即产生撼人魂魄的艺术感染力。黄仲则不仅视项羽为“英雄末路”的同调之“人”，把个人无法实现远大志向的苦闷倾诉给他，而且还将历史上诸多世外高士、悲情人物当成自己千古一遇的知音，向他们娓娓诉说心头的幽愁暗恨。如：“钓台高峨峨，江水平如掌。……弥望烟云深，高吟众山响。”（《过钓台》）“回首桥陵涕泪浑，艰难于此敛羁魂。……松楸几点斜阳入，绝似朝衫捧血痕。”（《姜贞毅墓》其二）姜贞毅，即姜埰。埰，字如农，山东莱阳人。崇祯四年进士，因“建言”而被“廷杖下狱”，十七年二月，戍守宣城卫，未至戍所而北都陷落，姜埰从此流落吴中，康熙十二年卒，临终遗命葬宣城，因未得“君赦令，示不敢归。”[①]姜埰

① 见《清诗纪事初编》，第154页。

作为明遗民诗人，他的坚贞守志、高尚洁白的悲剧一生给有清一代诗人留下太多感慨，黄仲则拜谒“姜贞毅墓”，面对“松楸”“斜阳”，顿然产生“蒿目兴亡”的无限悲感。又如：“空江落日黯祠门，髣髴云裳涕泪横。……千秋杜宇休啼血，万里苍梧合断魂。”（《灵泽夫人祠》）“灵泽夫人”，即三国蜀汉刘备夫人，东吴孙权之妹孙尚香，刘备败亡后，夫人于蛟矶（古称枭矶）投江殉夫，后人多感其悲而作诗咏歌之。除以上之外，黄仲则悲歌慷慨、凄凉激壮的末路情怀还通过类似山水诗章，如《余忠宣祠》《平原》《禹城》《鲍叔祠》《张桓候故里》《荆轲故里》等一系列咏歌人文遗迹的作品表现出来，形成诗人心灵呐喊的一道回音壁。

黄仲则的抒情山水诗，不但有以上直抒胸臆、借物起兴的特征，而且还能融情于景，化景为情，使情景达到凑泊天成的境界，即化有情为无情，让情消弥在景的天然妙趣中，构成其山水诗浑融圆通，味之无尽的悠远之境。如：

步虚声寂散群真，夜色平铺不动尘。云影自来还自去，最高山阁未眠人。

——《山馆夜作》其一

越峰青断海门青，之字江流入杳冥。月出岛烟常带湿，潮回沙气半浮腥。眼将天水分离合，身与鱼龙判睡醒。烟外何人尚吹笛？夜深愁激子胥灵。

——《钱塘江舟中看月》

寒山迢递镜铺蓝，小泊游仙一枕酣。夜半钟声敲不醒，别来怎不梦江南！

——《山塘杂诗》其二

缘萝初渡岭，倚棹更穷溪。坐觉云山合，悠然物我齐。还来上方宿，卧听夜猿啼。欲叩无生偈，钟声过涧西。

——《晚宿云门寺》

《山馆夜作》创作于诗人游历杭州西湖时，诗歌以“山馆”为基点，以“夜作”为缘起，将写景、抒情的背景设定在“步虚声寂”、“群真”苍茫的夜色中，诗人游目四顾，月华生辉，“云影”悠然，一派淡泊闲定之情倏忽而至，全篇不着一字空寂意绪，但处处漫溢着诗人高远空灵的士子情怀。

《钱塘江舟中看月》为诗人经杭州，溯钱江，往新安时所创制的行旅山水诗。诗中反复吟咏钱塘江月下之美，以月夜钱塘江各种不同的意象和姿态暗示诗人内心既志图高远，又悲感身世的复杂心境，遂使景情交相映照，产生物中有我的悠然韵味。

《山塘杂诗》，用“杂诗”灵活多变的体式，讴歌了姑苏名胜山塘风光。“山塘，自大津桥下塘至虎丘，延亘七里，古名白堤。其水为唐刺史白居易所凿。”①由于山塘地近虎丘，亦且是游人去虎丘的必经之路，所以此地自古繁花绮丽，为苏州士女游赏聚会之所，不管是清明三月，还是中秋七月半，山塘盛会举世闻名。《清嘉录》引《元和县志》曰：“虎丘山塘，游赏者春秋为盛。当花晨月夕，仙侣同舟，佳人拾翠，四方宦游之辈，靡不毕集。”②黄仲则驻足七里山塘，身在锦绣围中，他细赏红栏绿浪、疏柳画桥的山塘夜景，心随隔岸的寒山梵音一道在无量的梦境中飞升。全诗运笔简淡，写景婉约，虽不言情，情却融入景中，从而使诗境显得空阔悠远、虚而不空。

《晚宿云门寺》以“晚宿”为诗眼，诗人用心绘摹了“云门寺”幽深寂静的禅意之境。云门寺，有多处，其著名者有广东乳源云门寺、湖南湘乡云门寺、浙江绍兴云门寺，黄仲则所写乃绍兴云门寺。绍兴云门寺位于绍兴市南十五公里的秦望山下，其历史悠久，规制宏肆，史书多有载录，南宋著名诗人陆游在他所撰的《云门寿圣院记》中称曰：“云门寺自晋唐以来名天下。父老言昔盛时，缭山并溪，楼塔重覆，依岩跨壑，金碧飞踊。”（《陆游文集》卷十七）自东晋建寺（寺始建于公元407年。笔者注），至黄仲则“晚宿”（诗人1769年去长沙，道经绍兴、四明，游历了云门寺。笔者注），云门寺已历一千三百多年风云变幻。仲则“缘萝”“渡岭”，“倚棹”“穷溪”，循声来到千年古刹云门山寺，夕阳西下，

①② 〔清〕顾禄《清嘉录》，中华书局2008年版，第93页。

众鸟归飞，他静坐山石，只见暮云四合，流霞漫天，顿觉“物我”一体，无法离分，其间夜风刮过竹林，一种天籁之韵令他“悠然”心会。不但眼目所及禅意具足，而且声闻到处亦机锋四出，不管枕上“猿啼”，还是越过“涧西”的“钟声”，皆让诗人豁然产生“五蕴皆空”的顿悟感。

黄仲则作为世所公认的抒情诗人，他的山水诗不管是直抒性情，还是借物起兴，抑或是融情于景，都能于山水独特的映象中，营造出强烈的感情氛围，从而既增加了诗歌的感染力，又构建了情韵绵绵的审美意境。

因为黄仲则的诗以抒写性情为主要特征，因此，给后世留下他的山水诗很少有“直接描写山水”，“绝少单纯为山水写照之作”的误解。如果不是浮光掠影式地解读黄仲则的山水诗文本，抑或进行以偏概全的主观臆断，而是深入研讨考辨《两当轩集》中的所有山水诗篇，我们就会发现一个毋庸置疑的事实：黄仲则不但是写情的圣手，而且更是摹景的高手，他的山水诗是诗人汹涌的诗情与高超的诗艺相融合的产物，他把与生俱来的超迈之情同别出心裁的景物描写相贯通，就构成其山水诗艺术的第二大审美特征。

2. 思路巉刻，视角独特，能于山水千变万化的形体中发现自然的美质，将其用颖思妙悟的构想、精致细腻的笔墨、多姿多彩的语言、形象逼真的修辞手法全面呈显出来，就构建成景中有我，主客同化的山水诗至境。

与众多优秀的抒情诗人一样，黄仲则的山水诗不仅长于抒情，而且还善于造境写景，他的山水诗借鉴中国山水画的艺术表现手法，无论布景设色，还是取象运笔，无一例外地体现了“以近次远，分佈高低，转折迴绕，主宾相辅，各有顺序。一山有一山之形势，群山有群山之形势”①的美学原则。在艺术创作中，不管山水诗，还是山水画，皆非无情之物，诗人、画家借助山川为自己立言，同时又用自己的诗画作品代山川立传，他们在创作山水诗、画的过程中，都要将自己的真情实感倾注到山川万物中。因此，上乘的山水作品必然是景中有情，

---

① 〔清〕唐岱《绘事发微》，见《中国古代画论类编》，第 867 页。

情寓于景，景为情设，情因景生的诗画逸品：“全局布于心中，异态生于指下，气势雄远，方号大家；神韵幽闲，斯称逸品。”[①]前苏联著名文艺理论家波斯彼洛夫在其《文学原理》一书中阐述了文学作品的“抒情—叙事”关系，他认为“‘纯’叙事文学和‘纯’抒情文学似乎是语言艺术的两个极端，而在它们之间却存在着各种结构，其中某些中间结构把叙事和抒情这两种‘因素’结合起来，使它们达到某种统一，并使两者处于同等的地位，这样的作品我们称之为‘抒情—叙事’文学，它可以既在‘质’的方面，又在“量”的方面包含叙事‘因素’和抒情‘因素’的结合。”[②]德国著名文艺理论家席勒也曾论述过诗歌抒情与叙事之间的关系：“诗人或者是自然，或者寻求自然。前者使他成为素朴的诗人，后者使他成为感伤的诗人。……虽然想象力和理解力的自由使人离开自然的素朴、真实和必然性，但是不仅那通达自然的道路永远向他敞开着，而且有一种不可摧毁的强大的冲动—道德的冲动—不断地促使他回到自然；……因此，当自然的素朴消失的时候，诗的能力并不会丧失，它只是在另一个方向下发生作用。”[③]从上述国外文艺理论家的观点可见出，诗人在创作诗歌作品时总是将“抒情”和“叙事”，“素朴”与“感伤”两种方法交替使用，共同激发。“叙事”是形成“素朴”风格的手段，只有通过“叙事”才能形成写实的“素朴”诗，进而用自然的力量推动并激起诗人抒情的冲动，使诗人回到自然，让诗人心灵的悸动与充满活力的大自然互相冲击，最后产生“感伤”的艺术魅力。不但诗歌的表现手法需要抒情和叙事的完善结合，而且创造意境亦需要景与情的交互融和，正如宗白华先生在《中国艺术意境之诞生》中所说：“艺术意境底创构，是使客观景物作我主观情思底象征。我人心中情思起伏，波澜变化，仪态万千，不是一个

---

① 〔清〕汤贻汾《画荃析览》，见《中国古代画论类编》，第 839 页。

② 〔苏联〕波斯彼罗夫《文学原理》，生活・读书・新知三联书店 1985 年版，第 142 页。

③ 〔德〕席勒《论素朴的诗与感伤的诗》，《德语诗学文选》，华东师范大学出版社 2006 年版，第 116—117 页。

固定的物象轮廓能够如量表出，只有大自然底全幅生动的山川草木，云烟明晦，才足以表象我们胸襟里蓬勃无尽的灵感气韵。……山水成了诗人画家抒写情思的媒介，……山川大地是宇宙诗心底影现；画家诗人底心灵活跃，本身就是宇宙底创化。”[①]上所赘言，旨在纠偏学术界对黄仲则评判上的某些误解，同时也辨析黄仲则山水诗抒情与写景相长，互不偏废的艺术审美精神。

黄仲则的山水诗视阈宽阔，视角新颖，写景手法灵活多变，在诗人精致的诗笔绘摹下，不但有通体写景的名篇，而且还有奇思妙想的警句。前者如:《雨中过夹山》《定远》(以上五言排律)，《登大观亭》《齐山》《遇雨止云谷寺》《小心坡》《天都峰》《由慈光寺至老人峰》《小溪》《舟中望九华》《叶岭》《大雨宿青山僧寺》《舟发西安至东岩夜泊》《舟过龙门山》(以上五言古体)，《退潭舟夜雷雨》《寻三元洞因登妙远阁》《铺海》(以上七言古体)，《文殊院》《山行杂诗(五首)》《栖霞道中》(以上五言律)等；后者如“极浦花如梦，三更月似弦。”(《湘阴夜泊》)“但有长天随海尽，不知大地与波浮。半岩啸落惊山鬼，万壑风生撼佛楼。”(《偕嵇秋云昆仲登九龙山》)“江流送今古，僧话杂兴亡。”(《游白沙庵僧舍》)“云蒸海气欲浮城，雨过江天旷望清。……潮头前后英灵在，浙水东西王气平。”(《吴山写望》)“马目眩水色，客鬓愁波光。”(《渡青弋江》)“潭空孤月印，峰黑一灯嵌。”(《秀州夜泊》)“云净江空处，无人月自高。”(《江上夜望》)“崖势欲随惊鹘飏，鼓声时逐怒涛浮。”(《夜登小孤山和壁间韵》)“乱石似羊空卧草，片云如鹤不栖松。”(《柏井驿》)“出山惊马瘦，行野觉身轻。”(《榆次道中》)黄仲则的山水诗形神兼具、情景相生，其写景的名篇、警句旁逸秀出，举不胜举，上列篇目和例句仅为其十之一二，但通过这些诗例，我们即能见出诗人在山水诗摹形绘景，写意造境方面的特异功力。综而言之，黄仲则的写景构境艺术表现在：

第一，深厚而纯熟的语言功底。黄仲则少年饱读经藉，有深厚的

---

① 蒋孔阳主编《中国古代美学艺术论文集》，上海古籍出版社 1981 年版，第 11—12 页。

学识底蕴；长而与洪亮吉、孙星衍交好，过从甚密；加之前后受业于邵齐焘、朱筠、王昶；继之又得翁方纲、毕沅赏识，成为其座上客。从学术渊源上，他占尽先机，有着一般人很难拥有的转益多师的受学环境，但与其师友不同的是，黄仲则选择了诗歌创作为他人生的终极目标，他将生命的所有热情与学力投入到诗歌创作，使其在清代经学大盛的背景下成为一个为数不多的抒情诗人。与洪亮吉相比，黄仲则的语言风格更趋多元化；和朱筠、王昶、翁方纲相较，黄仲则的诗歌语境则显得浑深阔大，如流水行云，自然变化，不可靠人力强为。就山水诗而观，黄仲则的语言艺术有“三变”、“三奇”。“三变”是指诗人能根据感情的变化、描写对象的变化以及时空的变化而调整语言风格，使语境、语意、语气随心而变，遇境而变，因时而变，从而达到出神入化，随心所欲的艺术效果；“三奇”因“三变”的艺术效果而使黄仲则的山水诗语言呈现了奇思妙想、奇特新警、奇韵旁逸的审美特征。如写激昂高亢的感情，诗人用卓厉风发的语言把人生得意尽欢的无限感慨表现得如大江东去，昆仑西来，令人顷刻产生羽化飞升的灵动感：“云来摐鼜如有声，云去翻空已无迹。……此时望江江渺然，鹅毛一白粘遥天。……朝钟暮鼓声殷雷，翠微光薄金碧堆。……世无其人山亦晦，山意待我如含情。”（《游九华山放歌》）再如写郁结沉滞的心情，诗人则选择激楚苍凉、凝重顿挫的语言将心中一股郁怒悲慨的心结舒展开来，随即现出“肠一日而九回”的艺术效应：“东风吹车入土门，井天一线愁霾屯。……我生不识秦关蜀栈之险绝，对此已欲堕泪销惊魂。……空余恨血泜水上，千秋呜咽流浑浑。……苍茫落日满山谷，终古谁怨谁为恩。”（《井陉行》）

山水不仅有南北，而且还有东西之差异，南山幽秀蕴藉，北山则峭拔寒瘦；东水绵渺迢遥，而西水奔冲莽荡，这一切被黄仲则用不同的语言风格和语意氛围表现出来，就产生别开生面、各有洞天的惊人诗境。如：“殿角插入玻璃光，钟声飘来翠微里。……仙佛富贵两茫茫，惟有活溪流不死。”（《水西和对岩韵》）“回首皖公色，泼翠满楹榭。炊烟自成云，不与江流泻。”（《登大观亭》）“木莲花发卸红衣，夹岸秋江碧四围。……袖招猎猎江风满，鬓惹濛濛水雾霏。”（《江上晓发》）

“落日衔孤峰，余彩散遐甸。袅袅川上霞，潆洄映潭练。”（《宿练潭用王文成韵》诗人自注：地因文成过此有“澄潭净如练”之句得名）以上写东南之山水，诗人笔如秋江，尽显空阔澄明、绮丽绚烂之姿，与东南的柔美毓秀相比，黄仲则绘摹北地山川则用词刚劲瘦寒，突兀奇崛，把齐鲁幽燕、大河上下的混莽山水形貌刻划得气韵生动、神态百出：“卓地青莲忽千仞，虎牙森立羊肠纡。……试从绝顶俯下界，便是匹练丛花图。”（《华不注》）“迁延一弹指，便绝风云踪。……天门展昳荡，古与人境通。”（《别岱》）“人从釜底行，车自臼中出。崩崖如云颓，断岸拟剑劁。……回首浮云阴，萧萧下西日。”（《河堤》）“急峡东山转，危崖蔽日长。片云迷出处，群玉俨铺张。”（《青玉峡》）“一夜朔风吼，河声怒似雷。上流冰动岳，亭午日飞灰。”（《渡河》）

山水不但因地域差异各显异境，而且还因时序不同、节令殊别自呈异态。黄仲则凭诗人的敏锐，通过精致细腻的观察，用别出心裁的语言把山水在不同时间节点下的神情气韵点化得生动而流畅，让人顿生怜爱之意。如写冬日之景，他说：“残雪消不尽，晓风寒更增。连岗盘叠叠，细路出层层。”（《晓发》）“出门朔风欲撼山 ，一里二里飞鸟还。沈沈车铃冻不响，寒云挂地雪满天。”（《自常山至玉山途中大雪》）“一雪千山白，孤吟倚柁看。……还看豫章树，郁郁挺孤寒。”（《章江晓雪有怀》）再如写春光明媚、惠风南来时的山水状貌，他说：“一碧招魂水涨津，远山浓抹雾如尘。……芳草远粘孤骑没，绿杨低罩几家贫。”（《春日楼望》）“墙头时出野花朵，辛苦细趁行人香。红尘欲暗日卓午，绿柳尚绾时青阳。”（《红心驿》）在四时代序的诗篇中，用心最多、用情最深而用笔最浓的当属诗人对秋山秋水的反复吟咏：“槲叶阴中水雾腥，鹧鸪啼处一舟停。……窗外三江流浩浩，雨余七泽气冥冥。”（《三江口阻风》）“五更乘晓月，一路看秋山。鸥梦先人觉，云心比客闲。”（《汉江晓发》）“池台入暝难留客，鱼鸟能愁不近人。若说西湖似西子，此时意态只宜颦。”（《游漪园暮归湖上》）“关河容易入斜曛，独立苍茫数雁群。……天粘野草疑无路，风旋惊鸦忽入云。”（《晚眺》）“乱帆随落日，白浪卷长天。山向金焦起，秋从鸿雁还。”（《江行》）

第二,奇思妙悟的修辞艺术。语言和修辞是山水诗艺术表现的孪生手段,它们之间相辅相成,互为照应。语言是修辞的基础,修辞则是语言的升华,没有语言则无所谓修辞,高超的修辞技巧来自对语言的娴熟运用。黄仲则对诗歌语言拥有坚实的基础和深厚的功力,所以他的修辞艺术显得新颖奇特,充满瑰丽色彩。为了全方位表现山水的神情状貌,诗人或用夸张,或用比喻,或用拟人,或用对比,或用暗示,或用想象,总之,通过多种修辞手法的运用,自然山水在黄仲则笔下原形毕露,神韵具足。如写黄山之高之险,诗人通过心理暗示、比喻夸张的手法将其表现得惊心动魄,且妙趣横生:"耳受万瀑声,神清不离舍。……阴篬逗全墨,塥塞罗万讶。……振衣崖千寻,骨冷待烟化。"(《夜从慈光寺步至茅蓬菴再浴汤泉》)"瞑眩心摇旌,飘簸谷张网。……行行避攫拏,境境得惝慌。托命藤系石,靡瞰匪千丈。"(《由慈光寺至老人峰》)"上岭怒欲压,下有无穷深。……飞空苦无具,至此毛发森。……同游少人色,牛喘逋汗淋。"(《小心坡》)如写黄山松石、云海之奇之诡,诗人用丰富的想象和夸张的手法,使黄山云海、松石顿时飞腾旋回,有奇幻瑰丽之色:"黟山三十有六峰,峰峰石骨峰峰松。……沐日浴月晕苍翠,苔色散点周秦铜。……鳞张鬣缩爪入肉,万劫避过雷火攻。……悬崖嵌峒不知数,莘莘缑缑皆鬼工。"(《黄山松歌》)"甫看肤寸倏满天,幻境万万还千千。……初疑百万玉鲸斗,阑入一道长虹来。……轻风吹合复吹开,白衣苍狗须臾态。我欲云门峰,化为并州刀。持登天都最高顶,乱剪白云铺絮袍。无声无响空中抛,被遍寒士无寒号。"(《铺海》)清代写黄山的层出迭现,佳作甚多,写云海更是众多诗人乐此不疲的盛事,但能象黄仲则一样充满浪漫的想象,把云海的变幻化成人文情怀的畅想,使黄山云海变得如此神奇的诗人,舍黄仲则便无他人。再如写水天一色、江山相依的险固形势,他笔走龙蛇,用比喻、夸张、拟物、象声的手法,向我们展示了一幅气势雄峻、神韵流溢的江山万里图:"熊蹲狮伏势绝陡,急洑盘涡此间走。初疑鳌窟忽掀翻,倒插双螺碍星斗。……阴崖破碎浪花蹴,绝顶的皪霞光烘。"(《天门山》)"青山万叠江一线,一叶扁舟下如箭。……崖连但若障迎面,峡转忽如天霁颜。……星光渐大日已曛,摇舟泊入千鸥群。矶头石作琳碧灿,水底沙皆科斗文。……梦醒远柝闻五更,茫茫露下空江平。”(《练江舟中》)练江,又名徽溪、西溪、练溪,是新安江的重要支流,下游即钱塘江。黄仲则写练江虽没有渲染大江涌动时的气势,但通过诗人明喻暗示、夸张对比的手法,把皖南山雨欲来、江云四合的如画景色绘摹得真如寂澹,俨然梦境。

在黄仲则所有抒情写意的山水诗里,能把各种修辞手法运用到出神入化,且登峰造极的篇章应属《游四明山放歌》。为了表现四明山神奇奥秘,上极天标、下临地腑的非凡气势,诗人充分利用夸张、反衬、想象、比喻等修辞手法,使四明这座充满仙风道骨的海滨神山显得格外飘逸洒脱、幽冥奥妙,其奇思如飚风骤至、霞光初绽,令人目眩神惊,魂魄俱醉:“赤城峨峨一千丈,欲走东海连蓬莱。……峭壁一劈忽千仞,独鹤吊影愁猿猜。……或如神龙忽掉尾,或若铁骑宵衔枚。或如丈夫倚长剑,仰看白日心余哀。或如华堂敞高会,玉山渐渐东西颓。或如美女将进酒,凝睇却立擎瑶杯。忽或纂组杂婉缛,忽或旗鼓纷旋迴。……星辰绝顶手堪摸,银河贴天声喧豗。沧桑变迁运指掌,琉球日本数点青如苔。阆风一夜飞至此,日月照耀金银台。……呜呼!人间果有宅仙处,至此哪得留形骸。……狂歌忽卷海霞出,正值鹤驭风中回。”(《游四明山放歌》)同诗史上众多浪漫诗人相近,黄仲则激情四溢,想象丰富,他把如屈子一般光怪陆离的瑰丽想象,太白一样横空出世的奇情倾泻到对四明山的讴歌中,就使《游四明山放歌》成为清代抒情山水诗的杰出代表。

除以上两大特征之外,作为优秀的山水诗人,黄仲则的写景艺术还表现在构图置景、设色用墨等的协调对比上。黄仲则天分高超,思维敏锐,而眼界新奇,他不但对诗艺有精深的理解,而且对书画亦有独到的造诣,他认为书、画、诗三者在艺术和审美上有相通之处,只有把握了三者之间互融互现的关系,才能创作具有很高美学价值的艺术作品:“人言诗妙画难尽,我言是诗皆画境。人言书妙从画参,我言画亦书理兼。”(《集吴香亭太常斋见所藏孙雪居董香光书画合册作歌》)诗境即是画境,画理便为书理,三者虽然表现手法各异,但参透了其中奥妙，就能使画凸显杳然深远的诗境，而书亦能体现画的创意效果。“忽忘笔墨在何许，时见云烟空欲无。咫尺何论万里势，萧瑟苍茫极能事。是书是画两不分，呵成一片青霞气。”（同上）心空万物，无我无色，笔墨淋漓间就有咫尺万里之势，让“一片青霞”之光浑融书画相参互补的无痕之境。诗、书、画创作从笔法到用墨，从置景到设色各有其势，能把握其基本规律，就能使三者呈现风烟漫卷之态：“春山郁郁何葱葱，云卷忽随缣素空。偶然断出林岫色，复叠不知千万重。……坐看生灭云耶山？斯人怀抱岂等闲。”（《题郑秋堂山水幅》）黄仲则的山水诗借鉴绘画的技法，将入目即见的山川景物一一收纳布置起来，就构成玄远深幽的山水诗境。如写山水之色，他浓淡相配，对比鲜明地说：“千岚忽霞灿，目光讶频拭。万树霜枫林，艳此天地色。助以朝阳辉，绚烂斯云极。……素石兼长松，彩翠相镂饰。妙绘不到处，化工展匠力。”（《偕邵元直毛保之游虞山破山寺遂达天龙庵寻桃源涧》其一）再如写山水形态、光色变化，他随步换景、明暗闪现地刻画道：“前峰忽中断，平野连城阛。……日华转壑底，霜气清崖垠。……遥山万千叠，何处平吾身。”（同上，其三）又如写山水清音，他虚实相间，音声互杂，写出山间天籁破空而来的高旷情境：“钟声忽递风，寻之越岗阜。……径造竹阁吟，坐听涧声久。……想见春水生，百万玉龙走。”（同上，其四）

如果游虞山让诗人感受了清空幽寂的山水雅趣的话，那么宿青山僧寺则让诗人经历了一次洗涤心魂的换骨之旅。他把雨中宿青山僧寺的所感所想、所见所闻用艺术的手法构建起来，就有四十六韵的五古体山水大作《大雨宿青山僧寺》。这首诗虽用善于写景的五言体式，但其情之奔放热烈不减七言，全诗语言奇崛、想象丰富，设色布景层层推进，宛然一幅全景山水图；其笔法起落变化，画面晦明交替，思路闪展腾挪，把人导入一个惝恍迷离，有若太虚幻境，又似仙宫地府的奇异之境：“寓楼对兹山，了若图障列。谁知一发皴，中有万盘折。……长岚互起落，阴霾肆生灭。……风涧相喧豗，怖畏不可说。……雨细听山溜，砰訇变呜咽。……林鸟忽一啼，晓钟鸣渐阕。……山容沐如倦，畴色绣疑缬。……烟中辨长江，一气三屈

折。……归当图卧游，今方与山别。”(《大雨宿青山僧寺》)

酷爱自然，乐游山水，只有在山水里他才能一舒心胸，山水是诗人黄仲则前生注定的知音，他在人间无法倾诉的心曲，只能通过一缕刮过窗前的风，一轮照彻床头的月暗示出来，他把自然当成安息心魂的归宿地。“夜静方知山月正，心空不碍海潮喧。”(《宿黄山下农家夜起偶成》)“常自笑人岩畔月，有山如此不幽栖。”(《发一宿菴》)由于对山水的专情挚爱，所以黄仲则观山临水，情意满溢，他“弥望烟云深”处的山水形貌，心中“高吟”起令“众山响”应的长歌，他把自己一腔如“巨流”般的真情，化作“一泻作墨沈”(《齐山》)的笔势，淋淋漓漓地“泼写”成“山川奇”丽的画卷，因此成就了清代山水诗史上诗人之诗的山水壮歌。

从艺术风格和人格特征来辨察，黄仲则的山水诗是深度分析诗人丰富复杂的内心世界的物质载体。关于这种辨析，可参见拙文《论黄仲则的山水诗》(原刊于郑州大学文学院主办的《语文知识》2007 年第 3 期)，此不赘述。

综上肤浅而轮廓的描述，尤其对黄仲则山水诗的简析，我们首先应该确立黄仲则在诗史上的重要地位，他生活在乾嘉学派大盛的时代，尤其受其师友，诸如朱筠、王昶、翁方纲、洪亮吉、孙星衍等的影响，但他始终坚持诗歌创作的终极目标，把诗学当成生命的唯一，因而他是上承骚风，下续太白的不可多得的浪漫主义抒情诗人；其次，黄仲则的内心世界是丰富的，人格是双面的，面对恶浊的俗间社会，他忧患重重，心如莲子，善用春鸟秋虫的悲鸣来摅写内心的不平之声，但沉浸于自然山水，他内心充满激情，一如江河奔泻，流云飞走，表现得自在自为，随缘任运，他把自然当成千古一遇的知音，与之同声相应，息息相通，面对自然山水，他一扫愁云惨淡、悲苦凝噎的凄切之色，而呈现出光风霁月、超迈高亢的神情气度，由于现实社会的冷漠严酷，诗人大志难伸的悲愤苦闷与大自然的宽容慈爱，山川万物的自由自在形成的两极对立，才映现了黄仲则人格的双重性，以及诗歌风格的多面性；再次，黄仲则不但是卓越的抒情诗人，而且还是优秀的摹景构境的写实诗人，他的山水诗不仅能借景抒情，融情于景，而且还有强烈的画面质感，其独异的构景写境艺术，造就了他山水诗立体的画面效果，给人极大的视觉冲击和心灵震撼。

第三节　“祁连山上千年雪”“杜鹃城外杜鹃啼”

——顾光旭的山水诗·兼说梁溪诗群

常州诗群，遍布毗陵一郡，但论山水诗成就，除洪亮吉、黄仲则及其他诸如赵怀玉等卓特英挺的阳湖、武进诗人群体外，以顾光旭、杨氏双杰为标杆的无锡、金匮诗人亦异军突起，他们用独特的视阈，迥绝的题材，尤其激越悲怆、刚健苍老的诗风开辟了清代山水诗的新境界。本节主要选取顾光旭为切入点，来剖析梁溪诗人的山水诗创作风貌。

一、顾光旭的生平和诗学成就

顾光旭(1731—1797)，字华阳，又字晴沙，号响泉，江苏无锡人。乾隆十七年壬申恩科乡试中式；八月会试，成进士，授户部主事。三年后，实授山东司，晋员外郎，主盐策。乾隆二十四年(1759)，授浙江道监察御史，同年，直隶、山东大水。次年，顾光旭上奏章陈述灾情并请加赈，以济灾民，奏入，乾隆皇帝极为赞赏，命其“赴京畿察勘，疏消文安、大城积水。乐亭民拥哄县门，抚定之，驰章请加赈。历宝坻、滦州、卢龙，两月竣事。”(《清史稿·顾光旭传》)[①]乾隆三十二年因赈灾有功被擢升为工科给事中。

乾隆三十三年二月，授甘肃宁夏府知府，次年，调平凉。在甘肃任职之时，正逢大旱之际，向上司请赈被驳回的情况下，为了灾民顺利度过饥荒，顾光旭轮蹄四出，“亲查灾户，先发银米开赈。”(王昶《诰授中宪大夫甘肃凉庄道署四川按察司使顾君光旭墓志铭》)[②]对于大

---

① 见《清史稿》，第1582页。

② 见《碑传集》卷八十六，中华书局1993年版，第2475页。

旱造成的惨酷灾情，王昶撰的《墓志铭》有这样一段骇目惊心的描述：“是时陇坂灾黎鬻妻子，装木笼于驴背，每笼两人，君命城门记其数，五阅月共出六万七千余人，则他郡可见也。……总督明山巡边至隆德，告君路有馑死者。君率县令请罪，总督曰：‘百姓道毙，于太守何与？’君曰：‘知府任地方责，乌得辞谢？且总督见者一，知府见者十，知县见者百，乡长、保正见者以千数矣。曩知府于路，见群鸦飞鸣树枝，牵挂缕络，则人腐败之肠也。迹而求之，涧谷中胔骸堆积，绵延不绝，是皆地方之责，乌得无罪！’总督悚然，蹙然问如何而可。”[1]光旭回答总督明山，只要在平凉、隆德、固原、静宁各设粥厂二，以赈灾民，同时给他们两个月口粮，劝其回籍事农归耕，即能解灾荒造成的危难。明山同意了顾光旭的建议，让其主办赈济事宜。不久，接替明山职务的文绶听闻顾光旭的贤名，遂请其主持“河东赈事，一切钱粮听支取，知府以下听调遣。”顾光旭受命后，“分八路比户清勘，刊发三连票备考核。发奸摘伏”，至事竟，“官吏惕息”，无一中饱私囊者，河东“民获更生”（语见《清史稿》）。

乾隆三十七年，大清兵讨伐金川，文绶调任四川总督，奏请顾光旭偕行。顾光旭至川中，“力谋餽饟，三路军营赖以无乏。”是年十二月，署按察使。四十一年，两金川平，大军凯旋，顾光旭调往卧龙关料理回兵，因劳累过度，加之大风寒，“忽四体麻木”，医治不愈，遂告病由川沿江东下回籍休养。

回籍后，顾光旭除奉亲颐养外，主要做了两件大事：一是赈济无锡灾民；一是兴起东林遗风，畅行教化于乡间（事详见王昶《墓志铭》）。《清史稿·顾光旭传》曰“里居遇灾，助赈一如在官时，主东林书院数十年，聚生徒讲论道义，继其乡顾宪成、高攀龙之绪。”

嘉庆二年（1797），六十七岁的顾光旭卒于乡，卒后葬鼋头渚，墓地乃光旭生前自筑生圹。

顾光旭受家学影响，不但学识鸿博深沉，而且为人祥和惇厚，对名利荣华抱持澹泊心态，他的品行中兼具儒家仁和义的双重人格特

① 见《碑传集》卷八十六，中华书局 1993 年版，第 2475 页。

质，正如王昶所说："虽以吏治见称，而志在扶植忠义，主持风雅。"[①] 顾光旭仁的情怀从他自始至终赈灾济民的善举中约略可见，而他义的行为则集中反映在任职四川时为征金川死难的英烈建慰忠祠等一系列功德无量的大事上。征大、小金川，对顾光旭等一班文士来说是一次千载难逢的幸事，他们因战火而淬砺了自己的人格，因悲壮艰辛而助长了自己的诗情，更因同气相求而结成了战地才能滋生的深厚友情。在川中的烽火岁月，每当"治事"暇余，顾光旭常与王昶、赵文哲、查礼、沈清任、杨潮观、吴省钦等雅集吟诗，纵论天下。总一生心血所聚，顾光旭成《响泉集》十八卷，并辑《梁溪诗钞》四十八卷。不光诗学成就斐然，顾光旭在书法艺术上亦与清代著名书法大家王文治、刘墉、梁同书等相颉颃。

因为清代大家众多，名家云集，凡治清诗者对如顾光旭一类的诗人罕有关注。这一方面说明顾光旭的成就不以诗学为主，他的诗名往往被其政绩所掩，另一方面则证明治理清诗之难，因作品浩如烟尘，故非潜心冥志则不能见其细深之全貌。虽然后世学者对顾光旭弃置不顾，但同时代的诗人们对他的非凡成就还是给予了高度评价，王培旬在《听雨楼随笔》中说："顾晴沙观察光旭权蜀臬，喜为诗。袁简斋採其句入诗话，李雨村诗话亦载其《咏惠陵》云云。……字法颜鲁公，诗宗苏玉局。"[②]符葆森《国朝正雅集·寄心庵诗话》曰："晴沙先生由农部出守，已而军兴旁午，随大司马文公征剿金川，……所著诗甚富，锤声炼响，上逼三唐。"[③]徐世昌《晚晴簃诗汇·诗话》亦评曰："晴沙由谏垣出守宁夏，后从军入川，所至有惠政。诗音节兴象，直逼唐人，以陇蜀诸作为最胜。"[④]

顾光旭生有异禀，素负大节，他既有澹泊名利、粪土权贵的高远情怀，又有气势雄放、志在图南的不羁之心。如："四海纵横三尺剑，

---

① 见《碑传集》，第 2477 页。

② 见《清诗纪事》，第 5488 页。

③ 同上，第 5489 页。

④ 见《清诗汇》，第 1232 页。

沛宫置酒欲销魂。……英雄成败俱陈迹，何必重瞳有泪痕。”（《沛中》）乾隆十七年春日，诗人为赴科考而北上，途经汉高祖故乡沛县，他见景起意，面对当年曾“四海纵横”不可一世的汉皇遗迹，发出“人生惟觉故乡好，父老都忘天子尊”的慨叹。

顾光旭高洁人格的形成和他早年的生活环境有千丝万缕的联系。在《响泉集·泉上小稿》的序言中，诗人曾深情地回忆说：“余弱冠读书慧山贯华阁，尝夜至漪澜堂，九峰月出，五更泉注，拾松子烹茶竹炉中，意有所得，辄吟小诗。”读书山中，燃松煮茶，诗人每天看九峰云起，听惠泉下注，心意顿被山间风月所浸染，于是欣然写下抒怀言志的诸多“小诗”，如《读书惠山贯华阁三首》《泉上吟》《山行四首》《山居晓起》《高忠宪公祠》《石门对月》《幽思诗》《晚过石林精舍梅树下》《答天钧上人见和用前韵》《大人命赋庭梅仍用前韵》《赠梅四叠韵》《登锡山望湖亭》等。这些早期言怀味道的诗作同晚期诗人所作《偶兴》《初春游兰亭已有述矣复集兰亭字二十四首》《鉴湖晚望》《甲辰新正十日大雪庭梅大放为作梅雪篇简笠湖》，以及《响泉集》绝唱之《浙游小稿》前后呼应，始终一贯地唱出了诗人清空激越、纯净无暇的澹荡心胸。《浙游小稿》为顾光旭于乾隆五十一年(1786)出游浙江时所作诗品的结集。虽然已近暮年，并经历了世事沧桑，但诗人一颗高洁至纯的心依旧象惠山读书听松时那样如玉之温润，如雪之晶透，如梅之寒瘦：“老梅着花天雨雪，天上人间争皓洁。……千朵万朵冰心花，半含半露梢头萼。……雪纷纷，梅澹澹，呼酒平台一流览。卷地春风破晓来，旷然天地吾何憾！”（《甲辰新正十日大雪庭梅大放为作梅雪篇简笠湖》）“密缔因缘窗际月，暗传消息龙头梅。赤松去后凭谁问，遍地明霞绣古苔。”（《晓起对梅四叠韵》）梅香四溢、雪光如芒，庶可概括顾光旭既高翔远举，又恬淡自适的传奇人生。

顾光旭虽然以梅为师，把梅当成人格修炼的象征，他的情志高洁，不染尘俗，但他却不是不食人间烟火的山中隐君子，亦不是观心问道独往独来的月下幽人，更不是冷眼观世，毫无血性的天涯过客，相反，他的血液中流淌着东南义士固有的激情，他的品性里融入了东林党人关怀天下、悲悯苍生的遗风。故此，他的诗歌除了表达个人高洁澹远的心志外，还切入社会最底层，以受苦受难的民众为抒写对象，通过他们苦难不堪的身影，深刻地反映了诗人所生活时代的社会现实，为我们从反面绘制了一幅生动而逼真的“盛世兹生图”。如“少妇啼饥老妇泣，中妇提筐立原隰。……我行见之心内伤，问妇不答置竹筐。竹筐青青采杨叶，何日南风大麦黄。”(《提筐行》)《提筐行》写作于乾隆二十八年(1763)诗人受命视察畿辅水灾时。诗歌选取一个灾区司空见惯的生活场景，利用以小见大的艺术手法真实地还原了受灾民众让人“见之内心伤”的生活状况。从乾隆二十八年到三十六年，诗人跋涉的脚步就艰辛地辗转于京畿、西夏、河东、陇东之间，他以守臣的身份、儒者的情怀、诗人的敏锐把满目疮痍的灾区用信史般的诗句实录下来，就产生深远的艺术震撼力。如“喔喔晨鸡鸣，行行整余驾。驾言发远郊，省敛历田舍。……万室绝炊烟，百物转腾价。为问牧民心，此责欲谁卸。”(《勘灾二十二韵》)“饥年悲赤子，寒色怆青岚。产破妻孥贱，肠枯草木甘。道旁一相顾，欲语泪先含。”(《孟冬经青岚山感成二首》其一)“夏旱赤千里，秋霜杀六盘。谁云为父母，而使忍饥寒。瘠土供输薄，災黎慰问难。共承筐篚泽，五夜圣心殚。”(同上，其二)“四野风酸且放歌，短衣露胫泪滂沱。……吁嗟道殣空回顾，落日行人不敢过。”(《归养有期矣，台司以灾政故，趱留两月，不敢辞也，仲冬二日自兰州东行，老弱累累于道，安会间尤甚，触目怃然，用竺庄延绥道中韵九首》其三)“万井烟空气惨悽，纵教移粟路犹迷。羸牛曳挽青天上，饿骨支撑白日西。”(同上，其七)乾隆三十五年、三十六年陇东一带大旱，涉及区域遍及宁夏府和平凉府各县，面对灾祸，朝廷采取了一系列赈济措施，据《清史稿·高宗本纪》载：“三十六年，二月……庚申，以甘肃比岁偏灾，免通省民欠籽种口粮仓谷。……十二月……乙亥，蠲甘肃陇西等三十三州县三十三年被水旱雹霜等灾额赋。”①上述惊心惨目的诗作分别记录了顾光旭受朝廷委派巡查宁夏、平凉灾区的情况。《勘灾二十二韵》写于宁夏知府任上，诗歌既真切地叙述了诗人作为守臣辛劳的“勘灾”经历，又毫无掩

① 见《清史稿》，第106页。

饰地绘摹了灾区“万室”饮烟断绝、“百物”价格飞涨的可怖图景。最为可贵且引人深思的是，直面灾民“旧谷今莫储，敝褐不掩髂”的孤独无助的境况后，他一再表现了儒者宽民简政、悲悯苍生的情怀，以及勇于承担责任的高尚情操：“无以救寒饥，礼仪复奚暇。”“为问牧民心，此责欲谁卸？”这种慈悲为怀，勇于担当的为政理念即使放在当今社会亦有重要的参考价值。《孟冬经青岚山感赋》抒写诗人陇东巡灾时的所见、所闻和所感，诗歌融叙事、抒情、议论为一体，把流民生活之艰危、社会矛盾之尖锐、天灾为祸之惨烈凝于毫端，就产生如毕沅所评的“一字一泪”的艺术效果。《归养有期矣，台司以災政故，暫留两月，不敢辞也，仲冬二日自兰州东行，老弱累累于道，安会间尤甚，触目怃然，用竺庄延绥道中韵九首》采用大型组诗的结构，全景式地反映了千里绵延的灾区饿殍遍地，哀鸿盈野的生活现状，其中通过相度山川形势，说明朝廷赈灾任务的长期性和艰巨性。顾光旭的救荒诗作为清代现实主义诗歌的重要组成部分，它们既以实录的笔触真切地再现了广大身处底层的民众脆弱的生存状况，又全面体现了诗人忠于职守、勤于国事的守臣情怀，所以顾光旭以赈灾为题材的诗篇在充满现实性的同时，还闪耀着人道主义的光华，是理想和现实，责任与人性完美统一的巨制佳作。

由于顾光旭身经灾区、战区的双重砥砺，故此他激壮伉爽的诗风一直受到当世的推许，如其“葑溪同学”彭启丰在所撰《响泉集·序》中评道：“夫奉使陇右，讲求农田之利，已而军兴旁午，驰驱关塞，筹画机宜，观其南征诗，据鞍有作，……凄凉悲壮，斫地可歌。……写叱驭之壮怀，其倜傥奇伟之句足以备诗史。”①顾光旭由惠山读书的清奇俊朗到出守宁夏、平凉的浑厚渊深，再到从军西川的激壮悲慨，最后回归惠山听泉的幽冥雅静，诗人的诗风一路随其足履跌宕起伏、变幻不定，已而汇成《响泉》一集，令人如临清泉，洞鉴肺腑，就顾光旭整体诗学成就的评价，还是借彭启丰的《序》语加以阐释：“其以《响泉》名集者，盖不忘钓游之所也，……其曰‘喷薄诡激，其源沸汤’，是诗之演

① 见《续修四库全书·别集类》第1451册，《响泉集·卷首》。

漾不穷也；‘渟泓闲止，可鉴毫发’，是诗之别裁有体也；‘斶病析酲，挹注无已’，是诗之风流宏长也。”“喷薄诡激”、“渟泓闲止”，“斶病析酲”可谓形象地揭示了顾光旭诗歌的认识价值与审美价值。

二、“去国三千里”“自有万峰迎”

——顾光旭的山水诗鸟瞰

顾光旭的山水诗若就涉及的区域来看，有南北之分，东西之别，南以江浙为主，北以京师为重心；东下则包孕荆湖，西向则涵盖祁连贺兰，这些遍布东西南北的山水篇章的创制和诗人的宦游生涯密切相关。除了江浙山水诗群外，顾光旭的其它山水诗皆为诗人任职京师，出守宁夏、平凉，从军西川时所创作，因此之故，顾光旭的山水诗不仅有独具的艺术美感特征，而且还有神秘的地域与民俗特征。为全面了解顾光旭山水诗的成就，以下按诗人的行迹，辅之以地域分野，将其划分为三大主题进行简述。

(一) 清幽雅深、劲崛奇险的京师江南山水诗

顾光旭的人生阅历比较单纯，乾隆十二年秋至十七年夏读书惠山；十七年夏北上京师，参加乡试、会试，由此一直到乾隆三十二年，盘桓往来于京畿幽燕一带；乾隆四十一年，诗人因病乞休还乡，到嘉庆二年辞世，其足履不出乡梓。从这个时间序列看，顾光旭第一主题的山水诗无论空间，还是时间，其跨度都是很大的。虽然时、空经历了前后、南北的重大变化，但作为成熟的且有很高艺术涵养的诗人，顾光旭第一主题的山水乐章则首尾呼应，前后相承地唱出了澄澈明亮的自然清音。如写江南幽秀风光，他说道：“山中一无闻，孤云扣清磬。声远不可寻，风泉自相应。”(《山行四首》其三)“湖光动绝槛，塔势涌层昊。三万六千顷，秋景为谁好。涛头飞片帆，日脚下孤鸟。”(《登锡山望湖亭》)“江风吹雨细于尘，雨歇烟光上绿蘋。灌木春莺三弄曲，双柑斗酒四无人。”(《雨霁独游》)上引诗作是诗人早期读书惠山时所创制，通过这几例山水诗篇，我们已然窥见早年的顾光旭绝尘独立、幽人自赏的高远心志。“山中一无闻”，点明万籁俱寂的环境之幽深，“孤云扣清磬”则说明诗人面对云起云落的自然物象而生澹荡

自若的情怀。“声远”难寻，“风泉”相应，富有禅意的诗思将我们引入一个万象空阔、表里澄澈的极乐世界。和《山行》相较，《登锡山望湖亭》则灵动飞飏，气势夭矫，有秋高天远，水阔山遥的窅深感。《雨霁独游》紧扣“雨霁”的物候特征和“独游”的行为特征，用细腻的笔触勾勒了江南三月莺飞草长的惬人美景。如果与早期的山水写意相比较，顾光旭后期的江南山水诗更着重于对湖山气韵的捕捉，对入目即见的江南自然小品的刻意追觅，其韵味、诗境和前期有着高度的同一，所不同的是前期诗人少年心志，意在高远，后期饱历沧桑，有总揽生平，反思人生的理性颖悟。如：“范蠡舟轻范蠡湖，青山断处又平芜。天开一幅荆关画，写到苍茫句亦无。”（《五里湖》）“小渲烟波大渲山，山如螺黛水如环。人生底事匆匆过，却放湖山镇日闲。”（《大小渲》）“烟霭溟濛积翠攒，越王宫殿赤栏干。却从万壑千岩外，横卧篷窗自在看。”（《鉴湖晚望》其二）“如此湖山如此夜，高吟惜与故人违。一天明月千家梦，孤鹤横江只独飞。”（《湖上对月怀笠湖秋渔》）《五里湖》是诗人归隐后游历故乡山水的即兴之作，宦游归来，他一头扑进母亲湖的怀抱，让一泓碧水洗去滚滚的风尘，安息噪动的心灵，从此诗人将学功成身退的范蠡驾一叶小舟，稳泛在如同荆关图画一般的湖山之间，去寻觅久违的宁静与澹泊。五里湖，在今无锡西南十八里，又名漆湖、小五湖，与太湖水系相连。《大小渲》亦写无锡山水美景，顾祖禹《读史方舆纪要》曰：“梁溪，在县城西，源出慧山，北合运河，南入太湖。……其西一支经县西南十六里大、小渲，凡十余里，由独山门而入太湖。”[①]又曰：“青祈滜，县西南二十里。志云：梁溪迤逦而南，至城西南二里孤渎口分二派，西为大渲，东为小渲，中隔平壤，又南二十里至青祈滜合流。昔时滜广二十里，袤十八里，与五里湖相通，出浦岭、独山门入太湖。”[②]由此即知，大、小渲和五里湖分别为梁溪入太湖的两支通道，从水系来看，它们是互通的。顾光旭舟行大、小渲，放目可见青山点点，碧水“环”绕，面对“烟波”浩瀚的“大、小渲”

① 见《读史方舆纪要》，第 1234 页。

② 同上，第 1235 页。

风光,诗人不禁情思涌动,感慨万端,忽然颖悟出自然长在而人生短促,物象永恒而世事飘忽的至理,与其每日为“匆匆”而过的世俗奔忙,还不如与“湖山”一道共沐自然的光华。经历宦海颠簸和世事蹉跎,诗人盛壮之年毅然辞官,归乡奉亲,在赋闲的岁月里,他的屐痕轻轻划过家乡的每一方山色,每一道湖光,创作了大量山水诗章以志其行,其中主要篇目包括:《管社山庄呈过二枕崿》《夜坐济宁馆作》《同妹婿杨篔谷棽泛湖至惠山》《舟中》《游南禅寺》《廿六日雨中走笔邀谔斋兄蓉裳甥游惠山》《残月》《慈云寺观荷同篔谷荔裳》《慧山寺观断松》《腊月八日独游邓尉山探梅却寄身斋笠湖秋渔兼怀蜀中僚友(八首)》《渡江》《平山堂》等,这些诗作以诗人故乡为基点,兼及姑苏京镇宜人的山水风物,成为顾光旭晚年恬淡心境的写真。

《鉴湖晚望》是诗人游赏会稽风光时所作,诗歌三首连贯,以七言绝句的形式,将入目皆见的湖山影像纳于笔端,诗情悠远、诗韵绵长、诗思辽阔,融写景、怀古、抒情为一体,充分显示了顾光旭营造山水诗境的艺术功力。《湖上对月怀笠湖秋渔》则是诗人驻留杭州西子湖畔时写作的浙游山水诗之一。这首诗以无限湖山为背景,抒发了诗人怀旧念往的孤寂心情。因为浙游发生在诗人沧桑历尽之后,所以诗风在清澈通透的基调中揉入更多的苍茫和冷峻:“四松寒翠还如画,五圃疏风且放船。马革余生须自惜,牛衣向暖倍相怜。”(《西湖归舟却寄澹园》)从乾隆四十二年至五十一年,顾光旭访友探胜,多次往来杭城,创作多篇浙游山水诗,它们包括:《冬日西湖即事有怀》《六一泉》《冷泉亭》《孤山用东坡韵》《西湖杂诗十二首》《西湖归舟却寄澹园》《雨后》《渡钱塘江示熙河》《西兴夜发口号》《晓起对梅四叠韵》等。

如果江南山水诗以大跨度的时间距离,全方位地透析了顾光旭思想感情潜移默变的演化过程,那么幽燕山水诗则以大跨度的空间距离让我们观照了顾光旭艺术风格由澹泊清空向峭厉崛劲的转换。幽燕山水诗以北方雄浑壮阔的山川形胜为依托,以诗人蓬勃向上的英气为底蕴,深层地揭示并映现了顾光旭内心深处潜在的刚猛豪壮之气。在《响泉集》的山水作品中,幽燕山水诗群金声玉振、刚劲奇崛,犹似洪涛夜惊、天马西来,有一股无法羁勒的豪宕气势穿空而过,它既改变了顾光旭此前此后一贯相承的诗歌风尚，也为出守西北、从军西南时创作的山水诗风格的形成作了必要铺垫。

写作幽燕山水诗时，正是诗人意气昂扬，壮怀激烈的盛壮之期，这时诗人一心渴盼如壮士那般横刀立马、为国驰驱：“古来壮士亦何有，一语相知不相负。剑光吐作白虹飞，倾怀泻入黄河走。……骑马出门身许国，腰下宝刀秋水色。……徒传笳鼓树奇功，仗剑登坛气自雄。……但见子仪赎李白，可知鹏举思宗泽。风尘沦落天下才，骨朽青山壮心赤。”（《壮士行》）《壮士行》写作于壬申之秋，诗人被“授官农部”之初，全诗以“壮士”为歌咏对象，寄托了顾光旭渴望建功立业的远大志向，这首诗金戈铁马、剑气如虹，既是顾光旭人格中义的一面的深层体现，又是他幽燕山水诗群、陇塬山水诗群和西川山水诗群赖以产生的心理基础。

由于胸怀磊落，所以顾光旭的幽燕山水诗便带有高屋建瓴，雄视一世的苍劲感。如：“君不见中都之有居庸关，犹秦之崤函蜀之剑门山。天下九塞此其一，拱卫神州除外患。太行迤北至此数百里，两山壁立层深而蜿蜒。中通一轨出平地，重岚叠嶂犹蔽天。……请君且上八达岭，下视雄关若窥井。……君不见拔剑斫地王郎歌，入险出险抑塞磊落当如何！”（《居庸行》）此诗采取歌行的体裁，大势淋漓地渲染了“居庸”屏障京师，雄瞰中原的壮伟气势，诗分前、中、后三部分，前半部从宏观着眼，指出“居庸关”虎视鹰盘的战略位置；中部通过微观刻画，点染出“居庸关”绝天柱地的雄伟态势；下半部则反思古今，指出雄关虽险，但天下兴亡关乎人心，不在地形之险阨：“忽前世之兴亡，险可恃而不可恃。”和《居庸行》相对应，《塞垣》亦雄劲英挺，有思发千古的阔大感：“塞垣草长水如油，万古苍茫易变秋。神树风烟趋朔漠，潮河日夜下兴州。枞金伐鼓开鱼钥，走石漂沙动戍楼。”不但雄关天险被诗人写来充满豪壮之气，即使塞上山川在诗人笔下也巉刻嵚崎，流荡着骏马嘶风的悲劲感：“塞垣北走山巑岏，黄云如盖趋木兰。两山壁立插长剑。万木廻抱岩花攒。……青葱峭蒨日光下，霞气四出如流丹。”（《木兰行围歌》）“盘山如盘龙，一盘一玲珑。……昔闻去山三十里，遥见长鲸掣海撑青空。……俄顷杲杲日东出，峭壁千仞蹲罴熊。快剑长戟摩苍穹，策马盘曲衔两重。……群崖飞瀑至此忽奔泻，颓波直下苍龙宫。……涛声西压太行走，云气南与沧溟通。”(《盘山》)《木兰行围歌》的主题是颂扬圣朝的文治武功，场面宏大，气象壮阔，诗歌以万山“巑岏”，长林插天的自然物类为背景，尽情抒写了大清正处鼎盛之期的天朝威仪，令人顿生敬畏和仰望的肃穆崇高感。《盘山》写京畿名胜盘山。盘山，在今天津市蓟县西北二十五里，又名田盘山、盘龙山、东五台山。清代凡盘桓京师，往来幽燕的诗人大多都要光顾此地，作诗以纪其胜。顾光旭以南人的视界打量北地的山水风光，有一种前所未历的惊悚体验，盘山九曲上旋，磴道如缕，诗人不觉心神俱化，魂游天外，极力赞叹盘山无论形貌，还是设色均突破常人想象而达到“巧妙真天工”的至境。

顾光旭的青春豪气，激壮悲慨之情，化入山水形象，就有上述一类的激越刚猛之作，但诗人究竟是一个受江南清隽柔美环境涵养；具有很高的艺术审美判断力的作家，因此，他的幽燕山水诗既能寄怀高远，悲壮高歌，亦能轻抚铁琶，以峻洁明快的音声，吟出北地虽然刚劲，但不失柔媚雅致的小调。如：“山庄烟景似西清，水态云容倍有情。借得数椽移榻卧，女萝风带老松声。”(《热河寓舍》其一)“偶缘微步夜闻萧，误入河源度绛霄。一水断时疑失路，百花深处忽逢桥。”(同上，其五)“客心沉夕磬，野色暝秋烟。人语空山答，风声万木传。孤行云不碍，独立鹤无眠。群籁同为寂，君听幽涧泉。”(《山暝》)“满路风吹苜蓿花，水清山骨月明沙。宋辽亭馆依稀见，万古双流燕尾斜。”(《渔阳道中》其三，诗人自注：牛栏山龙王庙，潮、白二河合焉，状如燕尾。)“满地秋花不见僧，苍苔黄叶漫相仍。……加我岁华携酒过，借他山翠助云兴。”(《丁丑九日同柯策甫陈东岩游陶然亭限登高二字》其一)“白沽西下暮潮生，烟淡云寒杨柳青。半夜沙边觉人语，暗风吹过峭帆亭。”(《白沽舟夜》)“潭影自空性，车尘聊息机。坐看垂钓者，薄暮得鱼归。”(《过横山偏凉汀小憩》)“山深红叶路，钟远白云乡。……水涵花影月，烟净石痕霜。”(《盘山同怡云饮宿田舍》其一)“渔浦舟自横，渔翁夜收网。不见芦中人，萧萧芦叶响。”(《潞河舟中同青柯作》其八)以上例举各诗，是顾光旭自乾隆十七年入京，到乾隆三十二年离京时创作的山水诗代表作，虽然时空在不断变易，但诗人一颗玲珑通透的诗心映照贯穿在他前后相继的作品里，通过富有北国意蕴的山水形象折射出来，就使诗境显得无挂无碍，有一种幽人独往、小舟自横的超世间感。

从惠山读书到上京赴考，由四品黄堂至挂冠归来，顾光旭的人生经历了同时代大多数士人所共有的由隐而仕，再由仕而隐的生命体验，他第一主题的山水诗即真切地照应了诗人这一生命体悟的全过程，并全景式地揭示了诗人诗歌创作，特别山水诗风由柔情澹远到奇崛清寒，再转而臻于天高云淡、水波潋滟的温婉清空之境。

(二)“驻马银川雪满身”“陇头吹角塞云孤”的西夏陇上山水诗

乾隆三十三年二月，顾光旭被授职甘肃宁夏府知府。宁夏因地利殊异，且僻处西北一隅，故摹写其地风物的山水诗在诗史上较为稀有，尽管唐、宋诗人略有涉及，但他们不是泛泛而谈，略写其概貌，就是凭想象，将其设置成某种抒情背景，而未能如顾光旭那样深入宁夏一府的山川脏腑对其进行精雕细镂的刻画，从而写出宁夏特有的殊异风光，将其美丽曼妙的姿容具体而微地展示给世人。由此意义说：顾光旭第二主题的山水诗具备较高的艺术价值和历史价值，通过它们，既开拓了读者的审美视界，让其认识了一个较少涉猎的山水异境，又为清代山水诗增添了更多的亮色，从内涵和形式两方面丰富了清代山水诗史的表现容量。

宁夏，今为宁夏回族自治区，其历史悠久，代有沿革，顾祖禹《读史方舆纪要》述曰：“宁夏镇，东南至后卫三百六十里，南至庆阳府环县五百七十里，西南至中卫三百六十五里，西至贺兰山边界百里，北至西瓜山边界二百九十里，自镇治至布政司一千四百里，至京师三千六百四十里。春秋时羌、戎地，秦属北地郡，二汉因之。……宋仍属灵州，天禧中为夏人所陷，乾兴二年赵德明始城灵州之怀远镇为兴州，后又升为兴庆府，复曰中兴府，都于此。至蒙古灭之，改为宁夏路。明初曰宁夏府，洪武五年废，九年改置宁夏卫，隶陕西都司。今为宁夏镇。”[①]《清史稿·地理志·甘肃》曰：“宁夏府冲，繁，疲，难。宁夏道治所。将军、副都统、总兵驻。明宁夏五卫。初因明制，顺治十五年，并前卫入左卫、中卫入右卫。雍正三年，省卫、所，置府及宁夏、宁朔、平罗、中卫四县，以灵州直隶州来属。五年，置新渠县。七年，置宝丰县。乾隆三年，省新渠、宝丰入平罗。同治十一年，置宁灵厅。西南距省治九百四十里。广五百三十里，袤六百六十里。”[②]宁夏乃西北之要冲，守御之重镇，故而历代均有边防之设备。《读史方舆纪要》分析宁夏形势曰：“镇为关中之屏蔽，河、陇之噤喉。汉滨河置障，畿辅缓急，视北地之安危。……唐开元中建朔方节度于此，用以捍御北方，士马盛强，甲于诸镇。……郭子仪收复朔方，中外之防，藉以少固。迄于唐之末造，朔方犹列版图，窥伺者未敢争也。宋咸平四年何亮言：‘灵州地方千里，表里山河，为中外必争之地。’……五年灵州陷于赵保吉，自是西夏遂成强敌。……蒙古起于西北，数侵夏境，夏既困惫，遂猎取之。明初既遂扩廓，亦建为雄镇，议者谓‘宁夏实关中之项背，一日无备，则胸腹四肢举不可保也。’《九边考》：‘宁夏之境，贺兰山环于西北，黄河绕其东南（旧时边墙东起大盐池，抵延绥定边界，西至石空寺，抵固原芦塘界，凡千八百里。今兰、靖以北皆为固原边，自蒲塘接庄浪界长二百里），地险固，田肥美，屹为要会。……灵州者，南北之喉舌也，灵州失，则宁夏隔为外境而环、固危，环、固危则陕危，然则急灵州更不得不急花马池矣。’”[③]

宁夏作为西北边防重镇，得之，则中原可保安宁；失之，则北方游牧民族长驱直入，造成战乱，从先秦两汉至唐宋以来的战守形势充分证明了这一规律。宁夏的战略形势取决于其独特的地理和区位特征，它北倚贺兰，南临黄河，边墙绵延，川原平旷，为塞上最富庶之处。顾炎武《肇域志》曰：“《笔尘》：灵州有填汉、尚书、御史三渠，皆屯田灌溉之资也。……今宁夏富饶甲于西边，水泉之利，号为‘小江南’，三

① 见《读史方舆纪要》，第2941页。

② 见《清史稿》，第530页。

③ 见《读史方舆纪要》，第2943页。

渠之遗利尚有存者。”[①]宁夏之所以有“小江南”之称，是因为自汉唐以来，大力兴修水利，引河灌田，遂使宁夏一地富庶甲于西北。宁夏境内的名渠有：靖虏渠，西夏赵元昊（即李元昊）所浚，故又称李王渠，该渠南北三百余里；汉延渠、唐来渠，拓跋氏据西夏时，资二渠以富强，元至元年间郭守敬重修之，其工程极其精良，唐来渠长四百里，汉延渠长二百五十里，由其延伸之支渠大小多达六十八条，“溉田九万顷”[②]；《肇域志》记汉、唐渠曰：“汉渠自峡口之东凿引河流，绕城自东而北，袤两百五十里，其支流陡口大小三百六十九处。唐渠自汉渠之西凿引河流，绕城自西而北，余波皆亦入于河，袤四百里，其支流陡口大小八百八处。宁夏恃以为利者，实此二渠焉。”[③]除以上大干主渠外，宁夏境内还有铁渠、新渠、红花渠、良田渠、满答刺渠、五道渠，以及东南小渠、西南小渠、西北小渠等，这些纵横交错的水利工程环绕宁夏一府，使其尽享天下黄河之利。

顾光旭受任宁夏知府，于乾隆三十三年早春二月扬鞭西进，经河北，沿太行山脉，过晋中，直达任所银川。虽然北方二月，春寒料峭，酸风刺骨，但肩负朝廷重任的诗人一路歌吟，怀着激壮的心情，让入目即见的雄浑山川来负载外化他满腔激烈高亢的情怀：“辆轆春明一梦间，廿年拄笏看西山。如今却绕西山去，送我青青出固关。”（《出都望西山》）“抱犊人归有旧乡，云梳石发不胜凉。……霏霏远翠盈吾掌，立马寒云满太行。”（《抱犊山》）“北斗错落南斗横，出门骑马鸡初鸣。……我行西出井陉口，气酣拔剑凌幽并。……攒青叠翠一千尺，山鸟山花送行客。黄云黯黯寒压关，涧道阴阴水激石。水溅溅，石齿齿，颇牧何人思将士。挂刀夜起行朔方，功成谒帝明光里。”（《夜发井陉》）“秦树淡烟合，晋祠流水分。登临有余兴，跃马过横汾。”（《题店壁》）“禹门河出天河上，乱石奔滩马蹄响。黄芦岭压谒泉山，鸟窜猿愁绝来往。……导河积石建瓴下，何必此山非系舟（山名。诗人自注）。两崖对开若爻断，水徙石出寒飕飗。……梯空欲上骋雄俊，双剑不在

① 见《肇域志》，第1568页。

②③ 同上，第1555页。

安所投。”(《黄芦岭》)从京师发轫，诗人的车辙碾过太行的故关古道，平定至交城的“百里平芜”，他的诗笔随轮蹄的转移而变幻着色调、调整着角度，写西山，他怀着留恋的意绪，把人山相依的深情表现得恰到好处；写井陉雄关，他以“夜发”为背景，将其激壮悲慨的历史穿插于大清朝用兵征缅的现实，借雄放怒张的山势，抒发了诗人“生不能骑大宛马，足迹却向燕支下。……君真感慨悲歌者，我亦嵚崎历落人”(《赠任生》)的烈士情怀；写平芜已尽、河山激荡的秦晋山川，他以“黄芦岭”为咏歌对象，诗歌起笔如万马奔腾，声势雄壮，用一泄千里的凌厉之势，渲染出黄河冲山破石、呼啸而来的撼人景象。面对河山激越奔注、雷霆万钧的形态，诗人不禁壮心陡起，欲“骋雄俊”，拔剑而起舞。

从“平定州至靖边”，山势连绵，险关不绝，顾光旭“轮蹄杂沓”，于路“十有九日”，他不但创作了上述长歌以抒壮怀，而且还将沿边所见，录成“绝句二十首”，“聊以纪河山风土”。这二十首绝句诗人总其名曰：《西行杂兴二十首》，和前述相比，《西行杂兴》按诗人行程依次展开，以轻快活泼的笔触，“杂兴”的思路，将目之所见、耳之所闻、心之所想、意之所至的山川万物、古今轶事串联起来，就构成一帧格调明快而气度不俗的山水联屏图卷，为后来西夏、陇东山水诗的出炉作了一定的烘托。试撷取几例以观照顾光旭《西行杂兴》的风采：“澹澹春阴薄薄寒，片云将雨去无端。回看昨夜经行处，玉镜双鬟画亦难。”(其三)“黄沙路绕黄山脊，白草声寒白玉鞭。十里双湖秦树绿，一村山翠乱厨烟。”(其十三)“天入延川路转赊，北风如吼卷银沙。何人柔橹江南岸，古寺闲看佛日花(四月八日。诗人自注)。”(其十七)

由京师到任所，路途千里，风物变幻不定，地形地貌反差强烈，顾光旭以守臣的身份，诗人的眼光，沿途相度边防形势，观览扑面而来的山川壮景，举首但见“天山隐隐月如弓”，游目遍处是“漠南花发单于墓，塞下人畊元昊宫”(《赠陆尉》)的升平气象。虽然旅程迢遥，鞍马劳顿，但诗人心中的热情如万山西来，奔涌激荡：“去国三千里，之官一月程。不须官吏候，自有万峰迎。”(《马上》)初至银川，顾光旭不仅感受到山河雄奇壮观，而且民风亦空前淳朴热忱：“驻马银川雪满身，贺兰山外净无尘。寄声父老休相讶，我亦江南蓑笠人。”(《将至郡城小憩沈氏村楼》)感于“父老”的深情，顾光旭忠于职守，甫至宁夏，便巡视地方，勘察灾情，与乡民共筹恢复生产、维护民生的大计：“乍看时雨催春种，又被秋霜损稻花。大守巡行留一宿，不教鸡黍费田家。”(《宿村舍主人馈鸡酒书此却之》)巡边勘灾，劝农课种，诗人的足履印满塞上的每一方土地，每至一处，他不仅以守牧的胸怀关注民生，而且还以诗人的敏锐，欣赏着塞上“小江南”的多变风光：“水寒沙软不容舟，引入田塍四漫流。坐卧轻车如屋里，凉风六月豆花秋。”(《中卫道中口占》其二)“今夕复何夕，萧寥广武间。河声犹撼郭，云气半藏山。……乡心鸿雁外，片月独临关。”(《至夜宿广武》)“佛灯明古窦，僧语咽残钟。白日有寒色，青山无躁容。了然绝尘想，不必问降龙。”(《石空寺》)“山形如卧虎，风势欲盘雕。……从来征战地，残照话渔樵。”(《胜金关》)“秦云陇月渺天涯，策马芦塘路转赊。……雪消沙鼠时穿穴，雨过山茨自著花。瘠土未量归正赋，野人随意治蓬麻。”(《芦塘道中》)上举各诗有张有弛，有疾有徐，既有舒缓的田园歌吟，也有促迫的边关形势的绘摹，通过诗人多重手法的再现，宁夏复杂善变的川原风物尽收读者眼底。中卫县，在宁夏府治西南三百六十里，雍正三年置。黄河西自兰州府靖远县入境，县境北屏边墙，河渠纵横。《清史稿·地理志》曰：“黄河，西自靖远入，径城西南，支渠左酾为美利渠、太平渠，右酾为羚羊角渠，过城东南，右酾为羚羊店渠，又东，左酾为永兴渠、胜水渠，右酾为羚羊峡渠。……边墙，旁黄河南岸，逾河东入宁灵。”[①]中卫县，明代设“宁夏中卫”，故名。《读史方舆纪要》评其形势曰：“卫倚贺兰之险，阻洪河之阻，左联宁夏，右接庄浪(凉州府庄浪厅。笔者注)，诚边陲要地也。”[②]顾光旭穿越在雄关巍峙的中卫道上，思极上古，心游千仞，吟唱出“唐宗宋代干戈里，此地何人饱看山”(《中卫道中口占》其一)的悠闲情致，尽管关山险固，但眼下却一派轻阴小筑、牛车辘辘的安详气象：“谁知今日云中守，却听

① 见《清史稿》，第530页。

② 见《读史方舆纪要》，第2960页。

江南打麦声。”(同上,其三)广武、石空寺、胜金关皆宁夏府治(银川)往中卫道中必经之关隘胜迹,《读史方舆纪要》曰:“广武营,在镇西南百七十里,其东北为大坝堡,其西为枣园堡,又西为石空寺堡,与中卫接界;俱戍守要地也。”①又曰:“自镇关墩至胜金关九十余里,俱朔骑出没处。”②宁夏中卫一带地名多带堡、关、营、墩,足见其边防戍守之繁重,顾光旭放眼山河,回思历史,总括现实,处处表现了他对大清平定边关,恢复生产,给宁夏边地人民以宁静祥和生活状态的赞美。

顾光旭在宁夏体恤民情,关怀民生,兴修书院,倡行教化,实现了由翰苑之臣向治世良吏的转化,结合其后来赈灾甘肃、用兵西川的一系列为政事迹,为后世树立了清廉干练、精明猛进的循良形象。顾光旭宁夏山水诗不但包括上引描摹山川风物的自然诗,而且还有记述丰厚社会内涵的人文诗,如《银川书院诗》。《银川书院诗》包括:《大雅堂》《岩緑书堂》《探源星海之楼》三首,组诗创作于银川书院重修落成之际。关于银川书院的修葺扩建,顾光旭在诗序里说到:“银川向有书院,而痺隘湫湿,不可居。余既至郡,扩其旧而新,是谋经始于戊子秋七月十又六日,至九月二十一日落成。颜其堂曰大雅;后为岩緑书堂,其东以藏书曰探源星海之楼。”《银川书院诗》就是围绕银川书院的规制,以“大雅堂”、“岩緑书堂”、“探源星海之楼”为题,用分合结合的笔法,将银川书院的整体风貌大势淋漓地勾勒出来,充分彰显了地处塞上的宁夏一府的文风教化之盛:“天临秋塞河声落,城绕虚堂树色侵。为对银川思锡麓,欲从西夏续东林。”(《大雅堂》)“岩疆地僻开文苑,今日堂成踵旧名。……隔帘小草自春色,当径疏槐时鸟声。”(《岩绿书堂》)“洗砚远分星海渌,检书长对贺兰青。源头识得从天落,好为陶鎔到性灵。”(《探源星海之楼》)

乾隆三十四年,顾光旭由宁夏调任平凉。平凉,地处陇东,与宁夏接踵连襟,自古便是陕甘通道,由于境内峰峦起伏、林壑纵横,又是屏卫西北的重镇,所以历代对平凉府的防守极为重视。《读史方舆纪

① 见《读史方舆纪要》,第2948页。

② 同上,第2960页。

要》)曰：“平凉府，东至西安府邠州三百里，南至凤翔府陇州二百八十里，西南至巩昌府秦州三百四十五里，西北至宁夏府中卫四百六十里，东北至庆阳府三百里。……府山川险阻，控扼边陲，屹为要会。”①《清史稿·地理志》亦曰：“平凉府，中、冲、繁。平庆泾固化道治所。……顺治初，因明制。乾隆四十三年，升泾州为直隶州。同治十一年，割平凉、华亭、固原、隆德四州县属地置化平川直隶厅。十二年，升固原州为直隶州。”②平凉府在清代的建制沿革一如史载，因其辖境为陇山余脉，故而山岭相属、涧壑杂陈，形胜极为雄峻，撮其要者，平凉府境的山水胜迹包括：崆峒山、可蓝山、笄头山、弹筝峡、雕窠峡、泾河、陇山、美高山、朝那山、汭河、瓦亭关、萧关、上峡、东山、六盘山、苦水河等。

顾光旭任平凉知府时，恰遇大旱之灾，他怀着悲天悯人的儒者心情，一意奔走国事，轮蹄辗转于平凉府属的各州县。在巡视赈灾、救荒劝农的公务之暇，诗人着意观瞻并游览了平凉一境巍峨壮观、雄劲奔放的山川美景，把这些非常之景用殊异常态的笔墨描绘勾画出来，就呈现出野而不俗、幽而不媚、深而不奥、杂而不乱、孤而不寒的陇东山水之境：“披云出奇峭，沿洄自幽独。……树静风欲迟，泉喧岩更绿。”(《过弹筝峡》)“万树酣霜万叶风，乱山秋雨一枝筇。不知石海云涛上，何处餐霞访赤松。”(《雨中崆峒绝顶至马鬃峰同许石兰王鹤亭》)“乱泉随地出，孤鸟向人来。……山川自莽苍，立马一徘徊。”(《五原》)“陇头吹角塞云孤，芮鞠遗风信有无。高坂夕阳明雉堞，平烟积雪带鹈鹕。”(《崇信县》)诗人自注：芮鞠故址有公刘庙，太公迎銮坡)“朝烟翳林木，旷望发葱蒨。……余本渔樵人，爱此山水县。惠风憺清流，孤霞散余绚。……石险削天根，川平写山面。……民天乃在食，政教被余善。永言单父贤，庶以鸣琴荐。”(《春日行华亭山中》)“涧水龙鳞到峡分，人家鸟道挂斜曛。下山却望群峰暝，残雪浮堂半似云。”(《木峡》)“驱马饮山缘，桃花诸涧流。……山行不数里，花发

① 见《读史方舆纪要》，第 2774 页。

② 见《清史稿》，第 529 页。

几千秋。”(《泾州寻瑶池》)《过弹筝峡》写峡谷空音,诗人紧贴“倾耳来秦声”的地域特征和“非琴亦非筑”的象声特征,将入耳即闻的“琤孱戛寒玉”的空翠之音转化成幽静的“川谷”、“奇峭”的云雾、碧色的“岩路”之形,通过形声互通的艺术手法把“弹筝峡”迥异的自然美表现得工致细腻、逼真可感。弹筝峡,在平凉府西百里,又名都庐峡。据《水经注》所言,峡内尝有弹筝声,故名弹筝峡,又称之弦歌之山,因峡口水流风激,摧响如筝声,音韵宛然。《五原》写陇上秋景,诗人“立马徘徊”,放目游览,只见霜树点点、朔风阵阵、清泉乱流、“孤鸟”四出,汉、唐遗迹已成虚幻,在一片哀厉凄紧的霜风中引动后人的缅怀之情,诗歌意象清晰、意境清峻,而音声特别浏亮激楚。《崇信县》总写平凉府属崇信县暮云低合、“平烟积雪”的苍茫景象,诗人在混深的自然背景烘托下,着重突出上古圣贤公刘遗迹厚重的人文底蕴,让人对之陡生肃然起敬的崇高感。《读史方舆纪要》对“崇信”的描述曰:“府东南八十里,东北至泾州七十里。本平凉县地,唐贞元间陇右节度使李元谅始筑城屯军,名曰崇信。”[①]崇信南有花山,北有殿子坡,皆“襟带近郊,恃为形势”的境内名山。《春日行华亭山中》以五古的体制,酣畅淋漓地描写了“春日”穿插在“华亭山中”的所见、所感。诗歌以“朝烟”翳日、林峦旷望的连绵山势为起首,依次展开对山间清幽世界的描绘和点缀,最后借景抒怀,表达了悲悯苍生,关怀大众,尽力奔走国事的仁厚心胸。华亭县,清代属平凉府,《清史稿·地理志》曰:“府南九十里。东:义山;西:陇山;北接大漠;南抵汧陇。西北:美高、朝那山。”[②]《读史方舆纪要》曰:“府南百二十里。……陇山,县西三十里,即陇山之东麓也,崇隆绵亘,界于平凉、巩昌、凤翔诸郡间,为关中之屏障。其在县境者亦曰小陇山。……瓦亭山,在县西北百六十里。瓦亭关在其西麓。……县境诸山,皆陇山之别阜矣。”[③]顾光旭的华亭山水诗正好体现了华亭县“崇隆绵亘”的地貌特征,不过诗人通过

① 见《读史方舆纪要》,第 2782 页。

② 见《清史稿》,第 529 页。

③ 见《读史方舆纪要》,第 2783—2784 页。

诗化的语言将其点染得更加完美，且更有艺术魅力！《木峡》以浅吟的轻快格调，用“涧水龙鳞”、“鸟道”“斜曛”、“群峰暝”、“残雪浮”的特指意象将木峡生机盎然、静谧如画的自然之态勾勒得引人入胜。木峡，在平凉府镇原县西南，形势险要，古代常设关扼守。《读史方舆纪要》曰：“木峡关，在县西南。亦陇山之口也。……唐为原州七关之一。”[①]《肇域志》载曰：“木峡关，在县西南。境内又有石门、驿藏、制胜、石峡、木靖，并六盘、木峡为七关，皆唐时置。”[②]《泾州寻瑶池》写平凉府属泾州如仙境般的美景。泾州，在平凉府东一百五十里，因泾水而得名。《读史方舆纪要》曰：“州山川环带，水陆流通，岭北有事，州实为孔道。……庆历中，范仲淹请驻泾州，渐复横山以断贼臂。横山即桥山之北麓。寻命韩琦、范仲淹开府泾州，总四路之事，为攻讨声援。盖泾州联络中外，翼带东西，诚关中襟要也。”[③]泾州境内名山有：回中山、笔峰山、米面山、青石岭、青溪岭、马鞍阪，泾河、汭水穿州城北而东南合流于邠州长武县界。回中山上有王母宫，顾光旭所寻“瑶池”似应在此。另外，泾州泉水百出，为一胜迹，《肇域志》曰：“泾州、古阮国。……百泉，在州西三十五里。泉眼百余，四时不竭。共池，在州北五里。……今华严海印寺下，水泉涌出，派趋二池，池内水相通连，内有莲花。”[④]又曰：“回中山，在州西三里。下临泾河。汉武帝幸雍，道回中，遂北出萧关，即此。上有王母宫。”[⑤]《太平寰宇记》曰：“西王母祠。《周地图记》云：‘王母乘五色云降于汉武，其后帝巡郡国，望彩云以祠之，而云浮五色，屡见于此。……每水旱，百姓祷祈，时有验焉。’”[⑥]顾光旭的《泾州寻瑶池》把眼前之景、心中之情，利用实写虚拟的手法串联起来，就产生了含恨带悲的忧伤美。

顾光旭驻守平凉，为赈灾视农，他车骑四出，奔走在陇山之畔、崆

---

① 见《读史方舆纪要》，第 2790 页。

② 见《肇域志》，第 1674 页。

③ 见《读史方舆纪要》，第 2783—2792 页。

④⑤ 见《肇域志》，第 1677 页。

⑥ 见《太平寰宇记》，第 692 页。

峒之脚、六盘之巅、泾水之滨的山川险隘间。这种难得的人生经历，不仅磨练了他坚韧不拔的人格特征，使他在目经身历的民间苦难中助长了良臣循吏的博大胸襟，而且通过巡阅府境山川，开阔了他审美的视野，使他的山水诗创作无论题材，还是诗艺得以空前拓展与提高。如果上引各诗以点连片，呈扇面展开对平凉府境山川风物的扫描的话，那么《飞仙引》《重游崆峒山》《六盘山》则以长篇巨幅的体制、跌宕起伏的旋律和奔放激越的格调将陇东山水诗的歌吟推向高峰。崆峒山，陇上名山，因传仙人广成子在此修道，故为关右与终南、太白齐名的道家圣地。《中国道教》记曰："广成子传为黄帝时人，居崆峒山石室中，千二百岁不尝衰老。"①据《庄子・在宥》《抱朴子》《道藏》等书所传，黄帝曾亲临崆峒山向广成子习道。《太平寰宇记》"泾州・保定县"条曰："笄头山，一名崆峒山。昔黄帝学道于广成子，即此。"②又"原州・平高县"条曰："笄头山，一名崆峒山，在县西一百里，《史记》云：'黄帝东至于海，登丸山，西至于崆峒，登鸡头。'即此山也。……按今肃州又有崆峒山，未详孰是。"③《读史方舆纪要》曰："崆峒山，府西三十里。唐《十道志》：'陇右名山之一也。'相传即广成子所居，黄帝尝学道于此。山之东岩有广成子洞、阜鹤洞。西岩有西岩泉及琉璃泉，味俱甘洌。峰之最高者曰翠屏峰，顶有圆石累累若珠，一名垂珠峰，俗名屏风山。峰顶又有青龙洞，雨后将晴，云辄归洞中，亦谓之归云洞。其相对者为香炉峰，亦名香炉台。两峰间有巨石横亘谓之石桥，山下有撒宝砦。秦始皇游崆峒至此。又汉武帝逾陇西登崆峒山，下有问道宫，亦以黄帝问道广成子而名，历代皆修葺焉。山之西北为望家山，亦峻耸。志云：崆峒西连笄头，东连大统，西北接望家山是也。"④（笔者按：崆峒山，有多处：1. 在现天津市蓟县东北五里。《读史方舆纪要》卷十一"蓟州"条曰："相传黄帝问道处"；2. 在现江西赣县南。《太

① 《中国道教》，东方出版中心 1994 年版，第 60 页。

② 见《太平寰宇记》，第 692 页。

③ 同上，第 704 页。

④ 见《读史方舆纪要》，第 2779 页。

平寰宇记》卷一百零八“虔州赣县”条曰：“古名仁空山，在县南六十里，自南康蜿蜒而来，章、贡二水夹以北驰。山麓周回几百里，盖州之望山也。”3. 在现河南汝州市西南六十里。4. 在现四川平武县西北。《方舆胜览》卷七十“龙州”条曰：“在州西二百五十里，接蕃部，山谷深险，不通行人。”5. 在现甘肃高台县西南。《元和志》卷四十“福禄县”条曰：“在县东南六十里。黄帝西见广成子于崆峒，汉武帝行幸雍，祠五畤，遂登崆峒，并为此山也。”6. 在现甘肃岷县西。关于崆峒山的载述，可参阅史为乐主编《中国历史地名大辞典》第2352—2353页。）顾光旭公务暇余，分别于乾隆三十四年秋和三十五年暮春，呼朋唤友，乘兴登览了崆峒山。《飞仙引》创作于乾隆三十四年秋，在诗题自注中，诗人说：“登崆峒山飞仙阁作。”这首诗以“飞仙阁”为聚焦点，利用乐府体自由活泼的格式，融入骚体善于抒情的成分，将诗人登上崆峒仙山目中所见、心中所感、神思所至一一渲泄出来，就产生想象丰富、激情四溢而大气淋漓的审美效果：“我欲使蓬莱海水挂眼前，波涛不运蛟龙眠。我欲使昆仑西极在庭户，鸾车虎节迎群仙。……广成一去五千年，登此烟岚缥缈之飞阁。飞阁何玲珑，巉岩望如削。……悄空山兮响杜鹃，盘秋旻兮厉雕鹗。……轩辕弓剑今安在，惟有崆峒万仞常不改。碧天高高元鹤飞，冰壶倒月澄光彩。我欲从赤松子游兮，但见青冥浩荡云如海。”《飞仙引》无论诗题，还是内容，不管风韵，还是神思都充满了奥秘莫测、羽化飞升的仙灵之气，整首诗以抒情写意为主，崆峒山势之奇之雄之峻全都寓于虚空飘渺的情意渲染中暗示出来，给人思极万仞的壮阔玄远感。《重游崆峒山》共十五韵，虽然诗体改用善于写景的五古，但诗人却没有着意刻画崆峒绝天纬地的挺拔形貌，而且继《飞仙引》之情韵，把崆峒山玄妙冥通的仙灵之气点化得更迥出意表。

《六盘山》写陇上著名大山六盘山的磅礴气势，诗人把写景、怀古、抒情，以及山川形胜考量相穿插，遂使诗境得以无限延展。诗歌开笔，便以非凡气势勾画了六盘山突破洪荒奔涌而出的奇伟状貌：“终南山尾大不掉，倔强青云立天表。茫茫万古堆六盘，凿破鸿濛割昏晓。六盘突兀控西陲，陇水中开忽颠倒。”六盘山险关漫道，控扼西陲，所以自古为战守要地，顾光旭在山势点染的背景下，回溯历史上此地发生的惊天动地的兴亡故事，得出天下归于一统，民众渴盼海晏河清的富有浓烈个人情感的结论："胜败兵家事不常，我今吊古空荒草。……却植年来回部归，开疆万里烽烟扫。遂令山势接祁连，直至伊犁列城堡。……起望黄河青海间，晏然鸡犬无纷扰。村箭社鼓山下喧，岁岁年年山自好。"作为守臣，顾光旭亲临大山巨川，他欣赏的不光是自然的壮丽，而且还心有所期，情有所寄，把悲天悯人的胸臆寄托到山水描写中，就增添了山水诗本身的人文厚重感和历史纵深感。六盘山，在清平凉府隆德县境内，《清史稿·地理志》曰："隆德冲，难。府西北百四十里。……东，六盘山。苦水河，北自固原入，……其东支甜水河，即陇水，亦出六盘。"[①]又"固原州"条曰："固原直隶州，……西北：石城山。北：须弥。西南：陇山，一曰六盘山，绵跨平凉化平川境。"[②]《读史方舆纪要》曰："六盘山，在县(明属静宁州隆德县。笔者注)东二十里，与固原州接界。"[③]又曰："六盘山，在州(明固原州—笔者注)西南三十里。曲折险峻，盘旋有六。……上有清暑楼，元安西王所建。明初徐达定关中，屡败敌兵于六盘，盖亦州境之要地矣。"[④]

顾光旭的陇上山水诗，除宁夏和平凉诗群外，还有诗人赴省会兰州、西出甘凉时所创制的山水佳作，这些诗总体风格峻洁苍深，如寒雁唳空，有一股凄切哀艳之感；又如落照余晖，悠远浑茫，让人顿生肃然之情。如："深秋落木山巑岏，古亭无人飞碧湍。……初缘曲径莎草绿，忽入千林霜叶丹。回风洒壁散泉脉，空翠湿衣摇石潭。"(《游五泉亭》)"寒林残雪微阳里，曲涧清流叠嶂间。"(《庄浪道中》)"入峡复出峡，山重水更重。……雪消鸿爪印，欲觅竟何从。"(《晓发古浪峡》)顾光旭关怀民生，注重文教，每至一地均扩建增广书院，在平凉他带头"捐俸"、"疏泉凿池"，将"明韩藩旧苑"修葺一新，而成"柳湖书院"，

---

① 见《清史稿》，第529页。

② 同上，第531页。

③ 见《读史方舆纪要》，第2801页。

④ 同上，第2805页。

落成之日，诗人“系以诗”，成《柳湖书院六咏》。组诗空阔澹远、韵味深长，有浓厚的书院气息，为当地缅怀先贤遗迹留下一笔可资仰瞻的宝贵人文财富。

“祁连山上千年雪，兵气消时玉色新。”(《次韵王观察望雪山》)宁夏之行，陇东之守，诗人留驻的时日虽然有限，但他辛劳的身影，勤政的足迹，尤其吟赏山川的情韵却成就了清代山水诗史上一段无法抹去的勋绩。他视阈独特，情思绵密，笔力雄健的宁夏、平凉山水诗群为清代山水诗史起到了補阙之功用。

(三)“太始何人初落笔，画开地轴写江流”的西川巴蜀山水诗

顾光旭因在甘肃赈灾有方且有功，受时任陕甘总督文绶的赏识，乾隆三十七年，文绶奉命移调四川征剿大、小金川叛乱，奏请顾光旭偕行。在《响泉集·叱驭小稿上》的序语中，诗人说道：“予官陇右，屡乞归养未遂，会征剿金酋，大司马制府文公奉命移节西川，奏光旭从行，自壬辰秋七月循陇入蜀，出南徼，历戎旃，继权臬事。”在蜀中的日子是诗人仕宦生涯的终结，亦是他政治生命达到辉煌的岁月，更是他山水诗艺术臻于至境，走向炉火纯青的转捩之期，他把这一时期创作的诗章结集成：《叱驭小稿》(上、下)，主要为从征西川，驻足成都巡查民情时所作；《峨眉小稿》，为“丙申夏”，即乾隆四十一年(1776)夏日诗人“乞假养疴峨眉山中”所作；《吴船小稿》，为“丙申秋”，即乾隆四十一年秋，诗人因病乞休还吴时沿途所作，三者前后照应，为顾光旭的蜀行山水诗奏出了一曲完整的大合唱，同时也将他全部山水奏鸣曲的演奏引入高潮，给人留下一个华贵且高亢的尾声。

1. 叱驭西川时的军旅山水诗

乾隆壬辰之秋，顾光旭结束了陇上巡守的循吏生涯，以“臬台”身份随文绶入西川，拉开了他激壮刚烈的军旅生活的序幕。他沿陇坂西行，一路看尽五彩斑斓的陇关山色，闻着扑鼻而来的野花馨香，心潮起伏，壮志勃发：“陇云如盖陇坂长，秋风秣马苜蓿香。……群山似随新月转，匹马已到双星旁。……我今已觉崆峒薄，怀古重扪剑阁铭。残更不寐跨马走，回首牵牛织女星。”(《七夕宿青阳峡》)顾光旭的西川军旅山水诗从《七夕宿青阳峡》起始，便一路随诗人西进的行

程挥洒开来，就形成疾如金铁齐鸣，徐若静水深流的大型山水组歌，令人神魂与眼目一道沉醉在川西峻拔险要的峰岭、一望无垠的草地、山花烂漫的峡谷、纯碧见底的海子间，一同去感受顾光旭一辈诗人们所经历的烽火岁月，以及他们善于捕捉美丽瞬间的敏锐诗魂。如写西川山岭之势，诗人说："群峰叠起插天高，千丈飞流向人落。……而我梯空上突兀，飞孱忽坠冥濛间。……黄昏山鬼泣金沙，白日蛮丁震铜鼓。……陵谷变迁亦何有，诸葛大名垂不朽。君不见东流江水号平羌，万古山高共水长。"(《相岭行》)相岭，以三国蜀丞相诸葛亮出师滇南时路过此岭而命名。顾光旭翻越相岭，不但被其"群峰叠起插天高"的气势所震撼，而且还被"诸葛出师先入南，南人自此不复反"的历史佳话所感动，于是他的《相岭行》以眼前景烘托寄寓了无限心中情，使诗歌的境界得以极大升华。再如："飞越岭，我欲攀天白云冷。……高高一呼天四开，脚底浩汹生风雷。恍然坐我壁上观，二十八将升云台。"(《飞越岭》)写行军之艰，川西地形之多姿善变，他说："白涛寒峡动，红叶乱山横。野鸟调蛮语，流泉散楚声。"(《南征十首·王牧》)"西风吹石骨，白日冷山精。……然犀忆温峤，长啸百蛮平。"(同上《海子山》)"怪石顽云外，艰难饷道赊。悬崖争一线，乱水出三叉。羽檄飞星火，绳桥走浪花。"(同上《章谷》)写川西青山隐隐、水势相激的情景，他说："叶叶霜枫红似染，粼粼黑水碧于罗。"(《由维州还成都道中杂咏》其三)"青城隐隐白云重，云外微闻隔水钟。"(同上，其四)"杜鹃城外杜鹃啼，犀浦花开踏作泥。"(同上，其五)

顾光旭尽管有随军西行，为大军催攒粮草军需的经历，但他毕竟不像王昶、赵文哲有亲冒矢石，身经战火，亦不似查礼那样深入不毛，筹办藏区善后的履历，所以顾光旭的川西军旅山水诗更多的还是诗人奔波巴蜀之地，为国效力之间，游赏巴蜀山川壮美景致，并尽情赞颂它们的娱情之作。其中名作有：《癸巳闰三月初五日宿眉州三苏祠用坡公金山寺诗韵即用其起句》《游凌云山仍用前韵》《鄷陵月》《二仙楼》《忠州行》(以上七言歌行)；《嘉州舟行至渝五首》《雨发巴江望盦山》《梁山道中》《次韵杜观察登雅州城楼四首》《杜工部成都草堂同吴白华学使四首》《题巴江》《抵大竹县晚霁》《渠江二绝句》《天妙阁》(以上五七言绝句)。上述诗作以成都为中心，展开对巴蜀山川的吟咏赞颂，诗体杂陈、内容丰赡，有景的描绘、有情的宣泄、有对古迹的缅思、有对现世的叹惋，通过这些不同诗体的山水篇章的透析，诗人一颗沉醉自然的诗心赫然如在目前。其长歌山水诗，大气淋漓地抒发了诗人对自然、对人生一往而注的深情，让人有临流长啸、对月起舞的心理冲动："蟆颐渡头理舟楫，扬子津边生海日。风烟一扫八百年，年年霜白枫林赤。……二江风雨一灯明，三公文采万古惊。"(《癸巳闰三月初五日宿眉州三苏祠用坡公金山寺诗韵即用其起句》)"此中自在现弥陀，头为江峰足踏波。……半岩浓翠石坛青，一径雨花幢影赤。……绕山江色照楼明，楼上客来山鸟惊。……但见行云行未已，悠悠今古东流水。"(《游凌云山仍用前韵》)眉州，滨江环水，近邻成都，是天府中的天府，北宋三苏诞生于此。境内名山大川众多，自古就称"江山清秀，土田腴衍"，"为岷、峨奥区"[①]。凌云山，在清属嘉定府，因山下建有凌云寺而得名。凌云寺有著称于世的石凿大弥勒佛像。顾光旭游赏眉山"三苏祠"、嘉定"凌云山"，触景生情，依"坡公金山寺诗韵"，创作了上述形同姊妹篇的长歌，肆情抒发了潜隐心头的澎湃激情。长篇而外，顾光旭还用律绝记录了他舟楫所经的巴山蜀水的清绝姿容，在他笔下巴蜀的山水如一幅幅水墨国画，尽显隽永含蓄："夜静鱼龙卧，沙平雁鹜飞。半江星斗外，疑是旧渔矶。"(《嘉州舟行至渝五首》其二)"欲雨巴江暖，无风几水波。……扁舟更东下，鼓枻且行歌。"(同上，其五)"泉声山色送轻舆，空际林峦画不如。……绝似江南好风景，浓阴四月插秧初。"(《梁山道中》)"烟雨川上山，夕阳明大竹。幽篁小院深，一半芭蕉绿。"(《抵大竹县晚霁》)"濯锦江空还似练，大峨山远只如眉。天边风露无声处，独立西南月上时。"(《天妙阁》)蜀中四至，清江如练、碧山似螺、幽篁丛竹、芭蕉蔽月，顾光旭把这一切意象有机组合，并放置在烟雨迷濛、雾霭笼盖的情境下，就使其巴蜀山水诗境显出清丽雅净的审美情趣。

① 见《读史方舆纪要》，第 3349 页。

2.“乞假养疴峨眉山中”的峨眉山水诗

乾隆四十一年，顾光旭因劳累过度，又加大风寒，“忽四体麻木”，便“乞假”往“峨嵋山中”“养疴”。养病山中，诗人心境与山灵相期，一口气创作了包括：《歌凤台》《响水桥》《山潮》《玉女峰》《大峨石歌》《神水阁》《万年寺》《访太白听蜀僧濬弹琴处》《早发观心坡》《长老坪》《鸾殿》《九岭岗》《华岩中顶》《莲花石》《木皮殿》《雷洞坪》《天门石歌》《峨眉绝顶》《靓光台放歌》。

峨眉山，蜀中名山，亦为佛教胜地。《读史方舆纪要》载曰：“峨眉山在嘉定州峨眉县西百里，眉州南二百里，张华以为牙门山也。亦曰峨眉山，以其两山相对如蛾眉然。自岷山而来，连岗叠嶂，延袤三百余里，至此突起三峰，一为大峨山，一为中峨山，一为小峨山。大峨山岩洞重复，龛谷幽阻，周围千里，莫测远近。登山者自麓而上，及山之半，又历八十四盘，山径如线者六十里，而后至于峰顶。山中有石龛百十二，大洞十二，小洞二十八。若伏羲、女娲、鬼谷诸洞，其最著者也。又有雷洞七十三，时出云雨，俗以为雷神所居。”①清代诗人写峨眉者众多，诸如王士祯、吴省钦等，但他们写峨眉仅是远眺遥望，而未深入峨眉之心腹对其作雕肝镂肺式的刻画。顾光旭“养疴山中”，日日与山灵相亲，处处和山僧相伴，冥思颖悟、搜幽探微，不仅写出了峨眉的形貌，而且还透视了峨眉的气韵，他的峨眉山水诗在清代山水诗史上与后来的“戊戌六君子”之一的刘光第遥相呼应，具有非同凡俗的重要地位。首先，诗人抓住峨眉上标天穹、下临万仞的外在特征，突出它幽冥玄奥的仙佛气韵，将峨眉遍布山中的涧谷洞壑、仙府殿阁娓娓写来，令人有身临其巅，同沐天风的超然感。如“世外闻歌凤，台平草又深。……山讴问谁答，流水响前林。”（《歌凤台》）“虚阁临泉上，希夷不可逢。池平明似镜，杉直瘦于松。……刹铃了无语，一钵覆孤峰。”（《神水阁》）“空山花发万年新，宝盖珠幡又隔尘。……钟声撼起峨眉月，幡影翻开白水春。”（《万年寺》）“摆落尘世喧，云光湛幽独。……涧香摇草花，人语出丛木。”（《鸾殿》）“只看明月生萝壁，时

---

① 见《读史方舆纪要》，第3106页。

有飞花上锦茵。……虎溪留照残僧影,指点孤峰是化身。”(《萝峰庵》)峨眉以仙佛灵异而闻名于世,顾光旭深入山间,信步由心,日常所见皆入其诗笔,于是就使其峨眉山诗浸透在“偶然茶话惊狮子,撞破当年玉带禅”(《洪椿禅舍与玉升和尚夜话》)的空寂境界。其次,顾光旭善用各种诗体,不但绘峨眉之自然形态,而且还借山水客观之貌寄托心志,抒发个人超迈奔放的主观之情。如:“清冷云中飞霹雳,三十三天雨箫笛。……初疑万鼓泛空林,却看潮头僧卓锡。浩浩天根本虚寂,调调地籁摇澄碧。”(《山潮》)“异境无夷途,行险非所取。直上九岗岭,九老反在下。……倾崖出孤撑,断石委榛莽。……白石开广庭,青衣侍玉女。……樵径无来踪,植杖且延伫。”(《九岭岗》)“雷行翠微里,中有弥勒龛。云上光音天,下临不测潭。……郁勃龙所居,欲发群龙骖。……斜阳澹人影,寂坐生瞿昙。”(《雷洞坪》)“拂云招白鹤,鼓瑟七天青。……到今山有色,旷古道无形。”(《峨眉绝顶》其二)“峨眉天半两壁对,筇杖一掷天门开。……但道道场救诸苦,坐看下界纷尘埃。古人今人共牢落,凉风透体心徘徊。……人生能着几緉屐,青冥浩荡开胸臆。”(《天门石歌》)

顾光旭的峨眉山水诗如雷如电,如琴如瑟,既大声噇哒地烘染了峨眉“冷光悬夏日,尘海渺秋毫”(《峨眉绝顶》其一)的宏大气势,又低吟浅唱地道出峨眉“夙云四平凝,朝光荡幽抱”(《早发观心坡》)的玄远幽深。峨眉之游,令诗人胸襟顿开,忽忘尘缘,最后他以一曲《覩光台放歌》告别山灵,为其峨眉山水诗群奏响了高亢的尾声:“君不见江东顾响泉,西来赤脚行青天。扫除云翳天上坐,时复柱杖游日边。……群山排空叠如浪,参差林影如藻如荇何芊芊。……夜深云起灯渐灭,万壑晓看兜罗绵。俄顷云铺浩如海,海中但觉波洄漩。……中有明镜光大圆,圆光照澈千普贤。僧言佛光众可覩,覩光台上日亭午。……风胡为而忽来,银涛翻起海眼开。云胡为乎忽合,覆被山河从吐纳。吐纳慧日转法轮,百千万亿见化身。圆光五层发五彩,光中吾识真吾在。人人见己不见人,谓是菩提开觉海。……摇空挂树无定向,使我登台歌欲放。噫嘻乎,吾乌知其所以然,明发山潮乘石船。”峨眉山以金顶观日出、云海、佛光和圣灯为奇胜。顾光旭的《覩光台放歌》就用长篇歌行体痛快淋漓地描写了其旷世无比的四种殊绝景象。在诗前的《序》言里诗人简要介绍诗歌写作的背景，以及金顶自然景观形成的原因："五月廿八日，登峨眉绝顶，晴空无纤翳，至晚于微云中见佛灯。佛灯者，星影也，夜气沉树石之间，而星光映之，故星稀而灯疏，星繁而灯密。星之移与陨，为灯上下台，东向，夜半后，星渐西，故灯多聚台下。至曙，星散，或风雨阴晦，灯不可见，无足怪者。次日，白云满岩壑，亭午，风定云平，遂覩佛光，太阳蔽亏与之为隐现，故知日影之所为。按《山志》载范成大记：言佛光、佛灯之异，骚人逸士不揣其本，诧以为神，亦好怪之一端也，因为作歌以贻山僧。"这篇序言，语辞简洁，言之成理，比较客观地阐释了被世人幻为神秘现象的"佛灯"和"佛光"，说明顾光旭具有严谨的学者态度，以及超前的科学精神。正如诗人诗中所写那样，峨眉山云海变幻万千，云朵随风势发生不同的变异，山风乍起，云海飘散，群峰逶迤，如同海中仙山，星罗棋布；风定云合，千山万壑如同遁于无形，天地一片混茫。云海随风开合，时而疾驰翻涌，时而飘逸舒放，如行空天马，如雪球堆絮，如波卷海面，其千形万态，不可名状。峨眉佛光与云海相比，则更为奇特，天明景和，万道金光从空而来，若背光而立，让阳光从你的身后射来，那么你前方的天幕上，会呈现一个彩虹似的光环，光环中浮现你自己的影像，人动影动，影随人移，这即是人们常见的"佛光"。在"佛光"笼罩下，纵有千百游人，各个游人只见到自己的身影，这种奇观举世无双，让人有超凡出圣，飘然远举的陶醉感。"佛灯"和"佛光"奇特，当夜深人静，月落星繁之际，万点灯火便从"舍身岩"下飘然而起，其飘移流动，随星星而转。顾光旭的诗作全面且详尽地描绘了"覩光台"观四大奇景的过程，令人恰似置身峨眉之巅，与诗人的心魂一道产生强烈的美感共鸣。关于峨眉山佛燈与佛光的奇异景象，古籍多所记载，如印光大师修订的《峨眉山志》记曰："放光时，每在卓午，先有兜罗绵云，布满岩壑，宛如玉地，名曰银色世界。云为水波，为伞盖，为楼台诸状。上得日色照之，遂现圆光，从小渐大，外晕或七重，或五重，五色绚缦，环中虚明如镜，观者各见自身现于镜中，举手动足，影亦如之。止见已身，不见傍人，以此为异，此名摄身光。

光上有金桥如虹，凭空而现，若可往来，有时云气散尽，出一光，如大虹霓，圆似水晶映物，名曰清现，凡光相依云而出，其不依云，则谓之清现。最难得者，又有白色无红晕者，曰水光；如箕形者，曰辟支光；如镜钵形者，曰童子光。光皆一光，变态而异，名佛光。”[①]其它还有清人蔡毓荣撰《游峨眉山记》等诗文亦详尽记载了观佛光的盛事。

3. “薄云含雨下西川，飞上东吴万里船”的乞休归乡山水诗

乾隆四十一年(1776)秋，顾光旭以病体不愈为由乞休还乡，他把“江行凡八十日”所作汇成《吴船小稿》收录在《响泉集》第十二卷里，其中除少量酬赠怀人的诗篇外，大部即为诗人沿途观览江上崇丽壮观山水的写景诗。关于《吴船小稿》的缘起，诗人在其序里说：“江行凡八十日抵家，范蜀公(即范成大。笔者注)《吴船录》之所载，靡不经也。顾阅世久远，山川陵谷之变，与夫风土名物之殊，见闻所及，不能随时考正，凡事之当为而不为者，类如此矣。因次途中所存诗曰《吴船》，用志予愧。”

《吴船小稿》沿当年范成大由蜀归吴的途程展开，写尽川渝巴蜀、楚湘赣皖一带的山川风物，其中蜀山之清峻、巴峡之幽秀、楚天之空阔、湘水之灵异、彭蠡之婉变逐一从诗人笔下腾跃而出，令人犹若挂帆遨游于千里画廊之间。如写川渝一路风光，诗人用梦境般的笔墨说道：“枕江城郭锁江亭，一片戎州雨气青。”(《叙州雨发寄李七太守》)烟雨迷离，江亭在望，诗人的归舟扬帆在“戎州”两岸青青的“雨气”中，更增加了离愁别恨的悠长和凄迷。叙州，在四川南端，与云南昭通接界，顺流可经泸州直达重庆。“九十九峰外，兹峰迥不群。余行初识面，前度只看云。”(《泸州少鹤山》)泸州东北顺江而下即为重庆府，向南则达永宁宣抚司，西连叙州府，是巴蜀水路通道。境内有山曰方山，顾光旭诗中“九十九峰”即指方山。方山在泸州西南三十五里，山分八面，有九十九峰，其形胜下瞰江流，深窅难测，为泸州著名景观，顾光旭由叙州而来，途经泸州，通过远望近观的不同角度，点缀勾勒了这座江上名山的神情气韵。“山欲奔滩江几折，鸟方辞树曲

---

① 见《峨眉山志》第四卷第8页，苏州灵岩山寺弘化社印行。

已终。偶然流出江云活，搀入烟岚是化工。"(《巴峡》)巴峡，一指四川奉节县东长江瞿塘峡和巫山县之巫峡，另一指古巴国，今重庆至涪陵之铜锣、明月、黄草三峡。《读史方舆纪要》"重庆府·巴县"条曰："明月峡，府东四十里。……堆石东二里即明月峡，峡前南岸壁高四十丈，有圆孔如满月状。……《峡程记》：'明月、仙山、广溪，所谓巴有三峡也'。"①顾光旭的《巴峡》即写路经重庆巴县明月峡一段江面时所见所闻之景象，诗人融摹声绘形于一体，将峡行之幽深表现得如"化工"天然。由蜀入巴，过重庆，越忠州，到夔州才算真正进入滩急浪高、两岸如画的风景绝胜处，即世所称的长江三峡。三峡在顾光旭写来，既有雷霆斗怒、山高月小的自然美，又有回肠荡气、令人唏嘘不已的人文美。三峡的自然风光之大美，乃举世所闻，但其险固冲要的地利形势亦为众多英雄豪杰、文士骚客提供了风云际会、吟赏烟霞的天然大舞台。顾光旭站在三峡自然背景的焦点上，回思历史，心中荡起一股难以抑止的英雄潮涌，他把江山胜迹的横断面和人文历史的纵深感结合起来，就构成其与众不同的山水诗视角。如写三峡之景，他突出其水石相激、山月如醉的特点，用迥异常人的思路，营造了鬼神难测的幽冥诗境："谁谓滟滪高，我觉滟滪卑。削根千仞漏地底，漩澴瀺灂石骨摧。……倚恃瞿塘势千丈，欻然如马复如象。一朝水落皮骨皴，赤甲白盐安可仰。我泊瞿塘舟，浪打滟滪头。舟人环顾不敢下，饥蛟昂首江心浮。……喧豗震撼势方逞，能令我辈发深省。"(《滟滪堆》)滟滪堆，为瞿塘峡口一孤石，《读史方舆纪要》载曰："瞿唐峡为三峡之门，两崖对峙，中贯一江，滟滪堆正当其口，于江心突兀而出。……范成大《吴船录》曰：'天下至险之处，瞿唐滟滪是也。……峡中两岸高岩峻壁，斧凿之痕皴皴然。'"②顾光旭的《滟滪堆》以"两岸高岩峻壁"为起势，突出滟滪堆一石突起，"正当其口"而险峻至极的形貌特征，其诗境逼仄繁复，如雷电忽来，金铁齐鸣，自有骇人心目的感染力。长江三峡不仅险，而且还有秀、有幽、有高旷，对三峡之幽

① 见《读史方舆纪要》，第3273页。
② 同上，第3122—3123页。

秀高旷之境，顾光旭是如此描绘的：“孤舟片席晓云重，数到巫山八九峰。梦里不知衣袂冷，秋涛蘸笔写芙蓉。”(《峡中绝句十四首》其二)“巫山女子善吹箫，碧玉搔头金步摇。昨夜月明照三峡，唱歌人倚木兰桡。”(同上，其七)“下峡行舟如叶飞，江津倚櫂青山微。三游洞口踏苍藓，一柱观头眠落晖。”(《出峡》)顾光旭的三峡诗写景自然，绝少斧凿，其诗情随景物变易而相异，在浑灏的景物点染中，诗人总是情由景生，一发而不可止息，如《十六夜峡中玩月》就是一首景中融情，情自景生的自然放歌：“神女峰头乍逶迤，凝真观外尚依稀。峡中如线渺千里，惟有此月从中飞。……方舟遥夜剧清寒，玉绳低压星阑干。……我亦朝辞白帝城，遥遥鼓枻下江陵。江山如许能留眼，一片冰轮相送行。”这首诗以“峡中玩月”为诗眼，诗人展开无极限的想象，从古到今，从神到人，所有的意象全统摄于江月辉映出来，就使其既冰轮一转，清空玲珑，又雄阔玄渺，无可羁勒。

顾光旭顺流而下，心境随江波激荡鼓涌，浩浩江涛，巍巍青山，引发了诗人潜在的英雄气概，通过怀古类的人文山水诗，他寄寓了“洪涛日奔腾，浩若金鼓震”(《八阵图》)的激壮情怀。咏怀遗迹、摅写心志的人文山水诗，虽然比不得纯自然山水诗那样能呈现江山之壮观，但透过那些浸润诗人心血的淋漓诗句，我们依然能听到江涛裂岸的激壮之音，以及猿吟鹃啼、冷月暗转的天籁之声。“惆怅荒台寻不得，郢门烟树郁苍苍。”(《高唐观》)“参天松柏悲摇落，匝地风云接混茫。”(《武候庙》)“今古风涛余旧恨，大江日夜下夔巫。”(《先主庙》)“峡口星河直，涛头滟滪低。杜陵人去后，月落又猿啼。”(《瞿唐峡怀古》其四)“文貍赤豹惊涛岸，桂櫂荪桡脱叶滩。”(《归州三闾大夫庙》)

以《出峡》为标志，顾光旭的归程山水诗即落幕在江流似练、山川相缪、旷野千里、楼阁巍峙的湖湘赣皖间，既为其《吴船小稿》写下最后一个韵味无穷的乐符，也为他整个山水诗创作留下一曲令人咀嚼反刍的欢乐颂。江汉到洞庭，水程迢递，湖光潋滟；洞庭至彭蠡，白帆逶迤，渔舟唱晚；湖口入皖南，江阔山青，孤鹤掠波。如此明秀山川，被顾光旭絮絮道来，就有如下似醉似痴、若歌若吟的惊艳山水诗句：“风吹九江树，水抱空城浮。……秋色淡无极，浩然送归舟。”(《荆门四首》其四)“江湖三楚尽,天地一楼空。酒醒秋涛白,诗成夕照红。”(《岳阳楼》)“矶头遥对洞庭口,琉璃破碎愁落晖。……烟鬟十二动浮影,万顷平铺江月微。……神来如云去如雾,连蜷远举华彩衣。……是时九月气澄霁,霜黄落木叶渐稀。……赊取君山一斗酒,为君深夜弹明徽。”(《城陵矶阻风晚望洞庭君山》)“孤云野鹤空残梦,遗响悲风振远邱。斗酒与君销此夕,洞箫吹破古今愁。”(《过黄州望赤壁示同舟诸子》)“炉烟冷逾白,松雨香入溪。……岚气欲满室,林声不知蹊。”(《自圆通寺雨行晚至东林宿三笑堂》)“廻风振林莽,萧萧与雁俱。平楚树如荠,万籁哀笙竽。”(《江行感兴六首》其三)“萧萧枫叶赤,湛湛江水深。……雌蜺澹寒日,雄剑鸣霜林。……西南望白帝,万里结层阴。”(《蟂矶庙》)

江行如人生,起伏跌宕、风云诡谲,经历了无数险滩激流后,顾光旭的豪情被一天江月所回荡,他反思颖悟,心灵走向极乐的寂灭世界:“我不恋淮南之丛桂,亦不忆江东之尊鲈。秋风挂席八千里,醉中已过宫亭湖。……排空径向天门呼,天门中断开三吴。……有茶一壶,有香一炉,有琴挂壁絃非无。……叩楫长歌见新月,二更月堕空寒芦。……二泉水碧菰川菰,湖上白云如白凫。天门荡荡指衡宇,山鸟山花吾友于。贻财子孙益其愚,范蠡货殖非吾徒。”(《长歌行》夜泊天门山作)夜泊天门山,诗人的归程将尽,回思往事,瞻顾身后,他豁然醒悟,以一曲《长歌行》既总揽终结了大江之旅,为自己以往的人生留下令人缅思的回音;又借景抒怀,激情地唱出归寂园田后澹然超脱、闲适旷达的心声。

在清代诗歌史上,顾光旭是一个悄无声息,不被世人所知,不为论家所关注的诗人,但这并不影响他的诗歌成就,尤其山水诗成就。他从江南到京师,又从京师到陇上,再从陇上到巴蜀,最终由巴蜀返归江南的循环过程,让他饱览了不同地域、不同节物、不同风尚的山川风光、人情物理,这一切不仅助长了他诗歌风格多样性的形成,而且还丰富了他山水诗的内涵,他的宁夏陇东山水诗群、峨眉山水诗群为清代山水诗史,进而为中国古典山水诗发展史在一定意义上起到了拾遗补阙的重大作用。

三、《梁溪诗钞》和梁溪诗群山水诗概说

顾光旭除了《响泉集》外，他在诗学上的另一贡献是主持编纂了地方性的诗歌选集《梁溪诗钞》。《梁溪诗钞》共五十八卷，初刊于清嘉庆元年(1796)，其参与校订者有顾斗光、黄正衡、杨芳灿、秦瀛、杨揆、顾皋等十六人。梁溪，乃无锡别称，因“溪在县城西，源出慧山，北合运河，南入太湖”疏浚于梁大同年，故名①。《梁溪诗钞》作为地方性文献资料，它的特点是以史的发展为纵切面，将无锡自东汉至清中期的诗人不管名与不名，只要有作品留世都横向编织起来，构成无锡诗学产生、发展，以至成熟的简史，通过观览《梁溪诗钞》可以全面把握无锡一地诗歌繁荣的脉络。《梁溪诗钞》采用“不录存者”的通例，借鉴元好问《中州集》、朱彝尊《明诗综》、沈德潜《清诗别裁集》“以诗传人，以人传诗”的传统，所录诗作不分流派、不论风格、不管作者显或不显，均加以甄别留意，使其占有一席之地。全编共收诗人一千一百四十九家，诗作二万多首，分本籍，闺媛、流寓、方外四类。对于《梁溪诗钞》存录闺阁、缁流一类诗作的功绩，清代名诗人孙士毅极为称道：“《梁溪诗钞》洋洋乎大雅之音，无论名公巨卿、端人正士之言，可以垂世行远，即野人游女之微吟，黄冠缁衣之寤叹，苟合于道而发于天，靡不录也。”②(《梁溪诗钞·序》)关于《梁溪诗钞》的缘起和体例，及其编辑宗旨，顾光旭、钱载分别为其撰写的序言里阐述得尤为详尽，可参读。

《梁溪诗钞》尽管录自东汉高彪以下一千一百四十九家，有五十八卷之巨，但清代诗人及其作品却占很大比重，从篇幅计量前代诗人总占十四卷(为全篇的24%)；就人数看，前代诗人共计405人(约占总人数的35%)。从这一数据首先可看出无锡地域文化的发展走势，清以前虽然以吴文化的发祥地著称，代有才人，诗学绵延派生，以

① 见《读史方舆纪要》，第1134页。

② 〔清〕顾光旭等编《梁溪诗钞》(收录于《无锡文库》第四辑)，凤凰出版社出版2011年版，第2页。

至形成一地诗歌最终兴盛的局面，但因地域所限，自东汉至明，无锡的诗文化发展过程还是比较缓慢的；其次，通过数据显示了清代既是整个江南文化最繁荣兴盛的时期，亦是无锡一地文化走向宏盛辉煌的一刻。无锡在清代文化，特别诗文化的空前发达，说明了无锡城市功能的日益扩展和加强，只有城市的功能从附庸逐渐走向独立后，其经济、文化的繁荣才能如狂飚突进式地勃然兴起和发展。

《梁溪诗钞》辑录的清代诗人共七百四十四人，其中"本籍"诗人六百五十一人，起自顺治初年的吴达，终于乾隆年间的许仲堪；"闺媛"三十九人；"流寓"十七人；"方外"三十七人。据以上数字可见，无锡诗人在清代数量庞大，因之无法一一述论，此处只选取各阶段、各阶层有代表性的诗人为例来统观无锡诗群山水诗风格的概貌。

（一）悲慨激楚、俊逸幽深的清初无锡诗群山水诗

明末清初，故国陆沉，山河破碎，面对旧日风景，地处太湖之滨、苏皖浙三省交界的无锡诗人难免勾起一段亡国之恨，他们把感慨兴亡的悲伤情绪通过山川风物、人文故迹发抒出来，就产生极为感人的艺术效果。如顾宸的《上巳虎丘燕集和吴太史梅村韵四首》其三就是一首借景抒怀的山水佳作："画桨夷犹锦缆轻，泖湖波接阖闾城。遥怜玉树教埋骨，谁挽银河与洗兵。……黄门吏部同游在，蕙带荷衣久目成。""上巳"，即指清顺治十年，这一年吴伟业在虎丘主持慎交、同声两大诗社集会，"九郡人士至者几千人"（《梅村先生年谱》）[①]，"梅翁赋禊饮社集四首，同人传诵。"（同上）顾宸，字修远，号荃宜，崇祯己卯举人。家富藏书，博学多才。虎丘大会，顾宸借"和吴太史梅村韵"的口实，深切地抒发了郁积心头的故国之哀，其诗歌四首一组，一气呵成，篇篇有写景，句句有真情，上举第三首首联以湖山为背景，视界开阔，诗思深沉，"泖湖"不但是江南名胜，更是陈子龙、吴易抗清义兵集结的地方，诗人起首便说"泖湖波接阖闾城"，为下文抒发亡国之情、友朋之思埋下了激楚苍茫的伏笔。尾联与首联相照应，"同游"仍在，而"黄门吏部"已成忠魂，目击他们"蕙带荷衣"的神烈形象，诗人

---

① 见《吴梅村全集》，上海古籍出版社1990年版，第1463页。

禁不住哀戚悲感，一种无可掩抑的故国之意潜然而至。再如邹式金的《重过西湖》也是一首借景抒情，寄寓故国之思的山水杰作。其格调苍凉，韵致凄楚，能沁人心骨：“杜鹃啼断青衫弦，玉兔衔残白坠酒。堤上芳心冷雨云，祠边杀气冲牛斗。”邹式金，字仲愔，号木石，明崇祯庚辰(1640)进士，入清官泉州知府。诗人虽然入了新朝，但其对故明仍然有所怀思，于是借山水委婉地抒发如杜鹃哀啼的情绪当在情理中。

明亡清兴，对于前朝士人是一个永难解开的心结。在故国远去的隐痛里，有些士人心存哀怨，但形身已和新生王朝结为一体，他们只能通过山川印象来寄寓自己的复杂意绪；有些士人则信守坚贞，拒绝与新朝合作，他们视山川为伴侣，心如野鹤浮鸥，身如游鱼翔鸟，自由地徜徉在大自然的诗意境界里，不争不怨，不怒不愤，以平和宁静的心态保持了人格的独立和高洁。如张列宿的《梁鸿溪》；秦孝维的《太湖口远眺》；华庆远的《山中晓行》；吕自咸的《渡钱塘至江山县入闽抵玉田暂憩》(五言古体)；严仁锡的《雨山》；季惟和的《村居初夏》《柳堤春泛》等。以上诸人皆前明诸生，明亡不仕，隐居山中，他们的山水诗作无一例外地传达了诗人借湖山自娱、不与世谐的高洁心曲。

清初无锡诗群第三类型的诗人是和前明没有功利关系，他们在顺治一朝通过科举走向仕途，成为大清的臣民。这一类型的诗人基本心境平和，有一种锐意向上的情绪，在他们的山水诗里处处充盈着幽深雅健的美感气氛。如：“古寺多清夜，况闻秋满林。千峰同一照，草自暗蛩吟。……深山寂自悟，千载不能任。”(邹忠倚《高峰杂咏·高峰中秋夜》)忠倚，字于度，号海岳。顺治六年举礼部，九年，廷对，赐进士第一人，授翰林院修撰。“九峰驱云峰欲低，寺小烟封鸟不齐。……声如雷轰色如雪，随风散珠碎玉屑。……长啸激越叫奇绝，惊湍怒卷天风寒。”(唐德亮《春申涧观泉歌》)唐德亮，字采臣，顺治九年进士，官户部员外郎。“荫壁虬松吞宿雾，蹲波怪石锁苍苔。舟因蚱蜢鱼偏狎，人似凫鹥鸟不猜。”(叶孝基《重游震泽泊舟鼋头渚》)叶孝基，字培生，号梅廊，秀才，“抗怀高洁，迥出尘表”，有清节。“一枝藤杖白云边，路入峰腰散晓烟。……群山拱揖晴光迥，万壑行廻翠色连。”（秦寅《灵岩》）秦寅，字克备，诸生。“以子仁贵，赠蒙自县知县。”

顺治朝，无锡诗人中山水诗成就卓著的应为秦松龄、顾岱、华章庚。秦松龄在博学鸿词诗群中，已有简述，兹不赘。顾岱，字商若，号舆山，又号止庵，顺治十五年戊戌科进士。累官至杭州知府。《梁溪诗钞·顾太守岱小传》曰：“初除贵州铜仁府推官，迁思南府同知，约束悍兵，苗民德之，再迁云南武定军民府知府，调山西潞安府，左迁江西赣州府同知，……又驻军赤坎，招降陷贼三万有奇，复袁州知府，补杭守，罢归，卒于家。著有《青霞堂集》《止菴集》。”①顾岱宦辙纵横，西南至滇黔，东南到粤闽海滨，北达山右，南则浙赣，其山水诗虽产生于兵连祸结的动荡岁月，但从《梁溪诗钞》所选诗作来看，诗人造境的艺术手法还是很清隽幽邈的：“九江断岸潮千尺，五老当楼月一湾。地接鄱阳余劫火，云开楚甸列烟鬟。”（《登石钟山》）“雨洗孤山第一峰，团团秋水浸芙蓉。回思南渡成何事，醉倚斜阳听晚钟。”（《再渡西湖》）“远望登临最上头，太行烟景掌中收。元宗往迹无遗瓦，红线雄风剩古邱。”（《望云楼诗》其二，望云楼在潞州）

华章庆，字叔延，号守斋，诸生，“以教习除广文”，著《九龙山人全集》，《梁溪诗钞·华广文章庆小传》曰：“叔延与吴梅村、曹洁躬、秦对岩诸先生相往还，所著诗稿极夥，其佳者悉登上乘。”②华章庆的山水诗一如顾光旭所评“佳者悉登上乘”。其意境开阔、声情并茂，而韵致尤其绵长。如：“寒潮傍晚生，落月低近岸。……大星从东起，照耀江波烂。钟声远寺微，鸡唱荒村断。”（《澄江晓发》）“摄衣陟天风，孤亭峙江浒。……山色映中流，树影横遥浦。……浩浩通浮沉，茫茫送今古。”（《来烟亭望江》）“马迹沙千里，鸡声月半林。依微山有色，闻说是蒙阴。”（《晓行沂水》）“扁舟尽日水淙淙，百里青山翠扑窗。来往轻鸥知浩荡，暮烟秋雨过桐江。”（《富阳道中》）上引诗作，不管是“晓发”、“晓行”，还是登临放目；不管是江上景致，还是北国山色，诗人都将其绘摹得幽深旷远，意味极其绵长。此类诗作还有：《山中》《西溪

---

① 见《梁溪诗钞》（上），第 372 页。

② 同上，第 391 页。

草堂》《溪居漫兴》《宿静林上人禅房》《石湖雨泛》《雨夜宿湛公房》《立冬日野步》《雨泊》《漳南杂咏》《宿灌口》《深青驿》《慧山寺》《菩江早行》等。华庆章的山水诗尽管以清新俊逸、韵味深长著称，具有纯审美情趣，但作为朝代交替之际的诗人，他的山水诗中还是时时流荡着幽幽的故国之思和悲慨的英雄之气：“淮泗双流坼，乾坤一气悬。故宫荒草树，胜国旧风烟。极目情何限，秋原猎马还。”（《登报恩寺塔》）“即看俎豆常存宋，莫恨江山尽入燕。一代汗青柴市月，千秋血碧蓟门烟。”（《谒文信国公祠》）华章庆的山水诗短篇长歌交错杂陈，显得极其华丽，其长歌诸如《自仙霞岭至浦城》《游武夷山》等。与其他写仙霞、武夷的诗人不同，华章庆不是一景一诗，而是将“自仙霞岭至浦城”沿路所历之景烩制于一炉，有时一句一景，有时一联一景，有时数句一景，这样奇特的山水诗结构模式能集中展示景群全貌而呈简约特点，《游武夷山》亦属此类。

（二）烂彩斑斓、气象万千的康乾盛世之梁溪诗群山水诗

无锡在清代虽是常州府辖一县邑，但富甲江南的经济状况，勾通江、浙、皖的地利形胜使其在康乾两朝文风大盛，才人如过江之鲫，层涌迭现，前后踵武，其山水诗创作态势如云锦文锈，呈现一派斑斓辉煌之气象。以数量而言，仅康乾两朝，梁溪诗人群体超过前朝各代之总和；以山水诗诗艺考察，康乾两朝的梁溪诗群争奇斗艳，各显神勇，充分展示了其地域文化独有的魅力。康乾梁溪诗群有科甲出身的仕官诗人，亦有优游林下的布衣诗人；有闻名当世的学者，也有躬耕陇亩的隐逸，其群体结构显示了多层次、多角度、多元性的特点。梁溪诗群山水诗的题材丰富，内容广泛，既有因游历而对大江南北山川风光的吟咏颂扬，又有隐居乡间，教书授徒而对故土秀美湖山风物的赞叹歌唱。梁溪诗群既受历史文化的熏陶浸润，又受家族文化的潜移默化，更受无锡一地山水灵动的自然环境的孕育，他们的山水诗作从艺术上追求空阔悠远、澄澈明净之境，风格以柔媚温润为主，兼及峻拔激壮。以下选取代表性的诗人来概观康乾两朝梁溪诗群的山水诗大势。

顾景文，字景行，号匏园，诸生。“才华赡逸，早岁以诗文名一时，

而浮云富贵，睨视一切。”[①]著《匏园诗稿》《楚游草》行世。顾景文的《楚游草》大得名于当世，友人黄家舒评其“追掩正平，而上友香山、眉山。”顾景文心地高傲，有雄视一世而磊落不群的气概，故此，其《楚游草》大得骚雅之风，幽渺激楚，狂歌吟啸，不管写旅途所经，还是写楚地胜游，诗人均能借山川之景，尽意发泄激壮之情：“百尺巉岩倚醉登，海门帆散暮江澄。……赤岸遥分三国寺，缁衣旧饭六朝僧。”(《金山寺饮留玉山房》其一)“黄鹤西飞出郢城，洞庭波落晚潮平。……冻合乾坤三楚坼，雪分烟树半江晴。”(《黄鹤楼》)“一线悬崖横锦绣，千层怪石立崔嵬。……凭高独眺愁兄弟，都水何难送酒来。”(《天门山和石壁韵》)腊尽岁暮，楚江寂寥，无论时节，还是景物，都与诗人萧瑟激楚的心境相吻合，故而其《楚游草》就在“乱风回雪晚萧萧，留滞孤城腊渐凋”(《黄州风雪》)的情境中收尾于“楚尽青山渐入吴，不堪飘泊叹非夫。”(《楚尽》)的意绪里，给人留下无尽之感叹。

朱澜，字幼安，号剩水。一生著述颇丰，游历亦广，足履遍燕、赵、齐、楚、闽、粤间，“所至多历落嵚崎，怀贤吊古之作。”[②]朱澜为人狷介廉洁，刊落世俗所有的阿谀柔媚之态，晚年因友人获罪牵连，死于诏狱。诗人涉历地域颇广，故其山水诗内涵富赡丰厚，有写粤广山水的，如《观音岩》《弹子矶》，有写桂林山水的，如《桂林七星洞》《桂林道中》，有写闽中山水的，如《兴安县斗河》，有写燕山风物的，如《燕南旅次》，有写隐于乡曲，吟赏故乡土俗的，如《田园杂兴》。以此宽广的游历做诗材，遂使朱澜的山水诗创作在梁溪诗群中尽现婀娜之态。

季麒光，字圣昭，号蓉洲，康熙十五年(1676)丙辰科进士，曾任福建闽清、梅溪等处县令，台湾入大清版图，调任诸罗。季麒光的山水诗以宦迹为轴心，展开对台海一带山川的描绘，主要包括《归义寺步月》《海门城》《视事诸罗》等。《视事诸罗》既反映了诗人苦心经营台岛政事的艰辛过程，又侧面展示了宝岛封疆辽阔、海天一色的秀丽景色，其具备的诗史价值不但在文学审美，还有历史考证等方面：“细译

---

① 见《梁溪诗钞》(上)，第405页。

② 同上，第412页。

番音诚异域，喜看野俗尚皇初。自来穷海无飞雁，从此荒村有市鱼。漫向遥空长倚望，黄云晚日接扶余。”

严绳孙，字荪友，号藕渔。康熙十八年(1679)召试博学鸿词，授检讨，转右中允，后乞归。其性恬静，不慕荣利，诗、书、画均极隽妙。严绳孙以学问淹博，经籍谙熟而著称，但观其山水诗却无凝重滞涩之病，相反尽显流畅生动、气韵充盈之色，如：“山暗高楼听急雨，月明柔橹下清川。戎戎岸柳连江市，隐隐城乌起暑天。”(《山中晓归》)“雨晴山郭清砧远，风落关楼画角初。”(《奉使晋阳道中作》)“江南诸山虞山好，欲往登之苦不早。……须臾海图云锦坼，碎掷珊瑚荡晴碧。……吾闻岱宗日观称绝奇，岂与此地同出没。……表独立兮云容容，山寺门开闻曙钟。下山始见上山路，青壁丹霞重复重。”(《晓登虞山观日出》)

顾彩，字天石，号補斋，选贡生，其山水诗成就因鹤峰之行而大异其趣，当另文专述，兹置不论。

陆庆元，字龙岗，号卷阿，康熙五十九年(1720)庚子科“捷北闱”，以寄籍黜落，雍正元年复中恩科举人。官中翰，迁户部主事，调盛京户部，关外三年差满，擢员外郎，乞归。著《不负草堂诗稿》，刊《度辽集》行世。陆庆元因有任职盛京的履历，故其山水诗存留了刻摹盛京一路雄壮景物的篇章，如《山海关》《抵沈阳作》《开原》等。这些诗歌以关外雄劲莽然的自然山水和人文景观为题材，写得激情汹涌，大势盘旋，且不乏引人深思的韵味。

顾贽，字敬舆，号稼轩。雍正二年(1724)甲辰科进士，选庶常，改御史，累官四川驿盐副使。著《稼轩诗稿》。顾挚山水诗最具价值的是他任四川驿盐副使时对川中崭绝风光描绘的作品，如《飞越岭》《题剑门驿壁》《出蜀》等。川蜀山势奇峻，雄关耸峙，顾贽通过长歌浅吟，将其“山川磊落云天迥”(《题剑门驿壁》)“栈阁连云一千里”(《飞越岭》)的迥异山川气象渲染得动人心魄。

杨潮观，字闳度，号笠湖。乾隆元年(1736)丙辰恩科举人。少有才名，出仕后历任县令于山西、河南、云南等处，所到皆有惠政。擢简州、邛州、泸州知州。杨潮观晚年好禅，著有《心经指月》《金刚宝筏》

等。另有《吟风阁杂剧》行世。杨潮观的山水诗奇险与隽秀并存，莽苍和悠长共生，充分展示了诗人抒写山川的艺术功力。如："烟火迷秦塞，登临带雨来。鹰声盘绝壁，虎迹破苍苔。"(《雨中登剑阁》)"岭势云中见，江声地底流。连山风送雨，满谷树生秋。"(《牛头》)"华岳连天起，潼关向日开。……气势洪河下，风云天马来。"(《潼关》)"吏隐何知拙与工，问民喜有葛天风。水流草长岩边路，无数牛羊一牧童。"(《入林虑境》)除以上，杨潮观的其它山水之作，诸如《宿龙尾沟》《固关》《巫山神女祠》《登黄鹤楼》《庞士元墓》等，均能映现诗人抗怀高旷、俊逸清发的幽深诗心。

王会汾，字荪服，号晋川。乾隆二年(1737)丁巳科进士，选庶常，官至吏、兵二部侍郎。左迁京堂，终大理寺卿。王会汾位高名重，且人品端方，沉敏峻洁，故而"出其门者，咸以文行相高。"[①]《梁溪诗钞》卷三十五单为其著录一卷，共收诗一百三十六首，其中山水诗二十四首。这些山水诗章既有对吴中风物的刻意绘摹，如《上方山诗》《泊吴江》《黄江泾》《横塘路》《雨泊横山》《由大石寺登阳山绝顶》《岞崿山》等；又有对北国山川，尤其塞上风光的叙说，诸如《渡河二首》《荥泽废城望广武北邙作》《南天门》《常山峪道中有怀勾山景垣》《双塔峰》《热河杂题三首》《博洛河屯即辽青城地》《由石片子入木兰东口二首》《鄂尔楮克哈达》《九月二十日大雪出哨》等。上列两类山水诗，所写内容庞杂，地域悬殊而物象迥别，但在诗人笔下，皆通过呕心沥血之墨色，点染刻划了它们神韵四溢的形貌特征，如写吴中山水，他说："垂虹亭畔水浮天，芳杜香中看采莲。半落眉痕青嶂杳，平分鸥梦碧波圆。"(《泊吴江》)"到此应知万壑低，划开昏晓是东西。平携日月垂双珥，俯瞰嵚涔共一蹄。"(《由大石寺登阳山绝顶》)再如刻摹塞上奇崛之景，他说："天风猎猎卷轻霰，直造天关意不危。……琳宫系马朝光早，阴壑盘雕夕照迟。"(《南天门》)"一峰杰立峭且孤，凛凛结束伟丈夫。……帐后飞瀑势远趋，左縈右络跳万珠。"(《鄂尔楮克哈达》)

顾奎光，字星五，号双溪。乾隆十年(1745)乙丑科进士，历官湖

---

① 见《梁溪诗钞》(下)，第110页。

南泸溪、桑植两县县令。顾光旭在《小传》中曰：“谔斋兄尝曰：吾兄为人有三不惑：酒、色、财也。居官有三不愧：清、慎、勤也。”[①]顾光旭和顾奎光为同祖堂兄弟。顾奎光任职湖南，目睹边民的饥寒生活，写下了《佛粉行》等一系列悲悯民生的现实主义作品。他的山水诗紧随他的宦迹而展开，既健笔凌厉地刻画了湘西巉刻崭绝的山形水貌，又借景抒情，融入他悲悯苍生的仁者胸怀，以及个人无法排遣的思乡之情。如：“五溪已在楚江西，莫说龙标过五溪。半夜雨声知错记，依稀听得子规啼。”（《桃源道中偶成》其四）“陟岗度岭尽峥嵘，才得孤村近小城。新水满陂双鹭影，夕阳半树万蝉声。”（《踰小溪入桑植境》）顾奎光的湘中山水诗系列还包括：《偕陶适斋周介夫游桃花源》《首春行县北榔木溪诸村》《天星湖夜泊苦热起坐至旦》《舟行杂咏》《重过沅江》等。

顾建元，字振川，号珍山，晚号丹崖子，顾光旭之生父。为人乐善好施，有正气，不事举子业，广行善事于乡里。他的山水诗大多以吴地湖山为题材，风致恬淡，意味醇厚，一如其人品。如：“问道来入山，见山无一语。山空本无心，飞泉若风雨。”（《白鹤道院题壁三首》其二）“下山随涧水，飞鸟共清光。却过春申里，还登长史堂。”（《石门晓归》）“一览江天万里流，夕阳低压海门秋。似闻鸾鹤凭空语，且任鼋鼍自在游。”（《登金山四首》其二）“清淮月上二更时，消尽浔阳夜客思。何限琵琶亭下水，微波不到露筋祠。”（《露筋祠》）顾建元除随顾光旭小住“潞河”外，他的一生基本活动在梁溪一带，故而其山水诗多吟诵故乡风土，及其人文遗迹之作，如《文昌殿落成》《谒梅里泰伯庙》《勾吴怀古》《早起池上作》等。

吴仙峻，字揖峰，乾隆十二年（1747）丁卯科副榜，其父吴鼐登乾隆元年丙辰科进士，官工部主事，以经学名世。因为“濡染家学”，所以吴仙峻“为人萧澹超迈，于书无所不窥，而尤工于诗。”[②]

以山水诗考校，吴仙峻诗如其名，空灵圆通，有一股盘旋冲荡，偶

① 见《梁溪诗钞》（下），第205页。

② 同上，第239页。

露清峻挺拔之势。如："木叶晚萧萧，名僧浣酒瓢。……云态从风变，江声入海消。"（《甘露寺》）"夹江山万叠，锁以天门峰。……娟娟双蛾眉，今古为谁容。……昔闻谪仙人，来往金银宫。……飘飘上绝壁，四面青濛濛。……愿言生羽翰，松顶常相从。"（《天门峰》）吴仙峻山水诗造境清峻，有一种仙灵之气，而其用语恬淡自然，如行云流水，给人顺畅爽口之感。如："谢眺青山孙楚楼，六朝云水木兰舟。望中原是来时路，有限天涯无限愁。"（《望中》）"点点鸥村杨叶雨，萧萧蟹舍稻芒风。旅人梦醒渔郎醉，一样江边系短蓬。"（《江边》）

吴仙峻山水诗中最能撼人心魄的是其精工刻划秦蜀古道，以及巴蜀山川的山水诗群。这组山水诗如急管繁弦，用劲健凌厉的音调唱出高江急峡，雷霆斗怒的雄壮声势，以及万山巑岏、耸入云天的磅礴回音。如写栈道雄关横亘、峰岭相交的气象，他说："蟠溪吞日去，秦岭塞天来。"（《宿宝鸡》）"盘回行傍午，始自柴关入。……群山如连城，空中递开阖。"（《过柴关岭》）"焦岩石如吞象狮，纷纷人马行其颐。欲坠不坠云支持，疾趋犹恐横风吹。……竹树迎人张绿帷，仿佛遥关啼画眉（诗人自注：南近画眉关）。"（《焦岩》）"五丁最险峡，岂料兼幽秀。……其上古雪积，其下春叶茂。中间鸟道盘，山神恍接拘。……我身裹绿云，我马嵌虚窦。横策倚树根，石与人俱瘦。"（《五丁峡》）再如写巴峡连江逶迤、滩石相激的壮景，他说："诸葛滩空遗乱石，少陵宅隘剩欹松。"（《夔江》）"石齿解吞舟，反以舟形现。……少陵逆浪迟，所历后人羡。"（《过空舲峡即少陵题诗之空灵岸》）吴仙峻山水诗整体呈现绵软空灵之象，但其秦蜀古栈和巴夔峡江诗群则别具另类旨趣，这不能不归于山灵之助。

杨鸿观，字雍度，号鸾溪。为著名诗人杨芳灿、杨揆生父。顾光旭《小传》评他曰："工诗，喜交游。游迹几半天下。"[①]杨鸿观为人慷慨大度，能济人之困，虽自身"无担石之储"，然"亲友有以窘乏告者，必倾囊给之。"有《真率斋集》传世。

杨鸿观的山水诗不仅能精细刻划不同地域的山川形貌，而且还

① 见《梁溪诗钞》（下），第254页。

能融情于景，抒发自己深沉浑厚的家国之情。如“新阴茂夏初，残花媚春杪。侵晓履巉岩，林壑应啼鸟。……酋豪争献土，何曾事征讨。……兹山虽险巇，坦若履周道。……篮舆此中行，悠然遇熙皞。”(《晓发赵家山》。诗人自注：桑植境内)桑植，地当湘鄂交界，山川险阻，民风剽悍，历来是土司称雄之地。大清实行改土归流政策，遂使这个“险巇”之处突然变成“原野四望通，谷口桑麻绕”的世外桃源。再如“洒泪辞家事远游，孤帆一片洞庭秋。关山不隔江乡梦，风雨能添楚客愁。……浮生已寄乾坤外，坐看惊涛撼岳州。”(《舟泊君山夹有感》)杨鸿观大半生漂流湖湘、川中，故而其郁积的乡愁如同化不开的坚冰，一直沉甸甸地压在心头，令他有不能承受之重，将之融进山川风物透析出来，就有“柳梢春可折，动我故园情”(《彭泽道中》)的感人章句。

杨鸿观善于融情入景，用澹远深沉的情思去观山临水，所以他的山水诗即使写巉刻峻拔的山水形象，亦能充满灵性十足的韵味：“修途杳杳入青冥，芳树春流俨画屏。廿四危坡行欲遍，空山一夜雨霖铃(诗人自注：自留坝至褒城危坡二十有四)。”(《马道驿》)“四月山深怯暮寒，峥嵘剑阁出云端。据鞍不敢题残碣，朗诵青莲蜀道难。”(《剑阁》)

梁溪至清代人文大盛，前后产生的诗人闻名于当世诗坛者比比皆是，上述不过随手撷取的几位有代表性的诗人而已。吉光片羽，管中窥豹，通过他们山水诗的扫描，我们庶可了解梁溪诗群山水诗创作的规模，从地域来看，他们南到粤广，北至辽东，东临大海，西出栈道，几乎囊括了神州大地的山水窟宅；从艺术手法和审美趣味考察，他们追求或清秀澹远，或杳深奥秘，或刚健劲峭，或浑厚质实的山水诗风，其写意造境水平完全达到了清代前期优秀诗人的艺术水准。正如顾光旭堂兄顾彬在《品菊呈观补亭侍郎》中所言：“举世成风纷藻绘，怜他裛露最清新。……若问南山篱落下，色声香味只归真。”梁溪诗群以“纷藻绘”为风尚，他们的作品如秋菊沾露，“清新”而富韵味，是“色声香味”俱足的“真”品和逸品。因限篇幅，许多梁溪卓有成就的诗人不能一一述及，但有一个群体不能不被提及，那就是“闺媛”和“方外”诗人群体。

闺媛，又称闺阁，她们是一批特殊的诗歌创作群体。说其特殊，不仅指性别，而且还涉及她们对诗文化的接受，及其对社会事务的参与程度。闺媛作为一个诗群，她们一直活跃在中国古典诗歌发展史上，至清代已蔚成大观。梁溪闺媛诗群的集体亮相，不仅显示了她们空前的创作实力，而且还以其柔美妩媚的艺术魅力，征服了整个以男性为主宰的诗坛，为梁溪诗文化的繁荣注入了一股清新的活力。

梁溪闺媛诗群的山水诗创作整体呈现为温润柔媚，轻淡忧愁的审美特征。如："树色朦胧隐夕阳，布帆渔笠画潇湘。平芜苇岸行人少，极目烟林总断肠。"(《雨中晚眺》)《雨中晚眺》的作者是顾文婉。顾文婉因子而贵，封宜人，著有《栖香阁集》。这首诗紧扣"雨中"、"晚眺"两个相互照应的节候意象，将入目即见的黄昏雨景刻画得朦胧澹远，犹如一幅潇湘行旅图，完全符合女性柔美的审视特征。再如："桃花初醉柳初眠，半岭斜阳接远天。春色江南今正好，归舟初系绿杨边。"(浦映绿《归舟》)浦映渌，字湘青，武进进士黄云孙室，著有《绣香集》。《归舟》诗以动态的视觉效果，将夹岸似醉如眠的桃柳、远天如梦若幻的夕照有机组合起来，就构成诗情悠长、诗境辽远的江南春景画。又如："寂历空山夜气清，湖干闲眺喜秋晴。千层锦浪随风起，一片蟾光映水明。点点渔舟归棹急，濛濛烟树暮潮平。徘徊莫负南楼兴，看到窗前竹影横。"(赵氏《山中望月》)赵氏，杨紫渊室，性喜山水，善鼓琴，与紫渊偕隐于无锡之管社山终老。《山中望月》空明澄澈，如一天琉璃辉耀尘寰。诗人以女性之细腻，诗家之敏锐全力捕捉着弥散在天地间的清寒诗韵。她从高到低，由远而近，自静而动，将山色、湖光、烟树、渔舟、暮潮等统摄起来，形成至纯至美之诗境。梁溪闺媛诗人大多以娴静著称，以居家生活为要务，故此其视界不如清代踪迹遍南北的闺阁诗人那般开阔，她们的山水诗大多以"登楼""眺望"为关键词，这一方面反映了她们锦心绣口，亲近自然的精神追求，一方面又折射了其现实的生活状态。如："浩渺溪光接远天，溪头桃杏正争妍。……好鸟喜晴穿弱柳，闲鸥趁暖浴前川。"(华瑶《寒食远眺》)"浮云出岫原无意，好鸟知还岂倦飞。……遥闻邻犬深林吠，应是山童採药归。"(华瑶《山庄晚眺》)"疏树远连青汉近，晚烟深锁暮山低。

一行征雁高飞急，数点寒鸦倦欲栖。”(顾孺人《凭楼晚眺》)“小袖凝寒倚画楼，湿云低压暮山头。遥看烟雨深无际，锁断江南万树秋。”(徐玉谭《秋眺》)“春楼野望喜晴光，麦浪青青叠草黄。隔岸梨花飞似雪，覆堤柳絮坠如霜。”(徐淑《春暮登楼野眺口占》)

梁溪闺媛诗群多才多艺，虽处深闺，以“纺绩操作”、“纺绩伴读”的贤妻良母形象出现在梁溪诗文化的的坛坫上，但她们以独异的视角，独具的诗心创制的山水诗篇毫不让春色于须眉。梁溪闺媛诗群中，邹素玉、葛秀英是值得简略一提的。

邹素玉，本姓倪，乃无锡倪之煃女，字无瑕。邹素玉深通性命之学，熟谙女训，归邹云城，年三十四卒，著有《冰壶小草》。因其子邹仪任开县令故，诰赠宜人。邹素玉的山水诗意境开阔，用词瘦劲，于妩媚婉娈中透出幽深峭刻之气。如：“峰峦回处夕阳红，古塔巍巍倚远空。……悬岩瀑布流霞彩，夹寺松涛弄绮风。”(《雷峰夕照》)“篱畔黄花开旧节，岩前红叶衬深秋。一行归雁连云际，数点栖鸦占树头。”(《九日金粟岭登高》)《雷峰夕照》写雷峰塔胜迹，诗人把整个湖山景色置放在“夕照”中展开，不管是远山，还是古塔，无论松涛，还是瀑声，均被金色夕阳所笼盖，最终结构成“金碧映残红”的“化人居”处。《九日金粟岭登高》通过“层邱”、“清光”、“篱畔黄花”、“岩前红叶”、“一行归雁”、“数点栖鸦”的特指意象，营造了沉郁凄美的山水诗境。邹素玉善用五、七言律绝写景抒情，其七言节奏舒缓，意境豁朗，而五言则清光满眼，意味悠长，大有唐人之风。如“闲眺江亭上，清光满目前。远帆晴霭里，归雁夕阳边。云拥寒岩树，风廻野寺烟。芦滩维钓艇，渔父枕簑眠。”(《江亭野望》)

葛秀英，字玉贞，句曲人，父贾于吴门，乃居吴，无锡秦鏊侍姬。葛秀英敏悟过人，工诗善奕，而且勤俭持家，闲暇时焚香读书，吟咏不绝。年十九卒。

葛秀英的山水诗题材较为宽泛，与其她闺媛诗人一样，她在艺术上也追求绮丽明艳的风格，用笔工緻，宛然如画。如：“芳草池塘外，垂杨夹岸齐。……几处飞新燕，一村啼晚鸡。”(《村居即景》)“云树攒星小，茅檐带月低。……最爱无人至，柴门绕碧溪。”(《村夜》)“波影山光到处新，绿杨烟外草铺匀。……绝顶纵观银世界，隔湖微点翠烟尘。”（《春日游灵岩山》）“山水东南胜，宵深景愈幽。……崖断闲云补，涛奔叠嶂浮。”（《秋夜泛舟石湖》）

葛秀英山水诗的内容既涵盖了伴她成长的吴门风物，又延展到杭之西子湖上。在多次往来苏杭的过程中，她遍观西湖诸景，将其形于笔墨，就有流光溢彩、韵致天然的西湖山水诗群。其主要篇章包括：《白猿峰呼猿洞》《由湖心亭泛舟经三潭印月》《西湖登楼望月》《小有天园》《净慈寺》《双投桥》《天竺寺》《云林寺》《游花神庙憩竹素园》《白公堤》《苏小墓》《六一泉》《鞠香墓》《林君复放鹤亭》《秋日随夫子泛舟湖上泊段桥采菱仿竹枝体十首》《观潮》等。西湖以湖山胜迹名闻天下，且艳闻佳话不绝于史，历代文人墨客对其吟咏绘摹达到登峰造极的程度。葛秀英以女性的细腻温婉，采用独特的笔法，将西湖山水诗创作推向一个别开生趣的新境界。如写西湖望月，她用女性闺中待月的心情，揉进十里荷花的幽深，将其表现得如梦似幻，非复凡间：“十里湖光纵眼看，烂银盘照水晶盘。疏疏柳靥烟初暝，浅浅檐牙露未寒。”（《西湖登楼望月》）再如写湖山隐约、梵天净土的景象，她说：“天外钟声岭外楼，红云万朵压清秋。层层宝刹南山社，仙佛连龛似一舟。”（《净慈寺》）“青松翠竹即杨枝，点点如珠露滴时。照见此心尘不染，梦泉阶下碧莲池。”（《天竺寺》）又如写西湖遍处的人文遗迹，以及湖上花团锦簇的山水盛况，她笔意缠绵，笔锋婉约地说：“何事红尘埋白骨，也留青冢向黄昏。”（《苏小墓》）“胎仙今化雨，处士昔沈星。……湖山清绝处，高迹想鸿冥。”（《林君复放鹤亭》）“湖上女儿结伴呼，白苹风起外堤湖。断桥流水皱山影，一幅天然好画图。”（《秋日随夫子汎舟湖上泊段桥采菱仿竹枝体十首》其三）“处处菱窠映碧空，东西南北飏秋风。湖心剩有波如镜，无数楼台倒影中。”（同上，其六）“菱花曾照美人魂，点缀西湖水亦温。试看绕湖山万叠，烟鬟雾髻月黄昏。”（同上，其八）

梁溪诗群中，“闺媛”和“方外”诗群形成鲜明对比，如果闺媛以闺阁为基点，用细腻温柔的诗笔勾画了湖光山色、花鸟月星的绮丽景象的话，那么方外诗群则身寄佛门，心空万象，用无色无相的空灵诗笔点化出大自然孕含的超然之境。如：“觅得三峰好卜栖，月凉松影到阶齐。山空万籁由来寂，卧听隔林啼竹鸡。”（法藏《山居》其一）“竹阁秋残延爽籁，花台春晓散幽踪。头颅已白翻多事，岂是山灵不我容。”（弘储《馆南屏示诸禅者》）“月随秋水上，人共夜潮归。一犬无聊吠，群鸥自息机。”（苍雪《再至崇川》）“倚杖看白云，云在人俱白。不知云满身，兀自跨白石。”（居淇《忍草庵八咏为圆显性公》其七）上述所举，皆活动于明末清初的吴中高僧，他们在国破家亡、河山易主的巨变中，以一袭缁衣保持了人格的高洁，因此，他们的山水诗即印证了其心灵的坚贞与超然。法藏，字汉月，无锡人，俗性苏。年十一入寺礼佛，十五出家，研穷佛门内外典籍。过常熟虞山三峰，喜其幽寂，遂居焉。大师“室不置榻，悬板于侧，困则倚之，适窗外植楥，屈竹有声，忽得心空，后闭关参临济玄要，至疽发于背而不觉。”（《梁溪诗钞·小传》）[①]法藏得临济真传，初开三峰法席，后历主大刹，终而归苏州光福圣恩寺，圆寂入塔之日“有白光如虹贯天”。《山居》诗以山水自然为背景，处处透视了诗人参悟佛理、心空万物的禅意心境。弘储，字继起，号退翁，崇川（今无锡）人，俗姓李。“年二十五慨然曰：‘大丈夫有一事不知，犹以为耻，况如来大法乎？’见三峰藏禅师于邑之锦树庵。寻从入邓尉剃染，遂获印记。崇祯中，初住祥符，又主能仁、国清、天宁、灵岩诸刹。后游楚湘，历南岳福岩。所说语录，合百余卷。……后退老灵岩，示寂。火后启龛，忽大声如雷，放异光，烛草树如昼，龛结五色琉璃，塔于尧封之巅。”（《小传》）[②]弘储大师主持灵岩山寺时，与往来吴中的反清复明志士多所联络，他的人格备受时人崇敬，故而其山水诗法相庄严，有一股摄人心魂的气势。苍雪，法名读彻，云南人，在清代诗僧中，他的诗名最著，吴伟业、王士祯均视其为“第一”。苍雪住持吴中，多次集社于梁溪之忍草庵，故而梁溪留下他诸多佳话，苍雪山水诗成就斐然，详论可参阅拙著《山魂水魄——明末清初节烈诗人山水诗论》之第九章。居淇，字去息，苏州人，俗姓徐。出家于邓尉，参灵岩弘储禅师，并得灵岩真传。先后主持祥符及

---

①② 见《梁溪诗钞》（下），第597页。

无锡摩碣、保安诸寺。曾继灵岩祖席两年，复退居锡山，栖北禅之旁舍。《忍草庵八咏为圆显性公》每题一咏，分咏“忍草庵”八处名胜，其诗意空寂圆融，诗境仿佛参禅，自有白云悠然、山寺幽深之灵动：“怕向斋厨问有无，悠然相对一灯孤。雨声翻似添吟兴，点点中宵响碧梧。”（《徐臞庵居士过访北禅次韵二首》其二）

梁溪诗文化至清代涣涣然已成大观，这个汹涌的大潮不仅激起了俗世诗人空前的创作热情，而且还让佛门弟子血脉贲张，诗性大发，他们口吐莲花、妙音如珠，用参惮悟道的心性点染出一片充满生机的自然之境。除了上述诸人外，梁溪方外诗群中，山水诗卓荦特出的还有然明、性乾、圆显、超拳、处洪、则远、妙复、明瑜、照吉、灵源（以上僧），吕太晋、钱钧（以上道）等。

然明，字照雯，康熙初人。“性情洒落，善吟诗，著有《丛桂斋集》。”[①]他的山水诗多以吴中风光为题材，空寂澹然的风味中揉进怀古思幽、愤世嫉俗的情愫，遂使诗意显得凝重而苍深。如：“春旋江上坐扁舟，指顾青山数点浮。花意渐开胸次郁，风光顿豁眼中愁。”（《自平江过元墓探梅历西山遇广陵吟社》）“鼓枻清秋一望哀，荒烟漠漠古琴台。……枫落江头诗未就，云横塞上雁初来。”（《九日梁溪买舟望琴台抵元墓即事有感》其一）“天半霜飞摧擣石，海边日涌促观涛。殷勤问疾归方丈，读《五噫》词首重搔。”（同上，其二）方外诗人中，然明算得是一个血性奔涌、不忘世情的怒目金刚，他的山水诗借景抒怀，发摅了诗人对世道不公、权贵横行的黑暗社会的强烈厌恶之情。

性乾，字不息，无锡人，为清初高僧超杲法嗣。康熙丁巳主席无锡嵩山禅寺。他的山水诗以所主禅院八景为诗料，具体而微地刻画了无锡名刹嵩山禅寺曲径通幽、佛音缭绕的清凉之景。如：“画栋平临窗霭中，檐前松竹尽浮空。山从夜静寒分榻，桂到秋深香满风。”（《嵩山八咏》其二）“闲亭清晓白云浮，万顷湖光一望收。细数落鸦晴树外，遥山几点碧天秋。”（同上，其七）上引诗章为性乾《嵩山八咏》之二、之七两题，分咏“流翠阁”和“望湖亭”。两诗以远近相对、动静相

① 见《梁溪诗钞》（下），第600页。

生的对比手法，写出“流翠阁”娴静安详、“望湖亭”秋水长天的神妙之态。

圆显，字一性，号樗巢，俗姓陆，无锡忍草庵僧。工诗擅画，著有《樗巢吟稿》《忍草庵剩略》。他的山水诗清空寒瘦，对仗工稳，韵味极其悠长。如：“钟鼓敲残三竺雨，松楸长护六陵烟。……一自东南佳气尽，几多宫阙变荒阡。”（《飞来峰》）“古驿长亭记旧游，极天风雨阻行舟。”（《旅泊》）“十幅蒲帆数日程，垂虹桥畔屡经行。一泓秋水明如镜，几叠晴山翠绕城。……迟归谁会勾留意，回首西泠百感生。”（《归舟》）“溪口凝寒冻不流，独携双屐称寻幽。……杖策不嫌无路入，芒鞋应为到门投。”（《丁丑春上灵岩觐本师轮公遇微雪》）

作为忍草庵僧，圆显的《山庵八景和顾匏园居士》写本寺闻名的八大景观亦颇具规模。忍草庵，无锡佛寺之一，在惠山，据传原题为草庵，高僧洪恩（字雪浪）开讲席于惠山不二门，一日过草庵，喜其幽胜，为之添一字，题额曰忍草庵，并拈唐人诗句云：晨行踏忍草，夜诵得灵花。由是庵名始著于郡邑。忍草庵不但诗僧辈出，如洪恩、德洪（字惠白）、圆显等，而且还是诸多诗界名流雅集分韵之处。如洪恩的《憩忍草庵留题二首》、德洪的《住庵五述》、读彻的《偕诸同人雨集忍草庵分韵》《因试二泉移宿忍草》、居溟的《忍草庵八咏为圆显性公》、释失名的《和顾景行忍草庵看菊》等。

超拳，字艴山，无锡人，俗姓周。结庵邓尉之菖蒲潭，与诸名士结寒香社。著有《梧影山房诗》六卷。

超拳结庵的邓尉临湖而踞，山水极为清绝，他把目经心历的吴地风物用笔墨勾画出来，就形成一个体制较为庞大的吴中山水诗群：《山居即事》《晚霁》《山居杂兴二首》《虎山桥夜月》《村居》《踏青》《春日至金沙》《登七十二峰阁》《邓尉观梅》等。超拳不仅精于佛理，谙于禅道，而且还是一个勤于笔墨，有很深诗歌造诣，对自然有着独特感情的佛门诗人。在《丁卯卜居菖蒲潭答蔡九霞先生》中，他诉说了自己结茅“菖蒲潭”修行佛理的宏深愿心：“箬笠露沾花辨湿，芒鞋雪溅藓痕斑。……邱壑但能容我懒，栖迟随意结禅关。”在《香岜庵落成》里，他用超然物外的语气，阐述了自己世外高人的幽幽情怀：“万山深处卧烟霞，收拾闲身老岁华。……从此罕闻尘世事，编篱绕屋种梅花。”有此“罕闻尘世”之事，“随意结禅关”的出世之情，所以超拳的山水诗如参禅悟道，有一种萧然淡然、空阔深寂而悠然旷远之感。如：“夕阳开晚霁，反景入烟鬟。……野航喧渡口，牧笛乱溪湾。”(《晚霁》)“鸟宿依窗树，云生对户山。机忘心自远，境寂意俱闲。”(《山居杂兴二首》其一)“疏林含暝色，野寺晚钟残。……潮平江月静，霜下海鸥寒。”(《夜泊甬东》)“寂寂村居意自幽，枳篱茅屋枕清流。轩开叠嶂屏中画，帘卷归帆树里舟。”(《村居》)“罨画溪头小棹通，垂杨千缕约春风。轻帆直抵众香国，一带青山落照中。”(《春日至金沙》)

处洪，字迂公，本太仓江氏子，出家依居溟禅师学佛法，曾开法保安寺，主席灵岩山寺，退居宝华庵。处洪深于宗乘，诗清雅脱俗，得去息禅师之遗韵。著有《山居杂咏》。处洪的山水诗以所居寺院为圆心，呈扇形而绽开，凡吴地之湖山皆入其法眼，因诗人深谙佛理，故其诗境充满佛家圆融空净之气。如：“云山霭霭雨霏霏，野鹤巢边暂息机。……晚晴月到僧吟榻，秋尽寒催衲补衣。”(《雨霁》)“吟钵归来日已斜，铜瓶聊插不根花。道人清课团蒲上，好傍长明诵法华。”(《山居》)“一叶斜飞过洞庭，饱看七十二峰青。船头未照湖心月，已矗墙竿数点星。”(《晚发湖口》)

则远，字研樵，一字声倍，无锡人。著有《冷斋集》。则远的山水诗画面明丽，层次感极强，其风格遒劲苍深，如三秋老枫。如：“身背缥缈立，夕阳三两僧。霞含孤屿雨，树暗隔溪罾。……投栖禽语细，落落挂疏藤。”(《落日岭晚眺》)“菱苗牵涩橹声咽，荻岸夜凉秋雾深。转过石桥村一簇，柴门灯火隔疏林。”(《湖村夜泊》)

妙复，字天均，住锡山石林庵。喜吟诗，与道士荣洞泉、太史杜云川结诗社，号九龙三逸。妙复虽为佛门弟子，但于诗歌创作一往情深，时人评其诗格为“隽情瘦骨”、“清真闲淡”。(语见《梁溪诗钞》卷五十八)他的山水诗骨格清奇、真率简淡，意境高远，如鹤鸣山涧、露冷禅房，很耐人寻味。如：“烟月含春姿，泛艳晴江上。……露冷涧梅芳，亭空石泉响。淡然物外游，心期隘天壤。”(《归山亭听泉》)“秋月爱澄溪，行行远林麓。……烟霜凄大野，寒影坠疏木。苇岸钓鱼舟，已傍鸥群宿。”（《九月望夜溪桥散步》）“独倚清池上，轩窗万缕垂。映山烟淡淡，拂水月差差。……遥怜官渡口，折尽向人枝。”（《柳渚》）妙复的山水诗不但意境超远简淡，而且设色、构图亦清寒疏朗，立体感特别强。如：“出浦一江明，烟消千岭白。倚棹不知寒，清光满蓑笠。”（《泛雪》）“历历望中景，依依欣所遇。岚飞隔岸紫，烟曳长林素。日夕征帆驰，青山淡如故。”（《寒塘散步》）“幽怀最爱夕阳天，行入秋山且放禅。招我白云来杖外，留人红树在吟边。”（《秋林晚步同洞泉作》）

作为释门高僧，妙复的心境已超越滚滚红尘，而进入寂灭凝止的状态，因此，他的山水诗总用“幽怀”、“秋林”、“秋山”、“疏烟”、“雁寒”、“斜月”、“清光”等意象构建萧然高远、清气四溢的审美诗境，从而产生诗禅合一的艺术效果。

明瑜，字昀熙，无锡板村人，俗家姓蔡。祝发保安寺，康熙中，主席灵岩，著有《随云草》。据《梁溪诗钞 · 明瑜传》载：“昀熙工诗善画”，是一个多才多艺的诗僧。

昀熙的山水诗一如其为人，由内而外散发着万籁俱寂、百虑顿失的禅机，正象他《题画》诗所言：“茅庵灯影寒，秋响空庭外。……松节尚从删，禅心岂无会。”将无尽的山水之形融入空寂的“禅心”，昀熙的山水诗无论写北地的崛奇，还是绘南国的柔媚，均能于自然物象中觅到无处不在的禅意。如“极目五台路，经过不尽山。衣蒸云气湿，瓢带瀑声潺。……前林知胜地，隐隐得跻攀。”（《丁丑四月过龙泉关望五台》）“路断人行迹，泥深竹外亭。……枯坐亦原好，禅关啼鸟醒。”（《灵雨寺阻雨》）“一苇自航秋水去，孤僧常伴白云眠。……风景不同民俗异，傍村红湿荔枝烟。”（《羊城石滩》）明瑜山水诗境界的提炼得益于他深厚的艺术修养，以及很强的佛禅思辨，在《题画山水二首》中他说：“偶然落笔须当景，写出林峦仿大痴。木老山荒无限思，何人点染入新诗。”（其一）这虽然是题画之作，但作为对明瑜诗歌创作规律的总结亦未尝不中肯。“偶然落笔须当景”说明诗人神思妙悟，悠然与物相会的灵感产生过程，及其融情于景、情景交合的创作规律；“写出林峦仿大痴”则说明诗人的艺术审美标准是以善写山川之意的黄公望为方轨,“木老山荒”、情思无限,只要神会所至,山川万物皆可“点染入新诗。”

昭吉,字圣宣,无锡人,俗姓赵。“祝发崇安寺普贤北院,精持戒律,品洁行方。中年后,尝行游普陀、九华、五台、峨嵋四大名山,归作《名山纪游》之册,一时诸名人皆有题咏,终于北院,年七十。”[①](《梁溪诗钞·昭吉小传》)昭吉的山水诗以《名山纪游四首》为代表,组诗分写九华、普陀、五台和峨嵋四大佛教名山。诗人根据四座佛山的形胜特点进行刻意绘摹,使其各领风华、各显颖异。如写九华,他说:“天际九莲花,依约云中见。……回看众山小,九江横匹练。……铃铃金策鸣,飘缈栖霞殿。”九华山,乃地藏王菩萨道场,地藏菩萨曾“以九华山白土作饭”,留下种种充满神奇色彩的故事。昭吉抓住九朵莲花的象形特征,掺入地藏菩萨的传说,使九华山顿然呈现出瑞光普照、云霞万里的氤氲气象。再如写普陀,他说:“寂寂招提界,莲座何玲珑。……浮光远照耀,海气成白虹。……须臾吐华月,飒飒来清风。一扫碧天净,上下青濛濛。”普陀山,供奉观音菩萨,海天佛国,自古即是凡间向往的佛教胜境。昭吉以独立“落迦”之巅的视角 ,对这个海上奇境作了精彩绝伦的绘摹。其它写五台、峨嵋诸山的作品亦复如此。

灵源,号松泉,俗家姓陈。住持惠山上弥陀。他的山水诗多以住持寺院周边的山川景物为题材,诸如《登惠麓山楼》《月夜登龙山》《听泉》《登锡山》等。这些诗歌清奇空透,富于佛理禅悦:“野静浮烟薄,林空宿鸟惊。……倚石舒长啸,悠然万壑声。”(《月夜登龙山》)“石磴盘回路,登临眼界空。……片尘飞不到,人在翠微中。”(《登锡山》)

吕太晋,字南阳,著有《南阳诗稿》,为梁溪道家代表诗人之一。方外诗人,僧、道两家形式各异,但其追求内在精神超脱的旨趣却是不谋而合。道家注重修身养性,通过辟居山林,来达到完善自我的目的:“种花祗自看,酿酒唯独斟。……行行复何之,烟霞吾所托。”(吕

① 见《梁溪诗钞》(下),第620页。

太晋《无所思》)“只因性僻恋空山，敢谓潜修炼九还。开落花能供笑傲，卷舒云可伴清闲。”(同人《山居述怀并乞徐象升写照》)诗酒自娱，栽花独赏，看云起云落，观日月变迁，道家极力在超自然的世界里寻求精神解脱的途径，故而吕太晋的山水诗更多呈现了人与自然悠然溟契的偶合关系：“溪边黄叶落，桥下碧流深。幽室容秋月，空山静客心。”(《篁村访张墨岑》)“雨过苔蹊滑，云迷塔影无。不知山下路，何处问樵夫。”(《冒雨过灵岩山》)

曹峻，字维岳，出家无锡梅里泰伯庙，好读书，花甲之年，他出游三楚，上武当，登九华，卒年六十九岁。因学识笃厚，游历颇广，所以曹峻的山水诗有超脱尘世、视野开阔的特点，如：“明月天阶静，清风竹户幽。不知身是客，栩栩一庄周。”(《宿南庄》)“九峰苍翠逼眉端，楚水吴山此日还。遥望梅村深树里，白云依旧钻松关。”(《归梅村》)

钱钧，字引年，无锡新泾人，泰伯庙主持。晚年曾诣武当，创作纪行诗若干。时人评其诗“多超悟拔俗之句。”钱钧在梁溪道家诗人中，山水诗成就是最显著的，他的以武当为主体的纪行之作，浑融自然，包罗天地，将人的主观心性与客观外物巧妙衔接，构建了道家清静无为而诗中有我的太虚之境：“乾坤浸积水，日月波上行。涉险了不惧，我有一寸诚。”(《过彭蠡湖》)“上下十八盘，环转如蚁附。终日走团团，行人哪得度。”(《十八盘》)“廿载遥追二祖来，宝山暂上怅空回。会须一念持千刦，坚坐仙岩万仞台。”(《天柱峰金殿朝二首》其二)

《梁溪诗钞》作为一部地方性的文化典籍，它与无锡其它文献一道汇成了江南名城——无锡的文化洪流，在弘扬地域文化精神，延续先贤诗学传统方面起到了重大的推动作用。上列诗人及其山水作品，不过管中一豹，因限篇幅，还有许多无锡优秀的诗人和他们的山水诗歌未能详尽概述，尽管如此，就上列粗浅扫描，我们已领略了无锡一地在清代诗文化达于极盛的繁荣景象。正如邑人邵宝在《锡山遗响·序》中所说：“锡之为邑，在三吴间，山水清丽丰旷，生其地者，多沉雅秀整，以文名家，代不乏人，诗文之一也。”(《梁溪文钞·后记》)综之，无锡清代诗学的发达兴盛与这座城市日益繁荣的经济，以及城市功能的完善和扩展有关，它虽然不能和毗陵诗群相较，更不能和吴门诗文化整体繁荣比肩，但无锡诗群在有清一代的突然崛起，并迅速蔚成大观，形成自己特有的文化标志是不争的事实。

第四节　“一片秦关月，流光入远春”

——杨芳灿的山水诗·兼论杨揆

无锡自“泰伯入吴”，奠定文化基础，其文脉相传，代不乏人。据学者统计，有史志记载的无锡籍作家自“东汉至元代多达一百四十余家，而明清时期则多达四千四百余家”（《无锡文库·第四辑》编辑说明）①。这“四千四百余家”盛名载于史乘，杰作传于后世的诗人、词人、学者群体的登台亮相，足资证明无锡自古以来，尤其明清以降“硕彦辈出”而诗学“冠于南国”的繁盛态势。无锡文风盛行于世，大起于江南，除地域优势、经济繁荣、文化传承等条件外，其以家族为单元，以婚姻为纽带的文化体系间的交互作用亦成为重要的助长因素。

明清两朝，无锡的诗文化家族以顾、秦、杨、邹、华等为显姓。顾氏自迁入无锡后，便人才辈出，瓜瓞延绵，硕果时现。顾光旭既是无锡诗群一个颇具转捩作用的代表诗人，又是顾氏家族诗文化承前启后的重要成员。由顾光旭所属顾氏一支上溯八代，即是著名的洞阳公顾可久。顾可久，字舆新，号前山，后更洞阳，世居无锡之胶山。明武宗正德九年(1514)进士，拜行人。历任泉州知府、赣州知府、广东按察副使，备兵琼州期间，兼任学政事，于众多学子中擢拔海瑞为秀士，海瑞将顾可久视为恩师，顾可久逝世后，海瑞捐俸为其修建洞阳公祠以资纪念，并作《谒先师顾洞阳公祠》，极力赞誉恩师“三生不改冰霜操，万死当留社稷身”的高风亮节。顾可久著有诗集《温陵》《珠

---

①　见《无锡文库·第四辑》，凤凰出版社（原江苏古籍出版社）2011 年版，第 1 页。

匡》《在涧》等(以上事见《梁溪诗钞·顾可久小传》)[①]。顾可久之兄顾可适、顾可立、堂兄顾可学均能诗。顾可适，字与行，号蓉峰，明武宗正德三年(1508)进士，曾任广西右参议，著有《蓉峰遗稿》；顾可学，字舆成，号惠岩，明孝宗弘治十八年(1505)进士，累官柱国太子太保、礼部尚书，谥荣禧。顾可学平素工诗，其交结往来者多诗界艺苑名流，诸如徐桢卿、何景明、李梦阳等，惜其诗文散落；顾可立，字舆中，号十峰，岁贡生，官霸州同知。其弟顾可久遭谗致政时，他百般慰解，并与徜徉山水，咏歌自适，其诗集多不传。从洞阳公肇始，无锡胶山顾氏诗人比肩接踵，络绎不绝，如字嗣美、号南陔的顾道淳，字嗣登、号瞻来的顾道涯，字子开，号少幺的顾道泰，字嗣白、号南邗的顾道洁四兄弟，分别为“洞阳公冢孙后山公”长子、仲子、叔子和季子，其中顾道洁是顾光旭的六世祖。此四子皆以诸生身份，优游林下，钻研学问，诗文倡和，名重无锡一邑[②]。顾光旭五世祖顾廷枢，字元理，号开筠，为顾嗣白仲子，著《开筠阁草》；高祖顾镛，字孟常，洞阳公四世孙，顾廷枢之子。清顺治四年(1647)进士，由户部郎中出守兴化府，著有《群山阁集》，惜其“全稿遗失，仅存卷七一帙”[③]，为宋琬点评；曾祖顾惇，字子仁，禀生。性坦厚，乐善好施，少年喜吟咏，中年后诗不多作，故传世诗篇较少；祖顾憘，字珏斯，号月江，国子生，考选州同知，性孝悌，宽厚仁爱，因孙顾光旭，赠封朝议大夫，户部云南司郎中，著有《感应颂言》；父顾建元，字振川，号珍山，晚号丹崖子。建元心地善良，居乡多有义举，能诗善文。因其子顾光旭“历御史甘凉兵备道”，而“累封如其官”[④]。除顾光旭直系亲属，其同祖族人亦如星拱云从，使顾氏一族在清代诗学方面大显异彩，如顾宸，字修远，号荃宜，顾可久六世孙，学问淹博，在明清易代之际影响江南学风甚巨，其著述富赡，惜大部毁于火，传世有《辟疆园文集》四卷，候方域、叶方蔼序其集；顾煜，字铭柏，号双丸，顺治六年(1649)进士，官象山知县，顾可久四世

①② 见《梁溪诗钞》(上)，第132页。

③ 同上，第324页。

④ 同上，下册，第82页。

孙，其以民为本的吏治业绩深得施闰章赞许，著有《尚书讲义》《小学纂注》等；顾彩，字天石，号補斋，选贡生，顾宸长子，顾光旭同祖叔伯辈；顾赵炳，字博阳，号讱庵，顾可久七世孙，善于吟诗作文；顾琮，字宗玉，号忍轩，国子生，顾煜季子，著有《白鹿亭诗稿》；顾鏊，字隽生，号恒惺，顾可久六世孙，专长于理学，行品称于当时；顾珍，字天聘，号电紫，顾宸仲子，著有《粤游草》《石香词》等，因其孙顾奎光而封赠文林郎；顾彬，字天谌，号水湄，顾宸第七子，工诗词，好古文，著传奇《齐人记》脍炙人口，有《笑拈集》；顾濬，字克家，号毅夫，诸生，顾可久七世孙，历官山东福山县知县、宾州知州，有政声，工诗善书；顾郢，字楚望，号雪客，因子顾奎光封赠桑植县知县；顾忠，字友京，诸生，顾彩长子，著《迣深斋附稿》《秋圃诗钞》；顾湘，字鹤群，号荫松，顾光旭从兄，光旭幼年从顾湘习经，著《荫松楼遗稿》；顾奎光，字星五，号双溪，顾光旭同七世祖堂兄，顾宸曾孙；顾抡元，字炳奎，号凯庭，乾隆十五年(1750)副榜，顾光旭季父，博学能诗；顾彬，字南华，号讷斋，顾光旭从兄，乾隆二十二年(1757)进士，精书法，善诗文；顾尊德，字广周，诸生，顾可久七世孙，顾鏊子，顾光旭堂叔，工书法；顾树本，字伦昭，顾可久八世孙，顾煜玄孙，顾光旭同祖兄弟，工书喜吟咏；顾斗光，字曜七，号谔斋，岁贡生，顾奎光之弟，顾光旭堂兄，能文工诗，久困场屋，乃以教授诸子侄为业，顾奎光四子：敏恒、敩愉、敬恂、斅宪及两甥：杨芳灿、杨揆皆受其教。晚游楚蜀，为黄州书院山长，著《翠苕轩诗》若干卷，《列女乐府》若干卷。无锡顾氏胶山一支在明清两代繁衍大盛，诗文传家，从以上简要罗列即可见其大略，不仅如此，顾氏从顾光旭父辈便与杨氏结成姻亲关系，顾郢之妹嫁杨孝元，生杨鸿观、杨潮观；顾郢之女嫁杨鸿观，生杨芳灿、杨揆、杨英灿(英灿诗名被二兄所掩，世鲜知者，曾任四川安县知县)。顾光旭与杨鸿观、杨潮观是表兄弟关系，和杨芳灿、杨揆有甥舅亲情，这种因结亲形成的家族关系，给杨芳灿、杨揆的成长，特别诗人气质的形成产生了巨大影响。杨孝元，字介公，晚号端操子，亦称蜕道人，诸生，以子杨潮观累赠封奉直大夫，著《存之堂诗稿》行世。顾光旭年十七始学诗，曾就教于杨孝元，孝元以孝行和节操名世，当时闻人多所过从；杨鸿观，字雍度，号鸾溪，工诗喜文，游踪几半天下，乾隆二十六年(1761)依内兄顾奎光往湖南叠植，第二年至溆浦主庐峰书院，期间在知县陶金谐主持下，纂修《溆浦县志》。杨鸿观有《丙子秋送谔斋内兄之湖南》《酬双溪内兄》《南宫县署除夜感怀》等诗，对这一段经历叙之颇详；杨潮观，字闳度，号笠湖，乾隆元年(1736)恩科举人，少聪慧，初与袁枚等人交厚，著《吟风阁杂剧》。

顾光旭是一个重于情的人，他对杨氏姻亲极为尊崇，常常与之诗酒留连，品题鉴赏，甥舅间留下许多印证亲情的佳作名篇:《同妹婿杨贲谷棽泛湖至惠山》《贻杨蓉裳甥甥归自金陵》《四月廿五日书赠蓉裳》《廿六日雨中走笔邀谔斋兄蓉裳甥游惠山》《慈云寺观荷同贲谷荔裳》《送蓉裳再游金陵即次留别原韵》《文昌阁追怀端操杨丈呈涵斋兼示张道士》《笠湖惠山吟风阁成时莘田乞假将南故末句及之》《湖上对月怀笠湖秋渔》等。杨芳灿初学诗于舅氏顾斗光，受知于顾光旭，与中表兄弟顾敏恒立方过从且齐名。袁枚在《仿元遗山论诗》中，有句曰:“毘陵星象聚文昌，洪稚存顾立方孙渊如杨蓉裳各擅场。”所以他的诗作里常常表现出对顾光旭的崇敬与依恋，对顾敏恒的亲近和眷怀，如《冬夜写怀三十韵和顾笠舫》《长歌寄顾立方朱紫崖》《和晴沙舅氏谒惠陵作》《将赴金陵晴沙舅氏招饮即席留别》等。

通过上述对无锡顾氏家族，以及顾、杨两家姻亲关系的梳理，旨在彰明诗文化一旦形成交互影响的网络体系，它对特定区域的特定家族成员必将产生巨大的感召和同化作用。杨芳灿、杨揆驰名乾嘉诗坛，成为清代常州诗群与洪亮吉、黄仲则、孙星衍等齐名的诗界精英，除个人因素外，更重要的显示了家族诗文化的巨深影响力！论说清代常州诗群的山水诗，杨氏双杰是必得一提的重要作家。

一、杨芳灿的生平及诗创作概观

杨芳灿(1753—1815)，字才叔，号蓉裳，江苏金匮(今无锡)人。

据史传所载，杨芳灿降生前一夕，其母顾夫人“梦五色雀集庭树”。[①]（赵怀玉《户部广东司员外郎前甘肃灵州知州杨君芳灿墓志铭》）所以杨芳灿少即颖异，类于神童，“生七月，即能识楹帖字不误。四岁，读《四子书》竟，能背诵唐人古今体诗八百余首。稍长，从舅氏顾君游，为诗时得佳句。”（同上引）“年十九，补县学生，冠其曹，乡试罢归，应学使者试，彭文勤公（元瑞）大异之，以己主试时失君为悔也。”[②]（陈用光《墓志铭》）彭元瑞爱惜杨氏兄弟之才，不仅力荐其应试，而且还将兄之女嫁杨揆，成就一段诗坛佳话。

乾隆四十二年（1777），杨芳灿选拔贡生，廷试一等，以知县用，发甘肃。乾隆四十四年（1779），赴甘肃，先是摄西河、环县事，旋补伏羌。杨芳灿伏羌任职时恰逢河州循化回民苏四十三为争教而起义之际。起事回民声势浩大，陷河州，攻兰州，其锐不可挡，“会英勇阿桂公、嘉勇福康安公先后率师至，贼始破灭。”（语见赵怀玉《墓志铭》）乾隆四十九年，田五复起事于石峰堡，掠固原，攻靖远，扰安定，伏羌情势危殆。城内回民马称骥等约为内应，幸得同党告密，遂捕马称骥。杨芳灿知伏羌贫弱，难以自守，欲“请兵”增援，结果未及“请兵”，而“贼已大至，焚烧郭外民居，火光烛天。”面对汹涌而至的起事回民，杨芳灿组织“兵民”死守伏羌县城，“贼枪箭雨集，城上亦矢石交下，如是相持凡五昼夜。”（见赵怀玉《墓志铭》）事平后，杨芳灿以守城功，擢灵州知州（杨芳灿有《伏羌纪事诗一百韵》《当亭诸烈士赞》等诗文，对此事变记叙甚详，可当信史参阅）。伏羌，即今甘肃天水市甘谷县，《读史方舆纪要》曰：“伏羌县，府（巩昌）东百八十里。东至秦州九十里，东南至西和县一百七十里。古冀戎地，秦武公十年置冀县，汉属天水郡。……唐武德三年改为伏羌县，仍置伏州。……宋建隆二年置伏羌寨，祥符九年知秦州曹玮败吐蕃于此，熙宁三年升为伏羌城。金因之，元至元十三

---

① 见《碑传集》3105 页。又见《杨芳灿集 · 附录二》，人民文学出版社 2014 年版，第 671 页。

② 见《续修四库全书 · 芙蓉山馆全集 · 附录》，又见《杨芳灿集 · 附录二》，第 669 页。

年升为县。”[1]《肇域志》记曰：“伏羌，古为冀戎所居。秦武公伐冀戎，始置冀县……魏、晋复为冀城县，后魏改为当亭县，后周改为黄瓜县。……唐武德三年，更伏羌县，属天水郡。……天宝后，陷于吐蕃。宋祥符七年（此处所记年代与《方舆纪要》有出入），曹玮破之，酋长上波于献地，置伏羌砦，属清水县。熙宁三年，为伏羌城，属秦州。金复为砦。元至元十三年，升砦为县，属巩昌路。国朝因之，属鞏昌府。”[2]伏羌为秦陇通衢，渭水自西由宁远县（今甘肃武山县）入而东向贯注于秦安县，境内山川纵横，古迹盈野，著名者有大像山（其颠有大佛石像，高百尺，宋嘉佑间所凿）、朱圉山、麦垛山、石鼓山、洛门河等。杨芳灿莅任伏羌，除了上述战守之事外，还做了两件大事，一是“以其暇，修朱圉书院与姜伯约祠。”（赵怀玉《墓志铭》）另一是树立了廉吏的形象，在“大吏以下相与为回邪匿冒国帑，饫厌私欲”的大背景下，“公至不肯附和，亦不为崭崭之行，凡所咨画，悉济于公。然其后犹以亏空事被累。”（姚椿《墓表》）[3]

乾隆五十二年（1787），补灵州知州，嘉庆二年（1797），灵州大饥，饥民有抢夺者，杨芳灿极尽安抚，申告上官，借粮赈济，设粥厂，“民情翕服。”嘉庆三年（1798），权平凉知府，恰好杨揆授甘肃布政使，按惯例应当回避，本就不喜欢外任风尘小吏的杨芳灿，逐改捐员外郎，在户部广东司行走。受朱珪推荐，出任《会典》纂修官，旋任总纂修。嘉庆十一年（1806），因哀伤杨揆之逝，加之操劳过度，“得心疾，闻人大言疾步，辄蹶气震怖。”接者又遭母忧，杨芳灿典当了所有书籍，才得以买舟南下，“悲劳臻至，容发自此衰矣。”（赵怀玉《墓志铭》）嘉庆十三年（1808），主衢州正谊书院、杭州诂经精舍，十四年（1809），应陕西巡抚延请，主关中讲席；十六年（1811），蜀中大吏延修四川省志，适其三弟杨英灿题补安县，即应邀前往；嘉庆二十年（1815），省志告竣，杨

---

① 见《读史方舆纪要》，第 2820 页。

② 见《肇域志》，第 1506 页。

③ 见《续修四库全书·芙蓉山馆全集·附录》，又见《杨芳灿集·附录二》，第 674 页。

芳灿欲归江南，蜀中当事以千金的修脯极力挽留，遂勉意留蜀，是年冬，在三弟杨英灿安县署中偶染寒疾而客死异乡。

杨芳灿长于诗，工于词，更精于骈体文。其一生所著有《真率斋稿》十二卷、《芙蓉山馆诗词稿》十四卷、骈体文八卷，又集外诗四卷、文四卷，藏于家。现行世的有《续修四库全书》收录的《芙蓉山馆全集》二十卷，附录一卷，其中《诗钞》八卷，《补钞》一卷；词二卷，集句词一卷；《文钞》八卷。今人张寅彭主编、杨绪容与靳建明点校、人民文学出版社 2014 年出版的《杨芳灿集》亦于是年问世。

杨芳灿受家族诗文化熏陶浸润，又经其伯父杨潮观引见，拜诗界泰斗袁枚为师，同时和洪亮吉、黄仲则、孙星衍、赵怀玉等毗陵才子订交唱酬，遂形成自己独步乾嘉诗坛的声望和诗学观。在诗歌创作上，杨芳灿既秉持师门宗风，又吸收顾光旭、杨潮观等前辈力主性情的艺术精华，放言倡导以真为美，以情为尚的性灵诗歌主张；"盖闻游云无质，故五色含焉；明镜无瑕，故万象丽焉。是以锦缋摛华不敌花藕之美，丝竹发响，终逊山水之音。情至者语自真，志和者声自雅。"①(《药林诗钞序》)杨芳灿认为大美的诗歌不是外表看起来绮丽繁华、雕琢精细之作，相反，人工彩绘敌不住自然天成，"丝竹"之响比不得"山水"清音，好的诗充满至情，流溢真语，只有情至事真才能臻于诗之至境，达到"漆园吏之天籁"的高度。性灵诗的特点是洗去铅华与脂粉，扫除靡丽空廓之习，而自抒胸臆，直言情怀，韵格高标，且骨格清奇。鉴于对性灵诗旨的深刻理解，杨芳灿在《石田子诗钞序》中强调说："茸城春草，追二俊之风流；圆泖凉波，洗六朝之金粉。宜乎吐辞新拔，发韵清锵，……味在酸咸之外，千里尊香；韵高松石之间，三霄鹤惊。固已扫纤秾之习，标俊逸之称矣。"②此处虽然评"石田"之诗，但杨芳灿却以此为个案，推及到对整个诗歌创作规律的思考：清新自然、韵格飘逸，洗涤"六朝之金粉"，扫除"纤秾"之陋习，是成就性灵诗风的关键所在。在《张春溪诗序》中，杨芳灿进一步阐述了性情

①② 见《芙蓉山馆全集・文钞》卷三，《续修四库全书》第 1477 册，第 193 页。

和境遇的关系，他说：“夫涉乐必笑，言哀已叹，杼柚本于性情也；弹征苦发，叩宫甘生，感触由于境遇也。境之真者，语必工；情之至者，传之远。”[①]杨芳灿虽然不被诗论家列入性灵一派，但作为袁枚的入室弟子，他无论诗学主张，还是创作实践，确有性灵诗派之风。他不仅通过多篇诗序式的文章正面阐发性灵诗学的奥义，而且还从驳斥同时代人对性灵诗学主张的非难中竭力维护性灵派的尊崇地位。在《与兄永叔书》中，他说：“若谓玩物者易溺性灵，负才者必邻浮薄，是又鄙儒之过论，而非达士之知言。……俗士之披猖，更甚于才人之躁脱也。且夫蹄涔水浅，岂能容横海之修鳞，魁文邱卑，安得产凌霄之建木。自古文人之表异，必由大地之钟灵。”[②]性灵诗派强调才情，力主诗歌创作要有自我，有个性，与考据之学无多大关联，由之引发了当时一批学者型诗人的反对与非议，杨芳灿针对这些指摘，旗帜鲜明地申张了个人的观点。因为受诗于随园，所以杨芳灿对师门怀有至纯之情，在他看来，袁枚及其《随园诗话》犹如佛家经典，都是经得起考验的：“松花庵中老尊宿，示我随园书一轴。贝叶澜翻千佛经，天花飞舞群真录。……名流谭谳耽风月，才子篇章主性灵。”（《吴松厓先生见示〈随园诗话〉因忆旧游成转韵六十四句奉怀简斋师并寄松厓》）吴松厓，即吴镇，甘肃狄道（今临洮）人，清代著名诗人，袁枚《随园诗话》收录其诗作。杨芳灿借“寄松厓”的名义，实际抒发了他对性灵诗派及其盟主袁枚生死肉骨的一往深情：“先生老去头如雪，弟子年来鬓亦斑。松厓诗老才名重，风雨兰山一樽共。……公真一代骚坛主，我愧千秋国士知。”（同上）

杨芳灿在诗学观上极力护持性灵的一瓣心香，是袁枚的忠实拥戴者，但在创作实践中，他却融众家之长，转益多师，形成和性灵派同中现异的个人诗风。对杨芳灿殊异而多面的诗歌风旨，前人多所述评，其中王昶在《蒲褐山房诗话》中说：“蓉裳惊才绝艳，缀玉联

---

① 见《芙蓉山馆全集·文钞》卷三，《续修四库全书》第1477册，第193页。
② 见《芙蓉山馆全集·文钞》卷二。

珠。……而诗则取法于工部、玉溪间。"[①]毕沅在《吴会英才集》中亦曰:"杨州牧惊才绝艳,世谓盈川复生。博贯群书,属辞比綵,方之近代,则梅村、迦陵不足掩其华赡。"[②]法式善在《梧门诗话》里评道:"蓉裳之诗,人但知其惊才绝艳,不知其清峭幽冷处尤入王孟之室。"[③]王培荀则将杨芳灿放在性灵派的坐标上进行比对,然后得出这样的结论:"先生虽为袁简斋及门,诗实不相袭也。……无论《美人》等篇,如《红柳》,古鲜咏者,非先生不能工矣。"(《听雨楼随笔》)[④]杨芳灿长于骈文,精通四六,故而其诗风惊绝艳丽,倾倒一世。在艺术上,诗人追求"姱容修态,丽而不奇"(《芙蓉山馆诗钞题识》)的美学精神,在语言和文体上,他崇尚"不却罗绮,亦调铅脂"的多样风格,因此之故,杨芳灿的诗歌被洪亮吉目为"如金碧池台,炫人心目"[⑤]。

虽然杨芳灿的诗歌以绮丽婉转著称,但缘于诗人的儒者情怀,他的诗在内容上充满悲悯苍生,关注民瘼的深厚气息。如其任职灵州时所作的《宁夏采风诗》就是典型代表。《宁夏采风诗》共十首,每诗一题,咏一事,仿白居易新乐府的格局。名称"采风",实则秉承《诗经》和汉乐府现实主义的优良传统,对任灵州知州以来所见所闻的社会问题进行了深度反映,具有较高的历史价值。在《宁夏采风诗》的序言中,诗人概要说明写作组诗的缘起与宗旨:"听断余闲","而询其疾苦,惩其末流",将民不聊生的现状形诸诗篇,"以备輶轩之采",说直了,就是给后来的官吏留下一个勤政为民、宽徭薄赋的借鉴。比如首章《沙鹻田》通过对灵州自然生态环境的描述,真实地反映了灵州人民在"此地多硝鹻,春潮凝若霜。腐根不出土,嘉谷无由芳"的恶劣环境下的生存状况。惊悉民不堪命的窘况后,诗人发自内心地告诫后任者,"安忍更鞭箠,乘危扼其吭。……斯言孰传播,重为吾民伤。"再比如第六章《醮妇辞》,以宁夏妇女再嫁的故事为引子,采用欲擒故

①② 见《杨芳灿全集》,第696页。

③ 见《清诗纪事》,第6984页。

④ 同上,第6985页。

⑤ 见《洪亮吉集》,第2246页。

纵的手法，先言妇女应该遵守古训，有贞节观，“高节照千秋，从一义不苟。”再言宁夏土俗妇女再嫁成风，给社会的人伦道德造成严重影响：“奈何此邦人，嫁娶忍含垢。结发谐百年，阿夫不中寿。骨肉犹未寒，求婚来某某。……相看成习惯，不谓言之丑。……共忘天属亲，均为利所诱。”在貌似指摘的语境中，诗人笔锋一转，点出妇女再嫁的根由：“田间无秉穗，室内乏升斗。亲属两无依，门户讵能守。……亮由躯命重，不耐饥寒受。”社会道德、人伦大义是建立在生存和温饱的基础上的，当封建社会的女性处在饥寒交迫的窘境中时，他们必然会产生出“尔情一何薄，尔颜一何厚”的违反人伦之常的行为。由此，诗人虽然感叹妇女再嫁的土俗之陋，但他的同情心毫无疑问地还是给了身处悲辛的“醮妇”：“但愿禾黍丰，比户康且阜。生者不相弃，死者不相负。激劝愧未能，吾其引为咎。”又如第七章《卖儿谣》对穷苦人家生计无着时便鬻卖亲生骨肉的惨景的描绘，让人有触目惊心、痛彻肝肺之感。《宁夏采风诗》以其纪实的风格，质朴的语言，一波三折的思理，肠回九转的缠绵悱恻，从多个角度再现了宁夏的社会状况、土风人情，以及由此形成的人伦关系，是一组深度了解和认识古代宁夏社会风情的史诗。

二、“崚嶒烟霞骨，萧澹梧竹心”

——杨芳灿的山水诗简论

命运往往有惊人巧合的一面，顾光旭曾任职宁夏太守、平凉知府，其外甥杨芳灿踏着他的脚步也来到了灵州、平凉，甥舅二人把生命中最美好的年华留在了那个充满神秘色彩的土地上，前后演绎了清代诗坛上一段令人惊艳的传奇。杨芳灿的人生遭际差同顾光旭，其山水诗创作亦趋步顾光旭，从时间上有早、中、晚三期，就内容来看可分江南北、陇东西。凡其宦辙所到处，皆有歌诗为江山留胜迹。

杨芳灿早年从袁枚受诗，与舅氏、世父多所唱酬，故而其山水诗多以江南风光为标的物。他的诗格清峻澹远，无一丝尘俗气，而且诗味醇厚，间杂空寂幽渺的佛禅理趣。如：“山气夜冥冥，阴崖守巨灵。……一径破云白，双峰削玉青。坐来烦虑遣，泉韵入清听。”（《夜探若冰洞》)“萧疏风柳白门湾,依旧寒潮寂寞还。指点夕阳红尽处,残霞一抹六朝山。”(《舟过秣陵口号》)若冰洞,在无锡惠山二泉之上。据《清一统志·常州府一》载:若冰洞为“唐僧若冰斸岩得之,故洞及泉并以若冰名。”[①]杨芳灿的《夜探若冰洞》以“夜探”为视点,把若冰洞清幽深邃、洁净无瑕的特质表现无遗,结句诗人以情深化景的描摹,使情景达到高度合一。《舟过秣陵口号》采用轻快愉悦的“口号”体式,将“秣陵”一带“萧疏”的杨柳风烟放置于落日熔金、“残霞”如血的背景下,更突显了其“寂寞”冷艳的景物特征,令人顿生无限的怀古之幽。

杨芳灿一如顾光旭,早年读书交友,穿梭在京镇三吴的灵山秀水间;晚期主持书院,多行走于江浙、秦蜀的驿路古道上,所以他前后创作的山水诗既佐证了诗人诗风渐进的过程,又真切地勾勒了他起伏跌宕的生命轨迹。前期的山水诗虽然意境高远,但人工斧凿之痕宛然若在;后期诗作圆融深通,情景浑然一体,这不但反映了杨芳灿诗艺的渐趋成熟,而且还深刻体现了诗人历经人间沧桑后灵魂的蜕变,从稚嫩到精熟,由渴望到澹然,杨芳灿的山水诗如一面透亮的镜子,洞鉴了他一生诗歌与生命交相辉映,且共同激变的成长经历。如果把《晓发严州》《兰溪》《龙游》《自龙游趋衢州作》《湖上晚步》等一系列晚期所作,同前期的《秋江泛月歌》《夜泊山塘》《夜过枫桥》《小除日魏塘归途偶作断句》《舟过青浦》《泖湖》《渡江》《扬州》等作进行对比,即可辨察如上所述的殊异迥别。

作为江南籍的诗人,杨芳灿山水诗的价值不在那些以江浙幽秀风光为主题的诗章,相反却是他出任甘肃伏羌知县、灵州知州、权平凉知府期间所创作的陇上山水诗群。从乾隆四十四年(1779)到嘉庆三年(1798),杨芳灿在陇上留驻二十年,这二十年他经历了惊心动魄的伏羌守城之役,辛劳勤勉的灵州之责,以及往来河西勘察相度民情之劳,其山水诗创作的意识之流随他的车辙绵延泛滥,遂构成波澜壮阔的陇上山水诗潮。和顾光旭的陇塬山水诗相比,杨芳灿的题材更

① 见《中国历史地名大辞典》,第1471页。

多样,描写更细微;顾光旭多用短章,而杨芳灿善用长篇;顾光旭以造境写景为主,杨芳灿则景情相生,以情的激荡汹涌烘托景的雄放与苍凉。

从《花朝前一日赴兰州途中杂题》发端,杨芳灿的陇上山水诗便如天河倒激一发而不可止息,形成清代山水诗史上一枝独秀的奇葩。其中著名篇章有:《六盘山》《过隆德县》《宿高家堡》《晚至西巩驿》《徼外》《红柳四首》《九日横城登高放歌》《黄河冰桥》《过净因寺》《石佛峡》《然灯寺晚眺》《夜过弹筝峡》《临河堡晓发》《春霁山行即事》《九月二十二日宿沙坡驿舍河声喷薄尘襟洒然作诗记之》《贺兰山积雪歌》《沙沟夜行》《空同山纪游一百韵》《画卦台》《河干夜月偶成长句》《仲秋同黄药林韦文山登白塔寺览金城关河桥诸胜因作长句》《受降城》《贺兰山》《宿香台寺》《五泉即事》《边墙》《兰仓道中》《晚秋游太平寺》《重过弹琴峡》《雨中看山》等。

杨芳灿的陇塬山水诗体裁多样,既有意味深长的律绝,又有气势宏肆的古体,长歌短调,交互唱响,因之构成一曲音声和谐、旋律宕跌而感情起伏的山水交响乐。如其写路途所见,诗人用柔美婉转的笔锋,勾画出西北高塬迥绝江南、秀出塞上的特异风情:“路出当亭口,千山拥落门。……远水留斜照,春烟入烧痕。”(《花朝前一日赴兰州途中杂题》其二)“风土南安美,农家乐事偏。……梨花春正熟,茅舍一停鞭。”(同上,其三)“一片秦关月,流光入远春。珠胎明有泪,银地迥无尘。”(同上,其五)这组诗写作于诗人由伏羌赴兰州途中,他一路沿渭水逶迤而来,经“当亭”,过“南安”,越“鸟鼠”(山名。笔者注),渡“洮水”,虽然有“行行殊未已,策马度重关”(其七)的劳役之苦,但诗人放目骋情,妙笔生花,让陇塬冬尽腊残的景色始终透出一股春天已至、万物复苏的勃然生机,给人无限遐想的空间。再如写西北独具的风光,他选取最有代表性的情事,通过情景交融的手法,将其渲染得缠绵悱恻、风情万种:“柳色偏娇紫塞春,推烟唾月送行人。……小蛮巧按红儿谱,并觉今晨舞态新。”(《红柳四首》其一)“落絮应同嵰雪飞,燕支山下见依稀。……艳影易迷三里雾,蒨丝不上九张机。”(同上,其四)红柳,因其耐旱和固沙的品性,多生长于西北的沙化地带,又因其顽强而韧性的生命力而成西北精神的象征，历代诗人对其多有吟咏。杨芳灿的《红柳四首》一气连贯，首尾呼应，对“红柳”这种特有的物种进行了深情咏叹，诗人一反常态，没有刻意赞美红柳倔强坚挺的遒劲风格，相反，他极尽柔情之意，使“红柳”更显妩媚，犹如一檀口红牙，手抚琴弦的女郎，独立苍茫，向世人诉说着种种人间的悲欢离合：“底事施朱工作态，却看成碧转无憀。抵他南国相思树，一种缠绵恨未销。”（《红柳》其二）《红柳》诗不能算标准的山水诗，但诗人用拟人的手法，婉娈的笔调将其加以尽情的吟唱，写出了西北高原风情别样的美质，故此，《红柳四首》当之无愧地成了杨芳灿陇上山水诗不可或缺的重要组成部分。又如写西北莽苍背景下的人文气象，诗人用五言律的简洁体式，将其刻摹得幽雅窅深，韵致浑然天成：“一径碧丛丛，招提在远峰。……露重湿双屐，云闲随短筇。忆同王法护，曾此听清钟。”（《过净因寺》）“闲凭僧楼望，秋山碧到天。寻幽新雨后，得句晚钟前。”（《然镫寺晚眺》）“流云过远空，片月坠高岭。……仙梵自清圆，香灯照僧影。”（《宿香台寺》）净因寺、然镫寺、香台寺均以佛教胜地作绘摹对象，诗人将其置于远峰映照、浓翠袭人的背景下，突出了佛教道场华严庄重、圆融自在的人文特征。

如果短歌充满轻飏怡然的情韵，给人淡然自若的悦愉感的话，那么杨芳灿的山水长调则激情四溢，似一股天河之水，荡起人们无尽的遐思。如《九日横城登高放歌》对宁夏山川形胜的全力渲染；《黄河冰桥》对黄河壮阔气势的夸张式描绘；《贺兰山积雪歌》对贺兰山绝世雪景的咏叹；《空同山纪游一百韵》对空同山上扪天穹、下临万仞壮景的多层面、多角度勾勒；《仲秋同黄药林韦友山登白塔寺览金城关河桥诸胜因作长句》对雄镇西北、锁钥关河的金城胜况的漫歌，都以万马回旋、行云遏空的气势对陇塬山川风物展开了淋漓尽致的礼赞。在杨芳灿激情洋溢的诗笔下，不管是贺兰山雪，还是黄河冰桥；不管是空同之峻挺，还是金城之险固，皆放射出眩人心目的光华。如写宁夏山川形势，他说：“贺兰山势何岧峣，一碧欲与天争高。……飞楼独立纵远目，云沙草树穷纤毫。……岩疆四塞信天险，青史百战谁人豪。”（《九日横城登高放歌》）写黄河冰封雪冻的罕见景象，他说：“排头方兢进,衔尾还相承。……一片玻璃魂,滉漾生镜菱。遂使百丈桥,起自九曲冰。……虹腰蟠宛宛,雁齿排层层。……应星照瑶光,通汉连银绳。……欲夸东海若,奇观得未曾。"(《黄河冰桥》。关于黄河冰桥的成因和状貌,杨钟羲《雪桥诗话续编》卷五有一段记载:"兰州城北滨大河,每岁冰泮,联二十四舟为桥,以渡行旅。郡丞司之,因以河桥名厅,河岸有楼,郭副使朝祚书额曰'万里黄河止一桥'。国笠民官郡丞时,录所得诗曰《河桥集》。阳曲折佩湘大令《兰州浮桥》诗:'万里虹桥一线横,孤城北枕怒涛惊。……由来尚德非关险,青海烟消已罢兵。'佩湘,名遇兰,官揭阳知县,袁简斋尝与李少鹤并称为风尘麟凤者。"①)写贺兰山白雪皑皑的绝世姿容,他充满奇情地说到:"君不见贺兰山色青嵯峨,倚天叠嶂开烟螺。长风荡云生翠波,照眼光寒忽相逼。千峰一白排空出,飚车夜碾阴崖裂。……茫茫旱海堆银涛,银涛百丈拔地起。……受降城畔寒沙平,回乐峰头孤月明,高低激射摇光晶。安得手携九节杖,直上层巅披鹤氅,一曲高歌众山响。"(《贺兰山积雪歌》)写史称河西、陇右咽喉的金城壮景,他大声镗嗒地歌吟道:"金城形势天下雄,群山西向长河东。……河流怒触山根劲,山势争迎逆流进。大地云崩众轴摇,晴天雷辊空岩应。……九曲明波一白浮,千盘秀色层青涌。……酒阑携手下山去,天际星星闻寺钟。"(《仲秋同黄药林韦友山登白塔寺览金城关河桥诸胜因作长句》)杨芳灿在清代是著名的骈文作手,他语言多变,感情激越,且善于用典,其诗歌以李长吉、白香山、陆放翁为准则,长篇大制,"词藻斐然"(王豫《江苏诗徵》语),上述所引山水长歌即能见其一斑。

在杨芳灿诸多山水大作中,《空同山纪游一百韵》是要特别一提的。这首长达百韵的山水大篇,以五古为体式,通过冥茫浑灏的笔力将空同玄远幽渺的仙骨道风刻划得大气盘旋,令人有心魂摇动,长剑倚天的豪放感。全诗按诗人的诗思展开,根据其游踪顺次分成五解。第一解总写"空同镇西陲,五岳推为伯"的形胜特点。诗人首先通过考证的笔法,追溯了"空同"山的历史成因。然后利用大笔勾勒的语势,点明空同山势压群雄、遗世独立的丰神秀骨:"惟兹蕴灵奇,孰能

① 见《雪桥诗话》,第1122页。

并雄特。……万景开丽崎，一元閟寥阒。”正因为空同山有绝天维地的“灵奇”之势，所以第二解诗人转而抒发内心对空同山的仰慕与礼敬之情：“望望神为驰，卒卒身未历。……霁景湛清澄，春容蔼明媔。”由仰慕而生心，诗人整装偕侣，登上久欲一游的空同仙山，以暂息风尘仆仆的凡俗之心：“挈伴果幽寻，逃俗得佳觌。”历尽涉险履危的艰辛，诗人终于如愿跃上空同之巅，放目游心，但见空同仙乐四起，真气弥漫，于是在第三解诗人采用欲擒故纵的手法，不言空同山形水貌，而用极简的笔墨，点化了空同仙踪处处，灵氛缭绕的内在气质：“轩黄传秘典，广成留化迹。……守一契窈冥，处和尚昏默。……由来真人踪，非可常理测。”空同山之所以成为仙人钟情而修道的场所，关键在它刚健雄浑、柔和幽深的大美之境，诗人在第四解用洋洋洒洒的辞藻，铺张扬厉的叙事手法，惊人魂魄的艺术表现力对空同山的形貌和结构进行了全面而精致的抒写。第四解是全诗的主体，也是精华所在，通过这一解的解读，庶几能深度体验杨芳灿绘景状物的诗艺水平。因为空同山体制庞大、峰峦叠加，所以第四解用分层递进的方式从各个角度和层面对其作精细刻划。如第一层先从“中峰耸处尊”着眼，以“中峰”为焦点，逐次展开全景描写。“中峰”位处空同之轴心，与其相较，“众皱”团团相聚，“郁”然“如积”。“中峰”不但有独领群峰的外在气度，而且还是“梵宇敞十楹，贝典藏万册”的佛家胜地，仰瞻“中峰”，只见“空香”缭绕、“天花”散雨，令人顿时生五蕴皆空的菩提之心；第二层写“北岭”，“北岭”的特点是“崛奇。”在诗人写来，“北岭”不仅拥有“高登灵鳌背，危立老蛟脊”的险峻和“齐州九点青，长河一丝白”的雄浑，而且还独占优美杳深的生态环境：“危峰名礮礋(诗人自注：雷声峰有松三百余株，状极奇诡，风起则其声如雷，故名)，长松荫交格。掀腾轧波涛，拗怒摧霹雳。……齐年多楩枏，后辈列栝柏。……繁花态娟娟，幽鸟声格磔。”第三层写“西台”。“西台”不同于“中峰”，有至尊的地位，亦不似“北岭”，有险峻的形势，它所独具的是“中夏失隆赫”的“幽翳”。俯身“西台”，满目奔突而来的即为“窅崖层冰凝，哀壑迅湍激。……跬步错阴阳，弹指变朝夕”的清凉之境，置身如此境界，诗人仿佛灵魂出世，一股前所未有的愉悦之情陡然袭来：“云卧爱高寒，尘襟尽荡涤。”四周围绕他的只有无数精灵和仙梵之音：“岩峦皆轩昂，气势互凌轹。或如威凤翔，或如怒猊掷。……神光倏合离，怪气或紫赤。……象纬俨在旁，精灵恍疑逼。梵放静钟鱼，广乐闻筝笛。”在游山达到神魂俱惊，胸胆开张的高潮一刻，他笔锋倒转，回到人山相融、主客一体的感悟境界，第五解既成为诗人发抒内心复杂感情的静思长吟，又成为全诗韵律和谐的尾声。在这一解里，诗人屡屡倾诉自己对山川的挚爱，以及由游山而产生的狂放之情：“我本山水人，夙负林霞癖。……安能超世网，长此依山客。……兹游冠平生，触境皆创获。……奇观摇心魂，狂吟豁胸臆。思将一长剑，耿耿倚穹石。”

《空同山纪游一百韵》想象奇谲，语言瑰丽，结构紧密而和谐，首言“空同镇西陲，五岳推为伯”，尾语“奇观摇心魂，狂吟豁胸臆”，前后呼应，互相激荡，遂形成叙事、记言、写景、抒情层见互出、共相勾连的山水巨制，不但为杨芳灿高超诗艺的压卷之作，亦为清代写崆峒山的典范之章。

杨芳灿的山水诗不仅表现为诗体的多样化，而且在意境创造，融情入景方面，诗人也别出心裁，使所绘之景、所抒之情达到水乳交融的境界。如：

群峭摩空起，萦回上六盘。马蹄临涧怯，人影隔云寒。敢忘垂堂戒，其如行路难。招提何处是，隐隐暮钟残。

——《六盘山》

旅宿荒城畔，停鞭日已晡。野桥横古渡，秋雪点平芜。碛晚牛羊下，风高雁鹜呼。昔贤漂寓地，著论忆潜夫。（诗人自注：汉王节信先生流寓处。）

——《过隆德县》

目送归鸦尽，行人尚着鞭。霜浓疑作雨，霞暗欲成烟。局促嗟卑宦，蹉跎愧壮年。尘劳何日息，回首意茫然。

——《晚至西巩驿》

拔地郁崔巍，兹山亦壮哉！胁分河岸坼，势划塞云开。设险悲陈事，争雄失霸才。曩霄遗迹尽，莫问赫连台。

——《贺兰山》

秋山无媚色，秋雨有古音。崚嶒烟霞骨，萧瀹梧竹心。凌晨起盥栉，清气盈我襟。几砚净如拭，不受纤埃侵。湿翠逼窗冷，微流落池深。雨止山更佳，凭栏发高吟。

——《雨中看山》

《六盘山》写宁夏境内名胜六盘山壮景。诗人起首便说"群峭摩空起，縈回上六盘"，使六盘山的气势突兀而出，给人视觉上强烈的冲击感。接着通过"马蹄临涧怯，人影隔云寒"来反衬六盘山之险峻雄伟。尾联诗人宕开一笔，用"招提何处是，隐隐暮钟残"收煞，于险峻雄浑处留下一声清亮悠远的回音，给激壮苦寒的画面平添无穷的想象空间。

《过隆德县》写行役之景。一个深秋雪残之夜，诗人驻马隆德"荒城"之畔，目送斜阳西下，归鸟宿林，心头禁不住生悲慨凄切之叹。隆德县，在清平凉府境内，《清史稿・地理志》曰："隆德冲，难。府(平凉府)西北百四十里。乾隆四十三年，省庄浪县，以其地来属。东：六盘山。"[①]隆德县地处高原，景色清瘦苦寒，杨芳灿用"野桥横古渡，秋雪点平芜。碛晚牛羊下，风高雁鹜呼"两联概括隆德的高原特色，既典型地贴近了隆德的自然形貌，又非凡地营造了一种韵味悠长的山水诗境。

《晚至西巩驿》也是一首行旅山水诗。西巩驿，即今甘肃定西市西巩驿乡。《清一统志・巩昌府二》曰："(西巩驿)在安定县东七十里西巩镇，路通固原，有驿丞，今裁。"《清史稿・地理志》曰："安定冲，难。……驿四：延寿、通安、西巩、秤钩。"《读史方舆纪要》曰："《通志》：县(安定)治北有延寿驿，东六十里有西巩驿，南七十里有通安驿。"西巩驿交通东西，是杨芳灿由伏羌去省会兰州的必经之地，作为一首行旅山水诗，《晚至西巩驿》融写景、抒情为一体，前两联以高度

---

① 见《清史稿》，第 529 页。

概括的笔触，勾勒了西巩驿前触目即见的凄楚景色，诗人用“归鸦”、“行人”、“霜浓”、“霞暗”等特指意象首先营造了一个荒寂落寞的抒情氛围；后两联承前，顺其自然地抒发了诗人郁积心头的浓重伤感：“局促嗟卑宦，蹉跎愧壮年。”韶华已逝，岁月“蹉跎”，素有大志的诗人穷年困于区区一边郡小吏的窘境，所以对景伤情、临风浩叹就成为全诗的点睛之笔：“尘劳何日息，回首意茫然。”杨芳灿自以贡生铨选县令起始就一直被委屈和伤感的情绪所囿围，他将这种人生失意的愁绪丝丝缕缕地编织进山水之作，就使其西行篇章更显厚重和感人。

《贺兰山》以雄放深厚的笔力写宁夏镇山贺兰的威武气势和战略形胜。杨芳灿山水诗有一个显著特点，即首联善用感叹式语句渲染所写对象的神情气韵，为下文的叙写造成凌空而来的阔大声势。除了前述《贺兰山积雪歌》《空同山纪游一百韵》等长歌外，《贺兰山》一诗亦体现了这个表现特征。诗人抬首便说：“拔地郁崔巍，兹山亦壮哉！”用惊呼喟叹的语势，给后文山形水貌的分述作了有力铺垫。《贺兰山》尽管篇幅短促，但其诗意凝炼、诗思辽远，从而使诗境具有了自然和人文、现实与历史交汇的浑厚阔大感。《读史方舆纪要》把“贺兰山”当成陕西名山加以描述曰：“其山盘踞数百里，上多青白草，遥望如骏马，北人呼骏马为贺兰也。山多果实，又产铅，丹崖翠壁，巍然隆峻。”[①]从唐至清，贺兰山一直是中原和西北少数民族战守相抗的冲要之地。故此，杨芳灿除了仰慕贺兰山势倾西北的壮伟气象，还用战略的眼光提出了自己巩固边防的主张。

《雨中看山》写秋雨如洗下西北高原清旷隽秀的山中景色。和江南秀丽妩媚的山色相较，陇上之山尽管在秋雨的洗礼下，亦显不出丝毫“媚色”，反倒处处流溢着一股荡涤人心的“清气”，这“清气”既有“崚嶒”的“烟霞”之“骨”，又有“萧濬”的“梧竹”之心，其清中有奇，柔中带骨的气韵让诗人尘襟顿开，面对雨后的秋山，“凭栏”“高吟”，一畅胸臆。

杨芳灿生长江南，多次留驻京城，且晚年客死川中，他的足迹一

---

① 见《读史方舆纪要》，第 2471 页。

路追寻其舅氏顾晴沙而来，若论诗名，他比顾光旭不管是当代，还是后世都要大许多；就才气以观，他决不输于顾光旭，但以山水诗创作的整体成就绳衡，杨芳灿至少在数量和涉猎范围上比顾光旭略逊一筹，和其恩师袁枚无法比拟，即使他的诗中挚友洪亮吉、黄仲则，包括临洮诗人吴镇都比他丰富多彩。杨芳灿以所历之境，所专之才应该创作出更多、更精的山水诗章，但遗憾的是除陇上山水诗之外，杨芳灿没有更多地把他惊艳的才情泼洒在无南无北的山川河岳间，这对于盛名之下的诗人来说确乎有些令人叹惋。但以视角的独特、诗艺的高超、诗情的激越、诗境的雄劲考量，杨芳灿的陇上山水诗足以让他在清代山水诗史上留下“幽惬山性，澹契仙心，可谓翻空见奇”[①]的永恒回味。

杨芳灿兄弟三人皆能诗，其二弟杨揆，字荔裳，三弟杨英灿，字梦裳，除三弟声名不彰外，杨揆无论仕途，还是诗名均不逊色其兄，论杨氏双杰山水诗，杨揆当着重一提。

三、“回首重城思不禁，清笳吹断助悲吟”

——杨揆和他的卫藏军旅山水诗

杨揆(1760—1804)，字同叔，号荔裳，江苏金匮人。少与其兄杨芳灿同有文名，被时人目为“二难”。彭元瑞视学江南，对杨揆的学问和才情大加叹赏，遂以兄女妻之。

乾隆四十五年(1780)，清高宗第五次巡幸江、浙，杨揆被召试一等，赐举人，授内阁中书；五十五年(1790)，充文渊阁检阅，入军机处行走；五十六年(1791)，廓尔喀酋长犯西藏，福康安受命为大将军往征卫藏，奏请杨揆从行；五十八年(1793)，补侍读，转授四川川北道；六十年(1795)，加按察使衔，旋授四川按察使；嘉庆二年(1797)二月，补甘肃布政使；四年(1799)十一月，调四川布政使。在蜀中任职五年，因连年战祸，杨揆为筹备边事和军需而“心神”“告瘁”，最终于嘉庆九年(1804)积劳成疾，英年早逝。

---

① 见《杨芳灿集》，第522页。

杨揆为人坦荡，孝悌友爱，赵怀玉在《赠太常寺卿四川布政使杨公揆墓志铭》中评曰：“公与户部皆以文名，又皆以武功著，自伤少孤，事太夫人色养备至，友于兄弟，与人交不设城府。为文沉博绝丽，下笔千言，飞章走檄，洞中窾要。”①

杨揆一生经历廓尔喀之役，川北平定苗疆、白莲之乱，甘肃、四川安抚民众、召集流亡、维护地方治安、供应大军粮饷之任，凡所到处，皆政声显著。但在其所有的经历中，最是从征卫藏的战役，让诗人经受了前所未有的心灵洗礼。赵怀玉的《赠太常寺卿四川布政使杨公揆墓志铭》记曰：“其从征廓尔喀，越日月山并星宿海，后队遇大雪，行李尽失，粮糗不继，拾牛马矢蕴火煮冰，调麦屑疗饥，夜则蒙裘露宿。……公以一书生履其间，略无失策。”②冯培（1737—1808，字仁寓，号玉圃，又号易翁，江苏元和人。笔者注）在《桐华吟馆诗钞·序》中对杨揆经历平藏战事后诗风发生巨变的状况亦有精到评说：“方伯少壮之年游吴越，历燕齐，雍容省掖，放笔千言，宫商宛转，……继乃西征省兄，往兰山、洮水间，稍变秦声；迨佐参卫藏军事，探星源，指月崰，四马穷荒，沙行索渡，跋涉一万六千里，飞章走檄之暇，磨盾赋诗，读之使人色骇而眉舞，盖其地焉，前古所未经，故诗亦前古所未有，谓非奇境足以助之乎？”③因此之故，杨揆山水诗中最有价值的当属其随大军进藏时创作的卫藏山水诗群。卫藏山水诗不但填补了中国古典军旅边塞山水诗的空白，而且还具有很高的历史价值与社会价值，它与清代其他诗人，诸如孙士毅、杜昌丁、松筠等的藏游山水诗一道，从不同层面让后世重温了那场统一祖国疆土，稳定民族大局的战争。要深层地体验杨揆一辈诗人们藏地山水诗的意蕴，就必先对西藏的历史沿革和大清统一藏区的军事行动作一简要回顾。

关于西藏的沿革，《清史稿·地理志》曰：“西藏：《禹贡》三危之地。在四川、云南徼外，至京师万有四千余里。周为西戎，汉为西羌。

① 见《碑传集》，第2495页。

② 见《碑传集》，第2494页。

③ 见《清代诗文集汇编》第457册，第291页。

唐为吐蕃，其君长号赞普，至宋朝贡不绝。元宪宗始于河州置吐蕃宣慰司都元帅府，四川徼外置碉门、鱼通、黎雅、长河西、宁远等处宣抚司。世祖时，复置乌斯藏，郡县其地，明为乌斯藏，赐封号，设指挥、宣慰等司，以示羁縻。宣德、成化间，又累加封号。其地有僧号达赖喇嘛，居拉萨之布达拉庙，号为前藏；有班禅喇嘛，居日喀则城之扎什伦布庙，号为后藏。太宗崇德七年，有达赖喇嘛及班禅，重译来贡。未几，为蒙古顾实汗所据，四传至曾孙拉藏汗，而准噶尔并之。康熙五十九年，官兵西讨，歼伪藏王，以西藏地赐达赖喇嘛，使蒙古旧臣颇罗鼐等五人分守。乾隆四年，敕封颇罗鼐为郡王，领藏事。至其子袭封，以罪诛，遂除西藏王爵。……设驻藏办事、帮办大臣，分驻前后藏以辖之。”[①]在大清以前，各史书对西藏的述略大致为："西羌之本，出自三苗，姜姓之别也。及舜流四凶，徙之三危，河关之西南羌地是也。滨于赐支，至乎河首，绵地千里。赐支者，《禹贡》所谓析支者也。南接蜀、汉徼外蛮夷，西北接鄯善、车师诸国。所居无常，依随水草。地少五谷，以产牧为业。其俗氏族无定，或以父名母姓为种号。……堪耐寒苦，同之禽兽。虽妇人产子，亦不避风雪。性坚刚勇猛，得西方金行之气焉。”[②]羌族作为中国西北、西南一带活动的少数民族，历史上与中原地区多有交集，故而范晔在《后汉书》中总结曰："羌戎之患，自三代尚矣。汉世方之匈奴，颇为衰寡，而中兴以后，边难渐大。”《新唐书》记曰："吐蕃本西羌属，盖百有五十种，散处河、湟、江、岷间，有发羌、唐旄等，然未始与中国通。居析支水西。……太宗贞观八年，始遣使来朝，帝遣行人冯德遐下书临抚。……十五年，妻以宗女文成公主，诏江夏王道宗持节护送，筑馆河源王之国。弄赞率兵次柏海亲迎，见道宗，执婿礼恭甚。”[③]

---

① 见《清史稿》，第 615 页。

② 〔南朝·宋〕范晔《后汉书·西羌》，中州古籍出版社简体标点本，第 389 页。

③ 〔北宋〕欧阳修、宋祁《新唐书》，中州古籍出版社简体标点本，第 875—876 页。

《宋史》载录曰：“吐蕃本汉西羌之地，其种落莫知所出，或云南凉秃发利鹿孤之后，其子孙以秃发为国号，语讹故谓之吐蕃。唐贞观后，常来朝贡。至德后，因安、史之乱，遂陷河西、陇右之地。……自仪、渭、泾、原、环、庆，及镇戎、秦州，暨于灵、夏皆有之，各有首领，内属者谓之熟户，余谓之生户。凉州虽为所隔，然其地自置牧守，或请命于中朝。”[①]《读史方舆纪要》曰：“西番朵甘卫都指挥使司，在河州卫西南。本西羌种，隋、唐之间始为吐蕃，最称强盛。唐末复衰，种类分散。……宋时入贡不绝，其首领唃厮罗始居鄯州，后徙青唐，神、哲、高宗朝皆授以官。元宪宗始于河州置吐蕃等处宣慰司都元帅府，又于四川徼外置碉门、鱼通、黎雅、长河西、宁远等处宣抚司，至元中复郡县其地，以番僧领之。明初洪武二年遣使持诏招谕之，不从。来寇临洮，守将韦正御却之，乘冰渡河捣其营，惧而请降，自是诸部相继来归。六年置乌斯藏、朵甘二指挥使司及宣慰招讨等司、万户府、千户所。明年升乌斯藏、朵甘为都指挥使司，置西安行都指挥使于河州，统二番司，复封番僧为阐化等王，俾导其众，以时朝贡。”[②]又曰：“西番乌斯藏都指挥使司，在天全六番司西七百里。本吐蕃种，蒙古主蒙哥取其地，于陕西河州置吐蕃宣慰司都元帅府，又于四川徼外置碉门、鱼通、黎雅、长河西、宁远等处宣抚司。……明洪武六年，诏吐蕃各族酋长，举故有官职者至京授职，遂置五衙门，建官赐印，俾因俗为治，……自是番僧有封灌顶国师及赞善王、阐教王、护教王、阐化王、正觉大乘法王、如来大宝法王者，俱赐印章诰命。”[③]从汉代的西羌到唐代的吐蕃，再至明代的西番，内地对西藏的称号虽因时代和相互关系的不同而有所不同，但其始终相同的一点，也即亘古不变的是西藏自古以来从疆域上说是中国领土不可分割的重要组成部分；从民族种群方面看，他们是中华民族大家庭不可或缺的重要成员，西藏

---

① 〔元〕脱脱等撰《宋史·外国八》卷四百九十二，中州古籍出版社本，第2242页。

② 见《读史方舆纪要》，第3084页。

③ 同上，第3478页。

与中原地区血脉相连、血缘相通，无论从古，还是至今，不管现在，还是未来，西藏与中原地区永远是情同手足的好兄弟，正因如此，历代王朝对西藏皆采取了以抚慰为主的安边策略，由此保证了中国领土主权的完整延续。

清王朝为了稳定边疆，繁荣藏区，一方面沿袭前朝抚慰的策略，一方面又用强大的军事力量，驱逐了扰乱藏区的各种外来势力，遂使西藏正式成为中国行政区划中一个行省的建制，直接归中央政府管理。大清以雄才武略统一包括西藏、台湾等地的丰功伟业是永远载入中华民族史册的。

清王朝对西藏的战事主要有两次，一在康熙五十九年(1720)，一在乾隆五十六年(1791)，这两次大的军事行动，其矛头所向均是外来乱藏、侵藏的敌对势力，其意义是最终统一了藏区，为西藏和平稳定发展奠定了基础。正如康熙亲自为平定西藏之乱而撰拟的记功碑文所言："天兵所临，邪魔扫荡，复兴蒙古，所向尊奉法教，坎、康、藏、卫等部人众，咸得拔离汤火，乐土安居。"(《圣祖仁皇帝御制平定西藏碑文》)①

康熙五十九年平定准噶尔部乱藏叛军时康熙派遣第十四皇子允禵为主帅，《清史稿·藩部八·西藏》记曰："诏封罗布藏噶尔桑嘉穆错为弘法觉众第六辈达赖喇嘛。命皇十四子允禵为抚远大将军，屯青海之木鲁乌苏治军饷，平逆将军延信出青海，定西将军噶尔弼出四川，两路捣藏。藏人亦知青海达赖之真，藏中旧立之赝，合词请于朝，乞拥置禅榻，诏许给金册印。于是蒙古汗、王、贝勒、台吉各自率所部兵，或数百，或数千，随大兵扈从达赖入藏。……额鲁特进退受敌，遂大溃，不敢归藏，由克庇雅北窜，崎岖冻馁，得还伊犁者不及半。……五十九年九月十五日，达赖至布达拉坐床，……于是里塘所属之上下牙色，巴塘所属之桑阿、坝林、卡石等番，次第归顺；郭罗克之吉宜卡、

① 王云五主编《丛书集成初编·西藏记》，商务印书馆1936年出版，第1页。

纳务、押六等寨先后剿抚矣。”[①]康熙五十九年一战，基本保证了藏地数十年来的和平与稳定。

乾隆五十三年（1788），廓尔喀侵犯藏境，廓尔喀，即今尼泊尔，《清史稿·属国四·廓尔喀》记其沿革曰：“廓尔喀，在卫藏西南，与巴勒布各部相邻。巴勒布三汗：曰阳布，曰叶楞，曰廓库木，后皆为廓尔喀酋博纳喇赤并吞，及小部二十三。其国境东西二千里，南北约五百里。东与哲孟雄、宗木、布鲁克巴接壤，西与作木朗接壤，南距南甲噶尔，北连后藏边境。”[②]廓尔喀自乾隆五十三年因“争新铸银钱，与唐古忒开衅构兵，进侵藏界。”到乾隆五十六年受班禅之弟红帽喇嘛沙玛尔巴挑唆，“以唐古忒兵欠款，班禅负约为辞，遣兵围聂拉木”，前后对西藏的和平稳定造成了危胁，在廓尔喀大肆进犯，西藏情势危殆的关头，乾隆“帝始议大举往征”。

乾隆五十六年十月，任命福康安为将军，海兰察为参赞，率大军由青海赴藏，讨伐犯藏的廓尔喀。这场战役从乾隆五十六年十月开始，到五十七年十月结束，历时一年，其间战事艰苦卓绝，将帅运筹帷幄，士卒浴血奋战的激壮场景，包括《清史稿》在内的各种史书多有载录（欲知战事细节，可参阅相关史籍）。杨揆作为福康安大军的高级幕僚，从青海进藏，到班师还藏，他都亲历亲闻，感同身受，在艰辛异常的行军途程和出生入死的战场，他与战士们忧以同忧，乐以同乐，把整个战事用诗歌一一记录下来，就形成了比史书还撼人心魄的感染力。对此，编纂《桐华吟馆卫藏诗稿》的吴丰培先生在为该书作的《跋》中评价曰：“清初经营藏地，颇具策略，尤以乾隆五十六年廓尔喀之入侵后藏，清廷派军援助，卒将敌兵驱逐出境，取得胜利，藏地转危为安。……是书作者杨揆亦诗文雅隽，于军书旁午之际，不遗吟咏，虽于叠峦重嶂，冰雪艰苦，途程中以诗纪事，景真情得。”这编被誉为“景真情得”的《桐华吟馆卫藏诗稿》共收录各体诗六十八首、词四首，其内容包括纪行、写景、记事、赠答等，除二十一首咏怀赠答类的诗作，

---

① 见《清史稿》，第2340页。

② 同上，第2377页。

其余四十七首皆为军旅山水篇章。杨揆的四十七首征藏军旅山水诗以时间为经，以事件和地点为纬，按行程与战事发生的先后次序安排结构，从而构成一幅主线清晰、层次感强、造型饱满而内涵深广的征人行旅山水图卷。

如果以诗歌表现的侧重点而言，我们可将杨揆的卫藏山水诗划分成两大类型：1. 记叙行军程途艰险，渲染战斗场面，烘托战事悲壮卓绝的行旅叙事山水诗；2. 歌吟藏地奇异风光，抒发诗人豪情的游赏抒情山水诗。为述说便利，以下按类型对杨揆的卫藏山水诗作一简要梳理。

（一）“王师从天来，负弩趋羌汗”的行旅叙事山水诗

辛亥冬月，高原苦寒，一队浩荡潮涌的大军“取道甘肃”，一路沿青海向藏地疾速前进，这支部队就是由“嘉勇公”福康安率领的征藏清军。在战马嘶鸣、旌旗猎猎的军伍中，年仅三十一岁的杨揆戎装“结束”，“腰下带”着“吴钩”，这个夹杂在一眼望不到头的军列里，习惯于书斋生活的文弱书生，面对异域绝国“梯山兼栈谷，前路剧崔嵬”（《辛亥冬予从嘉勇公相出师卫藏取道甘肃时伯兄官灵州牧适以稽查台站驰赴湟中取别同赋十章并示三弟》其四）的艰险征途，胸中激荡着“共作刀环望，频将剑铗弹”（同上，其十）的报国热情，他振衣高歌，挥毫疾书，把身经心历的军旅生活一一载录下来，就汇成一道波澜壮阔的诗歌狂潮。

从《夜宿东科尔寺》发端，到《飞越岭》息心，诗人一口气将赴藏、定藏、出藏的行程环环紧扣地串联起来，让世人充分领略了青藏高原特有的奇异风物，并进而切身体验了大军平藏一路所历的艰辛与悲壮。如写战士宿营之艰苦，他说：“风急坠檐瓦，月寒浸门扉。征夫深夜来，支床息饥疲。炊薪借佛火，遮户移灵旗。”（《夜宿东科尔寺》）东科尔寺，又名东科寺、洞阔寺，属藏传佛教格鲁派寺院，在今青海省湟源县西南约三十公里处的日月乡寺滩村，位于著名的日月山北麓和东科寺河之间。该寺在清代极为兴盛，无论建筑规模，还是寺院实力，在藏传佛寺中都有一定影响，又因寺院依山枕河，处青藏交通咽喉之地，故此为重要驿站之一。从《夜宿东科尔寺》发轫，诗人的歌吟

便如羌管夜吹，悠悠地一路奏响下来，有沁人心脾的凄壮感。如：“从军远行迈，言度日月山。地势束全陇，边形控群番。……旷望极原野，剩垒多萧寒。王师从天来，负弩趋羌汗。……窅崖冰雪悬，队队相跻攀。……连嶂插枯绿，一云露微殷。男儿重横行，心敢怯险艰。侧耳听湟水，东流正潺潺。”(《日月山》)日月山，又名纳喇萨喇岭，在今青海省青海湖东，属祁连山脉，主峰位于湟源县南，海拔4617米。《清史稿·地理志·青海》记曰：“西宁边外，纳拉萨拉岭。其西，齐布秦儿岭，相近有哈拉岭，即拉喇岭也。……东南有和尔河，源出纳拉萨拉岭，西北流，入青海。”[①]又：“丹噶尔厅……东：翠山。南：日月。北：北极山。”[②]日月山是内地和藏区的分界处，它地势独特，地貌迥异，因山石皆赤，故古代又称其为“赤岭”，《读史方舆纪要》叙其形势曰：“赤岭，卫(西宁卫)西三百二十里。《续通典》‘石堡城西三十里有山土石皆赤，北接大山，南连小雪山，号曰赤岭。’……开元十九年吐蕃请交马于赤岭，……二十二年又立碑于赤岭，分唐与吐蕃之境。”[③]杨揆的《日月山》用“地势束全陇，边形控群番”来总写“日月山”的地理形势和战略地位，它既居高临下约束“全陇”，成为陇地山水的源头，又锁镇西番，是屏界藏、汉，控制“群番”的关键所在。在总写的基础上，诗人通过“旷望极原野”，“窅崖冰雪悬”、“连嶂插枯绿”、“侧耳听湟水”等多角度、多感官的描绘，分别写出日月山峻拔、险要、荒寒的山形地貌。在山水形势绘摹的背景下，诗人放声赞颂了“王师从天”而“来”，全力疾进，为国“负弩趋羌汗”的激壮场景，他用“千声欢”、“驱战马”、“走班班”、“相跻攀”等饱含激情的动态词语渲染了将士们士气高涨、不畏艰险的壮烈情怀。过日月山，即是青海湖，行走在冬日无力、寒风劲吹的青海湖边，诗人的心境又是别种模样：“朝从青海行，暮傍青海宿。平野浩茫茫，隆冬气何肃。……飞沙怒盘旋，迎面骤如雹。……层冰摇光晶，黯惨一片绿。忽闻大声发，冻坼千丈

① 见《清史稿》，第612页。

② 同上，第530页。

③ 见《读史方舆纪要》，第3020页。

玉。中流起危峰，势可俯乔岳。……云是太古雪，压叠如皲瘃。”（《青海道中》）青海，又名西海、僊海、卑禾羌海、允谷盐池，古代总其名曰西海，在明代西宁卫西三百余里，清代青海省境内。青海湖方圆数百里，《读史方舆纪要·陕西·大川》对其历史沿革和战守情况述之颇详，可参阅。杨揆随军沿“青海”一路疾走，冬日的湖面冰封雪冻，在一派“光晶”闪耀的宁静中，砉然一声巨响，“太古”之雪冲破湖面坚冰，耸起势压“乔岳”的“危峰”，令诗人有骇目惊心、叹为观止的震撼感。由眼前壮景，诗人生发联想：“青海”历来是“百战”之地，“萧萧古垒”之旁到处都有“秦汉”“遗镞”，“兀兀边墙”之下满目皆见“青燐”明灭、“白骨”斑驳。仰头“冷月悬一钩”的苍茫星空，他不由得悲悯起随征将士的难测命运：“嗟哉征戍士，辛苦离乡曲。试听青海头，烦冤鬼犹哭。”（《青海道中》）战争的残酷、军旅的悲辛全在这尾句的一声叹息中昭示出来，令人有不能承受之重。（笔者按：对于青海的开辟与经营，从清初就已开始，随朝廷对青海边务的逐步扩大和稳固，许多文人亦将摅写的焦点瞄准了那片神秘的土地，杨钟羲《雪桥诗话续集》卷四有一则叙曰：“雍正间，先后辟青海地千余里，改西宁卫为府，设青海办事大臣。番族归附，置大通卫，秀水徐楮山《丙午纪事》二首云：‘朔方禹版画雍州，天设秦关扼上游。统万城含沙月白，赫连台压海风秋。’……此咏岳襄勤征土番时事。”①）

唐蕃古道不但路途艰险，而且奇诡万变，令人生非复人间之想。杨揆的《夜行多伦诺尔道中，见野烧数十里，其光烛天，荒山无人，起灭莫测，人马数惊，几至迷路，爰作长句纪之》一诗就形象地描述了藏地一种用科学难以解释的奇异景象：“苦月无光路深黑，万壑千岩蔓荆棘。忽然天际红鬖髟，夜半海峤生丹霞。此间日脚走不到，卷地还疑烛龙照。……祝融叱驭空中行，陆浑山上无其明。……荒原火种谁所遗，吞吐恐是奇兽为。冻云压岭烘不化，漫空五色堆琉璃。”高原夜行，于万山丛中忽见火光明灭，起伏不定，对此奇特的自然现象，世人猜测假想不已，杨揆目睹“野烧”“烛灭”，“人马数惊”的诡谲景象，他无法用常理评判，于是便想象那是山间“奇兽”“吞吐”的一种神火，

① 见《雪桥诗话》，第998页。

这火如“五色”“琉璃”漫空飞舞，叫人有身入神魔之境的梦幻感。关于西域夜间出现莫名火光的现象，《大唐西域记》有一则记载，可资参考：“王城（瞿萨旦那国王城。笔者注）西五六里，有娑摩若僧伽蓝。中有窣堵波（原指安放佛舍利的建筑，意即佛塔。笔者注）高百余尺，甚多灵瑞，时烛神光。昔有罗汉，自远方来，止此林中，以神通力放大光明。时王夜在重阁，遥见林中光明照耀，于是历问，佥曰：‘有一沙门，自远而至，宴坐林中，示现神通。’”①

青海道中虽然艰难曲折，诡变异常，但藏地行军之险阻与其相比更令常人难以想象，且不说山高峻，水湍急，即是那让人望而生畏的毒虫之属，就足以使人毛骨悚然。如《皮船》《索桥》《自宗喀赴察木骋马疾驰，番路不计远近，薄暮抵一处，适山水骤发，溪涧阻绝，复翻山而行，为向来人迹不到之地，流沙活石，举步极艰，不能前进，下闻惊涛澎湃，骇荡心魄，僵立绝夜，五更山雨卒至，衣履沾濡殆遍，因作长句纪之》《热索桥》《蚂蝗山》等均属真实纪录大军征服藏地艰险山川的军旅山水代表作。

《皮船》写大军渡藏江的情景。山高林密，激流滚滚，乘皮船涉险横绝“洪涛砉奔翻”的“藏江”，对数以万计的征藏大军是一件极艰辛之事，对见惯江南轻舟小舠的杨揆更是一种空前的心理考验。在杨揆笔下，皮船身形娇小，规制特别，与江南扬帆疾驶的舰船相比，皮船让人匪夷所思：“大如艑与航，小或艇与舸。……外圆裁皮蒙，中虚截竹荷。……形模唤混沌，躯壳仅蜾蠃。”一旦乘上这种仅容“双坐”的“皮船”，驾凌万顷惊涛骇浪，人的躯壳便交付给杳不可知的命运主宰，其险仄惊悚无以伦比：“俄惊层波掀，真拟一壶妥。骇耳声铮摐，眩眼势嵬砢。附毛识命轻，鞟鞹嗟身瘅。……倘从鱼腹游，宁殊马革裹。”（《皮船》）《皮船》一诗不但通过侧面描写真实地叙述了千军万军横渡藏江的历险过程，而且还形象地绘制了“皮船”的形态和规模，给人身临其境的逼真感。

藏南群山连绵，江河横截，险不可言，其交通往往以“皮船”或“索

① 杨新建主编《古西行记选注》，宁夏人民出版社 1987 年版，第 101 页。

桥”为主,《西藏记》载曰:“南方之山,锅噶拉,高大积雪难行,途长百里;宋噶拉,连络重叠,崎岖难行,途长八十里;札拉,路崎不甚险,途长五十里。南方之川:春结即藏江;洛巴即工布江达之水,皮船通渡;怒江即外夷界,不可渡。”[1]杨揆的《索桥》和《热索桥》分别写大军飞越索桥的场面。“索桥”和“皮船”一样,是藏区横渡高山峡谷间江河的一种交通方式,“索桥”根据材质,可分铁索桥和竹索桥,杨揆所过者乃竹索桥。竹索桥因材质柔弱,所以其度越的危险系数和难度一般要大于铁索桥,所以“索桥”飞度,在杨揆写来,有如猿猱腾跃,险象叵测:“山川阻洪流,深广讵可越。……飞空架索桥,锁钮危欲绝。曳踵窘不前,森然竖毛发。宛宛虹舒腰,落落蛇蜕骨。……手怯朽索扪,足苦缩版裂。……俯视逆流迸,疾较飞电掣。夭矫龙尾垂,凌乱雁齿缺。……艰危信多端,绝险谁所设。……一坠无百年,登陆股犹慄。”(《索桥》)这首诗尽管是写实,但为了表现“索桥”的“绝险”情状,诗人反复使用正面描绘、侧面烘托、心理暗示和比喻夸张等艺术手法,使“索桥”的历险场面真真切切地再现于读者面前。和《索桥》的单一主旨不同,《热索桥》不仅写索桥横渡的艰险,而且还表现征藏大军平叛战斗的激壮,它将军行之艰与军争之烈相互融合,则使诗歌内涵得以空前扩展:“热索桥高两崖耸,热索桥深万波涌。……危桥横亘计以寸,阻隘能令一军顿。将军夜半斫贼营,(诗人自注:谓海超勇公)壮士毋那飞而行。惊湍巨石互摩戛,不用军声乱鹅鸭。……将军磨刀我磨墨,欲记此间曾杀贼。”(《热索桥》)热索桥在后藏之济咙宗境内,与尼泊尔,即廓尔喀交界[据光绪间历城人赵咸中撰《使廓纪略》所载:“考热索桥,乃乾隆五十六年大将军福(康安)、参赞海(兰察)、四川总督惠(龄)平乱到此,受降之所也,嗣后无汉人到者。大河一道水西流,有木桥以通往来,南岸为廓尔喀界,北岸为西藏界。”在赵咸中笔下,热索桥不但形势险要,而且奇花异卉、珍禽怪兽遍布山野,是一个生态极其原始和充满诱惑的地方],攻克热索桥便可长驱直捣廓尔喀入侵者的“贼”巢。故此热索桥一战就显得既关键,又悲壮。《清史稿·属国四·廓尔喀》是这样描述热索

---

① 见《西藏记》,第19页。

桥之战的：“距济咙八十里，有热索桥，其大河自东来注，渡桥即廓尔喀界也。贼屯北岸三四里外索喇拉山，设石卡一，南岸临河，设石卡二。官军进破索喇拉山卡，追至热索桥。逸贼甫上桥，南岸守桥贼见追兵至，仓卒撤桥，逸贼皆落河死。官军隔河施枪，河阔不能及，乃退还，密遣阿满泰、哲森保、墨尔根保、翁果尔海等率士兵东出峨绿大山，绕至上游，伐木编筏以济。时贼与官军隔河相持，不虞间道军骤至，仓皇抵抗，不能敌，溃而奔，遂夷二石卡。六月十七日，福康安、海兰察、惠龄等渡索桥。”[①]攻下热索桥，大清军将士以奋不顾身、勇赴国艰的顽强意志，乘胜扩大战果，最后“进抵帕朗古，深入贼境七百余里，毙六百余人，廓尔喀酋震惧乞降。”[②]从此战以后，后藏基本无战事，且廓尔喀五年一朝贡，变成大清的属国。

《热索桥》首先用“桥高两崖耸”、“桥深万波涌”的山川形势来烘染战斗的艰危和险仄，然后用桥高“不容马”、桥深“无舠”行、三军将士“连臂渡涧愁生猱”的细节描绘，说明山川险阻给战斗造成的危殆局势，从侧面昭示了征藏大军同仇敌忾、视死如归的壮烈行为。紧接山川形势的渲染，诗人把叙述的焦点对准了“壮士”身临“惊湍巨石互摩戛”的山川险巇而奋勇争先的感人场面：“桥头逐队驱旌旄，回流呜咽争磨刀。”经战斗氛围的感染，结句诗人激情难抑地高歌道：“将军磨刀我磨墨，欲记此间曾杀贼。”从诗歌所描写的场景、所反映的内涵和刻摹的山川形势以观，杨揆的《热索桥》足资当成一章有韵的信史，通过它我们可以想象并体验数百年前那场发生在藏南高山峡谷间激壮的民族保卫战的撼人情景。

藏地不但激湍似箭，而且还山势峣岧，险峻异常，在杨揆诗笔下，征藏大军翻越崇山峻岭，犹如猿狖腾挪，虽然险象环生，但其锋锐勇不可挡。如“朝闻官军已临贼，跃马提戈不遑食。崇山连连起嶕峷，路转山回骇难测。初行天际犹见星，旋讶午日悬铜钲。……危坡下注忽千丈，断涧惊流晚来长。……道傍山势高刺天，太古箫瑟无人烟。……仰攀举步不盈尺，一坠百年那可得。……奔涛绝壑尤汹汹，

①② 见《清史稿》，第 2378 页。

俯听如闻井泉涌。……四更山月光熹微，似见前路通林扉。……星沉月落云渐上，山气森寒出丛莽。洒空雨脚飞过额，盖头无茅眩俯仰。平居岂识行路难，僵立中夜衣裳单。……长征万里足尤抱，展转劳薪剧潦倒。微躯今夕幸相保，略喜朝光吐林杪。”（《自宗喀赴察木……因作长句纪之》）宗喀，在后藏与廓尔喀交界处，与济咙相连，为屏限中国和尼泊尔的边陲重镇。察木，又称擦木，福康安征讨廓尔喀的战役就在此处拉开序幕。《清史稿·属国四·廓尔喀》记曰："三月，福康安抵后藏，诏晋为大将军，各军咸受节度。廓尔喀筑寨据险死守。四月，福康安偕海兰察由绒辖、聂拉木进，决议先剿擦木、济咙，擦木地最险，两山夹峙，中亘山梁。五月六日，乘夜雨，分五队，海兰察等居中，哲森保等由东西山趋贼寨，墨尔根保等绕出贼背。黎明，攻擦木山梁两石碉，克之。”[①]擦木之役、济咙之战是讨平廓尔喀入侵的两大关键战斗，这两次战斗一气呵成，连贯而迅捷，不管是从战略，还是战术的角度评价，擦木、济咙两战可以说是征藏清军将帅智慧和三军战士勇力相结合的杰作，这两战的胜利为以后的平叛战役扫清了障碍，"于是自擦木至济咙边界尽复"，"热索桥以内济咙、聂拉木、宗喀前属藏地，为廓尔喀所据者，仍归后藏。"[②]杨揆的《自宗喀赴察木……因作长句以纪之》就是用诗化的语言真实记录这场战斗的上乘诗作。其中山势之险要、水流之湍急、军情之迅迫、将士之奋勇全于这数十百言的"长句"中一一"纪之"，读罢此诗，令人掩卷太息，肃然生敬仰之心。当然，作为典型的军旅山水诗，在处理景、情、事的关系方面，诗人还是遵循山水诗的创作规律，充分显示山水诗的审美价值，让无处不在的自然景象折射并外化诗人从征边疆的复杂感情。即使是写战斗之惨烈和悲壮，诗歌亦利用隐喻暗示等艺术手法将其曲折地反映出来，让读者通过"崇山连连起嶒崒，路转山回骇难测。……有时深堑落窈冥，倾耳淅沥松涛声。……危坡下注忽千丈，断涧惊流晚来长"的山形水态的奇诡变幻去作深度体验。《自宗

① 见《清史稿》，第 2378 页。

② 同上，第 2379 页。

喀赴察木……因作长句纪之》写景大势磅礴，运笔变幻无穷，色彩明暗相替，旋律大起大落，从而形成诗境开阖自如，诗情雄浑恣肆的审美特征。如果屏蔽了激壮的战争场面，《自宗喀赴察木……因作长句纪之》则是一首令人心魂俱醉的山水佳作，藏南山川崇丽、花木繁茂、珍禽和鸣、异兽腾跃的盎然生机如涌潮般从杨揆的笔端倾泻而出，令人心魂为之一震。

《蚂蝗山》是杨揆军行山水诗中颇有特色的一篇诗作。这首诗的特别之处不是凸现藏区山峰的险峻，而是写它山林荫蔽、瘴气升腾、毒虫肆虐的奇特景观。在诗歌的小序中，诗人说：“番民呼其地曰章遍山，皆蚂蝗，能啮马至死，向来人迹罕到。”当征藏大军翻越这座瘴气“遍山”，“蚂蝗能啮马至死”而“人迹罕到”的蚂蝗山时，又是一幅怎样令人恐怖的图景呢？且看杨揆对其所作的形象逼真的描绘：“山深虎豹薮，水深蛟蜃居。由来山泽间，毒厉所蓄潴。……有虫曰水蛭，遍地来徐徐。……宛宛始缘足，啧啧旋侵肤。……丑尔形龌龊，憎尔行趦趄。……践尔使糜烂，得水还蠕蠕。……眼耳鼻舌身，所到皆觊觎。……尤善钉马腹，嘬啮成溃疽。……因思涉异域，奇诡无处无。赤蚁或若象，元蜂或如壶。影恐溪蜮射，声戒山魈呼。”通过以上描绘，我们不但被藏区山川险峻所震撼，而且还被“奇诡无处无”的“异域”遭逢感到毛发森然，那大“若象”的“赤蚁”、悬“如壶”的“元蜂”，尤其满山遍野“宛宛”而动、蠕蠕而行，形象极其“龌龊”、性情极其贪婪的蚂蝗“水蛭”，足可叫人心胆俱寒。

杨揆反映军行、军争的山水诗是其卫藏山水诗的重要构成部分，亦是最有史料价值、人文价值和艺术价值的山水精品，它们以丰富的内涵、豪荡的激情和写实的艺术手法留下了那个令人难忘的烽火岁月的历史影迹，成为后人追踪考证那段悲壮史实的可信依据。除上举各诗外，杨揆的军行、军争山水诗还有：《晓发春堆》《定日》《脅布鲁》《自脅布鲁进兵山路奇险有一处巨石夹立如口翕张隘不容马同人戏谓之虎牙关》《东觉山》等，这些作品气势凌云，既写出藏地山川“奇峰出云复入云”（《东觉山》）的磅礴气象，又曲折地反映出“前军斫贼贼宵遁”（《脅布鲁》）的战斗过程。凡有志于西藏地理、历史和军事研究的同仁当细磨其精髓。

杨揆的卫藏军行山水诗，通过大笔点划勾勒，给我们呈现了一幅雪域高原壮美雄伟的山川图景，但作为优秀的抒情诗人，杨揆不仅以征人的眼光打量藏地山川的雄浑和险峻，而且还以诗人的视角去追觅捕捉藏区山川特有的美质，在人和自然天缘相遇的一刻，他的心灵刹那间被震撼、被征服，于是一篇篇凝结诗人心血的优美诗章便从他生花的妙笔下跳荡奔涌而出，汇成如藏江一样充满野性活力的山水诗潮。如果从艺术审美的角度评判，杨揆的卫藏山水诗当以其第二类型为精华。

(二)"横空断飞鸟，晶莹太古雪"的写景抒情山水诗

西藏"居万峰之中，为西方极朦之区，环山拱合，百源汇流，……颇得天地之灵脉。"①杨揆行走在被世人目为异域绝国的青藏高原上，目中所见、亲身所历与渐行渐远的梦里水乡不但迥异其趣，而且还形成巨大反差，那终年不化的皑皑雪峰、时舒时疾的天上流云、说阴即晴的万里长空、缓缓趟过草甸的江河之源、波涛翻卷的高江急流，皆如闪电、如霹雳、如精灵，一一朝他飞舞而来，使他的心魂经受了前所未有的撼动。他把高原神奇山川带给他的惊喜、欢乐，甚至阵痛用激光四射的诗笔表达出来，就有如下令人倾绝的高亢放歌：《昆仑山》《穆鲁乌苏河(诗人自注：俗名通天河)》《星宿海歌(诗人自注：即火敦脑儿)》《过察木数里地稍平坦林木丰茂旁有大山高出霄汉山顶瀑布交流不计寻丈因小憩而去诗纪之》《边坝》《丹达山》《瓦合山》《黎树山》《飞越岭》等。这些长歌高亢的音律从青藏之交一直回旋到川西万山丛抱的旷野上，全程鉴证了诗人入藏、出藏的燃情岁月。

《崑崙山》写中国西部名山昆仑之神貌。昆仑因众山西向而朝宗，万流东注以溯源，故被目为圣山和神山。晋郭璞传(即注释)《山海经第二・西山经》记曰："西南(指《山海经》所记'槐江之山'西南。笔者注)四百里，曰昆仑之丘，是实惟帝之下都，神陆吾司之，其神状虎身而九尾，人面而虎爪，是神也，司天之九部，及帝之囿时。……河水出焉，

① 见《西藏记》(上)，第3页。

而南流东注于无达(郭璞注曰：山名)”[①]。汉东方朔撰《神异经·中荒经》曰：“昆仑之山，有铜柱焉，其高入天，所谓天柱也，围三千里，周圆如削，下有回屋，方百丈，仙人九府治之。上有大鸟，名曰希有，南向，张左翼覆东王公，右翼覆西王母。背上小处无羽，一万九千里，西王母岁登翼上，会东王公也。”[②]汉代东方朔撰《十洲记》载曰：“昆仑，号曰崑崚，在西海之戌地，北海之亥地，去岸十三万里，又有弱水周回绕匝，山东南接积石圃，西北接百户之室，东北临大活之井，西南至承渊之谷，此四角大山，实昆仑之支辅也。积石圃南头是王母居。”[③]按《十洲记》所言，昆仑乃众山之宗，万川之源，故而其上有神仙所居之“阆风巅”、“玄圃堂”、“昆仑宫”，这些宫室在“西王母之所治”下，处处“金台玉楼，相鲜如流”，“锦云烛日，朱霞九光”，“上通璿玑，元气流布”，“真官仙灵之所宗。”晋陇西王嘉撰《拾遗记》卷十记曰“昆仑山，有昆陵之地，其高出日月之上，山有九层，每层相去万里，有云色，从下望之，如城阙之象；四面有风，群仙常驾龙乘鹤，游戏其间。……昆仑山者，西方曰须弥山，对七星之下，出碧海之中，上有九层，第六层有五色玉树，阴翳五百里，夜至水上，其光如烛；……第九层山形渐小狭，下有芝田蕙圃，皆数百顷，群仙种耨焉。……九河分流，南有赤陂，红波千劫一竭，千劫水乃更生也。”[④]昆仑因其地位特殊，故上古时代易将其神化，屈原在《离骚》中多次提及昆仑：“朝发轫于苍梧兮，夕余至乎悬圃。”“朝吾将济于白水兮，登阆风而緤马。”“邅吾道夫昆仑兮，路修远以周流。……路不周以左转兮，指西海以为期。”[⑤]《读史方舆纪要》曰：“昆仑山，在卫(指明设曲先卫)东北。或云肃州卫境有昆仑山，绵延至此。”[⑥]又曰：“昆仑山，在西番朵甘卫东北，黄河经其南。《广雅》：‘昆仑墟有三山，阆风、板桐、玄圃。’……《唐志》：‘龙泉谷西三百里曰紫山，直大羊同国，东距长安万五千里，河源出其间，

①②③ 《百子全书》第七册，浙江人民出版社 1984 年版。

④ 见《百子全书》第七册。

⑤ 引文均见洪兴祖《楚辞补注》，中华书局 1983 年版。

⑥ 见《读史方舆纪要》，第 3037 页。

即世所谓昆仑者，番谓之闷摩黎山，释氏谓之阿耨达山。'《元志》：'朵甘思东北有大雪山，番名亦耳麻不刺，即昆仑也。高峻非常，山麓绵亘五百余里，山腹至顶皆雪，冬夏不消，黄河随山足而东流。'"[①]杨揆的《昆仑山》以史传为诗材，以自然形胜为基质，开篇便气象宏伟地赞美昆仑山上极天表、下视群峰的至尊地位："绕河三匝积石雄，支辅上与昆仑通。昆仑嵚崎出霄汉，诛荡阊阖吹回风。灵鸧振翅巨鳌戴，周圆如削开天墉。下浮弱水波晶晶，傍绕炎火光熊熊。三壶五岳遥拱揖，何论太白兼崆峒。"因为昆仑绝天维地的山川形胜和惝恍迷离的神仙传说冲击了诗人的视觉与心魂，所以他过昆仑而神情激荡，顿然产生前所未历的惊羡感："邱陵駊騀寒翳日，冰雪岞峉高摩穹。八隅九门渺惝恍，但觉天人灏气盘心胸。"在"天人灏气"的激扬鼓荡下，诗人"心胸"如"阆风"吹拂，想象直冲天穹，他上穷王母神宫，下尽流沙之域，凡仙山之宫阙、灵异之物产，即使佛法道风全囊入笔端，从而让整个诗境充满了光怪陆离的神幻感，以及高不可及的庄严感，同时也流溢着丰富的浪漫主义色彩。最后诗人从远古的神仙世界回归到人间社会，用淡定自然的语气写出书生从戎的悲慨情怀："仙耶佛耶剧荒留，意想仿佛欺颛蒙。……或言去古千万载，天荒地老山应童。……我朝疆索大无外，节使到此曾支筇。……征人自诩得巨观，奇气奔逸无牢笼。吴门匹练莫回顾，快意且挂天山弓。此时河水正消落，一发天际微摇溶。"杨揆的《昆仑山》从内涵说，其容量显得极为丰厚，融自然山水、人文历史、神话传说、情感抒发为一体，使诗歌的表现力得到大幅提升；就艺术手法考察，诗人利用虚实相间、高下相倾、疾徐相续、明暗对比等综合方式，上穷天庭、下尽地府，将昆仑之峻极天下的非凡气势刻画得骇人心骨；尤其结尾通过欲擒故纵的手法，在大势淋漓的浪漫想象中荡开一笔，让读者的思绪在诗歌旋律的导引下由万马奔腾转向细流一线，从极高朝向极远，这种视觉上的大起大落必然引发心灵的高度落差和强力震撼，从而加强了诗歌的艺术感染力。

---

① 见《读史方舆纪要》，第3089页。

藏区高山纵横，水势湍激，山水偶遇巧合，便相互碰撞出一支声势浩大的自然交响曲。这一特殊的山水奇观在杨揆写来就呈现出声情并茂、情景相生的艺术效果：“西荒山奇水亦横，万仞巅崖水飞迸。不知一脉何处来，輷輘雷辊声相应。我疑石腹皆中空，蜿蜒潜伏两白龙。扬鬐鼓鬣不可见，吐气下贯如长虹。……猿猱骇走鹳鹤愁，激射寒光未容傍。”(《过察木数里，地稍平坦，林木丰茂，旁有大山，高出霄汉，山顶瀑布交流，不计寻丈，因小憩而去，诗纪之》)察木当时正是战事交集的军争之地，诗人行军途中，历尽高山峡谷的险峻，眼前突现“地稍平坦，林木丰茂”而“大山”旁出，“瀑布交流”的奇特景象，遂意兴充盈，挥毫写下上述长诗，以纪其胜。这首诗通过大声呼訇的水势渲染，着重表现藏地山川奇峻险要而又幽冥杳深的迥异特征。再如描绘藏区阴晴交替、晦冥莫测的特殊山川气象，他笔法一变，用旁枝横逸、明暗对比的方法，将其刻摹得形神毕肖，光色斑斓：“奇峰出云复入云，招邀欲逐云中君。……当空落落昼见星，天近或者星长明。半崖濛濛复飞雨，斜日偏明雨飞处。阴晴昼夜变幻奇，恍惚四顾心然疑。……扶摇似觉生羽翰，足底万叠青巑岏。”(《东觉山》，诗人自注：山高径上百余里，进兵最险处也。)攻克东觉山，征藏大军长驱直入，迫使廓尔喀束手投降，激壮惨烈的战事就此圆满落幕，杨揆在《军事告峻从西藏言旋率成四首》中欣喜异常地说：“独立风前叩剑环，征衣著破竟生还。纪行诗里无他语，只写中华以外山。”(其二)艰苦卓绝的民族保卫战已然“告峻”，但那金戈铁马的峥嵘岁月，以及九死一生的军旅生涯使诗人情不能已，痛定之余，他手抚长剑、狂啸独吟，用一支生花之笔，浓墨重彩地“写”出“中华以外”山水形胜的奇丽姿容。“回头往事转心惊，万里关山匹马行。一十八回明月照，者番方照到归程。”(同上，其四)“明月”相照“十八回”，最终照到诗人“归程”的千山万水，他“匹马”独行，“关山”“万里”，在依依不舍告别“藏江”的一刻即时唱响川藏山水歌吟的前奏。在《丹达山》一诗中，诗人激情地唱出了他对这座雪域神山的仰慕之意，诗曰：“昔闻兹山奇，绝险今始遘。玉龙作之而，势欲与天斗。”起首便总写丹达神山的非凡气象，如一条“之而”盘旋飞腾的“玉龙”，其“势”可“与天斗”；接着诗人通过虚实变幻、光色交替、音声闪回的不同笔法，从多层面、多视界对丹达山进行了全方位精心刻划，其思路之开阔，笔势之灵动，令人扼腕称绝："连峰排岞㟧，寒色逼金宿。突兀穷荒中，阳和不能透。……一片玻璃光，千斛琼屑揉。阴风中怒号，虚响沸岩窦。……有时朝日开，如熨绡縠皱。晴光相激射，到眼胥眩瞀。……阴霾变倏忽，窈冥失旦昼。来从万玉妃，旋转飘缟袖。……我行日亭午，千洞鸣玉漱。……作诗志兹行，用当神弦奏。"(《丹达山》。诗人自注：路径奇险，上有雪城，山神屡著灵异，奏列祀典。)丹达山，又名东贡拉、夏贡拉、砂工拉，在今西藏边坝县境内，为川藏交通要道，清代设丹达塘驿站，以供来往使臣驻足秣马之需。丹达山不但高耸入云，险峻异常，而且雪积如城，险象环生，历来被视为畏途且神化。徐珂《清稗类钞》记曰："丹达神庙在西藏丹达山麓，极灵异，神为明参军叶某，监饷晋乌斯藏，过此坠雪窖中，迨春夏雪消犹僵立鞘上，土人惊异，因奉其尸而崇祀焉，凡过山者必祷之。"[①]杨揆过丹达山，突然天昏地暗，不辨"崖岫"，危机中，"倏见神灯"相"迎"，"引救"大军"出险"。于是诗人怀着虔诚感戴的心情"整衣拜丛祠，兼以村酒酭。"丹达山神虽然灵应且护佑行人无数，其功德无量，可杨揆目中所见，却是神祠"视秩少桓圭，升香无玉豆"的简陋景象，故而诗歌序言中诗人发出宏愿，要把"屡著灵异"的丹达山神"奏列祀典"。据《清高宗实录》载，乾隆五十八年四月辛未(1793年5月18日)乾隆皇帝谕曰：福康安奏，此次官兵赴藏，经过丹达山，均无阻滞，山灵助顺，请加封号。根据福康安奏语中的描述，乾隆下旨有司将丹达山列入祀典，并敕封该处山神为"昭灵助顺山神"，春秋致祭。关于丹达山神的原型，除上引徐珂之说外，清人对之记叙颇夥，比如镇海人范铸所著《三省入藏程站》有记曰："一百一十里至丹达，西南上必达喇山，山路平坦，上下十里，下山路偪仄，河流纵横，水清浅可蹇裳涉，四十里至边坝(又名达隆宗)，有塘铺……六十里至丹达，……一百里至郎吉宗，丹达山麓有庙，相传云南某参军解饷过此，

① 见《清稗类钞》，第77页。

殁于王事，屡著灵异，土人祀焉，过山者必祷之。”[①]（见《川藏游踪汇编》。范铸，字寿金，号柳棠，浙江镇海人，光绪三十年为踏看藏地形势而入藏。）另外，大兴林儁的《由藏归程记》亦记曰：“廓尔喀构逆，余以臬司督办粮饷，大军奏凯，于癸丑（乾隆五十八年）五月二十五日脱然就道。……过插拉松即系上坡，行二三十里，遥望丹达，雪峰并峙中，路影一条，盘旋而上，陡险异常，有雪城数仞，壁立如墙，或遇风狂雪化，往往被其倾压。山下丹达神庙最称灵应，人过必祭赛。瞻谒神祠，庙貌重新，规模宏敞。”[②]（林儁，字西崖，江苏人，顺天大兴藉，乾隆二十五年举人，由内江知县积功升至四川按察使，乾隆五十七年入藏筹办大军粮饷，《由藏归程记》为其归途所作。西崖乃张问陶第二任岳丈，翁婿常有诗作唱和。）《西藏记》“自成都省城至西藏程途”条曰：“丹达塘：宿站，有硐房柴草，换乌拉，名丹达山脚，番名沙工拉山脚，有庙宇，传云：昔有粮务官主仆二名冻殁于此，后多显应，番人建庙塑像祀之，即过往官兵商客，祷之无不默佑平安，人皆敬畏。跟斜坡上山，约十余里。过沟，上高坡直过，上下约数十余里。进沟，又过沟，上陡峰。夏末秋初，尚可行，余时雪凌甚大，山凹之中，雪深数十丈，倘若失足，人畜俱不见影。山梁之上，雪积如城，过往人畜，踏雪成槽，若遇隆冬，坚凌无故，倘在春尽夏初，一遇镕消，势如山倾，行走惟谨，此山上无走兽，亦无飞鸟。”[③]丹达神是丹达山的主宰，它冥冥中掌控着过往行人的命运，丹达山因丹达神的存在，才更于自然形态上多了一层神秘而幽奥的超自然色彩，那么丹达神到底是谁呢？清末吴崇光在所撰《川藏哲印水陆记异》中说：“向西过小桥，即是丹达王神庙，观王葆恒太守建立碑文知丹达王系乾隆十八年云南解饷委员彭元辰参军，号泉三，在丹达山遇雪，失足陷深雪中，无下落，嗣经驻藏大臣派员寻访，见彭公之尸，面不改色，饷银俱在，奏闻后，奉旨敕封丹达王，就地建庙。今凡官商往来，无不默佑。庙内有御赐马鞍全套，袍服全份，现归昌都苍储巴派喇嘛看守，此庙香烟不绝。”[④]（吴崇光，字小瑾，江苏武进人，光

---

①② 见中央民族学院图书馆 1981 年 2 月编《川藏游踪汇编》（油印本），另见四川民族出版社 1985 年版，第 429 页、第 105 页。

③ 见《西藏记》（下卷），第 54—55 页。

④ 见《川藏游踪汇编》，第 348—349 页。

绪二十九年随驻藏大臣有泰入藏。）王葆恒，光绪八年（1882）任西藏拉里粮务，因“在藏五年，无日不感公之庇护”，故而在卸任拉里粮务，转任“特用知府即补同知”后，“于蓉垣补撰刻石”，为丹达山神立碑铭志，其碑文曰：“公讳元辰，字泉三，姓彭氏，江西南昌人。任□（云或滇）南，为参军。乾隆十八年，转粮西域，道经丹达山，会大雪，人马陷深崖中，不能出，公后至，筹施无策，跃入雪中以殉，久之，西域使者不得粮，遣使觅至，获公尸，貌如生，以礼葬于山。闻于朝，奉敕建祠以祀，藏番尊礼尤虔，号为‘丹达王’。……嗟夫！自西域平定以来，使者以什佰计，孰能如公之不朽而长享禋祀者乎。诚以精诚格天推其志，可以托孤，可以寄命，临大节而不夺者，其公之谓乎？公生于四月六日，不知其年。”（这块刻有《丹达山神记》的石碑现存于西藏边坝县档案馆—笔者注）以上不管是徐珂，还是王葆恒诸人，对丹达山神的叙录除了时代不同外，其事迹基本保持一致，即某参军为确保朝廷粮饷安全，不惜以身殉职，此崇高行为感动了当地土人和地方官吏，遂建祠祭祀，使其成为一方保护神。由此，丹达山神与丹达山一体成为一个永恒的象征，杨揆的《丹达山》就是把山形水貌人格化，最终将山势之高峻同山神高尚之神性紧密融合，让二者相互映照，从而让这首长歌一变成为丹达山旋律高亢的赞神曲。

翻越丹达山，沿边坝一路向东北，即到著名的瓦合寨，瓦合不是因驿寨而著称，相反它是因山而彰扬。由川入藏，或从滇入藏，有两座大山是无法绕过的，一座是前述丹达山，另一座便是瓦合山，这两座山终年积雪，险峻崎岖异于常山，凡越此山者必具坚强的胆魄和毅力。丹达山我们已经随杨揆的诗笔领略了其神秘圣洁的姿容，此处，我们再跟踪诗人的足迹，来体验攀登瓦合山的惊心动魄。如写山势之雄之高，诗人用纵横相交的手法说道：“连峰百余里，溪涧互縈抱。拾级身渐高，横空断飞鸟。晶瑩太古雪，山骨瘦而槁。”（《瓦合山》。诗人自注：在类五齐西南，属乍丫汛，凡番地山之险峻者，以丹达、瓦合为最。）再如写山之局部特征，诗人用点皴的笔法：“悬崖月魂青，坠壑灯焰小。盘盘巨石蹲，落落枯松倒。”又如写山形夭矫凌空的情状，他用比喻的方法形容说：“状疑狮鬘鬋，势若龙夭矫。”说到瓦合阴晴交替，天象失常的诡谲，他惊叹曰：“乍见晴光来，午日露分杪。积阴所醞釀，惨淡失昏晓。”写山路曲折盘旋，山径惝怳不定，他通过正面绘摹，侧面反衬的互补笔墨形容道：“疾下缘坡陀，百折路逾拗。山灵大狡狯，刻画弄神巧。本来绝攀跻，谁使强登眺。俯仰叹劳人，须鬓此中老。”瓦合山，被各类典籍别称为：“瓦合一柱拉”、“瓦合大山”、“瓦和山”、“瓦河山”等。详未人撰《西藏记》曰：“瓦河山，其山甚高，曲折而上，过岭雪凌最甚，此山相连四雪山，烟瘴甚恶，冻冷难行，在山上走，或上或下，盘旋百余里，并无人烟。此山鸟兽不至，凡进藏汉番兵民人畜，多有冻死于此。山中有路，通云南界。”[①]吴崇光《川藏哲印水陆记异》曰：“第三十七站住瓦合寨。此站路长山多，须四更时候起身，走二十里至恩达塘。天尚未明，天气严寒。……仍上马由山沟而上，即瓦合山，此山两顶，第一顶系平坦，一望无涯，周围百余里，风大如刀割面，第一山顶共四十里；第二山顶亦四十里，由顶而下，见前面有松林，即近瓦合塘矣。又十五里抵瓦合寨，有将军庙一座。”王世睿《进藏纪程》曰：“又五十里而至瓦河山，按此山为西域第一雪山，五峰绵亘，高插云霄，由深涧近山脚历坡而上，大雪弥漫无涯涘，至二峰，路傍有海子……登绝顶，昂首四望，雪连天，天连雪，草树土地，窅无其形，南北东西几于莫辨，即严岫烟云，亦在迷离间矣。遄行至山尽处，驰长坂而下，入松林，渡山溪，共计程一百二十里而至瓦合蛮寨宿焉。凡往来过此山者，必于一更时造饭，二更时起行，口含槟榔，或粉草，或阳起石以避阴寒之气。乘坐者，时骑时走；步行者，两足毋得停歇，夜行令蛮夫多备火把引导，务于亭午趱行至山之尽处，盖足不动则冻冽坠指；无火把则鬼怪迷人，至日午则寒风陡发，雪径皆迷矣。又必于第二架山岫内熬茶或烧酒饮之，但禁人从万万勿以手足近火可耳。”[②]《清史稿·地理志》记“瓦合山”曰：“类伍齐西南有瓦合大山，山大而峻，冬春积雪。”[③]瓦合山与丹达山一样在清代中叶以来即

① 见《西藏记》(下卷)，第 54 页。
② 见《川藏游踪汇编》，第 66 页。
③ 见《清史稿》，第 616 页。

被视为神山,《清史稿·礼志(二)》曰:“自仁宗迄德宗,封江南、湖北、山东、台湾、安东、江神、汉神、海神,黄陂木兰山,西藏瓦合山、四川峨眉山神,皆以时肇封或崇祀。”[①]瓦合山神祇据传为清康熙五十九年征藏时为国捐躯的云南某总镇。关于此事的记述颇多,但以现藏于国家图书馆,刻于清光绪三十二年(1906)的《瓦合山神记》拓本之载录最为详备:“藏东南类乌齐地有瓦合山,为滇川入藏必经之道。五峰绵亘,高耸云中,怪石楂岈,鸟兽绝迹,冬春积雪深厚,一望白连天际,矗记标竿。惟恐失足陷雪窟,往来者如衔枚夜走,戒勿出声,违则阴霾四合,雪雹骤至,昤昤白骨目击心伤,不知冻毙几多行人矣。……我朝康熙五十九年,适卫藏多故,征兵云南,总镇某公率弁兵五百余人,会战行次瓦合山,支帐屯营,……是夜,大风雪,人马冻压尽僵。后人敬佩其忠勇,建祠山麓,……光绪八年,前驻藏大臣石友留守色楞额,请于朝廷,敕封“翊化将军,列入祀典,祭享春秋。”其它如林儁在《由藏归程记》中说:“至瓦合寨,由此上山,虽不甚险陡,而道路绵长,有乾海子一处,闻当年总镇带兵驻此,会大雪连宵,官兵五百余名尽行压毙。”范铸《三省入藏程站记》述曰:“瓦合山一作瓦和,二十里过山顶,山高峻百折,上下百里,无饮烟,山上海子烟雾迷离,有望竿,合周天之数,矗立于土台之上,如大雪封山时,必籍为标记,过此戒弗出声,否则冰雹立至,山中四时俱冷,鸟兽不至。”再比如《西藏记·山川》记曰:“瓦合一柱拉,不甚陡而路险难行,一连四山相接,绵长百六十里,四时积雪,有深数十丈之窖,行其上,愁云瘴雾,日色惨澹,鸟兽藏迹,别是一天风景。按康熙五十九年,云南官兵三百余员名,至此山下劄营,一夜风雪,人马尽僵。离洛隆宗四日,过脚山,路陡积雪,绵长五十里,有烟瘴,离瓦合一柱拉三日,过山至昌都二日,乃川、滇、西藏、三界之中,最为重地。西河环抱左右,有大木桥,东走西川,南达云南,西通西藏,北通青海,乃扼要之区。”[②]松筠编撰《卫藏通志》与《西藏记》除个别词句略有差异外,其大意基本吻

① 见《清史稿》,第627页。

② 见《西藏记》(上卷),第18页。

合，兹不赘述。通过上举各史籍，我们约略知晓瓦合山的形胜特点。

杨揆的《瓦合山》以形写神，诗人在大气盘旋的山形绘摹中揉进军旅艰辛的心理体验，以及山灵神光离合的种种奇幻景象，遂使长诗充满了丰富的浪漫气息。《瓦合山》与《丹达山》《昆仑山》前后相映，成为清代藏游山水诗中鼎足而立的精品。

《瓦合山》而下，杨揆的藏游山水诗因行程而渐近尾声，其诗风与诗韵亦随地貌地形的渐次缓和变得清俊舒放，奇秀明艳，于群峰迭起，奇石倒生的缝隙中透出一线令人欢快愉悦的和煦之光。如：“悄悄日西下，溅溅水东流。……淡月一回照，千峰影如浮。”（《嘉裕桥》，诗人自注：属察木多）“绕涧繁杂花，列岫荫嘉木。……朝光明滉漾，负暄使心足。”（《巴塘》。诗人自注：时驻土司官寨。）“劖天起叠嶂，奇石皆倒生。……飞瀑相交流，斜照半壁明。……轩然列屏障，粉本如天成。荆关笔不到，奇秀徒峥嵘。”（《奔叉木》，诗人自注：距巴塘四十里，气候极寒，与巴塘迥别。）“言过里塘来，山势渐趋下。拔地起巉巖，犹足匹嵩华。……绝壑声琮琤，冬冰未全化。……縈白罥殷红，被径足娇姹。……指点祝晚晴，斜阳漏云罅。”（《高日寺山》，诗人自注：在里塘东北）“层坡走逶迤，乍喜断冰雪。……苍苍暮云横，澹澹空烟灭。饱经穷荒道，视此培塿列。”（《折多山》。诗人自注：自前藏至打箭炉，相传有大山七十二，到此进口矣。）以上连点成线，可以反观诗人由藏回川的旅程，其间欣悦忧愁全从这些诗作里流泄而出。嘉裕桥，又曰驾驭桥，今作加玉桥，地近硕般多、洛隆宗，横跨怒江上游，为交通要道。《西藏记》曰：“驾驭桥，……两山相夹，一水中流。”诗人记曰：“属察木多”，察木多，即今昌都，因地界藏东南，交通川、滇、青、藏，故而桥梁颇多，《西藏记》记曰：“昌都汛，即察木台，……古名曰康。此地乃西藏、川、滇三交界，南通猓猓生番，北通西宁、玉树、纳克书等处，二水围绕，过北河路通四川，为四川桥；；过南河，路通云南，为云南桥。自巴塘至此一带，夷情最顽，……上、下瞻对，夹坝出没其间，抢夺行人，路通各郡番境，丛山峻岭，滨临河浒，地势高下两台。”[①]过“嘉裕桥”，诗人修远的“归路”便可进入川西，

① 见《西藏记》(下卷)，第53页。

故而“嘉裕桥”一带自然风光在诗人写来就比登临险峻的雪山要舒放轻快得多：千峰照影、一桥如虹、“溅溅”水流、“悄悄”落日，这一切构成了一幅极美的高原夕照图。巴塘，为川、藏交界之大驿站，范铸《三省入藏程站记》曰：“其地沃野千里，水泉环绕，日丽风和，豁人心目。”《西藏记》亦曰：“巴塘台，宿站，地方辽阔，沃野千里，东接瓦述、里塘，南连滇省结党中，北至瞻对、桑昂邦、德尔格或等处，西抵南墩，与西藏剖界。……地方温暖，出各种瓜果，产葡萄核桃为最，与内地无异，但夷人不蓄五谷。”[①]巴塘界限川藏，地势平坦，土壤肥沃，是一处特产丰饶、风光宜人的宝地，杨揆留驻巴塘，但见“新绿”满目、“杂花”生树、“列岫”苍翠、溪流如镜、开轩见山、“朝光”“滉漾”，一片春尽夏至的勃然生机使他意满“心足”，留恋忘返。奔叉木，又称崩察木，其地道路险阻，荒无人烟，杨揆行走在“劖天起叠嶂，奇石皆倒生”的险偪山径上，心中毫无畏怯凄寒之意，相反他把“奔叉木”一带奇石插天、飞瀑倒激的景致放置在刚劲奇崛的背景下，通过光、声、色等交替辉映的艺术手法，将其营造成一副“荆、关”笔下“粉本”“天成”的具有高远意境的自然画卷。里塘，与巴塘相距五百四十五里，亦是川藏途程中一大驿站，在《里塘》的小序中，杨揆说了这么一句话：“其地多夹坝，行旅苦之。”“夹坝”乃藏语，意为抢劫，又代称以抢劫为生的当地野番。关于里塘一带“夹坝”出没的情形，史料多所载录。范铸《三省入藏程站记》曰：“一百三十里至西俄洛，过鸦龙江，上山行三十五里，过麻盖中，一作麻盖宗，……此站路险远难行，且多夹坝，……四十里过波浪工一作博浪工，汛设有驻防塘铺，以防夹坝强盗也。……四十里至咱马拉洞，林深谷邃，夹坝最多，……五十里至里塘。自打箭炉至里塘六百八十里。……一百五里至喇嘛丫，头塘之地。……四十里至干海子，又过烂泥坝及虎皮沟，上山下岭，盘旋五次，大石森立，横梗道途，树木交遮，流泉千匝，均系夹坝出没之处。……由山凹中行五十里，过空子顶，有塘铺，山峻，亦夹坝出没之处。……四十里至普拉，有人户，……此地多黑帐房，番民

① 见《西藏记》(下卷)，第52页。

多为夹坝，行旅戒心。”[①]《西藏记》则将“夹坝”分布情况载述得更具体：“六十里上漫山，至头塘宿站，番名额凹奔松。……上凹口乃一海子，其大无比，路通瓦述、瞻对等处，乃夹坝之总汇，或上或下，伏在山丘之间，此去有黄土岗、虎皮沟等处，均系夹坝行劫之处。……大翔塘，……地居沟口，天气稍煖，惟山路崎岖，有烟瘴，亦夹坝出没之区。……长坝冲，腰站，一名小坝冲，……此亦夹坝出没之区。……四十里至工喇塘，向西北进沟，上山，山凹中路通桑昂邦、炅卡石一带，乃夹坝出没之所，产葡萄核桃。过凹，共计六十里，至空子顶，宿站，过大山，上下七十里，亦夹坝出没之所。至蟒里塘，……此亦夹坝出没之总路。……过漫山六十里，至江卡汛，……此一带仍连桑昂邦，番夷刁顽莫制，多放夹坝。……至乍了(丫)汛。……夷人性顽不纯，惯于抢劫。……昌都汛。……自巴塘至此一带，夷情最顽，又有桑昂邦、官角、上下瞻对，夹坝出没其间，抢夺行人。”[②]通过上述典籍所载，我们即能看出，川藏一线不仅山川险阻、天道艰辛，而且还“夹坝”猖獗，人祸频发，给过往行旅造成轻则财产，重则性命的威胁与伤害，据载，“夹坝”肆虐时，连往返的朝廷官员及军兵都不能幸免。乾隆年间因川康，即里塘至巴塘一带“夹坝”祸害甚烈，朝廷对其用兵不断。杨揆的《理塘》一诗以景写情，通过“边草无春姿，边云无霁色。原野渺冥冥，长空郁深黑。……其水尚流沙，厥土未宜麦”的山水形貌和自然状态的绘摹，顺势引出“番性矫不驯，驰骑岸虎贲。经年事剽掠，雄长角以力。王师唱凯来，群慝且潜匿。伏莽终可虞，倾耳防鸣镝”的忧虑和感叹。里塘一带不宜耕稼，所以少数民族常年以角力为“雄长”，“剽掠”过往行旅成了他们生存的重要手段。当征藏大军“唱凯”经过此地，其“群慝”隐然“潜匿”，但“夹坝”“矫不驯”的性格与“岸虎贲”的凶悍还是给诗人带来心理阴影。杨揆对“夹坝”的忧虑是深远的，且有一定见识，终清一代，康藏的治安一直未能绥靖。高日寺山，又称高耳寺山，《川藏哲印水陆记异》曰：“高耳寺山，极陡，难上易下，沿途积雪未化。”《三省入藏程站记》曰：“三十里至高日寺，循海子而

① 见《川藏游踪汇编》，第424—426页。

② 见《西藏记》(下卷)，第52—53页。

南。自高日寺下坂至卧龙石，一路深林邃壑，四周壁立万仞，古木槎枒，刺柏垂松，奇崛万状。即随地松柏，高不盈尺，而虬枝蟠屈，亦数百年物也。”《西藏记》曰：“过俄松多桥，四十里至东俄啰，进沟，约四十里上高日寺大山，路陡。深林密箐，并无人烟，一片荒凉，山凹中有喇嘛寺，名高山寺，其山亦因之而名。冬春凌大雪深，多有迷失路径，单骑难走。”[①]杨揆过“深林密箐”“凌大雪深”的高日寺山时为春末夏洎之日，故而在他的笔下，高日寺山处处呈现出花团锦簇、清溪淙淙的郁怒生机，读其诗，仿佛把人带到了一个姹紫嫣红开遍，晴岚夕照如醉的人间仙境。折多山，地近打箭炉（即今康定），林儁《由藏归程记》曰：“过上折多，山势高峻，积翠凝芳。借榻一宵，行五十里，即至打箭炉。”《西藏记》曰：“出南门（指打箭炉南门），走拱竹桥，顺沿山而上约二十余里，上顶，名折多山。虽高不甚陡，秋冬积雪如山。”越过折多山，即进入打箭炉，打箭炉是川藏的分界处，如《西藏记》所言：“地为中华之极西，西夷之极东。乃明正土司住牧处。寒冷异常，三山环绕，二水并流，相传武候于此造箭，其匠人郭姓，所乘一羊已仙去，有庙在炉，形容古怪，夷人敬而畏之。”[②]《清史稿·地理志》曰：“康定府：要，隶康安道。明，长河西、鱼通、安远宣慰司。康熙初，明宣慰司以地归附，雍正七年，移雅州府同知来治，置打箭炉厅，仍隶雅州府。光绪三十年，升直隶厅，三十四年，升府，改名康定，隶康安道。……东南：大雪山。东北：郭达。西南：折多山，为入藏要道。”[③]打箭炉因地利之便，所以商贾辏集、行旅不绝，其俗以番族为主，是川藏线上一等一的繁华之区。故而杨揆在翻越折多山时，面对“层坡走逶迤”、“千岭争凹凸”的艰险崎岖之境，不但没有表现出丝毫畏怯或忧虑，相反他愁云一扫，心情如旭日初升，流云飞走，陡然产生“得得马蹄轻，线路任旋折”的轻快愉悦之情。

杨揆历经艰辛，他的藏游军旅山水诗终于戛然而止在《飞越岭》的一唱三叹中，给人留下永久的心灵回声：“凌晨过清溪，迎面耸崖

①② 见《西藏记》(下卷)，第 51 页。

③ 见《清史稿》，第 557 页。

崿。……岿然峻岭存，拔地上寥廓。艰危扳石磴，百折势磅礴。……其巅尤峻嶒，虹栋构飞阁。……我欲图真形，放笔写岩壑。缥缈无端倪，方壶定惭作。”飞越岭，又称飞越山，地界番汉，为中华西南之保障。《读史方舆纪要》曰：“飞越山，所（黎州守御千户所）西北百余里。山高险，两面与羌、戎接界，为沉黎西境之要害。唐飞越县以此名。”[①]《西藏记》曰：“飞越岭，陡峻过于柑岭，终年积雪飞霜，下视层云，如在天际，山顶中有隘，古刹，关帝庙。过隘，即下山。”飞越岭，清代属清溪县，其山势陡峻，林深路险，界隔华夷，因此杨揆在盛赞山川形势的前提下，一语双关地点出飞越岭锁镇西南、屏障中华的战略地位：“莽莽控番夷，天然设扃钥。西陲倚屏障，造化非苟作。……丛灌走魑魅，穹岫啸猿玃。平生跳荡心，顾盼成骇愕。”

杨揆的卫藏军旅山水诗体制庞大，内涵丰厚，其波澜壮阔犹如浩浩江河自崑崙而来，令人生惊心动魄的震撼感。除上述各篇，杨揆值得回眸一顾的卫藏山水诗篇还包括：《穆鲁乌苏河（诗人自注：俗名通天河）》《马上口占（四首）》《星宿海歌（诗人自注：即火敦脑儿）》《番地杂诗八首》《彭多河》《官军至前藏作》《定日》《渡藏江》《禄马岭（诗人自注：在藏东，属江达汛）》《边坝（诗人自注：一名达隆宗，在拉里东南）》《鲁工喇（诗人自注：属达隆宗）》《黎树山（诗人自注：属昂地汛，每行旅经过，辄有冰雹）》《竹巴笼（诗人自注：属巴塘，由此渡金沙江，水势甚大，番人以皮船济渡）》等。这些诗篇或长歌吟啸，或短章低唱，写遍了青藏、川藏一带高原殊异的山川风光，以及民族风情，给人美不胜收的感官享受和心灵愉悦。限篇幅，不一一简析。

“书生若个凌烟画，偏逐沙场老将行。”（《马上口占》其一）“回首重城思不禁，清笳吹遍助悲吟。”（同上，其二）清代开疆扩土，使四至八陲的疆域得以空前延展和巩固，在那些激壮正义的民族保卫战中，不但确立了国家的主权地位，而且还历练了一批才学兼优、人格彪炳的文人雅士，翻拣清代巩固边疆的战争史料，总有一串闪耀光华的诗界才人如晨星般赫然跃入我们的眼帘，正是这些才士的深度介入，才

---

① 见《读史方舆纪要》，第 3426 页。

使清代历次的民族战争呈现了多姿多彩的诗意画面。杨揆以一书生的身份而执掌征藏大军的文案，在烽火连天的岁月，他和主帅福康安结下深厚的友情，由此足以考见杨揆的卫藏军旅山水诗不是一般文士的泛泛而谈，相反，是诗人的豪情经战火的淬砺后由心间流淌出的血泪呐喊！

在清代以前，中国古典山水诗没有卫藏，甚至康藏山川的踪影，自清代诗人出现，才从题材上填补了中国古典山水诗领域卫藏山水诗缺席的空白，这是清代诗人在大国气象的背景下为中国古典诗国创造的辉煌，其丰功伟业，超佚前朝各代。杨揆的卫藏军旅山水诗在清代写卫藏山川的诗人中，不算是最早的，此前有杜昌丁、允礼等，同时代有孙士毅、松筠、和瑛等，此后有文干等，但杜昌丁康熙五十九年因送蒋陈锡入藏而脚步至于滇藏交会的"雪坝"，允礼雍正十二年奉命"经理达赖喇嘛驻藏"事宜而仅到"惠远庙"；孙士毅奉命由川入藏，督运粮饷，后又会商善后藏事，逗留日久，其藏游诗题材宽泛，内容丰赡堪比杨揆，但杨揆自青海入藏、从四川出藏，其所经历远比孙士毅丰富，且杨揆亲历驱廓保藏的激壮战争，在描写战斗的真实细腻方面，孙士毅远非其匹；松筠、和瑛分别于乾隆五十九、五十八年受命任驻藏大臣、西藏办事大臣，其藏游山水诗多以巡阅地方、劝喻边民时所作的游赏类为主，且数量大逊杨揆、孙士毅。文干，嘉庆二十五年任驻藏办事大臣，著《壬午赴藏纪程诗》，从时间上晚于上述诸人。就此类比而言，杨揆的卫藏军旅山水诗虽然不是清代最早，但却是最全面、最详尽，且最激情地绘摹雪域高原迥绝风光的杰作佳构。它是诗人的才情和军旅的激情相融的产物，是自然风光和人文历史交互辉映的结晶，因此也是无法替代的史料价值和美轮美奂的艺术价值完美结合的文学瑰宝。评价清代山水诗，杨揆及其同时代诗人们用心灵唱响的这一曲生命赞歌当之无愧地成为中国古典山水诗交响乐中的最强音！

第五节 “山蟠太古苍茫外，人在凌虚缥缈中”

——顾彩与《容美纪游》

说到常州诗群，尤其无锡诗人的山水诗，除却顾光旭、杨氏双雄，有一个诗人是万万不能被忽视并遗忘的，那就是备受孔尚任推重，与孔氏合作完成著名传奇戏剧《桃花扇》和《小忽雷传奇》的梁溪诗人顾彩。顾彩因设馆于曲阜衍圣公府，故深得孔氏家人，特别孔尚任敬重，终孔尚任一生，其与顾彩的交谊从未淡薄，在孔尚任处于低迷的时刻，支撑他精神的础石便是与顾彩等一班同气相求的友人的深厚友谊：“今日同人世外逢，迎阳景物不知冬。……渐觉名心如佛淡，顿教老兴入诗浓。远公社里分题去，簪笏悠然别是胸。”（孔尚任《长至日集观音庵，同顾天石、林桐叔、王汉卓、陈健夫、李苍存论诗联社》）[①]“正是津亭看柳条，送君何处不魂消！……相思只待归帆说，此地从来雁寂寥。”（《踏青日，送顾天石之潮阳》）[②]“难招燕子来堂上，尽教杨花到鬓边。书理存疑常折角，诗题待改未誊篇。如何咫尺艰良会，阻绝桃源似旧年。（诗人自注：天石入桃源洞，去年始出）”（《柬顾天石》）[③]从分题赋诗的欢会，到折柳送别的依恋，再到怀人不见的怅惘，在在见出孔尚任与顾彩间淡然如水的君子深情。

康熙四十二年（1703）冬尽，因孔尚任的介引，受容美土司田舜年之邀，顾彩始作容美之游，一生酷嗜游历的顾彩面对鄂湘交界的那片神秘山川顿时魂飞魄动，他把这次惊魂一刻的游历蒐集成册，就有了独步清代山水诗坛的《容美纪游》。论说清代山水诗，顾彩及其《容美纪游》是非得一说的。

---

① 见《孔尚任诗》，科学出版社 1956 年版，第 247 页。

② 同上，第 248 页。

③ 同上，第 296 页。

一、顾彩的生平和诗歌创作概述

顾彩(1650—1718),字天石,又字湘槎,号梦鹤居士,江苏无锡人。为顾可久,即洞阳公七世孙,其父顾宸(洞阳公六世孙)是东林党的中坚人物,南明时与同里陈贞慧等列名《留都防乱公揭》,顾光旭是其族侄辈。关于顾彩的生平,史传载录颇鲜,从顾光旭《梁溪诗钞·顾彩小传》中,我们大约可知:"顾明经彩,字天石,号補斋,选贡生,修远公(顾宸号修远。笔者注)长子,七岁能诗,年十二已裒然成集。修远公交满天下,四方名士至,见補斋公总角负异才,莫不嗟叹,公既贡成均,名噪都下,时方开博学鸿词科,三亲王共欲举公,公深致谦让荐,潘次耕自代至。徐立斋以科举招致之,欲公出门下,公乃曰:嘻,彼不师我,而欲弟我,以弟博第,吾实耻之,且徐氏安得以声利轻天下士耶!绝不往。既而为朱门馆师,小不适,辞去,朱门者惭,曰:吾诚不能客先生,然度诸贵人中,无能礼先生者,乃作书致衍圣公,走币聘延至曲阜,深相得,衍圣公为梓其所著《往深斋》等集。至《桃花扇传奇》则嫁名孔东塘者,公暮年归,穷且老矣,未尝不悔文彩风流,微伤大雅云。"[①]由上引小传可知,顾彩少即颖慧,"负异才",被目为神童之属;出游京师,便"名满都下",受到王公大臣交荐,但顾彩生性孤高傲岸,澹泊科名,不肯轻居人下;后受礼遇于孔府,为衍圣公孔毓圻赏识,孔毓圻对顾彩不但"深相得",而且还"梓其所著《往深斋》等集。"由于顾彩有孔府西宾的身份,且深得衍圣公敬重,所以顾彩与孔尚任相见倾心,此后长达三十年的生命历程中,孔尚任与顾彩诗文唱和,声气相投,不管是扬州,还是京师,无论是聚,还是散,孔、顾之间的默契一直延续到他们生命的尽头,也许是命运的巧合,孔、顾虽非同年所生,但却同年所逝。依顾光旭小传所言,著名的传奇剧《桃花扇》乃顾彩"嫁名孔东塘者",此说未必确实,但作为同时代的同族晚辈,顾光旭亦非信口臆断,至少《桃花扇》的创作有顾彩的鼎力相助和深度参与。顾

① 见《梁溪诗钞》(上),江苏凤凰出版社 2011 年版《无锡文库》第四辑,第 516 页。

彩精通音律，对传奇创作情有独钟，他与孔尚任合作完成传奇《小忽雷》，又改编《桃花扇》为“令生旦当场团圆，以快观者之目”（孔尚任《桃花扇本末》语）的《南桃花扇》。除此，顾彩还有《楚辞谱》、《后琵琶记》等传世。《桃花扇》一经上演影响甚巨，连僻处十万大山包围中的容美亦对之狂热不减，田舜年就是通过《桃花扇》传奇才与孔尚任建立了倾心相慕的神交关系，顾彩也是因了《桃花扇》的缘分才得以进入那个世外桃源般的人间秘境。就容美搬演《桃花扇》的盛况，孔尚任和顾彩均有诗文记述：“楚地之容美，在万山中，阻绝人境，即古桃源也。其洞主田舜年，颇嗜诗书，予友顾天石有刘子骥之愿，竟入洞访之，盘桓数月，甚被崇礼。每宴必命家姬奏《桃花扇》，亦复旖旎可赏，盖不知何人传入，或有鸡林之贾耶？”（孔尚任《桃花扇本末》）[①]“鲁有东塘楚九峰，词坛今代两人龙。宁知一曲桃花扇，正在桃花洞里逢。”（顾彩《客容阳席上观女优演孔东塘户部〈桃花扇〉新剧》）[②]不但《桃花扇》在容美受到田舜年推崇，而且顾彩的《南桃花扇》亦得到当地土司的追捧，顾彩的《云来庄观女优演余〈南桃花扇〉新剧》曰：“唱罢东塘绝妙词，更将巴曲教红儿。……生香口颊歌逾媚，满泛金樽赏一卮。”（《往深斋诗集》卷六）从“《桃花扇》新剧”和“《南桃花扇》新剧”被同时上演的背景可以折射出孔尚任与顾彩间特殊的诗友关系，以及他们在戏曲上高度默契的合作关系。另外，顾彩有《题孔东塘〈桃花扇〉剧本歌》，对《桃花扇》一剧所蕴含的大义颂扬备至，其中结尾有句曰：“请看冠盖皆女子，只有蛾眉是丈夫。”

关于顾彩的诗歌风格，前人探讨不多，沈德潜《清诗别裁集》录其《梅花驿》一首，只简单介绍诗人名号、籍贯，余无多言。其它清诗刊本，诸如徐世昌的《清诗汇》等均无载录，可见这是一个被诗史尘封的人物。即使顾光旭的小传只约略提到：“公暮年归，穷且老矣，未尝不

---

① 〔清〕顾彩撰、吴柏森校注《容美纪游校注 · 附录》，湖北人民出版社1999年版，第375页。

② 《往深斋诗集》卷八，见《无锡文库》第四辑，江苏凤凰出版社2012年版，第268页。

悔文彩风流，微伤大雅云。”顾彩逝世的时间比顾光旭降生早十三年，所以顾光旭对顾彩晚年自悔“文彩风流”而“微伤大雅”的评价显系间接得来，尽管如此，顾光旭的评述还是给我们提供了两点信息：一是顾彩的诗文讲律法、讲文彩，有铺陈排比、雕琢彩绘之美；二是经历风霜之磨砺，顾彩更加关注诗歌咏情言志的社会功能，他把传统诗教的“大雅”之旨贯穿到晚年的创作中，使其诗歌风貌在唯美的基础上向质实醇厚嬗替转移。关于前一个特征，待后文略叙，此处先看顾彩有“大雅”之义的现实主义风格。

顾彩生活的时代是清代社会奠基并转型的大动荡时期，尽管清王朝在这一段时间有荡平海内、稳固国基，尤其定三藩、取台湾、安卫藏、收西域的莫世之功，但明末清初的民族矛盾和战乱给人民造成的种种灾难还是让生活在这个时代的有志之士产生了强烈的悲慨与悲悯之情。顾彩从童年就目睹了江南人民为恢复大明而进行的多次反抗行动，以及清兵镇压江南反清活动而施行的诸多暴行，中年后他游历四方，亲身体验了连年战争给广大民众及其中国社会造成的深重灾难，将这些家国不幸与民间苦难凝结成诗，便有如《沙岸行》《战后行》《鬼马行》《悲哉行》《关山夜雨》《筑堤行》《老坝口》《广陵谣》《过吴淞一带目击水荒赋得不看秋草自伤魂》等一系列乐府体篇章，其中因战乱、赋税、灾荒给人民带来的各种苦难均得以深层再现。顾彩反映社会现实，悲悯生民流离失所，揭露社会阴暗的诗歌风尚上承汉乐府、杜甫、白居易，下续明末清初诗人，特别遗民诗人直面淋漓鲜血，敢于摅写个人心志的“大雅”传统，且将其进行推宕延伸，赋予新的内容，就更具催人泪下的艺术效果。现以《庚申春日记所见》为缩影，来反观顾彩现实主义诗歌的艺术特征：“江南何其悲，草木不容长。萌芽才发生，已为饥民飨。……强半枯瘠儿，形骸肖魍魉。……渐渐二麦秀，今岁庶丰穰。存者或得餐，死者魂已往。如何催科吏，程限不暂爽。鞭挞鸠鹄民，驱令供军饷。……苦役弥乾坤，蒸黎在罗網。反羡死者安，无肤受笞杖。……遭逢大洗涤，乐土逝安放。……美哉糟糠味，其甘若熊掌。垂涎苏武毡，庶与妻儿享。荒原万鬼哭，落日众山响。犹有劫余人，含冤述惆怅。”《庚申春日记所见》以五言古体的形式，一唱三叹地把江南“饥民”悲惨痛苦、生不如死的生活场景真实地呈现给世人，其音声低回、悲情如诉，令人生不忍卒读的凄怆感。就诗歌书写艺术看，诗人基本采用纪实的笔法，通过对比、反衬等表现方式史诗般地再现了清初社会生活的阴暗面。“庚申”即康熙十九年（1680），据载自康熙十八年以来，江南地区遭受了不同程度的天灾：“十八年正月，苏州飞蝗蔽天；夏，全椒蝗。”[①]又“十九年正月，苏州大疫，溧水疫；八月，青浦大疫。”[②]“十八年春，满城旱；四月，杭州旱，黄安、罗田、宜都、麻城、公安自五月至八月不雨，大旱；苏州、昆山、上海、青浦、阳湖、宜兴大旱，溪水涸；……七月，合肥、庐江、巢县、无为、舒城、当涂大旱。”[③]上述灾祸，被顾彩用纪事的笔触勾画出来，顿让锦绣江南翻成人间地狱，其中最可怕的不是天灾，而是“催科吏”无情地对劫后余生的“蒸黎”的鞭笞与逼迫。在天灾面前，尽管“形骸肖魍魉”的饥民痛苦不堪，但他们掩埋了“死者”后还有生的希望：“渐渐二麦秀，今岁庶丰穰。存者或得餐，死者魂已往。”在人祸当前，那些灾后余生的“鸠鹄民”被“催科”的官吏无情“鞭挞”、肆意“驱令”，其生存状态陷于叫天不应、呼地不灵的人间绝境，在这里诗人运用反复对比的手法，深刻展现了江南人民“含冤述惆怅”的悲惨画面，由民生的艰辛，更让人坚信“苛政猛于虎”的至理大道。顾彩作为人格独立的自由诗人，他关注的目光一直徘徊在受侮辱、受损害的黎民身上，他以儒者仁与义的情怀创作的现实主义作品将永久地成为那个时代的影像，给后世提供深沉思考的珍贵史料。

顾彩生当顺康之世，其情落落，其志磊磊而其性孤高，与他交往的多是当世逃名江湖，隐于市井山林的高洁之士，他们声气相通、性理相闻，在滚滚红尘中彼此保持着一瓣孤芳自赏的心香。除了前述孔尚任等诗中挚友外，顾彩与吴中诗界奇才叶燮交情也极为深厚，在赠叶燮的诗中，他对二人淡泊名利、鄙弃功名而率性为诗的独异人格

---

① 见《清史稿》，第 381 页。

② 同上，第 385 页。

③ 同上，第 400 页。

进行了反复阐释："能耐寂寥成隐吏，不关荣辱是奇男。"（《中秋后三日过叶己畦二弃草堂用十三覃韵四首》其一）"追随坛坫互骖驔，违俗诗文太觉憨。……休道渭城容易唱，旧人如我亦何戡。"（同上，其四）"鹿门峰断似天劖，傲吏归来且避谗。石隐有瓢何用挂，金人无口不须缄。……多少终南名利客，秋阳方拟晒朝衫。"（《再赠已畦用十五咸韵》）诸如此类赠答唱酬的抒怀之作在《往深斋诗集》里随手可拈，只有读懂了顾彩心灵的人才能与其长相厮守、彼此激赏。正如为顾彩编辑《往深斋诗集》的孔子第六十六代嫡长孙袭封衍圣公的孔毓圻所言："顾子之行甚踈，迹甚远，若海鸿之冥冥焉，乃不肯旦夕弃予，则余与顾子之臭味可知矣！……盖天石之行甚疏，迹甚远，虽能承其家学，每不屑屈志乡相，以乞援引，又不屑狎比其友，以标声望。一登蹇驴，则风尘万里；一入扁舟，则烟雨经年，落落穆穆，自游自息，谁复记忆天石者。其所著文辞大都水村山店，萧寺旗亭，与渔樵落拓之士相问答者。然举天下之风俗形胜无弗识也，举古今之人物事变成败利害无弗悉，而应世之经权无弗通也。""知其诗不同于今人之诗也。今之取贵显者，其所为诗亦不过以帖括之意为之，取足应酬而已。岂若我顾子之诗，立旨深，取材精，缘境发情，缘情别体，汉、魏、唐、宋无所不兼，而琢辞镂藻，则高若奇云，妙若异卉焉。"（孔毓圻《往深斋诗集·序》）[①]出于对顾彩诗的激赏，孔毓圻刊印《往深斋诗集》的目的就是要让"旨深材精，词高意妙"的"顾子之诗"与"当世之取贵显者"一道"拔帜登坛"，以传之久远，进而各领诗界风骚。顾彩特立独行的人格和诗品虽然没有引起清代诗坛的关注，但孔毓圻父子对他的赞誉赏识确给这位寒士式的诗人以无可替代的慰藉，孔传铎（1673—1732，字振路，孔毓圻长子，雍正元年袭封衍圣公，曾从顾彩问学）在《往深斋诗集·序》里评述道："天石以南国衣冠之后，声名满尘寰，足迹遍海宇，襟怀卓荦，度越平流。……人有讥其负盛气，矜名节，蹈疏狂，白眼傲世而不乐为世用者，而余之重天石者正在此也。……世之名公钜卿能物色天石，而不能深知天石者，余反得快其独得矣。"

---

① 见《往深斋诗集》卷首。

顾彩不但是一个有悲天悯人情怀的现世诗人，而且还是一个充满浪漫想象的超现实诗人，他对自然抱持崇尚的心态，从少至老一直沉浸在乐山乐水的精神世界，他曾自我宣称：“少小尚奇古，平生足劳惫。逢山耻不登，遇石辄思拜。”（《登岱》）由于诗人有“生平耽丘壑”（《仙霞岭》）的烟霞之性，所以他一生游思勃发，游踪广远，“二年经六省，芒鞋耐趋走。”（《纪游篇》）北游齐鲁、两淮、京师，东游武夷、仙霞，南游粤赣、匡庐，中游江浙、皖鄂，凡所历之处，皆有诗以志其喜悦之情、山川之美，举其要者有：《登岱》《仙霞岭》《纪游篇》《登虞山》《登皃山》《秋日枝江观涨》（以上五古）；《登大别山》《溯汉川》《严子陵台》《建宁道中夜泊》《泊铜陵》《次九江》《南海顺德县伏波桥》《观音崖》《弹子矶》《登富阳观山望严子陵钓渚》（以上五律）；《登吴陵静海楼同黄交三作》《涟水八景（分咏涟水八处人文景观）》《宿瓜洲息浪庵夜望金山》《泊界首》《会稽山》《苧萝村》《延平晚秋》《黄河夜泊》《过赤壁》《石门山》（以上七律）；《游济南城南千佛山三十六韵》《夏夜独湖泛舟》（以上五言排律）；《莫愁湖》《江州海天寺二首》《剑池》《榕城道中》《冉里十景诗》（以上七绝）。顾彩的上列山水诗章词彩华美，音律和谐，意境辽远，充分体现了诗人在词曲创作方面过人的天赋和才华。

二、《容美纪游》的成因及诗史价值

容美，因其地理环境特殊，“在荆州西南万山中”[①]且又是“西南溪峒诸蛮”之一，故虽不象狄、夷、羌人散处中国四陲之地，但他们却在历史上有特殊的地位。宋以前典籍对容美较少明确载录，即使《宋史》、《太平寰宇记》对其叙述亦限于间接而笼统，《宋史・地理志》曰：“施州，下，清江郡，……贡黄连、木药子。县二：清江。中下，有歌罗、永宁、细沙、宁边、尖木、夷平六寨。……建始。”施州，即后来之恩施。《宋史》没有鹤峰，更没有容美的记载，但据历史地图集来看，施州清江县所辖细砂寨与后来的鹤峰辖区一致。容美地处鄂、渝、湘三省市交界，跨宋夔州路和荆湖北路，即施州和高州之境。《宋史・蛮夷》记

① 见《容美纪游》，第267页。

述“西南溪峒诸蛮”时将施州、高州一带少数民族归入其大类，约略概述为：“西南诸蛮夷，重山复岭，杂厕荆、楚、巴、黔、巫中，四面皆王土。……五年(宋真宗咸平五年，公元1002年)七月，高州刺史田彦伊子承宝等百二十二人来朝，赐巾服、器币，以承宝为山河使、九溪十峒抚谕都监。六年四月，丁谓等言，高州义军务头角田承进等生擒生蛮六百六十余人，夺所略汉口四百余人。初，益州军乱，议者恐缘江下峡，乃集施、黔、高、溪蛮豪子弟捍御。……七月，南高州义军指挥使田彦强、防虞指挥使田承海来贡，施州叛蛮谭仲通等三十余人来归。景德元年(宋真宗年号，公元1004年)，高州五姓义军指挥使田文鄯来贡，……四年五月，以高州刺史田彦伊子承宝为宁武郎将；高州土军都指挥使田思钦为安化郎将。”①从《宋史》片断的记录可知，终宋一代，朝廷因“西南溪峒诸蛮”，包括后来的容美少数民族地处“不毛之地”，取之无大益，故而采取以“文教”为主的安抚政策，任用其中“通蛮情、习险厄、勇智可任者以镇抚之。”②容美活动范围大约在宋代施州之清江县，辰州之高州、顺州、保顺州、富州一带。容美独立成为一土司建制，始见于元代，《元史·地理志》“四川等处行中书省”条下对“施州”一带土司有记载：“诸部蛮夷，……散毛洞，……新容米洞。”③容米，即容美的古称。《元史·武宗本纪》载曰：“至大(元武宗年号)三年(1310)，夏四月已酉。……容米洞官田墨纠合蛮酋，杀千户及戍卒八十余人，俘掠良民；改永顺保靖南渭安抚司为永顺等处军民安抚司，以安抚副使梓材为使往讨之。……十一月戍子，尚书省臣又言：‘四川行省绍庆路所隶容米洞田墨，连结诸蛮，攻劫麻寮等寨，方调兵讨捕，遣千户塔术往谕田墨施什用等来降，宜立黄沙寨，以田墨什施用为千户，塔术为河东陕西等处万户府千户所达鲁花赤，廖起龙为来宁州判官，田思远为怀德府判官，赏赉遣还。’皆从之。”④容美正式成

① 〔元〕脱脱等撰《宋史》，中州古籍出版社1999年版，第2246—2247页。

② 同上，第2246页。

③ 〔明〕宋濂等撰《元史·地理志》，中州古籍出版社1999年版，第286页。

④ 同上，第100—102页。

为一级土司官府，应在元末，《元史·顺帝本纪》曰：“至正十年正月壬戌，立四川容美洞军民总管府。”①谭其骧先生主编《中国历史地图集》第七册元代地图在“四川行省”明确标注“容美峒宣抚司”。

明代史籍对容美土司记载明确，但仅限于其行政隶属，而山川形胜、民风土俗则述之不详。《明史·地理志》“湖广”条曰：“容美宣抚司(元容美等处宣抚司，属四川行省。)太祖丙午年(1366 年，元惠宗至正二十六年)二月因之。吴元年(1367)正月改黄沙、靖安、麻寮等处军民宣抚司。洪武五年(1372)二月改置长官司，七年(1374)十一月升宣慰司，后废。永乐四年(1406)复置宣抚司，属施州卫。(西南有山河，即溇水之上源，东入九溪卫界。)西北距卫二百十里，领长官司五。”②又《明史·土司》“湖广土司”条曰：“初，太祖即吴王位，……丙午二月，容美洞宣抚使田光宝遣弟光受等，以元所授宣抚敕印来上，命光宝为四川行省参政，行容美洞等处军民宣抚司事，仍置安慰元帅治之，并立太平、台宜、麻寮等十寨长官司。”③由朱元璋“丙午二月”到朱由检“崇祯十二年(1639)”的二百七十三年间，容美土司一直为明王朝效力，并定期朝贡。崇祯十二年以后“中原寇盗充斥，时事日非”，朝廷已无力顾及土司事务，故此“土司征调不至，亦不能问矣。”④《读史方舆纪要》和《肇域志》限于史料，对容美土司记载极为简略。前者曰：“容美宣抚司，卫东南二百十里。元至正十五年立四川容美洞军民总管府，明洪武四年置宣抚司，寻废。永乐四年复置，领长官司四，隶施州卫。”⑤后者记曰：“容美宣抚司，卫东南二百二十里。领安抚司一，长官司四。山水无考。”⑥相对《明史》，《清史稿》对容美的形胜记载略有增加：“鹤峰直隶厅，冲、繁、疲、难。光绪三十年，

① 〔明〕宋濂等撰《元史》，第 170 页。

② 〔清〕张廷玉等撰《明史》，中州古籍出版社 1999 年版，第 252 页。

③ 同上，第 1443 页。

④ 同上，第 1444 页。

⑤ 见《读史方舆纪要》，第 3867 页。

⑥ 见《肇域志》，第 1873 页。

析荆宜施道为施鹤道，厅隶之。顺治初，因明制，为容美土司，属施州卫。雍正六年，属恩施县，十三年置州，以五星坪、北佳坪益之，属宜昌府。光绪三十年，升直隶厅，属湖北布政司。……东南：拓鸡；东：平山；北：印山；南：天星；西北：巴子山；南：八峰山，有山河，即溇水之上源，东南流，大典河入焉。东北：咸盈河，迳巴东入于清江。有奇峰、邬阳、大崖诸关。山羊隘旧属湖南慈利，雍正时来隶，设巡司驻之，后移白果坪。"[①]《清史稿・土司》"湖广"条记曰："西南诸省，水复山重，草木蒙昧，云雾晦冥，人生其间，丛丛虱虱，言语饮食，迥殊华风，曰苗，曰蛮，史册屡纪，顾略有区别。无君长不相统属之谓苗，长其部割据一方之谓蛮。……在宋为羁縻州，在元为宣慰、宣抚、招讨、安抚、长官等土司。湖广之田、彭，四川之谢、向、冉，广西之岑、韦，贵州之安、杨，云南之刀、思，远者自汉、唐，近亦自宋、元，各君其君，各子其子，根柢深固，族姻互结。假我爵禄，宠之名号，乃易为统摄，故奔走惟命，皆蛮之类。"[②]土司制，是明、清两代利用并辖制境内少数民族，亦即生番、苗、蛮等的一种手段，它让散处"水复山重，草木蒙昧"之区，且"言语饮食，迥殊华风"的"苗"、"蛮"之属，"假我爵禄，宠之名号"，而"易为统摄"，能够在朝廷需要时"奔走惟命"。容美土司，作为西南土司之一，在湖广算是势力较大，地位较高，且受朝廷恩遇较多的土司。《清史稿》叙其沿革曰："容美土司，唐元和元年，田行皋从高崇文讨平刘辟，授施溱溶万招讨把截使，仍知四州事。宋有田思政。元有田乾亨。明洪武三年，田光宝以元所授诰敕诣行在请换，乃命光宝仍为宣慰使。传至田既霖，清顺治间归附，仍授宣慰使。子甘霖袭。甘霖字特云，著《合浦集》，甘霖子舜年，字九峰，受吴逆伪承恩伯敕，后缴。奉檄从征有劳绩，颇招名流习文史，刻有《廿一史纂》。日自课，某日读某经，阅某史至某处，刻于书之空处，用小印志之。有《白鹿堂集》《容阳世述录》。子明如袭职，以放肆为赵申乔劾奏，奉旨原宥。雍正十一年，再为迈柱严参，明如移驻平山寨拟抗拒，为石梁长官司张彤砫催迫，明如自

---

① 见《清史稿》，第546页。

② 同上，第2267页。

尽。改土归流，改司为鹤峰州，隶宜昌府。”[①]关于容美土司改土归流的具体时间，《清史稿·世宗本纪》曰：“十二年，夏四月丁未，湖广容美土司田民(又作“明”)如有罪革退，改土归流。……五月己卯，施南宣抚司改设流官。”[②](顾彩《容美纪游》自注对改土归流时间记曰：“查容美土司后于雍正十三年改置鹤峰州，属宜昌府。”其所记时间比《清史稿》所记晚一年，参阅《清史稿·土司》，施南一带土司基本在雍正十三年改土归流。笔者注)除各类史籍外，有些诗话撰著亦间或提到容美状况，譬如杨钟羲的《雪桥诗话》对其载录颇为详尽：“湖北长乐地在万山，阻绝人境。元以前为蛮荒，明初置土官以羁縻之，本朝雍正十三年，始改土归流。土官多尚武略，容美田氏颇事诗书，以诗名者自九龄始，……田元太初，子霈霖双云、既霖夏云、甘霖特云，相继为宣慰使，均有集。……特云子舜年，尝征江汉名流，辑《二十一史补遗》，日自课，某日读某经，阅某史，至某处，用小印志之。有《白鹿堂集》《欢余吟》《清江纪行》等诗稿。云亭山人谓其每宴客，必命家姬奏《桃花扇》。田泰斗《读九峰公一家言》曰……九峰，舜年号，《一家言》者，田氏家集也。以‘槐穴’句考之，盖作于归流以后，在乾隆初矣。”[③]由上述，可以见出容美土司有这样几个特征：1. 具有一定的政治眼光，能够因时顺变，绝非一般草莽蛮荒所比；2. 虽处万山之中，过着与世隔绝的幽闭生活，但他们照样诗礼传家，以精通经典文史为尚；容美土司不但是一个世袭的土官家族，更是一个诗文传承的文化家族；3. 容美土司经历了由强到弱的发展过程，他们靠联姻巩固了地位，又因姻亲关系触犯了朝廷律令，终至身死国灭。容美土司姻亲中，最有势力的当属后来“以其地置利川县”的“施南宣抚司”。施南宣抚司，元称施南道宣慰使，明洪武四年入朝大明，七年升为宣抚司。清因明制，雍正时，覃禹鼎袭封，禹鼎是容美土司田明如之婿。“有罪辄匿容美，当事以

---

① 见《清史稿》，第2269页。

② 同上，第73页。

③ 见《雪桥诗话》第1079—1080页，《雪桥诗话续集》卷五。

明如之先从征红苗有功，置勿问。”[1]雍正十一年，田明如“以放肆”招致有司弹劾，“十三年，明如被逮，自经死。禹鼎以淫恶抗提，拟罪改流。”最终容美土司改流曰鹤峰州，施南宣抚司改流置利川县。对于容美和施南土司的重要性，《清史稿·土司》“湖广”条作如是评述：“湖广之西南隅，战国时巫郡、黔中地。湖北之施南、容美，湖南之永顺、保靖、桑植，境地毗连，介于岳、辰、常德、宜昌之间，与川东巴、夔相接壤，南通黔，西通蜀。元时所置宣慰、安抚、长官司之属，明时因之。向推永、保诸宣慰，世席富强，兵亦果敢，每遇征伐，荷戈前驱，国家倚之为重。清有天下，仅施南、散毛、容美三宣抚使，永顺、保靖两宣慰使而已。雍正年间，施南、容美、永顺、保靖先后纳土，特设施南一府，隶北布政使，永顺一府，隶南布政使。两府既设，合境无土司名目。”[2]绵延相续的土司制终结在清雍正年间，这既是历史的必然，也是国家走向强盛和大一统的标志。容美土司尽管与其它诸多土司一道，消失在茫茫的历史云烟中，但所不同的是，容美土司可以凭藉一卷“纪游”而让后世撩起她神秘的面纱，认识其狂野但不粗蛮、峻挺而不孤峭、险巇又不失妩媚、豪放且不少幽秀的绝世姿容。

《容美纪游》内容丰富，形式灵活，语言清新，是一部用日记体写成的山水游记。其内容以特指的山川风物为歌咏吟诵的主体，兼及容美的土司制度、民风民俗、特产类属和生活习性。唯其如此，《容美纪游》是对正史的补充，在细节描写方面，《容美纪游》显得更深入、更具象，从而更扎实真切地再现了容美土司制度下少数民族生活的场景，为后代认识并研究土司制度、土家人民的生活风尚，以及土家民族的文化特征提供了第一手鲜活又翔实的史料。就形式来看，《容美纪游》与清代其它纪游类的典籍，比如钱良择的《出塞纪略》、杨宾的《柳边纪略》、张鹏翮的《奉使俄罗斯行程录》相近似，采用的是日记体，亦诗亦文，文以记叙所见所闻，诗以咏歌所感所想，辞情并茂，景情交融，如一道山间溪流，清新婉娈；又似一曲天籁之音，典雅绵远，

① 见《清史稿》，第 2269 页。

② 同上，第 2268 页。

自然而不失华丽。虽然容美山河险阻，隔绝人世，但在顾彩写来却险固幽深、绮丽多姿：“天险山河带砺新，此中蹇蹇有王臣。地非绵谷难通汉，路入桃源好避秦。千载雍熙如太古，四时和煦尽阳春。”(《枝江寄赠田九峰使君》其一)《枝江寄赠田九峰使君》写作于诗人入容美前夕，当时他正在孔氏后人孔毓基的枝江官署。据《容美纪游》，顾彩入容美的成因大体是：“余自十五年前，闻毗陵蒋子玉渊(名铳)，极道容美山水之秀，主人之贤，固已心向往之，然无便往游。癸未(康熙四十二年，1703。笔者注)冬，以事过枝江县，有农部孔东塘先生(名尚任)寄书候宣慰君，而枝江令孔君振兹(名毓基)闻余欲往，颇为怂恿，乃觅司中贩茶者以书附，令持归道欲游意。其人得书，踊跃甚喜，……遂赍书及诗去。”[①]顾彩游容美既是“十五年”来的夙愿，又是友人“怂恿”、举荐的结果，他写给容美“主人”田舜年的诗共两首，前诗极道容美山川险固，久处世外，如“雍熙”宁静的“太古”“桃源”，故能引发诗人“跨鹤”“问津”的强烈欲望。后诗盛言容美人文之美，座上高朋如云，霓裳曲尽、余音不绝；主人雅好诗书，名重当世，诗人怀着渴盼一游的迫切心情，叩问“主人”能否应允客人造访“仙源”的请求：“博望几经通绝塞，谪仙虚拟识荆州。使君倘念嘤鸣谊，许坐蓝舆到上头。”[②](同上，其二)田舜年接到顾彩所寄的“书及诗”，仅一月便派员前往枝江迎顾彩入容美。康熙四十三年二月初四日(顾彩入容美时间虽然《纪游》言“康熙四十二年”，但前文已提到“癸未冬”，故应为康熙四十三年。笔者注)，顾彩正式踏上旅程，拉开他容美之行的神秘幕布。

从枝江到容美，“行无大道，皆山峡樵径”，“冈峦回互”，“人家稀少”，遍地毒虫“虎迹”，在纪行的第一首山水诗里，诗人就描述了行路之难、山川之险的状况：“冒雨褰裳径涉川，四围山色尽苍然。六丁未凿疑无地，一线初开忽有天。丛箐九秋藏虎豹，奇峰千仞碍鸟鸢。”(《山行入松滋界》)在《容美纪游》中，顾彩形容容美的山川形势曰：“在群山万壑之中。然道路险侧，不可以舟车。……其险处一夫当

① 见《容美纪游》，第268页。

② 见《无锡文库·往深斋诗集》，第238页。

关，万人莫入。”[①]尽管山川险阻，道途逼仄，但容美的自然风光奇丽瑰玮，变幻无穷，或“峰回路转，烟雨蔽之，苍莽蓊蔚”如“黄大痴”风烟山水图卷，或“夕阳在山，断虹饮涧，紫绿万状，石壁如靛。远峰为日光所映，皱处色如钩金，俨然在唐小李将军画中。”这种如画的江山胜景，被善游山水的顾彩写来，便如行云流转、烟霞明灭：“一点苍苔一片山，喜逢幽处极跻攀。……黑虎欲来风凛凛，紫花争发涧潺潺。”(《苦竹坪》)“历乱云堆夕照明，梵天难遇是新晴。……野鸟啼时俱有泪，万花开遍总无名。”(《宿罗村》)“山蟠太古苍茫外，人在凌虚缥缈中。……绝怜水宿云眠夜，鸡犬无邻四壁空。”(《南山坡》)“未了前坡更后坡，紫苔凌乱石嵯峨。……野宿燃薪防猛兽，涧行扶杖拨青螺。”(《渔洋隘》)以上所写为诗人自枝江至宜沙所经之村落关隘。苦竹坪，在松滋县西南，其山径迷离，多“竹筱蒙密拂人面”，且“危崖”“陡立百仞”，“烟雨蔽之”，如元人山水写意画。罗村，在清属岳州府之天平所，天平所治在巴陵郡。罗村山重水复，新雨初晴，诗人借宿山家，只见乱云飞度、夕阳如金，野鸟和鸣、万花开遍，一片祥和静谧的“梵天”之气扑面而来，令他心旷神怡。南山坡，为诗人旅途所经一处山地，界罗村、三里坪之间，其地“有佛庙荒颓”于草木丛中，顾彩“踏涧穿林”，举目四望，崇山峻岭，高摩云天，慨然发出：“山蟠太古苍茫外，人在凌虚缥缈中。何暇抚膺悲蜀道，更须磨剑倚崆峒”的感喟。渔洋隘，在五峰县城东北，形势“奇险”，诗人行脚至此，正当“夕阳在山”，四面山色被“日光所映”，金碧辉煌，青绿可爱，宛如唐代著名画家李昭道的金碧山水图。

顾彩入容美，一路观山临水，越岭而来，其途程有几个主要节点：宜沙、南府、中府。如果宜沙是初上旅程的中转点，那么南府即是诗人入容美的小高潮，相对南府，中府则将诗人的容美之行推向了极致。顾彩的容美山水诗主要围绕这三个节点依次展开，由所经村寨墟落为线索，将其纵向串联起来，就形成一幅主线分明、层次清晰而结构完整的容美山水图志。以下按这三个节点，对顾彩的容美山水

① 见《容美纪游》，第267页。

诗进行概述。

（一）序曲：“好山无数不胜看”“何处烟霞停变幻”的宜沙山水诗

经历前期的艰难跋涉，诗人于康熙四十三年二月初十日抵达地处湘鄂之交的宜沙。宜沙是容美通向湘西和荆州的中转站，田舜年在此地建有别墅。《容美纪游》描绘其环境曰：“苍峰削出，当面石纹，旋转如螺，……其道左岩洞明朗，隐隐见其中红墙碧瓦，谓是庙宇，近观则非，盖石色之所变幻也。……宜沙别墅(地属岳州府石门县)其楼曰：‘天成’，制度朴雅，……其前广场可一亩，花竹皆新栽。南环大溪，下通水南渡(属澧州)。水盛时，舟楫可溯滩而上。溪南列岫如屏，茂林修竹，宛如兰亭间也。”①宜沙是田舜年接待顾彩的第一站，在“宛如兰亭”而“苍峰削出”的地方，两个心仪已久的朋友“一见”便“意气孚合，剧谈久之。”对于田舜年盛情相待的挚意，顾彩非常感激，他即刻赋诗曰：“一春花雨冯生铗，两袖烟霜季子裘。……得亲色笑吾心足(《舟车所至》本作“喜”)，况掷瑶笺(《舟车所至》本作“华”)到杖头。”(《至宜沙喜晤田九峰使君叠前奉寄原韵》)②宜沙地势平缓，山色如画，诗人虽然在此处匆匆一过，但留驻宜沙的几天，他或与田舜年溪边漫步，或与容美土著文士吟风赏月，故而宜沙风光在顾彩笔下显出几分恬淡和安谧，且时时露出山间少女般特有的天真与羞涩：“浣手青溪弄急湍，好山无数不胜看。……何处烟霞停变幻，此中风味极高寒。”(《溪上作》)“霁景澄澄暮景鲜，万山擎月上中天。巢空近觉乌雏堕，谷静遥知鹿子眠。”(《和玩月》)“晴如初夏雨如秋，顿觉春光一半休。……湘烟暝透苍萝峡，岭月寒埋古石楼。”(《饮天成楼》)宜沙的溪流清浅、烟霞澹荡、风物节候，被诗人细细叙来，便处处透着清寒幽深的别种风韵。

（二）展开：“倚天孤剑截空青，劈作芙蓉镜里屏”的南府山水诗

宜沙作为顾彩入容美的中转，他在此休整数日后，于康熙四十三年二月十七日应田舜年之邀，“偕游南府。”南府据顾彩所记，在石林

① 见《容美纪游》，第281页。

② 见《往深斋诗集》，第240页。

山，东北距宜沙一百五十里，是田舜年土司正衙以外的衙署，即“外府”，南府之旅使顾彩方始接触到了真正的容美。他从宜沙出发，经麻寮，过大隘关，最后到达石林山，即南府所在地。南府作为田舜年土司署的“外府”，顾彩是这样描述它的规制的：“南府署极雄敞，倚山面溪，前有石街，居民(《舟车所至》本作“民居”)栉比。尽石林山脚，皆阛阓也”[①]。由此可见，南府无论规模，还是繁华程度，均超过宜沙，其市井俨然、宫室“雄敞”，堪为土司繁丽之典范。南府“倚山面溪”，景致清幽，诗人自宜沙一路行来，有时“劈面壁立千仞”，“山翠欲滴”，有时忽见“天开一嶂，山环水绕，如十二翠屏”，令人目眩神迷：“容阳山色倚层霄，屏障天开面面遥。……万重春(《舟车所至》作“烟”，《容美纪游》又作“溪”)水迷征骑，一点烟蓑下野樵。”(《发宜沙》)[②]“破雨冲烟上碧峰，相攀徒旅人(《舟车所至》本作“入”)无踪。群山下视纷如蚁，一柱孤撑矫若龙。巨斧劈天分半壁，丸泥塞口却千峰。”(《上大隘关二首》其一)“倚天孤剑截空青，劈作芙蓉镜里屏。绝顶便应摩列宿，半腰常是(《舟车所至》本作“自”)响奔霆。……纵使御风难度越，隔云缥缈揖湘灵。”(《望后山最高峰》，《舟车所至》本作《石林山最高顶》)“谁凿青山腹里空，下临幽邃上穹窿。……千古未曾分昼夜，万家兼可避兵戎。”(《探西岩燕喜洞》)大隘关，又名大岩关，在麻寮西北五十里，当地土著名为咨牙关，山高峻，直上二十五里，是麻寮通向容美的必由之路，同时又是容美固守领地的四大雄关之一，湖南之石门、慈利入容美，必经其关隘。顾彩用象形的笔画勾勒大隘关的形胜曰：“壁立千仞，回视麻寮诸山，皆平地矣。此乃容阳第一门户也。关前石各异状，有青狮、白象、莲台、灯檠、香炉、净瓶、如意等形。烟雨弥漫，或见或不见，而杏花满山，深红浅白，烂如堆锦。”[③]诗人登临大隘雄关，只见群山逶迤、众峰奔辏、怪石磷峋、烟岚弥漫、桃红杏粉、花气袭人，幽深的容阳福地被大隘关如同“巨斧”劈成“半壁”可以“逃名”的世外桃源，

① 见《容美纪游》，第292页。

② 见《往深斋诗集》，第240页。

③ 见《容美纪游》，第286页。

由于大隘关“丸泥塞口”的险固，所以容阳便成了连“大禹”、“熊绎”(楚之先祖，熊丽之孙、熊狂之子。周成王时因祖上“勤劳”而受封于“楚蛮”。笔者注)“治水”“开荆”时都没有涉足的地方，田氏能在这雄关漫道的“碧云堆外”“创辟”一块自在自为的人间乐土，确令初到容美的顾彩感喟惊叹，目为奇观。

石林山，在宜沙北一百五十里处之鹤峰境内，南府所在，其市廛俨然、民俗淳厚，而物产极为丰赡，据《容美纪游》描述，石林镇“桑麻鸡犬，别成世界。人居疏密，竹篱茅舍，犹有避秦之遗风焉。”顾彩到南府，不但登石林之巅以畅胸襟，而且还在欣赏石林山势“倚天孤剑截青空，劈作芙蓉镜里屏”的非凡气象之暇，顺便观览了石林一镇优美的田园风光，及其独异的人文景致。通过《峡里人家》、《山家乐》，诗人表达了心肺间对容美土风民俗的赞美和艳羡；利用《春日见子规鸟贴地学飞有感》《张桓侯庙》《九峰读书台》《题楼前桃》则折射了诗人欲说还休、不吐不快的隐幽心声，其用意之深、用情之切、用笔之妙，都令人叹绝：“未能啼血染征(《容美纪游》作“春”)衣，且学莺雏贴地飞。有恨欲教山竹裂，无人知道羽毛微。寄巢母子家何在？旧国君臣事总非。”(《春日见子规鸟贴地学飞有感》)“张侯新庙枕长溪，落日孤悬碧嶂西。……千秋似见云旗卷，五夜常闻铁骑(《容美纪游》作“马”)嘶。”(《张桓侯庙》)南府以石林山为依托，市井繁华、文风颇盛，而居民生活恬淡安详，犹如一幅“日出而作，日落而息”的太古渔猎图：“种桑百余树，种竹数十亩。结庐傍丘壑，开门向花柳。……何用知阴雨，凉风吹户牖。何用知晚晴，斜日挂林薮。……田家乐此意，耕凿到白首。”(《山家乐》)面对悠然自乐的山居生活，清旷高远的山间景色，顾彩不仅雄心勃发，借南府的人文景观抒发了郁积心头的高士情怀，而且还心有所属，沉浸于那块纯净得如同冰雪一样的人间天国。南府作为田舜年的外府，它只是入容美的前奏，顾彩在充满“山家乐”趣的石林山下盘桓“十日”后，于“三月初二日”与田舜年先后“归中府”，由此揭开了他容美之旅的新篇章。

(三) 高潮：“一朵芙蓉插九霄，八峰端笏总来朝”的中府山水诗

“中府”是诗人容美行的目的地，又是他容美山水交响乐的高潮

部。“中府”，“名芙蓉城，俗曰老司里，距南府百里。”[①]它是容美土司的统治中心，即“宣慰司治城”，其自然环境“环城皆山”：东，云来山；西，青龙山；南，八峰山；北，芙蓉山，并有广可容千人的秘宫幽洞：秃龙洞、清田洞、万人洞、万全洞等。顾彩在《容美纪游》中叙其形势曰：“宣慰司署在芙蓉山之南麓，其前列八峰，左峰则右倚，右峰则左倚，轩然如凤凰晒翅，形势正朝拱司署。司堂石坡五级，柱蟠金鳌，榱栋宏丽，君所莅以出治者。堂后则楼，上多曲房深院，北窗外平步上山矣。楼之中为戏厅，四面窗皆轩敞，一览尽八峰之胜。”[②]容美尽管在西南万山合围而人迹罕到处，但因其相对独立而自给的政治经济制度造就了它得天独厚的人文生态环境：民风淳朴，笙歌悠扬，街市繁荣，土著居民恬淡安逸，往来客商留恋忘返，到处一片莺声燕语的安详景象：“司治五门，无城有基。南门正临龙溪江，闾阎栉比，甃石为街。民家多以纺织为业。”[③]容美土司的繁荣在明代达到鼎盛，其时“百货俱集，绸肆典铺，无不有之。”但在顾彩入容美的时候，由于受到“流寇入扰”，容美的繁华已不复存在，直至其改土归流都没有重现过曾经的辉煌。即使如此，在顾彩的心目中，容美依然是一个值得令人惊叹，使人忘情并留恋的法外净土：“南门外左偃月崖，坡势如月钩抱堤。其下跨龙溪江者为九龙桥，妇女多集此漂纱。……女优皆十七八好女郎，声色皆佳，初学吴腔，终带楚调；男优皆秦腔，反可听。昞如（田舜年长子，田昞如，字大别，袭封宣慰司。笔者注），自教一部，乃苏腔，装饰华美，胜于父优。……客司中者，江、浙、秦、鲁人俱有。或以贸易至，或以技艺来，皆仰膳官厨。有岁久不愿去者，即分田授室，愿为之臣，不敢复居客位。……每月初、二十六日，为诗会期，风雨无废。”[④]容美吸引顾彩的不但是它绮丽多面的人文之美，更重要的在它“一朵芙蓉插九霄，八峰端笏总来朝”的奇绝山水。

---

① 见《容美纪游》，第 294 页。

② 见《容美纪游》第 298 页，又见《舟车所至·容美纪游》第 15 页。

③ 同上，第 299 页。

④ 见《容美纪游》第 298 页，又见《舟车所至·容美纪游》第 299—309 页。

容美宣慰司山环水绕,风物清嘉,那世外桃源般的诱人景致令顾彩有恍入仙界的梦幻感。初见容美,他便被其气势非凡的山川所震撼,于是挥毫写下《容阳形势二首》以抒壮怀:“两崖官道夹清溪,村舍参差竹树齐。山作铁城分内外,桥连草市辨东西。……向晓众禽争百啭,独鸣林表是天鸡。”(其一)“一朵芙蓉插九霄,八峰端笏总来朝。平临全楚天心近,隔断扶桑日驭遥。……澧兰湘芷芳菲遍,又废春工长柳条。”(其二)《容阳形势二首》前后响应,共为表里,虽是总写容美的山川大势,但两诗有分有合,各有侧重。前诗以中府内在环境为聚焦点,采用分层递进的平视手法,将其一带溪流夹道,四围山色作城,竹树摇曳、阡陌纵横、百鸟争鸣、“天鸡”破空的怡人景象一一呈现出来,给人心旷神清的幽深感。后诗由内而外,诗人笔锋一划转向对容美外在环境的渲染,全诗用高远、平远相间,实写、虚写互现的笔法对容美山形耸峙雄放、地形君临全楚的磅礴气势进行宏观瞻顾。首联以仰视写真的手法,点出容美倚靠“芙蓉”、拱揖“八峰”的“形势”特征,用笔突兀,气象非凡;颔联承首联,用远视虚拟的笔墨说明容美“平临全楚”、“隔断扶桑”的壮阔与辽远;颈联用散点透视的方式,选取两组具有强烈对比的意象以呈示容美节候风物的迥异之处;尾联展开想象,放眼容美一带,远接澧湘,兰芷“芳菲”、春柳依依,万象在和风中透出无限生机。容阳(容美别称)依山筑城,民居俨然,土风独异,土产丰饶,顾彩驻留其间,身心俱化,逸兴高涨,除用《容阳形势二首》以赞其雄阔“形势”外,还用形式灵活、格调轻快的《容阳杂咏十四首》来深化他对容阳的倾慕赞叹之情。如写容阳山川险峻,他说:“嶙峋奇石俯重关,不是猿猱未许攀。步步摧轮何足道,寝兴俱在太行山。”(其一)写容阳洞壑之奇,他描述道:“洞壑离奇与世殊,仙灵清响应传呼。秉灯行到深深处,六月炎蒸半点无。”(其五)写容阳妇女劳作的喜悦场面,他说:“妇女携筐采峒茶,涧泉声沸响缫车。湔裙湿透凌波袜,鬓边还簪栀子花。”(其七)写容阳景色之清、山水之秀,他笔触轻灵地勾画道:“密雨齐浇万壑松,满楼山色尽空濛。大痴山水人间少,真本原来落此中。”(其十三)“雨歇西山报夕阳,楚天环珮响叮当。蕉窗月出凉如洗,疑是佳人卸晚妆。”(其十四)《容阳杂诗》内容丰富，一题咏一事，在顾彩娓娓如诉的音声中，容阳是处红秾翠深，奇峰似聚，她不但是物产丰美的人间福地，而且还是人人平等，谦恭礼让的王化之邦。

以上，不管是《容阳形势》，还是《容阳杂咏》，均为诗人对容阳山川风物进行的整体把握和纵面扫描，它是顾彩容美山水歌咏的前奏，由这个音声悠长的序曲导引，诗人把我们领进了一个“无论境与人间别，大抵身从画里过”（《细柳城寓阁》）的山水奥区。从康熙四十三年三月四日抵达“中府”，到同年六月二十五日告别田舜年踏上回乡的归程，顾彩在容美盘桓近四阅月，期间他游细柳、平山之胜，探龙溪之源，搜万全、燕子之洞，凡容美山川风物均奔辏于诗人神来的诗笔下，让人有眼目全新、神魂俱惊的美感享受。如：

容阳天险孰跻攀，休道咸秦百二关。一线锦江通细柳，千盘红坞上平山。丹崖碧嶂森兵气，嫩蕊秾花点豹斑。疑是蓬莱隔沧海，因风吹去又吹还。

——《由细柳城上平山一路山色可玩》

孤嶂周环百仞溪，星罗阛阓署东西。铜仙掌立栖丹凤，玉女窗高见碧鸡。此景只应蓬岛似，来诗尤与杜陵齐。流莺处处随游屐，故向樽前任意啼。

——《至平山》

一磴悬丝下太空，巨鳌张吻白云中。等闲雷雨无时息，万古源泉滴未穷。侧足倚栏妨鸟路，俯身燃炬瞰蛟宫。琼楼玉宇知何世，兀兀来寻鹤背翁。

——《万全洞》

积雨潇然气似秋，山窗晨起欲披裘。如垂严子滩边钓，恍在巫娥岭畔游。石脊浓烟迷谢豹，叶心朱果唤鸣鸠。眼前有景难为赋，崔灏题诗压上头。

——《紫山积雨二首》其一

离奇幽窦玉泉嵌，鬼斧曾将混沌劖。界断空青施板筑，倒垂钟乳下松杉。千溪吼瀑龙埋蜕，五月凄风剑出函。此水未经鸿渐品，至今埋没在尘凡。

——《万人洞观龙湫》

顾彩从踏上容美之旅的途程，便被其“烟云随意变，溪壑互相持。秀削疑天姥，湾环似武夷。”（《宜沙纪游二十四韵》）的幽绝美景所倾倒，当诗人置身“到来真入画”的山水洞窟，尽管他喟然发出“过眼不能诗”的慨叹，但“垂老耽游览，平生一好奇”的烟霞之癖，还是促使其迸发出“兰亭同胜赏”的勃然诗兴。他将容美之行的所见所闻、所历所赏凝于笔端，就汇成洋洋一百一十二首的容美山水组曲。容美山水诗内容纷繁，体式兼备，其中五言古诗十首、七言古诗九首、五律十八首、七律五十四首、五言排律一首、七言绝句二十首，分别收录于《往深斋诗集》卷一、卷二、卷三、卷四、卷六、卷七、卷八中，《往深斋诗集》所录与《容美纪游》所载数量略同，不同的是前者以诗体辑录，后者以行程排列，两者互相参照，即能见出顾彩容美山水诗的规模和创作大势。上举各例以七律为主的山水篇章，创作于诗人游历容美的各个时段，通过连点成片的方式，概略可见容美奇丽山川的全貌。

《由细柳城上平山一路山色可玩》写诗人“由细柳城”至“平山”“一路”所历之“山色”。“细柳城”在中府偏东，田舜年筑“众春”园于此。其地“徒有城名，实无城也”。“平山，在中府东二十五里”，即今鹤峰县东北二十五里坪山村，为“八峰之尽处”，因“远望白云界断，似截峰顶，故名平山。”[①]平山富山水之胜，是容美一大游赏之处，顾彩的《容美纪游》纪其形胜曰：“石色葱茜，多竹木，流涧淙淙，湿透履底。下坡过天心桥，在两崖间，下临七十仞深涧，两崖壁如镜面，步步凿磴。”[②]诗人一路由“细柳”而来，仰目即见八峰插天，如一道天然屏障拱卫“中府”，于是他慨然赞道：“容阳天险孰跻攀，休道咸秦百二关。”相对“天险”容阳“一线锦江通细柳，千盘红坞上平山”的险绝形势，顾彩认为即使“咸秦”固若金汤的“百二秦关”亦黯然失色；因为容阳“丹

① 见《容美纪游》，第320页。

② 同上，第321页。

崖碧嶂”、“嫩蕊秾花”将其妆点得如同世外仙源，故此诗人恍疑这就是海上仙山“隔”着“沧海”，“因风”吹到容美这块神秘的土地上！如果《由细柳城上平山一路山色可玩》着眼于平山一带山川形胜的描摹，那么《至平山》(一题《开门见山和九峰来韵》)则将赞叹的重心移向平山的文化内涵，诗人从“阛阓”“星罗”的街市起笔，逐层深入地渲染了容阳人文深厚、文脉绵延的本质特征：“铜仙掌静栖丹凤，玉女窗高见碧鸡。此景只应蓬岛似，来诗尤与杜陵齐。”平山山水幽秀，人脉繁盛，是容美宣慰司行署所在。顾彩留连于平山的无限风光，他长歌短调，用一支充满激情的神来之笔咏叹道：“昨居芙蓉城，犹在人境中。今来平山墅，寝息最高峰。天鸡夜半喔咿叫，海日先从下方耀。……大峰小峰如泼墨，米颠有笔画不得。(《容美纪游》作“米颠颠笔画不得”)……徘徊且坐盘石间，俯视蚕丛鸟道之危关。天心之桥入地底，猿狙童叟愁跻攀。……呜呼，蜀道难，其难未必如平山。”(《早起平山客舍》,《往深斋诗集》题曰《早起平山最高峰客馆》)“晴色昼氤氲，连峰石皱纹。山明因白鸟，树重有黄云。”(《晴色》其一)“晚风翛然至，江上青霞开。……池蛙乱人听，暝禽投我怀。”(《暮吟》)“兹山峻极比昆仑，俯视茫茫势欲吞。……楼通阆苑奇云锁，户逼扶桑晓日温。”(《登小昆仑》)“素女光辉下泬漻，仙人楼观倚层霄。岩空鹳鹤声清脆，峡怒星辰影动摇。……狂吟已在高寒处，不觉临风袂欲飘。”(《平山月夜》)从清晓的开门见山，到薄暮的游目骋怀，再至夜半的对月当歌，诗人彩毫轻拈，意绪如缕，身心缠绵盘旋于平山烟霞变幻、昏晓交替的亘古幽境中，倏然产生“览胜顿开新气象”、“不觉临风袂欲飘”的羽化飞升感。

《万全洞》绘摹平山著名洞壑万全洞幽邃杳冥的景色。万全洞，在容美“行署西南五里”(即平山西壁)，是田舜年以图事急退保之计而因山势修建的半人工洞府，洞中战守之具皆齐备，故曰万全洞。顾彩记其险绝形势道：“其路从高而下，悬崖百仞，于中凿空，规如圆月，又似巨鳌张口云雾中。其磴道险窄如天心桥，而长倍之。……轩(即洞中牛崖之亭名喘定者)以下旷无石级，缚柳为梯，扪索倒行，莫敢下视，度梯尽处即放脚，久之始达洞口，有石门、城墙、炮台，所以守也。

洞可容千人，左‘就月轩’，右‘爱日亭’，其中为‘大士阁’。”[①]顾彩“栖息”万全洞短短两日的体验，令他如入非复人间之境：“琼楼玉宇知何世，兀兀来寻鹤背翁。”“白马深崖赋隐居，六丁天遣护仙书。名山有腹尘埃尽，大地无心结构虚。……此来十未能窥一，已叹人间迥不如。”(《洞上社集》)“石堂长不夜，仰屋似珠明。……人从天半语，月在下方晴。”(《宿般若船》，大士阁题扁曰般若船)万全洞尽管比不得鄂、湘、黔、渝交会处众多天然洞府幽邃的奇幻诡谲，但它因半人工开凿的险仄奇巧还是让顾彩产生了前所未有的人生感悟。

《紫山积雨二首》以清新澹远的笔墨，勾画平山另一处胜景——紫山风光。紫山大势，被顾彩叙来极为引人入胜：“高四十仞，乃小昆仑之对峰也，……到此俯视平山及八峰，俱培塿矣。是日雨甚，弥望白云铺满世界，乱絮蓬勃，如波涛汹涌之状。群峰点点，露顶如螺，向闻黄山有铺海之观，想亦如此。”[②]顾彩入住紫山之巅的白衣阁，虽然时属夏令，但寒气袭人的殊异物候令诗人乐而忘返：“是时将入仲夏，寒洌如冬，石炉烧炭，晨起加裘。余爱此山嶒媚玲珑，一住五日，冀晴霁得穷观览，而雨竟不止。”[③]雨“竟不止”给诗人留下了未能“得穷观览”紫山全貌的阙憾，但积雨中的紫山却使顾彩领略了别种风味的山水韵致：“紫山楼观拂层霞，暑月清寒透碧纱。隔雨似闻青女珮，因风吹落绛桃花。……为问白云铺作海，几人乘兴泛仙槎。”(《宿紫山》)“独立颠崖势绝孤，下着烟雨当平芜。难从沧海分冬夏，始信潇湘有画图。”(《紫山积雨二首》其二)“溪光倒蹴新雨天，空中玉斧镂飞烟。虹脚跨山立孤影，蚓鸣如铎蛙如弦。”(《雨后吟》四首其一)“蕉叶桐阴浓拂窗，夕萤逗落珊瑚床。织女机丝趁凉急，鲛人泣月珠双双。”(同上，其三)紫山遥望，烟雨迷离，登峰造极，潇湘可见，性嗜山水的诗人见惯了杏花春雨的闲适淡远，突然置身“独立颠崖势绝孤”，“积雨萧然气似秋”的孤峭巉刻环境，恍惚产生“严子滩边钓”烟霞，“巫娥岭

---

① 见《容美纪游》，第 328 页。

② 同上，第 335 页。

③ 同上，第 336 页。

畔"游仙宫的奇幻之想。

《万人洞观龙湫》是顾彩游历容美著名洞府——万人洞(在今恩施土家族自治州鹤峰县东北十多里山崖上,洞口石壁上刻有田舜年撰《万人洞记》。笔者注)时创作的山水佳作。据《容美纪游》所述:"洞在坡下(行署东下坡三里),磴道一里,渡水一重。洞口有街,有门楼,……其石如古铜色,多孔窍,……最高处有砦楼,梯悬十仞,攀之惴惴,砦上亦有人居。……正中有挹泉轩,甚爽垲,四壁多题咏。轩后即龙湫,水纯碧,上有桥可渡。……水浅时出白骨如牛髇,洁白坚刚,散布沙间,或曰:"此龙骨也,天旱投取湫中,滃然鸣,天乃雨。"[①]顾彩游万人洞惊喟叹绝,他仰望龙湫"界断空青"、"倒垂钟乳"的万千气象,连连惋惜当年的茶圣陆羽未曾品尝过万人洞龙湫清冽甘美的水性,遂使这"龙埋蜕"、"剑出函"的龙湫之水"埋没""凡尘"。湘、鄂之交,尤其武陵山脉崇山叠嶂,洞壑密布,这些幽宫洞府不但是天然形成的风景名胜,而且还是经人工修凿的避乱战守之地,上述无论万全洞,还是万人洞均显现了这个特点。除万全、万人洞之外,令顾彩神魂俱惊的容美洞宫应为"平山燕子洞"。"燕子洞"在上平山(平山依山势分上、中、下三段。笔者注)"深可二十里","进洞甚窄,渐入渐宽,可以方轨联辔。两壁具仙人、花卉、鸟兽、楼台之形,皆石乳之所绘画,其平地有石炉、石烛台、狮、猴及石人聚语之状,又有石栏绕之,大小不一,叩之皆有声如磬。"[②]从顾彩的描绘可以得知,燕子洞乃天然溶洞,其深二十里,规模较大,内多各种钟乳造形,及天然象形之石器,其形态毕肖,有类神工,诗人游历之后,诗情澎湃,于是挥墨留下《游平山燕子洞》的五言长歌以志景写情,诗曰:"仙源在人间,显豁总易求。兹谷窅千仞,亘古难穷搜。……炬火导我前,灿如众星球。照见古崖壁,钟乳悬缨旒。或狞若象狮,或狡如猿猴。或翔若雁鹜,或蟠似蚖蝥。或森如旗鼓,或利如戈矛。或横迸泥封,挺若竹笋抽。或点滴床榻,堆若蜡泪油。或聚语一堂,恍如鬼啾啾。或相背而驰,旷若风马牛。或如众婴

① 见《容美纪游》,第345—346页。

② 同上,第332页。

孩，跳踉争嬉游。或如一老叟，植杖思吟呕。或为珊瑚枝，可以挂钓钩。或为灵犀角，可以镌觞瓯。种种各异状，事事通神谋。”燕子洞吸引顾彩的不是它纵深二十里、方可并轨联辔的宏大规模，相反却是其千形万状、鬼神莫测的钟乳造形，以及山石状貌，这一切令诗人眼界顿开，产生无与伦比的新奇感，他狂歌吟啸、情不能已，连用十一个对句、二十二个比喻形象逼真地写出燕子洞或动或静、或神或鬼、或人或仙、或禽或兽、或如兵戈、或似灵异的“种种”“异状”，让人观之不尽、味之无穷、思之杳深，瞬间产生心神向往的陶醉感。

容美青峰叠翠、碧溪送暑，不但山水美到让顾彩神惊魄动的地步，而且其风情物候亦淳朴适爽到叫诗人有沁入心骨的迷恋感：“帘光晚映三湘雨，簟色凉含一壑秋”（《乐天园二首》其一）“人言此是桃源地，不信桃源如许奇。……归路晚云扶上马，野蜂黄蝶乱催诗。”（同上，其二）《乐天园》是诗人游云来庄时所作，园在细柳城东上坡五里，其处“夏卉盛放，百合、戎葵，烂如云锦。”[①]顾彩留寓乐天园西阁，面对“小阁亭亭碧嶂间”的宜人夏景，常生“淹留天放此身闲”的逸致，在《题云来庄》诗里，他极赞云来庄别开境界的美色曰：“窅然开异境，峻坂亦平芜。又展新屏障，都非旧画图。”（其一）“直穷三百里，尽是使君园。处处云连屋，家家水抱村。……素练空青意，将同杜叟论。”（同上，其二）云来庄是田舜年休闲、娱乐、宴客的重要场所，顾彩曾在此居住“凡四十日”，《容美纪游》述其风情曰：“时当六月中旬，流金铄石之际，每溪中白云一片，自下腾起，便知雨候，（如隔夜明月下视溪潭深处，有白云一团，蹲踞如兽，月色映之，成五色可玩者，次日必雨。）须臾黑雾四涨，疾雷破山，大雨时行，凉飔飒来，则却扇加袷矣。所处既高，俯视雷雨皆在下，澒洞迷离，去来无定，恍作巫阳朝暮之想。”[②]云来庄避暑的日子里，顾彩创作《乐天园二首》《移居西阁》《题云来庄二首》《早凉》《阁眺二首》《容阳杂咏十四首》《客云阳席上观女优演孔东塘户部〈桃花扇〉新剧》《云来庄观女优演余〈南桃花扇〉新剧》等。

---

① 见《容美纪游》，第343页。

② 同上，第355页。

(四) 尾声:"空悬古磴千寻白,踏破秋岩万仞青"的归途山水诗

容美山水奇绝,风物殊胜,再加主人风雅好客,顾彩驻足其间,遂生前所未有的闲适潇淡之趣,但异乡为异客的故土之思最终还是让诗人涌动起莼菜鲈鱼之意:"爱我固留安敢却,为君百计展行期。巴陵五月南风发,合是长干客去时。"(《答来诗》其一)"肠直思牵远游子,写恨无声蚕食纸。欲出天台洞口封,清辉玉臂今谁是。"(《雨后吟》其四)由于顾彩"念此荒缴之地,非可久居,……遂决计辞行"的去意已定,田舜年怀着恋恋之情,为诗人设酒饯行,其离别场面催人泪下:"君至酒半,慷慨欷歔,泣数行下。"面对主人黯然销魂的切切挚情,顾彩连作《别田九峰十韵用藏头体》《又与九峰话别二首》《食莲子》等诗章,以或直陈、或比兴的语气,表达了他对田舜年的敬意、对容美的眷恋,以及内心无以言表的离情别绪:"五渡溪山月上弦,每游芳苑骑皆连。……由来尚未穷诗兴,止博临分一黯然。"(《又与九峰话别》其一)"莲生君子池,采摘更鲜美。……未曾尝莲花,竟已食莲子。……应怜惜别人,苦心亦如此。"(《食莲子》)负载着浓重别情,顾彩在六月二十五日踏上归乡的旅途,他一路经《燕子坪》《下桦皮界》《红毛尖》《宿山涛阁》,《过石梁荒》,再《宿栗子坪》,出五峰关,又《宿谢家坪》,最后"过长乐坪","至白马溪",于七月"初八日,下礌子坡""抵枝江县",即此为他终生难忘的容美之游划上了圆满的句号。

入容阳,诗人怀着惊异艳羡的心情,一路写出了容阳迥绝无伦的山河气概;出容阳,诗人同样抱持依恋不舍的礼敬之意,最后用澹远超迈的诗笔为容阳这块世外桃源留下了永恒的印记:"空悬古磴千寻白,踏破秋岩万仞青。杂树蝉鸣疑鼓吹,半天人语即雷霆。"(《下红毛尖》。红毛尖,在鹤峰境内难渡江上游,《容美纪游》记曰:"红毛尖,其顶尖削,阔仅二尺,下俯千仞。……红毛、桦皮,插天碍日,土人熟行者犹望而畏之,外来客至此,无不怃然却步。")"昨日下红毛尖,石痕犀利如刀镰。今日下菩提界,壁立倒悬千仞隘。……斜阳黄处青一点,栗子之坪在山崦。……解衣踞石坐当路,四壁苍苍起烟雾。仆夫遥指最高峰,道是明晨从此去。"(《宿栗子坪》)栗子坪,在容美之石梁安抚司西,石梁安抚司属容美宣慰司所辖,其区域包括今五峰县石梁司至湾潭东部一

带。《容美纪游》描述其形势曰：“二十八日，抵湾潭（今五峰县湾潭镇），……流水小桥，榆柳映带，桃熟累累如火齐。……二十九日，……进石梁荒（地属石梁安抚司），路奇险，冈峦起伏，树阴猛恶，地无晴雨皆泥淖，殆瀑泉之所喷激，林露之所滴沥也。……下坡为菩提界（在栗子坪西北—笔者注），壁立万仞。……宿栗子坪唐旗长家。”①过栗子坪，不久即入容美另一安抚司五峰之境，出五峰关，诗人的容美之行便算划上了令人回味无穷的休止符。《宿谢家坪》作为顾彩容美山水诗的殿末之章，道出了诗人百感交至的窅深情怀：“重冈竞削千寻碧，香草犹含九夏花。月出似临云梦浦，夜凉疑泛斗牛槎。”谢家坪，一半属五峰安抚司，一半属荆州府长阳县，是容美通外界的隘口。五峰安抚司辖今五峰县白鹿庄、长乐坪、蒿坪，以及五峰镇部分区域。《容美纪游》对五峰环境述之颇详：“湾环皆石壁，或玲珑多窍，或平若截糕，石纹如层虹，最可抚玩。黄杨亭亭如盖，楠木大二十围，皆外人所未睹也。上九返坡（九返坡在今五峰县西山，因山九折而得此名）抵五峰司，步步踏石，行乱流中。……五峰关，连列五峰，中峰之顶为关口，容美之北户也。……初五日，过长乐坪（坪在今五峰县长乐镇，为容美东入之关口。笔者注。）长四十里，路坦如康庄，两边皆山，烟峦万变，应接不暇，如入图画。……渡汉阳河，清浅可浴，然容之地界到此尽矣。”②顾彩的容美之游虽然戛然而止在“重冈竟削千寻碧，香草犹含九夏花”的无比愉悦中，但归心似箭的诗人在回思反刍间还是留下了意犹未尽的深深眷恋，他把自己未能遍历容美奇异惊艳山川的遗憾当作《容美纪游》的总结陈词有意昭示给后人，让后人能潜心发掘她、深情珍惜她，并由衷赞美她：“以上皆余所游历之地，随笔记之，司中如天泉（在鹤峰县北门，极其险要高峻。笔者注）、白溢（白溢砦，在五峰县玉屏山上，形势甚险峻，田舜年北府所在，隔大溪，路径不通外界。笔者注）、铜关、石梁司、水尽司（清初为安抚司，辖区在今五峰县湾潭镇西部、水尽司全境及傅家堰的白溢、鸭儿坪一片。笔者注）、椒山司（辖地在今五峰县下坪和邬

① 见《容美纪游》，第368页。

② 同上，第370—372页。

阳一线。笔者注)、藕庄、鹿寨(在五峰县白鹿庄)、二酉洞(在湖南沅陵县,沅陵有大酉、小酉二山,据《太平御览》引述《荆州记》曰:"小酉山上石穴中有书千卷,相传秦人于此而学,因留之。"田舜年曾藏书此洞)、情田洞(在鹤峰县东南,宽广能容数百人,田舜年有《情田洞记》叙其得名缘自《礼记·礼运》"故人情者,圣王之田也。")、北府、西府,若欲遍游,经年不能尽也。"①

通过本节简述,我们可以得出这样的结论:顾彩尽管在清代诗史上如一阵过眼烟云,没有留下让后人瞻顾的煌煌印迹。但站在微观的视角,尤其土司文化研究的层面,他以一部《容美纪游》足以扬名后世。《容美纪游》作为一部奇特的游记性著作,被顾彩稍后的同时代人郑光祖编入《舟车所至》一书中,《舟车所至》收录的游记性作品包括《宁古塔纪略》《朝鲜志》《出塞纪略》《乌鲁木齐杂诗》《维西见闻》《西藏纪闻》《海国见闻》《台湾使槎录》等地理志书十八种,由此足见《容美纪游》重要的史学地位和史料价值。《容美纪游》以诗人的"游"踪为线索,用"纪"实的笔法真切详尽地记载了以古称容美,今称鹤峰为中心的周边地区的土风人情、地理山川、交通物候,尤其它独具特色的土司制度。

对于《容美纪游》的价值,有识之士多所评价,如李书城先生在湖北通志馆藏《容美纪游》的序言中说道:"此稿虽游记体,而于容美兵、刑、礼、乐制度,甄述綦详,足备掌故。"其实顾彩本人写作《容美纪游》亦是有意而为的,他的目的就是深入那个被世人视为畏途绝地而实际如世外桃源般的人间胜境,为她作传立志,以彰显其真貌于后世:"武陵之地广千里,今之容阳无乃是。千峰环抱万壑横,何怪昔日迷渔子。不信试阅桃源图,风景何曾异于此。忆昔故老初避秦,天开异境留隐士。……我来正值桃花候,猿鹤相呼不能已。……好山借问皆无名,恨不移来置案几。天台雁宕知何似,武夷九曲徒夸美。……一吟一咏唱和多,留与山中遍作纪。"(《武陵行》)容美留给顾彩的是永难消解的心灵震撼,而顾彩留给后世的是一笔取之不竭的精神财富。要言之,《容美纪游》的史料价值和当代意义表现为:1. 弥补了

---

① 见《容美纪游》,第 373 页。

正史不足,为后世认识、研究容美的土司制度,以及容美的文化、经济、民俗提供了详实而可靠的第一手资料;2. 填补了地理学上的空白,为偏处一隅,而较少受人关注的容美山川撰写了一部山水志,对后代研究容美的地形地貌、山川走向提供了有价值的借鉴;3. 是一部完备的容美民俗节候、交通驿路的实景记录,给后人研究容美的农业生产,发展生态养(种)殖,以及开发交通网络提供了有益思路;4. 由于上述种种,如果容美一带的有志之士欲开发容美的现代文化生态旅游业,那么《容美纪游》当之无愧地成了他们弥足珍贵的宝典。

第六节 “独鸟去悠悠,沧波如此流”

——常州诗群的山水诗遗响

常州诗群体势庞大,阵容壮观,且众星灿烂,有若河汉。在清代诗歌史上,常州诗群方轨吴中诗群,媲美浙江诗群,三地互动,形成清诗发展史上鼎足而立的争雄态势。常州诗群因阵势甚巨,无法尽述,但无锡之秦瀛,武进之钱氏双杰(维城和维乔)、赵怀玉,是不能被轻忽的,本章就以秦瀛、赵怀玉和钱氏双杰作收束,为常州诗群的山水诗简述作一殿后之论。

一、“归去闲凭石阑坐,袖中放出九峰云”

——秦瀛的山水诗

秦瀛(1743—1821),字凌沧,号小岘,又号遂庵,江苏无锡人。秦氏在无锡为望族,按其谱系可上溯到北宋著名词人秦观,自明至清,才人屡出,秦瀛高祖即著名诗人秦松龄。王昶在《蒲褐山房诗话》中记曰:“锡山秦氏,素以事功经术见称。至对岩学士,始擅词章,有《苍岘山人集》,故凌沧以小岘名集。……君为给事再从孙,五言今古体,具得其传,至七言古诗,兼宗范、陆,具体而微,盖其家学所未曾有也。”[1]受家学影响，秦瀛刻苦自励，诗文日精，乾隆四十一年(1776)，以举人召试山东行在，授内阁中书，未几入直军机处；五十八年(1793)，出为浙江温处道，有惠政，调杭嘉湖兵备道；嘉庆五年(1800)擢浙江按察使，旋调湖南、广东按察使，擢浙江布政使。乞内用补为光禄卿，转太常卿，顺天府尹，擢刑部右侍郎。后历任左副都御史、总督仓场户部右侍郎、内阁学士兼礼部侍郎、兵部右侍郎等职。嘉庆十五年(1810)“以目疾乞病归，自是家居者十有一年，卒时享年七十九。”(陈用光《刑部侍郎秦小岘先生墓志铭》)[2]关于秦瀛的生平事迹、人品宦绩、家学师承，《清史稿·秦瀛传》、陈用光《刑部侍郎秦小岘先生墓志铭》、陶澍的《刑部侍郎秦小岘先生神道碑》等碑传文述之甚详，可参阅。

秦瀛诗文在当时称道一时，受业其门下者络绎不绝。《清史稿》称其：“工文章，与姚鼐相推重，体亦相近云。”[3]洪亮吉《北江诗话》评秦瀛诗风曰：“秦方伯瀛诗，如久旱名山，尚流空翠。”[4]聂铣敏《蓉峰诗话》曰：“秦小岘先生瀛，诗格超隽，风骨异人。为楚南廉访时，公余辄耽吟咏，爱才如命，一时能诗之士，多从之游。”[5]秦瀛诗文除受家学熏染外，还与继承前代名家有关，其受业门人凌鸣喈在为《小岘山人诗文集》作的《序》中说：“先生诗始宗盛唐，继泛滥于苏陆诸家，浑浑浩浩，无所不有，而要归于性情敦厚，风格高迴；其文出入韩欧，大约于震川为近，而义法简严，则得之望溪方氏。……桐城胡雒君虔尝曰先生诗文一代大家之诗文也。”[6]对于秦瀛长于诗文，淡于宦情而仰慕古之大贤的高风亮节，王昶有过非常生动的叙录：“在武陵数年，益以文章山水自任，招邀贤俊，屡为诗酒之会。刻前哲遗书，又修望

---

① 见《蒲褐山房诗话》，第123页。

② 见《续修四库全书·别集类》第1464册，《小岘山人诗文集》卷首传志部分，第2页。

③ 见《清史稿》，第1635页。

④ 见《洪亮吉集·北江诗话》，第2246页。

⑤ 见《清诗纪事》，第6292页。

⑥ 见《小岘山人诗文集》卷首序言部分。

湖楼于湖上，以供东坡，修龙井寺旁隙地建祠，以祀少游。而诗文日益进，然性情萧淡，虽勤于吏治，而素无宦情。”[①]

从人生阅历、诗歌风格，以及品行操持，秦瀛与顾光旭极为类似。俩人都经历了求学惠山，出仕宦游，以病乞养而归老梁溪的三段宿缘。这种相似的人生轨迹决定了他们的山水诗创作格局也颇重合，唯一有差异的是顾光旭中期的宦游山水诗以西北、川西为主体，秦瀛以其任职的湖广、粤赣为轴心，一似南辕北辙，各有所向，但就是这貌似南北东西相去甚远的山川形势才增添了梁溪诗人山水诗创作的多样化，以及互补性。

秦瀛诗风清秀俊发、空淡悠长，正如归安吴兰庭所言：“先生之诗变化驰骤，而神味具足。”(《小岘山人诗文集·序》)[②]他的山水诗自始至终，由南到北，基本保持了这种澹然明快，滑而不浮的韵味与风情。如：“石出寒流清，幽篁映虚馆。……坐深潭影移，境转山色换。”(《游管社山庄》)“独鸟去悠悠，沧波如此流。……帆与江云远，天连海树秋。”(《多景楼》)“林穿山月小，水映佛灯圆。……苍然九峰色，无语石床前。”(《月夜至惠山寺》)“秋风葭菼外，曲坞入烟霏。……云行潭上屋，人掩竹间扉。”(《舟过浒墅行村坞》)“挂席水边去，采蓴人忽逢。……九点青山色，霜清何处钟。”(《松江道中》)“碧云浓里寺，緑海净当门。瀑落穿山胁，藤缠碍石根。”(《韬光菴》)上述各例是秦瀛前期家居时叙写以无锡为基点的江浙风光的山水诗，其中有秦淮京镇江山相属的旷远和幽邈，也有苏锡粉妆玉琢的清空与悠长，更有吴淞道中、西子湖畔山色如醉，水光潋滟的虚静而玄远，总之，这些篇章代表了早期秦瀛洒脱淡泊的山水诗风。再如：“一苇横江破寂寥，梦随流水送南朝。……微茫野岸飘残笛，吹到芜城第几桥。”(《渡江至瓜州》)“洞天三十六，最爱王屋幽。……其右控孟门，中断黄河流。登高小全晋，胸欲撑神州。夜半见海日，积石西南浮。……想象白云际，霓旌欻来游。”(《王屋山》)“古寺太行麓，泉声与我期。路缘修竹

① 见《蒲褐山房诗话》，第123页。

② 见《小岘山人诗文集》卷首序言部分。

入，门许白云窥。僧定斋钟寂，潭空水鸟知。”（《龙潭寺》）“一柱中流出，悬厓鸟道分。……潮落寒沙见，风高夕磬闻。”（《小孤山》）“寒分孤涧雪，瘦似六朝僧。有梦随云水，忘言对佛灯。”（《西山寺梅花》）“濛濛水云里，忽到石钟山。……沧江瘦蛟舞，鞺鞳响潺湲。”（《石钟山》）以上各诗，均选自诗人入仕籍前后，奉命往来南北时创作的山水诗结集。其中有北上京师绘摹江淮、齐鲁、燕赵风光的篇章，亦有歌吟太行王屋为代表的晋中山川的章句，还有南下荆襄、楚赣时，对楚风汉韵的精心刻镂，除晋中山水诗因山川壮阔雄浑而略显激慨峭劲外，秦瀛中期的山水诗风与早期前后承绪，基本保持了韵味深幽，情致绵长的特点。又如：“宝带桥边水，松陵百里间。只看烟际树，不见湖中山。”（《雨中过宝带桥》）“一溪烟浪白蘋风，泛泛凫鹥傍钓蓬。最是吾家山色好，半林枫柏夕阳中。”（《湖州二绝句》其一）“夕阳江岸树，飞雨海门潮。佛阁涛声撼，山城霸业销。”（《君山》）“木樨香里坐斜曛，薄暝山钟处处闻。归去闲凭石阑坐，袖中放出九峰云。”（《自惠山晚归》）从上引几例晚期的山水诗句，我们可大约体味出秦瀛山水诗风的连贯和因承，但与早、中期相较，诗人的才力似乎已近衰弱，显出气韵寡淡，才情式微而运笔萎靡之感。

秦瀛曾有任职温处、浙西、湖南、广东的丰富阅历，诗人凡到处，辄有歌咏以志山川，在常州诗群中，其山水诗创获颇丰。因篇幅所限，难以详述，此处只以其梁溪山水诗和湘中山水诗两大集群来观照秦瀛的山水诗风貌。

（一）“一自句吴疆域启，东南望县说梁溪”的无锡山水诗

无锡前已述及，它自古是人文荟萃，山水幽秀的东南望郡，《太平寰宇记》叙其沿革曰：“本汉旧县，属会稽郡。王莽改曰有锡。《风土记》：‘周武王追崇周章于吴，又封章小子斌于无锡’。昔有讖云：‘无锡宁，天下平，有锡兵，天下争。’故名之。……隋开皇九年改晋陵郡为常州，废县入晋陵；十三年复旧。大业三年改为毗陵，唐复为无锡。”[①]无锡从自然地理上看，其濒临太湖，擅湖山之胜，景致甲江南，

---

① 见《太平寰宇记》，第1843页。

与苏州相媲美。《太平寰宇记》载曰：“上湖，一名射贵湖，一名芙蓉湖，一谓之无锡湖，在晋陵、江阴、无锡三县界，东去州五十九里。东流为五泻水。……《越绝书》云：‘无锡湖通长洲，多鱼而甚清’”①又：“阳湖，在晋陵、无锡两县界，在州东六十四里。……太湖，从湖州长城县历义兴、晋陵，入当县界。五湖，晋陵、无锡两县中分湖为界。”②此外，无锡境内著名水系还有五部湖、五泻水等；无锡名山有惠山、锡山、古历山、顾山、安阳山、七云山等。《方舆胜览》曰：“慧山，去无锡县七里，山东西有泉，皆合于溪，西南入太湖。柯山，在慧山侧，吴仲雍五世孙柯相所治之处。……安阳山，在无锡县，山颇峻，俗号文笔峰。”③《读史方舆纪要》曰：”慧山，县西五里。一名九龙山。陆羽云：‘山阳有九陇，若龙偃卧然，南北延袤数十里，亦名冠龙山。’……山之东麓出泉，曰慧山泉，陆羽品为天下第二泉。其东一峰，谓之锡山。锡山亦在县西五里，与慧山连麓而别为一峰，相传县之主山也。”④又“独山，县西南十八里。锡山之脉南来，至是中断。梁溪经其间，入太湖曰独山门，一名晋陵门。志云：独山之北与管社山相望，谓之浦岭门；南与充山对峙，谓之独山门。”⑤无锡不仅湖山相望，风光旖旎，而且还人文底蕴深厚，是吴文化的发祥地之一。《太平寰宇记》曰：“太伯城，西去县四十里，平地高三丈。《舆地志》云：‘吴筑城梅里平墟，即此地。自太伯以下至王僚二十三君，公子光刺王僚，即此。城内有太伯宅，堂基及井尚在。’”⑥又：“太伯渎，西带官河，东连范蠡渎，入苏州界。……太伯墓，在县东三十九里。《冢墓记》：‘太伯墓，在会稽吴县北梅里聚，去城一十里。’”⑦《读史方舆纪要》曰：“泰伯城，县东南三十里。泰伯始国于此 ，谓之句吴，亦曰吴城。自泰伯至王僚二十三世皆都此，敬王六年阖闾始筑姑苏城而徙都焉。”⑧泰伯城所在“梅李平墟”，在明、

①②⑥ 见《太平寰宇记》，第 1844 页。

③ 见《方舆胜览》，第 87 页。

④⑤ 见《读史方舆纪要》，第 1232 页。

⑦ 见《太平寰宇记》，第 1845 页。

⑧ 同上，第 1231 页。

清称梅李乡或梅李村，有泰伯庙。不仅如此，无锡还有诸多文人墨客的墓冢及遗迹，比如范蠡、顾容、王子陵、王琨、王僧达、陆羽、秦观等。

秦瀛作为土生土长的无锡人，他对故乡的山川风物、人文含蕴了如指掌，且一往情深，除散处各卷的歌吟故乡风情的诗篇外，秦瀛特别一说的是他集中书写梁溪土风人情的《咏梁溪杂事一百首》和《梁溪竹枝词三十首》。《咏梁溪杂事》一如朱彝尊、谭吉璁的《鸳鸯湖棹歌》，不管写作缘起，还是创作体例，甚至风情韵味，两者都有本质上的联系与巧合。在叙《咏梁溪杂事》的缘起时，诗人是这样说的："癸巳夏五月，余之津门，舟中无俚，系怀乡土，偶有所记，辄成断句，诗成，共得一百首，语无诠次，聊以志一时托兴云尔。"癸巳，即乾隆三十八年(1773)，距诗人召试山东行在尚有三年，应为其早期诗歌风格的物化表现。《咏梁溪杂事一百首》以"杂事"命题，一是说明诗人选择的诗体特征；二是揭示"一百首"大型组诗的庞大内涵。就诗体而言，"一百首"诗从头至尾均为七言绝句，其语式、语气和语法类似"棹歌"，而且采用一诗一注的方式，诗以咏风情，注以解意蕴，诗、注相印，梁溪一地之山川、人物均完整呈现于世；以内涵考察，《梁溪杂事诗》囊括"梁溪"古往今来、天上地下的种种自然和人文影像：大到"梁溪"的历史成因、山河走向、战守形势、人文气脉，小至"梁溪"的街巷园墅、寺观河汉、花草林木、物种类属等，凡"梁溪"之山川、人物、历史和形势皆入"一百首"的"杂事"之中，号曰"杂事"，实则有条不紊，其体制庞大而不繁乱，材料丰富而构造严整。若以气韵和笔锋来看，《梁溪杂事诗》如一幅长卷水墨画，浓淡相宜、疾徐相续，时而如渔舟轻划水面，涟沦荡漾；时而似铁骑突出，金声玉振，诗歌神情气韵的变幻全在诗人对"梁溪"绘摹勾勒的画面穿插中。如写"梁溪"的山川形势，他说："天辟西神九点烟，枕中名与华山传。舜柯峰下龙陵道，万古虞姚一棱田。"(其二。诗中"西神"指惠山，惠山有九峰，又名九龙山。)"嵯峨龙角耸云霄，窣堵波前锡已消。治乱纷纷秦又汉，断碑三尺话寒樵。"(其八。诗叙无锡县得名之由，"嵯峨龙角"指无锡标志性建筑"龙光塔"，塔由明代顾鼎臣建。)"森森甲仗现兜鍪，似箭风涛溅戍楼。闻说兵防五湖岸，南唐曾此驻貔貅。"(其三十九。诗写梁溪军帐山，山滨太湖，风涛相激，如军声四起，山下有坞曰甲仗。）”两派河流趋地轴，一楼杨柳拥天关。当窗面面芙蓉水，霜笛秋高月满山。”（其六十五。诗写梁溪水脉，与山势相对，恰恰表现出无锡战守之地的重要性。）再如写“梁溪”郡城水光接天，山色扑人，街市繁华，阎闾匝地的盛大景象，他说：“黄公饮马古城阴，桃夏遗宫蔓草深。只有明流涧边水，潺湲如听女环琴。”（其七。黄公，指楚考烈王时封于吴地的黄歇，即春申君，此诗写“黄公”遗迹“黄城”气象。）“惠山山寺正鸣钟，第七峰前一短筇。试向秋涛轩里坐，月明初上六朝松。”（其十五。此诗写惠山幽秀风光。）“五泄湖光泛碧漪，笔床茶灶最相宜。旧时逋客吟诗处，唤个扁舟载陆皮。”（其二十一。此诗写唐朝著名诗人陆龟蒙、皮日休曾由五泻泛舟入震泽的情事。）“篱边亭角一梅横，箨卷寒飔万竹声。可忆僧庐读书处，门前雪浪挂檐楹。”（其三十。诗写宋代蒋重珍故居“一梅堂”幽景。蒋重珍（1183—1236），字良贵，号一梅，谥文忠，是无锡历史上状元第一。）“溪山胜概俯蘋洲，何似溪山第一楼。十二栏干怜独倚，美人遥盼木兰舟。”（其四十六。诗写无锡历史名人华镇别业“溪山胜概楼”风光。）“群山鹘突云模糊，长萝远水连平芜。春雨江南如画里，锦树还有棋仙无？”（其四十九）秦瀛的《梁溪杂事诗》虽类同于朱彝尊的《鸳鸯湖棹歌》，但二者在记事写景方式上略有区别，朱彝尊有记事，亦有纯写景，他亦人亦物，亦事亦景，把嘉兴境内历史遗迹、山川风物一一道来，令人如坐春风，畅情怡心。秦瀛尽管笔法轻灵，诗味醇厚，其笔下的梁溪风光处处呈示着湿润婉娈的姿态，但秦瀛的写山水风物是为历史故实，人文遗迹做铺垫和背景的，故而其《梁溪杂事诗》的山水诗审美价值大逊于《鸳鸯湖棹歌》。

与“杂事诗”相较，倒是《梁溪竹枝词三十首》弥补了这个不足。“竹枝词”按诗人的说法是“有所触，复托诸歌歈”而“体之殊于杂事诗”的抒情叙事杰作。它们不仅音声婉转，韵味绵长，而且其写景状物亦无人文历史的厚重，却显出轻飏飘洒的超逸感。如：“桃花水长绿平堤，波面鸬鹚飞欲齐。侬向试泉门外望，青山多在县楼西。”（其二）“射贵湖宽白浪高，飞虹百尺架长桥。青苍一抹连秦望，风雨澄江有暮潮。”（其三）“浒溪流水碧云村，时有东风为扫门。斜日渔船添个个，桃花红似武陵源。”（其六）“太湖南畔雪纵横，十里寒光沁骨清。

身在万梅菴里住，花时不用到铜坑。”（其十七）“大渲小渲水湾环，大雷小雷云往还。湖光三面翠声阁，只爱杨家管社山。”（其二十一）以上几例“竹枝”调的作品，以欢愉轻松的格调、明丽悠扬的声韵录载了“梁溪”湖山相望、溪桥交错的幽胜风光，虽然它们算不上标准的山水诗作，但论秦瀛的山水诗，它们又是颇值一说的，从文献方志的角度看，类似作品可弥补正史、志书的阙略，在挖掘、开发地方文化，重建地方文物遗址体系的过程中，可将其看作诗化的风土记或长物志，以资借鉴与参照。

（二）“湘人门巷多芳草，楚国山川半暮云”的潇湘山水诗

从乾隆五十八年，出任温处道，期间历杭嘉湖兵备道，到嘉庆五年擢升浙江按察使。旋调湖南、广东按察使，秦瀛在号称“山水窟”的浙东、浙西盘桓七年，创作数量极为丰赡的浙中山水诗，其中刻画浙东南的山水诗名篇有：《缙云县》《春日游石门用谢康乐韵》《观海》《望雁荡山不得登因作长歌》《梅雨潭观瀑》《飞云渡》《芙蓉村（诗人自注：在雁荡山下）》《石门》《由丽水夜行至宣平》《望天台山》《天台道中作》等，以上篇目为秦瀛写浙东南山水的部分诗作。除此，他还有潜心体验西湖风物的山水诗群，这些山水诗风格，一如其所刻摹对象一样，显得幽深俊朗，而不失妩媚旖旎，是秦瀛徘徊浙中七年肆情山水的见证，此不赘述。

秦瀛由浙赴湘，昼夜兼程，水陆相续，他顺七里泷，过钓台，风帆直下富阳、桐庐而至铅山，经豫章，历赣江，由醴陵而抵长沙。在湖南的短暂瞬间，诗人公务余暇，赏岳麓之枫、登岳阳之楼、题浯溪之壁、谒三闾之庙，他把观山临水、吟咏性情的逸致寄诸笔墨，便有如下幽眇杳深、楚风扑面的山水诗句：“修径如长蛇，宛转足屡却。……虚亭界岩厂，四顾森崖崿。山云恋长松，溪禽语幽箨。忽闻寒吹喧，泠然天乐作。”（《下岳麓寺行溪涧坐爱晚亭》“几阵寒经梅子雨，一番香过楝花风。云深何处响樵斧，渚阔有人收钓筒。”（《山行复乘舟渡湘水》）“重俯苍茫日未升，危栏独倚最高层。……巨浸西来吞下隽，乱云东望走孱陵。”（《晓登岳阳楼》）“左徒祠宇枕云岑，山鬼搴萝昼独吟。芳草还生三户地，清湘应识九歌心。”（《三闾庙》）“君山弄新翠，

日霁澄湖阴。灵旗二妃庙，迢递白云岑。”（《渡洞庭》）“夕阳欲落犹未落，倒浸湖波半天赤。鰌风怒卷吹洪澜，冶云飞火烧金丸。硃砂乱洒鳌背湿，珊瑚遥射龙沙寒。……须臾风定霞更绮，上下天光互相耀。”（《洞庭湖观落日歌》）湖南以山重水复、幽深杳冥为特征，秦瀛在湖南虽然阅历较浅，足迹未能踏遍那片充满魅力的神秘土地，但就上引几个有代表性的山水片断，我们略能窥见诗人中期山水诗的基本特征，写景粗放，而含蕴浑深；笔法老到，但渐乏活力。

在梁溪、湖湘山水诗集群之外，秦瀛的幽燕、齐鲁山水作品亦颇备特色，著名者如：《泰山》《雄县》《南天门》《古北口》《重九日广宁道中作》《卢龙》《澄海楼》《出山海关至辽阳道中有作》《盛京》《醫巫闾》《十三山》《清风台（诗人自注：在孤竹城）》《北镇庙》等。这些诗歌的叙事对象是以幽燕为圆心的北地风情，与秦瀛写南国的山水诗比较，这一组诗群则呈示出刚猛峭厉、怒目瞠视的艺术效果，如写燕山形胜，他说：“峭壁削空嵌，丹梯鬼斧劖。崖形争一线，关势束重岩。”（《南天门》）“谁说中原尽，雄关锁钥开。天横古塞出，山压大荒来。……长城空设险，留与后人哀。”（《古北口》）；再如写塞外寒荒奇崛的景色，他说：“塞上孤城倚大荒，摇鞭无语指斜阳。……白云阑断登高眼，不许愁人更望乡。”（《重九日广宁道中》“黄云烧战垒，白日挂边愁。乱碛穿沙出，浑河入海流。”（《卢龙》）“边陲屹重关，高楼俛瀛海。万古长城下，鬼哭古战垒。……时清独长啸，海山邈安在。”（《澄海楼》）又如勾勒北镇气象，他说：“空青塞辽蓟，苍翠割鸿濛。石压危崖树，潮鸣大壑风。”（《醫巫闾》其一）“绝壁插空冥，边门未了青。千寻蟠北戒，一气落东溟。”（《十三山》）辽东山川，幽燕风光，不仅具有刚猛雄放的艺术审美特征，而且还有令人沉思反省的历史价值，尤其明亡清兴的悲剧就是在这个山海相望的地方拉开序幕的，故此，秦瀛的这一组山水诗突显沉郁激壮、悲凄冷寂之风。

二、“江山助光怪”“劖刻皆灵思”

——钱氏双杰的山水诗

清代吴中诗群和常州诗群相比，前者多温柔敦厚，处事圆融；后者憨直耿介，有狂狷自任，朴质萧疏之风，故而吴中诗群显达者多于常州诗群，而常州诗群落拓不遇的寒士亦多于吴中诗群，这种人格的差异不仅源自区位差别，更源自由区域造成的文化差别。关于常州诗群的群体性文化特征，以及由这种文化特征形成的人格特征，先师严迪昌的《清诗史》论述极为精要；另同门师兄杨旭辉的《清代经学与文学》更是剥茧抽丝，辨析得十分详尽。常州诗群如果要算显达者，在乾隆一朝，则非钱维城莫属。钱维城与季弟钱维乔同擅诗名和艺名，虽然人生的轨迹所向殊途，但钱氏双杰的诗歌创作在常州诗群中堪称一对异彩独现的双壁，由于钱维乔身处寒士之列，诗风凄峭沉郁，多有不平之鸣，故论常州诗群诗人者多对其激赏有加，相反，钱维城则消匿于清诗史，成为后世知之甚少的诗人之一。若以山水诗创作的视角评价，钱维城不管是题材，还是歌吟对象的广阔均胜钱维乔。正如时人所说钱维城“诗境清越奇拔，固得江山之助。”(陈群《钱文敏公全集·序》)[①]本章论常州诗群的山水诗，钱维城是一个绕不开的重要作家。

(一) 钱维城的山水诗

钱维城(1720—1772)，字宗盘，一字稼轩，晚年自号茶山。其承家学，自幼颖异，读书一日千余言。十九岁举顺天乡试，二十三岁试为内阁中书舍人。二十六岁，中乾隆乙丑(1745)科进士，殿试一甲第一名，授修撰，寻擢右春坊右中允、日讲起居注官，命直南书房、懋勤殿；旋擢翰林院侍读学士。乾隆十八年(1753)，擢内阁学士兼礼部侍郎；十九年(1754)，充会试副考官。二十二年(1757)，擢工部侍郎；二十六年(1761)，调刑部，寻转左侍郎。

钱维城在朝二十多年，立身清正，尤其刑部任上，秉持法律极有度量，故深得乾隆赏识，正如王昶在《资政大夫刑部左侍郎赠尚书钱文敏公维城神道碑铭》中所说“盖公以第一人魁天下，直内廷二十余载，任秋官最久，数决大狱，讞事贵州，适遘逆苗香要之乱，不震不扰，出奇决策，月余蒇事，上益知公才器可大受，而未竟其用以卒，是以恩

---

① 见《续修四库全书·别集类》第1442册，第421页。

礼稠叠不替益隆如此。”①

除王昶的《神道碑》，钱维乔亦为家兄作传，置在《钱文敏公全集》卷首。根据王、钱的传文略知，钱维城不但政绩赫然，而且人格仍属上品，王昶曰：“公和平坦白，不立崖岸，不设城府，奖励寒素，有一长，必为拂拭推引。”②钱维乔曰：“生而凝重，长身戍削，目炯炯有光。……公生平和易炳白，与人交不设城府，好称人之善，奖借寒素，口如不胜，然严毅不可干以私，……尤重廉节，未尝以形势取一钱直餽。虽早贵，而自处同寒士，食不兼味，无妾媵之奉、居室舆马服玩之好。好为诗，以李杜为宗；文章疏达淳茂，绝去规仿；书法似苏文忠，画得元四家之胜，卓然成大家。”（钱维乔《家传》）③

钱维城虽立朝二十多年，官至刑部侍郎，并随驾和诗，得沾金台之气，但他把奉命恭和御制的应景之作全部收录在《鸣春小草》（七卷）中，而将抒情言志，摅写人生的诗作结集为《茶山诗钞》十一卷，即此能反映诗人馆阁与平民诗人两重身份兼而有之的复杂心态。

钱氏兄弟不但以诗鸣，而且书画艺术亦受当世称道，正如王昶所言：“书法苏文忠公，画出入于元黄子久、王叔明诸家。奉敕进御之作，上亲为题咏者多至数十卷轴，盖世得其书画如圭璧”④，以诗人的情怀，以画人的眼光创作山水诗，必能使其山水之作兼有诗画重辉的审美效果。如：“烟光平野树，水色上遥峰。天与征帆远，云将落叶封。”（《晚渡钱塘江》）“行行入深雾，稍稍出高陵。白散云千片，青仍石数层。此中大小米，画手见何曾。”（《石槽晓发》）上引两例皆信手从《茶山诗钞》中拈出，两诗虽然所写对象差异很大，但诗歌从意境营构、画面布局，到色彩搭配均体现了诗人独到的艺术审美趣味。《晚渡钱塘江》把水云相映、天光互现的江上景色笼盖于“晚”的静态背景下，以“渡”的动态视角安排画面层次，通过“烟光”、“野树”、“水色”、“遥峰”等富含情韵的意象的两两对比，遂使整个诗意显得清旷高远，

---

① 见《碑传集》，第1013页。

②④ 同上，第1015页。

③ 见《续修四库全书·别集类》第1442册，第422—427页。

引人遐思。《石槽晓发》写北方风光，诗人抓住北方山脉绵延高耸，山路蜿蜒盘曲的特点，以白云缭绕之，以山石点缀之，顿使雄浑莽苍的燕山风光变成米家山水图。石槽，在今北京顺义西北三十里。《读史方舆纪要》记曰："(顺义)其地有三石槽，分东、南、北三处。"大清曾于南石槽设行宫。

钱维城既善于用画人的视觉构建山水诗的审美意境，还长于用诗人的胸襟抒发对山川、对自然的礼赞之情，他身处台阁，却心怀天下，每至一处，每历一景，他都要寄意畅情，借山川之象，以发内心悲悯苍生、奋力国事且高蹈扬厉的磊落之情。如："从天几曲下昆台，滚滚秋风入塞来……泥沙万斛谁当挽，鸿雁千村尽可哀。终使蛟螭蟠窟宅，临流愧乏济川才。"(《渡黄河二首》其一)"疾风荡坤轴，飞鸟不得泊。……微山倏浮动，何况堤岸弱。惊心问鱼鳖，一一失村落。……忧端随奔涛，潏荡动魂魄。谁人持上策，禹绩在疏凿。"(《微山湖水发》)如果面对黄河水势，微山湖风涛，诗人激起悲悯天下，勤于国事的遒劲情怀，那么当他登临古长城，一览群山起伏、关隘险阻的形势，内心便涌起对历史、对现实，以及对未来的深刻思考："诘屈轇轕如螺旋，飞虹界空走蜿蜒。云是上古之长城，横绝地脉包中原。……鎚崖凿险架楼橹，虎视逐逐开雄关。……吁嗟乎！长城之势不可量，金戈铁骑徒彷徨。古称在德不在险，割漆蒸泥犹可撼。……笛声夜起秋云孤，行人过此皆踟蹰。从来王者本无外，秦人筑此何为乎？呜呼！秦人筑此何为乎？"(《古长城歌》)古长城横亘东西、界限南北，它不但关山险要，连绵不绝，而且"东起辽左西雍凉"，沧海涌其前，黄河"绕其址"，自古即是"金戈铁骑"的杀伐争战之地。秦人征发"百万丁夫"，用极残酷的手段筑起长城，目的在"扫六合"，限华夷，没想历代王朝的覆灭大多祸起萧墙，咸阳深宫的内乱总由暴政引起，故而诗人反思历史，大声疾呼地呐喊道："秦人筑此何为乎？"一个王朝的兴盛在于施行仁政，予民以休养生息的机会，如果暴虐残酷，劳民伤财，纵然有柱天维地的坚固长城，亦只能供后世凭吊感叹，产生"昔年挥锥刺不入，于今欹倒斜阳前。……荒碛迎秋草先白，黄尘满空日色寒"的"萧条"凄凉之情。

钱维城曾主江西乡试、视浙江之学、平贵州香要之乱，故而其山水诗题材纵横上万里，北到辽沈，南至滇黔，盘桓浙中，优游赣省，凡所到处，辄有诗以纪山川。如写塞外风光，他着重显示其西风劲吹、山势巑岏的特有气象：“北镇雄幽州，肇封自虞帝。……配同五岳尊，爵视三公贵。”（《望毉巫闾》）“边月随人入近关，劳劳亭畔马难闲。西风吹遍长堤柳，又送行程到别山。”（《宿别山》）“何年巨灵斧，劈此两崖开。……到天峰色尽，划地水声来。”（《鄂尔楚克哈达》）上述为诗人北眺山川而写的山水篇章，尽管有“西风”、“幽州”的地域特征，但在诗意的追觅上，诗人还是体现了画人的眼光，将其营造得幽远杳深，有味外之趣。

乾隆二十四年（1760），诗人奉命主持江西乡试，他出都沿河北、山东、江苏的官道一路行来，经浙江到达江西，合往返所历，创作山水诗章数十篇，其中有《东阿雨中山行》《望峄山》《微山湖歌》《白沙岭》《桐城县》《枫香铺》《渡浔阳江》《望庐山二首》《德安山行》《庐山杂咏九首》《渡章江》《望滕王阁》《安仁县》《舟发常山》《下滩》《过衢州》《红树》《过兰溪》《七里泷》《桐君山》《泊舟钱塘望西兴渡四首》《过苏州》《夜发常州》《渡扬子江》《夜渡黄河》《望泰山》等。

钱维城的西江山水诗群包容广泛，诗体多样，构图精致而诗韵流溢，如：“晴旭澹空翠，虚岚澄素辉。村烟看始上，谷鸟试初飞。”（《桐城山中晓行》）“万古一烟气，香炉日夕吹。……云雾远晦冥，六朝杳难期。”（《庐山杂咏·香炉峰》）“急雨忽飞三下渡，荒村已乱午时鸡。天低平野云连树，水散高原路接溪。”（《雨中过三下渡》）“暗觉峰移影，潜窥树隔烟。”（《舟发常山》）“初日照柏林，烂若红锦织。……艳欲蒸云霞，光犹照昏黑。……我欲写秋容，对此惭粉墨。”（《红树》）从京师到豫章，再由豫章返京师，诗人奉使西江的驿路笼盖在江山相照、烟云迷濛的千里画廊中，他把这些充满意趣和生机的山水断片有机组合起来，就形成色泽鲜丽、画面生新的南北山水图。

江西试事甫毕，诗人旋即“奉命视学浙江”，这时他进入山水诗创作的旺盛期。与主试江西不同，钱维城在浙江留驻有日，且“视学”的步履印满浙省一境，这一刻既是诗人宦途风帆高张的得意时，又是他山水诗创作充满激情与活力的旺盛期，他把人生的得意和山川的壮美天衣无缝地对接起来，就使其山水诗表现了雄放阔大的审美诗境。如："虚涛万泒来窗前，寻声不觉登山巅。随风一放万里眼，江湖左右摇空天。……海门东望开鸿濛，金银宫阙缥缈中。……松风舒啸非我谋，未得高卧南山头。"（《登万松岭》）"龙潭潴层岩，倒下五千丈。……日气射寒晶，怵目眩万象。殷崖走霹雳，空谷蕴奇响。谁抉黄河源，飞坠仙人掌。"（《大龙湫》）"白云与我共往还，飘入青莲梦游处。……四明东来三百里，排青叠翠势未已。崖开壑转涧道通，雷霆擘石马鞍底。……定看海水连天浮，临风抚掌谈瀛洲。"（《天姥山》）"湖风开云作新霁，道场一峰高擢髻。……太湖万顷荡我胸，我家即在湖之中。……便欲乘风跨洞庭，水天一色波溟溟。"（《登道场山绝顶望太湖》）上举各诗，以点带面，全景再现了钱维城在浙江视学期间勤政劝士、赏游山水的精彩人生。万松岭，在杭州府治西南二里，《读史方舆纪要》曰："凤凰山，其东麓为万松岭，旧时夹道多松。"[①]钱维城登万松岭，只闻松声如潮，鼓荡奔涌，不可一世，诗人的诗魂随松涛腾跃而起，直到"海门"之东、"鸿濛"之内，浩浩茫茫，无有止息。大龙湫，在温州府乐清县之雁荡山上，自古为观赏陡涧飞流的绝胜之地。顾祖禹描述其形势曰："大小龙湫会诸溪涧水，悬岩数百丈，飞瀑之势，如倾万斛水从天而下也。"[②]钱维城从处州到温州，试士视学余暇，游览了举世闻名，被沈括誉为"天下奇秀无逾此山"的雁荡山，当他直面大龙湫势如飞龙，从天而降，又奔涌而去的雄放气概后，神魂为之倾倒颠狂。天姥山，在明清绍兴府新昌县东南五十里。《读史方舆纪要》载曰："高三千五百丈，周六十里，脉自括苍来，盘亘数百里，至关岭入县界，东接天台，西连沃州，道书以为第十六福地。山之最高峰曰拨云尖，西为莲花峰，高二千五百丈，周三十里，西去县四十五里。"[③]天姥山，因李白"梦游"而大噪于后世。钱维城踵武李白之后，

① 见《读史方舆纪要》，第4125页。

② 同上，第4347页。

③ 同上，第4235页。

踏着太白梦幻中的脚步，登上天姥之巅，只见天台雨雾濛濛，四明蜿蜿东走，涧壑深邃通幽，修竹茂林叠翠堆绿，令人恍然产生“临风抚掌”，笑“谈瀛洲”的超脱感。道场山，在湖州府南十二里，与何山相连，和下山相对，是湖州登览湖山胜景的幽绝处。钱维城自小生长于太湖边，其故乡和湖州一衣带水，当他独立道场山巅，放目三万六千顷的太湖风光时，心灵瞬间被那柔情的母亲湖水所融化。

如果上述四例，从点的角度让我们观察到钱维城在浙省的跋涉经历，那么下列篇目，则以线和面的视界让我们从纵横交织的画面中整体把握了钱维城浙游山水诗的壮阔与宏肆。如写绍兴府山水的篇目有：《自绕门山东南行五六十里山水平远赵承旨水村横卷也，欣然有作》《游吼山》《谒会稽郡王墓》《登望海亭》；写杭城的有《渡钱塘江》《游云栖》《七里泷》《呼猿洞》《飞来峰》；写衢、金、温、处一线的山水名篇有：《金华郊行》《缙云县》《隘头岭》《桃花岭》《石帆山二首》《游石门》《观瀑》《青田江行》《芙蓉村》《上四十九盘遥见上云峰》《连云嶂》《云岩寺》《云峰寺》《谢公岭》《上郑家岭却望雁荡山》《黄岩道中》《雁荡纪游六十四韵》《宿紫阳宫》《上盘山岭遥见雁山》《再游雁荡》《自灵峰沿溪五里至碧云寺》《小龙湫》《剪刀峰》《江心寺谒文信国卓忠贞两公祠》等；写湖、嘉风光的有：《理安寺》《烟雨楼》《晚发嘉禾宿雨初霁志喜》《湖上晚行即事》等。上举篇目，不但说明钱维城浙中山水诗的数量，以及诗人宽阔的游历范围，而且通过各体诗作的辨析，还透视了钱维城独到的艺术审美水平。钱维城的浙中山水诗运笔细腻，描写精到，有形神兼具的艺术效果；同时他用画家的眼光设色、布局，使其山水诗作显得浓淡相宜、构图和谐，给人适情惬意的感官享受。另外，诗人在精笔工致的绘摹中融入大写意的笔法，使其山水篇章处处透着含蓄隽永、灵动洒脱的浑融意韵。如：“日落不知处，火云生海西。晴仍半山雨，暗有一湾霓。”（《小楼雨后》）“一片夕阳凭槛落，万家春树逐帆浮。暂时洗眼开明镜，未有闲情付野鸥。”（《烟雨楼》）“潮声远逆于溪上，鸟影低随一叶飞。野艇纵横投别屿，乱山重叠带斜晖。”（《黄岩道中》）“数点遥青出雾间，霏微已隔万重山。偶然鸿爪留禅榻，不及闲云自往还。”（《上郑家岭却望雁荡山》）尽管身在宦海，但钱维城的一颗诗心却永远没有离开过自然，他纵情山水，放意探幽揽胜，让大自然灵秀奥妙的精魂淘洗自己的胸襟，在与浙东南胜似仙境的山水相近相亲的瞬间，他忘却了尘世，忘却了自我，始终和山灵相约，与水魂相伴："年来两度到台州，怅望金庭天际头。还与仙人仍后约，未甘辜负石梁游。"（《发台州口占》）"仙区惜人情，百里诉契阔。飞翠落盘山，迎我如户闼。"（《上盘山岭遥见雁山》）"前游未经年，奇趣常贮臆。……引胜出无穷，开怀豁遥忆。"（《再游雁荡》）浙东南奇峰秀出，涧壑幽深，终年雨雾濛濛，烟树迷离，是一方陶冶性情、涵养艺术精神的心灵家园，钱维城徜徉其中，时时感到山灵的深情召唤："探奇意已倾，选胜兴未竭。"（《云峰寺》）"雁山知我频回首，又遣朝云送一程。"（《大荆晓行微雨》）钱维城的浙中山水诗之所以意境高远，神韵横出，不仅靠他迥异的艺术表现手法，更重要的还在诗人对自然的一往深情，以及因之而形成的自然观念的深度引导："随波一片白鸥心，散作云烟十二幅。……千奇万怪走胸中，每当兀坐辄对面。颇怪山灵随我归，心所未想手已知。"（《苦雨画素册遣兴树参弟作长句见索因题以赠》）"爱画工诗是性生，阿兄簿技动倾情。无端别去金华路，空对秋山半雨晴。"（《金华道中怀树参弟》）视学浙省是钱维城生命中最辉煌的一刻，他把人生得意尽欢的无限畅快全力泼洒在可遇而不可求的台荡山水间，就给后世留下了为浙东南山水图影写真的绝妙好词。

乾隆三十四年（1769），钱维城奉命往贵州查"贵州知州刘标以铜厂缺亏"案，"狱甫定"又协助湖广总督吴达善平定贵州苗人香要叛乱。这次贵州之行，使钱维城诗兴大至，黔中奇异山川一入他的诗眼，足令他惊魂动魄，心神为之一振："不信乾坤力，难平万叠山。"（《云顶关》）惊呼感喟之余，钱维城用别样的笔墨绘制了一系列黔省山水图卷。黔中山水诗是诗人走向成熟期的表徵，和浙省山水诗群相比，钱维城的黔中山水诗更表现了一份沉着冷峻，有如峭崖高张，望之令人心悸；又若激湍旋洄，观而叫人胆寒。如："薄暮望前山，云外已无路。……但觉身仰行，万丈凛一误。……攀磴冒横流，企踵进瀑布。"（《二十日晚大雨上登高岭》）"晨下三难滩，翻似坠峻坂。……

其声山同摧，其势电俱转。”（《三难滩》）“连山根云生，飞鸟苦无道。盘旋下党根，行蚁迹巅草。已谓达溪腰，仍踞众山脑。……破荒开辟后，凿空扶舆表。”（《下党根坡至加额》）“籐危猿共挂，道窄鸟分飞。……高泉还溅帽，低雨不侵衣。”（《上百锁高岭》）钱维城的黔省山水诗之所以没有浙东南山水诗那般清隽秀逸的韵味，关键是诗人融入了军旅生活的体验，从而使其山水诗在自然生成的神韵中多了一种厚朴深沉的激楚风调，由此可以推断，钱维城晚期的山水诗不但是诗格、诗风从清新澹远向苍深质重的转变，而且还是诗思、诗旨由单纯歌吟山川之美向更深更广层次拓展，亦即将自然之美与人文之美进行高度统一，就此意义说，钱维城的黔行山水诗不但具有别开境界的自然审美性，而且还有还原那场局部战争，稳固边防的社会学价值，以及反映少数民族生活，揭示少数民族习俗之美的民俗学价值。如：《下江营》《夜雨》《党根坡驻营》《佳居回兵即事》《自下江营回兵》《古州即事》（以上反映平定香要叛乱的军旅山水诗），《苗歌行》《六月雪（诗人自注：草花名）》《异俗》《美人焦》《玉簪》《夜合》（以上记录苗风苗俗和动植物种）。

通过对钱维城山水诗的简要描述，我们庶几得出以下几点：一是诗人虽然名位显要，但他的山水诗风格却始终与常州诗群保持着高度一致，其诗人之诗的风韵替代了台阁诗人的呆板僵化，平民诗人的风情掩抑了官宦诗人四平八稳、扭捏作态的格调，从而显出淡泊悠远、清纯绮丽的山水诗境；二是钱维城的山水诗创作呈菱形分布，早期与晚期不管数量，还是质量均不及中期，由此可以认定，早期是钱维城山水诗创作的准备期，中期是他山水诗发展的旺盛期，亦即高潮期，晚期则是成熟并逐步走向衰落期，由于这三个阶段的不断推动和交互作用，才整体映现了钱维城的人生轨迹，以及他的自然观念的形成。

（二）钱维乔的山水诗

钱维城与其季弟钱维乔（1739—1806），字树参，号竹初，江苏武进人，虽然社会地位有所悬殊，但他们在伦理情分上关系极为融洽，两人诗艺相切磋，画艺相研习，成为当时毗陵诗人中双璧同辉的佼佼者。同门师兄杨旭辉在《清代经学与文学》中说："钱维城与其弟钱维乔都极有才华，自幼工诗文书画。然而不同的人生轨迹亦使他们各自的成就相去甚远。"[1]钱维城在为其弟《竹初诗钞》作的《序》中说："自予官京师，每得先大夫札，辄言吾弟幼慧，年七岁随祭先茔，舟中教以切韵，一日即习熟。十一二龄，遂能纵笔为诗文，……壬午视学浙中，弟偕往，相与登雁宕，观龙湫，纵游括苍、石门诸胜，吟屐所至，予两人篇什恒相埒，其它风晨雨夕，联床倡酬者，无虚焉。未知弟之诗视予何如，然往往一字一句互相酌覈，时复怡然以解，非他人所能喻。……盖吾两人既以至性相深，而又同具昌歜羊枣之嗜，故无间臭味也。予尝为弟言，昔人云读书破万卷，下笔如有神。予性钝，又不幸早厕仕籍，因循荒陋，以迄于今，稍幸天资近醇，无乖温柔敦厚之训耳。至于肆力古人将于弟乎望，然吾见数年来弟之穷愁牢落，饥驱奔走，视予鹿鹿宦途者，无稍殊，又甚为吾弟惧也。……长夏论诗，互审旧作，为识数语于其篇首。"[2]作这篇序文时，钱维城已届五十三岁，距其辞世仅半年之期（序作于"乾隆壬辰夏六月"，而钱维城"以居忧"于"乾隆壬辰冬""卒于里第"）。钱维城的《序》言给我们表明了：1. 钱维乔幼即聪慧，秉承家庭良好的诗学传统，其诗歌创作随其阅历的不断深化而日渐成熟；2. 兄弟间手足情深，不但有共同的生活兴趣，而且更重要的是诗艺相劘，互相促长；3. 兄弟间因科考的结局不同，所以其人生走向不同，最终形成的人格特征亦殊然有别，钱维城"鹿鹿宦途"、"因循荒陋"，其追求的诗歌风格为"无乖温柔敦厚之训"；钱维乔则恰恰相反，他因失意于科场，终生不过一风尘小吏，所以其常怀抑郁不平之情，"穷愁牢落，饥驱奔走"，故此其诗风离"温柔敦厚之训"渐行渐远。

钱维乔诗歌创作之所以得后世推许，主要原因就在于他因"穷愁牢落，饥驱奔走"的生存状态所形成的"往往在牢落幽伤之中给人以

---

① 见《清代经学与文学》，第 145 页。

② 见《续修四库全书·茶山文钞》卷四，第 1442 册，第 688 页。

沉郁沧桑之感”[1]的特异诗风，钱维乔生平有贫士失职、寒士悲秋之叹，所以他的诗歌在更广意义上能引起同时或后世有相同人生感触的诗人学者的心灵共振。赵怀玉在《竹初诗钞·序》中说：“凡山川之凭吊，身世之苍茫，聚散之迹，存亡之概，皆寄托遥远中，多激楚音。”[2]程晋芳《序》曰：“竹初为司寇文敏公季弟，而困踬场屋，食贫端忧，之浙之燕之秦之豫，足迹所及，览古兴怀，以泄其胸中之蕴积，其状貌清瘦，孱然不胜衣，而诗笔雄肆，若可敌万夫者，可以知其怀抱之异也。”[3]钱大昕的《序》情词恳切地说：“文章虽贵，遇合偏艰；孝廉之船，往而辄返；中书之省，过而不留。南北奔波，舟车轫辘，逆旅非无知已，当场难索解人；重以骨肉摧伤，心肠郁结；意有所触，宣之于声，而诗格益奇。”[4]钱维乔侄婿崔龙见的《序》则曰：“树参先生负倚天拔地之姿，抒垂露涌泉之藻。……买骏冀北，扬舲越东，吟囊负于奚奴，游屐追夫谢客，……笔有江山之助，言无月露之浮。聆之则风雨争鸣，瞩之则烟岚互变也。”[5]钱维乔以穷愁牢落之意，郁结不平之情创作的深寓寒士情结的诗歌被诸多论家进行反复阐释，此处不再复述。本文主要以山水诗为断面，对钱维乔的诗歌特色作一粗线条勾勒。

钱维乔一如众家所论，诗作“多激楚音”，他把“凭吊”“山川”、感叹“身世”的落落情怀寄托到山水风物中，就多了一些哀伤顽艳、凄楚悲怆的韵味，如：“云天千嶂失，烟树万家同。远水明田外，遥村断雾中。乡心逐归鸟，纵眼尽空濛。”(《雨中远眺》，诗人自注：时寓维扬郭外)“大江横远目，孤艇入洪波。日落千帆迴，天空独鸟过。……飞渡真无力，长空起浩歌。”(《渡江》)“绝顶天风吹鸟坠，横空江雨挟潮来。……徒听钟声怀处士，不堪凭吊暮云颓。”(《过焦山》)“岧峣镇郡有雄楼，落日凭阑万瓦浮。天到山城疑作瘴，地连海气易成秋。……

---

① 见《清代经学与文学》，第146页。

② 见《续修四库全书·别集类·竹初诗钞》第1460册，第2页。

③ 同上，第4页。

④ 同上，第6页。

⑤ 同上，第8页。

把酒不堪愁独往，苍茫何处是瀛洲。”（《登四明郡楼》）钱维乔半生奔走衣食，往来江浙幕府中，他常怀“一种牵愁绪，情分去住难。雨声随夜密，乡思近秋寒”（《一种》）的淡淡忧愁，故此其山水诗比钱维城多了一份落寞和低沉，有雪泥鸿爪之叹，登楼怀乡之思。

钱维乔与大兄钱维城既同胞情深，相依为命，又诗情画艺相激赏，钱维城诗画方面的造诣直接影响了比他少十九岁的季弟钱维乔，他们在相濡以沫、共同唱酬的过程中，形成相近的山水诗风。如：“秋山无晴雨，极望唯寒烟。……天际云影徐，飞鸟自往还。”（《晓霁望吴山》）“天涯一望水云浮，漠漠孤帆接暮秋。……人从塞雁分离绪，诗少巴童荅旧愁。”（《晚泊梅村》）“一角林峦罨画东，风流曾记住髯翁。数区阳羡何须买，今日晴山尚属公。”（《望蜀山》其一）“日出远烟散，湖光万顷新。……沙霁初分树，鸥闲欲近人。”（《早渡太湖》）“画溪水如画，碧尽不因春。遥连上下若，色到泛舟人。”（《游画溪》诗人自注：在长兴西郊）上列各诗，大多为钱维乔随其大兄游历浙中时所为，其诗格高古淡泊，清旷温润，有似钱维城，特别是昆仲二人选用意象时皆喜用烟云、烟雨、烟气等，以增加山水诗的画面质感。

和钱维城的江西、浙江、贵州三大板块近似，钱维乔的山水诗内涵包括三大主题，即浙中、江淮和关中。浙中山水诗是钱维乔山水诗创作的主体部分，它不但数量丰饶，而且质量亦达很高的艺术水准；江淮山水诗是钱维乔山水诗的亮点，它见证了诗人北上南下时心灵嬗变的复杂过程；关中山水诗则是诗人山水诗创作的余韵或补白。这三大主题的山水诗交互叠加，既依次映现了诗人奔波风尘的艰辛图景；又实证性地说明诗人审美意趣的不断完善与成熟。

钱维乔早年曾随大兄游遍浙江的名山胜水，此时他们兄弟唱和，欢情甚洽，所以其山水诗风表现为高亢明快，气势淋漓，无论语境，还是意境均呈现了风致婉然、神韵天成的特点。如“放船随月静，把酒得山闲。……鸟声多谷口，野色半烟鬟。”（《山阴道中》）“一身山色里，眼与暮天开。……涧声随石起，日影逐云来。”（《桑洲岭》）“雁山东转森群峰，突然到眼天柱雄。……仙人对面张锦屏，孱颜十里霞作城。……晴窗晓启玉女来，随风往往双鸾舞。……巨鳌戴我复飞去，

定得高吟海上山。”(《望天柱诸峰》)“几派幽泉石气分，斜阳落影乍成纹。潺潺流过能仁寺，一片钟声起白云。”(《锦溪》)

浙东南山水以奔放腾厉著称，钱维乔置身其间，心神与自然的节律一同起伏，他把这次纯粹吟赏烟霞的欢悦之情见之笔墨，就构成令人拍案惊绝的山水诗大系:《过桐庐》《衢州早秋》《暮发富春》《曹娥江》《登四明郡楼》《晓发宁海县山行》《涧声》《过小溪铺》《铜岩岭二首》《晚望》《望巾子山》《晓云》《台州吊文丞相》《自台州起行》《雨过拗岭》《过谢公岭始到雁山》《灵峰洞》《自碧霄步至真济寺》《净名寺》《灵岩寺》《观大龙湫作歌》《下四十九盘岭回望雁山》《游石门观瀑》《桃花岭》《隘头岭》《宿荆坑》《缙云县》《下滩谣》《阻风宿乌石滩》《过钓台》等。

钱维乔自述其生平曰:“年十七补博士弟子员，二十四登贤书，六赴礼闱不第，遂以例入赀为县令，简发越中，屡摄丞倅及邑事，补遂昌，旋调鄞，在任七年，以疾归，此居士出处之大略也。”(《竹初文钞》卷六《自述文》)[①]钱维乔“六赴礼闱不第”，最终“入赀为县令”，这对出身清显，少有才名，且报负高远的他，不能不算是人生最大的挫败与失意。如果越中山水诗，尤其早年随大兄游历浙东南的山水诗清新俊发、激情漫溢的话，那么他往来京师、横绝江淮的行旅山水诗则全程测量了诗人心灵的深度与宽度。通过浙中山水诗我们透视了意气风发、爽朗峻洁的钱维乔，而透过江淮山水诗，则让我们一步步地接近了诗人风尘如晦，人生渐趋黯澹，希望走向寂灭的心灵发展过程。正因为江淮山水诗有负载诗人悲辛命运、见证诗人浮生若梦的厚重内涵，所以钱维乔的江淮山水诗在一贯追求唯美的艺术规范下，随处流溢漫衍着忧郁滞涩之气，从而更本质地映现了钱维乔常州寒士诗人特有的气质。如:“家山回首暮云迷，客思经春怅别离。不及风前数行柳，年年披拂在官堤。”(《过高邮》)“掠波双燕喜，噪柳一蝉悲。高卧虚縻日，将归正感时。”(《过杨青驿》)“半载京华梦里过，佳辰曾记醉金波。孤舟寂寞缘何事，愁见双星又渡河。”(《闰七夕泊安

① 见《续修四库全书·别集类》第1460册，第282页。

陵》)“客心悲一叶,河流浩沧茫。落日瓠子飞,万古天为黄。……秋风荡飞鸟,远岸灵旗扬。手无济川才,欲渡还周章。”(《渡河》)“云物空书千里恨,葭灰难动九泉肠。人如坠叶徐徐远,愁共斜晖渐渐长。”(《至日棘骥沙道中》)“频来击楫感中流,一舸长随天地浮。晓日樯乌云未定,秋风石燕雨初收。……粥鼓声声休劝客,无田归亦系人愁。”(《渡江》)钱维乔“六赴礼闱”,多次奔走在江河淮海间,他不但饱受了六试“不第”的心灵煎熬,而且还看尽了世态炎凉、人心不平的种种社会百相,更经历了离亲别友的诸多销魂时刻,因此他第二主题的山水诗多有悲伤忧愁的情绪滋生蔓延,令人生无限惆怅之情。要弄懂并探幽此时此际诗人真正凄冷悲劲的心曲,不但要细研其山水诗味,而且还可参照他这一阶段所作的诸如各式杂感类的咏怀诗。譬之“三年射策强随人,欲乞头衔为老亲。……现愁骏骨难论价,复恐仙源别有津。”(《至京邸》)“三年射策”而始终不能折桂蟾宫,“骏骨”沦落,其价“难论”,这种冷幽默式的诗语恰好诠释了钱维乔江淮山水诗的主题。

“频来射策滞皇州,去日依然季子裘。末路才名思吏隐,中年关塞仗朋游。”(《出都赴陕西作》其一)尝尽世态炎凉,看惯科场颠踬的钱维乔在心神俱疲、万念皆灰的瞬间,好在有至交好友“怜”其“濩落”,约他仗剑西去,游历秦关。诗人怀着“西去秦关好登眺,壮怀休惜百壶赊”的激壮情绪踏上西来的旅程,是时毕沅任陕西巡抚,他的门下聚集了一批闻名天下的学人,尤其是名声远播的毗陵学子。钱维乔的西行山水诗从《早发沙河》起,一路写出从冀北到关中的人文遗迹和山河壮景,其名篇有:《国士桥》《邯郸卢生庙》《磁州》《渡漳河》《铜雀台同韫山作》《汤阴谒岳忠武庙》《淇水》《河内》《宿孟县》《早发孟县》《孟津渡河》《硖石》《崤陵》《函谷关》《潼关》《望华》《杨太尉墓》《纪将军祠》《秦始皇冢》《唐昭陵石马歌》《华清宫故址》《望慈恩寺塔》《王猛墓》《望太华积雪》《过华阴》《张茅道中》《晓发土壕》等。钱维乔的西行山水诗,既有对山河险固、雄关耸峙的关陕山川的赞叹礼敬,如:“一线龙门禹凿开,洪波于此识东来。……落日金乌樯影乱,横空竹箭鼓声催。”(《孟津渡河》)“群峰怒西奔,百里势一束。……摩空两苍崖，夹立筅炎旭。……山高郁云根，天窄亘地轴。”(《硖石》)“鸡鸣人起度函关，立马苍茫月黑间。门扼全秦容一骑，地当强晋有千山。”(《函谷关》)“崤函西控此咽喉，突有雄关镇上头。高堞远横连岳色，断崖俯压见河流。”(《潼关》)“危棱耸金方，朔气先到顶。……兹山势峭立，苍翠心所领。……千仞孕高寒，已与下方迥。”(《望太华积雪作》)“连山势蜿蜒，起伏无定踪。……遥睇千丈磴，攀陟疑难从。渐觉所历高，已入云雾濛。……回首盼秦陇，离别心忡忡。”(《张茅道中》)大势纵横、气象雄浑的写景之外，钱维乔更多的是对关中厚重深沉的人文故迹的摅写，透过这些内涵丰富的人文印记，诗人发散的是千年一叹的历史幽思。如《秦始皇塚》，写诗人登上秦皇大塚，思绪如天风南来、大河西下，浩浩荡荡奔涌而出，他先是用高亢激昂的语气，赞叹了秦始皇统一天下、扫平六合的雄才大略，然后又用低沉徘徊的语调喟叹秦亡天下的原因是不施仁政、钳制天下民口所致；最后诗人用对比的方式为后代敲响了一声警钟：“昔时渭水争挽石，今日土花悲蚀碧。乃知上古之圣不树坟，后来达者杨王孙。”又如《华清宫故址》，诗人用凌厉的笔法、叹惋的语意，通过唐玄宗前后行为的对比，揭示了大唐王朝由盛而衰，由衰而亡的惨痛教训，令人有回肠荡气的历史沧桑感。

钱维乔山水诗尽管有上述抒怀言志、沉滞酸涩之音，但总体风神韵格依然保留了常州诗群追求唯美的艺术倾向，尤其他的浙中山水诗更是典型地反映了诗人“笔底烟霞总未忘，又从生纸写秋光”(《题画》其一)的审美趣味，以及“此身岩壑最相宜，不合尘劳染鬓丝”(同上，其二)的自然观。

钱氏双杰虽然人生遭际不同，社会地位悬殊，但相同的诗文化传承还是让他们形成了和而有异，异中见同的山水诗风格，在常州诗群名家林立的态势下，他们以隽秀而宏肆的诗歌格局占据了常州诗坛的一席之地。

“频年江国共盘桓，君正弹冠我挂冠。一纸秋声赠行篋，鲈乡如此画中看。”(《赵舍人味辛属写溪山秋霭长卷并题绝句送之北行》其一)这首题画诗情真意深，是钱维乔在“赵舍人”欲北上“弹冠”，两个挚友临岐洒泪之际，以赠画题诗的形式表达了“何事临岐促王宰，故人情重在青山”的悠悠情怀。“赵舍人味辛”，即赵怀玉，“毗陵七子”之一，二钱与赵怀玉诗文交情极为深厚，故而将赵怀玉的山水诗蝉联于二钱之后加以简述。

三、“寒泉空自流，澄观净人思”

——赵怀玉的山水诗

赵怀玉（1747—1823），字亿孙，号味辛，晚号收庵。乾隆四十五年（1780）举人，乾隆五十六（1791）年实授中书舍人。后历任山东兖州府同知、青州府海防同知，署登州知府。嘉庆八年，父丧归里，乡居凡二十一年。因“病湿”的缘故，晚年的赵怀玉“十余年不良于行”[①]，其艰难苦恨的景况可以想见。道光三年二月庚申卒于家。著《亦有生斋集》五十四卷，其中《乐府》二卷、《诗》三十二卷、《文》二十卷。

《清史稿·文苑传》记曰：“赵怀玉，字亿孙，武进人，尚书申乔四世孙。乾隆中召试举人，授中书，久之，出为青州府同知，以忧归，终于家，性坦易，工古文辞。尝自言不敢好名为欺人之事，不敢好奇为欺世之学”[②]。《清史稿》言简意明，寥寥数语便点出赵怀玉耿介不欺的人格特征。对于自己鄙弃红尘，热爱友朋，纵情自然的高洁心志，赵怀玉表白道：“一编可以忘机，一笠可以忘势，以友朋为性命，于山水有素契，虽读书而不求甚解，素好酒而饮少辄醉。”（赵怀玉《自题三十七岁小像赞并序》）[③]

赵怀玉少有文名，袁枚称其“能八家之文”（《随园诗话》语），诗歌被洪亮吉品为：“如鲍家骢马，骨瘦步工。”（《北江诗话》语）杨芳灿在《亦有生斋集·总序》里对赵怀玉的诗歌成就给予高度褒赞：“味辛先生，儒林丈人，词坛尊宿。……海内诵其诗篇，士流奉为矩薙。兹手定其诗文若干卷，问序于余，余受而读之，逸藻云布，潜思渊渟，诗品

---

① 〔清〕陆继辂《山东青州同知赵君怀玉墓志铭》，见《碑传集》，第3178页。

② 见《清史稿》，第2094页。

③ 见《续修四库全书·别集类》，第1470册，《亦有生斋文集》卷十一。

高奇，文格古贵；铿戛金石，珑玲其声；罗列模绣，缤纷其采，神明律吕。……趋曹刘陶谢之墙藩，追贾马刘班之轨躅者矣。……斯时也，稚存负雄鹜之姿，仲则挟飞腾之气，渊如擅宏通之誉，叔讷（吕星垣字。笔者注）矜奥广之才，莫不鹰扬其体，彪炳其文，……君乃北拒南连，左縈右拂，当万人之敌。……濡毫而醉墨争飞，击节而惊花乱落。豪情激越，逸兴纵横。”①杨芳灿与赵怀玉同里而同学，被时人极为推重，他和赵怀玉的命运有殊途同归之嫌，故而在这篇激情扬厉的骈体序文里，他既指陈了赵怀玉“豪情激越，逸兴纵横”、“诗品高奇，文格古贵”的旷世才华，又通过两人命途遭际的交互对比，突出了赵怀玉抑郁偃蹇的落拓人生，及其百折不挠、豁然达观的情怀。关于赵怀玉的诗学渊源和风格形成，其“同里后学”董士锡在《亦有生斋集·序》中说道：“先生诗文于古人无不学，学其长而舍其短，故不形似一家而能具诸家之美，其征故也，博其敷词也，丽其摛藻也，雅其用意也。”②赵怀玉《自序》则曰：“诗多牵率酬应，涉笔凡庸，然境必取其真，不敢有意涂饰，蹈前人伪体之弊。”③赵怀玉诗歌学古人之长而舍其短，所以能形成“不形似一家而能具诸家之美”的特质，同时他创作时坚守“境必取其真，不敢有意涂饰”的艺术底线，故此才能成就他在常州诗群中令人崇仰的诗史地位。

赵怀玉虽然出身名门，为赵申乔之后，但家道的中落，以及生存环境的浸染，让他养成了毗陵诗人所共有的耿憨和忧郁气质。因此，在所有交集的同年中，他与张问陶有同病相怜之意：“痛饮常同燕市歌，惊心元伯遽鸾讹。性灵自是超流辈，终卷惟嫌近体多。”（《题张太守问陶遗诗》其一）“后先宦辙与君邻（诗人自注：予历官青登，君守莱郡），乞养曾输勇退身。到底望云迷蜀道，虎邱花月送诗人。”（其二）④正是同张问陶有心灵相通、肝胆相照的默契，所以赵怀玉的山水诗和张

① 见《续修四库全书》第1469册，第185页。

② 同上，第186页。

③ 同上，第187页。

④ 同上，《亦有生斋集·诗集》卷三十二。

问陶有心照不宣的暗合处。在内涵上他们有寄托个人心志，抒发内心抑郁的共性，而在艺术上却都坚持自写真我、独抒性灵的审美标准。如："征雁衔芦投远渚，寒鸦带日破荒烟。即看几曲湾头水，已引乡心到客边。"(《晓发张家湾》)"海潮近接丁字沽，国漕万斛从此输。……胡为鸥鹭不知足，纷纷欲占居人屋。(《天津道中作》其二)"山连蒙羽千峰列，水接汶沂几派来。抗疏功名原自薄，散金心事漫相猜。岩阿桐树知多少，谁辨遗材与弃材。"(《峄阳道中》)"理櫂出前浦，飞鸿起远林。一声人欲泪，千里客何心。"(《赤山舟夜闻雁》)赵怀玉为求功名，多次如秋鸿飘零，辞乡别亲，尝尽思念之苦，而世态的冷暖，命途的多舛，让他时刻感到怀才不遇的极端苦闷，将这些黯然销魂的离情别绪，抑止凝噎的命运之叹寄寓到山水诗中，就与张问陶有同病相怜之痛。赵怀玉虽然不是"性灵"派之属，诗论家也未曾明确指陈其性灵诗人的特征，但从其山水诗所透析的气韵来吟味，他与张问陶在艺术境界上有异曲同工之妙，如："酒舸渔筌日往还，鸳鸯两两水湾环。楼头四面宜朝夕，只欠东南一角山。"(《重过烟雨楼》其五)"放鹤鹤不归，待月月不至。寒泉空自流，澄观净人思。"(《游支硎山》)"林喧万壑声，月碎一窗影。心清梦亦稀，不待晨钟省。"(《山夜》)上述不管写嘉兴烟雨楼，还是姑苏支硎山，抑或是追忆山中月夜，诗人皆用行云流水般自然的语言，含蓄幽深地道出内心一片宁静祥和的超绝灵悟，其用词造句，选象造境，迹近性灵。

赵怀玉山水诗题材单纯，主旨鲜明，他不象洪亮吉、赵翼那般东西纵横，南北交驰，甚至不如黄仲则游踪广泛，历尽江浙皖赣，他的屐痕以故乡为圆心，以太湖为半径，踏遍了京镇、苏锡、杭嘉湖的山水胜境，用无微不至的细腻笔墨，为这些湖光山色留下了神韵流溢、华彩照人的生动影迹。撮其要，有以下代表性山水篇章：《登燕子矶》《游永济寺》《清凉山》《游韬光作》《千尺雪歌》《天平山纪游》《登卞山望湖亭还憩白雀寺作》《登道场山绝顶》《重九后一日登笠峰绝顶作歌》《穹隆山五芝歌》《宿包山寺》《林屋洞》《石公山》《登莫釐峰顶》《翠峰寺》《将别穹窿山居五首》《吴山》《晚泛南湖》《鸡鸣山歌》《重游北固山》《登焦山绝顶》《山行十数里至理安寺》《游善卷二首》《题南岳寺》《与家贵西翼为阳羡之游舟行往返凡七日拉杂成诗共得十首》《九日石湖即事(五首)》《仲雍墓》《言子墓》《破山游兴福寺》《吾谷观红叶歌》《剑门》《夜宿维摩寺望海楼》《平山堂纪游》《登燕子矶复过永济寺遇雨》《清流关》《山行口占》《润州城外看山歌》《登大观台还至瑞石古洞》《玛瑙寺》《湖楼晓望》《大佛寺》《黄龙洞》《紫云洞》《天竺》《孤山再谒林处士墓》《夜过湖心亭》《登凤凰山歌》《自灵隐步至韬光作》《自法雨庵至上真观作》《将赴西崦探梅舟发胥江作》《光福寺》《可顿桥玩月(诗人自注:土人呼为河鲀桥)》《菖蒲潭》《游圣恩寺还憩还元阁》《司徒庙古柏行(诗人自注:柏七株,中四株有清奇古怪之目)》《邓尉山探梅三首》《登狼山绝顶放歌》《自马鞍山至老人峰作》《自石港至吕四往返八日舟中口号》《如皋晚泊》《十月朔渡江登金山》等近百首。由上列篇目,我们可以窥见:1. 赵怀玉毕生钟爱故土,他的踪迹自少至老始终和江南风物结下不解之缘,不管是京江两岸,还是太湖之滨;无论是杭城水光,还是姑苏山色,都被诗人凝神写来,就流溢着丰采秀出,光华激射的山水诗韵;2. 赵怀玉作为常州七子,他的山水诗既保持了语辞流畅隽秀,语境平和自然的特征,又呈现了诗情奔放,诗境高远的本色,他的山水诗作在更深更高的层面,全力绽露了常州诗群的艺术共性;3. 赵怀玉诗艺随其人生阅历的增长而不断成长,并臻于成熟,上述写江南山水的诗篇分布于诗人生命历程的各个阶段,通过这些各体杂陈,含蕴丰厚的山水诗,我们庶能洞见以赵怀玉为典型的常州诗群同质异趣的审美取向和殊途同归的人生走向。

赵怀玉与常州诗群的大多数诗人一样,经历了南北奔波的科举煎熬,又品尝了短暂出仕的难言之苦;同时还感受了西入秦关的瞬间喜悦。因此之故,他的山水诗内涵除江浙淮海的主体结撰外,还有京师诗群、齐鲁诗群和秦汉诗群。鉴于京师风物,齐鲁风光在前述诸人的山水诗中反复阐说过,兹不赘语。此处主要对赵怀玉秦汉山水诗作以简述,因为秦汉山水诗群所涉猎的对象时人较少提及,同时秦汉山水诗群创作于诗人艺术生涯的最后阶段,通过它们可以照应前文,从而概观赵怀玉诗性人生的全貌。

赵怀玉西入秦关的时间,按《亦有生斋集诗》的编年当为“元黓涒滩”，即嘉庆十七年(1812)。这一年前距诗人辞官归隐“已十春”，后离他辞世仅十一年，仿佛命定的宿缘，西入秦关成了赵怀玉生命中的一个关键点。关于赵怀玉入秦的背景、心境和原因，诗人有《将至秦中行有日矣效子美同谷七歌》条分缕析，用几近如诉的悲声阐述得甚为详尽，如其第一歌曰：“有客有客字忆孙，归田偻指已十春。……无端故人远投札，招我策骑西入秦。乌呼一歌兮歌乍起，饥来驱人不能止。”(《亦有生斋集诗》卷二十八)尽管别妻离乡，愁苦万端，但年届六十六岁而且身患痹湿之症的诗人还是欣然接受了毕沅的邀约而踏上“主讲关中”的旅途：“浮云富贵妄念一切扫，但愿身闲佚其老。风尘之债山水缘，重补平生所未了。”(同上，其七)扫除“一切”“浮云富贵妄念”，诗人怀揣“重补平生”“山水缘”的信念一路向西，去感受秦地士风的淳朴和山川的壮丽，与诗圣杜甫隔时空对晤，让悲劲的秦风淘洗他诗歌柔媚“靡俗”的积习，从而使其诗调变得激壮苍深。正如其门人吴特徵在为赵怀玉所作的送别诗《送收菴先生主讲关中三十韵》中所指陈：“我意先生有二愿，不惮关山辗长毂。秦中风气本茂淳，绝胜三吴染靡俗。……先生此行拥皋比，教之忠孝尚雍睦。……生平九州历其七，东方三大旧游熟。……犹欲慷慨参秦声，上与杜老相角逐。……拔地青苍华岳雄，临关汹涌长河浊。……奚囊收尽古今愁，宇宙长留愿方足。”抱持上述“二愿”，年近古稀的诗人经历“浦口踆足，秦中息肩”的千里艰辛，耗时“三旬有三”，终于到达山河险峻、人文盈野的关中大地。除沿途所作山水诗歌外，诗人把这次西行所感、所思、所见、所闻蒐萃成集，便有四十四首之巨的《入秦纪行》。《入秦纪行》可看成赵怀玉秦汉山水诗的前奏，它以丰富的内涵、悠闲的格调、轻盈的笔触、如歌的音韵，咏叹了一路向西的心灵回声。如写沿途所见山川风物，他笔势灵动、韵味深长地描述道：“山光尽日供吟眺，山下多情更有泉。不惜导人行屈曲，声声都在马头前。”(其四)“麦遍平畴菜满畦，等闲官道许耕犁。野夫岁换南东亩，无怪人来路易迷。”(其二十)“夹道松杉欲碍人，绿阴如幄草如茵。青山别久欣重见，可惜云遮看不真。”(其二十九)又如抒发内心百感交集，妙思颖悟的人生感慨，他语意含蓄地说：“飞扬忽逞大王雄，十丈黄埃蔽日红。

不是人心太无厌，浥尘又想雨濛濛。”（其二十一）“荒原祠墓列斜阳（诗人自注：华州有纪将军祠杨太尉墓郭汾阳祠寇莱公墓），凭吊犹令过客伤。纵有勲名遗恨在，几人晚景似汾阳。”（其四十二）。秦中川塬在望，关河锁固，而山水相依，其土俗简朴，士风淳厚，历史遗迹遍布东西南北，赵怀玉徜徉徘徊其间，身心得到空前陶冶，本欲一偿山水之债的他，终因身染疾病而未能如愿，带着“天不遣偿山水愿”（《将去秦中述怀録别四首》其一）的深深遗憾，顺“汉江东下”，一路观瞻了秦岭风物、汉水涟漪，实现了他毕生楚游的心愿。

赵怀玉南归途中所创作的秦汉山水诗既填补了清代山水诗一个小小的空白（因为他选择的归程是其他诗人较少涉足的，所以他笔下歌吟的对象也就有了一定代表性），又成了诗人山水奏鸣曲的尾声，通过这个奇崛刚猛、音律激荡的尾部，我们方始能真正深入窥探到常州诗群磊落英奇，不落俗流的内心世界，进而理清其山水诗艺术演化的脉络。

赵怀玉的秦汉山水诗群以秦岭和汉江为抒写对象，诗人怀着对山川神奇景象的崇敬，奋起平生最后的大力，尽情歌吟了巴山楚水的奇幻风光。如写秦岭山行所见，他笔法变幻闪烁，时而若蛟龙出山，夭矫劲健；时而似朝雾初开，清新爽朗，令人目眩神惊：“终南三辅脊，秦岭一山冢。……岩雪千层铺，涧泉百道湧。……削或如壁立，交还若手拱。”（《秦岭》）“是处皆危地，何时不戒心。岭如新蕊放（诗人自注：有骨朵岭，宛如花之含蕊，盖西北人呼花蕊为骨朵，音如姑都，以此得名也），天易夕阳沉。”（《自孝义至镇安》）“终南积雪快新晴，到此平添眼界明。却恐人疑裴叔则，居然朗朗玉山行。”（《山行杂咏》其一）“万仞青山一线河，扁舟下水疾于梭。纵无两岸猿声聒，也抵江陵千里过。”（《舟发两河关》其一）赵怀玉从西安启航，一路水陆兼程，他的归途选择了与黄仲则、洪亮吉、钱维乔不同的线路，诗人循终南而下，缘秦岭山脉直趋商洛、兴安，复遵汉水而达鄂渚，经皖南以抵京口。《秦岭》诗写商州山行所见，《太平寰宇记》载：“秦岭山在县（指北宋时商州上洛县。笔者注）西南一百里，高九百五十丈。”[①]《读史方舆纪要》曰：“秦

① 见《太平寰宇记》，第 2735 页。

岭，在州(明商州。笔者注)西八十里。其地有涧曰息邪涧，丹水所出也。”[①]据史籍所载，终南、秦岭乃一山而异名者也，商州之“秦岭”实终南之支阜也。顾祖禹在陕西名山“终南”条中对其辨析颇详。镇安，县名，明属西安府商州，清属商州直隶州，《读史方舆纪要》曰：“镇安县，州西南百五十里。北至府城二百五十里，南至汉中府兴安州洵阳县三百二十里。汉商县地，后魏丰阳县地，周、隋因之。”[②]镇安处商南万山中，其地形势险阻，勾通南北，《清史稿·地理志》记曰：“镇安繁、疲、难。……北：都家岭、长陵、天书山。东南：石驴。东北：梦谷。金井河自孝义缘界入，合社川河，东南入山阳。北：乾祐河，径城东南，纳县河、冷水河、西南洵河，合小任河，并东南入洵阳。又西南大任河，亦东南入洵阳，注于洵河。”[③]两河，在商南县，《读史方舆纪要》曰：“两河，在县南。西入雷家湾，东出金斗沟，斜流百余里。自雷家湾以下名上两河，自徐家店以下名下两河。又有扶川，在县南百里，分上中下三川，流合于两河，其下流皆注于商州洛水。”[④]从“两河关”发舟，赵怀玉的行程结束“山行”而沿流直指洵阳，以达汉江，其笔下的山水韵致亦一变而为山水相依、风烟弥望，令人有耳目生新之感。如写山城洵阳形貌，诗人紧扣其襟川倚山、民风淳朴彪悍的特点而进行点染：“洵阳临汉水，千室列层峦。山自拱严邑，民能颂好官。”(《洵阳》)洵阳，宋属金州，明属汉中府兴安州，清属兴安府(兴安，即今陕西安康市)。《太平寰宇记》叙其沿革曰：“旬阳县，本汉旧县，在旬水之阳，属汉中郡。后汉省，晋太康四年复立。……唐武德元年置洵州，七年废洵州，以县来属金州。”(金州即今之安康，史称“秦头楚尾”。笔者注)[⑤]《读史方舆纪要》曰：“洵阳县，州东北百二十里。北至商州镇安县三百二十里。汉置旬阳县，属汉中郡，后汉省。……西魏始置洵阳郡，改旬为洵。”[⑥]洵阳山势险

---

① 见《读史方舆纪要》，第2595页。

② 同上，第2598页。

③ 见《清史稿》，第527页。

④ 见《读史方舆纪要》，第2596页。

⑤ 见《太平寰宇记》，第2731页。

⑥ 见《读史方舆纪要》，第2712页。

峻，扼制秦楚，境内名山水有：留停山、紫荆山、当门山、汉江、旬水、乾祐河。《太平寰宇记》曰“马迹山。《水经注》云：‘洵阳县北山有悬书崖，高五十丈，刻石为文字，今人不能上，不知所述，山下有石坛，上有马迹五所，因名曰马迹山。’”①《清史稿·地理志》曰：“洵阳，简。府东百二十里。北：羊山。东北：水银、龙山。东南：紫荆山。南：将军、女华。西北：庙垭，傅家河出，入安康，注汉。汉水自西迳城南，洵河合乾祐河、任河南流注之。又东纳蜀河、仙河，入白河。”②洵阳临界秦楚，沿汉江直航可达郢中巨镇汉口，其两岸山势合围，峻极苍冥，逶迤东下，则碧水如蓝、沁人肺腑，诗人把从洵阳到汉口一路如梦似幻、亦惊亦喜的纷繁思絮铺陈演绎出来，就编结成三十首一组的《自洵阳至汉口舟中即事拉杂成诗》的山水联唱。这三十首山水组诗用七绝体一气呵成，首尾相贯，辞章华美、语意清新而景情互生，如写自洵阳顺流而下，风涛激荡的情景，他说：“四面山围一叶舟，自洵阳下趁东流。有风较逊无风稳，早晚何须怨石尤。”（其一）再如描绘两岸连山、云烟弥漫的幽景，他说：“冈峦体势抱重重，余脉还能衍作峰。我爱沿江零碎石，伏如卧虎走如龙。”（其四）“寒空气结白雰雰，万顷茫然浩莫分。犹有山容未遮尽，错疑天际簇乌云。”（其九）洵阳到汉口，群山万壑，齐赴荆门，沿途交替闪现的青山碧水令诗人宛如置身仙幻之境，让他最终实现了偿还山水之债的夙愿：“来自兴安界雍梁，登舟后又历荆襄。居然九域游踪遍，此亦衰年愿补偿。”（其三十）

秦山汉水之旅是赵怀玉生命终结前的最后一次远游，他的秦汉山水诗群毫无疑问地也就成了诗人山水诗创作的休止符。

赵怀玉毕生以苏州为圆心，以江淮湖海为半径，以秦汉为切线，使他的山水人生完满地划了一个让人惊艳的同心圆。在常州诗群中，他的游历范围是略显狭窄的，但就山水诗风和意境以观，他既有性灵独抒的圆润空灵，又有毗陵诗人刚峻英挺的本色。和洪亮吉相较，赵怀玉的山水诗题材单薄而缺乏厚度，与黄仲则相比，赵怀玉没

---

① 见《太平寰宇记》，第 2731 页。

② 见《清史稿》，第 526 页。

有其纵横排奡的大气和激情。虽然早年赵怀玉也有《千尺雪歌》《天平山纪游》《登道场山绝顶》等笔势淋漓的抒情大作，但晚年的赵怀玉缺少黄仲则始终一贯的如飞仙雨花般的超迈与豪情，而使其山水诗风戛然而止于枯涩生硬的歌吟中，尽管有些许阙憾，但在常州诗群交叉纵横的网络体系中，他当之无愧是一个处在聚焦点上的优秀山水诗人。正如袁枚在《亦有生斋集乐府序》中所断言："夫天下大矣，其贤人君子芬芳风烈，可咢可歌者何限，而何独延陵则然，延陵之有味辛也，延陵古人之幸也。"①

在清代山水诗史上，常州诗群之所以有与浙江诗群、吴中诗群鼎足而立、分庭抗礼的气势和魄力，关键在于它所独具的历史地理优势和丰厚的诗文化积淀，以及由此而形成的区位诗性人格特质。对此，赵怀玉曾精准地分析道："延陵在周属吴，秦属会稽郡，齐梁以后人物辈起……卓卓可纪，称极盛焉。然则延陵虽百里地，实于东南百城中为望郡也。"（《亦有生斋集乐府自序》）②"延陵"地虽"百里"，但人文蔚起实"东南百城中"之"望郡"，正像龚自珍所言："天下名士有部落，东南无与常匹俦。"（《常州高才篇送丁若士履恒》）③龚自珍与常州文人关系错杂紐结、欲理还乱，所以他的学术思想，尤其睥睨天下、高蹈不羁的人格特征的形成，无不烙下常州诗群"门寒地远性傥荡，出门无阶媚天子"（《汉朝儒生行》）④的鲜明印记。由于常州诗群的文人大都遭遇了顿挫淹蹇的悲情人生，所以后世诸多论家有意无意地将其定位为只能"自写牢落"而"嗟贫叹苦"的凄冷形象。如果从常州诗群嗟叹身世之悲的作品里，我们确实倾听到了他们如雁唳长空的激楚顽艳之音，那么从他们歌吟山川、激赏自然的乐章中我们仿佛感受到了来自常州诗群诗人心底似岩浆迸裂的火热和纯真，在他们的山

① 见《续修四库全书·别集类》，第1469册，第188页。

② 同上，第190页。

③ 〔清〕龚自珍《龚自珍全集》，上海古籍出版社1999年版，第494页。

④ 同上，第460页。

水诗章里，我们能于苦闷的象征中看到舞蹈着的精灵，以及生命最本原的亮色。由本章粗浅的描述，我们既能随常州诗群的诗人们去领略大江南北、长河上下，甚至异域绝国的大美风光，还能矫正长期以来人们对常州诗人群体形象由于片面解读所造成的误差。常州诗群的诗人们象清代其他群体的诗人们一样具有独立而清醒的思想意识，而且还有勇于担当，敢为人先的忧患意识，他们耿介憨直，不畏权贵，用自己独异的人格完成了真正儒生所有的人性修炼；同时他们又不乏发现美的眼光和塑造美的艺术能力，他们在现实社会苦苦追觅实现人生理想的路，当梦想遭遇现实的严酷而变成一抹挥之不去的残云时，他们转向自然去淘洗被尘俗熏染过的灵魂，用涅槃重生的新我向世人展示了一个由山水结构而成的美的心灵之境！

余　论：搜尽奇峰　神遇迹化

——生态学背景下的清代山水诗研究

一、引　言

自然界以千差万别的形质而交互作用，其关系错综复杂，欲理还乱。在不断嬗进演化的过程中，人类作为生物之一种应运而生。由于人的物种的特殊性，所以人类自诞生起，便一再强化自身在自然万物中的主体地位，把人当作来于自然，又高于自然的生物体："人比其他动物，无论在身体或灵魂方面，都生来就无比地高贵，生活得象神明一样。"[1]正因为人的主体地位被强化，甚至无限扩大，所以人对自然的戕害、掠夺，以及毁坏也在加剧。如果古典时期的中外思想家一致推崇天人合一、人与自然和谐相处的话，那么近代，尤其进入自然科学发达的现代，人对自然就不那么宽容，他们利用机巧和诡诈，开始"扩大人对自然的权力"[2]。当人对自然的权力一旦扩大膨胀，人的欲望就变得非常可怕和丑陋，各种罪恶便由此衍生，各种灾难亦因之而至。直面人对自然疯狂占有而产生的各种回归自然、保护自然，以自然为精神家园的观点亦应运而生，"城市是坑陷人类的深渊。经过几代人之后，人种就要消灭或退化；必须使人类得到更新，而能够更新人类的，往往是乡村。"[3]在卢梭看来，城市是人对自然的反动与

---

① 〔希腊〕色诺芬《回忆苏格拉底》，商务印书馆 1984 年版，第 23—24 页。
② 〔英〕培根《新工具》，商务印书馆 1986 年版，第 291 页。
③ 〔法〕卢梭《爱弥儿》，人民教育出版社 2001 年版，第 1 页。

异化，而乡村则是纯天然的，是人类更新的熔炉；十九世纪是欧洲资本主义迅速崛起，而机械大量被制造并运用于人类生活的变革时期，洞察了自然科学进步的同时，一些目光睿智的思想家感到了科学发展给人类所带来的各种弊端，“文明人制造了马车，但他的双脚却渐渐丧失了力量。……他有了一块精致的瑞士表，但他丧失了通过太阳准确地辨别出时间的技能……我们是不是可以提出这样的问题：机械提供的便利是不是可以说是另一种阻碍？追求文雅是不是使我们失去了生命的某些原动力？”[①]针对“科学昌明”的副作用，严复更是说的直截了当：“嗟夫！科学昌明，汽电大兴，而济恶之具亦进，固亦人事之无可如何者耳。”[②]制造技术的发展说到底是物质的再生和再造，有人将其夸大成人类进化的标志，对此梁启超先生说：“物质文明这样东西，根柢脆薄得很。霎时间电光石火一般发达，在历史上原值不了几文钱，所以拿这些东西作进化的证据，我用佛典上的一句话批评他：‘说为可怜愍者。’”[③]诚然，科学的进步，推动了人类社会的发展，技术的不断革新给人们带来了物质上的享乐与安逸，但物质的东西永远不能代替精神，技术的应用不能说是人类文明的象征，我们不能因为今人有飞机坐、有电视机看、有各类器械供我们使用，就觉得我们比古人更优越、更快乐、更幸福。快乐幸福是建立在人与自然、人与社会、人与人和谐相处的基础上。当我们不得不面对，不得不忍受今日现代化带给我们种种重负的时候，看到因追求利益而被剥离得满目疮痍的河山的时候，我们不妨走近清人，深入清代山水诗的脏腑，去重新审视我们曾经拥有的生态环境，以及那个充满神奇力量的自然领域。清人离我们一步之遥，他们曾生活过的环境就是我们现在所拥有的，清人笔下或壮丽，或婉约，或雄浑，或幽邃的自然世界正是我们今日生态环境的参照和映现，所以研讨清代山水诗，以及清人生态自然观对我们今天以至未来确立保护生存环境观念将有巨

---

① 〔美〕爱默生《心灵的感悟》，当代世界出版社 2002 年版，第 18 页。

② 王木式主编《严复集·按语》，中华书局 1986 年版，第 1122 页。

③ 梁启超《新大陆游记》，湖南人民出版社 1981 年版，第 314—315 页。

大的启发作用。

二、抉幽发微、穷尽物相:清代山水诗对原生态自然形貌描摹概观

中国古典诗歌兴于先秦、成于两汉、盛于唐宋,至清已达巅峰,虽然传统诗学并不看好清诗,且对其研讨浅尝辄止,但这并不能掩抑清诗的煌煌伟绩,无论数量,还是质量,清诗无愧于中国古典诗歌的压卷之作,在波澜壮阔的诗歌发展史上,清诗堪与唐诗媲美,如果以社会形态而论,盛唐与康乾盛世遥相呼应,那么诗歌创作成就唐诗亦与清诗双峰并峙,互为表里。诚如先师严迪昌先生所评:“有清一代二百七十年间的诗歌,以其绚烂丰硕的盛貌,焕发着作为中国古代诗史集大成的总结时期所特有的风采。”①清诗的繁盛是时代的产物,亦是诗人在特定环境中抒愤发幽的心灵回声;山水诗为诗之一类,在清代尤为发达,几可成为清诗乃至整个中国古典诗歌走向辉煌和巅峰的表征。山水诗之所以能在清代大行其道,且繁荣滋盛,关键在于清人自然生态观念的演变与进化。与前朝各代比,清人的自然观正超越敬天载德、体玄悟道、追觅禅理的功利观,而进入与天地同化、和自然相融的纯生态观,他们把自然山川、人文景观看成美的对象加以欣赏,用平等亲和的心态对其进行临摹,因之就有了“鸟啼花落,皆与神通”的山水之作。如果用现代生态学的眼光来研讨清代山水诗,把清代山水诗置于生态的背景下进行考辨,则清诗在内涵上显出如下特征:

(一) 视角廓大,疆域延展,创作阵容严整,宏观微观结合。

满清八旗以腥风血雨式的暴烈行动摧垮了以华夏正统自居的朱明统治,取而代之建立起了大清王朝,因其僻处关外,身为异族,所以自立国伊始,便面临两重困境:一是日益不断的反清力量和国内烽烟四起的边患纷争;二是政治、经济、文化体制的抉择与建构。对于前者,清统治者利刃高悬,毫不手软,斩戮杀伐,充分显示了八旗武装所

---

① 严迪昌《清诗史》,浙江古籍出版社 2002 年版,第 1 页。

向披靡的坚韧与刚强。而对后者，清统治者兼容并蓄、广开贤路，利用多种渠道延揽招徕经邦济世之才，许多汉族知识分子由此跻身朝堂，驰骋纵横，施展他们的抱负和才华，从顺治到康熙，以至乾隆，清王朝文治武功达到鼎盛，其强劲势头直逼汉唐。政治、经济、文化的发展，必然带来社会繁荣，文学作为一种社会意识形态的载体，在清代也得到了空前发展，其余暂且遑论，就山水诗而言，清代无可争辩地成为登峰造极之世，无论数量，抑或质量，不管题材，还是视野均超越前朝各代，就创作群体以观，清代山水诗的写作主体已包括各阶层人士，其场面十分壮观。上述局面的显现，不仅为政治、经济、文化因素所决定，更重要的是清人自然观的嬗替出新，以及在这种观念诱导下对自然生态的热爱向往和相和相容。

由于自然观和生态理念的确立，清代诗人始终把关注的目光投向生机勃发的山川河岳、草木虫鱼，他们把天地当成一幅大山水，心穷目尽，探原究理，发微抉幽，使天下山川几无遁形。在清代诗人笔下，中原山川无微不至，无奇不有，即使边关塞上，域外绝国亦能穷形尽相，搜罗备至，构成一幅与前朝各代迥然有别的环宇万里山水图卷。如：黄宗宪、黎汝谦的日本山水诗；康有为、梁启超等的欧游山水诗；丘逢甲、杨沂的南洋山水诗；张鹏翮、钱良择的蒙古塞外山水诗；孙士毅、杨揆、松筠等的卫藏山水诗；洪亮吉、纪昀、林则徐、祁韵士等的回疆山水诗；赵翼、张澍、沙琛等的滇黔山水诗，还有退居台岛众多诗人的台澎山水诗，以及流人徙徒的白山黑水山水诗，凡此种种足证清代山水诗的繁盛壮阔，其斑谰处，如云霞之烘朝日；清奇时，又恍若绿水出芙蓉，遍九州寰宇之景，被清代诗人写来，直叫人耳目一新，有振颓起衰之功。如“拔地崛然起，峻峥矗百丈。……一览小天下，五洲如在掌。既登绝顶高，更作凌风想。”（黄遵宪《登巴黎铁塔》）①“夕阳见亚丁，雄山临海角。峰峦簇嵯峨，铁色立若削。”（康有为《过亚丁至红海》）②“坤维尽处耸兜离，回拱神州镇九夷。万古不消三伏雪，

---

① 钱仲联编著《近代诗钞》，江苏古籍出版社 2001 年版，第 752 页。

② 见《近代诗钞》，第 1184 页。

百盘直入五云梯。”(黎汝谦《富士山》)[①]上述无论写巴黎铁塔势倾天下的高峻、亚丁红海山海相依的险仄,还是写富士山雄镇九夷的壮伟,都体现了清代诗人的眼界和胸襟,以及他们酷嗜自然、追求创新的艺术精神:“新世瑰奇异境生,更搜欧亚造新声。深山大泽龙蛇起,瀛海九州云物惊。”(康有为《与菽园论诗兼寄任公孺博曼宣》)[②]如果以上是康有为创作原则的总结,那么下述则可看成他自然观与生态观的写实与宣示:“一生不入官,好游有癖嗜。乐丰草长林,行山巅水涘。……造物妙文章,千红更万紫。吾既生其中,乐天受蕃祉。”(康有为《开岁忽六十篇》)[③]南海六十初度,总括人生,无论做人、做文、做诗均与自然结不解之缘,是自然的造化之工之奇之奥之变幻给他无穷启示,所以倾其有生之年,与自然万物纠结缠绵,无法分解。康有为的思想庶几代表了有清一代,特别近代文明日起,而生态渐趋恶化,人与自然矛盾愈显明朗的近代诗人学者的普遍心态,王国维认为:“能写真景物,真感情者,谓之有境界,否则谓之无境界。”[④]有境界、无境界是清人分辨诗词创作优劣的分界线,有境界的作品以自然为旨归,用自然眼光观照事物,把自然人格化、主体化,如此才能达到审美的至境:“纳兰容若以自然之眼观物,以自然之舌言情。……北宋以来,一人而已。”[⑤]“元曲之佳处何在?一言以蔽之,曰:自然而已矣。”[⑥]自然即天然,顺乎天、应乎地、关爱生灵、珍惜江河湖海等一切现存之物,用平衡和谐的心态对待万物,故而清人的山水诗不屈不矫,不枝不蔓,而且直面自然万物,写出自然的真面目、真精神。如赵翼的《高黎贡山》、洪亮吉的《牟珠洞》,及其他们对滇黔山水纤毫毕现的山水诗群,从微观到宏观全面展示了西南边陲峻拔雄伟、幽深秀丽

---

① 见《续修四库全书》第1567册,第671页。

② 见《近代诗钞》,第1207页。

③ 同上,第1208页。

④⑤ 见《人间词话》,人民文学出版社1960年版,第193、217页。

⑥ 见《宋元戏曲史》,《王国维文集》,北京燕山出版社1997年版,第153页。

的独异风光，在这些诗作中你感不到一丝禅意的空寂落寞和枯槁虚无，而是处处山花烂漫、流水潺潺、飞鸟啼幽、犬吠桑柘，绝地而起的雪峰、奔涌呼啸的峡江、千形万状的溶岩、百洄流转的洞壑……这一切仿佛导你进入一个生态和谐、自然无争的神窟仙境。其它如沙琛的《玉龙山》《西域雪山》等对滇西北壮丽奇伟山水的状摹，都呈现着前所未有的气象。

与西南边陲幽秀峻拔山水气象相映的是清人笔下对西北、东北、西藏、台岛山川风物的歌吟咏唱，这些诗篇长歌短章、肆意挥洒，将中华万里封疆绝世的姿容渐次展开，令人惊艳不已。如纪昀的《乌鲁木齐杂诗》以一百六十首之巨的容量，用轻歌低吟的形式将乌鲁木齐的民俗、节令、山川、风物等逐一写来，使人恍入草木繁茂、波光潋艳的暮春江南："界破山光一片青，温暾流水碧泠泠。""长波一泻细涓涓，截断春山百尺泉。"和纪昀《乌鲁木齐杂诗》互为参照的应为祁韵士的《西陲竹枝词》一百首，祁韵士嘉庆九年获罪，十年被贬谪伊犁，著有《万里行程记》《西陲要略》等专述西北史地的名作，《西陲竹枝词》作为附录编缀于《要略》之后，这百首竹枝词不单是吟咏风物，更重要的它以史地学实录的手法真实记载了当时西陲的地形、地貌和地物，为研究新疆一线生态提供了历史借鉴，如"澄波不解产鱼虾，饮马何曾问水涯。碧草青松看倒影，蔚蓝天远有人家。"(《赛里木海子》)"浓荫万树欲参天，叠嶂层峰起马前。"(《果子沟》)"翩翩新浴翼何鲜，列队参差向海堧。"(《鸳鸯》)生机勃发、生命如歌，在清代诗人笔下西北边陲呈现出万物向荣的欣欣景象。

清代山水诗雄浑辽阔，海涵地负，极尽遍世界山川风物，因篇幅，不尽详述，但处大海之上的台岛决不能被忽略。台湾自古为中国领土，子孙繁衍，山川壮美，从郑成功保台到大清统一，台湾一岛日渐复兴，清政府设台湾为行省，委官派员，冠盖往来，台岛山水诗因之应运而生且繁荣。如钱琦的《泛海歌》《澎湖》《赤嵌城》；孙湘南的《抵台湾》《飓风歌》《海吼吟》；陈梦林的《玉山歌》《北香湖》等蜚声当时台岛诗坛。连横所撰《台湾诗乘》，卢若腾的《岛噫诗》、诸家撰《台湾诗钞》，以及各种方志所载清代台岛诗人数百家，他们或宦游、或岛产，足迹遍岛内,妙笔生花,诗惊鬼神,岛内山川景物、风俗人情毕现其毫墨之间,正如连横所评:“台湾开辟以后,风会所趋,自南而北。诸罗、淡水之间,尚多旷土,草茀瘴深,汉人犹少至者。”自康熙平台以后,随军委任的官员,象北路营参将阮蔡文等人自备干粮,亲历番社,“日或于马上赋诗,夜则燃烛纪所过地理山溪风土。”①由此见出,台岛山水诗不但具有生态价值,而且还凝聚统一河山、筚路蓝缕的历史价值。比如康熙五十三年任诸罗知县的周钟瑄所作的《北行纪事》,开篇气势恢宏地说道:“罗山山水海东雄,绵亘千里踪难穷。朝盘赤日三千丈,浩气直与海相烘。”接着诗人具体而微地描写了罗山的地理、地形与地貌,高山险峻,沃野在望,翠竹万叠,海浪千顷;此后笔锋陡转说明开创基业的艰辛和守疆卫士、筹划民生的重大责任,受壮丽山河的激发,诗人的长歌戛然而止在:“他年王会教图此,留取长歌付画工”的慨叹和向往中。周钟瑄在台勤于民政,擅于吟咏,其所作台岛咏景山水诗颇多,著名者有《晓发他里雾》《吞霄观海》《登八里岔山》等,其中《水沙浮屿》诗写得尤为著称,现引述如下:

云根不坠地,半落东山头。天风与海水,争激怒生疣。断鳌足箕扬,支祈任沉浮。状若银河翻,回星漂斗牛;又若乘杯渡,一粒乱中流。山水有常性,动静安足求?呼龙与之语,掀髯嗔我尤。静极而思动,天地一浮沤。大笑挥龙去,浮沙云未收。

上述所写实为台岛名胜日月潭景色,日月潭又名水社湖,其“周围八九里,水分两色。中有小山曰珠屿。山水奇秀,景冠全台”,②被人目为“世外桃源”。

清代诗人创制山水诗蔚成风尚,不但地域广,而且诗派林立、诗群众多,如以个案来看,清人诗歌创作尤以山水诗为甚,这种亲近自然,融入自然,把山水当成红粉知已,以倾诉心曲,寄托心灵的习尚与

① 连横《台湾诗乘》,台湾明文书局出版,第37页。
② 同上,第37页。

理念嗣响于明代旅游学和地舆学的兴盛。

在清代诗人云集，各种音律奏响的山水大合唱中，有一种清新婉转的旋律必须引起我们的关注，那就是闺秀诗群。与八旗诗群、僧侣诗群、画人学人诗群，以及名目繁多的地域诗群不同的是闺秀诗群在规模和视阈方面比前代均有极大超越。清代闺秀诗群不但阵势强大，而且诗品上乘，特别在山水诗创作方面异彩纷呈。清代妇女走出深闺内院，从幽闭到开放，她们一洗满身的脂粉气，脱去前朝女性相思闺怨、善写离愁的巢臼，而显露出空前的豪放与侠义。如郭润玉的《过江西十八滩》，王瑀的《上滩》，蔡婉的《关锁岭》《江西坡》《辰龙关》，梦丹的《望庐山》，陈长生的《观音门舟夜》等都是诗人随亲宦游时借景抒怀的山水佳作，这些作品大气开阖，襟胆照人。在清代著名闺秀山水诗中，以席佩兰、冯佩芸、秋瑾为代表简析之。席佩兰师事袁枚，其诗如袁枚所评："天机清妙，音节琮峥。"夫妇唱和，成一时佳话，她的山水诗多为随夫入晋所作，因而刚劲奇崛，有一股须眉气，如写太行山之险，她说："千寻穷鸟道，九曲入羊肠。"刻画山中观日出的壮丽，她写道："初如蜀锦张，渐如吴绡剪。倏如巨灵擘，复如女娲炼。"抒发渡黄河的惊心动魄，她则曰："直欲天上落，不似镜中看。浪沸羹调鼎，舟倾珠入盘。"即使写南国风景，她亦于清丽中激射出豪放，如《渡江》《泛舟尚湖》《宝岩湾舟望》《尚湖舟中》《春日同餐花翠霞游破山寺》等。冯佩芸，晋中雁门人，又名婉珠，因其生长环境陶冶，故她的山水诗清奇幽深、峭丽峻洁，有秋蝉咽露、冻云凝滞的美质："余霞拖小阁，新绿溢横塘。露重蝉声润，风清鹤语长。"(《雨余南楼晚眺》)"冻云压树覆朱兰，倦鸟争巢渐息翰。"(《雪中口占》)"万仞接青霄，峰回疑无路。豁然两岐分，天光破烟雾。"(《山行即景》)秋瑾，号鉴湖女侠，生值国难，为挽沉沦，她奔走呼号，以振兴中华为已任，其著文为诗慷慨激烈，多黄钟大吕之声。她的山水篇什存世较少，但其回荡的浩然正气足以警醒世人，堪为清代闺秀之翘楚雄杰。如《登吴山》："老树扶疏夕阳红，石台高耸近天风。茫茫灏气连江海，一半青山是吴中。""曙色推窗入，岚光扑面来。……何当登帝阙，一叩九重关。"(《长崎晓发口占》)以仗剑长啸、雄心奋发为表征，秋瑾的山水诗借景喻怀,于自然壮阔的形相中,寄托忧患重重、力挽衰颓的内在精神。

清代山水诗存量巨大,诗家甚众,上述仅为沧海一粟,走马观花式的巡礼,但通过一斑即见全貌,由清代山水诗描写的范围、审视的角度、参与的群体足可洞见清人山水自然观的进化,崇尚自然而不迷信自然,热爱自然而不淫浸自然,吟赏自然而不亵渎自然,亲近自然而不损毁自然,以自然为师、为友、为亲,把人与自然放在同一主体地位,平等欣赏,平等对话,在描绘刻镂自然形貌时神韵横逸,具像严整,从而让我们认识了华夏古国原始与人文合一的生态面貌。

三、清代山水诗研究的当代生态学意义

生态是一个系统,它纵贯时间,横跨空间,把古往今来无南无北遍宇宙的自然物态有机组合起来,使其和谐相处,交替代序,从而繁衍万物,滋生种群。如果以时间来看,清代山水诗承接前人,启迪后辈,形成自然生态观念链上最具过度性的一环;以空间考察,清代山水诗无论微观,还是宏观,都充分展示了其独具的生态美风貌,成为我们认识、发现和保护现代以至将来生态环境的宝贵资料。

概言之,清代山水诗研究的当代生态学意义体现在以下方面:

(一) 确立正确的自然观,从宏观上把握自然生态与人类协调统一、和谐互动的规律,达到有机保护自然,维持生态平衡,有序发展并创造人类生存环境的目的。

清人生活的年代距今不过区区两三百年,在宇宙无垠的时空中,这只能是一闪而过的瞬间。如果我们将审视的目光回溯到那个瞬间,就会惊异地发现,清人对待自然的态度是那么祥和宁静,不离不弃,在他们眼里自然生成万物,山水激发性情,自然山水不仅是人类繁衍生息的物质基础,更重要的还是心灵和感情憩息的精神家园,山水感发人心,形诸文字,便是世间最美妙的诗章:“山水有性情,有学问,有语言容止,善游者与之为往还,约契切劘无间。”[①]善游山水,遍

① 转引自《山魂水魄——明末清初节烈诗人山水诗论》,第430页。

览山川是清代诗人普遍存在的自然心态，他们从个别到群体，从自觉到自发，均把观览山川，沉浸自然当成人生一大乐事，在他们认为山川与人的主体地位可以互换互生，互融互通："若论七尺归蓬蒿，此楼作客山是主。若论醉月来江滨，此楼作主山作宾。"（黄景仁《笥河先生偕宴太白楼醉中作歌》）黄景仁一生穷困潦倒、侘傺抑郁，唯有自然山川能使其在压抑的人生夹缝中看到一线光明，让他达到精神的解脱和超越："伯夷亦何远，山水有真乐。"由于以自然为友的平等价值观所激励，清代诗人最向往的是回归自然、融于自然的自在自为、无挂无碍的生活状态："胜地欣临眺，尘怀一笑轻。群山青到郭，一水绿环城。树古凉先觉，花奇韵自清。编茅宜小隐，何事恋微名。"（冯佩芸《拟游山诗》）在《即景》中，诗人更是用女性细腻柔美的笔触描绘了人居环境的幽雅脱俗、安谧和谐，把她对生态美的理想生活情趣推向极致："陶然吾意乐，及此好闲居。"

以自然为人生的起点，清人把万物山川当成生命的主体，而超越了畅神怡性、托物寄意的客体范畴；以自然为人生的终点，清人则和万物山川寻求互证，要约结盟，他们以山川为鉴，洞彻人类精神与灵魂的本来面目："诗人爱山如骨肉，终日推蓬看不足。……自知面目已垢淹，却对青山自惭悔。……白云送客过江去，青山终古慈悲颜。"（何绍基《爱山》）魏源的众多山水诗作，从多个侧面展示了山川河岳的原始风骨，同时也总结了清人的自然生态观："人行水月中，彼我皆冰雪。……鸿濛本一气，宇宙谁超忽？"（《武夷九曲诗》）"日尽四野白，余晖在山顶。流水如有情，徘徊上襟领。"（《村居杂兴十四首呈筠谷从兄》）白云悠悠，夜凉如水，朝日初升，众鸟毕集，整个大自然呈现了无限生机。俯仰天地，体察生命，不以已悲，不为物役，天心、地心、人心，三心合一的生命形式被清人所推崇，所企求："云为主人水为客，云心水心同脉脉。水落终古在人间，那得与云翔紫极？"（龚自珍《寓苏园五日，临去，郎中属题水流云卷子二首》）"黄山是我师，我是黄山友。心期万类中，黄山无不有。"（石涛《黄山是我师》）"吾意以为镜，天地万物必现影于中焉。继又以天地万物为镜，吾现影于中焉。两镜相涵，互为容纳，光影重重，非内非外。"（谭嗣同《仁学》）由上即见,清人的自然观前后相通,一以贯之,最后众流归宗为对所有生命本体尊重热爱的理念。

站在宏观考量角度,清代山水诗中所透析的清人自然观对今人的启示作用表现在:

1. 世间万物生而平等,互相包容,凡治世之道应以和谐共处为上,泯灭人类与其它物种贵贱高低的观念界限,鼓励人类适度合理开拓生存空间,用法律和政治的手段有效保护环境,维持生态平衡。坚决摒弃一切偏激的经济发展观,调整经济产业结构,把那些对人类经济发展虽然有利而对生态安全存在危胁与隐患的产业予以坚决清除。

2. 物种的平等、生态的平衡以对生命的尊重为标志,我们既要尊重大自然中每一物种的生存权,保护它们,使其延续,还要尊重人类社会中每一种族、种群、甚至个体生命的生存权,保障他们的权益不受侵害,维护他们的生活状态,通过社会制度有机调节生产生活资料在全社会成员中平等分配与享用的方式。在生命的尊严和作为人的权力上,人人生而平等,坚决革除种族歧视、性别歧视、年龄歧视、政治与宗教信仰歧视的陋习;消灭一切人为的等级观念和贫富差别,对西方世界以财富论英雄和东方世界以权力论英雄的的反自然观念进行彻底反思,因为这两种"英雄观"是将宇宙万物,包括人类自己带向苦难与毁灭深渊的精神恶魔,回归自然,回归生态平衡,是我们消灭差别,建立合理合情社会秩序的必要手段。正如卢梭所言:"在自然状态下,是存在着一种不可毁灭的真实的平等的。……在人类社会中存在的权利平等是虚假的,……正义和从属关系这些好听的字眼,往往成了实施暴力的工具和从事不法行为的武器。"①自然状态存在真实的平等,而人类社会存在虚假的平等,关键问题是人的自然天性中恶性的扩张,要灭除人类社会的不平等,遏制人性恶的滋长,包括卢梭、康德在内的思想家提出了法自然的观点:"大自然迫使人

① 见卢梭《爱弥儿》,第329页。

类去加以解决的最大问题，就是建立起一个普遍法治的公民社会。”[①]按照大自然的法则建立的人类社会的法则必然会体现顺乎天理，合乎人情，应乎民心的特质，即“人法地，地法天，天法道，道法自然”的逻辑联系，自然是天地运行、人类社会发展的最高准则。

3. 清代山水诗及其清人的自然观念再三强调天人合一，人与自然和谐相处，以自然为师为友，自然与人之间既形同母子，相互融合衍生，又情同手足，共相催生贯通。人类对自然应珍惜、呵护、观赏她的壮丽，体味她的阴柔，从她的身上吐纳真气，发现美感，提升修养，绝对“不能将它宰割而简化为机械物质的场合，以供贪婪的人们作科学智能的征服对象，或政治、经济权益竞争的战场。”[②]通过清人对自然崇敬热爱的理念，我们可得到这样的启示：人类社会矛盾和悲剧的源泉来自人与自然的割裂和对立。表现在哲学观念上，我们鄙薄忽视东方传统天人合一的和谐自然观，而鼓吹扬厉西方二元论的所谓唯物论辩证法，把世界看成纯物化的实体，最终导致经济至上、物质至上，让物欲统治人类，产生戕害人心，泯灭智慧，直至毁灭人类乃至整个宇宙的结果。在社会发展层面上，我们一味师法技巧机辨，夸大所谓科学技术的力量，各国竞相呈能，遂使所谓的科技无序研发，日渐破坏着我们所生存的空间，扰乱着我们的视听，唤醒了人类原罪的魔障。从清代到当代，不过短短两三百年，但以清人笔下山川万物为参照，我们所赖以生存的自然状态已面目全非，我们只能在古人的歌咏中感受自然的亲和魅力，观览山川的壮阔秀美，在想象的世界中回味咀嚼我们曾有的原生态环境带给我们精神享乐。回归自然，重建人类精神家园已成可望而不可及的梦想。

清代山水诗中原生态状况的展示，提醒我们：人类社会发展以适度为宜，切不可过量掠夺，经济是人们创造财富的途径，科技可以改变人的生存状况，给人带来便利，但最终不能改变人的本质，不能使

---

① 〔德〕康德《历史理性批判文集》，商务印书馆 1990 年版，第 8 页。

② 方东美《生命理想与文化类型》，中国广播电视出版社 1992 年版，第 128—131 页。

人类永存宇宙之间。相反,永恒的自然、亘古不变的生态环境则可使人类与其它万物生生不息,承续滋生。鉴于此,全球的人类应该象反对并制止战争一样,制止并限定经济与科技发展的速度,对有些于国计民生没任何实际意义的所谓高科技应该予以取缔,对以牺牲自然生态为代价的经济发展应予以严厉惩处,如此,我们才能久立宇宙之间,与万物一道永恒!

与古代人的自然状况比,我们显得很贫穷与苍白,我们不管是肉体,还是精神都被囚禁在所谓现代化的牢笼中,现代化听起来非常时髦,但站在自然与人相交的原点,站在时间和空间相切的瞬间,我们恍然觉得它那么空虚乏味,毫无生机可言,现代化是导致人类退化的本因,是人类及其赖以生存的自然环境加速走向死亡的魔咒。在现代化的社会里,我们的生存空间越来越小,而我们面临的困境与威胁日渐增多;我们追求的权力越来越多,证明我们失去的越来越多;混乱无序,竞相角逐的经济活动,剥夺了我们大多数天赋的权力,形成新的专制,经济的发展离不开权力的制约,经济体制的设定离不开政治体制的基础,政治权控制着经济权,在这样的状况下,所谓的民主就是虚假的,不真实的,因为任何人都离不了基本的生存条件,当经济命脉被少数权力阶层垄断时,经济专制往往是最可怕最本质的专制。

研究清代山水诗,领悟清人的山水自然观有助于我们从宏观上把握人与自然的关系,从生态的层面建立合理有序,适度适宜的社会制度,使经济发展、科技发展始终处于自然生态运行的规律之中,受自然规律的节制,与生态环境保持一致。

(二)以自然为规范,顺应自然发展规律,从微观的角度汲取清人自然观的精粹,借鉴清代诗人笔下山川河岳、地形地貌的原本状态,全面保护自然生态环境,在保护的前提下,适度开发、合理利用自然资源,既有利于人类的生存和发展,又有利于自然界万物的繁衍和延续,只有人与自然保持圆融互通,互相依存的关系,才能谈得到人类的再生与永恒。

研究探讨清代山水诗将对现代生态学、生物学、农学、地理学、旅游学、文学、艺术等学科的建设及其相关产业的发展产生极大裨益。

如洪亮吉、纪昀、林则徐、祁韵士等戴罪发配伊犁时，对天山南北风土人情、山川地理、农作水利、动植物种等的歌咏记叙，就非常形象而真实地再现了西北边陲生机勃发的生态状况，为我们今日合理开发并利用西北自然资源提供了充分佐证。

纪昀乾隆三十三年因罪谪戍乌鲁木齐，三十六年召还，在疆时，他参与地方事务，游踪遍野，创作《乌鲁木齐杂诗》一百六十首，其中详述乌鲁木齐风貌，清新明快，多彩多姿；林则徐道光二十年因遭诬革职，旋谪伊犁，道里途中作有多首歌吟咏叹西北边陲风光的山水诗，如《途中大雪》《塞外杂咏》等。

在谪戍新疆的诸人中，尤以洪亮吉为著，祁韵士次之。洪亮吉，江苏武进人，嘉庆四年因言事而获罪，被谪戍伊犁，旋放归。流放的日子，处境险恶而光阴促迫，但他勤于笔墨，将沿途所见所闻所感，形之文字，不仅有近 80 首西域风情山水诗，而且还有《遣戍伊犁日记》、《天山夜话》等记述遣谪途次见闻的实录，诗文相互发明印证，足以挖掘潜蓄在诗人心头的生命律动。洪亮吉的新疆山水诗长调以《天山歌》《松树塘万松歌》《自乌兰乌素至安济海雪皆盈丈十余日不见寸土因纵笔作》《凉州城南与天山别放歌》为代表。诗人路途逶迤，至边疆时已大雪纷飞，那陡峭入云的山峰，漫天飞舞的雪花，一望无垠的高原，苍翠依旧的松柏，令诗人心惊骨折，魂与之归，本就豪情四溢的他，经边陲奇异山水气势的激发，挥毫纵意，写下对天山壮阔景象的礼赞，以及由此而生发的精神升华。通过长歌我们切入了诗人对自然山水神魂相交的心灵世界，体察了清人与山川万物融通贯注的自然观，而透过短章，我们更能具体审视被目为荒凉绝域的西北边陲的旖旎风光，将既往的生机盎然的环境作坐标，可以定位出今日，以至将来天山南北生态开发与保护的走向。如："一山巉岩忽裂口，千羊万羊出其窦。羊群居前牛在后，鹰忽飞来攫羝走。"(《鹰攫羝行》)"芒种才过雪不霏，伊犁河外草初肥。"(《伊犁纪事》其二十一)"鹑鸪啼处却东风，宛与江南气候同。"(同上，其二十六)"五月天山雪水来，城门桥下响如雷。"(同上，其三十五)诗人隆冬入疆，一路历尽风霜雪露之苦，塞外寒风似吼，雪花"如席"的景象令他惊悚诧异，彩笔挥洒处，便有如歌如诉的回疆山水诗汩汩涌现。《伊犁纪事》首尾呼应共四十二首,属起承转合之作。首篇言至戍地伊犁的感慨,尾章则强调君恩赐环的喜悦,从入疆到出疆,诗人所历时序不同,所见景物殊异,故而其诗境迥然有别:“峰峦南北途千曲,天半乱霞烘马足。……夜阑残月仅一线,紫燕白鸽争归巢。”(《三台夜宿》)“一山倾欹一山断,宛转前行入螺旋。……黄羊上岭客登树,相望遥遥彻天曙。”(《道白山口取小南路往哈密》)出关之诗冷云暗凝,冰肌雪肤,入关之诗则霞光若赧,空翠袭人,不管诗旨诗境如何相异,其一以贯之的主要特点是对塞外山水的歌咏与雕镂,对生态环境的由衷热爱和精心呵护,通过洪亮吉的谪戍山水诗,我们深感西北边陲往日生态的繁华,以及保护维持未来生态的重任。

洪亮吉之外,祁韵士的《西陲竹枝词》亦形象深刻、具体而微地再现了西陲的生态状况,为我们合理开发利用西部资源提供了借鉴,如《风穴》《柳树泉》《赛里木海子》《果子沟》《水田》《雾凇》等对自然环境的描写;《雁》《雉》《孔雀》《鸳鸯》《雪鸡》《压油鸟》《黑雀》《鸦》《雕》《鹿》《马》《虎》《白驼》《黄羊》《野豕》《麀》《豺》等对各类动物种群的记载;《胡桐泪》《红柳花》《集吉草》《梭梭木》《雪莲》《乾活草》《棉花》《苜蓿》《沙竹》《沙枣》《石榴》《梨》《哈密瓜》《葡萄》《香菌》《沙葱》等对植物类属的详述,全方位,多角度地展现了清代西部边疆生态平衡,自然物种竞相繁荣滋生的情态。

清代流人山水诗,以西北、东北为盛,合滇藏、台海、域外宦游山水诗,遂成清代迥异前朝各代山水诗的奇观,其价值不但在文学艺术方面有审美鉴赏性,而且在自然保护、生态平衡方面具备借鉴参照意义。根据清代丰富完备的山水诗,体识自然山水的本来面目,按自然原生态的规律,合理利用自然资源,发展生态经济,使人类社会处在生态良性循环的平衡点上,与自然生态保持息息相关的血脉联系。

(三) 研究探索清代山水诗,通过对清代山水诗具体而微的全面把握,对发现了解我国丰富的自然资源,合理适度利用这些资源,发展当代生态旅游业、交通业将产生重要推动作用。

清代诗人缒幽凿险,无奇不探,无景不历,他们行遍海内外名山大川，车辙足履所经之处，使天下风物无可匿迹矣。如以全局考察，清代山水诗自祖国四陲到广大中原地区，凡可圈可点之景，均被彰扬于世，即使海外殊异风光亦让清人抢占鳌头；若就具体景物来看，清代山水诗精雕细琢，用特写的手法，使其笔下的山川河岳原型毕现。如桑调元的山水诗由面到点，条线联结，从江之南的苏杭京镇到河以北的幽燕齐鲁，一条主线横贯，无南无北的景色排闼而来，其《五岳集》更是从点切入，用总量 1759 首的巨大内涵展示了泰岱华岳等五座名山的丰神秀骨，这种融纪行、写景、叙事、咏物为一炉而体制如此庞大的山水诗在古典诗史上绝无仅有。

黄山峻拔险秀，势倾五岳，从清初的钱谦益、石涛，到晚清的张际亮、金天羽，历经全清诗人诸如黄宗羲、沈德潜、洪亮吉、黄仲则、袁枚、周金然等人激发扬厉，遂使白岳黄山、九华山胜迹彰显突兀、洞见幽微，如果黄山旅游组合的概念中融合这些因子，就能极大提高其文化品位。

清代山水诗涉及地域广泛，尤其冠盖往来、征伐平乱，使诸多诗人亲历了许多前人从未或较少涉猎的区域，诸如松筠、孙士毅、杨揆等的藏游山水诗；赵翼、洪亮吉、张澍、陆应穀、沙琛、吴省钦、马维翰等的川滇黔山水诗，以及台岛诸人的台湾山水诗，吴兆骞、纳兰性德、陈之遴、方拱乾、王尔烈、姚元之等的白山黑水山水诗，皆精彩焕现，景色迷人，众多诗人历险涉危、发微阐隐，用一支神来之笔描绘刻镂了一幅幅山水画卷，其价值不但为发展生态旅游，开发旅游资源提供了弥足珍贵的史料，而且还为交通网络的拓展联接提供了参考。

如果名山大川，万里江山胜景是一笔宝贵的旅游资源，那么位处宏观背景下的江南古镇亦具旅游开发的潜力。试以曹庭栋的《魏塘纪胜》为个案剖析之。曹庭栋，字六吉，又六圃，浙江嘉善人。著有《易准》四卷、《产鹤亭诗集》十一卷。魏塘乃嘉善旧名，顾炎武《肇域志》曰："嘉善县，……地无山谷、桥梁，一望皆水，湖荡连接，支河千派，……魏塘镇巡检司，在县东三里。"[①]顾祖禹《读史方舆纪要》曰：

---

① 见《肇域志》，第 1946 页。

“嘉善县,……本嘉兴县之魏塘镇,宣德五年析置今县。”①又曰:“魏塘镇,县西二里,以宋里人魏武居此,商民成市而名。寻置巡司,元因之,明仍旧。”②《四库全书总目》亦曰:“盖嘉善旧隶嘉兴路,为魏塘镇,亦名武塘,明宣德五年始析为县。”③曹庭栋《魏塘纪胜例说》详述其地沿革为:“我邑旧隶嘉兴路,为魏塘镇,一名武塘镇,相传魏武帝窥江南,尝驻此,或云有魏武二大姓居此,又云有魏姓武名者,集商成市于此。此皆世远无征,传疑莫断者,前明宣德五年析为县,名嘉善。”以上为魏塘沿革,虽经变迁嬗替,但其境内名胜盈野,古迹颇众,曹庭栋写作《魏塘纪胜》《续魏塘纪胜》的目的,就是要为这些千古流传,代代相因的历史遗迹和风景名胜立个传,使其不致湮灭而传之后世。其体例“分题而咏,准以百首,考之邑乘,参之他书,采诸遗闻,证诸目见,随作随录,不加诠次。至标题之下更列小序,志其地,述其事,务在详尽。”(《产鹤亭诗三稿·魏塘纪胜例说》)《魏塘纪胜》一百首,内容丰富,所纪详瞻,有自然山水,有人文古迹,有寺观书院,有湖塘园林,有田舍村落,凡所涉及,皆以诗纪之,纪之不足,又以小序阐释之。如果嘉善有识之士能认真研读此集,充分认识其中所载名胜的历史与文化价值,在保护的基础上加以开发,激扬振荡,乃为当地旅游业最具价值,最为引人注目的亮点。

清代山水诗不但表现了清代诗人的审美观、自然观、生态观,具有很高的旅游文化价值,而且还通过诗人的行踪与描绘的景象,连点成线,结线成网,形成遍布全国的交通体系,为建设生态交通、人文交通提供一种思路。比如清代藏游诗,对进藏行程以及对藏区各地旅程的描写;滇黔山水诗对西南行旅途次的详尽记录。另外,闽浙粤赣、晋冀鲁豫、川陕甘新等含量巨大的山水诗群,对各地驿路行程、水陆交通的载述,完备周详,足可当成一部舆地图。

清代山水诗研究的意义还在于对历史地理、经济地理,尤其旅游

① 见《读史方舆纪要》,第 4171 页。

② 同上,第 4172 页。

③ 见《四库全书总目》,第 1683 页。

地理产生重大影响，因为清代诗人通过不同层面、不同方位对所歌吟对象加以点面结合式的描述，从而让我们认识了山脉水系的走向，以及它们所在的地理位置，研究清代山水诗必须与方志学、地理学紧密结合，因此清代山水诗的研究将有助于各种专门地理学的进一步完善。

四、结　语

"山水有清音，得者寸心是。"[①]得之山水，出之性灵，发乎中情，乃诗人创制雅声的基本原理。文章得江山之助，江山得文章以传，有好山水，才有好文章，好文章必得好山水激发暗示，才能喷薄而发，汹涌而出，这是清代诗人创作的集体共识，也是他们对前人创作规律的概括和继承。

自然、人生、文学三者相互激荡，又相互融合。自然以其丰富资源，多种形貌为人类提供生息愉悦的物质基础，人类的活动，特别是心灵愉悦的精神活动，升华了自然的本质内涵，文学将二者纽结联系起来，构造成人类通向自然、走近自然、认知自然的桥梁。清代山水诗是对古典山水诗的归纳总结，所以通过山水诗我们能深入探究千百年来人们的自然观、生态观、增强对自然、对生态的崇敬、尊重和保护意识，离却这个基本目的，研讨清代乃至中国古典山水诗则缺乏实质意义。

---

① 〔明〕石涛《石涛诗录》，河北教育出版社 2006 年版，第 11 页。

参考文献

《史记》〔西汉〕司马迁，中华书局 1982 年版

《宋史》〔元〕脱脱等撰，中州古籍出版社 1998 年版简体标点本

《元史》〔明〕宋濂等撰，中州古籍出版社 1998 年版简体标点本

《明史》〔清〕张廷玉等撰，中州古籍出版社 1998 年版简体标点本

《清史稿》〔清〕赵尔巽主编，中州古籍出版社 1998 年简体标点本

《吴越春秋》〔汉〕赵晔，江苏古籍出版社 1999 年版

《烈皇小识》〔明〕文秉撰，上海书店 1982 年影印本

《研堂见闻杂录》〔清〕佚名著，上海书店 1982 年印行本

《甲申传信录》〔清〕钱䌹撰，上海书店印行本 1982 年版

《明季北略》〔清〕计六奇，中华书局 1984 年版

《明季南略》〔清〕计六奇著，中华书局 1984 年版；《明季北略》，中华书局 1984 年版

《江阴城守记》〔清〕韩菼著，见《东南纪事》，北京古籍 2002 年版

《清史讲义》孟森著，中华书局 2006 版

《心史丛刊》孟森著，辽宁教育出版社 1998 年版

《清代通史》萧一山著，华东师范大学出版社 2006 年版

《清代传记丛刊·清代名家诗钞小传》〔清〕郑方坤撰 周骏富辑，台湾明文书局印行

《国朝先正事略》〔清〕李元度撰，岳麓书社 2008 年版

《国朝诗人征略》〔清〕张维屏，中山大学出版社 2004 年版

《碑传集》〔清〕钱仪吉纂，中华书局 1993 年版

《清代学者像传》 叶衍兰、叶恭绰编，上海书店出版社 2001 年版

《清代名人轶事》 葛虚存撰，江苏广陵古籍刻印社 1993 年版

《广清碑传集》 钱仲联主编，苏州大学出版社 1999 年版

《太平寰宇记》〔北宋〕乐史，中华书局 2007 年版

《方舆胜览》〔南宋〕祝穆，中华书局 2003 年版

《肇域志》〔明〕顾炎武，上海古籍出版社 2004 年版

《读史方舆纪要》〔清〕顾祖禹，中华书局 2006 年版

《中国历史地图集》 谭其骧主编，中国地图出版社 1982 年版

《吴地记》〔唐〕陆广微，江苏古籍出版社 1999 年版

《吴郡图经续记》〔宋〕朱长文，江苏古籍出版社 1999 年版

《范成大笔记六种》〔南宋〕范成大撰，中华书局 2002 年版

《五岳游草》〔明〕王士性，中华书局 2006 年版

《徐霞客游记》〔明〕徐霞客，中州古籍出版社 1992 年版

《百城烟水》〔清〕徐崧 张大纯，江苏古籍出版社 1999 年版

《太湖备考》〔清〕金友理，江苏古籍出版社 1998 版

《吴趋访古录》〔清〕姚承绪，江苏古籍出版社 1999 年版

《吴门表隐・附集》〔清〕顾震涛，江苏古籍出版社 1999 年版

《清嘉录》〔清〕顾禄，中华书局 2008 年版

《平山揽胜志》〔清〕汪应庚，广陵书社 2004 年版

《扬州画舫录》〔清〕李斗，中华书局 1961 年版

《关中胜迹图志》〔清〕毕沅撰，三秦出版社 2004 年版

《湖山便览》〔清〕翟灏等辑，上海古籍出版社 1998 年版

《吉林外记》〔清〕萨英额撰，沈云龙主编《近代中国史料丛刊续编》第八十二辑，文海出版社印行

《宁古塔山水记》〔清〕张缙彦，黑龙江大学出版社 2011 年版（与傅作楫《雪堂集》等著作合辑）

《宁古塔纪略》〔清〕吴振臣，王云五主编《丛书集成》(初编)，商

务印书馆 1938 年版

《柳边纪略》〔清〕杨宾，《丛书集成》(初编)，商务印书馆中华民国二十五年版

《天府广记》〔清〕孙承泽，北京古籍出版社 2001 版

《舟车所至》〔清〕郑光祖编，中国书店 1991 年版

《西藏记》〔清〕详未人，王云五主编《丛书集成》(初编)，商务印书馆 1936 年版

《川藏游踪汇编》 吴丰培编，中央民族学院图书馆油印本

《川藏游踪汇编》 吴丰培辑，四川民族出版社 1985 年版

《康輶纪行》 吴丰培编，姚莹撰

《古西行记选注》 杨建新主编，宁夏人民出版社 1987 年版

《名山游访记》 高鹤年著述，宗教文化出版社 2000 年版

《五石脂》〔清〕陈去病，江苏古籍出版社 1999 年版

《明清之际党社运动考》 谢国祯，辽宁教育出版社 1998 年版

《清人室名别称字号索引》 杨廷福 杨同甫编，上海古籍出版社 2001 年版

《清代人物生卒年表》 江庆柏编著，人民文学出版社 2005 年版

《中国丛书广录》 阳海清编撰，湖北人民出版社 1999 年版

《中国历史地名大辞典》 史为乐主编，中国社会科学出版社 2005 年版

《阅世编》〔清〕叶梦珠，中华书局 2007 年版

《蠡勺编》〔清〕凌扬藻，中华书局 1985 年版

《世载堂杂忆》 刘禺生，中华书局 1960 年版

《清代笔记丛刊》〔清〕刘献廷等著，齐鲁书社 2001 年版

《清稗类钞》〔清〕徐珂，海南国际新闻出版中心 1996 年版

《清代边疆史料抄稿本汇编》 中国国家图书馆分馆编，线装书局 2003 年版

《笔记小说大观》 台北新兴书局影印本 1978 年版

《中国文化史》 柳诒征，中国大百科全书出版社 1988 年版

《清诗史》 严迪昌，浙江古籍出版社 2002 年版

《清词史》 严迪昌,江苏古籍出版社 1990 年版
《清诗史》 朱则杰,江苏古籍出版社 2000 年版
《清诗流派史》 刘世南,人民文学出版社 2004 年版
《清代文学评论史》 〔日〕青木正儿 杨铁婴译,中国社会科学出版社 1988 版
《清诗纪事初编》 邓之诚,上海古籍出版社 1965 年版
《清诗纪事》 钱仲联主编,江苏古籍出版社 1998 年版
《清代经学与文学》 杨旭辉,凤凰出版社 2006 年版

《文心雕龙》 〔南朝·梁〕刘勰著 周振甫注,人民文学出版社 1981 年版
《静志居诗话》 〔清〕朱彝尊著,人民文学出版社 1990 年版
《原诗》 〔清〕叶燮,人民文学出版社 1979 年版
《说诗晬语》 〔清〕沈德潜,人民文学出版社 1998 年版
《一瓢诗话》 〔清〕薛雪,人民文学出版社 1979 年版(《原诗》《一瓢诗话》《说诗晬语》三著合一本)
《蒲褐山房诗话新编》 〔清〕王昶著 周维德校点,人民文学出版社 2011 年版
《随园诗话》 〔清〕袁枚著,人民文学出版社 1982 年第 2 版
《随园诗话》 〔清〕袁枚著 王英志批注,凤凰出版社 2009 年版
《瓯北诗话》 〔清〕赵翼,人民文学出版社 1963 年版
《全浙诗话》 〔清〕陶元藻编,中华书局 2013 年版
《雪桥诗话全编》 〔清〕杨钟羲撰 雷恩海点校,人民文学出版社 2011 年版
《国朝诗人徵略》 〔清〕张维屏,中山大学出版社 2004 年版
《饮冰室诗话》 〔清〕梁启超,人民文学出版社 1959 年版
《十朝诗乘》 〔清〕龙顾山人(郭则沄)纂 卞孝萱点校,福建人民出版社 2000 年版
《石遗室诗话》 〔清〕陈衍著,人民文学出版社 2004 年版
《人间词话》 〔清〕王国维著,人民文学出版社 1960 年版(与《蕙

风词话》合编本)
《历代诗话》〔清〕何文焕辑,中华书局 1981 年版
《清代闺阁诗人徵略》〔清〕施淑仪辑,上海书店 1987 年版
《清诗话》〔清〕王夫之等撰 丁福保编,上海古籍出版社 1978 年新 1 版
《清诗话续编》 郭绍虞编选,上海古籍出版社 1983 年版
《中国古代文论选》 郭绍虞主编,上海古籍出版社 1980 年版
《清代闺秀诗话丛刊》 王英志编,凤凰出版社 2010 年版
《云南古代诗文论著辑要》 张国庆选编,中华书局 2001 年版
《谈艺录》 钱钟书著,中华书局 1984 年版
《诗词散论》 缪越,上海古籍出版社 1982 年版
《美的历程》 李泽厚,中国社会科学出版社 1984 年版
《王士祯诗歌研究》 王利民著,中华书局 2007 年版
《西方文论选》 伍蠡甫主编,上海译文出版社 1979 年版
《现代西方文论选》 伍蠡甫主编,上海译文出版社 1983 年版
《外国文学评论选》 曹让庭等选编,湖南人民出版社 1982 年版
《五十奥义书》 徐梵澄译本,中国社会科学出版社 1995 年版
《柏拉图全集》〔希腊〕柏拉图,人民出版社 2002 年版
《亚里斯多德全集》〔希腊〕亚里士多德,中国人民大学出版社 1991 年版
《拉奥孔》〔德〕莱辛著 朱光潜译,人民文学出版社 1979 年版
《美学》〔德〕黑格尔著 朱光潜译,商务印书馆 1979 年版
《哲学史演讲录》〔德〕黑格尔著,商务印书馆 1997 年版
《判断力批判》〔德〕康德著 邓晓芒译,人民出版社 2002 年版
《马克思、恩格斯论文艺和美学》 杨柄编,文化艺术出版社 1982 年版
《普列汉诺夫美学论文集》〔俄〕普列汉诺夫著,曹葆华译,人民出版社 1988 年版
《德语诗学文选》 刘小枫选编,华东师范大学出版社 2006 年版
《艺术特征论》 汪流等编,文化艺术出版社 1984 年版

《十九世纪文学主流》第三分册 〔丹麦〕勃兰兑斯，人民文学出版社 1982 年版

《文学原理》〔苏联〕波斯彼罗夫，生活·读书·新知三联书店 1985 年

《文学理论》〔美〕韦勒克 沃伦著 刘象愚等译，1984 年版

《艺术心理学》〔苏〕维戈茨基著 周新译，1985 年版

《西方哲学原著选读》 北大哲学系外国哲学史教研室编译，商务印书馆 1981 年版

《自然与人文》 鲁枢元主编，学林出版社 2006 年版

《中国古代画论类编》 俞剑华编，人民美术出版社 2000 年版

《芬奇论绘画》〔意大利〕达芬奇，人民美术出版社 1979 年版

《安格尔论艺术》〔法国〕安格尔，辽宁美术出版社 1979 年版

《欧洲现代绘画美学》 吕彭，岭南美术出版社 1989 年版

《世界艺术家 1950—1980》〔美〕克劳德·马克思编，纽约，H.W.威尔逊公司 1984 年版

《西方画论辑要》 张弘昕、杨身源编著，江苏美术出版社 1990 年版

《德国音乐》〔德〕哈里·歌德施密特，人民音乐出版版 1959 年版

《中国山水画与欧洲风景画比较研究》 李倍雷著，荣宝斋出版社 2006 年版

《中国古代山水画百图》 令狐彪编，人民美术出版社 1985 年版

《中国山水名画鉴赏》 九州出版社 2002 年版

《中国美术全集·绘画编》 中国美术全集编辑委员会编，人民美术出版社 1988 年版

《世界风景名画鉴赏》 刘瑋、杨永胜编，济南出版社，2002 年版

《山水与美学》 伍蠡甫著，上海文艺出版社 1985 年版

《诗歌分类学》 古远清著，中国地质出版社 1989 年版

《山水诗鉴赏辞典》 张秉戍主编，中国旅游出版社 1989 年版

《中国山水诗研究》 王国璎著，中华书局 2007 年版

《灵境诗心——中国古代山水诗史》 陶文鹏、韦凤娟主编，凤凰出版社 2004 年版

《山魂水魄—明末清初节烈诗人山水诗论》 时志明著，凤凰出版社 2006 年版

《文选》〔南朝·梁〕萧统编，〔唐〕李善注，上海古籍出版社 1986 年版

《楚辞补注》〔宋〕洪兴祖撰，中华书局 1983 年版

《诗集传》〔南宋〕朱熹撰，中华书局，1958 年版

《文史通义》〔清〕章学诚撰，中华书局 1985 年版

《庄子集释》〔清〕郭庆藩辑，中华书局 1981 年版

《先秦汉魏晋南北朝诗》 逯钦立辑校，中华书局 1983 年版

《十三经》 黄侃手批白文，上海古籍出版社 1983 年版

《先秦文学史参考资料》 北京大学中文系中国古代文学史教研室编，中华书局

《两汉文学史参考资料》 北京大学中文系中国古代文学史教研室编，中华书局

《四库全书总目》〔清〕永瑢 纪昀等撰，中华书局 1965 年版

《续修四库全书总目录》 上海古籍出版社，2003 年版

《康熙御制全唐诗》 上海古籍出版社 1986 年版

《宋诗钞》〔清〕吴之振、吕留良、吴自牧编，中华书局 1986 年版

《唐诗别裁集》〔清〕沈德潜编，上海古籍出版社 1979 年版

《清诗别裁集》〔清〕沈德潜，上海古籍出版社 1984 年版

《无锡文库》第四辑《梁溪诗钞》，凤凰出版社 2011 年版

《清诗汇》(《晚晴簃诗汇》)〔清〕徐世昌编，北京出版社 1996 年版

《台湾诗乘》连横编，《台湾文献史料丛刊》第八辑，台北大通书局印行

《近代诗钞》 钱仲联编著，江苏古籍出版社 2001 年版

《全清词·顺康卷》 南京大学中文系全清词编纂研究室编，中华书局 2004 年版

《江南女性别集》　胡晓明主编，黄山书社 2013 年版

《百子全书》　浙江人民出版社，1984 年版

《中国历代僧诗精华》　吕子都选注，东方出版中心 1996 年版

《法国近代名家诗选》　范希衡译，外国文学出版社 1981 年版

《雪莱抒情诗选》〔英〕雪莱撰 查良铮译，人民文学出版社 1958 年版

《华兹华斯抒情诗选》〔英〕华兹华斯撰 谢耀文译，译林出版社 1991 年版

《叶赛宁抒情诗选》〔俄〕叶赛宁撰 刘湛秋 茹香雪译，上海译文出版社 1982 年版

《诗歌集》〔德〕海涅著 钱春绮译，上海译文出版社 1982 年版

《海涅诗选》〔德〕海涅撰 冯至译，人民文学出版社 1956 年版

《诺贝尔文学奖获得者诗选》　诗刊社编，中国文联出版公司 1986 年版

《草叶集》〔美〕惠特曼撰 楚图南 李野光译，人民文学出版社 1987 年版

《拜伦诗选》〔英〕拜伦撰 查良铮译，1982 年版

《德国诗选》〔德〕歌德等著 钱春绮译，上海译文出版社 1982 年版

《歌德诗集》〔德〕歌德著 钱春绮译，上海译文出版社 1982 年版

《外国现代派作品选》　袁可嘉等选编，上海文艺出版社 1981 年版

《寒山子诗集》〔唐〕释寒山著，嘉兴大藏经（新文丰版）第 20 册 No. B103

《石涛诗录》〔明〕石涛撰 汪世清编辑，河北教育出版社 2006 年版

《方盦山诗集》〔明〕方文著，黄山书社 2010 年版

《田间文集》〔明〕钱澄之著，黄山书社 1998 年版

《杨文聪诗文三种校注》〔明〕杨文聪撰 关贤柱编撰，贵州人民出版社1990年版

《午梦堂集》〔明〕袁绍袁编，中华书局1998年版

《初学集》〔明〕钱谦益著，上海古籍出版社1985年版

《牧斋有学集》五十卷　〔清〕钱谦益著，上海古籍出版社1996年版

《吴梅村全集》〔清〕吴伟业著上海古籍出版社1990年版

《梅村家藏稿》〔清〕吴伟业著，苏州大学图书馆藏本

《龚鼎孳诗》〔清〕龚鼎孳著，广陵书社2006年版

《定山堂诗集》〔清〕龚鼎孳著，康熙刻本，苏州大学图书馆藏

《秋笳集》〔清〕吴兆骞著，上海古籍出版社2009年版

《浮云集·拙政园诗余·拙政园诗集》〔清〕陈之遴著，黑龙江大学出版社2010年版

《何陋居集·甦庵集》〔清〕方拱乾，黑龙江大学出版社2010年版

《雪堂集(外八种)》〔清〕傅作楫等著，黑龙江大学出版社2010年版

《王士祯全集》〔清〕王士祯撰　袁世硕主编，齐鲁书社2007年版

《渔洋精华录集注》〔清〕王士祯撰 曹禾 盛符升编 惠栋注，齐鲁书社1992年版

《抱山集选》〔清〕王仕禧撰，齐鲁出版社1997年版

《赵执信诗选》〔清〕赵执信撰 赵蔚芝选注，齐鲁书社1983年版

《孔尚任诗》〔清〕孔尚任撰　汪蔚林辑，科学出版社1958年版

《无锡文库》第四辑(《往深斋集》《响泉集》等)，凤凰出版社2012年版

《绵津山人诗集》二十九卷，《枫香词》一卷，附《纬萧草堂诗》三卷〔清〕宋荦 宋至撰，苏州大学图书馆藏

《敬业堂诗集》〔清〕查慎行撰 周劭标点，上海古籍出版社1986年版

《查慎行选集》 聂世美选注，上海古籍出版社 1998 年版

《百尺梧桐阁集》《百尺梧桐阁续稿》 〔清〕汪懋麟，上海古籍出版社 1980 年版

《颜光敏诗文集笺注》 〔清〕颜光敏撰 赵传仁等笺注，齐鲁书社 1997 年版

《宋琬全集》 〔清〕宋琬著 幸鸿义等点校，齐鲁书社 2003 年版

《施闰章诗》 〔清〕施闰章撰 吴家驹点校，广陵书社 2006 年版

《厉鹗诗》 〔清〕厉鹗撰，广陵书社 2006 年版

《陈维崧诗》 〔清〕陈维崧撰，广陵书社 2006 年版

《纳兰成德诗集诗论笺注》 〔清〕纳兰成德撰 马迺骝等编注，山西人民出版社 1988 年版

《容美纪游》 〔清〕顾彩撰，湖北人民出版社 1999 年版

《秋锦山房集·秋锦山房外集》 〔清〕李良年撰，上海古籍出版社 2011 年版

《全祖望集汇校集注》 〔清〕全祖望撰，上海古籍出版社 2000 年版

《石笥山房集》 〔清〕胡天游撰，苏州大学图书馆藏本

《道古堂诗集》 〔清〕杭世俊撰，苏州大学图书馆藏本

《沈德潜诗文集》 〔清〕沈德潜撰，人民文学出版社 2011 年版

《春融堂集》 〔清〕王昶撰，上海文化出版社 2013 年版

《纪晓岚诗文集》 〔清〕纪昀撰，上海华普书局印行，江苏广陵古籍刻印社出版发行

《袁枚全集》 〔清〕袁枚等撰 王英志主编，江苏古籍出版社 1993 年版

《瓯北集》 〔清〕赵翼著，上海古籍出版社 1997 年版

《船山诗草》 〔清〕张问陶撰，中华书局 1986 年版

《船山诗草全注》 〔清〕张问陶撰 成镜深主编，四川出版社 2010 年版

《两当轩集》 〔清〕黄仲则撰 李国章校点，上海古籍出版社 1983 年版

《洪亮吉集》〔清〕洪亮吉撰 刘德权点校，中华书局 2001 年版

《惜抱轩全集》〔清〕姚鼐著，中国书店 1991 年版

《揅经室集》〔清〕阮元著，中华书局 1993 年版

《杨芳灿集》〔清〕杨芳灿撰 杨绪容点校，人民文学出版社 2014 年版

《龚自珍全集》〔清〕龚自珍著，上海古籍出版社 1999 年版

《岭云海日楼诗钞》〔清〕丘逢甲著，上海古籍出版社 2009 年版

《南斋集》〔清〕马曰璐撰，王云五主编《丛书集成》（初编），商务印书馆 1935 年版

《沙河逸老小稿》〔清〕马曰琯撰，王云五主编《丛书集成》（初编）据粤雅堂丛书本排印本

《渔洋精华录》〔清〕王士祯撰，见《四库全书·集部·别集类》第二十六

《曝书亭集》八十卷　〔清〕朱彝尊著，《附录》一卷，见《四库全书·集部·别集类》第二十六

《西陂类稿》三十九卷　〔清〕宋荦著，见《四库全书·集部·别集类》第二十六

《莲洋诗钞》十卷　〔清〕吴雯著，见《四库全书·集部·别集类》第二十六

《学余堂文集》二十八卷　〔清〕施闰章著，《诗集》五十卷，《外集》二卷，见《四库全书·集部·别集类》第二十六

《敬业堂集》五十卷　〔清〕查慎行著，见《四库全书·集部·别集类》第二十六

《逍遥游》二卷　〔清〕丁耀亢撰，《丁野鹤诗钞》十卷，《丁野鹤先生遗稿》，《四库全书存目丛书》据北京图书馆藏清初刻本影印；（以下出自《四库全书存目丛书》者，只说明据以影印版本）

《浮云集》〔清〕陈之遴撰，据华东师范大学图书馆藏清康熙间

旋吉堂刻本影印

《居业斋诗钞》〔清〕金德嘉撰，据湖北省图书馆藏清康熙刻本影印

《绵津山人诗集》二十九卷　〔清〕宋荦 宋至撰，《枫香词》一卷，附《纬萧草堂诗》三卷，据中央民族大学图书馆藏清康熙間刻本影印

《江左十五子诗选十五卷》〔清〕宋荦选，据苏州大学图书馆藏清康熙四十二年宛委堂刻本影印

《钝翁前后类稿》六十二卷　〔清〕汪 琬撰，《续稿》五十六卷，据天津图书馆藏清康熙刻本影印

《抱山集选》一卷　〔清〕王仕禧撰，据北京师范大学图书馆藏清康熙刻王渔洋遗书本影印

《古钵集选》一卷　〔清〕王仕祜撰　王士祯辑评，据私藏清康熙王士祯刻本影印

《乐圃集》七卷　〔清〕颜光敏撰，《补遗》一卷，据清康熙间刻《十子诗略》本影印

《 珂雪集》一卷　〔清〕曹贞吉撰，《珂雪二集》一卷，《珂雪詞》二卷，《補遺》一卷《朝天集》一卷《鸿爪集》一卷，《黃山紀遊詩》一卷，据中山大学图书馆藏清康熙间刻本影印

《已畦集》二十卷　〔清〕叶燮撰，《原诗》十卷，《诗集・残余》一卷，附《午梦堂诗钞三种》三卷，据陕西省图书馆、北京图书馆藏清康熙叶氏二弃草堂刻本影印

《白云村文集》四卷　〔清〕李澄中撰，《卧象山房诗正集》七卷，据清康熙间刻本影印

《抱经斋诗集》十四卷　〔清〕徐嘉炎撰，《文集》不分卷，《附〈焚余草〉》一卷（徐肇森撰），据浙江图书馆藏清康熙三十六年刻本影印

《深秀亭诗集》二十一卷　〔清〕潘钟麟撰，据清康熙间深秀亭刻本影印

《冯舍人遗诗》六卷　〔清〕冯廷櫆撰，据辽宁省图书馆藏清雍正十一年刻本影印

《宝菌堂遗诗》二卷　〔清〕赵执端撰，据上海图书馆藏清乾隆刻

本影印

《读书堂彩衣全集》四十六卷　〔清〕赵士麟撰，据清康熙三十五年刻本影印

《心远堂诗集》十二卷　〔清〕李霨撰，据清康熙十六年李天馥毛际可等刻本影印

《瓦缶集》十二卷　〔清〕李宗渭撰，据南京图书馆藏清乾隆十六年刻本影印

《据梧诗集》十五卷　〔清〕管棆撰，《都门赠行诗》一卷，《万里小游仙》一卷，据吉林大学图书馆藏清康熙刻本影印

《随园诗草》八卷　〔清〕边连宝撰，《禅家公案颂》，据南京图书馆藏清乾隆四十年任丘边氏家刻本影印

《产鹤亭诗》十一卷　〔清〕曹庭栋撰，据浙江图书馆藏清乾隆刻本影印

《强恕斋诗》四卷　〔清〕张庚撰，据浙江图书馆藏清乾隆刻本影印

《弢甫诗》十四卷　〔清〕桑调元撰，《文》三十卷，《弢甫五岳集》二十卷，《弢甫续集》二十卷，据吉林大学图书馆藏清乾隆刻本影印

《柳渔诗钞》十二卷　〔清〕张湄撰，据中国人民大学图书馆藏清乾隆刻本影印

《秋水斋诗》十五卷　〔清〕张映斗撰，据上海图书馆藏清乾隆张守约等刻本影印

《香草居集》七卷　〔清〕李符撰，据吉林大学图书馆藏清康熙至乾隆刻李氏家集四种本影印

《固哉叟诗钞》八卷　〔清〕高孝本撰，据吉林大学图书馆藏清乾隆三十一年刻本影印

《牧斋初学集》　〔明〕钱谦益撰，《续修四库全书》据民国涵芬楼影印明崇祯瞿式耜刻本影印；（以下出自《续修四库全书》者，只说明据以影印版本）

《牧斋有学集》　〔清〕钱谦益撰，据民国八年上海商务印书馆四

部丛刊本影印

《静惕堂诗集》四十四卷　〔清〕曹溶撰，据首都图书馆藏清雍正三年李维均刻本影印

《金文通公诗集》〔清〕金之俊撰，据中国科学院图书馆藏清康熙二十五年怀天堂刻本影印

《秋笳集》八卷　〔清〕吴兆骞撰，据复旦大学图书馆藏清雍正四年吴振臣刻本影印

《含经堂集》〔清〕徐元文撰，据山东省图书馆藏清刻本影印

《安雅堂诗》〔清〕宋琬撰，据上海辞书出版社图书馆藏清顺治十七年刻本影印

《遂初堂集》〔清〕潘耒撰，据清康熙刻本影印

《西堂诗集》三十二卷　〔清〕尤侗撰，据复旦大学图书馆藏清康熙刻本影印

《雅雨山人出塞集》《雅雨堂诗遗集》〔清〕卢见曾撰，据清道光二十年卢枢清雅堂刻本影印

《鲒埼亭诗集》〔清〕全祖望撰，据清钞本影印

《尹文端公诗集》〔清〕尹继善，据复旦大学图书馆藏清乾隆刻本影印

《斫桂山房诗存》《抱珠轩诗存》《一瓢诗存》〔清〕薛雪撰，据浙江图书馆藏清乾隆扫叶村庄刻本影印

《归愚诗钞》二十卷　〔清〕沈德潜撰，《归愚诗钞余集》十卷，据清刻本影印

《横云山人集》三十二卷　〔清〕王鸿绪撰，据复旦大学图书馆藏清康熙刻增修本影印

《春融堂集》六十八卷　〔清〕王昶撰，据上海辞书出版社图书馆藏清嘉庆十二年塾南书舍刻本影印

《湖海诗传》〔清〕王昶辑，据清嘉庆八年三泖渔庄刻本影印

《篁村集》〔清〕陆锡熊撰，据华东师范大学图书馆藏清道光二十九年陆成沅刻本影印

《宛委山房集》〔清〕曹仁虎撰，据华东师范大学图书馆藏清乾

隆刻本《七子诗选》本影印

《竹叶庵文集》〔清〕张埙撰，据复旦大学图书馆藏清乾隆五十一年刻本影印

《白华前稿》六十卷，《白华诗钞》十三卷，《白华后稿》四十卷〔清〕吴省钦撰，据清乾隆刻本影印

《灵岩山人诗集》四十卷　〔清〕毕沅撰，据复旦大学图书馆藏清嘉庆四年毕氏经训堂刻本影印

《居易堂诗集》〔清〕王曾翼撰，据复旦大学图书馆藏清乾隆王祖武刻本影印

《石笥山房集》〔清〕胡天游撰，据清咸丰二年刻本影印

《道古堂文集》四十八卷，《道古堂诗集》二十六卷，《集外文》一卷，《集外诗》一卷　〔清〕杭世俊撰，据清乾隆四十一年刻光绪十四年汪曾唯增修本影印

《萚石斋诗集》〔清〕钱载撰，据清乾隆刻本影印

《复初斋诗集》〔清〕翁方纲撰，据清刻本影印

《知足斋诗集》〔清〕朱珪撰，据上海辞书出版社图书馆藏清嘉庆九年阮元刻增修本影印

《笥河诗集》〔清〕朱筠撰，据上海辞书出版社图书馆藏清嘉庆九年朱珪椒华吟舫刻本影印

《纪文达公遗集》三十二卷　〔清〕纪昀撰，据清嘉庆十七年纪树馨刻本影印

《响泉集》〔清〕顾光旭撰，据上海图书馆藏清宣统二年顾氏刻本影印

《芙蓉山馆全集》〔清〕杨芳灿撰，据华东师范大学图书馆藏清光绪十七年活字印本影印

《秋室集》〔清〕杨凤苞撰，据清光绪十一年陆心源刻本影印

《百一山房诗集》〔清〕孙士毅撰，据天津图书馆藏清嘉庆二十一年孙均刻本影印

《澹余诗集》《南行日记》〔清〕曹申吉，《清代诗文集汇编》第

137册，上海古籍出版社2010年版，据清康熙刻安丘曹氏家集九种本(以下出自《清代诗文集汇编》，只注明所据刻本，不再一一注版本)

《观海集》《悔斋集》〔清〕汪楫，《清代诗文集汇编》第140册，据清康熙刻本

《抚云集》〔清〕钱良择，《清代诗文集汇编》第165册，据清雍正八年刻本

《稗畦集》〔清〕洪升撰，《清代诗文集汇编》第165册，据清抄本

《清吟堂全集》〔清〕高士奇，《清代诗文集汇编》第166册，据清康熙朗润堂刻本

《玉岩诗集》〔清〕林麟焻，《清代诗文集汇编》第169册，据清康熙二十三年刻本

《遂宁张文端公全集》〔清〕张鹏翮，《清代诗文集汇编》第176册，据清光绪七年刻本

《晞发堂诗集》《杨大瓢杂文残稿不分卷》〔清〕杨宾，《清代诗文集汇编》第178册，分别据清抄本、清光绪青山白云阁抄本

《鱼山诗草》〔清〕边汝元，《清代诗文集汇编》第184册，据清乾隆四十年刻本

《查浦诗钞》〔清〕查嗣瑮，《清代诗文集汇编》第186册，据清康熙六十一年刻本

《渔洋先生评点赤嵌集》〔清〕孙元衡，《清代诗文集汇编》第201册，据清康熙四十九年刻本

《述本堂诗集》〔清〕方登峄，《清代诗文集汇编》第202册，据清乾隆二十年刻本

《述本堂诗集》〔清〕方式济，《龙沙纪略》，《清代诗文集汇编》第237册，据清乾隆二十年刻本

《顾宾阳先生文集》〔清〕顾陈垿，《清代诗文集汇编》第241页，据清乾隆刻本

《塞外封藩草》〔清〕塞尔登，《清代诗文集汇编》第269页，据清乾隆十年刻本

《墨麟诗卷》〔清〕马维翰,《清代诗文集汇编》第273页,据清乾隆刻本

《陶适斋先生诗稿》〔清〕陶金谐,《清代诗文集汇编》第360册,据清乾隆五十二年容膝山房刻本

《瑶峰集》〔清〕王尔烈,《清代诗文集汇编》第360册,据民国大连辽海书社铅印辽海丛书本

《澄悦堂诗集》〔清〕国梁撰,《清代诗文集汇编》第342册,据清嘉庆十五年刻本

《顾双溪集》〔清〕顾奎光,《清代诗文集汇编》第344页,据清乾隆三十三年刻本

《双梧桐馆集》〔清〕杨揺,《清代诗文集汇编》第414册,据清嘉庆刻本

《九柏山房诗》〔清〕杨伦,《清代诗文集汇编》第417册,据清嘉庆十七年遂初堂刻本

《亥白诗草》〔清〕张问安,《清代诗文集汇编》第448册,据清嘉庆二十一年刻本

《桐华吟馆诗稿》〔清〕杨揆,《清代诗文集汇编》第457册,据清嘉庆十二年刻本

《石柏山房诗存》〔清〕赵文楷,《清代诗文集汇编》第466册,据清咸丰七年赵畇惠湖嘉道署刻本

《灵芬馆诗初集》〔清〕郭麐,《清代诗文集汇编》第485册,据清嘉庆至光绪间刻灵芬馆全集本

《中国山水诗的特质》 林文月,台湾《中外文学》1975年1月号

《山水诗与自然美》 朱光潜,《文学评论》1960年第6期

《中国古代山水诗审美意象的流变》 孙兰,《中国海洋大学学报》(社会科学版)2010年第3期

《士人与山川——从〈容美纪游〉看传统士人的山川观念》 李金花,《民族学刊》2013年第3期

《浅议博学鸿词科及其对中国古代文学发展的影响》 时志明,

苏州职业大学学报2002年第4期

《清代山水诗的因变创新论略》 时志明，苏州大学学报1992年第1期

《山水诗——一个不应模糊的概念》 时志明，苏州职业大学学报1999年第三期

网络资料：文学网（http://www.literature.org.cn/Article）

后　记

自2008年起始，至2015年辍笔，历经七个寒暑，这本小书终于粗具全貌，期间艰辛和困苦不待言说。拙作是继《山魂水魄——明末清初节烈诗人山水诗论》后设想中《清代山水诗史》的第二部分，因清代诗人阵容庞大，诗作宏巨，尤其山水诗数量如江河漫溢，不可限流，故而要完整撰拟一部纵贯267年间的分体断代诗歌史确非易事，故而只能分阶段一部分一部分地完成。拙作之所以取名为《盛世华音——清代顺康雍乾诗人山水诗论》，一是与前一部拙著相呼应；二是在这本小书中基本涵盖了清诗在顺康雍乾时期的主要流派和诗人群体的山水诗创作，体现了史的因承性，而且符合这个时代的社会特征。

记得2004年，博士论文答辩时，恩师杨海明先生告诫要有十年磨一剑的毅力慢慢写作，杨先生果然一语成谶，拙作用了七年的时间还没有完成梦想中的全文，只是其中一个片段，实在有些赧然，但这其中甘苦只有寸心所知，本文稿属纯手工制作，无法偷懒，要在浩如烟海的清人文本中选取写作素材，同时要翻检大量的方志、舆地等史乘类典籍，因此耗费时日和精力不可估量。荀子说过："无冥冥之志者，无昭昭之明；无惛惛之事者，无赫赫之功。"本文写作力戒浮躁和喧哗，一心一意，潜心进行创制，力图使其成为能经得起时日拷问的学术著述。拙作划上最后一个符号，以为可以松一口气了，但离完整的《清代山水诗史》还有一大段距离，因为清代以地域、以群体为特征的山水诗人无穷无尽，他们的山水诗作是一笔无法估量的宝藏，因而计划中的第三部分《夕阳晚唱——清代嘉道同光诗人山水诗论》将开启我新的撰写日程，但愿天能假年，让我衰朽的残年能完成这个夙愿。

拙作虽号曰《清代山水诗史》，但在写作体例上突破了一般写史的思维和格局，采用以时间为经、空间为纬的结撰体式，把清代诗人的山水诗创作按地域、按流派、按群体串联起来，让他们形成厚实的山水诗史论。这是因为传统的诗史只是选取几个典型的有代表性的诗人或群体加以述论，而且大多蜻蜓点水，将诗人和其作品的讨论一带而过，形不成全貌展示的效果。清代山水诗量大质优，是中国古典诗歌发展的巅峰之作，清人最得意的是徜徉山水之间，与自然合一，故此山水诗是清诗发展的主流，再加清人的山水诗写遍了东南西北的山川湖海，其屐痕甚至遍布海外，拙作本着为诗人传世、为山水立传、为天地代言的目的，因此凡清人足迹所至，笔墨所到均要体现于著述之中，让神州大地的壮丽河山尽可能完整的呈现于世，因此之故，本文将诗史与作家论有机结合，构成了史迹为引线，诗人为主体，地域为横断的纵横结构模式。尽力使每个诗人的山水诗创作能得以全方位展现。

拙作在撰拟过程中，得益先师严迪昌的《清诗史》甚多，不管是体制结构、章节安排，还是诗史钩沉、诗论思考都从先生那里得到了无上启迪和开示，严先生的敏警颖悟，博大深沉，是我永远也无法望其项背的，我只能远远地仰望着先生，以祈他能够冥冥中助我成长。虽然拙作不成文章，但作为一篇小学生的作业，诚挚奉献于先生座下，算是对他老人家的一个阶段性告慰。

本文试图力辟新径，不复依傍，以求在清诗研究领域走一条自己的路，从而反正了许多传统诗学对清人评价的论点，在诗人、诗派和作品的论述中有些观点与众位贤达相左，但学术讨论并不带个人人格的褒贬。拙文写作时参考并引用了大量学者的学术观点，在此一并致谢！

拙作既为清代山水诗作史，又为清诗作史，所以每位诗人的生平和诗论观点，及其诗史地位都在著述中有所反映，凡有志于清诗研究者可参阅。因为本意想为山川立传，所以原文引用较多，可能影响阅读效果,但只要潜心默思,我们还是能够在原创文本中发现清人山水诗歌的美质,通过清人山水诗的介引我们可以领略煌煌中华山川河岳的大美气象。本文作为学术著述,既要考虑语言的规范性、专业性,同时尽量使其具有可读性,所以本文语言采用平实质朴的风格,避免诘屈聱牙的生冷弊端,更不玩弄新名词,拿一些自己都看不懂的所谓新概念来唬弄人,追求语言美观流畅是本文写作时的一个关键点。

记得二十多年前,报考先师研究生的时候,先生就意味深长地说,研究清诗是一份苦差事,要有坐冷板凳的打算,事实果然如此,研究清诗,包括清代文学是一件极不合时宜的傻事,尤其在当代人心不古,学风浮躁,拿学术量化考核,把学术研究当成谋稻粱工具的生存环境里,要真心作一点自己良心平衡的研究工作,那是非得屏蔽一切名利念头,全身心地投入才能略有所得。

拙作名义属山水诗研究的文学类别,但实际已跳出纯文学的圈子,把审视的目光拉向更高更远的视阈,它综合了文学、美学、舆地、社会、民俗、方志等多种类学科知识,因为山水诗,特别清代山水诗不是文人单纯赏心悦目、自娱自乐的产品,相反它是时代政治、经济、文化,包括军事在内的深层反映,故而本文试图通过山水诗这种特殊文学样式来观照有清一代的社会风貌和人文状况。尽管是多学科知识的交汇,但本文论述的主体还是山水诗,所以拙作创作过程中,我时时会被清人笔下的壮丽山川所激动,心魂跟着他们飞翔在一片纯情的美丽境界中。我曾跟着吴兆骞等流人的诗笔奔跑在白山黑水的雪原上,我曾跟着曹溶等的诗笔徘徊在万里长城的关岭堡寨间;我曾跟着纪昀、洪亮吉等的诗笔徜徉在天山的雪峰上;我曾跟着王昶、赵文哲、查礼行走在川西北广袤的险峰草原边;我曾跟着赵翼、张湄来到宝岛台湾的沙滩上;我曾跟着朱彝尊、潘耒、查慎行穿行于武夷九曲、天台雁荡的陡涧飞瀑中;我曾跟着杨揆、孙士毅等的诗笔穿越在藏江两岸的雪域佛国间……为了实现亲历的梦想,重走清人描绘的大美山川,我真的沿张问陶、王士祯等人的足迹走了几遍秦蜀古道,登剑门之关、眺峨眉之巅;而且追随顾彩一路走进万山合围的恩施土家聚居区……总之，写作这本小册子，让我时刻沉浸在美不胜收的山川包围中，身心得到前所未有的净化和洗礼，愿我的这本小书能结缘有缘者，带给大家美的享受，同时也激起大家游历祖国名山大川的热望。

本书纯手工制作，百十万字变成电脑文稿不是一件易事，全赖李向明女士一个字一个字地敲击出来，在此表示真诚的敬意和谢忱。同时也感谢为拙作做出辛勤劳动的各位幕后贤达，借此一并表示致意。

拙稿体量较大，申报资助项目因所在单位不占天时、地利与人和，所以只能望洋兴叹，不菲的出版资助费用全靠自筹以及独具慧眼的贤人慷慨相助。其中苏州职业大学吴文化研究院徐静院长热心相助，我所在学校科研处顾才东处长、教育人文学院领导，尤其校领导都积极支持，充分彰显了我校既重教育、又重学术的治校精神。在拙作出版方面尽管只能得到各位贤达部分相助，但已令我十分感激。我所供职的苏州职业大学自然环境优美，人文环境宽松。她地处尧峰脚下，石湖之滨，隔山即是叶燮隐居著述授徒的"独立苍茫处"，沈德潜撰拟《说诗晬语》的木渎古镇；仰望则是汪琬读书立言的世外仙境，南延便为吴兆骞、潘耒生死相许的莼菜鲈鱼之乡。其得天独厚的自然环境，造就了苏州职业大学浓厚而奋进的学术氛围，近几年人才辈出，硕果频现，特别以吴恩培先生为首席专家、徐静院长为主持的吴文化研究院多年来致力吴文化的研究与拓展，在教学和学术领域均取得骄人成就。因其如此，它已成为我校的一块招牌，亦是苏州市地域文化研究的名片。

拙作历时既久，十年一剑（其学术价值不做个人评介，让后世去定论），但其出版过程颇费周折，在现今以出身论英雄，以效益为旨归的背景下，江苏凤凰出版社爽朗承担了拙著的出版事宜，卞岐先生更是古道热肠，为拙作出版竭尽心力，体现了一位资深编审的宽厚仁慈与大度卓识。在此谨向江苏凤凰出版社的同仁表达衷心的感谢与致敬！

最后感谢所有为拙作提供帮助和建言的朋友们！